Sämtliche Fabeln der Antike

Sämtliche Fabeln der Antike

Aus dem Griechischen und Lateinischen
übersetzt und herausgegeben
von Johannes Irmscher

Anaconda

Dieses Werk erschien erstmals in der »Bibliothek der Antike« unter dem Titel: *Antike Fabeln.* Herausgegeben, mit Einleitung und Anmerkungen versehen, aus dem Griechischen und Lateinischen übersetzt von Johannes Irmscher. Berlin und Weimar: Aufbau-Verlag 1978

Die Deutsche Bibliothek verzeichnet diese Publikation in der Deutschen Nationalbibliographie; detaillierte bibliographische Daten sind im Internet unter http://dnb.ddb.de abrufbar.

Umschlagmotiv: Hans Hoffmann, »Tierbild (Löwe)«,
16. Jahrhundert. Foto: © Hans Hinz – ARTOTHEK
Umschlaggestaltung: Dagmar Herrmann, Köln
Printed in Czech Republic 2006
ISBN 3-938484-90-X
info@anaconda-verlag.de

EINLEITUNG

BEDEUTUNG, URSPRÜNGE UND GRIECHISCHE ANFÄNGE DER FABEL

Das deutsche Wort Fabel kommt vom lateinischen fabula (griechisch mythos), womit das Erzählte, die Erzählung schlechthin bezeichnet wird. In einem engeren, terminologischen Sinn dagegen versteht man unter fabula ebenso wie unter seinem deutschen Derivat eine kurzgefaßte Erzählung in Prosa und mitunter auch in Versform, die eine allgemeingültige Wahrheit mit der ausgesprochenen Absicht der Belehrung sinnfällig zu machen sucht, eine Absicht, die oftmals durch eine hinzugefügte Moralsentenz (Epimythion, wenn nachgestellt; Promythion, wenn vorangestellt) noch unterstrichen wird. Es macht das Wesen solcher Fabeln aus, daß in ihnen gelegentlich Götter, häufiger Menschen aus dem Alltag, selten Pflanzen und Steine, regelmäßig aber mit menschlichen Zügen ausgestattete Tiere handelnd auftreten: typische Tiercharaktere wie der mutige Löwe, der listige Fuchs, die fleißige Ameise gehören zum festen Formenschatz des Genus Fabel. Stärker als andere literarische Gattungen ist die Fabel im Volke verankert, und nicht zufällig wurde als ihr vermeintlicher Urheber Aisopos (so in der griechischen Namensform, lateinisch Aesopus), ein häßlicher, buckliger Sklave, genannt, der somit bereits in der äußeren Erscheinung das Gegenbild des aristokratischen Menschenideals verkörperte. Namentlich in ihrer Frühzeit konnte daher die Fabel zum Gefäß sozialer Kritik werden, die sich in lockerer Verhüllung im Namen der Schwachen, der Nichtprivilegierten, der Unterdrückten sowie im Zeichen eines ursprünglichen Menschenrechts gegen die Willkür der Unterdrücker und ihre Rechtsbrüche wendet; in der mündlichen Tradition der Fabel wird diese Tendenz zweifelsfrei auch weiterhin lebendig geblieben sein. Literarisch zu fassen ist für uns die griechische Fabel in dieser ursprünglichen Form freilich nur in Bruchstücken; die überlieferten Texte dagegen repräsentieren spätere Entwicklungen, welche die Fabel in vielfältiger Abzweckung darbieten: als Born der Lebensweisheit, als Mittel der Manipulation der Massen, als Übungsstoff für die Rhetorenschule, als Vorwurf poetischer Kreativität. Unverändert geblieben ist jedoch durch die Zeiten hindurch bis hin zur Gegenwart die Beliebtheit der Fabel bei einem denkbar breiten, namentlich auch die unteren Klassen der Ausbeutergesellschaften erfassenden Publikum.

Vielfältige Züge verbinden die Fabel mit dem Märchen. Beide sind ihrem Wesen und ihrer Wirkung nach ebenso volkstümlich wie volksverbunden. Beide wollen sie nicht als konkrete Historie, wohl aber — wenngleich in unterschiedlicher Verdichtung — als Abbilder von Lebensprinzipien genommen werden. Und beide gehören sie allen Völkern zu, mögen sie auch im einzelnen in differenten Ausmaßen literarisch geworden sein. Dagegen unterscheidet sich die Fabel von dem Märchen durch die knappe Form und konzise Gestaltung sowie durch das niemals verleugnete lehrhafte Moment.

Angesichts solcher Umstände ist es müßig, nach einer Urheimat der Fabel zu fragen; wohl aber scheint der Hinweis geboten, daß vor allem aus dem Zweistromland, aber auch aus Ägypten und Palästina — ebenso wie aus Indien und dem Fernen Osten — literarisch und künstlerisch Fabelmotive belegt sind, zu denen Parallelen im griechisch-römischen Bereich wiederkehren. Ohne Zweifel ist hier mit gegenseitigen Beeinflussungen und Stimulierungen zu rechnen, ohne daß sich jeweils evident machen läßt, wer der gebende und wer der nehmende Teil gewesen ist. Eine Widerspiegelung finden diese Querverbindungen zwischen dem Orient und Hellas in der Äsoplegende, die ihren Helden im kleinasiatischen Phrygien aufwachsen und nach langen Dienst- und Wanderjahren schließlich Delphi im Herzen Griechenlands erreichen läßt. Mit Aisopos' Namen verbindet sich fortan die antike Fabel, gleich ob von griechischer oder römischer Ausprägung, aber auch deren

Fortsetzer in Mittelalter und Neuzeit haben jenen Urheber zumeist ehrend beibehalten. Die äsopische Fabel hat jedoch ihre Vorläufer nicht nur bei anderen Völkern, sondern auch in Griechenland selbst. Auf diese muß daher zunächst eingegangen werden.

Im Homerischen Epos kommt die Fabel nicht vor (möglicherweise paßte sie nicht zu dem aristokratischen Genre), wohl aber findet sich bei Hesiod (8./7. Jahrhundert) in seinem Hohenlied der Arbeit, dem Epos „Werke und Tage", die Erzählung von dem Habicht und der Nachtigall, eine Tierfabel also, die durch die unleugbare Tendenz geprägt ist, das Recht des Schwachen gegenüber den Machthabern in Geltung zu bringen. Auch ein anderer Antipode Homers, der Lyriker Archilochos, geboren um 650 v. u. Z. als Sohn eines deklassierten Adligen und einer Sklavin, der das altaristokratische Menschenbild mit seinem Spott übergoß, bediente sich der volkstümlichen Tierfabel, von der sich in seinem nur fragmentarisch überlieferten Werk drei Beispiele nachweisen lassen. Angesichts einer solchen Popularität der Gattung nimmt es nicht wunder, daß auch für Sophokles (um 496—406), den klassischsten unter den attischen Tragikern, für Herodot aus Halikarnassos (484—425), den in Athen wirkenden „Vater der Geschichte", und endlich für Demosthenes (384—322), den Meister forensischer Beredsamkeit und redegewaltigen Verfechter griechischer Polisfreiheit gegenüber der makedonischen Expansion, die Verwendung der Fabel als effektvollen Kunstmittels belegt ist.

DIE ÄSOPLEGENDE. DIE VOLKSTÜMLICHE ÄSOPISCHE FABEL. DIE FABELN DES ÄSOP (CORPUS FABULARUM AESOPICARUM)

Die angeführten Belege verdeutlichten, daß die Fabel von Anbeginn an der griechischen Literatur zugehörte; eben weil sie uraltes Erzählgut darstellte, brauchte sie nicht „erfunden" zu werden. Die Griechen selbst freilich glaubten an eine solche Erfindung und verknüpften sie mit dem Namen des Aisopos, an den sich hinfort alles band, was der Gattung nahekam. Als „äsopisch" ging die Fabel in die Weltliteratur ein.

Ein altes Volksbuch, das in seinem Kern auf das 6. Jahrhundert v. u. Z. zurückgeht, jedoch nur in mittelalterlich-byzantinischen, romanhaft erweiterten Überarbeitungen erhalten ist, berichtet über Leben und Taten des griechischen Eulenspiegels, als der uns Aisopos hier entgegentritt. Dieser war danach ein buckliger Sklave von phrygischer Herkunft, der auf der durch ihren Wein bekannten Insel Samos im Hause eines „Philosophen" Xanthos — es handelt sich nicht um eine historische Persönlichkeit — sein Dasein fristete. Voller Possen und Schabernack steckte dieser Silen, der zur rechten Zeit immer das rechte Wort fand, das er in anmutige Gestalt zu kleiden wußte; mochte man ihn auch manchmal wegen seiner Häßlichkeit hänseln, so hatte er sich doch einen festen Platz in den Herzen der Samier erobert. Als er einst gar ein Vogelzeichen zutreffend dahin deutete, daß der wegen seines sagenhaften Reichtums vielgenannte König Kroisos (Krösus) seine Kriegsmacht gegen die Insel rüstete, nötigten die Samier seinen Herrn, ihn freizulassen. Doch schon forderte Kroisos die Auslieferung des ihm lästigen Propheten, und die Samier würden ihn wohl auch preisgegeben haben, wenn Aisopos sie nicht durch die Fabel von den Schafen und den Wölfen (Äsop, 158) hätte umstimmen können. Trotzdem begibt er sich mit den Gesandten seiner Stadt zu Kroisos, versöhnt den König mit seinen Mitbürgern und schreibt in großem Ansehen bei Hofe seine Fabeln nieder. Und noch viel mehr weiß die Legende vom Leben und Leiden, von den Wanderungen und Wandlungen ihres Helden zu berichten, den sie sogar nach Babylon und Ägypten führt, wo er durch Klugheit und Zauberkraft die Könige und ihre Weisen übertrifft; orientalisches Erzählgut liegt hier augenscheinlich zugrunde. Sein Ende findet Aisopos in Delphi; nach einer außerhalb des Romans stehenden Überlieferung klagten ihn die Apollonpriester des Religionsfrevels an und bewirkten seine Verurteilung zum Tode, die vollzogen wurde, indem man ihn vom Felsen herabstürzte.

Die Fabeln, die sich im Rahmen und außerhalb der Legende mit Aisopos' Namen verknüpfen, sind indes nicht das Kunstprodukt eines in seinen Lebensschicksalen mehr oder minder genau faßbaren Autors; sie sind vielmehr Gemeingut des Volkes, dessen Dichten und Denken sie entstammen. Trotzdem möchten wir — im Unterschied zu in letzter Zeit geäußerten anderslautenden Auffassungen — Aisopos als eine etwa dem 6. Jahrhundert v. u. Z. zugehörige historische Persönlichkeit ansprechen und erachten es für eine gewichtige Aufgabe der Forschung, mit den Mitteln historischer Quellenkritik aus dem farbenreichen Blütenkranz, den die Legende um die Äsopgestalt schlang, deren geschichtlichen Kern zu ermitteln.

Unmöglich ist es dagegen, bei der einzelnen Fabel festzustellen, ob sie bereits aus jener Frühzeit stammt; nur in solchen Fällen, in denen eindeutig auf spätere historische Geschehnisse angespielt wird, ist dieser Beweis wenigstens negativ möglich. Wohl aber lassen sich bestimmte allgemeingültige Kennzeichen herausarbeiten, nach denen man eine Typologie entwerfen kann.

Die Fabel spielt vornehmlich im Lebenskreis der Bauern und Hirten sowie der städtischen Handwerker; sie widerspiegelt deren Sorgen und Kümmernisse, deren Gedanken und Überlegungen, aber auch deren Pragmatismus und naiven Rationalismus. Sie ist — im Gegensatz zum Mythos etwa — durchaus unheroisch, Idealen und Idealisierungen abhold und, trotzdem in ihr Götter und Götterkultus vorkommen, areligiös. Die Lehren, die sie durch sich selbst zu geben hat, sind fern von jeder Metaphysik, beziehen sich auf die ganz konkrete Lebenspraxis, ja, oftmals zielen sie in der uns überlieferten Form weithin sogar auf opportunistische Anpassung; das gilt ganz besonders für die meist aus späterer Zeit stammenden, mitunter geradezu sinnwidrigen Moralsentenzen. Die Fabel gehört nach dem Gesagten in die Nähe des Sprichwortes, während weitere Exempla sich an

Novelle, Sage, Märchen und andere Formen der erzählenden Literatur anlehnen.

Als Akteure treten in erster Reihe Tiere (in Griechenland vertraute, aber auch fremdartige), häufig auch Menschen und gelegentlich Götter auf, und manchmal werden sogar Pflanzen und Gegenstände personifiziert, ohne daß davon die Inhalte und Tendenzen grundsätzlich berührt werden. Von den Erzählformen her lassen sich unterscheiden: Märchenfabeln (wie die vom Fuchs und vom Panther, Äsop, 12, oder die vom kreißenden Berg, Phaedrus, IV 24), Tierfabeln schlechthin (wie die Mehrzahl der äsopischen Fabeln), Fabeln von Mensch und Tier (wofür Beispiele vorzutragen sich ebenfalls erübrigt), Pflanzenfabeln (wie die vom Dornstrauch und Fuchs, Äsop, 19, oder die von Eiche und Schilfrohr, Äsop, 71), Fabeln, in denen Gegenstände die Handlung tragen (wie die von der Wand und dem Pflock, Äsop, 296, oder die vom irdenen und ehernen Topf, Babrios, 193), mythologisch-theologische Fabeln (wie die von der Wahl des Ölbaums durch Athene, Phaedrus, III 17, oder die von Aphrodite und der Magd, Babrios, 10), Sagenfabeln (wie die von Simonides' Errettung, Phaedrus, IV 26), Novellenfabeln (wie die vom Mann mit der jungen und der alten Frau, Äsop, 31, oder die vom Schatz im Weinberge, Äsop, 42) und Anekdotenfabeln (wie die von Äsop und dem schlechten Schriftsteller, Phaedrus, Appendix 7, und die von den beiden Hunden, Äsop, 94). Von Inhalt und Tendenz her kann man festhalten: Lebensweisheiten und Lebenserfahrungen (worunter der größte Teil der erzählten Fabeln fällt), Charakterfabeln (mit den Typen des Selbstsüchtigen, des Mißgünstigen, des Geizigen, des Treulosen, des Streitsüchtigen, des Doppelzüngigen usf.), Weltanschauungsfabeln (wie der Gedanke, daß niemand seinem Schicksal entgehen kann, dargestellt am Kind und dem gemalten Löwen, Äsop, 279, oder die Auffassung, daß der Tod das größte Übel ist, Äsop, 60), religiöse Fabeln (positiven Inhalts, daß z. B. der Gott allwissend ist, vgl. Äsop, 36, oder skeptisch-aufklärerische wie die, daß die Götter Tempeldiebe nicht zu ermitteln vermögen, Babrios,

2), pädagogische Fabeln (wie die von der förderlichen Mutterliebe, Äsop, 121, oder die von der schädlichen Affenliebe, Äsop, 243), Trostfabeln (z. B., daß Reichtum nicht glücklich macht, Äsop, 256, oder daß Undank der Welt Lohn ist, z. B. Äsop, 62 oder 185), moralisierende Fabeln (wie die von Herakles und dem Reichtum, Äsop, 113).

Diese Fülle so ungleichartigen Materials, vermengt mit Erzählgut, das sich überhaupt nicht mehr unter dem Fabelbegriff fassen läßt, wurde, wie man mit Wahrscheinlichkeit geschlossen hat, um das Jahr 300 v. u. Z. durch den Aristotelesschüler Demetrios von Phaleron zusammengefaßt, der in Athen und in Ägypten für den Diadochenkönig Ptolemaios I. Soter politisch tätig und überdies ein fruchtbarer Schriftsteller war. Seine Arbeit bildet einer begründeten Annahme zufolge das Fundament der im 1. oder 2. Jahrhundert entstandenen Collectio Augustana, so benannt nach dem im 14. Jahrhundert geschriebenen Münchner Kodex 564 olim Augustanus (aus Augsburg), der diese Sammlung am besten wiedergibt. Volksbuchcharakter trägt die Collectio Vindobonensis, benannt nach ihrem Hauptzeugen, einem Wiener Kodex: Vindobonensis Graecus historicus 130, ebenfalls im 14. Jahrhundert geschrieben; sie zeigt in vielfacher Weise den Einfluß der Rhetorenschule, der antiken sowohl wie der byzantinischen, der das Fabelmaterial erwünschten Stoff für ihre Deklamationsübungen zur Verfügung stellte. Eine dritte Sammlung wird als Accursiana bezeichnet, nach dem italienischen Gelehrten Bonus Accursius (Buonaccorso), der sie seiner Mailänder Äsop-Ausgabe von 1479, dem ersten Druck äsopischer Fabeln überhaupt, zugrunde legte. In der handschriftlichen Überlieferung sind diese drei Sammlungen nur in wenigen Fällen gesondert bewahrt worden, vielmehr finden sich zahlreiche wechselseitige Übernahmen einzelner Stücke. Hinzu kommen außer den Bearbeitungen durch spätere Dichter oder Gelehrte, von denen noch die Rede sein wird, kleinere Sammlungen aus spätantiker und byzantinischer Zeit, die neben Bekanntem gelegentlich auch Eigengut enthalten. Die Aufgabe, eine wissenschaftliche

Gesamtausgabe der äsopischen Fabeln, ein Corpus fabularum Aesopicarum, zu erarbeiten, ist daher äußerst diffizil und völlig befriedigend bisher noch nicht gelöst.

DIE LITERARISCH AUSGESTALTETE FABEL IN DER RÖMISCHEN UND DER SPÄTEREN GRIECHISCHEN LITERATUR

Daß ein so volkstümliches, eingängiges, vielseitig verwendbares literarisches Genus, wie es die Fabel darstellte, sich rasch ausbreitete, ist nur natürlich. Aristophanes, der Vater der Alten Komödie, konnte sich seiner Wirkung gewiß sein, wenn er auf Aisopos zurückkam, dem die Athener ein Denkmal errichtet hatten, und spätere Stückeschreiber folgten seinem Beispiel. Von Sokrates wird berichtet, daß er sich im Gefängnis mit dem Gedanken trug, Fabeln in Verse umzusetzen; sein Schüler Platon wußte den Fabelstil zu meistern. Für die Moralpredigt der Kyniker anempfahl sich die Fabel nach Inhalt und Form, und der Moralphilosoph Plutarchos aus Chaironeia in der beginnenden römischen Kaiserzeit griff ebenso gern auf sie zurück wie der syrische Spötter Lukianos von Samosata im 2. Jahrhundert u. Z. Daß sich die Rhetorenschule ihrer als Beispielsammlung wie als stilistischen Übungsfeldes bemächtigte, wurde schon in anderem Zusammenhang angedeutet.

Aber dieses Interesse blieb nicht auf Hellas und das griechische Sprachgebiet beschränkt. So wie das Homerische Epos dürfte auch die äsopische Fabel durch Vermittlung des hellenistischen Schulunterrichts nach Rom gekommen sein; denn schon bei den frühesten römischen Dichtern, die wir kennen, taucht sie auf. Quintus Ennius (239—169), der erste Nationalepiker der Römer, der das Griechische ebenso wie das Lateinische beherrschte, zitiert in einem Fragment seiner „Satiren" (das heißt bei ihm soviel wie vermischte Gedichte) die Fabel von der Haubenlerche, und ein paar Jahrzehnte später wußte der römische

Ritter Gaius Lucilius (um 180—102), dessen „Satiren" im heutigen Sinne des Wortes scharfzüngige Polemik gegen gesellschaftliche Mißstände, künstlerische und literarische Fehlleistungen sowie menschliche Schwächen beinhalten, die Geschichte vom Fuchs und dem kranken Löwen zu erzählen. Diese Tradition setzte Roms großer Lyriker Quintus Horatius Flaccus (65—8) fort, der sowohl in seinen „Satiren" (im Sinne des Sprachgebrauchs des Lucilius) wie auch in seinen „Episteln", literarischen Briefen, auf äsopische Fabeln anspielt. Im Werke des augusteischen Nationalhistorikers Titus Livius (59 v. u. Z.—17 u. Z.) endlich bildet die Fabel von dem Magen und den übrigen Körperteilen, die dem Aristokraten Menenius Agrippa in den Mund gelegt wird, einen wichtigen Markierungspunkt.

Die erwähnten Autoren bewiesen Kenntnis der äsopischen Fabel, indem sie sich ihrer zu gelegentlicher Exemplifikation bedienten. Das Augusteische Zeitalter brachte indes nicht nur einen Horaz und einen Livius hervor, sondern zugleich auch den lateinischen Fabeldichter par excellence: Phaedrus. Als Sklave in Pïerien (Nordgriechenland) geboren, wurde er, offenbar wegen seiner literarischen Verdienste, von Augustus freigelassen. Erhalten ist von ihm ein Auszug aus einer Sammlung von Fabeln, die er in Anlehnung an sein Vorbild Aisopos in lateinischer Sprache gestaltete; das sozialkritische Moment der Fabel ließ er stark anklingen ebenso wie die satirischen Anspielungen auf Zeitverhältnisse. Er schrieb in jambischen Senaren („Sechsfüßern"), der römischen Variante des griechischen jambischen Trimeters (⏑ –́ ⏑ –́ ⏑ –́ ⏑ –́ ⏑ –́ ⏑ –́), die er mit Sorgfalt gestaltete. Die Sprache ist gemäß dem Publikum, an das sich Phaedrus wandte, einfach und verständlich. Bei der tonangebenden Gesellschaftsschicht hat er wegen dieser schlichten Form sowie wegen seiner mitunter aggressiven Kritik zunächst wenig Anklang gefunden. Aber er hat die Fabel als ein selbständiges literarisches Genus in Rom heimisch gemacht und mit seinem Opus in späteren Jahrhunderten namentlich die Fabeldichtung der Aufklärung beeinflußt.

In Griechenland hatte sich währenddessen der immer mehr an Umfang und Bedeutung gewinnende Rhetorikunterricht der Fabel bemächtigt. Zugleich griff um das Jahr 100 u. Z. oder wenig später in Kleinasien Babrios, wahrscheinlich ein gräzisierter Römer mit dem Vornamen Valerius, auf die alten Sammlungen zurück und setzte deren Texte, eigene Anekdoten und Kurznovellen hinzufügend, in Hinkjamben (Choliamben; ⏑ ⏒́ ⏑ ⏒́ ⏑ ⏒́ ⏑ ⏒́ ⏑ ⏒́ ⏒́ –) um, ein volkstümliches Versmaß, zu dem der einfache Inhalt und Babrios' schlichte Sprache gleichermaßen gut paßten. Die Babrios-Fabeln wurden viel gelesen, auch in Prosa umgeschrieben und dienten späteren Autoren als Vorbild.

Die zwei zeitlich folgenden Bearbeitungen gehören wiederum der römischen Literatur zu und sind beide um 400 u. Z. entstanden. Unter dem Titel „Aesopus Latinus" besitzen wir eine Sammlung von 98 Fabeln in schlechtem Spätlatein, die mit einem Verfassernamen Romulus verbunden wird. Die Prosatexte gehen in der Hauptsache auf eine Phaedrus-Ausgabe zurück, welche mehr Stücke enthielt als die auf uns überkommenen Phaedrus-Rezensionen. Auf Babrios, und zwar augenscheinlich auf eine lateinische Prosafassung, stützte sich dagegen Avianus, der 42 Fabeln in Distichen wiedergab. Obgleich dieses Versmaß für den vorgesehenen Zweck sich als wenig geeignet erwies und überdies Avian in einem recht geschraubten Stil schrieb, fand sein Fabelbuch in mittelalterlichen Schulen und Klosterbibliotheken weite Verbreitung, offenbar deshalb, weil es im Gegensatz zu Babrios jede Indezenz vermied.

Auf den ebengenannten Babrios gründete sich im beginnenden 9. Jahrhundert ein byzantinischer Autor, Ignatios, Diakon in Konstantinopel und später Metropolit von Nikäa in Kleinasien. Dieser Hierarch betätigte sich als vielseitiger Literat. Er verfaßte Biographien zeitgenössischer Patriarchen, asketische Schriften, ein versifiziertes Gespräch über den biblischen Sündenfall, erbauliche Sentenzen, literarische Briefe und eben auch eine Paraphrase äsopischer Fabeln in pedantischen, oftmals ohne das Original kaum verständlichen Tetrasticha (Vierzeilern).

DAS NACHWIRKEN DER ÄSOPISCHEN FABEL IM MITTELALTER

Der Überblick über die Entwicklung der äsopischen Fabel im griechisch-römischen Altertum hat sichtbar gemacht, wie vielfältig sich diese volkstümliche Literaturgattung in ihren Formen als wandlungsfähig und in ihren Inhalten als manipulierbar erwies. Diese Eigenschaften sicherten ihr eine weite Verbreitung, machten sie zum beliebten Unterrichtsgegenstand, an dem der Rhetor Entfaltungsmöglichkeiten des Wortes und der Philosoph Grundsätze der Moral entwickelte. Im oströmischen Reich verkörperten diese Kontinuität die verschiedenen Korpusbildungen ebenso wie die Verse des Ignatios Diakonos. Dazu treten rhetorische Ausgestaltungen für Unterrichtszwecke bei Nikephoros Basilakes im 12. und Gregorios von Kypros im 13. Jahrhundert. Der Äsoproman blieb das ganze byzantinische Mittelalter hindurch ein beliebtes Volksbuch; seine Neubearbeitung wurde, augenscheinlich zu Unrecht, mit der Person des weitwirkenden Humanisten Maximos Planudes (etwa 1260—1310) verbunden. Dadurch war der Name des Aisopos jedermann bekannt und vertraut, und es nimmt nicht wunder, daß dem berühmten Fabeldichter auch noch eine Sprichwortsammlung zugeschrieben wurde. Äsopische Fabeln gehörten denn auch zu den ersten Texten, die übertragen wurden, als man die Volkssprache, die sich im Laufe einer jahrhundertelangen Entwicklung neben der an den antiken Vorbildern orientierten Literatursprache herausgebildet hatte, als selbständiges Idiom, eben als Neugriechisch, zu empfinden begann. Die Übersetzung des Kalligraphen und Reisebegleiters Nikandros Nukios wurde — als eines der frühesten neugriechischen Bücher — 1543 in Venedig gedruckt, während die Nachdichtung des Georgios von Ätolien (um 1525—1580) nur handschriftlich tradiert wurde (herausgegeben von Spyridon P. Lambros 1900).

Die abendländisch-lateinische Fabelüberlieferung stützte sich, wie wir hörten, einerseits auf den sogenannten Aesopus Latinus und zum anderen auf Avian. Vor allem der mit dem Verfassernamen Romulus verknüpfte Aesopus Latinus wurde von seinen Abschreibern in vielfältiger Weise überarbeitet, so daß sich, genauso wie bei dem griechischen Äsop-Korpus, die einzelnen Stücke in einer Vielzahl von Varianten darbieten. Daß nicht selten christliches Gedankengut in die Fabelüberlieferung einging, ist leicht verständlich. So verwendete man nach dem Beispiel des Enzyklopädisten Vincenz von Beauvais (um 1190—um 1264) Fabeln dazu, um die vielfach mehrere Stunden dauernden Predigten aufzulockern.

Aber auch zu dichterischer Neugestaltung reizte das überkommene Gut an. Zur Übung des jungen Prinzen Wilhelm von Sizilien verfaßte der Kaplan König Heinrichs II. von England (Regierungszeit 1154—1189) und nachmalige Erzbischof von Palermo, Gualterus Anglicus (häufig nach seinem ersten Editor Nevelet, 1610, auch als Anonymus Neveleti zitiert), in korrekten lateinischen Distichen 60 Fabeln, die 1323 auf Veranlassung der Gemahlin Philipps VI. von Frankreich ins Französische, Englische, Italienische und Deutsche übersetzt wurden. Unabhängig von Gualterus Anglicus brachte etwa zur selben Zeit sein Landsmann Alexander Neckam (1157—1217) zwei Fabelsammlungen zustande, den „Novus Aesopus" und den unvollendet gebliebenen „Novus Avianus", und zwar beide gleichfalls in Distichen. Neckam war ein Philosoph und für seine Zeit bedeutender Naturforscher, der als erster in Europa den Seekompaß beschrieb; trotzdem und ungeachtet seiner flüssigen Diktion vermochte er mit Gualterus nicht zu konkurrieren. Zwei Versübersetzungen des „Novus Aesopus" ins Französische, die im 13./14. Jahrhundert von unbekannten Verfassern angefertigt wurden, nennen das Werk Ysopet und verschweigen Neckams Namen. Daß das Distichon für die Wiedergabe der Fabel keine sonderlich geeignete Versform ist, erweisen die genannten Versuche aufs neue.

Die mittelalterliche Fabel entwickelte sich weiterhin in zwei Richtungen. Zum ersten wurde sie der Tierdichtung und hier wieder speziell dem Tierepos integriert. Das Tierepos nahm aus der Fabeltradition die Tierpersönlichkeiten auf — wie zum Beispiel den Fuchs als den Inbegriff der Schlauheit und den Wolf, der als grausam und zugleich als dumm charakterisiert wird — und gab seinen Akteuren feststehende Namen: Reinhard (Reineke) der Fuchs, Isegrim der Wolf, Bruno der Bär. Das sozialkritische und das satirische Element spielen in dieser durch antifeudale und antiklerikale Akzente gekennzeichneten Dichtung, deren Verfasser wohl zumeist deklassierte Mönche, Kleriker und Vaganten waren, eine nicht geringe Rolle. Die Fabelmotive sind zum Bestandteil des neuen literarischen Genus geworden; dieses nahm seine selbständige Entwicklung, die wir hier nicht weiter verfolgen können.

Zum zweiten wurde die Fabel wie schon bei Vincenz von Beauvais für die Predigt genutzt. Während die antike Fabel zwar die Tiere als mit Sprache begabt zeigte, ließ sie diese doch im Rahmen ihrer Möglichkeiten und Fähigkeiten handeln, und die Aussagen, die sie traf, bedurften keiner besonderen Erklärung; das Epimythion unterstrich lediglich die zu ziehende Lehre. Die mittelalterliche Predigtfabel dagegen folgte dem gleichen Prinzip wie die allegorische Bibelexegese; sie will, und zwar in möglichst vielen Zügen, entschlüsselt werden, da sie im übertragenen Sinne (per tropologiam) in Symbolen spricht und somit in die Nähe des Rätsels tritt. Die Tiere handeln nicht mehr so, wie es ihre Art ist, sondern verkörpern vornehmlich Menschen und menschliche Eigenschaften: sie verkleiden sich als Menschen, nehmen einander die Beichte ab, machen Geschäfte miteinander, führen heidnische Klassiker und die Bibel im Munde, wie denn überhaupt das Bibelzitat dazu dient, die überlieferten Fabelstoffe praktikabel zu machen.

In der ersten Hälfte des 13. Jahrhunderts legte der anglonormannische Zisterzienserabt Odo von Cherington (Ciringtonia) in lebendiger mittellateinischer Prosa eine Sammlung von Fabeln und Parabeln vor, die rasch weite Verbreitung fand und dabei ins Französische und Spanische übersetzt wurde. Seine Erzählungen scheuen vor Kritik nicht zurück, insonderheit nimmt er Laster und Schwächen des geistlichen Standes aufs Korn. Der Autor zeigt sich in der Bibel und in der lateinischen Literatur des Altertums bewandert, bald bedient er sich allegorischer Verschlüsselung, bald bietet er bloße Anekdoten. Dagegen werden die Tiere zu spitzfindigen und zugleich weitschweifigen Disputanten scholastischen Denkens in dem von dem Aesopus Latinus weit entfernten „Speculum sapientiae" (Spiegel der Weisheit), das einem gewissen Cyrillus de Quidenone (wohl „aus Quidone" bei Neapel) zugeordnet wird. Die Sammlung gehört wahrscheinlich ins 13. Jahrhundert. Ihr geistesverwandt, jedoch volkstümlicher und darum dem Äsop nahestehend ist der um ein Jahrhundert jüngere „Dialogus creaturarum" (Dialog der Kreaturen), als dessen Autor ein sonst unbekannter Nicolaus Pergamenus, sicherlich ein Geistlicher, genannt wird. Auch hier werden von Tieren, Pflanzen, Menschen und personifizierten Gegenständen moralische Fragen erörtert. Antike, orientalische und mittelalterliche Überlieferungen sind in diesen Lehrfabeln zusammengeflossen.

Mit dem 14. Jahrhundert endet die Sammlung und Herausgabe lateinischer Fabeln, welche, ihre ursprünglichen Formen und Inhalte immer stärker preisgebend, durch Einschübe späteren Geistesgutes den Bedürfnissen der Feudalgesellschaft angepaßt werden. Die Nationalsprachen und ihre Träger, die volksverbundenen Kräfte des Bürgertums, übernehmen jetzt die Fabel und führen sie zu neuer Blüte. Dabei greifen sie wiederum unmittelbar auf die antike Tradition zurück.

DAS NACHWIRKEN DER ÄSOPISCHEN FABEL IN DEN MODERNEN NATIONALLITERATUREN

In der deutschen Sprache hat den Äsop der Ulmer Stadtarzt Heinrich Steinhöwel (1412—1483) heimisch gemacht. Hochgebildet, Haupt eines Humanistenkreises und bereits mit anderen Übersetzungen hervorgetreten, ließ Steinhöwel am

Ende seines Lebens (nach 1476) seinen „Esopus“ erscheinen in dem Bestreben, die neuentdeckten ethischen Werte der Antike breitesten Schichten seines Volkes zugänglich werden zu lassen. Die Epimythien der ebenso genauen wie allgemeinverständlichen Übersetzung unterstreichen die Bedeutung gediegener Bildung, die Einleitung nennt die pädagogische Absicht: Im Bilde der Tiere sollen die Menschen einander besser verstehen lernen. Steinhöwels Sammlung fand ein weites Leserpublikum und wurde ins Französische, Englische, Spanische, Holländische und Tschechische weiterübersetzt.

Ebenso wie Steinhöwel auf dem lateinischen Text fußend, erachtete auch Martin Luther (1483—1546) das äsopische Fabelbuch als voll von „Nutz, Kunst und Weisheit“ und somit brauchbar für die Schulen; er übersetzte daraus 1530 dreizehn Stücke, die jedoch erst nach seinem Tode 1557 gedruckt wurden. Mit plastischen, einprägsamen Sprachbildern nutzte Luther die wiedergefundene Gattung im Dienste des bürgerlich-protestantischen Moralkodexes, und seine Mitstreiter Erasmus Alberus (um 1500—1553), zuletzt Generalsuperintendent in Neubrandenburg, sowie Burkard Waldis (um 1490—1556), gleichfalls ein Geistlicher, gingen über sein Beispiel hinaus, indem sie die äsopische Fabel zum Ausgangspunkt für die scharf polemische Zeitsatire werden ließen. Daß das Genus in den folgenden zwei Jahrhunderten der bürgerlichen Klassenohnmacht in Deutschland gänzlich in den Hintergrund trat, wird aus solchen Bindungen unschwer verständlich.

Erst mit der Aufklärungsbewegung gewann die Fabel noch einmal literarische und gesellschaftliche Bedeutung. Vorher hatten sich bereits der universale Italiener Leonardo da Vinci (1452—1519) und der französische Erzähler Jean de La Fontaine (1621—1695) der Gattung angenommen; vor allem letzterer, Sohn eines bürgerlichen Forstmeisters, ein Poet von hohem Rang, hatte die im amüsant-ironischen Ton gehaltene Fabel als kunstvolles Genre zugleich zur ideologischen Waffe entwickelt. Diese Möglichkeiten nutzten englische und deutsche Dichter der Aufklärung, obwohl die

Fabel als Genre auf die Dauer die Vielfalt und Kompliziertheit der sich herausbildenden bürgerlich-kapitalistischen Gesellschaft nicht zu fassen vermochte und ihre Funktion noch im 18. Jahrhundert von Drama und Roman übernommen wurde.

Über ihr Land hinaus wirkten die Engländer John Gay (1685—1732; Fabeln, 1727) und Edward Moore (1712—1757; Fabeln für das weibliche Geschlecht, 1744), ohne sich freilich an die äsopische Tradition zu binden. In Deutschland schrieb Gotthold Ephraim Lessing (1729—1781), der theoretische Durchdringung und literarische Gestaltung aufklärerischen Ideengutes miteinander verband, am Rande seines großen Lebenswerkes „Abhandlungen über die Fabel" (1759), deren Theorie, die auf einen mit der Person Äsops verbundenen Originaltypus lehrbarer Moraldichtung orientiert, inzwischen freilich anfechtbar geworden ist, und legte zugleich auf unbedingte Kürze bedachte, treffsichere Prosafabeln vor, die Franz Mehring ein „fortlaufendes Kleingewehrfeuer" gegen den Feudalismus nannte. Vor, neben und nach ihm wirkten Christian Fürchtegott Gellert (1715—1769; Fabeln und Erzählungen, 1746—1748), der seinen beachtlichen Einfluß vor allem andern seinen Fabeln verdankte, Friedrich von Hagedorn (1708—1754) mit seinem „Versuch in poetischen Fabeln und Erzählungen" (1738), der Rationalist Magnus Gottfried Lichtwer (1719—1783) durch seine „Vier Bücher äsopischer Fabeln" (1748), Konrad Pfeffel (1736—1809) und andere; bald näherte sich ihr Weg dem äsopischen Vorbild, bald entfernte er sich von ihm.

Während der Epoche der kapitalistischen Klassengesellschaft mit ihrem verwickelten Herrschaftsmechanismus wurde das kleine Genre der Fabel zur Kinderliteratur, indem sich die Aussage auf die Anprangerung individueller menschlicher Schwächen begrenzte. Zu größerer gesellschaftlicher Wirkung vermochte die Gattung dagegen noch einmal im zaristischen Rußland zu gelangen, wo sie in Iwan A. Krylow (1769—1844), einem verarmten Adligen, der als Bibliothekar sein Dasein fristete, ihren Meister fand; Ideen der Aufklärung und russische Folklore wußte Krylow als wahrer Volksdichter mit den überkommenen Formen im Dienste der sozialen Kritik zu vereinigen. Die von ihm geprägte Tradition setzten Sowjetschriftsteller wie Demjan Bedny (1883—1945) und Sergej W. Michalkow (geboren 1913) fort. Und nicht minder bediente und bedient sich die deutschsprachige sozialistische Literatur der Fabel, insbesondere der Tierfabel, als eines operativen Genres, uraltes Erbe für Gegenwart und Zukunft bewahrend und aufhebend.

GRIECHISCHE ANFÄNGE DER FABEL

HESIOD

Aus: Werke und Tage

DER HABICHT UND DIE NACHTIGALL

Es sprach der Habicht zu der Nachtigall mit ihrem
bunten Hals,
als er sie, fest gepackt mit seinen Krallen,
hoch dahintrug in den Wolken;
erbarmungswürdig weinte sie, weil sie durchbohrt war
allenthalben von gekrümmten Krallen;
er aber rief sie an voll Ungestüm:
„Was hast du, Törin, nur geschwätzt? Jetzt hat dich
ein viel Stärkerer in der Gewalt.
Du wirst nun dorthin gehn, wohin ich dich geleite,
magst du noch so gut auch singen.
Zum Mahle werd ich dich für mich bestimmen,
wenn mir's paßt, oder die Freiheit schenken dir.
Verstand entbehrt, wer sich mit Stärkeren auf gleiche
Stufe stellen möchte.
Der Sieg wird ihm genommen, und außer Schmach
und Schande muß er Leiden noch erdulden."
So sprach der schnelle Habicht, der Vogel mit den
ausgespreizten Flügeln. (203—212)

ARCHILOCHOS

DER FUCHS UND DER AFFE

Ich werde dir, Kerykides, erzählen eine Fabel;
voll Leid ist die Geschichte.
Ein Affe ging, getrennt von allen Tieren,
allein dahin auf einem abgelegnen Acker.
Da kam entgegen ihm ein schlauer Fuchs
mit listigem Sinn ...
Ein Fleischstück lag in einer Falle, und der Stein
wurde gestützt vom Stellholz ...
„Mit einem solchen Steiß willst, Affe, du
der König aller Tiere sein?" (Fragment 81—83)

DER ADLER UND DER FUCHS

Eine gewisse Fabel ist in Umlauf bei den Leuten,
daß einmal Fuchs und Adler einen Bund
geschlossen hatten ...
Als nun der Adler einmal nichts für seine Jungen
zu fressen hatte, holte er die kleinen Füchse
und setzte seinen Jungen diese widerwärtige Mahlzeit vor.
Dem Fuchs blieb nur der Spott:
„Siehst du, wo jene hohe Bergesspitze sich befindet,
so wild und feindlich?
Auf dieser sitzt er und hat gar leichten Kampf mit dir ..."
Dann höhnte ihn der Adler:
„Wenn du an die Geraubten denkst,
dann spüle deinen Zorn hinweg,
nimm eilends durch den Äther deinen Weg,
beweg die schnellen Flügel doch im Kreise!
Es hofft dein Herz ..."
Doch auch dem Adler mit dem weißen Sterze droht
Gefahr:

„Daß nur auf jenen mit dem schwarzen Sterze du nicht
triffst!“ ...
O Zeus, o Vater Zeus, bei dir liegt alle Macht im Himmel,
du siehst der Menschen Taten,
die frevelhaften und die guten, bei den Tieren
bekümmerst du dich auch um Übermut und Recht.
Den Jungen bracht der Adler
die schlimme Speise;
fern von der Erde auf der Bergeshöhe,
da setzte er sie ihnen vor.
Doch war vom Feuer dran ein Fünkchen.
„Den großen Eid brachst du“, so sprach der Fuchs,
„die Salz- und Tischgemeinschaft.“ (Fragment 89—95)

DER LÖWE, DER FUCHS UND DER HIRSCH

Du hast auf deiner Leber keine Galle.
Tritt ein! Du bist ein Edler ja.
Sich duckend wie ein Rebhuhn.
Ja, ja, beim Sproß des Mohns. (Fragment 96—99)

SOPHOKLES

DES ESELS SCHATTEN

Was auch geschieht, es ist das alles nur ein Eselsschatten.
(Fragment 331)

Als erster, sagt man, habe Demosthenes diese Wendung gebraucht, als er eine Verteidigungsrede zugunsten eines Mannes hielt, der großer Verbrechen angeklagt wurde, und sehen mußte, wie die Zuhörer viel Lärm machten. Demosthenes bat deshalb um ein wenig Aufmerksamkeit und fing an, die folgende Geschichte zu erzählen: „Ein Mann, der nach Megara reiste, mietete sich einen Esel. Als es unterwegs heiß wurde, wollte er sich unter dem Schatten des Esels erholen; denn es war weder Baum noch Strauch in der Nähe. Der Eseltreiber hinderte ihn jedoch daran und sagte, er habe ihm nur den Esel, nicht aber auch dessen Schatten vermietet. Darüber kam es zwischen den beiden zu einer heftigen Auseinandersetzung." Da nun Demosthenes bei seiner Erzählung feststellte, daß die Athener mit Aufmerksamkeit und Freude zuhörten und auf den Fortgang gespannt waren, tadelte er sie und sagte: „Über den Schatten eines Esels könnt ihr nicht genug erfahren; wenn es aber um Leben und Tod eines Menschen geht, wollt ihr nicht zuhören." (Suda)

HERODOT

Aus: Das Geschichtswerk

DER FLÖTENSPIELER UND DIE FISCHE

Ein Flötenspieler sah die Fische im Meer und spielte auf seinem Instrument, weil er meinte, sie würden dann aufs Land herauskommen. Als er sich in seiner Erwartung getäuscht sah, nahm er ein Netz, fing damit eine große Menge Fische und zog sie aus dem Wasser. Wie er sie nun zappeln sah, sagte er zu den Fischen: „Hört jetzt auf, mir etwas vorzutanzen! Denn als ich die Flöte blies, wolltet ihr ja auch nicht herauskommen und tanzen.“ (I 141)

DIE FABELN DES ÄSOP

DER ADLER UND DIE FÜCHSIN

Der Adler und die Füchsin hatten Freundschaft miteinander geschlossen und kamen überein, um die Festigkeit ihrer Freundschaft zu erweisen, nahe beieinander Wohnung zu nehmen. Der Adler nun flog auf einen ganz hohen Baum und machte sich da sein Nest, während die Füchsin im Gebüsch darunter ihre Jungen warf. Als sie nun einmal auf Nahrungssuche ausgegangen war, geschah es, daß der Adler, der gerade nichts zu fressen hatte, zu dem Gebüsch herabflog, die kleinen Füchslein wegriß und zusammen mit seinen Jungen verspeiste. Als die Füchsin nach ihrer Rückkehr das Geschehene bemerkte, ergriff sie Betrübnis nicht nur über den Tod ihrer Jungen, sondern mehr noch über die Unmöglichkeit, Rache zu nehmen; denn als Landtier war sie außerstande, einen Vogel zu verfolgen. Deshalb tat sie das, was den Kranken und Schwachen allein zu tun übrigbleibt: sie machte sich aus dem Staube und verfluchte ihren Feind.
Es fügte sich jedoch, daß der Adler schon bald für seinen Verstoß gegen die Freundschaft büßen mußte, und zwar wie folgt. Als Bauern auf dem Felde eine Ziege opferten, kam er heruntergeflogen und trug von dem Altar ein Stück brennendes Opferfleisch hinweg. Kaum hatte er das in sein Nest gebracht, da erhob sich ein Wind und entfachte das dünne, alte Reisig zur leuchtenden Flamme. Dabei wurden auch seine Jungen vom Brand erfaßt — sie waren nämlich noch nicht flügge — und fielen auf die Erde herunter. Die Füchsin lief herbei und fraß sie vor den Augen des Adlers alle auf.

Die Fabel beweist, daß die, welche Freundschaft brechen, auch dann, wenn sie der Zurechtweisung durch die Geschädigten entgehen, Gottes Strafe bestimmt nicht aufhalten werden. (1)

DER ADLER UND DER FUCHS

Der Adler geriet einstens in Gefangenschaft. Der Mann, der ihn gefangen hatte, stutzte ihm die Flügel und hielt ihn im Hause bei den Hühnern. Doch der Adler blieb stolz, einem König gleich, den man in Fesseln warf, und mochte vor Trauer keine Nahrung anrühren. Schließlich kaufte ihn ein anderer; der ließ dem Adler die Flügel wachsen, salbte sie mit Öl und erlaubte ihm, frei herumzufliegen. Da erhob sich der Vogel in die Lüfte, packte mit seinen Fängen einen Hasen und brachte ihn seinem Herrn zum Geschenk. Das sah der Fuchs und sprach zu dem Adler: „Nicht dem da gib, sondern dem ersten! Denn dieser ist von Natur aus gut; jenen aber mußt du dir geneigt machen, daß er dir, fängt er dich ein zweites Mal, nicht wieder die Federn nehme!"

Den Wohltätern soll man Gutes mit Gutem vergelten, die Bösen durch Klugheit umstimmen. (1a)

DER ADLER, DIE DOHLE UND DER HIRT

Ein Adler kam von einem hohen Felsen heruntergeflogen und raubte ein Lamm. Das sah die Dohle und wollte aus Eifersucht es ihm nachtun. Also ließ sie sich mit viel Getöse herabfallen und stürzte sich auf einen Widder. Doch ihre Krallen verkrampften sich in der Wolle des Widders, und sie konnte sich nicht mehr erheben. So zappelte sie herum, bis der Hirt das Geschehene bemerkte und herbeilief. Der fing die Dohle, stutzte ihr die Flügel und brachte sie, als der Abend hereinbrach, seinen Kindern. Als diese fragten, was das für ein Vogel sei, antwortete er: „Wie ich genau weiß, eine Dohle, nach dem aber, was sie selbst sein möchte, ein Adler."

So erntet, wer sich mit den Überlegenen messen will, außer Mißerfolg und Schaden noch Hohnlachen dazu. (2)

DER ADLER UND DER MISTKÄFER

Der Adler war hinter einem Hasen her. Als dieser jeder Hoffnung auf Hilfe beraubt schien, erblickte er — wahrhaftes Geschenk des Zufalls! — einen Mistkäfer. Den rief er an, und der Mistkäfer sprach ihm auch Mut zu. Als er des Adlers, der inzwischen nahe herangekommen war, ansichtig wurde, bat er ihn, doch seinen Schützling nicht fortzunehmen. Der Adler indes übersah den winzigen Käfer und verspeiste vor seinen Augen den Hasen. Diese Schandtat wollte der Mistkäfer nicht ungesühnt lassen. Er beobachtete daher die Nester des Adlers, und wenn dieser Eier gelegt hatte, kroch er hinauf, rollte die Eier aus dem Nest und zerbrach sie. Das ging so weit, daß der Adler, überall vertrieben, zu Zeus seine Zuflucht nahm und ihn bat, ihm doch einen sicheren Ort für seine Brut zu verschaffen. Der Gott gestattete dem Adler, in seinen, Zeus' eigenen Schoß die Eier zu legen. Der Mistkäfer, der das gesehen hatte, bildete eine Kugel aus Mist, flog damit hinauf und legte sie in Zeus' Schoß ab. Zeus wollte den Unrat abschütteln; doch als er sich erhob, ließ er unversehens auch die Eier fallen. Von daher sagt man: Zu der Zeit, da die Mistkäfer aufkommen, wollen die Adler nicht nisten.

Die Fabel lehrt, man soll niemanden verachten, sondern bedenken, daß keiner so schwach ist, daß er sich nicht zu rächen vermöchte, wenn man ihn unwürdig behandelt.

(3)

DIE NACHTIGALL UND DER HABICHT

Eine Nachtigall saß auf einem hohen Baume und sang, wie es ihre Gewohnheit war. So erblickte sie der Habicht, dem es gerade an Nahrung fehlte; der stieß auf sie nieder und packte sie. Da bat ihn die Nachtigall, die ihr Ende gekommen fühlte: „Ach, friß mich doch nicht; ich bin ja viel zuwenig, um einen Habichtsmagen zu füllen! Du mußt, wenn du Speise brauchst, auf größere Vögel gehen.“ Doch der Habicht fiel ihr ins Wort: „Ein Tor müßte ich sein, wollte ich, was ich in Händen habe, loslassen, um dem nachzujagen, was ich nicht einmal sehe.“

Die Fabel zeigt, daß auch bei den Menschen die unklug sind, welche, weil sie auf Größeres hoffen, das preisgeben, was sie in Händen haben. (4)

DER SCHULDNER

In Athen stand ein Mann in Schulden. Von seinem Gläubiger um Rückzahlung ersucht, bat er zunächst um Gewährung eines Aufschubs, da er, wie er sagte, in Geldverlegenheit sei. Als jener sich nicht darauf einließ, führte er die einzige Sau, die er besaß, heran und stellte sie in Gegenwart des Gläubigers zum Verkauf. Ein Käufer trat herzu und fragte, ob es eine Zuchtsau sei. „Nicht nur das, sondern etwas ganz Besonderes!“ erwiderte der Gefragte. „Am Mysterienfest wirft sie nämlich weibliche Ferkel und am Panathenäenfest männliche.“ Als der Käufer über diese Aussage erstaunte, antwortete der Schuldner: „Darüber brauchst du dich nicht zu wundern. Am Dionysosfest wird sie dir sogar Zicklein werfen.“

Die Fabel zeigt, daß viele, wenn es um den eigenen Vorteil geht, unbedenklich das Blaue vom Himmel herunterlügen. (5)

DIE WILDEN ZIEGEN UND DER HIRT

Ein Hirt hatte seine Ziegen auf die Weide geführt. Als er sah, daß sie sich unter wilde Ziegen gemengt hatten, trieb er bei Einbruch des Abends alle zusammen in seine Höhle. Am andern Tag gab es Winterwetter, und er konnte die Tiere nicht auf die gewohnte Weide führen. Deshalb versorgte er sie in der Höhle, wobei er den eigenen nur knappes Futter zumaß, daß sie eben nicht zu hungern brauchten, während er den fremden zusätzlich aufschüttete, weil er auch sie seiner Herde einverleiben wollte. Als nun das schlechte Wetter nachgelassen und er sie alle auf die Weide geführt hatte, nahmen die wilden Ziegen Kurs auf die Berge und machten sich davon. Der Hirt beschuldigte sie der Undankbarkeit; ihnen sei bessere Pflege zuteil geworden und trotzdem ließen sie ihn im Stich. Sich umwendend, erwiderten die Ziegen: „Gerade darum sind wir ja besonders vorsichtig. Denn wenn du uns, die wir dir gestern zuliefen, den alten gegenüber erheblich bevorzugtest, so ist doch offenkundig, daß du, wenn später wieder einmal andere zu dir stoßen werden, diese uns gegenüber begünstigen wirst."

Die Fabel beweist: Man soll die Freundschaft derer nicht allzu hoch schätzen, die uns, die neu Hinzugetretenen, ihren alten Freunden vorziehen, sondern sollte bedenken, daß solche Leute, wenn ihre Freundschaft mit uns eine Zeitlang andauert und sie wieder andere Freunde gewinnen, diesen den Vorrang geben werden. (6)

DIE ZIEGE UND DER HIRT

Der Ziegenhirt rief seine Ziegen in die Hürde. Doch eine von ihnen blieb zurück, weil sie fette Weide gefunden hatte. Da warf der Hirt einen Stein nach ihr, traf sie und zerschmetterte ihr ein Horn. Voller Angst bat er die Ziege, doch dem Herrn nichts von dem Vorgefallenen zu sagen. Sie aber antwortete ihm: „Wenn ich es auch verschwiege, wie sollte es verborgen bleiben? Liegt es doch vor aller Augen, daß mein Horn zerschmettert ist!"

Wenn die Schuld vor aller Augen ist, läßt sie sich nicht mehr verheimlichen. (6a)

DIE KATZE UND DIE HÜHNER

Als die Katze davon hörte, daß auf einem Meierhofe die Hühner krank wären, gab sie sich als Arzt aus, nahm die Instrumente mit sich, die zu dieser Kunst gehören, und machte sich auf den Weg. Auf dem Hofe angelangt, erkundigte sie sich bei den Hühnern, wie es ihnen ginge. „Gut, sehr gut", unterbrachen die ihre Rede, „wenn du nur von hier wegbleibst."

Auch bei den Menschen können die Bösen den Klugen nicht unerkannt bleiben, sosehr sie auch Biederheit heucheln mögen. (7)

ÄSOP AUF DER WERFT

Als der Fabeldichter Äsop einmal der Muße pflegte, betrat er eine Werft. Weil die Schiffbauer sich über ihn lustig machten und ihn provozierten, erzählte ihnen Äsop zur Antwort eine Geschichte. Vor alters, sagte er, gab es das Chaos und das Wasser, Zeus wollte aber auch das Element Erde in Erscheinung bringen. Darum habe er der Erde den Rat gegeben, in drei Zügen das Meer auszutrinken. Die Erde begann damit und ließ beim ersten Zug die Berge zutage treten, und beim zweiten Zug entblößte sie die Ebenen. „Wäre es ihr aber gut erschienen, auch das letzte Drittel des Wassers wegzutrinken, so würde eure Kunst nichts nütze sein."

Die Fabel beweist, daß die, welche Überlegene verspotten, unversehens von ihnen größere Ärgernisse auf sich ziehen. (8)

DER FUCHS UND DER BOCK

Der Fuchs war in einen Brunnen gefallen und mußte notgedrungen darin bleiben, da er nicht wußte, wie er hinaufsteigen sollte. Ein Bock aber, der Durst litt, kam zufällig zu diesem Brunnen; er sah den Fuchs und fragte ihn, ob das Wasser gut sei. Der Fuchs, erfreut über dieses Zusammentreffen, erging sich in breiten Lobreden über die Vortrefflichkeit des Wassers und riet dem Bock, ebenfalls hinabzusteigen. Und der sprang auch ohne weiteres Überlegen hinunter, weil er nur an seinen Durst dachte. Als er nun, nachdem er den Durst gelöscht hatte, mit dem Fuchs die Rückkehr überlegte, sagte dieser, er habe etwas herausgefunden, was beide retten könne. „Wenn du deine Vorderbeine gegen die Wand stellen und deine Hörner nach vorn beugen möchtest, könnte ich über deinen Rücken hinauflaufen und dich nachziehen." Der Bock ging auch auf diesen zweiten Ratschlag bereitwillig ein. So konnte der Fuchs über die Hinterbeine auf die Schultern des Bockes klettern; von dort erreichte er, auf die Hörner gestützt, den Rand des Brunnens. Oben angelangt, machte er Miene davonzugehen. Als der Bock ihn schalt, daß er die Vereinbarung nicht einhalte, drehte der Fuchs sich um und sagte: „Du Dummkopf, wenn du so viel Verstand besäßest, wie du Haare im Bart hast, dann wärest du erst dann heruntergekommen, wenn du dir einen Rückweg ausgedacht hättest."

So müssen sich auch bei den Menschen die Verständigen erst über den Ausgang ihrer Unternehmungen klarwerden, ehe sie sich darauf einlassen. (9)

DER FUCHS UND DER LÖWE

Ein Fuchs, der noch nie einen Löwen gesehen hatte, begegnete einst einem durch Zufall, und da er seiner gewahr wurde, erschrak er derart, daß er meinte, er müsse sterben. Als er ihm aber zum zweiten Mal in den Weg lief, fürchtete er sich wohl noch, aber nicht mehr so heftig wie beim ersten. Beim dritten Male gar schwoll ihm so sehr der Mut, daß er herzutrat und mit dem Löwen redete.

Die Fabel zeigt, daß die Gewohnheit auch dem Furchterregenden seinen Schrecken nimmt. (10)

DER FISCHER

Ein Fischer, der sich aufs Flötenspiel verstand, nahm seine Flöten und seine Netze und begab sich ans Meer. Er trat auf eine vorstehende Klippe und ließ zuerst einmal sein Spiel erklingen, weil er meinte, die Fische würden auf die schönen Töne hin von selber aus dem Wasser gesprungen kommen. Doch sosehr er sich auch anstrengte, wollte sich doch kein Ergebnis einstellen. Endlich legte er die Flöten beiseite, warf sein Netz aus, zog es durchs Wasser und fing viele Fische. Wie er die nun aus dem Netz auf den Strand warf und dort zappeln sah, sagte er: „Was seid ihr doch für böse Tiere! Als ich spielte, wolltet ihr nicht tanzen; jetzt aber, wo ich aufgehört habe, tut ihr es."

Für Leute, die etwas zu unpassender Zeit machen, schickt sich diese Fabel. (11)

DER FUCHS UND DER PANTHER

Der Fuchs und der Panther stritten sich einmal über die Schönheit. Als dabei der Panther vor allem das Wohlgestaltetsein des Körpers herauskehrte, fiel ihm der Fuchs ins Wort und sagte: „Um wieviel bin ich schöner als du, der ich zwar nicht physisch, wohl aber psychisch wohlgestaltet bin!"

Die Fabel zeigt, daß der körperlichen Schönheit ein blendender Geist überlegen ist. (12)

DIE FISCHER

Einst zogen Fischer ihr Netz. Da es schwer war, freuten sie sich überschwenglich; denn sie rechneten auf einen reichen Fang. Nachdem sie es aber an Land gezogen, fanden sie nur einige wenige Fische darin, Steine und Sand dagegen in

Menge. Da wurden sie sehr böse, nicht so sehr deshalb, weil sie so wenig gefangen hatten, als vielmehr, weil ihre Erwartung enttäuscht wurde. Einer jedoch unter ihnen, ein alter Mann, meinte: „Wollen wir nicht zornig sein, Freunde! Lust und Leid, scheint mir, sind verschwistert. So mußte es kommen, daß wir, nachdem wir uns überschwenglich freuten, auch Trauer litten."

Aber auch wir müssen die Veränderlichkeit des Lebens sehen, dürfen unseren Stolz nicht immer auf dieselben Dinge richten, sondern sollten bedenken, daß aus längerer Heiterkeit des Himmels mit Notwendigkeit auch Sturm erwächst. (13)

DER FUCHS UND DER AFFE

Der Fuchs und der Affe hatten einmal den gleichen Weg; dabei stritten sie sich über die Vornehmheit ihrer Abkunft. Ein jeder hatte viel darüber vorzubringen. Als sie nun an etlichen Gräbern vorbeikamen, wandte der Affe seinen Blick darauf und begann zu wehklagen. Vom Fuchs nach der Veranlassung befragt, wies der Affe auf die Grabsteine und sagte: „Sollte ich etwa nicht weinen, wenn ich die Grabmäler der Freigelassenen und Sklaven meiner Vorväter sehe?" Doch der Fuchs erwiderte: „Schwindle nur, soviel du willst! Keiner von diesen nämlich wird auferstehen und dich der Lüge überführen."

So tragen auch unter den Menschen die Schwindler dann am meisten auf, wenn es niemanden gibt, der sie widerlegen könnte. (14)

DER FUCHS UND DIE TRAUBEN

Der Fuchs, den es hungerte, sah an einem Weinstock Trauben hängen. Wollte er sie sich verschaffen und konnte es doch nicht! Schließlich machte er sich davon und sagte zu sich selbst: „Sie sind sauer."

So ist es auch bei manchen Menschen. Infolge ihrer Unzulänglichkeit vermögen sie an bestimmte Dinge nicht heranzukommen und geben dafür den Umständen die Schuld. (15)

DER MARDER UND DER HAHN

Ein Marder, der einen Hahn gefangen hatte, wollte diesen mit einer einleuchtenden Begründung verspeisen. So warf er ihm denn als erstes vor, daß er mit seinem nächtlichen Krähen den Menschen lästig werde und sie nicht einmal zum Schlafen kommen lasse. Der Hahn erwiderte, das tue er zum Nutzen der Menschen; denn er wecke sie ja zu ihrer gewohnten Tätigkeit. Darauf kam der Marder mit seinem zweiten Anwurf: „Aber auch wider die Natur vergehst du dich, indem du die eigenen Schwestern und die eigene Mutter bespringst." Auch dies geschähe, bemerkte der Hahn, zum Nutzen seiner Herren; denn er sorge ja dafür, daß viele Eier gelegt würden. In die Enge getrieben, entgegnete der Marder: „Wenn du auch über immer neue Argumente verfügst, meinst du, daß ich dich deshalb nicht auffressen werde?"

Die Fabel zeigt: Wenn ein Schurke sich eine Schandtat zu begehen vorgenommen hat und es fehlt ihm an einem einleuchtenden Vorwand, so begeht er sie eben ganz unverhohlen. (16)

DER FUCHS MIT DEM GESTUTZTEN SCHWANZ

Dem Fuchs war von einer Falle der Schwanz abgeschnitten worden. Weil er sich darüber schämte und sein Leben nicht mehr für lebenswert hielt, kam er zu dem Schluß, es sei notwendig, auch die anderen Füchse in dieselbe Situation zu bringen; durch die gemeinsame Verstümmelung würde sich der persönliche Mangel verbergen lassen. Also ließ er alle Füchse zusammenkommen und suchte sie zu bereden, ihre Schwänze abzuschneiden; der Schwanz, argumentierte er, sei nicht nur häßlich, sondern stelle dazu für sie eine überflüssige Last dar. Da entgegnete ihm einer der Versammelten: „Mein Lieber, wenn dieser Vorschlag nicht deinem Nutzen entspräche, würdest du ihn uns nicht unterbreitet haben."

Diese Fabel paßt auf jene Leute, die ihren Nachbarn Ratschläge geben nicht deshalb, weil sie ihr Gutes wollen, sondern weil sie ihren eigenen Nutzen dabei finden.

(17)

DER FISCHER UND DER SALZFISCH

Der Fischer warf sein Netz aus und brachte einen Salzfisch ans Licht. Der flehte den Fischer an: „Laß mich doch jetzt wieder frei, da ich ja noch klein bin; später, wenn ich gewachsen sein werde, kannst du mich zu deinem größeren Vorteil aufs neue einfangen!" Sagte darauf der Fischer: „Ich müßte ja ein Dummkopf sein, wenn ich den in meiner Hand befindlichen Gewinn fahrenließe und einer ungewissen Hoffnung nachliefe."

Die Fabel beweist, daß der handgreifliche Vorteil, wenn er auch gering ist, dem bloß zu erwartenden vorzuziehen ist, mag dieser auch noch so groß scheinen. (18)

DER FUCHS UND DER DORNSTRAUCH

Ein Fuchs, der über eine Umzäunung stieg, geriet in Gefahr auszugleiten und faßte, um sich zu halten, in einen Dornstrauch. Dabei wurde er erheblich verletzt und sagte zu dem Dornstrauch: „Du schlimmer Freund, zu dir als Helfer habe ich Zuflucht genommen, und du hast mir arg mitgespielt!" — „Du irrst dich, mein Lieber", antwortete ihm der Dornstrauch, „denn du wolltest dich an mir festhalten, wiewohl ich es doch gewohnt bin, mich selbst an allem festzuhalten."

Die Fabel zeigt, daß ebenso auch unter den Menschen diejenigen Toren sind, die sich an Helfer wenden, denen das Unrechttun zur Natur geworden ist. (19)

DER FUCHS UND DAS KROKODIL

Der Fuchs und das Krokodil stritten sich um ihre vornehme Abstammung. Das Krokodil erging sich in langen Reden über den Ruhm seiner Vorfahren und sagte am Ende, seine Vorväter hätten Gymnasien, Sportschulen, geleitet. Da fiel ihm der Fuchs in die Rede: „Allerdings, selbst wenn du das nicht erzählt hättest, sieht man an deiner Haut, daß mit dir viel Sport getrieben wurde."

So werden auch verlogene Leute durch die Tatsachen widerlegt. (20)

DIE FISCHER

Einmal waren Fischer auf Fang ausgefahren, hatten sich lange geplagt und nichts gefangen, nun saßen sie in ihrem Kahn und bliesen Trübsal. In diesem Augenblick erschien mit viel Getöse ein Thunfisch, der verfolgt wurde, und sprang wie von ungefähr in ihr Fahrzeug hinein. Die Fischer kappten ihn, brachten ihn in die Stadt und machten ihn zu Geld.

So ist es oft: Was die Kunst nicht einbringt, das schenkt das Glück. (21)

DER FUCHS UND DER HOLZFÄLLER

Der Fuchs wurde, von den Jägern verfolgt, eines Holzfällers gewahr; den bat er, ihm Unterschlupf zu gewähren. Der Holzfäller riet ihm, sich in seiner Hütte zu verkriechen und darin stillezuhalten. Doch als nicht viel später die Jäger kamen und ihn fragten, ob er nicht den Fuchs habe vorbeikommen sehen, da leugnete jener zwar mit Worten, etwas von dem Fuchs zu wissen, mit der Hand aber gab er ein Zeichen und wies dorthin, wo dieser sich verbarg. Doch die Jäger achteten des Zeichens nicht, sondern ließen sich an den Worten genügen. Sobald der Fuchs sah, daß sie verschwunden waren, sprang er hervor und wollte grußlos von dannen. Da tadelte ihn der Holzfäller; er habe ihn, den Fuchs, errettet, und nun wolle der ihm dafür nicht einmal Dank wissen. Aber der Fuchs erwiderte: „Oh, ich würde dir schon gedankt haben, wenn die Bewegungen deiner Hände und deine Gebärden deinen Worten gleich gewesen wären."

Diese Fabel läßt sich auf jene Leute beziehen, welche zwar das Gute im Munde führen, in Wirklichkeit aber das Böse tun. (22)

DIE HÄHNE UND DAS REBHUHN

Ein Mann, der in seinem Hause Hähne hielt, kam dazu, wie ein zahmes Rebhuhn verkauft wurde. Er erstand es und brachte es nach Hause, wo es mit den Hähnen zusammen gehalten werden sollte. Doch die gingen auf das Rebhuhn los und suchten es zu vertreiben. Darüber war das Rebhuhn betrübt; denn es meinte, es werde deshalb verachtet, weil es fremden Stammes sei. Als es jedoch schon nach kurzer Zeit sah, daß die Hähne auch gegeneinander kämpften und nicht eher Ruhe gaben, als bis sie sich blutig gebissen hatten, sagte es zu sich selbst: „Jetzt brauche ich mich nicht mehr zu ärgern, wenn ich von ihnen mißhandelt werde. Denn ich sehe ja, daß sie voreinander auch nicht haltmachen."

Die Fabel zeigt, daß die verständigen Leute Kränkungen von seiten ihrer Nachbarn nicht schwernehmen, wenn sie sehen, daß diese mit ihren Angehörigen genauso umgehen. (23)

DER FUCHS MIT DEM BLÄHBAUCH

Der Fuchs, den es hungerte, sah in einem hohlen Baum Brote und Fleischstücke, die von den Hirten zurückgelassen worden waren; flugs stieg er hinein und fraß alles auf. Davon blähte sich sein Bauch so auf, daß er nicht mehr herausschlüpfen konnte; deshalb stöhnte und jammerte er sehr. Ein anderer Fuchs, der vorüberkam und seine Seufzer hörte, trat hinzu und erkundigte sich nach dem Grunde. Nachdem er das Geschehene erfahren, sagte er zu dem ersten: „Dann mußt du eben so lange hierbleiben, bis du wieder so wirst, wie du warst, als du hineinstiegst, und wirst dann sicher ohne Beschwernis herauskommen."

Die Fabel demonstriert, daß die Zeit die Schwierigkeiten aufhebt. (24)

DER EISVOGEL

Der Eisvogel liebt die Einsamkeit und hält sich immerfort am Meer auf. Weil er sich vor den Nachstellungen der Menschen sichern wolle, sagt man, niste er auf den Meeresklippen. So flog er einstens, um Eier zu legen, auf ein Vorgebirge, erblickte da einen Felsen, der aus dem Meer herausragte, und brütete darauf seine Jungen aus. Als er aber gerade auf Futtersuche ausgegangen war, da geschah es, daß das Meer, von einem heftigen Sturm in Bewegung gebracht, bis zum Nest hinauf anstieg, dieses überspülte und die jungen Vögel vernichtete. Als der Eisvogel bei seiner Rückkehr sah, was sich zugetragen hatte, sagte er: „Ich Unglückseliger, weil ich das Land für heimtückisch hielt, suchte ich hier auf dem Meere meine Zuflucht; das aber hat sich mir als weit heimtückischer erwiesen!"

So ist es auch bei den Menschen: Weil sie sich gegen ihre Feinde sichern wollen, werfen sich etliche unversehens an Freunde, die ihnen viel schädlicher sind als ihre Feinde.

(25)

DER FISCHER

Ein Fischer fischte in einem Fluß. Und nachdem er von beiden Ufern seine Netze quer durch die Strömung gespannt hatte, band er einen Stein an ein Holz und wühlte damit das Wasser auf; die aufgescheuchten Fische sollten unversehens in die Maschen geraten. Ein Mann, der in der Gegend wohnte, beobachtete den Fischer bei seinem Tun und machte ihm Vorwürfe; er verunreinige den Fluß und nehme den Anwohnern das klare Trinkwasser. Doch der Fischer antwortete: „Wenn nicht in solcher Weise der Fluß aufgewühlt wird, so muß ich Hungers sterben."

So erreichen auch in der Staatenwelt die Demagogen dann am meisten, wenn sie in ihren Heimatländern Unruhe stiften. (26)

DER FUCHS ZUM POPANZ

Der Fuchs betrat einstens das Haus eines Puppenspielers, durchstöberte alle seine Requisiten und fand dabei auch den Kopf eines Popanzes, der mit Geschick gefertigt war. Den nahm er in die Hand und sagte: „Was für ein Kopf, und hat doch kein Hirn!"

Die Geschichte bezieht sich auf Männer, die gut aussehen und doch keinen Verstand besitzen. (27)

DER BETRÜGER

Ein armer Mann lag krank und elend danieder und betete zu den Göttern, wenn sie ihn erretteten, wolle er ihnen eine Hekatombe darbringen. Und weil die Götter ihn auf die Probe zu stellen beabsichtigten, ließen sie ihn alsbald genesen. Nachdem er sich nun von seinem Krankenlager erhoben hatte, bildete er Rinder aus Talg — denn wirkliche besaß er ja nicht — und verbrannte sie auf einem Altar mit den Worten: „Nehmet hin, ihr Götter, mein Gelübde!“ Indes beschlossen die Götter, ihn ihrerseits gleichfalls zu hintergehen. Sie schickten ihm nämlich einen Traum und gaben ihm den Rat, sich an den Strand zu begeben; dort werde er tausend attische Drachmen finden. Hocherfreut machte sich jener auf den Weg zum Meer. Dabei fiel er Räubern in die Hände, wurde weggeführt und verkauft und fand so seine tausend Drachmen.

Für einen Lügner ist diese Fabel gerade recht. (28)

DER KOHLENBRENNER UND DER WALKER

Ein Kohlenbrenner, der ein Häuschen bewohnte, lud einen Walker, der ihn besuchte, ein, bei ihm zu logieren. Doch der Walker entgegnete ihm: „Nein, darauf könnte ich mich nicht einlassen. Denn ich müßte befürchten, daß du rußig machst, was ich weiß mache.“

Die Fabel demonstriert, daß, was ungleich, nicht zusammenpaßt. (29)

DER SCHIFFBRÜCHIGE

Ein reicher Athener unternahm zusammen mit anderen eine Seefahrt. Als ein heftiger Sturm aufkam und das Schiff kenterte, suchten sich die übrigen alle durch Schwimmen zu retten. Der Athener dagegen rief immer und immer wieder Athene an und gelobte ihr alles mögliche, falls er überleben sollte. Da kam einer von denen, die mit ihm Schiffbruch erlitten hatten, herangeschwommen und sagte zu ihm: „Wohlan mit Athene! Aber du mußt auch selbst die Hand bewegen.“

So müssen auch wir neben der Anrufung der Götter mit Verstand selber für uns tätig werden. (30)

DER GRAUKOPF UND DIE HETÄREN

Ein Graukopf hatte zwei Geliebte; von denen war die eine noch jung, die andere schon älter. Da nun die, welche in vorgerücktem Alter stand, sich schämte, daß ein jüngerer Mann ihr beiwohnte, so nahm sie ihm immer, wenn er bei ihr war, ein paar von den schwarzen Haaren ab. Die jüngere dagegen, die keinen Greis zum Liebhaber haben wollte, riß ihm die grauen Haare aus. So kam es, daß er am Ende, von jeder zu ihrem Teile gezupft, kahl wurde.

So schlägt das Anormale überall zum Schaden aus.

(31)

DER MÖRDER

Ein Mörder wurde von den Verwandten des Gemordeten verfolgt. Als er an den Nilfluß kam, begegnete er einem Wolf. Voller Furcht stieg er deshalb auf einen Baum, der am Flusse stand, und verbarg sich darin. Doch schon erblickte er eine Schlange, die sich um seinen Körper legen wollte; deshalb ließ er sich in den Fluß hinab. Im Flusse aber verschlang ihn ein Krokodil.

Daß dem Verbrecher weder Erde noch Luft noch Wasser Sicherheit bieten, beweist diese Fabel. (32)

DER PRAHLERISCHE FÜNFKÄMPFER

Ein Fünfkämpfer, der wegen seiner Schlappheit bei seinen Mitbürgern immer nur Schimpf und Schande erntete, reiste einmal ins Ausland. Als er nach einiger Zeit zurückkehrte, hielt er prahlerische Reden; er habe, so erzählte er, in vielen Städten große Taten vollbracht und besonders in Rhodos einen Sprung gemacht, wie ihn noch kein Olympionike vollführt habe. Als Zeugen dafür, sagte er, werde er die Leute aufbringen, welche dabeigewesen seien, und zwar dann, wenn sie einmal hierherkämen. Da fiel ihm einer der Anwesenden ins Wort und sagte: „Aber, lieber Freund, wenn das, was du erzähltest, wahr ist, dann bedarfst du keiner Zeugen; denn hier ist Rhodos, und hier kannst du springen."

Die Fabel beweist: Bei Angelegenheiten, wo der Beweis unschwer durch die Tat erbracht werden kann, ist jedes weitere Wort zuviel. (33)

VON EINEM, DER UNMÖGLICHES VERSPRACH

Ein armer Mann war krank, und es ging ihm schlecht. Als er von den Ärzten schon aufgegeben war, betete er zu den Göttern und gelobte ihnen, eine Hekatombe darzubringen und Bildwerke zu weihen, wenn er wieder aufkäme. Seine Frau, die gerade bei ihm stand, fragte ihn: „Und woher willst du das alles nehmen?" Antwortete er: „Meinst du denn, ich werde wieder aufkommen, damit die Götter das alles von mir einfordern können?"

Die Fabel beweist, daß die Leute leicht Dinge versprechen, mit deren Verwirklichung sie ernstlich nicht rechnen. (34)

DER MENSCH UND DER SATYR

Ein Mensch, so erzählt man, schloß einmal Freundschaft mit einem Satyrn. Während nun der Winter kam und es kalt wurde, legte der Mensch seine Hände an den Mund und hauchte darauf. Als der Satyr nach dem Grunde fragte, warum er das tue, erwiderte jener, er erwärme so seine Hände angesichts der Kälte. Später ging man zu Tisch, und das aufgetragene Essen war sehr heiß. Da erhob der Mensch seinen Teller, brachte ihn langsam zum Munde und blies darauf. Als der Satyr aufs neue fragte, wozu er das tue, antwortete jener, er kühle das Essen, weil es sehr heiß sei.

Wandte sich der Satyr an ihn: „Ach, mein Lieber, ich kündige dir die Freundschaft, wenn du aus demselben Munde Wärme und Kälte herausläßt."

Also müssen auch wir eine Freundschaft meiden, deren Grundlage zweifelhaft ist. (35)

DER ARGLISTIGE

Ein arglistiger Mensch erschien einst vor dem Orakel in Delphi, um den Gott zu versuchen. Also nahm er einen Sperling in die Hand, bedeckte ihn mit seinem Mantel, trat in das Heiligtum und fragte den Gott: „Was habe ich in meinen Händen, Lebendiges oder Totes?" Würde der Gott „Etwas Totes" antworten, so wollte er ihm den lebendigen Sperling vorweisen; hieß es „Etwas Lebendiges", so gedachte er das Tier zu ersticken und es tot darzubieten. Doch der Gott erkannte seine Hinterlist und sprach: „Tu, was du willst; denn es ist an dir, zu handeln! Willst du Totes, so zeige Totes; willst du Lebendiges, so zeige Lebendiges!"

Die Fabel beweist, daß man der Gottheit nicht beikommen kann; denn nichts entgeht ihr. (36)

DER BLINDE

Ein Blinder pflegte ein jedes Lebewesen, das ihm in die Hände gelegt wurde, zu betasten und konnte dann sagen, was es sei. So wurde ihm einmal auch ein kleiner Wolf gebracht. Er faßte ihn an und sagte unschlüssig: „Ich weiß nicht, ob es sich um das Junge eines Wolfes, eines Fuchses oder eines andern Tieres dieser Art handelt; so viel weiß ich jedoch gewiß, daß dieses Wesen nicht mit einer Schafherde zusammentreffen sollte."

So wird die Gesinnung der Bösewichte oftmals schon vom Körper her fühlbar. (37)

DER PFLÜGER UND DER WOLF

Ein Pflüger hatte seine Stiere ausgespannt und zur Tränke geführt. Ein hungriger Wolf, der nach Nahrung suchte, fand den Pflug und beleckte zunächst die Jochringe der Stiere. Dabei steckte er, ohne es zu merken, mit der Zeit den ganzen Nacken durch die Ringe; schließlich konnte er ihn nicht mehr herausbekommen und schleppte so den Pflug mit sich auf den Acker. Der Pflüger kam hinzu, sah das Vorgefallene und sprach: „Wenn du doch, alter Bösewicht, das Räubern und Unrechttun lassen und dich dem Landbau zuwenden wolltest!"

Gleichermaßen finden schlechte Menschen, auch wenn sie Biederkeit an den Tag legen, wegen ihres Charakters keinen Glauben. (38)

DIE SCHWALBE UND DIE VÖGEL

Als die Mistel eben zu wachsen begann, erkannte die Schwalbe sogleich die den Vögeln dadurch drohende Gefahr. Sie rief deshalb alles, was Federn trägt, zusammen und gab den Rat, die Eichen, weil sie die Misteln beherbergen, am besten allesamt abzuhauen; wenn ihnen das aber nicht möglich sei, so müßten sie zu den Menschen ihre Zuflucht nehmen und sie flehentlich bitten, den Klebstoff der Mistel doch nicht für den Vogelfang zu verwenden. Als nun die anderen Vögel die Schwalbe als vermeintliche Schwätzerin verlachten, begab sich diese, Hilfe heischend, zu den Menschen. Die nahmen sie ob ihrer Klugheit auf und machten sie sich zur Hausgenossin. So ist es gekommen, daß die anderen Vögel von den Menschen gefangen und verzehrt werden und nur die Schwalbe als ihr Schützling unbeschadet in ihren Häusern nisten kann.

Die Fabel zeigt, daß die, welche ihre Zukunft vorausschauen, mit Wahrscheinlichkeit den ihnen drohenden Gefahren entgehen. (39)

DER STERNKUNDIGE

Ein Sternkundiger hatte die Gewohnheit, alle Abende auszugehen, um nach den Sternen zu schauen. Und als er wieder einmal in die Vorstadt wanderte, waren alle seine Gedanken so mit dem Himmel beschäftigt, daß er unversehens in einen Brunnen stürzte. Während er nun jammerte und schrie, kam einer vorüber, der hörte sein Seufzen und trat hinzu. Und nachdem er erfahren hatte, was dem Sternkundigen geschehen war, meinte er: „Lieber Freund, du bemühst dich, was im Himmel ist, zu ergründen, und übersiehst dabei, was es auf Erden gibt."

Diese Geschichte läßt sich auf jene Leute beziehen, die über die Maßen von sich reden machen und doch das, was alle können, nicht zustande bringen. (40)

DER FUCHS UND DER HUND

Ein Fuchs machte sich an eine Schafherde heran, wo gerade die Lämmer gesäugt wurden. Er nahm eines auf und tat so, als ob er es liebhabe. Auf die Frage des Hundes: „Was machst du da?" antwortete er: „Ich bemuttere es und spiele mit ihm." Da sagte der Hund zu ihm: „Und ich werde jetzt, wenn du das Lamm nicht sofort freigibst, die Meute auf dich loslassen."

Auf einen nachlässigen, dummen Spitzbuben paßt die Geschichte. (41)

DER BAUER UND SEINE SÖHNE

Ein Bauer lag in seinen letzten Zügen, und weil er wünschte, daß seine Söhne mit dem Landbau vertraut werden sollten, rief er sie zu sich und sprach: „Liebe Kinder, in einem meiner Weingärten liegt ein Schatz." Da nahmen die Söhne, nachdem der Vater verstorben war, Pflugschar und Grabscheit und durchwühlten all sein Land. Zwar den Schatz fanden sie nicht, aber der Weingarten gewährte ihnen vielfältige Frucht.

Die Fabel beweist, daß Mühe und Arbeit ein Schatz sind für die Menschen. (42)

DIE FRÖSCHE

Zwei Frösche, denen ihr Teich ausgetrocknet war, machten sich auf den Weg und suchten nach einer anderen Bleibe. Wie sie nun zu einem Brunnen gekommen waren, da riet der eine, ohne Bedenken hineinzuspringen. Doch der andere meinte: „Wenn nun auch hier das Wasser versiegt, wie werden wir dann heraufkommen können?“

Die Fabel lehrt uns, nicht unüberlegt an die Dinge heranzutreten. (43)

DIE FRÖSCHE VERLANGEN NACH EINEM KÖNIG

Betrübt über die bei ihnen herrschende Anarchie, schickten die Frösche Abgesandte zu Zeus und baten, ihnen einen König zu geben. Der Gott, der ihre Beschränktheit erkannte, warf ein Holz in den See hinab. Zuerst erschrocken über den Wellenschlag, tauchten die Frösche in der Tiefe des Sees unter, später aber, als das Holz sich nicht mehr bewegte, tauchten sie wieder auf und bezeugten ihm eine derartige Mißachtung, daß sie auf das Holz stiegen und sich darauf niederließen. Entrüstet darüber, daß sie einen solchen König haben sollten, begaben sie sich ein zweites Mal zu Zeus und ersuchten ihn, ihren Herrscher auszutauschen; denn der erste sei doch gar zu träge. Darüber verärgert, schickte ihnen Zeus eine Seeschlange, die sie fing und verspeiste.

Die Fabel beweist, daß es besser ist, stumpfsinnige Herrscher zu haben als Unruhe stiftende. (44)

DIE RINDER UND DIE ACHSEN

Rinder zogen einen Wagen. Als die Achse knarrte, drehten sie sich um und sagten zu ihr: „Du da, was machst du für einen Lärm, während wir die ganze Last ziehen müssen?“

So ist es auch bei den Menschen: Während die anderen sich abmühen, tun einige so, als ob sie die Arbeit leisteten.
(45)

BOREAS UND HELIOS

Boreas und Helios hatten einen Wettstreit miteinander, wer der Stärkere sei. Sie beschlossen, demjenigen von ihnen den Sieg zuzuerkennen, der in der Lage sei, einen Wanderer zu entkleiden. Und Boreas begann voller Ungestüm und bedrängte den Menschen, der ihm begegnete, empfindlich an seiner Kleidung. Doch jener legte, unter der Kälte leidend, nur noch weitere Kleidungsstücke an, bis Boreas schließlich aufgab und Helios in Tätigkeit treten ließ. Dieser begann zunächst mit einer mäßigen Wärmeausstrahlung. Als aber der Mensch alle überflüssigen Kleidungsstücke ablegte, verstärkte Helios den Sonnenschein erheblich, bis jener die Hitze nicht mehr aushalten konnte, sich gänzlich auszog und sich zum Baden in einen vorbeifließenden Fluß stürzte.

Die Fabel beweist, daß oftmals Überzeugung wirksamer ist als Zwang. (46)

DAS KIND, DAS EINGEWEIDE ERBRACH

Einmal schlachteten Leute ein Rind auf dem Felde und riefen ihre Nachbarn herbei. Unter diesen befand sich auch eine arme Frau, die kam zusammen mit ihrem Kind. Wie nun der Schmaus seinen Fortgang nahm, stopfte sich das Kind mit der Zeit mit Eingeweidefleisch und Wein voll.

Davon wurde sein Magen überladen, und es rief unter Schmerzen: „Mutter, ich erbreche meine Eingeweide." – „Nicht die deinen, mein Kind", erwiderte die Mutter, „sondern die, welche du gegessen hast."

Diese Fabel paßt auf einen Schuldner, der bereitwillig das Fremde nimmt; wenn er aber zurückzahlen muß, ärgert er sich, als ob er das Eigene preisgeben müßte. (47)

DIE NACHTIGALL

Eine Nachtigall, die in einem Fenster hing, ließ von dorther des Nachts ihre Stimme erschallen. Da kam die Fledermaus hinzu und fragte jene nach dem Grunde, warum sie am Tage ruhe und des Nachts singe. Die Nachtigall erwiderte, das tue sie nicht ohne Vorbedacht; denn am Tage sei sie beim Singen gefangen worden, und daraus habe sie gelernt. Darauf die Fledermaus: „Aber jetzt brauchst du dich nicht mehr vorzusehen, weil es ja doch nichts mehr hilft; früher, ehe du gefangen wurdest, wäre es Zeit dafür gewesen."

Die Fabel zeigt, daß im Unglück die Reue nicht mehr weiterhilft. (48)

DER RINDERHIRT

Ein Hirt, der eine Herde Rinder weidete, hatte ein Kalb verloren. Er machte sich auf die Suche und vermochte es doch nicht zu finden; so betete er zu Zeus, daß er ihm, wenn er den Dieb gewahr werde, ein Böckchen opfern wolle. Schließlich kam er zu einem Wäldchen und erblickte dort den Löwen, der gerade das Kalb verspeiste. Von Furcht erfaßt, hob er die Hände zum Himmel und rief: „O Herrscher Zeus, vorhin habe ich dir ein Böckchen zu opfern versprochen, wenn ich den Dieb gewahr würde; jetzt aber werde ich dir einen Stier zum Opfer bringen, wenn ich dem Dieb entgehe."

Diese Fabel könnte man auf Leute anwenden, die, vom Unglück verfolgt, sich in ihrer Not ein Gegenmittel wünschen, wenn sie es aber gefunden haben, danach suchen, es wieder loszuwerden. (49)

DER HIRT UND DER LÖWE

Der Hirt hatte einen Ochsen verloren. Also gelobte er Gott, wenn er den Dieb fände, wolle er den Ochsen zum Opfer darbringen. Doch als er unversehens erkennen mußte, daß der Löwe es war, der seinen Ochsen verzehrte, bat er den Gott: „Ich will dir noch einen Ochsen dazu opfern, wenn ich dem Räuber entkomme."

Ohne Überlegung soll man Gott keine Gelübde geben, sonst kommt die Reue zu ihrer Stunde. (49a)

DIE KATZE UND APHRODITE

Eine Katze, die sich in einen wohlgestalten jungen Mann verliebt hatte, bat Aphrodite, sie in eine Frau zu verwandeln. Die Göttin erbarmte sich auch ihrer Leidenschaft und gab ihr die Gestalt eines hübschen jungen Mädchens. In dieser Gestalt wurde der junge Mann der Katze ansichtig, gewann sie lieb und führte sie fort in sein Haus. Und während sie beide im Brautgemach weilten, kam Aphrodite der Wunsch, erfahren zu wollen, ob die Katze mit der Verwandlung ihres Körpers auch ihren Charakter geändert habe, und sie ließ deshalb eine Maus durch den Raum laufen. Alles andere vergessend, sprang da die Katze von ihrem Bett auf und sauste der Maus nach, um sie zu verspeisen. Verärgert über ihr Verhalten, versetzte sie die Göttin in ihren alten Zustand zurück.

So ist es auch bei den Menschen: Die, welche von Natur böse sind, vermögen ihren Charakter nicht zu ändern, auch wenn sie ihre äußere Erscheinung wandeln. (50)

DER BAUER UND DIE SCHLANGE

An den Sohn eines Bauern hatte sich die Schlange herangeschlichen und ihn getötet. Darüber in heftige Betrübnis versetzt, nahm der Bauer eine Axt, begab sich zum Lager der Schlange und bezog dort Posten, um sie, wenn sie herauskäme, sogleich erschlagen zu können. Kaum hatte sich die Schlange sehen lassen, schlug er auch schon mit der Axt auf sie ein; sie selbst zwar verfehlte er, doch den Felsen daneben konnte er spalten. Zur Vorsicht gemahnt, bat er hernach die Schlange, sich mit ihm zu versöhnen. Doch die entgegnete: „Ich kann dir kein Wohlwollen entgegenbringen, weil ich den gespaltenen Felsstein vor Augen habe, und auch du kannst es nicht, weil du auf das Grab deines Sohnes blicken mußt."

Die Fabel beweist, daß aus tiefen Feindschaften nicht leicht Versöhnung erwächst. (51)

DER BAUER UND DIE HUNDE

Ein Bauer war zur Winterszeit in seinem Pferch eingeschlossen, und da es ihm unmöglich war, auszugehen und Nahrung zu besorgen, verzehrte er fürs erste seine Schafe. Als aber der Winter noch immer nicht nachließ, schlachtete er die Ziegen. Zum dritten, da auch jetzt noch keine Linderung sich spürbar machte, ging er an die Zugochsen. Da sprachen die Hunde, die mit angesehen hatten, was hier geschah, zueinander: „Wir müssen fort von hier; denn wenn der Herr nicht einmal von den Ochsen ließ, die doch mit ihm arbeiten, wie sollte er dann uns verschonen?"

Die Fabel lehrt, daß man sich besonders vor denen in acht nehmen muß, die keine Bedenken tragen, sogar ihren eigenen Leuten Unrecht zu tun. (52)

DIE SÖHNE DES BAUERN

Die Söhne eines Bauern lagen miteinander im Streit. Da er sie mit gutem Zureden nicht zu einer Sinnesänderung zu bewegen vermochte, meinte er, es mit einer Demonstration bewirken zu sollen, und hieß sie ein Bündel Ruten herbeibringen. Nachdem sie den Auftrag ausgeführt hatten, gab er ihnen zuerst die Ruten gebündelt mit der Aufforderung, sie zu knicken. Doch sosehr sie sich auch mühten, gelang es ihnen nicht. Da löste er das Bündel wieder auf und reichte ihnen jeweils nur eine Rute. Als sie diese ganz ohne Schwierigkeiten knickten, sprach er zu ihnen: „So ist es auch mit euch, meine Söhne. Wenn ihr zusammenhaltet, werdet ihr für eure Feinde unbezwingbar sein, eine leichte Beute dagegen, wenn ihr im Streit liegt."

Die Fabel zeigt, daß in dem Maße die Eintracht wächst, in dem die Zwietracht niedergehalten wird. (53)

DIE SCHNECKEN

Der Sohn eines Bauern briet sich Schnecken. Als er sie knistern hörte, sagte er: „Ihr seid böse Tiere! Während eure Häuser brennen, singt ihr dazu."

Die Fabel beweist, daß alles, was nicht zur rechten Zeit geschieht, Tadel hervorruft. (54)

DIE FRAU UND DIE DIENERINNEN

Eine fleißige Witwe hatte die Gewohnheit, ihre Mägde nach dem ersten Hahnenschrei zur Arbeit zu wecken. Also hatten die Mägde viel Plage und beschlossen darum, den Haushahn zu erwürgen; denn der sei schuld an allem Übel, meinten sie, weil er ja die Herrin zu nachtschlafender Zeit aufwecke. Doch nachdem sie ausgeführt hatten, worauf sie übereingekommen waren, sollten sie noch ärgeres Unglück erfahren. Weil nämlich nun die Herrin die Stunde des Hahnenschreis nicht mehr wußte, weckte sie die Mägde bereits zur Nachtzeit zur Arbeit.

So bringen für viele die eignen Entschlüsse Nachteile mit sich. (55)

DIE ZAUBERIN

Eine Zauberin, die sich anbot, göttlichen Zorn zu bannen und zu mildern, hatte viel Zulauf und erzielte große Einnahmen dabei. Da beschuldigten sie einige, daß sie Neuerungen in Religionssachen einführe, und brachten sie vor Gericht; sie wurde angeklagt und zum Tode verurteilt. Als sie aus dem Gerichtshof abgeführt wurde, erblickte sie einer und sagte zu ihr: „Du botest dich an, die Zornesanwandlungen der Götter abzuwehren! Wie nun vermochtest du nicht einmal die Menschen umzustimmen?"

Auf Betrüger und Leute, die große Versprechungen machen, bezieht sich die Fabel; die werden nämlich alsbald in kleinen Dingen entlarvt. (56)

DIE ALTE UND DER ARZT

Eine alte Frau, die an einer Augenkrankheit litt, ließ gegen Honorar einen Arzt kommen. Der besuchte sie, und wenn er sie eingesalbt hatte und sie ihre Augen geschlossen halten mußte, dann nahm er jedesmal ein Stück ihrer Einrichtung mit fort. Nachdem er sie geheilt und dabei alles weggetragen hatte, forderte er den vereinbarten Lohn. Da sie nicht zahlen wollte, führte er sie vor die Obrigkeit. Dort erklärte die Frau, sie habe das Geld versprochen, wenn er ihre Augen heile; jetzt aber ginge es ihr infolge der Behandlung schlechter als vorher. „Denn damals", sagte sie, „habe ich alle Gegenstände in meinem Hause gesehen; jetzt aber kann ich nichts mehr sehen."

So geht es auch den schlechten Menschen: Infolge ihrer Habgier übersehen sie, daß sie gegen sich selbst die Beweise liefern. (57)

DIE ALTE FRAU UND DIE HENNE

Eine alte Frau besaß eine Henne, die legte jeden Tag ein Ei. Da kam sie auf den Gedanken, daß die Henne, wenn sie ihr mehr zu fressen gäbe, auch zweimal am Tage legen würde. Doch als sie so verfuhr, geschah es, daß die Henne fett wurde und überhaupt nicht mehr legte.

Die Fabel zeigt, daß viele Menschen aus Habsucht nach größerem Gewinn streben und dabei das, was sie besitzen, verlieren. (58)

DAS WIESEL

Das Wiesel kam in die Werkstatt eines Schmieds und beleckte die Feile, die dort lag. Dabei geschah es, daß es sich die Zunge aufrieb und viel Blut floß. Das Wiesel, das meinte, daß dadurch etwas von dem Eisen abgerieben würde, freute sich darüber so lange, bis es seine ganze Zunge verloren hatte.

Die Fabel bezieht sich auf solche Leute, die sich im Übereifer selber schaden. (59)

DER ALTE UND DER TOD

Ein alter Mann hatte Holz geschlagen, es sich aufgeladen und zog nun einen langen Weg. Ermüdet von dem Marsch, warf er schließlich die Last ab und rief den Tod herbei. Als aber der Tod erschien und ihn fragte, weshalb er ihn gerufen habe, antwortete er: „Damit du mir die Last auf die Schultern hebst."

Die Fabel zeigt, daß jeder Mensch am Leben hängt, auch wenn es ihm noch so schlecht geht. (60)

DER BAUER UND DIE TYCHE

Ein Bauer grub in der Erde und fand ein Goldstück, und er bekränzte alle Tage die Erde, weil er, wie er meinte, von ihr die Wohltat empfangen hatte. Da trat die Tyche zu ihm und sagte: „Du Dummkopf, was schreibst du der Erde meine Geschenke zu, meine Geschenke, die ich dir gegeben habe, weil ich dich reich machen möchte? Sollten sich nämlich die Zeiten ändern und dieses Goldstück in andere, schlechte Hände gelangen, dann wirst du wieder der Tyche Vorwürfe machen."

Die Fabel beweist, daß es gilt, den wahren Wohltäter zu erkennen und *ihm* Dank abzustatten. (61)

DER BAUER UND DIE SCHLANGE

Ein Bauer fand zur Winterszeit eine Schlange, die vor Kälte steif geworden war. Aus Mitleid nahm er sie auf und legte sie an seine Brust. Kaum hatte sich die Schlange erwärmt und ihre Natur wiedererlangt, da biß sie ihren Wohltäter und tötete ihn. Sterbend sagte der Bauer:

„Zu Recht leid ich, weil ich der Bösen mich erbarmt."

Die Fabel beweist, daß die bösen Charaktere sich nicht wandeln lassen, auch wenn man ihnen mit größter Freundlichkeit begegnet. (62)

DER REDNER DEMADES

Als der Redner Demades einmal vor den Athenern sprach und sie seiner nicht recht achteten, bat er sie, ihm zu gestatten, daß er ihnen eine äsopische Fabel erzähle. Als seine Mitbürger dem zustimmten, begann er: „Demeter, die Schwalbe und der Aal gingen vorzeiten den gleichen Weg. Als sie an einen Fluß gekommen waren, da flog die Schwalbe davon, der Aal tauchte unter ...", und damit schwieg er. Auf die Frage der Athener: „Und was tat Demeter?" gab er ihnen zur Antwort: „Sie ist böse auf euch, weil ihr die Angelegenheiten eurer Stadt vernachlässigt und euch statt dessen äsopische Fabeln erzählen laßt."

Gleich unklug handeln diejenigen, die sich um ihre Bedürfnisse nicht kümmern, aber für Lustbarkeiten Zeit haben. (63)

EINER, DER VOM HUNDE GEBISSEN WURDE

Ein Mann war von seinem Hund gebissen worden und hielt Umschau nach jemandem, der ihn heilen könnte. Einer von den Herumstehenden bemerkte, wonach jener suchte, und meinte: „Lieber Freund, willst du gerettet werden, so nimm Brot, mische diesem das Blut der Wunde bei und gib's dem Hund, der dich gebissen hat, zu fressen!" Doch der andere erwiderte lachend: „Wenn ich das tue, muß ich damit rechnen, von allen Hunden in der Stadt gebissen zu werden."

Die Geschichte zeigt, daß auch bei den Menschen die Bösen, wenn man ihnen Gutes tut, nur zu noch größeren Schandtaten angereizt werden. (64)

DIE EICHEN UND ZEUS

Die Eichen führten Klage vor Zeus: „Weshalb hast du uns erschaffen, da es uns doch bestimmt ist, von den Menschen gefällt zu werden?" Jener hingegen erwiderte: „Daß ihr gefällt werdet, daran bin nicht ich, sondern seid ihr selbst schuld. Denn ließet ihr euch keine Stämme wachsen, würde euch die Axt auch nicht fällen." (64a)

DIOGENES AUF DER REISE

Der Kyniker Diogenes machte einmal eine Reise. Als er zu einem Fluß kam, der über die Ufer getreten war, hielt er inne, weil er nicht wußte, wie er hinüberkommen sollte. In dieser Not sah ihn einer von den Männern, welche die Wanderer überzusetzen pflegten; der kam herbei und brachte ihn ans andere Ufer. Berührt durch so viel Freundlichkeit, stand Diogenes da und machte sich Skrupel wegen seiner Armut, die ihn daran hinderte, sich gegenüber seinem Wohltäter erkenntlich zu zeigen. Während er noch darüber seinen Gedanken nachhing, erblickte jener einen anderen Wanderer, der ebenfalls nicht hinüber konnte, lief zu ihm hin und brachte auch ihn über den Fluß. Da trat Diogenes zu ihm und sagte: „Nein, jetzt bin ich dir nicht mehr dankbar wegen des Geschehenen; denn ich sehe, du tust das nicht aus Überlegung, sondern aus krankhafter Veranlagung."

Die Fabel beweist, daß die, welche neben den Würdigen auch den Ungeeigneten Gutes zukommen lassen, sich nicht den Ruf des Wohltäters als vielmehr den des Dummkopfes erwerben. (65)

DIE WANDERER UND DER BÄR

Zwei Freunde zogen einmal dieselbe Straße. Als sie plötzlich eines Bären ansichtig wurden, stieg der eine der beiden eilends auf einen Baum und verbarg sich darin. Der zweite, in der Gefahr, von dem Bären erfaßt zu werden, ließ sich zu Boden fallen und stellte sich tot. Als der Bär ihn beschnüffelte und beroch, hielt er den Atem an; denn einen Toten soll ja das Tier nicht berühren. Sobald nun der Bär davongetrottet war, stieg der erste von seinem Baum herunter und fragte den zweiten, was ihm der Bär ins Ohr geflüstert habe. Der antwortete: „Unter anderm das, daß man nicht mit solchen Freunden auf die Reise gehen soll, die in Gefahren nicht ausdauern."

Die Fabel beweist, daß erst Notlagen die echten Freunde sichtbar machen. (66)

DIE JUNGEN MÄNNER UND DER SCHLÄCHTER

Zwei junge Männer kauften an demselben Orte Fleisch. Während der Schlächter abgelenkt war, nahm der eine der beiden heimlich eine Haxe und steckte sie dem andern in die Tasche. Als nun der Schlächter sich umdrehte, fehlte ihm die Haxe, und er beschuldigte deshalb die beiden. Doch der, welcher sie genommen, schwor, daß er sie nicht habe, und der, welcher sie hatte, daß er sie nicht genommen. Aber der Schlächter durchschaute ihre Verschlagenheit und sagte: „Nun, wenn ihr auch mich mit eurem Meineid hintergeht, die Götter werdet ihr jedenfalls nicht hintergehen."

Die Fabel beweist, daß der Meineid ein Verbrechen bleibt, selbst wenn ihn einer spitzfindig bemäntelt. (67)

DIE WANDERER

Zwei Wanderer hatten denselben Weg. Als der eine von ihnen eine Axt fand, sagte der andere: „Die haben wir gefunden." Doch der erste riet ihm, er solle nicht sagen: „Wir haben sie gefunden", sondern: „Du hast sie gefunden." Wenig später kamen die Leute hinzu, welche die Axt verloren hatten. Da sagte der, welcher sie trug, weil er sich bedrängt fühlte, zu seinem Gefährten: „Wir sind verloren." Der aber erwiderte: „Du mußt sagen: Ich bin verloren. Denn als du die Axt fandest, wolltest du dich keineswegs mit mir in den Besitz teilen."

Die Fabel lehrt, daß, wer an erfreulichen Ereignissen nicht teilhaben will, auch im Unglück kein zuverlässiger Freund ist. (68)

DIE FEINDE

Zwei, die einander feind waren, fuhren zusammen auf einem Schiffe. Und da sie einander nicht begegnen mochten, ging der eine zum Bug und blieb dort und der andere zum Heck und blieb da. Als nun ein arger Sturm ausbrach und das Schiff hin und her warf, erkundigte sich der, welcher am Heck stand, bei dem Steuermann, an welchem Teile das Schiff am meisten gefährdet sei. Und wie der ihm „Am Bug" antwortete, sprach er: „So macht mir der Tod keine Betrübnis; denn ich werde sehen, wie mein Feind zuerst ertrinkt."

Ja, es gibt Menschen, die aus Bosheit gegen ihre Nächsten gern selbst Schlimmes erleiden, wenn sie nur jene in gleicher Not erblicken können. (69)

DIE FRÖSCHE

Zwei Frösche wohnten in Nachbarschaft. Der eine hauste in einem tiefen Teich fern der Straße, der andere, mit wenig Wasser, auf der Straße. Und der Frosch, der in dem Teich wohnte, riet dem andern, zu ihm überzusiedeln, um gleichfalls in den Genuß eines vorteilhafteren und gesicherteren Lebens zu gelangen. Doch der andere wollte nicht darauf eingehen, denn, so bemerkte er, er trenne sich nur ungern von dem gewohnten Orte. So kam es, daß ihn am Ende ein Wagen, der dort vorbeikam, überfuhr.

So geht es auch bei den Menschen: Die in schlechten Gewohnheiten verharren, gehen unversehens zugrunde, ehe sie sich zum Besseren wenden. (70)

DIE EICHE UND DAS SCHILFROHR

Die Eiche und das Schilfrohr stritten miteinander, wer der Stärkere sei. Als sich ein heftiger Sturm erhob, schwankte und beugte sich zwar das Schilfrohr unter dessen Stößen, in den Wurzeln aber blieb es fest. Die Eiche dagegen widerstand wohl im großen und ganzen, wurde aber dennoch aus den Wurzeln gehoben.

Die Fabel lehrt, daß man mit den Stärkeren nicht streiten soll. (71)

DER FEIGLING, DER EINEN GOLDENEN LÖWEN FAND

Ein feiger Geizhals, der einen goldenen Löwen gefunden hatte, sprach zu sich selbst: „Ich weiß nicht, was in dieser Situation aus mir werden soll. Ich bin ganz von Sinnen und weiß nicht, was zu tun ist. Ich bin geteilt zwischen Habsucht und Feigheit des Herzens. Welcher Zufall oder welche Gottheit hat den goldenen Löwen gemacht? Meine Seele widerstreitet unter solchen Verhältnissen sich selbst. Sie liebt das Gold, aber sie hat Angst vor dem Geschöpf aus Gold. Den Fund zu berühren, treibt mich mein Verlangen, aber der Charakter rät zur Zurückhaltung. O Schicksal, das du gibst und das Nehmen doch nicht zuläßt! Du Schatz, der keine Freude in sich birgt! Du Gunst der Götter, die du zur Ungunst wurdest! Was nun, welcher Möglichkeit soll ich mich bedienen? Auf welches Mittel soll ich bauen? Ich werde gehen und meine Hausleute hierherholen. Sie müssen angesichts ihrer großen Zahl es mit dem Löwen aufnehmen, und ich werde von weitem zusehen."

Die Fabel paßt auf einen reichen Mann, der es nicht wagt, seine Schätze anzurühren und davon Gebrauch zu machen. (72)

DIE DELPHINE UND DER GRÜNDLING

Die Delphine und die Wale lagen einmal im Kampf miteinander. Als sich ihr Streit lange hinzog und immer heftiger wurde, tauchte ein Gründling auf — es ist das ein kleiner Fisch — und versuchte, sie miteinander auszusöhnen. Doch einer der Delphine fiel ihm ins Wort und sagte: „Laß, es wird für uns zuträglicher sein, wenn wir im Kampf gegeneinander zugrunde gehen, als daß du uns versöhnst!"

So ist es auch mit manchen Menschen: Sie bedeuten nichts; aber wenn es drunter und drüber geht, meinen sie, etwas zu bedeuten. (73)

DER IMKER

Als der Imker gerade abwesend war, kam einer hinzu und stahl den Honig und die Waben. Bald kehrte jener zurück, und da er die Stöcke leer fand, blieb er stehen, um die Sache in Augenschein zu nehmen. Auch die Bienen fanden sich von ihren Weideplätzen wieder ein, und wie sie den Imker da antrafen, stachen sie ihn mit ihren Stacheln und setzten ihm arg zu. Da sprach jener zu ihnen: „Ach, ihr bösen Tiere, den, der euch die Waben gestohlen hat, habt ihr unversehrt laufenlassen, mich aber, der ich für euch sorge, wollt ihr stechen?"

So hüten sich auch manche Menschen aus mangelnder Einsicht nicht vor ihren Feinden, und ihre Freunde stoßen sie als vermeintliche Widersacher von sich. (74)

DER DELPHIN UND DER AFFE

Leute, die eine Seefahrt machen, haben die Gewohnheit, sich zur Kurzweil auf die Reise maltesische Hunde und Affen mitzubringen. Und so führte einmal jemand, der eine

Seereise antrat, einen Affen mit sich. Als man bereits die Gegend von Sunion — das ist das Vorgebirge von Athen — erreicht hatte, kam plötzlich ein heftiger Sturm auf. Das Schiff kenterte, alle versuchten, schwimmend durchzukommen, und dasselbe tat der Affe auch. Da erblickte ihn ein Delphin, und weil der ihn für einen Menschen hielt, hieß er den Affen aufsitzen und trug ihn davon. Als man in die Nähe des Piräus kam, des Hafens von Athen, fragte der Delphin den Affen, ob er seiner Herkunft nach Athener sei. Als der erwiderte, daß er sogar von recht ansehnlichen Voreltern abstamme, fragte er ihn weiter, ob er den Piräus kenne. Und weil der Affe annahm, daß das ein Mensch sei, erwiderte er, er sei mit diesem sogar eng befreundet. Verärgert über solche Lügenreden, warf der Delphin den Affen ab und ertränkte ihn.

Die Fabel zielt auf einen Lügner. (75)

DER HIRSCH UND DER LÖWE

Ein Hirsch begab sich, vom Durst geplagt, zu einer Quelle. Als er beim Trinken sein Abbild im Wasser erblickte, da freute er sich über sein Geweih, dessen Größe und merkwürdige Gestaltung er bewunderte, während ihm seine Beine Anlaß zu heftigem Ärgernis boten, weil sie ihm dünn und schwach schienen. Während er noch seinen Betrachtungen nachhing, erschien der Löwe und scheuchte ihn auf. Der Hirsch lief eilends davon und gewann einen erheblichen Vorsprung. Solange nun die Gegend eben war, rettete jenen sein Vorsprung; als er aber in ein Waldgebiet kam, da geschah es, daß sich sein Geweih in den Zweigen verhedderte, er nicht weiterlaufen konnte und festgehalten wurde. Während ihm der Tod vor Augen stand, sprach er zu sich selber: „Ich Dummkopf, durch das, wodurch ich glaubte verloren zu sein, wurde ich gerettet, und von dem, auf das sich vornehmlich mein Vertrauen setzte, fand ich den Tod.“

Oft schon sind in Gefahren Freunde, denen man argwöhnisch begegnete, zu wahren Rettern geworden und die, denen man besonders vertraute, zu Verrätern. (76)

DER HIRSCH

Ein Hirsch, der auf einem Auge blind war, kam an einen Strand und weidete dort, das gesunde Auge, das auf das Herankommen von Jägern achtete, aufs Land, das blinde auf die See gerichtet; denn von dorther erwartete er keine Gefahr. Da kamen Leute in einem Boot an der Gegend vorübergefahren, erblickten den Hirsch und erlegten ihn leicht. Und als er seine Seele aushauchte, sprach er zu sich selbst: „Ach, ich Unglücklicher, vor dem Lande habe ich mich in acht genommen, weil ich es fürchtete; viel widriger aber war mir die See, bei der ich meine Zuflucht suchte!"

So stellen sich oftmals gegen unsere Annahme Dinge, die uns widrig scheinen, als hilfreich heraus und das, was wir für heilsam halten, als verderblich. (77)

DER HIRSCH UND DER LÖWE

Auf der Flucht vor Jägern kam ein Hirsch zu einer Höhle, in der ein Löwe lag, und ging hinein, um sich zu verbergen. Als der Löwe ihn packte und zerriß, da rief er: „O ich Unseliger, der ich, den Menschen entrinnend, mich einem wilden Tier auslieferte!"

So geht es auch manchen Menschen: Aus Furcht vor geringeren Gefahren stürzen sie sich in das größere Übel. (78)

DER HIRSCH UND DER WEINSTOCK

Ein Hirsch versteckte sich, von den Jägern verfolgt, unter einem Weinstock. Als nun die Jäger vorüber waren und er sich außer Gefahr glaubte, verzehrte er die Blätter des Weinstocks. Doch einer von den Jägern drehte sich um, entdeckte den Hirsch, richtete seinen Speer auf ihn und traf ihn. Im Verenden sprach dieser stöhnend zu sich selbst: „Ich muß zu Recht leiden, denn ich habe mich an dem Weinstock vergangen, der mich gerettet hatte."

Diese Fabel könnte man auf Leute beziehen, die Gutes mit Bösem vergelten und darum von Gott heimgesucht werden.
(79)

DIE SEEFAHRER

Ein paar Männer bestiegen ein Schiff und unternahmen eine Seefahrt. Als sie auf die hohe See hinausgekommen waren, geschah es, daß sich ein schrecklicher Sturm erhob und das Schiff beinahe unterging. Da zerriß mancher unter den Fahrgästen seine Kleider, flehte mit Stöhnen und Wehklagen zu den heimischen Penaten und gelobte, Dankopfer zu bringen, wenn man nur überlebte. Als aber der Sturm aufgehört hatte und wieder Ruhe eingetreten war, machten sich die Seefahrer ans Schmausen, tanzten und sprangen, da sie ja unerwartet gut davongekommen waren. Und sturmerprobt, wie er war, sagte der Steuermann zu ihnen: „Nun, Freunde, so fröhlich müßt ihr sein, wenn es allfällig wieder einmal stürmen sollte."

Die Fabel lehrt, daß man die Launenhaftigkeit des Schicksals bedenken und sich im Glück nicht über die Maßen erheben soll. (80)

DIE KATZE UND DIE MÄUSE

In einem Hause gab es viele Mäuse. Die Katze erfuhr davon, begab sich in das Haus und fing eine nach der anderen, um sie aufzufressen. Als die Mäuse immer weniger wurden, verkrochen sie sich in ihren Löchern; dort konnte sie die Katze nicht mehr erreichen, und deshalb beschloß sie, jene mit List herauszuholen. Also stieg sie auf einen Holzpflock, hängte sich daran und stellte sich tot. Eine von den Mäusen, die hervorlugte, sah das und rief: „Ach du, selbst wenn du ein Sack wärest, näher komme ich dir doch nicht!"

Die Fabel lehrt: Wenn kluge Leute die Bosheit gewisser Mitmenschen erfahren haben, dann lassen sie sich durch deren Heucheleien nicht mehr täuschen. (81)

DIE FLIEGEN

In einer Vorratskammer war Honig verschüttet worden. Da kamen die Fliegen herbeigeflogen und kosteten davon, und wegen des angenehm süßen Geschmacks konnten sie gar nicht mehr aufhören. Dabei klebten ihre Beine fest, so daß sie außerstande waren, wieder davonzufliegen. Während sie so erstickten, sagten sie zueinander: „Wie dumm sind wir doch, daß wir um eines kurzen Genusses willen zugrunde gehen müssen!"

So wird für viele ihre Naschsucht zur Ursache ihres Unglücks. (82)

DER FUCHS UND DER AFFE

In einer Versammlung der Tiere tanzte der Affe, und weil er viel Anerkennung fand, wurde er von den anderen zum König erwählt. Der Fuchs neidete ihm den Erfolg. Als er nun in einer Falle ein Stück Fleisch liegen sah, führte er den Affen dorthin und sagte: „Ich habe einen Schatz gefunden, wollte aber nicht Gebrauch davon machen, sondern habe ihn als Ehrengabe für deine Majestät aufbewahrt. So rate ich dir, ihn zu nehmen.“ Unbedacht kam der Affe heran und wurde von der Falle erfaßt. Als er nun den Fuchs beschuldigte, daß der ihm diesen Hinterhalt gelegt habe, erwiderte jener: „Du Affe, wie willst du mit so wenig Verstand König der Tiere sein?“

So geht es denen, die ohne Vorbedacht an ihre Aufgaben herantreten; zum Schaden ernten sie auch noch den Spott.

(83)

DER ESEL, DER HAHN UND DER LÖWE

In einem Pferch befanden sich ein Esel und ein Hahn. Als ein hungriger Löwe den Esel erblickte, dachte er daran, einzudringen und jenen zu verspeisen. Da fing der Hahn an zu krähen. Über dieses Geräusch erschrak der Löwe — es heißt ja, daß die Löwen vor der Stimme der Hähne Angst haben — und trollte sich. Der Esel aber, mutig geworden, weil der Löwe wirklich vor dem Hahn davongelaufen sei, machte sich auf, um jenen zu verfolgen. Als aber der Löwe weit genug entfernt war, drehte er sich um und verzehrte den Esel.

So geht es manchen Menschen: Sie sehen ihre Feinde gedemütigt, dadurch wächst ihre eigene Tollkühnheit, und ohne daß sie es merken, werden sie die Beute ihrer Feinde.

(84)

DER AFFE UND DAS KAMEL

Bei einer Versammlung der Tiere trat der Affe auf und tanzte. Als er bei allen viel Beifall und Anerkennung fand, wurde das Kamel neidisch und wollte es ihm gleichtun. Also stand es auf und versuchte auch seinerseits zu tanzen. Weil es jedoch nur Albernheiten zustande brachte, wurden die Tiere böse und jagten es mit Stockschlägen davon.

Diese Fabel paßt auf solche Leute, die aus Neid mit Überlegenen in Konkurrenz treten und dabei zu Fall kommen. (85)

DIE BEIDEN KÄFER

Auf einem Inselchen weidete ein Stier. Von dessen Mist ernährten sich zwei Käfer. Als nun der Winter anbrach, sagte der eine zu dem anderen, er wolle auf das Festland hinüberfliegen; für den anderen allein werde es hier genug zu fressen geben, und er selber würde drüben überwintern. Und wenn er, sagte er weiter, ergiebige Weide finde, so wolle er ihm auch etwas bringen. Auf dem Festland angelangt, fand er reichlich Mist vor, und zwar sogar feuchten; er blieb darum dort und ließ es sich gut gehen. Als der Winter vorüber war, flog er auf die Insel zurück. Der andere sah ihn, wie er fett und wohlgenährt war, und hielt ihm vor, warum er trotz seines früheren Versprechens nichts gebracht habe. Da erwiderte der erste: „Nicht mich, sondern die Natur jener Gegend mußt du tadeln. Denn man kann dort gut leben, kann aber nichts mitnehmen."

Die Fabel dürfte auf die Leute passen, bei denen Freundschaft nur bis zu guter Bewirtung geht, die aber darüber hinaus für ihre Freunde nichts übrig haben. (86)

DAS FERKEL UND DIE SCHAFE

In eine Herde Schafe geriet ein Ferkel und weidete mit ihnen. Als es einmal der Hirt packte, da schrie es laut und widersetzte sich. Die Schafe machten ihm Vorhaltungen wegen seines Lärmens und sagten: „Packt er uns nicht dauernd, ohne daß wir deswegen schreien?" Doch das Ferkel erwiderte: „Aber es ist nicht dasselbe, wenn er euch oder mich packt. Euch fängt er nämlich wegen der Wolle oder wegen der Milch, mich aber wegen des Fleisches."

Die Fabel beweist, daß die mit Recht in Klagen ausbrechen, bei denen nicht Geld und Gut, sondern das Leben in Gefahr steht. (87)

DIE DROSSEL

In einem Myrtenhain nistete eine Drossel und konnte sich von den süßen Früchten nicht trennen. Doch ein Vogelsteller lauerte ihr an dem Orte auf, an dem sie so gern verweilte, und fing sie mit seiner Leimrute. Und als es ans Sterben ging, da sagte sie: „Ich Unglückselige, die ich der süßen Früchte wegen mein Leben verliere!"

Die Geschichte zielt auf einen zügellosen Genießer. (88)

DIE GANS, DIE GOLDENE EIER LEGTE

Hermes wurde von einem Manne über die Maßen verehrt und schenkte ihm darum eine Gans, die goldene Eier legte. Der Beschenkte aber wollte den ihm mit der Zeit zuteil werdenden Nutzen nicht abwarten, weil er vermutete, die Gans würde alle ihre Innereien aus Gold haben, und schlachtete sie deshalb ohne Verzug. Dadurch geschah es, daß er nicht nur in seiner Erwartung getäuscht wurde, sondern auch noch ihrer Eier verlustig ging; denn in ihrem Inneren fand er nur Fleisch.

So geben oftmals die Habgierigen aus der Sucht nach mehr sogar das preis, was sie in den Händen haben. (89)

HERMES UND DER BILDHAUER

Weil Hermes erfahren wollte, in welchem Ansehen er bei den Menschen stehe, begab er sich in Menschengestalt in die Werkstatt eines Bildhauers. Dort erblickte er eine Statue des Zeus und fragte: „Wieviel kostet die?" Während der

Bildhauer „Eine Drachme“ antwortete, fragte er lachend weiter: „Und wieviel kostet die der Hera?“ — „Etwas mehr“, war die Antwort. Da fiel der Blick auf sein eigenes Standbild, und der Gott dachte bei sich, daß die Menschen ihn, den Götterboten und Gewinnbringer, hoch bewerten müßten. Darum fragte er nochmals: „Und wieviel kostet der?“ Der Bildhauer erwiderte: „Nun, wenn du die beiden andern kaufst, dann bekommst du den als Zugabe.“

Auf einen eitlen Fatzken, der bei den andern nichts gilt, paßt diese Fabel. (90)

HERMES UND TEIRESIAS

Einmal wollte Hermes die Seherkunst des Teiresias auf ihre Wahrheit hin erproben. Er stahl ihm darum die Ochsen vom Acker, begab sich in Menschengestalt zu ihm in die Stadt und ließ sich von ihm als Gast empfangen. Als man Teiresias von dem Verlust seiner Zugtiere in Kenntnis setzte, wanderte er mit Hermes in die Vorstadt, um wegen des Diebstahls den Vogelflug zu beobachten; seinen Begleiter bat er dabei, ihm zu sagen, welchen Vogel er jeweils sehe. Und Hermes erblickte als erstes einen Adler, der von links nach rechts flog, und meldete das dem Seher. Doch der erklärte, der Adler gehe sie nichts an. Als zweites bemerkte der Gott eine Krähe, die auf einem Baume saß und bald nach oben schaute, bald sich nach unten beugte; das teilte er Teiresias mit. Der fiel ihm sogleich ins Wort: „Aber ja, diese Krähe schwört feierlich bei Himmel und Erde, daß ich, wenn du es nur willst, meine Ochsen wiederbekommen werde.“

Diese Fabel sollte man in bezug auf einen Spitzbuben anwenden. (91)

DIE NATTER UND DIE WASSERSCHLANGE

Die Natter kam regelmäßig zu einer Quelle und trank daraus. Die dort wohnende Wasserschlange wollte sie daran hindern, verärgert darüber, daß jene sich nicht mit dem eigenen Bezirk begnüge, sondern noch in den fremden Lebensbereich eindringe. Als der Streit immer heftiger wurde, einigten sie sich schließlich darauf, miteinander zu kämpfen; dem Sieger solle das Verfügungsrecht über Wasser und Land zuteil werden. Als man bereits den Termin anberaumt hatte, erschienen die Frösche, weil sie die Wasserschlange haßten, bei der Natter, sprachen ihr Mut zu und erboten sich, selber an ihrer Seite zu kämpfen. Als nun die Schlacht begann, da kämpfte die Natter gegen die Wasserschlange, die Frösche jedoch, die weiter nichts tun konnten, erhoben ein großes Gequake. Nachdem die Natter den Sieg davongetragen hatte, machte sie ihnen darum Vorwürfe; sie hätten ihr Bundesgenossenschaft versprochen, im Verlaufe des Kampfes jedoch nicht nur keine Hilfe geleistet, sondern sogar noch gesungen. Die Frösche aber erwiderten ihr: „Du mußt wissen, daß unsere Bundesgenossenschaft nicht im Handanlegen, sondern im Stimmeerheben besteht.“

Die Fabel zeigt, daß da, wo es der Hände bedarf, eine Hilfe bloß mit Worten nichts nützt. (92)

DER HUND UND SEIN HERR

Jemand besaß einen Malteserhund und einen Esel und gab sich fortwährend mit dem Hund ab. Und wenn er einmal auswärts speiste, dann brachte er dem Hund etwas mit und warf es ihm vor, wenn er sich schweifwedelnd an ihn herandrängte. Der Esel, der darauf neidisch geworden war, kam ebenfalls herbeigelaufen, sprang hoch und stieß dabei seinen Herrn mit dem Fuß an. Der geriet dadurch in

Unwillen, hieß den Esel verprügeln, abführen und an seine Krippe binden.

Die Fabel zeigt, daß nicht alle für dasselbe befähigt sind. (93)

DIE BEIDEN HUNDE

Jemand hatte zwei Hunde, von denen richtete er den einen für die Jagd, den anderen für das Haus ab. Und immer wenn der Jagdhund zur Jagd unterwegs gewesen war und etwas mitgebracht hatte, warf der Herr ein Stück davon auch dem andern Hunde hin. Das ärgerte den Jagdhund, und er schalt den zweiten deswegen, daß er selber hinaus müsse und sehr viel auszustehen habe, während der andere nichts tue und von seinen, des ersteren Mühen ein gutes Leben habe. Doch der Haushund erwiderte: „Nicht mich mußt du tadeln, sondern den Herrn, der mich nicht dazu erzogen hat, selber zu arbeiten, sondern dazu, von der Arbeit anderer zu leben."

So darf man auch die Unbekümmertheit der Kinder nicht schelten, wenn ihre Eltern sie dazu anhalten. (94)

DIE NATTER UND DIE FEILE

Die Natter begab sich in die Werkstatt eines Schmieds und forderte von den Werkzeugen eine milde Gabe. Nachdem sie von allen erhalten hatte, kam sie zu der Feile und bat auch diese, ihr etwas zu schenken. Doch die ließ sie gar nicht zu Ende sprechen, sondern sagte: „Du bist wirklich dumm, wenn du meinst, von mir etwas holen zu können. Denn nicht zu geben bin ich gewohnt, sondern von allen zu nehmen."

Die Fabel zeigt, wie einfältig diejenigen sind, welche von Geizhälsen etwas zu gewinnen hoffen. (95)

DER VATER UND SEINE TÖCHTER

Ein Vater hatte zwei Töchter; die eine gab er einem Gärtner zur Frau, die andere einem Töpfer. Nachdem einige Zeit vergangen war, kam er zu der Gärtnersfrau und fragte sie, wie es ihr gehe und wie ihre Geschäfte stünden. Sie hätten alles, antwortete die Gefragte, nur um eines beteten sie zu den Göttern, daß nämlich ausgiebig Regen komme, weil das Gemüse Feuchtigkeit brauche. Nicht viel später traf der Vater auch die Töpfersfrau und erkundigte sich bei ihr in gleicher Weise nach dem Befinden. An allem anderen, erwiderte die, hätten sie keinen Mangel, nur darum müßten sie beten, daß blauer Himmel bleibe und strahlender Sonnenschein, damit der Ton gut trockne. Da sagte der Vater zu ihr: „Wenn du also Sonnenschein verlangst und deine Schwester Regen, mit wem von euch beiden soll ich mich dann im Gebet vereinen?"

So geht es Leuten, die sich zur selben Zeit mit einander widersprechenden Dingen befassen; nach aller Wahrscheinlichkeit straucheln sie beide Male. (96)

DER MANN UND SEINE FRAU

Einer hatte eine Frau, die war mit allen im Hause verfeindet; so wollte er wissen, ob sie es mit den Leuten in ihrem Elternhause genauso halten werde. Darum schickte er sie unter einem guten Vorwand zu ihrem Vater. Als sie schon wenige Tage später zurückkehrte, fragte er sie, wie man sie aufgenommen habe. Als sie erwiderte: „Die Rinder- und die Schafhirten haben mich böse angesehen", sagte der Mann zu ihr: „Ja, liebe Frau, wenn du nicht einmal mit denen auskommst, die am frühen Morgen schon ihre Herden hinaustreiben und erst am späten Abend heimkehren, wie mag es dir dann erst mit denen ergangen sein, die mit dir den ganzen Tag zusammen waren?"

So läßt sich am Geringen oft Großes und am Augenfälligen oft das Unsichtbare erkennen. (97)

DIE NATTER UND DER FUCHS

Die Natter wurde auf einem Bund Disteln von einem Flusse fortgeschwemmt. Der Fuchs, der das sah, rief: „Dem Schiffe entspricht der Schiffsherr."

Auf einen schlechten Menschen, der sich auf zweifelhafte Geschäfte einließ, geht diese Fabel. (98)

DAS GEISSLEIN UND DER WOLF

Ein Geißlein, das hinter seiner Herde zurückgeblieben war, wurde vom Wolf verfolgt. Plötzlich drehte es sich um und sagte zu dem Wolf: „Ich bin mir gewiß, Wolf, daß ich dir zur Speise dienen werde. Aber damit ich nicht ganz unrühmlich sterbe, mußt du Flöte spielen, und ich will dazu tanzen." Während nun der Wolf flötete und das Geißlein tanzte, wurden die Hunde aufmerksam und machten sich hinter dem Wolf her. Der drehte sich um und sagte zu dem Geißlein: „Das geschieht mir ganz recht. Schlächter von Beruf, hätte ich nicht den Flötenspieler nachahmen sollen."

So verlieren die, welche gegen das Gebot der Stunde handeln, sogar das noch, was sie in den Händen haben. (99)

DER WOLF UND DAS GEISSLEIN

Das Geißlein verspottete, auf einem Dache stehend, den daherkommenden Wolf. Doch der sagte zu ihm: „Nicht du verspottest mich, sondern dein Standort."

Die Fabel beweist, daß günstige Gelegenheiten Mut machen gegenüber den Stärkeren. (100)

DER STATUENVERKÄUFER

Einer hatte eine hölzerne Hermesfigur angefertigt und bot sie auf dem Markte feil. Als sich kein Käufer einfand, rief er, um Vorübergehende zum Kauf anzulocken, daß er einen wohltätigen und gewinnbringenden Gott anzubieten habe. Da kam einer aus der Menge herzu und sagte zu dem Manne: „Lieber Freund, warum willst du, wenn das ein solcher Gott ist, ihn verkaufen, wo du es doch selber nötig hättest, sich seiner Wohltaten zu erfreuen?" Der Angesprochene erwiderte: „Weil ich einer möglichst schnellen Hilfe bedarf, der Gott aber seine Gaben nur gemächlich zu gewähren pflegt."

Auf einen habgierigen Verächter der Götter zielt diese Geschichte. (101)

ZEUS, PROMETHEUS, ATHENE UND MOMOS

Als Zeus den Stier, Prometheus den Menschen und Athene das Haus geschaffen hatten, wählten sie sich Momos als Schiedsrichter in ihrem Wettstreit. Voller Neid auf jene Schöpfungen begann dieser zu mäkeln. Zeus habe unzulänglich gearbeitet, weil er die Augen des Stiers nicht auf die Hörner setzte, so daß dieser sehen könnte, wohin er stößt. An Prometheus tadelte er, daß er die Seele des Menschen nicht außen angehängt habe; die Bösewichte würden dann nicht verborgen bleiben, und es würde offenbar werden, was ein jeder im Sinne hat. Als drittes bemerkte er, Athene hätte an ihrem Haus Räder anbringen sollen, damit, wenn einer neben einen bösen Nachbarn zu wohnen käme, er sich leicht entfernen könne. Über so viel Mäkelei ergrimmte Zeus und warf den Momos aus dem Olymp.

Die Fabel lehrt, daß nichts so vollkommen ist, daß sich nicht irgend etwas daran tadeln ließe. (102)

DIE KRÄHE UND DIE VÖGEL

Zeus wollte einen König der Vögel einsetzen und bestimmte daher einen Zeitpunkt, zu dem diese erscheinen sollten. Da lief die Krähe, die sich ihrer Häßlichkeit wohlbewußt war, überall herum, sammelte die Federn auf, die den anderen Vögeln ausgefallen waren, und heftete sie sich selber an. Als nun jener Tag herankam, trat sie buntgeschmückt vor Zeus. Der war gesonnen, sie wegen ihres guten Aussehens zum König zu machen; doch die anderen Vögel wurden unwillig darüber, bildeten einen Kreis um die Krähe, und ein jeder nahm die ihm gehörige Feder wieder an sich. So geschah es, daß diese, ihrer Herrlichkeit entblößt, aufs neue zur Krähe wurde.

So geht es auch bei den Menschen mit den Schuldnern. Solange sie das fremde Geld haben, erwecken sie den Eindruck, als wären sie etwas; sobald sie es aber zurückgeben müssen, befinden sie sich in derselben Verfassung wie von Anfang an. (103)

HERMES UND DIE ERDE

Als Zeus Mann und Frau geschaffen hatte, befahl er Hermes, sie auf die Erde zu geleiten und ihnen zu zeigen, wo sie graben und ihre Behausung einrichten müßten. Hermes führte seinen Auftrag aus, doch die Erde widersetzte sich ihm anfänglich. Als sie aber der Gott zwang mit dem Hinweis, daß Zeus es so angeordnet habe, sagte sie: „So mögen sie graben, soviel sie wollen! Denn unter Seufzen und Weinen werden sie, was sie herausgruben, zurückgeben."

Auf Leute, die leichtsinnig Darlehen aufnehmen, aber nur mit Bedauern das Geliehene zurückgeben, paßt diese Fabel. (104)

HERMES

Zeus befahl Hermes, allen Handwerkern ein Lügengift einzugeben. Der rieb das Gift, setzte ein gleiches Maß fest und flößte es einem jeden ein. Als nun nur noch der Schuster übrigblieb, jedoch noch viel Gift vorhanden war, nahm er den Mörser und ergoß den ganzen Inhalt auf jenen. Von daher kommt es, daß es die Handwerker allesamt mit der Wahrheit nicht genau nehmen, am wenigsten aber die Schuster.

Die Fabel paßt gut auf einen Lügner. (105)

DER WAGEN DES HERMES UND DIE ARABER

Hermes fuhr einstens mit einem Wagen, der mit Lügen, Hinterlist und Betrug beladen war, über Land und verteilte an jedem Orte ein bißchen von seiner Last. Als er aber ins Araberland kam, so erzählt man sich, schüttete der Wagen plötzlich um. Die Araber raubten die vermeintlich wertvolle Ladung und verhinderten so, daß sie zu den anderen Menschen gelangte.

Die Araber sind nämlich die allerschlimmsten Lügner und Betrüger; in ihren Reden gibt es keine Wahrheit.

(105a)

ZEUS UND APOLLON

Zeus und Apollon hatten einst einen Wettstreit im Bogenschießen. Nachdem Apollon den Bogen gespannt und seinen Pfeil ausgesandt hatte, machte Zeus bloß einen Schritt, so weit, wie Apollon geschossen hatte.

Wer mit dem Stärkeren wetteifert und es ihm doch nicht gleichtun kann, hat nur den Spott noch dazu. (106)

DAS PFERD, DAS RIND, DER HUND UND DER MENSCH

Als Zeus den Menschen schuf, gab er ihm nur eine geringe Lebenszeit. Doch der Mensch bediente sich seines Verstandes, und als der Winter nahte, baute er sich ein Haus und wohnte darin. Die Kälte wurde heftig, und es gab viel Regen, da konnte es das Pferd nicht mehr ertragen, eilte zu dem Menschen und bat ihn, es zu beherbergen. Der sagte, das könne er nur unter der Bedingung tun, daß es ihm von seinen eigenen Lebensjahren einen Teil abgebe. Darauf ließ sich das Pferd gern ein. Wenig später erschien das Rind, das gleichfalls die Kälte nicht mehr aushalten konnte. Und da der Mensch wiederum erklärte, er werde es nicht aufnehmen, es sei denn, daß es ihm eine Anzahl seiner Lebensjahre abtrete, gab auch das Rind seinen Teil, um Unterkunft zu finden. Schließlich erschien, von der Kälte beinah aufgerieben, der Hund, trat ein Stück seiner Lebenszeit ab und erlangte dafür Schutz. So ist es dahin gekommen, daß die Menschen, solange sie sich in dem von Zeus zugebilligten Lebensalter befinden, gut und tüchtig sind; erreichen sie die Jahre des Pferdes, werden sie prahlerisch und hochnäsig; kommen sie in die Jahre des Rindes, so sind sie herrschsüchtig, und erreichen sie gar die Lebenszeit des Hundes, werden sie jähzornig und bissig.

Diese Fabel läßt sich auf einen griesgrämigen, starrsinnigen Alten anwenden. (107)

ZEUS UND DIE SCHILDKRÖTE

Als Zeus Hochzeit hielt, hatte er alle Tiere zu Gast. Allein die Schildkröte war zu spät gekommen. Da Zeus den Grund dafür wissen wollte, fragte er sie am nächsten Tage, warum sie als einzige nicht rechtzeitig zu dem Festmahl erschienen sei. Über ihre Antwort: „Mein Haus ist mir lieb, mein Haus ist das beste“ wurde er böse und richtete es so ein, daß die Schildkröte immer ihr Haus mit sich herumtragen muß.

Ebenso ziehen es auch viele Menschen vor, schlicht unter eigenem Dach zu wohnen als aufwendig bei Freunden zu leben. (108)

ZEUS UND DER FUCHS

Da Zeus den Fuchs wegen der Schärfe und Wendigkeit seines Verstandes bewunderte, übertrug er ihm die Herrschaft als König der Tiere. Weil er aber erfahren wollte, ob der Fuchs mit der Veränderung seines Geschickes zugleich auch seine Habsucht abgelegt habe, ließ er ihm, während er in einer Sänfte getragen wurde, einen Käfer vor die Augen kommen. Da konnte der Fuchs nicht widerstehen, sondern sprang, als der Käfer um die Sänfte herumflog, wider alle Ordnung auf und versuchte, jenen zu fangen. Deshalb wurde Zeus böse auf ihn und versetzte ihn in seinen früheren Stand zurück.

Die Fabel zeigt, daß nichtswürdige Menschen, auch wenn sie noch so glänzende Masken annehmen, ihr Wesen doch nicht ändern. (109)

ZEUS UND DIE MENSCHEN

Als Zeus die Menschen schuf, gebot er dem Hermes, ihnen Verstand einzuflößen. Der setzte für jeden das gleiche Maß an und gab es entsprechend ein. Dabei geschah es, daß für die Kleingewachsenen das Maß ausreichte und sie klug wurden, während die Langgeratenen, weil die Flüssigkeit nur ihre Knie, nicht aber den ganzen Körper erreichte, dümmer ausfielen.

Auf einen körperlich stattlichen, geistig jedoch beschränkten Mann zielt diese Fabel. (110)

DIE MENSCHEN UND ZEUS

Als Zeus die Tiere erschaffen, so berichtet die Sage, und einem jeden nach seinem Willen gegeben hatte, dem einen Kraft, dem andern Schnelligkeit, dem dritten Flügel, da stand der Mensch noch nackt da und sprach: „Mich allein hast du sonder Gnade gelassen." Der Gott antwortete ihm: „Du bist nur unempfänglich für deine Gabe, wiewohl du die größte erlangt hast. Denn du besitzt Vernunft, die bei Göttern und Menschen gilt; nichts ist stärker, nichts ist schneller als sie." Da erkannte der Mensch seine Gabe, ehrte den Gott und ging dankbaren Herzens von dannen.

Wirklich gibt es unter denen, die von Gott durch Vernunft ausgezeichnet wurden, etliche, die diese Gnade nicht erkennen und statt dessen die Tiere beneiden, die doch weder fühlen noch denken können. (110a)

ZEUS UND DIE SCHAM

Als Zeus die Menschen bildete, gab er ihnen sogleich alle anderen Anlagen mit, nur die Scham hatte er vergessen. In Verlegenheit, von woher er sie einführen könnte, hieß er sie schließlich durch den After ihren Einzug halten. Die Scham widersetzte sich zunächst und empörte sich über das unwürdige Ansinnen; als Zeus sie aber heftig bedrängte, sagte sie: „Nun, unter der einen Bedingung will ich meinen Einzug halten, daß ich sogleich wieder ausziehen werde, sollte noch etwas anderes auf demselben Wege wie ich hineinkommen." Seither ist es so, daß die Päderasten keine Scham besitzen.

Diese Fabel könnte man auf einen perversen Mann beziehen. (111)

DER HEROS

Jemand hatte einen Heros in seinem Hause, dem brachte er überreiche Opfer dar. Als er nun seinen Aufwand immer mehr steigerte und große Mittel für die Opfer verwandte, erschien ihm eines Nachts der Heros und sagte: „Hör auf, lieber Freund, dein Vermögen zu verschwenden! Denn wenn du alles aufgebraucht hast und mittellos dastehst, dann wirst du mir die Schuld geben."

So schieben viele, die durch eigenen Unverstand Unglück leiden, die Schuld auf die Götter. (112)

HERAKLES UND DER REICHTUM

Als Herakles, göttergleich geworden, von Zeus bewirtet wurde, begrüßte er einen jeden der Götter mit viel Freundlichkeit. Doch als zuletzt der Gott des Reichtums eintrat, blickte der Held zu Boden und wandte sich ab. Darüber verwundert, fragte ihn Zeus, weswegen er, der doch die andern alle freundlich angesprochen habe, den Gott des Reichtums schief ansehe. Jener antwortete: „Ihn allein mag ich nicht leiden; denn solange ich unter den Menschen weilte, mußte ich erfahren, daß er meistenteils bei den Bösen wohnte."

Die Fabel könnte auf einen Mann gemünzt sein, der durch Zufall reich, seinem Charakter nach jedoch schlecht war. (113)

DIE AMEISE UND DIE GRILLE

Es war kalter Winter, und Schnee fiel vom Olymp. Die Ameise hatte zur Erntezeit viel Speise eingetragen und ihre Scheuern damit angefüllt. Die Grille hingegen kauerte in ihrem Loch und litt gar sehr, von Hunger und arger Kälte geplagt. Sie bat darum die Ameise, ihr von ihrer Speise abzugeben, damit sie davon essen könne und nicht zu sterben brauche. Doch die Ameise sprach zu ihr: „Wo warst du denn im Sommer? Warum hast du zur Erntezeit nicht Speise eingetragen?" Darauf die Grille: „Ich habe gesungen und mit meinem Gesang die Wanderer erfreut." Da lachte die Ameise laut und rief: „So magst du im Winter tanzen!"

Die Fabel zeigt, daß es nichts Besseres gibt, als für die notwendige Nahrung zu sorgen, und daß man sich nicht bei Lust und Tanz ergehen soll. (114)

DER THUNFISCH UND DER DELPHIN

Der Thunfisch, den der Delphin verfolgte, wurde mit großer Geschwindigkeit durch die Wellen getragen. Als der Verfolger ihn gerade einholen wollte, da geschah es, daß er durch den enormen Schwung unversehens auf den Strand geworfen wurde. Von derselben Bewegung wurde auch der Delphin ergriffen und mit ihm zusammen hinausgeschleudert. Als das der Thunfisch sah, wandte er sich, schon in den letzten Zügen liegend, an den Delphin: „Jetzt ist mir der Tod nicht mehr schmerzlich, sehe ich doch, daß der, der daran Schuld trägt, mit mir zusammen sterben muß."

Die Fabel lehrt, daß die Menschen ihr Unglück leicht tragen, wenn sie nur feststellen, daß es denen, die daran schuld haben, ebenfalls schlecht geht. (115)

DER ARZT UND DER PATIENT

Ein Arzt nahm an der Beisetzung eines Bekannten teil. Dabei äußerte er sich zu den Trauergästen: „Wenn dieser Mann keinen Wein getrunken und ein Klistier genommen hätte, wäre er nicht gestorben." Doch einer der Anwesenden fiel ihm ins Wort: „Lieber Freund, das solltest du nicht jetzt sagen, wo es ohne Nutzen ist; damals hättest du ihm raten müssen, als er von dem Rat auch Gebrauch machen konnte."

Die Fabel zeigt, daß man den Freunden zu Hilfe kommen muß, wenn sie der Hilfe bedürfen, sie aber nicht lächerlich machen soll, wenn etwas schiefgegangen ist. (116)

DER VOGELSTELLER UND DIE SCHLANGE

Ein Vogelsteller nahm Mistelleim und seine Ruten und begab sich auf die Jagd. Als er eine Drossel auf einem hohen Baume sitzen sah, traf er Anstalten, sie zu fangen. Entsprechend verlängerte er seine Ruten und blickte gespannt und mit voller Aufmerksamkeit in die Luft. Während er sich so ausschließlich nach oben orientierte, trat er unversehens auf eine Schlange, die vor seinen Füßen schlief. Die fuhr eilends herum und biß ihn tödlich. Sein Leben aushauchend, sprach der Vogelsteller zu sich selbst: „Ich Unglücklicher, anderes wollte ich jagen und wurde ungewollt selber in den Tod gejagt!"

So geht es denen, die ihren Nächsten nachstellen; unversehens schlittern sie selber ins Unglück. (117)

DER KREBS UND DER FUCHS

Der Krebs stieg aus dem Meer und ließ sich an einer Küste nieder. Als der Fuchs, den eben hungerte, seiner ansichtig wurde, lief er herbei und fing ihn. Da meinte der Krebs, als er gerade verspeist werden sollte: „Es geschah mir schon recht; denn wozu wollte ich, der ich ein Meeresbewohner bin, auf dem Lande leben?"

So geht es mit Recht solchen Menschen schlecht, die ihre gewohnten Lebensformen aufgeben und sich auf Dinge legen, die zu ihnen nicht passen. (118)

DAS KAMEL UND ZEUS

Das Kamel wurde neidisch, als es den Stier mit seinen stolzen Hörnern zu Gesicht bekam, und wünschte sich, ebensolche zu haben. Darum begab es sich zu Zeus und bat ihn, er möchte ihm doch auch Hörner zuteilen. Zeus aber ärgerte sich über das Kamel, daß es sich nicht mit der Größe und Kraft seines Körpers begnügte, sondern noch weitere Wünsche äußerte, und versagte ihm daher nicht nur die Hörner, sondern nahm ihm auch noch ein Stück von den Ohren.

So werden manche, die habgierig mit Fremdem liebäugeln, unversehens noch das los, was sie selber besitzen.

(119)

DER BIBER

Der Biber ist ein Vierfüßler, der im Sumpf lebt. Seine Geschlechtsteile sollen für manche Kuren zu brauchen sein. Darum jagt ihn der Mensch, wenn er ihn zu Gesicht bekommt, weil er jene Organe abschneiden möchte. Der Biber nun weiß, weswegen er verfolgt wird, und läuft daher, auf die Schnelligkeit seiner Füße vertrauend, ein Stück davon, um sich in vollkommene Sicherheit zu bringen. Wenn man ihn aber faßt, dann beißt er sich die Schamteile ab und wirft sie hin und erlangt so seine Rettung.

In gleicher Weise nehmen kluge Menschen, wenn es um Leben und Tod geht, keine Rücksicht auf Geld und Gut.

(120)

DER GÄRTNER

Zu dem Gärtner, der sein Gemüse begoß, trat einer hinzu und fragte ihn nach dem Grunde, warum das Wildgemüse so üppig und fest, das Edelgemüse dagegen zart und empfindlich ist. Der Gärtner antwortete: „Die Erde ist für die einen Mutter, für die andern Stiefmutter."

So besteht auch bei den Menschen ein Unterschied, ob die Kinder von einer Stiefmutter aufgezogen werden oder ob sie eine Mutter haben. (121)

DER GÄRTNER UND DER HUND

Der Hund des Gärtners war in einen Brunnen gefallen. Weil sein Besitzer den Hund herausziehen wollte, stieg er selber hinunter. Doch der Hund verstand nicht, weshalb jener zu ihm gekommen war; da er vielmehr glaubte, der Gärtner könnte ihn nur noch mehr untertauchen, biß er ihn. Und unter Schmerzen rief der Gärtner: „Es ist mir ganz recht geschehen! Warum auch versuchte ich, dich von der Gefahr zu befreien, da du dich doch selber hinunterstürztest!"

Auf einen Mann, der undankbar ist und Gutes mit Bösem vergilt, zielt diese Fabel. (122)

DER SÄNGER

Ein wenig talentierter Sänger sang immerfort in einem kalkgetünchten Raume, und weil seine Stimme volltönend widerhallte, meinte er, er sei besonders gut veranlagt. Das machte ihn sehr stolz, und er glaubte darum, sich im Theater produzieren zu sollen. Als er aber zum Auftritt kam und sehr schlecht sang, bewarfen ihn die Zuhörer mit Steinen und jagten ihn davon.

So geht es auch mit manchen Rednern. Auf den Schulen gelten sie für etwas; wenn sie aber ins politische Leben treten, taugen sie nichts. (123)

DIE DIEBE UND DER HAHN

Einst drangen Diebe in ein Haus ein, fanden aber nichts als einen Hahn; den nahmen sie mit sich und verschwanden. Als sie aber den Hahn schlachten wollten, bat er sie, sie möchten ihm das Leben schenken; wie nützlich mache er sich doch den Menschen, daß er sie zur Nachtzeit zur Arbeit wecke! Da unterbrachen ihn die Diebe: „Gerade deshalb werden wir dich um so eher schlachten; denn weil du die Leute aufweckst, können wir nicht stehlen."

Daß das, was für die Guten eine Wohltat ist, für die Bösen gerade das Gegenteil bedeutet, zeigt diese Fabel.

(124)

DIE DOHLE UND DIE RABEN

Eine Dohle tat sich durch ihre Größe gegenüber den Stammesgenossen hervor. Weil sie diese darum verachtete, begab sie sich zu den Raben und bat, mit ihnen zusammen leben zu dürfen. Da aber diese mit ihrem Aussehen und ihrer Stimme nicht ins reine kamen, bissen sie die Dohle und jagten sie fort. Von den Raben vertrieben, fand sie zu den Stammesgenossen zurück. Doch verärgert über ihren Hochmut, nahmen die sie nicht auf. So kam es, daß sie weder mit den einen noch mit den anderen zusammen leben durfte.

So geht es auch den Menschen, die ihr Vaterland verlassen und die Fremde vorziehen; dort kommen sie nicht zur Geltung, und die eigenen Leute kehren ihnen den Rücken.

(125)

DER RABE UND DER FUCHS

Ein Rabe hatte ein Stück Fleisch gestohlen und saß damit auf einem Baume. Der Fuchs sah ihn, und weil er sich das Fleisch aneignen wollte, lief er herbei und lobte den Raben.

Er sei stattlich und schön, sagte er, und müsse deshalb König der Vögel werden, und das würde durchaus auch geschehen, wenn er eine Stimme hätte. Der Rabe nun wollte beweisen, daß er eine Stimme besitze; er ließ darum das Fleisch fallen und krächzte laut. Da sprang der Fuchs herzu, packte das Fleisch und sagte: „O Rabe, wenn du auch Verstand besäßest, so hätte nichts gefehlt, und du wärest König über alle geworden."

Auf einen dummen Kerl paßt die Fabel sehr gut.

(126)

DIE KRÄHE UND DER RABE

Die Krähe beneidete den Raben, weil er durch Zeichen den Menschen weissagen und ihre Zukunft verkündigen konnte und deshalb von ihnen als Zeuge angerufen wurde, und wollte es ebensoweit bringen. Als sie nun einmal ein paar Wanderer vorübergehen sah, flog sie auf einen Baum, blieb da sitzen und erhob ein lautes Gekrächze. Die Wanderer achteten auf den Ruf und erschraken darüber, doch einer von ihnen bemerkte: „Gehen wir, Freunde! Das ist eine Krähe, deren Gekrächze hat keine Vorbedeutung."

So geht es auch den Menschen, die mit den Stärkeren in Konkurrenz treten; weil sie es diesen nicht gleichtun können, machen sie sich nur lächerlich. (127)

DIE DOHLE UND DER FUCHS

Die Dohle setzte sich hungrig auf einen Feigenbaum. Sie fand aber nur Bocksfeigen vor, die noch nicht reif waren, und wollte darum warten, bis es richtige Feigen würden. Als der Fuchs sie so lange aushalten sah und den Grund von ihr erfahren hatte, bemerkte er: „Da bist du aber im Irrtum, meine Liebe, wenn du dich an eine Hoffnung klammerst, die dich zwar hinhalten, aber niemals nähren kann!"

Auf einen Streitsüchtigen. (128)

DIE KRÄHE UND DER HUND

Als die Krähe der Athene opferte, lud sie den Hund zu Gast. Der sagte zu ihr: „Was verschwendest du für nichts deine Opfer? Die Göttin haßt dich so sehr, daß sie sogar den Glauben an deine Voraussagen raubt.“ Die Krähe antwortete darauf: „Gerade darum, weil ich weiß, daß sie mir feind ist, opfere ich der Göttin, um sie mir zu versöhnen.“

So tragen viele aus lauter Furcht keine Bedenken, ihren Feinden Gutes zu tun. (129)

DER RABE UND DIE SCHLANGE

Als der Rabe, dem es an Nahrung fehlte, die Schlange an einer sonnigen Stelle schlafen sah, kam er heruntergeflogen und packte sie. Doch die Schlange drehte sich um und biß ihn. Sterbend bemerkte der Rabe: „Was bin ich doch für ein Unglückswesen, daß ich diesen Glücksfund machte, an dem ich nun zugrunde gehen muß!“

Diese Fabel könnte man auf einen Mann beziehen, der einen Schatz fand und dadurch in Lebensgefahr geriet. (130)

DIE DOHLE UND DIE TAUBEN

Die Dohle hatte gesehen, wie gut die Tauben in ihrem Taubenschlag lebten. Sie färbte sich daher weiß und flog zu ihnen, um an ebendiesem guten Leben teilzuhaben. Solange sie sich still verhielt, meinten die Tauben, sie sei eine von ihnen, und duldeten sie. Als sie aber einmal versehentlich einen Laut von sich gab, erkannten sie ihre Stimme und jagten sie davon. Nachdem die Dohle so ihr gutes Leben im Taubenschlag verloren hatte, kehrte sie wieder zu ihren Stammesgenossen zurück. Doch die vermochten sie wegen ihrer Farbe nicht zu erkennen und schlossen sie daher von ihrer Gemeinschaft aus. So hatte sie zweierlei zu gewinnen versucht, aber weder das eine noch das andere erreicht.

Also müssen nun auch wir uns mit dem Unsrigen begnügen und dabei bedenken, daß die Habgier nichts nützt, daß sie uns vielmehr das, was uns zusteht, auch noch wegnimmt. (131)

DER BAUCH UND DIE FÜSSE

Der Bauch und die Füße stritten um ihre Bedeutung. Vor allem, behaupteten die Füße, ergebe sich ihre größere Wichtigkeit daraus, daß sie den Bauch zu tragen hätten. Doch der erwiderte ihnen: „Aber, ihr Lieben, wenn ich euch keine Nahrung zuführte, so könntet ihr mich ja auch nicht tragen!"

Ebenso nützt bei Kriegsheeren die große Menge gar nichts, wenn nicht die Führer die rechten Entschlüsse fassen. (132)

DIE FLÜCHTIGE DOHLE

Einer hatte eine Dohle gefangen, und nachdem er ihren Fuß mit einem Faden festgebunden hatte, schenkte er sie seinem Sohne. Doch die Dohle mochte das Zusammenleben mit den Menschen nicht aushalten; als sie daher für einen Augenblick frei war, entfloh sie und kehrte in ihr Nest zurück. Weil sich aber der Faden in den Zweigen verfilzte, wurde es ihr unmöglich, davonzufliegen. Den Tod vor Augen, sagte sie zu sich selbst: „Ich Unglückswesen, weil ich die Unfreiheit von seiten der Menschen nicht ertragen wollte, habe ich, ohne es zu merken, dazu noch mein Leben verwirkt!"

Diese Fabel paßt gut auf jene Leute, die sich aus erträglichen Gefahren retten wollen und dadurch ungewollt in größere Bedrängnisse geraten. (133)

DER FURCHTSAME JÄGER UND DIE HOLZHAUER

Ein Jäger war einstens einem Löwen auf der Spur. Und als er einen Holzhauer fragte, ob er nicht die Fährte des Löwen gesehen habe und wisse, wo sich sein Lager befinde, erhielt er zur Antwort: „Nicht nur das; ich kann dir sogar den Löwen zeigen." Da erbleichte der Jäger vor Angst, die Zähne klapperten ihm, und er rief: „Ach, ich suche bloß die Fährte, nicht den Löwen selber."

Gegen die feigen Prahler richtet sich die Fabel, auf die, welche mit Worten viel wagen, aber nicht mit Taten. (133a)

DER HUND UND DER KOCH

Der Hund kam in eine Küche, und während der Koch gerade beschäftigt war, stahl er ein Herz und machte sich davon. Als der Koch sich umdrehte und ihn laufen sah, bemerkte er: „Wart nur, du Spitzbube, wo du auch sein magst, will ich mich vor dir in acht nehmen!"

Die Fabel lehrt, daß aus Leiden den Menschen oftmals Lehren erwachsen. (134)

DER HUND UND DER FUCHS

Ein Jagdhund, der einen Löwen erblickt hatte, nahm dessen Verfolgung auf. Als sich aber der Löwe umdrehte und zu brüllen begann, bekam es der Hund mit der Angst zu tun, und er nahm Reißaus. Der Fuchs, der das mit angesehen hatte, sagte: „Du Feigling, du wolltest einen Löwen verfolgen, von dem du nicht einmal das Brüllen ertragen konntest?"

Die Fabel dürfte auf Großmäuler gemünzt sein, die Leute, welche ihnen weit überlegen sind, zu verleumden suchen, aber sogleich den Rückzug antreten, wenn die Angegriffenen Widerstand leisten. (135)

DER FLEISCH TRAGENDE HUND

Ein Hund, der ein Stück Fleisch trug, watete einst durch einen Fluß. Und als er im Wasser sein Spiegelbild wahrnahm, meinte er, einen anderen Hund zu erkennen, der ein noch größeres Stück Fleisch trage. Darum ließ er das seine los und stürzte sich auf das andere, um es jenem zu entreißen. Auf diese Art verlor er beide, das, welches er begehrte, weil es ja gar nicht vorhanden war, und das, welches er besessen hatte, weil der Fluß es fortriß.

Die Fabel paßt gut auf einen Habgierigen. (136)

DER HUND UND DER WOLF

Ein Hund lag schlafend vor einem Bauerngut. Der Wolf sah ihn, packte ihn und war drauf und dran, ihn aufzufressen. Da bat der Hund seinen Verfolger, ihn doch vorerst noch einmal laufenzulassen. „Jetzt", sagte er, „bin ich dünn und mager. Aber meine Herrschaft will demnächst ihre Hochzeit ausrichten. Gibst du mich jetzt frei, so wirst du mich später, wenn ich fetter geworden bin, verzehren können." Der Wolf ließ sich davon überzeugen und gab den Hund frei. Als er aber nach ein paar Tagen wiederkam und jenen oben auf dem Herde schlafen sah, berief er sich auf die Vereinbarung und versuchte, ihn damit herunterzulocken. Doch der Hund entgegnete ihm: „Ja, lieber Wolf, wenn du mich wieder einmal vor dem Hause schlafen siehst, brauchst du nicht mehr auf die Hochzeit zu warten."

So ist es auch mit klugen Menschen; wenn sie einmal einer Gefahr entronnen sind, dann nehmen sie sich später in acht. (137)

DIE HUNGERNDEN HUNDE

Hunde, die Hunger litten, erblickten in einem Flusse Häute, die feucht geworden waren. Da sie an die Häute nicht herankamen, verabredeten sie untereinander, zuerst das Wasser auszutrinken, damit sie dann die Häute erreichten. Dabei geschah es, daß sie beim Trinken zerplatzten, ehe ihnen die Häute zugänglich wurden.

So geht es auch manchen Menschen. Auf Gewinn rechnend, stürzen sie sich in gefahrvolle Mühen und verfallen dabei selber in Erschöpfung, ehe sie, was sie wünschten, erlangen. (138)

DER HUND UND DER HASE

Ein Jagdhund hatte einen Hasen gefangen. Den kniff er mit seinen Bissen, um ihm darauf wieder die Lippen abzulekken. Der Hase verbat sich ein solches Verhalten und sagte: „Mit einem, mein Lieber, mußt du aufhören, entweder mit dem Beißen oder mit dem Küssen, denn ich möchte wissen, ob ich es mit einem Feind oder mit einem Freund zu tun habe."

Auf einen charakterlosen Mann paßt die Fabel recht gut. (139)

DIE MÜCKE UND DER STIER

Die Mücke setzte sich auf ein Horn des Stieres und verweilte dort lange Zeit. Als sie nun fortfliegen wollte, fragte sie den Stier, ob es ihm erwünscht sei, daß sie sich entferne. Doch der brummte bloß: „Ach, ich habe nicht gemerkt, daß du kamst, und werde es auch nicht merken, wenn du gehst."

Diese Fabel könnte man auf einen Schwächling beziehen, der, gleichgültig, ob er da ist oder nicht, weder Schaden noch Nutzen anrichtet. (140)

DER NUSSBAUM

Ein Nußbaum stand an einem Wege und wurde von den Vorübergehenden mit Steinen beworfen. Da sagte er seufzend zu sich selber: „Es ist mein Unglück, daß ich Jahr für Jahr mir Schelte und Schmerzen einbringe.“

Die Fabel geht auf Leute, die durch ihre eigenen Qualitäten Nachteile haben. (141)

DAS KAMEL

Als das Kamel von seinem eigenen Herrn gezwungen wurde zu tanzen, da sagte es: „Aber nicht nur beim Tanzen, schon beim bloßen Gehen mache ich eine schlechte Figur!“

Die Fabel paßt auf einen jeden, der etwas Unangemessenes tut. (142)

DIE HASEN UND DIE FRÖSCHE

Als den Hasen ihre Feigheit bewußt geworden war, kamen sie zu dem Schluß, sie müßten sich das Leben nehmen. Zu diesem Zwecke begaben sie sich auf einen Bergrand, dem ein Teich vorgelagert war. Als nun die Frösche ihr Getrappel vernahmen, suchten sie in den Tiefen des Teiches Schutz. Einer von den Hasen hatte sie beobachtet und wandte sich an die andern: „Nun, wir brauchen uns noch nicht zu entleiben! Denn seht nur, es gibt Tiere, die noch feiger sind als wir!“

So können auch bei den Menschen Schicksalsschläge, die andere erleiden, zum Trost im eigenen Unglück dienen. (143)

DIE MÖWE UND DER WEIH

Die Möwe hatte einen Fisch verschlungen, und dabei war ihr die Gurgel geplatzt. So lag sie tot am Strande. Der Weih wurde ihrer ansichtig und sagte: „Recht ist es dir ergangen; denn obgleich du als Vogel geboren wurdest, suchtest du auf dem Meere deine Nahrung zu finden."

Also geht es mit Recht denen schlecht, die ihre eigene Umgebung aufgeben und sich auf Dinge werfen, die sie nichts angehen. (144)

DER LÖWE UND DER BAUER

Der Löwe entbrannte in Liebe zur Tochter des Bauern und hielt um ihre Hand an. Nun wollte der Alte sein Kind keinem Tier zur Frau geben, wagte es aber auch nicht, sie dem Löwen zu versagen, und bedachte sich darum folgendermaßen. Da der Löwe ihm fortwährend in den Ohren lag, sagte er zu ihm, er halte ihn gewißlich für den rechten Schwiegersohn, allein könne er ihm seine Tochter nur unter der Bedingung geben, daß er sich seine Zähne ausreißen und seine Krallen abschneiden lasse; denn davor habe das Mädchen Angst. In seiner Verliebtheit verstand sich der Löwe schnell zu beidem; der Bauer aber spottete seiner, als er vor ihm erschien, und jagte ihn mit Stockschlägen davon.

Die Fabel beweist, daß die, welche, leichtgläubig ihren Feinden vertrauend, sich ihrer eigenen Mittel entblößen, eine bequeme Beute für jene werden, denen sie früher Furcht einflößten. (145)

DER LÖWE UND DER FROSCH

Als der Löwe den Frosch laut quaken hörte, achtete er auf diese Stimme; denn er meinte, das müsse ein großes Tier sein. Doch als er eine Zeitlang gewartet hatte, mußte er feststellen, daß bloß ein Frosch aus dem Wasser herauskam. Da lief er hinzu, zertrat den Frosch und sagte: „Keinen mehr soll deine Stimme schrecken, ehe er dich gesehen!"

Diese Fabel zielt auf einen Prahlhans, der nichts weiter als nur reden kann. (146)

DER LÖWE UND DER FUCHS

Der Löwe war alt geworden und vermochte aus eigner Kraft nicht mehr seine Nahrung zu beschaffen; darum mußte er auf eine List sinnen. Schließlich trabte er in eine Höhle, ließ sich darin nieder und spielte den Kranken. Und alle Tiere, die ihn besuchten, packte und verzehrte er. Nachdem er auf diese Weise schon manchem den Garaus gemacht hatte, kam auch der Fuchs einmal vorüber. Da er die List des Löwen bemerkte, blieb er draußen vor der Höhle stehen und fragte hinein, wie es jenem ginge. „Schlecht", antwortete der Löwe, „doch warum trittst du nicht ein?" — „Ja", erwiderte der Fuchs, „ich wäre wohl zu dir gekommen, hätte ich nicht bemerkt, daß zwar viele Spuren hineinführen, aber keine wieder zurück."

Kluge Menschen schließen so aus Merkzeichen auf drohende Gefahren und meiden diese. (147)

DER LÖWE UND DER STIER

Der Löwe war hinter einem riesengroßen Stier her und wollte ihn mit List erledigen. Darum gab er vor, er habe ein Schaf geschlachtet, und lud den Stier zum Essen ein in der Absicht, ihn bei Tische zu überwältigen. Der Stier erschien. Wie er aber viele Kessel und lange Spieße, nirgends jedoch ein Schaf erblickte, trottete er wortlos von dannen. Als der Löwe ihm deshalb Vorwürfe machte und nach der Ursache fragte, warum er sich, ohne daß ihm ein Leid geschehen sei, grundlos davonmache, antwortete jener: „Ach, ich habe schon einen guten Grund. Ich sehe nämlich alle Vorbereitungen zum Schlachten getroffen, jedoch nicht für ein Schaf, sondern für einen Stier.“

Die Fabel zeigt, daß klugen Leuten die Machenschaften der Bösewichte nicht verborgen bleiben. (148)

DER LÖWE UND DER BAUER

Der Löwe war in das Gehöft des Bauern eingedrungen. Der Bauer wollte die Bestie fangen und schloß deshalb die Hoftür. Da nun der Löwe nicht mehr heraus konnte, machte er sich zuerst über die Schafe her, und dann ging er auch auf die Rinder los. Um sein eigenes Leben fürchtend, öffnete der Bauer schließlich die Tür. Als sich der Löwe getrollt hatte und die Frau ihren Mann immer noch stöhnen hörte, sagte sie: „Dir ist es ganz recht ergangen! Was wolltest du den Löwen einschließen, vor dem du doch sogar von ferne hättest zittern müssen!“

So müssen sich die, welche die Stärkeren reizen, damit abfinden, daß man sich an ihnen vergeht. (149)

DER LÖWE UND DER DELPHIN

Der Löwe erging sich einmal an einem Strande. Als er den Delphin erblickte, der gerade aus dem Wasser schaute, lud er ihn ein, sein Bundesgenosse zu werden, wobei er sagte: „Es paßt sich bestens, wenn wir beide Freunde und Helfer werden; denn du bist König über die Tiere im Meere und ich über die auf dem Festlande.“ Der Delphin stimmte mit Freuden zu. Als der Löwe wenig später einen Kampf mit einem wilden Stier zu bestehen hatte, ersuchte er den Delphin um Hilfe. Weil der jedoch trotz besten Willens das Meer nicht verlassen konnte, schalt ihn der Löwe einen

Verräter. Der Delphin aber fiel ihm ins Wort: „Nicht mir solltest du Vorwürfe machen, sondern der Natur, die mich als Meerestier geschaffen hat und nicht zuläßt, daß ich das Land betrete."

Auch wir müssen, wenn wir Freundschaft schließen, uns solche Genossen suchen, die uns in Gefahren zur Seite stehen können. (150)

DER LÖWE, DER DIE MAUS FÜRCHTETE

Während der Löwe schlief, spazierte ihm die Maus im Maule herum. Erwacht, wandte er sich nach allen Seiten, um den Eindringling zu suchen. Der Fuchs, der ihn beobachtete, schmähte ihn, ob denn der Löwe eine Maus zu fürchten habe. Doch der erwiderte: „Nicht die Maus fürchte ich, sondern über ihre Frechheit bin ich ergrimmt."

Die Fabel lehrt, daß verständige Leute auch scheinbare Kleinigkeiten nicht unbeachtet lassen. (151)

DER LÖWE UND DER BÄR

Der Löwe und der Bär hatten ein Hirschkalb gefunden und stritten sich darum. Dabei setzten sie einander hart zu, bis die Kräfte sie verließen und sie halbtot dalagen. Da kam der Fuchs des Weges, und wie er die beiden erschöpft daliegen sah und das Kitzlein zwischen ihnen, nahm er es und ging in der Mitte zwischen dem Löwen und dem Bären davon. Die aber vermochten sich nicht zu erheben und sagten: „Wir Dummköpfe, die wir uns für den Fuchs abgemüht haben!"

Die Fabel zeigt, daß die mit Recht empört sind, welche mit ansehen müssen, wie der erste beste die Frucht ihrer Mühen für sich einstreicht. (152)

DER LÖWE UND DER HASE

Der Löwe stieß auf einen schlafenden Hasen und traf Anstalten, ihn zu verspeisen. Währenddes fiel sein Blick auf einen Hirsch, der des Weges kam; da ließ er den Hasen und setzte jenem nach. Der Hase war derweile von dem Lärm wach geworden und machte sich auf und davon. Nachdem der Löwe nun den Hirsch eine lange Strecke verfolgt hatte und ihn doch nicht einzuholen vermochte, kehrte er zu dem Hasen zurück. Als er merkte, daß auch dieser sich in Sicherheit gebracht hatte, rief er: „Ganz zu Recht geht es mir schlecht; denn ich habe die Speise, die ich in den Händen hielt, fahrenlassen und der Hoffnung auf mehr den Vorzug gegeben."

So geben auch manche Menschen, die sich mit einem maßvollen Gewinn nicht bescheiden wollen, unversehens auch noch das preis, was sie in der Hand halten.

(153)

DER LÖWE, DER ESEL UND DER FUCHS

Der Löwe, der Esel und der Fuchs taten sich zusammen und zogen auf Jagd. Nachdem sie reichlich Beute gemacht hatten, hieß der Löwe den Esel sie verteilen. Der machte drei Teile und bat den Löwen, sich eines auszusuchen. Da sprang der Löwe wütend auf ihn los und fraß ihn auf und trug dann dem Fuchs auf zu verteilen. Der brachte alles auf einen Haufen, wobei er für sich selber nur ein klein wenig zurückbehielt, und bat den Löwen, den Hauptteil für sich zu nehmen. Als dieser den Fuchs fragte, wer ihn denn diese Art zu teilen gelehrt habe, erwiderte der: „Das Mißgeschick, das dem Esel widerfuhr."

Die Fabel zeigt, daß den Menschen das Unglück der Nachbarn zur Lehre werden kann. (154)

DER LÖWE UND DIE MAUS

Während der Löwe schlief, lief ihm eine Maus über den Körper. Aus dem Schlaf erwacht, packte er das Tier und traf Anstalten, es zu verspeisen. Als aber die Maus bat, er möge sie doch laufenlassen, weil sie sich ihm, wenn sie am Leben bliebe, dankbar erweisen würde, gab er sie lachend frei und ließ sie ihrer Wege ziehen. In der Tat geschah es, daß schon wenig später der Löwe durch die Dankbarkeit der Maus gerettet wurde. Als er nämlich von Jägern gefangen und mit einem Seil an einen Baum gebunden worden war, da vernahm die Maus sein Stöhnen. Flugs lief sie herzu, benagte das Seil ringsum und sagte zu dem Löwen, den sie befreit hatte: „Damals hast du so über mich gelacht, weil du nicht glauben wolltest, daß ich dir meine Freilassung entgelten könnte; jetzt aber weißt du, daß es auch bei den Mäusen Dankbarkeit gibt."

Die Fabel zeigt, wie im Wechsel der Zeitläufte auch die sehr Mächtigen auf die Schwächeren angewiesen sein können. (155)

DER LÖWE UND DER WALDESEL

Der Löwe und der Waldesel gingen einst zusammen jagen, der Löwe ausgestattet mit seiner Körperkraft, der Waldesel mit seiner Schnellfüßigkeit. Und nachdem sie einiges Wild erlegt hatten, teilte der Löwe die Beute in drei Teile. „Den ersten", sprach er, „bekomme ich, denn ich bin der König. Den zweiten bekomme ich ebenfalls, weil ich dasselbe geleistet habe wie du. Und der dritte wird dir nur Kummer machen, wenn du dich nicht schleunigst davonscherst."

Schön ist es, wenn man sich in allen Dingen nach seinen Kräften begnügt und mit Mächtigeren weder anbändelt noch gemeinsame Sache macht. (155a)

DER LÖWE UND DER ESEL

Der Löwe und der Esel taten sich zusammen und zogen auf Jagd. Als sie zu einer Höhle gekommen waren, in der sich Wildziegen aufhielten, stellte sich der Löwe an den Eingang der Höhle und lauerte den Ziegen, die heraustraten, auf, während der Esel hineinging, mitten unter die Ziegen sprang und sie durch sein Iahen aufzuscheuchen suchte. Nachdem der Löwe auf diese Weise die meisten hatte fangen können, kam auch der Esel wieder heraus und fragte jenen, ob er sich wacker verhalten und die Ziegen gut aufgescheucht habe. Der Löwe antwortete: „Du sollst wissen, daß auch ich vor dir Angst bekommen hätte, wüßte ich nicht, daß du ein Esel bist."

Also ernten die Prahlhänse bei den Wissenden mit Recht nur Lachen. (156)

DER RÄUBER UND DER MAULBEERBAUM

Ein Räuber hatte auf der Straße einen Mann erschlagen. Als Passanten die Verfolgung aufnahmen, ließ er den Toten liegen und ergriff blutbefleckt die Flucht. Den Entgegenkommenden, die sich danach erkundigten, womit er sich die Hände besudelt habe, erzählte er, er sei von einem Maulbeerbaum heruntergekommen. Während er solche Reden hielt, kamen seine Verfolger heran, verhafteten ihn und kreuzigten ihn an einem Maulbeerbaum. Der Maulbeerbaum sagte dazu: „Oh, es macht mir nichts aus, daß ich zu deinem Tod beitrage; denn den Mord, den du selber begingst, wolltest du an mir abwischen!"

So haben häufig auch von Natur anständige Leute, wenn sie von anderen als böse verleumdet werden, keine Bedenken, gegen ihre Verleumder vorzugehen. (157)

DIE WÖLFE UND DIE SCHAFE

Die Wölfe hatten es einmal auf eine Schafherde abgesehen und vermochten ihr doch nicht beizukommen, weil die Hunde Wacht hielten. Also suchten sie durch List ihr Ziel zu erreichen. Sie schickten nämlich Gesandte zu den Schafen, welche die Auslieferung der Hunde forderten; denn die Hunde, behaupteten sie, seien schuld an ihrer Feindschaft miteinander, und wären die erst abgeschafft, würde auch Friede zwischen ihnen sein. Die Schafe, die sich des Kommenden nicht bedachten, gaben die Hunde heraus. So wurden die Wölfe ihrer leicht Herr und vernichteten die ganze schutzlose Herde.

In gleicher Weise schwächen sich auch Staatswesen gegenüber ihren Feinden, welche ihre Führer preisgeben.

(158)

DER WOLF UND DAS PFERD

Der Wolf, der über einen Acker schlenderte, fand dort Gerste; da er sie als Nahrung nicht gebrauchen konnte, ließ er sie liegen und ging weiter. Als er aber dem Pferd begegnete, führte er es zu dem Acker; er habe dort Gerste gefunden, bemerkte er, sie aber nicht selbst gefressen, sondern für das Pferd aufbewahrt, weil er selber so gern das Knirschen der Zähne höre. Doch das Pferd unterbrach ihn: „Ach, mein Lieber, wenn die Wölfe Gerste fressen könnten, dann hättest du niemals den Ohren vor dem Magen den Vorzug gegeben.“

Die Fabel zeigt, daß die Bösewichte, auch wenn sie Biederkeit an den Tag legen, kein Vertrauen finden. (159)

DER WOLF UND DAS LAMM

Der Wolf hatte das Lamm erblickt, wie es gerade aus einem Flusse trank, und suchte nach einem guten Grunde, um es zu verspeisen. Also nahm er weiter oben seinen Platz und beschuldigte das Lamm, daß es das Wasser verschmutze und ihn nicht trinken lasse. Als das Lamm erwiderte, daß es nur mit den Lippen das Wasser berühre und im übrigen, weiter unten stehend, ihm oben das Wasser gar nicht trüben könne, hatte der Wolf sein Argument verloren und meinte: „Aber im vorigen Jahr hast du meinen Vater beschimpft!" Wie nun das Lamm entgegnete, damals sei es noch gar nicht geboren gewesen, schrie der Wolf es an: „Wenn du auch noch so viele Entschuldigungen hast, meinst du, ich werde dich nicht fressen?"

Die Fabel beweist, daß bei denen, die den Vorsatz haben, Böses zu tun, auch eine noch so stichhaltige Verteidigung nichts gilt. (160)

DER WOLF UND DER REIHER

Der Wolf hatte einen Knochen verschlungen und lief herum, um jemanden zu finden, der ihn heilen könnte. Schließlich traf er auf den Reiher und bat diesen, ihm gegen guten Lohn den Knochen herauszuziehen. Und jener steckte seinen Kopf in den Hals des Wolfes, zog den Knochen heraus und forderte den vereinbarten Lohn. Doch der Wolf unterbrach ihn: „Lieber Freund, ist es nicht genug, daß du deinen Kopf aus dem Rachen des Wolfes heil herausbekommen hast? Und da forderst du noch einen Lohn!"

Die Fabel beweist, daß bei den Bösewichten der größte Gunsterweis darin besteht, wenn sie einen nicht noch zusätzlich Unrecht erleiden lassen. (161)

DER WOLF UND DIE ZIEGE

Der Wolf sah die Ziege an einem Abhang weiden, und da er an sie nicht herankonnte, redete er ihr zu, doch ein wenig herabzusteigen, damit sie nicht unversehens zu Fall käme. Auch seien bei ihm, so fügte er hinzu, die Wiese und das Gras ganz großartig. Doch die Ziege entgegnete ihm: „Ach, du willst ja nicht mich zur Weide rufen, sondern brauchst selbst etwas zum Fressen.“

So ergeht es auch den Bösewichten unter den Menschen. Wenn sie unter Eingeweihten ihre Schandtaten üben wollen, nützen ihnen ihre Schliche nichts. (162)

DER WOLF UND DIE ALTE

Der Wolf streifte hungernd umher, um Nahrung zu suchen. Dabei geschah es, daß er in einem Dorfe eine alte Frau hörte, die einem weinenden Kinde drohte: „Wenn du nicht aufhörst, werde ich dich dem Wolfe zu fressen geben.“ Da der Wolf das für Ernst nahm, wartete er lange Zeit. Erst als es Abend wurde und auf die Worte nichts folgte, trollte er sich und sagte: „In diesem Dorf reden die Leute anders, als sie handeln.“

Diese Fabel wäre auf jene Menschen zu beziehen, bei denen die Taten mit den Worten nicht in Einklang stehen.

(163)

DER WOLF UND DER LÖWE

Der Wolf raubte einst ein Schaf von der Herde und brachte es in sein Lager. Da kam der Löwe des Weges daher und entriß dem Wolf seine Beute. Der schrie von ferne: „Mit Unrecht hast du genommen, was mein war.“ Doch lachend erwiderte ihm der Löwe: „Dir hat wohl ein Freund das Schaf nach Recht und Gesetz geschenkt?“

Wie habgierige Räuber, wenn die Zeit es ergibt, gegeneinander gehen, zeigt diese Fabel. (163a)

DER WOLF UND DAS SCHAF

Als der Wolf reichlich gefressen hatte, erblickte er das Schaf, das auf der Erde lag, und merkte, daß es aus Furcht vor ihm sich hingestreckt hatte. Also trat er hinzu, machte ihm Mut und sagte, er werde es laufenlassen, wenn es ihm drei Wahrheiten ins Gesicht sage. Das Schaf begann: „Erstens wünschte ich, du wärest mir gar nicht begegnet. Zweitens, wenn es schon so bestimmt war, daß du blind wärest. Und drittens wünschte ich, daß ihr Wölfe alle ein schlimmes Ende nähmet, weil ihr uns befehdet, ohne von uns Böses erlitten zu haben." So viel Wahrheitsliebe mußte sogar der Wolf anerkennen, und er ließ darum das Schaf laufen.

Die Fabel beweist, daß die Wahrheit häufig sogar bei den Feinden etwas bedeutet. (164)

DER WOLF UND DER HIRT

Der Wolf ging hinter einer Schafherde her, ohne ihr etwas zuleide zu tun. Anfangs nahm sich der Hirt vor ihm, dem Feinde, in acht und beobachtete ihn furchtsam. Wie aber jener fortwährend hinterhertrottete und keine Anstalten traf, etwas zu rauben, kam dem Hirten der Gedanke, der Wolf möchte vielleicht lieber Wächter als Angreifer sein. Als er daher einmal in die Notwendigkeit versetzt wurde, zur Stadt zu gehen, überließ er dem Wolfe die Schafe und entfernte sich. Der aber sah seine Gelegenheit gekommen und fraß die Überzahl der Herde. Wie nun der Hirt zurückkehrte und seine Herde vernichtet sah, da rief er bloß: „Es ist mir ganz recht ergangen; denn warum hatte ich dem Wolfe Schafe anvertraut?"

So erleiden auch unter den Menschen diejenigen nach Gebühr Verluste, die den Geldgierigen ihre Ersparnisse anvertrauen. (165)

DER WOLF UND DAS SCHAF

Der Wolf lag, von den Hunden gebissen und übel zugerichtet, danieder und vermochte sich keine Nahrung zu beschaffen. Da wurde er des Schafes gewahr; das bat er, es möchte ihm aus dem Bache, der vorüberfloß, einen Trunk reichen. „Denn wenn du mir", so sagte er, „etwas zu trinken gibst, so werde ich meine Nahrung schon selber finden." Doch das Schaf unterbrach ihn: „Wenn ich dir zu trinken reiche, wirst du *mich* dazu fressen."

Auf einen Bösewicht, der gleisnerisch Hinterhälte legt, paßt diese Fabel recht gut. (166)

DIE LÖWIN UND DER FUCHS

Die Löwin, die vom Fuchs geschmäht wurde, weil sie immer nur *ein* Junges zur Welt bringe, sagte: „Ja gewiß, aber einen Löwen!"

Die Fabel demonstriert, daß das Gute nicht in der Menge, sondern in der Qualität liegt. (167)

DER WOLF UND DAS LAMM

Der Wolf war hinter dem Lamm her, und das flüchtete sich in einen Tempel. Als der Wolf es ansprach und darauf hinwies, daß der Priester es, wenn er es finge, dem Gotte opfern würde, erwiderte jenes: „Nun, ich ziehe es vor, der Gottheit geopfert als von dir niedergemacht zu werden."

Die Fabel zeigt, daß für die, denen es zu sterben bestimmt ist, ein ruhmvoller Tod den Vorzug besitzt. (168)

DIE HASEN UND DIE FÜCHSE

Als die Hasen einstmals mit den Adlern Krieg führten, boten sie den Füchsen ein Bündnis an. Doch die meinten: „Wir hätten euch schon Hilfe geleistet, wüßten wir nicht, wer ihr seid und mit wem ihr kämpft."

Die Fabel zeigt, daß die, welche mit Mächtigeren Streit suchen, ihr eigenes Leben aufs Spiel setzen. (169)

DER WAHRSAGER

Ein Wahrsager, der auf dem Markte saß, strich reichlich Geld ein. Da kam plötzlich einer zu ihm und teilte ihm mit, daß in seinem, des Wahrsagers, Hause die Türen aufgerissen und alles Inventar gestohlen sei. Erschrocken sprang der Wahrsager auf und lief unter Jammern eilends nach Hause, um das Geschehene in Augenschein zu nehmen. Doch von den Anwesenden sagte einer, der alles mit angesehen hatte: „Lieber Mann, die Angelegenheiten anderer erbotest du dich vorher zu wissen, und deine eigenen konntest du nicht voraussehen?"

Diese Fabel sollte man auf jene Leute beziehen, die ihr eigenes Leben recht unbefriedigend einrichten, sich aber gleichzeitig um Dinge zu kümmern suchen, die sie nichts angehen. (170)

DER KNABE UND DER RABE

Einer Mutter, die sich wegen ihres Knaben befragte, gaben die Wahrsager das Orakel, der Knabe werde von dem Raben getötet werden. Darüber erschrocken, baute die Mutter einen großen Kasten und schloß darin den Knaben ein, um zu verhindern, daß er von dem Raben getötet werden könnte. Und zu bestimmten Stunden öffnete sie regelmäßig den Kasten und brachte ihrem Knaben die notwendige

Speise. Als sie nun wieder einmal den Kasten aufgemacht und etwas zu trinken hineingestellt hatte, guckte der Knabe einen Augenblick unerwartet hinaus. Flugs schlug ihm der Rabe — so nennt man die Klapptür des Kastens — auf den Kopf und tötete ihn.

Die Fabel beweist, daß man dem Schicksal nicht zu entgehen vermag. (171)

DIE BIENEN UND ZEUS

Die Bienen, die den Menschen ihren Honig neideten, erschienen vor Zeus und baten ihn, er möchte ihnen doch die Kraft geben, die, welche sich ihren Waben näherten, mit ihren Stacheln zu verwunden und zu töten. Zeus verdroß ihre neidische Gesinnung, und er bildete sie darum so, daß sie, wenn sie jemanden stechen, ihren Stachel und darauf auch ihr eigenes Leben verlieren.

Diese Fabel dürfte auf mißgünstige Leute passen, denen es nichts ausmacht, wenn sie dabei selber Schaden nehmen. (172)

DIE BETTELPRIESTER

Bettelpriester hatten einen Esel, dem pflegten sie das Gepäck aufzulegen, wenn sie ihres Weges gingen. Und als schließlich der Esel von den Mühen verendet war, zogen sie ihm die Haut ab, machten aus der Haut Trommelfelle und bedienten sich dieser. Als eine andere Gruppe von Priestern ihnen begegnete und sie fragte, wo der Esel wäre, da sagten sie, der sei zwar gestorben, bekomme aber so viele Schläge, wie er niemals zu Lebzeiten habe ertragen müssen.

So werden auch manche Haussklaven, selbst wenn sie aus der Sklaverei entlassen sind, doch nicht von der Sklavenarbeit befreit. (173)

DIE MÄUSE UND DIE KATZEN

Zwischen den Mäusen und den Katzen herrschte Krieg; dabei erlitten die Mäuse immerfort Niederlagen. Als sie sich deshalb zur Beratung versammelt hatten, kamen sie zu der Auffassung, daß ihnen dieses Mißgeschick infolge ihrer Anarchie widerfahre. Darum erwählten sie einige aus ihrer Mitte und beriefen sie zu Feldherren. Weil diese sich von den übrigen sichtbar unterscheiden wollten, machten sie sich Hörner und setzten sie sich auf. Als nun das nächstemal eine Schlacht geschlagen wurde, da geschah es, daß die Mäuse wieder alle unterlagen. Die übrigen nun suchten Zuflucht in ihren Löchern und schlüpften leicht hinein, die Feldherren dagegen fanden ihrer Hörner wegen keinen Eingang, wurden gefangengenommen und verspeist.

So wird für viele ihre Eitelkeit zum Anlaß von Verderbnis.
(174)

DIE AMEISE

Die Ameise war vor alten Zeiten ein Mensch, der, mit Landwirtschaft beschäftigt, sich mit den eigenen Erträgen nicht genügen lassen wollte, sondern immerfort neidisch auch noch auf das Fremde schaute und sich heimlich die Feldfrüchte der Nachbarn aneignete. Zeus war verärgert über die Habsucht dieses Menschen und verwandelte ihn in ebenjenes Tier, das man Ameise nennt. Die hat zwar ihre Gestalt verändert, nicht jedoch ihren Charakter abgelegt. So streift sie bis auf den heutigen Tag durch die Felder, sammelt Weizen und Gerste auf den Tennen und speichert alles für sich auf.

Die Fabel zeigt, daß die von Natur schlechten Menschen, auch wenn sie noch so hart bestraft werden, ihren Charakter nicht verändern. (175)

DIE AMEISE UND DIE TAUBE

Die Ameise war zu einer Quelle herabgestiegen, hatte dort ihren Durst stillen wollen und drohte dabei zu ertrinken. Da brach die Taube, die auf einem danebenstehenden Baume saß, ein Blatt ab und warf es der Ameise zu; die kletterte darauf und wurde so gerettet. Bald kam ein Vogelfänger an den Ort, der legte seine Leimruten aus und versuchte, die Taube einzufangen. Doch die Ameise biß den Vogelfänger in den Fuß; dadurch brachte er seine Leimruten in Erschütterung, und die Taube konnte davonfliegen.

Die Fabel zeigt, daß auch von den Schwachen mitunter gelegene Hilfe kommt. (176)

DIE FLIEGE

Die Fliege war in einen Fleischtopf gefallen und drohte in der Brühe zu ersticken. Da sprach sie zu sich selber: „Nun, ich habe gegessen, getrunken und gebadet; wenn ich auch sterben muß, so macht es mir nichts aus."

Die Fabel lehrt, daß die Menschen den Tod leicht ertragen, wenn er ohne Qual auf sie zukommt. (177)

DER SCHIFFBRÜCHIGE UND DAS MEER

Ein Schiffbrüchiger, den das Meer auf den Strand geworfen hatte, schlief infolge der Ermüdung. Als er jedoch wenig später sich erhob und das Meer erblickte, tadelte er es, daß es durch seinen lieblichen Anblick die Menschen betöre, wenn es sie aber aufgenommen habe, in wilder Wut vernichte. Einer Frau gleichend, antwortete ihm das Meer: „Nicht mich, lieber Freund, sondern die Winde solltest du anklagen. Von Natur aus bin ich nämlich so, wie du mich siehst; doch die Winde fallen plötzlich über mich her und bringen mich in Wallung und Raserei."

Doch auch wir sollten in mißlichen Situationen nicht den ausführenden Organen, die ja nur anderen untergeordnet sind, die Schuld zuschieben, sondern denen, die ihnen vorgesetzt sind. (178)

DER JUNGE LIEDERJAN UND DIE SCHWALBE

Ein junger Liederjan hatte das väterliche Erbe durchgebracht, und es war ihm nur noch ein Mantel geblieben. Als er eine Schwalbe erblickte, die sich wider die Zeit sehen ließ, glaubte er, daß es bereits Sommer sei und er des Mantels nicht mehr bedürfe. Deshalb nahm er ihn und verkaufte ihn. Wie nun später der Winter eintrat und es sehr kalt wurde, da sah er, während er umherirrte, die Schwalbe tot liegen und sagte zu sich selber: „Du Böse, du hast mir und dir den Untergang gebracht!"

Die Fabel zeigt, daß alles, was nicht zur richtigen Zeit geschieht, Gefahr bringen kann. (179)

DER PATIENT UND DER ARZT

Der Patient antwortete auf die Frage des Arztes, wie es ihm gehe, er habe über Gebühr geschwitzt. Das sei, erwiderte der Arzt, gut. Als der Patient ein nächstes Mal gefragt wurde, wie es ihm gehe, erwiderte er, er sei von Fieberschauern gepackt und durchgeschüttelt worden. Auch das hieß der Arzt gut. Als er zum drittenmal erschien und den Patienten wegen seiner Krankheit fragte, entgegnete dieser, er habe Wassersucht bekommen. Auch das sei, stellte der Arzt fest, gut. Wie nun einer seiner Bekannten bei dem Patienten erschien und sich nach seinem Befinden erkundigte, antwortete der bloß: „Vor lauter guten Dingen bin ich jetzt am Ende."

So werden viele Menschen von ihren Nachbarn auf Grund äußeren Scheins für Umstände glücklich gepriesen, die für sie selber Anlaß tiefsten Unglücks sind. (180)

DIE FLEDERMAUS, DER DORNSTRAUCH UND DER TAUCHERVOGEL

Die Fledermaus, der Dornstrauch und der Tauchervogel taten sich zusammen und beschlossen, Handel zu treiben. Die Fledermaus brachte Silber, das sie geliehen hatte, als Einlage mit, der Dornstrauch steuerte Kleiderstoffe bei, der Tauchervogel kaufte Bronze und legte sie hinzu. Dann schifften sie sich ein. Als aber ein heftiger Sturm ausbrach und das Boot kenterte, da verloren sie alles und vermochten gerade noch sich selbst aufs Land zu retten. Seither taucht der Tauchervogel in die Tiefe, die Bronze suchend, die er wiederzufinden hofft, die Fledermaus, die sich vor ihren Gläubigern fürchtet, läßt sich tagsüber nicht blicken und geht nur nachts auf Nahrungssuche aus, und der Dornstrauch, der nach seinen Stoffen sucht, hängt sich an die Kleider der Vorübergehenden, weil er erwartet, dabei etwas von seinem Eigentum wiederzuerkennen.

Die Fabel demonstriert, daß wir besonders um das bemüht sind, um dessentwillen wir früher einmal Unglück hatten. (181)

DIE FLEDERMAUS UND DIE WIESEL

Die Fledermaus fiel auf die Erde und wurde von einem Wiesel gefaßt; den Tod vor Augen, bat sie um ihr Leben. Doch das Wiesel sagte, es könne sie nicht freilassen; denn seiner Natur nach widerstrebe es allen Vögeln. Als aber die Fledermaus einwandte, sie sei gar kein Vogel, sondern eine Maus, erhielt sie dadurch die Freiheit. Wie sie nun später wieder einmal zu Fall kam und von einem anderen Wiesel ergriffen wurde, flehte sie, es möchte sie doch nicht umbringen. Auf die Entgegnung des Wiesels, daß es allen Mäusen feind sei, erwiderte die Fledermaus, sie sei ja gar keine Maus, sondern ein Flugtier, und kam so aufs neue frei. Derart geschah es, daß sie, indem sie zweimal ihren Namen wechselte, am Leben blieb.

Doch auch wir dürfen nicht immer auf demselben beharren, sondern sollten bedenken, daß die, welche sich den Verhältnissen anzupassen wissen, häufig auch schweren Gefahren zu entgehen vermögen. (182)

DER HOLZFÄLLER UND HERMES

Ein Holzfäller hatte an einem Flusse seine Axt verloren. Während die Flut sie fortriß, setzte er sich ans Ufer und klagte, bis Hermes sich seiner erbarmte und hinzukam. Nachdem der Gott die Ursache für seine Tränen erfahren hatte, stieg er ein erstes Mal in den Fluß, brachte eine goldene Axt mit hinauf und fragte den Holzfäller, ob es die seine sei. Als der erwiderte, diese sei es nicht, brachte der Gott beim zweiten Mal eine silberne mit und fragte wiederum, ob er diese vermisse. Da er auch jetzt abschlägigen Bescheid erhielt, schaffte er beim dritten Mal die Axt des Holzfällers herbei. Der anerkannte sie als die seinige, und im Hinblick auf solche Redlichkeit schenkte der Gott ihm alle drei. Der Holzfäller nahm sie und erzählte, sobald er mit seinen Freunden zusammenkam, was ihm widerfahren war. Das stach einem von ihnen ins Auge, und er wollte es dem Freunde nachtun. Darum nahm er seine Axt, zog zu dem Flusse, ließ beim Holzmachen das Werkzeug absichtlich in die Strömung fallen, setzte sich hin und weinte. Als Hermes erschien und sich erkundigte, was geschehen sei, berichtete er den Verlust seiner Axt. Wie nun der Gott ihm eine goldene heraufbrachte und ihn fragte, ob er diese verloren habe, behauptete er, von Gewinnsucht erfaßt, diese sei es. Doch Hermes schenkte sie ihm nicht, ja ersetzte ihm nicht einmal sein eigenes Werkzeug.

Die Fabel lehrt, daß die Gottheit im selben Maße, in dem sie die Gerechten unterstützt, sich den Ungerechten widersetzt. (183)

DER WANDERER UND TYCHE

Ein Wanderer, der einen langen Weg hinter sich hatte, fiel, von der Anstrengung erschöpft, an einem Brunnen nieder und schlief ein. Als er eben gerade hinunterzufallen drohte, trat die Tyche zu ihm, weckte ihn und sprach: „Lieber Freund, wenn du hinuntergestürzt wärest, so würdest du nicht deiner Unüberlegtheit, sondern mir die Schuld gegeben haben."

Also klagen viele Leute, die durch eigenes Verschulden ins Unglück gerieten, die Gottheit an. (184)

DER WANDERER UND DIE WAHRHEIT

Ein Wanderer zog durch die Wüste und begegnete in dieser Einsamkeit einer Frau, welche gesenkten Hauptes dastand. Redete er sie an: „Wer bist du?" Antwortete sie ihm: „Ich bin die Wahrheit." — „Und weshalb hast du die Stadt verlassen und hausest in der Wüste?" Erwiderte ihm jene: „In alten Zeiten wohnte die Lüge nur bei wenigen. Jetzt aber findest du sie bei allen Menschen, wenn du nur etwas hören oder sagen willst."

Ein elendes, erbärmliches Leben führen die Menschen, wenn sie der Lüge den Vorzug vor der Wahrheit geben. (184a)

DIE WANDERER UND DIE PLATANE

Als Wanderer, die zur Sommerszeit gegen Mittag sehr unter der Hitze zu leiden hatten, eine Platane erblickten, gingen sie auf sie zu, ließen sich in ihrem Schatten nieder und erquickten sich. Während sie nun zu der Platane hochblickten, sagten sie zueinander: „Wie unnütz und unergiebig für die Menschen ist doch dieser Baum!" Da fiel ihnen die Platane ins Wort: „Ihr Undankbaren, noch genießt ihr meine Wohltat und heißt mich doch schon unnütz und unergiebig!"

So werden auch manche Menschen derart vom Unglück verfolgt, daß man an ihrer Redlichkeit zweifelt, selbst wenn sie ihren Nächsten Gutes tun. (185)

DER WANDERER UND DIE NATTER

Ein Wanderer, der des Winters seine Straße zog, sah eine Natter, die vor Kälte erstarrt war. Aus Erbarmen nahm er sie auf, legte sie in seinen Gewandbusen und versuchte, sie zu erwärmen. Solange die Natter noch unter der Kälte litt, verhielt sie sich still; sobald sie aber erwärmt war, biß sie den Wanderer in den Leib. Den Tod vor Augen, sagte dieser: „Mir ergeht es ganz recht; was habe ich diese Natter, als sie am Verenden war; gerettet, die man doch, selbst wenn sie bei Kräften gewesen wäre, hätte beseitigen müssen!"

Die Fabel zeigt, daß Bosheit, der man mit Guttaten begegnet, nicht nur diese nicht entgilt, sondern sich sogar noch gegen die Wohltäter wendet. (186)

DIE WANDERER UND DAS STRAUCHWERK

Wanderer, die an einer Küste entlang ihren Weg nahmen, gelangten zu einem Ausguck. Von dort gewahrten sie Strauchwerk, das in der Ferne dahinschwamm, glaubten jedoch, es sei ein großes Schiff. Als nun das Strauchwerk, vom Winde herangetrieben, ganz in die Nähe kam, warteten sie weiter, weil sie immer noch vermuteten, daß es ein Schiff sei, freilich nicht mehr ein großes, wie vorher. Erst als es ziemlich nahe herangekommen war, erkannten sie, daß es ein Strauch war, und sagten zueinander: „Auf dieses Nichts haben wir umsonst gewartet."

So erscheinen auch manche Menschen von ferne her als furchterregend; wenn man sie indes kennenlernt, erweisen sie sich als unbedeutend. (187)

DER WANDERER UND HERMES

Ein Wanderer, der einen langen Weg zurückzulegen hatte, gelobte, von allem, was er fände, Hermes die Hälfte zu weihen. Zufällig stieß er auf einen Beutel, in dem sich Mandeln und Datteln befanden; den hob er auf, weil er meinte, daß Geld darin sei. Als er beim Ausschütteln den Inhalt fand, verzehrte er diesen. Dabei nahm er von den Mandeln die Schalen und von den Datteln die Kerne und legte sie auf einen Altar mit den Worten; „Da hast du, Hermes, was ich gelobte. Denn von dem, was ich fand, habe ich sowohl den Inhalt als auch die Hülle mit dir geteilt."

Auf einen geldgierigen Mann, der in seiner Habsucht sogar die Götter überlistet, bezieht sich diese Geschichte.

(188)

DAS SCHWEIN UND DER FUCHS

Auf seinen Esel band einer eine Ziege, ein Schaf und ein Schwein und trieb ihn in die Stadt. Da das Schwein den ganzen Weg über lärmte, fragte es der Fuchs, der das hörte, nach dem Grunde dafür, daß die anderen Tiere sich ruhig tragen ließen, während das Schwein allein sich vernehmbar mache. Dieses entgegnete ihm: „Nicht ohne Ursache habe ich zu klagen. Denn ich weiß sehr wohl, daß der Herr, weil er die Wolle und die Milch des Schafes bekommt, es weiter unterhalten wird und ebenso die Ziege wegen des Käses und der Zicklein. Mich aber kann er für nichts anderes brauchen und wird mich daher schlachten."

So darf man auch unter den Menschen diejenigen nicht tadeln, die zukünftiges Unglück vorhersehen und entsprechend beklagen. (189)

DER ESEL UND DER GÄRTNER

Ein Esel diente einem Gärtner, bei dem er wenig zu essen bekam und viel zu leiden hatte. Darum betete er zu Zeus, er möchte ihn doch von dem Gärtner erlösen und einem andern Herrn geben. Gottvater schickte den Hermes, der hieß den Gärtner den Esel an einen Töpfer verkaufen. Doch der Esel war wieder unzufrieden, weil er jetzt noch schwerere Lasten zu tragen hatte, und wandte sich abermals an Zeus. Der bewirkte, daß er an einen Gerber verkauft wurde. Als aber der Esel sah, welches Handwerk sein neuer Herr trieb, rief er: „Da war doch das Leben bei meinen früheren Herren vorzuziehen! Diesem hier nämlich werde ich, wie mir scheint, noch die Haut dazugeben müssen."

Die Fabel beweist, daß sich Diener dann am meisten nach ihrem ersten Herrn sehnen, wenn sie einen anderen ausgekostet haben. (190)

DER MIT SALZ BELADENE ESEL

Der Esel durchquerte, mit Salz beladen, einen Fluß. Dabei glitt er aus und stürzte ins Wasser, und weil das Salz sich auflöste, fühlte er sich erleichtert, als er wieder aufstand. Naturgemäß freute er sich darüber. Als er später einmal Schwämme zu tragen hatte und sein Weg an einen Fluß führte, meinte er, daß er auch diesmal, wenn er hineinfiele, wieder erleichtert herauskommen werde. Und so ließ er sich absichtlich hinfallen. Da jedoch die Schwämme das Wasser aufsaugten, kam es dahin, daß er nicht mehr aufzustehen vermochte und ertrank.

So geht es auch manchen Menschen, daß sie durch ihre eigenen Ränke sich unversehens selber ins Unglück stürzen. (191)

DER ESEL UND DAS MAULTIER

Ein Eseltreiber hatte seinem Esel und seinem Maultier Lasten aufgelegt und sich auf den Weg gemacht. Solange man in der Ebene blieb, zeigte sich der Esel dem Gewicht gewachsen. Als sie aber ins Gebirge kamen, konnte der Esel seine Last nicht mehr tragen und bat darum das Maultier, ihm einen Teil abzunehmen, damit er selbst den Rest des Weges durchhalten könne. Doch das Maultier wollte von seinen Gründen nichts wissen, bis daß der Esel an einer abschüssigen Stelle ins Wanken geriet, abstürzte und den Tod fand. Verzweifelt darüber, was er tun sollte, legte der Treiber dem Maultier nicht nur die Last des Esels zu, sondern packte ihm auch noch das Fell des Esels auf. Das machte dem Maultier nicht geringe Pein, und es sprach: „Es ist mir ganz recht ergangen. Hätte ich dem Esel entsprochen, als er mich bat, ihm ein wenig Erleichterung zu bringen, so brauchte ich jetzt außer seiner Last nicht noch ihn selber zu tragen.“

So geben manche Zinsleiher, um nicht ihren Schuldnern ein wenig entgegenkommen zu müssen, häufig ihr ganzes Kapital preis. (192)

DER ESEL MIT DEM GÖTTERBILD

Einst zog ein Esel mit einem Götterbild beladen zur Stadt. Da die Vorübergehenden dem Bilde ihre Verehrung erwiesen, meinte der Esel, ihm gelte diese Huldigung, iahte laut und weigerte sich, es noch länger zu tragen. Doch der

Treiber hatte wohl gemerkt, was vorgefallen war, schlug darum den Esel mit dem Stocke und rief: „Du Dummkopf, so geht es, wenn ein Esel von Memmen geehrt wird!“

Wer sich mit Fremdem großtut, erntet bei denen, die Bescheid wissen, nur Lachen. Das beweist diese Fabel.

(193)

DER WILDESEL

Als ein Wildesel einen Hausesel an einem sonnigen Platz erblickte, begab er sich zu ihm und pries ihn wegen seiner guten körperlichen Verfassung und seiner geordneten Versorgung. Später aber sah er, wie jener Lasten tragen mußte, der Treiber hinter ihm her war und mit Knüppeln auf ihn einschlug. Da meinte er: „Jetzt vermag ich dein Glück nicht mehr zu preisen, sehe ich doch, daß dir dein Wohlstand nicht ohne große Übel zuteil wird.“

Also sind Vorteile, die mit Gefahren und Unannehmlichkeiten verbunden sind, nicht des Nacheiferns wert.

(194)

DER ESEL UND DIE GRILLEN

Der Esel hörte die Grillen singen. Weil er sich über den Wohlklang freute und sie um diese liebliche Eigenschaft beneidete, fragte er sie: „Wovon nährt ihr euch, daß ihr solche Laute von euch gebt?“ Sie erwiderten: „Vom Tau.“ Da wartete der Esel auf den Tau, bis daß er vor Hunger starb.

So erfahren die, welche unnatürliche Wünsche hegen, großes Leid, ganz abgesehen davon, daß sie nicht erreichen, wonach sie streben. (195)

DIE ESEL VOR ZEUS

Einst schickten die Esel, verärgert über ihre beständigen Plackereien und Quälereien, Gesandte zu Zeus und ersuchten ihn um Befreiung von ihren Nöten. Weil dieser ihnen vor Augen führen wollte, daß das unmöglich sei, erwiderte er ihnen, sie könnten vielleicht dann aus ihrer mißlichen Lage erlöst werden, wenn sie aus ihrem Urin einen Fluß bildeten. Die Esel nahmen das für bare Münze und halten es von daher bis auf den heutigen Tag so, daß sie, wenn sie den Urin eines der Ihren erblicken, sich auch hinstellen und ihr Wasser abschlagen.

Die Fabel beweist, daß niemand an seinem Schicksal etwas ändern kann. (196)

DER ESEL UND DER ESELTREIBER

Als ein Esel, der von seinem Treiber geführt wurde, ein Stück des Weges zurückgelegt hatte, verließ er den gebahnten Pfad und begab sich in unwegsames Gelände. Dabei geriet er in Gefahr abzustürzen. Der Treiber faßte ihn am Schwanze und versuchte, ihn festzuhalten. Als sich jedoch der Esel heftig widersetzte, ließ jener ihn los und sagte: „Ich gönne dir den Sieg; denn es ist ein schlechter Sieg, den du erringst."

Auf einen streitsüchtigen Menschen paßt diese Fabel. (197)

DER ESEL UND DER WOLF

Als der Esel, der auf einer Wiese weidete, sah, wie der Wolf sich auf ihn losstürzen wollte, tat er so, als ob er lahm ginge. Während sich ihm der Wolf näherte und nach der Ursache seines Lahmens fragte, erwiderte er: „Beim Überqueren eines Grabens bin ich in einen Splitter getreten." Gleichzeitig riet er dem Wolf, ihm zunächst den Splitter herauszuziehen und erst dann ans Verzehren zu denken, damit er nicht beim Essen gestört werde. Dem Wolfe leuchtete das ein, und er ergriff den Fuß des Esels. Während seine ganze Aufmerksamkeit auf dessen Huf gerichtet war, schlug der Esel aus und traf Mund und Zähne des Wolfes. Arg zugerichtet, rief dieser aus: „Mir ist es ganz recht ergangen; denn was verstehe ich von der Kunst des Arztes, der ich von meinem Vater als Schlächter ausgebildet wurde?"

So geraten auch Menschen mit Fug und Recht ins Unglück, die sich an Dinge machen, die sie nichts angehen.

(198)

DER ESEL UND DAS LÖWENFELL

Der Esel, der sich ein Löwenfell übergeworfen hatte, zog umher und schreckte die anderen Tiere. Dabei erblickte er den Fuchs und versuchte, auch ihm Furcht einzujagen. Doch der Fuchs hatte gerade kurz vorher des Esels Stimme gehört und sagte zu diesem: „Du darfst ruhig wissen, auch ich hätte Angst vor dir, würde ich nicht dein Iah vernommen haben."

Gleichermaßen bemühen sich auch manche Leute ohne Bildung, durch äußeren Krimskrams etwas herzumachen, und entlarven sich dann durch ihren eigenen Redefluß.

(199)

VON EINEM, DER EINEN ESEL KAUFTE

Ein Mann nahm einen Esel, den er kaufen wollte, auf Probe, brachte ihn zu seinen eigenen Eseln und stellte ihn vor die Krippe. Der Esel trennte sich alsbald von den übrigen und rückte zu dem faulsten und gefräßigsten, der überhaupt nichts tat. Da packte ihn der Mann kurzerhand am Strick und führte ihn zu seinem Besitzer zurück. Als der sich erkundigte, ob das denn schon die richtige Probe gewesen sei, erwiderte jener: „Ja, ich bedarf keiner weiteren Prüfung. Denn ich weiß, daß er so ist wie der Gefährte, den er sich aus der ganzen Gesellschaft ausgewählt hat."

Die Fabel zeigt, daß einer danach beurteilt wird, was für Umgang er sich aussucht. (200)

DER ESEL UND DIE FRÖSCHE

Ein Esel, der eine Last Holz trug, mußte einen Sumpf durchwaten. Dabei glitt er aus, und als er hinfiel und nicht mehr aufstehen konnte, jammerte und stöhnte er. Die Frösche in dem Sumpf, die seine Seufzer vernahmen, meinten dazu: „Was würdest du, lieber Freund, tun, wenn du so lange Zeit wie wir hier verweilen müßtest, da du ja schon, weil du bloß ein bißchen gefallen bist, ein solches Gejammer erhebst?"

Auf einen leichtsinnigen Kerl, der schon bei der geringsten Anstrengung in Unmut gerät, könnte einer, der selber ein Mehrfaches unschwer auf sich nimmt, diese Fabel anwenden. (201)

DER ESEL, DER RABE UND DER WOLF

Ein Esel, der mit einem Geschwür auf dem Rücken behaftet war, weidete auf einer Wiese. Als der Rabe sich dazusetzte und das Geschwür untersuchte, iahte und hüpfte der Esel. Der Eseltreiber stand in der Ferne und lachte dazu. Das alles sah der Wolf, der gerade des Weges kam, und sagte zu sich selbst: „Vom Unglück verfolgt sind doch wir Wölfe, die wir gejagt werden, wenn man unser nur ansichtig wird, während man diesem Raben zulächelt, wenn er sich bloß sehen läßt."

Die Fabel demonstriert, daß die Bösewichte unter den Menschen schon von weitem zu erkennen sind.

(202)

DER ESEL, DER FUCHS UND DER LÖWE

Der Esel und der Fuchs hatten sich zusammengetan und zogen auf Jagd. Da traf zufällig der Löwe auf sie. Der Fuchs erkannte die drohende Gefahr, machte sich an den Löwen heran und versprach ihm, den Esel auszuliefern, sofern er ihm selber Sicherheit garantiere. Als der Löwe ihm zusagte, daß er ihn laufenlassen werde, brachte der Fuchs den Esel heran und richtete es so ein, daß er in eine Falle geriet. Wie nun der Löwe feststellte, daß der Esel nicht mehr entkommen konnte, packte er zuerst den Fuchs und wandte sich darauf dem Esel zu.

So geraten Leute, die ihren Gefährten nachstellen, häufig unversehens selbst mit ins Unglück. (203)

DER ESEL UND DAS MAULTIER

Der Esel und das Maultier zogen denselben Weg. Als der Esel merkte, daß sie beide die gleichen Lasten hatten, wurde er ärgerlich und beklagte sich darüber, daß das Maultier, welches das doppelte Futter bekäme, nicht mehr zu tragen brauche. Sie waren nur wenig weitergegangen, da merkte der Treiber, daß der Esel nicht mehr tragen konnte, und nahm ihm etwas von seiner Last und legte sie dem Maultier auf. Und als sie wieder ein Stück weitergekommen waren, sah er, daß der Esel sich immer mehr erschöpfte, und entlastete ihn aufs neue, bis er schließlich alles von dem Esel fortgenommen und statt dessen dem Maultier auferlegt hatte. Da blickte dieses auf den Esel und sagte zu ihm: „Nun, Kamerad, scheint dir es jetzt berechtigt, daß man mir doppeltes Futter zubilligt?“

So müssen auch wir die Lage eines jeden nicht vom Ausgangspunkt, sondern vom Ergebnis her beurteilen. (204)

DER VOGELFÄNGER UND DAS REBHUHN

Der Vogelfänger erhielt zu später Stunde Besuch, und weil er nicht wußte, was er ihm vorsetzen sollte, machte er sich an sein zahmes Rebhuhn und traf Anstalten, es zu schlachten. Das Rebhuhn zieh ihn deshalb der Undankbarkeit, denn er habe ja von ihm großen Nutzen gehabt, weil es seine Stammesgenossen herausgelockt und ihm übergeben habe, und jetzt wolle er ihm selber ans Leben! Doch der Vogelfänger erwiderte: „Gerade darum werde ich dich um so eher schlachten, weil du nicht einmal vor deinen Stammesgenossen haltmachst."

Die Fabel zeigt, daß die, welche ihre eigenen Leute verraten, nicht nur von denen gehaßt werden, die durch sie Unrecht leiden, sondern auch von denen, für die sie Verrat üben.
(205)

DAS HUHN UND DIE SCHWALBE

Das Huhn hatte Eier der Schlange gefunden, die wärmte es sorgfältig an und machte sich ans Ausbrüten. Das sah die Schwalbe und sagte: „Du Törin, was ziehst du dir da heran! Wenn das erst groß geworden ist, wird es bei dir mit seinen Übeltaten beginnen."

Die Bosheit läßt sich eben nicht zähmen, auch wenn man ihr noch so viel Gutes tut. (206)

DER VOGELFÄNGER UND DIE LERCHE

Der Vogelfänger war dabei, sein Fangnetz für die Vögel aufzustellen. Die Lerche beobachtete ihn und fragte, was er tue. „Ich gründe eine Stadt", erwiderte der Vogelfänger und trat ein wenig beiseite. Durch seine Worte bewogen, flog die Lerche herbei, verspeiste den Köder und geriet, ohne daß sie es sich versah, in die Schlinge. Als der Vogelfänger gelaufen kam und sie packte, sagte die Lerche bloß: „Mensch, wenn du solche Städte gründest, wirst du bestimmt viele Bewohner finden!“

Die Fabel zeigt, daß Häuser ebenso wie Städte besonders dann entvölkert werden, wenn die, die an der Spitze stehen, böse sind. (207)

DER VOGELFÄNGER UND DER STORCH

Der Vogelfänger hatte für die Kraniche Netze ausgespannt und wartete von der Ferne her auf seine Beute. Als der Storch sich zusammen mit den Kranichen niedergelassen hatte, kam der Vogelfänger herbeigelaufen und fing zusammen mit den Kranichen auch den Storch. Der bat ihn, er möchte doch seiner schonen, denn, so begründete er das, er füge ja den Menschen keinen Schaden zu, sondern sei ihnen im Gegenteil höchst nützlich, fange und vernichte er doch die Schlangen und die anderen Kriechtiere. Aber der Vogelfänger antwortete: „Magst du auch noch so tüchtig sein, Strafe verdienst du trotzdem, weil du dich mit den Bösewichtern zusammengesetzt hast.“

Entsprechend müssen auch wir den Umgang mit schlechten Menschen meiden, um nicht in den Verdacht zu kommen, wir nähmen an ihren Schandtaten teil. (208)

DIE WILDEN UND DIE ZAHMEN TAUBEN

Der Vogelfänger hatte sein Netz ausgespannt und zahme Tauben daran festgebunden. Dann trat er zur Seite und wartete darauf, was kommen würde. Nachdem die wilden Tauben herbeigeflogen waren und sich in den Maschen verstrickt hatten, kam er wieder herzu und versuchte, sie einzufangen. Da beschuldigten die wilden Tauben die zahmen, daß sie ihnen, obgleich sie doch miteinander verwandt seien, die drohende Gefahr nicht angezeigt hätten; doch die erwiderten nur: „Es ist nun einmal für uns vorteilhafter, wenn wir unsere Herren respektieren, als wenn wir unserer Verwandtschaft zu Gefallen sind.“

So darf man auch Diener nicht schelten, die aus Zuneigung zu ihren Herren es an Liebe zu ihren Verwandten fehlen lassen. (209)

DAS KAMEL

Als die Menschen zum erstenmal ein Kamel sahen, erschraken sie derart über die Größe des Tieres, daß sie vor lauter Furcht davonliefen. Wie sie aber im Laufe der Zeit dessen Sanftmut erkannten, wagten sie sich allmählich näher heran. Und als sie gar entdeckten, daß das Kamel keine Galle besitzt und darum nicht zürnen kann, ging ihre Geringschätzung so weit, daß sie ihm Zügel umlegten und es von Kindern treiben ließen.

Die Fabel beweist, daß die Zeit den Dingen ihre Schrecken nimmt. (210)

DIE SCHLANGE UND DER KREBS

Die Schlange und der Krebs lebten am selben Orte miteinander. Und der Krebs verhielt sich schlicht und freundlich, während die Schlange stets hinterhältig und böse war. Obwohl der Krebs immerfort auf die Schlange einredete, ebenfalls Schlichtheit anzunehmen und seinem Beispiel zu folgen, wollte sie doch nicht nachgeben. Darüber verärgert, lauerte der Krebs ihr auf, bis sie schlief, packte sie mit seiner Schere an der Kehle, preßte sie mit aller Kraft und tötete sie am Ende. Als er sie so langgestreckt liegen sah, sagte er: „Du Dummkopf, das hättest du dir ersparen können, daß du jetzt — im Tode — schlicht und unkompliziert bist; doch als ich dir gut zuredete, wolltest du nicht hören!“

Diese Fabel könnte man passend auf jene Menschen beziehen, die ihr ganzes Leben hindurch ihren Freunden weh tun und trotzdem nach ihrem Tode Lobsprüche ernten. (211)

DIE SCHLANGE, DIE KATZE UND DIE MÄUSE

Die Schlange und die Katze lagen in einem Hause zusammen im Kampf. Als die Mäuse im Haus, die sonst von den beiden aufgefressen zu werden pflegten, sie miteinander kämpfen sahen, kamen sie aus ihren Schlupfwinkeln heraus. Kaum waren sie sichtbar geworden, ließen die Schlange und die Katze vom Kampf miteinander ab und wandten sich gegen die Mäuse.

So geht es auch in den Staaten zu. Wer sich in die Auseinandersetzungen unter den Demagogen einmischt, wird unversehens zum Opfer beider Parteien. (212)

DIE GETRETENE SCHLANGE

Weil die Schlange von vielen getreten wurde, begab sie sich zu Zeus. Doch Zeus sagte zu ihr: „Hättest du den ersten, der dich trat, gebissen, so würde kein zweiter den Versuch gemacht haben, dich zu treten."

Die Fabel beweist, daß die, die dem ersten Angriff standhalten, von den anderen gefürchtet werden. (213)

DER TREUHÄNDER UND DER EID

Einer hatte von seinem Freunde Geld zur Verwahrung übernommen und trachtete danach, ihn zu betrügen. Als der Freund nun jenen zur Eidesleistung vor Gericht lud, scheute der sich davor und zog über Land. Am Tor angelangt, erblickte er einen lahmen Mann, der ebenfalls hinausging; den fragte er, wer er sei und wohin sein Weg führe. Als der Angesprochene erwiderte, er sei Horkos, der Gott des Eides, und sei hinter den Meineidigen her, fragte er weiter, wie oft er denn in die Städte zu kommen pflege. „Alle vierzig, manchmal auch nur alle dreißig Jahre", war die Antwort. Da zögerte der Mann nicht länger, sondern legte am nächsten Tage den Eid ab, daß er das Geld nicht in Empfang genommen habe. Dadurch dem Horkos verfallen und von diesem zur Richtstätte geführt, beschuldigte er den Gott, dieser habe behauptet, nur alle dreißig Jahre zu kommen, und jetzt lasse er ihn nicht einmal einen Tag straflos. Doch Horkos fiel dem Sprecher ins Wort: „Du solltest wissen, wenn mir einer gar zu beschwerlich wird, dann komme ich für gewöhnlich noch am selben Tag."

Die Fabel zeigt, daß kein Termin gesetzt ist, wann Gott die Frevler für ihre Übeltaten bestrafen wird. (214)

DER KNABE, DER HEUSCHRECKEN JAGTE

Ein Knabe war vor der Stadtmauer auf Heuschreckenjagd. Als er schon viele gefangen hatte und einen Skorpion erblickte, machte er, weil er auch ihn für eine Heuschrecke hielt, die Hand hohl und war drauf und dran, ihn in seine Gewalt zu bringen. Doch der Skorpion straffte seinen Stachel und sagte: „Solltest du mir etwas antun, so wirst du dazu noch die Heuschrecken verlieren, die du gesammelt hast."

Diese Fabel lehrt uns, daß wir nicht mit allen, den Tüchtigen wie den Bösen, in derselben Weise Umgang pflegen dürfen. (215)

DER DIEBISCHE KNABE UND SEINE MUTTER

Ein Knabe hatte in der Schule die Schreibtafel seines Mitschülers an sich genommen und seiner Mutter gebracht. Da diese ihn nicht nur nicht tadelte, sondern sogar noch lobte, stahl er das nächste Mal ein Kleidungsstück und brachte ihr auch das, und die Mutter nahm es noch beifälliger auf. Wie er nun im Laufe der Jahre zum jungen Mann wurde, gewöhnte er sich daran, auch größere Sachen zu stehlen. Endlich wurde er einmal auf der Tat ertappt; man band ihm die Hände auf den Rücken und übergab ihn dem Henker. Als ihm die Mutter auf seinem Wege folgte und sich vor Schmerz an die Brust schlug, bat der Gefangene, ihr etwas ins Ohr sagen zu dürfen, und während sie zu ihm trat, faßte er sie rasch am Ohrläppchen und biß es ab. Darauf beschuldigte ihn die Frau der Ruchlosigkeit, daß er es mit dem, was er schon verfehlt habe, nicht genug sein lasse, sondern dazu noch seine Mutter mißhandle; doch jener ergriff das Wort und sagte: „Ja, hättest du mich damals geschlagen, als ich dir das erstemal die gestohlene Schreibtafel brachte, so wäre es nicht so weit gekommen und ich würde jetzt nicht zum Tode geführt!"

Die Fabel demonstriert, daß, was nicht von vornherein in Schranken gehalten wird, sich immer mehr auswächst.

(216)

DIE DURSTIGE TAUBE

Als die Taube, vom Durst geplagt, auf einem Bilde einen Krug mit Wasser gemalt sah, meinte sie, das sei Wirklichkeit; sie versetzte sich darum in Schwung und stürzte sich unbedacht auf das Bild. So kam es, daß sie sich die Flügel brach, zur Erde fiel und von einem Passanten aufgelesen wurde.

Nicht anders ergeht es auch manchen Menschen, die sich aus überschwellender Begehrlichkeit unüberlegt in Unternehmungen stürzen und damit ihr eigenes Unglück herbeiführen. (217)

DIE TAUBE UND DIE KRÄHE

Eine Taube, die in einem Taubenschlag gehalten wurde, brüstete sich mit ihrer zahlreichen Nachkommenschaft. Die Krähe, die ihre Worte hörte, sagte: „Ach, meine Liebe, hör auf, damit zu prahlen! Denn je mehr Kinder du hast, über um so größere Sorgen wirst du zu klagen haben."

So sind auch die unter den Haussklaven am schlimmsten daran, die im Stande ihrer Unfreiheit Kinder in die Welt setzen. (218)

DER AFFE UND DIE FISCHER

Als der Affe, auf einem hohen Baum sitzend, Fischer an einem Flusse ihr Netz auswerfen sah, achtete er genau auf das, was sie taten. Wie nun die Fischer ihr Netz wieder herauszogen und in naher Entfernung ihr Frühstück hielten, stieg er von dem Baum herab und schickte sich an, es ihnen nachzutun; denn man weiß ja, das Nachahmen liegt in seinem Wesen. Als er sich jedoch an den Netzen zu schaffen machte, wurde er ergriffen und sagte zu sich selber: „Ganz recht ist es mir ergangen. Denn was versuche ich zu fischen, ohne es gelernt zu haben?"

Die Fabel zeigt, daß die Beschäftigung mit Dingen, die einem nicht zukommen, nicht nur nichts einbringt, sondern sogar noch schadet. (219)

DER REICHE MANN UND DER GERBER

Ein reicher Mann, der einen Gerber zum Nachbarn hatte, konnte den Gestank nicht mehr aushalten und lag daher jenem in den Ohren, er möchte umziehen. Der aber schob die Sache immer wieder hinaus, indem er erwiderte, bald werde er sein Quartier wechseln. Nachdem das eine Woche gegangen war, geschah es, daß der Reiche sich an den Gestank gewöhnte und den Gerber nicht mehr behelligte.

Die Fabel zeigt, daß die Gewohnheit auch unangenehme Dinge mildert. (220)

DIE REICHEN UND DIE KLAGEWEIBER

Ein reicher Mann hatte zwei Töchter. Als von denen die eine gestorben war, dingte er Klageweiber. Da sprach die andere zu ihrer Mutter: „Weh uns, die wir, ob doch der Schmerz an uns ist, nicht zu klagen vermögen, währenddes jene, die unversehens ins Haus kamen, so laut jammern und weinen!" Die Mutter erwiderte: „Darüber, liebes Kind, brauchst du dich nicht zu wundern, daß diese Frauen so heftig jammern; denn sie tun es ja um Geld."

So machen manche aus Habsucht fremdes Unglück bedenkenlos zu dem ihrigen. (221)

DER HIRT UND DER HUND

Ein Hirt hatte einen riesig großen Hund, dem pflegte er die Keimlinge sowie die todgeweihten unter seinen Schafen vorzuwerfen. Und als nun wieder einmal die Herde eintraf, sah der Hirt, wie der Hund sich an die Schafe heranmachte und sie umschwänzelte, und meinte dazu: „Das, mein Alter, was du ihnen wünschst, sollte mit deinem Kopfe geschehen!"

Die Fabel paßt gut auf einen Schmeichler. (222)

DER HIRT UND DAS MEER

Als ein Hirt, der in einem Küstenbezirk seine Herde weidete, das Meer still und ruhig erblickte, überkam ihn die Lust zur Seefahrt. Er verkaufte daher seine Schafe, handelte

Datteln ein, belud damit ein Schiff und stach in See. Als jedoch ein heftiger Sturm ausbrach und das Schiff kenterte, verlor er alles und kam mit Mühe schwimmend an Land. Nachdem nun wieder Stille eingetreten war und einer am Strande die Ruhe des Meeres pries, sagte er nur: „Ja, lieber Freund, du kannst mir glauben, das Meer hat wieder Appetit auf Datteln."

So wird für vernünftige Leute schlechte Erfahrung oftmals zur Lehre. (223)

DER HIRT UND DIE SCHAFE

Der Hirt hatte seine Schafe in einen Eichenwald getrieben, und als er dort einen mächtig großen Baum voller Früchte erblickte, breitete er seinen Mantel darunter aus, stieg auf den Baum hinauf und schüttelte die Früchte herunter. Die Schafe verspeisten die Eicheln, ohne zu bemerken, daß sie dabei auch den Mantel mitverzehrten. Doch der Hirt, als er herabstieg und sah, was geschehen war, sagte nur: „Ihr bösen Tiere, für die anderen Leute liefert ihr Wolle zur Bekleidung, mir aber, der ich euch ernähre, habt ihr sogar noch den Mantel genommen!"

So ist es auch bei vielen Menschen. Während sie aus Unverstand Leuten, die sie gar nichts angehen, gefällig sind, tun sie denen, die ihnen nahestehen, Böses an.

(224)

DER HIRT UND DIE JUNGEN WÖLFE

Der Hirt hatte junge Wölfe gefunden und zog sie mit viel Sorgfalt auf; denn er meinte, diese würden, wenn sie größer wären, nicht nur seine eigenen Schafe behüten, sondern überdies die Schafe anderer stehlen und ihm zuführen. Sobald nun aber die Wölfe herangewachsen waren, gingen sie zunächst einmal, da sie ja vor Strafe sicher waren, auf die eigene Herde los. Und der Hirt stöhnte bloß: „Es ist mir schon ganz recht geschehen. Warum nur habe ich diese Bestien, als sie klein waren, am Leben gelassen, die ich jetzt, nachdem sie heranwuchsen, aus dem Wege räumen muß?"

Wer die Bösewichter am Leben erhält, stärkt dadurch ungewollt deren Kräfte, die sich bei erster Gelegenheit gegen ihn selber richten. (225)

DER SCHERZENDE HIRT

Der Hirt trieb seine Herde ein ganzes Stück von seinem Dorfe fort und machte wiederholt folgenden Scherz. Er rief die Landleute um Hilfe an und schrie, daß Wölfe sich auf seine Schafe gestürzt hätten. Ein zweites und ein drittes Mal noch versetzte er so seine Dorfgenossen in Schrecken und Bewegung, um sie dann mit Hohngelächter wieder nach Hause zu schicken. Dann aber geschah es, daß der Wolf wirklich herankam. Als nun die Herde zersprengt wurde und der Hirt um Hilfe rief, da glaubten die Bauern, er scherze in gewohnter Weise, und scherten sich nicht darum. Und so geschah es, daß jener seine Schafe verlor.

Die Fabel beweist, daß die Lügner nur den Gewinn haben, daß man ihnen auch dann nicht glaubt, wenn sie die Wahrheit sprechen. (226)

DIE WANDERER UND DER RABE

Reisenden, die in Geschäften unterwegs waren, begegnete ein Rabe, der auf einem Auge erblindet war. Als nun jene auf den Raben blickten und einer von ihnen zur Umkehr riet — denn das wolle das Erscheinen des Vogels bedeuten —, fiel ihm ein anderer ins Wort: „Wie soll dieser Rabe uns die Zukunft verkünden können, der nicht einmal, um sich entsprechend in acht zu nehmen, seine eigene Erblindung vorhersah?"

So sind auch bei den Menschen solche, die in ihren eigenen Angelegenheiten nicht Rat wissen, ungeeignet als Ratgeber für ihre Umgebung. (227)

PROMETHEUS UND DIE MENSCHEN

Prometheus hatte in Zeus' Auftrag Menschen und Tiere gebildet. Als nun Gottvater sah, daß es viel mehr Tiere waren, befahl er Prometheus, einige von den Tieren zu vernichten und in Menschen umzugestalten. Der tat, wie ihm geheißen, und so geschah es, daß die derart entstandenen Wesen zwar die äußere Gestalt von Menschen, jedoch die Mentalität von Tieren besitzen.

Auf einen linkischen Trampel paßt die Fabel recht gut. (228)

DIE ZWEI RANZEN

Als Prometheus die Menschen bildete, hängte er ihnen zwei Ranzen um, einen mit den fremden Bosheiten und einen mit den eigenen. Den Ranzen mit den fremden Bosheiten brachte er vorn an, den mit den eigenen hängte er hinten fest. Von daher kommt es, daß die Menschen die Bosheiten anderer recht gut wahrnehmen, die eigenen aber nicht dazu sehen.

Diese Fabel könnte man auf einen vielgeschäftigen Mann beziehen, der, für seine eigenen Angelegenheiten blind, sich um Dinge kümmert, die ihn nichts angehen. (229)

DER BADENDE KNABE

Ein Knabe badete einmal in einem Flusse und geriet in Gefahr zu ertrinken. Darum schrie er um Hilfe, als er einen daherkommenden Wanderer erblickte. Der tadelte den

Knaben wegen seiner Unvorsichtigkeit. Doch jener erwiderte: „Jetzt mußt du mir helfen; später, wenn ich gerettet bin, kannst du mich schelten."

Die Fabel lehrt, statt zu tadeln, Barmherzigkeit zu üben; denn sonst bringt man den Geschädigten in Erregung. (230)

DIE FÜCHSE AM MÄANDER

Einst waren die Füchse am Mäanderfluß versammelt und wollten daraus trinken. Weil aber das Wasser mit reißender Strömung dahinfloß, wagten sie sich nicht hinein, sosehr sie auch einander zuredeten. Einer jedoch tat sich groß darin, die anderen zu verspotten und ihre Feigheit zu belächeln, und sprang schließlich, indem er seine Überlegenheit herauskehrte, kühn in das Wasser. Die Strömung trieb ihn bis zur Flußmitte, und als die anderen, die am Ufer standen, ihm zuriefen: „Verlaß uns nicht, sondern komm zurück und zeig uns den Weg, auf dem wir ungefährdet zum Trinken gelangen!", da antwortete er, während er schon fortgespült wurde: „Ich habe eine Nachricht für Milet und will die erst überbringen; wenn ich dann zurückkomme, werde ich euch zur Verfügung stehen."

Auf Leute, die sich durch ihre Großsprecherei selber in Gefahr bringen. (231)

DAS GESCHORENE SCHAF

Als ein Schaf bei der Schur arg zu leiden hatte, sprach es zu dem, der es schor: „Verlangt es dich nach meiner Wolle, so schneide weiter oben; begehrst du aber mein Fleisch, dann schlachte mich auf einmal und bewahre mich davor, stückweis zu Tode gemartert zu werden!"

Diese Fabel paßt für die, welche sich auf Dinge werfen, für die sie nicht geschickt sind. (232)

DER GRANATAPFELBAUM, DER APFELBAUM UND DER DORNSTRAUCH

Der Granatapfelbaum und der Apfelbaum stritten sich, wer mehr Früchte habe. Als ihr Streit immer heftiger entbrannte, mengte sich der Dornstrauch ein, der von der nahen Hecke her zugehört hatte: „Aber Freunde, wollen wir nicht unsere Auseinandersetzung beenden?“

So versuchen bei den Streitigkeiten der Großen die Bedeutungslosen sich ins Spiel zu bringen. (233)

DER MAULWURF

Der Maulwurf — ein, wie man weiß, blindes Tier — sagte zu seiner Mutter: „Ich kann sehen.“ Um ihn auf die Probe zu stellen, gab die ihm Weihrauchkörner und fragte ihn, was das sei. Als der Maulwurf „Kieselsteine“ antwortete, meinte die Mutter: „Mein Kind, du bist nicht nur der Sehkraft beraubt, sondern hast auch den Geruchssinn verloren.“

So versprechen manche Aufschneider unmögliche Dinge und versagen doch schon bei der ersten besten Kleinigkeit. (234)

DIE WESPEN, DIE REBHÜHNER UND DER BAUER

Vom Durst getrieben, kamen die Wespen und die Rebhühner einst zu einem Bauern und erbaten sich etwas zu trinken; zum Entgelt für das Wasser erboten sich die Rebhühner, die Weinberge des Bauern umzugraben und seine Trauben zu veredeln, während die Wespen einen Kreis bilden und mit ihren Stacheln die Diebe vertreiben wollten. Doch der Bauer ließ sie nicht ausreden: „Ich besitze zwei Ochsen, die machen mir keine Versprechungen, aber sie besorgen das alles; ihnen werde ich daher lieber als euch zu trinken geben.“

Auf einen Nichtsnutz paßt die Fabel. (235)

DIE WESPE UND DIE SCHLANGE

Die Wespe ließ sich auf dem Kopf der Schlange nieder und setzte dieser arg zu, indem sie sie immer neu mit ihrem Stachel verletzte. Doch so heftig auch ihr Schmerz war, vermochte sich doch die Schlange ihrer Feindin nicht zu erwehren. Schließlich kroch sie hinaus auf die Straße und sah einen Wagen heranrollen. Flugs legte sie ihren Kopf unter das Rad und fand mit den Worten: „Ich gehe mit meiner Feindin zugrunde“ zusammen mit der Wespe den Tod.

Die Fabel zielt auf diejenigen, die darauf ausgehen, mit ihren Feinden zu sterben. (236)

DER WURM UND DIE SCHLANGE

An einem Wege stand ein Feigenbaum. Dort sah der Wurm die Schlange schlafend liegen; bei ihrem Anblick ergriff ihn Neid wegen ihrer Länge. Und weil er ihr gleich zu werden wünschte, ließ er sich neben sie fallen und versuchte immer neu, sich auszustrecken, bis daß er das Maß überspannte und unversehens barst.

So ergeht es denen, die mit den Stärkeren in Wettbewerb treten. Sie werden eher selbst zerbrochen, als daß sie es jenen gleichzutun vermögen. (237)

DAS SCHWEIN, DAS PFERD UND DER JÄGER

Das Wildschwein und das Pferd weideten auf demselben Platze. Da das Schwein allenthalben das Gras besudelte und das Wasser trübte, sann das Pferd auf Abhilfe und nahm zu dem Jäger als Bundesgenossen seine Zuflucht. Als der feststellte, daß er dem Pferd nur dann helfen könne, wenn es den Zügel erdulde und ihn als Reiter aufnehme, ging dieses auf alle Bedingungen ein. Da bestieg der Jäger das Pferd, überwältigte das Schwein, führte sein Reittier an die Krippe und band es dort fest.

So unterwerfen sich viele, wenn sie ihre Feinde abwehren möchten, in unüberlegter Gemütsaufwallung anderen.

(238)

DIE BÄUME UND DAS SCHILFROHR

Als die Bäume einmal von den Winden gebrochen wurden und zugleich sehen mußten, daß die Schilfrohre unbeschädigt blieben, erkundigten sie sich bei diesen, wie es möglich sei, daß sie selbst trotz ihrer Kraft und ihres Gewichts dermaßen mitgenommen wurden, während jene, obgleich zart und schwach, ohne Schaden blieben. Die Schilfrohre gaben zur Antwort: „Da wir uns unserer Schwäche bewußt sind, geben wir dem Ansturm der Winde nach und biegen so ihr Ungestüm ab; ihr aber leistet, weil ihr eurer eigenen Kraft vertraut, Widerstand und werdet darum zerbrochen."

Die Fabel beweist, daß gegenüber schwierigen Dingen nachgeben zuverlässiger ist als Widerstand leisten. (239)

DIE HYÄNEN

Von den Hyänen erzählt man sich, sie wechselten Jahr für Jahr ihr Geschlecht und seien bald männlich, bald weiblich. Nun setzte einmal eine männliche Hyäne einer weiblichen böse zu. Da sagte diese zu jener: „So solltest du nicht handeln; in Bälde wirst du ja Gleiches erleiden."

Ähnlich könnte zu einem, der an der Herrschaft ist, jemand sprechen, der selbst die Anwartschaft darauf besitzt und doch von jenem noch Unrecht hinnehmen muß.

(240)

DIE HYÄNE UND DER FUCHS

Von den Hyänen erzählt man, weil sich ihre Natur Jahr für Jahr ändere, seien sie bald männlich, bald weiblich. Als nun einmal eine Hyäne den Fuchs sah, schalt sie ihn, daß er, obgleich sie mit ihm verkehren wolle, sie nicht heranlasse. Doch der Fuchs unterbrach sie: „Nicht mich solltest du schelten, sondern deine Natur, dank deren ich nicht weiß, ob ich mit dir als Freundin oder als Freund verkehren soll."

Auf einen zweideutigen Charakter zielt die Fabel.

(241)

DER STIER UND DIE WILDZIEGEN

Der Stier wurde von dem Löwen verfolgt und flüchtete sich in eine Höhle, in der sich Wildziegen befanden. Als die ihn mit den Füßen und den Hörnern stießen, sagte der Stier: „All das ertrage ich nicht aus Furcht vor euch, sondern aus Furcht vor dem, der draußen vor der Höhle steht."

So müssen viele oftmals aus Angst vor den Stärkeren auch die Mißhandlungen von seiten Schwächerer erdulden.

(242)

DIE JUNGEN DES AFFEN

Man erzählt sich, daß die Affen immer zwei Junge zur Welt bringen; von denen lieben sie das eine abgöttisch und ziehen es mit Sorgfalt auf, während ihnen das andere unlieb ist, so daß sie es vernachlässigen. Manchmal will es nun aber das göttliche Schicksal, daß das, welches derart umsorgt ist, den Tod findet, während das vernachlässigte überlebt und groß wird.

Die Fabel zeigt, daß das Schicksal mächtiger ist als alles Vorsorgen. (243)

DER PFAU UND DIE DOHLE

Als die Vögel darüber berieten, wer ihr König werden solle, forderte der Pfau, daß man ihn wegen seiner Schönheit in das Amt erhebe. Während die übrigen Vögel sich dazu anschickten, sprach die Dohle: „Gesetzt aber, du bist unser König und der Adler stellt uns nach, wie willst du uns dann beistehen?“

Daß die Herrscher sich nicht durch Schönheit, sondern durch persönliches Gewicht auszeichnen müssen, lehrt die Fabel. (244)

DIE GRILLE UND DER FUCHS

Die Grille sang auf einem hohen Baum ihr Lied. Der Fuchs, der sie fressen wollte, kam auf folgende List. Er trat heran, äußerte sich voller Bewunderung über den Wohlklang und bat die Grille herunterzukommen; denn er wolle doch gern sehen, was für ein Tier solch eine schöne Stimme besäße. Die Grille indes ahnte die Hinterlist und ließ ein Blatt, das sie abgerissen hatte, herunterfallen. Als der Fuchs danach heransprang, so als sei es die Grille, meinte diese: „Du irrst dich, mein Lieber, wenn du denkst, ich würde herabsteigen. Ich weiß mich nämlich vor den Füchsen in acht zu nehmen, seitdem ich im Kot eines Fuchses die Flügel einer Grille erblickte.“

Kluge Leute lernen aus den Mißgeschicken ihrer Mitmenschen. (245)

DAS KAMEL, DER ELEFANT UND DER AFFE

Als die Tiere übereingekommen waren, sich einen König zu erwählen, traten das Kamel und der Elefant vor und eiferten miteinander; denn sie hofften, ihrer Körpergröße und -kraft halber würden sie vor den andern den Vorrang haben. Doch der Affe behauptete, sie seien beide ungeeignet für dieses Amt; denn das Kamel könne denen, die ihm wehe täten, nicht zürnen, und wenn der Elefant König würde, so stünde zu befürchten, daß dann das Schweinchen auf die übrigen Tiere losfahren würde.

Die Fabel lehrt, daß viele große Dinge aus winziger Ursache nicht zustande kommen. (246)

DER SCHWAN

Die Schwäne, erzählt man, singen nur im Sterben. Als nun einmal ein Mann einen Schwan fand, der zum Verkauf stand, und hörte, daß es ein sehr musisches Tier sei, da kaufte er ihn. Bei einer Gelegenheit hatte der Mann Gäste im Haus; da ging er zu dem Schwan und bat ihn, während des Umtrunkes zu singen. Damals schwieg der Schwan stille, später jedoch, als er fühlte, daß es ans Sterben ging, sang er sein Trauerlied. Als der Herr das hörte, sagte er: „Nun, da du sonst nicht singst als nur beim Sterben, war es dumm von mir, daß ich dich seinerzeit zum Singen einlud, statt dich zu schlachten.“

So müssen auch manche Menschen wider ihren Willen ausführen, was sie freiwillig zu gewähren nicht bereit sind. (247)

ZEUS UND DIE SCHLANGE

Als Zeus Hochzeit hatte, brachten ihm alle Tiere Geschenke, ein jedes, was es konnte. Auch die Schlange kam herangekrochen, mit einer Rose im Munde, und trat vor den Gott. Doch als Zeus sie erblickte, sagte er: „Von den anderen allen nehme ich die Geschenke, doch aus deinem Munde will ich nichts haben.“

Die Fabel zeigt, daß bei den bösen Leuten selbst Freundlichkeitsbezeugungen in Schrecken versetzen. (248)

DER PFAU UND DER KRANICH

Der Pfau machte sich über den Kranich lustig, spottete über seine Farbe und sagte: „Ich bin in Gold und Purpur gekleidet, du dagegen hast nichts Schönes an deinen Federn." Doch der Kranich erwiderte: „Dafür lasse ich meine Stimme bei den Sternen erklingen und erhebe mich mit meinen Flügeln in die Himmelshöhen, während du wie ein Hahn unten mit den Hennen einhertrottest."

Daß es besser ist, wenn einer bescheidene Kleidung trägt, aber etwas gilt, als daß einer mit seinem Reichtum protzt, aber ein ungeachtetes Dasein führt, das beweist diese Fabel.

(249)

DAS SCHWEIN UND DER HUND

Das Schwein und der Hund beschimpften einander. Da schwor das Schwein bei Aphrodite, es werde mit seinen Zähnen den Hund zerreißen. Der aber sagte ironisch zu ihm: „Sehr berechtigt leistest du deinen Schwur bei Aphrodite. Denn du bekundest damit, bei der Göttin in besonderem Ansehen zu stehen, die ja einen jeden, der bloß von deinem unreinen Fleisch kostete, nicht in ihr Heiligtum einläßt!" Darauf das Schwein: „Gerade darin offenbart die Göttin, daß sie mich liebt, verabscheut sie doch jeden, der mich tötet oder mir in anderer Weise weh tut. Du aber stinkst, magst du nun lebend oder tot sein."

Die Fabel zeigt, wie gescheite Redner die von ihren Gegnern vorgebrachten Vorwürfe leichthin in Lob umbilden.

(250)

DIE SAU UND DIE HÜNDIN

Die Sau und die Hündin führten ein Streitgespräch über die leichte Geburt. Als die Hündin behauptete, sie als einzige unter den Vierfüßlern vermöge schnell zu gebären, fiel die Sau ein: „Gewiß, doch wenn du das sagst, so denk daran, daß du blinde Junge zur Welt bringst!"

Die Fabel zeigt, daß man die Dinge nicht nach dem Tempo, sondern nach der Qualität beurteilt. (251)

DAS WILDSCHWEIN UND DER FUCHS

Das Wildschwein stand an einem Baum und wetzte seine Zähne. Als der Fuchs nach dem Grunde fragte, weshalb es, da doch weder ein Jäger noch sonst eine Gefahr drohe, seine Zähne schärfe, antwortete das Wildschwein: „Nun, ich tue das nicht ohne Bedacht. Denn wenn mir Gefahr droht, werde ich mich nicht erst mit dem Schärfen aufzuhalten haben, sondern kann dann meine Hauer bereits geschärft einsetzen."

Die Fabel lehrt, daß man, ehe es gefährlich wird, seine Vorbereitungen treffen muß. (252)

DER GEIZHALS

Ein Geizhals hatte sein Vermögen zu Geld gemacht, damit einen Klumpen Gold gekauft und diesen vor der Stadtmauer vergraben. Nun ging er unentwegt hin und paßte auf. Einer von den Feldarbeitern, der das Erscheinen des Geizhalses beobachtet und daraus die richtigen Schlüsse gezogen hatte, brachte das Gold an sich, als jener sich einmal entfernt hatte. Als nun der Geizhals bei seiner Rückkehr den Ort leer fand, wehklagte er und raufte sich die Haare. Ein Dritter erblickte ihn in seiner Verzweiflung und sagte tröstend, nachdem er die Ursache erfahren hatte: „Sei nicht traurig deswegen! Nimm dir einen Stein, deponiere ihn am selben Orte und denke dir, das Gold läge dort! Denn auch damals, als es da war, hast du nicht davon Gebrauch gemacht."

Die Fabel zeigt, daß Besitz nichts ist, wenn nicht auch der Nutzen dazukommt. (253)

DIE SCHILDKRÖTE UND DER HASE

Die Schildkröte und der Hase führten einen Wettstreit, wer der schnellere sei. Sie bestimmten sich ein Ziel und brachen von ihrem Ausgangspunkt auf. Der Hase, der auf seine natürliche Schnelligkeit vertraute, bekümmerte sich nicht um den Lauf, sondern legte sich am Wegrande schlafen. Die Schildkröte dagegen, die sich ihrer Langsamkeit wohl bewußt war, gönnte sich keine Pause und überholte so den schlafenden Hasen, ja kam in den Besitz des Siegespreises.

Die Fabel zeigt, daß oftmals Anstrengung eine mangelhafte Anlage auszugleichen vermag. (254)

DIE SCHWALBE UND DIE SCHLANGE

Die Schwalbe, die in einem Gericht ihr Nest gebaut hatte, war ausgeflogen. Da kam die Schlange herangekrochen und fraß ihr die Jungen weg. Als die Schwalbe zurückkehrte und ihren Bau leer fand, jammerte sie voller Verzweiflung. Eine andere Schwalbe versuchte sie zu trösten und sagte, daß es ja nicht ihr allein widerfahren sei, die Kinder zu verlieren; doch die erste fiel ihr ins Wort: „Ach, ich klage ja nicht so sehr der Jungen wegen als vielmehr deshalb, daß mir an diesem Orte Unrecht widerfuhr, an dem die, denen Unrecht geschieht, Hilfe erlangen.“

Die Fabel zeigt, daß ein Unglück für den, der es erleiden muß, belastend wird, wenn es ihm jemand zufügt, von dem er das am wenigsten erwartet. (255)

DIE GÄNSE UND DIE KRANICHE

Die Gänse und die Kraniche weideten auf derselben Wiese. Als Jäger auf den Plan traten, konnten die Kraniche angesichts ihres geringen Gewichts leicht davonfliegen, während die Gänse mit ihren schweren Körpern dableiben mußten und gefangen wurden.

So ist es auch bei den Menschen, wenn Unruhen in einer Stadt ausbrechen: Die Armen, die nicht viel mit sich zu tragen haben, bringen sich leicht von einer Stadt in die andere in Sicherheit; die Reichen dagegen müssen wegen ihres umfänglichen Besitzes dableiben und geraten dabei oft in Sklaverei. (256)

DER WALDESEL UND DER WOLF

Der Waldesel lahmte, weil er sich einen Dorn eingetreten hatte, und war verärgert darüber, daß der Fuß ihn schmerzte und er den Fluß nicht überqueren konnte. Den starken Wolf, der dahertrottete, überkam Lust, den Esel, in dem er eine bequeme Beute gefunden zu haben glaubte, zu verspeisen. Doch der Esel bat ihn inständig: „Befrei mich zuerst von dem Übel und zieh mir den Dorn aus dem Fuß heraus!" Kaum hatte der Wolf den Dorn mit seinen Zähnen entfernt, da versetzte ihm der Esel, von den Schmerzen befreit, mit dem Huf einen Tritt und brachte dadurch den Wolf zur Strecke; er selber suchte eilends im Gebirge Zuflucht.

Die Fabel lehrt uns, daß man, wenn man einem Bösen etwas Gutes tut, nicht Dank, sondern weit eher Spott erntet. (257)

DIE SCHWALBE UND DIE KRÄHE

Die Schwalbe und die Krähe stritten sich um die Schönheit. Da fiel die Krähe der Schwalbe in die Rede: „Deine Schönheit steht ja nur für die Sommerszeit in Blüte, mein Körper dagegen widersteht auch dem Winter."

Die Fabel demonstriert, daß Ausdauer des Körpers besser ist als Wohlgeformtheit. (258)

DIE SCHILDKRÖTE UND DER ADLER

Die Schildkröte, die einen Adler hatte durch die Lüfte schweben sehen, ergriff das Verlangen, ebenfalls zu fliegen. Darum ging sie zu jenem und bat ihn, er möchte sie gegen Geld in dieser Kunst unterweisen. Der Adler mühte sich, sie davon zu überzeugen, daß das unmöglich sei; aber die Schildkröte gab nicht nach. So faßte er sie denn, hob sich mit ihr in die Höhe und ließ sie am Ende auf einen Fels hinunterfallen. Auf diesen stürzend, fand die Schildkröte den Tod.

Viele wollen aus Ehrgeiz nicht auf die Klügeren hören und schaden sich dadurch nur selbst. (259)

DER FLOH UND DER ATHLET

Der Floh war auf den Fuß des Athleten gehüpft. Dieser suchte ihn zu verscheuchen, doch beim Wegspringen biß ihn der Floh. Darüber geriet der Athlet in heftigen Zorn und schickte sich an, mit seinen Nägeln den Floh zu zerquetschen; doch der nutzte den ihm angeborenen Schwung, machte einen weiten Sprung und entging so dem Tode. Da rief der Athlet voller Empörung: „O Herakles, wenn du mir so gegen einen Floh beistehst, wie wirst du mir dann erst gegen meine Gegner im Ring beistehen?“

Die Fabel lehrt, daß man in den geringfügigen, ungefährlichen Dingen nicht gleich die Götter anrufen darf, sondern nur in den größeren Notfällen. (260)

DER PAPAGEI UND DIE KATZE

Ein Mann hatte einen Papagei gekauft und hielt ihn sich in seinem Hause. Ein solches Entgegenkommen nutzend, flog der Vogel auf den Herd, ließ sich da nieder und krächzte ganz wohlgemut. Die Katze, die das sah, fragte ihn, wer er denn sei und woher er komme. Der Papagei antwortete: „Der Herr hat mich neulich gekauft." — „So, du unverschämtes Vieh", erwiderte ihm die Katze, „obgleich du solch ein Neuankömmling bist, machst du ein derartiges Geschrei, wie es mir, die ich im Hause geboren bin, die Herrschaften niemals erlauben; vielmehr, wenn ich je so handelte, würden sie mich mit Schimpf und Schande davonjagen." Doch der Papagei entgegnete: „Liebe Hausgenossin, mach dich nur weit weg! Über meine Stimme empfinden nämlich die Herrschaften nicht solches Mißvergnügen wie über die deinige."

Auf einen Tadelsüchtigen, der immer andern gern die Schuld zuschieben möchte, paßt die Fabel recht gut.

(261)

DIE HOLZFÄLLER UND DIE EICHE

Die Holzfäller waren beim Fällen einer Eiche. Sie hatten sich von ebendieser Eiche Keile gemacht und versuchten, sie damit zu spalten. Da sprach die Eiche: „Nicht so sehr der Axt bin ich gram, die mich gefällt hat, als den Keilen, die aus mir herauswuchsen."

Bekanntlich ist das Leid schmerzhafter, wenn es von Verwandten als wenn es von Fremden zugefügt wird.

(262)

DIE TANNE UND DER DORNSTRAUCH

Die Tanne rühmte sich gegenüber dem Dornstrauch und sagte: „Zu nichts bist du brauchbar, während ich an den Tempeldächern und in den Häusern meine Dienste leiste." Doch der Dornstrauch erwiderte: „Du Unglückliche, gedächtest du der Äxte und Sägen, die dich zurechtstutzen, so würdest du ein Dornstrauch und keine Tanne sein wollen!"

Besser ist ungetrübte Armut als Reichtum mit Zwang und Nötigung. (263)

DER MENSCH UND DER LÖWE AUF DER WANDERSCHAFT

Der Löwe zog mit dem Menschen den gleichen Weg. Da sagte der Mensch zu ihm: „Ein mächtigeres Wesen ist der Mensch im Vergleich zum Löwen." Der Löwe erwiderte darauf: „Das mächtigere Wesen ist der Löwe." Und während sie so ihres Weges zogen, zeigte der Mensch auf Schmucksäulen, welche die Menschen mit Reliefs ausgestalteten; darauf stellten sie die Löwen dar, die unterlegen und den Menschen unterworfen waren. Auf den Hinweis: „Siehst du, wie die Löwen sind?" entgegnete der Löwe: „Wenn die Löwen zu modellieren verstünden, würdest du viele Menschen zu Füßen der Löwen sehen."

Weil es gelegentlich Leute gibt, die sich wegen Leistungen rühmen, die sie nicht zu vollbringen vermögen, ist diese Fabel erzählt. (264)

DER HUND UND DIE SCHNECKE

Ein Hund, der gern Eier ausschlürfte, riß, als er eine Schnecke mit ihrem Haus erblickte, sein Maul breit auf und verschlang beide unter erheblichem Würgen, glaubte er doch, es handle sich um ein Ei. Die ungewöhnliche Speise lag ihm schwer im Magen und bereitete ihm Schmerzen. Da sagte er: „Mit Recht muß ich das aushalten; denn warum habe ich alles, was rund ist, als Ei angesehen?"

Die Fabel lehrt uns, daß die, welche unüberlegt etwas in Angriff nehmen, sich unversehens in Widersprüche verstricken. (265)

DIE ZWEI HÄHNE UND DER ADLER

Zwei Hähne kämpften miteinander um die Hennen, dabei vermochte der eine den andern zu verscheuchen. Und dieser, der unterlegene, flüchtete sich an einen schattigen Ort und versteckte sich dort; der Sieger dagegen erhob sich in die Höhe, setzte sich auf eine hochragende Mauer und krähte laut. Da kam alsbald ein Adler herabgestoßen, packte ihn und trug ihn hinweg. Der andere hingegen blieb im Dunkel verborgen und konnte von nun an ungestört die Hennen bespringen.

Die Fabel zeigt, daß der Herr sich den Hoffärtigen widersetzt und den Demütigen Gnade gibt. (266)

DIE MÜCKE UND DER LÖWE

Die Mücke kam zum Löwen und sagte zu ihm: „Ich habe keine Furcht vor dir, und du bist auch nicht stärker als ich. Worin besteht denn eigentlich deine Kraft? Darin, daß du mit deinen Krallen kratzen und mit deinen Zähnen beißen kannst? Das kann auch eine Frau, wenn sie mit ihrem Manne im Streit liegt. Ich jedoch bin viel stärker als du. Wenn du magst, dann wollen wir miteinander kämpfen." Darauf trompetete die Mücke und stach dem Löwen ins Gesicht in der Nähe der Nase, wo es unbehaart ist. Der Löwe versuchte, sich mit seinen Krallen zu jucken, bis ihm das über wurde. So blieb die Mücke Siegerin; trompetend und ihr Siegeslied summend, flog sie davon. Am Ende aber verfing sie sich im Netz der Spinne, und während sie von dieser aufgezehrt wurde, wehklagte sie: „Ich, die ich mit den Stärksten im Kampfe lag, muß durch ein so armseliges Wesen wie diese Spinne zugrunde gehen!"

Die Fabel zielt auf solche Leute, die Mächtige zu Fall bringen und selber von Schwachen zu Fall gebracht werden.

(267)

DER HUND, DER FUCHS UND DER HAHN

Der Hund und der Hahn hatten Freundschaft miteinander geschlossen und unternahmen zusammen eine Wanderung. Als die Nacht hereinbrach, hatten sie gerade ein Waldgebiet erreicht. Da schwang sich der Hahn auf einen Baum und ließ sich in seinen Zweigen nieder, während der Hund unten in einer Höhlung des Baumes sein Lager fand. Nachdem die Nacht vorüber war und der Morgen anbrach, krähte der Hahn laut, wie es seine Gewohnheit war. Der Fuchs vernahm das Krähen, und weil es ihn gelüstete, den Hahn zu verspeisen, kam er heran, trat unter den Baum und rief jenem zu: „Ein guter Vogel bist du und nützlich für die Menschen. Komm doch herunter, damit wir das Morgenlied singen und uns gemeinsam daran erfreuen!" Doch der Hahn unterbrach ihn und sagte: „Geh, Freund, unten an die Wurzel des Baumes und ruf den Küster, damit er das Weckholz schlägt!" Als der Fuchs sich aufmachte, um den Hund zu rufen, da war der schon aufgesprungen, packte den Fuchs und zerriß ihn.

Die Fabel beweist, daß es den klugen Menschen ebenso geht. Wenn denen etwas Böses geschieht, wissen sie unschwer an ihren Feinden gebührend Rache zu nehmen. (268)

DER LÖWE, DER WOLF UND DER FUCHS

Der Löwe lag alt und krank in seiner Höhle. Da erschienen, um ihren König zu besuchen, alle anderen Tiere bis auf den Fuchs. Der Wolf ergriff diese Gelegenheit, um den Fuchs bei dem Löwen anzuschwärzen; ihn, ihrer aller Herrscher, mißachte er und sei darum auch nicht zu Besuch gekommen. In diesem Augenblick erschien der Fuchs und vernahm gerade noch die letzten Worte des Wolfes. Der Löwe aber brüllte ihn an. Der Fuchs bat um die Möglichkeit, sich zu verteidigen: „Wer von denen, die hier zusammenkamen, hat dir so viel genützt wie ich, der ich überall herumlief, um ein Heilmittel für dich zu finden, und es auch erfuhr?" Als ihm der Löwe befahl, das Heilmittel augenblicks zu nennen, erwiderte der Fuchs: „Du mußt einem Wolf lebend die Haut abziehen und sie dir, während sie noch warm ist, anlegen." Und als der Wolf bereits tot dalag, meinte der Fuchs lachend: „Nicht zur Antipathie, zur Sympathie muß man seinen Herrn einstimmen."

Die Fabel zeigt, daß, wer gegen einen anderen intrigiert, sich selbst die Schlinge zuzieht. (269)

DAS KALB UND DER STIER

Als das Kalb den Stier sich rackern sah, bedauerte es ihn, weil er sich so plagen mußte. Als aber der Festtag nahte, ließ man den Stier frei, während man das Kalb zur Schlachtbank führte. Der Stier, der das sah, lächelte und sagte zu dem Kalb: „Darum, liebes Kälbchen, durftest du müßig gehen, damit man dich zu gegebener Zeit schlachten konnte."

Die Fabel zeigt, daß dem Müßiggänger Gefahr droht. (270)

DIE LERCHE

Die Lerche, die in eine Falle geraten war, rief wehklagend: „Oh, ich armer, unglücklicher Vogel! Niemandes Gold oder Silber oder sonst einen Wertgegenstand habe ich mir angeeignet, ein kleines Getreidekorn jedoch hat mir den Tod eingetragen."

Die Fabel wendet sich an Leute, die um geringen Gewinns willen große Gefahr auf sich nehmen. (271)

DER ESEL UND DAS PFERD

Der Esel pries das Pferd glücklich, weil es üppig genährt und aufmerksam gepflegt werde, er selber dagegen nicht einmal ausreichend Spreu habe und dabei die schwersten Arbeiten verrichten müsse. Als aber Krieg ausbrach, der Soldat mit seinen Waffen auf das Pferd stieg, es bald hier-, bald dorthin jagte, es mitten in die Feinde hineintrieb und das Pferd schließlich getroffen dalag, da änderte der Esel, der das alles mit angesehen hatte, seine Meinung und bedauerte das Pferd.

Die Fabel demonstriert, daß es nicht recht ist, die Vornehmen und Reichen zu beneiden; vielmehr muß man die Mißgunst und Gefahr, in der jene stehen, in Rechnung setzen und sich mit seiner Armut bescheiden. (272)

DER ADLER

Hoch oben auf einem Felsen saß der Adler, bemüht, sich einen Hasen zu erjagen. Ihn traf ein Bogenschütze; das Geschoß durchbohrte den Adler, und der Pfeil mit den Federn blieb unmittelbar vor seinen Augen stecken. Da sprach der Adler: „Daß ich an meinen eigenen Federn zugrunde gehen muß, das macht mir zusätzlich Pein."

Die Fabel zeigt, daß es besonders bedrückt, wenn einer von seinen eigenen Leuten Leid erfährt. (273)

DER NEGER

Ein Mann hatte einen Neger gekauft und meinte, dessen Farbe rühre von daher, daß der Vorbesitzer ihn vernachlässigt habe. Also brachte er den Sklaven nach Hause, holte alle möglichen Laugen heran und versuchte, ihn mit immer neuen Bädern rein zu waschen. Doch der Neger vermochte seine Farbe nicht zu ändern, wohl aber machte ihn die Behandlung krank.

Die Fabel zeigt, daß Naturanlagen so bleiben, wie sie von Anfang an waren. (274)

DAS HIRSCHKALB UND DER HIRSCH

Das Hirschkalb sagte einmal zu dem Hirsch: „Vater, von Natur aus bist du größer und schneller als die Hunde, und außerdem trägst du zu deinem Schutze ein gewaltiges Geweih. Was also hast du von ihnen zu fürchten?" Lachend erwiderte der Hirsch: „Mit alldem hast du schon recht, mein Kind. Aber ich weiß jedenfalls das eine: wenn ich das Bellen eines Hundes vernehme, dann gibt es für mich kein Halten mehr!"

Die Fabel demonstriert, daß die geborenen Feiglinge kein Zureden zu ermutigen vermag. (275)

DER HIRT UND DER WOLF

Der Hirt hatte einen Wolf, der noch ganz jung war, gefunden und mitgenommen und zog ihn zusammen mit seinen Hunden auf. Groß geworden, nahm dieser, wenn einmal ein Wolf ein Schaf raubte, zusammen mit den Hunden die Verfolgung auf. Manchmal konnten die Hunde den Wolf nicht einholen und machten darum kehrt; dann lief jener weiter, bis er den Räuber erreichte, und nahm als Wolf, der er war, an dem Beutezug teil. Anschließend kehrte er zurück. Wenn aber kein Wolf von außen her plündernd einfiel, dann riß er selber ein Schaf und verzehrte es heimlich gemeinsam mit den Hunden. Endlich kam ihm der Hirt auf die Schliche, bemerkte sein Treiben und ließ ihn sterben, indem er ihn an einem Baum aufhängte.

Die Fabel demonstriert, daß eine schlechte Natur keine gute Gesinnung hervorzubringen vermag. (276)

DER SCHWAN

Ein Reicher hielt sich eine Gans und einen Schwan, jedoch nicht zu demselben Zweck, den letzteren vielmehr seines Gesanges wegen und jene für die Pfanne. Als nun die Zeit gekommen, da die Gans erleiden sollte, wozu sie bestimmt war, war es Nacht und darum unmöglich, die beiden Vögel in der Dunkelheit zu unterscheiden. Doch als man den Schwan anstelle der Gans ergriff, stimmte er sein Sterbelied an. So gab sein Gesang zu erkennen, wer er war, und bewahrte ihn vor dem Tode.

Die Fabel zeigt, daß oftmals die Musik einen Aufschub des Todes bewirken kann. (277)

DIE FRAU UND DER TRUNKENBOLD

Eine Frau hatte einen Trunkenbold zum Manne. Da sie ihn von seiner Sucht befreien wollte, kam sie auf folgende List. Sie wartete, bis er vollkommen betrunken und wie ein Toter ohne Gefühl war, nahm ihn dann auf die Schultern, brachte ihn ins Leichenhaus, setzte ihn dort ab und entfernte sich. Zu der Zeit, als sie annehmen mußte, daß er bereits wieder nüchtern sei, kehrte sie zurück und klopfte an die Tür des Leichenhauses. Als jener fragte: „Wer hat geklopft?", erwiderte die Frau: „Ich bin es, der Mann, der den Toten ihr Essen bringt." Jener entgegnete: „Statt zu essen, guter Freund, bring mir lieber zu trinken! Es tut mir leid, daß du ans Essen und nicht ans Trinken dachtest." Da schlug sich die Frau vor die Brust. „Ach, ich Unglückliche, nicht das geringste hat mir meine List eingebracht! Du, Mann, hast nicht nur keine Lehre angenommen, sondern bist gegenüber früher sogar noch gesunken, weil dir die Sucht zur Gewohnheit geworden ist.“

Die Fabel zeigt, man soll sich mit schlechten Verhaltensweisen nicht zu lange abgeben; mit der Zeit werden sie nämlich, auch wenn es der Betreffende nicht will, zur Gewohnheit. (278)

DER KNABE, DER VATER UND DER GEMALTE LÖWE

Ein furchtsamer alter Mann hatte einen einzigen Sohn, der vortrefflich war. Den sah er in seinen Träumen, wie er, zur Jagd gehend, von einem Löwen getötet wurde. Aus Angst, der Traum könnte Wahrheit werden, baute der Alte ein hübsches Landhaus; dort brachte er seinen Sohn hin und stellte ihn unter Bewachung. Um den Sohn zu vergnügen, ließ er in dem Hause viele Arten von Tieren an die Wände malen, darunter auch einen Löwen. Doch je mehr der Sohn hinsah, um so größer wurde seine Betrübnis. Schließlich stellte er sich in die Nähe des Löwen und sagte: „Du böses Tier, deinetwegen und wegen des falschen Traumes meines Vaters wurde ich in diesem Hause eingesperrt wie in einem Gefängnis; was soll ich mit dir machen?“ Und während er das sagte, schlug er mit der Faust auf die Wand, um den Löwen zu blenden. Da geriet ihm ein Splitter in den Finger und bewirkte dadurch eine Entzündung und Schwellung, Fieber kam hinzu und beförderte ihn alsbald zum Tode. So erledigte der Löwe den Knaben, ohne daß dem Vater seine List etwas nützte.

Die Fabel beweist, daß niemand seinem Schicksal zu entgehen vermag. (279)

DER FLUSS UND DAS FELL

Der Fluß sah in der Spiegelung ein Fell, das dahingetragen wurde, und fragte es, wie es sich nenne. „Trocken“, war die Antwort. Da überspülte es der Fluß mit einer Woge und sagte: „Du mußt nach einer anderen Benennung suchen; ich werde dich nämlich sogleich weich machen."

Die Fabel beweist, daß sich die Dinge leicht in den gleichen Naturzustand bringen lassen. (280)

DER SCHÜTZE UND DER LÖWE

Ein Mann, der mit dem Bogen umzugehen verstand, begab sich ins Gebirge zum Jagen. Alle Tiere, die seiner ansichtig wurden, nahmen Reißaus, nur der Löwe forderte ihn zum Kampf auf. Der Schütze richtete seinen Pfeil auf den Löwen, traf ihn und sagte: „Nimm diesen meinen Boten auf und sieh ihn dir an, wie er beschaffen ist; später werde ich dann selbst zu dir kommen!" Da wandte sich der Löwe, von Furcht ergriffen, zur Flucht. Als der Fuchs ihm sagte, er solle Mut beweisen und dürfe nicht fliehen, erwiderte der Löwe: „Mich wirst du nicht schwanken machen. Denn wer einen so bitteren Boten hat, den werde ich, wenn er selber erscheint, nicht ertragen können."

Die Fabel zeigt, daß man keinesfalls denen nahe kommen darf, die einem schon von ferne schaden. (281)

DER KAHLKOPF

Ein Kahlkopf, der sich eine Perücke aufgesetzt hatte, unternahm einen Ritt; dabei riß ihm der aufkommende Wind die Perücke weg, und die Zeugen dieses Vorfalls brachen in schallendes Gelächter aus. Der Kahlkopf nun hielt in seinem Wege inne und sagte: „Was ist schon Seltsames daran, daß die Haare, die ja nicht meine eigenen waren, mir entflohen, nachdem sie ja auch ihren Besitzer, mit dem sie geboren waren, verlassen mußten?"

Keiner sollte sich durch ein ihm begegnendes Unglück verdrießen lassen. Denn was einer nicht seit Geburt von Natur her besitzt, das bleibt auch nicht. (282)

DER ZU TISCH GELADENE HUND

Ein Mann bereitete ein Gastmahl vor, um einen lieben Freund zu bewirten. Da lud auch sein Hund einen anderen, ihm befreundeten Hund ein mit den Worten: „Lieber Freund, komm, speise mit mir!“ Der Hund folgte der Einladung, erblickte die große Tafel, trat heran und überlegte: „Ah, welch große Freude ist mir da eben zuteil geworden! Unversehens ist mir das zugefallen, und so will ich bis zum Überdruß schwelgen.“ Während er das bei sich erwog und mit dem Schwanze wedelte, richtete er seinen Blick auf den Freund, der ihn zum Mahle geladen hatte. Als aber der Koch des schweifwedelnden Hundes ansichtig wurde, packte er ihn am Schenkel und warf ihn zur Tür hinaus. Wieder auf die Beine gekommen, trollte sich der Hund unter lautem Gebell. Als nun die anderen Hunde sich sehen ließen und ihn fragten: „Wie hast du gespeist?“, erwiderte er ihnen: „Volltrunken von dem, was ich zu mir nahm, habe ich nicht einmal den Weg gesehen, auf dem ich wieder herauskam.“

Die Fabel beweist, daß man den Unfähigen nicht vertrauen darf. (283)

DER MANN, DER SEIN GÖTTERBILD ZERSTÖRTE

Ein Mann besaß ein hölzernes Götterbild, und weil er arm war, flehte er zu ihm, es möchte ihm helfen. Doch sosehr er auch flehte, er blieb doch weiter in seiner Armut. Deshalb wurde er zornig, faßte die Figur am Schenkel und warf sie an die Wand. Dabei fiel der Kopf zu Boden und zerbrach, und viel Gold floß daraus hervor. Das sammelte der Mann auf und rief: „Verdreht bist du, meine ich, und dumm! Denn solange ich dich verehrte, hast du mir nichts genützt; da ich dich aber zerschlug, belohntest du mich mit so viel Gutem.“

Wie die Fabel zeigt, hat es keinen Zweck, einem Taugenichts freundlich zu kommen; schlägt man ihn dagegen, so wird man größeren Nutzen haben. (284)

DER MAULESEL

Ein Maulesel, der von der Gerste fett geworden war, hüpfte frohlockend und sprach zu sich selbst: „Das Pferd ist mein Vater, das schnellfüßige, und ich bin ihm ganz und gar gleich!" Eines Tages nun kam der Maulesel in eine Notlage und war gezwungen, schnell zu laufen. Als er die Strapaze hinter sich hatte, kam ihm ärgerlich zum Bewußtsein, daß sein Vater ein Esel war.

Die Fabel lehrt, daß man, auch wenn einen die Zeit zu Ansehen gebracht hat, doch seiner Herkunft nicht vergessen darf; denn unsicher ist nun einmal dieses Leben.

(285)

DAS PFERD UND DER ESEL

Ein Mann besaß ein Pferd und einen Esel. Als die beiden unterwegs waren, sprach der Esel zu dem Pferd: „Nimm etwas von meiner Last, wenn du willst, daß ich überlebe!" Das Pferd gab jedoch nicht nach. Da kam der Esel von seiner Last zu Fall und starb. Der Mann aber legte dem Pferd alle Lasten auf und sogar noch das Fell des Esels dazu. Da rief das Pferd wehklagend: „Weh mir Armem! Was geschah mir in meinem Unglück? Da ich die kleine Last nicht nehmen wollte, so muß ich jetzt alles und sogar noch jenes Fell tragen."

Die Fabel zeigt, daß, wenn die Großen mit den Kleinen Gemeinschaft halten, sie beide im Leben zurechtkommen.

(286)

DER WURM UND DER FUCHS

Der Wurm, der im Morast verborgen lebt, kam auf die Erde heraufgekrochen und erzählte allen Tieren: „Ich bin ein Arzt, der sich auf die Medizin versteht gleich wie der Götterarzt Paian." — „Und wie dann", bemerkte der Fuchs,

„hast du, der du andere heilst, die eigene Lahmheit nicht heilen können?"

Die Fabel zeigt, daß die Theorie ohne die Praxis nichts taugt.
(287)

DER KRANKE RABE

Der Rabe sprach auf dem Krankenlager zu seiner Mutter: „Mutter, bete zu Gott und weine nicht!" Doch die erwiderte ihm: „Ach, mein Kind, wer von den Göttern sollte sich deiner erbarmen? Wem hättest du nie Opferfleisch gestohlen?"

Die Fabel beweist, daß die, welche sonst viele Feinde haben, auch in der Not keinen Freund finden werden.
(288)

DER TROMPETER

Ein Trompeter, der das Heer zu versammeln pflegte, war von den Feinden gefangengenommen worden. Da erhob er ein lautes Geschrei: „Ihr Männer, tötet mich nicht ohne Sinn und Zweck! Keinen von euch nämlich habe ich umgebracht, und außer diesem Metall habe ich keinen andern Besitz." Die jedoch erwiderten ihm: „Gerade darum wirst du sterben, weil du, ohne selbst kämpfen zu können, die andern alle zur Schlacht aufrufst!"

Die Fabel zeigt, daß diejenigen die größere Sünde begehen, welche die bösen und schlimmen Herrscher zu Übeltaten anspornen. (289)

DER KRIEGER UND DIE RABEN

Ein Feigling mußte in den Krieg ziehen. Als aber die Raben krächzten, stellte er seine Waffen zur Seite und verhielt sich still; dann nahm er sie wieder auf und zog aufs neue los.

Und als auch diesmal die Raben krächzten, hielt er wieder inne und sagte endlich: „Ihr mögt krächzen, so laut ihr nur könnt; mich werdet ihr jedenfalls nicht zu fressen bekommen."

Die Fabel bezieht sich auf sehr feige Leute. (290)

DER SCHWANZ UND DIE GLIEDER DER SCHLANGE

Der Schwanz stritt mit dem Kopf der Schlange und stellte die Forderung, auch er müsse anteilig die Führung haben und könne sich nicht immer nur dem Kopfe unterordnen. Als aber der Schwanz die Führung an sich gerissen hatte, brachte er sich dadurch, daß er blindlings losstürmte, selber in eine schwierige Lage und behinderte überdies den Kopf, der sich gezwungen sah, wider alle Natur blinden und stummen Körperteilen zu folgen.

Die Fabel demonstriert, daß es denen, die alles nach Gunst und Gefallen gestalten möchten, genauso ergeht. (291)

DER LÖWE, PROMETHEUS UND DER ELEFANT

Der Löwe lag oftmals Prometheus in den Ohren. Stattlich und wohlgestalt habe er ihn gemacht, sein Kinn mit scharfen Zähnen bewaffnet, die Füße mit Krallen verstärkt und ihn kräftiger als die anderen Tiere gebildet; „doch so ein Kerl, der ich bin", sagte er, „habe ich doch Angst vor dem Hahn." Prometheus erwiderte ihm: „Was machst du mir unnütze Vorwürfe? Das, was ich dir zu schaffen vermochte, hast du alles; nur ist deine Seele eben zu schwach." Der Löwe bejammerte sich selbst, beschuldigte sich der Feigheit und wollte am Ende sterben. In solcher Stimmung begegnete er dem Elefanten, begrüßte ihn und begann ein Gespräch mit ihm. Dabei bemerkte er, wie dieser immerfort die Ohren bewegte. „Was hast du da", fragte er ihn,

„und warum ist dein Ohr auch nicht einen Augenblick lang still?" Zufällig flog eine Mücke vorüber. „Siehst du", sagte der Elefant, „dieses kleine Ding, das da summt? Wenn es mir in den Gehörgang eindringt, dann ist es aus mit mir." Darauf der Löwe: „Was soll ich dann noch sterben, der ich doch so stattlich bin und gegenüber dem Elefanten um so viel günstiger dran, wie der Hahn stärker ist als die Mücke!"

Du siehst, welche Kraft die Mücke besitzt, daß sie sogar den Elefanten zu schrecken vermag. (292)

DIE BÄUME UND DER ÖLBAUM

Die Bäume machten sich einst auf den Weg, um sich einen König zu salben. Dabei sagten sie zu dem Ölbaum: „Sei König über uns!" Doch der Ölbaum antwortete ihnen: „Soll ich meine Fettigkeit hassen, die Gott und die Menschen an mir priesen, und hingehen, um über die Bäume zu herrschen?" Da sprachen die Bäume zum Feigenbaum: „Komm und regiere uns!" Doch der Feigenbaum entgegnete ihnen: „Soll ich meine Süßigkeit und meine gute Frucht hingeben und mich aufmachen, um über die Bäume zu herrschen?" Da wandten sich die Bäume an den Dornbusch: „Komm, sei du König über uns!" Da sprach der Dornbusch zu den Bäumen: „Wenn ihr mich wirklich zum König über euch salben wollt, nun, dann tretet in meinen Schutz! Wenn nicht, dann soll Feuer von dem Dornbusch ausgehen und die Zedern des Libanon verschlingen." (293)

DER WOLF UND DER HUND

Der Wolf sah einen riesigen Hund, der mit einem Halsband festgebunden war, und fragte ihn: „Wer hat dich denn so an die Kette gelegt und dann herausgefüttert?" — „Der

Jäger", erwiderte der Hund. „Doch sollte man das dem Wolf nicht wünschen. Mir wäre nämlich der Hunger lieber als die Last des Halsbandes."

Im Unglück macht nicht einmal das Essen Spaß.

(294)

DER ESEL UND DER HUND

Der Esel und der Hund hatten den gleichen Weg. Da fanden sie auf der Erde ein versiegeltes Schriftstück. Das hob der Esel auf, erbrach das Siegel, faltete das Blatt auseinander und las den Text dem Hunde vor. Über Weideangelegenheiten handelte das Schriftstück, das heißt über Grünfutter, Gerste und Spreu. Verdrießlich nahm der Hund zur Kenntnis, was der Esel vorzutragen hatte. Schließlich unterbrach er ihn: „Sieh doch einmal ein bißchen weiter unten nach, liebster Freund, ob du da nicht etwas über Fleisch und Knochen ausgesagt findest!" Der Esel ging das ganze Schriftstück durch, ohne finden zu können, wonach der Hund gesucht hatte; da entgegnete dieser: „Wirf das Papier fort, mein Lieber; es ist gänzlich ohne Bedeutung!"

(295)

DIE WAND UND DER PFLOCK

Die Wand, in die ein Pflock eingeschlagen wurde, schrie vor Schmerz: „Was tust du mir weh, die ich dir doch kein Leid zufügte?" Doch der Pflock erwiderte: „Nicht ich bin schuld daran, sondern der, welcher von hinten her auf mich schlägt." (296)

WINTER UND FRÜHLING

Der Winter verspottete den Frühling und schalt ihn, daß keiner mehr Ruhe habe, sobald er nur erscheine: der eine läuft in Wiesen und Haine, wo man, wenn es einem gefällt,

Lilien und andere Blumen pflücken und sogar eine Rose aufmerksam betrachten oder sich ins Haar stecken kann, ein anderer besteigt ein Schiff, durchquert das Meer und kommt am Ende, wenn er Glück hat, zu anderen Menschen, braucht sich doch niemand mehr um Stürme oder starke Regengüsse Sorgen zu machen. „Ich aber", fuhr der Winter fort, „gleiche einem Herrn und Gebieter; nicht zum Himmel, sondern hinab zur Erde befehle ich zu sehen, gebiete Furcht und Zittern und zwinge die Leute, mitunter ganze Tage bescheiden im Hause zuzubringen." — „Ebendarum", erwiderte der Frühling, „trennen sich ja die Leute so gern von dir. Von mir dagegen ist ihnen schon der bloße Name angenehm, und es ist ja auch, bei Zeus, der schönste von allen Namen! Darum erinnern sie sich meiner auch, wenn ich fern bin, und jubeln stolz, wenn ich mich zeige."
(297)

DER MENSCH UND DIE ZIKADE

Ein Armer, der Heuschrecken sammelte, fing dabei auch eine wohltönend zirpende Zikade und wollte sie töten. Doch die Zikade redete ihn an: „Warum willst du mich für nichts umbringen? Ich behellige die Ähren nicht, noch schade ich den jungen Trieben, während ich durch das Zusammenschlagen meiner Flügel und die gleichmäßige Bewegung meiner Beine angenehme Töne hervorbringe und dadurch die Wanderer erfreue. Außer meiner Stimme wirst du nichts bei mir finden." Als der Mensch das erfahren hatte, ließ er die Zikade laufen. (298)

DIE FRAU UND DER BAUER

Eine Frau, die kurz vorher ihren Mann verloren hatte, ging täglich zu seinem Grab und weinte da. Einen von den Bauern in der Nähe überkam der Wunsch, mit ihr zusammenzukommen. Er verließ deshalb seine Rinder, begab sich zu der Frau und weinte mit ihr. Auf die Frage der Frau: „Warum mußt denn auch du weinen?" antwortete er: „Ich habe eine treffliche Frau zu begraben gehabt; wenn ich jetzt weine, so erleichtert das meine Trauer." Als die Frau erwiderte: „Mir geht es genauso", fuhr er fort: „Wenn wir demnach in dasselbe Leid verstrickt sind, warum sollten wir uns dann nicht zusammentun? Ich werde dich liebhaben wie jene und du mich wie deinen Mann." Mit diesen Worten gewann er die Frau und hatte sein Vergnügen mit ihr. Währenddes kam einer vorüber, band die Rinder los und trieb sie davon. Als der Besitzer zurückkehrte und seine Tiere nicht fand, begann er zu klagen und sich selber vor Jammer zu schlagen. Die Frau, die ihn in solcher Verzweiflung antraf, fragte: „Warum mußt du nun wieder weinen?", worauf jener entgegnete: „Diesmal weine ich wirklich." (299)

DER BUHLER UND DIE FRAU

Ein Mann pflegte heimlich des Nachts zu einer Frau zu gehen und mit ihr zu schlafen. Als Erkennungszeichen hatte er mit ihr vereinbart, daß er, wenn er käme, draußen vor der Tür wie ein kleines Hündchen bellen würde; dann solle sie ihm die Tür öffnen. So tat sie es jeden Abend. Ein anderer, der den ersten des Abends auf jenem Wege hatte gehen sehen und der seine List durchschaute, folgte ihm in einer Nacht heimlich in weitem Abstand. Nichtsahnend kam der Buhler zu seiner Tür und tat das Übliche. Sein Verfolger aber kehrte, nachdem er alles mit angesehen hatte, nach Hause zurück. In der folgenden Nacht nun machte er sich als erster auf den Weg zu der Beischläferin und bellte wie ein Hündchen. Die Frau glaubte, es sei ihr Geliebter, löschte die Lampe, damit niemand ihn sehen könne, und öffnete die Tür; der Mann aber trat ein und schlief mit ihr. Wenig später kam ihr ursprünglicher Geliebter und bellte draußen in der gewohnten Weise wie ein Hündchen. Als der Mann drinnen das Bellen des andern vernahm, erhob er sich und bellte innen im Hause mit lauter Stimme so wie ein ganz großer Hund. Der draußen aber merkte, daß einer, der tüchtiger war als er selber, sich bereits drinnen befand, und trollte sich. (300)

DER DIEB UND DER WIRT

Ein Dieb kehrte in einer Herberge ein. Dort blieb er ein paar Tage, auf eine Gelegenheit wartend, etwas zu stehlen; aber es fand sich keine. Eines Tages nun bemerkte er, daß der Wirt einen schönen, neuen Rock trug — es war nämlich ein Festtag — und sich vor der Tür der Herberge niederließ; sonst jedoch niemand da war. Also trat der Dieb hinzu, setzte sich zu dem Wirt und zog diesen ins Gespräch. Und als sie schon eine gute Weile erzählten, riß er plötzlich den Mund weit auf, und im selben Augenblick, in dem er den Mund aufriß, heulte er wie ein Wolf. Auf die Frage des Wirts: „Was ist mit dir los?" antwortete der Dieb: „Das will ich dir gleich erklären; aber ich bitte dich, paß auf meine Sachen auf! Die werde ich nämlich hierlassen. Also, lieber Herr, ich weiß nicht, woher diese Maulsperre kommt, ob von meinen Sünden oder aus welcher Ursache sonst, ich kann es nicht sagen — jedenfalls, wenn ich jetzt dreimal das Maul aufreiße, dann verwandle ich mich in einen menschenfressenden Wolf." Bei diesen Worten riß er zum zweiten Male den Mund auf und heulte wieder wie das erstemal. Indem der Wirt, der dem Dieb Glauben schenkte, das vernahm, wurde ihm angst, und er erhob sich und wollte davonlaufen. Doch der Dieb faßte ihn am Rock und bat ihn drängend: „Bleib doch, lieber Herr, und nimm meine Sachen, damit sie mir nicht verlorengehen!" Und während er so bat, öffnete er den Mund und begann zum dritten Male zu heulen. Voller Angst, gefressen zu werden, ließ der Wirt seinen Rock, lief eilends in die Herberge und brachte sich im innersten Winkel in Sicherheit. Der Dieb aber nahm den begehrten Rock und ging seiner Wege.

So ergeht es denen, die Unwahres glauben. (301)

DIE MAUS UND DER FROSCH

Zu der Zeit, als die Tiere noch die gleiche Sprache sprachen, hatte die Maus mit dem Frosch Freundschaft geschlossen. Einmal lud sie ihn zum Diner ein und führte ihn in die Speisekammer eines reichen Mannes, wo es Brot, Käse, Honig, Feigen und viele andere gute Sachen gab. „Iß, lieber Frosch, wovon du willst!" sagte die Maus zu ihrem Gast. Bei späterer Gelegenheit sprach der Frosch: „Jetzt mußt auch du zu mir kommen und dich an dem gütlich tun, was ich zu bieten habe. Doch damit es für dich keine Verzögerung gibt, werde ich deinen Fuß an meinen Fuß binden." Nachdem nun der Frosch den Fuß der Maus an seinem Fuß festgebunden hatte, sprang er in seinen Teich und riß die an ihn gefesselte Maus mit sich. Ertrinkend rief diese aus: „Durch dich werde ich den Tod finden, aber ein Lebender wird mich rächen." In der Tat hatte ein Falke die Maus dahintrudeln sehen; der stieß herab und packte sie. Zusammen mit ihr wurde auch der Frosch mitgezogen, und so konnte der Falke sie beide zerfleischen.

Daß ein böser Rat unter Freunden den Ratschlagenden selber Gefahr bringt, lehrt diese Fabel. (302)

DER BAUER UND DIE ESEL

Ein Bauer war auf dem Lande alt geworden, und weil er lange nicht mehr in die Stadt gekommen war, bat er seine Leute, sie möchten ihn doch die Stadt sehen lassen. Die machten einen Wagen fertig und spannten ein Paar Esel davor. „Du brauchst sie nur anzutreiben", sagten die Verwandten, „sie werden dich dann schon ans Ziel bringen." Als jedoch ein Sturm aufkam, der den Himmel verfinsterte, verloren die Esel den Weg und verirrten sich an einen abschüssigen Ort. Da erkannte der Bauer die Gefahr, die ihm drohte, und rief: „O Zeus, was habe ich dir Böses getan, daß ich so zugrunde gehen muß, und das nicht durch edle

Pferde und auch nicht durch respektable Maultiere, sondern durch elende Esel!"

Daß es besser ist, anständig zu sterben als ehrlos zu leben, beweist diese Fabel. (303)

DER VATER UND DIE TOCHTER

Einen Mann ergriff Verlangen nach seiner eigenen Tochter. Von Geilheit befallen, schickte er seine Frau aufs Feld, packte die Tochter und vergewaltigte sie. Die aber sprach: „Vater, du versündigst dich. Lieber möchte ich mich hundert anderen Männern hingeben als gerade dir."

Daß es, wenn es sich gibt, besser ist, sich mit Tieren einzulassen als mit den Eltern, die deshalb den Tod geben möchten, zeigt diese Fabel. (304)

DIE DUMME TOCHTER UND DIE MUTTER

Eine Frau hatte eine Tochter, die war dumm und noch Jungfrau; immerfort nun betete die Mutter zu der Göttin, sie möchte ihre Tochter mit Verstand segnen. Da aber die Frau in aller Öffentlichkeit ihr Gebet verrichtete, hörte die Tochter es mit an und behielt die Worte in ihrem Herzen. Nach ein paar Tagen ging sie mit ihrer Mutter aufs Land. Als sie dort hinter eine Stalltür guckte, bemerkte sie, wie eine Eselin von einem Manne vergewaltigt wurde. Hinzutretend fragte sie diesen: „Was tust du da, lieber Mann?" — „Ich flöße der Eselin Verstand ein", war die Antwort. Da erinnerte sich das dumme Mädchen, daß ja auch ihre Mutter alle Tage um Verstand für sie betete, und bat darum den Mann: „Komm, lieber Mann, flöße auch mir Verstand ein! Und auch meine Mutter wird dir das reichlich vergelten." Kaum hatte das der Angesprochene vernommen, ließ er die Eselin sein und entjungferte das Mädchen und besorgte es ihr gründlich. Die also Behandelte lief freudestrahlend zu ihrer Mutter und rief: „Sieh, Mutter, wie du gebetet hast, habe ich jetzt Verstand bekommen." — „Also haben mir die Götter mein Gebet erhört", sagte die Mutter darauf. „Ja, Mutter", erwiderte das dumme Mädchen. „Und auf welche Weise hast du das erfahren?" — „Ein Mann setzte einen langen Turm und zwei kräftige Kugeln an meinen Bauch, mit denen hantierte er bald drinnen und bald draußen, und ich empfand Vergnügen dabei." Die Mutter, die das mithören und mit ansehen mußte, sagte nur: „Mein Kind, nun hast du auch noch das bißchen Verstand verloren, das du vordem besaßest." (305)

DER SEEMANN UND SEIN SOHN

Ein Seemann, so wird erzählt, hatte einen Sohn, den wollte er in der Grammatik ausbilden lassen. Also steckte er ihn in eine Schule, ließ ihm hinreichend Zeit und ermöglichte ihm eine vollständige Grammatikausbildung. Da sprach der junge Mann zu seinem Vater: „Sieh, lieber Vater, jetzt habe ich die ganze Grammatik genau durchstudiert; doch nun möchte ich auch die Rhetorik studieren." Das gefiel dem Vater, er gab ihn wieder in die Schule, und der junge Mann wurde ein vollkommener Rhetor. Als seine Zeit vorbei war, aßen sie im Hause zusammen, Vater, Mutter und Sohn, und der junge Mann berichtete seinen Eltern, daß er in der Grammatik und Rhetorik perfekt sei. Da wandte sich der Seemann an seinen Sprößling: „Über die Rhetorik habe ich gehört, daß sie, wie der selige Aptaistos schreibt, das Schatzkästlein aller Künste ausmacht. So gib uns eine Probe dieser Kunst!" — „Indem ich dieses Huhn so teile, wie es die Rhetorik befiehlt, werde ich euch demonstrieren, daß die Rhetorik tatsächlich gewichtiger ist als die anderen Künste." Dann teilte er das Huhn und sagte: „Dir, Vater, werde ich den Kopf geben, weil du das Oberhaupt des Hauses bist und über uns alle gebietest. Dir, Mutter, weise ich diese Füße zu; denn du bist den ganzen Tag im Hause auf den Beinen und hast viel zu schaffen; ohne die Füße wärest du all dem nicht gewachsen. Dieser tote Körper aber, der nicht viel wert ist, verbleibt für mich, damit auch ich etwas für mein vieles Studieren abbekomme." Nach diesen Worten begann er das Huhn zu verspeisen. Doch der Vater wurde böse, riß das Huhn weg und machte zwei Teile daraus. „Ursprünglich", sagte er, „wollte ich dieses Huhn nicht selber teilen. Jetzt aber möchte ich, daß die eine Hälfte ich selber und die andere deine Mutter ißt; du aber kannst essen, was du mit deiner Rhetorik zustande gebracht hast."

So ergeht es denen, die mit Betrug und hinterlistigen Reden durchs Leben kommen möchten. (306)

DER HUND UND DIE FRÖSCHE

Ein Hund, der einem Reisenden zu folgen hatte, ließ sich, ermüdet von dem beständigen Marschieren und der Hitze des Sommers, gegen Abend in der Nähe eines Teiches im feuchten Grase nieder, um zu schlafen. Kaum war er eingeschlafen, da begannen die Frösche nahebei so, wie sie es gewöhnt waren, zu gleicher Zeit ihr Quakkonzert. Das verdroß den Hund, der darüber erwacht war, sehr; doch er glaubte, wenn er sich dem Wasser nähere und die Frösche anbelle, würde er sie von ihrem Gequake abbringen und selber wieder ruhig schlafen können. Aber sooft er das auch tat, es nützte ihm nichts, so daß er sich schließlich erzürnt zurückzog. „Ach", rief er aus, „ich müßte ja noch dümmer sein als ihr, wenn ich Leute, die von Natur aus schwatzhaft und böse sind, zu einer urbanen, humanen Lebensform zu erziehen trachtete!"

Die Fabel lehrt, daß verworfene Menschen, auch wenn sie ungezählte Male ermahnt werden, nicht einmal auf ihre nächste Umgebung Rücksicht nehmen. (307)

FABELN IN RÖMISCHER LITERATUR

ENNIUS

Aus: Satiren

DIE HAUBENLERCHE

Es gibt einen kleinen Vogel, Haubenlerche mit Namen. Der nistet in den Getreidefeldern, und zwar etwa zu der Zeit, da die Ernte naht, wenn seine Jungen gerade flügge werden. Einmal nun hatte die Haubenlerche ihr Nest in ältere Saat gesetzt; so kam es, daß die Jungen noch nicht fliegen konnten, als das Korn schon goldgelb war. Während eines Tages die Haubenlerche selber sich auf den Weg machte, um für ihre Jungen Futter zu besorgen, hinterließ sie ihnen die Mahnung, wenn etwas Neues geschähe oder erzählt würde, dann sollten sie aufpassen und es ihr nach ihrer Rückkehr berichten. Wenig später erschien der Besitzer jener Saaten und rief seinem jungen Sohn zu: „Siehst du, wie das hier ausgereift ist und nach dem Schnitter verlangt? Beeil dich also, geh zu unsern Freunden und bitte sie, daß sie morgen früh, sowie es dämmert, hier erscheinen, sich uns wechselweise zur Verfügung halten und uns bei dieser Mahd helfen!" Mit diesen Worten entfernte sich der Mann. Als aber die Haubenlerche heimkam, schwirrten ihre Jungen zitternd und schlotternd vor Angst umher und baten ihre Mutter, schleunigst aufzubrechen und sich mit ihnen anderswohin zu begeben. „Denn der Besitzer", berichteten sie, „hat ausgeschickt, die Freunde zu bitten, daß sie bei Tagesanbruch kommen und die Ernte einbringen." Doch die Mutter mahnte sie zur Ruhe; „wenn nämlich der Herr", so fuhr sie fort, „die Ernte auf die Freunde abschiebt, dann wird morgen bestimmt nicht gemäht werden, und es ist deshalb auch für heute nicht nötig, euch fortzubringen".

Den nächsten Tag nun fliegt die Mutter wieder auf Futtersuche. Vergebens wartet der Besitzer auf die, welche er gebeten hatte. Heiß brennt die Sonne, und nichts geschieht; der Tag vergeht, und keiner von den Freunden erscheint. Darauf wendet sich der Besitzer aufs neue an seinen Sohn: „Diese Freunde sind großenteils saumselig. Wollen wir also lieber zu unseren Verwandten gehen und sie bitten, morgen beizeiten zur Mahd zu erscheinen!“ Wiederum geben die Jungen ihrer Mutter angstvoll Nachricht. Doch die Haubenlerche mahnt sie, sie könnten ohne Furcht und Sorge sein; Vettern und Verwandte, meinte sie, seien in der Regel nicht so gefügig, daß sie nicht zögern sollten, eine Arbeit anzupacken, sondern aufs Wort gehorchten; „ihr braucht nur aufzupassen“, fuhr sie fort, „ob etwas Neues zu vernehmen sein wird.“

Am folgenden Morgen ging der Vogel wieder auf Nahrungssuche. Die Vettern und Verwandten drückten sich um die Arbeit, die zu übernehmen sie gebeten waren. Am Ende wandte sich der Herr an seinen Sohn: „Möge es den Freunden samt den Verwandten gut gehen! Du wirst jedenfalls bei Tagesanbruch zwei Sensen bringen, eine werde ich für mich und die andere wirst du für dich nehmen; dann werden wir morgen selber mit eigenen Händen unser Korn mähen.“ Als die Haubenlerche diese Worte von ihren Jungen gehört hatte, sagte sie: „Jetzt ist es Zeit zum Aufbruch; denn nun besteht kein Zweifel mehr, daß sein wird, was er gesagt hat. Von dem selbst nämlich, den sie angeht, hängt jetzt die Sache ab und nicht mehr von einem Fremden, den man darum bitten muß.“ Und so verlegte die Haubenlerche ihr Nest, und das Korn wurde von dem Besitzer abgemäht.

Diesen Grundsatz wirst du dir immer vor Augen halten: daß du nicht von Freunden erwarten sollst, was du selber vollbringen kannst. (Fragment 21-58)

LUCILIUS

Aus: Satiren

DER FUCHS UND DER KRANKE LÖWE

Der Fuchs traf in der Höhle
den Löwen krank und matt.
Schmutz, Räude und dazu noch Aussatz
bedeckten ihn bis zu den Augen.
Den Traurigen, von Räude entstellt und voll
von Schorf, sprach so der Fuchs nun an.
Darauf der Löwe mit gedämpfter Stimme:
„Warum willst du nicht selber hier
zu mir herkommen?"
Drauf wiederum der Fuchs: „So sag mir doch,
wenn es dir nicht beschwerlich ist, was es damit
für ein Bewenden hat:
was hat es zu bedeuten und wie kommt es,
daß alle Spurn nach innen zu auf dich
hinschauen und sich vorwärts nur zu dir bewegen?"

(Fragment 1074—1083)

LIVIUS

Aus: Römische Geschichte seit Gründung der Stadt

DIE FABEL DES MENENIUS AGRIPPA

Zu der Zeit, als noch nicht wie jetzt im menschlichen Körper alle Teile zusammenstimmten, sondern ein jedes Glied sein eigenes Denkvermögen und seine eigene Sprache besaß, empörten sich die übrigen Teile darüber, daß dank ihrer Sorgsamkeit, Anstrengung und Leistung alle Dinge für den Magen herangeschafft würden, während dieser in ihrer Mitte, ohne sich im geringsten rühren zu müssen, nichts anderes zu tun habe, als sich an den dargebotenen Genüssen zu laben. Sie verschworen sich deshalb, daß die Hände nicht mehr Speise zum Munde führen sollten, daß der Mund das ihm Dargebotene nicht mehr annehmen, die Zähne es nicht mehr bearbeiten dürften. Während sie aus ihrem Haß heraus den Magen durch Hunger bezwingen wollten, fielen gleichzeitig die einzelnen Glieder und der ganze Körper in völlige Entkräftung. Dadurch wurde deutlich, daß auch der Magen eine gewichtige Aufgabe zu erfüllen hat, daß er nicht so sehr ernährt wird, als daß er selbst nährt, indem er in alle Teile des Körpers, gleichmäßig in die Adern verteilt und durch die Verdauung der Speisen wirkungskräftig gemacht, das Blut gibt, durch das wir leben und gedeihen.

(II 32, 9-12)

HORAZ

Aus: Satiren

STADTMAUS UND LANDMAUS

Einst,
erzählt man sich, empfing die Maus vom Land die
Stadtmaus
in ihrer armseligen Höhle, ein alter Gastfreund
einen lieben Gast.
Obgleich verhärtet und auf das Erworbene
bedacht,
so öffnet doch die Landmaus das verschloßne Herz,
um Gastlichkeit zu zeigen.
Sie schonte also nicht die Erbsen, die zurückgelegt, auch
nicht den Hafer mit dem langen Stengel,
sie bracht im Munde eine trockne Weinbeer angetragen
und verteilte angenagte Bissen
von Pökelfleisch, bemüht, durch Vielgestaltigkeit
des Mahls den Überdruß
des stolzen Gastes zu besiegen, der bei allem
Dargebotenen die Zähne hob,
indes die Wirtin selbst, auf frischem Strohe ausgestreckt,
nur Spelt und Trespe aß und jene beßre Kost
allein der Stadtmaus ließ.
Die wandt sich endlich an die Hausherrin: „Was hast du,
Freundin, nur davon,
daß du geduldig auf des Berges unwirtlichem Rücken
ausharrst?
Magst du den Menschen und der Stadt nicht vor dem
wilden Wald den Vorzug geben?
Ich rat es dir — mein Weggenosse werde, da ja alle
ird'schen Lebewesen
sterbliche Seelen von dem Schicksale empfingen und
es weder

für groß noch klein Entrinnen vor dem Tode gibt;
drum, meine Liebe,
genieß dein Glück, solange du es kannst!
Genieß und denk daran, wie kurz dein Leben ist!"
Durch solche Worte
gewann die Feldmaus sie; und ohne vieles Federlesen
verließ sie ihre Höhle;
gemeinsam schlugen sie den Weg, wie abgesprochen,
ein, bestrebt,
noch in der Nacht sich unter städt'schen Mauern
durchzuschleichen. Es war bereits
um Mitternacht, als unsre beiden Wanderer
in einem wohlversorgten Haus sich niederließen, wo's
von purpurfarbnen
Gardinen über elfenbeinernen Lagerstätten schimmerte
und wo von einem reichen Mahl zahlreiche Reste übrig
waren,
die man von gestern her nahbei in Kästen hatt geschichtet.
Sobald die Stadtmaus ihren bäurischen Gast auf einem
purpurroten Teppich
gelagert hatte, läuft sie wie ein aufmerksamer Wirt
bald hierhin und bald dorthin,
bald diese und bald jene Speise trägt sie auf, vergißt
auch nicht, nach Sklavenart
zuvor, was sie ihr vorsetzt, zu belecken.
Bequem sich rekelnd, freut die Landmaus sich der
Ändrung ihres Schicksals,
und froh genießt die guten Dinge sie, als plötzlich lautes
Geknarr von Türen die beiden hoch von ihren Sitzen
treibt.
Voll Angst durchlaufen sie den ganzen Speisesaal,
und völlig kopflos rasen sie umher, als auch der hohe Raum
noch vom Gebell der Molosserhunde widerhallt. Da rief
die Feldmaus:
„Ein solches Leben mag ich nicht; ich geh! Der Wald
und mein Versteck,
das sicher vor Gefahren ist, wird mich bei magrer Wicke
trösten!" (II 6,79—117)

Aus: Briefe

DER FUCHS UND DER KRANKE LÖWE

Vorsichtig gab der Fuchs dem kranken Löwen
zur Antwort einst: „Die Spuren schrecken mich,
weil alle zu dir hinführn, keine mehr zurück.“
(I 1,73—75)

DIE DOHLE

Damit, wenn einst vielleicht die Schar der Vögel kommt,
zurückzufordern ihre Federn, die Dohle nicht
Gelächter ernte,
entblößt der ausgeliehnen Farbenpracht. (I 3,18—20)

DER FUCHS UND DAS WIESEL

Zufällig war der schlanke Fuchs durch eine enge Spalte
in einen Kornbehälter eingedrungen und bemühte sich,
inzwischen vollgefressen,
vergebens, mit dem prallen Leib herauszukommen
wieder.
Ihm rief von fern das Wiesel zu: „Wenn du hinaus
willst dort,
so mußt du mager wieder durch die enge Höhlung,
durch die du mager eingedrungen bist.“
(I 7,29—33)

ÄSOPISCHE FABELN
DER RÖMISCHEN KAISERZEIT

PHAEDRUS

Äsopische Fabeln

Erstes Buch

VORREDE

Den Stoff, den einst Äsop, der Dichter, fand,
den hab in Jamben ich hier aufpoliert.
Das Buch nutzt zweifach: denn zum Lachen reizt's
und bietet für das Leben klugen Rat.
Sieht aber einer Anlaß zur Kritik,
weil Bäume reden, nicht nur Wildgetier,
so denk er dran, es handelt sich um Fabeln hier.

DER WOLF UND DAS LAMM

Zum selben Bache waren Wolf und Lamm gekommen,
vom Durst getrieben. Weiter oben stand der Wolf,
und sehr viel weiter unten stand das Lamm.
        Aus böser Gier
fand gleich der alte Räuber Grund zum Streit.
„Warum", so sprach er, „machtest du das Wasser trüb,
das ich jetzt trinke?" Drauf das Wolltier voller Angst:
„Wie könnt ich, bitt ich, tun, was du beklagst?
Das Wasser, das ich schöpfe, strömt von dir zu mir
        herab!"
Geschlagen durch die Kraft der Wahrheit, ruft der Wolf:
„Genau ein halbes Jahr ist's her, da hast du mich
        beschimpft."
Das Lamm erwidert ihm: „Da lebte ich noch nicht."
„So war's dein Vater", brüllt der Wolf, „der mich
        verleumdet hat."
Dann packt er zu, und schuldlos stirbt das Lamm.

Die Fabel zielt auf alle jene Menschen, die
mit ausgedachten Gründen Unschuldige bedrängen.

(I 1)

DIE FRÖSCHE ERBITTEN SICH EINEN KÖNIG

Als gleiche Rechte galten in Athen,
wuchs Freiheit aus zum Unheil für den Staat
und löste Willkür überkommne Bande.
Parteien stiften Aufruhr und Verrat, und von
der Burg ergreift Besitz Tyrann Peisistratos.
Als über seine triste Knechtschaft weinte Attika
(nicht weil der Herrscher schlimm war, nein,
weil schwer
zu tragen jede Last, die ungewohnt) und man zu klagen
anfing,
da schrieb Äsop den Bürgern diese Fabel.

Die Frösche, frei in ihren Sümpfen schweifend,
begehrten einen König einst von Zeus mit viel Geschrei,
der mit Gewalt die lockren Sitten zügeln sollte.
Der Göttervater, lachend, warf ein Brettchen ihnen zu,
das klatschte laut im Wasser auf, den Furchtsamen
durch seinen Prall Verlegenheit bereitend.
Das Brett nun steckte lange tief im Schlamm,
da tauchte leis ein Froschhaupt aus dem Teich,
beguckt den König, ruft die andern her.
Da war die Angst vorbei, sie schwammen um die Wette
und hüpften frech und kackten auf das Holz.
Nachdem den König also sie geschändet hatten,
da schickten sie zu Zeus um einen andern König;
denn der von ihm gesandte, sagten sie, sei gar nichts
nütze.
Da gab er ihnen eine Wasserschlange, die
mit scharfem Biß sie nacheinander angriff. Furcht
macht' sie verstummen, vergebens war ihr Fliehn.
Ganz heimlich sandten sie in ihrer Not Merkur zu Zeus,
er möchte den Bedrängten Hilfe schicken. Doch es sprach

der Gott: „Den guten König wolltet ihr nicht haben,
ertragt den bösen jetzt!" — So, Bürger, tragt auch ihr
das Schlimme, weil sonst Schlimmres kommt! (I 2)

DIE HOCHMÜTIGE KRÄHE UND DER PFAU

Daß man nicht prahlen soll mit fremdem Gut
und lieber mit dem eignen Stande sich begnüge,
dafür hat diese Fabel uns Äsop erzählt.

Die Krähe einst, von eitlem Stolz gebläht,
ergriff die Federn, die der Pfau verlor,
und schmückte sich damit. Die andern Krähn
verachtend, gesellte sie sich zu den schmucken Pfaun.
Der Unverschämten reißen die die Federn aus
und jagen sie mit Schnäbeln. Arg zerzaust,
kehrt reuig sie zum eignen Stamm zurück.
Doch dort weist man sie ab, verstößt sie schimpflich,
und eine von den Krähen, die sie einst verachtet,
sprach:
„Hättst du begnügt dich mit dem Krähenkleid
und dich gefügt in das, was die Natur dir gab,
so brauchtest du nicht diese Schmach zu leiden
und die Verstoßung aus dem eignen Stamm." (I 3)

DER HUND, DER FLEISCH DURCH DEN FLUSS TRUG

Mit Recht verliert das Seine, wer fremdes Gut begehrt.

Ein Hund trug einen Brocken Fleisch durch einen Fluß,
da sah im Wasserspiegel er sein Ebenbild.
Dort schwimmt ein andrer Hund mit Beute, meinte er
und wollt sie ihm entreißen. Doch die Gier betrog ihn:
Der Braten, den er trug, entglitt ihm aus dem Maul
und der, den er begehrt', blieb dennoch unerreicht.
(I 4)

DIE KUH, DIE ZIEGE, DAS SCHAF UND DER LÖWE

Niemals verläßlich ist der Bund mit der Gewalt;
die Fabel hier bestätigt meinen Satz.

Die Kuh, die Ziege und das Schaf, das jedes Unrecht
trägt,
durchstreiften mit dem Löwen einst ein Waldgebirg.
Als sie gefangen einen Hirsch von ries'gem Wuchs
und aufgeteilt die Beute war, da sprach der Leu:
„Der erste Teil ist mein, weil ich der Löwe heiß;
den zweiten sprecht ihr mir als dem Gefährten zu;
der dritte fällt auf mich, weil ich der Stärkre bin;
und wer den vierten anrührt, dem soll's schlecht
ergehn!"

So kapert Unverfrorenheit die ganze Beute. (I 5)

DIE FRÖSCHE AN DEN SONNENGOTT

Als Äsops Nachbar einst, ein Strolch, die Hochzeit
gar
zu üppig ausgericht', begann der Dichter zu erzählen:

Als einst der Sonnengott wollt frein,
erhob das Froschvolk ein Geschrei bis an den Himmel
hoch.
Bestürzt ob des Gequaks, will Jupiter
den Grund der Klage hörn. Antwortet einer
aus dem Teich:
„Jetzt dörrt uns *eine* Sonne jeden Sumpf
und zwingt uns, jämmerlich zu sterben.
Was aber wird geschehn, wenn sie noch Kinder zeugt?"
(I 6)

DER FUCHS AN DIE MASKE

Zufällig kam dem Fuchse eine Maske zu Gesicht.
„O welch ein Anblick", rief er, „doch es fehlt der Geist!"

Das gilt für alle jene, denen Ruhm und Ehre
Fortuna gab, doch den Verstand versagt. (I 7)

DER WOLF UND DER KRANICH

Wer Lohn erwartet, wenn er Schurken Gutes tat,
geht doppelt fehl: zuerst, weil er Unwürd'gen half,
und dann, weil ohne Schaden er nicht kommt davon.

Ein Knochen steckte einst dem Wolf im Schlund.
Von Schmerz geplagt, versprach er jedem großen Lohn,
der von dem Übel ihn erlöse. Schließlich fand
der Kranich auf des Wolfes Schwüre sich bereit,
vertraut den langen Hals des Untiers Rachen an
und führt zu Ende die riskante Kur.
Doch als er dann sich den versprochnen Lohn erbat,
da rief der Wolf: „Du bist sehr frech, kamst heil
aus meinem Schlund und forderst jetzt noch Lohn!"
(I 8)

DER SPERLING ALS RATGEBER DES HASEN

Sich selbst nicht vorsehn, aber andern raten
ist dumm. Das zeigt uns diese kurze Fabel.

Der Hase, den der Adler in den Fängen hatte, schrie
und klagte, doch der freche Spatz schalt ihn: „Wo bleibt
denn deine vielgerühmte Schnelligkeit, wo warn denn
deine Läufe?"
Doch während er noch spricht, packt unversehens ihn
der Habicht
und beißt ihn tot; vergebens bleibt sein Klagen.
Der Hase, schon halb tot, ruft aus: „Welch süßer Trost!

Noch eben sorglos, höhntest du mein Leid;
doch jetzt mußt du das gleiche Los wie ich beweinen."
(I 9)

WOLF UND FUCHS VOR DEM AFFEN ALS RICHTER

Wer erst einmal in schlechten Ruf gekommen,
dem glaubt man nicht, auch wenn er Wahrheit spricht.
Das lehrt Äsop mit einer kurzen Fabel.

Der Wolf beschuldigt' einst den Fuchs des Diebstahls,
doch jener sprach sich frei von jeder Schuld.
Da ward der Affe Richter zwischen ihnen.
Als beide ihre Sache vorgebracht,
verkündet, wird erzählt, der Affe diesen Spruch:
„Du, Wolf, hast nicht verloren, scheint es, was du forderst;
du, Fuchs, hast sicherlich gestohlen, was geschickt du leugnest."
(I 10)

DER ESEL UND DER LÖWE AUF DER JAGD

Wer nicht in Taten, nur in Worten groß ist, täuscht
die Fremden nur, zu Hause wird er wieder zum Gespött.

Zur Jagd verband sich einst der Löwe mit dem Esel.
Er steckt' ihn ins Gebüsch und gab ihm Weisung,
das Wild mit seiner ungewohnten Stimme aufzuschrecken;
er selber werd es auf der Flucht ergreifen.
Das Langohr schrie darauf aus Leibeskräften,
das Wild stob auf vor diesem nie gehörten Schall.
Und während furchtsam es zum Fluchtweg drängte,
da stürzt' der Löwe grausam in die Schar.
Des Blutbads müde, ruft er dann den Esel
und heißt ihn schweigen. Doch der, voller Stolz,
fragt nach der Leistung seiner Stimme. „Die war unerhört",

antwortete der Leu, „ich wäre selbst geflohn,
kennt ich nicht dich und dein Geschlecht.“ (I 11)

DER HIRSCH AN DER QUELLE

Was man verachtet, hat oft größern Wert,
als was man lobt; das zeigt die Fabel.

An einer Quelle stand, vom Trunk gelabt,
der Hirsch und sah im Naß sein Spiegelbild.
Bewundernd preist er sein Geweih, das vielgezackte,
doch seine Schenkel schilt er als zu dünn.
Da schreckt ihn plötzlich Jagdgetön, und übers Feld
nimmt er Reißaus, und leichtbeschwingten Laufs
täuscht er die Meute. Doch im Walde dann
verfängt sich sein Geweih, er stockt
und fällt der Meute wüt'gem Biß zum Opfer.
Mit letzter Stimme, sagt man, sprach er noch das Wort:
„Ich armer Tor, zu spät erkenn ich jetzt,
wie sehr mir nütze, was ich erst verachtet,
und was ich lobte, brachte bittres Leid!“ (I 12)

DER FUCHS UND DER RABE

Wer gern sein Lob von falschen Schmeichlern hört,
bereut's zu spät oft, wenn ihn Strafe trifft.

Ein Rabe stahl durchs Fenster einen Käse
und setzte sich auf einen hohen Baum, den Käse zu
verspeisen.
Der Fuchs, das sehend, redete ihn an:
„Oh, welch ein Glanz strahlt aus von deinen Federn!
Und welcher Anstand in Gestalt und Blick!
Besäßest du noch Stimme, wärst du Herr der Vögel!“
Da will der Dummkopf auch noch seine Stimme zeigen

und läßt den Käse los, den rasch der Fuchs,
der ränkevolle, gierig aufschnappt.
Jetzt endlich merkte der geprellte Rabe den Betrug.

Wieviel Geist wert ist, wird hierdurch erkannt;
die Weisheit geht doch immer über bloße Kraft.

(I 13)

DER SCHUSTER ALS ARZT

Ein schlechter Schuster warf sich, ganz verarmt,
an einem fremden Orte auf die Medizin,
verkaufte unter falschem Namen Gegengift
und wurde bald berühmt durch bloße schöne Worte.
Als nun der König jener Stadt schwerkrank daniederlag,
wollt er ihn prüfen und forderte ein Trinkgefäß.
Dann füllt' er Wasser in das Glas und sagte,
es sei ein Gift, zu mischen mit dem Gegengift des Arztes.
Das nun zu trinken hieß der König jenen — gegen gutes Geld.
Zu Tode drob erschrocken, gestand
der böse Mann, die Heilkunst sei ihm fremd,
allein des Volkes Dummheit habe ihn berühmt gemacht.
Drauf sprach der König vor dem ganzen Volk:
„Wie hoch veranschlagt ihr denn euren Unverstand,
daß euer Leben anvertraut ward einem Mann,
dem niemand seine Schuhe anvertraute!"

Die Fabel trifft, so glaub ich, alle jene,
aus deren Unverstand die Unverschämtheit Nutzen zieht.

(I 14)

DER ESEL AN DEN GREISEN HIRTEN

Die Macht im Staate wechselt dann und wann, doch für die Armen
ist nur der Name des Gebieters neu.
Daß dem so ist, bezeugt hier unsre Fabel.

Den Esel auf der Wiese hütete ein greiser Hirt.
Durch unverhofftes Kriegsgeschrei zutiefst erschreckt,
rät er dem Esel, vor Gefangenschaft zu fliehn.
Doch der fragt nur bedächtig: „Meinst du wohl,
ob mir der Sieger meine Last verdoppeln wird?"
Der Hirt verneinte. „Nun, was geht's mich an,
wem ich dann diene, trag ich meine Säcke wie bisher."
(I 15)

DAS SCHAF, DER HIRSCH UND DER WOLF

Ruft ein Betrüger einen Lumpen an als Bürgen,
so denkt er nicht an Zahlung, sondern nur an Gaunerei.

Vom Schaf erbat der Hirsch sich einen Scheffel Weizen;
der Wolf sei Zeuge. Doch das Wolltier witterte die List:
„Zu stehlen und dann Fersengeld zu geben ist des Wolfes Art,
und du, Hirsch, pflegst dem Blick dich windschnell zu entziehn.
Wo also sollte ich euch suchen, wenn es Zahltag ist?"
(I 16)

DAS SCHAF, DER HUND UND DER WOLF

Den Lügnern folgt die Strafe auf dem Fuß.

Vom Schafe forderte der Rechtsverdreher Hund
ein Brot, das er behauptete ihm anvertraut zu haben.
Der Wolf, den er zum Zeugen anrief, sagte unter Eid,
es war nicht eins, zehn Brote seien es gewesen.
Das Schaf, durch falsche Zeugenschaft verdammt, gab hin,
was es nicht einzulösen hatte. Doch nur wenig später
fand es den Wolf in einer Grube tot.
„So", rief es, „zahlt der Himmel Böses heim!" (I 17)

DIE FRAU IN IHRER SCHWEREN STUNDE

Zum Orte eines Leids kehrt niemand gern zurück.

Ein Weib, das nach Verlauf der Monde kreißte,
lag auf der Erde da und stöhnte jämmerlich.
Der Mann beschwor sie: „Lege dich ins Bett!
Dort wirst die Frucht du leichter von dir geben."
„O nein, ich habe Mißtraun gegenüber jenem Ort.
Wie soll die Not dort enden, wo sie ihren Anfang
nahm?" (I 18)

DIE GEBÄRENDE HÜNDIN

Wenn böse Menschen schmeicheln, droht Gefahr.
Sie zu vermeiden, mahnen unsre Verse.

Die Hündin, die gebären wollte, bat
um Obdach für die Jungen in einer andern Hütte,
und leicht erreichte sie's. Als die Besitzerin
den Raum zurückverlangte, bat sie nur um Aufschub,
bis daß die Jungen laufen könnten.
Auch diese Zeit verging, da drängte jene heftiger.
Die Hündin aber sprach: „Ich will schon gehn,
sofern du mir und meinem Wurf gewachsen bist."
(I 19)

DIE HUNGRIGEN HUNDE

Ein dummer Ratschluß führt niemals zum Ziel,
bringt aber denen, die ihn faßten, noch Verderben.

Ein Fell, das in den Fluß versenkt, erblickten Hunde
einst.
Um's leichter rauszuziehn, beschlossen sie,
das Wasser auszutrinken; indes sie platzten,
eh das gelang, was sie sich in den Kopf gesetzt. (I 20)

DER ALTE LÖWE, DER EBER, DER STIER UND DER ESEL

Wer Rang und Würden hat verlorn,
der wird in seiner Not den Feigen gar zum Spott.

Vom Alter mürb und seiner Kraft beraubt,
lag einst der Löwe in den letzten Zügen.
Der Eber kam vorbei, und mit dem Stoß
der mörderischen Hauer sühnt' er altes Unrecht.
Sogleich grub auch der Stier die scharfen Hörner
dem Feinde in das Fleisch. Und als der Esel straflos
den Leu mißhandelt sah, da trat er mit dem Huf ihm
ins Gesicht.
Und sterbend spricht der Leu: „Ja, schwer genug ertrug
den Hohn der Starken ich; doch daß ich deine
Kränkung, Mißgeburt,
ertragen muß, verdoppelt mir den Tod." (I 21)

DAS WIESEL UND DER MENSCH

Das Wiesel war gefangen. Den Tod vor Augen, will
es retten sich und spricht zum Menschen: „Schone mich!
Ich säubre ja dein Haus von läst'gen Mäusen."
Antwortet jener: „Tätst du das um meinetwillen,
so wär mir's lieb und bliebe dir der Tod erspart.
Indes, es geht dir nur darum, der Mäuse Krumen und
die Mäuse obendrein noch selber zu verzehren.
Drum red mir nicht von Wohltat, die's nicht gibt!"
Mit solchen Worten schickt' das böse Tier er in den Tod.

Auf sich beziehen sollte diese Fabel,
wer nur auf eignen Nutzen ist bedacht
und unverschämt mit ungetanen Taten prahlt. (I 22)

DER TREUE HUND

Wer plötzlich Großmut zeigt, gefällt dem Dummkopf,
doch den Erfahrnen trügen seine Listen nicht.

Ein Räuber gab zur Nacht dem Wachhund Brot,
ob er mit Lockspeis ihn wohl ködern könnte.
„He", sprach der Hund, „du willst das Maul mir wohl verschließen,
daß ich nicht richtig bellen kann. Da irrst du dich.
Die Spende, die mir gar so plötzlich kam, die heißt mich wachen,
auf daß durch meine Schuld du nicht Gewinn dir schaffst." (I 23)

DER GEPLATZTE FROSCH UND DAS RIND

Der Schwache geht zugrunde, mißt er mit dem Mächt'gen sich.

Der Frosch erblickte auf der Wiese einst das Rind.
Und blaß vor Neid ob solcher Größe,
blies auf er seine Runzelhaut und fragte seine Kinder,
ob er dem Rind an Größe gleiche.
Die sagten nein. Und wieder spannt' er seine Haut,
und stärker noch, um neu zu fragen,
wer größer sei. Die Antwort war: „Das Rind."
Voll Ärger bläht' er sich zuallerletzt
noch viel gewalt'ger auf. Da platzte ihm der Leib.
(I 24)

DIE HUNDE UND DIE KROKODILE

Wer klugen Leuten schlechten Rat erteilt,
verliert die Müh und erntet Spott und Hohn.

Die Hunde, sagt man, trinken aus dem Nil im Lauf,
damit sie nicht der Krokodile Beute werden.

Als nun ein Hund so lief und seinen Trunk begann,
da sprach ein Krokodil: „Genieße nur in Ruhe
und fürcht dich nicht!“ Erwidert jener: „Das würd ich schon tun,
wenn ich nicht wüßte, wie du auf mein Fleisch erpicht.“
(I 25)

DER FUCHS UND DER STORCH

Tu keinem weh! Wer aber dich verletzt,
dem sollst du es vergelten. Also lehrt die Fabel.

Der Fuchs, erzählt man, lud den Storch zu Gast
und trug in einer flachen Schale flüss'ge Brühe auf,
die jener, mochte ihn auch hungern,
in keiner Weise fassen konnte. Ein andermal
lud nun der Storch den Fuchs zu Tisch und bot,
was er zu geben, in einer Flasche dar. Sein Schnabel
ermöglichte ihm Sättigung, indes der Gast sehr litt,
und ohne Nutzen leckte er den Hals der Flasche.
Darauf, erzählt man, sprach der Wandervogel so:
„Gleichmütig gilt's, das Beispiel, das man gab, an sich erdulden!“
(I 26)

DER HUND, DER SCHATZ UND DER GEIER

Auf jene Raffer fügt sich unsre Fabel,
die, arm geboren, reich genannt zu werden wünschen.

Nach Menschenknochen scharrend, fand der Hund
im Boden einen Schatz, und weil die Manen er verletzt',
ward Geldgier ihm ins Herz gelegt,
damit er seinen Frevel sühne.
Also bewacht er seinen Schatz, vergißt der Speise
und hungert sich zu Tod. Der Geier auf der Leiche,
so sagt man, sprach: „'s geschieht dir recht,

denn warum mußtest du, am Weg gezeugt,
im Dreck geboren, nach königlichem Reichtum
streben?" (I 27)

DIE FÜCHSIN UND DER ADLER

Wer oben, soll den unten fürchten;
denn Rache lernt und übt man bald.

Der Füchsin Junge führte einst der Adler fort,
bringt sie ins Nest als Futter für die eigne Brut.
Die Füchsin folgt ihm und verlegt aufs Bitten sich:
„Bereit nicht einer Mutter Leid und Schmerz!"
Doch der glaubt sich am sichern Ort und höhnt.
Da reißt den Feuerbrand die Füchsin vom Altare weg
und steckt den Baum ringsum in Flammen,
am Feind sich rächend für den Raub der Jungen.
Um seine eigne Brut aus der Gefahr zu retten, gibt
der Adler nach und läßt die kleinen Füchse frei.
(I 28)

DER ESEL, DER DEN EBER VERHÖHNT

Der Dummkopf, der nach leichten Späßen hascht,
trifft meistens andere mit schwerer Kränkung
und bringt sich selber auch noch in Gefahr.

Der Esel traf einst unterwegs den Eber.
„Mein lieber Bruder, sei gegrüßt!" Doch der verschmäht
solch Kompliment und fragt: „Was soll die Lüge?"
Da streckt der Esel seinen Penis aus. „Willst du mir auch
nicht gleichen, gleicht doch das da deinem Rüssel."
Der Eber wollte ihm erst an den Leib,
doch dann bezwang er seinen Zorn: „Leicht wäre mir
die Rache, doch es soll verworfnes Blut mich nicht
besudeln." (I 29)

DIE FRÖSCHE, DIE DEN KAMPF DER STIERE FÜRCHTEN

Die Kleinen müssen leiden, wenn die Mächtigen sich
streiten!

Vom Sumpf her sah der Frosch den Kampf der Stiere.
„Weh", rief er, „welch Gefahr zieht uns herauf!"
Fragt ihn ein andrer nach dem Grunde seiner Rede:
„Sie kämpfen doch nur um der Herde Führung,
die fern von uns ihr Weideland gefunden."
„Gewiß, sie sind getrennt nach Sitz und Stamm.
Doch wer die Herrschaft dort im Wald verliert,
wird in den stillen Sümpfen nach Verstecken suchen
und tritt uns breit mit hartem Huf.
So kommt ihr Wüten über unser Haupt." (I 30)

DER FALKE UND DIE TAUBEN

Wer sich den Schurken selbst zum Schutz erwählt,
der findet nur Verderben, wo er Hilfe sucht.

Oft flohn die Tauben vor dem Falken
und fanden Rettung durch den schnellen Flug.
Da faßt der Räuber einen bösen Plan
und täuscht das waffenlose Volk mit dieser List:
„Was", fragt er, „wollt ihr so bekümmert leben?
Schließt lieber einen Bund und wählt zum König mich,
daß ich vor allem Unrecht euch beschütze!"
Sie glauben's und ergeben sich dem Falken.
Der ist kaum König, da beginnt ein Regiment der
scharfen Krallen,
und eine Taube nach der andern frißt er auf.
Der letzten eine sagt: „Es trifft uns recht." (I 31)

Zweites Buch

DER AUTOR

In Gleichnissen besteht die Kunst Äsops,
und keinen andern Zweck verfolgt die Fabel,
als Menschen ihren Irrtum vorzuhalten
und sie in klugem Vorsatz zu bestärken.
Darum ist jeder Witz, den der Erzähler macht,
wenn er ins Ohr geht und der guten Absicht dient,
empfohlen durch die Sache und nicht durch den Autor.
Ich möchte nun sehr wohl die Art Äsops bewahren;
doch schlüpft mir einmal Eignes ein,
daß Abwechslung den Sinn erfreue,
so nimm es, Leser, freundlich auf,
sofern nur Kürze meine Gabe würzt.
Weitschweifigkeit sei ferne! Merk nur dies:
Versagen muß man dem, der viel begehrt,
mehr geben, als er fordert, dem Bescheidnen!

DER JUNGE STIER, DER LÖWE UND DER RÄUBER

Auf einem Jungstier, den erlegt er, stand der Löwe.
Ein Wilddieb kam vorbei und forderte ein Teil.
„Ich würde dir schon geben, pflegtest du nicht sonst
auf eigne Faust zu nehmen“, sprach der Löw und jagte
ihn davon.
Da kam ein Wanderer daher, der sah das wilde Tier
und wollte sich zurückziehn, harmlos, wie er war.
Doch voller Sanftmut sprach der Löwe: „Fürcht dich
nicht!
Das Teil, das der Bescheidenheit gebührt,
das nimm getrost!“ Dann teilte er das Fleisch,
verzog sich in den Wald und gab dem Menschen Raum.

Ein Beispiel, wahrhaft groß und löblich! Doch im Leben,
leider,
da ist die Habgier reich, und Redlichkeit ist arm. (II 1)

DIE ALTE UND DIE JUNGE UND DER GLEICHE LIEBHABER

Ob liebend, ob geliebt, daß stets der Mann
gerupft wird von den Weibern, dies Exempel lehrt's.

Ein Weib in mittlern Jahren, nicht ungeschickt,
das Alter elegant verdeckend, beherrschte einen Mann.
Zu gleicher Zeit gewann ein junges schönes Ding sein Herz.
Bedacht darauf, das Alter auszugleichen, begannen beide,
ihm wechselweis die Haare zu durchmustern.
Er glaubte noch, sie wollten ihn frisieren,
doch plötzlich war er kahl. Denn gründlich hatte,
was grau, die Junge, was schwarz, die Alte ausgerupft.
(II 2)

ÄSOP ÜBER DEN ERFOLG DER BÖSEN

Von einem wilden Hund gebissen, gab ein Mann
dem Köter Brot, das er in Blut getränkt;
das sollte gut sein für der Wunde Heilung.
Da sprach Äsop: „Das laß nur nicht die andern Hunde sehn!
Wenn sie erst wissen, daß der Untat Lohn
zuteil wird, fressen sie uns lebend noch."

Erfolg der Bösen macht auch andern Lust. (II 3)

DER ADLER, DIE KATZE UND DAS WILDSCHWEIN

Hoch oben auf der Eiche baute sich der Adler seinen Horst.
Die Katze fand ein Astloch in der Mitte und gebar die Jungen dort.
Ganz unten hatt das Wildschwein sich postiert mit seinen Ferkeln.
Jedoch die Zufallsnachbarschaft ward bald gestört

durch Tücke und verbrecherische List der Katze.
Die stieg zum Nest des Adlers auf und rief: „Verderben
bereitet man für dich und sicher auch für mich.
Denn siehst du nicht, wie immerfort das Wildschwein
wühlt
und darauf sinnt, den Baum zu Fall zu bringen,
um unsre Brut auf flachem Grund bequem dann zu
ermorden?"
So schreckte und verwirrte sie den Vogel,
dann schlich zum Lager sie des Borstentiers
und schrie: „Gefahr, Gefahr für deine Jungen!
Denn wie du mit den Deinen aufziehst auf die Weide,
steht Aquila bereit, die Ferkel dir zu rauben."
Und so verbreitet' sie auch unten Furcht,
um sich darauf im sichern Loch zu bergen.
Zur Nachtzeit ging die Böse aus, die Pfoten hebend,
wo Futter sie für sich und ihren Wurf noch fand;
des Tages schaut' sie bloß herum, Furcht simulierend.
Aus Schrecken vor dem Ende birgt der Adler in den
Zweigen sich.
Das Schwein wagt sich der Ferkel wegen nicht heraus.
Kurz, sie verhungerten mitsamt den Jungen,
und reiche Beute fiel der Katze zu.

Was Doppelzüngigkeit an Unheil stiftet,
arglose Torheit mag's am Beispiel lernen. (II 4)

DER KAISER ZU SEINEM HAUSSKLAVEN

Es lebt in Rom ein Schlag von Müßiggängern.
Da herrscht geschäftiges Trippeln, Unrast ohne Sinn,
grundloses Stöhnen, nutzlose Betriebsamkeit,
ist jeder selber sich zur Last und anderen verhaßt.
Sie bessern möcht ich, wenn's noch möglich ist,
durch meine Fabel. Hört mir also zu!

Kaiser Tiberius, auf der Reise nach Neapel,
stieg ab in seinem Landgut in Misenum.

Auf Bergeshöhe von Lucullus' Hand erbaut,
blickt's nach Sizilien vorn, zum Tuskermeer im
Rücken.
Dort war der hochgeschürzten Sklaven einer
mit Tunika von Leinen aus Ägypten,
gestriegelt und mit vielen Fransen dran.
Wie nun der Kaiser über grünen Rasen sich erging,
besprengte er aus hölz'ner Kanne
den heißen Boden und tat äußerst wichtig.
Er erntet Lachen. Doch er kennt des Kaisers Wege,
läuft ihm voran auf die Terrasse, löscht den Staub.
Tiberius erkennt den Mann und seine Absicht:
der glaubte, wunder was zu tun.
„He", rief der Kaiser; flugs sprang der hinzu
und spitzte sich bereits auf große Gaben.
Da sprach mit Spott des Kaisers Majestät:
„Viel hast du nicht getan, und trotzdem war's umsonst;
denn etwas teurer kauft bei mir man Backenstreiche."

(II 5)

DER ADLER UND DIE KRÄHE

Vor Mächtigen gibt's keinen sichern Schutz.
Kommt aber noch ein Schelm mit bösem Rat dazu,
dann triumphiern Gewalt und Bosheit ohne Widerstand.

Der Adler in der Höhe trug mit sich die Schildkröte
fort.
Doch da die sich in ihrem Schalenhaus versteckt,
vermochte nichts ihr etwas anzuhaben.
Da kam die Krähe durch die Lüfte und flog nahebei:
„Recht stattlich ist die Beute, die du dir geraubt.
Doch wenn ich dir nicht zeige, wie man damit umgeht,
so wirst du dich an deiner Last zu Tode schleppen."
Sie sichert sich ihr Teil und rät dem Adler,
die harte Schale gegen einen Fels zu schmettern;
denn so zertrümmert, biete sie bequemen Fraß.
Der Adler folgte diesem klugen Rat

und teilte mit der Meisterin den Schmaus.
So kam erbärmlich um, den beiden unterlegen,
die durch die Gaben der Natur an sich geschützt.

(II 6)

DIE BEIDEN MULI UND DIE RÄUBER

Zwei Muli zogen, mit Gepäck beladen;
der eine trug die Kasse mit dem Geld,
der zweite reich mit Korn gefüllte Säcke.
Der mit der Kasse hält den Nacken hoch
und schüttelt hell erklingend seine Glocke,
der andre folgt in stillem Trott.
Da kommen plötzlich Räuber aus dem Hinterhalt.
Die stechen auf den Stolzen ein und reißen sich
ums Geld, das Korn jedoch verschmähen sie.
Als der Beraubte Klage führt, da spricht der andre:
„Ach, bin ich froh, daß ich verachtet bin!
So schmerzt mich kein Verlust und keine Wunde.“

Nach diesem Zeugnis ist die Armut ungefährdet,
doch großer Reichtum bringt den Menschen in Gefahr.

(II 7)

DER HIRSCH UND DIE RINDER

Ein Hirsch — aus seinem Dickicht aufgescheucht —,
dem Schuß des Jägers zu entgehen, lief
in blinder Angst zum nächsten Bauernhof
und barg sich glücklich dort im Rinderstall.
Indem er sich versteckte, sprach ein Rind:
„Du Unglückshirsch, du rennst ja in den Tod,
wenn du im Haus des Menschen Schutz begehrst.“
Er aber flehte: „Wenn ihr mich nur duldet,
so find ich schon Gelegenheit zu fliehn.“
Im Wechsel folgt dem Tage bald die Nacht.
Da kommt der Knecht mit Laub, den Hirsch gewahrt er
nicht.

Es kommen andre Leute, gehen wieder,
und niemand merkt etwas. Auch der Verwalter kommt
und nimmt nichts wahr. Voll Freude
bedankt der Hirsch sich bei den Rindern
für die erwiesne Gastfreundschaft in schwerer Zeit.
Doch eines spricht: „Wir wünschen dir das Leben.
Doch kommt der Herr, der hundert Augen hat,
so schwebt dies Leben in Gefahr."
Da kommt auch schon der Herr vom Abendessen,
und fand er jüngst die Rinder schlecht gepflegt,
so tritt er an die Krippe: „Warum so wenig Laub?
Es fehlt an Streu! Die Spinngewebe zu beseitigen,
seid ihr zu faul?" So prüft er alles:
des Hirsches stolze Stangen auch entgehn ihm nicht.
Er ruft die Leute, läßt das Wildbret schlachten
und bringt die Beute fort. — Der Hausherr, lehrt die Fabel,
besitzt den schärfsten Blick in seinen Sachen. (II 8)

DER DICHTER

Dem Genius Äsops errichtet' Attika ein Denkmal,
ein Mal der Ewigkeit dem Sklaven;
denn alle sollen's wissen, daß nicht Abkunft,
nein, Leistung bahnt den Weg zum Ruhm.
Und weil den ersten Platz ein andrer nahm,
so war mein Ziel, daß er nicht einzig bliebe.
Es war nicht Neid, nur Eifer für mein Land.
Wenn aber Latium sein Lob mir zollt,
so werden mehr es sein, die gegen Hellas stehn.
Will böser Neid mein Mühen mir verkleinern,
nicht rauben kann er mir den stolzen Ruhm.
Sofern mein Werk der Kenner Ohr erreicht
und läßt den Hauch der Kunst verspüren,
da schweigt vor Glück jedwede Klage still.
Doch kommt es vor der Rabulisten Aug,
die zornvoll die Natur dereinst ans Licht gebracht,

die selbst nichts können als am Guten rupfen,
so will dies peinliche Geschick getrost ich tragen,
bis einst Fortuna ihrer Schuld sich schämt.

Drittes Buch

PHAEDRUS ZU EUTYCHUS

Willst du, Eutychus, Phaedrus' Fabeln lesen,
dann laß für heute Pflicht und Arbeit ruhn,
daß frei dein Geist der Dichtung Kraft vernehm!
Du sagst mir: „Deine Kunst ist nicht so stark,
daß sie des Tages Forderung verdrängte."
Dann also sollst du mit den Händen nicht berühren,
was deinen Ohren, den beschäftigten, mißfällt.
Du meinst vielleicht: „Es kommt noch freie Zeit,
die mich erlöst und zu den Büchern ruft."
Wirst du denn eher dumme Possen lesen,
statt deine Sorge auf dein Haus zu wenden
und deinen Freunden und der Gattin Zeit zu widmen,
den Geist entspannen, Körperkräfte sammeln,
um neu gestärkt gewohnten Dienst zu tun?
Nein, du mußt Ziel und Form des Lebens ändern,
wenn du der Musen Schwelle überschreiten möchtest.
Ich, den die Mutter auf dem Musenberg gebar,
wo Mnemosyne Jupiter, dem Donnerer,
neunmal den Chor der Kunst hervorgebracht,
ich, der ich beinah ihrer Zucht entstamm,
mir alle Habsucht aus dem Herzen riß
und dieses Leben mir zum Ruhm erkor,
bin dennoch nur gelittner Gast in ihrem Kreise.
Wie aber, glaubst du, wird es dem ergehn,
der Schätze anzuhäufen strebt mit allem Fleiß,
weil er des Reichtums Wonnen über ernste Arbeit stellt?
Dann komme, was da will — wie Sinon sprach,
als man dem König Trojas ihn vorführen wollte —,
ich werde jedenfalls mein drittes Buch im Stil Äsops,

zu Ruhm und Ehre dir gewidmet, jetzt vollenden.
Wenn du es liest, so wird's mich freun; wenn nicht,
so dient es Spätern sicher zum Ergötzen.

Warum die Fabel man erfand, das will ich jetzt
kurz zeigen. Der Sklavenstand, dem Unglück ausgesetzt,
weil er nicht auszusprechen wagte, was er dachte,
trug sein Empfinden in die Gleichnisform
und spottete der Schurkerei in heitern Bildern.
Ich bin auf diesem Pfade weiter fortgeschritten,
hab manches ausgedacht, was ich nicht überliefert fand,
auch manches mir zum Nachteil ausgewählt.
Wär nur ein andrer Kläger als Sejan,
ein andrer Zeuge und ein andrer Richter,
so gäb ich zu, mein Leiden sei verdient,
und brauchte keinen Trost in solchen Klagen.
Wenn einer sich in seinem Argwohn irrt,
auf sich allein bezieht, was alle andern auch angeht,
dann legt er töricht sein Gewissen bloß.
Und trotzdem möcht ich seinen Vorwurf meiden:
Nicht einzelne zu zeichnen, hab ich vor,
vielmehr das Leben, wie es ist, die Leute, wie sie sind.

‚Du hast dich übernommen", könnte einer sagen.
Äsop, der Phryger, und Anacharsis, der Skythe,
auf ihr Genie begründeten sie ew'gen Ruhm,
und ich, der griechischer Kultur viel näher,
ich sollte schlafen, wenn's des Vaterlandes Ehre gilt?
Das Thrakervolk zählt seine Dichter auf:
Linos, Apollons Sohn, Orpheus, den Sohn der Muse,
des Stimme Felsen bannte, Tiere zähmte,
des Hebros Ansturm hielt in sanftem Lauf.
Hinweg drum, blasser Neid! Vergebens ist dein Stöhnen,
weil feierlicher Ruhm zuteil mir werden muß.

Zum Lesen hab ich dich ermuntert; gib mir nun
in alter Offenheit dein ehrlich Urteil!

DIE ALTE ZU IHREM KRUG

Ein altes Weib sah einen leeren Krug;
aus seiner Tiefe noch strömt' aus
der angenehme Duft edlen Falernerweins.
Die Alte zog ihn ein mit vollen Nüstern.
„O süßer Hauch! Welch köstlichen Gehalt
bargst du wohl einst, wenn noch der Rest so gut!"

Worauf die Fabel zielt, wird deuten, wer mich kennt.

(III 1)

DER PANTHER UND DIE HIRTEN

Es pflegt der Niedrige mit gleichem Dank
zurückzuzahlen.

Einst fiel ein Panther, unvorsichtig, in eine Grube.
Die Bauern sahn's. Die einen warfen Knüppel,
die andern Steine, dritte endlich, voll Erbarmen —
weil er doch eingehn würd, auch wenn ihm niemand
etwas tat —,
die brachten Brot, daß er sein Dasein friste.
Die Nacht brach an, beruhigt ging man heim,
gewiß, das Tier des Morgens tot zu finden.
Doch das fand langsam seine Kräfte wieder,
befreit mit flinkem Sprung sich aus der Grube
und eilt behenden Schritts zu seinem Lager.
Nach kurzen Ruhetagen bricht der Panther neu hervor,
er würgt die Herden, schlägt die Hirten nieder,
verheert, zerstört in wildem Zorn.
Auch die geschont ihn, fingen an zu fürchten;
sie bieten Sühne, flehen nur ums Leben.
Doch jener sprach: „Wer Steine warf, das weiß ich wohl,
und wer mir Brot gab. Ihr habt nichts zu fürchten;
nur denen komme ich als Feind, die mich verletzten."

(III 2)

ÄSOP UND DER BAUER

„Erfahrung, die das Leben bringt, ist mehr als
Seherkunst“,
so sagt das Sprichwort, doch den Grund erzählt man
nicht.
Erst meine Fabel wird ihn euch erläutern.

Ein Gutsherr hatte Schafe, die gebaren Lämmer
mit Menschenköpfen. Grausend vor dem Wunder,
beeilt er sich, die Zeichendeuter zu befragen.
Das ziele, sagte einer, auf den Kopf des Herrn,
und die Gefahr sei durch ein Opfer abzuwehren.
Ein anderer versicherte, die Frau des Herrn treib
Ehebruch
und seine Kinder seien nur Bastarde;
doch durch ein größres Opfer ließe sich das sühnen.
Kurz, einer dachte so, der andre so,
dem Manne aber machten sie das Herz noch schwerer.
Da trat hinzu Äsop, der schlaue Alte,
dem niemals die Natur ein Schnippchen schlug,
und sagte bloß: „Willst du dem Spuk ein Ende machen,
dann, Bauer, gib den Hirten Weiber!“ (III 3)

DER SCHLÄCHTER UND DER AFFE

Bei einem Schlächter zwischen Fleisch und andern
Waren
fand einer einen Affen hängen.
Wie der denn schmecke, wollt er wissen. Lachend sprach
der Schlächter: „Wie der Kopf, so der Geschmack!“

Das war mehr Scherz als Wahrheit, mein ich;
denn oft fand Schönheit mit der Tücke ich verbunden
und kenne gute Menschen, die recht häßlich sind.
(III 4)

ÄSOP UND DER FRECHLING

Erfolg führt viele Menschen ins Verderben.

Ein Frechling hatte einst Äsop mit einem Stein
beworfen.
„Recht so", sprach der und gab ihm noch ein As
und fuhr dann fort: „Mehr hab ich nicht, bei Gott;
doch will ich dir verraten, wo man mehr bekommt.
Sieh dort, ein reicher, mächt'ger Herr! Nach ihm
mußt du nur werfen, und er wird dir's recht belohnen."
Und jener tat so, wie man ihn geheißen.
Jedoch des Unverschämten Hoffnung trog:
Ergriffen ward er nämlich und ans Kreuz geschlagen.
(III 5)

DIE FLIEGE UND DAS MAULTIER

Es saß die Fliege auf der Deichsel; und sie schalt
das Maultier: „Langsam bist du! Schneller zieh!
Sonst jag ich dir den Stachel in den Hals!"
Die Antwort: „Deine Drohung läßt mich kalt.
Dagegen fürcht ich den, der vorne auf
dem Kutschsitz mit geduld'ger Peitsche lenkt
und mich mit schaumigem Gebisse zügelt.
Drum laß die dumme Prahlerei! Ich weiß allein,
ob ich im Schritt, ob im Galopp ich mich bewegen soll!"

Nach dieser Fabel ist des Spottes wert,
wer machtlos mit nur leeren Worten prahlt. (III 6)

DER WOLF ZUM HUND

Wie süß die Freiheit ist, das will ich kurz berichten.

Dem Hund, der wohlgenährt, begegnet' abgemagert
einst
der Wolf. Sie grüßen sich und bleiben stehn.

„Du siehst ja glänzend aus!
Wie kommt das? Welche Kost macht dich so fett?
Ich, der ich weitaus stärker, muß verhungern!"
Treuherzig sprach der Hund: „Du kannst es auch so haben,
wenn du dem Herrn dieselben Dienste leisten willst."
„Und welche?" — „An der Schwelle mußt du wachen,
das Haus des Nachts vor Dieben schützen."
„Ich bin bereit. Denn jetzt ertrag ich Schnee
und Regen und führ ein rauhes Dasein in dem Wald.
Ist's nicht viel leichter, unter einem Dach zu leben,
von reicher Kost gesättigt und in Ruhe?"
„Komm also mit!" Und während sie so gehn, da sieht
der Wolf den Hals des Hundes von der Kette wundgescheuert.
„Was hast du da?" — „Ach nichts!" — „Sag's, bitte, trotzdem!"
„Nun, weil ich scharf bin, legen sie mich fest,
daß tags ich ruhe; wachen muß ich nachts.
Am Abend binden sie mich los, dann lauf ich frei.
Mein Brot wird mir gebracht, der Herr gibt Knochen mir
von seinem eignen Tisch; man wirft mir Bissen zu
und von den Beilagen, was übrigbleibt.
So füllt sich ohne Mühn mein Leib."
„Sag, kannst du hingehn, wo es dir beliebt?"
„Das nicht." — „Dann, Hund, genieße, was dir so gefällt!
Kein Königreich wiegt mir die Freiheit auf." (III 7)

SCHWESTER UND BRUDER

Laß mahnen dich: Sieh öfter in den Spiegel!

Ein Mann hatt eine Tochter, die war furchtbar häßlich,
und einen Sohn, der war sehr schön von Angesicht.
Die sahen auf dem Putztisch ihrer Mutter einen Spiegel,
und kindlich spielend, blickten sie hinein.

Er rühmt sich seines Aussehns, sie wird böse
und wehrt sich gegen ihres eitlen Bruders Spott;
denn jedes Wort wird ihr zur Kränkung.
Auf Rache sinnend, läuft zum Vater sie
und klagt mit wahrem Groll den Bruder an,
daß als ein Mann in Mädchensachen er sich mische.
Der Vater nahm sie beide in die Arme
und küßte sie mit gleicher Zärtlichkeit.
Er sprach: „Seht beide täglich in den Spiegel!
Du, Junge, darfst durch Bosheit nicht die Wohlgestalt entstellen,
du, Mädchen, korrigierst durch Tugend Häßlichkeit."
(III 8)

SOKRATES AN SEINE FREUNDE

Der Name Freund ist häufig, Freundschaft selten.

Als Sokrates ein kleines Haus sich baute
(ich trüge gern den Tod für seinen Ruhm
und auch den Neid, wenn mich der Tod erlöste),
da fragte einer aus der Menge, wie es so geschieht:
„Ein großer Mann wie du, und baust dir solch ein kleines Haus?"
„Ach, könnt ich's", war die Antwort, „nur mit Freunden füllen!" (III 9)

DER DICHTER ÜBER GLAUBEN UND UNGLAUBEN

Zu glauben oder nicht zu glauben, beides bringt Gefahr,
und für das eine wie das andre geb ich kurz dir ein Exempel.

Es starb Hippolytus, weil Phaedra Glauben fand;
doch weil Kassandra keinen Glauben fand, ging Troja unter.
Drum gilt es, nach der Wahrheit erst zu suchen,
bevor man sich aus Unverstand verkehrt entscheidet.

Doch daß man nicht der alten Mythen spotte,
so will ich dir erzählen, was zu meiner Zeit geschah.

Es war ein Mann, der liebte seine Gattin
und rüstete dem Sohne schon die weiße Toga,
den führt' sein Freigelaßner heimlich abseits,
weil er sein nächster Erbe werden wollte.
Der flunkerte viel Böses von dem Sohne
und mehr noch von des keuschen Weibes Schuld,
und weil er sah, daß das besonders kränken mußte,
fügt' er hinzu, es geh ein Buhle ein und aus
und brächt durch Ehbruch Schande übers Haus.
Der Mann, durch solche falsche Klage aufgebracht, gab vor,
er reise auf das Land, und blieb doch heimlich in der Stadt.
Des Nachts durchschreitet er die Tür
und lenkt den Schritt auf der Gemahlin Schlafgemach,
in dem den Sohn die Mutter schlafen hieß,
um seine Jugend aufmerksam zu hüten.
Indes man Licht sucht und die Diener laufen,
stürzt er, die Wut zu zügeln außerstande,
ans Bett und fühlt im Dunkeln einen Kopf.
Er merkt, der ist geschorn; da trifft auch schon sein Schwert
die Brust, auf nichts bedacht, als nur den Schmerz zu sühnen.
Man bringt die Lampe: wie er seinen Sohn erblickt
und mit ihm im Gemach die keusche Gattin, die,
dem ersten Schlummer hingegeben, nichts verspürte,
vollzog er selbst an sich die Strafe seiner Untat
und stürzte sich ins Schwert, das leichten Glaubens er gezückt.
Ankläger brachten vor Gericht die Frau
und zerrten sie nach Rom vor die Zentumvirn.
Böswilliger Verdacht bedrängt sie schuldlos,
weil sie nun Erbin werden soll. Doch gibt es auch Verteidiger,
der Unglücklichen Sache tapfer führend.

Da flehn zum göttlichen August die Richter
um Beistand bei Bewahrung treuer Pflicht;
verworren sein sie durch den komplizierten Fall.
Als der zerstreut das Dunkel der Verleumdung
und vorgestoßen zu der Wahrheit sicherm Kern,
da sprach er: „Büßen soll der Freigelaßne, weil die
Untat er
verschuldet, jene, die zugleich den Mann und Sohn
verlor,
scheint mehr beklagens- als verdammenswert.
Hätt das Familienhaupt das Hinterbrachte
sorgfältiger geprüft und das Geweb der Lügen
genauer untersucht, er hätte niemals durch die Freveltat
sein Haus von Grund auf der Vernichtung
preisgegeben."

Das Ohr verachte nichts, doch sollst du nichts gleich
glauben!
Es strauchelt oft auch der, von dem es niemand
annimmt,
und den, der frei von Sünde, ficht der Irrtum an.

Auch dieses Beispiel kann Arglose mahnen,
nichts nach dem Urteil andrer zu bewerten.
Denn in dem Widerstreit der Interessen
folgt bald der Gunst man, bald dem Hasse.
Den kennst du wirklich, den du selbst erkanntest.

Ich hab ausführlicher dies abgemacht,
weil manche ich durch zu viel Kürze abstieß. (III 10)

DER EUNUCH ZU EINEM SCHLECHTEN KERL

Stritt ein Eunuch einmal mit einem schlechten Kerl,
der mit gemeinen Worten und voll Schadenfreude
ihm den Verlust der Manneskraft gehässig vorwarf.
„Gewiß", erwidert jener, „einzig darum leide ich so sehr,
daß mir das fehlt, womit man Kraft bezeugt.

Doch warum, Narr, beschuldigst du den Mangel der
Natur?
Das nur ist schimpflich für den Menschen, was er selbst
verfehlte.“ (III 11)

DAS HUHN ZUR PERLE

Auf einem Abfallhaufen fand ein Huhn,
wie es nach Futter suchte, eine Perle.
„Du liegst hier“, rief es, „— welch ein Wert! — am
falschen Ort.
Hätt nur ein Kenner dich erblickt,
so wärst du längst zu deinem alten Glanz zurückgekehrt.
Da ich dich fand, dem Speise sehr viel lieber wär,
hat keiner was davon, nicht du noch ich.“

Das sag ich denen, die mich nicht verstehn. (III 12)

DIE BIENEN UND DIE DROHNEN VOR DEM RICHTERSTUHL DER WESPE

Am Eichengipfel waren angelegt der Bienen Waben,
darauf die faulen Drohnen Anspruch erhoben.
Der Streit kam vor den Richterstuhl der Wespe.
Die kannte die Parteien nur zu gut
und schlug deshalb das folgende Verfahren vor:
„Nach Körperbau und Farbe seid ihr gleich,
so daß der Fall recht zweifelhaft geworden ist.
Doch will nach Wissen und Gewissen ich entscheiden.
Nehmt drum die Stöcke, füllt die Waben,
daß nach der Qualität des Honigs und der Form der
Wabe
ersichtlich wird, wer schuf, was zur Verhandlung steht!“
Die Drohnen lehnten ab, den Bienen war der Vorschlag
recht.
Draufa tat die Wespe diesen Spruch: „Erwiesen ist,

wer's nicht vermag und wer dies Werk vollbracht.
Darum den Bienen sprech ich ihr Erzeugnis zu."

Die Fabel hätt ich nicht erzählt, wenn nicht
die Drohnen ihr gegebnes Wort gebrochen hätten.
(III 13)

VON SPIEL UND ERNST

Als ein Athener einst in einer Schar von Kindern
Äsop mit Nüssen spielen sah, da blieb er stehn
und lachte ihn als Narren aus. Indes der Alte,
mehr Spötter als der Gegenstand des Spotts, ergriff
den Bogen, der entspannt, und legt' ihn auf den Weg.
„He, Kluger", rief er, „sag mir, was ich tat!"
Es sammeln sich die Leute. Jener dreht und wendet
sich,
jedoch der Sinn der Frage bleibt ihm dunkel.
Am Ende gibt er sich geschlagen. Drauf der Weise:
„Den Bogen brichst du bald, wenn er in Spannung bleibt.
Wenn du ihn lockerst, wird er dir, falls du ihn brauchst,
von Nutzen sein."

So muß der Geist bisweilen auch Erholung finden,
daß er gestärkt zu neuer Arbeit dir zurückkehrt.
(III 14)

DER HUND ZUM LAMM

Zum Lamm, das mit den Ziegen spielte, sprach
der Hund: „Hier bist du falsch, hier ist nicht deine
Mutter,
dort drüben bei den Schafen mußt du suchen."
„Nicht diese such ich", war die Antwort, „die per Zufall
mich empfing,
mich ihre Zeit durch trug als unerwünschte Last,
die Leibesfrucht zutag dann brachte.
Dagegen möcht ich jene finden, die mich nährte,

der eignen Brut das Euter vorenthielt, daß mir's nicht
fehlte."
„Trotzdem steht näher dir, die dich gebar." — „O nein!
Hat sie gewußt, ob schwarz, ob weiß ich würde?
Und weiter: wenn als Weibchen sie mich wünschte,
was hätte sie getan, da ich als Männchen kam zur
Welt?
Ja wirklich, große Wohltat tat sie mir,
daß ich jetzt stündlich auf den Schlächter warte!
Die ohne Zutun mich gebar, sie soll mir näherstehn
als jene, welche das Verstoßne aufhob
und ihm aus freien Stücken Liebe schenkte?
Die Güte macht die Eltern, nicht der Zwang."

Gesetzeszwang stößt ab, Verdienst bezwingt.
Das lehrt der Dichter dieser Fabel. (III 15)

DIE GRILLE UND DIE EULE

Wer sich in Ordnung nicht bequemen mag,
der bleibt in seinem Hochmut selten ungestraft.

Die Grille schalt die Eule heftig,
weil sie, im Dunkeln ihren Unterhalt sich suchend,
den Tag in einem hohlen Ast verschlief.
Die Eule bat nur: „Schweig!" Doch um so lauter
erscholl das Schelten. Bitten war umsonst,
bewirkte ganz das Gegenteil. Da nun
die Eule keinen Ausweg sah, weil ihre Worte nur
Verachtung fanden, sprach zur Grille sie mit List:
„Da dein Gesang mich doch nicht schlafen läßt,
der, wie du meinst, Apollons Leier gleicht,
so steht mein Sinn mir nach dem Nektar, den Athene
erst neulich mir verehrt. Wenn's dich nicht stört, so
komm!
Laß uns zusammen trinken!" Die Grille hatte Durst,
und als sie gar noch ihre Stimme rühmen hörte,

flog gierig sie herbei. Die Eule stieß aus ihrem Loch
hervor und mordete das bange Tier. So mußte
als Tote sie gewähren, was lebendig sie verweigert.

(III 16)

DIE BÄUME IM SCHUTZE DER GÖTTER

Einst wählten sich die Götter Bäume aus,
die sie beschützen wollten. Jupiter entschied sich für die Eiche,
Apollon für den Lorbeer, Venus für die Myrte,
Kybele für die Fichte, Herkules die hohe Pappel.
Verwundert fragte da Minerva an, warum man nur
die unfruchtbaren wähle. Den Grund verriet ihr Zeus:
„Auf daß wir Ehre nicht um Frucht vergeben."
Darauf die Göttin: „Mag da einer sagen, was er will,
ich nehm den Ölbaum wegen seiner Frucht."
Erwiderte der Götter und der Menschen Vater:
„Mein Kind, mit Recht heißt man dich allenthalben weise.
Denn bringt nicht Nutzen unser Tun, ist's eitler Ruhm."

Tut nichts, was euch nicht nützt! So lehrt die Fabel.

(III 17)

DER PFAU ZU JUNO ÜBER SEINE STIMME

Der Pfau kam einst zu Juno, Klage führend,
warum sie ihm das Lied der Nachtigall versagt.
Die stehe deshalb überall in Ansehn,
doch ihn verspotte man, sobald er seine Stimm erhöb.
Um ihn zu trösten, sprach die Göttin:
„Doch durch die Schönheit siegst du, durch die Größe.
An deinem Halse strahlt es wie Smaragd,
dein Schweif aus bunten Federn glänzt wie Perlen."
„Was hilft mir", sagt er, „aller Glanz, wenn andre singen?"
„Des Schicksals Wille hat euch euern Teil gegeben,

für dich die Schönheit, Kraft dem Adler und der
Nachtigall ihr Lied,
dem Raben Wissen um die Zukunft und der Krähe
Seherkunst.
Und alle sind mit ihrem Teil zufrieden!"

Begehre nicht, was dir versagt ist!
Enttäuschte Hoffnung endet nur mit Klagen. (III 18)

ÄSOP ERWARTET EINEN SCHWÄTZER

Äsop, der einz'ge Sklave seines Herrn, hatt einst
Befehl, die Mahlzeit früh zu rüsten.
Ein Feuer suchend, lief er durch verschiedne Häuser,
bis endlich er den Brand für seine Fackel fand.
Und weil er kreuz und quer gelaufen war,
so sucht' er jetzt den kürzern Weg nach Haus
grad übern Markt. Ein Schwätzer aus der Menge rief:
„Was willst du hoch am Tage mit dem Licht?"
„Ich suche einen Menschen", sprach Äsop und eilte fort.

Das traf den Schwätzer schwer; er merkte wohl,
der Alte wollt ihn nicht als Menschen gelten lassen,
weil den Geschäftigen zur Unzeit er verspottet.
(III 19)

DER DICHTER

Mehr könnt ich schreiben, doch ich spar's mit Absicht;
zuerst, damit ich dir nicht allzu lästig scheine,
den der Geschäfte Vielerlei zerstreut;
sodann, damit, falls jemand sich am gleichen Stoff
versuchen will, ihm auch noch etwas übrigbleibt,
obgleich die Zahl der Themen so unendlich groß ist,
daß nicht die Arbeit für den Mann, weit mehr der Mann
der Arbeit fehlt.
Zahl, bitt ich, nun den Lohn für meine Kürze,

den du versprachst, und bleib bei deinem Wort!
Denn täglich rückt dem Tod das Leben näher,
und je mehr Zeit durch Zögern mir verstreicht,
um soviel schmälert sich mir deine Gunst.
Wenn rasch du handelst, wird der Nutzen größer
und länger mein Genuß, fang ich's nur früher an.
Die Zeit, sie geht dahin, doch sind noch Reste übrig,
für Hilfe ist noch Raum; jedoch dem schwachen Greis
wird deine Güte nicht mehr Stützung bieten können,
weil dann die Wohltat nichts mehr nützt
und seine Schuld der nahe Tod einfordert.
Mit Bitten dich zu drängen wäre töricht,
da du von selbst aus Mitleid beizustehn geneigt bist.
Oft fand ein Angeklagter Gnade, der geständig;
um wieviel eher sollte sie die Unschuld finden!
An dir ist's jetzt, zu handeln, früher lag's bei andern,
und wieder andern fällt es zu im gleichen Kreislauf.
Entscheide, wie's Gewissen dir und Pflicht erlauben,
und gib mir starken Schutz durch deinen Urteilsspruch!
Schon überschreit ich die gezogne Grenze;
doch nur mit Mühe zügelt sich der Geist,
der, seiner Unbescholtenheit bewußt,
vom Übermut der Schuldigen bedroht wird.
Die Namen wirst du mit der Zeit erfahren;
ich aber will des Spruchs, den ich als Knabe las:
„Vor aller Augen zu murren ziemt nicht dem Plebejer",
solang ich's kann, sehr wohl gedenken.

Viertes Buch

DER DICHTER AN PARTICULO

Obgleich ich meinem Werk ein Ziel bestimmte,
damit auch andern noch genug zu dichten übrigbliebe,
verwarf ich doch stillschweigend diese meine Absicht.
Denn will sich wohl ein andrer einen Namen machen,
wird er denn dann noch spüren, wann und wo und wie

mein Material ich allenthalben suchte, daß er, was
vielleicht ich ausließ, kundig mache,
wiewohl er selber doch Gedanken hat
und eignes Kolorit? Drum war's nicht Leichtsinn,
was mich zum Griffel greifen ließ, nein, weise
Überlegung.
Da du, Particulo, an Fabeln Freude hast —
ich nenne sie äsopisch, nicht Äsops;
denn wenige erzählte jener, ich bring mehr,
dem alten Stile folgend, doch mit neuem Inhalt —,
so lies, wenn dafür Muße ist, mein viertes Büchlein!
Falls Mißgunst es herabziehn möchte,
so mag sie's tun; nachmachen kann sie's nicht.
Mir ist es Ruhm genug, wenn du und deinesgleichen
in eure Bücher meine Worte eintragt
und sie für lange dem Gedächtnis anvertraut.
Der Ungelehrten Beifall kann ich gut entbehren.

DER ESEL UND DIE KYBELEPRIESTER

Wer unter einem bösen Stern geboren ward,
der führt ein tristes Leben, selbst nach seinem Tode
verfolgt ihn noch des harten Schicksals Grimm.

Kybelepriester führten auf der Bettelfahrt
'nen Esel mit sich, das Gepäck zu schleppen.
Als der vor Müh und Plagen starb,
da zogen sie das Fell ihm ab und machten daraus
Pauken.
Als jemand fragt: „Was macht ihr da
mit eurem Liebling?", lachen sie und sagen:
„Der meinte, nach dem Tod erlöst zu sein;
doch neue Schläge, siehst du, fallen auf den Toten!"

(IV 1)

DER DICHTER

Es klingt zwar wie ein Scherz, doch ist es wahr:
weil wir kein größres haben, spielen wir auf leichtem Rohr.
Sieh dir nur diese Possen richtig an;
denn nicht geringen Nutzen wirst du darin finden!
Nicht immer sind dasselbe Sein und Schein; es täuscht
der erste Anblick viele, und selten sieht der Geist,
was Sorgsamkeit im tiefen Winkel barg.
Doch will ich nicht nur Worte machen, sondern euch
zum Lohn die Fabel von dem Wiesel und den Mäusen bieten.

Das Wiesel, das, vom Alter und von Jahren schwach,
die flinken Mäuse nicht mehr fangen konnte,
bestäubte sich mit Mehl und warf sich irgendwo
ins Dunkle hin. Ein Mäuslein wollte naschen,
es kam herzu und ward gepackt, war tot.
Ein zweites, drittes fand das gleiche Ende,
und weitre folgten. Da kam eine abgefeimte,
die vielen Schlingen schon und Fallen war entronnen.
Die sah von weitem gleich die List und sprach:
„Sei so gesund, wie du aus Mehl bestehst!" (IV 2)

DER FUCHS UND DIE TRAUBEN

Der Fuchs, den Hunger plagte, mühte sich,
die Traube, die hoch hing, mit kräft'gem Sprunge zu erreichen.
Doch es gelang ihm nicht, drum trollt' er sich und sagte:
„Sie ist ja noch nicht reif, und saure mag ich nicht."

Die so mit Worten schmähn, was sie mit Taten nicht vermögen,
die sollten dies Exempel auf sich beziehn. (IV 3)

DAS PFERD UND DER EBER

Am Orte, wo das Pferd den Durst zu stillen pflegte,
wälzt sich der Eber, trübt das Wasser.
Ein Streit brach aus, und zornig bat das Pferd
um Hilfe: den Mann auf seinem Rücken
bringt es zum Feind. Mit seinem Speer
erlegte der das Schwein und sprach zum Pferd:
„Wie gut, daß ich dir half auf deine Bitten!
So fand ich Beute und erlernte deine Nutzbarkeit."
Und zwang es, ungewollt den Zaum zu dulden.
Darauf das Pferd: „Für eine kleine Sache Rache
suchend,
begab ich Tor in traur'ge Knechtschaft mich."

Heißsporne mahnt die Fabel: „Lieber Unrecht leiden
als einem andern in die Hand sich geben!" (IV 4)

DER DICHTER

Oft hängt von einem alles ab und nicht von vielen:
dies soll ein kleiner Fall der Nachwelt zeigen.

Es starb ein Mann und hinterließ drei Töchter.
Schön war die eine, mit den Augen Männer jagend;
die zweite spann, war schlicht, bebaut' ihr Feld;
die dritte gab dem Wein sich hin und war grundhäßlich.
Das Erbteil zu verwalten fiel der Mutter zu
mit der Bedingung, daß sie das Vermögen
den dreien gleich zuteile, aber in der Weise,
daß weder sie besäßen noch genössen das Empfangne;
wenn ferner etwas davon in Verlust gerate,
so sollten hundert Drachmen sie der Mutter zahlen.
Von dieser Erbschaft sprach man in Athen. Die Mutter
suchte
bei den Juristen Rat. Doch keiner weiß zu sagen, wie
man das,

was man erhalten, weder soll besitzen noch
benutzen können und wie der, der nichts erhielt,
trotzdem doch Geld aufbringen könne.
Der Jahre gingen viel ins Land,
doch keinem wurde klarer, was das Testament bedeuten sollte.
Da pfiff die Mutter auf das Recht und setzte fest
nach Treu und Glauben der Dirne Kleider, Frauenschmuck,
ein Bad aus Silber, Knaben und Eunuchen;
der Spinnrin Feld und Vieh, 'nen Bauernhof und Knechte,
Bespannung, Wagen, Ackerbaugerät;
der Trinkerin ein Lager, voll mit altem Wein,
ein schmuckes Häuschen mit gepflegtem Garten.
Und als ein jeder sie das Zugedachte geben wollte
mit Billigung der Leute, die die Töchter kannten,
da trat Äsop in ihren Kreis und sprach:
„Oh, wenn der Vater das im Grabe wüßte,
wie würde er sich grämen, daß sein Wille
von keinem hier in Attika verstanden wird!"
Darum gebeten, löste er das Rätsel:
„Gebt Haus und Putz mitsamt den schönen Gärten
und auch die alten Weine an die biedre Spinnerin!
Die Kleider, Salben, Diener und das weitre
vermacht als Erbteil der, die immer schwelgt!
Mit Feld und Hof, mit Vieh auch und den Hirten
beschenkt die Dirne! Keine wird behalten wollen,
was ihren Lebensformen fremd ist.
Es wird die Häßliche den Prunk für Wein verkaufen.
Um Schmuck sich zu beschaffen, schlägt die Dirne ihre Äcker los.
Die dritte, deren Freude Vieh und Wolle sind,
verkauft um jeden Preis den Luxus bar.
So hat dann keine das, was sie erhielt,
und alle werden sie nach Übereinkunft an die Mutter zahlen
aus dem, was sie erlöst bei den Verkäufen."

So fand ein einz'ger kluger Kopf die Lösung,
die einer Schar von Dummen nicht gelang. (IV 5)

DER KAMPF DER MÄUSE UND DER WIESEL

Die Mäuse, einst vom Wieselheer geschlagen —
man sieht die Szene manchmal in Tavernen
abgebildet —,
die flohn und drängten sich vor ihren Löchern
und schlüpften, kaum ihr Leben rettend, ein.
Doch ihre Feldherrn mit den großen Hörnern,
die sie am Kopfe trugen als Erkennungszeichen,
dem in der Schlacht die Kämpfer folgen sollten,
die blieben an den Toren hängen, Beute ihrer Feinde.
Der Sieger schlachtet sie mit gier'gen Zähnen
und taucht sie unter in des Riesenbauches dunkler
Höhlung.

Wenn je ein Volk in Not und Unglück fällt,
so ist die Macht der Führer in Gefahr;
die kleinen Leute finden leichter Schutz. (IV 6)

PHAEDRUS

Du Naseweis, was schmähst du meine Bücher,
verweist das heitre Genus mir?
Lies dieses Buch nur mit Gelassenheit!
Dann will die Falten deiner Stirn ich glätten;
es naht Äsop auf höherem Kothurn.

O wäre nie in Pelions Felsenhain
Thessaliens Fichte durch die Axt gefallen!
Ach, hätte Argos nie zu sichrer Todesfahrt
mit Pallas' Hilfe jenes Schiff erbaut,
das, Griechen und Barbaren zum Verderben,
des ungastlichen Meers Gestad erschloß!

In Trauer lag das stolze Haus Aietes' bald,
Medeas Frevel bracht das Reich des Pelias zu Fall.
Ihr wildes Herz erzeugte böse Ränke,
hier zeugt von ihrer Flucht Gebein des Bruders,
dort ist die Hand mit Vaterblut bedeckt.

Was will dir scheinen? Dies ist, sagst du, fad
und außerdem noch falsch; denn sehr viel früher schon
bezwang des Minos Flotte das Ägäische Meer,
ein Beispiel für gerechte Herrschaft gebend.
Was willst du nun von mir, mein strenger Cato,
wenn Fabeln nicht noch Mythen dir gefallen?
Belästige hinfort die Literaten nicht,
sie könnten dir sonst größre Pein bereiten!

Gesagt ist das auf jene, die vor Dummheit geifern
und, um für klug zu gelten, selbst den Himmel schelten.
(IV 7)

DIE SCHLANGE BEIM SCHMIED

Wer einen Giftzahn hat und sich an einem schärfern wetzt,
der soll in unserm Bild sich wiederfinden.

In eine Schmiedewerkstatt kam die Schlange
und suchte, wo sie was zu fressen fände,
und biß dabei auf eine Feile. Die sprach eisenhart:
„Was willst du, Törin, durch den Biß mir schaden,
die ich's gewohnt bin, Eisen zu durchnagen?" (IV 8)

DER FUCHS UND DER ZIEGENBOCK

Sobald ein Schlaukopf in Gefahr gerät,
entkommt er, und ein andrer trägt die Kosten.

Einst fiel der Fuchs nichtsahnend in den Brunnen
und wurde eingeschlossen durch den hohen Rand.

Da kam ein Bock an jenen Ort, den dürstete.
Er fragte, ob das Wasser süß sei und
auch reichlich. Tückisch war die Antwort:
„Komm nur herab! Das Wasser ist so köstlich,
daß ich genug nicht davon trinken kann.“
Der Langbart sprang hinunter. Doch das Füchslein,
indem es sich auf dessen Hörner stützte, kam empor
und ließ den Bock im tiefen Loch zurück. (IV 9)

ÜBER DIE FEHLER DER MENSCHEN

Zwei Ranzen hängte Jupiter uns auf;
den mit den eignen Fehlern legt' er auf den Rücken,
den andern, schweren, mit den fremden vor die Brust.

Drum sehen wir auch nie auf eigne Schuld;
doch straucheln andre, spielen wir die Richter.
(IV 10)

DER DIEB UND DIE LAMPE

Ein Dieb nahm Feuer vom Altar des Zeus
für seine Lampe und bestahl den Gott
im eignen Licht. Mit Tempelgut beladen,
ging er davon, da tönte plötzlich eine heil'ge Stimme:
„Zwar stahlst du Gaben böser Menschen,
sie waren mir verhaßt, so daß der Raub nicht schmerzt;
trotzdem, Verbrecher, wirst du deine Schuld mir büßen,
wenn einst die Stunde der Vergeltung schlägt.
Doch daß nicht unser Feuer einer Schandtat leuchte,
mit dem der fromme Sinn die Gottheit ehrt,
verbiet ich jede Nutzung heil'gen Feuers.
Am Brand der Götter eine Lampe zu entfachen
und von der Lampe Opfer anzuzünden ist nunmehr
Frevel.“

Wie viele gute Lehren die Geschichte birgt,
kann niemand sonst erklären als der Dichter.

Sie zeigt zunächst, daß mancher, den du nährst,
sich später als dein schlimmster Feind erweist.
Sie lehrt sodann, daß nicht durch Zorn der Götter
als durch der Zeiten Lauf Verbrechen ihre Sühne
finden.
Und endlich untersagt sie, daß der gute Mensch
sich irgendwie verbinde mit dem bösen. (IV 11)

REICHTUM IST ETWAS SCHLECHTES

Aus gutem Grunde ist dem wackern Mann das Gold
verhaßt,
denn jeder Reichtum raubt den wahren Ruhm.

Als, seiner Taten wegen in den Himmel aufgenommen,
der Götter Glückwunsch Herkules entgegennahm,
da wandte er sich ab, als Plutos kam,
Fortunas Sohn. Der Göttervater fragte nach dem Grund.
„Ich hasse jenen“, war die Antwort, „der den Bösen
freund ist
und mit dem Golde, das er auswirft, alle Welt verdirbt.“
(IV 12)

ZWEI MENSCHEN, EINER, DER LÜGT, UND EINER, DER DIE WAHRHEIT SPRICHT, UND DIE AFFEN

Daß nichts dem Menschen nützlicher, als wahr zu reden,
das ist ein Satz, der allgemein gebilligt wird.
Doch kann Aufrichtigkeit auch zum Verderben werden.
... (IV 13)

DER LÖWE ALS KÖNIG

Als sich der Leu gemacht zum Herrn der Tiere
und als gerecht zu gelten strebte,
ließ er von seiner früheren Gewohnheit,

gab sich mit magrer Kost zufrieden
und wachte unbestechlich über Recht und Sitte.
Nachdem er aber wankend wurde,
. . . (IV 14)

PROMETHEUS

. . .
von der Bildung des Schamglieds die Zunge der Frau.
Von da kommt die Nachbarschaft des Obszönen.
(IV 15)

DERSELBE

Es fragte einer: „Wie entstanden denn die lesb'schen Weiber
und wie die warmen Brüder?" Der Alte setzt' es auseinander:

Als der Prometheus, den wir nannten, Menschen bildete
(die jeder Stoß des Schicksals schon zerbricht),
da formte er gesondert, einen ganzen Tag,
die Zeugungsglieder, die die Scham verhüllt,
um sie dann seinen Körpern anzupassen.
Da lud ihn unerwartet Bacchus ein zum Mahl.
Von süßem Nektar schwer betrunken, kehrte er
spätabends heim mit schwankem Schritt.
Schon halb im Schlaf und durch den Rausch getrübt,
setzt' er das Weiberglied den Männern an
und wiederum das männliche den Fraun.
Und darum kommt es jetzt zu pervertierter Lust.
(IV 16)

DIE BÄRTIGEN ZIEGEN

Die Ziegen baten Zeus um Bärte und erhielten sie.
Das ärgerte die Böcke, und sie murrten,
weil ihre Frauen ihnen nun an Würde glichen.
„Laßt ihnen doch", sprach Zeus, „den eitlen Ruhm,
sich eurer Hoheit Zeichen anzumaßen,
sind sie euch doch nicht gleich an Mut und Tapferkeit!"

Die Fabel lehrt: Laß dich nicht grämen, sollten andre äußerlich
dir gleichen, stehn sie dir an innerm Wert nur nach!
(IV 17)

VON MENSCHENSCHICKSALEN

Als jemand über Schicksalsschläge klagte,
ersann Äsop zum Trost ihm die Geschichte.

Von wilden Stürmen ward ein Schiff getrieben,
die Passagiere jammerten in Todesangst,
da hellte sich der Himmel plötzlich auf
und führte es mit günst'gem Fahrwind sichre Bahn.
Als allzu großer Überschwang die Schiffsmannschaft ergriff,
da sprach der Steuermann, gewitzigt durch Gefahr:
„Mit Maßen soll man jubeln und gelassen klagen,
denn unser Leben ist gemischt aus Schmerz und Freude."
(IV 18)

DIE GESANDTSCHAFT DER HUNDE AN JUPITER

Die Hunde schickten einst zu Jupiter Gesandte,
die um ein beßres Leben bitten sollten
und um Erlösung von beständiger Mißhandlung.
Die Menschen gäben ihnen Kleiebrot,
so daß mit eklem Dreck sie ihren Hunger stillen müßten.

Die Abgesandten hatten keine Eile,
da sie in jedem Mist nach Nahrung schnüffeln.

Als man sie ruft, ist keiner da, bis Hermes
sie endlich auftreibt und bestürzt heranschleppt.
Und als sie endlich vor Jupiters Antlitz standen,
bekackten sie vor Angst den ganzen Thronsaal.
Mit Knüppeln treibt man sie hinaus,
und Jupiter befiehlt, sie festzunehmen.
Verwundert, wo die Abgesandten blieben,
denkt man zu Haus, sie hätten was verbrochen,
man wartet eine Zeitlang, gibt an andre das Mandat.
Und weil man manches munkelt über jener Schicksal
und fürchten muß, daß Ähnliches sich wiederhole,
verschmiert den Delegierten man den Hintern mit
Parfüm,
gibt ihnen Vollmacht, bittet, sie bald heimzuschicken.
Sie gehen ab und werden, wie sie's wünschen,
vorgelassen.
Da sitzt der große Göttervater Zeus
und schwingt den Blitz, und alles bebt umher.
Den Hunden, die der Krach verwirrt,
entfährt samt dem Parfüm ihr Unrat.
Nach Sühne für die Schmach schrein alle Götter.
Doch eh er strafte, sprach Gott Jupiter zu ihnen:
„Gesandte festzuhalten ist nicht königlich,
doch ist es leicht, Vergehen zu bestrafen.
Empfangt so, wie es recht ist, euern Lohn!
Entlassen seid ihr, doch der Hunger soll euch quälen,
damit ihr künftig euren Leib beherrscht.
Die aber, die mir solche Jämmerlinge sandten,
die bleiben weiter unter menschlicher Gewalt."
Noch heute warten sie auf die Gesandten
und schnüffeln, kommt ein neuer, ihm am Hintern.

(IV 19)

DIE SCHLANGE, SCHÄDLICHES MITLEID

Wer Bösen hilft, muß später leiden.

Ein Mann hob eine starrgefrorne Schlange auf
und wärmte sie am Busen, mitleidsvoll, doch selber sich zum Schaden.
Denn kaum erholt, biß ihn die Schlange unversehens tot.
Von einer andern nach dem Grund der Tat gefragt,
war ihre Antwort: „Niemand soll den Bösen helfen lernen.“ (IV 20)

DER FUCHS UND DER DRACHE

Der Fuchs warf Erde auf zu seinem Bau,
und als er immer mehr und tiefer seine Gänge zog,
kam er zuletzt zur Höhle eines Drachen;
der hütete verborgne Schätze.
Ihn schauend, sprach der Fuchs: „Zuerst verzeih,
daß unbedacht ich hier erscheine! Dann bedenk,
wie wenig Gold zu meinem Leben paßt,
und gib drum freundlich Antwort: Welchen Nutzen
bringt diese Arbeit dir? Und welches ist dein Lohn,
daß du des Schlafs entbehrst und ewig hier im Dunkeln hausest?“
„Gar keiner“, war die Antwort, „doch dies Los ist mir
von Jupiter bestimmt.“ — „So nimmst du nichts für dich
und gibst auch keinem andern?“ — „Nein, das ist mein Schicksal!“
„Dann sei nicht böse mir, wenn frei ich zu dir spreche:
Den schuf der Zorn der Götter, der dir gleicht!“

Mensch, der den Weg du gehst, den alle gingen,
was quälst du blinden Sinnes deine arme Seele?
Dich, Geizhals, mein ich, Freude deines Erben,
der du den Göttern Weihrauch, dir die Speise vorenthältst,

der grämlich bei der Leier Wohlklang sitzt,
dem heitre Flöten Pein bereiten,
den auf dem Markt die Preise stöhnen machen,
der ruchlos du Meineide leistest, wenn dadurch
dein Erbe nur um ein paar Groschen wächst,
der du noch am Begräbnis sparst,
damit die Leichengöttin nichts an dir verdiene.
(IV 21)

PHAEDRUS

Zu welchem Urteil böser Neid euch führt,
das ist mir völlig klar, mag er sich auch verstellen.
Was er des Überlieferns wert erachtet,
schreibt dem Äsop er zu; was aber weniger gefällt,
das, heißt's um jeden Preis, das stammt von mir.
Er sei durch meine Antwort gründlich widerlegt.
Die Handlung, unzulänglich oder löblich,
erfand Äsop, ich hab sie ausgebaut.
So laßt uns fortfahrn nach der vorgesehnen Ordnung!
(IV 22)

VON SIMONIDES

Der Mann mit Bildung trägt, was er besitzt, in sich.

Simonides, der trefflich Lieder schreiben konnte
und seiner Armut steuern wollte,
durchzog Kleinasiens große Städte
und sang um Lohn den Lobpreis fremder Sieger.
Nachdem er dadurch reich geworden,
beschloß zur See nach Hause er zurückzukehren.
Gebürtig war er, sagt man, von der Insel Kea.
Das Schiff, das er bestieg, zerbrachen wilder Sturm
und Altersschwäche mitten auf dem Meer.
Da griff der eine nach dem Beutel, nach dem Schmuck
der andre
zur Sichrung seiner Notdurft. Und verwundert fragt man:

„Simonides, nimmst du denn nichts?"
„Was ich besitze", sagt er, „trage ich in mir." — Nur wenige
vermochten sich zu retten, die andern sanken unter samt der Last.
Es kamen Räuber, plünderten, auf wen sie trafen, bis aufs Hemd.
Die alte Stadt Klazomenä,
die nahe lag, gab Zuflucht den Gestrandeten.
Hier nahm ein Freund der Dichtkunst, der schon oft
die Verse des Simonides gelesen hatte
und ihm von ferne glühende Bewundrung zollte,
den Dichter, den er im Gespräch erkannte,
begeistert auf; er gab ihm Kleidung, Geld
und Sklaven. Die andern zogen mit der Tafel los,
um Nahrung bettelnd. Zu ihnen sprach Simonides,
wenn er sie traf: „Ihr wißt, ich trage,
was ich besitz, in mir; was ihr besaßet, ist dahin."

(IV 23)

DER KREISSENDE BERG

Ein Berg war schwanger, furchtbar stöhnte er,
und alle Welt war vor Erwartung stumm.
Und er gebar — ein Mäuslein. Dir ist das gesagt,
der Großes du verheißt und nichts zustande bringst.

(IV 24)

DIE AMEISE UND DIE FLIEGE

Tu nichts, was ohne Nutzen, lehrt die Fabel.

Erbittert stritt die Fliege mit der Ameis,
wer mehr bedeute. So begann die Fliege:
„Kannst du mit meinem Ruhm dich messen?
Am Altar und im Tempel bin ich überall zu Haus,
ich koste von dem Opferfleisch noch vor den Göttern.
Ich sitze auf des Königs Haupt, wenn's mir gefällt,

und küsse gar der Damen keuschen Mund.
Ich tue nichts und schmause doch vom Besten.
Was hast du, grobe Bäurin, Gleiches aufzuweisen?"
„Mit Göttern umzugehn bringt freilich Ehre,
doch für geladne, nicht für unerwünschte Gäste.
Du liebst Altäre, doch du wirst verjagt, sobald du
kommst.
Du sprichst von Kön'gen und von Damenküssen
und rühmst dich, wo es besser wäre, zu verbergen.
Du tust nichts, und wenn Not ist, hast du nichts.
Ich sammle emsig Körner für den Winter,
wenn du im Hof am Dung dich nährst.
Im Sommer bist du frech, im Winter bist du still.
Wenn du im Frost erstarrst und sterben mußt,
dann nimmt mich wohlbehalten auf mein gutbestelltes
Haus.
Genug nun hab ich deinen Übermut gedämpft."

Die Menschen unterscheidet die Geschichte,
die sich mit eitlem Ruhm behängen, jenen gegenüber,
die
mit Leistung ihren echten Wert erweisen. (IV 25)

DER DICHTER

Wieviel die schönen Künste bei den Menschen gelten,
hab vorhin ich erzählt; welch hohe Ehre
die Götter ihnen zolln, davon soll jetzt die Rede sein.

Simonides, der Dichter, des soeben ich gedachte,
ging in die Einsamkeit, weil er um sichern Lohn
auf einen Faustkampf einen Lobgesang verfassen
sollte.
Doch da der simple Stoff den Geistesflug beschränkte,
so macht' er von poetischer Lizenz Gebrauch
und fügt' das Zweigestirn, der Leda Söhne, ein,
zugleich als Beispiel einer Tat von gleichem Ruhm.
Das Werk fand Beifall, doch von seinem Lohn

bekam der Dichter nur ein Drittel. „Den Rest", so sprach der Sieger,
„zahln dir die zwei, die in dein Lob du eingeschlossen.
Doch daß du dich ungnädig nicht entlassen glaubst,
so sei mein Gast bei Tisch! Denn meine Freunde
lad heut ich ein, und unter diese zähl ich dich."
Wiewohl betrogen und gekränkt, wollt sich der Dichter
durch ein Versäumnis nicht die Gunst verscherzen
und sagte zu, traf ein zur rechten Zeit, nahm Platz.
Ein heitres Mahl begann bei vollen Bechern,
und Fröhlichkeit und Luxus strahlte aus das Haus,
als plötzlich, staub- und schweißbedeckt,
zwei Jünglinge von übermenschlicher Gestalt
einem der Sklaven Auftrag gaben,
Simonides herauszurufen;
es läg in seinem Interesse, nicht zu zögern.
Erschrocken holt der Mann den Dichter.
Und kaum hat dieser einen Schritt nur vor den Saal gesetzt,
da fällt das Dach in Trümmern auf die Gäste.
Doch von den Jünglingen war keine Spur zu finden.
Sobald man nun im Volk von diesem Vorfall hörte,
erkannte jeder, daß der Götter Gegenwart
dem Dichter statt des Lohns das Leben schenkte.

(IV 26)

DER DICHTER AN PARTICULO

Noch vieles gibt es, über das ich reden könnte,
und reicher Stoff fließt mir in bunter Fülle zu.
Doch temperiert ist geistreich nur der Witz,
vergröbert stößt er ab. Darum, verehrter Mann,
Particulo, sprich meinen Blättern, die bestehen werden,
solange es latein'sches Schrifttum gibt,
wenn schon nicht Geistesschärfe, so doch Kürze zu!
Mit um so größerm Recht verdienet *die* Empfehlung,
als oftmals Dichter recht ermüdend sind.

Fünftes Buch

DER DICHTER NIMMT ERNEUT DAS WORT

Wenn ich Äsopus' Namen unterschiebe,
an dem ich längst schon meine Schuld beglich,
so geht es mir um Ansehn bloß.
Nicht anders halten's Künstler unsrer Tage,
die neue Schöpfungen zu größrer Geltung bringen,
wenn sie „Praxiteles" auf ihren Marmor setzen,
auf ihre Silberprägung „Myro", „Zeuxis" auf das
Tafelbild.
Denn dem geschminkten Altertum gibt Neid und
Scheelsucht
den Vorzug vor den Werten unsrer Gegenwart.
Doch drängt's mich schon dafür nach einer Fabel.

KÖNIG DEMETRIUS UND DER DICHTER MENANDER

Demetrius, auch Phalerëus zubenannt,
nahm durch Gewalt die Herrschaft in Athen.
Der Pöbel, wie's sein Brauch ist, strömt zusammen
allerorten
und schreit hurra. Jedoch auch die Noblesse
küßt jene Hand, die auf ihr lastet,
und seufzet heimlich über schlimme Zeiten.
Selbst die im Winkel ihrer Muße leben,
sie kommen her — zu fehlen könnte schaden! —,
darunter auch Menander, der Komödienschreiber.
Den las Demetrius, ohne ihn zu kennen,
und sprach bewundernd von dem Geist des
Dichters.
Der kam gesalbt, in langem Kleid,
mit zarten, schlaffen Schrittchen.
Als der Tyrann im letzten Zug ihn sah,
rief er: „Wer ist der Weichling, der vor mich
zu treten wagt?" Zur Antwort gab ihm sein Gefolge:

„Das ist Menander, der Poet.“ Verwandelt sagte der Tyrann:
„Nicht schöner kann ein Mensch je sein.“ (V 1)

DIE ZWEI SOLDATEN UND DER RÄUBER

Auf einen Räuber stießen zwei Soldaten;
da floh der eine, doch der andere hielt stand
und wehrte sich mit seiner starken Rechten.
Der Räuber fand den Tod. Da kam zurück der Feigling,
er zieht sein Schwert und wirft den Umhang fort.
„Wo ist der Kerl?“ so ruft er. „Der soll mir erfahren,
wen er herausgefordert hat!“ Darauf der Sieger:
„Hättst du mir nur geholfen mit so guten Worten!
Ich hätt sie dir geglaubt, sie hätten mich gestärkt.
Jetzt steck dein Schwert und auch die eitle Zunge ein,
magst andre täuschen, die dich noch nicht kennen!
Ich, der ich sah, mit welcher Kraft du fliehst,
weiß, wie auf deine Tapferkeit Verlaß ist.“

Auf jenen weist die Fabel, der, wenn's gut geht, tapfer,
in der Entscheidungsstunde aber feige ist. (V 2)

DER KAHLKOPF UND DIE FLIEGE

Die Fliege stach den Kahlkopf auf die Glatze;
doch nach ihr zielend, ohrfeigt er sich selbst.
Da höhnte jene: „Mit dem Tode strafen möchtest du den Stich
des winz'gen Tieres; doch was wirst du mit dir selber tun,
der mit der Unbill Schande du verbandest?“
Die Antwort war: „Mit mir komm leicht ins reine ich,
da ich ja weiß, daß ich nicht treffen wollte.
Doch dich, verworfnes Wesen aus verruchtem Stamm,

das seine Gier am Blut der Menschen stillt,
dich möchte ich vernichten, selbst um größern Tort!"

Dies Beispiel lehrt: Vergebung hat verdient,
wer achtlos fehlt; doch wer mit Vorsatz schadet,
für den ist, mein ich, keine Strafe schwer genug.
(V 3)

DER ESEL UND DAS SCHWEIN

Ein Mann, der für Errettung es gelobt dem heil'gen
Herkules,
bracht dar dem Gott ein Schwein;
das Futter, das noch übrig war, erhielt sein Esel.
Doch der verschmähte es und sprach:
„Gern würde ich mich an das Futter halten,
läg der, der davon fraß, nicht hier, gewürgt."

Die peinliche Geschichte warnt mich immer,
gefährlichem Gewinne nachzujagen.
Du sagst: Verborgen bleibt, wer stahl.
Doch zähl nur, die man faßte und erhängte!
Die Überzahl entging der Strafe nicht.
Die Frechheit nützt nur einzelnen, den meisten bringt
sie Schaden. (V 4)

DER SPASSMACHER UND DER BAUER

Die Menschen gehen fehl durch falsche Neigung,
und wenn mit Vorsatz sie bei ihrem Irrtum bleiben,
führt meist die Wirklichkeit zur Reue.

Ein reicher, großer Mann wollt heitre Spiele geben
und schrieb für alle hohe Preise aus,
die etwas Neues darzubieten hätten.
Da kamen Künstler zu dem Ruhmeswettstreit,
darunter auch ein stadtbekannter Clown;
er habe, sprach der, eine neue Nummer,

die im Theater niemals noch zu sehn gewesen.
Die Kunde, rasch verbreitet, bringt die Leute auf die Beine.
Der Schauplatz, sonst fast leer, kann kaum die Menge fassen.
Doch als er nun alleine auf der Bühne stand,
so ganz für sich, ohn Apparat und ohne Helfer,
da wurde vor Erwartung alles still.
Der Künstler beugte rasch sich unter seinen Mantel
und machte eine Ferkelstimme nach,
und so getreu, als trüg er's unterm Rock.
Man hieß ihn schütteln. Es geschah.
Nichts war zu finden. Stürmischer Applaus
und lautes Klatschen ehrte seine Kunst.
Ein Bauer sah's mit an. „Bei Gott",
sprach er, „das kann ich auch", und gab bekannt:
„Ich werd dasselbe morgen besser noch euch bieten."
Die Zahl wächst an, doch ist man schon Partei,
man will sich lustig machen, wen'ger sehn.
Es treten beide auf. Als erster quiekt der Clown,
es folgt Applaus, man ruft ihm zu.
Dann kommt der Bauer, tut so, als versteckte er
ein Ferkel (und dem war auch wirklich so,
doch blieb's, nachdem man gestern nichts entdeckt, verborgen).
Und heimlich zwickte er das Schwein am Ohr,
das machte ganz natürlich seinem Schmerze Luft.
Indes die Menge schrie, des Possenreißers Quieken
sei viel getreuer, und man drängte ihn hinaus.
Da zog der Mann das echte Ferkel aus dem Rock
und machte ihren dummen Irrtum offenbar:
„Seht, dieses Schwein beweist, was ihr für Richter seid!"

(V 5)

DER KAHLKOPF UND SEIN LEIDENSGENOSSE

Ein Kahlkopf fand am Kreuzweg einen Kamm.
Ein andrer kam hinzu, dem auch die Haare fehlten.
„He", rief er, „laß uns teilen!"
Da zeigte jener seinen Fund und setzt' hinzu:
„Der Götterwille ist uns hold, allein des Schicksals Neid
ließ uns statt Gold nur Kohle finden."

Wen Hoffnung trog, der darf wohl klagen. (V 6)

DER FLÖTENSPIELER PRINCEPS

Wenn eitlen Sinn frivoler Mut erfaßt
und er zu frechem Eigendünkel sich versteigt,
dann führt der dumme Leichtsinn schnell zum Spott.

Der Flötenspieler Princeps, ein durchschnittlicher Mann,
begleitete zum stummen Spiel den großen Tänzer
Bathyllus.
Bei einem Stück — ich weiß nicht mehr, bei welchem —
schnellt plötzlich das Gerüst empor, Princeps fällt hin
und bricht den linken Schienbeinknochen
(ach wär's doch, denkt er, eine Knochenflöte!).
Man hebt ihn auf, er stöhnet laut;
man bringt ihn heim. Und Monate vergehn,
bis daß die Kur zur Heilung führt.
Das Publikum, nach seiner Art, vermißt
sein zartes, heitres Spiel, nach dessen Klängen
des Tänzers Feuer voll sich konnt entfachen.

Da gab ein hoher Herr ein großes Spiel.
Der bat den Princeps, weil er wieder gehen konnte,
mit Geld und guten Worten, daß er sich
am Tag des Spiels den Leuten zeige.
Es naht der Tag, und jeder im Theater sprach
vom Flötenbläser. Der sei tot, so hieß es hier:
„o nein, er wird sogleich erscheinen", sagten andre.

Auf ging der Vorhang, Donner grollt,
die Götter redeten nach überkommner Weise.
Dann sang der Chor ein Lied, das dem,
der eben wiederkehrte, unbekannt; so war der Text:
„Freu dich, du hehres Rom, es lebt der Princeps!"
Zum Beifallklatschen stehen alle auf. Und Küsse wirft
der Flötenspieler; ihm, so meint er, gilt der Wunsch.
Die Ritter merkten seinen dummen Irrtum,
laut lachend riefen sie: „Da capo!"
Und so geschah's. Der Spieler warf sich vor der Bühne
zu Boden, und brüllend applaudiert die Ritterschaft.
Das Volk, so glaubte jener, fordre ihm den Ehrenkranz.
Doch wie die Sache allenthalben ruchbar wurde,
ward Princeps mit dem Bein in weißer Binde,
mit seinem weißen Mantel, seinen weißen Schuhen,
nachdem er sich im Glanz des Kaiserhauses sonnte,
alsbald zur Tür hinausgesetzt. (V 7)

DIE ZEIT

Beflügelt eilend, auf des Messers Schneide schwebend,
kahlköpfig, doch die Stirn gelockt, und glatt im Nacken —
wenn du sie hast, dann halt sie fest; denn ist sie erst entschwunden,
vermag auch Jupiter sie nicht zurückzuholen! —,
bedeutet sie dir eine kurze Chance.

Damit nicht träges Zögern den Erfolg uns raube,
entwarfen uns die Alten dieses Bild der Zeit. (V 8)

DER STIER UND DAS KALB

Am schmalen Eingang kämpfte mit den Hörnern
der Stier und fand mit Mühe kaum den Weg zur Futterkrippe.

Wie er sich drehen müsse, wollt das Kalb ihm zeigen,
doch jener brummte: „Schweig! Das wußt ich schon,
noch ehe du geboren."

Wer einen Klügeren berichtigt, soll dran denken.

(V 9)

DER HUND, DER KEILER UND DER JÄGER

Ein Hund, der seinem Herrn allzeit bei jeder Jagd
standhaft und flink zur Seite stand,
begann der Jahre Last zu spüren.
Einst faßt' er in des Kampfes Hitze ein Borstenschwein
am Ohr; doch weil die Zähne stumpf,
gab er die Beute preis. Betrübt ob des Verlusts,
schalt ihn der Jäger. Doch der alte Jagdhund sprach:
„Nicht fehlt es mir an Mut, doch fehlt es mir an Kraft.
Drum lobe, was ich war, wenn, was ich bin, du tadeln
willst!"

Warum, Philetus, ich dir das erzähle, weißt du wohl.

(V 10)

Appendix

DER AFFE UND DER FUCHS

Selbst was er übers Maß besitzt, vergibt der Geizige
nicht gern.

Der Affe bat den Fuchs um einen Schwanzesteil,
um seinen nackten Hintern züchtig zu bedecken.
Erwidert jener boshaft dies: „Selbst wenn er mir noch
länger wächst,
so werd ich eher ihn durch Dreck und Dornen schleppen,
als daß ich dir auch nur ein Stückchen überließe."

(1)

DER DICHTER

Man soll nicht mehr, als billig ist, erstreben.

Hätt die Natur, wie mir es gut dünkt,
den Menschenschlag geschaffen, wäre alles besser
eingerichtet.
Denn was dem einzelnen Getier Fortuna gütig gab
an Vorzügen, das würde alles uns zugute kommen:
des Elefanten Kraft, des Löwen kühner Mut,
der Krähe hohes Alter und des wilden Stiers Gehörn,
Sanftmut und Freundlichkeit vom schnellen Pferd,
zu alledem des Menschen Geisteskraft.
Doch Jupiter im hohen Himmel lacht für sich,
wenn er aus höhrer Einsicht dies versagt;
denn unsre Kühnheit könnte sonst das Zepter ihm
entreißen.

So laßt uns denn, zufrieden mit Jupiters Gaben,
die Jahre, die das Schicksal uns bestimmt, durchlaufen
und niemals mehr versuchen, als für Sterbliche
erreichbar ist! (2)

MERKUR UND DIE ZWEI FRAUEN

Über dasselbe eine andere Fabel.

Gemein und knickrig gaben einst zwei Fraun
dem Gott Merkur Quartier;
die eine wiegte einen kleinen Sohn,
die andre nährte sich von Hurenlohn.
Und jener, sich für das Empfangene gebührend zu
bedanken,
rief, als er, schon im Weggehn, auf der Schwelle stand:
„Da seht ihr einen Gott. Gleich will ich euch gewähren,
was eine jede von euch wünscht.“ Die Mutter bat darum,
daß ihren Sohn sie bald in Barttracht sehen möchte;
die Hure, daß ihr folge, was sie je berühre.

Es eilt davon Merkur, die Frauen kehren in das Haus
zurück.
Und sieh, der Säugling, bärtig, plärrt sie an!
Die Hure schüttelt sich vor Lachen,
dabei wird ihr so, wie es oft geschieht, die Nase feucht.
Sie will sich schneuzen, nimmt die Hand
und zieht die Nase bis zur Erde lang.

So gab sie, weil die andre sie verlacht, sich selber dem
Gelächter preis. (3)

PROMETHEUS UND DOLUS

Von Wahrheit und Lüge.

Prometheus, Schöpfer einer neuen Zeit, schuf einst
mit hoher Kunst die Wahrheit mit,
daß bei den Menschen Recht sie sprechen könne.
Da wurde plötzlich zu dem großen Zeus er weggerufen.
Er überläßt die Werkstatt dem betrügerischen Dolus,
den kurz zuvor er in die Lehre aufgenommen.
Voll Schaffenseifer macht der mit geschickter Hand
ein Bild von gleichem Antlitz, gleichem Aussehn,
gleicher Haltung,
und zwar in äußerst kurzer Zeit.
Fast war das Werk schon wunderbar vollendet,
da ging der Ton aus, den er für die Füße brauchte.
Der Meister kehrt zurück, und eilends voller Furcht
begab sich Dolus auf den alten Platz.
Prometheus, staunend ob der Ähnlichkeit,
begehrte, daß der Ruhm der eignen Kunst erkennbar
werde.
So gab zu gleicher Zeit er beide Bilder in den Ofen.
Als sie gehärtet und mit Lebenshauch erfüllt,
schritt züchtig, hoheitsvoll daher die Wahrheit.
Die andre, lahme, folgt ihr nach, doch kommt nicht
weiter.
Da nannte man dies falsche Nachbild, Frucht

betrügerischer Arbeit, Lüge. Drum gibt es Leute, die bestreiten,
daß Lügen Beine haben, und sie haben recht.

Mitunter nützt den Menschen falscher Schein,
am Ende aber kommt die Wahrheit an den Tag. (4)

DER DICHTER

Auf den Sinn muß man achten, nicht auf die Worte.

Wenn, wie's die Sage will, auf einem Rad Ixion treibt,
so geht daraus des Schicksals Unbeständigkeit hervor.
Wenn gegen hohe Berge Sisyphus mit höchster Kraft
den Stein bewegt, der vor dem Gipfel,
der Mühen ungeachtet, jedesmal zurückrollt,
so zeigt sich da, wie grenzenlos des Menschen Elend ist.
Wenn dürstend Tantalus in seinem Flusse steht,
so ist's ein Bild der Unersättlichkeit; sie wird umspült
vom Strom der Güter und vermag doch keines zu erlangen.
Die fluchbeladnen Danaïden tragen Wassertöpfe und
vermögen doch die Fässer, die durchlöchert, nicht zu füllen;
genauso ist dahin, was du dem Luxus hast gegeben.
Neun Joch bedeckt im Liegen Tityus,
der seine Leber, wuchs sie nach, den Geiern bietet zur Bestrafung;
so ist mit größrer Sorge man gestraft, das Gleichnis zeigt's,
je mehr an Grund und Boden man besitzt.

Mit Absicht trägt die Wahrheit klassisches Gewand,
damit der Weise sie erkenne und der Tölpel sie verfehle. (5)

DER DICHTER

Über ein Apollon-Orakel.

Sag, Phoebus, Herr von Delphi und dem herrlichen
Parnaß,
sag, ich beschwör dich, was von Nutzen für uns sei.
O wie sich da der heil'gen Pythia Haare sträuben,
Dreifüße sich bewegen, feierliches Tosen
das Allerheiligste erfüllt, die Bäume zittern, selbst der
Tag erblaßt!
Getroffen von der Gottheit, läßt sich Pythia vernehmen:
„Ihr Völker, hört, was euch Apoll zu sagen hat!
Übt euch im Frommsein, haltet ein Gelübde,
die Heimat, Eltern, Kinder, der Gemahlin Keuschheit
verteidigt mit den Waffen, schlagt den Feind mit Stahl;
bringt Hilfe euern Freunden; schonet, die im Unglück sind;
das Gute begünstigt, wehrt der Arglist;
bestraft Verfehlungen und zügelt die Verbrecher;
verfolgt, die schimpflich gar das Ehebett entweihn;
die Bösen meidet; wollet keinem trauen!"
Nach solchen Worten sank sie in sich ein,
wahrhaftig rasend: was sie sagte, hatt verdorben sie.

(6)

ÄSOP UND DER SCHRIFTSTELLER

Über das Eigenlob eines schlechten Schriftstellers.

Ein Autor hatte einst Äsop recht schlechte Sachen
vorgelesen,
in denen er sich selber über alle Maßen großgetan.
Nun wollte er des Alten Meinung wissen.
„Was glaubst du", fragte er, „gab ich zu groß mich?
Denn nicht vergebens traue ich auf mein Genie."
Erschöpft von dem, was Schlimmes er zu lesen hatte,
erwidert' jener: „Was du gutheißt, billige auch ich.
Von einem andern nämlich wirst du's nie erreichen."

(7)

POMPEIUS MAGNUS UND SEIN SOLDAT

Wie schwierig Menschenkenntnis ist.

Ein riesengroßer Krieger in Pompeius' Heer,
der weibisch sprach und weibisch auftrat,
der galt vor aller Welt als geiler Lüstling.
In einer Nacht nun lauert er dem Troß des Feldherrn auf
und führt mit Kleidung, Gold und einer Menge Silber
die Muli fort. Die Tat wird ruchbar bald.
Der Krieger wird beschuldigt, und man führt ihn ab.
„Wie konntest du, mein Freund, mich zu berauben wagen?"
fragt ihn der Feldherr. Der Gefragte räuspert sich
und speit sich auf die linke Hand, verreibt den Auswurf mit den Fingern:
„So, Feldherr, soll mein Augenlicht verlöschen,
wenn je ich etwas anfaßt oder sah." Da heißt Pompeius,
so arglos, wie er war, den Schandfleck für das Lager auszutilgen,
weil er an soviel Frechheit nicht zu glauben wagt.
Geraume Zeit verging, da rief, vertrauend
auf seines Armes Kraft, ein feindlicher Barbar zum Kampfe auf.
Ein jeder fürchtet für sein Leben, Verzagtheit zeigt sich bei den Führern,
bis daß der scheinbare Kinäde, der ein Mars an Kräften,
ans Tribunal vor seinen Feldherrn tritt.
Mit sanfter Stimme fragt er: „Ist's erlaubt?"
Pompeius, zornig, heißt den Mann entfernen.
Doch einer aus des Herrn Gefolg, ein Ältrer schon, der meinte ratend:
„Man sollte, denk ich, lieber ihn, an dem nicht viel gelegen,
dem Schicksalszufall überlassen als einen tapfren Mann,
der, wird durch Zufall er besiegt, dich dann des Leichtsinns möchte zeihn."

Pompeius stimmte zu und ließ gleich den Kinäden
vors Lager treten, und im Angesicht des Heeres
schlug der, kaum daß ein Wort gesprochen, dem Feinde flugs
den Kopf ab, kehrt als Sieger heim. Verkündete Pompeius:
„Gern geb ich dir, Soldat, die Siegerkrone,
weil du den Ruhm des röm'schen Reichs gewahrt.
Doch soll mein Augenlicht verlöschen", und er macht
den bösen Schwur des Mannes nach,
„wenn du mir neulich nicht mein Eigentum geraubt!"
(8)

JUNO, VENUS UND DIE HENNE

Über weibliche Begierde.

Als Juno einst sich ihrer Keuschheit rühmte,
verhehlte Venus nicht, warum sie heiter sei,
und um zu zeigen, daß ihr keine Göttin gleiche,
sprach sie mit diesen Worten eine Henne an:
„Sag bitte, was brauchst du, um satt zu werden?"
Antwortet jene: „Was du gibst, es ist genug,
wenn du mich nur ein bißchen mit den Füßen scharren läßt."
„Damit du's nicht tust, wird ein Scheffel Weizen reichen?"
„Gewiß, es ist zu viel, doch laß mich scharren!"
„Daß nicht du scharrst, sag, was von allem wünschst du dir?"
Da endlich beichtet sie das Übel der Natur:
„Die ganze Scheune kann bereitstehn, ich muß scharren!"
Juno, so sagt man, lachte über Venus' Spaß,
die durch die Henne alle Fraun beschrieb. (9)

DER FAMILIENVATER UND ÄSOP

Wie man die wilde Jugend zähmt.

Ein Vater hatte einen wilden Sohn,
und kaum daß der des Alten Blick entronnen,
da schlug er auf die Sklaven los
und ließ der Jugendwildheit freien Lauf.
Dem Alten nun erzählt Äsop zur Warnung folgende Geschichte:
„Zu einem jungen Stier band einer einen alten ins Geschirr.
Kaum daß des Rücken war dem ungleichen Joch entronnen,
weist auf die altersschwache Kraft er hin.
‚Du brauchst nichts zu befürchten', sagte ihm der Bauer.
‚Ich will nicht deine Arbeit, jenen sollst du zähmen,
der mit den Hufen und den Hörnern vielen Schaden tat.'
Und so auch du: Wenn deinen Sohn du nicht im Zaume hältst
und deine Güte seinen wilden Sinn bezwingt,
dann sorge vor, daß größrer Schaden nicht dein Haus befällt!"

Für Trotz und Bosheit bringt das Zähmen Remedur.

(10)

ÄSOP UND DER SIEGER IM WETTKAMPF

Wie irgendwann die Prahlerei gedämpft wird.

Als einst den Sieger eines Wettkampfs prahlend
Äsop, der phryg'sche Weise, antraf,
da fragt' er ihn, ob denn sein Gegner stärker
als er gewesen. Jener drauf: „Das nicht!
Ich war an Körperkraft weit überlegen."
„Was, Dummkopf, hast du dann für einen Ruhm errungen,

wenn einen du besiegt, der minder stark als du?
Du wärest leichter zu ertragen, könntest du behaupten,
daß der, den du besiegtest, stärker wär als du gewesen!"

(11)

DER ESEL ZUR LEIER

Wie Genies oftmals ihrem Schicksal erliegen.

Ein Esel sah auf einer Wiese eine Leier liegen.
Er tritt heran, probiert die Saiten mit dem Huf.
Und unter der Berührung klangen sie. „Welch schönes
Ding!" sprach er.
„Doch leider ging's schlecht aus, weil ich der Kunst nicht
kundig bin.
Wenn es indes ein Sachverständiger gefunden hätte,
es hätt mit Götterklang die Ohren uns erfüllt."

So muß durch Unglück oft die große Leistung scheitern.

(12)

DIE WITWE UND DER SOLDAT

Über die Unzuverlässigkeit und Begehrlichkeit der Weiber.

Nach langen Ehejahren verlor ein Weib den Mann,
den sie geliebt, und setzt' im Grab ihn bei,
und weil sie sich auf keine Weise von dem Monument,
wo Tag und Nacht sie trauerte, entfernen ließ,
kam in den Ruf der keuschen Witwe sie.
In dieser Zeit ward Jovis Heiligtum beraubt,
die Schuld'gen büßten ihre Tat am Kreuz.
Damit an ihren Leichen niemand sich vergreifen könne,
stellt man Soldaten auf zur Wache nahe bei
dem Monument, wo sich die Witwe eingeschlossen hatte.
Und eines Nachts nun dürstet's einen von den
Wächtern.

Um Wasser bittend, wendet er sich an das Sklavenmädchen,
das seiner Herrin grad zur Seite stand beim Schlafengehn;
denn lange hatte diese sich beschäftigt,
den späten Abend wachend zugebracht.
Ein wenig schaut der Mann sich um — die Türen sind bereits geschlossen —
und sieht die Frau, die leidend und von Angesicht so schön.
Ergriffen wird sein Herz, es lodert auf,
und heiße Leidenschaft erfaßt die Sinne.
Scharfsinnig, wie er ist, sucht er nach tausend Gründen,
wie er die Witwe öfter sehen könne.
Die tägliche Begegnung wird Gewohnheit
und macht allmählich sie dem Ankömmling geneigter,
und bald schon fesselt sie den Freund durch engre Bindung.
Indes nun jener treue Wächter seine Nächte so verbringt,
wird plötzlich einer der Gekreuzigten vermißt.
Erschrocken meldet jener, was geschehn.
Jedoch die keusche Frau weiß Rat: „Du brauchst dich nicht zu fürchten."
Sie gibt den Leichnam ihres Mannes, ihn ans Kreuz zu schlagen,
daß der Soldat der drohnden Strafe sich entziehe.
Die Schmach so macht sich breit am Orte ihres Ruhms.

(13)

ZWEI JUNGE FREIER, EIN REICHER UND EIN ARMER

Wie das Geschick manchmal wider Erwarten den Menschen hold ist.

Das gleiche Mädchen wollten einst zwei junge Männer frein,
und über die Familie und Gestalt des Armen siegt' der Reiche.

Wie nun der festgesetzte Tag der Hochzeit kam,
vermocht der Liebende vor Schmerz sich nicht zu
halten,
und kummervoll begab er sich zum nahen Park,
in dessen Nähe wiederum des Reichen stolze Villa lag,
worin die Jungfrau aus dem Schoß der Mutter Zuflucht
finden sollte,
weil sich das Stadthaus dafür als zu wenig groß erwies.
Der Hochzeitszug beginnt, viel Volk versammelt sich,
und Hymenäus trägt voran die Hochzeitsfackel.
Der Esel aber, dem der Arme seinen Unterhalt
verdankte, stand gerade an des Tores Schwelle.
Durch Zufall brachten ihn die Leute zu der Braut,
damit des Weges Mühen ihre zarten Füße nicht
verletzten.
Mit *einem* Schlag erfassen da, weil Venus sich erbarmte,
den Himmel Stürme, und die Welt beginnt zu tosen,
und Regengüsse machen schier den Tag zur Nacht.
Die Augen werden blind vor Dunkelheit,
und niederprasselnder Hagel zerstreut den Hochzeitszug
in alle Winde.
Ein jeder sucht für sich, gezwungen, einen Unterschlupf.
Der Esel aber eilt zum wohlbekannten nahen Dach
und kündigt sich mit lauter Stimme an.
Die Sklaven eiln herbei, sie sehn das schöne Mädchen
und wundern sich, berichten alles ihrem Herrn.
Der sitzt mit ein paar Freunden
und sucht die Liebe mit dem Becher zu vertreiben.
Doch diese Nachricht führt die Freude ihm zurück,
und weil es Bacchus und die Venus raten,
vollzieht die süße Hochzeit er mit Beifall seiner
Freunde.
Die Eltern fordern durch den Herold ihre Tochter,
und weil die Gattin er verlor, betrauert sich der
Bräutigam.
Nachdem, was hier geschehn, im Volke ruchbar wurde,
da priesen alle laut die Gunst des Himmels. (14)

ÄSOP UND SEINE HERRIN

Wie schädlich es oft ist, die Wahrheit zu sagen.

Äsop stand einst im Dienste einer bösen Frau,
die trödelte den ganzen Tag dahin, sich aufzuputzen,
und sorgte sich, wie Kleider, Perlen, Gold und Silber anzulegen
und wie sie einen fänd, der mit dem Finger streichelnd sie berühre.
Da fragt Äsop sie: „Auf ein Wort?" — „So red!" — „Nun, alles
wirst in der Welt erreichen du, wenn deinen Putz du ablegst."
„So scheine ich dir prächtiger bloß durch mich selbst?"
„Gewiß, wenn du nicht nachgibst, wird dein Bett zu klagen haben."
„Nun", war die Antwort, „deine Schultern sollen nichts zu klagen haben",
und seiner freien Rede wegen ließ sie ihn die Gerte spüren.
Und nicht viel später meldet man, ein silbern Armband sei verschwunden.
Man könne es nicht finden, wird der Frau gesagt.
Die ruft darauf voll Zorn die Dienerschaft zusammen
und droht mit schlimmen Schlägen, wenn sie nicht die Wahrheit sagten.
Äsop jedoch vermögen Worte nicht zu treffen.
„Droh du nur andern", sagt er, „mich wirst nicht du täuschen.
Weil ich die Wahrheit sagte, schlug man nieder mich."

(15)

DER HAHN IN DER SÄNFTE, VON KATZEN GETRAGEN

Sich allzusehr in Sicherheit zu wiegen bringt für uns
Gefahr.

Zu Sänftenträgern hatt ein Hahn vier Katzen.
Der Fuchs gewahrte diesen stolzen Aufzug
und sprach: „Ich warn dich, hüt dich vor der List!
Siehst du der Träger Mienen an, so wird dir klar:
Sie tragen eine Beute, keine Bürde.“

Als die Gesellschaft nachher Hunger spürte,
zerrissen sie den Herrn und teilten sich in ihre
Schandtat. (16)

DIE KREISSENDE SAU UND DER WOLF

Erst muß der Mensch in Gefahr kommen, ehe man sich
ihm anvertrauen darf.

Als eine Sau gebären wollt und stöhnend dalag,
da kam der Wolf herbei, bot seine Hilfe an;
Hebammendienste, sagt' er, könne er hier leisten.
Die Sau jedoch kannt ihn als schlechten Kerl
und lehnte ab den Dienst des Bösewichts.
„Es ist genug“, sagt sie, „wenn du ein wenig
weitergehst.“
Denn hätte sie, dem Schmerz erlegen, sich dem Wolfe
anvertraut,
ihr Schicksal wär beklagenswert gewesen. (17)

ÄSOP UND DER FLÜCHTIGE SKLAVE

Man soll nicht Leid auf Leid häufen.

Ein Sklave floh vor seines Herren rauhem Sinn
und traf Äsop, den er als Nachbarn kannte.

„Was bist du so verstört?“ — „Ich will dir's sagen, lieber
Vater —
denn dieses Namens bist du wahrlich wert —,
weil meine Klage bei dir sicher aufgehoben ist.
Im Übermaß gibt's Hiebe, an Nahrung aber fehlt's,
und ohne Imbiß werde ich zum Landhaus ausgeschickt.
Wenn er, mein Herr, zu Hause speist, steh ich die
ganze Nacht herum,
und ist er eingeladen, lieg ich bis zum Morgen auf der
Straße.
Ich hab die Freiheit mir erdient und laufe, grau, als
Sklav herum!
Wär ich mir irgendeiner Schuld bewußt,
ich würd's mit Gleichmut tragen. Niemals bin ich satt
geworden,
und über allem Unglück muß ich einen grimmen Herrn
ertragen.
Aus diesen und aus andern Gründen, über die ich hier
nicht sprechen kann,
beschloß ich fortzugehn, wohin mich meine Füße
tragen.“
„Nun“, sprach Äsop, „so hör: Du tatst nichts Schlechtes
und mußtest, wie du sagst, doch solches Leid erfahren.
Was aber, wenn du fehltest? Was, meinst du, daß dann
geschäh?“
Und dieser Rat hielt von der Flucht ihn ab. (18)

DAS RENNPFERD, DAS MAN IN DIE MÜHLE VERKAUFTE

Man muß mit Gleichmut tragen, was geschieht.

Ein Pferd, aus manchem Wagenkampf berühmt,
ward einst gestohlen und als Müllerpferd verkauft.
Als man es von der Mühle nun zur Tränke führte,
sah es von ferne die Genossen ziehn,
um sich im Wettkampf herrlich zu bewähren.
Da kamen ihm die Tränen. „Ziehet eure Bahn,

ihr Glücklichen, begeht den Festtag ohne mich!
Wohin verbrecherische Diebeshand mich schleppte,
dort will ich trauernd mein Geschick beklagen.“ (19)

DER HUNGRIGE BÄR

Wie der Hunger den Lebewesen den Verstand schärft.

Wenn je dem Bären im Wald der Vorrat ausgeht,
dann eilt er zu den Meeresklippen, hält sich fest an einem Felsen
und taucht die behaarten Schenkel langsam ein ins seichte Wasser.
Sobald genug der Krebse hängen an den Zotten,
zieht er sich auf das Land zurück und schüttelt ab die Meeresbeute,
genießt verschmitzt das Futter, das nun überall herumliegt.

So schärft der Hunger auch den Dummen den Verstand. (20)

DER WANDERER UND DER RABE

Oftmals lassen sich die Leute durch Worte täuschen.

Ein Mann nahm durch die Felder einen Seitenpfad,
da hört' er „'n Tag!“ und hielt ein Weilchen inne;
doch als er niemand sah, da ging er weiter.
Und wieder grüßt ihn die verborgne Stimme.
Weil ihm der Ton vertraut, so bleibt er stehn
und fragt, gleich höflich, wer's denn sei.
Befangen in dem Irrtum, hält er lange Umschau,
verliert die Zeit von ein paar Meilen Weg.
Da zeigt der Rabe sich, fliegt über ihm
und schreit aufs neu „'n Tag!“ ihm zu. Der Wanderer erkennt verspottet sich.
„Schlimm soll's dir gehn, du böser Vogel“, sagt er,
„weil du so schlimm den eil'gen Fuß gehemmt!“ (21)

mit einem Wink nach rechts. Der Jäger, eilig, wie er war,
bemerkt es nicht und geht davon.
Da spricht der Bauer: „Bist du mir nicht dankbar,
daß ich verborgen dich?" — „Ja, deiner Zunge ganz gewiß,
der weiß ich allergrößten Dank; jedoch die Augen, die perfiden,
die wünscht ich, daß du sie verlörst." (26)

DIE DIRNE UND DER JUNGE MANN

Viel ist uns angenehm, was uns jedoch zum Vorteil nicht gereicht.

Es schmeichelt einem jungen Mann 'ne Dirne ohne viel Charakter,
und jener, ist er gleich geprüft und oft betrogen,
er überläßt sich dennoch leicht der Frau.
Und hinterhältig spricht sie so: „Laß all die andern mit Geschenken
mich überschütten, du bist doch der Liebste mir!"
Der junge Mann erinnert sich, wie oft er schon getäuscht,
und meint: „Ach, gern, mein Stern, vernehm ich dieses Wort,
nicht weil ich's glaube, sondern weil's mir angenehm!" (27)

DER BIBER

Viele würden überleben, wenn sie, um sich zu retten, Glücksgüter geringachteten.

Sobald der Biber merkt, er schafft es nicht, den Hunden zu entfliehn —
die Griechen, die mit Worten schwatzhaft um sich werfen,

benannten ihn nach Kastor
und haben so dem Tier des Gottes Namen beigelegt —,
dann, weiß man, beißt er sich die Hoden ab,
weil er sich ihretwegen angegriffen fühlt.
Daß dies dank höhrem Plan geschieht, ist nicht zu leugnen;
sobald der Jäger nämlich jenen Trick verspürt,
läßt er den Biber laufen, ruft zurück die Meute.

Wenn das die Menschen über sich vermöchten, daß sie auf das Ihre
verzichteten, sie würden nachher sicher leben.
Denn niemand stellt wohl einem Nackten nach. (28)

DER SCHMETTERLING UND DIE WESPE

Nicht das vergangene, das gegenwärtige Geschick muß man im Auge haben.

Ein Schmetterling, der grad vorüberflog, sah eine Wespe.
„O welches ungerechte Los! Als jene noch auf Erden waren,
aus deren Resten unser Leben wir empfingen,
war ich beredt im Frieden, tapfer im Gefecht,
in jeder Weise erster unter Gleichen.
Und jetzt? Wie lockrer Staub und Asche gaukle ich umher!
Doch du, der du als Maultier Lasten trugst,
verletzt mit deinem Stachel jeden, den du willst."
Darauf die Wespe spitzig, wie's ihr zukommt:
„Nicht was wir waren, was wir sind, das muß man sehn."
(29)

DIE ACKERLERCHE UND DER FUCHS

Man soll den Bösen niemals sein Vertrauen schenken.

Der Vogel, den die Bauern Ackerlerche nennen,
weil gern er mitten auf dem Acker nistet,
begegnet' einst dem vielverschlagnen Fuchs.
Kaum hat er den erblickt, so schwingt er in die Lüfte
sich.
„Ich grüße dich", ruft jener, „fliehst du gar vor mir?
Als ob ich auf der Wiese nicht genug zu essen fände:
Heuschrecken, Grillen, Käfer stets im Überfluß!
Was bist du ängstlich, hab ich dich doch gern,
weil du so friedlich ohne Makel lebst!"
Da sprach der Vogel: „Ja, du hast gut reden,
nicht auf dem Felde, in der Luft bin ich dir gleich.
Drum komm, gern will ich dir vertraun!" (30)

DER DICHTER

Über die Leser dieses Büchleins.

Mag unbedeutend meiner Muse Spiel auch sein,
lobt's doch der Lasterhafte wie der brave Mann.
Der letztre tut's mit schlichten Worten, doch jener,
heimlich, ärgert sich. (31)

BABRIOS

Äsopische Fabeln

Erstes Buch

PROLOG

Gerechter Menschen war das erste Zeitalter,
das man das goldne heute nennt, mein Sohn, mein
Branchos . . .
Das dritte wurde dann das eherne genannt,
und nach ihm kam die göttliche Heroenzeit.
Vom fünften ist die Wurzel eisern, schwächer seine
Menschen.
Im goldnen hatten auch die andern Lebewesen
artikulierte Sprache und Gedankenreichtum.
Sie fanden sich zusammen in der Wälder Tiefen.
Es sprach der Fels, es sprach des Fichtenbaumes Grün,
es sprach das Meer, mein Branchos, mit dem Schiff,
dem Seemann,
und kluge Zwiesprach hielt der Sperling mit dem
Bauern.
Es brachte Frucht hervor die Erde ungeheißen,
und zwischen Mensch und Gott bestand noch
Freundschaft.
Daß alles einst so war, magst du erfahren
und lernen aus Äsops, des alten Weisen, Mund,
der Fabeln uns erzählt im lockern Stil.
Das alles, wenn du willst, das leg ich dir
ans Herz wie Waben voller Honigseim,
der bittern Jamben harte Spröde mildernd.

DER JÄGER UND DER LÖWE

Ins Hochland ging ein Mann zur Jagd,
erfahren in des Bogens Kunst. Da stoben alle Tiere jäh
davon und waren voller Angst.
Der Löw allein erkühnte sich; zum Kampfe fordert er
ihn auf.
„So bleib, und keine Übereilung!“ sagte da
der Mensch. „Und hoffe ja nicht auf den Sieg!
Wenn meinen Boten du getroffen, dann
wirst du erkennen, was zu tun sich dir geziemt.“
Und er entsandte seinen Pfeil aus nächster Näh.
Der aber traf den Löwen in die Eingeweide.
Voll Todesangst sucht Zuflucht in des Waldes Dickicht
das Tier. Da plötzlich stand der Fuchs vor ihm, nicht
weit entfernt,
und hieß ihn sich zu fassen und Standhaftigkeit zu
zeigen.
Darauf der Löw: „Mich kannst du weder täuschen noch
betören.
Denn der, der einen solchen bittern Boten mir gesandt,
wie furchtbar muß der, mein ich, selber sein?“ (1)

DER BAUER UND DIE BERAUBTEN GÖTTER

Ein Bauer grub in seinem Weinberg und verlor
dabei den Spaten; gleich erkundet er,
ob etwa einer von den Dorfbewohnern ihn entwandte.
Doch jeder wies das von sich. Was war nun zu tun?
Er führt sie alle in die Stadt, den Eid zu leisten;
die Götter nämlich auf dem Lande, meint man, die
sind Tölpel, aber jene, die die Stadt bewohnen, die
sind richtig, können alles überschauen.
Als sie am Tor an offner Quelle ihre Füße nun sich
wuschen
und sich Erleichterung vom Ranzen schufen,
erschien ein Herold, zu verkünden: „Tausend Drachmen

zum Lohn für den, der aufdeckt diesen Tempelraub!"
Sobald der Bauer dieses hörte, sagt' er: „Zwecklos
unser Kommen!
Wie sollt der Gott die fremden Diebe kennen, wenn,
die selber ihn beraubten, unbekannt ihm blieben
und er um hohen Preis nachspürt, ob es nicht einer von
den Menschen weiß!" (2)

DER HIRT UND DIE ZIEGE

Nach Haus zum Stall wollt einst der Hirt die Ziegen
treiben.
Die einen folgten rasch, die andern später.
Als eine störrisch nun am Abgrund weiter
nach süßen Blättern von dem Mastixstrauche
suchte,
warf jener zornig einen Stein und traf ihr Horn.
Da rief er flehentlich: „Ach, Kameradin Ziege,
beim großen Pan, der in den Wäldern waltet,
ach, Beste, sag dem Herrn doch nichts davon!
Es war nicht meine Absicht, daß ich mit dem Stein dich
traf."
Erwidert jene: „Wie sollt *ich* verbergen, was doch
offenbar?
Auch wenn ich selber schweige, schreit es doch mein
Horn." (3)

DIE GROSSEN UND DIE KLEINEN FISCHE

Ein Fischer zog das Netz herauf, das jüngst
er ausgeworfen hatte; es war, man sah's, ein reicher
Fang.
Die kleinen von den Fischen schlüpften durch des
Netzes Maschen
und tauchten unter in der Meeresflut,
die großen blieben hilflos auf des Nachens Boden.

Es gibt wohl Rettung auch aus Schwierigkeiten,
wenn einer klein; doch wer im Ruhme sich erhebt,
den wird man selten der Gefahr entgehen sehn. (4)

DIE ZWEI HÄHNE

Zwei Hähne stritten einst in Tanagra,
die, wie man weiß, den Menschen an Charakter ähnlich.
Der unterlag, zog sich zurück, bedeckt mit Wunden,
verbarg aus Scham sich in des Hauses Winkel.
Der andre flog sogleich aufs Dach und krähte,
mit beiden Flügeln um sich schlagend.
Da holte ihn ein Adler hoch vom First
und trug ihn fort; indes der erste strich um seine Hennen,
die Niederlage hatte sich zum Vorteil ihm gekehrt.

Auch du, o Mensch, gebärde dich nicht überheblich,
wenn das Geschick dich über einen andern stellt!
Daß klein sie blieben, wurde vielen schon zur Rettung.
(5)

DER KLEINE FISCH IM NETZ

Ein Fischer, der den ganzen Meeresgrund durchforstet
und mit der Angelrute schlecht und recht sein Dasein
fristet,
fing einst am Roßhaar einen kleinen Fisch,
der für die Pfanne kaum geeignet war.
Der zappelt hin und her und fleht den Fischer an:
„Was hast du schon an mir? Wen wirst du finden, der
mich kauft?
Ich bin ja gar nicht ausgewachsen, neulich erst
gebar die Mutter mich an diesem Felsen hier.
Drum laß mich los und töte mich nicht zwecklos!
Wenn groß ich bin, vom Meertang fett geworden
und recht geeignet für der Reichen Tische,
dann komme wieder! Fang mich dann aufs neue!"

So stöhnend, schwänzelnd, bittend, fleht der Fisch.
Der Alte aber läßt sich nicht bewegen,
er stößt ihn vielmehr auf mit scharfem Stichel.
„Wer nicht auf Kleines, wenn es sicher, achtet",
so sagt er, „sondern Ungewissem nachjagt, der ist
töricht." (6)

DAS PFERD UND DER ESEL

Ein Mann besaß ein Pferd. Das pflegt'
er ledig neben sich zu führen, indes die Last
der alte Esel tragen mußte. Drunter schmachtend,
trat der zum Pferd und sprach:
„Wenn du ein wenig von der Last nur tragen wolltest,
so kann das meine Rettung sein, sonst aber werd ich
sterben."
Doch jenes sagte: „Scher dich weg und stör mich nicht!"
Da schleppt' der Esel schweigend sich dahin,
bis daß die Kräfte ihm versagten und er umfiel, tot, wie
er's verheißen.
Jetzt ließ der Herr sogleich das Pferd an seine Stelle
treten
und nahm des Esels Last, legt' sie dem Pferde auf
und noch dazu das Sattelzeug für das Gepäck, ja auch
das Fell des Esels, das er abgezogen, packte er darauf.
Da rief das Pferd: „Wie war ich dumm!
Den Teil zu übernehmen, war ich nicht bereit,
jetzt aber muß die ganze Last ich tragen." (7)

DAS KLUGE KAMEL

Ein Araber, der sein Kamel belud,
befragt es, ob es lieber aufwärts oder abwärts steigen wolle.
Und das Kamel, nicht ungewandt,
erwiderte: „Der grade, glatte Weg ist leider abgeschnitten."
(8)

DER FLÖTENSPIELENDE FISCHER

Ein Fischer hatte eine Flöte und verstand darauf zu
spielen.
Da kam ihm der Gedanke, daß er ohne Mühen
durch Flötenwohlklang seinen Unterhalt verdienen könne.
Er legte drum sein Netz beiseit und spielte herrlich.
Doch als er müde sich geblasen und umsonst geblieben
sein Bemühn,
da warf das Netz er aus und machte reiche Beute.
Wie auf der Erde endlich all die Fisch er zappeln sah,
da rief er, während er das Netz wusch, spottend aus:
„Jetzt tanzt ihr ohne Flöte. Besser wär's für euch gewesen,
zu tanzen erst, als euch zum Tanz ich aufgespielt."

Ohn Einsatz mühlos zu gewinnen ist unmöglich.
Doch bringt der Einsatz den erwarteten Gewinn,
dann ist es Zeit, zu scherzen und zu spielen. (9)

DIE MAGD ALS GELIEBTE IHRES HERRN

Ein Herr verliebte sich in seine Magd, die häßlich war
und auch sehr schmutzig, und alles, was sie wünschte,
bekam sie ohne Zögern. Goldschmuckbeladen trug sie
ein feines Purpurkleid bis an die Knöchel,
entfachte immer neuen Streit mit ihrer Herrin.
Doch Aphrodite, weil sie alles ihr verdanke,
die ehrte sie mit Lichtern und brachte
an jedem Tag ihr Opfer und Gebete dar,
bis einmal, als sie alle in dem Hause schliefen,
die Göttin ihr im Traum erschien und sprach:
„Sag mir nicht Dank, als ob ich schön dich machte!
Ich bin vielmehr auf jenen zornig, dem du schön
erscheinst."

Ein jeder, der am Bösen sich als etwas Schönem freut,
der ist von Gott geschlagen und von Sinnen. (10)

DER BAUER UND DER FUCHS

Dem Fuchs, des Weinbergs und des Gartens Feind,
gedacht ein Bauer einen schlimmen Streich zu spielen.
Er band ihm Werg an seinen Schwanz, er zündete es an
und ließ ihn laufen dann. Den Feuerträger lenkt' ein Gott
aufmerkend auf die Felder dessen, der den Tort
ihm angetan. Es war die Zeit der Reife,
und eine reiche Ernte weckte Hoffnung.
Der Bauer folgte, laut um seine Mühe klagend,
doch keine Garbe barg für seine Tenne Demeter.

Mild muß man sein und sich im Zorn bezwingen.
Vergeltung gibt es für den Zorn, vor der muß man sich
hüten;
denn Schaden bringt es denen, die da zürnen. (11)

DIE SCHWALBE UND DIE NACHTIGALL

Weit fort von ihrem Acker flog die Schwalbe
und fand in Waldeseinsamkeit die Nachtigall
mit ihrer hellen Stimme; die saß trauernd dort
um Itys, der zur Unzeit aus des Lebens Blüte schied.
An ihrem Lied erkannten sie einander,
sie flogen auf sich zu und hielten Zwiesprach.
Es redete die Schwalbe: „Lebst du, meine Freundin,
noch?
Seit Thrakien sehen wir uns heut das erstemal.
Stets hielt ein Dämon bös uns voneinander fern;
denn schon als Mädchen waren wir getrennt.
Komm doch aufs Dorf und wohne bei den Menschen
mit uns zusammen unter einem Dache, Freundin,
wo du den Bauern singen wirst und nicht den Tieren!
Was netzt den Rücken kalter Reif dir nächtlich
und quält dich Hitze? Auf dem Dorf ist alles schön!
Wohlan denn, Kluge, plage dich nicht länger!
Verlaß den wilden Wald und wohne bei den Menschen

zusammen in demselben Haus und unter einem Dach
mit mir!"
Erwidert' ihr die Nachtigall und sprach:
„Laß mich nur bleiben in den unbehausten Felsen
und trenn mich nicht von meinem Berggefild!
Seit dem, was in Athen geschehn, da haß ich Mann und
Stadt.
Ein jedes Haus und jeder Umgang mit den Menschen
erneuern mir den Schmerz um längst vergangnes
Unglück."

In hartem Schicksal bieten Trost
ein kluges Wort, die Kunst, der Abstand von der Menge;
doch Trauer macht's, wenn einer denen, die im Glück
ihn sahn,
als ein Erniedrigter erneut begegnet. (12)

DER GEFANGENE STORCH

Auf seinem Acker hatt ein Bauer Netze aufgestellt
und Kraniche darin gefangen, die Zerstörer seiner
Saaten.
Zugleich mit diesen war ein Storch ins Netz gegangen;
der hinkte, fleht' den Bauern an:
„Ich bin kein Kranich, deiner Saat tu ich nichts an.
Ich bin ein Storch, das zeigt schon meine Farbe.
Von allen Vögeln übe ich am meisten Pietät;
ich pfleg und füttre meinen Vater, wenn er krank ist."
Doch jener sprach: „Mein lieber Storch,
ich weiß nicht, wie du lebst; doch dieses weiß ich,
daß ich dich fing mit jenen, die die Saaten mir verderben.
So wirst du auch mit jenen sterben, mit denen du
gefangen wardst."

Wer mit den Bösen umgeht, wird den Haß mit ihnen
ernten,
auch wenn er seinen Nächsten keinen Schaden tat.
(13)

DER BÄR UND DER FUCHS

Daß er den Menschen maßlos liebe, rühmte sich ein Bär;
denn niemals, sagt' er, rühr er dessen Leiche an.
Der Fuchs versetzte: „Schöner wär es freilich,
wenn du den Toten nähmst und dem Lebend'gen
ließest Ruh."

Wer einen schädigt, wenn er lebt, soll tot ihn nicht
beweinen. (14)

DER STREIT UM HERAKLES UND THESEUS

Zwei Männer, einer aus Athen, der andere aus Theben,
die
desselben Weges zogen, sprachen miteinander so, wie's
üblich.
Der Redefluß führt hin bis zur Heroenzeit,
ein weites Thema, das nicht grade dringlich.
Am Ende pries der Mann aus Theben der Alkmene
Sohn
als größten von den Menschen und den Göttern gleich.
Doch der Athener meinte, daß um vieles größer Theseus
gewesen sei, der wahrlich wie ein Gott gelebt
und nicht, wie Herakles, als Knecht.
Mit diesem Worte drang er durch; er hatt ein gutes
Mundwerk.
Dem andern aber, dem Böotier, fehlte es
an gleicher Kraft der Rede, und so rief er wild: „Hör
auf!
Du bist mir überlegen. Mag drum also Theseus uns
Böotiern und Herakles den Athenern gram sein!"
(15)

DER GETÄUSCHTE WOLF

Grob droht' dem Säugling seine Amme, als er greinte:
„Sei still, sonst geb ich dich dem Wolf zu fressen!"
Der Wolf, der's hörte, nahm das Wort der Frau
für wahr und blieb, des leckern Mahles harrend,
bis daß das Kind des Abends ward zu Bett gebracht.
Da trollte er sich hungernd, leer im Bauch
und eitler Hoffnung aufgesessen.
Die Hausfrau Wölfin fragte ihn sogleich:
„Was kommst du ohne Beute, nicht wie sonst?"
„Nur deshalb, weil ich einem Weibe glaubte!" (16)

DER MARDER UND DER HAHN

Ein Marder, der dem Hühnervolk auflauert',
kam wie ein Sack am Pflock zu hängen.
Ihn sah der Hahn, der stolze mit dem krummen Sporn,
verspottet' ihn mit lautem Krähen:
„Ich habe wirklich viele Säcke schon gesehen,
doch keiner war darunter mit den Zähnen eines
richt'gen Marders!" (17)

DER WETTSTREIT VON NORDWIND UND SONNE

Der Nordwind und die Sonne, heißt es, stritten sich,
wer wohl von ihnen einem Bauersmann,
der unterwegs, zuerst den Pelz ausziehen würde.
Es blies zunächst der Nordwind wie von Thrakien her;
er glaubte, mit Gewalt den Mann zu zwingen.
Der aber gab nicht nach; denn weil er fror,
hielt alle Enden rings er fest gepackt
und setzt' sich nieder, unter einen Felsvorsprung geduckt.
Da kam die Sonne sanft hervorgeguckt
und brachte ihm zunächst Erleichtrung von des Sturmes
Kälte.

Dann aber führte sie mehr Wärme zu;
da ward's dem Bauern plötzlich heiß,
er warf den Pelz ab und war ausgezogen.

So ward der Nordwind in dem Streit besiegt.
Es heißt ein Sprichwort: „Üb dich, Kind, in Milde!
Denn mehr wirst du durch sie erreichen als durch Akte der Gewalt.“ (18)

DER FUCHS UND DIE TRAUBEN

Des Weinstocks dunkle Trauben hingen über eine Mauer.
Als sie der schlaue Fuchs in ihrer Fülle sah,
da setzt' er immer neu zum Sprunge an,
um zu den purpurroten, reifen Früchten vorzudringen;
sie waren nämlich gut gediehn und harrten nur der Lese.
Als er sie nicht erreichte, sondern müde wurde,
da gab er's auf, nur in die Luft zu springen,
und trollte sich, den Ärger klug verbergend.
„Die Trauben sind ja sauer und nicht reif, wie ich es dachte!“ (19)

DER OCHSENKNECHT UND SEIN WAGEN

Ein Ochsenknecht fuhr einmal über Land.
Da rutscht sein Wagen ab in eine tiefe Schlucht.
Statt anzufassen, stand er müßig da
und betete zu Herakles, dem unter allen Göttern
als einzigem er wirklich Ehr und Altardienst erwies.
Da trat der Gott heran und sprach: „So greif doch in die Speichen
und stachle an die Ochsen! Zu den Göttern bete erst,
wenn selbst du zugreifst! Sonst ist all dein Flehn vergebens!“ (20)

DIE RINDER

Die Rinder wollten einst die Fleischer töten,
weil diese eine Kunst besaßen, die den Rindern feindlich.
Und schon versammelten sie sich zur Schlacht,
die Hörner schärfend, als einer von den ältsten Ochsen,
der manches Feld beackert, vortrat.
„Die da, die Fleischer, schlachten uns
mit sichrer Hand, und ohne uns zu quälen, töten sie.
Doch wenn wir Ungelenken in die Hände fallen,
dann steht uns zweifach Tod bevor. Denn wenn der
Fleischer fehlt,
so wird's doch nicht an Leuten mangeln, Ochsen
abzuschlachten."

Wer Leid, das ihm bevorsteht, meiden möchte,
der muß drauf achten, daß ihm Schlimmres nicht
geschehen. (21)

DER MANN MIT DEN ZWEI GELIEBTEN

Ein Mann, der in des Lebens Mitte stand —
jung war er nicht mehr, aber auch kein Greis,
und weiße, schwarze Haare trug vermischt er auf dem
Haupt —,
der fand noch Zeit für Liebelei und Tanzvergnügen.
Er hatte ein Verhältnis mit zwei Weibern, einem jungen,
einem alten.
Die Junge wollte den Galan selbst jung
erblicken, doch die Alte wünscht' sich einen alten.
So macht sich eine jede über seine Haare her.
Die Junge zupft' die weißen aus, wo immer sie sie fand;
die Alte zupfte, wo sie auf ein schwarzes traf.
So zupften beide sie, die Junge und die Alte,
bis er am Ende ohne Haare war,
kahlköpfig durch das viele Zupfen.

Und diese Lehre gibt die Fabel allen Leuten:
Weh dem, der auf die Weiber reinfällt!
Er wird gebissen und gezupft! (22)

DER RINDERHIRT AUF DER SUCHE NACH EINEM STIER

Ein Rinderhirt hatt einen Stier mit großen Hörnern
im dichten Wald verlorn und war nun auf der Suche.
Er richtet an des Berges Nymphen sein Gebet,
an Hermes, den Beschützer der Herden, an Pan und alle Götter
ringsum, gelobt, ein Lamm zu opfern, wenn den Dieb er finde.
Er steigt auf eine Höhe und erblickt den schönen Stier,
den grad der Leu verspeist. In seiner Not gelobt er, noch
ein Rind dazu zu opfern, falls dem Dieb er nur entkomme.

Hieraus, scheint uns, ist das zu lernen,
daß nie man ohne Überlegung richte an die Götter ein Gebet,
bloß weil man grad in Leid ist. (23)

DIE FRÖSCHE UND DIE HOCHZEIT DES HELIOS

Als Helios Hochzeit hielt zur Sommerszeit,
begingen alle Tiere das als frohes Fest,
und auch die Frösche tanzten durch den Sumpf.
Da hielt die Kröte sie zurück: „Nicht Freudenlieder
stehn uns jetzt an — in Kümmernis und Sorge!
Denn dieser Helios allein vertrocknet uns den Sumpf!
Was aber werden wir erleiden, wenn er Hochzeit hält
und einen Sohn erzeugt, der ihm ganz gleich ist?"

Es freun sich viele über Nichtigkeiten,
die ihnen Grund zur Trauer werden sein. (24)

DIE LEBENSMÜDEN HASEN

Die Hasen faßten den Beschluß, daß länger nicht sie
leben wollten,
nein, sterben durch den Sprung ins dunkle Wasser,
weil doch als schwächlich sie verschrien und feige,
als Leute, die nur auszureißen wüßten.
Doch als sie in des breiten Sees Nähe waren
und sahn am Ufer auf der Frösche Schar,
die aus der Hocke sprangen in den tiefen Schlamm,
da hielten inne sie, und einer faßte sich ein Herz:
„Gehn wir zurück! Wir müssen nicht mehr sterben;
denn andre sehe ich, die sind noch schlapper gar als wir."
(25)

DER BAUER UND DIE KRANICHE

Ein Kranichvolk verheerte jüngst das Feld,
das grad der Bauer erst mit Weizensaat bestellt.
Er schwingt die leere Schleuder, übt Geduld
und meint, indem er Schreck einjagt, es zu vertreiben.
Doch als die Vögel inne wurden, daß er in die Luft nur
schleudre,
da lachten sie ihn aus und dachten nicht daran zu fliehn,
bis daß der Bauer anders als bisher
nun richt'ge Steine warf und viele traf.
Da flogen sie sogleich davon und krächzten noch
einander zu:
„Wir müssen fort in der Pygmäen Land.
Denn dieser Mensch will mehr als uns nur scheuchen,
er fängt jetzt an zu handeln." (26)

DER GEFANGENE MARDER

Ein Mann fing einen Marder, band ihn fest
und wollte in dem Nachbartümpel ihn ersäufen.
Da sprach das Tier: „Du lohnst mir meine Dienste schlecht,

wenn Mäuse ich dir jagte und auch Echsen."
Darauf der Mann: „Da hast du recht; jedoch wie steht es
mit den Hühnern,
die du erwürgt, dem Stall, den du geplündert, und
dem leeren Fleischtopf? Dafür mußt du sterben jetzt,
weil mehr du uns geschadet als genutzt." (27)

DIE MUTTER DES ZERTRETENEN FROSCHS

Das Junge eines Froschs zertrat der Ochse an der Tränke.
Die Mutter, die entfernt gewesen, fragte
sogleich bei den Geschwistern nach dem Kinde.
„Ach, Mutter, es ist tot. Und eben erst, vor kurzer Zeit,
kam hier ein Vierbeiner vorbei, der war ganz fett, mit
seinem Huf
trat er dein Junges tot." Es pustet sich die Alte auf
und fragt: „War jenes Tier so groß?"
Da sagten sie der Mutter: „Halte ein!
Bläh dich nicht weiter auf! Du wirst sonst eher platzen,
als daß du dich mit ihm an Größe messen könntest."
(28)

DAS ALTE PFERD IN DER MÜHLE

Ein altes Pferd hat in die Mühle man verkauft.
Da muß es nun im Joch den ganzen Tag rund um den
Mühlstein ziehn.
Und stöhnend spricht's: „Wie viele Male muß
im Kreise ich mich für die Müller drehn!"

Werd nur nicht stolz, wenn auf des Lebens Höh du
stehst!
Für viele nämlich folgt ein mühevolles Alter drauf.
(29)

HERMES UND SEIN MARMORDENKMAL

Ein Marmorhermes stand beim Künstler frei zum Kauf.
Zwei Käufer waren da; der eine wollte ihn
als Denkmal für des Sohnes Grab, der jüngst verschieden war,
der zweite, ein Banause, dachte ihn als Gott zu weihn.
Es wurde Abend, doch der Steinmetz hatt noch nicht verkauft,
die Käufer sollten, um das Werk ein zweites Mal zu sehn,
am Morgen wiederkommen. Da erschien des Nachts
dem Künstler Hermes durch des Traumlands Pforten.
„Wohlan, du hast mein Schicksal in der Hand!
Denn eins von beiden, lebend oder tot, wirst du mich machen.“ (30)

DIE MÄUSE IM KRIEG MIT DEN KATZEN

Die Katzen führten mit den Mäusen lange Krieg,
ganz unversöhnlich und mit blut'gen Schlachten.
Die Katzen siegten. Doch die Mäuse glaubten,
der Grund für ihre Niederlage müsse darin liegen,
daß ihnen große Feldherrn fehlten,
so daß sie ohne Ordnung den Gefahren gegenüberständen.
So wählten sie die Besten nach Geburt und Kraft
des Leibes und des Geistes und nach Kampfbewährung;
die teilten ein und bildeten Verbände, Kompanien
und Kampfeinheiten, wie es bei den Menschen Brauch.
Als alles nun versammelt und geordnet war,
faßt manche Maus sich Mut und fordert eine Katz heraus,
indes die Feldherrn zarte Halme aus dem Mauerlehm
sich vorne an die Stirne banden.
So führten sie, gesehn von allem Volk, zur Schlacht,
und wieder wandten sich die Mäuse rasch zur Flucht.
Die andern fanden Rettung bald in ihren Löchern,
jedoch den Feldherrn blieb verwehrt der Eintritt

ob all des Strohs, das sie am Kopfe trugen;
so nahm man sie gefangen just vor der Behausung.
Ein Siegesdenkmal wurde ebendort errichtet,
drauf schleppte jede Katze einen Mausfeldherrn.

Es lehrt die Fabel: Willst du sorglos leben,
mußt du Bescheidenheit vor Prunken setzen. (31)

DIE KATZE ALS JUNGE BRAUT

Die Katze hatt sich einst verliebt in einen
wunderschönen Mann,
und Kypris, aller Liebesfreuden Mutter, gab ihr die
Erlaubnis,
zu wechseln die Gestalt und eine Frau zu werden,
und zwar solch feine Frau, daß jeder gern sie haben
mußte.
Wie jener sie erblickte, war er gleich gefangen
und wollte Hochzeit halten. Als die Tafel war gedeckt,
lief eine Maus vorbei; flugs sprang die junge Braut
vom Speisesofa und ihr hinterher.
Das Hochzeitsmahl ging so zu Ende; Eros, der so hübsch
gescherzt, macht sich davon, und die Natur blieb Sieger.
(32)

DER BAUER UND DIE PLÜNDERNDEN VÖGEL

Es war die Zeit der sinkenden Plejaden, die Zeit der
Saat,
da hatt ein Bauer Weizenkorn gesät
und stand auf Wacht; denn eingefallen war
ein ungeordnet, schwarzes Dohlenvolk mit Stimmen
voller Mißton,
dazu noch Stare, die die Ackersaat verderben.
Ein junger Bursche, der die ungefüllte Schleuder trug,
kam hinterher. Die Stare waren es gewöhnt zu hören,

wann immer nach der Schleuder ward gefragt,
und waren, eh der Schuß geschah, davon. Da kam
dem Bauern ein Gedanke, und er sprach zu seinem
Sohn belehrend:
„Das schlaue Vogelvolk, mein Junge,
das müssen wir jetzt überlisten. Sobald sie wiederkommen,
werd ich um Brot dich bitten;
doch du wirst mir kein Brot, vielmehr die Schleuder
geben."
Die Stare kamen an und plünderten das Feld.
Da rief er nach dem Brot so, wie's vereinbart war.
Die Stare blieben sitzen, und der Knabe reichte
die steingefüllte Schleuder. Diese schwang der Alte
und traf des einen Kopf, des andern Schienbein,
des dritten Schulter. Allgemeine Flucht setzt ein.
Da fragten Kraniche, die all das sahen,
und eine von den Dohlen gab die Antwort: „Meidet
die bösen Menschen! Denn sie reden anders zueinander,
als sie darauf mit Taten handeln." (33)

DER JUNGE AM FEST DER DEMETER

Der Demeter hat dargebracht das Bauernvolk den Stier.
Die breite Tenne war mit Rebenlaub geschmückt,
und Tische waren da, voll Fleisch, und Fässer, voller
Wein.
Und von den Jungen aß sich einer maßlos voll,
und von den Rindereingeweiden schwoll der Bauch ihm
an.
Er ging nach Haus und krümmte sich vor Schmerzen,
und auf der Mutter zarten Arm gestützt, erbrach er sich
und schrie: „O weh, ich muß jetzt sterben!
Denn alle Eingeweide, Mutter, fallen mir heraus."
Die aber sagte: „Immer nur heraus damit und keine
Bange!
Nicht deine Eingeweide, die des Stieres speist du aus."

Wenn einer das Vermögen einer Waise durchgebracht
und nun, dieweil zurück er's zahlen soll, sich noch beklagt,
auf den, so mein ich, paßt die Fabel. (34)

AFFENLIEBE

Zwei Junge trug die Affenmutter;
doch als sie sie geboren, war sie nicht im gleichen Maße
zärtlich.
Das eine drückte sie so innig, herzlich, heiß
an ihren Busen, daß es schier erstickte;
das andre jagt' sie fort als Last, die unnütz.
Es floh drauf in die Wüste, doch es lebt.

So ist auch vieler Menschen Lebensart.
Sei diesen lieber Feind als Freund! (35)

DIE EICHE UND DAS SCHILFROHR

Ein Sturm riß eine Eiche mit den Wurzeln aus am
Bergesabhang
und stürzt sie in den Fluß. Hoch trugen da die Wellen
den Baum, den Menschen einst vor alters angepflanzt.
An beiden Ufern stand viel Rohr, das leichte,
das Wasser aus des Flusses Böschung trinkt.
Und Staunen faßt die Eiche, wie das dünne,
so schwache Rohr dem Sturme standhielt,
indes sie selbst, ein mächt'ger Baum, entwurzelt wurde.
Da sagte klug das Rohr: „Du brauchst dich nicht zu
wundern!
Weil du dem Sturme trotztest, wurdest du besiegt;
wir aber beugen uns in kluger Einsicht,
sobald ein Windstoß unsre Spitzen zart bewegt."

Soweit das Schilfrohr! Doch die Fabel zeigt:
Nicht trotze du den Mächtigen, gib lieber nach! (36)

DER JUNGSTIER UND DER OCHSE

Ein Jungstier, frei, des Jochs noch ungewohnt, spazierte auf der Weide
und sprach zum müden Ochsen, der das Pflugschar zog:
„Du Unglücksel'ger, was für eine schlimme Last du schleppst!"
Der Ochse schwieg und fuhr im Pflügen fort.
Doch als man für die Götter Opfer bringen wollte,
befreit' den Ochsen man vom Joch und ließ ihn auf die Weide,
dem Jungstier aber band die Hörner man und führt' ihn weg,
auf daß mit seinem Blute der Altar sich röte.
Voll Mitleid rief ihm jener zu:
„Für dieses Ende wurdest du, dem Mühe man erspart, bewahrt!
Der jüngre, überholst du jetzt den älteren im Sterben,
und nicht das Joch, das Beil wird deinen Nacken drücken." (37)

DIE GEFÄLLTE FICHTE

Holzfäller, welche einen Fichtenbaum
zu spalten hatten, trieben Keile in ihn ein, damit er reiße und
für sie die Arbeit später leichter werde.
Da sprach die Fichte ächzend: „Nicht die Axt,
die nicht an meine Wurzeln kam, vermag ich so zu schelten
wie jene schlimmen Keile, welche selber von mir stammen!
Bald da, bald dort mich zwängend, werden sie mich spalten."

Die Fabel zeigt uns allen dieses an,
daß man von Fremden kein so schlimmes Leid
erfahren kann wie von den eignen Leuten. (38)

DIE DELPHINE UND DIE WALE

Es lagen die Delphine stets im Streite mit den Walen.
...
Ein Krebs, der grad vorüberkam, versuchte zu vermitteln.
...
Doch einer der Delphine sprach zu ihm
das folgende: „Wir ziehn es vor,
in ständ'gem Kampfe miteinander
uns aufzureiben..."

So ist es, wenn im Staat ein kleiner Mann
den Aufstand streitender Tyrannen schlichten möchte.

(39)

DAS KAMEL IM FLUSS

Es überquert' den Fluß einst ein Kamel,
und dort, wo er am schnellsten strömt, da mußt es koten.
Wie nun den Mist die Strömung vor die Nas ihm trug,
da rief es: „Weh, mein Hinterer, der kommt nach vorn!"

Auf eine Stadt geht diese Fabel des Äsop,
in der der Pöbel statt der Besten die Regierung führt.

(40)

DIE GEPLATZTE ECHSE

Es platzte, hört man, einer Echse einst die Haut,
weil sie an Länge einem Lindwurm gleichen wollte.

Du tust dir Schaden und erreichst doch nichts,
wenn du versuchst, den nachzuäffen, der dir überlegen.

(41)

DIE BEIDEN HUNDE BEIM OPFERMAHL

Ein Mann ließ richten einst ein glänzend Opfermahl.
Sein Hund traf einen andern Hund, der war sein Freund;
den lud er ein, mit ihm zum Mahl zu kommen.
Und jener kam. Da packte ihn sogleich der Koch
am Bein und warf ihn aus dem Hause auf die Straße.
Als nun die andern Hunde fragten,
wie er gespeist, gab er zur Antwort: „Herrlich!
Den Weg, den ich nach Haus ging, konnt ich nicht einmal erkennen.“ (42)

DER EITLE HIRSCH

Ein Hirsch mit stattlichem Geweih, zwei Jahre alt,
der sich am Gras gesättigt, das die Wiese sprießen läßt,
trank einst zur Sommerszeit vom Wasser eines Sees, der stille dalag.
Als er darin sein Spiegelbild erblickte,
da machten ihm Geläuf und Schalen Kummer,
doch des Geweihes Schönheit stimmt' ihn stolz.
Schon aber nahte die Vergeltung, die Freud in Leid verwandelt.
Erblicken mußt er nämlich plötzlich Jäger,
die hatten Netze und auch Fährtenhunde.
Obgleich sein Durst noch keineswegs gestillt war, gab er Fersengeld,
durchquert mit leichtem Fuß das weite Feld.
Doch als er in dem dichtbestandnen Walde ankam,
da konnt man ihn ergreifen, weil sich sein Geweih verfing.
„Ich Unglücksel'ger“, rief er aus, „wie konnte ich mich täuschen!
Die Läufe nämlich, deren ich mich schämte, brachten Rettung,
und es verriet mich das Geweih, auf das ich setzte.“

Sollst über deine Angelegenheiten du befinden,
dann nimm, wenn du nach vorn schaust, nichts für sicher!
Auch sollst du nicht verzweifeln und verzagen.
Denn oftmals werden wir enttäuscht von dem, was wir erwartet. (43)

DER LÖWE UND DIE DREI STIERE

Drei Stiere gingen miteinander auf der Weide,
und lange schon verfolgte sie der Leu.
Der drei auf einmal Herr zu werden schien unmöglich;
durch Tücke und Verleumdung aber sät er bittre Feindschaft,
er trennt sie voneinander
und greift sie einzeln an als leichte Beute.

Willst ungefährdet allezeit du leben,
mißtraue deinen Feinden, halte dir die Freunde warm!
(44)

DER ZIEGENHIRT UND DIE WILDEN ZIEGEN

Es sandte Schnee Gott Zeus. Da nahm der Ziegenhirt Reißaus
und trieb in eine Höhle — sie war unbewohnt —
die Ziegen, die vom dichten Schnee hell leuchteten.
Dort fand er andre Ziegen, die schon früher Zuflucht suchten,
gehörnte, wilde, mehr an Zahl bei weitem,
als selbst er führte; größer auch und stärker waren sie.
Für die nun bracht er Grünes vom Gehölz,
die eignen aber ließ er furchtbar hungernd laufen.
Und als es tagte, fand er seine Ziegen tot,
doch auch die andern waren nicht geblieben.
Sie suchten vielmehr Macchia auf den Höhn, die unbeweidet.

Der Hirte, zum Gespött geworden, kehrte ohne Ziegen
heim.
Er wollte Größeres gewinnen
und wußte nicht zu nutzen, was er ehedem besaß.
(45)

DER ALTE HIRSCH

Ein Hirsch, dem in den Wäldern alle Glieder steif
geworden waren, lag im grünen Gras der Ebene
und fand bequeme Nahrung, wenn der Hunger biß.
Da kamen Herden hin von vielerlei Getier,
die ihn besuchten; denn er hatte niemandem je Leids
getan.
Doch jeder, der da kam, der fraß auch von dem Gras
und kehrte in den Wald zurück. Der Arme aber magert
ab
und hätt ein höhres Alter wohl erreicht,
wenn keine Freunde er besessen hätte. (46)

DIE MAHNUNG DES VATERS

Vor langen Zeiten lebt' ein Mann, uralt,
der hatte viele Söhne. Und als es nun ans Sterben ging
und er den Letzten Willen kundtun wollte,
da bat er, wenn es irgend aufzutreiben wäre,
ein Bündel dünner Stäbe ihm zu bringen. So geschah's.
„Versuchet, meine Kinder, nun mit aller Kraft
die Stäbe zu zerbrechen, die unter sich verbunden!"
Doch sie vermochten's nicht. „Versucht es, Kinder,
einzeln jetzt!"
Ein jeder ließ sich leicht zerbrechen.
Da sprach der Vater: „Ihr Söhne, wenn ihr alle
miteinander
euch einig seid, dann wird euch keiner schaden
können,
auch wenn er noch so mächtig wäre;

doch wenn sich eure Wege trennen,
dann wird es einem jeden so ergehn wie diesem
Stab."

Die Freundschaft ist das größte Gut der Menschen,
die auch die Schwachen auf zur Höhe führt. (47)

HERMES UND DER HUND

An einem Wege stand, gedrungener Figur, ein
Hermesbild,
und unter ihm, da lag ein Haufen Steine.
Da kam ein Hund herzu und sprach: „Zuvörderst
meinen Gruß, o Hermes!
Sodann will ich dich salben und den Gott
nicht ohne Ehre lassen, gar noch dich, den Gott der
Ringer."
Doch der erwiderte: „Wenn du beim Weggehn mir
das Öl nicht ableckst und mich anpißt nicht,
so bin ich dir schon dankbar; mehr Verehrung brauch
ich nicht." (48)

TYCHE UND DER LANDMANN

Ein Landmann war des Nachts in Schlaf gesunken
an einem offnen Brunnen, ohne es zu wissen. Plötzlich
trat Tyche zu ihm hin, er glaubte sie zu hören: „Du,
wach auf! Denn wenn hinein du fällst, so geben mir
die Leute schuld und schelten mich.
Denn alles schieben sie mir zu in Bausch und Bogen,
wenn einer selbst auch fehltritt oder fällt." (49)

DER FUCHS AUF DER FLUCHT UND DER HOLZKNECHT

Der Fuchs war auf der Flucht, der Jäger folgt' ihm auf den Fersen.
Schon schwanden ihm die Kräfte, als den Holzknecht er erblickte.
„Bei allen Göttern", rief er, „die dir Hilfe bringen,
verbirg mich unter deinen Pappeln,
die du gefällt, und sage nichts dem Jäger!"
Der schwur zu schweigen, und der Fuchs versteckte sich.
Alsbald erschien der Jäger und befragt' den Mann,
ob hier der Fuchs wohl untertauchte oder schon vorüber sei.
Der Holzknecht sagte: „Nein", doch mit dem Finger weisend,
zeigt' er auf jene Stelle, wo der List'ge sich verborgen hatte.
Der Jäger achtet' nicht darauf, weil er allein dem Wort vertraute,
und ging davon. Der heißesten Gefahr entflohn,
schaut' aus dem dicken Pappelstamm der Fuchs hervor,
hohnlächelnd, als der Alte zu ihm sprach:
„Für diese Lebensrettung schuldest du mir Dank.
Ich habe dich gerettet, also denk an mich!"
„Wie sollt ich nicht", erwidert' jener, „war ich selbst doch Zeuge!
Leb wohl! Jedoch dem Gott des Eides wirst du nicht entgehn;
gerettet hat mich freilich deine Stimme; jedoch dein Fingerzeig war tödlich."

Es ist die Gottheit weis und stetig; wer durch falschen Eid
ihr zu entkommen meint, wird der Gerechtigkeit doch nicht entgehn. (50)

DAS GEPEINIGTE SCHAF

In ihrem Haus hielt eine Witwe einst ein Schaf,
und weil von ihm sie immer mehr an Wolle haben wollte,
schor sie drauflos und stutzte ihm das Fell bis hin
zum Fleisch, so daß es Schmerz empfand.
Und weil's ihm weh tat, schrie das Schaf: „So mach mich nicht zuschanden!
Was kannst an meinem Blut du schon gewinnen?
Wenn aber, Herrin, dir an meinem Fleisch gelegen ist,
dann gibt's den Metzger, der mit einem Hieb mich schlachtet!
Doch legst du Wert auf Wolle und auf Schur und nicht aufs Fleisch,
so ist's der Scherer, der mich scheren und doch leben lassen wird.“ (51)

DER KNARRENDE KARREN

Zur Stadt den großen Karren zogen Stiere
mit ihrer Schultern Kraft; der aber knarrte.
Da ward der Fuhrmann wütend, trat zum Karren hin
und rief mit lauter Stimme, daß man weit es hörte:
„Du ganz verworfnes Ding, was mußt du krächzen,
wenn die, die dich mit ihren Schultern ziehen, schweigen?“

Es zeigt den schlechten Mann dir an, wenn einer stöhnt,
als müsse er viel leiden, und andre sind es, die die Lasten tragen. (52)

DER FUCHS UND DER WOLF

Der Fuchs, der in des Wolfes Hand gefallen,
bat kläglich, ihn doch freizulassen, nicht an ihm sich zu vergreifen.

Entgegnet der: „Ich laß dich frei, wenn du, bei Pan,
mir nur drei wahre Worte sagst!" Darauf der Fuchs:
„Wärst du mir, erstens, niemals hier begegnet!
Zum zweiten, wenn schon, dann nur blind!
Und drittens ist mein letzter Wunsch,
niemals komm wieder, daß du mich nicht nochmals
triffst!" (53)

DER EUNUCH BEIM PRIESTER

Zur Opferschau kam ein Eunuch, um wegen Nachwuchs
nachzufragen.
Der Priester breitet' eine reine Leber aus.
„Wenn diese ich hier anseh, wirst du Vater;
doch wenn ich mir dein Bild betrachte, scheinst du mir
kein Mann." (54)

DER ESEL UND DER OCHSE IN EINEM GESPANN

Es hatte einer einen Ochsen, zu dem er einen Esel
spannte,
zu pflügen, wenn auch armselig, so doch der Not
gehorchend.
Als nun die Arbeit fertig war und Zeit, die Tiere
auszuspannen,
da wandte sich der Esel an den Ochsen: „Sag,
wer wird dem Alten das Geschirr nun tragen?"
Darauf der Ochse: „Der, der's sonst auch trug." (55)

DAS SCHÖNSTE KIND

Für schöne Kinder setzte einen Preis
Zeus allen Lebewesen aus und wollte selbst der Richter sein.
Zum Ausscheid kam denn auch die Affenmutter

mit ihrem nackten Stumpfnas-Jungen, welches sie am
Busen trug.
Der Anblick machte alle Götter lachen.
Die Mutter aber sprach: „Zeus kennt den Sieger,
für mich jedoch ist dies das schönste Kind.“

Die Fabel dürfte aller Welt beweisen,
daß jeder sein Geschöpf fürs beste hält. (56)

DER WAGEN VOLLER LÜGEN

Gott Hermes packte einen Wagen voll mit Lügen,
mit viel Betrug und aller Bosheit
und zog damit durchs Land, von Volk zu Volk
das Fahrzeug führend und von seiner Ware
für jeden ein klein wenig austeilend. Und wie er nun
hin nach Arabien kam und dort das Land durchquerte,
geschah's, daß plötzlich sein Gefährt zusammenbrach
und nicht mehr weiterkonnte. Die Leute meinten,
sie hätten eines Kaufmanns reiche Fracht vor sich,
und plünderten es aus und ließen's auch nicht weiter
zu andern Menschen fahrn, obgleich es solche gab.
Seither sind die Araber, wie ich selbst erfahren,
nur Lügner und Betrüger, aus deren Mund
kein wahres Wort je kommt heraus. (57)

DIE ENTSCHWUNDENEN GUTEN GABEN DES ZEUS

In einem Faß versammelte Gott Zeus die guten Gaben
alle,
macht' einen Deckel drauf und stellte es bei einem Manne
ein.
Doch der war unbeherrscht und wollte wissen gleich,
was in dem Fasse sei, und hob den Deckel an.
Die Gaben drauf zum Himmel hin entschwanden,
im Fluge weit sich übers Land erhebend.

Es blieb allein die Hoffnung; der Deckel, als er zuschlug,
hielt drin sie fest. So also steht allein die Hoffnung
den Menschen bei und will dafür verbürgen sich, daß sie
uns Menschen die entschwundnen Gaben werde
wiederbringen. (58)

MOMOS ALS SCHIEDSRICHTER

Poseidon, Zeus sowie als dritte, so erzählt man sich,
Athene stritten sich, wer etwas Schönes wohl zustande
brächte.
Zeus schafft das herrlichste der Wesen — es ist der
Mensch —
und Pallas dann ein Haus noch für die Menschen,
Poseidon endlich schuf den Stier. Als Schiedsrichter
gewählt
ward Momos; denn er wohnte noch im Himmel.
Er, den die eigene Natur zur Feindschaft gegen alle
zwingt,
fand an dem Stier gleich etwas auszusetzen:
daß nicht bei ihm die Augen hoch, die Hörner tiefer
säßen,
so daß er sehend stoßen könne. Beim Menschen tadelt' er,
daß seine Brust sich nicht eröffnen und durchschauen
ließe,
so daß den Nachbarn, was er plane, sichtbar werde;
am Hause rügte er, daß an dem Fundament
ihm Eisenräder fehlten, so daß es seinen Ort
für seinen Hausherrn nach Belieben ändre
und vor dem bösen Nachbarn Reißaus nehme.

Was lehrt die Fabel wohl mit ihrer Rede?
Versuche nur zu handeln, laß die Krittler schwatzen;
dem Momos nämlich ist nichts recht zu machen! (59)

DIE MAUS IN DER BRÜHE

In einen deckellosen Topf voll Brühe fiel die Maus,
und von der Fettigkeit erstickt, bemerkte sie,
schon in den letzten Zügen: „Gegessen hab ich und getrunken
und alles recht genossen; somit ist es Zeit für mich zu sterben."

Ein leckermäul'ges Mäuschen wirst du vor den Menschen werden,
wenn du das Angenehme, das dir schädlich, nicht verwirfst. (60)

DER JÄGER UND DER FISCHER

Es kam der Jäger vom Gebirge nach der Jagd,
es kam der Fischer, dessen Korb mit Fischen angefüllt,
und wie die beiden so per Zufall aufeinandertrafen,
bekam der Jäger Appetit auf Seefisch,
der Fischer aber auf die Jagdausbeute.
Sie tauschten, was sie hatten, und weil den Jagdgrund sie
gewechselt, schmeckte ihnen auch das Essen besser,
bis einer ihnen sagte: „Daran wird euch auch,
wenn's euch Gewohnheit wird, die Lust vergehn,
und wieder wird ein jeder, was er hatte, suchen."
(61)

DAS MAULTIER

Ein Maultier, das mit Unlust aus der Krippe fraß,
das stach der Hafer, daß es sprang, den Nacken warf
und rief: „Ich hab zur Mutter doch ein Pferd,

und wenn's ums Laufen geht, dann steh ich ihr nicht nach."
Doch plötzlich stoppte es den Lauf und ward beschämt;
denn daß sein Vater ja ein Esel war, ward ihm bewußt.
(62)

DER HALBGOTT IM HAUSE DES FROMMEN MANNES

Bei einem frommen Mann im Hause stand
ein Halbgott, der im Hof sein Heiligtum besaß.
Dort opfert' jener, schmückte den Altar,
bracht Wein dar, sagte im Gebet: „Sei mir gegrüßt, du liebster Halbgott,
gewähre doch dem Hausgenossen reichlich Gutes!"
Da sprach denn jener um die mitternächt'ge Stunde:
„Das Gute, lieber Freund, kann dir nicht einer
von uns Halbgöttern geben; dazu mußt die Götter du bewegen.
Doch alles Böse, das sich bei den Menschen findet,
das spenden wir. Wenn also Böses du begehrst,
dann mußt du beten. Wenn um eins du bittest, werd ich
dir tausendfach gewähren. Daß du's weißt, wenn wieder du wirst opfern!" (63)

DIE FICHTE UND DER DORNSTRAUCH

Die Fichte und der Dornstrauch stritten miteinander.
Viel Rühmens machte von sich her die Fichte:
„Wie schön ich bin, und alle überrage ich,
gerade bin ich auch gewachsen, wohne unter Wolken,
das Dach des Hauses bilde ich, den Kiel der Schiffe,
vor all den vielen Bäumen bin ich ausgezeichnet."
Darauf erwiderte der Dornstrauch: „Würdst du dich erinnern
der Beile, welche immerfort dich schlagen,

der Äxte, welche immerfort dich haun,
so wolltst auch du ein Dornstrauch lieber sein."

Wer vornehm ist, hat größern Ruhm zwar als die
Kleinen,
ist größeren Gefahrn jedoch auch ausgesetzt. (64)

DER KRANICH UND DER PFAU

Es stritt der graue Kranich mit dem wohlgestalten
Pfau;
der schüttelte sein goldenes Gefieder. Drauf der Kranich:
„Mit Federn, deren Farbe dich zum Spotten reizt,
erheb ich zu den Sternen mich und krächze laut.
Doch du mit deinem goldenen Gefieder mußt, dem
Hahne gleich,
am Boden kriechen, kannst dich nicht erheben."

In schlichter Kleidung, doch Bewunderung erregend,
das ist mir lieber als ein Leben ohne Ruhm, wenngleich
in prächtigem Gewand. (65)

DIE ZWEI RANZEN

Der Götter einer war Prometheus in der Urzeit.
Er schuf den Menschen, sagt man, als der Tiere Herr,
aus Ton. Drauf baute er zwei Ranzen
und hängte sie ihm um, gefüllt mit aller Bosheit —
im vordern Ranzen mit der fremden,
im hintern mit der eignen, die weit größer.

So kommt's, daß wir die fremden Schwächen
scharfsichtig sehn, die eignen aber ignorieren. (66)

DIE TEILUNG DER BEUTE

Es jagten einst der Löwe und der wilde Esel;
den Löwen zeichnet' Stärke aus und Schnelligkeit den Esel.
Als reiche Beute sie an Wild gemacht,
da ging der Leu ans Teilen und bildete drei Häufchen.
„Das erste", sprach er, „nehm ich für mich selber;
denn ich bin König. Und das zweite nehme ich
als gleichberechtigt. Und das dritte wird dir Übles bringen,
wenn schleunigst du dich nicht davonmachst."

Sei deiner Grenzen dir bewußt und meide den,
der mächtiger als du, soviel du kannst! (67)

ZEUS UND APOLLON IM BOGENWETTSTREIT

Im Kreis der Götter rühmte sich Apoll, der gute Schütze:
„Wohl keiner möchte weiter werfen oder schießen."
Doch Zeus bestritt das scherzend seinem Sohne,
und Hermes warf in Ares' Helm bereits die Lose.
Es fiel Apollon zu; der spannte schon
des Bogens goldne Sehne, richtete als erster seinen Pfeil
und sendet' in den Garten des Hesperos das Geschoß.
Doch Zeus mit einem Schritt durchmaß den gleichen Raum.
Da stand er. „Um zu schießen, finde ich nicht Platz, mein Sohn."
Und er gewann den Sieg, ohn auch den Bogen nur zu spannen. (68)

DER FLÜCHTENDE HASE

Aus einem Busche scheuchte einen Hasen
der Hund wohl auf, der Meister in der Jagd.
Doch blieb er bald zurück. Da spottete ein Hirt:
„Im Laufen ist der Kleine dir voraus."
„O ja, gewiß; denn 's ist ein großer Unterschied,
ob einer für die Jagd, ob einer um sein Leben läuft."

(69)

DIE HOCHZEIT DER GÖTTER

Die Götter hielten Hochzeit. Alle waren schon vermählt,
da kam als letzter nach dem Los Gott Polemos.
Er freite Hybris, die allein noch war geblieben,
und liebt sie, wie man sich erzählt, mit Leidenschaft,
und folgt ihr immer auf dem Fuße.
So möge niemals bei den Völkern, niemals in den
Städten
die Übertretung breit sich machen, ihnen lächeln;
denn nach ihr wird alsbald der Krieg aufkommen!

(70)

DER LANDMANN UND DAS MEER

Ein Landmann sah ein Schiff, mit Passagieren voll,
das eben schon, den Bug voran, im Schwall der Wellen
zu versinken drohte.
Da rief er aus: „Ach, hätten sie dich, Meer, niemals
befahren,
du unbarmherzig Element, du Feind der Menschen!"
Das Meer vernahm's, nahm Frauenstimme an
und sagte: „Schilt nicht mich!
Nicht ich bin schuld an alledem,
die Winde vielmehr sind's, die auf mir liegen.
Wenn ohne die du mich erblickst und auf mir fährst,
dann bin ich sanfter als dein Element, die Erde."

(71)

DIE DOHLE IM WETTBEWERB DER VÖGEL

Die Himmelsbotin Iris im purpurnen Gewand
verkündet' einst den Vögeln, daß im Haus der Götter
es gäbe einen Schönheitswettbewerb. Das ward alsbald
bekannt,
und jeder spürte ein Verlangen nach dem Götterpreis.
Ein Quell entsprang am scharfen, steilen Felsen;
auch sommers gab's da klares Wasser.
Dorthin nun drängte sich das ganze Vogelvolk.
Man reinigte Gesicht und Beine,
man schüttelte die Federn, kämmte sich das Haar.
Es kam die alte Dohle auch zu jener Quelle,
der Krähe Abkömmling. Vom einen macht' sie die,
vom zweiten eine andre Feder an dem feuchten Flügel
fest
und putzte sich allein von allen Vögeln auf
und flog so vor die Götter, größer als der Aar.
Den Zeus erfaßte Staunen, und er hätte ihr den Preis
gewährt,
wenn nicht die Schwalbe, der Athene gleich,
ihr eine Feder ausgerissen hätte und sie überführte.
Darauf die Dohle: „Warum denunzierst du mich?"
Indes, es rupft sie schon die Taube und die Drossel,
der Häher und die Krähe, die auf Gräbern tändelt,
der Falke, der dem jungen Vogelvolk auflauert,
und alle andern ebenso. Da war die Dohle überführt.

Mein Sohn, drum schmücke dich mit deinem eignen
Schmuck!
Wenn du mit fremdem glänzest, wirst du ihn verlieren.
(72)

DIE STIMME DES GEIERS

Der Geier hatte eine fremde, scharfe Stimme.
Als er das Pferd vernahm, das freundlich wieherte,
da ahmte er es nach...

...so hatte weder er
die beßre Stimme, welche er begehrte, noch die frühre
mehr. (73)

PFERD, STIER UND HUND BEIM MENSCHEN

Das Pferd, der Stier, der Hund, die unter Kälte litten,
die kamen einst zum Haus des Menschen.
Der hielt die Türen ihnen offen,
führt' sie hinein, erwärmte sie am Feuer
des Herdes und trug reichlich auf:
dem Pferde Gerste, Erbsen für den Arbeitsstier,
indes der Hund bei ihm am Tische stand.
Zum Dank für diese Freundschaft gaben sie
dem Menschen das, was ihnen selbst die Jahre brachten.
Zuerst das Pferd; denn in den ersten Jahren
ist jeder von uns hochgemut in seinem Sinn.
Darauf der Stier; denn wenn man in des Lebens Mitte
kommt,
dann müht man sich, ist fleißig, sammelt Geld.
Der Hund, so heißt es, gab ihm seine letzten Jahre;
denn jeder, lieber Branchos, ist im Alter grämlich,
ist freundlich nur zu dem, der ihm das Essen bringt,
wenn sonst er bellt und sich an Gästen nicht mehr freut.
(74)

DER DUMME ARZT

Es war einmal ein dummer Arzt. Und als zu einem
Kranken alle sagten:
„Hab keine Angst, du wirst gerettet!
Dein Leiden braucht zwar Zeit, doch wird's schon
besser",
kam jener Arzt hinzu und sagte:
„Mach dich bereit, denn du mußt sterben!
Ich mache dir nichts vor und lüge dich nicht an;
den Tag, der kommt, wirst kaum du überleben."

So sprach er und besucht' ihn auch nicht weiter.
Es dauert' lange Zeit, bis daß der Mann genas
und ausging, blaß noch zwar und kaum auf seinen
Beinen stehend.
Begegnet' ihm der Arzt und rief: „Wie geht es dir?
Nun sag mir doch, wie sieht es unten aus?"
Darauf der Kranke: „Heiter lebt man da,
bloß Lethe trinkend. Kore aber und der große Pluton,
die waren neulich auf die Ärzte böse,
weil die die Kranken von dem Tod abhielten.
Sie schrieben alle auf, und auf die erste Liste wollten sie
auch deinen Namen setzen. Doch ich, zwar zitternd, trat
gleich vor und faßte sie bei ihren Zeptern
und schwur bei ihnen selber, daß in aller Wahrheit
du nie ein Arzt gewesen seist und man dich bloß
verleumde." (75)

DAS VERNACHLÄSSIGTE STREITROSS

Ein Reiter gab dem Roß, solang der Krieg anhielt,
nur gute Gerste und versorgt' es trefflich auch mit Heu,
weil er's als treuen Helfer in den Schlachten schätzte.
Doch als der Krieg vorüber war und Frieden herrschte
und unser Reiter keinen Sold von seinem Demos mehr
erhielt,
da mußt das Pferd oft aus dem Wald
gar dicke Kloben Holz zur Stadt hinunterschleppen
und mußt für diesen, bald für jenen gegen Miete Lasten
tragen.
Es fristete sein Leben jammervoll auf Spreu,
und auf dem Rücken trug es niemals mehr den Sattel.
Doch als aufs neue draußen vor der Stadt das Kriegs-
geschrei ertönte
und die Trompete alle rief, den Schild zu putzen,
das Pferd zu rüsten und den Stahl zu schärfen,
zäumt' jener Reiter auch sein Pferd
und führt' es vor, um aufzusitzen.

Doch das fiel in die Knie und konnt nicht mehr.
„Tritt ein nun", sprach es, „bei den Schwerbewaffneten zu Fuß!
Denn mich hast du vom Pferd zum Esel umgewandelt,
wie willst du aus dem Esel jetzt ein Pferd dir machen?"
(76)

DER FUCHS UND DER RABE

Es saß ein Rabe, ein Stück Käs im Schnabel.
Der schlaue Fuchs, der nach dem Käse gierte,
umgarnte nun den Vogel, wie ich's euch erzähle:
„Wie schön sind deine Flügel, Rabe, scharf dein Auge,
ansehnlich ist dein Nacken, deine Brust ist wie vom Adler,
und mit den Krallen bist du allen Tieren überlegen!
Und solch ein Vogel, der ist stumm und muckst sich nicht!"
Bei solchem Lob schwoll unsers Raben Brust,
und aus dem Maul ließ er den Käse fallen, um zu krächzen.
Das Füchslein fing ihn auf und höhnte:
„Du bist ja gar nicht stumm, hast vielmehr Stimme,
hast alles, Rabe, bloß Verstand, der fehlt dir." (77)

DER KRANKE RABE

Der kranke Rabe sprach zu seiner Mutter, die sehr klagte:
„Ach, wein nicht, Mutter, bete zu den Göttern,
daß sie aus schlimmem Leid und Schmerzen mich aufrichten!"
„Doch wer, mein Lieber, von den Göttern soll dir helfen?
Wen hättst du nicht an dem Altare je bestohlen?"
(78)

DER GIERIGE HUND

Ein Hund stahl in der Küche ein Stück Fleisch,
mit dem lief er am Fluß entlang. Da sah er jenes Fleisch
sich spiegeln in der Strömung, größer noch um vieles:
Drauf ließ das Stück er los und sprang dem Schatten nach.
Doch der war fort wie das auch, was er hatte fallen lassen.
So kehrte hungrig er nach Haus zurück. (79)

DAS ERNSTE KAMEL

Ein Herr, der zechte, nötigt' sein Kamel,
daß zu den Flöten und den Zymbeln aus Metall es tanze.
Das aber sprach: „Ich laß es gern geschehn, daß meinen
Weg
ich schreite ohne Lachen; doch will ich nicht im Reigen
springen,
nicht zum Gespötte werden, nicht den Kriegstanz
tanzen!" (80)

DER FUCHS UND DER AFFE

Zum Affen sprach der Fuchs: „Sieh, diese Säule hier
gilt mir und meinem Vater und dessen Vater noch
dazu!"
Erwiderte dem Fuchs der Affe: „Lüge, wie du willst,
die Wahrheit kann ich ja nicht überprüfen!" (81)

DER VERSPOTTETE LÖWE

Es schlief der Löwe. Durch sein wildes Haar
lief eine Maus. Das reizte ihn zum Zorn,
er sträubte seine Mähne und verließ sein Ruhelager.
Da spottete der Affe, daß, der über alle Tiere König,
von einer Maus sich in Bewegung setzen lasse.

Darauf der Löwe: „Nicht die Maus, du Schurke, fürchte ich,
daß sie im Fliehn die Haut mir ritzen könnte;
nein, meine Mähne wollte sie mir schänden!" (82)

DAS HUNGRIGE PFERD

Den Futtervorrat für sein Pferd verkaufte
ein Pferdepfleger einem Wirt und zechte drauf den ganzen Abend,
dann striegelte und kämmte er das Pferd den ganzen Tag.
Das aber sprach: „Wenn es dir ernst ist, daß ich gut ausseh,
dann darfst du, was mich nährt, auch nicht verkaufen."
(83)

DIE MÜCKE UND DER STIER

Die Mücke, die sich auf des Stiers gekrümmtes Horn gesetzt,
um sich ein wenig auszuruhn, sprach summend diese Worte:
„Wenn ich den Nacken dir beschwer und niederbeuge,
so will ich weggehn und mich auf die Pappel setzen dort am Fluß."
Darauf der Stier: „Ach, ob du weggehst oder bleibst,
ist mir ganz gleich; denn auch dein Kommen merkt ich nicht." (84)

DIE HUNDE IM KAMPF MIT DEN WÖLFEN

Die Hunde und die Wölfe waren einst in Feindschaft.
Da wurde ein Achäerhund dazu gewählt, das Hundevolk
ins Feld zu führn. Weil der im Kampf erfahren war,
so zaudert' er und übte Vorsicht. Als die andern ihm
drauf böse drohten, wenn der Schlacht er Aufschub gäbe,

da sprach er: „So vernehmt, warum ich zögernd
Vorsicht übe!
Ein jedes Ding will nämlich wohl bedacht sein.
Die Feinde, die ich uns als Gegner seh, sind alle einer
Rasse;
von uns dagegen kommen einige aus Kreta,
und andre sind Molosser oder Akarnanier,
die dritten Doloper, aus Zypern oder Thrakien stammen
manche
und andre noch von anderswo — doch wozu braucht's
der langen Rede?
Sie haben eine Farbe, anders wir,
von denen manche schwarz und manche aschgrau,
die dritten rötlich, an der Brust gefleckt,
und wieder andre weiß. Wie sollt ich die", so schloß er,
„ins Feld führn, welche derart voneinander unter-
schieden,
zum Kampf mit Feinden, die in allem ganz sich
gleichen?" (85)

DER GEFRÄSSIGE FUCHS

Ein alter Eichbaum hatte eine hohle Wurzel.
Dort lag der Ranzen eines Hirten, der schon nicht mehr
neu,
jedoch mit altem Brot und Stücken Fleisch gefüllt war.
Und diesen Ranzen fraß ein Fuchs, der sich
hineingedrängt,
von Grund auf leer. Es ist natürlich, daß davon sein
Bauch anschwoll,
und weil das Loch nur eng war, konnt er nicht hinaus.
Ein andrer Fuchs, der auf sein Wehgeschrei herzukam,
sprach spottend: „Bleib nur, bis dich's wieder hungert!
Denn ehe nicht dein Bauch den gleichen Umfang hat
wie bei dem Eintritt, kommst du doch nicht wieder
'raus." (86)

DER HUND UND DER HASE

Ein Hund, der einen Hasen vom Gebirge aufgebracht,
war hinter diesem her. Wenn er ihn eingeholt, so biß er;
doch wandte der sich um, so tat er freundlich.
Da sprach der Hase: „Zeige dich doch aufrichtig!
Was beißt du, bist du Freund? Was schmeichelst du als
Feind?" (87)

DIE HAUBENLERCHE WÄHREND DER ERNTE

Die Haubenlerche, welche mit dem Regenpfeifer
vor Tage schon wetteifert, baute einst im Feld ihr Nest.
Und Junge hatte sie, die mit der Saatfrucht sie ernährte;
die trugen ihre Hauben schon und warn bald flügge.
Da kam der Landwirt, nachzusehn, und als er merkte,
der Weizen war gelbbraun, da sprach er: „Jetzt ist's Zeit,
daß ich zum Mähen alle meine Freunde rufe!"
Und eines von den Lerchenjungen, die die Haube
trugen,
vernahm die Worte, meldet' sie der Mutter mit der
Mahnung,
den Jungen anderswo den Nestbau zu besorgen.
Die aber sagte: „Noch hat's Zeit, an Flucht zu denken!
Wer nämlich auf die Freunde rechnet, hat es noch nicht
eilig."
Doch als der Bauer wiederkam und nun erkannte,
wie sich die Ähren in der Sonnenhitze neigten,
und Weisung gab, den Schnittern morgen ihren Sold zu
bringen
und auch den Garbenbindern ihren Lohn zu zahlen,
da sprach die Lerche zu den kleinen Jungen: „Jetzt,
ihr Kinder, ist es für uns Zeit, uns auf den Weg zu
machen.
Jetzt mäht er nämlich selber und verläßt sich nicht mehr
auf die Freunde." (88)

DER WOLF UND DAS LAMM

Der Wolf, der 's Lamm, das von der Herde sich verirrt,
erblickte, wollte diesmal ohn Gewalt es packen
und suchte drum für seine Klage einen guten
Vorwand:
„Du hast beschimpft mich vor'ges Jahr, als du noch
klein warst!"
„Wie sollt ich das im vor'gen Jahr, da dieses Jahr ich
erst zur Welt kam?"
„Und hast du nicht den Acker abgeweidet, der doch
mir gehört?"
„Kein Stenglein Gras hab ich gegessen, und zur Weide
kam ich nicht."
„Und hast du aus der Quelle nicht getrunken, wo ich
trinke?"
„Allein der Mutter Euter ist's, das mich berauscht."
Da packt der Wolf das Lamm und frißt es auf.
„Von dir läßt sich der Wolf die Mahlzeit nicht verderben,
auch wenn du jede Klage mir geschickt bestrittest."

(89)

DER WÜTENDE LÖWE

Der Leu war in Erregung. Ferne aus dem Wald
sah ihn der Hirsch und sprach: „O weh, wir Armen!
Was wird er nun in seiner Wut uns antun, da wir ihn,
selbst wenn er bei Verstand ist, nicht ertragen können?"

(90)

DER STIER UND DER ZIEGENBOCK

Ein Stier, der vor dem Löwen auf der Flucht,
drang ein in eine Höhle, die von Berghirten verlassen
war.
Drin haust' ein Ziegenbock, der von der Herde sich
getrennt,

der senkte seine Hörner und vertrieb den Stier.
Doch der bemerkte: „Nicht vor dir, nein, vor dem
Löwen weich ich aus,
und darum duld ich für ein Weilchen deinen Übermut.
Laß ihn nur erst vorüber sein, dann sollst du merken,
wie sehr sich Bock und Stier noch unterscheiden!"
(91)

DER FEIGE JÄGER

Dem Löwen spürte einst ein Jäger, der nicht allzu mutig,
im schatt'gen Waldgebirge nach.
Als nahe bei der hohen Fichte er einen Holzknecht traf,
da rief er: „Bei den Nymphen, kennst du nicht
die Fährte jenes Löwen, der sich hier verbirgt?"
Erwidert jener: „Wirklich, Gott hat dich geführt;
den Löwen selber nämlich kann ich dir gleich zeigen."
Erblaßt der Jäger, klappert mit den Zähnen:
„Tu mir nicht mehr zuliebe, als ich wünsche!
Weis mir die Fährte, doch den Löwen zeig mir nicht!"
(92)

DIE WÖLFE UND DIE SCHAFE

Gesandte von den Wölfen kamen einst zum Pferch
der Schafe,
Verträge bietend und den festen Frieden,
sofern die Hunde sie den Wölfen zur Bestrafung
übergäben,
durch die sie Haß und Streit nur miteinander hätten.
Die Herde, töricht und blökdumm in allem,
wollt darauf eingehn. Doch ein alter Widder –
ihm sträubte sich vor tiefem Schreck das Fell –
rief laut: „Wahrhaft, ein ungeheuerlicher Vorschlag!
Wie werden ungeschützt wir mit euch leben,
die ihr uns jetzt schon ohn Gefahr nicht weiden laßt,
wiewohl die Hunde uns bewachen?" (93)

DER WOLF UND DER REIHER

Dem Wolf blieb einst im Hals ein Knochen stecken.
Dem Reiher hohen Lohn zu zahlen, sagte er,
sei er bereit, wenn der mit seinem langen Schnabel
das Hindernis herausziehn und den Schmerz beenden
wolle.
Der Reiher tat's und fordert' nach getaner Arbeit seinen
Lohn.
Der Wolf darauf entgegnete mit häm'schem Grinsen:
„Ist's nicht genug dir Lohn für deinen Arztesdienst,
daß aus dem Wolfsmaul heil du deinen Kopf
herausgezogen?"

Wenn Bösen du zu Hilfe kommst, wirst rechten Lohn
du nicht empfangen;
vielmehr mußt du zufrieden sein, wenn du nicht Arges
noch erduldest. (94)

DER TÖRICHTE HIRSCH, DER FUCHS UND DER KRANKE LÖWE

Der Leu lag krank in seiner Felsenhöhle,
die trägen Glieder auf der Erde ausgestreckt.
Der Fuchs, sein Freund, war mit ihm im Gespräch.
Dem sagt' er: „Wenn du willst, daß ich soll leben —
ich habe Hunger nach dem Hirsch, der unter wilden
Fichten
dort drüben in dem dichten Walde haust.
Ihn zu erjagen, fehlt es mir an Kraft;
doch wenn du's willst, so wird in meine Hand er fallen,
erjagt durch deine honigsüßen Worte."
Der Schlaue ging, und in des Waldes Wildnis
fand er den Hirsch, wie über zartes Gras er setzte.
Zuerst ging er ihn freundlich an, dann bot er seinen
Gruß
und fügt' hinzu, er sei der Übermittler froher Botschaft.

„Der Löwe", sprach er, „weißt du, ist mein Nachbar.
Ihm geht es schlecht, und nah ist er dem Tode.
Wer nach ihm Herr der Tiere sein soll,
bereitet ihm viel Sorgen. Das Schwein ist gar zu dumm,
der Bär zu träge, und der Panther ist zu ungebärdig.
Der Tiger ist ein Prahlhans, ganz und gar ein Einzelgänger.
Der Würdigste, zu herrschen, mein ich, ist der Hirsch.
Er ist von stolzem Aussehn, hat ein langes Leben,
und sein Geweih ist furchterregend allen Tieren,
so wie ein Baum und nicht so wie die Ochsenhörner.
Was soll ich noch viel reden? Es braucht nur noch des letzten Worts,
und du bist Herrscher aller Tiere, welche das Gebirg durchstreifen!
Dann solltest an den Fuchs du denken, der als erster,
Gebieter, dir die Kunde brachte. Darum nämlich kam ich.
Doch lebe wohl, mein Lieber! Denn ich bin in Eile,
damit der Löwe mich nicht wieder suche.
In allen Fällen sucht er nämlich meinen Rat.
Auch du, mein Sohn, bist bald dabei, sofern
auf dieses graue Haupt du hörst. Du solltest kommen,
um neben ihm zu sitzen, ihm in seinem Leiden Mut zu machen.
Wer in den letzten Zügen liegt, den rühren auch die kleinen Dinge,
und in den Augen der dem Tod Geweihten flackert auf die Seele."
So sprach der Fuchs. Es blähte sich vor Stolz der Hirsch
ob jener schönen Worte und begab sich in des Raubtiers Höhle,
das Kommende nicht ahnend.
Denn unversehens sprang der Leu von seinem Lager,
mit scharfen Krallen jenes Ohren zu zerfleischen, ungebärdig.
Da floh der Arme eilig durch die Tür
und hielt erst in des Waldes Mitte ein.
Die Hände aber schlug der Fuchs zusammen,

weil soviel Müh vergeblich aufgewandt.
Der Löwe stöhnte, knirschte mit den Zähnen —
es quälten Hunger doch und Ärger ihn zugleich —,
und wieder ging den schlauen Fuchs er an,
daß eine neue Jagdlist er ersinnen möchte.
Nachdem der eifrig dies und das erwogen, sprach er:
„Gar Schwieriges verlangst du, doch ich werd's schon
schaffen."
Und wie ein Jagdhund, welcher in der Jagdkunst
und Jägerschlichen gut sich auskennt, folgte er der Spur,
befragte einen jeden Hirten, ob ein Hirsch
nicht auf der Flucht vorübereilte, der da schweißte.
Gar mancher hatte ihn gesehn und zeigte auch den Weg,
bis daß der Fuchs ihn fand an einem schatt'gen Ort,
wo er vom Laufen sich erholte. Mit frechem Blick
und dreister Stirne wartete der List'ge auf.
Ein Schauder ging dem Hirsch durch Mark und Bein,
die Galle kocht' ihm, und er sprach:
„Ich fliehe, und du folgst mir immer hinterdrein.
Doch diesmal, Scheusal, sollst du keine Freude haben,
wenn du mir in den Weg kommst und mich
anzugrunzen wagst.
Mit andern, denen du noch unbekannt, magst immer du
fuchsschwänzen, magst zu Kön'gen küren sie und auf
den Thron sie setzen."
Doch nicht verlor den Mut der Fuchs, er fiel ihm gleich
ins Wort:
„Bist du wohl immer gar so unvornehm und voller
Angst?
Hast immer solchen Argwohn gegen deine Freunde?
Es wollte doch der Löwe dir nur Gutes raten
und dich aus deiner alten Trägheit wecken; darum hat
am Ohr er dich gezupft, so wie ein Vater auf dem
Sterbebette.
Er wollte dir ja Weisung geben, wie ein solches Reich,
das du erhältst, du kannst bewahren.
Doch mißverstandest du das Necken von des Kranken
Hand,

du rissest mit Gewalt dich los und wardst verwundet.
Der Löwe ist jetzt mehr noch zornerfüllt als du;
er fand dich wenig zuverlässig,
leichtsinnig noch dazu, und will darum den Wolf zum König machen.
Das wäre mir ein schlimmer Herr! Was soll ich tun?
Für alle, fürcht ich, könnte das ein Quell des Übels sein.
Drum komm und führe dich, wie's sich gehört!
Sei nicht so ängstlich wie das Schaf der Herde!
Ich schwör's bei allen Blättern, allen Quellen —
ach, möcht es sein, daß ich allein dir diene! —,
der Leu ist dir nicht feind, kommt vielmehr dir entgegen,
er setzt zum Herrn dich über alle Lebewesen."
Derart beschwatzte er den Spießer, redete ihm zu,
aufs neue in die Unterwelt zu kommen.
Und als er diesmal in des Dickichts engsten Winkel eingeschlossen,
da fand der Löwe seine Mahlzeit, die vollkommen war,
das Fleisch verzehrend, aus den Knochen Mark aussaugend,
die Eingeweide schlingend. Doch der Helfer bei der Jagd
stand hungernd draußen, bis das Hirn des Hirsches hinfiel:
das schnappt der Fuchs und bringt es heimlich fort
als Lohn für alle seine Mühen.
Der Löwe aber zählte, prüfte alle Eingeweide;
das Hirn nur mußte er vermissen.
Drauf untersuchte er das Lager und die ganze Häuslichkeit.
Da sprach der Fuchs, der Wahrheit fern:
„Das Hirn, das gab es nicht! So suche nur nicht weiter!
Wie könnte einer Hirn wohl haben,
der zweimal in das Haus des Löwen seine Schritte wandte?"

(95)

DAS SCHAF AUF DER MAUER

An einer Mauerzinne ging ein Wolf vorbei. Von drinnen guckt'
ein Schaf hervor und schmähte ihn mit schlimmen Reden.
Und zähneknirschend sagte jener:
„Die Mauer war es, die mich schmähte; bild dir nichts drauf ein!"

Die Fabel zeigt dies deutlich an:
Es werde keiner übermütig, der durch Zufall stark ist.
(96)

DER LÖWE UND DER WILDE STIER

Der Löwe stellte einst dem wilden Stiere nach.
Ein Opfer für die Göttermutter gab er vor
und lud zum Opferschmaus den Stier mit ein.
Und jener, an nichts Arges denkend, sagte zu.
Er kam, betrat die Tür des Löwenhauses.
Doch als er viele Töpfe sah, mit heißem Wasser voll,
und Messer aller Art, die blank geputzt,
und an der Türe weiter nichts als einen Opferhahn,
da nahm er Reißaus ins Gebirg.
Es tadelt' ihn der Leu, als er ihn später traf.
Erwidert' jener: „Ich war da und habe dies zum Zeugnis:
das Opfertier entsprach nicht recht dem Schlachtwerkzeug." (97)

DER LÖWE ALS BRÄUTIGAM

Von heißer Brunst ergriffen, hielt der Löwe
um eines schönen Mädchens Hand bei ihrem Vater an.
Der Alte zeigte sich durchaus nicht abgeneigt und sagte:
„Ich geb sie dir zur Frau und freue mich darüber;
wer möchte schließlich nicht den Herren Leu zum Eidam haben?

Jedoch die Mädchen und die jungen Fraun sind zart
veranlagt;
du aber hast so scharfe Krallen, hast — bei Gott! —
so scharfe Zähne, welches Mädchen sollt es darum wagen,
dich furchtlos in den Arm zu nehmen? Wird eher sie
nicht weinen?
Das solltest du bedenken, wenn die Heirat du begehrst;
kein wildes Tier, ein Bräut'gam mußt du sein!"
Der Löwe, voll Entzücken und der Rede glaubend,
ließ sich die Zähne ziehn und mit dem Federmesser
die Krallen sich entfernen. Dann trat er vor den Alten
und bat ihn um das Mädchen. Aber da ging's los:
mit Knüppeln, Steinen, Händen drosch man auf den
Löwen ein.
Verendend wie ein Schwein, lag wehrlos nun der Löwe
da,
durch des verschlagnen Alten List belehrt,
daß es nicht angeht, daß die Menschen Löwen
und daß die Löwen Menschen lieben. (98)

DER LÖWE UND DER ADLER

Zum Löwen kam ein Adler einst geflogen
und bat um Freundschaft. „Nun, was soll uns hindern?"
sprach der Leu,
„jedoch ein Pfand mußt du mir geben, daß du nicht
auf deine schnellen Schwingen deine Hoffnung setzt;
wie sollt ich einem Freunde trauen, der doch unstet?"
(99)

DER WOLF UND DER HUND

Dem Wolf begegnete ein Hund, ein ungewöhnlich
dicker.
Den fragte jener, wo in Kost er stehe,
daß er so groß und stattlich sei, vor Fett so strotze.
„Ein reicher Mann ist's", sagt' er, „der mir Nahrung gibt."

Darauf der Wolf: „Wie kommt es, daß dein Hals so weiß ist?"
„Das Fleisch ist aufgerieben von dem Eisenhalsband,
das mir mein Halter umgelegt, nachdem er's selbst geschmiedet."
Da lachte laut der Wolf. „Ich pfeife", sagte er,
„auf dieses üpp'ge Leben, um dessentwillen
ein solches Eisen mir den Hals aufreißt!" (100)

DER EINGEBILDETE WOLF

Es lebte unter andern Wölfen einst ein Wolf von großer Stärke,
den man darum den Löwen nannte. Uneinsichtig war er
und konnte nicht den Ruhm vertragen, trennte sich vielmehr
von den Genossen, beigesellte sich den Löwen.
Mit Hohn sprach da das Füchslein: „Niemals möchte ich
erwachen aus Verblendung, wie du jetzt sie tief erlebtest.
Für Wölfe nämlich magst du wirklich als ein Leu erscheinen,
doch Löwen wirst du im Vergleich ein Wolf stets bleiben."
(101)

DIE EINTRACHT UNTER DEN TIEREN

Ein Löwe herrschte einst als König, ohne Zornwut,
nicht grausam oder auf Gewalt je pochend,
nein, sanft und rechtlich, wie's nur je ein Mensch vermag.
Und unter dieses Königs Herrschaft, sagt man,
fand ein Konzil statt jener Tiere, die in Freiheit leben,
um Recht zu geben wie auch zu empfangen.
Als alle Tiere Rechenschaft nun legten —
der Wolf dem Lamme und das Panthertier der Wildgeiß,
dem Hirsch der Tiger — und sie alle Frieden hatten,

da sprach der scheue Hase: „Oh, ich sehnte diesen Tag
schon längst herbei, der auch die Rücksichtslosen
vor Schwachen Furcht läßt fühlen!“ (102)

DER FUCHS VOR DER HÖHLE DES LÖWEN

Zur Jagd konnt nicht mehr gehn der Löwe,
denn alt geworden war er mit der Zeit.
So lag er ausgestreckt in seiner Höhle
wie einer, der sehr krank ist, stellte sich schwer atmend
und dämpfte heuchlerisch die laute Stimme.
Die Kunde davon ging durchs ganze Tierreich,
und alle klagten um des Löwen Krankheit.
Ein jeder kam zu ihm, Besuch zu machen.
Von diesen griff er einen nach dem andern
und fraß sie mitleidlos — das Alter wurde ihm erträglich.
Da kam dem schlauen Fuchs Verdacht,
und draußen bleibend, fragte er: „Wie geht dir's,
König?“
Erwidert' jener: „Sei gegrüßt, mein liebster Freund!
Was trittst du nicht herein, besiehst mich nur von fern?
Komm näher nur, nimm Platz und tröste mich
durch bunte Fabeln jetzt in meinem Unglück!“
Der Fuchs darauf: „Leb wohl, und daß ich geh, verzeih!
Es schrecken mich die Spuren allzu vieler Tiere,
von denen keine du mir zeigen kannst, die aus der
Höhle führt hinaus.“ (103)

DER BISSIGE HUND

Ein Hund biß unbedacht. Da ließ sein Herr
von einem Schmied ihm eine Schelle machen;
er hängte sie ihm um, von fern ihn anzukünd'gen.
Der Hund, die Schelle läutend, bläht sich auf dem
Markt.
Da richtet eine alte Hündin

an ihn das Wort: „Du Tropf, was prahlst du so?
Nicht Schmuck für Wohlverhalten und für Tüchtigkeit,
Beweis für deine Bosheit vielmehr kündest du.“ (104)

DER BERAUBTE WOLF

Ein Wolf, der mitten aus der Herde ein Schaf gerissen,
trug heimwärts es. Begegnet' ihm der Löwe
und nahm es weg. Von weitem, stehenbleibend, schrie
der Wolf:
„Zu Unrecht hast du mir mein Eigentum genommen!“
Der Löwe amüsierte sich und rief dem Wolf zum Spott:
„Ja, freilich, denn dir ward es ja geschenkt von Freunden —
nach dem Rechte!“ (105)

DER GASTGEBENDE LÖWE UND DER FUCHS

Der Löwe wollte einst auf großer Männer Weise leben,
und weil die Höhle ihm dafür genügend Raum darbot,
so ließ er, die vom Berggetier als vornehm er
einschätzte, wie es sich gehört, zum Mahle laden.
Gar oft versammelten in seiner Grotte sich die Tiere
in großer Zahl und fanden einen guten Wirt.
Er bat zu Tische, ehrt' die Gäste, wie es Brauch,
und setzte ihnen allen Speise vor, die 's Herz erfreut.
Als Freund und Hausgenossen hielt er sich den Fuchs,
mit dem verbracht er manche Stunde in vertraulichem
Gespräch.
Ein alter Affe war bestellt als Hofmarschall,
der wies den Gästen ihre Fleischportionen zu;
kam einer aber außerhalb des sonst gewohnten Kreises,
so legte er dem Hausherrn und dem Gast das gleiche
vor
von dem, was von des Löwen letzter Jagd vorhanden war;
der Fuchs bekam nur wenig, stets bloß Reste.
Als der nun einmal auffallend verstummte

und unberührt ließ, was zur Tafel aufgetragen,
da fragte ihn der Löwe, welchen Grund er hätte:
„Du kluger Freund, so red, wie's sonst doch deine Art ist!
Genieß, mein Lieber, heiteren Gesichts des Mahles
Freuden!"
Der Fuchs erwiderte: „Erlauchtester im Tierreich,
von großer Sorge wird mein Herz zerrissen;
denn nicht allein die Gegenwart bereitet Schmerzen mir,
noch mehr ist bang mir vor der Zukunft, die ich
kommen seh.
Wenn nämlich jeden Tag bald der, bald jener hier
zu Gaste ist und solches zur Gewohnheit wird,
bin ich's bald nicht allein, der sich von Resten nähren
muß!"
Der Löwe war entzückt und lächelte nach Löwenart.
„Den Affen", sagt' er, „trifft der Vorwurf und nicht
mich." (106)

DER LÖWE UND DIE MAUS

Der Löwe hatte eine Maus erjagt und wollte sie
verspeisen;
jedoch die Diebin, die im Hause unbeliebt,
da sie ihr letztes Stündlein nahen fühlt, legt sich aufs
Flehn.
Sie sagt: „Wohl Hirsche und gehörnte Stiere stehn dir an
als Beute auf der Jagd und Füllung für den Bauch;
jedoch das Mäusefleisch, das sollten deine Lippen nie
berühren. Darum bitt ich, schone mich,
vielleicht daß ich dir einst, obschon ich klein, von
Nutzen bin!"
Da lacht der Löwe auf und läßt die Maus am Leben.
Und nicht viel später fiel er jungen Jägern in die Hand,
geriet ins Netz und ließ sich übertölpeln
und fing an seiner Rettung an zu zweifeln.
Da kam die Maus aus ihrem heimlichen Versteck
gesprungen

und nagt' mit ihrem kleinen Zähnchen an dem festen
Strick,
bis daß der Löwe frei war. Also gab sie Dank dafür,
daß vorher er das Lebenslicht ihr schonte. (107)

Zweites Buch

PROLOG

Die Fabel, König Alexanders Sohn,
ward von den alten Syrern einst erfunden,
die in der Vorzeit lebten, unter Ninos, unter Belos.
Als erster, sagt man, hat den Söhnen der Hellenen
der weise Aisopos und hat auch Libyens Söhnen
Kibyssas Fabeln nacherzählt. Ich aber gebe einer jungen
Muse,
nachdem ich goldnen Kopfschmuck angelegt,
das Fabelbuch gleichwie ein Panzerpferd.
Nachdem von mir zuerst die Tür ward aufgestoßen,
da traten andre ein und bringen ihre Poesien heraus,
die der verschlungnen Rede einer weisern Muse
gleichen;
sie haben nichts gelernt, als mich zu plagiieren.
Doch ich, in lichter Rede bring ich meine Fabeln
und schärfe nicht der Jamben Spitzen;
nachdem im Feuer ich's geprüft, die Stacheln ich
geglättet,
trag ich dies Buch dir als das zweite vor.

DIE STADTMAUS UND DIE LANDMAUS

Zwei Mäuse, deren eine auf dem Lande hauste,
indes die andre in der Stadt in reichen Magazinen lebte,
beschlossen, daß sie ihren Haushalt künftighin
gemeinsam führten.
Zuerst erschien die Stadtmaus auf dem Land,

das grade noch im Frühlingsgrün erstrahlte.
Doch als sie dünne, regennasse Wurzeln fressen mußte,
an denen noch die schwarze Erde klebte, sprach sie
zu der Gefährtin: „Pfui, du lebst so elend wie die Ameis,
ernährst in dunkler Tiefe dich von magren Krumen!
Dagegen habe ich an allem reiche Auswahl
und wohne im Vergleich zu dir im Horn der Amaltheia.
Kommst du mit mir, so wirst nach Herzenslust du
schwelgen.
Die Erde zu durchwühlen, überlaß dem Maulwurf!"
So führte sie die Feldmaus fort und redete ihr zu,
zu wohnen in der Stadt, in menschlicher Behausung.
Sie zeigt ihr, wo der Gerstenvorrat liegt
und wo der Bohnenhaufen und die Feigenfässer
und wo die Honigkrüge und die Dattelkörbe.
Wie nun die Landmaus sich daran ergötzt,
ein Stückchen Käse nimmt und bei sich trägt,
ging plötzlich eine Türe auf. Und eingeschüchtert floh
die Maus
und suchte Zuflucht in dem äußerst abgelegnen Winkel;
sie piepste ängstlich und bedrängte ihren Gastherrn.
Nachdem sie eine Zeitlang stillgehalten, guckte sie hervor
aufs neu, um eine Feigenfrucht aus Rhodos anzu-
knappern.
Da kam ein anderer, um etwas sich zu holen;
die beiden mußten sich verstecken. Drauf die Feldmaus:
„So lebe wohl und bleibe reich bei dieser Art von Leben
und schwelge weiter bei den üpp'gen Mählern,
wo all die Fülle voll ist von Gefahren!
Ich aber werde meine schlichte Scholle nicht verlassen,
wo mein bescheidnes Mahl ich ohne Furcht kann essen."
(108)

DER KREBS UND SEINE MUTTER

„Geh nicht so krumm", so sprach zum Krebse seine
Mutter,
„und stell auf glattem Fels die Glieder nicht so quer!"

Darauf der Junge: „Meine Lehrerin und Mutter,
geh aufrecht du voran, und wenn ich's sehe, will ich es genauso machen!" (109)

DER GESCHOLTENE HUND

Ein Herr wollt ausgehn, und sein Hund stand noch daneben.
„Was gaffst du?" rief er, „mach dich fertig;
denn du sollst mit mir kommen!" Und der Hund
hebt bloß den Schwanz und spricht: „Ich bin ja fertig, du nur säumst." (110)

DER ESEL ALS LASTTIER

Ein Krämer hatte einen Esel. Als er hörte,
daß Salz am Meere billig sei, beschloß er, dort
zu kaufen. Tüchtig lud er seinem Esel auf
und nahm den Weg zurück. Nach einer guten Weile
glitt unversehns der Esel aus und fiel in einen Bach.
Und weil das Salz zerging, ward seine Last erleichtert.
Flugs stand er auf, und mühelos gelangte er
ins Binnenland. Nachdem das Salz verkauft war, führte
der Krämer seinen Esel fort zum nächsten Gang
und legte ihm noch größre Lasten auf.
Als stöhnend der den Bach passierte, wo er vorher ausgeglitten,
da fiel er hin mit Absicht. Wieder löste sich die Fracht.
Mit Leichtigkeit erhob er sich, voll Freude über den Erfolg.
Indes der Kaufmann sich besann und holte Schwämme aus dem Meer,
es waren viele an der Zahl, mit großen Löchern;
am Salze hatte er die Lust verloren.
Als nun der schlaue Esel an dem Bache ankam,
so ließ er wieder fallen sich. Die Schwämme aber sogen

sich voller Wasser, ihr Gewicht vermehrte sich.
Mit doppelt soviel Last auf seinem Rücken kam er nun
nach Hause. (111)

DIE MAUS UND DER STIER

Einst biß die Maus den Stier. Dem tat das weh, drum
stürzte er ihr nach.
Doch die kam ihm zuvor und schlüpfte in ein Loch.
Der Stier, der stand davor und stieß mit seinen Hörnern
an die Wand,
bis er ermüdet in die Knie sank und einschlief
am Mauseloch. Die Maus jedoch guckt raus,
sie schleicht heran, sie beißt aufs neu und macht sich fort.
Der Stier stand auf. Was sollte er noch tun?
Er wußt es nicht. Doch höhnte ihn die Maus:
„Nicht immer ist der Große stark. Denn Fälle gibt's,
da ist es besser, klein und unscheinbar zu sein." (112)

DER UNACHTSAME SCHAFBESITZER

Zum Abend sperrte einer seine Schafe in den Pferch
und war dabei, den fahlen Wolf mit einzusperren.
Das sah der Hund und sagte zu dem Manne warnend:
„Wie willst du deine Schafe dir erhalten, wenn du den
mitgibst?" (113)

DER LEUCHTER UND DIE STERNE

Der Leuchter, der vom Öle trunken, rühmt' sich eines
Abends
vor denen, die es hören mußten: „Größer als der
Morgenstern
bin ich und spende allen wunderbares Licht."
Der Wind stand auf, und aus war gleich das Licht,

von seinem Atem nur berührt. Und einer zündet's
wieder an.
„Du, Leuchter, gib dein Licht und schweig!
Der Glanz der Sterne, der erlischt niemals!" (114)

DIE VERMESSENE SCHILDKRÖTE

Zu Tauchern, die in Sümpfen leben, Möwen und zu
flinken
Eisvögeln sprach die faule Schildkröt einst:
„Hätt einer mir doch Flügel auch gemacht!"
Das hört' der Adler, und er rief ihr zu:
„Wieviel an Lohn willst du mir, Schildkröt, geben,
wenn ich in leichtem Flug dich durch die Lüfte trage?"
„Ich gebe dir des Roten Meeres ganzen Reichtum."
„So will ich's lehren dich", erwidert' er und hob sie
rücklings,
trug fort sie durch die Wolken, ließ sie fallen dann
auf einen Berg, wodurch ihr fester Panzerschild im
Rücken brach.
Da sprach sie, in den letzten Zügen liegend: „Recht ist
mir geschehn;
was sucht ich in den Wolken, wozu braucht ich
Schwingen,
die ich doch schwer genug schon auf der Erde mich
bewege?" (115)

DER SCHÖNE KNABE

Es war um Mitternacht, da hörte einen Knaben man
vortrefflich singen.
Die Frau vernahm es und erhob sich,
sie schaute aus dem Fenster und erblickt' den Knaben;
der war sehr schön im hellen Licht des Monds.
Da ließ sie ihren Mann im Schlafgemach zurück
und ging hinunter, öffnete die Tür,

erfüllte ihr Verlangen.
Da plötzlich stand ihr Mann auch auf
und sucht' nach ihr, und da er sie nicht drinnen fand,
verlor er keine Zeit und macht' sich auf den Weg.
Er spricht zur Ehefrau: „Erschrick dich nicht, jedoch
den Knaben bring dazu, in unserm Haus zu schlafen!"
Und nahm ihn mit, verführte ihn, und weil sie beide sich
betät'gen wollten, kam auch er zu seinem Spaß. (116)

HERMES UND DER UNGERECHTE TADLER

Als einst ein Schiff mit Mann und Maus versunken war,
nannt jemand, der's gesehn, die Götter ungerechte
Richter;
weil nämlich einer auf dem Schiffe mitfuhr, der
verbrecherisch,
so müßten viele andere, die ohne Schuld, doch mit ihm
sterben.
Und während er so sprach, wie das ja vorkommt,
kam unter ihm ein Schwarm von Ameisen gezogen,
die alle Weizenspreu erjagen wollten.
Und als ihn eine biß, zertrampelt' er die meisten.
Da sprach Gott Hermes, mit dem Stab ausschlagend:
„Jetzt wirst du's wohl ertragen, daß die Götter
euch richten in derselben Art wie du die Ameisen."
(117)

DIE UNGLÜCKSELIGE SCHWALBE

Die braune Schwalbe, die gerne bei den Menschen
wohnt,
erbaut' im Frühling einst ihr Nest an einer Wand
des Hauses, wo die alten Männer sitzen zu Gericht.
Von sieben Jungen wird sie Mutter dort;
noch fehlen ihnen purpurrote Schwingen.
Die fraß die Schlange alle reihum auf, als sie

aus ihrem Loch kam angekrochen. Die unglücksel'ge Mutter
beklagt den frühen Tod der Jungen.
„O weh“, spricht sie, „o weh mir Armen!
Dort, wo Gesetz und Recht der Menschen herrschen,
muß ich, die Schwalbe, der man Unrecht tat, entfliehn.“
(118)

DAS HERMESBILD AUS HOLZ

Ein Mann, ein Handwerker, besaß ein Hermesbild aus Holz.
Dem bracht er alle Tage reiche Opfer dar,
und trotzdem ging's ihm schlecht. Das macht' ihn wütend auf den Gott,
er packte ihn am Fuß und warf ihn nieder auf die Erde.
Da fielen Stücke Gold aus dem zerbrochnen Kopf.
Die sammelte der Alte auf und sprach: „O Hermes,
wie bist du dumm und ohne Rücksicht gegenüber deinen Freunden!
Als wir dich ehrten, wolltest keinen Nutzen du uns bringen,
entgaltst es uns jedoch mit vielem Guten, als wir schmähten dich.
Den neuen Kult für dich, den kannt ich nicht!“

Nun, Götter, euch bezieht Äsop in seine Fabeln ein,
wenn miteinander er uns raten will.
Gewinn wirst du nicht haben, ehrst du einen krummen Mann;
doch mag dir's Nutzen bringen, schiltst du ihn. (119)

DER FROSCH ALS ARZT

Der Frosch, der in den Sümpfen wohnt und sich des Dunkels freut,
der an den aufgeworfnen Gräben gerne weilt,

kam einst aufs Land und sprach zu allen Tieren:
„Ich bin ein Arzt, der die Arzneien kennt
wie keiner sonst vielleicht, selbst nicht Paian,
der den Olymp bewohnt, die Götter dort betreut."
„Wie", sagte da der Fuchs, „willst einen andern du kurieren,
der du so fahl bist und dir selbst nicht helfen kannst?"
(120)

DAS KRANKE HUHN UND DIE KATZE

Das Huhn war einst erkrankt, da schaute
die Katz hinein und fragt': „Wie geht's? Hast du was nötig?
Ich will dir's gern besorgen, bleib nur leben!"
Da sprach das Huhn: „Geh fort! Dann brauch ich nicht zu sterben!" (121)

DER LAHME ESEL UND DER WOLF

Der Esel trat in einen Dorn und blieb mit lahmem Fuße stehn.
Da sah den Wolf er kommen und sein sichres Ende nahn
und sprach: „Ich muß nun sterben, Wolf,
mein Leben hauch ich aus. Da freu ich mich, daß ich dich treffe;
du wirst mich besser doch als Geier oder Rabe fressen.
Doch mußt du einen Dienst mir tun, der dir nicht schadet und nicht schwerfällt:
Zieh aus dem Fuß mir diesen Dorn heraus,
auf daß mein Geist schmerzfrei zum Hades eingeh!"
„Gern will ich diesen Dienst dir tun", erwidert' jener
und zog mit spitzen Zähnen den frischen Dorn heraus.
Der Esel, frei von Schmerz und allem Ungemach,
versetzt' dem Wolf, der schon das Maul aufriß, 'nen Tritt und lief davon,

nachdem er Nase, Stirn und Kinn ihm weich gemacht.
„Weh mir", rief jener, „doch geschieht's mir recht!
Was wollt ich jetzt den Arzt für Lahme spielen,
nachdem ich doch seit je nichts anderes als morden
lernte!" (122)

DAS HUHN MIT DEN GOLDENEN EIERN

Es war einmal ein gutes Huhn, das legte goldne Eier;
es glaubt' daher sein Herr, in seinem Bauche müsse sich
ein großer Klumpen Gold befinden, von dem es
immerfort gebäre.
Er schlachtet' drum das Huhn, doch fand er alles so,
wie's der Natur entspricht. Und wenn er hoffte und
begehrte,
den größten Reichtum zu gewinnen,
so hatt er jetzt, was doch ein wenig abwarf, auch
verlorn. (123)

DER VOGELSTELLER, DAS REBHUHN UND DER HAHN

Zu einem Vogelsteller kam ein unverhoffter Freund,
als der gerad sein Mahl aus Sellerie und Kresse
verzehren wollte.
Im Käfig war nichts drin, er war gerade nicht auf Jagd
gewesen.
Und schon war er daran, das bunte Rebhuhn
abzuschlachten,
das er gezähmt zur Jagd im Hause hielt.
Das aber fleht', er solle es nicht töten:
„Was wirst in Zukunft mit dem Netz du machen,
sooft du gehst zur Jagd? Wer wird die Schar
der schönen Vögel, die einander gut sind, dir
zusammenlocken?
Von welches Sängers Lied wirst in den Schlaf du
sinken?"

Da ließ der Mann das Rebhuhn laufen
und schickt' sich an, den Hahn zu packen mit dem
Bart.
Der krähte laut von seiner Stang herunter:
„Wer sagt dir dann, wieviel noch fehlt zum Morgen,
wenn ich, der dir die Zeit verkündet, nicht mehr bin?
Wer wird dann wissen, wann Orion untergeht mit
seinem goldnen Bogen?
Wer wird an deine morgendliche Arbeit dich erinnern,
wenn naß vom Tau die Vogelschwingen sind?"
Erwidert jener: „Ja, du weißt die rechten Stunden;
jedoch muß jetzt mein Freund etwas zu essen haben!"
(124)

DER ALBERNE ESEL

Ein Esel stieg aufs Dach und machte Albernheiten,
dabei zerschlug er viele Ziegel, bis ein Mann
herzukam und mit Schlägen ihn herunterholte.
Der Esel wandte sich an den, indes der Rücken ihn sehr
schmerzte:
„Hat nicht der Affe gestern noch und vorher,
indem er Gleiches tat, euch großen Spaß gemacht?"
(125)

DIE WAHRHEIT IN DER EINSAMKEIT

Ein Wanderer verirrt' sich in der Einsamkeit.
Und stehend fand er da die Wahrheit, ganz allein.
Er spricht zu ihr: „Aus welchem Grunde, Alte,
hast du die Stadt verlassen, wohnst hier in der Fremde?"
Ihm gleich erwidernd, sprach sie voller Tiefsinn:
„Nun, noch vor kurzem war die Lüge nur bei wen'gen;
jetzt aber fand sie Eingang allenthalben." (126)

DIE SÜNDENTAFELN

Auf Tafeln hieß Gott Zeus den Hermes schreiben
die Sünden und Verfehlungen der Menschen
und alles dann in einem Schrank verschließen,
der nahe bei ihm stünde, daß er Nachforschung betreiben und
bei jedem seine Schuld einfordern könne.
Die Tafeln kamen durcheinander, und die eine
gerät erst später und die andre früher
zur Urteilsfällung in Zeus' Hände.
Die Bösen sollten sich darum nicht wundern,
wenn alles Unrecht spät erst seine Sühne findet.
(127)

DIE KLAGE DES SCHAFES

Ein Schaf sprach folgendes zu seinem Hirten:
„Du scherst mich und bekommst von meiner Schur die Wolle,
und wenn du melkst, so liebst du's, Käse draus zu machen,
und unser Nachwuchs mehrt dir deine Herden.
Uns nützt das nichts! Und unsre eigne Nahrung,
das ist bloß dünnes Gras, dazu vom Tau noch triefend;
denn was soll Frisches auf den Bergen schon gedeihn?
Den Hund jedoch, den du in unsrer Mitte hältst,
ernährst du mit den gleichen guten Speisen wie dich selbst!"
Der Hund vernahm es und erwiderte darauf:
„Wär ich nicht hier und weilte unter euch,
ihr würdet kaum genug je Futter haben;
ich lauf herum und halte alles fern,
den bösen Räuber und den Wolf, der auf euch scharf ist." (128)

DER ESEL IN DER ROLLE DES SCHOSSHUNDES

Ein Mann hielt einen Esel und ein kleines Hündchen.
Des Hündchens freute sich sein Herr,
weil es possierlich spielte und immerfort um ihn herum
war,
und jener drückt' es fest an seine Brust.
Der Esel aber mußt des Abends Körner vom Getreide
mahlen,
das Demeter liebt, des Tages bracht er Holz
vom Bergwald und vom Acker, was man brauchte,
und stand danach im Stalle, an die Krippe festgebunden,
und mußte Gerste fressen, so wie er's gewohnt war.
Das ging ihm nahe, und es packte ihn die Wut,
sobald den Hund in seiner Üppigkeit er sah;
drum riß er los sich aus dem Krippenhalfter,
lief mitten auf den Hof und schlug dann aus nach allen
Seiten.
Um schönzutun und um sich auszutollen,
ging los er auf den Tisch und warf ihn um,
und das Geschirr, das draufstand, machte er zu Scherben.
Den Herrn, der eben speiste, wollt er küssen
und sprang ihm auf den Rücken. Die Not war groß,
da retteten die Diener, die ihres Herrn Bedrängnis sahn,
ihn wahrhaft aus des Esels Backenknochen.
Mit Knüppeln aus hartem Kirschbaumholze schlugen sie
von allen Seiten auf ihn ein, bis daß er stöhnte:
„Jetzt muß ich Elender, was mir gebührt, ertragen!
Ach, wär ich doch als Esel bei den Eseln nur geblieben!
Was mußt ich Dummkopf auch mit einem Schoßhund
mich vergleichen?" (129)

DER GIERIGE WOLF UND DER FUCHS

Der Fuchs stand unweit einer Eisenfalle
und dachte bei sich nach, was wohl zu tun sei.
Der Wolf, der gleichfalls in der Nähe war,

bemerkte ihn, er kam herbei und gierte nach dem Fleisch.
Da sprach der Fuchs: „Komm her! Du kannst es gerne haben,
gehörst du doch zu meinen engsten Freunden."
Flugs trat der Wolf herzu. Beim Tasten aber
berührte er den Stock, da schlug die Falle zu,
und außer seiner Stirn wurd ihm die Nase auch getroffen.
„Wenn du", sprach er zum Fuchse, „deinen Freunden solche Geschenke machst,
wie sollen sie dir das entgelten?" (130)

DER LEICHTSINNIGE JÜNGLING UND DIE SCHWALBE

Ein Jüngling hatt beim Würfelspiele sein Vermögen durchgebracht.
Nur einen Mantel wollte er sich retten,
damit ihm nicht, weil's Winter war, die Kälte schaden könne.
Doch sollte ihm das Spiel auch den noch nehmen.
Vorm Frühling nämlich kam von Theben her
geflogen eine Schwalbe, vor der Zeit;
die hört' er leise zwitschern.
„Was brauch ich jetzt den Mantel noch?" so meinte er.
„Sieh da die Schwalbe, das bedeutet Wärme!"
Er sprach's, ging hin und setzte sich zum Spiel,
nach kurzem Einsatz ging der Mantel ihm verloren.
Ein Schneesturm kam und fürchterlicher Hagel,
und jedermann hatt wollne Kleidung nötig.
Als er da halb bekleidet aus der Tür sich beugte
und nach der muntren Schwalbe spähte,
erblickte er den Vogel tot vor Kälte.
„Du Ärmste", sprach er, „wärst du mir doch nie vor Augen je gekommen!
Dich selber hast du ebenso wie mich betrogen!" (131)

DAS SCHAF AUF DER FLUCHT VOR DEM WOLFE

Ein Schaf erblickte plötzlich einen Wolf, der streunte,
da floh es in ein Heiligtum, das unverschlossen,
weil grad ein Opfer festlich ward begangen.
Der Wolf kam in das Heiligtum nicht mit hinein,
doch draußen stehend, sprach er mit dem Schaf:
„Siehst den Altar du, der befleckt von Blut?
So komm heraus! Man wird dich packen und dich
opfern."
Jedoch das Schaf: „Um mein Asyl brauchst du dich
nicht zu sorgen.
Mir geht es gut. Und wenn es dennoch sein muß, zieh
ich's vor,
dem Gott zum Opfer als dem Wolf zum Fraß zu
dienen." (132)

DER ESEL UND DER FUCHS

Ein Esel fraß vom Dorngestrüpp die scharfen Enden.
Ihn sah der Fuchs, der höhnend sprach:
„Mit weicher, ausgestreckter Zunge willst du, Freund,
die harte Speise eßbar machen, um sie zu verzehren?"
(133)

DER SCHWANZ DER SCHLANGE ALS FÜHRER

Einst wollt der Schwanz der Schlange es nicht mehr
ertragen,
daß immer nur der Kopf die Führung hab, und machte
nicht mehr mit.
„Auch ich", so sprach er, „für mein Teil möcht einmal
vorne sein!"
Die andern Teile murrten: „Was, willst *du* uns führen?
Du Elender, wie kannst du ohne Augen, ohne Nas uns
leiten,
durch die allein erst alle Lebewesen sicher gehn

und ihre Füße richtig lenken können?"
Jedoch nichts half, die Einsicht unterlag
dem Wahn, und so regierte Hinten über Vorn,
der Schwanz ward Herrscher, der den ganzen Körper
in blindem Eifer nach sich zog.
Da stürzt in eine steile Felskluft er hinab
und schlägt das Rückgrat auf an dem Gestein.
Nun fleht der erst so Stolze untertänig:
„Herr Kopf, so rette uns, wenn du's vermagst!
Mit Bösern bin in einen bösen Streit ich eingetreten.
Jetzt will ich besser dir, wenn du befiehlst,
gehorchen, daß du später — niemals werd ich mehr
den Führer spielen wollen! — Übles nicht zu fürchten
hast." (134)

DIE WACHTEL UND DIE KATZE

'ne Wachtel kaufte sich ein Mann und ließ sie frei
im Hause laufen; denn er hatte Freude an dem Tier.
Der Vogel aber rief alsbald nach seiner Weise
und lief herum im Hof bis an die Stufen eines Herdes.
Da kam zu ihm die Katze voller Tücke
und fragt' zunächst: „Wer bist du, und wo kommst du
her?"
„Die Wachtel bin ich, die man jüngst gekauft."
„Ich lebe hier schon lange Zeit,
die Mutter, die die Mäuse tötet, bracht im Hause mich
zur Welt,
und trotzdem bin ich still und halte mich am Herd.
Du aber, sagst es selbst, bist frisch gekauft, kommst her,
machst viel Geschrei und störst die Leute!" (135)

DER ÄNGSTLICHE VATER

Ein alter Mann, der ängstlich, hatte einen einz'gen Sohn;
das war ein kühner Jüngling und ein Freund der Jagd.
In seinen Träumen sah der Vater, wie vom Löwen der

erschlagen lag, und große Furcht erfüllte ihn,
daß je das Traumbild Wahrheit werden könnte.
Drum wählte er für seinen Sohn das schönste Zimmer,
hoch gebaut
und gut und voller Sonne;
darin schloß er den Jüngling ein und hielt gar selber
Wache.
Und daß in seinem Schmerz er Linderung erführe,
so ließ der Vater bunte Tiere an die Wände malen,
darunter einen Löwen, wohlgestalt.
Doch dessen Anblick machte ihm sein Leid noch größer.
So stand er einmal in des Löwen Nähe
und sprach: „Du böses Tier, weil du den falschen
Traum
vor meines Vaters Augen führtest ohne Grund,
bin ich in Haft jetzt wie ein Weib.
Was nützt es, daß ich wider dich mit Worten streite?
Denn hier bedarf's der Tat!", und schlug mit seinen
Fäusten,
das Tier zu blenden, auf die Zimmerwand.
Da löste sich ein Splitter von der Holzwand ab
und drang ihm unterm Nagel ein. Der Brand
erfaßt' alsbald den ganzen Körper,
und alles, was der arme Vater tat, es wollte doch nichts
helfen.
Bis an die Leisten brannte ihn das Fieber
so lange, bis sein Leben er vollendet.
Der Leu, obgleich er nur gemalt war, hatte ihn
vernichtet.
Des Vaters List vermochte nichts zu nützen.
Der Alte also konnte seinen Sohn nicht retten,
obgleich er ihn verbarg; denn jung zu sterben war für
ihn bestimmt.
Drum trag dein Schicksal voller Würde
und sinne nicht darüber nach: Denn dem, was sein muß,
wirst du nicht entgehn. (136)

DIE GRÖSSENWAHNSINNIGE KRÄHE

Mit seinen Krallen riß ein prächt'ges Lamm
der Adler aus der Herde, zum Mahl bestimmt für seine
Jungen.
Ihn nachzuahmen, schickte sich die Krähe an;
zu Boden fliegend, stieß sie auf des Widders Rücken.
...
...
„Ich büße". sagte sie, „mit Recht für meine Dummheit;
was mußte ich's, die Kräh, den Adlern gleichtun wollen?"
(137)

DAS VERRÄTERISCHE REBHUHN

Ein Rebhuhn, das er sich gefangen, wollt ein Bauer
zum Abend schlachten, um es zu verspeisen.
Da fleht' das Tier ihn an: „Tu's nicht!
Denn wenn ich lebe, will ich dir viel andre
Rebhühner noch an meiner Statt erjagen."
...
„So werd ich dich aus noch viel besserm Grunde
schlachten,
da Freunden du und Blutsverwandten nachstellst."
(138)

DER ESEL IM LÖWENFELL

Ein Esel, der ein Löwenfell sich hatte übern Kopf gestreift,
der meinte, daß er allen Menschen nun ganz furchtbar sei.
Er sprang wie toll herum, und alle Leute flohn
vor ihm, ja ganze Herden.
Doch als ein Windstoß kam und ihm das Fell
vom Rücken riß, erkannte man den Esel.
Sprach einer da zu ihm und schlug ihn mit dem Knüppel:
„Ein Esel bist du! Mach drum nicht den Löwen nach!"
(139)

DIE AMEISE UND DIE GRILLE

Des Winters zog die Ameise aus einem Winkel Korn,
das sie im Sommer eingebracht, und blieb darum am Leben.
Da bat die Grille, die den Hunger spürte,
ihr doch ein wenig von der Nahrung abzugeben, daß auch sie dann lebe.
Es fragte jene: „Was denn tatst im letzten Sommer du?"
„Ich war nicht müßig, hatte immerfort zu singen."
Ihr Korn verschloß die andre da und lachte.
„So tanz im Winter, wenn du flötetest im Sommer!"

Ja, besser ist's, an das zu denken, was notwendig,
und nicht auf Freuden und Gelag den Sinn zu richten.

(140)

DER ESEL DER BETTELPRIESTER

Da waren Bettelpriester, die hatten einen Esel; dem pflegten sie, wenn sie durch das Land zogen, ihr Gepäck auf den Rücken zu legen. Als nun der Esel infolge dieser Last verstorben war, zogen sie ihm das Fell ab, machten Pauken daraus und bedienten sich dieser. Und als andere Priester ihnen begegneten und fragten, wo denn der Esel sei, erwiderten sie, der sei wohl gestorben, doch bekomme er so viele Schläge, wie er zu Lebzeiten nie ertragen mußte.

(141)

DIE NEIDISCHE ZIEGE

Ein Mann hielt eine Ziege und einen Esel. Die Ziege beneidete den Esel um sein reichliches Futter und sagte: „Grenzenlos spielt man dir mit; bald mußt du mahlen, bald mußt du Lasten tragen!" Dann riet sie ihm: „Du mußt dich fallsüchtig stellen und in einen Brunnen stürzen; so wirst du Ruhe haben." Der Esel glaubte ihr, wagte den Sprung und richtete sich dabei übel zu. Drauf ließ der Herr einen

Arzt kommen und bat ihn zu helfen. Man müsse, sagte der, dem Esel Ziegenlunge eingeben; davon werde er genesen. Also schlachtete man die Ziege und heilte den Esel. (142)

DIE KLAGE DER EICHEN

Die Eichen beklagten sich bei Zeus: „Warum hast du uns, da wir sowieso umgehauen werden, zusammen mit den anderen Bäumen geschaffen?" Der Gott erwiderte ihnen: „Ihr seid selbst schuld, daß man euch fällt;

denn brächtet Stiele nicht hervor ihr alle,
kein Bauer würde eine Axt im Hause haben."

(143)

DER GEFANGENE ADLER

Ein Bauer fand einen gefangenen Adler,

des Schönheit schien ihm wunderbar;

darum ließ er ihn frei.

Der war nicht ohne Dankbarkeit,

wie sich bald zeigte. Als der Adler nämlich sah, wie jener Bauer sich gegen eine baufällige Mauer lehnte, erfaßte er mit seinen Krallen das Mützchen, das der auf dem Kopfe trug.

Auf war der Bauer und ihm hinterher.

Da ließ der Adler die Mütze fallen. Der Bauer ergriff sie und kehrte zurück. Da aber stellte er fest, daß die Mauer, an der er gestanden hatte, eingestürzt war, und er geriet in Verwunderung über so viel Dankbarkeit. (144)

ATHENE UND HERAKLES

Als Herakles einst schritt auf engem Wege,
da sah er auf der Erde etwas liegen, einem Apfel
gleich,
und versuchte, es zu zertreten.

Doch wie er's sich verdoppeln sah,
trat er noch stärker darauf und schlug mit seiner Keule danach. Indes, zu voller Größe aufgebläht, versperrte es ihm den Weg. Da warf er

die Keule weg und stand verwundert da, untätig.
Endlich erschien ihm Athene und sprach: „Hör auf, Bruder! Das da ist Zanksucht und Streit; wenn einer es nicht angreift, so bleibt es,

wie's vorher war;
im Kampf aber schwillt es an." (145)

DER GERBER UND SEIN NACHBAR

In der Nachbarschaft eines reichen Mannes wollte sich ein Gerber ansiedeln. Doch jener war dagegen wegen des üblen Geruchs. Als aber der Gerber meinte: „Du wirst nur die kurze Zeit belästigt werden, bis du es gewöhnt bist; dann wirst du nichts mehr riechen", erwiderte jener: „Deines Handwerks wegen werde ich nicht meinen Geruchssinn aufgeben." (146)

DER BAUER UND DIE SCHLANGE

Ein Bauer fand eine Schlange, die vor Kälte schon fast starr war; die erwärmte er an seiner Brust. Als die Schlange wieder zu sich gekommen war und der Bauer sie mit der Hand streicheln wollte, da biß sie zu und tötete ihn mit diesem Biß. (147)

DIE GESCHWÄTZIGE SCHWALBE UND DIE KRÄHE

Die Schwalbe bemerkte zu der Krähe: „Ich bin eine Jungfrau und stamme aus Athen und bin eine Königin und die Tochter des Königs der Athener.“ Und sie erzählte noch von der Gewalttat des Tereus und davon, wie ihr die Zunge abgeschnitten wurde. Da sagte die Krähe: „Was würdest du erst tun, wenn du eine Zunge besäßest, wo du schon jetzt so viel redest, obgleich man sie dir entfernte?“ (148)

DER LÖWE UND DER EBER AN DER QUELLE

Zur Sommerszeit, da Hitze Durstesqual
bereitet,
erschienen bei der kleinen Quelle Löw und Eber,

um zu trinken. Sie stritten darum, wer zuerst trinken sollte. Daraus entstand ein gegenseitiger Kampf auf Leben und Tod.

Um aufzuatmen, wandten sie sich um

und wurden Geier gewahr, die darauf lauerten, den, welcher von beiden auf dem Platze bliebe, zu verspeisen. Da ließen Löwe und Eber von ihrer Feindschaft und sprachen:

„Geratner ist es doch, einander freund zu werden
als eine Beute für die Geier und die wilden Raben.“
(149)

DIE SCHLANGE UND DER WEIH

Der Weih packte eine Schlange und flog mit ihr davon. Plötzlich drehte sich die Schlange um, biß den Vogel, und beide stürzten in die Tiefe. Dabei verlor der Weih sein Leben. Die Schlange aber sprach: „Was warst du so toll, daß du einem, der dir nichts getan hat, schaden wolltest?

So zahlest du für deinen Raub gerechte Buße.“
(150)

DER KLAGENDE NUSSBAUM

Ein Nußbaum, der am Wege stand, trug reichlich Früchte. Die Vorübergehenden bewarfen ihn mit Steinen und schlugen ihn mit Stöcken wegen seiner Nüsse. Da sprach der Nußbaum klagevoll: „Ich Ärmster, muß ich doch von denen, die ich mit meiner Frucht erfreue, diesen Dank erfahren!" (151)

DIE GELÖBNISSE DES RABEN

Ein Rabe, der von einer Schlinge erfaßt war, gelobte, Apollon ein Weihrauchopfer darzubringen. Doch als er der Gefahr entronnen war, vergaß er sein Versprechen. Wie er nun eines Tages aufs neue in eine Schlinge geriet, überging er Apollon und versprach Hermes das Opfer. Der aber sagte zu ihm: „Du Bösewicht, wie soll ich dir vertrauen, der du deinen früheren Herrn verleugnet und geschädigt hast?" (152)

DER KAMPFHUND AUF DER FLUCHT

In einem Hause wurde ein Hund gehalten, der zum Kampfe mit wilden Tieren abgerichtet war. Als er deren viele in Kampfordnung aufgestellt sah, zerriß er sein Halsband

und floh durch Seitengassen. Doch die andern Hunde,
die ihn erblickten, wohlgenährt wie einen Stier,
befragten ihn: „Wo willst du hin?" Der aber
sprach:
„Ich weiß, ich leb im Überfluß, und meinem Körper tut das gut;

doch bin ich immer am Rande des Todes, wenn ich mit Bären und Löwen kämpfen muß." Da meinten die andern unter sich: „Was haben wir doch für ein schönes, wenngleich bescheidenes Leben, die wir weder mit Löwen noch mit Bären zu kämpfen brauchen!“ (153)

DER ÜBERFÜHRTE WOLF

Ein Wolf, der die übrigen Wölfe anführte,

gab ein Gesetz für alle Tiere.

Danach sollte ein jeder, was er erjagte, stets für die Allgemeinheit einbringen und für alle den gleichen Anteil zur Verfügung stellen; so würden dann die andern nicht mehr hungern und sich nicht mehr gegenseitig auffressen. Da kam der Esel herzu, schüttelte seine Mähne und sprach:

„Das, was der Wolf gedacht, war eine gute Sache;

doch wie konntest du dann die gestrige Jagdbeute unter deinem Bett verstecken? Bring sie her und verteile sie!“ Also überführt, ließ der Wolf seine Gesetze fallen. (154)

DER MENSCH VOR ZEUS

Zuerst, so sagt man, sei das Getier von Gott erschaffen worden

und wurde einem jeden seine Qualität verliehen, dem einen Stärke, dem zweiten Schnelligkeit, dem dritten Flügel. Der Mensch aber stand nackt da und sagte: „Mich allein hat man ohne Gnadenerweis gelassen!“ Doch Zeus antwortete: „Du hast bloß kein Gefühl für deine Gabe, obgleich dir die größte zufiel; denn du hast die Vernunft bekommen,

die etwas gilt bei Göttern und bei Menschen,

bist stärker als der Starke und schneller als der Schnellste.“ Da erkannte der Mensch, was er erhalten hatte, betete an, dankte und entfernte sich. (155)

DAS HIRSCHKALB UND DER HIRSCH

Das Hirschkalb sprach zum Hirsch: „Du bist doch größer als die Hunde, übertriffst sie an Schnelligkeit und hast dein Geweih zur Abwehr; warum fürchtest du sie dann so sehr?" Darauf antwortete der Hirsch: „Das weiß ich alles wohl; doch wenn ich das Gebell höre, dann ist es aus mit vernünftigem Überlegen, und es gibt nur eins: die Flucht."

(156)

DER AFFE ALS FISCHER

Das Nachahmen gehört zur Natur des Affen. Einmal stand nun einer am Meere und sah am Strande ein Netz zum Trocknen ausgebreitet. Das nahm er auf und bemühte sich, es in die Tiefe zu werfen. Doch als es sich ihm um den Hals gewickelt hatte, zog es den Affen mit sich in den Abgrund.

Da rief er, als er schon dem Tode nah:
„Man sollte lassen, was man nicht gelernt hat!"

(157)

DER HASE ALS BEUTE DES FUCHSES

Der Hase sprach zum Fuchs: „Bist du wirklich so reinlich, daß du den Namen Reineke führst?" Der Fuchs erwiderte: „Wenn du Zweifel hast, so werde ich dich gern bewirten."

Der folgt' ihm, weil er seinen Worten traute;
doch drinnen ward der Has des Fuchses Braten.

Da sagte der Hase: „Zu meinem Schaden zwar, aber ich habe doch erfahren, woher dein Name kommt. Er kommt nicht von der *Rein*lichkeit, sondern vom Um-die-*Ecke*-Bringen."

(158)

DIE WÖLFE UND DIE BETROGENEN HUNDE

Die Wölfe sprachen zu den Hunden: „Wir sind doch einander so ähnlich! Warum

stimmt ihr dann nicht in allem mit uns überein

wie Brüder?

Uns unterscheidet allenfalls die Weltansicht.

Wir leben nämlich in Freiheit; ihr dagegen beugt euch und dient den Menschen. Ihr ertragt ihre Schläge,

ihr laßt euch Eisen legen um den Hals

und hütet die Schafe.

Und wenn die Menschen essen, werfen sie
euch bloß die Knochen zu. Doch wenn ihr

auf uns hören wollt, dann liefert uns die Herden ab, und wir werden alles gemeinsam haben und bis zum Überdruß essen!" Darauf ließen sich die Hunde ein. Als aber die Wölfe in die Pferche eingedrungen waren, fraßen sie zuerst einmal die Hunde auf. (159)

DER ESEL UND DAS KRIEGSPFERD

Der Esel pries das Pferd

wegen seiner guten Ernährung und seiner Pflege und stellte dem sich und sein Schicksal gegenüber, daß er Lasten tragen müsse und wenig zu fressen erhalte, während das Pferd mit Zügel und Geschirr geschmückt einherlaufe und einen bequemen Weg habe. Während der Esel all das erwog, überzog Krieg das Land. Und der Soldat mit seinen Waffen bestieg das Pferd und ritt mitten in die Feinde hinein. Dort lag am Ende das Pferd, verwundet und in den letzten Zügen. Da änderte der Esel seine Meinung und empfand Mitleid mit dem Pferd. (160)

DAS KAMEL VOR ZEUS

Es brauche Hörner, sagte das Kamel
zu Zeus und fuhr dann fort:
„Ich habe viel Betrübnis dessenthalben."
Doch Zeus willfahrte nicht, er macht' es lahm
und nahm ihm noch die Ohren. (161)

DER STÖRRISCHE ESEL UND DER TREIBER

Ein Esel wandt sich von der Straße ab

und lief auf einen Abgrund zu. Obgleich sein Treiber ihm zurief: „Du Unglücksvieh, wo willst du hin?", sich an dem Schwanze des Esels festhielt und diesen an sich zu ziehen suchte, ging das Tier immer weiter.

Da gab der Treiber ihm 'nen Stoß

und sagte: „Vorwärts, los! Besiegle deinen schlechten Sieg mit der Verdammnis!" (162)

DER EINGEBILDETE ESEL

Mit einem Götterbild belud ein Landmann seinen Esel,
und viele, die vorüberkamen, machten ihre Reverenz.

Davon ließ sich der Esel blenden und meinte, daß ihm die Verehrung der Bauern gelte,

und Sprünge machend, suchte er den Gott von sich zu werfen.

Da schlug ihn sein Herr mit dem Knüppel und sagte:

„Ein Esel bist du, magst du einen Gott auch tragen,
und nicht den Göttern gleich." (163)

DIE WARNUNG DER SCHWALBE

Als einst, den Vögeln zum Verderben, die Eiche
Misteln wachsen ließ,

da forderte die höchstbesonnene Schwalbe alle Vögel auf, das zu verhindern.

Doch sorgte sie sich ganz vergebens,

denn die andern schalten sie wahnsinnig und verachteten ihren Rat.

So bat die Schwalbe flehentlich die Menschen,
als Hausgenossin sie

aufzunehmen. Und von daher kommt es, daß allein an ihren Flügeln noch niemals Mistelleim klebte. (164)

DER ERTRINKENDE JUNGE

Ein Junge, der das Schwimmen nicht gelernt,
der kam zur Sommerszeit an einen schönen, klaren
Fluß
und warf sich, um zu schwimmen, nackt hinein.
Die Strömung und die Tiefe ließen ihn

nicht stehn. Da rief er einen Hirten an, er solle ihm vom Ufer her die Hände entgegenstrecken. Doch der schalt ihn nur tollkühn und rührte sich nicht. Da schrie der Junge: „So hilf mir doch erst! Hernach, wenn du mich gerettet hast, wirst du Zeit haben, mich auszufragen.“ (165)

DAS PFERD IM KAMPF GEGEN DAS WILDSCHWEIN

Ein Pferd, das nicht des Reiters Zügel kannte

noch je seinen Rücken dem Menschen zum Aufsitzen geliehen hatte, hatte Not mit dem Wildschwein, weil das den

Rasen, den das Pferd abweiden wollte, niedertrat und durchwühlte und

das Wasser trübte, von dem jenes trank.

Deshalb wandte sich das Pferd zur Abwehr seines Peinigers, des Wildschweins, an seinen Nachbarn, einen verschlagenen Mann, und schloß Freundschaft mit ihm. Der versprach ihm Hilfe und Sühne an seinem Gegner, durch den es Schaden hatte. „Bekräftige mir durch deinen Eid", sprach er, „daß du tun wirst, was ich dir sage!", und das Pferd willigte ein. Darauf sagte er zu ihm: „Wenn ich zu Fuß gehen muß, ist mir's nicht möglich, den Gegner niederzuwerfen; doch wenn du Zügel annimmst

und mich auf deinem Rücken trägst und zugestehst,
daß ich dich lenke und dein Laufen dirigiere,

so hoffe ich,

daß leicht das Schwein ich kann vernichten.

Seine Erbitterung hatte dem Pferd die Sinne benebelt, darum lieferte es sich aus und hatte

von dem, der ihm zu nutzen schien, nur Nachteil.

(166)

DIE SCHLANGE ALS FEINDIN DES BAUERN

Es nistete die Schlange vor des Bauern Tür
und tötete sein kleines Kind durch ihren Biß.

Da erfaßte die Eltern große Traurigkeit, und der Vater griff in seinem Schmerz nach einer Axt in der Absicht, die Schlange zu erschlagen, wenn sie aus ihrem Bau herauskäme. Als sie nun ein wenig den Kopf herausstreckte, sprang der Bauer eilends hinzu, jedoch verfehlte sein Schlag das Ziel, sondern beschädigte nur das Felsstück an ihrem Bau. Da ging der Bauer fort und dachte, die Schlange würde ihm die Sache nicht nachtragen. Also nahm er Brot und Salz und rief die Schlange zum Frieden. Mit leisem

Zischeln sagte die: „Jetzt kann es zwischen uns noch weniger Vertrauen und Freundschaft geben, solange ich diesen Fels da sehe und du das Grab deines Kindes.“ (167)

DER KNABE UND DER SKORPION

Ein Knabe, der Heuschrecken fing, wollte auch einen Skorpion mitnehmen, weil er ihn für eine Art Heuschrecke hielt. Als jener die Einfalt des Knaben sah, sprach er zu ihm,

den Schwanz erhebend und den Stachel schärfend:

„Lauf weg, mein Junge, und bring dich in Sicherheit! Denn wenn du auch mich fängst, könntest du alle die Heuschrekken, die du hast, verlieren.“ (168)

BESTRAFTER ÜBERMUT

Ein Junge, der Schafe weidete, kam immerfort auf den Wall hinauf und rief: „Der Wolf ist da! Zu Hilfe!“

Die Bauern, die gelaufen kamen,

fanden sich angelogen. Als nun aber der Wolf wirklich kam und der Junge nach Hilfe rief, glaubte ihm keiner und machte sich niemand auf den Weg. So konnte der Wolf die Schafe fressen. (169)

DER SCHWACHSINNIGE MAULWURF

Schwachsinnig ist der Maulwurf von Natur und blind.

Einer nun wollte seine Mutter küssen und berührte sie statt am Munde an der Scham. Dieses Tun konnte seinen Brüdern nicht verborgen bleiben, und es sagte einer von ihnen: „Weil du etwas ganz Besonderes machen wolltest, bist du zu Recht auch den Geruchssinn, den du besaßest, losgeworden.“ (170)

DER MITLEIDIGE HUND

Ein Hirt hatte die Gewohnheit, seinen Hund von den verendeten Schafen zu ernähren. Als er wieder einmal

bei einem Lämmchen, das erkrankt war,

stand, sah er

den Hund verstört und scheinbar weinend.

Da kraulte er ihn und sagte:

„Du tust ja gut dran mitzuleiden;
doch möcht ich nicht, daß uns gescheh,

was du dir wünschst!“ (171)

DER FLUSS UND DAS STÜCK RINDSLEDER

Ein Fluß, der

ein Stück Rindsleder mit sich trug, fragte dieses: „Wie heißt du?“ Als die Antwort erfolgte: „Hartleder nennt man mich“, plätscherte er mit seinen Wellen darüber hin und sagte: „Such dir einen andern Namen!

In Kürze nämlich mach ich dich schon weich.“
(172)

DIE SCHLANGE AUF DEM SCHWIMMENDEN DORNSTRAUCH

In der Nähe eines Flusses lag ein Weinberg, als Umzäunung dienten Dornsträucher. Bei einem Hochwasser riß der Fluß einen der Dornsträucher aus. Dabei geschah es, daß sich eine Schlange mit ihren Schuppen in dem Strauch festhakte und mit ihm fortgespült wurde. Da sagte einer, der das beobachtete:

„Das ist ein übles Schiff, jedoch der Fahrgast seiner
wert.“ (173)

DER NEUE KÖNIG DER FRÖSCHE

Als die Frösche miteinander in Bürgerkrieg lagen, baten sie Zeus, er möge ihnen einen König geben, der ihre Angelegenheiten ordnen könne. Da warf der Gott einen Holzbalken in den Teich und machte das Wasser aufspritzen. Voller Schrecken verstummten die Frösche. Nach einiger Zeit aber, da der Balken sich nicht regte, begannen sie,

ihn zu verachten, ja, sie stellten sich darauf

und fingen ihren Krieg von vorne an. Und wiederum baten sie Zeus, sie möchten doch einen Herrscher oder Heerführer haben. Angeekelt gab ihnen da der Gott die Wasserschlange, die den Fröschen den Garaus machte.

(174)

DER WOLF ALS ZÖGLING DES HIRTEN

Ein Hirt fand einen kleinen Wolf und zog ihn auf. Als er herangewachsen war, lehrte er ihn,

aus Herden in der Nachbarschaft

zu rauben. Der also unterwiesene Wolf sagte: „Nachdem du mir jetzt das Rauben angewöhnt hast, solltest du darauf achtgeben, daß du nicht

von deinen Schafen viele dann auch suchen mußt."

(175)

DER ADLER IN GEFANGENSCHAFT

Ein Adler wurde einst von einem Menschen gefangen. Der stutzte ihm sogleich die Flügel, und

zusammen mit den Hühnern hielt er ihn

in seinem Hause. Der Vogel fühlte sich gedemütigt und wollte vor Kummer nicht fressen und glich einem gefangenen König. Schließlich kaufte ihn ein anderer.

Der ließ die Flügel wieder wachsen und salbte sie mit Öl

und ließ den Adler fliegen. Der erhob sich, ergriff mit seinen Krallen einen Hasen

und bracht ihn jenem als Geschenk.

Der Fuchs, der das beobachtete, sprach: „Nicht dem

gib die Geschenke, vielmehr doch dem ersten!

Denn deinem jetzigen Herrn ist die Güte angeboren, jenen aber mußt du dir geneigt machen, daß er nicht,

sollt er dich wieder packen, deiner Flügel dich beraubt.“ (176)

DER WETTLAUF VON SCHILDKRÖTE UND HASEN

Die Schildkröte verspottete der Has der Füße wegen
und ihrer Langsamkeit; doch die erwidert' ihm: „Ich werde
mit meinen Füßen dich, den Schnellfuß, bald besiegen.“

„Nur mit Worten, Schildkröte“, sagte der Hase,

„behauptest du's. Doch laß uns kämpfen, und du wirst es sehn!“ —

„Wer wird den Platz bestimmen und den Sieg entscheiden?“ — „Der Fuchs“, antwortete jene, „er ist gerecht und höchst weise.“ Der bestimmte also den Beginn des Wettlaufens. Die Schildkröte, die nichts unbedacht ließ, machte sich in Rücksicht auf ihre geringe Beweglichkeit sogleich auf den Weg; der Hase dagegen, der auf seine Läufe vertraute, legte sich schlafen. Als er endlich an dem festgesetzten Platz ankam, mußte er zur Kenntnis nehmen, daß die Schildkröte gesiegt hatte. (177)

DIE ROSEN UND DAS IMMERGRÜN

Zur Rose, welche bei ihm wuchs,

sprach das Immergrün: „Was bist du doch für eine prächtige Blume,

begehrt von Göttern und von Menschen!

Ich preise dich ob deiner Schönheit und deines Duftes.“ Erwiderte die Rose:

„Mein Immergrün, ich

lebe nur für kurze Zeit, und wenn mich niemand pflückt, dann welke ich; du aber blühst und lebst auf ewig, immer jung.“ (178)

DER KRIEGSGEFANGENE TROMPETER

Es war ein Mann, der die Trompete blasen konnte,
und sein Signal versammelte das Heer

zum kriegerischen Treffen.

In Kriegsgefangenschaft geraten, bat er um sein Leben;

denn er töte ja niemanden, noch mache er Beute, sondern verstehe sich nur auf diese seine metallene Trompete. Doch die Feinde entgegneten: „Gerade darum wirst du um so eher in den Tod gehen müssen, weil du, ohne selbst etwas zu leisten, die andern anfeuerst.“ (179)

DER FUCHS UND DER PANTHER

Einst rühmte der gefleckte Panther sich,
sein Fell sei doch das bunteste von allen Tieren.
Da sprach der Fuchs zu ihm: „Ich hab Verstand,
der ist mir lieber als dein Fell und bunter.“ (180)

DER BOCK UND DER WEINSTOCK

Des grünen Weinstocks Trieb fraß ab der Bock.
Da sprach zu ihm der Stock: „Was frißt du meine Blätter
und schadest mir? Sie sind doch grün erst kaum!
Indes wenn man dich schlachtet und den Wein dann braucht,
so werd ich geben ihn...“ (181)

DER BOCK IM BRUNNEN

Durch Sommerhitze dürstete der Bock,
zum Wassertrinken stieg er in den tiefen Grund.

Doch als er getrunken und sich gesättigt hatte und er nicht wieder heraussteigen konnte,

empfand er tiefe Reue, und er sucht' nach einem Helfer.

So erblickte ihn der Fuchs und rief ihn an: „Du Dummkopf, wenn du so viel Verstand besäßest, wie du in deinem Bart Haare hast, so wärst du

hinabgestiegen nicht, bevor den Rückweg du erkundet.“ (182)

ZEUS UND DIE BIENEN

Die Biene vom Hymettos, die den Honig spendet,
kam in der Götter Haus, um frischen Honig

Zeus zu bringen. Zeus freute sich über das Angebinde und versprach ihr, was immer sie erbitte, als Geschenk.

„Gib mir den Stachel!“ sagte sie. „Kommt einer von den Menschen

mir zu nahe, um mir den Ertrag meiner Arbeit zu nehmen, so werde ich ihn töten.“ Zeus mißfiel die Bitte,

er liebt ja doch die Menschen. Trotzdem gab er ihr den Stachel,
obgleich er es nicht wollte; denn er hatte es versprochen.
Doch gab er einen solchen, daß beim Stich

die Biene selber sterben muß.

Denn Leben ist der Stachel nur für sie, sofern sie fliegt. (183)

DAS GUTE UND DAS BÖSE

Das Gute wurde von dem Bösen einst verfolgt,
so daß es als das Schwächre wieder von der Erde fortzog.
Zurückgekehrt zum Himmel, fragte es den Zeus,
wie bei den Menschen wohl es weilen solle.
„Zusammen mit dem Bösen niemals", war die Antwort,

„ein jedes für sich muß die Menschen aufsuchen." Darum kommt das Böse, da es ihnen nahe ist, immerfort zu den Menschen, während das Gute langsamer vom Himmel hinabsteigt. (184)

DER GETROFFENE ADLER

Hoch auf einem Felsen saß ein Adler und hielt Ausschau, um Hasen zu erbeuten.

Da traf ein Jäger ihn mit seinem Pfeil.

Das Geschoß drang tief in seine Brust ein, doch der Schaft mit den Federn stand vor seinen Augen. Der Adler

bemerkte es und sprach: „Welch neuer Schmerz,
daß von den eignen Federn ich muß sterben!"

(185)

DER FUCHS UND DER ADLER

Einst hatte der Fuchs Freundschaft mit dem Adler geschlossen. Der Adler hatte sein Nest oben auf dem Baume, der Fuchs seinen Bau unter dessen Wurzel. Doch der Adler wurde eidbrüchig, packte die Jungen des Fuchses und gab sie seinem eigenen Wurf zum Fraße. Ein andermal stahl er ein Opfertier vom Altar und setzte es samt der glühenden Kohle

ins Nest hinein, und das geriet sogleich in Flammen,

und die Jungen stürzten ab. Der Fuchs aber beutete das Geschehene für sich aus. (186)

DER BAUM MIT DEM BIENENSTOCK

Ein Baum stand auf dem Acker eines Bauern, aber er trug keine Frucht mehr, sondern diente bloß den Spatzen und zirpenden Grillen als Zuflucht. Der Bauer wollte ihn

als unfruchtbar umhaun,

und

er nahm die Axt und setzte schon

zum Schlage an, da baten ihn die Grillen und die Spatzen, er möge ihnen doch nicht ihre Zuflucht wegschlagen, sondern sie ihnen lassen,

so daß sie singen könnten hier —
auch dir, du Bauersmann, zur Freude!
Doch jener scherte sich nicht drum,

sondern führte einen zweiten und einen dritten Schlag. Als aber der Baum angeschlagen war, da fand er

'nen Bienenstock

mit Honig. Kaum hatte er davon gekostet, warf er die Axt weg und verehrte den Baum wie ein Heiligtum und ließ ihm alle Pflege angedeihen. (187)

DER KAHLKOPF

Ein Kahlkopf, der eine Perücke auf dem Kopfe trug,
war einst auf einem Ritt. Und plötzlich kam ein scharfer Wind
und nahm ihm die Perücke fort, da war er wieder kahl.
Und die, die's sahn, verfieln in schallendes Gelächter.
Doch jener sprach, kaum hatte er sein Ziel erreicht:
„Was ficht's mich an, daß mich die Haare fliehn, die nicht die meinen,

nachdem mich die, die mit mir geboren wurden, schon längst verlassen haben?" (188)

DAS SCHWEIN UND DIE LÖWIN

Das Schwein, erzählt man, das einen Haufen Ferkel um sich hatte, sprach prahlend zu der Löwin: „Wieviel Junge wirfst du denn?"

Das war die Antwort: „Eines, aber einen Löwen!" (189)

DER SCHMIED UND SEIN HUND

Ein Schmied, der hatte einen Hund,

und wenn er schmiedete, dann schlief der Hund. Begann er aber zu essen, dann war der Hund sofort wach und stellte sich zu ihm. Sein Herr, der Schmied, warf ihm einen Knochen zu und sagte: „Du dummer Schläfer,

wenn mit dem Hammer ich den Amboß schlage,
dann schläfst du fest; doch wenn die Zähne ich bewege,
bist du gleich wach." (190)

DIE FELDMAUS UND DER FROSCH

Die Feldmaus schloß zu ihrem Unglück Freundschaft

mit dem Frosch. In böser Absicht band dieser den Fuß der Maus mit dem eigenen Fuße zusammen. Zuerst gingen sie auf die Äcker, um Getreide zu verzehren. Als sie sich darauf dem Ufer eines Sees näherten, da führte

der Frosch sie in die Tiefe,
und übermütig tauchte er ins Wasser, tauchte wieder auf
und quakte: „Brekkekex koax koax."
Die unglückliche Maus jedoch

ertrank im Wasser; am Fuße des Frosches festgebunden, schwamm jedoch ihr Kadaver mit diesem. Das sah der Geier und packte sie mit seinen Krallen.

Und mitgefangen folgt' der Frosch
und wurde selbst zur Speise für den

Geier. (191)

DER SATYR UND DER MENSCH

Ein Schneesturm überfiel einst einen Menschen

im Gebirge. Als er auf der Berghöhe von einem Felsen Rauch aufsteigen sah – dort wohnte ein Satyr, einer von den sogenannten Tänzern –, begab er sich dahin. Der Satyr hatte Mitleid mit dem Fremden und führte ihn in sein Haus.

Und weil er mächtig fror, erwärmte er
die Hände mit dem Atem seines Mundes.
Der Hausherr brachte Warmes ihm

zu essen und Warmes zu trinken und erwärmte ihn am Feuer. Als ihn zu schwitzen anfing, kühlte er diesmal mit dem Atem seine Hände. Da führte ihn der Satyr hinaus mit den Worten:

„An einem bösen Gaste hab ich nicht Bedarf,

der manchmal warm und manchmal kalt aus seinem Munde atmet.“ (192)

DER IRDENE UND DER EHERNE TOPF

Einen irdenen und einen ehernen Topf brachte ein Fluß getragen. Da sagte der irdene zu dem ehernen: „Schwimm entfernt von mir und nicht zu nahe; denn wenn du mich anschlägst, zerbreche ich

und werde dich, auch gegen meinen Willen, beschädigen!“ (193)

LÖWE UND MENSCH IM STREIT

Einst wanderten ein Löwe und ein Mensch,
und jeder rühmte sich mit großen Worten.

Und da war nun am Wege eine Steinsäule mit einem Mann, der einen Löwen erwürgte. Darauf wies der Mensch den Löwen hin und sagte: „Siehst du nun, wieviel stärker wir sind als ihr?“ Doch lächelnd erwiderte der andere: „Wenn wir Löwen die Bildhauerkunst verstünden,

so sähst du viele Männer unterm Fuß des Löwen.“ (194)

DIE ZWEI FREUNDE UND DER BÄR

Zwei Freunde zogen denselben Weg. Als ihnen nun ein Bär begegnete,

da stieg der eine voller Angst auf einen Baum

und verbarg sich da. Der andere aber, weil er des Bären allein nicht Herr werden konnte und sich bereits von diesem überwältigt sah, warf sich auf die Erde und stellte sich tot. Als der Bär bis an seinen Kopf herangekommen war, beroch er mit seiner Schnauze Ohren und Zwerchfell des Mannes. Der hielt mit aller Anstrengung den Atem an. Das machte den Bären glauben, daß er tot sei, und er trottete deshalb davon; es heißt nämlich, daß der Bär einen Toten nicht anrührt. Nachdem sich der Bär entfernt hatte, stieg der andere Freund von seinem Baume herab und fragte den ersten, was ihm der Bär wohl ins Ohr geflüstert habe. Der erwiderte: „Er hat mir gesagt, ich solle von jetzt ab nicht mehr mit solchen Freunden zusammen wandern, die in Gefahren nicht standhalten.“ (195)

DIE GÄNSE UND DIE KRANICHE

Gänse und Kraniche weideten auf derselben Wiese. Als Jäger bei ihnen erschienen, flogen die Kraniche mit Leichtigkeit davon und brachten sich in Sicherheit; die Gänse dagegen mußten wegen ihres Körpergewichts zurückbleiben und wurden gefangen. (196)

DIE SCHLANGE AUF DER HOCHZEIT DES ZEUS

Als Zeus Hochzeit machte, brachten alle Tiere Geschenke dar, ein jedes nach seinem speziellen Vermögen. Auch die Schlange kam herzugekrochen, mit einer Rose im Maul. Zeus erblickte sie und sprach: „Von allen andern nehme ich die Geschenke, aber aus deinem Munde möchte ich nichts annehmen.“ (197)

TYCHE UND DER BAUER

Ein Bauer fand beim Graben

im Boden

Gold. Da bekränzte er die Erdgöttin alle Tage, weil er ihr

ja diese Wohltat verdankte. Doch Tyche trat zu ihm mit den Worten:

„Was schreibst du, Mann, der Erde meine Gaben zu,

die ich dir zum Geschenk machte, weil ich dich reich sehen möchte? Wenn nämlich die Zeiten sich ändern und dieses Gold da in andere Hände kommt, so weiß ich, daß du dann mich, die Tyche, schelten wirst.“ (198)

DER WOLF UND DIE ZIEGE

Ein Wolf sah eine Ziege an einem steilen Hange weiden. Da er zu ihr nicht hinkommen konnte, riet er ihr hinabzusteigen,

daß nicht sie unversehens falle,

außerdem, fügte er hinzu, sei bei ihm die bessere Weide, denn sie dufte von frischem Gras. Doch die Ziege entgegnete ihm: „Aber du rufst mich ja gar nicht zur Weide, sondern brauchst selber etwas zum Fressen!“ (199)

DIE DURSTIGE KRÄHE

Eine Krähe kam durstig zu einem Krug und versuchte, ihn mit Gewalt umzustürzen. Weil der aber fest stand, vermochte sie das nicht; durch planmäßiges Vorgehen jedoch gelang ihr Vorhaben. Sie warf nämlich Steinchen in den Krug, und deren Menge brachte das Wasser von unten nach oben zum Überlaufen. Auf diese Weise stillte die Krähe ihren Durst. (200)

DER ESEL BEI DREI DIENSTHERREN

Ein Esel diente bei einem Gärtner, und weil er wenig zu fressen bekam und viel arbeiten mußte, betete er zu Zeus, er möchte ihn doch von dem Gärtner erlösen und einem andern Herrn übergeben. Zeus schickte den Hermes

und hieß den Esel einem Töpfer zu verkaufen.

Als er wieder Not litt — denn er war in der Lehmgrube und in der Ziegelei zu viel größerer Schinderei gezwungen —, bat er Zeus aufs neue um einen anderen Herrn. Da veranlaßte Zeus, daß er an einen Gerber verkauft wurde. Dadurch geriet er an einen Herrn, der noch schlimmer war als die vorangegangenen. Sein Schicksal betrachtend, sprach er unter Seufzen: „Ach, ich Ärmster! Besser wäre es für mich, ich wäre bei meinen früheren Herren; denn der jetzige, das sehe ich schon, wird mir auch noch die Haut gerben!" (201)

DER FUCHS UND DER DORNSTRAUCH

Der Fuchs wollte einen Wall ersteigen. Als er dabei in Gefahr geriet auszugleiten, griff er nach einem Dornstrauch, der ihm helfen sollte. Dabei zerkratzte er sich die Fußsohlen und richtete sich arg zu. Sprach er zu dem Dornstrauch: „Weh mir! Ich flüchtete mich zu dir, auf Hilfe rechnend, du aber hast mir noch übler mitgespielt!" — „Da hast du dich allerdings verrechnet, mein Freund", erwiderte der Dornstrauch, „wenn du dich an mir festhalten wolltest, bin ich es doch gewöhnt, mich an allem anderen festzuhalten!" (202)

DER BESTRAFTE HIRSCH

Ein Hirsch, hinter dem die Jäger her waren,

verbarg sich unter einem Weinstock. Kaum

waren die Jäger vorüber, drehte er sich um und fraß die Blätter des Weinstocks ab. Einer von den Jägern, der sich umwandte, beobachtete das, richtete den Speer, den er bei sich trug, auf den Hirsch und verwundete ihn. Als der sein

Ende kommen spürte, stöhnte er bei sich selbst und sagte: „Recht geschieht mir's, weil ich dem Weinstock, der mich gerettet hat, Böses antat!" (203)

DIE ECHSE IM SPINNENGEWEBE

Der klugen Spinn Gewebe fand die Echse
und fuhr hinein ins zarte Kleid, das aus der Mauer
sie geschlagen. (204)

SPÄT- UND NACHANTIKE FABELSAMMLUNGEN

FABELN DES ROMULUS

EPISTEL DES ROMULUS

Romulus grüßt seinen Sohn Tiberinus!
Von Attika her lehrt ein gewisser Äsop, ein genialer Grieche, durch seine Fabeln, was die Leute beachten müssen. Um Leben und Gewohnheiten der Menschen zu zeigen, führte er Vögel, Bäume, wilde Tiere und Haustiere ein, welche aussprechen, was eine jede Fabel besagt. Zur Unterrichtung der Leute hat er kurz und ohne Umschweife dargelegt, warum die Literaturgattung Fabel erfunden wurde. Sie nennt das Böse mit seinem wahren Namen, verbindet das Reine mit dem Guten, notiert die Umtriebe der Schurken und die Argumente der Schufte; sie lehrt, daß die Niedrigen ohnmächtig sind, fordert auf, sich vor glatten Worten in acht zu nehmen, und zeigt außer Mißlichkeiten vieles andere noch in den von ihr gebrachten Beispielen. Ich, Romulus, habe das vom Griechischen ins Lateinische übersetzt. Wenn du es liest, mein Sohn Tiberinus, und aufmerksam darauf achtest, so wirst du nebenher manchen Witz finden, der dein Lachen vervielfacht und deinen Verstand hinreichend schärft.

EPISTEL DES ÄSOP

Äsop an Magister Rufus.
Ich werde dir, liebster Rufus, meine Aufzeichnungen übergeben. Nimm sie, auf Pergament geschrieben und in solcher Pracht, die du von meiner Seite verdienst! Empfange das Geschenk wie ein kostbares Gefäß, das mit verschiedenfarbigen Steinen geschmückt ist! Mögest du dich deines Lebens freuen und mit ungebrochener Kraft den Jahren des Alters entgegengehen! Der Gattin mögest du dich mit Erfüllung hingeben, den Sklaven Zucht beibringen! Die

Wünsche der Deinen sollst du recht erfüllen und aufmerksam die Fabeln lesen. Und damit du beim Lesen nicht meinst, ich hätte eine Dummheit begangen, so achte auf deine Sklaven: da wirst du die Erzählweisen finden! Früher gab es nämlich nur ein paar alte Fabeln, doch damit die Sammlung etwas größer werde, habe ich noch meine eigenen, neuverfaßten hinzugefügt, die kurz und bündig sind. Das Böse habe ich mit seinem wahren Namen genannt, das Reine mit dem Guten verbunden. Die Wege der schlechten Menschen habe ich aufgezeigt, die der guten unterstrichen. Ein jeder möge dem folgen, der ihm gefällt! Nach alldem war es auch für mich als Sachverständigen keine geringe Arbeit — jeder, der mit dem Wesen der Fabel vertraut ist, weiß es —; indem ich das Leben der Leute so, wie es ist, und ihre Gewohnheiten aufzeigte, habe ich die unterwiesen, die zu lesen wünschen.

DER HAHN UND DIE PERLE

Zuerst hat Äsop eine Fabel über sich selber erzählt.

Ein Hahn, der auf einem Misthaufen seine Nahrung suchte, fand eine Perle, die an diesem unwürdigen Orte lag. Als er ihrer gewahr wurde, sagte er: „Du bist eine wertvolle Sache und liegst auf dem Mist! Hätte dich ein Habsüchtiger gefunden, mit welcher Freude würde er dich an sich gerissen haben, um dich in den Glanz deiner einstigen Schönheit zurückzuführen! Nun habe ich dich hier an diesem Ort gefunden und suche doch viel mehr nach Nahrung! Ich kann dir nichts nützen und du mir nichts!"

Das erzählt Äsop denen, die ihn lesen und doch nicht begreifen. (1)

DIE HUNDE UND DIE GERBERHAUT

Ein gegerbtes Fell erblickten Hunde in einem Flusse. Um es leichter herausholen zu können, fingen sie an, das Wasser zu lecken. Dabei platzten sie und fanden den Tod, ehe sie zu erreichen vermochten, was sie begehrt hatten.

Die Fabel zielt auf Leute, die aus unreiflicher Überlegung etwas in Angriff nehmen möchten, was sie doch nicht schaffen können. (2)

DER WOLF UND DAS LAMM

Über einen Unschuldigen und einen Frevler erzählte Äsop die folgende Geschichte.

Das Lamm und der Wolf kamen durstig aus verschiedenen Richtungen zum Bach. Oben trank der Wolf und viel weiter unten das Lamm. Kaum hatte der Wolf das Lamm erblickt, brüllte er: „Du hast mir das Wasser, das ich trinken wollte, getrübt!“ Das geduldige Lamm erwiderte: „Wie konnte ich dir das Wasser trüben, das doch von dir zu mir geflossen kommt?“ Der Wolf indes errötete nicht, der Wahrheit zu widersprechen, sondern sagte: „Du verleumdest mich.“ — „Ich habe dich nicht verleumdet“, entgegnete das Lamm. Darauf der Wolf: „Aber dein Vater war vor sechs Monaten hier, und der hat es getan.“ — „Da soll ich bereits geboren gewesen sein?“ antwortete das Lamm. Darauf der Wolf mit seinem bösen Maule: „Was schwätzest du Räuber noch?“ Und alsbald wandte er sich gegen das Lamm und nahm dem unschuldigen Wesen das Leben.

Die Fabel ist für diejenigen erzählt, die ihre Mitmenschen schikanieren. (3)

DER FROSCH UND DIE MAUS

Wer sich über das Wohl eines andern Nachteiliges ausdenkt, entgeht seiner Strafe nicht. Darüber hört die folgende Fabel!

Als die Maus einen Fluß überqueren wollte, bat sie den Frosch um Hilfe. Der verlangte einen dicken Faden, band damit die Maus an seinem Fuße fest und fing an zu schwimmen. In der Mitte des Flusses aber drehte der Frosch sich um, um der armen Maus das Leben zu rauben. Während diese ihre Kräfte stärker anspannte, kam ihnen der Weih entgegengeflogen, packte die Maus mit seinen Krallen und trug zugleich auch den Frosch, der an ihr hing, davon.

So nämlich ergeht es denen, die sich über das Wohl eines andern Nachteiliges ausdenken. (4)

DAS VERKLAGTE SCHAF

Auf heimtückische Leute zielt diese Fabel. Die Heimtükkischen denken sich nämlich immer gegen die Anständigen Lügen aus und halten sich ihre Clique, ja kaufen sogar falsche Zeugen. Auf die also ist die folgende Fabel gemünzt.

Ein hinterhältiger Hund behauptete, das Schaf sei ihm noch ein Brot schuldig, das er ihm geliehen habe. Das Schaf erwiderte jedoch, es habe niemals von dem Hund Brot erhalten. Als sie aber vor den Richter kamen, gab der Hund an, er verfüge über Zeugen. Zur Aussage gerufen, sagte der Wolf: „Ich weiß, dem Schaf wurde Brot geliehen.“ Der Weih, zur Aussage gerufen, stellte fest: „In meiner Gegenwart hat das Schaf Brot erhalten.“ Als man den Habicht hereingeführt hatte, fragte der das Schaf: „Warum willst du leugnen, was du bekommen hast?“ Das so durch drei falsche Zeugen überführte Schaf wurde hart bestraft. Den Nachrichten zufolge zwang man es nämlich, seine Wolle vor der

Zeit zu verkaufen, um zurückgeben zu können, was es nicht empfangen hatte.

So tun die heimtückischen Leute den Unschuldigen und Armen Böses an. (5)

DER HABGIERIGE HUND

Wer habsüchtig nach Fremdem giert, verliert das Eigene. Von solchen Leuten handelt Äsops Fabel, wie folgt.

Ein Hund, der einen Fluß überqueren wollte, trug ein Stück Fleisch im Maule. Als er dessen Schatten im Wasser gewahr wurde, öffnete er sein Maul, um auch danach zu schnappen. Alsbald trug der Fluß das Stück, das er zuvor gehalten hatte, mit sich fort, und jenes andere, das er im Wasser verborgen glaubte, konnte er nicht bekommen.

So verliert ein jeder, der Fremdes begehrt, während er doch mehr haben möchte, noch sein Eigentum. (6)

DIE BEIDEN HÄHNE UND DER HABICHT

Ein Hahn lag mit einem andern Hahn immer wieder in Streit. Schließlich rief er den Habicht als Unparteiischen an. Von dem Habicht aber hoffte er, daß dieser, wenn sie beide vor ihn kämen, seinen Gegner, den er mitbringen würde, auffressen werde. Als sie jedoch vor den Richter kamen, um ihre Sache vorzutragen, packte der Habicht gerade den zuerst, der ihn vorher um den Schiedsspruch gebeten hatte. Da schrie der Hahn: „Nicht ich bin es, sondern der, welcher jetzt fliehen möchte!" Ihm erwiderte der Habicht: „Glaub ja nicht, daß du heute aus meinen Klauen entkommst! Denn es ist nur recht und billig, daß du selber ertragen mußt, was du dem anderen zudachtest."

Leute, die den Tod anderer betreiben, wissen nicht, was dabei für sie selber auf dem Spiele steht. (7)

DER LÖWENANTEIL

Wenn der Mächtige mit dem Armen teile, ginge es niemals ordentlich zu, heißt es im Sprichwort. Wollen wir sehen, was dazu die folgende Fabel allen Menschen zu erzählen hat!

Die Kuh, die Ziege und das Schaf schlossen einmal mit dem Löwen Freundschaft. Als sie nun im Gebirge auf Jagd gegangen waren, brachten sie einen Hirsch zur Strecke und teilten ihn. Da sprach der Löwe: „Den ersten Teil erhalte ich, weil ich der Löwe bin; der zweite gehört mir, weil ich so viel stärker bin als ihr. Den dritten aber nehme ich für mich in Anspruch, weil ich mehr gelaufen bin als ihr, und wer endlich den vierten anrührt, muß auf meine Feindschaft rechnen.“ So trug er dank seiner Unverschämtheit die ganze Beute allein davon.

Die Fabel mahnt alle, sich nicht mit den Mächtigen einzulassen. (8)

DIE SCHNECKE UND DER SPIEGEL

Eine Schnecke fand einen Spiegel, und wie sie ihn so glänzen sah, verliebte sie sich in ihn. Und sogleich zog sie sich über die Spiegelfläche hin und fing an, diese zu belecken. Doch dabei kam nichts anderes heraus, als daß sie seinen Glanz durch Schleim und Schmutz trübte. In solcher Verunreinigung fand der Affe den Spiegel und meinte: „Wer sich solchen Leuten hingibt, der verdient kein anderes Los!“

Das geht auf Frauen, die sich mit dummen, nichtsnutzigen Männern verbinden. (9)

DIE HOCHZEIT DER SONNE

Von seiner Natur kann keiner los, und aus dem Schlechten wird nur Schlimmeres geboren; davon gibt die Fabel Zeugnis, wie folgt.

Leute, die in der Nachbarschaft eines Diebes wohnten, nahmen an dessen Hochzeitsfeier teil. Da kam unser Weiser hinzu, und wie er die Nachbarn gratulieren sah, begann er seine Erzählung.
„Vernehmt", sprach er, „eure Freuden! Der Sonnengott wollte sich eine Frau nehmen. Da waren alle Leute dagegen und wandten sich mit lautem Geschrei vorwurfsvoll an Jupiter. Das veranlaßte den Gott, danach zu fragen, was ihnen denn Böses geschehen sei. Einer aus der Menge antwortete Jupiter: ‚Jetzt gibt es nur eine Sonne, und bereits diese bringt mit ihrer Hitze alles in Unordnung, so daß die ganze Natur Mangel leidet. Was aber wird aus uns werden, wenn der Sonnengott noch Söhne zeugt?' "

Es mahnt die Geschichte, bösen Leuten nicht zu gratulieren.
(10)

DER WOLF UND DER KRANICH

Wer dem Bösen eine Wohltat erweisen möchte, begeht einen großen Fehler. Vernimm darüber eine ähnliche Geschichte!

Als der Wolf Knochen verzehrte, blieb ihm einer davon ganz quer im Halse stecken. Da stellte er dem, der ihn von diesem Übel befreite, eine große Belohnung in Aussicht. Angelegentlich wurde der Kranich gebeten, mit seinem langen Halse dem Wolfe Heilung zu bringen, das heißt, seinen Kopf in den Wolfsrachen zu stecken und das Hindernis herauszuholen. Als der Wolf wieder bei Gesundheit war, ersuchte der Kranich dessen Unterhändler um Auszahlung der versprochenen Belohnung. Der Wolf aber, sagt man, habe bloß geantwortet: „Dieser Kranich ist undankbar.

Unversehrt und unbeschädigt durch mein Gebiß hat er seinen Kopf herausgezogen und möchte dazu noch einen Lohn sehen! Wie springt man mit meinen guten Eigenschaften um!"

Dieses Gleichnis ist eine Mahnung für jene, die den Bösen Gutes tun wollen. (11)

DIE HÜNDIN IM SCHWEINESTALL

Glatte Worte eines bösen Menschen bringen schweres Ungemach. Wie wir dem alle entgehen können, mahnen uns die folgenden Darlegungen.

Eine Hündin, die gebären wollte, bat die Sau: „Laß mich in deinem Stall meinen Wurf absetzen!" Die Sau willfahrte der Bitte und ließ die Hündin hinein. Nachdem diese aber geworfen hatte, bat sie darum, bis ihre Jungen widerstandsfähig wären, bleiben zu können. Auch dieser Bitte wurde entsprochen. Nach geraumer Zeit jedoch wollte die Sau ihr Quartier zurückhaben und nötigte die Hündin auszuziehen. Die aber sagte verärgert: „Was belästigst du mich? Warum zeigst du dich mir so ungerecht? Bist du freilich stärker als wir, so werde ich dir deinen Platz zurückgeben!"

So verlieren die Guten ihr Eigentum, die anderen um glatter Worte willen glauben. (12)

DIE UNDANKBARE SCHLANGE

Wer einem Bösen Hilfe bringt, muß wissen, daß er einen großen Fehler begeht, und wenn er jenem Gutes getan hat, so muß er wissen, daß er durch ihn Schaden erleidet. Darum laßt uns die folgende Fabel anhören!

Weil sie vor Frost und Kälte erstarrt war, nahm einer, um ein gutes Werk zu tun, eine Schlange mit sich; die hielt er in seinen vier Wänden und ließ ihr den ganzen Winter hindurch Gutes zuteil werden. Als sie aber mit der Zeit wieder zu Kräften kam, verhielt sie sich höchst unpassend und verdarb viel mit ihrem Gift. Denn um nicht mit Dank scheiden zu müssen, wollte sie als Frevlerin vertrieben werden.

Diese Fabel sollten die vielen beherzigen, die aus freien Stücken sich für undankbare Leute hingeben, welche bei ihrem Abgang noch Schaden bringen möchten. (13)

DER ESEL UND DER EBER

Über die, welche zur Unzeit lachen, hat der weise Äsop die folgende Geschichte zum besten gegeben.

Wenn manche Leute sich zum Gelächter machen, fügen sie einem andern Schaden zu und tun sich selbst Böses an, so wie jener Esel, der dem Eber begegnete. „Sei gegrüßt, Bruder!" sprach er. Verdrossen schwieg der Eber, seinen Zorn verbergend, und schüttelte das Haupt. „Das sei ferne", meinte er, „daß ich mit dummem Blut meine Zähne beschmutze; denn ich muß diesen Kerl schmähsüchtig, wie er ist, oder aber in Fetzen gerissen auf dem Platze lassen!"

Die Fabel erinnert uns daran, daß wir den Schwachsinnigen Schonung angedeihen lassen, uns aber gegen die Dummköpfe zur Wehr setzen müssen, die sich an ihnen Überlegenen zu vergehen wagen. (14)

DIE LANDMAUS UND DIE STADTMAUS

Daß es besser ist, sorgenfrei in Armut zu leben als im Reichtum von Ekel verzehrt zu werden, wird durch die folgende kurze Geschichte unseres Autors bewiesen.

Die Stadtmaus machte sich auf die Reise und fand gastliche Aufnahme. Die Landmaus bat sie nämlich, daß sie ihr in ihrer Hütte, so bescheiden sie auch sein mochte, Eicheln und Korn vorsetzen dürfe. Bei ihrer Rückkehr lud darauf die Stadtmaus ihre Gevatterin zum Mitkommen und zum Frühstück ein. So geschah es, daß sie sich gemeinsam auf den Weg machten. Zusammen betraten sie ein wohlhabendes Haus, wo ihrer ein Keller harrte, der mit allen guten Dingen angefüllt war. Das zeigte die Stadtmaus der Landmaus und sprach: „Genieße mit mir, Freundin, was uns alle Tage im Überfluß zur Verfügung steht!" Und während sie sich an den vielen Genüssen gütlich taten, kam der Kellermeister angeeilt und schlug an die Kellertür. Durch den Lärm aufgeschreckt, suchten die Mäuse auf verschiedenen Wegen zu entrinnen. Die Stadtmaus vermochte sich in den ihr wohlbekannten Gängen rasch zu verbergen, die arme Landmaus dagegen bemühte sich in ihrer Unerfahrenheit, über die Wände zu entkommen, und glaubte ihr letztes Stündlein nahe. Sowie aber der Kellermeister hinausgegangen war und die Kellertür hinter sich verschlossen hatte, wandte sich die Stadtmaus an die vom Lande: „Warum hast du dich durch dein Davonlaufen so in Aufregung gebracht? Genießen wir, Freundin, diese guten Sachen; du brauchst nichts zu scheuen und nichts zu fürchten!" Doch die Landmaus erwiderte: „Du sollst das alles genießen, weil du ja Angst und Furcht nicht kennst und dir die tägliche Aufregung nichts ausmacht. Ich dagegen lebe bescheiden auf dem Lande, wo ich immer fröhlich sein kann, kein Schrekken mich stört und keine Unruhe. Du nämlich lebst in ständiger Aufregung, es gibt für dich keine Sättigung, und am Ende wirst du in der Mausefalle sitzen, die Katze wird dich fangen und auffressen."

Diese Fabel schilt diejenigen, die sich mit Bessergestellten verbinden, um irgendwelche guten Dinge genießen zu können, die ihnen das Schicksal versagt hat. Die Leute sollten jedoch das einfache Leben lieben und werden dann sorgenfrei in ihren Behausungen leben. (15)

DER ADLER UND DIE FÜCHSIN

Die Mächtigen müssen die Schwachen fürchten, wie diese Fabel bezeugt.

Einst packte der Adler die Jungen der Füchsin und brachte sie in sein Nest, um sie seinen Sprößlingen als Futter darzubieten. Die Füchsin verfolgte den Adler und bat ihn inständig, ihr ihre Jungen zurückzugeben. Doch der Adler mißachtete die Füchsin als ihm unterlegen. Schmerzerfüllt nahm sich da die Füchsin von einem Altar Feuer in Gestalt einer brennenden Fackel und häufte Stroh um den Baum herum. Als nun Rauch und Flamme sich ausbreiteten, erfaßte den Adler qualvolle Sorge um seine eigene Brut, daß sie in den Flammen den Tod finden könnte, und er brachte die jungen Füchslein der flehentlich bittenden Mutter unversehrt zurück.

Die Fabel ist eine Lehre für viele, daß man an den Schwachen nicht sein Mütchen kühlen und sich nicht von irgendeiner Flamme verbrennen lassen soll. (16)

DER ADLER UND DIE SCHILDKRÖTE

Wer beschützt und gesichert ist, kann von einem schlechten Ratgeber zu Fall gebracht werden. Unser Erzähler berichtet darüber, wie folgt.

Der Adler packte die Schildkröte und flog mit ihr durch die Lüfte. Die Schildkröte zog sich zusammen und war von keiner Seite zu fassen. Da kam die Krähe entgegengeflogen und machte dem Adler schöne Worte. „Du trägst eine vortreffliche Beute“, sagte sie. „Doch ich will dir einen Kniff verraten; denn grundlos schleppst du dich an einer Last, zu der deine Kräfte nicht ausreichen werden.“ Der Adler versprach einen Teil der Beute, da gab die Krähe ihren Rat: „Bis zu den Sternen mußt du fliegen, dort, wo unten steiniger Boden ist. Dort, schlage ich vor, läßt du die Beute von oben herunterfallen, so daß die Hornschalen zerbrechen und wir das Fleisch als Futter nutzen können." Das habe der Adler getan, und die Schildkröte, welche ihre Natur geschützt hatte, verlor durch den bösen Rat das Leben.

(17)

DER KRANICH UND DIE KRÄHE

Der Kranich und die Krähe hatten sich miteinander verbündet und beschlossen, daß der Kranich die Krähe gegen die andern Vögel schützen und die Krähe dem Kranich über zu erwartende Geschehnisse berichten sollte. Als nun die beiden des öfteren einen Acker aufsuchten und das Getreide, das dort einmal gesät worden war, bis zur Wurzel abzupften, sah das der Besitzer des Ackers mit Schmerzen und sprach zu seinem Buben: „Gib mir einen Stein!" Das signalisierte die Krähe dem Kranich, und sie verhielten sich vorsichtig. Als die Krähe auch am nächsten Tage hörte, daß der Stein verlangt wurde, warnte sie aufs neue den Kranich vor bösen Folgen. Da wurde jenem Manne klar, daß die Krähe Warnungen gab, und er sagte zu seinem Buben: „Wenn ich sage: ‚Gib mir einen Bissen!', dann reichst du mir einen Stein!" So geschah's; der Mann bat den Buben um einen Bissen, der aber reichte ihm den Stein, welcher den Kranich traf und ihm die Schenkel zerschmetterte. Da sprach der Verwundete die Krähe an: „Wo sind deine göttlichen Weissagungen? Warum hast du mich nicht gewarnt, daß mir das passieren könnte?" Doch die Krähe antwortete: „Nicht meine Intelligenz trägt hierbei die Schuld, leidbringend sind vielmehr die Ratschläge all der bösen Leute, die etwas anderes tun, als sie sagen."

Die Fabel geht auf Leute, die durch Versprechungen Unschuldige verleiten, denen sie später ohne Zögern Schaden zufügen. (18)

DER FUCHS UND DER RABE

Wer sich mit hinterhältigen Worten loben läßt, hat es zu bereuen, wenn er betrogen wird. Auf solche Leute paßt diese Fabel.

Der Rabe stahl aus einem Fenster einen Käse und ließ sich auf einem Baumwipfel nieder. Als dessen der Fuchs gewahr wurde, rief er den Raben an: „O Rabe, wer möchte dir gleichkommen? Wie prachtvoll ist der Glanz deiner Federn! Und welchen Schmuck würde es für dich bedeuten, wenn du eine helle Stimme hättest; kein andrer Vogel könnte dir überlegen sein!" Der Rabe aber wollte sich dem Fuchs gefällig zeigen und seine Stimme zu Gehör bringen; also begann er laut hoch droben zu krächzen, dabei vergaß er den Käse, der ihm, als er den Schnabel öffnete, entfiel. Der hinterlistige Fuchs dagegen schnappte voller Gier danach. Da seufzte der Rabe, denn es reute ihn, daß er sich so dumm hatte hinters Licht führen lassen. Doch was hilft die Reue, wenn, was geschah, nicht mehr zu ändern ist? (19)

DER KRANKE LÖWE

Wer seine Stellung verliert, sollte auch sein früheres Auftreten preisgeben, um nicht von jedem x-beliebigen Unrecht erdulden zu müssen, wie die folgende Fabel beweist.

Altersschwach und abgezehrt lag der Löwe schwer leidend vor seiner Höhle und harrte seines letzten Stündleins. Da trat der Eber mit seinen scharfen Zähnen zu ihm und nahm wutschnaubend Rache für einen früheren Schlag. Der Stier stieß seine Hörner in den Leib seines Feindes, des Löwen. Als dessen der Esel gewahr wurde, trat er ihm mit seinen Hufen ins Gesicht. Da sprach der Löwe mit Seufzen und Stöhnen: „Als ich bei Kräften war, da stand ich in Ansehen und erweckte Furcht, daß alle meinen Anblick mieden und manche sogar vor meinem Namen erschraken. Und selbst die, denen ich aus Wohlwollen nichts antat, denen ich sogar zum Helfer wurde, mißhandeln mich heute. Weil ich eben kraftlos bin, ist es mit meiner früheren Geltung dahin."

Diese Fabel ist eine Warnung für viele, die sich daran gewöhnt haben, in Geltung zu stehen. (20)

DER ZÄRTLICHE ESEL

Wer keine Reverenz zu erweisen hat, der sollte sich nicht den Höhergestellten aufdrängen. Darüber hat der Dichter die folgende Fabel erzählt.

Der Esel sah, wie das Hündchen täglich seinem Herrn schmeichelte, sich von seinem Tische nährte und von den Angehörigen des Herrn viele Geschenke erhielt. Da habe sich der Esel gesagt: „Wenn mein Herr und seine ganze Familie ein so schmutziges Tier derart lieben, um wieviel höher müßten sie mich dann schätzen, wenn ich ihnen meine Reverenz erweise? Denn ich bin doch etwas sehr viel Besseres als der Hund, weil ich zu vielen Sachen nützlich bin. Ich nähre mich von Wasser aus geweihten Quellen, und saubere Speise wird mir dargeboten; ich könnte jedoch noch ein besseres Leben haben und größere Achtung genießen."
Während der Esel das bei sich erwog, bemerkte er, daß sein Herr eintrat. Eilig lief er zu ihm hin, iahend sprang er an ihm hoch, trat zu ihm und legte die erhobenen Vorderfüße auf beide Schultern des Herrn; dabei beleckte er ihn mit der Zunge, beschmutzte ihm den Rock und wurde ihm durch sein Gewicht lästig. Das Geschrei des Herrn rief dessen Angehörige herbei; die greifen zu Knüppeln und Steinen, fallen über den Esel her, schlagen ihn zum Krüppel und treiben ihn mit gebrochenen Gliedern und Rippen zu seiner Krippe zurück, halbtot und entkräftet.

Diese Fabel mahnt, daß kein Unwürdiger sich vordrängen soll, um die Funktion eines Höherstehenden wahrzunehmen. (21)

DER LÖWE UND DIE MAUS

Begeht der Schwache einen Fehler, so muß er, wenn er darum bittet, Verzeihung erlangen, damit nicht eine Lage eintreten kann, wo er Rache zu üben vermag. Vernehmen wir die Fabel, die für uns auf diese Situation hin abgefaßt ist!

Als der Löwe im Walde schlief, gerieten die Feldmäuse außer Rand und Band, und eine von ihnen stieg unfreiwillig über den Löwen. Dadurch aufgeweckt, schlug der Löwe blitzschnell nach der armen Maus und packte sie. Die bat flehentlich um Gnade, denn sie habe ja nicht in böser Absicht gehandelt. Ihr Vergehen begründend, gestand sie demütig, daß auch die andern herumgetollt seien und sie allein von ihnen die Schuld auf sich geladen habe. Der Löwe aber bedachte bei sich, ob es in dieser Sache Vergeltung bedeute, wenn er die arme Maus töte; Ruhm würde es ihm bestimmt nicht einbringen, allenfalls Tadel. Darum verzieh er ihr und ließ sie laufen.
Wenige Tage später geriet der Löwe in eine Grube. Als er sich gefangen sah, fing er ein gewaltiges Gebrüll an und brachte laut seinen Schmerz zum Ausdruck. Kaum hatte das die Maus bemerkt, lief sie herbei und fragte den Löwen, was ihm denn Schlimmes passiert sei. Und nachdem sie erfuhr, daß er gefangen sei, sprach sie: „Es besteht keine Veranlassung, daß du dich ängstigst; denn ich werde mich dir in gleicher Weise gefällig zeigen, da ich mich sehr wohl deiner Großmut erinnere." So sprach sie und sah sich genau alle seine Stricke an. Nachdem sie die Stellen, die sie annagen mußte, gefunden hatte, nahm sie mit ihrem Schnäuzchen die Arbeit auf, trennte nach und nach mit ihren Zähnen die Schnüre und lockerte die kunstvollen Fesseln. So gab die Maus den gefangenen Löwen in Freiheit seinen Wäldern zurück.

Es mahnt die Fabel, auch den ganz Kleinen kein Leid zu tun.

(22)

DER KRANKE WEIH

Was soll, wer immer lästert, in der Bedrängnis erbitten? Wollen wir sehen, was für eine Fabel unser Autor dazu zu erzählen weiß!

Als der Weih krank war und schon viele Monate daniederlag und für sein Leben schon keine Hoffnung mehr sah, bat er seine Mutter unter Tränen, die heiligen Stätten zu besuchen und für seine Errettung große Gelübde zu leisten. „Ich will tun, was du möchtest, mein Sohn", erwiderte diese. „Nur befürchte ich, daß ich nichts erreiche; denn, mein Kind, ich hege Besorgnis und große Furcht. Nachdem du nämlich all die heiligen Haine verwüstetest und alle Altäre beschmutztest und auch die Tempel nicht verschontest, worum, willst du, soll ich jetzt bitten?"

Das sollen alle die hören, die Sünden begingen und, befleckt mit ihren Sünden, die heiligen Stätten betreten. Sie müssen vielmehr darauf sinnen und trachten, daß ihre bösen Taten getilgt werden. (23)

DIE SCHWALBE UND DIE VÖGEL

Wer nicht auf guten Rat hört, wird in sich einen schlechten finden, wie die folgende Fabel beweist.

Einst waren einige Vögel versammelt, die bemerkten, wie ein Mann Lein säte, und gaben nicht viel darauf. Die Schwalbe aber sah tiefer, rief die andern Vögel zusammen und machte sie darauf aufmerksam, daß das ihr Schade sein werde. Doch alle die Zusammengerufenen gaben nichts darauf und lachten bloß. Als später der Samen Frucht zu tragen begann, sprach die Schwalbe wieder zu ihnen: „Das ist etwas Schlimmes; kommt, wir wollen es herausreißen! Denn sowie es ausgewachsen ist, werden die Menschen, geschickt, wie sie sind, Netze daraus machen, mit denen sie uns fangen wollen." Alle jedoch lachten über die Worte der Schwalbe, mißbilligten und verschmähten ihren Rat. Als das die Schwalbe sah, begab sie sich zu den Menschen, um unter deren Dächern geschützt zu sein. Und weil die andern Vögel ihren Rat nicht hören wollten und ihre Mahnungen in den Wind schlugen, so geraten sie jetzt immer in Netze.

(24)

DIE KATZE, DIE EULE UND DIE MAUS

Die Eule bat die Katze, daß sie auf deren Rücken steigen dürfe, und schlug vor, nach der Spitzmaus zu suchen. Die Katze brachte die Eule zum Hause der Maus. Da bat die Eule die Katze, jene zu rufen. Und so geschah's. Als die Maus die Stimme der Katze gehört hatte, kam sie zur Haustür und fragte: „Was sucht ihr? Was habt ihr zu sagen?" — „Wir möchten mit dir sprechen", lautete die Antwort. Doch die Maus erkannte, daß sie einen bösen Plan gegen sie ausgeheckt hatten. „Verflucht seist du, Katze", rief sie daher, „du, meine Herrin, und die, welche auf dir sitzt, und eure Familien, eure Söhne und Töchter und eure ganze Verwandtschaft seien verflucht! Zur Unzeit wäret ihr gekommen, und zur Unzeit sollt ihr diesen Ort verlassen!"

Die Geschichte geht auf Leute, die ihren Feinden kein gutes Wort zu sagen vermögen, die sich in Feindschaften verstricken und Böses unter sich ausbrüten. (25)

DER KAHLKOPF UND DER GÄRTNER

Der Kahlkopf bat einen Gärtner in der Nachbarschaft, er möchte ihm eine von seinen Melonen geben. Doch der spottete und sprach: „Geh, Kahlkopf, geh, dir will ich meine Melonen nicht geben, du bist mir zu dumm. Im Winter wie im Sommer soll dein Schädel immer Beschwerden haben. Fliegen und Bremsen sollen auf deiner Stirn sitzen, die aus deinem kahlen Kopfe Blut fressen und saufen und ihn hinterher bekacken!" Da ergrimmte der Kahlkopf, zog sein

Schwert und riß den Gärtner an den Haaren, um ihn zu töten. Der Gärtner seinerseits packte eine Melone und warf sie dem Kahlkopf an die Stirn. Dieser jedoch war stärker und schlug dem Gärtner das Haupt ab.

Das geht auf Leute, die Bittstellern nichts Gutes tun und auf vernünftige Reden und Antworten nicht eingehen.

(26)

JUPITER UND DIE FRÖSCHE

Als die Athener in besten Verhältnissen lebten, frei waren, niemanden zu fürchten brauchten und einander in guter Gesinnung dienten, ließen sie sich durch einen eitlen Plan verleiten und forderten für sich einen Oberen, der die schlechten Sitten zügeln oder bestrafen sollte. Darauf wurden viele terrorisiert, andere ausgebeutet, dritte sogar bestraft. Wie von einer Krankheit befallen, bedauerten sie da ihre Handlungsweise, weil sie, hinreichend unglücklich, Leid erduldeten und weil sie, durch ihr Gesetz belastet, arge Gefahr befürchteten. Nicht daß jener Obere grausam gewesen wäre, die Tatsache vielmehr, daß sie, ohne daran gewöhnt zu sein, unter einem fremden Gesetz oder einem fremden Willen dienen mußten, beschwerte sie sehr, und voller Reue weinten sie. Da erzählte ihnen Äsop die folgende Geschichte.

„Die Frösche", berichtete er, „die in aller Freiheit in ihren Sümpfen und Teichen hausten, forderten mit vielem Stimmaufwand von Jupiter einen Leiter, der die Irrenden auf die rechte Bahn bringen sollte. Als sie diesen Wunsch vorbrachten, lachte Jupiter. Darauf begannen sie wiederum ihr Gequake. Als sich trotzdem nichts zeigte, verlegten sie sich aufs Bitten. Jupiter, der den Unschuldigen gewogen ist, ließ in den Teich ein großes Holzstück gelangen, das die Furchtsamen allesamt in Schach hielt. Schließlich aber steckte ein Frosch, weil er den König über alle Frösche kennenlernen wollte, seinen Kopf aus der Wasserfläche; als er das Holz erblickte, machte er allen von seinem Wissen

Mitteilung. Manche kamen furchterfüllt herbeigeschwommen, um den großen Leiter zu begrüßen, andere näherten sich noch mit einer gewissen Bangigkeit. Als aber in dem Holz sich kein Leben findet, betreten sie es, erkennen, daß es ein Nichts ist, und stampfen es mit den Füßen. Ein zweites Mal verlegten sie sich aufs Bitten, da schickte ihnen Jupiter die Wasserschlange; die fraß die Frösche einen nach dem andern auf. Nun richten sie alle ihr mit Tränen vermischtes Quaken zum Himmel: ‚Zu Hilfe, Jupiter, wir sterben!' Doch der in der Höhe Donnernde erwiderte ihnen: ‚Als ihr batet, wollte ich nicht, und als ich wollte, habt ihr Mißliches bekommen. Da ihr nun das Gute nicht ertragen wolltet, müßt ihr das Schlimme aushalten.'"

Daß der sorgenfrei lebt, der nichts hat, was er zu fürchten braucht, beweist die Fabel. (27)

DIE TAUBEN UND DER HABICHT

Wer sich zum Schutze einem Bösen unterstellt, verliert zu seinem Schaden die Hilfe, wenn er sie braucht. Das lehrt die folgende Fabel.

Weil die Tauben oftmals vor dem unerbittlichen, wilden Weih Ausreiß nehmen mußten, wählten sie sich den Habicht zum Patron und Schutzherrn; denn sie meinten, unter seiner Obhut sicher zu sein. Körperschwäche vortäuschend, fing der an, eine nach der andern zu verspeisen. Da sagte eine von den Tauben: „Eine geringere Last war es für uns, daß wir den brutalen Weih ertragen mußten; denn die Macht des Habichts bringt uns ums Leben. Aber es geschieht uns schon ganz recht dabei; warum wollten wir uns einem solchen Betrüger anvertrauen?" (28)

DER TREUE HUND UND DER DIEB

Über Verführer laßt uns die folgende Fabel vernehmen!

Von einem Dieb, der bei Nacht dem Hund Brot brachte, erzählte man, daß dieser antwortete: „Nicht umsonst wird dieses Brot gegeben; vielmehr tust du es in der Absicht, mich zu schädigen, und ich soll dafür büßen zusammen mit dem Hausherrn und unserer ganzen Familie. Denn wenn du alles mit dir wegschleppst, wirst du mir dann auch noch Brot hinhalten? Würdest du mir auch später noch etwas abgeben und dich meiner erbarmen wollen, wenn der Hunger über mich kommt? Ich möchte nicht, daß du mir den Mund verschließt, möchte nicht Speise empfangen unter der Bedingung, daß ich schweigen muß. Vielmehr werde ich selber laut bellen, den Herrn und die Familie wecken, ihnen sagen: Ein Dieb ist da! Nicht auf das Heute, auf das Morgen will ich sehen. Mach dich also fort, oder ich zeige dich an!“

Das sollten die im Auge haben, die um eines Diners willen ihr Vermögen verlieren. (29)

DER WOLF UND DIE SAU

Man soll darauf achten, dem Bösen nicht Glauben zu schenken; davon handelt die folgende Fabel.

Als die Sau, weil sie gebären sollte, dalag und vor Schmerzen seufzte, trat der Wolf zu ihr und sprach: „Du kannst, Schwester, noch in dieser Stunde deine Sprößlinge unbesorgt zur Welt bringen. Ich werde das Amt der Hebamme wahrnehmen und dir tröstend beistehen.“ Doch kaum war die Sau des Bösewichts gewahr geworden, als sie sein Anerbieten zurückwies. „Ich kann, Bruder“, erwiderte sie, „meine Jungen unbesorgt zur Welt bringen, wenn du dich trollst. Ich ersuche dich also, gib mir die Ehre!“ Und sowie der Wolf fort war, gebar die Sau alsbald. Hätte sie dem Bösewicht geglaubt, es wäre ihr schlecht ergangen. (30)

DER KREISSENDE BERG

Wo Furcht herrscht und schwerer Schrecken, ist oftmals nichts, wie diese Fabel beweist.

Einst kreißte ein Berg und machte dabei viel Gestöhne. Als das die Leute in der Umgebung vernahmen, trat alsbald große Verwirrung ein, und alle erfaßte Schrecken. Niemand konnte sich an Ähnliches erinnern, das starke, kräftige Dröhnen erfüllte alle mit Furcht, und man vergaß die eigenen Angelegenheiten. Denn der kreißende Berg stöhnte gewaltig, und schließlich brachte er eine Maus zur Welt. Die Kunde davon verbreitete sich rasch, und die, welche vorher Furcht erfüllt hatte, faßten wieder Mut. Und was man als ein Übel angesehen, löste sich für alle in nichts auf.

(31)

DAS LAMM UND DIE ZIEGENMUTTER

Die Güte macht die Eltern aus, nicht, wie man sagt, die Abkunft. Damit wir das erkennen können, bringt der Erzähler die folgende Fabel.

Einem Lamm, das unter die Ziegen geraten war, sagte, so will es der Erzähler, der Hund: „Hier ist deine Mutter nicht", und wies statt dessen auf die gesondert in der Ferne weidenden Schafe. „Nicht nach der verlangt mich", erwiderte das Schaf, „die mich in ihrem Schoße empfing, ihre Monate trug und mich dann zur Welt brachte, sondern um die geht es, die mich nährt, mir ihre Euter darbietet und ihre eigenen Jungen benachteiligt, damit es mir nicht an Milch fehle." Doch der Hund entgegnete: „Trotzdem ist die, welche dich gebar, in erster Linie deine Mutter." Darauf das Lamm: „Es stimmt, was du sagst, doch, wie es recht ist, folgte sie dem natürlichen Triebe, ohne zu wissen, ob das Junge männlich oder weiblich sein werde. Was nützt den Tieren ein Junges, wenn es bloß für den Metzger vorteilhaft ist? Und was haben die Menschen, wie sie glauben, von ihren Söhnen? Auch bei denen ist es ja zweifelhaft, ob ein jeder die Treue wahren wird." (32)

DER ALTE JAGDHUND

Einen Alten darf man nicht mißachten oder verstoßen, denn auch er war einmal jung. Darum, wenn du für dich ein gutes Alter wünschst, so ehre die Alten, und willst du sie nicht ehren, so ehre doch wenigstens nach Kräften ihre früheren Leistungen und vernimm zur Sache die folgende Fabel!

Ein Hund, der in seiner Jugend seinem Herrn auf der Jagd stets zufriedenstellend gedient hatte, wurde von Kurzatmigkeit geplagt, das Alter hatte seinen Lauf verlangsamt, und seine Zähne waren stumpf geworden. Als er einmal einen Hasen zu erjagen suchte, vermochte Meister Langohr dem Biß des Hundes zu entrinnen, und da er ja nicht verwundet war, ließ er den Hund sich durch das Feld hin müde laufen. Das brachte den Herrn gegen seinen Hund auf, und er schalt ihn als seiner Aufgabe nicht gewachsen. Doch — so will es die Fabel — der Hund gab ihm Antwort: „Meinem Wollen fehlt die Kraft, stumpf sind meine Zähne, doch früher war ich stark. Du lobtest, was ich war, und jetzt verdammst du, was ich bin. Denk an das Frühere, so wird dir das, was ich heute noch vermag, gut und angenehm sein!"

Somit beweist uns die Fabel, daß, wenn einer als Jüngling erfolgreich handelte, er als Greis nicht mißachtet werden sollte. (33)

DAS REBHUHN UND DER FUCHS

Während das Rebhuhn irgendwo an einem hohen Orte saß, kam der Fuchs des Weges und redete es an: „Wie formvollendet ist dein Antlitz! Deine Beine gleichen einer Rosenhecke, dein Schnabel einer Koralle. Doch wenn du schliefest, wärest du wohl noch schöner!" Das Rebhuhn glaubte ihm und schloß die Augen; flugs holte es der Fuchs herunter. Mit tränenerstickter Stimme sprach das Rebhuhn: „Bei deinem ungewöhnlichen Scharfsinn bitte ich dich, sag mir zuvor deinen Namen; dann magst du mich fressen!"

Doch sowie der Fuchs seinen Namen nennen wollte, mußte er sein Maul öffnen, und das Rebhuhn machte sich davon. Ärgerlich bemerkte jener: „Ich Dummkopf, was mußte ich bloß reden?" Gab das Rebhuhn zur Antwort: „Und wozu mußte ich schlafen, da ich doch gar nicht müde war?"

Die Geschichte zielt auf Leute, die reden, wo es nicht notwendig ist, und die schlafen, wo sie wach zu sein hätten.

(34)

DIE LEBENSMÜDEN HASEN

Die Menschen müssen die Zeitläufte ertragen und sich den Umständen fügen. Wem seine Last zu schwer wird, der soll sich die Lasten anderer ansehen. Davon vernimm die Fabel!

Als plötzlich großer Lärm die Hasen bedrohte, faßten sie unter sich den Plan, sich lieber das Leben zu nehmen als beständiger Furcht ausgesetzt zu sein. Und sie begaben sich an das Ufer eines Flusses, wo sich viele Frösche aufhielten. Wie aber der Hasenzug näher kam, gerieten die Frösche in Schrecken und stürzten sich in den Fluß. Als das die Hasen sahen, sprach einer von ihnen: „Es gibt auch andere, die in Furcht leben wie wir. Setzen wir also unser Leben fort wie die andern auch, ertragen wir's, wenn uns etwas Böses trifft; denn immerfort wird es ja nicht Böses sein!"

(35)

DAS GEHORSAME ZICKLEIN

Auf die Weisungen der Eltern zu hören dient den Kindern zum Wohl, wie die folgende Fabel lehrt.

Als die Ziege trächtig war und zur Weide gehen wollte, warnte sie ihr unerfahrenes Zicklein, jemandem aufzumachen; denn sie wußte, daß viele Raubtiere um die Ställe der Haustiere herumschlichen. So mahnte sie und verließ das Haus. Da erschien der Wolf, und während er die Stimme der Mutter nachahmte, forderte er das Zicklein auf zu öffnen. Das Zicklein guckte durch die Spalten und sagte: „Die Stimme der Mutter höre ich wohl; doch du bist hinterlistig und böse, und unter dem Vorwand der Stimme der Mutter möchtest du mein Blut saufen und mein Fleisch fressen."

So lebt vorsichtig, wer auf Mahnungen hört. (36)

DER HUND UND DAS KROKODIL

Die Hunde pflegen im Laufen aus dem Nil zu trinken, um nicht von den Krokodilen gepackt zu werden. Als nun ein Hund, der aus dem Nil zu trinken begonnen hatte, sein Tempo steigerte, sprach ein Krokodil zu ihm: „Was deinen Lippen wohltut, brauchst du nicht zu fürchten!" Antwortete der Hund: „Ich wollte mich schon an deine Worte halten, wüßte ich nicht, daß du nach meinem Fleisch gierst."

Wer klugen Leuten unkluge Ratschläge gibt, verliert nicht nur, was er plant, sondern wird von jenen noch schmählich verlacht. (37)

DER HUND ALS SCHATZGRÄBER

Der Hund und der Geier gruben menschliche Gebeine aus. Da fand der Hund einen Schatz, wodurch er die Schattengeister der Toten verletzte. Zugleich befiel ihn Verlangen nach den Reichtümern, durch die er sein Vergehen sühnen zu können meinte. Während er nun sein Gold bewachte, vergaß er, für Nahrung zu sorgen, und ging an Hunger ein. Da sprach der Geier, der bei ihm stand: „Mit Recht büßest du, Hund, weil du, der du am Straßenrand gezeugt und auf dem Mist auferzogen wurdest, königliche Schätze begehrtest. Was nutzte es dir, diese Reichtümer zu finden?"

Auf Habgierige zielt diese Fabel, die eher erschöpft zugrunde gehen, als bis sie ihr unersättliches Begehren zu stillen vermögen. (38)

DER ARME MANN UND DIE GLÜCKSSCHLANGE

Als allzeit verdächtig hat zu gelten, wer einmal einem andern Böses zufügte, so wie es diese Fabel beweist.

Ins Haus eines armen Mannes kam mit Regelmäßigkeit eine Schlange zu Tisch und genoß dort die Brocken. Nicht lange darauf kam der Arme zu Besitz und wurde zornig über die Schlange und verletzte sie mit einem Axthieb. Es verging einige Zeit, und jener Mann kehrte zu seiner früheren Dürftigkeit zurück. Da wurde ihm deutlich, daß das Mißgeschick der Schlange sein Unglück bewirkt hatte, so wie er um ihretwillen reich geworden war, ehe sie durch ihn verletzt wurde. Also verlegte er sich aufs Bitten, daß sie dem Sünder doch verzeihen möge. Ihm erwiderte die Schlange: „Da du dein Vergehen bereust, will ich dir verzeihen. Bis jedoch die Narbe geschlossen ist, darfst du mir nicht voll vertrauen. Ich will aber in deine Gunst zurückkehren, wenn ich die tückische Axt zu vergessen vermag.“

So muß verdächtig sein, wer einen andern einmal verletzte. (39)

DAS ANGEBORGTE SCHAF

Wenn Betrüger borgen, stellen sie unredliche Bürgen, wie die folgende Fabel berichtet.

Einst bat der Hirsch das Schaf, ihm bis zu einem bestimmten Tage, an dem er das Geborgte zurückbringen werde, einen Scheffel Weizen zu leihen, wobei der Wolf als Bürge zugegen war. Erschrocken durch die Anwesenheit des Feindes, erklärte sich das Schaf auf der Stelle bereit. Als aber der Hirsch zu ihm kam, sagte es ihm: „Wenn der Termin da ist, wer wird mir dann das Geborgte zurückgeben? Du stampfst mit deinem Huf das Feld, der Wolf eilt fort, wohin es ihm gefällt, und groß sind eure Ränke."

Es lehrt die Fabel, den Leuten nur vorsichtig Glauben zu schenken. (40)

DER UNBARMHERZIGE ESEL

Der Esel und der Ochse waren einmal zum Ziehen in dasselbe Joch gespannt. Da versuchte der Ochse, weil sein Horn krank war, ein bißchen langsamer zu gehen. Der Esel jedoch weigerte sich, irgendeine Erleichterung einzuräumen. Infolgedessen brach das Horn, und der Ochse verendete sogleich davon. Den Kadaver lud der Treiber dem Esel auf. Durch viele Schläge geschwächt, kam dieser zu Sturz, und erdrückt durch die Last, hauchte er mitten auf der Straße sein Leben aus. Die Vögel kamen herzu, flogen auf ihre Beute und sagten: „Hättest du dem Ochsen, als er dich darum bat, Milde gezeigt, so würdest du uns nicht dank deinem frühen Tode zum Fraße dienen." (41)

DER KAHLKOPF UND DIE FLIEGE

Wenn einer sich selbst etwas antut, weil ein andrer ihn reizt, über den soll man nicht lachen, wie die folgende Fabel berichtet.

Einem Kahlkopf wurde eine Fliege lästig, die in einem fort in sein von Haaren entblößtes Haupt stach. Der Mann sparte nicht mit Schlägen, denn er wollte die Feindin erledigen. Die aber lachte darüber und setzte ihr Tun fort. Da wandte sich der Kahlkopf an sie: „Du verlangst nach deinem Tod, Ruchlose. Denn mit mir komme ich leicht wieder ins reine, du aber wirst unter meinem Schlag sterben."

Von aufgebrachten Leuten handelt die Geschichte, die sich Feinde machen. (42)

DER FUCHS UND DER STORCH

Was du nicht willst, daß man dir tu, das füg auch keinem andern zu! In ähnlichem Sinne gestaltete unser Erzähler seine Fabel.

Der Fuchs hatte einmal den Storch zum Essen eingeladen und setzte ihm in einer Schüssel dünne Brühe vor, von welcher der Storch nicht satt werden konnte. So kehrte er hungrig nach Hause zurück.
Nach ein paar Tagen lud er den Fuchs zu Gast. Dabei, erzählt man, habe der Storch sich folgendermaßen verhalten. In einer Glasflasche trug er appetitliche Speisen auf. Zuerst nahm sich der Storch selber davon, dann forderte er den Fuchs auf. Alsbald merkte der Fuchs den Tort, und der Storch sagte zu ihm: „Hast du Gutes getan, so nimm es an! Willst du nicht zulangen, so liegt's nicht an mir. Wenn du willst, so verzeih!"

Diese Fabel bezieht sich auf jene Leute, die so, wie sie andere mit Worten foppen, selber am Ende von Unbill heimgesucht werden. — Es mahnt die Geschichte, mit niemandem sein Spiel zu treiben. (43)

DER WOLF UND DER MIME

Über unkluge Leute erzählte Äsop diese Fabel.

Einen Tragödienschauspieler fand der Wolf auf dem Felde, den drehte er mehrmals um. „Was für ein Anblick", rief er, „doch Hirn hat er nicht!"

Dies bezieht sich auf jene, die Ruhm und Ehre genießen, aber doch keine Empfindung besitzen. (44)

DIE KRÄHE UND DIE PFAUEN

Darüber, daß sich einer nicht mit fremdem Gut groß machen, sondern sich lieber mit dem bescheidenen Eigenen schmücken soll, damit es ihm nicht zum Schimpf wird, wenn man ihn beraubt, darüber vernimm die Fabel unseres Autors!

Geschwollen von Hochmut und eitlem Wahn, hob eine Krähe Pfauenfedern auf, die auf dem Wege lagen, und schmückte sich damit. Den andern Krähen begegnete sie von da an mit Verachtung und mischte sich vielmehr unter die Herde der Pfauen. Doch diese rissen ihr, der unverschämten Unbekannten, aufgebracht die Federn aus und schwächten sie mit Tritten und mit Bissen. Halbtot von ihnen zurückgelassen und erheblich verwundet, fürchtete sich die unglückliche Krähe, zu ihrer eigenen Sippe zurückzukehren, wo sie, als sie im Glanz stand, viele ungerechtfertigt terrorisierte. Da begann einer von ihren Leuten: „Denk daran, wenn du nicht erröten mußt, hättest du deine Kleider liebgehabt und dich mit dem beschieden, was dir die Natur gewährte, du würdest von anderen kein Leid erduldet haben und wärest von uns nicht ausgestoßen worden! Es wäre dein Gutes gewesen, hättest du nach dem gelebt, was du besaßest!" (45)

DIE FLIEGE UND DIE AMEISE

Wer sich selber lobt, geht oftmals vor die Hunde, wie durch die folgende Fabel gelehrt wird.

Die Ameise und die Fliege stritten heftig miteinander, wer von ihnen beiden die Bessere wäre. Die Fliege begann: „Wirst du es mir vielleicht an Berühmtheit gleichtun können? Wo geopfert wird, genieße ich als erste die Opferstücke, sogar auf des Königs Haupte kann ich sitzen, und allen Damen gebe ich süße Küsse; du aber kannst nichts von alledem." Darauf erwiderte die Ameise: „Das sagst du, du elendes Miststück? Und du preist noch deine Zudringlichkeit? Kommst du etwa je erwünscht? Könige aber nennst du und unbescholtene Frauen? Lästig bist du, wo du erscheinst und sagst, dir gehöre alles, und wo du Zugang findest, verscheucht man dich. Uberall wirst du als eklig vertrieben, als widerlich verjagt. Im Sommer tust du dich groß; aber wie der Winter kommt, mußt du verrecken. Ich dagegen bin verwöhnt. Im Winter bin ich geschützt, unversehrt findet mich die gute Jahreszeit. Die Freuden kommen auf mich zu, dich Schmutztier dagegen vertreibt man mit dem Wedel."

Diese Fabel geht auf die Streitsüchtigen. Du sagst ein Wort, ich sage ein Wort; du lobst, ich lobe; du tadelst, ich tadle. (46)

DIE FLIEGE UND DAS MAULTIER

Manche Leute, die nichts sind, haben Zorn auf die, welche besser sind, und stoßen gewaltige Drohungen aus, da sie doch nichts durchzusetzen vermögen. Das erhellt aus der nachstehenden Fabel.

Es sprach die Fliege, die auf der Deichsel saß, zu dem Maultier, das daran angebunden war: „Wie langsam läufst du? Lauf zu, sonst steche ich dir in den Hals!" Darauf, so erzählt man, erwiderte das Maultier: „Deine Worte fürchte ich nicht, wohl aber die des Mannes, der auf dem Kutschbock sitzt, der mit den Zügeln das Gebiß lenkt und mit den Riemen den Weg weist und dabei die Peitsche nicht scheut. Den haben wir in erster Reihe zu fürchten. Du aber bist anmaßend und prahlerisch, weil du den Stärkeren gegenüber nichts anderes vermagst." (47)

DER WOLF UND DER FUCHS VOR GERICHT

Wer einmal durch Betrug bekannt geworden ist, lebt immer in Schande, und selbst wenn er die Wahrheit sagt, glaubt man ihm nicht. Dies bezeugt die nachfolgende kurze Fabel Äsops.

Voll Zornwut beschuldigte der Wolf den Fuchs, einen Diebstahl begangen zu haben. Jener leugnete seine Schuld. Da trat der auf Recht und Wahrheit bedachte Affe in das Richteramt, um unter den Anwesenden den Schuldigen herauszufinden. Jetzt brachten beide Rechtsgründe gegeneinander vor, legten ihre Gaunereien bloß und warfen sich gegenseitig ihre Schandtaten vor. Da fällte der wahre, gerechte Richter sein Urteil über beide Parteien und leitete aus der Klageschrift seinen Spruch ab. „Du, Wolf", sagte er, „verlangst, was du nicht verloren hast, und ich glaube, daß du, Fuchs, trotzdem etwas beiseite gebracht hast, was du dem Gericht gegenüber energisch verleugnest. So sollt ihr beide straflos bleiben und unter gleichen Bedingungen einmütig davongehen!"

Alle sollen wissen, daß, wer sich an Betrügerei gewöhnt hat, immer sehr schlecht leben wird. (48)

DAS GEFANGENE WIESEL

Wo wohlgesonnene Sklaven dienen, vergelten ihnen die Herren ihr Verdienst; doch ungerechtfertigte Täuschungen machen jede Leistung zunichte, wie uns die folgende Fabel beweist.

Als das Wiesel nach Mäusen jagte, fing es der Mensch. Weil das Tier nicht entrinnen konnte, sprach es zu jenem: „Ich bitte dich, verschone mich; denn ich habe allzeit dein Haus von den lästigen Mäusen befreit!" Doch der Angesprochene erwiderte: „Nicht um meinetwillen tust du das; denn ich würde dich in Ehren halten, wenn du es für mich getan hättest, und dir gern verzeihen. Indessen tötest du die

Mäuse darum, daß du unsere Reste verzehren kannst, die jene angeknabbert hatten. Du machst gänzlich reinen Tisch und trägst alles mit dir fort. Ich möchte nicht, daß du dir eine Guttat zuschreibst.“ Also sprach er und brachte das unselige Tier zu Tode. (49)

DER AUFGEBLASENE FROSCH

Wenn ein Armer es einem Mächtigen gleichtun will, dann platzt er. Darüber hat Äsop die folgende Fabel erzählt.

Auf einer Wiese sah einmal ein Frosch einen Ochsen weiden und meinte, daß er genauso wie dieser werden könne, wenn er seine faltige Haut aufblase. Also pustete er sich nach Kräften auf und fragte seine Jungen: „Bin ich so groß wie der Ochse?“ Die erwiderten: „Nein.“ Nun pustete er sich von neuem und noch mehr auf und sagte zu den Seinen: „Wie ist's jetzt?“ Doch die antworteten: „Nicht zu vergleichen.“ Als er sich aber zum drittenmal aufpustete, platzte die Haut, und er fand den Tod.

So soll durch dieses Exempel gewarnt sein, wer über seine Kräfte hinaus zu agieren versucht. Und im Sprichwort heißt es: „Blase dich nicht auf, damit du nicht platzt!“ (50)

DER DANKBARE LÖWE

Die Mächtigen müssen den Geringen ihre Dankbarkeit erweisen, und auch wenn lange Zeit vergeht, darf es kein Vergessen geben. Daß Entsprechendes wirklich geschah, davon zeugt die folgende Fabel.

Ein Löwe hatte sich einmal im Walde verirrt, und während er hin und her lief, trat er in einen Splitter, und weil sich innen Eiter ansammelte, begann er zu hinken. So traf er einen Hirten. Dem schmeichelte er in einem fort mit seinem Schweif und hob dabei beständig die Pfote. Als der Hirt den Löwen auf sich zukommen sah, entsetzte er sich zunächst und hielt ihm seine Schafe hin, weil er meinte, jener suche nach Nahrung. Doch dem Löwen ging es nicht um Nahrung, sondern vielmehr um Heilung, und ohne zu zögern, legte er seine Pfote dem Hirten auf den Schoß. Sobald nun der Hirt die Wunde und die große Eiterbeule erblickte, kam ihm geistesgegenwärtig der rettende Gedanke. Er nahm eine scharfe Ahle und öffnete damit vorsichtig die Wunde. Sowie das Geschwür aufgestochen war, ging mit dem Eiter zugleich der Splitter ab. Der Löwe verspürte Erleichterung, und zum Dank für die Heilung beleckte er die Hand des Hirten. Ein Weilchen blieb er noch bei ihm sitzen, dann hatte sich seine alte Kraft wiedereingestellt, und er trollte munter davon.

Nach geraumer Zeit wurde der Löwe gefangen und für die Arena des Amphitheaters bestimmt, der Hirt aber wurde in einem Prozeß verurteilt und den wilden Tieren zum Fraße vorgeworfen, gerade dort, wohin man den Löwen gebracht hatte. Man führte den Hirten in die Arena und ließ gleichzeitig den Löwen los. Der ging mit gewohntem Schwung zum Angriff, um dann allmählich innezuhalten. Sobald er nämlich zu dem Hirten gekommen war, hatte er ihn erkannt und hob nun unter mächtigem Gebrüll seine Augen und seinen Blick zu den Anwesenden. Darauf machte er am Balkon entlang die Runde und nahm zurückkehrend seinen Platz neben dem Verurteilten, heißt ihn, nach Hause zu gehen, und weicht nicht von dem Menschen. Da erst begriff der Hirt, daß der Löwe um seinetwillen so lange verharrte, und er vermutete, er müsse derjenige sein, mit dem er bereits im Walde Bekanntschaft geschlossen und dem er die Geschwulst geöffnet hatte. Ein weiterer und ein dritter Löwe werden in die Arena gelassen, damit der erste zurückweichen sollte; doch der blieb, wo er war, und verteidigte seinen Schützling. Als das die Zuschauer sahen, verfielen sie in großes Staunen und fragten den Verurteilten nach den Zusammenhängen. Nachdem der Hirt den Leuten den Grund berichtet hatte, forderten diese in großer Abstimmung für beide die Begnadigung. Und so wurden sie denn zugleich entlassen, der

Löwe in seinen Wald und der Hirt zu seinen Angehörigen.

Diese Geschichte muß publik gemacht werden, damit alle Menschen aneinander Dankbarkeit üben. (51)

DER LÖWE UND DAS KLUGE PFERD

Wer nichts kann, verrät sich selber, wie uns die nachstehende Fabel berichtet.

Ein starker Löwe sah ein Pferd auf einer Wiese weiden. Um dieses bequem täuschen zu können, näherte er sich ihm wie ein Freund und gab sich als Arzt aus. Das Pferd erkannte den Betrug, verweigerte jedoch trotzdem nicht den angebotenen Dienst. Schließlich kam ihm geistesgegenwärtig ein Einfall. Es hob den Fuß und gab vor, in einen Dorn getreten zu sein. „Bruder", rief es, „steh mir bei! Wie froh bin ich, daß du gerade vorüberkommst! Schaffe mir Erleichterung, weil ich in einen Dorn getreten bin!" Geradezu demütig kam der Löwe herzu und verbarg seine Hinterlist. Aber das Pferd ließ ihn alsbald seine harten Hufe spüren. Da fiel der Feind und blieb für längere Zeit besinnungslos liegen. Doch als er wieder zu sich kam, war von dem Pferd nirgends mehr etwas zu sehen. Da merkte der Löwe, daß er an Kopf und Gesicht und daß er am ganzen Körper verletzt war, und er sprach: „Mit Recht habe ich das erduldet, da ich sonst immer wie ein Metzger daherkam, während ich mich diesmal trügerisch als Freund und als Arzt näherte, der ich doch, wie gewohnt, als Feind hätte kommen müssen."

Deshalb sage ich allen, die das hören: Sei, was du bist, und lüge nicht! (52)

DAS HOCHMÜTIGE PFERD UND DER ESEL

Eine Fabel, die von den Zeit- und Glücksumständen handelt, wollen wir jetzt hören. Die sich glücklich wissen, sollen niemandem Unrecht tun und sich daran erinnern, daß alles, was vom Glück abhängt, zweifelhaft ist, wovon die folgende Fabel berichtet.

Ein Pferd, das mit goldenem und silbernem Zaumzeug geschmückt und mit Sattel und prächtiger Schabracke hinreichend aufgeputzt war und von Jugendkraft strotzte, begegnete an einer Wegenge einem Esel, der von weit her seine Last trug. Und weil er, ermüdet von der Reise, dem Pferd beim Vorübergehen erst spät den Weg freigegeben hatte, fuhr dieses ihn an: „Ich muß schwer an mich halten; sonst würde ich dir mit meinen Hufen die Knochen brechen, weil du bei unserer Begegnung nicht zurückgewichen oder wenigstens stehengeblieben bist, bis ich vorüber war." Über so viel Anmaßung erschrocken, verstummte der arme Esel.

Es verging nicht lange Zeit, da war das Pferd abgeritten, und weil es keine ausreichende Versorgung und Pflege hatte, magerte es ab. Sein Herr gab Befehl, es aufs Landgut zu bringen, damit es Mist auf die Felder führe. Es mußte bäuerliches Geschirr annehmen und ging mit schwerer Last über Saumpfade. Unser Esel, der auf einer Wiese weidete, erkannte das jetzt unglückliche Pferd und plärrte es an: „Was hat dir nun deine kostbare Aufmachung genützt, die dich so arrogant machte? Jetzt gehst auch du bloß der gleichen Landarbeit nach wie ich; bist du nun vielleicht auch noch frech?"

Es mahnt diese Geschichte alle, es möge niemand, wenn er in der Macht steht, andere terrorisieren. (53)

DIE FLEDERMAUS IM KRIEG DER TIERE

Über doppelzüngige Menschen hat Äsop die folgende Fabel abgefaßt. Wer sich zwei Parteien unterwürfig zeigt, ist für die eine wie für die andere unwillkommen und wird sich dafür selbst die Schuld geben müssen.

Die Vierfüßler führten mit den Vögeln einen großen Krieg, und keine Seite wollte der anderen nachgeben, sondern beide kämpften tapfer und zogen den Streit in die Länge. Die Fledermaus aber war sich im Zweifel und fürchtete schwere Zwischenfälle. Weil nun die Streitmacht der Vierfüßler mächtig und überlegen schien, begab sie sich zu diesen als den vermeintlichen Siegern. Plötzlich kam der Adler auf Mars' Rechte geflogen; darauf schüttelte er sein Gefieder und machte gemeinsame Sache mit den Vögeln. Dadurch erlahmten die Vierfüßler, und der Sieg stand bei den Vögeln. Schließlich kehrten Vögel wie Vierfüßler zum früheren Friedenszustand zurück. Die Fledermaus aber wurde, weil sie die Ihren im Stich gelassen hatte, durch den Spruch der Vögel dazu verdammt, für alle Zeit das Licht zu meiden, und man beraubte sie ihrer Federn, so daß sie nun des Nachts nackt herumfliegen muß.

So muß es denen ergehen, die sich auf die Seite anderer schlagen und ihre eigenen Leute im Stich lassen.

(54)

DIE NACHTIGALL UND DER HABICHT

Wer andern nachstellt, muß selber fürchten, Opfer der eigenen Bosheit zu werden, wie die folgende Fabel beweist.

Als sich der Habicht im Nest der Nachtigall niederließ, um dem Hasen aufzulauern, fand er dort die kleinen Jungen. Überraschend kam die Nachtigall dazu und bat den Räuber, ihre Jungen zu verschonen. „Ich will deinem Wunsche entsprechen", antwortete der, „wenn du mir etwas Schönes vorsingst.“ Da begann die Nachtigall, obgleich ihr die Lust fehlte, zu singen, durch Furcht und Angst genötigt und voller Schmerz. Der Habicht, der wider Erwarten auf Beute gestoßen war und diese nicht preisgeben wollte, sagte nur: „Du hast nicht gut gesungen“, ergriff eines der Jungen und begann, es zu verspeisen. Von der gegenüberliegenden Seite kam ein Vogelsteller dazu, der legte ohne viel Aufhebens seine Rute aus und zog den Habicht, der in dem Leim festklebte, zur Erde herunter.

So muß, wer andern nachstellt, befürchten, selber geschnappt zu werden. (55)

DER FUCHS VERRÄT DEN WOLF

Guten und Bösen hilft das Glück; wem es aber nicht hilft, auf den ist es neidisch. Wer gegen die vom Glück Begünstigten Neid im Herzen hegt, den bringt nachher die eigene Bosheit zu Fall. Gegen solche Leute hat unser Erzähler die nachfolgende Geschichte gerichtet.

Der Wolf hatte mit der Zeit reiche Beute in seinem Bau zusammengetragen, um davon mehrere Monate exquisit leben zu können. Kaum hatte der Fuchs davon erfahren, als er an dem Wolfsbau erschien und mit heuchlerischer Stimme sprach: „Warum nur habe ich dich so viele Tage nicht gesehen? Ich war traurig darüber, auch weil du mit mir keine Streifzüge unternommen hast.“ Ihm entgegnete der Wolf, der den Neid des Fuchses durchschaute: „Nicht weil du über mich beunruhigt wärest, bist du gekommen, sondern um etwas zu stehlen. Ich lege keinen Wert auf deinen Besuch; denn ich weiß, daß du etwas im Schilde führst.“ Über diese Worte höchlichst erzürnt, begab sich der Fuchs zu dem Schafhirten. „Wirst du mir es danken“, fragte er ihn, „wenn ich dir noch heute den Feind deiner Herde ausliefere, daß du darum keine Sorge mehr zu haben brauchst?“ — „Ich bin zu Gegendiensten bereit“, erwiderte der Hirt, „und werde dir zur Verfügung stehen, wenn du einen Wunsch hast." Da verriet der Fuchs den eingeschlossenen Wolf. Der Hirt durchbohrte ihn mit dem Jagdspieß, und der Rivale sättigte sich an dem fremden Gut. Nicht viel später freilich traf er selber auf den Jäger. Als ihn dessen Hunde gepackt und zerrissen hatten, rief er aus: „Ich habe schon schlecht gehandelt, und entsprechend gehe ich zugrunde, weil ich einem anderen weh tat."

So müssen auch die Menschen sich davor fürchten, anderen Schaden anzutun. (56)

DER EITLE HIRSCH

Mitunter loben wir das, was unnütz, und tadeln wir das, was gut und höchst notwendig ist. Das bezeugt Äsops folgende Fabel.

Ein Hirsch, der aus einer Quelle trank und sein großes Geweih erblickte, lobte dieses über die Maßen, dagegen tadelte er die Schenkel als zu dünn. Als dieser Hirsch sich wieder an die Quelle begab, vernahm er plötzlich die Stimme des Jägers sowie das Gekläff der Hunde. Durch Flucht über das Feld, so hört man, vermochte sich der Hirsch zunächst den Doggen zu entziehen. Sowie ihn aber der Wald aufgenommen hatte, gab ihn die Größe seines Geweihs den Jägern preis. Den Tod vor Augen, sprach er: „Was mir von Nutzen war, habe ich getadelt, und gelobt, was mir trügerisch wurde."

So loben auch wir oft das Unnütze und tadeln das Gute. (57)

VENUS UND DIE GÖTTER

Über die Eigenschaften der Frauen hat der Erzähler diese Fabel erdichtet.

Vor den Göttern und Göttinnen lobte Juno die Keuschheit und versuchte zu überzeugen, daß es besser sei, wenn eine

Frau mit nur einem Manne verheiratet sei und sich mit dem ihrigen bescheide. Da trug Venus, um zu scherzen, Aussprüche von Hennen vor. Als sie eine geduldige, verschwiegene Henne gefragt habe, wieviel sie, um satt zu werden, brauche, habe die geantwortet: „Was ich bekomme, ist mir reichlich genug, und trotzdem scharre ich." Venus nun habe dieser Henne in aller Gegenwart gesagt: „Damit du nicht scharrst, gebe ich dir einen Scheffel Weizen." Doch die Henne erwiderte der Göttin: „Und wenn du mir die ganze Scheune aufmachst, ich werde trotzdem scharren." Da habe Juno gelacht über das, was Venus von der Henne zu erzählen wußte. Von daher erkannten die Götter, daß es den Frauen ähnlich ergeht. So fing denn Jupiter an, sich vielen Frauen zu nähern, und keine versagte sich dem Zudringlichen. (58)

DIE WITWE UND DER SOLDAT

Keusch ist die Frau, welche dem ungestümen Liebhaber nicht nachgibt. Darüber äußert sich der Verfasser dieser Sentenz in seiner Fabel folgendermaßen.

Eine Frau, die ihren Gatten verloren hatte, begab sich zu dem Mausoleum, in welchem der Gemahl beigesetzt war, um dort ihre Trauertage zu verbringen. Da geschah es, daß einer, weil er sich vergangen hatte, nach dem Gesetz das Urteil empfing, am Kreuze aufgehängt zu werden. Ihm wird ein Soldat beigegeben, um zu verhindern, daß die Angehörigen des Nachts den Leichnam beiseite brachten. Bei seinem Wachdienst überkam den Soldaten der Durst, er begab sich infolgedessen zu dem Mausoleum, bat um ein bißchen Wasser, empfing es, trank es und machte sich auf den Heimweg. Als er aber die Frau gewahr wurde, wendete er sich um und spendete ihr Trost. So geschah es ein zweites und ein drittes Mal. Während er nun des öfteren von der Freundin gerufen wurde, entwendete man den Leichnam jenes, der am Kreuze hing. So mußte der zurückkehrende Soldat den Toten vermissen; erschrocken flüchtete er sich zu der Frau, warf sich ihr zu Füßen und klagte. „Was soll ich tun, was machen?“ plärrte er. „Komm mir zu Hilfe, dich bitt ich um Rat!“ Schließlich erbarmte sie sich des Soldaten, hob den Leichnam des Gatten von seinem Platze auf und befestigte ihn des Nachts an dem Kreuz. Die heimliche Tat blieb verborgen. So konnte dank solchen Erbarmens der Soldat seinem Dienste gerecht werden, die Frau dagegen errötete nicht angesichts ihrer Dienstleistung, und sie, die einst keusch gewesen war, ließ doppeltes Verbrechen zu.

Es sollen die Toten Grund haben zu trauern und die Lebenden Grund haben zu fürchten. (59)

DIE DIRNE UND DER JÜNGLING

Über die Dirnen hat uns der Erzähler die folgende Geschichte zu berichten, wie nämlich diese unverschämten Weiber die Männer absichtlich hereinlegen.

Eine bestimmte Dirne war wahrhaft gemeingefährlich. Einmal schmeichelte sie einem jungen Mann, dem sie schon öfter Unrecht getan hatte, und da jener sich ihr wegen des Geschlechtsverkehrs leicht ergeben hatte, wandte sich schließlich das Weib mit folgenden Worten an ihn: „Mag sein, daß viele mit Geschenken um mich bemüht sind, ich jedenfalls liebe dich und habe dich sehr gern!“ Und obwohl der junge Mann daran denken mußte, wie oft er von ihr hintergangen worden war, gab er ihr trotzdem freundlich Antwort: „Auch ich, mein Stern, mag dich leiden, nicht weil du mir die Treue hältst, sondern weil du mir angenehm bist!“ So foppten sie einander mit Worten.

Denn die Männer sind einfältig, und gar wenn die Weiber sie nackt antreffen, plündern sie sie aus. (60)

ÄSOP UND DER WILDE SOHN

Manche muß man in jungen Jahren zähmen, weil es bei den Größeren schwierig ist.

Ein Vater hatte einen wilden Sohn; der blieb alle Tage draußen, und die Sklaven erhielten seinetwegen Prügel. Dazu äußerte sich unser Erzähler in einer Fabel: „Ein Bauer schirrte ein Kalb mit einem älteren Rind zusammen. Da versuchte das Kalb, mit der Ferse und mit den Hörnern sich das Joch vom Halse zu streifen. Als es dadurch das Rind verärgerte, sagte der Bauer zu diesem: ‚Nicht des Arbeitens wegen habe ich euch zusammengebunden; vielmehr wünsche ich die Zähmung des Jüngeren. Hat der nämlich erst einmal durch Fehltritte und Hornstöße jemanden verletzt, so wird man ihn mit Steinen und Knüppeln kleinkriegen.‘"

Also muß jeder seine jüngeren Söhne in Schach halten.
(61)

DIE SCHLANGE UND DIE FEILE

Über zwei Bösewichte hat der Erzähler die folgende Geschichte gemacht. Der Böse tut dem Schlimmeren nichts an, der Ungerechte setzt dem Ungerechten nicht zu, und der Hartherzige klebt nicht an dem Hartherzigen.

In die Werkstatt eines Meisters kam einstens eine Schlange. Und während sie nach etwas Eßbarem suchte, fing sie an, die Feile zu benagen. Da wandte sich die Feile lachend an die Schlange: „Möchtest du, Böse, vielleicht deine Zähne beschädigen? Ich bin's nämlich, die daran gewöhnt ist, jedes Eisen zu benagen. Ist aber etwas rauh, so mache ich's durch mein Reiben glatt, und wenn ich eine Ecke behandle und es ist da etwas, so schneide ich's ab."

Demgemäß soll man mit einem, der leidenschaftlicher ist, nicht streiten. (62)

DIE SCHAFE UND DIE WÖLFE

Den Schutzherrn und Patron darf man nicht im Stich lassen. Darüber hat Äsop die folgende Geschichte erzählt.

Die Schafe und die Wölfe führten einen so heftigen Krieg miteinander, daß kein Part dem anderen nachgeben wollte. Die Schafe waren in der Überzahl, und zu ihnen standen die Hunde und die Widder. So schien der Sieg den Schafen zu gehören. Das wußten die Wölfe. Darum schickten sie Gesandte ab, die um Frieden bitten sollten unter der Bedingung, daß die Schafe die Hunde als Geiseln stellten und sie ihrerseits die Wolfsjungen erhielten. So geschah es, und man bestätigte eidlich die Abmachungen. Nachdem bei den Schafen Frieden eingetreten war, fingen einmal die Wolfsjungen an zu heulen. Die Wölfe, die daraus schlossen, daß ihre Jungen gequält würden, kamen eilends von überallher zusammen und behaupteten, die Schafe hätten den Frieden gebrochen. Mit dieser Begründung begannen sie die Schafe zu zerfleischen, denen kein Schutzherr Hilfe gewährte und die kein Patron verteidigte. (63)

DIE BÄUME UND DER MENSCH

Dem Feinde Hilfe zu leisten kann den eigenen Tod bedeuten, wie die nachfolgende Fabel beweist.

Nachdem er sich eine Axt angefertigt hatte, forderte der Mensch von den Bäumen, daß sie ihm dazu den Stiel lieferten aus einem Holz, das fest sein müsse. Einstimmig wiesen sie auf das Holz des Ölbaums. So nahm der Mensch den Stiel, befestigte ihn an der Axt und begann bedenkenlos Zweige und dicke Stämme und alles, was ihm gut dünkte, abzuhauen. Da sprach die Eiche zur Esche: „Mit vollem Recht müssen wir all das erdulden; warum haben wir voller Verblendung unserm Feind auf sein Ersuchen den Stiel in die Hand gegeben?“

Also soll, wer klug bedenkt, dem Feind nichts zur Verfügung stellen. (64)

DER HUND UND DER WOLF

Wie angenehm die Freiheit ist, erzählt in Kürze die Fabel unseres Autors. Jede Freiheit ist der Inbegriff, recht zu handeln. Denn bei den Freien herrscht Willkür, bei den Sklaven Tugend und Ruhm. Leistungsstark sehen wir nämlich häufig die Sklaven und ohne Wirkung die Freien.

Ein Beispiel: Als der Hund und der Wolf einander im Walde begegneten, sprach der Wolf zum Hund: „Woher, Bruder, bist du so schmuck und wohlgenährt?" Der Hund antwortete dem Wolfe: „Weil ich zu Haus Wache halte gegen Räuber, die vorüberkommen könnten. Nirgendwo kann jemand eindringen, und sollte zufällig des Nachts ein Dieb kommen, so zeige ich es an. Man reicht mir Brot, mein Herr gibt mir Knochen, und die andern machen es ähnlich. Die ganze Familie hat mich lieb, und man wirft mir hin, was ein jeder überhat. Alles, was nicht aufgegessen wird, bekomme ich; darum ist mein Leib prall. Will ich mir etwas zugute tun, ruhe ich unter dem Dach. Wasser habe ich im Überfluß. So führe ich ein geruhsames Leben." Der Wolf erwiderte darauf: „Gut geht dir's, lieber Bruder; ich wünschte, es würde auch mir zuteil, daß ich geruhsam mich nähren und ein besseres Leben unter einem festen Dache führen könnte." Dazu sagte der Hund: „Wenn du willst, daß es dir gut geht, so komm mit mir; es besteht kein Grund zur Furcht!" Als nun die beiden miteinander des Weges zogen, sah der Wolf, wie der Hals des Hundes von der Kette durchgerieben war. „Was ist das, Bruder?" fragte er. „Welches Joch hat dir den Hals zerrieben?" Der Hund erklärte: „Weil ich recht scharf bin, werde ich tagsüber festgelegt und nachts losgebunden; im Hause habe ich freien Auslauf und kann schlafen, wo ich will." Da rief der Wolf: „Ich habe es nicht nötig, jene Dinge zu genießen, die du gelobt hast. Ich will leben, was immer auch auf mich zukommen mag. Frei streife ich herum, wo es mir gefällt, keine Kette hält mich fest, keine Überlegung behindert mich. Offen stehen mir die Wege im freien Feld, Zugang habe ich zu den Bergen, nichts brauche ich zu fürchten. Von der Herde nehme ich meine Kostprobe, und die Hunde täusche ich mit meinen Einfällen. Leb du so, wie du es gewöhnt bist! Ich führe mein Leben nach meiner Weise."

(65)

DER MAGEN UND DIE GLIEDER

Wer aus Dummheit seine Angehörigen im Stich läßt, der soll wissen, daß er zuerst sich selber täuscht.

Niemand vermag etwas ohne die Seinen; dazu dieses Beispiel! Von den Körperteilen, den Händen und Füßen, erzählt man, sie seien ärgerlich geworden und hätten dem Magen die Nahrung verweigert, deshalb, weil er sich ohne jegliche Arbeit jeden Tag neu fülle. Er selbst sitze bloß müßig dabei. Weil aber den Magen hungerte, erhob er ein Geschrei. Die Körperteile indes wollten ihm einige Tage hindurch nichts geben. Dadurch, daß der Magen fasten mußte, erschlafften alle Glieder. Später jedoch, als sie ihm wieder Nahrung zuführen wollten, versagte sich der Magen; denn er hatte schon alle Wege verschlossen. So gingen Glieder und Magen zusammen vor Erschöpfung zugrunde.

Die Fabel ermahnt die Diener zur Treue, weil sie dadurch stark sind und auf Dauer rechnen können. (66)

DER AFFE UND DER FUCHS

Über den Reichen und den Armen erzählt man diese Fabel.

Inständig bat der Affe den Fuchs, er möchte ihm doch von seinem langen Schwanz ein Stückchen abgeben, damit er seinen gar so häßlichen Hintern darunter verbergen könne. „Was hast du davon", meinte er, „wenn du dich nutzlos mit solch einem langen Schwanz belädst, den du bloß durch den Schmutz ziehst?" Doch der Fuchs entgegnete: „Ich wünschte, er wäre noch länger und noch größer und ich könnte ihn nicht nur durch den Schmutz, sondern auch über Felsen, Dornen und Kot ziehen! Nur du sollst durch meinen Schmuck nicht schöner werden!"

O du reicher Geizhals, dich schilt diese Geschichte, weil du nicht das abgibst, was du im Überfluß hast! (67)

DER GEPRÜGELTE ESEL

Viele müssen selbst nach dem Tod noch Qual erleiden, wie die folgende Geschichte beweist.

Einst zog ein Kaufmann mit seinem Esel seine Straße, und weil er rechtzeitig zum Markt kommen wollte, schlug er mit Peitsche und Knüppel auf das schwerbeladene Tier ein, um der Geschäfte wegen schneller sein Ziel zu erreichen. Der Esel aber sehnte den Tod herbei, weil er meinte, wenigstens nach dem Tode ohne Plage zu sein. Schließlich ging er vor Abspannung und Entkräftung ein. Doch da machte man sogleich aus seiner Haut Trommeln und Siebe, auf die immerfort geschlagen wird, und er, der da glaubte, nach dem Tode frei von Plage zu sein, wird auch nach seinem Hinscheiden noch geprügelt. (68)

DER HIRSCH IM KUHSTALL

Die da fliehen, sind nicht außer Gefahr, sondern werden allenfalls durch Zufall bewahrt, wie uns die nachstehende Fabel berichtet.

Ein Hirsch, den der Jagdlärm aufgescheucht und zittern gemacht hatte, flüchtete sich, um den Jägern zu entkommen, in den nächsten Gutshof und begab sich in den Stall, ohne den Kühen zu verhehlen, weswegen er gekommen war. Da redete eine Kuh ihn an: „Warum willst du hier in den Tod gehen? Der Wald hielt dich verborgen, ja, du würdest besser die Fluren durcheilen als hierherkommen."

Doch der Hirsch entgegnete flehentlich: „Verbergt mich nur für ein Weilchen! Wenn es dunkel wird, kann ich ungeschoren überallhin gehen.“ Und während er das sprach, versteckte er sich an einem verborgenen Orte. Als die Schweizer Heu und Laub und anderes Futter im Stall stapelten, sahen sie den Hirsch nicht, und auch der Meier, der alles beaufsichtigte, wurde seiner nicht gewahr. So dankte der Hirsch beredt den Kühen, daß sie ihn auf seiner Flucht verborgen hielten. Indes erwiderte ihm eine von diesen: „Wir werden dich schon heil bewahren, vorausgesetzt, daß der dich nicht sieht, der hundert Augen hat; denn wird der auf dich aufmerksam, so wird er dir sogleich das Leben nehmen.“ Noch während die Kuh das zu dem Hirsch äußerte, trat plötzlich der Herr ein, und weil er letzthin hatte feststellen müssen, daß die Kühe infolge Vernachlässigung abmagerten, kam er herzu, um die Krippen zu besehen. Als er da konstatieren mußte, daß diese leer und das Futter gestapelt war, wurde er wütend auf die Schweizer; während er selber in das Laub greift, erblickt er plötzlich das Hirschgeweih. „Was soll das?“ schrie er und ruft die Schweizer zu sich. „Woher kommt der Hirsch?“ fragte er sie. Doch die schwören alle guten Glaubens, daß sie es nicht wüßten. Da freut sich der Herr über den Hirsch, und keiner kommt, nach diesem zu suchen. So ergötzt er sich mit den Seinen für ein paar Tage an Hirschbraten.

Die Fabel zeigt, daß der Herr in allen Dingen mehr zu erblicken vermag. (69)

DER AFFE AM KÖNIGSHOF DES LÖWEN

Vor Tyrannen zu reden ist eine Strafe, vor ihnen zu schweigen eine Marter. Das beweist die folgende Fabel.

Als die Tiere den Löwen als den Stärksten zum König gemacht hatten, beschloß dieser, im Interesse seines guten Rufes der Gewohnheit der Könige zu folgen, auf seine früheren Schandtaten zu verzichten und seine Lebensformen zu ändern. Keinem Tier, schwor er, etwas zuleide zu tun, nur unblutige Speise zu sich zu nehmen und sein Wort heilig und treu zu wahren. Es dauerte nicht lange, da reute ihn die Sache, und weil er seine Natur nicht ändern konnte, nahm er seine Opfer beiseite und fragte sie hinterhältig, ob er aus dem Munde rieche. Ob das nun einer bejahte oder einer verneinte, er zerriß sie alle, daß er bald vom Blute troff. Nachdem das mit vielen so geschehen war, rief er den Affen zu sich und fragte ihn, ob er ein stinkendes Maul habe. Der erwiderte, sein Mund dufte süßer als Zimt und wie ein Götteraltar. Der Löwe errötete angesichts dieses Lobredners und tat ihm nichts. Um ihn aber zu treffen, umging er sein Gelöbnis und suchte nach einer List: er stellte sich, als sei er erschöpft. Fortwährend kamen Ärzte, um ihm den Puls zu fühlen, und als sie diesen gesund fanden, rieten sie ihm zu einer Speise, die leicht sei und ihm zwecks guter Verdauung den Ekel nehme. Weil nun aber Königen alles erlaubt ist, rief der Löwe: „Noch unbekannt ist mir das Affenfleisch, ich möchte es probieren.“ Kaum gesagt, wird sogleich der schönrednerische Affe getötet, damit der Löwe rasch zu seiner Speise käme.

Die gleiche Pein trifft eben den, der redet, wie den, der nicht redet. (70)

DER FUCHS UND DIE TRAUBEN

Mit Worten verheißt ein Geschäft, wer's nicht mit Taten kann. So erzählt diese Fabel.

Hungrig erblickte der Fuchs eine Traube, die noch oben am Weinstock hing. Zu ihr wollte er gelangen, doch sosehr und sooft er sich auch reckte, konnte er sie trotzdem nicht erreichen. Da sprach er, so ist es überliefert, voller Zorn: „Ich mag dich nicht, du bist herb und unreif.“ Und so, als habe er sie nicht anrühren wollen, trollte er sich.

Dergestalt demonstrieren diejenigen, die mit ihren Kräften nichts ausrichten können, ihr Unvermögen und ihr Nichtwollen trotzdem mit Worten. (71)

DAS WIESEL UND DIE MÄUSE

Daß einer mit Schlauheit vermag, wozu seine physischen Kräfte nicht reichen, darüber gibt uns die folgende Fabel kurze Belehrung.

Ein Wiesel, das schon alt geworden war und den Mäusen nicht mehr folgen konnte, wälzte sich im Mehl und verbarg sich an einem dunklen Ort in der Absicht, im Kreise Unschuldiger ohne eigene Anstrengung Beute zu machen. Da kam eine arme, dumme Maus, die dachte an ein Gras, und da war es schon um sie geschehen, ohne Verschulden und unverdient! Eine zweite wird auf gleiche Weise gefangen und eine dritte ebenso. Schließlich erschien eine betagte, vorsichtig gewordene Maus, die sich mit allen Mausefallen, Fanglöchern, Fallstricken und sonstigen Täuschungsinstrumenten auskannte. Als die den Trick der Feindin bemerkte, sagte sie zu dieser (so erzählt man es sich jedenfalls): „Du verführst die Mäuse und verschlingst die Unschuldigen; mich, du Böse, wirst du jedoch nicht fangen, denn ich kenne alle deine Schliche.“ (72)

DER WOLF UND DER TREULOSE HIRT

Wer blanke Worte führt und treulos ist, sündigt im Herzen, wie es die folgende Fabel berichtet.

Als der ruchlose Wolf einmal eilig vor einem Verfolger floh, wurde einem Rinderhirten sichtbar, in welche Richtung er lief und an welchem Orte er sich verbarg. Von Furcht erfüllt, flehte der Wolf den Hirten an: „Ich bitte dich bei allen deinen Hoffnungen, verrat mich nicht meinem Verfolger, dem — ich schwör es dir — ich nichts getan habe!“ Der Angesprochene erwiderte: „Hab keine Angst und sorg dich nicht! Ich werde ihm sagen, du seiest in die andere Richtung gelaufen.“ Bald erschien der Verfolger und hieß den Hirten den Wolf zeigen: „Du hast gesehen, daß hierher der Wolf kam; mach mir kenntlich, wo er ist!“ Darauf der

Hirt: „Der Wolf war schon hier, aber er ist nach links fort. Dort mußt du weiterfragen.“ So sprach er, doch mit den Augen wies er den Verfolger in die Richtung nach rechts. Indes, jener verstand den Wink nicht und ging eilig weiter. So wandte sich der Hirt an den Wolf: „Welchen Dank werde ich dafür haben, daß ich dich verbarg?“ Der Wolf jedoch entgegnete ihm: „Deiner Zunge schulde ich Dank, deinen betrügerischen Augen dagegen wünsche ich volle Blindheit.“

Diese Fabel tadelt die, deren Doppelzüngigkeit offenbar ist.

(73)

JUNO UND DER PFAU

Was einem jeden verliehen ist, das möge er brauchen, wie es uns die folgende Fabel Äsops erzählt.

Zornig und verärgert erschien der Pfau vor Juno und führte Beschwerde darüber, daß die Nachtigall singe und sich in den menschlichen Gesängen auskenne, während er diese Gabe nicht besitze, sondern man ihn vielmehr verlache, wenn er seine Stimme erhebe. Um ihn zu trösten, spricht Juno ihn freundlich an: „Deine Erscheinung übertrifft deine Stimme und deine Figur die der Nachtigall. Die Farbe und der Glanz eines Smaragdes umfließt dich, keiner kommt dir gleich, es glitzert deine Brust, und wie von Edelsteinen leuchten dein Schwanz und dein Hals.“ Doch der Pfau erwiderte Juno: „Was soll mir all das? An Stimme bin ich unterlegen.“ Darauf Juno: „Nach dem Spruch des Schicksals sind euch allen von den Göttern jeweils Teile zugewiesen worden. Du empfingst Glanz und Farbe und Figur, der Adler die größere Männlichkeit, die Nachtigall die Singstimme, der Rabe die Wahrsagekunst, die Ringeltaube ihr Gurren, die Turteltaube ist immerfort traurig, der Kranich zeigt die Jahreszeiten an, und im Ölbaum nistet die Drossel, die Grasmücke hält sich an die Früchte, die Schwalbe freut sich des Morgensterns, nackt fliegt zu später Stunde die Fledermaus, der Hahn kennt die Stunde der

Nacht, und ein jeder hat Überfluß an dem Seinigen. Du solltest drum nicht nach dem fragen, was dir die Götter nicht gaben." (74)

DER PANTHER UND DIE BAUERN

Man sollte einem Fremden mit Wohlwollen begegnen und ihm, wenn er fehlt, verzeihen, damit er keine Möglichkeit hat, sich schadlos zu halten. Das beweist diese Geschichte.

Ein Panther stürzte, ohne Schaden zu tun, in eine Grube. Als das die Bauern gewahr wurden, fielen manche mit Stöcken über ihn her, während andere hohnlachend Steine auf ihn warfen. Einige dagegen sagten: „Laßt den Unschuldigen in Ruhe, der niemandem etwas zuleide getan hat!" Mit solchen Worten hielten sie die Mehrzahl davon ab, den Panther totzuschlagen. Ja, manche sandten ihm sogar Brot oder bedauerten sein Unglück so, wie es eben unterschiedliche Auffassungen gibt.
Sowie es dunkel wurde, gingen die Leute allesamt nach Hause in dem Glauben, das Tier werde des Nachts verenden. Nachdem indes der Panther neue Kräfte gesammelt hatte, befreite er sich durch einen raschen Sprung aus seinem Gefängnis und begab sich zu seinem Lager. Eingedenk dessen, was ihm geschehen war, kehrte er nach ein paar Tagen an jenen Ort zurück, machte das Vieh nieder, verscheuchte die Hirten, griff Pflüger und Bauern an und verheerte weite Landstriche. Da ergriff alle Angst, und sie sorgten sich schon nicht mehr, Schaden zu nehmen, sondern verlegten sich darauf, bloß um ihr Leben zu bitten. Doch der Panther wandte sich sanft an sie: „Ich erinnere mich sehr wohl", sagte er, „wer mich mit dem Stocke schlug, wer mich mit dem Stein verletzte, wer sich ungebührlich aufführte, wer mir Brot schickte. Denen jedenfalls kehre ich als Feind zurück, die mir nach dem Leben trachteten."

Die ruchlosen Bösewichter sollen das hören und sich in acht nehmen, daß sie niemandem Schlimmes antun. (75)

DIE HAMMEL UND DER METZGER

Verwandte oder Freunde, die miteinander nicht gut harmonieren, nehmen ein schlimmes Ende, wie uns die folgende Fabel berichtet.

Einst waren die Hammel mit den Böcken zusammen, da bemerkten sie, wie der Schlächter eintrat; doch taten sie so, als sähen sie ihn nicht. Und als sie auch wahrnahmen, daß einer aus ihrer Mitte von der todbringenden Hand des Fleischers gepackt, weggerissen und geschlachtet wurde, bekamen sie trotzdem noch keine Angst, sondern bemerkten unüberlegt zueinander: „Mir tut er nichts, und dir tut er nichts; so möge er mitnehmen, wen er gerade mitnimmt!“ Zu guter Letzt blieb nur noch einer übrig; als der ebenfalls mitgenommen werden sollte, sagte er zu dem Schlächter: „Es geschieht uns recht, daß wir alle nacheinander von einem einzigen abgeschlachtet werden, weil wir das vor kurzem, als wir noch zusammen waren, nicht vorausgesehen haben. Da erblickten wir dich in unserer Mitte und versäumten es, dich mit unsern Hörnern zu stoßen, dir die Knochen zu brechen und dich zu töten.“

Diese Fabel beweist, daß der vom Übel verzehrt wird, der sich im Leben nicht zu schützen weiß. (76)

DIE VÖGEL UND DER VOGELSTELLER

Daß man den Ratschlag des Weisen niemals beiseite schieben darf, mahnt uns die nachstehende Äsopische Fabel.

Als einst im Frühling Vögel aller Art jubilierten und, durch das Laub verborgen, ihre Nester bevölkerten, gewahrten sie, wie ein triefäugiger Vogelfänger seine Ruten aufstellte und seine Fäden in Leim tauchte. Da sagten die Vögel in ihrer Harmlosigkeit und Einfalt zueinander: „Was für ein edler Mensch muß das sein! Vor lauter Güte kommen ihm die Tränen aus den Augen, sowie er uns nur ansieht!“ Einer von ihnen jedoch, der klüger und mit allen Listen des

Vogelstellers vertraut war, ließ sich, so erzählt man, folgendermaßen vernehmen: „Macht euch fort, ihr einfältigen, unschuldigen Vögel, und entflieht dieser Tücke! Derentwegen rate ich euch, erhebt euch eilends und unverzüglich mit den Schwingen eurer Federn hinauf zum freien Himmel! Wenn ihr nämlich die Wahrheit erkennen wollt, müßt ihr sorgsam auf dessen Taten achten. Dann werdet ihr sehen, wie er die Vögel, die er mit List fing, totbeißt oder erwürgt und dann in seinen Ranzen legt."

Es lehrt diese Fabel, daß zweifelsfrei durch den Rat eines einzigen viele aus Gefahr befreit werden. (77)

DER AFFENKAISER

Seit alters ist es so, daß von bösen Menschen Trug und Schmeichelei hochgehalten werden, während Ehrenhaftigkeit, Wahrheitsliebe und Güte Tadel finden. Darüber unterrichtet uns die folgende Fabel.

Zwei Männer, verlogen der eine und wahrheitsliebend der andere, unternahmen zusammen eine Reise, und während sie ihres Weges zogen, gelangten sie in das Land der Affen. Als einer aus der großen Affenhorde, der nämlich, der sich zum Herrscher über die anderen aufgeworfen hatte, ihrer gewahr wurde, ließ er die beiden festhalten, um sie zu befragen, was sie über ihn dächten. Dazu ließ er alle Affen seinesgleichen antreten, vor sich und in langer Reihe zur Rechten und zur Linken. Gegenüber hieß er für sich einen Thron errichten, und so, wie er es beim Kaiser gesehen hatte, sollten die anderen Affen vor ihm stehen. Darauf werden die beiden Wanderer hereinbefohlen. Der regierende Affe fragte: „Wer bin ich?" Antwortete der Verlogene: „Du bist der Kaiser." Nächste Frage: „Und die, die ihr vor mir stehen seht, was sind die?" — „Das sind deine Paladine, Würdenträger, Feldherren und andere Chargen", entgegnete der Lügenbold. Dafür nun, daß er samt seinem Anhang fälschlich gepriesen wurde, ließ der Affe jenen

Mann, der ihm geschmeichelt und alle andern betrogen hatte, belohnen. Da erwog der Wahrheitsliebende bei sich: Wenn jener Unaufrichtige, der nur lügen kann, so angesehen ist und ausgezeichnet wird, wie muß es mir dann erst ergehen, wenn ich die Wahrheit sage? Und während er das bei sich bedachte, sprach jener Affe, der Kaiser genannt zu werden wünschte: „Sag mir, wer bin ich und die, welche du vor mir siehst!" Der Gefragte aber, der immer die Wahrheit liebte und stets die Wahrheit sagte, antwortete: „Du bist ein Affe, und diese alle sind Affen, dir ähnlich." Da wurde alsbald Befehl erteilt, ihn mit Zähnen und Krallen zu zerfleischen, darum, weil er, was wahr war, ausgesprochen hatte.

So ist es häufig auch bei bösen Menschen der Fall, daß Täuschung und Verschlagenheit geliebt, Ehrenhaftigkeit und Wahrheitsliebe aber verunglimpft werden. (78)

DAS PFERD UND DER MENSCH

Es ist besser, eine Feindschaft beizulegen als später, wenn man zur Rache nicht stark genug ist, die Feindschaft zu bereuen. Das erweist sich aus der nachstehenden Fabel.

Das Pferd und der Hirsch standen zueinander in Feindschaft. Weil das Pferd mit ansehen mußte, wie der Hirsch zu allem geschickt, hochgewachsen, höchst behend, von schmuckem Körper und mit einem blühenden Geweih verziert war, packte es der Neid, und es begab sich zum Jäger. Zu dem sprach es: „Dort in der Ferne steht der Hirsch, ein wunderbarer Anblick für alle. Vermagst du den mit deinem Spieß zu durchbohren, so wirst du in Fülle das schönste Fleisch zu essen haben. Sein Fell, sein Geweih und seine Knochen wirst du für ein gutes Stück Geld verkaufen können." Da erfaßte den Jäger die Gier: „Doch wie werden wir den Hirsch fangen können?" Das Pferd antwortete ihm: „Ich werde dir zeigen, wie mit meiner Hilfe der Hirsch jagbar wird. Du brauchst bloß auf mich zu steigen, mir zu folgen, deinen Speer zu schleudern, den Hirsch zu verwunden und zu töten, dann werden wir nach vollendeter Jagd einander gratulieren.“ Nach dieser Rede bestieg der Jäger das Pferd und brachte den Hirsch in Bewegung. Als der indes ins Laufen kam, besann er sich bald seiner natürlichen Gaben, streckte seine flinken Beine, überquerte Hügel und Felder und gelangte raschen Schrittes unversehrt in den Wald. Das Pferd aber sprach verschwitzt und ermüdet zu seinem Reiter: „Wonach ich strebte, vermochte ich nicht zu erreichen. Steig darum herab und geh wie üblich deinem Leben nach!“ Doch ihm entgegnete von oben der Reiter: „Du hast keine Möglichkeit, frei zu laufen, da du ja den Zügel im Maule hältst, und kannst keine Sprünge machen, weil der Sattel dich drückt. Solltest du aber ausschlagen wollen, so habe ich die Peitsche in der Hand.“

Gegen diejenigen richtet sich unsere Fabel, die sich selber in härteres Joch bringen, während sie anderen schaden möchten. (79)

DIE GANS UND DER STORCH

Als der Storch an seinen gewohnten Teich kam, stieß er auf die Gans, die immer wieder im Wasser untertauchte. Der Storch fragte sie, warum sie das täte. „Es ist eine Gewohnheit bei uns“, erwiderte die Gans, „im Schlamm finden wir nämlich unsere Nahrung, und überdies entgehen wir dem Angriff des Habichts, wenn er auf uns niederstößt.“ Ihr entgegnete der Storch: „Ich bin stärker als der Habicht. Halte darum Freundschaft mit mir, so will ich dafür sorgen, daß du seiner spotten kannst!“ Die Gans glaubte ihm und bat ihn sogleich um seinen Beistand. Als sie nun mit dem Storch hinaus auf den Acker ging, stieß alsbald der Habicht herab, packte die Gans mit seinen Klauen und fraß sie auf. Dazu bemerkte eine andere Gans: „Wer sich mit einem so jämmerlichen Beschützer verbindet, der sollte noch elender zugrunde gehen.“

Die Geschichte bezieht sich auf jene, die bei Leuten Schutz suchen, die keinen Schutz zu gewähren vermögen. (80)

DER SCHADENFROHE SPERLING

Den Hasen, der, vom Adler überwältigt, kläglich schrie, schmähte der Sperling: „Wo ist denn deine Behendigkeit geblieben? Was säumst du im Lauf? Davon kam es, daß du erwischt wurdest und leiden mußt." Und während sich der Sperling in solchen Reden erging, packte ihn selber unversehens der Habicht und machte ihm den Garaus, sosehr er auch jammerte und schrie. Da sprach der Hase: „Es ist ein Trost, daß du, der du unbekümmert über unser Leid spottest, nunmehr aus gleicher Veranlassung dein eigenes Schicksal zu beklagen hast!"

Auf dumme Leute zielt die Fabel, die sich nicht vorsehen und anderen noch Rat geben. (81)

DAS GEIZIGE PFERD

Der Esel bat das Pferd, ihm doch ein bißchen Gerste abzugeben. Das Pferd erwiderte: „Wie gerne würde ich, wenn ich es nur könnte, dir meiner Stellung gemäß großzügig abgeben! Doch wenn wir am Abend zur Krippe kommen, da will ich dir einen ganzen Sack voll Weizen schenken." Der Esel jedoch wandte ein: „Wenn du solch eine kleine Sache verweigerst, wie soll ich dann bei einer größeren an deine Tatbereitschaft glauben?"

Auf Leute, die viel versprechen, das Geringe aber versagen. Wer beim Geben sich zurückhält, ist meist groß im Versprechen. (82)

DER ESEL UND DER LÖWE

Viele glauben, mit ihrer Stimme könnten sie die tapferen Leute, als wenn sie schwach wären, erschrecken. Dazu wollen wir die folgende Fabel hören.

Einmal begegnete der Esel dem Löwen. Zu diesem sprach der Esel: „Komm, wir steigen auf die Bergeshöhe! Da will ich dir zeigen, wie viele mich fürchten." Die Worte des Esels belächelnd, erwiderte der Löwe: „Gehen wir!" Als sie ihr Ziel erreicht hatten und der Esel mit der Bestie auf der Bergeshöhe stand, erhob er seine Stimme und fing an zu iahen. Und die Füchse und Hasen, die ihn hörten, liefen eilends davon! Da, berichtet man, sprach der Löwe: „Deine Stimme würde auch mich erschrecken können, wenn ich nicht wüßte, wer du bist."

Die Fabel erinnert daran, daß der noch Hohn verdient, der mit seiner Kraft nichts vermag und darum mit leeren Worten die Leute erschrecken zu können glaubt.

(83)

DIE MÜCKE UND DER STIER

Als die Mücke den Stier herausgefordert hatte, erschienen viele Leute, um das Schauspiel mit anzusehen. Da sprach die kleine Mücke: „Es genügt mir, daß du dich zum Kampfe gestellt hast. Denn nach deiner Auffassung war ich ja nur ein winziges Ding." Darauf erhob sie sich mit leichtem Flug durch die Lüfte, hielt die Menge zum besten und machte die Drohungen des Stiers zunichte. Wenn sie freilich an sein kräftiges Gehörn gedacht hätte, so würde sie den Gegner schamvoll verachtet haben, und es hätte in der ungereimten Sache kein Rühmen gegeben.

Der nämlich, der sich mit Unwürdigen vergleicht, bringt sich selbst um seinen Kredit. (84)

DER RABE UND DIE VÖGEL

Der Rabe gab vor, seinen Geburtstag zu feiern, und lud die Vögel zum Mahle ein. Darauf schloß er die Eingänge des Hauses und fing an, einen nach dem andern zu töten.

Diese Fabel bezieht sich auf jene, die, wenn sie zu Freundschaftsdienst ausgehen, an das Gegenteil denken. (85)

DER FUCHS VOR DER LÖWENHÖHLE

Der Löwe, der in die Jahre gekommen war, täuschte eine Entkräftung vor, und dank dieser List betraten die anderen Tiere seine Höhle, um ihn zu besuchen. Der Löwe aber verspeiste sie eines nach dem andern. Auch der Fuchs kam, blieb jedoch vor der Höhle stehen und entbot seinen Gruß. Auf die Frage des Löwen, weshalb er nicht einträte, gab er zur Antwort: „Darum, weil ich zwar die Spuren der Eingetretenen, nicht jedoch die der Herausgekommenen sehe."

So muß uns die Gefahr anderer als Lehre zu unserm Wohl dienen. Denn leicht kommt einer ins Haus eines Mächtigen, zum Herauskommen aber ist es oft zu spät. (86)

DIE DURSTIGE KRÄHE

Die Krähe kam durstig zu einem zur Hälfte mit Wasser gefüllten Gefäß und versuchte, es umzustoßen. Da es jedoch fest stand, vermochte sie es nicht zu bewegen. Als sie das sah, kam sie auf folgenden Einfall. Sie nahm Steinchen und ließ sie in das Gefäß fallen, und mit der Menge der Steine trat das Wasser in dem Gefäß nach oben. So konnte die Krähe ihren Durst löschen.

Also wird es den schlechten Leuten gehen, die ihr Eigentum nicht mit den Freunden teilen wollen. (87)

DER SKORPION UND DER KNABE

Ein Knabe, der im Walde nach dem Vogelfluge schaute, stand auf einem Stein, unter dem ein Skorpion lag. Diesen Stein versuchte der Knabe umzudrehen. Doch der Skorpion sprach zu ihm: „Paß auf, du Armer, daß du nicht, während du nach mir haschst, dich selber schädigst!"

Diese Fabel gebietet, nichts dergleichen zu wagen, was gefährlich ist. (88)

DER WOLF UND DER KRANKE ESEL

Einem bösen Menschen darf man niemals trauen. Dazu vernimm die folgende Fabel!

Den kranken Esel besuchte der Wolf und fing an, seinen Körper zu betasten und zu fragen, wo es ihn am meisten schmerze. „Dort, wo du mich anfaßt", erwiderte der Esel.

So ist es auch mit den bösen Menschen. Wenn sie nützlich zu sein vorgeben und sich auf schöne Reden einstellen, dann sind sie vollends darauf aus, Schaden zuzufügen. (89)

DAS PFERD UND DIE DREI BÖCKE

Gelegentlich suchen die Kleineren in ihrem Kreise die Größeren herabzusetzen. Dazu vernimm die folgende Fabel!

Es waren einmal drei Hirsche, die erblickten ein Pferd, das aus Angst vor dem Löwen floh. Da lachten sie das Pferd aus, doch dieses entgegnete ihnen: „Ihr elenden Dummköpfe, wenn ihr wüßtet, vor wem ich fliehe, so würdet ihr nicht über mich lachen!"

So nämlich wird oftmals von den Untergebenen über die mächtigen Personen hergezogen. (90)

DER LÖWE UND DER MENSCH

Tüchtigkeit muß durch Taten bewiesen werden. Auch dazu vernimm die Fabel!

Der Mensch und der Löwe lagen miteinander in Streit, wer von ihnen überlegen wäre, und suchten nach einem Beweismittel für ihre Auseinandersetzung. Als sie zu einem Denkmal kamen, auf dem bildlich dargestellt war, wie ein Löwe von einem Menschen erwürgt wurde, zeigte der Mensch seinem Begleiter dieses Bild als Beweis. Ihm antwortete der Löwe: „Das ist von einem Menschen gemalt. Wenn nämlich die Löwen malen könnten, so würdest du öfter dargestellt finden, wie ein Löwe einen Menschen erwürgt. Doch ich", fuhr er fort, „will dir ein wirkliches Zeugnis zuteil werden lassen." Darauf führte er den Menschen zum Amphitheater und zeigte ihm in natura, wie ein Mensch von einem Löwen erwürgt wird, und sagte dazu: „Hier bedarf es keiner Farben zum Zeugnis, hier spricht die Wahrheit."

Diese Fabel beweist, daß eine farbig aufgeputzte Lüge rasch der Wahrheit unterliegt, wenn es zur harten Prüfung kommt. (91)

DER FLOH UND DAS KAMEL

Oftmals brüsten sich gerade die, welche selbst nichts bedeuten. Darüber erzählt die folgende kurze Fabel Äsops.

Ein Floh befand sich im Gepäck eines Kamels, als dieses beladen wurde, und kam sich sehr wichtig dabei vor. Nachdem sie lange unterwegs gewesen, gelangten sie gegen Abend zu einem Stall. Da sprang der Floh alsbald vor die Füße des Kamels und begann die folgende Rede: „Ich habe gut daran getan, daß ich dich schonte und nicht länger belastete." Doch das Kamel erwiderte dem Floh: „Ich bin dir dankbar, doch dadurch, daß du aufsaßest, wurde ich nicht belastet und bin auch jetzt nicht entlastet dadurch, daß du absitzest."

Diese Geschichte sollen alle jene hören, welche die Besseren weder be- noch entlasten können. (92)

DIE AMEISE UND DIE ZIKADE

Von den Bequemen und Langsamen hat unser Autor die folgende Geschichte erzählt.

Zur Winterszeit zog die Ameise Korn aus ihrem Loch, das sie im Sommer zusammengetragen und gespeichert hatte, und trocknete es. Da bat sie die Zikade, welche hungerte, sie möchte ihr doch zum Weiterleben etwas von ihrer Nahrung abgeben. Doch die Ameise fragte sie: „Was hast du denn im Sommer getan?" Jene erwiderte: „Ich war nicht müßig, vielmehr sprang ich singend durchs Gebüsch." — „Wenn du im Sommer gesungen hast, so tanze jetzt im Winter!" entgegnete ihr die Ameise, lachte und verschloß ihr Korn. (93)

DAS SCHWERT UND DER WANDERER

Ein schlechter Mensch reißt viele ins Verderben, und selber geht er allein zugrunde. Auch dazu vernimm die nachstehende Fabel!

Während ein Wanderer seines Weges zog, fand er ein Schwert, das auf der Straße lag. Dieses fragte er: „Wer hat dich so hingeworfen?" Ihm erwiderte die Waffe: „Mich einer, ich aber viele."

Diese Geschichte erzählt, daß ein schlechter Mensch wohl untergehen, zuvor aber vielen Schaden zufügen kann.

(94)

DIE KRÄHE UND DAS SCHAF

Vom Unrecht, das Unschuldige leiden, erzählt Äsop die folgende Geschichte.

Müßig saß eine Krähe auf einem Schaf und pickte ihm den Rücken. Nachdem sie das lange genug getan hatte, wandte sich, so berichtet man, das Schaf an sie: „Wenn du dem Hund das angetan hättest, so würdest du sein Gebell und seine wütende Schnauze nicht haben ertragen können." Doch die Krähe entgegnete ihm: „Ich sitze auf deinem starken Hals und weiß sehr wohl, wohin ich mich setze, und weiß auch, wen ich reizen kann. Denn ich habe genug erlebt, bin scharf gegen die Schüchternen und befreundet mit den Bösen. So nämlich haben die Götter mich geschaffen."

Die Fabel ist auf jene gemünzt, die sich an den Niedriggestellten und ihrer Redlichkeit vergehen. (95)

DER ADLER UND DER WEIH

Ein Adlerweibchen saß traurig auf einem Baume, als ein Weih sich hinzusetzte. Der sprach zu jenem: „Warum muß ich dich so betrübt sehen?" Das Adlerweibchen antwortete: „Wie sollte ich nicht betrübt sein, da ich doch einen für mich passenden Gatten suche und ihn nicht finden kann?" — „So nimm mich", fiel der Weih ein, „denn ich bin dem gegenüber, den du suchst, sogar überlegen!" — „Was kannst du denn jagen?" fragte das Adlerweibchen. „Ich habe schon öfter einen Strauß mit meinen Klauen gepackt und aufgefressen", antwortete der Weih. Das Adlerweibchen gab sich mit dieser Antwort zufrieden und hielt mit jenem Hochzeit. Nachdem nun die Zeit, die für die Hochzeit bestimmt war, vergangen war, sagte das Weibchen zu dem Weih: „Mach dich auf und bring uns Beute herbei, so, wie du es versprochen hast!" Da flog der Weih hoch hinauf und brachte eine ganz ekelhafte Maus, die schon halb verwest war. „Das ist dein Versprechen?" fragte entrüstet das

Adlerweibchen. Doch der Weih erwiderte: „Ich wollte dich doch unter allen Umständen heiraten! Selbst wenn du mir Unmögliches abgetrotzt haben würdest, so hätte ich dir die Erfüllung niemals versagen dürfen."

Das geht auf Frauen, die zunächst reichere Männer suchen und sich dann doch mit untüchtigen einlassen. (96)

JUPITER UND DIE FÜCHSIN

Ein schlimmes Wesen verdeckt kein Schicksal.

Als Jupiter sich in Menschengestalt verwandelt und die Füchsin sich gleichsam als legitime Lagergenossin beigesellt hatte, sah diese einmal einen Skarabäus an einem Baum hervorkriechen und stürzte sich unvermittelt auf die wohlbekannte Beute. Über dieses Verhalten waren die Götter und vor allem Jupiter bestürzt. Dieser verstieß daher die Füchsin, trieb sie aus dem Ehegemach und rief ihr nach: „Scher dich dorthin, wo die Verhältnisse zu dir passen; denn zu unseren Verhältnissen paßt du nicht!" (97)

DER ALTE UND DER JUNGE STIER

Nicht ist der Schüler über den Lehrer.

In einem engen Eingang hatte ein Stier Schwierigkeiten mit seinen Hörnern, daß er kaum zur Krippe eintreten konnte. Da zeigte ihm ein Kalb, wie er sich drehen müsse. „Schweig", sagte ihm der Stier, „das wußte ich schon, ehe du noch geboren warst!"

Wer also einen Gelehrten korrigiert, macht sich selbst mißfällig. (98)

DIE ÄSOP-STATUE

Sobald die Leute die Schriften und den Geist Äsops erkannten, setzten sie ihm eine Statue, weil er aus vielen Pfaden breite Wege gemacht, die Niedrigen freundlich behandelt und sich viele angesehene Athener verpflichtet hatte. Auf dieser Statue stand zu lesen: „Da ich die Wege der Kunst genial erkannte, habe ich bald Fabeln herausgegeben. Dafür haben meine Mitbürger diese Statue errichtet, was für die Mühe ein guter Lohn ist."

AVIAN

Fabeln

BRIEF DES VERFASSERS AN THEODOSIUS

Als ich, mein bester Theodosius, bei mir bedachte, welcher literarischen Gattung ich das Andenken an meinen Namen anvertrauen sollte, kam mir unwillkürlich die Fabel in den Sinn, weil in diesem Genus die Täuschung, sofern man sie nur in hübsche Worte kleidet, gestattet ist und ein Zwang zur Wahrheit nicht besteht. Denn wer könnte mit dir über Redekunst, wer über Dichtung das Wort führen? Mit dir, der du doch in beiden literarischen Gattungen sowohl die Attiker an griechischer Bildung wie sogar die Römer an Latinität überragst! In jener Materie also wirst du mir Äsop als Führer zuerkennen, der, gemahnt durch den Spruch des delphischen Apollon, mit scherzhaften Dingen begann, um sich einen Leserkreis zu sichern. Indessen hat auch Sokrates solche Fabeln seinen göttlichen Werken zur Exemplifizierung eingefügt und Horaz sie in seine Dichtung einbezogen, da sie ja unter der Form umgänglichen Scherzes Lebensregeln beinhalten. Fabeln hat in griechischen Jamben Babrios wiedergegeben und in zwei Bänden zusammengefaßt. Weiter brachte Phaedrus einen Teil davon in fünf kleinen Büchern. Hieraus habe ich zweiundvierzig Nummern zu einer Ausgabe vereinigt; dabei versuchte ich, was in naturwüchsigem lateinischem Stil konzipiert war, im elegischen Maß wiederzugeben. Du hast somit ein Werk vor dir, an dem du dein Herz erfreuen, mit dem du den Geist schärfen, durch das du Kummer beheben und nach dem du dein ganzes Leben zuverlässig einzurichten vermagst. Allerdings haben wir darin Bäume sprechen, wilde Tiere gemeinsam mit den Menschen seufzen, Vögel mit Worten streiten und andere Lebewesen lachen lassen, damit je nach den Erfordernissen des Gegenstandes sogar von leblosen Wesen Einsichten ausgesprochen werden können.

DIE AMME UND DAS KIND

Dem Knäblein, weil es weinte, hatt die Bäurin einst
gedroht,
wollt es nicht schweigen, daß der böse Wolf es dann
verzehre.
Vertrauensselig hört der Wolf dies Wort
und wartet gierig draußen vor dem Tor, der eitlen
Wünsche voll.
Das Kind ergibt die müden Glieder sanftem Schlaf,
dem Räuber aber nimmt der Hunger alle Hoffnung.
Als ihn Frau Wölfin sah ins Reich der Wälder
zurückkehrn ohne Beute, rief sie spöttisch:
„Warum nur bringst du keinen Fang, wie man's gewohnt?
Statt dessen sind die Backen schlaff und leer das Maul!"
„Nein, wundere dich nicht", entgegnet' er, „getäuscht
durch böse List,
lag elend ich vergebens auf der Lauer!
Denn welche Beute, welche Hoffnung, sag mir, konnte
ich erwarten,
als mir des Weibes Worte nichts als bösen Streit
einbrachten!"

Das soll auf sich beziehn — denn jeder ist damit
gemeint —,
der an des Weibes Zuverlässigkeit je hat geglaubt! (1)

DIE SCHILDKRÖTE UND DER ADLER

Es sprach die Schildkröt zu den Vögeln, die da fliegen,
einst, wie folgt:
Wenn einer von den Vögeln sie vom Boden heben wollte,
so würde aus dem roten Meeressand sie Muscheln
bringen,
die ihre Perle, fest umhüllt, so wertvoll mache.
So sprach sie, weil sie selbst sich grollte, daß am ganzen
Tag

mit ihrem trägen Schritte sie nichts schaffte, nichts zu
Ende brachte.
Doch als mit ihren trügerischen Sprüchen einst den
Adler sie
für sich gewann, mußt ihre ungetreue Zunge gleiche
Treu erfahren.
Als mit den schlimmerkauften Schwingen nämlich sie
zum Himmel strebt',
stürzt' ab sie, von des Adlers scharfer Kralle fest
gepackt.
Und während schon ihr Leben sie verhauchte, beklagte
stöhnend
in höchsten Lüften sie das Los, das ihrem Wunsch zuteil
geworden.
Erwiesen war doch dieses: Wer die Ruhe haßt,
vermag das Große nicht zu fassen ohne tiefstes Leid.

So muß, wer groß sich tut, weil Ruhm ihn überhöhte,
auf Strafe rechnen, da sein Schicksal er verschmäht'.
(2)

DER KREBS UND SEINE MUTTER

Ein Krebs, der rückwärtskriechend seine Spuren zog,
verletzt' den rauhen Rücken sich im stein'gen Wasser.
Die Mutter, die ihm gut voranzukommen wünschte,
vermahnte ihn, so sagt man, wie es folgt:
„Laß dir, mein Sohn, die Rückwärtswege nicht gefallen,
und lenke deinen Fuß nicht wieder auf die schiefe Bahn!
Bemühe dich, die Schritte straff zu lenken,
und ungefährdet richt nach vorwärts deinen Gang!"
Darauf der Sohn: „Wenn du vorangehst, will ich folgen,
um soviel sichrer, als das Rechte du mir zeigst." (3)

DER WINDGOTT UND DER SONNENGOTT

Der grauenvolle Unhold Boreas und Phoebus, sanfter Himmelsherrscher,
sie führten vor dem großen Jupiter ein Streitgespräch,
wer wohl zuerst ein angefangnes Werk vollende.
Indes zog auf der Erde eilends den gewohnten Weg ein Wanderer.
Es hieß, daß dieser sollt den Streit entscheiden,
es sei der Sieger, der den Mantel ihm entreißt.
Vom Sturm der Winde hallte bald der Äther,
ein frost'ger Regen strömt' in mächt'ger Flut hernieder.
Doch jener doppelt seinen Mantel auf der Schulter,
wenn ihn des Sturmes Wüten drängt und stößt.
Die anfangs schwachen Strahlen aber hatte Phoebus wachsen lassen,
auf daß ein Glanz von Feuerhitze sich erhob,
bis daß die müden Glieder gerne ausstreckt unser Wandrer,
den Mantel ablegt und erschöpft sich niedersetzt.
Da lehrt die Götter, die zugegen, Titan, unser Sieger,
daß niemand siegen kann, der es mit Drohn beginnt.

(4)

DER ESEL MIT DEM LÖWENFELL

Ein jeder muß sich messen und sich freuen an der eignen Kraft
und darf, was eines andern ist, für sich nicht nehmen.
Sonst wirst verlacht du, wenn der Schein entlarvt
und du in deinen Schwächen bleibst zurück.

Per Zufall fand ein Esel eines Löwen Fell aus Afrika.
Das neuerworbne legte er sich selber um,
die Glieder steckt' er in die Hülle, die für sie nicht paßte,
und preßte seinen blöden Kopf ins ehrenvolle Kleid.
Doch wie die Lust des Terrors seinen Sinn umfing

und vorgestellter Kampfmut seine trägen Knie erfaßte,
zerstampfte er dem milden Weidevieh das Futter
und scheuchte er die Küh, die angstvoll, übers Feld.
Nachdem indes an seinem langen Ohr der Bauer ihn
ergriffen,
band er mit einem Strick ihn fest und züchtigt' ihn mit
Schlägen.
Zugleich riß er vom Körper ihm das Fell, entblößte ihn
und schalt das unglücksvolle Tier mit diesen Worten:
„Vielleicht magst andre du, die dich nicht kennen,
täuschen;
für mich jedoch bleibst du der Esel, der du immer
warst!" (5)

DER FROSCH UND DER FUCHS

Hoch oben bald im Strudel, bald auf tiefstem Grund,
jedoch stets wühlend in dem Schlamm,
bald unterwegs zu Hügeln und zu grünen Wiesen,
sprach, blähend sich, der Frosch zum Trost dem
Wildgetier,
so klug, wie *er* sei, könnt er Krankheiten beheben
und längres Leben durch die Kunst verleihn.
Selbst hinterm Meisterarzt Päon, so prahlt' er, braucht' er
nicht zurückzustehn,
mocht der den Göttern ständig auch Betreuer sein.
Der schlaue Fuchs jedoch belacht' der Tiere Einfalt
und prangerte, was jener nichtig sagte, an.
„*Der*", sprach er, „soll für kranke Glieder Medizin
besitzen,
des fahles Antlitz ist gezeichnet von der Farb des
Todes?"

Es mög von Dingen, die er nicht vermag,
leichtfertig keiner etwas auf sich nehmen. Dies die
Mahnung unsrer Fabel. (6)

DER HUND

Nicht ist es niedern Seelen angeboren, zu erkennen,
ob guten Lohn, ob Strafe sie verdienen.

Ein Hund, der weder durch Gebell erschreckte
noch warnend seine Zähne fletschte,
vielmehr den Schwanz einzog aus Furcht,
biß einst den eignen Herrn mit frechem Mut.
Damit geheuchelte Gesinnung nicht verborgen bliebe,
befahl der Herr, daß er am bösen Rachen eine Schelle
trage.
Mit eigner Hand band an den Hals er ihm die laute
Glocke,
die, wenn sie leicht bewegt nur, Warnungszeichen geben
sollte.
Der Hund, der glaubte, das geschähe ihm zum Lohne,
verachtet' triumphierend der Genossen Schar.
Da trat zu ihm, dem Stolzen, aus der Hunde Kreis
ein Alter, der, wie folgt, das Wort ergriff:
„Du Narr, welch Wahnwitz hat dir die Vernunft
geraubt,
daß jene Gaben dir Belohnung scheinen?
Denn nicht der Tugend Preis wird offenbar durch
deine Schelle,
als Zeugnis deiner Bosheit vielmehr trägst du sie." (7)

DAS KAMEL

Daß sich der Weise mit dem Eigenen bescheidet
und Fremdes nicht begehrt, das lehret unsre Fabel,
auf daß Fortuna nicht erzürnt zurück sich wende
und nicht ihr Rad zermalme, was es eben erst gegeben.

Ein mächtig großes Tier stieg auf zum Himmel, so
erzählt man,
bestürmt' den großen Jupiter mit seinen Bitten,
zu häßlich sei es und für alle Gegenstand des Spotts;

die Rinder zögen her in ihrer Hörner Schmuck,
nur das Kamel sei allen Schutzes bar
und jedem Feinde hilflos preisgegeben.
Der Gott zwar lächelt, aber das Erhoffte schlägt er ab
und nimmt dazu noch weg die Last des großen Ohres:
„Bescheidner sollst mit Recht du leben, dem sein
Schicksal nicht genügt,
und ewig, weil du neiderfüllt, dein Los beklagen!" (8)

DIE BEIDEN WANDERER UND DER BÄR

Mit Bergen und gewundnen Tälern unbekannt,
zog seine Straße einst ein Mann mit dem Gefährten,
gewiß, was Schlimmes bringe auch das Schicksal,
daß mit vereinter Kraft sie ihm begegnen würden.
Wie sie den Marsch im wechselseitigen Gespräch
fortsetzen,
tritt unversehens mittendrein ein Bär auf ihren Weg.
Der eine von den zwein nutzt seine Kraft, um leicht
zu fliehn;
im grünen Laub hängt er als zitterige Last.
Der andre auch hält inne, wirft zu Boden sich,
sich leblos stellend, gänzlich auf die Erde hingestreckt.
Nach Beute gierig, eilt heran der grimm'ge Bär,
und mit erhobner Tatze dreht den Armen er herum.
Fürwahr, von eis'ger Furcht erstarrten dem die Glieder;
des Lebens Wärme war ihm aus dem Leib gewichen!
Der Bär, ob ihn gleich hungert, meinte wohl, es sei
verwest der Mann,
trollt sich und trabt zurück in seine Höhle.
Als nun die zwei, vom Schreck erholt, zu Worten fanden,
da wandt sich, der zuerst entflohn, recht kühn an den
Gefährten:
„Sag, Freund, was hat der Bär dir im Vorübergehn
berichtet?
Denn lang genug hat heimlich er mit dir gesprochen!"
„Er hat mir viel gesagt, vor allem aber dieses mir geboten,

wie ich es halten soll, wenn wieder ich in Not gerate.
‚Mögst nie du wieder traun auf Freundestreue', sagte er,
‚daß eines wilden Tieres Raub nicht abermals du wirst!'"
(9)

DER KAHLE RITTER

Ein Ritter, kahlen Kopfs, trug Haare, die dereinst
ein andres Haupt geziert; die pflegte er mit großer
Sorgfalt.
Zum Marsfeld kam geritten er in einer Rüstung voller
Glanz
und zügelt' mit geschickter Hand sein Roß.
Ihm bläst Boreas' kräft'ges Wehn entgegen,
und so erblickt das Volk — ihm zum Gespötte —
seine Blöße.
Denn da sie fort ist, die Perücke, leuchtet seine Glatze
in einem andern Glanze, als die Haare sie gehabt.
Doch jener, da so vielen Tausend zum Gelächter er
geworden,
vermochte klug den Spott durch seinen Scharfsinn
abzuschwächen:
„Ist's denn ein Wunder", sprach er, „daß die falschen
Haare flohn,
nachdem die echten längst schon mich verlassen
haben?"

Wenn jemand dich verlacht, so such ihm zu begegnen,
indem du mit Verstand die Wahrheit ihm
entgegenhältst. (10)

DIE BEIDEN TÖPFE

Zwei Töpfe riß der Fluß vom überschwemmten Ufer
und trieb sie beide in das wilde Tosen.
Der eine war aus Erz gegossen, der andere aus Lehm
gebildet;

so hatte unterschiedlich sie die Kunst wie die Natur
geschaffen.
Und da zerbrechlich dieser, fest der andre, wirkte
ungleich
die Flut, und oftmals wechselte der Fluß die Bahn.
Auf daß der ehrne Topf den andern nicht beschäd'ge
und zerbreche,
schwor er, mit ihm den gleichen Weg zu ziehn.
Doch dieser war in Sorge, daß der Stärkere dem
Schwächern schaden könnte,
und wußte, daß es für den Kleinen mit dem Größern
keine Treue geben könnte.
„Sosehr du auch mit Worten mich beruhigst", sprach er,
„so wird trotzdem die Furcht nicht aus dem Herzen
weichen.
Denn wirft die Woge mich auf dich, wirft dich auf
mich sie,
stets werd allein ich beiden Übeln ausgeliefert sein."

Der Schwächere sei auf der Hut, sich mit dem Starken
zu verbinden;
denn beßre Freundschaft bietet ihm, der mit ihm gleich.
Dem Schwachen nämlich treu zu sein, das ist dem
Mächtigen unmöglich. (11)

DER BAUER UND DER SCHATZ

Ein Bauer, der, das Pflugschar eingedrückt, das Land
durchfurcht,
erblickte in der aufgewühlten Erde einen Schatz.
Alsbald läßt er den Pflug zurück, der ihm nicht mehr
geziemt,
und führt die Rinder bessern Triften zu.
Aufs neue stets errichtet dankbar er Altäre für die
Tellus,
weil sie aus eignem Antrieb ihm den Schatz, dem
Finder, gab.

Da mahnt Fortuna ihn, der sich des neuen Glückes freut,
daß er für sie, die es verdient', Weihrauch zu spenden unterließ:
„Nicht *meinen* Tempeln weihst du den Besitz, den du gefunden,
doch andre Götter, wünschst du, sollen davon Nutzen haben.
Wenn aber das gestohlne Geld dir Unheil bringen sollte,
wirst du an mich zuerst mit deiner Not dich weinend wenden."

Mit Lachen nicht, mit Tränen in den Augen mußt du mich
betrachten, deine Wünsche sollen immer unbefangen sein.
Denn schwer versündigt sich, wer von dem einen ein Talent annahm
und einem andern zuschreibt, was von jenem er empfing. (12)

DER STIER UND DER BOCK

Als einst der Stier vor dem gewalt'gen Löwen floh
und sich nach sichrer Unterkunft auf abgelegnen Wegen umsah,
da fand er eine Höhle, die der Bock bewohnte,
derselbe, welcher die cinyph'sche Herde anzuführen pflegt.
Doch als er eintrat, senkt' der Bock die Stirn
und richtete sich wütend gegen ihn mit bösem Blick.
Dem Abgewiesenen verbot die Furcht zu streiten,
er trollte sich betrübt und rief vom fernen Pfade nur zurück:
„Nicht dich fürcht ich, du Stinkbock mit dem Zottelhaar,
nur jenen, der mir überlegen und mich jetzt verfolgt,

gibt der mich frei, so wirst du Dummkopf bald erfahren,
wie groß der Unterschied von starkem Stier und
stink'gem Bock." (13)

DIE ÄFFIN

Wer ihm den schönsten Nachwuchs hätt zu
präsentieren,
erforscht' einst Jupiter im weiten Erdenkreis.
Wetteifernd zogen hin zum König alle wilden Tiere,
zusammen mit dem Menschen kam das Hausgetier.
Nicht fehlten bei dem Wettbewerb die Fische, welche
Schuppen tragen,
auch nicht der Vögel Schar in reiner Luft.
Die Mütter trugen ängstlich ihre lieben Kleinen,
um sie dem Spruch des höchsten Gotts zu stellen.
Als nun die Äffin brachte an ihr häßlich Kind,
da konnt selbst Jupiter das Lachen nicht verhalten.
Doch nicht ertrug die Mutter ihres Kinds
Beschimpfung,
selbst häßlich, hub sie laut zu kreischen an:
„Wer siegen wird, das weiß nur Jupiter.
Doch gilt für dieses Kind mein Urteil mehr als alle
andern."

Drum halte dich zurück, in einem Punkt die Deinen
lobzupreisen,
der nicht von andrer Seit schon früher Lob erfuhr!
So ist's: Was sich der Mensch höchstselbst geschaffen,
mag's auch gering nur sein, er selber billigt's doch.
(14)

DER KRANICH UND DER PFAU

Der Pfau, der Juno Vogel, so erzählt die Sage, hatte einst
den Kranich, der aus Thrakien stammt, als ständ'gen
Gast.

Da gab es zwischen beiden Streit der Körperformen wegen,
und aus geringem Anlaß wuchsen böse Worte.
Ja er, der Pfau, erglänze in der Farben Pracht,
indes das Grau des Kranichs Leib entstelle.
Zugleich schlug mit dem Schweif der Pfau sein Rad
und schickt' der Regenbogenfarben Glanz gen Himmel.
Mit solcher Federnpracht vermocht der Kranich nicht zu eifern,
jedoch mit bittern Worten, heißt es, ließ er sich vernehmen:
„Du magst, soviel du willst, der Federn Ordnung wechseln,
stets trägst du deine Zier hier an die Erde festgebannt.
Doch ich im armen Federkleid erheb mich hoch zum Himmel,
ich streb zur Sternenwelt, ich strebe zu den Göttern hoch empor."

Wenn du in Tugend strahlst, verachte nie den Nächsten!
In andrem Glanz vielleicht erstrahlt auch dieser. (15)

DIE EICHE UND DAS SCHILFROHR

Die Eiche stürzte einst entwurzelt von der Höh des Bergs herab,
gebrochen von des Südwinds wirbeligem Rasen.
Der Fluß ergriff sie unten mit dem Brausen seiner Wogen,
in seiner Strömung riß er sie mit fort.
Da ward sie an die Ufer hart gestoßen, bald hierhin und bald dahin,
bis im zerbrechlichen Geschilf festhing die große Last.
Daß auf so schwankem Grund das Schilfrohr stand,
sich leicht nur mit dem Rasen verbindend, wunderte die Eiche.
Trotz ihres kräft'gen Stammes habe sie sich doch nicht halten können,

indes des Rohres dünner Schaft dem Dräuen
widerstehe.
Antwortend drauf, belehrte sie mit leisem Säuseln da das
Schilfrohr,
daß grade seine Schwäche Sicherheit ihm biete.
„Indem der Winde Toben und die wilden Wogen du
verachtest,
fällst nieder du, gestürzt durch eigne Kraft.
Dagegen halte ich den Südwind, wenn er sich erhebt,
nur mählich
und gebe schon beim ersten leisen Wehen nach.
Der Sturm, im jähen Tosen bricht er deinen Widerstand
entzwei,
doch macht mein schwankend Spiel den Hauch zunichte."

Es mahnt uns dies Gedicht: Vergeblich ist's,
dem Mächt'gen Widerstand zu leisten,
jedoch Beharrlichkeit läßt furchtbares Drohen
überwinden. (16)

DER JÄGER UND DER TIGER

Ein Jäger, der mit scharfem Schuß verwunden konnte,
erschreckte rings das flinke Wild auf seiner Bahn.
Da bot den Ängstlichen der kühne Tiger seine Hilfe
und forderte den Jäger auf, von der Bedrohung
abzusehn.
Doch jener mit geübtem Arme schleudert sein Geschoß:
„Der Bote hier wird dir berichten, wer ich bin!"
Da schlägt auch schon das Eisen seine Wunden,
die schnellen Füße sind durchbohrt vom blutigen
Geschoß.
Als der Getroffne sich bemüht, das Eisen sanft
herauszuziehn,
hält ihn der Fuchs vorsichtig lang zurück:
wer das denn sei, der solche Wunden schlage,
und wo sein wirksames Geschoß er denn verborgen halte.

Mit schon gebrochner Stimme murmelte der Tiger —
denn Zorn und Schmerz behinderten sein Reden —:
„Bedeutungslos erschien mir die Gestalt, die da
einherschritt;
ach, könnt ich schauen sie ein zweites Mal!
Doch Blut und Waffen, die mit starkem Arm auf mich
gerichtet,
die zeigen mir den Menschen an.“ (17)

DIE VIER STIERE UND DER LÖWE

Vier kräft'ge Stiere, sagt man, schlossen für die Wiesen
einst
ein Freundesbündnis solcher Art,
daß nie sie, auf die Weide ziehend, Furcht zersprengte
und bei der Rückkehr Freundschaft sie umschlang.
Nachdem sie unter sich der Hörner Stoß gemessen,
erfaßte selbst den Leu, den Herrn der Wälder, Angst;
die hindert ihn, den Raub zu wagen, der ihn lockte,
und schreckt ihn, die verschwornen Stiere anzugehn.
Denn wenn er kühn auch war und ungebärdig in der
Leidenschaft,
so fühlte er allein so viel vereinter Kraft sich nicht
gewachsen.
Drum streut er Worte der Verleumdung aus,
geleitet von dem Wunsch, den Bund zu sprengen,
und als mit seinen bösen Reden Spaltung ihm gelungen,
drang mordend in die arme Schar er ein.
Da seufzte klagend einer von den Stieren: „Wer ruhig
sich
sein Leben will bewahrn, der kann aus unserm Tode
lernen.
Nie möge falschen Worten leihen er sein Ohr
noch jemals alte Treue brechen!“ (18)

DIE TANNE UND DER DORNSTRAUCH

Den Dornstrauch, weil er häßlich, lachte aus die schöne Tanne,
als heftig beide um Gestalt und Wuchs sie stritten.
„Unwürdig ist", so meinte sie, „ein jeder Wettkampf,
in dem sich Würde und Leistung nicht vereinen.
Bei mir zum Beispiel hebt der Körper sich hinauf bis zu den Wolken
und trägt des Scheitels Haar bis zu den Sternen hin.
Und wenn im breiten Schiff man hoch mich richtet,
dann bringt der Wind die Segel, die an mich gehängt, zum Schwellen.
Dich aber macht Gestrüpp ganz häßlich an Gestalt,
und jeder geht verachtungsvoll an dir vorbei."
Doch der erwiderte: „Jetzt sprichst du froh vom Guten nur allein,
doch wenn die drohnde Axt dir an die schönen Glieder geht,
dann möchtest du schon meine Dornen haben!"

Es freu sich keiner körperlicher Schönheit über alle Maßen,
damit, verachtungswert geworden, später er sein Schicksal nicht beklage. (19)

DER FISCHER UND DER FISCH

Ein Fischer, der zum Fang die Angel auszuwerfen pflegte,
zog eines kleinen Fischs geringe Last am Haken hoch.
Doch als den Fang nach oben er befördert
und aus dem gier'gen Maul den Köder er entnommen.
da sprach das Fischlein tränenvollen Augs: „Ich bitt dich, schone mich;
denn was wohl könntest du an mir gewinnen?
Soeben hat die Mutter in der Felsenhöhle mich zur Welt gebracht

und ließ mich spielen in den eigenen Gewässern.
Droh nicht! Laß zart mich, wie ich bin, für deinen Tisch noch warten!
Der gleiche Strand hier wird mich wiederbringen.
Dann will ich, auf des weiten Meeres Blau gesättigt,
gemästet gern zu deiner Rute kommen."
Doch jener hielt's für falsch, was er gefangen, freizugeben,
beklagt' den argen Wechsel des Geschicks.
„Denn schlimm ist's", sprach er, „Beute, die vorhanden, loszulassen,
und dümmer noch, Versprechungen zu folgen." (20)

DAS VÖGLEIN UND SEINE JUNGEN

Ein Vöglein hatte seine Jungen anvertraut der Erde,
wo neben grünem Rasen wogend stand die goldengelbe Saat.
Das Korn vom Halm zu ernten war des Bauern Wunsch,
und flehend bat er um der Nachbarn Hilfe.
Doch war noch arglos nicht das Wort verklungen,
als schon das Nest zu fliehn die Vogelschar begann.
Die Mutter, die zurückkehrt, hält sie fest und spricht erfahren:
„Noch drohet nicht von außen uns Gefahr!"
Zur Arbeit teilt der Bauer seine Freunde ein,
die Vogelmutter bleibt aufs neu in Sicherheit.
Sobald sie aber sah, daß selbst der Herr zur Sichel griff
und Hand anlegte bei der Ernte, rief sie aus:
„Ihr Armen, jetzt hinweg aus euch vertraueten Gefilden,
wenn in die eigne Kraft die Hoffnung jener setzt!"
(21)

DER HABGIERIGE UND DER NEIDISCHE

Um recht der Menschen schwankend Herz zu prüfen,
sandt aus der Himmelsburg Gott Jupiter den Phoebus
auf die Erde.
Es wandten hier gerade zwei sich ganz verschieden
an die Götter;
den einen füllte Habsucht aus, den anderen beherrschte
Neid.
Titan begab zu ihnen sich, um beide auszuforschen,
und als man bittend zu ihm kam, erwidert' er:
„Bereit zum Geben sind die Götter; und was der eine
sich erhofft,
das wird der andere gleich doppelt haben."
Doch wer die starke Gier in sich nicht stillen konnte,
den stürzen neue Bitten bald in neue Leiden,
weil er darauf vertraut, durch fremde Wünsche
zu wachsen und den doppelten Gewinn alleine zu
erhalten.
Denn als der andre sah, wie jener seinen Lohn bekam,
da flehte er, den eignen Körper zum Opfer bringend,
daß er sein Leben fristen wolle, geblendet auf dem
einen Auge,
wenn — in Verdoppelung — der andere sie beide nicht
behielte.
Apollo jetzt belächelte das Menschenschicksal,
und über jenes Übel des Neids erstattet er Bericht.

Wer sich erfreut am Übel, welches andre trifft,
der rufet, ohne es zu wollen, sein eignes Unglück sich
herbei. (22)

DER VERKÄUFER UND DER KÄUFER

Ein Steinmetz, welcher einen prächt'gen Bacchus
aus Marmor hatt geschaffen, bot zum Kaufe gegen
Geld den Gott.

Ein Nobler war zum Kauf bereit, weil er die Statue
fürs eigne Grabmal zu erwerben wünschte;
ein andrer wollte sie zum heil'gen Tempel bringen,
darbieten sie, um ein Gelöbnis einzulösen.
„Für meine Ware", sprach er, „hab ich nun ein doppelt
Omen,
sofern die Hoffnung auf Gewinn in zweifacher
Richtung geht,
ob Toten lieber oder Göttern ich sie geben soll,
als Zierde für ein Grabmal oder für die Himmlischen.
Bei dir liegt die Verehrung für den großen Gott,
zugleich auch hast du mein Begräbnis in der Hand."

Auf jene, denen Macht gegeben, paßt die Fabel,
ob sie zum Nutzen sie, ob sie zum Schaden sie
gebrauchen wollen. (23)

DER WANDERER UND DER LÖWE

Es führten einen langen, heft'gen Streit vorzeiten
ein Wandrer und der edle Leu.
Und als sie schließlich dem Gezänk ein Ende setzen
wollten,
sahn sie durch Zufall auf ein Denkmal, das sich da
erhob.
Des Künstlers Hand schuf einen Löwen, der,
den Nacken beugend,
sich niederlegte auf des Menschen Schoß.
Wie sich versteht, nahm da der Wandrer sich das Bild
zum Zeugen,
daß er der Überlegne, seh man doch das Tier
bezwungen.
Indes, das Auge blinkend auf die vagen Zeichen richtend,
fing jener an zu brülln und sprach aus
zornentbranntem Herzen:
„Zum Lachen ist das Selbstvertraun, das dich zu euerem
Geschlecht erfaßte,

wenn du des Künstlers Hand zum Zeugen nimmst.
Denn wenn sich unsere Begabung dahingehnd
erweiterte,
daß auch der Leu mit kund'ger Hand den Stein
behaute,
dann würdest du den Menschen schaun, von
donnerndem Gebrüll bezwungen,
besiegelt sein Geschick durch unsern grimmen Rachen."

(24)

DER KNABE UND DER DIEB

Am äußern Brunnenrand saß weinend einst ein Knabe,
und aus dem offnen Mund erscholl vergeblich sein
Geschrei.
Als ein durchtriebner Dieb den Weinenden bemerkte,
da fragt er ihn nach dem, was ihm den Schmerz
bereite.
„Der Strick", lügt jener, „ach, riß mir entzwei,
ein Krug voll Goldes fiel mir in die Tiefe."
Da gab's kein Zögern. Gierig legt der Dieb die Kleider
ab,
und nackend steigt hinab er in den Brunnen.
Alsbald der Kleine legt den, ach! so großen Mantel
um die Schultern,
verschwindet im Gestrüpp und ward nicht mehr gesehn.
Der Dieb, getäuscht in seiner Hoffnung, nach
bestandener Gefahr,
verloren das Gewand, setzt traurig nieder sich,
und der Verschlagne, heißt es, brach in Klagen aus
und wandte sich mit Seufzen an die Götter:
„Dumm, wenn ich hoff, daß je ich den verlornen Mantel
wiederseh,
der ich geglaubt, daß in der Flut da schwimm ein Topf!"

Es richte niemand sein Begehr nach fremdem Gute,
daß er nicht
verliere, was er hat, wenn er nach Weitrem strebt!

(25)

DER LÖWE UND DIE ZIEGE

Auf steilem Felsen weidend hatt der Leu die Ziege
ausgemacht,
als seinen Weg er nahm, und schon packt ihn der Hunger.
Er ruft sie an: „He du, die schwindeligen Hänge da
verlaß und such nicht deine Nahrung auf den rauhen
Höhn!
Komm lieber zu des Klees rötlichen Blüten auf den
duft'gen Wiesen,
den grünen Weiden, zu dem Thymian mit seinem
Wohlgeruch!"
Doch jene seufzte bloß: „Hör auf, mich schmeichelnd
zu betören
mit wohlgefäll'gen Listen, mich, die ich so sorglos bin!
An wahre, größere Gefahr magst du mich mahnen, sie
beseit'gen;
trotzdem vermag ich Glauben nicht dem Wort zu
schenken.
Viel Wahrheit liegt gewiß in deiner richt'gen Rede;
doch weckt Verdacht, wer Rat gibt, weil er ungebändigt."

Glaub vorschnell nicht den schönen Worten eines
Schmeichlers!
Doch warnen Treue dich, dann achte ihres Rufs!

(26)

DIE KRÄHE UND DAS GEFÄSS

Die Kräh erblickte dürstend ein gewaltiges Gefäß,
das auf dem Grund nur noch ein wenig Wasser barg.
Lang war sie drum bemüht, umstoßend das Gefäß
zu leeren, daß sie ihren allzu großen Durst sich stille.
Nachdem mit Kraft ihr Ziel sie nicht erreichte,
griff zornig sie zu kluger, neuer List.
Indem sie nämlich kleine Steinchen in das Wasser warf,
stieg dieses an und bot bequem und leicht Gelegenheit
zum Trunk.

Daß Klugheit mehr vermag als Körperstärke, lehrt die
Fabel,
so wie der Vogel sie geübt und zum Erfolge kam. (27)

DER BAUER UND DER STIER

Es sträubte sich ein Stier, daß man ihn band,
und weigert' sich, den trotz'gen Hals ins harte Joch zu
beugen.
Da schnitt der Bauer das Gehörn ihm mit gekrümmter
Sichel ab
und glaubte, so das wilde Tier im Zaum zu haben.
Mit Vorsicht führt' den Nacken er in den gewalt'gen
Pflugbaum —
denn mit dem Horn und Füßen wütete das Tier —,
damit die lange Deichsel ihn vor Schlägen schütze
und er gesichert bleibe vor dem Stoß der Hufe.
Jedoch die Zügel für den wilden Nacken lehnte ab der
Stier
und stampfte mit den Füßen immerfort den Boden
und wühlte ohne Unterlaß im Sand und schleuderte
ihn heftig
nach rückwärts in das Angesicht des Herrn, der folgt.
Der reinigt sich die Haare, die vom Schmutz entstellt,
und spricht, in seines Herzens Innern überwunden:
„Ohn Zweifel fehlte noch ein Beispiel eines bösen
Wesens,
so wie es mit Bewußtheit schädlich werden kann." (28)

DER WANDERER UND DER SATYR

Als sich mit dichtem Schnee der harte Winter angezeigt
und grimme Kälte alle Flurn erfaßte,
da irrt' ein Wandrer durch die Nebelmassen;
weil er den Weg verlor, so hemmte er den Schritt.
Ein Satyr, Wächter eines Hains, erbarmte sich des Armen

und nahm in seiner Höhle den Verlaßnen freundlich auf.
Kaum hat der Wälder Sohn den Menschen angesehn,
so faßt Bewundrung ihn und Staunen, was der alles kann.
Denn um die Hände, die erstarrt, zum Leben wieder zu erwecken,
hatt jener aus dem Munde warmen Hauch geblasen.
Die Kälte war gewichen bald, und fröhlich fing er an,
sich an des Wirtes Sorgsamkeit zu freuen.
Denn weil das Leben auf dem Land der Satyr zeigen wollte,
so brachte er von all dem Guten, das die Wälder boten,
und trug auch einen Mischkrug auf, mit heißem Wein gefüllt,
auf daß der warme Trank die kalten Glieder gut durchpulse.
Doch weil der Wanderer den heißen Krug mit seinen Lippen
nicht zu berühren wagte, blies er, ihn ein wenig abzukühlen.
Verwirrt durch dieses zweifache Wunder, ward erzürnt der Satyr,
er trieb den Gast hinaus und hieß den Wald ihn zu verlassen.
„Denn niemals", sprach er, „wünsche ich, daß der in meine Höhle trete,
der mit demselben Mund so ganz Verschiednes tut."

(29)

DER EBER UND DER BAUER

Den Eber, der die Saat verwüstet und die reifen Felder ruiniert,
den hat mit abgeschnittnem Ohr der Bauer laufenlassen,
damit er, tragend eine Spur, sich an den Schmerz erinnre

und fernerhin die zarte Saat verschone.
Als er aufs neue ward ertappt, wie er durchwühlt
den Acker,
verlor zur Strafe, daß er nachgab, er das zweite Ohr.
Doch nicht genug: schon wieder wühlt er in den Saaten,
indes den Übeltäter doppelt Buße trifft.
Gefangen und geschlachtet kommt er auf den reichen
Tisch des Herrn,
und für die einzeln Gänge macht der Landmann
Leckerbissen.
Als aber nach dem Mahl der Herr des Ebers Herz
verlangt,
das niederträchtig, wie es hieß, der Koch gestohlen
hatte,
beschwichtigte der Bauersmann den nur gerechten
Zorn,
behauptend, daß das dumme Schwein kein Herz
besessen habe.
„Wie hätt es sonst, verrückt, zu seinem eignen Schaden
wiederkehren
und von demselben Feind so oft sich fangen lassen
können?"

Aus der Erzählung mögen jene lernen, die öfter sich
vermaßen
und niemals von den sünd'gen Taten lassen wollen.

(30)

DIE MAUS UND DER OCHSE

Die kleine Maus, erzählt man, wagt' es einst, den
Riesenochsen,
als unterwegs sie war, mit ihrem Zähnchen anzunagen;
sobald mit ihrem scharfen Biß sie ihn verwundet,
zog in den sichern Unterschlupf sie sich zurück.
Natürlich droht der Dickbenackte schnaubend,
in seinem Zorn jedoch erkennt er nicht sein Ziel.
Die Maus dagegen setzt dem Wütenden mit Worten zu

und spricht mit Witz die Drohung feindlich aus:
„Zwar haben deine Eltern große Glieder dir gegeben,
jedoch gewährt das deiner Kraft noch nicht Erfolg."
(31)

DER MANN UND SEIN WAGEN

Dem Bauern blieb im kot'gen Pfuhl der Wagen stecken.
Er ließ ihn stehn mitsamt den Ochsen, die ins Joch gespannt,
verließ sich — nur vergeblich! — auf die Götter, die er treu verehrt,
daß sie in seiner Lage ihm zu Hilfe kommen würden.
Doch aus dem höchsten Himmel sprach ihn an der Herr von Tiryns,
an den er flehend sein Gebet gerichtet hatte:
„Komm, mit der Peitsche treibe an die Stiere, die sich mühen,
und mit den eignen Händen lerne in die Speichen greifen!
Nur wenn du selber zupackst und, was über deine Kräfte gehet, wagst,
hast du ein Recht, für dich die Götter zu gewinnen.
Denn wisse, daß bequemen Wünschen sich die Himmlischen nicht beugen!
Sofern du aber selber handelst, stehn sie gerne dir zur Seite." (32)

DIE GANS UND IHR HERR

Besaß da einer eine Gans, die hatte eine seltne Gabe,
sie legte täglich ihm ein goldnes Ei ins Nest.
Doch hatte der erhabne Vogel von Natur aus das Gesetz,
daß nie zugleich er legte zwei der Eier in das Nest.
Jedoch der Herr, der sich noch größeren Gewinn erhoffte,

er wollt in seiner Gier die läst'gen Pausen nicht mehr
dulden,
ja meinte gar, der Tod des Vogels könn von Nutzen
sein,
dessen beständ'ger Fleiß ihm solchen Reichtum gab.
Nachdem er nun den tödlich spitzen Stahl gestoßen in
die Eingeweide
und er im Inneren der Gans von den gewohnten Gaben
nichts gefunden,
da fing er laut zu jammern an, ein Opfer seiner
eignen Habsucht;
denn Strafe, seiner würdig, hatte er empfangen.

Wer von den Göttern solcherart zu einer Zeit gleich
alles fordert,
dem nehmen sie zu Recht, was vorher täglich sie
gespendet. (33)

DIE AMEISE UND DIE GRILLE

Wer träge läßt vorüberziehn die Jugendzeit
und nicht mit Vorbedacht fürs spätre Leben sorgt,
wird, wenn die Jahre ihn bedrängen und die Last des
Alters,
vergebens Fremder Hilfe sich erbitten.

In Sonnenglut verrichtete die Ameis Arbeit
und füllte für den Winter ihre kleinen Kammern.
Jedoch als Reif mit Glanz die Fluren überzog
und unter strengem Frost die Saat verborgen lag,
da ruhte sie sich aus — ihr kleiner Körper war den
Stürmen nicht gewachsen —
und hütete in ihrem Heim das säftereiche Korn.
Da bat die Grille flehentlich um Nahrung,
die vordem durch elegisch Lied die Luft erfüllt.
Als damals auf der Tenne man die reiche Ernte drosch,
da habe sie mit ihrem Sang den sommerlichen Tag
verbracht.

Drauf, lächelnd, sprach die Kleine zu der Grille
(denn beiden war's vergönnt, noch fortzuleben):
„Ich habe mir mit großer Mühe meine Existenz
errungen,
und mitten jetzt im Winter hab ich lange Muße.
Doch dir bleibt nun zuletzt Gelegenheit zum Tanzen,
weil mit Gezirp zuvor dein Leben du vertrödelt!" (34)

DER AFFE UND SEINE JUNGEN

Ein Affe, so erzählte man, der Zwillinge geworfen hatte,
verteilt' mit Unterschied auf beide seine Zärtlichkeit.
Den einen zog die Mutter auf mit großer Liebe,
doch für den andern kannte sie nur Haß.
Wie einst nun gräßliches Gelärm die Mutter schreckte,
riß fort die Kleinen sie in sehr verschiedner Form:
mit ihren Händen trägt sie das geliebte an der Brust
sogar,
doch das verachtete hebt auf den Rücken sie nur hoch.
Als nun erlahmten ihre Füße und sie länger nicht sich
halten konnte,
entglitt ihr gegen ihren Willen auf der Flucht die Last.
Jedoch das andre Junge faßt den borst'gen Rücken mit
den Armen
und hält sich fest, es überlebt, ohn daß die Mutter
es gedacht.
Bald wird geherzt es und geküßt wie schon der Bruder,
gerettet er als einz'ger Sproß des alten Stamms.

Verachtung vielen frommt, und wenn sich umkehrt
dann die Reihe,
erhöht die Hoffnung den Erniedrigten zum bessern
Los. (35)

DAS KALB UND DER OCHSE

Ein schönes, muntres Kalb, des Nacken nie ein Joch gedrückt,
sah einen Ochsen, der ohn Unterlaß die Furche pflügte.
„Schämst du dich nicht", beginnt es da, „auf deinem alten Rücken
das Joch zu tragen? Magst du nicht, vom Joch befreit, der Ruh genießen?
Mir steht es frei, zu tummeln mich im weiten Grase oder,
wenn's mir gefällt, im Schatten eines Haines zu ergehn."
Jedoch den Ältern konnte diese Rede nicht erzürnen,
er pflügt, wie er's gewohnt ist, müde seine Scholle,
bis daß den Pflug er stehen lassen darf
und auf dem Blumenbett die Glieder sanft ausstrecken kann.
Bald drauf erblickt er jenes Kalb bekränzt am heiligen Altare,
bereit, zu sterben durch das scharfe Messer eines Opferpriesters.
„Des Schicksals traurige Nachsicht gab dir diesen Tod", so sprach er,
„die unsres Joches Schwere dich nie fühlen lassen wollte.
Wahrhaftig, besser ist es, Mühn, sie seien noch so schwer, zu tragen
als in der Jugend Glück, das rasch vergehet, zu genießen."

So ist der Menschen Schicksal, daß die Glücklicheren rascher Tod ereilt,
indes ihr Alltag ewig quält die Armen. (36)

DER HUND UND DER LÖWE

Ein Hund, der wohlbeleibt, traf einst auf einen Löwen, der erschöpft,
und redete nicht ohne Spott ihn an:
„Du siehst wohl nicht, wie sich mein Bauch in doppelter Fülle dehnt
und wie die edle Brust vor Muskeln strotzt?
Als Freund des Menschen werd ich nach der Muße an den Tisch geführt
und nähr mich reichlich von der gleichen Speise."
„Was aber", fragt' der Löwe, „trägt dein fetter Hals für schlimmes Eisen?"
„Damit ich mich vom Haus, das zu bewachen, nicht entfernen kann.
Doch du mußt, bis zu Tode hungrig, weites Feld durchstreifen,
bis endlich Beute dir im Wald begegnet.
Drum komm und füg in meine Kette deinen Nacken,
solange so bequem dein Essen du verdienen kannst!"
Doch da brach jener aus in wilden Zorn
und ließ in edeler Entrüstung so vernehmen sich:
„Hinweg, und trage so, wie du's verdienst, den Hals in einer Schlinge
und nimm die harten Fesseln als Entgelt für Stillung deines Hungers!
Mir aber bleibt die Freiheit, ist bescheiden auch die Höhle,
und wenn's mich hungert, streif ich durch die Felder, wie es mir beliebt.
Du magst gedeckte Tische denen preisen,
die ihre Gaumenlust der Freiheit ziehen vor!" (37)

DER FLUSSFISCH UND DER SEEFISCH

Des Flusses Strömung trieb den Flußfisch aus dem
süßen Wasser,
und unversehens stand der Meeresflut er gegenüber.
Mit Hochmut blickt er dort die schupp'gen Meeresfische
an
und brüstet sich, er übertreffe alle sie an Vornehmheit.
Jedoch der Seefisch duldet nicht im eigenen Gebiet
den Fremdling,
sondern entgegnet ihm mit scharfen, bittren Worten:
„Weg mit dem Lügenwerk erdichteter Behauptungen,
die leicht zu widerlegen sind, wovon du selber Zeuge
wirst!
Wer mehr an Wert besitzt, wird durch des Volkes
Stimme sich erweisen,
wenn bei dem gleichen Fang das feuchte Netz uns
zieht heraus.
Dann wird für teures Geld ein reicher Mann mich
kaufen,
indes für einen Groschen kaum ein Armer dich
erwirbt."

Wer eben erst von fernher angekommen,
dem ziemt es nicht, sich über die Einheimischen
zu setzen. (38)

DER KRIEGER, DER SEINE WAFFEN VERBRANNTE

Ein Krieger hatte einst gelobt, der müde war von vielen
Schlachten,
daß alle Waffen er dem Feuer übergeben wolle,
sei's, daß der Feind sie ihm, dem Sieger, sterbend
übergebe,
sei's, daß dem Feind er auf der Flucht sie abnehm.
Inzwischen war das Schicksal günstig seinem Schwur,
und dessen eingedenk

trug nun der Mann die Waffen Stück für Stück zum
Scheiterhaufen.
Jedoch ein Horn mit rauhem Ton bestritt sein Schicksal;
den Tod in reiner Flamme habe niemals es verdient.
„Niemals", so sprach es, „haben die Geschosse dich
getroffen,
die durch mein Wirken abgeschossen wurden, wie du
selbst gestehst.
Ich habe die Verstreuten zu den Waffen nur gerufen
durch diesen meinen Ton — ihr Sterne könnt's
bezeugen!"
Doch jener warf es, mocht es sich auch sträuben,
in die Flammen:
„Jetzt muß dich größrer Schmerz und größre Pein erfassen;
denn wenn du auch nicht schaden kannst und nicht
zu schaden wagst,
so ist es um so schlimmer, daß andere zu Schlimmem
du verleitest." (39)

DER PANTHER UND DER FUCHS

Geziert durch Sprenkeln und durch schönen Brustlatz,
schritt einst der Panther durch die Flurn mit
seinesgleichen,
und weil die Löwen er erblickte ohne Flecken auf
den Rücken,
so meinte er bei sich: „Welch ganz erbärmliches
Geschlecht!"
Als Wesen, deren Anblick häßlich, schalt er auch die
andern Tiere,
und nur er selber, meint' er, sei der Schönheit Muster.
Und während sich der Panther seines Aussehns freut,
stellt ihn der schlaue Fuchs und zeigt ihm seine
Nichtigkeit.
„Geh", spricht er, „und vertrau nicht gar zu sehr der
Jugend Schönheit;
denn Schöneres vermag, so scheint mir, der Verstand!"

So laßt bewundern uns viel lieber die, die Geistesgaben zieren,
als jene, deren Glanz des Körpers Eigenschaften sind.
(40)

DER REGEN UND DAS TONGEFÄSS

Vom Wind getrieben, aus der Wolke weggedrängt,
ging eisig einst ein heft'ger Regenguß hernieder.
Als er das Land mit seinem Stürmen überflutet hatte,
bespült' er auch ein Tongefäß, das draußen stand.
(Denn den geschmeid'gen Lehm lehrt erst die laue Luft,
daß er hernach erführ, in Feuers Näh gebrannt zu werden.)
Jetzt fragt der stürm'sche Wind nach des Gefäßes Namen.
Seiner vergessend, spricht's: „Amphora werde ich genannt,
denn kundig lehrte mich die Hand an Kreise ziehnder Scheibe
die sanft zur Seite gehnde Form."
„In der Gestalt zu bleiben mag bis jetzt vergönnt dir sein;
denn der dich unterwarf, der Regen, wird im Wasser dich hinwegspüln."
Zugleich zerbrach der Regen, der zum Strom geworden, das Gefäß,
besiegt ergab es sich den zarten Wassern,
das unglücksel'ge, das mit großen Worten sich benannte,
das wagte, mit dem köchertragenden Gewölk zu sprechen!

Dies Beispiel mag in Zukunft die vom Elend Heimgesuchten lehren,
daß sie, den Großen untertan, beklagen ihr Geschick.
(41)

DER WOLF UND DER BOCK

Durch Zufall hatt den Wolf, weil überlegen er im Lauf, genarrt der Bock,
als er die Flur durcheilte, welche an die Hütten grenzt.
Von da aus nahm er seinen Weg gerade auf die Mauern zu
und macht erst halt im Tempel bei der Schafe Schar.
Der Räuber folgt ihm eifrig mitten in die Stadt
und suchet voller List, sein Süppchen sich zu kochen.
„Bemerkst du nicht, wie in den Tempeln überall das Opfertier
mit seinem Blute unter Stöhnen unerbittlich rot den Boden färbt?
Wenn du dich nicht bemühst, ins sichre Feld zu kommen,
dann fällst auch du, die Stirn umwunden mit der Binde!"
Darauf der Bock: „Mach darum, bitt ich dich, nur keine Sorgen dir
und halt dein eitles Drohn bei dir zurück, du Böser!
Denn besser ist's, das heil'ge Blut den Göttern zu vergießen
als dem gefräß'gen Wolf zur Sättigung zu dienen."

Wenn also doppelt Unheil dir bevorsteht,
dann ist es besser, sich den rühmlicheren Tod zu wählen. (42)

IGNATIOS DIAKONOS

Fabeln

DER MANN UND DER LÖWE

Fußtritte gab ein Mann dem Löwen, der aus Stein.
Spricht einer zu dem Löwen: „Erkennst du seine
Stärke?"
Darauf der Leu: „Wenn wir, die Leun, Bildhauerkunst
beherrschten,
dann würdest viele Menschen du versteinert sehn."
(1)

DER GEFANGENE STORCH

Die Kraniche zu fangen, stellt ein Bauer eine Falle.
Mit jenen fing er einen Storch, der klagte laut.
Darauf der Bauer: „Daß ein Freund du bist, bestreit
ich nicht.
Jedoch die Falle, die dich fing, hält fest dich mit den
Bösen." (2)

DER WOLF UND DER HUND

Der Wolf erblickte einen fetten Hund mit einem
Halsband.
„Wer hat denn den", so fragt er, „fett gemacht und so
gekettet?"
Die Antwort war: „Der Jäger." — „Nun, kein Wolf
könnt das ertragen;
denn lieber ist der Hunger mir als eines Bandes Last."
(3)

DER SCHRECKHAFTE LÖWE

Der Löwe schlief, da lief die Maus
ihm übern Hals. Flugs sprang der Löwe auf.
Da lacht der Fuchs, jedoch der Leu erwidert:
„Ich fürchte nicht die Maus, den Weg nur ändre ich.“
(4)

DER LÖWE UND DER EBER

Der Löwe kämpfte mit dem Eber um die Tränke.
Die Geier sahn den Streit der wilden Tiere,
ob nicht der Unterlegne ihre Beute werden könnte.
Sie freund zu sehn hätt ihre Hoffnungen enttäuscht.
(5)

DIE GRILLE UND DIE AMEISE

Kalt war's, da bat die Grille die Ameise um Speise.
Die fragt die Grille: „Warum hast du nichts?“
„Als Sommer war“, entgegnet jene, „hatt ich viel zu singen.“
„So sollst du jetzt im Winter“, war die Antwort, „tanzen, nicht nach Speise gieren.“ (6)

DER BOCK UND DER WEINSTOCK

Zum Bock der Weinstock sprach: „Du tust mir Schaden,
indem du meine Blätter frißt; gibt's denn kein frisches Grün?
Wie sehr du mir auch Schaden tust, ich werde Wege finden,
bei deiner Opferung den Göttern Wein zu spenden.“
(7)

DIE MAUS IN DER SCHMIEDE

Die Maus trug eine andre, die verhungert war.
Das sahn die Schmiede und verbargen nicht ihr Lachen.
Jedoch die Maus, die lebte, sagte unter Tränen:
„Nicht mal ein Mäuslein, ach! vermögt ihr zu
ernähren!“ (8)

DER GIERIGE HUND

Ein Hund trug Fleisch ganz nah bei einem Bache;
als er sich beugte, sah im Wasser er ’nen zweiten Hund.
So öffnet er das Maul, damit er noch das andre Fleisch
bekomme;
dabei verlor er auch das erste Stück, das er besessen.
(9)

KYPRIS UND DIE DIENERIN

Die Liebe eines Mannes lenkte Kypris auf die eigne
Dienerin.
Und die erbot der Göttin Ehre jeden Tag,
bis sie im Traum ihr sagte: „Mich verehre nicht!
Der Mann, der tut mir leid; dich aber mag ich nicht!“
(10)

DER LÖWE UND DIE DREI RINDER

Einträchtig gingen einst drei Rinder auf die Weide,
und auch der wilde Löwe konnte ihnen nicht zu
schaffen machen.
Da aber brachte er durch seine Reden sie in Feindschaft
und in Widerstreit
und fraß zu ihrem Unglück eines nach dem andern auf.
(11)

DIE FRÖSCHE UND DAS HOCHZEITSFEST DES HELIOS

An Helios' Hochzeitsfest erfreuten sich die Frösche.
Doch einer wandte sich an sie: „Was seid ihr dumm!
Denn da wir zittern müssen vor des *einen* Helios' Strahlen,
wer wird dann, wenn er einen Sohn zeugt, den ertragen?" (12)

DAS TÖRICHTE KAMEL

Um Hörner flehentlich bat das Kamel den Gott,
der es darum der Torheit zeiht.
Doch krümmt er ihm die Ohren und den Kopf,
daß allen das Kamel zum Abscheu wird. (13)

DER EITLE HIRSCH

Ein Hirsch, der in dem Quell sein Spiegelbild erblickte,
schalt seine dünnen Läufe und freute sich an dem Geweih.
Doch als er vor dem Löwen aus des Waldes Dickicht floh,
da mußte sterben er durch das Geweih, worüber er vergeblich sich gefreut. (14)

DER FUCHS UND DER RABE

In einen Käse biß der Rabe, und der Fuchs betrog ihn drum:
„Wenn Stimme du besäßest, wärst du Jovis großer Vogel."
Der Dummkopf krächzte, und der Fuchs erhielt den Käse.
„Ja, alles hast du, Rabe", sprach er, „und Verstand schaff dir noch an!" (15)

DIE KRANKE HENNE UND DIE KATZE

Die Henne, die erkrankt war, kam der Katze vor die
Augen.
„Wie geht es dir in deiner Krankheit?“ fragte die.
Darauf das Huhn mit Zittern: „Wenn du dich
entferntest,
dann hätte ich ein Leben, besser als die Rehe.“ (16)

DER BAUER UND DIE SCHLANGE

Ein Bauer wärmte eine Schlange unter seinem Rock
zur kalten Jahreszeit. Doch als sie dann die Wärme
spürte,
da biß sie den zu Tode, der sie warm gemacht.
Also verfahrn die Bösen gegen die, die ihnen Gutes tun.
(17)

DER JUNGE UND DER SKORPION

Ein Junge, der Heuschrecken fing, streckt' seine
Hand
nach einem Skorpion. Der sagte nur: „Faß mich nicht
an!
Denn wenn du mich berührst, wirst stöhnen du aus
tiefer Brust
und auch die echten Heuschrecken verlieren.“ (18)

DER ESEL IN DER LÖWENHAUT

Ein Esel, der ein Löwenfell um seine Schultern trug,
vermeinte nun, ein Leu zu sein, weil er die Hirten
scheuchte.
Doch als man ohne Löwenhaut ihn fand,
erinnerte das Mühlenhaus ihn seiner Ungebührlichkeit.
(19)

DER LÖWE IM KAMPF MIT DEM BOGENSCHÜTZEN

Der Löwe ließ in Kampf sich ein mit einem
Bogenschützen.
Jedoch getroffen vom Geschoß, sprach er im Kreis der
Tiere:
„Wenn jener viele solcher Boten senden kann,
wie muß es dann erst sein, wenn in Person er auftritt?“
(20)

DER WOLF UND DER ESEL

Der Wolf mit seinen Zähnen zog dem Esel einen Dorn
heraus.
Doch als den Lohn er fordert, schlägt ihm jener mit dem
Fuße ins Gesicht.
Da spricht der Wolf: „Wie konnt ich, Schlächter von
Beruf,
so dumm ins ärztliche Metier hinübergehn?“ (21)

DER GEFANGENE STRAUSS

Es war ein Kampf der Vögel mit dem Landgetier.
Da nahm gefangen man den Strauß; er täuschte nämlich
vor,
er sei ein Vogel, doch zugleich ein Landtier auch:
den Vögeln zeigte er den Kopf, den andern seine Füße.
(22)

DER FUCHS UND DIE TRAUBEN

Ein Fuchs, der an dem großen Weinstock Trauben sah,
sprang in die Höh, und als er vielmals sich bemüht,
gab den Versuch er auf und sprach zu sich zum Trost:
„Laß ab! Die Trauben sind zu sauer.“ (23)

DER REITER UND DER BAUERSMANN

Um einen Hasen bat ein Reiter einen Bauersmann
und fragte nach dem Preis, als er ihn in den Händen hielt.
Gleichzeitig trieb sein Pferd er an. Der Bauer sprach:
„Beeil dich nicht! Ich geb ihn dir umsonst.“ (24)

DER GETROFFENE ADLER

Getroffen an der Brust war einst ein Adler,
und voller Tränen saß er da, beklagend seinen Schmerz.
Als nun den Federpfeil er sah, da sprach er:
„O weh! Die Feder bringet ihrem Träger, mir, den Tod.“ (25)

DER FEIGE JÄGERSMANN

Es sprach der feige Jägersmann zu einem Hirten:
„Wenn irgendwo des Löwen Spur du siehst, dann sag es mir!“
„Ich kann ihn selbst dir“, war die Antwort, „wenn du willst, von nahem zeigen.“
„Ich suche bloß die Fährte“, sprach der Jäger, „und nicht mehr.“ (26)

DER GEFRÄSSIGE FUCHS

Ein Fuchs drang in die tiefe Höhlung eines Eichbaums ein,
wo er das Frühstück eines Hirten fand. Das fraß er auf,
so daß vor Fett er nicht sich strecken konnte. Sagte einer:
„Du willst heraus? Dann werde so, wie du hineingegangen bist!“ (27)

DER SPEIENDE KNABE

Ein Knabe, der beim Fest des Rindes Innerein verschlang,
erbrach sich und rief laut: „Die Eingeweide, Mutter,
spei ich aus!"
Die aber sagte lachend: „Keine Furcht, mein Sohn;
denn das ist nicht von dir, nur Fremdes speist du aus!"
(28)

DIE DOHLE MIT DEN FREMDEN FEDERN

Mit fremden Federn ausgestattet, rühmte sich
die Dohle ihrer Überlegenheit vor andern Vögeln.
Als erste pflückt die Schwalbe ihre angemaßte Gabe,
darauf die andern alle; schließlich stand die Dohle
nackend da. (29)

DER WOLF UND DER KRANICH

Ein Knochen war im Schlund des Wolfes
steckengeblieben.
Der Kranich, der heraus ihn zog, verlangte Lohn für
seinen Dienst.
Darauf der Wolf: „Ganz unversehrt kam jetzt dein Hals
aus meinem Schlund.
Auf einen andern Lohn als diesen rechne nicht!" (30)

DAS SCHAF AUF DEM TURM UND DER WOLF

Von einem Turm herunterschauend, schalt ein Schaf
den Wolf
als häßlich und sehr bös, als voller Mißgunst.
Hinauf sah da der Wolf und sprach: „Nicht du bist's,
der mich schmäht;
der Turm ist's, der dich erst zu solcher Kühnheit
wappnet." (31)

DER VERTRIEBENE STIER

Von seinem Lager trieb den Stier ein Bock,
der vor dem wilden Löwen floh. Und seufzend sprach der Stier:
„Wenn nicht die Furcht vorm Löwen mich in Schrecken setzte,
du würdest bald erkennen, was ein Stier und was ein Bock vermag.“ (32)

DER WOLF UND DAS LAMM

Es spricht der Wolf zum Lamm: „Hast neulich du mir nicht getrübt
das Wasser?“ — „Damals war ich doch noch gar nicht auf der Welt.
Wie ich das Wasser hätte trüben können, weiß ich nicht.“
„Und selbst wenn du die Wahrheit sagst, so bist du doch ganz schlecht.“ (33)

DER KREBS UND SEINE MUTTER

„Geh aufrecht“, sagt’ zum Krebse seine Mutter,
„und weich nicht schräg vom Wege ab!“
„Geh, Mutter, du voran, und führ dein Kind!
Ich will dann sehn und deinen Spuren folgen.“ (34)

DAS ZERSCHLAGENE ZIEGENHORN

Mit seinem Stab zerschlug der Hirt ein Ziegenhorn.
Da fiel er nieder, bat mit lautem Wehgeschrei:
„Ach, sag, ich bitt dich, nichts davon dem Herrn!“
Darauf die Ziege: „Um so lauter wird das Horn sich nur vernehmen lassen!“ (35)

DER EINGEBILDETE ESEL UND DAS GÖTTERBILD

Auf seinen Schultern trug ein Esel Phoibos' silbern Bild,
vor dem ein jeder, anzubeten, auf die Erde fiel.
Erfaßt vom Dünkel, wollte da der Esel nicht mehr Esel
sein;
doch mußt er hörn: „Kein Gott bist du, du trägst nur
einen Gott." (36)

DAS HUHN MIT DEN GOLDEIERN

Es war ein Huhn, das pflegte Goldeier zu legen.
Von Gier nach Gold ließ sich sein Herr verblenden
und schlachtete das Huhn, auf mehr an Gold noch
rechnend.
Die Gier nach mehr doch macht' das Glücksgeschenk
zunichte. (37)

DER WAHNSINNIGE LÖWE

Den Löwen einst erblickt' der Hirsch im Wahn.
„O großes Unheil für uns Tiere!" rief er da.
„Wenn bei Gesundheit schon der Löwe schwer erträglich
ist,
wie sollt er, wenn er rast, Leidbringendes vermeiden?"
(38)

DIE KATZE ALS BRAUT

Ein Mann führt' eine Katze als Gemahlin in sein Haus,
und Kypris selber nahm am Hochzeitsfeste teil.
Doch als die Braut bei Tische eine Maus erblickte,
war sie gleich hinterher; ihr Wesen konnte sie nicht
ändern. (39)

DIE SCHILDKRÖTE UND DER ADLER

Die träge Schildkröt hatte mit den Vögeln wollen gehn.
Da packte sie der Adler, trug sie in die Höh
und ließ sie fallen auf den Felsen, daß sie barst. Da sprach das Tier:
„Mehr nützte mein Gewicht mir als der Flügel Schnelle!"
(40)

DER BEUTEANTEIL DES LÖWEN

Die Beute teilt' der Löwe mit dem Esel und dem Fuchs.
„Das erste Stück", sprach er, „gebührt mir als dem Teiler.
Das zweite muß ich haben, weil ich König bin.
Und wer das dritte anrührt, soll mich kennenlernen!"
(41)

DIE MUTTER DES ZERTRAMPELTEN FROSCHES

Vom Huf des Ochsen ward der kleine Frosch zertrampelt.
Da sprach im Zorn die Mutter: „War er, aufgebläht, so groß?"
Ein andres Junges ihr erwiderte: „Selbst wenn du birst,
ihm wirst du, Mutter, trotzdem niemals ähnlich sein."
(42)

DER VATER UND DIE SCHLANGE

Ein Mann, der für den Tod des Kindes an der Schlange Rache nahm,
beschädigt' ihren Felsen und begehrt' dann Freundschaft.
Jedoch die Schlange sprach: „Wie könnt es einen Ausgleich geben,
solange du des Kindes Grab und ich den Felsen sehen muß?"
(43)

DIE MUTLOSEN HASEN

Zu sterben nahmen sich die Hasen vor, statt fortzuleben,
weil schwach sie seien und nichts nütze.
Und als nun in den Teich sie sich schon stürzen wollten,
erfaßt' sie neuer Mut, als dort die Frösche Reißaus
nahmen. (44)

DER EICHBAUM, DAS ROHR UND DIE WEIDEN

Den Eichbaum, der vom Sturm geschlagen, führt' die
Flut davon.
Da fragte er die Weiden und das Rohr,
wodurch sie aufrecht stünden. „Nun, wir beugen uns
den Winden.
Wo die sich brechen, stehn wir fest." (45)

DER SCHÜTZENWETTSTREIT ZWISCHEN APOLL UND ZEUS

Zum Schützenwettstreit forderte Apoll den Vater
und richtete vom Osten bis zum Westen sein Geschoß.
Doch Zeus kam ihm mit einem großen Schritt zuvor
und wandt sich um: „Mein Sohn, so sag, wohin soll
ich nun schießen?" (46)

DER NORDWIND UND DER SONNENGOTT

Der Nordwind stritt sich, als es kalt war, mit dem
Sonnengott,
wer einen Mann zuerst wohl zum Entkleiden brächte.
Der Nordwind blies, und fester knüpfte nur der Arme
seine Lumpen;
doch als erwärmt er war, gab er der Sonne, was er trug.
(47)

DER LÖWE, DER ESEL UND DER FUCHS

Der Löw, der Esel und der Fuchs, die gingen auf die
Jagd,
und als der Esel dann die Beute in drei Stücke teilte,
zerfleischte ihn der Leu. Der Fuchs gab ihm darauf
das größte Stück; des Esels Schicksal hatte ihn belehrt.
(48)

DER FUCHS UND DER STRAUCH

Der Fuchs, der einen Pferch wohl übersteigen wollte,
glitt dabei aus und hielt an einem Strauch sich fest.
Des Fußes Sohle ward verletzt, drum schalt der Fuchs
den Strauch.
„Dich selber", sprach der, „und nicht meine Eigenart hast
du zu schelten!" (49)

DIE MÜCKE UND DER STIER

Die Mücke saß einst auf dem Horn des Stieres;
er müßt's nur sagen, meinte sie, wenn fort sie fliegen
solle.
Doch sie vernahm: „Da ich es nicht gemerkt, als du
dich niedersetztest,
so werde ich auch kein Empfinden haben, wenn du weg
dich machst." (50)

DER HIRSCH UND DAS WEINGEBÜSCH

Den Hirsch, der sich im dichten Weingebüsch
verborgen hielt, verfolgten seine Jäger.
Weil er den Stöcken ihre Blätter abgenagt,
ward er zu Recht zur Beute für die Jäger. (51)

DER ASTRONOM IM BRUNNEN

Ein Astronom, der nach den Sternen Ausschau hält,
in einen Brunnen unversehens fällt. Und einer, der vorüberkam
und ihn so stöhnen hörte, spricht: „Weil du, mein Freund,
den Sinn nach oben richtest, siehst du nicht, was unten auf der Erde ist.“ (52)

DAS PFERD IM STREIT MIT DEM WILDSCHWEIN

Im Streite lag das Pferd mit einem bösen Wildschwein,
und weil es seinem Angriff zu begegnen außerstande war,
so liefert' es sich aus und sucht' die Freundschaft eines Mannes
mit viel Erfahrung, um die Bestie zu töten. (53)

DER MANN MIT DEN ZWEI GELIEBTEN

Ein Mann, des Haare schwarz und weiß gesprenkelt waren,
hatt zwei Geliebte. Mit der Zeit auf alle Art
trug die die schwarzen, jene ihm die weißen Haar davon.
So ward er kahl und allen zum Gespött. (54)

DIE GRÖSSENWAHNSINNIGE KRÄHE

Mit dem geraubten Lamm erhob zum Himmel sich der Aar;
das sah die Krähe und versucht' sich gleichermaßen an dem Bock.
Der Hirt ergriff sie, und ein Junge sagt' nur dies:
„Für mich die Krähe; denn der Adler ist sich selbst genug!“ (55)

DAS SCHWALBENNEST AM DACHE DES GERICHTS

Am Dache des Gerichtes baut' die Schwalb ihr Nest,
und ihre Jungen tötete die Schlange.
Da sprach die Schwalbe: „Welche Not!
Dort, wo Vergeltung ist, erlitt allein ich Schaden."
(56)

DER BETROGENE ESEL

Ein Esel, überquerend einen Fluß, trug eine Ladung Salz:
indem er hinfiel, fand Erleichtrung er von seiner Last.
Doch als er später eine Menge Schwämme trug,
da ward, als er sich wieder fallen ließ, zu seinem Unheil er erstickt. (57)

ANHANG

ANMERKUNGEN

Erläuterungen zu Götternamen der griechischen und römischen Mythologie werden in dem alphabetischen Verzeichnis gegeben, das sich an diesen Anmerkungsteil anschließt.

Verweise beziehen sich auf dieses Verzeichnis.

Die arabischen Ziffern vor dem Stichwort geben die Zählung der Fabeln innerhalb der einzelnen Sammlungen an.

Archilochos

Der Fuchs und der Affe — Diesem Fragment liegt offenbar das Motiv zugrunde, das durch die Fabeln des Äsop, 83, bekannt wurde.

Kerykides — Eine sonst nicht erwähnte Person, die durch die Fabel gemahnt werden soll.

Der Adler und der Fuchs — Dieses Fabelmotiv kehrt in den Fabeln des Äsop, 1, wieder.

Der Löwe, der Fuchs und der Hirsch — Die Erzählung ist nach Babrios, 95, zu rekonstruieren; die knappen Fragmente geben jedoch kein Gerüst für die Handlung ab.

Sophokles

Des Esels Schatten — Die Herkunft der mehrfach belegten sprichwörtlichen Wendung erklärt das byzantinische Sachwörterbuch Suda (Suidas, herausgegeben von Ada Adler, Band 3, S. 543) mit einer Anekdote, die allerdings dem ein Jahrhundert nach Sophokles lebenden Demosthenes in den Mund gelegt wird.

Die Fabeln des Äsop

1 *Gottes Strafe* — Es braucht nicht unbedingt an den Christengott oder an christliche Bearbeitung der Fabel gedacht zu werden; monotheistische Vorstellungen bzw. Vorstellungen, in denen der oberste Gott ↑ Zeus zum Gott schlechthin wird, begegnen bereits im 5. Jh. v. u. Z.

5 *Mysterienfest* — Zu den Mysterien, dem Geheimkult der Fruchtbarkeitsgöttinnen ↑ Demeter und Persephone, fand in Eleusis eine Prozession auf der Heiligen Straße statt. Das Fest wurde gegen Ausgang des Sommers begangen.
Panathenäenfest — Dieses Fest zu Ehren der Stadtgöttin ↑ Athene wurde ursprünglich alljährlich, später im Vierjahreszyklus im Hekatombaion, dem ersten Monat des attischen Kalenders (im Hochsommer), feierlich begangen.
Dionysosfest — Dem Weingott ↑ Dionysos galten die großen und die kleinen Dionysien, beide in der Winterszeit gefeiert.

8 *Chaos* — Als Chaos bezeichneten die griechischen Weltentstehungslehren den ungeordneten Urzustand. Die Vorstellung von ↑ Zeus als Weltschöpfer ist unklassisch.

18 *Salzfisch* — Maena vulgaris, ein kleiner Seefisch, der wie der Hering eingesalzen und besonders von der ärmeren Bevölkerung gegessen wurde.

20 *Gymnasien* — Von griech. gymnós (nackt), zunächst Stätten der gymnastischen Bildung; erst in der nachklassischen griechischen Epoche trat der allgemeinbildende Unterricht hinzu, der mit der Zeit die erste Stelle einnahm.

28 *Hekatombe* — Von griech. hekatón (hundert), ein feierliches Opfer, bei dem 100 Rinder geschlachtet wurden.
Drachme — Die attische Münzeinheit. Zur Zeit Solons (7./6. Jh. v. u. Z.) kostete ein Stier 5 Drachmen; im 5. Jh. v. u. Z. war der Wert so abgesunken, daß eine halbe Drachme das Existenzminimum einer Familie für einen Tag ausmachte.

31 *Hetären* — „Gefährtinnen". Die Hetären verfügten oftmals über musische und wissenschaftliche Bildung und vermochten sich im Unterschied zu den Ehefrauen in der Öffentlichkeit frei zu bewegen.

33 *Fünfkämpfer* — Der Fünfkampf, bestehend aus Diskuswurf, Weitsprung, Speerwurf, Lauf und Ringkampf, er wurde 708 v. u. Z. in das Programm der Olympischen Spiele aufgenommen.

34 *Hekatombe* — Vgl. die erste Anm. zu Fabel 28.

35 *Satyr* — Die Satyrn waren bocks- oder auch pferdegestaltige Naturdämonen der griechischen Sage, wilde, übermütige, lüsterne Wesen.

36 *Orakel in Delphi* — Das wohl berühmteste Orakel des ↑ Apollon. Vgl. die Anm. zu Phaedrus, Appendix, 6.

63 *Demades* — Der athenische Politiker Demades (geboren um 380 v. u. Z.) brachte es infolge seiner natürlichen Rednergabe,

seines politischen Instinkts und seiner Skrupellosigkeit unter Philipp von Makedonien und Alexander dem Großen zu bedeutendem Einfluß.

65 *der Kyniker Diogenes* — Die Philosophenschule der Kyniker hatte nach volkstümlicher Deutung ihren Namen daher, daß ihre Anhänger wie Hunde (griech. kynes) lebten, indem sie Bedürfnislosigkeit lehrten. Ihr populärster Vertreter war Diogenes von Sinope (um 412 bis um 323), der ein Bettlerdasein führte.

75 *maltesische Hunde und Affen* — Die ursprünglich in Malta gezüchteten Hunde waren eine Art von Zwergspitzen. Affen, und zwar namentlich der schwanzlose türkische Affe und die geschwänzte Meerkatze, begegnen in der Antike öfters als Haustiere.

80 *Penaten* — Hausgötter der Griechen und namentlich der Römer; sie wurden im Privatkult verehrt.

90 *Drachme* — Vgl. die zweite Anm. zu Fabel 28.

91 *Teiresias* — Berühmtester Seher, Zeichendeuter und Wahrsager der griechischen Sage.

93 *Malteserhund* — Vgl. die Anm. zu Fabel 75.

102 *Olymp* — Höchster Gebirgsstock in Griechenland, der als der Sitz der Hauptgötter, der Olympier, galt.

104 *die Erde* — Die lebenerzeugende und lebentragende Erde erscheint personifiziert als Göttin, Gaia oder Ge.

111 *Päderast* — Die Päderastie, Knabenliebe, war im alten Griechenland weit verbreitet, teilweise — wie in Sparta — staatlich sanktioniert, vielfach — wie bei Platon — mit ethisch-pädagogischen Momenten verbunden. In Rom entbehrte sie zumeist dieses ethischen Aspekts.

112 *Heros* — Unter Heroen verstand man Halbgötter, meist Helden der Sage, Abkömmlinge aus einer Verbindung von Gott und Mensch.

173 *Bettelpriester* — Die sogenannten Menagyrten; sie begegnen häufig in Verbindung mit dem Kult der Göttin ↑ Kybele.

210 *daß das Kamel keine Galle besitzt* — Diese Auffassung galt im Altertum als anatomische Tatsache.

231 *Mäander* — Fluß, der in Phrygien entspringt und im Altertum bei Milet ins Ägäische Meer mündete. Sein Lauf erfolgt in vielen Windungen, daher wurde das gleichnamige Ornamentband nach ihm benannt.

240 *sie wechselten ... ihr Geschlecht* — Der alte Volksglaube, die Hyäne habe männliche und weibliche Geschlechtsorgane zugleich und

könne daher alljährlich ihr Geschlecht wechseln, wurde schon von Aristoteles (384—322) zurückgewiesen.

246 *das Kamel könne ... nicht zürnen* — Vgl. die Anm. zu Fabel 210.

260 *„O Herakles, ... wie wirst du mir ... beistehen?“* — Der erfolgreiche Kämpfer ↑ Herakles wird, nach dem Tode zum Gott erhoben, verständlicherweise gerade von den Athleten angerufen.

293 *Die Bäume und der Ölbaum* — Die Fabel geht zurück auf die Erzählung des Jotham im Alten Testament, Richter 9,7 ff.

306 *Aptaistos* — Der Text ist verderbt überliefert, der Name Aptaistos eine gelehrte Konjektur. Er spielt nicht auf eine historische Persönlichkeit an, sondern ist ein redender Name: „der, welcher nicht stolpert“.

Livius

Die Fabel des Menenius Agrippa — Nach Livius erreichten die innerrömischen Auseinandersetzungen zwischen Patriziern und Plebejern im Jahre 494 v. u. Z. einen Gipfelpunkt. Empört über die ihnen zuteil werdende Bedrückung, weigerten sich die Plebejer, gegen die Äquer ins Feld zu ziehen, und besetzten den Heiligen Berg bei Rom. Der als Abgesandter der Patrizier ausgeschickte Menenius Agrippa soll mit seiner Fabel einen Ausgleich erreicht haben.

Horaz

Molosserhunde — Die von dem epirotischen Stamm der Molosser gezüchteten Hunde waren die größte und stärkste Rasse in Griechenland und galten als scharf und bissig.

Phaedrus, Äsopische Fabeln

ERSTES BUCH

Vorrede *Jamben* — Der Jambus besteht aus einer Kürze und einer tontragenden Länge: ◡ — . Phaedrus bedient sich des Senars, der „sechsfachen“ Wiederholung des Jambus, als der römischen Variation des griechischen Trimeters.

2 *gleiche Rechte ... in Athen* — Im Jahre 594 v. u. Z. hatte die Solonische Verfassung eine formale Rechtsgleichheit für alle freien Bürger Athens geschaffen, während die politischen Rechte und Pflichten nach der Höhe des Ernteertrags festgelegt wurden. Diese halben Maßnahmen führten zu verschärften Klassenkämpfen, in denen sich Peisistratos an die Spitze der armen Bauern stellte; als Selbstherrscher (Tyrann) ergriff er 561 v. u. Z. die Macht in dem athenischen Staatswesen und bereitete dessen Entwicklung zur Sklavenhalterdemokratie vor.

27 *Manen* — Die Seelen der Verstorbenen in der römischen Religion, Totengeister.

ZWEITES BUCH

4 *Aquila* — (lat.) Der Adler.

5 *Tiberius* — Nachfolger von Kaiser Augustus; er regierte von 14 bis 37. Tiberius besaß in Misenum an der kampanischen Küste, das Villenort und zugleich Flottenbasis für das Tyrrhenische Meer (Tuskermeer) war, ein Landgut, das der reiche Lucullus (um 117 bis um 57) errichtet hatte.

Backenstreiche — Den Backenstreich erhielt der Sklave bei seiner Freilassung von seinem bisherigen Herrn.

DRITTES BUCH

Eutychus — Über die Persönlichkeit des Eutychus, dem das dritte Buch des Phaedrus gewidmet ist, besteht keine Klarheit; möglicherweise handelt es sich um den Wagenlenker, der in den letzten Regierungsjahren des Kaisers Caligula (37—41) zu Einfluß kam.

den die Mutter auf dem Musenberg gebar — Phaedrus stammte aus Pïerien, einer Gebirgslandschaft im nördlichen Griechenland, der Heimat der neun Musen, die Mnemosyne (das personifizierte Gedächtnis) dem ↑ Jupiter gebar.

Sinon — Der Grieche Sinon ließ sich im Trojanischen Krieg von den Trojanern fangen, um sie zur Aufnahme des hölzernen Pferdes in ihre Stadt zu bewegen.

ein andrer Kläger als Sejan — Phaedrus war mit dem herrschsüchtigen Befehlshaber der kaiserlichen Leibgarde (seit 17 u. Z.), Lucius Aelius Seianus, in Konflikt geraten; über Einzelheiten sind wir nicht informiert.

Anacharsis — Philosoph aus Skythien — ebenso wie der Phryger Äsop kein Grieche —, der etwa 589 v. u. Z. nach Athen kam und zum Freundeskreis Solons gehörte.

Thrakervolk — Die Thraker, deren Wohnsitze hauptsächlich im heutigen Bulgarien lagen, galten als Volk, das der Musik und Poesie zugetan war; als Beispiele werden die Sagengestalten Linos und Orpheus angeführt.

Hebros — Die heutige Maritza.

1 *Falernerwein* — Er wurde im Norden Kampaniens angebaut.

5 *As* — Kleinste römische Kupfermünze.

9 *Sokrates* — Griechischer Philosoph (469—399), der in einem Religionsprozeß verurteilt und hingerichtet wurde; späteren Zeiten war er der Inbegriff philosophischer Tugenden sowie des Weisen schlechthin.

10 *Es starb Hippolytus* — Phaidra liebte ihren Stiefsohn Hippolytos. Von diesem abgewiesen, führte sie bei ihrem Gatten Klage, jener habe ihr nachgestellt. Diese Beschuldigung kostete Hippolytos das Leben.

Kassandra — Tochter des Trojanerkönigs Priamos; sie sagte den Untergang ihrer Stadt voraus, fand jedoch bei ihren Mitbürgern kein Gehör.

weiße Toga — Dieses Gewand legten die römischen Knaben mit dem 15. Lebensjahr als Zeichen erreichter Mannbarkeit an.

Zentumvirn — Das Kollegium der „hundert Männer" entschied in Zivilsachen, besonders über Erbstreitigkeiten.

göttlicher August — Gaius Iulius Caesar Octavianus (63 v. u. Z. bis 14 u. Z.), seit 31 v. u. Z. unumschränkter Herrscher in Rom. Ihm wurden bereits zu Lebzeiten göttliche Ehren erwiesen.

19 *„Vor aller Augen ..."* — Das Zitat stammt aus der Tragödie „Telephus" des frührömischen Dichters Ennius (239—169).

VIERTES BUCH

Particulo — Über Phaedrus' Freund Particulo, dem das vierte Buch gewidmet ist, wissen wir sonst nichts.

7 *Kothurn* — Ein Schuh mit hohem Absatz, dessen sich die Schauspieler der attischen Tragödie bedienten, um größer und erhabener zu wirken und um zugleich besser sichtbar zu sein.

O wäre nie in Pelions Felsenhain ... — Das Peliongebirge liegt im östlichen Thessalien. Hier erbaute Argos die Argo, das Schiff, welches die Argonauten nach Kolchis am Schwarzen Meer (ungastliches Meer) führte, um das Goldene Vlies zu holen. Iason, ihr Anführer, raubte aus dem Hause des Königs Aietes sowohl das Vlies als auch die Königstochter Medeia. Diese schreckte nicht zurück, zur Erleichterung ihrer und Iasons Flucht den eigenen Bruder zu zerstückeln, und ließ die Töchter des Königs von Thessalien ihren Vater Pelias töten.

Minos — Mythischer König von Kreta; er galt als gerechter Herrscher.

7 *mein strenger Cato* — Der altrömische konservative Staatsmann Marcus Porcius Cato (234—149), im Jahre 184 v. u. Z. Censor, galt als der strenge Sittenrichter schlechthin.

23 *Simonides* — Der Lyriker Simonides aus Keos (um 556 bis um 468) führte ein Wanderleben, das ihn an verschiedene griechische Fürstenhöfe brachte.

zogen mit der Tafel los — Schiffbrüchige pflegten eine Darstellung ihres Schiffbruchs als Votivtafel einem Götterbild zu weihen und, an dieser Tafel sitzend, die Vorübergehenden anzubetteln.

26 *Simonides* — Vgl. die erste Anm. zu Fabel 23.

der Leda Söhne — Leda, von ↑Zeus in Gestalt eines Schwans verführt, gebar das Zwillingspaar Kastor und Pollux (Polydeukes), die nach ihrem Tode als Sternbild der Zwillinge an den Himmel versetzt wurden.

FÜNFTES BUCH

Praxiteles — Berühmter griechischer Bildhauer des 4. Jh. v. u. Z.

Myro — Myron (5. Jh. v. u. Z.), griechischer Bildhauer und Erzgießer, der u. a. Arbeiten für Athen, Olympia und Delphi ausführte.

Zeuxis — Griechischer Maler des 5./4. Jh. v. u. Z.; er gehörte zum Freundeskreis des Sokrates.

1 *Demetrius* — Demetrios von Phaleron (um 350—283), ein Schüler des Theophrast, Befürworter des Königtums, wurde 317 v. u. Z. von Kassandros, König von Makedonien, mit der Führung der Regierungsgeschäfte in Athen betraut, die er zehn Jahre innehatte.

Menander — Menandros (342/341—293/290), der bedeutendste Vertreter der scheinbar unpolitischen Neuen Komödie.

7 *Flötenspieler Princeps* — Durch eine Inschrift ist ein solcher Musiker namens Lucius Cassius Princeps bekannt.

7 *Bathyllus* — Ein Tänzer aus Alexandria, einer der populärsten Pantomimen zur Zeit des Kaisers Augustus.

es lebt der Princeps — Damit ist Augustus gemeint, der den Titel Princeps, „der Erste", führte.

die Ritter — Der zweite bevorrechtete Stand in Rom; sie bildeten seit der ausgehenden römischen Republik, da sich in ihren Händen die Handels- und Finanzgeschäfte konzentrierten, den Geldadel neben dem grundbesitzenden aristokratischen Senatsadel.

10 *Philetus* — „Der Geliebte"; ob damit ein Mitglied aus Phaedrus' Freundeskreis gemeint ist oder nur symbolhaft ein Freundesname gesetzt wird, muß dahingestellt bleiben.

APPENDIX

5 *wie's die Sage will* — Der mythische König Ixion war, weil er Hera zu verführen versucht hatte, zur Strafe auf ein sich ewig drehendes Rad gebunden. Sisyphus büßte in der Unterwelt für Betrügereien, indem er einen Felsblock einen Berg hinaufwälzen mußte, der jedoch kurz vor dem Gipfel immer wieder herunterrollte. Tantalus hatte die Götter hintergangen und war deshalb verdammt, in der Unterwelt hungernd und durstig im Wasser unter Früchten zu stehen, die stets vor ihm zurückwichen. Die fünfzig Danaïden, Töchter des Danaos, hatten ihre Männer ermordet und mußten zur Strafe mit Sieben Wasser in ein durchlöchertes Faß schöpfen. Der Riese Tityus hatte die Göttin Leto bedrängt und büßte dafür in der Unterwelt; dem am Boden Ausgestreckten fraß ein Geier die beständig nachwachsende Leber ab.

6 *Herr von Delphi* — ↑ Apollon, der in Delphi am Fuße des Parnaß das berühmte Orakel besaß, in dem die Priesterin, die Pythia, in der Ekstase ihre Wahrsagungen gab.

8 *Pompeius Magnus* — Gnaeus Pompeius Magnus, „der Große" (106—48), römischer Feldherr und Staatsmann; er erfocht 66—64 bedeutende Siege gegen Mithridates von Pontos (Kleinasien) und schloß 60 v. u. Z. mit Caesar und Crassus das 1. Triumvirat. Im Bürgerkrieg 48 v. u. Z. von Caesar geschlagen, wurde er auf der Flucht nach Ägypten ermordet.

13 *Jovis* — Genetiv zu ↑ Jupiter.

25 *Sokrates* — Vgl. die Anm. zu Phaedrus, III 9.

28 *Kastor* — Vgl. die zweite Anm. zu Phaedrus, IV 26; Kastor ist auch die griechische Bezeichnung für den Biber.

29 *Der Schmetterling und die Wespe* — Der Fabel liegt der in der Antike weit verbreitete Glaube an eine Seelenwanderung, d. h. eine fortwährende Existenz in verschiedenen Gestalten, zugrunde.

Babrios, Äsopische Fabeln

ERSTES BUCH

Prolog *Zeitalter* — Der Mythos von den sich verschlechternden Weltaltern rückt häufig zwischen das eherne (bronzene) und eiserne Zeitalter die Heroenzeit mit ihren Kämpfen um Troja und Theben.

Branchos — Vermutlich der Sohn eines nicht näher bestimmbaren Königs Alexander.

bittere Jamben — Der Jambus ist der Vers der Spott- und Schmähdichtung. Vgl. die Anm. zu Phaedrus, I, Vorrede.

2 *Drachme* — Vgl. die zweite Anm. zu Fabeln des Äsop, 28.

5 *Tanagra* — Stadt im östlichen Böotien, die vor allem durch ihre lebensnahen Terrakottafiguren bekannt wurde.

12 *Itys, der zur Unzeit aus des Lebens Blüte schied* — Der thrakische König Tereus war mit der attischen Königstochter Prokne vermählt. Deren Schwester Philomela wurde von ihm geschändet. Die Schwestern rächten sich, indem sie Itys, den Sohn des Königspaares, töteten und dem Vater zum Mahle vorsetzten. Die Götter verwandelten darauf Prokne in eine Nachtigall, Philomela in eine Schwalbe, Tereus in einen Wiedehopf.

15 *der Alkmene Sohn* — ↑ Herakles, der im böotischen Theben geboren wurde. Seine berühmten zwölf Arbeiten mußte er im Dienst des Königs Eurystheus, als „Knecht“, ausführen.

Theseus — Der attische Nationalheros, späterer König von Athen.

26 *der Pygmäen Land* — Dieses Zwergenvolk wurde südlich von Ägypten lokalisiert.

45 *Macchia* — Undurchdringliches, immergrünes Dickicht der mediterranen Küstenländer.

63 *Halbgott* — Heros, vgl. die Anm. zu Fabeln des Äsop, 112.

68 *Hesperos* — Der Abendstern; er besaß einen paradiesischen Garten am Westende der Welt.

74 *Branchos* — Vgl. die erste Anm. zum Prolog.

75 *Lethe* — Der Strom des Vergessens in der Unterwelt.
76 *Demos* — „Das Volk", die kleinste Verwaltungseinheit in Athen.
85 *Molosser* — Vgl. die Anm. zu Horaz.
97 *Göttermutter* — ↑ Kybele.

ZWEITES BUCH

Prolog *Alexanders Sohn* — Offenbar identisch mit Branchos, dem das erste Buch gewidmet ist. Vgl. den dortigen Prolog. Über die Person des Königs Alexander ist nichts Sicheres auszumachen.
unter Ninos, unter Belos — Ninos war nach griechischer Überlieferung der Begründer des assyrischen Reiches, Belos (Baal) ist ein phönizisch-kanaanäischer Gottesname. Zu Syrien hat nur der letztgenannte eine Beziehung, mit der Erfindung der Fabel haben beide nichts zu tun.
hat ... Libyens Söhnen Kibyssas Fabeln nacherzählt — Neben den äsopischen wußte die antike Überlieferung von libyschen Fabeln, die auf einen gewissen Kibyssas zurückgeführt wurden. Über ihre Besonderheiten ist nichts bekannt.
108 *Horn der Amaltheia* — Die Nymphe Amaltheia nährte Zeus als Kind mit der Milch einer Ziege. Deren abgebrochenes Horn, gefüllt mit Früchten und bekränzt mit Blumen, wurde zum Zeichen des Überflusses.
141 *Bettelpriester* — Vgl. die Anm. zu Fabeln des Äsop, 173.
148 *Gewalttat des Tereus* — Vgl. die Anm. zu Fabel 12.
183 *Hymettos* — Gebirgszug in der griechischen Landschaft Attika, wegen des dort gewonnenen Honigs berühmt.
192 *Satyr* — Vgl. die Anm. zu Fabeln des Äsop, 35.
204 Auf diese Fabel folgen in der Sammlung noch die zwei Fragmente: „Die Maden ..." (205) und „Der libysche Strauß..." (206).

Fabeln des Romulus

Magister Rufus — Eine fingierte Person.

Avian, Fabeln

Theodosius — Wahrscheinlich der Grammatiker und Antiquar Ambrosius Theodosius Macrobius (um 400 u. Z.), bekannt durch seine „Saturnalia" (Gespräche am Saturnalienfest) und seinen Kommentar zu Ciceros „Somnium Scipionis“ (Der Traum Scipios).

die Attiker — Vornehmlich die im Athen des 5. Jh. v. u. Z. wirkenden Autoren, deren Sprachform als Stilmuster genommen wurde (Attizismus).

gemahnt durch den Spruch des delphischen Apollon — Die Äsop-Legende brachte den Fabeldichter auch mit Apollon, dem Gott des Orakels von Delphi, in Verbindung.

hat auch Sokrates solche Fabeln ... eingefügt — Dem Philosophen Sokrates (469—399) wurden fälschlich Fabeln zugeschrieben.

im elegischen Maß — Das elegische Maß ist das Distichon, die Verbindung eines Hexameters mit darauffolgendem Pentameter.

4 *Titan* — Der Sonnengott stammte von den Titanen ab, dem vor den Olympiern herrschenden Göttergeschlecht.

8 *ihr Rad* — Das Glücksrad war ein Attribut der ↑ Fortuna.

10 *Ritter* — Vgl. die vierte Anm. zu Phaedrus, V 7.

Marsfeld — Gelände in der Tiberschleife nordwestlich von Rom, das als Versammlungsplatz diente.

12 *Talent* — Griechische Geldeinheit.

13 *cinyph'sche Herde* — Die Gegend um den Fluß Cinyps im nördlichen Afrika war durch ihre schönhaarigen Ziegen berühmt.

22 *Titan* — Vgl. die Anm. zu Fabel 4.

29 *Satyr* — Vgl. die Anm. zu Fabeln des Äsop, 35.

32 *der Herr von Tiryns* — Die Stadt Tiryns in der Argolis, einer der Brennpunkte der mykenischen Kultur, war dem ↑ Herakles heilig.

41 *Amphora* — Ein zweihenkliges, bauchiges Gefäß, meist aus Ton, zur Speicherung von Öl und Wein.

Ignatios Diakonos, Fabeln

15 *Jovis* — Genetiv zu ↑ Jupiter.

VERZEICHNIS DER GÖTTERNAMEN AUS DER GRIECHISCHEN UND RÖMISCHEN MYTHOLOGIE

Aphrodite: Griechische Göttin der Liebe und der Schönheit, die aus dem Meeresschaum geboren wurde. Ihr entspricht im römischen Bereich Venus.

Apollon, Apollo: Sohn des ↑ Zeus, Gott des Lichtes und der Weissagung.

Ares: Griechischer Gott des Krieges, Gemahl der ↑ Aphrodite. Ihm entspricht im römischen Bereich Mars.

Athene: Jungfräuliche Tochter des ↑ Zeus (ihr Beiname Pallas bedeutet „Mädchen"), griechische Göttin der Künste und der Wissenschaft, zugleich Schutzherrin Athens. Ihr entspricht im römischen Bereich Minerva.

Bacchus: Römischer Gott des Weins, dem griechischen ↑ Dionysos entsprechend.

Boreas: Der kalt und heftig wehende Nordwind.

Demeter: Die „Koren"mutter, griechische Fruchtbarkeitsgöttin, welcher der Geheimkult in Eleusis galt. Ihre Tochter ist Persephone, lateinisch Proserpina.

Dionysos: Griechischer Gott des Weins. Ihm entspricht im römischen Bereich Bacchus.

Dolus: Die Personifikation von List, Heimtücke und Betrug.

Eros: Der griechische Liebesgott, Sohn des ↑ Ares und der ↑ Aphrodite.

Fortuna: Die römische „blinde" Glücksgöttin, der griechischen Schicksalsgöttin ↑ Tyche entsprechend.

Helios: Der griechische Sonnengott.

Hera: Als Gattin des ↑ Zeus oberste griechische Göttin, Beschützerin der Ehe. Ihr entspricht im römischen Bereich Juno.

Herakles: Sohn des ↑ Zeus und der Thebanerin Alkmene; er wurde von seinem Vater, nachdem er überragende Taten verrichtet hatte, als Gott in den Olymp aufgenommen. Die lateinische Namensform ist Herkules.

Herkules: Die lateinische Form für ↑ Herakles; der Held galt auch als Kulturbringer, als Heilgott und Beschützer der Athleten.

Hermes: Sohn des ↑ Zeus, griechischer Gott der Wege, der Kaufleute und auch der Diebe; überdies fungierte er als Götterbote. Ihm entspricht im römischen Bereich Merkur.

Horkos: Die personifizierte Eidestreue.

Hybris: Der personifizierte Frevelmut.

Hymenaeus: Der Hochzeitsgott.

Iris: Die griechische Götterbotin, der Regenbogen.

Juno: Gattin des ↑ Jupiter, der griechischen ↑ Hera entsprechend.

Jupiter: Der oberste römische Gott, mit dem griechischen ↑ Zeus gleichgesetzt.

Kore: Persephone, die Tochter der ↑ Demeter und des ↑ Zeus, Gemahlin des ↑ Pluton.

Kybele: Die Magna Mater (Große Mutter), eine phrygische Fruchtbarkeitsgöttin, die im nachklassischen Griechenland und seit dem 3. Jh. v. u. Z. auch in Rom verehrt wurde.

Kypris: „Die auf Kypros (Zypern) Geborene", Beiname der ↑ Aphrodite.

Mars: Römischer Kriegsgott, dem griechischen ↑ Ares entsprechend.

Merkur: Sohn des ↑ Jupiter, in seiner Funktion dem griechischen ↑ Hermes entsprechend.

Minerva: Römische Göttin, der griechischen ↑ Athene entsprechend.

Momos: Die Personifikation des Tadels und der Nörgelei.

Neptun: Römischer Gott der Meere, dem griechischen ↑ Poseidon entsprechend.

Paian, Paion, Päon: „Nothelfer", der Götterarzt, auch Beiname des ↑ Apollon als Heilgott.

Pallas: „Mädchen", Beiname der ↑ Athene.

Pan: Sohn des ↑ Hermes, ein Walddämon, Schutzgott der Hirten und der Kleinviehherden.

Phoebus, Phoibos: Beiname des ↑ Apollon als Licht-, Sonnen- und Himmelsgott.

Polemos: Der personifizierte Krieg.

Pluto, Pluton: Römischer Gott der Unterwelt, dem griechischen Hades entsprechend.

Poseidon: Bruder des ↑ Zeus, griechischer Gott der Meere. Ihm entspricht im römischen Bereich Neptun.

Prometheus: Ein Titan, der im griechischen Mythos als der Feuerbringer für die Menschen galt, in einem Teil der Überlieferung auch als Schöpfer der Menschen, ja der Lebewesen überhaupt.

Tellus: Römische Göttin der Erde und der Fruchtbarkeit.

Tyche: Griechische Göttin des personifizierten Schicksals, des glücklichen Zufalls wie der bösen Fügung. Ihr entspricht im römischen Bereich Fortuna.

Venus: Römische Liebesgöttin, der griechischen ↑ Aphrodite entsprechend.

Zeus: Der oberste Gott der Griechen, Vater der Götter und Menschen. Ihm entspricht im römischen Bereich Jupiter. Mitunter stellt er die Gottheit schlechthin dar.

BIBLIOGRAPHISCHE HINWEISE

Texte

1. Fabeln des Äsop:

   Corpus fabularum Aesopicarum, ed. August Hausrath, 1^2, ed. Herbert Hunger, Leipzig 1970; 2^2, ed. Herbert Hunger, Leipzig 1959 (Textgrundlage unserer Übersetzung).

   B. F. Perry, Aesopica, 1, Illinois 1952.

   Fabulae Aesopicae collectae, rec. Carolus Halm, ed. ster., Leipzig 1911.

   Aesopi Fabulae, rec. Aemilius Chambry, 2 Bde., Paris 1925/26 (mit französischer Übersetzung).

Konkordanz

Unsere Nr.	Hausrath	Perry	Halm	Chambry
1	1	1	5	3
1a	—	275	—	6b
2	2	2	8	5
3	3	3	7	4
4	4	4	9	8
5	5	5	11	10
6	6	6	12	17
6a	(317)	—	(17)	15
7	7	7	16	14
8	8	8	19	19
9	9	9	45	40
10	10	10	39	42
11	11	11	27	24
12	12	12	42	37
13	13	13	23	23
14	14	14	43	39
15	15a	15	33	32
16	16	16	14	12
17	17	17	46	41

Unsere Nr.	Hausrath	Perry	Halm	Chambry
18	18	18	28	26
19	19	19	32	31
20	20	20	37	35
21	21	21	24	22
22	22	22	35	34
23	23	23	22	21
24	24	24	31	30
25	25	25	29	28
26	26	26	25	27
27	27	27	47	43
28	28	28	58	55
29	29	29	59	56
30	30	30	300	53
31	31	31	56	52
32	32	32	48	45
33	33	33	203b	51
34	34	34	49	46
35	35	35	64	60
36	36	36	55	50
37	37	37	57	54
38	38	38	70	64
39	39	39	417	350
40	40	40	72	65
41	41	41	38	36
42	42	42	98b	83
43	43	43	74	68
44	44	44	76	66
45	45	45	79	70
46	46	46	82	73
47	47	47	348	293
48	48	48	85	75
49	49	49	83	74
49a	—	—	—	74d
50	50	50	88	76
51	51	51	96	81
52	52	52	95	80
53	53	53	103	86
54	54	54	214	173
55	55	55	110	89
56	56	56	112	91

Unsere Nr.	Hausrath	Perry	Halm	Chambry
57	57	57	107	87
58	58	58	111	90
59	59	59	86	77
60	60	60	90	78
61	61	61	101	84
62	62	—	97	82
63	63	63	117	96
64	64	64	221	178
64a	—	—	122	99c
65	65	247	119	98
66	66	65	311	255
67	67	66	301	248
68	68	67	309	257
69	69	68	144	115
70	70	69	75	67
71	71	70	—	101
72	72	71	67	62
73	73	62	116	95
74	74	72	289	236
75	75	73	363	306
76	76	74	128	103
77	77	75	126	106
78	78	76	129	105
79	79	77	127	104
80	80	78	367	309
81	81	79	15	13
82	82	80	293	241
83	83	81	44	38
84	84	82	323	270
85	85	83	365	307
86	86	84	185	150
87	87	85	115	94
88	88	86	194	158
89	89	87	343b	288d
90	90	88	137	109
91	91	89	140	111
92	92	90	147	118
93	93	91	331	276
94	94	92	217	176
95	95	93	146	117

Unsere Nr.	Hausrath	Perry	Halm	Chambry
96	96	94	166	300
97	97	95	52	49
98	98	96	145	116
99	99	97	134	108
100	100	98	135	107
101	101	99	2	2
102	102	100	155	125
103	103	101	200b	163
104	104	102	138	110
105	105	103	136	112
105a	—	—	(141)	113
106	106	104	151	122
107	107	105	173b	140
108	108	106	154	126
109	109	107	149	120
110	110	108	150	121
110a	—	—	—	57
111	111	109	148	119
112	112	110	161	132
113	113	111	160	131
114	114	112	295	243
115	115	113	167	133
116	116	114	169	135
117	117	115	171	138
118	118	116	186	151
119	119	117	184	147
120	120	118	189	154
121	121	119	191	155
122	122	120	192	156
123	123	121	193	157
124	124	122	195	159
125	125	123	201	162
126	126	124	204	166
127	127	125	212	171
128	128	126	199	161
129	129	127	213	172
130	130	128	207	168
131	131	129	201b	164
132	132	130	197	160
133	133	131	202	165

Unsere Nr.	Hausrath	Perry	Halm	Chambry
133a	—	—	114	93
134	134	254	232	184
135	135	132	226	188
136	136	133	233	186
137	137	134	231	185
138	138	135	218	177
139	139	136	229b	183
140	140	137	235	190
141	141	250	188	153
142	142	249	182	148
143	143	138	237	192
144	144	139	239	194
145	145	140	249	199
146	146	141	248b	202
147	147	142	246	197
148	148	143	262	212
149	149	144	250	198
150	150	145	251	203
151	151	146	257	214
152	152	147	247	201
153	153	148	254	205
154	154	149	260	210
155	155	150	256	207
155a	—	—	258	208a
156	156	151	259	209
157	157	152	264	215
158	158	153	268	218
159	159	154	277	226
160	160	155	274b	222
161	161	156	276	225
162	162	157	270	221
163	163	158	275b	224
163a	(344)	—	279	228a
164	164	159	271b	231
165	165	234	283	230
166	166	160	284	232
167	167	257	240	195
168	168	261	273	223
169	169	256	236	191
170	170	161	286	234

Unsere Nr.	Hausrath	Perry	Halm	Chambry
171	171	162	—	295
172	172	163	287	235
173	173	164	290	237
174	174	165	291	239
175	175	166	294	242
176	176	235	296	244
177	177	167	292	240
178	178	168	94b	247
179	179	169	304	249
180	180	170	305	250
181	181	171	306	251
182	182	172	307	252
183	183	173	308	254
184	184	174	316	262
184a	—	355	314	260
185	185	175	313	258
186	186	176	97b	82b
187	187	177	310	259
188	188	178	315	261
189	189	—	115b	94b
190	190	179	329	274
191	191	180	322	266
192	192	181	177b	142f
193	193	182	324	267
194	194	183	321	265
195	195	184	337	279
196	196	185	319	263
197	197	186	335	278
198	198	187	334b	282
199	199	188	336	268
200	200	237	320	264
201	201	189	327	272
202	202	190	330	275
203	203	191	326	271
204	204	263	—	273
205	205	265	—	286
206	206	192	342	287
207	207	193	340	284
208	208	194	100b	285
209	209	238	—	283

Unsere Nr.	Hausrath	Perry	Halm	Chambry
210	210	195	180	149
211	211	196	346	291
212	212	197	345	290
213	213	198	347	292
214	214	239	354	299
215	215	199	350	294
216	216	200	351	297
217	217	201	357	302
218	218	202	358	303
219	219	203	362	305
220	220	204	368	310
221	221	205	369	311
222	222	206	372	313
223	223	207	370	312
224	224	208	378	317
225	225	209	373	314
226	226	210	353b	319
227	227	236	312	256
228	228	240	383	323
229	229	266	—	304
230	230	211	352	298
231	231	232	30	29
232	232	212	382	322
233	233	213	385	325
234	234	214	71b	327
235	235	215	392	330
236	236	216	393	331
237	237	268	—	33
238	238	269	—	329
239	239	—	179c	101e
240	240	243	406	340
241	241	242	405	341
242	242	217	396b	332
243	243	218	366	308
244	244	219	398	334
245	245	241	400	335
246	246	220	183	146
247	247	223	216	175
248	248	221	153	123
249	249	—	397b	333

Unsere Nr.	Hausrath	Perry	Halm	Chambry
250	250	222	408b	342
251	251	223	409b	343
252	252	224	407	328
253	253	225	412	345
254	254	226	420	353
255	255	227	418b	348
256	256	228	421	354
257	257	—	334	282d
258	258	229	415	349
259	259	230	419	352
260	260	231	424b	357
261	261	244	423	356
262	262	—	123	100
263	263	—	—	102
264	264	—	63	59c
265	265	253	223	182
266	266	—	21	20
267	267	255	234	189
268	268	252	225	181
269	269	258	255	206
270	270	—	113	92
271	271	251	209	170
272	272	(357)	328	269b
273	273	276	4	7
274	274	393	13	11
275	275	—	303	238b
276	276	267	374	315
277	277	399	215	174
278	278	246	108	88
279	279	363	349	296b
280	280	368	381	321
281	281	—	403	338
282	282	375	410	344
283	283	—	62	179c
284	284	—	66c	61b
285	285	—	157	129
286	286	—	177	142
287	—	—	78b	69d
288	288	—	208	169
289	289	—	386	326d

Unsere Nr.	Hausrath	Perry	Halm	Chambry
290	290	245	379	47
291	291	—	344	289b
292	292	259	261	211
293	293	262	—	253
294	294	—	278	227
295	295	264	332	277
296	296	270	402	337
297	297	271	414	347
298	298	387	(65)	—
299	299	388	109	—
300	300	420	—	—
301	301	419	196	—
302	302	384	298	246
303	303	381	(3)	—
304	304	379	—	—
305	305	386	—	—
306	306	421	—	—
307	307	—	—	—

2. Andere antike Sammlungen:

Phaedrus, Fabulae, herausgegeben von Johannes Siebelis-Polle, Leipzig ^{6}1889 (Textgrundlage unserer Übersetzung).

Phaedrus, Liber fabularum. Fabelbuch. Lateinisch und deutsch. Übersetzt von Friedrich Rückert und Otto Schönberger, herausgegeben und erläutert von Otto Schönberger, Stuttgart 1975.

Babrius, Fabulae Aesopicae, rec. Otto Crusius, Leipzig 1897 (enthält auch Ignatios Diakonos).

Georg Thiele, Der Lateinische Äsop des Romulus, Heidelberg 1910.

Avianus, Fabulae, rec. Antonius Guaglianone, Turin 1958.

Übersetzungen

Fabeln der Antike, griechisch und lateinisch. Deutsch von Harry C. Schnur, München 1978.

Antike Fabeln: Hesiod, Archilochos, Aesop, Ennius, Horaz,

Phaedrus, Babrios, Avianus, Romulus, eingeleitet und neu übertragen von Ludwig Mader, Zürich 1951.

Schöne Fabeln des Altertums: Äsop, Phädrus, Babrios. Ausgewählt und übertragen von Horst Gasse, Leipzig [15]1973.

August Hausrath, Äsopische Fabeln, München [3]1944.

Das Leben Äsops, deutsch von Günther Poethke, eingeleitet, herausgegeben und erläutert von Wolfgang Müller, Leipzig 1974.

Phädrus, Äsopische Fabeln, herausgegeben von Jürgen Werner, Leipzig 1961 (im wesentlichen nach der Übersetzung von Eduard Saenger 1929, zum Teil nach der von Johannes Siebelis, Berlin 1855—1898).

Avian, Fabeln, deutsch von V. Rabenlechner, Wien 1883.

Lateinische Fabeln des Mittelalters. Lateinisch–deutsch von Harry C. Schnur, München 1979.

Sekundärliteratur

Stevan Josífović, Aisopos, in: Paulys Realencyclopädie der classischen Altertumswissenschaft, Neue Bearbeitung, Supplementband 14, herausgegeben von Hans Gärtner, München 1974, 15 ff. (die letzte, mitunter etwas konfuse Zusammenfassung der Materialien).

L. Koepl, Fabel, in: Reallexikon für Antike und Christentum, Lieferung 49, Stuttgart 1966, 129 ff.

Morten Nøjgaard, La fable antique, 2 Bände, Kopenhagen 1964–1967.

Klaus Doderer, Fabeln. Formen, Figuren, Lehren; Zürich 1970.

Reinhard Dithmar, Die Fabel. Geschichte, Struktur, Didaktik; Paderborn 1971.

M. L. Gasparov, Antičnaja literaturnaja basnja (Fedr i Babrij), Moskau 1971 (mit wichtiger Bibliographie).

Gotthold Ephraim Lessing, Abhandlungen über die Fabel, in: Gesammelte Werke, herausgegeben von Paul Rilla, Band 4, Berlin 1955, S. 5ff.

Walter Wienert, Die Typen der griechisch-römischen Fabel. Mit einer Einleitung in das Wesen der Fabel, Helsinki 1925.

M. L. Gasparov, Socialnyje motivy antičnoj literaturnoj basni (Fedr i Babrij), deutsches Resümee in: Bibliotheca classica orientalis 10, 1965, 107 f.

Antonio La Penna, La morale della favola esopica come morale delle classi subalterne nell' antichità, Società 17, 1961, 459 ff.

Leopold Hervieux, Les fabulistes latins depuis le siècle d'Auguste jusqu' à la fin du moyen âge, 5 Bände, Paris 1893–1899 (Untersuchungen und Texte).

ALPHABETISCHES VERZEICHNIS DER FABELN

ZU DIESER AUSGABE

Die vorliegende Ausgabe unternimmt den Versuch, in deutscher Übersetzung die gesamte antike Fabeltradition vorzuführen. Der Benutzer erhält auf diese Weise einen lebendigen Eindruck von der Vielfalt poetischer Überlieferung und muß es dabei freilich in Kauf nehmen, daß ihm manches Motiv, das besonderen Anklang fand, bald zum Besseren, bald zum Schlechteren hin variiert, immer neu begegnet. Selbst künstlerische Fehlleistungen werden bei einer solchen vollständigen Darbietung offenbar und machen deutlich, daß auch die Antike ihre Trivialliteratur besaß. Hinsichtlich der Anordnung der einzelnen Stücke schließt sich die Ausgabe den jeweils tradierten Sammlungen an, die sie, soweit angängig, zu reproduzieren sucht.

Die einzelnen Textausgaben, die der Übersetzung zugrunde liegen, sind in den „Bibliographischen Hinweisen", S. 469, aufgeführt. Die philologische Zählung innerhalb der Sammlungen ist am Schluß der einzelnen Fabeln in Klammern mitgeteilt.

Ausfall von Text wird mit drei Punkten angegeben. Nicht gekennzeichnet ist der unterschiedliche Charakter der Überschriften. Sie sind in den Fabeln des Äsop und bei Avian bereits in frühester Überlieferung vorhanden, bei Phaedrus (mit Appendix) treten sie in der philologischen Überlieferung noch in antiker Zeit hinzu, bei den Fabeln des Romulus stammen sie vom Herausgeber der zugrunde gelegten Originalausgabe, und in den übrigen Sammlungen gehen sie auf den Herausgeber dieser Ausgabe zurück.

Das gesamte Material wurde neu übersetzt, manche Stücke zum ersten Male. Die Übersetzung trägt philologischen Charakter; sie möchte fremdsprachige Texte erschließen, diese jedoch nicht nach- und neugestalten. Trotzdem wurde versucht, Verse auch im Deutschen als solche in Erscheinung treten zu lassen, gleichzeitig jedoch darauf verzichtet, die antiken Versmaße durch die entsprechenden deutschen wiederzugeben — es ist deshalb für die Versfabeln ein durchgängiger jambischer Grundrhythmus angestrebt. Bei dieser Gestaltung erwarb sich Wolfgang Ritschel Verdienste.

Die bewußt knapp gehaltenen Erläuterungen beschränken sich auf notwendige Verständnishilfen; ein umfassender Kommentar zu der antiken Fabeltradition liegt außerhalb der Möglichkeiten unserer Edition.

INHALTSVERZEICHNIS

OSKAR HÖFLING
PHYSIK
LEHRBUCH
FÜR UNTERRICHT
UND SELBSTSTUDIUM

OSKAR HÖFLING

PHYSIK

LEHRBUCH FÜR UNTERRICHT UND SELBSTSTUDIUM

Fünfzehnte Auflage.
Bearbeitet von Dr. Oskar Höfling,
Bernd Mirow und Gerhard Becker.
790 Abbildungen.
Dümmlerbuch 4104

DÜMMLER

HÖFLINGS neubearbeitete PHYSIK für die Sekundarstufe I und II

ISBN 3-427-**4104**5-5

Printed in Germany by Universitätsdruckerei H. Stürtz AG, 8700 Würzburg 1

Vorwort zur fünfzehnten Auflage

Seit dem Erscheinen der ersten Auflage dieses Buches sind mehr als 25 Jahre vergangen. In dieser Zeit haben sich in der Physik und Technik stürmische Entwicklungen vollzogen, die in einem modernen Lehrbuch nicht unbeachtet bleiben dürfen. Deshalb wurde das Buch in seiner 10. Auflage vollständig neu bearbeitet und in den folgenden Auflagen weiter verbessert.

Bei der Neubearbeitung wurde eine Reihe aktueller Gebiete zusätzlich aufgenommen. Darüber hinaus konnten zahlreiche methodische Verbesserungen und Modernisierungen durchgeführt werden. Auf diese Weise ist ein Buch entstanden, das sich an neuzeitlichen fachlichen, methodischen und lernpsychologischen Erkenntnissen orientiert. Im einzelnen ist zur Gestaltung der Neubearbeitung zu sagen:

1. Im Juli 1970 sind in der Bundesrepublik Deutschland das *Gesetz über Einheiten im Meßwesen* und die dazugehörige Ausführungsverordnung in Kraft getreten. Diese gesetzliche Neuregelung gründet sich auf das Internationale Einheitensystem (SI), das seinerseits auf den Empfehlungen der Generalkonferenz für Maß und Gewicht beruht. Der Sinn und die Bedeutung der neuen Rechtsvorschriften liegen in einer Vereinfachung und Vereinheitlichung der in der Physik und Technik verwendeten Einheiten sowie in dem Anschluß der Bundesrepublik an die internationale Entwicklung. Die ausschließliche Verwendung von Einheiten, die zu einem einzigen System gehören, und die konsequente Bezeichnung der physikalischen Größen mit den Formelzeichen nach DIN bieten zahlreiche Vorteile, die in dem vorliegenden Buche genutzt werden. Die Definitionen der Einheiten werden dabei wörtlich aus den gesetzlichen Vorschriften übernommen, auch wenn die Formulierungen bisweilen etwas schwerfällig erscheinen, weil der Leser lernen soll, auch die Sprache der Gesetze zu verstehen und zu interpretieren.

2. Ein modernes Lehrbuch der Physik kann sich nicht auf die Vermittlung physikalischer Fakten und Gesetze beschränken, sondern es muß darüber hinaus besonderen Wert darauf legen, die Benutzer mit den *Wegen der physikalischen Erkenntnisgewinnung* vertraut zu machen. Dieser Forderung wurde dadurch Rechnung getragen, daß an zahlreichen Stellen grundsätzliche Betrachtungen über die physikalischen und erkenntnistheoretischen Hintergründe der betreffenden Untersuchungen eingeschaltet worden sind, und daß in besonderen Kapiteln Betrachtungen über den Inhalt, die Tragweite und die Grenzen physikalischer Erkenntnisse angestellt worden sind. Dabei war es notwendig, das *Modelldenken der Physik* und die *Aufgabe physikalischer Modellvorstellungen* sowie die naturphilosophischen Grenzgebiete der Physik ausführlicher darzustellen als es sonst allgemein üblich ist.

3. Die *enge Verflechtung der Physik mit allen Lebensbereichen des Menschen* darf nicht übersehen werden. Es wird deshalb in diesem Buche versucht, die Beziehungen der behandelten physikalischen Erscheinungen und Gesetze zur Praxis des täglichen Lebens und der Technik aufzuzeigen. Aber auch dabei liegt der Schwerpunkt auf der geistigen Durchdringung der technischen Errungenschaften; ein vertieftes Verständnis der inneren Zusammenhänge erscheint uns wichtiger als die Kenntnis technischer Einzelheiten. Die technischen Ausführungen der Geräte und Maschinen sind einem dauernden Wandel unterworfen und meist sehr verwickelt, die zugrunde liegenden physikalischen Gesetze sind dagegen unwandelbar und im allgemeinen verhältnismäßig einfach. Diese Gesetze zu erkennen und zu verstehen, ist deshalb wichtiger als die Beherrschung dieser oder jener technischen Einzelheit.

4. Es wurde besondere Mühe darauf verwendet, den Stoff so aufzubereiten und darzustellen, daß er vom Leser selbständig erarbeitet und verstanden werden kann. Dieses Ziel verlangt eine gewisse Breite und Ausführlichkeit der Darstellung. Gerade diese umfassende und – wie die Verfasser hoffen – auch leichtverständ-

liche Darbietungsweise soll es dem lernenden Leser ermöglichen, den Lernprozeß selbst zu lenken und zu verantworten.

5. Eine wertvolle Hilfe für die Festigung und Vertiefung der behandelten Stoffe sowie eine aufschlußreiche Selbstkontrolle über das erworbene Verständnis ist das *Lösen von Aufgaben.* Am Ende aller größeren Abschnitte finden sich deshalb jeweils eine oder mehrere Aufgaben mit der vollständigen Lösung, wobei auf eine exakte und saubere Schreibweise in der Form von Größengleichungen besonderer Wert gelegt wurde. Es wird empfohlen, in jedem Falle weitere Aufgaben aus der von den gleichen Verfassern herausgegebenen Sammlung von *Physik-Aufgaben* zu lösen, vgl. S. IV und S. XV.

6. Die *Gliederung des Buches* ist weiterhin in der traditionellen Weise erfolgt, indem an der Einteilung des Stoffes in Mechanik, Wärme, Elektrizität, Magnetismus, Optik, Relativitätstheorie, Quanten und Atome festgehalten worden ist.

Aus praktischen Gründen ist der vorliegende Gesamtband auch in den folgenden drei Teilbänden lieferbar:

Teilband 1: Mechanik – Wärme. Bearbeitet von Dr. Oskar Höfling

Teilband 2: Elektrizität – Magnetismus – Optik – Relativitätstheorie. Bearbeitet von Bernd Mirow und Gerhard Becker

Teilband 3: Quanten und Atome. Bearbeitet von Dr. Oskar Höfling

7. Die Verfasser hoffen, mit der vorliegenden Ausgabe einen Beitrag zur Modernisierung der physikalischen Lehrbücher geleistet zu haben. Wenn das Buch den Benutzern dasjenige physikalische Grundwissen zu vermitteln vermag, dessen sie zum Verständnis der Naturwissenschaften und der Technik unserer Zeit und zum Einstieg in naturwissenschaftlich geprägte Berufsfelder bedürfen, so hat es sein Ziel erreicht.

8. Das Buch hat seit seiner ersten Auflage eine verbreitete Zustimmung gefunden. Zahlreiche Benutzer haben mit einer Fülle von Verbesserungsvorschlägen einen Beitrag zu der vorliegenden Fassung geliefert. Darüber hinaus konnten wertvolle Anregungen seitens der Hochschule und der Gutachter berücksichtigt werden. Für alle diese Anregungen möchten die Verfasser herzlich danken. Sie möchten zugleich dem Wunsch und der Bitte Ausdruck geben, daß aus dem praktischen Gebrauch des Buches auch weiterhin förderliche Kritik erwächst und den Verfassern oder dem Verlag mitgeteilt wird.

Ahrensburg, Sommer 1987 — Die Verfasser

Inhalt

Zur Ergänzung dieses Lehrbuches:

HÖFLING: PHYSIK-AUFGABEN

Übungsbuch für Unterricht und Selbststudium

In dieser Aufgabensammlung sind 700 Aufgaben aus allen Bereichen der Physik zur Festigung und Erweiterung des Wissensstandes zusammengestellt worden. Diese Auswahl erfolgte auch mit der Zielsetzung, die Leistungsfähigkeit physikalischer Theorien überzeugend darzulegen.
Die Aufgabensammlung bietet Übungsmaterial von unterschiedlichem Schwierigkeitsgrad – von der einfachen Übungsaufgabe bis zu differenzierten Prüfungsaufgaben. Gemäß dem Prinzip einer möglichst breiten Streuung können auf diese Weise Lernende verschiedener Zielgruppen ihren Wissensstand schrittweise erweitern. In jedem Fall sind die Anforderungen an die mathematischen Fähigkeiten so niedrig gehalten, wie die Sachstruktur der Aufgaben es zuläßt.
Die Aufgabensammlung schließt sich in ihrem Aufbau und in ihrer Stoffauswahl zwar weitgehend an das im selben Verlag erschienene „Lehrbuch der Physik für Unterricht und Selbststudium" der gleichen Verfasser an. Dennoch kann die Aufgabensammlung ohne Schwierigkeiten auch als Ergänzung zu jedem anderen Lehrbuch der Physik verwendet werden, da alle Sachbereiche berücksichtigt worden sind.
Die vorliegende Aufgabensammlung erscheint in 2 Ausgaben:

TEXTAUSGABE
700 Aufgaben mit numerischen Endergebnissen.
13. Aufl. 1986, 140 Seiten, 51 Abb.
(Dümmlerbuch 4189)

LÖSUNGSAUSGABE
700 Aufgaben und deren Lösungen mit allen Ansätzen, Zwischenschritten und Ergebnissen. 8. Aufl. 1983.
396 Seiten, 94 Abb. (Dümmlerbuch 4190)

Die *Textausgabe*, in der neben den Aufgabentexten am Ende eine Zusammenstellung der numerischen Endergebnisse aller Aufgaben gebracht wird, gibt dem Benutzer die Möglichkeit, die von ihm erzielten Ergebnisse zu überprüfen.
Die *Lösungsausgabe*, die außer den Aufgabentexten bei jeder Aufgabe den *vollständigen Lösungsgang mit allen dazu erforderlichen Zwischenschritten* bis zu den numerischen Endergebnissen enthält, soll den Studierenden Einsichten in die inneren Zusammenhänge der betreffenden Sachbereiche erschließen oder den Lehrern, die durch experimentelle Unterrichtsvorbereitungen u.a. ohnedies stark belastet sind, die mühselige und zeitraubende Arbeit bei der Aufstellung, Durchrechnung und Kontrolle der Aufgaben abnehmen. Die Lösungsausgabe kann *nur direkt vom Verlag* bezogen werden. Damit sachfremde Benutzung ausgeschlossen ist, muß die Bestellung mit dem Stempel der Schule oder Hochschule versehen sein.

Klausurausgabe

Diese Ausgabe enthält 300 Aufgaben für Klausuren und Abitur auf der Sekundarstufe II. Sie geht im Schwierigkeitsgrad über die oben genannte Sammlung von Aufgaben hinaus und ist von dieser sowie vom eingeführten Lehrbuch unabhängig. Diese Ausgabe ist nur mit vollständigen Lösungen lieferbar und kann *nur direckt vom Verlag* mit der üblichen Bescheinigung bezogen werden.

2. Aufl. 1985. 380 Seiten, 117 Abb. (Dümmlerbuch 4191)

1. Einführung

1.1 Die Aufgaben und Ziele der Physik

Die Physik beschäftigt sich mit den Vorgängen in der uns umgebenden Natur sowie mit dem Bau und den Eigenschaften der an diesen Vorgängen beteiligten Stoffe und Körper. Wir beobachten z.B. das Fallen der Regentropfen und Schneeflocken, sehen am Tage den blauen Himmel und das Licht der Sonne sowie in der Nacht das Leuchten der Sterne. Bei einem Gewitter sehen wir den Blitz und hören den Donner, wir fühlen die Wärme der Sonnenstrahlung, wir stellen fest, daß Wasser durchsichtig ist, Milch dagegen nicht, wir beobachten, daß die verschiedenen Stoffe sich gegenüber einem Magnet unterschiedlich verhalten, daß Metalle den elektrischen Strom gut leiten usw.

Der Mensch ist aber nicht damit zufrieden, die Fülle der ihm durch seine Sinnesorgane vermittelten Naturerscheinungen lediglich zu beobachten, sich an ihnen zu erfreuen oder sich erschrocken von ihnen abzuwenden, sondern er strebt mit seinem Wissensdrang nach einer Erkenntnis der gegenseitigen Abhängigkeit und Bedingtheit der Naturvorgänge. Er fragt nach dem Wie und dem Warum. Warum fallen die Regentropfen und Schneeflocken zur Erde? Warum ist der Himmel am Tage blau und in der Nacht schwarz? Warum senden die Sterne und die Sonne Licht aus? Wie kommen Blitz und Donner beim Gewitter zustande, und wie hängen beide Erscheinungen miteinander zusammen? Wie kommt es, daß Wasser durchsichtig ist und Milch nicht? Warum verhalten sich die verschiedenen Stoffe gegenüber einem Magnet und gegenüber dem elektrischen Strom verschieden? Wie sind diese und alle übrigen Eigenschaften der Stoffe aus ihrem Bau zu erklären?

Jeder denkende Mensch legt sich immer wieder solche Fragen vor. Sie entspringen dem Streben des Menschen nach Erkenntnis der Natur und der Erfassung ihrer inneren Zusammenhänge. Die Beantwortung aller dieser Fragen ist die Aufgabe der Physik.

Die Physik ist also in erster Linie eine reine Wissenschaft, deren Wurzel und Triebkraft das menschliche Streben nach Erkenntnis ist. Daneben spielt aber auch die Anwendung physikalischer Erkenntnisse in der Technik eine bedeutende Rolle; hierdurch wird es dem Menschen möglich, die Naturvorgänge zum Nutzen und bisweilen auch zum Schaden der Menschheit zu beherrschen. Dabei darf nicht übersehen werden, daß die Einzelheiten der technischen Geräte einem dauernden Wandel unterworfen und meist nur für den Spezialisten von Bedeutung sind. Die zugrundeliegenden physikalischen Gesetze sind dagegen unwandelbar. Auf die Erfassung dieser Zusammenhänge und auf das Kennenlernen der zu ihrer Auffindung dienenden Methoden kommt es uns deshalb hier in erster Linie an.

Neben der Physik gibt es eine ganze Reihe anderer Wissenschaften, die sich mit speziellen Gebieten der Natur beschäftigen, wie etwa die Astronomie, die Meteorologie, die Geophysik usw. Die Aufteilung der Naturwissenschaft in diese Teilgebiete hat vor allem praktische Gründe. Erstens sind unsere Kenntnisse auf den verschiedenen Gebieten heute so umfangreich geworden, daß eine Beherrschung der gesamten Naturwissenschaft für den einzelnen Menschen nicht mehr möglich ist. Zweitens ist die Arbeitsweise auf den verschiedenen Gebieten nicht die gleiche; spezielle, dem jeweiligen Gebiet angepaßte Methoden erfordern daher eine Teilung der Naturforschung in verschiedene Bereiche. Die Grundlagen für jeden Bereich liefert die Physik. Eine spezielle Naturwissenschaft ist auch die Chemie, die die Beantwortung eines Teiles der Fragen nach dem Aufbau der Stoffe zum Gegenstand hat. Wenn die Chemie als ein besonderer Zweig der Naturforschung auftritt, so hat dies nicht sachliche, sondern historische Gründe. Die Entwicklung der letzten Jahrzehnte hat deutlich gezeigt, daß es eine scharfe Grenze zwischen Physik und Chemie nicht gibt und daß die Ursache aller chemischen

Vorgänge physikalischer (und zwar vorwiegend elektrischer) Art ist. Die Erforschung der Atome und Moleküle, die früher allein Aufgabe der Chemie war, wird heute besonders erfolgreich nach den Methoden der Physik betrieben.

Die Grundlage jeder physikalischen Arbeit ist das Beobachtungsmaterial, das durch die Sinnesorgane in unser Bewußtsein gelangt. Deshalb hat man die Physik früher nach den menschlichen Sinnesorganen in verschiedene Teilgebiete unterteilt. Die mit dem Auge wahrgenommenen Erscheinungen wurden in der Optik zusammengefaßt, die auf das Ohr wirkenden Vorgänge bildeten das Gebiet der Akustik, die Wärmelehre umfaßte die durch den Wärmesinn feststellbaren Vorgänge, und in das Gebiet der Mechanik gehörten alle Erscheinungen, die durch den Tast- und Muskelsinn bemerkbar wurden. Ebenso wie diese Einteilung der Physik sind auch die grundlegenden physikalischen Begriffe im Zusammenhang mit menschlichen Empfindungen entstanden. So geht der physikalische Begriff der *Kraft* sicherlich auf das Gefühl der Muskelanstrengung und der physikalische Begriff der *Arbeit* auf das Gefühl der Ermüdung zurück. Die Begriffe und Bezeichnungen des täglichen Lebens sind jedoch in vielen Fällen zu verwaschen, um ohne weiteres in die Physik übernommen werden zu können. Sie müssen präzisiert und mit einem ganz bestimmten und eindeutigen Sinn erfüllt werden. So kommt es, daß die gleichen Wörter in der täglichen Umgangssprache und in der physikalischen Fachsprache heute nicht immer die gleiche Bedeutung haben. Wenn man Physik treiben will, so ist es unbedingt erforderlich, sich die physikalische Fachsprache zu eigen zu machen, die losgelöst von den Ungenauigkeiten und Bedeutungsschwankungen der Alltagssprache nur mit klaren und eindeutigen Begriffen und Bezeichnungen arbeitet.

Neben der Loslösung der physikalischen Begriffe von ihrem menschlichen Ursprung vollzog sich in der ursprünglichen Einteilung der Physik ebenfalls eine Verschiebung. Es machte sich immer störender bemerkbar, daß diese Einteilung nicht in der Natur selbst begründet, sondern vom Menschen in sie hineingetragen worden war; deshalb mußte die alte Einteilung bei einer tieferen Erkenntnis der Natur wieder aufgegeben werden. Wir werden im Laufe des Unterrichtes sehen, wie früher getrennte Gebiete der Physik miteinander verschmolzen und zu größeren Einheiten zusammengewachsen sind. Die gesamte Entwicklung der Physik ist durch das Bestreben gekennzeichnet, sich vom Menschen und seinen subjektiven Erlebnissen möglichst unabhängig zu machen. Es wird sich zeigen, daß dies in der Tat weitgehend gelungen ist und daß die Ergebnisse der physikalischen Forschung zum erheblichen Teil als vom Menschen unabhängige *objektive* Naturerkenntnisse angesehen werden können. Auf der anderen Seite hat aber die Entwicklung der Physik auch gelehrt, daß es nicht möglich ist, den Menschen vollständig auszuschließen, sondern daß es physikalische Vorgänge gibt, bei denen der beobachtende Physiker und seine Instrumente eine entscheidende, nicht zu beseitigende Rolle spielen, bei denen also eine Loslösung der Vorgänge vom Menschen und seinen Einwirkungen nicht möglich ist.

1.2 Die Arbeitsweise der Physik

Die Physik ist eine *Erfahrungswissenschaft*. Dies bedeutet, daß die Erfahrungstatsachen den Ausgangspunkt und die Grundlage für die physikalische Erforschung der Natur darstellen. Ursprünglich wurden diese Erfahrungstatsachen durch die Beobachtung von Vorgängen gewonnen, die ohne menschliches Zutun in der Natur ablaufen. Wir erläutern dies an einigen Beispielen:

Man kann beobachten, wie Regentropfen oder Schneeflocken zur Erde fallen und kann hieran die Gesetze des Falles studieren. Oder man kann untersuchen, wie die Sonnenstrahlen die Erde erwärmen, wie das Wasser im Winter gefriert und unter dem Einfluß der wärmenden Sonnenstrahlen wieder schmilzt. In der uns umgebenden Natur gibt es darüber hinaus eine große Fülle weiterer Erscheinungen, die von dem Physiker beobachtet und untersucht werden können. Einzelne Naturwissenschaften, wie die Astronomie und die Meteorologie, sind auch heute noch überwiegend auf diese Art der Gewinnung von Erfahrungstatsachen angewiesen.

In der Physik hat sich im Laufe der geschichtlichen Entwicklung aber immer deutlicher gezeigt, daß die Beobachtung der in der Natur von selbst ablaufenden Vorgänge allein nicht ausreicht, um physikalische Erkenntnisse zu gewinnen. Die Physik ist deshalb – vor allem seit G. Galilei (1564 – 1642) – einen Schritt weiter gegangen, indem sie physikalische Vorgänge künstlich und planmäßig hervorruft, um deren Ablauf unter ganz bestimmten Umständen zu beobachten. Auf diese Weise entstand das *physikalische Experiment* oder der *physikalische Versuch.*

Man erkennt die große Bedeutung solcher physikalischen Experimente, indem man sich etwa den folgenden Sachverhalt vor Augen führt:

Es ist eine bekannte Erfahrungstatsache, daß die Erde alle Körper anzieht. Diese Anziehungskraft bewirkt, daß ein Apfel und ein Blatt vom Baume zur Erde fallen. Obwohl die Erdanziehung in beiden Fällen für diese Fallbewegung verantwortlich ist, verläuft die Bewegung bei dem Apfel und dem Blatt sehr unterschiedlich. Wir wissen, daß die Ursache hierfür in dem Luftwiderstand zu suchen ist, der sich auf die beiden Körper verschieden auswirkt und die Unterschiede bei ihrer Bewegung hervorbringt. Wenn man die Fallbewegung untersuchen will, so müssen alle störenden Einflüsse ausgeschaltet werden; nur dann erkennt man die für den Fallvorgang charakteristischen physikalischen Gesetze. Für das vorliegende Beispiel bedeutet dies, daß man den Luftwiderstand ausschalten und die Fallbewegung im leeren Raum untersuchen muß. Da die Natur eine solche Möglichkeit im allgemeinen von sich aus nicht bietet, ist der Physiker dazu übergegangen, die Vorgänge in seinen Experimenten unter ganz bestimmten, meist vereinfachten oder idealisierten Bedingungen ablaufen zu lassen. Ein solches Verfahren hat den Vorteil, daß an die Stelle der meist sehr verwickelten und schwer übersehbaren Naturvorgänge übersichtlichere Vorgänge treten, die die grundlegenden physikalischen Zusammenhänge leichter erkennen lassen. Die Ergebnisse derartiger Experimente sind für das Gedankengebäude der Physik von entscheidender Bedeutung. Wir werden im folgenden deshalb immer wieder Experimente ausführen und auswerten. In manchen Bereichen der Physik sind die Experimente jedoch so kompliziert, daß sie mit den Mitteln der Schule nicht durchgeführt werden können; dann werden wir uns auf die Beschreibung der Experimente und ihre physikalische Interpretation beschränken müssen. Wir stellen zusammenfassend fest:

Experimente nehmen in der Physik eine zentrale Stellung ein. Sie sind für die Gewinnung oder die Bestätigung physikalischer Erkenntnisse unentbehrlich.

Wegen der großen Bedeutung der Experimente für die Physik sollen hier noch einige Bemerkungen über die besonderen Eigenarten dieses Forschungsmittels gemacht werden:

1. Die *Experimente* sind – wie oben bereits angedeutet wurde – im allgemeinen einfacher und übersichtlicher als die oft verwickelten Naturvorgänge und lassen deshalb die grundlegenden Zusammenhänge besser erkennen, als dies durch die bloße Beobachtung der Naturvorgänge möglich ist.

2. Die *Experimente* gestatten es insbesondere, die für den betreffenden Vorgang wichtigen physikalischen Größen leichter zu *messen*, als dies bei den in der Natur von selbst ablaufenden Vorgängen möglich ist. Wir werden noch erkennen, daß die Durchführung von Messungen einen ganz wesentlichen Teil der physikalischen Experimente darstellt.

3. Die *Experimente* können überall auf der Welt wiederholt werden, so daß die an der einen Stelle gewonnenen Erkenntnisse zu jeder Zeit an anderen Orten nachgeprüft und weiterentwickelt werden können. Dies ist eine wichtige Voraussetzung für die weltweite internationale Zusammenarbeit der Physiker, die die großen Erfolge dieser Wissenschaft in den vergangenen Jahrzehnten ermöglicht hat.

4. Die *Experimente* stellen – wie sich später noch genauer zeigen wird – Fragen an die Natur dar, auf die die Natur durch die Meßergebnisse eine Antwort gibt. Natürlich kann nur dann eine vernünftige Antwort erwartet werden, wenn die Frage sinnvoll gestellt ist. Wir werden noch sehen, daß in der Geschichte der Physik bisweilen schwierige Situationen dadurch entstanden sind, daß man die an die Natur gerichteten Fragen nicht genügend sorgfältig formuliert hatte. Die Folge davon war, daß man mit den experimentellen Befunden so lange nicht fertig werden konnte, wie man die Unzulänglichkeit der Fragestellung nicht erkannt hatte.

Aus dem Physikunterricht der Sekundarstufe I wissen wir bereits, daß es dem Physiker nicht genügt, lediglich den Ablauf des Experimentes zu betrachten. Es müssen vielmehr in den meisten Fällen bestimmte Größen, wie Längen, Flächen, Volumina, Zeiten, Geschwindigkeiten, Beschleunigungen, Massen, Kräfte, Temperaturen, elektrische Spannungen oder Stromstärken usw. gemessen werden. Im allgemeinen geht es dabei um die Aufstellung von *Meßreihen.* Solche Meßreihen ergeben sich, indem man eine der beteiligten Größen in bestimmter Weise verändert und dann beobachtet, wie sich andere physikalische Größen verhalten. Die so gewonnenen Meßreihen müssen schließlich ausgewertet werden, indem man die zwischen den einzelnen Größen bestehenden Zusammenhänge ermittelt. Auf diese Weise ergeben sich die *physikalischen Gesetze.* Dieses später noch genauer zu behandelnde Verfahren, das von der messenden Einzelbeobachtung zum allgemeingültigen Gesetz vordringt, ist für die Physik besonders charakteristisch und wird als *induktives Verfahren* (S. 391) bezeichnet. Ein so gefundenes Gesetz hat im allgemeinen einen bestimmten, begrenzten Gültigkeitsbereich; wenn es aus zuverlässigen Messungen gewonnen worden ist, kann es innerhalb dieses Bereiches nie umgestoßen werden. Dagegen kann ein solches Gesetz unter Umständen auf einen größeren Gültigkeitsbereich ausgedehnt oder durch eine Verfeinerung der Meßmethoden vervollkommnet werden. Dieses neue Gesetz muß aber das alte als Sonderfall oder als Näherung enthalten.

Physikalische Gesetze können nicht nur aus Experimenten, sondern auch auf theoretischem Wege aus allgemeinen, an den Beginn der Untersuchung gestellten Aussagen gewonnen werden. Man spricht dann von dem *deduktiven Verfahren* (S. 395). Die auf diese Weise abgeleiteten Gesetze müssen aber immer durch das Experiment bestätigt werden. Eine solche Bestätigung ist gleichzeitig eine Stütze für die Richtigkeit der an den Anfang gestellten Aussagen. Je zahlreicher die voneinander unabhängigen experimentellen Bestätigungen für eine allgemeine Aussage sind, um so besser ist deren Wahrheitsgehalt begründet. Wenn eine experimentelle Prüfung der aus einer Aussage gezogenen Folgerungen nicht möglich ist, dann kann die Widerspruchsfreiheit zahlreicher solcher Folgerungen als Stütze für die Richtigkeit der Aussage dienen.

Das induktive Verfahren ist in erster Linie die Arbeitsmethode der *Experimentalphysik*, während die *theoretische Physik* vorwiegend deduktiv arbeitet. Wir werden hier überwiegend den induktiven Weg zur Auffindung physikalischer Gesetze einschlagen und nur an einigen besonders geeigneten Stellen das deduktive Verfahren anwenden, um auch diese Methode in ihrer praktischen Handhabung kennenzulernen.

Die Zahl der möglichen Experimente ist ungeheuer groß, aber nicht jedes Experiment liefert neue physikalische Erkenntnisse. Wir haben oben das Experiment als Frage an die Natur bezeichnet und schon darauf hingewiesen, daß eine Frage sinnvoll gestellt sein muß, wenn man eine vernünftige und aufschlußreiche Antwort erhalten will. Dies bedeutet, daß nur sinnvolle Experimente Einblicke in physikalische Zusammenhänge zu vermitteln vermögen. Die folgenden Betrachtungen werden noch deutlich zeigen, was sinnvolles Experimentieren bedeutet und wie dabei vorzugehen ist.

Bei der ordnenden Verknüpfung der Erfahrungstatsachen pflegen wir nach ihrer gegenseitigen Bedingtheit und Abhängigkeit in dem Sinne zu fragen, daß wir die Ereignisse unter dem Gesichtspunkt von *Ursache* und *Wirkung* zu ordnen bestrebt sind. Wir stützen uns dabei auf die im Alltag immer wieder bestätigte Tatsache, daß gleiche Ursachen gleiche Wirkungen haben und daß umgekehrt gleichen Wirkungen auch gleiche Ursachen zugrunde liegen. Zahlreiche physikalische Fragestellungen beziehen sich direkt auf die unbekannten Ursachen bekannter Wirkungen oder auf die noch nicht bekannten Wirkungen bekannter Ursachen. Den Zusammenhang zwischen Ursache und Wirkung bezeichnet man als *kausale Verknüpfung* der Naturerscheinungen, und es kann als eine Aufgabe der Physik bezeichnet werden, die kausalen Zusammenhänge zwischen den Einzeltatsachen aufzudecken.

1.3 Die physikalischen Größen und ihre Messung

Die Physik bedient sich zur Formulierung ihrer Untersuchungsergebnisse und Gesetze einer besonderen Fachsprache, die sich mehr als die Alltagssprache durch Klarheit und Eindeutigkeit auszeichnet. Im Physikunterricht der Sekundarstufe I haben wir bereits erkannt, daß zahlreiche Ausdrücke in der physikalischen Fachsprache eine andere Bedeutung als in der Sprache des Alltags haben. Dies ist keine Besonderheit der Physik. Auch in anderen Lebensbereichen, etwa im Sport, im Handwerk und im Geschäftsleben, werden nicht selten Bezeichnungen in anderer Bedeutung als in der Alltagssprache verwendet. Wir stellen deshalb fest:

Um Physik treiben zu können, ist es unumgänglich, sich die physikalische Fachsprache anzueignen.

Die in der Physik benutzten Begriffe sind in besonderem Maße durch klare und exakte Definitionen gekennzeichnet. Sie unterscheiden sich von den Begriffen des Alltags und denen mancher anderer Wissenschaften ferner dadurch, daß sie sich ausschließlich auf *meßbare Eigenschaften* physikalischer Objekte, Zustände oder Vorgänge beziehen. Aus dem Physikunterricht der Sekundarstufe I ist bekannt, wie Längen, Flächen, Volumina, Zeiten, Kräfte, Massen, Temperaturen, elektrische Spannungen oder Stromstärken usw. gemessen werden. Man spricht in allen diesen Fällen von *physikalischen Größen.* Im folgenden werden wir die früher gemachten Feststellungen über physikalische Größen und ihre Messung weiter präzisieren.

Zur weiteren Verdeutlichung dieser Ausführungen soll darauf hingewiesen werden, daß im täglichen Leben und in der Wissenschaft vielfach auch Begriffe verwendet werden, die sich einer Meßbarkeit in dem hier gemeinten Sinne entziehen; Beispiele für solche Begriffe sind Schönheit, Freude, Trauer usw. Diese Begriffe haben in der Physik keinen Platz, weil sie eine Messung im physikalischen Sinne nicht zulassen. Wir merken uns daher:

Für die Darstellung physikalischer Erkenntnisse und Zusammenhänge werden physikalische Größen verwendet. Man versteht darunter meßbare Eigenschaften physikalischer Objekte, Zustände oder Vorgänge.

Beispiele

Die Länge eines Tisches (Objekt),
die Stärke eines magnetischen oder elektrischen Feldes (Zustände),
die Dauer einer Pendelschwingung (Vorgang).

Die Meßbarkeit ist eine so wesentliche Eigenschaft jeder physikalischen Größe, daß man sogar sagen kann:

Die Definition einer physikalischen Größe besteht wesentlich in der Angabe eines Meßverfahrens.

Wie sich später genauer zeigen wird, gilt diese Feststellung streng genommen nur für die Basisgrößen. Die abgeleiteten Größen werden durch Produkt- und Quotientenbildung aus den Basisgrößen definiert. Damit wird die Messung der abgeleiteten Größen auf die Meßverfahren der Basisgrößen zurückgeführt. Zur Vereinfachung der Messung von abgeleiteten Größen entwickelt man praktisch aber in vielen Fällen spezielle Geräte und Verfahren, mit denen eine unmittelbare Messung der abgeleiteten Größen erfolgen kann. Als Beispiel sei hier nur der Meßzylinder für die Messung von Flüssigkeitsvolumina genannt.

Es könnte hier eingewendet werden, daß sich bereits dem Kinde und dem primitiven Menschen eine Fülle von Begriffen, wie Länge, Zeit, Temperatur, Geschwindigkeit usw. als unmittelbare Gegebenheiten aufdrängen, lange bevor überhaupt an eine Messung gedacht wird. Aber in dieser ursprünglichen Form sind die Begriffe für den Physiker nicht brauchbar. So wurde der Begriff der Zeit, den auch Naturvölker schon besitzen, erst physikalisch verwendbar, als man lernte, Zeitmessungen auszuführen. Der der Menschheit schon lange bekannte Begriff der Temperatur mit dem Unterschied von warm und kalt gewann erst physikalische Bedeutung, als G. GALILEI ein Thermometer konstruierte, das eine Temperaturmessung ermöglichte. Und so ist es mit allen anderen Begriffen. Aus der Fülle der überhaupt möglichen Begriffsbildungen kann der Physiker nur solche verwenden, die sich als meßbare Größen erweisen, was keineswegs bei allen Begriffen der Fall ist und zur Folge hat, daß die Physik nicht die ganze Wirklichkeit zu umfassen vermag. Sie wählt vielmehr aus der Gesamtheit der möglichen Begriffsbildungen diejenigen aus, die durch Meßverfahren quantitativ erfaßt werden können. Dadurch wird die Welt der physikalischen Begriffe auf der einen Seite eingeschränkt und auf der anderen Seite präzisiert.

Die Messung erweist sich also als eine der wichtigsten Grundaufgaben der Physik, so daß es angebracht erscheint, einige Bemerkungen über den Vorgang des Messens zu machen. Wir stellen zunächst fest:

Die Messung einer physikalischen Größe erfolgt durch den Vergleich mit einer Einheit.

Die Einheit kann grundsätzlich beliebig gewählt und festgelegt werden, sie muß nur von der gleichen Art wie die zu messende Größe sein. Dies bedeutet, daß Längen nur in Längeneinheiten, Temperaturen nur in Temperatureinheiten usw. gemessen werden können. Die Zahl, die angibt, wie oft die Einheit in der zu messenden Größe enthalten ist, wird als der *Zahlenwert der physikalischen Größe* bezeichnet. Es gilt also:

$$\text{Zahlenwert} = \frac{\text{physikalische Größe}}{\text{Einheit}}$$

oder

$$\text{physikalische Größe} = \text{Zahlenwert} \cdot \text{Einheit}.$$

Dies bedeutet:

Jede physikalische Größe kann als Produkt aus einem Zahlenwert und einer Einheit betrachtet werden.

Mißt man die gleiche physikalische Größe in verschiedenen Einheiten, so ergeben sich unterschiedliche Zahlenwerte, wobei aber das Produkt aus dem Zahlenwert und der Einheit jeweils konstant bleibt. Anders ausgedrückt besagt dies, daß bei einer Vergrößerung der Einheit auf das n-fache der Zahlenwert auf den n-ten Teil abnimmt. Man drückt diesen für das Arbeiten mit physikalischen Größen äußerst wichtigen Sachverhalt auch so aus:

Physikalische Größen sind gegenüber der jeweils benutzten Einheit invariant.

Es ist in der Physik üblich, für die *physikalischen Größen* international vereinbarte *Formelzeichen* zu verwenden. Hierzu dienen lateinische oder griechische *Buchstaben in kursiver Schrift.*

Beispiele für physikalische Größen und ihre Formelzeichen

Physikalische Größe	*Formelzeichen*	*Physikalische Größe*	*Formelzeichen*
Länge	l, s, r	Zeit	t
Fläche	A	Masse	m

Eine Liste der wichtigsten in der Physik und Technik üblichen Formelzeichen findet sich am Ende des Buches.

Für die *Einheiten* werden ebenfalls international vereinbarte *Einheitenzeichen* benutzt, die durch *Buchstaben in senkrechter Schrift* wiedergegeben werden.

Beispiele für physikalische Einheiten und ihre Einheitenzeichen

Physikalische Einheit	*Einheitenzeichen*	*Physikalische Einheit*	*Einheitenzeichen*
Meter	m	Sekunde	s
Quadratmeter	m^2	Kilogramm	kg

Eine Liste der wichtigsten in der Physik und Technik verwendeten Einheiten findet sich am Ende des Buches.

Beispiel Die bisher über physikalische Messungen gemachten Ausführungen sollen nun noch an einem speziellen Beispiel näher erläutert werden. Wir wählen dazu die *Längenmessung.*

Um die Länge eines Zimmers zu bestimmen, kann man die Längeneinheit 1 Meter verwenden. Das Meßverfahren besteht dann darin, daß man die Einheit fortgesetzt in gerader Linie aneinanderlegt und feststellt, wie oft dies erfolgen muß, um von dem einen Ende der Zimmerkante an das andere zu gelangen. Wenn dies gerade 12mal zu geschehen hat, so beträgt die Länge des Zimmers

$$l = 12 \cdot (1\,\mathrm{m}) = 12\,\mathrm{m}\,.$$

Hätte man die Längeneinheit 1 Zentimeter verwendet, so wäre es notwendig gewesen, diese Einheit 1200mal aneinanderzulegen, um von dem einen Zimmerende zum anderen zu gelangen. Für die Länge des Zimmers hätte sich dann

$$l = 1200 \cdot (1\,\mathrm{cm}) = 1200\,\mathrm{cm}$$

ergeben.

Die gemessene Länge ist in beiden Fällen gleich groß. Sie ist gegenüber der gewählten Einheit invariant.

Das hier benutzte Verfahren der Längenmessung ist besonders einfach und jedem aus dem Alltag bekannt. Im allgemeinen sind die physikalischen Meßverfahren jedoch wesentlich komplizierter. Dies kann sogar schon bei Längenmessungen der Fall sein. So ist bei der Bestimmung der Entfernung zwischen zwei Sternen mit dem Aneinanderlegen von Maßstäben kein Erfolg zu erwarten, sondern man muß andere, verwickeltere Meßverfahren anwenden. Es ist ferner keineswegs von vornherein klar, wie die Verfahren zum Messen von Massen,

Kräften, Temperaturen, elektrischen Spannungen oder anderen physikalischen Größen beschaffen sein müssen. Wir werden uns im Laufe der weiteren Untersuchungen bei jeder einzelnen physikalischen Größe sehr genau mit dem bei ihrer Messung anzuwendenden Verfahren beschäftigen müssen.

Wir stellen zusammenfassend fest:

Für jede physikalische Größe muß eine Einheit und ein Meßverfahren festgelegt werden.

Die *Festlegung von Einheiten* ist grundsätzlich willkürlich; es ist aber zweckmäßig, dabei folgende Gesichtspunkte zu beachten:

a) Die Einheiten sollen so scharf definiert sein, wie es das genaueste Meßverfahren zuläßt.

b) Die Einheiten sollen unabhängig von Ort und Zeit sein.

c) Die Einheiten sollen für jeden, der sie braucht, verfügbar sein.

Die *Festlegung des Meßverfahrens* verlangt eine Vereinbarung darüber,

a) wann *Maßgleichheit* vorliegt, d. h., unter welchen Umständen zwei Größen als gleich groß bezeichnet werden,

b) wie die *Maßvielfachheit* definiert wird, d. h., unter welchen Umständen eine zu messende Größe n-mal so groß wie die Einheit ist.

Um eine *beliebige Einheit* für eine physikalische Größe wiederzugeben, setzt man das Formelzeichen für diese Größe in eckige Klammern. Es bedeutet also:

$[l]$ eine beliebige Einheit für die Länge l,

$[A]$ eine beliebige Einheit für die Fläche A,

$[t]$ eine beliebige Einheit für die Zeit t,

$[m]$ eine beliebige Einheit für die Masse m.

Allgemein ist

$[G]$ eine beliebige Einheit für die beliebige physikalische Größe G.

In ähnlicher Weise werden die *Zahlenwerte* physikalischer Größen wiedergegeben, indem man die Formelzeichen der betreffenden Größen in geschweifte Klammern setzt. Es bedeutet also:

$\{l\}$ ein beliebiger Zahlenwert für eine Länge l,

$\{A\}$ ein beliebiger Zahlenwert für eine Fläche A,

$\{t\}$ ein beliebiger Zahlenwert für eine Zeit t,

$\{m\}$ ein beliebiger Zahlenwert für eine Masse m.

Allgemein ist

$\{G\}$ ein beliebiger Zahlenwert für eine beliebige physikalische Größe G.

Da jede physikalische Größe das Produkt aus einem Zahlenwert und einer Einheit darstellt, gilt für die oben angegebenen Größen:

$$l=\{l\}\cdot[l], \qquad A=\{A\}\cdot[A], \qquad t=\{t\}\cdot[t], \qquad m=\{m\}\cdot[m]$$

oder allgemein:

$$G=\{G\}\cdot[G].$$

Wenn $[G_1]$ und $[G_2]$ zwei verschiedene Einheiten für die Größe G bedeuten, so läßt sich die oben angegebene *Invarianz der physikalischen Größen gegenüber einer Änderung der Einheit* durch die Gleichung

$$G=\{G_1\}\cdot[G_1]=\{G_2\}\cdot[G_2]$$

darstellen.

Da Formelzeichen grundsätzlich physikalische Größen darstellen, sind Angaben wie

$$l=10, \qquad t=15 \qquad \text{oder} \qquad m=20$$

nicht zulässig. Man muß vielmehr

$$l=10\,\text{m}, \qquad t=15\,\text{s} \qquad \text{oder} \qquad m=20\,\text{kg}$$

schreiben.

Wir merken uns:

Bei allen Zahlenangaben und Rechnungen muß hinter jeden Zahlenwert stets die zugehörige Einheit gesetzt werden.

Physikalische Gesetze werden im allgemeinen als Gleichungen zwischen Formelzeichen geschrieben. Da die Formelzeichen stets physikalische Größen bedeuten, spricht man auch von *Größengleichungen.* Diese sind nicht an bestimmte Einheiten gebunden. Wir stellen abschließend fest:

Physikalische Gesetze stellen Größengleichungen, d.h. Beziehungen zwischen physikalischen Größen, dar. Sie sind damit invariant gegenüber den jeweils verwendeten Einheiten. Dies bedeutet, daß die durch Größengleichungen dargestellten physikalischen Gesetze von der Wahl der benutzten Einheiten unabhängig sind.

Wenn man mit Größengleichungen rechnet und an die Stelle der allgemeinen Formelzeichen bestimmte Größen setzt, so muß für jedes Formelzeichen stets das Produkt aus einem Zahlenwert und einer Einheit gesetzt werden.

1.4 Die Basisgrößen und Basiseinheiten

Die Erfahrung zeigt, daß sehr viele physikalische Größen auf andere Größen zurückgeführt werden können. So wissen wir, daß sich z.B. die physikalische Größe Geschwindigkeit aus den Größen Länge und Zeit ableiten läßt. Man unterscheidet deshalb *Basisgrößen,* für die keine Definition im Sinne einer Zurückführung auf schon bekannte Größen gegeben werden kann, und *abgeleitete Größen,* die sich aus den Basisgrößen entwickeln lassen. Es ist üblich, in der Physik ein System von Basisgrößen festzulegen, aus denen alle anderen physikalischen Größen abgeleitet werden können. Für die Basisgrößen werden dann *Basiseinheiten* definiert, aus denen sich die für die abgeleiteten Größen geltenden *abgeleiteten Einheiten* ergeben. Auf diese Weise entstehen *Größensysteme* und *Einheitensysteme.* Da die Festlegung der Basisgrößen und Basiseinheiten grundsätzlich willkürlich ist und wesentlich durch Zweckmäßigkeitsgesichtspunkte bestimmt wird, sind im Laufe der Zeit in der Physik eine ganze Reihe verschiedener Größen- und Einheitensysteme aufgestellt worden; diese wurden vielfach nebeneinander benutzt, wobei Umrechnungen von dem einen System in das andere durchgeführt werden mußten. Dies war nicht nur zeitraubend, sondern gab auch leicht zu Irrtümern und Verwechslungen Anlaß.

Es war deshalb ein großer Fortschritt, als die *Generalkonferenz für Maß und Gewicht* im Jahre 1960 die allgemeine Verwendung des *Internationalen Einheitensystems* oder des *SI-Systems (Système International d'Unités)* empfahl. Dieses Internationale Einheitensystem, das inzwischen in zahlreichen Ländern benutzt wird, ist durch das *Gesetz über Einheiten im Meßwesen* vom 2. Juli 1969 und die *Ausführungsverordnung zum Gesetz über Einheiten im Meßwesen* vom 26. Juni 1970 (veröffentlicht im Bundesgesetzblatt, Teil I, Nr. 55, vom 5. Juli 1969 bzw. Nr. 62 vom 30. Juni 1970) mit Wirkung vom 5. Juli 1970 auch in der Bundesrepublik Deutschland eingeführt worden. Eine Änderung dieses Gesetzes findet sich im Bundesgesetzblatt vom 6. Juli 1973. Das *Internationale Einheitensystem* ist auf den folgenden sieben Basisgrößen und Basiseinheiten aufgebaut:

Basisgrößen und Basiseinheiten

Basisgröße	*Formelzeichen*	*Basiseinheit*	*Einheitenzeichen*
Länge	l, s, r	1 Meter	1 m
Zeit	t	1 Sekunde	1 s
Masse	m	1 Kilogramm	1 kg
Elektrische Stromstärke	I	1 Ampere	1 A
Thermodynamische Temperatur	ϑ	1 Kelvin	1 K
Lichtstärke	I_L	1 Candela	1 cd
Stoffmenge	ν	1 Mol	1 mol

Darüber hinaus werden in dem oben genannten Gesetz noch zwei atomphysikalische Einheiten festgelegt, die zusammen mit den zugehörigen atomphysikalischen Größen in der folgenden Tabelle wiedergegeben sind:

Atomphysikalische Größen und Einheiten

Atomphysikalische Größe	*Formelzeichen*	*Atomphysikalische Einheit*	*Einheitenzeichen*
Masse	m	1 atomare Masseneinheit	1 u
Energie	W	1 Elektronvolt	1 eV

Im Laufe der weiteren Ausführungen werden wir auf die Basisgrößen und Basiseinheiten sowie auf die atomphysikalischen Größen und Einheiten noch näher eingehen und genauere Erklärungen dazu geben. Dabei wird auch ausgeführt, wie die abgeleiteten Größen und ihre Einheiten aus den Basisgrößen und den Basiseinheiten entwickelt werden.

Aus den genannten sieben Basisgrößen können beliebig viele abgeleitete Größen gebildet werden, von denen aber nur ein Teil physikalisch verwendbar ist. Wir erläutern dies an einigen Beispielen:

Das Produkt zweier Längen liefert eine Fläche, das Produkt dreier Längen ein Volumen, der Quotient von Länge und Zeit eine Geschwindigkeit, der Quotient von Geschwindigkeit und Zeit eine Beschleunigung usw. Natürlich könnte man auch andere neue Größen, wie den Quotienten aus Volumen und Zeit oder aus Volumen und Geschwindigkeit, bilden oder irgendwelche sonstigen Produkte oder Quotienten aus den Basisgrößen herstellen. Aus der unbegrenzt großen Zahl von Verknüpfungen, die auf diese Weise theoretisch gebildet werden können, wählt die Physik nun diejenigen aus, die zur Beschreibung der Naturerscheinungen und zur Formulierung der Naturgesetze zweckmäßig sind, wobei es nicht unbedingt notwendig ist, daß diese Größen auch *anschaulich* vorstellbar sind.

Die Bildung solcher abgeleiteten Größen setzt das *Rechnen mit physikalischen Größen* voraus, über das noch einige Bemerkungen erforderlich sind.

1. Physikalische Größen können unbeschränkt multipliziert oder dividiert werden; das Ergebnis ist stets wieder eine physikalische Größe.

Beispiele

a) Die Geschwindigkeit eines Punktes, der jeweils 10 cm in 4 s zurücklegt, beträgt

$$v=\frac{10\text{ cm}}{4\text{ s}}=\frac{10\cdot(1\text{ cm})}{4\cdot(1\text{ s})}=2{,}5\cdot\left(1\,\frac{\text{cm}}{\text{s}}\right)=2{,}5\,\frac{\text{cm}}{\text{s}}.$$

b) Wenn durch einen Draht für die Dauer von 30 s ein Strom mit der Stärke 2 A fließt, so wird durch einen Leiterquerschnitt die elektrische Ladung

$$Q=2\text{ A}\cdot 30\text{ s}=2\cdot(1\text{ A})\cdot 30\cdot(1\text{ s})=60\cdot(1\text{ As})=60\text{ As}$$

transportiert.

2. Physikalische Größen können nur dann addiert oder subtrahiert werden, wenn es sich um Größen der gleichen Art handelt.

Beispiele

a) $10\text{ cm}+15\text{ cm}=10\cdot(1\text{ cm})+15\cdot(1\text{ cm})=25\cdot(1\text{ cm})=25\text{ cm}$

b) $10\text{ cm}+5\text{ inch}=10\cdot(1\text{ cm})+5\cdot(1\text{ inch})=10\cdot(1\text{ cm})+5\cdot(2{,}54\cdot 1\text{ cm})=10\cdot(1\text{ cm})+12{,}7\cdot(1\text{ cm})=22{,}7\cdot(1\text{ cm})=22{,}7\text{ cm}.$

c) Die Addition $10\text{ cm}+5\text{ s}$ hat dagegen keinen Sinn, denn es gibt keine physikalische Größe, die als Produkt aus einem (unbenannten) Zahlenwert und einer (benannten) Einheit darstellbar und die gleich der Summe $10\text{ cm}+5\text{ s}$ wäre.

Jede beliebige physikalische Größe G läßt sich als Potenzprodukt der oben angegebenen sieben Basisgrößen darstellen und kann daher in der Form

$$G=l^{\alpha_1}\quad t^{\alpha_2}\quad m^{\alpha_3}\quad I^{\alpha_4}\quad \vartheta^{\alpha_5}\quad I_{\mathrm{L}}^{\alpha_6}\quad \nu^{\alpha_7}$$

geschrieben werden, wobei $\alpha_1, \alpha_2, \alpha_3, \alpha_4, \alpha_5, \alpha_6, \alpha_7$ irgendwelche ganzen Zahlen (positiv, negativ oder Null) sind. Wenn es sich insbesondere um mechanische Größen handelt, so ist $\alpha_4=0$, $\alpha_5=0$, $\alpha_6=0$.

Beispiele

Fläche	$A=l^2$	Geschwindigkeit	$v=l\,t^{-1}$
Volumen	$V=l^3$	Beschleunigung	$a=l\,t^{-2}$
Dichte	$\rho=m\,l^{-3}$	Elektrische Ladung	$Q=I\,t$

Abschließend sollen noch einige allgemeine Bemerkungen über die Einheiten des Internationalen Einheitensystems, die man kurz als *SI-Einheiten* bezeichnet, gemacht werden.

Während die Einheiten für die oben eingeführten Basisgrößen grundsätzlich willkürlich festgelegt werden können, sind die Einheiten für die abgeleiteten Größen nicht mehr frei wählbar. Sie ergeben sich vielmehr zwangsläufig aus den Basiseinheiten. Dabei werden die abgeleiteten Einheiten auch wieder als Potenzprodukte aus den Basiseinheiten gebildet, wobei in analoger Weise wie bei der Definition der abgeleiteten Größen aus den Basisgrößen zu verfahren ist.

Die Einheit $[G]$ einer beliebigen physikalischen Größe G kann also in der Form

$$[G]=\mathrm{m}^{\alpha_1}\quad \mathrm{s}^{\alpha_2}\quad \mathrm{kg}^{\alpha_3}\quad \mathrm{A}^{\alpha_4}\quad \mathrm{K}^{\alpha_5}\quad \mathrm{cd}^{\alpha_6}\quad \mathrm{mol}^{\alpha_7}$$

geschrieben werden, wobei $\alpha_1, \alpha_2, \alpha_3, \alpha_4, \alpha_5, \alpha_6, \alpha_7$ wieder irgendwelche ganzen Zahlen (positiv, negativ oder Null) sind.

Beispiele

Flächeneinheit	$[A]=1\,\mathrm{m}^2$	Geschwindigkeitseinheit	$[v]=1\,\mathrm{m\,s}^{-1}$
Volumeneinheit	$[V]=1\,\mathrm{m}^3$	Beschleunigungseinheit	$[a]=1\,\mathrm{m\,s}^{-2}$
Dichteeinheit	$[\rho]=1\,\mathrm{kg\,m}^{-3}$	Elektrische Ladungseinheit	$[Q]=1\,\mathrm{A\,s}$

Bisweilen werden für die als Potenzprodukte aus den Basiseinheiten gebildeten abgeleiteten Einheiten neue Bezeichnungen eingeführt. So nennt man die Einheit für die elektrische Ladung auch 1 Coulomb (Einheitenzeichen: C). Es ist also

$$1\,\mathrm{C}=1\,\mathrm{A\,s}.$$

Weitere Beispiele hierfür werden wir im Laufe der folgenden Ausführungen kennenlernen.

Alle auf die oben angegebene Weise abgeleiteten Einheiten bilden ein *Einheitensystem.*

Es wäre grundsätzlich möglich, bei den zur Definition der abgeleiteten Einheiten dienenden Potenzprodukten auch noch Zahlenfaktoren zuzulassen, die von 1 verschieden sind. Man könnte also die oben getroffene Festsetzung für die Einheit $[G]$ einer beliebigen physikalischen Größe G auch in der Weise abwandeln, daß man schreibt:

$$[G]=c\cdot\mathrm{m}^{\alpha_1}\quad \mathrm{s}^{\alpha_2}\quad \mathrm{kg}^{\alpha_3}\quad \mathrm{A}^{\alpha_4}\quad \mathrm{K}^{\alpha_5}\quad \mathrm{cd}^{\alpha_6}\quad \mathrm{mol}^{\alpha_7},$$

wobei c einen Zahlenfaktor bedeutet, der für die verschiedenen Einheiten unterschiedliche Werte haben kann. Dieses Verfahren hat sich aber nicht bewährt. Es ist deshalb heute üblich, nur noch solche abgeleiteten Einheiten zu verwenden, bei denen $c=1$ ist. Man spricht dann von einem *kohärenten Einheitensystem.* Wir halten also fest:

Ein kohärentes Einheitensystem besteht aus den Basiseinheiten und den aus ihnen durch Potenzprodukte mit den Zahlenfaktoren 1 abgeleiteten Einheiten.

Sowohl von den Basiseinheiten und den atomphysikalischen Einheiten als auch von den abgeleiteten Einheiten können dezimale Vielfache und Teile gebildet werden, indem man *Vorsilben (Vorsätze)* vor die Einheitennamen und die entsprechenden *Kurzzeichen* vor die Einheitenzeichen setzt. Das *Gesetz über Einheiten im Meßwesen* läßt die folgenden Vorsätze und Kurzzeichen zu:

Vorsätze und Kurzzeichen

Vorsatz	Kurzzeichen	Bedeutung	Vorsatz	Kurzzeichen	Bedeutung
Exa	E	10^{18}fach	Dezi	d	10^{-1}fach
Peta	P	10^{15}fach	Zenti	c	10^{-2}fach
Tera	T	10^{12}fach	Milli	m	10^{-3}fach
Giga	G	10^{9}fach	Mikro	µ	10^{-6}fach
Mega	M	10^{6}fach	Nano	n	10^{-9}fach
Kilo	k	10^{3}fach	Piko	p	10^{-12}fach
Hekto	h	10^{2}fach	Femto	f	10^{-15}fach
Deka	da	10^{1}fach	Atto	a	10^{-18}fach

Über die Verwendung der Vorsätze und Kurzzeichen wird in dem *Gesetz über Einheiten im Meßwesen* bestimmt:

a) Zur Bezeichnung eines dezimalen Vielfachen oder Teiles einer Einheit darf nicht mehr als ein Vorsatz verwendet werden.

Beispiel

Es ist nicht erlaubt zu schreiben

$$1\,\text{t} = 1\,\text{kkg (Kilokilogramm)},$$

sondern die Ableitung muß aus der Einheit Gramm (Einheitenzeichen: g) erfolgen und lautet dann:

$$1\,\text{t} = 1\,\text{Mg (Megagramm)}.$$

b) Der Vorsatz ist ohne Zwischenraum vor den Namen der Einheit und das Kurzzeichen des Vorsatzes ohne Zwischenraum vor das Einheitenzeichen der Einheit zu setzen. Exponenten beziehen sich bei derart zusammengesetzten Zeichen auf das ganze Zeichen.

Beispiel

$$1\,\text{km}^2 = 1\,(\text{km})^2 = 1 \cdot (10^3\,\text{m})^2 = 10^6\,\text{m}^2.$$

Es ist also

$$1\,\text{km}^2 \neq 10^3\,\text{m}^2.$$

c) Wird eine Einheit als Produkt oder als Quotient aus dezimalen Vielfachen oder Teilen anderer Einheiten gebildet, so dürfen diese mit den oben genannten Vorsätzen und deren Kurzzeichen bezeichnet werden.

Wir werden im folgenden nur die im *Gesetz über Einheiten im Meßwesen* zugelassenen gesetzlichen Einheiten verwenden. Dieses Gesetz hat in einigen Fällen mit seinem Inkrafttreten die weitere Benutzung früher verwendeter Einheiten untersagt. Wir werden an den betreffenden Stellen auf die jeweiligen gesetzlichen Bestimmungen hinweisen und zur Erleichterung des Überganges von den alten auf die neuen gesetzlichen Einheiten stets die Umrechnungsfaktoren angeben.

1.5 Die Dimensionen

Von dem im vorhergehenden Abschnitt eingeführten Begriff der physikalischen Größe ist der Begriff der *Dimension* zu unterscheiden. Wir erläutern den Unterschied an einigen Beispielen:

Die physikalischen Größen 5 cm, 3 m, 8 km usw. sind untereinander verschieden. Allen gemeinsam aber ist, daß sie zum Begriff *Länge* gehören. Man pflegt diesen Sachverhalt in der Weise auszudrücken, daß man sagt, die genannten verschiedenen Größen haben die gleiche *Dimension*, und zwar die einer Länge. Wenn man nur diese Dimension und nicht eine spezielle physikalische Größe meint, so schreibt man

$$\dim \textit{Länge} = \dim l = \mathsf{L}.$$

Ebenso sind die physikalischen Größen 2 s, 10 min, 5 h usw. voneinander verschieden, aber allen ist die Zugehörigkeit zum Begriff *Zeit* gemeinsam. Wenn wiederum nur die Tatsache zum Ausdruck gebracht werden soll, daß es sich allgemein um eine Zeit handelt, so haben wir es mit der Dimension der Zeit zu tun und schreiben

$$\dim \mathit{Zeit} = \dim t = \mathsf{Z}.$$

Für die anderen oben eingeführten Basisgrößen ergeben sich entsprechende *Basisdimensionen.* Wir führen hierfür die folgenden Bezeichnungen ein:

$$\begin{aligned}
&\dim \mathit{Masse} &&= \dim m = \mathsf{M},\\
&\dim \mathit{elektrische\ Stromstärke} &&= \dim I = \mathsf{I},\\
&\dim \mathit{thermodynamische\ Temperatur} &&= \dim \vartheta = \mathsf{T},\\
&\dim \mathit{Lichtstärke} &&= \dim I_\mathrm{L} = \mathsf{I}_\mathrm{L},\\
&\dim \mathit{Stoffmenge} &&= \dim \nu = \mathsf{N}.
\end{aligned}$$

Aus den sieben Basisdimensionen lassen sich die Dimensionen aller anderen physikalischen Größen ableiten. Für die Größenart *Fläche* bzw. *Volumen* ergibt sich:

$$\begin{aligned}
&\dim \mathit{Fläche} &&= \dim A = \mathsf{L}\cdot\mathsf{L} = \mathsf{L}^2,\\
&\dim \mathit{Volumen} &&= \dim V = \mathsf{L}\cdot\mathsf{L}\cdot\mathsf{L} = \mathsf{L}^3.
\end{aligned}$$

Entsprechend erhält man für die Größenart *Geschwindigkeit:*

$$\dim \mathit{Geschwindigkeit} = \dim v = \frac{\dim l}{\dim t} = \frac{\mathsf{L}}{\mathsf{Z}} = \mathsf{L}\mathsf{Z}^{-1}.$$

Für jede andere physikalische Größe ergibt sich in analoger Weise eine ganz bestimmte Dimension, die sich in der Form

$$\mathsf{L}^{\alpha_1}\ \ \mathsf{Z}^{\alpha_2}\ \ \mathsf{M}^{\alpha_3}\ \ \mathsf{I}^{\alpha_4}\ \ \mathsf{T}^{\alpha_5}\ \ \mathsf{I}_\mathrm{L}^{\alpha_6}\ \ \mathsf{N}^{\alpha_7}$$

schreiben läßt, wobei $\alpha_1, \alpha_2, \alpha_3, \alpha_4, \alpha_5, \alpha_6, \alpha_7$ irgendwelche ganze Zahlen (positiv, negativ oder Null) sind. Wenn es sich insbesondere um die Dimensionen mechanischer Größen handelt, so sind $\alpha_4 = 0$, $\alpha_5 = 0$, $\alpha_6 = 0$.

Das Arbeiten mit Dimensionen hat mancherlei Vorteile, von denen hier nur die folgenden genannt werden sollen:

1. Die begrifflichen Verknüpfungen können deutlicher und allgemeiner erkannt werden, als dies bei der Verwendung spezieller Einheiten möglich ist.

2. Bei der Ableitung physikalischer Formeln und der Durchführung von Rechnungen ergibt sich eine einfache Kontrollmöglichkeit, denn eine Gleichung ist nur dann richtig, wenn die auf beiden Seiten stehenden Ausdrücke in jedem Stadium der Rechnung und im Endergebnis die gleiche Dimension haben.

3. Jede zweckmäßig geschriebene Dimension enthält eine zusammengefaßte Meßvorschrift für die betreffende physikalische Größe. So sagt die Dimension der Geschwindigkeit $\mathsf{L}\mathsf{Z}^{-1}$ aus, daß man zur Messung einer Geschwindigkeit eine Länge und eine Zeit zu bestimmen und diese dann durcheinander zu dividieren hat.

4. Schließlich können Dimensionsbetrachtungen zur Auffindung neuer physikalischer Zusammenhänge führen.

Es soll abschließend noch darauf hingewiesen werden, daß Dimensionsbetrachtungen für uns wegen der alleinigen Verwendung des oben eingeführten Größen- und Einheitensystems nicht mehr die gleiche Bedeutung haben, wie dies früher bei der gleichzeitigen Benutzung mehrerer Größen- und Einheitensysteme der Fall war. Wir werden deshalb bei der Einführung neuer physikalischer Größen nicht in jedem Einzelfall die zugehörige Dimension ableiten, sondern uns darauf beschränken, die Dimensionen der eingeführten physikalischen Größen in der zusammenfassenden Tabelle am Ende des Buches anzugeben.

2. Mechanik

2.1 Der Raum und die Zeit

2.1.1 Die Länge und ihre Messung

Aus dem täglichen Leben und dem Physikunterricht der Sekundarstufe I ist bekannt, wie Längenmessungen ausgeführt werden. Wie bei jeder Messung ist auch hier die Festlegung einer *Einheit* und eines *Meßverfahrens* erforderlich.

Über die *Längeneinheit* wurden in Band I bereits einige Ausführungen gemacht. Es genügt deshalb, hier die wichtigsten Tatsachen zur Wiederholung zusammenzustellen und dabei zu zeigen, welchen weiten und beschwerlichen Weg die Meßtechnik oder *Metronomie* zurücklegen mußte, bis es zu der heutigen internationalen Vereinbarung über die Längeneinheit *Meter* kommen konnte.

Von der Längeneinheit wurde zunächst gefordert, daß sie bequem zu handhaben und jederzeit leicht zugänglich sein sollte. Man wählte deshalb als Längeneinheiten in früheren Zeiten gern bestimmte Körperteile. Hieran erinnern noch die Namen *Fuß*, *Elle* oder *Zoll*. Da die Körpermaße der Menschen unterschiedlich sind, ist verständlich, daß auf diese Weise keine exakt definierten Längeneinheiten entstehen konnten. So gab es neben anderen Längeneinheiten in Deutschland mehr als 100 verschiedene Längenmaße mit der Bezeichnung Fuß. Im ganzen bot die Längenmessung im Mittelalter und zu Beginn der Neuzeit ein äußerst buntes, bisweilen chaotisches Bild.

Mit der Zunahme des Verkehrs und der Ausweitung des Handels wurde die Einführung einer einheitlichen, möglichst genau definierten Längeneinheit immer dringlicher. Der erste Erfolg konnte 1791 erzielt werden, als eine durch TALLEYRAND nach Paris einberufene Kommission führender Mathematiker und Physiker einen schon vorher von ABBÉ MOUTON gemachten Vorschlag wieder aufgriff und als Längeneinheit das *Meter* vorschlug. Diese Längeneinheit wurde mit Hilfe einer in der Natur vorkommenden Größe definiert, und zwar als der vierzigmillionste Teil des durch die Sternwarte von Paris gehenden Erdmeridians. Die erforderliche Erdvermessung wurde auf diesem Meridian zwischen Dünkirchen und Monjuich bei Barcelona durchgeführt. Dann stellte man eine Verkörperung dieses Meters in Form eines Platinstabes her, dessen Enden bei 0 °C genau den Abstand von einem Meter haben sollten. Dieser Stab wurde 1779 im französischen Staatsarchiv niedergelegt und im gleichen Jahre als Längeneinheit gesetzlich zugelassen. Das auf dieser Länge beruhende Maßsystem wurde als das *metrische System* bezeichnet. In der 1875 in Paris unterzeichneten *Meterkonvention* bekannte sich eine große Zahl von Staaten zur Einführung und Vervollkommnung des metrischen Systems. Da die erste Verkörperung des Meters den Anforderungen an die Genauigkeit nicht genügte, wurden mehrere Meterstäbe aus einer Legierung von 90% Platin und 10% Iridium hergestellt, die die ursprüngliche Einheit möglichst genau wiedergeben sollten. Diese Stäbe hatten die in Abb. 14.1 angegebene Gestalt, weil bei dieser Form nur äußerst geringe Verbiegungen auftreten. Auf der Mittelfläche der Stäbe wurden an beiden Seiten in der Nähe der Enden je drei feine Striche eingraviert, wobei der Abstand der mittleren Striche die Länge des Meters darstellen sollte.

Bei einer verfeinerten Erdmessung stellte F. W. BESSEL (1784–1846) fest, daß die Länge des Erdmeridians bei der Verwendung des so festgelegten Meters nicht genau 40000000 m betrug, sondern daß das von der französischen Kommission festgelegte Meter gegenüber der beabsichtigten Länge um 0,0856 Tausendstel zu kurz ausgefallen war. Um nun in Zukunft nicht bei jeder genaueren Erdmessung immer wieder eine neue

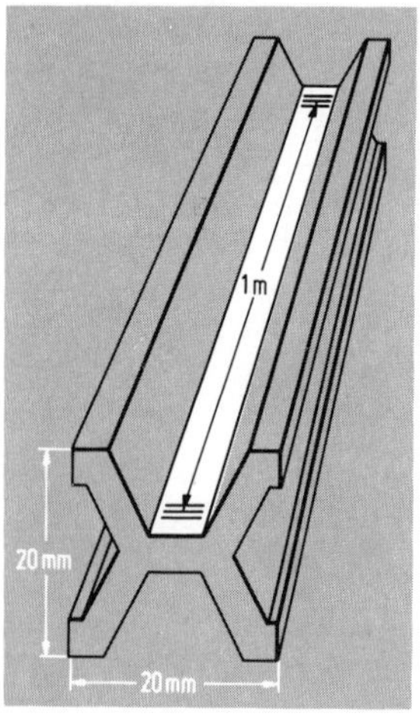

Abb. 14.1
Der internationale Meterprototyp

Längeneinheit einführen zu müssen, wurde 1879 von der Meterkonvention beschlossen, das Meter von seiner Verknüpfung mit der Erdoberfläche zu lösen und einen der früher hergestellten Platin-Iridium-Stäbe für die *Definition des Meters* zu verwenden. Seither ist die Längeneinheit Meter durch diesen *Prototyp des Urmeters* definiert. Dieser das Meter definierende Prototyp wird im *Bureau International des Poids et Mesures* im Pavillon de Breteuil in Sèvres bei Paris 8 m unter der Erde bei einer Temperatur von 0 °C aufbewahrt. Die der Meterkonvention angehörenden Staaten haben Nachbildungen des Urmeters erhalten und benutzen diese für die Eichung weiterer Kopien. Der Prototyp der Bundesrepublik trägt die Nummer 23 und befindet sich in der Physikalisch-Technischen Bundesanstalt in Braunschweig.

Die Definition des Meters durch den Meterprototyp ist zwar für die meisten Zwecke ausreichend, für Messungen von höchster Genauigkeit erwies sie sich aber doch als nicht exakt genug. Bei den Metallstäben treten Umkristallisationen auf, und die Striche auf dem Urmeter haben eine gewisse Breite. Dies hat zur Folge, daß die Länge des Meters durch Prototype nur mit einer Meßunsicherheit von $\frac{1}{7000}$ mm festgelegt werden kann. Deshalb ist das Meter im Jahre 1960 neu definiert worden. Dazu wurde angegeben, wie viele Wellenlängen einer ganz bestimmten, orangeroten Spektrallinie, die von dem Edelgas Krypton unter bestimmten Umständen ausgesendet wird, auf die Längeneinheit 1 Meter entfallen. Die neue Definition, deren physikalischer Inhalt erst später verständlich wird, ist durch das *Gesetz über Einheiten im Meßwesen* auch in der Bundesrepublik Deutschland zur Grundlage der gesetzlichen Definition des Meters gemacht worden. Sie lautet:

Die Basiseinheit 1 Meter ist das 1650763,73fache der Wellenlänge der von Atomen des Nuklids ^{86}Kr beim Übergang vom Zustand $5d_5$ zum Zustand $2p_{10}$ ausgesandten, sich im Vakuum ausbreitenden Strahlung.

Zu dieser Definition ist folgendes zu sagen:

1. An den Längenmessungen des Alltags und der Feinmechanik sowie an den meisten wissenschaftlichen Längenmessungen ändert sich durch die neue Definition nichts. Diese ist vielmehr nur für Messungen mit höchster Präzision von Bedeutung.

2. Die neue Definition hat den Vorteil, daß die Vakuumwellenlänge einer bestimmten Spektrallinie aufgrund der bisherigen Erfahrungen bei einer Aussendung unter gleichen physikalischen Bedingungen an allen Orten und zu allen Zeiten die gleiche Größe hat.

3. Während ein Prototyp des Urmeters nur an wenigen Stellen der Erde zur Verfügung steht, kann die genannte Spektrallinie mit Hilfe relativ einfacher physikalischer Geräte in jedem Laboratorium hergestellt werden, so daß der direkte Anschluß an die Meterdefinition überall auf der Welt möglich ist.

Aus der Basiseinheit 1 Meter werden mit Hilfe der bereits erwähnten Vorsätze folgende dezimale Vielfache und Teile gebildet:

Dezimale Vielfache und Teile der Basiseinheit 1 Meter

1 Exameter (Em)	= 1000 Petameter (Pm)	$= 10^{18}$ m	1 Dezimeter (dm)	= 10 Zentimeter (cm)	$= 10^{-1}$ m
1 Petameter (Pm)	= 1000 Terameter (Tm)	$= 10^{15}$ m	1 Zentimeter (cm)	= 10 Millimeter (mm)	$= 10^{-2}$ m
1 Terameter (Tm)	= 1000 Gigameter (Gm)	$= 10^{12}$ m	1 Millimeter (mm)	= 1000 Mikrometer (µm)	$= 10^{-3}$ m
1 Gigameter (Gm)	= 1000 Megameter (Mm)	$= 10^{9}$ m	1 Mikrometer (µm)	= 1000 Nanometer (nm)	$= 10^{-6}$ m
1 Megameter (Mm)	= 1000 Kilometer (km)	$= 10^{6}$ m	1 Nanometer (nm)	= 1000 Picometer (pm)	$= 10^{-9}$ m
1 Kilometer (km)	= 10 Hektometer (hm)	$= 10^{3}$ m	1 Picometer (pm)	= 1000 Femtometer (fm)	$= 10^{-12}$ m
1 Hektometer (hm)	= 10 Dekameter (dam)	$= 10^{2}$ m	1 Femtometer (fm)	= 1000 Attometer (am)	$= 10^{-15}$ m
1 Dekameter (dam)	= 10 Meter (m)	= 10 m	1 Attometer (am)		$= 10^{-18}$ m
1 Meter (m)	= 10 Dezimeter (dm)	= 1 m			

Die früher in der Wellenoptik und Atomphysik vielfach benutzte Längeneinheit

$$1 \text{ Ångström (Å)} = 10^{-10} \text{ m}$$

darf nach dem *Gesetz über Einheiten im Meßwesen* nicht mehr verwendet werden. Es muß gesetzt werden:

$$1 \text{ Å} = 0{,}1 \text{ nm}$$

Die Längeneinheit

$$1 \text{ Fermi (F)} = 10^{-15} \text{ m}$$

darf ebenfalls nicht mehr benutzt werden. Ferner ist die Bezeichnung

$$1 \text{ Mikron } (\mu) = 10^{-6} \text{ m}$$

nicht mehr zulässig. Statt dessen ist die in der obigen Tabelle angegebene Bezeichnung

1 Mikrometer (µm)

zu verwenden.

Aus der Basisgröße Länge werden die *abgeleiteten Größen Fläche* (Formelzeichen: A) und *Volumen* (Formelzeichen: V) gebildet. Mit der Messung dieser abgeleiteten Größen beschäftigen wir uns in den folgenden Abschnitten.

Nachdem die Einheiten für die Längenmessung festgelegt sind, muß nun eine Vereinbarung über das *Meßverfahren* erfolgen.

Das Verfahren zur Durchführung von Längenmessungen scheint nach dem auf S. 6 dargelegten Beispiel so selbstverständlich zu sein, daß man es für überflüssig halten könnte, sich hierüber überhaupt noch Gedanken zu machen. Und doch zeigt eine kritische Betrachtung der einzelnen mit einer Längenmessung verbundenen Vorgänge, daß selbst dieses so einfach erscheinende Meßverfahren grundsätzliche Schwierigkeiten enthält, mit denen wir uns im folgenden kurz beschäftigen wollen.

Zunächst sei auf die schon angedeutete Tatsache hingewiesen, daß wir unmittelbare und mittelbare Längenmessungen unterscheiden müssen.

Unmittelbare Längenmessungen bestehen darin, daß die zu messende Länge durch Anlegen oder Abtragen mit dem Maßstab verglichen wird.

Mittelbare Längenmessungen sind nicht das Ergebnis von Vergleichen mit einem Maßstab, sondern erfordern Zwischenrechnungen. Sie treten z.B. in der Astronomie auf, wenn der Abstand zweier Gestirne durch Winkelmessungen von der Erde aus ermittelt wird oder wenn andere kosmische Entfernungen festgestellt werden. Auch die in der Tabelle auf S. 16 angegebenen kleinen Längen, etwa aus dem Bereich der Moleküle oder Atome, sind das Ergebnis mittelbarer Längenmessung. Wie man bei der Ausführung solcher mittelbarer Längenmessungen vorzugehen hat, wird teilweise im Mathematikunterricht und teilweise im Laufe der weiteren physikalischen Untersuchungen besprochen.

Wir beschäftigen uns hier nur mit den unmittelbaren Längenmessungen. Die zu ihrer Ausführung benötigten Geräte nennt man *Maßstäbe.* Wir unterscheiden *Strichmaßstäbe* und *Endmaßstäbe.*

Bei den *Strichmaßstäben* ist die Längeneinheit durch Striche gekennzeichnet. Sie werden mit und ohne Unterteilung hergestellt. Der internationale Meterprototyp ist ein Strichmaßstab ohne Unterteilung; an jedem Ende befinden sich drei Querstriche, wobei der Abstand der mittleren Striche die Einheit Meter darstellt. Die praktisch verwendeten Strichmaßstäbe sind fast immer unterteilt.

Die *Endmaßstäbe* sind rechteckige oder zylindrische Körper bestimmter Länge. Sie werden aus gehärtetem Stahl oder aus Quarz hergestellt und haben sehr genau planparallel geschliffene Endflächen, die nach sauberem Zusammenlegen so fest aneinander haften, daß sie senkrecht zur Meßfläche nur mit großer Kraft getrennt werden können. Aus einem geeignet zusammengestellten Satz solcher Endmaßstäbe kann eine beliebige Länge zusammengesetzt werden. Endmaßstäbe werden wegen ihrer besonderen Genauigkeit hauptsächlich für Eichzwecke verwendet.

Zur Ausführung der Längenmessungen verwendet man im allgemeinen Stäbe aus Holz, Metall oder ähnlichen Stoffen. Wir wollen uns aber einmal klarmachen, was geschehen würde, wenn wir als Längeneinheit nur Schraubenfedern zur Verfügung hätten, die aus feinem Stahldraht gewickelt wären und die schon durch kleinste, für unser Gefühl gar nicht wahrnehmbare Kräfte in unkontrollierbarer Weise verändert würden. Die Durchführung von Längenmessungen wäre dann sinnlos geworden. Wir erkennen also, daß bei der üblichen Längenmessung mit dem An- und Abtragen eines Maßstabes eine Voraussetzung erfüllt sein muß, die im allgemeinen als selbstverständlich betrachtet wird, dies aber keineswegs ist. *Die Längenmessung erfordert einen unveränderlichen Maßstab*, d.h., der Maßstab muß seine Länge unabhängig vom Ort der Messung und unabhängig von sonstigen Einflüssen, etwa der Geschwindigkeit, mit der er bewegt wird, beibehalten. Man braucht als Maßstab also einen *starren Körper*. Nun zeigt aber die Erfahrung, daß es starre Körper in strengem Sinne nicht gibt und nach unseren heutigen Vorstellungen vom Aufbau der Stoffe auch nicht geben kann. Damit tauchen grundsätzliche Schwierigkeiten für die Längenmessung auf, die hier nur angedeutet werden können. Ohne die Existenz von starren Körpern verliert der Begriff der Länge seinen bisherigen Sinn. Es ist für wirkliche Maßstäbe nicht ohne weiteres nachzuweisen, wie weit sie von dem idealen starren Körper abweichen. Wir werden später sehen, daß diese aus der Längenmessung sich ergebenden Probleme an moderne Fragestellungen der Physik heranführen, wie sie in der *speziellen Relativitätstheorie* behandelt werden. Diese Theorie erkennt die Tatsache an, daß es keine starren Körper in strengem Sinne gibt und daß die Länge der wirklichen Körper von ihrer Geschwindigkeit abhängt. Allerdings zeigt sich bei diesen Untersuchungen auch, daß die Längenänderungen erst bei hohen Geschwindigkeiten merkliche Beträge erreichen und daß die wirklichen Maßstäbe sich bei den üblichen Geschwindigkeiten so wenig ändern, daß sie als starre Körper betrachtet werden können. Wenn wir also im folgenden unsere Längenmessungen so ausführen, als ob wir es mit starren Maßstäben zu tun hätten, so ist dies so lange gerechtfertigt, wie die Genauigkeitsforderungen nicht zu hoch getrieben werden und wir uns auf die in unserer unmittelbaren Umwelt auftretenden Geschwindigkeiten beschränken. Die *grundsätzlichen Schwierigkeiten*, auf die wir später zurückkommen, bleiben aber trotzdem bestehen.

Während in der Astronomie ungeheuer große Strecken und in der Atomphysik unvorstellbar kleine Abmessungen auftreten, liegt die uns vertraute Alltagswelt im Bereich mittlerer Größenordnungen. Es ist lehrreich, sich einmal zu vergegenwärtigen, wie der Mensch mit seiner Größenordnung von 1 m zwischen dem Weltall und der Welt des Kleinsten steht. Wir stellen deshalb einige Zahlen zusammen, die uns ein Bild von der kosmischen, der irdischen und der atomaren Welt geben. Es handelt sich um stark abgerundete Angaben, die nur die *Größenordnung* erkennen lassen.

Größenordnungen der Längen im Kosmos

Durchmesser des Weltalls	10^{26} m	Größte Bäume	10^{2} m
Längsdurchmesser der Milchstraße	10^{21} m	Größte Tiere	10^{1} m
Querdurchmesser der Milchstraße	10^{20} m	MENSCH	$1{,}7 \cdot 10^{0}$ m
Entfernung des Sirius	10^{17} m	Durchmesser eines Regentropfens	10^{-3} m
Entfernung Sonne – Pluto	$5{,}9 \cdot 10^{12}$ m	Bakterien, Wellenlänge des sichtbaren Lichtes	10^{-6} m
Durchmesser der Sonne	$1{,}4 \cdot 10^{9}$ m	Große Eiweißmoleküle	10^{-8} m
Entfernung Erde – Mond	$3{,}8 \cdot 10^{8}$ m	Sonstige Moleküle	10^{-9} m
Durchmesser der Erde	$1{,}3 \cdot 10^{7}$ m	Größe eines Atoms	10^{-10} m
Ausdehnung einer Großstadt	10^{4} m	Größe eines Atomkerns	10^{-14} m

2.1.2 Die Fläche und ihre Messung

Die abgeleitete physikalische Größe *Fläche* (Formelzeichen: *A*) wird in einer Einheit gemessen, die in der *Ausführungsverordnung zum Gesetz über Einheiten im Meßwesen* folgendermaßen definiert wird:

Die abgeleitete Einheit der Fläche ist das Quadratmeter oder Meterquadrat (Einheitenzeichen: m^2). 1 Quadratmeter ist gleich der Fläche eines Quadrates von der Seitenlänge 1 m.

Abgeleitete gesetzliche Einheiten der Fläche sind auch alle Einheiten, die als Quadrat eines dezimalen Vielfachen oder eines dezimalen Teiles des Meters gebildet werden.

Beispiele

$1\,km^2 = 10^6\,m^2$, $1\,dam^2 = 10^2\,m^2$, $1\,cm^2 = 10^{-4}\,m^2$, $1\,\mu m^2 = 10^{-12}\,m^2$.

Als besonderer Name für die Flächeneinheit 1 Quadratdekameter (Einheitenzeichen: dam^2) ist bei der Angabe der Fläche von Grundstücken und Flurstücken das Ar (Einheitenzeichen: a) zugelassen. Es ist also:

$$1\,a = 1\,dam^2 = 100\,m^2.$$

Ferner darf die Bezeichnung Hektar (Einheitenzeichen: ha) verwendet werden. Es gilt:

$$1\,ha = 100\,a = 10^4\,m^2.$$

Aufgrund des *Gesetzes über Einheiten im Meßwesen* dürfen die Abkürzungen

qm für das Einheitenzeichen m^2
qkm für das Einheitenzeichen km^2
qdm für das Einheitenzeichen dm^2
qcm für das Einheitenzeichen cm^2
qmm für das Einheitenzeichen mm^2

nicht mehr benutzt werden.

Die *Bestimmung von Flächeninhalten* kann auf verschiedene Weisen erfolgen, die teilweise bereits in Band I erwähnt worden sind:

1. Durch *Rechnung* lassen sich die Flächen einfacher mathematischer Figuren ermitteln. Dazu müssen die Längen der Begrenzungslinien oder andere Längen gemessen werden, d.h., die Flächenmessung wird hier auf die Längenmessung zurückgeführt. Diese Methode ist anwendbar, wenn die zu bestimmende Fläche die Form eines Quadrates, Rechteckes, Dreiecks, Trapezes, Kreises usw. hat.

2. Durch *direkte Messung* bestimmt man die Fläche unregelmäßig begrenzter Figuren. Es gibt hier mehrere Methoden:

a) Man kann die Figur, deren Fläche gemessen werden soll, auf Millimeterpapier zeichnen oder sie mit durchsichtigem Millimeterpapier bedecken. Dann werden die innerhalb der Grenzlinie liegenden *Quadrate gezählt*. Die Teile der von der Grenzlinie durchschnittenen Quadrate werden geschätzt und die Beträge addiert.

b) Man kann die auf einem Bogen Papier gezeichnete Figur ausschneiden und das Gewicht feststellen. Wenn man das Gewicht von einem Quadratzentimeter des verwendeten Papiers kennt, kann man mit Hilfe solcher *Wägungen* die gesuchte Fläche bestimmen.

c) Schließlich können die Flächeninhalte unregelmäßig begrenzter Figuren mit Hilfe von *Planimetern* bestimmt werden. Die Begrenzungskurve wird dabei mit einem Metallstift umfahren, und das Gerät zeigt dann die eingeschlossene Fläche an.

2.1.3 Das Volumen und seine Messung

Die abgeleitete physikalische Größe *Volumen* oder *Rauminhalt* (Formelzeichen: V) wird in einer Einheit gemessen, die in der *Ausführungsverordnung zum Gesetz über Einheiten im Meßwesen* folgendermaßen definiert ist:

Die abgeleitete Einheit des Volumens ist das Kubikmeter (Einheitenzeichen: m^3). 1 Kubikmeter ist gleich dem Volumen eines Würfels von der Kantenlänge 1 m.

Abgeleitete gesetzliche Einheiten des Volumens sind auch alle Einheiten, die als dritte Potenz eines dezimalen Vielfachen oder eines dezimalen Teiles des Meters gebildet werden.

Beispiele

$1\ \text{km}^3 = 10^9\ \text{m}^3$, $1\ \text{dam}^3 = 10^3\ \text{m}^3$, $1\ \text{cm}^3 = 10^{-6}\ \text{m}^3$, $1\ \mu\text{m}^3 = 10^{-18}\ \text{m}^3$.

Eine zulässige Volumeneinheit ist auch das *Liter* (Einheitenzeichen: l). Es gilt:

$$1\ \text{l} = 10^{-3}\ \text{m}^3 = 10^3\ \text{cm}^3 = 10^6\ \text{mm}^3.$$

Die vor dem Jahre 1965 geltende Festsetzung, wonach

$$1\ \text{Liter} = 1{,}000028 \cdot 10^{-3}\ \text{m}^3$$

war, ist damit außer Kraft gesetzt.

Aufgrund des *Gesetzes über Einheiten im Meßwesen* dürfen die Abkürzungen

cbm für das Einheitenzeichen m^3
ckm für das Einheitenzeichen km^3
cdm für das Einheitenzeichen dm^3
ccm für das Einheitenzeichen cm^3
cmm für das Einheitenzeichen mm^3

nicht mehr benutzt werden.

Die *Bestimmung von Volumina* kann auf verschiedene Weisen erfolgen. Da ein Teil dieser Verfahren bereits in Band I besprochen worden ist, beschränken wir uns hier auf eine kurze Zusammenfassung dieser schon erwähnten Verfahren und geben darüber hinaus noch einige weitere Methoden an:

1. Durch *Rechnung* lassen sich die Volumina einfacher mathematischer Körper ermitteln. Man muß dazu die Kantenlängen oder andere Längen messen, d.h., die Volumenmessung wird hier auf die Längenmessung zurückgeführt. Diese Methode ist aber nur bei einfachen Körpern, wie Würfeln, Quadern, Zylindern, Kegeln, Kugeln usw. anwendbar.

2. Die Volumenbestimmung bei unregelmäßig geformten Körpern erfolgt durch *direkte Messung*. Hierzu gibt es verschiedene Hilfsmittel.

a) Das *Volumen flüssiger* und *fester Körper* kann auf einfache Weise mit Hilfe von *Meßzylindern* bestimmt werden, wie dies in Band I näher ausgeführt worden ist.

Das *Volumen von Festkörpern* kann ebenfalls mit Meßzylindern bestimmt werden. Man taucht dazu den an einem Faden befestigten Festkörper in einen teilweise mit Wasser oder einer anderen Flüssigkeit gefüllten Meßzylinder und liest den Flüssigkeitsstand vor und nach dem Eintauchen ab. Die Differenz der beiden Ablesungen liefert dann das Volumen des eingetauchten Festkörpers.

b) Zur Volumenbestimmung bei Festkörpern werden oft auch *Überlaufgefäße* verwendet. Diese Gefäße sind so gebaut, daß sie eine ganz bestimmte Flüssigkeitsmenge aufnehmen können. Wenn man in ein solches ganz gefülltes Gefäß einen Festkörper eintaucht, so läuft die verdrängte Flüssigkeit in einen Meßzylinder. Da die übergelaufene Flüssigkeitsmenge das gleiche Volumen wie der eingetauchte Festkörper hat, kann dessen Volumen unmittelbar am Meßzylinder abgelesen werden.

c) Eine Möglichkeit, bestimmte Flüssigkeitsvolumina abzumessen, bietet die in Band I besprochene *Meßpipette*. Ebenso kann man mit Hilfe von *Büretten* (Abb. 19.1) eine Flüssigkeitsmenge mit einem gewünschten Volumen aus dem unten befindlichen Hahn ausfließen lassen.

d) Ein weiteres Hilfsmittel zur Volumenbestimmung bei Flüssigkeiten ist das *Pyknometer* oder die *Meßflasche*. Es handelt sich dabei um Glasgefäße mit einem genau bestimmten Volumen (Abb. 19.2). Sie besitzen einen eingeschliffenen Stöpsel mit einer Bohrung, durch die überflüssige Flüssigkeit austreten kann. Ein gefülltes Pyknometer enthält ein sehr genau festgelegtes Volumen der betreffenden Flüssigkeit. Da das Volumen von der Temperatur abhängig ist, wird bei vielen Pyknometern noch angegeben, für welche Temperatur das aufgedruckte Volumen gilt.

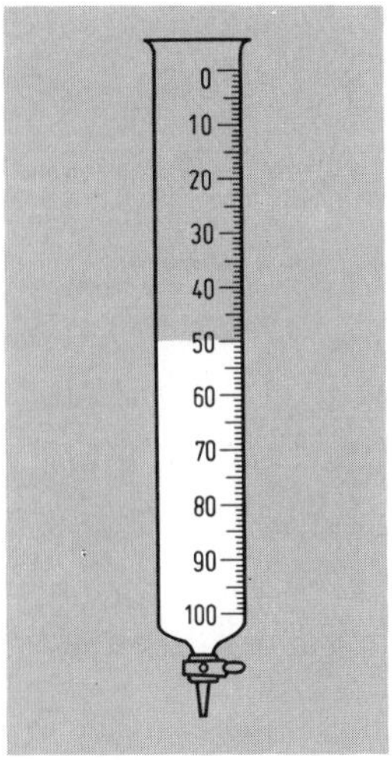

Abb. 19.1
Bürette

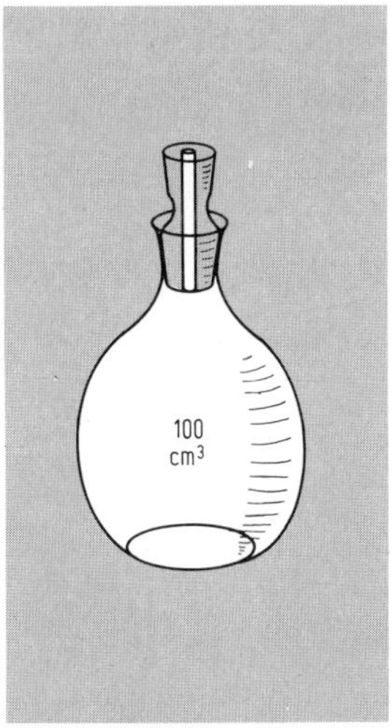

Abb. 19.2
Pyknometer
oder Meßflasche

e) Die Volumenmessung bei gasförmigen Körpern ist mit größeren Schwierigkeiten verbunden als bei Festkörpern oder Flüssigkeiten. Dies hängt damit zusammen, daß das Volumen der Gase in sehr viel stärkerem Maße von dem Druck und der Temperatur abhängt, als dies bei den Festkörpern und Flüssigkeiten der Fall ist. Mit den Zusammenhängen zwischen dem Volumen eines Gases sowie dem Druck und der Temperatur werden wir uns erst später beschäftigen (S. 332f.).

2.1.4 Der Winkel und seine Messung

Bei der abgeleiteten physikalischen Größe Winkel muß zwischen dem *ebenen Winkel* und dem *räumlichen Winkel* unterschieden werden.

1. Der *ebene Winkel* wird im folgenden durchweg im *Bogenmaß* gemessen. Man zeichnet dazu um den Scheitel des Winkels einen Kreis mit einem beliebigen Radius r, der die Schenkel des Winkels in den Punkten A und B schneiden soll. Der Winkel wird dann durch den konstanten, d.h. vom Radius r unabhängigen Quotienten aus der Bogenlänge AB und dem Radius r gemessen.

$$\text{Ebener Winkel } \alpha = \frac{\text{Bogenlänge } AB}{\text{Radius } r}.$$

Die *Einheit des ebenen Winkels* wird in der *Ausführungsverordnung zum Gesetz über Einheiten im Meßwesen* folgendermaßen definiert:

Die abgeleitete Einheit des ebenen Winkels ist der Radiant (Einheitenzeichen: rad). 1 Radiant ist gleich dem ebenen Winkel, der als Zentriwinkel eines Kreises vom Halbmesser 1 m aus dem Kreis einen Bogen der Länge 1 m ausschneidet (Abb. 20.1).

$$1\,\text{rad} = \frac{1\,\text{m}}{1\,\text{m}} = 1.$$

U.a. sind die folgenden nichtdezimalen Vielfache und Teile des Radianten als Einheiten für den ebenen Winkel zugelassen:

a) der *Grad* (Einheitenzeichen: °).

Es gilt: $1° = \frac{\pi}{180}\,\text{rad}.$

b) die *Minute* (Einheitenzeichen: ′).

Es gilt: $1' = \left(\frac{1}{60}\right)^\circ = \frac{\pi}{10800}\,\text{rad}.$

c) die *Sekunde* (Einheitenzeichen: ″).

Es gilt: $1'' = \left(\frac{1}{60}\right)' = \frac{\pi}{648000}\,\text{rad}.$

d) das *Gon* (Einheitenzeichen: gon).

Es gilt: $1\,\text{gon} = \frac{\pi}{200}\,\text{rad}.$

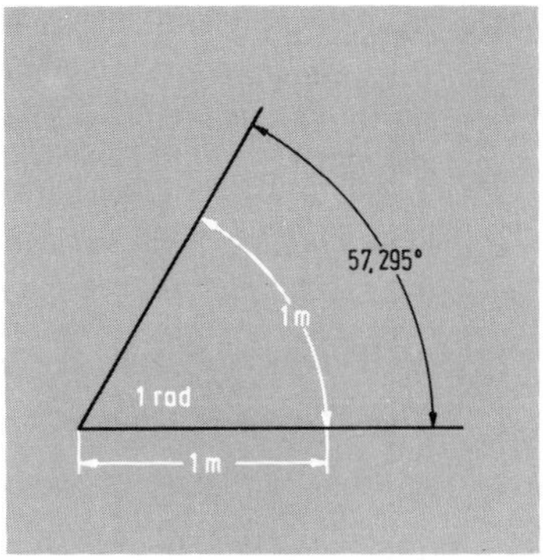

Abb. 20.1 Zur Definition der Winkeleinheit Radiant

2. Unter einem *räumlichen Winkel* oder einen *Raumwinkel* versteht man denjenigen Teil des Raumes, der von einem Kegel mit unendlich langen Seitenlinien aus dem Raum herausgeschnitten wird. Um den Raumwinkel zu messen, wird um seinen Scheitel eine Kugel mit beliebigem Radius r gezeichnet. Der Kegelmantel, der den Raumwinkel einschließt, schneidet aus der Kugeloberfläche ein Flächenstück A heraus, das bei verschiedenen konzentrischen Kugeln proportional zu r^2 ist. Daher kann der konstante Quotient $\frac{A}{r^2}$ als Maß für den Raumwinkel dienen.

$$\text{Raumwinkel } \beta = \frac{\text{Fläche } A \text{ des Ausschnitts aus der Kugeloberfläche}}{(\text{Kugelradius } r)^2}.$$

Für die *Einheit des räumlichen Winkels* gilt nach der *Ausführungsverordnung zum Gesetz über Einheiten im Meßwesen:*

Die abgeleitete Einheit des räumlichen Winkels ist der Steradiant (Einheitenzeichen: sr). 1 Steradiant ist gleich dem räumlichen Winkel, der als gerader Kreiskegel mit der Spitze im Mittelpunkt einer Kugel vom Halbmesser 1 m aus der Kugeloberfläche eine Kalotte der Fläche 1 m² ausschneidet.

$$1\,\text{sr} = \frac{1\,\text{m}^2}{1\,\text{m}^2} = 1.$$

Aus der Einheit Steradiant können ebenfalls Vielfache und Teile gebildet werden. Da diese aber in der Physik kaum benutzt werden, soll hierauf nicht näher eingegangen werden.

2.1.5 Die Zeit und ihre Messung

Die Zeitmessungen gehören zu den ältesten von den Menschen ausgeführten Messungen; sie reichen bis weit in das Altertum zurück. Zur Festlegung einer *Zeiteinheit* kann grundsätzlich jeder periodische Vorgang dienen. Wir werden uns später noch genauer mit periodischen Vorgängen beschäftigen und beschränken uns hier auf die vorläufige Feststellung, daß ein Vorgang als periodisch bezeichnet wird, wenn sich für unser Empfinden die gleichen Zustände in der völlig gleichen Weise wiederholen. Geräte, die solche periodischen Vorgänge zur Zeitmessung verwenden, heißen *Uhren.* Im Laufe der Zeit sind die verschiedensten Arten von Uhren gebaut worden. Es seien hier nur die *Wasser-* und *Sanduhren* genannt, die im Altertum und Mittelalter weit verbreitet waren, die aber jetzt kaum noch verwendet werden. Heute benutzt man zur Zeitmessung die als *Schwingungen* bezeichneten periodischen Vorgänge. Dabei kann es sich um die Schwingungen von *Pendeln, Unruhen, Kristallen* oder *Atomen* handeln.

Ebenso wie die Längeneinheit mit Hilfe von Größen definiert wurde, die in der Natur vorkommen, so hat man sich auch schon sehr früh bemüht, in der Natur ablaufende periodische Vorgänge zu finden, die die

Grundlage für die Definition einer Zeiteinheit bilden können. Dabei haben die folgenden drei periodischen Vorgänge eine Rolle gespielt:

a) die Drehung der Erde um ihre Achse,
b) die Bewegung der Erde um die Sonne,
c) die Bewegung des Mondes um die Erde.

Früher hat man die durch die Achsendrehung der Erde gegebene Periodizität zur Festlegung der Zeiteinheit verwendet. Dann muß man sich darüber klarwerden, wie sich die Dauer einer einmaligen Umdrehung wirklich feststellen läßt. Dies wird dadurch möglich, daß die Drehung der Erde uns durch eine entgegengesetzt verlaufende scheinbare Drehung des Himmels sichtbar wird, wobei man sich entweder auf die *Fixsterne* oder auf die *Sonne* beziehen kann.

Wenn wir uns auf die *Fixsterne* beziehen, so wird die Dauer der Achsendrehung der Erde durch die Zeit zwischen zwei aufeinanderfolgenden Durchgängen eines Fixsternes durch den Meridian des gleichen Beobachtungsortes gemessen. Diese Zeiteinheit heißt ein *Sterntag*; die in dieser Einheit gemessene Zeit wird als *Sternzeit* bezeichnet. Der Sterntag wird nach dem Vorbild der Babylonier, die das Sexagesimalsystem eingeführt haben, in 24 Sternzeitstunden eingeteilt und jede Sternzeitstunde weiter in 60 Sternzeitminuten zu je 60 Sternzeitsekunden unterteilt; es ist also

$$1 \text{ Sterntag} = 24 \cdot 60 \cdot 60 \text{ Sternzeitsekunden} = 86\,400 \text{ Sternzeitsekunden}.$$

Die Sternzeit wurde in der Astronomie bis vor kurzem allen Beobachtungen zugrunde gelegt. Die Unveränderlichkeit des Sterntages ist aber an die Voraussetzung gebunden, daß die Achsendrehung der Erde völlig gleichmäßig vor sich geht. Die Erfahrung hat jedoch gezeigt, daß dies nicht der Fall ist. Es erwies sich deshalb als notwendig, die Definition der Zeiteinheit auch in der Astronomie anders vorzunehmen.

In der Physik, in der Technik und im Alltag wurde die Sternzeit nicht verwendet. Hier legte man vielmehr die *Sonne* als Bezugskörper zugrunde.

Die Zeit zwischen zwei aufeinanderfolgenden Durchgängen der Sonne durch den Meridian des gleichen Beobachtungsortes heißt wahrer Sonnentag.

Der wahre Sonnentag ist länger als der Sterntag, weil bei dem Sonnentag neben der Drehung der Erde um die eigene Achse noch die Fortbewegung auf ihrer Bahn eine Rolle spielt. Wenn man nämlich heute die im Meridian stehende Sonne (Abb. 21.1) von der Erde E_1 aus in der Richtung eines bestimmten Fixsternes sieht, so erscheint nach Verlauf eines Sterntages zwar der Fixstern G wieder im Meridian, aber nicht die Sonne; die Erde muß sich vielmehr bei E_2 noch um einen bestimmten Winkel α drehen, ehe die Sonne wieder im Meridian steht. Die Summe dieser Winkel beträgt für ein ganzes Jahr 360°; also beträgt der Winkel für einen Tag etwa 1°, was einer Zeitdifferenz von ungefähr 4 min entspricht.

Die Erfahrung zeigt, daß *die wahren Sonnentage untereinander nicht gleich lang* sind; deshalb können sie für die Festlegung einer Zeiteinheit nicht verwendet werden. Die schon lange bekannten Gründe für die Veränderlichkeit der wahren Sonnentage sind die Neigung der Ekliptik gegen den Äquator, die Abweichung der Erdbahn von der Kreisform und die Schwankungen in der Bewegung der Erdachse. Man hat früher geglaubt, die sich hieraus ergebenden Schwierigkeiten durch die Einführung des *mittleren Sonnentages* beseitigen zu können.

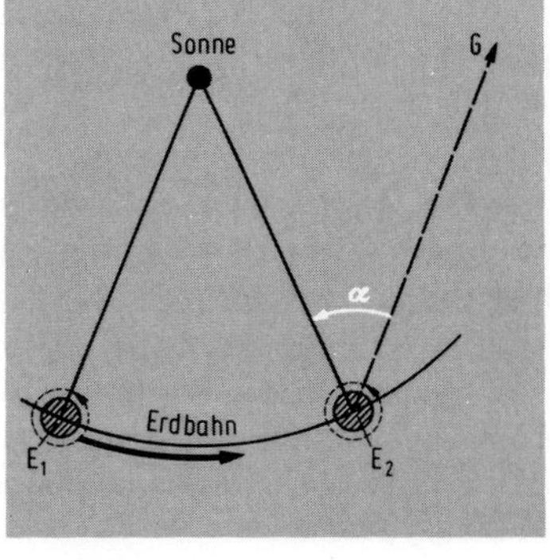

Abb. 21.1
Zum Unterschied zwischen Sterntag und Sonnentag
(Zeichnung nicht maßstäblich)

Unter einem mittleren Sonnentag versteht man das Jahresmittel der Zeitspannen zwischen allen aufeinanderfolgenden Kulminationen der Sonne im Laufe eines Jahres.

Dieser mittlere Sonnentag (d) ist die Grundlage der *Sonnenzeit* und der *bürgerlichen Zeitrechnung.* Er wird definitionsgemäß in 24 Stunden (h) oder 1440 Minuten (min) oder 86400 Sekunden (s) unterteilt:

$$1\,\mathrm{d} = 24\,\mathrm{h} = 24 \cdot 60\,\mathrm{min} = 1440\,\mathrm{min} = 1440 \cdot 60\,\mathrm{s} = 86400\,\mathrm{s}.$$

Die Differenz zwischen der wahren und der mittleren Sonnenzeit wird als die *Zeitgleichung* bezeichnet. Sie ist im Laufe des Jahres verschieden groß.

Genaue Messungen haben ergeben, daß auch der mittlere Sonnentag nicht konstant ist, weil die Erde ihre Rotationsgeschwindigkeit im Laufe der Zeit verändert. Unter den hierfür verantwortlichen Ursachen ist in erster Linie die Reibung zwischen der festen Erdkruste und dem Wasser bei der Gezeitenbewegung zu nennen; hinzu kommen innere Strömungen der flutenden Wassermassen. Hierdurch wird die Rotationsgeschwindigkeit der Erde ständig geringer, und damit werden *die mittleren Sonnentage laufend länger.* Der Effekt ist für den einzelnen Tag äußerst gering; da sich die Verlängerungen aber ständig summieren, ist jedes Jahrhundert um etwa 9,1 s länger als das vorhergehende. Wenn es sich also um große Zeitspannen handelt und man etwa die aus dem Altertum überlieferten Termine über Sonnenfinsternisse mit den gegenwärtigen Bewegungen von Sonne und Mond in Einklang bringen will, dann muß man die Zunahme der Tageslängen im Laufe der letzten 2000 Jahre berücksichtigen.

Es gibt ferner noch unregelmäßige Schwankungen in der Rotationsgeschwindigkeit der Erde, die man als *Fluktuationen* bezeichnet. Diese können durch Massenverlagerungen, wie sie im Erdinnern oder beim Entstehen und Vergehen von Gebirgen auftreten, oder durch die Verschiebung von Eismassen zustande kommen. Auch meteorologische Ursachen spielen bei manchen mit jahreszeitlicher Periode ablaufenden Schwankungen der Rotationsgeschwindigkeit der Erde eine Rolle; es sei hier nur an die Veränderungen in der Atmosphäre durch die Passatwinde erinnert.

Alle diese Vorgänge, vor allem aber die Verlangsamung der Rotationsgeschwindigkeit durch die Gezeitenreibung, machen die Achsendrehung der Erde als Grundlage eines unveränderlichen Zeitmaßstabes ungeeignet. Man war deshalb gezwungen, sich nach einer besseren Definition für die Zeiteinheit umzusehen. Das *Internationale Komitee für Maß und Gewicht* hat deshalb 1956 beschlossen, die durch den Umlauf der Erde um die Sonne gegebene Periodizität für die Zeitmessung zu benutzen und die Zeiteinheit Sekunde als ganz bestimmten Bruchteil des durch den Erdumlauf entstehenden Jahres zu definieren. Aber auch diese Definition wies gewisse Mängel auf, weil auch die Umlaufzeit der Erde um die Sonne nicht völlig konstant ist. Obwohl die Änderung recht gleichmäßig erfolgt und in 1000 Jahren nur rund 5,3 s beträgt, sind in neuerer Zeit Bemühungen unternommen worden, die Zeiteinheit auf eine ganz andere, von der Bewegung der Himmelskörper unabhängige Weise zu definieren. Dabei wurde besonderer Wert darauf gelegt, daß das Zeitmaß von äußeren Einflüssen unabhängig, jederzeit realisierbar und hohen Genauigkeitsanforderungen angepaßt sein muß. Als ein in der Natur vorgegebenes Zeitmaß, das den genannten Forderungen genügt, bieten sich die *Eigenschwingungszeiten* ungestört schwingender Atome oder Moleküle an.

Im Anschluß an einen Vorschlag, den die *13. Generalkonferenz für Maß und Gewicht* im Jahre 1967 gemacht hat, wird die Einheit für die physikalische Grundgröße Zeit jetzt in der Bundesrepublik Deutschland in dem *Gesetz über Einheiten im Meßwesen* folgendermaßen definiert:

Die Basiseinheit 1 Sekunde ist das 9192631770fache der Periodendauer der dem Übergang zwischen den beiden Hyperfeinstrukturniveaus des Grundzustandes von Atomen des Nuklids ^{133}Cs entsprechenden Strahlung.

Auf den physikalischen Inhalt dieser Definition wird später noch näher eingegangen. Vorläufig genügt die Feststellung, daß sich durch die neue Definition der Zeiteinheit an den Zeitmessungen des Alltags und den meisten wissenschaftlichen Zeitmessungen nichts ändert. Die Definition wurde nur für Messungen von höchster Präzision geschaffen.

Aus der Basiseinheit 1 Sekunde können mit Hilfe der früher (S. 11) erwähnten Vorsätze dezimale Vielfache und Teile gebildet werden.

Beispiele

$1\,\mathrm{Ms} = 10^6\,\mathrm{s}$, $1\,\mathrm{ks} = 10^3\,\mathrm{s}$, $1\,\mathrm{ms} = 10^{-3}\,\mathrm{s}$, $1\,\mu\mathrm{s} = 10^{-6}\,\mathrm{s}$.

Daneben sind aber auch die oben genannten, nicht nach dem Dezimalsystem gebildeten Zeiteinheiten

$$1\,\mathrm{d} = 24\,\mathrm{h} = 1440\,\mathrm{min} = 86\,400\,\mathrm{s},$$
$$1\,\mathrm{h} = 60\,\mathrm{min} = 3600\,\mathrm{s},$$
$$1\,\mathrm{min} = 60\,\mathrm{s}$$

als gesetzliche Einheiten zulässig. Bei diesen zuletzt genannten Einheiten dürfen die Vorsätze für dezimale Vielfache und Teile jedoch nicht verwendet werden.

Beispiele Unzulässig sind 1 kh, 1 Mmin usw.

Nachdem die Einheiten für die Zeitmessung festgelegt sind, muß nun noch eine Vereinbarung über das *Meßverfahren* erfolgen.

Die Ausführung von Zeitmessungen geschieht mit Hilfe von *Uhren*. Es wurde schon darauf hingewiesen, daß die Grundlage jeder Zeitmessung *periodische Vorgänge* sind. Je nach der Art des zugrunde liegenden periodischen Vorganges unterscheidet man *Pendeluhren*, *Unruhuhren*, *Quarzuhren* und *Atomuhren*. Darüber hinaus sind für besondere Zeitmessungen noch Spezialuhren konstruiert worden. Auf technische Einzelheiten über den Bau der Uhren kann nicht eingegangen werden. Es interessieren hier nur die physikalisch wesentlichen Grundlagen. In dieser Hinsicht besteht jede Uhr aus drei Hauptteilen:

a) Sie hat eine *Schwingvorrichtung*, deren Periode das eigentliche Zeitmaß liefert. Im allgemeinen hat diese die Form eines Pendels oder einer Unruh, d.h., es werden *Pendelschwingungen* oder *elastische Schwingungen* zur Zeitmessung benutzt. Bei den Quarzuhren handelt es sich um schwingende Quarzkristalle und bei den Atomuhren um Schwingungsvorgänge innerhalb der Atome.

b) Es muß eine *Energiequelle* vorhanden sein, die den Zweck hat, das Abklingen des Schwingungsvorganges zu verhindern. Die erforderliche Energie kann der potentiellen Energie eines gehobenen Gewichtes oder einer gespannten Feder entnommen oder als elektrische Energie zugeführt werden.

c) Es bedarf schließlich einer Vorrichtung, die die Energiezufuhr in einer Weise zu regeln gestattet, daß der Schwingungsvorgang nicht gestört wird. Dazu muß die Energie zu ganz bestimmten, durch das schwingende Objekt selbst festgelegten Zeitpunkten zugeführt werden. Man bezeichnet dieses Prinzip, das auch bei anderen Schwingungsvorgängen eine Rolle spielt, als *Rückkopplung*. Sie begegnet uns zuerst bei den von CHR. HUYGENS (1629–1695) konstruierten Uhren.

Wir beschäftigen uns nun mit einigen *Zeitmeßgeräten*, die im Unterricht oder im täglichen Leben Verwendung finden:

a) Das von HUYGENS zuerst benutzte *Sekundenpendel* ist ein Pendel, das für eine halbe Schwingung, d.h. einen Hin- oder Hergang, gerade 1 s benötigt, dessen Schwingungsdauer also 2 s beträgt. Es hat eine Pendellänge von rund 99,4 cm (vgl. S. 201).

Das Sekundenpendel kann zur Zählung von Sekunden dienen.

b) Bei der *Pendeluhr* schwingt ebenfalls ein hängendes Pendel. Die Pendeluhren sind im Laufe der Zeit zu sehr großer Vollkommenheit entwickelt worden und befinden sich nicht nur im täglichen Leben, sondern auch in vielen wissenschaftlichen Instituten, vor allem in Sternwarten, in Gebrauch.

Diese *Präzisionspendeluhren* haben *mittlere Gangschwankungen von einigen Millisekunden je Tag* und etwas größere langfristige Gangänderungen. Wenn man also mit zwei oder mehreren Uhren dieser Art Zeitmessungen durchführt, so ergeben sich für Zeitspannen von 1000 Tagen Unterschiede von einigen Sekunden.

c) Die *Taschenuhr* ist eines der verbreitetsten physikalischen Meßgeräte. Bevor man in der Jugend lernt, Längen oder andere Größen zu messen, häufig sogar bevor man Lesen und Schreiben lernt, kann man die Uhr ablesen. Die Taschenuhren, Armbanduhren und andere Kleinuhren werden statt durch ein Pendel durch eine *Unruh* gesteuert. Diese besteht aus einer mit einem Schwungrad versehenen Spiralfeder und führt elastische Drehschwingungen aus. Bei der

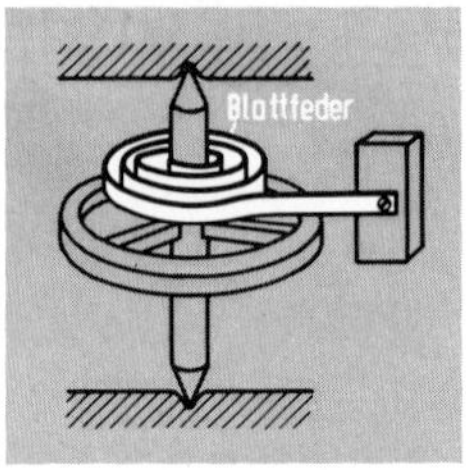

Abb. 24.1
Schwungrad und Spiralfeder bilden die Unruh einer Uhr.

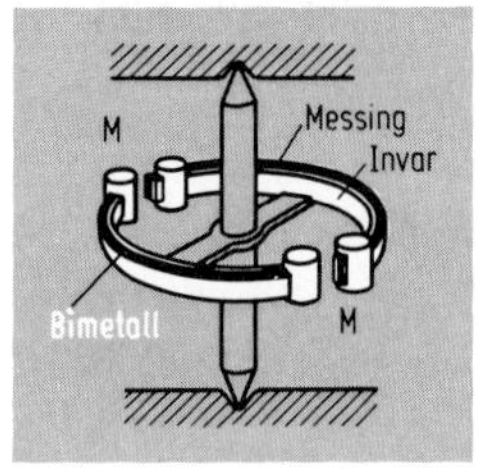

Abb. 24.2
Kompensationsunruhen aus Bimetall haben eine von der Temperatur unabhängige Schwingungsdauer

in Abb. 24.1 dargestellten Bauart der Unruh ist die Schwingungsdauer aber stark von der Temperatur abhängig. Deshalb baut man bei guten Uhren Kompensationsunruhen (Abb. 24.2). Die Massen M sind dabei auf Bimetallstreifen (z.B. Messing und Invar) befestigt, so daß sie bei höheren Temperaturen näher zu der Drehachse hin verlagert werden. Die Massen sind auf den Trägern verschiebbar und können so einreguliert werden, daß die Schwingungsdauer trotz der temperaturbedingten Änderungen des Schwungrades und der elastischen Federkraft konstant bleibt.

Die Unruh einer normalen Taschenuhr braucht für eine halbe Schwingung im allgemeinen $\frac{1}{5}$ s. In diesen Zeitintervallen „tickt" dann die Uhr. Unter Berücksichtigung dieser Tatsache kann man mit Taschenuhren Zeiten von $\frac{1}{5}$ s abzählen.

Bei Unruhuhren mit Temperaturkompensation muß mit mittleren Gangschwankungen von 4 s je Tag gerechnet werden. Ohne Temperaturkompensation treten mittlere Gangschwankungen von 60 s je Tag auf.

d) Die *Quarzuhren* enthalten einen Quarzkristall, der elektrisch zu Schwingungen angeregt wird. Bei den Großuhren schwingt der Quarz mit $2^{22} = 4194304$ Schwingungen je Sekunde, bei Armbanduhren mit $2^{15} = 32768$ Schwingungen je Sekunde. Durch sog. integrierte Schaltkreise werden diese Schwingungen in eine Anzeige von Sekunden, Minuten, Stunden und Datum übersetzt.

Quarz-Armbanduhren haben nur noch eine Gangabweichung von maximal 5 s je Monat.

e) Bei den *Atomuhren* werden atomare Schwingungen innerhalb der Moleküle oder Schwingungsvorgänge innerhalb der Atome zur Zeitmessung verwendet. Die Atomuhren sind die genauesten Zeitmesser, die der Mensch bis heute konstruieren konnte. Eine der drei genauesten Atomuhren der Welt, das sog. *Cäsium-Normal CS 1*, befindet sich in der *Physikalisch-Technischen Bundesanstalt* in Braunschweig.

Das Cäsium-Normal CS 1 besitzt eine relative Ungenauigkeit von nur $1{,}0 \cdot 10^{-13}$, *d.h. bei einer Zeitspanne von* 10^{13} *s ist mit einer Gangschwankung von 1 s zu rechnen.*

Die *eigentliche Zeitmessung* besteht wie jede Messung in einem *Vergleich* der zu messenden Größe mit einer Einheit und verlangt mindestens zwei Ablesungen. Die erste Ablesung der Zeigerstellung fällt mit dem Beginn und die zweite mit dem Ende der zu messenden Zeitspanne zusammen. Auf dem Zifferblatt der Uhr läßt sich dann die zwischen beiden Ablesungen verstrichene Zeit feststellen.

Die Feststellung zeitlicher Koinzidenzen wird leicht durch die sog. *persönliche Gleichung* beeinflußt.

Versuch 24.1 Bei einer guten Stoppuhr wird ein schmaler Sektor durch Papier abgedeckt. Versuchen Sie wiederholt, sofort zu stoppen, wenn der Zeiger sichtbar wird!

Bei diesem Versuch zeigt sich, daß der Zeiger durchweg ein Stück weiter als beabsichtigt läuft, weil der optische Sinnesreiz die Muskelbewegung erst über eine Reizleitung auslöst, was bei den verschiedenen Menschen verschiedene Zeit erfordert und als *persönliche Gleichung* bezeichnet wird. Jede durch direkte menschliche Beobachtung durchgeführte Zeitmessung erhält auf diese Weise eine gewisse Unsicherheit. Allerdings fällt bei der Feststellung von Zeitintervallen nicht zu geringer Dauer die persönliche Gleichung einigermaßen wieder heraus, wenn am Anfang und am Ende des Intervalls mit dem gleichen Sinnesorgan beobachtet wird. Deshalb sollte hierauf bei genauen Zeitmessungen geachtet werden. Dies geschieht keineswegs immer, so z.B. nicht, wenn beim 100-m-Lauf die Zeit zwischen dem akustisch wahrgenommenen Startschuß und dem optisch festgestellten Zieldurchgang gestoppt wird.

Wenn zeitliche Koinzidenzen mit besonders großer Genauigkeit festgestellt werden sollen, dann ist die direkte menschliche Beobachtung nicht mehr ausreichend. Es müssen dann objektive Methoden verwendet werden.

Die Feststellung zeitlicher Koinzidenzen kann unter Ausschaltung der persönlichen Gleichung durch objektive Meßmethoden mit sehr großer Genauigkeit verwirklicht werden. Dagegen treten auch bei der Zeitmessung grundsätzliche Schwierigkeiten auf, die von der gleichen Art wie bei der Längenmessung sind.

In diesem Zusammenhang soll nur auf eine Erkenntnis der Relativitätstheorie hingewiesen werden, die der bei den Längenmaßstäben getroffenen Feststellung analog ist. Es hat sich nämlich gezeigt, daß der Gang einer Uhr von der Geschwindigkeit, mit der sie bewegt wird, abhängt. Merkliche Gangveränderungen treten aber erst bei sehr hohen Geschwindigkeiten auf, so daß die Bewegungen, an denen jede Uhr durch die Erdrotation, die Bewegung der Erde um die Sonne und durch die übrigen kosmischen Bewegungen teilnimmt, nur Veränderungen im Uhrengang hervorrufen, die unterhalb der bisher erreichten Meßgenauigkeit liegen. *Praktisch* können wir also im täglichen Leben, in der Technik und im allgemeinen auch in der Physik die Zeitmessung so ausführen, als ob die Präzisionsuhren einen unveränderlichen Zeitmaßstab darstellten. Solange es sich um zeitliche Größenordnungen und um Geschwindigkeiten handelt, wie sie bei den unmittelbar beobachtbaren Naturvorgängen im allgemeinen vorliegen, und solange die Genauigkeitsforderungen nicht in extremer Weise gesteigert werden, treten bei der besprochenen Zeitmessung keine Schwierigkeiten auf. Dies ändert aber nichts daran, daß *grundsätzlich* auch bei der Zeitmessung Schwierigkeiten vorliegen, die große Ähnlichkeit mit den bei der Längenmessung besprochenen Problemen haben und die nicht mehr unbeachtet bleiben können, wenn wir das gewohnte Gebiet der mittleren Größenordnungen, in dem wir leben, verlassen. An späterer Stelle wird auf einige dieser Schwierigkeiten noch näher eingegangen.

Ebenso wie die Längen erstrecken sich auch die in der Physik und ihren Nachbargebieten auftretenden Zeiten über einen weiten, in seiner ganzen Ausdehnung schwer übersehbaren Bereich. Wir stellen auch hier wieder einige Angaben zusammen, die zur allgemeinen Orientierung über zeitliche Größen dienen können. Die Zahlen sind stark abgerundet und sollen nur eine Vorstellung von der *Größenordnung* vermitteln.

Größenordnungen der Zeiten im Kosmos

Alter der Welt	10^{17} s	Laufzeit des Lichtes Sonne – Erde	$5{,}0 \cdot 10^{2}$ s
Beginn der Eiszeit vor	10^{13} s	Pulsschlag des Menschen	$0{,}8 \cdot 10^{0}$ s
Beginn des Jungpaläolithikums vor	10^{12} s	Schließen der Augen (Augenblick)	10^{-1} s
Kretische Kultur vor	10^{11} s	Explosionsdauer von 1 kg Schießpulver	10^{-2} s
MITTLERE LEBENSDAUER DES MENSCHEN	$2 \cdot 10^{9}$ s	Dauer eines Blitzes	10^{-4} s
Dauer eines Jahres	$3{,}2 \cdot 10^{7}$ s	Dauer eines Funkens	10^{-5} s
Dauer des Tages	$0{,}9 \cdot 10^{5}$ s	Dauer einer Hochfrequenzschwingung	10^{-6} s

2.1.6 Die Bedeutung und die Grenzen der Präzisionsmessungen

Die mit der Messung der physikalischen Grundgrößen Länge und Zeit zusammenhängenden Fragen sind hier so ausführlich behandelt worden, weil Präzisionsmessungen eine unentbehrliche Grundlage der naturwissenschaftlichen Forschung und des technischen Fortschrittes sind. Die Technik verlangt heute von vielen Apparaten und Maschinen eine dem Laien kaum vorstellbare Präzision. Hiervon können große Geldsummen und selbst Menschenleben abhängen. Am bedeutungsvollsten sind jedoch die Präzisionsmessungen für die wissenschaftliche Forschung. Messen bedeutet hier Fortschritt der Erkenntnis, und zahlreiche Entdeckungen sind dadurch gemacht worden, daß man die Genauigkeit der Messungen um eine oder mehrere Dezimalen zu steigern vermochte. Auch heute noch steht der Kampf um die Dezimale mit im Mittelpunkt der wissenschaftlichen Forschung und der technischen Entwicklung; es werden ungeheure Anstrengungen gemacht und komplizierteste Apparate geschaffen, um physikalische Größen mit immer steigender Genauigkeit zu bestimmen. Wenn es auch im Physikunterricht nicht möglich ist, die durchweg sehr teuren Präzisionsgeräte zu verwenden, so ist es auf der anderen Seite doch möglich, die mit jeder hohen Meßgenauigkeit verbundenen Schwierigkeiten zu erkennen und die zu ihrer Überwindung eingeschlagenen Wege zu verstehen. Dies ist für die Messung der Grundgrößen besonders wichtig, weil sich die Messung der übrigen physikalischen Größen hierauf aufbaut.

Es wurde schon angedeutet, daß die Probleme des Messens nicht nur praktische Bedeutung haben, sondern daß sie auch an grundlegende und entscheidende Fragestellungen der Physik heranführen, so daß erst die Klärung der Grundfragen des Messens das Verständnis für eine ganze Reihe wichtiger physikalischer Entdeckungen ermöglicht. Es ist noch nicht lange her, daß in der Physik die Bedeutung der Grundgrößen Länge und Zeit mit ihren Auswirkungen auf die Gültigkeit wesentlicher physikalischer Begriffe und Gesetze unterschätzt wurde. Während man es z.B. als selbstverständlich ansah, daß für die verschiedenen Aggregatzustände eines Körpers verschiedene physikalische Gesetze gelten, hielt man die räumliche Ausdehnung eines Objektes für eine so unwesentliche Eigenschaft, daß man ohne weiteres glaubte, das Gesamtverhalten und die geltenden physikalischen Gesetze blieben auch dann unverändert, wenn man die Längen um mehrere Größenordnungen verändert. Aus dieser Einstellung heraus übertrug man z. B. die für den Größenbereich des menschlichen Körpers geltenden Naturgesetze ohne weiteres auf die Welt der Atome und die Welt des Kosmos, bis man feststellen mußte, daß dies zu Unzuträglichkeiten und Widersprüchen führte. Was hier für die räumliche Ausdehnung gesagt wurde, gilt in gleicher Weise auch für die Dauer eines Vorganges. Man erleichtert sich das Verständnis für viele Erkenntnisse der modernen Physik, wenn man immer daran denkt, daß die räumliche Ausdehnung eines Gegenstandes und die zeitliche Dauer eines Vorganges ganz wesentliche Eigenschaften sind und daß die physikalische Erfahrung inzwischen eindeutig gezeigt hat, daß jeder Größenbereich seine eigenen physikalischen Gesetze hat.

Abschließend soll noch auf eine weitere mit dem Meßvorgang zusammenhängende grundsätzliche Frage hingewiesen werden. Es wurde schon betont, daß ein großer Teil der heutigen physikalischen Arbeit immer noch auf die Ersinnung neuer Meßverfahren und eine Steigerung der Meßgenauigkeit gerichtet ist. Es taucht damit von selbst die Frage auf, ob diese Genauigkeitssteigerung unbegrenzt fortgesetzt werden kann oder ob es Schranken gibt, die nicht nur nach dem heutigen Entwicklungsstand, sondern *grundsätzlich* unüberschreitbar sind. Die Erkenntnisse der modernen Physik sprechen für das Vorhandensein einer solchen grundsätzlichen Meßgrenze, für die W. Heisenberg (geb. 1901) einen mathematischen Ausdruck gefunden hat. Damit weiten sich aber die *meßtechnischen Aufgaben zu erkenntnistheoretischen Problemen* aus, indem wir zwangsläufig zu der Frage geführt werden, ob alles das, was jenseits der Meßgrenzen liegt, sich einer physikalischen Erfassung für immer verschließt. Die hiermit zusammenhängenden naturphilosophischen Fragen können an dieser Stelle natürlich noch nicht besprochen werden; sie sollen aber als Probleme, auf die später zurückzukommen ist, bereits erwähnt werden.

Um die Verwendung der eingeführten Einheiten zu festigen, sollte anhand einiger Aufgaben die Berechnung von Längen, Flächen, Volumina, Winkel und Zeiten geübt werden.

Beispiele

1. Aus einer gewissen Menge Platin mit dem Volumen $V = 1{,}00\ \text{cm}^3$ soll eine dünne Folie mit der Dicke $d = 0{,}500\ \mu\text{m}$ hergestellt werden. Wie groß ist die Fläche A, die mit der Folie bedeckt werden kann?

Es gilt

$$V = A\,d \quad \text{oder} \quad A = \frac{V}{d} = \frac{1{,}00\ \text{cm}^3}{0{,}500\ \mu\text{m}} = \frac{10^{-6}\ \text{m}^3}{0{,}500 \cdot 10^{-6}\ \text{m}} = 2{,}00\ \text{m}^2.$$

2. Ein Regenmesser hat den in der nebenstehenden Abbildung dargestellten Bau. Der obere Durchmesser des Trichters soll $D = 20{,}0$ cm betragen. Der Durchmesser des Meßzylinders ist $d = 4{,}0$ cm. Nach einem kräftigen Regen wird in dem Zylinder die Wasserhöhe $h = 12{,}0$ cm gemessen. Wie groß ist dann die Niederschlagshöhe?

Wenn man die Niederschlagshöhe mit x bezeichnet, so gilt

$$V = \frac{\pi d^2 h}{4} = \frac{\pi D^2 x}{4}$$

oder

$$x = \frac{d^2 h}{D^2} = \frac{16{,}0\ \text{cm}^2 \cdot 12{,}0\ \text{cm}}{400\ \text{cm}^2} = 4{,}8\ \text{mm}.$$

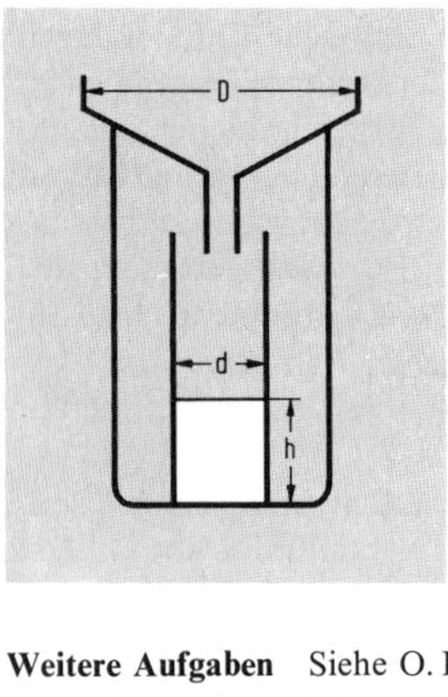

Abb. 26.1
Schematische Darstellung eines Regenmessers

Weitere Aufgaben Siehe O. Höfling, Physik-Aufgaben II/1.

2.2 Die Kinematik der Massenpunkte

2.2.1 Die Bezugssysteme

Bei der Untersuchung der Bewegungen zeigt sich, daß die hierüber im Alltag existierenden Vorstellungen nicht ohne weiteres in die Physik übernommen werden können. So ist jeder Mensch davon überzeugt, durch unmittelbare Anschauung entscheiden zu können, ob ein Körper sich bewegt oder nicht. Es wird in der Tat kaum unterschiedliche Auffassungen darüber geben, ob ein Auto auf einer Landstraße fährt oder still steht. Bei genauerer Betrachtung zeigt sich aber, daß die Beurteilung dieser Sachlage keineswegs so einfach ist wie dies zunächst den Anschein hat. Wenn man den genannten Vorgang etwa von der Sonne betrachten könnte, so würde sich ergeben, daß das auf der Landstraße ruhende Auto sich zusammen mit der Erde um die Sonne bewegt, daß es sich bei dieser Betrachtungsweise also keineswegs in Ruhe befindet. Ähnliche Feststellungen muß man bei vielen anderen Gelegenheiten machen. Es ist dabei keineswegs notwendig, sich auf die Sonne zu begeben. So stellt ein in einem fahrenden Zuge sitzender Beobachter fest, daß ein neben ihm im Gang stehender Koffer sich in Ruhe befindet, denn er ändert seine Lage in bezug auf den Beobachter nicht. Für einen auf dem Bahnsteig stehenden Beobachter ist der Koffer dagegen in Bewegung. Bei der Betrachtung von verschiedenen Standpunkten aus kann der gleiche Körper also einmal in Ruhe und das andere Mal in Bewegung sein. Wir stellen deshalb fest:

Die physikalischen Begriffe Ruhe und Bewegung haben nur einen eindeutigen Sinn, wenn das Bezugssystem angegeben wird, auf das die Aussage bezogen werden soll.

Als Bezugssystem wählt man bei der physikalischen Beschreibung von Bewegungen ein *Koordinatensystem.* Es wird sich später noch zeigen, daß dieses Koordinatensystem grundsätzlich willkürlich gewählt werden kann, weil kein ausgezeichnetes, absolutes Koordinatensystem existiert. Die Wahl wird ausschließlich von Zweckmäßigkeitsgesichtspunkten bestimmt, indem man ein Koordinatensystem verwendet, in dem die Beschreibung der Bewegung möglichst einfach ist. Zur vollständigen Beschreibung der Bewegung gehört jedoch immer, daß gleichzeitig angegeben wird, welches Bezugssystem zugrundegelegt wird. Im allgemeinen gilt folgendes:

Sofern nicht ausdrücklich etwas anderes gesagt wird, werden die Bewegungen stets auf ein mit der Erde fest verbundenes Bezugssystem bezogen.

Eine wichtige Rolle spielen bei der Beschreibung von Bewegungen die *Inertialsysteme*, weil sie sich in den meisten Fällen als besonders einfach und praktisch erweisen. Obwohl an dieser Stelle noch nicht erklärt werden kann, was man in der Physik unter einem Inertialsystem versteht, soll schon jetzt darauf hingewiesen werden, daß ein mit der Erde fest verbundenes Bezugssystem für die meisten Bewegungen sich nicht merklich von einem solchen Inertialsystem unterscheidet.

Um die Beschreibung der Bewegungsvorgänge zu vereinfachen, beschränken wir uns zunächst auf die Untersuchung der *Bewegung von Punkten.* Die Lage eines Punktes P kann in einem rechtwinkligen Koordinatensystem durch die Angabe seiner drei Ortskoordinaten x, y, z oder durch den Ortsvektor $\vec{r}$ beschrieben werden, der von dem Koordinatenanfangspunkt O zum Punkte P weist (Abb. 27.1). Um die Bewegung des Punktes P zu beschreiben, werden die Ortskoordinaten oder der Ortsvektor als Funktion der Zeit t angegeben. Man erhält dann Gleichungen der Form:

$$x = x(t), \quad y = y(t), \quad z = z(t) \quad \text{bzw.} \quad \vec{r} = \vec{r}(t).$$

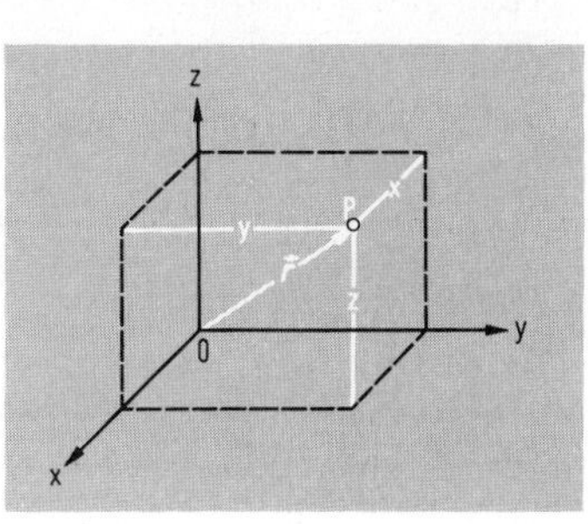

Abb. 27.1
Die Darstellung eines Punktes P
in einem rechtwinkligen Koordinatensystem

Diese Gleichungen geben zu jeder beliebigen Zeit t die Lage des Punktes P an, sie stellen also die von dem Punkte P durchlaufene Bahn dar.

Wir werden uns im folgenden im allgemeinen auf ebene Bewegungen beschränken, so daß die *Bewegungsgleichungen* dann die vereinfachte Form

$$x=x(t), \quad y=y(t) \quad \text{bzw.} \quad \vec{r}=\vec{r}(t)$$

annehmen.

Vielfach erweist es sich als zweckmäßig, für die Beschreibung von Bewegungsvorgängen eine andere mathematische Darstellungsform zu wählen. Man gibt dann den zurückgelegten Weg s als Funktion der erforderlichen Zeit t an und erhält eine Gleichung von der Form

$$s=s(t).$$

Diese Gleichung bezeichnet man als das *Weg-Zeit-Gesetz* der Bewegung.

Natürlich kann man das Weg-Zeit-Gesetz auch in einem Koordinatensystem grafisch darstellen. Es ist dabei üblich, auf der horizontalen Achse oder der t-Achse die Zeit und auf der vertikalen Achse oder der s-Achse den Weg aufzutragen. Die sich ergebende Kurve heißt das *Weg-Zeit-Diagramm* der Bewegung.

Wir werden die verschiedenen Möglichkeiten zur mathematischen Beschreibung von Bewegungen sowie zu ihrer zeichnerischen Darstellung später noch anhand einer Reihe von Beispielen näher kennenlernen. Dabei wird sich auch zeigen, daß es gelegentlich zweckmäßig ist, das Bezugssystem im Laufe einer Untersuchung zu wechseln. Dies wird dann aber in jedem Falle besonders hervorgehoben, weil durch Unklarheiten über das Bezugssystem leicht Fehlschlüsse und Verwirrung entstehen können.

Es ist in der Physik üblich, bei den Koordinatensystemen *Rechtssysteme* und *Linkssysteme* zu unterscheiden. Beide Arten von Systemen sind in Abb. 28.1 dargestellt. Sie können in folgender Weise charakterisiert werden:

Ein *Rechtssystem* (R-System) liegt vor, wenn bei einer Drehung des Koordinatensystems um die z-Achse, bei der die x-Achse auf kürzestem Wege in die y-Achse übergeht, die z-Achse in die Fortbewegungsrichtung einer *Rechtsschraube* zeigt.

Ein *Linkssystem* (L-System) liegt vor, wenn bei einer Drehung des Koordinatensystems um die z-Achse, bei der die x-Achse auf kürzestem Wege in die y-Achse übergeht, die z-Achse in die Fortbewegungsrichtung einer *Linksschraube* zeigt.

Man erkennt leicht, daß für die beiden Arten von Koordinatensystemen der folgende Satz, der sich später noch als wichtig erweisen wird, gilt:

Bei einer Spiegelung geht ein Rechtssystem in Linkssystem über und umgekehrt.

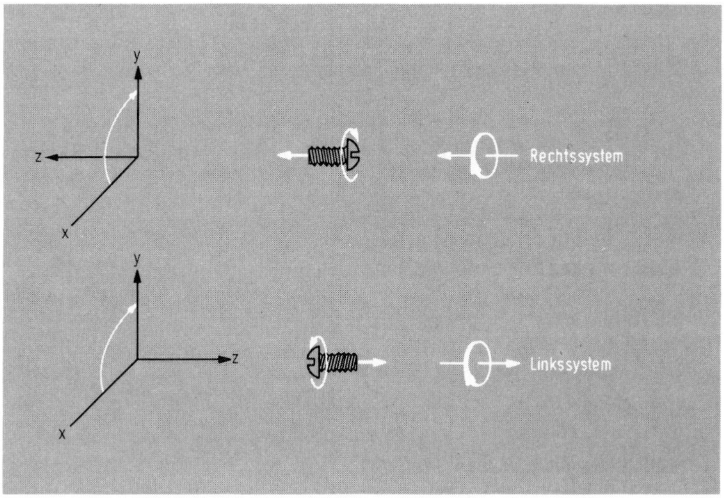

Abb. 28.1
Bei den Koordinatensystemen unterscheidet man Rechtssysteme und Linkssysteme

2.2.2 Das Modell des Massenpunktes

Die Beschreibung der von einem materiellen Körper ausgeführten Bewegungen ist im allgemeinen eine schwierige Aufgabe. Ein solcher Körper kann sich nämlich nicht nur als Ganzes durch den Raum bewegen, sondern er kann gleichzeitig noch mehr oder weniger komplizierte Drehbewegungen ausführen, er kann dabei Formveränderungen erfahren oder seine Teile können Schwingungen gegeneinander ausführen. Bisweilen ist die eine, bisweilen die andere Art der Bewegungen in erster Linie von Interesse. So interessiert bei einem Geschoß vorwiegend die fortschreitende Bewegung des Geschoßkörpers durch den Raum, während seine Drehbewegung um die Symmetrieachse des Geschosses von geringerem Interesse ist. Dagegen ist bei einem Rade meist die Drehbewegung am wichtigsten. Schließlich geht es bei einem Lautsprecher fast ausschließlich um die Schwingungen seiner Membran, wobei es unerheblich ist, ob sich diese Membran mit einem Lautsprecherwagen mehr oder weniger schnell durch die Straßen bewegt.

Wenn wir uns nur für die fortschreitende Bewegung eines Körpers interessieren, wenn also gleichzeitig ausgeführte Drehungen oder Schwingungen unbeachtet bleiben sollen, und wenn der Körper außerdem Entfernungen zurücklegt, die gegenüber seiner eigenen Ausdehnung groß sind, so kann man sich zur Vereinfachung der Untersuchungen den Körper durch einen *Massenpunkt* ersetzt denken.

Massenpunkte sind insofern Punkte im Sinne der Mathematik, als wir ihnen keine Ausdehnung zuschreiben; sie unterscheiden sich aber von diesen dadurch, daß in ihnen die Masse der durch sie beschriebenen physikalischen Objekte (Körper, Moleküle, Atome) vereinigt gedacht wird.

Es sei ausdrücklich betont, daß es Massenpunkte in der realen Welt nicht gibt, sondern daß es sich bei dieser Begriffsbildung um eine *Idealisierung* handelt, die die Eigenschaften der wirklichen Körper bewußt nur teilweise wiedergibt. Es handelt sich im Gegenteil bei der Vernachlässigung der Ausdehnung sogar um eine recht grundsätzliche Abweichung von der Wirklichkeit, da in der Ausdehnung eine fundamentale Eigenschaft der Materie zu sehen ist. Es ist deshalb auch nicht verwunderlich, daß man mit dem Begriff des Massenpunktes gelegentlich in ernste Schwierigkeiten geraten kann, die sich besonders in der Atomphysik zeigen.

Mit der Einführung solcher Idealisierungen begegnen wir zum ersten Male einem für die Erkenntnisgewinnung der Physik entscheidenden Verfahren, über das wegen seiner grundsätzlichen Bedeutung schon an dieser Stelle einige Bemerkungen gemacht werden sollen. Die wirkliche Welt ist zu vielfältig und kompliziert, um mit den Methoden des Physikers erfaßt werden zu können. Deshalb beziehen sich die physikalischen Gesetze und Theorien auch nicht auf die Wirklichkeit selbst, sondern auf eine idealisierte Welt, die einfacher als die wirkliche ist und die wir kurz als *physikalisches Modell* der Wirklichkeit bezeichnen. Wir konstruieren es, indem wir von solchen Eigenschaften der wirklichen Gegenstände und Vorgänge absehen, die gerade nicht interessieren. Wir machen uns dies an einem Beispiel klar:

Im Physikunterricht der Sekundarstufe I (Band I, Abb. 123.1) haben wir versucht, eine anschauliche Vorstellung vom Aufbau des *Planetensystems* zu gewinnen, indem wir uns die Abstände der Planeten von der Sonne in einem bestimmten Verhältnis verkleinert vorgestellt haben. Diese Darstellung war im Gegensatz zur Wirklichkeit anschaulich gut übersehbar. Wenn man aber in dem gleichen Modell auch noch die Größe der Sonne und der Planeten darstellen wollte, dann würde diese bei einer ganzen Reihe von Planeten die Grenze der mikroskopischen Sichtbarkeit unterschreiten. Die angegebene Darstellung ist also im Hinblick auf die Größe der Planeten keineswegs anschaulich; um diese anschaulich darzustellen, müßte man einen anderen Maßstab wählen, bei dem dann aber die Abstände der Planeten keineswegs mehr anschaulich übersehbar wären. Wir werden also hier schon auf die wichtige Erkenntnis geführt, daß es nicht möglich ist, in einem einzigen Modell unser Planetensystem in bezug auf Entfernungen *und* Größen anschaulich darzustellen, sondern daß hierzu zwei Modelle erforderlich sind.

Ein weiteres einfaches Beispiel ist der *Globus* als Modell der Erde. Wie im vorigen Falle beruht auch hier die Unübersichtlichkeit des Gegenstandes auf seiner Größe, und die Modellherstellung wird im wesentlichen durch eine sehr weitgehende Verkleinerung erreicht. Das so gewonnene Globusmodell vermittelt uns aber wieder nur eine anschauliche Vorstellung ganz bestimmter Verhältnisse der Erde, etwa der geografischen Lage verschiedener Orte. Für andere Vorstellungen, z.B. die vom Aufbau des Erdinnern, ist der Globus völlig wertlos. Hier müßte man andere Modelle verwenden.

Fassen wir das Ergebnis der bisherigen Betrachtungen zusammen, so müssen wir feststellen:

Jedes Modell ist unter einem ganz bestimmten Gesichtspunkt konstruiert und vereinfacht den zu veranschaulichenden Gegenstand jeweils in besonderer Weise. In den meisten Fällen wird es nicht möglich sein, ein physikalisches Objekt vollständig durch ein einziges Modell anschaulich zu beschreiben, sondern man wird zwei oder mehrere Modelle nebeneinander benutzen müssen, um alle Seiten des Objektes zu erfassen.

Aber nicht nur fertige Objekte, wie sie in den bisherigen Beispielen auftraten, lassen sich durch Modelle veranschaulichen, sondern es werden auch für unübersichtliche, in Raum und Zeit veränderliche *Vorgänge* in der Physik sehr vorteilhaft Modelle benutzt. Ein naheliegendes Beispiel hierfür bildet das *Planetarium*, das die schwer vorstellbaren Bewegungen der Himmelskörper in außerordentlich anschaulicher Weise demonstriert.

Es ist für die Benutzung solcher Modelle aber gar nicht entscheidend, daß sie wirklich hergestellt werden können, sondern es genügt vollkommen, wenn sie so übersichtlich sind, daß man sich ihr Funktionieren leicht vorstellen kann. Derartige Modell*vorstellungen* haben sich auf allen Gebieten der Physik als außerordentlich fruchtbar erwiesen. Man muß sich aber stets den Sinn und die Bedeutung einer solchen physikalischen Modellvorstellung vor Augen halten, weil sonst – wie die Geschichte der Physik gezeigt hat – leicht eine Überspannung des Modellverfahrens eintreten kann, indem nämlich die Modelle für das *wahre Wesen* der dargestellten Objekte selbst gehalten werden.

Im folgenden werden wir noch sehr oft über physikalische Modellvorstellungen, die uns in allen Teilen der Physik begegnen, zu sprechen haben und dabei allmählich ihre große Bedeutung für die physikalische Forschung erkennen.

Wir kehren nun zu der ersten uns begegnenden Modellvorstellung, der des Massenpunktes, zurück. Es soll hier noch hinzugefügt werden, daß *die wirkliche Größe eines Körpers nicht entscheidend dafür ist, ob er als Massenpunkt betrachtet werden kann oder nicht.* Später wird sich zeigen, daß z. B. die Planeten trotz ihrer beträchtlichen Größe in vielen Fällen als Massenpunkte behandelt werden können; auf der anderen Seite können die sehr kleinen Elektronen nicht in allen Fällen durch das Modell des Massenpunktes vollständig erfaßt werden. Man gewinnt erst die richtige Einstellung gegenüber den Erkenntnismöglichkeiten der Physik, wenn man sich immer die begrenzte Anwendbarkeit jeder Modellvorstellung vor Augen hält.

Wenn man nun einen Körper durch das Modell des Massenpunktes ersetzt, indem man sich etwa seine gesamte Masse punktförmig im Schwerpunkt konzentriert denkt, so hat dies folgende Vorteile:

a) Die Lage eines durch das Modell des Massenpunktes ersetzten Körpers ist in jedem Augenblick vollständig durch die Angabe des Ortes festgelegt, an dem sich der Massenpunkt befindet. Der Körper kann also in der im vorhergehenden Abschnitt angegebenen Weise in einem Koordinatensystem eindeutig lokalisiert werden.

b) Die Bewegung des Massenpunktes ist besonders einfach, weil bei einem Punkt Drehungen, Verformungen oder innere Schwingungen nicht auftreten können, so daß es hier nur fortschreitende Bewegungen gibt.

c) Schließlich erübrigen sich beim Modell des Massenpunktes Untersuchungen über die Angriffspunkte von Kräften, denn es lassen sich in jedem Falle *alle* angreifenden Kräfte nach dem Parallelogramm der Kräfte *zu einer einzigen Resultierenden* zusammenfassen. Kräftepaare (S. 129) können am einzelnen Massenpunkt nicht auftreten.

Aus diesen Gründen beschränken wir uns vorerst auf eine Untersuchung der Bewegungsvorgänge bei Massenpunkten. Später erfolgt der Übergang zu räumlich ausgedehnten Körpern, indem wir uns diese in Massenelemente zerlegt denken, die ihrerseits als Massenpunkte behandelt werden können. Durch Summenbildung oder Integration über den ganzen von dem Körper erfüllten Raum gelangt man dann zu den für ausgedehnte Körper geltenden Bewegungsgesetzen.

Trotz der bereits vorgenommenen Idealisierungen und Vereinfachungen gibt es auch bei Massenpunkten noch sehr viele verschiedenartige Bewegungen, die jetzt nacheinander behandelt werden sollen. Wir verfahren dabei so, daß wir uns zunächst nicht um die Ursachen kümmern, die die Bewegungen erzeugen. Man bezeichnet dieses Teilgebiet der Bewegungslehre als *Kinematik*. Der Massenbegriff spielt in der Kinematik keine Rolle.

Um die verschiedenartig verlaufenden Bewegungen eines Massenpunktes zu beschreiben, verwenden wir zwei aus dem Physikunterricht der Mittelstufe bereits bekannte Begriffe, die jetzt umfassender und präziser gefaßt werden, als dies früher möglich war: die *Geschwindigkeit* und die *Beschleunigung*.

2.2.3 Die Vektoren und die Skalare

Im Physikunterricht der Sekundarstufe I haben wir bereits erkannt, daß die Sprache der Physik sich nicht selten von der des Alltags unterscheidet. Die gleichen Bezeichnungen haben in der Physik oft eine präzisere und engere Bedeutung als im Alltag. Dies gilt auch von dem Wort Geschwindigkeit. Zwei Kraftwagen, die auf verschieden gerichteten Straßen fahren und deren Tachometer beide 80 km h^{-1} anzeigen, haben nach der Ausdrucksweise des Alltags die gleiche Geschwindigkeit. In der Physik wird der Begriff der Geschwindigkeit präziser gefaßt. Hier haben nämlich Kraftwagen, die sich in verschiedenen Richtungen bewegen, *immer* verschiedene Geschwindigkeiten, auch dann, wenn die Tachometer den gleichen Betrag anzeigen. Zu einer vollständigen Festlegung der Geschwindigkeit gehört die Angabe *eines Betrages und einer Richtung*. Diese beiden Angaben sind deshalb notwendig, weil in der exakten Sprache der Physik zwei Geschwindigkeiten nur dann als gleich gelten können, wenn beide die gleiche Ortsveränderung bewirken. Das ist aber bei zwei in verschiedenen Richtungen fahrenden Kraftwagen nicht der Fall.

Aus den dargelegten Gründen ist es in der Physik üblich, die physikalischen Größen in verschiedene Gruppen einzuteilen. Man unterscheidet:

1. die *Skalare* oder die *skalaren Größen*, die durch die Angabe eines Maßes, d.h. eines Zahlenwertes und einer Einheit, vollständig bestimmt sind, und

2. die *Vektoren* oder die *vektoriellen Größen*, die zu ihrer vollständigen Bestimmung außer dem Betrag auch noch die Angabe einer Richtung erfordern.

Skalare physikalische Größen werden in der bereits bekannten Weise durch normale lateinische oder griechische Buchstaben in kursiver Schrift wiedergegeben ($a, b, \ldots, A, B, \ldots$).

Vektorielle physikalische Größen werden durch normale lateinische oder griechische Buchstaben in kursiver Schrift mit darüber gesetzten Pfeilen wiedergegeben ($\vec{v}, \vec{a}, \ldots, \vec{F}, \ldots$).

Wenn ein Vektor $\vec{v}$ den Anfangspunkt A und den Endpunkt B hat, so schreibt man auch

$$\vec{v} = \overrightarrow{AB}.$$

Da der *Betrag eines Vektors* durch die Angabe eines Zahlenwertes und der benutzten Einheit eindeutig bestimmt ist, handelt es sich hierbei um eine skalare Größe. Es ist deshalb gerechtfertigt, die Beträge von Vektoren durch normale, kursive Buchstaben wiederzugeben. Um den Betrag des Vektors $\overrightarrow{AB}$ anzugeben, setzt man diesen Ausdruck in senkrechte Striche.

Beispiele

Der Betrag des Vektors $\vec{v}$ wird mit v bezeichnet.

Der Betrag des Vektors $\overrightarrow{AB}$ wird mit $|\overrightarrow{AB}|$ bezeichnet.

In der Literatur werden Vektoren oft auch durch *kursive Fettbuchstaben* gekennzeichnet. Es ist also

$$\vec{v} = \boldsymbol{v}, \quad \vec{a} = \boldsymbol{a}, \quad \vec{F} = \boldsymbol{F}.$$

Da es schwierig ist, kursive Fettbuchstaben handschriftlich deutlich wiederzugeben, sind sie für den Unterricht weniger gut geeignet. Deshalb werden Vektoren in diesem Buche und oft auch in der Hochschulliteratur dadurch gekennzeichnet, daß über das betreffende Formelzeichen ein Pfeil gesetzt wird.

In der Physik werden *Vektoren durch Pfeile dargestellt*. Dabei werden die Richtung des Vektors durch die Pfeilrichtung und der Betrag des Vektors durch die Pfeillänge wiedergegeben.

Zwei Vektoren sind nur dann gleich, wenn sie in den *beiden* Bestimmungsstücken *Betrag* und *Richtung* übereinstimmen. Dies bedeutet, daß in der Physik zwei Geschwindigkeiten nur dann als gleich bezeichnet werden dürfen, wenn sie den gleichen Betrag und die gleiche Richtung haben. In der Sprache des Alltags ist dies anders. Oben wurde bereits darauf hingewiesen, daß man hier bei zwei in verschiedenen Richtungen fahrenden Kraftfahrzeugen die Geschwindigkeiten als gleich bezeichnet, wenn die Tachometer die gleichen Beträge anzeigen. In der Physik wird das Wort Geschwindigkeit also in einer präziseren Bedeutung verwendet. Die in verschiedenen Richtungen fahrenden Fahrzeuge haben auch bei gleicher Tachometeranzeige verschiedene Geschwindigkeiten, weil die Geschwindigkeit ein Vektor ist. Im Laufe der weiteren Ausführungen werden wir erkennen, daß es in der Physik zahlreiche Größen gibt, die als Vektoren betrachtet werden müssen.

Abschließend soll darauf hingewiesen werden, daß man Vektoren von der Art der Geschwindigkeit genauer als *polare Vektoren* bezeichnet. Daneben gibt es noch eine andere Art von Vektoren, die man als *axiale Vektoren* bezeichnet. Ein Beispiel hierfür ist die Winkelgeschwindigkeit (S. 56). Auf die Unterschiede der beiden Arten von Vektoren soll hier nicht näher eingegangen werden.

Bei den oben erwähnten *Ortsvektoren* handelt es sich um einen speziellen Fall der polaren Vektoren.

Wir merken uns:

Die Vektoren stellen das geeignete mathematische Hilfsmittel zur Untersuchung und Beschreibung zahlreicher physikalischer Erscheinungen dar.

Da es sich bei den Vektoren um eine neue Gruppe physikalischer Größen handelt, für die teilweise andere Rechengesetze gelten als für die Skalare, sollen die wichtigsten Gesetze über den Umgang mit Vektoren im folgenden zusammengestellt werden. Wir beschränken uns dabei auf die in diesem Buche benötigten Erklärungen. Eine genauere Behandlung der Vektorrechnung muß dem Mathematikunterricht vorbehalten bleiben.

2.2.4 Der Umgang mit Vektoren

Aus dem täglichen Leben ist bekannt, wie man skalare Größen addiert. So weiß jeder, daß die Addition der beiden Zeitintervalle $t_1 = 5$ min und $t_2 = 20$ min die Summe $t = t_1 + t_2 = 25$ min ergibt. Ähnlich erhält man als Summe von $m_1 = 300$ g Zucker und $m_2 = 500$ g Zucker die Gesamtmenge $m = m_1 + m_2 = 800$ g Zucker. Es soll nun untersucht werden, ob es sinnvoll ist, Vektoren in der gleichen Weise zu addieren. Wir beginnen mit einem Beispiel und betrachten einen Körper, der gleichzeitig zwei gleichförmige Bewegungen mit den Geschwindigkeiten $\vec{v}_1$ und $\vec{v}_2$ ausführt. Man kann sich dazu ein Boot vorstellen, das mit einer Geschwindigkeit vom Betrage $v_1 = 4\,\mathrm{km\,h^{-1}}$ senkrecht zur Strömung eines Flusses von dem einen Ufer zum anderen fährt. Wenn die Strömungsgeschwindigkeit des Flusses $v_2 = 3\,\mathrm{km\,h^{-1}}$ beträgt, so wird das Boot mit dieser Geschwindigkeit flußabwärts getrieben (Abb. 32.1). Die Bewegung des Bootes relativ zum Ufer kommt durch das Zusammenwirken der beiden Geschwindigkeiten $\vec{v}_1$ und $\vec{v}_2$ zustande. Man bezeichnet die Bootsgeschwindigkeit $\vec{v}$ relativ zum Ufer als die *resultierende Geschwindigkeit* der beiden Geschwindigkeiten $\vec{v}_1$ und $\vec{v}_2$ und schreibt

$$\vec{v} = \vec{v}_1 + \vec{v}_2 .$$

Aus Abb. 32.1 ersieht man, daß der Betrag der resultierenden Geschwindigkeit

$$v = \sqrt{(4\,\mathrm{km\,h^{-1}})^2 + (3\,\mathrm{km\,h^{-1}})^2} = 5\,\mathrm{km\,h^{-1}}$$

ist. Dieses Beispiel zeigt, daß die Addition von Vektoren anders als diejenige von Skalaren erfolgt. Wir stellen im folgenden die für die Physik wichtigen *Gesetze über das Rechnen mit Vektoren* zusammen.

1. Die Addition von Vektoren

Zwei Vektoren $\vec{v}_1$ und $\vec{v}_2$ werden addiert, indem man sie parallel so verschiebt, daß ihre Anfangspunkte zusammenfallen; die beiden Vektoren spannen dann ein Parallelogramm auf (Abb. 32.2). Die von dem gemeinsamen Anfangspunkt der beiden Vektoren ausgehende Diagonale des Parallelogramms gibt die Größe und Richtung des Summenvektors

$$\vec{v} = \vec{v}_1 + \vec{v}_2$$

an.

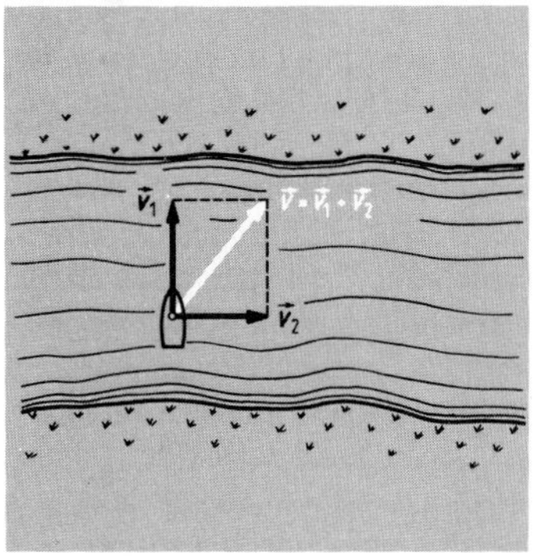

Abb. 32.1 Zur Addition von Vektoren

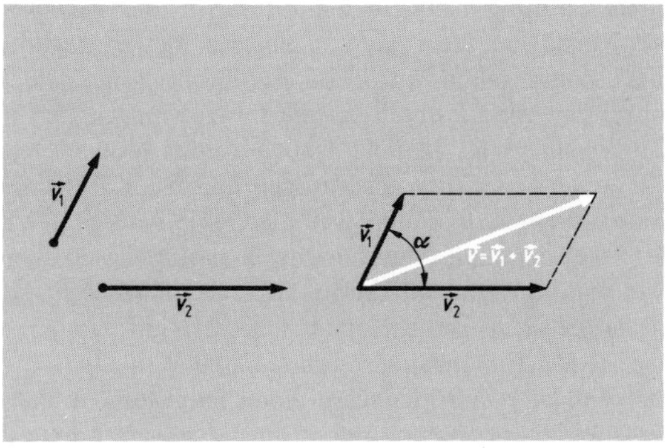

Abb. 32.2 Das Parallelogramm der Vektoren

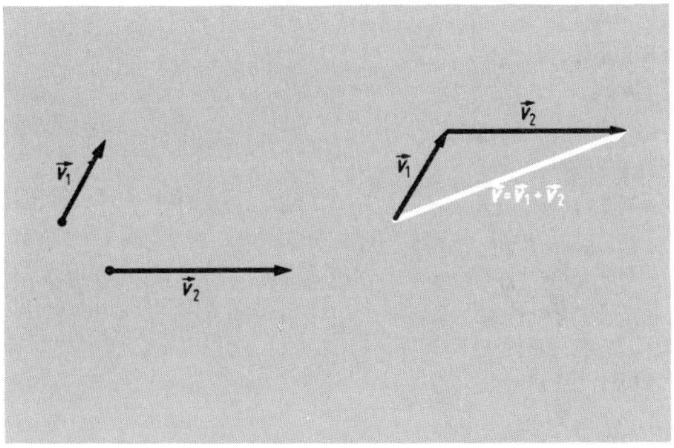

Abb. 33.1
Die Addition zweier Vektoren

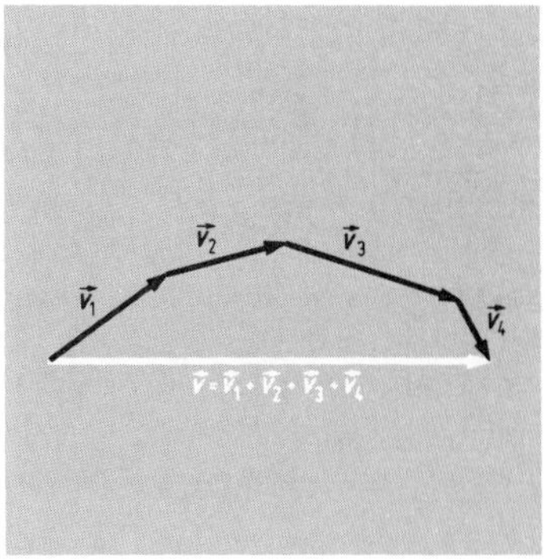

Abb. 33.2
Die Addition von vier Vektoren

Man erkennt leicht, daß man auch folgendermaßen verfahren kann:

Man verschiebt einen der beiden Vektoren parallel zu sich so weit, daß sein Anfangspunkt mit dem Endpunkt des anderen Vektors zusammenfällt (Abb. 33.1). Wenn man dann den freien Anfangspunkt des einen Vektors mit dem freien Endpunkt des anderen Vektors verbindet, so erhält man ebenfalls den Summenvektor.

Es ergibt sich aus der Zeichnung sofort:

Bei der Addition von Vektoren kann die Reihenfolge beliebig vertauscht werden. Es ist also

$$\vec{v}_1 + \vec{v}_2 = \vec{v}_2 + \vec{v}_1.$$

Für den Betrag des Summenvektors $\vec{v}$ gilt:

$$v = \sqrt{v_1^2 + v_2^2 - 2 v_1 v_2 \cos(180° - \alpha)}.$$

Dabei ist α der Winkel, den die beiden Vektoren $\vec{v}_1$ und $\vec{v}_2$ einschließen.

Sonderfall Wenn die Vektoren $\vec{v}_1$ und $\vec{v}_2$ die gleiche Richtung haben, so gilt für den Betrag des Summenvektors $\vec{v}$:

$$v = v_1 + v_2.$$

Natürlich lassen sich in der angegebenen Weise auch mehr als zwei Vektoren addieren. In Abb. 33.2 ist die Summe von vier Vektoren dargestellt.

Man bezeichnet die hier beschriebene Art der Addition als *geometrische* oder *vektorielle Addition.*

2. Die Subtraktion von Vektoren

Unter dem Vektor $-\vec{v}$ versteht man einen Vektor, der den gleichen Betrag und die entgegengesetzte Richtung wie der Vektor $\vec{v}$ hat.

Die Differenz $\vec{v} = \vec{v}_1 - \vec{v}_2$ der beiden Vektoren $\vec{v}_1$ und $\vec{v}_2$ ergibt sich, indem man zu dem Vektor $\vec{v}_1$ den Vektor $-\vec{v}_2$ addiert (Abb. 33.3).

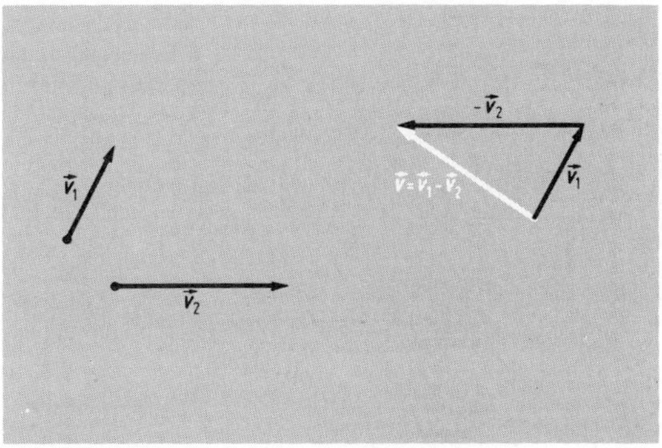

Abb. 33.3
Die Subtraktion zweier Vektoren

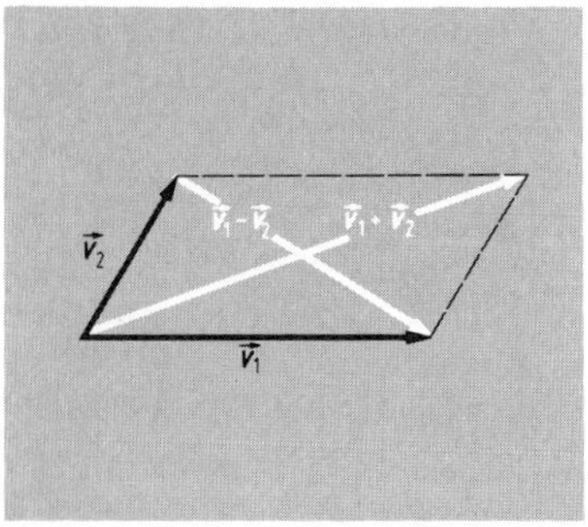

Abb. 34.1
Die Summe und die Differenz von zwei Vektoren $\vec{v}_1$ und $\vec{v}_2$

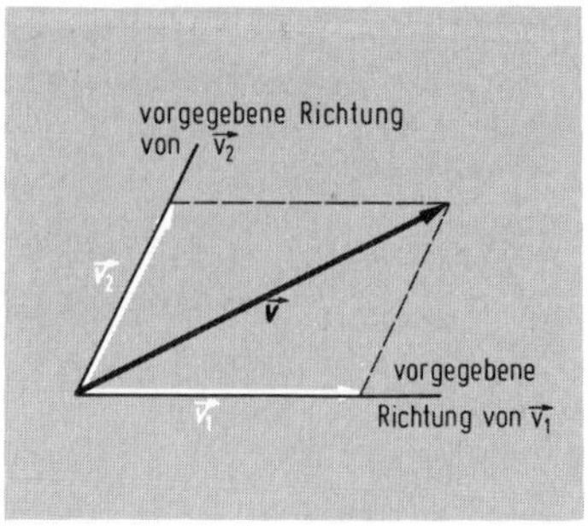

Abb. 34.2
Die Zerlegung eines Vektors $\vec{v}$ in zwei Komponenten $\vec{v}_1$ und $\vec{v}_2$ mit vorgegebenen Richtungen

Um den Differenzvektor $\vec{v}=\vec{v}_1-\vec{v}_2$ zu finden, kann man auch das von den beiden Vektoren $\vec{v}_1$ und $\vec{v}_2$ aufgespannte Parallelogramm zu Hilfe nehmen (Abb. 34.1). Wir haben bereits erkannt, daß die eine Diagonale des Parallelogramms die Summe der beiden Vektoren darstellt. Man sieht leicht, daß die andere Diagonale die Differenz der Vektoren liefert.

3. Die Zerlegung eines Vektors in Komponenten

Während sich zwei Vektoren stets in eindeutiger Weise addieren, d.h. zu einem neuen Vektor zusammensetzen lassen, ist umgekehrt die Zerlegung eines Vektors in zwei Summanden oder *Komponenten* nicht eindeutig durchführbar. Ein Vektor kann vielmehr auf beliebig viele Weisen in zwei oder mehrere Komponenten zerlegt werden. Von besonderem Interesse sind bei der Zerlegung eines Vektors in zwei Komponenten die beiden folgenden Fälle:

a) Zerlegung eines Vektors $\vec{v}$ in zwei Komponenten $\vec{v}_1$ und $\vec{v}_2$ mit vorgeschriebenen Richtungen

Aus Abb. 34.2 ist ersichtlich, wie die Beträge der Komponenten zeichnerisch gefunden werden. Häufig wird gefordert, daß die beiden Komponenten aufeinander senkrecht stehen. Dieser Fall liegt z.B. vor, wenn die Achsen eines rechtwinkligen Koordinatensystems die vorgeschriebenen Richtungen der Komponenten bilden. Man bezeichnet die parallel zur x-Achse verlaufende Komponente mit $\vec{v}_x$ und die parallel zur y-Achse verlaufende Komponente mit $\vec{v}_y$. Für die Beträge dieser Komponenten gilt dann (Abb. 34.3):

$$v_x = v\cos\alpha \quad \text{und} \quad v_y = v\sin\alpha.$$

Ferner ergibt sich für den Betrag des Vektors $\vec{v}$:

$$v=\sqrt{v_x^2+v_y^2}.$$

In analoger Weise können diese Überlegungen auf Vektoren im dreidimensionalen Raum erweitert werden. Ein Vektor $\vec{v}$ kann jetzt in drei Komponenten $\vec{v}_x$, $\vec{v}_y$ und $\vec{v}_z$ zerlegt werden, die parallel zu den Koordinatenachsen eines räumlich-rechtwinkligen Koordinatensystems verlaufen. Es gilt dann (Abb. 34.4):

$$v_x = v\cos\alpha, \quad v_y = v\cos\beta, \quad v_z = v\cos\gamma.$$

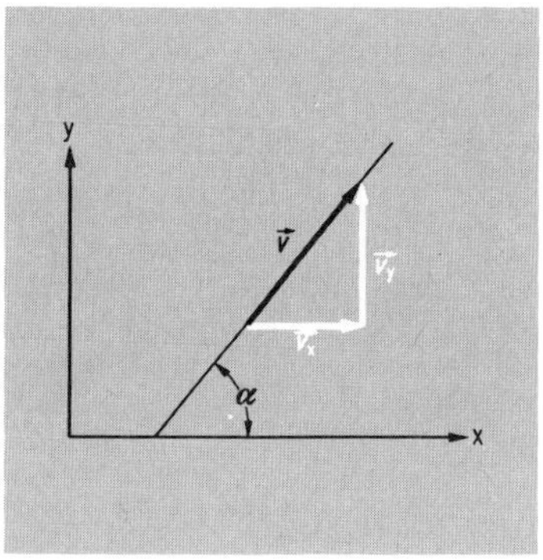

Abb. 34.3
Die Zerlegung eines Vektors $\vec{v}$ in zwei zueinander senkrechte Komponenten $\vec{v}_x$ und $\vec{v}_y$

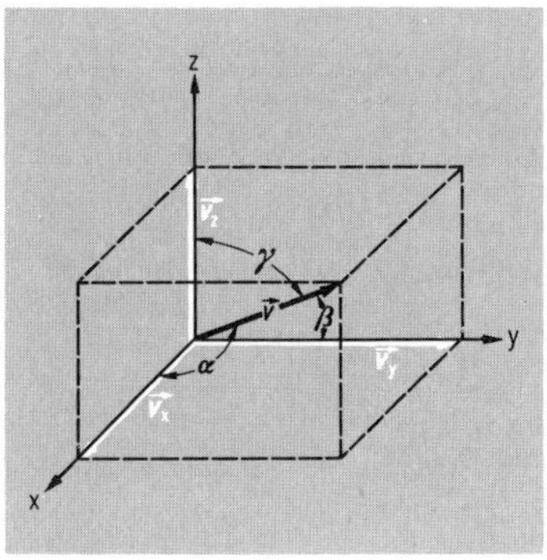

Abb. 34.4
Die Zerlegung eines Vektors $\vec{v}$ in drei Komponenten $\vec{v}_x$, $\vec{v}_y$ und $\vec{v}_z$ parallel zu den Achsen eines rechtwinkligen Koordinatensystems

Sind zwei Vektoren $\vec{u}$ und $\vec{v}$ gleich, ist also

$$\vec{v}=\vec{u},$$

so gilt für ihre Komponenten

$$v_x=u_x, \quad v_y=u_y, \quad v_z=u_z.$$

b) Zerlegung eines Vektors $\vec{v}$ in zwei Komponenten $\vec{v}_1$ und $\vec{v}_2$, von denen die eine Komponente $\vec{v}_1$ vorgegeben ist

Der Vektor wird dann nach Abb. 35.1 konstruiert, denn in diesem Falle ist:

$$\vec{v}_1+\vec{v}_2=\vec{v}.$$

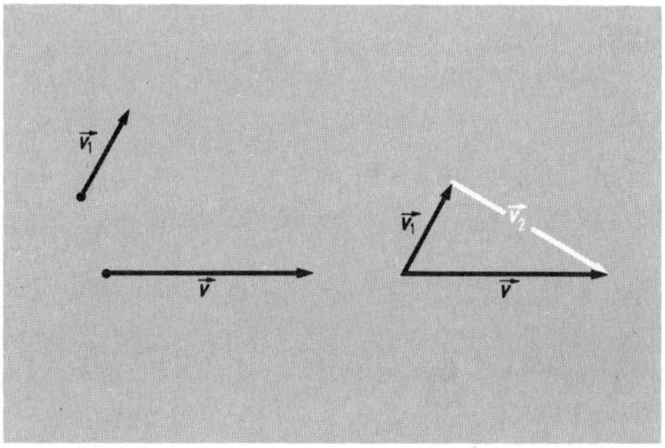

Abb. 35.1
Die Zerlegung eines Vektors $\vec{v}$ in zwei Komponenten $\vec{v}_1$ und $\vec{v}_2$, von denen $\vec{v}_1$ vorgegeben ist

4. Die Multiplikation eines Vektors $\vec{v}$ mit einem Skalar n

Bei der Multiplikation eines Vektors $\vec{v}$ mit einem Skalar n entsteht ein neuer Vektor $\vec{u}$, der den n-fachen Betrag wie der Vektor $\vec{v}$ hat und dessen Richtung bei einem positiven Wert von n mit der Richtung von $\vec{v}$ übereinstimmt und bei einem negativen Wert n die entgegengesetzte Richtung wie der Vektor $\vec{v}$ hat. Man schreibt dann:

$$\vec{u}=n\,\vec{v}.$$

5. Die Multiplikation zweier Vektoren $\vec{v}_1$ und $\vec{v}_2$

Aus den beiden Vektoren $\vec{v}_1$ und $\vec{v}_2$ können zwei verschiedene Produkte gebildet werden. Man unterscheidet das *skalare* und das *vektorielle* Produkt.

a) Das skalare Produkt zweier Vektoren

Unter dem skalaren Produkt der beiden Vektoren $\vec{v}_1$ und $\vec{v}_2$ versteht man den Ausdruck

$$\vec{v}_1\cdot\vec{v}_2=v_1\,v_2\cos\alpha.$$

Es handelt sich hierbei um eine *skalare Größe.*

Wir merken uns also:

Das skalare Produkt zweier Vektoren $\vec{v}_1$ und $\vec{v}_2$ erhält man, indem man das Produkt ihrer Beträge v_1 und v_2 mit dem Kosinus des von ihnen eingeschlossenen Winkels α multipliziert.

Für das skalare Produkt gilt das kommutative Gesetz der Multiplikation. Es ist also:

$$\vec{v}_1\cdot\vec{v}_2=\vec{v}_2\cdot\vec{v}_1.$$

Ferner gilt:

$$\vec{v}_1\cdot(n\cdot\vec{v}_2)=n\cdot(\vec{v}_1\cdot\vec{v}_2).$$

Schließlich gilt auch das Distributivgesetz

$$\vec{v}_1\cdot(\vec{v}_2+\vec{v}_3)=\vec{v}_1\cdot\vec{v}_2+\vec{v}_1\cdot\vec{v}_3.$$

b) Das vektorielle Produkt oder das Vektorprodukt zweier Vektoren

Unter dem Vektorprodukt oder dem vektoriellen Produkt der beiden Vektoren $\vec{v}_1$ und $\vec{v}_2$ versteht man einen Vektor

$$\vec{v}=\vec{v}_1\times\vec{v}_2,$$

für dessen Betrag

$$v = v_1 v_2 \sin\alpha$$

gilt. Der Vektor $\vec{v}$ steht auf der von den Vektoren $\vec{v}_1$ und $\vec{v}_2$ aufgespannten Ebene senkrecht. Seine Richtung wird durch die *Rechtsschraubenregel* bestimmt. Danach weist der Produktvektor in die Richtung, in der eine Rechtsschraube, z.B. ein Korkzieher, fortschreitet, wenn man sie in dem gleichen Sinne dreht, wie man den ersten Faktor $\vec{v}_1$ des vektoriellen Produktes drehen muß, um ihn auf kürzestem Wege in die Richtung des zweiten Faktors $\vec{v}_2$ überzuführen (Abb. 36.1).

Es sollte beachtet werden, daß es sich bei der Rechtsschraubenregel um die *willkürliche Wahl* einer Orientierung handelt. Die Natur ließe sich mit einem Linkssystem genausogut beschreiben wie mit dem Rechtssystem

Man erkennt aus Abb. 36.2, daß

$$\vec{v}_1 \times \vec{v}_2 = -[\vec{v}_2 \times \vec{v}_1]$$

ist. Dies bedeutet, daß für das vektorielle Produkt das kommutative Gesetz der Multiplikation nicht gilt. Man darf bei diesem Produkt also die Reihenfolge der Faktoren nicht ohne weiteres vertauschen.

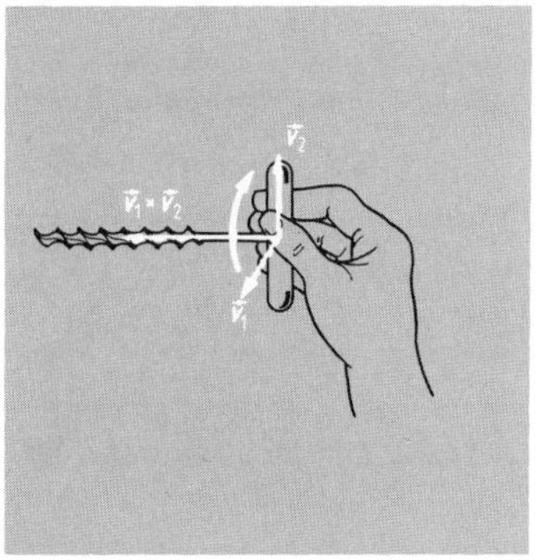

Abb. 36.1 Die Richtung des Produktvektors bei der vektoriellen Multiplikation

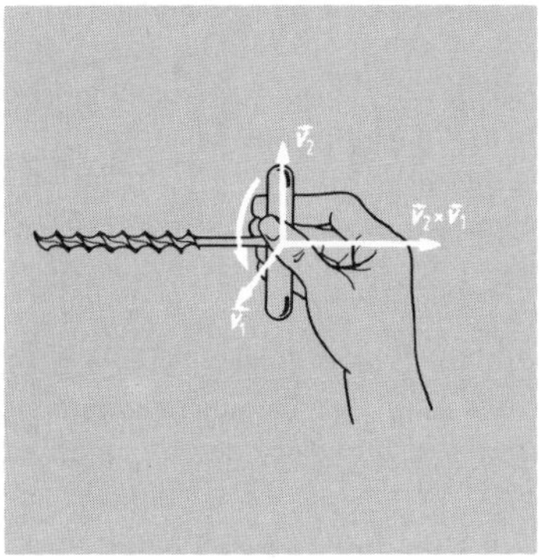

Abb. 36.2 Für das Vektorprodukt gilt das kommutative Gesetz der Multiplikation nicht.

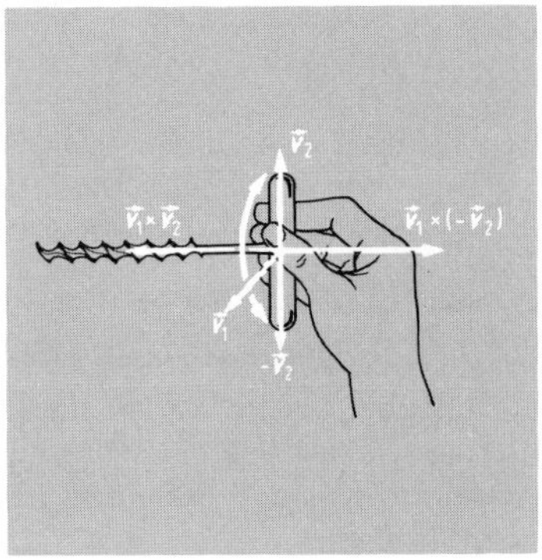

Abb. 36.3 Zum Rechnen mit Vektorprodukten

Schließlich ergibt sich aus Abb. 36.3

$$\vec{v}_1 \times (-\vec{v}_2) = -[\vec{v}_1 \times \vec{v}_2] \quad \text{und} \quad (-\vec{v}_1) \times \vec{v}_2 = -[\vec{v}_1 \times \vec{v}_2].$$

Wenn man also bei einem Vektorprodukt die Richtung eines Vektors umkehrt, so kehrt auch der Produktvektor seine Richtung um.

Ferner gilt:

$$\vec{v}_1 \times (n\,\vec{v}_2) = n \cdot \vec{v}_1 \times \vec{v}_2.$$

Schließlich gilt das Distributivgesetz

$$\vec{v}_1 \times (\vec{v}_2 + \vec{v}_3) = \vec{v}_1 \times \vec{v}_2 + \vec{v}_1 \times \vec{v}_3.$$

2.2.5 Der Begriff der Geschwindigkeit

Im Physikunterricht der Sekundarstufe I ist die Geschwindigkeit für den speziellen Fall der gleichförmigen Bewegung definiert worden. Wir fassen die früher gegebenen Erklärungen hier noch einmal kurz zusammen und werden dann eine allgemeinere Definition für die Geschwindigkeit geben.

Bei den gleichförmigen Bewegungen handelt es sich um die einfachste Art von Bewegungen.

Es gilt:

Unter einer gleichförmigen Bewegung versteht man eine auf einer Geraden erfolgende Bewegung, bei der in beliebig großen, gleichen Zeitintervallen Δt stets gleich große Wege $\Delta \vec{s}$ zurückgelegt werden.

Der konstante Quotient $\frac{\Delta \vec{s}}{\Delta t}$ wird als die *Geschwindigkeit* (Formelzeichen: $\vec{v}$) der gleichförmigen Bewegung bezeichnet. Wir merken uns also:

Unter der Geschwindigkeit $\vec{v}$ einer gleichförmigen Bewegung versteht man den konstanten Quotienten aus dem in einem beliebigen Zeitintervall Δt zurückgelegten Weg $\Delta \vec{s}$ und dem Zeitintervall Δt.

$$\vec{v} = \frac{\Delta \vec{s}}{\Delta t}.$$

Bei der vorstehenden Schreibweise wurde der Tatsache Rechnung getragen, daß der von einem Massenpunkt durchlaufene Weg eine *gerichtete Größe* ist. Die Geschwindigkeit ergibt sich daher als Quotient aus einem Vektor und einem Skalar und ist damit – wie früher bereits betont – ein Vektor. Da es sich hier vorerst aber nur um Bewegungen handelt, die auf einer Geraden erfolgen, bleibt die Richtung des Geschwindigkeitsvektors konstant. Es genügt in diesen Fällen, sich auf die Beträge der Wege und der Geschwindigkeiten zu beschränken und anstelle der obigen *Vektorgleichung* die *Betragsgleichung*

$$v = \frac{\Delta s}{\Delta t}$$

zu schreiben.

Aus der Definition der Geschwindigkeit ergibt sich die Einheit, in der diese physikalische Größe zu messen ist. Die *Ausführungsverordnung zum Gesetz über Einheiten im Meßwesen* bestimmt hierüber:

Die abgeleitete Einheit der Geschwindigkeit ist das Meter durch Sekunde (Einheitenzeichen: $\frac{\mathrm{m}}{\mathrm{s}}$ oder $\mathrm{m\,s^{-1}}$).

1 Meter durch Sekunde ist gleich der Geschwindigkeit eines sich gleichförmig und geradlinig bewegenden Körpers, der während der Zeit 1 s die Strecke 1 m zurücklegt.

Abgeleitete gesetzliche Einheiten der Geschwindigkeit sind auch alle anderen Quotienten, die aus einer gesetzlichen Längeneinheit und einer gesetzlichen Zeiteinheit gebildet werden.

Beispiele

$1\,\mathrm{km\,h^{-1}} = \frac{1}{3{,}6}\,\mathrm{m\,s^{-1}} \approx 0{,}27\,\mathrm{m\,s^{-1}}$, $1\,\mathrm{m\,h^{-1}} = \frac{1}{3600}\,\mathrm{m\,s^{-1}}$, $1\,\mathrm{km\,s^{-1}} = 10^3\,\mathrm{m\,s^{-1}}$, $1\,\mathrm{m\,min^{-1}} = \frac{1}{60}\,\mathrm{m\,s^{-1}}$.

Man wird die Einheit zweckmäßig so wählen, daß sie der Größenordnung der zu messenden Geschwindigkeit möglichst nahekommt. So wäre es unzweckmäßig, die Geschwindigkeit einer Schnecke in der Einheit $\mathrm{km\,s^{-1}}$ oder die Geschwindigkeit eines Flugzeuges in der Einheit $\mathrm{cm\,h^{-1}}$ anzugeben.

Führt ein Körper eine gleichförmige Bewegung aus und befindet er sich zur Zeit $t=0$ im Koordinatenanfangspunkt, so kann die Definitionsgleichung für die Geschwindigkeit auch in der folgenden Form geschrieben werden:

Vektorgleichungen: $\vec{v} = \frac{\vec{s}}{t}$ oder $\vec{s} = \vec{v}\,t$,

Betragsgleichungen: $v = \frac{s}{t}$ oder $s = v\,t$.

Die Gleichungen stellen das *Weg-Zeit-Gesetz für die gleichförmige Bewegung* dar. In Abb. 37.1 sind die zugehörigen *Weg-Zeit-Diagramme* für drei verschiedene Geschwindigkeiten wiedergegeben; es handelt sich um die durch die Gleichungen

$$s = 0{,}5\,\frac{\mathrm{m}}{\mathrm{s}} \cdot t, \quad s = 1\,\frac{\mathrm{m}}{\mathrm{s}} \cdot t, \quad s = 2\,\frac{\mathrm{m}}{\mathrm{s}} \cdot t$$

dargestellten Bewegungen.

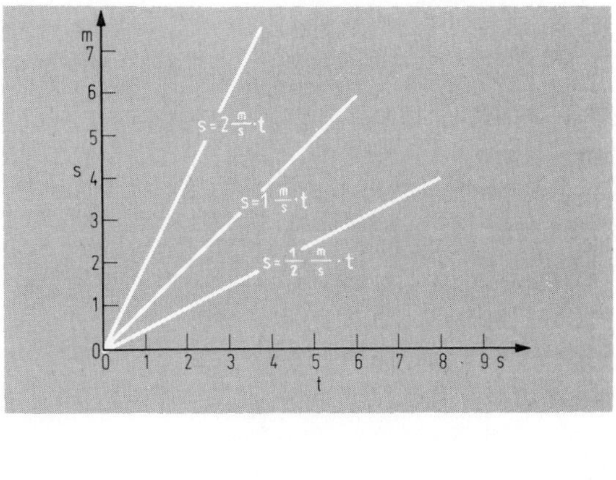

Abb. 37.1
Weg-Zeit-Diagramme für verschiedene gleichförmige Bewegungen

Es gilt allgemein:

Das Weg-Zeit-Diagramm einer gleichförmigen Bewegung ist eine Gerade.

Diese Feststellung entspricht der Tatsache, daß der Weg s eine lineare Funktion der Zeit t ist.

Aus Abb. 37.1 und Abb. 38.1 geht weiter hervor, daß zwischen der Geschwindigkeit der Bewegung und der Steigung (Quotient aus Ordinatendifferenz und Abszissendifferenz) des Weg-Zeit-Diagrammes ein Zusammenhang besteht. Bezeichnet man die Beträge der in verschieden großen Zeitintervallen $\Delta t_1, \Delta t_2, \Delta t_3, \ldots$ zurückgelegten Wege mit $\Delta s_1, \Delta s_2, \Delta s_3, \ldots$, so ist

$$v = \frac{\Delta s_1}{\Delta t_1} = \frac{\Delta s_2}{\Delta t_2} = \frac{\Delta s_3}{\Delta t_3} = \cdots.$$

In dieser Gleichung kommt noch einmal die schon bekannte Tatsache zum Ausdruck, daß bei einer gleichförmigen Bewegung der Quotient aus dem zurückgelegten Weg und der dazu benötigten Zeit unabhängig von der Größe und der Lage der Intervalle stets den gleichen Wert hat.

Diese Tatsache veranlaßt uns zu einer in der Physik allgemein gültigen Feststellung, von der später noch sehr oft Gebrauch gemacht wird:

Größen, die bei physikalischen Vorgängen konstant bleiben, eignen sich besonders gut zur Charakterisierung und Beschreibung dieser Vorgänge und werden deshalb gern als neue physikalische Größen eingeführt.

Im vorliegenden Falle trifft dies für die Geschwindigkeit einer gleichförmigen Bewegung zu.

Wir fassen zusammen:

Bei einer gleichförmigen Bewegung ist die Steigung des Weg-Zeit-Diagrammes gleich dem Zahlenwert der Geschwindigkeit.

Zur weiteren anschaulichen Darstellung von Bewegungen erweist es sich in vielen Fällen als zweckmäßig, neben dem Weg-Zeit-Diagramm auch ein *Geschwindigkeit-Zeit-Diagramm* zu zeichnen. Dieses gibt ein anschauliches Bild von dem Zusammenhang zwischen der Zeit t und dem Betrag der Geschwindigkeit v. Man trägt dazu in einem rechtwinkligen Koordinatensystem auf der horizontalen Achse die Zeit t und auf der vertikalen Achse den Betrag der Geschwindigkeit v auf. In Abb. 38.2 sind die Geschwindigkeit-Zeit-Diagramme für die gleichen Bewegungen gezeichnet, für die in Abb. 37.1 die Weg-Zeit-Diagramme wiedergegeben wurden. Da die Geschwindigkeit bei einer gleichförmigen Bewegung konstant ist, gilt:

Bei einer gleichförmigen Bewegung ist das Geschwindigkeit-Zeit-Diagramm eine parallel zur Zeitachse verlaufende Gerade.

Abb. 38.1 Der Zusammenhang zwischen der Geschwindigkeit und der Steigung im Weg-Zeit-Diagramm bei der gleichförmigen Bewegung

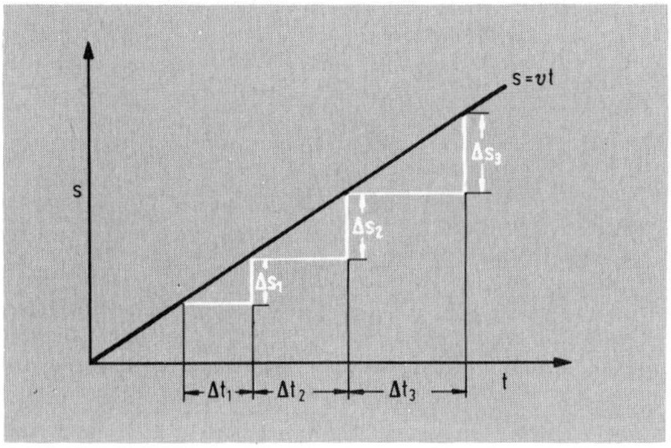

Abb. 38.2 Geschwindigkeit-Zeit-Diagramme für verschiedene gleichförmige Bewegungen

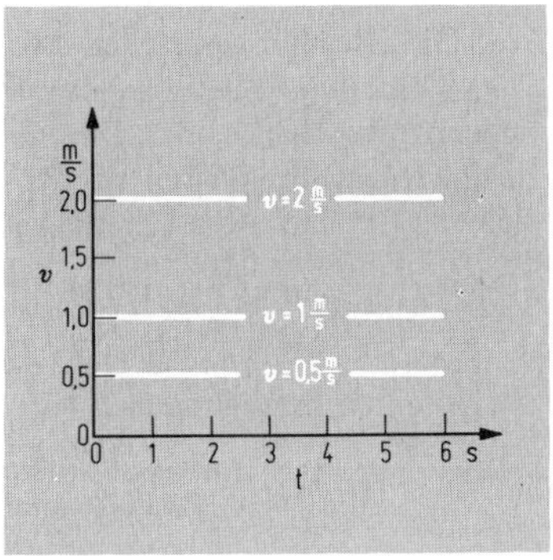

Aus dem Geschwindigkeit-Zeit-Diagramm kann auch der zurückgelegte Weg abgelesen werden. Wir greifen ein beliebiges Zeitintervall Δt heraus und betrachten das Rechteck, das von der t-Achse, dem Geschwindigkeit-Zeit-Diagramm und den an den Enden des Zeitintervalles errichteten Ordinaten eingeschlossen wird (Abb. 39.1). Der Flächeninhalt dieses Rechtecks hat den Zahlenwert

$$\{A\} = \{v\} \cdot \{\Delta t\}.$$

Dies bedeutet:

Die Fläche des Rechteckes ist zahlenmäßig gleich dem in dem Zeitintervall Δt zurückgelegten Weg.

Es sei abschließend betont, daß die hier gegebene Definition der Geschwindigkeit nur für gleichförmige Bewegungen gilt. Solche Bewegungen treten aber in der Natur und in der Technik nur sehr selten auf. Im allgemeinen haben wir es mit ungleichförmigen Bewegungen, d.h. mit Bewegungen zu tun, bei denen in gleichen Zeitintervallen unterschiedliche Wege zurückgelegt werden oder bei denen sich die Bewegungsrichtung verändert. Solche Bewegungen liegen z.B. bei einem anfahrenden oder bremsenden Auto, bei einem eine Kurve fliegenden Flugzeug, bei einem geworfenen Stein usw. vor. Für alle diese ungleichförmigen Bewegungen hat die oben angegebene Geschwindigkeitsdefinition keinen Sinn mehr, weil der Quotient aus dem in einem beliebigen Zeitintervall Δt zurückgelegten Weg Δs und dem Zeitintervall Δt nicht mehr konstant ist, sondern von der Wahl des Zeitintervalles abhängt.

Einen Überblick über den Ablauf einer ungleichförmigen Bewegung kann man mit Hilfe der *Durchschnittsgeschwindigkeit* oder der *mittleren Geschwindigkeit* v_m gewinnen. Zunächst ergibt sich, daß das Weg-Zeit-Diagramm einer ungleichförmigen Bewegung keine Gerade, sondern eine von dem jeweiligen Bewegungsablauf abhängende Kurve ist (Abb. 39.2). Wir betrachten nun mehrere gleich große Zeitintervalle Δt und erkennen, daß der in dem Zeitintervall

$$\Delta t = t_2 - t_1$$

zurückgelegte Weg

$$\Delta s = s_2 - s_1$$

eine andere Länge als der in dem Zeitintervall

$$\Delta t = t_4 - t_3$$

zurückgelegte Weg

$$\Delta s = s_4 - s_3$$

hat. Der Quotient

$$v_m = \frac{\Delta s}{\Delta t}$$

hat also in beiden Fällen verschiedene Werte. Man bezeichnet ihn als den Betrag der Durchschnittsgeschwindigkeit oder der mittleren Geschwindigkeit in dem betreffenden Intervall.

Abb. 39.1 Der zurückgelegte Weg im Geschwindigkeit-Zeit-Diagramm einer gleichförmigen Bewegung

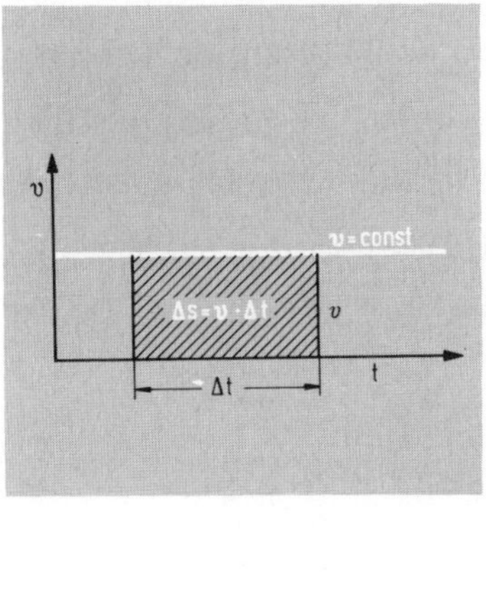

Abb. 39.2 Das Weg-Zeit-Diagramm einer ungleichförmigen Bewegung

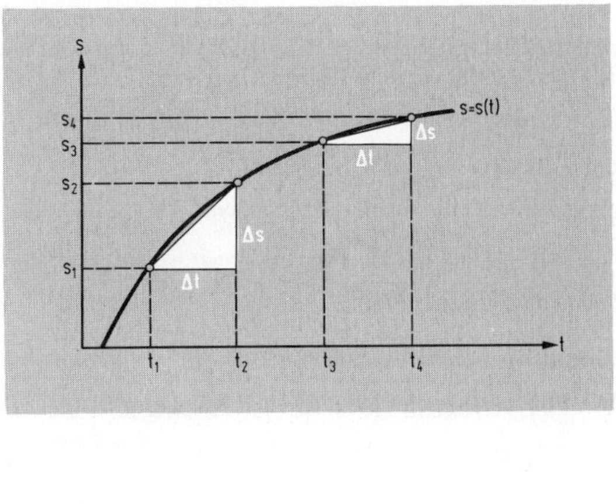

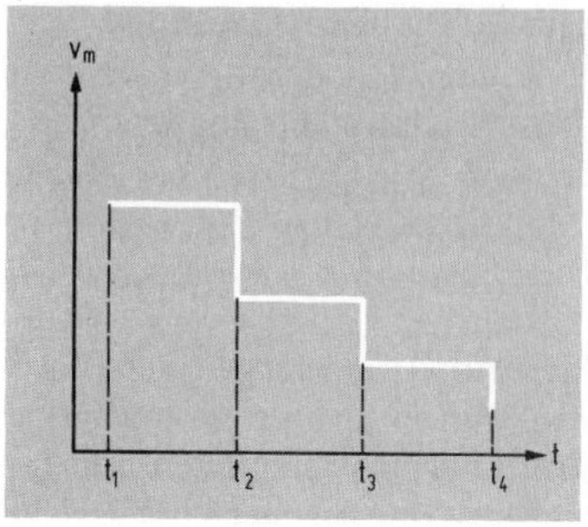

Abb. 40.1
Das Geschwindigkeit-Zeit-Diagramm für die mittleren Geschwindigkeiten bei einer ungleichförmigen Bewegung

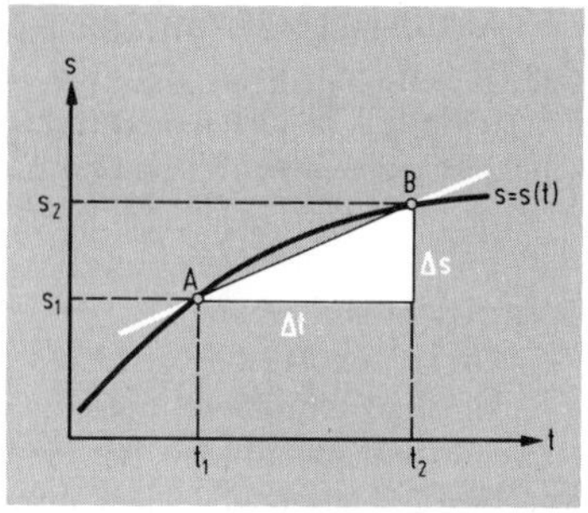

Abb. 40.2
Zum Begriff der Momentangeschwindigkeit

Die Einführung der mittleren Geschwindigkeit v_m bedeutet also, daß man die ungleichförmige Bewegung durch eine Aufeinanderfolge zahlreicher gleichförmiger Bewegungen ersetzt, deren Geschwindigkeiten sich von Intervall zu Intervall verändern. Das Geschwindigkeit-Zeit-Diagramm zeigt dann den in Abb. 40.1 wiedergegebenen Verlauf.

Natürlich stellt die Beschreibung einer ungleichförmigen Bewegung durch eine Aufeinanderfolge gleichförmiger Bewegungen nur eine Annäherung an den wirklichen Bewegungsverlauf dar. Diese Annäherung wird aber um so besser, je kleiner man die Zeitintervalle Δt wählt.

Um den Sachverhalt bei kleiner werdenden Zeitintervallen Δt zu untersuchen, lassen wir bei dem in Abb. 40.2 wiedergegebenen Weg-Zeit-Diagramm den Punkt B auf den Punkt A zuwandern. Zu jeder Zeit gilt:

$$v_m = \frac{s_2 - s_1}{t_2 - t_1} = \frac{\Delta s}{\Delta t}.$$

Hieraus erkennt man, daß der Zahlenwert der mittleren Geschwindigkeit gleich der Steigung der durch die Punkte A und B gehenden Sekante ist. Da die Steigung sich bei kleiner werdenden Zeitintervallen verändert, muß auch der Betrag der mittleren Geschwindigkeit dabei eine Veränderung erfahren. Wenn aber das Zeitintervall genügend klein geworden ist, so ändert sich der Betrag der mittleren Geschwindigkeit bei einer noch weiter fortschreitenden Intervallverkleinerung nicht mehr, weil die dann auftretenden Veränderungen der Sekantensteigung unterhalb der Meßgenauigkeit liegen. Der sich dann ergebende Betrag der mittleren Geschwindigkeit hängt nur von der Lage des Punktes A ab. Man bezeichnet diese Geschwindigkeit als die *Momentangeschwindigkeit* v der Bewegung im Punkte A. Für einen anderen Punkt des Weg-Zeit-Diagramms ergibt sich im allgemeinen natürlich eine andere Momentangeschwindigkeit. Die praktische Messung der so definierten Momentangeschwindigkeit ist schwierig, weil dazu kleine Zeit- und Wegintervalle experimentell bestimmt werden müssen.

Es soll schließlich noch darauf hingewiesen werden, daß es ein einfaches Rechenverfahren gibt, mit dessen Hilfe aus dem Weg-Zeit-Gesetz die Momentangeschwindigkeit für jeden Bahnpunkt ermittelt werden kann. Es handelt sich bei diesem Rechenverfahren um die *Infinitesimalrechnung*. Im folgenden wird kurz dargelegt, wie hierbei zu verfahren ist. Diese Ausführungen können aber auch übersprungen werden, ohne daß das Verständnis für die weiteren Darlegungen hierdurch beeinträchtigt wird.

Wie wir oben gesehen haben, erhält man aus dem Ausdruck für die mittlere Geschwindigkeit v_m den Ausdruck für die Momentangeschwindigkeit v, indem man das Zeitintervall Δt beliebig klein werden läßt. In der Mathematik schreibt man diesen Vorgang folgendermaßen:

$$v = \lim_{\Delta t \to 0} \frac{\Delta s}{\Delta t} = \frac{ds}{dt} = \dot{s}.$$

Diese Gleichung besagt:

Wenn das Zeitintervall Δt sich dem Wert Null nähert, so nähert sich die Durchschnittsgeschwindigkeit $\frac{\Delta s}{\Delta t}$ ebenfalls einem Grenzwert, den man *den ersten Differentialquotienten des Weges nach der Zeit* nennt und mit $\frac{ds}{dt}$ oder $\dot{s}$ bezeichnet.

Es gilt also definitionsgemäß:

Die Momentangeschwindigkeit einer beliebigen Bewegung ist der erste Differentialquotient des Weges nach der Zeit.

Die bei der Bildung von Differentialquotienten erforderlichen mathematischen Rechenoperationen werden als Differenzieren bezeichnet. Die Mathematik lehrt, wie diese Operationen auszuführen sind.

In der obigen Formel kamen nur die Beträge des Weges und der Geschwindigkeit vor. Es handelte sich also um eine *Betragsgleichung für die Momentangeschwindigkeit.* Wenn man darüber hinaus beachtet, daß die Größen Weg und Geschwindigkeit Vektoren sind, so muß man schreiben:

$$\vec{v} = \lim_{\Delta t \to 0} \frac{\Delta \vec{s}}{\Delta t} = \frac{d\vec{s}}{dt} = \dot{\vec{s}}.$$

Diese Vektorgleichung enthält die folgenden Aussagen:

1. Der *Betrag des Geschwindigkeitsvektors* ergibt sich aus der analogen Betragsgleichung, die oben bereits angegeben worden ist.

In vielen Fällen wird es genügen, sich überhaupt auf diese Betragsgleichung zu beschränken. Dies kann immer dann geschehen, wenn die Richtung der Geschwindigkeit sich nicht ändert, so daß nur die Beträge von Interesse sind. Ein Beispiel hierfür ist der freie Fall, bei dem die Richtungen des Weges und der Geschwindigkeit stets zum Erdmittelpunkt weisen und deshalb nicht weiter beachtet zu werden brauchen.

2. Die *Richtung des Geschwindigkeitsvektors* fällt bei allen geradlinigen Bewegungen mit der Wegrichtung zusammen. Krummlinige Bewegungen kann man sich näherungsweise in geradlinige Teile zerlegt denken, indem man die Bahnkurve durch einen Sekantenzug ersetzt. Für jedes einzelne Teilstück (Abb. 41.1) weist der Geschwindigkeitsvektor dann in die Sekantenrichtung. Betrachten wir nun beliebig kleine Wegstücke, so gehen die Sekanten in die Tangenten über. Daher bringt die obige Vektorgleichung auch noch zum Ausdruck, daß bei einer krummlinigen Bewegung die Richtung des Geschwindigkeitsvektors stets durch die Bahntangente gegeben ist.

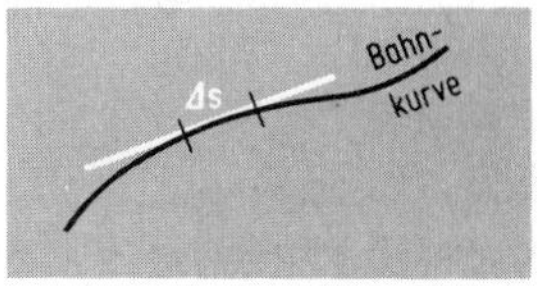

Abb. 41.1
Ein kurzes Teilstück einer krummlinigen Bahnkurve kann näherungsweise durch ein geradliniges Stück ersetzt werden.

Der Betrag der *Momentangeschwindigkeit* einer beliebigen Bewegung hat auch eine einfache *geometrische Bedeutung*, die noch dargelegt werden soll. Wir machen dabei von der Tatsache Gebrauch, daß der Zahlenwert der mittleren Geschwindigkeit in dem Intervall *AB* gleich der Steigung der durch die Punkte *A* und *B* gehenden Sekante ist (Abb. 40.2). Wenn nun der Punkt *B* sich dem Punkte *A* nähert und schließlich mit diesem zusammenfällt, so wird aus der Sekante eine durch den Punkt *A* gehende Tangente an das Weg-Zeit-Diagramm. Wir können also sagen:

Der Zahlenwert der Momentangeschwindigkeit einer beliebigen Bewegung ist zu jeder Zeit gleich der Steigung der Tangente, die man in dem zugehörigen Punkt des Weg-Zeit-Diagramms zeichnen kann.

Damit ist die physikalische Größe Geschwindigkeit für alle Arten von Bewegungen definiert.

Um eine Vorstellung von der Größenordnung der in unserer Umwelt auftretenden Geschwindigkeiten zu erhalten, stellen wir eine Tabelle mittlerer Geschwindigkeiten zusammen:

Zusammenstellung durchschnittlicher Geschwindigkeiten

	$km\,h^{-1}$	$m\,s^{-1}$		$km\,h^{-1}$	$m\,s^{-1}$
Haarwachstum	$1{,}1 \cdot 10^{-8}$	$3 \cdot 10^{-9}$	Rennpferd	bis 90	25
Gletscher	$2{,}3 \cdot 10^{-5}$	$6{,}4 \cdot 10^{-6}$	Orkan	bis 300	83
Schneeflocke	0,72	0,2	Rauchschwalbe	bis 320	90
Normales Gehen	5	1,4	Schall in Luft von 0 °C	1195	332
Dauerlauf	10	2,8	Punkt am Äquator infolge der Erddrehung	1670	464
Radfahren	20	5,5	Gewehrgeschoß	3130	870
Regentropfen	22	6	Wasserstoffmoleküle bei 0 °C	6625	1840
Kurzstreckenläufer	36	10	Erdbebenwelle	13000	3600
Brieftaube	72	20	Erde auf ihrer Bahn um die Sonne	$1{,}1 \cdot 10^5$	$3 \cdot 10^4$
Adler	bis 85	24	Vakuum-Lichtgeschwindigkeit	$1{,}1 \cdot 10^9$	$3 \cdot 10^8$

Im Zeitalter der Raumfahrt ist schließlich noch die Frage von Interesse, welche *Wirkungen die Geschwindigkeit auf den Menschen* hat und welche Geschwindigkeiten der Mensch zu ertragen vermag. Kurz nach der Eröffnung der ersten Eisenbahn erklärte die Académie de Médicine in Lyon im Jahre 1835, daß der menschliche Organismus nicht in der Lage sei, die schwindelerregenden Geschwindigkeiten der Eisenbahn zu ertragen. Die Erschütterungen sollten nervöse Krankheiten hervorrufen und die rapide Aufeinanderfolge von Bildern würde Entzündungen der Netzhaut bewirken. Weiter hieß es, daß jede Eisenbahnreise für eine schwangere Frau unweigerlich eine Fehlgeburt mit allen ihren Konsequenzen zur Folge habe.

Wir wissen heute, daß diese Ausführungen falsch waren. Es soll hier nur darauf hingewiesen werden, daß die Erde sich mit sehr großer Geschwindigkeit (s. vorstehende Tabelle) um die Sonne bewegt und daß wir an dieser Bewegung teilnehmen, ohne hiervon überhaupt etwas zu bemerken. Die Physik kann heute mit Sicherheit sagen, daß der Mensch jede Geschwindigkeit ertragen kann und daß er diese an seinem Körper überhaupt nicht empfindet. Was er dagegen unmittelbar wahrzunehmen vermag, sind *Veränderungen seiner Geschwindigkeit.* Diese sind es auch, die den Raumfahrern zu schaffen machen (vgl. S. 48).

2.2.6 Der Begriff der Beschleunigung

Es wurde schon darauf hingewiesen, daß Bewegungen mit konstanter Geschwindigkeit nur sehr selten auftreten. Im allgemeinen ändert sich während der Bewegung der Betrag und die Richtung der Geschwindigkeit. Man spricht dann von *ungleichförmigen* oder *beschleunigten Bewegungen.*

In der Physik werden nicht nur Bewegungen mit zunehmendem Geschwindigkeitsbetrag als beschleunigte Bewegungen bezeichnet, sondern auch solche, bei denen der Geschwindigkeitsbetrag kleiner wird. Man bezeichnet die hierbei auftretenden Verzögerungen als negative Beschleunigungen. Außerdem werden Bewegungen auch dann als beschleunigte Bewegungen bezeichnet, wenn sich nur die Richtung des Geschwindigkeitsvektors ändert, der Betrag der Geschwindigkeit aber konstant bleibt.

Wir betrachten hier zunächst wieder einen Sonderfall der beschleunigten Bewegungen, und zwar solche Bewegungen, bei denen sich nur der *Betrag der Geschwindigkeit*, nicht dagegen ihre Richtung, ändert. Man nennt diese Bewegungen *geradlinige, beschleunigte Bewegungen*, weil der Massenpunkt sich auf einer Geraden bewegt. Da bei dieser Art der Bewegungen die Richtung der Geschwindigkeit immer mit der unveränderlichen Bewegungsrichtung zusammenfällt, braucht sie nicht weiter beachtet zu werden; wir können uns hier vielmehr auf eine Untersuchung der Geschwindigkeitsbeträge beschränken.

Um die neue physikalische Größe *Beschleunigung* einzuführen, stellen wir ähnliche Überlegungen wie bei der Geschwindigkeit an. Wir betrachten dazu einen punktförmigen Körper, der eine ungleichförmige Bewegung ausführt. Das zugehörige Geschwindigkeit-Zeit-Diagramm ist in Abb. 42.1 dargestellt. Der Körper möge zur Zeit t_1 die Geschwindigkeit v_1 und zur Zeit t_2 die Geschwindigkeit v_2 haben. Unter der *Durchschnittsbeschleunigung* oder der *mittleren Beschleunigung* a_m versteht man den Ausdruck

$$a_m = \frac{v_2 - v_1}{t_2 - t_1} = \frac{\Delta v}{\Delta t}.$$

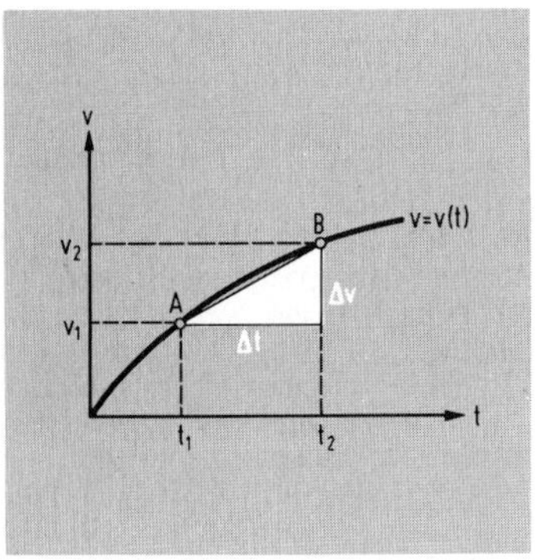

Abb. 42.1
Zum Begriff der Durchschnittsbeschleunigung

Man erkennt, daß diese mittlere Beschleunigung im allgemeinen von der Wahl des Zeitintervalles abhängt. Es kann aber auch vorkommen, daß dies nicht der Fall ist und die mittlere Beschleunigung von der Wahl des Zeitintervalles unabhängig ist. Man spricht dann von einer *gleichmäßig beschleunigten Bewegung*. Wir merken uns:

Unter einer gleichmäßig beschleunigten Bewegung verstehen wir eine Bewegung, bei der der Geschwindigkeitsvektor nur seinen Betrag ändert und bei der der Quotient aus der Geschwindigkeitsänderung Δv und der dazu benötigten Zeit Δt für beliebige Zeitintervalle Δt konstant ist.

Der konstante Quotient $\frac{\Delta v}{\Delta t}$ wird als die *Beschleunigung* (Formelzeichen: a) der gleichmäßig beschleunigten Bewegung bezeichnet. Es gilt also:

Unter der Beschleunigung a einer gleichmäßig beschleunigten Bewegung versteht man den konstanten Quotienten aus der in einem beliebigen Zeitintervall Δt erfolgenden Geschwindigkeitsänderung Δv und dem Zeitintervall Δt.

$$a = \frac{\Delta v}{\Delta t}.$$

Bei der vorstehenden Definition der Beschleunigung haben wir uns auf die Beträge der Geschwindigkeitsänderungen beschränkt und deshalb die Beschleunigung durch eine *Betragsgleichung* definiert. Dies ist immer dann zulässig, wenn es sich um geradlinige Bewegungen handelt, weil die Geschwindigkeit und die Geschwindigkeitsänderung in diesem Falle eine unveränderliche Richtung haben. Wenn dagegen die Geschwindigkeit auch ihre Richtung ändert, so muß die Tatsache beachtet werden, daß die *Beschleunigung ein Vektor* ist. Die Beschleunigung muß dann durch die *Vektorgleichung*

$$\vec{a} = \frac{\Delta \vec{v}}{\Delta t}$$

definiert werden. Wir kommen später hierauf bei der Behandlung einiger solcher Bewegungen noch zurück.

Aus der Definition der Beschleunigung ergibt sich die Einheit, in der diese neue physikalische Größe zu messen ist. Die *Ausführungsverordnung zum Gesetz über Einheiten im Meßwesen* sagt hierzu:

Die abgeleitete Einheit der Beschleunigung ist das Meter durch Sekundenquadrat (Einheitenzeichen: $\frac{m}{s^2}$ oder $m s^{-2}$). 1 Meter durch Sekundenquadrat ist gleich der Beschleunigung eines sich geradlinig bewegenden Körpers, dessen Geschwindigkeit sich während der Zeit 1 s gleichmäßig um 1 $m s^{-1}$ ändert.

Abgeleitete Einheiten der Beschleunigung sind auch alle anderen Quotienten, die aus einer gesetzlichen Längeneinheit und dem Quadrat einer oder dem Produkt zweier gesetzlicher Zeiteinheiten gebildet werden.

Beispiele

$1\,cm\,s^{-2} = 10^{-2}\,m\,s^{-2}$, $1\,km\,h^{-2} = 77{,}16 \cdot 10^{6}\,m\,s^{-2}$.

Bei Kraftfahrzeugen wird die Beschleunigungseinheit

$$1\,\frac{km\,h^{-1}}{s} = \frac{1}{3{,}6}\,m\,s^{-2}$$

verwendet. Wenn ein Pkw z. B. in 20 s eine Geschwindigkeitszunahme von $0\,km\,h^{-1}$ auf $100\,km\,h^{-1}$ erfährt, so beträgt seine Beschleunigung

$$\frac{100\,km\,h^{-1}}{20\,s} = 5\,\frac{km\,h^{-1}}{s} = 1{,}39\,m\,s^{-2}.$$

Die obige Definitionsgleichung für die Beschleunigung kann bei einer gleichmäßig beschleunigten Bewegung ($a = \text{const}$) auch anders geschrieben werden. Wenn ein Körper zur Zeit $t_1 = 0$ die Geschwindigkeit $v_1 = 0$ und zur Zeit $t_2 = t$ die Geschwindigkeit $v_2 = v$ hat, dann gilt:

Vektorgleichungen: $\vec{a} = \frac{\vec{v}}{t}$ oder $\vec{v} = \vec{a}\,t$,

Betragsgleichungen: $a = \frac{v}{t}$ oder $v = a\,t$.

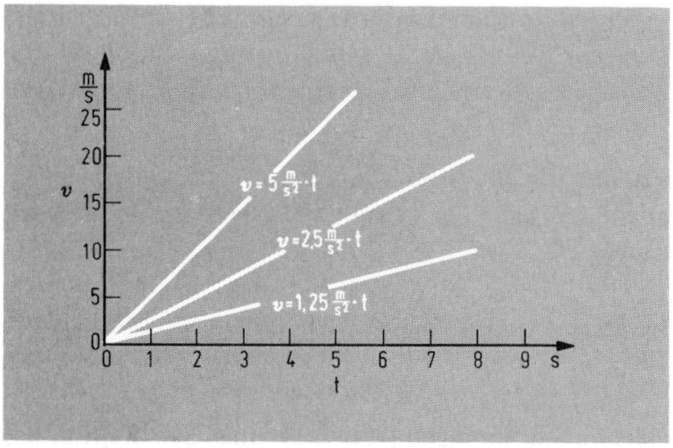

Abb. 44.1 Geschwindigkeit-Zeit-Diagramme für verschiedene gleichmäßig beschleunigte Bewegungen

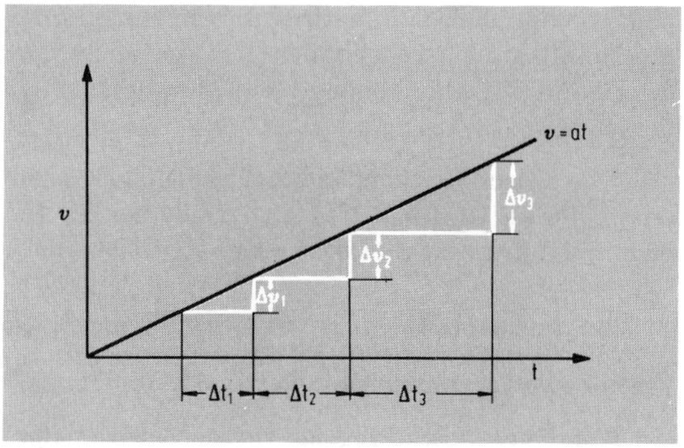

Abb. 44.2 Der Zusammenhang zwischen der Beschleunigung und der Steigung des Geschwindigkeit-Zeit-Diagrammes bei der gleichmäßig beschleunigten Bewegung

Diese Gleichungen stellen das *Geschwindigkeit-Zeit-Gesetz für die gleichmäßig beschleunigte Bewegung* dar. In Abb. 44.1 sind die *Geschwindigkeit-Zeit-Diagramme* für drei Bewegungen dieser Art gezeichnet. Es handelt sich um die durch die Gleichungen

$$v = 1{,}25\,\frac{\text{m}}{\text{s}^2} \cdot t, \qquad v = 2{,}5\,\frac{\text{m}}{\text{s}^2} \cdot t, \qquad v = 5\,\frac{\text{m}}{\text{s}^2} \cdot t$$

dargestellten Bewegungen.

Aus den bisherigen Betrachtungen folgt allgemein:

Das Geschwindigkeit-Zeit-Diagramm einer gleichmäßig beschleunigten Bewegung ist eine Gerade.

Diese Feststellung entspricht der Tatsache, daß die Geschwindigkeit v eine lineare Funktion der Zeit t ist.

Aus Abb. 44.1 und 44.2 geht weiter hervor, daß zwischen der Beschleunigung einer gleichmäßig beschleunigten Bewegung und der Steigung (Quotient aus Ordinatendifferenz und Abszissendifferenz) des Geschwindigkeit-Zeit-Diagrammes ein Zusammenhang besteht. Bezeichnet man die verschiedenen Zeitintervalle mit $\Delta t_1, \Delta t_2, \Delta t_3, \ldots$ und die zugehörigen Geschwindigkeitsänderungen mit $\Delta v_1, \Delta v_2, \Delta v_3, \ldots$ (Abb. 44.2), so gilt also für die gleichmäßig beschleunigten Bewegungen

$$a = \frac{\Delta v_1}{\Delta t_1} = \frac{\Delta v_2}{\Delta t_2} = \frac{\Delta v_3}{\Delta t_3} = \cdots.$$

In dieser Gleichung kommt noch einmal die schon bekannte Tatsache zum Ausdruck, daß bei einer gleichmäßig beschleunigten Bewegung der Quotient aus der Geschwindigkeitsänderung Δv und der dazu benötigten Zeit Δt unabhängig von der Größe und der Lage des betrachteten Intervalles stets den gleichen Wert hat. Die vorstehende Feststellung kann auch folgendermaßen ausgesprochen werden:

Bei einer gleichmäßig beschleunigten Bewegung ist die Steigung des Geschwindigkeit-Zeit-Diagrammes gleich dem Zahlenwert der Beschleunigung.

Abschließend sei noch erwähnt, daß man auch ein *Weg-Zeit-Diagramm* zeichnen kann. Dieses gibt ein anschauliches Bild von dem Zusammenhang zwischen der Zeit t und dem Weg s. Man trägt dazu in einem rechtwinkligen Koordinatensystem auf der horizontalen Achse die Zeit t und auf der vertikalen Achse den Weg s auf. In Abb. 45.1 ist ein Weg-Zeit-Diagramm für eine gleichmäßig beschleunigte Bewegung gezeichnet. Zur Zeit $t = 0$ s befand sich der Körper am Ort $s = 0$ m.

Früher hat sich gezeigt, daß man bei einer gleichförmigen Bewegung den zurückgelegten Weg auch aus dem Geschwindigkeit-Zeit-Diagramm ermitteln kann (S. 39). Es soll jetzt untersucht werden, ob bei der gleichmäßig beschleunigten Bewegung eine ähnliche Möglichkeit besteht.

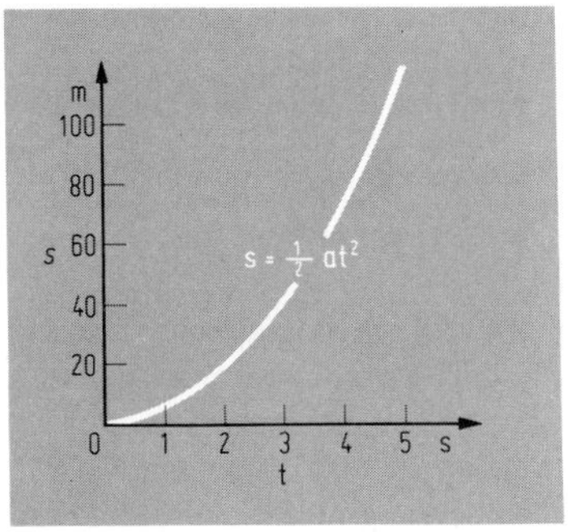

Abb. 45.1 Weg-Zeit-Diagramm einer gleichmäßig beschleunigten Bewegung

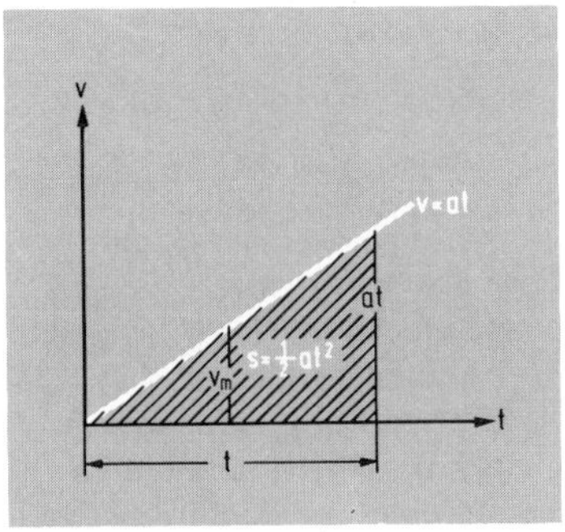

Abb. 45.2 Der zurückgelegte Weg im Geschwindigkeit-Zeit-Diagramm einer gleichmäßig beschleunigten Bewegung ohne Anfangsgeschwindigkeit

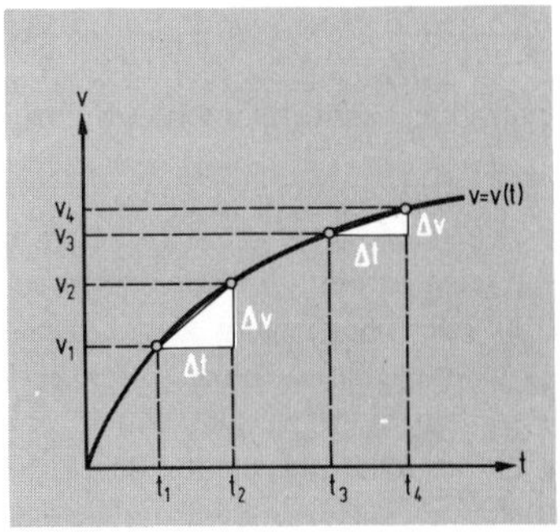

Abb. 45.3 Das Geschwindigkeit-Zeit-Diagramm einer ungleichförmigen Bewegung

Wir beschränken uns hier auf den Fall, bei dem der bewegte Körper zur Zeit $t=0$ in Ruhe ist (Abb. 45.2). Nach der Zeit t ist die Geschwindigkeit dann

$$v = a\,t.$$

Da die Geschwindigkeit linear mit der Zeit wächst, gilt für die mittlere Geschwindigkeit

$$v_m = \tfrac{1}{2}\,a\,t.$$

Der Begriffsbildung *mittlere Geschwindigkeit* liegt folgender Sachverhalt zugrunde:

Legt ein Körper in der Zeit t den Weg s zurück, so ist es gleichgültig, ob er den Weg mit veränderlicher Geschwindigkeit oder mit *konstanter mittlerer Geschwindigkeit* zurücklegt. Wenn wir mit der mittleren Geschwindigkeit rechnen, kann das Weg-Zeit-Gesetz der *gleichförmigen Bewegungen* benutzt werden. Der in der Zeit t zurückgelegte Weg ist dann:

$$s = v_m\,t = \tfrac{1}{2}\,a\,t^2.$$

Dies entspricht gerade der Fläche des Dreiecks, das von der t-Achse, dem Geschwindigkeit-Zeit-Diagramm und der am Ende des betrachteten Zeitabschnittes errichteten Ordinate gebildet wird (Abb. 45.2).

Es gilt weiter:

Bei einer gleichmäßig beschleunigten Bewegung ist die mittlere Geschwindigkeit v_m während eines Zeitintervalles von t_1 bis t_2 gleich der Geschwindigkeit v in der Mitte dieses Zeitintervalles, d.h. zur Zeit

$$\tfrac{1}{2}(t_1 + t_2).$$

Die oben angegebene Definition der Beschleunigung gilt nur für gleichmäßig beschleunigte Bewegungen. Sie verliert ihren Sinn, wenn es sich um Bewegungen handelt, bei denen die Geschwindigkeitsänderung von der Wahl des Zeitintervalls abhängt. Wir stehen dann vor der gleichen Schwierigkeit, wie sie sich bei der Definition der Geschwindigkeit für eine ungleichförmige Bewegung ergeben hatte. Um zu einer für alle geradlinigen, ungleichförmigen Bewegungen geltenden Definition der Beschleunigung zu kommen, sind ähnliche Überlegungen erforderlich, wie sie früher bei der allgemeinen Definition der Geschwindigkeit durchgeführt worden sind.

Um einen Überblick über den Ablauf einer beliebigen geradlinigen Bewegung zu gewinnen, verwenden wir die oben bereits eingeführte *Durchschnittsbeschleunigung* oder *mittlere Beschleunigung* a_m. Da das Geschwindigkeit-Zeit-Diagramm jetzt keine Gerade, sondern eine vom jeweiligen Bewegungsverlauf abhängige Kurve ist, ergibt sich (Abb. 45.3):

Die in dem Zeitintervall

$$\Delta t = t_2 - t_1$$

erfolgende Geschwindigkeitsänderung

$$\Delta v = v_2 - v_1$$

hat einen anderen Zahlenwert als die in dem gleich großen Zeitintervall

$$\Delta t = t_4 - t_3$$

erfolgende Geschwindigkeitsänderung

$$\Delta v = v_4 - v_3.$$

Die Durchschnittsbeschleunigung

$$a_m = \frac{\Delta v}{\Delta t}$$

hat also in beiden Fällen unterschiedliche Zahlenwerte.

Die Einführung der Durchschnittsbeschleunigung a_m bedeutet, daß man die beliebig beschleunigte Bewegung durch eine Aufeinanderfolge zahlreicher gleichmäßig beschleunigter Bewegungen ersetzt, deren Beschleunigungen sich von Intervall zu Intervall verändern.

Natürlich stellt die Beschreibung einer beliebigen geradlinigen Bewegung durch eine Aufeinanderfolge gleichmäßig beschleunigter Bewegungen nur eine Annäherung an den wirklichen Bewegungsablauf dar. Diese Annäherung wird aber um so besser, je kleiner man die Zeitintervalle Δt wählt.

Um den Sachverhalt bei kleiner werdenden Zeitintervallen Δt zu untersuchen, lassen wir bei dem in Abb. 42.1 dargestellten Geschwindigkeit-Zeit-Diagramm den Punkt *B* auf den Punkt *A* zuwandern. Zu jeder Zeit gilt:

$$a_m = \frac{v_2 - v_1}{t_2 - t_1} = \frac{\Delta v}{\Delta t}.$$

Diese Gleichung besagt, daß der Zahlenwert der mittleren Beschleunigung gleich der Steigung der durch die Punkte *A* und *B* gehenden Sekante ist. Da die Steigung sich bei kleiner werdenden Zeitintervallen verändert, muß auch der Betrag der mittleren Beschleunigung dabei eine Veränderung erfahren. Wenn aber das Zeitintervall genügend klein geworden ist, so ändert sich der Betrag der mittleren Beschleunigung bei einer noch weiter fortschreitenden Intervallverkleinerung nicht mehr, weil die dann auftretenden Veränderungen der Sekantensteigung unterhalb der Meßgenauigkeit liegen. Der sich jetzt ergebende Betrag der mittleren Beschleunigung hängt nur von der Lage des Punktes *A* ab. Man bezeichnet diese Beschleunigung als die *Momentanbeschleunigung* oder kurz als die *Beschleunigung a* im Punkte *A*. Für einen anderen Punkt des Geschwindigkeit-Zeit-Diagrammes ergibt sich im allgemeinen natürlich eine andere Momentanbeschleunigung. Die praktische Messung der so definierten Momentanbeschleunigungen ist schwierig, weil dazu kleine Zeitintervalle und die zugehörigen kleinen Geschwindigkeitsänderungen gemessen werden müssen.

Es gibt aber auch hier ein Rechenverfahren, mit dessen Hilfe die Beschleunigungen berechnet werden können, wenn das Weg-Zeit-Gesetz oder das Geschwindigkeit-Zeit-Gesetz der Bewegung bekannt ist. Dabei handelt es sich wieder um die *Infinitesimalrechnung*. Es soll dargelegt werden, wie bei der Berechnung der Beschleunigung zu verfahren ist. Diese Ausführungen können übersprungen werden, ohne daß das Verständnis für die weiteren Darlegungen beeinträchtigt wird.

Die mathematischen Überlegungen verlaufen in ganz ähnlicher Weise wie im vorhergehenden Abschnitt (S. 40f.). Um die Momentanbeschleunigung a zu erhalten, muß ein Grenzübergang ausgeführt werden. Man schreibt ihn in der folgenden Weise:

$$a = \lim_{\Delta t \to 0} \frac{\Delta v}{\Delta t} = \frac{\mathrm{d}v}{\mathrm{d}t} = \dot{v}.$$

Diese Gleichung besagt:

Wenn das Zeitintervall Δt sich dem Wert Null nähert, so nähert sich die Durchschnittsbeschleunigung $\frac{\Delta v}{\Delta t}$ ebenfalls einem Grenzwert, den man *den ersten Differentialquotienten der Geschwindigkeit nach der Zeit* nennt und mit $\frac{\mathrm{d}v}{\mathrm{d}t}$ oder $\dot{v}$ bezeichnet. Wir stellen fest:

Die Beschleunigung einer geradlinigen Bewegung ist gleich dem ersten Differentialquotienten der Geschwindigkeit nach der Zeit.

Setzen wir den im vorigen Abschnitt (S. 40) für die Geschwindigkeit gefundenen Wert in die obige Gleichung ein, so ergibt sich

$$a = \frac{\mathrm{d}v}{\mathrm{d}t} = \frac{\mathrm{d}\left(\frac{\mathrm{d}s}{\mathrm{d}t}\right)}{\mathrm{d}t} = \frac{\mathrm{d}^2 s}{\mathrm{d}t^2} = \ddot{s}.$$

Die Beschleunigung einer geradlinigen Bewegung ist gleich dem zweiten Differentialquotienten des Weges nach der Zeit.

Die Momentanbeschleunigung einer beliebigen geradlinigen Bewegung kann auch in einfacher Weise geometrisch gedeutet werden. Wir machen dabei von der Tatsache Gebrauch, daß der Zahlenwert der mittleren Beschleunigung in dem Intervall AB gleich der Steigung der durch die Punkte A und B gehenden Sekante ist (Abb. 42.1). Wenn der Punkt B sich nun dem Punkte A nähert und schließlich mit diesem zusammenfällt, so wird aus der Sekante eine durch den Punkt A gehende Tangente an das Geschwindigkeit-Zeit-Diagramm. Dies bedeutet:

Der Zahlenwert der Momentanbeschleunigung einer beliebigen geradlinigen Bewegung ist zu jeder Zeit gleich der Steigung der Tangente, die man in dem zugehörigen Punkt des Geschwindigkeit-Zeit-Diagrammes zeichnen kann.

Die bisherigen Untersuchungen haben sich auf *geradlinige Bewegungen* beschränkt. Dann liegen der Wegvektor, der Geschwindigkeitsvektor und der Beschleunigungsvektor auf einer Geraden. Aus diesem Grunde war es auch zulässig, lediglich Betragsgleichungen zu schreiben. Es sollen nun noch einige Bemerkungen über diejenigen Bewegungen gemacht werden, bei denen die Weg- und Geschwindigkeitsvektoren neben ihrem Betrag auch noch ihre Richtung verändern. Ein Massenpunkt möge zur Zeit t_0 die Geschwindigkeit $\vec{v}_0$ haben und in dem Zeitintervall Δt die Geschwindigkeitsänderung $\Delta\vec{v}$ erfahren. Um die Geschwindigkeit zu ermitteln, mit der sich der Massenpunkt zur Zeit $t_0+\Delta t$ bewegt, muß man die Vektoren $\vec{v}_0$ und $\Delta\vec{v}$ vektoriell addieren (Abb. 47.1). Die Richtung des Beschleunigungsvektors fällt mit der Richtung der Geschwindigkeitsänderung $\Delta\vec{v}$ zusammen, und der Betrag der Beschleunigung wird errechnet, indem man in dem Quotienten $a=\frac{|\Delta\vec{v}|}{\Delta t}$ das Zeitintervall Δt sehr klein wählt.

Es muß noch beachtet werden, daß die von einer bestimmten Beschleunigung $\vec{a}$ bewirkte Geschwindigkeitsänderung $\Delta\vec{v}$ sowohl von dem Betrag des Beschleunigungsvektors als auch von dem Winkel α, den dieser mit dem Geschwindigkeitsvektor $\vec{v}_0$ bildet, abhängt. In bezug auf die Abhängigkeit von dem Winkel α spielen zwei Sonderfälle eine wichtige Rolle:

1. $\alpha=0°$ *oder* $\alpha=180°$

In diesen Fällen haben die Beschleunigung $\vec{a}$ und damit die Geschwindigkeitsänderung $\Delta\vec{v}$ die gleiche oder die entgegengesetzte Richtung wie die Anfangsgeschwindigkeit $\vec{v}_0$ (Abb. 47.2). Es handelt sich um die schon behandelten geradlinigen Bewegungen, bei denen sich nur der Betrag, nicht dagegen die Richtung der Geschwindigkeit verändert. Die hier auftretenden, in die Bahnrichtung weisenden Beschleunigungen werden als *Bahnbeschleunigungen* oder *Tangentialbeschleunigungen* (Formelzeichen: a_b) bezeichnet.

2. $\alpha=90°$

In diesem Falle stehen die Beschleunigung $\vec{a}$ und damit die Geschwindigkeitsänderung $\Delta\vec{v}$ auf dem Geschwindigkeitsvektor $\vec{v}_0$ senkrecht (Abb. 47.3). Man erkennt aus Abb. 47.3, daß bei einem genügend kleinen Zeitintervall Δt und damit bei einem genügend kleinen Betrag des Vektors $\Delta\vec{v}$ der aus der vektoriellen Addition resultierende Vektor

$$\vec{v}=\vec{v}_0+\Delta\vec{v}$$

Abb. 47.1 Die durch die Beschleunigung $\vec{a}=\frac{\Delta\vec{v}}{\Delta t}$ bewirkte Geschwindigkeitsänderung

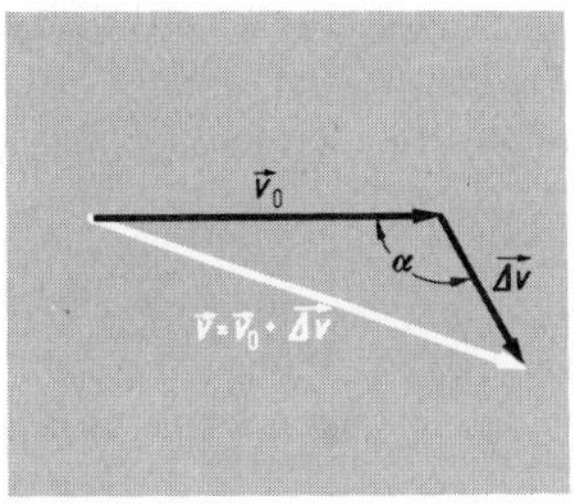

Abb. 47.2 Die durch Bahnbeschleunigungen bewirkten Geschwindigkeitsänderungen

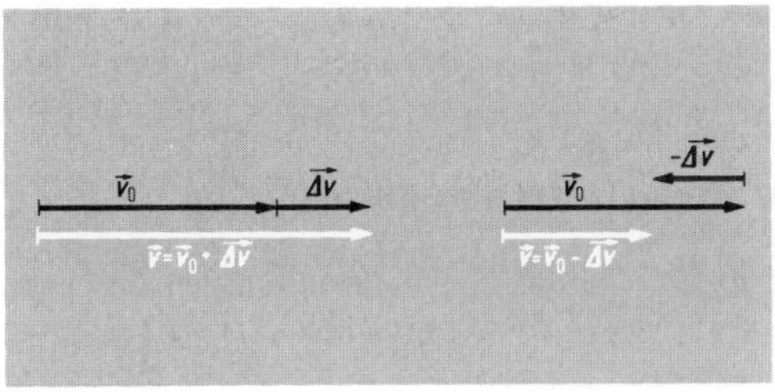

Abb. 47.3 Die durch Normalbeschleunigungen bewirkten Geschwindigkeitsänderungen

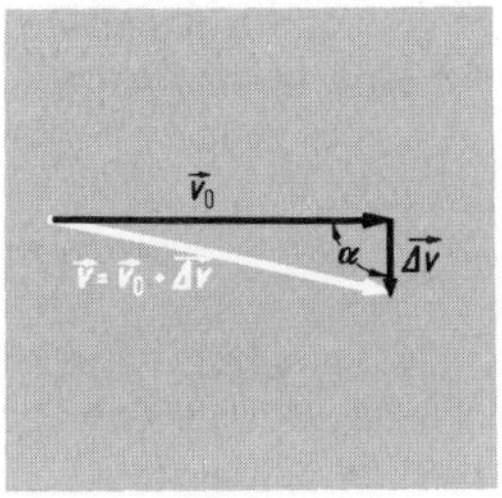

innerhalb der vorliegenden Meßgenauigkeit den gleichen Betrag wie $\vec{v}_0$ hat. Die Richtung des Geschwindigkeitsvektors ändert sich aber auf jeden Fall. Die zur Bahnrichtung senkrechten Beschleunigungen werden als *Normalbeschleunigungen* oder als *Radialbeschleunigungen* (Formelzeichen: a_r) bezeichnet.

Wenn bei einer Bewegung *beliebige Beschleunigungen* auftreten, d.h., wenn der Winkel zwischen dem Beschleunigungsvektor und dem Wegvektor von 0°, 90° und 180° verschieden ist, so kann man die Untersuchung der betreffenden Bewegung auf die schon erwähnten Fälle zurückführen, indem man den Beschleunigungsvektor in zwei Komponenten zerlegt, von denen die eine in die Wegrichtung und die andere senkrecht dazu verläuft.

Es soll noch darauf hingewiesen werden, daß die Normalbeschleunigungen im Sprachgebrauch des Alltags oft nicht als wirkliche Beschleunigungen betrachtet werden, weil sie den Betrag der Geschwindigkeit nicht verändern. Eine solche Vorstellung ist aber falsch; sie entspricht nicht der physikalischen Definition. Es wird sich noch zeigen, daß die Normalbeschleunigungen bei zahlreichen Vorgängen eine sehr wichtige Rolle spielen. Sie sind ebenso bedeutungsvoll wie die Bahnbeschleunigungen. Dies hängt damit zusammen, daß bei einem Vektor die Richtung keineswegs weniger wichtig als der Betrag ist.

In den folgenden Abschnitten werden wir einzelne Beispiele für die verschiedenen oben angegebenen Gruppen von Bewegungen genauer behandeln.

Das Gefühl für die Größe der in unserer Umwelt auftretenden Beschleunigungen ist im allgemeinen noch schlechter entwickelt als das für die Größe der Geschwindigkeiten. Wir stellen deshalb wieder einige mittlere Beschleunigungen zusammen.

Zusammenstellung mittlerer Beschleunigungen

	$\mathrm{m\,s^{-2}}$
Anfahren von Personenzügen	0,15
Anfahren der Berliner und Hamburger Untergrundbahn	0,60
Beschleunigung beim Anfahren eines Kraftwagens	1–3
Verzögerung beim Bremsen eines Kraftwagens	1–6
Freier Fall im leeren Raum	9,81
Tennisball beim Aufprall auf eine Mauer	10^5
Abschuß eines Geschosses	bis $5 \cdot 10^5$

Im Zeitalter der Raumfahrt ist die Frage von Interesse, welche *Wirkungen die Beschleunigung auf den Menschen* hat und welche Beschleunigungen der Mensch zu ertragen vermag. Die Luft- und Raumfahrtmedizin hat sich mit der Untersuchung dieser Fragen beschäftigt. Es ist üblich, die Beschleunigungen in Vielfachen der Fallbeschleunigung

$$g \approx 9{,}81\ \mathrm{m\,s^{-2}}$$

anzugeben.

Bei den Untersuchungen hat sich gezeigt, daß *Beschleunigungen in Richtung der Körperlängsachse* in der Größe von etwa $4g$ noch gut ertragen werden können. Darüber hinausgehende Beschleunigungen sind für eine sehr kurze Dauer, wie etwa bei Stößen, in geeigneter Körperlage und bei sorgfältiger Abstützung noch bis zu $18g$ erträglich; bei noch größeren Werten treten Brüche der Wirbelsäule auf.

Dagegen werden *Beschleunigungen senkrecht zur Körperlängsachse* allgemein leichter ertragen als solche in Richtung dieser Achse. So haben Messungen ergeben, daß senkrecht zur Körperlängsachse Beschleunigungen bis zu $12g$ für mehrere Minuten ohne Blutkreislauf- und Bewußtseinsstörungen ausgehalten werden konnten. Der amerikanische Astronaut GLENN war bei seinem Raumflug um die Erde maximal einer Beschleunigung von $7{,}7g$ ausgesetzt. Bei den Mondflügen im Rahmen des Apollo-Programmes betrug die Beschleunigung während des Startes und des Wiedereintritts in die Lufthülle der Erde $4g$ bis $5g$. In Notsituationen muß aber auch hier mit größeren Beschleunigungen gerechnet werden. Die Astronauten werden auf diese Beschleunigungen in großen Zentrifugen vorbereitet. Beim Herumschleudern der Kabinen treten – wie sich später noch zeigen wird – beträchtliche Beschleunigungen auf, die denen beim Start eines Raumschiffes und bei seinem Wiedereintritt in die Erdatmosphäre gleichkommen.

2.2.7 Die verschiedenen Bewegungsarten der Massenpunkte

Die in den vorhergehenden Abschnitten eingeführten Größen *Geschwindigkeit* und *Beschleunigung* können zur Klassifikation der Bewegungen von Massenpunkten dienen. Man unterscheidet die folgenden Gruppen von Bewegungen:

1. Gleichförmige Bewegungen

Der *Geschwindigkeitsvektor* ist bei diesen Bewegungen *unveränderlich*, d.h., die Geschwindigkeit ändert weder ihren Betrag noch ihre Richtung. Es treten also *keine Bahnbeschleunigungen* und *keine Radialbeschleunigungen* auf.

2. Ungleichförmige oder beschleunigte Bewegungen

Der *Geschwindigkeitsvektor* ist bei diesen Bewegungen *veränderlich*.

Dabei sind drei Fälle zu unterscheiden:

a) Der Geschwindigkeitsvektor ändert nur seinen Betrag, nicht dagegen seine Richtung. Es treten also *nur Bahnbeschleunigungen*, nicht dagegen Radialbeschleunigungen auf. Die Wege sind dann *gerade Linien*.

Beispiel Freier Fall, Gleiten auf der geneigten Ebene.

b) Der Geschwindigkeitsvektor ändert nur seine Richtung, nicht dagegen seinen Betrag. Es treten *nur Radialbeschleunigungen*, nicht dagegen Bahnbeschleunigungen auf. Die Wege sind dann Kreise, die mit gleichbleibender Umlaufsgeschwindigkeit durchlaufen werden.

Beispiel Gleichmäßige Kreisbewegung

c) Der Geschwindigkeitsvektor ändert sowohl seinen Betrag als auch seine Richtung. In diesem Falle können sowohl *Bahnbeschleunigungen* als auch *Radialbeschleunigungen* auftreten. Die Wege können irgendwelche Kurven sein.

Beispiel Horizontaler und schiefer Wurf, Zentralbewegungen, insbesondere Bewegungen der Planeten und Kometen, harmonische Schwingungen eines Fadenpendels.

Die hier angegebenen Beispiele für die verschiedenen ungleichförmigen Bewegungsarten sollen im folgenden genauer untersucht werden.

2.2.8 Die Fallbewegungen

Aus dem täglichen Leben ist bekannt, daß ein frei beweglicher Stein oder eine Bleikugel auf einer geradlinigen Bahn nach unten in Richtung zum Erdmittelpunkt hin fällt, wobei die Fallgeschwindigkeit um so größer wird, je länger die durchfallene Strecke ist. Es handelt sich bei dem *freien Fall* also um eine geradlinige, beschleunigte Bewegung, d.h. um eine Bewegung, bei der nur Bahnbeschleunigungen auftreten. Im folgenden sollen die für die Fallbewegung geltenden Gesetze behandelt werden.

Wenn man eine Bleikugel, eine Feder oder ein Blatt Papier fallen läßt, so zeigt sich, daß die Fallbewegungen sehr unterschiedlich ablaufen. Es ist deshalb nicht verwunderlich, daß man früher annahm, die Fallbewegung hinge von der Größe, der Masse, der Gestalt und anderen Körpereigenschaften ab. Auch heute kann man der Auffassung, daß schwere Körper schneller zur Erde fallen als leichte Körper, daß also die Fallbewegung von der Gewichtskraft abhängt, noch bisweilen begegnen. Es ist das große Verdienst des Physikers G. GALILEI (1564–1642), hier Klarheit geschaffen und die wirklichen physikalischen Zusammenhänge aufgedeckt zu haben. Wenn die Erfahrung zeigt, daß eine Bleikugel die Erdoberfläche schneller als eine aus der gleichen Höhe nach unten fallende Feder erreicht, so ist dies auf die Tatsache zurückzuführen, daß die eigentliche Fallbewegung, die dadurch zustandekommt, daß alle Körper von der Erde angezogen werden, durch andere Einflüsse gestört wird. Zu diesen störenden Einflüssen gehört vor allem der Luftwiderstand. Dies kann man mit Hilfe der auf der Sekundarstufe I bereits erwähnten, in Abb. 50.1 wiedergegebenen Glasröhre zeigen, in der sich eine Kugel aus Stanniolpapier und eine Flaumfeder befinden. Man läßt die beiden Körper zunächst in der luftgefüllten Röhre fallen, indem man diese einfach umkehrt. Dabei zeigt sich, daß die Stanniolkugel das Ende der Röhre erheblich eher erreicht als die Flaumfeder. Wenn man dann die Luft mit Hilfe einer Pumpe möglichst weitgehend aus der Röhre entfernt und den Versuch wiederholt, so ergibt sich, daß beide Körper das Ende der Röhre nach der gleichen Fallzeit erreichen.

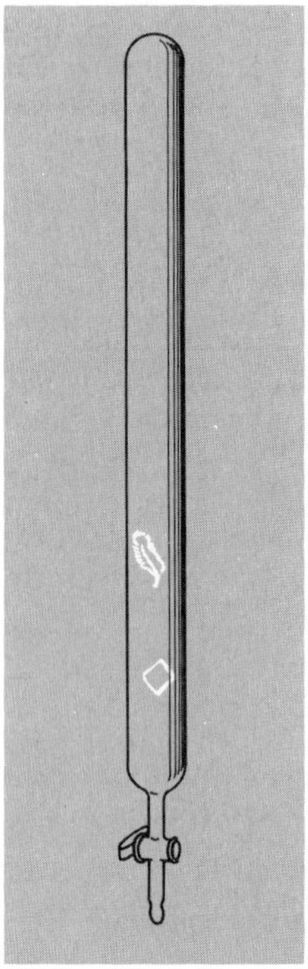

Wir stellen als erste Erfahrungstatsache fest:

Im leeren Raum fallen alle Körper gleich schnell.

Man kann den gleichen Sachverhalt auch folgendermaßen formulieren:

Die Beschleunigung, die ein Körper beim Fall im leeren Raum erfährt, hängt nicht von seiner Größe, seiner Masse, seiner Gestalt oder anderen Körpereigenschaften ab.

Diese Tatsache wurde von der Besatzung von Apollo XV sehr eindrucksvoll *auf dem Monde* demonstriert. Da der Mond keine nennenswerte Atmosphäre besitzt, gibt es hier auch keinen Luftwiderstand. Als ein Astronaut das oben geschilderte Experiment ausführte und aus der gleichen Höhe zu gleicher Zeit einen Hammer und eine Feder fallen ließ, konnten die Fernsehzuschauer feststellen, daß beide Gegenstände zur gleichen Zeit auf der Mondoberfläche ankamen.

Abb. 50.1
Zur Untersuchung der Fallbewegung im leeren Raum

Die folgenden Untersuchungen beschränken sich auf fallende Körper, bei denen der Luftwiderstand so gering ist, daß er vernachlässigt werden kann. Dies bedeutet, daß z.B. *Fallschirme* ausgeschlossen werden müssen, weil es bei ihnen gerade darauf ankommt, die Fallbewegung durch einen besonders hohen Luftwiderstand so zu beeinflussen, daß die Erdoberfläche mit möglichst kleiner Geschwindigkeit erreicht wird. Man verwendet für die experimentelle Untersuchung der Fallbewegung zweckmäßig kleine Körper mit verhältnismäßig großer Dichte, z.B. kleine Blei- oder Stahlkugeln. Außerdem muß man sich auf nicht zu große Geschwindigkeiten beschränken, weil der Luftwiderstand mit wachsender Geschwindigkeit rasch ansteigt.

Wenn man experimentell feststellen will, welchen Weg ein frei fallender Körper in einem bestimmten Zeitintervall Δt durchfällt, so erweist sich dies als schwierig, weil die Fallwege schon nach wenigen Sekunden so groß werden, daß geeignete Versuchsstrecken in einem Laboratorium nicht mehr zur Verfügung stehen. Man muß deshalb recht kleine Zeitintervalle Δt wählen. Kurzzeitmessungen können heute mit großer Präzision ausgeführt werden. So gibt es elektrische Stoppuhren, mit denen die Zeiten gemessen werden können, die zum Durchfallen von kurzen, in einem Laboratorium leicht unterbringbaren Fallstrecken erforderlich sind. In der Sekundarstufe I (Band I, S. 109) wurde ein diesem Zwecke dienendes Gerät, das man als *Kugelfallgerät* bezeichnet, genauer besprochen. Dort wurden mit diesem Gerät auch Messungen durchgeführt und ausgewertet. Es hat sich ergeben:

Die bei dem freien Fall auftretende Bahnbeschleunigung, die man als Fallbeschleunigung (Formelzeichen: g) bezeichnet, ist konstant. Bei dem freien Fall handelt es sich also um eine gleichmäßig beschleunigte Bewegung.

Diese Feststellung bedarf jedoch einer gewissen Einschränkung. Die Messungen der Fallbeschleunigung haben nämlich ergeben, daß diese von der geografischen Breite, von der Höhe über dem Meeresspiegel und von der örtlichen Beschaffenheit der Erdrinde abhängt. Ferner kann die Fallbeschleunigung zeitliche Schwankungen aufweisen, die im gleichen Rhythmus wie Ebbe und Flut erfolgen. Die Beschleunigung, die ein frei fallender Körper aufgrund der Erdanziehung an irgendeinem Ort erfährt, wird als die *örtliche* oder *lokale Fallbeschleunigung* bezeichnet. Als *Normwert der Fallbeschleunigung* hat man

$$g_n = 9{,}80665\ \mathrm{m\,s^{-2}}$$

festgesetzt. Diese Beschleunigung wird auch als *Normfallbeschleunigung* bezeichnet. Es gibt Orte, an denen die lokale Fallbeschleunigung gleich der Normfallbeschleunigung ist (z. B. Zürich). Im allgemeinen verwendet man die Näherungswerte

$$g \approx 9{,}81\ \mathrm{m\,s^{-2}} \approx 10\ \mathrm{m\,s^{-2}}.$$

In Meereshöhe liegt der Betrag der Fallbeschleunigung zwischen rund

$$g \approx 9{,}78\ \mathrm{m\,s^{-2}}\ \text{am Äquator}$$

und

$$g \approx 9{,}83\ \mathrm{m\,s^{-2}}\ \text{an den Polen}.$$

Die Unterschiede sind durch die Abplattung der Erde und die Drehung um ihre Achse bedingt. Hierauf wird später (S. 152) noch genauer eingegangen.

Bei einer Beschränkung auf nicht zu große Fallstrecken kann also die Fallbeschleunigung als konstant betrachtet werden, und man darf die früher (S. 45) für alle gleichmäßig beschleunigten Bewegungen abgeleiteten Gesetze

$$v = a\,t \quad \text{und} \quad s = \tfrac{1}{2}a\,t^2$$

auf den freien Fall anwenden. Es gilt also:

Ein aus dem Ruhezustand frei fallender Körper hat nach der Zeit t die Geschwindigkeit

$$v = g\,t$$

erreicht und den Weg

$$s = \tfrac{1}{2}g\,t^2$$

zurückgelegt. Aus diesen beiden Gleichungen ergibt sich die weitere Formel

$$v = \sqrt{2gs}.$$

Diese Fallgesetze gelten auch auf anderen Himmelskörpern, insbesondere auf dem *Mond*. Allerdings ist die Fallbeschleunigung auf dem Mond wesentlich kleiner als auf der Erde. Es gilt

$$g_{\mathrm{Mond}} \approx \tfrac{1}{6}\,g_{\mathrm{Erde}}.$$

Als weiteres Beispiel für die Fallbewegung untersuchen wir die *Bewegung auf der geneigten Ebene.*

Unter einer geneigten Ebene versteht man eine Ebene, die mit der Horizontalen einen von 0° verschiedenen Neigungswinkel α bildet (Abb. 51.1). Um die Fallbewegung auf einer solchen geneigten Ebene zu untersuchen, gibt man dieser oft die Gestalt einer Rinne, in der eine Kugel möglichst reibungsfrei rollen kann. Wenn man die zum Durchlaufen der Rinne vom Punkte A bis zum Punkte B erforderliche Zeit mißt, so zeigt sich, daß diese um so größer wird, je kleiner man den Neigungswinkel α macht. Zur physikalischen Deutung dieser Erscheinungen zerlegen wir die im Mittelpunkt der rollenden Kugel angreifende, vertikal nach unten gerichtete Fallbeschleunigung g in zwei Komponenten, von denen die eine parallel und die andere senkrecht zur geneigten

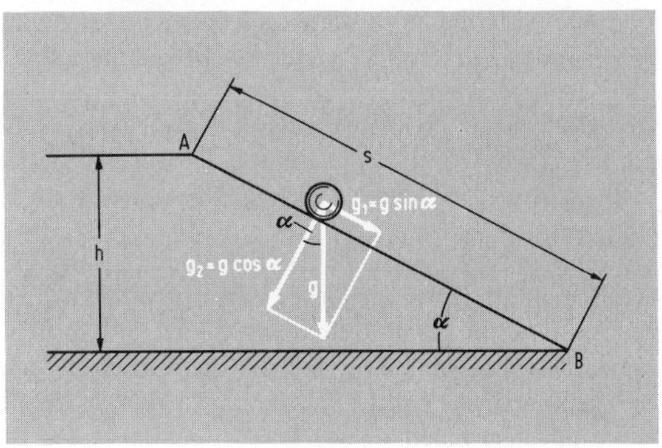

Abb. 51.1
Zum Fall auf der geneigten Ebene

Ebene gerichtet ist. Man erkennt dann leicht, daß die folgenden Beziehungen bestehen:

$$g_1 = g \sin\alpha \quad \text{und} \quad g_2 = g \cos\alpha .$$

Die senkrecht zur geneigten Ebene gerichtete Beschleunigungskomponente g_2 kann keine Beschleunigung hervorbringen. Auf die Kugel wirkt deshalb allein die Komponente

$$g_1 = g \sin\alpha$$

beschleunigend.

Solange die Bahnneigung unverändert bleibt, handelt es sich also um eine Bewegung mit einer konstanten Bahnbeschleunigung. Es ist deshalb zulässig, die früher für diese Bewegungen abgeleiteten allgemeinen Gesetze auch hier anzuwenden. Daraus ergibt sich dann:

Für die Bewegung auf einer geneigten Ebene gelten die folgenden Gesetze:

$$v = g \sin\alpha \cdot t, \qquad s = \tfrac{1}{2} g \sin\alpha \cdot t^2 \quad \text{und} \quad v = \sqrt{2g \sin\alpha \cdot s}.$$

Es muß noch hinzugefügt werden, daß diese Gesetze streng genommen nur gelten, wenn ein Körper reibungsfrei auf einer geneigten Ebene *gleitet*. Wenn der Körper dagegen auf der geneigten Ebene *rollt*, so kann nur ein Teil der Beschleunigungskomponente g_1 eine Steigerung der Geschwindigkeit v bewirken, während ein anderer Teil dazu dient, die Rotation in Gang zu bringen und zu steigern. Die bei einer Messung sich ergebende Endgeschwindigkeit v wird also kleiner (etwa 20%) als die mit Hilfe der genannten Formeln errechnete Endgeschwindigkeit sein. Im folgenden sehen wir von dieser Störung ab und gehen davon aus, daß die angegebenen Formeln exakt gelten.

Die oben gemachte Feststellung, daß die zum Durchlaufen der geneigten Ebene vom Punkte A bis zum Punkte B erforderliche Zeit um so größer ist, je kleiner man den Neigungswinkel α macht, wird sofort verständlich, wenn man beachtet, daß die allein beschleunigend wirkende Komponente der Fallbeschleunigung den Betrag $g \sin\alpha$ hat und daß dieser Ausdruck mit kleiner werdendem Winkel α ebenfalls kleiner wird. Wenn man umgekehrt den Winkel α vergrößert, so geht die Bewegung bei einem Neigungswinkel $\alpha = 90°$ in den freien Fall über. Setzt man in den oben angegebenen Formeln

$$\sin\alpha = \sin 90° = 1,$$

so ergeben sich die für den freien Fall gefundenen Gesetze.

Auf eine zunächst überraschend erscheinende Tatsache soll hier noch hingewiesen werden. Wenn man die Endgeschwindigkeit v bei mehreren geneigten Ebenen mit unterschiedlichen Neigungswinkeln α untersucht, so ergibt sich bei Beachtung des Zusammenhanges (Abb. 51.1)

$$\sin\alpha = \frac{h}{s} \quad \text{oder} \quad h = s \cdot \sin\alpha$$

für die Endgeschwindigkeit v:

$$v = \sqrt{2g \sin\alpha \cdot s} = \sqrt{2g\,h}.$$

Dies bedeutet:

Ein auf einer beliebigen geneigten Ebene reibungsfrei gleitender Körper erreicht beim Durchlaufen eines bestimmten Höhenunterschiedes h eine Endgeschwindigkeit, die nur von der durchlaufenen Höhe, nicht dagegen von der Neigung der geneigten Ebene abhängt. Wir stellen deshalb abschließend fest:

Die reibungsfreie Bewegung auf der geneigten Ebene unterliegt den gleichen physikalischen Gesetzen wie der freie Fall. Der Bewegungsablauf ist wegen der kleineren Bahnbeschleunigung lediglich verlangsamt und deshalb experimentell leichter verfolgbar als dies beim freien Fall möglich ist.

Diese Erkenntnis hatte GALILEI bereits gewonnen. Da ihm zur Zeitmessung nur Wasseruhren zur Verfügung standen, mußte er mit größeren Zeitintervallen arbeiten; deshalb konnte er die Fallgesetze nicht mit der genügenden Exaktheit unmittelbar am freien Fall verifizieren. Er benutzte daher die geneigte Ebene bei verschiedenen Neigungswinkeln α, um die theoretisch hergeleiteten Fallgesetze experimentell zu überprüfen. Als ihm dies gelungen war, extrapolierte er das Ergebnis auf den Fall $\alpha = 90°$, da er davon überzeugt war, daß die Natur keine Sprünge macht.

2.2.9 Der vertikale Wurf

Bei dem *vertikalen Wurf* wird ein Körper mit der Anfangsgeschwindigkeit v_0 vertikal nach unten oder vertikal nach oben geworfen. Dabei soll wieder von dem Luftwiderstand abgesehen werden. Die Bewegung des Körpers kann dann als Überlagerung zweier unabhängiger Teilbewegungen betrachtet werden:

einer aufwärts oder abwärts gerichteten gleichförmigen Bewegung mit der konstanten Anfangsgeschwindigkeit v_0

und einer abwärts gerichteten, gleichmäßig beschleunigten Fallbewegung mit der konstanten Beschleunigung g. Für die Geschwindigkeit v_t des bewegten Körpers zur Zeit t und für den in der Zeit t zurückgelegten Weg s_t gilt dann:

Wurf nach unten	*Wurf nach oben*
$v_t = v_0 + g\,t$	$v_t = v_0 - g\,t$
$s_t = v_0\,t + \frac{1}{2} g\,t^2$	$s_t = v_0\,t - \frac{1}{2} g\,t^2$

Bei dem vertikalen *Wurf nach oben* steigt der Körper so lange, bis die Endgeschwindigkeit Null geworden ist. Für die *Steigzeit* t_s gilt dann:

$$0 = v_0 - g\,t_s \quad \text{oder} \quad t_s = \frac{v_0}{g}.$$

Für die in dieser Zeit erreichte maximale Steighöhe H ergibt sich:

$$H = \frac{v_0^2}{g} - \frac{1}{2} g \left(\frac{v_0}{g}\right)^2 = \frac{v_0^2}{2g}.$$

Wir erkennen hieraus:

Bei dem vertikalen Wurf nach oben nimmt die Steighöhe mit dem Quadrat der Anfangsgeschwindigkeit zu.

Wenn der Körper aus der Höhe H wieder frei nach unten fällt, so erreicht er den Boden mit der Geschwindigkeit

$$v = \sqrt{2g\,H} = \sqrt{2g\,\frac{v_0^2}{2g}} = v_0.$$

Dies bedeutet:

Ein mit der Anfangsgeschwindigkeit v_0 vertikal nach oben geworfener Körper kommt mit der gleichen Geschwindigkeit wieder auf der Erdoberfläche an.

Der vertikale Wurf kann als Spezialfall einer beliebigen gleichmäßig beschleunigten Bewegung mit der Beschleunigung a betrachtet werden. Wenn der bewegte Körper die Anfangsgeschwindigkeit v_0 besitzt, so gilt für die nach der Zeit t erreichte Geschwindigkeit

$$v_t = v_0 \pm a\,t.$$

Die mittlere Geschwindigkeit beträgt in diesem Falle

$$v_m = \frac{v_0 + v_t}{2} = v_0 \pm \frac{1}{2} a\,t.$$

Dann ergibt sich für den zurückgelegten Weg

$$s_t = v_m\,t = v_0\,t \pm \tfrac{1}{2} a\,t^2.$$

Dies entspricht gerade der Fläche des Trapezes, das von der t-Achse, der v-Achse, dem Geschwindigkeit-Zeit-Diagramm und der am Ende der betrachteten Zeitspanne errichteten Ordinate begrenzt wird (Abb. 53.1).

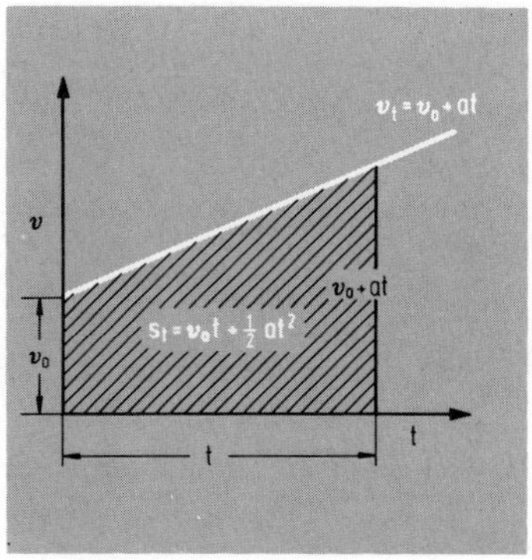

Abb. 53.1
Der zurückgelegte Weg im Geschwindigkeit-Zeit-Digramm einer gleichmäßig beschleunigten Bewegung mit der Anfangsgeschwindigkeit v_0

Wir stellen zusammenfassend fest:

Alle bei dem räumlich-zeitlichen Ablauf gleichmäßig beschleunigter, geradliniger Bewegungen auftretenden Probleme können mit Hilfe des

Geschwindigkeit-Zeit-Gesetzes $v_t = v_0 \pm a\,t$

und des

Weg-Zeit-Gesetzes $s_t = v_0\,t \pm \frac{1}{2} a\,t^2$

behandelt und gelöst werden.

2.2.10 Die gleichmäßige Kreisbewegung

Eine Kreisbewegung liegt vor, wenn ein Körper sich auf einer Kreisbahn bewegt. Die Richtung des Geschwindigkeitsvektors fällt in jedem Bahnpunkt mit der Kreistangente zusammen. Der Betrag v des Geschwindigkeitsvektors ist gleich dem Quotienten aus dem in dem Zeitintervall Δt auf der Kreisbahn zurückgelegten Weg Δs und dem Zeitintervall Δt. Es ist also

$$v = \frac{\Delta s}{\Delta t}.$$

Man bezeichnet den so definierten Geschwindigkeitsbetrag als den Betrag der *Bahngeschwindigkeit*. Wenn die Bahngeschwindigkeit von der Wahl des Zeitintervalles Δt abhängt, so haben wir es mit der *allgemeinen Kreisbewegung* zu tun. Der Körper bewegt sich dann mit unterschiedlichen Geschwindigkeiten auf der Kreisbahn. Hier soll aber nur ein für die Physik wichtiger Sonderfall untersucht werden, der als *gleichmäßige Kreisbewegung* bezeichnet wird. Wir definieren:

Unter einer gleichmäßigen Kreisbewegung versteht man die Bewegung auf einem Kreise, bei der in beliebig großen, gleichen Zeitintervallen Δt stets gleich lange Wege Δs auf dem Kreise zurückgelegt werden.

Es gilt also für die Bahngeschwindigkeit einer gleichmäßigen Kreisbewegung:

$$v = \frac{\Delta s}{\Delta t} = \text{const}.$$

Zu dem auf der Kreisperipherie durchlaufenen Weg Δs gehört der Mittelpunktswinkel $\Delta\varphi$ (Abb. 54.1). Zwischen beiden Größen besteht der Zusammenhang

$$\Delta s = r \cdot \Delta\varphi.$$

Man kann für die Bahngeschwindigkeit dann auch schreiben:

$$v = \frac{\Delta s}{\Delta t} = r\,\frac{\Delta\varphi}{\Delta t}.$$

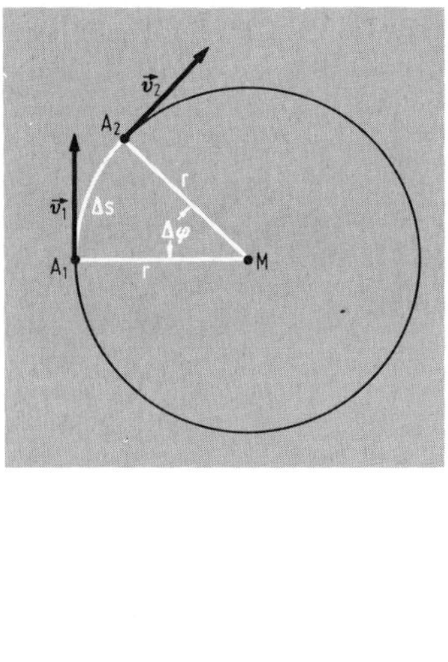

Abb. 54.1
Zur gleichmäßigen Kreisbewegung

Die Größe $\frac{\Delta\varphi}{\Delta t}$ spielt bei der Beschreibung von Kreisbewegungen eine wichtige Rolle. Man bezeichnet sie als die *Winkelgeschwindigkeit*. Wir setzen fest:

Unter der Winkelgeschwindigkeit (Formelzeichen: ω) einer Kreisbewegung versteht man den Quotienten aus dem in einem beliebigen Zeitintervall Δt von dem Kreisradius überstrichenen Winkel $\Delta\varphi$ und dem Zeitintervall Δt.

Für die gleichmäßige Kreisbewegung gilt dann:

$$\omega = \frac{\Delta\varphi}{\Delta t} = \text{const}.$$

Es handelt sich bei der Winkelgeschwindigkeit um eine neue physikalische Größe, für die eine Einheit festgesetzt werden muß. Die *Ausführungsverordnung zu dem Gesetz über Einheiten im Meßwesen* bestimmt hierüber:

Die abgeleitete Einheit der Winkelgeschwindigkeit ist der Radiant durch Sekunde (Einheitenzeichen: $\frac{\text{rad}}{\text{s}}$ oder $\text{rad}\cdot\text{s}^{-1}$). Ein Radiant durch Sekunde ist gleich der Winkelgeschwindigkeit eines gleichförmig rotierenden Körpers, der sich während der Zeit 1 s um den Winkel 1 rad um die Rotationsachse dreht.

Abgeleitete gesetzliche Einheiten der Winkelgeschwindigkeit sind auch alle anderen Quotienten, die aus einer gesetzlichen Winkeleinheit und einer gesetzlichen Zeiteinheit gebildet werden.

Beispiele

$1\ \text{rad}\cdot\text{s}^{-1} \approx 57{,}296°\ \text{s}^{-1}$, $1°\ \text{s}^{-1} \approx 0{,}017\ \text{rad}\cdot\text{s}^{-1}$.

Die Winkelgeschwindigkeit, mit der die Erde sich um ihre Achse dreht, beträgt:

$$\omega = \frac{2\pi\ \text{rad}}{1\ \text{d}} = \frac{2\pi\ \text{rad}}{86400\ \text{s}} \approx 72{,}7\cdot 10^{-6}\ \text{rad}\cdot\text{s}^{-1}.$$

Aus den obigen Gleichungen ergibt sich ein wichtiger Zusammenhang, den wir uns merken:

Zwischen der Bahngeschwindigkeit v und der Winkelgeschwindigkeit ω einer Kreisbewegung besteht der Zusammenhang

$$v = r\,\omega.$$

Wenn man die Bewegung eines Körpers auf einer kreisförmigen Bahn im Raume eindeutig beschreiben will, so genügt die Angabe des Betrages der Winkelgeschwindigkeit allein nicht. Es muß darüber hinaus die räumliche Orientierung der Kreisbahn festgelegt werden. Dies geschieht, indem man in dem Kreismittelpunkt auf der Kreisbahn die Senkrechte errichtet. Diese Gerade bildet dann die Dreh- oder Rotationsachse (Abb. 55.1). Durch die Angabe ihrer Richtung kann die Richtung der Bahnebene eindeutig beschrieben werden. Zu einer eindeutigen Festlegung der Winkelgeschwindigkeit muß daher außer ihrem Betrag auch die Richtung der Drehachse angegeben werden. Es gilt:

Die Winkelgeschwindigkeit ist ein Vektor, der in Richtung der Drehachse verläuft.

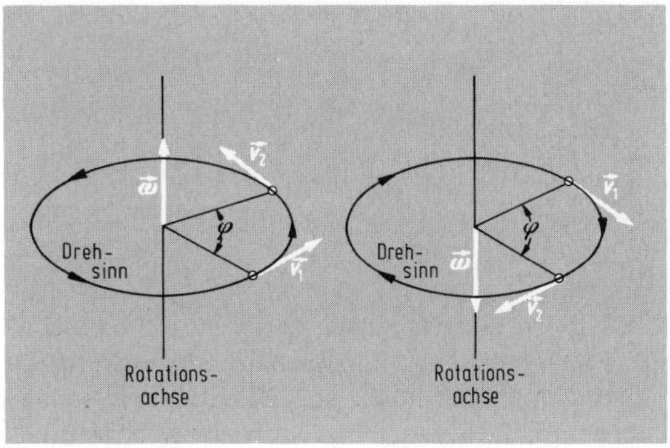

Abb. 55.1
Die Winkelgeschwindigkeit als Vektor

Wie früher (S. 31) bereits ausgeführt wurde, handelt es sich bei der Winkelgeschwindigkeit um einen Vektor anderer Art als er uns bei der Geschwindigkeit und der Beschleunigung begegnet ist. Die Winkelgeschwindigkeit ist ein *axialer Vektor*, die Geschwindigkeit und die Beschleunigung sind *polare Vektoren*. Wir gehen auf die Unterschiede nicht näher ein.

Der positive Durchlaufungssinn des Winkelgeschwindigkeitsvektors wird folgendermaßen festgelegt:

Wenn man in Richtung der Drehachse blickt und der Körper sich auf der Kreisbahn im Uhrzeigersinn bewegt, so soll der Vektor der Winkelgeschwindigkeit vom Beobachter wegweisen.

Eine weitere zur Beschreibung der gleichmäßigen Kreisbewegung dienende physikalische Größe ist die Frequenz ν. Sie ist für alle zeitlich periodischen Bewegungen, d.h. Bewegungen, die sich nach dem Ablauf einer bestimmten Zeit T wiederholen, von Bedeutung. Mit T bezeichnet man bei der gleichmäßigen Kreisbewegung die für einen vollen Umlauf erforderliche Zeit. Sie heißt *Umlaufzeit* und wird auch die *Periode* oder die *Periodendauer der Bewegung* genannt. Wir setzen fest:

Unter der Frequenz ν einer gleichmäßigen Kreisbewegung versteht man den Quotienten aus der Anzahl n der in der Zeit t erfolgenden Umläufe und der Zeit t.

$$\nu = \frac{n}{t}.$$

Für die neue physikalische Größe Frequenz muß eine Einheit festgesetzt werden. In der *Ausführungsverordnung zum Gesetz über Einheiten im Meßwesen* wird bestimmt:

Die abgeleitete Einheit der Frequenz ist das Hertz (Einheitenzeichen: Hz). 1 Hertz ist gleich der Frequenz eines periodischen Vorganges der Periodendauer 1 s.

$$1\,\text{Hz} = \frac{1}{1\,\text{s}} = 1\,\text{s}^{-1}.$$

Von der Einheit Hertz können mit Hilfe der früher genannten Vorsätze dezimale Vielfache und Teile gebildet werden.

Beispiele $1\,\text{MHz} = 10^6\,\text{Hz}$, $1\,\text{kHz} = 10^3\,\text{Hz}$, $1\,\text{mHz} = 10^{-3}\,\text{Hz}$.

Zwischen der Periodendauer T und der Frequenz ν besteht der Zusammenhang

$$\nu = \frac{1}{T}.$$

Unter Verwendung der neuen physikalischen Größen Periodendauer T und Frequenz ν lassen sich die Gleichungen für die Bahngeschwindigkeit und die Winkelgeschwindigkeit bei der gleichmäßigen Kreisbewegung auch folgendermaßen schreiben:

Bei einem vollen Umlauf ist

$$s = U = 2\pi r \quad \text{und} \quad t = T.$$

Aus $v = \frac{s}{t}$ ergibt sich dann

$$v = \frac{2\pi r}{T} = 2\pi r \nu.$$

Bei einem vollen Umlauf ist ferner

$$\varphi = 2\pi \quad \text{und} \quad t = T.$$

Aus $\omega = \frac{\varphi}{t}$ folgt dann

$$\omega = \frac{2\pi}{T} = 2\pi \nu.$$

Die Größe $2\pi\nu$ wird als die *Kreisfrequenz* bezeichnet.

Die Verwendung der Winkelgeschwindigkeit ist über die Kreisbewegung hinaus bei der physikalischen Beschreibung aller Dreh- oder Rotationsbewegungen starrer Körper um feste Achsen angebracht, weil die mathematische Darstellung der Vorgänge dadurch vereinfacht werden kann. Während nämlich die Bahngeschwindigkeit sich für die einzelnen Punkte des rotierenden Körpers mit dem Abstand von der Drehachse verändert, ist die Winkelgeschwindigkeit für alle Punkte des rotierenden Körpers gleich groß. Dies ermöglicht in vielen Fällen eine Vereinfachung der Rechnungen.

Bei der gleichmäßigen Kreisbewegung bleibt der Betrag der Bahngeschwindigkeit unverändert. Trotzdem handelt es sich nicht um eine gleichförmige Bewegung in dem früher definierten Sinne, denn die Richtung des Geschwindigkeitsvektors ändert sich von Punkt zu Punkt. Es ist also eine Beschleunigung vorhanden, deren Richtung und Betrag zu untersuchen ist.

Die *Richtung des Beschleunigungsvektors* $\vec{a}$ ergibt sich aus der Tatsache, daß der Betrag v der Bahngeschwindigkeit bei der gleichmäßigen Kreisbewegung unverändert bleibt. Es kann also keine Komponente des Beschleunigungsvektors in der Geschwindigkeitsrichtung existieren. Das ist aber nur dann der Fall, wenn der Beschleunigungsvektor auf dem Geschwindigkeitsvektor senkrecht steht. Wir kommen damit zu dem Ergebnis:

Der Beschleunigungsvektor ist bei einer gleichmäßigen Kreisbewegung stets zum Kreismittelpunkt gerichtet.

Man bezeichnet diese Art von Beschleunigungen als *Normalbeschleunigungen*, *Zentripetalbeschleunigungen* oder *Radialbeschleunigungen* (Formelzeichen: $\vec{a}_r$). Der *Betrag des Beschleunigungsvektors* $\vec{a}_r$ ergibt sich aus der folgenden Überlegung (Abb. 57.1):

In einem Zeitintervall Δt würde sich der punktförmige Körper unter dem alleinigen Einfluß der Bahngeschwindigkeit v um die Strecke

$$AB = v \cdot \Delta t$$

bewegen. Unter dem alleinigen Einfluß der Radialbeschleunigung a_r würde er in dem Zeitintervall Δt die Strecke

$$AC = \tfrac{1}{2} a_r \cdot (\Delta t)^2$$

zurücklegen. In Wirklichkeit führt er eine Bewegung mit beiden Komponenten aus und kommt auf diese Weise zum Punkte D. Nach dem aus der Mathematik bekannten Höhensatz für rechtwinklige Dreiecke gilt

$$\overline{CD}^2 = AC \cdot CE.$$

Setzt man die obigen Werte in diese Gleichung ein, so ergibt sich:

$$(v \cdot \Delta t)^2 = \tfrac{1}{2} a_r \cdot (\Delta t)^2 \cdot [2r - \tfrac{1}{2} a_r \cdot (\Delta t)^2]$$

oder

$$v^2 = a_r r - \tfrac{1}{4} a_r^2 \cdot (\Delta t)^2.$$

Diese für kleine Zeitintervalle Δt näherungsweise geltenden Überlegungen werden um so genauer, je mehr man das Zeitintervall verkleinert. Führt man schließlich den Grenzübergang $\Delta t \to 0$ aus, so ergibt sich:

$$a_r = \frac{v^2}{r}.$$

Das bedeutet:

Der Betrag des Beschleunigungsvektors $\vec{a}_r$ ist bei einer gleichmäßigen Kreisbewegung dem Quadrat der Bahngeschwindigkeit v direkt und dem Kreisradius r umgekehrt proportional.

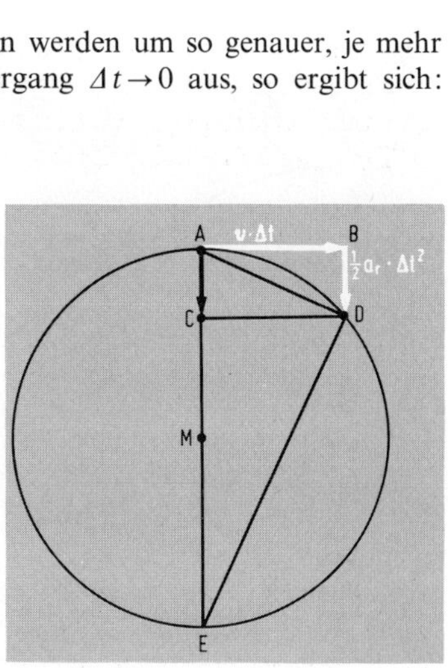

Abb. 57.1
Der Betrag der Radialbeschleunigung

Unter Benutzung der oben gefundenen Beziehungen kann dieses Ergebnis auch folgendermaßen geschrieben werden:

$$a_r = r\,\omega^2 = \frac{4\pi^2 r}{T^2} = 4\pi^2 \nu^2 r\,.$$

Wir fassen zusammen:

Die gleichmäßige Kreisbewegung kann für kleine Zeitintervalle ($\Delta t \to 0$) als Zusammensetzung einer gleichförmigen Komponente in Richtung der jeweiligen Bahntangente mit der Bahngeschwindigkeit v und einer gleichmäßig beschleunigten, zum Kreismittelpunkt gerichteten Komponente mit der Radialbeschleunigung a_r aufgefaßt werden.

Abschließend wird die Anwendung der in diesem Abschnitt entwickelten Formeln an einem Beispiel näher erläutert: Die *Mondbewegung* kann mit großer Annäherung als gleichmäßige Kreisbewegung betrachtet werden. Der mittlere Bahnradius, d.h. die mittlere Entfernung der Mittelpunkte von Erde und Mond, beträgt $r = 384\,400\ \text{km} = 3{,}844 \cdot 10^8$ m; die Umlaufzeit des Mondes um die Erde beträgt $T = 27\,\text{d}\ 7\,\text{h}\ 43\,\text{min}\ 12\,\text{s} = 2{,}3606 \cdot 10^6$ s. Dann beträgt seine

mittlere Bahngeschwindigkeit
$$v = \frac{2\pi r}{T} = \frac{2\pi \cdot 3{,}844 \cdot 10^8}{2{,}3606 \cdot 10^6}\ \text{m}\,\text{s}^{-1} \approx 1023\ \text{m}\,\text{s}^{-1}$$

und die

Radialbeschleunigung
$$a_r = \frac{4\pi^2 r}{T^2} = \frac{4\pi^2 \cdot 3{,}844 \cdot 10^8}{2{,}3606^2 \cdot 10^{12}}\ \text{m}\,\text{s}^{-2} \approx 0{,}00272\ \text{m}\,\text{s}^{-2}.$$

Der Mond würde also, wenn er nicht von der Erde angezogen würde, in 1 s in Richtung der Bahntangente rund 1000 m zurücklegen und sich in dieser Zeit von der Erde um

$$s = \tfrac{1}{2} a_r t^2 \approx \tfrac{1}{2} \cdot 0{,}00272\ \text{m} \approx 1{,}36\ \text{mm}$$

entfernen.

2.2.11 Der horizontale und der schiefe Wurf

Bei dem *horizontalen* und dem *schiefen Wurf* handelt es sich um Bewegungen, bei denen der Geschwindigkeitsvektor sowohl seinen Betrag als auch seine Richtung verändert. Es treten daher *Bahnbeschleunigungen und Radialbeschleunigungen* auf.

1. Der horizontale Wurf

Bei dem horizontalen Wurf wird ein Körper mit der Anfangsgeschwindigkeit $\vec{v}_0$ in horizontaler Richtung, d.h. in einer zum freien Fall senkrechten Richtung, geworfen. Wir beschreiben diesen Vorgang in dem in Abb. 58.1 angegebenen rechtwinkligen Koordinatensystem. Die Bewegung setzt sich aus zwei unabhängigen Teilbewegungen zusammen:

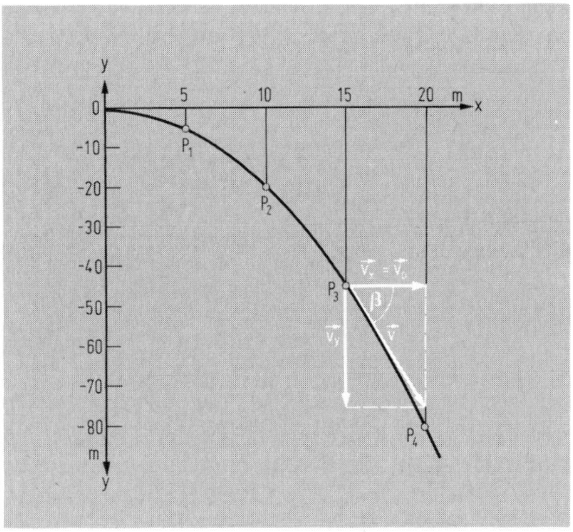

Abb. 58.1
Der horizontale Wurf

a) einer längs der x-Achse verlaufenden gleichförmigen Bewegung mit der konstanten Anfangsgeschwindigkeit v_0 und

b) einer längs der y-Achse verlaufenden gleichmäßig beschleunigten Fallbewegung mit der konstanten Beschleunigung g.

Experimentelle Untersuchungen zum horizontalen Wurf zeigen:

Beim horizontalen Wurf wird die vertikale Bewegungskomponente (freier Fall) durch die horizontale Bewegungskomponente (gleichförmige Bewegung) nicht beeinflußt.

Diese Tatsache wird als *Unabhängigkeitsprinzip* bezeichnet.

Nach der Zeit t gilt für die Beträge der Geschwindigkeiten:

$$\text{in Richtung der } x\text{-Achse } v_x = v_0, \quad \text{in Richtung der } y\text{-Achse } v_y = g\,t.$$

Die Geschwindigkeit $\vec{v}$ des geworfenen Körpers zur Zeit t ergibt sich als Resultierende der Komponenten $\vec{v}_x$ und $\vec{v}_y$:

$$\vec{v} = \vec{v}_x + \vec{v}_y.$$

Sie hat den Betrag

$$v = \sqrt{v_0^2 + g^2 t^2}.$$

Die Richtung dieser Resultierenden fällt mit der jeweiligen Bahntangente zusammen.

In der Zeit t legt der Körper folgende Wege zurück:

$$\text{in Richtung der } x\text{-Achse } s_x = v_0\,t, \quad \text{in Richtung der } y\text{-Achse } s_y = \tfrac{1}{2} g\,t^2.$$

Wenn man den für t aus der ersten Gleichung sich ergebenden Wert in die zweite Gleichung einsetzt, so erhält man für die Bahnkurve

$$s_y = \frac{g}{2 v_0^2}\, s_x^2.$$

Der Graph der Funktion $s_y = f(s_x)$ ist eine *Parabel*. Es gilt also:

Bei dem horizontalen Wurf beschreibt der Körper ein Stück einer Parabel, deren Scheitelpunkt mit dem Anfangspunkt der Bewegung zusammenfällt.

Zu Abb. 58.1 ist folgendes zu bemerken: Die Anfangsgeschwindigkeit hat den Betrag $v_0 = 5\ \mathrm{m\,s^{-1}}$. Ferner wird mit der Beschleunigung $g \approx 10\ \mathrm{m\,s^{-2}}$ gerechnet.

Nach der Zeit	t =	1 s	2 s	3 s	4 s
beträgt die Geschwindigkeit in Richtung der x-Achse	v_x =	$5\ \mathrm{m\,s^{-1}}$	$5\ \mathrm{m\,s^{-1}}$	$5\ \mathrm{m\,s^{-1}}$	$5\ \mathrm{m\,s^{-1}}$
beträgt der in Richtung der x-Achse zurückgelegte Weg	s_x =	5 m	10 m	15 m	20 m
beträgt die Geschwindigkeit in Richtung der y-Achse	v_y =	$-10\ \mathrm{m\,s^{-1}}$	$-20\ \mathrm{m\,s^{-1}}$	$-30\ \mathrm{m\,s^{-1}}$	$-40\ \mathrm{m\,s^{-1}}$
beträgt der in Richtung der y-Achse zurückgelegte Weg	s_y =	$-$ 5 m	$-$ 20 m	$-$ 45 m	$-$ 80 m
befindet sich der Massenpunkt also in		P_1	P_2	P_3	P_4

Da der horizontale Wurf aus zwei unabhängigen Teilbewegungen zusammengesetzt werden kann und die vertikale Komponente stets $s_y = \frac{1}{2} g\,t^2$ ist, kommt ein in horizontaler Richtung geworfener Körper zur gleichen Zeit wie ein frei fallender Körper auf der Erdoberfläche an. Diese Tatsache wird durch die Erfahrung bestätigt, womit der Ansatz (nämlich das Unabhängigkeitsprinzip) seinerseits eine Bestätigung findet.

Bezeichnet man den Winkel, den der Geschwindigkeitsvektor $\vec{v}$ zur Zeit t mit der Horizontalen bildet, mit β, so gilt

$$\tan\beta = \frac{v_y}{v_x} \quad \text{oder} \quad \tan\beta = \frac{g\,t}{v_0}.$$

2. Der schiefe Wurf

Bei dem schiefen Wurf wird ein Körper mit der Anfangsgeschwindigkeit $\vec{v}_0$ unter dem Winkel α schräg nach oben geworfen. Der Vorgang soll in dem in Abb. 60.1 angegebenen rechtwinkligen Koordinatensystem beschrieben werden. Auch hier kann man die Bewegung aus zwei unabhängigen Teilbewegungen zusammensetzen; diese ergeben sich, indem man die Anfangsgeschwindigkeit $\vec{v}_0$ in zwei Komponenten $\vec{v}_x$ und $\vec{v}_y$ in Richtung der Koordinatenachsen zerlegt. Es ist dann

$$v_x = v_0 \cos\alpha \quad \text{und} \quad v_y = v_0 \sin\alpha.$$

Die beiden Teilbewegungen sind:

a) eine längs der x-Achse verlaufende gleichförmige Bewegung mit der zeitlich konstanten Geschwindigkeit

$$v_x = v_0 \cos\alpha$$

und

b) eine längs der y-Achse verlaufende, gleichmäßig beschleunigte Bewegung mit der Geschwindigkeit

$$v_y = v_0 \sin\alpha - g\,t.$$

Dies folgt aus den Betrachtungen über den vertikalen Wurf (S. 53).

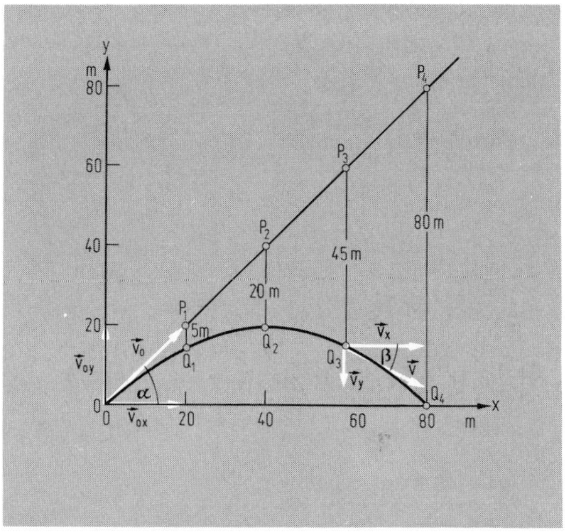

Abb. 60.1
Der schiefe Wurf

Diese beiden Komponenten $\vec{v}_x$ und $\vec{v}_y$ setzen sich zu einer resultierenden Geschwindigkeit $\vec{v}$ zusammen, die jeweils in Richtung der Parabeltangente verläuft und die den Betrag

$$v = \sqrt{v_0^2 \cos^2\alpha + (v_0 \sin\alpha - g\,t)^2}$$

hat.

Nach der Zeit t hat der Körper folgende Wege zurückgelegt:

in Richtung der x-Achse $\qquad s_x = v_0\,t\cos\alpha$

und

in Richtung der y-Achse $\qquad s_y = v_0\,t\sin\alpha - \frac{1}{2}g\,t^2.$

Dies folgt wieder aus den Überlegungen zum vertikalen Wurf (S. 53).

Diese Gleichungen geben die Wurfbahn in einer Parameterdarstellung mit dem Parameter t wieder. Durch Zusammenfassen ergibt sich:

$$s_y = s_x \tan\alpha - \frac{g}{2v_0^2\cos^2\alpha}\cdot s_x^2.$$

Es handelt sich um ein Stück einer nach unten geöffneten Parabel mit vertikaler Achse.

Zu Abb. 60.1 ist folgendes zu bemerken:
Die Anfangsgeschwindigkeit hat den Betrag

$$v_0 = \frac{40}{\sqrt{2}} \frac{\text{m}}{\text{s}} \approx 28 \frac{\text{m}}{\text{s}}$$

und bildet mit der x-Achse den Winkel $\alpha = 45°$. Es wird mit der Beschleunigung $g \approx 10 \text{ m s}^{-2}$ gerechnet. Dann ist also

$$v_x = v_0 \cos 45° = 20 \frac{\text{m}}{\text{s}} \quad \text{und} \quad v_y = v_0 \sin 45° - g t = 20 \frac{\text{m}}{\text{s}} - g t.$$

Ferner gilt für die in Richtung der Koordinatenachsen zurückgelegten Wege:

$$s_x = v_x t = 20 \frac{\text{m}}{\text{s}} \cdot t \quad \text{und} \quad s_y = 20 \frac{\text{m}}{\text{s}} \cdot t - \tfrac{1}{2} g t^2.$$

Es ergibt sich also:

Nach der Zeit	$t =$	1 s	2 s	3 s	4 s
beträgt die Geschwindigkeit in Richtung der x-Achse	$v_x =$	20 m s^{-1}	20 m s^{-1}	20 m s^{-1}	20 m s^{-1}
beträgt der in Richtung der x-Achse zurückgelegte Weg	$s_x =$	20 m	40 m	60 m	80 m
beträgt die Geschwindigkeit in Richtung der y-Achse	$v_y \approx$	10 m s^{-1}	0 m s^{-1}	-10 m s^{-1}	-20 m s^{-1}
beträgt der in Richtung der y-Achse zurückgelegte Weg	$s_y \approx$	15 m	20 m	15 m	0 m

Bezeichnet man den Winkel, den der Geschwindigkeitsvektor $\vec{v}$ zur Zeit t mit der Horizontalen bildet, mit β, so gilt

$$\tan \beta = \frac{v_y}{v_x} \quad \text{oder} \quad \tan \beta = \frac{v_0 \sin \alpha - g t}{v_0 \cos \alpha}.$$

Der schiefe Wurf kann auch in ganz anderer Weise beschrieben werden:
Dazu stellen wir uns vor, daß der Körper längs einer Geraden durch die Punkte P_1, P_2, P_3 und P_4 eine gleichförmige Bewegung ausführt. Dieser Bewegung wird als zweite Bewegung der freie Fall, der aus der Ruhelage erfolgt, ungestört überlagert.

Beispiel

In dem Zeitintervall von $t_0 = 0$ s bis $t_3 = 3$ s bewegt sich der Körper mit der konstanten Geschwindigkeit $\vec{v}_0$ bis zum Ort P_3. In der gleichen Zeit fällt er um das Stück

$$\tfrac{1}{2} g t^2$$

und gelangt dabei von P_3 nach Q_3.

Mit Hilfe der genannten Gleichungen lassen sich alle beim reibungsfreien Wurf auftauchenden Fragen beantworten. Von besonderem Interesse ist die Berechnung von drei Größen:

a) Die Steigzeit t_s

Es handelt sich dabei um diejenige Zeit, die zwischen dem Abwurf und dem Erreichen des höchsten Punktes verstreicht. Sie ergibt sich aus der Gleichung

$$v_y = v_0 \sin \alpha - g t_s = 0$$

zu

$$t_s = \frac{v_0 \sin \alpha}{g}.$$

b) Die Steig- oder Wurfhöhe $s_{y,\,\max}$

Diese Größe ergibt sich, indem man die Steigzeit in die Gleichung

$$s_y = v_0\, t \sin\alpha - \tfrac{1}{2} g\, t^2$$

einsetzt. Dann erhält man:

$$s_{y,\,\max} = \frac{v_0^2 \sin^2\alpha}{2g}.$$

c) Die Wurfweite $s_{x,\,\max}$

Man erhält die Wurfweite, indem man in der obigen Parabelgleichung $s_y = 0$ setzt. Dann ist also:

$$s_x \tan\alpha - \frac{g}{2 v_0^2 \cos^2\alpha} \cdot s_x^2 = 0.$$

Diese Gleichung hat zwei Lösungen:

$$s_{x_1} = 0 \quad \text{und} \quad s_{x_2} = \frac{v_0^2 \sin 2\alpha}{g}.$$

Die zweite Lösung stellt die Wurfweite $s_{x,\,\max}$ dar. Es ist also

$$s_{x,\,\max} = \frac{v_0^2 \sin 2\alpha}{g}.$$

Aus den abgeleiteten Gleichungen lassen sich noch einige interessante Schlüsse ziehen.

1. Aus der Gleichung für die Wurfhöhe

$$s_{y,\,\max} = \frac{v_0^2 \sin^2\alpha}{2g}$$

folgt, daß die größte Höhe für $\alpha = 90°$ erreicht wird, weil für diesen Winkel $\sin\alpha$ den größten Wert annimmt. Wir stellen also fest:

Bei gegebenem Betrag v_0 der Anfangsgeschwindigkeit erreicht die Wurfhöhe beim vertikalen Wurf nach oben ihren größten Wert.

2. Aus der Gleichung für die Wurfweite

$$s_{x,\,\max} = \frac{v_0^2 \sin 2\alpha}{g}$$

folgt, daß die größte Wurfweite für $2\alpha = 90°$ oder $\alpha = 45°$ erreicht wird, weil $\sin 2\alpha$ für diesen Wert am größten ist. Es gilt also:

Bei gegebenem Betrag v_0 der Anfangsgeschwindigkeit ist die Wurfweite am größten, wenn der Körper unter dem Winkel von 45° abgeworfen wird.

3. Jede andere Wurfweite innerhalb der maximal erreichbaren Weite kann bei zwei verschiedenen Wurfwinkeln erreicht werden, weil

$$\sin 2\alpha = \sin(180° - 2\alpha).$$

Danach ergibt sich also z. B. für folgende Winkelpaare die gleiche Wurfweite:

$$\alpha = 20° \text{ und } 70°, \qquad \alpha = 30° \text{ und } 60°, \qquad \alpha = 40° \text{ und } 50°.$$

Die zusammengehörigen Winkelpaare weichen jeweils um den gleichen Betrag nach oben und unten von 45° ab.

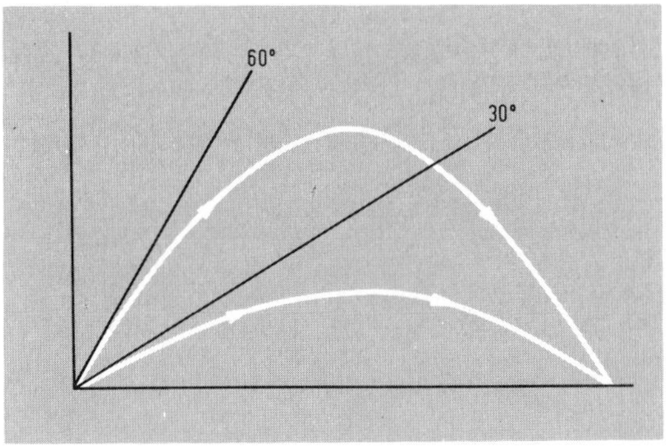

Abb. 63.1 Der Flach- und der Steilwurf mit Anfangsgeschwindigkeiten des gleichen Betrages

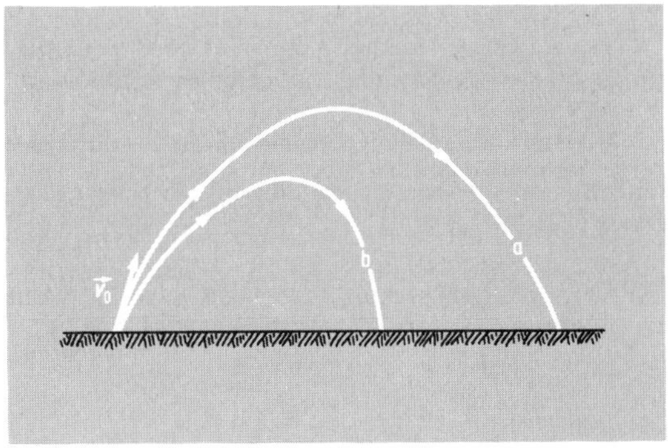

Abb. 63.2 Ein Geschoß beschreibt im leeren Raum eine Parabel (*a*) und im lufterfüllten Raum eine ballistische Kurve (*b*).

Man bezeichnet die beiden Möglichkeiten als *Steilwurf* und *Flachwurf* (Abb. 63.1). Wir stellen fest:

Beim schiefen Wurf mit gegebener Anfangsgeschwindigkeit kann jedes Ziel innerhalb der Reichweite auf zwei Weisen, und zwar durch den Steilwurf und den Flachwurf, erreicht werden.

Diese Aussage gilt nur unter der Voraussetzung, daß Abwurfort und Zielort auf gleicher Höhe liegen.

Diese Tatsache ist für die Ballistik, d.h. für die Lehre von den Geschoßbahnen, insofern von Bedeutung, als sich ein in einer bestimmten Entfernung innerhalb der Reichweite befindliches Ziel sowohl durch *Flachschuß* als auch durch *Steilschuß* erreichen läßt. Es muß bei der Berechnung solcher Bahnen aber beachtet werden, daß die wirkliche Geschoßbahn wegen des bei großen Geschwindigkeiten stark in Erscheinung tretenden Luftwiderstandes erheblich von der theoretischen Parabelbahn abweicht. Die als *ballistische Kurven* bezeichneten Geschoßbahnen sind dadurch gekennzeichnet, daß der abfallende Ast steiler als der ansteigende ist und daß die erzielte Schußweite und Schußhöhe weit unter den für den leeren Raum berechneten Werten liegen (Abb. 63.2).

2.2.12 Die Bewegungen und das Bezugssystem

Die Untersuchungen über die Kinematik von Massenpunkten sollen mit einigen allgemeinen Bemerkungen abgeschlossen werden. Wir haben erkannt, daß sich bei allen Bewegungsänderungen entweder der Betrag der Geschwindigkeit oder die Richtung der Geschwindigkeit oder beide Bestimmungsstücke verändern und daß diese Änderungen in jedem Falle durch eine Beschleunigung hervorgerufen werden. Es hat sich weiter gezeigt, daß alle Bewegungen vollständig beschrieben werden können, indem man

den *Wegvektor*, den *Geschwindigkeitsvektor* und den *Beschleunigungsvektor*

als Funktion der Zeit angibt. Schließlich haben wir früher (S. 27) schon darauf hingewiesen, daß die Beschreibung einer Bewegung von der Wahl des Bezugssystems abhängt. Es ergibt sich nun die Frage, wie sich die genannten Bestimmungsstücke bei einer Änderung des Bezugssystems verhalten. Zur Beantwortung dieser Frage führen wir in Gedanken den folgenden Versuch aus:

Gedankenversuch 63.1 Ein Eisenbahnzug möge sich mit der konstanten Geschwindigkeit $\vec{v}_1$ relativ zur Erde bewegen. In dem Zuge sitzt ein Beobachter *B* und neben der Bahn steht auf der Erde ein Beobachter *A*. Es soll nun festgestellt werden, welche Aussagen die beiden Beobachter über die Bewegung einer Fliege machen, die mit der konstanten Geschwindigkeit $\vec{v}_2$ in bezug auf die Zugwand vertikal nach unten kriecht.

Der *Beobachter B* stellt fest:

Es wird eine geradlinige, vertikal abwärts gerichtete Bahn beschrieben, wobei der in der Zeit t zurückgelegte Weg $s=v_2\,t$ ist. Der Geschwindigkeitsvektor ist vertikal nach unten gerichtet.

Der *Beobachter A* stellt fest:

Es wird eine geradlinige, geneigte Bahn beschrieben. Sie ergibt sich aus der vektoriellen Addition der Geschwindigkeiten $\vec{v}_1$ und $\vec{v}_2$ (Abb. 64.1), so daß für den Neigungswinkel α die Beziehung $\tan\alpha=\frac{v_2}{v_1}$ gilt. Der in der Zeit t zurückgelegte Weg beträgt

$$s=\sqrt{v_1^2+v_2^2}\cdot t.$$

Der Geschwindigkeitsvektor ist ebenfalls gegen die Vertikale geneigt und hat den Betrag

$$v=\sqrt{v_1^2+v_2^2}.$$

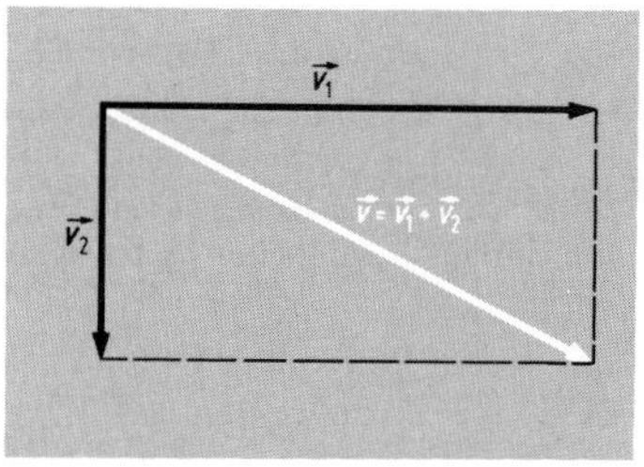

Abb. 64.1
Die Abhängigkeit des Geschwindigkeitsvektors vom Bezugssystem

Die Aussagen der beiden Beobachter über die Bewegung unterscheiden sich also beträchtlich. Wir müssen daraus schließen, daß keiner etwas Wesentliches über die Bewegung feststellt, wenn er die obigen Beschreibungen gibt. Es sind ausschließlich Angaben, die von dem Standpunkt des Beobachters abhängen. Das gleiche gilt auch für andere Bewegungen. Wir stellen deshalb fest:

Bei der Beschreibung mit Hilfe des Wegvektors oder des Geschwindigkeitsvektors werden insofern keine wesentlichen Eigenschaften der Bewegung wiedergegeben, als diese Vektoren von dem jeweiligen Bezugssystem abhängen.

Anders verhält es sich mit dem *Beschleunigungsvektor*. Wenn die Beobachter A und B in dem obigen Gedankenversuch eine Aussage über den Beschleunigungsvektor machen, so müssen beide übereinstimmend feststellen, daß die Beschleunigung Null ist. Diese Aussage ist also offenbar vom Bezugssystem unabhängig. Ein weiterer Gedankenversuch zeigt dies noch deutlicher:

Gedankenversuch 64.1 Die beiden Beobachter A und B beobachten in dem schon erwähnten Zuge einen frei fallenden Massenpunkt.

Der *Beobachter B* stellt fest:

Der Massenpunkt beschreibt eine vertikal abwärts gerichtete Bahn. Die Geschwindigkeit behält ihre Richtung unverändert bei, doch wird ihr Betrag beständig größer. Die Beschleunigung ist durch die Fallbeschleunigung g gegeben.

Der *Beobachter A* stellt fest:

Der Massenpunkt beschreibt eine Parabel. Die Geschwindigkeit ändert laufend ihre Richtung und ihren Betrag. Die Beschleunigung ist durch die Fallbeschleunigung g gegeben.

Wir stellen auch hier wieder fest, daß beide Beobachter verschiedene Aussagen über den Wegvektor und den Geschwindigkeitsvektor machen, daß sie dagegen zu der gleichen Feststellung über den Beschleunigungsvektor kommen. Der Beschleunigungsvektor ist offenbar eine Größe, die für die verschiedenen Bezugssysteme gleich ist. Wir müssen hier allerdings ohne Beweis hinzufügen, daß dies nur für solche Bezugssysteme gilt, die gleichförmig (d.h. geradlinig und mit unveränderlichem Geschwindigkeitsbetrag) gegeneinander bewegt werden. Später wird sich noch zeigen, daß bei anderen beschleunigt gegeneinander bewegten Bezugssystemen auch der Beschleunigungsvektor je nach dem System verschieden beurteilt wird. Wir merken uns:

Der Beschleunigungsvektor stellt gegenüber dem Wegvektor und dem Geschwindigkeitsvektor insofern eine wesentlichere Eigenschaft der Bewegungen dar, als er für alle gleichförmig gegeneinander bewegten Bezugssysteme gleich und insoweit von der Wahl des Bezugssystems unabhängig ist.

Um mit den behandelten Gesetzen über die Kinematik von Massenpunkten sicher umgehen zu können, muß man sie auf praktische Fragestellungen anwenden. Hierzu einige Beispiele:

Beispiele

1. Man läßt einen Stein in einen $s=500$ m tiefen Schacht fallen. Nach welcher Zeit t_1 würde man den Aufschlag des Steines hören, wenn die Fallbewegung nicht durch die Luftreibung verzögert würde? (Schallgeschwindigkeit $c=340\,\mathrm{m\,s^{-1}}$, $g\approx 10\,\mathrm{m\,s^{-2}}$)

Für die Fallzeit t_1 folgt aus $s=\frac{1}{2}g t^2$

$$t_1=\sqrt{\frac{2s}{g}}\approx\sqrt{\frac{1000\,\mathrm{m}}{10\,\mathrm{m\,s^{-2}}}}\approx 10\,\mathrm{s}.$$

Für die Zeit t_2, die der Schall vom Schachtboden bis zum Ohr benötigt, gilt:

$$t_2=\frac{s}{c}=\frac{500\,\mathrm{m}}{340\,\mathrm{m\,s^{-1}}}\approx 1{,}5\,\mathrm{s}.$$

Die gesuchte Zeit t ist

$$t=t_1+t_2\approx 10\,\mathrm{s}+1{,}5\,\mathrm{s}\approx 11{,}5\,\mathrm{s}.$$

2. Eine Schallplatte macht 45 Umdrehungen in 1 min.

a) Wie groß ist die Winkelgeschwindigkeit in der Einheit rad $\mathrm{s^{-1}}$?

b) Wie groß ist die Bahngeschwindigkeit eines Randpunktes, wenn die Platte den Durchmesser $d=30$ cm hat?

a) Für die Winkelgeschwindigkeit ergibt sich:

$$\omega=\frac{45\cdot 2\pi\,\mathrm{rad}}{1\,\mathrm{min}}=1{,}5\,\pi\ \mathrm{rad\,s^{-1}}=4{,}71\ \mathrm{rad\,s^{-1}}.$$

b) Für die Bahngeschwindigkeit erhält man:

$$v=\frac{2\pi r}{T}=\frac{30\,\pi\,\mathrm{cm}}{\frac{1}{45}\,\mathrm{min}}=22{,}5\,\pi\ \mathrm{cm\,s^{-1}}=70{,}7\ \mathrm{cm\,s^{-1}}.$$

3. Ein in der Höhe $h=12\,500$ m mit der Geschwindigkeit $v=720\,\mathrm{km\,h^{-1}}$ in horizontaler Richtung fliegendes Bombenflugzeug muß seine Bomben vor dem gewünschten Ziel abwerfen. In welchem horizontalen Abstand vor dem Ziel muß dies geschehen, wenn von dem Luftwiderstand abgesehen wird? ($g\approx 10\,\mathrm{m\,s^{-2}}$)

Für die Zeit t zwischen dem Bombenabwurf und dem Erreichen des Zieles gilt:

$$t=\sqrt{\frac{2h}{g}}\approx\sqrt{\frac{25\,000\,\mathrm{m}}{10\,\mathrm{m\,s^{-2}}}}\approx 50\,\mathrm{s}.$$

In dieser Zeit legt die Bombe in horizontaler Richtung den Weg

$$s\approx 720\,\mathrm{km\,h^{-1}}\cdot 50\,\mathrm{s}\approx 10\,\mathrm{km}$$

zurück.

Weitere Aufgaben: Siehe O. Höfling, Physik-Aufgaben II/1.

2.3 Die Masse und die Kraft

2.3.1 Die Masse und ihre Messung

Die physikalische Größe *Masse* stellt eine wichtige Grundeigenschaft aller Körper dar. Es kann nicht allgemein gesagt werden, was die Masse eines Körpers wirklich *ist*. Das ist aber nichts Besonderes. Die Definition einer physikalischen Größe besteht eben nicht in allgemeinen Erklärungen über das, was diese Größe *wirklich ist*, sondern in der *Angabe eines Meßverfahrens*. Auch die Masse werden wir durch ein solches Meßverfahren definieren. Bevor wir uns hiermit aber genauer beschäftigen, sollen einige allgemeine Feststellungen gemacht werden:

Ein Kubikzentimeter Eisen hat eine ganz bestimmte Masse, zwei Kubikzentimeter Eisen haben die doppelte Masse und zehn Kubikzentimeter Eisen haben die zehnfache Masse. Ein Kubikzentimeter Aluminium oder

Wasser haben eine kleinere Masse als ein Kubikzentimeter Eisen. Die Masse eines einheitlichen Körpers hängt also von seinem Volumen und von der Art des vorliegenden Stoffes ab. Sie bleibt beim Transport von einem Ort zum anderen unverändert. Jeder Körper hat z.B. auf dem Mond die gleiche Masse wie auf der Erde. Die Masse eines Körpers bleibt ebenfalls unverändert, wenn man ihn aus dem festen in den flüssigen oder gasförmigen Zustand überführt. Auch bei chemischen Umwandlungen bleibt die Masse der beteiligten Stoffe erhalten. Das gleiche gilt für physikalische Vorgänge, wie etwa das Lösen eines festen Körpers in einer Flüssigkeit usw. Diese Eigenschaften der Masse werden in dem *Gesetz von der Erhaltung der Masse* zusammengefaßt:

Die Gesamtmasse der an physikalischen oder chemischen Vorgängen beteiligten Stoffe ist unveränderlich.

Dieses Gesetz von der Erhaltung der Masse hat in neuerer Zeit in zweierlei Hinsicht eine Einschränkung erfahren. Wir werden später noch sehen, daß die Masse eines Körpers von seiner Geschwindigkeit abhängt und mit wachsender Geschwindigkeit zunimmt; dieser Effekt wird aber erst bei großen, der Lichtgeschwindigkeit nahekommenden Geschwindigkeiten bedeutungsvoll. Ferner kann Masse aus Energie erzeugt und in Energie umgewandelt werden. Dieser Vorgang ist auf atomare Umwandlungen beschränkt, spielt aber trotzdem – wie sich später zeigen wird – heute auch in der Technik eine wichtige Rolle. Für die in der alltäglichen Umwelt der Menschen ablaufenden Vorgänge bleibt das Gesetz von der Erhaltung der Masse aber weiterhin gültig.

Wenn der Begriff der Masse für den Physiker brauchbar sein soll, so müssen Verfahren zu ihrer Messung entwickelt werden. Man macht bei der Massenmessung von zwei Eigenschaften aller Körper Gebrauch, die schon von dem englischen Physiker I. Newton (1643–1727) erkannt worden sind: von der *Trägheit* und der *Schwere* der Körper.

1. Unter der *Trägheit* oder dem *Beharrungsvermögen* eines Körpers versteht man dessen Eigenschaft, jeder Geschwindigkeitsänderung einen Widerstand entgegenzusetzen. Wir kommen hierauf später noch zurück und stellen hier nur fest, daß diese Trägheit durch eine physikalische Größe erfaßt wird, die man als die *träge Masse* der Körper bezeichnet.

2. Unter der *Schwere* eines Körpers versteht man dessen Eigenschaft, von der Erde angezogen zu werden. Es handelt sich hierbei um einen Sonderfall der später noch genauer behandelten Gravitation, die bewirkt, daß sich zwei Körper stets gegenseitig anziehen. Die *schwere Masse* eines Körpers ist ein Maß für die Anziehung, die er durch einen anderen Körper erfährt. Sie ist insbesondere ein Maß für seine Anziehung durch die Erde.

Aus diesen Feststellungen folgt bereits, daß die träge und die schwere Masse eines Körpers zwei verschiedene Körpereigenschaften beschreiben. Es wird sich aber zeigen, daß zwischen beiden ein enger Zusammenhang besteht. Wir beschränken uns hier auf die experimentellen Erfahrungen der Physik, wonach die träge und die schwere Masse eines Körpers einander proportional sind. Es ist heute durchweg üblich, den dabei auftretenden Proportionalitätsfaktor als dimensionslose Zahl zu betrachten, die den Zahlenwert eins hat. Damit werden die träge und die schwere Masse eines Körpers identifiziert. Man spricht dann schlechthin von *der Masse des Körpers*. An späterer Stelle (S. 172) werden diese Zusammenhänge genauer dargelegt. Wir beschränken uns hier auf die Feststellung, daß die Masse nicht auf die schon eingeführten Basisgrößen Länge und Zeit zurückgeführt werden kann. Es gilt deshalb:

Die Masse (Formelzeichen: m) stellt eine Basisgröße dar.

Da die Masse eine neue Basisgröße ist, kann die *Einheit der Masse* nicht aus den schon eingeführten Basiseinheiten für die Länge und die Zeit abgeleitet werden. Sie muß vielmehr als *Basiseinheit* neu definiert werden. Das *Gesetz über Einheiten im Meßwesen* bestimmt hierzu:

Die Basiseinheit der Masse ist das Kilogramm (Einheitenzeichen: kg). 1 Kilogramm ist die Masse des Internationalen Kilogrammprototyps.

Bei dem Internationalen Kilogrammprototyp handelt es sich um einen Zylinder aus Platin-Iridium von etwa 39 mm Durchmesser und etwa 39 mm Höhe, der im *Bureau International des Poids et Mesures* im Pavillon de Breteuil in Sèvres bei Paris aufbewahrt wird. Alle der Meterkonvention angehörenden Staaten haben hiervon eine Kopie erhalten. Der Prototyp der Bundesrepublik trägt die Nummer 52 und befindet sich in der Physikalisch-Technischen Bundesanstalt in Braunschweig.

Aus der Basiseinheit 1 Kilogramm können größere und kleinere Einheiten abgeleitet werden. Die früher behandelten Vorsätze für dezimale Vielfache und Teile dürfen dabei aber nicht auf die Einheit Kilogramm (kg), sondern nur auf die Einheit Gramm (g) angewendet werden.

Beispiele $1\,\mathrm{Mg} = 10^6\,\mathrm{g} = 10^3\,\mathrm{kg}$, $1\,\mathrm{mg} = 10^{-3}\,\mathrm{g} = 10^{-6}\,\mathrm{kg}$, $1\,\mu\mathrm{g} = 10^{-6}\,\mathrm{g} = 10^{-9}\,\mathrm{kg}$.

Das *Gesetz über Einheiten im Meßwesen* läßt die Masseneinheit Tonne (Einheitenzeichen: t) als besonderen Namen für die Einheit Megagramm (Mg) zu. Es gilt also:

$$1\,\mathrm{t} = 1\,\mathrm{Mg} = 10^3\,\mathrm{kg}.$$

Aus der Einheit 1 Tonne dürfen mit Hilfe der bekannten Vorsätze dezimale Vielfache und Teile gebildet werden.

Beispiele $1\,\mathrm{Mt} = 10^6\,\mathrm{t} = 10^9\,\mathrm{kg}$, $1\,\mathrm{dt} = 10^{-1}\,\mathrm{t} = 10^2\,\mathrm{kg}$.

Für die Massenangaben bei Edelsteinen läßt das *Gesetz über Einheiten im Meßwesen* das metrische Karat zu. Es gilt:

Das metrische Karat (Abkürzung: Kt) ist ein besonderer Name für den fünftausendsten Teil des Kilogramm bei der Angabe der Masse von Edelstein.

$$1\,\mathrm{Kt} = \frac{1}{5000}\,\mathrm{kg}.$$

Beispiel Ein einkarätiger Diamant hat die Masse 0,2 g.

Nachdem die Einheiten für die Massenmessung festgelegt sind, muß nun eine Vereinbarung über das *Meßverfahren* erfolgen, d.h. es muß bestimmt werden, wie unbekannte Massen mit den Masseneinheiten verglichen werden sollen. Dabei kann von einer der oben genannten Eigenschaften der Masse, ihrer *Trägheit* oder ihrer *Schwere*, Gebrauch gemacht werden. Es ist einfacher und deshalb im allgemeinen üblich, die Massenmessungen aufgrund der Schwere der Massen durchzuführen. Wir stellen die für die Massenmessung wichtigen Tatsachen zusammen:

1. Definition der Massengleichheit

Die Massen zweier Körper sind gleich, wenn sie an dem gleichen Beobachtungsort von der Erde mit der gleichen Kraft angezogen werden.

Die Feststellung der Massengleichheit erfolgt mit Hilfe einer *Schraubenfeder* oder einer *Balkenwaage*. Dabei gilt:

a) Zwei Körper haben die gleiche Masse, wenn sie an dem gleichen Beobachtungsort die gleiche Schraubenfeder um den gleichen Betrag dehnen (Abb. 67.1).

b) Zwei Körper haben die gleiche Masse, wenn die Balkenwaage keinen Ausschlag zeigt (Abb. 67.2).

Abb. 67.1 Die Verwendung einer Schraubenfeder zum Vergleich von Massen

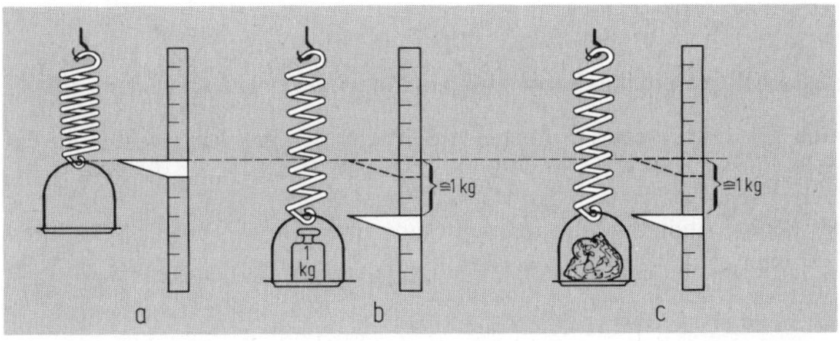

Abb. 67.2 Die Verwendung einer Balkenwaage zum Vergleich von Massen

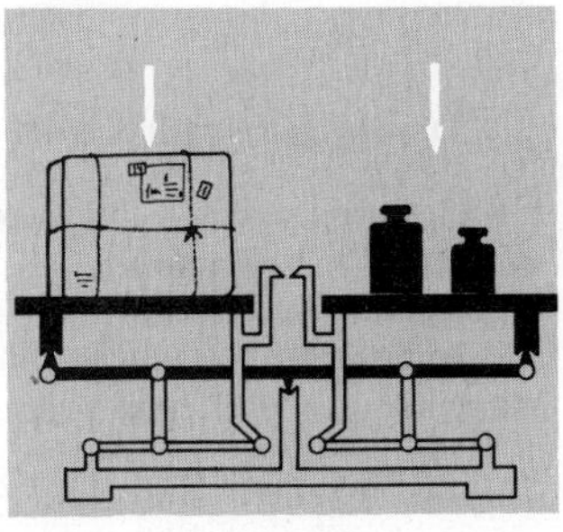

2. Definition des Massenvielfachen

Ein Körper K_1 hat die *n*-fache Masse eines anderen Körpers K_2, wenn er an dem gleichen Beobachtungsort von der Erde mit der gleichen Kraft angezogen wird wie n Körper K_2.

3. Massenmessungen

Um die unbekannte Masse eines Körpers zu bestimmen, benötigt man eine *Waage* (Schraubenfeder oder Balkenwaage) und einen *Wägesatz*. Einen Wägesatz erhält man, indem von dem in der Bundesrepublik befindlichen Kilogrammprototyp Nachbildungen hergestellt und kleinere Untereinheiten geschaffen werden. Eine geeignete Zusammenstellung solcher Masseneinheiten bildet einen Wägesatz.

Wenn man etwa die Untereinheit 1 Gramm erhalten will, muß man 1000 Körper mit der gleichen Masse herstellen, die so beschaffen sind, daß durch ihre Vereinigung gerade die Masse des Kilogrammprototyps entsteht. Dies ist aufgrund der vorstehenden Definition der Massengleichheit und des Massenvielfachen möglich.

Der Vorgang der Massenmessung heißt *Wägung*. Die auf diese Weise ermittelte Masse eines Körpers wird sein *Gewicht* genannt.
Es gilt also:

Unter dem Gewicht eines Körpers versteht man die durch eine Wägung ermittelte Masse des Körpers. Das Gewicht ist daher in den oben angegebenen Masseneinheiten zu messen.

Diese durch das *Gesetz über Einheiten im Meßwesen* vorgeschriebene Definition des Gewichtes entspricht dem Gebrauch dieser Bezeichnung im Handel und in der Wirtschaft. In der Physik war es lange Zeit üblich, anders zu verfahren und unter dem Gewicht eines Körpers die Kraft zu verstehen, mit der dieser von der Erde angezogen wird. Daraus ergab sich dann weiter, daß das Gewicht in einer Krafteinheit zu messen war; man verwendete hierzu meist die nur noch für eine Übergangsfrist bis zum 31. 12. 1977 zulässigen Einheiten Pond und Kilopond. Für die Kraft, mit der ein Körper von der Erde angezogen wird, ist heute nur noch die Bezeichnung *Gewichtskraft* gebräuchlich. Wir kommen hierauf später (S. 81) noch genauer zurück und merken uns vorerst:

Es muß zwischen dem Gewicht und der Gewichtskraft eines Körpers unterschieden werden. Während das Gewicht eine Masse bedeutet und deshalb in Masseneinheiten zu messen ist, stellt die Gewichtskraft eine Kraft dar und ist in Krafteinheiten zu messen.

2.3.2 Die spezifische Masse oder die Dichte

Die *spezifische Masse* oder die *Dichte* stellt eine für jeden Stoff charakteristische Größe dar. Es gilt:

Unter der spezifischen Masse oder der Dichte (Formelzeichen: ρ) eines homogenen Körpers versteht man den Quotienten aus der Masse m und dem Volumen V des Körpers.

$$\rho = \frac{m}{V}.$$

Aus dieser Definition ergibt sich für die Einheit der Dichte:

Die abgeleitete Einheit der Dichte ist das Kilogramm durch Kubikmeter (Einheitenzeichen: $\frac{\text{kg}}{\text{m}^3}$ oder $\text{kg}\,\text{m}^{-3}$).

1 Kilogramm durch Kubikmeter ist gleich der Dichte eines homogenen Körpers, der bei der Masse 1 kg das Volumen 1 m^3 einnimmt.

Abgeleitete gesetzliche Einheiten der Dichte sind auch alle anderen Quotienten, die aus einer gesetzlichen Masseneinheit und einer gesetzlichen Volumeneinheit gebildet werden.

Beispiele $1\,\text{g}\,\text{cm}^{-3} = 1000\,\text{kg}\,\text{m}^{-3}$, $1\,\text{kg}\,\text{dm}^{-3} = 1\,\text{kg}\,\text{l}^{-1} = 1000\,\text{kg}\,\text{m}^{-3}$.

Um die Dichte eines homogenen Körpers zu bestimmen, muß man also seine Masse und sein Volumen messen und den Quotienten der Meßergebnisse bilden.

Die folgende Tabelle bringt einige Ergebnisse solcher Messungen.

Dichten einiger Stoffe

Platin	21,4 $g\,cm^{-3}$	Aluminium	2,7 $g\,cm^{-3}$	Wasser bei 4 °C	1,00 $g\,cm^{-3}$
Gold	19,3 $g\,cm^{-3}$	Glas	2,4 – 2,6 $g\,cm^{-3}$	Alkohol bei 18 °C	0,79 $g\,cm^{-3}$
Quecksilber	13,6 $g\,cm^{-3}$	Kork	0,2 – 0,4 $g\,cm^{-3}$		

Es wird sich später noch zeigen, daß das Volumen der Körper von der Temperatur abhängt; die Masse ist dagegen von der Temperatur unabhängig. Damit ist auch die Dichte temperaturabhängig. Die in den Tabellen angegebenen Werte gelten im allgemeinen für die Temperatur 20 °C. Während die Temperaturabhängigkeit der Dichte bei festen und flüssigen Körpern so gering ist, daß sie in den meisten Fällen vernächlässigt werden kann, erreicht sie bei den Gasen größere Beträge und muß deshalb hier beachtet werden. Es kommt hinzu, daß das Volumen der Gase auch stark von dem Druck abhängt, so daß der Druck auch einen erheblichen Einfluß auf die Dichte der Gase hat (vgl. 304).

Die mit dem Wort Dichte bezeichnete Eigenschaft der Materie entspricht der anschaulichen Vorstellung, die wir mit dieser Bezeichnung verbinden. Je größer die Dichte eines Stoffes ist, um so dichter sind die Bausteine der Materie hier gepackt.

Es hat sich gezeigt, daß es im Weltall Sterne gibt, in denen die Materie wesentlich dichter gepackt ist, als wir dies auf der Erde gewöhnt sind.

Beispiele Die mittlere Dichte beträgt bei

den *weißen Zwergen* 10^4 bis 10^8 $g\,cm^{-3}$,
bei den *Pulsaren* 10^{16} bis 10^{19} $g\,cm^{-3}$.

Ein Kubikzentimeter solcher Pulsarmaterie würde also eine Masse von vielen Millionen Tonnen haben.

2.3.3 Die Kraft und ihre Wirkungen

Der Kraftbegriff verdankt seine Entstehung ursprünglich dem menschlichen Muskelgefühl. Mit den Muskeln unserer Arme, Beine usw. können wir sehr unterschiedliche Wirkungen hervorbringen, von denen hier zwei von Interesse sind:

1. Wir können einen festgehaltenen Körper verformen, z.B. einen Gummiball zusammendrücken, einen elastischen Stab verbiegen oder eine Schraubenfeder dehnen.

2. Wir können den Bewegungszustand eines Körpers ändern, z.B. einen in Ruhe befindlichen Wagen in Bewegung setzen, eine rollende Kugel aufhalten, einen fliegenden Fußball in eine andere Richtung lenken oder zum schnelleren bzw. langsameren Flug veranlassen.

Da das menschliche Muskelgefühl nur sehr unzuverlässige Aussagen über die Größe der wirkenden Kräfte zuläßt, muß der Kraftbegriff von seinem menschlichen Ursprung gelöst werden, wenn er physikalisch verwertbar werden soll. Wir müssen uns deshalb um eine präzise *physikalische Definition des Kraftbegriffes* bemühen. Wie wir bereits wissen, besteht die Definition einer physikalischen Größe zum wesentlichen Teil in der Angabe eines Verfahrens zu ihrer Messung. Da es keine Möglichkeit zur unmittelbaren Messung von Kräften gibt, muß sich *jede Kraftmessung auf die Wirkungen der Kräfte stützen.* Wir haben soeben die beiden Gruppen solcher Wirkungen angegeben und wollen nun prüfen, ob und wie sich diese Wirkungen zum Vergleich und zur Messung von Kräften verwenden lassen.

1. Wenn man Kräfte durch die von ihnen verursachten elastischen Verformungen fester Körper mißt, so spricht man von einer *statischen Kraftmessung.*

2. Wenn man der Kraftmessung die Bewegungsänderungen zugrunde legt, die von Kräften an beweglichen Körpern hervorgerufen werden, so handelt es sich um eine *dynamische Kraftmessung.* Es muß dabei natürlich noch begründet werden, daß als Bewegungsänderungen die Beschleunigungen zu betrachten sind.

Bevor wir nun versuchen, aufgrund der angegebenen Kraftwirkungen zu einer physikalisch brauchbaren Kraftdefinition zu gelangen, ist es zweckmäßig, zunächst noch einmal ganz klar zu sagen, wie die *Definition einer physikalischen Größe* allgemein aussehen muß. Wir erinnern dazu an die früher gegebenen Definitionen der Geschwindigkeit und Beschleunigung. Wir haben uns dabei auf die Gleichungen

$$v=\frac{\Delta s}{\Delta t} \quad \text{und} \quad a=\frac{\Delta v}{\Delta t}$$

gestützt. Im ersten Falle handelt es sich um eine Gleichung zwischen den drei Größen v, s und t, von denen s und t Basisgrößen sind; die Größe v wurde als abgeleitete Größe durch die angegebene Gleichung definiert. Im zweiten Falle haben wir es ebenfalls mit einer Gleichung zwischen drei Größen zu tun; davon ist t eine Basisgröße und v eine bereits definierte abgeleitete Größe. Auch hier definiert die Gleichung die neue, dritte Größe a. Wir können also zusammenfassend sagen:

Die Definition einer physikalischen Größe besteht in der Verknüpfung dieser Größe mit anderen physikalischen Größen durch eine mathematische Gleichung, wobei die anderen Größen entweder Basisgrößen oder bereits definierte abgeleitete Größen sein müssen.

Wir wollen diese Gleichungen als *Definitionsgleichungen* bezeichnen. Es ist selbstverständlich, daß eine solche Definitionsgleichung immer nur *eine einzige* noch nicht definierte Größe enthalten darf, weil sonst keine eindeutige Definition gegeben wäre. Wir wollen uns ferner darüber klar sein, daß Definitionsgleichungen keine physikalischen Gesetze darstellen. In der Formel für ein physikalisches Gesetz dürfen nämlich nur Größen vorkommen, die bereits vorher unabhängig von der vorliegenden Gleichung definiert worden sind. Ein Beispiel hierfür ist die uns bekannte Gleichung $s=\frac{1}{2}a\,t^2$. Alle in dieser Gleichung auftretenden Größen sind unabhängig von dieser Gleichung vorher definiert worden. Wir können also sagen:

Ein physikalisches Gesetz besteht in einer Gleichung zwischen physikalischen Größen, die unabhängig von dem betreffenden Gesetz vorher definiert wurden. Dies besagt mit anderen Worten, daß alle in einem physikalischen Gesetz vorkommenden Größen unabhängig von dem Gesetz meßbar sein müssen.

Solche Gesetze können entweder unmittelbar aus der Erfahrung über die experimentelle Aufstellung von Meßreihen (vgl. S. 393) ermittelt oder auf mathematischem Wege aus einer experimentell gesicherten Theorie abgeleitet werden.

Wir wenden uns nun der weiteren *Klärung des Kraftbegriffs* zu.

1. Definition der Kräftegleichheit

Zwei Kräfte sind gleich, wenn sie unter den gleichen Bedingungen die gleiche Wirkung hervorbringen.

Je nachdem, ob man die elastischen Verformungen oder die beschleunigenden Wirkungen zugrunde legt, gilt also:

a) Zwei Kräfte sind gleich, wenn sie an dem gleichen elastischen Körper unter den gleichen Bedingungen dieselbe Verformung hervorrufen (statische Kraftmessung).

b) Zwei Kräfte sind gleich, wenn sie bei dem gleichen Körper unter gleichen Bedingungen die gleiche Beschleunigung bewirken (dynamische Kraftmessung).

2. Definition des Kräftevielfachen

Auch hier kann von den statischen und den dynamischen Kraftwirkungen Gebrauch gemacht werden. Wir beschränken uns zunächst auf die statische Definition des Kräftevielfachen und setzen fest:

Eine Kraft F_1 hat den n-fachen Betrag wie eine Kraft F_2, wenn n Kräfte mit dem Betrag F_2, die gleichzeitig an dem gleichen Punkt eines elastischen Körpers angreifen und die in der gleichen Richtung wirken, dieselbe elastische Verformung hervorbringen wie die Kraft F_1.

Es erweist sich als praktisch, zum Vergleich von Kräften nicht irgendwelche elastischen Körper, sondern die aus der Sekundarstufe I bekannten *Schraubenfedern*, die in ein Gehäuse eingesetzt und mit einer Skala versehen sind, zu verwenden. Solche Geräte werden als *Kraftmesser* oder *Dynamometer* bezeichnet. Wir führen mit diesen Kraftmessern zunächst einige Versuche aus.

Versuch 71.1 Wir befestigen zwei gleiche Kraftmesser nach Abb. 71.1 aneinander und ziehen sie nach entgegengesetzten Richtungen auseinander!

Abb. 71.1
Bei zwei in entgegengesetzter Richtung auseinandergezogenen Kraftmessern treten stets zwei Kräfte mit dem gleichen Betrag und der entgegengesetzten Richtung auf.

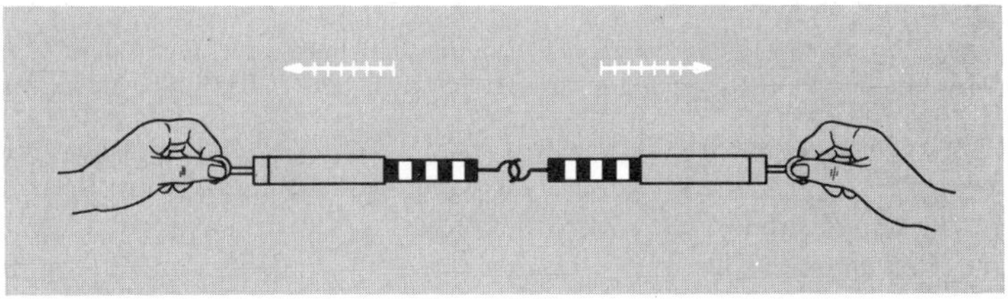

Es ergibt sich, daß beide Skalen die gleiche Ausdehnung der Federn anzeigen. Daher treten zwei Kräfte gleicher Größe und entgegengesetzter Richtung auf. Wir haben es hier mit einem allgemeingültigen Gesetz zu tun, nach dem Kräfte immer nur in solchen Paaren vorkommen. An späterer Stelle werden wir hierauf noch näher eingehen (S. 78ff.).

Versuch 71.2 Wir befestigen nach Abb. 71.2a drei gleiche Kraftmesser aneinander und ziehen sie nach entgegengesetzten Richtungen auseinander!

Führe einen entsprechenden Versuch mit vier oder mehr gleichen Kraftmessern aus, wobei in der einen Richtung stets ein Kraftmesser und in der entgegengesetzten Richtung alle übrigen wirken sollen (Abb. 71.2b)!

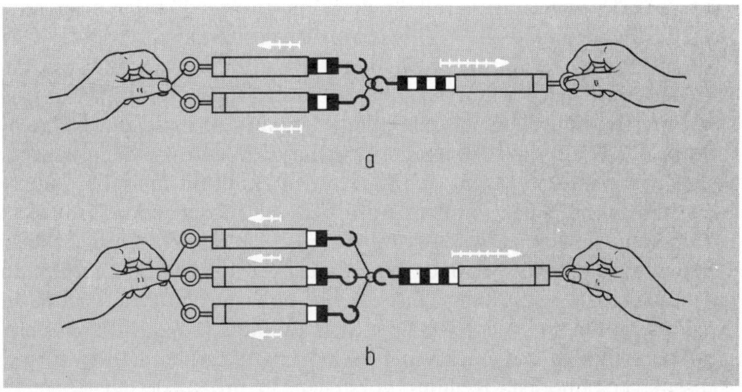

Abb. 71.2
Die Dehnung eines Kraftmessers durch mehrere Kräfte

Bei dem ersten Teil dieses Versuches zeigt sich, daß der einzelne auf der rechten Seite befindliche Kraftmesser (Abb. 71.2a) die doppelte Dehnung erfährt wie jeder der beiden linken Kraftmesser. Wenn man drei Kraftmesser auf der einen Seite vereinigt, so ist die Dehnung des Kraftmessers auf der rechten Seite dreimal so groß wie die jedes einzelnen auf der linken Seite (Abb. 71.2b). Wir erkennen hieraus einen Zusammenhang, der von R. Hooke (1635–1703) aufgefunden wurde und der besagt:

Die Dehnung einer Schraubenfeder ist der wirkenden Kraft proportional.

In der mathematischen Sprache lautet dieser Zusammenhang

$$s = c \cdot F,$$

wobei c ein Proportionalitätsfaktor ist, der von der Art des benutzten Kraftmessers abhängt und über dessen physikalische Bedeutung sich aufgrund der bisher durchgeführten Versuche noch keine Aussage machen läßt.

Es ergibt sich nun die Frage, ob *aufgrund der angegebenen Gleichung eine quantitative Kraftdefinition* gegeben und eine Krafteinheit festgelegt werden kann. Wir erkennen leicht, daß diese Frage hier zu verneinen ist, denn wenn die Kraft F durch die Gleichung $s=c \cdot F$ definiert werden soll, so müssen nach unseren obigen Darlegungen die beiden übrigen Größen bereits definierte Größen sein. Die Länge s ist als Basisgröße eingeführt, der Faktor c ist aber weder eine Basisgröße noch eine bereits definierte abgeleitete Größe. Über die Größe c lassen sich erst physikalische Feststellungen treffen, wenn die wirkenden Kräfte unabhängig von der vorliegenden Gleichung gemessen werden können.

Wir brauchen nicht zu betonen, daß die Gleichung $s=c \cdot F$ erst dann ein wirkliches physikalisches Gesetz darstellt, wenn die darin vorkommenden Größen sämtlich bereits definiert worden sind.

Wenn wir mit der Gleichung $s=c \cdot F$ weiterkommen wollen, so bleibt also nur die Möglichkeit, eine der beiden Größen c und F als *neue Basisgröße* einzuführen. Dann könnte man die andere aus der vorliegenden Gleichung als abgeleitete Größe definieren. Als neue Basisgröße käme etwa die Kraft in Frage. Man würde dann zu einem System mechanischer Größen gelangen, das auf den drei Basisgrößen *Länge, Zeit* und *Kraft* aufgebaut ist. Es ist in der Physik aber heute im allgemeinen nicht üblich, die Kraft als Basisgröße zu verwenden. Wenn man also an dieser Stelle keine neue Basisgröße einführen will, dann führt die Gleichung $s=c \cdot F$ nicht weiter, so daß wir uns nach einem anderen Wege umsehen müssen, der eine quantitative Definition der Kraft und die Festlegung einer Krafteinheit ermöglicht.

Wir wenden uns jetzt der zweiten Gruppe von Kraftwirkungen zu und untersuchen, ob sich aufgrund der *von den Kräften bewirkten Bewegungsänderungen* eine Kraftdefinition entwickeln läßt. Zunächst ist dabei zu prüfen, welche der bei der Beschreibung von Bewegungsvorgängen verwendeten Größen zweckmäßig zur Kraftdefinition herangezogen wird. Ein Blick in die Geschichte der Physik zeigt, daß dies nicht von vornherein selbstverständlich ist. Man war vielmehr zunächst geneigt, sich jener bekannten Alltagserfahrung anzuschließen, aus der sich zu ergeben scheint, daß die Geschwindigkeit des bewegten Körpers ein Maß für die Größe der wirkenden Kraft ist, denn ein mit vier Pferden bespannter Wagen fährt schneller als ein Wagen mit zwei Pferden, und ein Kraftwagen vermag mit um so größerer Geschwindigkeit zu fahren, je stärker sein Motor ist. Diese Erfahrungstatsachen sind auf den ersten Blick so überzeugend, daß man es für überflüssig halten könnte, sich kritisch mit ihnen zu beschäftigen. Und doch gelang es GALILEI, zu zeigen, daß die soeben skizzierte Deutung einen Irrtum enthält. Um dies zu verstehen, nehmen wir einen kleinen Wagen und schieben ihn mit der Hand über die ebene Tischplatte. Wenn wir den Wagen dann plötzlich loslassen, so kommt er ebenso wie der Kraftwagen nach kurzer Zeit zum Stillstand. Nun interessiert uns aber nicht nur die unmittelbare Beobachtung, daß mit dem Aufhören der antreibenden Kraft auch die Bewegung bald aufhört, sondern wir überlegen uns jetzt, wie sich die Strecke, die der Wagen nach dem Aufhören der Kraft noch weiterrollt, vergrößern läßt. Jeder weiß, daß man dazu die Lager der Räder schmieren und die Unterlage glätten muß, indem man statt eines rauhen Tisches eine polierte Platte verwendet. Je mehr wir auf diese Weise die *Reibung* vermindern, um so größer wird die Strecke, die der Wagen nach dem Aufhören der Kraft noch durchläuft. Und nun können wir noch einen Schritt weitergehen und uns eine vollkommen glatte Unterlage sowie Achsenlager ohne jede Reibung vorstellen. Dann würde der Wagen nach dem Aufhören der antreibenden Kraft seine Bewegung unverändert beibehalten und überhaupt nicht mehr zur Ruhe kommen. Natürlich läßt sich dieser Idealversuch praktisch niemals durchführen, weil es unmöglich ist, jede Reibung auszuschalten. Trotzdem erkennt man aber, daß die oben geschilderte Meinung, die auch ARISTOTELES (384–322 v.Chr.) vertreten hat, nicht richtig sein kann. Es scheint vielmehr so zu sein, daß ein Körper, auf den keine äußeren Kräfte einwirken, sich stets gleichförmig bewegt, d.h., Größe und Richtung der Geschwindigkeit bleiben unverändert. Wenn bei unseren Versuchen alle Körper nach dem Aufhören der antreibenden Kraft zur Ruhe kommen, so liegt dies daran, daß jetzt andere, hemmende Kräfte überwiegen, nämlich die Reibungskräfte, die ARISTOTELES und die Physiker des Mittelalters übersehen hatten.

Es ist das Verdienst von GALILEI und NEWTON, die Zusammenhänge als erste richtig erkannt zu haben. Die dabei gewonnenen Einsichten werden im nächsten Abschnitt genauer dargelegt.

Bevor dies geschieht, soll hier noch einmal auf eine früher bereits erwähnte Besonderheit der Physik hingewiesen werden. Die Sprache des Alltags und die Sprache der Physik unterscheiden sich vielfach voneinander. Die Sprache der Physik ist präziser als diejenige des Alltags. Alle in der Physik benutzten Begriffe bedürfen einer exakten Definition, die zu einem wesentlichen Teil aus der Angabe eines Meßverfahrens besteht. In bezug auf den Kraftbegriff hat dies zur Folge, daß manche in der Umgangssprache übliche Bedeutungen des Wortes Kraft in der Physik nicht verwendbar sind; dies gilt z.B. für den Begriff Kaufkraft oder für die geistige oder seelische Kraft eines Menschen. Die Physik verwendet den Kraftbegriff in einer sehr viel engeren Bedeutung, die nun entwickelt werden soll.

2.3.4 Die Newton-Axiome der Mechanik

Aus den Erfahrungen des Alltags ist bekannt, daß man eine Kraft aufwenden muß, um den Bewegungszustand eines Körpers zu ändern, d.h., um einen ruhenden Körper in Bewegung zu setzen, einen bewegten Körper zur Ruhe zu bringen oder bei einem bewegten Körper den Geschwindigkeitsvektor zu verändern. Bei jedem dieser Vorgänge tritt aufgrund der früher gewonnenen Erkenntnisse eine *Beschleunigung* auf. Das große Verdienst von GALILEI und NEWTON besteht nun darin, erkannt zu haben, daß sich die Beschreibung aller Bewegungsvorgänge erheblich vereinfachen läßt, wenn man als Ursache jeder Beschleunigung eine Kraft postuliert. Es ist deshalb heute üblich, die Kraft in der folgenden Weise zu definieren:

Die Kraft (Formelzeichen: $\vec{F}$) ist die Ursache für eine Beschleunigung.

Die Kräfte sind nicht unmittelbar, sondern nur über die von ihnen bewirkten Beschleunigungen wahrnehmbar. Wenn irgendwo in der Natur eine Beschleunigung auftritt, so wird hierfür stets eine Kraft verantwortlich gemacht. Die Messung der auf diese Weise eingeführten Kräfte muß natürlich von allen menschlichen Empfindungen, auf die der Begriff der Kraft – wie auf der Sekundarstufe I dargelegt worden ist – ursprünglich zurückgeht, gelöst und allein auf ihre beschleunigenden Wirkungen gegründet werden. Auch die für solche Kraftmessungen erforderliche Einheit kann nur mit Hilfe der von den Kräften hervorgerufenen Beschleunigungen gewonnen werden. Um zu einer präzisen Definition der Kraft und ihrer Einheit zu gelangen, müssen zunächst einige Bemerkungen über das von NEWTON aufgestellte *Axiomensystem der klassischen Mechanik* gemacht werden.

Die NEWTON-*Axiome der Mechanik* stellen ein System von Grundprinzipien dar, auf denen die klassische Mechanik aufgebaut werden kann. Dabei muß aber beachtet werden, daß der Begriff Axiom hier eine andere Bedeutung als in der Mathematik hat. Die Axiome der Physik sind nicht – wie die mathematischen Axiome – die Ergebnisse reinen Denkens, sondern sie sind an der Erfahrung orientiert und haben sich bei ihrer Anwendung auf die reale Welt bewährt. Wir behandeln im folgenden das von NEWTON aufgestellte Axiomensystem.

Das erste Newton-Axiom:

Jeder Körper behält seine Geschwindigkeit nach Betrag und Richtung so lange bei, wie er nicht durch äußere Kräfte gezwungen wird, seinen Bewegungszustand zu ändern.

Dies gilt insbesondere auch für den Ruhezustand, d.h. für den Fall, daß die Geschwindigkeit Null ist.

Das erste NEWTON-Axiom wird oft auch als *Trägheitsprinzip* bezeichnet.

Dieses schon von GALILEI in ähnlicher Form ausgesprochene Prinzip war für seine Zeitgenossen, die in der Gedankenwelt von ARISTOTELES aufgewachsen waren, kaum verständlich und stieß auf heftige Ablehnung. In der Tat besagt es genau das Gegenteil der aristotelischen und mittelalterlichen Lehre; wir stellen beide Auffassungen nebeneinander und verwenden dabei die heute übliche Ausdrucksweise:

ARISTOTELES *und Mittelalter*

Jede gleichförmige Bewegung muß durch eine Kraft unterhalten werden, und sie endet, wenn diese Kraft verbraucht ist.

GALILEI *und Neuzeit*

Jede gleichförmige Bewegung ist kräftefrei, d.h., zur Aufrechterhaltung einer solchen Bewegung bedarf es keiner Kraft.

Da jede gleichförmige Bewegung unabhängig von der Größe ihrer Geschwindigkeit kräftefrei ist, kann die Geschwindigkeit eines bewegten Körpers kein Maß für die Größe der wirkenden Kraft sein.

Es ist deshalb unmöglich, eine Kraftdefinition auf den Begriff der Geschwindigkeit zu gründen.

Wenn wir uns nun fragen, wie es möglich war, daß erst GALILEI diese Zusammenhänge untersucht hat, so gibt es hierauf nur die eine Antwort, daß die auf den ersten Blick so einfach erscheinende gleichförmige Bewegung in Wirklichkeit ein kompliziertes Problem darstellt. Es ist nämlich in der Tat zunächst schwer vorstellbar, wie ein Körper, auf den nicht *dauernd* eine Kraft wirkt, seine Geschwindigkeit unverändert beibehalten soll, denn um eine gleichförmige Bewegung in der Praxis herzustellen, bedarf es der ständigen Aufwendung einer Kraft. Jeder weiß, daß ein Eisenbahnzug zur Aufrechterhaltung seiner gleichförmigen Bewegung die antreibende Kraft der Lokomotive benötigt und daß jeder Kraftwagen auf den Motor angewiesen ist. Es war dabei den Forschern des Altertums und des Mittelalters aber entgangen, daß diese Kraft, die scheinbar zur Aufrechterhaltung der gleichförmigen Bewegung dient, in Wirklichkeit nur dazu nötig ist, die die Bewegung hemmenden Kräfte, insbesondere die Reibungskräfte und den Luftwiderstand, auszugleichen. Diese Kräfte bewirken nämlich eine Verringerung der Geschwindigkeit und bringen den Körper nach einiger Zeit zum Stillstand, wenn sie nicht durch andere Kräfte aufgehoben werden. Zur Aufrechterhaltung der gleichförmigen Bewegung eines Eisenbahnzuges benötigt man die Antriebskraft der Lokomotive, aber nicht, weil die gleichförmige Bewegung sonst von sich aus abklingen würde, sondern weil die Reibungskräfte ausgeglichen werden müssen.

GALILEI hat diese Zusammenhänge zuerst einer schärferen experimentellen Prüfung unterworfen. Er bemerkte, daß die Geschwindigkeit eines bewegten Körpers um so weniger abnimmt, je kleiner die Reibung gemacht wird. Es ist eine heute allgemein geläufige Erfahrungstatsache, daß die gleiche Kugel bei der gleichen Anfangsgeschwindigkeit auf einer glatten Eisfläche ihre Geschwindigkeit viel langsamer verliert als auf einer rauhen Straße, und man wird aus dieser Feststellung ohne Bedenken den Schluß ziehen, daß die Geschwindigkeit sich überhaupt nicht ändern würde, wenn es möglich wäre, die Reibung und alle sonstigen Einwirkungen vollständig auszuschalten.

Es muß bei dem oben formulierten Trägheitsgesetz beachtet werden, daß es kein Naturgesetz in dem sonst in der Physik üblichen Sinne ist, weil es nicht durch Experimente geprüft oder bestätigt werden kann. Es ist nämlich unmöglich, die Bewegung eines Körpers ohne die Einwirkung äußerer Kräfte zu untersuchen. Die Reibung läßt sich zwar durch geeignete Hilfsmittel sehr klein machen, sie läßt sich aber auf keine Weise vollständig ausschalten. Daß man dem Zustand einer reibungsfreien Bewegung sehr nahe kommen kann, zeigen die Experimente mit Luftkissenfahrbahnen (Sekundarstufe I, Band I, S. 105). Das Trägheitsprinzip hat sich dabei und auch sonst so gut bewährt, daß an seiner Gültigkeit kein Zweifel mehr besteht.

Es wäre aber auch falsch, das Trägheitsprinzip als das Ergebnis reinen Denkens zu betrachten, denn ARISTOTELES und die Physiker des Mittelalters waren durch Nachdenken über diese Vorgänge zu anderen Ergebnissen gekommen. Das Trägheitsprinzip ist aus einem gedachten Idealversuch entwickelt worden. Wir können deshalb zusammenfassend sagen:

Das Trägheitsprinzip ist durch Idealisierung aus der Erfahrung gewonnen. Es kann mit den wirklich durchführbaren Experimenten in Einklang gebracht werden und eröffnet uns dann ein besseres Verständnis der Bewegungsvorgänge, als es im Altertum und Mittelalter ohne dieses Gesetz erzielt werden konnte.

Abschließend sollen noch einige Versuche und Erscheinungen besprochen werden, die auf dem Trägheitsgesetz beruhen.

Versuch 74.1 Wir legen nach Abb. 74.1 auf ein leeres Wasserglas eine Postkarte und darauf eine Münze. Dann ziehen wir die Postkarte zunächst rasch weg. Der Versuch wird wiederholt, indem die Karte langsam weggezogen wird.

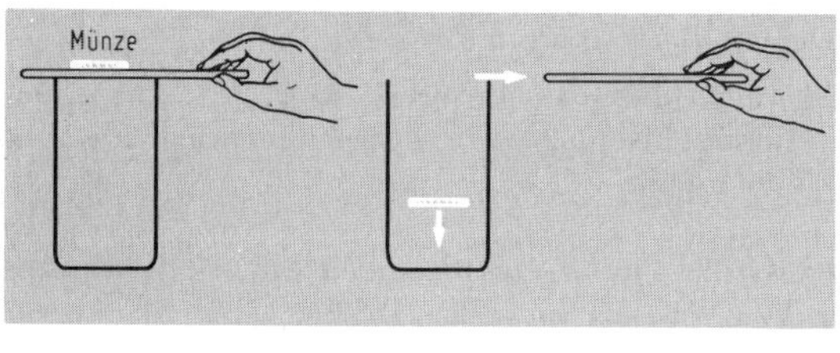

Abb. 74.1
Versuch zum Trägheitsgesetz

Im ersten Fall fällt die Münze in das Glas (Abb. 74.1 b), weil sie wegen ihrer Trägheit im Zustand der Ruhe beharrt und deshalb die Bewegung der Postkarte nicht mitmacht. Im zweiten Falle macht sie dagegen die Bewegung der Postkarte mit.

Weitere Erscheinungen, deren Erklärung sich aus dem Trägheitsprinzip ergibt, sind:

1. Wenn man in einem *schnell anfahrenden Personenwagen* sitzt, wird man in den Sitz gedrückt, weil der Körper infolge seiner Trägheit der Geschwindigkeitsänderung einen Widerstand entgegensetzt. Umgekehrt wird man bei *heftigem Bremsen* nach vorn geschleudert, weil der Körper seine Geschwindigkeit beizubehalten sucht. *Sicherheitsgurte* sollen verhindern, daß man dabei gegen die Windschutzscheibe geschleudert wird.

Eine ähnliche Beobachtung macht man, wenn man in einem *ruckhaft anfahrenden Autobus* steht. Der Autobus nimmt beim Anfahren die Füße mit, der übrige Körper hat das Bestreben, in Ruhe zu bleiben, so daß man entgegen der Fahrtrichtung umfällt, wenn man sich nicht an einer Stange oder einem Griff des Wagens festhält und damit die beschleunigende Kraft des Autobusses auf den ganzen Körper überträgt. Bei einem *plötzlich bremsenden Autobus* verringern zunächst die Füße ihre Geschwindigkeit. Um ein Umfallen in der Fahrtrichtung zu vermeiden, muß man durch Festhalten die verzögernde Kraft auch auf den übrigen Körper wirken lassen.

2. Beim *Abspringen aus einer fahrenden Bahn* werden die Fußsohlen bei der Berührung mit dem Boden plötzlich abgebremst, während der übrige Körper wegen der Trägheit seine Geschwindigkeit beibehält. Um nicht nach vorne zu fallen, muß man in der Fahrtrichtung laufen, was nur möglich ist, wenn man in der Fahrtrichtung abspringt. Im anderen Falle würde man wegen der Trägheit auf den Rücken fallen.

3. Man kann einen Hammer auf einem Stiel befestigen, indem man den Stiel nach Abb. 75.1 ruckhaft auf eine feste Unterlage stößt. Der Stiel wird dabei plötzlich abgebremst; der Eisenklotz hat wegen der Trägheit aber das Bestreben, seine Geschwindigkeit beizubehalten. Dadurch wird er mit jedem Stoß fester auf den Stiel geschoben.

Nachdem die im Zusammenhang mit dem Trägheitsprinzip durchgeführten Überlegungen gezeigt haben, daß die Geschwindigkeit eines bewegten Körpers für die Definition der Kraft ungeeignet ist, wenden wir uns jetzt der Untersuchung des bereits erwähnten *Zusammenhanges zwischen Kraft und Beschleunigung* zu. Wir gehen von der bekannten Alltagserfahrung aus, daß die durch unsere Muskelkraft erreichbare Beschleunigung eines Fahrrades um so geringer ist, je mehr Gepäck das Rad trägt, und daß bei unveränderter Ladung die Beschleunigung um so größer wird, je mehr Muskelkraft man aufwendet. Diese zunächst noch wenig präzise Erfahrung soll uns die Anregung zur Durchführung exakterer physikalischer Messungen geben.

Versuch 75.1 Es soll die Bewegung untersucht werden, die ein Körper unter dem Einfluß einer konstanten Kraft ausführt. Dazu sorgen wir dafür, daß der Körper sich unter gleichbleibenden äußeren Einwirkungen bewegt. Wir verwenden einen Wagen, der auf einer glatten Unterlage mit möglichst kleiner Reibung beweglich ist. An dem Wagen ist ein über eine Rolle führender Faden befestigt, an den Wägestücke gehängt werden können. Außerdem befindet sich zwischen dem Wagen und der Rolle ein Kraftmesser (Abb. 75.2).

Wenn eine Luftkissenfahrbahn vorhanden ist, so wird diese vorteilhaft anstelle der dargestellten Versuchsanordnung verwendet. Hierbei befindet sich zwischen dem bewegten Körper und der Unterlage eine dünne Luftschicht, auf der der Körper gleitet. Dadurch wird die Reibung fast vollständig ausgeschaltet.

Wir untersuchen die Bewegung, die abläuft, wenn man den Wagen losläßt. Dazu werden in Zeitintervallen von 1 s die zurückgelegten Wege markiert und ausgemessen. Die Ergebnisse fassen wir in einer Tabelle zusammen und zeichnen ein Weg-Zeit-Diagramm. Dann wird die mittlere Geschwindigkeit in den betrachteten Zeitintervallen berechnet

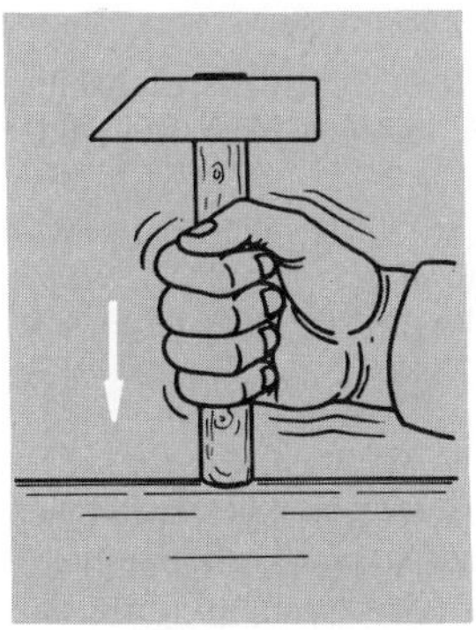

Abb. 75.1
Das Trägheitsprinzip beim Befestigen eines Hammers auf einem Stiel

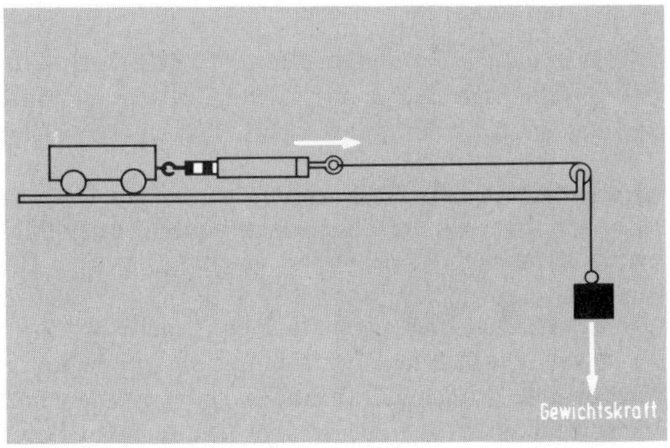

Abb. 75.2
Zur Untersuchung des Zusammenhanges zwischen der auf einen Körper wirkenden Kraft und der dadurch entstehenden Beschleunigung

und ein Geschwindigkeit-Zeit-Diagramm gezeichnet. Schließlich berechnen wir die mittleren Beschleunigungen und zeichnen auch ein Beschleunigung-Zeit-Diagramm.

Bei Versuch 75.1 mögen sich die folgenden Werte ergeben:

t in s	s in m	Δs in m	$v_m = \frac{\Delta s}{\Delta t}$ in m s^{-1}	Δv_m in m s^{-1}	$a_m = \frac{\Delta v_m}{\Delta t}$ in m s^{-2}
0	0				
		0,05	0,05		
1	0,05			0,11	0,11
		0,16	0,16		
2	0,21			0,09	0,09
		0,25	0,25		
3	0,46			0,11	0,11
		0,36	0,36		
4	0,82			0,11	0,11
		0,47	0,47		
5	1,29			0,11	0,11
		0,58	0,58		
6	1,87				

Mittelwert $a_m \approx 0{,}11 \text{ m s}^{-2}$

Im Rahmen der vorliegenden Meßgenauigkeit ergibt sich also eine während des ganzen Bewegungsvorganges gleichbleibende Beschleunigung, d.h., wir haben es mit einer gleichmäßig beschleunigten Bewegung zu tun. Diese Feststellung wird durch die gezeichneten Diagramme und ihren Vergleich mit unseren früher besprochenen Diagrammen bestätigt. Wir können das Versuchsergebnis also folgendermaßen zusammenfassen:

Wenn ein Körper durch eine Kraft bewegt wird, die bei einem Kraftmesser eine konstante Dehnung hervorruft, so erfährt er auch eine konstante Beschleunigung.

Versuch 76.1 Wir verwenden die gleiche Versuchsanordnung wie bei dem vorhergehenden Versuch, vergrößern aber das angehängte Wägestück so weit, daß die Dehnung des Kraftmessers verdoppelt bzw. verdreifacht wird. Beide Male stellen wir die gleichen Untersuchungen wie bei Versuch 75.1 an.

Es zeigt sich, daß auch hier wieder gleichmäßig beschleunigte Bewegungen vorliegen. Die Beschleunigung ist aber größer als bei Versuch 75.1, und zwar erweist sie sich im Rahmen der vorliegenden Meßgenauigkeit als etwa zwei- bzw. dreimal so groß wie bei diesem Versuch.

Wir schließen aus den bisherigen Betrachtungen:

1. Eine konstante Kraft bewirkt eine konstante Beschleunigung.

$$\text{Aus } F = \text{const} \quad \text{folgt also} \quad a = \text{const}.$$

2. Eine doppelte, dreifache, ..., n-fache Kraft bewirkt bei ein und demselben Körper die doppelte, dreifache, ..., n-fache Beschleunigung.

Es gilt also:

$$\frac{F}{a} = \text{const}.$$

Wir haben bei den bisherigen Versuchen stets den gleichen Wagen bzw. bei der Luftkissenfahrbahn den gleichen Gleitkörper verwendet. Nunmehr führen wir weitere Versuche durch, indem wir nacheinander auf den Wagen oder Gleitkörper Wägestücke verschiedener Masse legen.

Versuch 76.2 Bei dem gleichen Versuchsaufbau wie in Versuch 75.1 lassen wir die Kraft unverändert. Auf den Wagen legen wir nacheinander Zusatzkörper verschiedener Masse und führen in jedem Falle die gleichen Messungen und Rechnungen wie bei Versuch 75.1 durch.

Diese Versuche zeigen, daß die gleiche Kraft dem Wagen je nach der Beladung verschiedene Beschleunigungen erteilt. Diese Feststellung entspricht der Alltagserfahrung, nach der bei einem schwer beladenen Wagen eine größere Kraft aufgewendet werden muß, um seine Geschwindigkeit zu steigern, als bei einem leicht beladenen Wagen. Bei der Besprechung des Trägheitsgesetzes (S. 73) haben wir bereits erkannt, daß jeder Körper der Änderung seiner Geschwindigkeit einen Widerstand entgegensetzt; diese Eigenschaft haben wir als die *Trägheit* oder das *Beharrungsvermögen* des Körpers bezeichnet. Die verschiedenen Körper haben nach unseren obigen Feststellungen verschiedene Trägheit. Damit diese Trägheit zu einer physikalisch brauchbaren Größe wird, muß man sie zahlenmäßig erfassen können. So wie jeder Körper eine bestimmte Raumerfüllung besitzt, die zahlenmäßig durch sein Volumen angegeben wird, besitzt er auch eine bestimmte Trägheit, für deren zahlenmäßige Angabe wir jetzt die *träge Masse* des Körpers einführen.

Da bei dem hier vorgenommenen Aufbau der Mechanik die Masse als Basisgröße und nicht als abgeleitete Größe definiert werden soll, muß das genaue Meßverfahren für die Massengleichheit und für das Massenvielfache festgelegt werden:

1. Definition der Massengleichheit

Zwei (träge) Massen sind gleich groß, wenn sie durch die gleiche Kraft unter völlig gleichen äußeren Umständen die gleiche Beschleunigung erfahren.

2. Definition des Massenvielfachen

Eine (träge) Masse heißt 2-, 3-, ..., n-mal so groß wie eine Vergleichsmasse, wenn sie durch die gleiche Kraft unter völlig gleichen äußeren Umständen $\frac{1}{2}, \frac{1}{3}, \ldots, \frac{1}{n}$ der Beschleunigung erfährt, die die Kraft der Vergleichsmasse erteilt.

Damit haben wir *zwei verschiedene Meßverfahren für die Masse* kennengelernt:

1. die früher eingeführte Messung mit Hilfe der Waage, bei der die *schwere Masse* bestimmt wurde, und
2. die jetzt eingeführte Messung mit Hilfe der Beschleunigung, durch die die *träge Masse* bestimmt wird.

Auf die Zusammenhänge zwischen den beiden Arten der Masse wird später (S. 172) noch genauer eingegangen.

Aus der Definition für das Massenvielfache ergibt sich folgender Sachverhalt:

Wenn zwei Körper mit den Massen m_1 und m_2 durch dieselbe Kraft beschleunigt werden, so verhalten sich die Beschleunigungen umgekehrt wie die Massen:

$$\frac{a_1}{a_2} = \frac{m_2}{m_1}.$$

Das Produkt aus Masse und Beschleunigung hat also bei der gleichen Kraft stets den gleichen Wert:

$$m_1 a_1 = m_2 a_2 .$$

Aus diesem Grunde ist es sinnvoll, mit Hilfe der Basisgröße m und der bereits definierten Beschleunigung a die Kraft als das Produkt aus der Masse m und der Beschleunigung a zu definieren:

$$F = m a$$

oder vektoriell

$$\vec{F} = m \vec{a}.$$

Diese Gleichung bezeichnet man als das *Grundgesetz der Mechanik*. Da es sich eigentlich um eine Definition der dynamisch wirkenden Kraft handelt, spricht man auch von dem zweiten NEWTON-Axiom.

Das zweite Newton-Axiom:

Um einer Masse m die Beschleunigung $\vec{a}$ zu erteilen, ist eine Kraft $\vec{F}$ erforderlich, die gleich dem Produkt aus der Masse und der Beschleunigung ist.

$$\vec{F} = m \vec{a}.$$

Dieser Zusammenhang zwischen Kraft, Masse und Beschleunigung ist in der vorliegenden Form von NEWTON selbst nicht ausgesprochen worden. Wir kommen hierauf (S. 115/116) zurück.

Es soll schließlich noch darauf hingewiesen werden, daß das *Trägheitsprinzip als Sonderfall in dem Grundgesetz der Mechanik* enthalten ist. Aus der Gleichung

$$\vec{F} = m \vec{a}$$

folgt, daß für $\vec{F} = 0$ auch $\vec{a} = 0$ ist. Wenn also auf einen Körper keine Kraft wirkt, so erfährt er auch keine Beschleunigung, d.h., er behält den Ruhezustand bzw. den Betrag und die Richtung seiner Geschwindigkeit bei.

Wir wenden uns nun dem *dritten* NEWTON-*Axiom der Mechanik* zu und führen zunächst einen von NEWTON selbst stammenden Versuch aus.

Versuch 78.1 Wir befestigen auf dem einen von zwei gleich großen Korkstücken einen kleinen Magnet und auf dem anderen ein gleich großes Stück Eisen und lassen beide Korken in nicht zu großer Entfernung voneinander in einer Schüssel mit Wasser schwimmen.

Die beiden Teile bewegen sich aufeinander zu und treffen in der Mitte ihrer Ausgangsstellung zusammen. Dies ist nur möglich, wenn beide durch Kräfte gleicher Größe beschleunigt werden, d.h., wenn der Magnet auf das Eisen eine ebenso große Kraft ausübt wie das Eisen auf den Magnet.

Ein anderer Versuch soll den hier behandelten Sachverhalt weiter klären.

Versuch 78.2 Auf zwei gleichen Wagen, die sich auf einer waagerechten Unterlage möglichst reibungsfrei bewegen können, stehen zwei Personen A und B mit der gleichen Masse (Abb. 78.1). An einem zwischen ihnen gespannten Seil ziehen

a) beide möglichst stark, indem sie das Verbindungsseil zu verkürzen versuchen,

b) einer möglichst stark, indem er wiederum wie vorher das Verbindungsseil durch Weitergreifen zu verkürzen sucht, während der andere das Seilende lediglich festhält.

Es zeigt sich, daß in jedem Falle beide Wagen in Bewegung geraten und in der Mitte zusammentreffen. Sie erfahren also gleich große Beschleunigungen.

Wir erkennen an diesen Versuchen, daß *Kräfte immer nur paarweise auftreten* und daß die beiden zusammen auftretenden Kräfte in jedem Falle den gleichen Betrag haben und entgegengesetzt gerichtet sind. Wenn bei dem soeben ausgeführten Versuch eine der beiden Personen das Seil losläßt, so kann auch die andere Person keine Kraft mehr aufwenden, weil Kräfte immer nur paarweise auftreten.

Diese Feststellung bildet den Inhalt des dritten NEWTON-Axioms der Mechanik, das folgendermaßen ausgesprochen werden kann:

Das dritte Newton-Axiom:

Wirkt ein Körper A auf einen Körper B mit der Kraft $\vec{F}_1$, so wirkt der Körper B auf den Körper A mit einer Kraft $\vec{F}_2$, die den gleichen Betrag, aber die entgegengesetzte Richtung wie $\vec{F}_1$ hat.

$$\vec{F}_2 = -\vec{F}_1 .$$

Dieses NEWTON-Axiom wird auch als das *Prinzip von actio und reactio*, von *Kraft und Gegenkraft* oder als das *Wechselwirkungsprinzip* bezeichnet. Es besagt, daß Kräfte immer nur paarweise auftreten, so daß zu jeder wirkenden Kraft $\vec{F}_1$ eine Gegenkraft $\vec{F}_2 = -\vec{F}_1$ gehört. Kraft und Gegenkraft greifen stets an verschiedenen Körpern an.

Außer den schon durchgeführten Versuchen gibt es noch eine ganze Reihe weiterer Möglichkeiten, dieses Gesetz nachzuprüfen.

Man kann Versuch 78.2 in der Weise abändern, daß man auf dem einen Wagen statt der Person nach Abb. 78.2 einen Holzklotz mit der gleichen Masse befestigt. Anschließend kann man den Wagen mit dem Holzklotz durch zusätzliche Massen belasten.

Abb. 78.1
Die Gleichheit von Kraft und Gegenkraft

Abb. 78.2
Zur Wirkung von Kraft und Gegenkraft

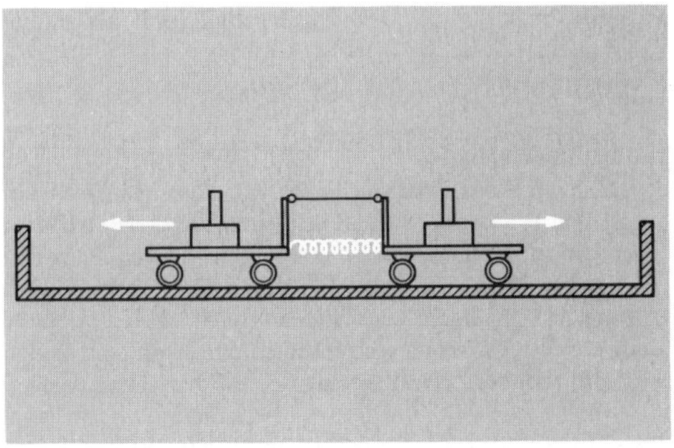

Abb. 79.1 Zum Gesetz über Kraft und Gegenkraft

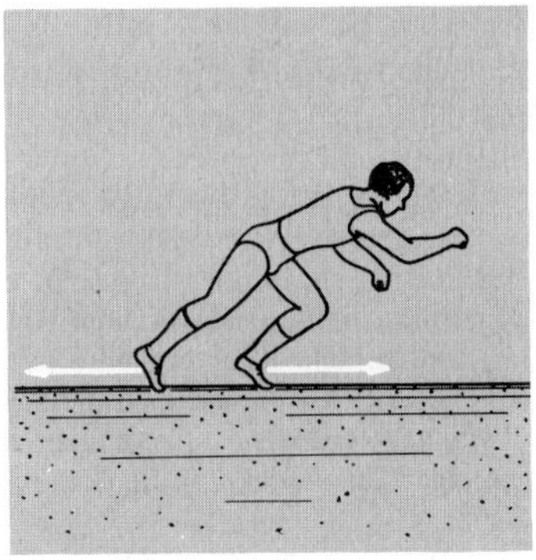

Abb. 79.2 Kraft und Gegenkraft beim Tiefstart eines Läufers

Es zeigt sich, daß auch hier beide Wagen in Bewegung geraten und bei gleichen Massen in der Mitte zusammentreffen, weil auf beide Wagen Kräfte mit dem gleichen Betrag und entgegengesetzter Richtung wirken, die wegen der Gleichheit der Massen gleich große Beschleunigungen verursachen. Wenn man dagegen die Masse des einen Wagens vergrößert, wird die durch die Kraft bewirkte Beschleunigung kleiner, und die Wagen treffen nicht mehr in der Mitte zusammen.

Versuch 79.1 Auf einer horizontalen, glatten Fläche befinden sich zwei vollkommen gleiche Wagen, die durch einen Faden verbunden sind. Zwischen beiden befindet sich eine zusammengedrückte Schraubenfeder oder eine Blattfeder. Dann wird der Faden durchgebrannt, damit die Feder sich entspannen kann (Abb. 79.1).

Beide Wagen werden in Bewegung gesetzt und erreichen zur gleichen Zeit zwei im gleichen Abstand aufgestellte Platten. Die beiden Wagen haben dann die gleichen Wege zurückgelegt. Dies ist nur möglich, wenn sie die gleiche Beschleunigung erfahren haben. Die gespannte Feder muß also auf beide Wagen gleich große, entgegengesetzt gerichtete Kräfte ausgeübt haben.

Das dritte NEWTON-Axiom stellt ein aus der Erfahrung stammendes und an der Erfahrung nachprüfbares Naturgesetz dar. Es gibt eine Fülle von Erscheinungen, die die Gültigkeit dieses Gesetzes zeigen.

Beispiele

1. Bei dem *Tiefstart eines 100-m-Läufers* wird das Prinzip von Kraft und Gegenkraft ausgenutzt (Abb. 79.2). Der Läufer stößt mit großer Kraft nach hinten gegen den Boden; die Gegenkraft, die der Boden auf den Läufer ausübt, bewirkt dessen Beschleunigung.

2. Aus den Erfahrungen des Alltags ist bekannt, daß man sich auf einer *glatten Eisfläche* nur schlecht voranbewegen kann. Der Grund hierfür besteht darin, daß die Wechselwirkung zwischen Schuhsohle und Boden sehr gering ist. Die Füße können auf den Boden keine nennenswerte Kraft nach hinten ausüben, was wiederum zur Folge hat, daß der Boden keine ausreichende Kraft nach vorne auf die Füße ausüben kann.

3. Die *Bewegung eines Schiffes mit Hilfe einer Schraube* kommt dadurch zustande, daß die Schraube eine Kraft auf das Wasser ausübt und dieses nach hinten beschleunigt. Die Gegenkraft, die das Wasser auf das Schiff ausübt, treibt dieses nach vorne.

4. Wenn ein *Trecker einen Wagen zieht*, so übt er eine Kraft auf den Wagen aus. Eine Gegenkraft der gleichen Größe und der entgegengesetzten Richtung übt der Wagen auf den Trecker aus. Diese Kräfte können aber keine Bewegung des Wagens bewirken. Wenn sich der Wagen trotzdem bewegt, so muß hierfür also eine andere Kraft verantwortlich sein. Man erkennt dies auch daran, daß der Trecker den Wagen auf einer glatten Unterlage nicht ziehen kann. Es spielt also die Wechselwirkung zwischen dem Trecker und dem Boden für die Bewegung eine entscheidende Rolle. Der Trecker übt mit seinen Rädern eine nach hinten gerichtete Kraft auf den Boden aus. Die Gegenkraft, die der Boden auf den Trecker ausübt, bewirkt die Bewegung von Trecker und Wagen, aber nur dann, wenn sie größer ist, als die Kraft der Wechselwirkung zwischen Trecker und Wagen.

Es wurde schon darauf hingewiesen, daß *Kraft und Gegenkraft stets an zwei verschiedenen Körpern* angreifen. Sie dürfen deshalb nicht mit zwei gleich großen und entgegengesetzt gerichteten Kräften verwechselt werden, die an *einem* Körper angreifen und die sich gegenseitig aufheben, so daß der Körper im Gleichgewicht ist. Man hat solche Kräfte als *Kraft und Kompensationskraft* bezeichnet. Der Unterschied soll an einem einfachen Beispiel erläutert werden.

Beispiel

Ein Buch liegt auf einem Tisch. Dann sind folgende Kräfte zu unterscheiden:

1. Das Buch übt infolge der nach unten gerichteten Gewichtskraft eine Kraft auf den Tisch aus; der Tisch übt seinerseits eine nach oben gerichtete Gegenkraft auf das Buch aus. Die Wirkung „Buch–Tisch" und die Gegenwirkung „Tisch–Buch" beziehen sich auf Kräfte, die an verschiedenen Körpern angreifen.

2. An dem Buch greifen zwei Kräfte an: die durch die Wechselwirkung „Erde–Buch" zustandekommende, nach unten gerichtete Gewichtskraft und die durch die Wechselwirkung „Tisch–Buch" entstehende, nach oben gerichtete Kompensationskraft. Hier greifen also die beiden Kräfte an dem gleichen Körper, nämlich dem Buch, an und heben einander auf, so daß das Buch durch sie keine Beschleunigung erfährt, sondern im Ruhezustand auf dem Tische liegen bleibt.

Während im ersten Falle nur die Wechselwirkung zwischen Buch und Tisch betrachtet wird, handelt es sich im zweiten Falle um die beiden Wechselwirkungen „Erde–Buch" und „Tisch–Buch", bei denen die auftretenden Kräfte sich im Gleichgewicht befinden.

2.3.5 Die Messung von Kräften

Um Kräfte messen zu können, muß zunächst eine Krafteinheit definiert werden. Dies kann jetzt unter Verwendung des *Grundgesetzes der Mechanik* geschehen. Die *Ausführungsverordnung zum Gesetz über Einheiten im Meßwesen* bestimmt:

Die abgeleitete Einheit der Kraft ist das Newton (Einheitenzeichen: N). 1 Newton ist gleich der Kraft, die einem Körper mit der Masse 1 kg die Beschleunigung 1 m s^{-2} erteilt.

$$1\,\mathrm{N} = 1\,\mathrm{kg} \cdot 1\,\mathrm{m\,s^{-2}} = 1\,\mathrm{kg\,m\,s^{-2}}.$$

Aus der Einheit 1 Newton können mit Hilfe der früher (S. 11) erwähnten Vorsätze dezimale Vielfache und Teile gebildet werden.

Beispiele $1\,\mathrm{kN} = 10^3\,\mathrm{N}$, $1\,\mathrm{mN} = 10^{-3}\,\mathrm{N}$, $1\,\mu\mathrm{N} = 10^{-6}\,\mathrm{N}$.

Abgeleitete gesetzliche Einheiten der Kraft sind auch alle Produkte, die aus einer gesetzlichen Masseneinheit und einer gesetzlichen Beschleunigungseinheit gebildet werden.

Beispiele $1\,\mathrm{t\,m\,s^{-2}} = 1\,\mathrm{kN}$, $1\,\mathrm{g\,m\,s^{-2}} = 1\,\mathrm{mN}$.

Die folgenden Krafteinheiten, die früher in der Physik und Technik viel verwendet wurden, sind aufgrund des *Gesetzes über Einheiten im Meßwesen* nicht mehr zulässig:
1 Dyn (Einheitenzeichen: dyn) $= 10^{-5}\,\mathrm{N}$,
1 Pond (Einheitenzeichen: p) $= 9{,}806\,65 \cdot 10^{-3}\,\mathrm{N} \approx 10\,\mathrm{mN}$,
1 Kilopond (Einheitenzeichen: kp) $= 9{,}806\,65\,\mathrm{N} \approx 10\,\mathrm{N}$.

Das Grundgesetz der Mechanik erlaubt es nun, die Beschleunigung, die eine Kraft einer bestimmten Masse (etwa der Masseneinheit) erteilt, als Maß für die Kraft zu verwenden. Nach dem Grundgesetz der Mechanik

$$\vec{F} = m\,\vec{a}$$

ergibt sich dann:

a) Zwei Kräfte sind gleich groß, wenn sie der gleichen Masse (etwa der Masseneinheit) unter völlig gleichen äußeren Umständen die gleiche Beschleunigung erteilen.

b) Eine Kraft ist n-mal so groß wie die Krafteinheit, wenn sie einer Masse (etwa der Masseneinheit) unter völlig gleichen äußeren Umständen die n-fache Beschleunigung wie die Krafteinheit erteilt.

Nach diesen Festlegungen ist es grundsätzlich möglich, Kräfte aufgrund ihrer beschleunigenden Wirkungen zu messen. Da die Messung von Beschleunigungen aber Längen- und Zeitmessungen erfordert, ist dieses Meßverfahren verhältnismäßig umständlich. Man macht in der Praxis deshalb nur selten hiervon Gebrauch. Es ist vielmehr üblich, Kräfte auf eine andere Weise zu messen, mit der wir uns in dem folgenden Abschnitt beschäftigen werden.

2.3.6 Die Gewichtskraft und das Gewicht

Aus dem Alltag wissen wir, daß alle Körper von der Erde angezogen werden. NEWTON hat bereits darauf hingewiesen, daß diese Anziehung als Sonderfall einer allgemeinen Massenanziehung oder Gravitation betrachtet werden muß. Es handelt sich hierbei um eine Eigenschaft der Materie, mit der wir uns später (S. 149) noch genauer beschäftigen werden; sie besteht darin, daß zwei materielle Körper stets eine Anziehung aufeinander ausüben. Man bezeichnet die von der Erde auf alle in ihrer Umgebung befindlichen Körper ausgeübte Kraft als die *Schwerkraft* oder die *Gewichtskraft* (Formelzeichen: F_G). Es gilt also:

Unter der Schwerkraft oder der Gewichtskraft F_G versteht man die Kraft, mit der ein Körper von der Erde angezogen wird. Sie kann als Sonderfall der Gravitation betrachtet werden.

Streng genommen sind *Gewichtskraft* und *Gravitationskraft* aber nicht identisch. Die Gewichtskraft ist kleiner als die Gravitationskraft, und sie ist zum Unterschied von der Gravitationskraft auch nicht genau zum Erdmittelpunkt gerichtet. Wie später (S. 94) noch genauer dargelegt wird, entsteht die Gewichtskraft vielmehr aus dem Zusammenwirken der Gravitationskraft und der durch die Erddrehung hervorgerufenen Zentrifugalkraft. Die Unterschiede zwischen der Gewichtskraft und der Gravitationskraft sind aber so gering, daß sie für die folgenden Betrachtungen nicht beachtet zu werden brauchen.

Die Gewichtskraft bewirkt, daß ein im Anziehungsbereich der Erde befindlicher, an einem Faden aufgehängter Körper eine Zugkraft auf den Faden ausübt und daß ein auf einer Unterlage liegender Körper auf die Unterlage mit einer Druckkraft wirkt. Die Gewichtskraft ruft schließlich auch die Beschleunigung hervor, die ein frei fallender Körper erfährt (S. 50). Aus dem *Grundgesetz der Mechanik* ergibt sich, daß bei einem frei fallenden Körper zwischen der Gewichtskraft F_G, der Masse m und der Fallbeschleunigung g der Zusammenhang

$$F_G = m\,g$$

besteht. Es wurde früher schon darauf hingewiesen, daß die Fallbeschleunigung ortsabhängig ist. Daher gilt:

Die Gewichtskraft stellt keine für einen Körper charakteristische Eigenschaft dar, sondern sie ist wegen der Ortsabhängigkeit der Fallbeschleunigung ebenfalls ortsabhängig.

Wenn man den Normwert der Fallbeschleunigung (S. 50)

$$g_n = 9{,}80665 \text{ m s}^{-2}$$

zugrunde legt, so ergibt sich für die auf einen Körper mit der Masse $m = 1$ kg wirkende Gewichtskraft

$$F_G = m\,g_n = 1 \text{ kg} \cdot 9{,}80665 \text{ m s}^{-2} = 9{,}80665 \text{ N}.$$

Man hat diese Gewichtskraft früher mit 1 Kilopond (Einheitenzeichen: kp) bezeichnet und sie als Einheit für die Kraftmessung verwendet. Aus den vorstehenden Überlegungen folgt:

$$1 \text{ kp} = 9{,}80665 \text{ N} \approx 10 \text{ N}.$$

Die Einheit 1 Kilopond ist – wie schon erwähnt – aufgrund des *Gesetzes über Einheiten im Meßwesen* nicht mehr zulässig.

Am *Äquator* beträgt die Fallbeschleunigung $g_{\text{Äqu}} \approx 9{,}78\,\text{m}\,\text{s}^{-2}$; daher ergibt sich für die hier auf einen Körper mit der Masse $m = 1$ kg wirkende Gewichtskraft

$$F_{\text{GÄqu}} \approx 1\,\text{kg} \cdot 9{,}78\,\text{m}\,\text{s}^{-2} \approx 9{,}78\,\text{N}.$$

An den *Polen* erhält man bei der Fallbeschleunigung $g_{\text{Pol}} \approx 9{,}83\,\text{m}\,\text{s}^{-2}$ die Gewichtskraft

$$F_{\text{GPol}} \approx 1\,\text{kg} \cdot 9{,}83\,\text{m}\,\text{s}^{-2} \approx 9{,}83\,\text{N}.$$

Auf dem *Mond* ist die Fallbeschleunigung rund $\frac{1}{6}$ der irdischen Fallbeschleunigung. Wenn man sich deshalb mit einem beliebigen Körper von der Erde auf den Mond begibt, so ist die dort auf diesen Körper wirkende Gewichtskraft nur rund $\frac{1}{6}$ der irdischen Gewichtskraft.

Um zu einem praktisch brauchbaren Verfahren der *Kraftmessung* zu gelangen, müssen noch einige grundsätzliche Bemerkungen zu dem früher (S. 71) bereits besprochenen *Kraftmesser* gemacht werden. Wenn man einen Körper nach Abb. 82.1 an einen solchen Kraftmesser hängt, so wird dieser unter dem Einfluß der Gewichtskraft gedehnt. Mit zunehmender Federdehnung wächst die Federspannung und damit die der Gewichtskraft entgegenwirkende Federkraft. Die Feder wird gerade so weit gedehnt, daß die auftretende Federkraft gleich der Gewichtskraft ist. Damit die Schraubenfeder zur Messung von Gewichtskräften dienen kann, muß eine *Kalibrierung des Kraftmessers* erfolgen, d.h., es muß der Zusammenhang zwischen der Verlängerung der Schraubenfeder und der Kraft, die diese Verlängerung bewirkt, festgestellt werden. Wenn dies geschehen ist, können mit diesem Gerät auch alle anderen Kräfte, etwa die durch Ziehen mit der Hand auf die Schraubenfeder ausgeübten Kräfte, gemessen werden.

Es war früher üblich, die Kraftmesser in der genannten Einheit 1 Kilopond zu kalibrieren. Um diese Kalibrierung durchzuführen, mußte man am Normort der Fallbeschleunigung an den Kraftmesser nacheinander Körper mit den Massen 1 kg, 2 kg, 3 kg, ... hängen und die jeweils erzielten Federdehnungen mit 1 kp, 2 kp, 3 kp, ... bezeichnen. Da nach dem oben (S. 71) bereits erwähnten HOOKE-Gesetz die Dehnung einer Schraubenfeder innerhalb gewisser Grenzen der wirkenden Kraft proportional ist, haben die sich ergebenden Markierungen bei der gleichen Feder gleiche Abstände, sofern man sich bei der Kalibrierung der Kraftmesser auf den Gültigkeitsbereich des HOOKE-Gesetzes beschränkt. Die so gefundenen Abstände können jeweils in 10, 100 oder 1000 gleiche Teile unterteilt werden. Im letzten Falle würden die Abstände zweier aufeinanderfolgender Teilstriche der Kraft 1 Pond entsprechen.

Da die Einheiten 1 Kilopond und 1 Pond nicht mehr zulässig sind und deshalb bei den folgenden Betrachtungen nicht mehr verwendet werden sollen, müssen die Kraftmesser auf die neue Krafteinheit 1 Newton umgestellt werden. Dies kann ohne Schwierigkeiten mit Hilfe des oben angegebenen Zusammenhanges

$$1\,\text{kp} = 9{,}80665\,\text{N} \approx 10\,\text{N}$$

erfolgen. Wir stellen abschließend fest:

Zur Messung von Kräften werden Schraubenfedern verwendet, die in der Einheit 1 Newton kalibriert sind.

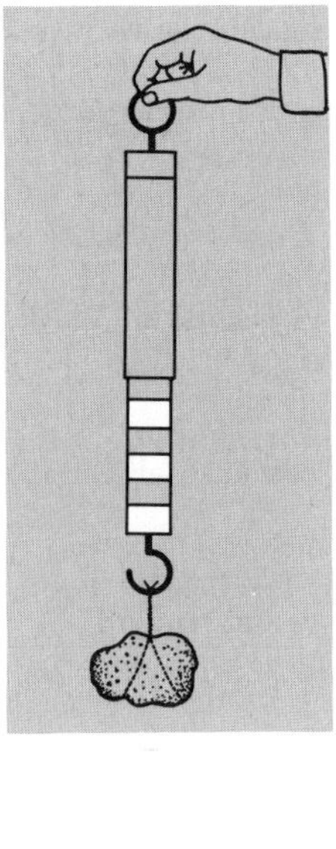

Abb. 82.1
Zur Wirkung des Kraftmessers

Wir stellen noch einmal zusammenfassend fest:
Es gibt zwei verschiedene Arten der Kraftmessung, und zwar

1. Die Kraftmessung mit Hilfe von Schraubenfedern

Hierbei werden die elastischen Verformungen der Federn zur Kraftmessung verwendet. Wir haben diese Art der Kraftmessung früher (S. 69) als *statische Kraftmessung* bezeichnet.

2. Die Kraftmessung mit Hilfe von Beschleunigungen

Hierbei werden die aufgrund des zweiten NEWTON-Axioms bewirkten Beschleunigungen zur Kraftmessung benutzt. Diese Art der Kraftmessung haben wir früher (S. 70) *dynamische Kraftmessung* genannt.

Die Erfahrung und die Theorie zeigen, daß für diese beiden Arten der Kraftmessung gilt:

a) Kräfte, die aufgrund der dynamischen Kraftmessung gleich sind, verursachen stets auch die gleiche Dehnung eines Kraftmessers, d.h., sie sind auch aufgrund der statischen Kraftmessung gleich groß.

b) Wenn eine Kraft F_1 aufgrund der dynamischen Kraftmessung n-mal so groß wie eine Kraft F_2 ist, so dehnt die Kraft F_1 einen Kraftmesser um den n-fachen Betrag wie F_2, d.h., sie ist auch aufgrund der statischen Kraftmessung n-mal so groß wie F_2.

Mit diesen Feststellungen wird die Frage, ob es erlaubt ist, die statische und die dynamische Kraftmessung nebeneinander zu benutzen, ohne dabei in Widersprüche zu geraten, in dem Sinne beantwortet, daß ein solches Vorgehen zulässig ist. Die Begründung für die Zulässigkeit einer gleichzeitigen Verwendung zweier verschiedener Meßverfahren kann aber noch weiter vertieft werden. Dazu muß darauf hingewiesen werden, daß es sich im Grunde gar nicht um so verschiedene Meßverfahren handelt, wie dies auf den ersten Blick zu sein scheint. Auch der statischen Kraftmessung liegen letzten Endes die beschleunigenden Wirkungen der zu messenden Kraft zugrunde, denn bevor der Kraftmesser ins Gleichgewicht gekommen ist, wird seine innere Hülse beschleunigt. Diese Hülse ist unten an der Schraubenfeder des Kraftmessers befestigt. Auf sie wirken während der Beschleunigungsphase zwei entgegengesetzt gerichtete Kräfte: einmal die konstante Kraft, die gemessen werden soll und die etwa eine Gewichtskraft sein kann (Abb. 82.1), und zum anderen die veränderliche Federkraft, deren Größe an kalibrierten Kraftmessern abgelesen werden kann. Bei einer Kraftmessung ändert sich die Federkraft durch die beschleunigende Wirkung der zu messenden Kraft so lange, bis beide Kräfte gleich groß geworden sind, so daß sie sich das Gleichgewicht halten. Dann kann die Größe der zu messenden Kraft an dem Kraftmesser abgelesen werden.

Wir stellen fest:

Mit einem in der Einheit 1 Newton kalibrierten Kraftmesser können Gewichtskräfte und alle anderen Kräfte an jedem Ort (z.B. irgendwo auf der Erde, auf dem Mond oder auf einem anderen Himmelskörper) gemessen werden. Um mit diesem Gerät Massen bestimmen zu können, muß die Fallbeschleunigung am Ort der Messung bekannt sein.

Da es notwendig ist, klar zwischen der *Gewichtskraft* und dem *Gewicht* zu unterscheiden, sollen hierüber noch einige abschließende Bemerkungen gemacht werden.

Die Bezeichnung *Gewicht* wird in drei verschiedenen Bedeutungen benutzt:

1. Mit dem Wort *Gewicht* wird bisweilen die oben eingeführte *Gewichtskraft* bezeichnet. Dann muß das Gewicht in der *Krafteinheit* 1 Newton oder den hieraus abgeleiteten dezimalen Teilen und Vielfachen gemessen werden. Der *Deutsche Normenausschuß* empfiehlt aber, das Wort Gewicht nicht weiter in dieser Bedeutung zu verwenden, sondern hier immer nur von Gewichtskraft zu sprechen. Wir werden uns im folgenden dieser Empfehlung anschließen.

2. Das Wort *Gewicht* bedeutet oft auch eine Größe von der Art einer *Masse*. In dieser Bedeutung wird die Bezeichnung Gewicht vor allem im Handel und in der Wirtschaft bei der Angabe von Mengen im Sinne eines Wägeergebnisses verwendet. Das Gewicht ist dann in der *Masseneinheit* 1 Kilogramm oder den hieraus abgeleiteten dezimalen Teilen und Vielfachen anzugeben. Die *Ausführungsverordnung zum Gesetz über Einheiten im Meßwesen* bestimmt deshalb:

Einheiten des Gewichtes als einer im geschäftlichen Verkehr bei der Angabe von Warenmengen benutzten Bezeichnung für die Masse sind die Masseneinheiten.

3. Schließlich wird die Bezeichnung *Gewicht* auch als Name für die bei Wägungen verwendeten *Verkörperungen von Masseneinheiten* sowie deren Teilen und Vielfachen verwendet. Der *Deutsche Normenausschuß* hat vorgeschlagen, in diesen Fällen das Wort *Gewichtstück* oder *Wägestück* zu verwenden.

Wir verfahren in diesem Buche nach den gesetzlichen Vorschriften und den Empfehlungen des Deutschen Normenausschusses.

2.3.7 Die Kräfte bei der gleichmäßigen Kreisbewegung

Das zweite NEWTON-Axiom der Mechanik ist bisher nur für den Spezialfall der geradlinigen Bewegung, d.h. für Bewegungen, bei denen nur Bahnbeschleunigungen auftreten, behandelt worden. Da aber nach diesem Axiom *jede* Beschleunigung das Kriterium für die Wirksamkeit einer Kraft ist, muß dies auch für Radialbeschleunigungen gelten. Wir untersuchen hier wieder einen Sonderfall, und zwar die *gleichmäßigen Kreisbewegungen* (S. 54), bei denen nur Radialbeschleunigungen auftreten.

Wir haben gesehen (S. 57f.), daß bei einer gleichmäßigen Kreisbewegung eine zum Mittelpunkt gerichtete Beschleunigung mit dem Betrag

$$a_r = \frac{v^2}{r} = \omega^2 r = \frac{4\pi^2 r}{T^2} = 4\pi^2 \nu^2 r$$

auftritt. Da jede Beschleunigung nach dem *Grundgesetz der Mechanik* das Kriterium für das Vorhandensein einer Kraft darstellt, muß auch bei der gleichmäßigen Kreisbewegung eine Kraft auftreten. Es gilt:

Wenn ein Massenpunkt mit der Masse *m* eine gleichmäßige Kreisbewegung ausführt, so wirkt auf ihn eine stets zum Kreismittelpunkt gerichtete Kraft mit dem Betrag

$$F_r = m a_r = \frac{m v^2}{r} = m r \omega^2 = \frac{4\pi^2 m r}{T^2} = 4\pi^2 m \nu^2 r.$$

In vektorieller Schreibweise läßt sich diese Kraft in der Form

$$\vec{F}_r = -\frac{m v^2}{r^2} \cdot \vec{r} = -m\omega^2 \vec{r} = -\frac{4\pi^2 m}{T^2} \cdot \vec{r} = -4\pi^2 \nu^2 m \vec{r}$$

schreiben. Dabei bedeutet $\vec{r}$ den vom Kreismittelpunkt zum bewegten Massenpunkt weisenden *Radiusvektor* oder *Fahrstrahl.*

Man bezeichnet diese Kraft als *Radialkraft* oder als *Zentripetalkraft.* Von dem Vorhandensein dieser Kraft kann man sich überzeugen, indem man folgenden Versuch ausführt:

Versuch 84.1 Man bindet eine Metallkugel an eine Schnur und schleudert sie nach Abb. 84.1 im Kreise herum. Dann läßt man die Schnur plötzlich los und beobachtet, in welcher Richtung die Kugel weiterfliegt (Schleuderball).

Bei dem Versuch spürt man in der Hand einen nach außen gerichteten Zug. Wenn zwischen der Hand und der Metallkugel ein Kraftmesser befestigt wird, so kann die Größe der wirkenden Kraft auch gemessen werden.

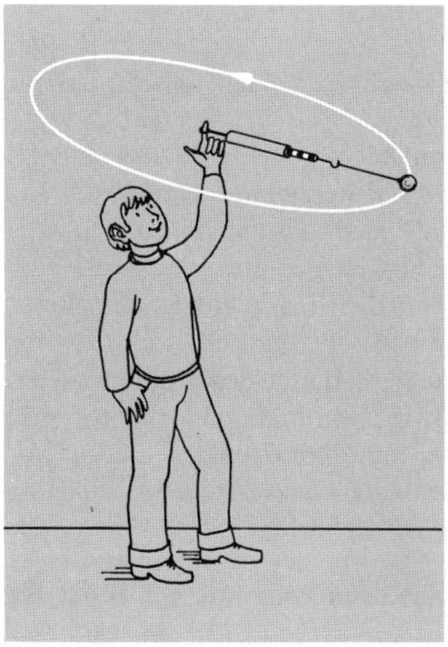

Abb. 84.1
Zur Entstehung der Radial- oder Zentripetalkraft

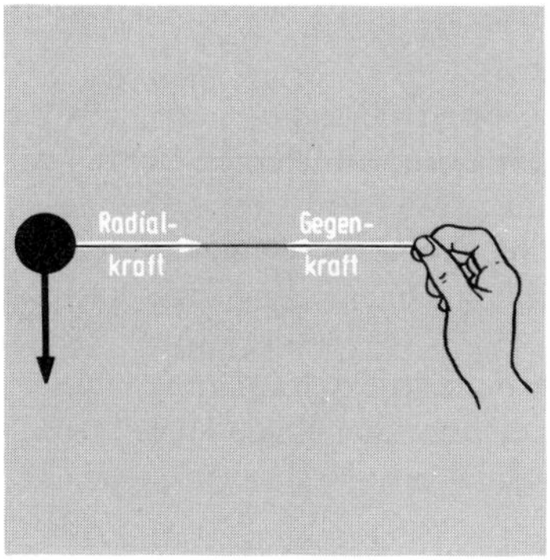

Abb. 85.1
Die Radialkraft
und ihre Gegenkraft

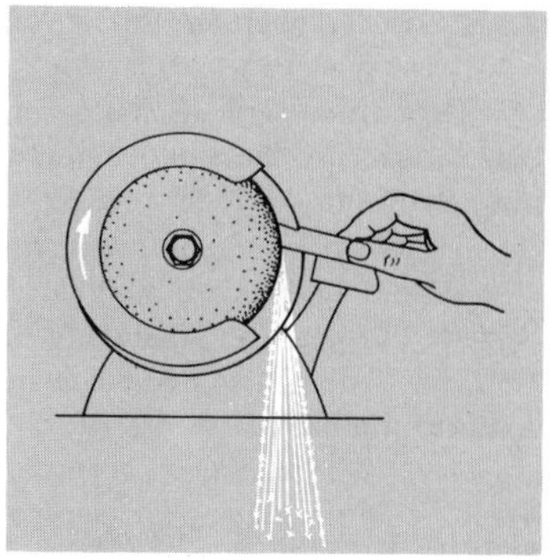

Abb. 85.2
Die von einem Schleifstein abgelösten Teilchen fliegen tangential weg, weil die Radialkraft nicht mehr auf sie wirkt.

Im einzelnen ist über die bei diesem Versuch auftretenden Kräfte folgendes zu sagen:

Die Metallkugel oder der Schleuderball bleiben auf der Kreisbahn, weil die *nach innen* zum Kreismittelpunkt gerichtete Radial- oder Zentripetalkraft auf sie wirkt. Nach dem dritten NEWTON-Axiom gehört zu dieser Kraft eine Gegenkraft, die *nach außen* gerichtet ist; sie greift an der Hand an (Abb. 85.1). Radialkraft und Gegenkraft sind gleich groß, entgegengesetzt gerichtet und greifen an verschiedenen Körpern an.

Wenn man den Faden oder Riemen losläßt und damit die Gegenkraft nicht mehr wirken kann, so hört auch die Radialkraft zu wirken auf. Die Folge davon ist, daß die Metallkugel oder der Schleuderball sich aufgrund des Trägheitsgesetzes mit derjenigen Geschwindigkeit weiterbewegen, die sie im Augenblick des Loslassens haben. Dies bedeutet, daß sie die Kreisbahn in Richtung der jeweiligen Kreistangente verlassen. Das *tangentiale Wegfliegen* eines Körpers aus der Kreisbahn nach dem Fortfall der Radialkraft erkennt man deutlich bei einem sich drehenden Schleifstein (Abb. 85.2). Die von dem Stein sich lösenden glühenden Teilchen, auf die infolge der Ablösung von dem Stein keine Radialkraft mehr wirkt, fliegen in Richtung der Tangente davon.

Die Radialkraft braucht aber keineswegs mittels einer Schnur oder einer anderen materiellen Verbindung auf den bewegten Körper übertragen zu werden. So führt z.B. der *Mond* eine (nahezu) gleichmäßige Kreisbewegung um die Erde aus, ohne daß eine materielle Verbindung zwischen Erde und Mond vorhanden ist. Trotzdem muß aber eine Radialkraft auf den Mond wirken, weil dieser sonst dem Trägheitsgesetz folgen und sich auf einer geradlinigen Bahn in das Weltall bewegen würde. Die Kraft kommt durch die später (S. 159) noch genauer zu behandelnde Massenanziehung oder Gravitation zustande. Aufgrund der bisher gewonnenen Erkenntnisse kann der Betrag der zwischen Erde und Mond wirkenden Gravitationskraft berechnet werden.

Für den Betrag der Radialbeschleunigung haben wir früher (S. 58) gefunden:

$$a_r = \frac{4\pi^2 r}{T^2} = \frac{4\pi^2\, 384{,}4 \cdot 10^6\ \mathrm{m}}{2{,}3606^2 \cdot 10^{12}\ \mathrm{s}^2} \approx 0{,}00272\ \mathrm{m\,s^{-2}}.$$

Die Masse des Mondes beträgt:

$$m = 74 \cdot 10^{21}\ \mathrm{kg}.$$

Die auf den Mond wirkende Radialkraft hat dann den Betrag:

$$F_r = m\, a_r \approx 74 \cdot 10^{21}\ \mathrm{kg} \cdot 0{,}00272\ \mathrm{m\,s^{-2}} \approx 20218 \cdot 10^{16}\ \mathrm{N}.$$

Am Monde greift also eine Kraft mit dem sehr großen Betrag von rund $2 \cdot 10^{20}$ N an und hält ihn auf seiner Bahn um die Erde. Natürlich wirkt eine gleich große, entgegengesetzt gerichtete Gegenkraft auf die Erde. Wegen der erheblich größeren Masse der Erde bewirkt diese Kraft aber nur eine unbedeutende Beschleunigung der Erde, die eine für die meisten Betrachtungen zu vernachlässigende Bewegung des Schwerpunktes der Erde zur Folge hat.

Auch die um die Erde sich bewegenden *künstlichen Satelliten* werden durch Radialkräfte, die ihre Entstehung der Gravitation verdanken, auf ihren Bahnen gehalten. Wir kommen hierauf später (S. 188) noch zurück.

Es wird im Zusammenhang mit der Kreisbewegung oft auch von *Zentrifugalkräften* gesprochen. Auch hierauf gehen wir später noch ein.

2.3.8 Die Trägheitskräfte

Es wurde früher (S. 27) bereits darauf hingewiesen, daß die Begriffe Ruhe und Bewegung nur relativ zu einem Bezugssystem einen eindeutigen Sinn haben. Bei unseren bisherigen Versuchen wurden die Bewegungen auf den Fußboden oder den Experimentiertisch des Physiksaales, d. h. auf ein mit der Erde fest verbundenes Bezugssystem, bezogen. Im folgenden soll nun untersucht werden, welchen Einfluß eine Bewegung des Bezugssystems auf die Beschreibung der physikalischen Vorgänge hat. Dabei werden Untersuchungen fortgesetzt und vertieft, die schon in Abschnitt 2.2.12 ausgesprochen wurden.

Ein Beobachter möge sich in einem geschlossenen Wagen befinden, der ohne jede Schwankung und Erschütterung bewegt werden kann (Abb. 86.1). In dem Wagen liegt auf einem Tisch ruhend eine Kugel, wobei

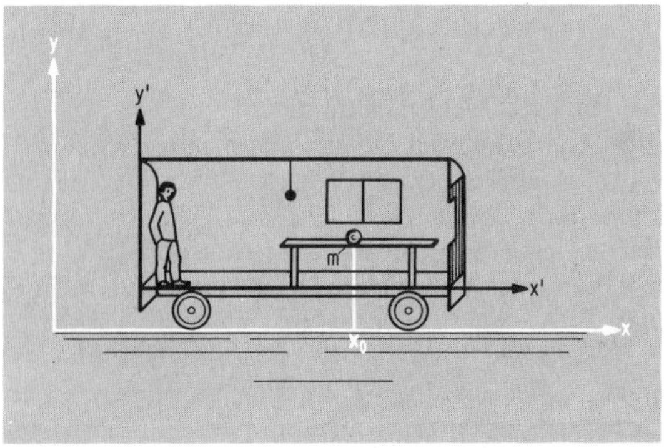

Abb. 86.1
Zur Entstehung der Trägheitskräfte

zwischen Tisch und Kugel keine Reibung vorhanden sein soll. Ferner hängt an der Decke des Wagens ein Pendel. Der in dem Wagen befindliche Beobachter kann nun physikalische Untersuchungen durchführen, indem er etwa Kräfte auf die Kugel ausübt und die auftretenden Beschleunigungen mißt, oder er kann die Kugel vom Tisch auf den Boden fallen lassen; er kann die Kugel auch unter einem beliebigen Winkel nach oben werfen und die Bewegung untersuchen. Schließlich kann er die für das schwingende Pendel geltenden Gesetze erforschen. Die Beobachtungen und Messungen sollen in zwei verschiedenen Bezugssystemen beschrieben werden:

a) in einem mit der Erde fest verbundenen xy-Bezugssystem

und

b) in einem mit dem Wagen fest verbundenen $x'y'$-Bezugssystem.

Es sind drei Fälle möglich:

1. Der Wagen und das mit ihm verbundene $x'y'$-System befinden sich gegenüber der Erde und damit gegenüber dem xy-System *in Ruhe*.

2. Der Wagen und das mit ihm verbundene $x'y'$-System führt gegenüber der Erde und damit gegenüber dem xy-System eine *gleichförmige Bewegung* aus.

3. Der Wagen und das mit ihm verbundene $x'y'$-System führt gegenüber der Erde und damit gegenüber dem xy-System eine *beschleunigte Bewegung* aus, wobei wir uns auf zwei Sonderfälle beschränken, und zwar auf

a) eine *gleichmäßig beschleunigte Bewegung* (S. 43f.),

b) eine *gleichmäßige Kreisbewegung* (S. 54f.).

Wir beschäftigen uns nun nacheinander mit den genannten drei Fällen.

1. Wenn sich das $x'y'$-System gegenüber den xy-System *in Ruhe* befindet, so ist selbstverständlich, daß sich bei den oben angegebenen Versuchen und allen anderen Experimenten in beiden Systemen die gleichen Gesetze ergeben. Dieser Fall braucht also nicht weiter behandelt zu werden.

2. Wenn das $x'y'$-System sich gegenüber dem xy-System *gleichförmig bewegt*, so ist der Sachverhalt nicht ganz so klar. Aber auch hier zeigt die Erfahrung, daß in beiden Bezugssystemen die gleichen *mechanischen* Gesetze gelten. Dies bedeutet, daß ein außerhalb des Wagens befindlicher, im xy-System ruhender Beobachter die gleichen Fall- und Wurfgesetze sowie die gleichen Pendelgesetze ermittelt, wie ein in dem Wagen befindlicher, im $x'y'$-System ruhender Beobachter. Das gleiche gilt für alle anderen mechanischen Erscheinungen. Hieraus folgt weiter, daß der in einem geschlossenen Wagen befindliche Beobachter aufgrund der genannten

Experimente nicht entscheiden kann, ob er sich gleichförmig bewegt oder ob er sich in Ruhe befindet. Wenn er dagegen durch ein Fenster nach außen sehen und dabei einen anderen Wagen beobachten kann, so vermag er zwar festzustellen, ob die beiden Wagen sich relativ zueinander bewegen, er kann aber nicht entscheiden, welcher der beiden Wagen sich bewegt und welcher ruht. Wir stellen also als Ergebnis der physikalischen Erfahrung fest:

Mechanische Vorgänge verlaufen für alle gleichförmig bewegten Beobachter nach den gleichen physikalischen Gesetzen wie für ruhende Beobachter. Es ist deshalb unmöglich, aufgrund solcher Messungen zu entscheiden, ob das zugrunde gelegte Bezugssystem eine gleichförmige Bewegung ausführt oder nicht.

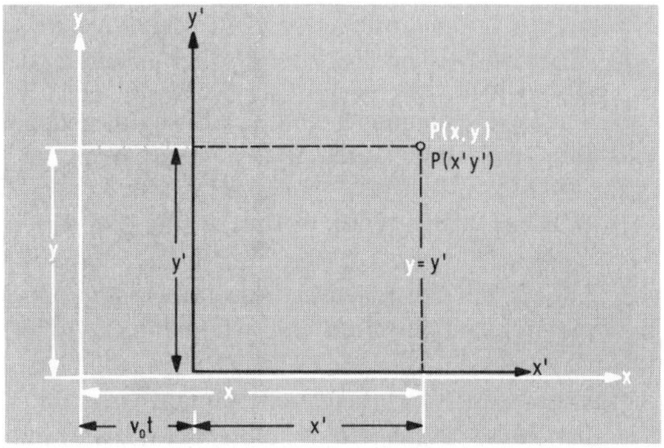

Abb. 87.1
Die Koordinaten eines Punktes in zwei Bezugssystemen

Diese Erkenntnis von der Unmöglichkeit einer Feststellung gleichförmiger Bewegungen durch die *Hilfsmittel der Mechanik* ist bereits in der GALILEI-NEWTON-Mechanik enthalten und wird als das *Relativitätsprinzip der klassischen Mechanik* bezeichnet. Wir erläutern dies durch folgende Überlegungen:

Die beiden betrachteten Bezugssysteme sollen zur Zeit $t=0$ zusammenfallen. Dann möge sich der Wagen und das mit ihm fest verbundene $x'y'$-System mit der konstanten Geschwindigkeit v_0 relativ zum xy-System in Richtung der positiven x-Achse bewegen. Zwischen den Koordinaten (x, y) und (x', y') eines Punktes P besteht dann der Zusammenhang (Abb. 87.1):

$$x'=x-v_0 t, \quad y'=y.$$

Der Punkt P hat also in beiden Systemen *verschiedene Koordinaten* (vgl. S. 63f.). In dem hier betrachteten Spezialfall macht sich dieser Unterschied nur bei der x-Koordinate bemerkbar, weil die Bewegung in Richtung der x-Achse erfolgt.

Für die Geschwindigkeiten v und v' eines bewegten Massenpunktes P ergibt sich in den beiden Bezugssystemen (vgl. S. 36):

$$\frac{\Delta x'}{\Delta t}=\frac{\Delta x}{\Delta t}-v_0 \quad \text{oder} \quad v'=v-v_0.$$

Dies bedeutet, daß der Punkt P in den beiden Bezugssystemen auch *verschiedene Geschwindigkeiten* hat (vgl. S. 64).

Für die Beschleunigungen a und a' in den beiden Bezugssystemen erhält man (vgl. S. 64):

$$\frac{\Delta v'}{\Delta t}=\frac{\Delta v}{\Delta t} \quad \text{oder} \quad a'=a.$$

Es ergibt sich also die wichtige Erkenntnis:

Die Beschleunigung eines bewegten Massenpunktes ist in allen gleichförmig zueinander bewegten Bezugssystemen gleich.

Wenn die Beschleunigungen unabhängig von der gleichförmigen Bewegung des Bezugssystems sind, so muß dies nach dem zweiten NEWTON-Axiom auch für die *Kräfte* gelten.

Die vorstehenden Überlegungen beziehen sich auf den Spezialfall, daß sich das $x'y'$-Bezugssystem relativ zum xy-System in Richtung der x-Achse bewegt. Wenn der Geschwindigkeitsvektor v_0 eine beliebige Richtung hat und wir außerdem die Bewegung in einem räumlichen Koordinatensystem betrachten, so besteht zwischen den Koordinaten des Punktes P in den beiden Bezugssystemen der Zusammenhang:

$$x'=x-v_{0x}t, \quad y'=y-v_{0y}t, \quad z'=z-v_{0z}t.$$

Man bezeichnet diese Gleichungen als die GALILEI-*Transformationen*. Sie gestatten es, die Koordinaten eines Massenpunktes P in zwei gleichförmig zueinander bewegten Bezugssystemen ineinander umzurechnen. Bei solchen Umrechnungen sind für den Physiker immer diejenigen Größen von Interesse, die unverändert oder *invariant* bleiben. Aus den vorhergehenden Betrachtungen folgt:

Die Beschleunigungen und Kräfte sind gegenüber Galilei-Transformationen invariant. Die Ortskoordinaten und die Geschwindigkeiten sind dagegen nicht invariant, sondern hängen vom jeweiligen Bezugssystem ab.

Dies ist eine andere Formulierung für das oben bereits genannte *Relativitätsprinzip der klassischen Mechanik*.

3. Das $x'y'$-System führt gegenüber dem xy-System eine *beschleunigte Bewegung* aus. Es wurde oben bereits darauf hingewiesen, daß wir uns hier auf zwei Spezialfälle dieser Art beschränken.

a) Wenn der Wagen (Abb. 86.1) eine *gleichmäßig beschleunigte Bewegung* in Richtung der positiven x-Achse ausführt und die Beschleunigung den Betrag a hat, so ergibt sich für den Beobachter folgendes Bild:

Der im xy-System ruhende Beobachter kommt zu dem Ergebnis, daß auf die auf dem Tische liegende Kugel *keine Kraft* ausgeübt wird, da zwischen der Kugel und dem Tisch keine Reibungskräfte vorhanden sind. Die Tischplatte gleitet reibungsfrei unter der Kugel hinweg. Die Kugel selbst bleibt aufgrund des Trägheitsgesetzes an der Stelle x_0 in Ruhe.

Der mitbewegte Beobachter des x' y'-Systems macht die Feststellung, daß die Kugel sich auf ihn zu bewegt und eine gleichmäßig beschleunigte Bewegung mit der Beschleunigung $-a$ ausführt, wobei das Minuszeichen zum Ausdruck bringen soll, daß die Beschleunigung der Kugel die entgegengesetzte Richtung wie die Beschleunigung des Wagens hat. Ein Beobachter, der über die Bewegung des Wagens nichts weiß und das zweite NEWTON-Axiom als gültig betrachtet, wird annehmen, daß auf die Kugel eine *beschleunigende Kraft* wirkt, für die gilt:

$$F=-m\,a.$$

Diese Kraft wird als *Trägheitskraft* bezeichnet.

Wenn man erreichen will, daß die Kugel in dem beschleunigten $x'y'$-Bezugssystem in Ruhe bleibt, so muß die Trägheitskraft durch eine gleich große, entgegengesetzt gerichtete Kraft aufgehoben werden. Dies kann durch die Muskelkraft des in dem Wagen befindlichen Beobachters geschehen; es kann aber auch ein Kraftmesser eingeschaltet werden, der die auftretende Trägheitskraft dann zu messen gestattet. Wir stellen zusammenfassend fest:

Wenn ein Bezugssystem sich gegenüber einem als ruhend gedachten Beobachter geradlinig und gleichmäßig beschleunigt bewegt und die Beschleunigung $+a$ beträgt, so stellt ein mitbewegter Beobachter fest, daß auf einen Körper mit der Masse m eine Trägheitskraft

$$F=-m\,a$$

wirkt, die für den ruhenden Beobachter nicht existiert. Diese Trägheitskraft hat also die entgegengesetzte Richtung wie die Beschleunigung des Bezugssystems.

Die *Trägheitskräfte* unterscheiden sich von den in der Physik sonst auftretenden Kräften dadurch, daß für sie das *dritte* NEWTON-*Axiom* oder das *Wechselwirkungsprinzip* nicht gilt; d.h., die Trägheitskräfte treten nicht paarweise auf, wie dies bei den Wechselwirkungskräften der Fall ist. Trägheitskräfte treten nur in beschleunigten Bezugssystemen auf; ihr Auftreten stellt sogar ein eindeutiges Kriterium zur Unterscheidung von beschleunigten und nichtbeschleunigten Bezugssystemen dar.

Physikalische Bezugssysteme, in denen keine Trägheitskräfte auftreten, werden als *Inertialsysteme* bezeichnet. In solchen Systemen bewegt sich jeder kräftefreie Massenpunkt gemäß dem Trägheitsgesetz, d.h., er behält seine Geschwindigkeit nach Betrag und Richtung bei, oder er befindet sich in Ruhe. Die oben gewonnenen Erkenntnisse über gleichförmig zueinander bewegte Bezugssysteme lassen sich dann auch folgendermaßen aussprechen:

Jedes zu einem Inertialsystem gleichförmig bewegte Bezugssystem ist ebenfalls ein Inertialsystem.

Schließlich kann das *Relativitätsprinzip der klassischen Mechanik* unter Benutzung des Begriffs Inertialsystem so formuliert werden:

Alle Inertialsysteme sind für die Beschreibung mechanischer Vorgänge gleichwertig; d.h., die Gesetze der Mechanik bleiben bei dem Übergang von einem Inertialsystem zu einem beliebigen anderen Inertialsystem invariant.

Der oben eingeführte Begriff der Trägheitskraft bedarf noch einiger weiterer Erläuterungen. Wenn bei dem geschilderten Gedankenversuch der in dem Wagen befindliche, im $x'y'$-System ruhende Beobachter feststellt, daß die auf dem Tisch liegende Kugel eine beschleunigte Bewegung mit der Beschleunigung $-a$ ausführt, so handelt es sich hierbei um eine Beschleunigung, die durch die Beschleunigung des $x'y'$-Systems hervorgerufen und in bezug auf ihren Betrag und ihre Richtung durch diese Beschleunigung bestimmt wird. Man spricht in diesem Falle bisweilen von einer *Scheinbeschleunigung*. Während echte Beschleunigungen in bezug auf Inertialsysteme auftreten, gibt es Scheinbeschleunigungen nur in bezug auf beschleunigte Bezugssysteme.

Entsprechend bezeichnet man die Trägheitskräfte auch als *Scheinkräfte*. In einem beschleunigten Bezugssystem hängen diese Kräfte, abgesehen von der Beschleunigung des Systems, *nur von der Masse* der Körper ab. Während die üblichen Kräfte auf einen Körper (z.B. die Antriebskraft des Motors auf einen Kraftwagen, die Muskelkraft auf eine Schraubenfeder) variiert werden können, ist dies bei den Scheinkräften nicht möglich.

Obwohl die Trägheitskräfte oft als Scheinkräfte bezeichnet werden, haben sie in einem beschleunigten Bezugssystem doch die gleiche Wirkung, wie sie sonst den Wechselwirkungskräften zukommt. Ein in einem beschleunigten Bezugssystem befindlicher Beobachter kann diese Wirkung ohne weiteres beobachten und messen. Im folgenden soll dies an einigen Beispielen gezeigt werden.

Beispiele

1. An der Decke eines *Fahrstuhles* ist nach Abb. 89.1 unter Einschaltung eines Kraftmessers eine Metallkugel mit der Masse m befestigt. Der Kraftmesser wird durch die Kugel gespannt und zeigt die Gewichtskraft an, mit der die Kugel nach unten gezogen wird.

Wenn der Fahrstuhl sich *in Ruhe* befindet, so zeigt der Kraftmesser die Gewichtskraft an:

$$F_G = mg.$$

Aus den vorhergehenden Betrachtungen hat sich ergeben, daß der Kraftmesser in allen Inertialsystemen die gleiche Kraft anzeigt. Dies bedeutet, daß der Beobachter im Fahrstuhl am Kraftmesser die Gewichtskraft

$$F_G = mg$$

abliest, wenn der Fahrstuhl sich *gleichförmig nach oben oder unten bewegt.*

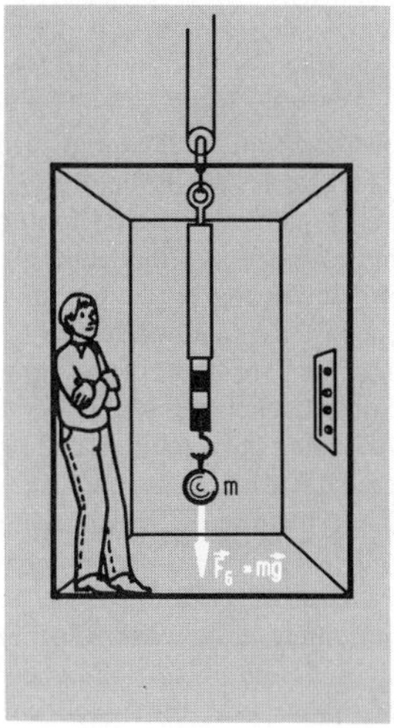

Abb. 89.1
Die Wirkung der Trägheitskräfte in einem beschleunigt bewegten Aufzug

Anders liegen die Verhältnisse, wenn der Fahrstuhl sich *beschleunigt bewegt.*

Wir betrachten zunächst den Fall einer *gleichmäßig beschleunigten, aufwärts gerichteten Bewegung*, bei der die Beschleunigung den Betrag a hat. Dann tritt eine abwärts gerichtete Trägheitskraft mit dem Betrag

$$F_1 = m\,a$$

auf. Die auf den Kraftmesser wirkende Kraft hat jetzt also den Betrag

$$F = F_G + F_1 = m(g + a).$$

Der Kraftmesser wird also stärker als im Ruhezustand gespannt, und zwar soweit, daß die nach oben gerichtete Federkraft den gleichen Betrag wie die nach unten gerichtete Kraft F hat. *Der Beobachter mißt eine größere Kraft als im Ruhezustand, die er als eine größere Gewichtskraft interpretiert.*

Wenn der Fahrstuhl eine *gleichmäßig beschleunigte, abwärts gerichtete Bewegung* mit einer Beschleunigung vom Betrage a ausführt, so entsteht eine nach oben gerichtete Trägheitskraft mit dem Betrag

$$F_2 = m\,a.$$

Die auf den Kraftmesser wirkende Kraft hat jetzt also den Betrag

$$F = F_G - F_2 = m(g - a).$$

Der Beobachter mißt in diesem Falle also eine kleinere Kraft als im Ruhezustand, die er als eine kleinere Gewichtskraft interpretiert.

Von besonderem Interesse ist schließlich der Fall, daß der *Fahrstuhl frei nach unten fällt*, so daß er also eine gleichmäßig beschleunigte Bewegung mit der Fallbeschleunigung g ausführt. Für die auf den Kraftmesser wirkende Kraft gilt dann

$$F = m(g - g) = 0.$$

Der Kraftmesser zeigt keinen Ausschlag. Der mitbewegte Beobachter interpretiert diese Beobachtung als *Schwerelosigkeit.* Wir stellen fest:

Bei einem frei fallenden Körper mit der Masse m wird die nach unten gerichtete Gewichtskraft $+mg$ für einen mitfallenden Beobachter durch die nach oben gerichtete Trägheitskraft $-mg$ gerade aufgehoben. Der mitfallende Beobachter beschreibt diesen Zustand als Schwerelosigkeit.

Der Zustand der Schwerelosigkeit tritt auch bei *Raumflügen* auf und spielt hier eine wichtige Rolle. Wir werden uns deshalb später noch genauer mit der Schwerelosigkeit zu beschäftigen haben.

2. Der vorhergehende Versuch kann etwas abgewandelt werden, indem man eine *Personenwaage*, wie sie in vielen Haushaltungen vorhanden ist, in den Fahrstuhl stellt. Wenn der Beobachter auf der Waage steht, so wird eine darin befindliche Schraubenfeder soweit zusammengedrückt, daß die Federkraft gleich der Gewichtskraft des Beobachters ist.

Zunächst wird die Gewichtskraft abgelesen, die die Waage bei ruhendem Fahrstuhl anzeigt. Dann wird der Fahrstuhl beschleunigt aufwärts bewegt; die Folge davon ist, daß eine zusätzliche, nach unten gerichtete Trägheitskraft wirksam wird, so daß die Waage jetzt eine größere Kraft anzeigt als im Ruhezustand. Führt der Fahrstuhl nach Erreichen seiner Höchstgeschwindigkeit eine gleichförmige Bewegung aus, so zeigt die Waage die gleiche Kraft wie im Ruhezustand an. Schließlich stellt man bei einer beschleunigten Abwärtsbewegung eine kleinere Kraft als im Ruhezustand fest, weil die dann auftretende Trägheitskraft nach oben gerichtet ist.

Eine ähnliche Erscheinung kann man auch ohne Fahrstuhl beobachten. Der auf der Waage stehende Beobachter braucht nur beschleunigt in die Kniebeuge zu gehen und anschließend in die Streckhaltung zurückkehren. Man stellt zunächst fest, daß die Waage stets die gleiche Kraft anzeigt, wenn der Beobachter sich in Ruhe befindet, gleichgültig, ob es sich um die Streckhaltung oder die Kniebeuge handelt. Dagegen ist beim beschleunigten Übergang aus der Streckhaltung in die Kniebeuge die angezeigte Kraft kleiner und beim beschleunigten Übergang aus der Kniebeuge in die Streckhaltung größer als im Ruhezustand.

3. Bei den bisher behandelten Beispielen lagen die Gewichtskräfte und die Trägheitskräfte in der gleichen Geraden. Das ist aber keineswegs immer der Fall. Wir betrachten ein an der Decke eines Wagens hängendes *Pendel* (Abb. 91.1). Solange sich der Wagen in Ruhe oder in gleichförmiger Bewegung befindet, hängt das Pendel vertikal nach unten. Bei einer beschleunigten Bewegung ist dies jedoch nicht mehr der Fall, sondern der Faden bildet mit der Vertikalen einen Winkel, dessen Größe von dem Betrag a der Beschleunigung abhängt. Die Auslenkung hat die entgegengesetzte Richtung wie die Beschleunigung.

4. In einem *anfahrenden* oder *bremsenden Autobus* stellt ein stehender Beobachter an seinem Körper ähnliche Erscheinungen fest wie sie bei dem Pendel aufgetreten sind. Es machen sich zusätzliche, senkrecht zur Gewichtskraft gerichtete Trägheitskräfte bemerkbar. Die Gewichtskraft und die Trägheitskraft ergeben beim Anfahren eine Resultierende, die mit der Bewegungsrichtung einen stumpfen Winkel bildet. Um nicht umzufallen, muß der Fahrgast sich festhalten oder eine nach vorne geneigte Stellung einnehmen. Umgekehrt wirkt beim Bremsen auf den Fahrgast eine

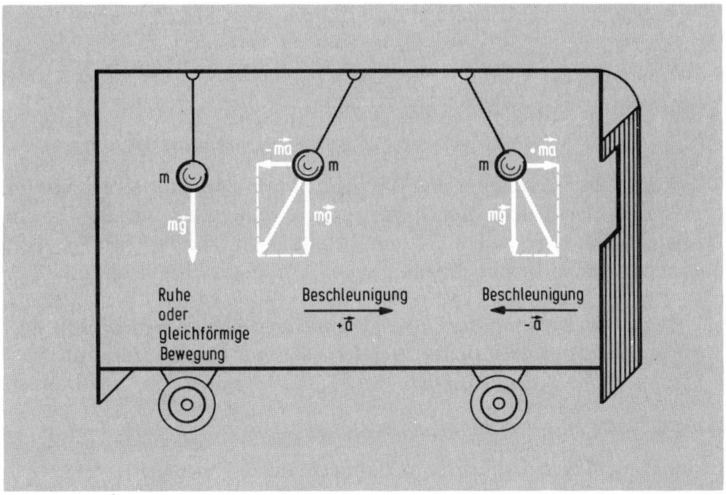

Abb. 91.1
Das Verhalten eines Pendels in einem beschleunigt bewegten Bezugssystem

resultierende Kraft, die mit der Fahrtrichtung einen spitzen Winkel bildet. Der Fahrgast muß sich deshalb nach hinten neigen, wenn es nicht umfallen will. Führt der Autobus schließlich eine gleichförmige Bewegung aus, so treten keine Trägheitskräfte auf; der Fahrgast kann – ebenso wie im Ruhezustand – aufrecht stehen.

5. Die Trägheitskräfte können bei *plötzlichen Geschwindigkeitsänderungen*, d.h. bei großen Beschleunigungen, erhebliche Beträge annehmen. Dies macht sich z.B. bei Verkehrsunfällen bemerkbar. Die Folgen sind für den Fahrzeuginsassen in erster Linie auf die dabei auftretenden Trägheitskräfte zurückzuführen. Dieses Beispiel zeigt, daß die sog. „Scheinkräfte" sehr reale Wirkungen haben können. Aus diesem Grunde ist vorgeschlagen worden, die Bezeichnung Scheinkraft ganz zu vermeiden.

Die *Raumfahrzeuge* erfahren beim Start und bei der Rückkehr zur Erde ebenfalls sehr große Beschleunigungen. Die dabei auftretenden Trägheitskräfte stellen für die Astronauten eine erhebliche Belastung dar. Im Zusammenhang mit der Behandlung der physikalischen Grundlagen der Raumfahrt werden wir hierauf noch näher eingehen (S. 192).

b) Es sollen nun die bei der *gleichmäßigen Kreisbewegung* auftretenden Trägheitskräfte untersucht werden. Der Beobachter möge sich im Mittelpunkt M einer großen, kreisförmigen Scheibe befinden. An einem Faden ist eine Kugel mit der Masse m befestigt, wobei der Abstand vom Kreismittelpunkt r beträgt (Abb. 91.2). Die Scheibe wird in eine gleichmäßige Kreisbewegung versetzt, an der die Kugel teilnimmt.

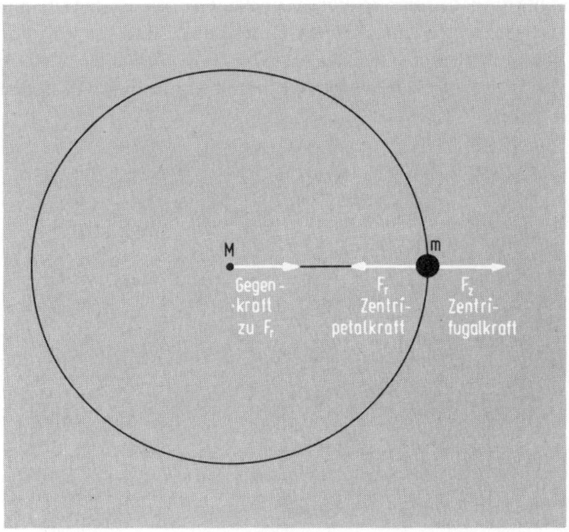

Abb. 91.2
Zur Entstehung der Zentrifugalkraft

Wir haben früher gesehen, daß eine *Radial-* oder *Zentripetalbeschleunigung* der Kugel mit dem Betrag

$$a_r = r\,\omega^2$$

vorliegt, da diese auf der Kreisbahn bleibt. Zu dieser Beschleunigung gehört eine *Radial-* oder *Zentripetalkraft* mit dem Betrag

$$F_r = m\,r\,\omega^2.$$

Die Radialbeschleunigung und die Radialkraft sind zum Kreismittelpunkt gerichtet.

Da es sich bei der gleichmäßigen Kreisbewegung um eine beschleunigte Bewegung handelt, treten für einen in dem rotierenden System befindlichen Beobachter Trägheitskräfte auf, die die entgegengesetzte Richtung wie die Beschleunigung haben, die also radial nach außen gerichtet sind. Es gilt daher:

Wenn ein Bezugssystem eine gleichmäßige Kreisbewegung mit der Winkelgeschwindigkeit ω ausführt, so stellt ein mitrotierender Beobachter fest, daß auf einen Körper mit der Masse m, der in diesem Bezugssystem ruht, eine Trägheitskraft mit dem Betrag

$$F_z = m\,r\,\omega^2 = \frac{m\,v^2}{r}$$

wirkt. Diese Trägheitskraft ist radial nach außen gerichtet.

Man bezeichnet diese Trägheitskraft als *Zentrifugalkraft* oder als *Fliehkraft.* Die Zentrifugalkraft wird von dem mitrotierenden Beobachter als zweite, auf die Kugel wirkende Kraft eingeführt, damit die Gesamtkraft Null ist. Nur dann kann er nämlich sagen, daß die Kugel in Ruhe ist, weil insgesamt keine Kraft auf sie wirkt.

Die hier zunächst theoretisch entwickelten Zusammenhänge können mit Hilfe des folgenden Versuches auch experimentell gezeigt und weiter verdeutlicht werden.

Versuch 92.1 Auf einer Drehscheibe befindet sich nach Abb. 92.1 ein Tisch, auf den eine Kugel gelegt wird, die durch einen in der Drehachse stehenden Beobachter mit Hilfe eines Kraftmessers gehalten wird. Die Reibung zwischen Kugel und Tisch soll so klein sein, daß sie vernachlässigt werden kann.

Solange die Scheibe ruht, zeigt der Kraftmesser keine Kraft an. Wenn der Tisch dagegen in Bewegung gesetzt wird, so erkennt man an dem Kraftmesser eine Kraft, die um so größer ist, je größer die träge Masse der Kugel und die Winkelgeschwindigkeit der Drehbewegung sind. Die Kraft hängt außerdem von der Entfernung zwischen der Drehachse und der Kugel ab, was aber bei diesem Versuch schwer feststellbar ist. Für die beiden Beobachter außerhalb und auf der Scheibe ergeben sich hierfür folgende Beschreibungen:

Für den *außerhalb der Drehscheibe ruhenden Beobachter* beschreibt die Kugel eine Kreisbahn mit dem Radius r. Aufgrund unserer früheren Feststellungen ist hierzu eine auf die Drehachse gerichtete Kraft $F_r = m\,r\,\omega^2$ erforderlich, die wir als *Radialkraft* bezeichnet haben und die von dem Kraftmesser angezeigt wird.

Für den *sich mit der Scheibe drehenden Beobachter* befindet sich die Kugel in Ruhe. Wenn auch dieser Beobachter die NEWTON-Gesetze der Mechanik anwenden will, so müssen sich die auf die Kugel wirkenden Kräfte aufheben, denn wenn eine von Null verschiedene Resultierende vorhanden wäre, würde die Kugel nicht in Ruhe sein können. Zu der Radialkraft muß also eine gleich große, nach außen gerichtete Kraft kommen, die das Kräftegleichgewicht bewirkt. Wir bezeichnen diese Kraft als *Zentrifugalkraft*.

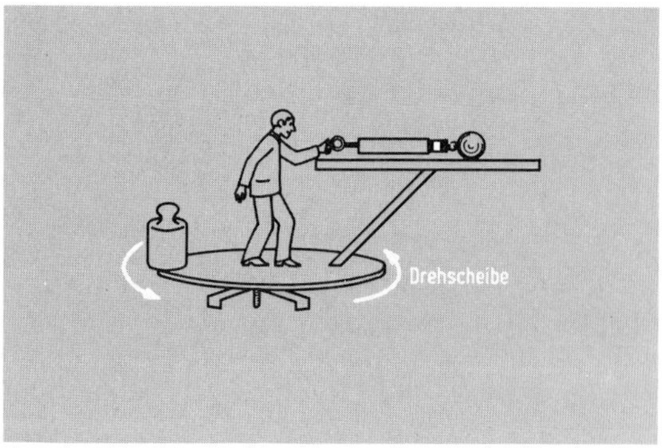

Abb. 92.1
Die Zentrifugalkraft in einem rotierenden Bezugssystem

Wir stellen zusammenfassend fest:

Zentrifugalkräfte treten nur für Beobachter auf, die an der Drehbewegung teilnehmen.

Im täglichen Leben und in der Technik wird von den Zentrifugalkräften oft Gebrauch gemacht. Im folgenden werden einige Beispiele besprochen.

Beispiele

1. Die *Zentrifugen* machen von der Wirkung der Zentrifugalkräfte Gebrauch. Eine Zentrifuge besteht aus einem um die Symmetrieachse rotierenden, zylindrischen Gefäß. Da die Zentrifugalkraft ebenso wie die Gewichtskraft der Masse proportional ist, übt sie eine ähnliche Wirkung wie die Schwerkraft aus. Wenn man eine kleine Bleikugel in ein in Ruhe befindliches Gefäß mit Wasser wirft, so sinkt sie infolge der Schwerkraft nach unten auf den Boden; bringt man die gleiche Kugel in eine sich genügend schnell drehende, mit Wasser gefüllte Zentrifuge, so bewegt sie sich infolge der Zentrifugalkraft an den Rand des Gefäßes. Die Zentrifugalkraft wirkt wie die Schwerkraft, wobei der Rand des Gefäßes als „unten" zu betrachten ist. Umgekehrt wie die Bleikugel verhält sich eine Korkkugel. Sie steigt in einem ruhenden Wasserbehälter nach oben und bewegt sich in einer rotierenden Zentrifuge zur Drehachse.

Zentrifugen werden immer dort verwendet, wo Stoffe mit verschiedenen Dichten voneinander getrennt werden sollen. So wie sich im Wasser schwebende Schmutzteilchen wegen ihrer größeren Dichte infolge der Schwerkraft am Boden absetzen, erfolgt bei der Zentrifuge ein Absetzen am äußeren Rand. Der Unterschied ist nur, daß die bei Zentrifugen mit hoher Drehzahl auftretenden Zentrifugalbeschleunigungen eine Million mal so groß wie die Fallbeschleunigung sein können, was zur Folge hat, daß die Trennung unter dem Einfluß der Zentrifugalkraft erheblich schneller als unter dem Einfluß der Schwerkraft erfolgt.

Zentrifugen werden in der Industrie eingesetzt, um Salze zu entwässern, um Zucker von der Melasse zu trennen, um die verschiedenen Bestandteile der Milch voneinander zu scheiden usw. In der Metallindustrie macht man von dem zentrifugalen Gießen Gebrauch; dabei wird das flüssige Metall in sich drehende Formen gebracht und mit erheblichen Kräften gegen die Wände gepreßt. Im Haushalt dienen Zentrifugen als Wäscheschleudern.

2. Die Zentrifugalkräfte treten mit überzeugender Deutlichkeit in Erscheinung, wenn man eine kreisförmige Pappscheibe auf der Achse eines Elektromotors befestigt und sie in rasche Umdrehung versetzt. Man kann dann mit der *Pappscheibe einen Holzklotz zersägen.* Die Zentrifugalkräfte geben der Pappscheibe eine so große Festigkeit, daß sie sich wie eine Metallsäge verhält.

3. Um die *Auswirkung großer Beschleunigungen auf Menschen und Tiere* zu untersuchen, verwendet man ebenfalls Zentrifugen. Auf diese Weise können auf der Erde die in der Luft- und Raumfahrt vorkommenden Verhältnisse nachgebildet werden.

4. Wenn sich ein *Raumschiff* auf einer Umlaufbahn um die Erde bewegt und alle Antriebsvorrichtungen abgeschaltet sind, so wirken auf das Raumschiff die von der Erde weggerichtete Zentrifugalkraft und die zur Erde hingerichtete Schwerkraft. Beide Kräfte haben den gleichen Betrag und heben sich deshalb auf, so daß das Raumschiff und seine Insassen sich im Zustand der *Schwerelosigkeit* befinden.

5. Die Wirkung der Zentrifugalkraft kann auch jeder *Radfahrer* feststellen, der sich auf einer Kreisbahn bewegt. Er muß dem Rade eine vom Kreisradius und von der Geschwindigkeit abhängige Neigung geben. Die auftretenden Kräfte sind in Abb. 93.1 dargestellt. Auf den Schwerpunkt S von Rad und Fahrer wirkt die Gewichtskraft

$$F_G = m g$$

und die Zentrifugalkraft

$$F_z = \frac{m v^2}{r}.$$

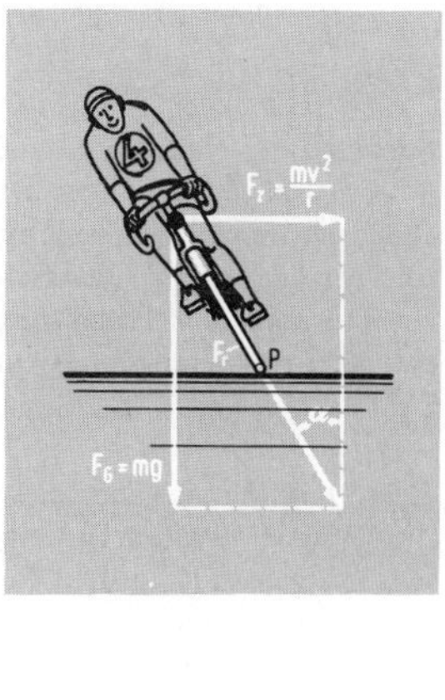

Abb. 93.1
Die Zentrifugalkraft bei einem Radfahrer

Diese beiden Kräfte setzen sich zu einer Resultierenden F_R zusammen, die im Falle des Kräftegleichgewichtes durch den Berührungspunkt P des Fahrrades mit dem Boden geht. Für den Winkel α, um den das Fahrrad aus der Vertikalen geneigt werden muß, gilt dann:

$$\tan\alpha = \frac{\frac{m v^2}{r}}{m g} = \frac{v^2}{r g}.$$

Man erkennt hieraus, daß die Radneigung unabhängig von der Masse m ist und daß sie um so stärker sein muß, je größer die Bahngeschwindigkeit v und je kleiner der Radius r ist.

Die *gleichen Kräfte treten auch bei anderen Fahrzeugen*, die sich auf gekrümmten Bahnen bewegen, auf. Vierrädrige Fahrzeuge können die beim Fahrrad mögliche Neigung aber nicht ausführen. Damit sie trotzdem nicht aus der Kurve getragen werden, werden die Eisenbahnschienen in scharfen Kurven an der Außenseite überhöht. Man erreicht damit, daß die Resultieren e aus der Gewichtskraft und der Zentrifugalkraft auf der Fahrbahn senkrecht steht. Natürlich kann die Gefahr des Abgleitens auf diese Weise nicht vollständig verhindert werden; bei zu großen Geschwindigkeiten passiert es deshalb immer wieder, daß die Fahrzeuge aus der Kurve getragen werden.

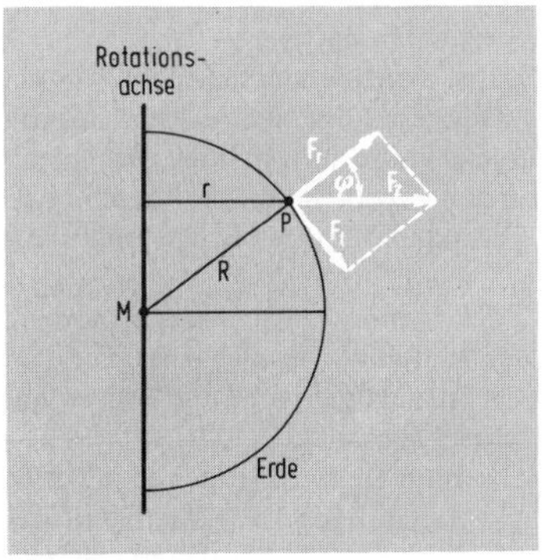

Abb. 94.1
Die Zentrifugalkraft auf der Erde

6. Die Erde dreht sich in 24 h einmal um ihre Achse. Ein sich mitdrehender Beobachter stellt deshalb Zentrifugalkräfte fest, die an allen außerhalb der Drehachse befindlichen Körpern angreifen. Sie bewirken eine Verringerung der Gewichtskräfte, so daß die Fallbeschleunigung auf der rotierenden Erde etwas kleiner ist, als sie auf der ruhenden Erde sein würde. Es gelten folgende Zusammenhänge (Abb. 94.1):

Auf einen Massenpunkt P mit der Masse m, der von der Drehachse den Abstand r hat, wirkt die Zentrifugalkraft

$$F_z = m r \omega^2.$$

Zwischen der geografischen Breite φ, dem Erdradius R und dem Abstand r besteht der Zusammenhang:

$$\cos\varphi = \frac{r}{R} \quad \text{oder} \quad r = R\cos\varphi.$$

Für die Zentrifugalkraft gilt dann:

$$F_z = m R \omega^2 \cos\varphi.$$

Diese Kraft kann in zwei Komponenten zerlegt werden, und zwar

α) in die senkrecht zur Erdoberfläche wirkende *Radialkomponente:*

$$F_r = F_z \cos\varphi = m R \omega^2 \cos^2\varphi.$$

Diese Komponente wirkt der zum Erdmittelpunkt weisenden Gravitationskraft entgegen und bewirkt, daß die von einem Kraftmesser angezeigte Gewichtskraft kleiner als die Gravitationskraft ist (vgl. S. 81). Der Unterschied ist am Äquator am größten, weil hier $\cos\varphi = 1$ ist. Die Radialkomponente ist in diesem Falle mit der Zentrifugalkraft identisch und beträgt etwa $\frac{1}{300}$ der Gravitationskraft. An den Polen ist $\cos\varphi = 0$ und damit auch $F_r = 0$. Hier erfährt die Gewichtskraft also keine Verringerung; sie hat deshalb an den Polen den höchsten Betrag.

β) in eine tangential zur Erdoberfläche verlaufende, zum Äquator gerichtete *Tangentialkomponente*

$$F_t = F_z \sin\varphi = m R \omega^2 \cos\varphi \sin\varphi.$$

Diese Komponente hat die Abplattung der Erde mit den Wülsten am Äquator verursacht.

Eine Folge der Erdabplattung ist weiter, daß die auf einen an der Erdoberfläche befindlichen Körper wirkende Gravitationskraft an den Polen am größten ist und zum Äquator hin abnimmt (S. 81 f.). Dadurch wird die von einem

Kraftmesser angezeigte Gewichtskraft ebenfalls beeinflußt, und zwar in dem gleichen Sinne, wie dies soeben für die Radialkomponente der Zentrifugalkraft dargelegt worden ist.

Schließlich spielen die durch die Erdrotation entstehenden Zentrifugalkräfte auch bei der Entstehung von *Ebbe und Flut* eine Rolle. Sie bewirken zusammen mit der periodisch wechselnden Anziehung von Mond und Sonne diese komplizierte Erscheinung.

Bei Versuch 92.1 befand sich die Kugel relativ zum Tisch und zur rotierenden Scheibe in Ruhe. Es soll nun noch ein weiterer interessanter Fall untersucht werden, bei dem der betrachtete Körper sich relativ zur Drehscheibe bewegt.

Ein auf einem Drehschemel befindlicher Tisch wird mit Kreidepulver bestreut, so daß eine über den Tisch sich bewegende Kugel eine Spur hinterläßt. Der auf dem Drehschemel befindliche Beobachter versetzt einer Kugel von der Drehachse aus in radialer Richtung einen Stoß, so daß die Kugel nach außen über den Tisch rollt. Von der Reibung soll dabei abgesehen werden.

Abb. 95.1
Zur Entstehung
der CORIOLIS-Kraft

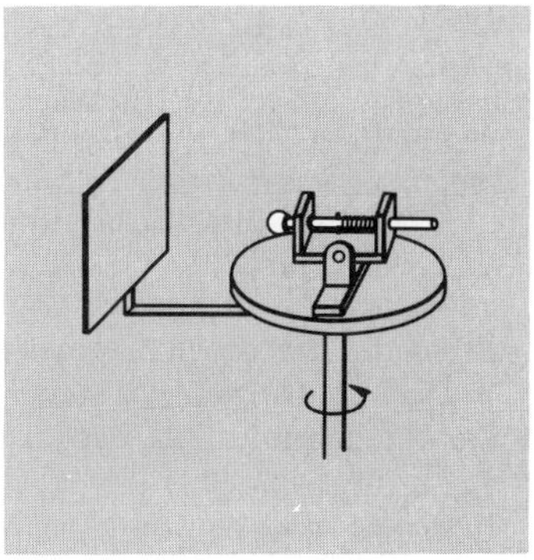

Abb. 95.2
Versuch zum Nachweis
der CORIOLIS-Kraft

Für zwei Beobachter, von denen sich der eine außerhalb der Scheibe befindet und der andere auf der Scheibe steht und die Drehbewegung mitmacht, ergeben sich die folgenden Feststellungen:

Der *außerhalb der Scheibe befindliche, ruhende Beobachter* stellt fest, daß die Kugel sich geradlinig radial nach außen bewegt (Bahn *a* in Abb. 95.1). Die Erklärung ist einfach zu geben: In der Drehachse wirken keine Drehkräfte auf die Kugel; sie hatte dort die Geschwindigkeit Null. Durch den Stoß hat sie die Geschwindigkeit v erhalten. Da wir von der Reibung zwischen Kugel und Unterlage absehen, wirkt nach dem Stoß *keine Kraft* mehr auf die Kugel, so daß sie sich *geradlinig mit konstantem Geschwindigkeitsbetrag* bewegen muß.

Der *auf der Scheibe befindliche, mitrotierende Beobachter* sieht auf dem Tisch die in Abb. 95.1 dargestellte Bahnspur *b*. Er stellt fest, daß die Kugel aus ihrer radialen Richtung abweicht. Diese Abweichung wird durch eine *Kraft quer zur Bahnrichtung* hervorgerufen. Diese neue Kraft bezeichnet man nach dem Physiker G. G. CORIOLIS (1792 – 1843) als CORIOLIS-*Kraft*. Ebenso wie die Zentrifugalkraft stellt auch die CORIOLIS-Kraft eine Trägheitskraft dar, die nur für den an der Rotation teilnehmenden Beobachter existiert.

Die Wirkung der CORIOLIS-Kraft läßt sich auch durch den folgenden Versuch zeigen:

Versuch 95.1 Eine nach Abb. 95.2 auf einem Drehschemel angeklemmte Federkanone wird einmal bei ruhendem Schemel und ein zweites Mal bei sich drehendem Schemel abgeschossen. Die Schußrichtung wählt man radial über den Schemel hinweg. Der Aufschlag auf einem Schirm wird mit Hilfe von Kohlepapier registriert.

Man erkennt deutlich, daß die Bahn durch die Schemeldrehung gegenüber der Bahn bei ruhendem Schemel geändert wird.

Es soll schließlich noch eine weitere Erscheinung erwähnt werden, die zuerst von V. VIVIANI (1622 – 1703) beobachtet und später von L. FOUCAULT (1819 – 1868) neu entdeckt wurde. Wir führen auch hier zunächst wieder einen Versuch aus.

Abb. 96.1 Die Pendelbewegung in einem rotierenden Bezugssystem

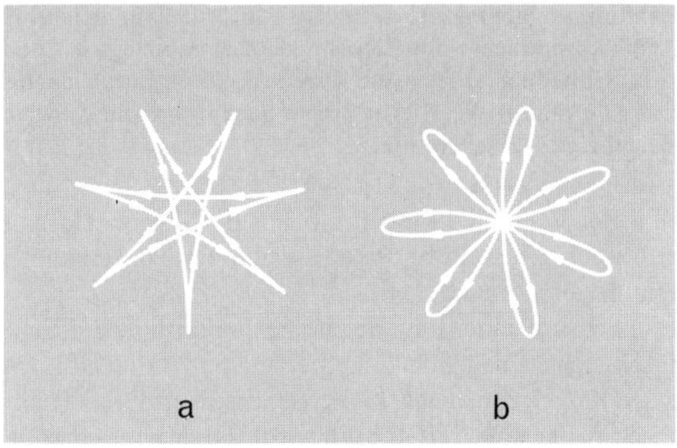

Abb. 96.2 Die Rosettenbahnen eines in einem rotierenden Bezugssystem schwingenden Pendels

Versuch 96.1 Über dem Tischchen des Drehschemels hängt ein Pendelkörper, der unten einen feinen Pinsel trägt, so daß er auf dem mit Kreidestaub bedeckten Tisch Spuren aufzeichnen kann (Abb. 96.1). Nachdem der Drehschemel in Rotation versetzt worden ist, wird das Pendel aus der Ruhelage herausgehoben und losgelassen.

Bei einem zweiten Versuch wird das in der Ruhelage befindliche Pendel angestoßen.

Bei dem ersten Versuch ergibt sich auf dem Tisch das in Abb. 96.2a dargestellte und bei dem zweiten Versuch das in Abb. 96.2b gezeichnete Bild.

Zwei Beobachter, von denen der eine außerhalb der Scheibe ruht und der andere die Drehbewegung mitmacht, geben für ihre Beobachtungen die folgenden Beschreibungen:

Der *außerhalb der Scheibe befindliche, ruhende Beobachter* stellt fest, daß das Pendel seine Schwingungsebene beibehält und sich der Tisch unter dem schwingenden Pendel dreht.

Der *auf der Scheibe befindliche, an der Rotation teilnehmende Beobachter* stellt fest, daß der Pendelkörper in jedem Punkt seiner Bahn eine Rechtsablenkung erfährt, durch dic dic rosettenförmigen Bahnen entstehen. Die Ablenkungen sind auf die CORIOLIS-Kraft zurückzuführen.

Die Erscheinung wurde von FOUCAULT zum Nachweis der Erdrotation verwendet. Denkt man sich nämlich das Pendel über dem Nordpol aufgehängt und in Schwingungen versetzt, so zeigt sich, daß die Schwingungsebene des Pendels sich gegenüber einem mit der Erde fest verbundenen Bezugssystem in 24 h um 360° dreht. Der mitrotierende Beobachter muß daraus auf eine ablenkende Kraft schließen. Ein relativ zu den Fixsternen ruhender Beobachter würde die Erscheinung so deuten, daß das Pendel seine Schwingungsebene beibehält und die Erde sich in 24 h um 360° unter dem Pendel dreht, ähnlich wie sich bei Versuch 96.1 der Tisch des Drehschemels unter dem Pendel gedreht hat. Es kann noch hinzugefügt werden, daß das Pendel nicht unbedingt über dem Nordpol zu hängen braucht, sondern daß die Erscheinung sich in ähnlicher Weise auch an jeder anderen Stelle der Erde, außer am Äquator, zeigt. Die theoretischen Zusammenhänge sind dann komplizierter; daher soll hier nicht näher darauf eingegangen werden. FOUCAULT hat seinen Versuch im *Pantheon in Paris* ausgeführt und ihn als *Beweis für die Rotation der Erde* gewertet. Das Gerät wird heute als FOUCAULT-*Pendel* bezeichnet.

Wir stellen zusammenfassend fest:

Unter den Coriolis-Kräften versteht man Trägheitskräfte, die in einem rotierenden Bezugssystem für einen mitrotierenden Beobachter immer dann auftreten, wenn ein Körper sich relativ zu dem Bezugssystem bewegt.

Auf der Erde bewirken die Coriolis-Kräfte, daß jeder Körper, der sich relativ zur Erde bewegt, beim Blick in die Bewegungsrichtung auf der Nordhalbkugel nach rechts und auf der Südhalbkugel nach links abgelenkt wird.

Die CORIOLIS-Kräfte haben auf der Erde mancherlei interessante Auswirkungen, von denen jetzt noch einige Beispiele genannt werden sollen.

1. Die CORIOLIS-Kraft wirkt auf jedes *Geschoß* und verursacht eine Ablenkung aus seiner Flugbahn, wobei auf der Nordhalbkugel eine nach rechts gekrümmte und auf der Südhalbkugel eine nach links gekrümmte Bahn entsteht. Eine hier nicht durchgeführte Rechnung ergibt, daß bei einem im ersten Weltkrieg eingesetzten Ferngeschütz, mit dem ein 110 km entferntes Ziel beschossen wurde, die Abweichung des Geschosses vom Ziel infolge der CORIOLIS-Kraft rund 1600 m betrug.

2. Es ist auf die CORIOLIS-Kräfte zurückzuführen, daß auf der nördlichen Halbkugel die *rechten* und auf der südlichen Halbkugel die *linken Flußufer* stärker unterspült werden.

3. Schließlich macht sich die CORIOLIS-Kraft bei *Luftströmungen* bemerkbar; sie bewirkt, daß alle Luftströme auf der Nordhalbkugel nach rechts und auf der Südhalbkugel nach links abgelenkt werden. Die Folge davon ist, daß die Windströmungen im Bereich eines Hoch- und eines Tiefdruckgebietes auf der Nordhalbkugel die in Abb. 97.1 dargestellte, charakteristische Form aufweisen.

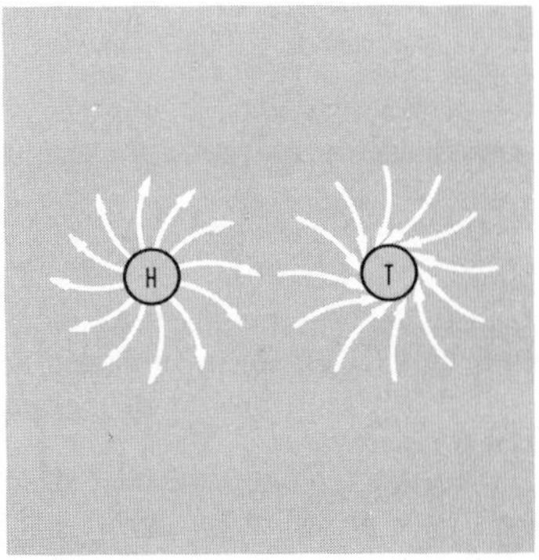

Abb. 97.1
Die Windströmungen in einem Hochdruckgebiet (*H*) und einem Tiefdruckgebiet (*T*) auf der nördlichen Halbkugel

Als Abschluß der durchgeführten Untersuchungen über Massen und Kräfte werden im folgenden zur Festigung der gewonnenen Erkenntnisse einige Aufgaben als Musterbeispiele vollständig durchgerechnet.

Beispiele

1. Ein Wagen mit der Masse $m=100$ kg hat die Geschwindigkeit $v=10\,\mathrm{m\,s^{-1}}$. Er wird durch eine konstante Kraft $F=100$ N abgebremst.

a) Nach welcher Zeit kommt der Wagen zur Ruhe?

b) Wie lang ist der Bremsweg?

a) Für die (negative) Beschleunigung gilt:

$$a=\frac{F}{m}=\frac{100\,\mathrm{N}}{100\,\mathrm{kg}}=1\,\mathrm{m\,s^{-2}}.$$

Die gesuchte Zeit t beträgt dann:

$$t=\frac{v}{a}=\frac{10\,\mathrm{m\,s^{-1}}}{1\,\mathrm{m\,s^{-2}}}=10\,\mathrm{s}.$$

b) Für den Bremsweg s ergibt sich:

$$s=vt-\tfrac{1}{2}at^2=10\,\mathrm{m\,s^{-1}}\cdot 10\,\mathrm{s}-\tfrac{1}{2}\cdot 1\,\mathrm{m\,s^{-2}}\cdot 100\,\mathrm{s^2}=50\,\mathrm{m}.$$

2. Die Erde dreht sich an einem Tage einmal um ihre Achse.

a) Wie groß ist die Radialbeschleunigung, die ein am Äquator befindlicher Körper infolge dieser Rotation erfährt?

b) Um wieviel Prozent wird die durch die Erdanziehung bewirkte Gewichtskraft infolge der Zentrifugalkraft verringert? (Erdradius $r\approx 6380$ km, $g\approx 10\,\mathrm{m\,s^{-2}}$)

a) Für den Betrag der Radialbeschleunigung ergibt sich:

$$a_r=\frac{4\pi^2 r}{T^2}=\frac{4\pi^2\cdot 6380\,\mathrm{km}}{86\,400^2\,\mathrm{s^2}}=0{,}034\,\mathrm{m\,s^{-2}}.$$

b) Da die Gewichtskraft um

$$\Delta F_G = m\, a_r$$

verringert wird, beträgt die prozentuale Abnahme der Gewichtskraft

$$\frac{\Delta F_G}{F_G} \cdot 100\,\% = \frac{m\, a_r}{m\, g} \cdot 100\,\% \approx \frac{0{,}034\,\mathrm{m\,s^{-2}}}{10\,\mathrm{m\,s^{-2}}} \cdot 100\,\% \approx 0{,}34\,\%.$$

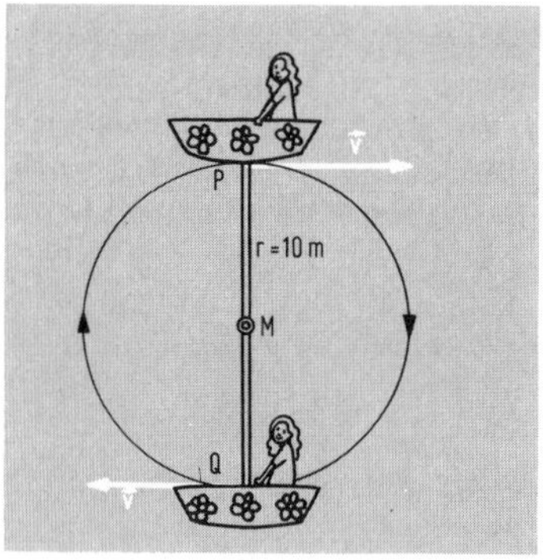

Abb. 98.1
Der Zustand der Schwerelosigkeit

3. Den Zustand der Schwerelosigkeit kann man für kurze Zeit verwirklichen, indem man sich nach Abb. 98.1 in einer Gondel auf einem vertikalen Kreis bewegt.

a) Wie groß muß die Bahngeschwindigkeit v sein, damit bei einem Bahnradius $r = 10$ m im Punkte P Schwerelosigkeit herrscht?

b) Wie groß ist in diesem Falle die Kraft, mit der die bewegte Person im Punkte Q den Sitz belastet, wenn die Masse der Person $m = 50$ kg beträgt? ($g \approx 10\,\mathrm{m\,s^{-2}}$)

a) Für die gesuchte Bahngeschwindigkeit muß gelten:

$$\frac{m v^2}{r} - m g = 0 \quad \text{oder} \quad v = \sqrt{r g} \approx \sqrt{10\,\mathrm{m} \cdot 10\,\mathrm{m\,s^{-2}}} \approx 10\,\mathrm{m\,s^{-1}}.$$

b) Für die Kraft F im Punkte Q ergibt sich:

$$F = \frac{m v^2}{r} + m g \approx 50\,\mathrm{kg}(10\,\mathrm{m\,s^{-2}} + 10\,\mathrm{m\,s^{-2}}) \approx 1000\,\mathrm{N}.$$

Weitere Aufgaben: Siehe O. Höfling, Physik-Aufgaben II/1.

2.4 Die Arbeit, die Energie, die Leistung und die Wirkung

2.4.1 Die Arbeit und ihre Messung

Die *Arbeit* stellt eine *abgeleitete physikalische Größe* dar. Der Begriff Arbeit ist uns zwar aus dem Alltag bekannt, er muß aber in der Physik exakt definiert und enger abgegrenzt werden, als dies im täglichen Leben geschieht. Hier ist es üblich, alle Tätigkeiten oder Zustände, die mit Ermüdungserscheinungen verbunden sind, als Arbeit zu bezeichnen. Dazu gehört auch die *geistige Arbeit*, wie etwa das Lernen eines Gedichtes oder das Lösen einer mathematischen Aufgabe. Solche geistigen Arbeiten können aber nicht Gegenstand physikalischer Untersuchungen sein, weil die in der Physik verwendeten Größen exakt definiert und meßbar sein müssen, was bei der geistigen Arbeit nicht der Fall ist. Aber auch bei anderen mit Ermüdungserscheinungen verbundenen Zuständen oder Tätigkeiten, die man im Alltag als Arbeit zu bezeichnen pflegt, handelt es sich nicht um Arbeit im physikalischen Sinne.

Beispiele

1. Wenn man einen Koffer auf einer horizontalen Unterlage reibungsfrei verschiebt, so liegt keine Arbeit im Sinne der Physik vor, weil keine Kraft aufgewendet werden muß. Es kommt physikalisch auf dasselbe hinaus, wenn man den Koffer auf einer horizontalen Straße trägt. Auch dann wird keine Arbeit verrichtet, obwohl der Kofferträger bei seiner Arbeit ermüdet. Wenn man den Koffer aber gegen die Erdanziehung vom Boden auf den Tisch hebt oder ihn eine Treppe hinauf trägt, so handelt es sich um eine Arbeit im physikalischen Sinne.

2. Beim Spannen eines Expanders liegt Arbeit im Sinne der Physik nur so lange vor, wie die Spannbewegung andauert; wenn man dagegen den gespannten Expander in dieser Form unverändert hält, so wird dabei keine Arbeit verrichtet.

3. Wenn die Kraft stets senkrecht zur Wegrichtung wirkt, so wird durch diese Kraft auch keine Arbeit verrichtet. Als Beispiel hierfür haben wir die Radialkraft kennengelernt.

Wir stellen zusammenfassend fest:

Arbeit wird immer dann verrichtet, wenn eine Kraft längs eines Weges wirkt.

Dies bedeutet:

1. Wenn kein Weg zurückgelegt wird, so wird auch keine Arbeit verrichtet. Als Beispiel hatten wir den bei unveränderter Spannung ruhig gehaltenen Expander genannt.

2. Wenn keine Kraft aufgewendet wird, so wird ebenfalls keine Arbeit verrichtet. Als Beispiel hierfür wurde das Schieben eines Koffers auf einer horizontalen reibungsfreien Unterlage angegeben.

Die Arbeit ist um so größer, je größer die aufgewendete Kraft und je länger der zurückgelegte Weg ist. Die physikalische Größe Arbeit (Formelzeichen: W) wird deshalb folgendermaßen definiert:

Unter der Arbeit W versteht man das Produkt aus dem Betrag des Kraftvektors $\vec{F}$ und dem Betrag des unter der Einwirkung der Kraft zurückgelegten Wegvektors $\vec{s}$.

$$W = F s .$$

Bei dieser Definition ist vorausgesetzt, daß es sich um eine konstante Kraft handelt, die in Richtung des Weges wirkt.

Es kann aber auch Arbeit verrichtet werden, wenn die Kraft $\vec{F}$ nicht in die Wegrichtung weist, sondern mit dieser einen spitzen Winkel α einschließt. Ein solcher Fall liegt z.B. vor, wenn ein Wagen nach Abb. 99.1 an einem Seil gezogen wird. Um die verrichtete Arbeit zu ermitteln, wird die Kraft in zwei Komponenten zerlegt, von denen die eine in der Wegrichtung und die andere senkrecht dazu wirkt. Nur die in die Wegrichtung weisende Kraftkomponente

$$F_1 = F \cos \alpha$$

verrichtet dann Arbeit. Für die physikalische Größe Arbeit kann deshalb folgende allgemeinere Definition gegeben werden:

Unter der Arbeit W versteht man das Produkt aus dem Betrag des Kraftvektors $\vec{F}$, dem Betrag des Wegvektors $\vec{s}$ und dem Kosinus des eingeschlossenen Winkels α.

$$W = F s \cos \alpha .$$

Abb. 99.1
Zum Begriff der Arbeit

Für den Fall, daß die Kraft- und Wegrichtung zusammenfallen, daß also $\alpha = 0°$ oder $\cos\alpha = 1$ ist, geht die allgemeinere Definitionsgleichung in die oben angegebene spezielle Gleichung $W = F s$ über.

Man kann die soeben angegebene Arbeitsdefinition auch folgendermaßen aussprechen:

Die von einer Kraft verrichtete Arbeit ist gleich dem Produkt aus dem Weg und der Komponente der Kraft in der Wegrichtung oder gleich dem Produkt aus der Kraft und der Komponente des Weges in der Kraftrichtung.

Aus den früher angegebenen Gesetzen über den Umgang mit Vektoren (S. 35) folgt, daß der Ausdruck

$$W = F s \cos\alpha$$

das skalare Produkt der beiden Vektoren $\vec{F}$ und $\vec{s}$ darstellt. Daher gilt:

Unter der Arbeit W versteht man das skalare Produkt aus dem Kraftvektor $\vec{F}$ und dem Wegvektor $\vec{s}$.

$$W = \vec{F}\vec{s}.$$

Bei den bisherigen Arbeitsdefinitionen wurde vorausgesetzt, daß die Kraft bzw. ihre Komponente in der Wegrichtung konstant sind. In vielen Fällen ist diese Voraussetzung jedoch nicht erfüllt. Man verfährt dann so, daß man den Weg in eine große Zahl genügend kleiner Wegelemente Δs zerlegt, die so beschaffen sind, daß die zugehörigen Kraftkomponenten als konstant betrachtet werden können. Für jedes Wegelement ergibt sich dann die Arbeit

$$\Delta W = F \cdot \Delta s \cos\alpha.$$

Die Gesamtarbeit erhält man, indem man alle Einzelarbeiten addiert. Man schreibt dann:

$$W = F_1 \cdot \Delta s_1 \cos\alpha_1 + F_2 \cdot \Delta s_2 \cos\alpha_2 + \cdots + F_n \Delta s_n \cos\alpha_n = \sum_{i=1}^{n} F_i \cdot \Delta s_i \cos\alpha_i.$$

Je kleiner die Wegelemente gewählt werden, um so genauer ist das Ergebnis. Führt man schließlich den Grenzübergang $\Delta s \to 0$ aus, so erhält man

$$W = \lim_{\Delta s \to 0} \sum_{i=1}^{n} F_i \cdot \Delta s_i \cos\alpha_i = \int_{s_1}^{s_2} F \cos\alpha \, ds = \int_{s_1}^{s_2} \vec{F} \, d\vec{s}.$$

Wir stellen zusammenfassend fest:

Allgemein wird die Arbeit als das Wegintegral der Kraft definiert:

$$W = \int_{s_1}^{s_2} F \cos\alpha \, ds = \int_{s_1}^{s_2} \vec{F} \, d\vec{s}.$$

Aufgrund der oben angegebenen Definition für die physikalische Größe Arbeit kann nun auch eine Einheit festgesetzt werden. Die *Ausführungsverordnung zum Gesetz über Einheiten im Meßwesen* bestimmt hierüber:

Die abgeleitete Einheit der Arbeit ist das Joule (Einheitenzeichen: J). 1 Joule ist gleich der Arbeit, die verrichtet wird, wenn der Angriffspunkt der Kraft 1 N in Richtung der Kraft um 1 m verschoben wird.

$$1\,\text{J} = 1\,\text{N} \cdot 1\,\text{m} = 1\,\text{Nm}.$$

Diese Einheit ist nach dem englischen Physiker J.P. Joule (1818–1889) benannt.

Aus der Einheit 1 Joule können mit Hilfe der früher (S. 11) erwähnten Vorsätze dezimale Vielfache und Teile gebildet werden.

Beispiele $1\,\text{kJ} = 10^3\,\text{J}$, $1\,\text{mJ} = 10^{-3}\,\text{J}$, $1\,\mu\text{J} = 10^{-6}\,\text{J}$.

Abgeleitete gesetzliche Einheiten der Arbeit sind ferner alle Produkte, die aus einer gesetzlichen Krafteinheit und einer gesetzlichen Längeneinheit gebildet werden.

Beispiele $1\,\text{N} \cdot 1\,\text{cm} = 1\,\text{Ncm} = 10^{-2}\,\text{J}$, $1\,\text{kN} \cdot 1\,\text{m} = 1\,\text{kNm} = 10^3\,\text{J}$.

Die folgenden Arbeitseinheiten, die früher in der Physik und Technik vielfach verwendet wurden, sind aufgrund des *Gesetzes über Einheiten im Meßwesen* nicht mehr zulässig:

1 Erg (Einheitenzeichen: erg) $= 1$ dyncm $= 10^{-7}$ J $= 0{,}1$ µJ,
1 Pondzentimeter (Einheitenzeichen: pcm) $= 9{,}80665 \cdot 10^{-3}$ N $\cdot$ 10^{-2} m $\approx 0{,}1$ mJ,
1 Kilopondmeter (Einheitenzeichen: kpm) $= 9{,}80665$ N $\cdot$ 1 m ≈ 10 J.

Eine Tatsache, die sich bereits aus den vorhergehenden Überlegungen ergibt, soll noch einmal ausdrücklich hervorgehoben werden:

Die Arbeit ist eine skalare Größe.

Abschließend sei noch darauf hingewiesen, daß es in der Physik üblich ist, auch mit *negativen Arbeiten* zu rechnen. Um diesen Sachverhalt zu verstehen, gehen wir von der obigen Definitionsgleichung

$$W = F s \cos\alpha$$

aus. Man kann hier im Hinblick auf den Winkel α drei Fälle unterscheiden:

a) $0 \leqq \alpha < 90°$ oder $\cos\alpha > 0$ (Abb. 101.1).
Dann ist

$$W = F s \cos\alpha > 0.$$

Die Arbeit ist positiv. Physikalisch bedeutet dies, daß dem System, an dem die Kraft wirkt, Arbeit zugeführt wird.

Beispiel Ein Körper wird mit Hilfe der Muskelkraft vom Boden auf den Tisch gehoben. Die dazu erforderliche Arbeit wird dem Körper zugeführt.

b) $90° < \alpha \leqq 180°$ oder $\cos\alpha < 0$ (Abb. 101.2).
In diesem Falle ist

$$W = F s \cos\alpha < 0.$$

Die Arbeit ist negativ. Physikalisch bedeutet dies, daß dem System, an dem die Kraft angreift, Arbeit entzogen wird, d.h., daß das System Arbeit verrichtet.

Beispiel Ein bewegter Wagen wird mit Hilfe der Muskelkraft gebremst. Dabei wird dem Wagen Arbeit entzogen.

c) $\alpha = 90°$, d.h., $\cos\alpha = 0$ (Abb. 101.3).
Dann ist

$$W = F s \cos\alpha = 0.$$

Abb. 101.1 Die Arbeit ist positiv, wenn die Wegrichtung und die Kraftrichtung einen spitzen Winkel bilden.

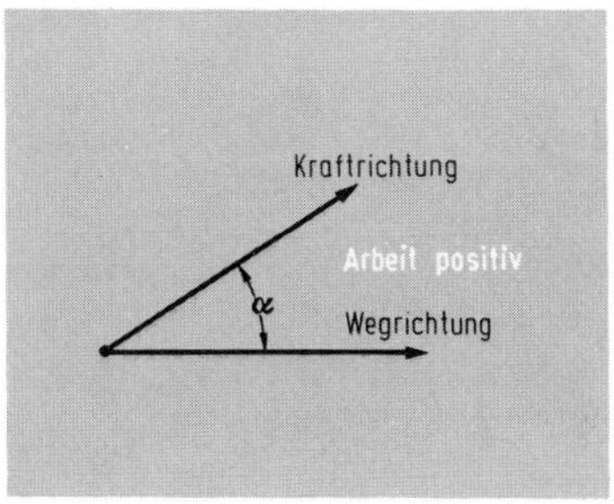

Abb. 101.2 Die Arbeit ist negativ, wenn die Wegrichtung und die Kraftrichtung einen stumpfen Winkel bilden.

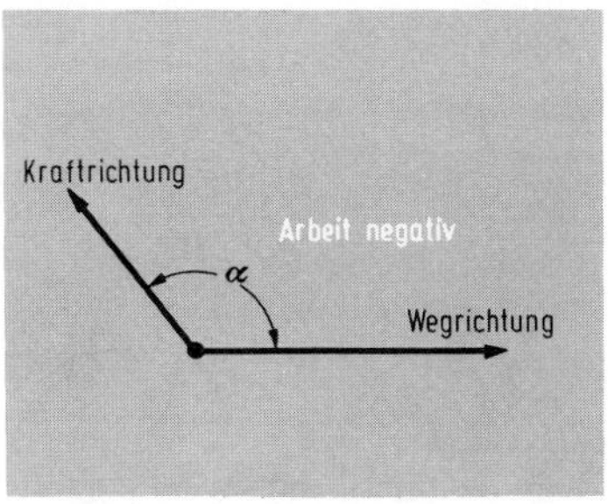

Abb. 101.3 Die Arbeit ist Null, wenn die Wegrichtung und die Kraftrichtung den Winkel $\frac{\pi}{2}$ bilden.

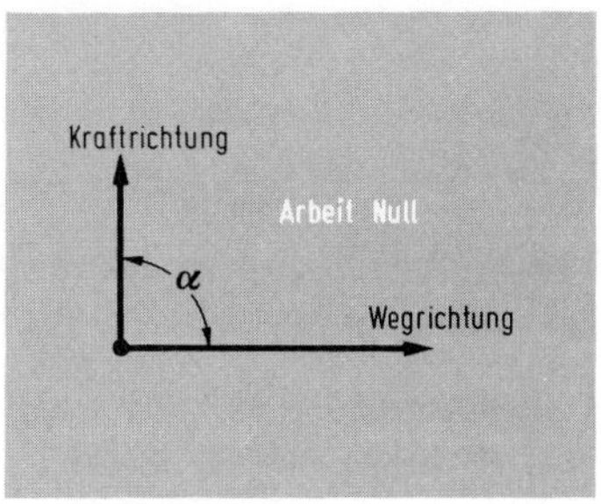

Die Arbeit ist Null. Dieser Fall ist von besonderem Interesse, weil er zeigt, daß Kräfte auf einen bewegten Körper wirken können, ohne daß Arbeit verrichtet wird. Dies kommt daher, daß die Kraftkomponente in der Wegrichtung Null ist. Wir halten fest:

Wenn der Kraftvektor $\vec{F}$ und der Wegvektor $\vec{s}$ einen Winkel von $\frac{\pi}{2}$ einschließen, so ist die verrichtete Arbeit Null.

Beispiel Die Erde hält den Mond auf seiner Kreisbahn fest; sie verrichtet jedoch keine Arbeit am Mond. Für jeden Punkt der Mondbahn gilt nämlich, daß die auf den Mond wirkende Kraft senkrecht zur Kreisbahntangente an dem betreffenden Ort ist.

Man kann die obigen Überlegungen noch weiterführen und präzisieren, indem man sich vor Augen hält, daß bei den genannten Beispielen immer zwei Systeme vorhanden sind, die Kräfte aufeinander ausüben; diese Kräfte sind gleich groß und entgegengesetzt gerichtet. Die verrichteten Arbeiten haben deshalb ebenfalls die gleichen Beträge, sie werden aber dem einen System zugeführt und dem anderen entzogen, d.h., sie sind in dem einen Falle positiv und in dem anderen Falle negativ zu rechnen.

Beispiele

Wenn in dem zu Anfang genannten Beispiel ein Koffer mit Hilfe der Muskelkraft vom Boden auf den Tisch gehoben wird, so bedeutet dies, daß dem Koffer Arbeit zugeführt wird, weil die Kraft- und Wegrichtung den Winkel 0° einschließen, so daß $W>0$ ist. Dem die Hebung ausführenden System Mensch wird eine gleich große Arbeit entzogen, weil hier die Kraft- und Wegrichtung den Winkel 180° bilden, so daß $W<0$ wird.

Bei einem mit Hilfe der Muskelkraft gebremsten Wagen wird dem Wagen Arbeit entzogen, denn Kraft- und Wegrichtung bilden einen stumpfen Winkel ($W<0$); dem System Mensch wird dagegen Arbeit zugeführt, weil Kraft- und Wegrichtung einen spitzen Winkel bilden ($W>0$).

Der Unterschied zwischen positiver und negativer Arbeit wird noch klarer, wenn man den in Abb. 102.1 dargestellten Vorgang betrachtet. Ein Wagen ist auf einer horizontalen Unterlage frei beweglich. Eine Person P_1 übt auf den Wagen eine nach rechts gerichtete Kraft mit dem Betrage

$$F_1 = 30\ \text{N}$$

aus. Gleichzeitig wird von einer Person P_2 auf den Wagen eine nach links gerichtete Kraft mit dem Betrage

$$F_2 = 25\ \text{N}$$

ausgeübt. Der Wagen soll sich um

$$s = 2\ \text{m}$$

nach rechts bewegen. Dann ergibt sich:

Die von der Person P_1 verrichtete Arbeit beträgt:

$$W_1 = F_1\, s \cos\alpha_1 = 30\ \text{N} \cdot 2\ \text{m} \cdot \cos 0° = 60\ \text{J}.$$

Die von der Person P_2 verrichtete Arbeit beträgt:

$$W_2 = F_2\, s \cos\alpha_2 = 25\ \text{N} \cdot 2\ \text{m} \cdot \cos 180° = -50\ \text{J}.$$

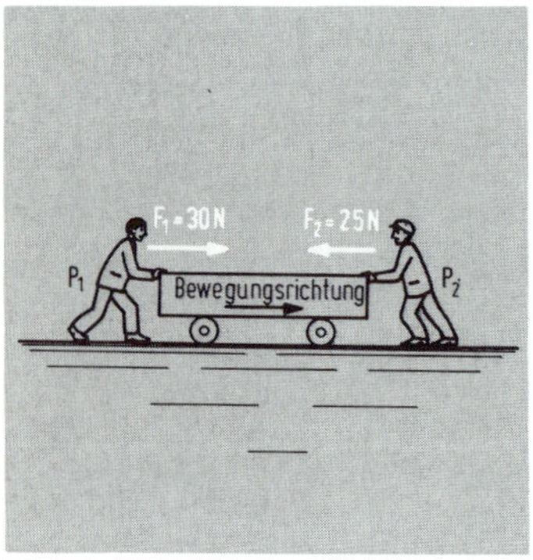

Abb. 102.1
Zugeführte (positive) und entzogene (negative) Arbeit

Die gesamte dem Wagen zugeführte Arbeit beträgt also:

$$W = W_1 + W_2 = 60\ \mathrm{J} + (-50\ \mathrm{J}) = 10\ \mathrm{J}.$$

Diese dem Wagen zugeführte Gesamtarbeit hätte man auch berechnen können, indem man die Differenz der aufgewendeten Kräfte mit dem gleichgerichteten Weg multipliziert:

$$W = (F_1 - F_2)\, s \cos\alpha_1 = (30\ \mathrm{N} - 25\ \mathrm{N}) \cdot 2\ \mathrm{m} \cdot \cos 0° = 10\ \mathrm{J}.$$

Die bisherigen Ausführungen über die Arbeit gelten für Kräfte beliebiger Herkunft, etwa auch für magnetische oder elektrische Kräfte. Wir kommen hierauf in einem späteren Teil zurück und beschränken uns hier auf mechanische Vorgänge, d.h., wir untersuchen in dem folgenden Abschnitt die verschiedenen Arten der *mechanischen Arbeit*.

2.4.2 Die verschiedenen Formen der mechanischen Arbeit

Einige häufig vorkommende Formen der mechanischen Arbeit sollen im folgenden näher untersucht werden.

1. Die Hubarbeit

Ein auf der Erdoberfläche befindlicher Körper mit der Masse m soll mit konstanter Geschwindigkeit um die Höhe h gehoben werden. Dazu muß gegen die nach unten auf den Körper wirkende Gewichtskraft

$$F_G = m g$$

eine Arbeit verrichtet werden. Die hierzu erforderliche, nach oben gerichtete Kraft F muß den gleichen Betrag wie F_G haben, d.h., es muß gelten:

$$F = F_G = m g.$$

Wenn dies nämlich nicht der Fall wäre, so ergäbe sich eine auf den Körper wirkende, von Null verschiedene resultierende Kraft, was zur Folge hätte, daß keine gleichförmige, sondern eine beschleunigte Bewegung zustande käme. Es wird weiter vorausgesetzt, daß die Hubhöhe h so klein gegenüber dem Erdradius ist, daß die Gewichtskraft F_G als konstant betrachtet werden kann. Für die verrichtete *Hubarbeit* gilt dann:

$$W = F h = m g h.$$

Wenn der Körper auf einer *geneigten Ebene* mit konstanter Geschwindigkeit reibungsfrei um die Strecke h gehoben wird, so muß zur Bestimmung der Arbeit die Gewichtskraft F_G in zwei Komponenten zerlegt werden, von denen die eine parallel und die andere senkrecht zur geneigten Ebene verlaufen (Abb. 103.1). Für diese Komponenten gilt:

$$F_{G_1} = F_G \sin\alpha \quad \text{und} \quad F_{G_2} = F_G \cos\alpha.$$

Bei einer Hebung längs der geneigten Ebene ist nur gegen die Komponente F_{G_1} Arbeit zu verrichten. Wenn man den zurückgelegten Weg mit s bezeichnet, so gilt für die Arbeit:

$$W = F_{G_1} s = F_G\, s \sin\alpha = m g\, s \sin\alpha.$$

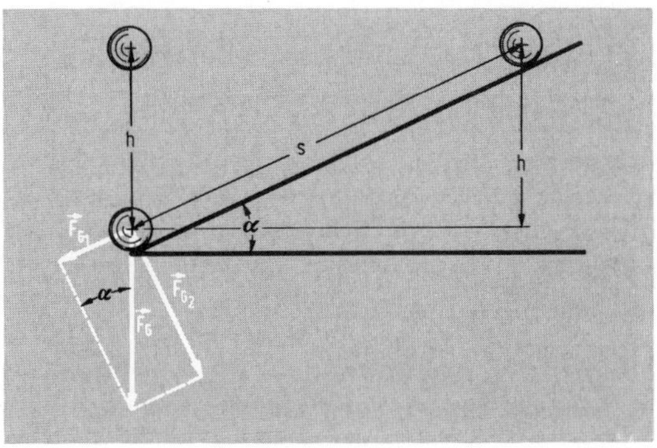

Abb. 103.1
Zur Hubarbeit bei der geneigten Ebene

Aus Abb. 103.1 ersieht man weiter, daß

$$\sin\alpha = \frac{h}{s}$$

ist. Setzt man diesen Wert in die obige Gleichung ein, so ergibt sich:

$$W = m\,g\,h.$$

Wir stellen zusammenfassend fest:

Um einen Körper mit der Masse m in der Nähe der Erdoberfläche gegen die Gewichtskraft $F_G = m\,g$ um die Höhe h zu heben, ist die Hubarbeit

$$W = m\,g\,h$$

erforderlich. Dabei ist es gleichgültig, ob die Hebung senkrecht zur Erdoberfläche oder längs einer geneigten Ebene erfolgt.

Wenn man die bei den dargelegten Vorgängen erforderlichen Kräfte und die zurückgelegten Wege vergleicht, so ergibt sich folgendes:

	Kraft	*Weg*	*Arbeit*
Hebung senkrecht zur Erdoberfläche	$m\,g$	h	$m\,g\,h$
Hebung längs einer geneigten Ebene	$m\,g\sin\alpha$	$\frac{h}{\sin\alpha}$	$m\,g\,h$

Da bei allen *geneigten Ebenen* $\sin\alpha < 1$ ist, benötigt man zum Heben längs der geneigten Ebene eine *kleinere Kraft* als beim senkrechten Hub; dafür ist jedoch ein *größerer Weg* erforderlich. Die Arbeit ist bei der gleichen Hubhöhe h aber in allen Fällen gleich groß. Je kleiner man den Neigungswinkel α der geneigten Ebene macht, um so kleiner wird die aufzuwendende Kraft und um so größer der zurückzulegende Weg. Wenn $\alpha = 0°$ oder $\sin\alpha = 0$ ist, wenn es sich also um eine horizontale Ebene handelt, so wird keine Arbeit verrichtet; es erfolgt dann aber auch keine Hebung.

Wir merken uns:

Die geneigte Ebene stellt eine einfache Maschine dar, die es gestattet, eine Hubarbeit mit einer kleineren Kraft zu verrichten, als sie zum senkrechten Hub erforderlich ist. Die Arbeit bleibt dabei unverändert, denn was an Kraft gespart wird, muß an Weg wieder zugesetzt werden.

Man kann die Hubarbeit auch zeichnerisch ermitteln. Dazu wird in einem rechtwinkligen Koordinatensystem die Kraft F als Funktion der Hubhöhe h dargestellt. Diese Darstellung ist in dem vorliegenden Falle besonders einfach, weil die Kraft während der ganzen Hebung konstant bleibt. Es ergibt sich das in Abb. 104.1 dargestellte Bild. Man erkennt sofort, daß die Hubarbeit durch die Fläche des weißen Rechteckes, dessen eine Seite $F = m\,g$ und dessen andere Seite h ist, geliefert wird.

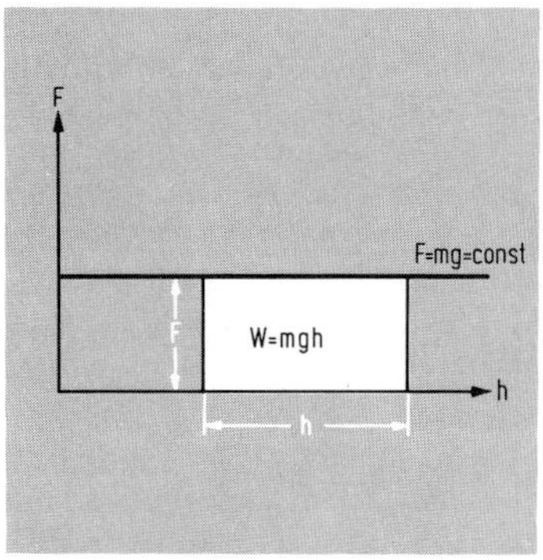

Abb. 104.1
Kraft-Weg-Diagramm oder Arbeitsdiagramm für die Hubarbeit

Darstellungen der angegebenen Art werden als *Kraft-Weg-Diagramme* oder als *Arbeitsdiagramme* bezeichnet. Sie werden auch bei anderen Formen der Arbeit benutzt und erweisen sich in vielen Fällen als praktisch und aufschlußreich.

2. Die Beschleunigungsarbeit

Unter der *Beschleunigungsarbeit* versteht man die Arbeit, die aufgewendet werden muß, um die Geschwindigkeit eines Körpers zu vergrößern. Wir betrachten hier den Sonderfall, daß die Geschwindigkeitszunahme gleichmäßig erfolgen soll, so daß die für eine gleichmäßig beschleunigte Bewegung geltenden Gesetze angewendet werden können. Auf einen Körper mit der Masse m muß bei der Beschleunigung a die konstante Kraft

$$F = m\,a$$

wirken. Wenn der Körper dabei den Weg s zurücklegt, so ergibt sich für die Arbeit

$$W = F\,s = m\,a\,s.$$

Wenn der Körper aus dem Ruhezustand gleichmäßig beschleunigt wird, gilt (S. 45)

$$v = a\,t \quad \text{und} \quad s = \tfrac{1}{2}\,a\,t^2.$$

Damit folgt

$$s = \frac{1}{2}\,\frac{v^2}{a}.$$

Setzt man diesen Ausdruck in die obige Gleichung für die Arbeit ein, so ergibt sich:

$$W = \tfrac{1}{2}\,m\,v^2.$$

Diese Formel, die hier für den Spezialfall der konstanten Beschleunigung abgeleitet worden ist, gilt auch für alle anderen Beschleunigungen. Die Beschleunigungsarbeit, die erforderlich ist, um einen Körper aus dem Ruhezustand auf die Geschwindigkeit v zu bringen, hängt immer nur von der Masse m des Körpers und der Endgeschwindigkeit v ab.

Die oben abgeleitete Formel läßt sich noch verallgemeinern, indem man nicht von dem Ruhezustand des Körpers ausgeht, sondern ihn von einer Anfangsgeschwindigkeit v_1 auf eine Endgeschwindigkeit v_2 beschleunigt. Man erkennt leicht, daß dann gilt:

Um einen Körper mit der Masse m von der Anfangsgeschwindigkeit v_1 auf die Endgeschwindigkeit v_2 zu beschleunigen, ist – unabhängig von der Art der Beschleunigung – die Beschleunigungsarbeit

$$W = \tfrac{1}{2}\,m\,v_2^2 - \tfrac{1}{2}\,m\,v_1^2 = \tfrac{1}{2}\,m(v_2^2 - v_1^2)$$

erforderlich.

Der oben behandelte Fall, bei dem der Körper aus dem Ruhezustand $v_1 = 0$ auf die Geschwindigkeit $v_2 = v$ gebracht worden war, ist in dieser allgemeinen Gleichung als Sonderfall enthalten.

3. Die Spannarbeit

Unter der *Spannarbeit* versteht man die zum Spannen einer Schraubenfeder erforderliche Arbeit. Während die aufgewendete Kraft bei den bisher behandelten Fällen während des ganzen Weges konstant war, ist dies bei der Spannarbeit nicht der Fall. Es ist aus der Erfahrung des Alltags bekannt, daß die zum Spannen eines Expanders erforderliche Kraft mit wachsender Dehnung zunimmt. Für die Spannung von Schraubenfedern und anderen Federn gilt das von dem englischen Physiker R. HOOKE (1635–1703) entdeckte und nach ihm benannte HOOKE-*Gesetz* (S. 71):

Die beim Spannen einer Feder auftretende, rücktreibende Kraft F ist der jeweiligen Federdehnung x proportional.

$$F = D\,x.$$

Der Proportionalitätsfaktor D hängt von der Beschaffenheit der Feder ab und wird als die *Federkonstante* bezeichnet.

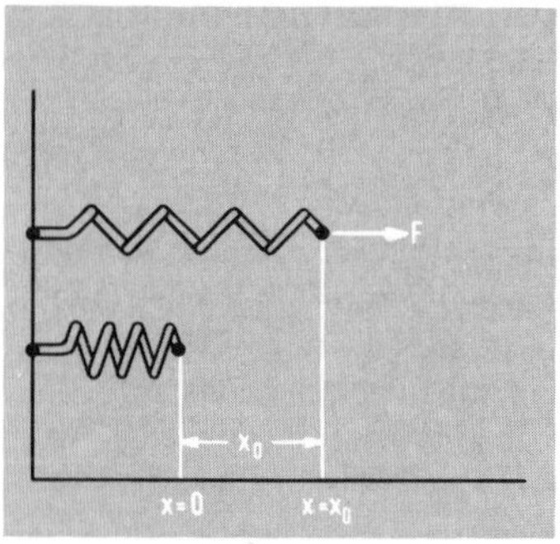

Abb. 106.1
Das Spannen
einer Schraubenfeder

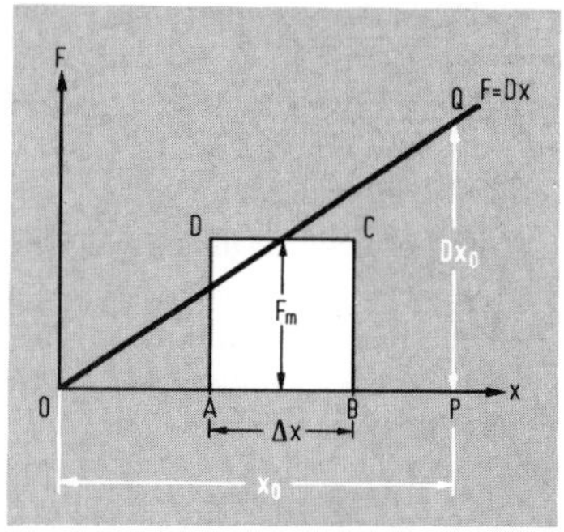

Abb. 106.2
Zur Bestimmung
der Spannarbeit

Es soll nun die Arbeit berechnet werden, die aufgewendet werden muß, um eine Schraubenfeder aus dem ungespannten Zustand $x=0$ um den Betrag x_0 zu dehnen (Abb. 106.1). Man denkt sich die Dehnung in zahlreichen kleinen Schritten Δx ausgeführt, wobei die einzelnen Schritte so klein sind, daß die rücktreibende Federkraft innerhalb eines Schrittes als konstant betrachtet werden kann. Wenn die Feder bereits um das Stück x gedehnt ist, so beträgt die rücktreibende Federkraft

$$F=Dx.$$

Die zur Dehnung um das folgende Stück Δx erforderliche Arbeit ist

$$\Delta W=F\cdot\Delta x=Dx\cdot\Delta x.$$

Die aufzuwendende gesamte Dehnungsarbeit kann zeichnerisch und rechnerisch bestimmt werden. Wir wählen hier den zeichnerischen Weg und gehen dabei von dem zugehörigen *Arbeitsdiagramm* (Abb. 106.2) aus. Da die Kraft F linear mit der Federverlängerung x wächst, ist das Arbeitsdiagramm hier eine gegen die x-Achse geneigte Gerade. Die zur Dehnung um das Wegelement Δx erforderliche Arbeit ΔW ist

$$\Delta W=F_m\cdot\Delta x,$$

wobei F_m die während des Weges Δx wirkende konstante, mittlere Kraft bedeutet. Diese Arbeit wird aber durch die Fläche des Rechteckes $ABCD$ dargestellt. Die gesuchte Gesamtarbeit erhält man, wenn man die Flächen einer großen Zahl solcher Rechtecke addiert. Das Ergebnis wird um so genauer, je kleiner man die Wegelemente Δx wählt. Läßt man Δx schließlich beliebig klein werden, so geht die Summe aller Rechtecksflächen in die Fläche des Dreiecks OPQ über. Dieser Flächeninhalt beträgt

$$W=\tfrac{1}{2}Dx_0\cdot x_0=\tfrac{1}{2}Dx_0^2.$$

Damit hat sich ergeben:

Um eine Schraubenfeder mit der Federkonstante D aus dem ungespannten Zustand um den Betrag x_0 zu spannen, ist die Spannarbeit

$$W=\tfrac{1}{2}Dx_0^2$$

erforderlich.

Das Ergebnis hätte unter Verwendung der *Infinitesimalrechnung* auch rechnerisch gefunden werden können. Dann ist nämlich

$$W=\int_0^{x_0}Dx\,\mathrm{d}x=\tfrac{1}{2}Dx_0^2.$$

Das damit gefundene Ergebnis kann noch verallgemeinert werden. Es ist nämlich nicht erforderlich, bei der Federdehnung von dem ungespannten Zustand auszugehen, sondern man kann die Dehnung vom Betrag x_1 auf den Betrag x_2 steigern. Dann ergibt sich das folgende Gesetz:

Um bei einer Schraubenfeder mit der Federkonstante D die Dehnung vom Betrage x_1 auf den Betrag x_2 steigern, ist die Spannarbeit

$$W=\tfrac{1}{2}Dx_2^2-\tfrac{1}{2}Dx_1^2=\tfrac{1}{2}D(x_2^2-x_1^2)$$

erforderlich.

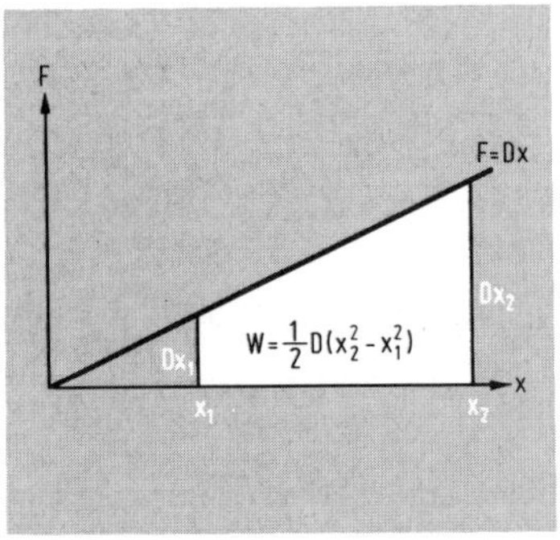

Abb. 107.1
Das Arbeitsdiagramm
für die Spannarbeit

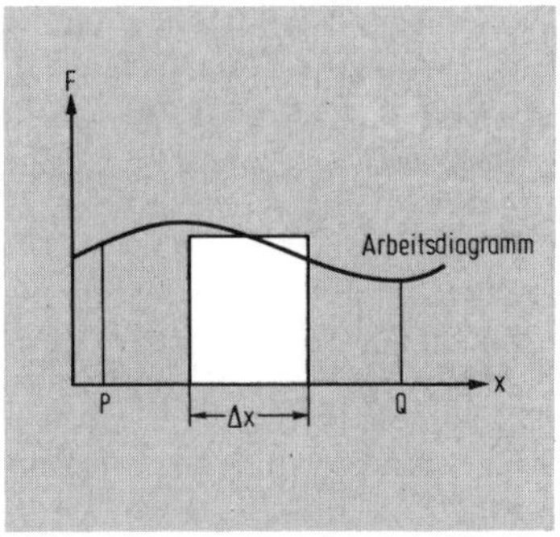

Abb. 107.2
Zur Berechnung der Arbeit
bei einem beliebigen
Arbeitsdiagramm

Wenn man von dem ungespannten Zustand der Feder ausgeht und diese um den Betrag x_0 dehnt, so ist in der angegebenen Gleichung $x_1 = 0$ und $x_2 = x_0$ zu setzen. Man erhält dann die Formel für den zuerst behandelten Sonderfall.

Das Arbeitsdiagramm für den allgemeinen Fall ist in Abb. 107.1 wiedergegeben. Die Spannarbeit ist zahlenmäßig gleich der Fläche des Trapezes, das von der x-Achse, der Kraft-Weg-Kurve $F = Dx$ und den Ordinaten an den Stellen x_1 und x_2 gebildet wird.

4. Die Reibungsarbeit

Wenn auf einer horizontalen Straße ein Schlitten mit konstanter Geschwindigkeit gezogen oder die Räder eines Wagens mit gleichbleibender Geschwindigkeit gerollt werden, so ist hierzu eine Arbeit erforderlich, obwohl keine Hebung und keine Beschleunigung erfolgt. Die Arbeit muß gegen die Reibungskräfte verrichtet werden und wird deshalb als *Reibungsarbeit* bezeichnet. Da die Reibungskraft F_R von zahlreichen Faktoren abhängt, ist es nicht möglich, für die Reibungsarbeit eine allgemeingültige Formel anzugeben. Wir müssen uns vielmehr auf die folgende Aussage beschränken:

Um einen Körper in Richtung der x-Achse von der Stelle x_1 zur Stelle x_2 zu bewegen, ist die Reibungsarbeit

$$W = \int_{x_1}^{x_2} F_R \, dx$$

erforderlich.

Mit Hilfe dieser Formel kann die Reibungsarbeit berechnet werden, wenn die Reibungskraft als Funktion des zurückgelegten Weges bekannt ist.

Für den idealisierten Fall, daß die Reibungskraft konstant ist, daß also gilt

$$F_R = \text{const},$$

ergibt sich für die über den Weg s verrichtete Reibungsarbeit

$$W = F_R \, s.$$

Die Reibungsarbeit spielt praktisch eine große Rolle, da bei nahezu allen realen Bewegungen Reibungskräfte auftreten.

Wenn man die hier durchgeführten Berechnungen der Arbeit zusammenfassend überblickt, so zeigt sich, daß die Arbeit ohne Schwierigkeiten berechnet werden kann, wenn die Kraft entweder konstant ist oder sich nach einem einfachen Gesetz verändert, wie dies bei der Hubarbeit, der Beschleunigungsarbeit und der Spannarbeit der Fall ist. Verwickelter liegen die Verhältnisse bei der Reibungsarbeit. Darüber hinaus gibt es in der Technik Fälle, bei denen sich die Kraft in noch komplizierterer Weise verändert. Dann besteht oft nur die Möglichkeit, die Arbeit auf grafischem Wege zu ermitteln. Das *Arbeitsdiagramm* ist in diesem Falle irgendeine Kurve (Abb. 107.2). Für ein kleines Wegstück Δx wird die verrichtete Arbeit näherungsweise durch das Rechteck $ABCD$ dargestellt. Die Gesamtarbeit ist zahlenmäßig gleich der Summe einer großen Zahl solcher Rechtecke. Das Ergebnis wird um so genauer, je kleiner man die Wegelemente Δx, d.h. je schmaler man die Rechtecke, wählt. Für beliebig schmale Rechtecke ergibt sich dann:

Für jedes Arbeitsdiagramm gilt: die Arbeit, die längs des Weges zwischen dem Anfangspunkt P und dem Endpunkt Q verrichtet wird, und die Fläche, die von der x-Achse, der Kraft-Weg-Kurve und den Ordinaten in den Punkten P und Q begrenzt wird, haben gleiche Zahlenwerte.

2.4.3 Die Energie

Wenn man einen Körper mit der Masse m von der Erdoberfläche um die Strecke h hebt, so muß gegen die Schwerkraft die früher berechnete Hubarbeit

$$W = m g h$$

verrichtet werden. Der gehobene Körper kann jetzt aufgrund seiner neuen Lage Arbeit verrichten, indem er in seine Ausgangslage zurückkehrt. Man macht von dieser Tatsache z.B. bei dem Antrieb mancher Pendeluhren Gebrauch; das Aufziehen der Uhren besteht dann darin, daß man eine Masse in eine höhere Lage bringt. Diese Masse sinkt allmählich wieder nach unten und hält dabei die Uhr im Gange. Der gehobene Körper kann beim Herabsinken auch einen anderen Körper heben. Man braucht den auf dem höheren Niveau befindlichen Körper dazu nur nach Abb. 108.1 mit Hilfe einer über eine Rolle laufenden Schnur mit dem unten befindlichen Körper zu verbinden. Wenn beide Körper die gleiche Masse haben und der Vorgang reibungslos verläuft, dann wird beim Herabsinken des einen Körpers der andere Körper gehoben. Dabei verrichtet der eine Körper an dem anderen die gleiche Arbeit, die zuvor an ihm selbst verrichtet wurde.

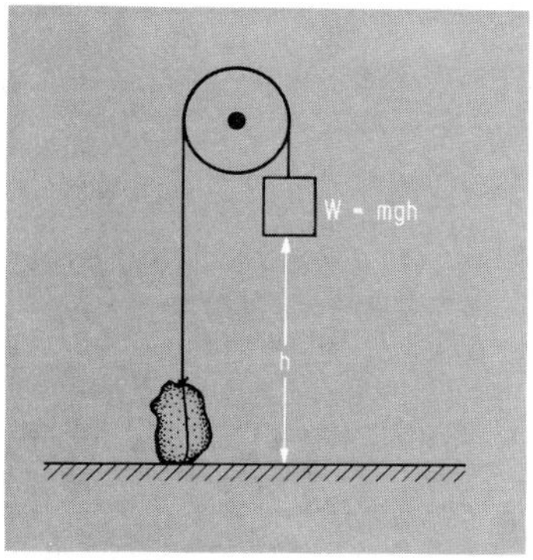

Abb. 108.1
Zur potentiellen Energie

Wir übertragen diese Überlegungen jetzt auf einen *frei fallenden* Körper. Dieser führt eine beschleunigte Bewegung aus. Die von der Schwerkraft verrichtete Beschleunigungsarbeit beträgt aufgrund der früher gemachten Feststellungen

$$W = \tfrac{1}{2} m v^2 .$$

Da für die Endgeschwindigkeit v beim freien Fall die Formel (S. 51)

$$v = \sqrt{2 g h}$$

gilt, ergibt sich für die Beschleunigungsarbeit

$$W = \tfrac{1}{2} m v^2 = m g h .$$

Dies bedeutet, daß bei dem freien Fall eines Körpers eine Beschleunigungsarbeit in Erscheinung tritt, die die gleiche Größe wie die Hubarbeit hat, die zum Heben des Körpers um die Fallstrecke aufgewendet werden mußte. Die Hubarbeit ist also in dem gehobenen Körper als *Arbeitsfähigkeit gespeichert* worden. Jede Art von gespeicherter Arbeitsfähigkeit wird in der Physik als *Energie* bezeichnet. Wir merken uns also:

Unter der Energie versteht man den in einem physikalischen System gespeicherten Vorrat an Arbeitsvermögen.

Die Energie kann
1. auf einen anderen Körper übertragen werden,
2. an dem gleichen Körper in anderer Form in Erscheinung treten.

Energie und Arbeit sind gleichartige physikalische Größen. Es ist deshalb üblich, für beide Größen das gleiche Formelzeichen W zu verwenden. Ferner wird die *Energie in den gleichen Einheiten* gemessen, wie wir sie früher für die *Arbeit* eingeführt haben.

In der Mechanik treten *zwei verschiedene Formen der Energie* auf, mit denen wir uns im folgenden beschäftigen werden.

1. Die potentielle Energie oder die Lageenergie

Unter der *potentiellen Energie* oder der *Lageenergie* (Formelzeichen: W_p) eines Körpers versteht man die Arbeitsfähigkeit, die der Körper aufgrund seiner Lage besitzt. Wir haben gesehen, daß beim Heben eines Körpers auf ein höheres Niveau gegen die Schwerkraft Arbeit verrichtet werden muß; diese wird als Lageenergie in dem Körper gespeichert. Es gilt deshalb für die *potentielle Energie eines Körpers im Anziehungsbereich der Erde* die Formel:

$$W_p = m g h.$$

Die Höhe h muß dabei auf ein bestimmtes Ausgangs- oder Nullniveau bezogen werden. Dieses Nullniveau braucht aber nicht die Erdoberfläche oder das Meeresniveau zu sein, sondern es kann willkürlich festgelegt werden. So wäre es möglich, die Höhe h auf die Platte des Experimentiertisches oder auf den Fußboden eines beliebig hoch gelegenen Laboratoriums zu beziehen. Dann können natürlich für die Höhe h und damit auch für die potentielle Energie sowohl positive als auch negative Werte auftreten. In Abb. 109.1 ist schematisch dargestellt, wie die potentielle Energie beschaffen ist, wenn ein mittleres Niveau als Nullniveau dient; auf dem oberen Niveau ist die potentielle Energie dann $m g h_1 > 0$ und auf dem unteren Niveau $m g h_2 < 0$, wenn $h_1 > 0$ und $h_2 < 0$ ist.

Um den Körper aus dem unteren Niveau h_2 auf das obere Niveau h_1 zu bringen, muß an ihm gegen die Schwerkraft Arbeit verrichtet werden. Dies bedeutet, daß dem Körper die Energie

$$\Delta W = m g (h_1 - h_2)$$

zugeführt werden muß. Um diesen Betrag hat sich nach dem Transport die potentielle Energie des Körpers vergrößert.

Da der Nullpunkt für die potentielle Energie willkürlich festgelegt werden kann, ist es unmöglich, absolute Werte der potentiellen Energie anzugeben. Es hat nur einen Sinn, von der Differenz der potentiellen Energie für zwei verschiedene Orte zu sprechen.

Wir stellen zusammenfassend fest:

Unter der potentiellen Energie oder der Lageenergie eines Körpers im Anziehungsbereich der Erde versteht man die Arbeitsfähigkeit, die der Körper aufgrund seiner Lage relativ zur Erde besitzt. Es gilt

$$W_p = m g h.$$

Der Nullpunkt für die Messung der potentiellen Energie kann beliebig gewählt werden. Es kann deshalb immer nur die Energiedifferenz für zwei verschiedene Orte angegeben werden.

Natürlich tritt potentielle Energie nicht nur im Anziehungsbereich der Erde auf. Wir werden im Laufe der späteren Untersuchungen sehen, daß auch in zahlreichen anderen physikalischen Systemen Körper vorhanden sein können, die aufgrund ihrer Lage die Fähigkeit haben, Arbeit zu verrichten. Hier soll zunächst nur ein Beispiel kurz erwähnt werden. Wenn man den Bau der Atome mit Hilfe des RUTHERFORD-BOHR-Atommodells beschreibt, so kommt jedem um den Atomkern sich bewegenden Elektron eine potentielle Energie zu, die zahlenmäßig angegeben werden kann, wenn man einen Nullpunkt festgelegt hat.

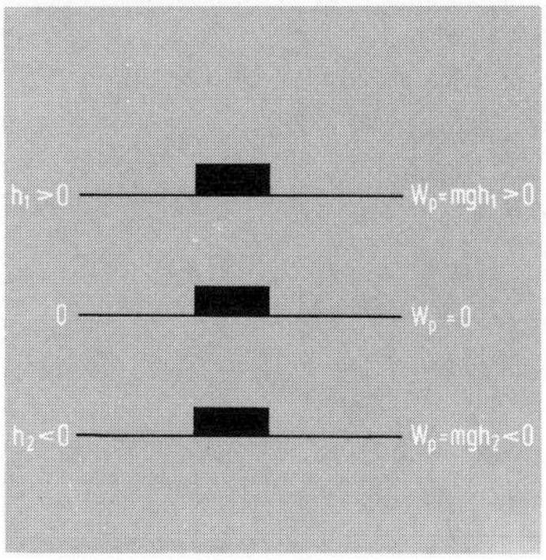

Abb. 109.1
Die potentielle Energie kann positive und negative Werte annehmen.

Schließlich kann auch die *elastische Energie* als eine besondere Art der potentiellen Energie betrachtet werden. Wir haben gesehen, daß beim Spannen einer Schraubenfeder Arbeit verrichtet werden muß; diese wird als potentielle Energie gespeichert und kann nach Bedarf wiedergewonnen werden. Aber auch jede andere elastische Verformung ist mit einer Arbeit verbunden, die als elastische Energie gespeichert wird. Für die elastische Energie gilt die Formel (S. 106):

$$W_p = \tfrac{1}{2} D x^2 .$$

Die Formel für die elastische Energie gilt nur für Verformungen, die innerhalb der Grenzen bleiben, in denen noch eine Rückbildung des verformten Körpers erfolgen kann.

2. Die kinetische Energie oder die Bewegungsenergie

Die Beschleunigungsarbeit, die aufgewendet werden muß, um einen Körper aus dem Ruhezustand auf die Geschwindigkeit v zu bringen, wird als Arbeitsfähigkeit in dem bewegten Körper gespeichert. Man spricht in diesem Falle von der *kinetischen Energie* oder der *Bewegungsenergie* (Formelzeichen: W_k) des Körpers. Wir merken uns also:

Unter der kinetischen Energie oder der Bewegungsenergie eines Körpers versteht man die Arbeitsfähigkeit, die der Körper aufgrund seiner Geschwindigkeit besitzt. Es gilt

$$W_k = \tfrac{1}{2} m v^2 .$$

Wir haben oben bereits gesehen, daß bei einem frei fallenden Körper potentielle Energie in kinetische Energie umgewandelt wird. In ähnlicher Weise können auch bei anderen mechanischen Vorgängen Umwandlungen von Energieformen auftreten. Solange wir uns auf den Bereich der reinen Mechanik beschränken und lediglich Vorgänge betrachten, die reibungsfrei ablaufen, treten nur potentielle und kinetische Energie als Energieformen auf. Man bezeichnet daher die potentielle und die kinetische Energie als die *Energieformen der Mechanik*.

2.4.4 Der Energieerhaltungssatz der Mechanik

Die gesamte mechanische Energie W eines physikalischen Systems ist gleich der Summe aus der potentiellen und der kinetischen Energie. Es ist also

$$W = W_p + W_k .$$

Wir haben bereits gesehen, daß die eine Energieform in die andere umgewandelt werden kann und wollen diese Umwandlung noch einmal an einem Beispiel genauer verfolgen.

Eine Stahlkugel soll sich in der Höhe h über einer Glasplatte in Ruhe befinden. Sie besitzt dann nur potentielle Energie. Läßt man die Kugel nun unter dem Einfluß der Erdanziehung fallen, so nimmt die potentielle Energie mit kleiner werdender Höhe h ab; gleichzeitig wächst aber die Geschwindigkeit der Kugel und damit ihre kinetische Energie (Abb. 110.1). Wenn die Kugel die Glasplatte erreicht hat, ist die potentielle Energie vollständig in kinetische Energie umgewandelt. Es tritt jetzt eine elastische Verformung der Kugel und der Glasplatte ein. Dies bedeutet, daß die kinetische Energie der Kugel in elastische Energie umgewandelt wird. Nach kurzer Zeit wird die elastische Verformung rückgängig gemacht, wobei die elastische Energie wieder in kinetische Energie übergeht. Die Folge ist, daß sich die Kugel jetzt nach oben bewegt. Dabei wird ihre kinetische Energie kleiner und ihre potentielle Energie größer. Der Anstieg der Kugel dauert

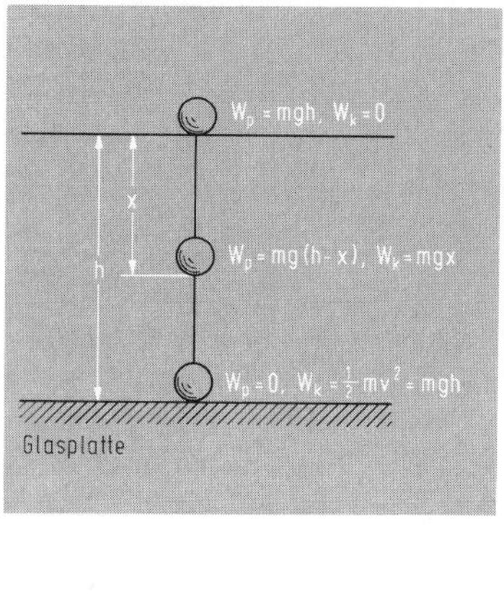

Abb. 110.1
Zum Energieerhaltungssatz der Mechanik

so lange, bis sie ihre ursprüngliche Höhe h und damit die anfängliche potentielle Energie wieder erreicht hat. Der gleiche Vorgang kann sich theoretisch beliebig oft wiederholen.

Allgemein läßt sich der genannte Vorgang folgendermaßen beschreiben:

Ein Körper, der in der Höhe h über einem beliebigen Bezugsniveau ruht, hat die potentielle Energie

$$W_p = m g h .$$

Nach dem Durchfallen der Höhe x hat der Körper

die potentielle Energie $\qquad W_p = m g (h - x)$

und

die kinetische Energie $\qquad W_k = \frac{1}{2} m v^2 = m g x ,$

da

$$v = \sqrt{2 g x}$$

ist (vgl. S. 51).

Für jede beliebige Fallstrecke x ist also

$$W = W_p + W_k = m g h = \text{const} .$$

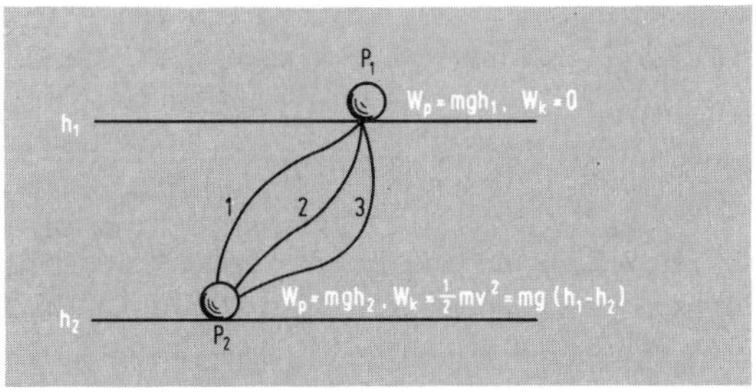

Abb. 111.1 Die Bewegung eines Körpers mit der Masse m unter dem Einfluß der Schwerkraft

Wenn man den beschriebenen Versuch aber wirklich ausführt, so zeigt sich, daß die Kugel die ursprüngliche Höhe nicht wieder erreicht, sondern daß die erreichte Höhe nach jedem Aufprall etwas kleiner als vorher ist, so daß die Kugel schließlich auf der Glasplatte liegen bleibt. Dies ist darauf zurückzuführen, daß durch die Reibung an der Luft sowie bei der Verformung von Kugel und Glasplatte ein Teil der mechanischen Energie in Wärmeenergie umgewandelt wird. Wenn man aber von diesen Wärmeverlusten absieht, so zeigt die Erfahrung, daß die Summe aus der potentiellen und der kinetischen Energie in jedem Augenblick der Bewegung konstant ist.

Das gleiche gilt für alle anderen mechanischen Vorgänge. Man bezeichnet diese Erkenntnis als das *Gesetz von der Erhaltung der mechanischen Energie* oder als den *Energieerhaltungssatz* oder kurz als den *Energiesatz der Mechanik*. Er lautet:

Wenn bei mechanischen Vorgängen eine Umwandlung von potentieller in kinetische Energie oder umgekehrt erfolgt, so bleibt bei Reibungsfreiheit die Summe der beiden Energieformen in einem abgeschlossenen System, d.h. einem System, dem von außen weder Energie zugeführt noch entzogen wird, zeitlich konstant.

Bei der Bewegung eines Körpers in einem Schwerefeld zeigt sich eine interessante Erscheinung, auf die noch kurz hingewiesen werden soll. Ein Körper mit der Masse m möge sich zunächst im Punkte P_1 befinden und hier die potentielle Energie $W_p = m g h_1$ und die kinetische Energie Null haben. Wenn der Körper dann unter dem Einfluß der Schwerkraft zum Punkte P_2 bewegt wird, so verändert sich seine potentielle und seine kinetische Energie. Nach dem Energiesatz der Mechanik ist eine Zunahme der kinetischen Energie mit einer gleich großen Abnahme der potentiellen Energie verbunden und umgekehrt. Dabei ist es gleichgültig, auf welchem der in Abb. 111.1 angegebenen Wege der Übergang von P_1 nach P_2 erfolgt. Wenn also ein Körper in einem Schwerefeld von dem höher gelegenen Punkt P_1 zu dem tiefer gelegenen Punkt P_2 bewegt wird, so ist die von der Schwerkraft verrichtete *Beschleunigungsarbeit nur von der Lage des Anfangs- und Endpunktes, nicht dagegen von dem Verlauf des Weges zwischen den beiden Punkten abhängig.* Das gleiche gilt für die gegen die Schwerkraft zu verrichtende Hubarbeit, wenn der Körper umgekehrt von P_2 nach P_1 gebracht wird. Man kann den Körper schließlich auch auf einem beliebigen Wege von P_1 nach P_2 und auf einem anderen Wege von P_2 nach P_1 zurückbringen. In diesem Falle spricht man von einem *geschlossenen Weg*.

Da der Körper nach dem Durchlaufen eines geschlossenen Weges seine anfängliche potentielle und kinetische Energie wieder angenommen hat, ergibt sich:

Wenn ein Körper in einem Schwerefeld einen geschlossenen Weg durchläuft, so ist sowohl die von der Schwerkraft verrichtete Beschleunigungsarbeit als auch die gegen die Schwerkraft verrichtete Hubarbeit Null.

Dieser Sachverhalt wird oft in der folgenden kurzen Form ausgesprochen:

Wenn ein Körper in einem Schwerefeld einen geschlossenen Weg durchläuft, so ist die Arbeit Null.

Beispiel

Satelliten können sich im Schwerefeld der Erde auf Kreis- oder Ellipsenbahnen um die Erde bewegen. Bei einer Kreisbahn wirkt auf den Satelliten eine Kraft mit konstantem Betrag, bei einer Ellipsenbahn ist die Kraft vom jeweiligen Ort des Satelliten abhängig. In jedem Falle ist die im Schwerfeld an dem Satelliten verrichtete Arbeit nach einem geschlossenen Umlauf gleich Null.

Es soll noch einmal betont werden, daß der Energiesatz der Mechanik und die sich aus ihm ergebenden Folgerungen nur gelten, wenn außer der Umwandlung von potentieller Energie in kinetische Energie und umgekehrt keine anderen Energieumwandlungen vorkommen. Physikalische Systeme, die dieser Bedingung genügen, werden als *konservative Systeme* bezeichnet. Die in solchen Systemen wirkenden Kräfte nennt man *konservative Kräfte.*

Es wurde schon angedeutet, daß die bei den Bewegungen materieller Körper auftretenden *Reibungskräfte* den rein mechanischen Ablauf der Erscheinungen stören, weil durch die Reibung stets ein Teil der kinetischen Energie in Wärmeenergie umgewandelt wird. Die Reibungskräfte sind *nichtkonservative Kräfte.* Sie bewirken, daß die *mechanische* Energie in einem abgeschlossenen System abnimmt.

2.4.5 Die Leistung und ihre Messung

Bei der Definition der Arbeit spielt die Zeit, in der die Arbeit verrichtet wird, keine Rolle. In vielen Fällen ist es aber wichtig, anzugeben, in welcher Zeit eine bestimmte Arbeit ausgeführt wird. So interessiert man sich im Wirtschaftsleben für die im Laufe eines achtstündigen Arbeitstages verrichtete Arbeit. Ein anderes Beispiel kann den hier gemeinten Sachverhalt noch deutlicher machen. Wenn mit Hilfe eines Aufzuges 1200 Ziegelsteine auf eine hoch gelegene Baustelle transportiert werden sollen, so kann dies auf verschiedene Weise geschehen: es können 20mal jeweils 60 Steine nach oben geschafft werden, oder der Aufzug kann 30mal mit jeweils 40 Steinen nach oben fahren, oder es können 10mal jeweils 120 Steine transportiert werden usw. In allen Fällen ist die verrichtete Arbeit gleich groß, denn es wird stets die gleiche Zahl von Steinen auf die gleiche Höhe gebracht. Trotzdem besteht zwischen den verschiedenen Tätigkeiten ein Unterschied, weil die gleiche Arbeit in verschiedenen Zeiten verrichtet wird. Dieser Sachverhalt wird durch eine neue physikalische Größe, die man als *Leistung* (Formelzeichen: P) bezeichnet, erfaßt. Wir setzen fest:

Unter der Leistung P versteht man den Quotienten aus der verrichteten Arbeit W und der dazu benötigten Zeit t.

$$P=\frac{W}{t}.$$

Aus der Definition der Leistung ergibt sich auch die Einheit, in der Leistungen zu messen sind. Die *Ausführungsverordnung zum Gesetz über Einheiten im Meßwesen* bestimmt hierüber:

Die abgeleitete Einheit der Leistung ist das Watt (Einheitenzeichen: W). 1 Watt ist gleich der Leistung, bei der während der Zeit 1 s die Energie 1 J umgesetzt wird.

$$1\,\mathrm{W}=\frac{1\,\mathrm{J}}{1\,\mathrm{s}}=1\,\frac{\mathrm{J}}{\mathrm{s}}=1\,\mathrm{J\,s^{-1}}=1\,\mathrm{N\,m\,s^{-1}}.$$

Diese Einheit ist nach dem englischen Ingenieur J. Watt (1736–1819) benannt.

Aus der Einheit 1 Watt können mit Hilfe der früher (S. 11) erwähnten Vorsätze dezimale Vielfache und Teile gebildet werden.

Beispiele $1\,\mathrm{MW}=10^6\,\mathrm{W}$, $1\,\mathrm{kW}=10^3\,\mathrm{W}$, $1\,\mathrm{mW}=10^{-3}\,\mathrm{W}$.

Abgeleitete gesetzliche Einheiten der Leistung sind auch alle Quotienten, die aus einer gesetzlichen Einheit der Energie und einer gesetzlichen Zeiteinheit gebildet werden.

Beispiele $1\,\text{J}\,\text{min}^{-1} = \frac{1}{60}\,\text{W} \approx 0{,}0167\,\text{W}$, $1\,\text{kJ} \cdot \text{h}^{-1} = \frac{5}{18}\,\text{W} \approx 0{,}278\,\text{W}$.

> Die folgenden Leistungseinheiten, die früher in der Physik und Technik vielfach verwendet wurden, sind aufgrund des *Gesetzes über Einheiten im Meßwesen* nicht mehr zulässig:
> 1 Pferdestärke (Einheitenzeichen: PS) $= 735{,}49875\,\text{W} \approx 736\,\text{W}$,
> 1 Kilopondmeter durch Sekunde (Einheitenzeichen: $\text{kpm} \cdot \text{s}^{-1}$) $= 9{,}80665\,\text{W} \approx 10\,\text{W}$.

Wenn ein Körper durch eine konstante Kraft $\vec{F}$ mit der konstanten Geschwindigkeit $\vec{v}$ bewegt wird und die Vektoren $\vec{F}$ und $\vec{v}$ den Winkel α einschließen, so gilt für die Arbeit (S. 99)

$$W = F s \cos\alpha$$

und für die Leistung

$$P = \frac{W}{t} = F \cdot \frac{s}{t} \cos\alpha = F v \cos\alpha .$$

In dem speziellen Fall, daß die Richtung der Kraft und der Geschwindigkeit übereinstimmen ($\alpha = 0$), erhält man:

$$P = F v .$$

Abschließend sollen noch einige Zahlen über die *durchschnittliche Leistung des Menschen* genannt werden:
Bei *gewöhnlicher Arbeit* rechnet man mit der Leistung von etwa 75 W.
Bei *normalem Gehen* beträgt die Leistung eines Menschen mit einer Masse von 60 kg etwa 50 W und bei *sehr schnellem Gehen* etwa 200 W.

2.4.6 Die Wirkung und ihre Messung

Im täglichen Leben und in der Wissenschaft wird oft von *Ursache und Wirkung* gesprochen. Die in diesem Zusammenhang benutzte Bezeichnung Wirkung hat eine ganz andere Bedeutung als die hier behandelte abgeleitete physikalische Größe *Wirkung* (Formelzeichen: H), die folgendermaßen definiert wird:

Unter einer Wirkung H versteht man das Produkt aus einer Energie W und einer Zeit t.

$$H = W t .$$

Aus dieser Definition ergibt sich die Einheit, in der Wirkungen zu messen sind. Es gilt:

Die abgeleitete Einheit der Wirkung ist die Joulesekunde (Einheitenzeichen: J s).

$$1\,\text{Js} = 1\,\text{J} \cdot 1\,\text{s} = 1\,\text{Nms} .$$

Die physikalische Größe Wirkung spielt in der Physik eine wichtige Rolle. Ohne auf Einzelheiten hier näher einzugehen, sei nur erwähnt, daß der Ausdruck $\int W\,\mathrm{d}t$ für den Ablauf von Bewegungsvorgängen von Bedeutung ist. Ferner verdient die Tatsache Erwähnung, daß es in der Natur keine beliebig kleinen Wirkungen gibt, sondern daß ein *elementares Wirkungsquantum* existiert, das insofern eine fundamentale Rolle spielt, als alle übrigen Wirkungen ganzzahlige Vielfache dieses elementaren Wirkungsquantums sind. Man spricht deshalb von einer *Quantelung der Wirkung*. Andere physikalische Größen, etwa die Energie, weisen zwar ebenfalls eine Quantelung auf, es besteht aber trotzdem zwischen der Quantelung der Wirkung und derjenigen der Energie ein wichtiger Unterschied: Während die Energiequanten verschiedene Größen haben können, hat das Wirkungsquantum stets die gleiche Größe. *Das Wirkungsquantum ist eine universelle Naturkonstante.* Die Quantelung der Energie erweist sich lediglich als eine Folge der Existenz des universellen Wirkungsquantums, das nach seinem Entdecker auch als PLANCK-*Wirkungsquantum* bezeichnet wird. Auf die große Bedeutung dieser Naturkonstante wird später noch näher einzugehen sein.

Die in diesem Abschnitt gewonnenen Erkenntnisse sollten wieder durch das Lösen einiger Aufgaben gefestigt und vertieft werden.

Beispiele

1. Eine Kiste mit der Masse $m=100$ kg wird über eine horizontale Unterlage um die Strecke $s=8$ m verschoben, wobei die Reibungskraft 6% der Gewichtskraft beträgt. Wie groß ist die Arbeit, die gegen die Reibungskraft verrichtet werden muß? ($g \approx 10\,\mathrm{m\,s^{-2}}$)

Die Gewichtskraft ist

$$F_G = m\,g \approx 100\,\mathrm{kg} \cdot 10\,\mathrm{m\,s^{-2}} \approx 1000\,\mathrm{N}.$$

Die Reibungskraft beträgt dann:

$$F_R = 0{,}06\,F_G \approx 0{,}06 \cdot 1000\,\mathrm{N} \approx 60\,\mathrm{N}.$$

Für die Reibungsarbeit ergibt sich dann:

$$W = F_R\,s \approx 60\,\mathrm{N} \cdot 8\,\mathrm{m} \approx 480\,\mathrm{J}.$$

2. Ein Pkw fährt mit einer Person, sie hat die Masse $m=70$ kg. Der Wagen wird mit der zeitlich konstanten Leistung $P=45$ kW beschleunigt. Während der Zeit $t_1=10$ s wird er von $v_0=0$ auf $v_1=112\,\mathrm{km\,h^{-1}}$ beschleunigt. Wie lange dauert es, bis er aus dem Stand bei gleicher Motorleistung und einer Besetzung mit 5 Personen von je $m=70$ kg Masse die gleiche Endgeschwindigkeit v_1 erreicht?

Bezeichnet man die Masse des Pkw mit m_w, so gilt:

$$P\,t_1 = \tfrac{1}{2}(m_w + m) \cdot v_1^2.$$

Hieraus folgt:

$$m_w = \frac{2\,P\,t_1}{v_1^2} - m.$$

Nennt man die gesuchte Beschleunigungszeit t_2, so ist

$$P\,t_2 = \tfrac{1}{2}(m_w + 5\,m)\,v_1^2,$$

$$t_2 = \frac{v_1^2}{2\,P}(m_w + 5\,m),$$

$$t_2 = \frac{v_1^2}{2\,P}\left(\frac{2\,P\,t_1}{v_1^2} + 4\,m\right),$$

$$t_2 = t_1 + \frac{v_1^2}{P} \cdot 2\,m,$$

$$t_2 = 10\,\mathrm{s} + \frac{112^2 \cdot 10^6 \cdot 3600^{-2}\,\mathrm{m^2\,s^{-2}}}{45 \cdot 10^3\,\mathrm{W}} \cdot 2 \cdot 70\,\mathrm{kg},$$

$$t_2 = 13\,\mathrm{s}.$$

3. Ein Körper wird mit der Anfangsgeschwindigkeit $v_0 = 30\,\mathrm{m\,s^{-1}}$ vertikal nach oben geschossen. Es soll mit Hilfe des Energiesatzes der Mechanik berechnet werden, in welcher Höhe die Geschwindigkeit auf ein Drittel der Anfangsgeschwindigkeit abgenommen hat. ($g \approx 10\,\mathrm{m\,s^{-2}}$).

Wenn die Geschwindigkeit auf ein Drittel der Anfangsgeschwindigkeit abgenommen hat, so beträgt die Abnahme der kinetischen Energie

$$\Delta W = \tfrac{1}{2}\,m\,v_0^2 - \tfrac{1}{2}\,m(\tfrac{1}{3}\,v_0)^2 = \tfrac{4}{9}\,m\,v_0^2.$$

Diese kinetische Energie ist in potentielle Energie umgesetzt worden, Es ist also

$$m\,g\,h = \frac{4}{9}\,m\,v_0^2$$

oder

$$h = \frac{4\,v_0^2}{9\,g} \approx \frac{4 \cdot 900\,\mathrm{m^2\,s^{-2}}}{9 \cdot 10\,\mathrm{m\,s^{-2}}} \approx 40\,\mathrm{m}.$$

Weitere Aufgaben: Siehe O. Höfling, Physik-Aufgaben II/1.

2.5 Der Impulserhaltungssatz und der Schwerpunktsatz

2.5.1 Der Impuls

Der *Impuls* oder die *Bewegungsgröße* (Formelzeichen: $\vec{p}$) ist eine abgeleitete physikalische Größe, mit deren Hilfe zahlreiche mechanische Vorgänge vorteilhaft behandelt werden können. Es gilt die folgende Definition:

Unter dem Impuls oder der Bewegungsgröße $\vec{p}$ eines Körpers versteht man das Produkt aus seiner Masse m und seiner Geschwindigkeit $\vec{v}$.

$$\vec{p} = m\vec{v}.$$

Der Impuls ist also ein Vektor, der die gleiche Richtung wie die Geschwindigkeit hat.

Aus der obigen Definition würde sich als Einheit für den Impuls das Produkt aus den gesetzlich festgelegten Einheiten der Masse und der Geschwindigkeit ergeben. Die Einheit des Impulses wäre dann

$$1\,\text{kg} \cdot 1\,\text{m}\,\text{s}^{-1} = 1\,\text{kg}\,\text{m}\,\text{s}^{-1}.$$

Es ist aber üblich, diese Einheit anders zu schreiben:

$$1\,\text{kgm}\,\text{s}^{-1} = 1\,\text{kgm}\,\text{s}^{-2} \cdot 1\,\text{s} = 1\,\text{N} \cdot 1\,\text{s} = 1\,\text{Ns}.$$

Für die Einheit des Impulses gilt dann:

Die abgeleitete Einheit des Impulses ist die Newtonsekunde (Einheitenzeichen: Ns). 1 Newtonsekunde ist der Impuls, der entsteht, wenn die Kraft 1 N während der Zeit 1 s auf einen Körper wirkt.

Abgeleitete Einheiten des Impulses sind auch alle Produkte, die aus einer gesetzlichen Krafteinheit und einer gesetzlichen Zeiteinheit gebildet werden.

Unter Verwendung der Größe Impuls kann das *zweite* NEWTON-*Axiom* (S. 77)

$$\vec{F} = m\vec{a}$$

anders geschrieben werden. Da $\vec{a} = \frac{\Delta \vec{v}}{\Delta t}$ ist, ergibt sich

$$\vec{F} = m\frac{\Delta \vec{v}}{\Delta t} = \frac{\Delta (m\vec{v})}{\Delta t} = \frac{\Delta \vec{p}}{\Delta t}.$$

Das zweite NEWTON-Axiom kann danach also auch folgendermaßen formuliert werden:

Wenn auf einen Körper mit der Masse m die äußere Kraft $\vec{F}$ wirkt, so bewirkt diese in der Zeit Δt die Impulsänderung

$$\Delta \vec{p} = \vec{F} \cdot \Delta t.$$

Führt man den Grenzübergang $\Delta t \to 0$ aus, so ergibt sich

$$\vec{F} = \frac{\mathrm{d}(m\vec{v})}{\mathrm{d}t} = \frac{\mathrm{d}\vec{p}}{\mathrm{d}t} = \dot{\vec{p}}.$$

Dies bedeutet:

Wenn auf einen Körper mit der Masse m die Kraft $\vec{F}$ wirkt, so verursacht diese eine Änderung des Impulses. Die erste Ableitung des Impulses $\vec{p}$ nach der Zeit t ist gleich der Kraft $\vec{F}$.

Die Gleichung

$$\vec{F} = \frac{\mathrm{d}(m\vec{v})}{\mathrm{d}t}$$

stellt die *allgemeinere Form des zweiten* NEWTON-*Axioms* dar, die ursprünglich von NEWTON angegeben worden ist. Wenn sich nämlich die Masse des der Krafteinwirkung ausgesetzten Körpers nicht ändert, so ergibt sich

$$\vec{F}=\frac{m\,\mathrm{d}\vec{v}}{\mathrm{d}t}=m\,\vec{a}.$$

Man erhält also für den Spezialfall der konstanten Masse das zweite NEWTON-Axiom in der früher angegebenen Form.

Die hier gegebene allgemeinere Formulierung des zweiten NEWTON-Axioms ist immer dann anzuwenden, wenn sich die Masse des Körpers während der Krafteinwirkung verändert. Dies ist unter bestimmten Voraussetzungen der Fall. Wir werden später noch sehen, daß die Masse eines bewegten Körpers von seiner Geschwindigkeit abhängt. Im täglichen Leben bemerkt man diese Abhängigkeit nicht, weil die Geschwindigkeitsabhängigkeit der Masse bei den Geschwindigkeiten des Alltags so gering ist, daß sie nicht beachtet zu werden braucht. Deshalb kann hier das zweite NEWTON-Axiom in der Form

$$\vec{F}=m\,\vec{a}$$

verwendet werden. Wenn sich die Geschwindigkeit eines Körpers aber der Lichtgeschwindigkeit nähert, so nimmt die Masse so stark zu, daß diese Massenzunahme berücksichtigt werden muß; in diesen Fällen ist dann das zweite NEWTON-Axiom in der Form

$$\vec{F}=\frac{\mathrm{d}(m\vec{v})}{\mathrm{d}t}=\frac{m\,\mathrm{d}\vec{v}}{\mathrm{d}t}+\frac{\vec{v}\,\mathrm{d}m}{\mathrm{d}t}=\frac{\mathrm{d}\vec{p}}{\mathrm{d}t}$$

zu verwenden.

Bei der Untersuchung von Raketenbewegungen muß diese Form des zweiten NEWTON-Axioms ebenfalls angewendet werden, weil die Masse einer Rakete mit der Flugzeit merklich abnimmt. Dies kommt daher, daß ein erheblicher Teil der beim Start vorhandenen Masse aus Brennstoff besteht, der während des Fluges verbrannt und dann ausgestoßen wird.

2.5.2 Der Kraftstoß

Wenn zwei Billardkugeln zusammenstoßen oder man mit einem Hammer kurz gegen eine auf dem Tische liegende Stahlkugel schlägt, so ist die Dauer der Krafteinwirkung so kurz, daß der sich abspielende Beschleunigungsvorgang in seinen einzelnen Phasen nicht untersucht werden kann. Es läßt sich als Ergebnis nur feststellen, daß sich die Geschwindigkeiten der Billardkugeln und der Stahlkugel verändert haben. Die Erfahrung zeigt, daß die Geschwindigkeitsänderung sowohl von der Kraft $\vec{F}$ als auch von der Dauer Δt ihrer Einwirkung abhängt. Für die Beschreibung der genannten Vorgänge hat es sich als zweckmäßig erwiesen, eine neue physikalische Größe einzuführen, die man als *Kraftstoß* bezeichnet. Es gilt die folgende Definition:

Unter dem Kraftstoß versteht man das Produkt aus der Kraft $\vec{F}$ und der Zeit Δt ihrer Einwirkung:

$$\vec{F}\cdot\Delta t.$$

Der Kraftstoß ist also ein Vektor, der die gleiche Richtung wie die Kraft hat.

Aus dieser Definition ergibt sich für die Einheit des Kraftstoßes das Produkt aus den gesetzlich festgelegten Einheiten der Kraft und der Zeit. Der Kraftstoß ist also in der Einheit

$$1\,\mathrm{N}\cdot 1\,\mathrm{s}=1\,\mathrm{Ns}$$

zu messen. Das ist aber die gleiche Einheit, die oben bereits für den Impuls eingeführt worden ist. Wir stellen deshalb fest:

Der Kraftstoß wird in der gleichen Einheit wie der Impuls gemessen.

Diese Feststellung ist nicht überraschend, wenn man beachtet, daß zwischen den beiden physikalischen Größen *Kraftstoß und Impuls ein enger Zusammenhang* besteht. Dieser ergibt sich unmittelbar aus der im vorigen Abschnitt angegebenen Form des zweiten NEWTON-Axioms:

$$\vec{F}=m\frac{\Delta\vec{v}}{\Delta t}=\frac{\Delta(m\vec{v})}{\Delta t}=\frac{\Delta\vec{p}}{\Delta t}.$$

Durch Multiplikation mit Δt folgt

$$\vec{F} \cdot \Delta t = m \cdot \Delta \vec{v} = \Delta (m \vec{v}) = \Delta \vec{p}.$$

Dies bedeutet:

Ein auf einen frei beweglichen Körper mit der Masse m ausgeübter Kraftstoß $\vec{F} \cdot \Delta t$ verändert die Geschwindigkeit $\vec{v}$ des Körpers in der Weise, daß die entstehende Impulsänderung $\Delta \vec{p}$ gleich dem Kraftstoß ist.

Wenn wir nun von einem zur Zeit $t=0$ in Ruhe befindlichen Körper ausgehen und auf diesen beliebig viele Kraftstöße ausüben, so gilt für den dann vorliegenden Impuls des Körpers das folgende Gesetz:

Wenn auf einen im Ruhezustand befindlichen Körper mit der Masse m in der Zeit t beliebig viele Kraftstöße $\vec{F} \cdot \Delta t$ ausgeübt werden, so ist der hierdurch entstehende Impuls $\vec{p}$ gleich der Summe der Kraftstöße.

$$\vec{p} = \sum_0^t \vec{F} \cdot \Delta t.$$

Dabei ist vorausgesetzt, daß die Kraft $\vec{F}$ während des Zeitintervalles Δt ihrer Einwirkung konstant ist. Wenn diese Bedingung nicht erfüllt ist, so muß der Grenzübergang $\Delta t \to 0$ ausgeführt werden. Man erhält dann

$$\vec{p} = \int_0^t \vec{F}(t)\, \mathrm{d}t.$$

Diese Gleichung besagt:

Der Impuls eines Körpers ist gleich dem Zeitintegral der auf ihn wirkenden Kraft.

2.5.3 Der Impulserhaltungssatz

Zwei Körper mit den Massen m_1 und m_2 sollen sich nach Abb. 117.1 auf einer Geraden mit den konstanten Geschwindigkeiten $\vec{u}_1$ und $\vec{u}_2$ bewegen und nach einiger Zeit zentral zusammenstoßen. Bei dem Stoß ändern beide Körper ihre Geschwindigkeiten; diese mögen nach dem Stoß $\vec{v}_1$ und $\vec{v}_2$ sein. Nach dem früher behandelten dritten NEWTON-Axiom (S. 78) gehört zu der Kraft $\vec{F}_1$, die von der Masse m_2 beim Stoß auf die Masse m_1 ausgeübt wird, eine gleich große, entgegengesetzt gerichtete Kraft $\vec{F}_2$, die die Masse m_1 auf die Masse m_2 ausübt:

$$\vec{F}_1 = -\vec{F}_2.$$

Bezeichnet man den auf die Masse m_1 wirkenden Kraftstoß mit $F_1 \cdot \Delta t$ und den auf die Masse m_2 wirkenden Kraftstoß mit $F_2 \cdot \Delta t$, so gilt

$$\vec{F}_1 \cdot \Delta t = -\vec{F}_2 \cdot \Delta t.$$

Für die Impulsänderung der beiden Massen ergibt sich dann

$$\Delta \vec{p}_1 = -\Delta \vec{p}_2$$

oder

$$m_1(\vec{v}_1 - \vec{u}_1) = -m_2(\vec{v}_2 - \vec{u}_2)$$

oder

$$m_1 \vec{u}_1 + m_2 \vec{u}_2 = m_1 \vec{v}_1 + m_2 \vec{v}_2.$$

Der Gesamtimpuls der beiden Kugeln ist also bei dem Stoß konstant geblieben.

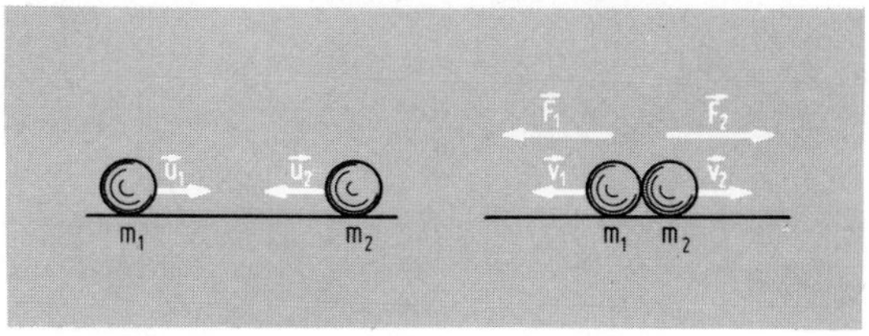

Abb. 117.1
Zum Impulserhaltungssatz

Die gleichen Überlegungen lassen sich auf ein System von beliebig vielen Körpern, in dem nur innere Kräfte wirken, ausdehnen. Man erhält dann den *Impulserhaltungssatz* oder den *Impulssatz:*

Bei einem abgeschlossenen System ist die Vektorsumme aller Impulse nach Betrag und Richtung konstant. Diese Aussage gilt auch für nicht reibungsfreie Vorgänge.

Es soll noch einmal unterstrichen werden, daß der Impulserhaltungssatz nur für *abgeschlossene Systeme* gilt. Man versteht darunter Systeme, bei denen lediglich innere Kräfte auftreten, d.h., bei denen die einzelnen Körper zwar untereinander in Wechselwirkung treten und dabei Impulse austauschen können, bei denen von außen aber keine Kräfte auf die Körper des Systems wirksam werden.

Es verdient noch darauf hingewiesen zu werden, daß der *Impulserhaltungssatz* im Gegensatz zum Energieerhaltungssatz der Mechanik *nicht an reibungsfreie Vorgänge gebunden* ist, sondern unter allen Umständen gilt.

Aus den vorhergehenden Betrachtungen geht hervor, daß der *Impulserhaltungssatz nur eine andere Formulierung des dritten* NEWTON-*Axioms* darstellt.

Da der Impuls ein Vektor ist, kann er wie alle anderen Vektoren (z.B. Geschwindigkeit und Kraft) in Komponenten zerlegt werden. Man macht von dieser Möglichkeit bisweilen Gebrauch, indem man die Einzelimpulse eines Systems in Komponenten in Richtung der Koordinatenachsen zerlegt und dann den Impulserhaltungssatz für jede Koordinatenrichtung getrennt anwendet.

2.5.4 Der Schwerpunktsatz

Der Impulserhaltungssatz läßt sich noch in anderer Weise formulieren. Man benötigt dazu den Begriff des *Schwerpunktes* oder des *Massenmittelpunktes* von Systemen von Massenpunkten oder von starren Körpern. Zur Klärung dieser Begriffe sind zunächst einige Vorbetrachtungen erforderlich.

Wir haben in der Sekundarstufe I (Band I, S. 29ff.) gesehen, daß zwei in einem Punkt angreifende Kräfte $\vec{F}_1$ und $\vec{F}_2$ nach dem Satz vom Parallelogramm der Kräfte zu einer Resultierenden $\vec{F}_R$ zusammengesetzt werden können. Es soll nun untersucht werden, wie sich zwei Kräfte verhalten, die in verschiedenen Punkten eines *starren Körpers* angreifen. Man versteht in der Physik unter einem starren Körper ein aus zahlreichen Massenpunkten zusammengesetztes Gebilde, das seine Form unter der Einwirkung von Kräften nicht verändert. In der realen Welt gibt es streng genommen keine starren Körper; in vielen Fällen sind die unter der Einwirkung von Kräften auftretenden Formänderungen aber so gering, daß sie vernachlässigt werden können. Bei dem starren Körper handelt es sich also um ein Modell in dem früher (S. 29) dargelegten Sinne, dessen Verwendung in vielen Fällen zulässig und zweckmäßig ist, das aber in anderen Fällen (z.B. bei gummiartigen Körpern) auch ungeeignet sein kann.

Die beiden auf einen starren Körper wirkenden Kräfte $\vec{F}_1$ und $\vec{F}_2$ sollen nach Abb. 118.1 in den Punkten P_1 und P_2 angreifen und nicht gleichgerichtet sein. Um diese beiden Kräfte zu einer Resultierenden $\vec{F}_R$ zusammenzusetzen, denkt man sich ihre Angriffspunkte P_1 und P_2 in der Richtung ihrer Wirkungslinien bis zu deren Schnittpunkt P_0 verschoben. Dies ist zulässig, weil die Wirkung einer Kraft auf einen starren Körper sich nicht ändert, wenn man die Kraft längs ihrer Wirkungslinie verschiebt. Es liegen dann zwei in dem Punkte P_0 angreifende Kräfte vor, die sich nach dem Satz vom Parallelogramm der Kräfte zu einer Resultierenden $\vec{F}_R$ vereinigen lassen. Am starren Körper herrscht Gleichgewicht, wenn man in P_0 eine Kraft $-\vec{F}_R$ angreifen läßt.

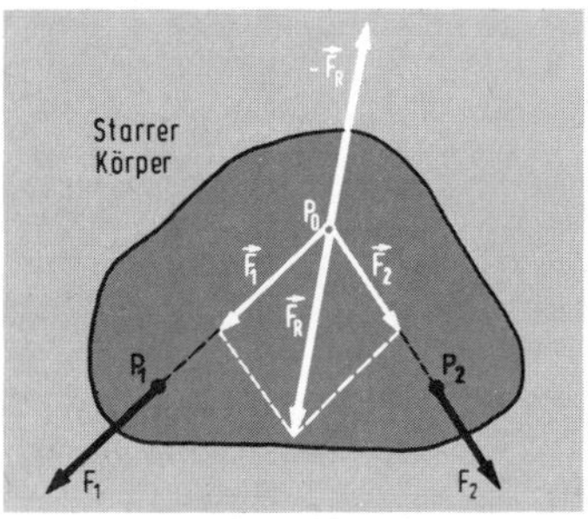

Abb. 118.1
Die Zusammensetzung von zwei an einem starren Körper angreifenden, nichtparallelen Kräften $\vec{F}_1$ und $\vec{F}_2$ zu einer Resultierenden $\vec{F}_R$

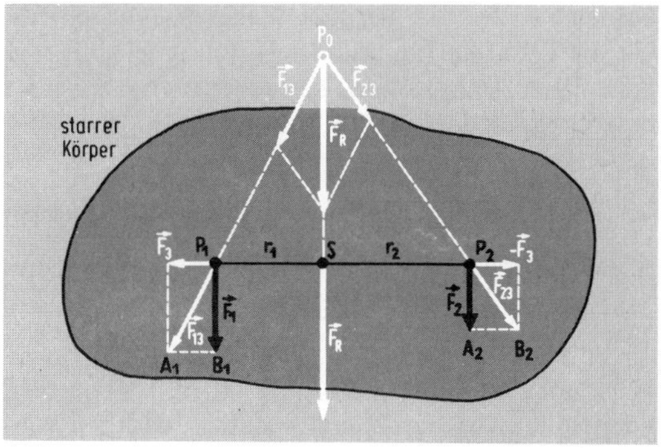

Abb. 119.1
Die Zusammensetzung von zwei an einem starren Körper angreifenden, parallelen Kräften $\vec{F}_1$ und $\vec{F}_2$ zu einer Resultierenden $\vec{F}_R$

Von besonderem Interesse ist der Fall, daß die beiden an dem starren Körper angreifenden Kräfte $\vec{F}_1$ und $\vec{F}_2$ gleichgerichtet sind. Dann läßt sich die soeben angegebene Konstruktion nicht mehr durchführen. Trotzdem können die beiden Ausgangskräfte aber auch in diesem Falle zu einer Resultierenden vereinigt werden, die sich auf die in Abb. 119.1 dargestellte Weise konstruieren läßt. Man nimmt zwei gleich große, entgegengesetzt gerichtete Kräfte $\vec{F}_3$ und $-\vec{F}_3$ hinzu, von denen die eine in P_1 und die andere in P_2 angreift. Diese Hilfskräfte heben einander auf und verändern deshalb die Wirkung der ursprünglichen Kräfte auf den Körper nicht. Es werden nun in der bekannten Weise die Resultierende $\vec{F}_{13}$ aus $\vec{F}_1$ und $\vec{F}_3$ sowie die Resultierende $\vec{F}_{23}$ aus $\vec{F}_2$ und $-\vec{F}_3$ konstruiert. Diese beiden Resultierenden sind nicht mehr parallel und können nach Abb. 118.1 zu einer einzigen Resultierenden $\vec{F}_R$ vereinigt werden. Der Angriffspunkt dieser Resultierenden

$$\vec{F}_R = \vec{F}_1 + \vec{F}_2$$

kann in den Punkt S verlegt werden. Wenn der starre Körper im Gleichgewicht sein soll, muß im Punkte S eine zusätzliche Kraft $-\vec{F}_R$ angreifen. Aus Abb. 119.1 ergeben sich die folgenden Zusammenhänge:

Die Dreiecke $A_1B_1P_1$ und SP_1P_0 bzw. $A_2B_2P_2$ und SP_2P_0 sind ähnlich. Daher ist

$$\frac{F_1}{F_3} = \frac{P_0S}{r_1} \quad \text{bzw.} \quad \frac{F_2}{F_3} = \frac{P_0S}{r_2}.$$

Durch Division der beiden Gleichungen ergibt sich

$$\frac{F_1}{F_2} = \frac{r_2}{r_1} \quad \text{oder} \quad F_1 r_1 = F_2 r_2.$$

Wir stellen zusammenfassend fest:

Zwei an einem starren Körper angreifende parallele Kräfte $\vec{F}_1$ und $\vec{F}_2$ können durch eine resultierende Kraft $\vec{F}_R$ ersetzt werden, die die gleiche Richtung wie $\vec{F}_1$ und $\vec{F}_2$ hat. Für den Betrag der Resultierenden gilt

$$F_R = F_1 + F_2.$$

Verlegt man den Angriffspunkt S der Resultierenden auf die Verbindungslinie der Angriffspunkte P_1 und P_2 von $\vec{F}_1$ und $\vec{F}_2$, so teilt der Punkt S die Strecke P_1P_2 innen im umgekehrten Verhältnis der Kräfte. Es gilt also

$$r_1 : r_2 = F_2 : F_1 \quad \text{oder} \quad F_1 r_1 = F_2 r_2.$$

Man bezeichnet den Punkt S als den *Kräftemittelpunkt* der beiden Kräfte $\vec{F}_1$ und $\vec{F}_2$.

Wenn mehr als zwei gleichgerichtete Kräfte an einem starren Körper angreifen, so lassen sich diese ebenfalls zu einer resultierenden Kraft zusammensetzen, indem man zunächst zwei der angreifenden Kräfte zu einer Resultierenden vereinigt, diese dann mit einer dritten Kraft zu einer neuen Resultierenden zusammensetzt usw.

Ein Fall ist dabei von besonderem Interesse. Man kann sich jeden starren Körper in eine große Zahl von Massenpunkten zerlegt denken. Auf jeden einzelnen Massenpunkt wirkt dann die Erdanziehung, so daß an dem starren Körper eine große Zahl von parallelen Gewichtskräften angreift. Diese Gewichtskräfte können auf dem soeben dargelegten Wege zu einer resultierenden Kraft vereinigt werden, die die gleiche Richtung wie die Teilkräfte hat und deren Betrag gleich der Summe der Beträge aller Teilkräfte ist. Um diesen Vorgang rechnerisch zu verfolgen, betrachten wir zunächst zwei Massenpunkte mit den Massen m_1 und m_2; die in ihnen angreifenden Kräfte sind

$$F_1 = m_1 g \quad \text{und} \quad F_2 = m_2 g \quad \text{(Abb. 120.1)}.$$

Für die Lage des Angriffspunktes S der Resultierenden ergibt sich aufgrund der oben ermittelten Ergebnisse dann

$$\frac{r_1}{r_2} = \frac{F_2}{F_1} = \frac{m_2}{m_1}.$$

Wenn man allgemein die Koordinaten des Angriffspunktes von $\vec{F}_1$ mit x_1, y_1 und diejenigen von $\vec{F}_2$ mit x_2, y_2 bezeichnet (Abb. 120.2) und beachtet, daß der Punkt S die Strecke zwischen den beiden Angriffspunkten im Verhältnis $m_2 : m_1$ teilt, so ergibt sich für die Koordinaten x_S, y_S des Punktes S:

$$x_S = \frac{m_1 x_1 + m_2 x_2}{m_1 + m_2}, \qquad y_S = \frac{m_1 y_1 + m_2 y_2}{m_1 + m_2}.$$

Die beiden Massenpunkte mit den Massen m_1 und m_2 kann man sich nun durch einen einzigen Massenpunkt mit der Masse $m_1 + m_2$ am Orte S ersetzt denken. Den Punkt S bezeichnet man als den *Schwerpunkt* oder den *Massenmittelpunkt* der beiden Massenpunkte mit den Massen m_1 und m_2. Aus den vorstehenden Betrachtungen folgt:

Der Schwerpunkt oder der Massenmittelpunkt S zweier Massenpunkte mit den Massen m_1 und m_2 teilt die Verbindungslinie der beiden Massenpunkte im umgekehrten Verhältnis der beiden Massen (Abb. 120.2).

Man kann nun einen dritten Massenpunkt mit der Masse m_3 hinzunehmen und in analoger Weise einen gemeinsamen Massenmittelpunkt der beiden Massenpunkte ermitteln. Dann ergeben sich für den Massenmittelpunkt der drei Massenpunkte die Koordinaten

$$x_S = \frac{m_1 x_1 + m_2 x_2 + m_3 x_3}{m_1 + m_2 + m_3}, \qquad y_S = \frac{m_1 y_1 + m_2 y_2 + m_3 y_3}{m_1 + m_2 + m_3}.$$

Das Verfahren kann in der gleichen Weise fortgesetzt werden. Man erhält auf diese Weise die Koordinaten des *Schwerpunktes* oder des *Massenmittelpunktes* für beliebig viele Massenpunkte, aus denen man sich einen *starren Körper* zusammengesetzt denken kann.

Der Schwerpunkt oder Massenmittelpunkt eines starren Körpers ist deshalb von besonderem Interesse, weil der starre Körper sich unter dem Einfluß der Schwerkraft so verhält, als ob die gesamte Masse des Körpers in dem Schwerpunkt vereinigt wäre. Ein unter der alleinigen Wirkung der Schwerkraft stehender Körper ist deshalb bei einer Unterstützung des Schwerpunktes in jeder beliebigen Lage im Gleichgewicht. Bei einem

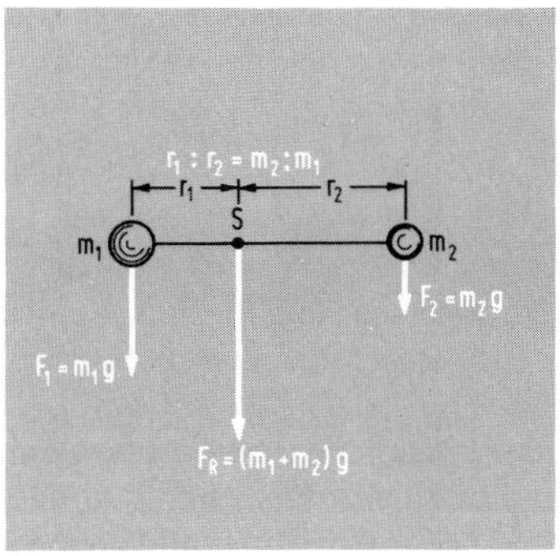

Abb. 120.1
Die Lage des Schwerpunktes von zwei Massenpunkten

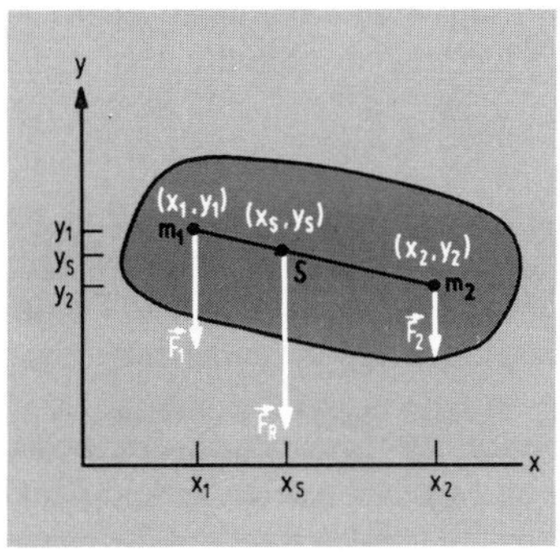

Abb. 120.2
Zur Berechnung der Schwerpunktslage

frei hängenden Körper liegt der Schwerpunkt stets in der Vertikalen unter dem Aufhängepunkt. Man kann diesen Sachverhalt auch folgendermaßen zusammenfassen:

Ein starrer Körper befindet sich im Gleichgewicht, wenn die in seinem Schwerpunkt angreifende gesamte Gewichtskraft durch eine gleich große, entgegengesetzt gerichtete und ebenfalls im Schwerpunkt angreifende Kraft kompensiert wird.

Für den Schwerpunkt starrer Körper und den Schwerpunkt anderer Systeme von Massenpunkten gilt der *Schwerpunktsatz*. Er lautet:

Bei einem abgeschlossenen System von Massenpunkten, d.h. einem System, auf das keine äußeren Kräfte wirken, befindet sich der Schwerpunkt in Ruhe oder er behält seine Geschwindigkeit nach Betrag und Richtung unverändert bei.

Wenn äußere Kräfte an dem System angreifen, so bewegt sich der Schwerpunkt so, als ob die gesamte Masse des Systems im Schwerpunkt vereinigt wäre und alle äußeren Kräfte im Schwerpunkt angriffen.

Es sei ohne Beweis hinzugefügt:

Der Schwerpunktsatz und der Impulserhaltungssatz sind gleichwertig, d.h., der eine kann aus dem anderen abgeleitet werden.

Beispiele für die beiden Sätze werden in Abschnitt 2.5.6 angegeben.

2.5.5 Der Stoß

Unter einem Stoß versteht man das Zusammentreffen von zwei relativ zueinander bewegten Körpern. Bei einem solchen Stoß ändern im allgemeinen die Geschwindigkeiten der beiden beteiligten Körper sowohl ihre Beträge als auch ihre Richtungen. Es macht Schwierigkeiten, die bei einem Stoß auftretenden Kräfte zu berechnen. Dies ist aber in den meisten Fällen auch nicht erforderlich, weil es ohne eine Kenntnis der Kräfte aufgrund des *Energieerhaltungssatzes* und des *Impulserhaltungssatzes* möglich ist, Aussagen über die Geschwindigkeiten nach dem Stoß zu machen.

Man unterscheidet als Grenzfälle zwei Arten von Stößen:

1. den vollkommen elastischen Stoß und
2. den vollkommen unelastischen Stoß.

Dazwischen liegen beliebig viele Mischformen, wie etwa der halbelastische Stoß.

1. Der vollkommen elastische Stoß

Ein vollkommen elastischer Stoß liegt vor, wenn die gesamte kinetische Energie der beteiligten Körper erhalten bleibt, d.h., wenn keine Umwandlung von kinetischer Energie in Wärmeenergie, Schallenergie, Formänderungsenergie usw. erfolgt. Bei einem vollkommen elastischen Stoß werden die Verformungen der stoßenden Körper vollständig rückgängig gemacht. In der realen Welt gibt es streng genommen keine vollkommen elastischen Stöße. In vielen Fällen ist der Verlust, den die zusammenstoßenden Körper an kinetischer Energie erleiden, jedoch so gering, daß er vernachlässigt werden und der Vorgang als vollkommen elastischer Stoß betrachtet werden kann. Dies ist z.B. der Fall, wenn Kugeln aus Stahl, Elfenbein oder einem anderen sehr elastischen Material zusammenstoßen. Dabei treten zwar im Augenblick des Zusammenstoßes elastische Verformungen auf, diese werden aber sofort zurückgebildet und setzen die stoßenden Körper wieder in Bewegung.

Für den elastischen Stoß gilt:

a) der *Energieerhaltungssatz*, der hier – da es sich nur um die Erhaltung der kinetischen Energie handelt – in der folgenden Form geschrieben werden kann:

$$\tfrac{1}{2} m_1 u_1^2 + \tfrac{1}{2} m_2 u_2^2 = \tfrac{1}{2} m_1 v_1^2 + \tfrac{1}{2} m_2 v_2^2;$$

b) der *Impulserhaltungssatz*, der lautet:

$$m_1 \vec{u}_1 + m_2 \vec{u}_2 = m_1 \vec{v}_1 + m_2 \vec{v}_2 .$$

Dabei bedeuten m_1 und m_2 die Massen der zusammenstoßenden Körper, $\vec{u}_1$ und $\vec{u}_2$ ihre Geschwindigkeiten vor dem Stoß und $\vec{v}_1$ und $\vec{v}_2$ ihre Geschwindigkeiten nach dem Stoß. Die positive Geschwindigkeitsrichtung soll durch $\vec{u}_1$ bestimmt sein; negative Werte für die Geschwindigkeit bedeuten dann, daß diese die entgegengesetzte Richtung wie $\vec{u}_1$ haben.

Wir beschränken uns bei den folgenden Untersuchungen auf den *zentralen Stoß*, d.h. auf einen Stoß, bei dem die beiden zusammenstoßenden Körper sich vor und nach dem Stoß längs derselben Geraden bewegen. In diesem Falle können wir auch für den Impulserhaltungssatz auf die vektorielle Schreibweise verzichten.

Der zentrale Stoß läßt sich experimentell am einfachsten mit Hilfe elastischer Kugeln durchführen. Wir sprechen daher im folgenden vom Stoß solcher elastischen Kugeln. Bei den Überlegungen darf man diese wie Massenpunkte behandeln.

Um die Geschwindigkeiten der beiden Massenpunkte nach dem Stoß zu bestimmen, muß man die oben angegebenen Gleichungen nach v_1 und v_2 auflösen. Es ergibt sich:

$$v_1 = \frac{2m_2\,u_2 + (m_1 - m_2)\,u_1}{m_1 + m_2}, \qquad v_2 = \frac{2m_1\,u_1 + (m_2 - m_1)\,u_2}{m_1 + m_2}.$$

Wir untersuchen nun einige interessante Sonderfälle:

a) Eine der beiden zusammenstoßenden Kugeln soll vor dem Stoß in Ruhe sein.

Wenn die Kugel mit der Masse m_2 in Ruhe ist, so ist $u_2 = 0$ zu setzen und man erhält für die Geschwindigkeiten nach dem Stoß:

$$v_1 = \frac{m_1 - m_2}{m_1 + m_2}\,u_1, \qquad v_2 = \frac{2m_1}{m_1 + m_2}\,u_1.$$

Da der Faktor $\frac{2m_1}{m_1 + m_2}$ immer positiv ist, hat v_2 stets die gleiche Richtung wie u_1. Dies bedeutet, daß die gestoßene Kugel (m_2) immer in der Richtung in Bewegung gesetzt wird, die die stoßende Kugel (m_1) hat. Im einzelnen sind dabei vier Möglichkeiten erwähnenswert (Abb. 122.1):

a$_1$) $m_1 > m_2$

Dann ist der Faktor $\frac{m_1 - m_2}{m_1 + m_2}$ positiv. Die Geschwindigkeit v_1 hat die gleiche Richtung wie u_1. Dies bedeutet, daß beide Kugeln sich nach dem Stoß in der gleichen Richtung weiterbewegen.

a$_2$) $m_1 < m_2$

In diesem Falle ist der Faktor $\frac{m_1 - m_2}{m_1 + m_2}$ negativ. Die Geschwindigkeit v_1 hat die entgegengesetzte Richtung wie u_1. Beide Kugeln bewegen sich nach dem Stoß in entgegengesetzten Richtungen auseinander.

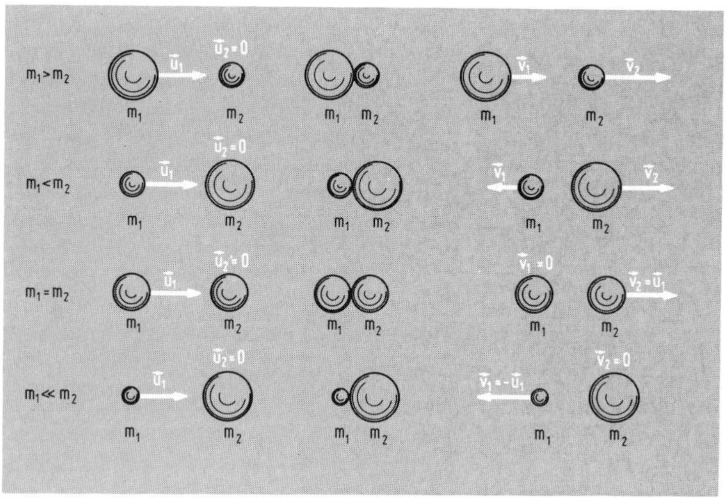

Abb. 122.1
Zum elastischen Stoß

a$_3$) $m_1 = m_2$

Aus den obigen Gleichungen ergibt sich dann

$$v_1 = 0, \qquad v_2 = u_1.$$

Dies bedeutet, daß die stoßende Kugel (m_1) nach dem Stoß zur Ruhe kommt und die gestoßene Kugel (m_2) sich mit der Geschwindigkeit der stoßenden Kugel weiterbewegt. Die gestoßene Kugel hat also die gesamte Geschwindigkeit und damit auch die gesamte kinetische Energie der stoßenden Kugel übernommen.

a$_4$) $m_1 \ll m_2$

Wenn die Masse m_2 erheblich größer als die Masse m_1 ist, so ergibt sich aus den obigen Gleichungen

$$v_1 = -u_1, \qquad v_2 = 0.$$

Die gestoßene Kugel (m_2) bleibt in Ruhe; die Geschwindigkeit der stoßenden Kugel (m_1) hat nach dem Stoß den gleichen Betrag und die entgegengesetzte Richtung wie vor dem Stoß. In diesem Falle findet *keine Energieübertragung* statt, d.h., die stoßende Kugel gibt keine Energie ab und die gestoßene Kugel nimmt keine Energie auf. Dagegen wird ein Impuls von der stoßenden auf die gestoßene Kugel übertragen. Die stoßende Kugel hatte nämlich vor dem Stoß den Impuls

$$p = m_1 u_1.$$

Sie hat nach dem Stoß den Impuls

$$p' = m_1 v_1 = -m_1 u_1$$

Die Differenz beträgt

$$\Delta p = 2 m_1 u_1.$$

Dieser Impuls wird auf die gestoßene Kugel übertragen.

Der zuletzt behandelte Fall tritt auf, wenn eine Billardkugel senkrecht gegen die Bande trifft, wenn die Atome oder Moleküle eines Gases senkrecht auf die Gefäßwand treffen oder wenn ein Alphateilchen zentral gegen einen Atomkern mit erheblich größerer Masse stößt.

Abschließend soll noch untersucht werden, was geschieht, wenn der stoßende Körper (Billardkugel oder Gasteilchen) nicht senkrecht, sondern unter einem beliebigen Winkel gegen eine feste Wand trifft. Die Geschwindigkeit möge $\vec{u}_1$ betragen. Man kann sie dann in zwei Komponenten $\vec{u}_x$ und $\vec{u}_y$ zerlegen, von denen die eine senkrecht und die andere parallel zur Wand verläuft. Die senkrecht zur Wand verlaufende Komponente $\vec{u}_x$ behält aufgrund der vorhergehenden Feststellungen ihren Betrag bei und kehrt ihre Richtung um; die parallel zur Wand verlaufende Komponente $\vec{u}_y$ wird durch den Stoß nicht beeinflußt. Die Geschwindigkeit der Kugel nach dem Stoß ergibt sich dann als Resultierende $\vec{u}_2$ aus $-\vec{u}_x$ und $\vec{u}_y$ (Abb. 123.1). Wir stellen zusammenfassend fest:

Ein mit der Geschwindigkeit $\vec{u}_1$ elastisch gegen eine feste Wand stoßender Körper mit der Masse m (Billardkugel, Atom, Molekül) wird so zurückgeworfen, daß der Reflexionswinkel gleich dem Einfallswinkel ist. Dabei bleibt der Betrag der Geschwindigkeit unverändert, so daß der stoßende Körper keine kinetische Energie an die Wand abgibt. Dagegen wird bei dem Stoß der Impuls $2m\vec{u}_x$ auf die Wand übertragen.

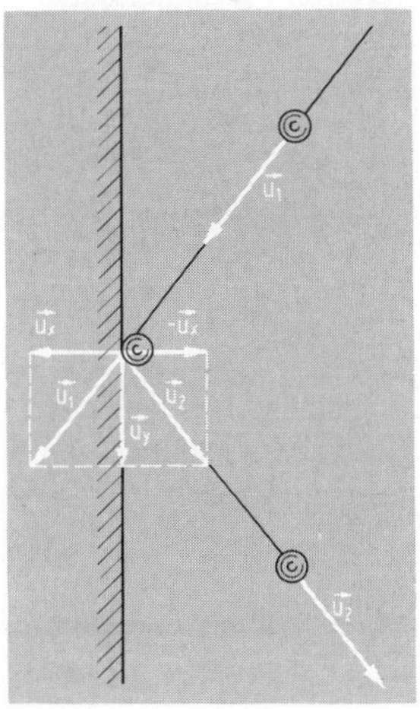

Abb. 123.1
Der elastische Stoß eines Massenpunktes an einer festen Wand

b) Die beiden zusammenstoßenden Kugeln sind vor dem Stoß in Bewegung.

Wir behandeln hierzu nur den Sonderfall

$$m_1 = m_2 = m.$$

Dann ergibt sich aus den obigen Gleichungen

$$v_1 = u_2, \qquad v_2 = u_1.$$

Dies bedeutet:

Bei einem zentralen elastischen Stoß tauschen zwei Körper mit den gleichen Massen ihre Geschwindigkeit und damit ihre kinetische Energie aus.

2. Der vollkommen unelastische Stoß

Ein vollkommen unelastischer oder plastischer Stoß liegt vor, wenn zwischen den beiden zusammenstoßenden Körpern keine elastischen Kräfte wirken, so daß aufgetretene Formänderungen nicht zurückgebildet werden, sondern voll erhalten bleiben. Das Fehlen der elastischen Kräfte hat zur Folge, daß die beiden Körper nach dem Stoß beisammen bleiben. In diesem Falle gilt der Erhaltungsatz für die kinetische Energie nicht mehr, der Impulserhaltungsatz ist dagegen weiterhin erfüllt. Wir behandeln wieder einen Sonderfall.

Die beiden unelastisch zusammenstoßenden Körper (aus Blei, Ton, Wachs usw.) sollen die Massen m_1 und m_2 haben; ihre Geschwindigkeiten vor dem Stoß mögen u_1 und u_2 sein. Sie haften nach dem Stoß zusammen und bewegen sich mit der gemeinsamen Geschwindigkeit v weiter. Der Impulserhaltungsatz lautet für diesen Fall:

$$m_1 u_1 + m_2 u_2 = (m_1 + m_2)\, v.$$

Hieraus ergibt sich für die gemeinsame Geschwindigkeit v nach dem Stoß

$$v = \frac{m_1 u_1 + m_2 u_2}{m_1 + m_2}.$$

Ein Teil der kinetischen Energie wird bei dem unelastischen Stoß in Wärmeenergie und Formänderungsenergie umgewandelt. Diese Energie ergibt sich, indem man von der kinetischen Energie vor dem Stoß diejenige nach dem Stoß subtrahiert. Man erhält

$$\Delta W = \tfrac{1}{2} m_1 u_1^2 + \tfrac{1}{2} m_2 u_2^2 - \tfrac{1}{2}(m_1 + m_2)\, v^2$$

oder

$$\Delta W = \frac{m_1 m_2 (u_1 - u_2)^2}{2(m_1 + m_2)}.$$

Die Untersuchung wird weiter vereinfacht, wenn einer der beteiligten Körper (m_2) in Ruhe ist. Dies kann durch ein geeignetes Bezugssystem immer erreicht werden, ohne daß dadurch die Allgemeingültigkeit der Überlegungen beeinträchtigt wird. Setzt man in der obigen Gleichung $u_2 = 0$, so erhält man für die gemeinsame Geschwindigkeit nach dem Stoß

$$v = \frac{m_1 u_1}{m_1 + m_2}.$$

Für die in Wärme- und Formänderungsenergie umgesetzte kinetische Energie gilt in diesem Falle

$$\Delta W = \frac{m_1 m_2 u_1^2}{2(m_1 + m_2)}.$$

Schließlich soll noch der Fall behandelt werden, daß die unelastisch zusammenstoßenden Körper die gleiche Masse haben und daß ihre Geschwindigkeiten die gleichen Beträge, aber entgegengesetzte Richtungen besitzen. Es ist also zu setzen:

$$m_1 = m_2 = m, \qquad u_2 = -u_1 = u.$$

Für die Geschwindigkeit nach dem Stoß ergibt sich dann

$$v = 0,$$

und für den Verlust an kinetischer Energie erhält man

$$\Delta W = \frac{m^2 \cdot 4u^2}{4m} = 2 \cdot \frac{1}{2} m u^2 .$$

Dies bedeutet:

Die beiden Körper befinden sich nach dem Stoß in Ruhe; die gesamte kinetische Energie ist in Wärme- und Formänderungsenergie umgewandelt worden.

Die bisherigen Betrachtungen bezogen sich auf den zentralen Stoß, d.h. einen Stoß, bei dem alle Geschwindigkeitsvektoren in der gleichen Geraden lagen. Wenn dies nicht der Fall ist, so spricht man von einem *nichtzentralen* oder *nichtlinearen Stoß*. Die Impulse der zusammenstoßenden Massenpunkte müssen dann vektoriell addiert werden. Die Berechnung ist umständlicher, vermittelt aber keine grundsätzlich neuen Einsichten. Wir gehen deshalb hier nicht näher darauf ein.

2.5.6 Beispiele für den Impulserhaltungssatz und den Schwerpunktsatz

Aus der Fülle der Erscheinungen und Vorgänge, bei denen der *Impulserhaltungssatz* und der *Schwerpunktsatz* eine Rolle spielen, sollen hier nur einige Beispiele herausgegriffen und erläutert werden.

1. Wenn ein Mensch von einem unbefestigten, ruhig *an einem Ufer liegenden Boot* an Land springt (Abb. 125.1), so bewegt sich das Boot nach hinten. Vor dem Sprung hatte das System *Mensch–Boot* den Impuls Null. Dieser Impuls bleibt erhalten, solange das System *Mensch–Boot* als abgeschlossen betrachtet werden kann, d.h., solange keine äußeren Kräfte darauf einwirken. Wenn der Springer bei dem Sprung einen Impuls $\vec{p}_1$ erhält, so muß das Boot einen Impuls $\vec{p}_2$ erhalten, der den gleichen Betrag und die entgegengesetzte Richtung wie $\vec{p}_1$ hat.

Abb. 125.1
Eine Anwendung des Impulserhaltungssatzes

Man kann das Boot auch vorwärts bewegen, indem man laufend Steine aus dem Boot nach hinten wirft oder indem man sich selbst auf dem Boot von vorn nach hinten bewegt. In jedem Falle erhält das Boot dann einen Impuls in der entgegengesetzten Richtung. Wenn man wieder stehen bleibt, kommt das Boot natürlich wegen der Impulserhaltung wieder zur Ruhe.

2. Wenn sich ein *Schiff* mit Hilfe einer *Schiffsschraube* oder mit Hilfe von *Paddeln* vorwärts bewegt, so beruht diese Erscheinung ebenfalls auf dem Impulserhaltungssatz. Es wird dabei nämlich einer Wassermenge ein Impuls entgegen der Bewegungsrichtung erteilt; die Folge davon ist, daß das Schiff einen gleich großen Impuls in der Bewegungsrichtung erhält.

3. Die gleiche Erscheinung zeigt sich bei einem *Gewehr* oder einem *Geschütz*. Das Geschoß erhält einen Impuls in der Flugrichtung und das Gewehr oder das Geschütz einen gleich großen Impuls in der entgegengesetzten Richtung. Da *Gewehr–Geschoß* bzw. *Geschütz–Geschoß* als abgeschlossenes System betrachtet werden können, bleibt der Gesamtimpuls erhalten. Da er vor dem Abschuß Null war, muß er auch hinterher den Wert Null behalten.

4. Wenn ein *Geschoß während des Fluges* explodiert, so fliegen die Bruchstücke scheinbar völlig regellos auseinander. Aber auch hier gilt der Impulserhaltungssatz, so daß der Gesamtimpuls, der sich aus der vektoriellen Addition aller Einzelimpulse ergibt, erhalten bleibt. Man kann den vorliegenden Sachverhalt auch mit

Hilfe des Schwerpunktsatzes beschreiben. Der *Schwerpunkt des Geschosses* beschreibt vor der Explosion eine parabelartige Flugbahn. Nach der Explosion bleibt der Schwerpunkt des aus allen Bruchstücken bestehenden Systems unverändert erhalten und bewegt sich auf der gleichen Bahn, die er auch beschrieben hätte, wenn die Explosion nicht erfolgt wäre. Dies gilt natürlich nur, wenn vom Luftwiderstand abgesehen wird.

5. Die *Bewegung der Flugzeuge* ist nur möglich, weil auch hier der Impulserhaltungssatz gilt. Bei dem Propellerantrieb erhält die Luft dauernd einen Impuls nach hinten und das Flugzeug einen gleich großen Impuls nach vorne. Auch der Strahlantrieb von *Jets* und der Antrieb von *Raketen* beruhen auf dem Impulserhaltungssatz. Der verbrannte Treibstoff wird mit großer Geschwindigkeit nach hinten ausgestoßen und erhält dabei einen nach rückwärts gerichteten Impuls; das Flugzeug und die Rakete bekommen einen gleich großen, nach vorne gerichteten Impuls.

6. Schließlich ist auch bei der *Bewegung des Menschen* auf der Erde der Impulserhaltungssatz von entscheidender Bedeutung. Es handelt sich hier um das System *Erde–Mensch*. Wenn der Mensch sich vorwärts bewegt und damit einen nach vorne gerichteten Impuls erhält, so muß die Erde wegen des Impulserhaltungssatzes einen gleich großen, entgegengesetzt gerichteten Impuls erhalten. Man merkt dies im allgemeinen nicht, weil die Masse der Erde im Verhältnis zur Masse des Menschen ungeheuer groß und die ihr erteilte Geschwindigkeit deshalb entsprechend klein ist. Wenn es aber einmal nicht möglich ist, der Erde einen nach hinten gerichteten Impuls zu erteilen, weil etwa wegen des Fehlens der Reibung keine Wechselwirkung zwischen dem Menschen und der Erde vorhanden ist, so hört auch die Bewegungsmöglichkeit nach vorne auf. Der Impulserhaltungssatz ist also die Ursache dafür, daß wir uns auf einer glatten Unterlage, z.B. einer Eisfläche, nur schwer oder gar nicht bewegen können. Das gleiche gilt für jede andere Art der Fortbewegung, etwa mit Hilfe eines Fahrrades oder eines Autos. Wenn bei vereisten Straßen keine Reibung vorhanden ist und deshalb kein Impuls auf die Erde übertragen werden kann, so ist auch keine Fortbewegung möglich.

Die Beispiele ließen sich beliebig vermehren. Sie zeigen, daß der Impulserhaltungssatz und der Schwerpunktsatz wichtige Gesetze darstellen, die nicht nur in der Physik, sondern auch in der Technik und im Alltag von grundlegender Bedeutung sind, weil sie den Ablauf zahlreicher Vorgänge überhaupt erst möglich machen.

Dieses Kapitel soll wieder mit dem Lösen einiger Aufgaben abgeschlossen werden.

Beispiele

1. Ein Ruderer und sein Boot haben die Gesamtmasse $m = 150$ kg. Der Ruderer springt von dem ruhenden Boot mit der Geschwindigkeit $v_1 = 8\ \mathrm{m\,s^{-1}}$ auf das benachbarte Ufer, wobei das Boot mit der Geschwindigkeit $v_2 = -7\ \mathrm{m\,s^{-1}}$ in die entgegengesetzte Richtung bewegt wird. Wie groß ist die Masse m_1 des Ruderers und die Masse m_2 des Bootes?

Es gilt

$$m_1 v_1 + m_2 v_2 = 0 \quad \text{und} \quad m_1 + m_2 = m.$$

Daraus folgt

$$m_1 \cdot 8\ \mathrm{m\,s^{-1}} - m_2 \cdot 7\ \mathrm{m\,s^{-1}} = 0 \quad \text{und} \quad m_1 + m_2 = 150\ \mathrm{kg}.$$

Hieraus ergibt sich

$$m_1 = 70\ \mathrm{kg} \quad \text{und} \quad m_2 = 80\ \mathrm{kg}.$$

2. Eine Rakete hat beim Start die Masse $m = 30$ t. Hiervon bestehen 75% aus Treibstoff. Die Verbrennungsgase werden mit der Geschwindigkeit $v = 800\ \mathrm{m\,s^{-1}}$ relativ zur Erde ausgestoßen. Wie groß ist die Endgeschwindigkeit der Rakete, wenn die Erdanziehung und der Luftwiderstand nicht berücksichtigt werden?

Die Masse m_1 der leeren Rakete beträgt:

$$m_1 = 0{,}25 \cdot 30\ \mathrm{t} = 7{,}5\ \mathrm{t}.$$

Die Masse m_2 des Treibstoffes beträgt:

$$m_2 = 0{,}75 \cdot 30\ \mathrm{t} = 22{,}5\ \mathrm{t}.$$

Für die gesuchte Endgeschwindigkeit v_1 der Rakete gilt dann:

$$m_1 v_1 + m_2 v_2 = 0.$$

Dabei ist

$$v_2 = v = 800\ \mathrm{m\,s^{-1}}.$$

Also ist

$$v_1 = -\frac{m_2 v_2}{m_1} = -\frac{22{,}5\ \mathrm{t} \cdot 800\ \mathrm{m\,s^{-1}}}{7{,}5\ \mathrm{t}} = -2400\ \mathrm{m\,s^{-1}}.$$

3. Eine Stahlkugel mit der Masse $m_1=150$ g und der Geschwindigkeit u_1 stößt zentral und elastisch gegen eine in Ruhe befindliche Glaskugel mit der Masse $m_2=50$ g. Nach dem Stoß bewegt sich die Glaskugel mit der Geschwindigkeit $v_2=9\ \mathrm{m\,s^{-1}}$. Wie groß sind die Geschwindigkeiten der Stahlkugel u_1 und v_1 vor und nach dem Stoß?

Aus

$$m_1 u_1 + m_2 u_2 = m_1 v_1 + m_2 v_2 \quad \text{und} \quad \tfrac{1}{2} m_1 u_1^2 + \tfrac{1}{2} m_2 u_2^2 = \tfrac{1}{2} m_1 v_1^2 + \tfrac{1}{2} m_2 v_2^2$$

folgt mit $m_1 = 3\,m_2$, $u_2 = 0$ und $v_2 = 9\ \mathrm{m\,s^{-1}}$

$$u_1 = v_1 + 3\ \mathrm{m\,s^{-1}} \quad \text{und} \quad u_1^2 = v_1^2 + 27\ \mathrm{m^2\,s^{-2}}.$$

Hieraus ergibt sich

$$u_1 = 6\ \mathrm{m\,s^{-1}} \quad \text{und} \quad v_1 = 3\ \mathrm{m\,s^{-1}}.$$

Weitere Aufgaben: Siehe O. HÖFLING, Physik-Aufgaben II/1.

2.6 Die Drehbewegungen

2.6.1 Das Drehmoment

Der bereits in der Sekundarstufe I (Band I, S. 54 ff.) für den speziellen Fall des Hebels entwickelte Begriff des *Drehmomentes* soll jetzt verallgemeinert werden. Wir betrachten dazu einen starren Körper, der um eine feste Achse, die *Drehachse*, drehbar sein soll (Abb. 127.1). An diesem Körper greift im Punkte P eine Kraft $\vec{F}$ an, die in einer zur Drehachse senkrecht verlaufenden Ebene liegt. Diese Kraft bewirkt eine *Dreh-* oder *Rotationsbewegung* des Körpers. Die Drehwirkung hängt nicht nur von dem Betrag der Kraft $\vec{F}$, sondern auch von dem Abstand r_0 der Drehachse von der Wirkungslinie der Kraft ab. Aus Abb. 127.1 ersieht man, daß für r_0 und r gilt:

$$r_0 = r \sin\alpha.$$

Die Größe $\vec{r}_0$ wird als der *Kraftarm der Kraft* $\vec{F}$ bezeichnet.

Maßgebend für die Drehwirkung der Kraft $\vec{F}$ ist der Ausdruck

$$r_0\,F = r\,F \sin\alpha.$$

Dabei muß noch beachtet werden, daß die Drehung je nach der Richtung der Kraft $\vec{F}$ im Uhrzeigersinn oder gegen den Uhrzeigersinn erfolgen kann. Es liegt deshalb nahe, der für die Drehwirkung verantwortlichen Größe $r\,F \sin\alpha$ ebenfalls eine Richtung zuzuordnen. Dazu wird aus den Vektoren $\vec{r}$ und $\vec{F}$ ein neuer Vektor gebildet:

$$\vec{M} = \vec{r} \times \vec{F}.$$

Es handelt sich dabei um das früher (S. 35) eingeführte vektorielle Produkt der beiden Vektoren $\vec{r}$ und $\vec{F}$. Die Richtung des neuen Vektors $\vec{M}$ wurde damals so festgelegt, daß er auf der von den Vektoren $\vec{r}$ und $\vec{F}$ aufgespannten Ebene senkrecht stehen soll und im übrigen durch den Fortschreitungssinn einer rechtsgängigen Schraube bestimmt wird, die den Vektor $\vec{r}$ auf dem kürzesten Wege in die Richtung des Vektors $\vec{F}$ dreht. Die

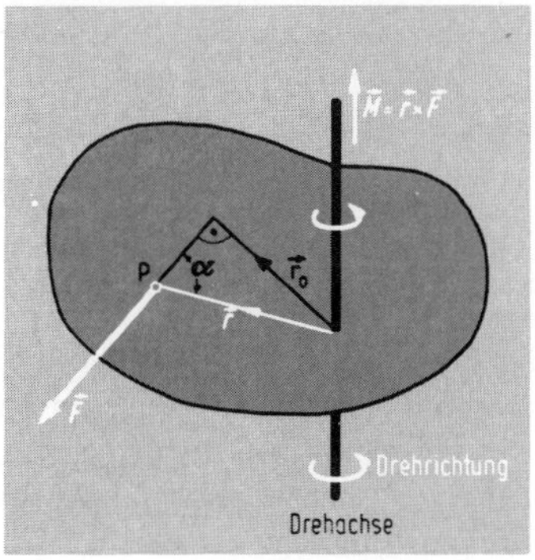

Abb. 127.1
Zum Begriff des Drehmomentes

so definierte Größe $\vec{M}$ wird als das *Drehmoment* der Kraft $\vec{F}$ in bezug auf die Drehachse bezeichnet. Wir stellen zusammenfassend fest:

Unter dem Drehmoment $\vec{M}$ einer Kraft $\vec{F}$, die in einer zur Drehachse senkrechten Ebene liegt, versteht man das vektorielle Produkt aus dem von der Drehachse zum Angriffspunkt der Kraft weisenden Vektor $\vec{r}$ und der Kraft $\vec{F}$.

$$\vec{M} = \vec{r} \times \vec{F}.$$

Für den Betrag des Drehmomentes gilt

$$M = r\,F \sin\alpha.$$

Das Drehmoment stellt eine neue physikalische Größe dar, für die eine Einheit festgelegt werden muß. Aus der obigen Definition ergibt sich:

Die abgeleitete Einheit des Drehmomentes ist das Newtonmeter (Einheitenzeichen: N m). 1 Newtonmeter ist das Drehmoment, das entsteht, wenn die Kraft 1 N an dem Kraftarm 1 m wirkt und die Vektoren von Kraft und Kraftarm aufeinander senkrecht stehen.

$$1\,\text{N m} = 1\,\text{N} \cdot 1\,\text{m}.$$

Abgeleitete gesetzliche Einheiten des Drehmomentes sind auch alle Produkte, die aus einer gesetzlichen Krafteinheit und einer gesetzlichen Längeneinheit gebildet werden.

Das Drehmoment wird also in der gleichen Einheit wie die Arbeit gemessen. Trotzdem handelt es sich um verschiedenartige Größen, die streng auseinandergehalten werden müssen. Die Verschiedenartigkeit geht schon aus der Tatsache hervor, daß das Drehmoment ein Vektor und die Arbeit ein Skalar ist. Um diesen Unterschied auch in den Einheiten zum Ausdruck zu bringen, ist es üblich, die früher für die Einheit 1 Newtonmeter (N m) eingeführte Bezeichnung 1 Joule (J) nur für die Arbeit zu verwenden und das Drehmoment in Newtonmeter anzugeben.

Die Wirkung eines Drehmomentes ist im allgemeinen leicht erkennbar, wenn die Lage der Achse und der Angriffspunkt der Kraft gegeben sind. Trotzdem macht es manchmal Schwierigkeiten, den Drehsinn eines Körpers von vornherein anzugeben. Wir zeigen dies durch einen Versuch.

Versuch 128.1 Ein Garnrolle wird auf einen Tisch gelegt, und dann wird in verschiedenen Richtungen an dem Faden gezogen (Abb. 128.1).

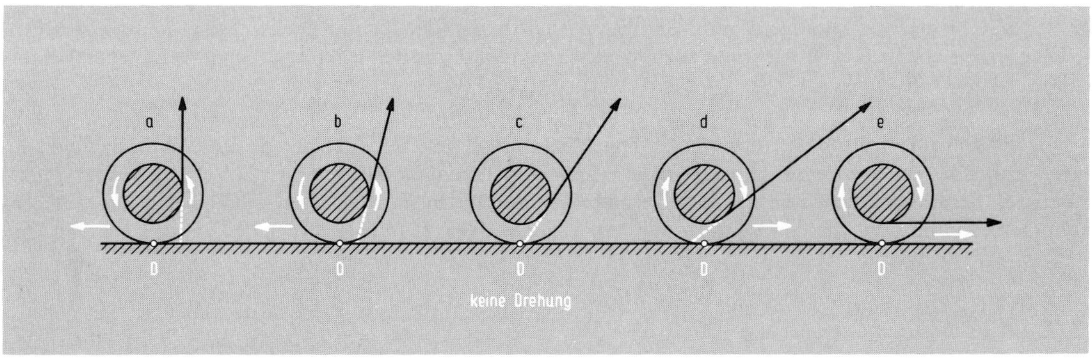

Abb. 128.1 Die Wirkung eines Drehmomentes auf eine Garnrolle

Die Versuche zeigen, daß die Garnrolle in den Fällen *a* und *b* nach links rollt. Die Erklärung ergibt sich aus der Tatsache, daß die Drehachse nicht – wie irrtümlich leicht angenommen wird – die Symmetrieachse der Rolle, sondern die Berührungslinie der Rolle mit dem Boden ist. Man erkennt dann ohne weiteres, daß die Drehmomente in den Fällen *a* und *b* einen anderen Drehsinn der Rolle als in den Fällen *d* und *e* ergeben. Der Übergang von dem einen zu dem anderen Drehsinn wird durch diejenige Fadenrichtung bestimmt, die durch die Drehachse bei *D* geht. In diesem Falle kommt kein Drehmoment zustande, so daß die Rolle sich nur auf der Unterlage verschiebt.

2.6.2 Das Kräftepaar

In Abschnitt 2.5.4 (S. 118) haben wir gesehen, wie zwei an einem starren Körper angreifende gleichgerichtete Kräfte $\vec{F}_1$ und $\vec{F}_2$ zu einer Resultierenden $\vec{F}_R$ zusammengesetzt werden können. In Abb. 129.1 wird gezeigt, daß das gleiche, früher im einzelnen beschriebene Verfahren auch auf zwei entgegengesetzt gerichtete Kräfte anwendbar ist. Man kommt dabei zu folgendem Ergebnis:

Zwei an einem starren Körper angreifende, entgegengesetzt gerichtete Kräfte $\vec{F}_1$ und $\vec{F}_2$ können durch eine resultierende Kraft $\vec{F}_R$ ersetzt werden, die die gleiche Richtung wie die größere der beiden Ausgangskräfte $\vec{F}_1$ und $\vec{F}_2$ hat. Der Betrag der Resultierenden ist gleich dem absoluten Betrag der Differenz der Beträge von $\vec{F}_1$ und $\vec{F}_2$.

$$F_R = |F_1 - F_2|.$$

Verlegt man den Angriffspunkt S der Resultierenden auf die Verbindungslinie der Angriffspunkte P_1 und P_2 von $\vec{F}_1$ und $\vec{F}_2$, so teilt der Punkt S die Strecke P_1P_2 außen im umgekehrten Verhältnis der Kräfte. Es gilt also:

$$r_1 : r_2 = F_2 : F_1 \quad \text{oder} \quad F_1 r_1 = F_2 r_2.$$

Man erkennt aus Abb. 129.1, daß die dort durchgeführte Konstruktion in einem Falle nicht anwendbar ist, nämlich dann, wenn die beiden entgegengesetzt gerichteten Kräfte den gleichen Betrag haben. Dann sind nämlich die Hilfskräfte $\vec{F}_{13}$ und $\vec{F}_{23}$ ebenfalls entgegengesetzt gerichtet, so daß sie nicht zu einer Resultierenden vereinigt werden können. Mit diesem Falle müssen wir uns also noch näher beschäftigen. Wir setzen zunächst fest:

Zwei antiparallele Kräfte mit dem gleichen Betrag, die nicht auf derselben Geraden liegen, werden als Kräftepaar bezeichnet.

Aus den vorstehenden Überlegungen folgt:

Es ist nicht möglich, ein Kräftepaar durch eine resultierende Einzelkraft zu ersetzen oder durch eine Einzelkraft zu kompensieren.

Im folgenden soll die Wirkung eines Kräftepaares auf einen starren Körper, der um eine durch den Punkt A gehende, auf der Zeichenebene senkrecht stehende Achse drehbar ist, untersucht werden (Abb. 129.2). Die Kräfte $\vec{F}_1$ und $\vec{F}_2$ bewirken die Drehmomente

$$\vec{M}_1 = \vec{r}_1 \times \vec{F}_1 \quad \text{und} \quad \vec{M}_2 = \vec{r}_2 \times \vec{F}_2,$$

Abb. 129.1 Die Zusammensetzung von zwei an einem starren Körper angreifenden, antiparallelen Kräften $\vec{F}_1$ und $\vec{F}_2$ zu einer Resultierenden $\vec{F}_R$

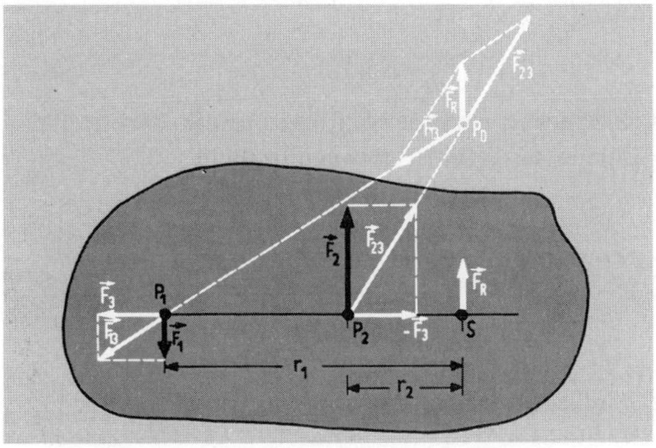

Abb. 129.2 Zur Wirkung eines Kräftepaares

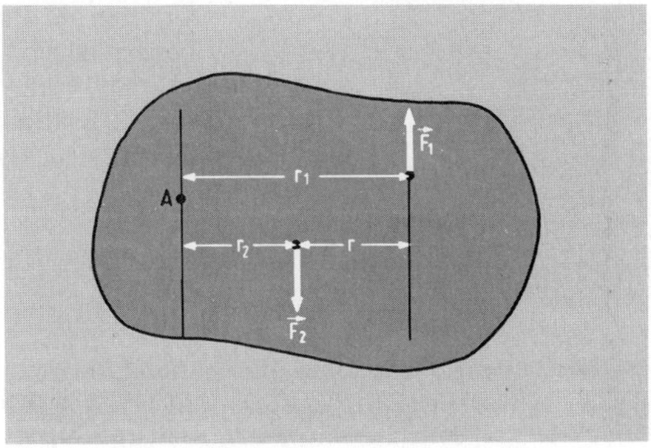

für deren Beträge wegen $F_2 = F_1$ gilt:

$$M_1 = r_1 F_1 \quad \text{und} \quad M_2 = r_2 F_2 = r_2 F_1 .$$

Dabei bedeuten r_1 und r_2 in diesem Falle nicht die Beträge von $\vec{r}_1$ und $\vec{r}_2$, sondern die in Abb. 129.2 angegebenen Strecken.

Die Vektoren $\vec{M}_1$ und $\vec{M}_2$ stehen auf der Zeichenebene und damit auf der Ebene des Kräftepaares senkrecht, und zwar ist $\vec{M}_1$ aus der Zeichenebene nach vorn heraus und $\vec{M}_2$ in die Zeichenebene nach hinten hinein gerichtet.

Das resultierende Drehmoment $\vec{M}$ hat daher den Betrag

$$M = M_1 - M_2 = r_1 F_1 - r_2 F_2 = r_1 F_1 - r_2 F_1 = (r_1 - r_2) F_1 = r F_1 .$$

Die Größe r wird als der *Arm des Kräftepaares* bezeichnet. Es handelt sich dabei um den Abstand der Wirkungslinien der beiden Kräfte.

Der Vektor $\vec{M}$ steht auf der von dem Kräftepaar bestimmten Ebene senkrecht.

Aus den vorstehenden Überlegungen geht hervor, daß der Betrag des resultierenden Drehmomentes unabhängig von der Lage des Punktes A und damit auch unabhängig von der Lage der zur Ebene des Kräftepaares senkrechten Drehachse ist; ferner können die Kräfte $\vec{F}_1$ und $\vec{F}_2$ längs ihrer Wirkungslinie beliebig verschoben werden, ohne daß das Drehmoment sich ändert.

Wir stellen zusammenfassend fest:

Der Betrag des von einem Kräftepaar auf einen starren Körper ausgeübten Drehmomentes ist gleich dem Produkt aus dem Betrag der Kraft und dem Arm des Kräftepaares, unabhängig von der speziellen Lage der zur Ebene des Kräftepaares senkrechten Drehachse.

Bei den vorhergehenden Betrachtungen hatten wir eine bestimmte Drehachse als gegeben angenommen und dann gefunden, daß ihre Lage für die von dem Kräftepaar ausgeübte Wirkung so lange belanglos ist, wie sie auf der Ebene des Kräftepaares senkrecht steht. Es ergibt sich nun aber die weitere Frage, um welchen Punkt die Drehung eines Körpers erfolgt, wenn ein Kräftepaar an einem *völlig frei beweglichen Körper* angreift. Wir gehen auf die Untersuchung dieses Problems nicht näher ein und geben das Ergebnis ohne Beweis an:

Wenn ein Kräftepaar an einem frei beweglichen Körper angreift, so erfolgt die Drehung immer um eine durch den Massenmittelpunkt des Körpers gehende, auf der Ebene des Kräftepaares senkrecht stehende Achse.

2.6.3 Das Kräftegleichgewicht an einem starren Körper

An einem frei beweglichen starren Körper mit dem Schwerpunkt S soll nach Abb. 130.1 eine Kraft $\vec{F}$ angreifen, deren Wirkungslinie nicht durch den Schwerpunkt geht. Um übersehen zu können, welche Bewegung der starre Körper unter dem Einfluß dieser Kraft ausführt, nehmen wir zwei im Punkte S angreifende Hilfskräfte $\vec{F}_1$ und $\vec{F}_2$ hinzu, die so beschaffen sind, daß

$$\vec{F}_1 = -\vec{F}_2 = \vec{F}$$

ist. Die beiden Hilfskräfte heben einander auf und beeinflussen deshalb die von dem starren Körper ausgeführte Bewegung nicht.

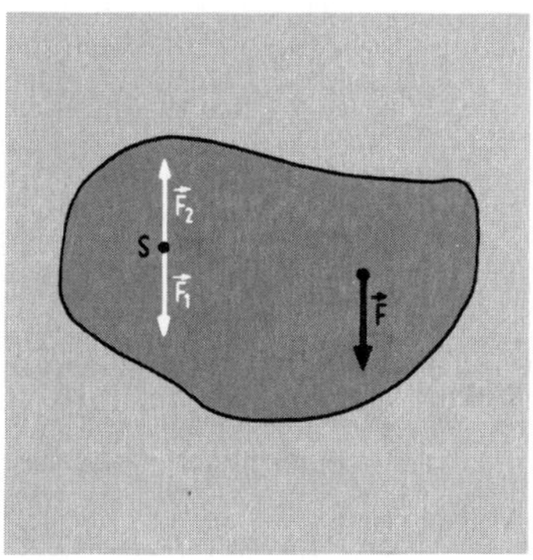

Abb. 130.1
Die Wirkung einer Kraft auf einen frei beweglichen, starren Körper

Die beiden Kräfte $\vec{F}$ und $\vec{F}_2$ bilden ein Kräftepaar; sie bewirken eine Drehbewegung des starren Körpers um den Punkt S. Die verbleibende, im Schwerpunkt S angreifende Kraft $\vec{F}_1$ verursacht eine beschleunigte Translationsbewegung des Schwerpunktes. Es ergibt sich also:

Wenn an einem frei beweglichen starren Körper eine nicht durch den Schwerpunkt gehende Kraft angreift, so führt der Körper eine Bewegung aus, die sich aus einer Drehung um den Schwerpunkt und einer gleichzeitigen Translationsbewegung des Schwerpunktes zusammensetzt.

Aufgrund der bisherigen Betrachtungen kann nun auch gesagt werden, wie sich ein frei beweglicher starrer Körper, an dem mehrere Kräfte angreifen, bewegt. Jede dieser Kräfte kann durch ein Kräftepaar und eine am Schwerpunkt angreifende Einzelkraft ersetzt werden. Die sich dabei ergebenden Kräftepaare lassen sich zu einem einzigen resultierenden Kräftepaar vereinigen, und die sich ergebenden Einzelkräfte können ebenfalls zu einer resultierenden, durch den Schwerpunkt gehenden Einzelkraft zusammengesetzt werden. Es gilt daher:

Wenn an einem frei beweglichen starren Körper mehrere Kräfte angreifen, so können diese im allgemeinen durch ein resultierendes Kräftepaar und eine resultierende Einzelkraft ersetzt werden. Das Kräftepaar bewirkt eine Drehbewegung des Körpers um seinen Schwerpunkt, und die Einzelkraft verursacht eine Translationsbewegung des Schwerpunktes.

Es kann in Sonderfällen vorkommen, daß nur ein Kräftepaar oder nur eine Einzelkraft entstehen. Dann führt der Körper eben nur eine Drehbewegung oder nur eine Translationsbewegung aus.

Abschließend soll nun noch eine Aussage darüber gemacht werden, wann sich ein frei beweglicher starrer Körper, an dem mehrere Kräfte angreifen, im *Gleichgewicht* befindet, d.h., wann der Körper weder eine Drehbewegung noch eine Translationsbewegung ausführt. Aus den vorhergehenden Betrachtungen ergibt sich die folgende *Gleichgewichtsbedingung:*

Ein unter der Einwirkung mehrerer Kräfte stehender, frei beweglicher starrer Körper befindet sich im Gleichgewicht, wenn sowohl die Summe aller von den Kräftepaaren erzeugten Drehmomente als auch die Summe aller Einzelkräfte Null ist.

2.6.4 Das Trägheitsmoment

Das *Trägheitsmoment* oder die *Drehmasse* ist eine abgeleitete physikalische Größe, die bei der Rotation starrer Körper um eine feste Achse von Bedeutung ist. Bevor das Trägheitsmoment für einen starren Körper definiert wird, betrachten wir einen Massenpunkt mit der Masse m, der sich mit der konstanten Winkelgeschwindigkeit ω auf einer Kreisbahn mit dem Radius r bewegt. Für die kinetische Rotationsenergie des Massenpunktes gilt dann

$$W_{\text{rot}} = \tfrac{1}{2} m v^2 .$$

Da $v = r\omega$ ist, ergibt sich weiter

$$W_{\text{rot}} = \tfrac{1}{2} m r^2 \omega^2 = \tfrac{1}{2}(m r^2)\,\omega^2 = \tfrac{1}{2} J \omega^2 .$$

Die Größe

$$J = m r^2$$

wird als das *Trägheitsmoment* oder die *Drehmasse des Massenpunktes* bezeichnet. Wir halten also fest:

Wenn ein Massenpunkt mit der Masse m im Abstand r um eine feste Achse rotiert, so hat er das Trägheitsmoment

$$J = m r^2$$

und die Rotationsenergie

$$W_{\text{rot}} = \tfrac{1}{2} J \omega^2 .$$

Die vorstehende Definition des Trägheitsmomentes erlaubt es, für diese abgeleitete physikalische Größe eine *Einheit* festzulegen. Es gilt:

Die abgeleitete Einheit des Trägheitsmomentes ist das Kilogramm mal Quadratmeter (Einheitenzeichen: kg m²). 1 Kilogramm mal Quadratmeter ist gleich dem Trägheitsmoment, das ein Massenpunkt mit der Masse 1 kg besitzt, der im Abstand 1 m um eine feste Drehachse rotiert

$$1\,\mathrm{kg\,m}^2 = 1\,\mathrm{kg} \cdot 1\,\mathrm{m}^2.$$

Wenn man die kinetische Energie eines um eine feste Achse mit konstanter Winkelgeschwindigkeit ω rotierenden starren Körpers bestimmen will, so denkt man sich den Körper in eine große Zahl kleiner Massenelemente Δm_z zerlegt, deren Abstand von der Drehachse jeweils mit r_z bezeichnet werden soll. Die Bahngeschwindigkeit v_z eines solchen Massenelementes hängt von dem zugehörigen Bahnradius r_z ab und ist deshalb für Massenelemente mit unterschiedlichen Abständen von der Drehachse verschieden groß. Die Winkelgeschwindigkeit ω ist dagegen für alle Massenelemente gleich groß. Es gilt

$$v_z = r_z\,\omega.$$

Die Rotationsenergie des Massenelementes Δm_z beträgt

$$W_{\mathrm{rot}} = \tfrac{1}{2}\Delta m_z \cdot v_z^2 = \tfrac{1}{2}\Delta m_z \cdot r_z^2\,\omega^2 = \tfrac{1}{2}(\Delta m_z \cdot r_z^2)\,\omega^2.$$

Um die Rotationsenergie des starren Körpers zu erhalten, muß man Rotationsenergien aller n Massenelemente addieren. Dann ergibt sich

$$W_{\mathrm{rot}} = \tfrac{1}{2}(\Delta m_1 \cdot r_1^2 + \Delta m_2 \cdot r_2^2 + \cdots + \Delta m_n \cdot r_n^2)\,\omega^2 = \tfrac{1}{2}\omega^2 \sum_{z=1}^{n} \Delta m_z\,r_z^2.$$

Das Ergebnis wird um so genauer, je kleiner man die Massenelemente Δm_z wählt.

Führt man schließlich den Grenzübergang $\Delta m_z \to 0$ aus, so erhält man

$$W_{\mathrm{rot}} = \tfrac{1}{2}\omega^2 \int r^2\,\mathrm{d}m.$$

Der Ausdruck

$$J = \sum_{z=1}^{n} \Delta m_z\,r_z^2 = \int r^2\,\mathrm{d}m$$

wird als das *Trägheitsmoment* oder die *Drehmasse* des starren Körpers bezeichnet.

Integrationsgrenzen können erst bei speziellen Berechnungen angegeben werden, für welche die Massenverteilung des Körpers bekannt ist.

Wir merken uns also:

Wenn ein starrer Körper um eine feste Achse rotiert, so gilt für das Trägheitsmoment

$$J = \sum_{z=1}^{n} \Delta m_z\,r_z^2 = \int r^2\,\mathrm{d}m$$

und für die Rotationsenergie

$$W_{\mathrm{rot}} = \tfrac{1}{2} J\,\omega^2.$$

Wenn man die Formeln für die kinetische Energie bei der Translations- und der Rotationsbewegung

$$W_{\mathrm{trans}} = \tfrac{1}{2} m\,v^2 \quad \text{und} \quad W_{\mathrm{rot}} = \tfrac{1}{2} J\,\omega^2$$

miteinander vergleicht, so stellt man fest, daß zwischen ihnen eine formale Analogie besteht, wobei die folgenden Größen einander entsprechen:

Bahngeschwindigkeit $v \mathrel{\hat{=}}$ Winkelgeschwindigkeit ω,
Masse m $\mathrel{\hat{=}}$ Trägheitsmoment oder Drehmasse $J = m\,r^2$.

Wir haben früher gesehen, daß die Masse m eines Körpers ein Maß für seinen Widerstand gegen eine Änderung der Bahngeschwindigkeit v, d.h. gegenüber einer Beschleunigung a, ist. Das Trägheitsmoment eines Körpers stellt analog ein Maß für den Widerstand des Körpers gegen eine Änderung seiner Winkelgeschwindigkeit ω, d.h. gegenüber einer Winkelbeschleunigung α, dar. Dies ist der Grund dafür, daß man von der Drehmasse oder dem Trägheitsmoment des Körpers spricht. Wir werden später (S. 145) erkennen, daß ähnliche Analogien auch für andere bei der Translations- und der Rotationsbewegung auftretende Größen bestehen.

Trotz der hier genannten Analogie zwischen der Masse und dem Trägheitsmoment eines Körpers darf nicht übersehen werden, daß zwischen diesen beiden Größen doch ein wichtiger Unterschied besteht, den wir folgendermaßen zusammenfassen können:

Während die Masse eine unveränderliche Körpereigenschaft darstellt, ist dies bei dem Trägheitsmoment nicht der Fall, denn dieses hängt von der Wahl der Drehachse ab. Ein Körper kann daher bei gleichbleibender Masse je nach der Lage der Drehachse unterschiedliche Trägheitsmomente haben.

Beispiel Um das Trägheitsmoment eines Körpers bei gleichbleibender Masse zu vergrößern, muß man den Abstand der Masse von der Drehachse vergrößern.

Für die Drehbewegungen der Körper sind diejenigen Achsen von besonderem Interesse, die durch den Schwerpunkt des Körpers gehen. Wenn man z.B. bei einem Quader für eine große Zahl verschiedener Schwerpunktachsen die Trägheitsmomente bestimmt, so zeigt sich, daß das Trägheitsmoment für die Achse a den größten und für die Achse b den kleinsten Wert hat (Abb. 133.1). In ähnlicher Weise gibt es auch für die meisten anderen Körper zwei zueinander senkrechte Achsen, für die das Trägheitsmoment ein Maximum bzw. ein Minimum ist. Diese Achsen bilden zusammen mit einer dritten, auf den beiden genannten Achsen senkrecht stehenden Achse die *Hauptträgheitsachsen* des Körpers, die folgendermaßen definiert werden:

Unter den Hauptträgheitsachsen eines starren Körpers versteht man die beiden durch den Schwerpunkt gehenden, zueinander senkrechten Achsen, für die das Trägheitsmoment des Körpers ein Maximum bzw. ein Minimum ist, sowie eine dritte zu den beiden genannten senkrechte Achse, für die das Trägheitsmoment einen mittleren Wert hat.

Die Erfahrung zeigt weiter:

Die Hauptträgheitsachsen mit dem größten und dem kleinsten Trägheitsmoment sind für die Drehbewegungen der starren Körper von besonderer Bedeutung.

Wir werden hierauf an späterer Stelle noch einmal zurückkommen und dann auch erkennen, worin diese Bedeutung besteht (S. 140).

Die Analogien zwischen der Translations- und der Rotationsbewegung, die oben im Zusammenhang mit der Masse und dem Trägheitsmoment bereits angedeutet worden sind, sollen jetzt weiter verfolgt werden.

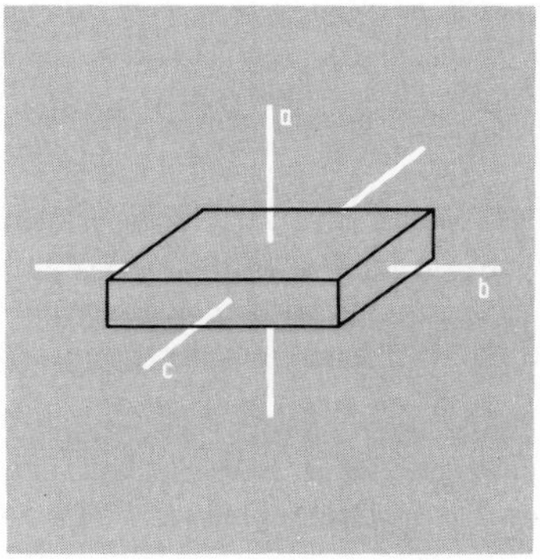

Abb. 133.1
Die Hauptträgheitsachsen bei einem Quader
a) Achse mit dem größten Trägheitsmoment
b) Achse mit dem kleinsten Trägheitsmoment
c) Achse mit einem mittleren Trägheitsmoment

Früher hat sich gezeigt, daß ein Massenpunkt mit der Masse m, der sich auf einer geraden Bahn bewegt, durch eine Kraft mit dem Betrage F eine Änderung seiner Bahngeschwindigkeit v, d.h. eine Beschleunigung a, erfährt und daß der Zusammenhang

$$F = m a$$

besteht, vorausgesetzt, daß F parallel zu v wirkt. Der Kraft F und der Geschwindigkeit v bei der Translationsbewegung entsprechen das Drehmoment M und die Winkelgeschwindigkeit ω bei der Rotationsbewegung. Ein Drehmoment bewirkt eine Änderung der Winkelgeschwindigkeit. Man spricht dann analog zur Bahnbeschleunigung von einer Winkelbeschleunigung.

Die *Winkelbeschleunigung* (Formelzeichen: α) stellt eine neue, abgeleitete physikalische Größe dar. Deshalb muß zunächst eine Definition für diese Größe gegeben werden.

Unter der Winkelbeschleunigung α versteht man den Quotienten aus der in dem Zeitintervall Δt erfolgenden Änderung der Winkelgeschwindigkeit $\Delta\omega$ und dem Zeitintervall Δt.

$$\alpha = \frac{\Delta\omega}{\Delta t}.$$

Diese Definition hat natürlich nur einen Sinn, wenn es sich um eine Bewegung handelt, bei der die Änderung der Winkelgeschwindigkeit $\Delta\omega$ proportional zum Zeitintervall Δt ist. Wenn dies nicht der Fall ist, so sind ähnliche Überlegungen erforderlich, wie sie früher (S. 46) bei der Definition der Bahnbeschleunigung angestellt worden sind. Es ergibt sich dann

$$\alpha = \lim_{\Delta t \to 0} \frac{\Delta\omega}{\Delta t} = \frac{d\omega}{dt} = \dot{\omega}.$$

Aufgrund dieser Definition kann auch eine *Einheit* für die Winkelbeschleunigung festgelegt werden. Die *Ausführungsverordnung zum Gesetz über Einheiten im Meßwesen* bestimmt hierzu:

Die abgeleitete Einheit der Winkelbeschleunigung ist der Radiant durch Sekundenquadrat (Einheitenzeichen: $\frac{\mathrm{rad}}{\mathrm{s}^2}$ oder $\mathrm{rad} \cdot \mathrm{s}^{-2}$). 1 Radiant durch Sekundenquadrat ist gleich der Winkelbeschleunigung eines Körpers, dessen Winkelgeschwindigkeit sich während der Zeit 1 s gleichmäßig um 1 $\mathrm{rad} \cdot \mathrm{s}^{-1}$ ändert

$$1\,\frac{\mathrm{rad}}{\mathrm{s}^2} = \frac{1\,\mathrm{rad} \cdot \mathrm{s}^{-1}}{1\,\mathrm{s}}.$$

Abgeleitete Einheiten der Winkelbeschleunigung sind auch alle anderen Quotienten, die aus einer gesetzlichen Winkeleinheit und dem Quadrat einer gesetzlichen Zeiteinheit gebildet werden.

Für die Winkelgeschwindigkeit ω gilt aufgrund früherer Feststellungen (S. 55)

$$\omega = \frac{v}{r} \quad \text{und} \quad \Delta\omega = \frac{\Delta v}{r}.$$

Für die Winkelbeschleunigung α ergibt sich

$$\alpha = \frac{\Delta\omega}{\Delta t} = \frac{1}{r} \cdot \frac{\Delta v}{\Delta t} = \frac{1}{r} a$$

oder

$$a = r\alpha.$$

Wenn ein starrer Körper durch ein Drehmoment mit dem Betrag M in eine Rotationsbewegung versetzt wird, so kann man diesen Vorgang auch so deuten, daß an jedem einzelnen Massenelement Δm_z des starren Körpers eine zu dem Radiusvektor des Massenelementes senkrechte Kraftkomponente mit dem Betrage F_z angreift, die in einer zur Drehachse senkrechten Ebene liegt. Da jede dieser Kräfte das Drehmoment

$$M_z = F_z r_z$$

bewirkt, ergibt sich das auf den starren Körper wirkende Gesamtdrehmoment M durch Addition der einzelnen Drehmomente. Es ist also

$$M = F_1 r_1 + F_2 r_2 + \cdots + F_n r_n.$$

Nach dem Grundgesetz der Mechanik gilt ferner

$$F_1 = \Delta m_1 \cdot a_1, \quad F_2 = \Delta m_2 \cdot a_2, \quad \ldots, \quad F_n = \Delta m_n \cdot a_n.$$

Daher ist

$$M = \Delta m_1 \cdot a_1 r_1 + \Delta m_2 \cdot a_2 r_2 + \cdots + \Delta m_n \cdot a_n r_n.$$

Die Winkelbeschleunigung α hat bei einem starren Körper für alle Massenelemente den gleichen Betrag, so daß folgende Beziehungen bestehen:

$$a_1 = r_1 \alpha, \quad a_2 = r_2 \alpha, \quad \ldots, \quad a_n = r_n \alpha.$$

Für das gesamte Drehmoment M erhält man dann:

$$M = \Delta m_1 r_1^2 \alpha + \Delta m_2 r_2^2 \alpha + \cdots + \Delta m_n r_n^2 \alpha = \alpha \sum_{z=1}^{n} \Delta m_z r_z^2 = \alpha J$$

oder

$$J = \frac{M}{\alpha}.$$

Wir stellen zusammenfassend fest:

Das Trägheitsmoment J eines um eine feste Achse rotierenden starren Körpers ist gleich dem Quotienten aus einem beliebigen auf den Körper ausgeübten Drehmoment M und der dadurch verursachten Winkelbeschleunigung α.

$$J = \frac{M}{\alpha}.$$

Die oben bereits erwähnte Analogie zwischen den bei der Translationsbewegung und bei der Rotationsbewegung auftretenden physikalischen Größen wird erneut deutlich, wenn man die Formeln

$F = m a$	und	$M = J \alpha$
Translationsbewegung		Rotationsbewegung

miteinander vergleicht. Dabei wird nicht nur die oben schon genannte Feststellung bestätigt, daß die Masse m und das Trägheitsmoment J einander entsprechen, daß also das Trägheitsmoment eines Körpers ein Maß für seinen Widerstand gegen eine Winkelbeschleunigung darstellt, sondern wir erkennen darüber hinaus, daß auch

Kraft und *Drehmoment* sowie *Bahnbeschleunigung* und *Winkelbeschleunigung*

analoge Größen darstellen.

Es ergibt sich also:

Die Formeln und Gesetze für die Translationsbewegung und die Rotationsbewegung können ineinander übergeführt werden, indem man die folgenden analogen Größen gegeneinander austauscht:

Translationsbewegung	*Rotationsbewegung*
Strecke s	**Winkel** φ
Bahngeschwindigkeit v	**Winkelgeschwindigkeit** ω
Bahnbeschleunigung a	**Winkelbeschleunigung** α
Masse m	**Trägheitsmoment** J
Kraft F	**Drehmoment** M

Es wurde schon darauf hingewiesen, daß das Trägheitsmoment eines starren Körpers von der Lage der Rotationsachse abhängt. Natürlich besteht zwischen den Trägheitsmomenten eines Körpers in bezug auf verschiedene Rotationsachsen ein Zusammenhang. Es soll hier ohne Beweis ein Gesetz genannt werden, das es gestattet, das Trägheitsmoment eines starren Körpers in bezug auf eine beliebige Rotationsachse zu berechnen, wenn man das Trägheitsmoment in bezug auf eine parallele, durch den Schwerpunkt gehende Achse kennt. Dieses STEINER-*Gesetz* lautet:

Das Trägheitsmoment J_A eines starren Körpers in bezug auf eine beliebige Rotationsachse A ist

$$J_A = J_S + m\,a^2 .$$

Dabei bedeutet J_S das Trägheitsmoment des Körpers in bezug auf eine durch den Schwerpunkt gehende, zu A parallele Achse; a ist der Abstand der beiden Achsen, so daß der Ausdruck $m\,a^2$ das Trägheitsmoment der ganzen, im Schwerpunkt vereinigt gedachten Masse m des Körpers in bezug auf die Achse A ist.

Ein weiterer Satz, der für viele praktisch auftretende Fälle von Bedeutung ist, soll hier ohne Beweis genannt werden:

Rotiert ein Körper um eine durch seinen Schwerpunkt gehende Achse, so beträgt seine gesamte kinetische Energie

$$W_k = \tfrac{1}{2}\,J\,\omega^2 + \tfrac{1}{2}\,m\,v^2 .$$

Dabei bedeutet J das zur Rotationsachse gehörende Trägheitsmoment, ω die Winkelgeschwindigkeit, m die Masse des Körpers und v die Geschwindigkeit seines Schwerpunktes.

Beispiele

Die rotierende Erde, ein rollender Autoreifen oder ein rotierendes Geschoß.

Beispiele für die Trägheitsmomente einiger einfacher Körper

Im folgenden werden für einige oft vorkommende Körper die Trägheitsmomente angegeben, die mit Hilfe der Integralrechnung unter Verwendung der oben angegebenen Formel berechnet worden sind.

1. *Homogene, kreisförmige Scheibe mit der Masse m und dem Radius r*

Die *Rotationsachse* steht auf der Scheibe senkrecht und geht durch ihren Mittelpunkt.

$$J = \tfrac{1}{2}\,m\,r^2 .$$

2. *Homogener Zylinder (Walze) mit der Masse m und dem Radius r*

Die *Rotationsachse* ist die Symmetrieachse des Zylinders.

$$J = \tfrac{1}{2}\,m\,r^2 .$$

3. *Homogene Kugel mit der Masse m und dem Radius r*

Die *Rotationsachse* geht durch den Kugelmittelpunkt.

$$J = \tfrac{2}{5}\,m\,r^2 .$$

4. *Homogener, dünner Stab mit der Masse m und der Länge l*

Die *Rotationsachse* geht durch den Schwerpunkt des Stabes (Stabmitte) und steht senkrecht zum Stab.

$$J = \tfrac{1}{12}\,m\,l^2 .$$

2.6.5 Der Drehimpuls

Unter dem *Drehimpuls* oder dem *Drall* (Formelzeichen: $\vec{L}$) versteht man eine abgeleitete physikalische Größe, die für die Drehbewegung die gleiche Rolle spielt, wie der Impuls für die Translationsbewegung. Wir gehen von der früher behandelten Formel für den Impuls

$$\vec{p} = m\,\vec{v}$$

aus und ersetzen hierin die Masse m durch das analoge Trägheitsmoment J und die Geschwindigkeit $\vec{v}$ durch die analoge Winkelgeschwindigkeit $\vec{\omega}$. Dann ergibt sich

$$\vec{L} = J\,\vec{\omega} .$$

Deshalb setzen wir fest:

Unter dem Drehimpuls oder dem Drall $\vec{L}$ eines starren, um eine feste Achse rotierenden Körpers versteht man das Produkt aus seinem Trägheitsmoment J und seiner Winkelgeschwindigkeit $\vec{\omega}$.

$$\vec{L}=J\vec{\omega}.$$

Der Drehimpuls ist also ein Vektor, dessen Richtung mit der Richtung der Winkelgeschwindigkeit zusammenfällt.

Aus der Definition des Drehimpulses ergibt sich, daß als *Einheit* für diese neue Größe das Produkt aus der Einheit des Trägheitsmomentes $1\,\mathrm{kg\,m^2}$ und der Einheit der Winkelgeschwindigkeit $1\,\mathrm{rad\cdot s^{-1}}$ betrachtet werden muß. Es ist aber üblich, dieses Produkt unter Benutzung der folgenden früher behandelten Zusammenhänge

$$1\,\mathrm{J}=1\,\mathrm{N\,m}, \quad 1\,\mathrm{N\,m}=1\,\frac{\mathrm{kg\,m^2}}{\mathrm{s^2}} \quad \text{und} \quad 1\,\mathrm{rad}=\frac{1\,\mathrm{m}}{1\,\mathrm{m}}$$

anders zu schreiben:

$$1\,\mathrm{kg\,m^2}\cdot 1\,\frac{\mathrm{rad}}{\mathrm{s}}=1\,\frac{\mathrm{kg\,m}}{\mathrm{s^2}}\cdot 1\,\mathrm{m}\cdot 1\,\mathrm{s}=1\,\mathrm{N}\cdot 1\,\mathrm{m}\cdot 1\,\mathrm{s}=1\,\mathrm{J\,s}.$$

Wir setzen daher fest:

Die abgeleitete Einheit des Drehimpulses ist die Joulesekunde (Einheitenzeichen: J s).

$$1\,\mathrm{J\,s}=1\,\mathrm{kg\,m^2\,s^{-1}}.$$

Um den Begriff des Drehimpulses weiter zu klären, betrachten wir zunächst einen einfachen Sonderfall.

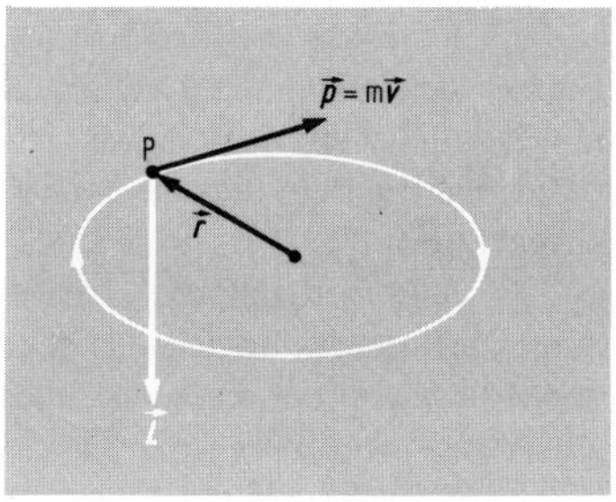

Abb. 137.1
Der Drehimpuls eines sich auf einem Kreise bewegenden Massenpunktes

Ein Massenpunkt P mit der Masse m soll sich auf einem Kreise mit dem Radius r bewegen, wobei die Bahngeschwindigkeit v und die Winkelgeschwindigkeit ω betragen möge (Abb. 137.1). Für das Trägheitsmoment gilt dann

$$J=m\,r^2.$$

Für den Drehimpuls des Massenpunktes ergibt sich

$$L=J\,\omega=m\,r^2\,\omega=m\,r\,v \quad \text{oder} \quad \vec{L}=J\vec{\omega}=m\,r^2\vec{\omega}=m\,\vec{r}\times\vec{v}.$$

Es gilt also:

Wenn sich ein Massenpunkt der Masse m mit der Geschwindigkeit $\vec{v}$ auf einer Kreisbahn mit dem Radius r bewegt, so ist der Betrag des Drehimpulses gleich dem Produkt aus dem Betrag des Impulses $\vec{p}=m\,\vec{v}$ und dem Radius r.

Der Drehimpulsvektor steht auf der Kreisebene senkrecht und weist vom Beobachter weg, wenn dieser in Richtung der Drehachse blickt und der Massenpunkt sich auf der Kreisbahn im Uhrzeigersinne bewegt.

$$L=m\,v\,r=p\,r.$$

Der Drehimpuls für einen ausgedehnten starren Körper ergibt sich, indem man den Körper in eine große Zahl kleiner Massenelemente Δm_z zerlegt, für jedes dieser Massenelemente den Drehimpuls

$$\vec{L}_z=\Delta m_z\,r_z^2\,\vec{\omega}$$

bestimmt und alle diese Drehimpulse addiert. Dann erhält man

$$\vec{L} = \sum_{z=1}^{n} \Delta m_z r_z^2 \vec{\omega} = J \vec{\omega}.$$

Abschließend soll noch darauf hingewiesen werden, daß auch für den Drehimpuls ein Erhaltungssatz gilt. Dieses *Gesetz von der Erhaltung des Drehimpulses* oder der *Drehimpulserhaltungssatz* lautet:

Bei einem abgeschlossenen System von Massenpunkten, d.h. hier bei einem System, auf das kein äußeres Drehmoment wirkt, ist der Gesamtdrehimpuls nach Betrag und Richtung zeitlich konstant.

Es verdient besonders hervorgehoben zu werden, daß nicht nur der Betrag des Drehimpulsvektors, sondern auch seine Richtung erhalten bleibt. Da der Drehimpulsvektor auf der Bahnebene senkrecht steht, muß also auch die Lage der Bahnebene unverändert bleiben. Dies wirkt sich unter anderem dahingehend aus, daß die Planeten bei ihrer Bewegung um die Sonne ihre Bahnebene beibehalten.

Man kann das Gesetz von der Erhaltung des Drehimpulses anschaulich demonstrieren, indem man den folgenden Versuch ausführt:

Versuch 138.1 Ein auf einem Drehschemel sitzender Beobachter hält nach Abb. 138.1 in einer Hand ein drehbares Rad mit möglichst großem Trägheitsmoment, wobei die Radachse parallel zur Drehachse des Schemels verläuft. Zu Beginn des Versuches befinden sich alle Teile des Systems in Ruhe, so daß sein Drehimpuls Null ist. Die auf dem Schemel sitzende Person setzt nun das Rad mit der freien Hand in drehende Bewegung.

Der Versuch zeigt, daß der Schemel dann ebenfalls in eine Drehbewegung gerät, und zwar im entgegengesetzten Sinne wie das Rad. Dies ist eine Folge des Gesetzes von der Erhaltung des Drehimpulses: auf das System haben keine äußeren Kräfte gewirkt, so daß der Gesamtdrehimpuls den Anfangswert Null behalten muß.

Das Gesetz von der Erhaltung des Drehimpulses kann anschaulich demonstriert werden, indem eine Person sich auf einen Drehschemel setzt. In ihren Händen hält sie bei angezogenen Armen zwei Hanteln mit möglichst großer Masse (Abb. 138.2a). Dann wird der Drehschemel von außen in langsame Rotation versetzt. Nachdem dies geschehen ist, streckt der Beobachter die Arme durch eine plötzliche Bewegung nach außen (Abb. 138.2b).

Es zeigt sich, daß die Drehbewegung des Schemels dann merklich langsamer wird. Wenn man die Arme umgekehrt erneut anzieht, so wird die Drehbewegung wieder schneller. Die Erklärung für diese Erscheinung ergibt sich aus der Tatsache, daß das Trägheitsmoment J des rotierenden Körpers durch das Ausstrecken der Arme vergrößert wird. Da der Drehimpuls

$$\vec{L} = J \vec{\omega}$$

konstant bleibt, muß die Winkelgeschwindigkeit entsprechend kleiner werden und umgekehrt.

Von dem Erhaltungssatz des Drehimpulses machen auch die Sportler und Artisten Gebrauch. Wenn z.B. eine Schlittschuhläuferin oder eine Tänzerin eine *Pirouette drehen* will, so gibt sie sich zunächst mit ausgestreckten Armen, einem ausgestreckten Bein oder geneigtem Körper, d.h. bei möglichst großem Trägheitsmoment, einen gewissen Drehimpuls. Dann werden Arme und Bein angezogen oder der Körper

Abb. 138.1 Zur Demonstration des Gesetzes von der Erhaltung des Drehimpulses

Abb. 138.2 Ein weiterer Versuch zum Drehimpulserhaltungssatz

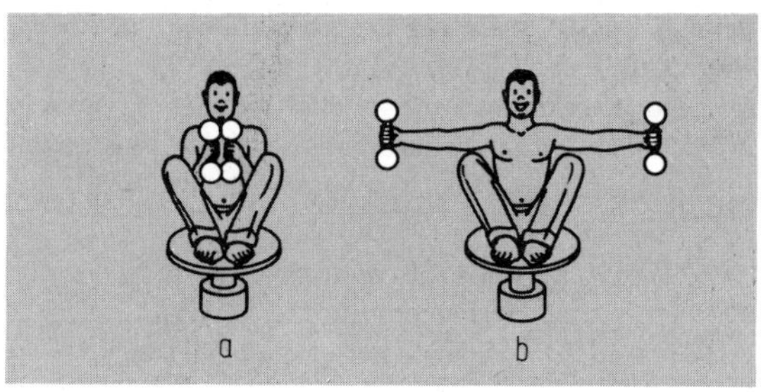

Abb. 139.1 Das Drehen einer Pirouette und der Drehimpulserhaltungssatz

Abb. 139.2 Der Salto und der Drehimpulserhaltungssatz

aufgerichtet, so daß alle Teile des Körpers näher an die Rotationsachse heranrücken und das Trägheitsmoment verkleinert wird (Abb. 139.1). Da der Drehimpuls erhalten bleibt, muß die Winkelgeschwindigkeit zunehmen. Durch Messungen hat man festgestellt, daß der Mensch durch die geschilderten Bewegungen sein Trägheitsmoment so stark verändern kann, daß der größte und der kleinste Wert sich wie 7 : 1 verhalten. Aus der Gleichung

$$\vec{L} = J\vec{\omega}$$

ergibt sich bei einer Änderung des Trägheitsmomentes J im Verhältnis 7 : 1 wegen der Erhaltung des Drehimpulses eine Steigerung der Winkelgeschwindigkeit ω auf das Siebenfache. Andererseits kommt man aus der Pirouette sehr schnell wieder zur Ruhe, wenn man durch Übergang in die Hockstellung mit nach außen gestellten Knien und zusätzlichem Ausstrecken der Arme das Trägheitsmoment wieder vergrößert.

Auch bei der Ausführung eines *Saltos*, d.h. einer Drehbewegung in der Luft, spielt die Erhaltung des Drehimpulses eine Rolle. Zunächst erhält der ausgestreckte Körper beim Abstoß von einer federnden Unterlage eine gewisse, relativ kleine Winkelgeschwindigkeit; dann werden die Knie plötzlich angezogen, wodurch die Körpermasse der Drehachse erheblich genähert und damit das Trägheitsmoment entsprechend verkleinert wird (Abb. 139.2). Die Folge ist eine Zunahme der Winkelgeschwindigkeit; der Springer dreht sich schneller.

Es soll abschließend noch darauf hingewiesen werden, daß der Drehimpuls nicht nur bei der Beschreibung von Rotationsbewegungen makroskopischer Körper eine wichtige Rolle spielt, sondern daß er auch im Bereich der Mikrophysik von großer Bedeutung ist. Auch hier gilt der oben genannte Erhaltungssatz für den Drehimpuls. Wir werden später sehen, daß der *Spin der Elementarteilchen* in Analogie zum Drehimpuls makroskopischer Körper als ein durch die Eigenrotation dieser Teilchen bewirkter Drehimpuls gedeutet werden kann.

2.6.6 Der Kreisel

In Abb. 140.1 ist ein physikalisch interessantes Kunststück wiedergegeben, das oft von Jongleuren vorgeführt wird. Dabei schwebt ein Teller scheinbar auf einem Stöckchen, wobei dieses nicht einmal vertikal gehalten zu werden braucht. Für jeden, der die physikalischen Hintergründe nicht kennt, ist es überraschend, daß der Teller nicht zu Boden fällt, sondern nahezu frei in der Luft zu schweben scheint. Wenn man den Vorgang genau beobachtet, so stellt man fest, daß der Jongleur den Teller in drehende Bewegung versetzt. Diese Drehbewegung ist unbedingt erforderlich, denn sie verleiht dem Teller eine gewisse *Lagefestigkeit* im Raume, durch die das Jonglieren erst möglich wird. In diesem Kapitel sollen die physikalischen Gesetze untersucht werden, die dem geschilderten Jonglierkunststück und darüber hinaus vielen anderen Erscheinungen der Physik, der Technik und des Alltags zugrunde liegen. Bei dem rotierenden Teller handelt es sich um einen Körper, den man in der Physik als *Kreisel* bezeichnet. Wir setzen fest:

Unter einem Kreisel versteht man einen starren, rotierenden Körper, der entweder ganz frei beweglich ist oder der bei völliger Drehfreiheit nur in einem Punkte festgehalten wird.

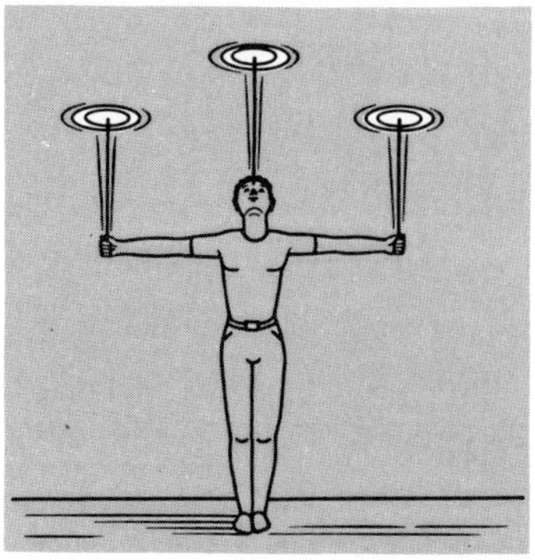

Abb. 140.1
Das Jonglieren eines Tellers

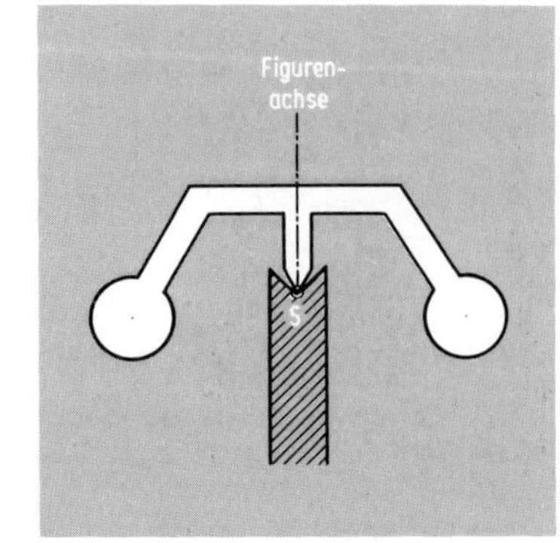

Abb. 140.2
Schnitt durch einen symmetrischen, kräftefreien Kreisel

Die von einem Kreisel ausgeführten Bewegungen sind im allgemeinen kompliziert. Deshalb beschränkt man sich praktisch durchweg auf den einfachen Fall des *symmetrischen Kreisels*. Es gilt:

Unter einem symmetrischen Kreisel versteht man einen starren, homogenen und rotationssymmetrischen Körper. Die Symmetrieachse wird als die Figurenachse des Kreisels bezeichnet.

Beispiele Symmetrische Kreisel sind Kugeln, Zylinder, Kegel, Räder, Rotationsellipsoide usw. Aber auch der in Abb. 140.2 im Schnitt dargestellte Körper ist ein symmetrischer Kreisel. Dieser Kreisel ist insbesondere noch dadurch gekennzeichnet, daß der Schwerpunkt *S* und der Unterstützungspunkt zusammenfallen.

Bei der Kreiselbewegung spielen die früher (S. 133) erwähnten *Hauptträgheitsachsen* des rotierenden Körpers eine wichtige Rolle. Wir zeigen dies durch einen Versuch.

Versuch 140.1 Bei einem quaderförmigen Holzkörper (z. B. einer flachen Zigarrenkiste) werden die Begrenzungsflächen durch drei verschiedene Farben gekennzeichnet, so daß jeweils zwei gegenüberliegende Flächen die geiche Farbe erhalten. Der Quader wird nach oben geworfen, wobei ihm nacheinander eine Rotation um jede der in Abb. 133.1 angegebenen Hauptträgheitsachsen erteilt wird.

Der Versuch zeigt, daß die Bewegung des Quaders bei einer Rotation um die Achsen mit dem größten und dem kleinsten Trägheitsmoment (*a* und *b*) insofern stabil erfolgt, als die Rotationsachsen ihre Richtung im Raume beibehalten. Dem Beobachter bleibt – wie an der Farbe leicht erkenntlich ist – immer die gleiche Fläche des Quaders zugewandt. Anders ist dies bei der Rotation um die Achse des mittleren Trägheitsmomentes (*c*). Jetzt führt der Quader eine torkelnde Bewegung aus, was daran erkennbar ist, daß der Beobachter wechselnde Farben sieht. Die Bewegung ist nicht stabil, weil die Rotationsachse ihre Richtung im Raume dauernd ändert.

Der folgende Versuch ist geeignet, diesen Sachverhalt noch genauer zu klären.

Versuch 140.2 Mit Hilfe eines Fadens hängt man an die vertikal gestellte Achse eines Motors nach Abb. 140.3 nacheinander

a) einen zylindrischen Stab,
b) eine Kreisscheibe,
c) einen Kettenring.

Dann wird die Drehzahl des Motors langsam gesteigert.

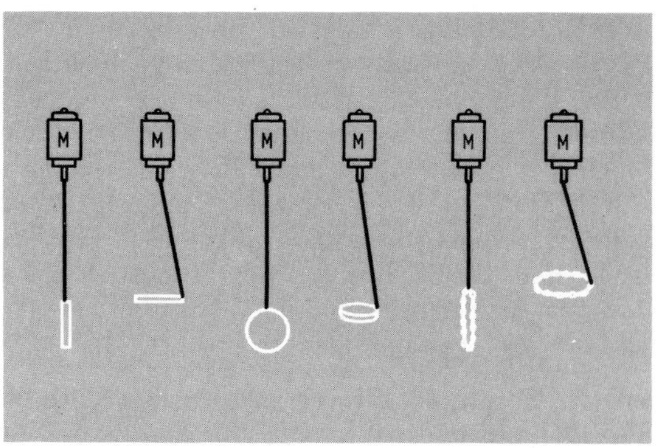

Abb. 140.3
Die Rotation von Körpern um die Achsen mit dem größten und dem kleinsten Trägheitsmoment

Der Versuch zeigt, daß die sich selbst überlassenen Körper bei der Drehbewegung ganz bestimmte Drehachsen wählen. Im einzelnen ergibt sich:

a) Der zylindrische Stab rotiert zunächst um seine Längsachse. Bringt man ihn durch einen genügend starken Stoß aus dieser Stellung heraus, so geht er in eine neue stabile Lage über, bei der er um eine zur Längsachse senkrechte Achse rotiert. Rotationen um andere Achsen stellen sich nicht von selbst ein.

b) Die Kreisscheibe rotiert zunächst um einen Durchmesser. Ein genügend starker Stoß bewirkt, daß sich eine Rotation um die Figurenachse einstellt.

c) Die zunächst nach unten hängende Kette stellt sich horizontal ein und wird gespannt. Die Rotationsachse geht durch den Mittelpunkt des entstehenden Kreisringes und steht auf der Kreisebene senkrecht.

In allen Fällen ergibt sich, daß ein sich selbst überlassener Körper nur um zwei Achsen stabil zu rotieren vermag. Man bezeichnet diese Rotationsachsen als *freie Achsen.* Die Erfahrung zeigt weiter:

Als freie Achsen können nur die Hauptträgheitsachsen mit dem größten und dem kleinsten Trägheitsmoment auftreten.

Rotationen um alle anderen Achsen sind nicht stabil und gehen bei frei beweglichen Körpern von selbst in Rotationen um die genannten Achsen des größten oder des kleinsten Trägheitsmomentes über. Im einzelnen ist hierzu folgendes zu sagen:

Jeder Körper hat – wie früher dargelegt – *drei Hauptträgheitsachsen*, die sich als Rotationsachsen unterschiedlich verhalten. Die Rotationen des Körpers um die Achsen des *größten* und *kleinsten Trägheitsmomentes* werden als *stabil* bezeichnet. Besonders stabil ist die Rotation um die Achse des größten Trägheitsmomentes, denn ein um die Achse des kleinsten Trägheitsmomentes rotierender Körper kann durch einen genügend starken Stoß dazu gebracht werden, in eine Rotation um die Achse des größten Trägheitsmomentes überzugehen, während der umgekehrte Vorgang nicht möglich ist. Dieser Übergang kommt aber nur bei einem genügend starken Stoß zustande, d.h., auch die Rotation um die Achse des kleinsten Trägheitsmomentes besitzt eine gewisse Stabilität. Die Rotation um die Achse des mittleren Trägheitsmomentes ist dagegen labil, denn sie geht bereits durch den kleinsten Stoß in eine Rotation um die Achse mit dem größten Trägheitsmoment über.

Es sollen nun einige Sonderfälle der Kreiselbewegung untersucht werden.

1. Der kräftefreie, symmetrische Kreisel

Ein Kreisel heißt kräftefrei, wenn auf ihn keine äußeren Kräfte einwirken. In Abb. 141.1 ist ein solcher kräftefreier Kreisel dargestellt. Dabei muß der Unterstützungspunkt genau im Schwerpunkt S des rotierenden Körpers liegen. Der Kreiselkörper befindet sich dann im indifferenten Gleichgewicht, wovon man sich durch Aufsetzen des nicht rotierenden Kreiselkörpers überzeugen kann. Mit diesem Kreisel führen wir den folgenden Versuch aus:

Versuch 141.1 Der Kreisel wird in rasche Rotation um seine Figurenachse versetzt. Nachdem man das Verhalten der Figurenachse bei ruhendem Kreisel beobachtet hat, nimmt man ihn in die Hand und bewegt sich damit durch das Zimmer (Abb. 141.2).

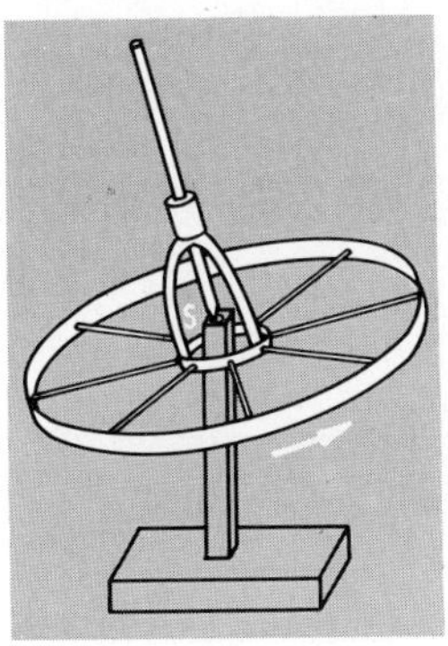

Abb. 141.1
Ein im Schwerpunkt S unterstützter Kreisel bewegt sich kräftefrei.

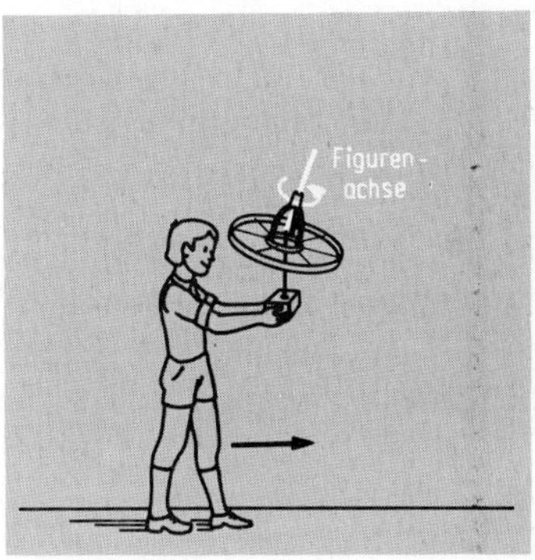

Abb. 141.2
Bei einem bewegten Kreisel behält die Figurenachse ihre Richtung im Raume bei.

Der Versuch zeigt:

1. Bei ruhendem Unterstützungspunkt behält die Figurenachse ihre Lage unverändert bei.

2. Bei einer Bewegung des Unterstützungspunktes behält die Figurenachse ihre Richtung im Raume unverändert bei, d.h., sie verschiebt sich parallel zur ursprünglichen Richtung.

Wir merken uns also:

Die Figurenachse eines rotierenden, kräftefreien Kreisels behält bei ruhendem Unterstützungspunkt ihre Lage im Raume und bei einer Bewegung des Unterstützungspunktes ihre Richtung im Raume bei.

Diese Tatsache kann man auch bei verschiedenen Spielzeugen und Sportgeräten beobachten. Jeder weiß, daß ein *Kinderspielreifen*, der im Ruhezustand umfällt, seine Achsenrichtung im Raume beibehält, wenn er in genügend schnelle Drehung versetzt wird (Abb. 142.1a). Dasselbe gilt von einem *Diabolokreisel*, der die Richtung seiner Drehachse im Raume ebenfalls beibehält (Abb. 142.1b). Schließlich gehört hierher die *Diskusscheibe*, der man beim Abwurf durch eine geeignete Handbewegung eine möglichst schnelle Rotation um die Achse des größten Trägheitsmomentes erteilt (Abb. 142.2). Da die Richtung dieser Achse im Raume erhalten bleibt, wirkt der Diskus im zweiten Teil seiner Flugbahn wie die Tragfläche eines Flugzeuges, so daß er langsamer zu Boden sinkt und eine größere Flugweite erreicht als ein mit gleicher Anfangsgeschwindigkeit abgeworfener Stein. Bei dem *rotierenden Teller* des zu Anfang erwähnten Jongleurs handelt es sich ebenfalls um einen Kreisel, dessen Lagestabilität dadurch zustande kommt, daß die Figurenachse ihre Lage im Raume beizubehalten sucht.

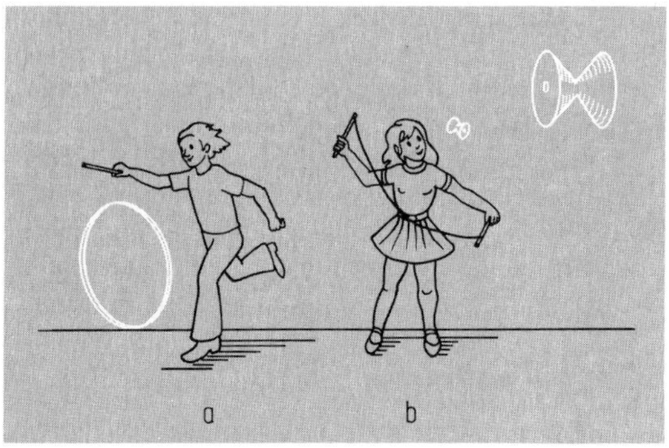

Abb. 142.1
Ein Kinderspielreifen (a) und ein Diabolo (b) sind Kreisel und behalten deshalb die Richtung ihrer Drehachsen bei.

Von der Eigenschaft des Kreisels, seine Achsenrichtung im Raume beizubehalten, macht man auch bei *Geschossen* Gebrauch, um ein Überschlagen in der Luft zu verhindern. Man erteilt dem Geschoß durch in den Rohrlauf eingeschnittene „Züge“ eine Rotation um seine Längsachse, die man als *Geschoßdrall* (Rechts- oder Linksdrall) bezeichnet. Man sollte dann erwarten, daß das Geschoß sich in der durch Abb. 142.3 dargestellten Weise bewegt. Eine solche Bewegung erfolgt aber nur im luftleeren Raum. Durch den Luftwiderstand werden auf den Kreisel Kräfte ausgeübt, die eine komplizierte Bewegung der Rotationsachse mit sich bringen, so daß das Geschoß mit seiner Spitze zuerst das Ziel erreicht und gleichzeitig bei Rechtsdrall in der dargestellten Weise etwas aus der Ziellinie abgelenkt wird (Abb. 142.3).

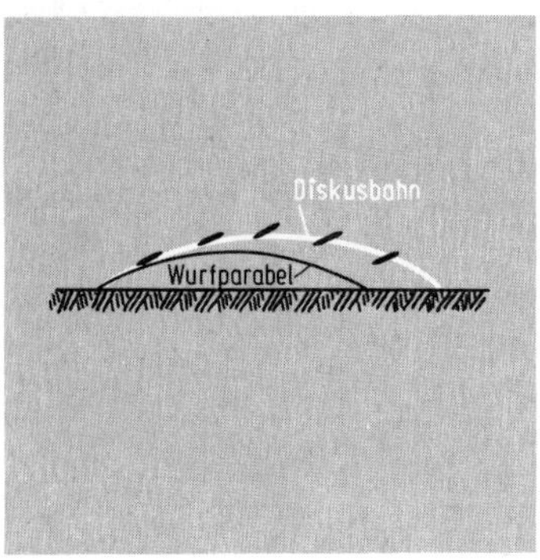

Abb. 142.2
Eine Diskusbahn im Vergleich zur Flugbahn eines mit der gleichen Anfangsgeschwindigkeit abgeworfenen Steines

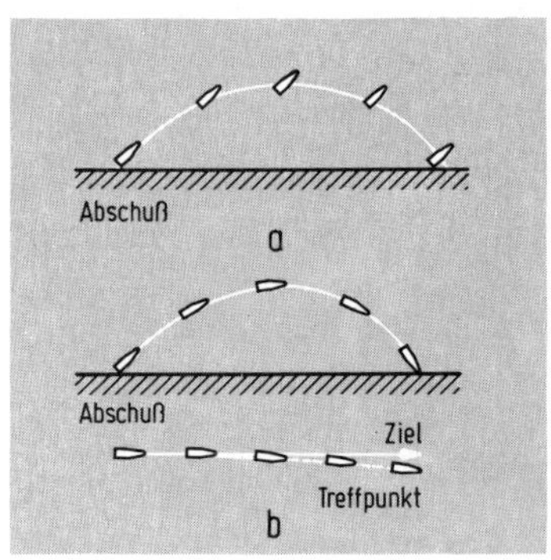

Abb. 142.3
Die Bewegung eines Geschosses im leeren Raum (a) und im lufterfüllten Raum (b) unter dem Einfluß des Dralles

2. Der nicht kräftefreie, symmetrische Kreisel

Wenn auf einen Kreisel Kräfte oder Drehmomente wirken, so führt er komplizierte Bewegungen aus. Wir prüfen mit Hilfe eines Versuches, was geschieht, wenn auf den Kreisel ein Drehmoment ausgeübt wird.

Versuch 143.1 Der Kreisel wird in Rotation um seine Figurenachse versetzt und nach Abb. 143.1 so aufgestellt, daß sein Schwerpunkt S nicht mehr mit dem Unterstützungspunkt zusammenfällt.

Die in dem Schwerpunkt des Kreisels angreifende Kraft $\vec{F}$ erzeugt ein dauernd wirkendes Drehmoment, das den Kreisel zu kippen bestrebt ist. Der Versuch zeigt aber, daß die Kreiselachse dem Drehmoment nicht folgt, sondern den in Abb. 143.1 gezeichneten Kegelmantel beschreibt. Wir erkennen also:

Wenn auf einen Kreisel dauernd ein kippendes Drehmoment wirkt, so weicht die Achse aus und beschreibt einen Kegelmantel. Man bezeichnet diese Bewegung als Präzession.

Die Erde stellt ebenfalls einen Kreisel mit freier Drehachse dar, auf den ein Drehmoment wirkt. Um das Zustandekommen dieses Drehmomentes zu verstehen, muß man sich vergegenwärtigen, daß die Erde eine etwas abgeplattete Kugel darstellt, also gewissermaßen in der Nähe des Äquators einen Wulst hat. Die stabile Bahn der Erde um die Sonne kommt dadurch zustande, daß für den Erdmittelpunkt die Radialkraft in jedem Augenblick gleich der Anziehungskraft zwischen Erde und Sonne ist. Teilen wir nun die Erde gemäß Abb. 143.2 in zwei Hälften mit den Schwerpunkten S_1 und S_2, so sind für diese beiden Punkte die Radialkraft und die Anziehungskraft nicht mehr gleich. Die auf S_1 wirkende Anziehungskraft der Sonne ist wegen des kleineren Abstandes größer und die Radialkraft wegen des kleineren Bahnradius und gleicher Winkelgeschwindigkeit kleiner als die auf den Erdmittelpunkt wirkende Kraft; die Folge ist eine resultierende Kraft, die zur Sonne gerichtet ist. Bei S_2 ist es genau umgekehrt, so daß sich hier eine von der Sonne weggerichtete Kraft vom gleichen Betrag ergibt. Die beiden Kräfte bilden im wesentlichen ein Kräftepaar und üben auf die Erdachse ein Drehmoment aus; strenggenommen tritt auch noch eine kleine resultierende Kraft auf, die aber in diesem Zusammenhang nicht interessiert. Wie jeder Kreisel reagiert die Erde auf das Drehmoment mit einer Präzessionsbewegung. Die Erdachse beschreibt infolgedessen in 26000 Jahren, einem *Platonischen Jahr*, einen Kegelmantel, dessen Öffnungswinkel 47° ist. Dadurch verändert die Erdachse mit der Zeit ihre Lage im Weltraum; sie wird in einigen Jahrtausenden nicht mehr auf den heutigen Polarstern, sondern auf eine andere Stelle des Himmels weisen; in etwa 13000 Jahren wird dies z.B. der Stern Wega sein, der dann als Polarstern bezeichnet werden müßte.

Die Kräfte, mit denen sich ein Kreisel jeder Richtungsänderung seiner Drehachse widersetzt, werden als *Kreiselkräfte* bezeichnet. Es handelt sich hierbei um Kräfte, die beträchtliche Größen erreichen können. Sie müssen deshalb in der Technik berücksichtigt werden, wenn etwa bei rotierenden Maschinenteilen schnelle Richtungsänderungen der Drehachsen vorkommen.

Die Eigenschaft des rotierenden Kreisels, die Richtung seiner Drehachse im Raume beizubehalten, wird bei *Stabilisierungseinrichtungen* verschiedenster Art verwendet. Wir nennen einige Beispiele:

1. Der von dem Schiffbauingenieur E. O. SCHLICK (1840–1913) erfundene SCHLICK-*Schiffskreisel* diente der Verringerung oder Vermeidung des Schlingerns bei Schiffen.

Heute steuert man mit einem Kreisel zwei Flossen, die sich unter Wasser befinden. Bei einer Schlingerbewegung des Schiffes bewegt sich der Kreisel gegenüber dem Schiffsrumpf und bewirkt dadurch über eine Ruderanlage, daß die Flossen der Schlingerbewegung des Schiffes entgegensteuern.

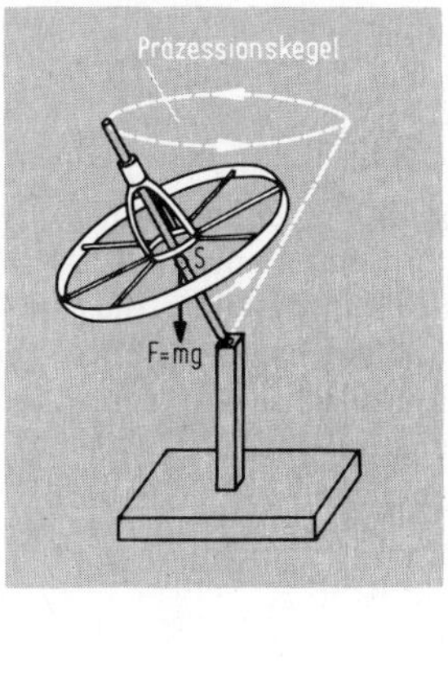

Abb. 143.1 Die Präzessionsbewegung eines nicht kräftefreien Kreisels

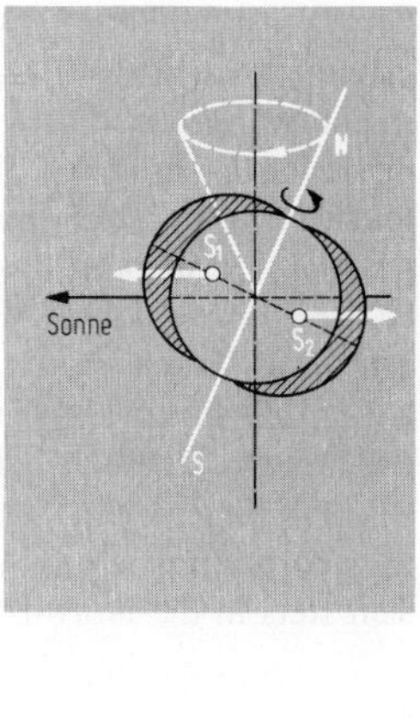

Abb. 143.2 Die Entstehung der Erdpräzession (nicht maßstäblich)

2. Der *künstliche Horizont* ist ein in Flugzeugen verwendetes Kreiselgerät, durch das eine Marke bei jeder Lage des Flugzeuges horizontal gehalten wird. Das Gerät zeigt also beim Flug in den Wolken zu jeder Zeit die Lage des Horizontes an und gibt damit dem Flugzeugführer beim Instrumentenflug die Möglichkeit festzustellen, in welcher Stellung sich das Flugzeug zur Vertikalen befindet. Das von einem auf der Erde ruhenden Beobachter zur Ermittlung der vertikalen Richtung verwendete Senkblei kann in Flugzeugen nicht benutzt werden, weil diese oft beschleunigte Bewegungen ausführen (S. 86). In Abb. 144.1 ist ein künstlicher Horizont wiedergegeben.

Moderne Großflugzeuge werden heute mit sogenannten Trägheitsnavigationsanlagen ausgerüstet, die ständig die Flugzeuglage und die Position angeben. Kernstück solcher Anlagen ist eine kardanisch gelagerte Plattform, d.h. ein System von Kreiseln und Beschleunigungsmessern, die über viele Stunden die Richtung unverändert beibehält.

Abb. 144.1 Der künstliche Horizont in einem Flugzeug

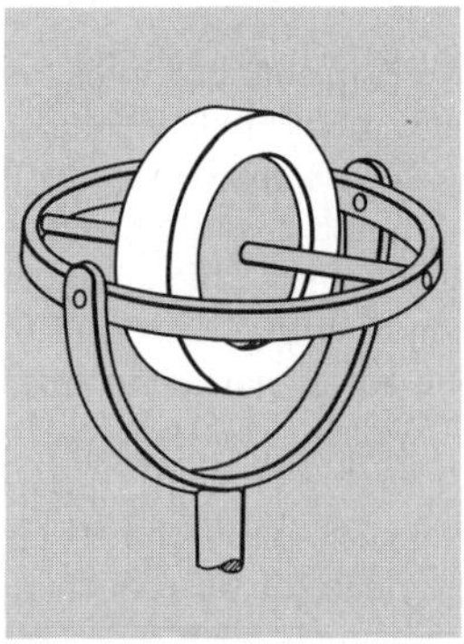

Abb. 144.2 Kardanisch aufgehängter Kreisel

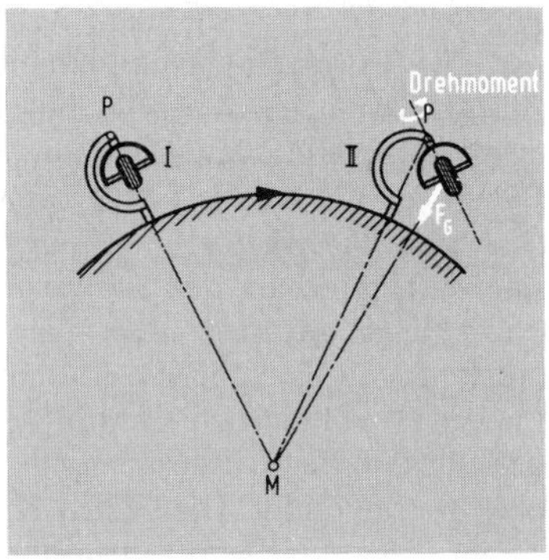

Abb. 144.3 Zur Wirkungsweise des nordsuchenden Kreiselkompasses

3. Der *richtunghaltende Kreisel* beruht ebenfalls auf den oben behandelten Kreiselgesetzen. Wenn ein rotierender Kreisel frei beweglich gelagert ist, so behält die Drehachse ihre Richtung im Raume bei. Die freie Lagerung des Kreisels kann mit Hilfe einer von dem italienischen Mathematiker G. CARDANO (1501–1576) erfunden und nach ihm als *kardanische Aufhängung* bezeichneten Einrichtung erreicht werden (Abb. 144.2). Die kardanische Aufhängung besteht aus einer Gabel, die um eine vertikale Achse drehbar ist. Um eine horizontale Achse drehbar ist darin ein Ring gelagert. Dieser Ring trägt, senkrecht zu der letztgenannten Achse, die Kreiselachse. Ein kräftefrei aufgehängter Kreisel behält seine Figurenachse relativ zum Fixsternhimmel bei, und zwar auch dann, wenn die Aufhängeeinrichtung etwa durch die Bewegungen eines fahrenden Schiffes oder eines fliegenden Flugzeuges verschoben oder verdreht wird. Ein richtunghaltender Kreisel ist z.B. der Kurskreisel. Auf älteren und kleineren Flugzeugen wird der kompaßgeführte Kurskreisel verwendet, der jedoch nicht mit dem Kreiselkompaß verwechselt werden darf.

4. Auf Schiffen werden heute nur richtungsuchende Kreisel (sog. *nordsuchende Kreisel*) verwendet. Ihre Wirkungseise ist komplizierter und soll hier anhand von Abb. 144.3 nur angedeutet werden. Der Kreisel wird in der dargestellten Weise aufgehängt. Der Einfachheit halber soll dies an einem Punkt des Äquators geschehen. Der Aufhängepunkt P liegt über dem Schwerpunkt des Kreisels. Durch die Drehung der Erde kommt der Kreisel von der Stellung I in die Stellung II. Dabei ist er zunächst bestrebt, die Richtung seiner Figurenachse im Raume beizubehalten. Die im Schwerpunkt des Kreisels angreifende Schwerkraft F_G verursacht dann aber ein auf den Kreisel um den Punkt P wirkendes Drehmoment. Die Folge ist eine Präzessionsbewegung des Kreisels in Richtung Nord. Ohne dies im einzelnen zu begründen, sei nur darauf hingewiesen, daß diese Präzessionsbewegung zu einer Schwingung um die Nordrichtung führt.

Mit einer Dämpfungseinrichtung kommt die Kreiselachse auf dem Meridian zur Ruhe und behält dann diese Richtung bei jeder weiteren Erddrehung bei.

Die hier für den Äquator durchgeführten Überlegungen lassen sich auf alle anderen Punkte der Erdoberfläche übertragen. Die Vorgänge sind dann komplizierter, das Ergebnis ist aber auch, daß die Kreiselachse sich stets in die Nord-Süd-Richtung einstellt.

Seit 1927 wird die von DR. ANSCHÜTZ-KAEMPFE entwickelte, in einer Hüllkugel schwimmende Zweikreiselkugel verwendet. Diese sphärische Pfannenlagerung ersetzt die kardanische Lagerung des Kreiselrotors (Abb. 145.1).

Bei älteren Kompassen eliminiert eine kardanische Lagerung der Hüllkugel Schiffsbewegungen und Schiffsbeschleunigungen um die Stampf- bzw. Rollachse. Bei modernen Kompassen – wie in Abb. 145.2 gezeigt – wird aus wirtschaftlichen Gründen die kardanische Lagerung durch eine Pedelaufhängung ersetzt.

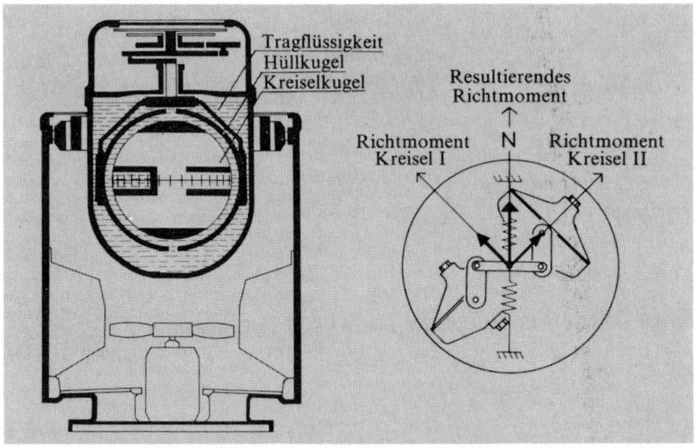

Abb. 145.1 Schnitt durch einen Kreiselkompaß und Blick auf die in der Kreiselkugel gelagerten Kreisel

Abb. 145.2 Moderner Kreiselkompaß (ANSCHÜTZ, Standard 12)

5. Die Steuereinrichtung von *Raketen* macht ebenfalls von der Eigenschaft des Kreisels, seine Lage im Raume beizubehalten, Gebrauch.

2.6.7 Die Analogien zwischen der Translations- und der Rotationsbewegung

In der folgenden Tabelle sind alle wichtigen physikalischen Größen und Gesetze für die Translations- und die Rotationsbewegung noch einmal so nebeneinander gestellt, daß die Analogien zwischen den beiden Bewegungsarten deutlich sichtbar werden. Dabei haben wir uns bei den vektoriellen Größen auf die Angabe der Beträge beschränkt.

Translationen		*Rotationen*
Weg s	$s=r\varphi$	Drehwinkel φ
Geschwindigkeit $v=\frac{ds}{dt}$	$v=r\omega$	Winkelgeschwindigkeit $\omega=\frac{d\varphi}{dt}$
Beschleunigung $a=\frac{dv}{dt}=\frac{d^2s}{dt^2}$	$a=r\alpha$	Winkelbeschleunigung $\alpha=\frac{d\omega}{dt}=\frac{d^2\varphi}{dt^2}$
Masse m		Trägheitsmoment oder Drehmasse $J=\int r^2\,dm$
Kraft $F=ma$	$M=rF$	Drehmoment $M=J\alpha$
Arbeit $W=\int F\,ds$		Arbeit $W=\int M\,d\varphi$
Leistung $P=\frac{dW}{dt}=Fv$		Leistung $P=\frac{dW}{dt}=M\omega$
Translationsenergie $W_{trans}=\frac{1}{2}mv^2$		Rotationsenergie $W_{rot}=\frac{1}{2}J\omega^2$
Impuls $p=mv$, $F=\frac{d(mv)}{dt}=\frac{dp}{dt}$	$L=rp$	Drehimpuls oder Drall $L=J\omega$, $M=\frac{d(J\omega)}{dt}=\frac{dL}{dt}$
Gleichförmige Translationsbewegung $s=vt$		Gleichmäßige Kreisbewegung $\varphi=\omega t$
Gleichmäßig beschleunigte Translationsbewegung $v_t=v_0+at$, $s_t=s_0+v_0t+\frac{1}{2}at^2$		Gleichmäßig beschleunigte Rotationsbewegung $\omega_t=\omega_0+\alpha t$, $\varphi_t=\varphi_0+\omega_0t+\frac{1}{2}\alpha t^2$

Der Abschnitt über die Drehbewegungen soll wiederum mit dem Lösen einiger Aufgaben abgeschlossen werden.

Beispiele

1. Ein homogener Metallzylinder mit der Masse $m=4$ kg und dem Durchmesser $d=20$ cm rollt mit der Winkelgeschwindigkeit $\omega=1\ \text{rad}\cdot\text{s}^{-1}$ auf einer horizontalen Ebene. Wie groß ist die gesamte Bewegungsenergie des Zylinders?

Für die gesamte Bewegungsenergie gilt:

$$W_k = W_{\text{trans}} + W_{\text{rot}} = \tfrac{1}{2} m v^2 + \tfrac{1}{2} J \omega^2 .$$

Die Translationsgeschwindigkeit v des Zylinders hat den gleichen Betrag wie die Bahngeschwindigkeit der Punkte des Zylindermantels. Daher ist

$$v = r\omega .$$

Für das Trägheitsmoment eines homogenen Zylinders gilt:

$$J = \tfrac{1}{2} m r^2 .$$

Daher ist

$$W_k = \tfrac{1}{2} m r^2 \omega^2 + \tfrac{1}{4} m r^2 \omega^2 = \tfrac{3}{4} m r^2 \omega^2 = \tfrac{3}{4} \cdot 4\ \text{kg} \cdot 0{,}01\ \text{m}^2 \cdot 1\ \text{rad}^2\,\text{s}^{-2} = 0{,}03\ \text{J}.$$

2. Das Rad eines Fahrrades hat den Durchmesser $d=60$ cm. Die Felge hat die Masse $m=0{,}9$ kg; die Masse der Speichen soll vernachlässigt werden. Das Fahrrad fährt mit der Geschwindigkeit $v=2\ \text{m}\,\text{s}^{-1}$. Wie groß ist dann der Drehimpuls des Rades?

Für den Drehimpuls gilt:

$$L = J\omega = m r^2 \omega = m r v = 0{,}9\ \text{kg} \cdot 0{,}3\ \text{m} \cdot 2\ \text{m}\,\text{s}^{-1} = 0{,}54\ \text{J}\,\text{s}.$$

3. Auf einem Drehschemel sitzt eine Person, die bei angezogenen Armen zwei schwere Hanteln hält, so daß diese von der Drehachse den Abstand $r_1=10$ cm haben. Dann wird der Drehschemel in Rotation versetzt, und zwar soll er $\nu_1=1$ Umdrehung je Sekunde ausführen. Die Person streckt dann die Arme ruckartig aus, wobei der Abstand der Hanteln von der Drehachse auf $r_2=50$ cm zunimmt. Wie viele Umdrehungen je Sekunde führt der Schemel jetzt aus, wenn der Drehimpuls der Person und des Schemels gegenüber demjenigen der Hanteln vernachlässigt wird?

Wegen der Erhaltung des Drehimpulses gilt:

$$m r_1^2 \omega_1 = m r_2^2 \omega_2 .$$

Da

$$\omega_1 = 2\pi \nu_1 \quad \text{und} \quad \omega_2 = 2\pi \nu_2$$

ist, folgt

$$r_1^2 \nu_1 = r_2^2 \nu_2$$

oder

$$\nu_2 = \frac{r_1^2}{r_2^2} \nu_1 = \frac{100\ \text{cm}^2}{2500\ \text{cm}^2} \cdot 1\ \text{s}^{-1} = \frac{1}{25}\ \text{s}^{-1}.$$

Weitere Aufgaben: Siehe O. HÖFLING, Physik-Aufgaben II/1.

2.7 Die Gravitation

2.7.1 Die allgemeinen Eigenschaften der Kraftfelder

Die experimentellen Erfahrungen haben gezeigt, daß Körper anscheinend auf zwei verschiedene Weisen Kräfte aufeinander ausüben können, und zwar

1. durch die Vermittlung mehr oder weniger starrer Verbindungen und
2. ohne jeden erkennbaren Übertragungsmechanismus durch den leeren Raum hindurch.

Beispiele

zu 1: Das Ziehen eines Wagens mit Hilfe eines Seiles oder die Beschleunigung eines Körpers durch eine gespannte Feder.

zu 2: Die Anziehung zwischen Erde und Mond oder die Anziehung eines Stück Eisens durch einen Magnet oder die Anziehung bzw. Abstoßung elektrischer Ladungen.

Sowohl bei der Schwerkraft als auch bei der Anziehung und Abstoßung elektrisch geladener Körper *scheint* es zunächst so, als ob die Kräfte ohne eine Vermittlung des Zwischenraumes von einem Körper auf einen räumlich entfernten zweiten Körper zu wirken vermögen. Man hat deshalb von einer *Fernwirkung* und von *Fernkräften* gesprochen. Diese Fernwirkungstheorie ist von vielen Physikern als unbefriedigend empfunden worden, weil sie dem menschlichen Anschauungsvermögen wenig gerecht wird. Man hat deshalb nach einer anderen Erklärung der Kraftübertragung gesucht.

Wir gehen von einem anschaulichen Beispiel aus, bei dem die Kraftübertragung durch einen materiellen Körper erfolgt und gut verfolgt werden kann. Wenn man auf eine Wasseroberfläche einen Stein wirft, so wird nach einiger Zeit ein an einer entfernten Stelle schwimmender Körper hierdurch in Bewegung gesetzt. Man kann dabei deutlich verfolgen, wie die Kraft unter Mitwirkung des Wassers von einer Stelle des Raumes an eine andere übertragen wird, und kann auch die *Zeit messen*, die zu dieser Übertragung erforderlich ist. Bei diesem Beispiel haben wir es also eindeutig nicht mit einer Fernwirkung, sondern mit einer *Nahewirkung* zu tun. In allen Fällen, in denen sich die Kraft nicht momentan, d.h. mit unendlich großer Geschwindigkeit, ausbreitet, sondern in denen die krafterzeugende Ursache an einem entfernten Körper nach einer endlichen, vom Abstand der beiden Körper abhängigen Zeit wirksam wird, muß man annehmen, daß die Übertragung von Punkt zu Punkt des Raumes erfolgt, daß also eine Nahewirkung vorliegt.

Es hat sich nun gezeigt, daß eine solche endliche Ausbreitungsgeschwindigkeit sowohl bei den magnetischen als auch bei den elektrischen Anziehungs- und Abstoßungskräften vorliegt. Sie beträgt rund 300000 $\mathrm{km\,s^{-1}}$.

Wenn z.B. in diesem Augenblick auf der Sonne elektrische Ladungen entstehen, so dauert es $8\frac{1}{3}$ min, bis sie auf irdische Ladungen anziehende oder abstoßende Kräfte ausüben. Wenn wir bei unseren Versuchen mit elektrischen Ladungen diese *endliche* Ausbreitungsgeschwindigkeit nicht bemerken und auf den ersten Blick glauben, die Kraftübertragung geschehe momentan, so liegt das nur an dem für irdische Abmessungen ungeheuer großen Betrag der Ausbreitungsgeschwindigkeit.

Obwohl es bis heute nicht mit letzter Sicherheit gelungen ist, entsprechende Messungen für die Gravitationskräfte auszuführen, zweifelt kaum ein Physiker daran, daß auch hier eine endliche Ausbreitungsgeschwindigkeit vorliegt.

Aus der Vorstellung der endlichen Ausbreitungsgeschwindigkeit hat M. Faraday (1791–1867) als erster den Schluß gezogen, daß es echte Fernkräfte überhaupt nicht gibt. Er vertrat die Auffassung, daß die Kraftwirkungen durch die Vermittlung des Raumes von einem Körper zum anderen übertragen werden.

Allerdings macht die Ausbreitung der Kraftwirkungen durch den völlig leeren Raum auch gewisse gedankliche Schwierigkeiten, insbesondere wenn man an eine Übertragung nach mechanischem Muster denkt. Man nahm deshalb früher einen auch den leer erscheinenden Raum erfüllenden und alle Körper durchdringenden Stoff an, den man als *Weltäther* oder *Äther* bezeichnete und der für die Übertragung der Kraftwirkungen von einem Ort zum anderen verantwortlich sein sollte.

Es ist inzwischen durch experimentelle Untersuchungen mit Sicherheit nachgewiesen worden, daß es einen solchen Äther nicht gibt. Wir werden später auf die Äthervorstellung noch genauer zu sprechen kommen und bemerken vorerst, daß diese Vorstellung aus jener Epoche der Physik stammt, die alle Naturvorgänge mechanisch zu beschreiben versuchte.

Faraday nahm an, daß die Anwesenheit eines elektrisch geladenen Körpers oder eines Magnets in dem umgebenden Raum gewisse Veränderungen verursacht, auch wenn dieser völlig leer ist. Diese Veränderungen des Raumes üben dann auf einen zweiten Körper bestimmte Wirkungen aus. Damit werden dem *leeren Raum physikalische Eigenschaften* zugeschrieben, die ihn befähigen, auf Körper Kräfte auszuüben. Wir setzen fest:

Unter einem Kraftfeld oder einem Feld versteht man einen mit bestimmten physikalischen Eigenschaften ausgestatteten Raum, in dem auf Körper mit den entsprechenden, für das Feld charakteristischen physikalischen Eigenschaften Kräfte oder Drehmomente ausgeübt werden.

Die Kraftfelder spielen in der Physik eine große Rolle. Es handelt sich hier vor allem um die vier folgenden Arten von Feldern:

1. In der Umgebung eines *Magnets* oder eines stromdurchflossenen Leiterstückes ist ein *magnetisches Feld* vorhanden. In jedem seiner Punkte wird auf einen anderen Magneten ein Drehmoment ausgeübt.

2. In der Umgebung einer *elektrischen Ladung* befindet sich ein *elektrisches Feld*, durch das auf eine andere elektrische Ladung innerhalb dieses Feldes eine Kraft ausgeübt wird.

3. In der Umgebung eines *materiellen Körpers* befindet sich das *Schwere-* oder *Gravitationsfeld.* In jedem Raumpunkt wird auf einen materiellen Körper eine Kraft ausgeübt, die ihre Ursache in dem Vorhandensein des ersten Körpers hat.

4. Im Bereich der *Atomkerne* wirkt das *Kernfeld.* Dieses ist für die Übertragung der Kräfte zwischen den Kernbausteinen verantwortlich.

Wir beschäftigen uns in diesem Abschnitt mit der Untersuchung des *Gravitationsfeldes*, weisen aber schon darauf hin, daß die hier ermittelten Zusammenhänge sich später weitgehend auf die elektrischen und z.T. auch auf die magnetischen Felder übertragen lassen. Die Kernfelder unterscheiden sich dagegen von den genannten Feldern wesentlich. Zu ihrer Beschreibung müssen deshalb andere physikalische Größen verwendet werden, als sie in den nächsten Abschnitten für das Gravitationsfeld entwickelt werden.

2.7.2 Die Gravitationskräfte

Es wird berichtet, daß der englische Physiker I. Newton (1643–1727) sich 1665, als in Cambridge die Pest ausgebrochen war, in die ländliche Einsamkeit seines Geburtsortes Woolsthorpe zurückgezogen habe und daß ihm dort in einem Garten ein Apfel auf den Kopf gefallen sei. Dieses Ereignis soll ihn veranlaßt haben, über die Anziehungskraft der Erde genauer nachzudenken und sich die Frage vorzulegen, wie weit diese Kraft wohl reichen möge. Diese Geschichte wird uns von F.M.A. Voltaire (1694–1778), der sie mündlich von einer Nichte Newtons erfahren haben will, berichtet. Es ist möglich, daß sie erdichtet ist. In jedem Falle zeigt sie eine für den Fortschritt der Wissenschaft wichtige Tatsache: Alltägliche Vorgänge, um die sich die meisten Menschen kaum oder gar nicht kümmern, sind oft für den wachen und aufmerksamen Beobachter zum Ausgangspunkt neuer Fragestellungen und äußerst fruchtbarer Entdeckungen geworden. Newton erkannte im Zusammenhang mit dem fallenden Apfel neue Probleme und versuchte, diese aus dem Wissen seiner Zeit heraus zu lösen. Er konnte sich dabei auf die Arbeiten von G. Galilei (1564–1642) stützen, dessen Werk weiterführen und es zu einem gewissen Abschluß bringen.

Bei der Untersuchung der Fallbewegung haben wir bereits erkannt, daß diese Bewegung für ihr Zustandekommen eine Kraft erfordert, die den Körper nach unten zieht und die wir als Schwerkraft bezeichnet haben. Newton kam nun auf den kühnen Gedanken, diese irdische Schwerkraft als den Sonderfall einer allgemeinen Eigenschaft der Materie aufzufassen, die wir als *Massenanziehung* oder als *Gravitation* bezeichnen. Alle Körper üben hiernach aufgrund ihrer Masse eine gegenseitige Anziehung aufeinander aus. Die Entdeckung der Gravitation und des für die Gravitationskräfte geltenden Gesetzes hat sich als äußerst fruchtbar erwiesen. Mit Hilfe dieses Gesetzes war es möglich, zahlreiche scheinbar verschiedene Naturerscheinungen als die Auswirkungen eines allgemeinen Naturgesetzes zu erklären. Zu diesen Erscheinungen gehören nicht nur der freie Fall und die Wurfbewegung, sondern auch die Vorgänge von Ebbe und Flut, die Bewegung des Mondes um die Erde, die Bewegungen der Erde und der übrigen Planeten um die Sonne und schließlich auch die Bewegungen der künstlichen Satelliten um die Erde sowie die Flüge der Raumsonden zum Monde und zu den Planeten des Sonnensystems.

Die allgemeine Massenanziehung scheint auf den ersten Blick mit den Erfahrungen des Alltags in Widerspruch zu stehen, denn es ist aus dem täglichen Leben nicht bekannt, daß die Gegenstände unserer Umwelt, wie Tische, Stühle oder Schränke, einander anziehen und sich als Folge dieser Anziehung etwa aufeinander zubewegen. Eine genauere Untersuchung hat aber gezeigt, daß es sich hier nur um einen scheinbaren Widerspruch handelt, der darauf zurückzuführen ist, daß die Anziehungskräfte zwischen den Gegenständen des täglichen Lebens so klein sind, daß man sie nicht unmittelbar beobachten kann. Sie werden durch andere, erheblich größere Kräfte, wie etwa die Reibungskräfte, überlagert und können deshalb nicht wahrgenommen werden. Es ist aber trotzdem gelungen, die Wirkungen der Gravitationskräfte sichtbar und sogar meßbar zu machen. Hierzu gibt es zwei Möglichkeiten:

1. Man kann das *Nachweisverfahren verfeinern.* Dies kommt im wesentlichen darauf hinaus, die Reibung so klein zu machen, daß schon ganz geringe Kräfte eine Bewegung hervorbringen können.

2. Man kann *möglichst große Massen* verwenden, was wiederum auf zwei verschiedene Weisen geschehen kann:

a) Eine der beteiligten Massen kann sehr groß gewählt werden, indem man etwa die *Erde* als diese Masse verwendet.

b) Die beiden beteiligten Massen können möglichst groß gewählt werden, indem man etwa die Anziehung zwischen der Erde und dem Mond oder zwischen der Erde und der Sonne untersucht.

Im folgenden werden wir uns mit diesen verschiedenen Möglichkeiten näher beschäftigen.

Die *Verfeinerung des Nachweisverfahrens* wurde zuerst von dem englischen Physiker H. CAVENDISH (1731 – 1810) im Jahre 1798 mit Erfolg durchgeführt. Bei den folgenden Untersuchungen verwenden wir eine verbesserte Form des von CAVENDISH benutzten Gerätes. Eine schematische Darstellung dieses Gerätes zeigt Abb. 149.1. An den beiden Enden eines leichten Stabes sind zwei kleine Bleikugeln mit den Massen m_1 befestigt. Der Stab ist an einem Torsionsband aus Bronze horizontal und leicht beweglich aufgehängt, so daß er um eine vertikale Achse durch den Punkt P drehbar ist. Nähert man nun den genannten Kugeln irgendwelche andere Körper, z. B. andere Bleikugeln mit den Massen m_2, so werden die leicht beweglichen Kugeln angezogen. Sie geraten in Bewegung und der Stab beginnt sich zu drehen, wobei das Torsionsband verdrillt wird. Die Bewegung der kleinen Kugeln hält so lange an, bis die zwischen den Massen m_1 und m_2 wirkenden Anziehungskräfte und die durch die Verdrillung des Fadens entstehenden, entgegengesetzt gerichteten, elastischen Kräfte einander aufheben. Um die sehr empfindliche Anordnung von der stets bewegten Außenluft abzuschließen, befindet sie sich in einem Gehäuse, wie dies in Abb. 149.2 dargestellt ist. Jede Drehung des beweglichen Balkens kann mit Hilfe eines an der Drehachse befindlichen kleinen Spiegels durch einen Lichtzeiger auf einer entfernten Skala abgelesen werden.

Versuch 149.1 Wir nähern den in Ruhe befindlichen inneren Bleikugeln von außen zwei andere Bleikugeln und beobachten den Lichtzeiger.

Bei der Annäherung der Bleikugeln gerät der Lichtzeiger in Bewegung und zeigt damit an, daß die in dem Gehäuse befindlichen Kugeln von den in die Nähe gebrachten Körpern angezogen werden. Wir werden dieses Gerät, das man als *Gravitationsdrehwaage* bezeichnet, später noch zu genaueren Messungen benutzen. Hier genügt uns die Feststellung, daß die im Alltag nicht feststellbare *Massenanziehung durch eine Verfeinerung des Verfahrens nachgewiesen werden kann.* Wenn wir den ermittelten Sachverhalt genau beschreiben, so müssen wir sagen, daß die in dem Gehäuse befindlichen Kugeln von den Kugeln außerhalb des Gehäuses angezogen werden. Nach dem dritten NEWTON-Axiom (S. 78) treten Kräfte aber immer nur paarweise auf, so daß zu der Kraft $\vec{F}_1$, die von den außerhalb des Gehäuses befindlichen Körpern auf die Kugeln ausgeübt wird, immer eine Gegenkraft $\vec{F}_2$ gehört, die von den Kugeln auf die außerhalb befindlichen Körper wirkt. Diese beiden Kräfte haben die gleiche Größe und die entgegengesetzte Richtung; es ist also

$$\vec{F}_1 = -\vec{F}_2 .$$

Als Ergebnis der bisherigen experimentellen Erfahrungen ergibt sich also:

Die Massen zweier Körper ziehen einander mit gleich großen, entgegengesetzt gerichteten Kräften an.

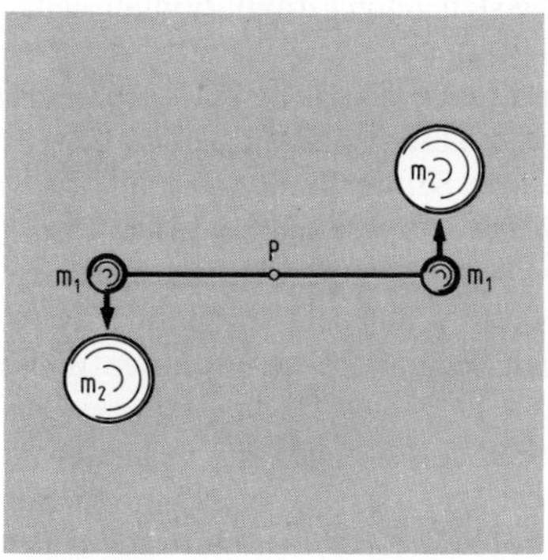

Abb. 149.1
Zum Nachweis der Gravitation

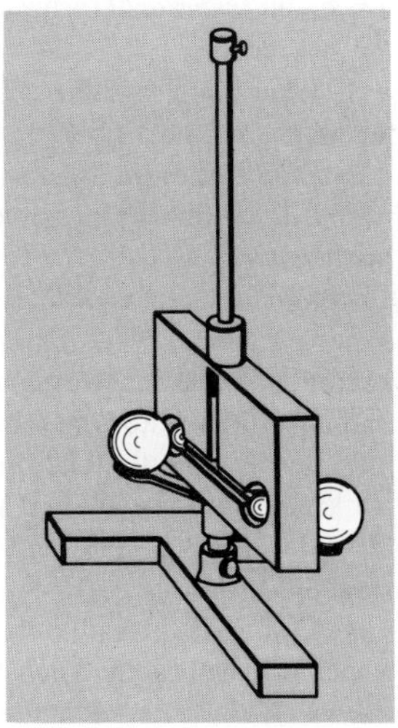

Abb. 149.2
Die Gravitationsdrehwaage

Die anziehenden Kräfte, die die Körper aufeinander ausüben, werden *Gravitationskräfte* genannt.

Aus den bisherigen Beobachtungen läßt sich zwar das Vorhandensein der Gravitationskräfte, aber noch kein Gesetz über ihre Größe ableiten. Ein solches Gesetz kann nur aus der Erfahrung gewonnen werden. Da aber die Gravitationskräfte bei den zum Experimentieren verfügbaren Körpern nach den obigen Feststellungen sehr klein sind, ist es schwierig, aufgrund von Messungen an der Gravitationsdrehwaage zur Auffindung gesetzmäßiger Zusammenhänge zu kommen. Man müßte dazu nämlich Meßreihen aufstellen, indem man die Massen und die Abstände verändert und die jeweils zugehörigen Kräfte mißt. Wegen der experimentellen Schwierigkeiten, die ein solches Vorgehen mit sich bringen würde, gehen wir hier einen anderen Weg. Wir schließen uns damit der geschichtlichen Entwicklung an, die zur Auffindung des Gesetzes über die Anziehung zweier Massen geführt hat.

Bevor wir uns diesen Gedankengängen zuwenden, soll noch darauf hingewiesen werden, daß die *Gravitationskräfte* neben den später noch zu behandelnden *elektromagnetischen Kräften* zu den wichtigsten Erscheinungen gehören, die zu einem physikalischen Verständnis und zu einer technischen Beherrschung unserer Umwelt geführt haben. In neuerer Zeit sind daneben noch andere *Kräfte* bekannt geworden, die *im Bereich der Atomkerne und der Elementarteilchen* wirken. Diese Kräfte gewinnen auch für die Technik und das tägliche Leben immer mehr an Bedeutung, so daß wir uns auch mit ihnen noch genauer zu beschäftigen haben werden.

2.7.3 Das Gravitationsfeld

Die Gravitationskräfte unterscheiden sich von den früher behandelten Kräften in einem wesentlichen Punkt, auf den an anderer Stelle schon hingewiesen worden ist (S. 147), auf den aber wegen seiner grundsätzlichen Bedeutung noch einmal eingegangen werden soll. Wir haben damals betont, daß zwei Körper im allgemeinen nur dann Kräfte aufeinander ausüben können, wenn eine materielle Verbindung zwischen ihnen besteht. So kann eine Zugmaschine einen Wagen nur in Bewegung setzen, wenn sie durch eine Stange mit dem Wagen verbunden ist; ebenso kann ein Expander nur gespannt werden, wenn man ihn mit den Händen festhält und so eine Verbindung zwischen der Muskelkraft und dem Expander schafft. Ganz anders liegen die Verhältnisse bei den Gravitationskräften. Zwischen den einander anziehenden Bleikugeln der Drehwaage (Abb. 149.2) besteht keinerlei starre Verbindung. Die Erfahrung zeigt, daß auch die zwischen den Bleikugeln befindliche Luft an der Übertragung der Gravitationskraft nicht beteiligt ist; die Anziehung würde im leeren Raum in der gleichen Weise wie im lufterfüllten Raum erfolgen. Daß Gravitationskräfte durch den leeren Raum wirken, zeigt sich auch bei der Anziehung, die zwischen der Erde und dem Mond oder zwischen der Sonne und den Planeten besteht. Es gilt deshalb:

Die Gravitationskräfte wirken zwischen den Körpern, ohne daß ein Übertragungsmechanismus feststellbar ist. Es ist insbesondere für die Kraftübertragung keinerlei Zwischenmedium erforderlich.

Eine befriedigende physikalische Deutung dieser Feststellung muß von der Tatsache ausgehen, daß der leere Raum die Fähigkeit besitzt, bestimmte physikalische Zustände anzunehmen, die es ihm ermöglichen, physikalische Wirkungen von dem einen Ort zu einem anderen weiterzugeben. Es soll im folgenden dargelegt werden, was hierunter zu verstehen ist, wobei wir von der hier zur Erörterung stehenden Gravitation ausgehen wollen.

Wir denken uns im Raume eine mit Materie erfüllte Kugel. Bringt man nun einen anderen Körper, den wir kurz *Probekörper* nennen wollen, in die Umgebung des ersten Körpers, so zeigt sich, daß die beiden Körper einander anziehen, wobei die Kraft in der Richtung der Verbindungslinie ihrer Schwerpunkte verläuft. Man kann nun den Raum in der Umgebung des ersten Körpers mit dem Probekörper abtasten und an jedem Punkt den Betrag und die Richtung der auf den Probekörper ausgeübten Kraft feststellen. Die Kräfte sind allerdings so klein, daß ein solches Verfahren im Laboratorium im allgemeinen meßtechnisch nicht durchführbar ist. Es geht hier vielmehr um eine prinzipielle Betrachtung. Dieser Sachverhalt wird dann in folgender Weise gedeutet:

Durch die bloße Anwesenheit des ersten Körpers werden in dem umgebenden Raum gewisse Veränderungen hervorgebracht, auch wenn dieser Raum völlig leer ist. Diese Veränderungen des Raumes ermöglichen es dann, daß hier auf einen zweiten Körper bestimmte Wirkungen ausgeübt werden. Damit werden also dem leeren Raum physikalische Eigenschaften zugeschrieben, die durch die genannten Wirkungen erkennbar werden. Einen solchen mit bestimmten physikalischen Eigenschaften behafteten Raum haben wir oben als *Kraftfeld* oder kurz als *Feld* bezeichnet. Hier handelt es sich speziell um das *Gravitationsfeld.* Wir halten also fest:

Unter einem Gravitationsfeld versteht man den Raum in der Umgebung eines materiellen Körpers, in dem in jedem Raumpunkt auf einen anderen dorthin gebrachten Probekörper eine Kraft ausgeübt wird, die ihre Ursache in dem Vorhandensein des ersten Körpers hat.

Zur quantitativen Beschreibung des Gravitationsfeldes dient die *Gravitationsfeldstärke.* Wir setzen fest:

Unter der Gravitationsfeldstärke (Formelzeichen: $\vec{a}_{gr}$) eines Gravitationsfeldes in einem Feldpunkt versteht man den Quotienten aus der Kraft $\vec{F}_{gr}$, die auf eine in diesem Punkt befindliche Probemasse m ausgeübt wird, und der Probemasse m.

$$\vec{a}_{gr} = \frac{\vec{F}_{gr}}{m}.$$

Die Gravitationsfeldstärke ist also ein Vektor.

Man kann experimentell zeigen, daß die so definierte Feldstärke von der Art und der Masse m des Probekörpers unabhängig ist.

Die vorstehende Definition der Gravitationsfeldstärke ermöglicht die Festsetzung einer *Einheit.* Es gilt:

Die abgeleitete Einheit der Gravitationsfeldstärke ist das Newton durch Kilogramm (Einheitenzeichen: $\frac{N}{kg}$ oder $N\,kg^{-1}$). 1 Newton durch Kilogramm ist diejenige Gravitationsfeldstärke, bei der auf die Masse 1 kg die Kraft 1 N ausgeübt wird.

Abgeleitete gesetzliche Einheiten der Gravitationsfeldstärke sind ferner alle Quotienten, die aus einer gesetzlichen Krafteinheit und einer gesetzlichen Masseneinheit gebildet werden.

Man kann ein Gravitationsfeld anschaulich darstellen, indem man in möglichst vielen Punkten des Feldes die Feldstärke durch Pfeile wiedergibt und dann die Kurven zeichnet, für die die Pfeile Tangenten sind. Auf diese Weise ergeben sich die *Feldlinien des Gravitationsfeldes.* Die Feldlinien einer als punktförmig betrachteten, felderzeugenden Masse sind gerade Linien, die radial zum Mittelpunkt der felderzeugenden Masse verlaufen. Die Feldlinien geben aber nicht nur für jeden Feldpunkt die Richtung der Feldstärke an, sondern sie machen auch noch eine andere Aussage über das Feld.

Bei einer punktförmigen felderzeugenden Masse verlaufen die Feldlinien in der Nähe der Masse besonders dicht, während ihr gegenseitiger Abstand mit größer werdender Entfernung von der felderzeugenden Masse zunimmt. Andererseits hat auch die Feldstärke in der Nähe der felderzeugenden Masse den größten Betrag; sie wird mit wachsender Entfernung kleiner.

Bei der Darstellung eines Feldes durch Feldlinien muß immer beachtet werden, daß es sich hierbei um eine Veranschaulichung im Sinne einer physikalischen Modellvorstellung handelt. Es wäre verfehlt, wenn man den Feldlinien eine physikalische Realität etwa derart zuschreiben wollte, daß die Kraft durch sie hindurchströmen würde oder sie wie unsichtbare Gummifäden wirken würden. Alle solche Deutungsversuche müssen in die Irre führen, weil die Feldstärke kontinuierlich im gesamten Raum des Feldes wirksam und keineswegs diskontinuierlich auf einzelne Linien verteilt ist. Trotzdem hat sich die anschauliche Darstellung der Felder durch Feldlinien in sehr vielen Fällen als nützlich und fruchtbar erwiesen. Wir werden später im Zusammenhang mit den magnetischen und elektrischen Feldern noch einmal auf die Darstellung dieser Felder durch Feldlinien zurückkommen.

Vorerst sollen nur noch einige allgemeine Bemerkungen gemacht werden, die für alle Arten von Kraftfeldern gelten:

Es wurde schon betont, daß ein Kraftfeld nur wirksam werden kann, wenn der Probekörper selbst Träger einer bestimmten, für das zu untersuchende Feld charakteristischen Eigenschaft ist. So wirkt ein Gravitationsfeld auf Massen; es wirkt nicht auf ruhende und bewegte elektrische Ladungen oder Magnete. Der Probekörper bei einem elektrischen Feld muß Träger einer ruhenden elektrischen Ladung sein; bewegte elektrische Ladungen oder Magnete oder Massen kann man hier nicht verwenden. Für Magnetfelder können bewegte elektrische Ladungen oder Magnete als Probekörper dienen.

Man unterscheidet zwei Gruppen von Feldern:

1. Die *homogenen* Felder, bei denen die auf einen Probekörper ausgeübte Kraft in allen Feldpunkten den gleichen Betrag und die gleiche Richtung hat. Die Feldlinien sind in diesem Falle parallel. In der zeichnerischen Darstellung zeichnet man einige parallele Feldlinien mit gleichem Abstand. In kleinen Bereichen kann man jedes Gravitationsfeld in guter Näherung als homogen betrachten.

2. Die *inhomogenen Felder*, bei denen die auf einen Probekörper ausgeübte Kraft von Punkt zu Punkt verschieden sein kann. Die Feldlinien können beliebig gekrümmte Kurven sein. Ein wichtiger Sonderfall des inhomogenen Feldes liegt vor, wenn wir es mit einer *punktförmigen Feldursache* zu tun haben, wenn also das Feld durch einen Massenpunkt erzeugt wird. In diesem Falle zeigen die Feldlinien den schon oben erwähnten radialen Verlauf. Es muß hier aber beachtet werden, daß es punktförmige Feldursachen in der realen Welt nicht gibt, sondern daß es sich dabei wieder um Idealisierungen handelt, deren Zulässigkeit in jedem Einzelfall geprüft werden muß. Bei der Gravitation kann es durchaus sein, daß die Erde trotz ihrer großen Ausdehnung als punktförmige, felderzeugende Ursache betrachtet werden kann. Dies ist z.B. dann der Fall, wenn es sich um die Gravitationswirkungen handelt, die die Erde und der Mond oder die Erde und die Sonne aufeinander ausüben; in diesen Fällen sind die Abstände zwischen den beteiligten Massen so groß, daß die räumliche Ausdehnung der Massen vernachlässigt und diese als punktförmig betrachtet werden können. Bei der Berechnung von Satellitenbahnen darf man mit dieser Vereinfachung nur dann rechnen, wenn man sich mit groben Näherungsaussagen begnügen will.

Von besonderem Interesse ist natürlich das *Gravitationsfeld der Erde*. Aufgrund der früher gewonnenen Erkenntnisse und der vorstehenden Betrachtungen können wir zunächst feststellen:

Die Schwerkraft, mit der ein Körper von der Erde zum Erdmittelpunkt gezogen wird, ist ein Sonderfall der allgemeinen Gravitationskraft.

Da der Vektor der Gravitationsfeldstärke stets zum Erdmittelpunkt weist, gilt weiter:

Die Feldlinien des irdischen Gravitationsfeldes sind gerade Linien, die radial auf den Erdmittelpunkt gerichtet sind.

Der Betrag der Gravitationsfeldstärke in den einzelnen Feldpunkten hängt von ihrem Abstand vom Erdmittelpunkt ab. Das Gesetz, das diese Abhängigkeit beschreibt, kann nur aus der Erfahrung gewonnen werden. Folgende Messungen liegen hierüber vor:

1. Der Betrag der Gravitationsfeldstärke liegt in Meereshöhe zwischen rund 9,78 $\mathrm{N\,kg^{-1}}$ am Äquator und 9,83 $\mathrm{N\,kg^{-1}}$ an den Polen. Dieser Unterschied ist durch die Abplattung der Erde bedingt, die bewirkt, daß die Punkte des Äquators weiter vom Erdmittelpunkt entfernt sind als die Pole. An anderen Stellen der Erde liegt der Betrag der Gravitationsfeldstärke zwischen den genannten Werten. Für die geographische Breite von 45° und für Meeresniveau hat man einen *Normwert der Gravitationsfeldstärke* festgelegt. Es gilt:

Der Normwert für die Gravitationsfeldstärke des Erdfeldes in Meereshöhe beträgt

$$a_{gr} = 9{,}80665\ \mathrm{N\,kg^{-1}}$$

Diesen Wert bezeichnet man mit dem Formelzeichen g. Es ist also

$$g = 9{,}80665\ \mathrm{N\,kg^{-1}}.$$

Bei den folgenden Rechnungen werden wir den Näherungswert

$$g \approx 9{,}81\ \mathrm{N\,kg^{-1}} \approx 10\ \mathrm{N\,kg^{-1}}$$

verwenden.

2. Wenn man die Erdoberfläche verläßt und die Gravitationsfeldstärke in größeren Entfernungen vom Erdmittelpunkt mißt, indem man etwa einen hohen Turm besteigt oder sich mit einem Flugzeug in große Höhen begibt, so zeigt sich, daß die Gravitationsfeldstärke mit zunehmender Entfernung vom Erdmittelpunkt immer weiter abnimmt. Diese Tatsache war schon NEWTON bekannt, und es war ihm auch bereits gelungen, das Gesetz aufzufinden, nach dem diese Abnahme erfolgt. Später konnte das Gesetz, das NEWTON aus den

für die Bewegung des Mondes und der Planeten geltenden Gesetzen abgeleitet hatte (S. 157f.), auch durch irdische Experimente bestätigt werden. Eine solche Bestätigung verdanken wir dem deutschen Physiker G. PH. VON JOLLY (1809 – 1884), der seine Versuche auf einem im Hofe der Münchener Universität errichteten, 22 m hohen Turm durchführte. Heute wissen wir, daß das Gesetz über die Gravitationsfeldstärke in der Umgebung einer Masse nicht nur für die Erde, den Mond und die Planeten gilt, sondern daß es sich hierbei um ein im ganzen Kosmos geltendes allgemeines Naturgesetz handelt, das sich folgendermaßen formulieren läßt:

Die Gravitationsfeldstärke in der Umgebung der Erde oder anderer Himmelskörper nimmt mit wachsender Entfernung r von dem Mittelpunkt des felderzeugenden Körpers ab. Sie ist dem Quadrat dieses Abstandes umgekehrt proportional.

$$a_{gr} \sim \frac{1}{r^2}.$$

Natürlich gilt dieses Gesetz auch für die Gravitationsfelder irdischer Massen, etwa der Bleikugeln bei der Gravitationsdrehwaage.

Eine interessante Auswirkung der oben erwähnten Tatsache, daß die Gravitationsfeldstärke in Meereshöhe wegen der Abplattung der Erde von den Polen zum Äquator abnimmt, soll abschließend noch erwähnt werden. Diese Tatsache hat nämlich zur Folge, daß die an verschiedenen Orten der Erde erreichbaren *sportlichen Höchstleistungen* unterschiedlich sind. Der gleiche Sportler wird unter den gleichen äußeren Bedingungen und bei dem gleichen Energieaufwand um so höher springen, je kleiner die von der Erde auf ihn ausgeübte Gravitationskraft, d.h. je kleiner die Gravitationsfeldstärke an seinem Ort ist. Die Gravitationsfeldstärke ist aber bei der gleichen Höhe über dem Meeresspiegel um so kleiner, je näher man sich am Äquator befindet. Auch beim Weitsprung, beim Kugelstoßen und bei zahlreichen anderen Sportarten sind unter sonst völlig gleichen Bedingungen in der Nähe des Äquators bessere Leistungen zu erwarten, als in der Nähe der Pole. Wenn man unter diesem Gesichtspunkt etwa die möglichen Höchstleistungen bei den Olympischen Spielen in Helsinki (1952) und Melbourne (1956) miteinander vergleicht und dabei berücksichtigt, daß Melbourne erheblich näher am Äquator liegt als Helsinki, so zeigt eine hier nicht durchgeführte Rechnung, daß bei völlig gleichen Bedingungen die in Melbourne erreichbaren Höchstleistungen aufgrund der dort herrschenden kleineren Gravitationsfeldstärke um folgende Beträge besser sein müssen als in Helsinki:

beim Weitsprung 1,59 cm, beim Hammerwurf 12,54 cm, beim Kugelstoßen 3,63 cm, beim Speerwurf 15,75 cm.

Die auf einen Körper mit der Masse m an einem Ort mit der Gravitationsfeldstärke g wirkende Gravitationskraft hat den Betrag

$$F = m g.$$

Diese Kraft bewirkt eine Beschleunigung a, für die nach dem zweiten NEWTON-Axiom

$$a = \frac{F}{m}$$

gilt. Setzt man hierin den oben angegebenen Wert für F ein, so ergibt sich

$$a = g.$$

Dies bedeutet:

Alle Körper erfahren unabhängig von der Größe ihrer Masse an dem gleichen Ort der Erde durch die Gravitationskraft die gleiche Beschleunigung.

Dieser Satz gilt ganz allgemein:

Alle Körper erfahren unabhängig von der Größe ihrer Masse an dem gleichen Ort im Schwerefeld eines Himmelskörpers durch die Gravitationskraft die gleiche Beschleunigung.

Diese Feststellung scheint auf den ersten Blick im Widerspruch zu der Erfahrungstatsache zu stehen, daß die Fallbewegungen je nach der Beschaffenheit der Körper sehr unterschiedlich verlaufen. Ein glatter

Bogen Papier benötigt zum Durchfallen einer bestimmten Strecke eine andere Zeit als ein gleicher, zu einer Kugel zusammengeknüllter Bogen. Die Ursache für diesen Unterschied ist aber nicht in unterschiedlichen, durch die Gravitationskraft bewirkten Beschleunigungen zu suchen, sondern in zusätzlichen Einflüssen, die durch die Reibung der Luft entstehen. Auf jeden Körper wirkt nämlich immer nur die Differenz zwischen der Gravitationskraft und der Reibungskraft beschleunigend. Da die Reibung aber erheblich von der Gestalt der Körper abhängt, können trotz der gleichen Gravitationskraft sehr verschiedenartige Fallbewegungen zustande kommen. Man muß in diesem Zusammenhang weiter beachten, daß bei verschiedenen Körpern gleicher Gestalt und unterschiedlicher Masse die Gravitationskraft bei einer großen Masse entsprechend groß ist und die Reibung dann viel weniger ins Gewicht fällt, als bei Körpern mit kleiner Masse und entsprechend kleiner Gravitationskraft. Daher kommt es, daß der Regen meist nicht plötzlich aufhört, sondern daß am Ende noch kleine Tropfen fallen, bei denen die Reibungskraft stärker hemmend gewirkt hat als bei den großen Tropfen. Für die Fallbewegung spielt ferner die Tatsache eine Rolle, daß die Reibung an der Luft mit wachsender Geschwindigkeit zunimmt. Das hat zur Folge, daß alle Körper bei einem genügend langen Fallweg nur zu Anfang eine beschleunigte Bewegung ausführen; mit zunehmender Geschwindigkeit wachsen dann die Reibungskräfte so an, daß sie schließlich die Größe der Gravitationskraft erreichen. Von diesem Augenblick an fällt der Körper gleichförmig. Die Rechnung zeigt, daß dieser Zustand im allgemeinen nach einer Fallstrecke von einigen hundert Metern erreicht wird. Diese Art der Fallbewegung kann bei Schneeflocken und kleinen Regentröpfchen, die bei windstillem Wetter gleichförmig zu Boden sinken, beobachtet werden.

Eine abschließende Bemerkung muß noch zu der oben angegebenen Gleichung

$$a=g \quad \text{bzw. allgemein} \quad a=a_{\mathrm{gr}}$$

gemacht werden. Danach ist die in der Einheit $\mathrm{N\,kg^{-1}}$ gemessene Gravitationsfeldstärke gleich der in der Einheit $\mathrm{m\,s^{-2}}$ gemessenen Beschleunigung. Man könnte hierin auf den ersten Blick einen Widerspruch sehen. Dies ist aber nicht der Fall, denn es gilt

$$1\,\frac{\mathrm{N}}{\mathrm{kg}}=\frac{1\,\mathrm{kg\,m\,s^{-2}}}{1\,\mathrm{kg}}=1\,\mathrm{m\,s^{-2}}.$$

Es handelt sich also um die gleiche Einheit, die nur in verschiedenen Formen geschrieben ist. Um zum Ausdruck zu bringen, daß die Gravitationsfeldstärke und die Beschleunigung verschiedene physikalische Größen sind, wird an der unterschiedlichen Schreibweise ihrer Einheiten festgehalten. Später wird sich zeigen, daß die Gleichung

$$a=g \quad \text{bzw. allgemein} \quad a=a_{\mathrm{gr}}$$

dadurch zustande kommt, daß man die träge und die schwere Masse eines Körpers identifiziert (S. 172).

2.7.4 Die Planetenbewegung

Die Beschäftigung mit dem Sternenhimmel reicht weit in die Geschichte der Menschheit zurück. Dabei haben die *Sonne*, der *Mond* und die *Planeten* eine besondere Rolle gespielt. In bezug auf die Bewegungen dieser Himmelskörper waren schon sehr früh einige Beobachtungen gemacht worden:

1. Die *Sonne* beschreibt für einen irdischen Beobachter im Gegensatz zu den Fixsternen nicht immer die gleiche Bahn am Himmelsgewölbe, sondern sie geht im Sommer an anderen Stellen des Horizontes auf bzw. unter und erreicht eine größere Höhe über dem Horizont als im Winter. Sie führt also eine doppelte Bewegung aus:

a) Die tägliche Bewegung des Himmelsgewölbes wird von der Sonne mitgemacht.

b) Gleichzeitig verändert sie ihre Stellung gegenüber den Fixsternen laufend und bewegt sich während eines Jahres durch die 12 Sternbilder des Tierkreises.

2. Die *Planeten* führen am Himmelsgewölbe noch verwickeltere Bewegungen aus:

a) Sie machen zunächst ebenfalls die tägliche Bewegung des Himmelsgewölbes mit.

b) Sie zeigen ferner ähnliche Veränderungen ihrer Bahn, wie sie bei der Sonne erwähnt wurden.

c) Dazu kommt aber noch die weitere Besonderheit, daß sie zeitweise am Himmel stillstehen oder sogar rückläufige Bewegungen, d.h. Bewegungen entgegen ihrer gewöhnlichen Richtung, ausführen. Diese rückläufigen Bewegungen werden nach einiger Zeit wieder aufgegeben; nach einem erneuten Stillstand führen die

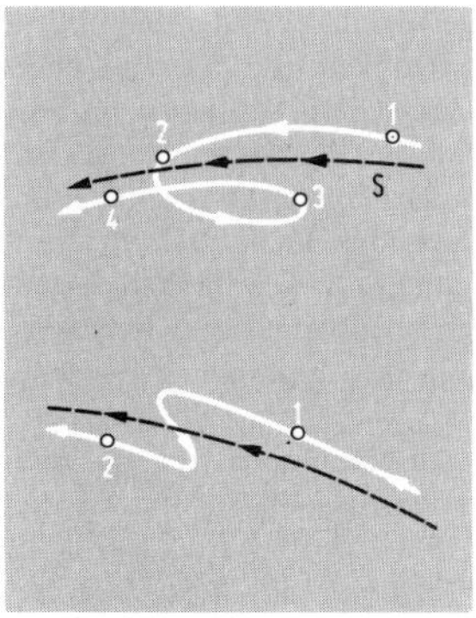

Abb. 155.1
Die rückläufige Bewegung der Planeten und die Schleifenbildung

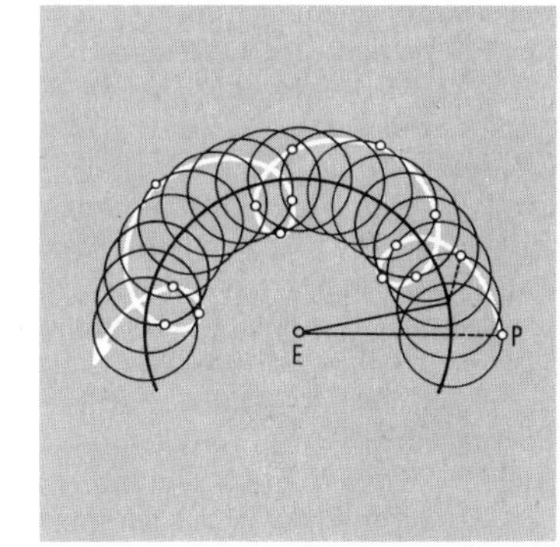

Abb. 155.2
Die Entstehung der Epizykloiden durch eine Kombination von Kreisbewegungen

Planeten dann wieder die ursprüngliche rechtläufige Bewegung aus. Dabei können eigentümliche schleifenartige Bahnen von wechselnden Formen auftreten (Abb. 155.1).

Man hat sich bereits im Altertum bemüht, eine Erklärung für diese Beobachtungen zu geben und die zugrundeliegenden Gesetze aufzufinden. Das gesamte astronomische Wissen jener Zeit wurde von CL. PTOLEMÄUS (85 – 165 n. Chr.) in dem Buche *Almagest* zusammengefaßt. Dieses Buch blieb 1400 Jahre für die Himmelskunde maßgebend. Der Lehre von PTOLEMÄUS liegen die beiden Annahmen zugrunde:

1. *Die Erde steht im Mittelpunkt der Welt.*
2. *Die Himmelskörper bewegen sich mit konstanten Bahngeschwindigkeiten auf kreisförmigen Bahnen.*

Diese beiden Grundannahmen sind durch die Astronomen des Altertums einmal aus den Beobachtungen der täglichen Gestirnbewegungen, die den Eindruck erwecken, als ob die Erde ruhend im Mittelpunkt der Welt stünde, abgeleitet worden. Zum anderen sind sie aber auch ein Ausdruck mythischer Vorstellungen, nach denen man in den Himmelskörpern göttliche Wesen sah, denen nur die vollkommenste aller Bewegungen angemessen sein sollte. Als vollkommenste Bewegung betrachtete man damals die Kreisbewegung.

Wenn nun bei bestimmten Himmelskörpern, wie den Planeten, Abweichungen von der Kreisbahn beobachtet wurden, so kombinierte man mehrere Kreisbewegungen miteinander, indem man sich vorstellte, daß der Planet *P* eine kreisförmige Bewegung um einen gewissen Punkt beschreibt, der sich seinerseits wieder auf einer Kreisbahn um die Erde *E* bewegt. Die so entstehenden Kurven bezeichnet man als *Epizykloiden* (Abb. 155.2) und diese Theorie der Planetenbewegung als *Epizyklentheorie*. Durch geeignete Wahl der Radien und der Umlaufzeiten gelang es PTOLEMÄUS, die charakteristischen Schleifen der Planetenbewegung mit großer Annäherung darzustellen. Er berechnete auf dieser Grundlage die Bahnen der Planeten und stellte Tafeln hierüber auf, die in dem genannten *Almagest* enthalten sind und die mit wiederholten Verbesserungen bis zum Ausgang des Mittelalters benutzt wurden. Um die Berechnungen in Übereinstimmung mit den Beobachtungen zu halten, mußten schon von PTOLEMÄUS zu den obengenannten Annahmen weitere Hypothesen hinzugenommen werden, wie etwa Epizykloiden zweiter Ordnung, durch die die Ptolemäische Theorie der Planetenbewegung immer komplizierter und trotz ihrer großen Leistungen unbefriedigender wurde.

Man nennt die hier kurz skizzierte Lehre, nach der die Erde der Mittelpunkt der Welt und insbesondere des Planetensystems sein sollte, das *geozentrische* oder das *Ptolemäische Weltbild.*

Eine neue Vorstellung über die Planetenbewegung bahnte sich an, als N. KOPERNIKUS (1473 – 1543) im Jahre 1543 sein Werk „*De revolutionibus orbium coelestium*" veröffentlichte. Der grundlegende Unterschied gegenüber der Lehre von PTOLEMÄUS besteht darin, daß die Erde ihre bevorzugte Stellung als ruhender Mittelpunkt der Welt verliert und sich ebenso wie die übrigen Planeten um die Sonne bewegt. Der Lehre von KOPERNIKUS liegen die beiden Annahmen zugrunde:

1. *Die Erde dreht sich täglich einmal um ihre eigene Achse.*
2. *Die Erde und die Planeten bewegen sich auf Kreisbahnen um die Sonne.*

Man bezeichnet die Lehre von KOPERNIKUS, nach der die Sonne der Mittelpunkt der Welt und insbesondere des Planetensystems sein sollte, als das *heliozentrische* oder das *Kopernikanische Weltbild.*

Die von KOPERNIKUS vertretene *Lehre von einer bewegten Erde* war nicht völlig neu, sondern bereits von einigen griechischen Philosophen ausgesprochen worden. Sie war aber in Vergessenheit geraten und wurde erst von KOPERNIKUS *zur Grundlage einer umfassenden Theorie der Planetenbewegung* gemacht. Um diese Leistung von KOPERNIKUS voll zu würdigen, muß man sich vor Augen halten, daß seine Lehre nicht nur den Bruch mit einer im geistigen Leben der damaligen Zeit fest verwurzelten Auffassung bedeutete, sondern daß er auch die aus der unmittelbaren Beobachtung sich ergebende Bewegung der Himmelskörper als Schein erklären und sie als Widerspiegelungen der Erdbewegung auffassen mußte. Erschwerend kam noch hinzu, daß die kopernikanische Theorie rechnerisch keine bessere Übereinstimmung mit den Erfahrungswerten lieferte als die des PTOLEMÄUS. Um Verbesserungen zu erreichen, mußte auch KOPERNIKUS schließlich wieder Zuflucht zu Epizyklen nehmen, ohne allerdings das Grundprinzip seines Systems aufzugeben. Es ist deshalb nicht verwunderlich, daß die kopernikanische Lehre zunächst auf großen Widerstand stieß und auch von vielen Fachgelehrten jener Zeit nicht anerkannt wurde. Dies gilt z.B. von dem durch seine umfassenden Himmelsbeobachtungen bekanntgewordenen Astronomen TYCHO BRAHE (1546–1601), der mit allen möglichen Argumenten das neue heliozentrische System zu widerlegen versuchte.

Aber auch KOPERNIKUS selbst konnte sich noch nicht völlig von den überlieferten Anschauungen frei machen. Er hielt nach wie vor an der Vorstellung fest, daß allein die Kreisbewegung als die vollkommenste Bewegung für die Himmelskörper in Frage komme.

Trotzdem bleibt es *das überragende Verdienst von* KOPERNIKUS, *die Vorstellung von der beherrschenden Stellung der Erde als ruhendem Mittelpunkt der Welt überwunden zu haben.*

Bevor wir uns weiter mit der Lehre von KOPERNIKUS beschäftigen, weisen wir noch einmal darauf hin, daß es eine heute kaum noch vorstellbare Zumutung für das Denken der damaligen Zeit war, die Erde aus dem ruhenden Zentrum zu verlagern und mit den übrigen Planeten um die Sonne kreisen zu lassen. Dazu war es notwendig, das Weltbild des reinen Augenscheines, das mehr als ein Jahrtausend hindurch das wissenschaftliche Denken beherrscht hatte, aufzugeben und an seine Stelle eine recht abstrakte Deutung der Bewegungsvorgänge am Himmel zu setzen. Darüber hinaus bedeutete diese Lehre einen schweren Schlag gegen alle Versuche, das wissenschaftliche Denken mit dem damaligen religiösen Glauben in Einklang zu bringen. Um die Größe der durch KOPERNIKUS eingeleiteten geistigen Umstellung zu kennzeichnen, sollen hier einige Sätze von J. W. VON GOETHE zitiert werden:

„Doch unter allen Entdeckungen und Überzeugungen möchte nichts eine größere Wirkung auf den menschlichen Geist hervorgebracht haben als die Lehre von KOPERNIKUS. *Kaum war die Welt als rund anerkannt und in sich selbst abgeschlossen, so sollte sie auf das ungeheure Vorrecht verzichten, der Mittelpunkt des Weltalls zu sein. Vielleicht ist noch nie eine größere Forderung an die Menschheit geschehen, denn was ging nicht alles durch diese Anerkennung in Dunst und Rauch auf: ein zweites Paradies, eine Welt der Unschuld, Dichtkunst und Frömmigkeit, das Zeugnis der Sinne, die Überzeugung eines poetisch-religiösen Glaubens. Kein Wunder, daß man dies alles nicht wollte fahren lassen, daß man sich auf alle Weise einer solchen Lehre entgegensetzte, die denjenigen, der sie annahm, zu einer bisher unbekannten, ja ungeahnten Denkfreiheit und Großheit der Gesinnung berechtigte und aufforderte.“*

Ein besonders heftiger Gegner der neuen Lehre war die Kirche. Sie führte die Bibel gegen KOPERNIKUS ins Feld, wobei unter anderem auf eine Stelle im Buche Josua (Kapitel 10, Vers 12–13) verwiesen wurde; dort heißt es:

„Da redete Josua mit dem Herrn des Tages, da der Herr die Amoriter dahingab vor den Kindern Israel, und sprach vor dem gegenwärtigen Israel: ‚Sonne stehe still zu Gibeon und Mond im Tal Ajalon!‘

Da stand die Sonne und der Mond still, bis daß sich das Volk an seinen Feinden rächte.“

Die wörtliche Interpretation dieser Bibelstelle führte zu der Überzeugung, daß die plötzlich stillstehende Sonne sich vorher um die Erde bewegt hätte. Die Kirche sah sich damals veranlaßt, die der Bibel und dem Glauben scheinbar widersprechende Lehre von KOPERNIKUS zu verbieten. Das 1616 herausgegebene Dekret sagte hierzu:

„Die Behauptung, die Sonne stehe unbeweglich im Mittelpunkt der Welt, ist töricht, philosophisch falsch und, weil ausdrücklich der Heiligen Schrift zuwider, förmlich ketzerisch.“

Das Verbot der kopernikanischen Lehre wurde erst 1835 wieder aufgehoben. Damals entschied das Kardinalskollegium, daß die inzwischen allgemein anerkannte Lehre von KOPERNIKUS in Wort und Schrift frei verkündet werden dürfte. Daß es dahin gekommen ist, war nicht zuletzt das Verdienst der beiden bedeutenden Physiker G. GALILEI (1564–1642) und J. KEPLER (1571–1630). Beide bekannten sich nicht nur zu der neuen Lehre, sondern sie trugen durch eigne Gedanken und Argumente dazu bei, die Lehre von KOPERNIKUS in ihren Grundlagen zu festigen und zu vertiefen. Es sollte auch in einem modernen Physikbuch zulässig sein, einmal daran zu erinnern, wie bedeutende Forscher schon in früherer Zeit wegen ihrer wissenschaftlichen Überzeugung verfolgt worden sind: Als GALILEI im Jahre 1613 ein Buch über die Sonnenflecke veröffentlichte, in dem er sich offen und ohne Einschränkung zu der Lehre von KOPERNIKUS bekannte, rief er damit einen Sturm der Entrüstung hervor. Von den Kanzeln wurde GALILEI angefeindet, und vor dem Heiligen Offizium wurde ihm der Prozeß gemacht, der 1616 damit endete, daß die Auffassungen, nach denen die Sonne im Mittelpunkt der Welt stehe und die Erde sich bewege, als absurd, philosophisch falsch, theologisch häretisch und irrig verurteilt wurden und GALILEI Schweigen auferlegt wurde. Trotzdem veröffentlichte GALILEI 1632 ein weiteres Buch *„Dialog über die beiden Weltsysteme“*, in dem er die Ergebnisse seiner 40jährigen Arbeit zusammenfaßte und wichtige Argumente für die Lehre von KOPERNIKUS lieferte. Dieses Buch fand viel Beachtung und rief die Feinde GALILEIS erneut auf den Plan. Sie erreichten, daß gegen ihn in Rom ein Inquisitionsverfahren eingeleitet wurde, in dem er 1633 unter Androhung der Folter zum Widerruf seiner Lehre gezwungen wurde. Als 70jähriger, durch Krankheit geschwächter Greis fand er nicht mehr die Kraft, den Drohungen zu widerstehen und schwor der neuen Lehre ab. Wenn berichtet wird, daß GALILEI am Ende dieses Prozesses im Hinblick auf die Erde erklärt haben soll *„Und sie bewegt sich doch“*, so ist dies eine Legende. Aus den vom Vatikan freigegebenen Akten ist zu schließen, daß er diese Worte nicht gesagt hat; man darf aber davon überzeugt sein, daß er so gedacht hat.

Der Prozeß gegen GALILEI und seine Verurteilung haben trotz der Wirren des 30jährigen Krieges unter den Gelehrten jener Zeit großes Aufsehen erregt. Es ging dabei ja nicht nur um die Person GALILEIS, sondern um die grundlegende Frage des Verhältnisses zwischen der Naturforschung und dem religiösen Glauben, sowie um die weitere Frage, ob und inwieweit die Bibel in Fragen der Naturerkenntnis zuständig und maßgebend sein könne. Heute ist diese Frage übereinstimmend dahingehend entschieden, daß die Bibel kein naturwissenschaftliches Lehrbuch ist und daß sie sich in allen naturwissenschaftlichen Äußerungen der Vorstellungen und der Sprache ihrer Zeit bedient. Damals aber war man ganz anderer Meinung. Indem die amtlichen Stellen der Kirche gegen GALILEI entschieden, wurde eine Entwicklung angebahnt, die sich in der Folgezeit als recht unglücklich erweisen sollte. Während die Orden und Klöster bis dahin eine wichtige Pflegestätte der Naturforschung gewesen waren, vollzog sich die immer schneller werdende Entwicklung der Naturwissenschaften von jetzt ab zu einem wesentlichen Teil außerhalb der Kirche. Äußerlich machte sich dies dadurch bemerkbar, daß Italien und Rom, die im Mittelalter führende Zentren des geistigen Lebens waren, auf dem Gebiete der neuzeitlichen Naturforschung bei weitem nicht mehr die gleiche Rolle wie früher spielten. Die Führung auf diesen Gebieten verlagerte sich vielmehr in starkem Maße nach dem Norden. Die von den Naturwissenschaften geprägten Bereiche des geistigen Lebens entwickelten sich außerhalb der Kirche, sie wurden zunächst kirchenfremd und schließlich sogar kirchenfeindlich.

Durch KEPLER wurde die Lehre von KOPERNIKUS zum endgültigen Siege und zur allgemeinen Anerkennung gebracht. Bei seinem unermüdlichen Kampf für die neue Lehre konnte er sich auf das umfangreiche Beobachtungsmaterial stützen, das T. BRAHE in jahrelanger Arbeit gesammelt hatte und durch dessen Auswertung es KEPLER gelang, die Vorstellungen von KOPERNIKUS weiterzuentwickeln. KOPERNIKUS hatte sich nämlich trotz der Neuartigkeit seiner Gedanken noch nicht vollständig von den überlieferten Anschauungen frei machen können. So hielt er nach wie vor an der Vorstellung fest, daß für die Himmelskörper allein die Kreisbewegung, die damals als die vollkommenste aller Bewegungen galt, in Frage käme. Nach langwierigen und mühevollen Rechnungen konnte KEPLER demgegenüber nachweisen, daß die Planeten sich nicht auf Kreisen um die Sonne bewegen. Damit war dann auch der letzte Rest der alten Vorstellungen, nämlich die bevorzugte Stellung der Kreisbahnen, gefallen. Gleichzeitig ergab sich die weitere Frage, welche Art von Bahnen mit den Beobachtungen am besten in Einklang zu bringen sei. Grundsätzlich mußte KEPLER dabei eine große Zahl von Kurven in Betracht ziehen. Dabei waren Irrwege unvermeidlich. Schließlich fand KEPLER dann nach sechsjähriger Rechenarbeit die beiden folgenden nach ihm benannten Gesetze:

Erstes Kepler-Gesetz:

Die Planeten bewegen sich auf Ellipsen, die einen gemeinsamen Brennpunkt haben, in dem die Sonne steht.

Zweites Kepler-Gesetz:

Der Fahrstrahl oder Radiusvektor, d.h. die Verbindungslinie Planet–Sonne, überstreicht in gleichen Zeiten gleiche Flächen (Abb. 157.1).

Das 2. KEPLER-Gesetz wird auch als *Flächensatz* bezeichnet. Wenn man die an verschiedenen Stellen der Planetenbahn in einem bestimmten Zeitintervall Δt zurückgelegten Wege Δs_1, Δs_2, Δs_3 ermittelt, so zeigt sich,

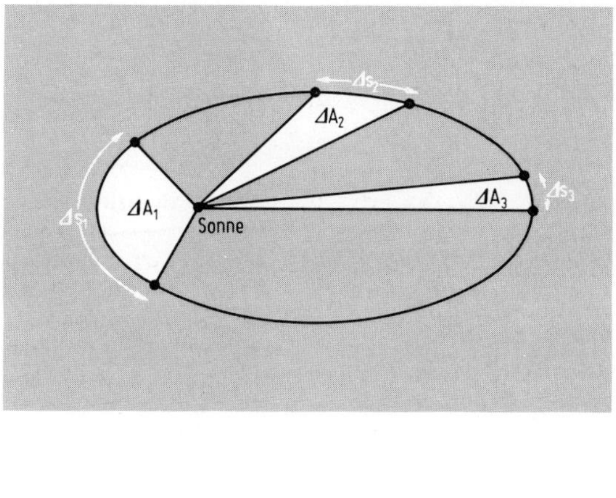

Abb. 157.1
Zum zweiten KEPLER-Gesetz

daß diese verschieden lang sind (Abb. 157.1); sie sind so beschaffen, daß die Flächen ΔA_1, ΔA_2, ΔA_3 gleich groß sind. Man bezeichnet den sonnennächsten Punkt eines Planeten auf seiner elliptischen Bahn als *Perihel* und den sonnenfernsten Punkt als *Aphel.* Aus dem 2. KEPLER-Gesetz ergibt sich dann also:

Die Bahngeschwindigkeit der Planeten hat im Perihel den größten und im Aphel den kleinsten Betrag.

Die Erde erreicht den sonnennächsten Punkt Anfang Januar und den sonnenfernsten Punkt im Juli.

Der Flächensatz, der von KEPLER aus den Beobachtungen über die Planetenbewegung entwickelt worden ist, kann auch aus dem früher (S. 138) behandelten *Drehimpulserhaltungssatz* hergeleitet werden. Er stellt einen Sonderfall dieses allgemeineren Gesetzes dar.

Um den Zusammenhang zwischen dem 2. KEPLER-Gesetz und dem Drehimpulserhaltungssatz zu erkennen, betrachten wir einen Massenpunkt mit der Masse m, der sich zunächst in einem Punkte P_1 in der Nähe des Perihel befindet. Er bewegt sich in dem Zeitintervall Δt mit der Winkelgeschwindigkeit ω_1 nach Q_1, wobei der Fahrstrahl den Winkel $\Delta\varphi_1$ überstreicht. Nach einiger Zeit befindet sich der Massenpunkt in der Nähe des Aphels im Punkte P_2. Er bewegt sich in dem gleichen Zeitintervall Δt mit der Winkelgeschwindigkeit ω_2 nach Q_2, wobei der Fahrstrahl den Winkel $\Delta\varphi_2$ überstreicht (Abb. 158.1). Da der Drehimpuls in beiden Fällen gleich groß sein muß, ist also

$$J_1\,\omega_1 = J_2\,\omega_2\,.$$

Aufgrund früherer Ergebnisse gilt für die Trägheitsmomente

$$J_1 = m\,r_1^2 \quad \text{und} \quad J_2 = m\,r_2^2$$

und für die Winkelgeschwindigkeiten

$$\omega_1 = \frac{\Delta\varphi_1}{\Delta t} \quad \text{und} \quad \omega_2 = \frac{\Delta\varphi_2}{\Delta t}\,.$$

Setzt man diese Ausdrücke oben ein, so erhält man

$$m\,r_1^2 \cdot \frac{\Delta\varphi_1}{\Delta t} = m\,r_2^2\,\frac{\Delta\varphi_2}{\Delta t}$$

oder

$$r_1^2 \cdot \Delta\varphi_1 = r_2^2 \cdot \Delta\varphi_2\,.$$

Da allgemein für die von dem Fahrstrahl r überstrichene Fläche ΔA die Formel

$$\Delta A = \tfrac{1}{2} r^2\,\Delta\varphi$$

gilt, ergibt sich

$$\Delta A_1 = \Delta A_2\,.$$

Damit ist das 2. KEPLER-Gesetz aus dem Drehimpulserhaltungssatz abgeleitet. Bemerkenswert ist dabei, daß diese Ableitung keine bestimmte Voraussetzung über die Größe der wirkenden Kraft erfordert; es genügt

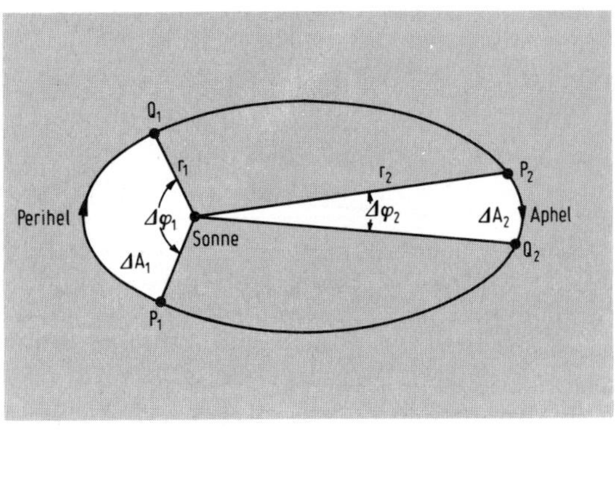

Abb. 158.1
Das zweite KEPLER-Gesetz
und der Drehimpulserhaltungssatz

allein die Tatsache, daß die auf den bewegten Massenpunkt ausgeübte Kraft stets auf ein bestimmtes Zentrum gerichtet ist. Der Flächensatz gilt deshalb nicht nur für die Planetenbewegung, sondern für eine größere Gruppe von Bewegungen, die man als *Zentralbewegungen* bezeichnet. Diese Bewegungen gehören zu den ungleichförmigen Bewegungen. Sie werden folgendermaßen definiert:

Ein Massenpunkt führt eine Zentralbewegung aus, wenn der Kraftvektor stets auf einen festen Raumpunkt gerichtet ist. Der Beschleunigungsvektor weist stets auf denselben Raumpunkt. Beide Vektoren sind ihrer Richtung nach zeitlich veränderlich.

Aufgrund der oben gefundenen Ergebnisse stellen wir fest:

Für alle Zentralbewegungen gilt unabhängig von der besonderen Art des zugrundeliegenden Kraftgesetzes stets der Flächensatz, wonach der Fahrstrahl in gleichen Zeiten gleiche Flächen überstreicht.

Zehn Jahre nach der Entdeckung der beiden genannten Gesetze gelang KEPLER die Auffindung eines weiteren Gesetzes über die Planetenbewegung.

Drittes Kepler-Gesetz

Die Quadrate der Umlaufzeiten T_1 und T_2 zweier Planeten verhalten sich wie die dritten Potenzen der großen Halbachsen a_1 und a_2 der Bahnellipsen.

$$\frac{T_1^2}{T_2^2}=\frac{a_1^3}{a_2^3} \quad \text{oder} \quad \frac{T_1^2}{a_1^3}=\frac{T_2^2}{a_2^3}=\text{const}.$$

Der Ausdruck

$$k=\frac{T^2}{a^3}$$

hat also für alle Planeten des Sonnensystems den gleichen Wert. Man kann diesen Wert berechnen, indem man die Umlaufzeit T und die Länge a der großen Halbachse für irgendeinen Planeten einsetzt. Für die Erde ist

$$T=3{,}15\cdot 10^7\,\text{s} \quad \text{und} \quad a=1{,}50\cdot 10^{11}\,\text{m}.$$

Es ergibt sich also

$$k=\frac{(3{,}15\cdot 10^7\,\text{s})^2}{(1{,}50\cdot 10^{11}\,\text{m})^3}\approx 0{,}29\cdot 10^{-18}\,\text{m}^{-3}\,\text{s}^2.$$

Für ein anderes Planetensystem, das anstelle der Sonne ein Zentralgestirn mit einer anderen Masse besitzt, würde sich ein anderer Wert für k ergeben.

Das 3. KEPLER-Gesetz gilt auch für die Bewegung künstlicher Satelliten um die Erde. Auch hier gehört zu jeder Umlaufzeit T ein ganz bestimmter Bahnradius r bzw. eine ganz bestimmte große Halbachse a. Es ist daher unmöglich, bei einem Satelliten sowohl die Umlaufzeit T als auch den Bahnradius r bzw. die große Halbachse a willkürlich zu wählen. Wenn man das eine Bestimmungsstück frei gewählt hat, dann ist das andere damit zwangsläufig gegeben. Wir kommen hierauf im Zusammenhang mit der Raumfahrt noch zurück.

2.7.5 Das Newton-Gravitationsgesetz

Obwohl die von KEPLER entdeckten Gesetze der Planetenbewegung die Bewegung der Planeten richtig wiedergeben, fehlt bei ihnen doch noch ein für das physikalische Verständnis dieser Bewegungen wesentliches Element. Die KEPLER-Gesetze machen nämlich keine Aussage über die für das Zustandekommen der Planetenbewegung erforderlichen Kräfte. Es ist das Verdienst NEWTONS, diese Lücke geschlossen und damit die eigentliche physikalische Begründung für die KEPLER-Gesetze gegeben zu haben. Wie früher bereits dargelegt wurde, hat NEWTON als erster erkannt, daß die Kraft, die für das Fallen eines Apfels zur Erde verantwortlich ist, auch den Mond auf seine Bahn um die Erde und die Planeten auf ihre Bahnen um die Sonne zwingt und daß wir es schließlich bei der Anziehung, die zwei beliebige Massen aufeinander ausüben, ebenfalls mit der gleichen Kraft zu tun haben. Wir haben diese Kraft früher als *Gravitationskraft* bezeichnet. Es gelang NEWTON das für die Gravitationskraft geltende Gesetz aufzufinden. Im folgenden sollen die Grundgedanken, die zur Entdeckung des Gravitationsgesetzes geführt haben, in vereinfachter Form dargelegt werden. Die Vereinfachung besteht darin, daß wir die Planetenbahnen als Kreise betrachten, die mit konstanter Winkelgeschwindigkeit durchlaufen werden. Diese Annahme ist übrigens bei der Mehrzahl der Planeten in guter Näherung erfüllt.

Wenn ein Planet sich mit gleichbleibender Winkelgeschwindigkeit auf einer Kreisbahn mit den Radius r bewegen soll und die Umlaufzeit T beträgt, so muß auf ihn eine stets zum Kreismittelpunkt gerichtete Radialbeschleunigung mit dem konstanten Betrag

$$a_r = \frac{4\pi^2 r}{T^2}$$

wirken (S. 58). Diese Beschleunigung kommt durch eine auf den Planeten ausgeübte Radialkraft

$$F = m_{Pl}\, a_r = \frac{4\pi^2 r\, m_{Pl}}{T^2}$$

zustande. Dabei ist m_{Pl} die Masse des Planeten. Mit dieser Kraft F muß die Sonne also den Planeten anziehen, damit er auf seiner Kreisbahn bleibt. Nach dem 3. KEPLER-Gesetz besteht zwischen der Umlaufzeit T und dem Bahnradius r der Zusammenhang

$$\frac{T^2}{r^3} = k_1 \quad \text{oder} \quad T^2 = k_1 r^3.$$

Dabei bedeutet k_1 eine Konstante, die von der Masse des Zentralgestirns, nicht dagegen von der Masse des Planeten abhängt. Setzt man diesen Ausdruck in die obige Gleichung für die Kraft ein, so ergibt sich

$$F = \frac{4\pi^2 r\, m_{Pl}}{k_1 r^3} = \frac{4\pi^2}{k_1} \cdot \frac{m_{Pl}}{r^2}.$$

Damit haben wir eine erste wichtige Erkenntnis gefunden:

Die Sonne übt auf einen Planeten eine Anziehungskraft aus, die der Masse des Planeten direkt und dem Quadrat seines Abstandes von der Sonne umgekehrt proportional ist.

Nach dem 3. NEWTON-Axiom muß der Planet auf die Sonne ebenfalls eine anziehende Kraft ausüben; diese hat den gleichen Betrag und die entgegengesetzte Richtung wie die obige Kraft F. Es ist naheliegend, für diese Kraft in Analogie zu der oben gefundenen Formel zu schreiben:

$$F = \frac{4\pi^2}{k_2} \cdot \frac{m_{So}}{r^2}.$$

Dabei ist m_{So} die Masse der Sonne und k_2 eine Konstante, die jetzt von der Masse des Planeten, nicht dagegen von der Masse der Sonne abhängt.

Faßt man die bisherigen Betrachtungen zusammen, so kann man sagen, daß die zwischen der Sonne und den Planeten wirkende Anziehungskraft sowohl der Sonnenmasse m_{So} als auch der Planetenmasse m_{Pl} proportional ist. Nimmt man schließlich noch die oben angegebene Tatsache hinzu, daß die Kraft dem Quadrat des Abstandes zwischen der Sonne und dem Planeten umgekehrt proportional ist, so erhält man:

$$F = G\,\frac{m_{So}\, m_{Pl}}{r^2}.$$

Dieses von NEWTON auf theoretischem Wege für die Sonne und die Planeten gefundene Gesetz ist durch direkte Messungen auch für irdische Massen bestätigt worden. Man bezeichnet es als das NEWTON-*Gravitationsgesetz*. Es kann allgemein folgendermaßen formuliert werden:

Zwei kugelförmige Körper ziehen sich mit einer Kraft $\vec{F}$ an, deren Betrag dem Produkt ihrer Massen m_1 und m_2 direkt und dem Quadrat des Abstandes r ihrer Mittelpunkte umgekehrt proportional ist. Die Richtung der Kraft fällt mit der Verbindungslinie der Kugelmittelpunkte zusammen.

$$F = G\frac{m_1 m_2}{r^2}.$$

In vektorieller Schreibweise lautet diese Gleichung:

$$\vec{F} = G\frac{m_1 m_2}{r^3}\vec{r}.$$

Der Proportionalitätsfaktor G wird als die *Gravitationskonstante* bezeichnet. Sie stellt eine von der Beschaffenheit der sich anziehenden Körper unabhängige Naturkonstante dar. Es ist nicht möglich, ihren Zahlenwert aus der Bewegung der Planeten und den KEPLER-Gesetzen zu ermitteln. Unter der Voraussetzung, daß die Gravitationskonstante für die Anziehung kleiner Massen auf der Erde den gleichen Wert wie bei den großen Planetenmassen hat – eine Voraussetzung, die nach allen Erfahrungen der Physik als erfüllt betrachtet werden kann –, läßt sich ihr Zahlenwert mit Hilfe der früher (S. 149) erwähnten *Gravitationsdrehwaage* bestimmen. Man verfährt dabei folgendermaßen:

Den beiden kleinen Kugeln mit der Masse m_1 werden zwei große Kugeln mit der Masse m_2 genähert (Abb. 149.1). Die kleinen Kugeln geraten dann in eine beschleunigte Bewegung mit der Beschleunigung a. Mit Hilfe eines Lichtzeigers kann die Verdrillung des Aufhängefadens der kleinen Kugeln gemessen werden. Sie stellt ein Maß für die Gravitationskraft zwischen den kleinen und den großen Kugeln dar. Es gelten dann die Beziehungen:

$$F = m_1 a \quad \text{und} \quad F = G\frac{m_1 m_2}{r^2}.$$

Dabei ist r der Abstand des Mittelpunktes einer kleinen Kugel von dem Mittelpunkt der benachbarten großen Kugel. Es wird hier die zulässige Voraussetzung gemacht, daß jede der Kugeln die gleiche Anziehungskraft ausübt wie ein in ihrem Mittelpunkt befindlicher Massenpunkt der gleichen Masse. Aus den beiden angegebenen Gleichungen folgt:

$$G = \frac{a r^2}{m_2}.$$

Sehr sorgfältige Messungen haben ergeben:

$$G = 6{,}672 \cdot 10^{-11}\,\mathrm{m^3\,kg^{-1}\,s^{-2}}.$$

In neuerer Zeit hat der Physiker P. A. M. DIRAC (1902–1984) die Auffassung vertreten, daß die Gravitationskonstante in Wirklichkeit keine Konstante sei, sondern daß sie sich im Laufe der viele Millionen Jahre umspannenden kosmologischen Entwicklung verändert habe. Es handelt sich hierbei aber um Überlegungen, für die zwar manche Begründung gegeben, ein überzeugender Beweis bisher aber nicht erbracht werden konnte.

Abschließend soll noch darauf hingewiesen werden, daß es *für die Gravitationsfelder keine Möglichkeit der Abschirmung* gibt. Sie unterscheiden sich dadurch von den später zu behandelnden elektrischen und magnetischen Feldern, die ohne große Schwierigkeiten abgeschirmt werden können. Die Erdanziehung ist daher in jedem irdischen Laboratorium wirksam. Wenn Versuche unter Ausschaltung der Erdanziehung durchgeführt werden sollen, wie dies im Zusammenhang mit der Raumfahrt notwendig ist, dann müssen die Gravitationskräfte durch andere Kräfte kompensiert werden.

2.7.6 Die Himmelsmechanik

Das NEWTON-Gravitationsgesetz hat im Laufe der auf seine Entdeckung folgenden Jahrzehnte eine Fülle von Bewährungsproben bestanden. Scheinbare Widersprüche, die sich zunächst noch zwischen der Beobachtung und der Theorie ergaben, konnten in allen Fällen dadurch beseitigt werden, daß sich entweder die Rechnungen oder die Beobachtungen als nicht genügend genau erwiesen oder daß störende Einflüsse aufgefunden wurden, die für die Abweichungen verantwortlich waren und die man zunächst übersehen hatte.

Es soll hier zunächst darauf hingewiesen werden, daß die Bewegungen der Planeten in Wirklichkeit verwickelter sind, als dies bisher dargelegt worden ist. Die KEPLER-Gesetze würden nämlich nur dann exakt gelten, wenn die Sonne lediglich von einem einzigen Planeten umgeben wäre. Da aber in Wirklichkeit eine größere Zahl von Planeten vorhanden ist, üben diese auch untereinander gegenseitige Anziehungskräfte aufeinander aus. Wenn diese Kräfte auch wegen der kleineren Planetenmassen wesentlich geringer als die Anziehungskräfte der Sonne sind, so bewirken sie doch geringfügige Abweichungen von den KEPLER-Ellipsenbahnen und von dem Flächensatz. Grundsätzlich können diese störenden Einflüsse natürlich rechnerisch berücksichtigt und die genauen Planetenbahnen berechnet werden. Es handelt sich hierbei mehr um ein mathematisches, als um ein physikalisches Problem. Allerdings ist das Problem in allgemeiner Form mathematisch nicht streng lösbar, wohl aber können Näherungslösungen mit beliebiger Genauigkeit angegeben werden. Diese Berechnungen haben im vergangenen Jahrhundert interessante Ergebnisse gezeitigt, durch die die Leistungsfähigkeit des NEWTON-Gravitationsgesetzes besonders deutlich unter Beweis gestellt wurde und die deshalb hier kurz dargelegt werden sollen.

Bei dem Planeten *Uranus*, den man zu Beginn des vergangenen Jahrhunderts noch für den äußersten Planeten hielt, zeigten sich gewisse, zunächst nicht erklärbare Abweichungen von der berechneten Bahn. Bei den Bemühungen um eine Beseitigung dieser Schwierigkeiten kam man schließlich auf den Gedanken, daß ein außerhalb der Uranusbahn existierender, bis dahin unbekannter Planet die Ursache für die festgestellten Abweichungen sein könnte. Der Astronom U. J. J. LEVERRIER (1811 – 1877) berechnete mit Hilfe des NEWTON-Gesetzes aus den beobachteten Störungen die Masse und die Umlaufzeit des vermuteten Planeten. Er konnte dann auch den Ort bestimmen, an dem der Planet sich am 1. Januar 1847 befinden sollte. Da es damals an der Berliner Sternwarte ein besonders gutes Fernrohr gab, bat er den dortigen Astronomen J. G. GALLE (1812 – 1910), die errechnete Stelle des Himmels abzusuchen. In der Tat fand dann GALLE in unmittelbarer Nähe des berechneten Ortes einen bis dahin unbekannten kleinen Stern, der noch in der gleichen Nacht als Planet identifiziert werden konnte. Er erhielt den Namen *Neptun*. Ein ähnlicher Vorgang hat sich später noch einmal wiederholt. Auch der Planet Neptun zeigte bei seiner Bewegung Unregelmäßigkeiten, die auf das Vorhandensein eines weiteren Planeten außerhalb der Neptunbahn schließen ließen. Ein solcher Planet konnte auch tatsächlich aufgefunden werden. Es handelt sich um den Planeten *Pluto*. Genauere Untersuchungen haben dann jedoch gezeigt, daß die Masse dieses Planeten zu klein ist, um durch ihn die Störungen der Neptunbahn erklären zu können. Es ist bis heute nicht entschieden, ob es außerhalb der Neptunbahn noch einen weiteren Planeten gibt, der die Unregelmäßigkeiten bei der Bewegung des Neptun hervorbringt oder ob diese eine andere Ursache haben.

Das Vertrauen in die Allgemeingültigkeit des NEWTON-Gravitationsgesetzes wuchs immer weiter, insbesondere als es schließlich gelang, die Gültigkeit dieses Gesetzes auch außerhalb unseres Planetensystems nachzuweisen. Es ist zwar bis heute nicht bekannt, ob im Kosmos weitere Planetensysteme existieren, aber es gibt eine große Zahl von Doppelsternsystemen, die aus zwei zusammengehörigen, um ihren gemeinsamen Schwerpunkt sich bewegenden Fixsternen bestehen. FR. W. HERSCHEL (1738 – 1822) konnte im Jahre 1803 zeigen, daß diese Bewegungen ebenfalls dem NEWTON-Gravitationsgesetz unterliegen. Wegen seiner Überzeugung von der allgemeinen Gültigkeit des NEWTON-Gravitationsgesetzes hat ferner FR. W. BESSEL (1784 – 1846) aus der veränderlichen Eigenbewegung der Fixsterne Sirius und Prokyon auf die Existenz unsichtbarer Begleiter geschlossen, die für die Bewegung verantwortlich sein sollten. In der Folgezeit wurden die Vermutungen BESSELS dadurch bestätigt, daß es gelang, die vorausgesagten Begleiter wirklich aufzufinden.

Mit dem NEWTON-Gravitationsgesetz war die Physik ihrem Ziel, die bunte Mannigfaltigkeit der Naturerscheinungen durch möglichst wenige und möglichst einfache Naturgesetze zu erfassen, ein großes Stück nähergekommen. Wir haben bereits gesehen, daß das Gravitationsgesetz die Fallbewegung auf der Erde, auf dem Mond und auf anderen Himmelskörpern, die Bewegung der Monde um die Planeten und der Planeten um die Sonne, die Bewegung der künstlichen Satelliten und Raumsonden und die Bewegung der Himmelskörper in den Fernen des Kosmos bestimmt. Es muß als eine großartige Leistung NEWTONS gewertet werden, daß es ihm gelungen ist, aus der großen Fülle von Einzeltatsachen das einfache allgemeine Gesetz der Gravitation herauszufinden. Allerdings verdanken wir die Auffindung dieses Gesetzes bis zu einem gewissen Grade auch der Tatsache, daß die Natur mit unserem Planetensystem einen ganz besonderen Spezialfall geschaffen hat, der trotz aller Kompliziertheit in mancher Hinsicht auch eine für die Auffindung des Gravitationsgesetzes wichtige Einfachheit aufweist. Diese besondere Einfachheit unseres Planetensystems besteht darin, daß die Masse der Sonne erheblich viel größer als die Masse aller Planeten ist. Dies hat zur Folge, daß die Bewegungen der Planeten mit großer Annäherung als Bahnen um die Sonne betrachtet werden können und daß die gegenseitigen Anziehungen der Planeten nur geringfügige Störungen dieser Bahnen bewirken. Es ist schwer vorstellbar, wie sich die Physik des Himmels entwickelt hätte, wenn unserem System zwei oder gar mehrere Körper von der Größe der Sonne angehören würden, wie dies grundsätzlich denkbar wäre. Die Bewegungen würden dann wesentlich komplizierter verlaufen, und es muß dahingestellt bleiben, ob die Himmelsmechanik dann nicht eine ganz andere Entwicklung genommen hätte, etwa in dem Sinne, daß das Problem der Gravitation von vornherein enger mit den allgemeinen Problemen der Struktur von Raum und Zeit verbunden worden wäre, wie dies bei dem tatsächlichen Verlauf der physikalischen Entwicklung erst in neuerer Zeit durch die allgemeine Relativitätstheorie geschehen ist.

Es kann abschließend festgestellt werden, daß die Himmelsmechanik ihr Ziel, die Welt als ein mechanisches System von Körpern zu erfassen, deren Bewegungen sich allein auf die Wirkung einer universellen Anziehungskraft zurückführen lassen, erreicht hat. Die Bewegungen der Gestirne haben damit alles Geheimnisvolle früherer Zeiten verloren und lassen keinen Platz mehr für freie und willkürliche Entscheidungen. Es bleiben nur noch die mit der mathematischen Behandlung bestimmter Einzelkonstellationen verbundenen Probleme, die alle überschaubar und mindestens auch näherungsweise mit jeder gewünschten Genauigkeit lösbar sind. Es wird berichtet, daß NAPOLEON einmal sein Befremden darüber zum Ausdruck gebracht haben soll, daß in der von P.S. LAPLACE (1749–1827) entwickelten Himmelsmechanik der Name Gottes gar nicht mehr vorkomme. Die Antwort von LAPLACE soll gewesen sein: *„Sire, ich bedurfte dieser Hypothese nicht.“* Die Wandlung, die sich damit seit den Zeiten von GALILEI und KEPLER vollzogen hat, kann kaum überschätzt werden. Sie blieb auch nicht auf das Gebiet der Himmelsmechanik beschränkt, sondern es setzte sich für die gesamte Natur die Auffassung durch, daß alle Vorgänge nach allgemeinen, ausnahmslos gültigen Gesetzen zwangsläufig ablaufen und daß die mathematisch präzisierten Naturgesetze der Physik mit ihrer lückenlosen Verkettung von Ursache und Wirkung das Geschehen der ganzen Welt beherrschen. Die Himmelsmechanik hat zu dem Durchbruch dieser Auffassung, mit der wir uns später (S. 387) noch näher beschäftigen werden, wesentlich beigetragen.

2.7.7 Anwendungen des Newton-Gravitationsgesetzes

Das NEWTON-Gravitationsgesetz hat mancherlei Anwendungen gefunden, von denen hier einige Beispiele behandelt werden sollen.

1. Die Berechnung der Erdmasse m_e

Ein Körper mit der Masse m, der sich an der Erdoberfläche befindet, wird von der Erde mit einer Kraft F angezogen, für die gilt:

$$F = m g \quad \text{und} \quad F = G \cdot \frac{m_e m}{r_e^2}.$$

Hieraus folgt:

$$m_e = \frac{g r_e^2}{G} \approx \frac{9{,}81 \text{ m s}^{-2} \cdot (6370 \text{ km})^2}{6{,}67 \cdot 10^{-11} \text{ m}^3 \text{kg}^{-1} \text{s}^{-2}} \approx 5{,}97 \cdot 10^{24} \text{ kg} \approx 6 \cdot 10^{24} \text{ kg}.$$

2. Die Berechnung der mittleren Erddichte ρ_e

Für die Dichte der Erde gilt:

$$\rho_e = \frac{m_e}{V_e} \approx \frac{5{,}97 \cdot 10^{24} \text{ kg}}{\frac{4}{3}\pi (6370 \text{ km})^3} \approx 5{,}51 \text{ g cm}^{-3}$$

Die experimentelle Bestimmung der Erddichte in den oberen Schichten führt zu dem erheblich kleineren Wert von rund $2{,}7 \text{ g cm}^{-3}$. Es muß deshalb angenommen werden, daß die Erde in den tieferen Schichten Stoffe mit einer größeren Dichte besitzt. Wahrscheinlich handelt es sich um einen aus Eisen und Nickel bestehenden Kern.

3. Die Berechnung der Sonnenmasse m_s

Die Sonne übt auf einen Planeten mit der Masse m die Gravitationskraft

$$F_1 = G \cdot \frac{m_s m}{r^2}$$

aus. Diese Kraft ist die auf den Planeten wirkende Radialkraft

$$F_2 = \frac{4\pi^2 r m}{T^2}.$$

Daher gilt

$$G \cdot \frac{m_s m}{r^2} = \frac{4\pi^2 r m}{T^2}$$

oder

$$m_s = \frac{4\pi^2 r^3}{G T^2} = \frac{4\pi^2}{G T^2 r^{-3}} = \frac{4\pi^2}{G k}.$$

Für alle Planeten des Sonnensystems ist

$$k = T^2 r^{-3} \approx 0{,}29 \cdot 10^{-18}\,\mathrm{m}^{-3}\,\mathrm{s}^2 \qquad \text{(S. 159)}.$$

Daher ergibt sich

$$m_s \approx \frac{4\pi^2}{6{,}67 \cdot 10^{-11}\,\mathrm{m}^3\,\mathrm{kg}^{-1}\,\mathrm{s}^{-2} \cdot 0{,}29 \cdot 10^{-18}\,\mathrm{m}^{-3}\,\mathrm{s}^2} \approx 1{,}99 \cdot 10^{30}\,\mathrm{kg} \approx 2 \cdot 10^{30}\,\mathrm{kg}.$$

4. Die Bestimmung der Jupitermasse m_j

Die Beobachtung des Jupitermondes Io hat ergeben, daß seine Umlaufzeit

$$T = 1{,}77\,\mathrm{d} = 1{,}53 \cdot 10^5\,\mathrm{s}$$

und sein Bahnradius

$$r = 4{,}22 \cdot 10^8\,\mathrm{m}$$

betragen. Für die Größe k ergibt sich dann

$$k = \frac{T^2}{r^3} = \frac{(1{,}53 \cdot 10^5\,\mathrm{s})^2}{(4{,}22 \cdot 10^8\,\mathrm{m})^3} \approx 0{,}31 \cdot 10^{-15}\,\mathrm{m}^{-3}\,\mathrm{s}^2.$$

Der Jupiter übt auf den Planeten Io die Gravitationskraft

$$F_1 = G \cdot \frac{m_j m_{Io}}{r^2}$$

aus. Diese Kraft ist die auf den Mond Io wirkende Radialkraft

$$F_2 = \frac{4\pi^2 r m_{Io}}{T^2}.$$

Es ist also:

$$G \cdot \frac{m_j m_{Io}}{r^2} = \frac{4\pi^2 r m_{Io}}{T^2}$$

oder

$$m_j = \frac{4\pi^2 r^3}{G T^2} = \frac{4\pi^2}{G T^2 r^{-3}} = \frac{4\pi^2}{G k}$$

$$m_j \approx \frac{4\pi^2}{6{,}67 \cdot 10^{-11}\,\mathrm{m}^3\,\mathrm{kg}^{-1}\,\mathrm{s}^{-2} \cdot 0{,}31 \cdot 10^{-15}\,\mathrm{m}^{-3}\,\mathrm{s}^2} \approx 1{,}9 \cdot 10^{27}\,\mathrm{kg} \approx 2 \cdot 10^{27}\,\mathrm{kg}.$$

2.7.8 Das Gravitationspotential

Das Gravitationsfeld in der Umgebung einer felderzeugenden Masse ist bisher durch die Gravitationsfeldstärke beschrieben worden. Es gibt noch eine andere oft benutzte Möglichkeit zur Beschreibung des Gravitationsfeldes, die jetzt behandelt werden soll.

Dabei gehen wir zunächst von dem Gravitationsfeld der Erde, deren Masse m_e sein soll, aus und stellen die Frage, welche Arbeit aufgewendet werden muß, um einen Probekörper mit der Masse m_0 gegen die Gravitationskraft von der Erde weg zu bewegen. Ein Sonderfall dieses Problems wurde früher (S. 103) bereits untersucht. Damals ging es um die Berechnung der Arbeit, die zum Heben eines Körpers um die Höhe h erforderlich ist, wenn vorausgesetzt wird, daß das Anheben in der Nähe der Erdoberfläche erfolgt, so daß die Gravitationskraft und damit die Fallbeschleunigung als konstant betrachtet werden können. Für die Hubarbeit hat sich damals ergeben:

$$W = m_0 \, g \, h .$$

Das Problem wird jetzt insofern verallgemeinert, als das Anheben des Probekörpers sich nicht mehr auf erdnahe Bereiche beschränken, sondern sich bis in so große Höhen erstrecken soll, daß die Gravitationskraft nicht mehr als konstant gelten kann. Für die auf einen Probekörper mit der Masse m_0 wirkende Kraft gilt dann das NEWTON-Gravitationsgesetz

$$F = G \cdot \frac{m_e \, m_0}{r^2} .$$

Gegen diese von dem Abstand r vom Erdmittelpunkt abhängende Kraft muß die Hubarbeit verrichtet werden. Der Probekörper möge sich zunächst auf der Erdoberfläche befinden und vom Erdmittelpunkt den Abstand r_e haben. Er soll in der Vertikalen nach oben bewegt werden, bis er vom Erdmittelpunkt die Entfernung r hat. Um die für dieses Anheben erforderliche Arbeit zu berechnen, denkt man sich den Gesamtweg in eine große Zahl kleiner Wegintervalle Δr zerlegt, die so beschaffen sind, daß die Gravitationskraft für jedes Intervall als konstant betrachtet werden kann (Abb. 165.1). Für das erste von r_e bis r_1 reichende Intervall beträgt die Gravitationskraft

am *Anfang des Intervalles*

$$F_A = G \cdot \frac{m_e \, m_0}{r_e^2}$$

und

am *Ende des Intervalles*

$$F_E = G \cdot \frac{m_e \, m_0}{r_1^2} .$$

Man verwendet nun einen *Mittelwert*, indem man als mittlere Entfernung r_i das geometrische Mittel von r_e und r_1 einsetzt:

$$r_i = \sqrt{r_e \, r_1} .$$

Dann ergibt sich

$$F_1 = G \cdot \frac{m_e \, m_0}{r_i^2} = G \cdot \frac{m_e \, m_0}{r_e \, r_1} .$$

Daß hier das geometrische Mittel benutzt wird, hängt damit zusammen, daß die Gravitationskraft nicht linear, sondern quadratisch mit der Entfernung abnimmt. Der strenge Beweis des hier abzuleitenden Gesetzes erfordert die Verwendung der Integralrechnung.

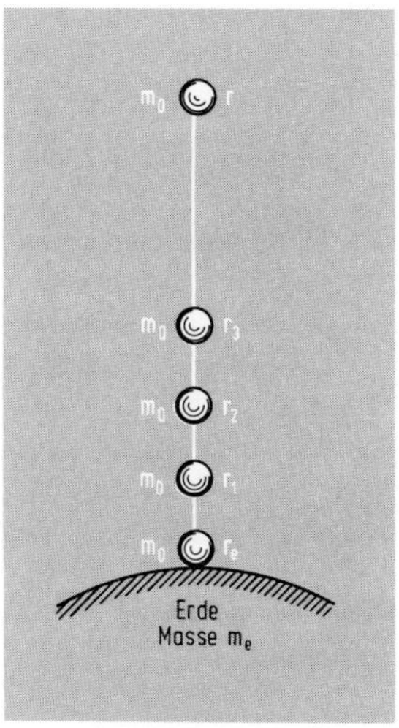

Abb. 165.1
Die Berechnung der Hubarbeit im Gravitationsfeld der Erde

Der Mittelwert kann für das ganze erste Intervall als konstant angesehen werden, so daß sich für die Hubarbeit in dem ersten Intervall ergibt:

$$W_1 = F_1(r_1 - r_e) = G \cdot \frac{m_e\, m_0}{r_e\, r_1}(r_1 - r_e) = G\, m_e\, m_0 \left(\frac{1}{r_e} - \frac{1}{r_1}\right).$$

In analoger Weise ergibt sich für die als konstant zu betrachtende mittlere Kraft F_2 des zweiten, von r_1 bis r_2 reichenden Intervalles

$$F_2 = G \cdot \frac{m_e\, m_0}{r_1\, r_2}.$$

Die in diesem Intervall aufzuwendende Hubarbeit beträgt dann

$$W_2 = G \cdot \frac{m_e\, m_0}{r_1\, r_2}(r_2 - r_1) = G\, m_e\, m_0 \left(\frac{1}{r_1} - \frac{1}{r_2}\right).$$

Für ein drittes, von r_2 bis r_3 reichendes Intervall erhält man entsprechend

$$W_3 = G\, m_e\, m_0 \left(\frac{1}{r_2} - \frac{1}{r_3}\right).$$

Dieses Verfahren kann auf alle übrigen Intervalle ausgedehnt werden. Um die *Gesamtarbeit* zu bestimmen, die zum Anheben des Körpers bis auf den Abstand r erforderlich ist, müssen sämtliche Teilarbeiten addiert werden. Dabei ergibt sich:

$$W = W_1 + W_2 + W_3 + \cdots = G\, m_e\, m_0 \left(\frac{1}{r_e} - \frac{1}{r}\right).$$

Die bei dem Anheben des Probekörpers aufgewendete Arbeit ist als potentielle Energie in der gehobenen Masse gespeichert.

Das hier gefundene Ergebnis gilt natürlich nicht nur für den Fall, daß die Erde die felderzeugende Masse ist, sondern es handelt sich um eine für alle felderzeugenden Massen gültige Erkenntnis, dic folgendermaßen ausgesprochen werden kann:

Um einen kleinen Probekörper mit der Masse m_0 in einem von der kugelförmigen Masse m erzeugten Gravitationsfeld gegen die Gravitationskraft von dem Punkte P_1 mit dem Abstand r_1 vom Mittelpunkt der felderzeugenden Masse nach einem Punkt P_2 mit dem Abstand r_2 zu bringen, muß die Arbeit

$$W_{1,2} = G\, m\, m_0 \left(\frac{1}{r_1} - \frac{1}{r_2}\right)$$

aufgewendet werden (Abb. 166.1). Diese Arbeit wird als potentielle Energie in dem Probekörper gespeichert.

Es wird hier ein *kleiner* Probekörper zugrundegelegt, damit an jedem seiner Punkte das gleiche Potential herrscht.

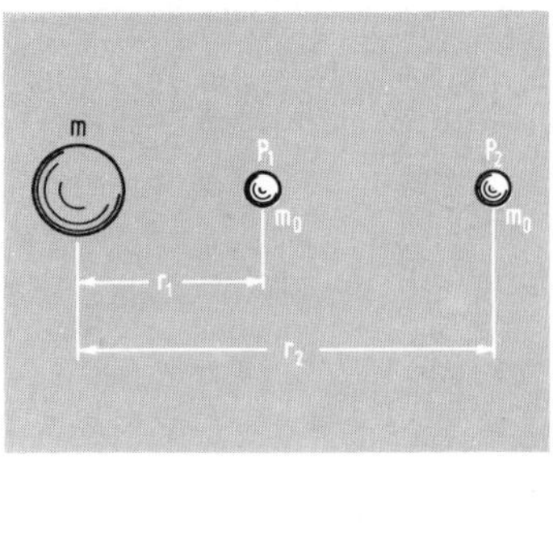

Abb. 166.1
Die Arbeit in einem Gravitationsfeld

Die soeben berechnete Arbeit hängt sowohl von dem Gravitationsfeld als auch von der Masse m_0 des Probekörpers ab. Um eine von der Probemasse m_0 unabhängige Größe zu erhalten, die nur vom Gravitationsfeld selbst abhängt, dividiert man die Arbeit $W_{1,2}$ durch m_0:

$$V_{1,2} = \frac{W_{1,2}}{m_0} = G\,m\left(\frac{1}{r_1} - \frac{1}{r_2}\right).$$

Man bezeichnet diese neue Größe als das *Gravitationspotential*, für das sich also die folgende Definition ergibt:

Unter dem Gravitationspotential (Formelzeichen: V) in einem Feldpunkt P_1 in bezug auf den Punkt P_0 versteht man den Quotienten aus der Arbeit $W_{0,1}$, die unter der Einwirkung der Feldkraft verrichtet werden muß, um eine Probemasse m_0 von P_0 nach P_1 zu bewegen, und der Masse m_0.

$$V_{0,1} = \frac{W_{0,1}}{m_0}.$$

Das Potential ist eine skalare Größe.

Die Arbeit $W_{0,1}$ ist *positiv*, wenn sie *aufgewendet* wird, sie ist *negativ*, wenn sie *frei* wird.

Wenn die felderzeugende Masse kugelförmig und das Gravitationsfeld damit *radialsymmetrisch* ist, so gilt für das Gravitationspotential die oben abgeleitete Formel (Abb. 167.1)

$$V_{0,1} = G\,m\left(\frac{1}{r_0} - \frac{1}{r_1}\right).$$

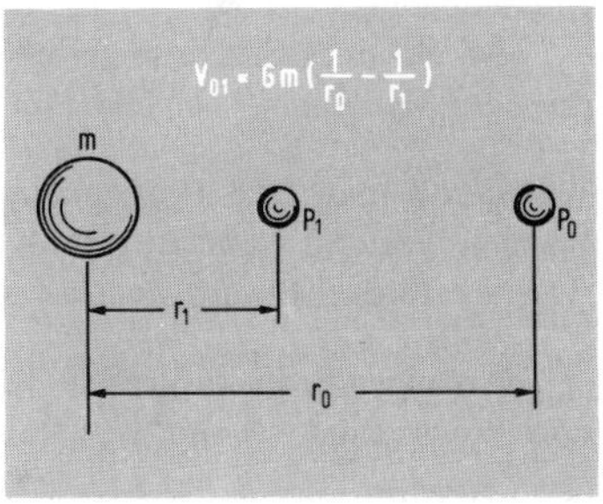

Abb. 167.1
Das Gravitationspotential in einem Punkt P_1 in bezug auf den Punkt P_0

Aus der Definition des Gravitationspotentials ergibt sich auch die *Einheit*, in der diese neue physikalische Größe zu messen ist.

Die abgeleitete Einheit des Gravitationspotentials ist das Joule durch Kilogramm (Einheitenzeichen: $\frac{\text{J}}{\text{kg}}$ oder $\text{J}\,\text{kg}^{-1}$). 1 Joule durch Kilogramm ist das Gravitationspotential, das zwischen zwei Punkten eines Gravitationsfeldes besteht, wenn die Arbeit 1 J erforderlich ist, um die Masse 1 kg von dem einen zu dem anderen Feldpunkt zu bringen.

$$1\,\frac{\text{J}}{\text{kg}} = 1\,\text{J}\,\text{kg}^{-1} = \frac{1\,\text{J}}{1\,\text{kg}}.$$

Bei einem vorgegebenen Gravitationsfeld hängt die Größe des in den einzelnen Feldpunkten herrschenden Gravitationspotentials von der Lage des Bezugspunktes P_0 ab. Es ist im allgemeinen üblich, als Bezugspunkt P_0 einen sehr weit von der felderzeugenden Masse m entfernten Punkt ($r_0 \to \infty$) zu wählen und diesem Punkt das Potential Null zuzuordnen. Dann ergibt sich bei einem radialsymmetrischen Feld für einen Feldpunkt im Abstand r vom Mittelpunkt der felderzeugenden, kugelförmigen Masse m

$$V = -G\,\frac{m}{r}.$$

Das negative Vorzeichen ist durch die Wahl des Nullpunktes bedingt. Da das Potential im Unendlichen Null sein soll und da es bei Annäherung an die felderzeugende Masse abnimmt, kann es in endlichen Abständen nur negative Werte haben.

Wir stellen zusammenfassend fest:

Ein Körper, dessen Masse m kugelsymmetrisch verteilt ist, erzeugt ein radialsymmetrisches Gravitationsfeld. Das Gravitationspotential V_r beträgt außerhalb des Körpers im Abstande r vom Körpermittelpunkt

$$V_r = -G\frac{m}{r},$$

wenn man für den Nullpunkt der Potentialmessung einen Punkt wählt, der von dem Körper unendlich weit entfernt ist.

Das auf diese Weise definierte Potential kann ebenso wie die früher verwendete Feldstärke zur Beschreibung eines Gravitationsfeldes dienen. Man muß dazu für jeden Feldpunkt das Potential angeben. Um ein anschauliches Bild von der Beschaffenheit des Feldes zu erhalten, verbindet man alle Punkte mit dem gleichen Potential durch eine Fläche. Die so entstehenden Flächen heißen *Äquipotential-* oder *Niveauflächen.* Aus den vorhergehenden Überlegungen folgt, daß ein Massenpunkt, der sich auf einer Äquipotentialfläche bewegt, seine potentielle Energie nicht verändert. Wir merken uns:

Ein Gravitationsfeld kann durch Äquipotential- oder Niveauflächen anschaulich dargestellt werden. Man versteht darunter die Verbindungsflächen von Feldpunkten mit dem gleichen Gravitationspotential. Es handelt sich bei diesen Flächen um Flächen konstanter potentieller Energie; dies bedeutet, daß bei der Bewegung eines Massenpunktes auf einer Äquipotentialfläche keine Arbeit aufzuwenden ist.

Bei einem radialsymmetrischen Feld sind die Äquipotentialflächen konzentrische Kugeln, deren Mittelpunkt mit dem Mittelpunkt der felderzeugenden Masse zusammenfällt.

Wenn man eine Probemasse m_0 in einem Gravitationsfeld von einem Punkt P_1 nach einem Punkt P_2 bringen will und wenn die Punkte P_1 und P_2 auf verschiedenen Äquipotentialflächen liegen, so ist dazu eine Arbeit erforderlich, für die aufgrund der vorhergehenden Überlegungen gilt:

Um einen Probekörper mit der Masse m_0 in einem Gravitationsfeld von einem Punkt P_1 mit dem Potential V_1 nach einem Punkt P_2 mit dem Potential V_2 zu bringen, ist die Arbeit

$$W_{1,2} = m_0(V_2 - V_1)$$

erforderlich.

Für den speziellen Fall des radialsymmetrischen Feldes hat sich oben gezeigt, daß diese Arbeit auch in der Form

$$W_{1,2} = G\, m_0\, m\left(\frac{1}{r_1} - \frac{1}{r_2}\right)$$

geschrieben werden kann. Dabei ist es nicht notwendig, daß die beiden Punkte P_1 und P_2 auf einer durch den Mittelpunkt gehenden Geraden liegen, wie dies oben angenommen worden ist, sondern es kann sich auch um zwei beliebig gelegene Punkte Q_1 und Q_2 handeln (Abb. 169.1). Man denkt sich dann den Punkt Q_1 zunächst in Richtung des zugehörigen Radius nach Q_2' und von dort auf der durch diesen Punkt gehenden Äquipotentialfläche nach Q_2 gebracht. Bei der Bewegung auf der Äquipotentialfläche ist nach den obigen Feststellungen die Arbeit Null. Es ist also die gleiche Arbeit erforderlich, um die Probemasse m_0 von P_1 nach P_2 und von Q_1 nach Q_2 zu bringen. Es soll weiter hinzugefügt werden (vgl. S. 168), daß diese Arbeit auch unabhängig von dem dabei durchlaufenen Weg ist. Dies bedeutet, daß man sich von dem Punkte Q_1 keineswegs zunächst auf radialem Weg nach Q_2' bewegen muß, um dann auf einer Äquipotentialfläche nach Q_2 zu gelangen, sondern daß man auch beliebige andere Wege s_1, s_2 usw. durchlaufen kann, ohne daß sich die Arbeit ändert (Abb. 169.2). Es ergibt sich:

Die Arbeit, die aufgewendet werden muß, um eine Probemasse m_0 in einem radialsymmetrischen Gravitationsfeld von einem Punkt P_1 nach einem Punkt P_2 zu bringen, ist unabhängig von dem dabei durchlaufenen Weg (Abb. 169.2). Sie hängt nur von den radialen Abständen r_1 und r_2 der beiden Punkte vom Mittelpunkt der felderzeugenden Masse sowie von der Stärke des Feldes, d. h. von der felderzeugenden Masse, und der Größe der Probemasse ab.

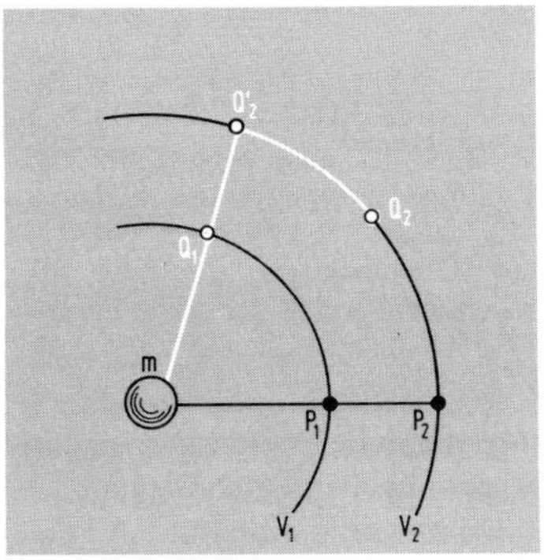

Abb. 169.1
Zur Berechnung
des Gravitationspotentials

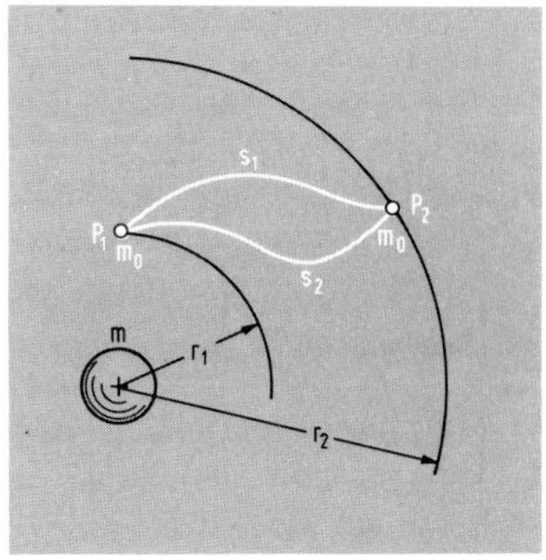

Abb. 169.2
Auf die für den Transport eines Körpers von P_1 nach P_2 aufzuwendende Arbeit hat die Wahl des Weges keinen Einfluß.

Ein Sonderfall soll noch hervorgehoben werden. Wenn die Probemasse m_0 eine geschlossene Bahn durchläuft, d.h. wenn sie nach einer beliebigen Bewegung in dem Gravitationsfeld wieder an den Ausgangspunkt und damit auf die gleiche Äquipotentialfläche zurückkehrt, so wird insgesamt weder Arbeit aufgewendet noch gewonnen. Es gilt also:

In einem Gravitationsfeld ist die Arbeit, die zur Bewegung einer Probemasse längs einer geschlossenen Bahn aufgewendet werden muß, Null. Es kann mit einer solchen Bewegung auch keine Arbeit gewonnen werden.

Aus den bisherigen Darlegungen geht hervor, daß ein Gravitationsfeld auf zwei verschiedene Weisen beschrieben werden kann:

durch die *Gravitationsfeldstärke* a_{gr} und das *Gravitationspotential* V.

Zwischen diesen beiden physikalischen Größen besteht ein Zusammenhang, über den noch einige Bemerkungen gemacht werden sollen.

Die Arbeit, die aufgewendet werden muß, um eine Probemasse m_0 von einem Punkt P_1 nach einem Punkt P_2 zu bewegen, ergibt sich aus der früher (S. 100) angegebenen Formel

$$W_{1,2} = \int_{P_1}^{P_2} \vec{F}\, d\vec{r}.$$

Dabei ist $\vec{F}$ die längs der Bahn von Ort zu Ort wechselnde Gravitationskraft. Da ferner die Zusammenhänge

$$W_{1,2} = -m_0 V_{1,2} \quad \text{und} \quad \vec{F} = m_0 \vec{a}_{gr}$$

bestehen, folgt weiter

$$V_{1,2} = -\int_{P_1}^{P_2} \vec{a}_{gr}\, d\vec{r}.$$

Diese Gleichung kann auch in der Form

$$a_{gr} = -\frac{dV_{1,2}}{dr}$$

geschrieben werden. Dies bedeutet:

Der Betrag der Gravitationsfeldstärke ergibt sich, indem man die Potentialfunktion nach r ableitet.

Aus $V = -G\frac{m}{r}$ folgt dann also $a_{gr} = \frac{dV}{dr} = G\frac{m}{r^2}$.

Die Gravitationsfelder der Erde, des Mondes und der Planeten sind von besonderem Interesse. Deshalb sollen zum Abschluß noch einige Bemerkungen über die Potentialverteilung bei diesen Feldern gemacht werden.

Um das *Gravitationspotential an der Erdoberfläche* zu bestimmen, muß man in die Formel

$$V = -G\frac{m}{r_e}$$

die für die Erdmasse und den Erdradius geltenden Werte einsetzen. Es ergibt sich

$$V = -6{,}67 \cdot 10^{-11}\,\mathrm{m^3\,kg^{-1}\,s^{-2}} \cdot \frac{5{,}97 \cdot 10^{24}\,\mathrm{kg}}{6{,}37 \cdot 10^{6}\,\mathrm{m}} = -6{,}25 \cdot 10^{7}\,\mathrm{J\,kg^{-1}}$$

Dies bedeutet:

Um einen Körper mit der Masse 1 kg von der Erdoberfläche aus dem Anziehungsbereich der Erde herauszubringen, muß die Arbeit von rund $6{,}25 \cdot 10^7$ J aufgewendet werden.

Wie oben schon dargelegt worden ist, wird diese Arbeit in dem Körper als potentielle Energie gespeichert. Sie kann als kinetische Energie wiedergewonnen werden, indem man den Körper aus dem Unendlichen, d.h. praktisch aus sehr großer Entfernung, frei zur Erde fallen läßt. Dabei ist natürlich vorausgesetzt, daß keine Reibung vorhanden ist, so daß das Gesetz von der Erhaltung der mechanischen Energie erfüllt ist.

Das obige Rechenergebnis kann auch folgendermaßen formuliert werden:

An der Erdoberfläche, d.h. im Abstand 6370 km vom Erdmittelpunkt, beträgt das Gravitationspotential

$$V_r = -6{,}25 \cdot 10^7\,\mathrm{J\,kg^{-1}}.$$

Im *Abstand* $2r_e$ *vom Erdmittelpunkt* ergibt sich für das Gravitationspotential

$$V_{2r} = -G\frac{m}{2r_e} = \frac{V_r}{2} = -3{,}13 \cdot 10^7\,\mathrm{J\,kg^{-1}}.$$

In analoger Weise kann man das Gravitationspotential im Abstand $3r$, $4r$, ... vom Erdmittelpunkt berechnen. Man erhält so den Verlauf des Gravitationspotentials in der Umgebung der Erde, der in Abb. 170.1 grafisch dargestellt ist. Um die räumliche Potentialverteilung zu erhalten, muß man die Kurve um die vertikale Achse rotieren lassen. Wegen der Gestalt der dabei entstehenden Fläche spricht man von einer *Potentialmulde* oder einem *Potentialtopf*. Bringt man eine Probemasse in das Feld, so kann man sich modellmäßig vorstellen, daß diese in die Mulde hineinrollt.

In der gleichen Weise kann man das *Gravitationspotential an der Mondoberfläche* berechnen. Es ergibt sich:

$$V = -G\frac{m}{r} = -6{,}67 \cdot 10^{-11}\,\mathrm{m^3\,kg^{-1}\,s^{-2}} \cdot \frac{74 \cdot 10^{21}\,\mathrm{kg}}{1{,}74 \cdot 10^{6}\,\mathrm{m}} = -2{,}8 \cdot 10^{6}\,\mathrm{J\,kg^{-1}}.$$

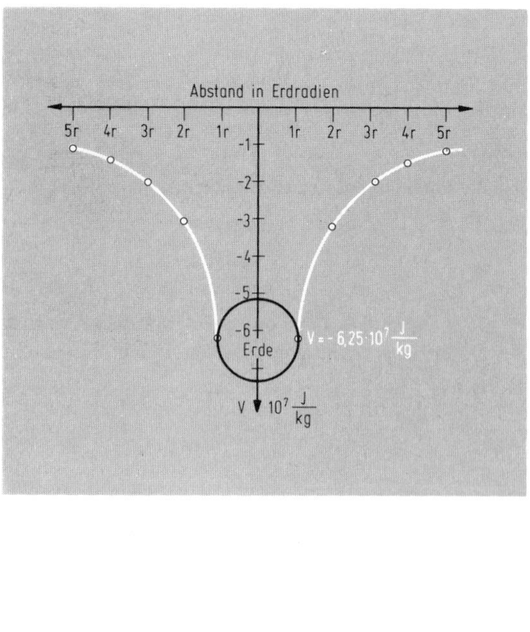

Abb. 170.1
Das Gravitationspotential in der Umgebung der Erde

Wenn man weiter das Mondpotential in den Abständen $2r$, $3r$, ... vom Mondmittelpunkt in der oben angegebenen Weise ausrechnet und die Ergebnisse grafisch darstellt, so ergibt sich der in Abb. 171.1 wiedergegebene Verlauf des Mondpotentials.

Ähnliche Potentialverteilungen erhält man für die Planeten und die Sonne. Aus der Masse und dem Radius der Himmelskörper kann der Potentialverlauf in der gleichen Weise berechnet werden, wie dies oben für die Erde und den Mond geschehen ist.

Von Interesse ist aber noch der Fall, daß mehrere felderzeugende Massen $m_1, m_2, \dots, m_n$ gleichzeitig berücksichtigt werden sollen und das Gravitationspotential in einem Punkt P zu bestimmen ist, der von den Massen die Abstände $r_1, r_2, \dots, r_n$ hat. Es gilt dann für das *Gesamtpotential:*

$$V = -G\left(\frac{m_1}{r_1} + \frac{m_2}{r_2} + \dots + \frac{m_n}{r_n}\right) = -G\sum_{z=1}^{n} \frac{m_z}{r_z}.$$

Beispiel Für das *Gesamtpotential Erde–Mond* in einem Punkt A gilt die Formel

$$V = -G\left(\frac{m_e}{r_e} + \frac{m_m}{r_m}\right).$$

Dabei bedeuten m_e und m_m die Massen von Erde und Mond und r_e und r_m die Abstände des Punktes A von den Mittelpunkten von Erde und Mond. Der Einfluß der Sonne soll unberücksichtigt bleiben, weil die Verhältnisse dadurch erheblich komplizierter würden. Für das *Gesamtpotential Erde–Mond* gilt dann:

Da die Mondmasse nur rund $\frac{1}{81}$ der Erdmasse beträgt, ist der Anteil, den der Mond zum gemeinsamen Potential Erde–Mond liefert, nur gering. Er verursacht lediglich eine kleine Potentialmulde, die in die erheblich tiefere Mulde der Erde eingebettet ist (Abb. 171.2). Der Punkt P wird als *neutraler Punkt* bezeichnet, weil sich hier die Schwerkraftwirkungen von Erde und Mond aufheben.

In Wirklichkeit muß man sich jedoch die Potentialmulden von Erde und Mond in das Potentialfeld der Sonne mit seiner sehr viel tieferen Mulde eingebettet denken, in der die Potentialmulde der Erde und aller anderen Planeten und Monde nur winzige Störungen bedeuten.

In dem folgenden Abschnitt über die Raumfahrt werden wir uns mit den hier berührten Fragen noch genauer zu beschäftigen haben. Wenn sich nämlich ein Raumschiff von der Erde zum Mond bewegen soll, so muß ihm zunächst soviel Energie zugeführt werden, daß es bis zu dem neutralen Punkt P angehoben wird. Von dort fällt es dann von selbst in die Potentialmulde des Mondes. Die Rückkehr vom Mond ist einfacher, weil wegen der geringeren Tiefe der Potentialmulde des Mondes erheblich weniger Energie erforderlich ist, um den neutralen Punkt P zu erreichen, von dem aus das Raumschiff dann von selbst in die Potentialmulde der Erde fällt. Natürlich kann man ein Raumschiff praktisch nicht einfach in die Potentialmulden der Erde und des Mondes fallen lassen, weil es dann am Boden zerschellen würde. Es muß vielmehr abgebremst und auf einer genau errechneten Bahn zur Landung gebracht werden.

Abb. 171.1 Das Gravitationspotential in der Umgebung des Mondes

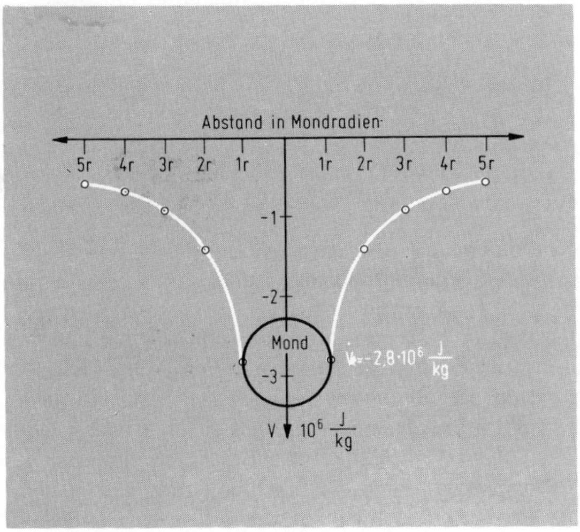

Abb. 171.2 Das Gesamtpotential von Erde und Mond (nicht maßstäblich)

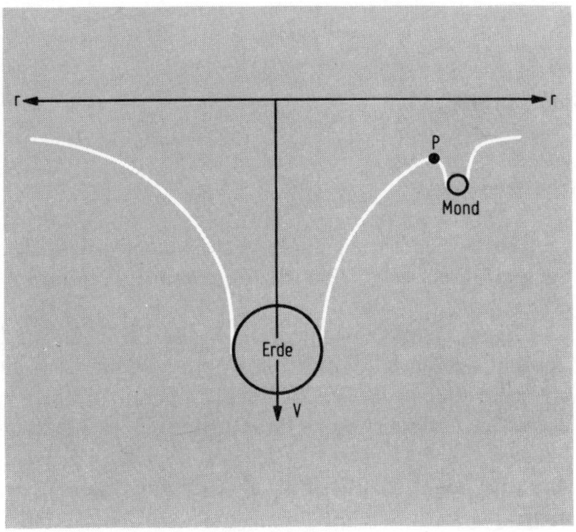

2.7.9 Die träge und die schwere Masse

Es wurde früher (S. 66) schon darauf hingewiesen, daß die *träge* und die *schwere Masse* eines Körpers zwei verschiedene Körpereigenschaften beschreiben, zwischen denen aber ein enger Zusammenhang besteht. Wir haben uns dann aber dem in der Physik durchweg üblichen Vorgehen, die träge und die schwere Masse eines Körpers zu identifizieren, angeschlossen und haben in den bisherigen Ausführungen immer nur von der Masse der Körper schlechthin gesprochen. Jetzt sollen die Zusammenhänge zwischen der trägen und der schweren Masse eines Körpers genauer beleuchtet werden. Dazu erinnern wir zunächst daran, was die physikalischen Größen *träge Masse* und *schwere Masse* bedeuten.

1. Unter der *Trägheit* oder dem *Beharrungsvermögen* eines Körpers haben wir dessen Eigenschaft, jeder Geschwindigkeitsänderung einen Widerstand entgegenzusetzen, verstanden. Die Trägheit wird zahlenmäßig durch die *träge Masse* (Formelzeichen: m_t) erfaßt, für die nach dem 2. NEWTON-Axiom gilt:

$$\vec{F} = m_t \cdot \vec{a}.$$

Dabei ist $\vec{F}$ die auf den Körper ausgeübte Kraft und $\vec{a}$ die dadurch bewirkte Beschleunigung.

2. Unter der *Schwere* eines Körpers haben wir dessen Eigenschaft, von einem anderen Körper, insbesondere von der Erde, angezogen zu werden, verstanden. Die Schwere wird zahlenmäßig durch die *schwere Masse* (Formelzeichen: m_g) erfaßt. Die schwere Masse eines Körpers ist also ein Maß für die Anziehung, die er durch einen anderen felderzeugenden Körper erfährt; sie ist insbesondere ein Maß für seine Anziehung im Gravitationsfeld der Erde. Für die schwere Masse eines Körpers gilt aufgrund der früheren Feststellungen:

$$\vec{F} = m_g \cdot \vec{a}_{gr}$$

bzw. im Schwerefeld der Erde

$$\vec{F} = m_g \cdot \vec{g}.$$

Dabei bedeutet $\vec{F}$ die auf den Körper wirkende Kraft und $\vec{a}_{gr}$ die Gravitationsfeldstärke des Feldes.

Aus diesen Betrachtungen folgt:

Die träge Masse und die schwere Masse eines Körpers sind verschiedene physikalische Größen, weil sie zwei unterschiedliche Körpereigenschaften beschreiben.

Der zwischen der trägen und der schweren Masse eines Körpers bestehende Zusammenhang ergibt sich aus der Erfahrungstatsache, daß alle frei fallenden Körper in einem Gravitationsfeld die gleiche Beschleunigung erfahren (S. 50). Auf einen Probekörper mit der schweren Masse m_g wird in einem Gravitationsfeld eine Kraft mit dem Betrage

$$F = m_g\, a_{gr}$$

ausgeübt. Wenn der Körper frei beweglich ist, so bewirkt diese Kraft eine Beschleunigung a, für die gilt:

$$a = \frac{F}{m_t} = \frac{m_g\, a_{gr}}{m_t}.$$

Daraus folgt:

$$m_t = \frac{a_{gr}}{a}\, m_g = c\, m_g.$$

Dies bedeutet:

Aus der Erfahrungstatsache, daß alle frei fallenden Körper in einem Gravitationsfeld die gleiche Beschleunigung erfahren, folgt, daß die träge und die schwere Masse eines Körpers proportional sind.

Es ist allgemein üblich, die Einheit zur Messung der trägen und der schweren Masse durch den gleichen internationalen Kilogrammprototyp zu definieren. Daher kommt es, daß die Zahlenwerte der trägen und der schweren Masse für jeden Körper übereinstimmen. Aus dieser Gleichheit der Zahlenwerte folgt, daß die in irgendeinem Punkt eines Gravitationsfeldes herrschende Gravitationsfeldstärke a_{gr} den gleichen Zahlenwert hat wie die dort einem beliebigen Probekörper durch das Gravitationsfeld erteilte Beschleunigung $\vec{a}$. Dies darf aber nicht darüber hinwegtäuschen, daß die Gravitationsfeldstärke und die Beschleunigung verschiedenartige physikalische Größen sind.

Man kann schließlich noch einen Schritt weitergehen und den Proportionalitätsfaktor c in der obigen Gleichung, dem wir durch die Verwendung des gleichen Kilogrammprototyps als Einheit für die träge und die schwere Masse bereits den Zahlenwert 1 gegeben haben, als reine Zahl, d. h. ohne Einheit, betrachten. Dann ergibt sich

$$m_t = m_g .$$

Damit werden dann die träge und die schwere Masse der Körper identifiziert. Dieses Verfahren ist heute durchweg üblich, obwohl hiergegen von seiten einiger Physiker Bedenken erhoben werden. Die Identifizierung von träger und schwerer Masse hat den Vorteil, daß die Schreibweise gewisser Formeln vereinfacht wird; es muß dafür aber der Nachteil in Kauf genommen werden, daß sich manche physikalisch verschiedenen Größen – wie etwa die Gravitationsfeldstärke und die Beschleunigung – nicht mehr unterscheiden lassen. Gegen ein solches Vorgehen ist so lange nichts einzuwenden, wie man die folgende Tatsache beachtet:

Die Proportionalität von träger und schwerer Masse ist ein aus der Erfahrung stammendes Naturgesetz. Die Identifizierung von träger und schwerer Masse ist dagegen eine willkürliche Vereinbarung.

In den vorhergehenden Kapiteln haben wir uns der überlieferten Gewohnheit einer Identifizierung der trägen und der schweren Masse angeschlossen und immer von der Masse eines Körpers schlechthin gesprochen. Dabei soll es auch im folgenden bleiben.

Abschließend sollen wieder einige Aufgaben gelöst werden, um die in diesem Abschnitt über die Gravitation gewonnenen Erkenntnisse zu festigen und zu vertiefen.

Beispiele

1. Wie weit muß man sich von der Erdoberfläche entfernen, damit die auf einen Körper wirkende Gravitationskraft auf ein Viertel der an der Erdoberfläche wirkenden Gravitationskraft zurückgeht? (Erdradius $r_e = 6370$ km)

Für die gesuchte Höhe h gilt:

$$\frac{1}{4} G \cdot \frac{m_0 m_e}{r_e^2} = G \cdot \frac{m_0 m_e}{(r_e + h)^2},$$

$$(r_e + h)^2 = 4 r_e^2,$$

$$h = r_e = 6370 \text{ km}.$$

2. Der Erdsatellit Tiros I beschrieb angenähert eine Kreisbahn um die Erde und hatte dabei von der Erdoberfläche den mittleren Abstand $h = 720$ km.

a) Wie groß war seine Bahngeschwindigkeit v?

b) Wie groß war seine Umlaufzeit T?

(Erdradius $r_e = 6370$ km; Erdmasse $m_e = 6 \cdot 10^{24}$ kg)

Der Radius der Satellitenbahn beträgt:

$$R = r_e + h = 6370 \text{ km} + 720 \text{ km} = 7090 \text{ km}.$$

a) Wenn die Masse des Satelliten m beträgt, so gilt

$$\frac{m v^2}{R} = G \cdot \frac{m m_e}{R^2}$$

$$v = \sqrt{G \cdot \frac{m_e}{R}} = \sqrt{\frac{6{,}67 \cdot 10^{-11} \text{ m}^3 \text{ kg}^{-1} \text{ s}^{-2} \cdot 6 \cdot 10^{24} \text{ kg}}{7090 \cdot 10^3 \text{ m}}} = 7{,}51 \text{ km s}^{-1}$$

b) Es ist ferner

$$v = \frac{2\pi R}{T}$$

oder

$$T = \frac{2\pi R}{v} = \frac{2\pi \cdot 7090 \text{ km}}{7{,}513 \text{ km s}^{-1}} = 5930 \text{ s} \approx 99 \text{ min}.$$

Weitere Aufgaben: Siehe O. HÖFLING, Physik-Aufgaben II/1.

2.8 Die Raumfahrt

2.8.1 Die verschiedenen Arten der Raumfahrt

Es ist üblich, zwischen der *Luftfahrt* und der *Raumfahrt* zu unterscheiden. Während man unter der Luftfahrt die Bewegung von Flugkörpern innerhalb der Erdatmosphäre versteht, handelt es sich bei der Raumfahrt um die Entsendung unbemannter oder bemannter Flugkörper, die durch Raketen angetrieben werden, in Bereiche außerhalb des Einflusses der Erdatmosphäre. Da die Lufthülle der Erde keine scharfe obere Grenze hat, ist es auch nicht möglich, eine scharfe Grenze zwischen der Luftfahrt und der Raumfahrt anzugeben. Man ist übereingekommen, als diese Grenze eine Höhe von etwa 100 km zu betrachten.

Man kann die folgenden Bereiche der Raumfahrt unterscheiden:

1. Die *terrestrische* oder *erdnahe Raumfahrt*, bei der die Raumkörper sich auf kreisförmigen oder elliptischen Bahnen um die Erde bewegen, begann im Jahre 1957 mit dem Start von *Sputnik I*, der die Erde 92 Tage in einer mittleren Flughöhe von 580 km umkreist hat. Seither sind mehrere Tausend Satelliten auf Umlaufbahnen um die Erde gebracht worden. Davon ist ein erheblicher Teil inzwischen in der Lufthülle der Erde verglüht oder aus einem anderen Grunde ausgefallen. Mehrere Hundert dieser Satelliten bewegen sich heute auf Umlaufbahnen um die Erde; ihre Anzahl wird von Jahr zu Jahr größer. Die *Höhe der Bahnen* über der Erdoberfläche kann etwa zwischen $2 \cdot 10^2$ km und 10^6 km liegen. Die Umlaufzeiten liegen etwa zwischen 87 Minuten und 2 Monaten. Außerhalb des genannten Bereiches sind keine Satellitenbahnen möglich, weil entweder eine zu starke Abbremsung durch die Erdatmosphäre oder eine zu große Störung durch die Sonne erfolgt.

Eine besondere Art von Erdsatelliten sind die *Synchronsatelliten*. Man versteht hierunter künstliche Himmelskörper, bei denen die Bahngeschwindigkeit so auf die Erdumdrehung abgestimmt ist, daß sie über einem Punkt des Äquators stillzustehen scheinen. Sie brauchen also für einen Umlauf genau 24 h. Wegen ihrer zur Erddrehung synchron erfolgenden Bewegung werden sie als Synchronsatelliten bezeichnet.

Da für die Bewegung der Satelliten um die Erde die früher behandelten KEPLER-*Gesetze* (S. 157) gelten, ist es nicht möglich, die Umlaufzeit eines Satelliten unabhängig von seinem Bahnradius festzulegen. Deshalb müssen sich die Synchronsatelliten in einer ganz bestimmten Höhe über der Erdoberfläche befinden. Diese Höhe läßt sich berechnen, wenn man beachtet, daß für jeden Satelliten die Gravitationskraft mit der Radialkraft übereinstimmt. Es gilt also die Gleichung

$$G\frac{m_s m_e}{r_s^2} = \frac{4\pi^2 m_s r_s}{T^2}.$$

Dabei bedeuten m_e die Erdmasse, m_s die Satellitenmasse, r_s den Radius der Satellitenbahn und T die Umlaufzeit des Satelliten.

Aus der Gleichung folgt

$$r_s = \sqrt[3]{\frac{G}{4\pi^2} m_e T^2} = \sqrt[3]{\frac{6{,}67 \cdot 10^{-11}\,\mathrm{m^3\,kg^{-1}\,s^{-2}}}{4\pi^2} \cdot 5{,}97 \cdot 10^{24}\,\mathrm{kg} \cdot (24\,\mathrm{h})^2} = 42\,200\,\mathrm{km}.$$

Die Höhe eines Synchronsatelliten über der Erdoberfläche muß dann also sein:

$$h = r_s - r_e = 42\,200\,\mathrm{km} - 6370\,\mathrm{km} \approx 36\,000\,\mathrm{km}.$$

Wir stellen zusammenfassend fest:

Die Synchronsatelliten bewegen sich in einer Höhe von rund 36 000 km über der Erdoberfläche in der Äquatorebene um die Erde. Da ihre Winkelgeschwindigkeit mit derjenigen der rotierenden Erde übereinstimmt, scheinen sie über einem Äquatorpunkt fixiert zu sein. Man spricht deshalb auch von geostationären Satelliten. Ihre Bahngeschwindigkeit beträgt rund 3070 m s^{-1}.

Die Synchronsatelliten haben den Vorteil, daß die Empfangsantennen am Boden in festen Richtungen montiert werden können und nicht dem Satelliten nachgeführt werden müssen, wie dies bei nichtgeostationären Satelliten notwendig ist.

Die im Umfeld der Erde befindlichen Satelliten haben wissenschaftliche, kommerzielle und militärische Aufgaben. Im Leben der Menschen spielen die *Nachrichtensatelliten* und die *Wettersatelliten* eine wichtige Rolle.

Die *Nachrichtensatelliten* sind mit Empfangs-, Verstärker- und Sendeeinrichtungen ausgestattet. Sie gewinnen die erforderliche Energie, indem sie die Sonnenenergie mit Hilfe des fotovoltaischen Effektes in elektrische Energie umwandeln. Durch den Einsatz von Nachrichtensatelliten war es möglich, ein weltumspannendes Telefon-, Rundfunk- und Fernsehnetz einzurichten. Ein einzelner Satellit kann gleichzeitig 12 000 Telefongespräche sowie mehrere Rundfunk- und Fernsehsendungen übertragen.

Die *Wettersatelliten* haben die meteorologischen Beobachtungsmöglichkeiten wesentlich erweitert. Während die auf der Erde befindlichen Beobachtungsstationen nur etwa 15 bis 20 Prozent der Erdoberfläche erfassen, können mit Hilfe von Wettersatelliten auch in den sonst nicht oder nur schwer zugänglichen Gebieten der Weltmeere, der Wüsten und der Antarktis Wetterbeobachtungen angestellt und zur Erde gefunkt werden. Durch die mit Hilfe von Wettersatelliten gewonnenen Bilder und Meßdaten konnten die Sicherheit und die Langfristigkeit der Wettervorhersagen wesentlich verbessert werden.

Das der Wetterbeobachtung dienende System von Satelliten ist in Abb. 175.1 wiedergegeben. Es besteht in erster Linie aus fünf in der Äquatorebene stationierten Synchronsatelliten. Einer von ihnen ist der Satellit METEOSAT, der von der internationalen Organisation Eumetsat, an der 14 europäische Staaten beteiligt sind, betrieben wird. Dieser Satellit befindet sich im Schnittpunkt des Nullmeridians mit der Bahnebene der geostationären Satelliten. Aus seiner Höhe von 36 000 km erfaßt er rund ein Drittel der Erdoberfläche. Das für die Auswertung brauchbare Gesichtsfeld erstreckt sich von etwa 55 Grad nördlicher Breite bis etwa 55 Grad südlicher Breite und von rund 55 Grad östlicher Länge bis 55 Grad westlicher Länge. Zu dem Wetterbeobachtungssystem gehören weiter zwei amerikanische und ein japanischer Synchronsatellit sowie der Satellit INSAT, der bei 70 Grad östlicher Länge stationiert ist, der aber kein vollwertiges Mitglied des Beobachtungssystems darstellt, weil seine Daten nur in Indien empfangen werden können. Der Plan, an seiner Stelle einen sowjetischen Satelliten zu stationieren, konnte bis heute nicht realisiert werden. Schließlich bewegen sich im Umfeld der Erde noch je zwei amerikanische und sowjetische, polarumlaufende Wettersatelliten, die Höhen von 800 bis 900 km haben und keine geostationären Bahnen beschreiben.

Bei den Wettersatelliten handelt es sich um äußerst komplizierte Gebilde. Sie sind mit Fernsehkameras, Strahlungsmeßgeräten für verschiedene Wellenlängen sowie mit Sendeeinrichtungen ausgestattet. Der Satellit METEOSAT sendet alle 30 Minuten ein aus 25 Millionen Punkten bestehendes Bild aus dem sichtbaren und dem infraroten Spektralbereich zur Erde. Der Empfang erfolgt mit Hilfe von zwei großen Antennen, die sich in Rehbach bei Michelstadt im Odenwald befinden. Das hier aufgenommene

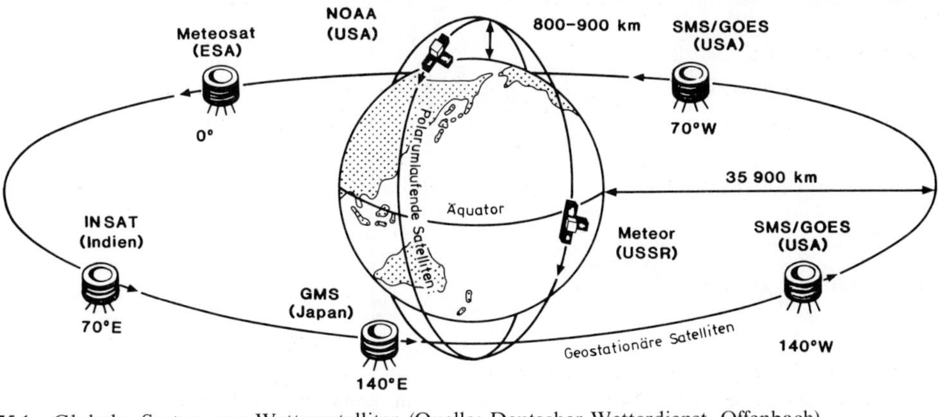

Abb. 175.1 Globales System von Wettersatelliten (Quelle: Deutscher Wetterdienst, Offenbach)

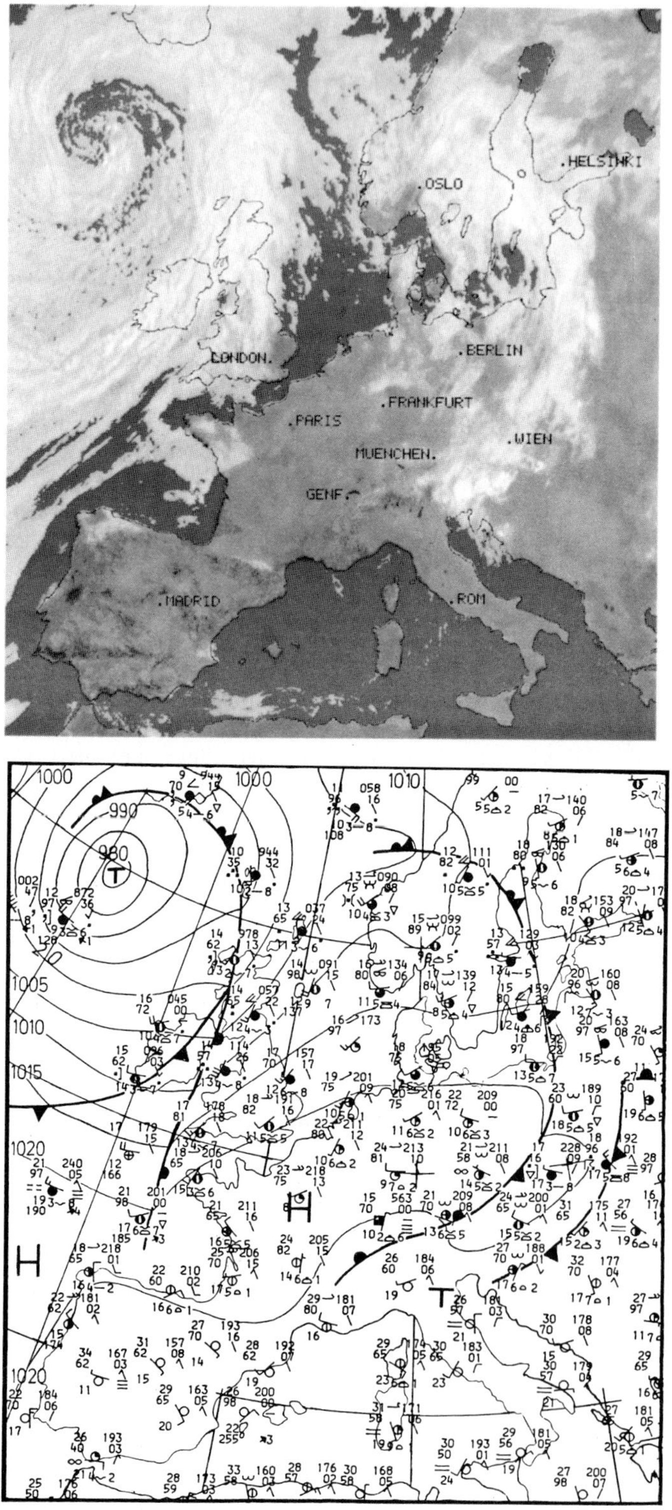

Rohmaterial wird an eine Zentralstelle in Darmstadt geleitet und dort verarbeitet. Auf diese Weise entstehen anschauliche Bilder des jeweiligen Wetterzustandes. In Abb. 176.1 ist das Wolkenbild wiedergegeben, das nach den Angaben von METEOSAT für die Wetterlage vom 17. Juli 1985 konstruiert worden ist; darunter ist die zugehörige Bodenwetterkarte abgebildet.

Da alle 30 Minuten ein Bild aufgenommen wird, können diese Bilder zu einem Film zusammengesetzt werden, der eine Zeitrafferaufnahme des Wettergeschehens darstellt und der die Bewegungen der Wolken und der Wettersysteme in eindrucksvoller Weise wiedergibt.

Über die Wolkenbilder hinaus liefern die Wettersatelliten aber auch noch zahlreiche Daten, durch die unsere Kenntnisse über die Vorgänge in der Atmosphäre erweitert und vertieft werden. Die Wettersatelliten sind deshalb zu einem unentbehrlichen Hilfsmittel des heutigen Wetterdienstes geworden.

Abb. 176.1 Satellitenbild und zugehörige Bodenwetterkarte für die Wetterlage vom 17. Juli 1985, 10 Uhr.
Über dem Ostatlantik und den Britischen Inseln ist die Wolkenspirale eines Tiefdruckwirbels erkennbar. Ein weiteres nicht ganz so deutlich ausgeprägtes Wolkenband erstreckt sich von Südskandinavien über Osteuropa zu den Ostalpen. Dieses Wolkenband hängt mit dem Ausläufer eines gealterten Tiefs zusammen, dessen Zentrum an der norwegischen Westküste liegt. Das gesamte übrige Europa ist weitgehend wolkenfrei, da es unter dem Einfluß einer Hochdruckbrücke liegt, welche das Azorenhoch mit dem russischen Festlandhoch verbindet. (Quelle: Deutscher Wetterdienst, Offenbach.)

2. Die *interlunare Raumfahrt* hat das Ziel, Raumkörper zum Monde fliegen zu lassen. Diese sollen Umlaufbahnen um den Mond beschreiben oder auf dem Mond landen und eventuell zur Erde zurückkehren. Die interlunare Raumfahrt begann im Jahre 1968, als erstmals ein mit drei Astronauten besetztes *Apollo-Raumfahrzeug*, das von einer dreistufigen *Saturn-5-Rakete* angetrieben war, die Erdumlaufbahn verließ, die rund 400000 km lange Strecke zum Mond durchflog, den Mond zehnmal in einer Höhe von etwa 110 km umkreiste und dann zur Erde zurückkehrte. Ein besonderer Erfolg konnte dann am 21. 7. 1969 erzielt werden, als der amerikanische Astronaut N. A. ARMSTRONG als erster Mensch den Mond betrat. Inzwischen haben die USA eine Reihe weiterer Raumfahrzeuge auf dem Mond zur Landung gebracht. Ebenso konnte die UdSSR unbemannte Raumschiffe zum Mond schicken und dort weich landen lassen. Dabei gelang es auch, mit Hilfe der Mondsonde *Luna 17*, das von der Erde aus ferngesteuerte, unbemannte Fahrzeug *Lunochod* auf dem Mond zu landen. Dieses mit zwei Fernsehkameras und zahlreichen Untersuchungsgeräten ausgestattete Fahrzeug hat unter Steuerung von der Erde aus in der Zeit vom 17. 11. 1970 bis 17. 6. 1971 etwa 0,2 km^2 der Mondoberfläche genau untersucht. Auch im Rahmen des *Apollo-Programmes* wurden Autos auf dem Mond abgesetzt, mit deren Hilfe die Astronauten ein größeres Gebiet in der Umgebung der Landestelle untersuchen konnten, als dies zu Fuß möglich gewesen wäre. Alle diese Mondflüge haben wesentlich zur Erweiterung unserer Kenntnisse über den Mond beigetragen.

3. Die *interplanetare Raumfahrt* spielt sich innerhalb unseres Planetensystems ab. Auch hier konnten mit den *Venussonden*, den *Marssonden* und den *Jupitersonden* erste Erfolge im Bereich der der Erde benachbarten Planeten erzielt werden. Die Sonden enthielten Meßgeräte, mit denen Druck-, Temperatur-, Dichte-, Beleuchtungs- und andere Messungen ausgeführt werden konnten. Die zur Erde gefunkten Meßergebnisse haben zu wichtigen neuen Erkenntnissen über unser Planetensystem geführt.

4. Die *interstellare Raumfahrt*, die über unser Planetensystem hinausführt, wird aller Voraussicht nach auch in Zukunft eine Utopie bleiben. Eine Geschwindigkeit von „nur" 1000 $km\,s^{-1}$ würde bereits das 10000fache derjenigen Energie erfordern, die zum Verlassen der Erde aufgewendet werden muß. Trotzdem müßte die Hin- und Rückreise zum nächsten Fixstern *Alpha Centauri* dann noch rund 3000 Jahre betragen.

2.8.2 Der Raketenantrieb

Unter einer Rakete versteht man einen Flugkörper, dessen Antrieb von dem Vorhandensein einer Atmosphäre unabhängig ist, weil alle zur Erzeugung der Vortriebsenergie erforderlichen Mittel von der Rakete mitgeführt werden. Das schließt natürlich nicht aus, daß Raketen auch im Bereich der irdischen Lufthülle verwendet werden können. Sie erreichen hier sogar gegenüber anderen Flugkörpern besonders große Geschwindigkeiten und werden deshalb für militärische Zwecke in mannigfacher Weise eingesetzt. Im Zusammenhang mit der Raumfahrt kommt es aber in erster Linie auf folgendes an:

Der Raketenantrieb stellt die einzige Möglichkeit dar, um einen Körper im leeren Raum zu beschleunigen.

Der Raketenantrieb macht von dem *Impulserhaltungssatz* (S. 117) oder dem *3.* NEWTON-*Axiom* (S. 78) Gebrauch. Wir haben früher an zahlreichen Beispielen gesehen, daß ein Körper, der einen Teil seiner Masse in einer Richtung ausstößt, selbst eine Beschleunigung in der entgegengesetzten Richtung erfährt. Dieses *Rückstoßprinzip* kann aufgrund des Impulserhaltungssatzes folgendermaßen präzisiert werden:

Die in der Rakete erzeugten, unter hohem Druck stehenden Gasmassen werden ausgestoßen und erhalten dabei den Impuls $\vec{p}_{Gas}$. Wenn keine äußeren Kräfte wirksam sind, so muß die Rakete dann einen Impuls $\vec{p}_{Rakete}$ bekommen, der den gleichen Betrag und die entgegengesetzte Richtung wie $\vec{p}_{Gas}$ hat (Abb. 178.1). Für die Beträge gilt also:

$$p_{Gas} = p_{Rakete}.$$

Eine Rakete besteht aus einer *Zelle* und einem *Triebwerk*. In der Zelle befinden sich die Treibstoffvorräte, die Steuergeräte und die zu befördernde Nutzlast, zu der bei bemannten Raketen auch die Personen gehören. Durch das Triebwerk wird der *Vortrieb* oder der *Schub* erzeugt. Wie oben bereits erwähnt, kommt dieser

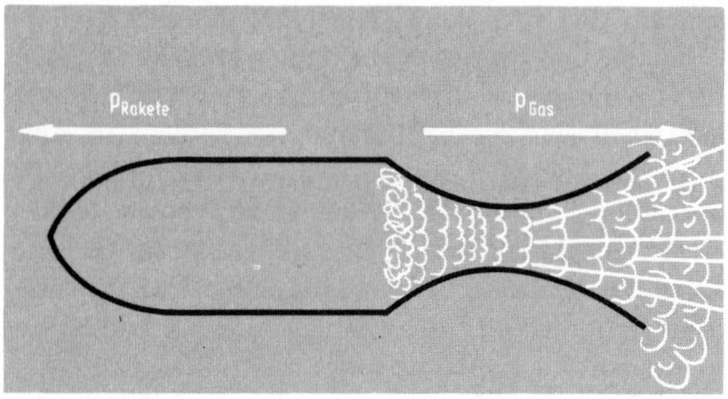

Abb. 178.1
Der Impuls der Rakete hat den gleichen Betrag und die entgegengesetzte Richtung wie der Impuls des ausströmenden Gases.

dadurch zustande, daß aus den am hinteren Ende der Raketen befindlichen Düsen ein Gasstrom mit großer Geschwindigkeit ausgestoßen und die Rakete durch den dabei auftretenden Rückstoß nach vorn bewegt wird.

Die zum Antrieb der Raketen erforderliche Energie kann auf verschiedene Weisen bereit gestellt werden. Praktisch verwendet man heute fast nur *Raketen mit chemischen Triebwerken*. Hierbei wird die Vortriebsenergie durch chemische Prozesse gewonnen. Dazu muß die Rakete einen *Brennstoff*, der die Energie abgibt, und einen *Oxidator*, der den zur Verbrennung erforderlichen Sauerstoff liefert, enthalten. Man unterscheidet *Feststoffraketen*, die in ihren Triebwerken feste Treibstoffe enthalten, und *Flüssigkeitsraketen*, bei denen flüssige Treibstoffe verwendet werden. In der Raumfahrt werden heute vorwiegend Flüssigkeitsraketen eingesetzt; im militärischen Bereich gibt man dagegen den Feststoffraketen den Vorzug.

Neben den Raketen mit chemischem Antrieb werden auch noch andere Antriebsarten untersucht und erprobt. Da aber noch keine abschließenden Ergebnisse vorliegen, soll hierauf nicht näher eingegangen werden.

2.8.3 Die Ziolkowski-Raketenformel

Im folgenden soll die Bewegung einer Rakete genauer untersucht werden, wobei insbesondere auch die von dem russischen Physiker K. E. ZIOLKOWSKI (1857–1935) zuerst angegebene *Raketenformel* entwickelt wird. Es muß dabei beachtet werden, daß die Raketenbewegung sich von den in den vorhergehenden Abschnitten untersuchten Bewegungen in einem wesentlichen Punkt unterscheidet. Während die Masse der Körper bei den bisher behandelten Bewegungen unverändert blieb, ist dies bei der Raketenbewegung nicht der Fall; wegen des Verbrauchs von Treibstoff wird die Masse der Rakete während des Fluges geringer. Der Treibstoffverbrauch ist dabei so groß, daß die Massenabnahme keineswegs vernachlässigt werden darf. Bei den folgenden Untersuchungen werden möglichst einfache Bedingungen vorausgesetzt:

1. Auf die Rakete sollen keine äußeren Kräfte wirken, d.h., wir sehen von dem Luftwiderstand und von jeder Gravitation ab.

2. Die Rakete soll aus der Ruhelage starten, d.h., zur Zeit $t=0$ soll die Geschwindigkeit $v_0=0$ sein.

Die *Start-* oder *Anfangsmasse* der Rakete sei m_0. Diese setzt sich aus zwei Teilen zusammen, nämlich aus der *Masse des Treibstoffes* m_{Tr} und der gesamten übrigen Masse m_L, die den Raketenkörper und die Nutzlast umfaßt. Man bezeichnet diese Masse m_L auch als die *Leermasse*; es ist die Endmasse, die übrigbleibt, wenn der gesamte Treibstoff verbraucht ist. Daher gilt

$$m_0 = m_L + m_{Tr}.$$

Wir setzen weiter voraus, daß die Rakete während des ganzen Fluges in jeweils gleichen Zeitintervallen Δt stets die gleiche Gasmasse Δm ausstößt. Die konstante Größe

$$\mu = \frac{\Delta m}{\Delta t}$$

wird als der *Durchsatz* oder die *Abbrandgeschwindigkeit* der Rakete bezeichnet. Wir halten also fest:

Unter dem Durchsatz oder der Abbrandgeschwindigkeit (Formelzeichen: μ) einer Rakete versteht man den Quotienten aus der in dem Zeitintervall Δt ausgestoßenen Gasmasse Δm und dem Zeitintervall Δt.

$$\mu=\frac{\Delta m}{\Delta t}.$$

Die Abbrandgeschwindigkeit ist im allgemeinen eine für eine Rakete konstante Größe.

Aus der angegebenen Definition ergibt sich die *Einheit*, in der die Abbrandgeschwindigkeit zu messen ist. Es gilt:

Die abgeleitete Einheit der Abbrandgeschwindigkeit ist das Kilogramm durch Sekunde (Einheitenzeichen: $\frac{\mathrm{kg}}{\mathrm{s}}$ oder $\mathrm{kg\,s^{-1}}$). 1 Kilogramm durch Sekunde ist gleich der Abbrandgeschwindigkeit einer Rakete, bei der die Gasmasse 1 kg in der Zeit 1 s ausgestoßen wird.

Die Zeit vom Start bis zum Brennschluß, d.h. bis zum Verbrauch des gesamten Treibstoffes, bezeichnet man als die *Brenndauer T.* Für die Abbrandgeschwindigkeit gilt dann:

$$\mu=\frac{m_{\mathrm{Tr}}}{T}.$$

Für die Masse m_t einer Rakete zu einer beliebigen Zeit t erhält man

$$m_t=m_0-\mu t=m_0-\frac{m_{\mathrm{Tr}}}{T}t.$$

Die Geschwindigkeit der Rakete relativ zur Erde zur Zeit t sei v_t. In dem nun folgenden Zeitintervall Δt stößt die Rakete die Gasmasse $\mu\cdot\Delta t$ aus. Diese soll relativ zur Rakete die *Ausströmgeschwindigkeit* w haben. Durch den Gasausstoß erfährt die Rakete die Geschwindigkeitszunahme Δv. Am *Ende des betrachteten Zeitintervalles* Δt beträgt also

die Masse der Rakete $\quad m_t-\mu\cdot\Delta t,$

die Geschwindigkeit der Rakete $\quad v_t+\Delta v$

und die Geschwindigkeit der Gasmasse relativ zur Erde

$$w-(v_t+\Delta v).$$

Dann gelten für die *Impulse der Rakete und der Gasmasse* am Ende des Zeitintervalles Δt:

$$p_{\mathrm{Rakete}}=(m_t-\mu\cdot\Delta t)(v_t+\Delta v)$$
$$p_{\mathrm{Gas}}=-\mu\cdot\Delta t\cdot[w-(v_t+\Delta v)].$$

Nach dem *Impulserhaltungssatz* muß die Summe von p_{Rakete} und p_{Gas} gleich dem Impuls zu Beginn des betrachteten Zeitintervalles Δt, d.h. gleich dem Impuls

$$p_t=m_t v_t,$$

sein. Es gilt also

$$p_t=m_t v_t=(m_t-\mu\cdot\Delta t)(v_t+\Delta v)-\mu\cdot\Delta t\cdot(w-v_t-\Delta v)$$
$$=m_t v_t-\mu\cdot\Delta t\cdot v_t+m_t\cdot\Delta v-\mu\cdot\Delta t\cdot\Delta v-\mu\cdot\Delta t\cdot w+\mu\cdot\Delta t\cdot v_t+\mu\cdot\Delta t\cdot\Delta v.$$

Hieraus folgt weiter

$$0=m_t\cdot\Delta v-\mu\cdot\Delta t\cdot w$$

oder

$$m_t\frac{\Delta v}{\Delta t}=\mu w.$$

Da der Ausdruck

$$\frac{\Delta v}{\Delta t} = a$$

die Beschleunigung der Rakete darstellt, ist

$$F_S = m_t\, a = \mu\, w$$

die Kraft, die die Rakete beschleunigt. Man bezeichnet sie als den *Vortrieb* oder den *Schub der Rakete.* Es handelt sich hierbei um eine für jedes Raketentriebwerk charakteristische Größe. Da die Abbrandgeschwindigkeit μ und die Ausstoßgeschwindigkeit w für ein bestimmtes Raketentriebwerk konstant sind, stellt auch der Schub eine konstante Eigenschaft einer Rakete dar. Die Beschleunigung, die der Rakete durch den Schub erteilt wird, ist dagegen nicht konstant, sondern sie nimmt mit abnehmender Raketenmasse zu und erreicht beim Brennschluß den größten Betrag. Wir fassen zusammen:

Unter dem Schub eines Raketentriebwerkes (Formelzeichen: $\vec{F}_S$) versteht man die von dem Gasausstoß herrührende Kraft, die die Rakete beschleunigt. Der Schub ist gleich dem Produkt aus der Abbrandgeschwindigkeit μ und der Geschwindigkeit w der ausgestoßenen Gase relativ zur Rakete.

$$F_S = \mu\, w\,.$$

Aus dieser Definition ergibt sich auch die *Einheit*, in der der Schub zu messen ist. Da es sich hierbei um eine Kraft handelt, sind als Einheiten für den Schub die früher eingeführte *Krafteinheit 1 Newton* sowie die daraus abgeleiteten dezimalen Teile und Vielfache zu verwenden.

Wenn man die Einheiten für die Abbrandgeschwindigkeit ($\mathrm{kg\,s^{-1}}$) und für die Ausstoßgeschwindigkeit ($\mathrm{m\,s^{-1}}$) multipliziert, so erhält man ebenfalls die Einheit der Kraft (N), denn es ist

$$1\,\mathrm{kg\,s^{-1}} \cdot 1\,\mathrm{m\,s^{-1}} = 1\,\mathrm{kg\,m\,s^{-2}} = 1\,\mathrm{N}.$$

Die oben entwickelte Formel wird oft in anderer Form geschrieben. Wenn man in der Gleichung

$$m_t \cdot \Delta v = \mu\, w \cdot \Delta t$$

den Grenzübergang $\Delta t \to 0$ ausführt, so erhält man

$$m_t\, \mathrm{d}v = \mu\, w\, \mathrm{d}t\,.$$

Da

$$m_t = m_0 - \mu\, t$$

ist, folgt

$$(m_0 - \mu\, t)\, \mathrm{d}v = \mu\, w\, \mathrm{d}t$$

oder

$$\mathrm{d}v = w \frac{\mu\, \mathrm{d}t}{m_0 - \mu\, t}.$$

Da m_0 eine konstante Größe ist, gilt weiter:

$$\mathrm{d}(m_0 - \mu\, t) = -\mu\, \mathrm{d}t,$$

so daß sich ergibt

$$\mathrm{d}v = -w \frac{\mathrm{d}(m_0 - \mu\, t)}{m_0 - \mu\, t}.$$

Durch Integration erhält man:

$$v_t = -w \cdot \ln(m_0 - \mu\, t) + C.$$

Für die Integrationskonstante C ergibt sich aufgrund der Anfangsbedingungen $t = 0$, $v_t = 0$ die Gleichung

$$0 = -w \cdot \ln m_0 + C \quad \text{oder} \quad C = w \cdot \ln m_0\,.$$

Dann ist also

$$v_t = w(\ln m_0 - \ln(m_0 - \mu\, t)) = w \cdot \ln \frac{m_0}{m_0 - \mu\, t} = w \ln \frac{m_0}{m_t}.$$

Diese Gleichung gibt die Geschwindigkeit der Rakete zu einer beliebigen Zeit t an. Von besonderem Interesse ist die Geschwindigkeit, die man aus dieser Gleichung erhält, wenn der gesamte Treibstoff verbraucht ist. Man bezeichnet sie als die *ideale Endgeschwindigkeit* v_i der Rakete. In diesem Falle ist

$$m_t = m_L,$$

so daß sich ergibt:

$$v_i = w \cdot \ln \frac{m_0}{m_L}.$$

Die hier entwickelten Zusammenhänge, die man als ZIOLKOWSKI-*Raketenformel* bezeichnet, lassen sich folgendermaßen formulieren:

Die Geschwindigkeit einer Rakete ist zu jeder beliebigen Zeit t gleich dem Produkt aus der Ausströmgeschwindigkeit w der Verbrennungsgase und dem natürlichen Logarithmus des Quotienten aus der Anfangsmasse m_0 der Rakete und der zur betrachteten Zeit noch vorhandenen Restmasse m_t.

$$v_t = w \cdot \ln \frac{m_0}{m_t}.$$

Die von der Rakete erreichbare ideale Höchstgeschwindigkeit v_i ist gleich dem Produkt aus der Ausströmgeschwindigkeit w der Verbrennungsgase und dem natürlichen Logarithmus des Quotienten aus der Anfangsmasse m_0 und der Endmasse m_L der Rakete.

$$v_i = w \cdot \ln \frac{m_0}{m_L}.$$

Natürlich wird die ideale Endgeschwindigkeit in der Praxis nicht erreicht, weil die Reibung an der Luft einen Verlust an mechanischer Energie mit sich bringt und weil in vielen Fällen auch die Gravitationskräfte eine Verringerung der durch den Schub hervorgebrachten Beschleunigung bewirken.

Es ist für manche Rechnungen zweckmäßig, die ZIOLKOWSKI-Raketenformel etwas anders zu schreiben. Wir führen dazu eine weitere neue Größe ein und setzen

$$q_t = \frac{\mu t}{m_0 - \mu t} = \frac{m_0 - m_t}{m_t} = \frac{m_0}{m_t} - 1.$$

Die neue Größe q_t stellt also das Verhältnis der zur Zeit t bereits ausgestoßenen Treibstoffmasse μt zu der in diesem Augenblick noch weiterfliegenden Gesamtraketenmasse $m_t = m_0 - \mu t$ dar. Zur Zeit des Brennschlusses, d.h. für $t = T$, ist also

$$q_T = \frac{m_{Tr}}{m_L} = \frac{m_0 - m_L}{m_L} = \frac{m_0}{m_L} - 1.$$

Die Größe q_T, d.h. das Verhältnis der Treibstoffmasse zur Leermasse der Rakete, bezeichnet man als das *Massenverhältnis der Rakete.* Da

$$m_0 = m_L + m_{Tr}$$

ist, kann man die ZIOLKOWSKI-Raketenformel auch schreiben:

$$v_i = w \cdot \ln \frac{m_L + m_{Tr}}{m_L} = w \cdot \ln \left(1 + \frac{m_{Tr}}{m_L}\right) = w \cdot \ln(1 + q_T).$$

Aus dieser Formel ersieht man, daß es zur Erzielung einer möglichst großen idealen Endgeschwindigkeit v_i erforderlich ist, die Ausströmgeschwindigkeit w und das Massenverhältnis q_T so groß wie möglich zu machen. Dabei hängt die Endgeschwindigkeit aber viel stärker von der Ausströmgeschwindigkeit als von dem Massenverhältnis ab, weil der Logarithmus einer Größe langsamer als die Größe selbst wächst. Deshalb werden bei dem Bau von Raketen möglichst große Ausströmgeschwindigkeiten angestrebt; man läßt dazu die hoch erhitzten und unter großem Druck stehenden Verbrennungsgase durch geeignet geformte Düsen möglichst schnell ausströmen. Wir erläutern die Zusammenhänge zwischen der Endgeschwindigkeit v_i, der Ausströmgeschwindigkeit w und dem Massenverhältnis q_T an einem Zahlenbeispiel.

Beispiel

1. Wenn die ideale Endgeschwindigkeit v_i einer Rakete den doppelten Wert der Ausströmgeschwindigkeit w erreichen soll, so muß für das Massenverhältnis q_T gelten:

$$2w = w \cdot \ln(1 + q_T)$$

oder

$$\ln(1 + q_T) = 2$$

$$q_T = e^2 - 1 \approx 7{,}39 - 1 \approx 6{,}39.$$

Dies bedeutet:

Die Treibstoffmasse muß in dem vorliegenden Falle rund das 6,4fache der Leermasse der Rakete betragen.

2. Wenn die ideale Endgeschwindigkeit v_i einer Rakete den vierfachen Wert der Ausströmgeschwindigkeit w erreichen soll, so muß für das Massenverhältnis q_T gelten:

$$\ln(1+q_T)=4$$

oder

$$q_T=e^4-1\approx 54{,}6-1\approx 53{,}6.$$

Dies bedeutet:

Die Treibstoffmasse muß jetzt rund das 53,6fache der Leermasse der Rakete betragen.

Diese Beispiele zeigen, daß eine Steigerung der Endgeschwindigkeit einer Rakete von $2w$ auf $4w$, d. h. auf das *Doppelte*, eine Erhöhung des erforderlichen Treibstoffes von dem 6,4fachen auf das 53,6fache der Leermasse, d. h. auf mehr als das *Achtfache*, erfordert.

Die gleiche Steigerung der Endgeschwindigkeit hätte man schon durch eine *Verdoppelung der Ausströmgeschwindigkeit* erreichen können.

Abschließend soll noch eine Formel für den von der Rakete in der Zeit t zurückgelegten Weg s_t abgeleitet werden. Es gilt

$$\Delta s=v_t\,\Delta t$$

oder

$$\Delta s=w\cdot\ln\frac{m_0}{m_t}\,\Delta t=w\cdot\ln\frac{m_0}{m_0-\mu t}\,\Delta t=-w\cdot\ln\frac{m_0-\mu t}{m_0}\,\Delta t.$$

Daher ist

$$s_t=-w\int_0^t \ln\frac{m_0-\mu t}{m_0}\,dt.$$

Wir verwenden nun die aus der Integralrechnung bekannte Formel

$$\int \ln x\,dx=x\ln x-x$$

und setzen

$$x=\frac{m_0-\mu t}{m_0}\quad\text{und}\quad dx=-\frac{\mu}{m_0}\,dt.$$

Es ergibt sich

$$\begin{aligned}s_t&=\frac{w\,m_0}{\mu}\int \ln x\,dx=\frac{w\,m_0}{\mu}(x\ln x-x)+C\\&=\frac{w\,m_0}{\mu}\left[\frac{m_0-\mu t}{m_0}\cdot\ln\frac{m_0-\mu t}{m_0}-\frac{m_0-\mu t}{m_0}\right]+C\\&=\frac{w}{\mu}\left[m_t\cdot\ln\frac{m_t}{m_0}-m_t\right]+C.\end{aligned}$$

Die Integrationskonstante C ergibt sich aus den Anfangsbedingungen $t=0$, $s_t=0$. Man erhält

$$C=\frac{w\,m_0}{\mu}.$$

Dann ist also

$$s_t=\frac{w}{\mu}\left[m_t\cdot\ln\frac{m_t}{m_0}+(m_0-m_t)\right].$$

Diese Gleichung läßt sich noch anders schreiben, indem man setzt:

$$m_0-m_t=\mu t=\frac{m_{Tr}}{T}\,t\quad\text{und}\quad \ln\frac{m_t}{m_0}=-\frac{v_t}{w}.$$

Es ergibt sich

$$s_t=\frac{w\,T}{m_{Tr}}\left[-m_t\,\frac{v_t}{w}+\frac{m_{Tr}}{T}\,t\right]$$

oder

$$s_t=w\,t-v_t\,T\,\frac{m_t}{m_{Tr}}.$$

Für die *Länge der Antriebsbahn*, d.h. für die bis zum Brennschluß ($t=T$) zurückgelegte Strecke, erhält man:

$$s_T = wT - v_i T \frac{m_L}{m_{Tr}} = T\left(w - \frac{v_i}{q_T}\right)$$

oder

$$s_T = Tw\left[1 - \frac{\ln(1+q_T)}{q_T}\right].$$

Bei der Verwendung der hier abgeleiteten Formeln muß immer beachtet werden, daß sie nur für solche Fälle gelten, bei denen keine äußeren Kräfte vorhanden sind. Bei einer von der Erdoberfläche abgeschossenen Rakete ist die tatsächlich erreichte Endgeschwindigkeit, die als *Brennschlußgeschwindigkeit* bezeichnet wird, wegen der Einwirkung des Luftwiderstandes und der Schwerkraft immer kleiner als die errechnete ideale Endgeschwindigkeit. Infolgedessen sind auch die tatsächlich zurückgelegten Wege kleiner als die aus den hier abgeleiteten Formeln sich ergebenden Wege.

2.8.4 Das Stufenprinzip bei Raketen

Bei den im Rahmen des Apollo-Projektes durchgeführten Mondflügen wurde das eigentliche Apollo-Raumfahrzeug durch eine *dreistufige Saturn-5-Rakete* angetrieben. Die Verwendung solcher mehrstufiger Raketen macht es möglich, bei dem gleichen Treibstoffverbrauch eine höhere Endgeschwindigkeit zu erzielen. Jede einzelne Stufe einer solchen Rakete hat ihre eigene Zelle mit dem erforderlichen Treibstoffvorrat und ihr eigenes Triebwerk. Die Nutzlast befindet sich in der letzten Stufe. Zunächst erfolgt die Zündung der ersten Stufe. Wenn ihr Treibstoff verbraucht ist, wird diese Stufe abgeworfen. Es erfolgt dann die Zündung der zweiten Stufe. Da die Zelle und das Triebwerk der ersten Stufe jetzt abgetrennt sind, hat die Masse der Rakete abgenommen, so daß der Schub nunmehr nur noch auf eine kleinere Masse wirkt und ihr eine größere Beschleunigung erteilt, als dies bei der ganzen Rakete möglich gewesen wäre. Der gleiche Vorgang wiederholt sich, wenn die zweite Stufe ausgebrannt ist usw.

Für die Endgeschwindigkeiten der einzelnen Stufen gilt dann:

1. Stufe:

$$v_{i,1} = w \ln \frac{m_{0,1}}{m_{L,1}},$$

2. Stufe:

$$v_{i,2} = v_{i,1} + w \ln \frac{m_{0,2}}{m_{L,2}},$$

3. Stufe:

$$v_{i,3} = v_{i,2} + w \ln \frac{m_{0,3}}{m_{L,3}} \qquad \text{usw.}$$

Um die Wirkung des Stufenprinzips besser beurteilen zu können, sollen die Verhältnisse an einem Zahlenbeispiel näher untersucht werden.

Beispiel

Eine Rakete soll die *Gesamtstartmasse* $m_0 = 16\,200$ kg haben. Der *Treibstoffanteil* möge $m_{Tr} = 12\,900$ kg betragen, und die *Ausströmgeschwindigkeit* der Verbrennungsgase sei $w = 3000\ \mathrm{m\,s^{-1}}$.

1. Wenn diese Rakete als *Einstufenrakete* fliegt, so erreicht sie die ideale Endgeschwindigkeit

$$v_i = w \ln \frac{m_0}{m_L} = 3000\ \mathrm{m\,s^{-1}} \cdot \ln \frac{16\,200\ \mathrm{kg}}{16\,200\ \mathrm{kg} - 12\,900\ \mathrm{kg}} \approx 4770\ \mathrm{m\,s^{-1}}.$$

2. Wenn die Rakete bei der gleichen Gesamtstartmasse, der gleichen Treibstoffmasse und der gleichen Ausströmgeschwindigkeit als *Dreistufenrakete* fliegt, wobei für die einzelnen Stufen die im folgenden angegebene Aufteilung der Start- und Treibstoffmassen gelten soll, so ergibt sich für die Endgeschwindigkeiten das weiter unten errechnete Ergebnis.

1. Stufe:

Startmasse $m_{0,1} = 16\,200$ kg
Treibstoffmasse $m_{Tr,1} = 10\,800$ kg
Endmasse $m_{L,1} = 5\,400$ kg, davon werden 50%, d.h. 2700 kg, abgeworfen.

2. Stufe:

Startmasse $m_{0,2} = 2\,700$ kg
Treibstoffmasse $m_{Tr,2} = 1\,800$ kg
Endmasse $m_{L,2} = 900$ kg, davon werden 50%, d.h. 450 kg, abgeworfen.

3. Stufe:

Startmasse $m_{0,3} = 450$ kg
Treibstoffmasse $m_{Tr,3} = 300$ kg
Endmasse $m_{L,3} = 150$ kg.

Für die erreichten *idealen Endgeschwindigkeiten* ergibt sich dann:

1. Stufe:

$$v_{i,1} = w \ln \frac{m_{0,1}}{m_{L,1}} = 3000\ \mathrm{m\,s^{-1}} \cdot \ln \frac{16\,200\ \mathrm{kg}}{5\,400\ \mathrm{kg}} \approx 3296\ \mathrm{m\,s^{-1}},$$

2. Stufe:

$$v_{i,2} = v_{i,1} + w \ln \frac{m_{0,2}}{m_{L,2}} \approx 3296\ \mathrm{m\,s^{-1}} + 3000\ \mathrm{m\,s^{-1}} \cdot \ln \frac{2700\ \mathrm{kg}}{900\ \mathrm{kg}} \approx 3296\ \mathrm{m\,s^{-1}} + 3296\ \mathrm{m\,s^{-1}} \approx 6592\ \mathrm{m\,s^{-1}},$$

3. Stufe:

$$v_{i,3} = v_{i,2} + w \ln \frac{m_{0,3}}{m_{L,3}} \approx 6592\ \mathrm{m\,s^{-1}} + 3000\ \mathrm{m\,s^{-1}} \cdot \ln \frac{450\ \mathrm{kg}}{150\ \mathrm{kg}} \approx 6592\ \mathrm{m\,s^{-1}} + 3296\ \mathrm{m\,s^{-1}} \approx 9888\ \mathrm{m\,s^{-1}}.$$

Diese Rechnung zeigt also, daß in dem vorliegenden Falle die Dreistufenrakete bei der gleichen Startmasse und dem gleichen Treibstoffverbrauch eine mehr als doppelt so große ideale Endgeschwindigkeit wie die Einstufenrakete erreicht. Der Grund hierfür wurde oben bereits angegeben; er liegt darin, daß die Leermasse einer ausgebrannten Stufe abgestoßen wird und deshalb nicht mehr beschleunigt zu werden braucht, so daß der Schub auf eine kleinere Masse wirkt und diese stärker beschleunigt. Aus diesem Grunde werden Mehrstufenraketen verwendet, wenn relativ kleine Nutzlasten auf hohe Endgeschwindigkeiten gebracht werden sollen.

2.8.5 Die kosmischen oder astronautischen Geschwindigkeiten

In der Satellitenphysik treten einige ausgezeichnete Geschwindigkeiten auf, mit denen wir uns im folgenden beschäftigen.

1. Die Grenzgeschwindigkeit oder die erste kosmische Geschwindigkeit oder die erste astronautische Geschwindigkeit

Es gilt die folgende Definition:

Unter der Grenzgeschwindigkeit oder der ersten kosmischen Geschwindigkeit oder der ersten astronautischen Geschwindigkeit (Formelzeichen: v_G) versteht man diejenige Geschwindigkeit, die ein von der Oberfläche eines Zentralkörpers (Erde, Mond usw.) senkrecht zur Oberfläche nach oben geschossener Probekörper bei einer Vernachlässigung der Reibungskräfte haben muß, um bis zu einer Höhe des einfachen Radius des Zentralkörpers aufzusteigen.

Um die Grenzgeschwindigkeit zu berechnen, erinnern wir daran, daß für die Arbeit, die aufgewendet werden muß, um einen Probekörper mit der Masse m_0 in dem von einer kugelförmigen Masse m erzeugten Gravitationsfeld von dem Punkt P_1 mit dem Abstand r_1 vom Mittelpunkt der felderzeugenden Masse nach P_2 mit dem Abstand r_2 zu bringen, die Formel von S. 166

$$W_{1,2} = G\, m\, m_0 \left(\frac{1}{r_1} - \frac{1}{r_2}\right)$$

gilt. Wenn man den Radius des Zentralkörpers mit r bezeichnet, so ist in dem hier behandelten Falle

$$r_1 = r \quad \text{und} \quad r_2 = 2r$$

zu setzen. Für die Arbeit ergibt sich dann:

$$W_G = G\, m\, m_0 \left(\frac{1}{r} - \frac{1}{2r}\right) = G\,\frac{m\, m_0}{2r}.$$

Diese *Grenzenergie* muß gleich der kinetischen Energie sein, mit der der Körper senkrecht zur Erdoberfläche nach oben geschossen wird. Es gilt also:

$$\frac{1}{2}\, m_0\, v_G^2 = G\,\frac{m\, m_0}{2r}.$$

Daraus ergibt sich für die Grenzgeschwindigkeit:

$$v_G = \sqrt{G\,\frac{m}{r}}.$$

Aus dieser Formel folgt:

Die Grenzgeschwindigkeit ist von der Masse des nach oben geschossenen Körpers unabhängig. Sie ist eine für jeden Himmelskörper charakteristische Konstante.

Beispiele

1. Für die *Grenzgeschwindigkeit der Erde* ergibt sich:

$$v_{G,e} = \sqrt{G\,\frac{m_e}{r_e}} \approx \sqrt{6{,}67 \cdot 10^{-11}\,\mathrm{m^3\,kg^{-1}\,s^{-2}}\;\frac{5{,}97 \cdot 10^{24}\,\mathrm{kg}}{6370 \cdot 10^3\,\mathrm{m}}} \approx 7{,}9\,\mathrm{km\,s^{-1}} \approx 28\,400\,\mathrm{km\,h^{-1}}.$$

2. Für die *Grenzgeschwindigkeit des Mondes* ergibt sich:

$$v_{G,m} = \sqrt{G\,\frac{m_m}{r_m}} \approx \sqrt{6{,}67 \cdot 10^{-11}\,\mathrm{m^3\,kg^{-1}\,s^{-2}}\;\frac{74 \cdot 10^{21}\,\mathrm{kg}}{1738 \cdot 10^3\,\mathrm{m}}} \approx 1{,}68\,\mathrm{km\,s^{-1}} \approx 6050\,\mathrm{km\,h^{-1}}.$$

Die Grenzgeschwindigkeit tritt auch noch bei einer anderen Satellitenbewegung auf. Ein Probekörper mit der Masse m_0 soll einen kugelförmigen Zentralkörper (Erde, Mond usw.) mit der Masse m in gleichbleibendem Abstand umkreisen, wobei dieser Abstand klein gegenüber dem Radius r des Zentralkörpers ist. Damit eine solche Kreisbahn zustande kommt, muß die Radialkraft in jedem Bahnpunkt gleich der Gravitationskraft sein. Als Bahnradius kann der Radius r des Zentralkörpers betrachtet werden. Dann ergibt sich die Gleichung:

$$\frac{m_0\, v_G^2}{r} = G\,\frac{m\, m_0}{r^2}$$

oder

$$v_G = \sqrt{G\,\frac{m}{r}}.$$

Dies bedeutet:

Wenn man einen Satelliten von einem wenig über der Oberfläche eines Zentralkörpers gelegenen Punkt in waagerechter Richtung mit der *Grenzgeschwindigkeit* v_G abschießt, so beschreibt er in kleinem, gleichbleibenden Abstand eine *Kreisbahn* um den Zentralkörper. Dabei darf natürlich keine Reibung vorhanden sein.

2. Die Fluchtgeschwindigkeit oder die zweite kosmische Geschwindigkeit oder die zweite astronautische Geschwindigkeit

Es gilt die folgende Definition:

Unter der Fluchtgeschwindigkeit oder der zweiten kosmischen Geschwindigkeit oder der zweiten astronautischen Geschwindigkeit (Formelzeichen: v_F) versteht man diejenige Geschwindigkeit, die ein von der Oberfläche

eines Zentralkörpers (Erde, Mond usw.) senkrecht zur Oberfläche nach oben geschossener Probekörper bei einer Vernachlässigung der Reibungskräfte mindestens haben muß, um aus dem Gravitationsfeld des Zentralkörpers entfliehen zu können.

Die Fluchtgeschwindigkeit kann mit der oben bereits verwendeten Formel

$$W_{1,2} = G\,m\,m_0 \left(\frac{1}{r_1} - \frac{1}{r_2}\right)$$

berechnet werden. Wenn der Radius des Zentralkörpers wieder mit r bezeichnet wird, so ist $r_1 = r$ und $\frac{1}{r_2} = 0$ zu setzen. Die Arbeit, die aufgewendet werden muß, um den Probekörper mit der Masse m_0 aus dem Gravitationsfeld des Zentralkörpers mit der Masse m zu entfernen, beträgt dann:

$$W_F = G\,\frac{m\,m_0}{r}.$$

Diese *Fluchtenergie* muß dem Probekörper also beim Abschluß in Form von kinetischer Energie mitgegeben werden. Daher ist

$$\frac{1}{2}\,m_0\,v_F^2 = G\,\frac{m\,m_0}{r}$$

oder

$$v_F = \sqrt{G\,\frac{2m}{r}}.$$

Aus dieser Formel folgt:

Die Fluchtgeschwindigkeit ist von der Masse des vertikal nach oben geschossenen Körpers unabhängig. Sie ist eine für jeden Himmelskörper charakteristische Konstante.

Beispiele

1. Für die *Fluchtgeschwindigkeit der Erde* ergibt sich:

$$v_{F,e} = \sqrt{G\,\frac{2m_e}{r_e}} \approx \sqrt{6{,}67 \cdot 10^{-11}\,\mathrm{m^3\,kg^{-1}\,s^{-2}}\,\frac{2 \cdot 5{,}97 \cdot 10^{24}\,\mathrm{kg}}{6370 \cdot 10^3\,\mathrm{m}}} \approx 11{,}2\,\mathrm{km\,s^{-1}} \approx 40\,300\,\mathrm{km\,h^{-1}}.$$

2. Für die *Fluchtgeschwindigkeit des Mondes* ergibt sich:

$$v_{F,m} = \sqrt{G\,\frac{2m_m}{r_m}} \approx \sqrt{6{,}67 \cdot 10^{-11}\,\mathrm{m^3\,kg^{-1}\,s^{-2}}\,\frac{2 \cdot 7{,}35 \cdot 10^{22}\,\mathrm{kg}}{1738 \cdot 10^3\,\mathrm{m}}} \approx 2{,}375\,\mathrm{km\,s^{-1}} \approx 8550\,\mathrm{km\,h^{-1}}.$$

Zwischen der Grenzgeschwindigkeit v_G und der Fluchtgeschwindigkeit v_F besteht ein Zusammenhang, der sich ohne weiteres aus dem Vergleich der beiden abgeleiteten Formeln ergibt. Es ist

$$v_F = \sqrt{2} \cdot v_G.$$

Die Fluchtgeschwindigkeit hat für die Satellitenbewegung noch eine weitere Bedeutung. Es wurde früher (S. 168) bereits darauf hingewiesen, daß die Arbeit, die erforderlich ist, um einen Probekörper in einem Gravitationsfeld von einem Punkte P_1 zu einem Punkte P_2 zu bewegen, unabhängig von dem dabei durchlaufenen Wege ist. Dies gilt natürlich auch für den hier behandelten Fall. Die zur Entfernung des Probekörpers aus dem Gravitationsfeld erforderliche Fluchtenergie ist unabhängig von dem Wege auf dem das Entweichen aus dem Gravitationsfeld erfolgt. Dies bedeutet:

Um einen Flugkörper von der Oberfläche eines Zentralkörpers (Erde, Mond usw.) aus dessen Gravitationsfeld zu entfernen, kann er unter einem beliebigen Winkel mit mindestens der Fluchtgeschwindigkeit abgeschossen werden.

Natürlich muß der Abschußwinkel so beschaffen sein, daß die Flugbahn beim Abschuß nicht zur Erde gerichtet ist.

3. Die dritte kosmische Geschwindigkeit oder die dritte astronautische Geschwindigkeit

Es gilt die folgende Definition:

Unter der dritten kosmischen Geschwindigkeit oder der dritten astronautischen Geschwindigkeit (Formelzeichen: $v_{F,So}$) versteht man diejenige Geschwindigkeit, mit der ein Flugkörper von der Erde in ihrer Bewegungsrichtung abgeschossen werden muß, um aus dem Gravitationsfeld der Sonne zu entweichen.

Zur Berechnung der dritten kosmischen Geschwindigkeit gehen wir wieder von der Formel

$$W_{1,2} = G m m_0 \left(\frac{1}{r_1} - \frac{1}{r_2}\right)$$

aus. In diese Gleichung ist die Sonnenmasse $m = 1{,}99 \cdot 10^{30}$ kg und der Radius der näherungsweise als Kreis betrachteten Erdbahn $r_1 = 1{,}5 \cdot 10^{11}$ m einzusetzen; ferner gilt wieder $\frac{1}{r_2} = 0$. Damit ergibt sich:

$$W_{1,2} = G \frac{m m_0}{r_1}$$

und

$$\frac{1}{2} m_0 v_1^2 = G \frac{m m_0}{r_1}$$

oder

$$v_1 = \sqrt{G \frac{2m}{r_1}} \approx \sqrt{6{,}67 \cdot 10^{-11}\,\mathrm{m^3\,kg^{-1}\,s^{-2}}\,\frac{2 \cdot 1{,}99 \cdot 10^{30}\,\mathrm{kg}}{1{,}5 \cdot 10^{11}\,\mathrm{m}}} \approx 42\,\mathrm{km\,s^{-1}}.$$

Wir stellen abschließend fest:

Ein von der Erde abgeschossener Flugkörper verläßt das Gravitationsfeld der Sonne, wenn seine Abschußgeschwindigkeit relativ zur Sonne mindestens

$$v_1 = 42\,\frac{\mathrm{km}}{\mathrm{s}}$$

ist.

Um diese Fluchtgeschwindigkeit von rund 42 km s^{-1} leichter zu erreichen, kann man die Bahngeschwindigkeit der Erde ausnutzen, indem man den Flugkörper parallel zur Umlaufsbewegung der Erde um die Sonne beschleunigt. Wie eine hier nicht durchgeführte Rechnung ergibt, muß man dazu dem Flugkörper eine zusätzliche Gechwindigkeit von

$$v_2 \approx 16{,}6\,\frac{\mathrm{km}}{\mathrm{s}}$$

erteilen. Wir stellen fest:

Ein von der Erde in Richtung der Erdumlaufsbewegung abgeschossener Flugkörper verläßt das Gravitationsfeld der Sonne, wenn die Abschußgeschwindigkeit relativ zur Erde mindestens gleich der dritten kosmischen Geschwindigkeit

$$v_{F,So} \approx 16{,}6\,\frac{\mathrm{km}}{\mathrm{s}}$$

ist.

4. Die vierte kosmische Geschwindigkeit oder die vierte astronautische Geschwindigkeit

Es gilt die folgende Definition:

Unter der vierten kosmischen Geschwindigkeit oder der vierten astronautischen Geschwindigkeit (Formelzeichen: $v_{F,Mi}$) versteht man diejenige Geschwindigkeit, mit der ein Flugkörper von der Erde in der günstigsten Richtung abgeschossen werden muß, damit er aus dem Milchstraßensystem entweicht.

Wenn hier von der günstigsten Richtung gesprochen wird, so ist damit gemeint, daß die Umlaufsgeschwindigkeit der Sonne um das Zentrum des Milchstraßensystem ausgenutzt wird, ähnlich wie dies beim Verlassen des Sonnensystems mit der Umlaufsgeschwindigkeit der Erde um die Sonne geschehen ist. Eine hier nicht durchgeführte Rechnung zeigt:

Die vierte kosmische Geschwindigkeit beträgt

$$v_{F,Mi} \approx 100 \frac{km}{s}.$$

Die hier genannten Werte für die kosmischen Geschwindigkeiten gelten bei einer Vernachlässigung des Luftwiderstandes.

Abschließend kann noch hinzugefügt werden, daß alle kosmischen Geschwindigkeiten maximal noch um rund 0,465 $km\,s^{-1}$ verringert werden können, wenn man beim Start auch noch die Erdrotation ausnutzt.

2.8.6 Die Satellitenbahnen

Für einen von der Erde abgeschossenen Satelliten, der sich frei im Gravitationsfeld der Erde bewegt, gelten die KEPLER-*Gesetze* und das NEWTON-*Gravitationsgesetz* (S. 157f. und 159f.). Allerdings ist bei der Satellitenbewegung nicht die Sonne das Zentralgestirn, wie dies bei der Planetenbewegung der Fall war, sondern die Erde stellt hier die zentrale Masse dar, die die Satelliten auf ihre Bahn zwingt. Außer den schon bekannten kreisförmigen und elliptischen Bahnen können bei den Satelliten als Bahnkurven auch noch andere Kegelschnitte (Parabel und Hyperbel) auftreten. Die Bahnkurven sind allerdings nur Kegelschnitte, wenn von den Störungen abgesehen wird, die durch die nichtkugelförmige Verteilung der Erdmasse sowie durch die Lufthülle der Erde hervorgebracht werden. Die KEPLER-Gesetze für die Satellitenbewegung lauten:

Erstes Kepler-Gesetz für die Satellitenbewegung:

Die Satelliten bewegen sich auf Kegelschnitten (Kreis, Ellipse, Parabel oder Hyperbel). Dabei fällt ein Brennpunkt der Bahnkurven mit dem Erdmittelpunkt zusammen.

Zweites Kepler-Gesetz für die Satellitenbewegung:

Der Fahrstrahl oder Radiusvektor, d.h. die Verbindungslinie Satellit–Erdmittelpunkt, überstreicht in gleichen Zeiten gleiche Flächen.

Die Folge dieses 2. KEPLER-Gesetzes ist, daß – ebenso wie bei der Planetenbewegung – die Bahngeschwindigkeit der Satelliten nur bei kreisförmigen Bahnen stets den gleichen Betrag hat, während sie sich bei allen anderen Bahnen von Ort zu Ort verändert. Von besonderem Interesse sind bei elliptischen Bahnen diejenigen Punkte, in denen der Satellit von dem Zentralgestirn den größten und den kleinsten Abstand hat. Man nennt diese Punkte die *Apsiden-Punkte* oder kurz die *Apsiden.* Sie fallen mit den Hauptscheiteln der Ellipse zusammen. Während man diese Punkte bei den Planetenbahnen um die Sonne als *Perihel* (Sonnennähe) und *Aphel* (Sonnenferne) bezeichnet, werden sie bei den Satellitenbahnen und der Mondbahn um die Erde *Perigäum* (Erdnähe) und *Apogäum* (Erdferne) genannt. Aus dem 2. KEPLER-Gesetz folgt dann:

Ein sich um die Erde bewegender Satellit hat im Perigäum seine größte und im Apogäum seine kleinste Geschwindigkeit.

Drittes Kepler-Gesetz für die Satellitenbewegung:

Wenn Satelliten geschlossene Bahnen um ein Zentralgestirn beschreiben, so verhalten sich die Quadrate der Umlaufzeiten T_1 und T_2 zweier Satelliten wie die dritten Potenzen der großen Halbachsen a_1 und a_2 ihrer Bahnellipsen.

$$\frac{T_1^2}{a_1^3} = \frac{T_2^2}{a_2^3} = \text{const}.$$

Der Ausdruck

$$k = \frac{T^2}{a^3}$$

hat also bei dem gleichen Zentralgestirn für alle geschlossenen Satellitenbahnen den gleichen Wert. Dieser läßt sich am einfachsten berechnen, wenn man eine Kreisbahn mit dem Radius r zugrunde legt. Hierfür muß die Gravitationskraft in jedem Bahnpunkt gleich der Radialkraft sein. Wenn m die Satellitenmasse und m_Z die Masse des Zentralgestirns ist, so muß also gelten:

$$G\frac{m m_Z}{r^2}=\frac{m v^2}{r}=\frac{4\pi^2 m r}{T^2}$$

oder

$$k=\frac{T^2}{r^3}=\frac{4\pi^2}{G m_Z}.$$

Für die Erde als Zentralkörper ergibt sich dann:

$$k=\frac{4\pi^2}{6{,}67\cdot 10^{-11}\,\mathrm{m^3\,kg^{-1}\,s^{-2}}\cdot 5{,}97\cdot 10^{24}\,\mathrm{kg}}\approx 0{,}998\cdot 10^{-13}\,\mathrm{m^{-3}\,s^2}\approx 10^{-13}\,\mathrm{m^{-3}\,s^2}.$$

Aus diesen Überlegungen folgt:

1. Zu jeder kreisförmigen Satellitenbahn gehört eine ganz bestimmte Bahngeschwindigkeit, für die sich aus den obigen Gleichungen ergibt

$$v_{\mathrm{kr}}=\sqrt{G\frac{m_e}{r}}.$$

Man bezeichnet diese Geschwindigkeit als die zu dem Radius r gehörige *Kreisbahngeschwindigkeit.*

2. Zu jeder kreisförmigen Satellitenbahn gehört eine ganz bestimmte Umlaufzeit, für die sich aus den obigen Gleichungen ergibt

$$T=2\pi r\sqrt{\frac{r}{G m_e}}.$$

Es ist also unmöglich, bei einem Satelliten die Entfernung von dem Zentralkörper und die Umlaufzeit gleichzeitig beliebig zu wählen. Nur eine dieser beiden Größen kann frei gewählt werden; dann ist die andere durch die Gesetze der Mechanik bestimmt.

Im allgemeinen gibt man nicht den Radius r der Satellitenbahn, sondern den Abstand H des Satelliten von der Erdoberfläche an. Wenn r_e der Erdradius ist, so gilt also

$$r=H+r_e.$$

Für die Kreisbahngeschwindigkeit v_{kr} und die Umlaufzeit T ergeben sich dann die Formeln:

$$v_{\mathrm{kr}}=\sqrt{\frac{G m_e}{H+r_e}} \quad \text{und} \quad T=2\pi(H+r_e)\sqrt{\frac{H+r_e}{G m_e}}.$$

Bemerkenswert ist noch die folgende aus den vorstehenden Formeln sich ergebende Tatsache:

Die Kreisbahngeschwindigkeit und die Umlaufzeit eines Satelliten sind von seiner Masse unabhängig.

Ein die Erde umkreisender Satellit hat sowohl *kinetische* als auch *potentielle Energie.* Wenn wir uns bei der Berechnung dieser Energien auf Kreisbahnen beschränken, so ergibt sich:

$$W_k=\frac{1}{2}m_0 v_{\mathrm{kr}}^2=\frac{1}{2}G\frac{m_0 m_e}{r}=\frac{1}{2}G\frac{m_0 m_e}{H+r_e},$$

$$W_p=G m_0 m_e\left(\frac{1}{r_e}-\frac{1}{r}\right)=G m_0 m_e\left(\frac{1}{r_e}-\frac{1}{H+r_e}\right).$$

Die Gesamtenergie des Satelliten beträgt dann:

$$W_{\mathrm{ges}}=W_k+W_p=G m_0 m_e\left(\frac{1}{r_e}-\frac{1}{2r}\right)=G m_0 m_e\left(\frac{1}{r_e}-\frac{1}{2(H+r_e)}\right).$$

Dabei bedeuten:

m_0 = Masse des Satelliten,
m_e = Masse der Erde,
v_{kr} = Satellitengeschwindigkeit,
H = Höhe des Satelliten über der Erdoberfläche,
r_e = Radius der Erde.

Diese Gleichungen besagen:

Die kinetische und die potentielle Energie sowie die Gesamtenergie eines Satelliten hängen von dem Radius r seiner Kreisbahn ab. Bei wachsendem Bahnradius nimmt
a) die kinetische Energie ab,
b) die potentielle Energie zu,
c) die Gesamtenergie zu.
Umgekehrt erfolgt bei abnehmendem Bahnradius eine Zunahme der kinetischen Energie sowie eine Abnahme der potentiellen Energie und der Gesamtenergie.

Um diese Zusammenhänge zwischen der kinetischen bzw. der potentiellen Energie und dem Bahnradius genauer zu untersuchen, bilden wir die Ableitung von W_k und W_p nach r. Dabei erhält man:

$$\frac{\mathrm{d}W_k}{\mathrm{d}r} = -\frac{1}{2} G \frac{m_0 m_e}{r^2} \quad \text{und} \quad \frac{\mathrm{d}W_p}{\mathrm{d}r} = G \frac{m_0 m_e}{r^2}.$$

Es ist also

$$\frac{\mathrm{d}W_p}{\mathrm{d}r} = -2 \frac{\mathrm{d}W_k}{\mathrm{d}r}.$$

Die mit der Änderung des Bahnradius eines Satelliten verbundene Änderung seiner potentiellen und kinetischen Energie erfolgt in der Weise, daß die Zunahme an potentieller Energie doppelt so groß wie die gleichzeitig erfolgende Abnahme an kinetischer Energie bzw. die Abnahme an potentieller Energie doppelt so groß wie die gleichzeitig erfolgende Zunahme an kinetischer Energie ist.

Diese Zusammenhänge wirken sich folgendermaßen aus:

Wenn ein Satellit infolge des Luftwiderstandes und der damit verbundenen negativen Beschleunigung auf eine Bahn mit einem kleineren Radius absinkt, so ist dies mit einem Verlust an potentieller Energie ΔW_p verbunden. Die kinetische Energie nimmt gleichzeitig um den halben Betrag von ΔW_p zu. Die Gesamtenergie des Satelliten hat dann also um $\frac{1}{2} \Delta W_p$ abgenommen. Diese verlorene mechanische Energie ist durch die Reibung an der Luft in Wärme umgewandelt worden. Umgekehrt muß einem Satelliten Energie zugeführt werden, wenn er von einer erdnäheren auf eine erdfernere Bahn gebracht werden soll. Dabei nimmt die potentielle Energie des Satelliten zu und seine kinetische Energie ab. Die Zunahme an potentieller Energie ist doppelt so groß wie die Abnahme an kinetischer Energie. Die Differenz muß dem Satelliten von außen zugeführt werden.

Wir werden später erkennen, daß für die den Atomkern umkreisenden Elektronen ganz ähnliche Zusammenhänge gelten. Hier erfolgt bei dem Übergang eines Elektrons von einer kernferneren auf eine kernnähere Bahn die Energieabgabe durch die Aussendung eines Energiequantes; beim umgekehrten Übergang muß dem Elektron ein Energiequant von außen zugeführt werden.

Aus den vorhergehenden Energiebetrachtungen ergibt sich die Erklärung für die Erscheinung, die auch aus dem 2. und 3. KEPLER-Gesetz gefolgert werden kann und die man als das *Satellitenparadoxon* bezeichnet. Es besagt:

Bei einer negativen Beschleunigung und dem damit verbundenen Übergang eines Satelliten auf eine Bahn mit kleinerem Radius nimmt die Bahngeschwindigkeit des Satelliten zu; umgekehrt nimmt die Bahngeschwindigkeit bei einer positiven Beschleunigung des Satelliten und dem damit verbundenen Übergang auf eine Bahn mit einem größeren Radius ab.

Die in dem vorhergehenden Abschnitt angegebenen kosmischen Geschwindigkeiten bezogen sich auf einen Start des Satelliten an der Erdoberfläche. Wenn der Flugkörper aber vorher mit einer Rakete in eine gewisse Höhe H über der Erdoberfläche gebracht worden ist, so genügt jetzt eine kleinere Energie und damit auch eine kleinere zusätzliche Geschwindigkeit, um ihn aus dem Anziehungsbereich der Erde zu entfernen. Es sind folgende Fälle möglich:

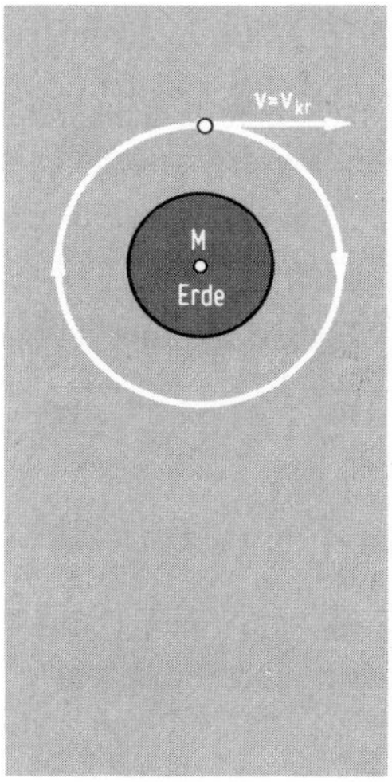

Abb. 191.1

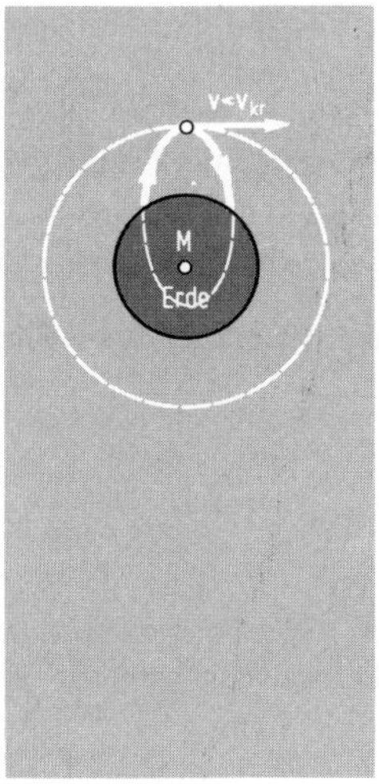

Abb. 191.2

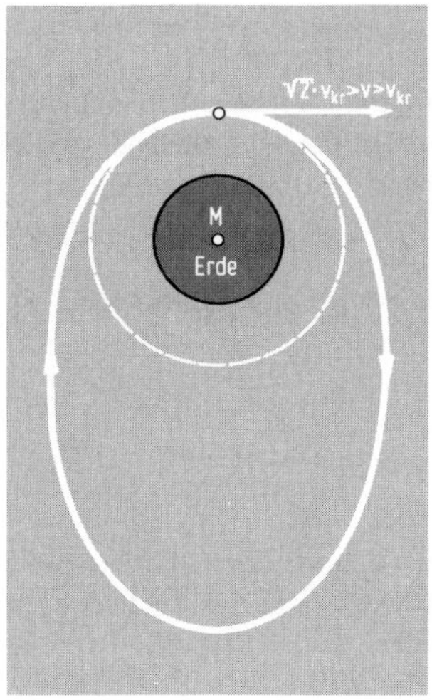

Abb. 191.3

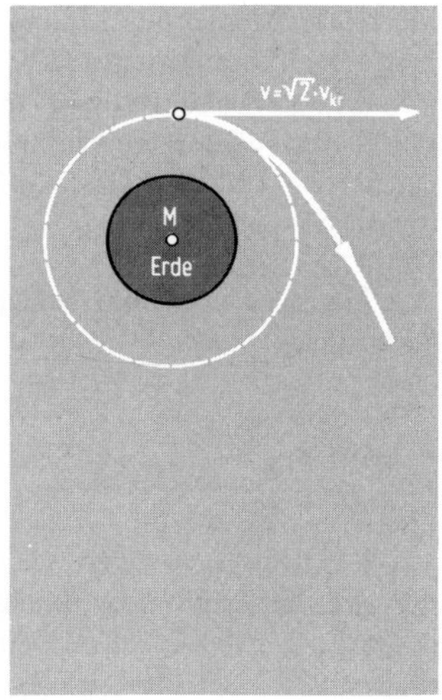

Abb. 191.4

Abb. 191.1 Ein Flugkörper beschreibt eine Kreisbahn, wenn seine Bahngeschwindigkeit gleich der zu dem Bahnradius gehörenden Kreisbahngeschwindigkeit ist (nicht maßstäblich).

Abb. 191.2 Ein Flugkörper kehrt auf elliptischer Bahn zur Erde zurück, wenn seine Bahngeschwindigkeit kleiner als die zum Bahnradius gehörige Kreisbahngeschwindigkeit ist (nicht maßstäblich).

Abb. 191.3 Der Flugkörper beschreibt eine Ellipsenbahn (nicht maßstäblich)

Abb. 191.4 Der Flugkörper beschreibt eine Parabelbahn (nicht maßstäblich)

1. Die Geschwindigkeit v des Flugkörpers ist gleich der zu seiner Höhe H gehörigen Kreisbahngeschwindigkeit v_{kr}; es ist also

$$v = v_{kr} = \sqrt{\frac{G m_e}{H + r_e}} \quad \text{(vgl. S. 189).}$$

Dann beschreibt der Flugkörper eine *Kreisbahn* (Abb. 191.1).

2. Es gilt

$$v < v_{kr}.$$

In diesem Falle kehrt der Flugkörper auf einer *elliptischen Bahn zur Erde zurück* (Abb. 191.2). Beispiele hierfür sind die militärischen Raketengeschosse (Polaris-Raketen).

3. Es ist

$$\sqrt{2} \cdot v_{kr} > v > v_{kr}.$$

Der Flugkörper beschreibt jetzt eine *Ellipsenbahn um die Erde.* Es handelt sich – ebenso wie bei der Kreisbahn – um einen *Satelliten* (Abb. 191.3).

4. Es ist

$$v = \sqrt{2} \cdot v_{kr}.$$

Der Flugkörper beschreibt eine *Parabelbahn.* Er entweicht aus dem Anziehungsbereich des Zentralkörpers und wird zu einer *Raumsonde* (Abb. 191.4).

5. Es ist

$$v > \sqrt{2} \cdot v_{kr}.$$

Die Raumsonde beschreibt jetzt eine *Hyperbelbahn.*

Es sei schließlich noch einmal darauf hingewiesen, daß die hier angegebenen Bahnen nur durchflogen werden, wenn sich die Flugkörper antriebslos unter dem alleinigen Einfluß der Gravitation eines Zentralkörpers bewegen. Es treten dabei also nur zwei Massen (z. B. Erde und Flugkörper) in Wechselwirkung. Man spricht in solchen Fällen von einem *Zweikörperproblem.* Wenn andere Kräfte, wie etwa Reibungskräfte oder die Gravitationskräfte weiterer Massen, hinzukommen, so werden die Verhältnisse wesentlich komplizierter. Wir gehen darauf nicht ein.

Abschließend soll noch erwähnt werden, daß man die Bahnen, die ein Satellit oder eine Raumsonde unter dem alleinigen Einfluß von Gravitationsfeldern zurücklegt, als *Freiflugbahnen* bezeichnet. Solche Bahnen sind uns schon beim freien Fall oder dem Wurf begegnet, vorausgesetzt, daß von der Reibung an der Luft abgesehen wird. Sie spielen auch in der Raumfahrt eine wichtige Rolle. Wir merken uns deshalb:

Unter einer Freiflugbahn versteht man denjenigen Teil der Flugbahn eines Flugkörpers, der antriebslos zurückgelegt wird.

2.8.7 Die Schwerelosigkeit

Die Schwerelosigkeit ist ein Zustand, der vor allem bei der Raumfahrt auftritt, der aber auch in der Nähe der Erdoberfläche verwirklicht werden kann. Er bedeutet keineswegs, daß die Erdanziehung nicht mehr wirkt. Es gilt die folgende Definition:

Unter Schwerelosigkeit versteht man den Zustand eines sich auf einer Freiflugbahn bewegenden Körpers. Dabei ist die Summe der auf den Körper wirkenden Gravitationskräfte und der dem Betrag nach gleich großen, entgegengesetzt gerichteten Trägheitskräfte gleich Null.

Das Auftreten dieses Zustandes soll an einigen Beispielen erläutert werden:

Wir haben früher bereits erkannt, daß bei einem frei nach unten fallenden Körper mit der Masse m die nach unten gerichtete Gravitationskraft $+mg$ durch die nach oben gerichtete Trägheitskraft $-mg$ aufgehoben wird, so daß während des freien Falles ein mitbewegter Beobachter keine Kraft mißt. Bei einem Beobachter, der sich in der frei fallenden Kabine eines Fahrstuhles befindet, heben sich also die Gravitationskraft und die Trägheitskraft auf, so daß er sich im Zustand der Schwerelosigkeit befindet. Alle in der Kabine befindlichen Gegenstände schweben dann frei im Raume. Der Zustand der Schwerelosigkeit wird vom Menschen dadurch empfunden, daß alle statischen Belastungen des Skeletts und der Bänder des Körpers verschwinden: der Rumpf drückt nicht mehr auf die Beine und die Füße, der Kopf drückt nicht mehr auf das Rückgrat, die Arme hängen nicht mehr am Rumpf, der Magen drückt nicht mehr auf die Därme usw. Schließlich drücken auch die einzelnen Zellen des Körpers nicht mehr auf ihre Unterlage, so daß sich die Kreislaufverhältnisse im Körper verändern. Natürlich kann man diesen Zustand der Schwerelosigkeit nicht realisieren, indem man eine Kabine frei fallen läßt. Jeder Mensch kann sich selbst aber leicht in den schwerelosen Zustand versetzen, indem er z.B. in einer Badeanstalt von dem Sprungbrett in das Wasser springt. Die Zeit des Sprunges ist nur zu kurz, als daß der Springer die durch die Schwerelosigkeit bewirkten Veränderungen bewußt wahrnehmen könnte. Für etwas längere Zeit (etwa 15 s) kann man den Zustand der Schwerelosigkeit auch mit einem gewöhnlichen Flugzeug herbeiführen. Dazu muß das Flugzeug eine *Freiflugbahn* durchfliegen, d.h., es muß sich auf einer parabolischen Bahn bewegen, wie sie von jedem frei fliegenden Geschoß beschrieben wird. Die Motoren dürfen dabei aber nicht vollständig abgeschaltet werden, weil der Luftwiderstand überwunden werden muß. Der bei einem solchen Flug eintretende Zustand der Schwerelosigkeit wird von W.R. Young in der Zeitschrift „*Life*" folgendermaßen beschrieben (freie Übersetzung):

Ohne Beschleunigung frei im Raume zu schweben, scheint Körper und Geist Flügel zu geben. Ich erinnere mich mit großem Vergnügen an die anderen in dem Flugzeug befindlichen Personen, als ich diesen neuen Zustand kennenlernte. Es war schwierig zu unterscheiden, was „oben" und „unten" war. Als das Flugzeug das Freiflugmanöver zum dritten Male ausführte, konnte ich mich mit den Füßen so vom Boden abstoßen, daß ich auf geradem Weg durch die ganze Kabine schwebte. Als ich bis zum anderen Ende gekommen war, wurde ich von Major Brown in der freien Luft aufgefangen, damit ich nicht weiter in die Pilotenkanzel segelte. Obwohl er sich an einem in der Wand befestigten Handgriff festhielt, hatte er Mühe, mich anzuhalten, denn die Schwerelosigkeit kann nicht durch Impulseinwirkungen aufgehoben werden. Nachdem ich mich wieder von seiner Hand abgedrückt hatte, kollidierte ich noch leicht mit dem Fußboden und der Decke der Flugzeugkabine.

Für längere Zeit tritt der Zustand der Schwerelosigkeit beim Raumflug auf. Wenn die Rakete des Raumfahrzeuges abgeschaltet wird, die Bewegung also antriebslos erfolgt und kein Luftwiderstand wirkt, so ist der Zustand der Schwerelosigkeit erreicht. Die in dem Raumfahrzeug befindlichen Gegenstände schweben frei im Raume; der Astronaut kann sich leicht am Boden oder an den Wänden abstoßen und schwebt dann ebenfalls frei in der Kabine. Es ist kaum möglich, aus einer Tasse zu trinken, weil die Flüssigkeit aus dem Behälter herausschwebt und sich tropfenförmig in der Kabine verteilt.

Der Zustand der Schwerelosigkeit liegt z.B. vor, wenn ein *Raumschiff die Erde auf einer stationären Bahn umkreist.* In diesem Falle heben sich die Gravitationskraft und die Zentrifugalkraft gerade auf; der mitbewegte Beobachter hat demzufolge den Eindruck, daß sich die Körper in seiner Umgebung ohne jede Einwirkung einer Kraft bewegen. Bei dem *Mondflug eines Raumschiffes* nimmt die Erdanziehung aufgrund des NEWTON-Gravitationsgesetzes mit dem Quadrat der Entfernung ab, sie ist aber stets vorhanden, auch im Bereich des Mondes, wo sie noch so stark ist, daß sie den Mond auf seiner Umlaufbahn um die Erde zu halten vermag. Diese Tatsache muß man sich immer vor Augen halten, um nicht dem verbreiteten Irrtum zu verfallen, daß der Zustand der Schwerelosigkeit ein Aufhören der Erdanziehung bedeuten würde. Wenn das Raumschiff sich auf einer geradlinigen Bahn ohne Antrieb zum Mond bewegt, so wird es zunächst durch die Erdanziehung abgebremst; dabei entsteht eine in seine Flugrichtung weisende Trägheitskraft, die den gleichen Betrag wie die Anziehungskraft der Erde hat. Bei genügender Annäherung an den Mond wird das Raumschiff durch die Mondanziehung beschleunigt. Dabei entsteht ebenfalls eine Trägheitskraft, die wiederum die gleiche Größe und die entgegengesetzte Richtung wie die beschleunigende Kraft hat und diese deshalb aufhebt. Bei den meisten Freiflugbahnen treten wegen der Bahnkrümmung auch noch Radialkräfte auf. In diesen Fällen gleichen sich für einen mitbewegten Beobachter die Gravitationskräfte sowie die Bahn- und Radialbeschleunigungskräfte gegenseitig aus.

Die biologischen Wirkungen der Schwerelosigkeit sind genau untersucht worden. Der Mensch ist gewöhnt, die Erdanziehung als Gewichtskraft zu empfinden, die von seinem Körper auf die Unterlage ausgeübt wird. Das gilt auch für jeden einzelnen Teil des Körpers bis hin zu den Zellen, die auf die darunterliegenden Teile drücken und von diesen getragen werden. Wenn der Körper sich nun auf einer Freiflugbahn befindet, so ist dies nicht mehr der Fall. Jeder Körperteil und jede Zelle beschreiben ihre Flugbahn, ohne auf die übrigen Körperteile eine Kraft auszuüben. Wenn der Mensch sich längere Zeit im Zustand der Schwerelosigkeit befindet, so besteht die Gefahr, daß die Muskeln erschlaffen und verkümmern und daß sich die Kreislaufbedingungen verändern. Obwohl bei den bisherigen Mondflügen keine ernsthaften Schwierigkeiten oder Nachwirkungen aufgetreten sind, hat man sich Gedanken darüber gemacht, wie man die möglichen Auswirkungen einer noch länger dauernden Schwerelosigkeit, wie sie z.B. bei den geplanten, die Erde umkreisenden Raumschiffen auftreten können, zu mildern vermag. Dies könnte dadurch geschehen, daß man künstliche „Gravitationsfelder" schafft, indem man das Raumschiff um eine geeignete Achse rotieren läßt. Die dabei auftretenden Radialkräfte könnten dann die fehlende Schwerkraft bis zu einem gewissen Grade ersetzen. Praktische Erfahrungen liegen hierüber aber bisher nicht vor.

Das Kapitel über die Raumfahrt wird mit dem Lösen einiger Aufgaben abgeschlossen.

Beispiele

1. Die erste flüssigkeitsgetriebene Großrakete, die V 2-Rakete, hatte eine Startmasse $m_0 = 12\,800$ kg; davon waren $m_{Tr} = 8800$ kg Treibstoff. Die Abbrandgeschwindigkeit war $\mu = 125\ \mathrm{kg\,s^{-1}}$, und die Verbrennungsgase wurden mit der Geschwindigkeit $w = 2000\ \mathrm{m\,s^{-1}}$ relativ zur Rakete ausgestoßen.

a) Wie groß war der erzeugte Schub F_S?

b) Wie groß war die ideale Endgeschwindigkeit v_i?

a) Für den Schub ergibt sich:

$$F_S = \mu w = 125\ \mathrm{kg\,s^{-1}} \cdot 2000\ \mathrm{m\,s^{-1}} = 250\,000\ \mathrm{N}.$$

b) Für die ideale Endgeschwindigkeit erhält man:

$$v_i = w \ln \frac{m_0}{m_L} = 2000\ \mathrm{m\,s^{-1}} \cdot \ln \frac{12\,800\ \mathrm{kg}}{12\,800\ \mathrm{kg} - 8800\ \mathrm{kg}} = 2000\ \mathrm{m\,s^{-1}} \cdot \ln 3{,}2 = 2000\ \mathrm{m\,s^{-1}} \cdot 1{,}16 = 2320\ \mathrm{m\,s^{-1}}.$$

2. Der erste künstliche Erdsatellit Sputnik I hatte die Umlaufzeit $T = 96$ min 6 s. Es soll angenommen werden, daß er sich auf einer Kreisbahn um die Erde bewegt hat.

a) Wie groß war dann sein Abstand H von der Erde?

b) Wie groß war seine Bahngeschwindigkeit v?

a) Für die Bewegung des Satelliten gilt:

$$G\,\frac{m\,m_e}{r^2}=\frac{4\pi^2\,m\,r}{T^2}$$

Gravitationskraft = Radialkraft

oder

$$r=\sqrt[3]{G\,\frac{m_e\,T^2}{4\pi^2}}=\sqrt[3]{6{,}67\cdot 10^{-11}\,\mathrm{m^3\,kg^{-1}\,s^{-2}}\cdot\frac{5{,}97\cdot 10^{24}\,\mathrm{kg}\cdot 5766^2\,\mathrm{s^2}}{4\pi^2}}=6950\,\mathrm{km}.$$

Der Abstand des Satelliten von der Erdoberfläche beträgt dann:

$$H=r-r_e=6947\,\mathrm{km}-6370\,\mathrm{km}=580\,\mathrm{km}.$$

b) Für die Bahngeschwindigkeit ergibt sich:

$$v=\frac{2\pi\,r}{T}=\frac{2\pi\cdot 6947\,\mathrm{km}}{5766\,\mathrm{s}}=7{,}57\,\mathrm{km\,s^{-1}}.$$

Weitere Aufgaben: Siehe O. Höfling, Physik-Aufgaben II/1.

2.9 Die mechanischen Schwingungen und Wellen

2.9.1 Die Entstehung mechanischer Schwingungen

Unter einer *mechanischen Schwingung* versteht man eine zeitlich periodisch sich wiederholende Bewegung, die auftritt, wenn ein Gleichgewichtszustand gestört wird und dabei Kräfte wirksam werden, die in Richtung auf die Gleichgewichtslage wirken. Wir erläutern dies an einigen Beispielen:

Beispiele

1. An einer Schraubenfeder hängt nach Abb. 194.1 ein Körper mit der Masse m, der als Massenpunkt betrachtet werden soll. Wenn der Körper sich bei P_0 befindet, so herrscht Gleichgewicht, weil die Gewichtskraft des Körpers und die elastische Kraft der Feder einander aufheben. Zieht man nun den Körper bis zum Punkte P_1 nach unten, so wird die Federkraft vergrößert, während die Gewichtskraft des Körpers unverändert bleibt. Auf den Körper wirkt also jetzt eine *Rückstellkraft*, die zu seiner Gleichgewichtslage gerichtet ist. Wenn man den Körper losläßt, so bewegt er sich also beschleunigt auf seine Gleichgewichtslage zu. Aufgrund des Trägheitsgesetzes geht die Bewegung aber über den Punkt P_0 hinaus, wobei sie dann durch die Rückstellkraft der Feder verzögert wird, bis die Geschwindigkeit im Punkte P_2 den Betrag Null erreicht hat. Jetzt bewirkt die Federkraft wieder eine Beschleunigung in Richtung auf P_0, wobei der Körper sich aber wieder über P_0 hinaus bis zum Punkte P_1 bewegt. Wenn keine Reibung vorhanden ist, so wiederholt sich der gleiche Vorgang immer wieder. Man spricht hier von einem *Federpendel.*

2. Eine ähnliche Erscheinung spielt sich ab, wenn man nach Abb. 194.2 einen Körper mit der Masse m, der auch wieder als Massenpunkt betrachtet werden soll, an einen Faden hängt. Entfernt man den Körper aus seiner Gleichgewichts-

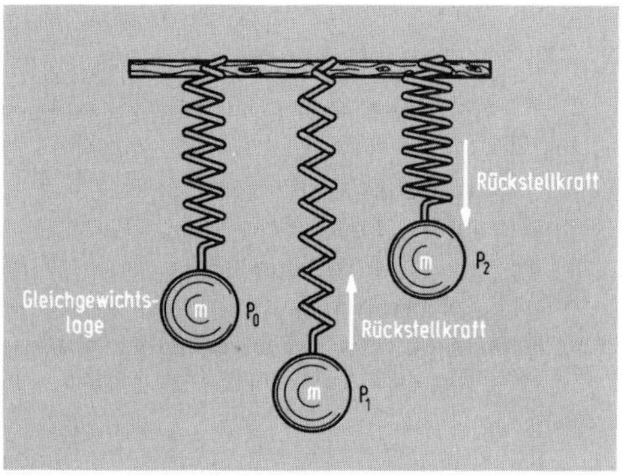

Abb. 194.1
Die Schwingungen eines Federpendels

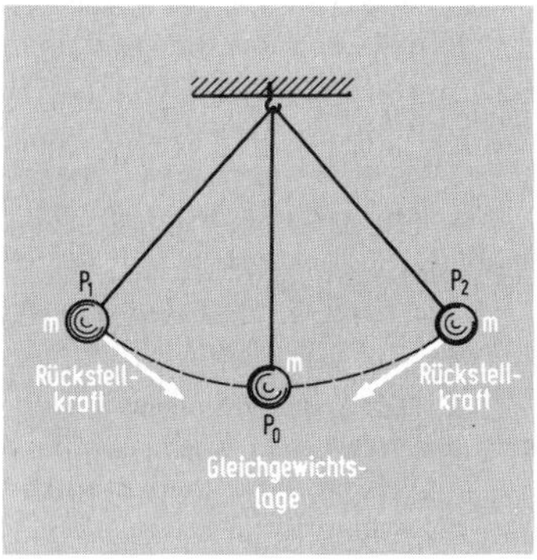

Abb. 194.2
Die Schwingungen eines Fadenpendels

lage und läßt ihn dann los, so schwingt er zwischen den Punkten P_1 und P_2 hin und her. Wenn keine Reibung auftritt, so bleibt die Schwingung beliebig lange unverändert erhalten. Es handelt sich um ein *Fadenpendel.*

3. Eine weitere Art mechanischer Schwingungen beruht auf den Erscheinungen der Torsion. Man spricht deshalb von *Torsionsschwingungen* und *Torsionspendeln.* Wir kommen hierauf später (S. 272) zurück.

Bei allen anderen mechanischen Schwingungen treten ähnliche Vorgänge auf. Das Gemeinsame aller dieser Bewegungen ist also, daß sich der Körper zwischen zwei Umkehrpunkten, in denen die Geschwindigkeit momentan Null ist, hin und her bewegt und daß sich dieser Bewegungsvorgang regelmäßig wiederholt. Voraussetzung für das Zustandekommen einer solchen Bewegung ist das Vorhandensein einer stabilen Gleichgewichtslage, die in Abb. 194.1 und 194.2 durch die Stellung P_0 gekennzeichnet ist. Aus dieser wird der Körper entfernt und dann sich selbst überlassen. Eine auf ihn wirkende Kraft treibt ihn in diese Gleichgewichtslage zurück. Er schießt aber wegen seiner Trägheit über das Ziel hinaus und führt auf diese Weise die beobachteten Hin- und Herbewegungen um die Gleichgewichtslage aus. Wir stellen zusammenfassend fest:

Unter einer mechanischen Schwingung eines Körpers versteht man eine unter der Einwirkung einer Rückstellkraft um eine Gleichgewichtslage des Körpers verlaufende Bewegung, bei der sich die Auslenkungen des Körpers aus der Gleichgewichtslage zeitlich periodisch wiederholen.

Wenn man bei einer solchen Bewegung von *einer vollen Schwingung* oder kurz *einer* Schwingung spricht, so meint man damit *einen vollständigen Hin- und Hergang des Körpers.* Bei den oben behandelten Beispielen liegt also *eine* Schwingung vor, wenn der Körper sich von P_1 über P_0 nach P_2 und zurück über P_0 nach P_1 bewegt hat.

Zur zahlenmäßigen Beschreibung der Schwingungen verwendet man die folgenden physikalischen Größen:

1. Die *Schwingungsdauer* oder die *Periode T* ist die für eine volle Schwingung benötigte Zeit, d.h. die Zeit zwischen zwei aufeinanderfolgenden Schwingungszuständen, bei denen der schwingende Körper irgendeinen Bahnpunkt im gleichen Sinne durchläuft; dabei kann es sich insbesondere auch um einen vollen Hin- und Hergang zwischen den Umkehrpunkten der Bewegung handeln.

Die *Einheit der Schwingungsdauer T* ist die früher (S. 22) eingeführte Zeiteinheit 1 Sekunde (s).

2. Die *Schwingungszahl* oder die *Frequenz* ν ist gleich dem Quotienten aus der Zahl n der Schwingungen in der Zeit t und der Zeit t. Es gilt also:

$$\nu = \frac{n}{t}.$$

Die *Einheit der Frequenz* ist die früher (S. 56) bereits eingeführte Einheit 1 Hertz (Hz).

Für $n=1$ ist also $t=T$; daher besteht zwischen der Periode T und der Frequenz ν der Zusammenhang

$$\nu = \frac{1}{T} \quad \text{oder} \quad T = \frac{1}{\nu}.$$

3. Die *Auslenkung* oder *Elongation s* aus der Gleichgewichtslage gibt die Strecke an, um die sich der schwingende Körper aus der Gleichgewichtslage entfernt hat. Sie ist von der Zeit abhängig. Für die Gleichgewichtslage ist die Elongation Null; die Auslenkungen nach der einen Seite werden positiv und die nach der anderen Seite negativ gerechnet.

Die *Einheit der Auslenkung* ist die früher (S. 14) eingeführte Längeneinheit 1 Meter (m).

4. Die *Schwingungsweite* oder die *Amplitude* s_{max} ist die größte Auslenkung, die der schwingende Körper erreicht. Sie ist also gleich dem Weg, den der schwingende Körper zwischen der Gleichgewichtslage und dem Umkehrpunkt durchläuft. Die Amplitude wird stets positiv angegeben.

5. Die *Rückstellkraft F* ist die auf den schwingende Körper wirkende, immer auf die Gleichgewichtslage gerichtete Kraft. Sie nimmt mit wachsender Auslenkung des Körpers aus der Gleichgewichtslage zu.

Die *Einheit der Rückstellkraft* ist die früher (S. 80) eingeführte Krafteinheit 1 Newton (N).

Aus den Erfahrungen des Alltags weiß jeder, daß die Schwingungen bei den oben erwähnten Beispielen nach einiger Zeit abklingen. Hierfür sind die Reibungskräfte verantwortlich, die die Bewegung hemmen, z.B. der Luftwiderstand oder die Reibung in der Lagerung des schwingenden Körpers. Wenn der Körper beliebig lange zwischen den äußersten Punkten P_1 und P_2 hin und her pendeln soll, so muß man die Reibungskräfte entweder ausschalten oder man muß sie kompensieren, indem man den Körper im richtigen Augenblick immer wieder anstößt, wie dies bei Pendeluhren geschieht. Man spricht dann von *ungedämpften Schwingungen*, während man die allmählich abklingenden Schwingungen als *gedämpfte Schwingungen* bezeichnet.

Wir können also sagen:

Eine Schwingung heißt ungedämpft, wenn die Amplitude unverändert bleibt, sie heißt gedämpft, wenn die Amplitude im Laufe der Zeit kleiner wird.

2.9.2 Die harmonischen Schwingungen

In dem vorhergehenden Abschnitt wurde bereits darauf hingewiesen, daß die bei einer Schwingung auftretende Rückstellkraft nicht konstant ist, sondern mit wachsender Entfernung des schwingenden Körpers aus seiner Gleichgewichtslage zunimmt. Es soll nun genauer untersucht werden, in welcher Weise die Rückstellkraft bei den oben angegebenen Beispielen (Abb. 194.1 und 194.2) von der jeweiligen Elongation abhängt.

1. Für das *Federpendel* ergibt sich der Betrag der Rückstellkraft aus dem früher (S. 71) behandelten HOOKE-Gesetz, nach dem die Dehnung s einer Schraubenfeder der wirkenden Kraft F proportional ist:

$$s = cF.$$

Aufgrund des dritten NEWTON-Axioms folgt hieraus, daß die Rückstellkraft, die die Schraubenfeder auf den schwingenden Körper ausübt, ebenfalls der jeweiligen Elongation proportional ist, daß also gilt:

$$F = -Ds.$$

Das negative Vorzeichen bringt zum Ausdruck, daß die Rückstellkraft und die Elongation entgegengesetzt gerichtet sind.

Dieses Gesetz gilt natürlich nur, solange die Dehnung der Schraubenfeder innerhalb derjenigen Grenzen bleibt, in denen das HOOKE-Gesetz erfüllt ist.

2. Für das *Fadenpendel* ergibt sich der Betrag der Rückstellkraft, indem man nach Abb. 196.1 die Gewichtskraft $F_G = mg$ in zwei Komponenten zerlegt, von denen die eine in Richtung des Fadens und die andere in Richtung der Kreistangente wirkt. Die erste wird von dem Faden aufgenommen und interessiert nicht weiter. Als rücktreibende Kraft kommt nur die Komponente in Richtung der Tangente in Frage. Für ihren Betrag ergibt sich:

$$F = mg \sin\varphi = mg \sin\frac{s}{l}.$$

Diese Gleichung zeigt, daß die Kraft nicht proportional zur Entfernung des schwingenden Körpers aus der Gleichgewichtslage wächst. Wenn man sich aber auf Schwingungsweiten beschränkt, die klein gegenüber der Pendellänge sind, so kann man $\sin\frac{s}{l}$ durch $\frac{s}{l}$ ersetzen. Dann gilt also für die Rückstellkraft

$$F = -\frac{mg}{l}s = -Ds.$$

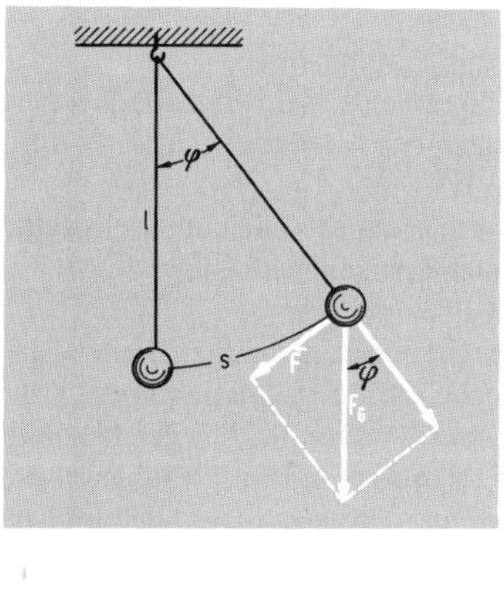

Abb. 196.1
Die Rückstellkraft bei einem Fadenpendel

Wir stellen zusammenfassend fest:

Für das Federpendel und das Fadenpendel ist – innerhalb der angegebenen Grenzen – die Rückstellkraft der jeweiligen Elongation proportional. Es gilt

$$F = -Ds.$$

Die Größe D wird als *Richtgröße* oder *Direktionsgröße* bezeichnet.

Da die Rückstellkraft F eine lineare Funktion der Elongation s ist, spricht man von einem *linearen Kraftgesetz*.

Die einem linearen Kraftgesetz gehorchenden Schwingungen sind von besonderem Interesse. Sie werden als *harmonische Schwingungen* bezeichnet. Es gilt also:

Unter einer harmonischen Schwingung versteht man eine Schwingung, bei der die Rückstellkraft der Elongation proportional und stets zur Gleichgewichtslage gerichtet ist, für die also ein lineares Kraftgesetz gilt.

Im folgenden sollen die für die harmonischen Schwingungen geltenden Gesetze ermittelt werden. Man könnte dabei induktiv vorgehen, indem man Versuche ausführt, Meßreihen aufstellt und daraus die Gesetze entwickelt. Da dieser Weg aber umständlich und zeitraubend ist, gehen wir hier in anderer Weise vor und knüpfen dabei an die früher behandelte *gleichmäßige Kreisbewegung* an.

Versuch 197.1 Ein kleiner Körper A mit der Masse m möge nach Abb. 197.1 eine gleichmäßige Kreisbewegung ausführen. Wenn man den sich bewegenden Körper durch paralleles Licht auf einen Schirm projiziert, so beschreibt sein Schatten eine Hin- und Herbewegung zwischen den Punkten P_1 und P_2. Ein einmaliges Durchlaufen der Kreisbahn entspricht dabei gerade einer vollen Schwingung. Der Vorgang kann z.B. realisiert werden, indem man einen kleinen Körper auf den Teller eines Plattenspielers legt und auf einem Schirm mit Hilfe von parallelem Licht das Schattenbild des Körpers erzeugt.

Es soll nun zunächst untersucht werden, welche Gesetze für diejenige Komponente der Bewegung gelten, die parallel zur Ebene des Schirmes ist. Wir erinnern dazu an die früher gewonnene Erkenntnis, daß bei jeder gleichmäßigen Kreisbewegung auf den bewegten Massenpunkt die nach dem Kreismittelpunkt gerichtete Radialkraft mit dem konstanten Betrag

$$F_r = m a_r = \frac{m v^2}{r}$$

wirkt (S. 84). Diese Kraft kann in zwei Komponenten zerlegt werden, von denen die eine ($\vec{F}_s$) parallel zu dem Schirm und die andere ($\vec{F}_x$) senkrecht zum Schirm verläuft (Abb. 197.2). Für die Bewegung in Schirmrichtung ist nur die Kraftkomponente $\vec{F}_s$ und für die Bewegung in Richtung der x-Achse nur die Kraftkomponente $\vec{F}_x$ wirksam. Die gleichmäßige Kreisbewegung kommt durch eine Überlagerung der beiden Bewegungen, d.h. durch eine vektorielle Addition der Komponenten $\vec{F}_s$ und $\vec{F}_x$ zustande. Da hier nur die zum Schirm parallele Bewegungskomponente untersucht werden soll, interessieren wir uns nur für die Komponente $\vec{F}_s$ der wirkenden Kraft $\vec{F}_r$. Hierfür ergibt sich aus Abb. 197.2:

$$F_s = F_r \sin \varphi .$$

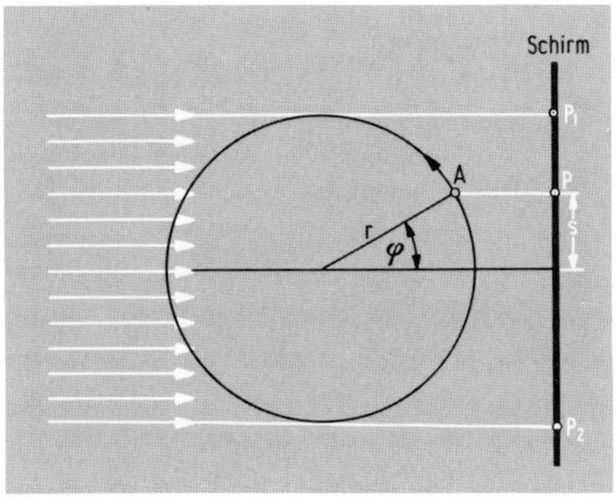

Abb. 197.1
Zur Entstehung der harmonischen Schwingungen

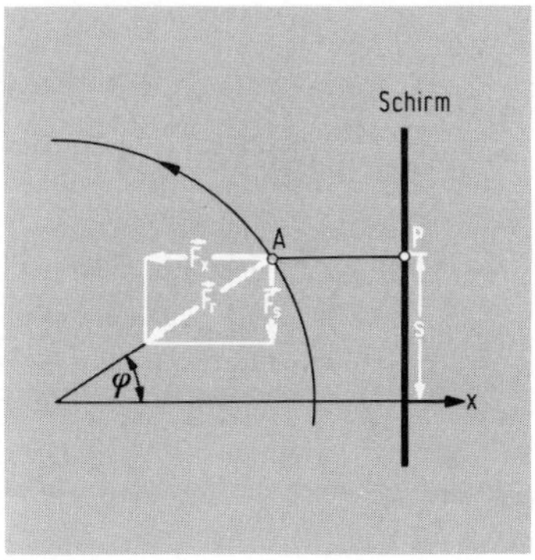

Abb. 197.2
Zu den Gesetzen über die harmonischen Schwingungen

Da $\sin\varphi = \frac{s}{r}$ ist, folgt weiter

$$F_s = \frac{F_r}{r}\, s = -D s.$$

Da F_r und r konstant sind, ist auch D eine Konstante. Es gilt also:

Wenn man einen Massenpunkt, der eine gleichmäßige Kreisbewegung ausführt, durch paralleles Licht auf eine Ebene senkrecht zur Kreisbahnebene projiziert, so ist die zur Bewegung des Schattens gehörige Kraftkomponente der jeweiligen Elongation proportional, d. h., der Schatten führt eine harmonische Schwingung aus.

Diese Feststellung eröffnet die Möglichkeit, die früher für die gleichmäßige Kreisbewegung gefundenen Gesetze auf die harmonischen Schwingungen zu übertragen. Wenn man dabei beachtet, daß für die Amplitude s_{max} der Schwingung gilt:

$$s_{max} = r$$

und daß früher die Kreisfrequenz ω durch die Gleichung

$$\omega = 2\pi\nu = \frac{2\pi}{T}$$

definiert worden ist, so ergeben sich die folgenden

Gesetze für die harmonischen Schwingungen:

1. Das Weg-Zeit-Gesetz

Für die Elongation s gilt:

$$s = s_{max}\sin\varphi = s_{max}\sin\omega t = s_{max}\sin 2\pi\nu t = s_{max}\sin\frac{2\pi t}{T}.$$

Die Größe

$$\varphi = \omega t$$

wird als die *Phase der Schwingung* bezeichnet.

Wenn man von dieser Bewegung ein Weg-Zeit-Diagramm zeichnet, indem man auf der Abszissenachse die Zeit und auf der Ordinatenachse die zugehörige Elongation des schwingenden Punktes aufträgt, so erhält man das in Abb. 198.1 wiedergegebene Bild. Man erkennt daraus:

Das Weg-Zeit-Diagramm der harmonischen Schwingungen ist eine Sinuskurve.

Aus diesem Grunde werden die harmonischen Schwingungen auch als *Sinusschwingungen* bezeichnet.

Hierbei ist zu beachten, daß dieses Weg-Zeit-Diagramm sich von den früher behandelten dadurch unterscheidet, daß *nicht der in der Zeit t zurückgelegte Gesamtweg des Massenpunktes*, der bei den Schwingungen meist nicht interessiert, aufgetragen wird, sondern sein jeweiliger Abstand von der Gleichgewichtslage.

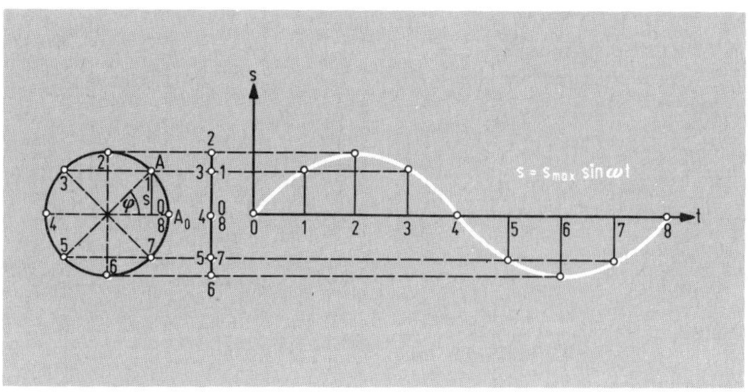

Abb. 198.1
Das Weg-Zeit-Diagramm einer harmonischen Schwingung

2. Das Geschwindigkeit-Zeit-Gesetz

Um das Geschwindigkeit-Zeit-Gesetz zu ermitteln, muß man die zu jedem Winkel φ gehörige, zum Schirm parallele Komponente der Bahngeschwindigkeit $v_0 = r\,\omega$ ermitteln. Dabei ergibt sich:

$$v_s = v_0 \cos\varphi = r\,\omega \cos\varphi = s_{max}\,\omega \cos\varphi .$$

Das Geschwindigkeit-Zeit-Gesetz kann also in der folgenden Form geschrieben werden:

$$v_s = s_{max}\,\omega \cos\omega t = s_{max}\,\omega \cos 2\pi\nu t = s_{max}\,\omega \cos\frac{2\pi t}{T}.$$

Wenn man das Geschwindigkeit-Zeit-Diagramm zeichnet, indem man auf der Abszissenachse die Zeit und auf der Ordinatenachse die jeweilige Geschwindigkeit aufträgt, so erhält man das in Abb. 199.1 wiedergegebene Bild. Es handelt sich dabei um eine *Kosinuskurve*. Man erkennt aus der Zeichnung:

Während die Geschwindigkeit bei der gleichmäßigen Kreisbewegung ihren Betrag v_0 nicht verändert, ist dies bei der Projektion anders. Aus der Zeichnung ist ersichtlich, daß die Geschwindigkeit des schwingenden Schattens am größten ist, wenn der auf dem Kreis umlaufende Körper sich in den Punkten 0 und 4 befindet; dann ist die Geschwindigkeit der Schwingung nämlich v_0. Die Geschwindigkeit des schwingenden Punktes erreicht ihren kleinsten Wert, nämlich Null, wenn der umlaufende Körper sich in den Punkten 2 und 6 befindet.

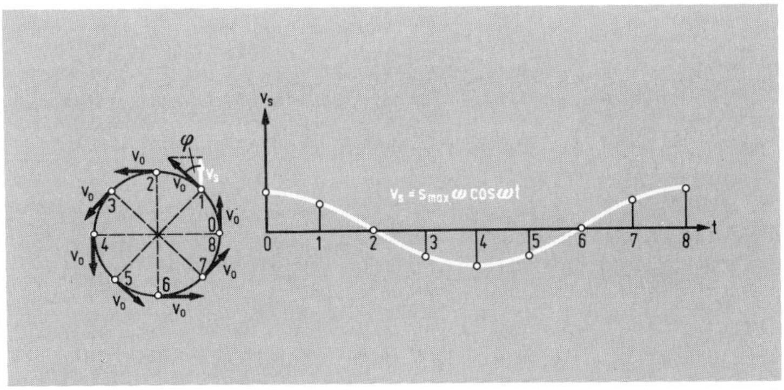

Abb. 199.1
Das Geschwindigkeit-Zeit-Diagramm einer harmonischen Schwingung

3. Das Beschleunigung-Zeit-Gesetz

Das Beschleunigung-Zeit-Gesetz ergibt sich, indem man von der immer zum Kreismittelpunkt gerichteten Radialbeschleunigung mit dem konstanten Betrag

$$a_r = r\,\omega^2$$

die Komponente a_s parallel zum Schirm ermittelt. Hierfür erhält man:

$$a_s = -a_r \sin\varphi = -r\,\omega^2 \sin\varphi = -s_{max}\,\omega^2 \sin\varphi .$$

Das Beschleunigung-Zeit-Gesetz der harmonischen Schwingung kann also in der folgenden Form geschrieben werden:

$$a_s = -s_{max}\,\omega^2 \sin\omega t = -s_{max}\,\omega^2 \sin 2\pi\nu t = -s_{max}\,\omega^2 \sin\frac{2\pi t}{T}.$$

Wenn man dieses Gesetz grafisch darstellt, so ergibt sich das in Abb. 199.2 wiedergegebene Bild.

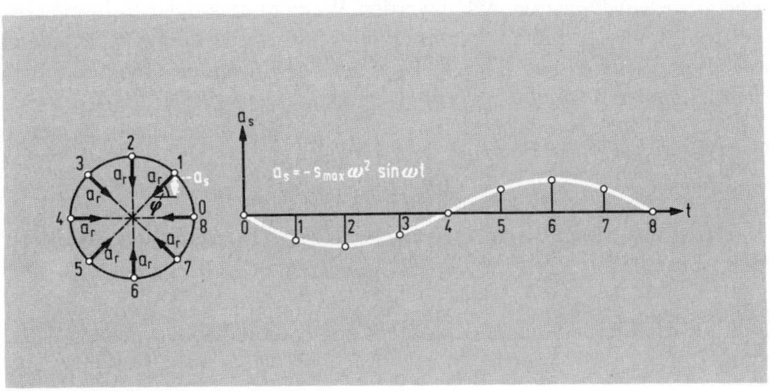

Abb. 199.2
Das Beschleunigung-Zeit-Diagramm einer harmonischen Schwingung

Aus einem Vergleich des Weg-Zeit-Gesetzes und des Beschleunigung-Zeit-Gesetzes folgt:

$$a_s = -\omega^2 s.$$

Multipliziert man beide Seiten dieser Gleichung mit der Masse m des umlaufenden Massenpunktes, so erhält man für die Bewegung in Richtung der Schirmebene

$$m a_s = -m\omega^2 s = -D s$$

oder

$$F_s = -D s.$$

Damit hat sich das lineare Kraftgesetz, das wir zu Beginn dieses Abschnittes als charakteristisch für die harmonischen Schwingungen erkannt haben, wieder ergeben. Zudem erkennen wir, daß für die Richtgröße

$$D = m\omega^2$$

gilt.

Mit Hilfe der Differentialrechnung lassen sich die vorangehenden Betrachtungen kürzer fassen: Das Bewegungsgesetz der ungedämpften harmonischen Schwingung folgt aus den Kraftgleichungen

$$F = -D s \quad \text{und} \quad F = m a.$$

Die Beschleunigung a ist der zweite Differntialquotient des Weges nach der Zeit: $a = \ddot{s}$ (S. 46). Damit erhält man die Differentialgleichung

$$m\ddot{s} = -D s.$$

Wir machen den Lösungsansatz

$$s = s_{max} \sin(\omega t + \varphi)$$

mit den konstanten Größen s_{max}, ω und φ.
Die ersten beiden Ableitungen der Funktion $s(t)$ nach der Zeit t sind

$$\dot{s} = s_{max}\,\omega \cos(\omega t + \varphi),$$

$$\ddot{s} = -s_{max}\,\omega^2 \sin(\omega t + \varphi).$$

Einsetzen der Terme für s und $\ddot{s}$ in die Differentialgleichung liefert

$$-m s_{max}\,\omega^2 \sin(\omega t + \varphi) = -D s_{max} \sin(\omega t + \varphi)$$

$$D = m\omega^2.$$

Die Differentialgleichung wird also erfüllt für

$$s = s_{max} \sin(\omega t + \varphi) \quad \text{mit} \quad \omega = \sqrt{\frac{D}{m}}.$$

Außerdem gilt: $v = \dot{s} = s_{max}\,\omega \cos(\omega t + \varphi)$ und $a = \ddot{s} = -s_{max}\,\omega^2 \sin(\omega t + \varphi)$.
Für die Konstante φ gilt $\varphi = 0$, wenn zur Zeit $t = 0$ die Elongation $s = 0$ ist und der schwingende Körper sich in Richtung wachsender Ortskoordinaten bewegt.

Es sollen noch einige Bemerkungen über die bei den harmonischen Schwingungen sich abspielenden *Energieumwandlungen* gemacht werden. Wenn man von der Reibung absieht, so handelt es sich um die dauernde Umwandlung von kinetischer Energie in potentielle Energie und umgekehrt.

Für die *kinetische Energie* W_k eines schwingenden Punktes mit der Masse m ergibt sich unter Berücksichtigung der Formeln

$$v_s = s_{max}\,\omega \cos\omega t \quad \text{und} \quad D = m\omega^2$$

die Gleichung

$$W_k = \tfrac{1}{2} m v_s^2 = \tfrac{1}{2} m s_{max}^2 \omega^2 \cos^2 \omega t = \tfrac{1}{2} D s_{max}^2 \cos^2 \omega t.$$

Hieraus erkennt man, daß die kinetische Energie ihren größten Wert erreicht, wenn $\cos\omega t = \pm 1$ ist; dies ist für

$$\omega t = 0,\ \pi,\ 2\pi,\ \ldots,$$

d.h. für die Durchgänge des Körpers durch die Gleichgewichtslage, der Fall. Die kinetische Energie beträgt dann

$$W_{k_{max}} = \tfrac{1}{2} D s_{max}^2.$$

Die *potentielle Energie* W_p an einer Stelle ist gleich der Spannarbeit, die aufgewendet werden muß, um einen Körper mit der Masse m aus der Gleichgewichtslage an diese Stelle zu bringen. Nach S. 106 ergibt sich hierfür:

$$W_p = \tfrac{1}{2} D s^2 .$$

Da für die harmonischen Schwingungen gilt

$$s = s_{max} \sin \omega t ,$$

erhält man für die potentielle Energie

$$W_p = \tfrac{1}{2} D s_{max}^2 \sin^2 \omega t .$$

Die potentielle Energie erreicht ihren größten Wert, wenn $\sin \omega t = \pm 1$ ist; dies ist für

$$\omega t = \frac{\pi}{2}, \frac{3\pi}{2}, \ldots ,$$

d. h. beim Erreichen der Endausschläge, der Fall.

Für die *Gesamtenergie* eines schwingenden Massenpunktes mit der Masse m ergibt sich also:

$$W = W_k + W_p = \tfrac{1}{2} D s_{max}^2 (\cos^2 \omega t + \sin^2 \omega t) = \tfrac{1}{2} D s_{max}^2 .$$

Wir merken uns also:

Bei einer harmonischen Schwingung ist die Gesamtenergie des schwingenden Massenpunktes dem Quadrat der Amplitude proportional.

Zu den Zeitpunkten, an denen der Massenpunkt durch die Gleichgewichtslage geht bzw. seinen Endausschlag erreicht, tritt die Gesamtenergie nur in Form von kinetischer bzw. potentieller Energie auf.

Abschließend untersuchen wir noch, wovon die früher allgemein zur Beschreibung von Schwingungen eingeführte *Schwingungsdauer* oder *Periode T* sowie die *Schwingungszahl* oder *Frequenz* ν bei den harmonischen Schwingungen abhängen. Aus der Gleichung

$$D = m \omega^2$$

ergibt sich unter Verwendung der Formeln

$$\omega = \frac{2\pi}{T} = 2\pi \nu ,$$

$$T = 2\pi \sqrt{\frac{m}{D}} \quad \text{und} \quad \nu = \frac{1}{2\pi} \sqrt{\frac{D}{m}} .$$

Man kann den wesentlichen Inhalt dieser Gleichungen folgendermaßen aussprechen:

Bei jeder harmonischen Schwingung ist die Schwingungsdauer nur von dem Quotienten aus der Masse des schwingenden Körpers und der Richtgröße abhängig. Die Schwingungsdauer hängt nicht von der Amplitude ab.

Für den speziellen Fall des oben behandelten *Fadenpendels* gilt:

$$D = \frac{m g}{l} .$$

Daher ist

$$T = 2\pi \sqrt{\frac{l}{g}} \quad \text{und} \quad \nu = \frac{1}{2\pi} \sqrt{\frac{g}{l}} .$$

Diese Formeln besagen:

Die Schwingungsdauer eines Fadenpendels ist nur von der Pendellänge abhängig, und zwar ist sie der Wurzel aus der Pendellänge proportional. Sie ist unabhängig von der Masse des Pendelkörpers und der Amplitude der Schwingung.

Diese Gesetze gelten nur unter der oben angegebenen Voraussetzung kleiner Amplituden; außerdem muß man die schwingende Masse *m* als Massenpunkt betrachten und die Masse des Fadens vernachlässigen können. Man spricht dann von einem *mathematischen Pendel.*

Wenn mit genügender Annäherung ein mathematisches Pendel vorliegt und der Winkelausschlag unter 5° bleibt, so gilt die Formel für die Schwingungsdauer mit einem Fehler, der kleiner als 1 $^0/_{00}$ ist. Man kann deshalb durch die Messung der Schwingungsdauer eines Pendels von bekannter Pendellänge die Fallbeschleunigung *g* auf einfache und recht genaue Weise experimentell bestimmen.

2.9.3 Die gedämpften harmonischen Schwingungen

Es wurde früher (S. 195) bereits darauf hingewiesen, daß die Amplituden bei einem in Schwingung versetzten Feder- oder Fadenpendel im Laufe der Zeit kleiner werden und daß das Pendel schließlich zur Ruhe kommt. Diese Erscheinung ist darauf zurückzuführen, daß infolge der Reibung laufend kinetische Schwingungsenergie an die Umgebung abgegeben wird. Wir haben diese Art von Schwingungen früher als *gedämpfte Schwingungen* bezeichnet. Wenn man das Abklingen der Schwingung vermeiden und eine ungedämpfte Schwingung erhalten will, so muß man die abgegebene Schwingungsenergie regelmäßig ersetzen, indem man den schwingenden Körper jeweils im richtigen Augenblick in geeigneter Weise anstößt. Wir merken uns also:

Unter der Dämpfung einer Schwingung versteht man die Abnahme ihrer Amplitude, die immer dann eintritt, wenn die Verluste an kinetischer Schwingungsenergie nicht durch Energiezufuhr von außen wieder ausgeglichen werden.

Der folgende Versuch soll zeigen, daß die Stärke der Dämpfung von der Größe der Reibung abhängt und daß man die Dämpfung erhöhen kann, indem man die Reibung vergrößert.

Versuch 202.1 Zwei Federpendel haben gleiche Schraubenfedern. Die schwingenden Körper bestehen bei dem einen Pendel (*a*) aus einem Metallstück und bei dem anderen Pendel (*b*) aus einem Metallstück mit einer darüber befestigten Pappscheibe; die Massen sollen bei den beiden schwingenden Körpern gleich groß sein (Abb. 202.1). Beide Körper werden gleichzeitig um das gleiche Stück aus der Ruhelage entfernt und dann losgelassen.

Der Versuch zeigt, daß die Dämpfung bei dem Pendel mit der Pappscheibe größer ist als bei dem Pendel ohne Pappscheibe. Der Grund hierfür besteht darin, daß die Pappscheibe die Reibung an der Luft vergrößert.

Wenn man die Amplitudenabnahme im Laufe der Zeit mißt und die Ergebnisse grafisch darstellt, so erhält man das in Abb. 202.2 wiedergegebene *Weg-Zeit-Diagramm der gedämpften harmonischen Schwingung.* Eine mathematische Auswertung der Messungen, auf die hier nicht näher eingegangen werden soll, führt schließlich zu dem folgenden *Weg-Zeit-Gesetz der gedämpften harmonischen Schwingung:*

$$s = s_{max}\, e^{-\delta t} \sin \omega t\,; \qquad \omega = \sqrt{\omega_0^2 - \delta^2}\,.$$

Dabei ist ω_0 die Eigenfrequenz der ungedämpften Schwingung.

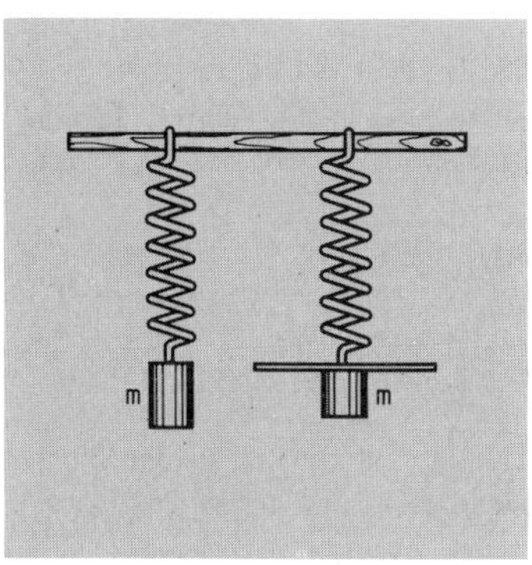

Abb. 202.1
Die Dämpfung wird bei einem Federpendel durch eine Vergrößerung der Reibung verstärkt.

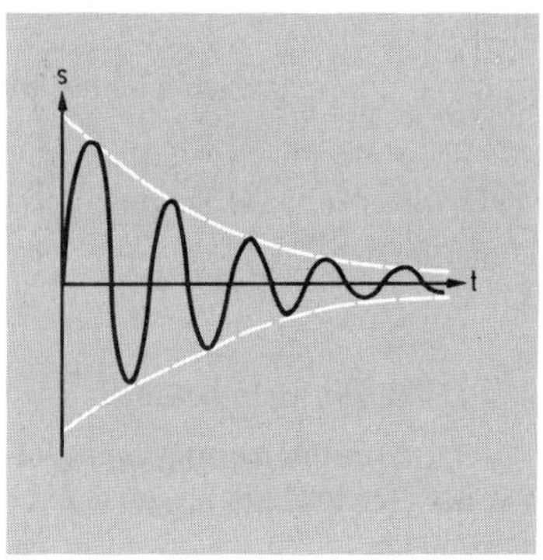

Abb. 202.2
Das Weg-Zeit-Diagramm einer gedämpften harmonischen Schwingung

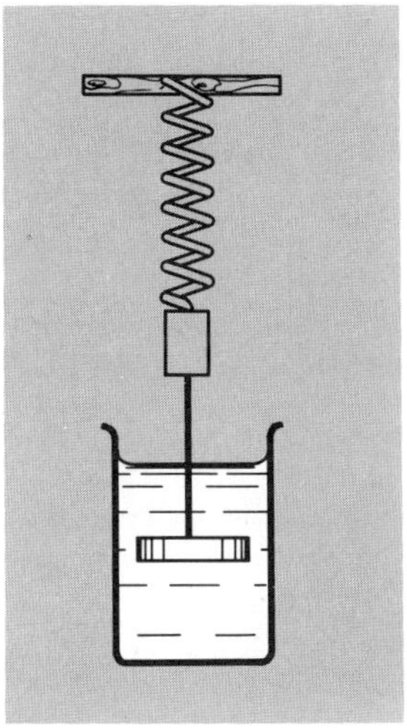

Abb. 203.1
Ein stark gedämpftes Federpendel

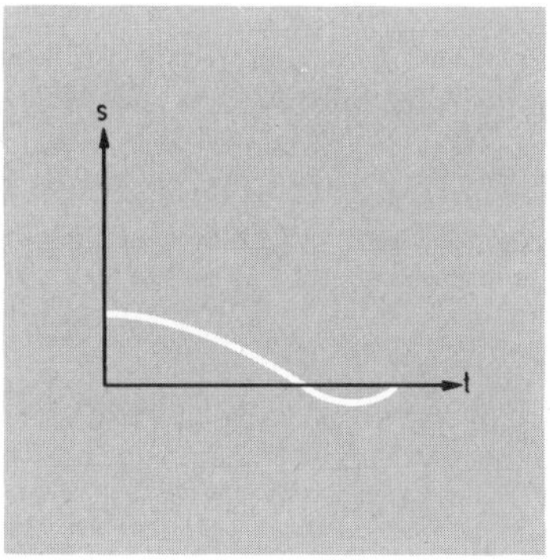

Abb. 203.2
Das Weg-Zeit-Diagramm
für den Kriechfall

Die Größe δ wird die *Dämpfungs-* oder *Abklingkonstante* genannt. Bisweilen gibt man auch die Größe $\tau = \frac{1}{\delta}$, die man als die *Zeitkonstante* bezeichnet, als Maß für die Dämpfung an. Die Zeit, die erforderlich ist, damit die Amplitude auf die Hälfte ihres Anfangswertes absinkt, heißt die *Halbwertszeit*. Sie hat für jede harmonische Schwingung jeweils einen konstanten Wert, d.h. sie ist unabhängig von dem gewählten Ausgangswert der Amplitude.

Man kann die Dämpfung eines Pendels erheblich verstärken, indem man die Reibung etwa in der Weise vergrößert, daß man den Pendelkörper nach Abb. 203.1 in Wasser oder in einer zähen Flüssigkeit schwingen läßt. Dann kann die Dampfungskonstante so groß werden, daß das Pendel nach wenigen Schwingungen zur Ruhe kommt. Bei genügend starker Dämpfung kann es sogar geschehen, daß überhaupt keine Schwingung mehr zustande kommt, sondern daß der Pendelkörper nach der Auslenkung langsam in seine Gleichgewichtslage zurück*kriecht*, wobei diese eventuell *einmal* überschritten werden kann (Abb. 203.2).

Die gedämpften Schwingungen stellen ein Beispiel für *Abklingvorgänge* dar, die in der Natur und in der Technik bei vielen Gelegenheiten auftreten. Hiervon wird z.B. Gebrauch gemacht, wenn ein Schwingungsvorgang – etwa bei einem Meßinstrument – möglichst schnell zur Ruhe gebracht werden soll.

2.9.4 Die Überlagerung harmonischer Schwingungen

In diesem Abschnitt wird eine verallgemeinerte Schwingungsart dargestellt. Sie entsteht häufig, indem ein aus zwei Körpern bestehendes System an dem Vorgang beteiligt ist. Zur Beschreibung genügt es aber oft, die Bewegung eines einzigen Punktes darzustellen.

Man sagt, der Punkt führe zwei harmonische Schwingungen gleichzeitig aus, wenn er eine harmonische Schwingung um einen beweglichen Punkt ausführt, der seinerseits selbst um einen anderen, räumlich festen Punkt eine harmonische Schwingung ausführt.

Wir unterscheiden dabei zwei Sonderfälle:

1. Die beiden Schwingungsrichtungen stimmen überein; die Ortsangabe des schwingenden Punktes erfolgt mit Hilfe einer einzigen Koordinate. Man sagt, die Bewegung des Punktes hat einen Freiheitsgrad. Der Versuch 204.1 gibt ein Beispiel für eine solche Anordnung.

2. Die beiden Schwingungsrichtungen stehen senkrecht zueinander; die Ortsangabe des schwingenden Punktes erfolgt mit Hilfe zweier, voneinander unabhängiger Koordinaten. Man sagt, die Bewegung des Punktes hat zwei Freiheitsgrade. Der Versuch 205.2 gibt ein Beispiel für eine solche Anordnung; die Abb. 206.1 stellt Bahnen beispielhaft dar, auf denen sich ein Punkt bei einer solchen Schwingung bewegen kann.

Die Zusammensetzung der beiden harmonischen Schwingungen hat zur Folge, daß die neue Bewegung sowohl eine periodische als auch eine nicht periodische Bewegung sein kann.

In der Natur kommen solche Systeme viel häufiger vor als ein einziger, allein schwingender Massenpunkt. Im allgemeinen sind aber weit mehr als nur zwei Körper an der Bewegung beteiligt; es ist offensichtlich, daß

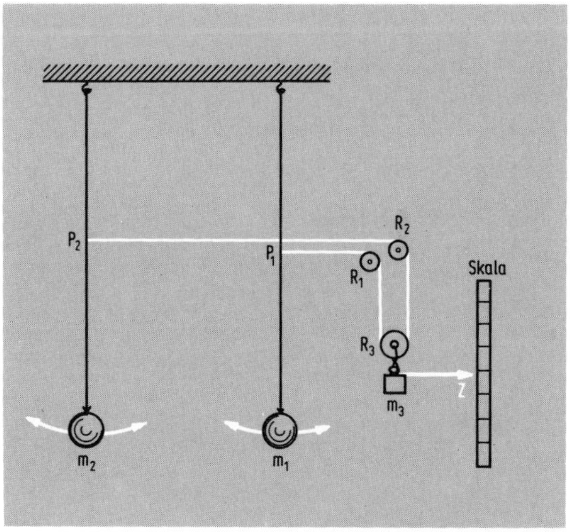

Abb. 204.1 Die Überlagerung der Schwingungen von zwei Fadenpendeln

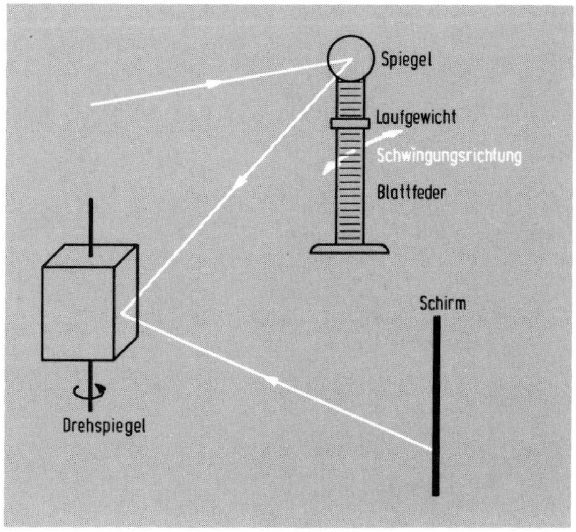

Abb. 204.2 Zur Demonstration von harmonischen Schwingungen

die Darstellung solcher Erscheinungen sehr kompliziert ist. Wir beschränken uns darum auf die Beschreibung solcher schwingenden Systeme, bei denen zwei schwingende Körper das Geschehen bestimmen.

Für die beschriebene Überlagerung von Schwingungen gilt das folgende *Prinzip von der ungestörten Überlagerung* oder *Superposition von Schwingungen:*

Wenn ein Punkt zwei Schwingungen gleichzeitig ausführt, so erfolgt eine ungestörte Überlagerung der Wege, Geschwindigkeiten und Beschleunigungen. Die genannten Größen dürfen darum vektoriell addiert werden.

Bevor wir die Überlagerung von Schwingungen mathematisch behandeln, sollen einige der hier vorliegenden zahlreichen Möglichkeiten anhand von Versuchen gezeigt werden. Wir beginnen mit einem einfachen Fall.

Versuch 204.1 An zwei Kunststoffäden werden nach Abb. 204.1 zwei Körper mit gleich großen Massen m_1 und m_2 von etwa 5 kg an der Decke des Physikraumes aufgehängt. Von den Mitten P_1 und P_2 der beiden Fäden wird ein weiterer Faden nach Abb. 204.1 über zwei feste Rollen R_1 und R_2 sowie über eine lose Rolle R_3 geführt. An der losen Rolle hängt ein Körper mit der Masse $m_3 \approx 20$ g, an der ein Zeiger Z befestigt ist, dessen Bewegung an einer Skala verfolgt werden kann. Es werden nun die folgenden Versuche ausgeführt:

1. Die Körper mit den Massen m_1 und m_2 werden in der gleichen Schwingungsebene einzeln in Schwingungen versetzt, wobei mehrere unterschiedliche Amplituden $s_{1,\max}$, $s_{2,\max}$ usw. gewählt werden. Der Zeiger Z führt dann ebenfalls Schwingungen aus, deren Amplituden $z_{1,\max}$, $z_{2,\max}$ usw. an der Skala abgelesen werden können.

2. Die beiden Körper mit den Massen m_1 und m_2 werden in der gleichen Schwingungsebene gleichzeitig in Schwingungen versetzt. Dabei sind verschiedene Fälle möglich, von denen hier zwei herausgegriffen werden sollen:

a) Die beiden Körper mit den Massen m_1 und m_2 sollen mit den Amplituden $s_{1,\max}$ und $s_{2,\max}$ in der *gleichen Phase* schwingen, d.h., sie sollen zur gleichen Zeit jeweils den Maximalausschlag nach rechts bzw. links erreichen.

b) Die beiden Körper mit den Massen m_1 und m_2 sollen mit den Amplituden $s_{1,\max}$ und $s_{2,\max}$ in *entgegengesetzter Phase* schwingen, d.h., wenn m_1 den Maximalausschlag nach links erreicht, so soll dies bei m_2 nach rechts geschehen und umgekehrt. Hierbei können die Amplituden gleich oder verschieden groß gewählt werden.

Aus den Versuchen ergibt sich, daß für die von dem Zeiger Z ausgeführten Schwingungen gilt:

1. Wenn nur ein Pendel in Schwingungen versetzt wird, so gehört zu jeder Amplitude $s_{\max}$ des Pendels eine ganz bestimmte Amplitude $z_{\max}$ des Zeigers, die an der Skala abgelesen werden kann.

2. Bei Versuch 2a führt der Zeiger eine Schwingung aus, deren Amplitude sich ergibt, indem man die zu $s_{1,\max}$ und $s_{2,\max}$ gehörigen, im vorhergehenden Versuch ermittelten Amplituden $z_{1,\max}$ und $z_{2,\max}$ addiert.

Bei Versuch 2b führt der Zeiger eine Schwingung aus, deren Amplitude sich ergibt, indem man die zu $s_{1,\max}$ und $s_{2,\max}$ gehörigen Amplituden $z_{1,\max}$ und $z_{2,\max}$ subtrahiert. Für den speziellen Fall, daß die beiden Pendel mit der gleichen Amplitude schwingen, bleibt der Zeiger Z in Ruhe.

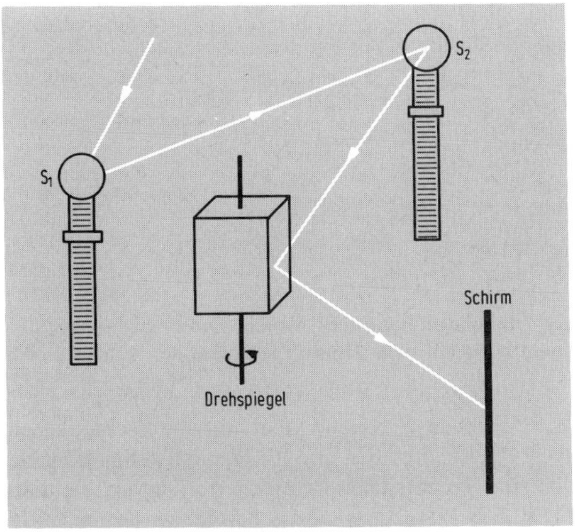

Abb. 205.1 Die Überlagerung harmonischer Schwingungen mit der gleichen Schwingungsrichtung

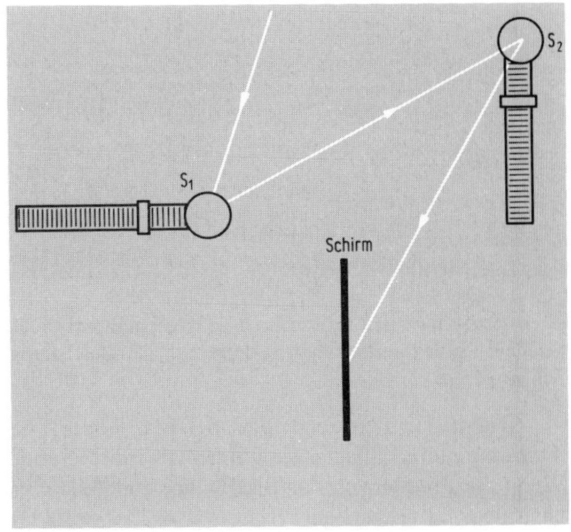

Abb. 205.2 Die Überlagerung harmonischer Schwingungen mit aufeinander senkrecht stehenden Schwingungsrichtungen

Bei dem hier gewählten Versuchsaufbau handelt es sich insofern um einen besonders einfachen Fall, als die beiden zur Überlagerung gelangenden Schwingungen in der *gleichen Ebene* liegen und die *gleiche Frequenz* haben. Sie unterscheiden sich nur durch ihre *Amplituden* und ihre *Phasen.*

Um auch einige kompliziertere Überlagerungen von Schwingungen zu zeigen, verwenden wir eine andere Versuchsanordnung. Die Schwingungen werden jetzt mit Hilfe einer Blattfeder erzeugt, die an der einen Seite fest eingeklemmt ist und an der anderen Seite einen kleinen Spiegel trägt (Abb. 204.2). Läßt man auf den Spiegel ein schmales Lichtbündel fallen, so wird dieses reflektiert und erzeugt auf einem Schirm einen kleinen leuchtenden Fleck. Wenn man nun den Spiegel in der in Abb. 204.2 angedeuteten Weise in Schwingungen versetzt, so bewegt sich der leuchtende Fleck auf und ab, so daß man einen schmalen, vertikal verlaufenden leuchtenden Strich sieht. Dann bringt man in den Weg des von dem schwingenden Spiegel reflektierten Strahles einen Drehspiegel mit vertikaler Achse; bei der Rotation des Spiegels wird der leuchtende Streifen in horizontaler Richtung auseinander gezogen, und man erhält auf dem Schirm eine Sinuskurve, die die von der Blattfeder ausgeführte Schwingung wiedergibt. Um nun die Überlagerung von Schwingungen zu zeigen, werden zwei Blattfedern mit Spiegeln benötigt. Wir führen damit zwei Versuche aus.

Versuch 205.1 Zwei Blattfedern mit den Spiegeln S_1 und S_2 werden nach Abb. 205.1 in der Weise eingeklemmt, daß die Blätter parallel sind. Dann wird ein Lichtbündel so auf den Spiegel S_1 gelenkt, daß es nach der Reflexion auf den Spiegel S_2 und von hier auf einen Drehspiegel fällt, von dem es dann auf einen Schirm reflektiert wird. Durch Verschieben der auf den Blattfedern befindlichen Laufgewichte kann die Frequenz der Schwingungen verändert werden. Durch verschieden starkes Auslenken der Blätter kann man auch unterschiedliche Amplituden erzielen.

Zunächst wird jede Feder einzeln zum Schwingen gebracht und das sinusförmige Bild auf dem Schirm beobachtet. Dann bringt man beide Federn gleichzeitig zum Schwingen; dies kann mit der gleichen Phase oder mit unterschiedlichen Phasen geschehen.

Bei dem gleichzeitigen Schwingen der beiden Federn sieht man auf dem Schirm, daß durch die Überlagerung zweier sinusförmiger Schwingungen im allgemeinen nicht wieder eine Sinusschwingung entsteht. Es können je nach den Amplituden und den Frequenzverhältnissen der Ausgangsschwingungen sowie ihrem Phasenunterschied sehr unterschiedliche Bilder entstehen (Abb. 209.3).

Versuch 205.2 Der soeben durchgeführte Versuch wird in der Weise abgewandelt, daß die eine Blattfeder vertikal und die andere waagerecht steht (Abb. 205.2). Dann wird wieder ein Lichtbündel so auf den Spiegel S_1 gelenkt, daß es nach der Reflexion auf den Spiegel S_2 und von hier auf den Schirm fällt. Wenn man nur die Feder mit dem Spiegel S_1 anstößt,

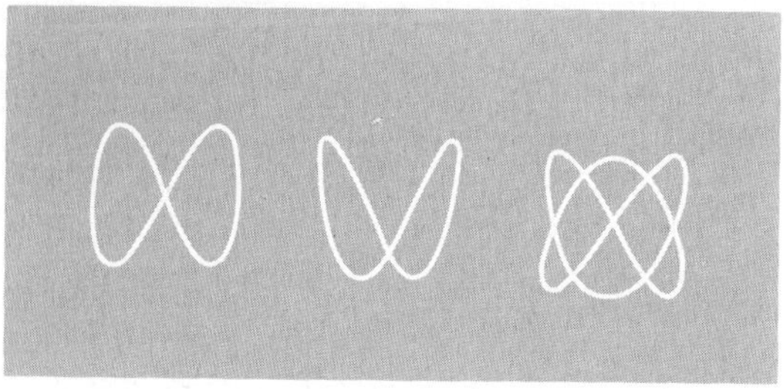

Abb. 206.1
Beispiele für LISSAJOUS-Figuren

so entsteht ein vertikaler Streifen, und wenn man nur die Feder mit dem Spiegel S_2 anstößt, so sieht man einen horizontalen Streifen. Stößt man schließlich beide Spiegel gleichzeitig an, so entsteht auf dem Schirm die Kurve der resultierenden Schwingung.

Dieser Versuch zeigt, daß bei Blattfedern, die mit der gleichen Frequenz, aber mit unterschiedlichen Amplituden und Phasen schwingen, als resultierende Kurven Kreise, Geraden und Ellipsen entstehen können. Wenn die Frequenzen der Blattfedern ebenfalls verschieden sind, so entstehen komplizierte Kurven, die man nach dem französischen Physiker J. A. LISSAJOUS (1822 – 1880) als LISSAJOUS-*Kurven* bezeichnet (Abb. 206.1).

Wir wenden uns nun einer mathematischen Beschreibung dieser Erscheinungen zu, wobei wir uns auf solche Spezialfälle beschränken, bei denen der schwingende Punkt nur einen Freiheitsgrad hat.

Die beteiligten Schwingungen sollen zunächst gleiche Kreisfrequenzen haben. Wir machen dabei von der *Zeigerdarstellung der harmonischen Schwingungen* Gebrauch.

Bei der Überlagerung von harmonischen Schwingungen spielt die auf S. 198 erwähnte *Phase der Schwingung* eine wichtige Rolle. Es sollen hierüber einige Erklärungen gegeben werden.

Das oben angegebene Weg-Zeit-Gesetz für die harmonischen Schwingungen

$$s = s_{max} \sin \omega t$$

bezieht sich auf eine Schwingung, bei der

$$\text{für} \quad t = 0 \quad \text{die Auslenkung} \quad s = 0 \quad \text{beträgt}.$$

Dies ist aber keineswegs notwendig. Eine harmonische Schwingung kann auch durch die Gleichung

$$s = s_{max} \sin(\omega t + \varphi_0)$$

dargestellt werden. Bei dieser Schwingung ergibt sich

$$\text{für} \quad t = 0 \quad \text{die Auslenkung} \quad s = s_{max} \sin \varphi_0 .$$

Dabei bewegt sich der schwingende Körper in Richtung wachsender Koordinaten.

Die beiden Schwingungen sind in Abb. 207.1 grafisch dargestellt. Die Kurven haben die gleiche Gestalt und unterscheiden sich nur dadurch, daß sie gegeneinander verschoben sind. Man sagt in diesem Falle, daß die im übrigen gleichen Schwingungen sich durch ihren jeweiligen *Schwingungszustand* oder ihre *Phase* unterscheiden. Wir setzen fest:

Unter der Phase der durch die Gleichungen

$$s = s_{max} \sin \omega t \quad \text{bzw.} \quad s = s_{max} \sin(\omega t + \varphi_0)$$

dargestellten harmonischen Schwingungen versteht man die Größen

$$\varphi_1 = \omega t \quad \text{bzw.} \quad \varphi_2 = \omega t + \varphi_0 .$$

Diese Phasen beschreiben den Schwingungszustand der Schwingung zu einer beliebigen Zeit t.

Bei der Überlagerung harmonischer Schwingungen ist die *Phasendifferenz* oder die *Phasenverschiebung* der zur Überlagerung kommenden Schwingungen von besonderem Interesse. In dem vorliegenden Falle beträgt die Phasendifferenz

$$\Delta \varphi = \varphi_2 - \varphi_1 = \varphi_0 .$$

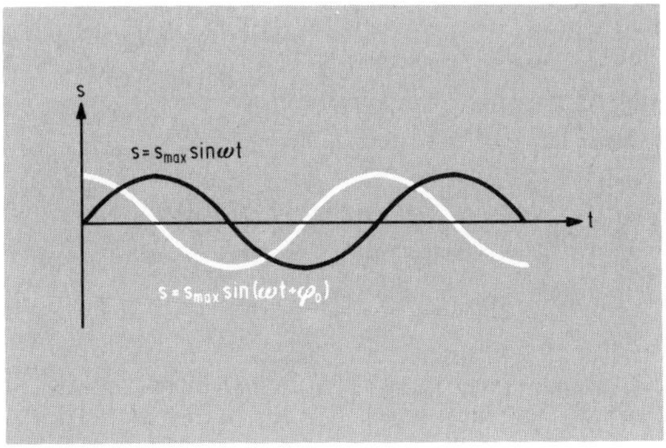

Abb. 207.1 Weg-Zeit-Diagramme für zwei harmonische Schwingungen mit der Phasendifferenz φ_0

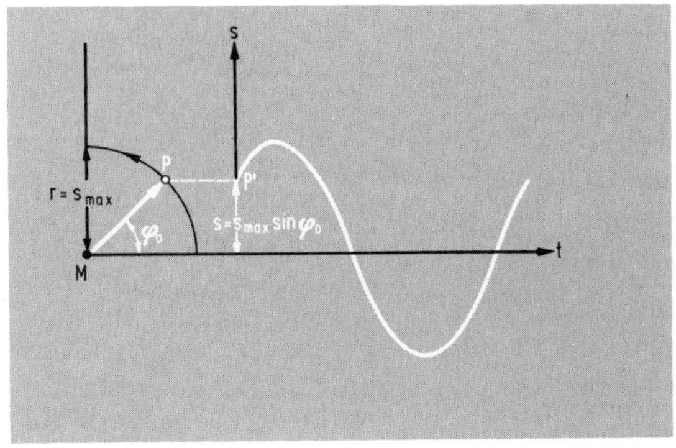

Abb. 207.2 Die Zeigerdarstellung einer harmonischen Schwingung

Wenn die Phasendifferenz

$$\Delta\varphi = 2\pi, 4\pi, \ldots, 2n\pi$$

beträgt, so fallen die in Abb. 207.1 gezeichneten Kurven zusammen, so daß die Schwingungen nicht mehr unterschieden werden können. Um die Phasenbeziehung zweier Schwingungen anzugeben, ist es daher ausreichend, sich auf die Werte

$$0 \leqq \Delta\varphi < 2\pi.$$

zu beschränken.

Die Phasendifferenz zweier Schwingungen kann recht anschaulich wiedergegeben werden, wenn man sich der *Zeigerdarstellung* bedient. Man macht hierbei von dem früher behandelten Zusammenhang zwischen der gleichmäßigen Kreisbewegung und der harmonischen Schwingung Gebrauch (S. 197). Es hatte sich dabei ergeben:

Wenn ein Punkt P sich nach Abb. 207.2 mit der konstanten Winkelgeschwindigkeit ω auf einem Kreise mit dem Radius $r = s_{max}$ bewegt, so ändert sich die Projektion $M'P'$ des zum Punkte P gehörigen Zeigers MP mit der Zeit t nach dem gleichen Gesetz wie die Auslenkung eines Massenpunktes bei der harmonischen Schwingung. Hat die Schwingung

$$\text{zur Zeit} \quad t=0 \quad \text{die Phase} \quad \varphi=0,$$

so hat der Zeiger MP eine horizontale Ausgangslage. Wenn die Schwingung dagegen

$$\text{zur Zeit} \quad t=0 \quad \text{die Phase} \quad \varphi=\varphi_0$$

besitzt, so bildet der Zeiger zu Beginn der Schwingung mit der Horizontalen den Winkel φ_0.

Wir betrachten nun zwei harmonische Schwingungen mit der gleichen Frequenz $\nu = \frac{\omega}{2\pi}$ und den Amplituden $s_{1,\max}$ und $s_{2,\max}$, die zur Zeit $t=0$ die Phasen $\varphi_1 = 0$ und $\varphi_2 = \varphi_0$ besitzen. Die Phasendifferenz ist dann

$$\Delta\varphi = \varphi_2 - \varphi_1 = \varphi_0.$$

Diese Schwingungen werden durch die Gleichungen

$$s_1 = s_{1,\max} \sin \omega t \quad \text{und} \quad s_2 = s_{2,\max} \sin(\omega t + \varphi_0)$$

beschrieben.

Um die resultierende Schwingung zu ermitteln, die man bei der Überlagerung dieser beiden Schwingungen erhält, kann man die zugehörigen Weg-Zeit-Diagramme zeichnen und die Ordinaten für jeden Zeitpunkt algebraisch addieren. Auf diese Weise läßt sich die Amplitude der resultierenden Schwingung und mit einiger Mühe auch deren Phasenverschiebung gegenüber den Ausgangsschwingungen feststellen. Mit Hilfe des Zeigerdiagrammes ist dies aber sehr viel einfacher möglich.

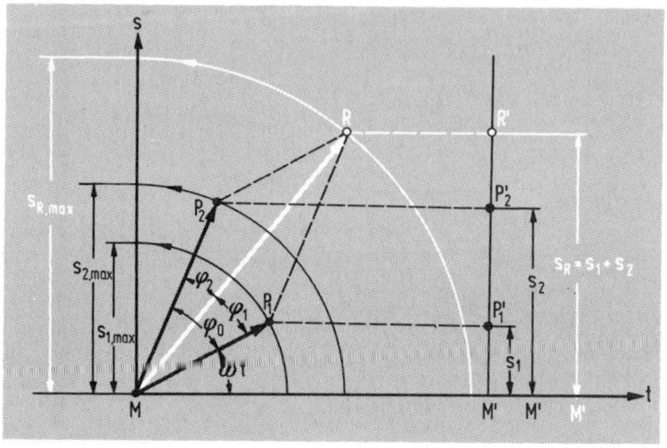

Abb. 208.1 Die Überlagerung zweier frequenzgleicher harmonischer Schwingungen mit Hilfe des Zeigerdiagrammes

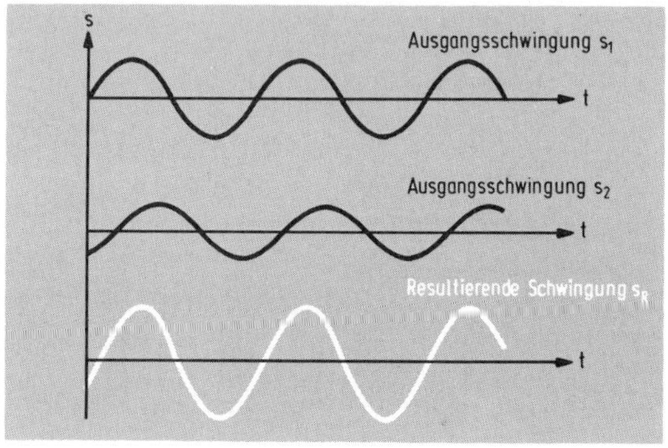

Abb. 208.2 Frequenzgleiche harmonische Schwingungen ergeben bei der Überlagerung stets wieder eine harmonische Schwingung mit der gleichen Frequenz.

Aus dem in Abb. 208.1 wiedergegebenen Zeigerdiagramm ersieht man, daß die zu den beiden Ausgangsschwingungen gehörigen Zeiger den Winkel $\Delta\varphi = \varphi_0$ einschließen. In dieser Zeichnung ist die Lage der Zeiger für einen beliebigen Zeitpunkt t angegeben. Der Zeiger MP_1, der zur Zeit $t=0$ mit der horizontalen Achse zusammenfiel, schließt mit dieser jetzt den Winkel ωt ein, weil er mit der Winkelgeschwindigkeit ω rotiert. Der Zeiger MP_2 eilt ihm um den Winkel φ_0 voraus. Wir ergänzen nun die beiden Zeiger zu einem Parallelogramm MP_1R, P_2 und projizieren die drei Zeiger MP_1, MP_2 und MR auf eine vertikale Achse. Aus der Zeichnung ersieht man dann, daß für die Projektionen gilt:

$$s_1 = s_{1,\max} \sin \omega t, \qquad s_2 = s_{2,\max} \sin(\omega t + \varphi_0)$$

und

$$s_R = s_{1,\max} \sin \omega t + s_{2,\max} \sin(\omega t + \varphi_0).$$

Wenn man das ganze Parallelogramm MP_1RP_2 mit der konstanten Winkelgeschwindigkeit ω um den Punkt M rotieren läßt, so stellen die Projektionen $M'P_1'$ und $M'P_2'$ der Parallelogrammseiten MP_1 und MP_2 zu jeder Zeit die Elongationen der Ausgangsschwingungen dar, und die Projektion $M'R'$ von MR liefert den jeweiligen Betrag der resultierenden Elongation. Aus dem Zeigerdiagramm kann man die resultierende Amplitude und die Phasenverschiebung der resultierenden Schwingung gegenüber den Ausgangsschwingungen unmittelbar ablesen. Die Amplitude ist nämlich der größte Wert, den die Projektion des Zeigers MR überhaupt annehmen kann; dieser ist aber gleich der Länge von MR. Die Phasenverschiebung der resultierenden Schwingung gegenüber den Ausgangsschwingungen wird durch die Winkel φ_1 und φ_2 geliefert.

Wir stellen zusammenfassend fest:

Mehrere frequenzgleiche harmonische Schwingungen mit beliebiger Amplitude und irgendeiner gegenseitigen Phasenverschiebung ergeben bei der Überlagerung wieder eine harmonische Schwingung der gleichen Frequenz. Die Amplitude und die Phasenverschiebung der resultierenden Schwingung ergeben sich aus dem Zeigerdiagramm durch eine vektorielle Addition der zu den Ausgangsschwingungen gehörenden Zeiger.

Ein Beispiel für die Überlagerung zweier frequenzgleicher harmonischer Schwingungen zeigt Abb. 208.2.

Die *resultierende Amplitude* $s_{R,\max}$, die mit Hilfe des Zeigerdiagrammes auf grafischem Wege ermittelt worden ist, kann auch durch Rechnung gefunden werden. Aus dem Dreieck MP_1R ergibt sich mit Hilfe des Kosinussatzes:

$$s_{R,\max}^2 = s_{1,\max}^2 + s_{2,\max}^2 - 2\, s_{1,\max}\, s_{2,\max} \cos(\pi - \varphi_0)$$

oder

$$s_{R,\max} = \sqrt{s_{1,\max}^2 + s_{2,\max}^2 + 2\, s_{1,\max}\, s_{2,\max} \cos \varphi_0}\,.$$

Für die *Phasendifferenz* φ_1 zwischen den Schwingungen s_R und s_1 ergibt sich mit Hilfe des Sinussatzes:

$$\frac{\sin \varphi_1}{\sin(\varphi_0 - \varphi_1)} = \frac{s_{2,\max}}{s_{1,\max}}.$$

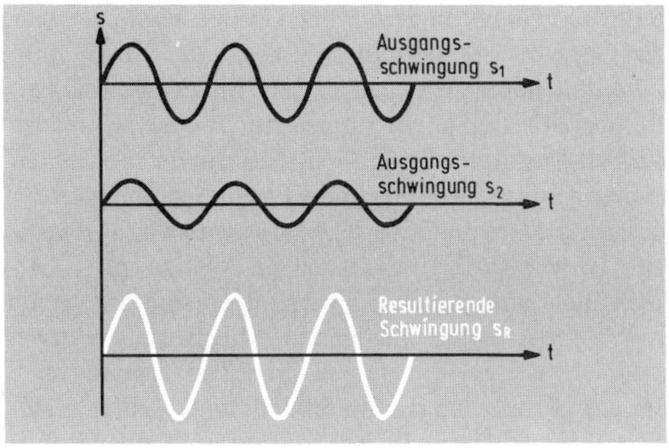

Abb. 209.1 Zwei frequenzgleiche harmonische Schwingungen mit der Phasendifferenz Null ergeben eine maximale Amplitudenverstärkung.

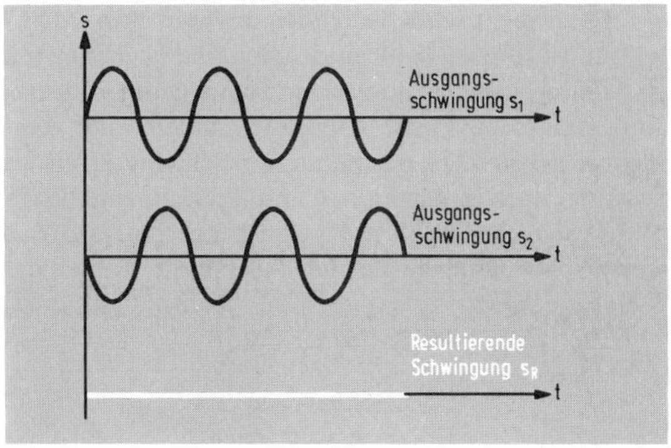

Abb. 209.2 Zwei frequenzgleiche harmonische Schwingungen mit der gleichen Amplitude und der Phasendifferenz π löschen einander aus.

Hieraus folgt nach einigen Umformungen:

$$\tan \varphi_1 = \frac{s_{2,\,\max} \sin \varphi_0}{s_{1,\,\max} + s_{2,\,\max} \cos \varphi_0}.$$

Spezialfälle

1. Die Phasendifferenz ist $\varphi_0 = 0$. Dann ergibt sich:

$$s_{R,\,\max} = s_{1,\,\max} + s_{2,\,\max} \quad \text{und} \quad \varphi_1 = 0.$$

Dies bedeutet:

Die Amplitude der resultierenden Schwingung ist gleich der Summe der Amplituden der Ausgangsschwingungen. Die Phasendifferenz der resultierenden Schwingung gegenüber den Ausgangsschwingungen ist Null (Abb. 209.1).

2. Die Phasendifferenz ist $\varphi_0 = \pi$. Dann ergibt sich:

$$s_{R,\,\max} = s_{1,\,\max} - s_{2,\,\max} \quad \text{und} \quad \varphi_1 = 0.$$

Dies bedeutet:

Die Amplitude der resultierenden Schwingung ist gleich der Differenz der Amplituden der Ausgangsschwingungen. Die Phasendifferenz der resultierenden Schwingung gegenüber den Ausgangsschwingungen ist Null bzw. π.

Wenn die Ausgangsschwingungen die gleiche Amplitude haben, so löschen die Schwingungen einander aus (Abb. 209.2).

Es wurde schon darauf hingewiesen, daß die Überlagerung harmonischer Schwingungen mit verschiedenen Frequenzen nicht wieder zu einer harmonischen Schwingung führt. Wir beschränken uns hier auf das in Abb. 209.3 wiedergegebene Beispiel. Die Elongation der resultierenden Schwingung kann für jeden Zeitpunkt durch algebraische Addition der Elongationen der Ausgangsschwingungen gewonnen werden.

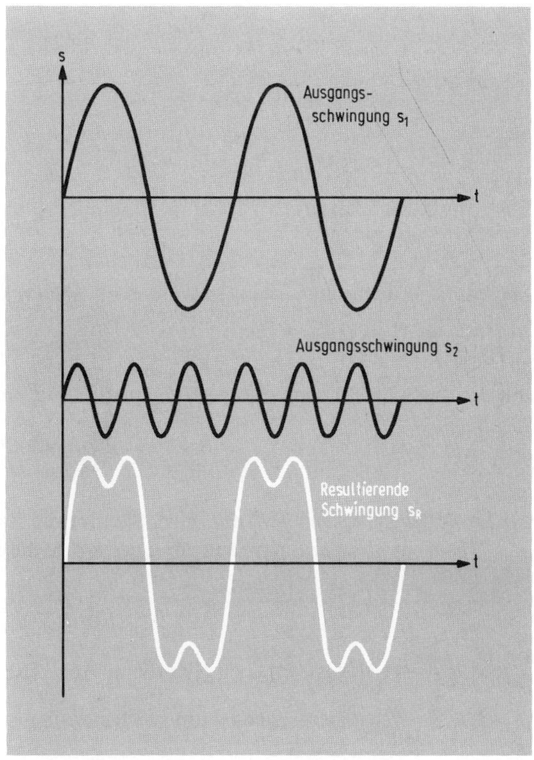

Abb. 209.3
Harmonische Schwingungen mit verschiedenen Frequenzen ergeben bei der Überlagerung keine harmonische Schwingung.

Es verdient schließlich noch erwähnt zu werden, daß aufgrund eines von dem französischen Mathematiker J. FOURIER (1768 – 1830) entdeckten und nach ihm benannten Gesetzes jede periodisch verlaufende Schwingung als Summe von harmonischen Schwingungen dargestellt werden kann. Man macht von dieser Möglichkeit oft (z. B. in der Akustik) Gebrauch, indem man verwickelte periodische Schwingungen durch eine mehr oder weniger große Zahl harmonischer Schwingungen ersetzt. Es ist deshalb verständlich, daß die harmonischen Schwingungen in der Physik und Technik eine besonders wichtige und ausgezeichnete Stellung einnehmen.

Abschließend soll noch eine Erscheinung erwähnt werden, die bei der Überlagerung von zwei harmonischen Schwingungen gleicher Amplitude immer dann auftritt, wenn die Frequenzen der beiden zur Überlagerung kommenden Schwingungen sich nur wenig voneinander unterscheiden. In Abb. 210.1 sind zwei Beispiele dieser Art dargestellt. Man erkennt, daß die Amplitude der resultierenden Schwingung periodisch einen Maximalwert erreicht und dazwischen fast auf Null absinkt. Diese Erscheinung wird als *Schwebung* bezeichnet.

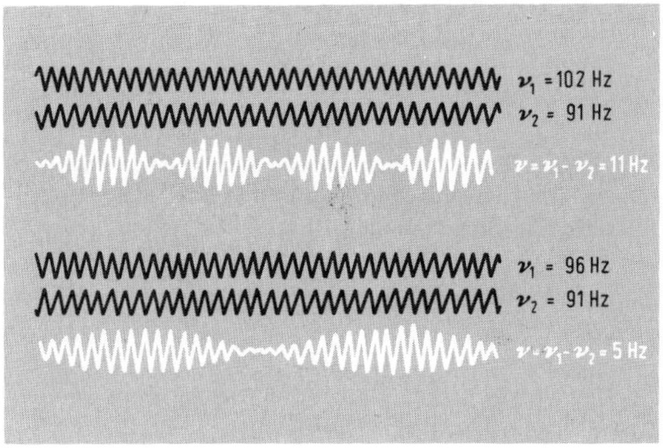

Abb. 210.1
Die Entstehung von Schwebungen

Die Elongationen der Einzelschwingungen seien

$$s_1 = s_{max} \sin \omega_1 t \quad \text{und} \quad s_2 = s_{max} \sin \omega_2 t, \qquad \omega_1 > \omega_2 .$$

Sie liefern die resultierende Schwingung mit der Elongation

$$s = s_1 + s_2 = s_{max}(\sin \omega_1 t + \sin \omega_2 t) = 2 s_{max} \cos \frac{\omega_1 - \omega_2}{2} t \cdot \sin \frac{\omega_1 + \omega_2}{2} t .$$

Hierbei handelt es sich angenähert um eine harmonische Schwingung mit der Kreisfrequenz

$$\frac{\omega_1 + \omega_2}{2} .$$

Die Amplitude schwankt zwischen Null und $2 s_{max}$ mit der Kreisfrequenz

$$\omega_s = \omega_1 - \omega_2 .$$

Diese Amplitudenschwankungen werden als *Schwebungen* bezeichnet.

Der Kreisfrequenz

$$\omega_s = \omega_1 - \omega_2 ,$$

mit der die Schwebungen erfolgen, entspricht eine Frequenz

$$\nu_s = \frac{\omega_s}{2\pi} = \frac{\omega_1 - \omega_2}{2\pi} = \nu_1 - \nu_2 ,$$

die *Schwebungsfrequenz* genannt wird. Sie gibt die Zahl der in der Zeiteinheit auftretenden Schwebungen an.

Der Kehrwert der Schwebungsfrequenz, d. h. die Dauer einer Schwebung, wird als die *Schwebungsdauer* T_s bezeichnet. Es ist

$$T_s = \frac{1}{\nu_1 - \nu_2} = \frac{T_1 T_2}{T_2 - T_1} .$$

Aus dieser Formel ergeben sich die in Abb. 210.1 angegebenen Schwebungsfrequenzen. Es gilt also:

Die Schwebungsfrequenz ist um so kleiner, je geringer der Frequenzunterschied der Ausgangsschwingungen ist.

2.9.5 Die freien und die erzwungenen Schwingungen

Im folgenden soll untersucht werden, wie sich ein frei schwingendes System, etwa ein Federpendel oder ein Fadenpendel, unter der Einwirkung einer äußeren Kraft verhält. Wir beginnen mit einem Versuch.

Versuch 211.1 Eine Schraubenfeder, an der ein Körper mit der Masse m hängt, wird nach Abb. 211.1 an dem oberen Ende mit der Hand gehalten.

1. Zunächst hält man die Hand mit der Schraubenfeder ruhig, zieht die Feder mit der anderen Hand nach unten und läßt sie dann wieder los.
2. Dann macht man mit der Hand und dem Pendel Auf- und Abwärtsbewegungen, wobei die Frequenz dieser Bewegungen verändert wird.

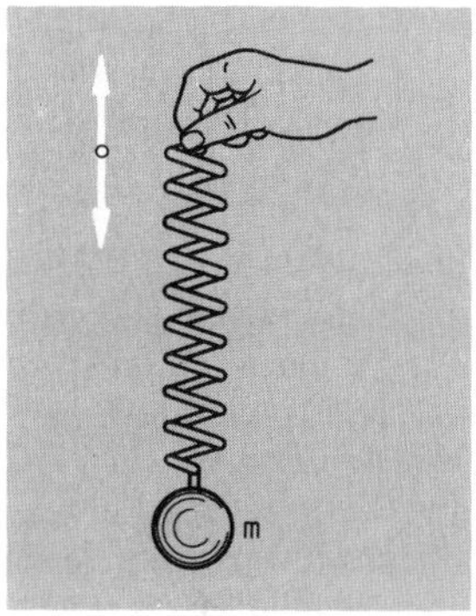

Abb. 211.1
Die erzwungenen Schwingungen

Der erste Teil des Versuches zeigt:

Wenn die Hand ruhig gehalten wird, so führt das Pendel unabhängig von der Amplitude Schwingungen mit der Frequenz ν_0 aus, für die aufgrund unserer früheren Feststellungen (S. 201) gilt:

$$\nu_0 = \frac{1}{2\pi}\sqrt{\frac{D}{m}}.$$

Man bezeichnet diese Frequenz ν_0 als die *Eigenfrequenz* der Schraubenfeder. Wir merken uns allgemein:

Unter der Eigenfrequenz ν_0 eines frei schwingenden Systems versteht man eine für das betreffende System charakteristische Frequenz, die sich allgemein nach der Formel

$$\nu_0 = \frac{1}{2\pi}\sqrt{\frac{A}{B}}$$

berechnen läßt.

Dabei bedeutet A die Richtgröße, d.h. diejenige Größe, die den Gleichgewichtszustand wieder herzustellen versucht, und B eine für das System, das wieder in den Gleichgewichtszustand gebracht werden soll, charakteristische Größe.

Bei einer schwingenden Schraubenfeder ist A die schon früher eingeführte Richtgröße der Feder und B die Masse m des schwingenden Körpers.

Bei einem im Gravitationsfeld der Erde schwingenden Fadenpendel ist A die Fallbeschleunigung g und B die Länge l des Fadens.

Der zweite Teil des obigen Versuches zeigt:

Wenn die Auf- und Abwärtsbewegungen der Hand mit einer Frequenz ν erfolgt, die gleich der Eigenfrequenz der Schraubenfeder ist, und wenn die Handbewegung außerdem in der richtigen Phase durchgeführt wird, so nimmt die Elongation der Schraubenfeder rasch zu. Der Versuch zeigt weiter, daß die richtige Phase dann vorliegt, wenn die Senkung der Hand in dem Augenblick erfolgt, in dem die schwingende Masse sich gerade im oberen Umkehrpunkt befindet. Schließlich ergibt sich aus dem Versuch, daß die Amplitude der schwingenden Masse wesentlich kleiner bleibt, wenn die erregende Frequenz ν der Handbewegung von der Eigenfrequenz ν_0 des schwingenden Systems abweicht oder wenn die Phasenlage nicht richtig ist.

Der hier durchgeführte Versuch ermöglicht natürlich nur qualitative Feststellungen. Es sind aber auch Geräte gebaut worden, die eine quantitative Untersuchung der Zusammenhänge erlauben. Ohne hier auf diese Messungen näher einzugehen, halten wir fest:

Wenn ein schwingungsfähiges System durch eine von außen wirkende, periodisch veränderliche Kraft

$$F = F_0 \sin \omega t = F_0 \sin 2\pi \nu t$$

zu Schwingungen angeregt wird, so spricht man von einer erzwungenen Schwingung.

Die Erfahrung zeigt:

Nach einer gewissen Einschwingzeit ist die Frequenz der erzwungenen Schwingung gleich der Frequenz ν der erregenden Kraft F. Für die Elongation der erzwungenen Schwingung gilt dann:

$$s = s_{\max}(\nu) \sin(2\pi \nu t - \varphi_0).$$

Dies bedeutet, daß die Schwingung der erregenden Kraft F der erzwungenen Schwingung des Systems um die Phasendifferenz φ_0 vorauseilt.

Ferner ergibt die experimentelle Erfahrung und die theoretische Untersuchung der Zusammenhänge, daß die Amplitude $s_{\max}(\nu)$ der erregten Schwingung wesentlich von der Frequenz ν der erregenden Kraft F abhängt. In Abb. 212.1 ist dieser Zusammenhang grafisch dargestellt. Auf der Abszissenachse ist der Quotient aus der Frequenz ν der erregenden Kraft und der Eigenfrequenz ν_0 des erregten Systems aufgetragen; die Ordinatenachse zeigt jeweils die zugehörige Amplitude der erregten Schwingung an. Aus dem Kurvenverlauf erkennt man:

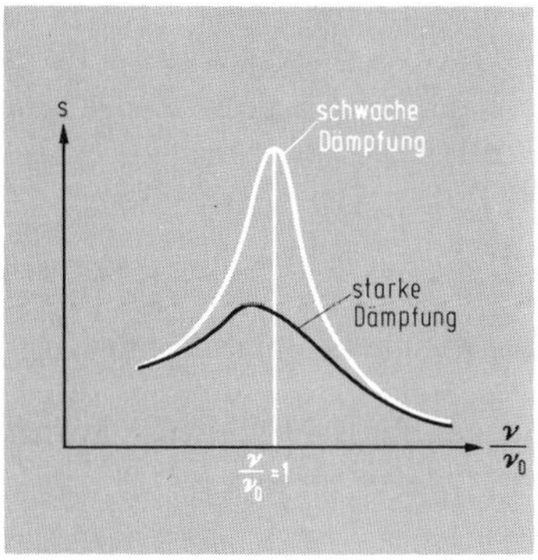

Wenn die Erregerfrequenz ν und die Eigenfrequenz ν_0 übereinstimmen, wenn also $\frac{\nu}{\nu_0} = 1$ ist, so erreicht die Amplitude der erregten Schwingung ihren Maximalwert. Je mehr sich die Erregerfrequenz ν und die Eigenfrequenz ν_0 unterscheiden, um so kleiner ist die Amplitude der erregten Schwingung.

Abb. 212.1
Die Resonanzkurven bei Schwingungen mit verschieden starker Dämpfung

Diese Feststellung gilt nicht nur für die bei Versuch 211.1 verwendete, an einer Schraubenfeder hängende, schwingende Masse, sondern für jedes andere schwingungsfähige System. Man spricht dann allgemein von einem *Oszillator*. Wir merken uns:

Unter einem Oszillator versteht man ein schwingungsfähiges System (Massenpunkte, elektrische Ladungen usw.). Wenn insbesondere die bei dem Oszillator auftretende, rücktreibende Kraft der Auslenkung aus der Gleichgewichtslage proportional ist, so handelt es sich um einen harmonischen Oszillator.

Das für die Erregung des Oszillators verantwortliche System, das die periodisch wirkende Kraft F liefert, wird kurz als der *Erreger* bezeichnet.

Die meisten schwingungsfähigen Systeme können in verschiedenen Schwingungszuständen schwingen. Zu jedem Schwingungszustand gehört eine Eigenfrequenz. Unter Berücksichtigung dieser Tatsache lassen sich die in Abb. 212.1 wiedergegebenen Erfahrungen folgendermaßen formulieren:

Ein Oszillator schwingt mit besonders großen Amplituden, wenn die Erregerfrequenz mit einer seiner Eigenfrequenzen annähernd übereinstimmt.

Diese Feststellung bedarf noch einer Ergänzung. Der oben durchgeführte Versuch 211.1 zeigte bereits, daß der Erreger auch in der richtigen Phase schwingen muß, wenn die maximale Amplitude des Oszillators erreicht werden soll. Eine genaue Untersuchung dieser Zusammenhänge führt zu dem Ergebnis:

Um eine maximale Amplitude eines schwach gedämpften Oszillators zu erreichen, muß die Phase des Erregers annähernd

$$\varphi_0 = \frac{\pi}{2}$$

vor der Phase des Oszillators liegen.

Wenn die Frequenzbedingung und die Phasenbedingung erfüllt sind, so sagt man, daß sich der Erreger und der Oszillator in *Resonanz* befinden. Man nennt den Oszillator in diesem Falle auch *Resonator*.

Einige abschließende Bemerkungen sollen noch zu den in Abb. 212.1 wiedergegebenen Kurven, die man als *Resonanzkurven* bezeichnet, gemacht werden. Die Form dieser Kurven wird wesentlich von der *Dämpfung des Resonators* bestimmt. Die Erfahrung zeigt:

Die Resonanzkurve ist um so spitzer, je kleiner die Dämpfung des Resonators ist.

Dies bedeutet, daß die *Resonanzfrequenz*

$$\nu = \nu_0$$

um so schärfer bestimmt ist, je weniger der Resonator gedämpft ist. Bei zunehmender Dämpfung wird die Resonanzkurve flacher, wobei sich das Maximum gleichzeitig etwas nach links verschiebt.

In der Physik und Technik spielen die Resonanzerscheinungen eine große Rolle. Es können hier nur einige Beispiele genannt werden.

Beispiele

1. Um die unbekannte Frequenz einer Schwingung zu bestimmen, kann man den *Zungenfrequenzmesser* verwenden. Dieser besteht aus einer Reihe schwingungsfähiger, auf einem gemeinsamen Träger befindlichen Blattfedern mit verschiedenen, genau bekannten Eigenfrequenzen ν_0. Läßt man hierauf die Schwingung mit der unbekannten Frequenz ν einwirken, so wird diejenige Blattfeder zu Resonanzschwingungen angeregt, für die $\nu = \nu_0$ ist.

2. In der Technik tritt gelegentlich eine Erscheinung auf, die man als *Resonanzkatastrophe* bezeichnet. So kann es passieren, daß die Frequenz eines Motors mit der Eigenfrequenz seines Unterbaues oder seiner Umhüllung übereinstimmt; dann kann deren Amplitude so stark anwachsen, daß Zerstörungen eintreten. Es wird ferner berichtet, daß im Jahre 1850 in Angers (Südfrankreich) eine Brücke dadurch zum Einsturz gebracht worden ist, daß eine Gruppe Soldaten im Gleichschritt darüber hinwegmarschiert ist. Die Brücke wurde zu Resonanzschwingungen mit einer großen Amplitude angeregt, weil die Frequenz der im Gleichschritt marschierenden Gruppe mit der Eigenfrequenz der Brücke übereinstimmte.

3. In diesem Zusammenhang kann ferner auf eine aus dem Alltag bekannte Erscheinung hingewiesen werden. Jede *Autokarosserie* hat viele schwingungsfähige Teile mit unterschiedlichen Eigenfrequenzen, wie etwa die Motorhaube, den Kofferraumdeckel, die Fensterscheiben, den Schaltknüppel u.a. Diese beginnen zu klirren, wenn die Motorfrequenz an die Eigenfrequenz herankommt.

4. Eine besonders wichtige Rolle spielen die Resonanzerscheinungen in der *Akustik*. In 2.10. werden weitere Beispiele besprochen.

2.9.6 Die Entstehung von Wellen

Die bei jedem Pendel auftretende Dämpfung hat bereits gezeigt, daß die Schwingungsenergie eines Pendels auf die umgebende Luft übertragen werden kann. Die Schwingungsenergie läßt sich aber auch auf andere schwingungsfähige Systeme übertragen. Wir zeigen dies zunächst an einem einfachen Versuch.

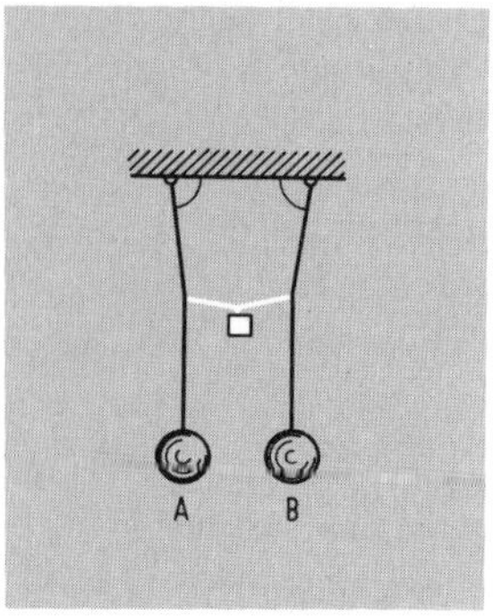

Abb. 214.1
Die Kopplung von zwei Pendeln

Versuch 214.1 Zwei Metallkugeln werden nach Abb. 214.1 aufgehängt. Die Aufhängefäden sind durch eine mit einer kleinen Masse belastete Schnur verbunden. Dann wird eines der Pendel in Schwingungen versetzt und der sich abspielende Vorgang beobachtet.

Dabei ergibt sich:

Während die Schwingungen des angestoßenen Pendels allmählich abklingen, gerät das zweite in immer stärkere Schwingungen, bis es die ganze Schwingungsenergie des ersten Pendels, das dann zur Ruhe gekommen ist, übernommen hat. Dann übernimmt das zweite Pendel die Rolle des ersten und überträgt bei jeder Schwingung einen Teil seiner Energie auf das erste Pendel, bis es selbst wieder zur Ruhe gekommen ist.

Versuch 214.2 Die Anordnung von Versuch 214.1 wird in der Weise abgeändert, daß man Pendelkörper mit verschiedenen Massen verwendet und man die Verbindungsschnur der Pendel nach oben oder unten verschiebt. Für verschiedene Fälle wird die Zeit gemessen, die zur einmaligen vollständigen Energieübertragung erforderlich ist.

Es zeigt sich, daß die Übertragungszeiten bei einer Vergrößerung der Massen und bei einer Verschiebung der Verbindungsschnur nach unten kürzer werden.

Wir setzen folgende Bezeichnungen fest:

Zwei schwingungsfähige Systeme, die einander beeinflussen und dabei Energie austauschen, bezeichnet man als gekoppelte Schwingungssysteme.

Je nach der Stärke der energetischen Wechselwirkung spricht man von einer *festen* oder einer *losen Kopplung.* Je fester die Kopplung ist, um so rascher erfolgt die Energieübertragung von einem System auf das andere.

Wir führen einen weiteren Versuch durch.

Versuch 214.3 Mehrere Pendelstäbe gleicher Länge werden nach Abb. 214.2 bifilar übereinander aufgehängt; sie sind durch zwei Schnüre miteinander verbunden. Dann versetzt man das untere Pendel durch einen leichten Stoß in Schwingungen, wobei die Schwingungsrichtung senkrecht zur Verbindungslinie der Pendel verlaufen soll.

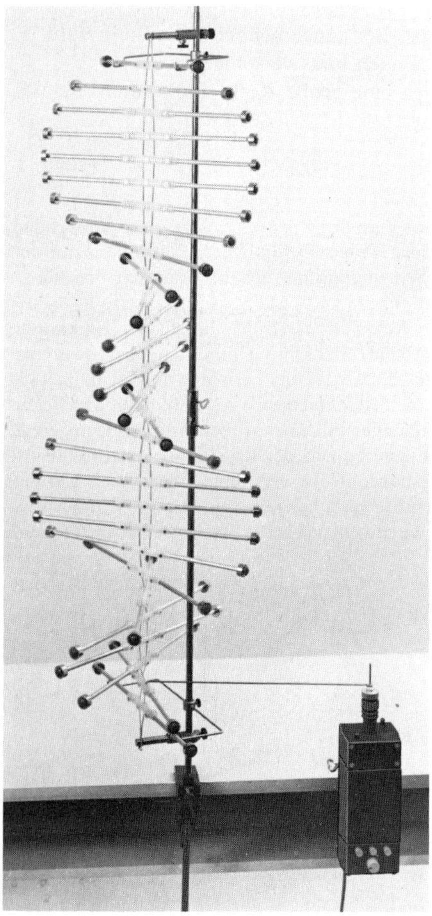

Abb. 214.2
Die Entstehung einer Welle durch die Schwingungen gekoppelter Pendel

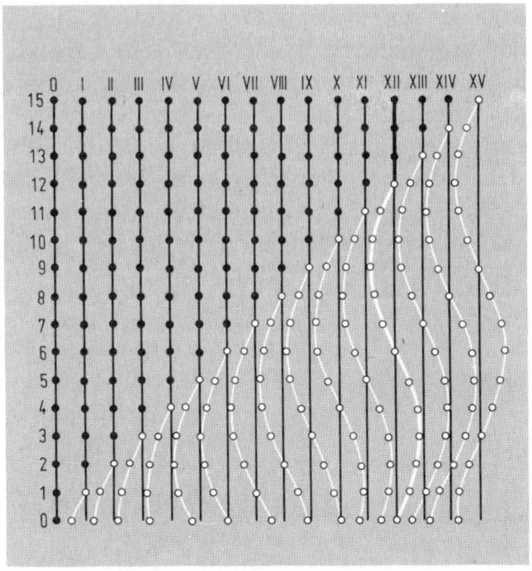

Abb. 215.1
Momentbilder der Schwingungszustände von 16 gekoppelten Pendeln für die gleichen zeitlichen Abstände

Man beobachtet, daß auch die übrigen Pendel nacheinander die gleichen Schwingungen wie das erste ausführen, wobei jedes folgende Pendel etwas später als das vorhergehende mit der Schwingung beginnt. Die Schwingungsenergie des ersten Pendels wird mit einer bestimmten Geschwindigkeit von Pendel zu Pendel durch die ganze Reihe hindurch übertragen. Führt man dem ersten Pendelstab beständig Schwingungsenergie zu, so erhält man Schwingungszustände, wie sie in Abb. 215.1 dargestellt sind; sie zeigt die Momentbilder des Schwingungszustandes der Pendelenden in gleichen zeitlichen Abständen. Zu Beginn sind alle Pendel in Ruhe, und dann breitet sich die Schwingung in gleichen Zeitabständen um das gleiche Stück aus. In Abb. 215.1 sind die gleichzeitigen Lagen sämtlicher Pendelenden durch Kurven verbunden; wir erhalten auf diese Weise für 16 verschiedene Zeitpunkte ein Bild von der *räumlichen* Verteilung der Pendelenden. Die Gesamtheit der sich ausbreitenden Schwingungszustände bezeichnet man als eine *Welle*.

Eine Welle entsteht, wenn eine Reihe gekoppelter schwingungsfähiger Systeme nacheinander gleichartige Schwingungen ausführt.

Man muß dabei beachten, daß wir es hier mit einer *doppelten Periodizität* zu tun haben. Jedes einzelne Pendel führt eine *zeitlich periodische Bewegung* aus, und die Gesamtheit der Pendel weist zu einem bestimmten Zeitpunkt eine *räumlich periodische Verteilung* auf.

Wir werden unsere Untersuchungen in den folgenden Abschnitten in vielen Fällen mit Hilfe von Wasserwellen machen, weil diese besonders leicht zu erzeugen und zu beobachten sind. Wir versetzen dazu einen Punkt der Wasseroberfläche in eine periodische Auf- und Abbewegung, indem wir den in Abb. 215.2 dargestellten Apparat benutzen. Ein Tupfer T ist an einem um P drehbaren Hebelarm befestigt, der durch eine auf der Achse eines Motors befestigte exzentrische Nockenscheibe S in periodische Auf- und Abbewegungen

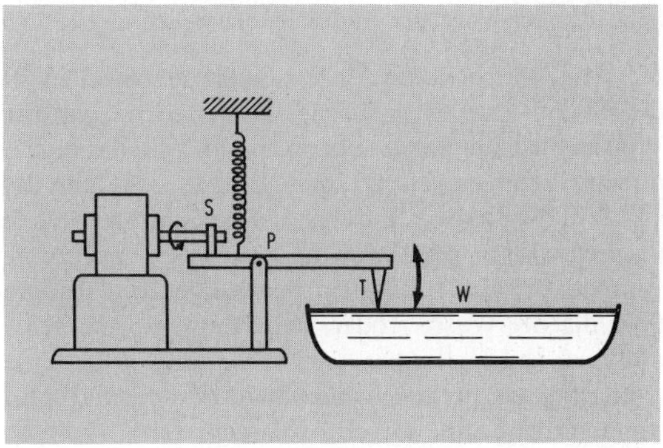

Abb. 215.2
Gerät zur Erzeugung von Wasserwellen

versetzt werden kann. Das Wasser befindet sich in einer flachen Wanne *W.* Der Tupfer wird so eingestellt, daß er gerade die Wasseroberfläche berührt. Bei seiner Bewegung werden die benachbarten Wasserteilchen in Auf- und Abbewegungen versetzt; diese durch den Tupfer bewirkten zeitlich periodischen Bewegungen der einzelnen Wasserteilchen übertragen sich auf die Nachbarteilchen, so daß sich kreisförmige Wellen vom Erregungszentrum ausbreiten, wie dies die in Abb. 216.1 wiedergegebene fotografische Aufnahme zeigt. Wir stellen die aufeinanderfolgenden Schwingungszustände auch hier wieder durch eine schematische Zeichnung dar (Abb. 216.2). Experimentell lassen sich die Wasserwellen durch Projektion sowohl im durchfallenden als auch im auffallenden Licht deutlich und weithin sichtbar machen.

Abb. 216.1 Die von einem Erregungszentrum ausgehenden Wasserwellen

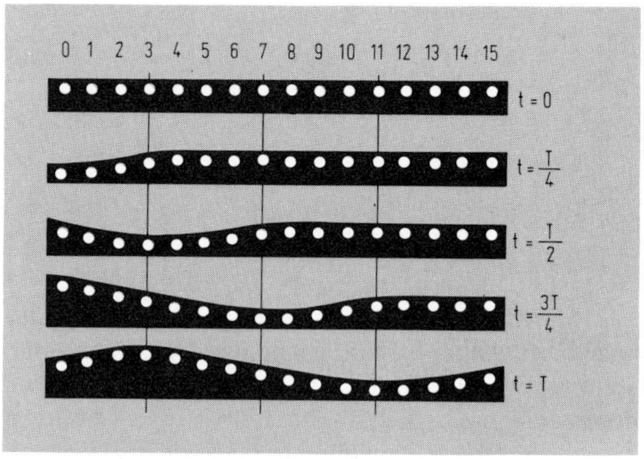

Abb. 216.2 Momentbilder der Schwingungszustände bei Wasserwellen in gleichen zeitlichen Abständen

Wenn man eine Wasserwelle beobachtet, die etwa durch einen in einen ruhigen Teich geworfenen Stein entsteht, so gewinnt man den Eindruck, als ob das Wasser sich in Richtung der Welle fortbewegt. Dies ist jedoch nicht der Fall. Bei jeder Welle schwingt das einzelne Teilchen nur um seine Gleichgewichtslage und entfernt sich dabei im Mittel nicht von seinem Ort. Auch die Wasserteilchen bewegen sich praktisch nur an ihrer Stelle auf und ab, eine Tatsache, von der man sich leicht überzeugt, wenn man auf der Wasseroberfläche schwimmende kleine Teilchen betrachtet, die tatsächlich nur Schwingungen an ihrem Ort ausführen.

Wir haben damit eine Eigenschaft der Wasserwellen erkannt, die auch für alle anderen Wellen gilt und die sich folgendermaßen aussprechen läßt:

Bei jeder Welle breitet sich nur der Schwingungszustand aus. Die einzelnen Teilchen führen lediglich Schwingungen um ortsfest bleibende Gleichgewichtslagen aus.

Wir haben dabei von der Tatsache abgesehen, daß die Bewegung der Wasserteilchen sich bei genauerer Untersuchung als komplizierter erweist, indem die Teilchen in der Nähe der Wasseroberfläche Kreise beschreiben. Für die hier zu behandelnden Vorgänge ist dies jedoch bedeutungslos.

Die Wasserwellen stellen Oberflächenwellen dar; sie sind also *zweidimensional.* Es gibt auch Wellen, die sich nur in einer Richtung ausbreiten, die wir also *eindimensional* nennen müssen. Hierzu gehören z.B. die Wellen, die man erzeugen kann, indem man das eine Ende eines Seiles oder eines gespannten Gummischlauches in Schwingungen versetzt; diese breiten sich dann über das ganze eindimensionale, schwingungsfähige System aus. Wir werden bei unseren Untersuchungen bisweilen auch von den eindimensionalen Wellen Gebrauch machen. Die in der Natur am häufigsten vorkommenden Wellen sind aber räumliche, d.h. *dreidimensionale* Gebilde, die sich nach allen Richtungen des Raumes ausbreiten. Diese Tatsache muß man beachten, wenn man die bei Wasser- oder Seilwellen gewonnenen Ergebnisse auf räumliche Wellen übertragen will; man muß sich dabei darüber klarwerden, ob die Unterschiede in der Dimensionenzahl eine solche Übertragung auch zulassen. Im allgemeinen wird dies der Fall sein, doch gibt es auch Erscheinungen, bei denen eine Übertragung nicht ohne weiteres zulässig ist.

Um die Entstehung einer dreidimensionalen Welle weiter zu veranschaulichen, soll hier die Beschreibung eines Gedankenexperimentes aus dem Buche A. EINSTEIN-L. INFELD, *Die Evolution der Physik* zitiert werden. Es heißt dort:

Ein großes Gefäß ist ganz gleichmäßig mit Wasser, Luft oder irgendeinem anderen Medium angefüllt. In der Mitte etwa befindet sich eine Kugel. Zunächst ist gar keine Bewegung vorhanden, plötzlich aber beginnt die Kugel zu „atmen", das heißt, sie vergrößert und verringert ihr Volumen in einem gewissen Rhythmus, behält jedoch ihre Kugelgestalt immer bei. Was geschieht dann mit dem Medium? Überlegen wir uns zunächst einmal, was sich in dem Moment ereignet, wo die Kugel sich auszudehnen beginnt. Nun, die in der unmittelbaren Nähe der Kugel befindlichen Partikeln des Mediums werden fortgestoßen, so daß eine kugelförmige, man könnte sagen, Wasser- oder Lufthülle — je nachdem, welches Medium wir gewählt haben — abnorm verdichtet wird. Wenn die Kugel sich wieder zusammenzieht, nimmt die Dichte in den Regionen des Mediums, welche die Kugel unmittelbar umgeben, wieder ab. Diese Dichteschwankungen breiten sich nun durch das ganze Medium aus. Zwar führen die einzelnen Partikeln, aus denen sich das Medium zusammensetzt, nur kleine Schwingungen aus, doch läuft das ganze im Endeffekt auf eine fortschreitende Wellenbewegung hinaus. Das Neue an dieser Erscheinung liegt darin, daß wir es zum erstenmal mit der Bewegung von etwas anderem als Materie, nämlich von Energie, zu tun haben — Energie, die sich durch Materie fortpflanzt.

Es soll hier noch eine allen Wellen gemeinsame Eigenschaft besonders unterstrichen werden. Zur Erzeugung einer Welle muß stets eine bestimmte Energie aufgewendet werden. Bei Versuch 214.3 war es z.B. notwendig, die erste Kugel aus ihrer Gleichgewichtslage zu entfernen. Die der Kugel so zugeführte Energie überträgt sich auf die folgenden Kugeln. Die Energie wandert also mit der Welle durch den Raum und tritt bei mechanischen Wellen in periodischem Wechsel als potentielle und kinetische Energie in Erscheinung.

Die energetische Seite der Wellenausbreitung ist in vielen Fällen von entscheidender Wichtigkeit. Wir stellen also fest:

Jede Wellenbewegung ist mit einem Transport von Energie verbunden. Dieser Energietransport geht ohne Massentransport vor sich.

Wir stellen zusammenfassend fest, daß Wellen immer dann auftreten, wenn in gekoppelten Systemen ein Gleichgewichtszustand gestört wird und dabei Kräfte wirksam werden, die das Gleichgewicht wieder herzustellen suchen. Zwei Arten von Wellen sind von besonderer Bedeutung:

1. Bei den *mechanischen Wellen* werden Massen aus einer stabilen Gleichgewichtslage herausgebracht und durch rücktreibende Kräfte veranlaßt, in die Gleichgewichtslage zurückzukehren. Ein wichtiges Beispiel dieser Art sind die *Schallwellen*, wobei nicht nur die von dem menschlichen Ohr wahrnehmbaren Wellen gemeint sind, sondern der Bereich nach größeren und kleineren Wellenlängen hin ausgedehnt werden kann.

2. Bei den *elektromagnetischen Wellen* erfahren elektrische und magnetische Felder räumliche und zeitliche periodische Veränderungen. Als wichtiges Beispiel nennen wir die *Lichtwellen*; sie bilden einen kleinen Ausschnitt aus dem weiten Bereich der elektromagnetischen Wellen.

2.9.7 Die Transversalwellen und die Longitudinalwellen

Die im vorhergehenden Abschnitt behandelten Wellenbewegungen waren dadurch gekennzeichnet, daß die Schwingungen der Teilchen senkrecht zur Ausbreitungsrichtung der Welle erfolgten.

Wir setzen fest:

Eine Welle, bei der die einzelnen Teilchen senkrecht zur Ausbreitungsrichtung der Welle schwingen, bezeichnet man als Querwelle oder Transversalwelle.

Bei einer Transversalwelle folgen *Wellenberge* und *Wellentäler* in periodischem Wechsel aufeinander.

Wie die folgenden Versuche zeigen, gibt es aber auch noch andere Wellenbewegungen.

Versuch 217.1 Eine lange Schraubenfeder, an der sich unten ein Körper mit der Masse m befindet, wird an der Decke des Zimmers befestigt. Dann wird die unterste Drahtwindung durch Zupfen in Bewegung gesetzt, wobei so verfahren wird, daß der übrige Teil der Feder in Ruhe bleibt (Abb. 218.1).

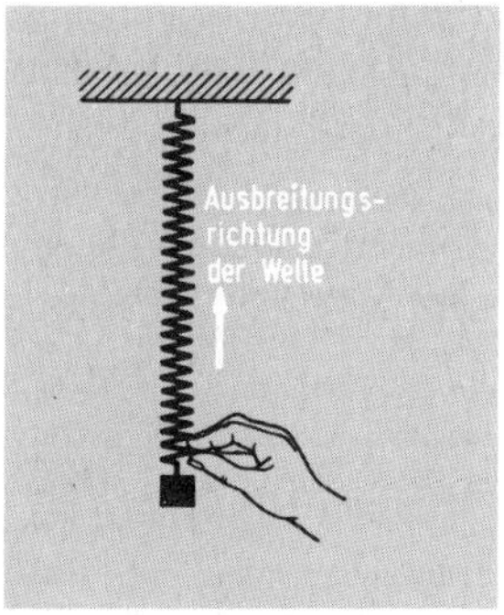

Abb. 218.1
Die Ausbreitung einer Welle längs einer Schraubenfeder

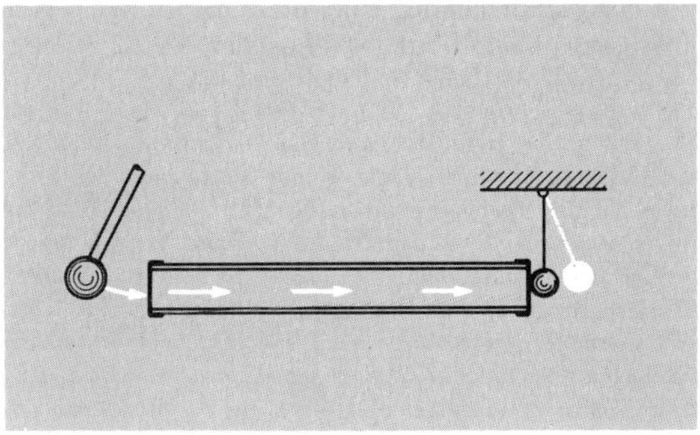

Abb. 218.2
Die Ausbreitung einer Welle in einer Luftsäule

Man erkennt, wie sich die Bewegung der ersten Windung längs der Feder ausbreitet und nacheinander alle Windungen erfaßt.

Versuch 218.1 Eine längere Glasröhre ist an beiden Enden durch eine Membran verschlossen (Abb. 218.2). Ein Klöppel fällt gegen die Membran auf der einen Seite der luftgefüllten Röhre.

Der Versuch zeigt, daß das Pendel am anderen Ende der Röhre in Bewegung gerät. Die Schwingungen der angestoßenen Membran werden durch die Luft auf die zweite Membran übertragen. Sowohl bei der Schraubenfeder als auch bei der Luftsäule führen die Teilchen Schwingungen in der Ausbreitungsrichtung der Welle aus.

Wir setzen fest:

Eine Welle, bei der die einzelnen Teilchen in der Ausbreitungsrichtung der Welle schwingen, bezeichnet man als Längswelle oder Longitudinalwelle.

Bei einer Longitudinalwelle folgen *Verdichtungen* und *Verdünnungen* aufeinander.

Eine Longitudinalwelle kann man beobachten, wenn auf dem Bahnhof eine Reihe miteinander verbundener Wagen durch eine Lokomotive leicht angestoßen wird (Abb. 218.3). Während die Wagenreihe als Ganzes in Ruhe bleibt, breitet sich der Stoß durch die Reihe hindurch bis zum letzten Wagen aus.

Schematisch läßt sich das Zustandekommen einer Longitudinalwelle nach Abb. 219.1 darstellen. Ähnlich wie bei Abb. 215.1 betrachten wir 16 schwingende Teilchen, die jetzt aber nur Bewegungen in der Ausbreitungsrichtung der Welle ausführen können. Zur Zeit Null sind alle Teilchen in Ruhe. Dann wird das vorderste Teilchen aus seiner Ruhelage nach links abgelenkt. Es zieht die nächsten Teilchen nach. Zur Zeit III hat das erste Teilchen seinen Maximalausschlag erreicht. Man erkennt, wie Verdünnungen und Verdichtungen im Wechsel aufeinander folgen.

Abb. 218.3 Die Ausbreitung einer durch den Stoß der Lokomotive erregten Longitudinalwelle durch die Reihe der Wagen

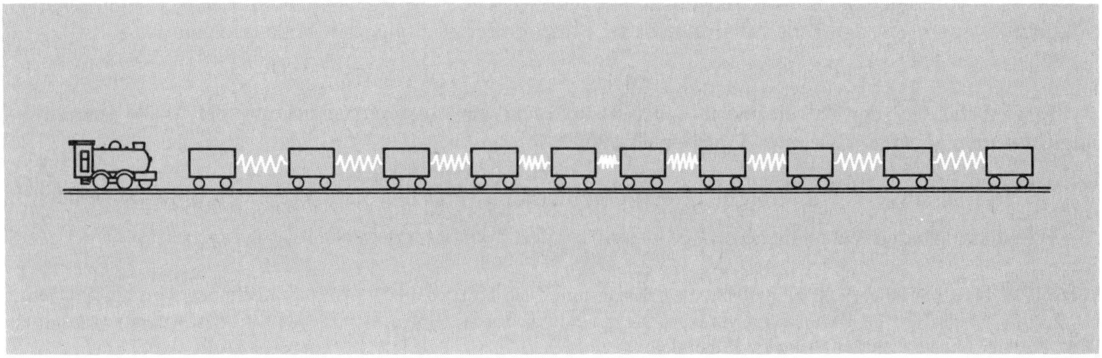

Abb. 219.1
Momentbilder der Schwingungszustände von 16 longitudinal schwingenden Teilchen für die gleichen zeitlichen Abstände

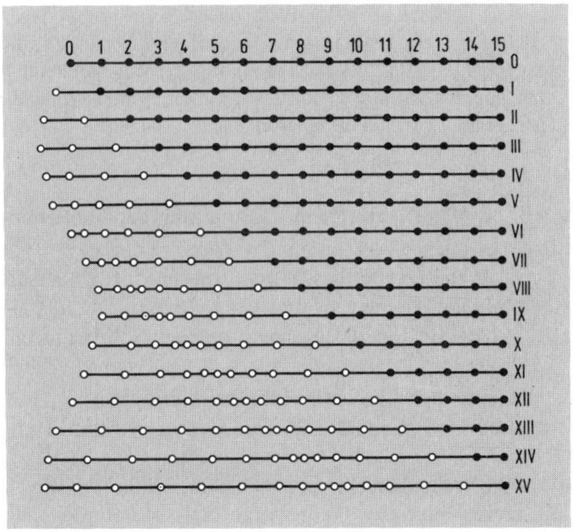

Wir stellen noch einmal die Momentanbilder einer Transversal- und einer Longitudinalwelle einander gegenüber. Die Pfeile geben für den betreffenden Augenblick die Größe und Richtung der Teilchengeschwindigkeiten an (Abb. 219.2).

Die Erfahrung zeigt, daß *Longitudinalwellen in allen Stoffen* auftreten können. Da sie aus Verdichtungen und Verdünnungen, d.h. aus Volumänderungen, bestehen, ist leicht verständlich, daß sich solche Wellen überall dort ausbreiten können, wo bei Volumenänderungen elastische Gegenkräfte auftreten. Das ist aber bei festen, flüssigen und gasförmigen Körpern der Fall. Dagegen können Transversalwellen nur in festen Körpern auftreten, da nur in festen Körpern bei gestaltelastischen Verformungen elastische Gegenkräfte ausgelöst werden.

Elastische Longitudinalwellen können im Innern von festen, flüssigen und gasförmigen Körpern auftreten. Elastische Transversalwellen sind nur im Innern von festen Körpern möglich.

Abb. 219.2 Momentbild einer Transversalwelle (a) und einer Longitudinalwelle (b). Die Pfeile geben die Größe und Richtung der Momentangeschwindigkeiten der Teilchen an.

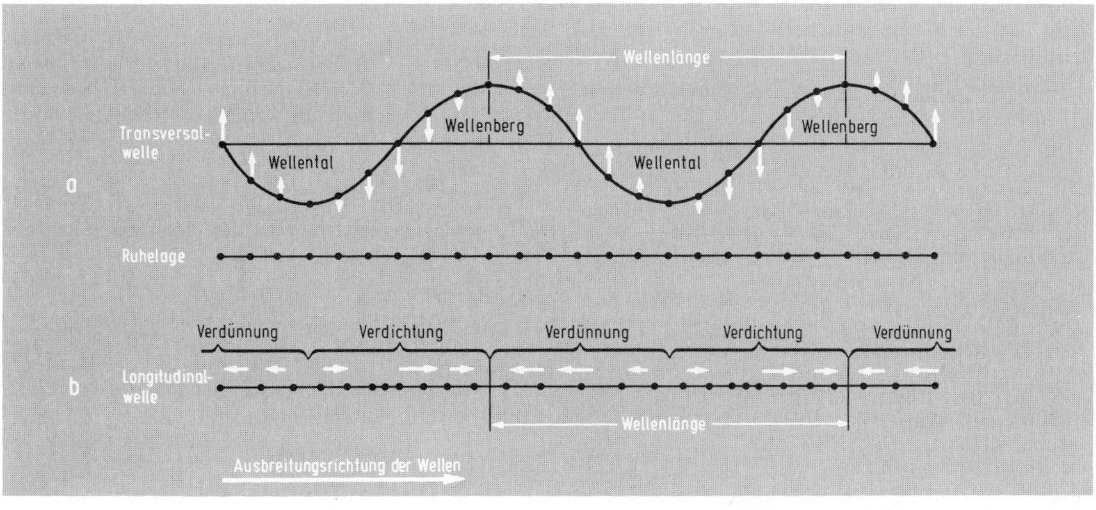

Mit dieser Feststellung scheint die Tatsache in Widerspruch zu stehen, daß sich an der Wasseroberfläche, also bei einer Flüssigkeit, Transversalwellen bilden können. Es ist dabei aber zu beachten, daß diese Wellen nur an der *Oberfläche*, nicht dagegen im *Innern des Wassers*, auftreten und daß sie nur unter Beteiligung äußerer Kräfte, wie Schwerkraft und Oberflächenspannung, zustande kommen. Wenn solche äußeren Kräfte nicht vorhanden sind, können bei einer Flüssigkeit keine Transversalwellen entstehen.

2.9.8 Die mathematische Behandlung der Wellenbewegung

Um die Wellenbewegung durch mathematische Gleichungen zu beschreiben, müssen zunächst einige neue physikalische Größen eingeführt werden. Die Definition erfolgt weitgehend in Analogie zu den bei der mathematischen Beschreibung der Schwingungen verwendeten Größen (vgl. S. 195).

Unter der Wellenlänge (Formelzeichen: λ) einer Welle versteht man den Abstand zweier aufeinanderfolgender, im gleichen Bewegungszustand (d.h. in gleicher Phase) befindlicher schwingender Teilchen.

Die Wellenlänge kann also bei einer Transversalwelle durch den Abstand der höchsten bzw. tiefsten Punkte zweier aufeinanderfolgender Wellenberge bzw. Wellentäler und bei einer Longitudinalwelle durch den Abstand der Zentren zweier aufeinanderfolgender Verdichtungen oder Verdünnungen angegeben werden; es kann aber auch der Abstand zweier anderer in gleicher Phase schwingender aufeinanderfolgender Punkte zugrunde gelegt werden (vgl. Abb. 219.2).

Unter der Schwingungsdauer (Formelzeichen: T) versteht man die Zeit, die jedes einzelne Teilchen für einen vollständigen Hin- und Hergang benötigt.

Unter der Frequenz oder der Schwingungszahl (Formelzeichen: ν) versteht man den Quotienten aus der Zahl n der Schwingungen in der Zeit t und dieser Zeit t.

Es ist

$$\nu = \frac{n}{t} \quad \text{und} \quad \nu = \frac{1}{T}.$$

Mit jedem Hin- und Hergang des schwingenden Teilchens geht ein neuer Wellenberg und ein neues Wellental bzw. eine Verdichtung und eine Verdünnung von der Erregungsstelle aus. Das bedeutet aber, daß die Welle sich in der Zeit T gerade um das Stück λ ausgebreitet hat. Hieraus ergibt sich für die *Ausbreitungsgeschwindigkeit c einer Welle* die Gleichung

$$c = \frac{\lambda}{T} \quad \text{oder} \quad c = \lambda \nu.$$

Diese Beziehung zwischen der Frequenz einer Schwingung, der Wellenlänge und der Ausbreitungsgeschwindigkeit der Welle gilt für alle Arten von Wellenvorgängen, bei denen die Ausbreitungsgeschwindigkeit nicht von der Frequenz und der Wellenlänge abhängt (vgl. S. 223 unten); sie wird uns später noch oft begegnen.

Eine Wellenbewegung kann nach den bisherigen Ausführungen durch die Angabe der Wellenlänge λ oder der Frequenz ν beschrieben werden. In vielen Fällen verwendet man noch eine dritte Größe, die man als die *Wellenzahl* bezeichnet.

Unter der Wellenzahl (Formelzeichen: N) einer Wellenbewegung versteht man den Quotienten aus der Anzahl n der auf die Länge l entfallenden Wellenlängen und dieser Länge l.

Es ist also

$$N = \frac{n}{l} = \frac{1}{\lambda}.$$

Um eine fortschreitende eindimensionale Welle durch eine Gleichung zu beschreiben, knüpfen wir an die auf S. 198 abgeleitete Formel für die Auslenkung eines harmonisch schwingenden Punktes aus seiner Gleichgewichtslage an:

$$s = s_{\max} \cdot \sin \frac{2\pi t}{T}.$$

Dabei bedeutet t die jeweilige Zeit der Beobachtung; für $t=0$ ist auch $s=0$, d.h., in diesem Augenblick geht das an der Störstelle schwingende Teilchen durch die Gleichgewichtslage. Wenn die Welle sich mit der Geschwindigkeit c ausbreitet, so wird ein in der Entfernung x von der Störstelle befindliches Teilchen seine Schwingung um so viel später beginnen, wie die Welle zum Durchlaufen der Strecke x braucht; diese Zeit beträgt aber $\frac{x}{c}$. Der Schwingungszustand dieses Teilchens zu einer beliebigen Zeit t stimmt also mit demjenigen des Anfangspunktes zur Zeit $\left(t-\frac{x}{c}\right)$ überein. Wir können also für irgendein Teilchen im Abstand x von der Störstelle die Bewegungsgleichung in der Form

$$s=s_{\max}\sin\frac{2\pi}{T}\left(t-\frac{x}{c}\right)=s_{\max}\sin 2\pi\left(\frac{t}{T}-\frac{x}{\lambda}\right)$$

schreiben.

In dieser Gleichung kommt sowohl die *zeitliche* als auch die *räumliche Periodizität*, die beide für eine Wellenbewegung charakteristisch sind, zum Ausdruck. Betrachten wir nämlich *einen bestimmten Raumpunkt*, d.h., setzen wir $x=\text{const}$, so gibt die Gleichung den *zeitlich periodischen Vorgang* an dem betreffenden Ort x wieder; es ergibt sich eine Sinuskurve als grafische Darstellung der von einem Teilchen ausgeführten Schwingung. Betrachten wir dagegen *einen festen Zeitpunkt*, d.h., setzen wir $t=\text{const}$, so liefert die Gleichung die *räumlich periodische Verteilung* der verschiedenen Teilchen als Funktion der veränderlichen Koordinate x; die Sinuskurve liefert jetzt ein Momentanbild aller schwingenden Teilchen.

2.9.9 Die Ausbreitungsgeschwindigkeit mechanischer Wellen in elastischen Medien

Wenn ein Massenelement eines festen, flüssigen oder gasförmigen Körpers zu Schwingungen angeregt wird, so überträgt sich diese Störung wegen der zwischen den Massenelementen wirkenden elastischen Kräfte auf die benachbarten Elemente, die ihrerseits die nächsten zu Schwingungen anregen usw. Auf diese Weise breitet sich die am Erregungszentrum hervorgerufene Schwingung durch den ganzen Körper als Welle aus. Wenn der Stoff homogen und isotrop ist, so erfolgt die Ausbreitung nach allen Richtungen mit der gleichen Geschwindigkeit c.

In bezug auf die bei der Ausbreitung der Welle wirksamen elastischen Kräfte muß ein *Unterschied zwischen longitudinalen und transversalen Wellen* gemacht werden.

Bei *Longitudinalwellen* breiten sich Verdichtungen und Verdünnungen aus, d.h., es wird das Volumen des schwingenden Körpers verändert. Solche Wellen sind in allen Körpern möglich, die *Volumenelastizität* besitzen. Das ist aber bei festen, flüssigen und gasförmigen Körpern der Fall, so daß *Longitudinalwellen sich in Körpern aller Aggregatzustände ausbreiten* können.

Bei *Transversalwellen*, z.B. den Seilwellen, ändert sich dagegen die Gestalt des schwingenden Körpers, während das Volumen mit großer Annäherung konstant bleibt. Elastische Transversalwellen können deshalb auch nur in Körpern mit bestimmter Gestalt, d.h. in *festen Körpern*, auftreten; nur hier sind *gestaltelastische Kräfte* vorhanden, die die Ausbreitung der Welle herbeiführen.

1. Wir beschäftigen uns zunächst mit der *Ausbreitung longitudinaler Wellen* und haben hier zwischen festen, flüssigen und gasförmigen Körpern zu unterscheiden.

a) Longitudinalwellen in festen Körpern

Der feste Körper möge zunächst die Gestalt eines Stabes vom Querschnitt A, der Dichte ρ und dem Elastizitätsmodul E (vgl. S. 270) haben, der nach rechts unbegrenzt lang sein soll (Abb. 221.1).

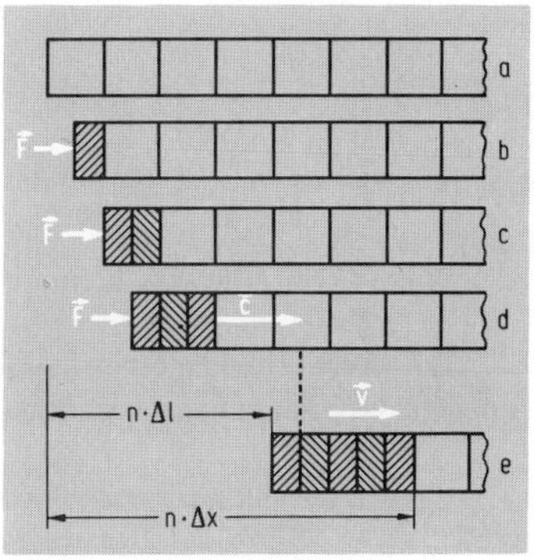

Abb. 221.1
Zur Berechnung der Ausbreitungsgeschwindigkeit elastischer Longitudinalwellen in einem Stabe

Der Stab erhält zur Veranschaulichung Markierungen in den gleichen Abständen Δx (Abb. 221.1a). Zur Zeit $t=0$ soll an der linken Stirnfläche eine Kraft F zu wirken beginnen, die eine Kompression hervorruft. Diese Kompression breitet sich mit der endlichen Geschwindigkeit c in dem Stab aus. Nach der Zeit Δt soll die Kompression die erste Markierung erreicht haben, so daß zu dieser Zeit also gerade die erste Scheibe des Stabes zusammengedrückt worden ist (Abb. 221.1b). Nun erfaßt die Kompression die zweite Scheibe und nach der Zeit $2 \cdot \Delta t$ ist der in Abb. 221.1c wiedergegebene Zustand erreicht. Der Vorgang setzt sich fort, so daß nach der Zeit $3 \cdot \Delta t$ der Zustand von Abb. 221.1d und nach der Zeit $n \cdot \Delta t$ der Zustand von Abb. 221.1e erreicht ist. Dabei sind alle erfaßten Scheiben im gleichen Verhältnis zusammengedrückt, und es stehen alle Scheiben unter dem gleichen Druck $\frac{F}{A}$. Alle bereits von der Kompression erfaßten Scheiben bewegen sich mit der gleichen Geschwindigkeit v nach rechts auf die noch nicht komprimierten Teile zu. Es können nun die folgenden Aussagen gemacht werden:

1. Die Geschwindigkeit, mit der sich die Kompression in dem Stabe ausbreitet, ist die Ausbreitungsgeschwindigkeit c für Druckwellen in dem betreffenden Material. In der Zeit $n \cdot \Delta t$ hat die Kompression n Scheiben von der Dicke Δx erfaßt, und damit hat die Druckwelle den Weg $n \cdot \Delta x$ zurückgelegt. Daraus folgt für die Ausbreitungsgeschwindigkeit

$$c=\frac{n \cdot \Delta x}{n \cdot \Delta t}=\frac{\Delta x}{\Delta t}.$$

2. Der von der Kompression erfaßte Teil des Stabes von der Länge $n \cdot \Delta x$ ist um ein Stück $n \cdot \Delta l$ verkürzt worden, wobei Δl die Verkürzung ist, die jede einzelne Scheibe erfahren hat. Zwischen der ursprünglichen Länge $n \cdot \Delta x$, der Verkürzung $n \cdot \Delta l$, der Kraft F und dem Querschnitt A besteht der Zusammenhang

$$F=AE\frac{n \cdot \Delta l}{n \cdot \Delta x}=AE\frac{\Delta l}{\Delta x}.$$

Dabei bedeutet E eine Proportionalitätskonstante, die als *Elastizitätsmodul* bezeichnet wird.

3. In der Zeit $n \cdot \Delta t$ hat sich der Angriffspunkt der Kraft um die Strecke $n \cdot \Delta l$ nach rechts verschoben. Er hat also die Geschwindigkeit

$$v=\frac{n \cdot \Delta l}{n \cdot \Delta t}=\frac{\Delta l}{\Delta t}.$$

Mit der gleichen Geschwindigkeit bewegt sich das von der Kompression erfaßte Stabstück nach rechts. Es hat daher zur Zeit $n \cdot \Delta t$ den Impuls

$$p=mv=\rho A n \cdot \Delta x \frac{\Delta l}{\Delta t}.$$

Dieser Impuls ist gleich dem Kraftstoß, der in der Zeit $n \cdot \Delta t$ von der Kraft F auf den Stab ausgeübt wird. Es ergibt sich dann

$$F n \cdot \Delta t=AE\frac{\Delta l}{\Delta x} n \cdot \Delta t$$

und

$$\rho A n \cdot \Delta x \cdot \frac{\Delta l}{\Delta t}=AE\frac{\Delta l}{\Delta x} n \cdot \Delta t,$$

$$\left(\frac{\Delta x}{\Delta t}\right)^2=c^2=\frac{E}{\rho},$$

$$c=\sqrt{\frac{E}{\rho}}.$$

Dieses von NEWTON gefundene Gesetz besagt also:

Die Ausbreitungsgeschwindigkeit einer Longitudinalwelle in einem elastischen Stab ist gleich der Wurzel aus dem Quotienten von Elastizitätsmodul und Dichte.

Das Gesetz gilt nur für stabförmige Körper. In allseitig ausgedehnten Körpern ist die Ausbreitungsgeschwindigkeit größer als in Stäben des gleichen Materials. Der Grund hierfür besteht darin, daß bei Stäben die Wellenausbreitung mit einer kleinen Änderung des Querschnitts verbunden ist (die wegen ihrer Geringfügigkeit in Abb. 221.1 nicht eingezeichnet wurde) und daß diese bei allseitig ausgedehnten Körpern nicht auftreten kann.

b) Longitudinalwellen in Flüssigkeiten

Hier liefert die Theorie eine ähnliche Formel wie bei festen Körpern. Anstelle des Elastizitätsmoduls tritt der *Kompressionsmodul K* (vgl. S. 274). Das Gesetz, auf dessen Ableitung hier verzichtet wird, lautet:

$$c=\sqrt{\frac{K}{\rho}}.$$

c) Longitudinalwellen in Gasen

In den Gasen erfolgt die Wellenausbreitung durch Stoß von Molekül zu Molekül. Der Kompressionsmodul K der Gase ist gleich dem Druck p. Wenn man bei einem Gas den herrschenden Druck verdoppelt, so geht das Volumen auf die Hälfte zurück, vorausgesetzt, daß die Temperatur des Gases unverändert bleibt, daß also *isotherme Zustandsänderungen* (S. 334) vorliegen. Wir würden dann für die Ausbreitungsgeschwindigkeit c von Longitudinalwellen in Gasen erhalten:

$$c=\sqrt{\frac{p}{\rho}}.$$

Diese Formel liefert aber Werte, die mit der Erfahrung nicht übereinstimmen. Dies kommt daher, daß bei den Verdichtungen und Verdünnungen in Gasen Temperaturänderungen auftreten, so daß die Wellenausbreitung nicht isotherm erfolgt. Eine genauere Untersuchung, die hier nicht durchgeführt werden kann, zeigt, daß ein Faktor κ hinzugefügt werden muß, dessen Bedeutung erst in der Wärmelehre verständlich wird (vgl. S. 363). Das abgewandelte Gesetz lautet dann:

$$c=\sqrt{\kappa\cdot\frac{p}{\rho}}.$$

Diese 1816 von P.S. Laplace (1749–1827) abgeleitete Formel für die Ausbreitungsgeschwindigkeit elastischer Longitudinalwellen in Gasen stimmt mit der Erfahrung gut überein.

2. Bei der Untersuchung der *Ausbreitungsgeschwindigkeit transversaler Wellen* ist eine Unterscheidung verschiedener Aggregatzustände nicht erforderlich, weil Transversalwellen nur in festen Körpern möglich sind. Wir verzichten hier auf die Ableitung einer Formel für die Ausbreitungsgeschwindigkeit und weisen nur darauf hin, daß hier der *Torsionsmodul G* (vgl. S. 272) und die Dichte ρ von Bedeutung sind. Es gilt sowohl für Stäbe als auch für allseitig ausgedehnte Körper die Formel

$$c=\sqrt{\frac{G}{\rho}}.$$

Die Erfahrung zeigt, daß Longitudinalwellen sich in festen Körpern schneller ausbreiten als Transversalwellen. Wenn z.B. bei einem Erdbeben in dem festen Körper *Erde* eine Gleichgewichtsstörung hervorgerufen wird, so breitet sich diese sowohl als Longitudinalwelle als auch als Transversalwelle aus, wobei die Transversalwelle an einem entfernten Ort etwas später eintrifft als die Longitudinalwelle.

Es muß schließlich noch darauf hingewiesen werden, daß die angegebenen Formeln für die Ausbreitungsgeschwindigkeit von Wellen sich nur auf *Raumwellen* beziehen und daß sie nicht ohne weiteres auf *Oberflächenwellen*, z.B. auf Wasserwellen, übertragen werden können. Hier sind die Zusammenhänge verwickelter.

Abschließend stellen wir noch fest, daß in keiner der angegebenen Formeln die Frequenz der Wellenbewegung oder die Wellenlänge vorkommt.

Hieraus folgt:

Die Ausbreitungsgeschwindigkeit mechanischer Raumwellen ist von der Frequenz und der Wellenlänge unabhängig.

Dies gilt nicht für Oberflächenwellen.

2.9.10 Die Interferenz der Wellen

In Abb. 216.1 wird die Entstehung und die Ausbreitung von Wasserwellen, die von *einem* punktförmigen Erreger ausgehen, wiedergegeben. Im folgenden wollen wir untersuchen, welche Erscheinungen sich zeigen, wenn sich Wellen überlagern, die von zwei verschiedenen Erregern der gleichen Frequenz hervorgerufen werden. Derartige Erscheinungen, die für jede Art von Wellen charakteristisch sind, bezeichnet man als *Interferenz.*

Unter der Interferenz von Wellen versteht man die Überlagerung zweier oder mehrerer Wellen an der gleichen Stelle des Raumes.

Die Interferenzerscheinungen lassen sich besonders anschaulich bei Wasserwellen zeigen.

Versuch 224.1 An dem in Abb. 215.2 dargestellten Wellenerreger werden zwei gleiche Tupfer befestigt, so daß bei der Auf- und Abbewegung gleichzeitig zwei Systeme von Kreiswellen entstehen.

Die sich in konzentrischen Kreisen ausbreitenden Wellensysteme überlagern sich in der Weise, wie dies Abb. 224.1 zeigt. Manche Wasserteilchen werden zu stärkeren Schwingungen angeregt, andere bleiben dagegen vollständig in Ruhe. Bevor wir uns aber mit einer genaueren Auswertung dieses Versuches beschäftigen, wollen wir das Prinzip schildern, das allen folgenden Überlegungen zugrunde liegt.

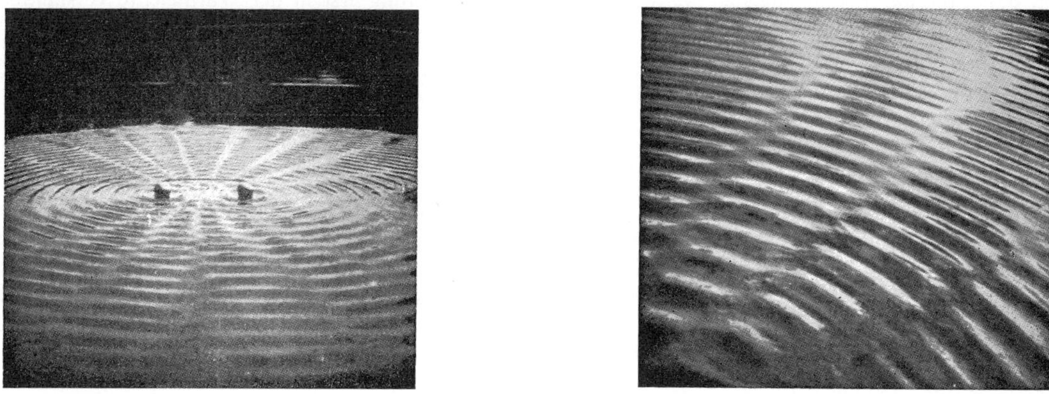

Abb. 224.1 Die Interferenz von Wasserwellen

Für den Fall, daß wir es mit *zwei eindimensionalen Wellen* von gleicher Ausbreitungs- und Schwingungsrichtung zu tun haben, wie man sie z.B. auf einem Seil erzeugen kann, läßt sich die aus der Überlagerung der beiden Wellen hervorgehende resultierende Welle leicht zeichnerisch ermitteln. Die Elongation der resultierenden Welle R ist für jeden Punkt gleich der algebraischen Summe der Elongationen der einzelnen Wellen A und B (Abb. 225.1). Im allgemeinen weist die dabei entstehende Welle keinen sinusförmigen Verlauf mehr auf. Nur wenn die beiden sich überlagernden sinusförmigen Wellen A und B die gleiche Wellenlänge und damit auch die gleiche Schwingungsdauer und Frequenz haben, setzen sie sich wieder zu einer sinusförmigen Welle R zusammen (Abb. 225.1 a).

Wir untersuchen im folgenden einige besonders wichtige *Spezialfälle der Interferenz.* Die sich überlagernden eindimensionalen Wellen sollen neben der *gleichen Ausbreitungs- und Schwingungsrichtung die gleiche Wellenlänge* und einen *ganz bestimmten Gangunterschied d* haben.

Unter dem *Gangunterschied* zweier Wellen gleicher Wellenlänge verstehen wir eine Strecke, um die man die eine Welle verschieben muß, damit gleichartige Schwingungszustände (z.B. die Stellen maximaler positiver Elongation) der beiden Wellen zur Deckung kommen.

Abb. 225.1 Die Überlagerung von zwei oder mehreren Wellen *A*, *B*, *C* zu einer resultierenden Welle *R*
a) Die Ausgangswellen *A* und *B* haben die gleiche Wellenlänge.
b) Die Ausgangswellen *A* und *B* haben verschiedene Wellenlängen.
c) Die drei Ausgangswellen *A*, *B* und *C* haben verschiedene Wellenlängen.

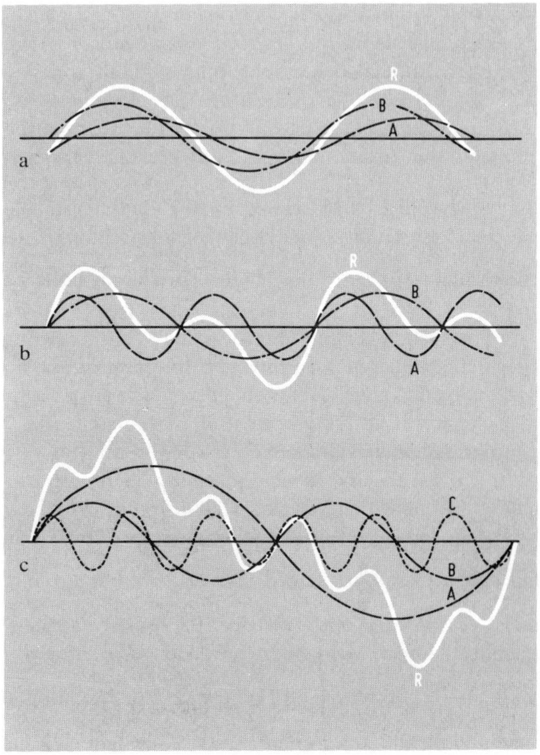

In bezug auf den *Gangunterschied der interferierenden Wellen* sind zwei Fälle besonders wichtig:

1. Der Gangunterschied ist ein geradzahliges Vielfaches von $\frac{\lambda}{2}$, *d.h., er beträgt*

$$0 \cdot \frac{\lambda}{2}, \quad 2 \cdot \frac{\lambda}{2}, \quad 4 \cdot \frac{\lambda}{2}, \quad \ldots, \quad 2n \cdot \frac{\lambda}{2}.$$

In Abb. 225.2 sind zwei solche Wellen (*A* und *B*) gezeichnet. Man erkennt, daß die resultierende Welle *R* in diesem Falle die größtmögliche Amplitude hat, die durch Überlagerung der vorliegenden Ausgangswellen überhaupt entstehen kann.

Die Amplitude der resultierenden Welle ist gleich der Summe der Amplituden der Ausgangswellen.

Da die Energie einer solchen Schwingung dem Quadrat ihrer Amplitude proportional ist (vgl. S. 201), findet in diesem Falle *ein maximaler Energietransport* statt.

2. Der Gangunterschied ist ein ungeradzahliges Vielfaches von $\frac{\lambda}{2}$, *d.h., er beträgt*

$$1 \cdot \frac{\lambda}{2}, \quad 3 \cdot \frac{\lambda}{2}, \quad 5 \cdot \frac{\lambda}{2}, \quad \ldots, \quad (2n-1) \cdot \frac{\lambda}{2}.$$

In Abb. 225.3 sind zwei solche Wellen (*A* und *B*) gezeichnet. Man erkennt, daß die Amplitude der resultierenden Welle *R* den kleinsten Wert hat, der durch Überlagerung der beiden Wellen überhaupt entstehen kann.

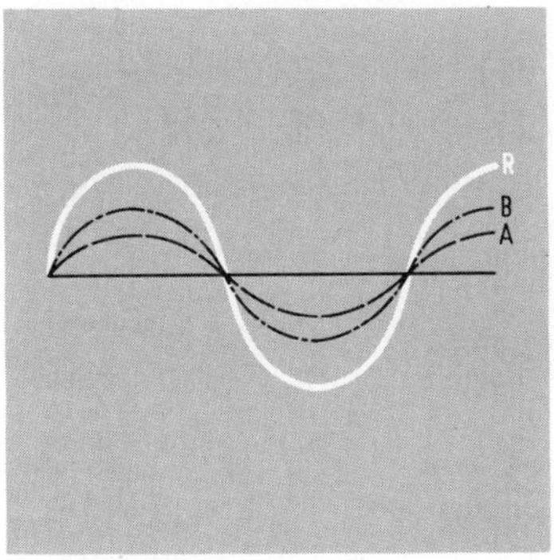

Abb. 225.2
Die Überlagerung von zwei eindimensionalen Wellen mit der gleichen Wellenlänge und einem Gangunterschied von $2n \cdot \frac{\lambda}{2}$

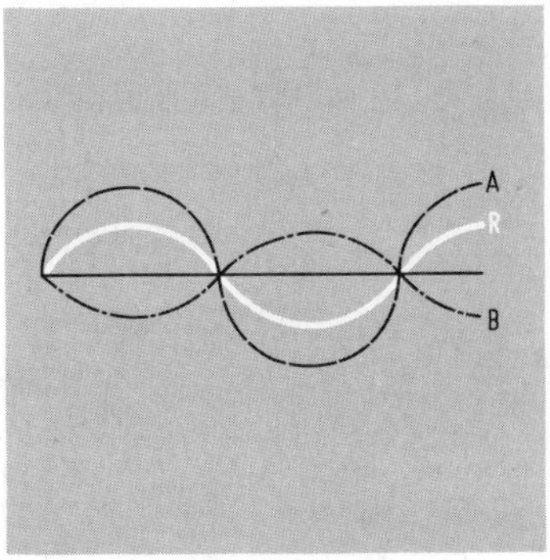

Abb. 225.3
Die Überlagerung von zwei eindimensionalen Wellen mit der gleichen Wellenlänge und einem Gangunterschied von $(2n-1) \cdot \frac{\lambda}{2}$

Die Amplitude der resultierenden Welle ist gleich der Differenz der Amplituden der Ausgangswellen. Der Energietransport ist in diesem Falle ein Minimum.

Dieser zuletzt behandelte Fall ist dann von besonderem Interesse, wenn die beiden sich überlagernden Wellen *auch noch in der Amplitude übereinstimmen* (Abb. 226.1). *Sie heben sich dann an jeder Stelle des Raumes vollständig auf.* Da dieser Fall uns später noch häufiger beschäftigen wird, stellen wir noch einmal die Bedingungen dafür zusammen, daß zwei Wellen sich bei einer Überlagerung vollständig auslöschen:

Eine völlige Auslöschung zweier eindimensionaler Wellen tritt dann und nur dann ein, wenn die Wellen gleiche Ausbreitungs- und Schwingungsrichtung, gleiche Wellenlänge, gleiche Amplitude und einen Gangunterschied von $(2n-1)\cdot\frac{\lambda}{2}$ haben. In diesem Falle kann kein Energietransport stattfinden.

Die soeben bei eindimensionalen Wellen gewonnenen Erkenntnisse geben uns nun auch die Möglichkeit zu einer genaueren Deutung der Interferenz bei Wasserwellen, wie sie in Versuch 224.1 auftrat. Dadurch, daß die beiden gleichgebauten Tupfer sich am selben Hebel befinden, erreichen wir, daß die Erregungszentren in gleicher Phase schwingen und die entstehenden Wasserwellen die gleiche Wellenlänge und die gleiche Amplitude haben. Zum besseren Verständnis der Vorgänge stellen wir den Interferenzvorgang von Abb. 224.1 noch einmal in einer schematischen Zeichnung dar (Abb. 226.2). Die von den beiden Eintauchstellen A_1 und A_2 ausgehenden Wellensysteme sind konzentrische Kreise. Die Wellenberge sind durch dick ausgezogene Kreise und die Wellentäler durch dünne Kreise dargestellt. An allen Punkten, an denen sich zwei Wellen mit einem Gangunterschied von $2n\cdot\frac{\lambda}{2}$ überlagern, tritt nach den vorhergehenden Überlegungen eine maximale Verstärkung ein; dies ist z.B. überall da der Fall, wo sich zwei dick gezeichnete oder zwei dünn gezeichnete Kreise schneiden. An den Stellen, an denen sich Wellen mit einem Gangunterschied von $(2n-1)\cdot\frac{\lambda}{2}$ überlagern, tritt dagegen Auslöschung ein; dies ist u.a. dort der Fall, wo ein Wellenberg mit einem Wellental zusammentrifft, wo sich in der Zeichnung also ein dicker und ein dünner Kreis schneiden. Die Punkte maximaler Verstärkung sind in der Zeichnung durch dicke weiße Kurven und die Punkte der Auslöschung durch dünne weiße Kurven verbunden. So findet maximale Verstärkung für alle Punkte der Mittelsenkrechten auf der Strecke A_1A_2 statt. Die übrigen Kurven stellen *Hyperbeln* dar, deren Brennpunkte die Erregungszentren der Wellen sind.

Wenn wir die hier bei Wasserwellen gefundenen Ergebnisse auf den Raum übertragen wollen, so ist zu beachten, daß die Wellensysteme dort konzentrische Kugeln darstellen. Um das räumliche Bild zu erhalten, müßte man Abb. 226.2 um die Verbindungslinie A_1A_2 rotieren lassen.

Im Laufe der Zeit werden wir uns mit den Interferenzerscheinungen noch oft beschäftigen. Wir stellen hier zunächst abschließend fest:

Interferenzerscheinungen spielen in der Physik eine wichtige Rolle. Sie sind für Wellen charakteristisch, können dagegen bei bewegten Teilchen nicht auftreten. Der Nachweis von Interferenzerscheinungen bei einem neuen physikalischen Phänomen zwingt deshalb den Physiker dazu, dieses als Wellenerscheinung aufzufassen und zu beschreiben.

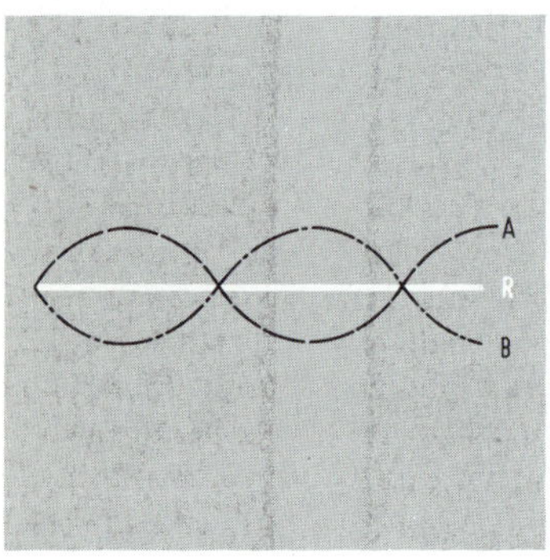

Abb. 226.1
Die Überlagerung von zwei eindimensionalen Wellen mit der gleichen Wellenlänge, der gleichen Amplitude und einem Gangunterschied von $(2n-1)\cdot\frac{\lambda}{2}$

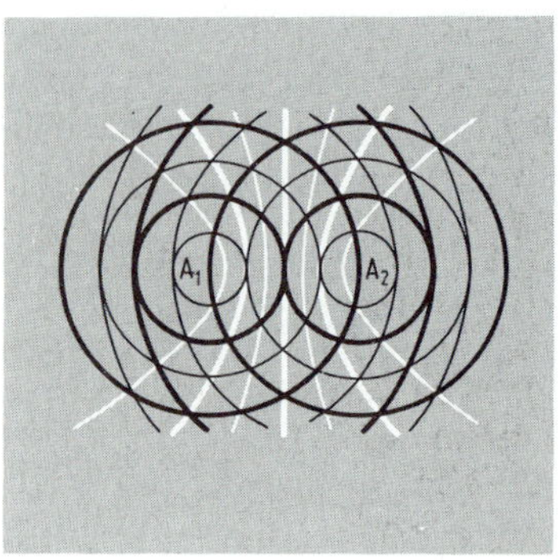

Abb. 226.2
Schematische Darstellung der Interferenzerscheinungen bei kreisförmigen Wasserwellen

So wußte man z. B. bei der Entdeckung der RÖNTGEN-Strahlen noch nicht, ob es sich bei diesen Strahlen um Teilchen oder um Wellen handelt; erst die Feststellung von Interferenzerscheinungen lieferte im Jahre 1912 den Beweis, daß die RÖNTGEN-Strahlen als Wellenerscheinung beschrieben werden können, nachdem 1905 die Entdeckung der Polarisation der RÖNTGEN-Strahlen einen ersten Hinweis hierauf gegeben hatte.

2.9.11 Die stehenden Wellen

Eine weitere wichtige Interferenzerscheinung tritt auf, wenn *zwei Wellen* mit der gleichen Schwingungsrichtung, der gleichen Wellenlänge und der gleichen Amplitude *einander entgegenlaufen.* Die sich dabei abspielenden Vorgänge sind in Abb. 227.1 dargestellt. Man erkennt, daß bei der Überlagerung in gewissen Punkten K_1, K_2, K_3, K_4, die man *Knotenpunkte* nennt, die Teilchen immer in Ruhe bleiben, daß dagegen in den in der Mitte zwischen zwei Knoten liegenden Punkten, die als *Schwingungsbäuche* bezeichnet werden, die Teilchen die größte Schwingungsweite besitzen. Der sich auf diese Weise ergebende Wellenzug heißt *stehende Welle*, weil er nicht mit der Zeit fortschreitet. Die Wellenlänge der stehenden Welle stimmt mit derjenigen der Ausgangswellen überein.

Die stehenden Wellen haben folgende Eigenschaften, durch die sie sich von den fortschreitenden Wellen unterscheiden:

1. Alle Teilchen gehen bei einer stehenden Welle gleichzeitig durch die Gleichgewichtslage und erreichen gleichzeitig ihren größten Ausschlag (Abb. 227.2b).

2. Die Amplituden der einzelnen Teilchen sind verschieden; sie sind für die Schwingungsbäuche am größten und für die Knotenpunkte Null.

Abb. 227.1 Die Entstehung stehender Wellen

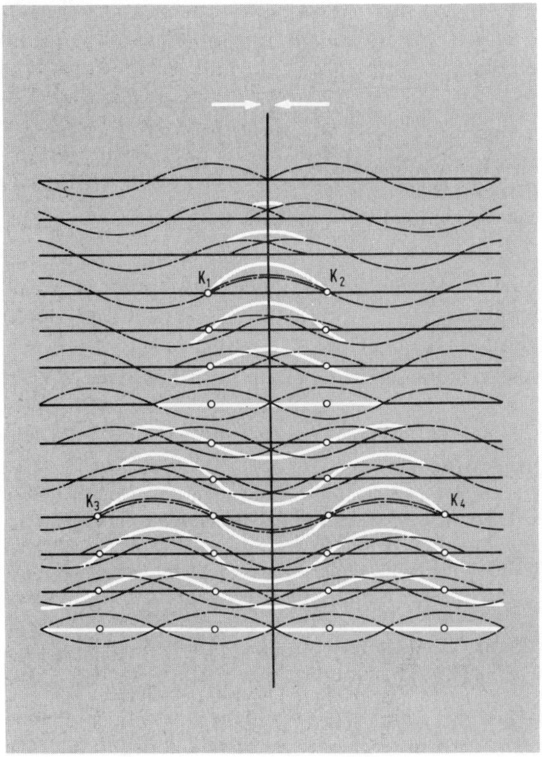

Abb. 227.2 Der Unterschied zwischen einer fortschreitenden und einer stehenden Welle.

a) Bei der fortschreitenden Welle gehen die Teilchen *nacheinander* durch die Gleichgewichtslage und erreichen *nacheinander* ihre maximale Elongation.

b) Bei der stehenden Welle gehen alle Teilchen *gleichzeitig* durch die Gleichgewichtslage und erreichen *gleichzeitig* ihre maximale Elongation.

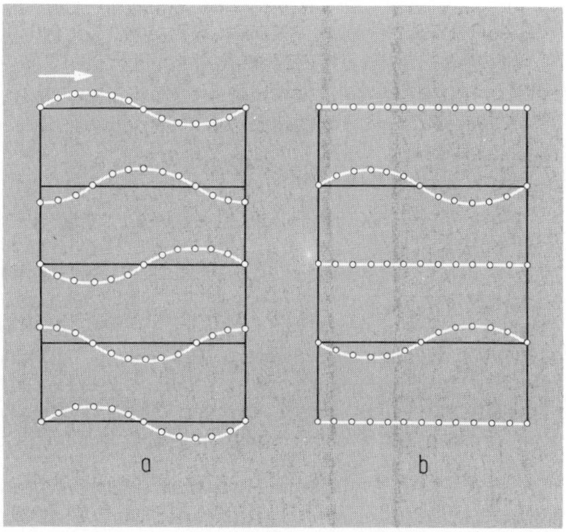

Die stehenden Wellen sind deshalb von Bedeutung, weil mit ihrer Hilfe Messungen von Wellenlängen durchgeführt werden können. Dabei ist zu beachten:

Der Abstand zweier aufeinanderfolgender Schwingungsknoten oder -bäuche ist bei einer stehenden Welle stets gleich der halben Wellenlänge der interferierenden Wellen.

Um *stehende Wellen experimentell zu erzeugen*, läßt man zweckmäßig eine fortschreitende Welle an einem Hindernis so reflektieren, daß sie in entgegengesetzter Richtung zurückläuft.

Versuch 228.1 Ein Ende eines fingerdicken Perlonseiles wird an der Wand befestigt; das andere Ende wird in der Hand gehalten. Nachdem das Seil durch Zug gespannt ist, erregt man durch einen kurzen Ruck eine Ausbuchtung nach unten (Abb. 228.1).

In einem weiteren Versuch erregen wir eine Ausbuchtung nach oben.

In beiden Fällen läuft die Ausbuchtung längs des Seiles von der Hand zur Wand. An der Wand wird sie zurückgeworfen, und zwar kehrt ein ankommendes Wellen*tal* als Wellen*berg* und ein ankommender Wellen*berg* als Wellen*tal* zur Hand zurück.

Versuch 228.2 Zwischen dem Seilende und der Wand wird ein etwa 1 m langer Bindfaden befestigt (Abb. 228.2). Dann wird Versuch 228.1 wiederholt.

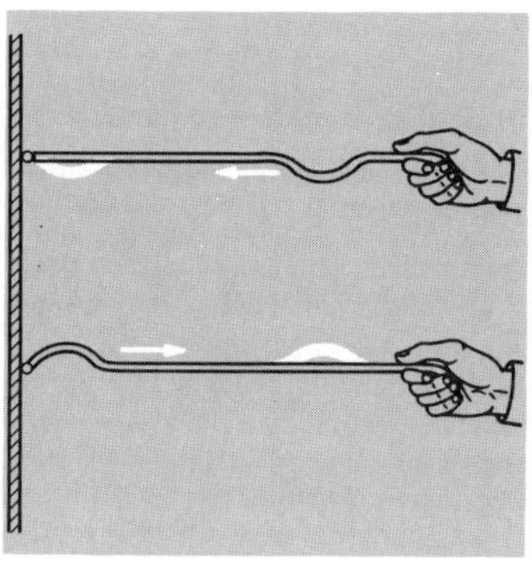

Abb. 228.1
Die Reflexion
einer Transversalwelle
an einer festen Wand

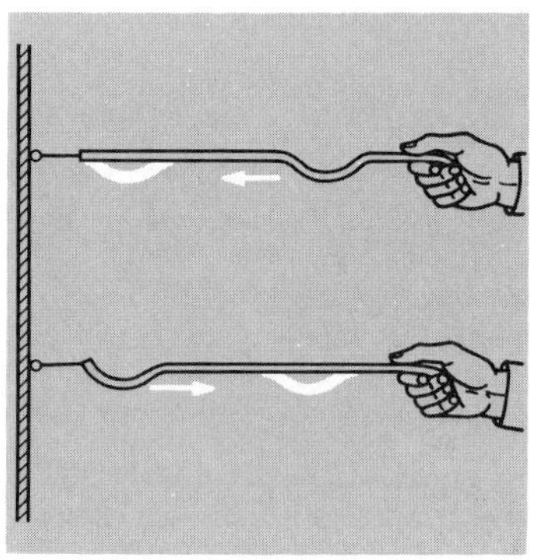

Abb. 228.2
Die Reflexion
einer Transversalwelle
an einem freien Ende

In diesem Falle kommt ein Wellen*tal* als Wellen*tal* und ein Wellen*berg* als Wellen*berg* zurück.

Wir fassen die Ergebnisse der beiden Versuche zusammen:

Eine Welle wird an einem festen Ende mit entgegengesetzter Phase und an einem losen Ende mit gleicher Phase reflektiert.

Diese Vorgänge lassen sich in folgender Weise verständlich machen:

Im ersten Falle kann das an der Wand befestigte Teilchen des Seiles an der Schwingung nicht teilnehmen. Daher kann das vorletzte Teilchen seine Geschwindigkeit nicht an das letzte weitergeben; es prallt vielmehr wie eine elastische Kugel an einer festen Wand zurück und erhält wie diese einen Bewegungsantrieb in der entgegengesetzten Richtung. Dieser wird dann an die übrigen Teilchen weitergegeben, so daß ein Wellental als Wellenberg zurückläuft und umgekehrt.

Wenn dagegen das Seilende frei beweglich ist, so kann das letzte Teilchen die ihm von dem vorhergehenden Teilchen aufgezwungene Schwingung voll ausführen. Nur ein kleiner Teil der Bewegungsenergie wird an den Bindfaden abgegeben. Es ist also so, als ob diesem Ende die gleiche ruckartige Ausbuchtung erteilt worden wäre wie zu Beginn des Versuches dem anderen Ende. Diese Ausbuchtung läuft nun in entegegengesetzter Richtung zurück.

Erzeugt man nun durch *anhaltendes periodisches Auf- und Abwärtsbewegen* der Hand eine fortschreitende Welle, so wird diese in der angegebenen Weise reflektiert. Die ursprünglich erzeugte und die reflektierte Welle

Abb. 229.1 Die Entstehung stehender Wellen
a) bei der Reflexion an einer festen Wand
b) bei der Reflexion an einem freien Ende

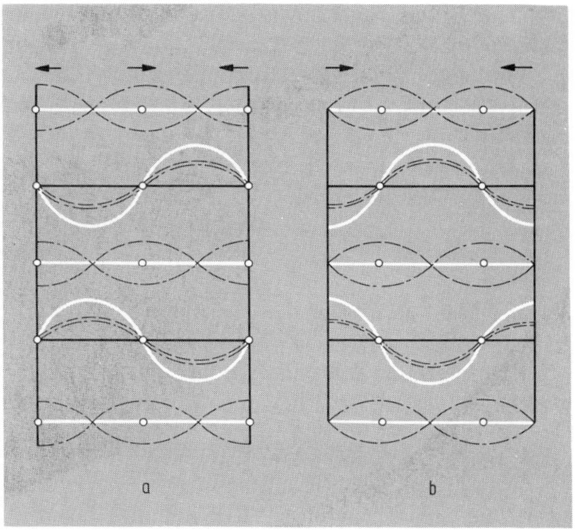

haben nun die für das Zustandekommen stehender Wellen notwendigen Eigenschaften. Wie man aus Abb. 229.1 ersieht, entstehen bei der

Reflexion am festen Ende

Knoten in den Abständen

$0 \cdot \frac{\lambda}{4}$ (d.h., am festen Ende selbst), $2 \cdot \frac{\lambda}{4}$, $4 \cdot \frac{\lambda}{4}$, $6 \cdot \frac{\lambda}{4}$, $\ldots$, $2n \cdot \frac{\lambda}{4}$

Reflexion am losen Ende

Knoten in den Abständen

$1 \cdot \frac{\lambda}{4}$, $3 \cdot \frac{\lambda}{4}$, $5 \cdot \frac{\lambda}{4}$, $\ldots$, $(2n-1) \cdot \frac{\lambda}{4}$.

Um im Experiment gut ausgebildete stehende Wellen zu erhalten, muß die Frequenz der Wellenerregung der Länge des benutzten Seiles und der dafür geltenden Ausbreitungsgeschwindigkeit der Wellenbewegung in der Weise angepaßt sein, daß bei der Reflexion am festen Ende auf der ganzen Seillänge genau ein gerades Vielfaches einer Viertelwellenlänge und bei der Reflexion am losen Ende ein ungerades Vielfaches einer Viertelwellenlänge Platz hat.

Versuch 229.1 Eine elastische Schnur ist an ihren Enden ortsfest angebunden. Ihre Spannung ist veränderbar. Sie ist über einen Exzenter gelegt, der auf einer Motorachse befestigt ist. Die Frequenz, mit der der Motor rotiert, und die Federspannung werden so eingestellt, daß sich längs der Schnur stehende Wellen bilden (Abb. 229.2).

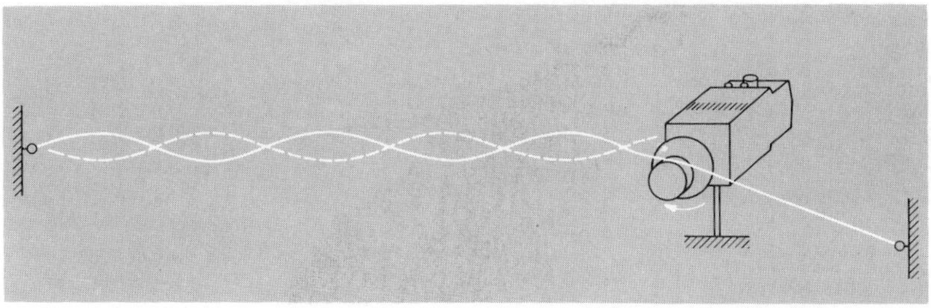

Abb. 229.2
Die Erzeugung
stehender Transversalwellen
längs einer Schnur

Die bisher für Transversalwellen durchgeführten Versuche und Überlegungen lassen sich auch auf *Longitudinalwellen* übertragen. Hierbei zeigt sich aber, daß bei der *Reflexion am festen Ende* Verdichtungen als Verdichtungen und Verdünnungen als Verdünnungen reflektiert werden, so daß also *keine Phasenumkehr* erfolgt. Bei der *Reflexion am losen Ende* kehrt dagegen eine Verdichtung als Verdünnung zurück und umgekehrt; hier findet also *eine Phasenumkehr* statt. Auf einen experimentellen Nachweis und eine Begründung dieser Erscheinungen gehen wir hier nicht näher ein. Stehende longitudinale Wellen werden wir später beim Schall noch näher kennenlernen.

2.9.12 Die Polarisation der Transversalwellen

Im folgenden soll ein wichtiger *Unterschied zwischen den Longitudinalwellen und den Transversalwellen* untersucht werden. Wir beginnen mit einem Versuch.

Versuch 230.1 Zwischen zwei festen Punkten P und Q wird nach Abb. 230.1 eine Schraubenfeder ausgespannt und durch zwei verschieden orientierte Spalte S_1 und S_2 geführt. Dann werden an der Stelle P mit der Hand kurze, longitudinale Wellenzüge erzeugt.

Die Beobachtung zeigt, daß die Wellenzüge ungehindert durch die Spalte hindurchgehen. Daran ändert sich auch nichts, wenn man die Spalte in eine andere Stellung senkrecht zur Ausbreitungsrichtung der Welle bringt.

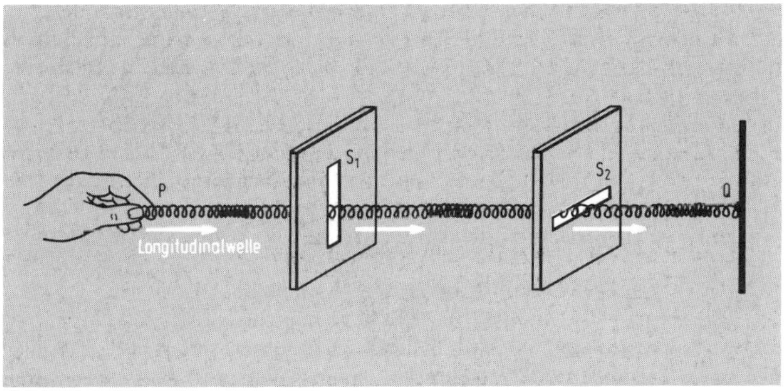

Abb. 230.1
Die Ausbreitung von Longitudinalwellen durch Spalte mit verschiedenen Orientierungen

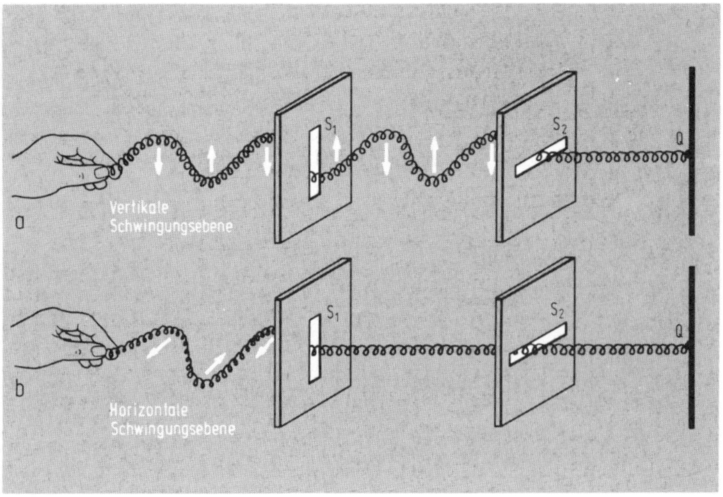

Abb. 230.2
Die Ausbreitung von Transversalwellen durch Spalte mit verschiedenen Orientierungen

Versuch 231.1 Die bei dem vorhergehenden Versuch verwendete Anordnung wird insofern verändert, als die Befestigung der Schraubenfeder bei P gelöst wird. Dann werden nach Abb. 230.2 nacheinander kurze, transversale Wellenzüge erzeugt, indem man die Hand

a) in einer vertikalen Ebene und
b) in einer horizontalen Ebene bewegt.

Der Versuch zeigt:

Wenn die Schwingung in der Spaltrichtung erfolgt, so geht die Transversalwelle ungehindert durch den Spalt hindurch. Erfolgt die Schwingung dagegen senkrecht zur Spaltrichtung, so bleibt das Seil hinter dem Spalt in Ruhe, d.h., die Welle geht nicht durch den Spalt hindurch.

Versuch 231.2 Der vorhergehende Versuch wird abgewandelt wiederholt, indem man kurze Wellenzüge in irgendwelchen Richtungen erzeugt.

Bei diesem Versuch zeigt sich, daß die Welle den ersten Spalt S_1 mit verringerter oder unveränderter Amplitude passiert, vorausgesetzt, daß die auf den Spalt treffenden Schwingungen nicht gerade senkrecht zum Spalt verlaufen. Der hindurchgegangene Anteil schwingt dann in Spaltrichtung. Dieser hindurchgegangene Anteil wird von dem Spalt S_2 vollständig zurückgehalten, da S_2 senkrecht zur Schwingungsrichtung steht.

Die Versuche zeigen, daß sich die *Longitudinalwellen und die Transversalwellen gegenüber einem Spalt verschieden verhalten.* Die Beobachtungen lassen sich kurz beschreiben, wenn man den Begriff der *Schwingungsebene* verwendet. Wir setzen fest:

Unter der Schwingungsebene einer Transversalwelle versteht man die durch die Ausbreitungsrichtung und die Schwingungsrichtung der Teilchen festgelegte Ebene.

Der Unterschied zwischen den Longitudinalwellen und den Transversalwellen kann dann folgendermaßen ausgesprochen werden:

Während die Longitudinalwellen jeden Spalt ungehindert passieren, wird eine Transversalwelle je nach ihrer Schwingungsebene unverändert, mit verringerter Amplitude oder gar nicht durchgelassen.

Bei den Transversalwellen spielt also neben der Ausbreitungsrichtung eine weitere Richtung eine Rolle, die durch die Schwingungsebene charakterisiert werden kann. Bei den Longitudinalwellen hat der Begriff der Schwingungsebene keinen Sinn. Grundsätzlich gibt es bei Transversalwellen unter den unendlich vielen möglichen Schwingungsebenen keine bevorzugte Richtung (Abb. 231.1). Ein Gemisch von Transversalwellen unterschiedlicher Schwingungsebenen kann jedoch in eine Transversalwelle mit einer festliegenden Schwingungsebene umgewandelt werden. Man spricht dann von einer *linear polarisierten Welle*. Die Umwandlung einer unpolarisierten Welle in eine polarisierte Welle wird als *Polarisation* bezeichnet. Das zur Herstellung von polarisierten Wellen dienende Gerät, das in unserem Falle ein Spalt war, das aber – wie sich später zeigen wird – auch anders beschaffen sein kann, heißt *Polarisator*. Wir werden in der Optik analoge Erscheinungen kennenlernen, die uns veranlassen, die Lichtwellen als Transversalwellen zu bezeichnen. Wir kommen darauf bei der Behandlung der Optik genauer zurück.

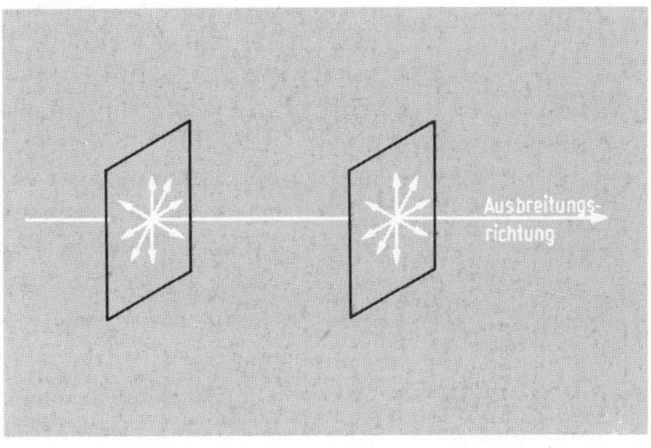

Abb. 231.1
Die möglichen Schwingungsrichtungen von Transversalwellen gleicher Ausbreitungsrichtung

Die bisherigen Feststellungen lassen sich folgendermaßen zusammenfassen:

Eine Transversalwelle heißt linear polarisiert, wenn sie eine festliegende Schwingungsebene hat.
Es ist ein charakteristisches Merkmal für Transversalwellen, daß sie linear polarisiert werden können. Bei Longitudinalwellen gibt es keine Polarisation.

Wenn daher bei einem unbekannten Wellenvorgang Polarisationserscheinungen festgestellt werden, wenn man also experimentell eine ausgezeichnete Richtung senkrecht zur Ausbreitungsrichtung nachweisen kann, so muß man hieraus schließen, daß es sich um Transversalwellen handelt. Später wird sich zeigen, daß bei den Lichtwellen auf diese Weise entschieden wurde, daß wir es hier mit Transversalwellen zu tun haben.

Bei den oben verwendeten Wellen einer Schraubenfeder konnte man unmittelbar feststellen, ob sie polarisiert sind oder nicht. In anderen Fällen, z.B. bei den Lichtwellen, ist dies nicht so einfach möglich. Man muß dann von der Tatsache Gebrauch machen, daß eine durch ein optisches Polarisationsfilter polarisierte Welle nur dann durch ein zweites gleichartiges Filter ungeschwächt hindurchgeht, wenn dieses zum ersten parallel steht. Ein solches zum Nachweis des Polarisationszustandes dienendes Gerät wird als *Analysator* bezeichnet. Spalte sind als Polarisator und Analysator für Lichtwellen nicht brauchbar, weil Lichtwellen keine mechanischen Wellen sind. Wir kommen in der Optik genauer darauf zurück.

2.9.13 Das Huygens-Prinzip

Bei der Erzeugung von Wasserwellen haben wir gesehen, daß sich die Bewegung vom Erregungszentrum aus auf der Wasseroberfläche nach allen möglichen Richtungen ausbreitet. Alle von der Wellenbewegung erfaßten Teilchen, die sich in der gleichen Phase befinden, liegen auf einem Kreise mit dem Erregungszentrum als Mittelpunkt. Wir nennen diese Wellen deshalb *Kreiswellen.* Die vom Erregungszentrum ausgehenden Strahlen heißen *Wellenstrahlen.*

Wenn das Erregungszentrum *im Innern* von festen, flüssigen oder gasförmigen Körpern liegt, die nach allen Richtungen die gleiche Beschaffenheit haben, die also *isotrop* sind, so liegen die von der Wellenbewegung erfaßten Teilchen mit gleicher Phase auf einer Kugelfläche. Wir nennen diese Wellen deshalb *Kugelwellen.* Die Flächen gleicher Phase heißen *Wellenflächen* oder *Wellenfronten.* Die vom Mittelpunkt ausgehenden Radien, die gleichzeitig die Ausbreitungsrichtung der Wellenflächen angeben, heißen *Wellenstrahlen.*

Ist das Erregungszentrum sehr weit entfernt, so kann ein nicht zu großes Stück einer Kugelwelle als eben betrachtet werden. Man spricht dann von *ebenen Wellen.*

Die Grundlagen für eine theoretische Untersuchung der Wellenausbreitung wurden von CHR. HUYGENS (1629 – 1695) in seinem 1690 erschienenen kleinen Buch *Traité de la Lumière* entwickelt. Dieses Buch ist eines der schönsten Bücher der ganzen klassischen Physik und behandelt die Wellenlehre in einer auch gegenwärtig in vieler Hinsicht noch mustergültigen Form. In diesem Buche findet sich der folgende, heute als HUYGENS-*Prinzip* bezeichnete Satz:

Jeder Punkt einer Wellenfläche kann als Ausgangspunkt einer neuen Welle (einer sog. Elementarwelle) betrachtet werden, die sich im gleichen Medium mit der gleichen Geschwindigkeit wie die ursprüngliche Welle ausbreitet. Dabei können die Elementarwellen auch in ein anderes Medium mit einer anderen Ausbreitungsgeschwindigkeit übergehen. Die sich weiter ausbreitende Wellenfront ergibt sich als äußere Einhüllende der Elementarwellen.

Wir erläutern dieses Prinzip an Hand einer Zeichnung (Abb. 232.1), die sich schon in dem genannten Werk von HUYGENS findet. Der Punkt Q sei das Erregungszentrum der Wellenbewegung und AB ein Stück der von ihm ausgegangenen Kreiswelle. Die kleinen Kreisbögen stellen Elementarwellen dar, deren Mittelpunkte auf AB liegen. Ihre Einhüllende CD ist dann die um ein Stück weiter nach außen fortgeschrittene Hauptwelle.

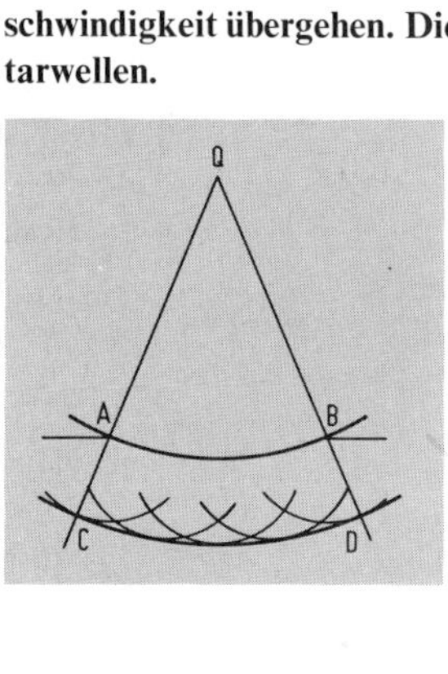

Abb. 232.1
Die Enstehung der Elementarwellen nach CHR. HUYGENS, *Traité de la Lumière* (1690)

Man kann die Tatsache, daß jeder von einer Wellenbewegung erfaßte Punkt selbst Ausgangspunkt einer neuen Elementarwelle wird, auch durch Versuche veranschaulichen.

Versuch 233.1 In die Wanne des in Abb. 215.2 dargestellten Gerätes zur Erzeugung von Wasserwellen bringen wir nach Abb. 233.1 eine feste Wand mit einem schmalen Spalt. An die Stelle des früher benutzten Tupfers setzen wir einen geradlinigen Metallstreifen, der parallel zu der Wand in regelmäßigem Rhythmus in das Wasser eintaucht.

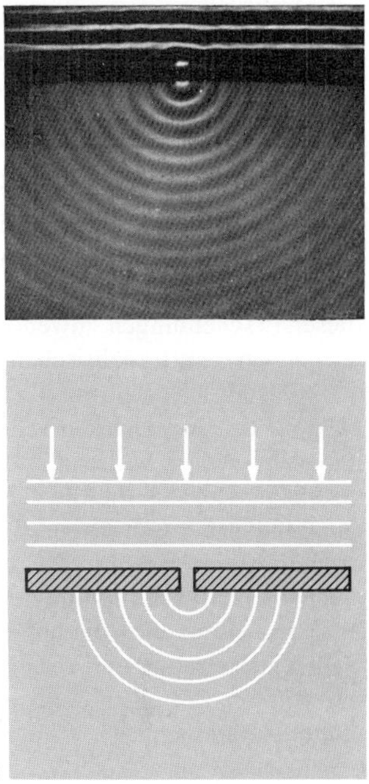

a

b

Abb. 233.1 Ein von einer Wellenbewegung erfaßtes Wasserteilchen wird zum Ausgangspunkt einer neuen Kreiswelle.

a) Versuch mit Wasserwellen

b) Schematische Darstellung

Es werden auf diese Weise Wasserwellen mit geradlinigen, zu der festen Wand parallelen Fronten erzeugt. Durch Interferenz der auf die Wand auftreffenden und der reflektierten Wellen entstehen die schon bekannten, in diesem Zusammenhang aber nicht interessierenden stehenden Wellen.

Hier kommt es vielmehr auf die Feststellung an, daß sich auf der anderen Seite der Wand von der Öffnung aus eine Kreiswelle ausbreitet. Die im Spalt befindlichen Wasserteilchen sind von der auftreffenden Welle erfaßt worden und damit zum Ausgangspunkt einer neuen, kreisförmigen Welle geworden. Zu dem als punktförmig gedachten Loch gehört dann die *Elementarwelle.* Sie ist ein *Modell*; niemand hat jemals eine Elementarwelle gesehen. Man kann nur Kreiswellen mit einem ausgedehnten Zentrum erzeugen und beobachten.

Noch deutlicher zeigt sich die Effektivität der HUYGENSschen Vorstellung in einem der Akustik entnommenen Versuch, dessen Ergebnisse hier im Bilde (Abb. 233.2) wiedergegeben werden sollen. In der Mitte befindet sich als Erregungszentrum eine Schallquelle; die Schallwellen sind nach einer Schlierenmethode sichtbar gemacht worden. Nach der rechten Seite können sich die Wellen ungehindert ausbreiten; links treffen sie dagegen auf einen mehrfach durchbohrten halbkreisförmigen Metallschirm. Man erkennt, daß von jeder Durchbohrung eine Kugelwelle nach außen ausgeht und daß deren Einhüllende und die ungestörte Welle sich zu einer Vollkugel ergänzen. Das zweite Bild zeigt dieselbe Erscheinung zu einem etwas späteren Zeitpunkt.

Abb. 233.2
Die Entstehung
von Elementarwellen
beim Schall

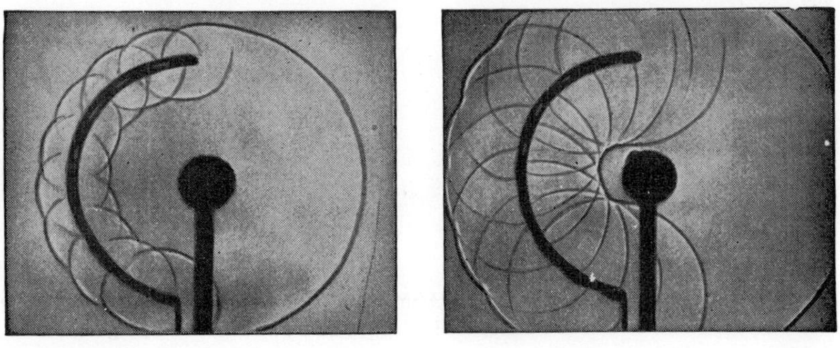

Die Kugelwellen haben sich ausgebreitet, und die Hauptwelle ist ebenfalls weiter nach außen gerückt. Diese Kugelwellen stellen eine gute Näherung an das Modell der Elementarwellen dar.

Bei den Bildern sieht man weitere Kugelwellen, die von den zwischen den Öffnungen stehengebliebenen Metallstegen hervorgerufen werden. Sie breiten sich entsprechend nach innen aus und sind hier ohne Interesse.

Es kann leicht so scheinen, als ob das Problem der Wellenausbreitung durch die Einführung unendlich vieler Elementarwellen an Stelle einer einzigen Welle nur komplizierter gemacht worden wäre. Es wird sich aber im folgenden zeigen, daß dies keineswegs der Fall ist, sondern daß verschiedene Erscheinungen der Wellenausbreitung gerade auf diese Weise besonders einfach verständlich werden. Bevor wir uns der Behandlung dieser Erscheinungen zuwenden, soll aber noch auf einige grundsätzliche Tatsachen hingewiesen werden, die zuerst von dem französischen Physiker A. J. FRESNEL (1788 – 1827) klar erkannt wurden.

Das HUYGENS-Prinzip wurde erst wirklich fruchtbar, als FRESNEL es mit dem Interferenzprinzip in Verbindung brachte. Um den Schwingungszustand in irgendeinem Raumpunkt zu ermitteln, muß man die Summe aller Wirkungen bilden, die dort von der Gesamtheit der Elementarwellen hervorgerufen werden; von dem Grade, in dem sich die Elementarwellen an der betreffenden Stelle durch Interferenz verstärken oder abschwächen, hängt der Schwingungszustand des Punktes ab. FRESNEL hat die Vorgänge rechnerisch untersucht; die umfangreichen Rechnungen können hier aber nicht wiedergegeben werden. Er hat dabei gezeigt, daß erst aus einer solchen Verknüpfung der Elementarwellen und der Interferenz verständlich wird, warum die Einhüllende der Elementarwellen die um ein Stück weiter nach außen fortgeschrittene Hauptwelle ergibt; die Elementarwellen interferieren und vernichten bzw. verstärken sich nämlich nach den Rechnungen FRESNELS in der Weise, daß nur die Einhüllende als neue Wellenfläche übrigbleibt. Ohne Interferenz der Elementarwellen wäre dies nicht verständlich.

2.9.14 Die räumliche Ausbreitung der Wellen

Später wird sich zeigen, daß die Ausbreitung von Lichtwellen wie die Ausbreitung mechanischer Wellen mit Hilfe von Elementarwellen beschrieben werden kann. Wir legen die Lichtwellen deswegen im folgenden als konkretes Beispiel zugrunde.

In M möge sich das Erregungszentrum der Wellenbewegung, z. B. eine punktförmige Lichtquelle, in P ein Gerät zum Nachweis der eintreffenden Welle, z. B. ein Auge, befinden (Abb. 234.1). Die von der Lichtquelle ausgehende Kugelwelle soll zu einer gewissen Zeit die dargestellte Wellenfront SRT erreicht haben. Jeder Punkt dieser Kugelfläche ist dann wieder Ausgangspunkt einer neuen Elementarwelle, die bei ihrer Ausbreitung schließlich in das Auge gelangen muß. Entgegen der Erfahrung, nach der nur Licht aus der Richtung MP ins Auge kommt, müßte dieses hiernach Licht aus den verschiedensten Richtungen erhalten. Die Beseitigung dieses scheinbaren Widerspruches gelingt mit Hilfe des Interferenzprinzips. Die FRESNELschen Rechnungen ergeben nämlich, daß die Wellenwirkung im Punkte P fast ausschließlich von einer gewissen Zone in der Umgebung von R herrührt. Nur die von den Punkten dieser *wirksamen Zone*, deren Radius etwa gleich der benutzten Wellenlänge ist, ausgehenden Elementarwellen liefern bei der Interferenz in P einen merklichen Beitrag zu der dort auftretenden Energie der Welle. Die Elementarwellen, die von Punkten außerhalb dieser Zone kommen,

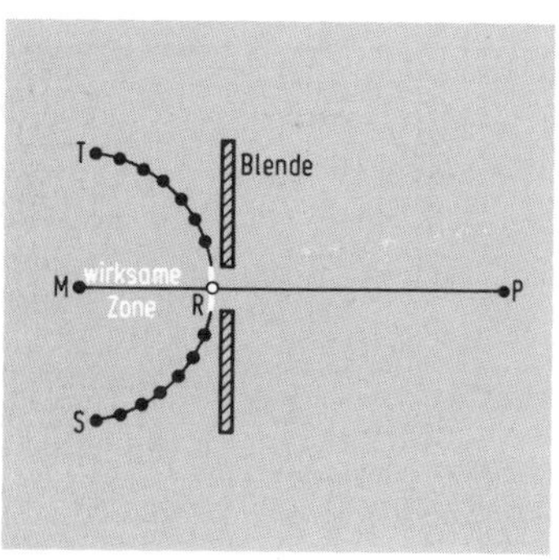

Abb. 234.1
Die Ausbreitung der Wellenbewegung

werden bei der Interferenz so geschwächt, daß sie nichts Wesentliches zu der Energie der Schwingung in P beitragen. Da sich später noch zeigen wird, daß die Wellenlängen des Lichtes im Vergleich zu den übrigen Dimensionen physikalischer Versuchsanordnungen sehr klein sind, gewinnt man den Eindruck, als ob die in P wirksam werdende Energie der Schwingung nur vom Punkte R (genauer von einem sehr kleinen Bereich um R) käme. Dies bedeutet aber, daß die Lichtwellen sich praktisch geradlinig ausbreiten. Es hat daher auch einen Sinn, von *Lichtstrahlen* zu sprechen. Anders liegen die Verhältnisse beim Schall. Hier hat die wirksame Zone wegen der viel größeren Wellenlänge (bei hörbaren Tönen um 1 m) im allgemeinen beträchtliche Ausdehnung im Vergleich mit dem Abstand vom Beobachter, so daß die in P wirksame Energie aus einem großen Bereich stammt. Der Begriff des *Strahles* verliert deshalb beim Schall seinen anschaulichen Sinn.

Da die von Punkten außerhalb der wirksamen Zone ausgehenden Elementarwellen zu der Schwingung in P nichts Wesentliches beitragen, ist es für die Wirkung in P auch bedeutungslos, ob man diese Elementarwellen durch eine in der Umgebung von R angebrachte Blende abschirmt oder nicht; die Blendenöffnung muß nur mindestens so groß sein, daß die aus der wirksamen Zone kommenden Elementarwellen nicht beeinträchtigt werden. Der Radius der Blendenöffnung muß also größer als die benutzte Wellenlänge sein. Unter dieser Voraussetzung wird die geradlinige Ausbreitung der Welle von M nach P durch die Blende nicht wesentlich gestört. Bei den kurzen Wellen des Lichtes kann man daher Blenden von wenigen Millimetern Durchmesser in den Gang der Wellen einschalten und schmale Lichtbündel ausblenden, ohne die geradlinige Ausbreitung zu stören. Beim Schall ist dies nicht möglich; hier machen Öffnungen von der Größe einer Tür die geradlinige Ausbreitung unmöglich.

Besondere Beachtung verlangen in allen Fällen die Randbezirke eines ausgeblendeten Kegels. Wir betrachten etwa den Punkt R_1 (Abb. 235.1). Die von der wirksamen Zone um R_1 ausgehenden Elementarwellen werden durch den Blendenrand teilweise abgeschirmt. Dadurch fällt ein Teil der für eine ungestörte Interferenz in P_1 erforderlichen Elementarwellen aus. Die sich auf diese Weise ergebenden Besonderheiten, die in einer Abweichung der Wellenausbreitung von der Geradlinigkeit bestehen, bezeichnet man als *Beugung*. Ohne auf die theoretischen Zusammenhänge vorerst näher einzugehen, sollen die bei der Beugung auftretenden Erscheinungen durch einige Versuche mit Wasserwellen gezeigt werden.

Versuch 235.1 In den Bereich der nach Abb. 215.2 erzeugten Wasserwellen bringen wir eine mit einer Öffnung versehene feste Wand (Abb. 235.2a).

Ebenso bringen wir in den Bereich der Wellen ein Hindernis (Abb. 235.2b).

In beiden Fällen zeigt sich, daß kein geometrisch scharf begrenzter Schattenraum existiert, sondern daß die Wellen die geometrische Schattengrenze überschreiten. Es handelt sich dabei um die als Beugung bezeichneten Abweichungen von der geradlinigen Ausbreitung. Wenn man bei dem obigen Versuch die Breite der Öffnung und des Hindernisses vergrößert, so werden die Beugungserscheinungen schwächer; scharf begrenzte geometrische Schatten werden dann erkennbar. Es kommt also für das Sichtbarwerden von Beugungserscheinungen

Abb. 235.1 Die Entstehung der Beugung durch das Ausblenden eines Teiles der Elementarwellen

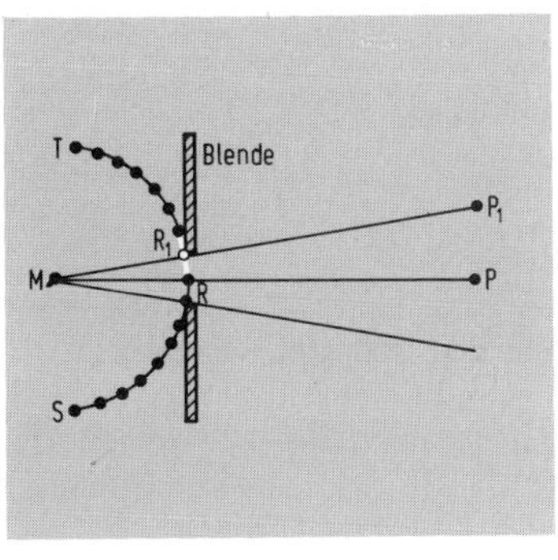

Abb. 235.2 Die Beugung von Wasserwellen, a) an einem Spalt, b) an einem Hindernis

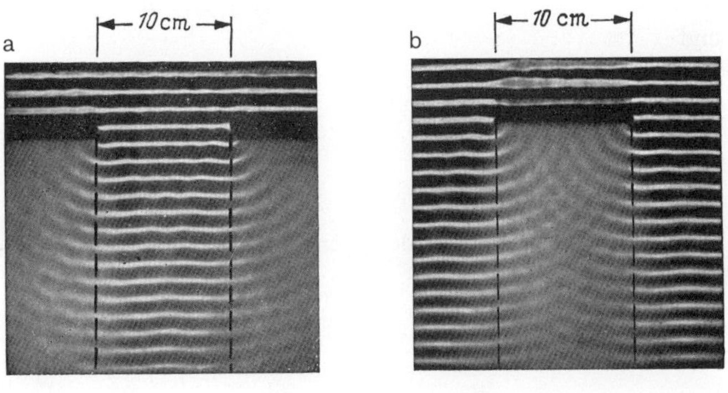

auf das Verhältnis der Wellenlänge zur Größe der Öffnung oder des Hindernisses an. Während die kurzen Lichtwellen bei Öffnungen mit den im täglichen Leben üblichen Dimensionen noch keine Beugung erkennen lassen, sondern scharfe Schatten zeigen, vermögen Schallwellen wegen ihrer größeren Wellenlänge *um die Ecke zu gehen.* Die beim Rundfunk benutzten elektromagnetischen Wellen mit Wellenlängen von mehreren hundert Metern können sich analog zu dieser Erscheinung selbst über hohe Gebirge ausbreiten.

Die Beugungserscheinungen lassen sich also als eine Folge der gestörten Interferenz der HUYGENS-Elementarwellen beschreiben. Wir werden später beim Licht noch einmal auf die Beugungserscheinungen zurückkommen, weil diese bei Lichtwellen von besonderer Bedeutung sind.

2.9.15 Die Reflexion und die Brechung der Wellen

Wir untersuchen nunmehr die Vorgänge, die sich abspielen, wenn eine sich ausbreitende Welle auf die Grenzfläche zweier Medien trifft, in denen die Ausbreitungsgeschwindigkeiten der Wellenbewegung verschieden sind. Das HUYGENS-Prinzip gibt uns die Möglichkeit, die dabei zu erwartenden Erscheinungen vorauszusagen. Wir gehen hier also nicht den induktiven Weg, der zunächst an Hand von Versuchen die Vorgänge untersucht und dann eine theoretische Deutung anschließt, sondern wir ziehen aus dem HUYGENS-Prinzip die sich für die vorliegende Fragestellung ergebenden Folgerungen, d.h., wir sagen gewisse Erscheinungen voraus und prüfen dann nach, ob diese Voraussagen sich wirklich bestätigen (deduktive Methode).

Der Einfachheit halber beschränken wir uns auf *ebene Wellen.* Wenn eine ebene Welle unter irgendeinem Winkel auf die Grenzfläche zweier Medien fällt, so wird jeder Punkt der Grenzfläche nach dem HUYGENS-Prinzip selbst Ausgangspunkt neuer Elementarwellen, die sich nach allen Richtungen ausbreiten. Diese an der Grenzfläche entstehenden Elementarwellen breiten sich daher in beiden Medien aus. Wir betrachten zunächst den Teil, der in *das erste Medium* zurückgeht.

1. Die Reflexion der Wellen

In Abb. 237.1 ist eine ebene Welle $P_1\,Q_1$ dargestellt, die schräg auf die Grenzfläche der beiden Medien I und II fällt; es sind drei parallele Strahlen s_1, s_2, s_3 gezeichnet. Wir betrachten den Zeitpunkt, in dem die Wellenfront im Punkt P_1 die ebene Grenzfläche erreicht. In diesem Augenblick geht von P_1 eine neue Elementarwelle aus, die sich als Kreis um P_1 ausbreitet. Etwas später trifft der zweite Strahl s_2 die Wand in P_2, und noch etwas später kommt der Strahl s_3 in P_3 an. In diesem Augenblick ist der Radius $P_1\,Q_1'$ der von P_1 ausgegangenen Kreiswelle gleich $Q_1\,P_3$. Der Punkt P_2 ist in der Zwischenzeit ebenfalls Ausgangspunkt einer Elementarwelle geworden, die sich um das Stück $P_2\,R_1'$ ausgebreitet hat. Schließlich sind auch von allen Zwischenpunkten Elementarwellen ausgegangen. Die gemeinsame Tangente an alle diese Kreiswellen ist nach dem HUYGENS-Prinzip die Wellenfront der reflektierten Welle; die zur Wellenfront senkrechten Geraden s_1', s_2', s_3' sind die reflektierten Strahlen. Aus Abb. 237.1 erkennt man, daß

$$\triangle P_1\,Q_1\,P_3 \cong \triangle P_1\,Q_1'\,P_3$$

weil

$$P_1\,P_3 \text{ beiden Dreiecken gemeinsam,}$$

$$Q_1\,P_3 = Q_1'\,P_1 \quad \text{(nach Konstruktion)}$$

und

$$\sphericalangle\, P_1\,Q_1\,P_3 = \sphericalangle\, P_1\,Q_1'\,P_3 = 90°$$

ist. Aus der Kongruenz der Dreiecke folgt

$$\sphericalangle\, Q_1\,P_3\,P_1 = \sphericalangle\, Q_1'\,P_1\,P_3\,.$$

Sind L_1 und L_1' Lote auf der Grenzfläche, so gilt für den Einfallswinkel α und den Reflexionswinkel β

$$\alpha = 90° - \sphericalangle\, Q_1\,P_3\,P_1 \quad \text{und} \quad \beta = 90° - \sphericalangle\, Q_1'\,P_1\,P_3\,.$$

Daher folgt weiter

$$\alpha = \beta\,.$$

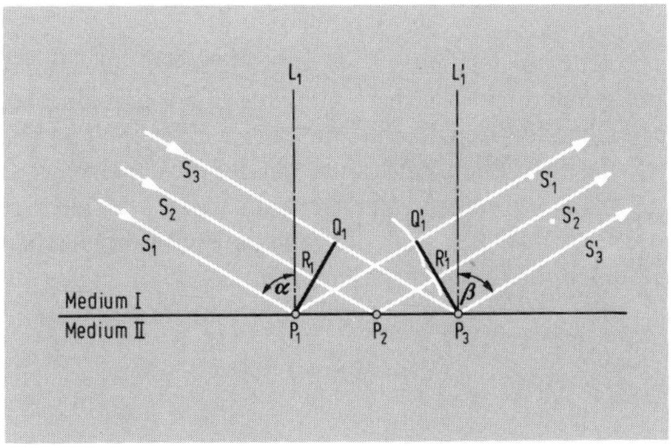

Abb. 237.1 Die Reflexion ebener Wellen an einer ebenen Wand

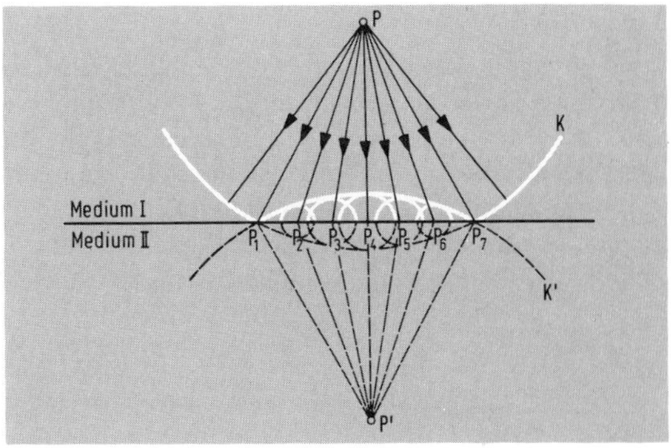

Abb. 237.2 Die Reflexion einer Kreiswelle an einer ebenen Wand

Wir haben also aus dem HUYGENS-Prinzip auf theoretischem Wege das *Reflexionsgesetz* gefunden:

1. Bei der Reflexion einer ebenen Welle an einer ebenen Grenzfläche zweier isotroper Medien ist die reflektierte Welle ebenfalls eine ebene Welle.

2. Der Einfallswinkel und der Reflexionswinkel sind gleich groß.

3. Der einfallende Strahl, der reflektierte Strahl und das zugehörige Einfallslot liegen in einer Ebene.

In Abb. 237.2 ist die aus dem HUYGENS-Prinzip sich ergebende Reflexion einer kreisförmigen Wasserwelle an einer ebenen Wand konstruiert. Daraus ergibt sich:

Eine auf eine ebene Wand fallende kreisförmige Welle wird als Kreiswelle reflektiert, wobei die reflektierte Welle von einem Erregungsort zu kommen scheint, der ebensoweit hinter der Grenzfläche liegt wie der eigentliche Erregungsort vor der Grenzfläche.

Das gefundene Reflexionsgesetz soll nun durch Versuche mit Wasserwellen nachgeprüft werden.

Versuch 237.1 Nach Art von Abb. 215.2 erzeugen wir ebene Wasserwellen und lassen diese so auf ein Hindernis fallen, daß der Einfallswinkel 45° beträgt (Abb. 237.3).

Die einfallenden und die reflektierten Wellenfronten schneiden einander rechtwinklig.

Versuch 237.2 Wir erzeugen einige Kreiswellen durch kurzfristige Betätigung des Tupfers und lassen diese auf eine ebene Wand fallen (Abb. 237.4).

Die Versuche lassen erkennen, daß die aus dem HUYGENS-Prinzip gewonnenen Voraussagen richtig waren.

Abb. 237.3
Die Reflexion ebener Wasserwellen an einer ebenen Wand

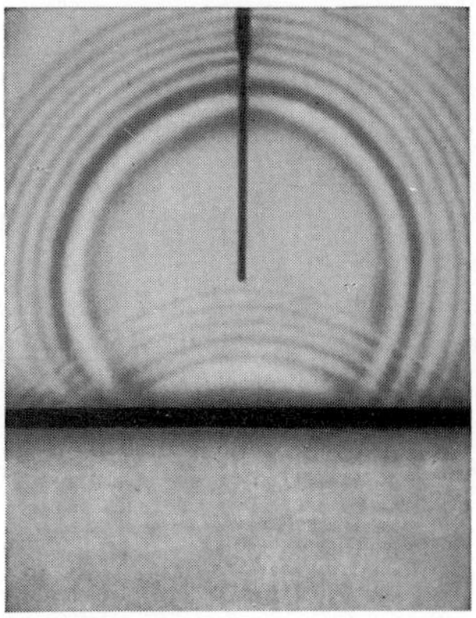

Abb. 237.4
Die Reflexion kreisförmiger Wasserwellen an einer ebenen Wand

2. Die Brechung der Wellen

Wir untersuchen nun die von den Punkten der Grenzfläche ausgehenden Teile der Elementarwellen, die *in das zweite Medium* eindringen. Die Ausbreitungsgeschwindigkeit der Wellenbewegung möge im 1. Medium c_1 und im 2. Medium c_2 sein. Die einfallende Wellenfront erreicht die Grenzfläche zunächst wieder in P_1 (Abb. 238.1). In diesem Augenblick entsteht um P_1 eine Elementarwelle, die sich im 2. Medium mit der Geschwindigkeit c_2 ausbreitet. In der Zeit, in der die Wellenbewegung von Q_1 bis P_3 vorgedrungen ist, hat die neue, kreisförmige Elementarwelle einen Radius von $P_1 Q_1'$ erreicht. Da $Q_1 P_3$ und $P_1 Q_1'$ Strecken sind, die von den Wellen in gleichen Zeiten durchlaufen worden sind, müssen sie sich wie die Geschwindigkeiten verhalten, d. h., es gilt

$$Q_1 P_3 : P_1 Q_1' = c_1 : c_2 .$$

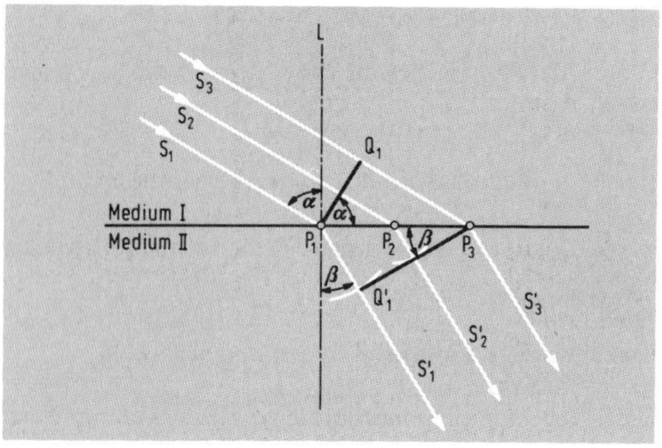

Abb. 238.1
Die Brechung einer ebenen Welle an einer ebenen Grenzfläche

Betrachtet man wiederum die von allen Zwischenpunkten ausgehenden Elementarwellen, so ergibt sich die neue Wellenfront auch hier als gemeinsame Tangente an alle diese Kreise. Bezeichnet man den Winkel zwischen dem einfallenden Strahl und dem Einfallslot als Einfallswinkel α und den Winkel zwischen dem gebrochenen Strahl und dem Einfallslot als Brechungswinkel β, so ist nach Abb. 238.1.

$$\sphericalangle\, Q_1 P_1 P_3 = \alpha \quad \text{und} \quad \sphericalangle\, Q_1' P_3 P_1 = \beta ,$$

$$\sin\alpha = \frac{Q_1 P_3}{P_1 P_3} \quad \text{und} \quad \sin\beta = \frac{P_1 Q_1'}{P_1 P_3},$$

$$\frac{\sin\alpha}{\sin\beta} = \frac{Q_1 P_3}{P_1 P_3} : \frac{P_1 Q_1'}{P_1 P_3} = \frac{Q_1 P_3}{P_1 Q_1'} = \frac{c_1}{c_2},$$

$$\frac{\sin\alpha}{\sin\beta} = \frac{c_1}{c_2} = n_{2,1} .$$

Es hat sich damit ein Gesetz ergeben, das man als SNELLIUS-*Brechungsgesetz* bezeichnet:

Eine ebene Welle geht bei der Brechung an einer ebenen Grenzfläche zweier isotroper Medien wieder in eine ebene Welle über.

Der Quotient aus dem Sinus des Einfallswinkels α und dem Sinus des Brechungswinkels β ist gleich dem Quotienten aus den Ausbreitungsgeschwindigkeiten c_1 und c_2 der Welle in den beiden Medien.

Der einfallende Strahl, der gebrochene Strahl und das zugeörige Einfallslot liegen in einer Ebene.

Der nur von der Art der Medien abhängige Quotient

$$\frac{c_1}{c_2} = n_{2,1}$$

wird als die *Brechzahl* des Mediums II gegenüber dem Medium I bezeichnet und bezieht sich auf den Übergang der Welle aus dem Medium I in das Medium II. Wenn die Wellen umgekehrt von dem Medium II in das Medium I übergehen, so gilt für die Brechzahl

$$n_{1,2}=\frac{c_2}{c_1}=\frac{1}{n_{2,1}}.$$

Da die Erregungszentren an der Grenzfläche zweier Medien mit der Frequenz der einfallenden Welle schwingen, muß auch die in dem Medium II sich ausbreitende Welle diese Frequenz haben. Es gilt also:

Bei dem Übergang von einem Medium in ein anderes bleibt die Frequenz einer Welle unverändert.

Da ferner die Beziehungen

$$c_1=\lambda_1 \nu \quad \text{und} \quad c_2=\lambda_2 \nu$$

bestehen, folgt weiter:

$$\frac{c_1}{c_2}=\frac{\lambda_1}{\lambda_2}=n_{2,1}.$$

Dies bedeutet:

Bei dem Übergang von einem Medium in ein anderes ändert sich im allgemeinen die Wellenlänge einer Welle, und zwar verhalten sich die Wellenlängen in den beiden Medien wie die Ausbreitungsgeschwindigkeiten der beiden Wellen.

Die Gesetze über die Brechung gelten in der hier angegebenen einfachen Form nur, wenn es sich um *isotrope Medien*, d.h. um Stoffe handelt, in denen sich Wellen mit einer gegebenen Frequenz nach allen Richtungen mit der gleichen Geschwindigkeit ausbreiten.

Es soll abschließend noch darauf hingewiesen werden, daß die Ausbreitungsgeschwindigkeit einer Welle in einem vorgegebenen Medium von der Frequenz abhängen kann. Wenn dies für eines an der Brechung beteiligten Medien oder für beide der Fall ist, dann *hängt auch die Brechzahl von der Frequenz der Welle ab.* Die Folge davon ist, daß eine aus Teilwellen mit verschiedenen Frequenzen zusammengesetzte Welle bei der Brechung in ihre Teilwellen aufgespalten wird, die sich im Medium II nach verschiedenen Richtungen ausbreiten. Man bezeichnet diesen Vorgang als *Dispersion.*

Die Brechung läßt sich durch einen Versuch mit Wasserwellen anschaulich zeigen.

Versuch 239.1 Wir erzeugen mit Hilfe des in Abb. 215.2 dargestellten Gerätes ebene Wasserwellen und legen dabei in einen Teil der Wanne eine Glasscheibe, so daß deren Kante schräg zu den Wellenfronten verläuft (Abb. 239.1).

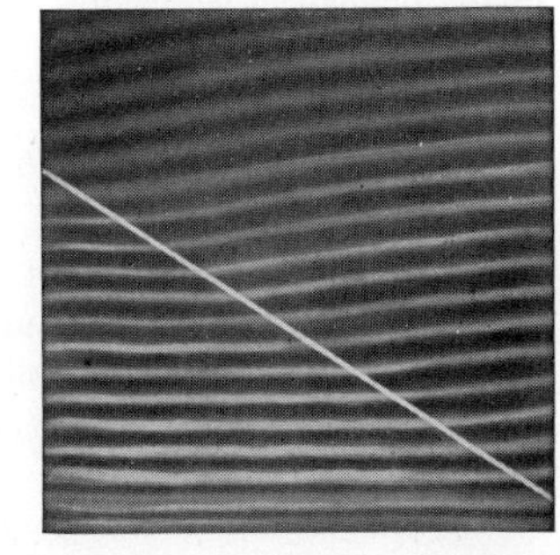

Abb. 239.1
Die Brechung ebener Wasserwellen

Über der Glasscheibe ist die Wasserschicht dünner; dies hat zur Folge, daß die Ausbreitungsgeschwindigkeit der Wellen hier kleiner ist. Man erkennt, daß eine Ablenkung in dem aus dem HUYGENS-Prinzip sich ergebenden Sinne erfolgt.

Aus den vorhergehenden Überlegungen hat sich ergeben, daß eine Richtungsänderung der Wellenfronten immer dann erfolgt, wenn die Ausbreitungsgeschwindigkeiten in den beiden Medien verschieden sind. Man kann sich diesen Sachverhalt auch an einem mechanischen Modellversuch klarmachen. Sich ausbreitende Wellenfronten liegen bei diesem Versuch zwar nicht vor, er stellt aber trotzdem ein gutes und anschauliches Modell für die besprochenen Erscheinungen dar.

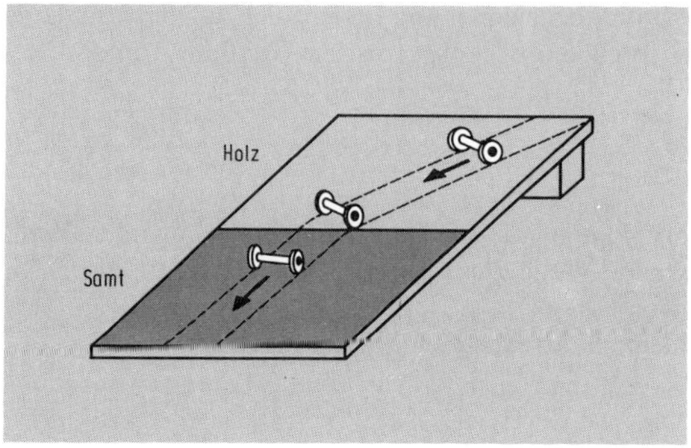

Abb. 240.1
Ein mechanisches Modell
zur Demonstration der Brechung

Versuch 240.1 Eine Achse mit zwei an den Enden befindlichen Rädern rollt nach Abb. 240.1 auf einer geneigten Unterlage. Der eine Teil der Unterlage besteht aus glattem Holz, der andere ist mit Samt überzogen.

Wegen der verschiedenen Unterlagen ändert sich an der Grenzfläche die Geschwindigkeit des rollenden Gerätes und damit seine Bewegungsrichtung.

2.9.16 Das Doppler-Prinzip

Ein Beobachter, der an einer in gleichmäßiger Folge von Meereswellen überspülten Küste steht, wird bei unverändertem Standort in einer bestimmten Zeit von einer gewissen Anzahl dieser Wellen getroffen. Schwimmt er den Wellen entgegen, so wird die Anzahl der ihn in der gleichen Zeit erreichenden Wellen größer, und zwar um so mehr, je schneller er den Wellen entgegenschwimmt. Umgekehrt wird die Anzahl der ihn erreichenden Wellen kleiner, wenn er vor den Wellen zu fliehen versucht.

Diese einfache Beobachtung bringt eine Tatsache zum Ausdruck, deren große Bedeutung für alle Wellenbewegungen der Physiker CHR. DOPPLER (1803 – 1853) erkannt hat und die heute als DOPPLER-*Prinzip* bezeichnet wird. Es besagt:

Die Frequenz und die Wellenlänge einer Welle ändern sich, wenn der Beobachter und der Wellenerreger sich relativ zueinander bewegen.

Wir unterscheiden drei Fälle:

1. Der im Punkt P befindliche Wellenerreger und der Beobachter B sind relativ zum Medium der Wellenausbreitung in Ruhe.

Der Wellenerreger sendet in der Zeit nT einen Wellenzug von genau n Wellen mit der Wellenlänge λ aus, der die Strecke $n\lambda$ überdeckt und sich mit der Geschwindigkeit c ausbreitet. Um den Beobachter zu passieren, braucht der Wellenzug ebenfalls die Zeit nT. Es gilt

$$n\lambda = nTc$$

und mit $T = \frac{1}{\nu}$ weiter

$$\lambda = \frac{c}{\nu}.$$

2. Der Wellenerreger bei P sei relativ zum Medium der Wellenausbreitung in Ruhe und der Beobachter B bewege sich relativ zu diesem Medium mit konstanter Geschwindigkeit v auf P zu oder von P weg.

a) Bewegung auf P zu (Abb. 241.1):

Die Zeit, die *eine* Welle braucht, um den Beobachter zu passieren, sei jetzt T'; der aus n Wellen bestehende Wellenzug braucht dann die Zeit nT'. Da die Relativgeschwindigkeit zwischen Beobachter und Wellenzug jetzt $c+v$ beträgt, gilt also

$$n\lambda = nT'(c+v).$$

Da $T' = \frac{1}{\nu'}$ und $\lambda = \frac{c}{\nu}$ ist, folgt hieraus

$$\frac{c}{\nu} = \frac{1}{\nu'}(c+v),$$

$$\nu' = \nu \cdot \frac{c+v}{c} = \nu\left(1+\frac{v}{c}\right).$$

b) Bewegung von P weg:

Die Relativgeschwindigkeit zwischen Beobachter und Wellenzug ist jetzt $c-v$. Es ergibt sich dann für die vom Beobachter festgestellte Frequenz ν'' in entsprechender Weise:

$$\nu'' = \nu \cdot \frac{c-v}{c} = \nu\left(1-\frac{v}{c}\right).$$

Nach der Formel $\lambda = \frac{c}{\nu}$ müßte sich theoretisch für den bewegten Beobachter mit der Frequenz ν auch die Wellenlänge λ verändern. Da aber die Angabe der Wellenlänge nur physikalisch sinnvoll ist, wenn sie in bezug auf das Medium gemessen wird, ist es überflüssig, hier Formeln für die veränderte Wellenlänge abzuleiten.

Wir stellen zusammenfassend fest:

Wenn sich ein Beobachter mit konstanter Geschwindigkeit auf einen relativ zum Medium der Wellenausbreitung ruhenden Wellenerreger zu, bzw. von diesem weg bewegt, so stellt er gegenüber dem Ruhezustand eine Zunahme bzw. eine Abnahme der Frequenz fest.

3. Der Beobachter B sei relativ zum Medium der Wellenausbreitung in Ruhe und der Wellenerreger bewege sich mit der konstanten Geschwindigkeit v auf den Beobachter zu oder von diesem weg.

a) Bewegung auf B zu (Abb. 241.2):

Von dem Wellenerreger gehe wieder ein aus n Wellen bestehender Wellenzug aus. In dem Augenblick, in dem die letzte Welle den Wellenerreger verlassen hat, ist der Anfang des Wellenzuges um die Strecke $n\lambda$ vom Ort seiner Entstehung entfernt. Der Erreger ist in der zur Aussendung des Wellenzuges erforderlichen Zeit nT der Welle um die Strecke nTv nachgelaufen, so daß der gesamte Wellenzug auf die Strecke $n\lambda - nTv$ zusammengedrängt ist. Der Wellenzug möge den Beobachter in der Zeit nT' passieren. Dann ist

$$n\lambda - nTv = nT'c$$

$$\frac{c}{\nu'} = \lambda - \frac{v}{\nu} = \frac{c}{\nu} - \frac{v}{\nu},$$

$$\nu' = \nu \cdot \frac{c}{c-v} = \frac{\nu}{1-\frac{v}{c}}.$$

Abb. 241.1 Der DOPPLER-Effekt bei bewegtem Beobachter und ruhendem Wellenerreger

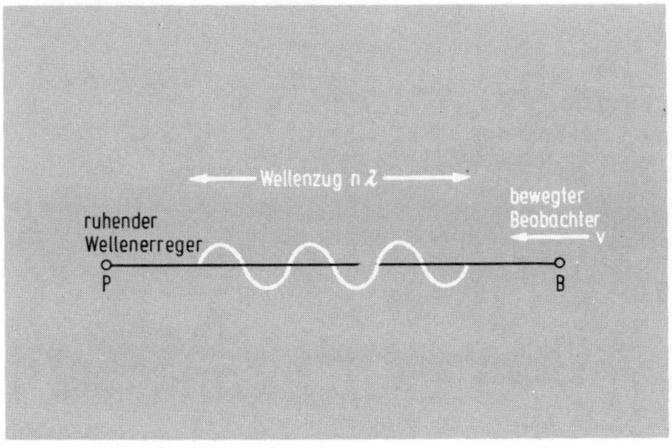

Abb. 241.2 Der DOPPLER-Effekt bei ruhendem Beobachter und bewegtem Wellenerreger

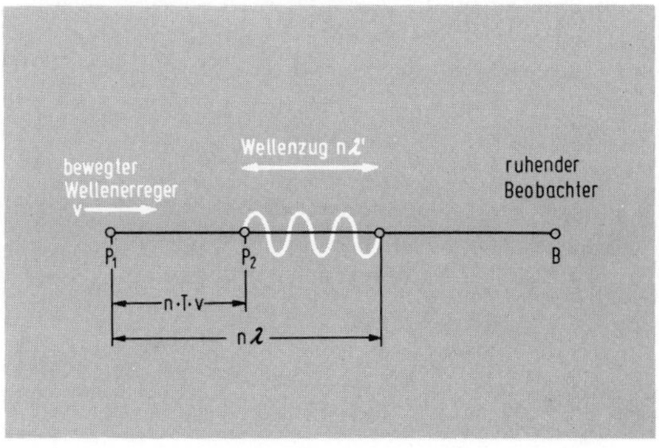

Nach der Formel $\lambda' = \frac{c}{\nu'}$ ergibt sich für den Beobachter auch eine Veränderung der Wellenlänge, die jetzt physikalisch sinnvoll angegeben werden kann, weil der Beobachter in bezug auf das Medium ruht und deshalb die Wellenlänge im Medium messen kann. Man erhält aus der obigen Formel

$$\lambda' = \frac{c}{\nu'} = \lambda\left(1 - \frac{v}{c}\right).$$

b) Bewegung von B weg:

In analoger Weise ergibt sich jetzt gegenüber dem Ruhezustand eine Abnahme der Frequenz oder eine Vergrößerung der Wellenlänge nach den Formeln

$$\nu'' = \frac{\nu}{1 + \frac{v}{c}} \quad \text{und} \quad \lambda'' = \lambda\left(1 + \frac{v}{c}\right).$$

Zusammenfassend können wir also feststellen:

Wenn sich ein Wellenerreger mit konstanter Geschwindigkeit auf einen relativ zum Medium der Wellenausbreitung ruhenden Beobachter zu bzw. von diesem weg bewegt, so stellt er gegenüber dem Ruhezustand eine Zunahme der Frequenz und eine Abnahme der Wellenlänge bzw. eine Abnahme der Frequenz und eine Zunahme der Wellenlänge fest.

Es mag zunächst überraschen, daß sich verschiedene Formeln ergeben, je nachdem ob sich der Beobachter oder der Wellenerreger in Bewegung befinden. Der Grund hierfür liegt darin, daß es hier nicht nur auf die Relativbewegung von Wellenerreger und Beobachter ankommt, sondern daß auch das wellenübertragende Medium eine Rolle spielt. Zunächst waren der Wellenerreger und das Medium in Ruhe, der Beobachter in Bewegung. Wenn man nun umgekehrt den Wellenerreger *und das Medium* bewegte, so müßte sich für den ruhenden Beobachter das gleiche Resultat ergeben wie vorher. Wir haben aber das Medium auch bei dem letzten Beispiel als ruhend vorausgesetzt. So ist es nicht verwunderlich, daß sich dann eine andere Formel ergibt.

Das DOPPLER-Prinzip ist für alle in der Physik auftretenden Wellenerscheinungen von großer Bedeutung. Wir kommen deshalb bei den Schallwellen noch einmal darauf zurück.

Die in diesem Abschnitt über Schwingungen und Wellen gewonnenen Erkenntnisse erläutern wir noch durch zwei Beispiele.

Beispiele

1. Eine vertikal aufgehängte Schraubfeder wird durch eine angehängte Masse $m = 50$ g um $s = 20$ cm gedehnt. Dann wird das Federpendel zum Schwingen gebracht.

a) Wie groß ist seine Schwingungszeit T?

b) Wie verändert sich die Schwingungszeit, wenn man die angehängte Masse verdoppelt?

(Die Masse der Feder soll vernachlässigt werden. $g \approx 10\,\text{m}\,\text{s}^{-2}$)

a) Für die Richtgröße D der Feder ergibt sich:

$$D = \frac{F}{s} = \frac{mg}{s} \approx \frac{0{,}05\,\text{kg} \cdot 10\,\text{m}\,\text{s}^{-2}}{0{,}2\,\text{m}} \approx 2{,}5\,\text{N}\,\text{m}^{-1}.$$

Die Schwingungszeit T beträgt dann:

$$T = 2\pi\sqrt{\frac{m}{D}} \approx 2\pi\sqrt{\frac{0{,}05\,\text{kg}}{2{,}5\,\text{N}\,\text{m}^{-1}}} \approx 0{,}9\,\text{s}.$$

b) Bei einer Verdoppelung der angehängten Masse gilt für die Schwingungszeit T':

$$T' = 2\pi\sqrt{\frac{2m}{D}} = \sqrt{2} \cdot T,$$

d.h., die Schwingungsdauer wird um den Faktor $\sqrt{2} \approx 1{,}4$ größer.

2. Eine Transversalwelle breitet sich in Richtung der positiven x-Achse mit der Geschwindigkeit $c = 4\,\mathrm{m\,s^{-1}}$ aus. Sie beginnt zur Zeit $t = 0$ im Nullpunkt des Koordinatensystems. Die Frequenz beträgt $\nu = 0{,}25\,\mathrm{s^{-1}}$.

a) Wie groß ist die Wellenlänge λ?
b) Wann beginnt ein Teilchen bei $x = 100\,\mathrm{m}$ zu schwingen?
c) Welche Elongation hat dieses Teilchen zur Zeit $t = 75\,\mathrm{s}$?

a) Für die Wellenlänge λ ergibt sich:

$$\lambda = \frac{c}{\nu} = \frac{4\,\mathrm{m\,s^{-1}}}{0{,}25\,\mathrm{s^{-1}}} = 16\,\mathrm{m}.$$

b) Die gesuchte Zeit ergibt sich aus:

$$t = \frac{x}{c} = \frac{100\,\mathrm{m}}{4\,\mathrm{m\,s^{-1}}} = 25\,\mathrm{s}.$$

c) Die gesuchte Elongation berägt:

$$s = s_{\max} \sin 2\pi\nu \left(t - \frac{x}{c}\right) = s_{\max} \sin 2\pi \cdot 0{,}25\,\mathrm{s^{-1}} \left(75\,\mathrm{s} - \frac{100\,\mathrm{m}}{4\,\mathrm{m\,s^{-1}}}\right)$$

$$= s_{\max} \sin 25\pi = 0.$$

Weitere Aufgaben: Siehe O. HÖFLING, Physik-Aufgaben II/1.

2.10 Die Schallwellen

2.10.1 Die Einteilung und die Erzeugung von Schallwellen

Für die Schallwellen gelten die im vorhergehenden Kapitel behandelten allgemeinen Gesetze über Schwingungen und Wellen. Die Untersuchung der Schallvorgänge ist Gegenstand eines besonderen Teiles der Mechanik, der als *Akustik* bezeichnet wird. Dabei sind zwei Betrachtungsweisen zu unterscheiden:

1. Die *physikalische Akustik* untersucht die Erzeugung und Ausbreitung der Schallwellen und bemüht sich um die Auffindung der dabei geltenden physikalischen Gesetze.

2. Die *physiologische Akustik* beschäftigt sich mit den Schallempfindungen im menschlichen Bewußtsein und den dadurch ausgelösten Wirkungen physiologischer und psychologischer Art sowie mit der Aufdeckung der hier geltenden Gesetze.

Beide Gebiete können nicht scharf voneinander getrennt werden. Wir beschäftigen uns hier vorwiegend mit der physikalischen Akustik, werden aber gelegentlich, etwa im Zusammenhang mit dem Lärmproblem, auch einige Ergebnisse der physiologischen Akustik behandeln.

Die Schallwellen werden nach ihren Frequenzen in folgende Bereiche eingeteilt:

1. Der Hörschall

Man versteht darunter Schallwellen mit Frequenzen zwischen etwa 16 Hz und 20000 Hz, die für das menschliche Ohr wahrnehmbar sind.

Die obere Grenze liegt bei Jugendlichen im allgemeinen etwas über dem angegebenen Mittelwert und zwar bei etwa 24000 Hz; sie verschiebt sich mit zunehmendem Alter nach kleineren Frequenzen bis etwa 10000 Hz.

2. Der Infraschall

Es handelt sich hierbei um Schallschwingungen mit Frequenzen unter 16 Hz. Sie treten als Boden- und Gebäudeschwingungen auf und können durch Fahrzeuge, Winde, Brandungen oder Erdbeben verursacht werden.

3. Der Ultraschall

Die Frequenzen liegen zwischen etwa 20 kHz und 10^7 kHz. Ultraschallwellen können mit Hilfe von Lochsirenen, GALTON-Pfeifen oder Schwingquarzen erzeugt werden. Sie treten in der Technik auf und werden in der Medizin verwendet.

4. Der Hyperschall

Die Frequenzen liegen oberhalb von 10^7 kHz. Diese Schwingungen entsprechen der Wärmebewegung der Materie.

Obwohl die genannten Bereiche sich für unser menschliches Empfinden wesentlich voneinander unterscheiden, handelt es sich physikalisch um gleichartige Erscheinungen, nämlich um mechanische Wellen, die zwar unterschiedliche Frequenzen und Wellenlängen besitzen, für die aber die gleichen physikalischen Gesetze gelten.

Im Bereich des Hörschalles ist es üblich, die folgenden Arten von Schallschwingungen zu unterscheiden:

1. Der Ton

Dabei handelt es sich um die physikalisch einfachste Art von Schallschwingungen, nämlich um *reine Sinusschwingungen.* Dies bedeutet, daß die Druckschwankungen an jeder Stelle des von einem Ton erfaßten Bereiches einen sinusförmigen Verlauf zeigen. Jeder Ton besitzt deshalb *eine* ganz bestimmte Frequenz. Töne werden durch ihre *Tonhöhe* und ihre *Tonstärke* gekennzeichnet.

Die Tonhöhe wird durch die Frequenz, die Tonstärke durch die Amplitude der Schallschwingung bestimmt.

Erzeugung von Tönen: Stimmgabeln und Tongeneratoren.

Es wurde früher (S. 210) bereits darauf hingewiesen, daß die sinusförmigen Schwingungen für den Physiker von besonderer Bedeutung sind, weil nach einem von dem französischen Mathematiker J. FOURIER (1768 – 1830) gefundenen Theorem jede beliebige Schwingung durch Superposition einer mehr oder weniger großen, oft unendlichen Anzahl sinusförmiger Schwingungen mit verschiedenen Frequenzen und Amplituden sowie geeigneten Phasenverschiebungen gewonnen werden kann. Die einzelnen sinusförmigen Schwingungen werden als die *Teil-* oder *Partialschwingungen* der beliebigen Schwingung bezeichnet. Damit kommt den sinusförmigen Schwingungen eine fundamentale Bedeutung zu.

2. Der Klang

Der Klang ist eine *periodische, aber nicht sinusförmige Schwingung.* Wie jede andere Schwingung so kann auch der Klang durch Überlagerung sinusförmiger Teilschwingungen aufgebaut werden, die aber zur Klangentstehung eine besondere Eigenschaft haben müssen:

Ein Klang entsteht durch Superposition von Sinusschwingungen, deren Frequenzen ganzzahlige Vielfache der Frequenz einer sinusförmigen Grundschwingung sind.

Unter der Grundschwingung oder dem Grundton eines Klanges verstehen wir die Schwingung mit der niedrigsten Frequenz ν; es können dann bei einem Klang gleichzeitig sinusförmige Schwingungen oder Töne mit den Frequenzen $2\nu, 3\nu, \dots$ auftreten. Man bezeichnet diese Schwingungen (Töne) als die zur Grundschwingung (Grundton) harmonischen Oberschwingungen (Obertöne) oder als die *Harmonischen des Grundtons.* Wir können also sagen:

Bei einem Klang sind die Teiltöne harmonische Obertöne eines Grundtones.

Da der Grundton in den meisten Fällen überwiegt, hat man festgesetzt:

Unter der Klanghöhe und Klangstärke versteht man die Höhe und Stärke des Grundtones.

Erzeugung von Klängen: Geige, Flöte, Klavier, menschliche Stimme.

Die Zerlegung eines Klanges in seine Teiltöne wird als *Klanganalyse* bezeichnet. Es gibt verschiedene Verfahren, mit denen die Zahl, Art und Stärke der Teiltöne eines Klanges bestimmt werden kann. Stellt man die Frequenzen und Amplituden der gefundenen Teiltöne in einem *Frequenz-Amplituden-Diagramm* grafisch dar, so vermittelt diese Darstellung ein anschauliches Bild von der Zusammensetzung des Klanges. Man bezeichnet sie als das *Frequenzspektrum des Klanges.* – Auch im menschlichen Ohr ist ein Analysator vorhanden, so daß man bei ausreichender Schulung die Teiltöne einzeln hören kann.

Es gibt Geräte, mit denen man einen Klang in einen Ton verwandeln kann. Man muß dem Klang dazu alle Obertöne entziehen. Der so von seinen Obertönen *gereinigte Klang* erscheint dem Ohr völlig farblos. Es kann nicht mehr unterschieden werden, ob er von einem Klavier, einer Geige, der menschlichen Stimme oder einem anderen Klangerzeuger stammt. Der Klang hat die für ihn charakteristische *Klangfarbe* verloren. Wir können also sagen:

Klänge gleicher Klanghöhe und Klangstärke können sich je nach ihrer Entstehung durch die Klangfarbe unterscheiden. Die Klangfarbe ist physikalisch durch die Art, Zahl und Stärke der dem Grundton überlagerten harmonischen Obertöne bestimmt.

3. Das Tongemisch

Das Tongemisch besteht aus *sinusförmigen Schwingungen mit beliebigen Frequenzen*, zwischen denen kein gesetzmäßiger Zusammenhang besteht. Insbesondere sind die in einem Tongemisch auftretenden Teiltöne nicht harmonisch.

Erzeugung von Tongemischen: Ebene oder gebogene Platten, Glocken.

4. Das Klanggemisch

Das Klanggemisch setzt sich aus *Klängen mit Grundtönen beliebiger Frequenzen* zusammen, d.h., zu den beliebigen Grundtönen kommen noch die jeweils zugehörigen harmonischen Obertöne.

Erzeugung von Klanggemischen: Chor, Streichquartett.

5. Das Geräusch

Das Geräusch wird durch *nichtperiodische Druckschwankungen* hervorgebracht. Es ist aus *vielen Einzeltönen mit dicht benachbarten Frequenzen, zwischen denen kein gesetzmäßiger Zusammenhang besteht*, aufgebaut. Die Frequenzen liegen dabei oft so dicht beieinander, daß das Frequenz-Amplituden-Diagramm ein *kontinuierliches Spektrum* liefert. Geräusche haben keine bestimmte Tonhöhe.

Erzeugung von Geräuschen: Blätterrauschen, Wasserfall, laufende Maschinen.

Für viele akustischen Versuche ist das GAUSS-*Rauschen* oder das *weiße Rauschen* von Bedeutung. Es handelt sich hierbei um ein Geräusch, bei dem die auftretenden Frequenzen und Amplituden bestimmten statistischen Gesetzen genügen. Das weiße Rauschen klingt ähnlich wie ein Zischen (schsch) mit zu wenig tiefen Frequenzen.

Das Rauschen tritt auch bei Tonbändern auf und wirkt hier störend. Man bemüht sich deshalb, es möglichst gering zu halten. Auf vielen Tonbändern befindet sich die Aufschrift

low noise, d.h. *geringes Rauschen.*

Damit soll zum Ausdruck gebracht werden, daß das Rauschen möglichst niedrig gehalten ist.

Erzeugung des weißen Rauschens: Elektrische Tongeneratoren.

6. Der Knall

Der Knall ist ein aus einer geringen Anzahl von Schwingungen bestehender Schall verschiedenster Frequenzen. Die zu Anfang große Amplitude nimmt schnell ab.

Erzeugung von Knallen: Explosionen.

Für die *Durchführung akustischer Versuche* ist es wichtig, daß die Technik uns heute Hilfsmittel zur Erzeugung einer beliebig lange anhaltenden Schallstrahlung mit einstellbarer Frequenz und Stärke zur Verfügung stellt. Grundsätzlich kann für diesen Zweck jeder Lautsprecher eingesetzt werden, wenn er mit einer Wechselspannung, deren Frequenz im Hörbereich liegt, beschickt wird. In der Physik wird im allgemeinen ein Gerät verwendet, das als *Schallkopf* bezeichnet wird und das aus einem kleinen, mit einer Schutzkapsel versehenen Lautsprecher besteht. Ein *Tonfrequenzgenerator*, auf dessen Aufbau hier nicht näher eingegangen werden soll, liefert stetig einstellbare Frequenzen von etwa 30 Hz bis 25 kHz; die Membran des Schallkopfes wird in Schwingungen mit der jeweils eingestellten Frequenz versetzt. Ein Gerät dieser Art ist in Abb. 245.1 dargestellt.

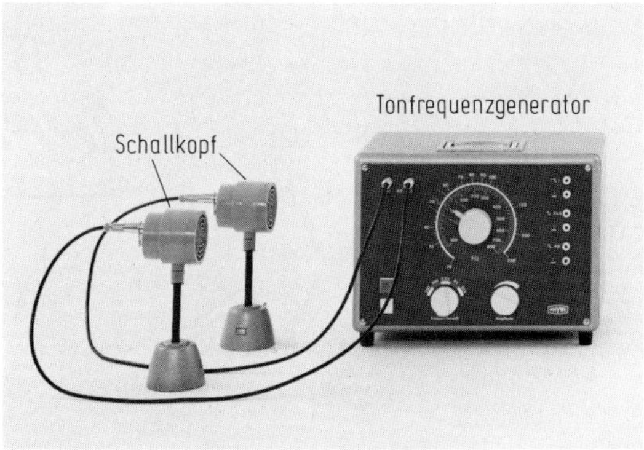

Abb. 245.1
Tonfrequenzgenerator mit zwei Schallköpfen

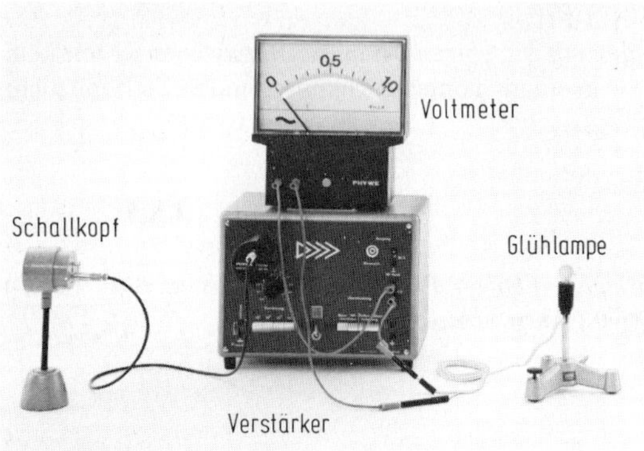

Abb. 246.1
Der Nachweis von Schallwellen mit Hilfe eines Schallkopfes und eines Voltmeters bzw. einer Glühlampe

Der *Nachweis von Schallwellen* kann ebenfalls mit Hilfe des genannten Schallkopfes erfolgen. Wenn die Schallwellen auf den Schallkopf treffen, so wird seine Membran in Schwingungen versetzt, die die gleiche Frequenz wie die Schallwellen haben. Da sich die Metallmembran in einem Magnetfeld bewegt, werden – ähnlich wie beim Telefon – Spannungsstöße induziert, die nach geeigneter Verstärkung mit einem Voltmeter gemessen werden können. Statt des Voltmeters kann zur Schallanzeige auch eine an den Verstärkerausgang angeschlossene Glühlampe dienen. Wenn man den Schallkopf an die verschiedenen Stellen des von den Schallwellen erfaßten Raumes (Schallfeld) bringt, so kann die Schalleistung überall durch den Zeigerausschlag quantitativ festgestellt oder durch die Helligkeit der Lampe qualitativ nachgewiesen werden. Die Darstellung eines solchen Versuchsaufbaues zeigt Abb. 246.1.

2.10.2 Die Ausbreitung der Schallwellen

Der folgende Versuch soll die aus der Sekundarstufe I bereits bekannte Tatsache, daß es sich bei der Schallausbreitung um longitudinale Wellen handelt, noch einmal deutlich zeigen.

Versuch 246.1 Im Innern einer Kapsel (Abb. 246.2a) befindet sich eine Membran *M*. Die eine Hälfte der Kapsel ist mit einem Schalltrichter verbunden, und durch die andere Hälfte strömt Heizgas, das bei *A* angezündet werden kann.
Das Bild der Flamme wird durch einen rotierenden Spiegel auseinander gezogen, wenn
a) die Flamme störungsfrei brennt,
b) vor dem Schalltrichter ein Knall erzeugt wird,
c) vor dem Schalltrichter ein Ton entsteht (Abb. 246.2b)!

Es ergibt sich:
Während der Spiegel bei störungsfrei brennender Flamme einen waagerechten Lichtstreifen erzeugt, bewirkt ein Knall ein einmaliges Zucken der Flamme und zeigt damit an, daß die Membran beim Auftreffen

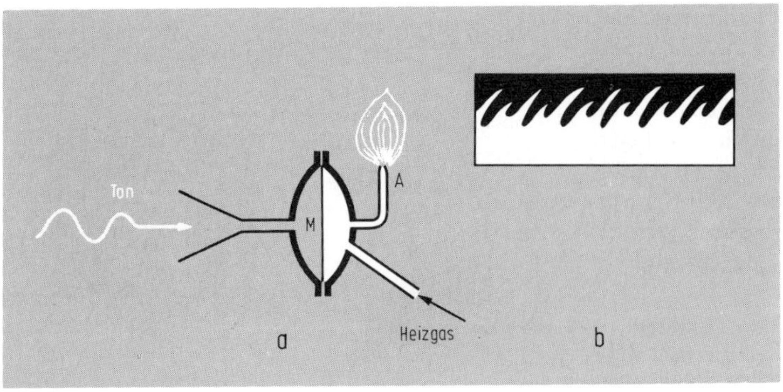

Abb. 246.2
Versuch zum Nachweis der beim Schall auftretenden Verdichtungen und Verdünnungen

der Luftverdichtung durchgebogen worden ist. Bei einem Ton entsteht als Folge der auf die Membran treffenden Verdichtungen und Verdünnungen eine periodische Veränderung der Flammengröße. Wir stellen also fest:

Der Schall breitet sich als longitudinale Welle mit abwechselnd aufeinanderfolgenden Verdichtungen und Verdünnungen aus.

Die Luftdruckschwankungen betragen bei normaler Schallstärke nur etwa 10^{-2} bis 10^{-4} hPa; Druckschwankungen von 1 hPa rufen im Ohr bereits Schmerzempfindungen hervor. Wie gering diese durch den Schall bedingten Druckschwankungen sind, erkennt man etwa daran, daß eine mittlere Fliegerbombe in 50 m Entfernung von der Explosionsstelle Druckschwankungen in der Größenordnung von 2000 hPa verursacht.

Der Schall breitet sich aber nicht nur in Gasen, sondern auch in flüssigen und in festen Körpern aus.

Für die Schallgeschwindigkeit ergeben sich in den verschiedenen Stoffen sehr unterschiedliche Werte. In der folgenden Tabelle sind einige Zahlen angegeben, die aber bei den festen Stoffen nur als Mittelwerte zu betrachten sind, da sie bei diesen stark von der Vorbehandlung abhängen.

Schallgeschwindigkeiten bei 0 °C in $\mathrm{m\,s^{-1}}$

Gase		*Flüssigkeiten*		*Feste Stoffe*	
Chlor	206	Alkohol	1168	Blei	1200
Sauerstoff	313	Benzol	1324	Kupfer	3600
Stickstoff	336	Toluol	1326	Flintglas	4000
Stadtgas	441	Wasser	1407	Stahl	5200
Helium	971	Quecksilber	1460	Kronglas	5300
Wasserstoff	1261	Glycerin	1900	Quarzglas	5370

Für trockene atmosphärische Luft von 0 °C und 1013 hPa beträgt die Schallgeschwindigkeit[1]

$$c_{\mathrm{Luft}} = 331{,}6\,\frac{\mathrm{m}}{\mathrm{s}}.$$

Allgemein gilt für die Schallgeschwindigkeit in Gasen die früher (S. 223) für die Ausbreitung longitudinaler elastischer Wellen angegebene Formel

$$c = \sqrt{\kappa \cdot \frac{p}{\rho}},$$

wobei p den Druck und ρ die Dichte des Gases bedeuten; κ ist ein Faktor, der für Luft den Zahlenwert 1,402 hat. Die physikalische Bedeutung von κ kann erst in der Wärmelehre geklärt werden (S. 363). Nach einer ebenfalls erst in der Wärmelehre zu behandelnden Formel gilt weiter

$$\frac{p}{\rho} = \frac{p_0}{\rho_0}(1 + \alpha\,\vartheta)$$

wobei für trockene atmosphärische Luft bei 0 °C die Größen $p_0 = 1013$ hPa und $\rho_0 = 1{,}293\,\mathrm{kg\,m^{-3}}$ sind.

Setzt man dies in die Gleichung für die Ausbreitungsgeschwindigkeit ein, so ergibt sich

$$c = \sqrt{\frac{\kappa\,p_0}{\rho_0}(1 + \alpha\,\vartheta)},$$

$$c_{\mathrm{Luft}} = 331{,}6\,\frac{\mathrm{m}}{\mathrm{s}} \cdot \sqrt{1 + \alpha\,\vartheta}.$$

[1] Bei 15 °C und 1013 hPa beträgt die Schallgeschwindigkeit in Luft $340\,\mathrm{m\,s^{-1}}$.

Für die Schallgeschwindigkeit in Flüssigkeiten gilt die Formel

$$c = \sqrt{\frac{K}{\rho}},$$

wobei K den Kompressionsmodul und ρ die Dichte bedeuten (vgl. S. 223).

Schließlich ist die Schallgeschwindigkeit in festen Körpern von Stabform durch die Formel

$$c = \sqrt{\frac{E}{\rho}}$$

gegeben; dabei ist E der Elastizitätsmodul des betreffenden Stoffes (vgl. S. 222).

Es soll hier auf eine früher (S. 223) erwähnte Tatsache noch einmal hingewiesen werden. In sämtlichen Formeln für die Schallgeschwindigkeit treten die Wellenlänge und die Frequenz der Wellenbewegung nicht auf. Daher ergibt sich für alle Frequenzen die gleiche Ausbreitungsgeschwindigkeit:

Die Ausbreitungsgeschwindigkeit der Schallwellen ist von der Frequenz unabhängig.

Diese für *elastische Raumwellen* geltende Feststellung darf nicht auf alle überhaupt möglichen Wellenbewegungen übertragen werden. Sie gilt z.B. nicht für Lichtwellen. Die *Dispersion* des Lichtes in Medien außerhalb des Vakuums kommt gerade dadurch zustande, daß die Ausbreitungsgeschwindigkeit des Lichtes von der Frequenz abhängt. Wir können die obige Erkenntnis deshalb auch so aussprechen:

Für Schallwellen gibt es keine Dispersion.

Wie wir von früher wissen, gehört zu jedem Ton eine ganz bestimmte Frequenz, die unabhängig von der Schallgeschwindigkeit in dem betreffenden Stoffe ist, in dem sich die Schallwelle ausbreitet (S. 244). Man kann einen Ton auch durch die Wellenlänge charakterisieren. Diese ist aber für den gleichen Ton je nach dem schallübertragenden Medium verschieden. Die Wellenlänge ergibt sich nämlich nach der bekannten Formel (vgl. S. 220)

$$\lambda = \frac{c}{\nu}.$$

Der in der Musik viel benutzte Kammerton *a'* mit einer Frequenz von 440 Hz hat in *Luft* von 0 °C die Wellenlänge

$$\lambda = \frac{331{,}6}{440}\,\mathrm{m} \approx 0{,}75\,\mathrm{m}.$$

In *Wasser* hat der gleiche Ton die Wellenlänge

$$\lambda = \frac{1407}{440}\,\mathrm{m} \approx 3{,}2\,\mathrm{m}$$

und in *Stahl*

$$\lambda = \frac{5200}{440}\,\mathrm{m} \approx 11{,}8\,\mathrm{m}.$$

Da die Wellenlänge eines Tones sich beim Übergang von einem Medium in ein anderes ändert, die Frequenz dagegen nicht, verwendet man zur Charakterisierung eines Tones im allgemeinen seine Frequenz.

2.10.3 Die Interferenz der Schallwellen

Die Interferenz bei Schallwellen soll zunächst an einem Versuch gezeigt werden. Wir benutzen dazu das von G. H. Quincke (1834–1924) gebaute und nach ihm benannte *Interferenzrohr* (Abb. 249.1). Es besteht aus zwei posaunenartig auseinanderziehbaren Rohren R_1 und R_2. Eine bei A in das Rohr eintretende Schallwelle gelangt auf zwei Wegen nach B. Wenn die Weglängen durch R_1 und R_2 gleich lang sind, haben die Wellenzüge bei B die gleiche Phase und verstärken einander. Wird aber der Weg durch R_1 verlängert, indem man das Rohr um ein Stück s herauszieht, so treffen die beiden Schallwellen mit einer Phasenverschiebung in B ein, und wenn der Wegunterschied $2s$ der beiden Schallwellen ein ungerades Vielfaches der halben Wellenlänge ist, löschen die Schallwellen einander aus.

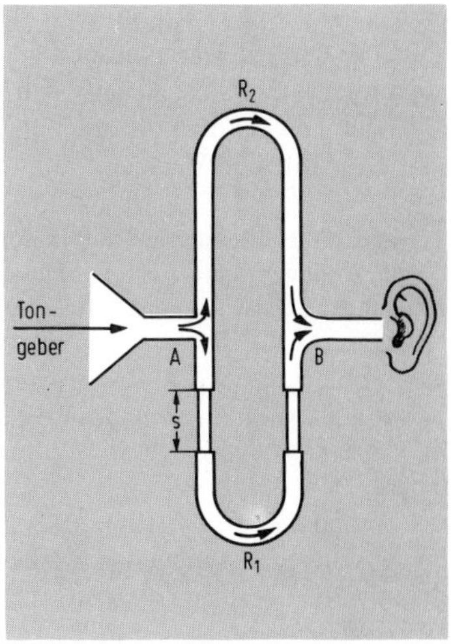

Abb. 249.1
Das Interferenzrohr von QUINCKE

Versuch 249.1 Man hält vor die linke Öffnung des in Abb. 249.1 dargestellten QUINCKE-Interferenzrohres eine angeschlagene Stimmgabel oder den oben genannten Tongeber (Schallkopf und Tonfrequenzgenerator), verschiebt das Rohr R_1 und beobachtet die Lautstärke auf der rechten Seite des Rohres. Es wird dann die Verschiebung zwischen zwei aufeinanderfolgenden Minima der Lautstärke gemessen.

Um zwei aufeinanderfolgende Minima zu erhalten, muß man das Rohr R_1 um eine halbe Wellenlänge nach unten verschieben, denn dann haben die bei B zusammentreffenden Schallwellen gegenüber dem ersten Zustand einen Gangunterschied von einer Wellenlänge λ. Wenn vorher ein Minimum der Lautstärke vorlag, so muß dies auch jetzt wieder der Fall sein.

In Wirklichkeit ist die Theorie des Interferenzrohres von QUINCKE komplizierter, weil in dem Rohr eine in sich zurücklaufende stehende Welle entsteht. Wir gehen hierauf aber nicht näher ein.

Die Interferenz der Schallwellen kann auch durch den folgenden Versuch gezeigt werden.

Versuch 249.2 Man hält eine Stimmgabel nach Abb. 249.2 über einen Resonanzkasten und dreht sie nach dem Anschlagen einmal vollständig um ihre Achse.

Der Versuch zeigt, daß die Luftsäule des Resonanzkastens in vier verschiedenen Lagen der Stimmgabel nicht angeregt wird. In diesen vier Richtungen heben die von den Zinken der Stimmgabel ausgehenden Wellenzüge einander durch Interferenz auf. Wie früher (Band I, S. 140) bereits beschrieben, führen die Zinken der Stimmgabel die in Abb. 249.3 dargestellten Schwingungen aus. Wenn sich die Zinken nach außen bewegen,

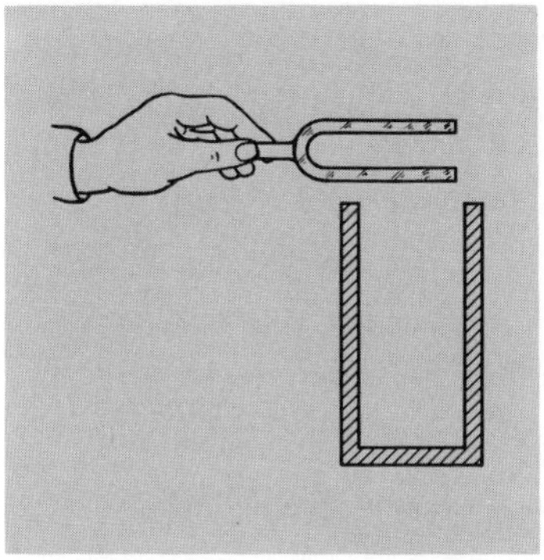

Abb. 249.2
Der Nachweis der Interferenz bei Schallwellen

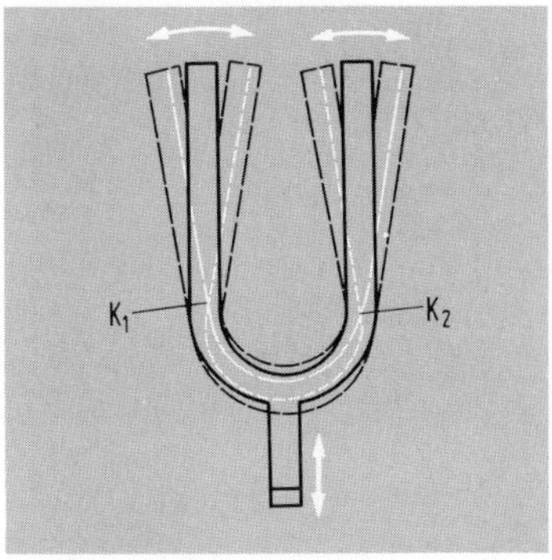

Abb. 249.3
Die Schwingungen einer Stimmgabel

erzeugen sie in den Richtungen A_1 und A_2 Verdichtungen und bei M eine Verdünnung (Abb. 250.1); das Umgekehrte tritt ein, wenn die Zinken nach innen schwingen. Die beiden von der Stimmgabel ausgehenden Wellenzüge überlagern sich, so daß sich die in Abb. 250.1 dargestellte Verteilung der Schallstärke ausbildet. Daher wird der Ton bei dem obigen Versuch während einer vollständigen Umdrehung viermal laut und viermal leise.

Der folgende Versuch kann den Sachverhalt noch weiter verdeutlichen.

Versuch 250.1 Bei der gleichen Anordnung wie in dem vorhergehenden Versuch wird die Stimmgabel in einer der vier Lagen, in denen die Luftsäule nicht angeregt wird, mit einem Stativ fest eingespannt. Dann schiebt man zwischen die Zinken der angeschlagenen Stimmgabel ein Stück Pappe, ohne daß eine Berührung der Zinken erfolgt

Sobald das Stück Pappe sich zwischen den Zinken der Stimmgabel befindet, wird die Luftsäule in dem Resonanzkasten angeregt; zieht man die Pappe heraus, so verschwindet die Anregung wieder. Die Erklärung für diese Erscheinung besteht darin, daß durch das Dazwischenschieben der Pappe die Interferenz verhindert wird.

Wenn die oben erwähnten Schallköpfe und ein Tonfrequenzgenerator zur Verfügung stehen, so können die im Anschluß an Versuch 224.1 bei Wasserwellen gewonenen Erkenntnisse über die Interferenz mit Hilfe von Schallwellen bestätigt werden.

Versuch 250.2 Zwei Schallköpfe werden mit einem Zwischenraum von etwa 30cm nebeneinander aufgestellt und mit Hilfe eines Tonfrequenzgenerators gleichphasig in Schwingungen versetzt. Dann wird ein weiterer mit einem Verstärker verbundener Schallkopf in etwa 1 m Entfernung durch das von den beiden ersten Schallköpfen erzeugte Schallfeld bewegt. Mit Hilfe eines Voltmeters oder einer Glühlampe werden in der oben angegebenen Weise (Abb. 246.1) die Maxima und Minima der Schalleistung festgestellt und auf dem Experimentiertisch punktweise markiert.

Der Versuch wird für verschiedene Schallfrequenzen von etwa 2 kHz bis 6 kHz durchgeführt. Außerdem wird der Zwischenraum der Schallköpfe verändert.

Es zeigt sich, daß bei einem festen Abstand der Schallköpfe die Maxima und Minima für jede Frequenz auf einem System von *Interferenz-Hyperbeln* liegen, die um so dichter zusammenrücken, je höher man die Frequenz und je größer man den Zwischenraum der Schallköpfe wählt. Das sind genau die gleichen Ergebnisse, wie sie früher (S. 226) bei den Wasserwellen gefunden worden sind.

Bei der Behandlung der allgemeinen Welleneigenschaften hat sich gezeigt, daß die *Schwebungen* als Interferenzerscheinungen zu betrachten sind. Sie lassen sich auch bei Schallwellen leicht erzeugen.

Versuch 250.3 Zwei Stimmgabeln gleicher Art stehen einander auf Resonanzkästen nach Abb. 250.2 gegenüber. Eine der beiden Stimmgabeln wird durch Ankleben eines Stückchens Wachs oder durch Befestigen eines Zusatzkörpers G etwas verstimmt. Dann werden beide Stimmgabeln angeschlagen und der Vorgang bei verschiedenen Zusatzgewichten beobachtet.

Versuch 250.4 Nachdem das Zusatzgewicht entfernt worden ist und man sich überzeugt hat, daß beide Stimmgabeln dann keine Schwebungen ergeben, wird eine Stimmgabel über dem Teclubrenner etwas erwärmt. Die Stimmgabeln werden wieder angeschlagen.

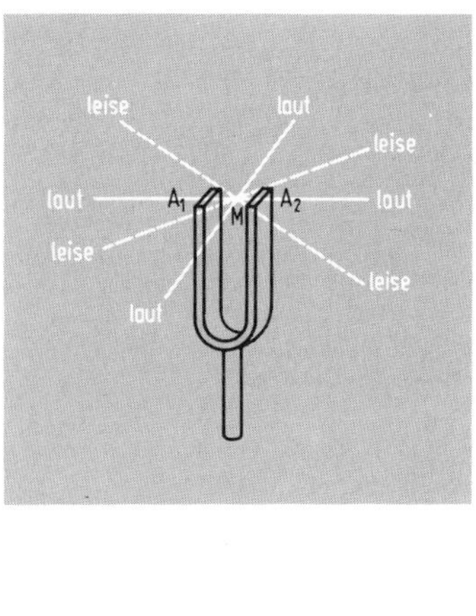

Abb. 250.1
Die Verteilung der Schallstärke bei einer Stimmgabel

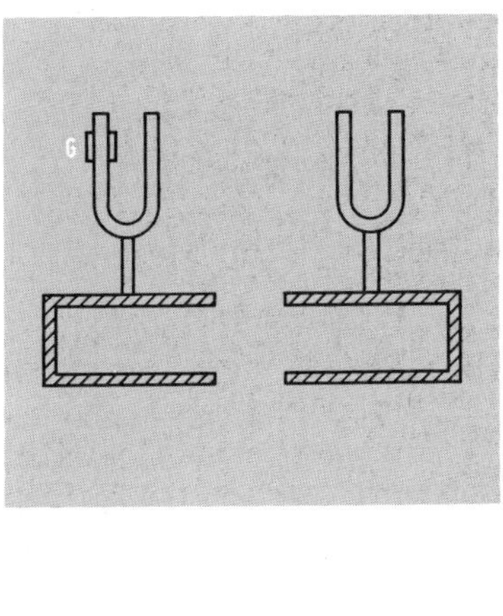

Abb. 250.2
Die Erzeugung von Schwebungen mit Hilfe von Stimmgabeln

Man stellt bei beiden Versuchen periodische Anschwellungen und Verminderungen der Tonstärke fest. Es handelt sich um die in Abb. 210.1 dargestellten Schwebungen, die immer ein Zeichen dafür sind, daß Wellen mit etwas verschiedener Frequenz interferieren. Bei dem ersten Versuch ist der Unterschied der Frequenzen durch den Zusatzkörper und beim zweiten Versuch durch die infolge der Erwärmung eingetretene Verlängerung der Stimmgabel hervorgerufen worden.

Die Erzeugung von Schwebungen gelingt besonders gut, wenn man statt der beiden oben benutzten Stimmgabeln *einen Schallkopf und eine Stimmgabel* verwendet. Da die Frequenz und die Amplitude der von dem Schallkopf abgestrahlten Wellen stetig verändert werden können, lassen sich sehr deutliche Schwebungen mit einer veränderlichen Schwebungsfrequenz herstellen.

Schwebungen werden häufig benutzt, um Musikinstrumente auf einen bestimmten Ton abzustimmen. Wenn die Zahl der Schwebungen zwischen der Stimmgabel und dem Instrument beim Stimmen abnimmt, so ist dies ein Zeichen dafür, daß die Frequenzen sich einander nähern; verschwinden die Schwebungen schließlich, so sind die Frequenzen der Töne gleich.

Auf S. 210 haben wir gesehen, daß die Schwebungsfrequenz durch die Gleichung

$$\nu_s = \nu_1 - \nu_2$$

gegeben ist. Wenn diese Differenz so groß ist, daß die Frequenz der Schwebungen 16 Hz überschreitet, dann vermag das Ohr sie nicht getrennt wahrzunehmen. Man hört dann einen neuen Ton, den man als *Differenzton* bezeichnet, weil seine Frequenz gleich der Differenz der beiden ursprünglichen Frequenzen ist. Man muß aber beachten, daß eine Schwingung von dieser Frequenz in der Schallwelle in Wirklichkeit nicht vorhanden ist, sondern daß diese nur die beiden Wellen mit den Frequenzen ν_1 und ν_2 enthält. Die Schwingung, die zu dem Differenzton gehört, entsteht vielmehr nur im Innern des Ohres.

2.10.4 Die stehenden Schallwellen

Wie wir früher (S. 227) sahen, kann man stehende Wellen erzeugen, indem man gegensinnig laufende Wellen überlagert. Es gibt verschiedene Versuche, die es gestatten, stehende Schallwellen sichtbar zu machen. Wir beschreiben hier einen Versuch, der das nach dem deutschen Physiker A. KUNDT (1839–1894) benannte KUNDT-*Rohr* verwendet.

Versuch 251.1 Es wird eine Schallquelle benutzt, die Schallwellen hoher Frequenz, also kleiner Wellenlänge, erzeugt; hierzu eignet sich ein in der Mitte bei *P* fest eingespannter Glasstab von etwa 80 cm Länge und 12 mm Durchmesser oder auch ein Eisenstab. Das eine Ende des Stabes trägt eine Korkscheibe *S* und ragt in ein etwas weiteres Glasrohr *G*, das am anderen Ende durch einen verschiebbaren Stempel *R* verschlossen ist (Abb. 251.1). Das freie Ende der Schallquelle wird durch Reiben mit einem Lappen in Längsschwingungen versetzt, wobei ein hoher Ton entsteht. Die Schwingungen werden durch die Scheibe *S* auf die Luft übertragen; sie breiten sich in der Luft des Rohres aus und und werden am Stempel reflektiert. Durch Interferenz zwischen ursprünglicher und reflektierter Welle bilden sich stehende Wellen aus, die man durch in die Röhre gebrachtes Korkpulver sichtbar macht. Man verfährt dabei so, daß man das Pulver zunächst gleichmäßig in der Röhre verteilt und dann die Röhre vor der Anregung ein wenig dreht. Sobald sich die stehenden Wellen ausbilden, gerät das Pulver an den Stellen der Luftbewegung, d.h. an den *Bewegungsbäuchen*, in Bewegung und gleitet dort nach unten, während es an den *Bewegungsknoten K* in Ruhe bleibt.

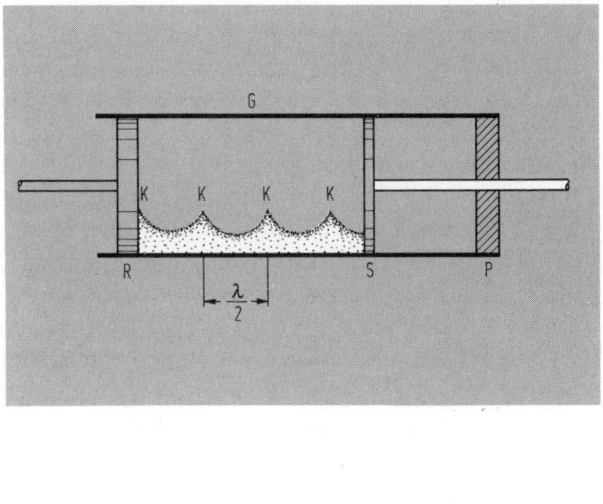

Abb. 251.1
Die Sichtbarmachung stehender Schallwellen mit Hilfe des KUNDT-Rohres

Die sich bei diesem Versuch ausbildenden girlandenartigen Bogen werden als KUNDT-*Staubfiguren* bezeichnet.

Gut ausgebildete Staubfiguren kann man nur erwarten, wenn die Luftsäule und die Schallquelle in Resonanz sind. Zum Abstimmen dient der erwähnte Stempel. Man kann den Abstand zweier benachbarter Knoten direkt messen und erhält auf diese Weise die halbe Wellenlänge der in Luft erzeugten Welle.

Setzt man die Schallgeschwindigkeit in Luft als bekannt voraus, so kann man mit Hilfe des KUNDT-Versuchs auch die *Schallgeschwindigkeit in anderen Gasen* bestimmen. Man berechnet dazu erst die Frequenz der im obigen Versuch erzeugten Welle nach der Formel $\nu=\frac{c}{\lambda}$. Dann füllt man die Röhre mit einem Gas, etwa Heizgas oder Kohlendioxid, erzeugt eine Schwingung der gleichen Frequenz wie vorher und mißt wieder den Abstand zweier Knoten und damit die halbe Wellenlänge. Aus der so gemessenen Wellenlänge und der bekannten Frequenz ergibt sich die Schallgeschwindigkeit in dem betreffenden Gas.

Der KUNDT-Versuch in der oben beschriebenen Form ermöglicht auch die Bestimmung der *Schallgeschwindigkeit in festen Körpern.* Der eingespannte Glas- oder Eisenstab führt nämlich ebenfalls eine stehende Längsschwingung aus, wobei die eingespannte Mitte einen Schwingungsknoten und jedes freie Ende einen Schwingungsbauch bildet. Die größte mögliche Wellenlänge λ' der Stabschwingung ist daher in dem dargestellten Falle gleich der doppelten Stablänge und kann so leicht gemessen werden. Da die Frequenz ν des erzeugten Tones aus Versuch 251.1 bereits bekannt ist, ergibt sich die Schallgeschwindigkeit c' in dem verwendeten festen Körper aus der Gleichung

$$c'=\lambda'\,\nu.$$

Versuch 252.1 Bestimmen Sie in der dargelegten Weise die Schallgeschwindigkeit in Glas, Eisen oder einem anderen verfügbaren Material!

Die KUNDT-Staubfiguren lassen sich auch gut mit Hilfe des Schallkopfes und des Tonfrequenzgenerators erzeugen. Sie bilden sich auf diese Weise sogar besser aus als bei der oben verwendeten Versuchsanordnung. Den Versuchsaufbau zeigt Abb. 252.1. Es entfällt dann allerdings die Möglichkeit, die Schallgeschwindigkeit in festen Körpern zu messen.

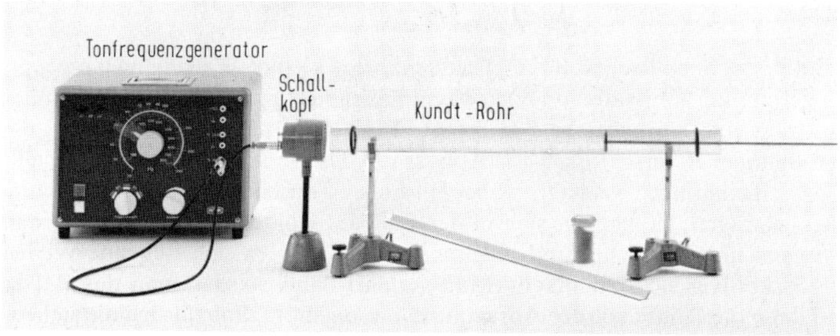

Abb. 252.1
Die Erzeugung von Eigenschwingungen bei Luftsäulen nach KUNDT.

Eine andere Möglichkeit zur Erzeugung stehender Schallwellen bietet das nach dem deutschen Physiker H. RUBENS (1865–1922) benannte RUBENS-*Flammenrohr.* Es handelt sich um ein Metallrohr, das an dem einen Ende fest verschlossen ist und an dem anderen Ende eine Membran besitzt, über die die Gassäule in dem Rohr zu Schwingungen angeregt werden kann. Auf der Oberseite des Rohres befinden sich in gleichen Abtänden kleine Öffnungen. Läßt man Heizgas in das Rohr strömen, so kann dies an den Öffnungen angezündet werden. Durch die Größe der Flämmchen wird die Druckverteilung der in dem Rohr erzeugten stehenden Welle angezeigt. An den Druckbäuchen, d.h. an den Stellen stärkster Druckschwankungen, brennen die Flammen am höchsten. Es ergibt sich das in Abb. 253.1 dargestellte sinusförmige Bild. Während bei dem KUNDT-Rohr die *Bewegungsbäuche* und die *Bewegungsknoten* in Erscheinung traten, werden hier die *Druckbäuche* und *Druckknoten* der stehenden Schallwellen sichtbar gemacht.

Wenn man eine einzelne Flamme in einem rotierenden Spiegel betrachtet, so zeigt sich, daß ihre Größe mit der Frequenz der Schallquelle schwankt.

Abb. 253.1
Das RUBENS-Flammenrohr

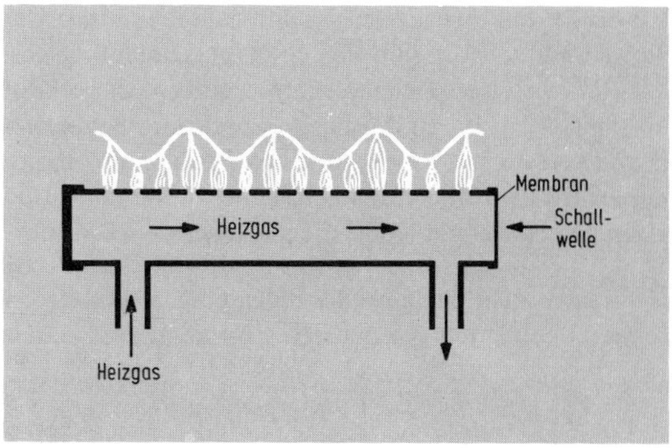

2.10.5 Die Reflexion, Brechung und Totalreflexion der Schallwellen

Wenn Schallwellen auf die Grenzfläche zweier Medien mit unterschiedlichen Schallgeschwindigkeiten fallen, so wird im allgemeinen ein Teil der auftreffenden Energie reflektiert, und der andere Teil dringt in das zweite Medium ein.

Für die *Reflexion der Schallwellen* gilt das aus dem HUYGENS-*Prinzip* früher für Wellen aller Art abgeleitete *Reflexionsgesetz* (S.237). Es ergibt sich nun die Frage, wie die Grenzfläche beschaffen sein muß, damit eine Reflexion von Schallwellen erfolgen kann.

1. Eine reguläre Reflexion kann nur an *glatten Grenzflächen* stattfinden; dieses bedeutet, daß die Grenzfläche keine Unregelmäßigkeiten in der Größenordnung der auftreffenden Wellenlängen oder darüber besitzen darf. Da die Wellenlängen der Schallwellen besonders bei den tiefen Tönen einige Meter betragen, verhalten sich Waldränder bereits wie glatte Flächen, an denen der Schall regulär reflektiert wird.

2. Eine Reflexion ist ferner nur möglich, wenn die *reflektierenden Flächen eine gegenüber den Wellenlängen große Ausdehnung haben.* Wenn wir uns hier auf den Frequenzbereich der menschlichen Umgangssprache beschränken, der von etwa 300 Hz bis 3000 Hz reicht, was Wellenlängen von rund 1 m bis 10 cm entspricht, dann kann man sagen, daß für diese Schallwellen Zimmerwände bereits gute Reflektoren sind.

Man ist sich im allgemeinen der Bedeutung, die die Schallreflexion für die Verständigung der Menschen hat, nicht genügend bewußt. Wenn man einen Laut oder eine Silbe von $\frac{1}{5}$ s Dauer ausspricht, so gehört hierzu ein Wellenzug von rund 68 m Länge, der in einem Zimmer nur nach mehrmaliger Reflexion Platz findet. Ohne eine solche Reflexion wäre eine Unterhaltung nur auf verhältnismäßig kurze Entfernungen möglich. Zwei Menschen, die an langen Seilen unter Fesselballonen frei im Raume schweben, können sich nur bis zu einem Höchstabstand von etwa 11 m unterhalten. In größerer Entfernung kommt ohne Schallreflexion auch bei lautestem Sprechen nicht mehr genügend Schallenergie in das Ohr des Partners, um dort einen wahrnehmbaren Reiz hervorzurufen.

Die Reflexion der Schallwellen begegnet uns bei vielen Gelegenheiten. Sie trat z. B. bei der im vorhergehenden Abschnitt behandelten Erzeugung stehender Schallwellen auf. Eine Reihe weiterer Beispiele (Echo, Nachhall, Echolot, Schallortung) wurde auf der Sekundarstufe I (Band I, S. 133ff.) erläutert. Wir beschränken uns deshalb hier darauf, nur noch einen weiteren Fall anzugeben, der geeignet ist, eine bekannte Erfahrung des Alltags verständlich zu machen. Die Schallreflexion kann nicht nur an festen und flüssigen Körpern, sondern auch an Gasen stattfinden; so können z.B. Luftmassen verschiedener Dichte an ihrer Grenzschicht Schallwellen reflektieren. Wenn man zwischen dem Ohr und der Schallquelle durch eine Reihe nebeneinanderstehender Gasbrenner einen Schleier heißer Luft erzeugt, so kann man die Reflexion an der Schwächung des Schalles deutlich erkennen. Der gleiche Vorgang trägt auch zu der Erscheinung bei, daß man den Schall in der Nacht weiter hört als am Tage, insbesondere an Tagen mit Sonneneinstrahlung. Durch die Sonnenstrahlung wird die Luft erwärmt; es steigen verschieden erwärmte Luftschichten in der Atmosphäre auf und ab und bewirken eine Teilreflexion und damit eine Schwächung des Schalles.

Für die *Brechung der Schallwellen* gilt das früher abgeleitete SNELLIUS-*Brechungsgesetz.* Allerdings spielen Brechungsvorgänge bei den hörbaren Frequenzbereichen nur eine geringe Rolle. Sie sind auch mit Hilfe von

Experimenten nur schwer vorführbar. Wenn man dagegen Schallwellen mit höheren Frequenzen (Ultraschall) verwendet, so läßt sich das SNELLIUS-Brechungsgesetz mit allen seinen Folgerungen auch für Schallwellen exakt nachweisen. Eine Naturerscheinung, die auf der Brechung beruht und sich im hörbaren Frequenzbereich abspielt, wird am Ende dieses Abschnitts behandelt.

Es ist für manche technische Probleme von Interesse zu wissen, welcher Anteil der auf die Grenzfläche zweier Medien treffenden Schallenergie reflektiert und welcher durchgelassen wird. Hierbei spielt eine physikalische Größe eine Rolle, die als *Schallwellenwiderstand* bezeichnet und folgendermaßen definiert wird:

Unter dem Schallwellenwiderstand (Formelzeichen: Z) eines Mediums versteht man das Produkt aus seiner Dichte ρ und der Schallgeschwindigkeit c in dem Medium.

$$Z = \rho\, c\,.$$

Die im folgenden für die Anteile der reflektierten und der durchgelassenen Schallenergie angegebenen Formeln gelten nur für den Fall, daß die Schallstrahlen senkrecht auf die Grenzfläche fallen; bei schrägem Einfall sind die Zusammenhänge komplizierter. Die in den Formeln vorkommende *Schallintensität* ist eine physikalische Größe, die später (S. 259) noch genau definiert wird. Es gelten die folgenden Gesetze:

Wenn Schallwellen senkrecht auf die ebene Grenzfläche zweier Medien mit den Schallwellenwiderständen Z_1 und Z_2 treffen, so gilt für das Verhältnis der reflektierten Schallintensität J_r und der auftreffenden Schallintensität J_0 die Gleichung

$$\frac{J_r}{J_0} = \frac{(Z_1 - Z_2)^2}{(Z_1 + Z_2)^2} = R\,.$$

Die Größe R wird als der *Reflexionsgrad* für die beiden Medien bezeichnet.

Für das Verhältnis der durchgelassenen Schallintensität J_d und der auftreffenden Schallintensität J_0 gilt die Gleichung

$$\frac{J_d}{J_0} = \frac{4 Z_1 Z_2}{(Z_1 + Z_2)^2} = D\,.$$

Die Größe D heißt der *Durchlässigkeitsgrad* für die beiden Medien.

Man erkennt sofort, daß stets

$$J_r + J_d = J_0$$

ist.

Aus den obigen Gleichungen ergibt sich, daß keine Reflexion erfolgt, wenn die beiden Medien den gleichen Schallwellenwiderstand haben; in diesem Falle durchdringt die gesamte Schallintensität die Grenzfläche. Eine solche für Schallwellen völlig durchlässige Grenzfläche kann auch zwischen zwei verschiedenen Stoffen vorhanden sein.

Beispiel

Für Wasser ist: $\rho_1 = 1\,\mathrm{g\,cm^{-3}}$, $c_1 \approx 1494\,\mathrm{m\,s^{-1}}$, $Z_1 \approx 149\,400\,\mathrm{g\,cm^{-2}\,s^{-1}}$.

Für Tetrachlorkohlenstoff ist: $\rho_2 \approx 1{,}59\,\mathrm{g\,cm^{-3}}$, $c_2 \approx 928\,\mathrm{m\,s^{-1}}$, $Z_2 \approx 147\,600\,\mathrm{g\,cm^{-2}\,s^{-1}}$.

Die Schallwellenwiderstände von Wasser und Tetrachlorkohlenstoff sind also nahezu gleich groß, so daß praktisch an einer solchen Grenzfläche keine Reflexion stattfindet.

Der prozentuale Anteil der reflektierten Schallenergie ist um so größer, je mehr sich die Schallwellenwiderstände der beiden Medien unterscheiden. Da man in den oben angegebenen Formeln die Größen Z_1 und Z_2 vertauschen kann, ohne daß sich an dem Reflexionsgrad und dem Durchlässigkeitsgrad etwas ändert, ist es für die prozentualen Anteile der reflektierten und der durchgelassenen Schallwellen belanglos, von welcher Seite diese auf die Grenzfläche der beiden Medien treffen.

Nach dem SNELLIUS-*Brechungsgesetz* muß bei dem Übergang der Schallwellen in ein Medium mit größerer Schallgeschwindigkeit eine Ablenkung vom Einfallslot weg erfolgen, während im umgekehrten Falle eine Ablenkung zum Einfallslot hin erfolgt. Im ersten Falle kann bei genügend großem Einfallswinkel die in der Optik auf der Sekundarstufe I (Band I, S. 260) behandelte *Totalreflexion* eintreten. Bei einer geeigneten Temperaturverteilung in den Luftschichten entsteht durch Brechung und Totalreflexion die als *Zone des Schweigens* bezeichnete merkwürdige Erscheinung.

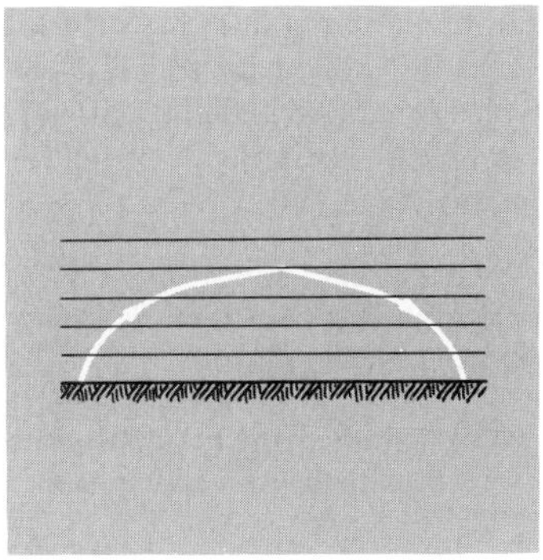

Abb. 255.1
Die Brechung und Totalreflexion der Schallwellen in der Atmosphäre

Wie aus der Formel auf S. 247 hervorgeht, wird die Schallgeschwindigkeit in Luft mit zunehmender Temperatur größer und mit abnehmender kleiner. Wenn die Temperatur der Lufthülle mit der Höhe zunimmt, wie dies bisweilen der Fall ist, erfahren die Schallwellen also von Schicht zu Schicht eine Brechung vom Einfallslot weg, und in einer bestimmten Höhe ist der Einfallswinkel dann so groß, daß Totalreflexion eintritt (Abb. 255.1).

Ereignet sich nun an irgendeinem Ort der Erdoberfläche eine Explosion, so ist der von dort ausgehende Schall zunächst in einer gewissen Umgebung des Explosionsherdes zu hören; dann folgt ein ringförmiger Bereich, in dem der Schall nicht mehr wahrnehmbar ist. Überraschend ist, daß sich nun in noch größerer Entfernung vom Explosionsherd eine ringförmige Zone anschließt, in der der Schall wieder wahrnehmbar ist. Es gibt also einen inneren und einen äußeren Hörbarkeitsbereich; diese beiden Bereiche sind durch die *Zone des Schweigens* getrennt.

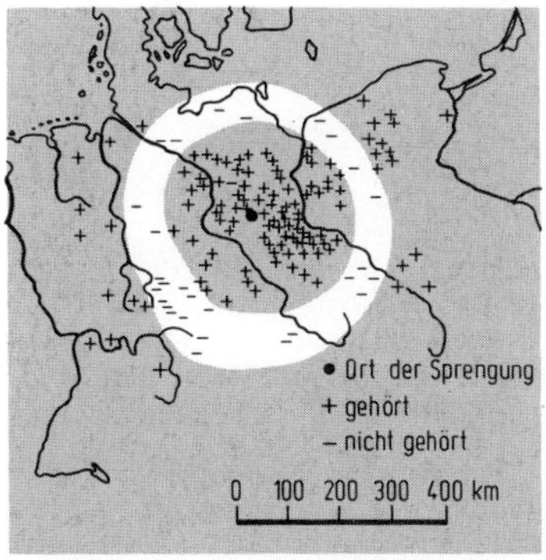

Abb. 255.2 Die Zone des Schweigens

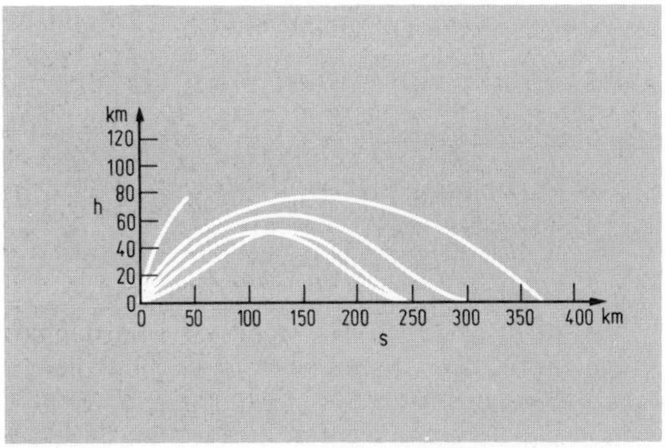

Abb. 255.3 Der Verlauf der Schallwellen in der Atmosphäre

In Jüterbog fand 1926 eine große Sprengung statt, die im Umkreis von etwa 180 km wahrgenommen wurde. In einer Entfernung von 180 – 240 km wurde sie überhaupt nicht bemerkt und dann im Umkreis von mehr als 240 km wieder in vielen Orten (Abb. 255.2). Die Erklärung ergibt sich aus dem in Abb. 255.3 dargestellten Verlauf des Schalles in der Atmosphäre.

2.10.6 Die Beugung der Schallwellen

Es wurde früher (S. 235) schon darauf hingewiesen, daß es für das Auftreten von Beugungserscheinungen auf das Verhältnis der Wellenlänge zur Größe der Öffnung oder des Hindernisses ankommt. Die Erfahrung des Alltags zeigt, daß die kurzen Lichtwellen bei den üblichen Öffnungen keine Beugung erkennen lassen. Anders ist dies aber bei den Schallwellen mit ihrer sehr viel größeren Wellenlänge. Weil die Schallwellenlängen in der

Größenordnung der Gegenstände unserer Umwelt liegen, treten hier starke Beugungserscheinungen auf. Die Tatsache, daß die meisten Körper *keinen akustischen Schatten* werfen, sondern daß der Schall *um die Ecke geht*, ist jedermann so geläufig, daß dabei kaum noch an die diese Erscheinung verursachende Beugung gedacht wird. Natürlich ist die Beugung bei tiefen Tönen wegen der größeren Wellenlänge im allgemeinen stärker als bei hohen Tönen.

Bei einem Lautsprecher sind daher die tiefen Töne ohne weiteres in allen Richtungen gut hörbar, die hohen Töne müssen dagegen durch *Hochtonlautsprecher* zusätzlich nach den Seiten abgestrahlt werden, wenn sie überall gut gehört werden sollen.

Man kann ferner leicht feststellen, daß ein von einem Menschen gesungener tiefer Ton hinter ihm fast ebenso laut gehört wird wie vor ihm, daß dagegen ein gepfiffener, hoher Ton nach vorne erheblich lauter als nach hinten zu hören ist. Dabei muß natürlich für eine Ausschaltung der Schallreflexion gesorgt werden.

2.10.7 Das Doppler-Prinzip bei Schallwellen

Der akustische DOPPLER-Effekt kann bei einer Autohupe beobachtet werden. Es zeigt sich, daß der Ton bei Annäherung an einen ruhenden Beobachter höher und bei Entfernung von einem ruhenden Beobachter tiefer als im Ruhezustand klingt. Der Umschlag in der Tonhöhe tritt im Augenblick des Vorbeifahrens ein. Man kann diese Erscheinung auch durch einen Versuch zeigen:

Versuch 256.1 Nach Abb. 256.1 wird eine etwa 25 cm lange Stativstange waagerecht an zwei Schnüren von mindestens 80 cm Länge aufgehängt, so daß sie in Richtung auf die Zuhörer pendeln kann. Man schlägt die Stange kräftig an, läßt sie schwingen und beobachtet genau die Tonhöhe.

Die Stange erzeugt einen Ton von etwa 1000 Hz. Die Geschwindigkeit am tiefsten Punkte beträgt ungefähr $v = 1{,}5\,\mathrm{m\,s^{-1}}$. Aus den Formeln auf S. 241 f. ergibt sich für die beim Beobachter feststellbaren Frequenzen

$$\nu' = \frac{c\,\nu}{c - v} \quad \text{und} \quad \nu'' = \frac{c\,\nu}{c + v}.$$

Damit ist

$$\nu' - \nu'' = c\,\nu \left(\frac{1}{c-v} - \frac{1}{c+v}\right) = c\,\nu \cdot \frac{2v}{c^2 - v^2} \approx \frac{2v\,c\,\nu}{c^2} \qquad (\text{da } v \ll c)$$

$$\nu' - \nu'' \approx \frac{2v\,\nu}{c} \approx \frac{2 \cdot 1{,}5 \cdot 1000}{340}\,\mathrm{Hz} \approx 9\,\mathrm{Hz}.$$

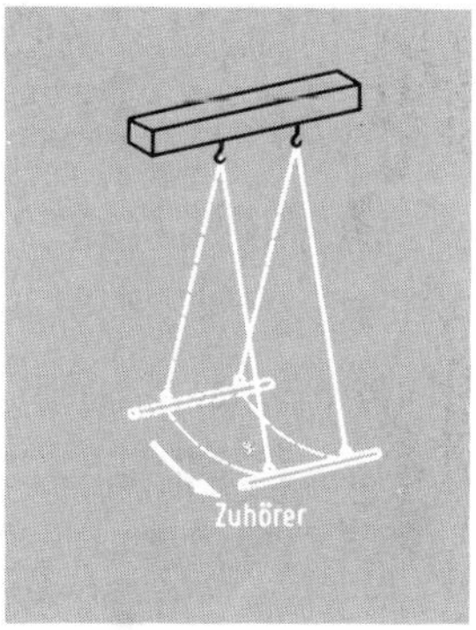

Abb. 256.1
Zur Demonstration des akustischen DOPPLER-Effektes

Der Unterschied zwischen den beiden bei der Hin- und bei der Herbewegung des Stabes von einem ruhenden Beobachter festgestellten Frequenzen beträgt also 9 Hz und wird von den meisten Menschen wahrgenommen.

Wir können abschließend feststellen, daß der Schall aus elastischen Longitudinalwellen besteht und alle Erscheinungen aufweist, die aufgrund der allgemeinen Erkenntnisse über elastische Wellen erwartet werden konnten. Polarisationserscheinungen können beim Schall nicht auftreten, da diese nur für transversale Wellen möglich sind. Alle in den Bereich der Physik fallenden akustischen Vorgänge und Erscheinungen, d.h. alle diejenigen, die sich außerhalb des wahrnehmenden Organs, des Ohres, abspielen, lassen sich mit Hilfe der allgemeinen Theorie der mechanischen Schwingungen und Wellen beschreiben und verstehen. Deshalb gilt:

Die Akustik ist für den Physiker ein Teilgebiet der Mechanik.

2.10.8 Die Schallabsorption

Wenn sich eine Schallwelle in einem homogenen Medium ausbreitet, so wird ein Teil der Schallenergie in andere Energieformen umgewandelt und die Schallstärke dadurch mit zunehmender Entfernung von der Schallquelle geschwächt. Man bezeichnet diese Erscheinung als *Schallabsorption.*

Bei *ebenen Schallwellen* nimmt die Schallstärke I (vgl. Definition S. 259) mit dem Anfangswert I_0 nach dem Durchlaufen einer Schicht mit der Dicke x auf

$$I_x = I_0 \, e^{-\alpha x}$$

ab. Die Größe α wird als *Schallabsorptionskoeffizient* bezeichnet und hängt von dem schallübertragenden Medium und von der Frequenz der Schallwellen ab. Es gilt:

Die Absorption von Schallenergie nimmt in Gasen, Flüssigkeiten und Festkörpern mit wachsender Frequenz der Schallwellen im allgemeinen rasch zu.

Statt des Absorptionskoeffizienten gibt man oft die *Halbwertschichtdicke,* d.h. diejenige Schichtdicke, nach deren Durchlaufen die Schallstärke auf die Hälfte gesunken ist, an.

Halbwertschichtdicken für die Schallabsorption in Abhängigkeit von der Frequenz

Stoff	Frequenzen			
	10 kHz	100 kHz	500 kHz	1000 kHz
Luft	220 m	220 cm	8,8 cm	2,2 cm
Wasser	400 km	4 km	160 m	40 m

Man erkennt aus dieser Tabelle:

Die Halbwertschichtdicken verhalten sich umgekehrt wie die Quadrate der Schallfrequenzen.

Dieses Gesetz ist aber nicht allgemein gültig, sondern es treten vielfach Abweichungen auf, deren theoretische Deutung recht schwierig ist.

Die Schallabsorption führt zu einer Abnahme der Schallstärke mit wachsender Entfernung von der Schallquelle. Das obige Gesetz bezieht sich auf *ebene Wellen.* Wenn wir es mit anderen Wellenformen zu tun haben, werden die Verhältnisse komplizierter.

Wir erläutern dies am Beispiel der *Kugelwellen:*

Bei den *Kugelwellen* verteilt sich die von einer punktförmigen Schallquelle ausgehende Energie auf immer größer werdende Kugelflächen. Wenn die Schallquelle die Intensität I_0 hat, so beträgt diese im Abstand r:

$$I_r = \frac{I_0}{r^2}.$$

Diese Abnahme der Schallstärke hat nichts mit Schallabsorption zu tun, sondern tritt aus rein geometrischen Gründen ein. Die Schwächung durch Absorption kommt hinzu und bewirkt dann eine zusätzliche Verringerung der Schallstärke mit wachsender Entfernung von der Schallquelle.

2.10.9 Das Schallfeld und seine Bestimmungsstücke

Unter einem Schallfeld versteht man ein von Schallwellen erfaßtes Raumgebiet.

Zur Beschreibung eines Schallfeldes dienen die *Schallfeldgrößen.* Diese Größen werden im folgenden anhand des Feldes einer ebenen Welle eingeführt, die sich in Richtung der positiven x-Achse ausbreitet; diese vereinfachende Voraussetzung kann gemacht werden, weil alle wesentlichen Zusammenhänge auch hierbei deutlich werden.

1. Der Schallausschlag oder die Bewegungsamplitude

Die Atome oder Moleküle des von einer Schallwelle erfaßten Mediums führen Schwingungen um eine Ruhelage aus, die der ungeordneten Wärmebewegung der Teilchen überlagert werden. Im einfachsten Falle handelt es sich um Sinusschwingungen, so daß für die Auslenkung ξ eines Teilchens aus der Ruhelage die Gleichung

$$\xi = \xi_{max} \sin 2\pi\nu \left(t - \frac{x}{c}\right) = \xi_{max} \sin \omega \left(t - \frac{x}{c}\right)$$

gilt. Wir setzen fest:

Unter dem Schallausschlag oder der Bewegungsamplitude (Formelzeichen: ξ_{max}) eines Schallfeldes versteht man die durch die Schallschwingung bewirkte maximale Auslenkung der schwingenden Teilchen.

Für die üblichen Schallwellen liegt der Schallausschlag in der Größenordnung von 10^{-10} m. Eine direkte Messung dieser Größe ist mit erheblichen Schwierigkeiten verbunden.

2. Die Schallschnelle und die Schallschnellenamplitude

Es gilt die folgende Definition:

Unter der Schallschnelle (Formelzeichen: u) eines Schallfeldes versteht man die durch die Schallwelle bewirkte räumlich und zeitlich periodische Momentangeschwindigkeit der schwingenden Teilchen.

Die Schallschnelle wird der Geschwindigkeit überlagert, die den Atomen oder Molekülen aufgrund ihrer ungeordneten Wärmebewegung zukommt.

Für die Schallschnelle gilt:

$$u = \frac{d\xi}{dt} = \xi_{max}\,\omega \cos \omega \left(t - \frac{x}{c}\right).$$

Die veränderliche Schallschnelle u darf nicht mit der zeitlich konstanten Schallgeschwindigkeit c verwechselt werden.

Unter der Schallschnellenamplitude (Formelzeichen: u_{max}) versteht man den Maximalwert der Schallschnelle.

Es ist also

$$u_{max} = \xi_{max}\,\omega.$$

Die Schallschnellenamplitude ist bei den üblichen Schallwellen sehr klein. Sie liegt im allgemeinen unter 0,1 mm · s^{-1}.

3. Der Schalldruck oder der Schallwechseldruck

Die periodischen Änderungen der Atom- und Molekülgeschwindigkeiten in einem Schallfeld verursachen *periodische Druckschwankungen*, die sich dem ohne Schallwellen vorliegenden Druck p_0 überlagern. Für den jeweiligen Gesamtdruck p bei nicht zu starken Schallfeldern gilt:

$$p = p_0 + p_{max} \cdot \cos \omega \left(t - \frac{x}{c}\right).$$

Den Maximalwert p_{max} der Schalldruckänderung bezeichnet man als die *Druckamplitude*.

Die Druckamplitude ist bei den üblichen Schallwellen sehr klein. Das menschliche Ohr reagiert bei der Frequenz $\nu = 1000$ Hz bereits auf eine Druckamplitude von $2 \cdot 10^{-10}$ bar. Das entspricht einem Ausschlag der Luftteilchen von nur $0{,}86 \cdot 10^{-11}$ m.

4. Die Schallstärke oder die Schallintensität

Die Schallwellen stellen wie jede andere Wellenbewegung einen *Transport von Energie* dar. Die hiermit zusammenhängenden physikalischen Größen sind für die Beurteilung der Schallquellen und der Schallfelder von besonderer Bedeutung.

Unter der Schallstärke oder Schallintensität (Formelzeichen: I) an einer Stelle des Schallfeldes versteht man den Quotienten aus der Schallenergie ΔW, die in der Zeit Δt durch das senkrecht zur Richtung der Schallstrahlen liegende Flächenelement ΔA transportiert wird, und dem Produkt aus Δt und ΔA.

$$I = \frac{\Delta W}{\Delta t \cdot \Delta A}.$$

Aus dieser Definition ergibt sich, daß die Schallstärke in der Einheit

$$\frac{1\,\mathrm{J}}{1\,\mathrm{s} \cdot 1\,\mathrm{m}^2} = 1\,\frac{\mathrm{W}}{\mathrm{m}^2} = 1\,\mathrm{W\,m}^{-2}$$

zu messen ist.

Es gilt:

Die Schallintensität I ist proportinal dem Quadrat der Druckamplitude p_{max}.

$$I \sim p_{max}^2$$

5. Die Schalleistung

Unter der Schalleistung (Formelzeichen: P) einer Schallquelle versteht man den Quotienten aus der gesamten von der Schallquelle in der Zeit Δt nach allen Richtungen abgegebenen Energie ΔW und der Zeit Δt.

$$P = \frac{\Delta W}{\Delta t}.$$

Die Schalleistung wird wie alle anderen Leistungen in der Einheit 1 W gemessen.

Leistungen von Schallquellen

Unterhaltungssprache	rund 10^{-5} W	Trompete	10^{-1} W	Großlautsprecher	bis 10^2 W
Geige	bis 10^{-3} W	Autohupe	5 W	Alarmsirene	10^3 W

6. Die relativen Maße der Schallfeldgrößen

Bei Energieübertragungen sowie in der Verstärkungs- und Dämpfungstechnik tritt häufig das Verhältnis zweier Schalleistungen P_1 und P_2 auf. Da dieses Verhältnis oft eine sehr große Zahl ist, bildet man zweckmäßig den dekadischen oder den natürlichen Logarithmus dieses Verhältnisses.

Der dekadische Logarithmus von $\frac{P_1}{P_2}$ wird mit M_{lg} bezeichnet. Sein Wert wird mit der zusätzlichen Bezeichnung *Bel* (Kurzzeichen: B) oder *Dezibel* (Kurzzeichen: dB) angegeben, wobei der Zusammenhang

$$1\,\mathrm{B} = 10\,\mathrm{dB}$$

besteht. Es ist also

$$M_{lg} = \lg \frac{P_1}{P_2}\ \mathrm{Bel\ (B)} = 10 \lg \frac{P_1}{P_2}\ \mathrm{Dezibel\ (dB)}.$$

Die Bezeichnungen Bel und Dezibel sind keine physikalischen Einheiten, sondern Hinweis- oder Kennwörter, die nach dem amerikanischen Ingenieur A. G. Bell (1847–1922) benannt sind und durch die zum Ausdruck gebracht werden soll, daß eine physikalische Größe gemessen wird, indem man den *dekadischen* Logarithmus des Verhältnisses dieser Größe zu einer gleichartigen Bezugsgröße angibt.

Beispiele

$M_{lg} = 1\,\mathrm{B}$ bedeutet $\lg \frac{P_1}{P_2} = 1$ oder $\frac{P_1}{P_2} = 10$

$M_{lg} = 2\,\mathrm{B}$ bedeutet $\lg \frac{P_1}{P_2} = 2$ oder $\frac{P_1}{P_2} = 100$

$M_{lg} = 1\,\mathrm{dB}$ bedeutet $10 \lg \frac{P_1}{P_2} = 1$ oder $\frac{P_1}{P_2} = 10^{\frac{1}{10}} = 1{,}259$

$M_{lg} = 2\,\mathrm{dB}$ bedeutet $10 \lg \frac{P_1}{P_2} = 2$ oder $\frac{P_1}{P_2} = 10^{\frac{1}{5}} = 1{,}585$

Reizunterschiede, die kleiner als ein Dezibel sind, können durch unsere Sinnesorgane kaum noch wahrgenommen werden.

Im allgemeinen geht man von einer willkürlich festlegbaren Bezugsgröße aus, die man als *Pegel* bezeichnet. Als Schalleistungspegel wird oft die Größe

$$P_0 = 1 \text{ Milliwatt (mW)}$$

verwendet. Die Angabe

$$M_{\lg} = 20 \text{ dB}$$

bedeutet dann

$$10 \lg \frac{P_1}{P_0} = 20 \quad \text{oder} \quad P_1 = 100\,P_0 = 100 \text{ mW}.$$

Statt der dekadischen Logarithmen können auch die *natürlichen* Logarithmen verwendet werden. Man bringt dies durch das Hinweiswort *Neper* (Np) zum Ausdruck.

2.10.10 Die Lautstärke und der Lärm

Die *Lautstärke* Λ ist ein Maß für die von einem Schall bewirkte Schallempfindung. Deshalb ist die Lautstärke keine rein physikalische Größe, sondern eine Schalleigenschaft, bei der auch *physiologische* Einflüsse eine Rolle spielen.

In grober Annäherung gilt für den Zusammenhang zwischen der subjektiv empfundenen Lautstärke Λ und dem objektiv gemessenen physikalischen Reiz, als dessen Maß die Schallstärke I dienen kann, das WEBER-FECHNER-Gesetz (nach W. WEBER, 1804–1891 und G. T. FECHNER, 1801–1887):

Die Lautstärke Λ ist eine lineare Funktion des dekadischen Logarithmus der Schallstärke I.

$$\Lambda = c \lg I.$$

Man mißt die Lautstärke nicht absolut, sondern verwendet zu ihrer Definition den dekadischen Logarithmus des Quotienten zweier Schallstärken. Bei der Festlegung der erforderlichen Bezugsschallstärke I_0 muß beachtet werden, daß die Empfindlichkeit des Ohres von der Schallfrequenz abhängt. Die maximale Empfindlichkeit liegt etwa bei $\nu = 1000$ Hz. Bei dieser Frequenz kann eine Schallstärke mit dem Schwellenwert

$$I_0 = 10^{-12} \frac{\text{W}}{\text{m}^2}$$

gerade noch wahrgenommen werden (Hörschwelle). Diese Schwellenschallstärke dient als Bezugsgröße für die Messung der Lautstärke.

Um die unbekannte Lautstärke Λ eines Schalles zu bestimmen, stellt man mit Hilfe des Ohres fest, wie groß die Schallstärke I des Vergleichstones von 1000 Hz sein muß, damit die zu bestimmende Lautstärke und die Lautstärke des Vergleichstones als gleich empfunden werden. Die so ermittelte Schallstärke I ist dann die Schallstärke des zu messenden Schalles.

Es gilt nun:

Die Lautstärke Λ eines Schalles ist der zehnfache dekadische Logarithmus des Quotienten aus seiner Schallstärke I und der Schwellenschallstärke I_0.

$$\Lambda = 10 \lg \frac{I}{I_0} \text{ Phon}.$$

Die Lautstärke Λ ist eine reine Zahlengröße. Die Bezeichnung Phon stellt also keine Einheit dar, sondern ist ein Hinweiswort, durch das zum Ausdruck gebracht wird, daß hier der dekadische Logarithmus des Quotienten zweier Schallstärken gemeint ist.

Die Angabe $\Lambda = 20$ Phon bedeutet also $\Lambda = 10 \lg \dfrac{I}{I_0} = 20$ oder $I = 100\,I_0$.

Ein Schall mit der Lautstärke 20 Phon hat also eine Schallstärke, die hundertmal so groß wie der Schwellenwert des Vergleichstones von 1000 Hz ist.
Ein an der Hörschwelle liegender Ton ($I = I_0$) hat die Lautstärke

$$\Lambda = 10 \lg \frac{I}{I_0} \text{ Phon} = 10 \lg 1 \text{ Phon} = 0 \text{ Phon}.$$

Lautstärkenunterschiede von 1 Phon liegen an der Grenze der Erkennbarkeit durch das menschliche Ohr.

Die Bestimmung der Lautstärke durch Hörvergleich mit Hilfe von Versuchspersonen ist für die Praxis meistens zu umständlich. Man hat deshalb den Begriff der DIN-*Lautstärke* eingeführt, die durch ein Lautstärke- oder Geräuschmeßgerät ganz bestimmter Bauart ermittel wird. Es handelt sich dabei um ein Mikrofon, das die Druckschwankungen des Schalles in elektrische Spannungsschwankungen umsetzt. Diese werden verstärkt und dann einem Meßinstrument zugeführt. Auf einer entsprechend kalibrierten Skala kann dann unmittelbar der Phon-Wert abgelesen werden. Zum Unterschied von den zuerst dargelegten Lautstärkenmessungen werden die so ermittelten Werte durch den Zusatz phon_{DIN} gekennzeichnet. Ein nach den DIN-Vorschriften gebauter DIN-Lautstärkenmesser zeigt die Lautstärke mit einer praktisch meistens ausreichenden Genauigkeit an. Bei der Messung der Lautstärke im Straßenverkehr, in Fabriken oder an anderen lärmgefährdeten Stellen werden solche *Phonmeter* viel verwendet. Die folgende Tabelle gibt einige auf diese Weise gemessenen DIN-Lautstärken an:

Lautstärken in phon_{DIN}

Luftschutzgroßsirene 35 kW (Abstand 20 m)	135	Motorrad (Abstand 7 m)	85
Startendes Flugzeug (Abstand 25 m vom Heck)	130	Mittlerer Straßenverkehr in Großstadt	70
Preßlufthammer (Abstand 1 m)	120	Unterhaltungssprache (Abstand 1 m)	65
Autohupe (Abstand 1 m)	110	Niedrigster Geräuschpegel in Wohnvierteln nachts	40
Im Innern eines Flugzeuges	105	Blätterrauschen	30
Schwerer Lastwagen (Abstand 7 m)	90	Hörschwelle bei Jugendlichen	0

Abschließend sollen noch einige Bemerkungen zum Begriff des *Lärms* und der *Lärmbelästigung* gemacht werden. Es ist nicht möglich, eine physikalisch präzise Definition dieser Begriffe zu geben, weil neben physikalischen auch physiologische und psychologische Faktoren hier eine wichtige Rolle spielen. Nicht jedes Geräusch wird als Lärm oder als Belästigung empfunden; die individuelle Empfindlichkeit ist von Mensch zu Mensch sehr verschieden, und sie ist auch bei der gleichen Person je nach ihrer körperlichen, geistigen und seelischen Verfassung starken Schwankungen unterworfen. Allgemein kann über die Lärmbelästigung folgendes gesagt werden:

1. Die Lärmbelästigung ist um so heftiger, je größer die Schallstärke ist und je mehr hohe Frequenzen an dem Geräusch beteiligt sind.
2. Diskontinuierliche Geräusche belästigen den Menschen mehr als kontinuierliche, in ihrer Stärke gleichbleibende Lärmreize.
3. Die Lärmbelästigung hängt stark von der persönlichen Beziehung zur Lärmquelle ab. Während ein Motorradfahrer durch seinen eigenen Lärm wenig oder gar nicht belästigt wird, ist die Belästigung bei unbeteiligten Personen um so stärker, je größer ihre Abneigung gegen die Lärmquelle oder auch gegen die den Lärm erzeugende Person ist.
4. Die Lärmbelästigung hängt ferner von der jeweiligen Situation ab. So kann die Unterhaltung zweier Menschen, der man in der Straßenbahn oder in einem Lokal keine Bedeutung beimißt, während eines Vortrages bereits eine Belästigung darstellen.

Die Klagen und Beschwerden über Lärmbelästigungen werden von Jahr zu Jahr größer, und es ist eine schwierige Frage, was als zumutbarer Lärm bezeichnet werden muß und wann die Grenze der Zumutbarkeit überschritten wird. Die Entscheidung hierüber wird in Zusammenarbeit von Physikern, Medizinern und Juristen gefällt werden müssen, wobei es vor allem die Aufgabe der Physiker und Techniker ist, zuverlässige Meßgeräte für die Beurteilung des Lärmes bereitzustellen und Verfahren zur Verringerung des in vielen Fällen nicht völlig vermeidbaren Lärms und der damit verbundenen Belästigungen zu ersinnen. Als allgemeiner Maßstab für das Vorliegen einer unzumutbaren Lärmbelästigung kann folgende Feststellung dienen:

Wenn die an einem Ort herrschende durchschnittliche Schallstärke durch eine Lärmquelle am Tage um 5 Phon und in der Nacht um 3 Phon überschritten wird, so kann von einer unzumutbaren Lärmbelästigung gesprochen werden; bleibt das störende Geräusch unter dieser Grenze, so wird man es im allgemeinen als zumutbar bezeichnen.

Zahlreiche medizinische Untersuchungen haben gezeigt, daß auch unabhängig davon, ob der Lärm als störend empfunden wird, schon bei Lautstärken von etwa 65 Phon ab vegetative Reizwirkungen auf den menschlichen Organismus hervorgerufen werden, die zu einer Veränderung der Herztätigkeit, der Drüsensekretion und der Organdurchblutung führen. Bei einer Lautstärke um 90 Phon (Motorsäge) wurde eine Zusammenziehung der Blutgefäße der Haut, eine Erhöhung des Blutdrucks und eine Abnahme des Fingerpulses beobachtet. Bei Lautstärken oberhalb von 90 Phon kommt es neben psychischen und vegetativen Reaktionen zu Schädigungen des Innenohres, die zur Lärmschwerhörigkeit führen können. Schließlich wird im Bereich von 120 bis 130 Phon die Schmerzgrenze erreicht. Solche Lautstärken verursachen sofortigen Ohrenschmerz mit rasch eintretender Taubheit. Es ist ferner beobachtet worden, daß bei besonders großen Lärmeinwirkungen, wie sie etwa an Prüfständen von Düsentriebwerken auftreten, Schwindel und Lähmungen als Folge der Lärmeinwirkung eingetreten sind. In Tierversuchen ist sogar festgestellt worden, daß sehr starke Lärmbelästigungen zum Tode führen können. Aber auch dann, wenn keine Gehörverluste oder andere unmittelbar feststellbaren Schäden auftreten, stellen die sich täglich wiederholenden Lärmreize, denen die Menschen in den Großstädten heute ausgesetzt sind, eine Beeinträchtigung der Gesundheit dar, deren Ausmaß noch keineswegs vollständig übersehbar ist. Deshalb gehört die Lärmbekämpfung zu den wichtigsten gesundheitsfördernden Maßnahmen unserer Zeit.

Die über die Schallwellen gewonnenen Erkenntnisse sollen wieder durch einige Beispiele erläutert werden.

Beispiele

1. Zwei Stimmgabeln haben die Frequenzen $\nu_1 = \nu_2 = 440$ Hz. Eine von ihnen wird durch ein Zusatzgewicht verstimmt, so daß bei dem gleichzeitigen Anschlagen der beiden Stimmgabeln 40 Schwebungen in 8 s entstehen. Wie groß ist die Frequenz der verstimmten Gabel?

Für die Schwebungsfrequenz ν ergibt sich:

$$\nu = \frac{40}{8\,\text{s}} = 5\ \text{Hz}.$$

Die Frequenz der verstimmten Stimmgabel beträgt folglich:

$$\nu' = 440\ \text{Hz} + 5\ \text{Hz} = 445\ \text{Hz} \quad \text{bzw.} \quad \nu'' = 440\ \text{Hz} - 5\ \text{Hz} = 435\ \text{Hz}.$$

2. Ein Auto fährt mit der Geschwindigkeit $v = 72\ \text{km}\,\text{h}^{-1}$ unmittelbar an einem ruhenden Beobachter vorbei und betätigt dabei die Hupe. Um welches Intervall ändert sich die Tonhöhe der Hupe beim Passieren des Beobachters? (Schallgeschwindigkeit $c = 340\ \text{m}\,\text{s}^{-1}$.)

Die Geschwindigkeit des Autos ist

$$v = 72\ \text{km}\,\text{h}^{-1} = 20\ \text{m}\,\text{s}^{-1}.$$

Die Frequenz des Hupentones sei ν.

Wenn das Auto sich dem Beobachter nähert, so nimmt dieser die Frequenz

$$\nu' = \frac{\nu}{1 - \frac{v}{c}}$$

wahr. Wenn das Auto sich von dem Beobachter entfernt, ist die wahrgenommene Frequenz

$$\nu'' = \frac{\nu}{1 + \frac{v}{c}}.$$

Daraus folgt für das Intervall:

$$\frac{\nu'}{\nu''} = \frac{1 + \frac{v}{c}}{1 - \frac{v}{c}} = \frac{c + v}{c - v} = \frac{340\ \text{m}\,\text{s}^{-1} + 20\ \text{m}\,\text{s}^{-1}}{340\ \text{m}\,\text{s}^{-1} - 20\ \text{m}\,\text{s}^{-1}} = \frac{360}{320} = \frac{9}{8}.$$

Weitere Aufgaben: Siehe O. Höfling, Physik-Aufgaben II/1.

2.11 Die mechanischen Eigenschaften der Festkörper

2.11.1 Die Struktur der Festkörper

Unter einem *Festkörper* versteht man einen Körper, dessen Volumen und Gestalt nur mit Hilfe großer Kräfte verändert werden kann. Man unterscheidet zwei Gruppen von Festkörpern:

1. Die kristallinen Festkörper

Ein kristalliner Festkörper besteht entweder aus einem einzigen Kristall oder aus einer großen Zahl unregelmäßig angeordneter und zusammengefügter kleiner Kristalle. Im ersten Falle spricht man von einem *Einkristall* und im zweiten Falle von einem *polykristallinen Festkörper.*

2. Die amorphen Festkörper

Man versteht darunter Festkörper, die keine Kristallstruktur aufweisen. Wie später noch genauer dargelegt wird, unterscheiden sie sich von den Flüssigkeiten dadurch, daß sie eine gewisse Formelastizität besitzen.

Der Unterschied zwischen den kristallinen und den amorphen Festkörpern wird noch deutlicher, wenn man die Art ihres Aufbaues aus Atomen, Molekülen oder Ionen betrachtet.

Bei den *Kristallen* sind die Teilchen regelmäßig angeordnet, wobei die zwischen ihnen wirkenden Kräfte über weite räumliche Bereiche eine periodisch wiederkehrende Anordnung der Teilchen bewirken. Man spricht deshalb von einer *Fernordnung.*

Bei den *amorphen Festkörpern* reichen die zwischen den Bausteinen wirkenden Kräfte nur bis zu den nächsten Nachbarn. Die Folge davon ist, daß die weiter entfernten Teilchen keine bestimmte Lage mehr zu dem ersten Teilchen haben. Wir haben es hier deshalb mit einer *Nahordnung* zu tun.

2.11.2 Die kristallinen Festkörper

Bei den Kristallen sind die Bausteine (Atome, Moleküle oder Ionen) regelmäßig im Raume angeordnet. Man bezeichnet diese Anordnungen als *Raumgitter* oder als *Kristallgitter*. Dabei bilden die Gitterbausteine äquidistante Punktreihen oder *Liniengitter*. Diese liegen in festen Abständen nebeneinander und bilden die Netzebenen oder *Flächengitter*, die ihrerseits wieder in gleichen Abständen angeordnet sind und die *Raumgitter* bilden. Die Abstände der Gitterbausteine können mit Hilfe von RÖNTGEN-Strahlen bestimmt werden; wenn man solche Strahlen durch einen Kristall gehen läßt, so treten Interferenzerscheinungen (S. 224) auf, die eine Berechnung der Gitterabstände ermöglichen. Solche Untersuchungen haben ergeben, daß die Abstände der Gitterbausteine in der Größenordnung von 10^{-10} m liegen. Wir merken uns also:

Bei den Kristallen sind die Bausteine in regelmäßigen Raumgittern angeordnet, wobei der Abstand der Gitterpunkte rund 10^{-10} m beträgt.

Die regelmäßige Anordnung der Gitterbausteine bewirkt, daß die Kristalle auffallende *Symmetrieeigenschaften* aufweisen. Sie sind von ebenen Flächen begrenzt, die je nach der Art des Kristalles unter ganz bestimmten Winkeln zusammenstoßen. Dabei treten *Symmetrieachsen* und *Symmetrieebenen* auf. Je nach der Art und Anzahl der Symmetrieelemente unterscheidet man die folgenden *sieben Gittertypen:*

kubisch, tetragonal, rhomboedrisch, hexagonal, rhombisch, monoklin, triklin.

Die zu diesen Grundtypen gehörigen Symmetrieelemente können in verschiedenen Kombinationen auftreten, wobei sich 32 unterschiedliche *Symmetriekombinationen* ergeben. Es ist nicht möglich, das umfassende Gebiet der *Kristallphysik* hier im einzelnen darzulegen. Wir müssen uns vielmehr auf einige Angaben allgemeiner Art beschränken.

Bei den Kristallgittern muß man je nach der Art der Bausteine und der auftretenden Bindungen zwischen *Ionengittern, Atomgittern, Molekülgittern* und *Metallgittern* unterscheiden. Daneben existieren zwischen den genannten Gitterarten verschiedene *Übergangs-* oder *Kombinationstypen.*

1. Die Ionengitter

Die *Ionengitter* treten vor allem bei *Salzen* auf. Die Gitterbausteine sind hier positiv und negativ geladene Ionen. Der Zusammenhalt der Bausteine kommt im wesentlichen dadurch zustande, daß entgegengesetzte elektrische Ladungen einander anziehen. In Abb. 264.1 ist als Beispiel für ein Ionengitter der Bau eines Kochsalzkristalles (NaCl) schematisch wiedergegeben. Hierbei sind positive Natriumionen und negative Chlorionen in den Ecken von Würfeln so angeordnet, daß jedes Natriumion von sechs Chlorionen umgeben ist und umgekehrt. Man kann bei einem solchen Kristall also nicht jedem Chlorion ein bestimmtes Natriumion zuordnen; dies hat zur Folge, daß der übliche Molekülbegriff der Chemie hier seine Bedeutung verliert. Der ganze Kristall muß vielmehr als ein einziges Molekül betrachtet werden. Jeder Baustein kann um seine Ruhelage schwingen. Die Schwingungsweite der Teilchen und ihre Energie werden mit steigender Temperatur größer und erreichen bei einer bestimmten Temperatur einen Betrag, der ausreicht, um die Anziehungskräfte der Teilchen untereinander zu überwinden. Die Folge davon ist, daß dann der regelmäßige Aufbau des Kristalls zerstört wird und der Körper in den flüssigen Zustand übergeht. In Abb. 264.1 wurde weiter der Tatsache Rechnung getragen, daß die Chlorionen einen größeren Durchmesser als die Natriumionen haben. Die Bausteine wurden schließlich weiter auseinander gezeichnet als es der Wirklichkeit entspricht, um die Struktur des Kristalles besser erkennbar zu machen (Abb. 264.1 a); man muß sich den Bau des Kristalles so vorstellen, daß die Ionen praktisch aneinander stoßen (Abb. 264.1 b).

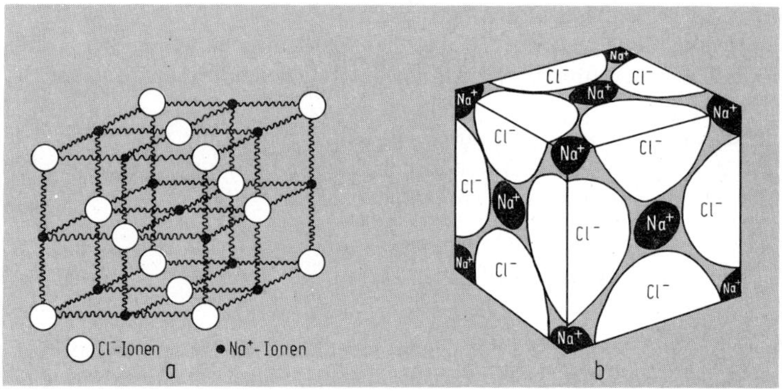

Abb. 264.1
Schematische Darstellung des Aufbaues eines Kochsalzkristalles
a) Lage der Atomzentren
b) Lage der vollständigen Atome

Wir stellen zusammenfassend fest:

Die Ionengitter bestehen aus in regelmäßigem Wechsel angeordneten positiv und negativ geladenen Gitterbausteinen, die durch die elektrostatische Anziehung der entgegengesetzten elektrischen Ladungen zusammengehalten werden. Man spricht in diesen Fällen von einer Ionenbindung.

2. Die Atomgitter

Die *Atomgitter* treten vor allem bei den in der Elektrizitätslehre näher zu besprechenden und in der modernen Elektronik viel verwendeten *Halbleitern* und bei manchen *organischen Festkörpern* auf. Die Bausteine sind neutrale Atome, die dadurch zusammengehalten werden, daß sie gemeinsame Elektronenpaare besitzen. Die Quantenmechanik lehrt, daß solche gemeinsamen Elektronenpaare eine Bindung zwischen den zugehörigen Atomen bewirken.

Wir merken uns also:

Die Atomgitter bestehen aus regelmäßig angeordneten neutralen Atomen, die durch gemeinsame Elektronenpaare zusammengehalten werden. Man spricht in diesen Fällen von einer kovalenten Bindung oder einer Atombindung.

3. Die Molekülgitter

Die *Molekülgitter* treten vorwiegend bei festen *organischen Verbindungen* auf; wir finden sie ferner bei Eis und festem Kohlendioxid. Die in den Raumgitterpunkten befindlichen Bausteine sind neutrale Moleküle. Sie werden durch die verhältnismäßig schwachen VAN-DER-WAALS-Kräfte zusammengehalten, wobei die Dispersionskräfte eine besondere Rolle spielen. Wir werden über diese Kräfte im Zusammenhang mit der Atomphysik noch genauer zu sprechen haben und weisen hier nur darauf hin, daß die Dispersionskräfte durch eine gegenseitige Beeinflussung der Elektronenschwingungen in benachbarten Molekülen zustande kommen. Die Elektronen solcher benachbarter Moleküle schwingen in der gleichen Phase; die Quantenmechanik zeigt, daß dies eine gegenseitige Anziehung der beiden Moleküle bewirkt. Die Dispersionskräfte treten auch bei anderen Gitterarten auf, sie bilden hier aber nur relativ unbedeutende Zusatzkräfte, die in vielen Fällen vernachlässigt werden können. Die geringe Größe der Dispersionskräfte bewirkt, daß die Bausteine der Molekülgitter sich leicht voneinander trennen lassen, so daß diese Kristalle niedrige Schmelzpunkte haben und daß die aus Molekülgittern aufgebauten Stoffe leicht flüchtig sind.

Für die Molekülgitter gilt also:

Die Molekülgitter bestehen aus regelmäßig angeordneten neutralen Molekülen, die vorwiegend durch die zur Gruppe der van-der-Waals-Kräfte gehörenden, verhältnismäßig schwachen Dispersionskräfte zusammengehalten werden.

4. Die Metallgitter

Die *Metallgitter* liegen vor allem bei den *Metallen* vor. Die Metallatome geben dabei eine von der Stellung des betreffenden Metalles im Periodensystem der Elemente abhängige Anzahl von Elektronen ab, die sich als *Elektronengas* innerhalb des Gitters mehr oder weniger frei bewegen können. Das Gitter besteht aus den nach der Ablösung der Elektronen verbleibenden, positiv geladenen Atomrümpfen. Die freien Elektronen gehören allen Gitterbausteinen gemeinsam an und bewirken die zwischen ihnen bestehende Bindung. Es scheint hier also eine gewisse Ähnlichkeit mit der oben erwähnten Atombindung zu bestehen, bei der gemeinsame Elektronenpaare die Bindung zwischen jeweils zwei Atomen bewirken. Der wesentliche Unterschied besteht aber darin, daß die Elektronen bei den Metallgittern nicht mehr als bindende Paare je zwei Atomen zugeordnet werden können, sondern daß alle freien Elektronen dem Metallgitter als Ganzem angehören. Dadurch erfolgt die Bindung zwischen den positiven Metallionen und dem Elektronengas.

Die Tatsache, daß in einem Metallgitter zahlreiche Elektronen nicht an bestimmte Atome gebunden sind, sondern sich innerhalb des Metallgitters frei bewegen können, ist auch der Grund dafür, daß die Metalle gute elektrische Leiter sind. Man bezeichnet die freien Elektronen deshalb auch als *Leitungselektronen.* Im Gegensatz hierzu sind die Elektronen bei den oben erwähnten Ionen- und Atomgittern an bestimmte Atome gebunden. Deshalb sind jene Kristalle schlechte Elektrizitätsleiter oder Isolatoren.

Für die Metallgitter gilt also:

Die Metallgitter bestehen aus regelmäßig angeordneten, positiv geladenen Metallionen, die durch ein dem ganzen Gitter gemeinsam angehörendes Elektronengas zusammengehalten werden.

5. Die Übergangs- oder Kombinationsgitter

Die vier bisher genannten Hauptgittertypen treten selten in reiner Form auf, meist kommen die verschiedenartigsten Kombinationen vor. Wir erläutern dies an einem Beispiel und wählen dazu die als *Graphit* bezeichnete besondere Modifikation des Elementes Kohlenstoff. Der Aufbau eines Graphitkristalls ist in Abb. 265.1 schematisiert dargestellt. Man erkennt daran, daß der Graphit eine hexagonale Schichtstruktur besitzt. Innerhalb einer Schichtebene weisen die Gitterbausteine weitgehend eine metallische Bindung auf. Die einzelnen Schichten werden dagegen untereinander im wesentlichen durch VAN-DER-WAALS-Kräfte zusammengehalten. Da die VAN-DER-WAALS-Kräfte verhältnismäßig schwach sind, sind die Schichten leicht gegeneinander verschiebbar. Das ist auch der Grund dafür, daß man Graphit als Gleitmittel verwendet.

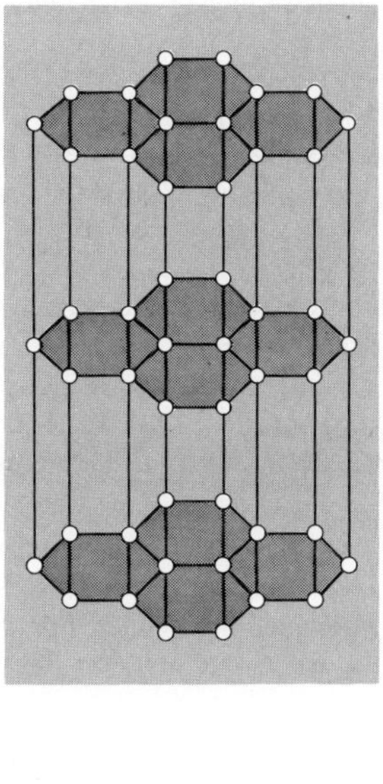

Abb. 265.1
Schematische Darstellung der Kristallstruktur von Graphit

Zahlreiche *anorganische Verbindungen* bestehen aus ähnlichen *Schichtengittern* wie der Graphit. Dabei können die Bausteine innerhalb der einzelnen Schichten aber auch durch die oben besprochene Ionen- oder Atombindung zusammengehalten werden.

Die bisher dargestellten Gittertypen geben das Idealbild der fehlerfreien Kristalle wieder. Die *Realkristalle* weisen demgegenüber immer Fehler auf, auch wenn sie mit der größten Sorgfalt hergestellt und chemisch rein gehalten werden. Wie die Erfahrung zeigt, entfällt auf 10^4 bis 10^6 Gitterbausteine mindestens ein Fehler. Dabei treten verschiedene Fehlerarten auf:

a) In dem Gitter können *Leerstellen* vorhanden sein. Dies bedeutet, daß gewisse Gitterpunkte, die eigentlich von Atomen, Molekülen oder Ionen besetzt sein müßten, leer bleiben. Man spricht in diesem Falle von einer SCHOTTKY-*Fehlordnung*.

b) Es können *Zwischengitterstellen* von einzelnen Atomen, Molekülen oder Ionen besetzt sein. Dies bedeutet, daß sich Kristallbausteine zwischen zwei für den Idealkristall geltenden Gitterpunkten befinden. Man spricht dann von einer FRENKEL-*Fehlordnung*.

c) In dem Kristall können sich *Fremdatome* befinden. Man spricht dann von einer *chemischen Fehlordnung*. Wie sich später bei der Behandlung der Halbleiter zeigen wird, baut man zur Erzeugung spezieller Halbleiter geeignete Fremdatome absichtlich in die Kristallgitter ein, weil sich auf diese Weise die elektrische Leitfähigkeit der Halbleiter steigern läßt.

d) Ein weiterer Fehler besteht darin, daß die *Gitterebenen des Kristalls stufenweise gegeneinander versetzt* sein können.

Es wurde bei den Ionengittern schon darauf hingewiesen, daß die Gitterbausteine der Kristalle Schwingungen um ihre Gleichgewichtslagen ausführen. Dies gilt nun für alle Kristalltypen. Die Gleichgewichtslagen werden durch die Gitterpunkte gebildet. Da die Gitterbausteine mit ihren Nachbarn in Wechselwirkung stehen, sind auch ihre Schwingungen miteinander gekoppelt. Sie sind um so stärker, je höher die Temperatur des Kristalles ist. Man muß dabei beachten, daß schwingende Gitterbausteine mehr Energie besitzen als ruhende. Wenn man einem Kristall Energie zuführt, so bedeutet dies, daß die Schwingungsweiten der einzelnen Gitterbausteine und damit ihr Energieinhalt größer werden. Makroskopisch macht sich dies dadurch bemerkbar, daß der Kristall sich bei der Erwärmung ausdehnt.

Die quantitative Untersuchung der Schwingungen von Raumgittern ist kompliziert. Wegen der Kopplung zwischen den Gitterbausteinen bilden sich stehende und fortlaufende Wellen. Hier soll nur auf eine Tatsache hingewiesen werden, die in analoger Weise auch bei den elektromagnetischen Schwingungen und Wellen auftritt und mit der wir uns bei der Behandlung dieser Erscheinungen noch genauer beschäftigen werden. Es handelt sich um die Tatsache, daß die *Energiezustände* der mechanischen Gitterschwankungen *in den Kristallen gequantelt* sind. Dies bedeutet, daß die Energie von den Gitterbausteinen nicht kontinuierlich aufgenommen oder abgegeben wird, sondern daß dies nur in ganz bestimmten Portionen oder Quanten geschehen kann. Für jede Frequenz ν einer Schwingung oder Welle gibt es ein bestimmtes Energiequant

$$W = h\nu .$$

Die Größe h wird als die PLANCK-Konstante bezeichnet. Es gilt

$$h = 6{,}625 \cdot 10^{-34}\,\mathrm{J\,s}.$$

Die Quanten des elektromagnetischen Feldes, die man als *Photonen* bezeichnet, werden uns später noch oft begegnen. Hier handelt es sich um die Quanten von mechanischen Schwingungen in Kristallgittern; da die Frequenz dieser Schwingungen im Bereich der Schallwellen liegt, werden die zugehörigen Quanten *Phononen* genannt.

Wir stellen abschließend fest:

Die Bausteine der Kristallgitter führen mechanische Gitterschwingungen aus, deren Energie gequantelt ist. Die Energiequanten dieser Schwingungen, deren Frequenzen im Bereich der Schallfrequenzen liegen, werden als Phononen bezeichnet. Für das Phonon gilt

$$W = h\nu .$$

2.11.3 Die amorphen Körper

Bei einem *amorphen Körper* sind die Atome oder Moleküle im Gegensatz zu den Kristallen nicht in regelmäßigen Gittern angeordnet. Es gibt deshalb in diesen Stoffen auch keine ausgezeichneten Richtungen, so daß ihre physikalischen Eigenschaften richtungsunabhängig sind. Sie stimmen in dieser Hinsicht mit den Flüssigkeiten und Gasen überein.

Es ist im Hinblick auf die Richtungsabhängigkeit der physikalischen Eigenschaften üblich, zwei Gruppen von Körpern zu unterscheiden:

1. Die isotropen Körper

Man versteht darunter Körper, bei denen alle Richtungen in bezug auf die Körpereigenschaften gleichwertig sind.

Hierzu gehören die Gase, die Flüssigkeiten und die amorphen Stoffe.

2. Die anisotropen Körper

Bei diesen Körpern ändern sich die physikalischen Eigenschaften mit der Richtung. Dabei ist zu beachten, daß ein Körper bereits als anisotrop bezeichnet wird, wenn sich nur eine einzige Körpereigenschaft, z. B. die Wärmeleitfähigkeit, die elektrische Leitfähigkeit, die Lichtgeschwindigkeit usw., mit der Richtung ändert.

Zu den anisotropen Körpern gehören vor allem die Einkristalle. Die polykristallinen Festkörper verhalten sich wegen der völlig unregelmäßigen Anordnung der kleinen Kristalle meist isotrop. Es gibt aber auch polykristalline Festkörper, bei denen in bezug auf die Anordnung der Kleinkristalle bestimmte Richtungen bevorzugt sind; diese Körper zeigen dann auch eine gewisse Anisotropie.

Wir können also sagen:

Die amorphen Körper sind isotrop.

Zu den amorphen Körpern gehören die Gläser, die Harze, Wachs und viele hochmolekulare Kunststoffe.

Die Atome und Moleküle der amorphen Körper weisen oft in kleinen Bereichen eine regelmäßig wiederkehrende Konfiguration auf, ohne daß es sich dabei um eine Gitterstruktur im oben dargelegten Sinne handelt. Eine Entscheidung, ob ein Körper amorph oder polykristallin aufgebaut ist, kann in vielen Fällen nur durch eine Untersuchung mit Hilfe von RÖNTGEN-Strahlen getroffen werden.

Die amorphen Körper gehen im Laufe der Zeit vielfach in den kristallinen Zustand über. Deshalb wird der amorphe Zustand bisweilen auch als Zwischenzustand zwischen dem flüssigen und dem eigentlichen festen, d. h. dem kristallinen, Zustand betrachtet. Dieser Übergang aus dem amorphen in den kristallinen Zustand erfolgt bisweilen von selbst, oder er kann durch Erwärmung eingeleitet werden. Wir fassen zusammen:

Feste amorphe Stoffe können als unterkühlte Schmelzen betrachtet werden, die im Laufe der Zeit von selbst oder durch Erwärmung in den kristallinen Zustand übergehen.

2.11.4 Die elastischen Eigenschaften der Festkörper

Wenn man auf einen festen Körper Kräfte ausübt, so treten Verformungen oder Volumenänderungen oder beides auf. Durch die Kräfte werden die Gitterbausteine des Festkörpers aus ihren ursprünglichen Gleichgewichtslagen entfernt. Die Folge davon ist, daß innerhalb des deformierten Körpers Kräfte wirksam werden, die den äußeren Kräften das Gleichgewicht halten und die bestrebt sind, den ursprünglichen Gleichgewichtszustand wieder herzustellen. Wenn die Deformation nicht zu groß ist, kehren die Gitterbausteine deshalb nach dem Fortfall der äußeren Kräfte wieder in ihre ursprüngliche Lage zurück. Man spricht in diesem Falle von einer *elastischen Deformation.* Es gilt also:

Unter einer elastischen Deformation eines Körpers versteht man eine Deformation, die nach dem Fortfall der sie erzeugenden Kräfte vollständig wieder verschwindet.

Daneben gibt es Deformationen, bei denen die durch die äußeren Kräfte bewirkten Umordnungen der Gitterbausteine nach dem Fortfall der Kräfte nicht wieder rückgängig gemacht werden. Es handelt sich dann um *unelastische* oder *plastische Deformationen.*

Im folgenden sollen die wichtigsten Arten der elastischen Deformationen behandelt und dabei gleichzeitig die in diesem Zusammenhang verwendeten physikalischen Größen erläutert werden.

Es wurde schon darauf hingewiesen, daß bei elastischen Deformationen im Innern des deformierten Körpers Gegenkräfte auftreten, die die Deformation rückgängig zu machen suchen. Dadurch entsteht im Innern der Körper ein *Spannungszustand.* Um diesen Zustand zahlenmäßig erfassen zu können, unterscheiden wir zwei Fälle:

a) *Auf das Flächenelement ΔA eines Körpers wirkt eine Kraft mit dem Betrag ΔF_n senkrecht zum Flächenelement.*

Die Kraft $\Delta \vec{F}_n$ heißt *Normalkraft.* Der durch sie verursachte Spannungszustand des Körpers wird durch eine physikalische Größe erfaßt, die man *Normalspannung* nennt. Für diese Größe gilt die folgende Definition:

Wenn auf ein Flächenelement ΔA eines Körpers eine Kraft mit dem Betrage ΔF_n senkrecht zu dem Flächenelement wirkt, so versteht man unter der Normalspannung (Formelzeichen: σ) den Quotienten aus ΔF_n und ΔA.

$$\sigma = \frac{\Delta F_n}{\Delta A}.$$

Man spricht in diesem Falle auch von einer *Zug-* oder *Druckspannung* bzw. von einem *Zug* oder *Druck.*

Die Normalspannung ist eine *mechanische* Spannung. Aus ihrer Definition ergibt sich die Einheit, in der diese Größe zu messen ist. Die *Ausführungsverordnung zum Gesetz über Einheiten im Meßwesen* bestimmt hierüber:

Die abgeleitete Einheit der mechanischen Spannung ist das Pascal (Einheitenzeichen: Pa). 1 Pascal ist gleich der auf eine Fläche gleichmäßig wirkenden mechanischen Spannung, bei der senkrecht auf die Fläche 1 m² die Kraft 1 N ausgeübt wird.

$$1\,\text{Pa} = \frac{1\,\text{N}}{1\,\text{m}^2} = 1\,\frac{\text{N}}{\text{m}^2} = 1\,\text{N}\,\text{m}^{-2}.$$

Aus der Einheit 1 Pascal können mit Hilfe der auf S. 11 erwähnten Vorsätze dezimale Vielfache und Teile gebildet werden.

Beispiele $1\,\text{kPa} = 10^3\,\text{Pa}$, $1\,\text{MPa} = 10^6\,\text{Pa}$, $1\,\text{mPa} = 10^{-3}\,\text{Pa}$.

Abgeleitete gesetzliche Einheiten der mechanischen Spannung sind auch alle Quotienten, die aus einer gesetzlichen Krafteinheit und einer gesetzlichen Flächeneinheit gebildet werden.

Beispiele $\frac{1\,\text{N}}{1\,\text{cm}^2} = 1\,\text{N}\,\text{cm}^{-2} = 10\,\text{kPa}$, $\frac{1\,\text{N}}{1\,\text{mm}^2} = 1\,\text{N}\,\text{mm}^{-2} = 1\,\text{MPa}$.

Nach dem *Gesetz über Einheiten im Meßwesen* ist als besonderer Name für das 100000fache des Pascals das Bar (Einheitenzeichen: bar) zugelassen:

$$1\,\text{bar} = 100\,000\,\text{Pa}.$$

Auf Empfehlung der internationalen Standardisierungs-Organisation (ISO) soll in Zukunft statt der früher verwendeten Druckeinheit Millibar (mbar) die Druckeinheit Hektopascal (h Pa) verwendet werden. Da aber

$$1\,\text{h Pa} = 1\,\text{mbar}$$

ist, brauchen die Skalen oder Ableseeinrichtungen der Druckmeßgeräte sowie die Zahlenwerte von Drücken wegen dieser geänderten Druckeinheit nicht verändert zu werden.

Früher wurden noch andere Einheiten für die mechanische Spannung, die aber aufgrund des *Gesetzes über Einheiten im Meßwesen* nicht mehr zugelassen sind, verwendet. Auf diese Einheiten und ihre Umrechnung in die neue hier behandelte Einheit wird später (S. 277) eingegangen.

b) *Auf das Flächenelement ΔA eines Körpers wirkt eine Kraft mit dem Betrag ΔF_t in der Ebene des Flächenelementes.*

Die Kraft $\Delta\vec{F}_t$ heißt *Tangentialkraft*. Der durch sie verursachte Spannungszustand des Körpers wird durch eine physikalische Größe erfaßt, die man *Tangential-* oder *Schubspannung* nennt. Für diese Größe gilt die folgende Definition:

Wenn auf ein Flächenelement ΔA eines Körpers eine Kraft mit dem Betrage ΔF_t in der Ebene des Flächenelementes wirkt, so versteht man unter der Tangential- oder Schubspannung (Formelzeichen: τ) den Quotienten aus ΔF_t und ΔA.

$$\tau = \frac{\Delta F_t}{\Delta A}.$$

Die Schubspannung ist – ebenso wie die Normalspannung – eine mechanische Spannung. Aus ihrer Definition ergibt sich, daß sie wie die Normalspannung in der Einheit 1 Pascal (Pa) zu messen ist.

Im allgemeinen wirkt die Kraft $\Delta\vec{F}$ nicht senkrecht zur Ebene oder in der Ebene des Flächenelementes. Wenn die Kraft $\Delta\vec{F}$ einen beliebigen Winkel mit dem Flächenelement ΔA bildet, so zerlegt man die Kraft $\Delta\vec{F}$ in die beiden Komponenten $\Delta\vec{F}_n$ und $\Delta\vec{F}_t$. Es gilt

$$\Delta\vec{F} = \Delta\vec{F}_n + \Delta\vec{F}_t.$$

Die Kraft $\Delta\vec{F}$ bewirkt dann also zugleich eine Normalspannung σ und eine Schubspannung τ.

1. Die einseitige oder longitudinale, elastische Dehnung

Wenn auf einen Stab oder Draht mit der Länge l und dem Querschnitt A an beiden Seiten nach Abb. 269.1 eine Kraft mit dem Betrage F angreift, so erfährt der Stab eine Längenänderung Δl. Wir setzen fest:

Unter der elastischen Dehnung (Formelzeichen: ε) eines Stabes oder Drahtes versteht man den Quotienten aus der Längenänderung Δl und der Länge l.

$$\varepsilon = \frac{\Delta l}{l}.$$

Wenn die Kräfte die in Abb. 269.1 angegebenen Richtungen haben, tritt eine Verlängerung des Stabes oder Drahtes auf. Bei entgegengesetzten Kraftrichtungen erfolgt eine Verkürzung; man spricht dann auch von einer negativen Dehnung oder einer Stauchung.

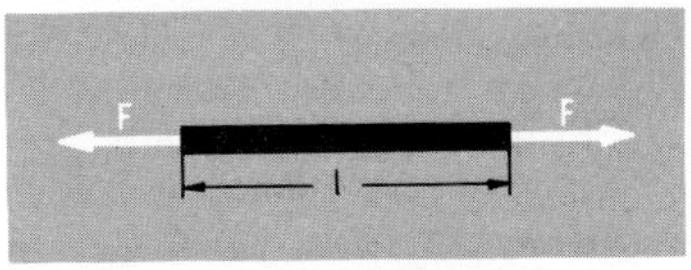

Abb. 269.1 Die longitudinale elastische Dehnung eines Stabes

Aus der Definition für die elastische Dehnung folgt, daß diese Größe in den Einheiten $1\,\text{m}\cdot\text{m}^{-1}$, $1\,\text{cm}\cdot\text{m}^{-1}$, $1\,\text{mm}\cdot\text{m}^{-1}$ usw. zu messen ist. Dabei kann $1\,\text{cm}\cdot\text{m}^{-1}$ auch als 1 % und $1\,\text{mm}\cdot\text{m}^{-1}$ als 1‰ ausgedrückt werden. Bisweilen werden in der Einheit $1\,\text{m}\cdot\text{m}^{-1}$ auch die Einheiten Meter gegeneinander gekürzt, so daß die Dehnung dann als reine Zahl erscheint.

Es ist zu beachten, daß die Kraft $\vec{F}$ bei der hier behandelten einseitigen oder longitudinalen, elastischen Dehnung auf der Querschnittsfläche A des Stabes senkrecht steht (Abb. 269.1). Wir haben es also mit der *Normalspannung*

$$\sigma = \frac{F}{A}$$

zu tun.

Mit der Längenänderung des Stabes ist stets eine Veränderung seines Querschnittes verbunden (Abb. 269.2). Bei der Dehnung tritt eine *Querkontraktion* und bei der Stauchung eine Vergrößerung des Querschnitts auf.

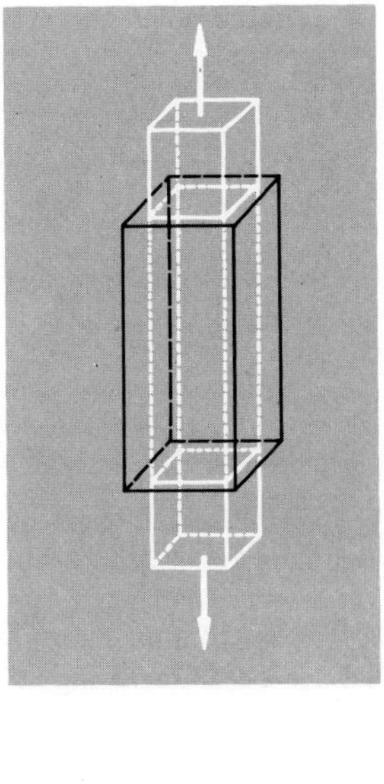
Abb. 269.2
Die Dehnung und die Querkontraktion bei einem Quader

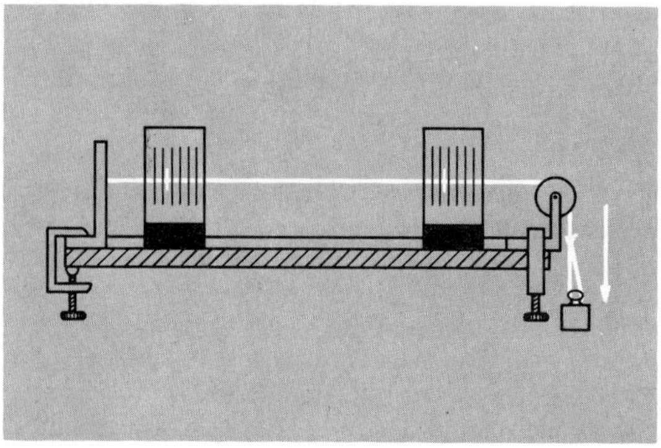

Abb. 270.1
Zur Messung der bei der elastischen Dehnung auftretenden Längenänderung

Es ist bei diesen Verformungen aber nicht von vornherein klar, ob mit der Dehnung auch eine Volumenänderung verbunden ist, denn der durch die Dehnung hervorgerufenen Längenvergrößerung wirkt die Querkontraktion entgegen, so daß die Möglichkeit eines gegenseitigen Ausgleiches besteht. Die Erfahrung zeigt jedoch, daß tatsächlich eine Volumenänderung erfolgt.

Die folgenden Betrachtungen lassen die Querkontraktion unberücksichtigt und untersuchen nur die bei der Dehnung auftretende reine Längenänderung.

Versuch 270.1 Ein mit seinem linken Ende fest eingespannter Kupferdraht von 0,3 bis 0,5 mm Durchmesser wird mit seinem anderen Ende über eine Rolle geführt (Abb. 270.1). Er kann durch Wägestücke verschieden belastet werden. Um die geringen Längenänderungen besser ablesen zu können, werden an dem Draht vor durchsichtigen Skalen Marken angebracht und Marken und Skalen vergrößert an die Wand projiziert. Wir untersuchen nun nacheinander die Längenänderung Δl des Drahtes in ihrer Abhängigkeit von

a) der wirkenden Kraft $\vec{F}$,
b) der Länge l des Drahtes,
c) dem Querschnitt A des Drahtes, indem man 1, 2, 3, ... Drähte gleichen Querschnitts nebeneinander spannt,
d) dem Material, indem man z.B. gleich lange und gleich dicke Drähte aus Kupfer und Stahl verwendet.

Eine Auswertung der Meßergebnisse zeigt, daß für die Längenänderung Δl gilt:

$$\Delta l = \frac{1}{E} \cdot \frac{F\,l}{A} = \frac{1}{E} \cdot l\,\sigma.$$

Dabei ist $\frac{1}{E}$ ein Proportionalitätsfaktor, der anschließend noch erläutert wird.

Hieraus folgt weiter:

$$\varepsilon = \frac{\Delta l}{l} = \frac{1}{E}\,\sigma = \alpha\,\sigma.$$

Diese Feststellungen bilden den Inhalt des früher bereits erwähnten HOOKE-*Gesetzes*, das nun folgendermaßen formuliert werden kann:

Bei der einseitigen oder longitudinalen, elastischen Ausdehnung sind die Dehnung ε und die Normalspannung σ proportional.

$$\sigma = E\,\varepsilon \quad \text{oder} \quad \varepsilon = \frac{1}{E}\,\sigma = \alpha\,\sigma.$$

Die Größe E wird als *Elastitätsmodul* bezeichnet. Der reziproke Wert $\alpha = \frac{1}{E}$ heißt *Dehnungsgröße.*

Der Elastizitätsmodul ist eine Materialkonstante, die das Verhalten der Stoffe bei einer elastischen Ausdehnung kennzeichnet. Da die elastische Dehnung als reine Zahl betrachtet werden kann, muß der Elastizitätsmodul in den gleichen Einheiten wie die mechanische Spannung gemessen werden.

Das HOOKE-*Gesetz* gilt nur für Deformationen, die innerhalb bestimmter Grenzen bleiben. In Abb. 271.1 ist der Zusammenhang zwischen der Normalspannung und der Dehnung eines Stabes über den Gültigkeits-

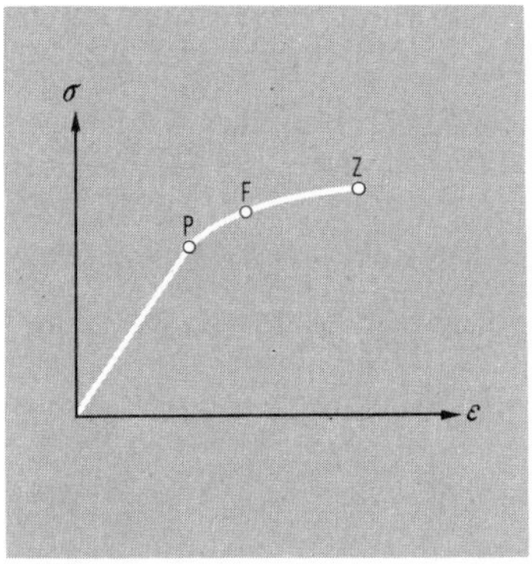

Abb. 271.1
Der Zusammenhang zwischen der Dehnung ε und der Normalspannung σ bei einem Stab oder Draht

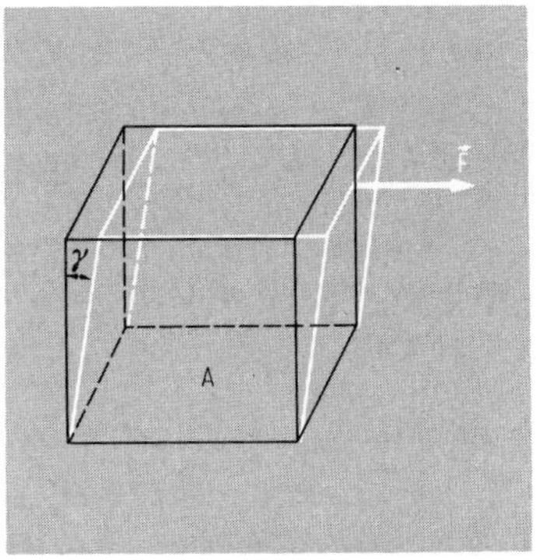

Abb. 271.2
Schematische Darstellung der elastischen Scherung bei einem Quader

bereich des HOOKE-Gesetzes hinaus schematisch wiedergegeben. Dieses *Spannungs-Dehnungs-Diagramm* zeigt, daß die Proportionalität zwischen der Normalspannung und der Dehnung an der *Proportionalitätsgrenze P* endet. Anschließend nimmt die Dehnung stärker als vorher zu, die Deformation ist bei vielen Stoffen aber immer noch elastisch, bis die *Fließgrenze F* erreicht wird. Jenseits dieser Grenze wächst die Dehnung mit zunehmender Spannung noch schneller als vorher. Es findet ein Fließen des Materials statt, das mit einer bleibenden Formänderung verbunden ist, die auf innere Umlagerungen zurückgeführt werden muß. Schließlich wird die höchste Spannung, die der Stab auszuhalten vermag, im Punkte Z erreicht; dann zerreißt er. Man nennt diese Spannung die *Zerreißspannung* oder *Zerreißfestigkeit.*

Der Verlauf der Kurve hängt weitgehend vom Material sowie von den äußeren Bedingungen, wie Temperatur, Geschwindigkeit der Verformung usw., aber auch von der Vorgeschichte des Materials, ab.

Es wurde schon gezeigt, daß mit der elastischen Verlängerung eines Stabes oder Drahtes eine Verkleinerung seines Querschnitts in der zur Verlängerung senkrechten Richtung verbunden ist. Wenn der Querschnitt des Stabes oder Drahtes vor der Dehnung mit A und die Verkleinerung bei der Dehnung mit ΔA bezeichnet wird, so nennt man den Quotienten

$$\varepsilon_q = \frac{\Delta A}{A}$$

die *Querkontraktion.* Die Dehnung ε und die Querkontraktion ε_q sind einander proportional.

$$\varepsilon_q = -\mu\,\varepsilon.$$

Die Größe μ wird nach dem französischen Mathematiker und Physiker D. POISSON (1781–1840) als *POISSON-Zahl* oder als *Querkontraktionszahl* bezeichnet. Es handelt sich um eine reine Zahl.

2. Die elastische Scherung

Unter einer elastischen *Scherung* versteht man eine Deformation, die auftritt, wenn die verformenden Kräfte tangential zu ihrer Angriffsfläche gerichtet sind. In Abb. 271.2 ist als einfacher Fall die Scherung bei einem Quader schematisch dargestellt. Die vorher zur Grundfläche senkrechten Kanten des Quaders werden dabei um den Winkel γ geneigt; man bezeichnet diesen Winkel als den *Scherungswinkel.* Die zur Grundfläche parallelen, ebenen Schichten, die *Scherungsebenen* genannt werden, behalten ihre Länge und Breite unverändert bei und werden lediglich parallel zueinander verschoben.

Da die Kraft $\vec{F}$ parallel zur Angriffsfläche A wirkt, haben wir es hier mit der *Tangential-* oder *Schubspannung*

$$\tau = \frac{F}{A}$$

zu tun.

Das HOOKE-*Gesetz* für nicht zu große, elastische Scherungen lautet:

Bei der elastischen Scherung sind der Scherungswinkel γ und die Schubspannung τ einander proportional.

$$\tau = G\gamma \quad \text{oder} \quad \gamma = \frac{1}{G}\tau = \beta\tau.$$

Die Größe G wird als *Scherungsmodul* bezeichnet. Der reziproke Wert $\beta = \frac{1}{G}$ heißt *Schubkoeffizient.*

Der Scherungsmodul ist eine Materialkonstante, die das Verhalten der Stoffe bei elastischen Scherungen kennzeichnet. Der Scherungsmodul wird – ebenso wie der Elastizitätsmodul – in den gleichen Einheiten wie die mechanische Spannung gemessen.

Zwischen dem Scherungsmodul G, dem Elastizitätsmodul E und der POISSON-Zahl μ besteht ein Zusammenhang, der hier ohne Beweis angegeben wird:

$$G = \frac{E}{2(1+\mu)}.$$

3. Die elastische Torsion

Als weitere elastische Verformung betrachten wir die *Torsion* oder *Drillung* oder *Verwindung*. Wir zeigen sie durch den folgenden Versuch:

Versuch 272.1 Das linke Ende eines Rundstabes von der Länge l und dem Radius r wird nach Abb. 272.1 fest eingespannt. Am rechten Stabende ist ein Rad befestigt, an das Wägestücke gehängt werden können. Das dadurch entstehende Drehmoment M verdreht das Stabende um einen Winkel φ, der mit Hilfe eines Zeigers und einer Skala gemessen werden kann.

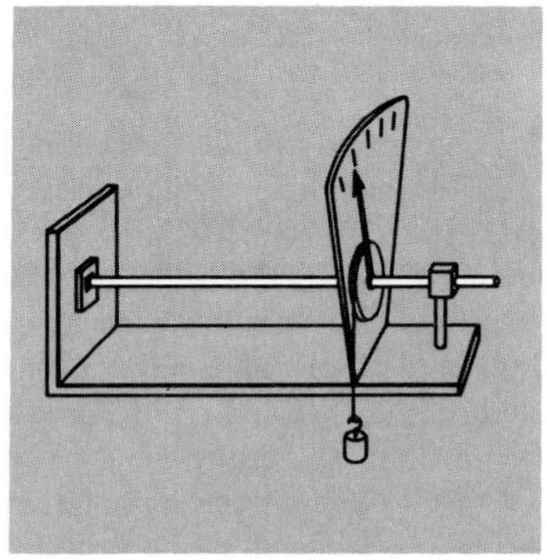

Abb. 272.1
Versuch zur Untersuchung der Torsion

Die mit verschiedenen Stäben durchgeführten Messungen zeigen, daß der Winkel φ dem Drehmoment M und der Länge des Stabes l direkt proportional und der 4. Potenz des Stabradius umgekehrt proportional ist; außerdem hängt φ von einer Materialkonstante ab, die wir mit G bezeichnen. Es gilt das Gesetz

$$\varphi = \frac{1}{G} \cdot \frac{2Ml}{\pi r^4}.$$

Die Größe G, die mit dem oben bereits eingeführten Scherungsmodul identisch ist, wird auch als *Torsionsmodul* oder als *Verdrillungsmodul* bezeichnet. Es ist verständlich, daß die Torsion durch die gleiche Materialkonstante wie die Scherung gekennzeichnet wird, denn die elastische Torsion besteht darin, daß parallele, zur Drehachse senkrechte Querschnitte des Drahtes relativ zueinander verdreht werden, wobei sie ihre Form beibehalten und parallel bleiben. Es handelt sich bei der Torsion also um eine ganz ähnliche Verformung wie wir sie bei der Scherung kennengelernt haben.

Die obige Gleichung für den Torsionswinkel wird oft auch in der Form

$$M = D_r \varphi$$

geschrieben. Die Größe

$$D_r = \frac{\pi r^4 G}{2l}$$

bezeichnet man als das *Richtmoment* oder die *Winkelrichtgröße* des Drahtes oder Stabes.

Wenn man an das untere Ende eines vertikalen, oben fest eingespannten Drahtes einen Körper mit genügend großem Trägheitsmoment bezüglich einer Drehung um den Draht als Drehachse befestigt, so erhält man ein *Torsionspendel*. Bringt man ein solches Torsionspendel aus seiner Ruhelage, indem man den Draht verdrillt, so führt es *Torsionsschwingungen* aus. Bei nicht zu großen Amplituden gilt für die Schwingungszeit T:

$$T = 2\pi \sqrt{\frac{J}{D_r}}.$$

Dabei bedeutet J das Trägheitsmoment des schwingenden Körpers in bezug auf die Drehachse.

Das Torsionspendel ermöglicht es, den Torsionsmodul des Materials zu bestimmen, aus dem der Aufhängedraht besteht. Die Schwingungszeit T läßt sich leicht messen, und das Trägheitsmoment J des schwingenden Körpers kann für speziell geformte Körper berechnet werden (vgl. S. 131). Aus der Formel für die Schwingungszeit ergibt sich dann das Richtmoment D_r. Wenn man schließlich die Länge l und den Radius r des Drahtes mißt, so kann mit Hilfe der oben angegebenen Formel für den Torsionswinkel der Torsionsmodul G berechnet werden.

Die torsionselastischen Verformungen liegen allen Meßinstrumenten mit Fadenaufhängung zugrunde (Spiegelgalvanometer, Drehwaage usw.). Hier werden Drehmomente gemessen, indem man sie auf einen Draht wirken läßt. Um dabei auch sehr kleine Drehmomente messen zu können, muß nach der obigen Formel der Draht möglichst lang und dünn gewählt werden; besonders wichtig ist die Dicke des Drahtes, weil sie mit der 4. Potenz in die Formel eingeht. Daher erfolgt die Aufhängung bei empfindlichen Instrumenten an sehr dünnen Bronzebändern.

Der Kunstgriff bei dieser Anordnung besteht offenbar darin, daß man die Kräfte, die zum Tragen der Geräteteile dienen, von denjenigen Kräften trennt, die gemessen werden sollen. Die Geräteteile beanspruchen das Band in der Längsrichtung, die Drehung verursacht eine davon unabhängige Torsion des Bandes. Durch Verwendung eines längeren Bandes kann man die Meßempfindlichkeit steigern, ohne die Tragfähigkeit zu beeinträchtigen.

4. Die elastische Biegung

Unter einer *elastischen Biegung* versteht man eine Verformung von Balken, Stäben oder Platten, bei denen eine durch die Mitte gehende Schicht, die als *neutrale Faser* bezeichnet wird, ihre Krümmung ändert, aber ihre Länge unverändert beibehält. Die konvexe Seite erfährt dabei eine Dehnung und die konkave Seite eine Stauchung. Wir erläutern den Sachverhalt an zwei Beispielen:

a) Ein *einseitig eingespannter, horizontaler, rechteckiger Balken* mit der Länge l, der Breite b und der Höhe h wird an seinem freien Ende durch die Kraft $\vec{F}$ belastet (Abb. 273.1). Für den *Biegungspfeil d* (vgl. Abb. 273.1) gilt dann die Gleichung:

$$d = \frac{4F}{E} \frac{l^3}{b h^3}.$$

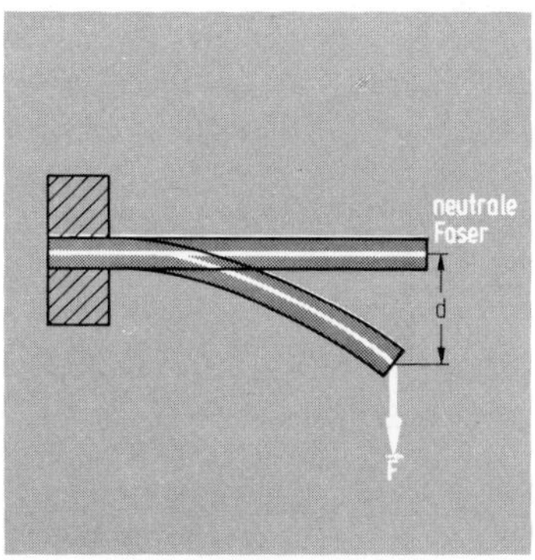

Abb. 273.1
Schematische Darstellung der Biegung bei einem einseitig eingespannten Balken

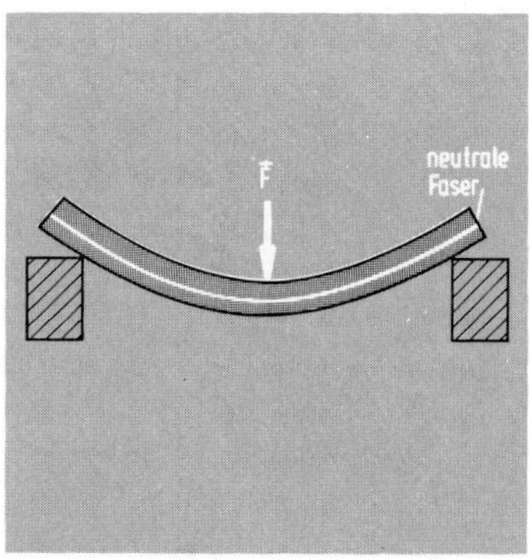

Abb. 273.2
Schematische Darstellung der Biegung bei einem frei aufliegenden Balken

b) Ein an den *beiden Seiten frei aufliegender Balken* wird in der Mitte durch die Kraft $\vec{F}$ belastet (Abb. 273.2). Für die *Durchbiegung d* gilt die Gleichung:

$$d = \frac{F l^3}{4 E b h^3}.$$

Die hier angegebenen Formeln gestatten eine experimentelle Bestimmung des Elastizitätsmoduls E, denn alle in den Gleichungen sonst auftretenden Größen können ohne Schwierigkeiten gemessen werden.

5. Die elastische Kompression und die elastische Ausdehnung

Unter der *elastischen Kompression* eines Körpers versteht man eine ohne Formänderung erfolgende Verringerung des Körpervolumens, die dadurch zustande kommt, daß auf den Körper allseitig eine Normalspannung σ ausgeübt wird. Wenn man umgekehrt auf den Körper allseitig eine Zugspannung wirken läßt, erfolgt eine Volumenvergrößerung. Für beide Vorgänge gilt innerhalb gewisser Grenzen eine Verallgemeinerung des HOOKE-Gesetzes, die hier folgendermaßen lautet:

Bei einer elastischen Kompression (Ausdehnung) ist die relative Volumenänderung $\frac{\Delta V}{V}$ der sie bewirkenden Normalspannung σ proportional.

$$\sigma = K \frac{\Delta V}{V} \quad \text{oder} \quad \frac{\Delta V}{V} = \frac{1}{K} \sigma = \kappa \sigma.$$

Die Größe K wird als *Kompressionsmodul* bezeichnet. Der reziproke Wert $\kappa = \frac{1}{K}$ heißt die *Kompressibilität* oder die *Zusammendrückbarkeit* des Körpers.

Der Kompressionsmodul ist eine Materialkonstante, die das Verhalten der Stoffe bei elastischen Kompressionen und elastischen Ausdehnungen kennzeichnet. Der Kompressionsmodul wird – ebenso wie der Elastizitätsmodul – in den gleichen Einheiten wie die mechanische Spannung gemessen.

Zwischen dem Kompressionsmodul K, dem Elastizitätsmodul E und der POISSON-Zahl μ besteht ein Zusammenhang, der hier ohne Beweis angegeben wird:

$$K = \frac{E}{3(1-2\mu)}.$$

Es folgen einige Aufgaben zu den mechanischen Eigenschaften der Festkörper.

Beispiele

1. Ein Kupferdraht mit der Länge $l = 4$ m und dem Querschnitt $A = 2\,\text{mm}^2$ wird mit dem einen Ende an der Decke des Zimmers befestigt und an dem anderen Ende mit der Masse $m = 15$ kg belastet.

a) Wie groß ist die Zugspannung, die auf den Draht ausgeübt wird?

b) Wie groß ist die durch die elastische Dehnung bewirkte Längenzunahme des Drahtes? ($g \approx 10\,\text{m}\,\text{s}^{-2}$; $E_{\text{Cu}} \approx 12 \cdot 10^4\,\text{N}\,\text{mm}^{-2}$.)

a) Die auf den Draht wirkende Kraft beträgt:

$$F = m\,g \approx 15\,\text{kg} \cdot 10\,\text{m}\,\text{s}^{-2} \approx 150\,\text{N}.$$

Für die Zugspannung ergibt sich dann:

$$\sigma = \frac{F}{A} \approx \frac{150\,\text{N}}{2\,\text{mm}^2} \approx 75\,\text{N}\,\text{mm}^{-2}.$$

b) Da für die elastische Dehnung des Drahtes die Gleichung

$$\varepsilon = \frac{\Delta l}{l} = \frac{1}{E} \sigma$$

gilt, ergibt sich für die Längenzunahme

$$\Delta l = \frac{l}{E} \sigma \approx \frac{4\,\text{m}}{12 \cdot 10^4\,\text{N}\,\text{mm}^{-2}} \cdot 75\,\text{N}\,\text{mm}^{-2} \approx 2{,}5\,\text{mm}.$$

2. Welche Länge muß ein an dem einen Ende vertikal aufgehängter Kupferdraht mit dem Querschnitt A haben, damit er unter dem Einfluß seiner eigenen Gewichtskraft gerade zerreißt? ($\rho_{\text{Cu}} = 8{,}9\,\text{g}\,\text{cm}^{-3}$; Zerreißspannung $\sigma_{\text{Cu}} \approx 300\,\text{N}\,\text{mm}^{-2}$; $g \approx 10\,\text{m}\,\text{s}^{-2}$.)

Der Draht zerreißt am oberen Ende, weil die Gewichtskraft hier am größten ist. Diese beträgt

$$F_{\text{G}} = \rho_{\text{Cu}}\, A\, l\, g.$$

Die Zugspannung am obersten Drahtquerschnitt beträgt daher

$$\sigma = \frac{F_{\text{G}}}{A} = \rho_{\text{Cu}}\, l\, g.$$

Es ist also

$$l = \frac{\sigma}{\rho_{\text{Cu}}\, g} \approx \frac{300\,\text{N}\,\text{mm}^{-2}}{8{,}9\,\text{g}\,\text{cm}^{-3} \cdot 10\,\text{m}\,\text{s}^{-2}} \approx 3370\,\text{m}.$$

Weitere Aufgaben: Siehe O. HÖFLING, Physik-Aufgaben II/1.

2.12 Die mechanischen Eigenschaften der Flüssigkeiten

2.12.1 Die allgemeinen Eigenschaften der Flüssigkeiten

Die Flüssigkeiten unterscheiden sich von den Festkörpern vor allem darin, daß sie keine bestimmte Gestalt besitzen, sondern sich stets der Form des Gefäßes anpassen. Dies kommt daher, daß die Atome und Moleküle nicht an bestimmte Gleichgewichtslagen gebunden sind, um die sie schwingende Bewegungen ausführen könnten, wie dies bei den Festkörpern der Fall ist, sondern daß sie sich innerhalb der Flüssigkeit bewegen können, ohne daß elastische Gegenkräfte auftreten. Wir stellen deshalb fest:

Bei Flüssigkeiten können im Gegensatz zu den Festkörpern keine gestaltselastischen Verformungen (Dehnungen, Scherungen, Torsionen, Biegungen) auftreten, weil die Flüssigkeiten keine bestimmte Gestalt haben.

Die Atome oder Moleküle sind bei den Flüssigkeiten ähnlich dicht gepackt wie bei den Festkörpern, d.h., die Zahl der Teilchen je Volumeneinheit liegt hier in der gleichen Größenordnung wie bei den Festkörpern. Die Flüssigkeiten haben deshalb ein festes Volumen und setzen einer Volumenänderung einen großen Widerstand entgegen. Bei jeder Kompression treten elastische Gegenkräfte auf, die das ursprüngliche Volumen wieder herzustellen suchen. Wir merken uns:

Bei Flüssigkeiten können volumenelastische Verformungen auftreten. Diese erfordern, ähnlich wie bei den Festkörpern, große Druckspannungen.

Bei den im allgemeinen auftretenden Spannungen ist die Volumenverminderung der Flüssigkeiten so klein, daß sie in den meisten Fällen vernachlässigt werden kann. Wir machen im folgenden eine entsprechende Annahme und beschränken unsere Betrachtungen auf das idealisierte Modell einer *inkompressiblen Flüssigkeit*, weil hierdurch die Beschreibung zahlreicher Erscheinungen erheblich vereinfacht wird.

Die Flüssigkeiten können in vielen Fällen als inkompressibel betrachtet werden, d.h., daß die bei den üblichen Spannungen auftretenden Volumenänderungen so klein sind, daß man sie vernachlässigen kann.

Die Bewegung der Teilchen in einer Flüssigkeit ist nicht vollkommen frei, sondern es treten zwischen ihnen gewisse Kräfte auf, die man als *Molekularkräfte* bezeichnet. Diese Kräfte bewirken den Zusammenhalt der Flüssigkeit. Der für feste Körper charakteristische Ordnungszustand ist bei den Flüssigkeiten jedoch nur in geringem Maße oder gar nicht vorhanden. Die Molekularkräfte können bei den verschiedenen Flüssigkeiten sehr unterschiedliche Beträge aufweisen. Wenn diese Kräfte groß sind, so bezeichnet man die Flüssigkeit als *zähflüssig* (z.B. Öl, Glyzerin), wenn die Kräfte klein sind, so nennt man die Flüssigkeit *dünnflüssig* (z.B. Wasser, Alkohol). Dazwischen gibt es alle möglichen Übergänge. Diese hier zunächst nur grob charakterisierte Eigenschaft der Flüssigkeiten wird genauer durch eine später zu behandelnde physikalische Größe beschrieben, die man als *innere Reibung*, *Zähigkeit* oder *Viskosität* bezeichnet (S. 295). Es ist in vielen Fällen ausreichend, auch hier wieder ein idealisiertes Modell zu verwenden, das man als *ideale Flüssigkeit* bezeichnet. Wir setzen fest:

Unter einer idealen Flüssigkeit versteht man eine inkompressible Flüssigkeit ohne innere Reibung.

Die Atome und Moleküle sind so klein, daß ihre Bewegung auch mit Mikroskopen nicht unmittelbar beobachtet werden kann. Man kann eine Folge dieser Bewegungen aber mit Hilfe einer Erscheinung sichtbar machen, die nach ihrem Entdecker, dem Botaniker R. BROWN (1773 – 1858), als BROWN-*Bewegung* bezeichnet wird. Obwohl die Erscheinung bereits auf der Sekundarstufe I (Band I, S. 172) behandelt worden ist, soll der grundlegende Sachverhalt hier noch einmal beschrieben werden.

Ein Beobachter, der sich genügend weit von einem Ameisenhaufen entfernt befindet, erkennt die Bewegungen der einzelnen Ameisen nicht. Wenn er aber auf den Ameisenhaufen einige gut sichtbare, leichte Körper (z.B. einige kleine Stücke Seidenpapier) legt, so stellt er auch aus der Ferne fest, daß diese kleinen Körper unregelmäßige Bewegungen ausführen. Wenn der Beobachter nicht wüßte, daß er einen Haufen in Bewegung befindlicher Ameisen vor sich hat, so könnte er für die Bewegung der sichtbaren Seidenpapierstücke keine Erklärung geben. In ähnlicher Weise wie die Bewegung der Papierschnitzel als grobes Bild der Ameisenbewegung gedeutet werden muß, kann auch die Bewegung der Moleküle in einer Flüssigkeit vergröbert sichtbar gemacht werden, indem man kleine, leicht bewegliche Körper in die Flüssigkeit einbringt. Man verrührt eine geringe Menge Silberbronze in einem Becherglas mit Wasser und läßt das Gefäß so lange stehen, bis das Wasser zur Ruhe gekommen ist. Wenn man das Gefäß dann seitlich beleuchtet, so werden die Aluminiumteilchen der Silberbronze als leuchtende Punkte sichtbar. Während die größeren Teilchen sich im allgemeinen in Ruhe befinden, blitzen die kleinen Teilchen in unregelmäßiger zeitlicher Folge auf. Bei längerer Beobachtung zeigt sich ferner, daß sich einzelne Teilchen in der Flüssigkeit sogar ein wenig nach oben oder unten bewegen, obwohl die Flüssigkeit selbst sich in Ruhe befindet. Die Aluminiumteilchen werden hier durch die Wassermoleküle ebenso in Bewegung gesetzt, wie bei dem oben beschriebenen Bild die Seidenpapierstückchen durch die Ameisen.

Die Brown-Bewegung ist bei vielen anderen Gelegenheiten unter dem Mikroskop beobachtet und genau untersucht worden. Sie gibt in allen Fällen ein vergröbertes Bild von der Bewegung der Atome oder Moleküle. Die Erfahrung hat dabei gezeigt, daß die Bewegung der sichtbaren Teilchen lebhafter wird, wenn die Temperatur der Flüssigkeit steigt. Dies ist darauf zurückzuführen, daß die mittlere Geschwindigkeit der Flüssigkeitsmoleküle mit steigender Temperatur zunimmt. Wir kommen hierauf später noch zurück und stellen hier nur fest:

Die Partikeln einer Flüssigkeit befinden sich in dauernder, unregelmäßiger Bewegung. Dabei ist die mittlere Geschwindigkeit um so größer, je höher die Temperatur der Flüssigkeit ist.

2.12.2 Der Druck in ruhenden Flüssigkeiten

Bei den folgenden Betrachtungen wird vorausgesetzt, daß wir es mit *idealen Flüssigkeiten* zu tun haben; außerdem wird von der *Wirkung der Schwerkraft abgesehen.* Wenn bei einer solchen Flüssigkeit auf ein Flächenelement ΔA eine Kraft mit dem Betrage ΔF ausgeübt wird, so ist auch hier in ähnlicher Weise wie bei den Festkörpern (S. 268) die mechanische Spannung

$$\frac{\Delta F}{\Delta A}$$

von Interesse. Man kann die Kraft $\Delta\vec{F}$ in der früher dargelegten Weise in eine Normalkomponente und eine Tangentialkomponente zerlegen. Die Flüssigkeiten unterscheiden sich von den Festkörpern dadurch, daß bei ruhenden Flüssigkeiten die Tangentialkomponente der Kraft und damit auch die Schubspannung Null sein muß, weil sonst wegen der leichten Beweglichkeit der Flüssigkeitsteilchen eine Verschiebung eintreten würde und die Flüssigkeit deshalb nicht in Ruhe sein könnte. Wir merken uns deshalb:

Bei ruhenden Flüssigkeiten treten nur Normalspannungen auf. Die Normalspannung wird hier meist als Druck (Formelzeichen: p) bezeichnet.

Für den *Druck* gilt also

$$p = \frac{F_n}{A}.$$

Die abgeleitete physikalische Größe *Druck* wird *in den gleichen Einheiten wie die mechanische Spannung* gemessen (S. 268).

Früher wurden noch zahlreiche weitere Einheiten für den Druck verwendet, die aufgrund des *Gesetzes über Einheiten im Meßwesen* nicht mehr zugelassen sind. Diese Einheiten und ihre Zusammenhänge mit den neuen gesetzlichen Einheiten sind:

1. 1 technische Atmosphäre (Einheitenzeichen: at)
   $1\ \text{at} = 1\ \text{kp}\,\text{cm}^{-2} = 98\,066{,}5\ \text{Pa} \approx 1\ \text{bar}$;
2. 1 physikalische Atmosphäre (Einheitenzeichen: atm)
   $1\ \text{atm} = 1{,}033\,227\ \text{kp}\,\text{cm}^{-2} = 101\,325\ \text{Pa} \approx 1\ \text{bar}$;
3. 1 Torr (Einheitenzeichen: Torr)
   $1\ \text{Torr} = 13{,}595\ \text{kp}\,\text{m}^{-2} = \frac{101\,325}{760}\ \text{Pa} = 133{,}322\ \text{Pa}$;
4. 1 Millimeter-Quecksilbersäule (Einheitenzeichen: mmHg)
   $1\ \text{mmHg} = 1\ \text{Torr} = 133{,}322\ \text{Pa}$;
5. 1 Meter-Wassersäule (Einheitenzeichen: mWS)
   $1\ \text{mWS} = 0{,}1\ \text{at} = 9806{,}65\ \text{Pa} \approx 10\ \text{k Pa}$.
6. $1\ \text{mbar} = 1\ \text{hPa}$.

Um die Wirkung des auf eine Flüssigkeit ausgeübten Druckes zu untersuchen, betrachten wir das in Abb. 277.1 dargestellte, vollständig mit einer Flüssigkeit gefüllte Gefäß. Wenn man auf den beweglichen Kolben K_1 den Druck

$$p_1 = \frac{F_1}{A_1}$$

ausübt, so bewegen sich die Kolben K_2 und K_3 nach außen. Um dies zu verhindern, muß auch auf diese Kolben eine Kraft ausgeübt werden, deren Betrag von der Fläche des Kolbens abhängt. Die Erfahrung zeigt, daß Gleichgewicht herrscht, wenn die auf die Kolben K_2 und K_3 wirkenden Drücke

$$p_2 = \frac{F_2}{A_2} \quad \text{und} \quad p_3 = \frac{F_3}{A_3}$$

gleich dem auf den Kolben K_1 wirkenden Druck sind; es muß also sein:

$$p_1 = p_2 = p_3 .$$

Man kann weiter in das Innere des Gefäßes eine Vorrichtung bringen, die den Druck an verschiedenen Stellen zu messen erlaubt, wie dies in Abb. 277.1 schematisiert dargestellt ist. Dabei zeigt sich, daß die Drücke an allen Stellen gleich groß sind. Es ist also

$$p_4 = p_5 = p_1 = p_2 = p_3 .$$

Diese Feststellung bildet den Inhalt des *Grundgesetzes der Hydrostatik*, das nach dem französischen Mathematiker B. Pascal (1623–1662) auch als das Pascal-*Gesetz* bezeichnet wird. Es lautet:

Wenn man auf eine inkompressible, nicht der Schwerkraft unterworfene Flüssigkeit an irgendeiner Stelle einen Druck ausübt, so herrscht überall an der Gefäßwand und im Innern der Flüssigkeit der gleiche Druck.

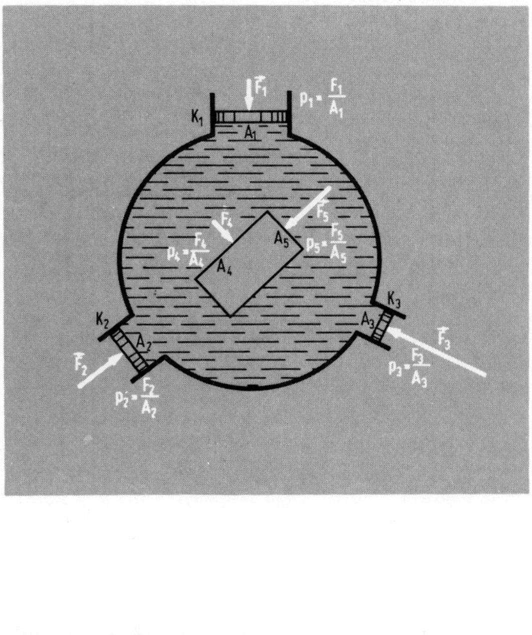

Abb. 277.1
Zum hydrostatischen Druck

Man bezeichnet diesen Druck als den *hydrostatischen Druck.*
Wir merken uns:

Bei dem hydrostatischen Druck handelt es sich um eine spezielle Form der elastischen mechanischen Spannung, die bei Flüssigkeiten und Gasen auftritt.

Es soll abschließend noch darauf hingewiesen werden, daß das PASCAL-*Gesetz* auch aus dem früher (S. 110) behandelten *Gesetz von der Erhaltung der mechanischen Energie* abgeleitet werden kann. Wir gehen davon aus, daß die auf die beweglichen Kolben K_1, K_2 und K_3 wirkenden Kräfte F_1, F_2 und F_3 sich zunächst im Gleichgewicht befinden (Abb. 277.1). Wenn man nun den Kolben K_3 festhält und den Kolben K_1 durch eine kleine zusätzliche Kraft um ein Stück s_1 in das Gefäß hineinschiebt, so wird der bewegliche Kolben K_2 um ein bestimmtes Stück s_2 herausgedrückt. Da das Volumen der Flüssigkeit wegen der vorausgesetzten Inkompressibilität konstant bleibt, muß gelten:

$$A_1 s_1 = A_2 s_2 .$$

Sieht man von der Wirkung der Schwerkraft ab, so bleibt der Zustand der Flüssigkeit durch die Bewegung der Kolben unverändert; insbesondere wird der Flüssigkeit weder Energie zugeführt noch entzogen. Daher muß die an dem Kolben K_1 verrichtete Arbeit

$$W_1 = F_1 s_1$$

wegen des Gesetzes von der Erhaltung der mechanischen Energie gleich der an dem Kolben K_2 verrichteten Arbeit

$$W_2 = F_2 s_2$$

sein. Es ist also

$$F_1 s_1 = F_2 s_2 .$$

Aus den beiden Gleichungen

$$F_1 s_1 = F_2 s_2 \quad \text{und} \quad A_1 s_1 = A_2 s_2$$

ergibt sich durch Division der linken und rechten Seiten:

$$\frac{F_1}{A_1} = \frac{F_2}{A_2} \quad \text{oder} \quad p_1 = p_2 .$$

Damit hat sich ergeben:

Das Grundgesetz der Hydrostatik ist eine spezielle Form des Gesetzes von der Erhaltung der mechanischen Energie für ideale, nicht der Schwerkraft unterworfene Flüssigkeiten.

2.12.3 Der Schweredruck bei ruhenden Flüssigkeiten

Die bisherigen Darlegungen über den hydrostatischen Druck bezogen sich auf den speziellen Fall, daß die Wirkung der Schwerkraft vernachlässigt werden kann. Diese Voraussetzung ist aber keineswegs immer erfüllt. Deshalb soll jetzt untersucht werden, wie sich der Druck innerhalb einer idealen Flüssigkeit verhält, wenn der Einfluß der Schwerkraft berücksichtigt wird. Das für diesen Fall geltende Gesetz kann experimentell ermittelt oder in ähnlicher Weise, wie dies im vorhergehenden Abschnitt für das PASCAL-Gesetz geschehen ist, auf theoretischem Wege aus dem Gesetz von der Erhaltung der mechanischen Energie abgeleitet werden. Wir gehen hier den theoretischen Weg.

Das in Abb. 279.1 dargestellte Gefäß besitzt zwei bewegliche Kolben K_1 und K_2 mit den Querschnitten A_1 und A_2. Die auf die Kolben wirkenden Kräfte F_1 und F_2 bzw. die Drücke $p_1 = \frac{F_1}{A_1}$ und $p_2 = \frac{F_2}{A_2}$ sollen so beschaffen sein, daß Gleichgewicht besteht. Dann wird der Kolben K_1 durch eine kleine zusätzliche Kraft um ein Stück s_1 in das Gefäß hineingeschoben. Die Folge davon ist, daß der bewegliche Kolben K_2 gegen die Kraft F_2 um ein Stück s_2 nach außen gedrückt wird. Wie im vorhergehenden Abschnitt gilt auch hier wegen der Inkompressibilität der Flüssigkeit:

$$A_1 s_1 = A_2 s_2 .$$

Abb. 279.1
Zum Schweredruck bei ruhenden Flüssigkeiten

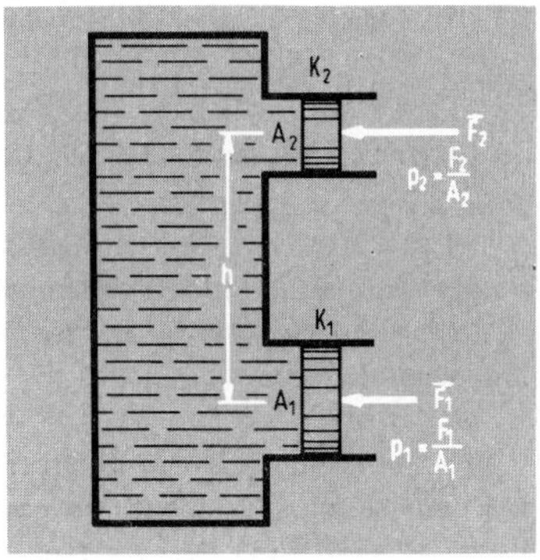

Während bei der Vernachlässigung der Schwerkraft der Zustand der Flüssigkeit nicht verändert wurde, ist jetzt insofern eine Veränderung eingetreten, als das Flüssigkeitsvolumen

$$V = A_1\, s_1 = A_2\, s_2$$

um die Strecke h gegen die Schwerkraft gehoben worden ist. Die Hubarbeit beträgt:

$$W = m\,g\,h = \rho\, V g\, h = \rho\, A_1\, s_1\, g\, h.$$

Dabei bedeutet m die Masse der gehobenen Flüssigkeit, ρ ihre Dichte und g die Fallbeschleunigung.

Diese Arbeit muß der Flüssigkeit von außen zugeführt werden. Sie ergibt sich als die Differenz der an den beiden Kolben verrichteten Arbeiten

$$W_1 = F_1\, s_1 \quad \text{und} \quad W_2 = F_2\, s_2.$$

Daher gilt

$$F_1\, s_1 - F_2\, s_2 = \rho\, A_1\, s_1\, g\, h.$$

Setzt man in diese Gleichung

$$F_1 = p_1\, A_1 \quad \text{und} \quad F_2 = p_2\, A_2$$

ein und berücksichtigt weiter, daß

$$A_1\, s_1 = A_2\, s_2$$

ist, so ergibt sich:

$$p_1 - p_2 = \rho\, g\, h.$$

Die hier durchgeführten Überlegungen gelten nicht nur für das in Abb. 279.1 dargestellte zylindrische Gefäß, sondern sie können in der gleichen Weise auch für jede andere Gefäßform durchgeführt werden.

Die gefundene Formel

$$p_1 = p_2 + \rho\, g\, h$$

zeigt, daß der Druck innerhalb einer unter dem Einfluß der Schwerkraft stehenden Flüssigkeit nicht überall die gleiche Größe hat, sondern daß er mit der Flüssigkeitstiefe h linear zunimmt. Es ist im allgemeinen üblich, die Tiefe h von der Oberfläche aus zu messen; dann ist in der obigen Formel $p_2 = 0$ zu setzen. Es ergibt sich dann:

Der Schweredruck innerhalb einer in einem Schwerefeld befindlichen Flüssigkeit nimmt proportional mit der Tiefe *h* unter der Flüssigkeitsoberfläche zu und ist außerdem proportional der Dichte der Flüssigkeit und der Fallbeschleunigung des Schwerefeldes.

$$p = \rho\, g\, h.$$

Wenn man den Gesamtdruck in der Tiefe h ermitteln will, so muß beachtet werden, daß die betrachteten Flüssigkeiten sich abweichend von Abb. 279.1 im allgemeinen in oben offenen Behältern befinden. Dann wirkt auf die Flüssigkeitsoberfläche zusätzlich der später (S. 312) noch genauer zu behandelnde Luftdruck p_L. Für den *gesamten Schweredruck* in der Tiefe h ergibt sich dann:

$$p_h = \rho\, g\, h + p_L.$$

2.12.4 Der Auftrieb und das Schwimmen

Eine weitere wichtige Erscheinung, die auf dem Gesetz über den Schweredruck in Flüssigkeiten beruht, ist der *Auftrieb*, den jeder in eine Flüssigkeit getauchte Körper erfährt. Wir setzen fest:

Unter dem Auftrieb versteht man die scheinbare Verringerung der Gewichtskraft, die bei jedem Körper eintritt, wenn man ihn ganz oder teilweise in eine Flüssigkeit taucht.

Der Auftrieb ist ein Vektor, der die entgegengesetzte Richtung wie der Vektor der Gewichtskraft des eintauchenden Körpers hat.

Man kann sich durch einen einfachen Versuch von der Existenz des Auftriebs überzeugen. Dazu wird ein beliebiger Körper an einen Kraftmesser gehängt und dann allmählich in eine Flüssigkeit getaucht. Es zeigt sich, daß der Kraftmesser nach dem Eintauchen des Körpers in die Flüssigkeit eine kleinere Kraft als vorher anzeigt und daß die Kraft um so mehr abnimmt, je größer der eingetauchte Anteil des Körpers wird. Wenn der Körper sich ganz in der Flüssigkeit befindet, bewirkt ein tieferes Eintauchen keine weitere Abnahme der Kraft mehr. Die durch den Kraftmesser angezeigte Kraft heißt *Tauchgewichtskraft*. Sie ergibt sich als die Vektorsumme von Gewichtskraft und Auftrieb.

Das Gesetz über den Schweredruck in Flüssigkeiten macht nicht nur verständlich, wie der Auftrieb zustande kommt, sondern es gestattet auch die Ableitung eines allgemeinen Gesetzes über die Größe des Auftriebs. Dazu betrachten wir einen ganz in eine Flüssigkeit eingetauchten, quaderförmigen Körper mit dem Volumen V, der in Abb. 280.1 im Schnitt dargestellt ist. Die Grund- und Deckfläche soll A sein. Die Flüssigkeit übt dann sowohl auf die Grund- und Deckfläche als auch auf die Seitenflächen einen Schweredruck aus. Die dadurch auf die Seitenflächen wirkenden Kräfte heben einander auf. Anders ist dies bei dem Schweredruck auf die Grund- und Deckfläche. Er beträgt bei

der Grundfläche $$p_1 = \rho\, g\, h_1 + p_L,$$

der Deckfläche $$p_2 = \rho\, g\, h_2 + p_L.$$

Da $h_1 > h_2$ ist, muß der Schweredruck auf die Grundfläche größer als derjenige auf die Deckfläche sein. Die Folge davon ist, daß auch die auf die Grundfläche wirkende, nach oben gerichtete Kraft

$$F_1 = A\, p_1 = A\, \rho\, g\, h_1 + A\, p_L$$

größer als die auf die Deckfläche wirkende, nach unten gerichtete Kraft

$$F_2 = A\, p_2 = A\, \rho\, g\, h_2 + A\, p_L$$

ist. Die resultierende Kraft

$$F_A = F_1 - F_2 = A\, \rho\, g\,(h_1 - h_2) = A\, \rho\, g\, h$$

ist nach oben gerichtet und stellt den *Auftrieb* dar, den der Körper in der Flüssigkeit erfährt.

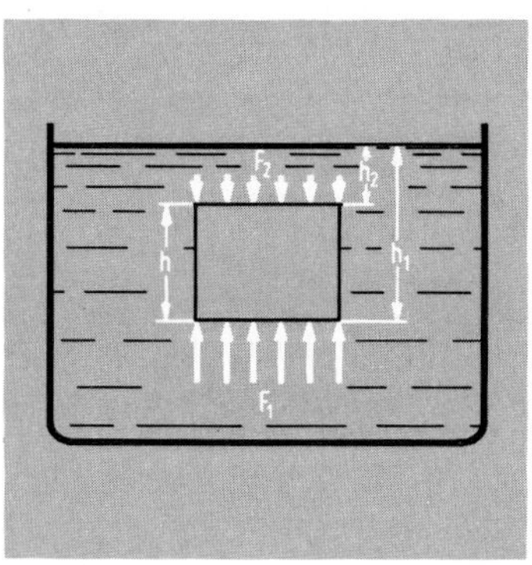

Abb. 280.1
Zur Entstehung des Auftriebs

Die rechte Seite der abgeleiteten Gleichung hat eine einfache physikalische Bedeutung, die sich ergibt, wenn man beachtet, daß

$$V = A(h_1 - h_2) = A h$$

das Volumen des eingetauchten Körpers und damit auch das Volumen der verdrängten Flüssigkeit darstellt. Dann gilt für die Gewichtskraft $F_{G_{Fl}}$, mit der die verdrängte Flüssigkeit von der Erde angezogen wird:

$$F_{G_{Fl}} = V \rho g.$$

Es ist also:

$$F_A = F_{G_{Fl}}.$$

Diese Feststellung gilt nicht nur für quaderförmige Körper in der hier angegebenen besonderen Lage in der Flüssigkeit. Ihre Verallgemeinerung bildet den Inhalt des nach seinem Entdecker benannten ARCHIMEDES-*Gesetzes*. Es lautet:

Der Auftrieb, den ein allseitig von einer Flüssigkeit umgebener Körper erfährt, hat den gleichen Betrag wie die Gewichtskraft, mit der die von dem Körper verdrängte Flüssigkeit von der Erde angezogen wird.

In bezug auf die Wirkung des Auftriebs können drei Fälle unterschieden werden. Wir bezeichnen die Dichte der Flüssigkeit mit ρ_{Fl} und die Dichte des eingetauchten Körpers mit ρ_K; wenn es sich um einen inhomogenen Körper handelt, so ist ρ_K seine mittlere Dichte. Die außerhalb der Flüssigkeit auf den Körper wirkende Gewichtskraft ist dann

$$F_G = V \rho_K g = m g.$$

Die drei zu unterscheidenden Fälle sind:

1. $\rho_K > \rho_{Fl}$
Dann ist

$$V \rho_K g > V \rho_{Fl} g \quad \text{oder} \quad F_G > F_A.$$

Die Gewichtskraft des Körpers ist also größer als der Auftrieb. Dies bedeutet, daß die beiden Kräfte eine nach unten gerichtete Resultierende haben. *Der Körper sinkt in der Flüssigkeit soweit wie möglich nach unten.*

2. $\rho_K = \rho_{Fl}$
In diesem Falle ist

$$F_G = F_A.$$

Die Gewichtskraft hat den gleichen Betrag wie der Auftrieb. Die beiden Kräfte heben sich auf, so daß der eingetauchte Körper sich bei jeder Eintauchtiefe im Gleichgewicht befindet. Man bezeichnet diesen Zustand als *Schweben.*

3. $\rho_K < \rho_{Fl}$
Jetzt ist bei vollem Eintauchen des Körpers die nach unten gerichtete Gewichtskraft kleiner als der nach oben gerichtete Auftrieb. Die Resultierende der beiden Kräfte ist daher nach oben gerichtet. Die Folge davon ist, daß der zunächst vollständig eingetauchte Körper sich aufwärts bewegt, bis er so weit aus dem Wasser ragt, daß der Auftrieb, den der in der Flüssigkeit verbleibende Teil erfährt, gerade gleich der Gewichtskraft des Körpers ist. Dieser Zustand wird als *Schwimmen* bezeichnet. Da es sich hierbei um einen besonders wichtigen Fall handelt, stellen wir noch einmal fest:

Ein auf einer Flüssigkeit schwimmender Körper sinkt so tief in die Flüssigkeit ein, daß die Gewichtskraft des Körpers und die Gewichtskraft der verdrängten Flüssigkeit die gleichen Beträge haben.

Diese Feststellung genügt aber noch nicht, um den *Vorgang des Schwimmens* vollständig zu beschreiben. Jeder weiß aus Erfahrung, daß ein Holzbalken stets waagerecht und nie vertikal im Wasser schwimmt und daß man ein Brett nur mit seiner Breitfläche, nicht dagegen mit einer Schmalfläche auf die Wasseroberfläche legen kann, obwohl in *allen* Fällen bei der richtigen Eintauchtiefe die Beträge von Auftrieb und Gewichtskraft gleich sind. Von den aufgrund des ARCHIMEDES-Gesetzes möglichen Schwimmlagen des Körpers ist im

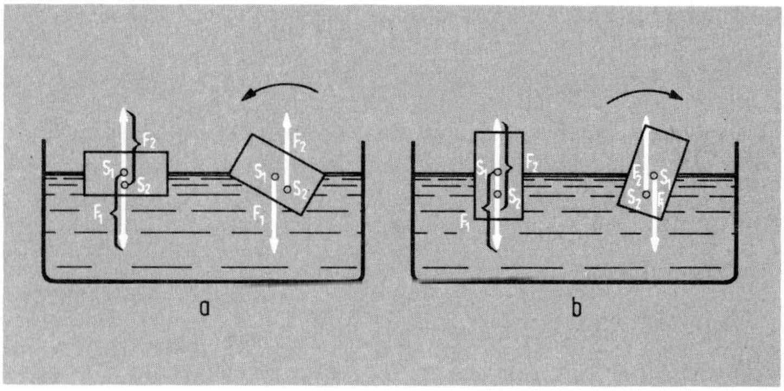

Abb. 282.1
Die stabile (a) und die labile (b) Schwimmlage eines Körpers

allgemeinen offenbar nur eine stabil, während alle übrigen nicht stabil sind. Es ergibt sich nun die Frage, wie diese Erscheinungen zu verstehen sind.

Wir betrachten einen quaderförmigen, in einer Flüssigkeit schwimmenden Holzklotz. Die auf den Körper wirkenden Kräfte, die Schwerkraft und die Auftriebskraft, greifen in verschiedenen Punkten an, und zwar die Schwerkraft F_1 im Schwerpunkt S_1 des Holzklotzes und die Auftriebskraft F_2 im Schwerpunkt S_2 des verdrängten Flüssigkeitsvolumens. In den beiden in Abb. 282.1 links dargestellten Lagen des schwimmenden Körpers fallen die Angriffslinien beider Kräfte zusammen. Die Kräfte heben einander also auf. Trotzdem besteht aber zwischen diesen beiden Lagen ein wesentlicher Unterschied, den man erkennt, wenn man die Körper etwas kippt, so daß sie die in Abb. 282.1 rechts dargestellten Lagen einnehmen. Die Lage des Schwerpunktes S_1 im Holzklotz bleibt natürlich unverändert; der Schwerpunkt S_2 des verdrängten Flüssigkeitsvolumens ändert dagegen seine Lage. Die in beiden Punkten angreifenden Kräfte F_1 und F_2 bilden jetzt ein Kräftepaar, das auf den Holzklotz ein Drehmoment ausübt. Aus der Zeichnung erkennt man, daß das Drehmoment den Körper im ersten Falle in die alte Lage zurückzudrehen sucht, während es den Körper im zweiten Falle noch weiter aus der ursprünglichen Lage herausdreht, bis er die in *a* gezeichnete Lage einnimmt. Es gibt also eine stabile Schwimmlage, in die der schwimmende Körper von selbst übergeht.

Man sieht weiter, daß die Stabilität um so größer ist, je tiefer der Schwerpunkt des schwimmenden Körpers liegt. Daher versieht man Schiffe bisweilen mit einem Bleikiel und bringt Schiffsmaschinen und schwere Ladungen möglichst tief im Schiff unter. Durch eine Verschiebung des Schwerpunktes in höhere Lagen, wie sie durch große Decklasten bewirkt wird, verringert sich die Stabilität, so daß das Schiff leichter kentern kann.

Abschließend soll noch darauf hingewiesen werden, daß die Zustände des Sinkens, Schwebens und Schwimmens bei *Schwerelosigkeit* ihren Sinn verlieren, weil dann kein Schweredruck und damit auch kein Auftrieb vorhanden ist.

2.12.5 Die Oberflächenspannung bei Flüssigkeiten

Bei der Oberflächenspannung handelt es sich um eine an der Grenze zwischen Flüssigkeiten und Gasen auftretende Erscheinung, die dadurch zustande kommt, daß die Moleküle im Innern der Flüssigkeit durch die VAN-DER-WAALS-Kräfte mit den Nachbarmolekülen nach allen Seiten in Wechselwirkung stehen, während die an der Oberfläche befindlichen Moleküle nur einseitig nach innen gerichtete Kräfte erfahren (Abb. 282.2). Es muß daher Arbeit aufgewendet werden, um ein Molekül aus dem Innern der Flüssigkeit an die Oberfläche zu bringen. Die Moleküle an der Oberfläche haben eine größere potentielle Energie als die im Innern der Flüssigkeit befindlichen Moleküle. Wenn man die Oberfläche einer Flüssigkeit vergrößern will, muß also Arbeit verrichtet

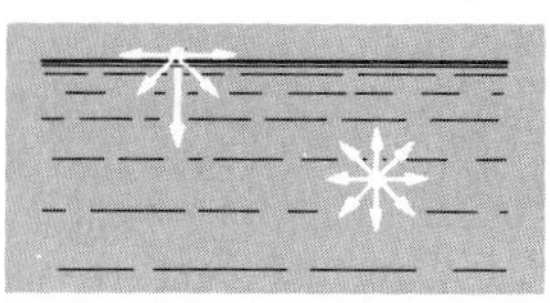

Abb. 282.2
Zur Entstehung der Oberflächenspannung

werden. Zur quantitativen Beschreibung dieser Erscheinung wird eine neue physikalische Größe eingeführt, die man als *spezifische Oberflächenenergie* oder als *Oberflächenspannung* bezeichnet. Wir setzen fest:

Unter der spezifischen Oberflächenenergie oder der Oberflächenspannung (Formelzeichen: σ_O) versteht man den Quotienten aus der zur Vergrößerung der Oberfläche um den Betrag ΔA erforderlichen Arbeit ΔW und der Oberflächenvergrößerung ΔA.

$$\sigma_O = \frac{\Delta W}{\Delta A}.$$

Aus dieser Definition ergibt sich, daß als Einheit für die Oberflächenspannung der Quotient aus der Arbeitseinheit 1 Joule (J) und der Flächeneinheit 1 Quadratmeter (m^2) zu verwenden ist. Im allgemeinen wird diese Einheit jedoch anders geschrieben, indem man setzt

$$\frac{1\,\mathrm{J}}{1\,\mathrm{m}^2} = \frac{1\,\mathrm{Nm}}{1\,\mathrm{m}^2} = \frac{1\,\mathrm{N}}{1\,\mathrm{m}} = 1\,\frac{\mathrm{N}}{\mathrm{m}} = 1\,\mathrm{N\,m^{-1}}.$$

Es gilt also:

Die abgeleitete Einheit der Oberflächenspannung ist das Newton durch Meter (Einheitenzeichen: $\frac{\mathrm{N}}{\mathrm{m}}$ oder $\mathrm{N\,m^{-1}}$). 1 Newton durch Meter ist die Oberflächenspannung, bei der die Arbeit 1 J erforderlich ist, um die Oberfläche um 1 m^2 zu vergrößern.

Als weitere Einheiten für die Oberflächenspannung können auch alle anderen Quotienten aus einer gesetzlichen Krafteinheit und einer gesetzlichen Längeneinheit verwendet werden.

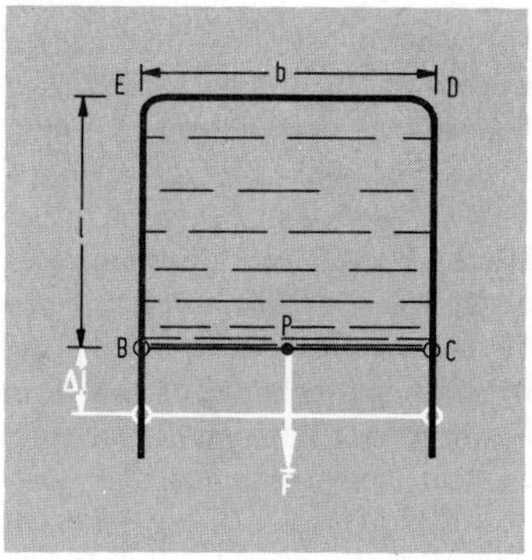

Abb. 283.1
Ein Beispiel für die Berechnung der Oberflächenspannung

Die hier dargelegten Zusammenhänge sollen an einem Beispiel näher erläutert werden. Bei dem in Abb. 283.1 dargestellten Drahtgestell ist das untere Drahtstück BC verschiebbar. Die rechteckige Fläche $BCDE$ wird mit einer Flüssigkeitshaut, etwa aus Seifenlösung, überzogen. Läßt man dann an dem Punkte P eine Kraft $\vec{F}$ angreifen, so wird die Flüssigkeitshaut innerhalb gewisser Grenzen vergrößert. Dabei muß eine Arbeit verrichtet werden. Wenn das Drahtstück BC infolge der Zugkraft $\vec{F}$ um die Strecke Δl verschoben wird, so ist die Arbeit

$$\Delta W = F \cdot \Delta l.$$

Die hierbei auftretende Oberflächenvergrößerung ist

$$\Delta A = 2b \cdot \Delta l,$$

denn die Oberfläche nimmt auf der Vorderseite und der Rückseite jeweils um $b \cdot \Delta l$ zu. Für die spezifische Oberflächenenergie oder die Oberflächenspannung ergibt sich dann in dem vorliegenden Falle:

$$\sigma_O = \frac{\Delta W}{\Delta A} = \frac{F \cdot \Delta l}{2b \cdot \Delta l} = \frac{F}{2b}.$$

Für die Oberflächenspannung ergibt sich hier also der Quotient aus einer Kraft und einer Länge, was der oben angegebenen Tatsache entspricht, daß die Oberflächenspannung in der Einheit $\mathrm{N\,m^{-1}}$ zu messen ist.

Die Oberflächenspannung kann auf verschiedene Weisen sichtbar gemacht werden. Wenn man eine Rasierklinge oder eine Heftklammer vorsichtig auf eine Wasseroberfläche legt, so bleiben diese hier wie auf einer elastischen Membran liegen. Drückt man dann aber das eine Ende der Klinge bzw. der Klammer durch die Oberfläche hindurch, so sinkt diese durch das entstandene Loch nach unten, weil sie eine größere Dichte als das Wasser hat. In der Natur kann man beobachten, daß manche Insekten auf der Oberfläche von Gewässern laufen können, ohne einzusinken, wobei die Wasseroberfläche unter ihren Füßen etwas eingebeult wird. Die Wirkung der Oberflächenspannung kann man schließlich beobachten, wenn man einen weichhaarigen Pinsel zunächst in Wasser hält und ihn dann herauszieht. Die Haare behalten im Wasser die gleiche Stellung wie in der Luft, kleben aber nach dem Herausziehen dicht aneinander, so daß der Eindruck entsteht, als ob sie von einer Wasserhaut zusammengedrückt würden.

In der folgenden Tabelle sind die Oberflächenspannungen für einige Stoffe angegeben. Da die Zahlenwerte von der Temperatur und dem an die Flüssigkeit grenzenden Medium abhängen, muß hinzugefügt werden, daß die Angaben sich auf 20 °C und Luft beziehen.

Oberflächenspannungen

Quecksilber	$484 \cdot 10^{-3}$ N m^{-1}	Glyzerin	$66 \cdot 10^{-3}$ N m^{-1}	Alkohol	$22 \cdot 10^{-3}$ N m^{-1}
Wasser	$72{,}5 \cdot 10^{-3}$ N m^{-1}	Seifenlösung	$\sim 30 \cdot 10^{-3}$ N m^{-1}	Äther	$17 \cdot 10^{-3}$ N m^{-1}

Man kann die Oberflächenspannung des Wassers herabsetzen, indem man geeignete Stoffe, z.B. eine kleine Menge eines Spülmittels, darin löst. Wenn man auf die Oberfläche einer solchen Lösung eine Rasierklinge oder eine Heftklammer legt, so sinkt diese sofort auf den Boden. Die Oberflächenhaut ist offenbar nicht mehr vorhanden oder mindestens so geschwächt, daß sie die Rasierklinge oder die Heftklammer nicht mehr zu tragen vermag. Man spricht in diesem Falle von entspanntem Wasser; die diese Entspannung herbeiführenden Stoffe werden als *Entspannungsmittel* bezeichnet. Ihre Verwendung in den modernen Spülmitteln beruht darauf, daß das entspannte Wasser sich leichter zwischen die Fett- oder Speisereste und das Geschirr schiebt und dieses deshalb besser reinigt als gewöhnliches Wasser.

Die Oberflächenspannung bewirkt, daß sich eine Flüssigkeitsoberfläche auf ein Minimum zusammenzieht. Hierin kommt ein allgemeines Prinzip zum Ausdruck, wonach die Gleichgewichtslage eines Systems mit einem relativen Minimum seiner potentiellen Energie verbunden ist. Es wurde schon darauf hingewiesen, daß die an der Oberfläche einer Flüssigkeit befindlichen Moleküle eine größere potentielle Energie als die im Innern befindlichen Moleküle haben. Wenn die Oberfläche ihren kleinstmöglichen Wert hat, dann ist auch die Zahl der Moleküle mit der relativ großen potentiellen Energie so klein wie möglich, d.h., die Oberflächenenergie erreicht ein Minimum.

Das Minimalprinzip für Flüssigkeitsoberflächen ist die Ursache für manche bekannten Erscheinungen. Wenn z.B. Tropfen, auf die keine äußeren Kräfte wirken, oder Gasblasen in Flüssigkeiten Kugelform annehmen, so ist dies darauf zurückzuführen, daß die Kugel unter allen Körpern gleichen Volumens die kleinste Oberfläche hat, so daß hier die Zahl der an der Oberfläche befindlichen Moleküle und damit die Oberflächenenergie ein Minimum erreicht.

Es kann hier ferner an einen in der Sekundarstufe I (Band I, S. 80) durchgeführten Versuch erinnert werden, der zeigt, daß eine Flüssigkeit ihre Oberfläche soweit wie möglich zu verkleinern sucht. Man überzieht dazu einen Drahtring durch Eintauchen in Seifenwasser mit einer Seifenwasserhaut. Auf diese Haut wird nach Abb. 284.1 ein dünner, geschlossener Faden gebracht, so daß er in ganz unregelmäßiger Gestalt auf der Seifen-

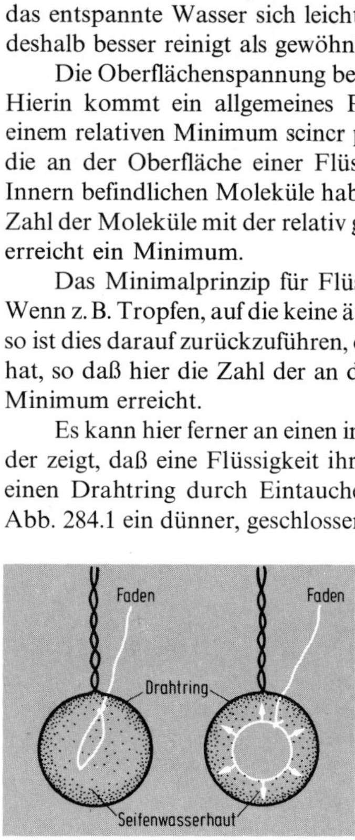

Abb. 284.1
Zur Wirkung der Oberflächenspannung

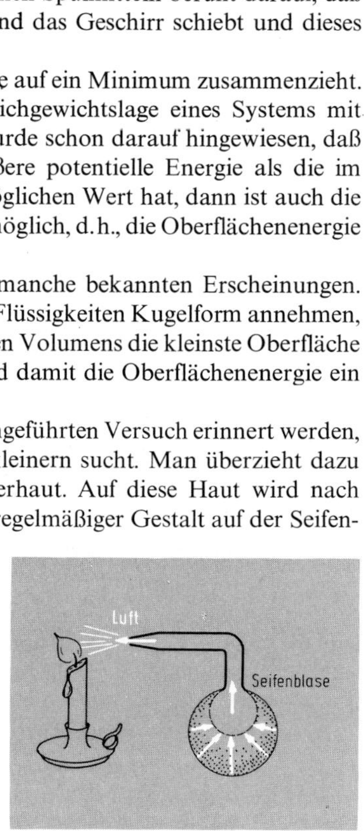

Abb. 284.2
Die Oberflächenspannung erzeugt einen Druck, der die Luft aus der Seifenblase heraustreibt.

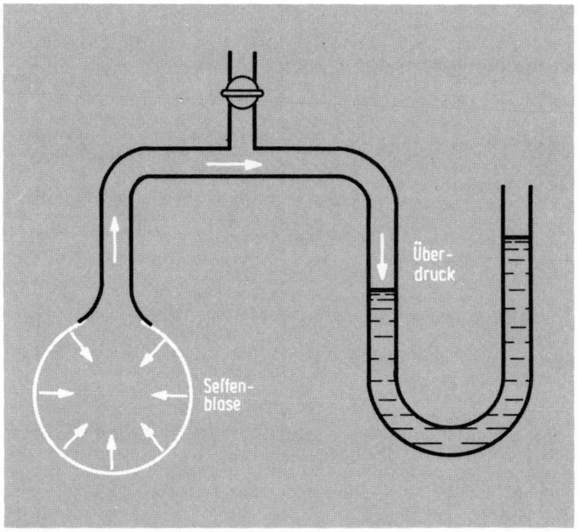

Abb. 285.1 Nachweis des in einer Seifenblase herrschenden Überdrucks

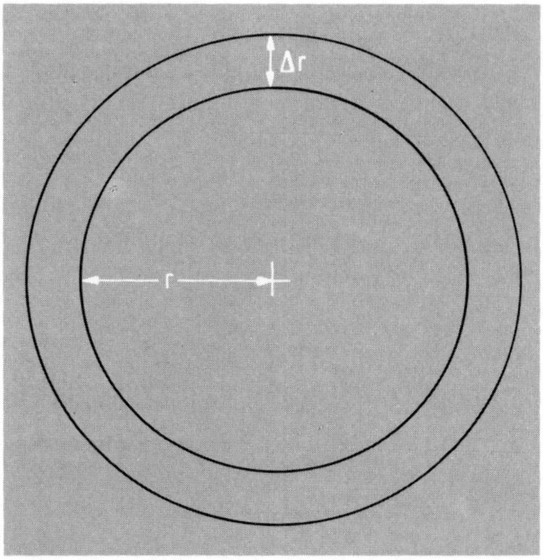

Abb. 285.2 Zur Berechnung des durch die Oberflächenspannung bei einer Kugel bewirkten Drucks

haut schwimmt. Wenn nun die Haut im Innern des Fadens mit einem heißen Draht durchstoßen und damit zerstört wird, so nimmt das Loch die Gestalt eines Kreises an. Dadurch wird die restliche Haut so klein wie möglich, denn der Kreis hat unter allen ebenen Figuren bei gegebenem Umfang die größte Fläche, so daß die Restfläche außerhalb des Kreises den kleinstmöglichen Wert erreicht.

Durch die Oberflächenspannung entstehen bei gekrümmten Oberflächen Kräfte bzw. Drücke. Diese werden z.B. erkennbar, wenn man an dem einen Ende eines Glasrohres nach Abb. 284.2 eine Seifenblase erzeugt und diese dann sich selbst überläßt. Die Blase zieht sich zusammen und drückt die Luft nach außen. Der Überdruck im Innern der Blase kann mit Hilfe der in Abb. 285.1 dargestellten Versuchsanordnung gemessen werden. Die Flüssigkeitssäule steht in den beiden Schenkeln des U-förmigen Rohres verschieden hoch. Der Höhenunterschied der Flüssigkeitssäulen stellt ein Maß für den in der Seifenblase herrschenden Überdruck gegenüber dem äußeren Luftdruck dar.

Die durch die Oberflächenspannung bei gekrümmten Flächen entstehenden Drücke lassen sich in einfacher Weise berechnen, wenn es sich um Tropfen mit *Kugelgestalt* handelt. Man denkt sich dazu den Radius r der Kugel durch Zuführung weiterer Flüssigkeit um den kleinen Betrag Δr auf $r+\Delta r$ vergrößert (Abb. 285.2). Dazu muß gegen den herrschenden Außendruck p eine Arbeit verrichtet werden, die als potentielle Energie in der zusätzlich geschaffenen Oberfläche gespeichert wird. Für die verrichtete Arbeit erhält man:

$$\Delta W_1 = F \cdot \Delta r = p A \cdot \Delta r = p \cdot 4\pi r^2 \cdot \Delta r .$$

Dabei ist F die Summe der Beträge aller Teilkräfte.

Die Vergrößerung der Oberflächenenergie beträgt:

$$\begin{aligned}\Delta W_2 &= \sigma_O \cdot \Delta A = \sigma_O[4\pi(r+\Delta r)^2 - 4\pi r^2]\\ &= \sigma_O[8\pi r \cdot \Delta r + 4\pi \cdot (\Delta r)^2].\end{aligned}$$

Da Δr im Vergleich zu r eine kleine Größe sein soll, gilt $(\Delta r)^2 \ll r \cdot \Delta r$; $\pi \cdot (\Delta r)^2$ kann deshalb vernachlässigt werden. Daher ergibt sich:

$$\Delta W_2 = 8\,\sigma_O\,\pi r \cdot \Delta r .$$

Wie oben dargelegt, ist

$$\Delta W_1 = \Delta W_2$$

oder

$$p \cdot 4\pi r^2 \cdot \Delta r = 8\sigma_O \pi r \cdot \Delta r$$

$$p = \frac{2\sigma_O}{r} .$$

Es ergibt sich also:

Bei kugelförmigen Tropfen ist der durch die Oberflächenspannung bewirkte Druck der Oberflächenspannung direkt und dem Tropfenradius umgekehrt proportional.

Bei kleinen Tropfen ist der Druck also besonders groß. Wie das folgende Beispiel zeigt, können auf diese Weise recht große Drücke entstehen.

Beispiel Für einen Quecksilbertropfen mit dem Radius $r = 0{,}01$ mm und der Oberflächenspannung $\sigma_O = 484 \cdot 10^{-3}\,\mathrm{N\,m^{-1}}$ ergibt sich zusätzlich zu dem von der Luft hervorgerufenen Druck der Druck

$$p = \frac{2 \cdot 484 \cdot 10^{-3}\,\mathrm{N\,m^{-1}}}{10^{-5}\,\mathrm{m}} = 96\,800\,\mathrm{N\,m^{-2}} = 96\,800\,\mathrm{Pa} \approx 100\,000\,\mathrm{Pa}.$$

Im Tropfen herrscht folglich etwa der doppelte Druck wie außerhalb.

Wenn es sich nicht um eine homogene Kugel, sondern um eine kugelförmige Flüssigkeitshaut, etwa um eine Seifenblase, handelt, so muß beachtet werden, daß hier zwei Oberflächen, nämlich die innere und die äußere, vorliegen. Infolgedessen ergibt sich für den Druck in diesem Falle

$$p = \frac{4\sigma_O}{r}.$$

Beispiel Der Überdruck im Innern einer Seifenblase mit dem Radius $r = 2$ cm und der Oberflächenspannung $\sigma_O = 30 \cdot 10^{-3}\,\mathrm{N\,m^{-1}}$ beträgt

$$p = \frac{4\sigma_O}{r} = \frac{4 \cdot 30 \cdot 10^{-3}\,\mathrm{N\,m^{-1}}}{2 \cdot 10^{-2}\,\mathrm{m}} = 6\,\mathrm{N\,m^{-2}} = 6\,\mathrm{Pa}.$$

Der durch die Oberflächenspannung bewirkte Druck versucht die Blase zu verkleinern. Auch hier ist der Druck umgekehrt proportional zum Radius der Blase, d.h., er ist bei kleinen Blasen größer als bei großen Blasen. Man kann sich hiervon durch einen auf den ersten Blick überraschenden Versuch überzeugen. Mit Hilfe der in Abb. 286.1 wiedergegebenen Anordnung werden bei geschlossenem Hahn C zwei verschieden große Seifenblasen erzeugt. Dann werden die Hähne A und B geschlossen und der Hahn C geöffnet. Ohne die Kenntnis des obigen Gesetzes würde man erwarten, daß die Seifenblasen jetzt auf beiden Seiten die gleiche Größe annehmen. Das ist aber nicht der Fall, sondern das Gegenteil tritt ein: Weil der Druck bei der kleinen Blase größer als bei der großen ist, strömt Luft von der kleinen zur großen Blase, so daß diese sich weiter ausdehnt, während die kleine Blase sich zusammenzieht und schließlich ganz verschwindet.

Man könnte leicht den Eindruck gewinnen, als ob Flüssigkeitshäute sich ähnlich wie Gummihäute verhielten, so daß etwa eine Seifenblase mit einem aufgeblasenen Gummiballon verglichen werden könnte. Die hier beschriebenen Versuche zeigen aber, daß dies falsch ist. Wir haben gesehen, daß der Druck bei einer Seifenblase mit wachsendem Radius abnimmt, bei Gummiblasen nimmt er dagegen mit zunehmendem Aufblasen zu. Der Grund für das verschiedene Verhalten von Flüssigkeitshäuten und Gummihäuten liegt darin, daß die für die Flüssigkeitshäute maßgebende Oberflächenspannung anderen Gesetzen gehorcht als die für die Gummihäute maßgebende elastische Spannung.

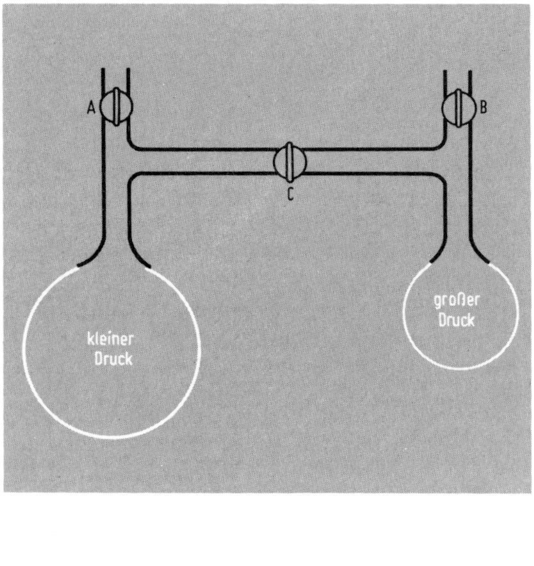

Abb. 286.1
Zum Druck in Seifenblasen

2.12.6 Die Grenzflächenspannungen

In dem vorhergehenden Abschnitt haben wir die Erscheinungen an der Grenzfläche zwischen einer Flüssigkeit und einem Gas untersucht. Hierbei handelt es sich um einen speziellen Fall der *Grenzflächenspannungen;* diese treten immer dann auf, wenn verschiedene Stoffe aneinandergrenzen. Dabei spielen die zwischen den Atomen und Molekülen der Stoffe wirkenden Kräfte, die man als *Molekularkräfte* bezeichnet, eine wichtige Rolle. Es gibt zwei verschiedene Arten solcher Molekularkräfte: die *Kohäsionskräfte* und die *Adhäsionskräfte.* Beide verdanken ihre Entstehung den früher (S. 282) schon erwähnten und später noch genauer zu behandelnden VAN DER WAALS-Kräften. Wir merken uns:

Unter den Kohäsionskräften versteht man diejenigen Kräfte, die den Zusammenhalt von Atomen und Molekülen der gleichen Art bewirken.

Diese Kräfte sind bei festen Körpern am stärksten, bei Flüssigkeiten erheblich kleiner und bei Gasen sehr klein, aber doch noch vorhanden und feststellbar.

Unter den Adhäsionskräften versteht man diejenigen Kräfte, die das Zusammenhalten der Atome oder Moleküle verschiedener Art bewirken.

Beispiele Adhäsionskräfte bewirken das Haften von Wassertropfen an einer Glasscheibe; sie sind ferner für die Wirkung von Klebemitteln und Kitt verantwortlich.

Für das Zustandekommen der Grenzflächenspannungen ist der Aggregatzustand der beteiligten Stoffe von entscheidender Bedeutung. Wir stellen im folgenden die verschiedenen Möglichkeiten zusammen:

1. Gas – Gas

In diesem Falle ist keine Grenzfläche vorhanden, weil die Gase sich sofort miteinander mischen. Es treten deshalb auch keine Grenzflächenspannungen auf.

2. Gas – Flüssigkeit

Hier handelt es sich um die im vorhergehenden Abschnitt genauer untersuchte Oberflächenspannung. Auf diesen Fall braucht also nicht mehr eingegangen zu werden.

3. Gas – Festkörper

Die Erfahrung zeigt, daß in diesem Falle keine nennenswerten Grenzflächenspannungen auftreten. Der Grund hierfür liegt in der Tatsache, daß die Kohäsionskräfte zwischen den Bausteinen der Festkörper ganz erheblich viel größer als die Adhäsionskräfte zwischen dem Festkörper und dem Gas sind, so daß kaum Wechselwirkungen erfolgen. Die auftretenden Oberflächenspannungen verändern die Oberfläche kaum.

4. Flüssigkeit – Flüssigkeit

Dabei sind zwei Fälle möglich:

a) Die an der Grenzfläche zwischen den Atomen oder Molekülen der verschiedenen Flüssigkeiten auftretenden Adhäsionskräfte können *kleiner* als die zwischen den Atomen oder Molekülen jeder einzelnen Flüssigkeit wirkenden Kohäsionskräfte sein. Dann sind die Flüssigkeiten nicht mischbar (z. B. Wasser und Öl), und es treten Grenzflächenspannungen auf, die große Ähnlichkeit mit den noch genauer zu behandelnden Grenzflächenspannungen an der Grenze zwischen Festkörpern und Flüssigkeiten haben.

b) Die Adhäsionskräfte zwischen den Atomen oder Molekülen der beiden Flüssigkeiten können *größer* als die Kohäsionskräfte innerhalb jeder Flüssigkeit sein. In diesem Falle vermischen sich die Flüssigkeiten (z. B. Wasser und Alkohol), so daß keine Grenzflächen und damit auch keine Grenzflächenspannungen auftreten.

5. Flüssigkeit – Festkörper

In ähnlicher Weise wie bei den Grenzflächen zwischen zwei Flüssigkeiten müssen auch hier zwei Fälle unterschieden werden: die Kohäsionskräfte zwischen den Atomen oder Molekülen der Flüssigkeit können größer oder kleiner als die Adhäsionskräfte zwischen den Bausteinen der Flüssigkeit und des Festkörpers sein. Mit den in diesen Fällen an den Grenzflächen auftretenden Erscheinungen werden wir uns im nächsten Abschnitt näher beschäftigen.

6. Festkörper – Festkörper

Wenn man zwei Festkörper durch bloßes Zusammendrücken miteinander in Berührung bringt, so werden zwischen ihnen im allgemeinen keine Molekularkräfte wirksam, weil die Reichweite dieser Kräfte sehr klein ist und die Oberflächen der Körper zu rauh sind, als daß ihre Bausteine einander genügend genähert werden könnten, um die Molekularkräfte wirksam werden zu lassen. Nur wenn man die Berührungsflächen sehr sorgfältig glatt schleift oder wenn man einen der Festkörper für kurze Zeit flüssig macht, so daß eine enge Berührung der beiden Körper eintreten kann, machen sich Adhäsionskräfte bemerkbar. Auch hier sind dann wieder zwei Fälle zu unterscheiden:

a) Die Adhäsionskräfte können größer als die Kohäsionskräfte sein. Dann werden die Körper fest miteinander verbunden. Hierauf beruht das Löten, Kleben usw.

b) Die Adhäsionskräfte können kleiner als die Kohäsionskräfte sein. In diesem Falle haften die Körper nicht fest aneinander, sondern sie fallen von selbst auseinander oder können durch kleine Kräfte voneinander getrennt werden.

Im folgenden Abschnitt beschäftigen wir uns genauer mit den Vorgängen an den Grenzflächen zwischen Festkörpern und Flüssigkeiten.

2.12.7 Die Grenzflächenspannung zwischen Festkörpern und Flüssigkeiten

Wenn eine Flüssigkeit an einen Festkörper grenzt, so werden auf die an der Grenzfläche befindlichen Atome und Moleküle beider Körper verschiedene Kräfte wirksam. Da die Bausteine der Festkörper aber nicht verschiebbar sind, bewirken die auf sie ausgeübten Kräfte keine Veränderungen ihrer Lage. Anders ist dies bei den leichtbeweglichen Teilchen der Flüssigkeit. Zwei Kräfte sind für die an der Grenzfläche zwischen einem Festkörper und einer Flüssigkeit auftretenden Erscheinungen von Bedeutung:

1. Die von den Bausteinen des Festkörpers auf die an der Grenzfläche befindlichen Atome oder Moleküle der Flüssigkeit ausgeübten anziehenden Kräfte, die wir als *Adhäsionskräfte* bezeichnet haben.

2. Die von den benachbarten Flüssigkeitsteilchen auf die an der Grenzfläche befindlichen Atome oder Moleküle der Flüssigkeit wirkenden Kräfte, die in die Gruppe der *Kohäsionskräfte* gehören.

Es sind zwei Fälle zu unterscheiden:

Die Adhäsionskräfte können größer oder kleiner als die Kohäsionskräfte sein. Danach unterscheidet man *benetzende* und *nichtbenetzende Flüssigkeiten.* Wir setzen fest:

Eine Flüssigkeit benetzt einen Festkörper, wenn die Adhäsionskräfte zwischen den Teilchen des Festkörpers und der Flüssigkeit größer als die Kohäsionskräfte zwischen den Flüssigkeitsteilchen sind.

Eine Flüssigkeit benetzt einen Festkörper nicht, wenn die Kohäsionskräfte zwischen den Flüssigkeitsteilchen größer als die Adhäsionskräfte zwischen den Teilchen des Festkörpers und der Flüssigkeit sind.

Beispiele

Benetzend: Wasser – Glas oder Petroleum – Eisen.
Nichtbenetzend: Quecksilber – Glas.

Aus den vorstehenden Darlegungen geht bereits hervor, daß es sich bei der Benetzung und Nichtbenetzung keineswegs um eine jeder Flüssigkeit unveränderlich zukommende Eigenschaft handelt, sondern daß wir es hier mit der Beziehung zwischen einer Flüssigkeit und einem Festkörper zu tun haben. Die gleiche Flüssigkeit kann gegenüber einem Festkörper benetzend und gegenüber einem anderen Festkörper nichtbenetzend sein.

Beispiel Wasser ist gegenüber Glas benetzend und gegenüber Paraffin nichtbenetzend.

Die Erscheinungen der Benetzung und Nichtbenetzung kann man bei vielen Gelegenheiten beobachten. Auf die folgende Tatsache wurde bereits in der Sekundarstufe I (Band I, S. 82) hingewiesen: Taucht man einen Glasstab nacheinander in Quecksilber und in Wasser, so zeigt sich beim Herausziehen, daß keine Quecksilbertropfen, wohl aber Wassertropfen an dem Glasstab haften bleiben. Der Grund hierfür liegt darin, daß die Kohäsionskräfte zwischen den Quecksilberatomen größer als die Adhäsionskräfte zwischen Quecksilber und Glas sind, während dies bei Wasser und Glas umgekehrt ist. Wie oben bereits angegeben, ist Quecksilber gegenüber Glas nichtbenetzend und Wasser gegenüber Glas benetzend.

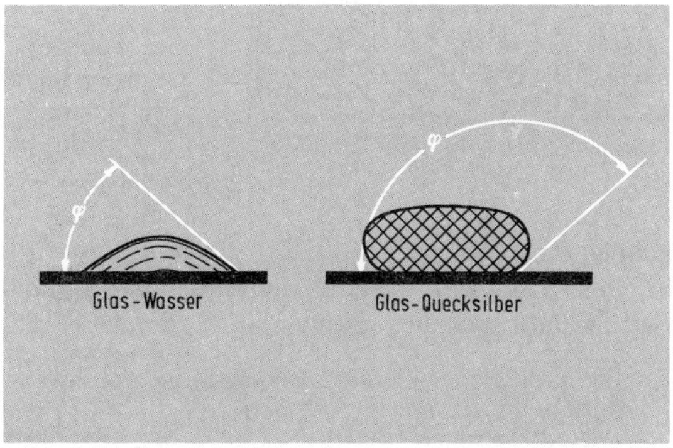

Abb. 289.1
Die Tropfenbildung bei benetzenden und bei nichtbenetzenden Flüssigkeiten

Wenn man *Tropfen* verschiedener Flüssigkeiten nach Abb. 289.1 auf einen Festkörper bringt, so können die Tropfen je nach der Art der Flüssigkeit und des Festkörpers verschiedene Formen annehmen. In dem dargestellten Beispiel sollen sich ein Wassertropfen und ein Quecksilbertropfen auf einer Glasscheibe befinden. Man kann die auftretenden Erscheinungen quantitativ beschreiben, indem man den *Randwinkel* φ einführt. Wir setzen fest:

Unter dem Randwinkel φ versteht man den Winkel, den die Oberfläche der Flüssigkeit an den Berührungsstellen mit dem Festkörper bildet.

Es sind dann die folgenden Fälle zu unterscheiden:

a) Der Randwinkel ist kleiner als $\frac{\pi}{2}$ rad (spitzer Winkel). In diesem Falle liegt Benetzung vor. Sie ist um so besser, je kleiner der Randwinkel ist. Für den Extremfall $\varphi = 0$ haben wir es mit einer vollkommenen Benetzung zu tun, d.h., es bildet sich kein Tropfen, sondern die Flüssigkeit breitet sich als dünne Haut über die ganze Unterlage aus.

b) Der Randwinkel ist größer als $\frac{\pi}{2}$ rad (stumpfer Winkel). Dann liegt Nichtbenetzung vor.

Es ist eine bekannte Tatsache, daß sich bei einer in einem größeren Gefäß (Glas, Tasse, Badewanne usw.) befindlichen Flüssigkeit wegen der leichten Verschiebbarkeit der Flüssigkeitsteilchen unter dem Einfluß der Schwerkraft eine waagerechte Oberfläche bildet. Wird das Gefäß geneigt, so erfolgt eine Verschiebung der Flüssigkeitsteilchen, und die Oberfläche der Flüssigkeit stellt sich wieder senkrecht zur Richtung der Schwerkraft ein. Streng genommen handelt es sich bei den Flüssigkeitsoberflächen aber gar nicht um Ebenen. Weil die Schwerkraft immer zum Erdmittelpunkt gerichtet ist und die Flüssigkeitsoberfläche an jeder Stelle auf der Richtung der Schwerkraft senkrecht steht, muß sich eine gekrümmte Oberfläche bilden. Man kann dies bei ausgedehnten Wasserflächen auch leicht beobachten: wenn man am Ufer des Meeres steht, sieht man wegen der Krümmung der Wasserfläche von einem in der Ferne auftauchenden Schiff zunächst nur die oberen Teile der Schiffsaufbauten. Bei den Gefäßen des täglichen Lebens tritt diese Krümmung aber nicht in Erscheinung. Die Flüssigkeitsoberflächen können hier als waagerechte Ebenen betrachtet werden. Eine deutliche Abweichung von dem waagerechten Verlauf zeigt sich jedoch an der Grenze zwischen der Flüssigkeit und dem Gefäß. Dabei treten wieder zwei verschiedene Fälle auf, je nachdem, ob es sich um Benetzung oder Nichtbenetzung

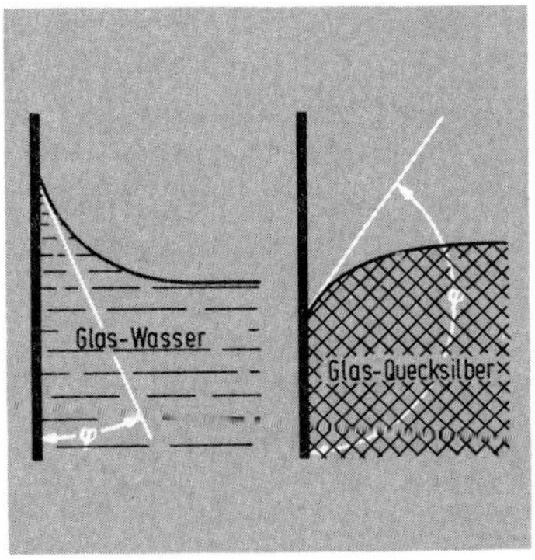

Abb. 290.1
Das Verhalten von benetzenden und von nichtbenetzenden Flüssigkeiten an der Wand eines Gefäßes

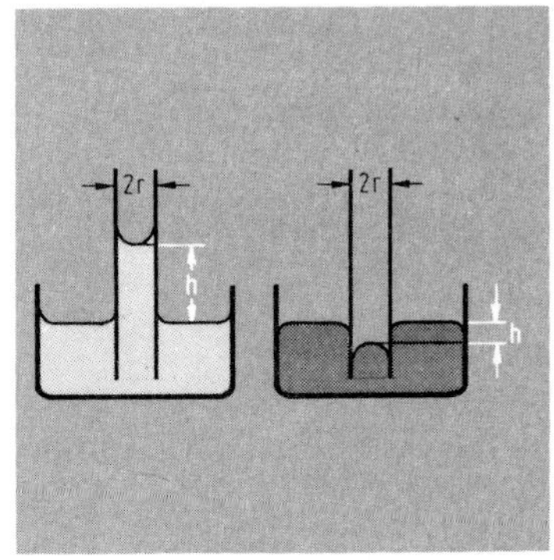

Abb. 290.2
Der kapillare Anstieg bei einer benetzenden Flüssigkeit und die kapillare Depression bei einer nicht benetzenden Flüssigkeit

handelt. In Abb. 290.1 sind die Erscheinungen für die beiden Flüssigkeiten Wasser und Quecksilber, die sich in einem Glasgefäß befinden, dargestellt. Im Falle der Benetzung wird eine dünne Flüssigkeitshaut an der Gefäßwand nach oben gezogen, im Falle der Nichtbenetzung erfolgt das Gegenteil. Im ersten Falle ist der Randwinkel wieder kleiner als $\frac{\pi}{2}$ rad und im zweiten Falle größer als $\frac{\pi}{2}$ rad.

Von besonderer Bedeutung sind die hier dargelegten Erscheinungen, wenn die Flüssigkeiten sich in Kapillaren befinden. Wir haben in der Sekundarstufe I (Band I, S. 82) gesehen, daß dann die in Abb. 290.2 wiedergegebenen Vorgänge auftreten:

1. Bei *benetzenden Flüssigkeiten* tritt ein *kapillarer Anstieg* ein, d.h., die Flüssigkeit wird in der Kapillare gehoben.

2. Bei *nichtbenetzenden Flüssigkeiten* tritt eine *kapillare Depression* ein, d.h., die Flüssigkeit wird in der Kapillare nach unten gedrückt.

Wenn man Kapillaren mit verschiedenen lichten Weiten verwendet, so zeigt sich, daß der kapillare Anstieg bei benetzenden Flüssigkeiten um so größer ist, je kleiner die lichte Weite der Kapillare ist. Das gleiche gilt für die kapillare Depression, wenn es sich um eine nichtbenetzende Flüssigkeit handelt. Im folgenden soll das für den kapillaren Anstieg und die kapillare Depression geltende Gesetz abgeleitet werden. Wir gehen dabei von der mit großer Annäherung erfüllten Voraussetzung aus, daß die Flüssigkeitsoberflächen in den Kapillaren als halbkugelförmig betrachtet werden können, die bei benetzenden Flüssigkeiten nach oben konkav und bei nichtbenetzenden Flüssigkeiten nach oben konvex sind.

Aufgrund der früheren Feststellungen gilt für den durch die Oberflächenspannung an der Grenzfläche zwischen einer Flüssigkeit und einem Gas bewirkten Druck die Formel (Abb. 290.3)

$$p = \frac{2\sigma_0}{r}.$$

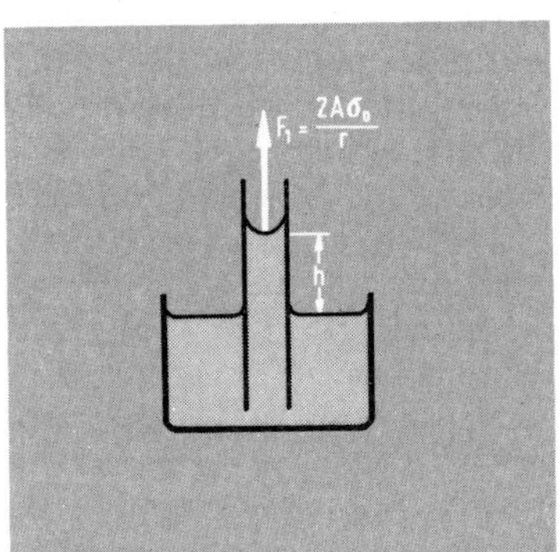

Abb. 290.3
Zur Berechnung des kapillaren Anstieges bei einer benetzenden Flüssigkeit

Abb. 291.1
Zur Berechnung der kapillaren Depression bei einer nichtbenetzenden Flüssigkeit

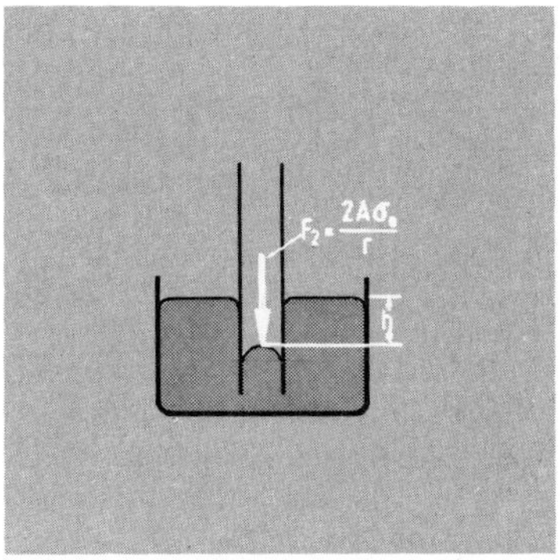

Im Falle der Benetzung bewirkt dieser Druck eine *nach oben* gerichtete Kraft

$$F_1 = A\,p = \frac{2\,A\,\sigma_O}{r}.$$

Dabei bedeutet A den Querschnitt der Kapillare.

Die Flüssigkeit wird nun in der Kapillare so weit nach oben gezogen, daß die nach unten gerichtete Gewichtskraft der Flüssigkeitssäule den gleichen Betrag wie F_1 hat. Wenn der kapillare Anstieg die Größe h besitzt, so gilt für die Gewichtskraft

$$F_G = \rho\,A\,h\,g.$$

Aus

$$F_1 = F_G$$

folgt dann

$$h = \frac{2\sigma_O}{r\,\rho\,g}.$$

Bei nichtbenetzenden Flüssigkeiten bewirkt der durch die Oberflächenspannung entstehende Druck p die *nach unten* gerichtete Kraft

$$F_2 = A\,p.$$

Im Gleichgewichtszustand muß diese Kraft wieder den gleichen Betrag wie die Gewichtskraft einer Flüssigkeitssäule mit der Höhe h haben (Abb. 291.1). Es ergibt sich dann für die kapillare Depression die gleiche Formel wie für den kapillaren Anstieg. Wir stellen zusammenfassend fest:

Für den kapillaren Anstieg und die kapillare Depression gilt die Formel

$$h = \frac{2\sigma_O}{r\,\rho\,g}.$$

$\cdot \cos\varphi$! bei Glas<>Hg => $\cos\varphi < 0$ mit $\varphi > \frac{\pi}{2}$ rad => $h < 0$

Dabei bedeuten σ_O die Oberflächenspannung der Flüssigkeit, r den Radius der Kapillare, ρ die Dichte der Flüssigkeit und g die Fallbeschleunigung.

Beispiel Für den kapillaren Anstieg von Wasser bei 20 °C in einer Glaskapillare mit dem Radius $r = 0{,}2$ mm ergibt sich mit $\rho \approx 1\ \mathrm{kg\,dm^{-3}}$, $g \approx 10\ \mathrm{m\,s^{-2}}$ und $\sigma_O = 72{,}5 \cdot 10^{-3}\ \mathrm{N\,m^{-1}}$

$$h = \frac{2\sigma_O}{r\,\rho\,g} \approx \frac{2 \cdot 72{,}5 \cdot 10^{-3}\ \mathrm{N\,m^{-1}}}{0{,}2\ \mathrm{mm} \cdot 1\ \mathrm{kg\,dm^{-3}} \cdot 10\ \mathrm{m\,s^{-2}}} \approx 7{,}25\ \mathrm{cm}.$$

Bei zahlreichen Vorgängen des täglichen Lebens spielen die hier beschriebenen Kapillarerscheinungen eine Rolle. Auf ihnen beruht die Wirkung von Löschpapier, Kerzendochten, Badeschwämmen, Handtüchern usw. Zusammen mit anderen Erscheinungen (Osmose) sind Kapillarkräfte auch für das Aufsteigen von Flüssigkeiten in Pflanzen und für den Flüssigkeitstransport in tierischen und menschlichen Körpern mit verantwortlich.

2.12.8 Die Bewegung idealer Flüssigkeiten

Im folgenden sollen die bei der Bewegung idealer Flüssigkeiten geltenden Gesetze untersucht werden. Es kann gleich hinzugefügt werden, daß zahlreiche der sich dabei ergebenden Erkenntnisse auch für strömende Gase gelten. Wir beginnen mit einem Versuch.

Versuch 292.1 Durch das in Abb. 292.1 dargestellte Glasgefäß läßt man gefärbtes Wasser strömen und beobachtet den Stand der Wassersäule in den Ansatzrohren R_1, R_2 und R_3.

Es zeigt sich, daß die Flüssigkeitssäule in R_2 niedriger als in R_1 und R_3 steht. Für diese Erscheinung soll jetzt eine Erklärung gefunden werden. Dazu untersuchen wir die Strömung einer Flüssigkeit (z. B. Wasser) in dem in Abb. 292.2 wiedergegebenen Rohr.

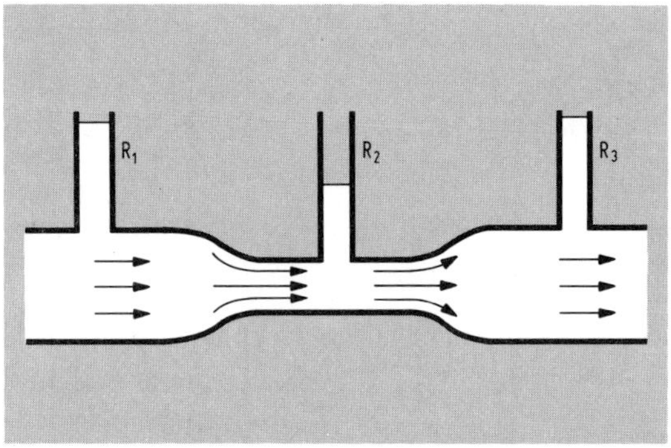

Abb. 292.1 Die stationäre Strömung in einem Rohr mit verschiedenen Querschnitten

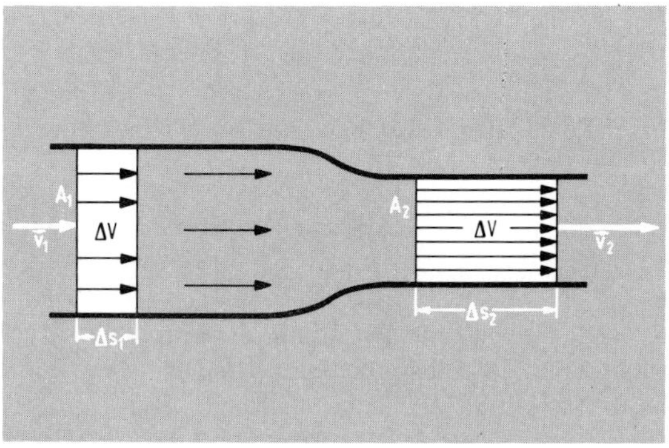

Abb. 292.2 Die Kontinuitätsbedingung bei einer stationären Strömung

Man kann den Strömungsverlauf sichtbar machen, indem man kleine, leicht bewegliche, im Wasser schwebende Teilchen (z. B. die früher schon benutzten Aluminiumteilchen der Silberbronze) verwendet. Wenn man diese in dem Wasser verteilt und seitlich beleuchtet, so geben die sich bewegenden Teilchen ein grobes Bild von der Größe und der Richtung der Geschwindigkeitsvektoren, mit denen sich die Wasserteilchen bewegen. Man spricht dann von einem *Stromlinienbild* der betreffenden Strömung. Wir merken uns:

Unter den Stromlinien einer Flüssigkeits- oder Gasströmung versteht man die zur anschaulichen Darstellung der Strömung verwendeten Linien, die an jeder Stelle die Richtung der momentanen Strömungsgeschwindigkeit haben.

Wir beschränken uns hier auf eine besondere Art von Strömungen, die man als *stationäre Strömungen* bezeichnet. Es gilt:

Eine Strömung heißt stationär, wenn der Stromlinienverlauf an jedem einzelnen Ort im Laufe der Zeit unverändert bleibt.

Bei einer solchen stationären Strömung geben die Stromlinien dann auch die Bahnen an, die von den einzelnen Flüssigkeitsteilchen durchlaufen werden.

Um die für die stationäre Strömung einer idealen Flüssigkeit geltenden Gesetze zu ermitteln, muß von der Tatsache Gebrauch gemacht werden, daß ideale Flüssigkeiten inkompressibel sind. Da bei der hier betrachteten Strömung in einem geschlossenen Rohr seitlich keine Flüssigkeit ein- oder austreten kann, folgt aus der Inkompressibilität, daß die in einem beliebigen Zeitintervall Δt durch die Querschnitte A_1 und A_2 hindurchströmenden Flüssigkeitsmengen das gleiche Volumen ΔV haben müssen.

Nach Abb. 292.2 folgt:

$$\Delta V = \Delta s_1 \cdot A_1 = \Delta s_2 \cdot A_2 .$$

Bezeichnet man die Geschwindigkeiten der Flüssigkeit in den beiden Bereichen des Rohres mit v_1 bzw. mit v_2, dann erhält man wegen

$$v_1 \cdot \Delta t = \Delta s_1 \quad \text{und} \quad v_2 \cdot \Delta t = \Delta s_2$$

die Gleichung

$$v_1 \cdot A_1 = v_2 \cdot A_2 .$$

Diese Gleichung wird als die *Kontinuitätsgleichung* bezeichnet. Sie besagt:

Wenn eine ideale Flüssigkeit durch eine seitlich dichte Röhre mit unterschiedlichem Querschnitt strömt, so verhalten sich die Strömungsgeschwindigkeiten umgekehrt wie die jeweiligen Querschnitte.

Dies bedeutet, daß bei kleiner werdendem Querschnitt A eine Vergrößerung der Strömungsgeschwindigkeit v auftritt und umgekehrt.

Für das in Abb. 292.2 dargestellte Strömungsrohr folgt aus der Kontinuitätsgleichung:

$$v_2 > v_1.$$

Einen Zusammenhang zwischen der Strömungsgeschwindigkeit v und dem Druck p der Flüssigkeit im Rohr erhält man aus der Betrachtung der Arbeit, die notwendig ist, um die Flüssigkeitsmenge vom Volumen ΔV durch die Verengungsstelle zu treiben.

Die im Volumen $\Delta s_1 \cdot A_1$ befindliche Flüssigkeit mit der Masse Δm erfährt in der Verengungsstelle einen Geschwindigkeitszuwachs. Ihre kinetische Energie ist also im Bereich von A_2 größer als im Bereich von A_1. Der Unterschied beträgt

$$\Delta W_k = \tfrac{1}{2} \Delta m (v_2^2 - v_1^2).$$

Dieser Zuwachs an kinetischer Energie ist gleich der Arbeit, mit der die Flüssigkeitsmenge durch die Verengungsstelle getrieben wird. Wir machen im folgenden von der Tatsache Gebrauch, daß die Strömung horizontal verläuft; Gewichtskräfte spielen keine Rolle.

Beim Durchtritt der Flüssigkeitsmenge vom Volumen ΔV durch die Verengungsstelle wirkt auf den linken Querschnitt in Bewegungsrichtung die Kraft $\vec{F}_1$ mit dem Betrag

$$F_1 = p_1 \cdot A_1;$$

auf den rechten Querschnitt wirkt die Kraft $\vec{F}_2$ mit entgegengesetzter Richtung und dem Betrag

$$F_2 = p_2 \cdot A_2.$$

p_1 und p_2 sind die Drücke der Flüssigkeit im weiten bzw. im engen Rohrteil.

Beim Durchtritt der Flüssigkeitsmenge vom Volumen ΔV durch die Verengungsstelle verrichtet die Kraft $\vec{F}_1$ an der Flüssigkeitsmenge die Arbeit

$$W_1 = F_1 \cdot \Delta s_1;$$

gleichzeitig wird durch die entgegengesetzt gerichtete Kraft $\vec{F}_2$ der Flüssigkeitsmenge die Arbeit

$$W_2 = F_2 \cdot \Delta s_2$$

entzogen. $W_1 - W_2$ ist die Arbeit, die notwendig ist, um die Flüssigkeitsmenge vom Volumen ΔV durch die Verengungsstelle zu treiben. Sie ist die Beschleunigungsarbeit:

$$\Delta W_k = W_1 - W_2,$$

$$\tfrac{1}{2} \Delta m (v_2^2 - v_1^2) = F_1 \cdot \Delta s_1 - F_2 \cdot \Delta s_2 = p_1 A_1 \cdot \Delta s_1 - p_2 A_2 \cdot \Delta s_2$$

$$= (p_1 - p_2) \cdot \Delta V,$$

$$\frac{1}{2} \frac{\Delta m}{\Delta V} (v_2^2 - v_1^2) = p_1 - p_2.$$

$\frac{\Delta m}{\Delta V} = \rho$ ist die Dichte der Flüssigkeit. Sie ist im gesamten Strömungsbereich gleich, da die Flüssigkeit als inkompressibel angenommen wurde. Damit erhält man

$$p_1 + \tfrac{1}{2} \rho v_1^2 = p_2 + \tfrac{1}{2} \rho v_2^2.$$

Dies bedeutet: Die Größe

$$p + \tfrac{1}{2} \rho v^2$$

ist räumlich konstant.

Die angegebene Gleichung wird nach dem Mathematiker und Physiker D. Bernoulli (1700–1782) als Bernoulli-*Gleichung* bezeichnet. Das in dieser Gleichung zum Ausdruck kommende Bernoulli-*Gesetz* lautet also:

Bei der stationären Strömung einer idealen Flüssigkeit durch horizontale Röhren mit verschiedenen Querschnitten gilt

$$p+\tfrac{1}{2}\rho v^2=p_0=\text{const}.$$

Dabei ist p_0 der Druck in der ruhenden Flüssigkeit, den man zweckmäßig als statischen Druck bezeichnen würde, und p der Druck in der bewegten Flüssigkeit, der dann dynamischer Druck heißen müßte. Man verfährt in der Technik jedoch anders:

Man nennt p den statischen Druck, p_0 den Gesamtdruck und die Größe $\frac{1}{2}\rho v^2$ den Staudruck. Die BERNOULLI-Gleichung besagt dann:

Gesamtdruck = statischer Druck + Staudruck.

Das BERNOULLI-*Gesetz* stellt eine besondere Formulierung des früher behandelten *Gesetzes von der Erhaltung der mechanischen Energie* für den Fall der stationären Strömung idealer Flüssigkeiten dar. Es wurde schon darauf hingewiesen, daß es sich in der oben angegebenen Form auf horizontal verlaufende Strömungen bezieht. Es kann aber leicht auf andere Strömungen erweitert werden. Dazu muß lediglich berücksichtigt werden, daß dann an der Zunahme der kinetischen Energie auch die Abnahme der potentiellen Energie, die durch das Absinken einer Flüssigkeitsmenge mit der Masse Δm um die Höhe h frei wird, beteiligt ist. Für die Abnahme der potentiellen Energie gilt:

$$\Delta W_p=\Delta m\cdot g\,h.$$

Durch eine der oben durchgeführten Umformung analoge Rechnung ergibt sich dann die *allgemeine* BERNOULLI-*Gleichung*

$$p+\rho\,g\,h+\tfrac{1}{2}\rho v^2=\text{const}.$$

Mit Hilfe der BERNOULLI-Gleichung kann man zahlreiche Probleme in der Physik und in der Technik deuten und sogar rechnerisch bearbeiten. Auch in der Biologie (z. B. Blutkreislauf) spielt diese Gleichung eine Rolle.

Beispiele

1. Die Beobachtungen bei dem oben durchgeführten Versuch 292.1 lassen sich mit Hilfe der BERNOULLI-Gleichung einfach erklären. Aufgrund der Kontinuitätsgleichung ist die Strömungsgeschwindigkeit im Bereich des engeren Querschnitts größer als im Bereich des weiteren Querschnitts. Zu einer größeren Geschwindigkeit gehört aber nach der BERNOULLI-Gleichung ein kleinerer Druck. Die Folge davon ist, daß die Flüssigkeit in dem Rohr R_2 niedriger als in den Rohren R_1 und R_3 steht.

Es kann noch hinzugefügt werden, daß die Flüssigkeitssäulen in R_1 und R_3 nur bei idealen Flüssigkeiten die gleiche Höhe haben (Abb. 292.1). Da es ideale Flüssigkeiten in Wirklichkeit nicht gibt, stellt man bei der Durchführung von Versuch 292.1 fest, daß die Flüssigkeit in R_3 etwas niedriger als in R_1 steht. Der Grund dafür ist die innere Reibung in realen Flüssigkeiten.

2. Die BERNOULLI-Gleichung gestattet es, in einfacher Weise die Ausflußgeschwindigkeit v einer Flüssigkeit aus einer engen Öffnung in der Wand eines weiten Gefäßes zu berechnen (Abb. 294.1). Während des Ausfließens sinkt die Wasseroberfläche wegen der kleinen Öffnung und des weiten Gefäßquerschnitts nur sehr langsam, so daß für die *Oberfläche* und bei einer Öffnung, für die $h=0$ ist, gilt:

$$p+\rho\,g\,h+0=p+0+\tfrac{1}{2}\rho v^2.$$

Dabei ist p in beiden Fällen gleich dem äußeren Luftdruck.

Aus der angegebenen Gleichung folgt weiter:

$$p+\rho\,g\,h=p+\tfrac{1}{2}\rho v^2$$

oder

$$v=\sqrt{2gh}.$$

Damit hat sich das TORRICELLI-*Gesetz* ergeben, das besagt:

Die Ausströmungsgeschwindigkeit ist gleich der Geschwindigkeit, die die Flüssigkeit erreichen würde, wenn sie die Höhe h im Schwerefeld frei durchfallen hätte.

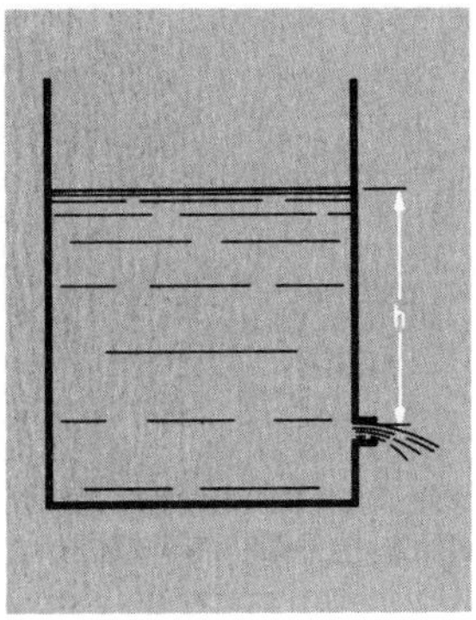

Abb. 294.1
Das Ausströmen einer Flüssigkeit

2.12.9 Die Viskosität der Flüssigkeiten

Bei den bisherigen Untersuchungen über die Strömung von Flüssigkeiten war vorausgesetzt worden, daß wir es mit Flüssigkeiten ohne innere Reibung zu tun hatten. Solche Flüssigkeiten gibt es in Wirklichkeit nicht. Man muß sich vor Augen halten, daß es sich bei den idealen Flüssigkeiten um eine Modellvorstellung handelt, die zwar in manchen Fällen auf die realen Flüssigkeiten angewendet werden kann, die sich aber in anderen Fällen auch als unzureichend erweist. Im folgenden sollen deshalb noch einige Bemerkungen über das *Verhalten der realen Flüssigkeiten* gemacht werden.

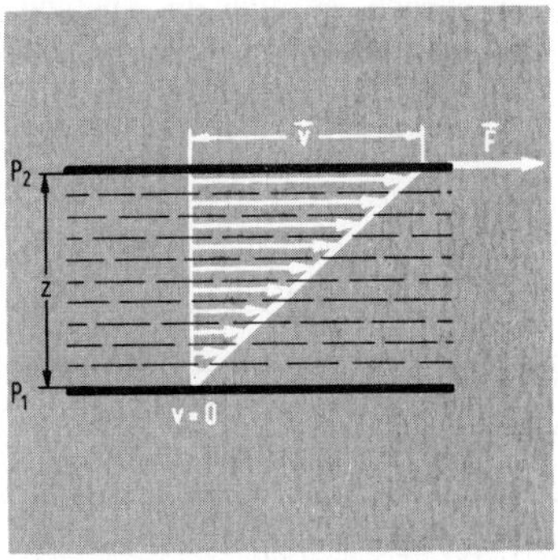

Abb. 295.1
Zum Verhalten realer Flüssigkeiten

Zwei ebene Platten P_1 und P_2, von denen jede die Fläche A hat, sind nach Abb. 295.1 parallel angeordnet und haben den Abstand z. Zwischen den Platten befindet sich eine Flüssigkeit (z.B. Glyzerin). Während die untere Platte P_1 sich in Ruhe befindet, soll die obere Platte P_2 mit der konstanten Geschwindigkeit v parallel zur unteren Platte bewegt werden. Die Erfahrung zeigt, daß hierzu an der oberen Platte eine konstante Kraft F angreifen muß, deren Betrag der Fläche A und der Geschwindigkeit v direkt und dem Plattenabstand z umgekehrt proportional ist. Es gilt also

$$F = \eta A \frac{v}{z}.$$

Der Proportionalitätsfaktor η ist eine vom Plattenmaterial unabhängige Stoffkonstante, die nur von der verwendeten Flüssigkeit abhängt. Sie wird als *Koeffizient der inneren Reibung* oder als *dynamische Zähigkeit* oder als *dynamische Viskosität* bezeichnet. Der Kehrwert $\frac{1}{\eta}$ heißt die *Fluidität* der Flüssigkeit, und der Quotient $\frac{\eta}{\rho}$ wird die *kinematische Zähigkeit* oder die *kinematische Viskosität* genannt.

Wenn man die in der Flüssigkeitsschicht sich abspielenden Vorgänge genauer untersucht, so zeigt sich, daß eine dünne Schicht an der ruhenden Platte P_1 haftet, so daß die Strömungsgeschwindigkeit hier den Betrag Null hat. An der bewegten Platte P_2 haftet ebenfalls eine dünne Flüssigkeitsschicht; sie wird mit der gleichen Geschwindigkeit v wie die Platte bewegt. Die Geschwindigkeit der Flüssigkeitsteilchen nimmt also von der oberen zur unteren Platte hin von dem Betrag v auf den Betrag Null ab. Wenn der Plattenabstand nicht zu groß ist, so erfolgt diese Geschwindigkeitsabnahme linear, d.h., die Spitzen der Geschwindigkeitsvektoren liegen auf einer Geraden, wie dies in Abb. 295.1 dargestellt ist. Man kann sich die Flüssigkeit zwischen den Platten in dünne, parallele Schichten zerlegt denken, in denen die Flüssigkeitsteilchen mit der zu der jeweiligen Schicht gehörigen Geschwindigkeit strömen. Man spricht in diesem Falle von einer *schlichten* oder *laminaren Strömung*. Die Schichten beeinflussen einander in der Weise, daß jede Schicht wegen der inneren Reibung auf die darüber liegende Schicht eine bremsende Wirkung ausübt. Flüssigkeiten, die sich in der hier dargelegten Weise verhalten, werden als NEWTON-*Flüssigkeiten* bezeichnet.

Die oben angegebene Formel gestattet es, eine *Einheit für die dynamische Viskosität* zu definieren. Es ist

$$\eta = \frac{F}{A} \cdot \frac{z}{v}.$$

Die Größe $\frac{F}{A}$ ist die auf die obere Flüssigkeitsschicht wirkende Schubspannung, die in der früher festgelegten Einheit 1 Pascal (Pa) zu messen ist. Die Größe z ist eine Länge und daher in der Einheit 1 Meter (m) zu messen; die Größe v ist eine in der Einheit 1 Meter durch Sekunde ($\mathrm{m\,s^{-1}}$) zu messende Geschwindigkeit. Für den Quotienten $\frac{z}{v}$ ergibt sich daher die Einheit 1 Sekunde (s). Die *Ausführungsverordnung zum Gesetz über die Einheiten im Meßwesen* bestimmt deshalb über die Einheit der dynamischen Viskosität:

Die abgeleitete Einheit der dynamischen Viskosität ist die Pascalsekunde (Einheitenzeichen: Pa · s). 1 Pascalsekunde ist gleich der dynamischen Viskosität einer laminar strömenden, homogenen Flüssigkeit, in der zwischen zwei ebenen, parallel im Abstand 1 m angeordneten Schichten mit dem Geschwindigkeitsunterschied $1\,\frac{\mathrm{m}}{\mathrm{s}}$ die Schubspannung 1 Pa herrscht.

Es gilt

$$1\,\mathrm{Pa\cdot s} = 1\,\mathrm{Pa}\cdot 1\,\mathrm{s} = 1\,\frac{\mathrm{N\,s}}{\mathrm{m^2}}.$$

Abgeleitete gesetzliche Einheiten der dynamischen Viskosität sind auch alle durch eine gesetzliche Flächeneinheit dividierten Produkte aus einer gesetzlichen Krafteinheit und einer gesetzlichen Zeiteinheit.

> Eine früher verwendete Einheit für die dynamische Viskosität, die aber nicht mehr benutzt werden darf, ist das Poise (Einheitenzeichen: P). Es gilt
>
> $$1\,\mathrm{P} = 0{,}1\,\mathrm{Pa\cdot s}.$$

Die Einheit der kinematischen Viskosität wird in der *Ausführungsverordnung zum Gesetz über Einheiten im Meßwesen* folgendermaßen definiert:

Die abgeleitete Einheit der kinematischen Viskosität ist das Quadratmeter durch Sekunde (Einheitenzeichen: $\frac{\mathrm{m^2}}{\mathrm{s}}$ oder $\mathrm{m^2\,s^{-1}}$). 1 Quadratmeter durch Sekunde ist gleich der kinematischen Viskosität einer homogenen Flüssigkeit der dynamischen Viskosität 1 Pa · s und der Dichte 1 $\mathrm{kg\,m^{-3}}$.

Es gilt

$$1\,\frac{\mathrm{m^2}}{\mathrm{s}} = \frac{1\,\mathrm{Pa\cdot s}}{1\,\mathrm{kg\,m^{-3}}}.$$

Abgeleitete gesetzliche Einheiten der kinematischen Viskosität sind auch alle anderen Quotienten, die aus einer gesetzlichen Flächeneinheit und einer gesetzlichen Zeiteinheit gebildet werden.

> Eine früher verwendete Einheit für die kinematische Viskosität, die aber nicht mehr benutzt werden darf, ist das Stokes (Einheitenzeichen: St). Es gilt:
>
> $$1\,\mathrm{St} = 0{,}0001\,\mathrm{m^2\,s^{-1}} = 1\,\mathrm{cm^2\,s^{-1}}.$$

Es muß noch darauf hingewiesen werden, daß die Viskosität der Flüssigkeiten stark von der Temperatur abhängt; sie nimmt mit steigender Temperatur rasch ab.

Abschließend sollen die über das Verhalten realer Flüssigkeiten gewonnenen Erkenntnisse noch anhand von zwei Beispielen näher erläutert werden.

Beispiele

1. Das stationäre Strömen einer Flüssigkeit durch ein Rohr

Wenn eine Flüssigkeit stationär durch ein Rohr strömen soll, d.h., wenn die Geschwindigkeitsverteilung zeitlich konstant sein soll, dann müssen die Reibungskräfte kompensiert werden, indem die Flüssigkeit mit einer bestimmten Kraft durch das Rohr gedrückt wird; man kann auch sagen, daß zwischen dem Druck p_1 am Anfang und dem Druck p_2 am Ende des Rohres eine von Null verschiedene Druckdifferenz

$$\Delta p = p_1 - p_2$$

bestehen muß. Wir denken uns die Flüssigkeit analog zu den oben durchgeführten Betrachtungen in eine große Zahl dünnwandiger Hohlzylinder zerlegt. Der äußerste dieser Zylinder haftet als dünne Flüssigkeitsschicht an der Rohrwand. Die Geschwindigkeit der in den einzelnen Hohlzylindern strömenden Flüssigkeitsteilchen nimmt vom Rand zur Mitte des Rohres zu und erreicht in dem längs der Rohrachse verlaufenden Zylinder einen Maximalwert. Die Geschwindigkeitsvektoren in den einzelnen Hohlzylindern zeigen das in Abb. 297.1 im Schnitt dargestellte Bild. Ihre Spitzen liegen auf einem Rotationsparaboloid, dessen Achse mit der Symmetrieachse des Rohres zusammenfällt.

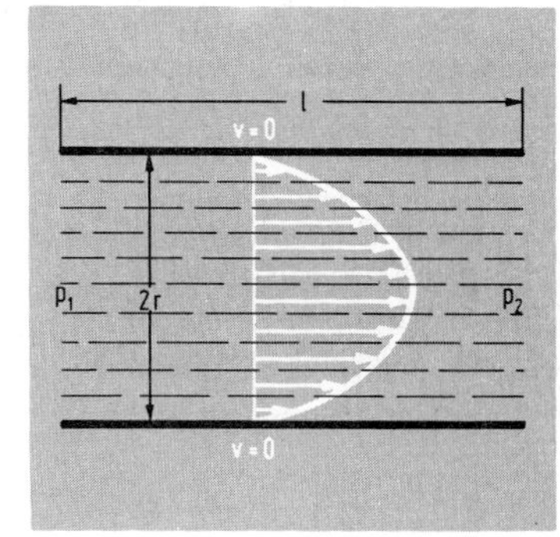

Abb. 297.1
Zum HAGEN-POISEULLE-Gesetz

In der Praxis interessiert das Flüssigkeitsvolumen V, das bei einem Rohr mit der Länge l und dem lichten Querschnitt A in der Zeit t durch den Rohrquerschnitt fließt. Eine hier nicht durchgeführte Rechnung führt zu dem Ergebnis:

$$V = \frac{A^2(p_1 - p_2)}{8\pi l \eta} t.$$

Im allgemeinen handelt es sich um Rohre mit einem kreisförmigen Querschnitt. Wenn der Innenradius r ist, so ergibt sich:

$$V = \frac{\pi r^4 (p_1 - p_2)}{8 l \eta} t.$$

Dieses Gesetz wird nach den Physikern G. HAGEN (1797–1884) und L. POISEUILLE (1799–1869) als das HAGEN-POISEUILLE-*Gesetz* bezeichnet. Aufgrund dieses Gesetzes ist es möglich, die Viskosität von Flüssigkeiten durch Strömungsmessungen zu bestimmen. Außerdem spielt dieses Gesetz bei dem Flüssigkeitstransport in dem Gefäßsystem lebender Organismen eine wichtige Rolle. Da die in einer gewissen Zeit durch die Blutgefäße fließende Blutmenge der vierten Potenz des Radius proportional ist, kann die Blutzufuhr zu den verschiedenen Organen durch eine Erweiterung oder Verengung der Gefäße äußerst wirksam geregelt werden.

2. Die Bewegung einer Kugel in einer Flüssigkeit

In einem Rohre soll eine Flüssigkeit laminar mit der Geschwindigkeit v strömen. Wenn man in den Weg dieser Strömung eine Kugel bringt, so wird der Strömungsverlauf verändert, wobei sich das in Abb. 297.2 dargestellte schematische Schnittbild ergibt. Auf die Kugel wirkt jetzt eine Kraft F, die durch eine gleich große Gegenkraft ausgeglichen werden muß, wenn die Kugel nicht abgetrieben werden soll. Für diese Kraft F erhält man durch eine hier nicht ausgeführte Rechnung:

$$F = 6\pi\eta r v.$$

Dabei ist r der Kugelradius.

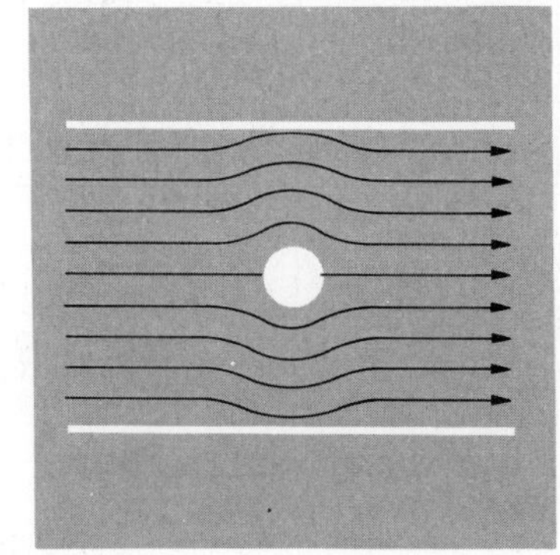

Abb. 297.2
Zum STOKES-Gesetz

Dieses Gesetz wird nach dem englischen Mathematiker und Physiker G. G. STOKES (1819–1903) als STOKES-*Gesetz* bezeichnet.

Das gleiche Gesetz gilt natürlich auch, wenn man die Kugel mit der konstanten Geschwindigkeit v durch eine ruhende Flüssigkeit bewegt. Praktisch verfährt man dann so, daß man kleine Kugeln in der Flüssigkeit fallen läßt. Das STOKES-Gesetz gibt dann den Betrag der hemmenden Kraft an, die auf die fallende Kugel ausgeübt wird.

Das STOKES-Gesetz kann auch auf Gase angewendet werden. Es ist bei Flüssigkeiten und Gasen aber nur gültig, wenn die Kugelradien r und die Geschwindigkeiten v genügend klein sind. Dies ist etwa der Fall, wenn Schrotkugeln in Öl oder Staubteilchen, Nebeltröpfchen oder Öltröpfchen in Luft fallen.

Mit Hilfe des STOKES-Gesetz kann die Viskosität nach der sog. *Kugelfallmethode* gemessen werden. Ferner macht der später noch zu behandelnde MILLIKAN-*Versuch* von dem STOKES-Gesetz Gebrauch.

Die in diesem Abschnitt behandelten Gesetze über das physikalische Verhalten der Flüssigkeiten sollen wieder durch das Lösen von Aufgaben gefestigt werden.

Beispiele

1. Bei einem Unterseeboot hat die kreisförmige Ausstiegöffnung den Radius $r = 40$ cm. Das Unterseeboot befindet sich $h = 10$ m unter der Wasseroberfläche. Die Dichte des Meerwassers sei $\rho = 1{,}02\,\mathrm{g\,cm^{-3}}$ und der Luftdruck $p_L = 1000$ hPa. ($g \approx 10\,\mathrm{m\,s^{-2}}$)

a) Wie groß ist der auf die Ausstiegöffnung wirkende Druck?

b) Welche Kraft wird auf die Ausstiegklappe ausgeübt?

a) Für den gesuchten Druck gilt:

$$p = \rho g h + p_L \approx 1{,}02\,\mathrm{g\,cm^{-3}} \cdot 10\,\mathrm{m\,s^{-2}} \cdot 10\,\mathrm{m} + 1000\,\mathrm{hPa}$$

$$\approx 102\,000\,\mathrm{Pa} + 100\,000\,\mathrm{Pa} \approx 202\,000\,\mathrm{Pa} \approx 0{,}202\,\mathrm{MPa}.$$

b) Für die Kraft ergibt sich:

$$F = p A \approx 0{,}202 \cdot 10^6\,\mathrm{N\,m^{-2}} \cdot \pi \cdot 0{,}16\,\mathrm{m^2} \approx 101\,500\,\mathrm{N}.$$

Zum öffnen der Luke von Innen muß jedoch nur die Kraft

$$F' = p_W A = \rho g h A = 51\,300\,\mathrm{N}$$

aufgewendet werden, weil in dem Boot auch der Luftdruck p_L herrscht.

2. Um die Oberflächenspannung einer Flüssigkeit zu bestimmen, werden zwei Kapillaren mit den lichten Weiten $d_1 = 2$ mm und $d_2 = 4$ mm in die Flüssigkeit getaucht. Die durch den kapillaren Anstieg entstehenden Flüssigkeitssäulen haben den Höhenunterschied $\Delta h = 4$ mm. Berechnen Sie hieraus die Oberflächenspannung der Flüssigkeit, wenn ihre Dichte $\rho = 1{,}8\,\mathrm{g\,cm^{-3}}$ beträgt! ($g \approx 10\,\mathrm{m\,s^{-2}}$)

Für die kapillaren Anstiege gilt:

$$h_1 = \frac{2\sigma_O}{r_1 \rho g} \quad \text{und} \quad h_2 = \frac{2\sigma_O}{r_2 \rho g}.$$

Daraus folgt:

$$\Delta h = h_1 - h_2 = \frac{2\sigma_O (r_2 - r_1)}{r_1 r_2 \rho g}$$

oder

$$\sigma_O = \frac{r_1 r_2 \rho g \cdot \Delta h}{2(r_2 - r_1)} \approx \frac{1\,\mathrm{mm} \cdot 2\,\mathrm{mm} \cdot 1{,}8\,\mathrm{g\,cm^{-3}} \cdot 10\,\mathrm{m\,s^{-2}} \cdot 4\,\mathrm{mm}}{2 \cdot 1\,\mathrm{mm}} \approx 72 \cdot 10^{-3}\,\mathrm{N\,m^{-1}}.$$

Weitere Aufgaben: Siehe O. HÖFLING, Physik-Aufgaben II/1.

2.13 Die mechanischen Eigenschaften der Gase

2.13.1 Die allgemeinen Eigenschaften der Gase

Bei der Behandlung der Festkörper wurde darauf hingewiesen, daß die zwischen ihren Bausteinen wirkenden verhältnismäßig großen elektrischen Kräfte oder die VAN-DER-WAALS-Kräfte es mit sich bringen, daß die Bausteine an bestimmte Gleichgewichtslagen gebunden sind, um die sie zwar Schwingungen ausführen, die sie aber im allgemeinen nicht völlig verlassen können. Bei den Flüssigkeiten erwiesen sich die zwischen den Atomen oder Molekülen wirkenden Kräfte als wesentlich kleiner als bei den Festkörpern; sie sind aber immer noch vorhanden und deutlich nachweisbar, wie dies z.B. die Erscheinungen der Oberflächenspannung haben erkennen lassen. Die Atome und Moleküle sind aber bei den Flüssigkeiten nicht mehr an bestimmte Gleichgewichtslagen gebunden, sondern sie können sich innerhalb der Flüssigkeit frei bewegen, ohne daß elastische Gegenkräfte auftreten. Bei den *Gasen* sind die zwischen den Atomen und Molekülen wirkenden Kräfte noch kleiner als bei den Flüssigkeiten; sie sind im allgemeinen so klein, daß sie in den meisten Fällen vernachlässigt werden können. Die Folge davon ist, daß die Atome oder Moleküle eines Gases in dem zur Verfügung stehenden Raum auf unregelmäßigen Zickzackbahnen herumfliegen; sie stoßen dabei immer wieder untereinander und mit den Gefäßwänden zusammen, wobei sie ihre Flugrichtung jedesmal verändern. Aus dieser freien Beweglichkeit der Teilchen erklärt sich auch die Eigenschaft der Gase, den zur Verfügung stehenden Raum vollständig auszufüllen. Es ist allgemein bekannt, daß man ein Gas nicht in einem offenen Gefäß aufbewahren kann. Eine in einem offenen Gefäß befindliche stark riechende Substanz ist in vielen Fällen nach kurzer Zeit in dem ganzen Zimmer bemerkbar, weil sie in den gasförmigen Zustand übergeht und sich dann über den Raum verteilt. Es ist deshalb verständlich, daß ein gasförmiger Körper kein bestimmtes Volumen besitzt. So besteht das Aufpumpen eines Auto- oder Fahrradschlauches darin, daß man ein großes Luftvolumen auf einen erheblich kleineren Raum zusammendrückt. Wir stellen zusammenfassend fest:

Gase sind dadurch gekennzeichnet, daß ihre Atome oder Moleküle im Mittel so weit voneinander entfernt sind, daß sie praktisch keine Kräfte aufeinander ausüben und deshalb frei beweglich sind. Die Folge davon ist, daß die Gase weder eine bestimmte Gestalt noch ein bestimmtes Volumen haben, sondern daß sie den verfügbaren Raum vollständig ausfüllen. Durch die Stöße der Gasteilchen gegen die Gefäßwände entsteht der Druck, den jedes Gas auf seinen Behälter ausübt.

Wenn man sich ein anschauliches Bild von der Bewegung der Gasteilchen machen will, so kann man zum Vergleich einen Mückenschwarm heranziehen, bei dem die einzelnen Mücken ebenfalls eine ungeordnete Bewegung ausführen. Es besteht aber insofern ein Unterschied, als die Mücken im Gegensatz zu den Atomen oder Molekülen eines Gases nicht zusammenstoßen.

Die physikalischen Eigenschaften eines Gases werden durch die Bewegung seiner Teilchen bestimmt. Es muß deshalb grundsätzlich möglich sein, alle für die Gase geltenden Gesetze zu ermitteln, indem man die aus der Mechanik bekannten Bewegungsgesetze auf die Gasteilchen anwendet und so die Bewegung jedes einzelnen Teilchens verfolgt. Dabei ergeben sich aber Schwierigkeiten, weil die Zahl der Teilchen, die selbst in einer kleinen Gasmenge, etwa in $1\,cm^3$ gewöhnlicher Luft, enthalten sind, rund 10^{18} beträgt und damit unvorstellbar groß ist, so daß es auch mit modernen Computern nicht möglich wäre, die Bewegung aller einzelnen Teilchen zu verfolgen und auszuwerten.

Wenn aber die Einzelschicksale der Gasteilchen nicht verfolgbar sind, so gibt es doch die Möglichkeit, über ihre Gesamtheit gewisse Aussagen zu machen. Man versteht diesen Sachverhalt am besten, wenn man die Lage des Physikers mit der eines Versicherungsdirektors oder eines Sozialwissenschaftlers vergleicht.

Die Sterbetafeln der Versicherungsgesellschaft geben darüber Auskunft, wie groß der *Prozentsatz der Versicherten eines Geburtsjahrganges* ist, die etwa in einem Alter zwischen 40 und 50 Jahren sterben. Sie sagen aber nichts darüber aus, welche *Einzelpersonen* dieses Schicksal erleiden und an welcher Krankheit sie zugrunde gehen, denn es wäre unmöglich, der Vielfalt menschlicher Schicksale im einzelnen nachzugehen. Aber dies ist für den Geschäftsbetrieb der Versicherung auch nicht notwendig; hier genügt es zu wissen, daß in dem genannten Lebensalter ein ganz bestimmter Prozentsatz der Versicherten durch Tod ausscheidet. Statt einer detaillierten Einzelkenntnis genügt ein *statistischer Mittelwert.*

Ähnlich liegen die Verhältnisse, wenn der Sozialwissenschaftler eine unter völlig gleichbleibenden Verhältnissen lebende, genügend große Menschenmenge beobachtet. Es ist unmöglich, Aussagen über den Lebensablauf jedes einzelnen Mitgliedes der Menschengruppe, etwa über die Besonderheiten seiner Geburt, über das Wachstum, über Krankheiten und berufliche oder private Erfolge und Mißerfolge und schließlich über den Tod zu machen. Ganz anders liegen die Verhältnisse für den Statistiker. Wenn sich die Lebensbedingungen der betrachteten Menschengruppe nicht ändern, wenn also keine Änderungen der klimatischen Lebensbedingungen, keine Seuchen oder Kriege auftreten, wenn keine neuen, die Sterblichkeit herabsetzenden neuen Heilmittel erfunden werden usw., dann zeigt die Statistik, daß die Zahl der jährlich von den verschiedenen Krankheiten befallenen Menschen im Durchschnitt unverändert bleibt, ohne daß man im voraus sagen könnte, welche Individuen von den einzelnen Krankheiten befallen werden. Das gleiche gilt für andere Ereignisse. Auf diese individuellen Schicksale kommt es dem Statistiker aber auch gar nicht an.

Wir werden im folgenden ähnlich verfahren. Es interessiert uns bei der Untersuchung des physikalischen Verhaltens der Gase nicht die Bewegung jedes einzelnen Teilchens, sondern es kommt uns nur darauf an, das durchschnittliche statistische Verhalten großer Mengen von Teilchen zu erfassen. Damit werden notwendigerweise *statistische Begriffe in die Physik* eingeführt. Es ergeben sich auf diese Weise Gesetze ganz anderer Art, als wir sie bisher kennengelernt haben. Diese *statistischen Gesetze* erlauben es, trotz der Unberechenbarkeit der Einzelvorgänge, ganz bestimmte Voraussagen über das Gesamtergebnis sehr vieler Einzelvorgänge zu machen.

Außer der statistischen Betrachtung gibt es noch eine weitere Möglichkeit, die Untersuchungen über das physikalische Verhalten der Gase zu vereinfachen, von der im folgenden Gebrauch gemacht wird. Später wird sich zeigen, daß die Atome und Moleküle kompliziert gebaute Gebilde sind. Bei den Untersuchungen über die Eigenschaften der Gase spielt dieser komplizierte innere Aufbau der Atome oder Moleküle im allgemeinen keine Rolle. Es genügt deshalb, eine idealisierte, erheblich vereinfachte Vorstellung vom Aufbau der Atome zugrunde zu legen:

Bei den folgenden Untersuchungen werden die Atome und Moleküle als kleine, gleichmäßig mit Masse erfüllte Kugeln betrachtet, für deren Bewegungen die früher behandelten Gesetze der klassischen Mechanik gelten sollen.

Darüber hinaus erweist es sich als zweckmäßig und zulässig, die bei den Gasen in Wirklichkeit vorliegenden Verhältnisse noch weiter zu vereinfachen und das *Modell des idealen Gases* einzuführen. Wir setzen fest:

Unter einem idealen Gas versteht man ein Gas, das die folgenden Eigenschaften hat:

1. Die mittleren Abstände der Gasteilchen voneinander sind sehr viel größer als die Durchmesser der Teilchen.

2. Solange keine Zusammenstöße zwischen den Gasteilchen erfolgen, üben diese keine Kräfte aufeinander aus.

3. Bei Zusammenstößen von Gasteilchen untereinander oder mit den Wänden des Gefäßes gelten die früher behandelten Gesetze des elastischen Stoßes, d. h., bei jedem Zusammenstoß bleibt außer der Summe der Impulse auch die Summe der kinetischen Energien der zusammenstoßenden Teilchen erhalten.

Im folgenden wollen wir uns mit solchen idealen Gasen beschäftigen. Dabei darf aber nicht übersehen werden, daß es streng genommen keine idealen Gase gibt. Trotzdem ist das Modell des idealen Gases aber keine reine gedankliche Spekulation ohne jede praktische Bedeutung, sondern die Erfahrung zeigt, daß es eine Reihe von realen Gasen (z. B. die Edelgase, Wasserstoff, Stickstoff, Sauerstoff usw.) gibt, die sich bei nicht zu hohen Drücken und nicht zu tiefen Temperaturen fast wie ideale Gase verhalten, so daß die für das Modell des idealen Gases abgeleiteten Gesetze mit guter Annäherung auch für diese realen Gase gelten. Man spricht deshalb bei solchen Gasen oft auch von *quasi-idealen Gasen*.

Natürlich hat das Modell des idealen Gases wie jede andere Modellvorstellung auch seine Grenzen. Diese treten besonders dann in Erscheinung, wenn die Drücke so groß und die Temperaturen so niedrig werden, daß das Gas sich dem Übergang in den flüssigen Zustand nähert. Wir werden uns mit diesen Vorgängen später genauer beschäftigen und dabei erkennen, daß man zur Beschreibung und Deutung der sich dann abspielenden Erscheinungen andere kompliziertere Modellvorstellungen verwenden muß. Die folgenden Betrachtungen beziehen sich vorerst nur auf *ideale Gase*.

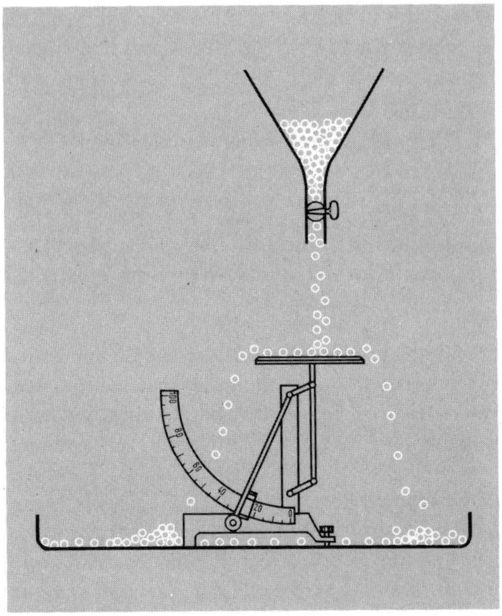

Abb. 301.1 Modellversuch zur Demonstration des Gasdruckes

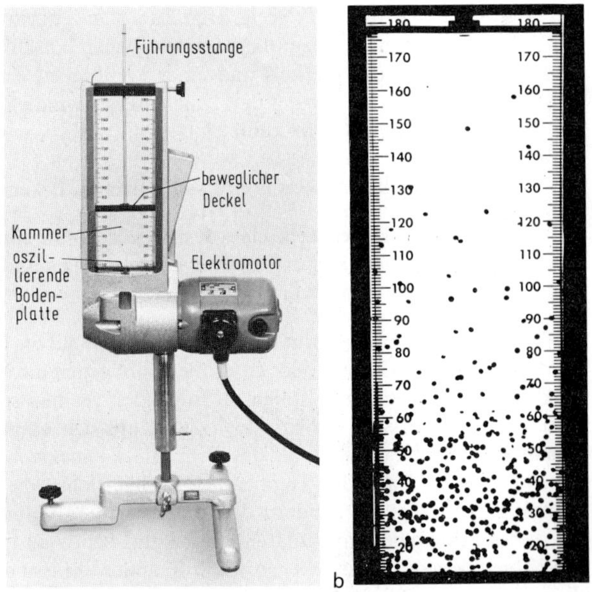

Abb. 301.2 a) Gerät zur kinetischen Gastheorie; b) Kammer des Gerätes zur kinetischen Gastheorie mit Modellgas

2.13.2 Der Gasdruck und das Boyle-Mariotte-Gesetz

Wenn bei einem Sandstrahlgebläse die Sandteilchen gegen eine feste Wand treffen, so erzeugen sie hier einen Druck, der von der Masse und der Geschwindigkeit der Teilchen abhängt. Wenn man die Zahl der in der Zeit Δt auf die Wand treffenden Teilchen sowie ihre Massen und Geschwindigkeiten kennt, so läßt sich der Druck berechnen. Ein in Abb. 301.1 dargestellter Modellversuch zeigt diesen Sachverhalt noch deutlicher. Man läßt aus einem Trichter, bei dem die Größe der Ausflußöffnung verändert werden kann, kleine Schrotkugeln auf die Platte einer Briefwaage fallen. Solange die Anzahl der in dem Zeitintervall Δt auf die Platte treffenden Kugeln unverändert bleibt und man die Höhe der Ausflußöffnung über der Platte ebenfalls konstant hält, zeigt die Briefwaage einen unveränderlichen Ausschlag. Wenn man aber den Abstand zwischen der Ausflußöffnung und der Briefwaagenplatte vergrößert, so haben die Schrotkugeln beim Auftreffen auf die Waage eine größere Geschwindigkeit, was zur Folge hat, daß der Ausschlag der Waage zunimmt. Der gleiche Effekt tritt ein, wenn man die Ausflußöffnung und damit die Zahl der in dem Zeitintervall Δt auf die Waage treffenden Kugeln vergrößert.

Es sind Geräte entwickelt worden, die die Bewegungen der Atome oder Moleküle eines Gases zu veranschaulichen gestatten. Dabei wird ein aus kleinen Glas-, Stahl- oder Kunststoffkugeln bestehendes *Modellgas* verwendet. Ein Gerät dieser Art ist in Abb. 301.2 wiedergegeben. Es besteht aus einer flachen, projizierbaren Kammer, die vorne und hinten durch Glasscheiben abgeschlossen ist. Den unteren Kammerabschluß bildet eine bewegliche, rechteckige Bodenplatte, die von einem Elektromotor über einen Exzenter zu auf- und abwärts gerichteten Schwingungen angeregt werden kann. Dadurch werden die in die Kammer eingefüllten Modellmoleküle oder -atome in Bewegung gesetzt. Die Motordrehzahl und damit die Frequenz der oszillierenden Bodenplatte können durch eine Steigerung der Betriebsspannung des Motors stetig erhöht werden. Hierbei geraten die Kugeln in eine schneller werdende Bewegung, deren mittlere Geschwindigkeit von einer kritischen Drehzahl ab bei einer weiteren Drehzahlvergrößerung stetig ansteigt. Im Innern der Kammer befindet sich ein beweglicher Deckel, der in einer beliebigen Höhe über dem Kammerboden eingestellt werden kann. Auf diesen Deckel können Gewichtsstücke gesetzt werden; ferner kann an dem Ende der Führungsstange ein Kraftmesser angebracht werden, der eine stufenlose Messung von Druckkräften auf den Deckel ermöglicht.

Wenn man das mit einer geeigneten Zahl von Kugeln gefüllte Gerät in Betrieb setzt, so üben die Modellmoleküle oder -atome auf den oberen, beweglichen Abschlußdeckel der Kammer einen Druck aus und tragen damit das Gewicht des Deckels und eines eventuellen Zusatzgewichtes. Es kann dann gezeigt werden, daß der Druck mit einer Steigerung der Teilchengeschwindigkeit zunimmt.

Mit dem gleichen Gerät kann eine große Zahl von Modellversuchen zur kinetischen Gastheorie ausgeführt werden.

Aus den Modellversuchen ergibt sich folgende Erkenntnis:

Wird auf ein Flächenstück eines festen Körpers in einem bestimmten Zeitintervall eine große, gleichbleibende Zahl von unregelmäßig erfolgenden Einzelstößen ausgeübt, so entsteht im statistischen Mittel ein konstanter Druck auf dieses Flächenstück.

In ähnlicher Weise kommt der von einem Gase auf die Gefäßwände ausgeübte Druck zustande. Die Atome oder Moleküle des Gases stoßen in großer Zahl gegen die Wände und bewirken so im statistischen Mittel den Gasdruck. Diese Vorgänge sollen im folgenden rechnerisch untersucht werden. Dabei wird außer der Voraussetzung, daß es sich um ein ideales Gas mit den oben angegebenen Eigenschaften handelt, eine weitere Annahme gemacht, die man als das *Prinzip der molekularen Unordnung* bezeichnet. Hiermit ist die Tatsache gemeint, daß im Falle des Temperaturgleichgewichtes bei der Bewegung der Atome oder Moleküle keine Richtung bevorzugt ist, sondern daß die Bewegung völlig regellos erfolgt. Man könnte zunächst erwarten, daß dieses Prinzip der molekularen Unordnung schon aus dem Grunde nicht erfüllt sein kann, weil die Atome und Moleküle eines Gases ebenso wie jede andere Masse der Erdanziehung unterworfen sind, so daß sich für alle Teilchen eine bevorzugte, zum Erdmittelpunkt gerichtete Geschwindigkeitskomponente ergäbe. Die Erfahrung zeigt aber, daß dies nicht der Fall ist, weil die durch die Gravitation bewirkte, zum Erdmittelpunkt weisende Geschwindigkeitskomponente im Vergleich zur Geschwindigkeit der Moleküle so klein ist, daß das Prinzip der molekularen Unordnung hierdurch nicht beeinflußt wird.

Um die Bewegung der Atome oder Moleküle eines Gases zu untersuchen, betrachten wir einen Würfel mit der Kantenlänge a, der so in einem rechtwinkligen Koordinatensystem liegt, daß drei seiner Kanten mit den Koordinatenachsen zusammenfallen (Abb. 302.1). In dem Würfel befindet sich ein ideales Gas, dessen Teilchen sich mit unterschiedlichen Geschwindigkeiten bewegen. Um die Stöße gegen die Wände des Würfels besser verfolgen zu können, denkt man sich die Geschwindigkeitsvektoren der Teilchen in ihre Komponenten in die 6 Richtungen der Koordinatenachsen (positive und negative x-, y- und z-Achse) zerlegt. Dabei ergibt sich wegen des vorausgesetzten Prinzips der molekularen Unordnung in allen 6 Richtungen die gleiche Verteilung der Geschwindigkeitskomponenten. Dies bedeutet, daß man die ungeordnete Bewegung der Gasteilchen für die folgenden Überlegungen durch eine in 6 Richtungen geordnete Bewegung ersetzen kann, wobei die Geschwindigkeitsvektoren jetzt jeweils auf einer der Begrenzungsflächen des Würfels senkrecht stehen, so daß wir es mit senkrechten Stößen der Teilchen gegen die Gefäßwände zu tun haben. In jeder der genannten Richtungen bewegt sich dann $\frac{1}{6}$ der in dem Würfel enthaltenen Teilchen, so daß auch auf jede Würfelfläche $\frac{1}{6}$ der Teilchen treffen muß. Wir betrachten nun die in Abb. 302.1 weiße Fläche A und untersuchen den durch die Stöße der Teilchen auf diese Fläche ausgeübten Druck. Die Anzahl der in dem Würfel befindlichen Teilchen sei N. Wir führen den Begriff der *Teilchenzahldichte* ein, indem wir festsetzen:

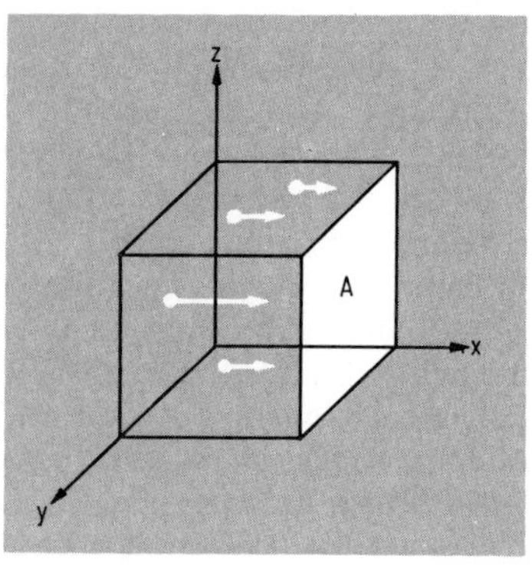

Unter der Teilchenzahldichte (Formelzeichen: n) versteht man den Quotienten aus der Anzahl N der in dem Volumen V enthaltenen Teilchen und dem Volumen.

$$n = \frac{N}{V}.$$

Abb. 302.1
Zur Berechnung des von einem Gase auf die Fläche A ausgeübten Druckes

Der auf die weiße Fläche A ausgeübte Druck wird allein durch die in Richtung der positiven x-Achse fliegenden Teilchen bewirkt. Diese haben natürlich unterschiedliche Geschwindigkeiten. Die Teilchen

mit der Geschwindigkeit v_{x_1} haben die Teilchenzahldichte n_1,

mit der Geschwindigkeit v_{x_2} haben die Teilchenzahldichte n_2

usw.

In einem bestimmten Zeitintervall Δt kommen aber nicht alle diese Teilchen zum Stoß, sondern nur diejenigen, deren Abstand von der betrachteten Fläche A höchstens

$$x_1 = v_{x_1} \cdot \Delta t, \qquad x_2 = v_{x_2} \cdot \Delta t \quad \text{usw.}$$

ist. Dies sind diejenigen Teilchen, die sich jeweils in einem Quader mit der Grundfläche A und den Höhen $v_{x_1} \cdot \Delta t$ oder $v_{x_2} \cdot \Delta t$ usw. befinden. Für die Anzahl dieser Teilchen gilt

$$z_1 = n_1 a^2 v_{x_1} \cdot \Delta t, \qquad z_2 = n_2 a^2 v_{x_2} \cdot \Delta t \quad \text{usw.}$$

Bei dem senkrechten Stoß gegen die Wand werden die Teilchen elastisch reflektiert; dabei bleiben die Geschwindigkeitsbeträge erhalten. Bezeichnet man die für alle Teilchen als gleich groß vorausgesetzte Masse mit m_0, so beträgt der Impuls eines Teilchens mit der Geschwindigkeit v_{x_1}

vor dem Stoß $+m_0 v_{x_1}$

und

nach dem Stoß $-m_0 v_{x_1}$.

Da z_1 Teilchen in der Zeit Δt mit der Geschwindigkeit v_{x_1} gegen die Fläche A stoßen, beträgt also die Impulsänderung dieser Teilchen

$$\Delta p_1 = z_1(m_0 v_{x_1} - (-m_0 v_{x_1})) = z_1 \cdot 2 m_0 v_{x_1} = 2 n_1 a^2 m_0 v_{x_1}^2 \cdot \Delta t.$$

Entsprechende Impulsänderungen ergeben sich für die Teilchen mit den Geschwindigkeiten v_{x_2}, v_{x_3} usw.

Für die auf die Fläche $A = a^2$ ausgeübten Kräfte gilt dann:

$$F_1 = \frac{\Delta p_1}{\Delta t} = 2 n_1 a^2 m_0 v_{x_1}^2, \qquad F_2 = \frac{\Delta p_2}{\Delta t} = 2 n_2 a^2 m_0 v_{x_2}^2 \quad \text{usw.}$$

Die Gesamtkraft beträgt also:

$$F = F_1 + F_2 + \cdots = 2 m_0 a^2 (n_1 v_{x_1}^2 + n_2 v_{x_2}^2 + \cdots).$$

Hieraus folgt für den auf die Fläche A ausgeübten Gasdruck

$$p = \frac{F}{A} = \frac{F}{a^2} = 2 m_0 (n_1 v_{x_1}^2 + n_2 v_{x_2}^2 + \cdots).$$

Es ist zweckmäßig, die Quadrate der Einzelgeschwindigkeiten durch einen Mittelwert zu ersetzen, den man als *mittleres Geschwindigkeitsquadrat* $\overline{v_x^2}$ bezeichnet. Es gilt die folgende Definition:

Wenn sich N_1 Teilchen mit der Geschwindigkeit v_1, N_2 Teilchen mit der Geschwindigkeit v_2 usw. bewegen, so versteht man unter dem mittleren Geschwindigkeitsquadrat $\overline{v^2}$ die Größe

$$\overline{v^2} = \frac{N_1 v_1^2 + N_2 v_2^2 + \cdots}{N},$$

wobei $N = N_1 + N_2 + \cdots$ die Gesamtzahl der betrachteten Teilchen ist.

Neben dem *mittleren Geschwindigkeitsquadrat* wird in der Physik oft auch die *mittlere Geschwindigkeit* $\bar{v}$ verwendet, für die folgende Definition gilt:

$$\bar{v} = \frac{N_1 v_1 + N_2 v_2 + \cdots}{N}.$$

Das mittlere Geschwindigkeitsquadrat $\overline{v^2}$ ist nicht mit dem Quadrat der mittleren Geschwindigkeit $\bar{v}^2$ identisch. Für die Verteilung der Geschwindigkeitsbeträge auf die Teilchen eines Gases, die man als MAXWELL-Verteilung bezeichnet, gilt

$$\bar{v}^2 = \frac{8}{3\pi} = 0{,}85\,\overline{v^2}.$$

In einer für viele Fälle ausreichenden Annäherung kann

$$\bar{v} \approx \sqrt{\overline{v^2}}$$

gesetzt werden.

Führt man das mittlere Geschwindigkeitsquadrat in die obige Gleichung für den auf die Fläche A ausgeübten Druck ein und beachtet weiter, daß sich aus den früher dargelegten Gründen nur $\frac{1}{6}$ der N Teilchen in Richtung der positiven x-Achse bewegt, so ergibt sich

$$p = 2m_0 \cdot \frac{n}{6}\,\overline{v_x^2} = \frac{n\,m_0\,\overline{v_x^2}}{3}.$$

Da n die Teilchenzahldichte und m_0 die Masse des einzelnen Teilchens bedeuten, gilt für die Gesamtmasse m der in dem Volumen V enthaltenen Teilchen

$$m = n\,m_0\,V.$$

Hieraus folgt für die Dichte ρ des Gases

$$\rho = \frac{m}{V} = n\,m_0.$$

Unter Verwendung dieser Zusammenhänge kann die obige Gleichung für den Druck p auch folgendermaßen geschrieben werden:

$$p = \frac{1}{3}\,\rho\,\overline{v_x^2} = \frac{m\,\overline{v_x^2}}{3V}$$

oder

$$p\,V = \tfrac{1}{3}\,m\,\overline{v_x^2}.$$

In vielen Fällen ist es zweckmäßig, dieses Gesetz anders zu schreiben, indem man von der Tatsache Gebrauch macht, daß zu jedem mittleren Geschwindigkeitsquadrat auch eine *mittlere kinetische Energie* $\overline{W_k}$ gehört. Diese beträgt für das einzelne Teilchen

$$\overline{W_k} = \tfrac{1}{2}\,m_0\,\overline{v_x^2}.$$

Setzt man diesen Ausdruck in die vorhergehende Gleichung ein und berücksichtigt gleichzeitig, daß für die Gesamtmasse m der in dem Volumen V enthaltenen N Teilchen gilt

$$m = N\,m_0,$$

so ergibt sich

$$p\,V = \tfrac{2}{3}\,N\,\overline{W_k}.$$

Wenn es sich um eine abgeschlossene Gasmenge handelt, so ist N konstant, und wenn weiter vorausgesetzt wird, daß man dem Gas weder Energie zuführt noch solche entzieht, d.h. wenn man die Temperatur unverändert läßt, so ist auch $\overline{W_k}$ konstant. Die obige Gleichung kann dann in der Form

$$p\,V = const$$

geschrieben werden.

Mit dieser Gleichung haben wir ein wichtiges Gesetz abgeleitet, das früher (Band I, S. 280) bereits durch Versuche gefunden worden war. Es wurde von dem englischen Physiker und Chemiker R. BOYLE (1627–1691) entdeckt und von dem französischen Physiker E. MARIOTTE (1620–1684) eingehend untersucht. Deshalb wird es als das BOYLE-MARIOTTE-*Gesetz* bezeichnet. Es lautet:

Bei einer abgeschlossenen Gasmenge ist bei konstanter Temperatur das Produkt aus dem Volumen V und dem auf die Gefäßwand ausgeübten Druck p konstant.

$$p\,V = const = \tfrac{2}{3}\,N\,\overline{W_k}.$$

Die Konstante ist $\frac{2}{3}$ des Produktes aus der Gesamtzahl N der in der Gasmenge enthaltenen Teilchen und der mittleren kinetischen Translationsenergie $\overline{W_k}$ der Teilchen.

An dem Beispiel des BOYLE-MARIOTTE-Gesetzes erkennt man noch einmal deutlich, daß es möglich ist, auf zwei wesentlich verschiedenen Wegen zur Erkenntnis physikalischer Gesetze zu gelangen. Der eine Weg geht vom gezielten Experiment aus und gewinnt durch die Auswertung der Versuchsergebnisse das Gesetz; er wird als *induktiver Weg* bezeichnet. Der andere Weg geht von experimentellen Vorerfahrungen und gewissen Grundannahmen aus und leitet hieraus durch mathematische Schlüsse Folgerungen ab, die – wenn derartige Ableitungen überhaupt einen physikalischen Sinn haben sollen – einem Sachverhalt beobachtbarer Erscheinungen entsprechen; man bezeichnet dieses Vorgehen als den *deduktiven Weg*. Am Beispiel des BOYLE-MARIOTTE-Gesetzes haben wir gesehen, wie die beiden verschiedenen Wege der Induktion und der Deduktion zu dem gleichen Ergebnis führen, vorausgesetzt, daß die dem deduktiven Verfahren zugrundeliegenden Hypothesen richtig waren. Dies ist der in der Physik übliche Weg zur Prüfung von Hypothesen, die nach einer Bestätigung durch die Erfahrung zu Theorien werden.

Wir werden später noch erkennen, daß auch alle übrigen Eigenschaften der Gase sich aus der Vorstellung der bewegten Partikeln in ähnlicher Weise ableiten lassen, wie dies soeben für den Gasdruck geschehen ist. Man bezeichnet die umfassende Theorie, die die Gaseigenschaften aus der Bewegung der Partikeln ableitet, als die *kinetische Gastheorie*. Es ist dabei erstaunlich, wie wenig man zur Ableitung des BOYLE-MARIOTTE-Gesetzes und der übrigen Gasgesetze über die Gaspartikeln zu wissen braucht. Deshalb konnte die kinetische Gastheorie auch bereits zu einer Zeit entwickelt werden, als die Kenntnisse über die Atome und Partikeln noch sehr gering waren.

Abschließend müssen noch einige Bemerkungen über die *Gültigkeitsgrenzen* des BOYLE-MARIOTTE-Gesetzes gemacht werden. Bei seiner Ableitung war vorausgesetzt worden, daß wir es mit einem idealen Gase zu tun haben, d. h. insbesondere, daß die Teilchen als Massenpunkte betrachtet werden dürfen, die außer im Augenblick des Zusammenstoßes keine Kräfte aufeinander ausüben. Diese Voraussetzungen sind bei realen Gasen bisweilen nicht erfüllt, und zwar vor allem dann nicht, wenn es sich um Gase mit hohen Drücken und niedrigen Temperaturen handelt. In diesem Falle sind die Teilchen nämlich so dicht gelagert, daß zwischen ihnen Kräfte wirksam werden, die eine Änderung des oben abgeleiteten Gesetzes notwendig machen. Wir kommen hierauf später zurück.

Die experimentelle Erfahrung zeigt, daß das BOYLE-MARIOTTE-Gesetz bei vielen realen Gasen von mittleren Temperaturen bis zu Drücken von rund 10^7 Pa mit ausreichender Genauigkeit gültig bleibt, daß dagegen bei noch höheren Drücken das Produkt pV nicht mehr als konstant betrachtet werden kann. Wir stellen abschließend fest:

Das Boyle-Mariotte-Gesetz ist strenggenommen nur für ideale Gase gültig. Bei nicht zu hohen Drücken und nicht zu niedrigen Temperaturen gilt es aber auch für reale Gase. Die obere Grenze des noch zulässigen Druckes hat für die verschiedenen Gase unterschiedliche Werte.

Die Gültigkeit des BOYLE-MARIOTTE-Gesetzes ist aber nicht nur durch hohe, sondern auch durch niedrige Drücke begrenzt. Wir haben bei den vorhergehenden Rechnungen den Gasdruck als die statistische Auswirkung der von den Gasteilchen auf die Gefäßwand übertragenen Impulse betrachtet. Statistische Betrachtungen sind aber nur bei großen Teilchenzahlen zulässig. Wenn sich in einem Gasvolumen etwa nur 100 Moleküle befinden, so weist der auf die Gefäßwände ausgeübte Druck dauernde Schwankungen auf. Die physikalische Größe Druck und das BOYLE-MARIOTTE-Gesetz verlieren damit ihren Sinn. Das gleiche gilt, wenn man sehr kleine Volumenbereiche betrachtet; wegen der in ihnen enthaltenen, kleinen Teilchenzahl ist der auf die entsprechend kleinen Begrenzungsflächen ausgeübte Druck ebenfalls nicht mehr konstant, so daß das BOYLE-MARIOTTE-Gesetz auch für sehr kleine Volumina keinen Sinn mehr hat. Die durch kleine Teilchenzahlen bedingten Gültigkeitsgrenzen des BOYLE-MARIOTTE-Gesetzes sind letzten Endes darauf zurückzuführen, daß wir bei der deduktiven Ableitung dieses Gesetzes von dem Prinzip der molekularen Unordnung Gebrauch gemacht haben. Dieses Prinzip ist aber bei sehr kleinen Teilchenzahlen nicht mehr erfüllt, so daß es nicht überraschend ist, wenn das unter seiner Verwendung abgeleitete Gesetz dann ebenfalls nicht mehr gültig ist.

2.13.3 Einige Anwendungen des Boyle-Mariotte-Gesetzes

Das Boyle-Mariotte-Gesetz stellt eines der wichtigsten Gesetze über das mechanische Verhalten der Gase dar, aus dem mancherlei interessante Folgerungen gezogen werden können. Wir müssen uns hier auf einige Beispiele beschränken.

1. Die Dichten der Gase

Für zwei verschiedene Zustände einer abgeschlossenen Gasmenge mit der Masse m gilt bei konstanter Temperatur:

$$p_1 V_1 = p_2 V_2 \quad \text{oder} \quad p_1 : p_2 = V_2 : V_1.$$

Bezeichnet man die zugehörigen Dichten mit ρ_1 und ρ_2, so ist

$$V_1 = \frac{m}{\rho_1} \quad \text{und} \quad V_2 = \frac{m}{\rho_2},$$

und es ergibt sich weiter:

$$\rho_1 : \rho_2 = p_1 : p_2.$$

Dies bedeutet:

Bei konstanter Temperatur verhalten sich die Dichten eines Gases wie die Drücke.

2. Die Molekülgeschwindigkeiten

Mit Hilfe des Boyle-Mariotte-Gesetzes kann die Geschwindigkeit der Gasmoleküle aus beobachtbaren makroskopischen Daten angenähert berechnet werden. Die oben angegebene Gleichung

$$p V = \tfrac{1}{3} m \overline{v_x^2}$$

läßt sich auch in der Form

$$\overline{v_x^2} = \frac{3pV}{m} = \frac{3p}{\rho}$$

schreiben. Das mittlere Geschwindigkeitsquadrat kann also aus dem Druck und der Dichte des Gases berechnet werden.

Beispiel Wasserstoff hat bei 0 °C und dem Normdruck $p \approx 1{,}01 \cdot 10^5$ Pa die Dichte $\rho \approx 0{,}09\ \mathrm{kg\,m^{-3}}$. Dann ergibt sich also:

$$\overline{v_x^2} \approx \frac{3 \cdot 1{,}01 \cdot 10^5\ \mathrm{N\,m^{-2}}}{0{,}09\ \mathrm{kg\,m^{-3}}} \approx 3{,}4 \cdot 10^6\ \mathrm{m^2\,s^{-2}}.$$

In analoger Weise kann man auch für andere Gase die mittleren Geschwindigkeitsquadrate errechnen.

Die Wurzel aus dem mittleren Geschwindigkeitsquadrat ist zwar nicht genau gleich der mittleren Geschwindigkeit, die Werte stimmen aber größenordnungsmäßig überein. Man kann also näherungsweise die mittlere Geschwindigkeit gleich der Wurzel aus dem mittleren Geschwindigkeitsquadrat setzen und erhält dann für die mittleren Molekülgeschwindigkeiten bei 0 °C folgende Näherungswerte:

Beispiele für die mittleren Teilchengeschwindigkeiten in einem Gas bei 0 °C

Wasserstoff	$1840\ \mathrm{m\,s^{-1}}$	Luft	$485\ \mathrm{m\,s^{-1}}$	Kohlenstoffdioxid	$390\ \mathrm{m\,s^{-1}}$
Stickstoff	$490\ \mathrm{m\,s^{-1}}$	Sauerstoff	$460\ \mathrm{m\,s^{-1}}$	Ioddampf	$164\ \mathrm{m\,s^{-1}}$

Die überraschende Größe dieser Teilchengeschwindigkeiten könnte Zweifel an der Richtigkeit der obigen Überlegungen aufkommen lassen. Der Physiker ist grundsätzlich immer bemüht, die Ergebnisse einer Rechnung auch experimentell zu bestätigen. Man hat deshalb Versuche zur unmittelbaren Messung der Atom- und Molekülgeschwindigkeiten durchgeführt. Diese Versuche sind zwar mit den Mitteln der Schule nicht zu verwirklichen, können aber in ihrem grundsätzlichen Aufbau und ihrer Auswertung leicht verstanden werden.

Ein zum Glühen gebrachter Metalldraht, z. B. ein Silberdraht, sendet nach allen Seiten Metallatome aus, die sich auf einer in ihren Weg gebrachten kalten Metallplatte niederschlagen. Hierauf beruht die von O. STERN (1888 – 1969) entwickelte Methode zur Messung der Atom- bzw. Molekülgeschwindigkeiten.

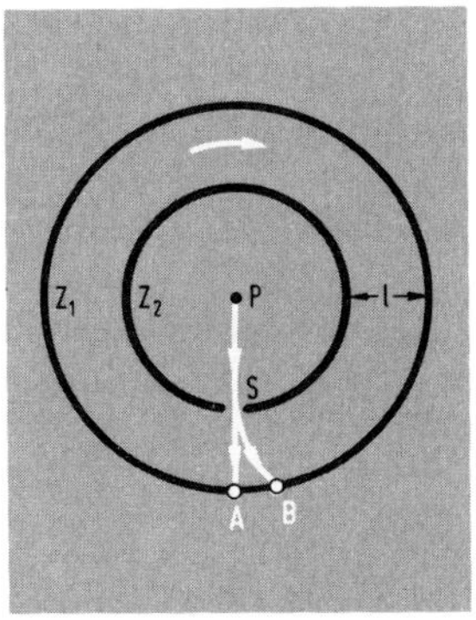

Abb. 307.1
Schematische Darstellung des STERN-Versuches zur Messung der Atom- bzw. Molekülgeschwindigkeiten

Ein zur Zeichenebene senkrecht verlaufender Silberdraht möge in Abb. 307.1 durch den Punkt P gehen. Er ist von zwei fest miteinander verbundenen Kupferzylindern Z_1 und Z_2 umgeben, die in schnelle Rotation versetzt werden können. Der innere Zylinder Z_2 hat einen schmalen, zum Silberdraht parallelen Spalt S. Der gesamte Innenraum von Z_1 und Z_2 ist stark evakuiert.

Wird nun der Silberdraht elektrisch zum Glühen gebracht, so gehen von ihm Silberatome mit einer von der Glühtemperatur abhängigen Geschwindigkeit aus. Wenn die Zylinder sich in Ruhe befinden, so schlagen sich die bei S durch den inneren Zylinder nach außen gelangenden Silberatome als schmaler Streifen bei A nieder. Werden die Zylinder aber in Rotation versetzt, so legt der äußere Zylinder während der Zeit, die die Atome zum Durchfliegen des Abstandes der beiden Zylinder benötigen, den Weg AB zurück. Der Silberniederschlag entsteht also jetzt an der Stelle B. Er ist außerdem verwaschener als vorher, weil die Atome nicht alle die gleiche Geschwindigkeit haben.

Sei nun $\bar{v}$ die gesuchte mittlere Geschwindigkeit der Silberatome und l der Abstand der beiden Zylinder, so brauchen die Atome vom Passieren des Spaltes S bis zum Auftreffen auf Z_2 die Zeit

$$t = \frac{l}{\bar{v}}.$$

Hat der äußere Zylinder ferner die bekannte Bahngeschwindigkeit u, so verschiebt er sich in dieser Zeit um das Stück

$$AB = d = u\,t = \frac{u\,l}{\bar{v}}.$$

Hieraus folgt

$$\bar{v} = \frac{u\,l}{d}.$$

Da l, u und d meßbare Größen sind, läßt sich die mittlere Geschwindigkeit $\bar{v}$ der Silberatome aus dieser Gleichung berechnen.

Bei einer Temperatur von 1200 °C haben sich Werte zwischen 643 und 675 $\mathrm{m\,s^{-1}}$ ergeben. Das bedeutet eine Bestätigung der errechneten Geschwindigkeit der Silberatome bei dieser Temperatur; später wird sich zeigen, daß die Geschwindigkeit bei niedrigeren Temperaturen kleiner ist.

3. Die mittlere freie Weglänge und die mittlere Stoßfrequenz der Moleküle

Die oben angegebenen mittleren Teilchengeschwindigkeiten dürfen keineswegs so verstanden werden, als ob etwa ein Sauerstoffmolekül sich in 1 s um rund 460 m von seiner Ausgangsposition entfernt hätte. Wenn die mittleren Teilchengeschwindigkeiten nämlich so zu deuten wären, dann müßten auch die verdampfenden Teilchen einer offen auf dem Experimentiertisch stehenden Flüssigkeit (z. B. Äther) in Bruchteilen einer Sekunde an dem anderen Ende des Raumes wahrnehmbar sein. Dies ist aber keineswegs der Fall. Die Erklärung hierfür ist in der Tatsache zu suchen, daß die Teilchenbahnen durch Zusammenstöße dauernd abgeknickt werden, wobei die zwischen zwei Zusammenstößen durchlaufenen Strecken sehr unterschiedliche Längen haben können. Zur Beschreibung dieser Verhältnisse werden wieder Mittelwerte verwendet. Wir setzen fest:

Unter der mittleren freien Weglänge (Formelzeichen: λ) versteht man die Strecke, die ein in einem Gase fliegendes Teilchen im Mittel zwischen zwei Zusammenstößen zurücklegt.

Eine hier nicht durchgeführte Rechnung ergibt, daß bei kugelförmigen Teilchen gilt:

$$\lambda = \frac{1}{4\pi n r^2 \sqrt{2}}.$$

Dabei bedeuten r den Teilchenradius und n die Teilchenzahldichte.

Unter der mittleren Stoßfrequenz (Formelzeichen: $\bar{z}$) versteht man den Quotienten aus der Anzahl ΔN der in der Zeit Δt erfolgenden Stöße und der Zeit Δt.

$$\bar{z} = \frac{\Delta N}{\Delta t}.$$

Da der in der Zeit Δt von einem Teilchen zurückgelegte Weg

$$s = \bar{v} \cdot \Delta t$$

in

$$\Delta N = \bar{z} \cdot \Delta t$$

Strecken der mittleren Länge λ aufgeteilt werden kann, gilt weiter

$$\bar{v} = \bar{z}\,\lambda.$$

Es gibt verschiedene Möglichkeiten, um die Größe λ experimentell zu ermitteln. Eine direkte Methode zur Bestimmung von λ besteht darin, daß man einen durch eine Stickstoffatmosphäre geschossenen Strahl von Quecksilberatomen an verschiedenen Stellen auf einem Schirm auffängt und die Abhängigkeit des Niederschlages von dem im Stickstoff zurückgelegten Weg untersucht. Die Stärke des Niederschlages wird durch die seitliche Ablenkung von Quecksilberatomen, die wesentlich von der mittleren freien Weglänge abhängt und deshalb eine Berechnungsmöglichkeit von λ ergibt, verringert.

Im Normzustand, d.h. bei 1013 hPa und 0 °C, ergibt sich:

$$\lambda \approx 10^{-7}\,\text{m}.$$

Hieraus folgt für die mittlere Stoßfrequenz

$$\bar{z} = \frac{490\,\text{m}\,\text{s}^{-1}}{10^{-7}\,\text{m}} \approx 5 \cdot 10^9\,\text{s}^{-1}.$$

Natürlich kann die mittlere freie Weglänge durch Druckverminderung vergrößert werden. Geschieht dies in einem solchen Maße, daß die freien Weglängen mit den Abmessungen des Gefäßes vergleichbar werden, so tritt ein als *Hochvakuum* bezeichneter Zustand mit neuartigen Eigenschaften auf. Die Moleküle können jetzt ohne Zusammenstöße von einer Wand zur anderen fliegen. Der Begriff der mittleren freien Weglänge und die übrigen statistischen Begriffe der kinetischen Gastheorie verlieren ihren Sinn, weil die Teilchenzahl zur Mittelwertbildung nicht mehr ausreicht. Die neuartigen Erscheinungen beginnen in den üblichen Gefäßgrößen bei etwa 1 Millionstel Bar bemerkbar zu werden, denn bei diesem Druck beträgt die mittlere freie Weglänge rund 10 cm.

2.13.4 Die Diffusion

Unter der Diffusion versteht man alle Vorgänge, bei denen die Teilchen eines Stoffes infolge der Molekülbewegung bestrebt sind, sich über das ihnen zur Verfügung stehende Volumen gleichmäßig zu verteilen. Diffusionsvorgänge können grundsätzlich bei allen Stoffen auftreten; wir beschränken uns im folgenden aber auf eine Behandlung der Diffusionserscheinungen bei Gasen. Bei idealen Gasen liegen die Verhältnisse insofern besonders einfach, als sich die Diffusionsvorgänge aufgrund der kinetischen Gastheorie vollständig erfassen lassen. Schwieriger ist dagegen eine Behandlung der Diffusion bei Flüssigkeiten und Kristallen.

Es ist bei Gasen üblich, *zwei Arten von Diffusion* zu unterscheiden, und zwar die *freie Diffusion* und die *Diffusion durch poröse Wände*. Es scheint auf den ersten Blick zwischen beiden Vorgängen kein grundsätzlicher

Unterschied zu bestehen, denn in jedem Falle sind die Moleküle des Gases bestrebt, sich über den ganzen zur Verfügung stehenden Raum gleichmäßig zu verteilen. Wenn sie hierbei von einer durchdringbaren Wand behindert werden, so findet die Ausbreitung durch diese Wand statt. Trotzdem zeigt sich aber bei einer genaueren Untersuchung, daß die physikalischen Vorgänge bei der freien Diffusion und bei der Diffusion durch poröse Wände wesentlich verschieden sind.

1. Die freie Diffusion

Die freie Diffusion soll zunächst an einigen Versuchen gezeigt werden.

Versuch 309.1 Ein mit Kohlenstoffdioxid gefülltes Becherglas wird auf eine Waage gestellt und ins Gleichgewicht gebracht. Man läßt es einige Zeit ruhig stehen und beobachtet die Veränderung.

Es zeigt sich, daß das Gewicht des mit Kohlenstoffdioxid gefüllten Becherglases kleiner wird. Obwohl das Kohlenstoffdioxid schwerer als Luft ist, bleibt es nicht in dem Glas, sondern diffundiert nach außen, während gleichzeitig Luft in das Glas hineindiffundiert.

Versuch 309.2 Man füllt einen Glaszylinder mit braunem Bromdampf und setzt darauf einen gut passenden, mit Luft gefüllten Zylinder.

Der Bromdampf breitet sich in den oberen Zylinder aus, obwohl seine Dichte größer als die Dichte der Luft ist.

Die freie Diffusion kann man auch im Alltag beobachten, wenn stark riechende Stoffe, wie Tabakrauch oder Duftstoffe, sich im ganzen zur Verfügung stehenden Raum gleichmäßig verteilen und nach kurzer Zeit überall bemerkbar sind.

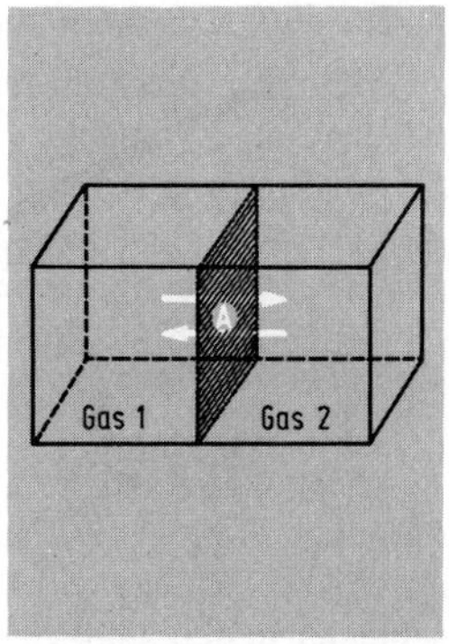

Abb. 309.1
Zur Ableitung des Gesetzes über die freie Diffusion

Die Vorgänge bei der freien Diffusion können durch ein Gesetz beschrieben werden, das sich folgendermaßen ergibt:

Ein Kasten (Abb. 309.1) sei in der linken Hälfte mit einem Gase 1 (z. B. Wasserstoff) und in der rechten Hälfte mit einem Gase 2 (z. B. Sauerstoff) gefüllt, ohne daß eine Trennungswand zwischen beiden Gasen vorhanden ist. Jedes Gas verhält sich nun so, als ob es allein vorhanden wäre. Denkt man sich also das Gas 2 entfernt, so würde sich das Gas 1 über den ganzen Raum gleichmäßig verteilen. Daran ändert sich auch bei dem Vorhandensein des Gases 2 nichts; nur geht der Vorgang langsamer vonstatten, weil die Moleküle des Gases 1 mit denen des Gases 2 zusammenstoßen und dadurch in ihrer Ausbreitung behindert werden. Bezeichnet man nun mit

$$n_1 = \frac{N_1}{V} \quad \text{und} \quad n_2 = \frac{N_2}{V}$$

die Teilchenzahldichten der beiden Gase, wobei N_1 und N_2 die Anzahl der im Volumen V enthaltenen Teilchen angeben, so ist diese bei noch nicht beendetem Diffusionsvorgang vom betrachteten Ort abhängig. Die Zahl der durch den Querschnitt A diffundierten Teilchen ist um so größer, je stärker sich die Teilchenzahldichte beim Fortschreiten um den Betrag Δx ändert, je größer also das Konzentrationsgefälle

$$\frac{\Delta n_1}{\Delta x} \quad \text{und} \quad \frac{\Delta n_2}{\Delta x}$$

ist. Nennt man weiter ΔN_1 und ΔN_2 die Zahl der in der Zeit Δt durch den Querschnitt A beförderten Teilchen, so gilt der folgende Zusammenhang:

$$\Delta N_1 = -D_1\, A \cdot \Delta t \cdot \frac{\Delta n_1}{\Delta x} \quad \text{und} \quad \Delta N_2 = -D_2\, A \cdot \Delta t \cdot \frac{\Delta n_2}{\Delta x}.$$

D_1 und D_2 werden als die *Diffusionskoeffizienten* der betreffenden Gase bezeichnet. Das Diffusionsgesetz besagt also:

Bei der freien Diffusion ist die Anzahl ΔN der durch einen bestimmten Querschnitt diffundierenden Teilchen der Größe des Querschnitts, der Zeit, dem Konzentrationsgefälle und dem Diffusionskoeffizienten proportional.

Der Diffusionskoeffizient hängt von der Art der beiden Gase ab; außerdem wächst er mit der Temperatur und ist dem Druck umgekehrt proportional. Diese Abhängigkeiten sind ohne weiteres verständlich, wenn man beachtet, daß die Diffusion eine Folge der Molekülbewegung ist. Je höher die Temperatur ist, um so größer ist, wie später noch gezeigt wird, die Durchschnittsgeschwindigkeit der Gasmoleküle und um so rascher damit die Diffusion. Umgekehrt wird bei steigendem Druck die mittlere freie Weglänge der Teilchen kleiner und damit die Diffusion langsamer, woraus sich die umgekehrte Proportionalität zwischen Druck und Diffusionskoeffizienten erklärt.

2. Die Diffusion durch poröse Wände oder die Effusion

Zur Erläuterung der bei der Diffusion durch poröse Wände sich abspielenden Erscheinungen werden wieder einige Versuche ausgeführt.

Versuch 310.1 In eine halb mit Wasser gefüllte Flasche führen durch einen luftdicht schließenden Gummistopfen zwei Glasröhren, von denen die eine oben spitz ausgezogen ist und unten in das Wasser reicht, während die andere oberhalb des Wassers endet und oben luftdicht in einen geschlossenen, porösen Tonzylinder mündet (Abb. 310.1). Dann wird über den Tonzylinder ein Becherglas gestülpt, in das man Wasserstoff oder Heizgas einströmen läßt.

Das Wasser spritzt zunächst in einem kleinen Springbrunnen aus der Spitze heraus; nach einiger Zeit läßt dies nach und hört schließlich ganz auf. Entfernt man das Becherglas wieder, so werden umgekehrt Luftblasen durch die Glasspitze in die Flasche gesaugt. Dies kommt daher, daß Wasserstoff oder Heizgas zunächst schneller in den Tonzylinder hinein diffundieren als die Luft heraus, so daß im Innern ein Überdruck entsteht. Umgekehrt diffundiert bei einer Entfernung des Becherglases der Wasserstoff schneller aus dem Zylinder heraus, als Luft hineingelangt, so daß ein Unterdruck entsteht.

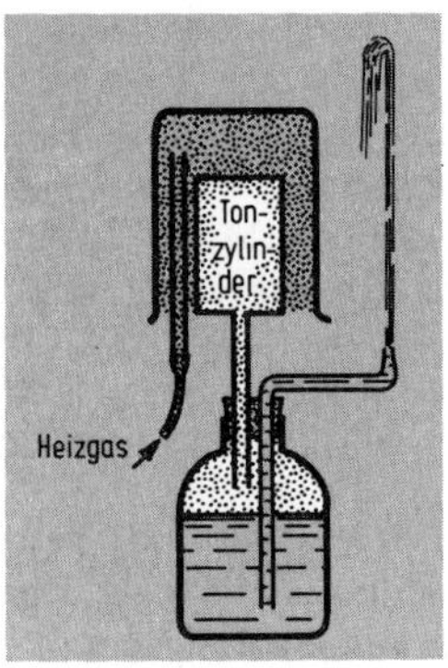

Abb. 310.1
Die Diffusion durch einen Tonzylinder

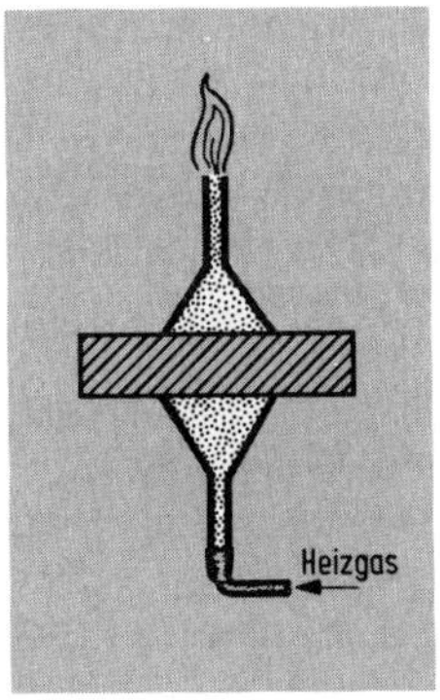

Abb. 311.1
Die Diffusion durch einen Ziegelstein

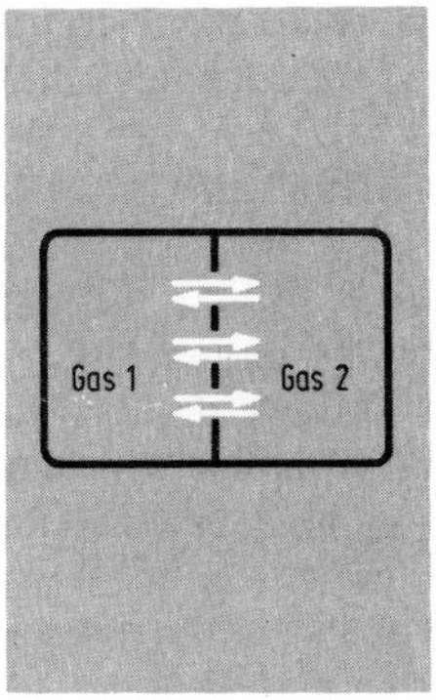

Abb. 311.2
Die Diffusion durch kleine Öffnungen

Versuch 311.1 Zwei Trichter werden nach Abb. 311.1 luftdicht auf einen Ziegelstein gekittet. Leitet man in den unteren Trichter Heizgas, so diffundiert dieses durch den Ziegelstein und kann nach einiger Zeit oben angezündet werden. Bei diesem Versuch ist Vorsicht erforderlich; man muß sich vor dem Anzünden davon überzeugen, daß in dem oberen Trichter kein explosibles Gemisch aus Luft und Heizgas mehr vorhanden ist.

Die *Theorie der Effusion* kann hier nicht behandelt werden. Wir müssen uns auf die Erörterung einiger grundlegender Gesichtspunkte beschränken.

Ein Raum (Abb. 311.2) sei durch eine Wand mit kleinen Löchern in zwei Teile zerlegt, in denen sich die beiden Gase 1 und 2 (z.B. Wasserstoff und Sauerstoff) befinden. Durch jedes Loch fliegen nun Wasserstoffmoleküle aus dem Teilraum 1 in den Teilraum 2 und Sauerstoffmoleküle in umgekehrte Richtung. Da sich die Wasserstoffmoleküle schneller als die Sauerstoffmoleküle bewegen, wird mehr Wasserstoff von 1 nach 2 gelangen als Sauerstoff von 2 nach 1. Auf die Größe der Moleküle kommt es dabei nicht an, solange die Öffnung nur groß genug ist, um sie überhaupt durchzulassen. Es wird also nach einiger Zeit im Raume 2 ein höherer Druck herrschen als in 1. Nach genügend langer Zeit nimmt die Druckdifferenz wieder ab und wird schließlich Null, wenn auf beiden Seiten der Wand das gleiche Gemisch der Gase 1 und 2 vorhanden ist; es effundieren dann nach beiden Seiten gleich viele Moleküle, so daß sich an dem erreichten Zustand nichts mehr ändert, und man den Effusionsprozeß im ganzen als beendet ansehen kann.

Man muß hierbei besonders beachten, daß es sich bei der Diffusion durch kleine Öffnungen um andere Vorgänge handelt als bei einer Strömung durch eine große Öffnung. Diese letztere erfolgt stets in Richtung des Druckgefälles und gleicht es aus; die Effusion dagegen bewirkt keinen Druckausgleich, sondern sie kann zunächst sogar ein Druckgefälle schaffen.

Das wichtigste Ergebnis der vorhergehenden Überlegungen läßt sich dahingehend zusammenfassen, daß die Effusion um so schneller erfolgt, je kleiner die Masse der Teilchen ist. Es wird sich später noch zeigen, daß die Teilchengeschwindigkeit der Quadratwurzel aus der relativen Atom- oder Molekülmasse umgekehrt proportional ist.

2.13.5 Die Gase im Schwerefeld der Erde

Aufgrund der Wärmebewegung haben die Atome oder Moleküle der Gase das Bestreben, sich über den ganzen zur Verfügung stehenden Raum möglichst gleichmäßig zu verteilen. Wenn ein Gas sich im Schwerefeld der Erde befindet, so werden die Teilchen gleichzeitig zur Erdoberfläche hin gezogen.

Bei den bisherigen Betrachtungen über die Gase ist bewußt von dem Einfluß der Schwerkraft abgesehen worden, was so lange berechtigt ist, wie es sich um kleine Gasvolumina handelt. Im folgenden soll nun das Zusammenwirken der beiden verschiedenen Tendenzen untersucht werden. Hieraus ergibt sich dann ein Einblick in die Beschaffenheit der Lufthülle der Erde.

Ohne ihre Bewegung würden die Moleküle auf die Erde fallen und – wie genauere Rechnungen ergeben – auf dem Boden eine Schicht von etwa 12 m Dicke bilden. Ohne ihre Masse würden die Moleküle der Luft nicht von der Erde angezogen und deshalb in den Weltraum fliegen. Unsere Lufthülle verdankt ihre Existenz also dem Zusammenwirken der Erdanziehung und der Bewegung der Moleküle.

Im Normzustand (Temperatur $\vartheta = 0\,°C$; Druck $p = 1013\,hPa$) beträgt die Dichte der Luft $\rho = 1{,}293\,kg\,m^{-3}$. Da die Erde von einer viele Kilometer hoch reichenden Lufthülle umgeben ist, übt die durch die Erdanziehung entstehende Gewichtskraft einen beträchtlichen Druck auf die Erdoberfläche aus, den man als *atmosphärischen Luftdruck* oder kurz als *Luftdruck* bezeichnet. Wir wissen, daß dieser Luftdruck mit Hilfe von *Barometern* gemessen werden kann.

Da der Luftdruck durch die Höhe der drückenden Luftsäule bestimmt wird, ist es naheliegend anzunehmen, daß er abnimmt, wenn man sich von der Erdoberfläche in höhere Schichten bewegt. Wir überzeugen uns hiervon durch einen einfachen Versuch.

Versuch 312.1 Mit einem guten Aneroidbarometer steigt man vom Keller auf den Boden eines möglichst hohen Hauses.

Es handelt sich nun darum, die *Abnahme des Luftdrucks mit der Höhe* zu untersuchen und das dabei geltende Gesetz zu finden. In Flüssigkeiten erfolgt die Druckzunahme mit zunehmender Flüssigkeitstiefe von der Oberfläche nach unten um rund 1 bar je 10 m Tiefe. Der Grund hierfür besteht darin, daß Flüssigkeiten praktisch inkompressibel sind und deshalb in allen Tiefen nahezu die gleiche Dichte haben. Da die Gase aber kompressibel sind, werden die unteren Schichten durch die Gewichtskraft der darüberliegenden zusammengedrückt, so daß die Dichte von oben nach unten zunimmt. Dadurch wird das Gesetz, das die Druckabnahme mit der Höhe beschreibt, komplizierter als bei Flüssigkeiten. Um zu diesem Gesetz, das man als *barometrische Höhenformel* bezeichnet, zu gelangen, gehen wir von der Grundvorstellung der kinetischen Gastheorie aus, nach der der Luftdruck durch die bewegten Moleküle hervorgerufen wird. Es soll zunächst untersucht werden, wie sich die Teilchenzahldichte mit der Höhe verändert.

Wir betrachten dazu eine Luftsäule mit der Grundfläche $A = a^2$ und zerlegen diese in Schichten von der geringen Dicke Δh. In einer solchen Schicht in der Höhe h sei die Teilchenzahldichte n, in der darunter befindlichen Schicht n_1 und in der darüber befindlichen n_2 (Abb. 312.1). Durch die obere und untere Begrenzungsfläche der Schicht fliegen laufend Moleküle in beiden Richtungen, wobei wegen des Gleichgewichtszustandes im Mittel zu jedem in der einen Richtung fliegenden Molekül ein anderes mit gleich großer und entgegengesetzt gerichteter Geschwindigkeit gehört. Ohne an der Molekülverteilung im ganzen etwas zu ändern, kann man zwei derartige zusammengehörige Moleküle im Augenblick des Passierens der Grenzfläche vertauscht denken. Dann bleiben also alle oberhalb der betrachteten Grenzfläche befindlichen Moleküle oberhalb und werden scheinbar an der Grenzfläche reflektiert; das gleiche gilt für die untere Begrenzungsfläche. Man kann sich also ohne nennenswerte Änderung der physikalischen Bedingungen das hier betrachtete Luftvolumen oben und unten von masselosen Wänden begrenzt denken. Entsprechend den wirklichen Verhältnissen müssen die auf dieses Luftvolumen ausgeübten Kräfte so beschaffen sein, daß dieses in seiner Höhe bleibt, d.h., keine Auf- oder Abwärtsbewegungen ausführt. Auf das Luftvolumen wirken nun drei Kräfte, und zwar zwei abwärts gerichtete und eine aufwärts gerichtete Kraft. Zunächst ist die Gewichtskraft des Luftvolumens wirksam. Da $V = A \cdot \Delta h$ ist, beträgt die Zahl der darin enthaltenen Teilchen $nA \cdot \Delta h$ und ihre Gewichtskraft also

$$F_G = n m g A \cdot \Delta h.$$

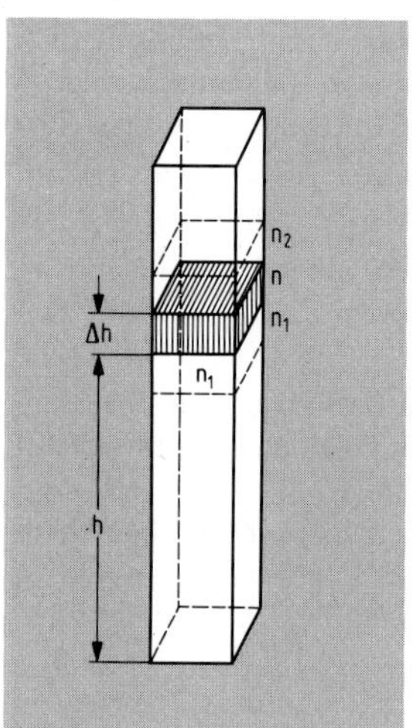

Abb. 312.1
Die Abnahme der Teilchenzahldichte mit der Höhe

Ferner verursachen die auf die obere Grenzfläche auftreffenden Moleküle eine abwärts gerichtete Kraft, für die sich nach den gleichen Überlegungen, wie sie bei der Ableitung des BOYLE-MARIOTTE-Gesetzes angestellt worden sind,

$$F_2 = \tfrac{1}{3} n_2 A m \overline{v^2}$$

ergibt. Schließlich wird durch die auf die untere Grenzfläche treffenden Moleküle eine aufwärts gerichtete Kraft von der Größe

$$F_3 = \tfrac{1}{3} n_1 A m \overline{v^2}$$

hervorgerufen. Damit Gleichgewicht herrscht, muß die Gleichung

$$n m g A \cdot \Delta h + \tfrac{1}{3} n_2 A m \overline{v^2} = \tfrac{1}{3} n_1 A m \overline{v^2}$$

bestehen. Hieraus folgt

$$n g \cdot \Delta h = \tfrac{1}{3} \overline{v^2} (n_1 - n_2).$$

Bezeichnet man nun mit $\Delta n = n_1 - n_2$ den Unterschied der Teilchenzahldichte bei einem Höhenunterschied Δh und bringt mit einem negativen Vorzeichen zum Ausdruck, daß die Teilchenzahldichte bei einer Aufwärtsbewegung abnimmt, so ergibt sich durch eine einfache Umformung

$$\frac{\Delta n}{n} = -\frac{3 g \cdot \Delta h}{\overline{v^2}}.$$

Damit ist eine Gleichung für die Abnahme der Teilchenzahldichte n in einer dünnen Schicht Δh gewonnen. Man erkennt hieraus, daß diese Abnahme dem mittleren Geschwindigkeitsquadrat umgekehrt proportional ist, daß sie also für leichte Moleküle kleiner als für schwere ist. Für die Lufthülle der Erde bedeutet dies also, daß die Teilchenzahldichte des Sauerstoffs mit zunehmender Höhe stärker abnehmen würde als die des Stickstoffs, wenn nicht durch die Luftbewegung eine ständige Durchmischung stattfände.

Um nun die Abnahme der Teilchenzahldichte für einen beliebigen Höhenunterschied h zu erhalten, zerlegen wir die Luftsäule in beliebig dünne Schichten und integrieren über den ganzen Bereich, etwa von 0 bis h. Dann ergibt sich

$$\ln \frac{n}{n_0} = -\frac{3 g h}{\overline{v^2}} \quad \text{oder} \quad \frac{n}{n_0} = \mathrm{e}^{-\frac{3 g h}{\overline{v^2}}}$$

$$n = n_0 \, \mathrm{e}^{-\frac{3 g h}{\overline{v^2}}},$$

wobei n_0 die Teilchenzahldichte in der Höhe $h = 0$ bedeutet.

Da sowohl der Druck p als auch die Dichte ρ bei unveränderlicher Temperatur der Teilchenzahldichte proportional sind, gelten auch die Gleichungen

$$p = p_0 \, \mathrm{e}^{-\frac{3 g h}{\overline{v^2}}} \quad \text{und} \quad \rho = \rho_0 \, \mathrm{e}^{-\frac{3 g h}{\overline{v^2}}}.$$

Wir haben damit das Gesetz gefunden, nach dem die Teilchenzahldichte n, der Druck p und die Dichte ρ des Gases mit der Höhe abnehmen.

Man kann dieses Gesetz noch etwas anders schreiben, indem man die von früher (S. 306) bekannte Beziehung

$$\frac{p}{\rho} = \frac{p_0}{\rho_0} = \frac{\overline{v^2}}{3}$$

benutzt. Dann ergibt sich

$$p = p_0 \, \mathrm{e}^{-\frac{\rho_0 g}{p_0} \cdot h}.$$

Setzt man in diese Gleichung die für eine Temperatur von 0 °C geltenden Größen ein, setzt man also

$$g = 9{,}80665 \text{ m s}^{-2}, \qquad \rho_0 = 1{,}2928 \text{ kg m}^{-3}, \qquad p_0 = 1{,}01325 \cdot 10^5 \text{ N m}^{-2},$$

so wird

$$p = p_0 \, \mathrm{e}^{-0{,}0001251 \, h \, \mathrm{m}^{-1}} = p_0 \, \mathrm{e}^{-0{,}1251 \, h \, \mathrm{km}^{-1}} = p_0 \, \mathrm{e}^{-\frac{h}{7{,}992 \text{ km}}} \approx p_0 \, \mathrm{e}^{-\frac{h}{8 \text{ km}}}.$$

Diese Gleichung ermöglicht es, den Druck in jeder beliebigen Höhe h unter den genannten Voraussetzungen zu berechnen. Ist etwa $h = 5$ km, so ergibt sich

$$p = p_0 \, \mathrm{e}^{-0{,}1251 \cdot 5 \text{ km} \cdot \text{km}^{-1}} = p_0 \, \mathrm{e}^{-0{,}6255} \approx 0{,}535 \, p_0 \approx \tfrac{1}{2} p_0.$$

Dies bedeutet:

Wenn man in der Lufthülle der Erde von irgendeinem Ausgangspunkt um 5 km nach oben steigt, so nimmt der Luftdruck auf rund die Hälfte ab.

Bisweilen will man aber auch *umgekehrt aus der Druckänderung die Höhenänderung* errechnen. Dann muß die obige Gleichung nach h aufgelöst werden. Wenn man auf beiden Seiten die natürlichen Logarithmen bildet, erhält man

$$\ln \frac{p_0}{p} = \frac{h}{7{,}992\,\text{km}}$$

oder

$$h = 7{,}992\,\text{km} \cdot \ln \frac{p_0}{p}.$$

Geht man nun von den natürlichen Logarithmen zu den BRIGGS-Logarithmen über, so hat man mit dem reziproken Wert des Moduls, d.h. mit 2,3026, zu multiplizieren. Dann ist also

$$h = 18{,}4\,\text{km} \cdot \lg \frac{p_0}{p}.$$

Hierbei ist p_0 und p in irgendwelchen, aber gleichen Druckeinheiten zu messen; h ergibt sich in km. Will man h in m erhalten, so muß man schreiben

$$h = 18\,400\,\text{m} \cdot \lg \frac{p_0}{p}.$$

In dieser Form gestattet die *barometrische Höhenformel* also die direkte Berechnung von Höhenunterschieden aus den am Anfangs- und am Endpunkt gemessenen Drücken.

Die im Schwerefeld der Erde erfolgende Abnahme des Luftdrucks mit der Höhe macht manche aus dem täglichen Leben bekannten Vorgänge verständlich. Wir geben einige Beispiele an.

1. Aus den bisherigen Ausführungen geht hervor, daß der Druck in leichten Gasen mit der Höhe langsamer abnimmt als in schweren. Diese Tatsache erklärt die aus dem täglichen Leben bekannte Erscheinung, daß das *Heizgas in den oberen Stockwerken* der Häuser stets mit einem größeren Druck ausströmt als in den unteren. In Abb. 314.1 sind die Druckabnahmen mit der Höhe für Luft und Heizgas schematisch dargestellt; strenggenommen erfolgt diese Druckabnahme nicht linear. Man erkennt aber sofort die wesentliche Tatsache, daß die Differenz zwischen Innen- und Außendruck nach oben zunimmt, was sich mit dem neben der grafischen Darstellung gezeichneten Gerät unmittelbar durch die Größe der Flammen demonstrieren läßt.

Die gleiche Erscheinung läßt sich durch folgenden Versuch zeigen:

Versuch 314.1 Zwei Teclubrenner werden nach Abb. 314.2 durch zwei Schläuche über ein T-Stück mit der Gasleitung verbunden. Bei geschlossenen Luftlöchern stellt man die Flammen möglichst klein und beobachtet die Flammengröße bei gleicher und bei verschiedener Höhe der Brenner.

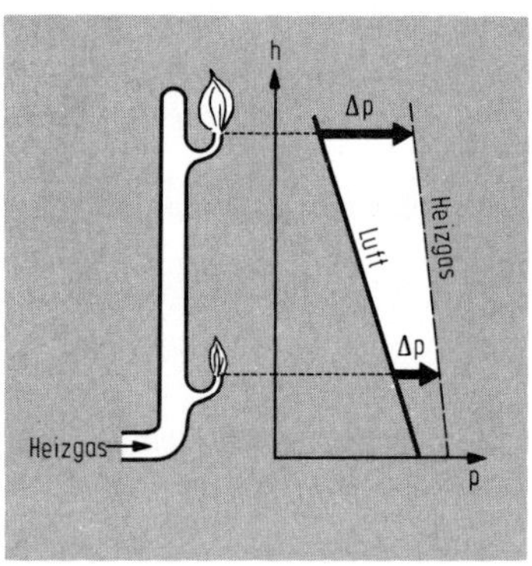

Abb. 314.1
Die Druckverteilung in einer Gasleitung

Abb. 314.2
Die Änderung des Gasdruckes mit der Höhe

2. Auch die *Zugwirkung von Kaminen* und *Schornsteinen* wird durch ähnliche Überlegungen verständlich. Da warme Gase leichter als kalte sind, ist die Druckzunahme nach unten in warmen Gasen geringer als in kalten. Am oberen Ende des Kamins kann zwischen dem Innen- und dem Außenraum kein Druckunterschied bestehen. Die schematische Darstellung der Druckzunahme mit abnehmender Höhe (Abb. 315.1), die strenggenommen ebenfalls nicht linear erfolgt, zeigt, daß bei Druckgleichgewicht am oberen Ende des Kamins nach unten zu eine Druckdifferenz zwischen Außen- und Innenluft entsteht, die um so größer wird, je höher der Schornstein ist. Das Druckgefälle ist dabei von außen nach innen gerichtet und verursacht die Zugwirkung des Schornsteins. – Die bisweilen gegebene Erklärung, daß warme Luft im Kamin aufgrund ihrer niedrigeren Dichte nach oben steigt und dadurch den Zug verursacht, kann keine Begründung für die Tatsache geben, daß ein hoher Schornstein besser zieht als ein niedriger.

3. Die bei der *Wägung von Gasen* sich abspielenden Vorgänge finden ihre Erklärung ebenfalls durch die Druckabnahme mit der Höhe im Schwerefeld. Wenn man einmal einen luftleeren und das andere Mal einen luftgefüllten Kasten auf eine Waage stellt, so ergibt sich ein Gewichtsunterschied, der gleich dem Gewicht der eingefüllten Luftmenge ist. Diese Feststellung erscheint so trivial und selbstverständlich, daß man es für überflüssig halten könnte, darüber überhaupt zu reden. Und trotzdem kann man hier einen berechtigten Einwand erheben. Die Wirkung des eingeschlossenen Gases besteht ja nur in den Stößen der Moleküle auf die Wand, und in jedem Augenblick übt nur ein winziger Bruchteil der eingeschlossenen Moleküle eine solche Wirkung auf die Wandungen und damit auf die Waage aus. Man könnte also schließen, daß die frei im Raume sich bewegenden Moleküle von der Wägung überhaupt nicht erfaßt werden und die Waage nur einen Teil der eingeschlossenen Moleküle anzeigt. Es bedarf also einer besonderen Begründung, daß man bei einer Wägung trotzdem das Gewicht der ganzen eingeschlossenen Gasmenge ermittelt. Die Erklärung ergibt sich aus der Druckabnahme mit der Höhe im Schwerefeld.

Betrachten wir zunächst das auf der Waage stehende luftgefüllte Gefäß (Abb. 315.2 a). Hier herrscht innen und außen in jeder Höhe die gleiche Teilchenzahldichte, d.h., es prallen im Mittel auf jedes Flächenelement innen und außen gleich viele Moleküle. Dies gilt insbesondere für die Grund- und Deckflächen, die hier allein interessieren, weil die auf die Seitenflächen ausgeübten Kräfte einander aufheben. Es gilt also

$$p_{a_1} = p_{i_1} \quad \text{und} \quad p_{a_2} = p_{i_2}.$$

Die Luft übt daher in diesem Falle auf die Waage gar keinen Einfluß aus, so daß nur das reine Gefäßgewicht angezeigt wird.

Bei dem luftleeren Gefäß (Abb. 315.2 b) sind die Verhältnisse anders. Die auf die Innenseite wirkenden Kräfte fallen weg, so daß nur noch auf die äußere Unterseite ein aufwärts gerichteter Druck p_{a_1} und auf die äußere Oberseite ein abwärts gerichteter Druck p_{a_2} wirksam bleiben. Wegen der Abnahme der Teilchenzahldichte mit der Höhe ist aber $p_{a_1} > p_{a_2}$, so daß also ein aufwärts gerichteter resultierender Druck Δp übrigbleibt. Es ergibt sich

$$\Delta p = p_{a_1} - p_{a_2} = \rho h g,$$

da ρ wegen der geringen Höhe als konstant betrachtet werden kann. Die aufwärts gerichtete Kraft, die als *statischer Auftrieb* bezeichnet wird, ist also

$$F = \rho g h A.$$

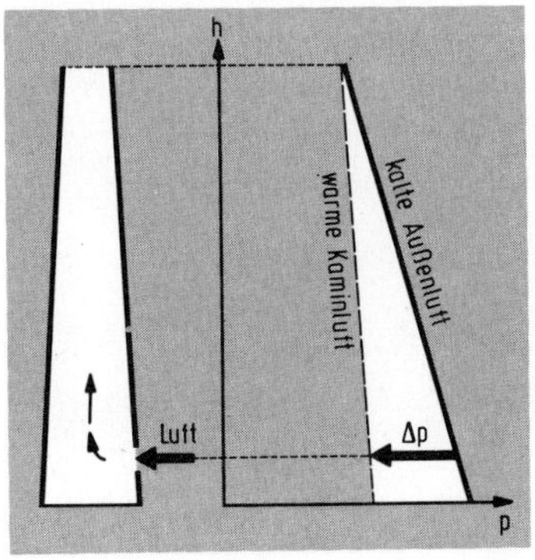

Abb. 315.1
Die Zugwirkung bei Schornsteinen

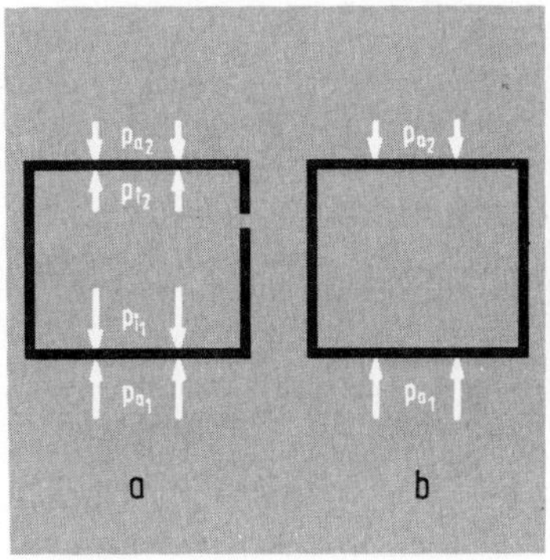

Abb. 315.2
Zur Wägung von Gasen
a) luftgefüllt (Verbindung mit der Außenluft)
b) luftleer

Da aber hA das Volumen des Gefäßes ist, stellt dieser Ausdruck gerade den Betrag der Gewichtskraft der von dem Gefäß verdrängten Luft oder, wenn die Wandungen des Gefäßes genügend dünn sind, sehr annähernd den Betrag der Gewichtskraft der vorher in dem Gefäß vorhanden gewesenen Luft dar.

Die Waage zeigt jetzt also einen entsprechend geringeren Ausschlag, und man pflegt dies im allgemeinen so zu deuten, daß bei der ersten Wägung die Summe von Gefäß- und Luftgewicht, bei der zweiten Wägung aber das Gefäßgewicht allein bestimmt worden ist. Durch die vorstehenden Überlegungen erkennt man aber, daß der Wägevorgang doch etwas verwickelter ist, denn in Wirklichkeit wurde bei der ersten Wägung das Luftgewicht gerade durch den Auftrieb kompensiert; im zweiten Falle war dagegen der Auftrieb allein wirksam.

Neben dieser Klärung des Wägevorganges hat sich durch die angestellten Überlegungen noch das *Gesetz von* ARCHIMEDES *für Gase* ergeben, das in der oben angegebenen Formel bereits enthalten ist und das, obwohl es früher für Flüssigkeiten schon angegeben worden ist, noch einmal formuliert werden soll:

Der Auftrieb, den ein allseitig von einem Gase umgebener Körper erfährt, hat den gleichen Betrag wie die Gewichtskraft, mit der die von dem Körper verdrängte Gasmenge durch die Erde angezogen wird.

Gewichtskraft und Auftrieb sind entgegengesetzt gerichtete Kräfte. Ist die Gewichtskraft dem Betrage nach größer als der Auftrieb, so sinkt der Körper nach unten; im anderen Fall steigt er nach oben. Zwischen diesen beiden Möglichkeiten liegt der Sonderfall, daß beide gleich groß sind; dann schwimmt der Körper in dem Gase.

Für den praktischen Vorgang der Wägung ergibt sich daraus, daß strenggenommen der Auftrieb in jedem Falle berücksichtigt werden muß. Bei sehr exakten Wägungen geschieht dies auch. Wenn im täglichen Leben davon abgesehen wird, dann ist dies deshalb berechtigt, weil der Auftrieb in Luft im Verhältnis zu den auftretenden Gewichtskräften so gering ist, daß er vernachlässigt werden kann.

Zum Abschluß dieser Betrachtungen über das Verhalten der Gase im Schwerefeld muß darauf hingewiesen werden, daß die Abnahme des Drucks mit der Höhe nach der barometrischen Höhenformel an die Voraussetzung gebunden ist, daß das Gas eine *einheitliche und zeitlich konstante Temperatur* hat. Wenn dies nicht der Fall ist, so müssen die Temperaturänderungen berücksichtigt werden; man kommt dann zu anderen Gesetzen.

Zwei Beispiele sollen die gewonnenen Erkenntnisse verdeutlichen.

Beispiele

1. Eine Gasblase steigt von dem Boden eines Sees an die Oberfläche. Dabei nimmt ihr Volumen auf das Vierfache seines ursprünglichen Betrages zu. Wie tief ist der See? (Luftdruck $p_L = 1000\,\text{hPa}$; $g \approx 10\,\text{m}\,\text{s}^{-2}$.)

Wenn V_1 und p_1 das Volumen und der Druck der Gasblase am Boden des Sees und V_2 und p_2 das Volumen und der Druck an der Oberfläche sind, so gilt

$$p_1 V_1 = p_2 V_2 .$$

Es ist ferner

$$V_2 = 4 V_1 \quad \text{und} \quad p_2 = p_L .$$

Dann ergibt sich also:

$$p_1 V_1 = p_L \cdot 4 V_1$$

oder

$$p_1 = 4 p_L .$$

Für den Druck am Boden des Sees gilt:

$$p_1 = \rho g h + p_L .$$

Hieraus folgt:

$$3 p_L = \rho g h$$

oder

$$h = \frac{3 p_L}{\rho g} \approx \frac{3000\,\text{hPa}}{1\,\text{g}\,\text{cm}^{-3} \cdot 10\,\text{m}\,\text{s}^{-2}} \approx \frac{3 \cdot 10^5\,\text{N}\,\text{m}^{-2}}{1\,\text{g}\,\text{cm}^{-3} \cdot 10\,\text{m}\,\text{s}^{-2}} \approx 30\,\text{m}.$$

2. Wie groß ist die Masse der gesamten Lufthülle der Erde, wenn die Erde als Kugel mit dem Radius $r = 6370\,\text{km}$ betrachtet wird und der Luftdruck an der Erdoberfläche $p_O = 1000\,\text{hPa}$ beträgt? ($g \approx 10\,\text{m}\,\text{s}^{-2}$)

Die Erdoberfläche ist

$$A = 4\pi r^2 = 4\pi \cdot 6370^2\,\text{km}^2 \approx 509{,}9 \cdot 10^{12}\,\text{m}^2.$$

Die von der Luft auf die Erdoberfläche ausgeübte Gewichtskraft ist

$$F_G = m g.$$

Der auf die Erdoberfläche wirkende Druck beträgt dann:

$$p_O = \frac{F_G}{A} = \frac{m g}{A}.$$

Hieraus folgt:

$$m = \frac{A p_O}{g} \approx \frac{509{,}9 \cdot 10^{12}\,\text{m}^2 \cdot 1000\,\text{hPa}}{10\,\text{m}\,\text{s}^{-2}} \approx 5{,}1 \cdot 10^{18}\,\text{kg} \approx 5 \text{ Trillionen kg}.$$

Weitere Aufgaben: Siehe O. Höfling, Physik-Aufgaben II/1.

3. Thermodynamik

3.1 Die thermischen Eigenschaften der Stoffe

3.1.1 Die Temperatur und ihre Messung

Die Temperatur stellt eine physikalische Größe dar, die nicht auf die bisher eingeführten Basisgrößen Länge, Zeit und Masse zurückgeführt werden kann. Daher gilt:

Die Temperatur (Formelzeichen: ϑ) stellt eine Basisgröße dar.

Aufgrund der früher getroffenen Feststellungen muß für jede Basisgröße eine *Einheit* und ein *Meßverfahren* festgelegt werden. Da wir es bei der Temperatur mit einer neuen Basisgröße zu tun haben, kann natürlich auch die *Einheit der Temperatur* nicht aus den bereits eingeführten Einheiten für die Länge, die Zeit und die Masse abgeleitet werden, sondern sie muß als *Basiseinheit* neu definiert werden. Dies ist in dem *Gesetz über Einheiten im Meßwesen* geschehen. Bevor wir jedoch auf diese Definition näher eingehen können, sind einige Vorbemerkungen erforderlich.

Es ist allgemein bekannt, daß Temperaturen mit Hilfe von *Thermometern* gemessen werden. Die im täglichen Leben verwendeten Thermometer bestehen aus einer Glaskapillare von überall gleichem Querschnitt, die unten in eine Kugel oder einen Zylinder übergeht, worin sich die Thermometerflüssigkeit befindet. Der über der Flüssigkeit befindliche Raum ist in den meisten Fällen fast luftleer. Bei der Temperaturmessung wird von der Tatsache Gebrauch gemacht, daß das Flüssigkeitsvolumen von der Temperatur abhängt und daß sich deshalb aus der Länge der Flüssigkeitssäule in der Kapillare die Temperatur bestimmen läßt, wenn das Thermometer kalibriert ist. Diese Kalibrierung erfolgt, indem man neben der Glaskapillare eine Skala anbringt, die in folgender Weise festgelegt wird:

Man bringt das Thermometer so lange in eine Mischung von Eis und Wasser, bis *thermisches Gleichgewicht* eingetreten ist. Der dann vorliegende Stand der Quecksilbersäule wird als *Eispunkt* bezeichnet. Die genauere Definition des Eispunktes lautet:

Als Eispunkt wird die Gleichgewichtstemperatur zwischen Eis und luftgesättigtem Wasser bei dem Luftdruck von 101 325 Pa bezeichnet.

In ähnlicher Weise wird der *Siedepunkt* festgelegt, indem man das Quecksilber des Thermometers in engen Kontakt mit dem Dampf über siedendem Wasser bringt. Es gilt:

Als Siedepunkt wird die Gleichgewichtstemperatur zwischen siedendem Wasser und seinem Dampf bei dem Luftdruck von 101 325 Pa bezeichnet.

Für die Festlegung der im täglichen Leben verwendeten Temperaturskala kommt dem Eispunkt und dem Siedepunkt eine besondere Bedeutung zu.

Wir merken uns:

Der Eispunkt und der Siedepunkt werden als Fundamentalpunkte bezeichnet. Es handelt sich hierbei um physikalisch genau definierte Temperaturen, denen je nach der Temperaturskala ein bestimmter Wert zugeordnet wird. Die Temperaturdifferenz zwischen den beiden Fundamentalpunkten heißt der Fundamentalabstand.

Daneben sind in der internationalen Temperaturskala noch *Fixpunkte* vereinbart worden, und zwar 4 primäre und 22 sekundäre Fixpunkte.

Um Temperaturmessungen ausführen zu können, bedarf es noch weiterer Vereinbarungen über die *Unterteilung des Fundamentalabstandes.* Bei den Thermometern des Alltags wird durchweg die 1742 von dem schwedischen Physiker A. Celsius (1701 – 1744) eingeführte *empirische Temperaturskala* verwendet. Es gilt:

Die Einheit der empirischen Temperaturskala ist das Grad Celsius (°C). Unter 1 °C versteht man den hundertsten Teil des Temperaturunterschiedes zwischen dem Eispunkt und dem Siedepunkt, wobei ein Quecksilberthermometer zugrunde gelegt wird.

Bei der Einheit Grad Celsius handelt es sich *nicht* um die *Basiseinheit der Temperatur.*

Celsius hat seinerzeit den Eispunkt mit 100° und den Siedepunkt mit 0° bezeichnet, heute ist es allgemein üblich, den Eispunkt mit 0 °C und den Siedepunkt mit 100 °C zu bezeichnen.

Mit diesen Festlegungen ist eine für alle Zwecke des Alltags ausreichende Definition der Temperaturskala gegeben. Auch für die Bedürfnisse der Technik und der Wissenschaft genügen die so kalibrierten Thermometer in den meisten Fällen. Nur wenn es sich um Messungen mit großer Genauigkeit handelt, sind präzisere Definitionen erforderlich. Die Unzulänglichkeiten der bisherigen Festlegungen sollen kurz erläutert werden.

Ein Thermometer möge zwischen dem Eispunkt und dem Siedepunkt, d.h. zwischen 0 °C und 100 °C, einen Abstand von 10 cm haben. Dann entspricht einem Steigen oder Fallen der Quecksilbersäule um 1 mm eine Temperaturänderung von 1 °C. Steht die Quecksilbersäule 3 cm über dem Eispunkt, so beträgt die Temperatur 30 °C usw. Man kann die Temperaturskala auch über den Eis- und den Siedepunkt hinaus nach unten und oben verlängern und muß dann sagen, daß einer Stellung der Quecksilbersäule von 3 cm unter dem Eispunkt die Temperatur von – 30 °C und einer Stellung von 2 cm über dem Siedepunkt die Temperatur von 120 °C entspricht. Diese Festlegungen erscheinen einfach und überzeugend, sie sind aber für die bei manchen wissenschaftlichen Untersuchungen zu fordernde Exaktheit des Meßverfahrens nicht ausreichend. Die Mängel sind:

1. Wenn man statt Quecksilber eine andere Thermometerflüssigkeit verwendet, so kommt man bei den gleichen Fundamentalpunkten zu einer anderen Temperaturskala. Wir erläutern dies an einem Beispiel. In Abb. 320.1 sind zwei gleichartige Thermometer dargestellt, von denen das eine mit Quecksilber und das andere mit Toluol gefüllt ist; sie sind so gebaut, daß die Flüssigkeiten in beiden Thermometern im schmelzenden

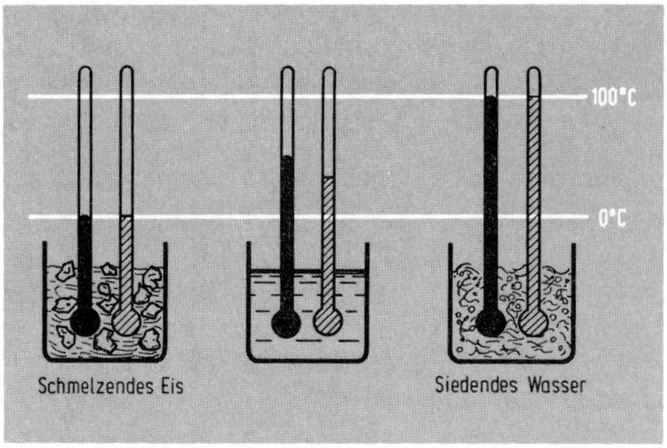

Abb. 320.1
Zwei mit verschiedenen Flüssigkeiten gefüllte Thermometer, die bei 0 °C und 100 °C übereinstimmen, zeigen bei den Zwischentemperaturen verschiedene Werte an. (Zeichnung nicht maßstäblich)

Eis und im siedenden Wasser jeweils gleich stehen. Den Abstand zwischen den Marken für 0 °C und 100 °C teilen wir jeweils in 100 gleiche Teile. Unter 50 °C verstehen wir nach der obigen Definition dann eine Temperatur, bei der der Quecksilberfaden genau in der Mitte zwischen den Marken für 0 °C und 100 °C steht. Wenn man nun die Temperatur eines Körpers, die bei einer Messung mit dem Quecksilberthermometer 50 °C beträgt, mit dem Toluolthermometer mißt, so steht dieses nicht genau in der Mitte zwischen den Marken für 0 °C und 100 °C, sondern bei 46,3 °C. Anders ausgedrückt kann man auch sagen, daß der mit einem Quecksilber- und der mit einem Toluolthermometer gemessenen Temperatur von 50 °C nicht der gleiche Wärmezustand des Körpers entspricht.

Es ergibt sich also:

Die Skala eines Flüssigkeitsthermometers ist von der Wahl der Thermometersubstanz abhängig.

Da die Wahl der verwendeten Flüssigkeit grundsätzlich willkürlich ist, würde die Definition der Temperatureinheit ebenfalls mit dieser Willkür behaftet sein. Die Erfahrung hat gezeigt, daß dies unzweckmäßig ist und nach Möglichkeit vermieden werden sollte.

2. Der zweite Mangel der empirischen Temperaturskala auf der Grundlage des Quecksilberthermometers besteht darin, daß diese auf einen bestimmten Bereich begrenzt ist. Unter −39 °C ist das Quecksilberthermometer nicht mehr brauchbar, weil das Quecksilber dann fest wird; nach oben ist die Grenze dadurch gegeben, daß das Quecksilber unter normalem Druck bei +357 °C in den gasförmigen Zustand übergeht. Der Anwendungsbereich der Quecksilberthermometer kann zwar durch hohen Druck über dem Quecksilber und bei Benutzung von Quarzkapillaren bis etwa +700 °C gesteigert werden, darüber hinaus ist es aber nicht mehr brauchbar.

Wir stellen also fest:

Die mit Hilfe des Quecksilberthermometers definierte Temperaturskala ist nur für einen begrenzten Temperaturbereich realisierbar, außerhalb dieses Bereiches aber völlig unbestimmt.

Wegen dieser Unzulänglichkeiten haben sich die Physiker bemüht, die Temperaturmessung vom Quecksilber und allgemein von den Flüssigkeiten zu lösen. Eine wesentlich bessere Definition der Temperaturskala ergibt sich, wenn man die *thermische Volumen- oder Druckänderung der Gase als Grundlage der Temperaturmessung* verwendet. Im Gegensatz zu den Flüssigkeiten ändern sich nämlich das Volumen und der Druck verschiedener Gase bei hinreichender Entfernung vom Kondensationspunkt mit der Temperatur in gleicher Weise. Es entfällt also hier die Willkür. Bei der Temperaturmessung wird dann von zwei aus der Erfahrung stammenden Gesetzen, die wir bereits in der Sekundarstufe I kennengelernt haben, Gebrauch gemacht. Es handelt sich dabei um das

GAY-LUSSAC-*Gesetz für Gase bei konstantem Druck*

$$V_\vartheta = V_0 \left(1 + \frac{1}{273{,}15\ °\mathrm{C}}\,\vartheta\right) \qquad \text{und das}$$

AMONTONS-*Gesetz für Gase bei konstantem Volumen* (das bisweilen auch als zweiter Teil des GAY-LUSSAC-*Gesetzes* bezeichnet wird)

$$p_\vartheta = p_0 \left(1 + \frac{1}{273{,}15\ °\mathrm{C}}\,\vartheta\right).$$

Für den Volumenausdehnungskoeffizienten bzw. für den Spannungskoeffizienten

$$\gamma = \frac{1}{273{,}15\ °\mathrm{C}}$$

wird häufig der abgerundete Wert

$$\gamma \approx \frac{1}{273\ °\mathrm{C}}$$

verwendet.

Die angegebenen Gesetze können auch folgendermaßen ausgesprochen werden:

Das Volumen eines beliebigen Gases vergrößert sich bei konstantem Druck und bei einer Erwärmung von 0 °C (Eispunkt) auf 100 °C (Siedepunkt) um $\frac{100}{273,15} \approx 36,6\,\%$ des Volumens bei 0 °C.

Der Druck eines beliebigen Gases vergrößert sich bei konstantem Volumen und bei einer Erwärmung von 0 °C (Eispunkt) auf 100 °C (Siedepunkt) um $\frac{100}{273,15} \approx 36,6\,\%$ des Druckes bei 0 °C.

Diese Gesetze gelten mit geringfügigen individuellen Abweichungen *für alle Gase*, solange die Temperatur weit genug vom Verflüssigungspunkt entfernt ist. Die Abweichungen verschwinden um so mehr, je niedriger der Druck des Gases ist. Es gehört zu den Eigenschaften des *idealen Gases*, den obigen Gesetzen streng zu genügen. Mit *realen Gasen*, wie dem schwer zu verflüssigenden Wasserstoff oder Helium, kann man durch Arbeiten bei niedrigem Druck dem Verhalten des idealen Gases beliebig nahe kommen.

Wenn man ein solches Gas als Thermometersubstanz verwendet und die Fundamentalpunkte 0 °C (Eispunkt) und 100 °C (Siedepunkt) beibehält, so kommt man zur *idealen Gas-Celsius-Skala*. Das entsprechende Meßgerät wird als *Gasthermometer* bezeichnet. Statt der thermischen Volumenänderung bei konstantem Druck verwendet man wegen der leichteren Meßbarkeit meist die thermische Druckänderung bei konstantem Volumen. Ein derartiges Gasthermometer ist in Abb. 322.1 schematisiert dargestellt. In einem Gefäß *G* befindet sich eine abgeschlossene Gasmenge (Wasserstoff, Stickstoff usw.). Über eine Kapillare steht das Gas in Verbindung mit einem Quecksilberausgleichsrohr. Durch Heben oder Senken des einen Schenkels wird der Quecksilberbestand so geregelt, daß das Quecksilber eine feine Spitze bei *S* berührt. Dadurch ist sichergestellt, daß das Gas bei jeder Temperatur das gleiche Volumen einnimmt. Um eine Temperatur ϑ zu messen, wird das Gefäß *G* auf diese Temperatur gebracht und das Quecksilberausgleichsrohr in der angegebenen Weise einreguliert. Aus der Höhendifferenz Δh des Quecksilberfadens kann dann die gesuchte Temperatur berechnet werden. Dabei muß natürlich der äußere Luftdruck berücksichtigt werden. Grundsätzlich könnte die Druckänderung eines bestimmten Gasvolumens auch mit einem Manometer gemessen werden. Wenn man dann die Druckänderung bei einer Erwärmung des Gases von 0 °C (Eispunkt) auf 100 °C (Siedepunkt) in hundert gleiche Teile teilt, so entspricht der Abstand zweier benachbarter Teilstriche jeweils einer Temperaturdifferenz von 1 °C. Natürlich kann die Skala über den angegebenen Bereich hinaus nach oben und unten linear extrapoliert werden.

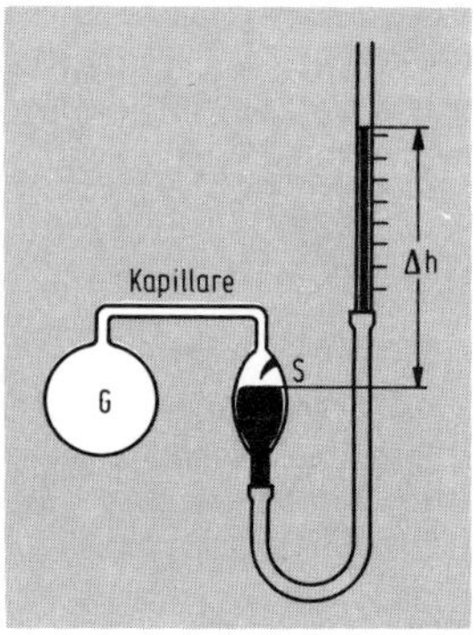

Abb. 322.1
Schematische Darstellung eines Gasthermometers

Die so definierte Temperaturskala ist von den zufälligen Ausdehnungseigenschaften eines speziellen Stoffes unabhängig. Ferner umfaßt das Gasthermometer einen sehr viel weiteren Temperaturbereich, als das Quecksilberthermometer; dieser reicht nach unten bis etwa −272 °C und nach oben bis 2000 °C.

Das Arbeiten mit Gasthermometern ist unbequem und schwierig. Die Messungen erfordern längere Zeit und physikalische Sachkenntnisse. Deshalb werden Gasthermometer im Alltag nicht verwendet, sondern sie dienen in Speziallaboratorien nur zum exakten Kalibrieren anderer Thermometer.

Wenn man verschiedene Flüssigkeitsthermometer mit einem Gasthermometer kalibriert, so ergibt sich, daß sich alle Flüssigkeiten in bezug auf die ideale Gasskala verschiedenartig ausdehnen; beim Quecksilber sind die Abweichungen gegenüber der Gasskala besonders gering, so daß die früher ohne Kenntnis dieser Tatsache getroffene Wahl des Quecksilbers als Thermometerflüssigkeit ein besonders glücklicher Zufall war. Wir können feststellen:

Die mit einem Quecksilber- und einem Gasthermometer gemessenen Temperaturen weisen so geringe Unterschiede auf, daß sie für viele Zwecke als übereinstimmend betrachtet werden können.

Aus dem Gesetz über die thermische Druckänderung von Gasen bei konstantem Volumen folgt, daß das ideale Gas bei einer Temperatur von −273,15 °C den Druck Null haben muß. Dieser Zustand ist mit realen Gasen allerdings nicht zu verwirklichen, weil diese bei Abkühlung schon vor Erreichung der genannten Temperatur in den flüssigen Zustand übergehen. Für viele Untersuchungen erweist es sich aber als zweckmäßig, die *Grenztemperatur von* −273,15 °C *zum Nullpunkt der Temperaturmessung* zu machen. Wir stellen fest:

Unter dem absoluten Nullpunkt versteht man die aufgrund der Gasskala extrapolierte Temperatur von −273,15 °C.

Die vom absoluten Nullpunkt aus gemessene Temperatur wird als die *absolute Temperatur* bezeichnet. Wir setzen also fest:

Unter der absoluten Temperatur (Formelzeichen: *T*) versteht man die mit Hilfe eines Gasthermometers gemessene Temperatur, wobei der absolute Nullpunkt als Nullpunkt der Temperaturmessung dient.
Die absolute Temperatur wird in der Einheit Kelvin (Einheitenzeichen: K) angegeben.

Die Bezeichnung *Kelvin* ist zu Ehren des englischen Physikers W. THOMSON (1824 – 1907), der später nach seiner Erhebung in den Adelsstand LORD KELVIN hieß, erfolgt.

Zwischen der in *Kelvin* gemessenen absoluten Temperatur T und der *Celsius*-Temperatur ϑ bestehen die folgenden Beziehungen:

1. Die beiden Temperaturskalen unterscheiden sich nur durch die Wahl der Nullpunkte. Es gilt

$$0\,°\mathrm{C} \mathrel{\hat{=}} 273{,}15\,\mathrm{K} \quad \text{und} \quad 0\,\mathrm{K} \mathrel{\hat{=}} -273{,}15\,°\mathrm{C}$$

(gelesen: Null Grad Celsius entspricht 273,15 Kelvin).

2. Für die Zahlenwerte $\{\vartheta\}$ und $\{T\}$ irgendeiner Temperatur gilt:

$$\{T\} = \{\vartheta\} + 273{,}15\,.$$

3. Zwischen den physikalischen Größen T und ϑ bestehen die Beziehungen:

$$T = 1\,\frac{\mathrm{K}}{°\mathrm{C}} \cdot \vartheta + 273{,}15\,\mathrm{K} \quad \text{und} \quad \vartheta = 1\,\frac{°\mathrm{C}}{\mathrm{K}}(T - 273{,}15\,\mathrm{K})\,.$$

4. Wenn ϑ_1 und ϑ_2 zwei Celsius-Temperaturen und T_1 und T_2 die zugeordneten absoluten Temperaturen sind, so ergibt sich aufgrund der vorstehenden Beziehungen

$$T_2 - T_1 = \vartheta_2 - \vartheta_1\,.$$

Dies bedeutet:
Die Temperaturdifferenzen sind gegenüber einem Nullpunktswechsel invariant.

5. Temperaturdifferenzen werden in der Einheit Kelvin (K) angegeben.

6. In Rechnungen können die Einheiten Kelvin (K) und Grad Celsius (°C) gegeneinander gekürzt werden.

Die Wahl des idealen Gases als Thermometersubstanz scheint insofern immer noch mit einer gewissen Willkür behaftet zu sein, als sie zwar nicht an einen bestimmten Stoff (etwa Quecksilber), wohl aber an eine Stoffgruppe, nämlich an die dem idealen Gas bei geeigneten Arbeitsbedingungen beliebig nahe kommenden realen Gase gebunden ist. Man kann die Temperaturmessung aber auch völlig unabhängig von den zufälligen Eigenschaften irgendeines Stoffes oder einer Stoffgruppe definieren, indem man die Messung der Temperatur über einen CARNOT-*Kreisprozeß* allein auf die Messung von Wärmemengen und damit auf die Messung von Energien gründet (S. 372 f.). Man erhält auf diese Weise die *thermodynamische Temperaturskala*. Die Erfahrung zeigt nun:

Die thermodynamische Temperaturskala ist mit der idealen Gas-Kelvin-Skala identisch.

Abschließend sollen noch einige Erläuterungen zu den Bestimmungen gegeben werden, die das *Gesetz über Einheiten im Meßwesen* im Zusammenhang mit der Temperaturmessung enthält. Es heißt dort:

Die Basiseinheit 1 Kelvin (Einheitenzeichen: K) ist der 273,16te Teil der thermodynamischen Temperatur des Tripelpunktes des Wassers.

Bemerkenswert an dieser Bestimmung ist, daß an die Stelle des früher verwendeten Eis- bzw. Siedepunktes des Wassers jetzt ein anderer Fundamentalpunkt, nämlich der *Tripelpunkt des Wassers*, tritt. Es handelt sich hierbei um einen später (S. 358) noch genauer zu besprechenden physikalischen Zustand, bei dem Eis, Wasser und Wasserdampf im Gleichgewicht sind. Die Temperatur dieses Zustandes beträgt:

$$T_{\mathrm{tr}} = 273{,}16\ \mathrm{K} \quad \text{bzw.} \quad \vartheta_{\mathrm{tr}} = 0{,}01\ ^\circ\mathrm{C}.$$

Diese Bestimmung hat nur für das Eichwesen und für Messungen von höchster Präzision Bedeutung.

Die *Ausführungsverordnung zum Gesetz über Einheiten im Meßwesen* bestimmt weiter, daß das früher übliche Einheitenzeichen

°K (Grad Kelvin) anstelle von K (Kelvin)

nicht mehr verwendet werden darf. Ferner wird festgelegt, daß als besonderer Name für das Kelvin bei der Angabe von Celsius-Temperaturen der Grad Celsius (Einheitenzeichen: °C) zulässig bleibt. Dies bedeutet:

„Die Zimmertemperatur beträgt 20 °C" ist eine besondere, auch weiterhin erlaubte Formulierung für „Die Zimmertemperatur beträgt 293,15 K".

Wir merken uns:

Die im Alltag und in der Technik bisher üblichen Temperaturmessungen werden durch die Bestimmungen des Gesetzes über Einheiten im Meßwesen nicht verändert.

Die Physiker sind seit langer Zeit bemüht, möglichst tiefe Temperaturen zu erreichen, weil sich viele Eigenschaften der Materie im Bereich sehr niedriger Temperaturen in interessanter Weise verändern. Ein besonderer Erfolg wurde dabei in dem Institut für Festkörperphysik der Kernforschungsanlage Jülich erzielt. Hier konnte mit sehr großem technischen Aufwand erstmalig auf der Welt eine Temperatur erreicht werden, die nur

0,00016 K

über dem absoluten Nullpunkt liegt. Dabei wurden die Apparaturen so gut gegen einen Wärmeaustausch mit der Umgebung isoliert, daß nur ein Wärmeleck von etwa einem Nanowatt vorhanden ist.

3.1.2 Die relativen Atom-, Molekül- und Ionenmassen

Die Atome eines jeden Elementes besitzen eine ganz bestimmte Masse. Das gleiche gilt für die Moleküle. Grundsätzlich könnte man diese Massen in der bereits bekannten Masseneinheit 1 kg messen. Für das Wasserstoffatom, das die kleinste Masse aller Atome hat, würde man dann erhalten

$$m_{H} = 1{,}6735 \cdot 10^{-27}\ \text{kg}.$$

Aus Zweckmäßigkeitsgründen verwendet man aber im allgemeinen eine andere Einheit. Es ist in der Physik, in der Technik und im Alltag üblich, die Einheiten so zu wählen, daß sie in der Größenordnung des zu messenden Objektes liegen. So pflegt man die Größe eines Menschen nicht in Millimeter und sein Alter nicht in Sekunden anzugeben, sondern man verwendet die Einheiten 1 m und 1 Jahr. Ebenso wird niemand auf den Gedanken kommen, die Masse einer Lokomotive in Gramm anzugeben; hier ist die Einheit 1 t zweckmäßiger. In analoger Weise hat man zur Angabe der Atommassen eine Einheit festgelegt, die der Größe der zu messenden Massen angepaßt ist. Man hätte als solche Einheit die oben angegebene Masse des Wasserstoffatoms wählen können und hat dies früher auch getan. Aus Gründen, die später im Zusammenhang mit der Atomphysik dargelegt werden, verwendet man heute eine etwas davon abweichende Masse, die man als *atomare Masseneinheit* bezeichnet. Das *Gesetz über Einheiten im Meßwesen* bestimmt hierüber:

Atomphysikalische Einheit der Masse für die Angabe von Teilchenmassen ist die atomare Masseneinheit (Einheitenzeichen: u). 1 atomare Masseneinheit ist der 12te Teil der Masse eines Atoms des Nuklids ^{12}C.

Zur Erklärung dieser Definition muß darauf hingewiesen werden, daß es mehrere Isotope des Kohlenstoffs gibt. Hier ist das Kohlenstoffisotop gemeint, das in seinem Kern 12 Nukleonen (6 Protonen und 6 Neutronen) enthält. Es gilt also

$$1\ \text{u} = \frac{\text{Masse von 1 Kohlenstoffatom } ^{12}\text{C}}{12}.$$

Zwischen der Masseneinheit 1 u und der früher eingeführten Masseneinheit 1 kg besteht der Zusammenhang

$$1\ \text{u} = 1{,}66055 \cdot 10^{-27}\ \text{kg}.$$

Die *Zahlenwerte* der in der Einheit 1 u gemessenen Massen der Atome und Moleküle werden als *relative Atommassen* und *relative Molekülmassen* bezeichnet. Es gelten also die folgenden Definitionen:

Unter der relativen Atommasse (Formelzeichen: A_r) eines atomaren Stoffes versteht man das Verhältnis aus der Masse eines Atoms dieses Stoffes und der atomaren Masseneinheit 1 u.

Beispiele Für *Wasserstoff* ^{1}H ergibt sich die relative Atommasse $A_r(^{1}H) = 1{,}007825$,
für *Kohlenstoff* ^{12}C ergibt sich die relative Atommasse $A_r(^{12}C) = 12{,}00000$,
für *Wasser* H_2O ergibt sich die relative Molekülmasse $M_r(H_2O) = 18{,}0153$.

Unter der relativen Molekülmasse (Formelzeichen: M_r) einer Verbindung versteht man die Summe der relativen Atommassen der das Molekül aufbauenden Atome.

In der folgenden Tabelle sind die relativen Atommassen der Elemente angegeben. Die Tabelle enthält ferner die chemischen Symbole der Elemente und ihre Ordnungszahl, d.h. die Zahl, die ihre Stellung im Periodensystem der Elemente angibt.

Tabelle der relativen Atommassen

Name	*Symbol*	*Ordnungszahl*	*Relative Atommasse*	*Name*	*Symbol*	*Ordnungszahl*	*Relative Atommasse*
Aluminium	Al	13	26,9815	Natrium	Na	11	22,9898
Antimon	Sb	51	121,75	Neodym	Nd	60	144,24
Argon	Ar	18	39,948	Neon	Ne	10	20,183
Arsen	As	33	74,9216	Nickel	Ni	28	58,71
Barium	Ba	56	137,34	Niob	Nb	41	92,906
Beryllium	Be	4	9,0122	Osmium	Os	76	190,2
Bismut	Bi	83	208,980	Palladium	Pd	46	106,4
Blei	Pb	82	207,19	Phosphor	P	15	30,9738
Bor	B	5	10,811 *	Platin	Pt	78	195,09
Brom	Br	35	79,909 **	Praseodym	Pr	59	140,907
Cadmium	Cd	48	112,40	Quecksilber	Hg	80	200,59
Calcium	Ca	20	40,08	Rhenium	Re	75	186,2
Caesium	Cs	55	132,905	Rhodium	Rh	45	102,905
Cer	Ce	58	140,12	Rubidium	Rb	37	85,47
Chlor	Cl	17	35,453 **	Ruthenium	Ru	44	101,07
Chrom	Cr	24	51,996 **	Samarium	Sm	62	150,35
Dysprosium	Dy	66	162,50	Sauerstoff	O	8	15,9994 *
Eisen	Fe	26	55,847 **	Scandium	Sc	21	44,956
Erbium	Er	68	167,26	Schwefel	S	16	32,064 *
Europium	Eu	63	151,96	Selen	Se	34	78,96
Fluor	F	9	18,9984	Silber	Ag	47	107,870 **
Gadolinium	Gd	64	157,25	Silicium	Si	14	28,086 *
Gallium	Ga	31	69,72	Stickstoff	N	7	14,0067
Germanium	Ge	32	72,59	Strontium	Sr	38	87,62
Gold	Au	79	196,967	Tantal	Ta	73	180,948
Hafnium	Hf	72	178,49	Tellur	Te	52	127,60
Helium	He	2	4,0026	Terbium	Tb	65	158,924
Holmium	Ho	67	164,930	Thallium	Tl	81	204,37
Indium	In	49	114,82	Thorium	Th	90	232,038
Iod	I	53	126,9044	Thulium	Tm	69	168,934
Iridium	Ir	77	192,2	Titan	Ti	22	47,90
Kalium	K	19	39,102	Uran	U	92	238,03
Kobalt	Co	27	58,9332	Vanadium	V	23	50,942
Kohlenstoff	C	6	12,01115 *	Wasserstoff	H	1	1,007825 *
Krypton	Kr	36	83,80	Wolfram	W	74	183,85
Kupfer	Cu	29	63,54	Xenon	Xe	54	131,30
Lanthan	La	57	138,91	Ytterbium	Yb	70	173,04
Lithium	Li	3	6,939	Yttrium	Y	39	88,905
Lutetium	Lu	71	174,97	Zink	Zn	30	65,37
Magnesium	Mg	12	24,312	Zinn	Sn	50	118,69
Mangan	Mn	25	54,9381	Zirkonium	Zr	40	91,22
Molybdaen	Mo	42	95,94				

Die letzte Ziffer der angegebenen relativen Atommassen ist auf $\pm 0{,}5$ gesichert. Ausnahmen sind:

* Wechselnde Isotopenzusammensetzungen verursachen Schwankungen der relativen Atommasse. Die Schwankungsbereiche sind

Bor	$\pm 0{,}003$	Schwefel	$\pm 0{,}003$
Kohlenstoff	$\pm 0{,}00005$	Silicium	$\pm 0{,}001$
Sauerstoff	$\pm 0{,}0001$	Wasserstoff	$\pm 0{,}00001$

** Wegen experimenteller Unsicherheiten muß mit folgenden Fehlergrenzen gerechnet werden

Brom	$\pm 0{,}002$	Eisen	$\pm 0{,}003$
Chlor	$\pm 0{,}001$	Silber	$\pm 0{,}003$
Chrom	$\pm 0{,}001$		

In der Tabelle sind diejenigen Elemente nicht enthalten, deren relative Atommassen von der Art ihrer Entstehung (durch radioaktiven Zerfall oder durch künstliche Kernumwandlung) abhängen. Diese Elemente sind:

Technetium ($_{43}$T), Promethium ($_{61}$Pm), Polonium ($_{64}$Po), Astatin ($_{85}$At), Radon ($_{86}$Rn), Francium ($_{87}$Fr), Radium ($_{88}$Ra), Actinium ($_{89}$Ac), Protactinium ($_{91}$Pa), Neptunium ($_{93}$Np), Plutonium ($_{94}$Pu), Americium ($_{95}$Am), Curium ($_{96}$Cm), Berkelium ($_{97}$Bk), Californium ($_{98}$Cf), Einsteinium ($_{99}$Es), Fermium ($_{100}$Fm), Mendelevium ($_{101}$Md), Nobelium ($_{102}$No), Lawrencium ($_{103}$Lw), Kurtschatowium ($_{104}$Ku) und Hahnium ($_{105}$Ha).

3.1.3 Die Stoffmenge und ihre Messung

Unter der *Stoffmenge* oder der *Teilchenmenge* versteht man eine neue physikalische Größe, die eingeführt worden ist, um der Tatsache Rechnung zu tragen, daß alle Stoffe aus Teilchen (Atome, Moleküle, Ionen usw.) aufgebaut sind. Eine Substanzmenge kann quantitativ durch ihre Masse m oder durch ihr Volumen V beschrieben werden. Es ist aber auch möglich, die gleiche Substanzmenge durch die Anzahl der in ihr enthaltenen Teilchen eindeutig festzulegen. Dies geschieht mit Hilfe einer physikalischen Größe, die man als Stoffmenge oder Teilchenmenge bezeichnet. Wir setzen daher fest:

Unter der Stoffmenge oder der Teilchenmenge (Formelzeichen: ν) versteht man eine aus gleichartigen Individuen (Atome, Moleküle, Ionen usw.) bestehende Substanzmenge, die durch die Anzahl der in ihr enthaltenen Teilchen charakterisiert wird.

Natürlich kann die gleiche Substanzmenge auch durch ihre Masse m quantitativ beschrieben werden. Zwischen der Stoff- oder Teilchenmenge ν und der Masse m der gleichen Substanzmenge besteht ein durch eine Formel angebbarer Zusammenhang, auf den später noch eingegangen werden soll.

Man sollte sich immer vor Augen halten, daß die Einführung der Stoff- oder Teilchenmenge nur möglich ist, weil die gleichartigen Individuen einer vorgegebenen Substanzmenge grundsätzlich abzählbar sind. Die Verwendung dieser neuen physikalischen Größe erweist sich als zweckmäßig, weil viele physikalische Erscheinungen und Zusammenhänge, bei denen die atomare oder molekulare Struktur der Materie eine Rolle spielt, sich einfacher beschreiben lassen, wenn man immer die gleiche Teilchenzahl zugrunde legt.

Da die Anzahl der in einer wägbaren Substanzmenge enthaltenen Teilchen, die sog. *Teilchenzahl N*, viel zu groß ist, um wirklich abgezählt werden zu können, und da es außerdem unpraktisch wäre, diese großen Zahlen zur Charakterisierung der Substanzmengen zu verwenden, hat man zur *Messung der Stoffmengen eine neue Einheit* eingeführt. Das *Gesetz über Einheiten im Meßwesen* bestimmt hierüber:

Die Basiseinheit der Stoffmenge ist das Mol (Einheitenzeichen: mol). 1 Mol ist die Stoffmenge eines Systems, das aus ebensoviel Einzelteilchen besteht, wie Atome in $\frac{12}{1000}$ Kilogramm des Kohlenstoffnuklids ^{12}C enthalten sind. Bei Verwendung des Mol müssen die Einzelteilchen des Systems spezifiziert sein und können Atome, Moleküle, Ionen, Elektronen sowie andere Teilchen oder Gruppen solcher Teilchen genau angegebener Zusammensetzung sein.

Von der Einheit 1 mol können durch die früher eingeführten Vorsätze dezimale Vielfache und Teile gebildet werden.

Beispiele 1 Kilomol (kmol) = 1000 mol; 1 Millimol (mmol) = 0,001 mol.

Aus der Definition der Einheit 1 mol folgt, daß 1 mol Helium, 1 mol Sauerstoff, 1 mol Quecksilber, 1 mol Eisen, 1 mol Wasser oder 1 mol irgendeiner anderen aus gleichartigen Individuen bestehenden Substanz stets die gleiche Anzahl Teilchen enthält. Allgemein gilt also:

Die Stoffmenge 1 mol einer aus gleichartigen Individuen (Atomen, Molekülen, Ionen usw.) bestehenden Substanzmenge enthält unabhängig von dem Aggregatzustand und der sonstigen Beschaffenheit, wie Druck, Temperatur usw., stets die gleiche Anzahl von Teilchen.

Diese Größe spielt in verschiedenen Gebieten der Physik eine wichtige Rolle. Sie wird nach dem italienischen Physiker und Chemiker A. AVOGADRO (1776 – 1856) als AVOGADRO-*Konstante* bezeichnet.

In der deutschsprachigen Literatur wird diese Zahl nach dem österreichischen Physiker J. LOSCHMIDT (1821 – 1895) oft auch LOSCHMIDT-*Konstante* genannt. Häufig findet man noch die Bezeichnung LOSCHMIDT-*Zahl*. Diese Bezeichnung ist aber physikalisch nicht einwandfrei, weil es sich nicht um eine *reine Zahl*, sondern um eine *physikalische Größe* mit einer Einheit handelt.

Wir stellen zusammenfassend fest:

Unter der Avogadro-Konstante (Formelzeichen: N_A) versteht man den Quotienten aus der Teilchenzahl irgendeiner aus gleichartigen Individuen bestehenden Substanz und ihrer Stoffmenge.

Es ergibt sich nun die wichtige und interessante Frage, wie der Zahlenwert der AVOGADRO-Konstante bestimmt werden kann und wie das Ergebnis dieser Bestimmung lautet. Damit werden wir uns im nächsten Abschnitt beschäftigen.

Wir wenden uns nun noch der oben offen gelassenen Frage nach dem Zusammenhang zwischen der Stoffmenge ν und der Masse m einer vorgelegten Substanzmenge zu. Um diesen Zusammenhang weiter zu klären, führen wir den Begriff der *molaren Masse* ein. Es gilt die folgende Definition:

Unter der molaren Masse (Formelzeichen: M_{molar}) einer Stoffmenge ν versteht man den Quotienten aus der Masse m, die die Stoffmenge besitzt, und der Stoffmenge.

$$M_{\text{molar}} = \frac{m}{\nu}.$$

Aus dieser Definition ergibt sich die *Einheit der molaren Masse*, die in *der Ausführungsverordnung zum Gesetz über Einheiten im Meßwesen* folgendermaßen festgelegt wird:

Die abgeleitete Einheit der molaren Masse ist das Kilogramm durch Mol (Einheitenzeichen: $\frac{\text{kg}}{\text{mol}}$ oder $\text{kg}\,\text{mol}^{-1}$).

1 Kilogramm durch Mol ist gleich der molaren Masse eines homogenen Stoffes, der bei der Masse 1 kg die Stoffmenge 1 mol hat.

Abgeleitete gesetzliche Einheiten der molaren Masse sind auch alle anderen Quotienten, die aus einer gesetzlichen Masseneinheit und einer gesetzlichen Stoffmengeneinheit gebildet werden; z. B. $\text{g}\,\text{mol}^{-1}$.

Es gilt allgemein:

Der Zahlenwert der in der Einheit $\text{g}\,\text{mol}^{-1}$ gemessenen molaren Masse irgendeiner homogenen Substanz stimmt mit der relativen Atommasse bzw. der relativen Molekülmasse der Substanz überein.

Wenn man diesen Sachverhalt in einer Formel ausdrücken will, so muß man schreiben:

$$M_{\text{molar}} = A_r \frac{\text{g}}{\text{mol}} \quad \text{bzw.} \quad M_{\text{molar}} = M_r \frac{\text{g}}{\text{mol}}.$$

Die molaren Massen stellen also relative Maße für die Massen der einzelnen Teilchen dar und gestatten die Berechnung dieser Teilchenmassen. Bei einer vorgegebenen einheitlichen Substanz, die N Teilchen enthält, von denen jedes die Masse m_0 hat, beträgt die *Gesamtmasse*

$$m = N m_0.$$

Entsprechend ergibt sich für die *molare Masse*

$$M_{\text{molar}} = N_A\, m_0 \quad \text{oder} \quad m_0 = \frac{M_{\text{molar}}}{N_A}.$$

Die bisherigen Ergebnisse gestatten es, Aussagen über die *Masse und die Größe der einzelnen Atome* zu machen, vorausgesetzt, daß der Zahlenwert der AVOGADRO-Konstante bekannt ist. Dieser wird im nächsten

Abschnitt angegeben, und im Anschluß daran erfolgen dann einige Betrachtungen über die Masse und die Größe einzelner Atome.

Abschließend soll noch auf eine weitere Tatsache, die sich für die folgenden Untersuchungen als wichtig erweisen wird, hingewiesen werden:

Aus einer großen Zahl experimenteller Untersuchungen über die Volumenverhältnisse bei chemischen Reaktionen von Gasen und ihrer Deutung mit Hilfe der Atomvorstellungen war AVOGADRO im Jahre 1811 zu einer Erkenntnis gekommen, die als AVOGADRO-*Satz* bezeichnet wird. Dieser lautet:

Gleiche Volumina aller hinreichend idealen Gase enthalten bei dem gleichen Druck und der gleichen Temperatur die gleiche Anzahl von Atomen oder Molekülen.

Da in 1 mol aller hinreichend idealen Gase stets die gleiche Teilchenzahl enthalten ist, folgt hieraus weiter:

Die Stoffmenge 1 mol aller hinreichend idealen Gase hat unabhängig von den individuellen Stoffeigenschaften bei dem gleichen Druck und der gleichen Temperatur das gleiche Volumen.

Im Normzustand (d.h. bei der Temperatur 0° C und dem Druck 101 325 Pa) beträgt dieses Volumen

$$V = 22414 \text{ cm}^3 .$$

Diese Feststellung läßt sich auch anders formulieren, wenn eine neue physikalische Größe, die man als *molares Volumen* bezeichnet, verwendet wird. Es gilt:

Unter dem molaren Volumen (Formelzeichen: V_{molar}) einer Stoffmenge ν versteht man den Quotienten aus dem Volumen V, das die Stoffmenge einnimmt, und der Stoffmenge.

$$V_{\text{molar}} = \frac{V}{\nu} .$$

Aus dieser Definition ergibt sich die folgende *Einheit für das molare Volumen:*

Die abgeleitete Einheit des molaren Volumens ist das Kubikmeter durch Mol (Einheitenzeichen: $\frac{\text{m}^3}{\text{mol}}$ oder $\text{m}^3\,\text{mol}^{-1}$).

Abgeleitete gesetzliche Einheiten des molaren Volumens sind auch alle anderen Quotienten, die aus einer gesetzlichen Volumeneinheit und einer gesetzlichen Stoffmengeneinheit gebildet werden.

Unter Verwendung des Begriffs molares Volumen kann das oben angegebene Gesetz über das Volumen, das die Stoffmenge 1 mol eines idealen Gases einnimmt, folgendermaßen aussprechen:

Das molare Volumen aller hinreichend idealen Gase ist von den individuellen Stoffeigenschaften des Gases unabhängig und nur eine Funktion von Druck und Temperatur.

Im Normzustand (d.h. bei der Temperatur 0 °C und dem Druck 101 325 Pa) gilt

$$V_{\text{molar}} = 0{,}022414 \frac{\text{m}^3}{\text{mol}} = 22414 \frac{\text{cm}^3}{\text{mol}} .$$

3.1.4 Die Avogadro-Konstante

Im vorhergehenden Abschnitt war die Frage unbeantwortet geblieben, welchen Zahlenwert die AVOGADRO-Konstante hat und wie dieser bestimmt werden kann. Es ist natürlich unmöglich, durch direktes Abzählen festzustellen, wie groß die Zahl der Atome in 0,012 kg des Nuklids ^{12}C oder wie groß die Zahl der Teilchen in 1 mol irgendeiner anderen Substanz ist, weil die Teilchen zu klein sind und die Anzahl zu groß ist, als daß eine solche Zählung durchgeführt werden könnte. Es gibt aber eine große Zahl verschiedener Möglichkeiten zur indirekten Bestimmung der AVOGADRO-Konstante, die unabhängig voneinander sind und die alle zu gut übereinstimmenden Werten geführt haben.

Hier soll ein Verfahren zur Bestimmung der AVOGADRO-Konstante beschrieben werden, das zwar keine sehr genauen Werte liefert, das aber gegenüber den meisten anderen Verfahren den Vorteil einer leichten Ausführbarkeit besitzt.

Bringt man auf eine ruhige, fettfreie Wasseroberfläche (die zur besseren Sichtbarmachung der Erscheinungen mit Bärlappsporen bestreut ist) einen Öltropfen, so breitet er sich zu einem dünnen, kreisförmigen Film aus, der eine bestimmte Dicke nicht unterschreitet. Diese Dicke läßt sich aus dem Volumen des Öltropfens und der Fläche des Filmes berechnen und beträgt rund 10^{-9} m. Wenn man mit dem gleichen Öl den Versuch wiederholt ausführt, ergibt sich immer dieselbe Schichtdicke. Hieraus hat man den Schluß gezogen, daß der Öltropfen gerade so weit auseinander fließt, bis sich eine *ein*molekulare Ölschicht gebildet hat. Die Dicke des Ölfilms müßte dann der Ausdehnung eines Ölmoleküls entsprechen. Um die Zahl der in dem Ölfilm enthaltenen Moleküle angenähert zu bestimmen, kann man sich vorstellen, daß die Moleküle wie Würfel nebeneinander liegen, wobei in jeden Würfel gerade ein Molekül hineinpaßt, seine Kantenlänge also gleich dem Moleküldurchmesser ist. Stellt man dann fest, wie oft das Würfelvolumen, das sich aus der mit dem Moleküldurchmesser übereinstimmenden Schichtdicke berechnen läßt, in dem ganzen Ölvolumen des Films enthalten ist, so hat man die in der Ölmenge enthaltene Molekülzahl und kann hieraus die Zahl der in 1 mol enthaltenen Moleküle berechnen.

Es gibt andere, sehr viel bessere Methoden zur Bestimmung der AVOGADRO-Konstante. Als bester Wert gilt heute:

$$N_A = \mathbf{6{,}0221 \cdot 10^{23}\,mol^{-1}}.$$

Jede Stoffmenge 1 mol besteht unabhängig von den physikalischen Bedingungen (Aggregatzustand, Druck, Temperatur usw.) oder der chemischen Beschaffenheit immer aus der angegebenen Zahl von Teilchen.

Da man sich von der *ungeheuren Größe der* AVOGADRO-*Konstante* nur schwer eine Vorstellung machen kann, stellen wir einige anschauliche Vergleiche an.

1. Wenn die in einem Wasserglas unter normalen Bedingungen befindlichen Gasteilchen erbsengroß wären, so könnte man ganz Europa 100 m hoch damit bedecken.

2. Der englische Physiker F. W. ASTON (1877 – 1945) wies zur Verdeutlichung der Größe der AVOGADRO-Konstante auf folgende Frage hin: Kann jemand, der an irgendeinem fernen Gestade des Stillen Ozeans sein Leben verbringen muß, irgendwie damit rechnen, daß er ein Molekül heimischen Wassers schöpft, wenn ein Freund, wie versprochen, $\frac{1}{10}$ l Wasser an der Heimatküste in den Ozean schüttet? Es ergibt sich, daß bei gleichmäßiger Verteilung des heimischen Wassers in jedem Zehntelliter Ozeanwasser mehr als 250 heimatliche Moleküle vorhanden sind.

3. Der Physiker TH. WULF (1868 – 1946) konstruierte in Gedanken eine Zählmaschine. Sie soll ein geradezu phantastisches Zähltempo haben: In jeder Sekunde sollen 1 Million Moleküle durch die Abzählrohre sausen. Wie lange dauert es dann, bis die rund $6 \cdot 10^{23}$ Moleküle, die sich in 2 g Wasserstoff befinden, abgezählt sind? Antwort: 20 Milliarden Jahre, also wesentlich länger, als unsere Erde überhaupt besteht.

Abschließend soll – wie im vorhergehenden Abschnitt angekündigt – gezeigt werden, daß es aufgrund der gewonnenen Erkenntnisse möglich ist, Aussagen über *die Masse und die Größe der einzelnen Atome* zu machen.

Beispiele

1. Um die *Masse eines Wasserstoffatoms* zu berechnen, gehen wir von der früher (Tabelle S. 326) angegebenen relativen Atommasse

$$A_r(\mathrm{H}) = 1{,}007825$$

aus. Da der normale gasförmige Wasserstoff aus Molekülen besteht, die jeweils 2 Atome enthalten, gilt für die relative Molekülmasse

$$M_r(\mathrm{H_2}) = 2{,}01565.$$

Die molare Masse beträgt dann

$$M_{molar} = 2{,}01565\ \mathrm{g\,mol^{-1}}.$$

Für die Masse m_0 des einzelnen Wasserstoffmoleküls erhält man dann

$$m_0(\mathrm{H_2}) = \frac{M_{molar}}{N_A} \approx \frac{2{,}01565\ \mathrm{g\,mol^{-1}}}{6{,}0221 \cdot 10^{23}\ \mathrm{mol^{-1}}} \approx 3{,}347 \cdot 10^{-24}\ \mathrm{g}.$$

Da ein Molekül Wasserstoff aus zwei Atomen besteht, ergibt sich weiter:

Die Masse eines Wasserstoffatoms beträgt $1{,}6735 \cdot 10^{-24}$ g.

Es ist möglich, die Masse des Wasserstoffatoms auch auf ganz anderem Wege zu bestimmen. Man erhält auf diese Weise Werte, die mit dem soeben berechneten sehr gut übereinstimmen.

In ähnlicher Weise können die Massen aller anderen Atome berechnet werden.

2. Um die *Größe der Atome* abzuschätzen, wählen wir als Beispiel das Element Silber.
Die relative Atommasse des Silbers beträgt (s. Tabelle S. 326)

$$A_r(\mathrm{Ag}) = 107{,}870.$$

Nach dem soeben dargelegten Verfahren erhält man dann für die Masse eines Silberatoms

$$m_0(\mathrm{Ag}) = 179 \cdot 10^{-24}\,\mathrm{g}.$$

Die Dichte des Silbers beträgt

$$\rho_{\mathrm{Ag}} = 10{,}5 \cdot 10^3\,\mathrm{kg\,m^{-3}}.$$

Die Gesamtmasse der in einem Würfel von 1 m Kantenlänge enthaltenen Silberatome ist dann

$$m = \rho V = 10{,}5 \cdot 10^3\,\mathrm{kg\,m^{-3}} \cdot 1\,\mathrm{m^3} = 10{,}5 \cdot 10^3\,\mathrm{kg}.$$

Für die Zahl der in diesem Würfel enthaltenen Atome ergibt sich dann:

$$N = \frac{m}{m_0(\mathrm{Ag})} = \frac{10{,}5 \cdot 10^3\,\mathrm{kg}}{179 \cdot 10^{-24}\,\mathrm{g}} \approx 5{,}87 \cdot 10^{28}.$$

Auf 1 Atom entfällt damit das Volumen

$$V(\mathrm{Ag}) = \frac{1\,\mathrm{m^3}}{5{,}87 \cdot 10^{28}} \approx 17{,}0 \cdot 10^{-30}\,\mathrm{m^3}.$$

Dies entspricht einem Würfel mit der Kantenlänge

$$a \approx \sqrt[3]{17{,}0 \cdot 10^{-30}\,\mathrm{m^3}} \approx 2{,}6 \cdot 10^{-10}\,\mathrm{m}$$

und der Raumdiagonale

$$d = a\sqrt{3} \approx 2{,}6 \cdot 10^{-10}\,\mathrm{m} \cdot \sqrt{3} \approx 4{,}5 \cdot 10^{-10}\,\mathrm{m}.$$

Der Durchmesser des einzelnen Silberatoms liegt zwischen den Durchmessern der dem Würfel ein- und umbeschriebenen Kugeln, d.h. zwischen $2{,}6 \cdot 10^{-10}$ m und $4{,}5 \cdot 10^{-10}$ m. Er beträgt etwa $3{,}5 \cdot 10^{-10}$ m.

Das hier geschilderte Verfahren ist natürlich nicht genau und liefert nur eine größenordnungsmäßige Angabe für den Atomdurchmesser. Es gibt auch noch andere Methoden zur Bestimmung der Atomdurchmesser, die alle auf die gleiche Größenordnung von einigen 10^{-10} m führen. Die für die Atome der verschiedenen Elemente gefundenen Ergebnisse sind in Abb. 331.1 grafisch dargestellt. Daraus ersieht man:

Die Durchmesser der Atome liegen zwischen 1 und $5{,}5 \cdot 10^{-10}$ m.

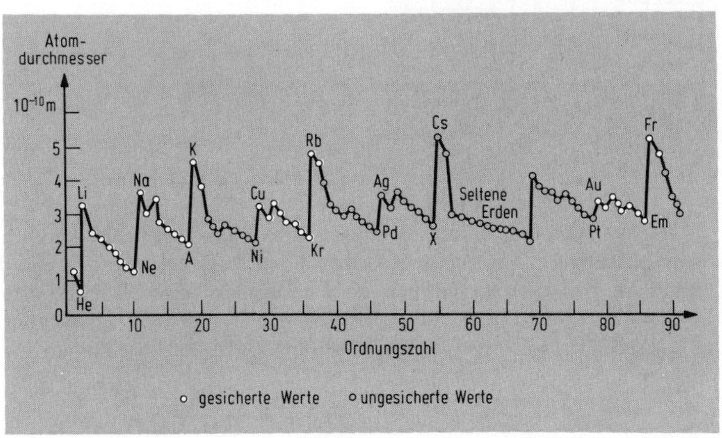

Abb. 331.1
Die Atomdurchmesser der verschiedenen Atome

3.1.5 Die allgemeine Gasgleichung

Die auf S. 321 angegebenen Gesetze

$$V_\vartheta = V_0 \left(1 + \frac{1}{273{,}15\,°\mathrm{C}}\,\vartheta\right) \quad \text{und} \quad p_\vartheta = p_0 \left(1 + \frac{1}{273{,}15\,°\mathrm{C}}\,\vartheta\right)$$

können anders geschrieben werden, indem man statt der Celsius-Temperaturen ϑ die absoluten Temperaturen T einführt. Dann ergibt sich:

$$V_T = \frac{V_0}{273{,}15\,\mathrm{K}} \cdot T \quad \text{und} \quad p_T = \frac{p_0}{273{,}15\,\mathrm{K}} \cdot T.$$

Dabei gilt die erste Gleichung für *konstanten Druck* und die zweite Gleichung für *konstantes Volumen.*

Betrachtet man nun eine abgeschlossene Gasmenge bei den Temperaturen T_1 und T_2 und bezeichnet die zugehörigen Volumina mit V_1 und V_2 sowie die zugehörigen Drücke mit p_1 und p_2, so ergeben sich die folgenden Gesetze:

$$V_1 : V_2 = T_1 : T_2 \quad \text{für} \quad p = \text{const}$$

und

$$p_1 : p_2 = T_1 : T_2 \quad \text{für} \quad V = \text{const}.$$

Die hier genannten Gesetze besagen:

Das Volumen V einer beliebigen abgeschlossenen Gasmenge ist bei konstantem Druck p seiner absoluten Temperatur T proportional.

Der Druck p einer beliebigen abgeschlossenen Gasmenge ist bei konstantem Volumen V seiner absoluten Temperatur T proportional.

Bei den bisherigen Untersuchungen über die Zusammenhänge zwischen dem Volumen, dem Druck und der Temperatur einer abgeschlossenen Gasmenge war vorausgesetzt, daß jeweils eine dieser Größen konstant gehalten wurde. Es soll nun ein Gesetz abgeleitet werden, das sich auf die gleichzeitige Veränderung von Druck, Volumen und Temperatur bezieht.

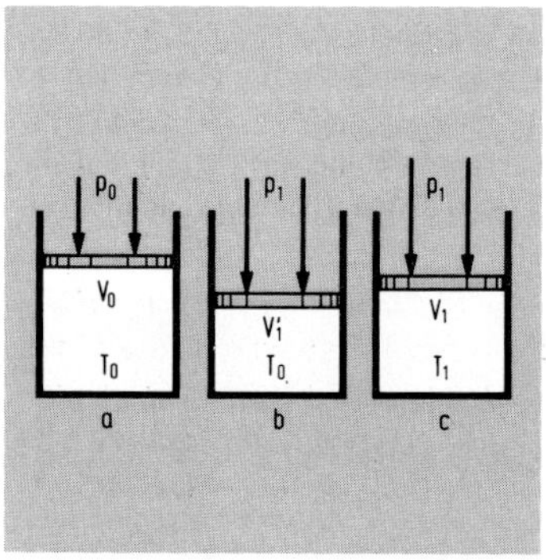

Abb. 332.1
Zur Ableitung der allgemeinen Gasgleichung

Wir betrachten dazu eine in einem abgeschlossenen Gefäß befindliche Gasmenge, mit der keine chemischen Umsetzungen vor sich gehen. Sie soll bei der Temperatur T_0 und dem Druck p_0 das Volumen V_0 haben (Abb. 332.1 a). Mit diesem Gas nehmen wir folgende Veränderungen vor:

1. Zunächst wird der Druck bei konstanter Temperatur T_0 auf p_1 erhöht. Dann ändert sich das Volumen auf V_1' (Abb. 332.1 b), und es gilt nach dem BOYLE-MARIOTTE-Gesetz

$$p_0 V_0 = p_1 V_1' \quad \text{oder} \quad V_1' = \frac{p_0 V_0}{p_1}.$$

2. Dann wird die Gasmenge bei konstantem Druck p_1 von der Temperatur T_0 auf T_1 erwärmt (Abb. 332.1c). Dabei ändert sich das Volumen, und für das neue Volumen V_1 gilt

$$\frac{V_1}{V_1'}=\frac{T_1}{T_0}.$$

Setzen wir in diese Gleichung den oben gefundenen Wert für V_1' ein, so ergibt sich

$$\frac{p_1 V_1}{p_0 V_0}=\frac{T_1}{T_0} \quad \text{oder} \quad \frac{p_1 V_1}{T_1}=\frac{p_0 V_0}{T_0}=\text{const}.$$

Unter Weglassung der Indizes kann man auch schreiben

$$\frac{pV}{T}=\text{const}$$

oder

$$pV=CT.$$

Dabei ist C eine Konstante, über die noch einige Bemerkungen gemacht werden.

Diese Gleichung wird als die *allgemeine Gasgleichung* oder als die *Zustandsgleichung der Gase* bezeichnet.

Durch die in dieser Gleichung vorkommenden Größen *Volumen*, *Druck* und *Temperatur* ist der Zustand des Gases bestimmt. Diese Größen werden deshalb *Zustandsgrößen* genannt.

Die allgemeine Gasgleichung gilt strenggenommen nur für ideale Gase. Viele reale Gase verhalten sich aber nahezu wie ideale Gase, so daß die allgemeine Gasgleichung auch auf sie angewendet werden darf. Dies gilt insbesondere, wenn die Temperatur nicht zu niedrig und der Druck nicht zu hoch ist. Auf die Abweichungen von der allgemeinen Gasgleichung, die bei realen Gasen auftreten können, wird später (S. 356) noch genauer eingegangen.

Es sollen nun noch einige Bemerkungen über die in der allgemeinen Gasgleichung auftretende Konstante C gemacht werden. Wenn man von einer abgeschlossenen Gasmenge ausgeht, die im Normzustand, d.h. bei $T_0=273{,}15$ K (oder $\vartheta_0=0\,°C$) und $p_0=1013$ hPa, das Volumen V_0 hat, so ist

$$C=\frac{p_0 V_0}{T_0}.$$

Man bezeichnet das Volumen, das eine Gasmenge im Normzustand hat, als ihr *Normvolumen*. Die vorstehende Gleichung besagt dann, daß die Konstante C dem Normvolumen des Gases proportional ist. Wenn man die allgemeine Gasgleichung in allen Fällen auf ein bestimmtes Normvolumen (z.B. auf $V_0=1\,m^3$) bezieht, so erhält man für die Konstante C immer den gleichen Wert. Anders ist dies, wenn man die allgemeine Gasgleichung auf die gleiche Masse (z.B. auf 1 kg) verschiedener Gase bezieht; dann ist das Volumen von Fall zu Fall verschieden, weil $V_0=\frac{m}{\rho}$ von der Dichte ρ des verwendeten Gases abhängt. Damit ergeben sich dann für die gleichen Massen verschiedener Gase auch unterschiedliche Werte der Konstante C. Aus diesem Grunde ist es zweckmäßig, die allgemeine Gasgleichung nicht auf die gleichen Massen, sondern auf die gleichen Volumina der verschiedenen Gase zu beziehen. Es ist nun üblich, nicht irgendein beliebiges Volumen, sondern das oben eingeführte *molare Volumen* zu verwenden. Dies hat den Vorteil, daß man die Untersuchung dann für alle hinreichend idealen Gase stets auf die gleiche Teilchenzahl bezieht, die durch die Avogadro-Konstante

$$N_A=6{,}0221\cdot 10^{23}\,\text{mol}^{-1}$$

gegeben ist.

Das von den individuellen Stoffeigenschaften unabhängige molare Volumen beträgt bei dem oben genannten Normzustand (S. 329)

$$V_{\text{molar},0}=22\,414\,\text{cm}^3\,\text{mol}^{-1}.$$

Die auf das molare Volumen V_{molar} bezogene Gasgleichung lautet dann

$$\frac{p\,V_{\text{molar}}}{T}=R.$$

Dabei hat die Größe R für alle Gase den gleichen Wert. Man bezeichnet sie als die *universelle Gaskonstante.* Um den Zahlenwert von R zu berechnen, verwendet man zweckmäßig die Bestimmungsstücke für den Normzustand. Es ergibt sich dann:

$$R = \frac{p_0 V_{\text{molar},0}}{T_0} = \frac{22414\,\text{cm}^3\,\text{mol}^{-1} \cdot 101\,325\,\text{Pa}}{273{,}15\,\text{K}} = 8{,}3143\,\text{J}\,\text{K}^{-1}\,\text{mol}^{-1}.$$

Die auf das molare Volumen bezogene allgemeine Gasgleichung

$$p\,V_{\text{molar}} = R\,T$$

kann natürlich auch auf eine beliebige Gasmenge bezogen werden. Man verwendet für die Umformung die bekannte Beziehung

$$V_{\text{molar}} = \frac{V}{\nu}$$

und erhält

$$p\,V = \nu\,R\,T.$$

Diese Gleichung wird als die *universelle Gasgleichung* bezeichnet.

Die universelle Gasgleichung kann auch noch in einer anderen Form geschrieben werden. Wenn man die Gesamtzahl der in dem Gasvolumen V enthaltenen Teilchen mit N bezeichnet, so gilt

$$N = \nu\,N_A \quad \text{oder} \quad \nu = \frac{N}{N_A}.$$

Setzt man diesen Wert in die Gasgleichung ein, so ergibt sich

$$p\,V = \frac{N}{N_A}\,R\,T = \frac{R}{N_A}\,N\,T = k\,N\,T.$$

Die Größe

$$k = \frac{R}{N_A}$$

wird nach dem österreichischen Physiker L. BOLTZMANN (1844–1906) als die BOLTZMANN-*Konstante* bezeichnet. Es ist

$$k = \frac{8{,}3143\,\text{J}\,\text{K}^{-1}\,\text{mol}^{-1}}{6{,}0221 \cdot 10^{23}\,\text{mol}^{-1}} = 1{,}3806 \cdot 10^{-23}\,\text{J}\,\text{K}^{-1}.$$

Die AVOGADRO-*Konstante* N_A, die *universelle Gaskonstante* R und die BOLTZMANN-*Konstante* k sind drei wichtige universelle Naturkonstanten, die in den verschiedensten Gebieten der Physik eine Rolle spielen. Wir merken uns, daß zwischen ihnen der Zusammenhang

$$R = k\,N_A$$

besteht.

Es soll abschließend noch darauf hingewiesen werden, daß die früher behandelten Gesetze über das Verhalten der Gase als Sonderfälle in der universellen Gasgleichung enthalten sind.

1. Für $T = const$ ergibt sich

$$p\,V = \text{const}.$$

Dies ist das früher abgeleitete BOYLE-MARIOTTE-*Gesetz.* Wenn man den Zusammenhang zwischen V und p grafisch darstellt, so ergibt sich das in Abb. 335.1 wiedergegebene Bild. Bei den Kurven handelt es sich um Hyperbeln. Jede Kurve gilt für eine bestimmte Temperatur. Deshalb bezeichnet man diese Kurven als *Isothermen.*

Abb. 335.1
Die Isothermen eines idealen Gases für die Temperaturen $T_1 < T_2 < T_3$

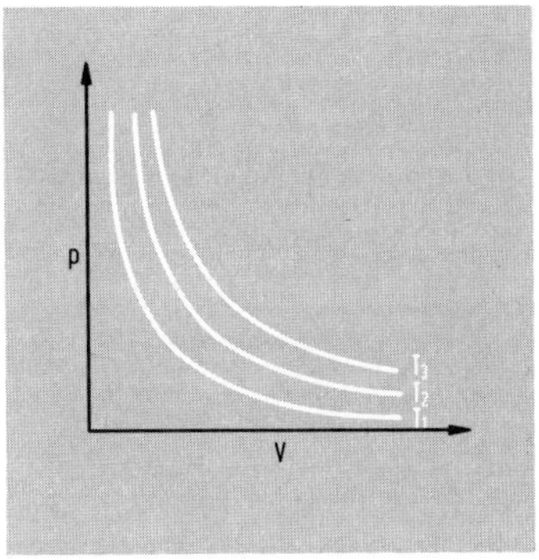

2. Für $p = const$ erhält man für zwei Zustände mit den Temperaturen T_1 und T_2

$$p V_1 = \nu R T_1 \quad \text{und} \quad p V_2 = \nu R T_2$$

oder

$$V_1 : V_2 = T_1 : T_2 .$$

Dieses Gesetz ist oben (S. 332) als besondere Schreibweise des GAY-LUSSAC-*Gesetzes* angegeben worden. Wenn man den Zusammenhang zwischen V und T grafisch darstellt, so erhält man die in Abb. 335.2 wiedergegebenen Geraden. Diese schneiden sich alle in einem Punkt der V-Achse. Da jede Gerade zu einem bestimmten Druck gehört, nennt man sie *Isobaren.*

3. Für $V = const$ ergibt sich für zwei Zustände mit den Temperaturen T_1 und T_2 und den Drücken p_1 und p_2

$$p_1 V = \nu R T_1 \quad \text{und} \quad p_2 V = \nu R T_2 .$$

Hieraus folgt:

$$p_1 : p_2 = T_1 : T_2 .$$

Die grafische Darstellung des Zusammenhanges zwischen p und T liefert ebenfalls Geraden (Abb. 335.3), von denen jede für ein bestimmtes Volumen gilt. Sie werden als *Isochoren* bezeichnet.

Bei den Abb. 335.2 und 335.3 muß beachtet werden, daß die gemeinsamen Schnittpunkte der Isobaren bzw. der Isochoren einem Zustand entsprechen, bei dem das Volumen $V = 0$ ist; dies wäre bei der Temperatur $T = 0$ K oder $\vartheta = -273{,}15$ °C der Fall, d.h. bei jener Temperatur, die wir früher als *den absoluten Nullpunkt* bezeichnet haben. Man kann diesem Zustand zwar sehr nahekommen, man kann ihn aber niemals erreichen. Die geradlinige Verlängerung der Isobaren und der Isochoren bis zum absoluten Nullpunkt ist also eine Extrapolation, die eigentlich nicht erlaubt ist, weil die oben genannten Gesetze bereits vor dem Erreichen des absoluten Nullpunktes nicht mehr gültig sind. Bei dem absoluten Nullpunkt handelt es sich offenbar nicht um eine Realität von der Art der Fundamentalpunkte. Der Begriff des absoluten Nullpunktes findet seine Rechtferti-

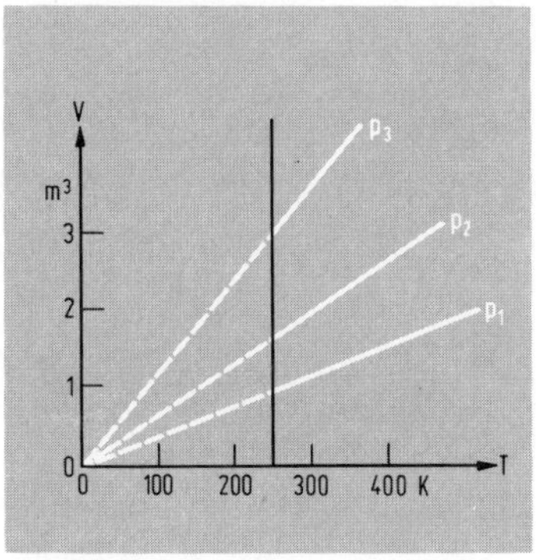

Abb. 335.2
Die Isobaren eines idealen Gases für die Drücke $p_1 > p_2 > p_3$

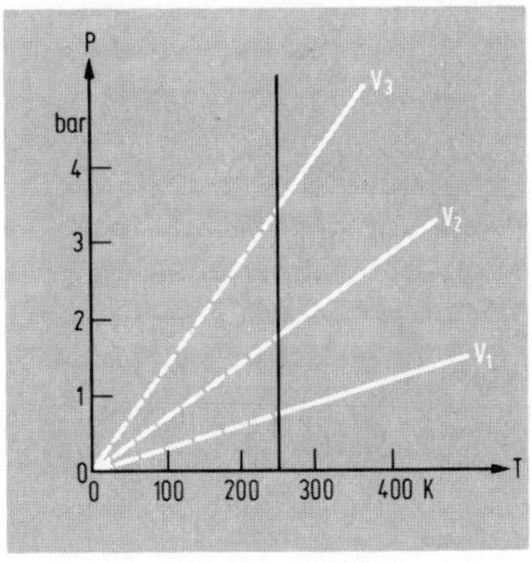

Abb. 335.3
Die Isochoren eines idealen Gases für die Volumina $V_1 > V_2 > V_3$

gung allein durch seine Bedeutung in einer allgemeinen Theorie. Nur mit seiner Hilfe können viele Gesetze in der angegebenen einfachen Form ausgesprochen werden. Diese Gesetze sagen aus, daß es sinnlos ist, von einer tieferen Temperatur als dem absoluten Nullpunkt zu sprechen. Die folgenden Überlegungen werden dies verdeutlichen.

3.1.6 Die absolute Temperatur und die Molekülbewegung

Das BOYLE-MARIOTTE-Gesetz ist früher in der Form

$$p\,V=\tfrac{2}{3}N\overline{W}_{\mathrm{k}}$$

geschrieben worden (S. 304). Dabei war eine beliebige Gasmenge zugrunde gelegt und die darin enthaltene Zahl der Teilchen mit N bezeichnet worden. Da zwischen dieser Zahl N und der Stoffmenge ν des Gases sowie der AVOGADRO-Konstante N_{A} der Zusammenhang

$$N=\nu\,N_{\mathrm{A}}$$

besteht, ergibt sich weiter:

$$p\,V=\tfrac{2}{3}\nu\,N_{\mathrm{A}}\,\overline{W}_{\mathrm{k}}.$$

Andererseits lautet die universelle Gasgleichung

$$p\,V=\nu\,R\,T.$$

Aus diesen beiden Gleichungen ergibt sich für die Temperatur T des Gases und die mittlere kinetische Translationsenergie $\overline{W}_{\mathrm{k}}$ *eines* Teilchens der Zusammenhang:

$$\nu\,R\,T=\tfrac{2}{3}\nu\,N_{\mathrm{A}}\,\overline{W}_{\mathrm{k}}.$$

Hieraus folgt

$$T=\frac{2\,N_{\mathrm{A}}}{3\,R}\overline{W}_{\mathrm{k}}=\frac{2}{3\,k}\overline{W}_{\mathrm{k}} \quad \text{bzw.} \quad \overline{W}_{\mathrm{k}}=\frac{3\,R}{2\,N_{\mathrm{A}}}T=\tfrac{3}{2}k\,T.$$

Dies bedeutet:

Die absolute Temperatur eines hinreichend idealen Gases ist der mittleren kinetischen Translationsenergie seiner Teilchen proportional.

Die Temperatur erhält auf diese Weise als Maß für die mittlere kinetische Energie der Gasmoleküle eine anschauliche Bedeutung. Da die mittlere kinetische Energie der Moleküle von ihrer Geschwindigkeit abhängt, erweist sich die Temperatur eines Körpers als eine Auswirkung der Molekülgeschwindigkeit. Dabei ist zu beachten, daß nur die ungeordnete Bewegung der Moleküle gemeint ist; wenn man etwa das Gas als Ganzes bewegt, so trägt diese gerichtete Bewegung, auch wenn sie mit sehr großer Geschwindigkeit erfolgt, zur Temperatur nichts bei und bewirkt keine Erwärmung des Gases. Die *Temperatur tritt uns hier als statistischer Mittelwert* für eine große Zahl von Molekülen entgegen und hat nur in dieser Form einen Sinn; es ist deshalb auch nicht möglich, von der Temperatur eines Atoms oder eines Moleküls zu sprechen.

Es muß ferner beachtet werden, daß

$$\text{für} \quad T=0 \quad \text{auch} \quad W_{\mathrm{k}}=0$$

wird. Da die kinetische Energie nicht negativ werden kann, sind $W_{\mathrm{k}}=0$ und $T=0$ die niedrigsten Werte, die für die kinetische Energie und die Temperatur überhaupt auftreten können. Damit ist der eigentliche *physikalische Sinn des absoluten Nullpunktes* erkannt. Es ist diejenige Temperatur eines idealen Gases, bei der die kinetische Translationsenergie und damit die Geschwindigkeit der Teilchen Null wird.

Da in der oben betrachteten Gasmenge N Teilchen enthalten waren, ergibt sich für die gesamte in der Gasmenge vorhandene kinetische Translationsenergie

$$W_{\mathrm{k,ges}}=N\overline{W}_{\mathrm{k}}=N\frac{3\,R}{2\,N_{\mathrm{A}}}T=\tfrac{3}{2}\nu\,R\,T.$$

Wir stellen also fest:

Für den Gesamtbetrag der kinetischen Translationsenergie eines idealen Gases mit der Stoffmenge ν und der absoluten Temperatur T ergibt sich

$$W_{\mathrm{k,ges}} = \tfrac{3}{2}\,\nu R T.$$

Die abgeleiteten Formeln gestatten es, die in einem idealen Gase bei einer bestimmten Temperatur enthaltene kinetische Translationsenergie zu berechnen. Dabei ergeben sich erhebliche Beträge. Wir zeigen dies an einem Beispiel.

Beispiel Die kinetische Translationsenergie von 1 mol eines Gases bei $\vartheta = 0\,°\mathrm{C}$ oder $T = 273{,}15\,\mathrm{K}$ beträgt:

$$W_{\mathrm{k,ges}} = \tfrac{3}{2} \cdot 1\,\mathrm{mol} \cdot RT = \tfrac{3}{2} \cdot 1\,\mathrm{mol} \cdot 8{,}3143\,\mathrm{J\,K^{-1}\,mol^{-1}} \cdot 273{,}15\,\mathrm{K} \approx 3400\,\mathrm{J}.$$

Es hat sich also ergeben:

Die kinetische Translationsenergie der in 1 mol eines idealen Gases enthaltenen Teilchen beträgt bei 0 °C

$$W_{\mathrm{k,ges}} \approx 3400\,\mathrm{J}.$$

Bisher ist immer nur von der *Translationsenergie* der Atome und Moleküle gesprochen worden; nur diese war bei der Ableitung des BOYLE-MARIOTTE-Gesetzes von Interesse, weil nur die Translationsenergie der Teilchen für die Entstehung des Gasdruckes verantwortlich ist.

Daneben kann das Gas aber auch noch kinetische Energie in anderer Form besitzen. Allgemein können wir aufgrund unserer Kenntnisse aus der Mechanik sagen, daß die Teilchen kinetische Energie in drei Arten besitzen können:

1. Die Teilchen haben die schon behandelte *Translationsenergie.*
2. Bei mehratomigen Teilchen können Rotationsbewegungen auftreten, so daß diese Teilchen *Rotationsenergie* besitzen können.
3. Schließlich können bei molekularen Teilchen die Atome innerhalb der Moleküle um ihre Gleichgewichtslagen schwingen. Dadurch entsteht *Schwingungsenergie.*

Von der gesamten kinetischen Energie einer Gasmenge entfällt auf jede dieser Energiearten ein bestimmter Betrag. Dieser hängt von der Zahl der jeweils vorliegenden *Freiheitsgrade* ab. Zum Begriff des Freiheitsgrades sind einige Erklärungen erforderlich.

Wenn ein Körper in seiner Bewegung auf eine bestimmte Kurve beschränkt ist, wie etwa ein Eisenbahnzug auf das Geleise, so sagt man, daß er *einen* Freiheitsgrad der Translationsbewegung besitzt. Ist er dagegen mit seiner Bewegung nur an eine Ebene gebunden, wie ein Schiff auf dem Meere, so hat er *zwei* Freiheitsgrade der Translation. Kann der Körper sich schließlich in allen Richtungen des dreidimensionalen Raumes frei bewegen, so hat er *drei* Freiheitsgrade der Translation. Für die Atome und die Moleküle eines Gases gilt daher:

Die Atome und Moleküle eines Gases haben drei Freiheitsgrade der Translation.

Bei der Rotation liegen die Verhältnisse schwieriger. Es kommen für die Rotation nur Achsen in Frage, die durch den Schwerpunkt der Moleküle gehen. Wenn diese Achsen im übrigen keinen Beschränkungen unterworfen sind, sondern eine beliebige Lage im Raum haben können, dann schreibt man dem Molekül drei Freiheitsgrade der Rotation zu; sind die Rotationsachsen auf eine Ebene beschränkt, so hat das Molekül zwei Freiheitsgrade der Rotation.

Wir betrachten zunächst *einatomige Gase,* d.h. Gase, deren Teilchen nur aus einem Atom bestehen, wie z.B. die Edelgase. Aus hier nicht näher erörterten Erkenntnissen der Quantentheorie folgt, daß bei den üblichen Raumtemperaturen die mittlere kinetische Energie der Atome nicht ausreicht, um bei Zusammenstößen die Rotation eines Atoms anzuregen.

Anders ist dies bei *zweiatomigen Gasen.* Für Rotationen um die Längsachse (Abb. 338.1a) ist das Trägheitsmoment und damit die Rotationsenergie praktisch Null. Dagegen liefern die Rotationen um

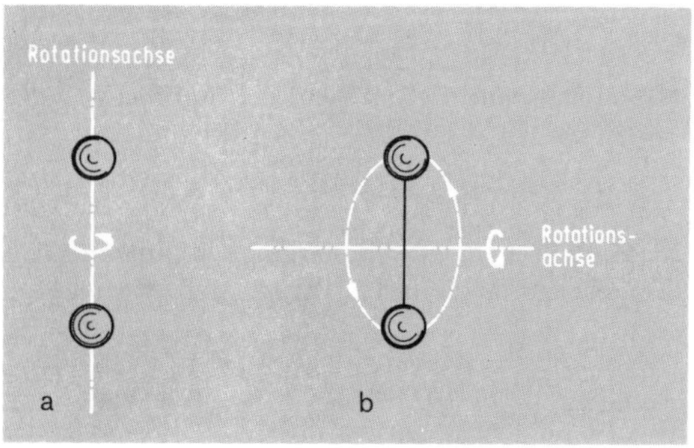

Abb. 338.1
a) Für zweiatomige Moleküle ist bei der Rotation um die Längsachse das Trägheitsmoment so klein, daß es zu keinem Energieaustausch kommt. b) Bei der Rotation um eine der anderen möglichen Achsen durch den Schwerpunkt des Moleküls ist das Trägheitsmoment größer und liefert einen Beitrag zum Energieaustausch.

Achsen, die durch den Schwerpunkt der Moleküle gehen und in einer zur Verbindungslinie der Atome senkrechten Ebene liegen (ein Beispiel ist in Abb. 338.1b dargestellt), von Null verschiedene Energiebeträge. Es liegen hier also zwei Freiheitsgrade der Rotation vor. Bei den *drei- und mehratomigen Gasen* ist im allgemeinen keine Achse ohne Trägheitsmoment vorhanden, so daß hier alle drei Freiheitsgrade der Rotation in Erscheinung treten.

Schließlich können wir noch feststellen, daß die Schwingungen der Atome bei niedrigen Temperaturen (d.h. unterhalb 500 °C) nicht angeregt werden.

Wir kommen also zu folgendem Gesamtergebnis:

Die zu berücksichtigenden Freiheitsgrade der Translation und Rotation betragen insgesamt

bei einatomigen Gasen	**3,**
bei zweiatomigen Gasen	**5,**
bei drei- und mehratomigen Gasen	**6.**

Wir haben auf S. 302 bereits auf das Prinzip der molekularen Unordnung hingewiesen, nach dem in einem Gasvolumen keine Richtung bevorzugt ist. Auch für die Verteilung der Energie gilt ein ähnlicher Satz, den man als *Gleichverteilungssatz* bezeichnet, und der lautet:

Die in einem Gase enthaltene Energie verteilt sich gleichmäßig auf die zur Verfügung stehenden Freiheitsgrade.

Da sich bei einem idealen Gas für die mittlere kinetische Translationsenergie eines Teilchens

$$\overline{W_k} = \tfrac{3}{2} k T$$

ergeben hatte und *einatomige* Gasteilchen nur *Translationsbewegungen* ausführen, gilt:

Bei einem einatomigen Gas entfällt auf jeden Freiheitsgrad jedes Teilchens die mittlere kinetische Translationsenergie

$$\overline{W_k'} = \tfrac{1}{2} k T.$$

Diese für einatomige Gase berechnete und durch Messungen bestätigte Energie je Freiheitsgrad wird nun bei den übrigen Gasen auch jedem weiteren Freiheitsgrad zugeschrieben. Daher gilt:

Bei einem Gas mit der Gesamtteilchenzahl N, der Stoffmenge ν und der Temperatur T entfällt auf jeden Freiheitsgrad die Gesamtenergie

$$W'_{ges} = \tfrac{1}{2} N k T = \tfrac{1}{2} N \frac{R}{N_A} T = \tfrac{1}{2} \nu R T.$$

Für den gesamten Energieinhalt eines Gases mit der Stoffmenge ν, der Temperatur T und z Freiheitsgraden gilt dann

$$W_{ges} = \frac{z}{2} \nu R T.$$

3.1.7 Die Wärmemenge und die Wärmekapazität

Außer der Temperatur spielt – wie sich auf der Sekundarstufe I bereits gezeigt hat – bei der Beschreibung der thermischen Stoffeigenschaften der Begriff der *Wärmemenge* eine wichtige Rolle. Wir stellen fest:

Mit Wärmeenergie, Wärmemenge oder Wärme (Formelzeichen: Q) bezeichnet man diejenige Energie, die allein aufgrund eines Temperaturgefälles mittels ungeordneter Teilchenbewegung von einem Körper auf einen anderen Körper übertragen wird. Sie wird in der gesetzlichen Energieeinheit

1 Joule (J) = 1 Wattsekunde (Ws)

und den daraus abgeleiteten gesetzlichen Energieeinheiten gemessen.

Bis zum Inkrafttreten des *Gesetzes über Einheiten im Meßwesen* war es üblich, die Wärmemengen in der Einheit

1 Kilokalorie (kcal) = 1000 Kalorien (cal)

zu messen. Dies ist aber nicht mehr zulässig.
Es gilt die Umrechnung

1 cal = 4,1868 J und 1 kcal = 4186,8 J.

Ferner haben wir auf der Sekundarstufe I gefunden:
Wenn man einem homogenen Körper mit der Masse m die Wärmemenge ΔQ zuführt, so steigt die Temperatur des Körpers um den Betrag ΔT. Zwischen den genannten Größen besteht der Zusammenhang

$$\Delta Q = c\,m \cdot \Delta T.$$

Der Proportionalitätsfaktor c hängt vom Material ab und wird als *spezifische Wärmekapazität* des betreffenden Stoffes bezeichnet.
Aus der obigen Gleichung ergibt sich für die spezifische Wärmekapazität die folgende Definition:

Die spezifische Wärmekapazität (Formelzeichen: c) eines Stoffes ist gleich dem Quotienten aus der dem Stoff zugeführten Wärmemenge ΔQ und dem Produkt aus der Masse m des erwärmten Stoffes und der auftretenden Temperaturerhöhung ΔT.

$$c = \frac{\Delta Q}{m \cdot \Delta T}.$$

Aus dieser Definition ergibt sich auch die *Einheit*, in der die spezifische Wärmekapazität zu messen ist. Es gilt:

Die abgeleitete Einheit der spezifischen Wärmekapazität ist

$$1\,\frac{\mathrm{J}}{\mathrm{kg\,K}} = \frac{1\,\mathrm{J}}{1\,\mathrm{kg} \cdot 1\,\mathrm{K}} = 1\,\mathrm{J\,kg^{-1}\,K^{-1}}.$$

Bei der oben angegebenen Definition der spezifischen Wärmekapazität muß noch beachtet werden, daß ein Unterschied besteht, je nachdem ob man die Erwärmung des Stoffes bei konstantem Druck oder bei konstantem Volumen durchführt. Dieser Unterschied ist für feste und flüssige Körper zwar so gering, daß er im allgemeinen vernachlässigt werden kann; für Gase muß er dagegen immer beachtet werden.

Es ist also erforderlich, *bei Gasen zwei verschiedene spezifische Wärmekapazitäten* zu unterscheiden:

1. Die spezifische Wärmekapazität bei konstantem Druck (Formelzeichen: c_p).
2. Die spezifische Wärmekapazität bei konstantem Volumen (Formelzeichen: c_v).

Diese beiden spezifischen Wärmekapazitäten haben bei Gasen so unterschiedliche Beträge, daß man sie auseinanderhalten muß. Auf die Gründe für diese Verschiedenheiten wird später noch näher eingegangen.

Die Bestimmung der spezifischen Wärmekapazitäten der Stoffe kann nur auf experimentellem Wege erfolgen. Es soll hier zunächst eine von dem englischen Physiker J. P. JOULE (1818–1889) stammende Versuchsanordnung erwähnt werden, die in Abb. 340.1 schematisiert dargestellt ist. Hierbei wird von der bekannten Tatsache Gebrauch gemacht, daß man mechanische Energie durch Reibung in Wärmeenergie umsetzen kann. Bei der Versuchsanordnung von JOULE können sich mehrere Schaufelräder *R* mit gemeinsamer Achse in einem mit einer Flüssigkeit (z. B. Quecksilber) gefüllten Gefäß *G* drehen. Dabei wird die Flüssigkeit unter starker Reibung zwischen den Schaufeln *R* und den eingepaßten Zwischenwänden des Gefäßes *G* hindurchgepreßt.

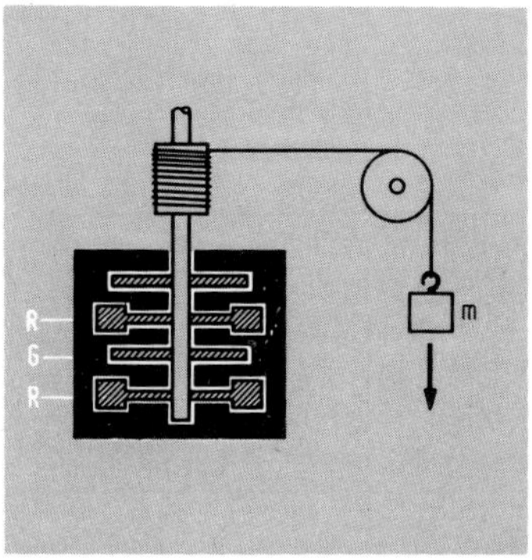

Abb. 340.1
Schematische Darstellung des von JOULE benutzten Gerätes zur Bestimmung der spezifischen Wärmekapazität von Flüssigkeiten

Die Drehung wird durch einen sinkenden Körper mit der Masse m verursacht, der sich wegen der Bremsung innerhalb des Gefäßes so langsam bewegt, daß keine nennenswerte potentielle Energie in kinetische übergeht. Wenn der Körper um die Höhe Δh gesunken ist, so hat er eine potentielle Energie vom Betrag

$$\Delta W_p = m\, g \cdot \Delta h$$

verloren. Diese wird in Wärmeenergie umgesetzt, so daß sich für die der Flüssigkeit zugeführte Wärmemenge ergibt

$$\Delta Q = m\, g \cdot \Delta h.$$

Diese Größe kann zahlenmäßig ohne weiteres angegeben werden.

Selbstverständlich muß bei der weiteren Rechnung berücksichtigt werden, daß auch die Schaufelräder und das Gefäß einen Teil der Wärmeenergie aufnehmen. Hierdurch können für die weiteren Überlegungen Fehler entstehen. Diese lassen sich aber ohne große Schwierigkeiten ausschalten. Da es sich hier um die grundsätzliche Beschreibung des JOULE-Versuches handelt, soll auf Einzelheiten nicht näher eingegangen werden.

Wenn die Wärmemenge ΔQ bestimmt und außerdem die Masse m_1 der Flüssigkeit sowie die eingetretene Temperaturerhöhung ΔT ermittelt worden sind, kann man nach der oben angegebenen Formel

$$c = \frac{\Delta Q}{m_1 \cdot \Delta T}$$

die spezifische Wärmekapazität der verwendeten Flüssigkeit berechnen.

Einen entsprechenden Versuch, bei dem ebenfalls mechanische Arbeit durch Reibung in Wärme umgewandelt wird, kann man mit dem in Abb. 341.1 und 341.2 dargestellten Gerät durchführen. Ein weiches Kupferband *K* umschlingt in fünf Windungen ein wassergefülltes Kalorimetergefäß aus Kupfer. An dem einen Ende des Kupferbandes hängt ein Körper mit der Masse 5 kg. Setzt man die Kupfertrommel durch Drehen des Handgriffs in rotierende Bewegung, so daß der Körper in gleichbleibender Höhe über dem Boden schwebt, so sind zwischen dem Kupferband und dem Kalorimeter bestimmte Reibungskräfte wirksam, die durch die erzeugte Reibungswärme eine an dem Thermometer *Th* ablesbare Temperaturerhöhung hervorbringen. Es wird hier also die durch die Kurbelbewegung verrichtete mechanische Arbeit in Wärmeenergie umgewandelt. Eine rechnerische Auswertung, bei der natürlich wieder berücksichtigt werden muß, daß sich nicht nur das Wasser, sondern auch das Kupfergefäß und das Kupferband erwärmen und daß Wärme an die Umgebung abgegeben

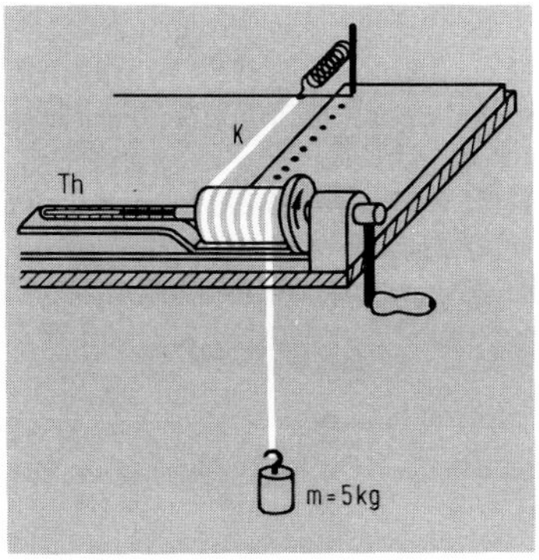

Abb. 341.1
Schematische Darstellung des Gerätes zur Bestimmung der spezifischen Wärmekapazität von Wasser

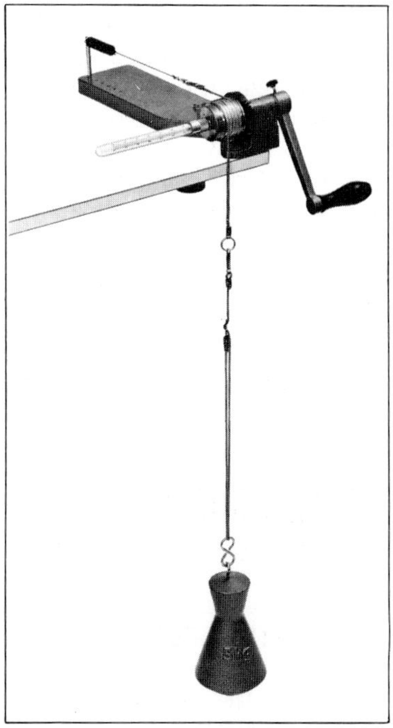

Abb. 341.2
Gerät zur Bestimmung der spezifischen Wärmekapazität von Wasser

wird, ermöglicht die Bestimmung der spezifischen Wärmekapazität von Wasser. Durch eine große Zahl sorgfältiger Messungen hat sich ergeben:

Die spezifische Wärmekapazität von Wasser beträgt

$$c_{H_2O} = 4186{,}8 \, J\,kg^{-1}\,K^{-1}.$$

Es ist kein Zufall, daß dieser Zahlenwert mit dem oben angegebenen Umrechnungsfaktor zwischen 1 Joule und 1 Kalorie übereinstimmt. Der Grund hierfür liegt vielmehr in der Definition der früher verwendeten Einheit für die Wärmemenge, die lautete:

1 Kalorie (cal) ist diejenige Wärmemenge, die der Masse $m = 1$ g Wasser zugeführt werden muß, um eine Temperaturerhöhung $\Delta T = 1$ K zu erzielen.

Nachdem die spezifische Wärmekapazität von Wasser bekannt ist, können mit Hilfe der in der Sekundarstufe I (Band I, S. 179–181) behandelten *Mischungsversuche* die spezifischen Wärmekapazitäten anderer fester und flüssiger Stoffe bestimmt werden. Die folgende Tabelle bringt einige gerundete Werte.

Spezifische Wärmekapazitäten einiger fester und flüssiger Stoffe
bei $\vartheta = 20$ °C in der Einheit $J\,kg^{-1}\,K^{-1}$

Aluminium	896	Kupfer	385	Wasser	4187	Schwefelkohlenstoff	1005
Eisen	452	Silber	234	Alkohol	2365	Quecksilber	135

Die in der obigen Tabelle wiedergegebenen Werte gelten für eine Temperatur von 20 °C; dieser Zusatz ist erforderlich, weil die spezifischen Wärmekapazitäten aller Stoffe von der Temperatur abhängen. Bei den Temperaturen unserer Umwelt macht sich diese Temperaturabhängigkeit wenig bemerkbar; sie tritt aber bei tiefen Temperaturen in starkem Maße in Erscheinung. So beträgt bei Kupfer von 10 K die spezifische Wärmekapazität nur noch rund den 500. Teil ihres Wertes bei Zimmertemperatur. Daher verursachen bei tiefen Temperaturen bereits geringe aus der Umgebung zugeführte Wärmemengen eine beträchtliche Temperaturerhöhung; das ist einer der Gründe, die die Erreichung tiefer Temperaturen erschweren.

Es sind noch einige Erklärungen zu dem oben erwähnten *Unterschied zwischen der spezifischen Wärmekapazität bei konstantem Druck und bei konstantem Volumen* erforderlich. Um diesen Unterschied zu begründen, muß man beachten, daß nicht die gesamte einem Körper zugeführte Wärmemenge zur Erhöhung seiner Temperatur verwendet wird. Ein Teil der Wärmemenge dient vielmehr dazu, das Volumen des Körpers zu vergrößern; dabei muß Arbeit gegen den äußeren Druck und gegen die inneren Kräfte der Moleküle oder Atome verrichtet werden. Nur wenn man die Ausdehnung des Körpers verhindert, dient die gesamte zugeführte Wärmeenergie der Temperaturerhöhung. Um bei ungehinderter Volumenausdehnung die gleiche Temperaturerhöhung wie bei konstantem Volumen zu erzielen, muß daher eine größere Wärmemenge zugeführt werden. Wir erkennen:

Die spezifische Wärmekapazität bei konstantem Druck ist stets größer als die spezifische Wärmekapazität bei konstantem Volumen.

Wenn dieser Unterschied der spezifischen Wärmekapazitäten bei den Festkörpern und Flüssigkeiten – wie oben erwähnt – nur gering ist und meist vernachlässigt werden kann, so kommt dies daher, daß die Wärmeausdehnung bei diesen Stoffen klein ist. Bei den Gasen mit ihrer viel größeren Wärmeausdehnung wird von der zugeführten Wärmemenge ein beträchtlicher Teil zur Verrichtung äußerer Arbeit gebraucht, so daß hier erhebliche Unterschiede zwischen den beiden spezifischen Wärmekapazitäten bestehen. Dieser Unterschied zwischen den beiden spezifischen Wärmekapazitäten kann durch den folgenden Versuch gezeigt werden.

Versuch 342.1 In einem mit Luft oder einem anderen Gas gefüllten Glaskolben befindet sich nach Abb. 342.1 ein Glühdraht, der an eine Spannungsquelle angeschlossen ist, so daß durch den Draht ein Stromstoß mit der Dauer Δt geschickt werden kann. Dadurch wird dem Gas eine bestimmte Wärmemenge ΔQ zugeführt. Diese bewirkt

1. bei *konstantem Volumen eine Druckzunahme* Δp, die mit Hilfe eines angeschlossenen Manometers gemessen werden kann, wobei der Hahn geschlossen sein muß, damit keine Volumenänderung eintreten kann;
2. bei *konstantem Druck eine Volumenzunahme* ΔV. Um diese zu messen, wird der Kolbenprober nach dem Stromstoß bei geöffnetem Hahn soweit herausgezogen, daß das Manometer keine Druckerhöhung anzeigt.

Die Messungen müssen nach einem kurzen Stromstoß möglichst schnell erfolgen, um zu verhindern, daß merkliche Teile der durch den Stromstoß erzeugten Wärmemenge an die Wand des Gefäßes abgegeben werden. Aus dem gleichen Grunde soll der Kolben – wie in Abb. 342.1 dargestellt – mit seiner Grundfläche nach oben angeordnet werden.

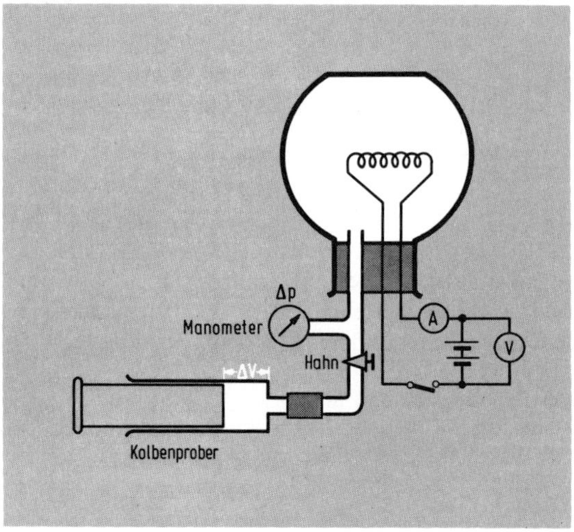

Abb. 342.1
Zur Bestimmung der spezifischen Wärmekapazität von Gasen bei konstantem Volumen und konstantem Druck

Die zugeführte Wärmemenge ergibt sich aus der Gleichung

$$\Delta Q = UI \cdot \Delta t.$$

Dabei bedeuten:
U = an den Glühdraht angelegte Spannung,
I = Stromstärke in dem Glühdraht,
Δt = zeitliche Dauer des Stromstoßes.

Die Masse des eingeschlossenen Gases kann nach der Formel

$$m = \rho V$$

bestimmt werden.

Dabei bedeuten:
ρ = Dichte des Gases,
V = Volumen des Gases.

Die eingetretenen Temperaturerhöhungen ermittelt man

bei *konstantem Volumen* aus der gemessenen Druckzunahme nach dem AMONTONS-*Gesetz*

und

bei *konstantem Druck* aus der gemessenen Volumenzunahme nach dem GAY-LUSSAC-*Gesetz*

Die obige Definitionsgleichung für die spezifische Wärmekapazität liefert dann die gesuchten Werte von

c_p (bei *isobarer Erwärmung*, d.h. bei konstantem Druck)

und

c_v (bei *isochorer Erwärmung*, d.h. bei konstantem Volumen).

Die folgende Tabelle bringt einige abgerundete Werte.

Spezifische Wärmekapazitäten für einige Gase
bei konstantem Druck (c_p) und konstantem Volumen (c_v) in der Einheit $\mathrm{J\,kg^{-1}\,K^{-1}}$

	c_p	c_v		c_p	c_v
Argon (Ar)	523	320	Stickstoff (N_2)	1038	741
Helium (He)	5234	3211	Wasserstoff (H_2)	14320	10174
Sauerstoff (O_2)	917	657	Kohlenstoffdioxid (CO_2)	837	649

Die Meßergebnisse bestätigen die deduktiv gewonnene Erkenntnis, daß die spezifische Wärmekapazität bei konstantem Druck für alle Gase größer als diejenige bei konstantem Volumen ist.

In vielen Fällen erweist es sich als zweckmäßig, bei der Beschreibung des thermischen Verhaltens der Stoffe nicht die spezifische Wärmekapazität, sondern die *Wärmekapazität* zu verwenden. Wir setzen fest:

Unter der Wärmekapazität (Formelzeichen: C) eines homogenen Körpers mit der Masse m versteht man den Quotienten aus der dem Körper zugeführten Wärmemenge ΔQ und der dadurch herbeigeführten Temperaturerhöhung ΔT.

$$C = \frac{\Delta Q}{\Delta T}.$$

Aus dieser Definition folgt für die *Einheit der Wärmekapazität:*

Die abgeleitete Einheit der Wärmekapazität ist

$$1\,\frac{\mathrm{J}}{\mathrm{K}} = \frac{1\,\mathrm{J}}{1\,\mathrm{K}} = 1\,\mathrm{J\,K^{-1}}.$$

Zwischen der Wärmekapazität C und der spezifischen Wärmekapazität c besteht der Zusammenhang:

$$C = m\,c \quad \text{oder} \quad c = \frac{C}{m}.$$

Es ist selbstverständlich, daß man bei Gasen wieder zwischen der *Wärmekapazität bei konstantem Druck* (C_p) und der *Wärmekapazität bei konstantem Volumen* (C_v) unterscheiden muß.

Eine weitere in diesem Zusammenhang wichtige physikalische Größe ist die *molare Wärmekapazität*. Es gilt die folgende Definition:

Unter der molaren Wärmekapazität (Formelzeichen: C_{molar}) eines homogenen Körpers mit der Stoffmenge ν versteht man den Quotienten aus der Wärmekapazität C des Körpers und der Stoffmenge ν des Körpers.

$$C_{molar} = \frac{C}{\nu} = \frac{m\,c}{\nu} = c\,M_{molar}.$$

Dies bedeutet:

Die molare Wärmekapazität eines Körpers ist gleich dem Produkt aus seiner spezifischen Wärmekapazität c und seiner molaren Masse M_{molar}.

Aus der obigen Definition ergibt sich für die *Einheit der molaren Wärmekapazität:*

Die abgeleitete Einheit der molaren Wärmekapazität ist

$$1\,\frac{\mathrm{J}}{\mathrm{K\,mol}} = \frac{1\,\mathrm{J\,K^{-1}}}{1\,\mathrm{mol}} = 1\,\mathrm{J\,K^{-1}\,mol^{-1}}.$$

Bei Gasen muß natürlich wieder zwischen der *molaren Wärmekapazität bei konstantem Druck* ($C_{molar,\,p}$) und der *molaren Wärmekapazität bei konstantem Volumen* ($C_{molar,\,v}$) unterschieden werden.

Im folgenden sollen die molaren Wärmekapazitäten $C_{molar,\,v}$ und $C_{molar,\,p}$ für *ideale einatomige* Gase berechnet werden. Wir führen dazu zwei Gedankenversuche aus und verwenden dabei einen mit einem gewichtslosen Kolben verschlossenen Zylinder, der das Volumen V hat. Das in dem Zylinder befindliche ideale Gas soll den Druck p und die Stoffmenge ν besitzen (Abb. 344.1).

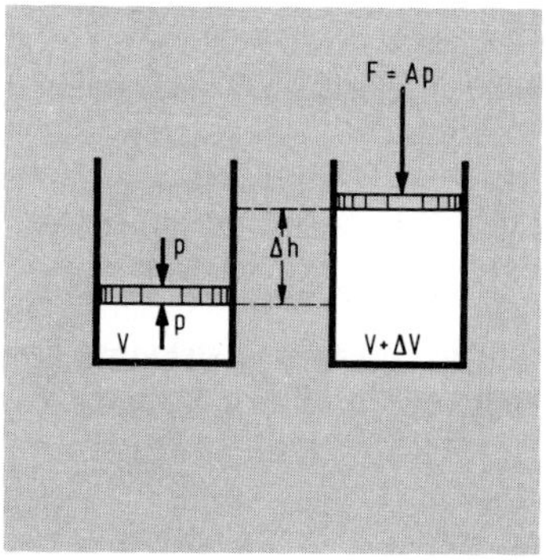

Abb. 344.1
Zur Berechnung der molaren Wärmekapazitäten $C_{molar,\,v}$ und $C_{molar,\,p}$

1. Die molare Wärmekapazität bei konstantem Volumen

Dem Gas wird bei festgehaltenem Kolben, d.h. bei konstantem Volumen, die Wärmemenge ΔQ_v zugeführt. Dabei steigt die Temperatur um einen gewissen Betrag ΔT. Die zugeführte Wärmeenergie dient *vollständig* dazu, die kinetische Energie $W_{k,\,ges}$ der Gasteilchen um den Betrag $\Delta W_{k,\,ges}$ auf $W_{k,\,ges} + \Delta W_{k,\,ges}$ zu erhöhen. Wir haben früher (S. 337) gefunden, daß für die gesamte kinetische Translationsenergie eines idealen Gases gilt:

$$W_{k,\,ges} = \tfrac{3}{2}\,\nu\,R\,T.$$

Für die erhöhte Temperatur $T + \Delta T$ gilt dann:

$$W_{k,\,ges} + \Delta W_{k,\,ges} = \tfrac{3}{2}\,\nu\,R(T + \Delta T).$$

Hieraus folgt:

$$\Delta W_{k,\,ges} = \tfrac{3}{2}\, \nu R \cdot \Delta T.$$

Da die zugeführte Wärmeenergie vollständig in kinetische Translationsenergie der Gasteilchen übergeht, ist

$$\Delta Q_v = \Delta W_{k,\,ges}$$

Daraus folgt weiter:

$$\Delta Q_v = \tfrac{3}{2}\, \nu R \cdot \Delta T.$$

Wir stellen zusammenfassend fest:

Wenn man einem idealen einatomigen Gas mit der Stoffmenge ν die Wärmemenge ΔQ_v bei konstantem Volumen zuführt, so dient diese vollständig zur Erhöhung der thermischen Translationsenergie der Gasteilchen, wobei für die Temperaturerhöhung gilt

$$\Delta T = \frac{2}{3}\,\frac{\Delta Q_v}{\nu R}.$$

Aus den früher abgeleiteten Formeln ergibt sich für die molare Wärmekapazität bei konstantem Volumen:

$$C_{molar,\,v} = \frac{C_v}{\nu} = \frac{\Delta Q_v}{\nu \cdot \Delta T}.$$

Setzt man hierin den soeben gefundenen Wert für ΔQ_v ein, so erhält man:

$$C_{molar,\,v} = \tfrac{3}{2} R.$$

Dies bedeutet:

Für alle idealen einatomigen Gase hat die molare Wärmekapazität bei konstantem Volumen unabhängig von der Temperatur des Gases den gleichen Wert.

Es ist

$$C_{molar,\,v} = \tfrac{3}{2} R \approx 12{,}5\,\mathrm{J\,K^{-1}\,mol^{-1}}.$$

2. Die molare Wärmekapazität bei konstantem Druck

Dem in dem Zylinder (Abb. 344.1) befindlichen Gas wird bei beweglichem Kolben eine bestimmte Wärmemenge ΔQ_p zugeführt. Dieser Vorgang spielt sich unter konstantem Druck ab, weil der Kolben sich so weit nach oben bewegt, daß das Gas unter dem gleichen äußeren Druck p wie vor der Erwärmung steht. Bei der Bewegung des Kolbens gegen den äußeren Druck p muß eine Arbeit verrichtet werden, die sich folgendermaßen berechnen läßt:

Wenn der Kolben die Fläche A hat, so wirkt auf ihn die Kraft

$$F = A\,p.$$

Verschiebt sich der Kolben bei der Ausdehnung des Gases um das Stück Δh, so beträgt die dabei verrichtete Arbeit

$$W = A\,p \cdot \Delta h.$$

Da die hierbei eintretende Volumenvergrößerung

$$\Delta V = A \cdot \Delta h$$

ist, ergibt sich für die Arbeit

$$\Delta W = p \cdot \Delta V.$$

Die zugeführte Wärmemenge ΔQ_p dient *teilweise* zur Erhöhung der Temperatur des Gases und zum anderen Teil zur Verrichtung der soeben berechneten Arbeit. Wenn die Temperatur um ΔT steigt, so nimmt die kinetische

Translationsenergie der Teilchen um

$$\Delta W_{\mathrm{k,ges}} = \tfrac{3}{2}\nu R \cdot \Delta T$$

zu. Die Energiebilanz lautet also in diesem Falle:

$$\Delta Q_p = \tfrac{3}{2}\nu R \cdot \Delta T + p \cdot \Delta V.$$

Aus der universellen Gasgleichung ergibt sich weiter

$$p \cdot \Delta V = \nu R \cdot \Delta T.$$

Setzt man diesen Ausdruck in die vorhergehende Gleichung ein, so erhält man

$$\Delta Q_p = \tfrac{3}{2}\nu R \cdot \Delta T + \nu R \cdot \Delta T = \tfrac{5}{2}\nu R \cdot \Delta T.$$

Dies bedeutet:

Wenn man einem idealen einatomigen Gas mit der Stoffmenge ν die Wärmemenge ΔQ_p bei konstantem Druck zuführt, so dient diese Wärmeenergie teilweise zur Erhöhung der thermischen Translationsenergie der Gasteilchen und teilweise zur Verrichtung der mit der Volumenvergrößerung verbundenen äußeren Arbeit.

Für die Temperaturerhöhung gilt

$$\Delta T = \frac{2}{5}\frac{\Delta Q_p}{\nu R}.$$

In analoger Weise wie oben für die molare Wärmekapazität bei konstantem Volumen ergibt sich hier:

Für alle idealen einatomigen Gase hat die molare Wärmekapazität bei konstantem Druck unabhängig von der Temperatur des Gases den gleichen Wert.

Es ist

$$C_{\mathrm{molar},p} = \tfrac{5}{2}R \approx 20{,}8\,\mathrm{J\,K^{-1}\,mol^{-1}}.$$

Die hier für $C_{\mathrm{molar},v}$ und $C_{\mathrm{molar},p}$ berechneten Werte gelten für *ideale Gase.* Sie sind darüber hinaus mit großer Annäherung auch für *reale einatomige Gase* gültig, weil diese ebenso wie die idealen einatomigen Gase *drei Freiheitsgrade* haben. Natürlich müssen die realen Gase so weit vom Übergang in den flüssigen Zustand entfernt sein, daß die früher abgeleiteten Gasgesetze noch angewendet werden dürfen.

Bei den *mehratomigen Gasen* ergeben sich für $C_{\mathrm{molar},v}$ und $C_{\mathrm{molar},p}$ andere Werte, die in analoger Weise berechnet werden können, wie dies hier für die einatomigen Gase geschehen ist. Wir gehen darauf nicht näher ein.

Abschließend soll noch auf einen weiteren interessanten Zusammenhang hingewiesen werden. Wenn man für die einatomigen Gase die Differenz der molaren Wärmekapazitäten bildet, so ergibt sich:

$$C_{\mathrm{molar},p} - C_{\mathrm{molar},v} = R.$$

Die hier für die mehratomigen Gase nicht durchgeführte Berechnung der molaren Wärmekapazitäten zeigt, daß diese Gleichung auch für diese Gase gilt, unabhängig davon, aus wieviel Atomen die Moleküle aufgebaut sind. Dabei wird vorausgesetzt, daß die Temperaturen so hoch und die Drücke so klein sind, daß die Gasgesetze gültig bleiben. Wir merken uns also:

Die Differenz der molaren Wärmekapazitäten bei konstantem Druck und bei konstantem Volumen ist für alle (d.h. auch für die mehratomigen) Gase, für die die Gasgesetze gelten, gleich der universellen Gaskonstante.

$$C_{\mathrm{molar},p} - C_{\mathrm{molar},v} = R$$

3.1.8. Die Aggregatzustände und ihre Änderungen

Im Physikunterricht der Sekundarstufe I hat sich gezeigt, daß die Körper bei einer Zufuhr von Wärme im allgemeinen eine Temperaturerhöhung erfahren. Es sind uns aber auch schon Fälle begegnet, bei denen trotz Wärmezufuhr keine Temperaturerhöhung eingetreten ist. Dies war dann der Fall, wenn der Körper aus dem festen in den flüssigen oder aus dem flüssigen in den gasförmigen Aggregatzustand überging. Die Verhältnisse sollen hier am Beispiel des Wassers noch einmal genauer beschrieben werden.

Wir gehen von 1 mol Eis mit der Masse $m = 18$ g und der Temperatur $\vartheta_1 = -20$ °C aus und führen diesem laufend und gleichmäßig Wärmeenergie zu. Diese zugeführte Wärmeenergie bewirkt in der üblichen Weise eine Temperaturerhöhung, bis die Temperatur $\vartheta_2 = 0$ °C erreicht ist. Da die molare Wärmekapazität des Eises

$$C_{\text{molar, Eis}} = 32{,}66\ \text{J}\,\text{K}^{-1}\,\text{mol}^{-1}$$

beträgt, ist für die Erwärmung von 1 mol Eis um $\Delta T = 20$ K die Wärmemenge

$$\Delta Q_1 = \nu\, C_{\text{molar, Eis}} \cdot \Delta T = 1\ \text{mol} \cdot 32{,}66\ \text{J}\,\text{K}^{-1}\,\text{mol}^{-1} \cdot 20\ \text{K} = 653{,}2\ \text{J}$$

erforderlich. Diese Energie dient dazu, um die an feste Gleichgewichtslagen gebundenen Moleküle zu stärkeren Schwingungen zu veranlassen, was sich eben durch eine höhere Temperatur bemerkbar macht.

Wenn man dem Eis mit der Temperatur $\vartheta_2 = 0$ °C weiter Wärmeenergie zuführt, so nimmt die Schwingungsweite der Moleküle laufend zu und wird schließlich so groß, daß sie sich aus ihrer Bindung an die Kristallgitterpunkte lösen. Bei dieser Herauslösung der Moleküle aus ihrer Bindung erfolgt trotz Wärmezufuhr keine Temperaturerhöhung, weil die zugeführte Wärmeenergie vollständig verbraucht wird, um die Bindungen der Moleküle untereinander zu lösen. Dieser Vorgang erfolgt bei einer ganz bestimmten Schwingungsenergie und damit bei einer bestimmten Temperatur, die man als den *Schmelzpunkt* bezeichnet. Um die Wärmemenge zu berechnen, die erforderlich ist, um das Eis ohne Temperaturänderung aus dem festen in den flüssigen Zustand überzuführen, muß man die *molare Schmelzwärme* kennen.

Unter der molaren Schmelzwärme (Formelzeichen: $C_{\text{molar, Schm}}$) eines homogenen Körpers mit der Stoffmenge ν versteht man den Quotienten aus der Wärmemenge Q_{Schm}, die dem Körper zugeführt werden muß, um ihn ohne Temperaturerhöhung aus dem festen in den flüssigen Aggregatzustand zu überführen, und der Stoffmenge ν.

$$C_{\text{molar, Schm}} = \frac{Q_{\text{Schm}}}{\nu}.$$

Aus experimentellen Untersuchungen ist bekannt:

Die molare Schmelzwärme des Eises beträgt

$$C_{\text{molar, Schm}} \approx 6030\ \text{J}\,\text{mol}^{-1}.$$

Um 1 mol Eis von 0 °C in Wasser von 0 °C zu überführen, ist also die Wärmemenge

$$\Delta Q_2 = \nu\, C_{\text{molar, Schm}} \approx 1\ \text{mol} \cdot 6030\ \text{J}\,\text{mol}^{-1} \approx 6030\ \text{J}$$

erforderlich.

Fährt man nach Beendigung des Schmelzens mit der Wärmezufuhr fort, so dient die nunmehr zugeführte Wärmeenergie wieder dazu, die Geschwindigkeit der Moleküle in der Flüssigkeit zu erhöhen. Dies bedeutet, daß mit der Wärmezufuhr jetzt wieder eine Temperaturerhöhung eintritt. Dieser Vorgang dauert so lange, bis die Temperatur auf $\vartheta_3 = 100$ °C gestiegen ist. Da für die molare Wärmekapazität des flüssigen Wassers

$$C_{\text{molar, H}_2\text{O}} \approx 75\ \text{J}\,\text{K}^{-1}\,\text{mol}^{-1}$$

gilt, ergibt sich also:

Um 1 mol Wasser bei dem Normdruck 1013 hPa von 0 °C auf 100 °C zu erwärmen, ist die Wärmemenge

$$\Delta Q_3 = \nu\, C_{\text{molar, H}_2\text{O}} \cdot \Delta T \approx 1\ \text{mol} \cdot 75\ \text{J}\,\text{K}^{-1}\,\text{mol}^{-1} \cdot 100\ \text{K} \approx 7500\ \text{J}$$

erforderlich.

Setzen wir die Wärmezufuhr immer noch fort, so ändert sich die Temperatur so lange nicht weiter, wie überhaupt noch flüssiges Wasser vorhanden ist. Erst wenn das ganze Wasser in den gasförmigen Zustand übergegangen ist, bewirkt die zugeführte Wärme wieder eine Erhöhung der Temperatur des Wasserdampfes. Auch diese Vorgänge sind vom Standpunkt der kinetischen Wärmetheorie gut verständlich. Um einen Körper aus dem flüssigen in den gasförmigen Zustand überzuführen, muß eine Arbeit aufgewendet werden, die die Moleküle an die Oberfläche bringt und sie befähigt, die Oberfläche zu durchstoßen. Wenn die kinetische Energie eines Moleküles ausreicht, um diese Arbeit zu verrichten, so kann es die Flüssigkeit verlassen und sich frei im Gasraum bewegen. Nun sind aber die Geschwindigkeiten der Moleküle in einer Flüssigkeit nicht alle gleich groß, sondern es gibt bei jeder Temperatur Moleküle mit großer und kleiner Geschwindigkeit, und es werden in jedem Falle auch solche mit einer zum Verlassen der Flüssigkeit ausreichenden Geschwindigkeit darunter sein, die aus der Flüssigkeit austreten. Dieser Vorgang ist als *Verdunstung* bekannt. Auch bei festen Körpern können Moleküle mit besonders großer kinetischer Energie den Molekülverband verlassen und in den gasförmigen Zustand übergehen. Wir nennen dies *Sublimation.* Bei der Verdampfung, Verdunstung und Sublimation verlassen immer die schnellsten Moleküle die Flüssigkeit oder den Festkörper. Dadurch sinkt natürlich die mittlere Geschwindigkeit der in der Flüssigkeit oder dem Festkörper befindlichen Moleküle, und damit vermindert sich bei allen diesen Vorgängen die Temperatur. Wir wissen, daß verdunstende Flüssigkeiten stets etwas kälter als die Umgebung sind. Um also bei unserem Beispiel die Wassertemperatur auf 100 °C zu halten, muß laufend Wärme von außen zugeführt werden, die nur dazu dient, die Geschwindigkeit der Moleküle so weit zu steigern, daß sich immer wieder ein Teil aus dem flüssigen Verband zu lösen vermag.

Zur quantitativen Beschreibung dieser Vorgänge dient eine physikalische Größe, die man als die *molare Verdampfungswärme* bezeichnet. Es gilt folgende Definition:

Unter der molaren Verdampfungswärme (Formelzeichen: $C_{\text{molar, Verd}}$) eines homogenen Körpers mit der Stoffmenge ν versteht man den Quotienten aus der Wärmemenge Q_{Verd}, die dem Körper zugeführt werden muß, um ihn ohne Temperaturerhöhung aus dem flüssigen in den gasförmigen Aggregatzustand zu überführen, und der Stoffmenge ν.

$$C_{\text{molar, Verd}} = \frac{Q_{\text{Verd}}}{\nu}.$$

Aus experimentellen Untersuchungen ist bekannt:

Die molare Verdampfungswärme des Wassers beträgt bei der Temperatur 100 °C

$$C_{\text{molar, Verd}} \approx 40\,600 \text{ J mol}^{-1}.$$

Um 1 mol Wasser von 100 °C in Wasserdampf von 100 °C zu überführen, ist die Wärmemenge

$$\Delta Q_4 = \nu\, C_{\text{molar, Verd}} \approx 1 \text{ mol} \cdot 40\,600 \text{ J mol}^{-1} \approx 40\,600 \text{ J}$$

erforderlich.

Nachdem der Übergang aus dem flüssigen in den gasförmigen Zustand beendet ist, erfolgt bei einer weiteren Wärmezufuhr wieder eine Temperaturerhöhung. Um z. B. die vorliegende Menge von 1 mol Wasserdampf auf die Temperatur $\vartheta_4 = 140$ °C zu erwärmen, ist eine Wärmemenge erforderlich, zu deren Berechnung man die molare Wärmekapazität des Wasserdampfes kennen muß. Aus experimentellen Untersuchungen hat sich hierfür bei dem Normdruck ergeben:

$$C_{\text{molar,}H_2O\text{-Dampf}} \approx 34 \text{ J K}^{-1} \text{ mol}^{-1}.$$

Daraus folgt:

Um 1 mol Wasserdampf bei dem Normdruck 1013 hPa von 100 °C auf 140 °C zu erwärmen, ist die Wärmemenge

$$\Delta Q_5 = \nu\, C_{\text{molar,}H_2O\text{-Dampf}}\, \Delta T \approx 1 \text{ mol} \cdot 34 \text{ J K}^{-1} \text{ mol}^{-1} \cdot 40 \text{ K} \approx 1360 \text{ J}$$

erforderlich.

In Abb. 349.1 ist das hier durchgerechnete Beispiel noch einmal schematisch dargestellt.

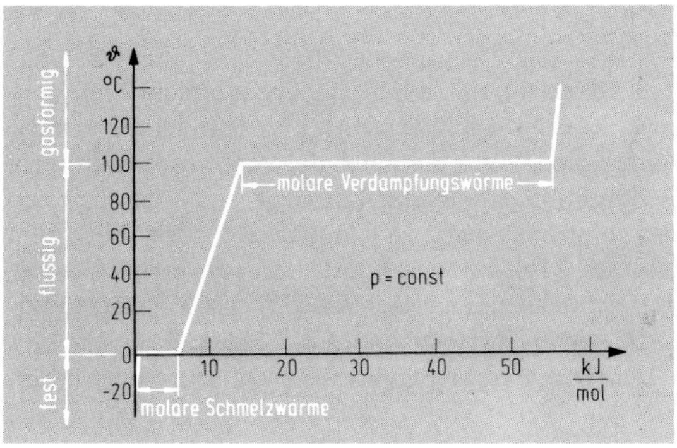

Abb. 349.1 Der Temperaturverlauf bei der Erwärmung von 1 mol Wasser

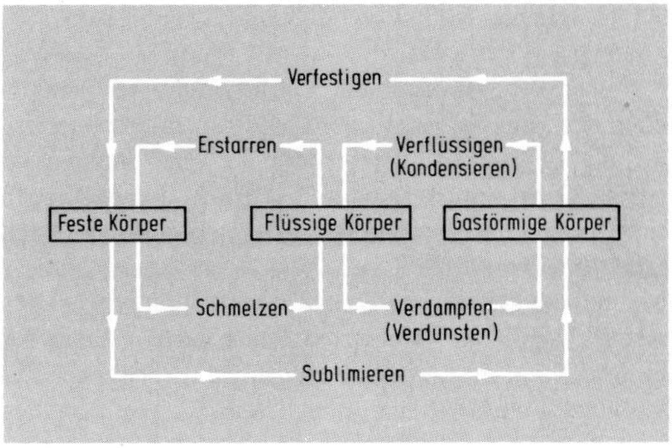

Abb. 349.2 Die Umwandlungsmöglichkeiten der Aggregatzustände

In der gleichen Weise können auch die umgekehrten Übergänge aus dem gasförmigen in den flüssigen und aus dem flüssigen in den festen Aggregatzustand quantitativ erfaßt und erklärt werden. Das gleiche gilt auch für alle anderen Änderungen der Aggregatzustände. Die hier bestehenden Umwandlungsmöglichkeiten sind in Abb. 349.2 zusammenfassend wiedergegeben.

Da der Schmelzvorgang als eine Lockerung des Molekülgitters zu betrachten ist, erscheint es verständlich, daß die *Stoffe sich beim Schmelzen ausdehnen*, während sie sich beim Erstarren zusammenziehen. Die Folge davon ist, daß die Dichte eines Stoffes im festen Zustand im allgemeinen etwas größer als im flüssigen Zustand der gleichen Temperatur ist.

Von diesem regulären Verhalten der Stoffe gibt es aber Ausnahmen; solche sind z.B. Wasser, Quecksilber, Wismut und Grauguß.

Der Grund für das anomale Verhalten des Wassers ist darin zu suchen, daß beim Erstarren Veränderungen in der Raumgitterstruktur der Wassermoleküle auftreten. Es hat sich nämlich gezeigt, daß das Wasser, ebenso wie viele andere Flüssigkeiten, in der Nähe des Erstarrungspunktes einen ähnlichen Aufbau wie ein Kristall besitzt, wobei die Strukturen nur etwas verwaschener sind. Beim Übergang vom flüssigen in den festen Zustand treten Änderungen dieser Gitterstruktur auf und bewirken die Volumenvergrößerung.

Der *Übergang aus dem flüssigen in den gasförmigen Zustand* stellt die Auflösung des Molekülgefüges dar und ist deshalb mit *einer erneuten Volumenvergrößerung* verbunden. Diese Volumenvergrößerung ist sehr viel beträchtlicher als die beim Übergang aus dem festen in den flüssigen Zustand eintretende Volumenzunahme. So erfährt z.B. bei konstantem Druck von 1013 hPa 1 cm^3 Wasser von 100 °C beim Übergang in Dampf von 100 °C eine Volumenvergrößerung auf rund 1600 cm^3.

Bei den bisherigen Betrachtungen über die Umwandlung von Aggregatzuständen war vorausgesetzt, daß der *Druck unverändert* bleibt. Es ist deshalb noch zu prüfen, wie sich Druckänderungen auf die Vorgänge des Schmelzens und Erstarrens bzw. des Verdampfens und Kondensierens auswirken.

Wenn beim Schmelzen eine Lockerung der Moleküle im Kristallgefüge eintritt und sich die Abstände vergrößern, so muß dabei gegen den Druck der Umgebung eine Arbeit verrichtet werden, die um so größer ist, je höher der Druck wird. Es ist daher bei hohem Druck eine größere mittlere Energie und damit eine höhere Temperatur zum Schmelzen erforderlich.

Bei den vom regulären Verhalten abweichenden Stoffen hat eine Druckerhöhung nicht eine Erhöhung, sondern im Gegenteil eine Erniedrigung der Schmelztemperatur zur Folge.

Da die Volumenänderungen beim Schmelzen im Gegensatz zum Verdampfen sehr gering sind, hängt auch die Schmelztemperatur nur wenig vom Druck ab, d.h., es sind hohe Drücke erforderlich, um die Schmelztemperatur um einige Grade zu verändern. Die Siedetemperatur hängt dagegen stark vom herrschenden Druck ab.

3.1.9 Die gesättigten und die ungesättigten Dämpfe

Das Verdampfen oder Verdunsten einer Flüssigkeit besteht darin, daß die besonders energiereichen Teilchen der Flüssigkeit in den Gasraum übertreten. Am ungestörtesten spielt sich dieser Vorgang ab, wenn die aus der Flüssigkeit austretenden Teilchen in ein Vakuum gelangen. Wenn man also die Verdampfung in ihrer reinen Form untersuchen will, dann ist es zweckmäßig, die durch die Anwesenheit der Luft bedingten Erscheinungen auszuschalten und den Vorgang im luftleeren Raum zu untersuchen. Zu den folgenden Versuchen sind Glasrohre von etwa 1 m Länge, wie sie zum Nachweis und zur Messung des Luftdrucks verwendet werden, besonders gut geeignet. Sie werden als TORRICELLI-Rohre bezeichnet. Im folgenden sollen spezielle Rohre dieser Art verwendet werden, deren Besonderheit darin besteht, daß sie an ihrem oberen Ende einen Hahn von der in Abb. 350.1 wiedergegebenen Gestalt besitzen. Durch Drehen des Hahnkegels in der Hülse können die in Abb. 350.1 angegebenen Hahnstellungen erzielt werden.

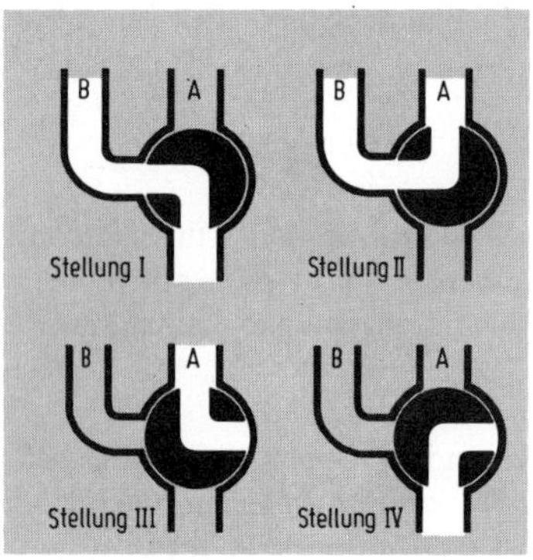

Abb. 350.1
Ein Winkelhahn für das TORRICELLI-Rohr in verschiedenen Stellungen (Phywe)

Versuch 350.1 Ein TORRICELLI-Rohr wird mit seinem unteren Ende in eine mit Quecksilber gefüllte Wanne getaucht. Dann wird es unter einen Winkel von etwa 25° gegen die Horizontale geneigt. Bei Hahnstellung I saugt man über den seitlichen Rohrstutzen *B* die Luft so lange ab, bis das Rohr ganz mit Quecksilber gefüllt ist. Dann wird das Rohr nach außen abgeschlossen, indem man den Hahn in Stellung III bringt. Schließlich richtet man das Rohr senkrecht auf (Abb. 351.1).

Es zeigt sich die bereits auf der Sekundarstufe I erkannte Tatsache, daß das Quecksilber nicht vollständig ausläuft, sondern in einer Höhe von 720 bis 760 mm über der Oberfläche des in der Wanne befindlichen Quecksilbers stehen bleibt. Dieser Höhenunterschied bleibt auch erhalten, wenn man die Glasröhre tiefer in das Quecksilbergefäß eintaucht oder sie zur Seite neigt. Wir haben die Erklärung hierfür früher bereits gegeben. Sie besteht darin, daß die durch den Luftdruck hervorgerufene Kraft der Gewichtskraft der Quecksilbersäule entgegengesetzt gleich ist.

In dem TORRICELLI-Rohr befindet sich oberhalb des Quecksilbers ein praktisch leerer Raum. In diesem Raume sind zwar einige Quecksilberatome vorhanden, ihre Zahl ist aber wegen des außerordentlich kleinen Dampfdrucks des Quecksilbers bei Zimmertemperatur so gering, daß sie für die folgenden Untersuchungen nicht beachtet zu werden brauchen. Man spricht deshalb auch von einem TORRICELLI-Vakuum. In diesem Raume soll nun der Vorgang der Verdampfung genauer untersucht werden.

Versuch 350.2 Bei Hahnstellung III wird in den Rohrstutzen *A* des TORRICELLI-Rohres Äther gefüllt (Abb. 351.2). Danach dreht man den Hahn in die Stellung IV, so daß die in der Bohrung befindliche Äthermenge in das TORRICELLI-Rohr gelangt. Schließlich wird die in dem Rohr befindliche Äthermenge vergrößert, indem man den Hahn nacheinander mehrfach in die Stellung III zurückdreht und dann jedesmal wieder in die Stellung IV bringt.

Der Versuch zeigt, daß die bei der ersten Hahndrehung in das Rohr gelangende Äthermenge sofort verdampft, wobei die Quecksilbersäule etwas absinkt. Auch bei der zweiten Drehung des Hahnes verdampft der in das Rohr fließende Äther sofort und die Quecksilbersäule sinkt weiter. Man erkennt hieraus, daß der gas-

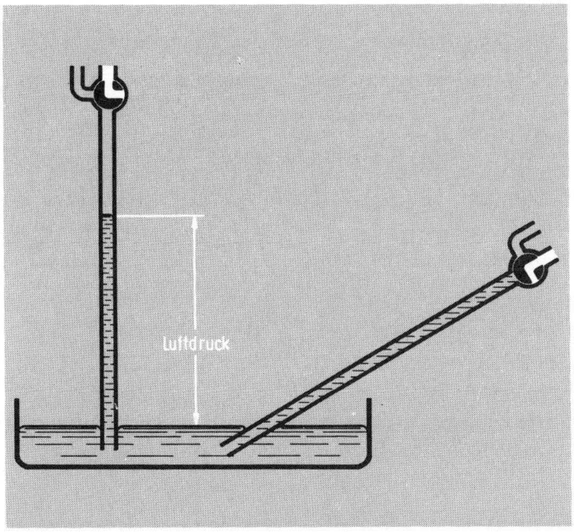

Abb. 351.1 Das TORRICELLI-Rohr zur Messung des Luftdruckes

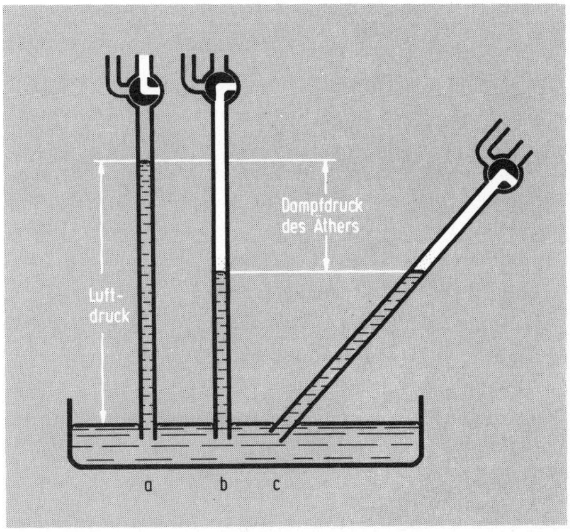

Abb. 351.2 Zum Nachweis des Sättigungsdampfdruckes bei Äther

förmige Äther auf das Quecksilber einen Druck ausübt, der die Senkung der Quecksilbersäule gegen den äußeren Luftdruck bewirkt. Führt man weitere Äthermengen zu, so tritt von einer bestimmten Menge ab keine Verdampfung mehr ein; die Flüssigkeit sammelt sich dann über dem Quecksilber und die Quecksilbersäule sinkt nicht weiter. In diesem Stadium hat sich ein Gleichgewichtszustand zwischen dem flüssigen und gasförmigen Äther herausgebildet. Es gehen zwar immer noch Äthermoleküle aus der Flüssigkeit in den Gasraum über, aber ebenso viele Moleküle kehren aus dem Gasraum in die Flüssigkeit zurück, so daß sich am Gesamtzustand nichts mehr ändert. Man bezeichnet einen solchen Gleichgewichtszustand als *dynamisches Gleichgewicht*. Wir führen zur Beschreibung der obigen Vorgänge folgende Begriffe ein:

Ein mit seiner Flüssigkeit im dynamischen Gleichgewicht befindlicher Dampf wird als gesättigter Dampf bezeichnet. Der dabei im Gasraum herrschende Druck heißt Sättigungsdampfdruck.
Vor Erreichung des Sättigungszustandes nennt man den Dampf ungesättigt oder überhitzt.

Versuch 351.1 Das TORRICELLI-Rohr, in dem sich noch ein Rest flüssigen Äthers befindet, wird mit einem Haartrockner über Zimmertemperatur erwärmt bzw. durch kalte, mit Eiswasser getränkte Tücher unter Zimmertemperatur abgekühlt.

Dieser Versuch zeigt, daß bei einer Temperaturerhöhung der Quecksilberspiegel weiter sinkt, während gleichzeitig von dem noch vorhandenen flüssigen Äther ein Teil in den gasförmigen Zustand übergeht. Der Sättigungsdampfdruck ist also mit der Temperatursteigerung ebenfalls gestiegen. Umgekehrt führt eine Abkühlung des Dampfraumes zur Kondensation von Äther und zum Absinken des Sättigungsdampfdruckes.

Versuch 351.3 Wir führen die bisher mit Äther ausgeführten Versuche mit anderen Flüssigkeiten, etwa mit Alkohol und Wasser, durch.

Es zeigen sich grundsätzlich die gleichen Erscheinungen; der Sättigungsdampfdruck ist aber für die verschiedenen Flüssigkeiten verschieden groß. Wir stellen zusammenfassend fest:

Der Sättigungsdampfdruck ist für verschiedene Flüssigkeiten bei gleicher Temperatur verschieden groß. Er steigt in jedem Falle mit der Temperatur.

In Abb. 352.1 ist die Abhängigkeit des Sättigungsdampfdruckes von der Temperatur für einige Flüssigkeiten dargestellt.

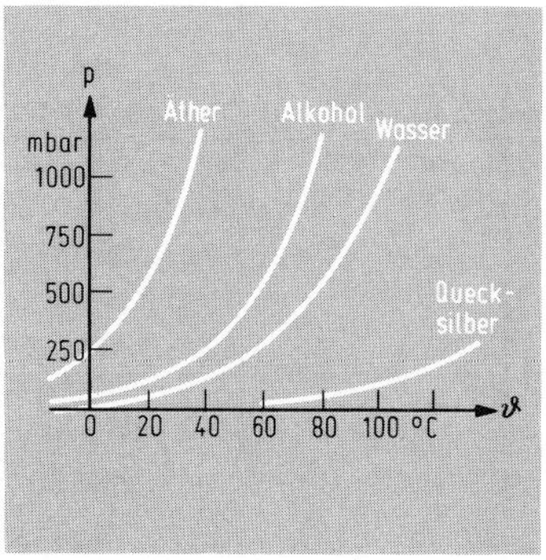

Abb. 352.1
Die Abhängigkeit des Sättigungsdampfdruckes von der Temperatur

Versuch 352.1 In ein TORRICELLI-Rohr der oben benutzten Art wird zunächst so lange Äther gebracht, bis der Sättigungsdampfdruck erreicht ist. Dann bringt man zusätzlich Alkohol hinein, bis auch dieser seinen Sättigungsdampfdruck erreicht hat.

Der Versuch zeigt, daß die Verdampfung des Alkohols und die Entstehung des dynamischen Gleichgewichtes zwischen seiner flüssigen und seiner gasförmigen Phase durch den vorhandenen Ätherdampf nicht beeinflußt wird. Es gilt für alle gesättigten Dämpfe das von dem englischen Physiker und Chemiker J. DALTON (1766–1844) entdeckte DALTON-*Gesetz*, das besagt:

Der Sättigungsdampfdruck eines Dampfes ist unabhängig von dem Druck sonst noch vorhandener Gase oder Dämpfe. Der Gesamtdruck des Gemisches ist gleich der Summe derjenigen Drücke, die jeder Bestandteil ausüben würde, wenn er den Gesamtraum allein ausfüllte.

Das Vorhandensein von Luft hat also auf die Größe des Dampfdrucks irgendwelcher Flüssigkeiten keinen Einfluß. Lediglich die zur Erreichung des Sättigungsdampfdrucks erforderliche Zeit wird etwas vergrößert, weil die in den Gasraum gelangenden Dampfmoleküle durch die schon vorhandenen Luftpartikel behindert werden.

Es ergibt sich noch die Frage, ob die früher behandelten *Gasgesetze* auch für gesättigte und ungesättigte Dämpfe gelten. Wir untersuchen zunächst, ob das BOYLE-MARIOTTE-*Gesetz* hier seine Gültigkeit behält.

Versuch 352.2 Das vertikal stehende TORRICELLI-Rohr wird in der gleichen Weise wie bei Versuch 350.2 mit so viel Äther gefüllt, daß außer dem gesättigten Dampf noch flüssiger Äther vorhanden ist. Dann wird das Rohr aus der vertikalen in eine geneigte Lage gebracht (Abb. 351.2c).

Es zeigt sich, daß der Höhenunterschied zwischen den Quecksilberoberflächen in der Wanne und im TORRICELLI-Rohr unverändert bleibt. Da durch diesen Höhenunterschied die Differenz zwischen dem äußeren Luftdruck und dem Dampfdruck des Äthers angezeigt wird, muß dieser Dampfdruck nach der Neigung des Rohres die gleiche Größe wie vorher haben. Die mit der Neigung des Rohres verbundene Volumenverringerung führt also nicht zu einer Steigerung des Dampfdruckes. Es geht vielmehr ein Teil des Dampfes in den flüssigen Zustand über, und zwar gerade so viel, daß der Sättigungsdampfdruck konstant bleibt. Bei einer Volumenvergrößerung würde entsprechend mehr Äther verdampfen, so daß der Sättigungsdampfdruck ebenfalls so lange unverändert bleibt, wie noch flüssiger Äther vorhanden ist.

Diese Feststellungen sind vom Standpunkt der kinetischen Gastheorie gut verständlich. Wenn man nämlich bei gleichbleibender Temperatur das dem Dampf zur Verfügung stehende Volumen vergrößert, so sinkt zunächst der Druck des Dampfes, wie es dem BOYLE-MARIOTTE-Gesetz entspricht. Dadurch wird aber das dynamische Gleichgewicht zwischen Dampf und Flüssigkeit gestört, so daß zusätzliche Moleküle in den Gasraum übergehen, bis das der herrschenden Temperatur entsprechende Gleichgewicht und damit der alte Sättigungsdampfdruck wiederhergestellt ist. Wir erkennen also, daß in den untersuchten Fällen das BOYLE-MARIOTTE-Gesetz nicht gültig ist, sondern durch ein anderes Gesetz ersetzt werden muß:

Der Sättigungsdampfdruck eines mit seiner Flüssigkeit in Verbindung stehenden Dampfes bleibt bei Volumenänderungen konstant.

Auch das GAY-LUSSAC-Gesetz ist für gesättigte Dämpfe, die mit ihrer Flüssigkeit in Verbindung stehen, nicht erfüllt. Der Sättigungsdampfdruck steigt zwar auch mit der Temperatur, aber nicht linear, wie es dem GAY-LUSSAC-Gesetz entsprechen würde. Die in Abb. 352.1 dargestellten Kurven zeigen vielmehr, daß der Dampfdruck mit der Temperatur stärker steigt, als dies dem GAY-LUSSAC-Gesetz entspricht.

Wenn der *Dampf nicht mit seiner Flüssigkeit* in Verbindung steht, dann ist eine Volumenvergrößerung mit einer Druckabnahme verbunden, weil keine zusätzlichen Moleküle verdampfen können. Umgekehrt tritt in diesem Falle bei einer Volumenverringerung eine Drucksteigerung auf, die so lange anhält, bis der Sättigungsdampfdruck erreicht ist. Dann führt jede weitere Volumenverringerung zu einer Kondensation, so daß der Dampf jetzt mit seiner Flüssigkeit in Verbindung steht und das oben erörterte Verhalten zeigt. Solange der Dampf weit genug von der Sättigung entfernt ist, kann man auf ihn das BOYLE-MARIOTTE-Gesetz anwenden. Ebenso zeigen ungesättigte Dämpfe bei einer Erwärmung unter konstantem Druck oder konstantem Volumen das gleiche Verhalten wie die früher untersuchten Gase. Wir können also feststellen:

Für ungesättigte Dämpfe gelten die gleichen Gesetze wie für die Gase.

Der Vorgang des *Verdunstens* und *des Siedens* soll nun noch einmal genauer betrachtet werden. In einem Gefäß mit Wasser von Zimmertemperatur gehen an der Oberfläche Wassermoleküle aus der Flüssigkeit in die Luft über; dieser Vorgang hält so lange an, bis die über dem Wasser befindliche Schicht mit Dampf gesättigt ist. Jetzt können nur noch so viele Moleküle verdampfen, wie aus der gesättigten Schicht in die umgebende Luft hineindiffundieren. Dieser langsame Verdampfungsvorgang wird als *Verdunstung* bezeichnet. Erhöhen wir nun die Temperatur, so geht das Verdunsten schneller vor sich. Gleichzeitig steigt der Sättigungsdampfdruck der Flüssigkeit. Wenn dieser die gleiche Größe wie der äußere Luftdruck erreicht hat, dann ist der über der Flüssigkeit befindliche Dampf nicht mehr darauf angewiesen, in die umgebende Luft hineinzudiffundieren, sondern er drückt die Luft einfach weg. Es bilden sich dann auch im Innern der Flüssigkeit Dampfblasen, die an die Oberfläche steigen. Die Flüssigkeit siedet. Wir erkennen daraus, daß eine Flüssigkeit nur zu sieden vermag, wenn der in den Dampfblasen herrschende Dampfdruck nicht kleiner als der auf die Blasen ausgeübte äußere Druck ist, weil jede entstehende Dampfblase sonst sofort wieder von dem äußeren Druck zusammengedrückt wird, wobei der Dampf kondensiert. Es ergibt sich also:

Eine Flüssigkeit siedet bei derjenigen Temperatur, bei der ihr Sättigungsdampfdruck gleich dem äußeren Druck ist.

Abschließend soll noch auf die folgenden Tatsachen hingewiesen werden:

1. Die beim Sieden des Wassers aufsteigenden Blasen sind also Wasserdampfblasen. Man darf sie nicht mit den kleinen Luftblasen verwechseln, die sich bei der Erwärmung des Wassers an der Gefäßwand absetzen. Diese Blasen entstehen auch nur, wenn das Wasser nicht vollkommen luftfrei ist.

2. Wenn man Wasser auf dem Mond ausschütten würde, so könnte kein Siedevorgang eintreten, weil kein Druck auf dem Wasser lastet. Das Wasser würde auch bei hohen Temperaturen, wie sie etwa das Mondgestein auf der beleuchteten Mondseite hat, ohne Sieden in die gasförmige Phase übergehen.

3.1.10 Die Verflüssigung der Gase

Wenn ein Gas verflüssigt werden soll, so müssen seine Atome oder Moleküle aus dem Zustand sehr freier Beweglichkeit in die für Flüssigkeiten charakteristische engere Bindung übergeführt werden. Dies kann grundsätzlich auf zwei verschiedene Weisen geschehen:

1. *Durch Erniedrigung der Temperatur.* Dadurch wird die Wärmebewegung der Teilchen, die das Entstehen eines engeren molekularen Verbandes behindert, herabgesetzt, so daß die Molekülkräfte leichter wirksam werden können.

2. *Durch Steigerung des Drucks.* Hierdurch werden die Teilchen dichter zusammengedrängt, und da die Molekülkräfte bei geringer Entfernung besonders wirksam sind, können sie unter diesen Umständen vielfach gegen die Wirkung der Wärmebewegung den flüssigen Zustand herstellen.

Die experimentellen Untersuchungen haben ergeben:

Jedes Gas kann bei jedem beliebigen Druck (z.B. bei normalem Luftdruck) durch genügende Abkühlung in den flüssigen (bzw. festen) Aggregatzustand übergeführt werden.

In einigen Fällen geht die gasförmige Phase unmittelbar in die feste Phase über.

Weiter zeigt die Erfahrung:

Es ist nicht möglich, jedes Gas bei jeder beliebigen Temperatur (z.B. bei Zimmertemperatur) durch Drucksteigerung in den flüssigen Aggregatzustand zu überführen.

Es hat langer und mühsamer Untersuchungen bedurft, bis die Bedingungen für die Verflüssigung der Gase geklärt werden konnten. Zu Beginn des 19. Jahrhunderts war es M. Faraday (1791 – 1867) gelungen, eine Anzahl von Gasen, wie Chlor, Schwefelwasserstoff, Schwefeldioxid und Ammoniak, teils durch Drucksteigerung, teils durch Abkühlung in den flüssigen Zustand zu verwandeln, und 1823 konnte er auch Kohlenstoffdioxid durch einen Druck von 37 bar bei 0 °C verflüssigen. Trotz Anwendung sehr hoher Drücke (über 3000 bar) wollte es dagegen lange nicht gelingen, Sauerstoff, Stickstoff und Wasserstoff zu verflüssigen. Die Edelgase, bei denen die Verflüssigung ebenfalls mit Schwierigkeiten verbunden ist, waren zu jener Zeit noch nicht bekannt.

Aus diesen Feststellungen glaubte man damals den Schluß ziehen zu müssen, daß es zwei verschiedene Arten von Gasen gäbe:

1. Gase, die durch Druckerhöhung bzw. Temperaturerniedrigung in den flüssigen Zustand übergeführt werden können, und

2. Gase, bei denen eine Überführung in den flüssigen Zustand auf keinen Fall möglich ist. Diese Gase wurden als *permanente Gase* bezeichnet.

Heute weiß man, daß diese Unterscheidung nicht berechtigt war. Es gilt vielmehr:

Alle Gase können in den flüssigen Aggregatzustand übergeführt werden.

Es ist das Verdienst des Physikers Th. Andrews (1813 – 1885), die Verhältnisse durch Untersuchungen am Kohlendioxid geklärt zu haben.

Wenn man den durch die universelle Gasgleichung

$$pV = \nu RT$$

gegebenen Zusammenhang zwischen den Zustandsgrößen V, p und T grafisch darstellt, so ergibt sich das in Abb. 335.1 wiedergegebene Bild. Zu jeder Temperatur gehört eine Hyperbel, die für diese Temperatur den Zusammenhang zwischen V und p wiedergibt. Bei einer Verringerung der Temperatur rückt die Hyperbel dichter an den Koordinatenanfangspunkt heran. Wir haben diese Kurven früher (S. 334) als die *Isothermen des idealen Gases* bezeichnet.

In ähnlicher Weise können nun die *Isothermen für Kohlenstoffdioxid* gezeichnet werden. Wie Abb. 355.1 zeigt, ergibt sich dabei ein ganz anderes Bild. Solange die Temperatur genügend hoch ist, erhält man auch hier gleichseitige Hyperbeln. Bei niedrigeren Temperaturen weichen die Isothermen aber stark von dieser Form ab. Betrachtet man etwa die Isotherme für $\vartheta_1 = 10\,°C$, so zeigt diese einen auf den ersten Blick recht merkwürdigen

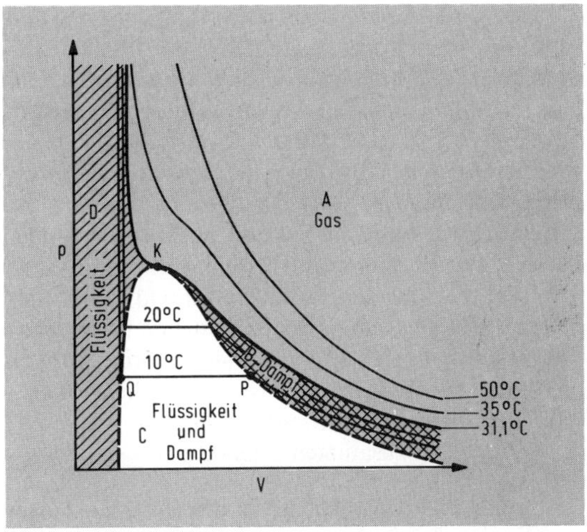

Abb. 355.1
Schematische Darstellung der Isothermen von Kohlenstoffdioxid für verschiedene Temperaturen

Verlauf, dessen physikalische Bedeutung geklärt werden muß. Wie Abb. 355.1 zeigt, können in dem Kurvenverlauf drei Bereiche unterschieden werden:

1. In ihrem rechten Teil zeigt die Kurve, daß eine bei konstanter Temperatur durchgeführte Volumenverringerung mit einer Druckzunahme verbunden ist, die etwa dem BOYLE-MARIOTTE-Gesetz entspricht, d.h., die zugehörige Isotherme ist in diesem Bereich, der bis zum Punkte *P* reicht, mit großer Annäherung ein Hyperbelstück.

2. Wenn man vom Punkte *P* aus das Volumen weiter verringert, so ist dies jetzt nicht mehr mit einer Druckzunahme verbunden, sondern der Druck bleibt konstant. Dies bedeutet, daß die Isotherme parallel zur Abszissenachse verläuft, bis der Punkt *Q* erreicht ist. In dem Gebiet zwischen *P* und *Q* geht das Gas nach und nach in den flüssigen Zustand über. Beim Erreichen des Punktes *Q* ist das gesamte Gas flüssig geworden.

3. Bei einer weiteren Volumenverringerung steigt der Druck stark an. Die Kurve zeigt einen entsprechend steilen Verlauf. Dies entspricht der Tatsache, daß alle Flüssigkeiten schwer zusammendrückbar sind.

In Abb. 355.1 ist eine weitere Isotherme für $\vartheta_2 = 20$ °C gezeichnet. Man erkennt, daß sie einen ähnlichen Verlauf wie die Isotherme für $\vartheta_1 = 10$ °C aufweist. Der Übergang in den flüssigen Zustand erfolgt jetzt allerdings erst bei einem höheren Druck als vorher, und der horizontal verlaufende Kurventeil ist kürzer. Nach einer vollständigen Verflüssigung steigt die Kurve auch hier wieder steil an.

Bei einer weiteren Erhöhung der Temperatur wird der horizontale Teil der Isothermen immer kürzer, bis er schließlich bei der Temperatur $\vartheta_k = 31{,}1$ °C zu einem Punkt *K* zusammenschrumpft. Die Isotherme hat jetzt nur noch einen Wendepunkt mit horizontal verlaufender Tangente. Physikalisch bedeutet dies, daß bei fortschreitender Volumenverminderung eine dauernde Drucksteigerung erfolgt, daß aber keine Verflüssigung eintritt. Bei noch höheren Temperaturen steigen die Isothermen bei Volumenverringerung dauernd an; es existiert jetzt auch keine horizontale Wendetangente mehr. Die Folge davon ist, daß das Gas durch Drucksteigerung überhaupt nicht mehr verflüssigt werden kann. Das Ergebnis der Untersuchungen von ANDREWS war also, daß Kohlendioxid nur unterhalb einer Temperatur von 31,1 °C durch Drucksteigerung in den flüssigen Zustand übergeführt und daß oberhalb dieser Temperatur auch bei Anwendung größter Drücke keine Verflüssigung erreicht werden kann. Die betreffende Temperatur nennt man die *kritische Temperatur* (ϑ_k oder T_k) und den zugehörigen Druck den *kritischen Druck* (p_k). Die durch den Punkt *K* gehende Isotherme heißt *kritische Isotherme*.

In Abb. 355.1 ist gestrichelt noch eine weitere Kurve gezeichnet, die die Knickstellen der Isothermen miteinander verbindet. Man nennt diese Kurve die *Grenzkurve* und das von ihr eingeschlossene Gebiet das *Sättigungsgebiet*. Es umfaßt den Bereich, in dem Flüssigkeit und Dampf nebeneinander bestehen können.

Im Anschluß an Abb. 355.1 können noch einige weitere Betrachtungen angestellt werden. Es müssen vier Bereiche unterschieden werden:

Bereich A umfaßt das Gebiet oberhalb der kritischen Isotherme. Hier kann Kohlenstoffdioxid überhaupt nur im gasförmigen Zustand existieren.

Bereich B wird von der kritischen Isotherme und dem rechten Teil der Grenzkurve begrenzt. Dieses Gebiet ist das des ungesättigten Dampfes. In den Bereichen *A* und *B* ist der Stoff also im gasförmigen Zustand vorhanden; der Unterschied besteht darin, daß in dem Bereich *A* durch Drucksteigerung keine Verflüssigung erreicht werden kann, während dieses für die ungesättigten Dämpfe des Bereiches *B* möglich ist. Man hat deshalb vorgeschlagen, im *Bereich A von Gasen* und *im Bereich B von Dämpfen* zu sprechen.

Bereich C ist das oben schon erwähnte Sättigungsgebiet, in dem Flüssigkeit und gesättigter Dampf gleichzeitig vorkommen.

Bereich D wird vom linken Teil der kritischen Isotherme bis zum Punkte *K* und dem linken Teil der Grenzkurve begrenzt. Hier kann Kohlenstoffdioxid nur als Flüssigkeit existieren.

Was hier über das Kohlenstoffdioxid gesagt wurde, gilt in entsprechender Weise für alle anderen Gase, auch für die früher als permanent bezeichneten. Diese sind nur dadurch gekennzeichnet, daß ihre kritischen Temperaturen sehr niedrig liegen. Wenn man sie früher nicht zu verflüssigen vermochte, so lag dies einfach daran, daß man nicht genügend tiefe Temperaturen erreichen konnte und den Zusammenhang zwischen Verflüssigung und kritischer Temperatur nicht kannte.

Wir stellen zusammenfassend fest:

Alle realen Gase können in den flüssigen Zustand übergeführt werden.

Es gibt aber für jedes Gas eine kritische Temperatur, bei deren Überschreitung eine Verflüssigung auch durch die höchsten Drücke nicht möglich ist, weil die flüssige Phase oberhalb der kritischen Temperatur nicht existiert.

Für den Druck gibt es dagegen keine solche Begrenzung. Alle realen Gase können bei jedem beliebigen Druck verflüssigt werden, wenn man sie genügend stark abkühlt.

Praktisch heißt dies, daß man diejenigen Gase, deren kritische Temperatur oberhalb der Zimmertemperatur liegt, einfach durch Kompression verflüssigen kann, während man im anderen Falle die Gase erst unter die kritische Temperatur abkühlen muß, bevor eine Drucksteigerung zur Verflüssigung führt.

In der folgenden Tabelle sind die kritischen Temperaturen für einige Gase angegeben.

Kritische Temperaturen

Helium	5 K	Argon	151 K	Chlor	417 K
Wasserstoff	33 K	Sauerstoff	155 K	Alkohol	516 K
Stickstoff	126 K	Kohlenstoffdioxid	304 K	Wasser	647 K

Es soll abschließend noch darauf hingewiesen werden, daß der in Abb. 355.1 dargestellte Verlauf der Isothermen von realen Gasen durch die VAN-DER-WAALS-*Zustandsgleichung* näherungsweise richtig wiedergegeben wird. Es handelt sich hierbei um ein von dem niederländischen Physiker J.D. VAN DER WAALS (1837 bis 1923) entdecktes Gesetz, das folgendermaßen lautet:

$$\left(p+\frac{a}{V_{\text{molar}}^2}\right)(V_{\text{molar}}-b)=RT.$$

Die Größen a und b sind Materialkonstanten, die für jedes Gas einen charakteristischen Wert haben. Sie werden als die VAN-DER-WAALS-*Konstanten* bezeichnet. Dabei trägt die Größe b dem Eigenvolumen der Gasteilchen Rechnung; $V_{\text{molar}}-b$ ist der wirklich verfügbare Raum, in dem sich die Teilchen bewegen können. Durch den Ausdruck $\frac{a}{V_{\text{molar}}^2}$ wird der Zusatzdruck berücksichtigt, der bei kleinen Abständen durch die gegenseitige Anziehung der Gasteilchen entsteht.

Bei großen Werten von V_{molar}, d.h. bei geringer Teilchenzahldichte, ist $\frac{a}{V_{\text{molar}}^2}$ klein gegenüber p und b klein gegenüber V_{molar}, so daß die VAN-DER-WAALS-Zustandsgleichung dann in die Zustandsgleichung für ideale Gase

$$p\,V_{\text{molar}}=RT$$

übergeht.

Wenn man die nach der VAN-DER-WAALS-Zustandsgleichung sich ergebenden Isothermen grafisch darstellt, so erhält man das in Abb. 357.1 wiedergegebene Bild. Es sind hier drei Isothermen gezeichnet, von denen jeweils eine oberhalb, eine bei und eine unterhalb der kritischen Temperatur liegen. Bei großen Werten von T

Abb. 357.1
Schematische Darstellung der Isothermen nach der VAN-DER-WAALS-Zustandsgleichung für drei Temperaturen $T_1 < T_k < T_2$

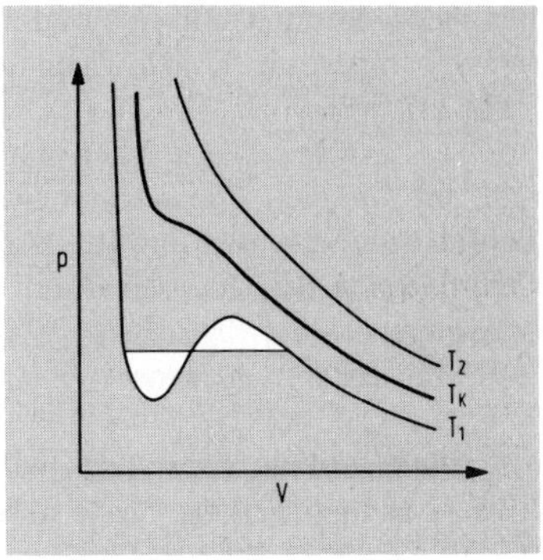

haben die Isothermen auch hier die Gestalt von Hyperbeln. Je kleiner die Temperatur wird, um so mehr weichen die Isothermen von der Hyperbelform ab. Unterhalb der kritischen Temperatur besitzen sie ein Maximum und ein Minimum, die sich bei den experimentell ermittelten Kurven von Abb. 355.1 nicht finden. Dort blieb der Druck vielmehr über einen gewissen Bereich konstant, so daß die Isotherme hier durch die horizontal verlaufende Strecke PQ wiedergegeben wurde. Wie der englische Physiker J. CL. MAXWELL (1831 – 1879) gezeigt hat, ist die Lage dieser Geraden dadurch bestimmt, daß die oberhalb bzw. unterhalb der Geraden gelegenen weißen Flächenstücke gleich groß sind.

Um Gase mit niedriger kritischer Temperatur zu verflüssigen, sind besondere Verfahren entwickelt worden, die von dem sog. JOULE-THOMSON-*Effekt* Gebrauch machen. Wir kommen hierauf auf S. 366 zurück.

3.1.11 Die Phasendiagramme

Unter *Phasen* versteht man die physikalisch homogenen Teile eines heterogenen Systems. Die verschiedenen Aggregatzustände eines Stoffes (fest, flüssig und gasförmig) stellen solche Phasen dar. Darüber hinaus werden aber auch alle homogenen Gebiete eines Stoffes, die durch Trennungsflächen gegeneinander abgrenzbar sind, als Phasen bezeichnet. Ein Beispiel hierfür sind die bisweilen nebeneinander auftretenden verschiedenen festen Modifikationen des gleichen Festkörpers.

Unter einer *Phasenumwandlung* versteht man den Übergang von einer Phase in eine andere. Dabei tritt eine sprunghafte Änderung gewisser physikalischer Eigenschaften, z. B. der Dichte, der Brechzahl usw., auf.

Im folgenden beschränken wir uns auf die Untersuchung der festen, flüssigen und gasförmigen Phasen bei zwei bestimmten Stoffen, nämlich bei Wasser und Kohlenstoffdioxid.

Es hat sich früher gezeigt, daß der Dampfdruck einer Flüssigkeit mit steigender Temperatur zunimmt (S. 351). Der Zusammenhang wird durch die in Abb. 357.2 schematisch dargestellte *Dampfdruckkurve* wiedergegeben. Nur für die auf der Kurve liegenden Wertepaare (p_1, T_1), (p_2, T_2) usw. können die flüssige und die dampfförmige Phase nebeneinander existieren. Oberhalb der Kurve kommt der betreffende Stoff nur in der

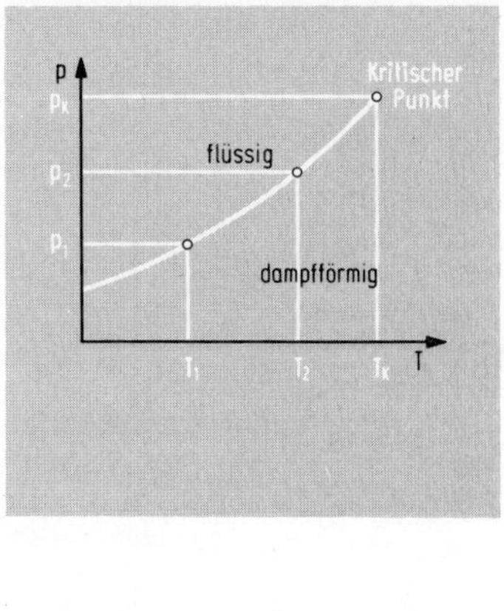

Abb. 357.2
Schematische Darstellung einer Dampfdruckkurve

flüssigen und unterhalb nur in der dampfförmigen Phase vor. Die Dampfdruckkurve endet bei dem zur kritischen Temperatur T_k gehörigen kritischen Punkt, weil oberhalb dieser Temperatur die flüssige Phase nicht mehr existiert.

In ähnlicher Weise kann man eine *Schmelzdruckkurve* zeichnen, die die Grenzlinie zwischen der festen und der flüssigen Phase darstellt. Schließlich kann eine *Sublimationsdruckkurve* gezeichnet werden, die die Sublimation, d.h. den unmittelbaren Übergang aus der festen in die gasförmige Phase, kennzeichnet. Es zeigt sich, daß alle drei Kurven durch einen Punkt gehen, den man als den *Tripelpunkt* des betreffenden Stoffes bezeichnet.

Man erkennt hieraus:

Die Koordinaten des Tripelpunktes eines Stoffes geben den Druck und die Temperatur an, bei der die feste, flüssige und gasförmige Phase nebeneinander existieren.

In Abb. 358.1 und 358.2 sind die *Phasendiagramme* für Wasser und Kohlenstoffdioxid schematisch dargestellt. Man erkennt, daß die drei Zweige drei Gebiete abgrenzen, in denen jeweils nur die feste oder nur die flüssige oder nur die gasförmige Phase existieren können. Wenn zwei Phasen nebeneinander vorhanden sein sollen, so müssen die Temperatur T und der Druck p so gewählt werden, daß der zugehörige Punkt auf einer der Kurven liegt. Alle drei Phasen können nebeneinander nur für die Koordinaten T_{tr} und p_{tr} des Tripelpunktes existieren.

Zur weiteren Verdeutlichung der Phasendiagramme gehen wir in den Abb. 358.1 und 358.2 von einem Punkt P aus, bei dem sich das Wasser bzw. das Kohlenstoffdioxid in der flüssigen Phase in einem abgeschlossenen Gefäß befinden. Bei konstanter Temperatur T wird der Druck verringert. Wenn der Punkt Q erreicht ist, d.h. bei einem ganz bestimmten Druck, beginnen die Flüssigkeiten zu sieden. Damit die Temperatur konstant bleibt, muß den Flüssigkeiten jetzt laufend die Verdampfungswärme von außen zugeführt werden; das geschieht so lange, bis die gesamte Flüssigkeit in den gasförmigen Zustand übergegangen ist. Jetzt bleiben die Flüssigkeiten bei weiterer Drucksenkung – in den Abbildungen bis zum Punkte R – in der dampfförmigen Phase. Wird nun die Temperatur erniedrigt, so ändert sich die Phase zunächst nicht. Wenn jedoch der Punkt S erreicht ist, geht der Dampf bei konstant gehaltener Temperatur in die feste Phase über, wobei die Sublimationswärme frei wird. Bei weiterer Temperaturverringerung – in der Abbildung bis zum Punkte U dargestellt – bleiben die Stoffe fest. Schließlich kann man jetzt bei konstanter Temperatur den Druck erhöhen, wodurch man zu dem Punkte W gelangt. Hierbei zeigt sich ein Unterschied zwischen dem Wasser und dem Kohlenstoffdioxid. Während das Wasser beim Erreichen des Punktes W in den flüssigen Zustand übergeht, kann dies beim Kohlenstoffdioxid nicht passieren, weil die Gerade UW die Schmelzdruckkurve des Kohlenstoffdioxids nicht schneidet.

In den Abb. 358.1 und 358.2 sind die Temperaturen und die Drücke des Tripelpunktes angegeben. Man erkennt aus den Abbildungen, daß bei einem Druck, der kleiner als der zum Tripelpunkt gehörige Druck ist, die flüssige Phase des Stoffes nicht existieren kann. Aus diesem Grunde kann Kohlenstoffdioxid beim Normdruck nicht in der flüssigen Phase vorkommen. Das als Trockeneis (Band I, S. 197) bekannte feste Kohlenstoffdioxid geht deshalb bei Atmosphärendruck und einer Temperatur von etwa -79 °C aus der festen Phase unmittelbar in die gasförmige Phase über.

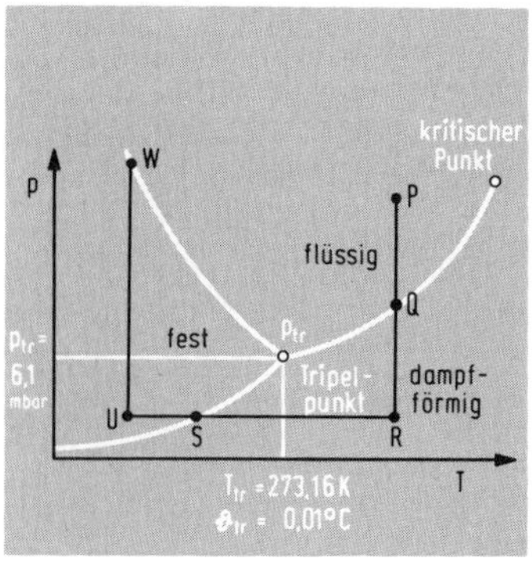

Abb. 358.1
Phasendiagramm des Wassers
(nicht maßstäblich)

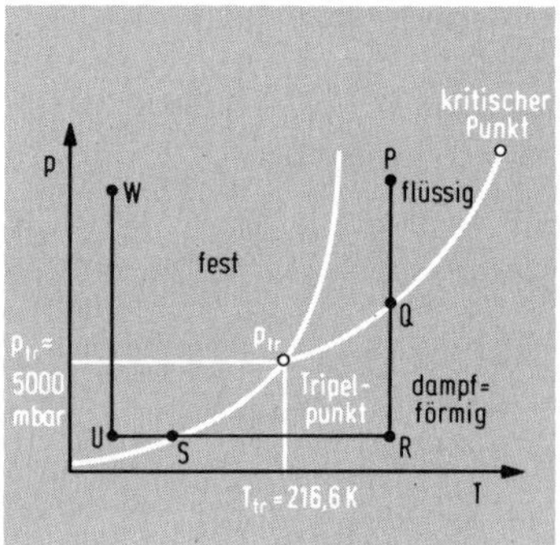

Abb. 358.2
Phasendiagramm des Kohlendioxids
(nicht maßstäblich)

Der *Tripelpunkt des Wassers* ist von besonderem Interesse, weil er durch das *Gesetz über Einheiten im Meßwesen* im Anschluß an internationale Vereinbarungen zum Fundamentalpunkt der Temperaturmessung gemacht worden ist (vgl. S. 324). Dies ist geschehen, weil der Tripelpunkt des Wassers sich exakter als der Eispunkt reproduzieren läßt. Es wurde aber schon darauf hingewiesen, daß diese Tatsache nur für Messungen von höchster Präzision und für das Eichwesen von Bedeutung ist, daß sie dagegen für die Temperaturmessungen des Alltags und für den größten Teil der wissenschaftlichen Messungen keine Rolle spielt.

Die in den vorhergehenden Abschnitten über das thermische Verhalten der Stoffe gewonnenen Erkenntnisse werden wieder durch das Lösen einiger Aufgaben gefestigt und vertieft.

Beispiele

1. In einer Druckflasche befindet sich komprimierter Sauerstoff mit dem Druck $p_1 = 50$ bar und der Temperatur $\vartheta_1 = 25\,°C$. Dann wird die halbe Masse des eingeschlossenen Gases abgelassen, wobei die Temperatur auf $\vartheta_2 = 16\,°C$ sinkt. Wie groß ist der Druck p_2 des noch in der Flasche vorhandenen Sauerstoffs?

Es gilt

$$p_1 V = \nu_1 R T_1 \quad \text{und} \quad p_2 V = \nu_2 R T_2,$$

wobei $\nu_2 = \frac{\nu_1}{2}$ ist.

Durch Division der beiden Gleichungen erhält man:

$$\frac{p_2}{p_1} = \frac{T_2}{2T_1} = \frac{(273+16)\,\mathrm{K}}{2\cdot(273+25)\,\mathrm{K}},$$

$$p_2 = 50\,\mathrm{bar} \cdot \frac{289\,\mathrm{K}}{2\cdot 298\,\mathrm{K}} = 24{,}2\,\mathrm{bar}.$$

2. Die Dichte des Heliums bei der Temperatur $\vartheta_1 = 0\,°C$ und dem Druck $p_1 = 1000\,\mathrm{hPa}$ beträgt $\rho_1 = 1{,}785\cdot 10^{-4}\,\mathrm{g\,cm^{-3}}$. Wie groß ist die Dichte bei der Temperatur $\vartheta_2 = 200\,°C$ und dem Druck $p_2 = 100\,p_1$?

Aus

$$\frac{p_1 V_1}{T_1} = \frac{p_2 V_2}{T_2} \quad \text{und} \quad \frac{\rho_2}{\rho_1} = \frac{V_1}{V_2}$$

folgt

$$\rho_2 = \frac{p_2 T_1}{p_1 T_2}\rho_1$$

$$= \frac{100\,p_1\cdot 273{,}15\,\mathrm{K}}{p_1\cdot 473{,}15\,\mathrm{K}}\cdot 1{,}785\cdot 10^{-4}\,\mathrm{g\,cm^{-3}} = 1{,}03\cdot 10^{-2}\,\mathrm{g\,cm^{-3}}.$$

3. Wie groß ist bei der Temperatur $\vartheta = 20\,°C$ und dem Normdruck $p = 1013\,\mathrm{hPa}$ das Volumen des aus $V_1 = 20\,\mathrm{cm^3}$ Trockeneis bei der Verdampfung entstehenden Kohlenstoffdioxids?

Wie groß ist die Dichte des Kohlenstoffdioxids bei der angegebenen Temperatur und dem angegebenen Druck?

Die Dichte des Trockeneises beträgt:

$$\rho_1 = 1{,}53\,\mathrm{g\,cm^{-3}}.$$

Die Masse des Trockeneises beträgt:

$$m = \rho_1 V_1 = 1{,}53\,\mathrm{g\,cm^{-3}}\cdot 20\,\mathrm{cm^3} = 30{,}6\,\mathrm{g}.$$

Die Stoffmenge ist dann:

$$\nu = \frac{m}{M_r(CO_2)} = \frac{30{,}6}{44}\,\mathrm{mol} = 0{,}695\,\mathrm{mol}.$$

Aus der allgemeinen Gasgleichung folgt:

$$V = \frac{\nu R T}{p} = \frac{0{,}695\,\mathrm{mol}\cdot 8{,}3143\,\mathrm{J\,K^{11}\,mol^{-1}}\cdot 293{,}15\,\mathrm{K}}{1013\,\mathrm{hPa}} = 1{,}67\cdot 10^{-2}\,\mathrm{m^3} = 1{,}67\cdot 10^{4}\,\mathrm{cm^3}.$$

Für die Dichte des Kohlenstoffdioxids ergibt sich:

$$\eta = \frac{m}{V} = \frac{30{,}6\,\mathrm{g}}{1{,}67\cdot 10^4\,\mathrm{cm^3}} = 1{,}83\cdot 10^{-3}\,\mathrm{g\,cm^{-3}}.$$

Weitere Aufgaben: Siehe O. HÖFLING, Physik-Aufgaben II/1.

3.2 Die Hauptsätze der Wärmelehre oder der Thermodynamik

3.2.1 Der erste Hauptsatz der Wärmelehre oder der Thermodynamik

Der früher behandelte *Energieerhaltungssatz der Mechanik* kann auch in der Weise formuliert werden, daß ein Körper, an dem mechanische Arbeit verrichtet wurde, wegen der dadurch verursachten Zustandsänderung selbst in der Lage ist, die gleiche Arbeit zu verrichten, indem er in seinen früheren Zustand zurückkehrt. Im Geltungsbereich des Energieerhaltungssatzes der Mechanik kann mechanische Energie weder verschwinden noch aus dem Nichts entstehen.

Da nach unseren bisherigen Feststellungen die einem Körper zugeführte Wärme eine Erhöhung der mechanischen Energie seiner Moleküle bewirkt, muß man schließen, daß der Energieerhaltungssatz der Mechanik zu einer allgemeineren Aussage erweitert werden kann. Dazu ist es notwendig, gleichzeitig die mechanische Arbeit und die Wärmeenergie zu betrachten, die einem Körper zugeführt oder von einem Körper abgeführt bzw. verrichtet wird.

Bis um die Mitte des vorigen Jahrhunderts glaubte man, daß die Wärme eine Art Stoff sei und daß die Temperatur eines Körpers von seinem Gehalt an diesem Wärmestoff abhänge. Die brennbaren Körper sollten Verbindungen des Wärmestoffes mit dem Verbrennungsrückstand sein; beim Verbrennen entweiche der Wärmestoff und gehe z. B. auf das auf dem Ofen befindliche Wasser über. *Der Wärmestoff sollte unzerstörbar und unerschaffbar sein.* Alle Versuche, den Wärmestoff nachzuweisen, schlugen jedoch fehl, und seit dem Ende des 18. Jahrhunderts wurden verschiedene Erscheinungen bekannt, die mit der Vorstellung des Wärmestoffes nicht in Einklang zu bringen waren. In diesem Zusammenhang sind vor allem die Versuche zu nennen, die B. Graf von Rumford (1753–1814) im Jahre 1798 in der bayerischen staatlichen Geschützgießerei in München gezeigt hat. Er brachte 13 kg eiskaltes Wasser dadurch zum Sieden, daß er mit Hilfe von zwei Pferden einen stumpfen Bohrer $2\frac{1}{2}$h in einem Metallstück arbeiten ließ. Er wies ferner darauf hin, daß die erzeugte Reibungswärme unerschöpflich sei und daß man nur die Pferde genügend lange arbeiten zu lassen brauche, um mit dem gleichen Metallstück beliebig große Wärmemengen zu erzeugen. Rumford schloß hieraus bereits, daß die Wärme nicht in dem Metall als Wärmestoff enthalten sein könne, sondern daß sie durch das Bohren, also durch die Reibung, erzeugt worden sei.

Es sind eine Reihe anderer alltäglicher Beobachtungen bekannt, die ebenfalls zeigen, daß durch Reiben Wärme entsteht. Trotzdem hat es nach den grundlegenden Feststellungen Rumfords und seinen Vermutungen noch lange gedauert, bis die Zusammenhänge zwischen Wärme und Arbeit klar erkannt werden konnten.

Es war eines der bedeutungsvollsten Ereignisse in der Geschichte der Physik, als im Jahre 1842 dem deutschen Arzt J. R. Mayer (1814–1878) auf theoretischem Wege und in den Jahren von 1842 bis 1850 dem englischen Physiker J. P. Joule (1818–1889) auf experimentellem Wege der Nachweis gelang, daß eine eindeutige Beziehung zwischen der aufgewendeten mechanischen Arbeit und der dadurch erzeugten Wärmeenergie besteht. Daß die gleiche Beziehung auch für den umgekehrtenVorgang, nämlich für die Umwandlung von Wärmeenergie in mechanische Arbeit besteht, wurde 1850 von R. E. Clausius (1822–1888) nachgewiesen. Um die Leistungen von Mayer und Joule richtig würdigen zu können, muß man beachten, daß zur Zeit ihrer Entdeckung der Zusammenhang zwischen der Wärmeenergie und der kinetischen Energie der Moleküle noch nicht bekannt war, sondern daß die kinetische Wärmetheorie erst aufgrund der durch Mayer und Joule gewonnenen Erkenntnisse entstehen konnte.

Für die folgenden Betrachtungen ist der Begriff der *inneren Energie* eines physikalischen Systems von Bedeutung. Es gilt:

Unter der inneren Energie (Formelzeichen: U) eines Systems versteht man den gesamten Energieinhalt des Systems, soweit er von dem inneren Zustand des Systems abhängt.

Beispiel Die *innere Energie* eines mit Luft gefüllten Gummiballes besteht aus der thermischen Bewegungsenergie der Gasteilchen, aus der chemischen Energie, die bei den molekularen Gasteilchen die Atome im Molekülverband zusammenhält, aus der elektrischen Energie, die durch die elektrischen Ladungen innerhalb der Atome bedingt sein kann, usw.

Zur inneren Energie des vorliegenden physikalischen Systems gehört dagegen nicht die kinetische Energie, die der Ball besitzt, wenn er sich als Ganzes in Bewegung befindet. Zur inneren Energie gehört ebenfalls nicht die potentielle Energie, die dem Ball aufgrund seiner Lage im Gravitationsfeld der Erde zukommt.

Wenn man einem System von außen eine gewisse Wärmemenge ΔQ und eine gewisse Arbeit ΔW zuführt, so gilt das folgende Gesetz:

Erster Hauptsatz der Wärmelehre oder der Thermodynamik:

Die Summe der einem System von außen zugeführten Wärmemenge ΔQ und der ihm von außen zugeführten Arbeit ΔW ist gleich der Zunahme seiner inneren Energie ΔU.

$$\Delta U = \Delta Q + \Delta W.$$

Von besonderem Interesse ist der Fall, daß es sich bei dem betrachteten System um ein Gas handelt, dem eine gewisse Wärmemenge ΔQ zugeführt wird. Diese Wärmemenge dient teilweise dazu, die innere Energie des Gases um den Betrag ΔU zu erhöhen, und teilweise dazu, das Volumen des Gases um ΔV zu vergrößern. Für diese Volumenvergrößerung, die gegen den äußeren Druck p erfolgen muß, ist aufgrund früher gefundener Ergebnisse die Arbeit

$$\Delta W = -p \cdot \Delta V$$

erforderlich. Der erste Hauptsatz der Wärmelehre kann dann folgendermaßen geschrieben werden:

$$\Delta Q = \Delta U + p \cdot \Delta V.$$

In bezug auf die Vorzeichen ist zu beachten, daß die Wärmemenge ΔQ dem System zugeführt und daher positiv gerechnet wird, während die Arbeit ΔW von dem System gegen den äußeren Druck verrichtet wird und daher negativ zu rechnen ist. Wenn dem System umgekehrt Wärmeenergie entzogen und Arbeit zugeführt wird, so ist ΔQ negativ und ΔW positiv zu rechnen.

Es ist schon von R. Mayer erkannt worden, daß der hier behandelte erste Hauptsatz der Wärmelehre nur eine Teilerscheinung eines viel umfassenderen, die ganze Natur beherrschenden Prinzips ist. Der erste, der dieses Prinzip, das wir als das *Prinzip von der Erhaltung der Energie* bezeichnen, in seiner vollen Allgemeinheit aussprach und begründete, war H. von Helmholtz (1821 – 1894). Im Jahre 1847 veröffentlichte er seine grundlegende Arbeit „*Über die Erhaltung der Kraft*“, in der die wesentlichen Gedanken niedergelegt waren. Es gilt danach:

Prinzip von der Erhaltung der Energie

In einem abgeschlossenen System, in dem sich beliebige mechanische, thermische, elektrische, optische oder chemische Vorgänge abspielen, bleibt die Gesamtenergie unverändert.

Man kann das Prinzip von der Erhaltung der Energie auch in der Weise formulieren, daß die Konstruktion einer Vorrichtung, die mechanische Arbeit hervorbringt, ohne daß ein anderer gleichwertiger Energiebetrag verbraucht wird, unmöglich ist. Mit der Auffindung einer solchen Vorrichtung, die man als *Perpetuum mobile erster Art* bezeichnet, hat man sich vor der Entdeckung des Prinzips von der Energieerhaltung lange und intensiv beschäftigt, ohne irgendwelche Erfolge zu erzielen.

Um Mißverständnisse zu vermeiden, muß man beachten, daß unter einem Perpetuum mobile erster Art nicht – wie man aus dem Namen schließen könnte – eine Vorrichtung zu verstehen ist, die ohne äußeren Antrieb in ständiger Bewegung bleibt. Eine solche Vorrichtung wäre theoretisch durchaus denkbar und stünde in keinem Widerspruch zu dem Prinzip von der Erhaltung der Energie. Um einen solchen Vorgang zu verwirklichen, müßte man z. B. die Reibung völlig ausschalten; das ist auf der Erde zwar technisch unmöglich, doch bedeutet diese technische Unmöglichkeit keine grundsätzliche Unmöglichkeit und keinen Widerspruch zu einem Naturgesetz. Ein Beispiel für einen solchen Vorgang stellt in guter Näherung die Bewegung der Planeten um die Sonne dar.

Unter einem Perpetuum mobile erster Art versteht man vielmehr eine Vorrichtung, die ohne Energiezufuhr von außen nicht nur in Bewegung bleibt, sondern dauernd Arbeit verrichtet und damit Energie aus dem Nichts erzeugt. Der Bau einer solchen Vorrichtung bietet nicht nur technische Schwierigkeiten, sondern steht im Widerspruch zu einem Naturgesetz, dem Prinzip von der Erhaltung der Energie.

Man kann das Prinzip von der Erhaltung der Energie deshalb auch so aussprechen:

Ein Perpetuum mobile erster Art ist unmöglich.

Abschließend soll noch darauf hingewiesen werden, daß es heute möglich ist, Masse in Energie zu verwandeln und umgekehrt. Danach scheint die Gesamtenergie eines abgeschlossenen Systems nun doch veränderbar zu sein. Man kann diesen scheinbaren Widerspruch dadurch beseitigen, daß man die *Masse als eine Form der Energie* betrachtet. Wir kommen auf die Zusammenhänge zwischen Masse und Energie an anderer Stelle zurück und stellen hier nur fest, daß das Prinzip von der Erhaltung der Energie dann unter Einbeziehung der Umwandlung von Masse in Energie oder von Energie in Masse seine Gültigkeit behält.

3.2.2 Einige Anwendungen des ersten Hauptsatzes der Thermodynamik

In diesem Kapitel sollen die neu gewonnenen Erkenntnisse auf Gase angewendet werden, deren Zustand es erlaubt, sie als ideale Gase zu betrachten. Die im vorhergehenden Abschnitt gefundene Gleichung

$$\Delta Q = \Delta U - \Delta W$$

gestattet es, die *vier Fundamentalprozesse*, die man mit einem hinreichend idealen Gas ausführen kann, genauer zu beschreiben.

1. Die isobaren Prozesse

In diesem Falle ist $p = const.$ Die obige Gleichung kann in der bereits bekannten Form

$$\Delta Q = \Delta U + p \cdot \Delta V$$

geschrieben werden.

Isobare Prozesse treten sehr häufig auf, da die meisten Prozesse unter dem konstanten äußeren Luftdruck ablaufen.

2. Die isochoren Prozesse

In diesem Falle ist $V = const.$ Daher wird keine äußere Arbeit verrichtet. Die obige Gleichung geht also in

$$\Delta Q = \Delta U$$

über. Dies bedeutet, daß die dem Gase zugeführte Wärmemenge vollständig zur Erhöhung seiner inneren Energie dient.

Isochore Prozesse treten praktisch nur selten auf. Als Beispiel können die in Autoklaven ablaufenden chemischen Reaktionen genannt werden.

3. Die isothermen Prozesse

In diesem Falle ist $T = const.$ Daher ändert sich die innere Energie des Gases nicht. Es ist also $\Delta U = 0$. Die obige Gleichung geht dann in

$$\Delta Q = -\Delta W$$

über. Die gesamte zugeführte Wärmeenergie wird also in äußere Arbeit umgesetzt.

Isotherme Prozesse sind von großer theoretischer und praktischer Bedeutung. Wir werden uns später mit ihnen noch einmal zu beschäftigen haben (S. 372).

4. Die adiabatischen Prozesse

Bei diesen bisher noch nicht behandelten Prozessen wird dem Gas weder Wärme zugeführt noch entzogen. Es ist also $\Delta Q = 0$. Für diese Prozesse gilt deshalb die Gleichung

$$\Delta U = -p \cdot \Delta V.$$

Diese Gleichung besagt:

Die einem Gase adiabatisch zugeführte oder entzogene äußere Arbeit ist gleich der Zu- bzw. Abnahme seiner inneren Energie. Bei der Zufuhr äußerer Arbeit tritt also eine Temperaturerhöhung des Gases ein, während beim Entzug äußerer Arbeit die Temperatur sinkt.

Durch die später zu behandelnden *Überströmungsversuche* von GAY-LUSSAC und JOULE-THOMSON (S. 365) ist experimentell nachgewiesen worden, daß alle hinreichend idealen Gase im Gegensatz zu den realen Gasen bei einer Ausdehnung *ohne Arbeitsverrichtung* ihre Temperatur nicht ändern. Eine solche Ausdehnung findet z.B. statt, wenn ein in einem Kolben eingeschlossenes Gas durch ein Rohr z.T. in einen evakuierten Kolben hinüberströmt. Daraus folgt:

Die innere Energie eines hinreichend idealen Gases ist von dem Gasvolumen unabhängig.

Diese Erscheinung wird sofort verständlich, wenn man beachtet, daß zwischen den Teilchen eines idealen Gases keine Kräfte wirken und daß deshalb auch keine Arbeit aufgewendet werden muß, um die Abstände der Teilchen zu verändern.

Wenn man einem idealen Gas die Wärmemenge ΔQ bei konstantem Volumen zuführt, so wächst dabei nach dem ersten Hauptsatz der Wärmelehre seine innere Energie um

$$\Delta U = \Delta Q = C_v \cdot \Delta T.$$

Dabei bedeutet C_v die Wärmekapazität bei konstantem Volumen.

Da die innere Energie eines hinreichend idealen Gases vom Gasvolumen unabhängig ist, gilt

$$\Delta U = C_v \cdot \Delta T$$

ganz allgemein, d.h. auch für Prozesse, bei denen sich das Volumen ändert.

Im folgenden betrachten wir adiabatische Prozesse, bei denen einer Gasmenge *Arbeit zugeführt oder entzogen* wird. In diesen Fällen ändert sich also die innere Energie U gemäß der Beziehung

$$C_v \cdot \Delta T = -p \cdot \Delta V.$$

Mit Hilfe der universellen Gasgleichung

$$pV = \nu RT$$

kann man p eliminieren und erhält

$$C_v \cdot \Delta T = -\nu RT \cdot \frac{\Delta V}{V} \quad \text{oder} \quad C_v \cdot \frac{\Delta T}{T} = -\nu R \cdot \frac{\Delta V}{V}.$$

Betrachtet man nun beliebig kleine Temperatur- und Volumenintervalle, so lautet die Gleichung

$$C_v \frac{\mathrm{d}T}{T} + \nu R \frac{\mathrm{d}V}{V} = 0.$$

Durch Integration ergibt sich

$$C_v \ln \frac{T}{T_0} + \nu R \ln \frac{V}{V_0} = \text{const}.$$

Setzt man in diese Gleichung das früher gefundene Ergebnis (S. 346)

$$\nu R = C_p - C_v$$

ein und verwendet ferner die Abkürzung

$$\frac{C_p}{C_v} = \kappa,$$

so erhält man

$$C_v \ln \frac{T}{T_0} + (C_p - C_v) \ln \frac{V}{V_0} = \text{const},$$

$$\ln \frac{T}{T_0} + (\kappa - 1) \ln \frac{V}{V_0} = \text{const},$$

$$\ln\{T\} + (\kappa - 1)\ln\{V\} = \text{const},$$

$$T V^{\kappa-1} = \text{const}.$$

Unter Anwendung der universellen Gasgleichung

$$T = \frac{p\,V}{\nu R}$$

folgt schließlich

$$p\,V^{\kappa} = \text{const} \quad \text{oder} \quad \frac{T^{\kappa}}{p^{\kappa-1}} = \text{const}.$$

Diese Gleichung wird nach dem Physiker S.D. POISSON (1781 – 1840) als das POISSON-Gesetz bezeichnet. Sie gilt für alle *adiabatischen Zustandsänderungen* und tritt hier an die Stelle des für isotherme Zustandsänderungen gültigen BOYLE-MARIOTTE-Gesetzes

$$p\,V = \text{const}.$$

Die Größe κ wird als die POISSON-*Konstante* oder als *Adiabatenexponent* bezeichnet. Es handelt sich hierbei um eine reine Zahl ($\kappa > 1$).

Wenn man den Zusammenhang zwischen p und V bei einer adiabatischen Zustandsänderung grafisch darstellt, so ergeben sich nicht Hyperbeln, wie dies bei den isothermen Vorgängen der Fall war, sondern andere, steiler verlaufende Kurven, die man als *Adiabaten* bezeichnet. In Abb. 364.1 sind drei Isothermen für die Temperaturen $T_1 > T_2 > T_3$ und zum Vergleich eine Adiabate gezeichnet. Die Adiabaten verlaufen deshalb steiler als die Isothermen, weil bei einer adiabatischen Kompression außer der Volumenverminderung zusätzlich die dabei eintretende Temperaturerhöhung drucksteigernd wirkt. Hier ist von einer Volumenänderung mit einer Arbeitsverrichtung die Rede. Wir denken etwa an die Kompression eines Gases in einer Luftpumpe.

Wir stellen zusammenfassend fest:

Bei der adiabatischen Kompression eines Gases tritt Erwärmung und bei der adiabatischen Ausdehnung tritt Abkühlung auf.

Bezeichnet man die Volumina vor und nach der adiabatischen Zustandsänderung mit V_1 und V_2 und die zugehörigen Temperaturen mit T_1 und T_2, so folgt aus der POISSON-Gleichung

$$\frac{T_1}{T_2} = \left(\frac{V_1}{V_2}\right)^{1-\kappa}.$$

Die kinetische Gastheorie macht verständlich, warum bei adiabatischen Volumenänderungen von Gasen auch Temperaturänderungen auftreten. Da die Volumenänderung im allgemeinen mit einer Bewegung von Teilen der Gefäßwand verbunden ist, treffen die bewegten Gasteilchen nicht auf eine ruhende, sondern auf eine bewegte Wand. Die Folge davon ist, daß der Betrag ihrer Geschwindigkeit bei der Reflexion nicht unverändert bleibt, sondern daß sie mit einer größeren oder kleineren Geschwindigkeit reflektiert werden, je nachdem ob die Wand sich auf die ankommenden Teilchen zu- oder von diesen wegbewegt. Man kann sich diesen Sachverhalt am Zurückschlagen eines Balles mit Hilfe eines Tennisschlägers klarmachen: Wenn der Tennisschläger auf den ankommenden Ball zubewegt wird, so nimmt die Ballgeschwindigkeit bei der Reflexion zu.

Die Gasmoleküle werden also bei einer Volumenverkleinerung, d.h. durch einen in das Gas hineinbewegten Kolben, beschleunigt; damit steigt die durchschnittliche Teilchenenergie und die Temperatur.

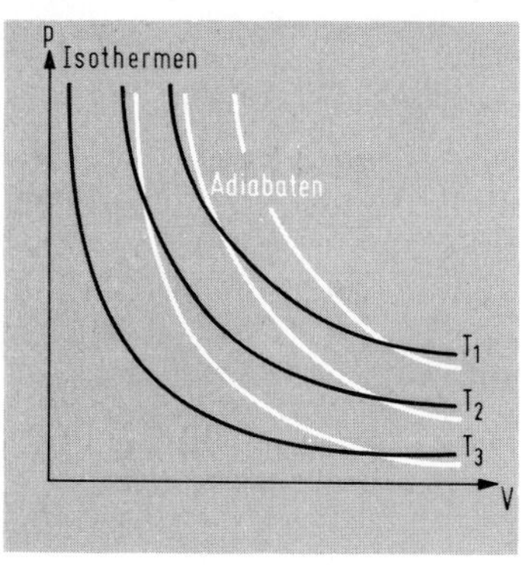

Abb. 364.1
Der Verlauf der Isothermen und der Adiabaten bei einem idealen Gas

Es wurde oben bereits von der Tatsache Gebrauch gemacht, daß die innere Energie eines hinreichend idealen Gases von dem Gasvolumen unabhängig ist. Diese Tatsache wurde von dem französischen Physiker L. J. GAY-LUSSAC (1778–1850) durch den nach ihm benannten *Überströmungsversuch* experimentell nachgewiesen. GAY-LUSSAC benutzte ein thermisch isoliertes Gefäß, das keinen Wärmeaustausch mit der Umgebung zuläßt. In diesem befinden sich nach Abb. 365.1 zwei Behälter B_1 und B_2, die durch ein mit einem Hahn versehenes Rohr verbunden sind. In dem Behälter B_1 befindet sich ein Gas unter erhöhtem Druck, und der Behälter B_2 ist evakuiert. Beim Öffnen des Hahns dehnt sich das Gas ohne Arbeitsverrichtung auf beide Behälter aus. Die Messung der Wassertemperatur zeigt, daß diese im Endergebnis unverändert bleibt. Das Gas gibt also bei seiner Ausdehnung weder Wärme an das Wasser ab, noch nimmt es Wärme aus dem Wasser auf. Daraus folgt, daß die innere Energie des Gases bei der Volumenvergrößerung unverändert geblieben ist.

Diese Feststellung gilt nur für ideale Gase, weil nur in diesem Falle die Gasteilchen keine Kräfte aufeinander ausüben, so daß ihre Abstände ohne Arbeitsaufwand verändert werden können. Bei einem realen Gas wirken dagegen zwischen den Gasteilchen Kräfte, so daß hier Energie aufgewendet werden muß oder frei wird, wenn man das Volumen und damit den Teilchenabstand verändert. Man könnte daran denken, den GAY-LUSSAC-Versuch mit einem realen Gas durchzuführen, um dafür den Nachweis zu erbringen. Es hat sich jedoch gezeigt, daß der GAY-LUSSAC-Versuch den erwarteten Effekt wegen der kleinen Gasmengen nicht beweiskräftig hervorbringt. Der Nachweis ist vielmehr den Physikern J.P. JOULE (1818–1889) und W. THOMSON, LORD KELVIN OF LARGS (1824–1907) mit einem nach ihnen benannten Versuch gelungen. Die Versuchsanordnung ist in Abb. 365.2 schematisch dargestellt. In einem thermisch gut isolierten Rohr, durch das kein Wärmeaustausch mit der Umgebung erfolgen kann, ist in der Mitte eine poröse Trennwand (z.B. Wattepfropfen, Filz, Asbest) angebracht. Auf der linken Seite der Trennwand befindet sich im Raume R_1, der durch einen reibungsfrei beweglichen Stempel S_1 abgeschlossen ist, ein reales Gas mit dem Druck p_1 und dem Volumen V_1. Rechts von der Trennwand ist ein gleichartiger Stempel S_2 vorhanden, der sich zu Beginn des Versuches unmittelbar an der Trennwand befinden soll. Das gesamte in R_1 befindliche Gas wird nun durch eine Bewegung des Stempels S_1 durch die poröse Wand in den Raum R_2 gedrückt. Die Bewegung der Stempel erfolgt so langsam, daß in den Räumen R_1 und R_2 jeweils thermodynamisches Gleichgewicht des Gases vorliegt, d.h., in jedem Raum sind Druck und Temperatur an allen Stellen gleich groß und während des Versuchsablaufs konstant. Der Stempel S_2 wird jedoch schneller bewegt als der Stempel S_1, so daß sich das Gas in der porösen Wand entspannt. Es gilt daher

$$p_2 < p_1 .$$

Wenn mit Hilfe des Stempels S_1 die Gasmenge vom Volumen V_1 unter dem Druck p_1 in die poröse Wand gedrückt wird, so wird dabei die Arbeit $p_1 V_1$ verrichtet. Durch die gleichzeitige Verschiebung des Stempels S_2 gegen den äußeren Druck p_2 wird die Arbeit $p_2 V_2$ gewonnen. Wird der Versuch mit praktisch idealen Gasen durchgeführt, so zeigen die Thermometer Th_1 und Th_2 die gleiche Temperatur. Da in diesem Fall nach dem BOYLE-MARIOTTE-Gesetz

$$p_1 V_1 = p_2 V_2$$

ist, gilt für die insgesamt am Gas verrichtete Arbeit

$$\Delta W = p_1 V_1 - p_2 V_2 = 0.$$

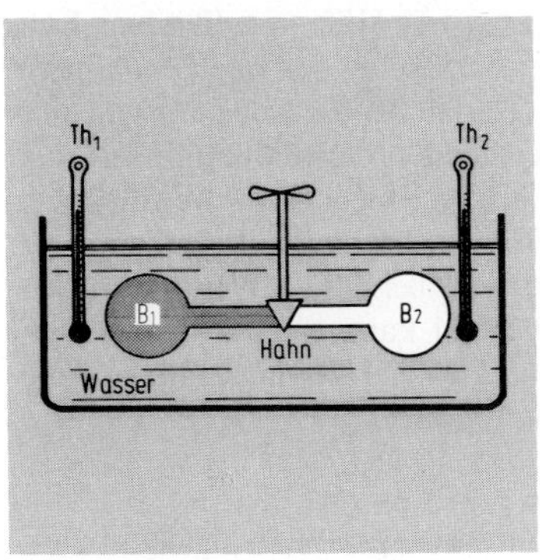

Abb. 365.1
Schematische Darstellung des GAY-LUSSAC-Überströmungsversuches

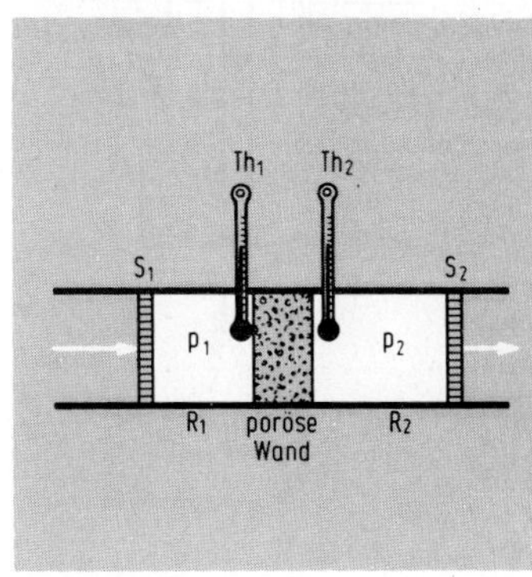

Abb. 365.2
Schematische Darstellung des JOULE-THOMSON-Versuches

Da außerdem wegen der guten thermischen Isolierung des Rohres keine Wärme mit der Umgebung ausgetauscht werden kann ($\Delta Q = 0$), gilt für die Änderung der inneren Energie des Gases

$$\Delta U = \Delta Q + \Delta W = 0.$$

Man erhält also das gleiche Ergebnis wie bei dem GAY-LUSSAC-Versuch für ideale Gase.

Für reale Gase ergibt der JOULE-THOMSON-Versuch dagegen links und rechts der Trennwand einen Temperaturunterschied. Dabei stellt man fest, daß je nach dem Ausgangsdruck, der Ausgangstemperatur und der Art des verwendeten realen Gases sowohl eine Abkühlung als auch eine Erwärmung eintreten kann. So ergibt die Entspannung bei normalem Luftdruck und der Temperatur unserer Umwelt für Luft und Kohlendioxid eine Abkühlung, für Wasserstoff und Helium eine Erwärmung. Im ersten Fall spricht man von dem *normalen* JOULE-THOMSON-*Effekt* und im zweiten Fall von dem *inversen* JOULE-THOMSON-*Effekt*. Wenn man auch für Wasserstoff und Helium eine Abkühlung erhalten will, so muß man diese Gase vor dem JOULE-THOMSON-Prozeß unter die sog. *Inversionstemperatur* abkühlen. Diese beträgt für Wasserstoff etwa $-80\,°C$.

Das Verhalten eines Gases beim JOULE-THOMSON-Versuch wird verständlich, wenn man bedenkt, daß bei Volumenvergrößerung am Gas *innere* Arbeit verrichtet werden muß, um die Moleküle entgegen ihren anziehenden Kräften voneinander zu entfernen. Ist die am Gas verrichtete Arbeit

$$\Delta W = p_1 V_1 - p_2 V_2$$

größer als die innere Arbeit, so erwärmt sich das Gas bei der gedrosselten Entspannung; ist diese Arbeit kleiner als die innere Arbeit oder sogar negativ (d. h., das Gas verrichtet insgesamt Arbeit), so kühlt es sich ab. Bei der Inversionstemperatur ist die am Gas verrichtete Arbeit gleich der inneren Arbeit, so daß keine Temperaturänderung bei der gedrosselten Entspannung eintritt. Trotzdem hat sich wegen

$$\Delta U = \Delta W$$

auch in diesem Fall die innere Energie des Gases erhöht.

Von dem JOULE-THOMSON-Effekt macht man bei der Verflüssigung von Gasen und bei der Erzeugung tiefer Temperaturen nach dem LINDE-Verfahren Gebrauch.

Das von dem deutschen Ingenieur C. VON LINDE (1842–1934) entwickelte Verfahren ermöglicht die Verflüssigung von Luft und von anderen Gasen (Abb. 366.1). Um Luft zu verflüssigen, wird diese zunächst in einem Zylinder Z auf etwa 200 bar verdichtet, wobei sie durch Wasserkühlung auf einer Temperatur von etwa 20 °C gehalten wird. Dann wird die Luft durch ein Entspannungsventil V auf etwa 20 bar entspannt. Aufgrund des JOULE-THOMSON-Effektes erfolgt dabei eine Abkühlung um etwa 45 K, so daß die expandierte Luft eine Temperatur von etwa $-25\,°C$ hat. Die abgekühlte Luft wird nach dem *Gegenstromprinzip* zurückgeleitet und bewirkt in einem Wärmeaustauscher eine Vorkühlung der komprimierten Luft, so daß diese bereits vor der Entspannung eine erheblich tiefere Temperatur als die Außenluft hat. Nach dem Entspannen sinkt die Temperatur dann unter $-25\,°C$ ab. Nach mehrmaliger Wiederholung des gleichen Prozesses wird die Luft schließlich bei etwa $-194\,°C$ oder etwa 79 K flüssig. Nach diesem LINDE-Verfahren werden heute große Mengen flüssiger Luft hergestellt.

Wenn man in der gleichen Weise Wasserstoff und Helium verflüssigen will, so müssen diese Gase zunächst mit Hilfe von flüssiger Luft vorgekühlt werden, weil sie bei Zimmertemperatur den oben erwähnten inversen JOULE-THOMSON-Effekt zeigen, so daß bei der Entspannung eine Erwärmung eintreten würde. Bei ausreichender Vorkühlung lassen sich Wasserstoff und Helium dann in der angegebenen Weise verflüssigen.

Mit Hilfe von flüssigem Helium können besonders tiefe Temperaturen erzeugt werden. Sein Siedepunkt liegt bei 4,2 K. Wenn man den Heliumdampf über der Flüssigkeit absaugt, kann man dem flüssigen Helium wegen der schnellen Verdampfung so viel Verdampfungswärme entziehen, daß die Temperatur auf 0,84 K absinkt.

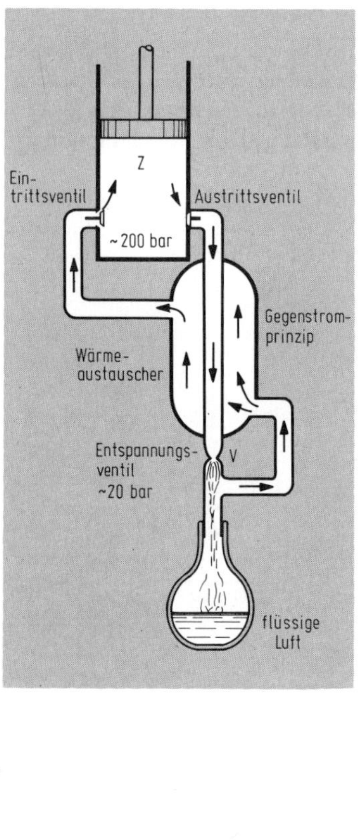

Abb. 366.1
Schematische Darstellung des LINDE-Verfahrens zur Luftverflüssigung

3.2.3 Die reversiblen und irreversiblen Prozesse

Wir betrachten eine Reihe von Naturvorgängen und verfolgen ihren zeitlichen Verlauf.

Ein Pendel wird in der Luft in Schwingungen versetzt und sich selbst überlassen. Der sich dabei abspielende physikalische Vorgang besteht in einer laufenden Umwandlung kinetischer Energie in potentielle Energie und umgekehrt. Wenn man aber genügend lange wartet, so stellt man fest, daß die mechanische Energie abnimmt; mit feinen Meßinstrumenten könnte man nachweisen, daß das Pendel und die Luft dabei eine geringe Erwärmung erfahren haben. Es wird nach dem ersten Hauptsatz also mechanische Energie in Wärme umgewandelt. Wenn die gesamte mechanische Energie in Wärme übergegangen ist, hat die Pendelbewegung ein Ende. Dieser Vorgang verläuft in völliger Übereinstimmung mit dem Prinzip von der Erhaltung der Energie. Man könnte sich aber auch denken, daß das Pendel der umgebenden Luft Wärme entzieht, sich selbst gleichzeitig auch etwas abkühlt und diese Wärme umgekehrt nach dem ersten Hauptsatz in mechanische Energie umwandelt. Es würde dann von selbst anfangen zu schwingen, d. h., der zuerst geschilderte Vorgang würde in umgekehrter Richtung ablaufen. Auch dieser umgekehrte Vorgang befände sich in vollständiger Übereinstimmung mit dem Prinzip von der Erhaltung der Energie. Jedermann weiß, daß der Vorgang von selbst jedoch nur in der einen Richtung abläuft. Man nennt solche Vorgänge *nicht umkehrbar* oder *irreversibel.*

Wir geben noch einige weitere Beispiele für irreversible Vorgänge an.

Bringt man zwei Körper verschiedener Temperatur miteinander in Berührung, so gibt der wärmere an den kälteren eine gewisse Wärmemenge ab, bis ein Temperaturausgleich eingetreten ist. Der umgekehrte Vorgang, daß der wärmere Körper sich auf Kosten des kälteren noch weiter erwärmt, ist in der Natur noch nie beobachtet worden, obwohl darin kein Widerspruch zum Prinzip von der Erhaltung der Energie läge, wenn nur die von dem einen Körper abgegebene Wärmemenge gleich der von dem anderen Körper aufgenommenen ist.

Ein Stück Zucker löst sich in einem Glase Wasser auch ohne unser Zutun allmählich auf, d. h., die Moleküle verteilen sich gleichmäßig auf den ganzen zur Verfügung stehenden Raum. Auch dieser Vorgang verläuft nur in einer Richtung, es hat noch niemand beobachtet, daß sich die im Wasser gleichmäßig verteilten Zuckermoleküle plötzlich an einer bestimmten Stelle sammeln und wieder zu einem Stück Zucker vereinigen.

Wenn außer dem Energieerhaltungssatz keine weiteren Einschränkungen existierten, dann könnten alle genannten Vorgänge in beiden Richtungen verlaufen. Da die Erfahrung zeigt, daß dies nicht der Fall ist, müssen uns also noch Gesetzmäßigkeiten, die für den Ablauf der Naturvorgänge wesentlich sind, unbekannt sein.

Es sei ergänzend hinzugefügt, daß es natürlich mit Hilfe *äußerer* Einwirkungen möglich ist, den Ausgangszustand bei einem irreversiblen Vorgang wieder herzustellen. Man kann z. B. das zur Ruhe gekommene Pendel wieder zum Schwingen bringen, indem man es erneut anstößt; dabei wird aber Energie verbraucht. Ebenso kann man unter Aufwand äußerer Energie die anderen oben angegebenen Vorgänge rückgängig machen. Wichtig ist aber, daß jede solche Umkehr eines irreversiblen Vorganges eine auf keine Weise wieder zu beseitigende Nachwirkung in der Natur hinterläßt. Wir stellen also nunmehr präziser als oben fest:

Ein Vorgang wird als irreversibel bezeichnet, wenn er weder von selbst wieder in umgekehrter Richtung verläuft noch mit anderen Hilfsmitteln rückgängig gemacht werden kann, ohne eine Spur in der Natur zu hinterlassen.

Aufgrund der vorliegenden Erfahrungen kann man sagen:

Alle in der Natur sich abspielenden Vorgänge sind irreversibel.

Entsprechend bezeichnet man solche Vorgänge, die in jeder Hinsicht vollständig rückgängig gemacht werden können, ohne daß an einer anderen Stelle der Natur Veränderungen zurückbleiben, als *umkehrbar* oder *reversibel.* Wenn auch solche Vorgänge in voller Strenge in der Natur nicht auftreten, so besteht bisweilen doch eine weitgehende Annäherung an die vollständige Umkehrbarkeit.

Reversible Vorgänge sind als Grenzfälle denkbar und in der Wirklichkeit mit großer Annäherung realisierbar.

Wenn wir die oben angeführten Beispiele genauer betrachten, so zeigt sich, daß bei allen ein Zustand angestrebt wird, bei dem *Masse und Energie möglichst gleichmäßig über den zur Verfügung stehenden Raum verteilt sind.* Bei der Lösung eines Stückes Zucker verteilen sich die Zuckermoleküle gleichmäßig in der ganzen

Flüssigkeit. Der Wärmeausgleich zweier Körper verschiedener Temperatur bewirkt eine gleichmäßige Verteilung der Wärmeenergie über den ganzen zur Verfügung stehenden Raum. Auch das allmählich zur Ruhe kommende Pendel zeigt die Tendenz einer gleichmäßigen Verteilung der Energie, denn alle Moleküle des schwingenden Pendels führen zunächst neben der Wärmebewegung eine gleichsinnige Bewegung mit der Geschwindigkeit des Pendelkörpers aus, ähnlich wie die Glieder einer Marschkolonne sich geordnet mit der gleichen Geschwindigkeit bewegen. Durch die Reibung an der Luft und in den Lagern kommt das Pendel allmählich zum Stillstand, wobei gleichzeitig eine Erwärmung erfolgt. An die Stelle der ursprünglich gleichgerichteten Bewegung der Moleküle des Pendelkörpers ist jetzt eine zusätzliche ungeordnete Molekülbewegung getreten. Die bevorzugte Bewegung eines Teiles der an dem Vorgang beteiligten Moleküle, nämlich derjenigen des schwingenden Pendels, hat sich gleichmäßig und ungeordnet auf alle beteiligten Moleküle, auf die des Pendels und auf die der umgebenden Luft, verteilt. Es ergibt sich also aus der Erfahrung:

Die Natur bevorzugt denjenigen Zustand, in dem Masse und Energie möglichst gleichmäßig über den zur Verfügung stehenden Raum verteilt sind.

Man kann den irreversiblen Abläufen noch eine anschauliche Deutung geben, indem man sich des *Begriffs der Wahrscheinlichkeit* bedient. Wir erläutern dies zunächst an einem Beispiel.

In einem Kasten befinden sich in der linken Hälfte weiße und in der rechten Hälfte schwarze Kugeln von sonst gleicher Beschaffenheit. Wenn man den Kasten schüttelt, so geraten die Kugeln durcheinander. Es wird kaum der Fall eintreten, daß durch weiteres Schütteln die anfangs saubere Trennung der Kugeln jemals wieder erreicht wird. Es gibt aber kein Naturgesetz, das das Eintreten dieses Ereignisses mit absoluter Sicherheit ausschließt. Wir können deshalb nur sagen, daß es außerordentlich unwahrscheinlich ist, daß der Zustand der Trennung durch Schütteln wieder erreicht wird und daß der Zustand der Mischung der wahrscheinlichere ist. Weil der gemischte Zustand eine größere Wahrscheinlichkeit besitzt, verteilen sich die Moleküle eines Gases oder eines Stückes Zucker gleichmäßig über den zur Verfügung stehenden Raum, auch wenn sie zunächst nur auf einen kleinen Teil beschränkt waren. Es ist zwar nicht völlig ausgeschlossen, daß die ungleichmäßige Anfangsverteilung noch einmal auftritt, aber es ist bei großer Molekülzahl sehr unwahrscheinlich.

Dieser Sachverhalt soll durch einige Zahlenangaben erläutert werden, ohne daß wir hier auf die zugrundeliegenden Rechnungen näher eingehen.

1. Wenn sich 100 Gasmoleküle unter Normalbedingungen in einem Raum von 2 cm^3 befinden und ihre ungeordnete Bewegung ausführen, so wäre es durchaus denkbar, daß sie zu einem bestimmten Augenblick alle einmal in einer Raumhälfte konzentriert sind. Nach den Gesetzen der Wahrscheinlichkeit ergibt sich aber, daß nur in Zeiträumen von 50000 Billionen Jahren eine realistische Chance für das Eintreten dieses Zustandes besteht und daß dieser dann nur $\frac{1}{25\,000}$ s anhält.

2. Wir betrachten 1 cm^3 eines aus gleichen Teilen Sauerstoff und Stickstoff bestehenden Gases bei Normaldruck und 0 °C. Es wäre wiederum durchaus denkbar, daß sich zu einem bestimmten Zeitpunkt eine Häufung von Molekülen der einen Art in einer Raumhälfte einstellt. Die Rechnung zeigt, daß eine Abweichung um 1 % von der gleichmäßigen Mischung in einer Raumhälfte alle 10 Billionen Jahre einmal erwartet werden kann, wobei die Dauer dieses Ereignisses wiederum so kurz ist, daß eine experimentelle Feststellung ausgeschlossen ist.

Bei einer kleinen Zahl von Molekülen liegen die Verhältnisse natürlich anders. Wenn sich nur 5 oder 10 Gasmoleküle in einem Raum von 1 oder 2 cm^3 befinden, so ist die Wahrscheinlichkeit einer Konzentration in der einen Raumhälfte so groß, daß man nicht sonderlich lange auf das Eintreten dieses Ereignisses zu warten braucht. Bei den unter normalen Bedingungen ablaufenden Vorgängen ist die Zahl der beteiligten Teilchen aber immer so ungeheuer groß, daß die Wahrscheinlichkeit für das Eintreten eines Zustandes gleichmäßiger Verteilung praktisch Gewißheit bedeutet.

Grundsätzlich ist der Zustand, in dem Masse und Energie gleichmäßig über den zur Verfügung stehenden Raum verteilt sind, lediglich wahrscheinlicher als jeder andere Zustand. Wenn die Zahl der beteiligten Teilchen aber sehr groß ist, dann ist diese Wahrscheinlichkeit so groß, daß sie praktisch Gewißheit bedeutet.

Wir können also die obige Erkenntnis auch folgendermaßen aussprechen:

Der irreversible Ablauf der Naturvorgänge besteht in dem Übergang aus einem Zustand geringerer in einen Zustand größerer Wahrscheinlichkeit.

Wenn es also möglich ist, die Wahrscheinlichkeit eines Zustandes quantitativ zu fassen, dann können wir damit zahlenmäßige Aussagen über die Richtung des Ablaufs von Naturvorgängen machen.

3.2.4 Der zweite Hauptsatz der Wärmelehre oder der Thermodynamik

Die im vorigen Abschnitt besprochene Erfahrungstatsache, daß die Naturvorgänge immer in der Richtung auf einen Zustand größerer Wahrscheinlichkeit verlaufen, kann zur Formulierung eines mathematischen Gesetzes dienen, das Auskunft über die Richtung der Naturvorgänge gibt. Zur Ableitung dieses Gesetzes benötigt man einige Begriffe der Wahrscheinlichkeitsrechnung. Wir beschränken uns hier auf einen besonders einfachen Sonderfall.

In einem geschlossenen Kasten mit dem Volumen V_1, in dem sich N Moleküle eines Gases mit der gesamten Masse m befinden, wird nach den Vorstellungen der kinetischen Gastheorie innerhalb eines genügend langen Zeitraumes auch einmal der Zustand eintreten, daß sämtliche N Moleküle in einem Teilvolumen V_n vereinigt sind (Abb. 369.1). Es soll nun ermittelt werden, wie groß die Wahrscheinlichkeit W für das Eintreten dieses Ereignisses ist, wenn

$$V_n = \frac{1}{n} V_1$$

ist.

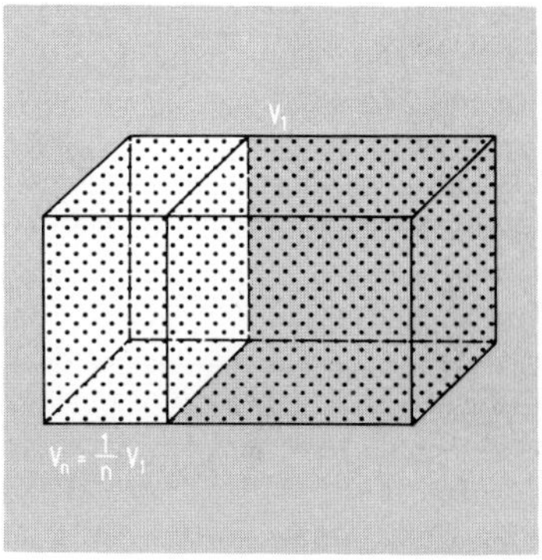

Abb. 369.1
Zur Definition des Begriffs der Entropie

Wir gehen zur Ableitung der Formel schrittweise vor und betrachten zunächst den Fall, daß überhaupt nur *1 Molekül* in dem Kasten ist. Für die Wahrscheinlichkeit W_1, daß dieses Molekül in V_n ist, ergibt sich:

bei $n=2$,	d.h.	wenn	$V_2 = \frac{1}{2} V_1$	ist: $W_1 = \frac{1}{2}$,
bei $n=3$,	d.h.	wenn	$V_3 = \frac{1}{3} V_1$	ist: $W_1 = \frac{1}{3}$,
$\vdots$		$\vdots$	$\vdots$	$\vdots$
allgemein,	d.h.	wenn	$V_n = \frac{1}{n} V_1$	ist: $W_1 = \frac{1}{n}$.

Die Wahrscheinlichkeit, daß ein Molekül des Kastens sich in einem bestimmten Teilvolumen der Größe $V_n = \frac{1}{n} V_1$ befindet, ist also

$$W_1 = \frac{1}{n}.$$

Wenn in dem Kasten *2 Moleküle* vorhanden sind, so ist die Wahrscheinlichkeit für das Vorhandensein in dem vorliegenden Teilvolumen bei jedem einzelnen Molekül $\frac{1}{n}$. Für das *gleichzeitige* Vorhandensein der beiden Moleküle in dem betrachteten Teilvolumen ist die Wahrscheinlichkeit natürlich geringer. Nach einem Satz der Wahrscheinlichkeitsrechnung ergibt sich diese Wahrscheinlichkeit W_2 als das Produkt der Einzelwahrscheinlichkeiten; es ist daher

$$W_2 = W_1^2 = \left(\frac{1}{n}\right)^2.$$

Sind schließlich *N Moleküle* vorhanden, so ist die Wahrscheinlichkeit dafür, daß *alle gleichzeitig* in dem betrachteten Teilvolumen V_n sind, nach dem schon genannten Satz der Wahrscheinlichkeitsrechnung

$$W_N = \left(\frac{1}{n}\right)^N.$$

Es gilt allgemein:

Befinden sich N Moleküle eines Gases in einem Volumen V_1, *so ist die Wahrscheinlichkeit W dafür, daß alle Moleküle gleichzeitig in einem bestimmten Teilvolumen* $V_n = \frac{1}{n} V_1$ *sind,*

$$W = \left(\frac{1}{n}\right)^N = \left(\frac{V_n}{V_1}\right)^N.$$

Wir betrachten jetzt zwei verschiedene Zustände eines idealen Gases (Abb. 370.1).

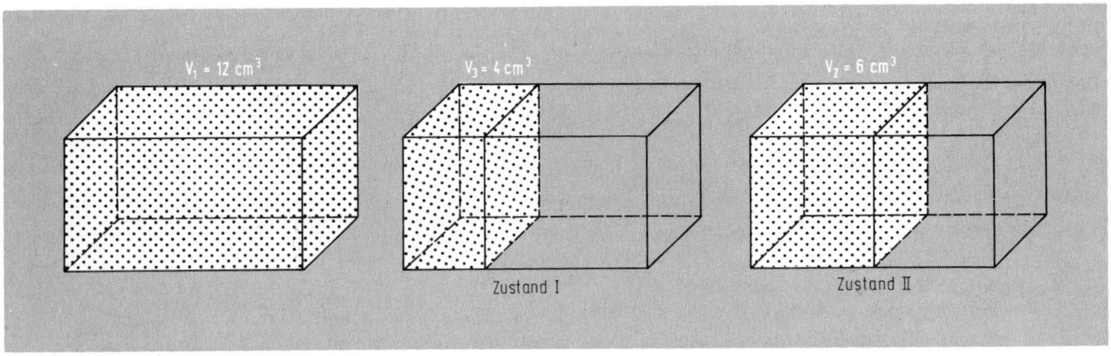

Abb. 370.1 Ein Beispiel zur Definition der Entropieänderung

Im Zustand I befinden sich alle N Moleküle in dem Teilvolumen $V_3 = \frac{1}{3} V_1$; im Zustand II befinden sich diese Moleküle in dem Teilvolumen $V_2 = \frac{1}{2} V_1$. Dann gibt der Quotient

$$w = \frac{W_{II}}{W_I} = \frac{\left(\frac{V_2}{V_1}\right)^N}{\left(\frac{V_3}{V_1}\right)^N} = \left(\frac{V_2}{V_3}\right)^N$$

an, wievielmal wahrscheinlicher alle N Moleküle gleichzeitig in dem Volumen V_2 als in dem Volumen V_3 sind. Den Quotienten w nennt man das *thermodynamische Wahrscheinlichkeitsverhältnis* der Zustände II und I.

Für die weiteren Betrachtungen bilden wir den natürlichen Logarithmus des thermodynamischen Wahrscheinlichkeitsverhältnisses:

$$\ln w = N \ln \frac{V_2}{V_3}.$$

Da die Beziehung

$$N = \nu N_A = \nu \frac{R}{k}$$

gilt (S. 334), erhält man weiter

$$k \ln w = \nu R \ln \frac{V_2}{V_3}.$$

Diese Gleichung beschreibt also die Zustandsänderung des Systems hinsichtlich seiner Wahrscheinlichkeit oder seiner Unordnung oder seiner Irreversibilität. Man hat hierfür eine neue Größe S eingeführt, deren Änderung ΔS durch die vorstehende Gleichung definiert wird. Diese Größe S nennt man die *Entropie.* Für die

Entropieänderung gilt also:

$$\Delta S = k \ln w.$$

Wir setzen fest:

Unter der Entropie S eines Körpers oder eines Systems versteht man eine Zustandsgröße, deren Änderung ΔS gleich dem Produkt aus der Boltzmann-Konstante k und dem natürlichen Logarithmus des thermodynamischen Wahrscheinlichkeitsverhältnisses w zwischen zwei Zuständen ist.

Bei allen Vorgängen interessiert nicht die absolute Größe der Entropie, sondern nur die Entropieänderung bei dem Übergang von einem Zustand I in einen Zustand II.

Es soll nun die Entropieänderung für das oben angegebene Beispiel (Abb. 370.1) berechnet werden.

In einem Kasten mit dem Volumen $V_1 = 12\,\text{cm}^3$ mögen sich $N = 100$ Moleküle befinden. Zu einem bestimmten Zeitpunkt (Zustand I) sollen sich alle Moleküle in dem Teilvolumen

$$V_3 = \tfrac{1}{3} V_1 = 4\,\text{cm}^3$$

befinden. Zu einem anderen Zeitpunkt (Zustand II) mögen sich diese Moleküle in dem Teilvolumen

$$V_2 = \tfrac{1}{2} V_1 = 6\,\text{cm}^3$$

befinden. Beide Zustände sind zwar sehr unwahrscheinlich, der Zustand II ist jedoch wahrscheinlicher als der Zustand I. Wenn das Gas von dem Zustand I in den Zustand II übergegangen ist, muß sich nach den vorhergehenden Betrachtungen die Entropie vergrößert haben. Ihre Zunahme beträgt

$$\Delta S = k \ln w = \nu R \ln \frac{V_2}{V_3}.$$

Mit $\nu = \dfrac{N}{N_A}$ ergibt sich weiter

$$\Delta S = \frac{100}{6{,}0221 \cdot 10^{23}\,\text{mol}^{-1}} \cdot 8{,}3143\,\text{J}\,\text{K}^{-1}\,\text{mol}^{-1} \cdot \ln \tfrac{3}{2} = 5{,}598 \cdot 10^{-22}\,\text{J}\,\text{K}^{-1}$$

$$\Delta S \approx 5{,}6 \cdot 10^{-22}\,\text{J}\,\text{K}^{-1}$$

Da erfahrungsgemäß alle Naturvorgänge von selbst nur in dem Sinne verlaufen, daß die Wahrscheinlichkeit des neuen Zustandes größer oder gleich, nie aber kleiner als die des Ausgangszustandes ist, kann die Entropie in einem System ohne äußere Einwirkungen nur zunehmen oder gleichbleiben, nie aber kleiner werden.

Diese Erkenntnis bildet den Inhalt des folgenden Naturgesetzes:

Zweiter Hauptsatz der Wärmelehre oder der Thermodynamik:

In einem abgeschlossenen System kann die Entropie niemals abnehmen, sondern sie bleibt bei reversiblen Vorgängen konstant und nimmt bei irreversiblen Vorgängen zu.

Unter der Voraussetzung, daß das ganze Weltall als abgeschlossenes System betrachtet werden kann, läßt sich auch folgender Satz aussprechen:

Die Entropie im gesamten Weltgeschehen wächst beständig.

Man hat aus dieser Formulierung mancherlei Schlüsse über die Entwicklung der Welt gezogen und darauf hingewiesen, daß das Weltall einem bestimmten Endzustand zustrebt, der dadurch gekennzeichnet ist, daß alle Differenzierungen verschwunden und insbesondere ein vollständiger Temperaturausgleich zwischen allen Teilen eingetreten ist. Es könnten sich dann keinerlei Ereignisse mehr vollziehen, und es gäbe keine Veränderung mehr. Man hat diesen Zustand als den *Wärmetod der Welt* bezeichnet und daran pessimistische Gedankengänge über den Weltuntergang geknüpft, die aber weit über das Gebiet der Physik hinausgehen. Wir können von der Physik her nur sagen, daß es nach den Ergebnissen moderner kosmologischer Theorien zweifelhaft ist, ob der 2. Hauptsatz der Wärmelehre in der angegebenen Form überhaupt auf das Weltall anwendbar ist. In jedem Falle aber sind wir von der Erreichung des erwähnten Endzustandes noch sehr weit entfernt.

Wir können den 2. Hauptsatz auch in der folgenden, von dem deutschen Physiker R. CLAUSIUS (1822 – 1888) stammenden Form aussprechen:

Es kann niemals Wärme von selbst aus einem kälteren in einen wärmeren Körper übergehen. Ein derartiger Vorgang kann vielmehr nur unter Zufuhr mechanischer Arbeit erreicht werden.

Nach dem 1. Hauptsatz der Wärmelehre wäre es möglich, eine Maschine zu konstruieren, die einem Wärmereservoir, etwa dem Ozean, beständig Wärme entzieht und diese in mechanische Arbeit umwandelt. Ein Widerspruch gegen den 1. Hauptsatz oder gegen das Prinzip von der Erhaltung der Energie liegt nicht vor, weil weder Energie geschaffen noch vernichtet wird, sondern nur eine Umwandlung der im Meerwasser enthaltenen Wärme in mechanische Arbeit erfolgen würde. Eine solche Maschine bezeichnet man als *Perpetuum mobile 2. Art.* Sie ist aber nach dem Satz von CLAUSIUS nicht möglich. Der 2. Hauptsatz kann daher nach W. OSTWALD (1853 – 1932) auch folgendermaßen ausgesprochen werden:

Ein Perpetuum mobile 2. Art ist unmöglich.

3.2.5 Der Carnot-Kreisprozeß

Der Vorgang der Umwandlung von mechanischer Arbeit in Wärme wird im allgemeinen nur bei Bremsvorgängen praktisch ausgenutzt, weil die mechanische Arbeit einen erheblich größeren wirtschaftlichen Wert darstellt als die durch Verbrennungsvorgänge erzeugte äquivalente Wärmemenge. Dagegen kommt dem umgekehrten Vorgang der Umwandlung von Wärmeenergie in mechanische Arbeit eine sehr große praktische Bedeutung zu. Im Grunde handelt es sich hierbei darum, die ungeordnete Molekülbewegung für die Verrichtung mechanischer Arbeit nutzbar zu machen, d.h., sie wenigstens teilweise gleichzurichten. Wenn man die Wärme bisweilen als eine minderwertigere Energieform bezeichnet, so ist der Grund hierfür darin zu suchen, daß es schwierig ist, die auf eine ungeheuer große Zahl von Atomen und Molekülen verteilte kinetische Energie zu sammeln und sie mechanisch geordnet zum Einsatz zu bringen.

Praktisch verfährt man dabei im allgemeinen so, daß ein Gas durch seinen Druck einen Kolben in einem Zylinder bewegt, wobei dann ein Teil der ungeordneten Molekülenergie in geordnete Bewegungsenergie der Moleküle des Kolbens übergeht. Wenn man mit einer solchen Einrichtung *dauernd* Arbeit verrichten will, dann muß der Kolben in regelmäßigen Abständen immer wieder zurückgeführt und der Zylinder erneut mit Gas hohen Druckes gefüllt werden, so daß sich der Vorgang der Ausdehnung in regelmäßiger Aufeinanderfolge wiederholen kann. *Periodisch wiederkehrende Vorgänge* der genannten Art sind deshalb für die Gewinnung von mechanischer Arbeit aus Wärme von großer Bedeutung.

Für die theoretische Erfassung dieser Vorgänge spielt ein von S. CARNOT (1796 – 1832) angegebenes Gedankenexperiment, das man als CARNOT-*Kreisprozeß* bezeichnet, eine wichtige Rolle. Hierbei nehmen wir mit einem idealen Gas eine Reihe von Zustandsänderungen vor, bei denen Wärmemengen und mechanische Arbeit zu- und abgeführt werden.

In einem durch einen beweglichen Kolben K verschlossenen Zylinder Z befindet sich ein ideales Gas mit der Stoffmenge ν. Der Kolben und die seitlichen Zylinderwände sollen vollkommen wärmeisoliert sein, so daß kein Wärmeaustausch mit der Umgebung erfolgt. Dagegen soll der Boden des Zylinders eine ideal gute Wärmeleitfähigkeit besitzen. Ferner denken wir uns zwei große Wärmereservoire R_1 und R_2, in denen die Temperaturen T_1 und T_2 herrschen sollen, wobei $T_1 > T_2$ ist; die Größe der Wärmereservoire soll so erheblich sein, daß sie bei der Aufnahme oder Abgabe endlicher Wärmemengen ihre Temperatur nicht merklich ändern. Der Zylinder kann jeweils mit einem der Wärmereservoire in Wärmeaustausch gebracht werden. Mit dem Gas werden nun nacheinander vier Vorgänge ausgeführt:

1. Isotherme Ausdehnung des idealen Gases

Das in dem Zylinder Z befindliche Gas möge zunächst die Temperatur T_1, das Volumen V_1, den Druck p_1 und die innere Energie U_1 haben. Z ist wärmeleitend mit dem Reservoir R_1 verbunden. Wenn wir nun den äußeren Druck immer etwas kleiner als den im Zylinder herrschenden Druck halten, so bewegt sich der Kolben K

nach außen; dabei wird die Arbeit W_1 gegen den äußeren Druck verrichtet. Die dabei eintretende Abkühlung des Gases wird in jedem Augenblick durch die Wärme kompensiert, die durch den Zylinderboden aus dem Reservoir R_1 auf das Gas überströmt (Abb. 373.1).

Das Ergebnis des ersten Taktes ist:

Das Gas hat bei der unveränderten Temperatur T_1 die *Wärmemenge Q_1 aufgenommen* und dafür die *äquivalente Arbeit W_1 nach außen* verrichtet. Es hat jetzt das größere Volumen V_2 und den kleineren Druck p_2. Die innere Energie ist unverändert geblieben.

Die verrichtete Arbeit W_1 kann in folgender Weise berechnet werden: Es ist

$$\Delta W_1 = -p \cdot \Delta V = -\Delta Q_1 .$$

Da der Vorgang isotherm verläuft, gilt weiter

$$p = \frac{\nu R T_1}{V} .$$

Man erhält dann

$$\Delta W_1 = -\nu R T_1 \frac{\Delta V}{V} .$$

Bei der Expansion von dem Anfangsvolumen V_1 auf das Endvolumen V_2 ergibt sich:

$$W_1 = -\nu R T_1 \int_{V_1}^{V_2} \frac{\mathrm{d}V}{V} = -\nu R T_1 \ln \frac{V_2}{V_1} = -Q_1 .$$

2. Adiabatische Ausdehnung des idealen Gases

Der Zylinderboden wird durch eine Isolierschicht an einem Wärmeaustausch mit der Umgebung gehindert. Der äußere Druck wird weiterhin kleiner als der im Zylinder herrschende Druck gehalten, so daß sich das Gas weiter ausdehnt. Jetzt tritt eine Abkühlung ein, da keine Wärmezufuhr erfolgen kann. Dieser Vorgang soll so lange ablaufen, bis die Temperatur im Zylinder auf die Temperatur T_2 des kälteren Reservoirs gesunken ist.

Das Ergebnis des zweiten Taktes ist:

Das Gas hat *nach außen die Arbeit W_2* verrichtet. Da keine Wärmezufuhr stattgefunden hat, erfolgt diese Arbeitsverrichtung auf Kosten der inneren Energie, die von U_1 auf U_2 abgesunken ist, was sich in einer Temperaturabnahme von T_1 auf T_2 bemerkbar macht. Das Volumen hat auf V_3 zugenommen und der Druck ist auf p_3 gesunken (Abb. 373.2).

Für das Endvolumen V_3 gilt:

$$T_1 V_2^{\kappa-1} = T_2 V_3^{\kappa-1} \quad \text{(vgl. S. 364)}.$$

Abb. 373.1 Isotherme Ausdehnung bei einem CARNOT-Kreisprozeß

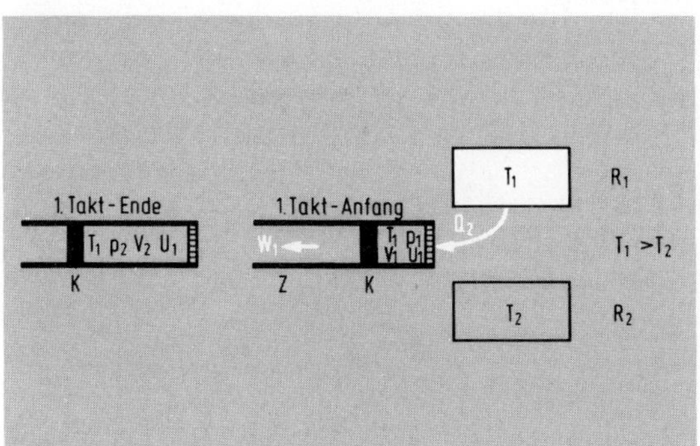

Abb. 373.2 Adiabatische Ausdehnung bei einem CARNOT-Kreisprozeß

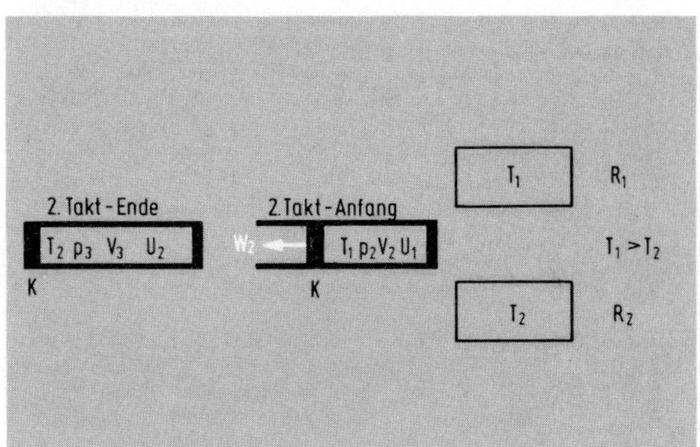

Da in dem vorliegenden Falle $\Delta Q=0$ ist, muß die von dem Gas verrichtete äußere Arbeit W_2 vollständig seiner inneren Energie, d.h. bei einem idealen Gas seinem Wärmeinhalt, entnommen werden. Es ist also:

$$\Delta W_2 = -p \cdot \Delta V = C_v \cdot \Delta T.$$

Da C_v konstant ist, ergibt sich für die gesamte Arbeit:

$$W_2 = C_v(T_2 - T_1) = -C_v(T_1 - T_2).$$

3. Isotherme Kompression des idealen Gases

Der Zylinder wird nunmehr wärmeleitend mit dem Reservoir R_2 verbunden. Dabei soll der äußere Druck etwas größer als der im Zylinder herrschende Druck sein. Dadurch wird der Kolben nach innen bewegt und das Gas komprimiert. Die hiermit verbundene Arbeit W_3 wird dem Gas zugeführt; die dadurch hervorgerufene Erwärmung wird in jedem Augenblick durch den Übergang einer gewissen Wärmemenge auf das Reservoir R_2 kompensiert.

Das Ergebnis des dritten Taktes ist:

Dem Gas wird *von außen die Arbeit* W_3 zugeführt und dafür wird eine *äquivalente Wärmemenge* Q_2 *abgegeben*, die bei der unveränderten Temperatur T_2 auf R_2 übergeht. Die innere Energie hat sich dabei nicht verändert. Das Volumen hat sich auf V_4 verkleinert und der Druck auf p_4 vergrößert (Abb. 374.1).

Durch analoge Überlegungen wie bei dem ersten Takt erhält man die Gleichung

$$W_3 = -\nu R T_2 \ln \frac{V_4}{V_3} = -Q_2 \quad \text{bzw.} \quad W_3 = \nu R T_2 \ln \frac{V_3}{V_4} = -Q_2.$$

Das Endvolumen dieser Kompression wird so gewählt, daß nach der nun folgenden adiabatischen Kompression bis zum Anfangsvolumen V_1 gerade die Temperatur T_1 wieder erreicht wird.

4. Adiabatische Kompression des idealen Gases

Nachdem der Zylinder wieder, wie bei Takt 2, gegen die Umgebung wärmeisolierend abgeschlossen ist, wird das Gas so weit komprimiert, daß es in seinen Ausgangszustand zurückkehrt, d.h. wieder die Temperatur T_1, das Volumen V_1 und den Druck p_1 annimmt. Dies läßt sich immer erreichen, wenn man den 3. Takt an einer geeigneten Stelle abbricht.

Das Ergebnis des vierten Taktes ist:

Dem Gas wird *von außen die Arbeit* W_4 zugeführt, die zur Erhöhung der inneren Energie auf den Ausgangswert U_1 dient, was durch die Temperaturerhöhung von T_2 auf T_1 zum Ausdruck kommt. Das Volumen hat sich dabei auf das Ausgangsvolumen V_1 verringert, während der Druck auf den Ausgangsdruck p_1 gestiegen ist (Abb. 374.2).

Für die adiabatische Kompression von dem Volumen V_4 auf das Volumen V_1 gilt

$$T_2 V_4^{\kappa-1} = T_1 V_1^{\kappa-1}.$$

Abb. 374.1 Isotherme Kompression bei einem CARNOT-Kreisprozeß

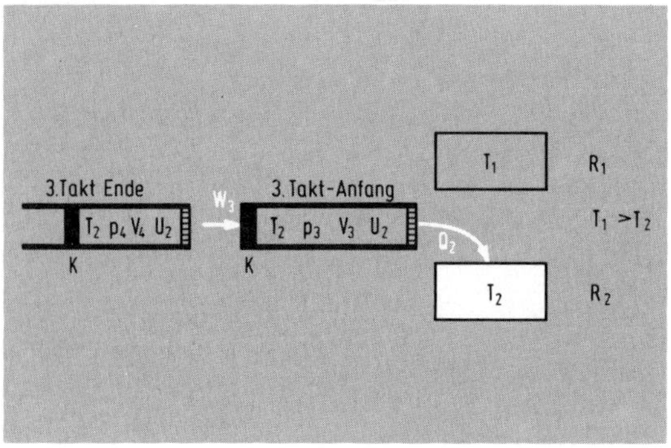

Abb. 374.2 Adiabatische Kompression bei einem CARNOT-Kreisprozeß

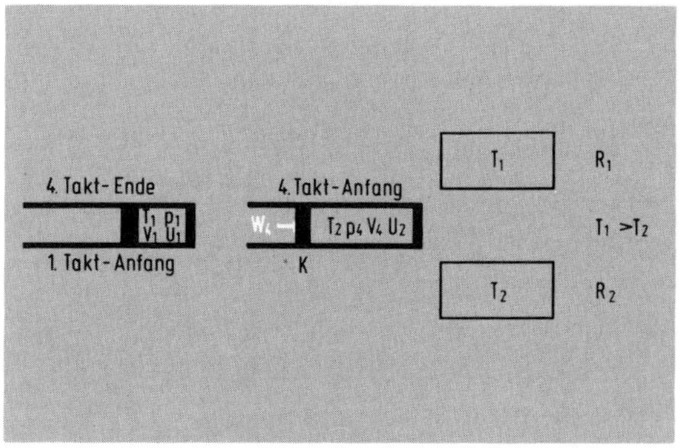

Die dem Gas zugeführte Volumenarbeit geht vollständig in Wärme über. Es gilt dann:

$$\Delta W_4 = -p \cdot \Delta V = C_v \cdot \Delta T$$

Da C_v konstant ist, ergibt sich für die gesamte Arbeit:

$$W_4 = C_v(T_1 - T_2)$$

Das System ist damit wieder in seinen Ausgangszustand zurückgekehrt. Es ist wichtig, daß es sich bei dem CARNOT-Prozeß um lauter *reversible* Zustandsänderungen handelt.

Die vier Schritte sind in Abb. 375.1 noch einmal grafisch dargestellt. Dabei ist auf der Abszissenachse das Volumen und auf der Ordinatenachse der Druck aufgetragen. Der Anfangszustand des Gases sei durch den Punkt P_1 gekennzeichnet, der zum Volumen V_1 und zum Druck p_1 gehört; der Punkt liegt auf der zur Temperatur T_1 gehörigen Isotherme. Im 1. Takt wird das Gas isotherm ausgedehnt; der den Zustand darstellende Punkt wandert dabei auf der genannten Isotherme bis P_2. Im 2. Takt erfolgt eine adiabatische Ausdehnung, d. h., der Punkt bewegt sich auf einer Adiabate bis P_3; er liegt jetzt auf der zur Temperatur T_2 gehörigen Isotherme. Bei der nun folgenden isothermen Kompression wandert der Punkt auf der Isotherme bis P_4, wobei dieser Punkt so gewählt sein muß, daß eine adiabatische Kompression gerade wieder nach P_1 führt.

Das Gas ist am Ende des Kreisprozesses in jeder Hinsicht wieder in den Anfangszustand zurückgekehrt. Es ist aber insofern in der Umgebung eine Veränderung eingetreten, als das Wärmereservoir R_1 die Wärmemenge Q_1 bei der Temperatur T_1 abgegeben und das Wärmereservoir R_2 die Wärmemenge Q_2 bei der Temperatur T_2 aufgenommen hat.

In jedem der vier Takte ist Arbeit verrichtet worden, und zwar wurde diese Arbeit im 1. und 2. Takt von dem Gas nach außen abgegeben und im 3. und 4. Takt dem Gas von außen zugeführt. Die Arbeitsgrößen W_2 und W_4 kompensieren sich gerade, denn durch die Abgabe von W_2 war die innere Energie des Gases von U_1 auf U_2 gesunken, und durch die Zufuhr von W_4 ist sie wieder von U_2 auf U_1 gestiegen, während ein Wärmeaustausch nicht stattgefunden hat. Bei der Gesamtbilanz können also W_2 und W_4 unbeachtet bleiben.

Das Gesetz von der Erhaltung der Energie muß für die an die Umgebung abgegebene Arbeit W gelten; ihr Betrag ist

$$|W| = Q_1 + Q_2 = \nu R T_1 \ln \frac{V_2}{V_1} - \nu R T_2 \ln \frac{V_3}{V_4}.$$

Aus den oben für die adiabatischen Zustandsänderungen angegebenen Gesetzen

$$T_1 V_1^{\kappa-1} = T_2 V_4^{\kappa-1} \quad \text{und} \quad T_1 V_2^{\kappa-1} = T_2 V_3^{\kappa-1}$$

folgt weiter

$$V_2 : V_1 = V_3 : V_4.$$

Daher gilt für den Betrag der an die Umgebung abgegebenen Arbeit

$$|W| = Q_1 + Q_2 = \nu R (T_1 - T_2) \ln \frac{V_2}{V_1}.$$

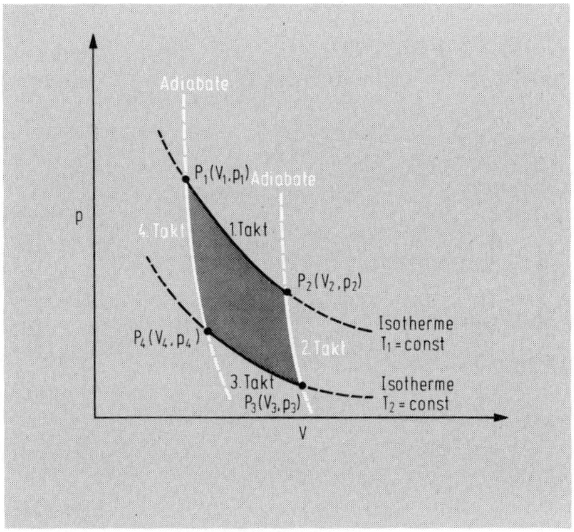

Abb. 375.1
Schematische Darstellung der CARNOT-Kreisprozesses in einem pV-Koordinatensystem

Wir erkennen hieraus, daß nicht die gesamte dem Gas zugeführte Wärmemenge Q_1 in Arbeit umgewandelt wird, sondern daß die Gewinnung der mechanischen Arbeit $|W|$ stets mit dem Übergang eines Teiles der Wärme von dem Reservoir R_1 mit der höheren Temperatur T_1 auf das Reservoir R_2 mit der niedrigeren Temperatur T_2 verbunden ist.

Das Reservoir R_1 entspricht dem Kessel der Dampfmaschine; diesem wird die Wärmemenge Q_1 entnommen. Sie muß durch Verbrennung von Brennstoff erzeugt werden und soll nun in mechanische Arbeit umgewandelt werden. Dabei ist eine Größe von Interesse, die man als den *thermodynamischen Wirkungsgrad* bezeichnet.

Unter dem thermodynamischen Wirkungsgrad (Formelzeichen: η) einer Maschine versteht man den Quotienten aus der gewonnenen mechanischen Arbeit $|W|$ und der zugeführten Wärmemenge Q_1.

Es ist also

$$\eta = \frac{|W|}{Q_1} = \frac{Q_1 + Q_2}{Q_1}.$$

Aus

$$Q_1 + Q_2 = \nu R (T_1 - T_2) \cdot \ln \frac{V_2}{V_1} \qquad \text{(S. 375)}$$

und

$$\nu R T_1 \cdot \ln \frac{V_2}{V_1} = Q_1 \qquad \text{(S. 373)}$$

ergibt sich für den CARNOT-Prozeß der thermodynamische Wirkungsgrad

$$\eta = \frac{T_1 - T_2}{T_1} = 1 - \frac{T_2}{T_1}.$$

Damit hat sich eine grundlegende Beziehung zwischen der einer periodisch arbeitenden Maschine zugeführten Wärmemenge und der gewonnenen Arbeit ergeben. Es zeigt sich die bemerkenswerte Tatsache, daß auch mit einer idealen Maschine, bei der weder Reibung noch Wärmeverluste auftreten, nicht die gesamte zugeführte Wärmemenge in Arbeit umgewandelt werden kann, sondern daß immer ein nicht umwandlungsfähiger Teil der Wärmemenge zurückbleibt, der von dem Reservoir mit der höheren Temperatur T_1 in das Reservoir mit der niedrigeren Temperatur T_2 übergeht. Der oben angegebene Wirkungsgrad des CARNOT-Kreisprozesses ist der beste, den eine periodisch arbeitende Maschine bei der Umwandlung von Wärme in Arbeit überhaupt haben kann. Man ersieht aus der obigen Gleichung, daß dieser Wirkungsgrad der Temperaturdifferenz der Reservoire proportional ist. Wenn man einen möglichst hohen Wirkungsgrad erreichen will, so muß also T_1 möglichst hoch und T_2 möglichst tief sein, denn dann wird in der Gleichung

$$\eta = 1 - \frac{T_2}{T_1}$$

der Bruch $\frac{T_2}{T_1}$ klein, und der Wirkungsgrad kommt dem Höchstwert 1 am nächsten.

In Abb. 376.1 ist die Wirkungsweise einer idealen Wärmeenergiemaschine, die nach der Art des CARNOT-Kreisprozesses arbeitet, noch einmal schematisch dargestellt.

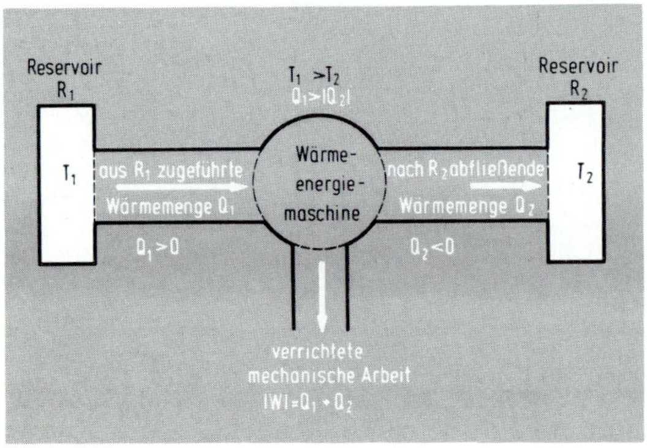

Abb. 376.1
Die Umwandlung von Wärme in mechanische Arbeit bei einer idealen Wärmeenergiemaschine

Es soll hier noch darauf hingewiesen werden, daß der oben errechnete begrenzte Wirkungsgrad für die Umwandlung von Wärmeenergie in Arbeit sich auf einen *Kreisprozeß* bezieht. Es handelt sich also um einen Vorgang, bei dem der Zylinder und das eingeschlossene Gas sich am Ende des Prozesses in dem gleichen Zustand wie zu Anfang befinden und bei dem die einzige Veränderung darin besteht, daß dem Reservoir mit der höheren Temperatur T_1 die Wärmemenge Q_1 entnommen und dem Reservoir mit der tieferen Temperatur T_2 die Wärmemenge Q_2 zugeführt worden ist. Unter diesen Umständen ergibt sich der oben angegebene begrenzte Wirkungsgrad.

Man kann die am idealen Kreisprozeß gewonnenen Erkenntnisse in einen Satz zusammenfassen, der eine *weitere Formulierung des zweiten Hauptsatzes der Wärmelehre* darstellt:

Es ist unmöglich, eine periodisch arbeitende Maschine zu konstruieren, die durch Abkühlung eines Wärmebehälters mit jedem Umlauf Wärme restlos in mechanische Arbeit umwandelt.

Die Elektroheizung ist deshalb eine so unwirtschaftliche Form der Heizung, weil sie Wärme auf dem Umweg über die hochwertige mechanische Energie wieder in Wärme umwandelt. Die Kosten sind nicht nur eine Folge des hohen industriellen Aufwandes, sondern auch eine Folge der Energieverluste, die nach dem 2. Hauptsatz naturnotwendig auftreten, wenn Wärme in mechanische Energie und später in elektrische verwandelt wird. Der Kühlvorgang, der bei allen Wärmekraftmaschinen und auch bei Kernreaktoren notwendig ist, ist eine Folge der Gültigkeit des 2. Hauptsatzes, nicht eine Folge technischer Unvollkommenheiten.

Aus dem theoretisch höchsten erreichbaren Wirkungsgrad

$$\eta = 1 - \frac{T_2}{T_1}$$

folgt sofort, daß Maschinen, die mit hohen Ausgangstemperaturen T_1 und niedrigen Abgastemperaturen T_2 arbeiten, besonders wirtschaftlich sein können. Dieser hohe Wirkungsgrad steht in Konkurrenz mit den höheren Kosten, die solche Maschinen im allgemeinen vom Konstruktionsaufwand her verlangen: Höhere Temperaturen und damit verbundene höhere Drücke verlangen besonders widerstandsfähiges Material und verursachen höheren Verschleiß als Maschinen, die mit niedrigerem Wirkungsgrad arbeiten.

Wenn man von der Forderung eines Kreisprozesses absieht und die Rückkehr des verwendeten Systems in den Anfangszustand nicht verlangt, so ist theoretisch auch ein höherer Wirkungsgrad möglich. So wird z.B. bei dem ersten Takt des oben behandelten CARNOT-Prozesses, bei dem das Gas isotherm ausgedehnt wird, die zugeführte Wärmemenge restlos in Arbeit umgesetzt.

Für die praktische Umwandlung von Wärme in Arbeit kommen aber nur Vorrichtungen in Frage, die periodisch arbeiten, in denen sich also Kreisprozesse abspielen. Eine Maschine, die sich laufend weiter verändert, ohne periodisch immer wieder in den Ausgangszustand zurückzukehren, ist nicht realisierbar.

Die oben entwickelten Zusammenhänge sollen am Beispiel der *Dampfmaschine* noch näher erläutert werden.

Bei großen und guten Dampfmaschinen können wir mit einer Anfangstemperatur des Wasserdampfes $T_1 = 673$ K (≈ 400 °C) rechnen. Die Kondensatortemperatur kann zu $T_2 = 323$ K (≈ 50 °C) angesetzt werden. Dann ergibt sich für den unter diesen Umständen im Idealfall erreichbaren Wirkungsgrad

$$\eta \approx \frac{673 - 323}{673} \approx \frac{350}{673} \approx 52\,\%,$$

d.h., selbst unter den idealen Bedingungen des CARNOT-Kreisprozesses gehen bei den obigen Temperaturen nur 52% der der Maschine zugeführten Wärme in mechanische Arbeit über. Der Rest von 48% ist nicht in mechanische Energie umwandelbar, sondern geht mit dem Kühlwasser des Kondensators für die Gewinnung von Arbeit verloren.

Praktisch wird dieser Wirkungsgrad von 52% aber nie erreicht. Man hat deshalb den Begriff des *wirtschaftlichen Wirkungsgrades* eingeführt und versteht darunter das Verhältnis der der Maschine zugeführten, durch Verbrennung erzeugten Wärmeenergie zu der tatsächlich gewonnenen mechanischen Energie. Für diesen wirtschaftlichen Wirkungsgrad ergeben sich bei der Dampfmaschine je nach Größe und Güte Werte von 10–25%. Es liegt hier also eine außerordentlich unwirtschaftliche Verwendung der in der Kohle enthaltenen Energie vor.

Bei den übrigen Wärmeenergiemaschinen sind die Wirkungsgrade durchweg höher als bei der Dampfmaschine, aber die theoretisch möglichen Werte werden auch hier in keinem Falle erreicht. Die folgende

Tabelle bringt Angaben über die wirtschaftlichen Wirkungsgrade der verschiedenen Wärmeenergiemaschinen sowie zum Vergleich die wirtschaftlichen Wirkungsgrade des Elektromotors und der Wasserturbine.

Wirtschaftliche Wirkungsgrade von Maschinen

Kolbendampfmaschine	10 – 20 %	Öl-, Kohlekraftwerk	etwa 38 %
OTTO-Motor	20 – 32 %	Kernkraftwerk	etwa 42 %
Verbrennungsgasturbine	25 – 30 %	Elektromotor	70 – 95 %
Dampfturbine	25 – 35 %	Wasserturbine	90 – 95 %
DIESEL-Motor	30 – 38 %		

Die wirtschaftlichen Wirkungsgrade von Elektromotoren und Wasserturbinen liegen erheblich höher als diejenigen der Wärmeenergiemaschinen. Solche Wirkungsgrade lassen sich mit Wärmeenergiemaschinen grundsätzlich nicht erreichen, weil sie sogar die maximal möglichen Werte des CARNOT-Kreisprozesses überschreiten.

Wir kommen nun noch einmal auf den Entropiebegriff (S. 370) zurück. Aus der auf S. 376 abgeleiteten Gleichung für den thermodynamischen Wirkungsgrad folgt

$$\frac{Q_1}{T_1}+\frac{Q_2}{T_2}=0, \qquad Q_2<0.$$

Bezeichnet man den Quotienten $\frac{Q}{T}$ mit ΔS, so gilt für den reversiblen Kreisprozeß

$$\Delta S_{\text{ges}}=(\Delta S)_1+(\Delta S)_2=\frac{Q_1}{T_1}+\frac{Q_2}{T_2}=0.$$

Die Erfahrung zeigt, daß bei der Beschreibung von Naturvorgängen in erster Linie *diejenigen Größen von Interesse sind, die bei dem Ablauf der Vorgänge unverändert bleiben.* Aus diesem Grunde hat sich die auf diese Weise definierte Größe ΔS als ein besonders wichtiger Begriff der Wärmelehre erwiesen. Hier wird aus den beiden physikalischen Größen Wärmemenge und Temperatur durch Division eine neue abgeleitete physikalische Größe gebildet, mit der als selbständiger Größe bei der Beschreibung zahlreicher Naturvorgänge gearbeitet wird. Das gleiche Verfahren ist früher schon oft praktiziert worden; als Beispiel soll nur daran erinnert werden, daß aus den physikalischen Größen Länge und Zeit durch Division die neue Größe Geschwindigkeit gebildet worden ist.

Es soll abschließend noch gezeigt werden, daß die im vorhergehenden Abschnitt eingeführte und ganz anders definierte Größe

$$\Delta S=k \ln w$$

mit der hier gefundenen Größe

$$\Delta S=\frac{Q}{T}$$

identisch ist, so daß die Verwendung des gleichen Formelzeichens ΔS gerechtfertigt ist.

Der Anfangs- und der Endzustand eines Systems werden durch Zustandsgrößen eindeutig beschrieben. Die Beschreibung kann nicht davon abhängen, wie der Endzustand aus dem Anfangszustand hervorgegangen ist. Wir können uns daher den in Abb. 370.1 dargestellten Übergang aus dem Zustand I in den Zustand II durch eine isotherme Ausdehnung hervorgebracht denken. Diese Zustandsänderung bewirkt nach S. 371 die Entropiezunahme

$$\Delta S=k\cdot\ln w=\nu R\cdot\ln\frac{V_2}{V_3}.$$

Nach S. 373 ergibt sich durch eine Änderung der Bezeichnungen Q_1, T_1, V_1, V_2 in Q, T, V_3, V_2 die Gleichung

$$\frac{Q}{T}=\nu R\cdot\ln\frac{V_2}{V_3}.$$

Da die rechten Seiten der beiden vorstehenden Gleichungen übereinstimmen, ergibt sich die behauptete Identität.

Die CARNOT-Maschine bildet mit ihren beiden Wärmebehältern ein abgeschlossenes System, für das

$$\Delta S_{\text{ges}} = 0$$

gilt. Diese Aussage läßt sich, wie auf S. 371 bereits festgestellt wurde, verallgemeinern:

In einem abgeschlossenen System, in dem nur reversible Vorgänge ablaufen, findet insgesamt keine Entropieänderung statt.

Bei *irreversiblen Prozessen* liegen die Verhältnisse anders. Wir erläutern dies an dem Beispiel des unmittelbaren Überganges von Wärme aus einem wärmeren in ein kälteres Reservoir. Zwischen den beiden Reservoiren denkt man sich eine wärmeleitende Verbindung hergestellt, indem man sie etwa durch einen dünnen Metalldraht verbindet, dessen Wärmekapazität gegenüber der hindurchgeleiteten Wärmemenge beliebig klein sein soll. Die dem wärmeren Reservoir mit der Temperatur T_1 entzogene Wärmemenge Q ($Q < 0$) wird dann in unverändertem Betrag dem kälteren Reservoir mit der Temperatur T_2 zugeführt. Das wärmere Reservoir erfährt dabei eine Entropieabnahme $\frac{Q}{T_1}$ und das kältere eine Entropiezunahme $-\frac{Q}{T_2}$ $(-Q > 0)$. Da nach unserer Voraussetzung $T_1 > T_2$ ist, tritt im Ganzen eine Entropiezunahme von

$$\Delta S_{\text{ges}} = (\Delta S)_1 + (\Delta S)_2 = \frac{Q}{T_1} - \frac{Q}{T_2} = Q\left(\frac{1}{T_1} - \frac{1}{T_2}\right) > 0$$

ein. Umgekehrt würde bei einem Übergang der Wärme von einem kälteren auf einen wärmeren Körper eine Abnahme der Entropie eintreten. Die Erfahrung zeigt aber, daß dieser Vorgang von selbst nicht eintritt.

In ähnlicher Weise läßt sich für alle anderen irreversiblen Vorgänge zeigen, daß sie stets mit einer Entropiezunahme verbunden sind. So ist bei der Reibung der Quotient aus der erzeugten Reibungswärme und der Temperatur, bei der sie abgeführt wird (meist die Temperatur der Umgebung), gleich der Entropiezunahme des Vorganges.

Wir können in Übereinstimmung mit den Ergebnissen des vorhergehenden Abschnittes zusammenfassend feststellen, daß für irreversible Vorgänge die Entropie zunimmt. Betrachten wir nun ein abgeschlossenes System, so bleibt dessen Entropie für reversible Vorgänge konstant und wächst für irreversible Vorgänge. Da jeder natürliche Vorgang irreversibel ist, konnten wir früher (S. 371) den zweiten Hauptsatz der Wärmelehre folgendermaßen formulieren:

Die Entropie im gesamten Weltgeschehen wächst beständig.

Man spricht deshalb auch von dem *Prinzip der Entropievermehrung*.

Für die natürlichen Vorgänge ist auf diese Weise eine bestimmte Richtung festgelegt. Sie laufen stets so ab, daß der Endzustand eine größere Entropie als der Anfangszustand besitzt. Wir erläutern dies an einzelnen Beispielen.

Beispiele

1. Ein schwingendes Pendel kommt wegen der Reibung allmählich zur Ruhe; die entstehende Reibungswärme geht irreversibel auf die Umgebung und damit auf einen Körper mit tieferer Temperatur über. Dadurch wird die Entropie vergrößert. Der umgekehrte Vorgang, bei dem das Pendel der Umgebung Wärme entzieht, diese in mechanische Energie umsetzt und selbsttätig zu schwingen beginnt, kommt praktisch nicht vor, weil er mit einer Abnahme von Entropie verbunden wäre.

2. Das Ausströmen eines (idealen) Gases aus einer Druckflasche bedeutet eine Entropiezunahme und läuft deshalb von selbst ab. Der umgekehrte Prozeß findet nicht statt, weil er eine Verminderung der Entropie bewirken würde. Der Wert der Druckluft besteht nicht nur in einer Energiespeicherung, sondern auch in einer Verringerung ihrer Entropie gegenüber dem Zustand des normalen Druckes.

Das gesamte Naturgeschehen wird durch zwei Naturgesetze beherrscht, durch den *Energiesatz* (1. Hauptsatz der Wärmelehre) und den *Entropiesatz* (2. Hauptsatz der Wärmelehre). Die nach dem Energiesatz möglichen Vorgänge werden durch den Entropiesatz insofern eingeschränkt, als von selbst nur solche Vorgänge ablaufen, die gleichzeitig eine Vermehrung der Entropie zur Folge haben.

Die Entropie ist die physikalische Größe, die für die einseitige Richtung der Naturvorgänge entscheidend ist.

Der Entropiebegriff steht in bezug auf seine umfassende Bedeutung dem Energiebegriff nicht nach. Die Entropiezunahme ist letzten Endes der Motor allen Geschehens, soweit es sich nicht um periodische Wiederholungen stets gleicher Vorgänge handelt.

Es soll hier noch auf einen interessanten *Zusammenhang zwischen der Entropie und dem Ablauf der Zeit* eingegangen werden. Es wurde früher bereits darauf hingewiesen, daß die Zeit nur meßbar und somit als physikalische Größe nur sinnvoll ist, wenn irgendwelche Vorgänge ablaufen. In einer statischen Welt würde es keine Zeit geben. Da alle natürlichen Vorgänge irreversibel verlaufen und deshalb mit einer Entropiezunahme verbunden sind, kann man auch sagen, daß eine Welt mit konstanter Entropie eine statische Welt und damit eine Welt ohne Zeit wäre. Der Ablauf der Zeit ist also mit der Entropie verknüpft. Eine (fiktive) Umkehr des Zeitablaufes wäre mit einer monotonen Abnahme der Entropie verbunden. Da dies dem zweiten Hauptsatz widerspräche, können wir feststellen, daß der zweite Hauptsatz dem Zeitablauf die Richtung verschafft.

Ob die Entropie die einzige Eigenschaft der physikalischen Welt ist, die der Zeit eine Richtung aufprägt, kann heute noch nicht mit Sicherheit gesagt werden. Man könnte die Expansion des Weltalls als eine weitere Eigenschaft betrachten, die die Einseitigkeit der Zeitrichtung festzulegen gestattet. Auf jeden Fall müssen wir feststellen, daß die Begriffe früher und später – und damit die einseitige Zeitrichtung – nicht nur eine subjektive Eigenschaft des menschlichen Erlebens sind, sondern daß ihnen als physikalisches Korrelat die Entropie entspricht. Eine Zeitrichtung wäre also in der Natur auch gegeben, wenn es keine menschlichen Wesen mit einem subjektiven Bewußtsein des Begriffes *Entwicklung* gäbe. Der englische Astronom und Physiker A. St. Eddington (1882–1944) ist noch einen Schritt weitergegangen und hat die Auffassung vertreten, daß unser Gefühl für den Verlauf der Zeit ebenso eng mit den Reizen der physischen Welt verbunden ist, wie z. B. die Sinneswahrnehmung von Licht. So wie gewisse physische Störungen, die durch die Sehnerven in die Gehirnzellen eindringen, die Empfindung von Licht auslösen, so bewirkt der Wechsel der Entropie entweder in den Gehirnzellen im allgemeinen oder in besonderen Zellen die Empfindung einer zeitlichen Aufeinanderfolge, indem der Augenblick größerer Entropie als später empfunden wird.

Wir haben damit bereits den *Bereich des organischen Lebens* betreten und wollen noch einige Bemerkungen über die Bedeutung des 2. Hauptsatzes für die lebenden Organismen machen, wobei wir uns selbstverständlich immer nur auf die physische Seite dieses Bereiches beziehen. Das Entropiegesetz verlangt, daß die bevorzugte Entwicklungsrichtung in der Natur von der Ordnung zur Unordnung, von der Struktur zum Chaos führt. Die Erfahrung im Bereich des Lebens scheint dieser Forderung zu widersprechen, denn man sieht hier eine ganz andere Entwicklungstendenz, die zur Herausbildung immer feinerer Lebensstrukturen und immer höherer Ordnungen geführt hat. Deshalb glaubte man, die Gültigkeit des 2. Hauptsatzes in der lebenden Natur bezweifeln zu können. Heute wissen wir jedoch, daß eine solche Auffassung falsch ist und daß auch das organische Leben nicht in der Lage ist, sich über den 2. Hauptsatz hinwegzusetzen. Entscheidend für alle Lebensvorgänge ist nämlich die Tatsache, daß die benötigte Energie direkt oder indirekt der Sonnenstrahlung entnommen wird. Bei einer Oberflächentemperatur der Sonne von etwa 6000 °C besitzt diese nur eine sehr geringe Entropie. Dadurch, daß die Sonnenstrahlung auf die normale Temperatur des organischen Lebens umgeformt wird, tritt eine sehr beträchtliche Entropievermehrung auf. Diese Entropievermehrung ist die Voraussetzung für die Entwicklung des organischen Lebens. Die Herausbildung immer komplizierterer Strukturen und höherer Ordnungen wird nur dadurch möglich, daß die mit diesem Vorgang verbundene Entropieverminderung an anderer Stelle durch entropievermehrende Prozesse überkompensiert wird.

Auch im Leben des einzelnen Organismus spielt die Entropie eine wichtige Rolle. Jeder Organismus bewahrt sich durch Essen, Trinken und Atmen vor dem Tode; bei den pflanzlichen Lebewesen kommt hierzu noch die Assimilation. Man hat ursprünglich das Wesentliche dieses Vorganges in dem beständigen Austausch des Stofflichen gesehen. Dies ist aber nicht das Entscheidende, denn jedes aufgenommene Atom Kohlenstoff, Stickstoff oder Sauerstoff ist genausoviel wert wie jedes abgegebene. Auch die mit der Nahrung zugeführte Energie ist nicht allein entscheidend, denn die zugeführte Energie ist nicht mehr wert als die abgegebene; ein bloßer Austausch von Energie wäre für die Erhaltung des Lebens nicht ausreichend. Es muß also noch etwas anderes in der aufgenommenen Nahrung sein, daß uns vor dem Tode bewahrt. Um dies zu erkennen, muß man beachten, daß jeder Vorgang in der Natur an der Stelle seines Ablaufes eine Vergrößerung der Entropie verursacht. Auch der lebende Organismus erhöht dauernd seine Entropie, indem er positive Entropie erzeugt und damit dem Zustand maximaler Entropie zustrebt, dessen Erreichung den Tod bedeutet. Er kann nur weiterleben, wenn er seine Entropieüberschüsse kompensiert, indem er dauernd Entropie an die Umwelt abgibt. Wir können also sagen, daß eine wesentliche Aufgabe des Stoffwechsels darin besteht, den Organismus von der Entropie zu befreien, die er im Laufe seines Lebens dauernd erzeugt. Dies geschieht, indem der Organismus in ständigem Strom mit der Nahrung Stoffe aufnimmt, die wegen ihrer äußerst hohen Ordnung in Form organischer Verbindungen nur eine geringe Entropie besitzen; die Stoffe werden in stark abgebauter Form, d. h. im Zustand höherer Entropie, wieder abgegeben. Bei den Pflanzen dient ferner das Sonnenlicht zum Ausgleich der durch das Leben bewirkten Entropieerhöhung.

Wir haben damit auch einen Grund dafür gefunden, warum die lebenden Organismen sich von komplizierten organischen Verbindungen ernähren müssen und nicht mit einem Brei aus Graphit auskommen können, obwohl dessen Kohlenstoffatome sich von denen des Zuckers in keiner Weise unterscheiden. Wir erkennen, daß außer einer dauernden Zufuhr von Energie für die Erhaltung des Lebens eine laufende Abgabe von Entropie erforderlich ist, damit der Organismus auf einer gleichmäßig tiefen Entropiestufe gehalten werden kann. Neben der schon erwähnten Aufnahme entropiearmer Nahrung spielt hierbei auch die ständige Wärmeabgabe des Körpers an die Umgebung eine Rolle, denn mit der Wärme geht gleichzeitig überschüssige Entropie auf die Umgebung über.

Diese kurzen Bemerkungen sollen genügen, um zu zeigen, daß der 2. Hauptsatz der Wärmelehre für die physikalischen Lebensvorgänge seine Gültigkeit behält und für deren wirkliches Verständnis nicht entbehrt werden kann.

3.2.6 Die Kältemaschinen und die Wärmepumpen

Der im vorhergehenden Abschnitt behandelte CARNOT-Prozeß kann auch in umgekehrter Richtung durchlaufen werden. Dann muß man dem Reservoir R_2 mit der tieferen Temperatur T_2 Wärme entziehen und diese unter Arbeitsaufwand in das Reservoir R_1 mit der höheren Temperatur T_1 übertragen. Eine solche rückwärts laufende CARNOT-Maschine hat zwei Wirkungen, die die Konstruktion physikalisch und technisch interessanter Geräte ermöglichen (Abb. 381.1):

1. Das kältere Reservoir R_2 wird durch den dauernden Wärmeentzug weiter abgekühlt. Hiervon macht man bei den *Kältemaschinen* Gebrauch.

2. Das wärmere Reservoir R_1 wird durch die dauernde Wärmezufuhr weiter aufgeheizt. Diese Tatsache wird bei den *Wärmepumpen* ausgenutzt.

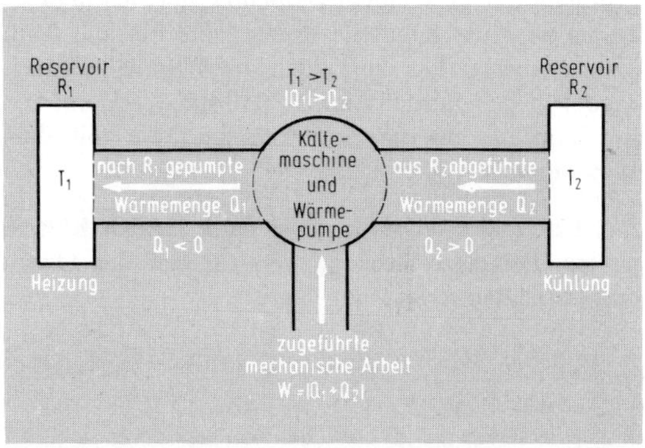

Abb. 381.1
Schematische Darstellung der Wirkungsweise von Kältemaschinen und Wärmepumpen

Im folgenden sollen einige Erklärungen zur Wirkungsweise dieser beiden Einrichtungen gegeben werden.

Dabei ist zunächst zu beachten, daß die Heizung mit Hilfe einer Wärmepumpe grundsätzlich anders verläuft als die Heizung mit Hilfe der im Alltag und in der Technik meist üblichen Wärmequellen. Diese erzeugen nämlich die Wärmeenergie aus anderen Energieformen, indem sie elektrische Energie in Wärme umsetzen oder durch die Verbrennung von Öl, Gas oder Kohle die in diesen Brennstoffen gespeicherte chemische Energie in Wärmeenergie umwandeln. Bei den Wärmepumpen wird die Wärmeenergie dagegen nur von dem einen Ort (mit der niedrigeren Temperatur) zu einem anderen Ort (mit der höheren Temperatur) transportiert. Diese Wärme kann entweder der Außenluft oder Flüssen und Seen entnommen werden; in jedem Falle liegen hier praktisch unerschöpfliche Wärmequellen vor.

Damit dem Reservoir R_2 mit der niedrigeren Temperatur T_2 die Wärmemenge Q_2 entzogen und dem Reservoir R_1 mit der höheren Temperatur T_1 die Wärmemenge Q_1 zugeführt werden kann, muß dem System insgesamt die mechanische Arbeit

$$W = |Q_1 + Q_2|$$

zugeführt werden. Bemerkenswert ist dabei, daß der Betrag der in das Reservoir R_1 hineingepumpten Wärmemenge Q_1 größer als die dem Reservoir R_2 entzogene Wärmemenge Q_2 ist, weil die dem System zugeführte mechanische Arbeit als zusätzliche Wärmeenergie in dem Reservoir R_1 in Erscheinung tritt.

Aus den bisherigen Überlegungen geht bereits hervor, daß die gleiche Maschine auf der einen Seite, nämlich im Reservoir R_2, eine dauernde Abkühlung und auf der anderen Seite, nämlich im Reservoir R_1, eine dauernde Aufheizung bewirkt. Deshalb gilt:

Eine Kältemaschine kann grundsätzlich auch als Wärmepumpe dienen und umgekehrt.

Von dieser Tatsache wird praktisch Gebrauch gemacht, wenn das kältere Reservoir R_2 etwa eine große Kühlhalle oder eine Eislaufbahn ist. Dann wird nämlich die diesen Reservoiren bei der Kühlung dauernd entzogene Wärmeenergie zur Heizung eines anderen Reservoirs R_1, das etwa ein Bürohaus sein kann, verwendet. Es gibt ferner Klimaanlagen, die in der kalten Jahreszeit zur Heizung und in der warmen Jahreszeit zur Kühlung von Räumen dienen, indem die gleiche Maschine einmal als Wärmepumpe und das andere Mal als Kältemaschine benutzt wird. Grundsätzlich wäre es auch möglich, mit einem Kühlschrank ein Zimmer zu heizen. Wer einmal die Rückseite eines Kühlschrankes genauer untersucht hat, wird festgestellt haben, daß es hier wärmer als in der umgebenden Luft ist und daß dort Kühlrippen angebracht sind, die dazu dienen, die aus dem Innern des Kühlschrankes, d.h. aus dem kälteren Reservoir R_2, abtransportierte Wärmeenergie an die Zimmerluft, d.h. an das wärmere Reservoir R_1, abzuleiten. Wenn man einen Kühlschrank mit geöffneter Tür in ein offenes Fenster stellt, so wird der atmosphärischen Luft dauernd Wärme entzogen, die in das Zimmer gepumpt wird. Der Kühlschrank dient dann als Wärmepumpe.

Der Bau und die Wirkungsweise der Kältemaschine bzw. der Wärmepumpe sind aus der schematischen Abb. 382.1 erkennbar. In dem kälteren Reservoir R_2 befindet sich ein *Verdampfer*, in dem eine Flüssigkeit (etwa flüssiges Ammoniak oder Frigen) unter verringertem Druck zum Verdampfen gebracht wird. Die erforderliche Verdampfungswärme wird der Umgebung, d.h. dem Reservoir R_2, entzogen. Der Dampf wird durch einen außerhalb des Kühlraumes befindlichen Kompressor angesaugt und auf einen so hohen Druck gebracht, daß er in einem *Verdichter*, der sich in dem Reservoir R_1 befindet, in den flüssigen Zustand übergeht. Dabei wird die Kondensationswärme frei, die dem Reservoir R_1 zugeführt wird; außerdem tritt die Kompressionsarbeit hier zusätzlich als Wärme in Erscheinung. Über ein Drosselventil gelangt das Kältemittel wieder in den Verdampfer, so daß der Kreislauf von neuem beginnen kann.

Von besonderem Interesse sind die mit den Kältemaschinen und den Wärmepumpen erzielbaren *Wirkungsgrade*. Wir setzen fest:

Unter dem Wirkungsgrad einer idealen Kältemaschine (Formelzeichen: η_K) oder einer idealen Wärmepumpe (Formelzeichen: η_W) versteht man den Quotienten aus der transportierten Wärmemenge und der dabei aufgewendeten Arbeit.

$$\eta_K = \frac{Q_2}{W} = \frac{Q_2}{|Q_1 + Q_2|} = \frac{T_2}{T_1 - T_2}$$

bzw.

$$\eta_W = \frac{|Q_1|}{W} = \frac{|Q_1|}{|Q_1 + Q_2|} = \frac{T_1}{T_1 - T_2}.$$

Die Wirkungsgrade liegen bei diesen Maschinen bemerkenswert hoch. Wir zeigen an einem Beispiel, daß eine ideale Wärmepumpe erheblich günstiger als die traditionellen Heizungsverfahren arbeitet. Dabei ist allerdings zu beachten, daß die angegebenen Gleichungen nur im Idealfall der reversiblen Führung des Kreisprozesses gelten.

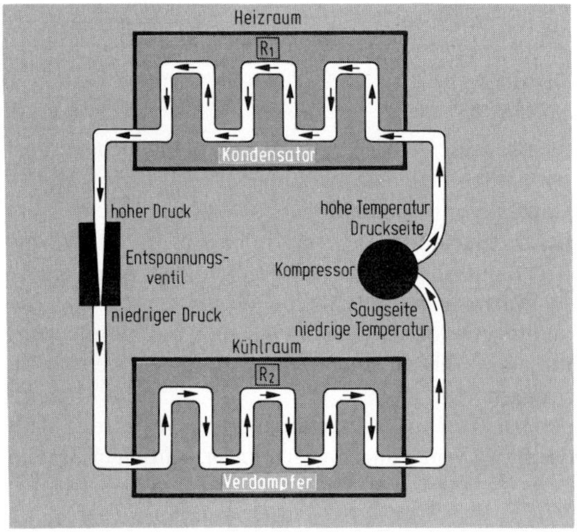

Abb. 382.1
Schematische Darstellung der Wirkungsweise einer Kühlmaschine und einer Wärmepumpe

Beispiel Eine Wärmepumpe soll ein Zimmer auf die Temperatur $\vartheta_1 = 20\,°C$ aufheizen, wobei die Wärme der Außenluft, deren Temperatur $\vartheta_2 = 0\,°C$ beträgt, entnommen werden soll. Für den Wirkungsgrad ergibt sich dann:

$$\eta_W = \frac{T_1}{T_1 - T_2} \approx \frac{293\,K}{293\,K - 273\,K} \approx 15 \approx 1500\,\%.$$

Eine solche Heizung arbeitet also überaus günstig. Dies kommt daher, weil die durch eine Wärmepumpe für die Aufheizung gelieferte Wärmeenergie $|Q_1|$ erheblich größer als die zum Pumpen aufgewendete mechanische Arbeit ist; ein Teil dieser Wärmeenergie wird ja einem anderen Wärmereservoir, wie der Luft, einem Fluß oder einem See, entnommen und kostet praktisch nichts.

Der in dem obigen Beispiel errechnete Wirkungsgrad wird in der Praxis natürlich nicht erreicht, weil die Berechnung sich auf eine *ideale Wärmepumpe*, in der nur reversible Prozesse ablaufen, bezieht. Obwohl die praktisch realisierbaren Wirkungsgrade also niedriger als der oben berechnete liegen, sind sie doch immer noch wesentlich besser, als bei den traditionellen Heizungsverfahren.

Die Wärmepumpen haben deshalb in den letzten Jahren wegen der zunehmenden Verknappung der fossilen Energieträger erheblich an Interesse gewonnen. Aus diesem Grunde sollen hier noch einige Bemerkungen über die Verwendungsmöglichkeiten der Wärmepumpen und über ihre Vorteile gemacht werden.

Wie oben bereits dargelegt worden ist, besteht zwischen den sonst üblichen Wärmequellen und den Wärmepumpen ein grundlegender Unterschied:

Während die im Alltag und in der Technik durchweg eingesetzten Wärmequellen die gewünschte Wärmeenergie aus anderen Energieformen gewinnen, indem etwa die in der Kohle, dem Erdöl und dem Erdgas gespeicherte chemische Energie durch Verbrennung in Wärmeenergie umgewandelt wird oder indem bei der elektrischen Heizung eine Überführung von elektrischer Energie in Wärmeenergie erfolgt oder indem schließlich in den Kernreaktoren durch die Spaltung von Atomkernen Wärmeenergie aus der Kernenergie gewonnen wird, wird die Heizwärme bei den Wärmepumpen nicht aus anderen Energieformen hergestellt, sondern sie wird lediglich von einem Ort an einen anderen transportiert und dabei gleichzeitig auf ein höheres Temperaturniveau gehoben. Wir halten also fest:

Wärmepumpen stellen die von ihnen abgegebene Nutzwärme nicht durch Umwandlung aus anderen Energieformen her, sondern sie transportieren Wärmeenergie unter gleichzeitiger Anhebung auf ein höheres Temperaturniveau lediglich von einem Ort an einen anderen Ort.

Da der Kompressor der Wärmepumpen durch einen Elektromotor oder einen Verbrennungsmotor angetrieben werden muß, benötigen die Wärmepumpen zu ihrem Betrieb Energie. Aus den oben dargelegten Gründen liefert die Wärmepumpe aber mehr nutzbare Heizenergie als sie selbst an Energie verbraucht. In der Praxis dient die *Leistungszahl* oder die *Leistungsziffer* zur Kennzeichnung der Wirtschaftlichkeit von Wärmepumpen. Es gilt:

Unter der Leistungszahl oder der Leistungsziffer (Formelzeichen: ε) einer Wärmepumpe versteht man den Quotienten aus der an dem Kondensator anfallenden Wärmemenge W_2 und der zum Betrieb des Kompressors aufgewendeten Energie W_1.

$$\varepsilon = \frac{W_2}{W_1}.$$

Bei den für die Raumheizung und die Warmwasserversorgung eingesetzten Wärmepumpen betragen die Leistungszahlen

$$\varepsilon = 3 - 4.$$

Dies bedeutet:

Wenn man einer Wärmepumpe 1 kWh elektrischer Energie zuführt, so kann damit eine nutzbare Heizwärme von 3 – 4 kWh gewonnen werden.

Seit einigen Jahren werden Wohnungen, Krankenhäuser, Kaufhäuser und Schwimmbäder mit Hilfe von Wärmepumpen geheizt, wobei sowohl die in der Luft, als auch die im Boden oder im Wasser gespeicherte Wärmeenergie ausgenutzt wird. Diese Wärmequellen sind praktisch unerschöpflich, weil der Umwelt laufend Wärmeenergie von der Sonne oder als Abwärme von Kraftwerken, Fabriken und Wohnhäusern zugeführt wird. Praktisch verfährt man bei dem Einsatz von Wärmepumpen zweckmäßig in der Weise, daß eine Wärmepumpenanlage mit einer durch Erdöl oder Erdgas betriebenen traditionellen Heizung gekoppelt wird, wie dies in Abb. 384.1 vereinfacht dargestellt ist. Man spricht dann von einem *bivalenten Heizsystem.* Bei dieser Kombination schaltet sich die Öl- oder Gasheizung nur an den wirklich kalten Tagen automatisch ein. Bei höheren Außentemperaturen kann die Wärmepumpe der Umgebung so viel Wärmeenergie entziehen, daß diese zur Deckung des vorhandenen Bedarfs ausreicht. Bei einer Ausnutzung aller technischen Möglichkeiten kann auf diese Weise bis zu 70 Prozent der fossilen Energieträger Erdöl oder Erdgas eingespart werden.

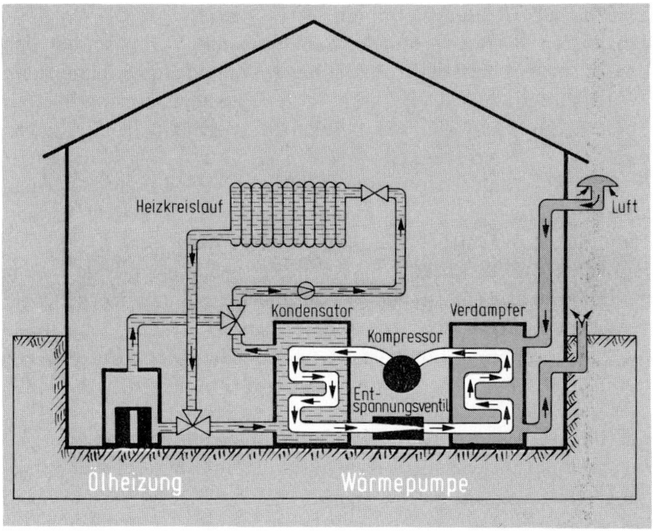

Abb. 384.1 Schematische Darstellung eines bivalenten Heizsystems aus einer Ölheizung und einer mit Außenluft arbeitenden Wärmepumpe

Zum Abschluß dieses Kapitels sollte noch eine Aufgabe gelöst werden, um die gewonnenen Erkenntnisse zu festigen und zu vertiefen.

Beispiel

1. Der Wirkungsgrad einer CARNOT-Maschine beträgt $\eta_1 = 40\,\%$. Die Temperatur des kälteren Reservoirs R_2 soll konstant auf $\vartheta_2 = 12\,°C$ gehalten werden. Der Wirkungsgrad der Maschine kann gesteigert werden, indem man die Temperatur ϑ_1 des wärmeren Reservoirs R_1 erhöht. Um wieviel Kelvin muß die Temperatur ϑ_1 gesteigert werden, damit der Wirkungsgrad um $10\,\%$ zunimmt?

Es gilt

$$\eta_1 = \frac{T_1 - T_2}{T_1} \quad \text{oder} \quad T_1 = \frac{T_2}{1-\eta_1}.$$

Entsprechend ergibt sich für den erhöhten Wirkungsgrad $\eta_2 = 50\,\%$:

$$T_1' = \frac{T_2}{1-\eta_2}.$$

Dann ist also

$$\Delta T = \frac{T_2}{1-\eta_2} - \frac{T_2}{1-\eta_1} = \frac{T_2(\eta_2-\eta_1)}{(1-\eta_1)(1-\eta_2)}$$

$$= \frac{285\,\text{K} \cdot 0{,}1}{0{,}6 \cdot 0{,}5} = 95\,\text{K}.$$

Die Temperatur ϑ_1 des Reservoirs R_1 muß also um rund 95 K gesteigert werden.

Weitere Aufgaben: Siehe O. HÖFLING, Physik-Aufgaben II/1.

4. Das Weltbild der klassischen Physik

4.1 Die physikalische Weltbetrachtung

Lange bevor der Mensch begann, die Natur mit wissenschaftlichen Methoden zu erforschen, hat er über die ihm in seiner Umwelt begegnenden Erscheinungen nachgedacht und sich geistig mit ihnen auseinandergesetzt. Diese bis in die frühesten Anfänge der Menschheitsgeschichte zurückreichende Naturbetrachtung war dadurch gekennzeichnet, daß in allen Naturvorgängen das Wirken von Göttern und Dämonen gesehen wurde. Wenn Trockenheit oder Überschwemmungen die Ernte bedrohten, wenn die Erde erbebte oder eine Sturmflut Zerstörungen anrichtete, so sah der primitive Mensch überall das Walten guter oder böser Geister, die frei und unberechenbar den Ablauf der Naturereignisse und das Schicksal des Menschen bestimmten. Die Allgegenwart der Götter, Geister und Dämonen bewirkt, daß die Natur dem Menschen bisweilen freundlich und hilfreich begegnet und daß sie ihn in anderen Fällen bedroht und vernichtet. Wenn man Einfluß auf den Lauf der Dinge gewinnen und diesen nach den eigenen Wünschen und zum eigenen Nutzen lenken möchte, so gibt es für diese primitiven Menschen nur den einen Weg, die Zeichen der Götter und Dämonen zu erkennen und zu deuten, die geplanten Unternehmungen diesen Zeichen anzupassen oder die übernatürlichen Mächte durch Opfer, Gebete, Beschwörungen oder sonstige kultische Handlungen freundlich zu stimmen und den erstrebten Zielen geneigt zu machen. Hierdurch wird das ganze Leben des primitiven Menschen von magischen Bräuchen durchsetzt. Diese phantasiereichen Kulte und magischen Handlungen geben dem Leben der Primitiven nicht nur eine große äußere Buntheit, sondern sie sind der Ausdruck einer tiefsinnigen Symbolik, in die wir abendländischen Menschen uns kaum noch hineinfühlen können.

Dieser *magischen Weltbetrachtung* mit ihrem Reichtum an Zauber und Symbolik steht nun die *physikalische Weltbetrachtung* gegenüber, die die Natur entzaubert und ihr das Geheimnisvolle weitgehend genommen hat. Als man nämlich mit der fortschreitenden Entwicklung der Physik immer deutlicher erkannte, daß die uns umgebende Welt von *Naturgesetzen* beherrscht wird, die den Ablauf der Erscheinungen eindeutig bestimmen und die Voraussage kommender Ereignisse gestatten, blieb für die Götter und Dämonen mit ihrem geheimnisvollen und willkürlichen Walten kein Platz mehr. Es dürfte in der menschlichen Geistesgeschichte kaum eine tiefergreifende Umstellung gegeben haben als diesen Übergang von der magischen zur physikalischen Weltbetrachtung. Die gleiche Umstellung vollzieht sich bis zu einem gewissen Grade heute im Leben jedes Einzelmenschen, wenn das Kind sich mit zunehmender geistiger Reife aus der Welt der Märchen zu lösen beginnt, wenn es z. B. eines Tages erkennt, daß der Schneefall nicht durch das Bettenschütteln von Frau Holle entsteht, sondern durch bestimmte, von Naturgesetzen beherrschte Vorgänge in der Atmosphäre hervorgerufen wird.

Die Welt verliert durch den Übergang von der magischen zur physikalischen Betrachtungsweise sehr viel von ihrem Zauber und ihrer Poesie, sie wird sachlicher und nüchterner. Man hat diese Entwicklung im geistigen Leben des Einzelmenschen und der Menschheit bedauert, weil sie den Verlust vieler Gefühlswerte bedeutet, aber sie läßt sich nicht mehr rückgängig machen, und es kann sich ihr in unserer Zeit auch niemand ganz entziehen. Sowenig wie der erwachsene Mensch wieder in das Zauberleben der Kindheit zurückkehren kann, sowenig ist es der abendländischen Menschheit möglich, sich wieder in die magische Welt früherer Zeiten zurückzuversetzen, selbst wenn Reste jener Zeit bis auf den heutigen Tag lebendig geblieben sind. Dadurch, daß die wissenschaftliche Naturforschung gezeigt hat, daß Sonnen- und Mondfinsternisse nicht von okkulten Mächten ausgehende Vorzeichen großen Unglückes sind, sondern daß sie durch ganz bestimmte

Konstellationen von Sonne, Erde und Mond zustande kommen und daß ihr Anfang und Ende auf die Sekunde genau im voraus berechnet werden können, wird es uns heute unmöglich gemacht, durch Riten und kultische Gebräuche das Ende einer solchen Finsternis herbeiführen zu wollen. Wenn das Verhalten mancher Menschen gegenüber den Witterungserscheinungen heute noch vielfach anders ist und man auf dem Lande bisweilen in Zeiten der Trockenheit durch Bittprozessionen noch versucht, eine schlechte Ernte abzuwenden, so liegt dies daran, daß es bisher noch nicht möglich ist, den Ablauf der Wettererscheinungen mit der gleichen Zuverlässigkeit und Präzision vorherzusagen, wie dies etwa bei den Finsternissen der Fall ist. Die Wettervorgänge sind eben unvergleichlich viel komplizierter und deshalb schwerer zu übersehen, so daß bei dem heutigen Stand unserer Kenntnisse in diesem Bereich immer noch ein gewisser durch Naturgesetze nicht ausgefüllter Spielraum bleibt, der aber für den Physiker nur scheinbar vorhanden ist und durch die Unvollständigkeit unseres gegenwärtigen Wissens über die verwickelten Gesetzmäßigkeiten der Atmosphäre vorgetäuscht wird.

Die physikalische Erforschung der Natur beschränkt sich nicht auf eine Beobachtung, Sammlung und praktische Verwertung von Vorgängen und Erscheinungen unserer Umwelt, sondern eine physikalisch-wissenschaftliche Weltbetrachtung entsteht erst dann, wenn zu der Beobachtung und Verwertung der Naturerscheinungen die Frage nach den Ursachen und Hintergründen hinzukommt. Dabei hat die fortschreitende physikalische Erkenntnis zu der Überzeugung geführt, daß es allgemein gültige, vom Menschen unabhängige Naturgesetze sind, die den Ablauf der Erscheinungen bestimmen. Das Streben des Physikers geht nun dahin, diese Gesetze möglichst genau und vollständig zu erforschen. Wenn ihm dies gelingt, dann wird die Natur in den von ihm erfaßten Bereichen vollständig und in allen Einzelheiten vorausberechenbar; es bleibt dann kein unvorhersehbarer Rest und kein Platz für geheimnisvolle Überraschungen mehr übrig. Der deutsche Physiker P. JORDAN (geb. 1902) hat die Weltbetrachtung der klassischen Physik mit folgenden Worten charakterisiert:

„Vor dem durchdringenden Blick des Weisen verschwinden die Schleier, welche die Zukunft verhüllten. Alles Geschehen vollzieht sich in der Klarheit der Mathematik, nimmt seinen notwendigen, unausweichlichen Gang, der nur Entfaltung des schon im Heutigen Angelegten ist. Aber die vom Unheimlichen gereinigte Natur ist zugleich eine entgötterte und entseelte Natur. Ein Uhrwerk, einen Mechanismus betet man nicht an. In einem Automaten sucht man keine Seele. Zu einer Maschine sagt man nicht Du. Wo keine Überraschung möglich ist, dort gibt es keine schöpferische Wirksamkeit.“

Das *Weltbild der klassischen Physik* war von großer Kraft und Einheitlichkeit und hat über den Rahmen der Physik hinaus auf die geistige Entwicklung der vergangenen Jahrhunderte einen wesentlichen Einfluß ausgeübt. Es geht uns vor allem darum, die Grundlagen des mechanischen Weltbildes zu entwickeln, um damit gleichzeitig die Voraussetzungen für ein Verständnis seiner weiteren Umgestaltung zu schaffen, die sich inzwischen wiederum unter stärkster Beteiligung der Physik vollzogen hat. In diesem Zusammenhang ist es ferner wichtig, die Verfahren zur Gewinnung physikalischer Erkenntnisse kritisch zu untersuchen und die Tragfähigkeit der Ergebnisse physikalischer Forschung zu prüfen.

4.2 Die klassische Physik

Die von GALILEI und NEWTON begründete und von zahlreichen anderen Forschern weiter ausgebaute Mechanik, deren Grundzüge wir in den vorhergehenden Abschnitten kennengelernt haben, konnte schon zur Zeit NEWTONS bewundernswerte Erfolge erzielen, die in der Folgezeit erheblich ausgeweitet wurden. Sie lehrt die Bewegung der Himmelskörper als einfache Folge weniger grundlegender Naturgesetze zu verstehen und vorauszusagen; die gleichen Gesetze bestimmen die Bewegung eines geworfenen Körpers, die Bahn eines Wasserstrahls usw. Die Gesetze der Mechanik waren die ersten überzeugenden Beweise einer exakten Naturgesetzlichkeit, die sich überall bestätigte und bewährte. Hier stieß man zum ersten Male auf die oben erwähnte naturgesetzliche Ordnung der Wirklichkeit und erlebte, wie man durch Beobachten der Natur und durch Ausführung von Experimenten diese Ordnung wenigstens teilweise erkennen konnte. Das grundlegende, von GALILEI in die Naturforschung eingeführte Verfahren, das man als *induktive Methode* bezeichnete, brachte immer neue Erfolge und Fortschritte, so daß sich eine weite, bis dahin unbekannte Welt vor den

Augen der Physiker auftat. Über die induktive Methode, die auch heute noch die gleiche Bedeutung für die Naturerkenntnis hat wie damals, werden wir noch besonders zu sprechen haben (S. 391 ff.).

Das auf diese Weise entstandene System der klassischen Physik bot ein überzeugendes Bild innerer Harmonie und Geschlossenheit. Jede Einzelerscheinung dieses umfassenden Bereiches ließ sich aus wenigen allgemeinen Grundprinzipien und -gesetzen berechnen und in ihrem Ablauf bestimmen. Zahllos sind die Erfindungen, die aus dieser Physik hervorgegangen sind. Die Sicherheit und Zuverlässigkeit, die die Handhabung aller dieser Errungenschaften kennzeichnen, sind ihrerseits ein immer erneuter Beweis dafür, daß die Natur kein gesetzloses Chaos ist, sondern daß feste und unabänderliche Naturgesetze den Ablauf der Erscheinungen bestimmen.

Der Ausgangspunkt dieser ganzen Entwicklung war die GALILEI-NEWTON-Mechanik, und ihre Gesetze galten in der damaligen Zeit als die Grundlage des gesamten Naturgeschehens. *Man sah in der Mechanik das große Vorbild der Naturforschung und räumte den mechanischen Gesetzen eine Sonderstellung unter allen Naturgesetzen ein.* Diese Entwicklung wurde dadurch gefördert, daß mechanische Vorgänge besonders *anschaulich* sind, weil der Mensch von Jugend an mit den Begriffen der Mechanik, wie Länge, Fläche, Raum, Zeit, Bewegung, Kraft usw., zu tun hat und deshalb mit ihnen besonders vertraut zu sein glaubt. Hieraus ergab sich die weitere Folgerung, daß man einen Naturvorgang erst dann wirklich verstanden zu haben glaubte, wenn er auf mechanische Vorgänge und Wirkungen zurückgeführt werden konnte. Das Ziel der physikalischen Forschung war daher, das gesamte Naturgeschehen in Bewegungen kleinster Teilchen aufzulösen, die durch Anziehung oder Stoß Kräfte aufeinander ausüben und dabei den bekannten und bewährten mechanischen Gesetzen unterliegen. Wir haben gesehen, wie man z.B. in der *mechanischen Wärmetheorie* auf diese Weise große Erfolge erzielt hat und alle mit der Wärme zusammenhängenden Erscheinungen aus der Bewegung der Atome oder Moleküle erklären und verstehen konnte, und zwar zu einer Zeit, als noch keinerlei experimentelle Beweise für die Existenz der Atome und Moleküle vorlagen. Wir haben ferner erkannt, daß auch die *Schallerscheinungen* auf schwingende Bewegungen materieller Teilchen zurückgeführt werden konnten und die Akustik damit ein Teilgebiet der Mechanik wurde. Schließlich werden wir noch sehen, daß das *Licht* zunächst mechanisch gedeutet wurde, und zwar von NEWTON als eine Bewegung kleiner, von der Lichtquelle ausgehender Partikeln und von HUYGENS als eine Wellenbewegung mechanischer Art.

Ein solches Weltbild, das die gesamte vielfältige Wirklichkeit in Bewegungen und gegenseitige Beeinflussungen kleiner materieller Teilchen auflöst, die nach unabänderlichen Gesetzen erfolgen und in deren Verlauf es keine Willkür und keinen Zufall gibt, hat durch seine innere Geschlossenheit und Einheitlichkeit viele Menschen begeistert. Von naturwissenschaftlicher Seite hat es eine besonders klare und eindrucksvolle Formulierung durch den französischen Mathematiker und Physiker P.S. LAPLACE (1749–1827) gefunden, der ein Wesen in die Physik eingeführt hat, das heute oft als LAPLACE-*Dämon* bezeichnet wird. Er ging dabei von der Vorstellung aus, daß sich in einer solchen nach unabänderlichen Gesetzen ablaufenden Welt der Zustand im gegenwärtigen und jedem künftigen Augenblick zwangsläufig aus dem vorhergehenden Zustand ergibt, und schrieb:

„Wir müssen also den gegenwärtigen Zustand des Universums als Folge seines früheren Zustandes ansehen und als Ursache des Zustandes, der danach kommt. Eine Intelligenz, die in einem gegebenen Augenblick alle Kräfte kennt, mit denen die Welt begabt ist, und die gegenwärtige Lage der Gebilde, die sie zusammensetzen, und die überdies umfassend genug wäre, diese Kenntnisse der Analyse zu unterwerfen, würde in der gleichen Formel die Bewegungen der größten Himmelskörper und die des leichtesten Atoms einbegreifen. Nichts wäre für sie ungewiß; Zukunft und Vergangenheit lägen klar vor ihren Augen. Der menschliche Geist bietet in der Vollkommenheit, die er der Astronomie zu geben gewußt hat, ein kleines Abbild dieser Intelligenz.“

Dieser Gedanke ist von E. DU BOIS-REYMOND (1818–1896) noch weiter ausgeführt worden. Hiernach gleicht die ganze Natur mit allen ihren Geschehnissen einem ablaufenden Uhrwerk, dessen Lauf bis in die fernste Zukunft mit absoluter mathematischer Strenge vorausbestimmt ist. Wenn es daher einen Physiker gäbe, der den Zustand der Welt zu einem bestimmten Zeitpunkt bis in jede Einzelheit kennt, der also von jedem Atom weiß, wo es sich in diesem Zeitpunkt befindet und welche Geschwindigkeit es hat, und der außerdem imstande wäre, die erforderlichen umfangreichen Rechnungen durchzuführen, so würde dieser alles wissen, was an zukünftigen Erkenntnissen und Ereignissen überhaupt möglich ist, und er würde ebenso in die Vergangenheit zurückschauen können, wobei durch seine Rechnungen auch die nicht überlieferten Geschehnisse klar erkennbar wären. Ein solcher Physiker würde z.B. absolut sichere Wettervorhersagen liefern können. Er würde auch bei einem Würfelspiel zuverlässige Voraussagen machen können, wenn er sich die Mühe gäbe, alle Kraftwirkungen, die von der Hand, dem Würfelbecher, der Erde, dem Tisch usw. auf den Würfel ausgeübt werden, zu berücksichtigen. Es wäre ein zwar außerordentlich schwieriges und umfangreiches Problem, aber es wäre auf dem Boden des hier geschilderten Weltbildes *grundsätzlich* lösbar. Diese grundsätzliche Seite des Problems und nicht seine praktische Durchführbarkeit ist es aber, die hier interessiert.

Manche Naturwissenschaftler sind schließlich noch einen Schritt weiter gegangen und haben auch die lebenden Organismen in den Kreis dieser Überlegungen einbezogen. So wurde selbst der Mensch zu einer komplizierten, nach mechanischen Gesetzen ablaufenden Maschine. Ein Blick in die Geistesgeschichte des 19. Jahrhunderts zeigt, wie sich zahlreiche Denker immer wieder bemüht haben, ein allumfassendes Gesetz zu entdecken, das die menschlichen Angelegenheiten ebenso beherrschen soll, wie die NEWTON-Axiome die Welt der toten Materie beherrschen.

Die hier kurz dargelegten Gedankengänge bilden den Inhalt des *mechanistischen Weltbildes.* Wir erkennen, wie tief physikalische Erkenntnisse die geistige Entwicklung der Menschheit zu beeinflussen vermögen. Es geht hier zunächst nicht darum, zu entscheiden, ob die in der Vergangenheit unter Berufung auf die Ergebnisse der Physik angestellten Überlegungen in allen Fällen als berechtigt und überzeugend anerkannt werden können, sondern hier handelt es sich nur um die Feststellung der historischen Gegebenheit, daß das mechanistische Weltbild und darüber hinaus der gesamte Materialismus seine stärksten Argumente und Stützen aus der dargelegten physikalischen Entwicklung erhalten haben.

Wir fassen die bisherigen Betrachtungen dahingehend zusammen, daß eine konsequente mechanistische Deutung der Welt die Natur zu einem riesigen, seelenlosen Mechanismus macht, in dem Freiheit, Verantwortung und schöpferisches Walten keinen Platz mehr haben.

Die physikalischen Fundamente dieses Weltbildes müssen natürlich in dem Augenblick zusammenbrechen, in dem von der Physik erkannt wird, daß eine solche mechanistische Erfassung der Welt nicht möglich ist. Wir werden später sehen, daß die Entwicklung der modernen Physik hier tatsächlich eine grundlegende Neuorientierung gebracht hat, die zu einer wesentlich anderen Beurteilung der Sachlage führen muß. Um diese Wandlung zu verstehen, ist es aber notwendig, noch einige Grundvoraussetzungen, auf denen das mechanistische Weltbild und die klassische Physik aufgebaut sind, zu betrachten.

Das Gedankengebäude der klassischen Physik ruht auf *drei Grundvoraussetzungen,* die – ohne daß dies im einzelnen immer ausgesprochen wurde – auch bei unseren bisherigen Betrachtungen stets als gültig vorausgesetzt wurden. Es sind dies

Stetigkeit, Kausalität und *Objektivierbarkeit.*

Wir werden uns mit diesen drei Grundpfeilern der klassischen Physik, die übrigens eng miteinander zusammenhängen, im folgenden genauer beschäftigen.

4.3 Die Grundvoraussetzungen der klassischen Physik

Als erster Grundpfeiler der klassischen Physik soll die *Stetigkeit* oder *Kontinuität* der Naturvorgänge genannt werden. Diese tritt uns bereits bei den einfachsten Bewegungsvorgängen entgegen; es ist eine alltägliche Erfahrung, daß ein Körper nicht von einem Ort zu einem anderen gelangen kann, ohne in lückenloser Folge eine zusammenhängende Bahn zu durchlaufen, die vom Ausgangs- zum Endpunkt führt. Diese Tatsache hat ihren Ausdruck in dem oft zitierten Satz gefunden: *Natura non facit saltus* (Die Natur macht keine Sprünge). Allgemein besagt die Kontinuität der Naturvorgänge, daß es unmöglich ist, einen bestehenden Zustand momentan durch einen anderen abzulösen, dessen Bestimmungsstücke sich um endliche Beträge von denen des vorhergehenden Zustandes unterscheiden. Es ist z.B. unmöglich, die Temperatur eines Körpers momentan und sprunghaft von 14 °C auf 15 °C zu erhöhen; es müssen vielmehr alle Zwischenstufen durchlaufen werden.

Die Stetigkeit der Naturvorgänge erforderte zu ihrer mathematischen Erfassung und Darstellung die Erfindung eines neuen Zweiges der Mathematik, der Infinitesimalrechnung. Ohne diese von I. NEWTON und G.W. LEIBNIZ (1646–1716) geschaffenen mathematischen Verfahren, deren Anwendung in der Physik die

Stetigkeit der Naturvorgänge als wesentliche Voraussetzung hat, wäre die Entwicklung der klassischen Physik überhaupt nicht möglich gewesen.

Die Forderung der Stetigkeit erscheint auf den ersten Blick so selbstverständlich, daß man es für überflüssig halten könnte, sie überhaupt zu erwähnen. Demgegenüber muß jedoch betont werden, daß die *Stetigkeit der Naturvorgänge keine Denknotwendigkeit* ist; es ist im Gegenteil durchaus denkbar, daß ein Körper plötzlich an einer Stelle verschwindet und ebenso plötzlich an einer anderen Stelle wieder auftaucht. Zwar zeigen die Körper, mit denen wir im täglichen Leben umgehen, ein solches Verhalten nicht, doch wäre es ein Irrtum, hieraus den Schluß zu ziehen, daß auch in anderen, unserer unmittelbaren Erfahrung ferner liegenden Bereichen der Natur solche Möglichkeiten von vornherein ausgeschlossen sind. Wir werden später sehen, daß es in der Tat weite Bereiche der Physik gibt, in denen das Prinzip der Stetigkeit nicht erfüllt ist, daß insbesondere Änderungen der Energie nicht in stetiger Weise erfolgen und daß die Natur im Gegensatz zu der Grundvorstellung der klassischen Physik häufig wirklich „Sprünge macht".

Der zweite Grundpfeiler der klassichen Physik ist die Überzeugung, daß jeder Vorgang in der Natur durch ganz bestimmte Ursachen in gesetzmäßiger Weise bestimmt ist und daß gleiche Ursachen stets gleiche Wirkungen nach sich ziehen. Wir wollen diesen Zusammenhang von Ursache und Wirkung allgemein als *Kausalität* bezeichnen. Die gesamte Technik wäre ohne diesen Zusammenhang von Ursache und Wirkung unmöglich, denn bei allen technischen Einrichtungen handelt es sich darum, durch Herstellung bestimmter Ursachen die gewünschten Wirkungen hervorzubringen. Wenn man z.B. einen Lichtschalter betätigt, so ist dies die Ursache für das Schließen eines Stromkreises und dies wiederum die Ursache für das Aufleuchten der Glühlampe. Sollte das Aufleuchten der Glühlampe einmal ausbleiben, so wird niemand daraus schließen, daß der Kausalzusammenhang zu existieren aufgehört hat, sondern man wird einen Fehler in der Anlage vermuten, den man mit der nötigen Sachkenntnis beseitigen kann, so daß der gewohnte Zustand dann wiederhergestellt ist.

Auch das ist alles so selbstverständlich, daß eine Erörterung dieser Fragen entbehrlich erscheinen könnte. Und doch zeigt eine genauere Untersuchung des Zusammenhanges von Ursache und Wirkung, daß die Verhältnisse keineswegs so einfach sind, wie es zunächst den Anschein hat. Wenn man in der Physik von einem kausalen Zusammenhang zweier Ereignisse U und W spricht, so ist damit immer eine gesetzmäßige Verknüpfung dieser Ereignisse und nicht nur eine zwar beliebig häufige, aber zufällige Aufeinanderfolge gemeint. Hier beginnen bereits die Schwierigkeiten, denn es ist keineswegs klar, welche untrüglichen Merkmale dafür vorliegen, daß ein Ereignis W durch ein Ereignis U kausal bedingt ist. Was wir unmittelbar wahrnehmen, ist nur die regelmäßige zeitliche Aufeinanderfolge, die aber keineswegs das Wesen des Kausalzusammenhanges trifft. Es muß deshalb bei der kausalen Abhängigkeit zweier Ereignisse hinter der beobachtbaren zeitlichen Aufeinanderfolge der Erscheinungen ein weiterer Zusammenhang erwartet werden, der die zum Begriff der Kausalität gehörende Zwangsläufigkeit hervorruft. Die Physik ist mit ihren auf Beobachtung und Erfahrung gegründeten Methoden nicht in der Lage, Aussagen über diesen hinter den Erscheinungen möglicherweise existierenden Zusammenhang zu machen. Die Frage nach diesen Zusammenhängen kann zwar Gegenstand philosophischer oder metaphysischer Überlegungen sein, aber im Bereich der Physik ist ihre Beantwortung unmöglich. Um das Kausalgesetz zu einem physikalisch brauchbaren Satz zu machen, muß es deshalb so formuliert werden, daß die Möglichkeit einer experimentellen Nachprüfung besteht. Dementsprechend verstehen wir in der Physik unter Kausalität lediglich die Existenz eines eindeutigen funktionalen Zusammenhangs zwischen verschiedenen Größen eines Systems. Dabei braucht die Ursache keineswegs immer vor der Wirkung zu liegen.

Weil die Erde einen Stein anzieht, wird er beschleunigt; die anziehende Kraft F ist die Ursache der Beschleunigung a. Hier folgt aber die Wirkung keineswegs zeitlich auf die Ursache, sondern Ursache und Wirkung spielen sich genau gleichzeitig ab: eine Beschleunigung erfolgt lediglich so lange, wie die Kraft wirkt. Der Kausalzusammenhang besteht in der Verbindung von Kraft und Beschleunigung durch das 2. NEWTON-Axiom (S. 77)

$$a=\frac{F}{m}.$$

Wir werden später sehen, daß es in anderen Fällen überhaupt nicht möglich ist zu unterscheiden, was als Ursache und was als Wirkung betrachtet werden soll. So kann man z.B. bei einem Kondensator nicht sagen, ob die Ladung die Ursache des elektrischen Feldes oder das Feld die Ursache der Ladung ist. Es kommt also bei dem Begriff des Kausalzusammenhanges weder auf die zeitliche Aufeinanderfolge noch auf die Unterscheidung von Ursache und Wirkung an, sondern entscheidend ist allein der gesetzmäßige Zusammenhang zwischen verschiedenen physikalischen Größen. Wenn es sich um in der Zeit ablaufende Vorgänge handelt, dann legt der Kausalzusammenhang das künftige Geschehen fest. Dieser Fall ist meist gemeint, wenn man von dem Kausalgesetz spricht. Man kann das *Kausalgesetz* daher folgendermaßen aussprechen:

Wenn man den Zustand eines abgeschlossenen Systems in einem Zeitpunkt vollständig kennt und außerdem weiß, welche Naturgesetze in diesem System herrschen, so läßt sich sein Zustand in jedem früheren oder späteren Zeitpunkt grundsätzlich berechnen.

Man erkennt sofort, daß die Gültigkeit dieses Satzes dem oben erwähnten LAPLACE-Dämon erst die Möglichkeit gibt, seine Aufgaben zu erfüllen. Diese Gültigkeit ist aber nicht von vornherein selbstverständlich, sondern der soeben ausgesprochene Satz stellt eine für den Physiker nachprüfbare Aussage dar, über deren Richtigkeit nicht durch metaphysische Überlegungen, sondern allein durch Experiment und Erfahrung entschieden werden kann. Die Erfahrungstatsachen haben in der klassischen Physik die Gültigkeit des Kausalgesetzes immer wieder bestätigt und nirgends auch nur den geringsten Widerspruch hiergegen erkennen lassen. So entstand im Laufe der Zeit die Auffassung, daß es sich bei dem Kausalgesetz um eine Denknotwendigkeit handele, die gar keiner Bestätigung durch die Erfahrung bedürfe. Einer solchen Auffassung vermag die heutige Physik nicht zu folgen, weil sie aus den Erfahrungen gerade unseres Jahrhunderts den Schluß ziehen mußte, daß die Natur und ihre Gesetze sich in vielen Fällen keineswegs nach den menschlichen Anschauungen und Denknotwendigkeiten, die meist nur Denkgewohnheiten sind, richtet, sondern daß wir vielmehr unser Denken der Natur anpassen müssen, wenn wir ihre Gesetze und Zusammenhänge ergründen wollen.

Wir haben früher bei der Behandlung der kinetischen Wärmetheorie gesehen, daß es praktisch unmöglich ist, die komplizierten Bewegungen der zahlreichen Moleküle eines Gases im einzelnen rechnerisch zu verfolgen, und daß es genügt, das durchschnittliche statistische Verhalten einer großen Menge von Teilchen zu untersuchen. Dieser Einbruch der Statistik in die klassische Physik darf aber nicht so gedeutet werden, daß damit einer streng kausalen Betrachtungsweise der Boden entzogen worden sei. Die Statistik ist hier etwas durchaus Sekundäres, und es bestand für die Begründer der kinetischen Wärmetheorie nicht der geringste Zweifel, daß die Bewegung jedes einzelnen Atoms oder jedes Moleküls grundsätzlich genauso vorausberechenbar sei wie die Bewegung der Planeten. Man verzichtete aber auf eine solche bis in die Einzelheiten vordringende Untersuchung, weil sie das menschliche Leistungsvermögen überstieg. Indem man sich auf eine statistische Betrachtung beschränkte, tat man dies in dem Bewußtsein, daß es sich zwar um eine unvollständige, aber für die erstrebten Zwecke ausreichende Erfassung der Vorgänge handelt.

Wir stellen abschließend fest, daß bis zum Beginn unseres Jahrhunderts jeder Physiker es für selbstverständlich hielt, daß das oben formulierte Kausalgesetz allgemeine Gültigkeit besitzt, daß es also insbesondere auch für die Welt der Atome, mit der wir uns später noch genauer beschäftigen werden, gilt, obwohl eine experimentelle Bestätigung für diesen Bereich der Wirklichkeit noch keineswegs vorlag. Mit dem tieferen Eindringen in die atomare Welt hat sich dann gezeigt, daß es sich hierbei nicht nur um eine Verkleinerung der bis dahin bekannten physikalischen Wirklichkeit handelt, sondern daß wir hier völliges Neuland betreten und daß damit auch die Frage nach der Gültigkeit des Kausalgesetzes in diesem Bereich neu gestellt werden muß.

Damit ist auch der zweite Grundpfeiler der klassischen Physik und des mechanistischen Weltbildes mindestens für gewisse Bereiche der Wirklichkeit erschüttert. Wir werden später sehen, daß die Ergebnisse der modernen Atomphysik die Vermutung nahelegen, daß die strenge Kausalität im Sinne der klassischen Physik in der Welt der Atome nicht mehr besteht.

Schließlich machen wir noch einige Bemerkungen über den dritten Grundpfeiler der klassischen Physik, die *Objektivierbarkeit*. Man versteht hierunter die Überzeugung, daß ein fallender Körper oder ein seine Bahn beschreibender Planet oder irgendein anderes physikalisches Ereignis Vorgänge darstellen, die unabhängig von der menschlichen Beobachtung ablaufen. Der Planet beschreibt z.B. seine Bahn unabhängig von der Zahl der auf ihn gerichteten Fernrohre. Diese Tatsache erscheint wiederum völlig selbstverständlich und über jeden Zweifel erhaben. Trotzdem hat auch hier die Entwicklung der modernen Physik gezeigt, daß die Annahme, man könne die gesamte Physik in solche objektiven Vorgänge und Zustände auflösen, falsch war. Wir werden später erkennen, daß die Objektivierbarkeit auf gewisse Bereiche der Physik beschränkt ist und daß es andere gibt, in denen auch dieses Grundprinzip der klassischen Physik nicht mehr gültig ist.

Diese kurzen Hinweise zeigen, daß die Grundpfeiler der klassischen Physik und damit des mechanistischen Weltbildes in bezug auf ihren Geltungsbereich begrenzt sind. Das bedeutet natürlich keineswegs, daß die Ergebnisse und Erfolge der klassischen Physik dadurch in ihrer Bedeutung beeinträchtigt werden. Wir können lediglich feststellen, daß es Bereiche der Wirklichkeit gibt, die einer Behandlung und Deutung im mechanistischen Sinne nicht zugänglich sind. Später werden wir auf diese Fragen noch einmal zurückkommen und dann klarer erkennen, daß das mechanistische Weltbild, das letzten Endes eine Schöpfung der Physik war und von hier aus auf verschiedene Gebiete des menschlichen Geisteslebens ausstrahlte, gerade durch die Physik in seinen Fundamenten erschüttert worden ist. Diese Erschütterungen waren besonders heftig und tiefgreifend durch die Ergebnisse der modernen Physik, sie begannen aber bereits im Rahmen der klassischen Physik, wo z.B. die mechanischen Lichttheorien auf unüberwindliche Schwierigkeiten stießen und damit erkennen ließen, daß einer Beschreibung der Natur durch mechanische Bilder Grenzen gesetzt sind.

Zum Abschluß dieser grundsätzlichen Überlegungen zur klassischen Physik beschäftigen wir uns noch kurz mit den Verfahren, die die Physik bei der Erforschung der Natur anwendet.

4.4 Das induktive Verfahren

Das von Galilei in die Naturforschung eingeführte induktive Verfahren, das wir in den vorhergehenden Abschnitten bereits an verschiedenen Beispielen praktisch kennengelernt haben, gehört zu den wichtigsten physikalischen Arbeitsmethoden zur Auffindung von Naturgesetzen. Wir werden es auch in Zukunft immer wieder anwenden. An dieser Stelle geht es darum, das induktive Verfahren in *grundsätzlicher* Hinsicht zu prüfen und die sich dabei ergebenden Probleme zu untersuchen.

Der Grundgedanke des induktiven Verfahrens besteht darin, die Erfahrung zum Ausgangspunkt der Naturforschung zu machen. Damit wird das *Experiment* zum entscheidenden Bestandteil aller physikalischen Untersuchungen. Wenn dieses Experimentieren physikalisch aufschlußreiche Ergebnisse liefern soll, dann darf es jedoch nicht in einem plan- und ziellosen Arbeiten mit physikalischen Geräten bestehen, sondern es muß nach bestimmten Gesichtspunkten durchgeführt werden, die im folgenden näher besprochen werden.

1. Der zu untersuchende Naturvorgang bedarf zunächst einer *Idealisierung*. Die Erscheinungen in der uns umgebenden Natur sind so vielgestaltig und unübersichtlich, daß der menschliche Geist nicht fähig ist, sie in ihrem wirklichen Ablauf zu erfassen. Die Naturvorgänge stellen *Wirkungsbündel* dar, d.h., an einem Ereignis sind meist zahlreiche Ursachen beteiligt. Betrachtet man unter diesem Gesichtspunkt etwa den einfachen Vorgang eines Steinwurfes, so erkennt man, daß hierbei nicht allein die Erdanziehung eine Rolle spielt, sondern daß außerdem der Luftwiderstand, der Wind und – wenn auch in geringem Maße – die Anziehung des Mondes und der Sterne zu berücksichtigen wären, wenn man den Vorgang exakt und vollständig erfassen wollte. Dies würde aber die Fähigkeiten des menschlichen Verstandes übersteigen, und deshalb müssen aus dem Wirkungsbündel durch Idealisierung und Schematisierung zunächst einige Erscheinungsgruppen abgesondert und für sich untersucht werden. Bei der Untersuchung des Wurfes kann man z.B. so verfahren, daß man den Vorgang im leeren Raum betrachtet. Dann ergeben sich folgende Vereinfachungen, durch die der Vorgang für den menschlichen Verstand verfolgbar wird:

a) Es treten keine Reibungskräfte auf, und die Bewegung wird unabhängig von der Größe, der Gestalt und der Masse des bewegten Körpers.

b) Die Bewegung erfolgt in einer zur Erdoberfläche senkrechten Ebene.

c) Die Bahn hängt nicht von einer eventuell vorhandenen Rotation des Körpers um seinen Schwerpunkt ab.

Alle diese Vereinfachungen treffen für die wirkliche Wurfbewegung, etwa die Bewegung eines Artilleriegeschosses, nicht zu, denn hier hängt die Bahn wesentlich von der Größe, der Gestalt und der Masse des Geschosses ab, hier handelt es sich ferner nicht um eine ebene Bewegung, und schließlich spielt hier die Rotation des Geschosses um seinen Schwerpunkt, der sog. Drall, eine wichtige Rolle.

Die als erster Schritt des induktiven Verfahrens notwendige Idealisierung enthält bereits ein grundsätzliches Problem. Es wird der Natur eine vom menschlichen Verstand geforderte unnatürliche Einfachheit aufgezwungen, um eine Erfassung der Erscheinungen überhaupt möglich zu machen. Natürlich können einzelne der zunächst ausgeschalteten Einflüsse nachträglich berücksichtigt werden, etwa indem man die Gesetze des Luftwiderstandes für sich studiert und die Ergebnisse dann mit der Bewegung im leeren Raum kombiniert.

In jedem Falle werden aber die Naturerscheinungen auf diese Weise in einen Rahmen gezwungen, der rein verstandesgemäß konstruiert ist. Es ist keineswegs von vornherein selbstverständlich, daß ein solches Vorgehen zulässig ist, denn es setzt eine weitgehende Übereinstimmung zwischen den Gesetzen der Außenwelt und denen unseres Verstandes voraus. Die später noch zu behandelnde neuere Entwicklung der Physik hat aber die Frage, wie weit die Einordnung der naturgegebenen Tatsachen in einen von unserem Verstande konstruierten Rahmen überhaupt möglich ist, in ihrer ganzen Problematik erneut aufgeworfen und gelehrt, daß hier mit größter Vorsicht verfahren werden muß. Aber auch unabhängig von diesen Ergebnissen, die an anderer Stelle besprochen werden, können wir hier bereits darauf hinweisen, daß auf der einen Seite die komplexen und vielgestaltigen Objekte der Wirklichkeit und auf der anderen Seite die vom Verstande geschaffenen scharfen und schematischen Begriffe stehen. Diese Begriffe können sich zwar der Wirklichkeit weitgehend anpassen, aber es zeigt sich doch immer wieder, daß die reale Welt viel zu bunt und fließend ist, als daß sie in dem strengen und schematischen Rahmen unserer Begriffe enthalten sein könnte. Auf der anderen Seite zeigen die Erfolge der Physik, daß es trotz dieser Kluft möglich ist, die durch den Verstand ersonnenen Idealisierungen sinnvoll auf die Wirklichkeit anzuwenden und dabei zu brauchbaren Ergebnissen zu kommen. Diese von vornherein keineswegs selbstverständliche Erkenntnis ist eine Erfahrungstatsache, für die eine Begründung zu geben nicht Aufgabe der Physik, sondern der Philosophie ist. Wir nehmen sie als eine immer wieder bestätigte Gegebenheit hin und halten uns dabei vor Augen, daß die idealisierten Vorgänge eigentlich gar nicht mehr die Natur selbst wiedergeben, sondern sich auf eine Wirklichkeit beziehen, die durch unsere auf Erkenntnis gerichtete Tätigkeit verändert worden ist. Gegen diese Art der Naturforschung hat J. W. GOETHE (1749–1832) mit besonderem Nachdruck Stellung genommen, indem er betonte, daß das, was die Physiker mit ihren Apparaten, mit Hebeln und mit Schrauben erforschen, gar nicht die wirkliche Natur ist. Er wollte die Natur als Ganzheit betrachtet wissen, die nicht durch idealisierte Zergliederung in einzelne voneinander getrennte und nachträglich vielleicht wieder zusammengefügte Teile zerlegt werden darf. Die heutige Physik gibt GOETHE insofern recht, als sie die Existenz weiter Bereiche der Natur anerkennt, die der hier behandelten physikalischen Arbeitsweise nicht zugänglich sind. Man muß sich der Grenzen der physikalischen Methoden immer bewußt sein, wenn man falsche Vorstellungen über die Tragweite physikalischer Erkenntnisse vermeiden will. Innerhalb des der Physik zugänglichen Gebietes hat aber die Erfahrung ergeben, daß die Idealisierung nicht nur berechtigt, sondern sogar notwendig ist, wenn unser Verstand überhaupt zur Erkenntnis physikalischer Gesetze kommen will.

2. Der zweite Schritt des induktiven Verfahrens kann als die Aufstellung einer *Arbeitshypothese* bezeichnet werden. Sie muß dem eigentlichen Kernstück des induktiven Verfahrens, dem Experiment, vorausgehen. Das Experiment stellt eine Frage an die Natur dar, auf die diese durch die Versuchsergebnisse eine Antwort geben soll. Damit eine solche Frage sinnvoll gestellt werden kann, muß man sich zunächst gewisse Vorstellungen über die Gegenstände der Frage bilden. Was hiermit gemeint ist, soll an dem Beispiel des freien Falles näher erläutert werden. ARISTOTELES vertrat die Auffassung, daß die Körper aus ihrem inneren Wesen heraus zur Erde fallen, und zwar schwere Körper schneller als leichte. Diese rein spekulative Annahme hat GALILEI aufgegeben und an ihre Stelle die Arbeitshypothese gesetzt, daß jeder Körper durch eine *von außen* auf ihn wirkende, an der Erdoberfläche überall vorhandene Kraft zum Mittelpunkt der Erde gezogen wird; das bedeutet, daß nicht das innere Wesen des fallenden Körpers, sondern eine äußere Kraft die Fallbewegung verursacht und ihren Ablauf bestimmt. Dies war für GALILEI zunächst eine Arbeitshypothese, über deren Berechtigung allein durch die Erfahrung entschieden werden konnte. Allerdings war GALILEI im Gegensatz zu ARISTOTELES nicht aufgrund reiner Spekulationen zu seiner Hypothese gelangt, sondern es lag ihr der experimentelle Befund zugrunde, daß schwere und leichte Körper gleich schnell fallen, daß also die Lehre von ARISTOTELES, nach der schwere Körper schneller als leichte fallen, falsch ist.

Derartige Arbeitshypothesen sind erforderlich, weil sie die Voraussetzungen für eine sinnvolle Fragestellung an die Natur und damit für die Durchführung eines planmäßigen und eindeutigen Experimentes liefern.

3. Der nächste Schritt des induktiven Verfahrens dient ebenfalls noch der Vorbereitung des Experimentes. Es zeigt sich nämlich, daß im Rahmen der vorgenommenen Idealisierungen und der zugrunde gelegten

Arbeitshypothese im allgemeinen noch verschiedene *spezielle Fragestellungen* möglich sind. So kann man beim freien Fall untersuchen, wie der zurückgelegte Weg von der verstrichenen Zeit abhängt, oder man kann ähnliche Fragen für die Geschwindigkeit oder Beschleunigung stellen. Es handelt sich jetzt darum, aus der meist größeren Zahl physikalisch interessierender Größen zwei herauszugreifen, deren funktionale Abhängigkeit voneinander untersucht werden soll.

4. Nach diesen gedanklichen Vorbereitungen folgt nun das Kernstück des induktiven Verfahrens, das *Experiment.* Dieses muß so gestaltet werden, daß es mit den zur Verfügung stehenden Hilfsmitteln möglichst genaue Meßergebnisse liefert.

Wenn etwa beim freien Fall der Zusammenhang von Weg und Zeit untersucht werden soll, so kann man die Fallstrecken s frei festlegen und die zu ihrem Durchlaufen erforderlichen Zeiten t messen. Man erhält so eine Anzahl zusammengehöriger Zahlenpaare, eine *Meßreihe.* Diese Meßreihe enthält das aus der Erfahrung gewonnene Material, das dann weiter verarbeitet werden muß. Bevor wir uns hiermit beschäftigen, seien wieder einige grundsätzliche Betrachtungen eingeschaltet.

Die Einführung des Experimentes in die Naturforschung stellt den wesentlichen Fortschritt dar, den Galilei gegenüber Aristoteles und dem Mittelalter gebracht hat. Die Griechen haben den Begriff des Experimentes noch kaum gekannt, und auch Aristoteles hat geglaubt, ohne jeden Rückgriff auf die Erfahrung durch reines Denken beweisen zu können, daß ein großer Stein schneller als ein kleiner zur Erde fallen muß. Seit Galilei setzte sich demgegenüber die Auffassung immer mehr durch, daß das Aufsuchen von Naturgesetzen keine Angelegenheit des reinen Denkens ist, sondern daß die Erfahrung als wesentliches Fundament hinzukommen muß.

Es wurde schon erwähnt, daß das Experiment als eine an die Natur gerichtete Frage aufgefaßt werden kann. Es ist in Wirklichkeit aber noch mehr, nämlich ein auf ein Ziel gerichteter Eingriff in den Naturvorgang zum Zwecke der Messung. Wenn man z.B. die Temperatur einer Flüssigkeitsmenge bestimmen will, so muß man diese mit einem Thermometer in Berührung bringen; bei der Messung geht eine kleine Wärmemenge von der Flüssigkeit auf das Thermometer über oder umgekehrt. Durch den Vorgang der Messung wird also die ursprünglich vorhandene Temperatur verändert; die Messung hat in die Beschaffenheit des zu messenden Objektes eingegriffen. Wir werden auf diese Schwierigkeiten, die sich vor allem in der Physik der Atome auswirken, später noch einmal zurückkommen.

Hier soll noch auf eine andere Schwierigkeit hingewiesen werden. Die Erfahrung hat gezeigt, daß keineswegs alle zunächst denkbaren Messungen wirklich sinnvoll sind. Wir haben schon darauf hingewiesen, daß manche Begriffe des menschlichen Denkens nur auf begrenzte Bereiche der Wirklichkeit anwendbar sind. Diese Grenzen zeigen sich dann in der grundsätzlichen Undurchführbarkeit mancher Experimente; so wird sich noch zeigen, daß es grundsätzlich unmöglich ist, die absolute Geschwindigkeit eines Körpers zu bestimmen oder die Gleichzeitigkeit räumlich getrennter Ereignisse festzustellen.

Man muß also unterscheiden, ob ein Experiment nur wegen unzureichender technischer Mittel nicht durchführbar ist oder ob dies grundsätzlich unmöglich ist. Die Entscheidung ist in vielen Fällen gar nicht einfach; der Nachweis für die grundsätzliche Undurchführbarkeit einer Messung ist im allgemeinen gleichbedeutend mit der Aufdeckung eines wesentlichen neuen Naturgesetzes.

5. Der nächste Schritt bei der Durchführung des induktiven Verfahrens besteht in der *Auswertung der Meßergebnisse.* Dazu werden die aufgefundenen Wertepaare im allgemeinen als Punkte in ein Koordinatensystem eingetragen. Durch diese Punkte legt man eine Kurve, aus deren Gestalt man eine mathematische Formel zu ermitteln sucht, die den funktionalen Zusammenhang zwischen den beiden betrachteten Größen angibt.

Der Übergang von der Meßreihe zur mathematischen Formel enthält wieder einige Probleme. Eine noch so umfangreiche Meßreihe liefert in der Zeichnung immer nur *einzelne Punkte*, die dazu mit unvermeidlichen Meßfehlern behaftet sind. Die Kurve fügt der Mensch von sich aus hinzu, und er ist dabei innerhalb gewisser Grenzen frei, weil eine Kurve durch Meßpunkte niemals eindeutig und zwingend festgelegt ist. Damit ist auch die mathematische Formel bis zu einem gewissen Grade von der Entscheidung des Physikers abhängig. Wenn man z.B. aus der Meßreihe beim freien Fall folgert, daß die Fallwege mit der 2. Potenz der Zeit wachsen, so hätte man statt dessen ebensogut eine Potenz mit dem Exponenten 2,0000005 wählen können und wäre auf diese Weise mit den Meßergebnissen genausogut in Einklang geblieben wie bei dem Exponenten 2. Trotzdem ist bisher kein Physiker ernsthaft auf den Gedanken gekommen, einen solchen nicht ganzzahligen Exponenten in Erwägung zu ziehen. Man rechnet mit dem einfachsten Exponenten 2, muß dabei aber beachten, daß damit stillschweigend eine neue, mit physikalischen Mitteln nicht beweisbare Voraussetzung gemacht wird. Es ist die Annahme, daß die gesetzmäßigen Zusammenhänge der Natur einen einfachen mathematischen Kern besitzen. Wir sind von der Richtigkeit dieser unbeweisbaren Tatsache so sehr überzeugt, daß wir einen neuen Erfahrungsbereich erst dann in seinem wirklichen Zusammenhang für verstanden halten, wenn die dort geltenden Gesetze eine einfache mathematische Formulierung gefunden haben.

6. Der letzte und abschließende Schritt des induktiven Verfahrens besteht darin, daß die aufgefundenen funktionalen Zusammenhänge zu Naturgesetzen erklärt werden, für die *Allgemeingültigkeit* in Anspruch genommen wird. Auch bei diesem Schritt tauchen wieder Fragen auf, die einer Klärung bedürfen.

Es ist zunächst zu beachten, daß jedes Naturgeschehen einmalig ist, so daß jede Meßreihe sich auf einen solchen einmaligen Vorgang bezieht und daher nur für diesen gültig ist. Von einem durch eine mathematische Formel dargestellten Naturgesetz erwartet man aber wesentlich mehr. Man erwartet, daß das gefundene Gesetz auch für Werte zwischen den tatsächlichen Beobachtungspunkten gültig ist und daß es auch auf Punkte außerhalb des Meßbereiches angewendet werden kann. Mathematisch heißt dies, daß man Interpolationen und Extrapolationen für zulässig hält. Mit der gleichen Selbstverständlichkeit wendet man die gefundenen Gesetze auf entsprechende Vorgänge an, die sich zu anderen Zeiten und an anderen Orten abspielen.

Es kann weder logisch bewiesen noch experimentell zwingend gefolgert werden, daß die induktiv gewonnenen Erkenntnisse diese Allgemeingültigkeit besitzen. Wenn man trotzdem innerhalb gewisser Grenzen von seiner Richtigkeit überzeugt ist, so lassen sich hierfür mancherlei Gründe angeben. Zunächst kann man darauf hinweisen, daß sich in den vielen Fällen, in denen man bisher so verfahren ist, nie ein Widerspruch ergeben hat. Wenn man heute den physikalischen Berechnungen und technischen Konstruktionen ein hohes Maß an Vertrauen entgegenbringt, so ist dies ein Ausdruck unseres Glaubens an die Allgemeingültigkeit der auch hier zugrundeliegenden induktiv gewonnenen Naturgesetze. Neben diesen mehr praktischen Gesichtspunkten verdient aber noch ein anderer besonders hervorgehoben zu werden. Die Physik begnügt sich nicht mit der Auffindung von Einzelgesetzmäßigkeiten, sondern sie ist bestrebt, diese in ein umfassendes System von Gesetzen einzuordnen. Wenn die aus den verschiedenen Bereichen der Physik stammenden Einzelgesetze sich zu einem solchen System zusammenfügen lassen, ohne daß hierbei Widersprüche auftreten, so kann dies als ein starkes Argument dafür angesehen werden, daß es sich bei den induktiv gefundenen Einzelgesetzen nicht um einmalige Besonderheiten handelt, sondern daß wir mit ihnen wirklich allgemeingültige Erkenntnisse über das Naturgeschehen vor uns haben. Diese Überzeugung erfährt eine weitere Festigung, wenn wir später sehen werden, daß sich solche mathematisch formulierten Gesetze, die für ein bestimmtes Gebiet der Physik gefunden worden sind, auf ganz andere Bereiche übertragen lassen und dabei zu neuen Einsichten und Voraussagen über bisher unbekannte Erscheinungen Veranlassung geben, die sich nachträglich als richtig erweisen.

Es muß auf der anderen Seite aber auch beachtet werden, daß es sich bei nahezu allen Naturgesetzen niemals um Allgemeingültigkeit schlechthin handelt, sondern daß wir es immer nur mit einer *Allgemeingültigkeit innerhalb gewisser Bereiche* zu tun haben. Dies ist nicht weiter erstaunlich, wenn wir uns der Tatsache erinnern, daß sich die Untersuchungen der Physiker zwar auf die reale Welt beziehen, daß zu ihrer Beschreibung aber Vereinfachungen, Idealisierungen und Modellbildungen erforderlich sind. Wir werden uns mit dem Sinn der physikalischen Modellvorstellungen in einem besonderen Abschnitt noch beschäftigen und dabei erkennen, daß diese nie alle Züge der Wirklichkeit gleichzeitig wiederzugeben gestatten; wenn man dies weiß, dann ist es selbstverständlich, daß die aus einer bestimmten Modellvorstellung entwickelten Gesetze dort die Grenzen ihrer Gültigkeit haben, wo das Modell nicht mehr als ausreichendes Abbild der Wirklichkeit betrachtet werden kann.

Abschließend soll noch darauf hingewiesen werden, daß die Bedeutung des induktiven Verfahrens weit über seine unmittelbare Anwendung in der Physik hinausgeht. Der Physiker F. DESSAUER (1881–1963) hat dies in seinem Buch *Mensch und Kosmos* (S. 49) in treffender Weise mit den folgenden Worten zum Ausdruck gebracht:

„GALILEI *hat uns das induktive Verfahren geschenkt und damit die Fundamentalmethode der ganzen neuen Zeit, aus der all unser Wissen über die Natur und unser technisches Können hervorging. Und er hat weit mehr damit getan. Er hat die Menschen selbst verändert. Der Mensch, der weiß, was er der Natur abringen kann, ist ein anderer Mensch als derjenige, der sich ihr gelassen, passiv, betrachtend anvertraut. Die entdeckte Dynamik des kosmischen Seins erweckte die Dynamik der menschlichen Herzen. Die erkannte Naturgesetzlichkeit ist zugleich eine Pforte, durch die unermeßliche Macht in die Hände des Menschen gelangt bis zum heutigen Tage, bis zu dieser Stunde, wo wir von Entdeckungen der Atomenergie und der damit unserem Geschlecht ausgelieferten Macht erschüttert sind.*“

4.5 Das deduktive Verfahren

Die Ausführungen über das induktive Verfahren haben gezeigt, daß dieses aus den Einzelergebnissen eines oder mehrerer Versuche allgemeine Naturgesetze abzuleiten versucht; es führt also vom Speziellen zum Allgemeinen. Das deduktive Verfahren geht den entgegengesetzten Weg. Am Anfang stehen hier Grunderfahrungen, aus denen nach den Gesetzen des Denkens spezielle Einsichten abgeleitet werden. Am reinsten ist das deduktive Verfahren in der Mathematik entwickelt, denn hier wird aus einer verhältnismäßig kleinen Zahl von Definitionen und Axiomen das umfangreiche Gebäude mathematischer Sätze durch reines Denken entwickelt. Es gibt auch gewisse Teilgebiete der Physik, in denen man ähnlich verfährt. So ist es möglich, alle Gesetze der Mechanik streng logisch, d. h. deduktiv, aus wenigen an den Anfang gestellten Grundsätzen abzuleiten. Diese so gewonnenen speziellen Erkenntnisse sind also bereits in den allgemeinen Grundsätzen enthalten und werden durch die Denkvorgänge nur im einzelnen herausgestellt. Die Deduktion ist deshalb für den Physiker kein Verfahren zur Gewinnung neuer Erkenntnisse, weil es nicht möglich ist, aus den allgemeinen Grundsätzen neue Naturgesetze abzuleiten, die mit diesen nicht bereits gegeben wären. Man wird deshalb mit Recht fragen, wie man zu solchen allgemeinen Grundsätzen kommen kann, die als Grundlage für einen deduktiven Aufbau dienen können.

Die Physik ist eine Erfahrungswissenschaft, und deshalb müssen auch die allgemeinen Grundsätze eines deduktiv aufgebauten Teilgebietes ihre Bestätigung durch die Erfahrung erhalten. Dies kann in der Weise geschehen, daß die Grundsätze selbst induktiv gewonnen werden oder aber daß sie zunächst als Hypothesen betrachtet werden, deren Berechtigung dadurch erwiesen wird, daß die aus ihnen abgeleiteten speziellen Sätze durch die Erfahrung bestätigt werden.

Der Unterschied zwischen dem deduktiven und dem induktiven Vorgehen zeigte sich sehr deutlich bei der Gewinnung des Boyle-Mariotte-Gesetzes. Bei seiner deduktiven Herleitung wurde von gewissen hypothetischen Annahmen über die Atome und von einigen Grundgesetzen der Mechanik ausgegangen. Hieraus ergab sich nicht nur das gleiche Gesetz, wie es auch induktiv aus entsprechenden Meßreihen gewonnen werden kann, sondern die deduktive Herleitung gestattete gleichzeitig bestimmte Aussagen über die Bedeutung der Konstanten, die an der Erfahrung nachgeprüft werden können. Sie haben sich als richtig erwiesen und damit die Berechtigung der Ausgangshypothesen bestätigt.

Die kurzen Bemerkungen über das deduktive Verfahren lassen bereits erkennen, daß der deduktive Aufbau der Physik oder eines ihrer Teilgebiete nicht am Anfang stehen kann, sondern daß ein Gebiet bereits weitgehend erforscht sein muß, bevor dann nachträglich ein deduktiver Aufbau erfolgen kann. Ein solcher Aufbau der Physik kommt für die Schule nicht in Frage, weil hier erst die Einzelkenntnisse erworben werden müssen, die den nachträglichen deduktiven Aufbau ermöglichen. Der Wert und die Bedeutung eines solchen deduktiven Aufbaues bestehen darin, daß die vorliegenden Erkenntnisse in ein zusammenhängendes System gebracht werden, so daß ein einheitliches Gebäude entsteht, in dem die zahlreichen Einzelsätze eine Ganzheit bilden. Es muß dabei aber immer beachtet werden, daß die Grundsätze, die das Fundament eines solchen Gebäudes bilden und aus denen sich dessen ganzer Inhalt deduktiv ableiten läßt, zunächst induktiv direkt oder indirekt aus der Erfahrung gewonnen werden müssen.

Im allgemeinen wird der forschende Physiker das induktive und das deduktive Verfahren nebeneinander verwenden. Gewisse induktiv gefundene Zusammenhänge führen ihn zur Aufstellung physikalischer Gesetze, aus denen deduktiv gewisse Folgerungen gezogen werden, die ihrerseits wiederum zu neuen Experimenten anregen, durch die eine induktive Erweiterung des physikalischen Wissens erfolgt.

Wenn die beiden Verfahren hier getrennt behandelt worden sind, so geschah dies nur zur klaren Herausarbeitung ihrer methodischen Unterschiede. Die Praxis der physikalischen Forschung kennt eine solche scharfe Trennung nicht.

4.6 Die Modellvorstellungen in der Physik

In den vorhergehenden Abschnitten ist wiederholt von *physikalischen Modellvorstellungen* die Rede gewesen. Dieser für die Gewinnung und Beurteilung physikalischer Erkenntnisse wichtige Begriff soll hier im Zusammenhang mit der allgemeinen Besinnung auf die Grundlagen der physikalischen Arbeit einer Prüfung unterzogen werden.

Wir haben früher schon darauf hingewiesen, daß das Arbeiten mit Modellvorstellungen dem menschlichen Bedürfnis entspringt, sich von der Natur anschauliche Bilder zu machen. Daher ist es verständlich, daß bei der Entwicklung derartiger Modelle auf diejenigen Vorgänge zurückgegriffen wird, die dem natürlichen Anschauungsvermögen am besten entgegenkommen, und das sind die Vorgänge der *Mechanik.* Zu der Vorliebe für mechanische Modelle hat sicherlich die Tatsache beigetragen, daß die Mechanik in der zweiten Hälfte des vergangenen Jahrhunderts, als die Modellbetrachtungen in der Physik eine besonders große Rolle spielten, das am besten durchgebildete Teilgebiet der Physik war, das seit NEWTON sowohl bei der Erforschung zahlreicher irdischer Vorgänge als auch bei der Erfassung der Bewegungen am Himmel große Erfolge aufzuweisen hatte. Deshalb wurde die Mechanik lange Zeit als Grundlage und Vorbild der ganzen Physik angesehen, und die Zurückführung aller physikalischen Erscheinungen auf mechanische Modelle war daher das erstrebenswerte Endziel der physikalischen Forschung. Man verstand dabei unter *mechanischen Modellen* Geräte, die aus materiellen Punkten, Hebeln, Schnüren, Zahnrädern usw. aufgebaut waren und die nach den Gesetzen der Mechanik funktionierten. Bei der Konstruktion ging man also von der Voraussetzung aus, daß man zur anschaulichen Nachbildung der Naturvorgänge die gleichen Hilfsmittel verwenden könne, wie sie der Mechaniker in seiner Werkstatt benutzt.

Schon lange bevor die Epoche der mechanischen Modellbetrachtungen in der zweiten Hälfte des vergangenen Jahrhunderts ihren Höhepunkt erreichte, hat CHR. HUYGENS (1629–1695) den Grundgedanken dieses Verfahrens klar und deutlich zum Ausdruck gebracht, als er 1690 schrieb:

„In der wahren Philosophie werden die Ursachen aller Naturerscheinungen in mechanischen Begriffen erfaßt. Wir müssen das tun, nach meiner Meinung, oder aber alle Hoffnung aufgeben, jemals etwas von Physik zu verstehen."

Noch H. v. HELMHOLTZ (1821–1894) vertrat die Auffassung, es sei „die Aufgabe aller Physik, sich in Mechanik aufzulösen".

Es ist hier nicht möglich, auf die zahlreichen interessanten mechanischen Modelle, die von bedeutenden Physikern, wie J. CL. MAXWELL (1831–1879), W. THOMSON (1824–1907), L. BOLTZMANN (1844–1906) u.a., zur anschaulichen Beschreibung von Erscheinungen und Vorgängen aus den verschiedensten Gebieten der Physik entwickelt worden sind, näher einzugehen. Obwohl diese mechanischen Modellbetrachtungen der Physik eindrucksvolle Erfolge gebracht haben, besitzen sie heute in den meisten Fällen nur noch historisches Interesse. Das Bedürfnis nach mechanischen Modellen ist in der neuzeitlichen Physik sehr viel geringer geworden, weil man erkannt hat, daß der Mechanik keineswegs die grundlegende und umfassende Bedeutung für alle Teile der Physik zukommt, die man ihr früher einmal glaubte zuschreiben zu müssen. Dennoch darf aber nicht übersehen werden, daß auch in der modernen Physik trotz ihrer Wendung zu einer bewußt abstrakten Darstellung der Naturvorgänge mechanische Modelle immer noch gern und häufig verwendet werden. Dies gilt sowohl für den forschenden Physiker als auch in ganz besonderem Maße für den Physiker, der die Ergebnisse seiner Untersuchungen an andere Personen mit weniger Fachkenntnissen weitergeben will.

Ein weiterer Punkt muß im Zusammenhang mit den Modellbetrachtungen der Physik noch erwähnt werden. Die Auswahl des zu verwendenden Modells ist nämlich weitgehend der Willkür des einzelnen Physikers überlassen. H. POINCARÉ (1854–1912) hat nachgewiesen, daß jede Erscheinung, die *ein* vollständiges mechanisches Modell zuläßt, damit auch eine unendliche Anzahl anderer mechanischer Modellbeschreibungen gestattet, die in gleicher Weise von allen durch das eine Modell erfaßten Erfahrungstatsachen Rechenschaft geben. Welche von diesen vielen Möglichkeiten zu wählen ist, kann nicht von vornherein und allgemein verbindlich festgelegt werden, weil alle mit den empirisch gefundenen Gesetzen der zu beschreibenden Erscheinungen gleich gut in Einklang sind. Wenn man auch dem einen oder anderen Modell wegen seiner Einfachheit den Vorzug geben und kompliziertere Modelle von vornherein verwerfen wird, so bleibt der persönlichen Entscheidung des Physikers an der Auswahl der verwendeten Modelle doch noch ein gewisser Spielraum.

Diese Erkenntnis ist für die richtige Bewertung der Modellvorstellungen von großer Bedeutung, denn unter dem Eindruck der großen Erfolge, die die Modellbetrachtungen in der Physik mit sich gebracht hatten, war zeitweise in Vergessenheit geraten, daß es sich bei den Modellen um vom Menschen erdachte Bilder handelt, die keinerlei Anspruch darauf erheben können, die Wirklichkeit in ihrer ganzen Vielfalt zu repräsentieren oder gar mit der Wirklichkeit identifiziert zu werden. Obwohl namhafte Physiker auf die stellvertretende Funktion der Modelle immer wieder hingewiesen und betont haben, daß diese stets nur gewisse Züge der Wirklichkeit in symbolischer Form repräsentieren, haben die Modelle ihren Modellcharakter zeitweise verloren und sind zur Wirklichkeit selbst erhoben worden.

Um die Gefahr einer solchen Mißdeutung von vornherein zu vermeiden, ist an den verschiedensten Stellen dieses Buches immer wieder auf den Sinn und die Funktion der physikalischen Modelle hingewiesen worden. Die klare Unterscheidung zwischen Modell und Wirklichkeit ist auch deshalb besonders wichtig, weil eine Vermengung beider Dinge zu Schwierigkeiten führen kann und in der Geschichte der Physik auch geführt hat. Diese Schwierigkeiten und Fehlentwicklungen waren nicht etwa nebensächlicher Art, sondern sie haben die Fortschritte der physikalischen Wissenschaft lange Zeit erheblich gehemmt. Dies soll hier an einem später noch näher zu behandelnden Beispiel kurz gezeigt werden.

Die Beantwortung der Frage „Was *ist* Licht?" hat in der Geschichte der Physik einen breiten Raum eingenommen, und die Besten unter den Physikern haben sehr viel Zeit und Kraft darauf verwendet, eine befriedigende Antwort hierauf zu geben. Wir werden später sehen, daß es hierbei um den Wettstreit zwischen der *Korpuskulartheorie* und der *Wellentheorie* des Lichtes ging. Wir werden Erfahrungstatsachen kennenlernen, die nur mit Hilfe der Wellentheorie des Lichtes verstanden werden können, und andere experimentelle Befunde besprechen, die die korpuskulare Deutung des Lichtes erforderlich machen. Beide Vorstellungen sind aber nicht miteinander vereinbar, wenn man hierin eine Beschreibung des wirklichen Phänomens Licht sieht, wie dies lange geschehen ist. In ganz anderer Beleuchtung erscheint dagegen der Wettstreit zwischen der Korpuskular- und der Wellentheorie, wenn man beide als Modellvorstellungen in dem oben dargelegten Sinne betrachtet. Wir haben früher schon darauf hingewiesen, daß in vielen Fällen ein einziges Modell zur vollständigen Beschreibung einer physikalischen Erscheinung nicht ausreicht, sondern daß man häufig mehrere Modelle nebeneinander benutzen muß. Auch das *Licht* gehört zu diesen physikalischen Phänomenen, bei denen ein einziges Modell zur Wiedergabe aller seiner Eigenschaften nicht genügt. Man muß hier vielmehr zwei völlig verschiedene Modelle nebeneinander benutzen. Die Frage, ob die Wellentheorie oder die Korpuskulartheorie des Lichtes „richtig" ist, erweist sich so als eine Fragestellung ohne wirklichen physikalischen Sinn. Es handelt sich hierbei um ein *Scheinproblem*, auf das keine Antwort gegeben werden kann. Wir müssen vielmehr sagen, das Licht *„ist" weder* eine Welle *noch* ein Teilchenstrom, sondern eine physikalische Erscheinung, die sich der anschaulichen Beschreibung durch ein *einziges* Modell entzieht. Ein Teil seiner Eigenschaften kann nur durch das Korpuskelmodell, ein anderer Teil nur durch das Wellenmodell erfaßt werden; einige Eigenschaften werden schließlich durch beide Modelle wiedergegeben. Die Erkenntnis, daß es nicht nur unbedenklich, sondern sogar notwendig ist, für die Beschreibung der Lichterscheinungen zwei Modelle nebeneinander zu verwenden, bedeutet einen wichtigen Fortschritt auf dem Wege zu einem Verständnis der physikalischen Arbeitsmethoden. Wir werden auf diesen Sachverhalt, den man als den *Dualismus von Welle und Korpuskel* bezeichnet, später noch genauer eingehen.

Im Zusammenhang mit der Verwendung von Modellen muß immer wieder betont werden, daß die Modellvorstellungen mit den zu veranschaulichenden Tatsachen im Grunde wenig zu tun haben. Dies ist in der Geschichte der Physik nicht immer genügend beachtet worden. Es soll deshalb noch einmal unterstrichen werden, daß die Modelle über das „wahre Wesen" einer Erscheinung gar nichts aussagen, sondern daß sie Schöpfungen des menschlichen Geistes sind, die einem ganz bestimmten Zweck dienen und die diesen Zweck nur in dem Sinne erfüllen, daß ihr Verhalten durch dieselben Gleichungen beschrieben wird, wie sie mit dem dargestellten Vorgang verknüpft werden müssen, damit dessen Verlauf richtig wiedergegeben und vorausgesagt werden kann. Nur in diesem Sinne kann deshalb auch eine Modellvorstellung als „richtig" oder als „falsch" bezeichnet werden.

Zum Abschluß unserer Betrachtungen über den Sinn und die Bedeutung der Modellvorstellungen sollen noch einige Worte über den Begriff der *Anschaulichkeit* gesagt werden. Es wurde bereits darauf hingewiesen, daß die mechanischen Modelle lange Zeit ihre Vorzugsstellung der Überzeugung verdankten, daß sie der Forderung nach Anschaulichkeit am meisten entsprechen würden. Die weitere Entwicklung hat aber gezeigt, daß diese Forderung der Anschaulichkeit keinen bestimmten, für alle Zeiten feststehenden Inhalt hat. Es ist nicht leicht zu sagen, was man eigentlich unter Anschaulichkeit verstehen soll. Nach dem Sprachgebrauch des täglichen Lebens würde eine anschauliche Beschreibung eines Sachverhaltes vorliegen, wenn es gelungen ist, einen selbst erlebten Eindruck möglichst getreu wieder hervorzubringen. In diesem Sinne würde man von einer anschaulichen Reisebeschreibung, der anschaulichen Beschreibung eines Kunstwerkes oder eines Ereignisses sprechen. In diesem Sinne kann ein physikalisches Modell niemals anschaulich sein, denn seine Aufgabe besteht gerade darin, die Mannigfaltigkeit der Einzelerlebnisse durch eine schematische Darstellung zu ersetzen, die auf möglichst viele verschiedene Einzelerscheinungen anwendbar ist. Wenn etwa mit Hilfe des Wellenmodells für das Licht die Erscheinungen des Regenbogens beschrieben werden, dann sind alle unmittelbaren Erlebnisse mit ihrer ursprünglichen Anschaulichkeit bewußt und nachdrücklich ausgeschaltet. Wenn wir deshalb von *anschaulichen Modellen* sprechen, so ist der Begriff der Anschaulichkeit gegenüber seiner Bedeutung in der Sprache des Alltags wesentlich eingeschränkt, und zwar in dem Sinne, daß wir unter anschaulichen Modellen nur solche verstehen, die in bezug auf die verwendeten Hilfsmittel und die Konstruktionsprinzipien dem menschlichen Vorstellungsvermögen keine Schwierigkeiten machen. Dabei ist aber zu beachten, daß das menschliche Vorstellungsvermögen einer deutlich erkennbaren Entwicklung unterworfen ist. Wir erkennen dies etwa an der Tatsache, daß die Vorstellung von KOPERNIKUS über den Bau des Planetensystems, die ja dem unmittelbaren Augenschein widerspricht, zunächst als abstrakt und unanschaulich empfunden wurde und daß es lange Zeit gedauert hat, bis die Menschen sich so weit an diese Vorstellung gewöhnt hatten, daß man sie für anschaulich hielt und sie schließlich sogar zum Vorbild für besonders anschaulich empfundene Atommodelle machte. Wenn man heute mechanische Modelle aus materiellen Punkten, zwischen denen NEWTON-Anziehungskräfte wirken, oder alle ähnlichen Modelle für anschaulich hält, so sollte man nicht übersehen, daß diese Kräfte zur Zeit NEWTONS als völlig unanschaulich galten, weil man eine Kraftwirkung zwischen verschiedenen Körpern nur durch Stoß oder unmittelbare Berührung für anschaulich hielt. Eine ähnliche Entwicklung in bezug auf den Begriff der Anschaulichkeit kann man zu allen Zeiten beobachten.

Wir stellen zusammenfassend fest, daß es sich bei den physikalischen Modellvorstellungen in allen Fällen um Bilder handelt, die der Physiker ersonnen hat, um abstrakte oder unanschauliche Erscheinungen und Vorgänge in der Natur zu beschreiben. Diese Bilder sind heute vielfach anderer Art als die früher benutzten mechanischen Modelle, sie haben sich dem inzwischen sehr viel umfangreicher und feiner gewordenen Erfahrungsmaterial angepaßt. Und wenn sich inzwischen auch herausgestellt hat, daß es nicht möglich ist, für alle Vorgänge und Erscheinungen der Physik Erklärungen im Sinne anschaulich funktionierender Modelle zu geben, so hat sich an der grundsätzlichen Methode des Arbeitens mit Modellen in der Physik auch heute nichts geändert. Diese Methode besteht in folgenden Schritten:

1. Die grundlegenden physikalischen Gesetze, die bestimmte Erscheinungsgruppen beherrschen, werden nach dem früher besprochenen induktiven Verfahren aufgefunden.

2. Dann erfolgt die Ausarbeitung von Modellen, um diese Gesetze mit Hilfe anschaulicher Vorstellungen, die mechanischer oder anderer Art sein können, zu interpretieren.

3. Schließlich muß geprüft werden, ob diese Modelle vielleicht mehr leisten, als lediglich eine anschauliche Beschreibung des ihrer Konstruktion zugrundeliegenden Erfahrungsmaterials, indem sie eventuell zu neuen Fragestellungen Anlaß geben oder neue Erscheinungen vorherzusagen gestatten, die dann ihrerseits durch weitere Experimente untersucht werden müssen. Hierdurch können die Modelle auch für die physikalische Forschung fruchtbar werden. Als Beispiel hierfür sollen nur die berühmten MAXWELL-Gleichungen, die später noch genauer zu besprechen sind, genannt werden. Sie sind aufgrund bestimmter Modellvorstellungen über elektromagnetische Vorgänge aufgefunden worden.

Wenn wir bisher die großen Erfolge in den Vordergrund gestellt haben, die die *Physik der Modellbetrachtung* zu verdanken hat, so darf auf der anderen Seite aber auch nicht übersehen werden, daß dieses Verfahren seine *Grenzen* hat. Es hat sich nämlich gezeigt, daß es in der Natur Bereiche gibt, die eine modellmäßige Beschreibung in dem oben dargelegten Sinne grundsätzlich nicht zulassen. Man ist deshalb bei der Untersuchung dieser Bereiche gezwungen, die anschaulichen Modelle der klassischen Physik ganz aufzugeben und an ihre Stelle sehr abstrakte Begriffsbildungen zu setzen. Dieser Weg, der die Verbindung zur lebendigen Anschauung verläßt, ist allerdings von den Physikern nicht gern und freiwillig beschritten worden, sondern er war das Ergebnis einer zwangsläufigen Entwicklung. Der Physiker W. HEISENBERG (geb. 1901) hat einmal darauf hingewiesen, daß jeder bedeutende Fortschritt in der Physik grundsätzlich mit einem Verzicht verbunden ist. So bedeutete dieser Verzicht bei der Relativitätstheorie, daß die Begriffe Raum und Zeit nicht mehr als absolute Bestimmungsstücke der Natur betrachtet werden können und daß damit ein eindeutig in Raum und Zeit konstruierbares Modell nicht mehr möglich ist. In der Quantentheorie bestand dieser Verzicht in der Notwendigkeit, den Massenpunkt und damit den Urbestandteil jedes mechanischen Modells aufzugeben. Das Bohr-Atommodell, das die Elektronen wie Massenpunkte behandelte, muß damit fallengelassen werden, weil es den feineren Erfahrungstatsachen der Physik nicht mehr gerecht zu werden vermochte. Das heißt natürlich keineswegs, daß es deshalb völlig wertlos geworden ist. Wenn man nämlich nur bestimmte Eigenschaften der Atome modellmäßig erfassen will, so kann das Bohr-Modell auch heute noch gute Dienste leisten. Die Gesamtheit der bekannten Erfahrungstatsachen kann allerdings mit seiner Hilfe nicht wiedergegeben werden. Man mußte sich vielmehr zu der resignierenden Feststellung entschließen, daß die Natur in gewissen Bereichen nicht in einer Weise funktioniert, die dem menschlichen Geist durch Modelle verständlich gemacht werden kann.

Wir stellen abschließend fest:

Die physikalischen Modelle sind Schöpfungen des menschlichen Geistes, die zu einem ganz bestimmten Zweck geschaffen wurden und die keineswegs mit der Wirklichkeit oder dem wahren Wesen der Erscheinungen identifiziert werden dürfen. Unter diesen Umständen ist es nicht überraschend, daß man auf dem Wege über eine Modellvorstellung nicht die volle Wahrheit über die Objekte und Vorgänge der Natur erfahren kann. Auf der anderen Seite führte der hier aufgezeigte Weg physikalischer Erkenntnis aber zu beachtlichen Erfolgen, die sich auch in den technischen Anwendungen widerspiegeln. Das alles wäre nicht möglich gewesen, wenn der Mensch in der Erforschung der Natur einen grundsätzlich falschen Weg eingeschlagen hätte. Insofern können wir doch sicher sein, einen *Einblick in die wahre Struktur der Natur* gewonnen zu haben.

Wir werden auch in Zukunft weiter mit Modellen arbeiten und dabei Gelegenheit haben, die bisherigen Bemerkungen in mancher Hinsicht weiter zu vertiefen und mit Inhalt zu erfüllen.

Zum Abschluß dieser vorläufigen Betrachtungen über das schwierige Grenzgebiet zwischen Physik und Naturphilosophie soll noch besonders betont werden, daß es der Physik allein nicht möglich ist, eine endgültige Antwort auf alle angeschnittenen Fragen zu geben, sondern daß wir uns im Physikunterricht oft damit zufriedengeben müssen, die vorliegenden Probleme lediglich als solche zu erkennen und sie bei der weiteren Arbeit zu beachten.

4.7 Die Grenzen der physikalischen Erkenntnis

Der englische Astronom und Physiker A. St. Eddington (1882 – 1944) hat die Tätigkeit des Physikers in sehr anschaulicher Weise beschrieben, indem er sie mit derjenigen eines Forschers verglich, der vor die Aufgabe gestellt wird, die Fische des Ozeans zu untersuchen und allgemeingültige Feststellungen hierüber zu treffen. Es ist selbstverständlich, daß der Forscher dieses Ziel nicht dadurch erreichen kann, daß er an seinem Schreibtisch über die Wassertiere allgemein und die Fische im besonderen nachdenkt, sondern er muß sich auf den Ozean begeben und dort Beobachtungen anstellen; er muß Fische fangen, das Fangergebnis nach wissenschaftlichen Methoden untersuchen und dann allgemeine Gesetzmäßigkeiten herauszufinden trachten.

Es ist nicht zu allen Zeiten selbstverständlich gewesen, daß man bei der physikalischen Erforschung der Natur ähnlich vorzugehen hat. Man hat im Gegenteil lange geglaubt, daß es möglich wäre, physikalische Erkenntnisse durch bloßes Nachdenken über die Umwelt zu gewinnen. Beispiele für diese Einstellung haben wir bereits erwähnt. Die erzielten Ergebnisse erwiesen sich aber auf die Dauer ausnahmslos als unbefriedigend und teilweise sogar als falsch. Deshalb hat sich heute unter allen Physikern die Auffassung durchgesetzt, daß der Weg über das reine Denken nicht gangbar ist, sondern daß Erkenntnisse über die Außenwelt nur aus der Außenwelt selbst kommen können und daß wir deshalb nur auf dem Wege über die sinnlichen Wahrnehmungen zu physikalischen Gesetzen kommen können. Dabei ist es natürlich selbstverständlich, daß auch in der Physik gründlich und sorgfältig nachgedacht werden muß, aber das Denken allein genügt eben nicht. Der Physiker A. Sommerfeld (1868 – 1951) hat diese Auffassung drastisch und klar folgendermaßen formuliert:

„*Die Meinung, daß das Gehirn die Gedanken produziere, wie die Niere den Urin, ist längst ad acta gelegt.*“

Wenn wir nun die Arbeit des mit der Untersuchung der Fische beauftragten Forschers weiter verfolgen, so müssen wir feststellen, daß dieser zum Fang der Fische Netze benutzt. Dabei wollen wir nun voraussetzen, daß ihm nur eine Art von Netzen, nämlich solche mit einer Maschenweite von 2 cm, zur Verfügung steht. Aufgrund zahlreicher Beobachtungen wird der Forscher dann zu zwei Feststellungen kommen, die er bei allen seinen Fangergebnissen immer wieder bestätigt findet und die er deshalb für allgemeingültige Erkenntnisse über die Fische halten wird:

a) Alle Fische haben einen Durchmesser von mindestens 2 cm.

b) Alle Fische haben Kiemen.

Wenn wir diese beiden Feststellungen miteinander vergleichen, so zeigt sich eine bemerkenswerte Verschiedenheit. Die erste Aussage bezieht sich nämlich gar nicht auf die Menge der Fische selbst, sondern auf die Menge der gefangenen Fische, die bedingt ist durch das verwendete Fanggerät. Der Forscher hätte sich die Mühe, große Mengen von Fischen nachzumessen, auch sparen können, wenn er statt der Fische von vornherein sein Fanggerät untersucht hätte; es wäre ihm dann sofort klar geworden, daß es überhaupt unmöglich ist, einen Fisch von weniger als 2 cm Durchmesser zu fangen. Es handelt sich bei der ersten Aussage also um ein Gesetz, das in der realen Welt der Fische gar keine Gültigkeit hat, sondern das nur durch eine bestimmte Beschaffenheit des Beobachtungsapparates zustande gekommen ist. Anders ist es bei dem zweiten Gesetz. Es hat mit der Beschaffenheit des Fanggerätes nichts zu tun, sondern bringt eine wirkliche Eigenschaft der Fische zum Ausdruck. Es stellt also ein in der realen Welt der Fische geltendes Gesetz dar.

Diese Überlegungen lassen sich auf die Physik übertragen, denn auch der Physiker bezieht sein Wissen durch ein „Netz". Dieses Netz besteht darin, daß der Physiker seine Sinnesorgane in Anspruch nehmen muß, um überhaupt Beobachtungen durchführen zu können, und daß außerdem sein Denkapparat in Tätigkeit treten muß, um die Sinneseindrücke zu verarbeiten und in Naturgesetze umzusetzen. Auf diese Weise wird der Mensch mit seinen subjektiven Gegebenheiten und Möglichkeiten in ähnlicher Weise in den Erkenntnisprozeß eingeschaltet, wie die Netze unseres Forschers, und es wäre denkbar, daß die auf diesem Wege gefundenen physikalischen Gesetze so weitgehend von subjektiven menschlichen Einflüssen bestimmt sind, daß sie teilweise oder in ihrer Gesamtheit gar nicht als Gesetze der realen Welt gelten können. Bis zum Beginn unseres Jahrhunderts hat die Physik über die in ihren Erkenntnissen enthaltenen subjektiven Elemente nur wenig nachgedacht, weil die Physiker die Überzeugung hatten, daß unser Verstand in der Lage wäre, die objektive Wahrheit ohne Veränderung oder Verfälschung zu erfassen. Er sollte nach dem Muster eines fotografischen Films die Vorgänge und Gesetze der Natur vollkommen getreu wiedergeben. Die Physiker glaubten sogar besonders stolz darauf sein zu können, daß ihre Wissenschaft in weitestem Maße objektiv, d.h. unabhängig von dem forschenden Subjekt, war. Seit dem Anfang unseres Jahrhunderts hat sich in dieser Einstellung eine Wandlung vollzogen. Nachdem die moderne Entwicklung der Physik uns zu einer Besinnung darüber gezwungen hat, wie physikalische Erkenntnisse gewonnen werden und die dabei erzielten, später noch genauer zu besprechenden Ergebnisse den Objektivitätsanspruch der Physik in sehr verändertem Licht erscheinen lassen, ist man bescheidener geworden und verlangt keineswegs von vornherein, daß alle physikalischen Gesetze als objektive Wahrheiten hingenommen werden. Es hat sich nämlich deutlich gezeigt, daß Subjekt und Objekt in der physikalischen Erforschung sehr häufig nicht scharf voneinander getrennt werden können, was wiederum zur Folge hat, daß der forschende Mensch mit seinen Besonderheiten in ähnlicher Weise in die von ihm aufgefundenen Naturgesetze eingeht wie die Beschaffenheit des Netzes in die Untersuchungsergebnisse des Ichthyologen. Man muß deshalb die grundlegende Frage stellen, ob die Natur wirklich eine Beschaffenheit hat, die eine Erfassung durch den menschlichen Geist zuläßt und ob die Experimente des Physikers überhaupt die geeignete Methode sind, Erfahrungen über unsere Umwelt zu sammeln. C. Fr. v. Weizsäcker (geb. 1912) sagt hierzu, daß wir von vornherein nicht wissen, wie weit dies der Fall ist, sondern daß wir dies erst durch die experimentellen Wissenschaften selbst erfahren können. Zu jedem Experiment und zur experimentellen Wissenschaft überhaupt gehört deshalb der Mut, etwas zu unternehmen, dessen Ausgang ungewiß ist. Diese Erfahrung hat die Physik besonders dann machen müssen, als sie den ursprünglich von ihr erforschten Bereich der mittleren Abmessungen, denen der Mensch aufgrund seiner körperlichen Beschaffenheit angehört, verließ und in die sehr viel kleinere Welt der Atome oder die sehr viel größere des Kosmos vordrang. Bei der gedanklichen Durchdringung dieser neuen Bereiche erwiesen sich die Begriffe und Denkformen früherer Zeiten als unzureichend. Wir werden bei der Besprechung dieser Gebiete noch sehen, daß wir hier eine Physik treiben müssen, die die Unzulänglichkeiten unseres Geistes bewußt berücksichtigt und in ihre Gesetze einkalkuliert.

5. Elektrizität und Magnetismus

5.1 Elektrische Felder

5.1.1 Grundtatsachen der Elektrizitätslehre

In einem einführenden Physikunterricht lernt man zahlreiche Grundtatsachen über elektrische Vorgänge kennen, von denen die wichtigsten im folgenden zusammengefaßt werden. Es handelt sich vor allem um die Größen Ladung, Stromstärke, Spannung, Energie, aber auch um den wichtigen Begriff des elektrischen Feldes. Die Aufgabe, die uns hier gestellt ist, besteht darin, die genannten Größen in einem streng wissenschaftlichen und systematischen Aufbau zu sehen und Feldgrößen einzuführen, die innerhalb dieses Aufbaues das behandelte Gebiet auch mathematisch zu erfassen gestatten. Dabei soll einmal zum Ausdruck kommen, daß die moderne Physik neben der experimentellen eine mindestens ebenso wichtige theoretische Seite enthält; zum anderen soll deutlich gemacht werden, daß die Differential- und Integralrechnung für die hier durchgeführten theoretischen Betrachtungen zwar sehr elegant, in weiten Bereichen der Darstellung aber keineswegs erforderlich ist.

Folgende Tatsachen sollen als bekannt vorausgesetzt werden:

Der elektrische Strom in Metallen besteht in einem Fließen von Elektronen.

In einem elektrischen Stromkreis treten die Elektronen am negativen Pol der Spannungsquelle aus, fließen mit einer mittleren Driftgeschwindigkeit durch den Draht und treten am positiven Pol wieder in die Spannungsquelle ein. Im Innern der Spannungsquelle setzen die Elektronen ihre Bewegung vom positiven zum negativen Pol fort.

Gleichstrom liegt vor, wenn die Elektronen im zeitlichen Mittel in der gleichen Richtung wandern, Wechselstrom dagegen, wenn sie ihre Bewegungsrichtung regelmäßig wechseln (bei technischem Wechselstrom 100 Wechsel in der Sekunde, d.h. mit der Frequenz 50 Hz).

Der Zusammenhang zwischen der Ladung Q, die in der Zeit t durch einen Querschnitt fließt, und der Stromstärke I ist

$$I = \frac{Q}{t} \quad \textbf{oder} \quad Q = I\,t.$$

Diese Gleichungen sind nicht an den Sonderfall der metallischen Leitung gebunden, sie gelten z.B. auch für die Leitung in Elektrolyten, Halbleitern oder für den Elektronenstrom in Hochvakuumröhren.

Wird eine der beiden Größen I oder Q in den vorstehenden Gleichungen als Basisgröße durch ein Meßverfahren definiert, so ist die andere als abgeleitete Größe durch die entsprechende Gleichung definiert. Für welche Größe man sich als Basisgröße entscheidet, ist erkenntnismäßig und für den konsequenten Aufbau des physikalischen Begriffssystems gleichgültig. Die Standpunkte haben sich in solchen Fragen aus meßtechnischen und systematischen Gründen im Laufe der Entwicklung der Physik auch mehrfach gewandelt. Diese Entwicklung ist durch internationale Vereinbarungen nun zu einem Abschluß gekommen.

Als *elektrische Basisgröße* wird die Stromstärke I gewählt. Mit unseren Sinnen ist es allerdings nicht möglich, elektrische Ströme wahrzunehmen. Es ist deshalb nicht möglich, Ströme unmittelbar zu messen, so wie wir etwa eine Länge durch Vergleich mit einem Maßstab messen können. Wir können elektrische

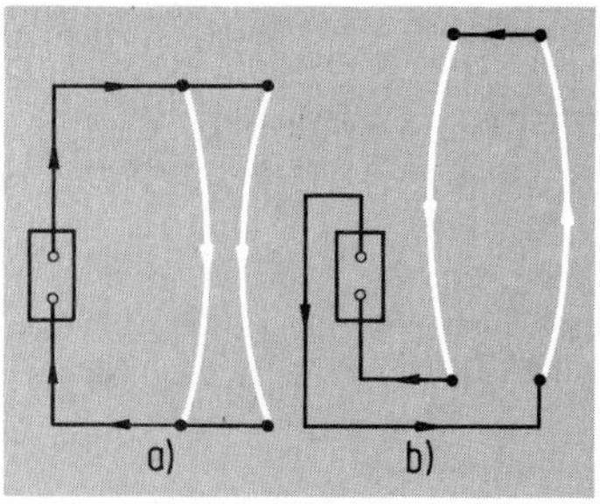

Abb. 402.1
Zwei bei Stromlosigkeit zunächst parallel aufgehängte Metallbänder ziehen sich an bei Stromfluß in der gleichen Richtung (a) und stoßen sich ab bei Stromfluß in entgegengesetzten Richtungen (b).

Ströme vielmehr nur auf dem Umweg über die von ihnen ausgeübten und für uns wahrnehmbaren Wirkungen erkennen. Elektrische Ströme sind stets von Magnetfeldern umgeben; daher üben z.B. zwei parallele, stromdurchflossene Leiter Kräfte aufeinander aus (Abb. 402.1). Außerdem können elektrische Ströme chemische Wirkungen und Wärmewirkung hervorrufen. Für das Meßverfahren hat man die magnetische Kraftwirkung gewählt und die Stromstärkeeinheit Ampere gesetzlich festgelegt. Bei der gesetzlichen Definition der Stromstärke werden statt der Metallbänder Drähte mit kreisförmigem Querschnitt verwendet. Außerdem werden zahlreiche andere Versuchsbedingungen genau festgelegt, um den heute sehr hohen Anforderungen an die Präzision phyikalischer Messungen zu genügen.

Das *Gesetz über Einheiten im Meßwesen* bestimmt über die Einheit der elektrischen Stromstärke:

Die Basiseinheit 1 Ampere (Einheitenzeichen: A) ist die Stärke eines zeitlich unveränderlichen elektrischen Stromes, der, durch zwei im Vakuum parallel im Abstand 1 Meter voneinander angeordnete, geradlinige, unendlich lange Leiter von vernachlässigbar kleinem, kreisförmigem Querschnitt fließend, zwischen diesen Leitern je 1 Meter Leiterlänge die Kraft $2 \cdot 10^{-7}$ Newton hervorrufen würde.

Diese Einheit erhielt ihren Namen nach dem französischen Physiker A.M. AMPÈRE (1775–1836).
Wir kommen auf diese Definition und auf das zugrundeliegende Meßverfahren an späterer Stelle noch zurück (S. 484).
In der Praxis verwendet man zur Stromstärkemessung Drehspulamperemeter, bei denen in technischer Abwandlung des oben beschriebenen Verfahrens die magnetische Kraftwirkung der stromdurchflossenen Leiterteile der Drehspule im Magnetfeld eines Permanentmagnets ausgenutzt wird.

Das Drehspulamperemeter ist ein sehr verbreitetes Gerät zur Messung der elektrischen Stromstärke. Der Zeigerausschlag hängt von der Richtung des Stromes ab. Mit diesen Geräten wird deshalb die Stromstärke von Gleichstrom gemessen. Sie können aber auch zur Messung der Wechselstromstärke dienen, wenn der Wechselstrom durch einen Gleichrichter vorher in Gleichstrom umgewandelt wird.

Gemäß der Definitionsgleichung $Q = I t$ für die elektrische Ladung ist die Einheit der elektrischen Ladung 1 Amperesekunde (As). Diese Ladungseinheit wird nach dem französischen Physiker CH. A. DE COULOMB (1736–1806) auch als 1 Coulomb (C) bezeichnet.

Die *Ausführungsverordnung zum Gesetz über Einheiten im Meßwesen* bestimmt hierzu:

Die abgeleitete Einheit der Elektrizitätsmenge oder elektrischen Ladung ist das Coulomb (Einheitenzeichen: C). 1 Coulomb ist gleich der Elektrizitätsmenge, die während der Zeit 1 s bei einem zeitlich unveränderlichen elektrischen Strom der Stärke 1 A durch den Querschnitt eines Leiters fließt.

$$1\,C = 1\,A \cdot 1\,s = 1\,As.$$

Aus der Einheit 1 Coulomb können mit Hilfe der früher (S. 11) erwähnten Vorsätze dezimale Vielfache und Teile gebildet werden.

Beispiele 1 kC $=10^3$ C, 1 mC $=10^{-3}$ C, 1 μC $=10^{-6}$ C.

Abgeleitete Einheiten der Elektrizitätsmenge oder elektrischen Ladung sind auch alle Produkte, die aus einer gesetzlichen Einheit der elektrischen Stromstärke und einer gesetzlichen Zeiteinheit gebildet werden.

Beispiel 1 A h = 1 A · 1 h = 3,6 kC.

Als weitere wichtige Größe in der Elektrizitätslehre haben wir früher die elektrische Spannung kennengelernt und festgestellt:

Eine elektrische Spannung zwischen zwei Körpern kommt dadurch zustande, daß man auf ihnen eine unterschiedliche, vom Normalzustand abweichende Elektronenverteilung herstellt.
Eine elektrische Spannung ist die Voraussetzung für das Fließen eines elektrischen Stromes.

Die Einheit der elektrischen Spannung erhielt ihren Namen nach dem italienischen Physiker A. VOLTA (1745–1827).

Die *Ausführungsverordnung zum Gesetz über Einheiten im Meßwesen* bestimmt hierzu:

Die abgeleitete Einheit der elektrischen Spannung oder elektrischen Potentialdifferenz ist das Volt (Einheitenzeichen: V). 1 Volt ist gleich der elektrischen Spannung oder elektrischen Potentialdifferenz zwischen zwei Punkten eines fadenförmigen, homogenen und gleichmäßig temperierten metallischen Leiters, in dem bei einem zeitlich unveränderlichen elektrischen Strom der Stärke 1 A zwischen den beiden Punkten die Leistung 1 W umgesetzt wird.

$$1\,\mathrm{V}=\frac{1\,\mathrm{W}}{1\,\mathrm{A}}.$$

Aus der Einheit 1 Volt können mit Hilfe der früher (S. 11) erwähnten Vorsätze dezimale Vielfache und Teile gebildet werden.

Beispiele 1 MV $=10^6$ V, 1 kV $=10^3$ V, 1 mV $=10^{-3}$ V, 1 μV $=10^{-6}$ V.

Auf den oben genannten Begriff der elektrischen Potentialdifferenz gehen wir an späterer Stelle noch genauer ein (S. 439).

Mit Hilfe der Größen Stromstärke und Spannung konnte das elektrische Verhalten von Leiterkreisen beschrieben werden. Dazu lernten wir noch folgende Zusammenhänge kennen:

Den Quotienten aus der Spannung *U* zwischen den Enden eines Leiters und der im Leiter herrschenden Stromstärke *I* bezeichnet man als den elektrischen Widerstand *R* des Leiters.

$$R=\frac{U}{I}.$$

Die Einheit des elektrischen Widerstandes erhielt ihren Namen nach dem deutschen Physiker G. S. OHM (1789–1854).

Die *Ausführungsverordnung zum Gesetz über Einheiten im Meßwesen* bestimmt hierzu:

Die abgeleitete Einheit des elektrischen Widerstandes ist das Ohm (Einheitenzeichen: Ω). 1 Ohm ist gleich dem elektrischen Widerstand zwischen zwei Punkten eines fadenförmigen, homogenen und gleichmäßig temperierten metallischen Leiters, durch den bei der elektrischen Spannung 1 V zwischen den beiden Punkten ein zeitlich unveränderlicher elektrischer Strom der Stärke 1 A fließt.

$$1\,\Omega=\frac{1\,\mathrm{V}}{1\,\mathrm{A}}.$$

Aus der Einheit 1 Ohm können mit Hilfe der früher (S. 11) erwähnten Vorsätze dezimale Vielfache und Teile gebildet werden.

Beispiele $1\ \mathrm{M\Omega} = 10^6\ \Omega$, $1\ \mathrm{k\Omega} = 10^3\ \Omega$, $1\ \mathrm{m\Omega} = 10^{-3}\ \Omega$.

In der Technik wird auch vielfach der Begriff des *elektrischen Leitwertes* (Formelzeichen: G) gebraucht. Mit dem elektrischen Widerstand R steht der elektrische Leitwert G in folgendem Zusammenhang:

$$G = \frac{1}{R}.$$

Die *Ausführungsverordnung zum Gesetz über Einheiten im Meßwesen* definiert die Einheit des elektrischen Leitwertes in folgender Weise:

Die abgeleitete Einheit des elektrischen Leitwertes ist das Siemens (Einheitenzeichen: S). 1 Siemens ist gleich dem elektrischen Leitwert eines Leiters vom elektrischen Widerstand 1 Ω.

$$1\ \mathrm{S} = \frac{1}{1\ \Omega}.$$

Die Einheit des elektrischen Leitwertes erhielt ihren Namen nach dem Begründer der Elektrotechnik W. v. Siemens (1816 – 1892).

Ein wichtiges Gesetz zum Verhalten elektrischer Widerstände ist das Ohm-*Gesetz:*

Der elektrische Widerstand oder der elektrische Leitwert von metallischen Leitern ist bei gleichbleibender Temperatur konstant, d.h. unabhängig von der Stromstärke im Leiter.

Eine weitere früher behandelte Größe ist die *elektrische Leistung.*

Die elektrische Leistung P eines Stromes ist gleich dem Produkt aus der Spannung U und der Stromstärke I.

$$P = UI.$$

Die Einheit der elektrischen Leistung ist die in der Mechanik eingeführte Leistungseinheit 1 Watt (Einheitenzeichen: W); sie erhielt ihren Namen nach dem englischen Ingenieur J. Watt (1736 – 1819). Zwischen der Leistungseinheit 1 W, der Spannungseinheit 1 V und der Stromstärkeeinheit 1 A besteht der Zusammenhang

$$1\ \mathrm{W} = 1\ \mathrm{V} \cdot 1\ \mathrm{A} = 1\ \mathrm{VA}.$$

Die elektrische Energie oder Arbeit W ist gleich dem Produkt aus der elektrischen Leistung P und der Zeit t, während der die Leistung vom elektrischen Strom verrichtet wird.

$$W = Pt = UIt.$$

Die Einheit der elektrischen Energie oder Arbeit ist die in der Mechanik eingeführte Energieeinheit 1 Joule (Einheitenzeichen: J); sie erhielt ihren Namen nach dem englischen Physiker J. P. Joule (1818 – 1889). Zwischen der Energieeinheit 1 J, der Leistungseinheit 1 W, der Zeiteinheit 1 s, der Spannungseinheit 1 V und der Stromstärkeeinheit 1 A besteht der Zusammenhang

$$1\ \mathrm{J} = 1\ \mathrm{Nm} = 1\ \mathrm{W} \cdot 1\ \mathrm{s} = 1\ \mathrm{Ws} = 1\ \mathrm{VAs}.$$

Wenn zwischen zwei entgegengesetzt geladenen Körpern eine elektrische Spannung herrscht, aber kein Strom fließt, weil die Körper isoliert voneinander und auch isoliert gegenüber ihrer Umgebung stehen, spricht man von einem *elektrostatischen* Zustand. Dieser Zustand liegt z.B. bei einem geladenen Plattenkondensator vor, dessen eine Platte die Ladung $+Q$ und dessen andere Platte die gleich große Ladung $-Q$ entgegengesetzten Vorzeichens trägt (Abb. 405.1).

Abb. 405.1
Geladener Plattenkondensator

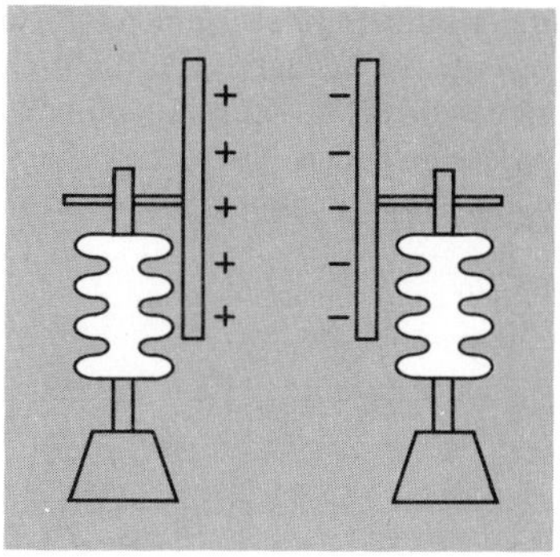

Wenn man einen Kondensator mit einer Spannungsquelle verbindet, so zeigt sich:

Die auf einen Kondensator fließende Ladung Q ist der angelegten Spannung U proportional.

$$Q = CU.$$

Der Proportionalitätsfaktor C ist für jeden Kondensator aufgrund seiner Bauart und Größe eine charakteristische Konstante und wird als Kapazität des Kondensators bezeichnet.

Die Einheit der Kapazität erhielt ihren Namen nach dem englischen Physiker M. FARADAY (1791 – 1867).

Über die Einheit der Kapazität bestimmt die *Ausführungsverordnung zum Gesetz über Einheiten im Meßwesen:*

Die abgeleitete Einheit der elektrischen Kapazität ist das Farad (Einheitenzeichen: F). 1 Farad ist gleich der elektrischen Kapazität eines Kondensators, der durch die Elektrizitätsmenge 1 C auf die elektrische Spannung 1 V aufgeladen wird.

$$1\,\text{F} = \frac{1\,\text{C}}{1\,\text{V}}.$$

Aus der Einheit 1 Farad können mit Hilfe der früher (S. 11) erwähnten Vorsätze dezimale Vielfache und Teile gebildet werden.

Beispiele $1\,\mu\text{F} = 10^{-6}\,\text{F}$, $1\,\text{nF} = 10^{-9}\,\text{F}$, $1\,\text{pF} = 10^{-12}\,\text{F}$.

Die Beziehung $Q = CU$ ist nicht an den Spezialfall des Plattenkondensators gebunden. Wir werden diesen Sachverhalt noch ausführlich untersuchen (S. 443).

Die zusammengestellten Definitionen und Zusammenhänge zwischen den elektrischen Größen könnten noch zu folgendem Widerspruch führen. Die Festsetzung der Einheit 1 Volt für die elektrische Spannung erfolgte mit Hilfe der Leistung und deren Einheit 1 Watt. Andererseits wurde an späterer Stelle der Zusammenhang zwischen der elektrischen Leistung P und der elektrischen Spannung U genannt: $P = UI$. Hier sieht es so aus, als ob man sich definitorisch im Kreise dreht. Dazu muß bemerkt werden, daß man früher die Spannungseinheit ganz anders festlegte, nämlich über ein sog. Normalelement. Die historische Entwicklung des Spannungsbegriffs knüpfte an das VOLTA-Element und die VOLTA-Säule, einer Hintereinanderschaltung von gleichartigen VOLTA-Elementen, an. Die Spannung wurde also neben der Stromstärke als eine Basisgröße eingeführt, so daß man in der Elektrizitätslehre mit zwei voneinander unabhängigen Basisgrößen arbeitete. Die elektrische Leistung $P = UI$ ist dann eine abgeleitete Größe dieser Basisgrößen. Ihr Zusammenhang mit der mechanischen Leistung konnte nur mit Hilfe eines Umrechnungsfaktors erfolgen. Später sah man ein, daß man das physikalische Begriffssystem rationeller mit nur einer elektrischen Basisgröße, nämlich der Stromstärke I mit der Einheit 1 Ampere, und den mechanischen Basisgrößen Länge s mit der Einheit Meter, Masse m mit der Einheit Kilogramm und Zeit t mit der Einheit Sekunde aufbauen konnte. Diese Basisgrößen bilden das sog. MKSA-System. Innerhalb dieses Systems hat die mechanische Energie oder Arbeit W

die Einheit 1 Newtonmeter (Nm), wobei die Krafteinheit $1\,\mathrm{N} = 1\,\mathrm{kg\,m\,s^{-2}}$ ist. Wenn nun mit Hilfe von bewegten Ladungen Q, d.h. durch einen elektrischen Strom mit der Stärke I, die mechanische Arbeit W verrichtet wird, so kann das nur dadurch geschehen, daß die Ladungen sich zwischen zwei Punkten bewegen, zwischen denen ein elektrischer Zustand herrscht, den wir mit elektrischer Spannung bezeichnen. Diese elektrische Spannung wird jetzt definiert als Quotient

$$U = \frac{W}{Q}.$$

Die Ladung Q ist aber definiert durch $Q = I\,t$. Damit ergibt sich

$$U = \frac{W}{I\,t}.$$

Da die Einheiten für W, I und t bereits festliegen, ergibt sich für die elektrische Spannung U die abgeleitete Einheit

$$1\,\frac{\mathrm{Nm}}{\mathrm{As}}.$$

Diese Einheit bekommt nun den Kurznamen 1 Volt (V), so daß

$$1\,\mathrm{V} = 1\,\frac{\mathrm{Nm}}{\mathrm{As}}$$

gilt. Die Leistungseinheit 1 Watt (W) ist die abgeleitete Einheit $1\,\mathrm{W} = 1\,\frac{\mathrm{Nm}}{\mathrm{s}}$. Damit erhält man $1\,\mathrm{V} = 1\,\frac{\mathrm{W}}{\mathrm{A}}$. An diese Gleichung knüpft die Formulierung des *Gesetzes über Einheiten im Meßwesen* bei der Festlegung der Einheit 1 Volt an.

Wir merken uns diese Zusammenhänge besser mit Hilfe einer Übersichtstabelle und achten streng darauf, daß die physikalischen Größen mit kursiv gesetzten Buchstaben, die Einheiten dagegen mit gerade gesetzten Buchstaben bezeichnet werden.

Basisgrößen (durch Meßverfahren definiert)

Größe	*Einheit*	*Größe*	*Einheit*
Länge $\vec{s}$	m	Stromstärke I	A
Masse m	kg	Stoffmenge ν	mol
Zeit t	s		

Abgeleitete Größen (durch Produkt- oder Quotientenbildung aus den Basisgrößen definiert)

Größe		*Einheit*	*Größe*		*Einheit*
Geschwindigkeit	$\vec{v} = \frac{\vec{s}}{t}$	$\frac{\mathrm{m}}{\mathrm{s}}$	Ladung	$Q = I\,t$	$\mathrm{C} = \mathrm{As}$
Beschleunigung	$\vec{a} = \frac{\vec{v}}{t}$	$\frac{\mathrm{m}}{\mathrm{s}^2}$	Spannung	$U = \frac{W}{Q}$	$\mathrm{V} = \frac{\mathrm{Nm}}{\mathrm{As}} = \frac{\mathrm{W}}{\mathrm{A}}$
Kraft	$\vec{F} = m\,\vec{a}$	$\mathrm{N} = \frac{\mathrm{kg\,m}}{\mathrm{s}^2}$	Widerstand	$R = \frac{U}{I}$	$\Omega = \frac{\mathrm{V}}{\mathrm{A}}$
Arbeit	$W = \vec{F}\,\vec{s}$	Nm	Leitwert	$G = \frac{1}{R}$	$\mathrm{S} = \frac{1}{\Omega}$
Leistung	$P = \frac{W}{t}$	$\mathrm{W} = \frac{\mathrm{Nm}}{\mathrm{s}}$	Kapazität	$C = \frac{Q}{U}$	$\mathrm{F} = \frac{\mathrm{C}}{\mathrm{V}}$

Die vorstehenden Gleichungen setzen voraus, daß die Größen zeitlich und räumlich konstant sind. Ist dieses nicht der Fall, geht man zur Differenzenschreibweise über, wie es aus der Mechanik bekannt ist:

$$\vec{v}=\frac{\Delta\vec{s}}{\Delta t};\quad \vec{a}=\frac{\Delta\vec{v}}{\Delta t};\quad \Delta W=\vec{F}\cdot\Delta\vec{s};\quad W=\sum\vec{F}\cdot\Delta\vec{s}\ \text{ oder in Integralform }\ W=\int_A^B\vec{F}\cdot\mathrm{d}\vec{s}.$$

Entsprechend verfährt man mit elektrischen Größen, z.B.

$$\Delta Q=I\cdot\Delta t;\quad Q=\sum I\cdot\Delta t\ \text{ oder in Integralform }\ Q=\int_{t_1}^{t_2}I\cdot\mathrm{d}t,$$

falls die Stromstärke nicht zeitlich konstant ist.

Zum Begriff des elektrischen Feldes stellen wir vorläufig fest:

Jeder elektrisch geladene Körper ist von einem elektrischen Feld umgeben.

Die räumliche Struktur des Feldes wird mit Hilfe von Feldlinien dargestellt. Wir erinnern an drei typische Feldlinienbilder (Abb. 407.1 bis 407.3).

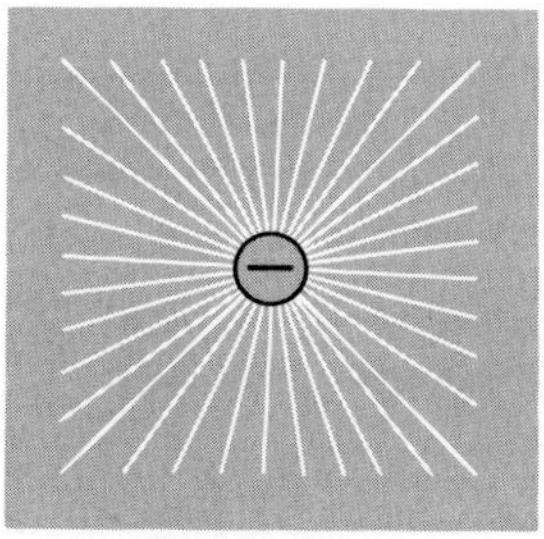

Abb. 407.1 Feld einer positiv oder negativ geladenen kreisförmigen Scheibe

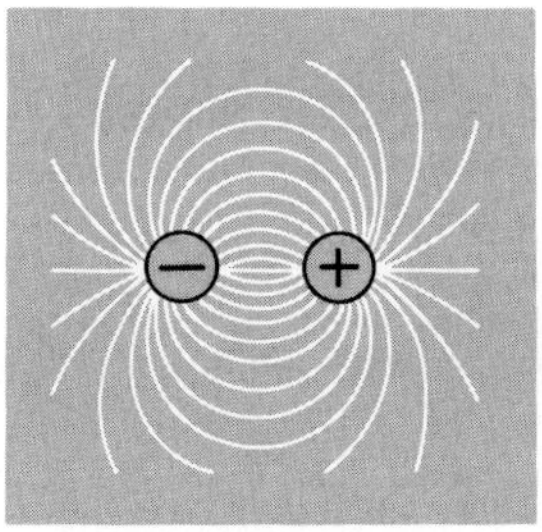

Abb. 407.2 Feld von zwei gleich stark und ungleichnamig geladenen, kreisförmigen Scheiben

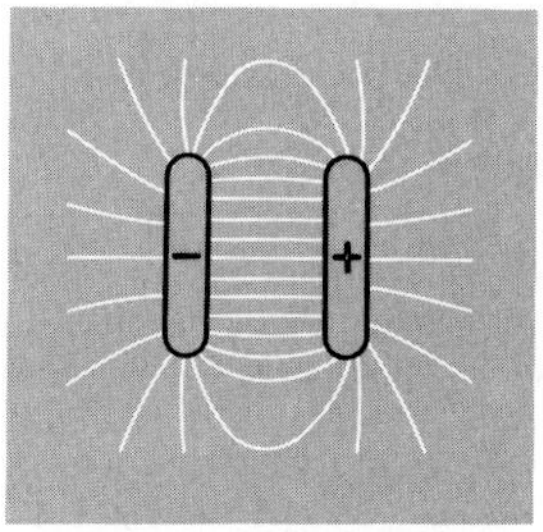

Abb. 407.3 Feld zwischen zwei parallelen, entgegengesetzt geladenen Streifen

Diese Feldliniendarstellungen sollen folgende wichtige Eigenschaften eines elektrostatischen Feldes wiedergeben:

1. Feldlinien verlaufen immer von einer Ladung zur anderen, d.h., Anfang und Ende einer Feldlinie sind stets durch eine elektrische Ladung gekennzeichnet. Feldlinien können niemals im leeren Raum beginnen oder enden.
2. Auf Leiteroberflächen stehen die Feldlinien eines elektrostatischen Feldes stets senkrecht.
3. Feldlinien durchkreuzen sich niemals und laufen auch niemals zusammen.

5.1.2 Die Messung kleiner Ladungen

Die Ladung Q, die von einem Gleichstrom mit konstanter Stromstärke I transportiert wird, läßt sich mit Hilfe der Gleichung $Q=It$ leicht berechnen, wenn die Zeit t so groß ist, daß ein Amperemeter während dieser Zeit einen konstanten Ausschlag zeigt. Lassen wir dagegen etwa die Ladung eines geladenen Kugelkonduktors oder eines geladenen Plattenkondensators über ein Drehspulgerät auf die Erde abfließen, so bewirkt sie einen Stoßausschlag des Instruments, d.h., der Zeiger des Instruments kehrt nach dem Ausschlag sofort wieder in die Nullstellung zurück. Fließt die Ladung in einer so kleinen Zeit durch das Instrument, daß diese Durchflußzeit klein gegenüber der Schwingungsdauer des aus Drehspule mit Zeiger und rücktreibender Spiralfeder bestehenden Systems ist, so nennt man den Ausschlag *ballistisch*. Für ballistische Ausschläge gilt:

Der ballistische Ausschlag eines Drehspulgerätes ist der hindurchgegangenen Ladung proportional.

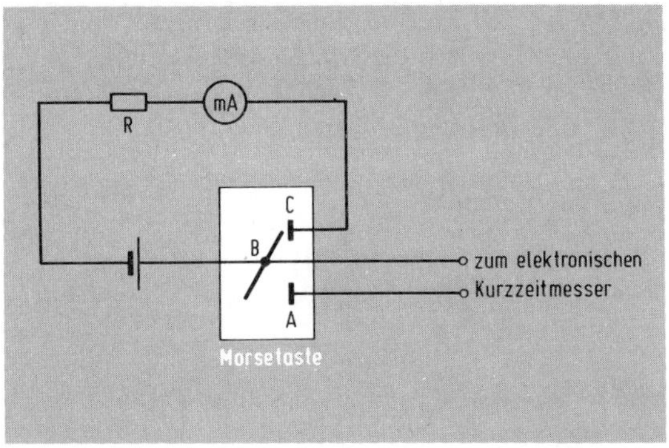

Abb. 408.1
Schaltung zur Erzeugung von Stromstößen für ballistische Messung

Sehr gut geeignet für ballistische Messungen sind die empfindlichen *Spiegelgalvanometer*. Ob ein *Demonstrationsdrehspulgerät* für ballistische Messungen geeignet ist, kann man experimentell leicht feststellen.

Versuch 408.1 Wir stellen die Schaltung nach Abb. 408.1 her. Das Amperemeter ist ein Demonstrationsdrehspulgerät mit dem Meßbereich 2 mA. Der elektronische Kurzzeitmesser ist während der Verbindung der Kontakte A und B der Morsetaste abgeschaltet. Als Spannungsquelle verwenden wir einen Akku mit den Abgriffen 1,2 V – 2,4 V – 3,6 V. R ist ein Schiebewiderstand von ca. 160 Ω. Für jeden Einzelversuch drücken wir die Morsetaste kurzzeitig. Solange bei gedrückter Taste die Kontakte B und C verbunden und die Kontakte A und B unterbrochen sind, fließt ein Strom durch das Drehspulgerät. Gleichzeitig läuft der Kurzzeitmesser und zeigt die Dauer des Stromflusses an.

Wir führen drei Versuchsreihen durch. Da der Widerstand des Stromkreises unverändert bleibt, liefert die doppelte bzw. dreifache Spannung nach dem OHM-Gesetz einen Strom mit doppelter bzw. dreifacher Stromstärke. Den ballistischen Ausschlag bezeichnen wir mit y und messen ihn in Skalenteilen (Skt). Der Meßbereich 2 mA ist in 30 Skt unterteilt.

Ein Beispiel für Meßwerte liefert folgende Tabelle:

1. $U_1 = 1{,}2$ V			
$t =$	0,128 s	0,180 s	0,269 s
$y =$	7 Skt	10 Skt	15 Skt
$\frac{y}{t} =$	54,7 Skt · s^{-1}	55,6 Skt · s^{-1}	55,8 Skt · s^{-1}
	Mittelwert: 55 Skt · s^{-1}		
2. $U_2 = 2{,}4$ V; $I_2 = 2 \cdot I_1$			
$t =$	0,094 s	0,135 s	0,237 s
$y =$	10 Skt	15 Skt	27 Skt
$\frac{y}{t} =$	106 Skt · s^{-1}	111 Skt · s^{-1}	114 Skt · s^{-1}
	Mittelwert: 110 Skt · s^{-1} = 2 · 55 Skt · s^{-1}		
3. $U_3 = 3{,}6$ V; $I_3 = 3 \cdot I_1$			
$t =$	0,121 s	0,155 s	0,161 s
$y =$	20 Skt	25 Skt	27 Skt
$\frac{y}{t} =$	165 Skt · s^{-1}	161 Skt · s^{-1}	168 Skt · s^{-1}
	Mittelwert: 165 Skt · s^{-1} = 3 · 55 Skt · s^{-1}		

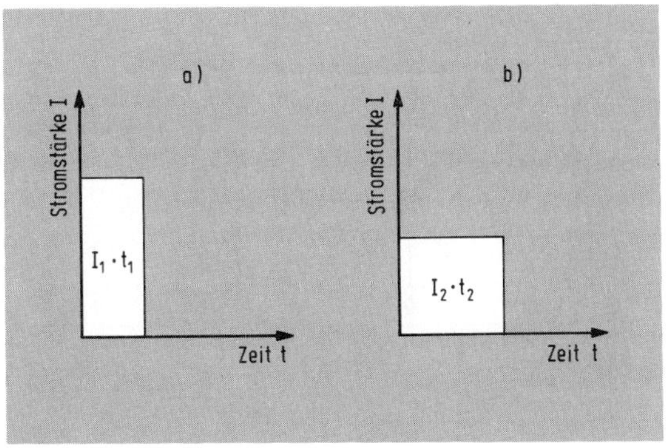

Abb. 409.1 Stromstöße mit konstanter Stromstärke, die einen gleich großen ballistischen Ausschlag hervorrufen.

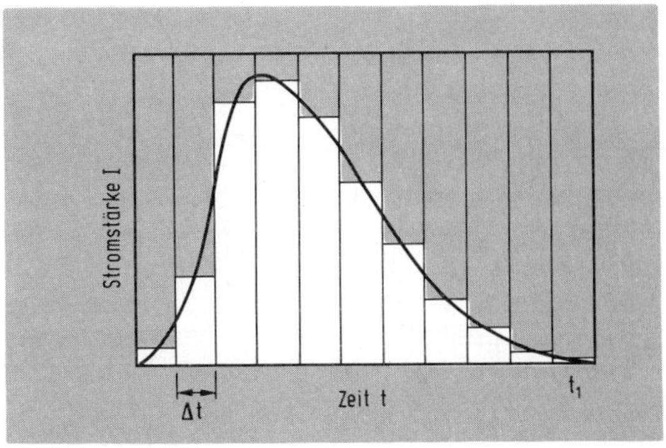

Abb. 409.2 Stromstoß mit veränderlicher Stromstärke und seine angenäherte Darstellung durch eine Rechteckflächensumme.

Den Meßwerten entnehmen wir den oben mitgeteilten Sachverhalt der Proportionalität zwischen Stoßausschlag y und Ladung $Q = I\,t$. Das von uns verwendete Demonstrationsdrehspulgerät kann also zur Messung sehr kurz andauernder Stromstöße ballistisch verwendet werden.

In den vorangegangenen Versuchen haben wir Stromstöße erzeugt, deren Stromstärke sich während der Dauer des Stromstoßes nicht änderte. Grafisch sind zwei Beispiele dafür in Abb. 409.1 wiedergegeben.

Der Flächeninhalt des Rechtecks ist ein Maß für die Ladung $Q = I\,t$, die während des Stromstoßes durch das Drehspulgerät fließt. In den Abb. 409.1a und 409.1b handelt es sich um die gleiche Ladung, obwohl die Zeiten verschieden sind. Das Drehspulgerät zeigt in diesen Fällen auch den gleichen ballistischen Ausschlag an.

Wenn die Stromstärke während des Stromstoßes veränderlich ist, so ist die den Stromstoß darstellende Fläche kein Rechteck mehr, sondern krummlinig begrenzt. Eine solche krummlinig begrenzte Fläche kann aber immer mit ausreichender Näherung als Summe von Rechteckflächen dargestellt werden, wie dies Abb. 409.2 zeigt. Jedem Rechteck entspricht dann ein Stromstoß von rechteckiger Gestalt, und der gesamte Stromstoß ergibt sich als Summe der Einzelstöße. Das ballistische Drehspulgerät zeigt mit seinem Ausschlag den Gesamtstromstoß an.

Eine experimentelle Überprüfung nehmen wir mit Hilfe von Kondensatorentladungen vor. Wird ein Kondensator entladen, so sinkt die Entladestromstärke während der Entladezeit t_1 von einem Anfangswert auf Null ab. Die Stromstärke ist in diesem Fall daher sicher nicht konstant (Abb. 409.3). Wenn wir einen Kondensator bei einer bestimmten Spannung aufladen, so ist die aufgenommene Ladung durch die Spannung und durch die Größe des Kondensators genau festgelegt. Fließt die Ladung Q über ein ballistisches Drehspulgerät ab, so muß sich nach den oben getroffenen Feststellungen ein durch diese Ladung bestimmter ballistischer Ausschlag ergeben, der nicht mehr einzeln von I oder t_1 abhängt.

Versuch 409.1 Mit Hilfe der in Abb. 409.4 wiedergegebenen Schaltung wird ein Blockkondensator über eine Gleichspannungsquelle (ca. 100 V) aufgeladen. Legt man den Schalter um, so entlädt sich der Kondensator mit einem Stromstoß

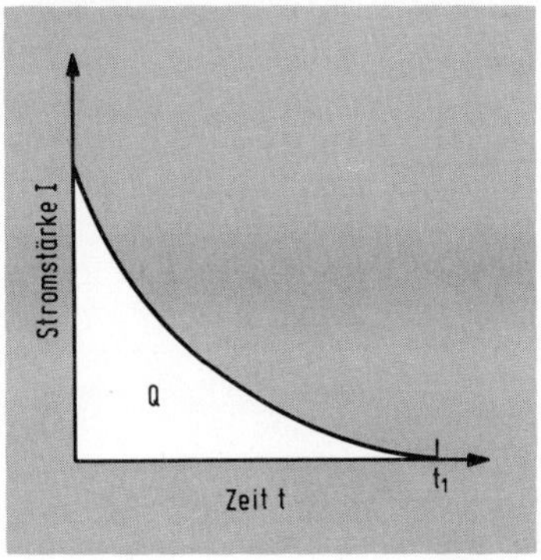

Abb. 409.3
Zeitlicher Verlauf der Stromstärke bei einer Kondensatorentladung

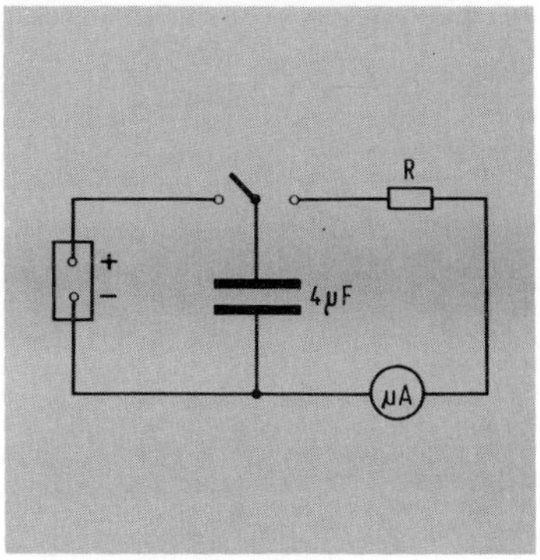

Abb. 409.4
Aufladen und Entladen eines Blockkondensators

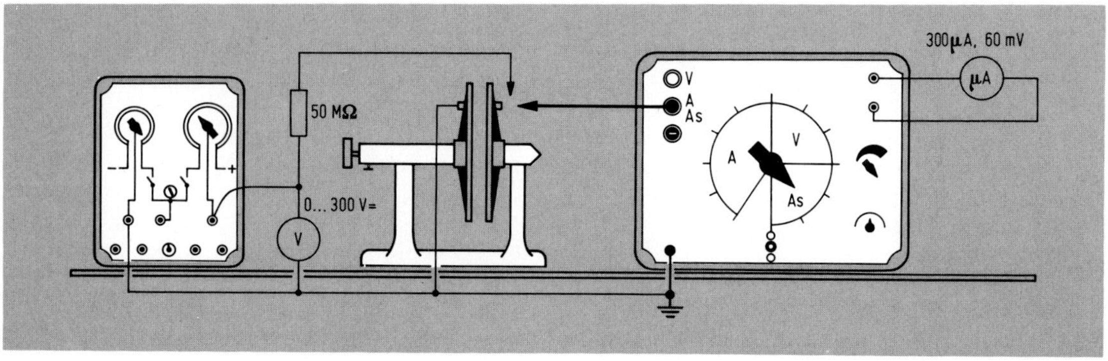

Abb. 410.1 Schaltung zur Ladungsmessung mit Hilfe des Meßverstärkers

durch das Drehspulgerät. Als ballistisches Drehspulgerät ist etwa ein Spiegelgalvanometer mit 5 bis 10 s Schwingungsdauer und 30 Ω Innenwiderstand oder ein Demonstrationsdrehspulgerät mit 1 bis 2 s Schwingungsdauer, das bei 60 mV oder 300 µA Vollausschlag anzeigt, geeignet.

Der Versuch zeigt:

Werden nacheinander die Widerstände 100 Ω, 1 kΩ, 10 kΩ in den Entladestromkreis geschaltet, ändert sich der Stoßausschlag nicht, obwohl die Entladezeit t_1 sich bei sinkender Stromstärke vergrößert. Erst bei Widerständen in der Größenordnung 200 kΩ wird die Entladezeit so groß, daß der Ausschlag nicht mehr ballistisch erfolgt.

Sehr kleine Ladungen mißt man mit Hilfe des *Meßverstärkers*, an den ein Drehspulgerät angeschlossen wird. Meßverstärker und Drehspulgerät bilden eine Einheit. Der Meßverstärker hat verschiedene Meßbereiche für Spannungen, Stromstärken und Ladungen. Hier interessiert nur die Ladungsmessung. Selbst die außerordentlich kleine Ladung eines aufgeladenen Pingpong-Balles mit leitender Oberfläche kann man mit Hilfe des Meßverstärkers im Meßbereich $30 \cdot 10^{-10}$ As messen. Die Abb. 410.1 zeigt die Schaltung zur Messung der Ladung eines Plattenkondensators. Die eine Platte ist geerdet. Die andere Platte wird zunächst bei einer Spannung von 0 bis 300 V über einen Schutzwiderstand durch kurzes Berühren der Kondensatorplatte mit dem spannungsführenden Leiter aufgeladen. Danach berührt man die Platte mit dem Stecker des Kabels, das in den Eingang **As** des Meßverstärkers führt. Die Ladung der Platte (in der Abb. 410.1 positive Ladung) fließt über den Meßverstärker zur Erde ab. Gleichzeitig fließt die (in der Abb. 410.1 negative) Ladung der anderen Platte direkt zur Erde ab.

Um die Funktion des Meßverstärkers zu verstehen, erinnern wir an die Verstärkerwirkung einer Triode. In Abb. 410.2 ist eine Triode mit einem Anodenstromkreis eingezeichnet. Die Katode ist geerdet. Der Eingang **As** liegt am Gitter. Zwischen Gitter und Erde liegt ein Hochohmwiderstand, z.B. $2 \cdot 10^8$ Ω bei dem Meßverstärker-Meßbereich $30 \cdot 10^{-10}$ As. Fließt nun eine sehr kleine Ladung als Stromstoß über den Hochohmwiderstand zur Erde ab, so entsteht zwischen den Endpunkten des Widerstandes nach dem Ohm-

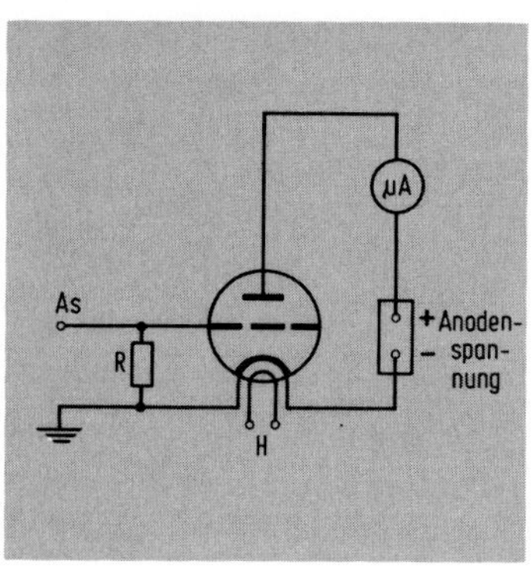

Abb. 410.2
Schaltung einer Triode im Meßverstärker

Gesetz die Spannung $U = RI$. Diese Spannung liegt am Gitter und steuert den Anodenstrom, der proportional zur Gitterspannung ist, sofern man innerhalb des Drehspulgerät-Vollausschlages bleibt. Das Drehspulgerät macht einen ballistischen Ausschlag.

Manche Meßverstärker haben anstelle des Widerstandes einen Kondensator zwischen Gitter und Katode der Triode. Die Kapazität C dieses Kondensators muß so groß sein, daß der Kondensator praktisch die gesamte zu messende Ladung aufnimmt; im angegebenen Beispiel also groß gegenüber der Kapazität des Plattenkondensators. Nach $Q = CU$ ist die Gitterspannung U der zu messenden Ladung Q proportional. Da diese Spannung wegen der im Kondensator gespeicherten Ladung erhalten bleibt, zeigt das Drehspulgerät Dauerausschlag. In modernen Meßverstärkern wurde die Triodenschaltung durch integrierte Halbleiterschaltungen abgelöst.

Bei den vorangehend beschriebenen Meßverfahren geht die zu messende Ladung durch den Meßakt verloren. Das ist in den meisten Fällen auch unvermeidlich. Es gibt aber Sonderfälle, bei denen man unter Ausnutzung der Influenz von elektrischen Ladungen die zu messende Ladung erhalten kann. Abb. 411.1 zeigt einen solchen Fall.

Unter Influenz versteht man die Änderung der Ladungsverteilung auf einem Körper durch Annähern eines geladenen Körpers.

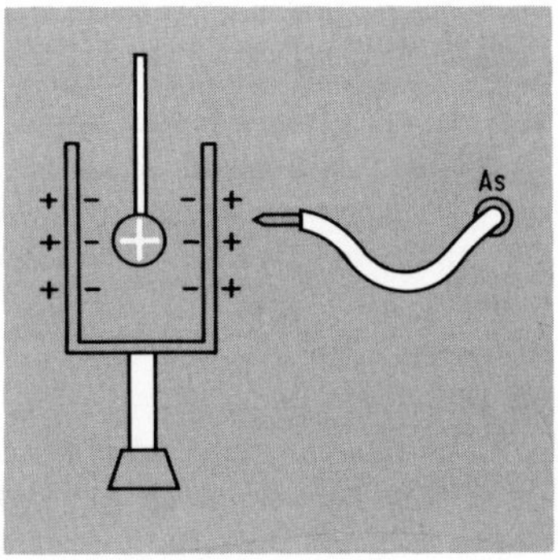

Abb. 411.1
Ladungsmessung mit Hilfe der Influenzwirkung. Die zu messende Ladung fließt nicht ab.

Die Ladung eines geladenen kleinen Kugelkonduktors von wenigen Zentimetern Durchmesser kann man messen, indem man diesen Konduktor an seinem Isoliergriff in einen FARADAY-Becher hält. Der FARADAY-Becher ist vorher elektrisch neutral. Durch die influenzierende Wirkung der Ladung $+Q$ des Konduktors tritt im FARADAY-Becher eine Ladungstrennung ein, die zu einer Aufladung mit der negativen Ladung $-Q$ auf der Innenfläche und einer Aufladung mit der positiven Ladung $+Q$ auf der Außenfläche des FARADAY-Bechers führt. Berührung der Außenfläche mit dem Stecker des Meßverstärkerkabels läßt die Ladung $+Q$ durch das Meßgerät zur Erde abfließen. Anschließend wird die geladene Kugel aus dem FARADAY-Becher herausgezogen und der negativ geladen zurückbleibende FARADAY-Becher entladen.

5.1.3 Das Coulomb-Gesetz

Ein grundlegendes Gesetz der Elektrostatik ist das COULOMB-Gesetz:

Die Kraft zwischen zwei Punktladungen ist dem Produkt der Ladungen direkt und dem Quadrat ihres Abstandes umgekehrt proportional. Die Richtung der Kraft fällt mit der Verbindungslinie der beiden Ladungen zusammen.

Befinden sich die beiden Ladungen Q_1 und Q_2 im Vakuum und bezeichnet man ihren gegenseitigen Abstand mit r, so lautet dieses Gesetz

$$F = \frac{1}{4\pi\varepsilon_0} \cdot \frac{Q_1 Q_2}{r^2},$$

wobei die Konstante ε_0 als *elektrische Feldkonstante* bezeichnet wird.

$$\varepsilon_0 = 8{,}8542 \cdot 10^{-12} \frac{\mathrm{As}}{\mathrm{Vm}}.$$

Die Einheit von ε_0 ergibt sich aus dem COULOMB-Gesetz, wenn man die Kraft F in Newton (N), die Ladung Q in Coulomb (C) und den Abstand r in Meter (m) mißt und zusätzlich die Zusammenhänge

$$1\,\mathrm{Nm} = 1\,\mathrm{J} = 1\,\mathrm{VAs} \quad \text{und} \quad 1\,\mathrm{C} = 1\,\mathrm{As}$$

beachtet.

Der Zahlenwert von ε_0 kann nicht auf theoretischem Wege ermittelt werden, sondern muß durch einen Versuch gemessen werden. Wir beschäftigen uns damit auf S. 445.

Die Kraft zwischen den Ladungen Q_1 und Q_2 wirkt abstoßend, wenn die Ladungen das gleiche Vorzeichen haben ($F > 0$), sie wirkt anziehend bei entgegengesetzten Ladungen ($F < 0$).

Es sei hier betont, daß das COULOMB-Gesetz zunächst eine Aussage über Punktladungen macht. Der Begriff der Punktladung ist ebenso wie der Begriff des Massenpunktes eine nicht realisierbare Modellvorstellung, weil eine Ladung niemals in einem Punkte, sondern immer nur auf einem Körper mit endlicher Ausdehnung sitzen kann. Das COULOMB-Gesetz gilt jedoch auch für geladene Kugeln. Wenn die Ladungen auf den Kugeloberflächen gleichmäßig verteilt sind, kann der Abstand der Kugelmittelpunkte als Abstand entsprechender Punktladungen betrachtet werden.

Das COULOMB-Gesetz für elektrische Ladungen besitzt den gleichen formalen Aufbau wie das früher (S. 161) behandelte *Gravitationsgesetz* von NEWTON:

Die Kraft zwischen zwei Massenpunkten ist dem Produkt der Massen direkt und dem Quadrat ihres Abstandes umgekehrt proportional. Die Richtung der Kraft fällt mit der Verbindungslinie der beiden Massenpunkte zusammen.

$$F = G \cdot \frac{m_1 m_2}{r^2}.$$

Die Kraft zwischen den Massen m_1 und m_2 wirkt stets anziehend; G ist die Gravitationskonstante.

Auf der Suche nach einem quantitativen Ausdruck für die Kraft zwischen elektrischen Punktladungen nahm sich COULOMB das Gravitationsgesetz zum Vorbild. Daß die Kraft zwischen den Punktladungen proportional dem Produkt der Ladungen ist, konnte er allerdings nicht nachweisen, weil es zu seiner Zeit noch kein geeignetes Gerät zur Messung von elektrischen Ladungen gab. Dagegen konnte er zeigen, daß die Kraft zwischen den Punktladungen umgekehrt proportional zum Quadrat ihres Abstandes ist. Zu diesem Zweck konstruierte er eine *Drehwaage*, die vereinfacht in der Abb. 412.1 dargestellt ist.

In einem Gestell ist vertikal ein dünner Stahldraht straff eingespannt, an dem in seiner Mitte ein kleiner Isolierstab senkrecht zum Draht befestigt ist. Am Ende des Isolierstabes sitzt eine kleine Metallkugel A. In derselben Höhe wie A und in veränderbarem Abstand befindet sich isoliert aufgestellt eine gleich große Metallkugel B. Zunächst berühren sich die beiden Metallkugeln. Dann berührt man dieses System mit einer

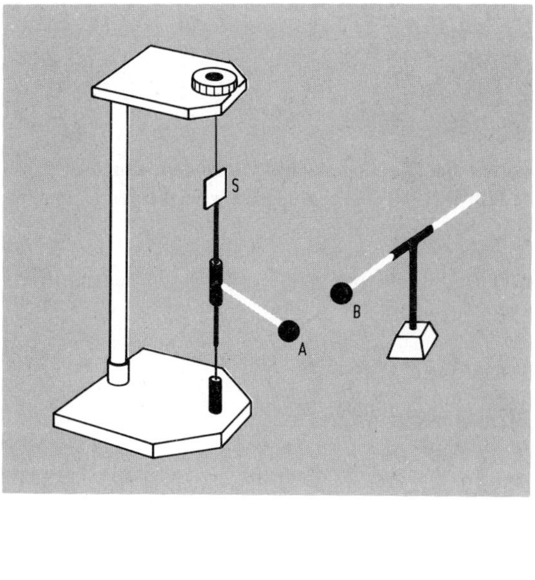

Abb. 412.1
Drehwaage nach COULOMB

dritten, jedoch geladenen Kugel. Nachdem auf diese Weise die Kugeln A und B gleichartig geladen wurden, stoßen sie sich ab. Der Aufhängedraht wird tordiert, bis er durch das dadurch entstehende rückdrehende Drehmoment ins Gleichgewicht kommt. Den Drehwinkel liest man mit Hilfe eines Lichtstrahles ab, der an einem kleinen, fest mit dem drehenden System verbundenem Spiegel S reflektiert wird.

Coulomb führte den Versuch im Jahre 1785 bei gleicher Ladung und drei verschiedenen Abständen der Kugeln durch und konnte so das vermutete Abstandsgesetz bestätigen. Zuvor hatte er nachgewiesen, daß das rückdrehende Drehmoment bei der Tordierung des Fadens dem Drehwinkel proportional ist. Wenn man heute darüber erstaunt ist, daß sich Coulomb nach der äußerst schwierigen Konstruktion eines so empfindlichen Gerätes mit wenigen Messungen zufrieden gab und Abweichungen zwischen den Messungen und dem erwarteten Gesetz von 5% für belanglos hielt, so muß man bedenken, daß er von der Analogie zum Gravitationsgesetz überzeugt war und den durchgeführten Versuch nur als Bestätigungsexperiment für seine Theorie benutzte.

Meßtechnisch einfacher als mit der Drehwaage können wir die Überprüfung des quadratischen Abstandsgesetzes mit Hilfe der in Abb. 413.1 fotografisch wiedergegebenen Versuchsanordnung vornehmen. Wir verwenden hier auch nicht näherungsweise Punktladungen, sondern eine große geladene Konduktorkugel und eine geladene Probekugel. Der Holzstab im Vordergrund dient zur Lagebestimmung der Probekugel. Wir setzen voraus, daß die Ladungen auf den Kugeln gleichmäßig verteilt sind, d.h., daß sie sich nicht durch Influenz verschieben. Der Vorteil der Verwendung einer großen Konduktorkugel (Durchmesser 10 cm) besteht darin, daß dieser Konduktor wegen seiner relativ großen Oberfläche bei gleicher Spannung eine wesentlich größere Ladung Q aufzunehmen vermag als die kleine Kugel des Stativs in der Coulomb-Anordnung.

Abb. 413.1 Versuchsanordnung zur Überprüfung des Coulomb-Gesetzes mit Hilfe einer großen Konduktorkugel.

Als Probekugel benutzen wir einen als Pendelkugel aufgehängten Pingpong-Ball, dessen Oberfläche mit Hilfe einer Bleistiftmine, d.h. durch Graphitierung, leitend gemacht worden ist. Zur Aufhängung sind hochisolierende dünne Perlonfäden geeignet. Der Ausschlag y dieser Probekugel kann in guter Näherung zur wirkenden Kraft proportional gesetzt werden, so daß y ein relatives Maß für die COULOMB-Kraft ist. Der Abstand der Mittelpunkte von Konduktorkugel und Probekugel wird mit r bezeichnet. Es ist bequem, den ganzen Versuchsaufbau im Schattenwurf zu beobachten. Durch die Projektion mittels eines schwach divergenten Lichtbündels erhalten wir dann in der Schattenablesung die Bildgrößen $\bar{y}=k \cdot y$ und $\bar{r}=k \cdot r$. Da wir aber nur die Proportionalität $y \sim \frac{1}{r^2}$ bzw. die Konstanz des Produktes yr^2 nachweisen wollen, können wir statt dessen auch die Konstanz des Produktes $\bar{y}\bar{r}^2$ nachweisen.

Versuch 414.1 Im Versuchsaufbau nach Abb. 413.1 laden wir die Konduktorkugel und die Probekugel gleichartig auf und messen bei verschiedenen Abständen der Kugeln den Ausschlag der Probekugel. Die Messungen werden im Schattenwurf vorgenommen. In einer Versuchsreihe ergaben sich folgende Meßergebnisse:

Ort des Mittelpunktes der Probekugel (Einheit cm)	*Ort des Mittelpunktes der Konduktorkugel* (Einheit cm)	*Ausschlag $\bar{y}$ der Probekugel* (Einheit cm)	*Abstand $\bar{r}$ der Kugelmittelpunkte* (Einheit cm)	*Produkt $\bar{y}\bar{r}^2$* (Einheit cm^3)
34,9	∞	0,0	∞	
33,6	65,0	1,3	31,4	1282
33,1	60,0	1,8	26,9	1302
32,8	57,0	2,1	24,2	1230
32,2	54,0	2,7	21,8	1283
31,3	50,0	3,6	18,7	1259
32,2	54,0	2,7	21,8	1283
32,7	57,0	2,2	24,3	1299
33,2	60,0	1,7	26,8	1221
33,6	65,0	1,3	31,4	1282
34,9	∞	0,0	∞	

Damit haben wir experimentell nachgewiesen, daß die Kraft zwischen zwei geladenen Kugeln dem Quadrat des Abstandes ihrer Mittelpunkte umgekehrt proportional ist. In einer weiteren Versuchsreihe kann man die Ladungen variieren und mit einem Drehspulgerät, dem ein Meßverstärker vorgeschaltet ist, messen. Als Meßbereich wählt man etwa $30 \cdot 10^{-9}$ A s. Man kommt auf diese Weise zur vollen Bestätigung des COULOMB-Gesetzes einschließlich der Bestimmung der elektrischen Feldkonstante. Wir messen die elektrische Feldkonstante später (S. 445) mit Hilfe einer anderen Versuchsanordnung.

5.1.4 Ladungstrennung und Bandgenerator

Der Begriff der elektrischen Ladung ist wie jede physikalische Größe erst dadurch physikalisch brauchbar geworden, daß die Möglichkeit zu einer Messung geschaffen worden ist und daß Kraftwirkungen zwischen Ladungen aufgrund des COULOMB-Gesetzes mathematisch erfaßt werden konnten.

Die Vorstellung von der Existenz zweier verschiedener elektrischer Substanzen hat sich als zutreffend herausgestellt. Beide sind bereits in den Atomen vertreten, deren Kerne eine positive und deren Hüllen eine negative Ladung aufweisen. Wie bei jeder Substanz, so gibt es auch bei diesen elektrischen Substanzen kleinste, nicht weiter teilbare Bausteine. Die Erkenntnis von der Existenz negativer und positiver „Elektrizitätsatome" hat sich für die gesamte Physik als sehr bedeutungsvoll erwiesen. Das negative Elektrizitätsatom wird als *Elektron* und sein positives Gegenstück als *Positron* bezeichnet. Während Elektronen aber in jedem Atom vorkommen, treten Positronen verhältnismäßig selten auf; insbesondere wird die oben erwähnte positive Ladung des Atomkerns nicht durch Positronen gebildet. Diese Zusammenhänge werden später bei der Behandlung des Atombaues noch genauer besprochen.

Bei den neutralen Atomen wird die positive Ladung des Kernes durch die negative Ladung der Hülle gerade ausgeglichen. Durch Reiben können von dem einen Stoff einige Elektronen entfernt werden, wodurch dieser positiv geladen wird, während der andere jetzt zu viele Elektronen und damit eine negative Ladung besitzt. Durch Reibungsvorgänge entstehen also niemals eine positive oder negative Ladung allein, sondern stets gleich große Mengen entgegengesetzter elektrischer Ladungen.

Wir stellen fest:

Negative Ladung bedeutet Elektronenüberschuß, positive Ladung bedeutet Elektronenmangel.

Die Art der auf einem Körper erzeugten Ladung hängt nicht nur von diesem selbst, sondern auch von dem Reibzeug ab. So wird Glas durch Reiben mit Seide positiv, durch Reiben mit Fell aber negativ elektrisch. Hartgummi wird beim Reiben mit Fell oder Wolle stets negativ, beim Reiben mit Papier aber manchmal auch positiv. Darüber hinaus haben genauere Untersuchungen gezeigt, daß auch die Oberflächenbeschaffenheit eine Rolle spielt. Ein polierter Glasstab verhält sich anders als ein mattgeschliffener.

Es sei schließlich noch erwähnt, daß die Reibung der Körper eigentlich gar nicht die wesentliche Voraussetzung für die Entstehung elektrischer Ladungen ist. So stellt man z.B. fest, daß eine an einem isolierten Griff befindliche Paraffinkugel durch Eintauchen in Wasser und Wiederherausziehen elektrisch geladen wird und daß das Wasser eine gleich große entgegengesetzte Ladung erhält. Die Reibung zwischen Kugel und Wasser ist dabei so gering, daß sie für die Entstehung der Ladungen keine Bedeutung hat. Es hat sich vielmehr gezeigt, daß die innige Berührung und nachfolgende Trennung verschiedener Stoffe bereits ausreicht, um sie elektrisch zu machen. Wegen der verschiedenen Oberflächengestaltung und wegen der Rauhigkeit erreicht man eine solche innige Berührung bei festen Körpern im allgemeinen nur durch Zusammendrücken und Reiben. Der Name *Reibungselektrizität*, der zu einer Zeit entstand, als diese Tatsachen noch nicht bekannt waren, trifft deshalb nicht das Wesentliche des Vorganges; man spricht besser von *Berührungselektrizität.*

Bei vielen Versuchen in der Elektrostatik benutzt man zur Trennung elektrischer Ladungen den *Bandgenerator*, weil dieser wirksamer ist und größere Ladungen liefert als geriebene Hartgummi- oder Glasstäbe.

Ein für solche Versuche geeigneter Bandgenerator ist in Abb. 415.1 dargestellt. Er enthält ein endloses Band *B* aus einem isolierenden Stoff (meist Gummi), das über vier drehbare Walzen läuft. Die Walzen W_1, W_2, W_3 sind aus Metall, die Walze W_4, die als Erregerwalze bezeichnet wird, ist aus einem isolierenden Kunststoff, z.B. Plexiglas. W_1 kann durch eine Handkurbel mit Übersetzungsgetriebe oder durch einen Motor angetrieben werden, so daß sich das Band in der durch Pfeile gekennzeichneten Richtung bewegt. Durch die innige Berührung zwischen Band und Erregerwalze und nachfolgende Trennung werden beide elektrisch geladen, und zwar das Band negativ und die Walze positiv (oder auch umgekehrt). Gegenüber der Erregerwalze befindet sich ein Spitzenkamm *S*, auf dem durch die positiv geladene Erregerwalze eine negative Influenzladung erzeugt wird, die aufgrund der Spitzenwirkung auf das sich nach oben bewegende Band aufgesprüht wird. Die oben ankommende negative Ladung wird dem Band durch die Metallwalzen W_2 und W_3 entnommen und auf eine große, isoliert aufgestellte, metallische Hohlkugel *K* abgeleitet, auf deren äußerer Oberfläche sie sich verteilt. Das Transportband verläßt die Kugel ungeladen; der Vorgang wiederholt sich dann in gleicher Weise. Durch laufende Zuführung weiterer Ladungen kann die Elektrizitätsmenge auf der Kugel immer weiter gesteigert werden; die Kugel nimmt die ihr auf der Innenseite zugeführten neuen Ladungen ohne weiteres auf, da diese sofort auf die äußere Oberfläche abgeleitet werden. Es können auf diese Weise sehr hohe Flächenladungsdichten erzielt werden.

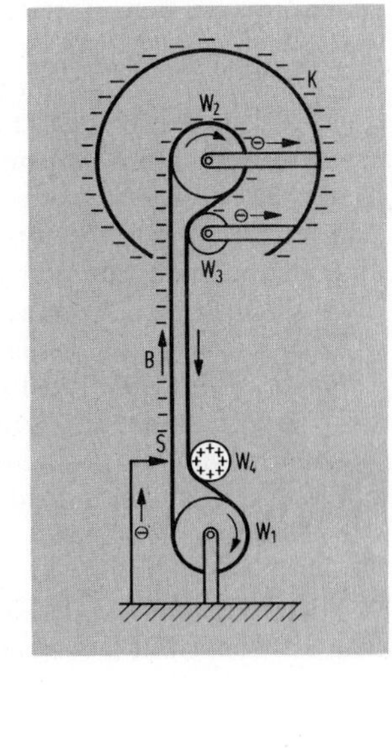

Abb. 415.1
Schematische Darstellung des Bandgenerators

5.1.5 Die elektrische Feldstärke

Auf S. 407 haben wir die Aussagen über elektrische Felder, soweit wir sie als bekannt vorausgesetzt haben, zusammengestellt. Auf der Suche nach der mathematischen Darstellbarkeit elektrischer Kraftwirkungen hatte COULOMB erste Erfolge erzielt, den Begriff des elektrischen Feldes kannte er jedoch nicht. Damit war für COULOMB natürlich auch die Frage nach der quantitativen Erfassung des elektrischen Feldes, also z.B. nach der elektrischen Feldstärke, gegenstandslos. Man muß sich darüber klar sein, daß zur Zeit COULOMBS auch eine ganz andere Auffassung über die Art der Kraftwirkung bei Gravitationskräften und elektrischen Kräften herrschte als heute. Gravitationskräfte wirken durch den Weltenraum, also durch den leeren Raum hindurch, und auch das COULOMB-Gesetz ist zunächst nur für Punktladungen im Vakuum konzipiert. Man gewinnt also den Eindruck, als ob die elektrischen Anziehungs- und Abstoßungskräfte ohne die Vermittlung irgendeines Mediums von einem geladenen Körper auf den anderen wirksam sind. Solche ohne eine Vermittlung wirksamen Kräfte hat man früher als *Fernkräfte* bezeichnet. Alle bisher behandelten und eine Reihe weiterer Erscheinungen lassen sich durch die Annahme solcher Fernkräfte verstehen, und deshalb war diese Vorstellung auch bis in die zweite Hälfte des vergangenen Jahrhunderts hinein allgemein verbreitet. Wir haben schon in der Mechanik bei der Behandlung der Gravitation auf diesen Sachverhalt hingewiesen. Die *Fernwirkungstheorie* ist aber unbefriedigend, weil man sich schlecht vorstellen kann, wie die Kraftwirkungen ohne Vermittlung des dazwischenliegenden Raumes übertragen werden können.

Deshalb stellte FARADAY der Fernwirkungstheorie eine andere Theorie entgegen, die man als *Nahewirkungstheorie* bezeichnet. FARADAY vertrat die Auffassung, daß eine Kraft nur an dem Ort wirken kann, an dem sie entsteht. Wenn trotzdem bei den elektrischen Kräften räumliche Abstände zwischen dem Entstehungs- und dem Wirkungsort vorhanden zu sein scheinen, so muß dies eine Täuschung sein. Man kann sich den Sachverhalt klarmachen, wenn man an Kraftübertragungen durch materielle Medien denkt. Ein auf einer Wasserfläche schwimmender Kork wird in Bewegung versetzt, wenn man auf eine andere Stelle der Wasserfläche für kurze Zeit eine Kraft ausübt. Die durch diese Kraft hervorgerufene Störung breitet sich mit einer bestimmten Geschwindigkeit von Ort zu Ort aus und setzt schließlich den Kork in Bewegung. In diesem Falle liegt also eindeutig eine Nahewirkung vor. Wenn das Wasser aber unsichtbar wäre, so würde man trotzdem den Eindruck einer Fernkraft gewinnen.

In ähnlicher Weise stellte sich FARADAY die Ausbreitung der elektrischen Kraftwirkungen vor. Während in dem genannten Beispiel das Wasser die Kräfte überträgt, müßte bei elektrischen Kräften ein anderes Medium gefunden werden. Da die elektrischen Kräfte auch durch den materiefreien Raum wirksam sind, könnte dies nur ein masseloser „Stoff" sein, der alle Körper durchdringt und auch im leeren Raum vorhanden ist. Man hat diesen gedachten Stoff *Weltäther* oder kurz *Äther* genannt und versucht, bestimmte Vorstellungen über die Beschaffenheit und die Eigenschaften dieses Äthers zu entwickeln, um den Übertragungsmechanismus der elektrischen Kräfte verstehen zu können. Dabei knüpfte man an die aus der Mechanik bekannten Vorgänge an und versuchte die Gesetze der Mechanik auch auf den Äther anzuwenden. Alle diese Bemühungen haben sich aber als erfolglos erwiesen; die für den Äther aus der Theorie sich ergebenden Eigenschaften waren so widerspruchsvoll, daß man diese Hilfsvorstellung nicht mehr aufrechterhalten konnte. Schließlich zeigte der auf S. 686 dargestellte MICHELSON-Versuch, daß überhaupt jede Vorstellung eines substantiellen Weltäthers im Widerspruch zur experimentellen Erfahrung steht. Die Äthervorstellung, die ein Kind der mechanistischen Naturbetrachtung, d.h. der Zurückführung aller Vorgänge auf mechanische Erscheinungen, war, mußte aufgegeben werden. Wenn trotzdem heute bisweilen noch von dem Äther als dem Träger elektrischer Eigenschaften gesprochen wird, so ist damit einfach der leere Raum selbst gemeint, dem damit die Fähigkeit zugeschrieben wird, in seinen einzelnen Punkten verschiedene physikalische Zustände anzunehmen. So wird also der leere Raum selbst in der Umgebung einer elektrischen Ladung Träger ganz bestimmter physikalischer Eigenschaften, die dadurch charakterisiert sind, daß an jeder Stelle des Raumes auf eine dorthin gebrachte elektrische Ladung eine Kraft bestimmter Größe ausgeübt wird. Der Raum als Träger dieses elektrischen Zustandes wird als *elektrostatisches* Feld bezeichnet, weil dieser Zustand durch eine ruhende elektrische Ladung hervorgerufen wird. In diesem Abschnitt soll nun dargelegt werden, wie man zu einer Definition der *elektrischen Feldstärke* gelangen kann, ohne daß man die das Feld erzeugenden Ladungen kennt. Das Problem wird mit der Abb. 417.1 nochmals verdeutlicht.

Die Herkunft des Feldes interessiert hier überhaupt nicht. Daß ein elektrisches Feld existiert, schließt man aus der Kraftwirkung auf eine ruhende Probeladung Q. Eine frei bewegliche positive Probeladung würde

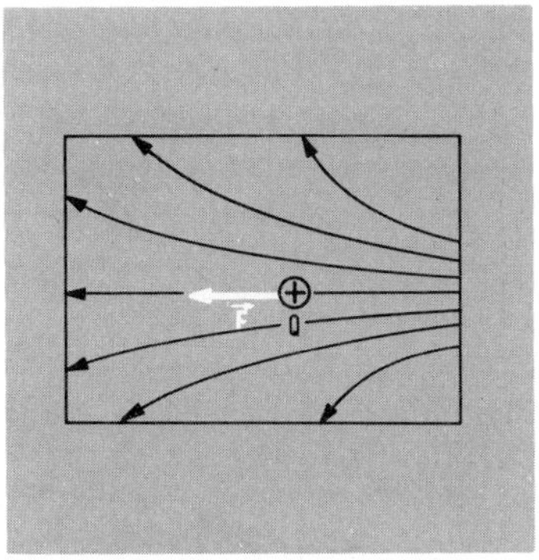

Abb. 417.1 Positive Probeladung Q in einem elektrischen Feld unbekannter Herkunft

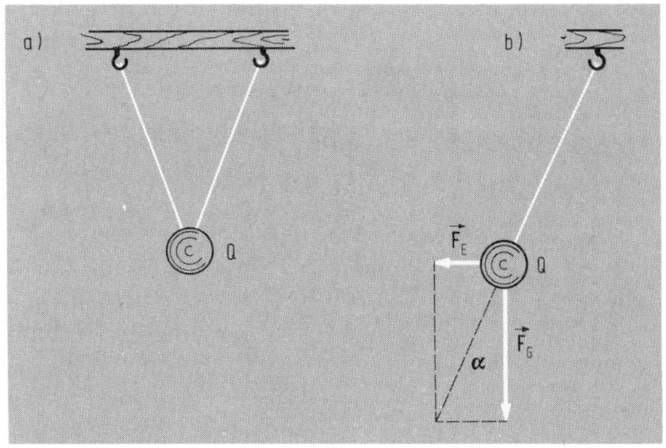

Abb. 417.2 Bifilar im elektrischen Feld aufgehängter, positiv geladener Probekörper a) von vorn gesehen b) von der Seite gesehen

sich zwar in Richtung der Feldlinien beschleunigt bewegen, sofern nicht noch andere Kräfte, wie z.B. die Gewichtskraft, auf den Probekörper wirken; wir können den Probekörper aber als Pendelkugel ins Feld hängen, so daß er ins Kräftegleichgewicht kommt. Man wählt dazu eine bifilare Aufhängung, wie sie Abb. 417.2 in Vorder- und Seitenansicht zeigt. Als geladenen Probekörper kann man gut einen Pingpong-Ball mit leitender Oberfläche benutzen.

Es muß zunächst noch geklärt werden, ob die Ladung Q des Probekörpers und das elektrische Feld dieser Ladung den Meßvorgang beeinträchtigen, d.h. Rückwirkungen auf das auszumessende elektrische Feld haben. Nun kann sicher der Probekörper nicht auf sich selbst Kraftwirkungen ausüben, also können auch nicht die Ladung Q oder das von ihr gebildete elektrische Radialfeld auf den Probekörper selbst wirken. Dagegen kann sehr wohl die Ladung Q des Probekörpers eine influenzierende Wirkung auf ihre Umgebung ausüben, was rückwirkend eine unsymmetrische Ladungsverteilung auf dem Probekörper zur Folge hat. In diesem Fall würden zusätzliche Kräfte zwischen Probekörper und Umgebung auftreten, die mit der durch das auszumessende Feld auf den Probekörper ausgeübten Kraft gar nichts zu tun haben. Solche Influenzwirkungen spielen aber kaum eine Rolle, wenn der Probekörper von geringer Ausdehnung ist, keine zu große Probeladung Q trägt und von Metallkörpern in der Umgebung möglichst weit entfernt bleibt. Bei Präzisionsmessungen z.B. mit der Drehwaage von COULOMB, müssen allerdings auch die geringen Feldveränderungen durch Influenzwirkung berücksichtigt werden. Wir stellen aber nochmals ausdrücklich fest:

Das Eigenfeld einer Probeladung darf mit dem auszumessenden Feld nicht überlagert gedacht werden, weil das Eigenfeld der Probeladung auf diese selbst keine Kraftwirkung ausübt.

Nach diesen Vorbetrachtungen führen wir folgenden Versuch durch:

Versuch 417.1 Mit Hilfe des Bandgenerators werden eine isoliert aufgestellte Metallplatte und der bifilar aufgehängte, graphitierte Pingpong-Ball gleichartig aufgeladen. Die bifilare Aufhängung ist an einer Isolierstange (z.B. Pertinax) befestigt, weil an einer metallenen Stativstange Influenzwirkungen auftreten können. Wir bringen nun den Probekörper an eine beliebige Stelle des elektrischen Feldes, aber so, daß sie sich etwa gleich hoch über der Tischplatte befindet wie der Mittelpunkt der geladenen Metallplatte. Den Ort des Probekörpers markieren wir durch einen Holzstab H (oder Trinkröhrchen oder anderen Isolator) und messen den Ausschlag α_1 mit Hilfe eines Wandtafel-Winkelmessers. Dann rücken wir das Gestell beiseite, um die Ladung des Pingpong-Balles zu halbieren. Zu diesem Zweck schlagen wir einen gleichen, aber ungeladenen Pingpong-Ball an den geladenen. Die Ladung verteilt sich augenblicklich auf beide Pingpong-Bälle; der bifilar aufgehängte Pingpong-Ball trägt nun die Ladung $\frac{1}{2}Q$. Wir bringen ihn anschließend wieder an die gleiche Stelle des elektrischen Feldes und messen den Ausschlag α_2.

Da die Herkunft des Feldes hier grundsätzlich nicht interessiert, kann statt der Metallplatte (Abb. 418.1) auch direkt die Kugel (bzw. der Korb) des Bandgenerators benutzt werden.

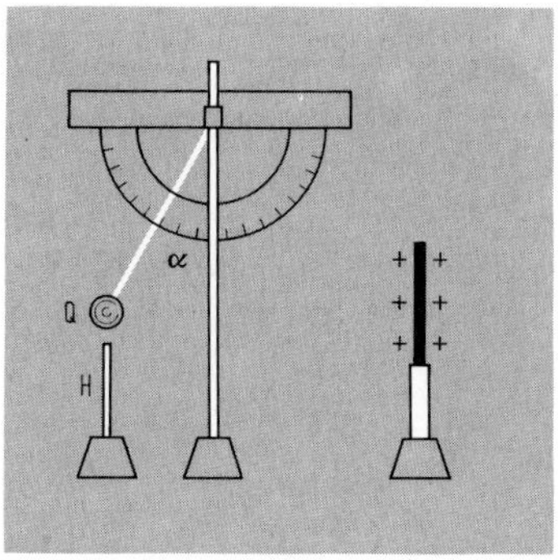

Abb. 418.1
Geladener Probekörper im elektrischen Feld

Im Rahmen der Meßgenauigkeit zeigt sich, daß $\alpha_2 = \frac{1}{2}\alpha_1$ ist. Der Probekörper in Abb. 418.1 befindet sich im Kräftegleichgewicht, wenn

$\tan\alpha = \frac{F_E}{F_G}$ ist; vgl. Abb. 417.2b.

Damit erhalten wir

$$\frac{\tan\alpha_1}{\tan\alpha_2} = \frac{F_{E,1}}{F_{E,2}}.$$

Für kleine Winkel α (bis etwa 30°) ist der Tangens dem Winkel in guter Näherung proportional, so daß wir

$$\frac{\alpha_1}{\alpha_2} = \frac{F_{E,1}}{F_{E,2}}$$

setzen können. Die Aussage des Versuchs, $\alpha_2 = \frac{1}{2}\alpha_1$, bedeutet dann $F_{E,2} = \frac{1}{2}F_{E,1}$, d.h.:

Wird an einem festen Ort des elektrischen Feldes die Probeladung des Probekörpers halbiert, so wirkt auch nur noch die halbe elektrische Kraft auf den Probekörper.

Mit den experimentellen Mitteln, die uns zur Verfügung standen, haben wir keine Versuchsreihe mit vielen Messungen durchführen können. Der Versuch sollte auch nur das prinzipielle Verfahren zeigen, mit dem man die elektrische Kraft auf einen geladenen Probekörper im elektrischen Feld untersuchen kann. Präzisionsmessungen mittels aufwendiger Apparaturen haben aber die Allgemeingültigkeit unseres Ergebnisses gezeigt:

An einem festen Ort des elektrischen Feldes ist der Quotient aus der elektrischen Kraft $\vec{F}_E$ auf einen geladenen Probekörper und der Ladung Q des Probekörpers konstant. Diesen Quotienten nimmt man als Maß für die Stärke des Feldes und nennt ihn daher elektrische Feldstärke $\vec{E}$.

$$\vec{E} = \frac{\vec{F}_E}{Q}.$$

Die Einheit der elektrischen Feldstärke ergibt sich aus der vorstehenden Definition als Quotient aus der Krafteinheit Newton (N) und der Ladungseinheit Coulomb (C) zu $1\,\frac{\text{N}}{\text{C}}$.

Berücksichtigt man die Zusammenhänge

$$1\,\text{Nm} = 1\,\text{J} = 1\,\text{VAs} \quad \text{und} \quad 1\,\text{C} = 1\,\text{As},$$

so ergibt sich

$$1\,\frac{\text{N}}{\text{C}} = 1\,\frac{\text{V}}{\text{m}}.$$

Auf die letzte Gleichung bezieht sich die *Ausführungsverordnung zum Gesetz über Einheiten im Meßwesen*, das die Einheit der elektrischen Feldstärke folgendermaßen definiert:

Die abgeleitete Einheit der elektrischen Feldstärke ist das Volt durch Meter (Einheitenzeichen: $\frac{\text{V}}{\text{m}}$ oder $\text{V}\,\text{m}^{-1}$). 1 Volt durch Meter ist gleich der elektrischen Feldstärke eines homogenen elektrischen Feldes, in dem die Potentialdifferenz zwischen zwei Punkten im Abstand 1 m in Richtung des Feldes 1 V beträgt.

Abgeleitete Einheiten der elektrischen Feldstärke sind auch alle anderen Quotienten, die aus einer gesetzlichen Einheit der elektrischen Spannung und einer gesetzlichen Längeneinheit gebildet werden.

Beispiele $1\,\mathrm{kV\,m^{-1}} = 10^3\,\mathrm{V\,m^{-1}}$, $1\,\mathrm{V\,cm^{-1}} = 10^2\,\mathrm{V\,m^{-1}}$, $1\,\mathrm{kV\,mm^{-1}} = 10^6\,\mathrm{V\,m^{-1}}$.

Die elektrische Feldstärke ist ein Vektor. Kennt man diesen Vektor nach Größe und Richtung für die verschiedenen Feldpunkte des elektrischen Feldes, dann kann man die Kraft auf einen Körper mit der Ladung Q (kurzer Sprachgebrauch: die Kraft auf die Ladung Q) berechnen:

$$\vec{F}_{\mathrm{E}} = Q\vec{E}.$$

In der vektoriellen Schreibweise ist zu berücksichtigen, daß die Ladung Q auch negativ sein kann. Das Elektron hat z.B. eine negative Elementarladung $Q = -e = -1{,}6022 \cdot 10^{-19}$ C (S. 429). Damit ergibt sich:

Die elektrische Kraft $\vec{F}_{\mathrm{E}}$ auf ein Elektron im elektrischen Feld mit der Feldstärke $\vec{E}$ ist

$$\vec{F}_{\mathrm{E}} = -e\vec{E}.$$

Aus der Beziehung $\vec{F}_{\mathrm{E}} = Q\vec{E}$ folgt die auf S. 407 getroffene Feststellung:

Auf Leiteroberflächen stehen die Feldlinien eines elektrostatischen Feldes stets senkrecht.

Würde nämlich der elektrische Feldvektor nicht senkrecht zur Leiteroberfläche stehen, so könnte man diesen Vektor in eine zur Leiteroberfläche senkrechte und eine tangentiale Komponente zerlegen. Die tangentiale Komponente hätte die Kraft $\vec{F}_{\mathrm{tang}} = Q\vec{E}_{\mathrm{tang}}$ auf die Ladung Q zur Folge, was zu einer Verschiebung der Ladung Q auf der Leiteroberfläche führen müßte. Solange aber Ladungen verschoben werden, liegt kein statischer Fall vor, wie in der Voraussetzung angenommen wurde.

Im allgemeinen wird die elektrische Feldstärke eine Funktion des Ortes sein. So nimmt die elektrische Feldstärke im Radialfeld um einen geladenen Kugelkonduktor mit der Entfernung vom Konduktor ab. Homogen nennt man ein Feld, in dem unabhängig vom Ort die Feldstärke nach Größe und Richtung konstant ist. Das ist erfüllt für das Feld in einem Plattenkondensator, dessen Plattenabstand klein gegenüber der Plattengröße ist. Mit den Spezialfällen des radialen und des homogenen Feldes wollen wir uns im folgenden beschäftigen.

5.1.6 Das radiale elektrische Feld

Ein radiales elektrisches Feld wird durch eine Punktladung oder durch einen geladenen Kugelkonduktor erzeugt. Das typische Feldlinienbild ist in Abb. 407.1 wiedergegeben.

Die elektrische Feldstärke im Abstand r von einer Punktladung Q können wir leicht berechnen. Zwischen dieser Ladung und einer im Abstand r befindlichen Probeladung, die wir jetzt zur Unterscheidung von der felderzeugenden Ladung Q mit Q_{P} bezeichnen, besteht nach dem COULOMB-Gesetz die Wechselwirkungskraft

$$F = \frac{1}{4\pi\varepsilon_0} \cdot \frac{Q Q_{\mathrm{P}}}{r^2}.$$

Andererseits läßt sich der Betrag der Kraft $\vec{F}$ auf die Probeladung Q_{P} mittels der Feldstärke $\vec{E}$ des durch die Ladung Q erzeugten elektrischen Feldes angeben:

$$F_{\mathrm{E}} = Q_{\mathrm{P}} E.$$

Da es sich um dieselbe Kraft handelt, können wir die rechten Seiten der Gleichungen gleichsetzen:

$$Q_{\mathrm{P}} E = \frac{1}{4\pi\varepsilon_0} \cdot \frac{Q Q_{\mathrm{P}}}{r^2}$$

$$E = \frac{1}{4\pi\varepsilon_0} \cdot \frac{Q}{r^2}.$$

Der Betrag der elektrischen Feldstärke $\vec{E}$ des Radialfeldes um eine Punktladung Q ist der Ladung Q direkt und dem Quadrat des Abstandes r von der Punktladung umgekehrt proportional.

Die Kraft $\vec{F}_E$ auf eine positive Probeladung Q_P ist zur Feldstärke $\vec{E}$ wegen $\vec{F}_E = Q_P\vec{E}$ gleichgerichtet. Andererseits wissen wir, daß gleichartige Ladungen sich abstoßen. Die Feldlinien des Radialfeldes um eine positive Punktladung sind daher von dieser weg gerichtet (bzw. auf eine negative Punktladung zu gerichtet). Statt des Feldlinienbildes in Abb. 407.1 erhalten wir nun folgende verbesserte Darstellung (Abb. 420.1):

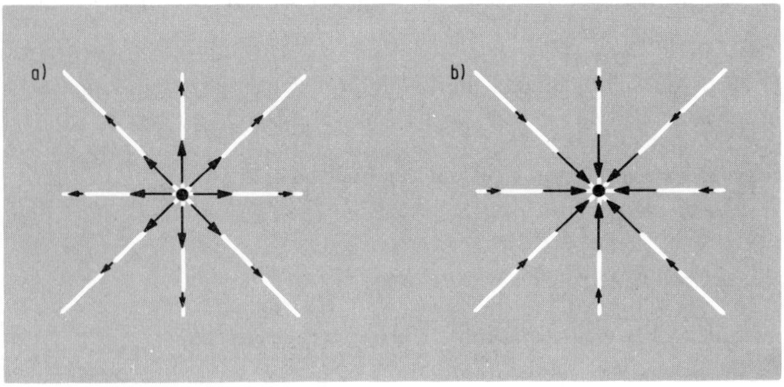

Abb. 420.1
Feldlinienbild eines elektrischen Radialfeldes
a) um eine positive Punktladung
b) um eine negative Punktladung

Es wurde früher (S. 412) schon darauf hingewiesen, daß es strenggenommen Punktladungen nicht gibt. In unseren Experimenten und in der Technik hat man es mit geladenen Kugelkonduktoren zu tun, deren Kugelradius R nicht vernachlässigt werden darf. Eine solche Metall-Hohlkugel trage die Ladung Q. Diese Ladung wird sich gleichmäßig auf der Oberfläche verteilen, weil die einzelnen Ladungsträger (z. B. Elektronen) sonst nicht im Kräftegleichgewicht sind. Wegen der Symmetrie der Anordnung befindet sich um die geladene Kugel wieder ein radiales elektrisches Feld. Wie groß ist nun die Feldstärke im Abstand r vom Mittelpunkt der Hohlkugel? Diese Frage ist nicht leicht zu beantworten. Wir treffen zunächst die Fallunterscheidung $0 < r < R$ und $r > R$.

Für $0 < r < R$ befinden wir uns im Innern der Kugel. Hier ist sicher kein elektrisches Feld vorhanden. Wäre nämlich ein Feld vorhanden, so müßten auch hier die Feldlinien die auf S. 407 genannten Bedingungen erfüllen: Die Feldlinien müßten senkrecht aus der Metallfläche austreten und senkrecht in die Metallfläche wieder eintreten. Das steht aber im Widerspruch zu der Eigenschaft des elektrischen Feldes, daß Feldlinien sich niemals durchkreuzen.

Für die weitere Untersuchung führen wir den Begriff des *elektrischen Flusses* ein. Wir denken uns um eine Punktladung Q eine beliebige geschlossene Hüllfläche gelegt, die durch ein Netz in Flächenelemente ΔA aufgeteilt ist (Abb. 420.2). Das elektrische Feld am Ort des Flächenelementes ΔA wird nach Richtung und Betrag durch den Feldvektor $\vec{E}$ charakterisiert. Da im allgemeinen der Vektor $\vec{E}$ nicht senkrecht auf dem Flächenelement ΔA steht, führen wir noch die Projektion ΔA_N des Flächenelementes ΔA senkrecht zu den

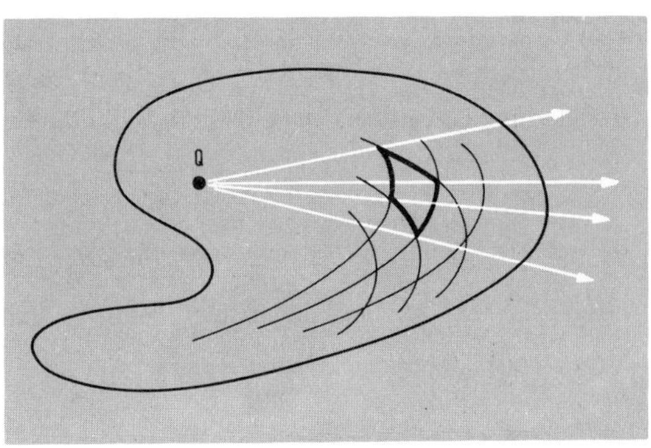

Abb. 420.2
Die geschlossene Hüllfläche wird von den Feldlinien der eingeschlossenen Punktladung durchsetzt.

Feldlinien ein. Wählen wir das Flächenelement hinreichend klein, kann man praktisch parallele Feldlinien durch das Flächenelement zeichnen. Aus Abb. 421.1 entnimmt man den Zusammenhang zwischen den Größen ΔA, ΔA_N, E und der zum Flächenelement ΔA senkrechten Komponente E_N der elektrischen Feldstärke.

Es gilt

$$\frac{\Delta A_N}{\Delta A}=\frac{E_N}{E} \quad \text{oder} \quad E_N \cdot \Delta A = E \cdot \Delta A_N.$$

Unter dem elektrischen Fluß Ψ durch das Flächenelement ΔA versteht man das Produkt $\Psi=\varepsilon_0 \cdot E_N \cdot \Delta A$. Den gesamten elektrischen Fluß durch die geschlossene Hüllfläche erhält man, indem man die Flächensumme über E_N bildet:

$$\Psi=\varepsilon_0 \cdot \sum E_N \cdot \Delta A = \varepsilon_0 \cdot \sum E \cdot \Delta A_N = \varepsilon_0 \cdot \sum \vec{E} \cdot \Delta \vec{A}.$$

Dabei bedeutet $\vec{E} \cdot \Delta \vec{A}$ das Skalarprodukt des Feldvektors $\vec{E}$ mit dem Flächenvektor $\Delta \vec{A}$, der senkrecht auf dem Flächenelement ΔA steht und dessen Betrag $|\Delta \vec{A}| = \Delta A$ gleich dem Flächeninhalt dieses Flächenelementes ist.

In der Schreibweise der Integralrechnung ist der elektrische Fluß das Integral über eine geschlossene Oberfläche (gekennzeichnet durch das Symbol $\oint$).

$$\Psi=\varepsilon_0 \cdot \oint \vec{E} \cdot d\vec{A}.$$

Die Einheit des elektrischen Flusses ergibt sich nach dessen Definition als Produkt aus den Einheiten für die elektrische Feldkonstante, für die elektrische Feldstärke und für die Fläche zu

$$1\,\frac{\mathrm{As}}{\mathrm{Vm}} \cdot 1\,\frac{\mathrm{V}}{\mathrm{m}} \cdot 1\,\mathrm{m}^2 = 1\,\mathrm{As} = 1\,\mathrm{C}.$$

Die Einheit des elektrischen Flusses ist gleich der Einheit der elektrischen Ladung.

Dieser Zusammenhang wird durch die folgende Betrachtung verständlich.

Zunächst läßt sich leicht zeigen, daß der elektrische Fluß durch die beliebige Hüllfläche gleich dem Fluß durch die Oberfläche einer Kugel mit dem Radius ρ ist, in deren Mittelpunkt die Ladung Q sich befindet.

Nach Abb. 421.2 kann man jedem Flächenstück ΔA_N ein Kugelflächenelement ΔA_K zuordnen. Da die zugeordneten Flächenstücke sich wie die Quadrate ihrer Abstände von der Punktladung Q verhalten, gilt

$$\frac{\Delta A_N}{\Delta A_K}=\frac{r^2}{\rho^2},$$

und wir erhalten für den elektrischen Fluß

$$\Psi=\varepsilon_0 \cdot \sum E \cdot \Delta A_N = \varepsilon_0 \cdot \sum \frac{1}{4\pi\varepsilon_0} \cdot \frac{Q}{r^2} \cdot \frac{r^2}{\rho^2} \cdot \Delta A_K = \sum \frac{1}{4\pi} \cdot \frac{Q}{\rho^2} \cdot \Delta A_K.$$

Die konstanten Größen können wir vor das Summenzeichen ziehen und erhalten mit der Kugeloberfläche $\sum \Delta A_K = 4\pi\rho^2$:

$$\Psi=\frac{1}{4\pi} \cdot \frac{Q}{\rho^2} \cdot \sum \Delta A_K = \frac{1}{4\pi} \cdot \frac{Q}{\rho^2} \cdot 4\pi\rho^2 = Q.$$

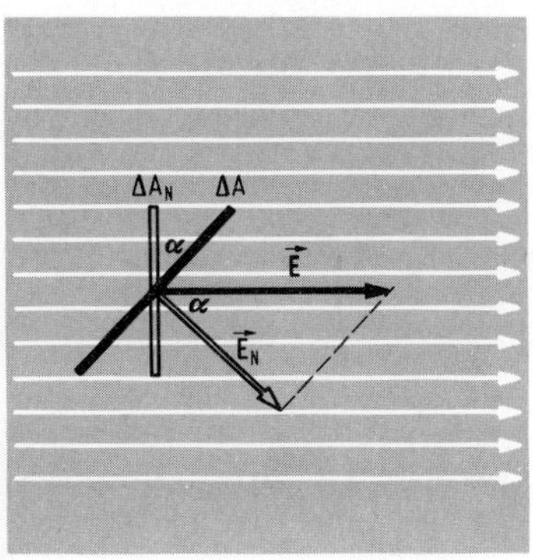

Abb. 421.1
Flächenelement ΔA (von der Seite gesehen) im elektrischen Feld der Feldstärke E und ihre senkrechten Projektionen

Abb. 421.2
Geometrische Beziehung zwischen den Flächenstücken ΔA_N und ΔA_K einer beliebigen Hüllfläche und einer Kugelfläche mit der Punktladung Q im Mittelpunkt der Kugel

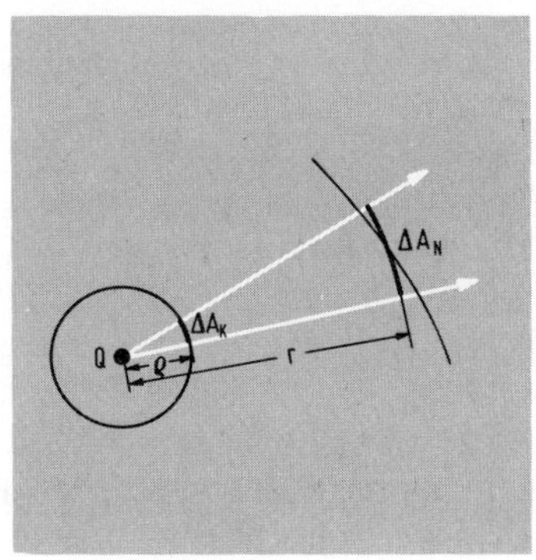

Wir fassen das Ergebnis zusammen:

Der elektrische Fluß durch eine beliebige geschlossene Fläche ist gleich der eingeschlossenen Ladung.

Dritte Maxwell-Gleichung: $\Psi = \varepsilon_0 \cdot \sum E_N \cdot \Delta A = Q$.

Die Herleitung dieser Gleichung zeigt, daß der elektrische Fluß durch eine geschlossene Fläche unabhängig davon ist, wo sich die Ladung innerhalb des umschlossenen Raumes befindet. Es ist dann auch gleichgültig, ob die Ladung als Punktladung vorliegt oder verteilt ist. Letzteres liegt z.B. bei geladenen Kugeln oder Platten vor. Jede Ladungsverteilung kann man sich aus Punktladungen zusammengesetzt denken. Jede Punktladung kann man aber innerhalb des umschlossenen Raumes verschieben, ohne daß der von ihr erzeugte Fluß durch die Hüllfläche sich ändert. Dann kann man sich auch alle Punktladungen in einen Punkt zusammengeschoben denken und hat damit die Ausgangslage für die dargelegten Überlegungen.

Wir können nun die Frage nach der Feldstärke im Außenraum um einen geladenen Kugelkonduktor beantworten. Die Ladung Q ist auf der Oberfläche der Kugel vom Radius R gleichmäßig verteilt. Um diese Kugel denken wir als geschlossene Hüllfläche die Oberfläche einer konzentrischen Kugel vom Radius $r > R$ (Abb. 422.1). Für den elektrischen Fluß gilt

$$\Psi = \varepsilon_0 \cdot \sum E_N \cdot \Delta A = Q.$$

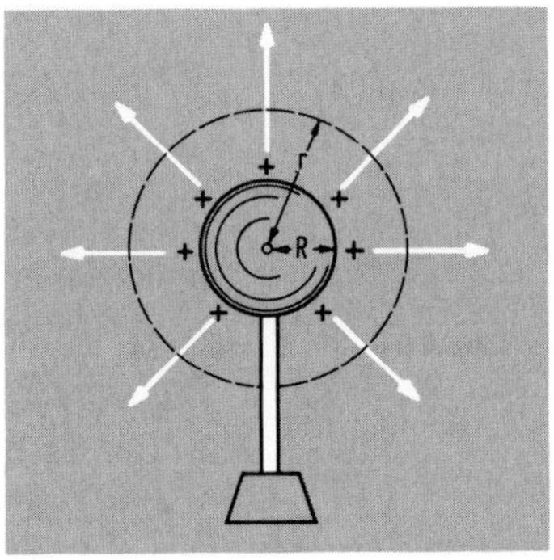

Abb. 422.1
Geladener Kugelkonduktor mit Hüllfläche zur Berechnung des elektrischen Flusses

Da wegen der Kugelsymmetrie der Anordnung das Feld radialsymmetrisch ist, steht auf den Flächenelementen ΔA der Feldvektor $\vec{E}$ senkrecht, so daß in diesem Fall überall auf der Kugelfläche $E_N = E$ ist. Damit ergibt sich

$$\Psi = \varepsilon_0 \cdot E \cdot 4\pi r^2 = Q$$

$$E = \frac{1}{4\pi\varepsilon_0} \cdot \frac{Q}{r^2}.$$

Das ist aber die gleiche elektrische Feldstärke, wie wir sie um eine Punktladung Q auf S. 419 berechnet haben. Damit haben wir eine wichtige Eigenschaft des elektrischen Feldes gefunden:

Das Außenfeld einer elektrisch geladenen Kugel ist das gleiche wie das Feld einer Punktladung gleicher Größe im Zentrum der Kugel.

Aus diesem Sachverhalt folgt eine weitere wichtige Feststellung. Die elektrische Feldstärke E auf der geladenen Kugeloberfläche ist

$$E = \frac{1}{4\pi\varepsilon_0} \cdot \frac{Q}{R^2}.$$

Nun ist $A = 4\pi R^2$ die Oberfläche der Kugel. Man bezeichnet den Quotienten $\frac{Q}{A}$ als *Flächenladungsdichte.* Die Gleichung

$$E = \frac{1}{\varepsilon_0} \cdot \frac{Q}{A}$$

sagt dann aus:

Die elektrische Feldstärke auf einer geladenen Kugeloberfläche ist zur Flächenladungsdichte der Kugeloberfläche proportional.

Als Anwendung des zuletzt festgestellten Sachverhaltes betrachten wir das *Feldelektronenmikroskop.*

Elektronenablösung von Metalloberflächen wird meistens mittels des glühelektrischen Effektes bewirkt, wie z. B. bei Glühkatoden in Trioden. Bei kalten Metallen ist aber auch Elektronenablösung an Spitzen möglich, wenn die elektrische Feldstärke durch hinreichend kleinen Krümmungsradius der Spitze groß genug gemacht wird. Dieser Effekt heißt *Feldelektronenemission*; er wird im Feldelektronenmikroskop ausgenutzt.

Während die Durchstrahlungselektronenmikroskope (S. 588) kompliziert gebaute und schwierig zu handhabende Geräte sind, ist das seit 1936 entwickelte und in den letzten Jahren beträchtlich vervollkommnete Feldelektronenmikroskop so einfach, daß es auch in der Schule vorgeführt und verstanden werden kann. Es besteht im wesentlichen aus einem glühlampenähnlichen Gefäß *G*, in dem ein besonders gutes Vakuum herrscht (Abb. 423.1). Die eine halbkugelförmige Seite der Glaswand ist innen mit einem Leuchtstoff *L* überzogen, der beim Auftreffen von Elektronen Licht aussendet. Im Mittelpunkt dieses halbkugelförmigen Leuchtschirmes befindet sich die als feine Spitze ausgezogene Katode *K* aus Wolfram, die vorn kugelförmig abgerundet ist. Die Spitze ist so montiert, daß sie durch einen besonderen Stromkreis geheizt werden kann (Abb. 423.2). Seitlich von der Spitze befindet sich die Anode *A*. Bei den für die Schule vorwiegend in Frage kommenden Ausführungsformen ist neben der Anode noch eine Drahtwendel *D* untergebracht, die ebenfalls elektrisch heizbar ist. Die Drahtwendel enthält eine kleine Menge metallisches Barium, von dem bei kurzem Heizen der Wendel ein wenig verdampft werden kann.

Das Feldelektronenmikroskop unterscheidet sich in seiner Wirkungsweise von den übrigen Elektronenmikroskopen zunächst dadurch, daß als Elektronenquelle nicht ein Glühdraht, sondern die schon erwähnte außerordentlich feine Spitze in kaltem Zustand dient. Ferner wird nicht mehr ein in den Strahlengang gebrachtes Objekt, sondern die Spitze selbst und ihre besondere Oberflächenstruktur mit Hilfe der in der Umgebung vorhandenen Feldverteilung abgebildet.

Da die Spitze gegenüber der Anode negativ ist, befinden sich Elektronen auf ihrer Oberfläche. Ein Elektron besitzt die Ladung $-e = -1{,}6 \cdot 10^{-19}$ C. Im elektrischen Feld an der Oberfläche der Spitze wirkt die Kraft $\vec{F} = -e\vec{E}$ auf das Elektron. Bei einer Spannung von ca. 10^4 V zwischen Spitze und Anode und einem Spitzen-Krümmungsradius von 10^{-7} m wird die Flächenladungsdichte so groß, daß bei Betrieb des Feldelektronenmikroskops eine Feldstärke vom Betrag $E = 10^9\ \mathrm{V\,m^{-1}}$ aufrechterhalten werden kann. Der Betrag der Kraft auf das Elektron ist dann

$$F = 1{,}6 \cdot 10^{-19}\ \mathrm{C} \cdot 10^9\ \frac{\mathrm{V}}{\mathrm{m}} = 1{,}6 \cdot 10^{-10}\ \mathrm{N}.$$

Diese Kraft genügt, um das Elektron von der kalten Spitze abzulösen und im elektrischen Feld auf die gegenüberliegende Glaswand hin zu beschleunigen.

Bei hohen Feldstärken ist die Beschleunigung von Ladungsträgern so groß, daß bei Gasresten eine durch Zusammenstöße mit diesen Ladungsträgern ausgelöste selbständige Entladung die Folge wäre. Deshalb muß der Druck im Gefäß unter 10^{-10} bar gebracht werden.

Die aus der Spitze austretenden Elektronen bewegen sich in dem elektrischen Feld in Richtung der Feldlinien, die in der Nähe der Spitze radial nach außen verlaufen. Da der Glaskolben ein extrem hohes Vakuum hat, fliegen die Elektronen praktisch ohne Zusammenstöße mit Gasteilchen in radialer Richtung auf den Leuchtschirm zu. Wenn die Oberfläche der Spitze homogen wäre, würden die Elektronen an jeder Stelle senkrecht und mit der gleichen Intensität austreten, so daß der Leuchtschirm überall gleich hell wäre. Die Wolframspitze stellt aber einen Einkristall dar, dessen Struktur es mit sich bringt, daß die Elektronenemission in den verschiedenen Richtungen verschieden stark ist. Die Richtungen des Kristalls, in denen besonders wenig Elektronen austreten, ergeben auf dem Schirm dunklere Stellen, während andere dazwischenliegende Richtungen hellere Bilder auf dem Leuchtschirm erzeugen. Das auf dem Schirm

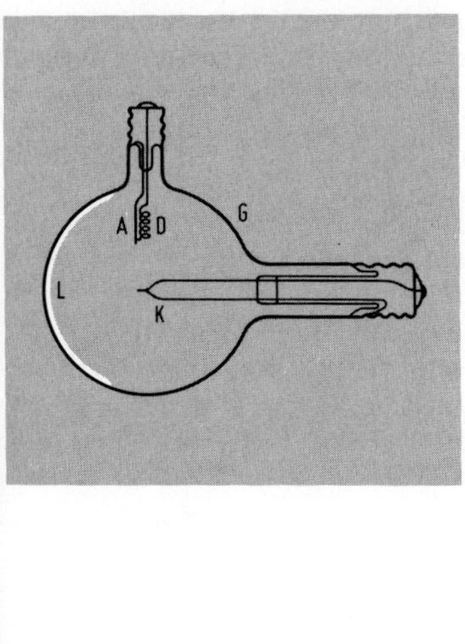

Abb. 423.1
Bau eines Feldelektronenmikroskops in schematischer Darstellung

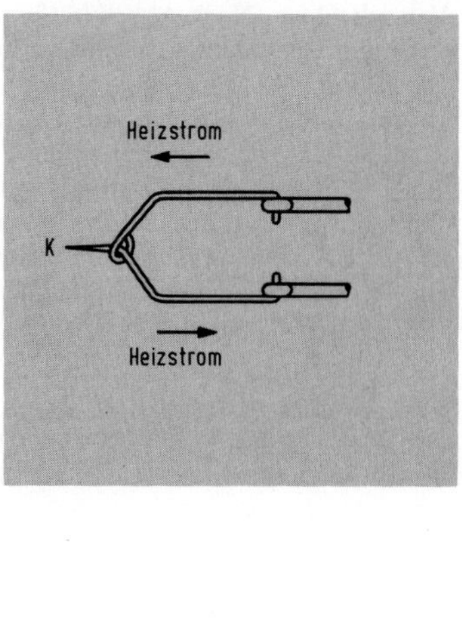

Abb. 423.2
Die Spitze des Feldelektronenmikroskops kann durch einen besonderen Stromkreis geheizt werden.

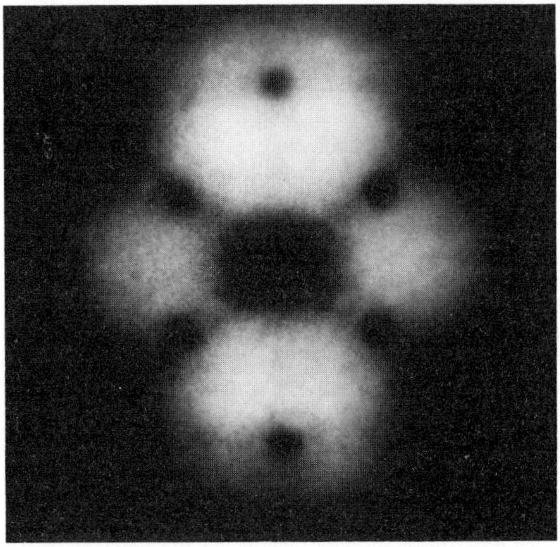

Abb. 424.1 Bild einer reinen Wolfram-Einkristallspitze

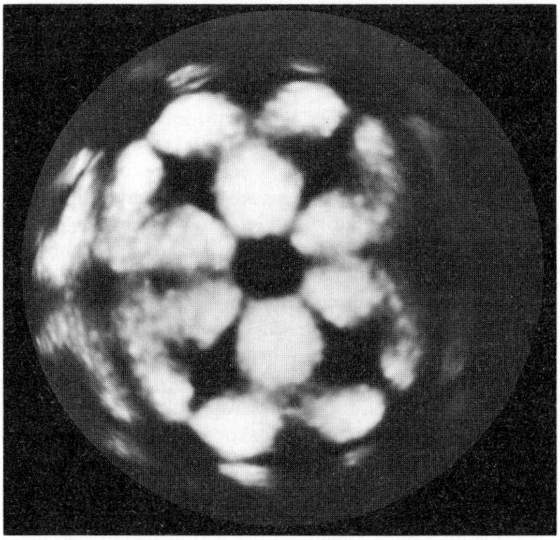

Abb. 424.2 Die hellen Körner sind die Bilder von Bariumatomen, die auf die Wolframspitze des Feldelektronenmikroskops aufgedampft werden.

entstehende Bild läßt also unmittelbare Schlüsse auf die Struktur des Einkristalls zu (Abb. 424.1). Die Elektronenemission der Spitze kann aber noch durch einen anderen Faktor beeinflußt werden. Auf der Spitze sitzende Fremdatome oder -moleküle bewirken eine Veränderung der Feldstärke. Diese wird an der Oberfläche der Fremdatome besonders groß, so daß dort mehr Elektronen austreten als in der Nachbarschaft. Auf dem Leuchtschirm entstehen deshalb an den entsprechenden Stellen kleine, helle Kreise. Diese hellen Stellen geraten in lebhafte Bewegung, wenn man die Spitze elektrisch heizt (in Übereinstimmung mit der kinetischen Wärmetheorie).

Um die Fremdatome oder -moleküle auf die Spitze zu bringen, befinden sich in dem seitlichen Ansatz *D* geringe Mengen geeigneter Stoffe, von denen Spuren verdampft werden können. Von den dann in dem Glaskolben hin und her fliegenden Atomen oder Molekülen treffen einzelne auf die Wolframspitze und bleiben dort sitzen. Es ist zweckmäßig, für diese Versuche besonders große Atome zu verwenden; als sehr geeignet haben sich Bariumatome erwiesen, die in der oben angegebenen Weise in dem Rohr untergebracht sind und nach Bedarf verdampft werden können. Die auf dem Leuchtschirm entstehenden hellen Punkte sind die Bilder einzelner Bariumatome (Abb. 424.2). Bringt man auf die Wolframspitze größere Moleküle, so erhält man als Bilder ausgedehnte Scheibchen, die mancherlei von der Gestalt und Struktur der Moleküle erkennen lassen.

Man erhält auf diese Weise mit dem Feldelektronenmikroskop eine millionenfache Vergrößerung. Damit ist die beste Vergrößerung des Durchstrahlungselektronenmikroskops noch übertroffen.

Die Verwendung des Feldelektronenmikroskops zeigt der folgende Versuch.

Versuch 424.1 Nach Abb. 425.1 wird eine Hochspannungsquelle (z. B. ein Bandgenerator) mit der Katode und Anode des Feldelektronenmikroskops verbunden. Nach Anlegen der Hochspannung erscheint auf dem Leuchtschirm sofort das Bild der Wolframspitze, das aber zunächst durch Fremdatome gestört ist, die sich trotz des hohen Vakuums immer auf der Spitze absetzen. Um ein Bild der reinen Wolframspitze zu erhalten, muß man diese durch Ausglühen von den Fremdatomen befreien. Die dazu erforderliche Spannung wird in der dargestellten Schaltskizze aus der Netzspannung von 220 V über einen Transformator T_1 und einen Spannungsteiler S_1 gewonnen. Nachdem man das Bild der reinen Wolframspitze auf dem Schirm erzeugt hat, wird die das Barium enthaltende Wendel über einen zweiten Transformator T_2 und einen Spannungsteiler S_2 einige Sekunden geheizt. Die dabei verdampfenden Bariumatome setzen sich teilweise auf der Spitze ab und erscheinen als hell leuchtende Punkte auf dem Bild der Wolframspitze.

Wir haben gesehen, daß das Feldelektronenmikroskop in mancher Hinsicht dem Durchstrahlungselektronenmikroskop überlegen ist. Auf der anderen Seite sind seine Anwendungsmöglichkeiten aber begrenzter. Während man mit dem Durchstrahlungselektronenmikroskop Präparate, Schnitte usw. untersuchen kann, können mit dem Feldelektronenmikroskop nur Objekte und Vorgänge auf der Wolframspitze selbst vergrößert abgebildet werden.

Abb. 425.1
Schaltbild des Feldelektronenmikroskops

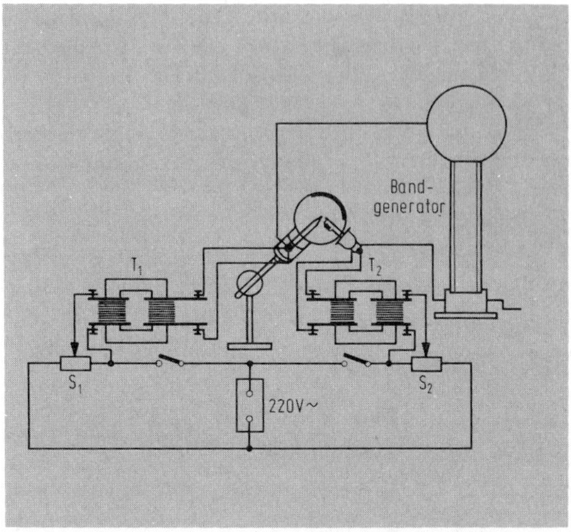

5.1.7 Das homogene elektrische Feld

Ist der Plattenabstand eines Plattenkondensators sehr klein gegenüber dem Plattendurchmesser, so ist das elektrische Feld zwischen den Platten homogen (Abb. 425.2). Die Feldlinien eines homogenen Feldes verlaufen parallel, die Feldstärke ist räumlich konstant.

Wie bei dem radialen elektrischen Feld stellt sich hier sofort die Frage nach dem Betrag der elektrischen Feldstärke. Selbstverständlich kann die Feldstärke nicht nach der früher beschriebenen Methode (S. 417) mittels einer geladenen Probependelkugel gemessen werden. Die Platten stehen so eng, daß zwischen ihnen kein zugänglicher Experimentierraum ist. Wir machen daher einen *Gedankenversuch*; d.h. einen Versuch, der zwar in der Praxis aus technischen Gründen nicht durchführbar ist, dessen prinzipielle physikalische Ausführung aber mit allen Vorbedingungen und in allen Konsequenzen durchschaubar ist. Es handelt sich also nicht um eine Theorie, sondern um die gedankliche Anwendung bereits erworbenen physikalischen Wissens.

Wir denken uns von der negativen Platte ein Elektron als Probekörper gelöst. Da im elektrischen Feld mit der Feldstärke $\vec{E}$ die Kraft $\vec{F} = -e\vec{E}$ auf das Elektron wirkt, wird das Elektron entgegengesetzt zur Feldlinienrichtung durch das Feld beschleunigt. Es fliegt durch den Plattenkondensator und prallt schließlich mit einer gewissen kinetischen Energie auf der positiven Platte auf. Das Feld hat also an dem Elektron Arbeit verrichtet, die wir hier als Produkt der Beträge von Kraft und Weg berechnen können, weil die Kraft in Richtung des Weges wirkt: $W = F d$. Der Betrag der Kraft ist $F = e E$, so daß sich $W = e E d$ ergibt. Andererseits haben wir früher (S. 406) gesehen, daß bei einem Transport einer Ladung Q zwischen zwei Punkten mit der Spannung U die Arbeit durch $W = QU$ berechnet wird, d.h. in diesem Fall durch $W = e U$. Die am Elektron verrichtete Arbeit muß aber von der speziellen Art ihrer Berechnung unabhängig sein, so daß wir die Ausdrücke für W gleichsetzen können. Damit erhalten wir

$$e E d = e U$$

$$E = \frac{U}{d}.$$

E = Elektrische Feldstärke
U = Spannung zwischen den Platten
d = Plattenabstand

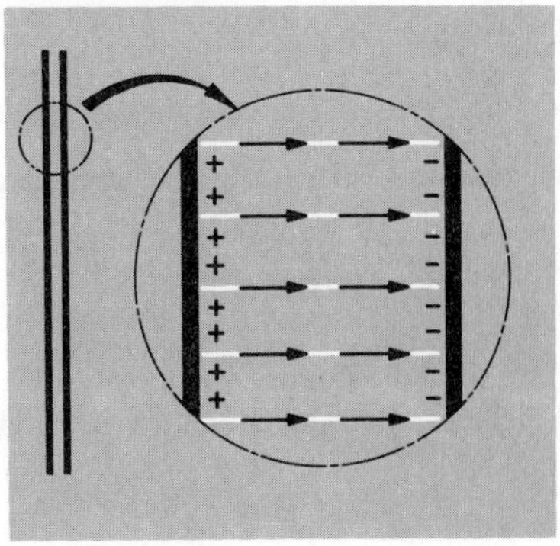

Abb. 425.2
Homogenes Feld im geladenen Plattenkondensator

Die elektrische Feldstärke E des homogenen Feldes zwischen den Platten eines geladenen Plattenkondensators ist gleich dem Quotienten aus der Spannung U zwischen den Platten und dem Plattenabstand d. Von der Plattenfläche hängt die elektrische Feldstärke nicht ab.

Für die Untersuchung des radialen elektrischen Feldes führten wir den Begriff des elektrischen Flusses ein und erhielten als bemerkenswertes Ergebnis

$$\Psi = \varepsilon_0 \cdot \sum E_N \cdot \Delta A = Q.$$

Wir hatten schon festgestellt, daß diese Beziehung zwischen dem elektrischen Fluß durch eine geschlossene Hüllfläche und der eingeschlossenen Ladung völlig unabhängig von der Verteilung der eingeschlossenen Ladung ist. Wir können daher diese Beziehung auf den Plattenkondensator anwenden, um eine Aussage über die elektrische Feldstärke zu bekommen. Dabei setzen wir große Platten, die eng zusammenstehen, voraus. Dann befindet sich fast die gesamte Ladung auf den Innenflächen der Platten, so daß das elektrische Feld außerhalb des Plattenkondensators vernachlässigt werden kann.

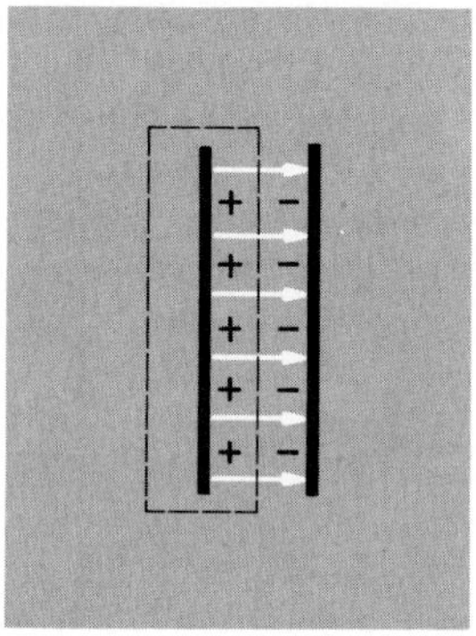

Abb. 426.1
Hüllfläche und elektrischer Fluß beim Plattenkondensator

Wir denken uns eine der beiden geladenen Platten durch eine Hüllfläche eingeschlossen (Abb. 426.1). Der Feldvektor $\vec{E}$ steht senkrecht auf der Platte mit der Fläche A, so daß $E_N = E$ ist. Damit geht die Gleichung

$$\Psi = \varepsilon_0 \cdot \sum E_N \cdot \Delta A = Q$$

über in

$$\Psi = \varepsilon_0 \cdot E \cdot A = Q,$$

und wir erhalten für die Feldstärke

$$E = \frac{1}{\varepsilon_0} \cdot \frac{Q}{A}.$$

Wie bei einer geladenen Kugel ergibt sich auch hier:

Die elektrische Feldstärke im Plattenkondensator ist zur Flächenladungsdichte der Platten proportional.

Da wir diesen Zusammenhang zwischen elektrischer Feldstärke und Flächenladungsdichte für zwei ganz verschiedene Fälle erhalten haben, liegt die Vermutung der Allgemeingültigkeit dieser Aussage nahe. Ergänzend sei hier mitgeteilt, daß tatsächlich für alle beliebigen Leiteranordnungen folgender Sachverhalt besteht:

Die elektrische Feldstärke des elektrostatischen Feldes ist am Ort eines Flächenstückes ΔA eines beliebigen elektrischen Leiters zur Flächenladungsdichte $\frac{\Delta Q}{\Delta A}$ des Flächenstückes proportional, und es gilt

$$E = \frac{1}{\varepsilon_0} \cdot \frac{\Delta Q}{\Delta A}.$$

Wird die Ladung Q auf einer Fläche A mit konstanter Flächenladungsdichte $\frac{Q}{A}$ verteilt, so ist auf der ganzen Fläche der Betrag der elektrischen Feldstärke

$$E = \frac{1}{\varepsilon_0} \cdot \frac{Q}{A}.$$

Man kann diesen Sachverhalt auch zur Messung der Feldstärke im elektrischen Feld ausnutzen. Dazu führen wir folgenden Versuch durch:

Versuch 427.1 Nach Abb. 427.1 halten wir zwei ungeladene dünne Metallplatten (Influenzplatten) gleicher Form an Isoliergriffen so zusammen, daß ihre Flächen sich deckungsgleich berühren. In dieser Stellung bringen wir das Plattenpaar senkrecht zu den Feldlinien in ein elektrisches Feld, z.B. in das Feld eines Plattenkondensators. Dann ändert sich die ursprüngliche Feldlinienrichtung durch das als Meßsonde dienende Plattenpaar nämlich nicht. An derselben Stelle des Feldes trennen wir die Platten geringfügig voneinander, so daß die Influenzladungen sich beim anschließenden Herausziehen der Platten aus dem Feld nicht mehr gegenseitig neutralisieren können. Außerhalb des Feldes wird die Influenzladung mit Hilfe des Meßverstärkers gemessen. (Anmerkung: Die Abbildung ist nicht maßstabsgerecht. In Wirklichkeit sind die Platten des Kondensators viel größer und die Influenzplatten dünner.)

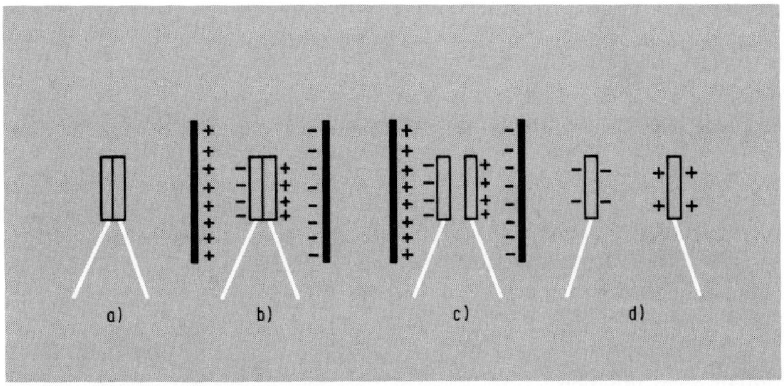

Abb. 427.1
Influenzplattenpaar zur Messung der elektrischen Feldstärke

Die Plattenfläche jeder Influenzplatte sei A_i, die auf der Plattenfläche influenzierte Ladung Q_i. Beide Größen werden gemessen. Die elektrische Feldstärke am Ort des Influenzvorganges beträgt dann

$$E=\frac{1}{\varepsilon_0}\cdot\frac{Q_i}{A_i}.$$

Speziell für das homogene Feld des Plattenkondensators gilt

$$\frac{Q_i}{A_i}=\frac{Q}{A},$$

wenn A die Fläche einer Platte des Kondensators und Q die auf ihr sitzende Ladung bedeuten.

Zur Speicherung elektrischer Ladungen hat der Plattenkondensator wegen seiner geringen Kapazität technisch kaum Bedeutung. Bezüglich seiner Kapazität ist er nur wissenschaftlich interessant. Wir werden uns mit der Kapazität des Plattenkondensators noch eingehend beschäftigen (S. 444). Als technisches Hilfsmittel zur Erzeugung eines homogenen Feldes ist dagegen der Plattenkondensator unentbehrlich. Wir bringen dazu als repräsentative Beispiele den berühmten MILLIKAN-*Versuch* und das *Oszilloskop*.

1. Der MILLIKAN-*Versuch*

Die Bewegung kleiner elektrisch geladener Teilchen in einem homogenen elektrischen Feld kann nach R.A. MILLIKAN (1868–1953) zur Bestimmung der *elektrischen Elementarladung* dienen. In das homogene Feld eines Plattenkondensators, dessen Feldlinien vertikal verlaufen, bringt man hierzu fein zerstäubte Öltröpfchen. Die Tröpfchen werden durch Bestrahlen mit RÖNTGEN-Strahlung aufgeladen, falls sie nicht schon beim Sprühen an der Zerstäuberdüse aufgeladen wurden. Diese Tröpfchen können mit einem Mikroskop beobachtet werden, und ihre Bewegung kann im Feld verfolgt werden. Solange kein Feld vorhanden ist, fallen die Tröpfchen nach unten. Es handelt sich aber nicht um einen freien Fall, weil die Reibungskraft der Luft der Gewichtskraft eines Tröpfchens entgegenwirkt. Modellmäßig kann man sich den Fall so vorstellen wie den Fall einer Kugellagerkugel im zähflüssigen Honig. Nach kurzer Zeit stellt sich eine konstante Sinkgeschwindigkeit ein. Das Gesetz für diese Bewegung entwickelte STOKES. Es ist uns schon aus der Mechanik bekannt und heißt: Um eine Kugel vom Radius r mit der Geschwindigkeit v durch eine Flüssigkeit oder ein

Gas mit der Viskosität η zu bewegen, muß die Kraft $F = 6\pi\eta v r$ aufgebracht werden. Dabei ist die Viskosität oder innere Reibung eine Materialkonstante des Mediums, in dem die Kugel bewegt wird. Konstante Sinkgeschwindigkeit stellt sich also ein, wenn die Sinkgeschwindigkeit so groß geworden ist, daß die Reibungskraft $F = 6\pi\eta v r$ dem Betrage nach gleich der Gewichtskraft des Tröpfchens ist:

$$6\pi\eta v r = m g.$$

Da das Tröpfchenvolumen als Kugelvolumen $V = \frac{4}{3}\pi r^3$ beträgt und der Zusammenhang zwischen Volumen V des Tröpfchens, Masse m des Tröpfchens und Dichte ρ des verwendeten Öls $m = V\rho$ ist, erhält man

$$6\pi\eta v r = \tfrac{4}{3}\pi r^3 \rho g.$$

Aus dieser Gleichung läßt sich der Tröpfchenradius r durch die Messung der Sinkgeschwindigkeit v ermitteln:

$$r^2 = \frac{9\eta v}{2\rho g}$$

$$r = \sqrt{\frac{9\eta v}{2\rho g}}.$$

Auf der rechten Seite stehen außer v die der Messung zugänglichen Größen η, ρ und g. Präzisionsmessungen müssen noch den Auftrieb des Tröpfchens in Luft berücksichtigen. Dann muß ρ durch $\rho - \rho_L$ ersetzt werden, wobei ρ_L die Dichte der Luft ist.

Zur Messung der Sinkgeschwindigkeit wird das seitlich beleuchtete Tröpfchen mit einem Mikroskop, dessen Tubus horizontal, d.h. senkrecht zu den Feldlinien, liegt, beobachtet. Eine direkte Messung des Tröpfchenradius mittels Mikroskopbeobachtung ist dagegen wegen der außerordentlich kleinen Tröpfchenradien nicht möglich.

Bei eingeschaltetem Feld wirkt noch die elektrische Kraft $F = QE$ auf das Tröpfchen. Bei richtiger Polung der Spannungsquelle wirken die Gewichtskraft und die elektrische Kraft entgegengesetzt, so daß ein Gleichgewichtszustand erreicht werden kann. Dazu muß die Feldstärke im Plattenkondensator so groß gemacht werden, daß

$$QE = m g$$

ist (Abb. 428.1). Da die Feldstärke E im Plattenkondensator $E = \frac{U}{d}$ ist, schwebt das Tröpfchen, wenn

$$\frac{Q}{m} = \frac{g \cdot d}{U}$$

ist.

Man geht nun so vor, daß man sich von den vielen Öltröpfchen jeweils eines bei der Beobachtung herausgreift und die Spannung U so hoch regelt, bis das Tröpfchen schwebt. Aus der gemessenen Spannung läßt sich dann $\frac{Q}{m}$ berechnen. Nach Abschalten der Spannung sinkt das Tröpfchen. Die Sinkgeschwindigkeit v wird ermittelt, indem man die Bewegung des Tröpfchens mit Hilfe einer im Mikroskop eingebauten Mikrometerskala beobachtet. Aus der so gemessenen Geschwindigkeit läßt sich dann r berechnen. Mit dem Radius r ist auch die Masse $m = \frac{4}{3}\pi r^3 \rho$ bekannt und damit auch die Ladung Q des Tröpfchens.

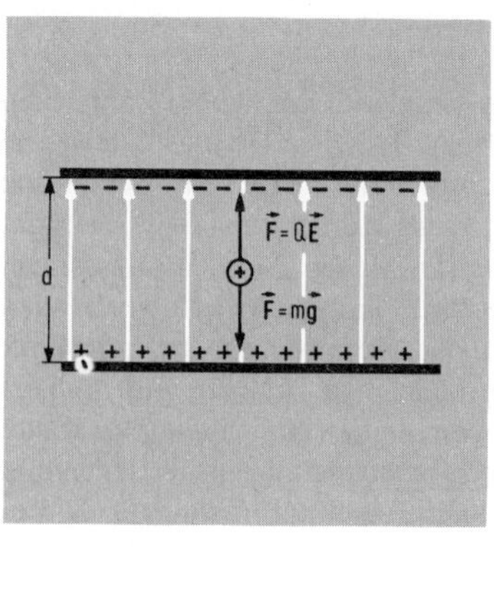

Abb. 428.1
Schwebendes Tröpfchen im homogenen Feld des MILLIKAN-Kondensators

Das fundamentale Ergebnis der Messung an vielen Tröpfchen ist

$$Q = z\,e; \quad z = 1; 2; 3; \ldots; \quad e = 1{,}6022 \cdot 10^{-19}\,\mathrm{C}.$$

Die elektrische Ladung tritt nur in ganzzahligen Vielfachen einer kleinsten Ladung $e = 1{,}6022 \cdot 10^{-19}$ C auf. Die Ladung e heißt daher Elementarladung.

Mit dem MILLIKAN-Versuch war 1913 die atomistische Struktur der elektrischen Ladung nachgewiesen.

2. Das Oszilloskop

Im zweiten Beispiel für die wissenschaftliche Ausnutzung des homogenen elektrischen Feldes eines Plattenkondensators beschäftigen wir uns mit dem Oszilloskop (Katodenstrahloszillograf), dessen wichtigster Bestandteil die von K.F. BRAUN (1850–1918) konstruierte und nach ihm benannte BRAUN-*Röhre* ist. Diese Röhre ist für die messende Physik schnell verlaufender Vorgänge, insbesondere periodischer Vorgänge, unersetzlich geworden. In Abb. 429.1 ist die BRAUN-Röhre schematisch dargestellt.

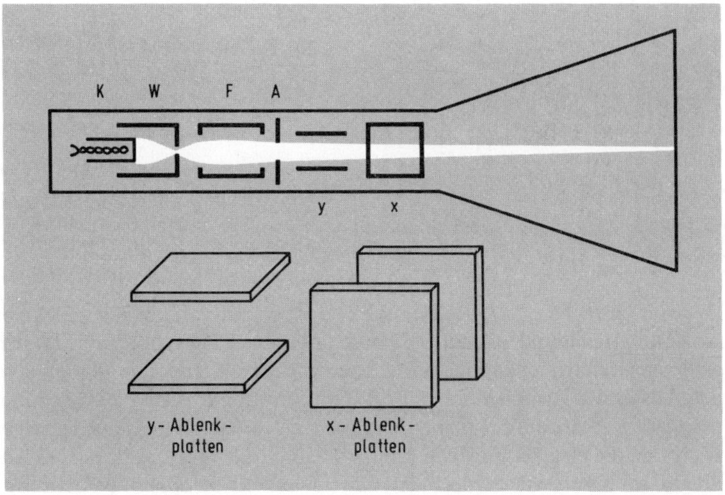

Abb. 429.1
Schematische Darstellung der BRAUN-Röhre

Die *Glühkatode K* ist mit einem kleinen Zylinder W umgeben, der von A. WEHNELT (1871–1944) konstruiert wurde und nach ihm WEHNELT-*Zylinder* genannt wird. Zwischen diesem Zylinder und der Katode liegt eine regelbare Spannung, mit deren Hilfe mehr oder weniger Elektronen zurückgedrängt werden können, so daß sich eine Helligkeitssteuerung ergibt. Elektronen, die den WEHNELT-Zylinder verlassen und zur Anode A hin beschleunigt werden, durchlaufen zunächst einen weiteren Zylinder F, der *Fokussierungszylinder* heißt. Mit Hilfe der an diesem Zylinder regelbaren Spannung kann das Elektronenstrahlbündel so geformt (fokussiert) werden, daß die Elektronen auf dem Leuchtschirm zusammentreffen und dort einen scharfen Leuchtpunkt erzeugen. Das ganze System $K-W-F-A$ bezeichnet man auch als *Elektronenkanone*. Auf dem Wege von der Anode zum Schirm durchlaufen die Elektronen zwei senkrecht zueinanderstehende Plattenkondensatoren, die man als *y-Ablenkplatten* und *x-Ablenkplatten* bezeichnet. Legt man an die y-Ablenkplatten eine elektrische Spannung, so wird der Elektronenstrahl im homogenen Feld zwischen den Platten vertikal abgelenkt. Damit verschiebt sich auch der Leuchtfleck auf dem Schirm in der Vertikalen. Legt man an die y-Ablenkplatten eine Wechselspannung, so wird der Leuchtpunkt auf dem Schirm zu einem vertikalen Strich auseinandergezogen, der im rotierenden Spiegel das Kurvenbild der Wechselspannung zeigt, da ein solcher Drehspiegel zeitlich nacheinander ablaufende Vorgänge in ein räumliches Nebeneinander umsetzt. Die umständliche Methode der Beobachtung mittels eines Drehspiegels läßt sich elektrisch mit Hilfe der x-Ablenkplatten vereinfachen. Eine Wechselspannung an diesen Ablenkplatten bewirkt, daß der Lichtfleck in horizontaler Richtung auseinandergezogen wird. Man verfährt nun so, daß man an diese Ablenkplatten eine Spannung legt, die proportional zur Zeit ansteigt, plötzlich auf Null absinkt, wieder in gleicher Weise ansteigt usw., die also den in Abb. 430.1 dargestellten zeitlichen Verlauf besitzt und die man mit Hilfe von Kippschwingungen erzeugen kann. Die Wirkung dieser Spannung ist, daß der Lichtfleck sich gleichmäßig in horizontaler Richtung über den Leuchtschirm bewegt, dann plötzlich in die Ausgangslage zurückspringt und erneut die gleiche horizontale Bewegung ausführt. Wird gleichzeitig eine zu untersuchende variable Spannung an die y-Ablenkplatten gelegt, so wird die dadurch bewirkte Vertikalbewegung des Leuchtflecks durch die Kippschwingung in horizontaler Richtung auseinandergezogen, und man erhält auf dem Schirm ein ähnliches Bild wie im rotierenden Spiegel. Da die Masse der Elektronen sehr klein ist, folgen sie dem Wechsel des ablenkenden elektrischen Feldes ohne merkliche Trägheit, so daß es auf diese Weise möglich ist, elektrische Vorgänge mit hohen Frequenzen zu untersuchen. Man kann noch Spannungsschwankungen, die sich in 10^{-9} s abspielen, erkennen.

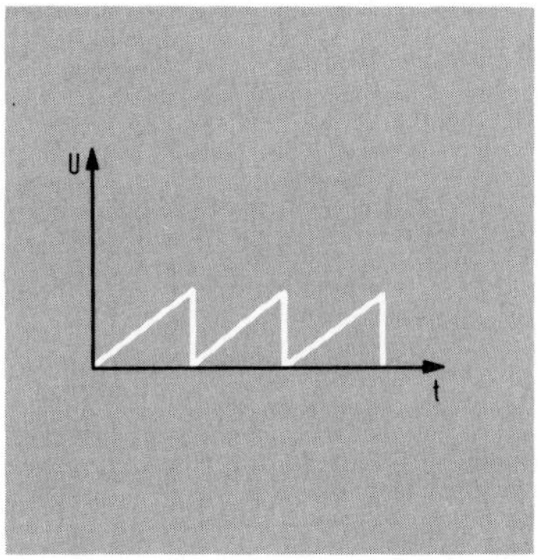

Abb. 430.1
Zeitlicher Verlauf der Spannung bei einer elektrischen Kippschwingung

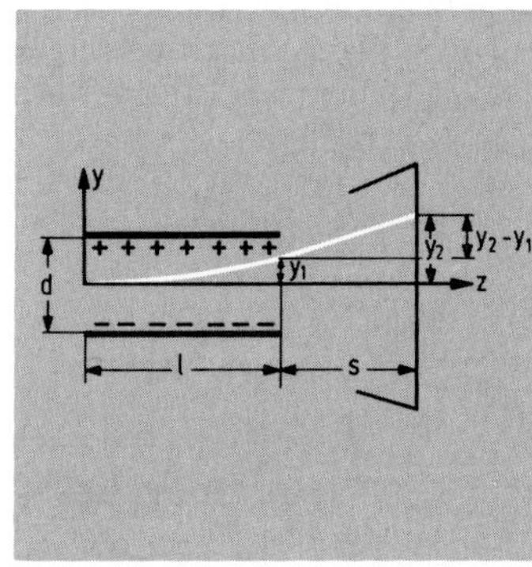

Abb. 430.2
Wirkungsweise der y-Ablenkplatten im Oszilloskop

Wir betrachten jetzt rechnerisch den Bewegungsablauf eines Elektrons im Feld zwischen den horizontalen Ablenkplatten und denken uns dazu die Platten in ein Koordinatensystem gelegt (Abb. 430.2). Die Symmetrieachse der Elektronenkanone bezeichnen wir als z-Achse. Die Platten des Kondensators haben die Länge l und den Abstand d. Zwischen ihnen liegt die Spannung U. Das Elektron möge mit der Geschwindigkeit v_z in Richtung der z-Achse in das elektrische Feld eintreten. In z-Richtung wirkt keine Kraft auf das Elektron, in y-Richtung die elektrische Kraft $\vec{F} = -e\vec{E}$. Da diese Kraft auf das Elektron wegen der Homogenität des Feldes überall im Kondensator gleich ist, führt das Elektron eine in y-Richtung gleichmäßig beschleunigte Bewegung aus. Wegen der geringen Masse des Elektrons ($m = 9{,}1 \cdot 10^{-31}$ kg) kann man die Gewichtskraft $\vec{F} = m\vec{g}$ gegenüber der elektrischen Kraft, die ja unabhängig von der Masse ist, vernachlässigen. Dann ist

$$z = v_z t \quad \text{und} \quad y = \tfrac{1}{2} a t^2,$$

wobei die Beschleunigung a sich aus $F = m a$, $F = e E$ und $E = \dfrac{U}{d}$ zu $a = \dfrac{e U}{m d}$ ergibt.

Damit erhält man

$$y = \frac{e U}{2 m d} \cdot t^2.$$

Quadrieren von $z = v_z t$ ergibt $z^2 = v_z^2 t^2$. Damit erhalten wir die Gleichung für die Bahn des Elektrons zwischen den y-Ablenkplatten:

$$y = \frac{e U}{2 m d v_z^2} \cdot z^2.$$

Dies ist die Gleichung einer Parabel $y = k z^2$; k = Konstante.

Um den Weg y_1 zu ermitteln, den das Elektron im Bereich des Kondensators senkrecht zu seiner ursprünglichen Bewegungsrichtung zurückgelegt hat, ist in dieser Parabelgleichung $z = l$ zu setzen:

$$y_1 = \frac{e U l^2}{2 m d v_z^2}.$$

Nach dem Austritt aus dem Kondensatorfeld bewegt sich das Elektron geradlinig weiter und trifft auf den im Abstand s vom Kondensator befindlichen Leuchtschirm, auf dem man die Ablenkung y_2 beobachtet.

Bei dem Verlassen des elektrischen Feldes hat das Elektron die horizontale Geschwindigkeitskomponente

$$v_z = \frac{l}{t}$$

und die vertikale Geschwindigkeitskomponente

$$v_y = a\,t = \frac{e\,U}{m\,d} \cdot t.$$

Eliminierung von t ergibt

$$v_y = \frac{e\,U\,l}{m\,d\,v_z}.$$

Da im feldfreien Raum die Geschwindigkeitskomponenten v_z und v_y konstant sind, ist das Streckenverhältnis $\frac{y_2 - y_1}{s}$ dem Geschwindigkeitsverhältnis $\frac{v_y}{v_z}$ gleich:

$$\frac{y_2 - y_1}{s} = \frac{v_y}{v_z} = \frac{e\,U\,l}{m\,d\,v_z^2}.$$

Für die Ablenkung y_2 erhalten wir dann

$$\begin{aligned} y_2 &= \frac{e\,U\,l\,s}{m\,d\,v_z^2} + y_1 \\ &= \frac{e\,U\,l\,s}{m\,d\,v_z^2} + \frac{e\,U\,l^2}{2m\,d\,v_z^2} \\ &= \frac{e\,l \cdot (2s + l)}{2m\,d\,v_z^2} \cdot U. \end{aligned}$$

Die Geschwindigkeit v_z erreichen die Elektronen auf dem Weg von der Glühkatode bis zur Anode. Ihre kinetische Energie $\frac{1}{2} m\,v_z^2$ muß der elektrischen Energie $e\,U_a$ gleich sein. Es ist dann

$$\tfrac{1}{2} m\,v_z^2 = e\,U_a$$

$$v_z^2 = \frac{2\,e\,U_a}{m},$$

wenn U_a die Beschleunigungsspannung zwischen Katode und Anode ist. Damit ist

$$y_2 = \frac{l \cdot (2s + l)}{4d\,U_a} \cdot U.$$

Die Ablenkung des Leuchtpunktes auf dem Leuchtschirm ist zur Spannung an den y-Ablenkplatten proportional.

5.1.8 Der elektrische Dipol

1. Das elektrische Feld eines Dipols

Zwei einander entgegengesetzt gleiche Ladungen $+Q$ und $-Q$ im Abstand l bilden einen elektrischen Dipol (Zweipol). Eine solche Ladungsverteilung mit dem zugehörigen Feldlinienbild haben wir bereits in Abb. 407.2 kennengelernt. Im folgenden wollen wir die Ladungen $+Q$ und $-Q$ als Punktladungen auffassen, die jede für sich ein elektrisches Feld mit der Feldstärke

$$E=\frac{1}{4\pi\varepsilon_0}\cdot\frac{Q}{r^2}$$

erzeugen. Die Felder unterscheiden sich durch die Feldlinienrichtung, wie in Abb. 420.1 dargestellt wurde. Es soll nun die Feldstärke in einem beliebigen Punkt P des Dipolfeldes ermittelt werden.

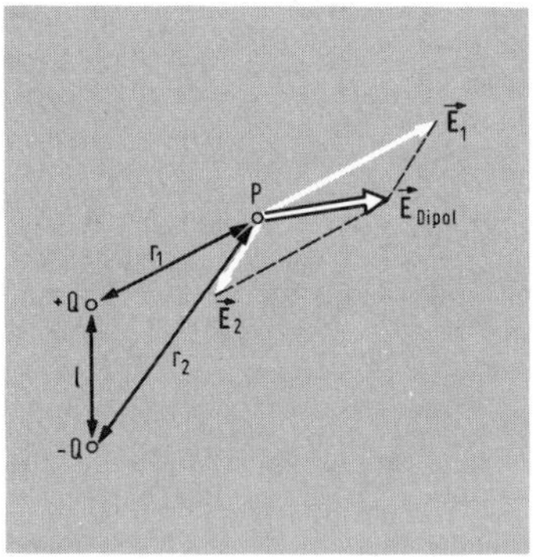

Abb. 432.1
Vektorielle Addition der elektrischen Feldstärken von Punktladungen zur Feldstärke eines Dipols

In Abb. 432.1 befindet sich der Punkt P im Abstand r_1 von der Ladung $+Q$ und im Abstand r_2 von der Ladung $-Q$. Die durch die einzelnen Ladungen am Ort P erzeugten Feldstärken lassen sich nach

$$E=\frac{1}{4\pi\varepsilon_0}\cdot\frac{Q}{r^2}$$

berechnen. Die Feldvektoren $\vec{E}_1$ und $\vec{E}_2$ liegen auf den Verbindungsgeraden von P zu den Ladungen $+Q$ und $-Q$. Der Vektor $\vec{E}_1$ weist von Q weg, der Vektor $\vec{E}_2$ zeigt auf $-Q$ hin. Damit sind die Vektoren $\vec{E}_1$ und $\vec{E}_2$ nach Größe und Richtung bekannt. Vektoren addiert man mit Hilfe des Vektorparallelogramms, dessen eine Diagonale der resultierende Vektor ist. Formal erhalten wir nach dieser Methode den Summenvektor. Daß dieser Summenvektor

$$\vec{E}_{\text{Dipol}}=\vec{E}_1+\vec{E}_2$$

tatsächlich die elektrische Feldstärke der zu einem Dipolfeld überlagerten Einzelfelder wiedergibt, ist aber keineswegs aus der Mathematik herleitbar; es ist vielmehr experimentelle Naturerfahrung. Man spricht in diesem Sinne auch von einer *ungestörten Überlagerung* der Einzelfelder. Wir stellen also fest:

Elektrische Felder sind Vektorfelder. Mehrere elektrische Felder überlagern sich ungestört.

Die Vektoraddition ist in Abb. 432.1 durchgeführt worden. Da die Beträge der elektrischen Feldstärken E_1 und E_2 sich umgekehrt wie die Quadrate der Abstände der Ladungen vom Punkt P verhalten, gilt für die Zeichnung

$$\frac{E_1}{E_2}=\frac{r_2^2}{r_1^2}.$$

Im folgenden berechnen wir die Feldstärke des Dipolfeldes auf der Dipolachse (y-Achse) und auf einer dazu senkrechten Achse (x-Achse) durch den Mittelpunkt des Dipols (Abb. 433.1).

In einem Punkt P der y-Achse ergibt sich nach Abb. 433.1 der Betrag der elektrischen Feldstärke aus der Differenz der Beträge der von den Punktladungen $+Q$ und $-Q$ erzeugten Feldstärken:

$$E_{\text{Dipol}}=E_1-E_2=\frac{1}{4\pi\varepsilon_0}\cdot\frac{Q}{r_1^2}-\frac{1}{4\pi\varepsilon_0}\cdot\frac{Q}{r_2^2}.$$

Abb. 433.1
Elektrische Feldstärke auf den Koordinatenachsen eines Dipols im x-y-Koordinatensystem

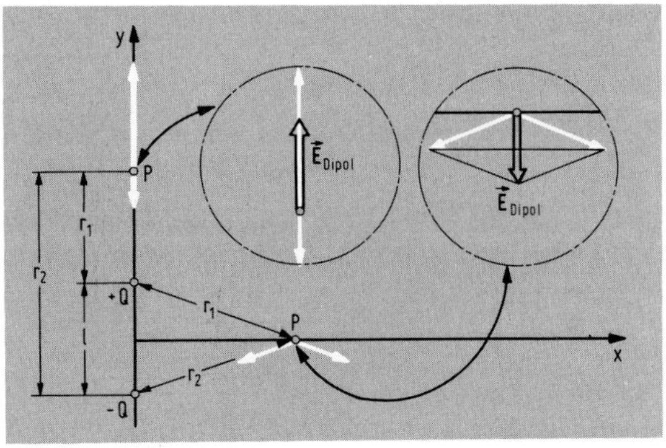

Da $r_1 = y - \frac{l}{2}$ und $r_2 = y + \frac{l}{2}$ ist, erhält man

$$E = \frac{Q}{4\pi\,\varepsilon_0} \cdot \left[\frac{1}{\left(y - \frac{l}{2}\right)^2} - \frac{1}{\left(y + \frac{l}{2}\right)^2} \right]$$

$$= \frac{Q}{4\pi\,\varepsilon_0} \cdot \left[\frac{\left(y + \frac{l}{2}\right)^2 - \left(y - \frac{l}{2}\right)^2}{\left(y - \frac{l}{2}\right)^2 \cdot \left(y + \frac{l}{2}\right)^2} \right]$$

$$= \frac{Q}{4\pi\,\varepsilon_0} \cdot \frac{2\,y\,l}{\left(y^2 - \frac{l^2}{4}\right)^2}.$$

In größerer Entfernung vom Dipol können wir $\frac{l^2}{4}$ gegenüber y^2 vernachlässigen und erhalten in guter Näherung

$$E_{\text{Dipol}} = \frac{Q\,l}{2\pi\,\varepsilon_0} \cdot \frac{1}{y^3}.$$

In einem Punkt P der x-Achse sind die Beträge der von den Punktladungen $+Q$ und $-Q$ erzeugten Feldstärken E_1 und E_2 gleich, weil $r_1 = r_2$ ist. Aus den geometrischen Verhältnissen entnimmt man

$$\frac{E_{\text{Dipol}}}{E_1} = \frac{l}{r_1},$$

also

$$E_{\text{Dipol}} = \frac{l}{r_1} \cdot E_1 = \frac{l}{r_1} \cdot \frac{1}{4\pi\,\varepsilon_0} \cdot \frac{Q}{r_1^2} = \frac{Q\,l}{4\pi\,\varepsilon_0} \cdot \frac{1}{r_1^3}.$$

Nach dem Satz des Pythagoras ist $r_1^2 = \frac{l^2}{4} + x^2$. In größerer Entfernung vom Dipol können wir $\frac{l^2}{4}$ gegenüber x^2 vernachlässigen und erhalten in guter Näherung

$$E_{\text{Dipol}} = \frac{Q\,l}{4\pi\,\varepsilon_0} \cdot \frac{1}{x^3}.$$

In Richtung der Achsen nimmt der Betrag der elektrischen Feldstärke mit der dritten Potenz des Abstandes vom Mittelpunkt des Dipols ab. Zur Ergänzung sei hier mitgeteilt, daß diese Aussage nicht nur für die Achsen, sondern auch für alle anderen Geraden durch den Mittelpunkt des Dipols gilt.

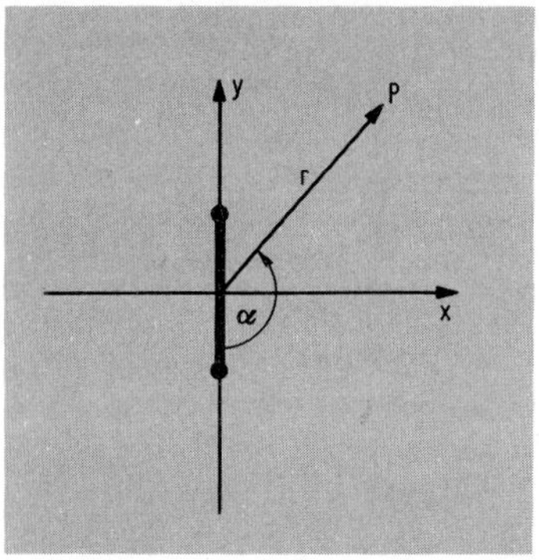

Abb. 434.1
Lageangabe eines Feldpunktes P durch Entfernung r und Winkel α

Ohne Herleitung sei hier der allgemeine mathematische Zusammenhang zwischen dem Betrag der elektrischen Feldstärke E eines elektrischen Dipols und der Entfernung r des Feldpunktes vom Mittelpunkt des Dipols wiedergegeben:

$$E_{\text{Dipol}} = \frac{Q \cdot l}{4\pi\,\varepsilon_0 \cdot r^3} \cdot \sqrt{3\cos^2\alpha + 1}, \qquad r \gg l.$$

Der Winkel α ist aus der Abb. 434.1 zu entnehmen. Für Punkte auf der x-Achse ist $\alpha = 90°$ bzw. $\alpha = 270°$, d.h. $\cos\alpha = 0$; für Punkte auf der y-Achse ist $\alpha = 0°$ bzw. $\alpha = 180°$, d.h. $\cos^2\alpha = 1$. Daraus folgen die oben angegebenen Sonderfälle.

Wir stellen zusammenfassend fest, daß die Stärke eines elektrischen Feldes auch mit der dritten Potenz der Entfernung abnehmen kann; die früher behandelte Abnahme mit der zweiten Potenz der Entfernung von einer Punktladung ist also auch nur ein Spezialfall.

Die vorangehenden Betrachtungen gelten für ein elektrostatisches Feld, das durch zwei in Dipolanordnung befindliche ortsfeste Ladungen erzeugt wird. Technisch gelingt es, die Ladungen $+Q$ und $-Q$ periodisch zu vertauschen, indem man die Leitungselektronen in einem geraden Metalldraht zum Schwingen in der Längsrichtung des Drahtes anregt. Dann ist in periodischer Folge an dem einen oder an dem anderen Ende des Drahtes ein Elektronenüberschuß ($-Q$) bzw. ein Elektronenmangel ($+Q$). Es ist schlecht vorstellbar, daß sich bei dieser periodischen Umpolung des Dipols das ganze sich bis ins Unendliche erstreckende Feld des Dipols augenblicklich in seiner Richtung ändern kann. Wenn es so wäre, so müßte die Kraft $\vec{F} = Q_P \vec{E}_{\text{Dipol}}$ auf eine Probeladung Q_P auch in sehr großer Entfernung der Probeladung vom Dipol ohne zeitliche Verzögerung ihre Richtung mit dem Umpolen des Dipols ändern; d.h., es wäre mittels des elektrischen Feldes eine unendlich schnelle Kraftübertragung möglich. Es ist aber eine Allgemeinerfahrung in der Physik, daß die Höchstgeschwindigkeit für solche Übertragungen die Lichtgeschwindigkeit ist; schneller als mit Lichtgeschwindigkeit lassen sich unter keinen Umständen Signale übermitteln. Diese Erkenntnis ist es letztlich, die zum Sieg der Nahewirkungstheorie mit Hilfe der Feldvorstellung über die Fernwirkungstheorie geführt hat. Der Begriff des elektrischen Feldes mit der Definition der elektrischen Feldstärke hat sich als notwendig und brauchbar erwiesen. In diesem Sinne spricht der Physiker von der Existenz des elektrischen Feldes.

2. Der elektrische Dipol im elektrischen Feld

Wir haben bisher von dem elektrischen Feld gesprochen, das ein Dipol erzeugt. Eine andere Frage ist, wie sich ein elektrischer Dipol in einem elektrischen Feld, z.B. in dem elektrischen Feld eines geladenen Plattenkondensators, verhält. Bei dieser Fragestellung betrachten wir den Dipol wie einen Probekörper und wissen aus früher dargestellten Überlegungen (S. 417), daß wir uns dann um das Eigenfeld des Dipols nicht zu kümmern brauchen. Die Frage, ob es überhaupt elektrische Dipole technischer oder natürlicher Art gibt, läßt sich leicht beantworten, wenn wir den früher verwendeten graphitierten Pingpong-Ball genauer betrachten. Hängen wir den Ball in ungeladenem Zustand in ein homogenes Feld, so wird aufgrund der Influenzwirkung eine Verschiebung der Ladungen innerhalb der leitenden Oberfläche eintreten (Abb. 435.1). Wir haben zwar keinen Dipol mit zwei getrennten Punktladungen, aber immerhin eine Ladungsverteilung, die man noch als Dipol ansprechen kann.

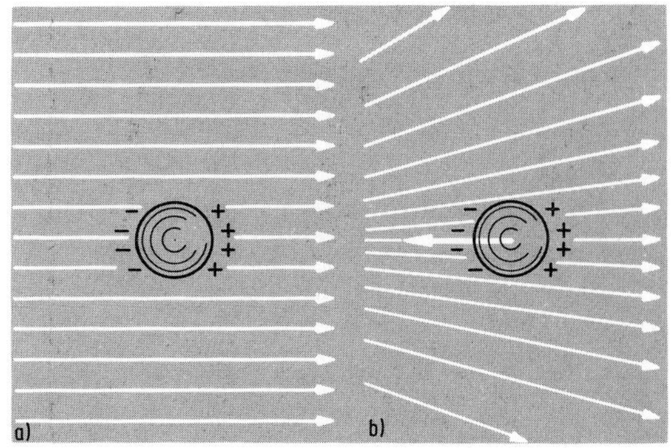

Abb. 435.1
Ladungsverschiebung auf der leitenden Oberfläche eines Pingpong-Balles in elektrischen Feldern

Versuch 435.1 Ein ungeladener Pingpong-Ball mit leitender Oberfläche wird a) in ein homogenes elektrisches Feld (Plattenkondensator) und b) in ein inhomogenes elektrisches Feld (Kugelkonduktor) gehängt und sein Verhalten beobachtet (Abb. 435.1).

Der Versuch zeigt, daß der Pingpong-Ball im homogenen Feld in Ruhe bleibt, im inhomogenen Feld dagegen in Richtung größerer Feldstärke beschleunigt wird. Man kann aus diesem Verhalten auf den Dipolcharakter des Pingpong-Balles schließen.

In der Natur kann jedes Atom zu einem Dipol werden, indem man das Atom in ein elektrisches Feld bringt. Die elektrischen Ladungen, aus denen die Atome aufgebaut sind (positive Kerne und negative Elektronenhüllen) sind nicht starr miteinander verbunden. Im elektrischen Feld greifen Kräfte an den Ladungen an und verschieben sie geringfügig gegeneinander, so daß die Ladungsschwerpunkte nicht mehr zusammenfallen. Betrachten wir die Ladungsschwerpunkte als Punktladungen $+Q$ und $-Q$, so haben wir in dem Atom einen Dipol der früher beschriebenen Art vor uns. Die Entstehung von atomaren Dipolen im elektrischen Feld bezeichnet man als die *Verschiebungspolarisation der Materie.* Grob betrachtet ist der Versuch 435.1 ein Modell für die Verschiebungspolarisation.

Es gibt einige Substanzen (z.B. Wasser), deren Moleküle auch im feldfreien Raum schon Dipolcharakter besitzen. Diese Dipole liegen aber regellos durcheinander und werden durch die Wärmebewegung auch ständig regellos umgelagert. Nach außen ist ein Dipolcharakter daher nicht erkennbar. Im elektrischen Feld dagegen erhalten diese Dipole eine Vorzugsrichtung, da die elektrischen Feldkräfte ein Drehmoment auf die Dipole ausüben. In grober Analogie haben wir eine ähnliche Erscheinung wie bei den Elementarmagneten vor uns. Die Ordnung bereits vorhandener elektrischer Dipole der Materie durch ein elektrisches Feld bezeichnet man als die *Orientierungspolarisation der Materie.*

Im folgenden wollen wir diese Vorgänge rechnerisch behandeln und denken uns für alle auftretenden Fälle die positiven und negativen Ladungen in ihren Schwerpunkten zu Punktladungen $+Q$ und $-Q$ mit dem Abstand l vereinigt.

2.1 Der Dipol liegt in Feldrichtung

Am Ort größerer Feldstärke ist auch die Kraft auf die Ladung Q größer als am Ort geringerer Feldstärke (Abb. 435.2). Der Dipol wird als starrer Körper aufgefaßt. Dann greifen beide Kräfte am Dipol selbst an, wirksam ist insgesamt die Summe der Kräfte

$$\vec{F} = \vec{F}_1 + \vec{F}_2 .$$

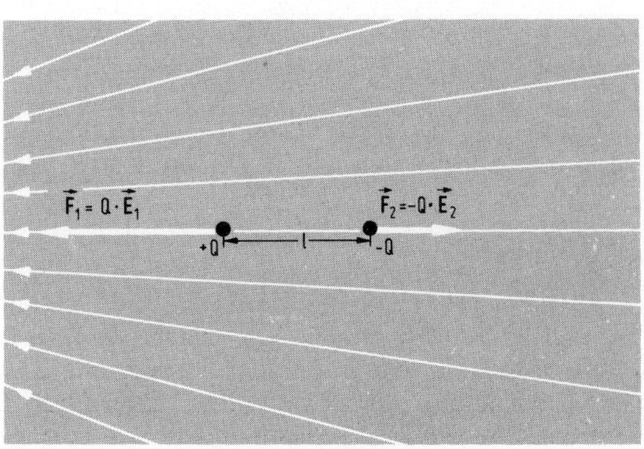

Abb. 435.2
Kräfte auf einen in Feldrichtung liegenden Dipol im elektrischen Feld

Der Betrag der Gesamtkraft ergibt sich aus der Differenz der Beträge:

$$F = F_1 - F_2,$$

d.h., der Dipol wird in das Gebiet größerer Feldstärke gezogen. Ist das Feld homogen, so ist

$$F_1 = F_2, \quad \text{d.h.} \quad F = F_1 - F_2 = 0.$$

Auf den Dipol wirkt insgesamt keine Kraft. Damit sind die Beobachtungen des Versuchs 435.1 erklärt.

2.2 Der Dipol liegt schief zur Feldrichtung eines homogenen Feldes

Die Kräfte $\vec{F}_1$ und $\vec{F}_2$ auf den Dipol sind wegen der Homogenität des Feldes dem Betrage nach gleich:

$$F_1 = F_2.$$

Die Verlängerung der Kraftvektoren geht aber nicht durch den Mittelpunkt des Dipols, d.h., es tritt ein Drehmoment auf, das den Dipol in Feldrichtung dreht. Der Betrag des Drehmomentes ist nach Abb. 436.1

$$M = 2 \cdot F \cdot \frac{l}{2} \cdot \sin\alpha = Q \cdot E \cdot l \cdot \sin\alpha.$$

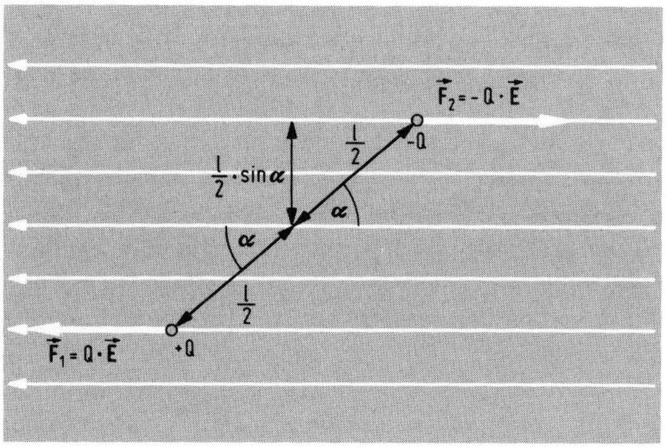

Abb. 436.1
Kräfte auf einen schief zur Feldrichtung liegenden Dipol im homogenen elektrischen Feld

Man nennt das Produkt $Q l$ auch das elektrische Moment p des Dipols. Dann ist

$$M = p E \cdot \sin\alpha.$$

Denkt man sich einen Vektor der Länge l mit dem Anfangspunkt in $-Q$ und dem Endpunkt in $+Q$, so kann man das elektrische Moment als Vektor

$$\vec{p} = Q\vec{l}$$

definieren und erhält den Drehmomentvektor $\vec{M}$ durch das Vektorprodukt

$$\vec{M} = \vec{p} \times \vec{E}.$$

Auf einen elektrischen Dipol mit dem elektrischen Moment

$$\vec{p} = Q\vec{l}$$

wirkt im homogenen elektrischen Feld mit der Feldstärke $\vec{E}$ das Drehmoment

$$\vec{M} = \vec{p} \times \vec{E}$$

mit dem Betrag

$$M = p E \cdot \sin\alpha,$$

wenn die Dipolachse mit der Feldrichtung den Winkel α bildet.

Die Drehung eines elektrischen Dipols durch das elektrische Feld wollen wir zum Abschluß noch unter einem anderen Gesichtspunkt betrachten. Man denke sich die Ausgangslage des Dipols in Feldlinienrichtung

Abb. 437.1
Berechnung der Wegkomponente in Feldlinienrichtung bei der Drehung eines Dipols im Feld

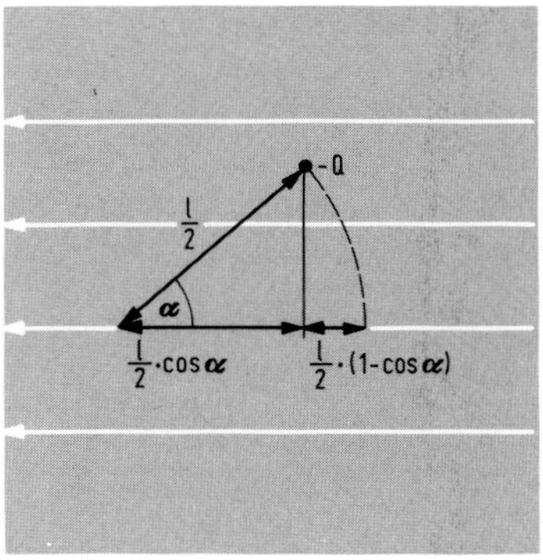

und dann den Dipol mechanisch nach Abb. 437.1 um den Winkel α gedreht. Zu dieser Drehung muß Arbeit aufgewendet werden, weil die positive Ladung entgegen der Feldlinienrichtung und die negative Ladung in Feldlinienrichtung bewegt wird. Bei der Berechnung der Arbeit kommt es nur auf diese Wegkomponenten an, weil diejenigen Wegkomponenten, die senkrecht zur Feldlinienrichtung und damit auch senkrecht zur Kraftrichtung stehen, keinen Arbeitsbeitrag liefern. Wir führen die Rechnung nach Abb. 437.1 für die Bewegung der negativen Ladung $-Q$ durch. Aus den geometrischen Verhältnissen entnimmt man, daß die Wegkomponente in Feldlinienrichtung

$$\frac{l}{2} \cdot (1 - \cos \alpha)$$

ist. Für den Transport der Ladung $-Q$ ist also die Arbeit

$$W = QE \cdot \frac{l}{2} \cdot (1 - \cos \alpha)$$

erforderlich, für den Transport der Ladung $+Q$ muß aus Symmetriegründen eine gleich große Arbeit aufgewendet werden. Zur Drehung des Dipols um den Winkel α muß insgesamt die Arbeit

$$W = QlE \cdot (1 - \cos \alpha) = pE \cdot (1 - \cos \alpha)$$

aufgebracht werden. Diese Arbeit steckt nach der Drehung als potentielle Energie in dem System Feld–Dipol. Wenn wir nun ein Stück Materie, in welcher ungeordnete molekulare Dipole vorliegen, in ein elektrisches Feld bringen, so treten Drehmomente auf, die eine Verkleinerung der Winkel α zur Folge haben. Im extremen Fall kann $\alpha = 0$ werden; dann sind alle Dipole parallel geordnet. Auf jeden Fall bedeutet die Verkleinerung von α eine Vergrößerung von $\cos \alpha$ und damit eine Verkleinerung der potentiellen Energie

$$pE \cdot (1 - \cos \alpha).$$

Das elektrische Feld dreht einen Dipol im Feld so, daß die potentielle Energie des Dipols im Feld möglichst gering wird. Das ist ein allgemeines Prinzip für stabile Gleichgewichtslagen.

5.1.9 Das elektrische Potential und die elektrische Spannung

Wir haben den elektrischen Zustand in der Umgebung einer elektrischen Ladung oder einer elektrischen Ladungsverteilung mit dem Begriff der elektrischen Feldstärke beschrieben. Eine andere, für viele Berechnungen praktische Beschreibung des Feldes erfolgt mit dem Begriff des *elektrischen Potentials.* Mit Hilfe des elektrischen Potentials kann auch deutlich gemacht werden, was man unter der *elektrischen Spannung zwischen zwei Punkten im elektrischen Feld* versteht.

Es wird dabei von der Tatsache Gebrauch gemacht, daß die Bewegung einer Ladung im elektrischen Feld mit Arbeitsaufwand oder Arbeitsgewinn verbunden ist. Auf die positive Probeladung Q_P wirkt im elektrischen Feld am Ort der Feldstärke $\vec{E}$ die Kraft

$$\vec{F} = Q_P \vec{E}.$$

Verschieben wir die Probeladung so im elektrischen Feld, daß diejenige Komponente des Verschiebungsvektors $\Delta\vec{s}$, die parallel zur Feldlinie liegt, zur Feldstärke $\vec{E}$ und damit auch zur Kraft

$$\vec{F} = Q_P \vec{E}$$

entgegengerichtet ist, so müssen wir auf diesem Wegstück die Arbeit

$$\Delta W = -\vec{F} \cdot \Delta\vec{s} = -Q_P \vec{E} \cdot \Delta\vec{s}$$

verrichten. In inhomogenen Feldern ist die Feldstärke $\vec{E}$ nicht konstant, die Arbeitsbeiträge ΔW über einen längeren Weg werden daher verschieden sein. Dann muß man zur Berechnung der Arbeit W die Liniensumme

$$W_{AP} = -Q_P \cdot \sum_{i=1}^{n} \vec{E}_i \cdot \Delta\vec{s}_i$$

bilden, wenn man von einem Punkt A des Feldes über n geradlinige Wegstücke zu einem Punkt P geht. Die Wegstücke Δs_i werden dabei so klein gewählt, daß man die Feldstärke auf jedem Wegstück als konstant betrachten kann.

In der Abb. 438.1 sind zwei verschiedene Wege von A nach P eingezeichnet. Dabei taucht die Frage auf, ob die verrichtete Arbeit W von der Art des Weges von A nach P abhängt, oder ob sie unabhängig von der Art des Weges ist. Aufgrund des Energieerhaltungssatzes muß letzteres der Fall sein. Wäre nämlich die Arbeit W_1 auf dem Weg I kleiner als die Arbeit W_2 auf dem Weg II, so könnte man die Ladung auf dem Weg I unter Arbeitsaufwand von A nach P bringen und sie anschließend durch das Feld auf dem Weg II zurücktransportiert denken. Dabei wird vom Feld soviel Energie in die Ladung investiert, wie die Arbeit W_2 beträgt, die zum Transport der Ladung von A nach P auf dem Weg II erforderlich gewesen wäre. Wenn nun die Annahme $W_2 > W_1$ stimmte, so hätte man bei Wiederherstellung des alten Zustandes, nämlich der Anwesenheit der Ladung am Ort A in einem unveränderten Feld, einen Energiegewinn erzielt. Da man den Kreisprozeß beliebig oft durchlaufen könnte, hätte man ein Perpetuum mobile konstruiert. Wir stellen also fest:

Die Arbeit, die aufgebracht werden muß, um eine Ladung in einem elektrostatischem Feld von einem Punkt *A* zu einem Punkt *P* zu bringen, ist von der Art des Weges unabhängig.

Um nun eine Feldgröße zu gewinnen, die auch noch von der Größe der transportierten Ladung Q_P unabhängig ist, bilden wir den Quotienten

$$\varphi = \frac{W_{AP}}{Q_P} = -\sum_{i=1}^{n} \vec{E}_i \cdot \Delta\vec{s}_i.$$

Die so definierte Größe φ bezeichnet man als das *elektrische Potential.*

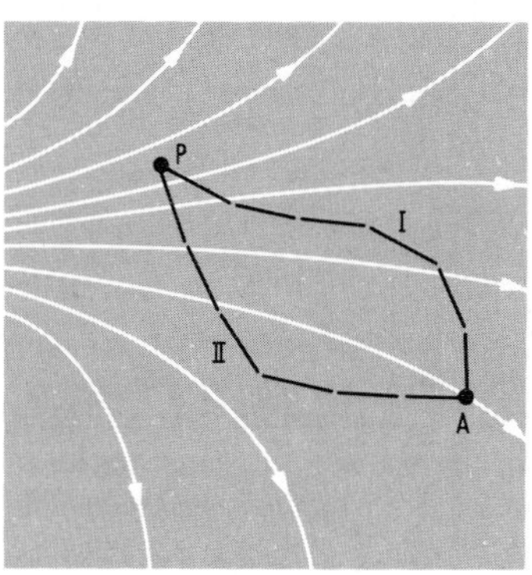

Abb. 438.1
Der Arbeitsaufwand zum Transport einer Ladung von A nach P ist unabhängig vom Weg.

Unter dem elektrischen Potential φ in irgendeinem Feldpunkt eines elektrostatischen Feldes in bezug auf einen willkürlich gewählten Anfangspunkt A verstehen wir den Quotienten aus der Arbeit W, die aufgewendet werden muß, um die positive Probeladung Q_P vom Punkt A an die betreffende Feldstelle zu bringen, und der Ladung Q_P.

Die Einheit des elektrischen Potentials ergibt sich aus der vorstehenden Definition als Quotient aus der Arbeitseinheit Joule (J) und der Ladungseinheit Coulomb (C) zu $1\,\frac{\mathrm{J}}{\mathrm{C}}$.

Berücksichtigt man die Zusammenhänge

$$1\,\mathrm{J} = 1\,\mathrm{VAs} \quad \text{und} \quad 1\,\mathrm{C} = 1\,\mathrm{As},$$

so ergibt sich

$$1\,\frac{\mathrm{J}}{\mathrm{C}} = 1\,\mathrm{V}.$$

Die abgeleitete Einheit des elektrischen Potentials ist das Volt.

Über die Wahl des Punktes A, in dem nach der Definition des Potentials $\varphi=0$ ist, wurde bisher nichts gesagt. Tatsächlich trifft man darüber auch im allgemeinen keine festen Verabredungen. Das heißt aber, daß je nach Wahl von A in einem elektrischen Feld auch das Potential sich ändert. Man muß sich daher bei einer gegebenen Leiteranordnung entscheiden, wohin man den Punkt A mit dem Potential $\varphi=0$ legen will, damit dann nach einmal getroffener Entscheidung die Potentiale in den anderen Feldpunkten eindeutig sind. In der Elektrostatik wählt man im allgemeinen einen unendlich fernen Punkt als Anfangspunkt oder Nullpunkt für das Potential. Jeder Punkt eines elektrischen Feldes hat dann ein eindeutiges Potential, und zwar ein positives oder negatives, je nachdem, ob bei dem Transport einer positiven Probeladung aus dem Unendlichen zu dem betreffenden Punkt hin Arbeit aufgewendet werden muß oder frei wird. In der Praxis werden natürlich Ladungen nur im Endlichen transportiert, also von einem Punkt P_1 zu einem Punkt P_2 über einen endlich langen Weg. Dann errechnet sich die aufzuwendende oder freiwerdende Arbeit aus der Potentialdifferenz $\varphi_2 - \varphi_1$. Man könnte nämlich im Gedankenversuch von P_1 nach P_2 kommen, indem man erst von P_1 nach A (nach Wahl auch im Unendlichen möglich) und dann von A nach P_2 geht. Wegen der Unabhängigkeit vom Weg gilt dann

$$W_{P_1 P_2} = W_{P_1 A} + W_{A P_2}.$$

Nach Definition der Potentials ist nun

$$\varphi_1 = \frac{W_{AP_1}}{Q_P} \quad \text{und} \quad \varphi_2 = \frac{W_{AP_2}}{Q_P},$$

also ist

$$W_{AP_1} = \varphi_1 \cdot Q_P \quad \text{und} \quad W_{AP_2} = \varphi_2 \cdot Q_P.$$

Da außerdem $W_{P_1 A} = -W_{AP_1}$ ist, erhalten wir

$$\begin{aligned} W_{P_1 P_2} &= W_{P_1 A} + W_{AP_2} \\ &= -W_{AP_1} + W_{AP_2} \\ &= -\varphi_1 \cdot Q_P + \varphi_2 \cdot Q_P \\ &= (\varphi_2 - \varphi_1) \cdot Q_P. \end{aligned}$$

Um die positive Probeladung Q_P im elektrischen Feld vom Ort P_1 mit dem Potential φ_1 zum Ort P_2 mit dem Potential φ_2 zu bringen, muß man die Arbeit $W_{P_1 P_2} = (\varphi_2 - \varphi_1) \cdot Q_P$ aufwenden. Diese Arbeit hängt nur von der Potentialdifferenz ab, sie ist unabhängig von der Wahl des Potential-Nullpunktes.

Die letzte Feststellung ist besonders wichtig, weil sie einen Zusammenhang zwischen den Begriffen *elektrisches Potential* und *elektrische Spannung* erkennen läßt. Wir haben früher (S. 406) festgestellt: Wenn mit Hilfe von bewegten Ladungen Q mechanische Arbeit W verrichtet wird, so kann das nur dadurch geschehen, daß die Ladungen sich zwischen zwei Punkten bewegen, zwischen denen ein elektrischer Zustand herrscht, den wir mit elektrischer Spannung bezeichnen. Diese elektrische Spannung wird definiert als Quotient

$$U = \frac{W}{Q}.$$

Wir erweitern die früher getroffene Feststellung jetzt auf den Fall, daß die Ladung Q nicht von einem Leiterpunkt zu einem anderen Leiterpunkt bewegt wird, sondern ganz allgemein innerhalb eines elektrischen Feldes zwischen zwei Punkten transportiert wird. Der Vergleich von

$$W_{P_1 P_2} = (\varphi_2 - \varphi_1) \cdot Q_P \quad \text{und} \quad W = U \cdot Q$$

liefert uns dann die allgemeine Spannungsdefinition

$$U = \varphi_2 - \varphi_1.$$

Unter der elektrischen Spannung U zwischen zwei Punkten P_1 und P_2 eines elektrischen Feldes verstehen wir die Potentialdifferenz $\varphi_2 - \varphi_1$ zwischen diesen Punkten.

Damit haben wir den Begriff der Spannung auf das elektrische Feld übertragen. Während früher nur von der Spannung zwischen zwei geladenen Leitern, wie z.B. zwischen zwei Kondensatorplatten, oder der Spannung zwischen den Polen einer Spannungsquelle die Rede war, hat es jetzt auch einen Sinn, von der Spannung zwischen zwei beliebigen Punkten eines elektrischen Feldes zu sprechen. Wenn diese Punkte im besonderen mit felderzeugenden Ladungen zusammenfallen, wenn wir also z.B. bei einem Plattenkondensator die beiden Punkte so wählen, daß auf jeder Platte einer der beiden Punkte liegt, so geht der erweiterte Spannungsbegriff in den früher benutzten über. Auf jeden Fall merken wir uns, daß es nur einen Sinn hat, von der *Spannung zwischen zwei Punkten* zu sprechen. Wenn man trotzdem einem einzigen geladenen Leiter bisweilen eine Spannung zuschreibt, indem man etwa sagt, daß eine isoliert aufgestellte Metallkugel durch eine bestimmte Ladung die Spannung 1000 V erhält, so ist in solchen Fällen immer die Spannung gegenüber der Erde gemeint.

Im folgenden soll das elektrische Potential im Abstand r von einer positiven Punktladung Q berechnet werden. Als Anfangspunkt A mit dem Potential $\varphi = 0$ wählen wir zunächst einen Punkt im Abstand r_A von der Punktladung. Das Potential im Punkt B (Abb. 440.1) ergibt sich dann aus

$$\varphi = \frac{W_{AB}}{Q_P} = -\sum_{i=1}^{n} \vec{E}_i \cdot \Delta \vec{s}_i,$$

wenn die positive Probeladung Q_P über die Wegstücke Δs_i von A nach B entlang einer Feldlinie des radialen Feldes transportiert gedacht wird. Auf dieser Feldlinie ist der Feldvektor $\vec{E}$ den Streckenvektoren $\Delta \vec{s}_i$ entgegengerichtet, so daß auf dem ganzen Weg

$$\vec{E}_i \cdot \Delta \vec{s}_i = -E_i \cdot \Delta s_i$$

ist. Dann ist

$$\varphi = \sum_{i=1}^{n} E_i \cdot \Delta s_i.$$

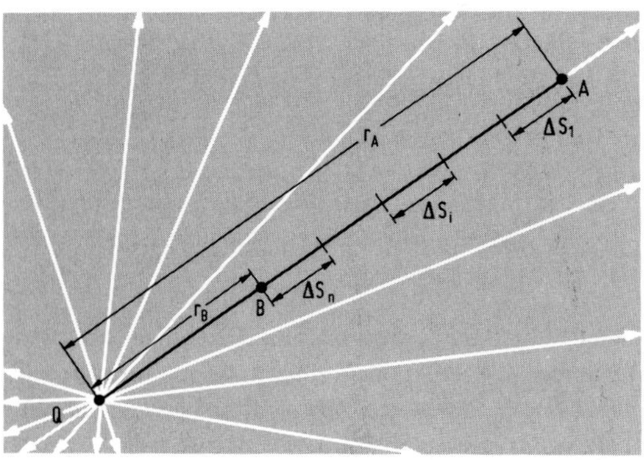

Abb. 440.1
Berechnung des Potentials um eine Punktladung Q

Am Anfang des Intervalls

$$\Delta s_1 = r_1 - r_2 = r_A - r_2$$

hat die Feldstärke den Betrag

$$\frac{1}{4\pi\,\varepsilon_0} \cdot \frac{Q}{r_A^2},$$

am Ende des Intervalls den Betrag

$$\frac{1}{4\pi\,\varepsilon_0} \cdot \frac{Q}{r_2^2}.$$

Bei hinreichend kleinem Intervall Δs_1 sind diese beiden Beträge fast gleich. Wir können daher innerhalb dieses Wegstückes für den Betrag der Feldstärke den konstanten Mittelwert

$$\frac{1}{4\pi\,\varepsilon_0} \cdot \frac{Q}{r_A \cdot r_2}$$

wählen. Für das zweite Intervall

$$\Delta s_2 = r_2 - r_3$$

verfahren wir entsprechend und rechnen mit dem Feldstärkebetrag

$$\frac{1}{4\pi\,\varepsilon_0} \cdot \frac{Q}{r_2 \cdot r_3}$$

usw. Das letzte Intervall ist das Intervall

$$\Delta s_n = r_n - r_B$$

mit dem mittleren Feldstärkebetrag

$$\frac{1}{4\pi\,\varepsilon_0} \cdot \frac{Q}{r_n \cdot r_B}.$$

Dann erhalten wir

$$\begin{aligned}
\varphi &= \frac{Q}{4\pi\,\varepsilon_0} \cdot \left[\frac{r_A - r_2}{r_A \cdot r_2} + \frac{r_2 - r_3}{r_2 \cdot r_3} + \frac{r_3 - r_4}{r_3 \cdot r_4} + \cdots + \frac{r_n - r_B}{r_n \cdot r_B}\right] \\
&= \frac{Q}{4\pi\,\varepsilon_0} \cdot \left[\left(-\frac{1}{r_A} + \frac{1}{r_2}\right) + \left(-\frac{1}{r_2} + \frac{1}{r_3}\right) + \left(-\frac{1}{r_3} + \frac{1}{r_4}\right) + \cdots + \left(-\frac{1}{r_n} + \frac{1}{r_B}\right)\right] \\
&= \frac{Q}{4\pi\,\varepsilon_0} \cdot \left[-\frac{1}{r_A} + \frac{1}{r_B}\right].
\end{aligned}$$

Verlegen wir den Anfangspunkt A ins Unendliche, so geht $\frac{1}{r_A}$ gegen Null, und das Potential im Punkt B ist

$$\varphi = \frac{1}{4\pi\,\varepsilon_0} \cdot \frac{Q}{r_B}.$$

Wir können jetzt den Index B fortlassen und formulieren das Ergebnis:

Das Potential im Abstand r von einer Punktladung Q ist

$$\varphi = \frac{1}{4\pi\,\varepsilon_0} \cdot \frac{Q}{r},$$

wenn der Anfangspunkt A mit $\varphi = 0$ im Unendlichen liegt.

Zur Ergänzung stellen wir noch fest, daß alle Überlegungen zur Berechnung des Potentials um eine negative Punktladung in gleicher Weise verlaufen. Das Potential ist dann negativ, da ja bei dem Transport einer positiven Probeladung vom Unendlichen bis zu einem Punkt B des Feldes Arbeit frei wird.

Das Verhalten einer frei beweglichen Probeladung Q_p im elektrischen Feld können wir folgendermaßen beschreiben:

Die frei bewegliche Probeladung bewegt sich im Feld, und zwar wird eine positive Probeladung in Feldlinienrichtung und eine negative Probeladung gegen die Feldlinienrichtung beschleunigt.

Mit Hilfe des Potentialbegriffs stellen wir fest:

Die frei bewegliche positive Probeladung bewegt sich von Orten höheren Potentials zu Orten niedrigeren Potentials, die frei bewegliche negative Probeladung von Orten niedrigeren Potentials zu Orten höheren Potentials. Da die potentielle Energie der positiven Probeladung

$$W = Q_P \cdot \varphi$$

und die der negativen Probeladung gleichen Betrages

$$W = -Q_P \cdot \varphi$$

ist, nimmt bei der Bewegung die potentielle Energie der Probeladung in jedem Fall ab.

Solange eine Probeladung sich nicht in einem Gleichgewichtszustand befindet, verschiebt sie sich in einem Potentialgefälle so, daß ihre potentielle Energie abnimmt.

Im elektrostatischen Gleichgewicht bewegen sich die frei beweglichen Ladungen auf einer Leiteroberfläche nicht; es kann also auch kein Potentialgefälle auf der Leiteroberfläche bestehen. Diese Aussage deckt sich mit der früher getroffenen Feststellung (S. 407), daß die Feldlinien eines elektrostatischen Feldes stets senkrecht auf der Leiteroberfläche stehen. Da zwischen zwei Punkten der Leiteroberfläche im elektrostatischen Gleichgewicht also keine Potentialunterschiede auftreten, besteht zwischen diesen Punkten auch keine elektrische Spannung.

Alle Punkte der Oberfläche eines im elektrostatischen Gleichgewicht befindlichen Leiters haben das gleiche Potential, zwischen ihnen besteht keine elektrische Spannung.

Daraus folgt weiter: Zwischen zwei verschiedenen im elektrostatischen Gleichgewicht befindlichen Leitern herrscht eine konstante Spannung, unabhängig davon, zwischen welchen Punkten der Oberfläche die Spannung betrachtet wird. Hierauf beruht die Möglichkeit zur Messung von Spannungen mit Hilfe der *elektrostatischen Spannungsmesser* oder *Elektrometer*. So wird z. B. die Spannung zwischen den Platten eines geladenen Plattenkondensators dadurch gemessen, daß man das Gehäuse des Elektrometers mit einem beliebigen Punkt der einen Platte und den Zeiger des Elektrometers mit einem beliebigen Punkt der anderen Platte verbindet (Abb. 442.1).

Nicht im elektrostatischen Gleichgewicht befinden sich dagegen stromdurchflossene Leiterkreise. Bei einem geschlossenen Stromkreis befindet sich im Gegensatz zum elektrostatischen Fall ein elektrisches Feld im Inneren des Leiters, wenn an diesem Leiter Spannung abfällt. Transport von Ladung durch einen elektrischen Strom ist also auch in Stromkreisen Transport in elektrischen Feldern, und das bedeutet Transport zwischen Leitungspunkten mit verschiedenen Potentialen. In der Technik ist es häufig erwünscht, diese Potentiale in elektrischen Stromkreisen eindeutig anzugeben. Dazu muß man einem Punkt des Stromkreises, der

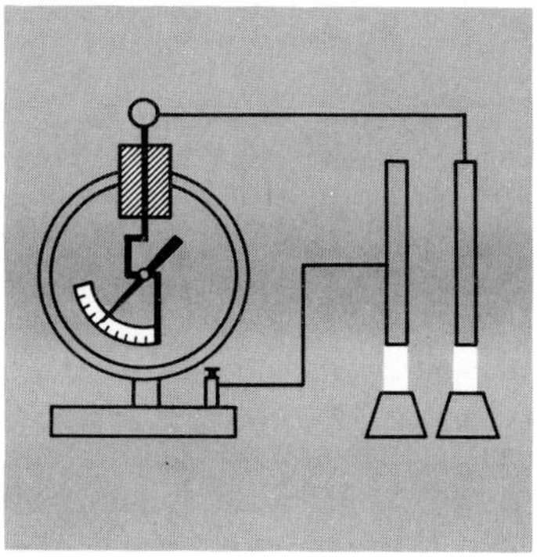

Abb. 442.1
Spannungsmessung mit einem Elektrometer

natürlich auch Leiterverzweigungen enthalten kann, das Potential Null zuordnen. In der Praxis verfährt man so, daß man einen Punkt der Schaltung leitend mit dem Grundwasser der Erde verbindet (erdet) und diesem Punkt das Potential $\varphi=0$ (Erdpotential) zuordnet. Jeder andere Punkt der Schaltung hat dann ein eindeutiges Potential gegenüber der Erde. An jeder Stelle dieser an eine Gleichspannungsquelle angeschlossenen Schaltung bewegen sich die Leitungselektronen unter Verlust von potentieller Energie zu höheren Potentialen, bis sie am Pluspol die Spannungsquelle erreicht haben und durch die Spannungsquelle wieder auf das Potential des Minuspoles zurückgebracht werden. Die Spannungsquelle muß den Leitungselektronen ständig potentielle Energie wieder zurückgeben, damit kein elektrostatisches Gleichgewicht entsteht.

In einem mathematischen Anhang zu den vorangehenden Betrachtungen, der für das physikalische Verständnis aber ohne Belang ist, wollen wir die gewonnenen physikalischen Einsichten mit Hilfe des Integrals formulieren.

Die Potentialdefinition geht über in

$$\varphi=-\int_A^P \vec{E}\,\mathrm{d}\vec{s}.$$

Dann ist die Spannung

$$U=\varphi_2-\varphi_1=-\int_A^{P_2} \vec{E}\,\mathrm{d}\vec{s}+\int_A^{P_1} \vec{E}\,\mathrm{d}\vec{s}=\int_{P_2}^{P_1} \vec{E}\,\mathrm{d}\vec{s}.$$

Die Spannung U zwischen zwei Punkten P_1 und P_2 ist das Linienintegral über die Feldstärke von P_2 bis P_1.

Das Potential φ im Abstand r von einer Punktladung Q ergibt sich mit

$$E=\frac{1}{4\pi\varepsilon_0}\cdot\frac{Q}{r^2} \quad \text{und} \quad \varphi(\infty)=0$$

zu

$$\begin{aligned}\varphi&=-\int_\infty^r \vec{E}\,\mathrm{d}\vec{s}\\&=\int_r^\infty \vec{E}\,\mathrm{d}\vec{r}\\&=\frac{Q}{4\pi\varepsilon_0}\cdot\int_r^\infty \frac{1}{r^2}\,\mathrm{d}r\\&=\frac{Q}{4\pi\varepsilon_0}\cdot\left[-\frac{1}{r}\right]_r^\infty\\&=\frac{1}{4\pi\varepsilon_0}\cdot\frac{Q}{r}.\end{aligned}$$

5.1.10 Die Kapazität und die Kondensatorschaltungen

Versuch 443.1 Verschiedene Kondensatoren, z.B. Plattenkondensatoren, Papierfolienkondensatoren, Leidener Flaschen, werden bei verschiedenen Spannungen U aufgeladen. Anschließend wird jeweils die Ladung Q mit einem Drehspulgerät, dem ein Meßverstärker vorgeschaltet ist, gemessen. Für jeden Kondensator ergibt sich eine Meßreihe.

Der Versuch zeigt den schon früher mitgeteilten Zusammenhang zwischen Ladung und Spannung:

$$Q=CU,$$

wobei der Proportionalitätsfaktor C für die verschiedenen Kondensatoren verschiedene Werte hat. Er hängt von der Beschaffenheit des benutzten Kondensators ab und wird als dessen *Kapazität* bezeichnet.

Die Messung der Ladung mit Hilfe des Meßverstärkers mußte ballistisch vorgenommen werden, weil eine Ladungsmessung, die zum Dauerausschlag führt, den hier experimentell nachzuweisenden Zusammenhang

$$Q=CU$$

bereits benutzt (S. 411).

Wir stellen also fest:

Unter der Kapazität C eines Kondensators versteht man den Quotienten aus der Ladung Q und der Spannung U zwischen den gegeneinander isolierten Leiterteilen, aus denen der Kondensator besteht:

$$C=\frac{Q}{U}.$$

Die Festsetzung der Kapazitätseinheit 1 Farad (F) wurde bereits auf S. 405 beschrieben.

Wir wenden uns nunmehr der genaueren Untersuchung der Kapazität eines Plattenkondensators zu. Die Plattenabmessungen des in Abb. 405.1 dargestellten geladenen Plattenkondensators sollen in Wirklichkeit groß gegenüber dem Plattenabstand sein; dann ist das elektrische Feld homogen, und auf den Außenflächen der Platten sitzen fast keine Ladungen. Der Betrag der elektrischen Feldstärke des homogenen Feldes wurde früher bereits mit Hilfe des elektrischen Flusses berechnet. Dabei ergab sich

$$E=\frac{1}{\varepsilon_0}\cdot\frac{Q}{A}.$$

Außerdem stellten wir einen Zusammenhang zwischen der Feldstärke E und der Spannung U zwischen den Platten fest:

$$E=\frac{U}{d}.$$

Gleichsetzen der Ausdrücke für E liefert

$$\frac{1}{\varepsilon_0}\cdot\frac{Q}{A}=\frac{U}{d} \quad \text{oder} \quad \frac{Q}{U}=\varepsilon_0\cdot\frac{A}{d}.$$

Damit haben wir für die Kapazität C des Plattenkondensators mit homogenem Feld gefunden:

$$C=\varepsilon_0\cdot\frac{A}{d}.$$

Die Kapazität C eines Plattenkondensators ist der Plattenfläche A direkt und dem Plattenabstand d umgekehrt proportional.

Der Proportionalitätsfaktor ε_0 ist die elektrische Feldkonstante, die wir erstmalig im COULOMB-Gesetz kennengelernt haben. Man hätte selbstverständlich bereits im COULOMB-Gesetz

$$F=\frac{1}{4\pi\,\varepsilon_0}\cdot\frac{Q_1 Q_2}{r^2}$$

statt des komplizierten Proportionalitätsfaktors $\frac{1}{4\pi\,\varepsilon_0}$ eine elektrische Feldkonstante k durch die vereinfachte Darstellung

$$F=k\cdot\frac{Q_1\,Q_2}{r^2}$$

definieren können; dann hätte sich für die Kapazität des Plattenkondensators aber die komplizierte Form

$$C=\frac{1}{4\pi\,k}\cdot\frac{A}{d}$$

ergeben. Es ist praktischer, den Faktor 4π dort zu verwenden, wo man es mit radialen Feldern zu tun hat; deshalb hat man sich international auf die Einführung der elektrischen Feldkonstante bei dem homogenen Feld geeinigt.

Experimentell läßt sich die hergeleitete Kapazitätsformel für den Plattenkondensator leicht überprüfen.

Versuch 445.1 Wir laden einen Plattenkondensator mit 1 mm Plattenabstand auf und messen anschließend die Ladung wie in Versuch 443.1. Bei unveränderter Spannung wiederholen wir den Versuch bei 2 mm, 3 mm, 4 mm Plattenabstand. Es ergibt sich, daß die Ladungen umgekehrt proportional zu den Plattenabständen sind. Stehen mehrere Plattenkondensatoren zur Verfügung, läßt sich in gleicher Weise die Proportionalität zur Plattenfläche nachweisen, wenn man in dieser Versuchsreihe immer den gleichen Plattenabstand wählt.

Auch die elektrische Feldkonstante ε_0 läßt sich leicht bestimmen.

Versuch 445.2 Ein Plattenkondensator mit quadratischen Platten von 20 cm Seitenlänge und dem Plattenabstand 2 mm wird durch kurzzeitiges Verbinden mit einer Spannungsquelle von 100 V aufgeladen. Die anschließende Ladungsmessung ergibt $Q = 18 \cdot 10^{-9}$ C.

Aus

$$\frac{Q}{U} = \varepsilon_0 \cdot \frac{A}{d} \quad \text{folgt} \quad \varepsilon_0 = \frac{Q\,d}{U\,A}.$$

Mit den Meßwerten

$$Q = 18 \cdot 10^{-9}\,\mathrm{C}, \qquad d = 2 \cdot 10^{-3}\,\mathrm{m}, \qquad U = 100\,\mathrm{V}, \qquad A = 4 \cdot 10^{-2}\,\mathrm{m}^2$$

erhalten wir

$$\varepsilon_0 = 9 \cdot 10^{-12}\,\frac{\mathrm{C}}{\mathrm{V\,m}}.$$

Aufgrund genauester Messungen für ε_0 ergibt sich folgender Wert

$$\varepsilon_0 = 8{,}8542 \cdot 10^{-12}\,\frac{\mathrm{C}}{\mathrm{V\,m}}.$$

Die Formel für die Kapazität eines Plattenkondensators gilt strenggenommen nur, wenn sich zwischen den Platten ein Vakuum befindet; mit großer Annäherung gilt sie auch für Luft als Medium zwischen den Platten.

Versuch 445.3 Zwischen die Platten eines mit einem Elektrometer verbundenen, geladenen Plattenkondensators bringen wir eine Glasplatte, die den Raum zwischen den Platten ganz ausfüllt, und entfernen sie dann wieder.

Es zeigt sich, daß die Spannung beim Einführen der Glasplatte sinkt, d.h., die Kapazität des Kondensators hat zugenommen. Beim Entfernen der Glasplatte nimmt die Spannung und damit die Kapazität den ursprünglichen Wert wieder an. Wir erkennen also:

Die Kapazität eines Kondensators hängt von dem zwischen den Platten befindlichen Medium ab.

Der zwischen den Platten befindliche Isolator wird als *Dielektrikum* bezeichnet. Verwendet man Glas statt Luft als Dielektrikum, so wird die Kapazität des Kondensators auf den 5- bis 7fachen Betrag erhöht. Auch bei jedem anderen Dielektrikum wird die Kapazität gegenüber dem Vakuum um einen bestimmten Faktor vergrößert. Man erfaßt diese Materialeigenschaft zahlenmäßig durch die *Dielektrizitätszahl* ε_r, die wir folgendermaßen definieren:

Unter der Dielektrizitätszahl ε_r eines Dielektrikums verstehen wir die Zahl, die angibt, um wieviel das betreffende Dielektrikum die Kapazität eines Kondensators gegenüber dem Vakuum vervielfacht.

Für die Kapazität eines Plattenkondensators mit irgendeinem Dielektrikum ergibt sich dann

$$C = \varepsilon_0 \cdot \varepsilon_r \cdot \frac{A}{d}.$$

Die Dielektrizitätszahl hat für das Vakuum den Wert 1 und für alle anderen Dielektrika Werte größer als 1. Für Gase ist sie nur sehr wenig von 1 verschieden, d.h., Gase haben auf die Kapazität eines Kondensators keinen nennenswerten Einfluß. Wie aus der folgenden Tabelle ersichtlich ist, hat Wasser eine besonders große Dielektrizitätszahl; es ist aber als Dielektrikum bei Kondensatoren ungeeignet, weil es kein guter Isolator ist.

Dielektrizitätszahlen

Vakuum	1,00000	Papier	1,6 bis 2,6	Glimmer	4 bis 8
Wasserstoff	1,00025	Paraffin	2 bis 2,3	Aceton	21
Sauerstoff	1,00049	Plexiglas	3	Glycerin	41
Luft	1,00059	Glas	2 bis 16	Wasser	80,3
				Keramische Spezialmassen	100 und mehr

Die viel verwendeten *Papierfolienkondensatoren* enthalten zwischen Stanniol- oder Aluminiumstreifen als Dielektrikum paraffiniertes Papier. Sie sind nur für geringe Spannungen brauchbar (etwa 700 V), weil die Isolierfähigkeit des Papiers für höhere Spannungen nicht genügt. Wenn man Kondensatoren für höhere Spannungen bauen will, so verwendet man als Dielektrikum Glas oder Glimmer; Glimmer hat sich wegen seiner großen Dielektrizitätszahl und seiner großen Durchschlagsfestigkeit besonders gut bewährt. Es wurde in der Tabelle der Dielektrizitätszahlen schon angegeben, daß man heute (unter Verwendung von TiO_2) keramische Massen herstellen kann, die Dielektrizitätszahlen von 100 und mehr haben und für den Bau von Kondensatoren mit großen Kapazitäten gut geeignet sind.

Die *Kapazität einer Kugel* mit leitender Oberfläche vom Radius R, die von anderen Leitern weit entfernt ist (kurz: frei stehende Kugel genannt), läßt sich mit Hilfe des Potentials an ihrer Oberfläche leicht berechnen. Wir haben früher hergeleitet (S. 422), daß das elektrische Feld um eine geladene Kugel das gleiche ist wie das Feld einer gleich großen Punktladung am Ort des Mittelpunktes dieser Kugel. Der Transport einer positiven Probeladung aus dem Unendlichen bis zur Oberfläche der Kugel erfordert damit die gleiche Arbeit wie der Transport der Probeladung im Feld einer Punktladung bis zum Abstand R von der Punktladung. Darum ist das Potential auf der Kugeloberfläche das gleiche wie das Potential im Abstand R von einer Punktladung, also

$$\varphi = \frac{1}{4\pi\varepsilon_0} \cdot \frac{Q}{R}.$$

Besteht zwischen der praktisch unendlich weit entfernt gedachten Umgebung der Kugel (Wände, Zimmerdecke, Experimentiertisch) und der Kugel die Spannung

$$U = \varphi(R) - \varphi(\infty) = \varphi(R) - 0,$$

so ergibt sich die Kapazität $C = \frac{Q}{U}$ zu

$$C = 4\pi\varepsilon_0 \cdot R.$$

Der bei der experimentellen Einführung der elektrischen Feldstärke verwendete Pingpong-Ball mit leitender Oberfläche hat einen Radius von $r = 2$ cm. Berühren wir ihn mit dem Pol eines Hochspannungsnetzgerätes, der 6 kV Spannung gegenüber der Erde hat, so nimmt der Pingpong-Ball die Ladung

$$Q = 4\pi\varepsilon_0 \cdot R \cdot U$$

auf. Es ist

$$Q = 4\pi \cdot 8{,}85 \cdot 10^{-12} \frac{\mathrm{C}}{\mathrm{V\,m}} \cdot 2 \cdot 10^{-2}\,\mathrm{m} \cdot 6 \cdot 10^{3}\,\mathrm{V} \approx 13 \cdot 10^{-9}\,\mathrm{C}.$$

Die Ladung ist also mit dem Meßverstärker im Meßbereich $30 \cdot 10^{-9}$ C meßbar.

Abschließend untersuchen wir die verschiedenen Möglichkeiten von *Kondensatorschaltungen.*

Kondensatoren können auf verschiedene Weise miteinander verbunden werden. Wir unterscheiden die *Parallelschaltung* (Abb. 447.1 a) und die *Hintereinanderschaltung* (Abb. 447.1 b). In der Abbildung ist für die Kondensatoren das Schaltzeichen für Kondensatoren oder das Kondensatorsymbol verwendet. Dieses Schaltzeichen orientiert sich am Plattenkondensator, soll aber ganz allgemein irgendeinen Kondensator bedeuten. Die angegebenen Schaltungen können sich z. B. auch auf Papierfolienkondensatoren, Elektrolytkondensatoren usw. beziehen.

Abb. 447.1
Parallelschaltung a) und Hintereinanderschaltung b) von Kondensatoren

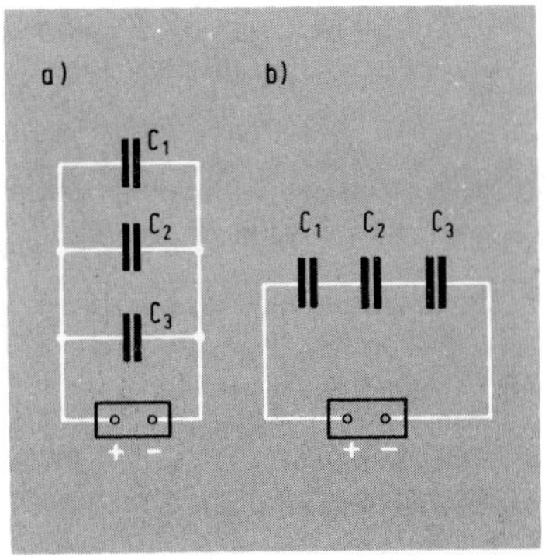

Bei der Parallelschaltung liegt an allen Kondensatoren wegen der leitenden Verbindung die gleiche Spannung U; die auf ihnen befindlichen Ladungen sind dann

$$Q_1 = C_1 U,\ Q_2 = C_2 U,\ Q_3 = C_3 U,\ \ldots,\ Q_n = C_n U.$$

Auf dem Gesamtkondensator, dessen Kapazität C_{ges} berechnet werden soll, befindet sich dann die Ladung

$$Q = Q_1 + Q_2 + Q_3 + \cdots + Q_n,$$

für die die Gleichung $Q = C_{\text{ges}} U$ gilt. Es ergibt sich also

$$C_{\text{ges}} U = C_1 U + C_2 U + C_3 U + \cdots + C_n U$$

und daher

$$C_{\text{ges}} = C_1 + C_2 + C_3 + \cdots + C_n.$$

Bei der Parallelschaltung mehrerer Kondensatoren addieren sich die Kapazitäten der einzelnen Kondensatoren.

Bei der Hintereinanderschaltung ist die Spannung an den freien Enden gleich der Summe der Spannungen an den einzelnen Kondensatoren

$$U = U_1 + U_2 + U_3 + \cdots + U_n.$$

Der Ladevorgang durch die Spannungsquelle vollzieht sich bei der Hintereinanderschaltung nur an den an die Spannungsquelle direkt angeschlossenen Leiterteilen, z. B. bei hintereinander geschalteten Plattenkondensatoren nur an der ersten Platte des ersten Plattenkondensators und an der zweiten Platte des letzten Plattenkondensators. Die anderen Platten sind nicht an die Spannungsquelle angeschlossen. Auf ihnen verschieben sich die Ladungen durch Influenzwirkung. Wenn die Spannungsquelle die Ladung $+Q$ auf die erste Platte des ersten Kondensators bringt, so influenziert diese Ladung die negative Ladung $-Q$ auf der zweiten Platte des ersten Kondensators, so daß auf der ersten Platte des zweiten Kondensators die positive Ladung $+Q$ zurückbleibt. Diese influenziert die negative Ladung $-Q$ auf der ersten Platte des dritten Kondensators usw. Daraus folgt, daß die Ladungen auf allen Kondensatoren gleich groß sind. Haben die einzelnen Kondensatoren die Kapazitäten $C_1, C_2, C_3, \ldots, C_n$, so ist

$$U_1 = \frac{Q}{C_1},\ U_2 = \frac{Q}{C_2},\ U_3 = \frac{Q}{C_3},\ \ldots,\ U_n = \frac{Q}{C_n}.$$

Dann ist also

$$\frac{Q}{C_{\text{ges}}} = \frac{Q}{C_1} + \frac{Q}{C_2} + \frac{Q}{C_3} + \cdots + \frac{Q}{C_n},$$

wobei C_{ges} die Gesamtkapazität bedeutet. Es ergibt sich damit

$$\frac{1}{C_{\text{ges}}} = \frac{1}{C_1} + \frac{1}{C_2} + \frac{1}{C_3} + \cdots + \frac{1}{C_n}.$$

Bei der Hintereinanderschaltung mehrerer Kondensatoren ist der Kehrwert der Gesamtkapazität gleich der Summe der Kehrwerte der Einzelkapazitäten.

Wir wollen diese Ergebnisse experimentell für einen Sonderfall bestätigen.

Versuch 448.1 Wir laden nacheinander einen Kondensator mit der Kapazität 2 µF, zwei parallel geschaltete Kondensatoren von je 1 µF und zwei hintereinander geschaltete Kondensatoren von je 4 µF Kapazität mit derselben Spannung auf und entladen diese Systeme anschließend über ein Drehspulgerät, dem ein Meßverstärker vorgeschaltet ist.

Der Versuch zeigt, daß sich jeweils derselbe Ausschlag ergibt, wie nach der Rechnung auch erwartet werden muß.

5.1.11 Der Energieinhalt des elektrischen Feldes

Versuch 448.2 Ein Plattenkondensator, an dem parallel zu den Platten ein Elektrometer angeschlossen ist (Abb. 442.1), wird durch einmaliges Berühren mit einer Spannungsquelle aufgeladen. Die Ladung Q bleibt auch nach dem Entfernen der Spannungsquelle auf den Platten. Der Plattenabstand wird nun durch Auseinanderziehen der Platten vergrößert und das Elektrometer beobachtet.

Der Versuch zeigt ein Anwachsen der Spannung U bei Vergrößerung des Plattenabstandes d. Rechnerisch ergibt sich dieser Zusammenhang aus

$$C=\frac{Q}{U} \quad \text{und} \quad C=\varepsilon_0 \cdot \frac{A}{d},$$

also aus

$$U=\frac{Q \cdot d}{\varepsilon_0 \cdot A},$$

da die Größen Q, ε_0 und A konstant sind. Die Ladung Q wird ja nicht vermehrt und kann auch nicht abfließen. Wir haben früher gesehen, daß der Betrag der Feldstärke E sich aus der Flächenladungsdichte ergibt:

$$E=\frac{1}{\varepsilon_0} \cdot \frac{Q}{A}.$$

Damit hat sich bei dem Auseinanderziehen der Platten die Feldstärke nicht geändert, wenn wir voraussetzen, daß das Feld auch nach Vergrößerung des Plattenabstandes noch homogen ist. Der Rauminhalt, in welchem sich das elektrische Feld befindet, ist größer geworden. Ziehen wir die Platten vom Abstand d_1 auf den größeren Abstand d_2 auseinander, so wird der felderfüllte Raum um das Volumen

$$\Delta V=(d_2-d_1) \cdot A$$

größer. Andererseits muß bei dem Auseinanderziehen der Platten mechanische Arbeit aufgewendet werden, da sich die positiven und negativen Ladungen auf den Innenflächen der Platten gegenseitig anziehen. Es hat sich nun die Vorstellung bewährt, daß diese Arbeit nach dem Energieerhaltungssatz im elektrischen Feld gespeichert wird. Wenn man bedenkt, daß der Raum zwischen den Platten „leer“ sein kann, d.h., daß die Luft bei unseren Experimenten zum elektrischen Feld praktisch keine Rolle spielt und im Idealfall sogar durch das Vakuum ersetzt werden muß, wird die Konsequenz der vorangehenden Überlegungen zunächst erstaunlich sein. Energiespeicherung im leeren Raum kann man sich anschaulich schlecht vorstellen. Wir haben aber schon bei der Betrachtung des Dipolfeldes festgestellt, daß Feldänderungen, die z.B. durch einen Dipol mit periodisch wechselnder Polarität erzeugt werden können, zu ihrer Ausbreitung Zeit benötigen. Verbinden wir diese Vorstellungen miteinander, so sehen wir, daß es die elektrische Energie des elektrischen Feldes ist, die zu ihrer Ausbreitung im Raum Zeit braucht. Anders ausgedrückt:

Ein elektrisches Feld läßt sich niemals unendlich schnell aufbauen – auch nicht das elektrische Feld im Raum zwischen den Platten eines Plattenkondensators –, denn der Aufbau eines elektrischen Feldes bedeutet immer zugleich Energiespeicherung im Raum. Es schließt sich die Frage an, ob man unter diesen

Umständen überhaupt noch von einem „leeren Raum" sprechen kann, wenn ein elektrisches Feld im Raum besteht. Bisher haben wir anschaulich unter einem leeren Raum einen Raum verstanden, in dem „nichts" ist. Aber auch den Begriff „nichts" müßte man neu interpretieren. O. v. GUERICKE (1602–1686) verstand bei seinen Luftpumpenversuchen unter dem „nichts" ein Vakuum, d.h. einen vollständig materiefreien Raum. Wenn es technisch auch mit den besten Luftpumpen nicht gelingt, ein ideales Vakuum zu schaffen, so kann man sich ein solches Vakuum jedenfalls vorstellen. Nach der Vorstellung der Existenz eines Energieinhaltes eines elektrischen Feldes könnte aber selbst in solchen Vakuumgebieten Energie enthalten sein. Der Begriff der „Leere" wird in diesem Fall zumindest problematisch. Andererseits sieht man, daß die Einführung des Begriffs des elektrischen Feldes nicht nur ein formaler Akt für eine brauchbare Beschreibung physikalischer Gegebenheiten ist, sondern daß vielmehr mit diesem Begriff eine sehr viel tiefere Einsicht in die Struktur der Natur gewonnen werden konnte.

Wir wollen jetzt die *Energiedichte des elektrischen Feldes* mit Hilfe eines Gedankenversuchs berechnen. Wir verfahren dabei so, daß wir die Arbeit berechnen, die erforderlich ist, um die Ladung Q in kleinen Portionen q auf die Platten eines Plattenkondensators zu bringen. Wir gehen vom ungeladenen Plattenkondensator aus. Von der ersten Platte wird die Ladung q abgelöst und zur zweiten Platte gebracht. Nach diesem Vorgang ist der Kondensator geladen; die zweite Platte trägt die Ladung q, die erste die Ladung $-q$, und zwischen den Platten liegt nach $q = C \cdot U$ die Spannung

$$U_1 = \frac{q}{C}.$$

Im zweiten Schritt lösen wir erneut eine Ladung q von der ersten Platte und transportieren sie wieder zur zweiten Platte, diesmal aber in einem elektrischen Feld mit der Feldstärke

$$E_1 = \frac{U_1}{d}.$$

Der Transport erfordert daher jetzt die Arbeit

$$W_1 = F_1 \cdot d = q \cdot E_1 \cdot d = q \cdot U_1 = \frac{q^2}{C}.$$

Nach diesem Transport trägt der Kondensator die Ladung $2q$, zwischen seinen Platten liegt die Spannung

$$U_2 = \frac{2q}{C}.$$

Der dritte Transport dieser Art erfordert die Arbeit

$$W_2 = q \cdot U_2 = \frac{2q^2}{C}$$

usw., der n-te Transport die Arbeit

$$W_{n-1} = q \cdot U_{n-1} = \frac{(n-1) \cdot q^2}{C}.$$

Nach diesen n Transporten trägt der Kondensator die Ladung $Q = n\,q$. Der gesamte Ladevorgang erforderte die Arbeit

$$\begin{aligned} W &= \frac{q^2}{C} \cdot [1 + 2 + \cdots + (n-1)] \\ &= \frac{q^2}{C} \cdot \frac{(n-1) \cdot n}{2} \\ &= \frac{Q^2}{n^2 \cdot C} \cdot \frac{(n-1) \cdot n}{2} \\ &= \frac{Q^2}{2C} \cdot \left(1 - \frac{1}{n}\right). \end{aligned}$$

Wird die Ladung $Q=nq$ in eine sehr große Zahl n gleicher Ladungsportionen q unterteilt, so kann man praktisch $\frac{1}{n}=0$ setzen. Damit ergibt sich für den gesamten Ladevorgang und damit für die schrittweise Herstellung eines elektrischen Feldes vom Betrag $E=\frac{U}{d}$ die Arbeit

$$W=\frac{1}{2}\cdot\frac{Q^2}{C}=\frac{1}{2}\cdot QU=\frac{1}{2}CU^2,$$

die nun als Energie W_e des elektrischen Feldes im Raum zwischen den Platten, d.h. im Volumen $V=Ad$ lokalisiert ist. Da für den Plattenkondensator außerdem noch die Kapazitätsformel $C=\varepsilon_0\cdot\frac{A}{d}$ gilt, erhalten wir für die Energiedichte $w_e=\frac{W_e}{V}$ des elektrischen Feldes

$$w_e=\frac{1}{2}\cdot\frac{CU^2}{Ad}=\frac{1}{2}\cdot\frac{\varepsilon_0\cdot AU^2}{Ad^2}=\frac{1}{2}\cdot\varepsilon_0\cdot E^2.$$

Wir haben uns bei der Herleitung der Abhängigkeit der Energiedichte von der elektrischen Feldstärke am homogenen Feld des Plattenkondensators orientiert. Das Ergebnis gilt aber ganz allgemein für alle elektrischen Felder, weil man jedes elektrische Feld in einem hinreichend kleinen Bereich als homogen ansehen kann.

Die Energiedichte eines elektrischen Feldes ist dem Quadrat der elektrischen Feldstärke proportional, und es gilt

$$w_e=\tfrac{1}{2}\cdot\varepsilon_0\cdot E^2.$$

Gleichfalls gilt die oben entwickelte Formel für den Energieinhalt eines Kondensators unabhängig von der Bauart des Kondensators:

Die in einem Kondensator mit der Kapazität C gespeicherte Energie ist dem Quadrat der Spannung U proportional, und es gilt

$$W=\tfrac{1}{2}CU^2.$$

Mit Hilfe der Integralrechnung ergibt sich die Arbeitsberechnung eleganter:
Die Gesamtarbeit erhält man durch die Integration

$$W_e=\int_0^{Q_E} U\,\mathrm{d}Q,$$

wenn der Kondensator anfangs ungeladen ist und am Ende des Ladevorganges die Ladung Q_E trägt. Die während des Ladevorganges am Kondensator liegende Spannung ist

$$U=\frac{Q}{C}\quad\text{mit}\quad 0\leqq Q\leqq Q_E,$$

am Ende des Ladevorganges ist sie

$$U_E=\frac{Q_E}{C}.$$

Dann ist

$$W_e=\int_0^{Q_E}\frac{Q}{C}\,\mathrm{d}Q=\frac{1}{C}\cdot\int_0^{Q_E}Q\,\mathrm{d}Q=\frac{1}{2}\,\frac{Q_E^2}{C}=\frac{1}{2}\,CU_E^2.$$

Der Index E kann jetzt fortgelassen werden: Die im Kondensator gespeicherte Energie beträgt

$$W_e=\tfrac{1}{2}CU^2.$$

5.1.12 Materie im elektrischen Feld

Wenn der Raum zwischen den Platten eines Plattenkondensators mit einem Dielektrikum gefüllt wird, so geht die Kapazität

$$C = \varepsilon_0 \cdot \frac{A}{d}$$

des ungefüllten Kondensators in die Kapazität

$$C = \varepsilon_0 \cdot \varepsilon_r \cdot \frac{A}{d}$$

des gefüllten Kondensators über, wobei ε_r eine für das betreffende Dielektrikum charakteristische Materialkonstante ist. ε_r heißt *Dielektrizitätszahl* (S. 445).

Der Übergang von ε_0 in $\varepsilon_0 \cdot \varepsilon_r$ bei Raumerfüllung durch ein Dielektrikum ist nicht auf den Plattenkondensator beschränkt. Das Wesentliche ist ja nicht der Plattenkondensator als Gerät, sondern das elektrische Feld, das den Raum erfüllt. Da man in hinreichend kleinen Volumenelementen jedes Feld als homogen ansehen und deshalb mit dem Feld eines Plattenkondensators vergleichen kann, muß der Übergang von ε_0 in $\varepsilon_0 \cdot \varepsilon_r$ auch für jedes hinreichend kleine Volumenelement gelten. Da man sich andererseits jeden größeren Raum aus solchen Volumenelementen aufgebaut denken kann, gilt diese Feststellung ganz allgemein:

Wird der Vakuum-Raum, in dem sich ein elektrisches Feld befindet, mit einem Dielektrikum gefüllt, so geht bei der mathematisch-physikalischen Beschreibung des Raumes in allen Gleichungen ε_0 in $\varepsilon_0 \cdot \varepsilon_r$ über.

Die Gleichung $U = \int_{P_2}^{P_1} \vec{E}\, d\vec{s}$ (S. 443), speziell für das Feld des Plattenkondensators $U = Ed$ (S. 425), enthält die Feldkonstante ε_0 nicht. Man setzt daher fest, daß die elektrische Feldstärke $\vec{E}$ diesen Gleichungen auch im materieerfüllten Raum genügen soll.

Der Raum ist materiefrei	*Der Raum ist mit einem Dielektrikum gefüllt*
COULOMB-Gesetz	
$F = \frac{1}{4\pi\varepsilon_0} \cdot \frac{Q_1 Q_2}{r^2}$	$F = \frac{1}{4\pi\varepsilon_0 \cdot \varepsilon_r} \cdot \frac{Q_1 Q_2}{r^2}$
Betrag der elektrischen Feldstärke des radialen Feldes einer Punktladung	
$E = \frac{1}{4\pi\varepsilon_0} \cdot \frac{Q}{r^2}$	$E = \frac{1}{4\pi\varepsilon_0 \cdot \varepsilon_r} \cdot \frac{Q}{r^2}$
Betrag der elektrischen Feldstärke auf den Achsen um einen Dipol	
$E = \frac{Ql}{2\pi\varepsilon_0} \cdot \frac{1}{y^3}$; $E = \frac{Ql}{4\pi\varepsilon_0} \cdot \frac{1}{x^3}$	$E = \frac{Ql}{2\pi\varepsilon_0 \cdot \varepsilon_r} \cdot \frac{1}{y^3}$; $E = \frac{Ql}{4\pi\varepsilon_0 \cdot \varepsilon_r} \cdot \frac{1}{x^3}$
Zusammenhang zwischen elektrischer Feldstärke und Flächenladungsdichte	
$E = \frac{1}{\varepsilon_0} \cdot \frac{Q}{A}$	$E = \frac{1}{\varepsilon_0 \cdot \varepsilon_r} \cdot \frac{Q}{A}$
Elektrisches Potential im Abstand r von einer Punktladung	
$\varphi = \frac{1}{4\pi\varepsilon_0} \cdot \frac{Q}{r}$	$\varphi = \frac{1}{4\pi\varepsilon_0 \cdot \varepsilon_r} \cdot \frac{Q}{r}$
Elektrischer Fluß durch eine geschlossene Hüllfläche um die Ladung Q	
$\Psi = \varepsilon_0 \cdot \sum E_N \cdot \Delta A = Q$	$\Psi = \varepsilon_0 \cdot \varepsilon_r \cdot \sum E_N \cdot \Delta A = Q$

Aus praktischen, physikalisch aber keineswegs notwendigen Gründen, führt man einen zweiten Vektor zur Beschreibung des elektrischen Feldes durch die Definition

$$\vec{D} = \varepsilon_0 \cdot \varepsilon_r \cdot \vec{E}$$

ein.

Man nennt den Vektor $\vec{D}$ die elektrische Flußdichte oder auch die elektrische Verschiebung.

Die Einführung dieses Vektors bringt in denjenigen Gleichungen Vorteile, die so umgeformt werden können, daß das Produkt $\varepsilon_0 \cdot \varepsilon_r \cdot E$ auftritt. Es ergibt sich dann folgende vereinfachte Schreibweise:

Betrag der elektrischen Flußdichte des radialen Feldes einer Punktladung:

$$D = \frac{1}{4\pi r^2} \cdot Q.$$

Betrag der elektrischen Flußdichte auf den Achsen um einen Dipol:

$$D = \frac{l}{2\pi y^3} \cdot Q; \qquad D = \frac{l}{4\pi x^3} \cdot Q.$$

Zusammenhang zwischen elektrischer Flußdichte und Flächenladungsdichte:

$$D = \frac{Q}{A}.$$

Elektrischer Fluß durch eine geschlossene Hüllfläche um die Ladung Q:

$$\Psi = \sum D_N \cdot \Delta A = Q.$$

Da die elektrische Flußdichte gerade so definiert wurde, daß in diesen Gleichungen die Dielektrizitätszahl ε_r nicht mehr auftritt, gelten die Gleichungen völlig unabhängig vom dielektrischen Material, mit dem der Raum gefüllt ist. Außerdem erkennt man, daß die elektrische Flußdichte stets zur felderzeugenden Ladung Q proportional ist.

An die Gleichung

$$D = \frac{Q}{A}$$

knüpft die *Ausführungsverordnung zum Gesetz über Einheiten im Meßwesen* an, die über die Einheit der elektrischen Flußdichte bestimmt:

Die abgeleitete Einheit der elektrischen Flußdichte oder Verschiebung ist das Coulomb durch Quadratmeter $\left(\text{Einheitenzeichen: } \frac{\mathrm{C}}{\mathrm{m}^2} \text{ oder } \mathrm{C\,m^{-2}}\right)$. 1 Coulomb durch Quadratmeter ist gleich der elektrischen Flußdichte oder Verschiebung in einem Plattenkondensator, dessen beide im Vakuum parallel zueinander angeordnete, unendlich ausgedehnte Platten je Fläche 1 m^2 gleichmäßig mit der Elektrizitätsmenge 1 C aufgeladen wären.

Abgeleitete Einheiten der elektrischen Flußdichte oder Verschiebung sind auch alle anderen Quotienten, die aus einer gesetzlichen Einheit der Elektrizitätsmenge und einer gesetzlichen Flächeneinheit gebildet werden.

Beispiel $1\,\mu\mathrm{C\,cm^{-2}} = 10^{-2}\,\mathrm{C\,m^{-2}}$.

Um zu verstehen, woher der seltsame Name elektrische Verschiebung für den Feldvektor $\vec{D}$ kommt, erinnern wir uns an den früher beschriebenen Influenzversuch mit dem Influenzplattenpaar, das im elektrischen Feld getrennt wird (S. 427). Die Flächenladungsdichte der auf den Platten influenzierten, und d.h.

zugleich verschobenen Ladung beträgt in der Schreibweise mit der elektrischen Feldstärke

$$\frac{Q_i}{A_i} = \varepsilon_0 \cdot \varepsilon_r \cdot E,$$

in der Schreibweise mit der elektrischen Verschiebung

$$\frac{Q_i}{A_i} = D.$$

Der Betrag der elektrischen Verschiebung ist der Flächenladungsdichte der durch Influenz verschobenen Ladung gleich.

Dem Namen *elektrische Verschiebung* liegt also die Erscheinung der Verschiebung von Ladungen bei der Influenz zugrunde. Da diese Erscheinung schon in der Frühzeit der Geschichte der Elektrizitätslehre bekannt war, hat sich auch zunächst der Name *elektrische Verschiebung* für die Feldgröße $\vec{D}$ durchgesetzt. In der physikalisch-technischen Literatur wird aber zunehmend der Name *elektrische Flußdichte* bevorzugt. Dieser Name paßt auch besser zum Begriff des elektrischen Flusses Ψ, weil man den Zusammenhang

$$\Psi = \sum D_N \cdot \Delta A$$

dann folgendermaßen formulieren kann:

Der elektrische Fluß durch eine Fläche ist die Flächensumme über die Normalkomponenten der elektrischen Flußdichte.

Die beiden Feldgrößen $\vec{E}$ und $\vec{D}$ werden häufig nebeneinander gebraucht. Den Vektor $\vec{D}$ verwendet man vorzugsweise, wenn man in den Betrachtungen von den felderzeugenden Ladungen ausgeht, den Vektor $\vec{E}$ vorzugsweise, wenn man die Kraftwirkungen auf geladene Körper im elektrischen Feld untersucht. Das alles ist nur eine Ökonomie der Darstellung, keine tiefgründige physikalische Erkenntnis. Man kann stets $\vec{D}$ und $\vec{E}$ durch

$$\vec{D} = \varepsilon_0 \cdot \varepsilon_r \cdot \vec{E}$$

ineinander umrechnen. Kompliziert werden die Verhältnisse nur im Ausnahmefall des elektrischen Feldes in einem nicht kubischen Einkristall. In solchen Kristallen hängen die elektrischen und optischen Eigenschaften von den Richtungen im Kristall ab. Das bedeutet, daß die Dielektrizitätszahl ε_r für verschiedene Richtungen verschiedene Werte annimmt. $\vec{D}$ und $\vec{E}$ sind dann nicht mehr in allen Richtungen gleichgerichtet; die Beziehung

$$\vec{D} = \varepsilon_0 \cdot \varepsilon_r \cdot \vec{E}$$

darf nicht mehr bedenkenlos angewendet werden.

Zum Abschluß der Elektrostatik betrachten wir noch einige Übungsaufgaben.

Beispiele

1. Die geladenen Kugeln einer Drehwaage (Schulversuch) tragen jeweils die Ladung $Q = 7{,}8 \cdot 10^{-9}$ C; ihr gegenseitiger Abstand beträgt 10 cm. Mit welcher Kraft stoßen sich die Kugeln ab?

COULOMB-Gesetz

$$F = \frac{1}{4\pi\varepsilon_0} \cdot \frac{Q_1 Q_2}{r^2}$$

$$F = \frac{1}{4\pi \cdot 8{,}85 \cdot 10^{-12} \frac{\text{As}}{\text{Vm}}} \cdot \frac{7{,}8 \cdot 10^{-9}\,\text{C} \cdot 7{,}8 \cdot 10^{-9}\,\text{C}}{0{,}1\,\text{m} \cdot 0{,}1\,\text{m}}$$

$$= 5{,}5 \cdot 10^{-5}\,\frac{\text{VAs}}{\text{m}}$$

$$= 5{,}5 \cdot 10^{-5}\,\text{N}.$$

2. Welche Ladung nimmt die angegebene Schaltung (Abb. 454.1) mit den Kapazitäten $C_1 = 2\,\mu F$, $C_2 = 8\,\mu F$, $C_3 = 2\,\mu F$ bei der Spannung $U = 120$ V auf?

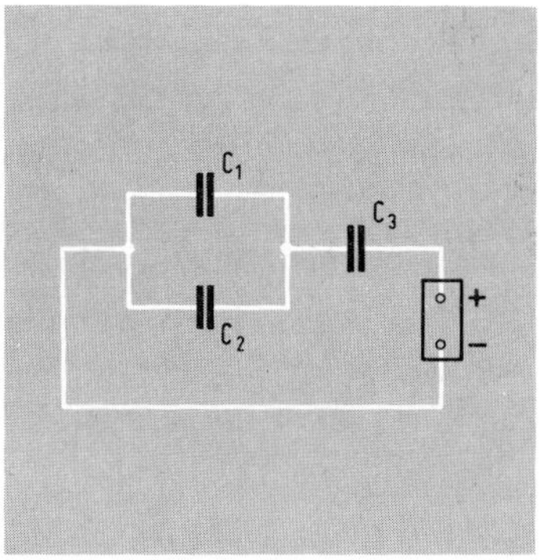

Abb. 454.1
Verzweigungsschaltung mit 3 Kondensatoren

C_1 und C_2 sind parallel geschaltet: $C_{1;2} = 2\,\mu F + 8\,\mu F = 10\,\mu F$.

$C_{1;2}$ und C_3 sind hintereinander geschaltet: $\frac{1}{C_{ges}} = \frac{1}{10\,\mu F} + \frac{1}{2\,\mu F} = \frac{6}{10\,\mu F}$.

Dann ist $C_{ges} = \frac{10}{6}\,\mu F$, $Q = C_{ges} \cdot U$, $Q = \frac{10}{6}\,\mu F \cdot 120\,V = 2 \cdot 10^{-4}$ C.

3. Mit welcher Kraft ziehen sich die Platten eines Plattenkondensators gegenseitig an, wenn sich zwischen den Platten Vakuum befindet? (Plattenfläche A, Plattenabstand d und Spannung U zwischen den Platten sind als bekannt vorauszusetzen.)

Im Plattenkondensator mit dem Plattenabstand d_1 ist die Energie

$$W_e = \frac{1}{2} C U^2 = \frac{1}{2} \frac{Q^2}{C} = \frac{1}{2} \cdot \frac{1}{\varepsilon_0} \cdot \frac{d_1}{A} \cdot Q^2$$

gespeichert. Zieht man die Platten mit der Kraft F auf den Abstand d_2 auseinander, muß man die Arbeit

$$F \cdot (d_2 - d_1)$$

verrichten. Dafür erhält man als Energiegewinn des elektrischen Feldes

$$\Delta W_e = \frac{1}{2} \cdot \frac{1}{\varepsilon_0} \cdot \frac{(d_2 - d_1)}{A} \cdot Q^2 .$$

Aus

$$F \cdot (d_2 - d_1) = \frac{1}{2} \cdot \frac{1}{\varepsilon_0} \cdot \frac{(d_2 - d_1)}{A} \cdot Q^2$$

erhält man

$$F = \frac{1}{2} \cdot \frac{1}{\varepsilon_0} \cdot \frac{Q^2}{A} = \frac{1}{2} \cdot \frac{1}{\varepsilon_0} \cdot \frac{C^2 U^2}{A} = \frac{1}{2} \cdot \varepsilon_0 \cdot A \cdot \frac{U^2}{d^2} .$$

Weitere Aufgaben: Siehe O. Höfling, Physik-Aufgaben II/2.

5.2 Statische Magnetfelder

Die Geschichte der Physik lehrt, daß alle Theorien, die sich bewährten und die von Bestand waren, die Naturbeschreibung ausschließlich mit beobachtbaren, meßbaren Größen bewältigen. Nur solche Größen haben Realität. Der *Lichtäther*, eine noch 1890 für notwendig befundene hypothetische Substanz, in der sich das Licht ausbreiten sollte, wurde aus der Optik ebenso verbannt wie der Wärmestoff, das *Phlogiston*, aus der Wärmelehre. Und wenn der Existenznachweis für das Elementarteilchen *Neutrino* nicht gelungen wäre, dann würde auch die 1931 von W. PAULI erdachte *Neutrinohypothese* heute nur den Historiker interessieren.

Mit den Magnetpolen verhält es sich nun ähnlich wie mit dem Lichtäther oder dem Phlogiston: der Begriff ermöglicht zunächst eine einfache Beschreibung einiger Phänomene, eine schnelle Verständigung über auftretende Erscheinungen. Später stellen sich Widersprüche heraus. Es gibt diese Pole, sozusagen die magnetische Entsprechung zur elektrischen Ladung, nicht. Nicht nur, daß man nicht einen Punkt des Magneten angeben könnte, auf den die Bezeichnung Pol exakt zuträfe, die Theorie des Elektromagnetismus macht nachdrücklich die Aussage, daß es solche Pole nicht gibt, nicht einmal in der Zweier-Verbindung von Nord- und Südpol zu einem Magneten.

Wir machen von einer fiktiven Existenz solcher Pole keinen Gebrauch, sie stellen keine beobachtbaren Größen dar.

Das schließt nicht aus, daß bei den zu schildernden Experimenten auch Magnete verwendet werden. Magnete existieren ja. Und deren Enden bezeichnen wir auch mit *Nordpol* und *Südpol*, das sind nur Namen für experimentell unterscheidbare Seiten des Magneten. Hängt man nämlich einen Magneten frei auf unserer Erde auf, dann weist immer dasselbe Ende annähernd in die Nordrichtung. Dieses Ende bekommt den Namen *Nordpol*.

In den Abschnitten 5.2.1 bis 5.2.14 sollen die *statischen*, d.h. zeitlich unveränderlichen Magnetfelder ausschließlich im leeren Raum untersucht und beschrieben werden; nur so ist es möglich, alle Aussagen mit Hilfe eines einzigen Feldvektors zu formulieren. Das erspart uns manche zusätzliche Schwierigkeit. Wir weisen aber schon hier darauf hin, daß damit auch alle Ergebnisse gewissen Einschränkungen unterliegen: sie gelten zunächst nur für Erscheinungen im leeren Raum. Dennoch werden alle Versuche im lufterfüllten Raum durchgeführt: das unterschiedliche Verhalten von Luft und Vakuum bezüglich der magnetischen Felder und ihrer Wirkungen kann ohne großen Aufwand nicht nachgewiesen werden, so geringfügig ist der Unterschied. Wir vernachlässigen ihn. Wo wir dennoch mit Spulen experimentieren, die mit einem Eisenkern gefüllt sind, da tun wir es, um recht starke Felder zu erhalten, mit denen sich manche Erscheinung besonders gut zeigen läßt. Es handelt sich dann aber stets um Zusammenhänge, bei denen die Herkunft des magnetischen Feldes ohne Belang ist. In zwei weiteren Sonderfällen weichen wir von dem Prinzip ab: wir experimentieren mit Magnetfeldern in Halbleitern und in Kupfer oder Aluminium. Für diese Materialien gilt ebenfalls, daß ihr Einfluß auf die magnetischen Erscheinungen nur mit besonderen Kunstgriffen nachgewiesen werden kann.

5.2.1 Die Struktur des Magnetfeldes von Permanentmagnet und stromdurchflossenem Leiter

Bevor wir die in diesem Buch vorausgesetzten Kenntnisse von magnetischen Erscheinungen zusammenstellen, bringen wir eine Definition, die das Formulieren erleichtert, wenn von geschlossenen, gerichteten Linien im Raum und von deren Stellung zu Vektoren oder Richtungen die Rede ist. Den Vektor nennen wir $\vec{N}$, über ihn wird im Einzelfall zu verfügen sein: es kann der Stromvektor $\vec{I}$ sein (vgl. S. 464) oder auch der Flächenvektor $\vec{A}$ (vgl. S. 494).

Definition: Einen Vektor $\vec{N}$ und eine Linie L, die eine Fläche A im Raum mit einem Umlaufsinn umrandet, nennen wir ein *rechtsorientiertes System* oder kurz auch *rechtsorientiert*, wenn der Umlaufsinn der Umrandung für einen in Richtung $\vec{N}$ blickenden Beobachter mit dem Uhrzeigersinn übereinstimmt. In einer anderen Formulierung könnte man sagen, daß der Vektor $\vec{N}$ vom Fuß zum Kopf eines Spaziergängers weist, der die Fläche so umwandert, daß sie stets zu seiner Linken liegt. Die Wegrichtung des Spaziergängers bestimmt den Umlaufsinn der Linie L. Man mag auch an eine Rechtsschraube denken; bei einer Drehung im Sinne der Linie L schraubt sie sich in Richtung $\vec{N}$ voran.

Jeder Magnet ist von einem Magnetfeld umgeben; man erkennt ein solches Feld daran, daß andere Magnete und stromdurchflossene Leiter in diesem Raum Kraftwirkungen erfahren. Kleine Magnetnadeln, als Sonde frei beweglich aufgehängt, pendeln sich schließlich in eine bestimmte Richtung ein. Die Richtung, in die die *Nordpol* benannte Seite der Magnetnadel dann weist, nennen wir die *Feldrichtung*. Diese Richtung ist im gesamten Magnetfeld eindeutig bestimmt.

Magnetfelder sind nicht an die Existenz von Magneten gebunden. Auch elektrische Ströme, also bewegte elektrische Ladungen, erzeugen Magnetfelder.

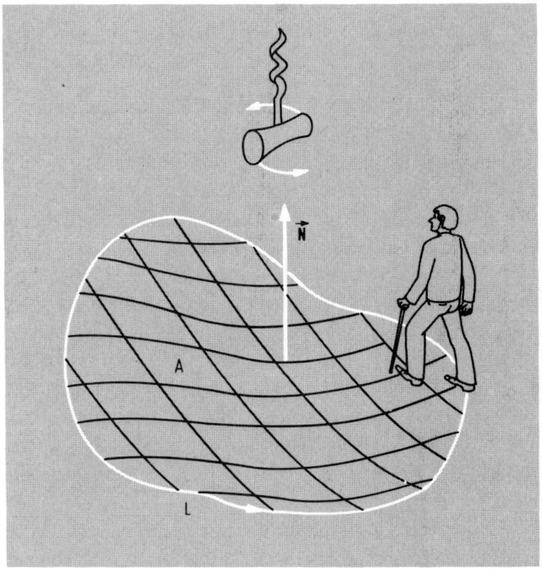

Abb. 456.1
Zusammenhang von Umlaufsinn und Vektor $\vec{N}$

Ein Magnetfeld kann durch *Feldlinien* beschrieben werden. Das sind gedachte Linien, die überall die *Richtung des Magnetfeldes* haben. Ihnen kommt keine physikalische Realität zu, sie dienen zur Beschreibung des Feldes, ähnlich wie die Höhenlinien auf einer Landkarte zur Beschreibung des Geländes dienen.

Wegen der *Eindeutigkeit der Feldrichtung* überschneiden sich oder verzweigen sich Feldlinien niemals. Die Feldlinien lassen sich mit Eisenfeilspänen jedenfalls innerhalb einer Ebene sichtbar machen. Die Späne ordnen sich in einem hinreichend starken Magnetfeld zu Ketten, die annähernd die Feldlinien nachzeichnen.

Die Felder zweier Magnete überlagern sich, es entsteht dabei ein neues Feld mit einem neuen Feldlinienbild. Das gilt auch für Magnetfelder, die nicht von Magneten erzeugt werden.

Magnetfelder sind nicht an das Vorhandensein irgendeiner *Materie* gebunden, sie können auch im *leeren Raum* existieren.

Zur Veranschaulichung des Magnetfeldes und der Feldlinien möge ein Gedankenexperiment dienen. Dazu stellen wir uns einen Stabmagneten als ein Kleinraumfahrzeug mit eigenem Antrieb vor. Es soll von dem Magnetfeld, in dem es sich befindet, stets so ausgerichtet werden, wie es oben beschrieben wurde, und es soll langsam in Richtung seines eigenen sogenannten Nordpols fahren. Dieses Raumfahrzeug fährt dann genau längs einer Feldlinie; welche Feldlinie es befährt, ist abhängig vom Ort seiner Abreise (vgl. Abb. 456.2).

Die magnetischen Feldlinien eines geraden, stromdurchflossenen Leiters verlaufen als konzentrische Kreise um den Leiter. Sie liegen in Ebenen, die zu dem Leiter senkrecht stehen. Der Umlaufsinn der Feldlinien und die Stromrichtung bilden ein rechtsorientiertes System. Wegen dieser geschlossenen Feldlinien nennt man solche Felder auch *magnetische Wirbelfelder* (vgl. Abb. 456.3 und 457.1).

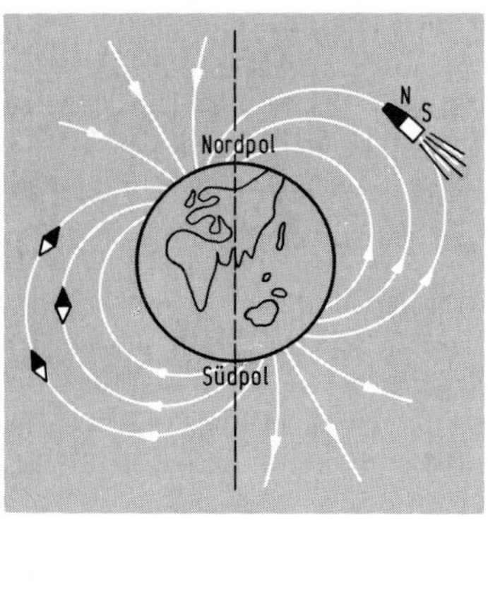

Abb. 456.2
Magnetisches Raumfahrzeug auf Feldlinienkurs

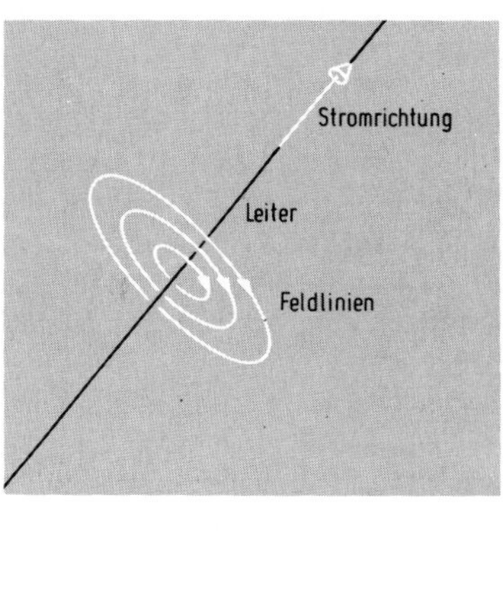

Abb. 456.3
Umlaufsinn der Feldlinien und Stromrichtung beim geraden stromdurchflossenen Leiter bilden ein rechtsorientiertes System.

Abb. 457.1
Feldlinien eines langen geraden, stromdurchflossenen Leiters in Schrägaufsicht. Die Linien wurden mit Eisenspänen erzeugt

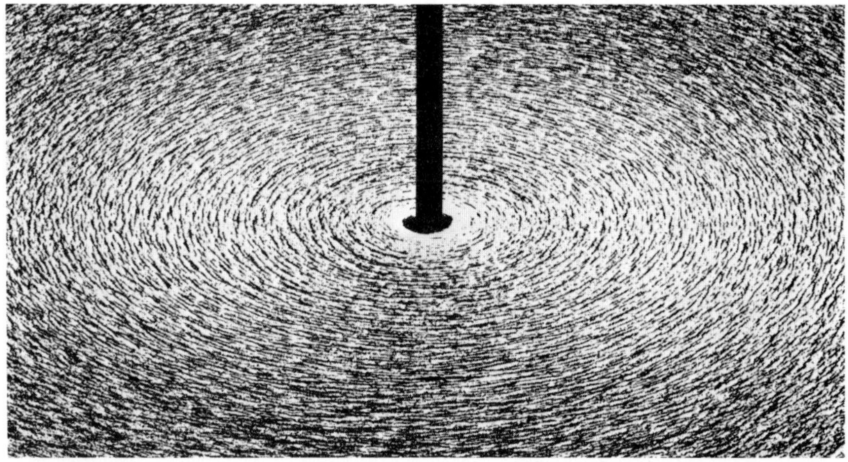

Abb. 457.2 Feldlinienbild einer zylindrischen Spule im Achsenschnitt

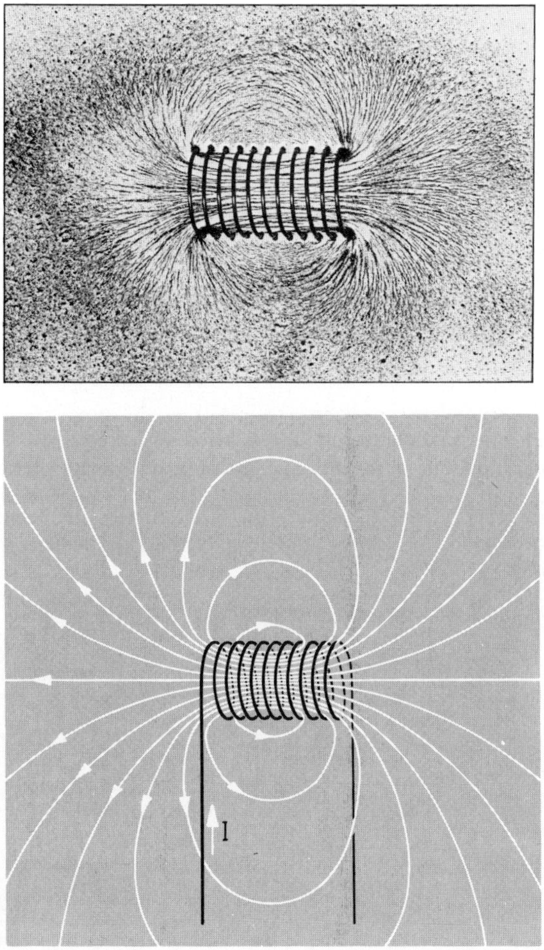

Abb. 457.3 Feldlinienbild eines Stabmagneten im Achsenschnitt

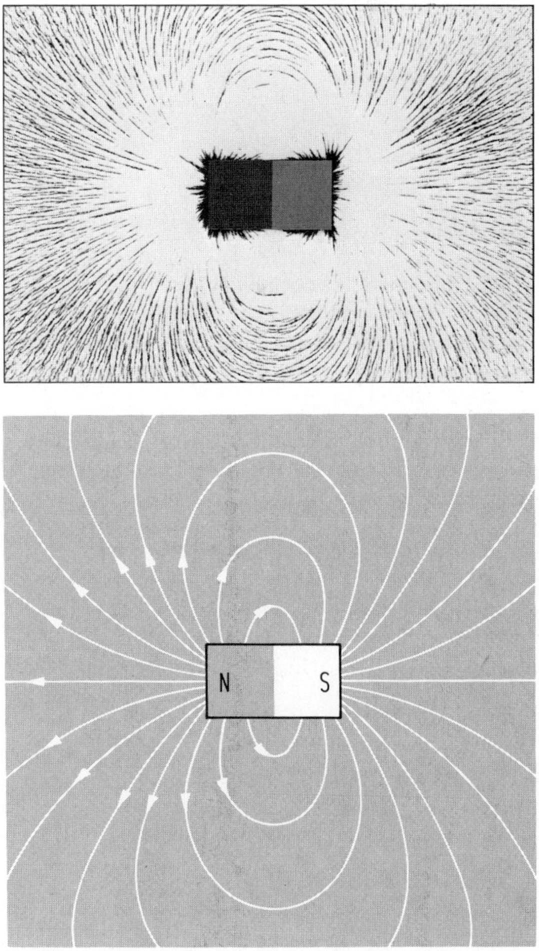

Im Innern einer langen, zylindrischen stromdurchflossenen Spule verlaufen die Feldlinien annähernd parallel zur Achse der Spule. Solche Felder nennt man *homogene Magnetfelder*. Ihre „Stärke" ist räumlich konstant (vgl. dazu Abschnitt 5.2.12). Außerhalb einer jeden stromdurchflossenen Spule schließen sich die Feldlinien, es liegt insgesamt ein magnetisches *Wirbelfeld* vor. Für den Außenraum zeigt sich eine weitgehende Übereinstimmung des Feldlinienbildes mit dem, das ein Stabmagnet hervorruft (vgl. Abb. 457.2 und 457.3).

Ein wichtiges Gesetz sagt etwas über die Kraft aus, die ein stromdurchflossener Leiter in einem Magnetfeld erfährt:

Ein senkrecht zur Magnetfeldrichtung verlaufender stromdurchflossener Leiter erfährt eine Kraft, die sowohl senkrecht zur Richtung des Leiters als auch senkrecht zur Richtung des Magnetfeldes weist.

Die Kraftrichtung läßt sich durch folgende Regel bestimmen:

Dreht man gedanklich den Stromrichtungspfeil auf dem kürzesten Wege auf den Feldrichtungspfeil, dann erhält man den Drehsinn, mit dem man einen Korkenzieher oder eine Rechtsschraube in der Kraftrichtung voranschraubt. Drehsinn und Kraftrichtung sind rechtsorientiert.

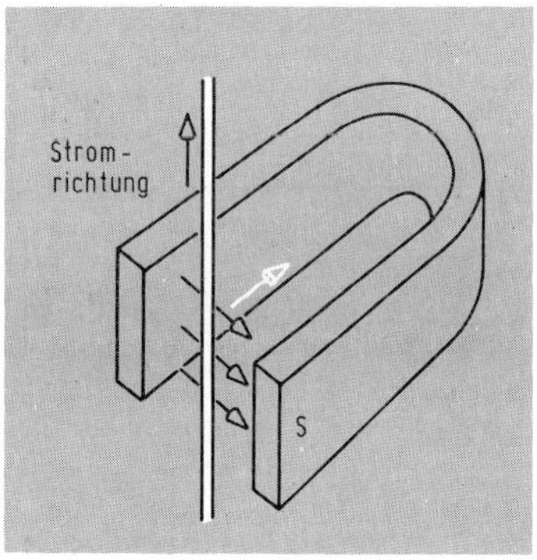

Abb. 458.1
Kraft auf einen stromdurchflossenen Leiter im Magnetfeld

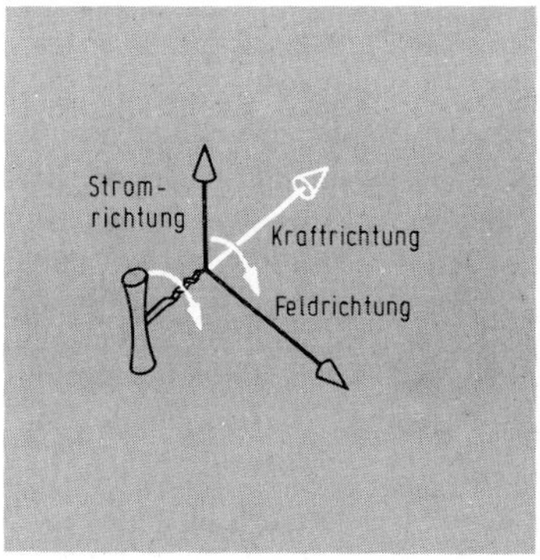

Abb. 458.2
Regel zur Bestimmung der Kraftrichtung aus Stromrichtung und Feldrichtung

Beachtet man diese beiden Erkenntnisse und verbindet sie mit der Regel, die die Richtung der Feldlinien für einen geraden stromdurchflossenen Leiter wie in Abb. 456.3 angibt, dann wird die Erscheinung nach Abb. 402.1 unmittelbar einsichtig. Wir stellen uns den einen Leiter als den *felderzeugenden Leiter*, den anderen als *Probeleiter* vor, auf den die Kraft ausgeübt wird.

Die Erfahrung zeigt:

Zwei parallele, stromdurchflossene Leiter üben bei gleicher Stromrichtung anziehende und bei entgegengesetzter Stromrichtung abstoßende Kräfte aufeinander aus. Anziehung und Abstoßung nehmen mit wachsender Stromstärke zu.

Abb. 458.3 Anziehung gleichsinnig vom Strom durchflossener Leiter

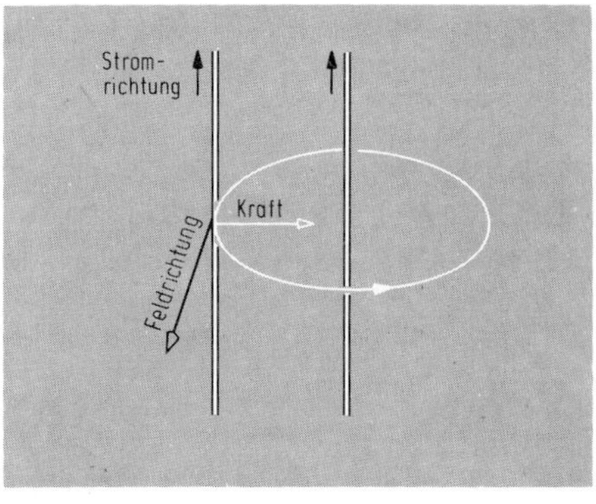

Abb. 458.4 Abstoßung ungleichsinnig vom Strom durchflossener Leiter

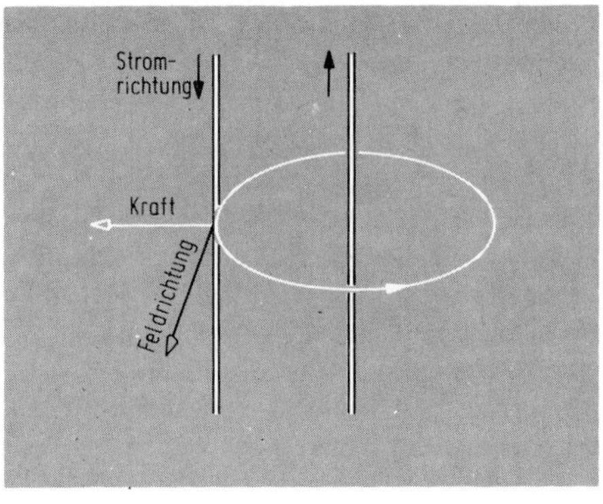

Diese Erscheinung ist insofern von Bedeutung, als sie dazu verwendet wird, die *Einheit der elektrischen Stromstärke* gesetzlich festzulegen (S. 402). Die Einteilung in Probeleiter und felderzeugenden Leiter ist ein willkürlicher Akt, beide Leiter sind grundsätzlich als gleichartig zu betrachten. Die Gleichartigkeit der Gegenstände wird nicht dadurch in Frage gestellt, daß ihre Beschreibung in ungleicher Weise erfolgt. Die Rechtfertigung für dieses Vorgehen ist ausschließlich darin begründet, daß diese Methode zur Beschreibung von Ereignissen erfolgreich verwendet werden kann.

Das Magnetfeld des Probeleiters wird niemals zur Beschreibung herangezogen, weil es ohne Wirkung auf den Probeleiter selbst bleibt.

Magnetfelder sind eine so typische Begleiterscheinung aller auftretenden Ströme, daß die Behandlung von Strömen und Magnetfeldern gemeinsam erfolgen muß. Dabei denken wir daran, daß auch eine bewegte elektrische Ladung ein Strom ist; sie eignet sich wie jeder andere Strom dazu, Magnetfelder zu untersuchen und zu beschreiben.

5.2.2 Die Kraft auf einen stromdurchflossenen Leiter im Magnetfeld

Um elektrische Felder zu untersuchen, beobachteten wir deren Wirkungen auf Probeladungen. Die Probeladung zeigt, in welches elektrische Feld sie hineingeraten ist, welche Stärke und Richtung das Feld hatte, schon bevor die Probeladung eingebracht wurde. Mit Hilfe der auf den geladenen Körper wirkenden Kraft $\vec{F}$ und dessen Ladung Q wurde der Feldstärkevektor definiert:

$$\vec{E}=\frac{\vec{F}}{Q}.$$

Für das Magnetfeld kann man nicht in ganz gleicher Weise vorgehen, weil es keine magnetische Probeladung gibt. Man zieht hier die Kraft, die auf ein stromdurchflossenes Leiterstück oder auf einen bewegten elektrisch geladenen Körper wirkt, zur Definition des Feldvektors heran. So entsteht eine weitere abgeleitete Größe. Wir stellen wie im Falle des elektrischen Feldes nachdrücklich fest:

Das Eigenfeld, das ein stromdurchflossener Probeleiter oder eine bewegte Probeladung erzeugen, darf mit dem auszumessenden Feld nicht überlagert gedacht werden, weil das magnetische Eigenfeld von Probeleiter oder Probeladung auf diese selbst keine Kraftwirkung ausübt.

Wir zeichnen in unseren Abbildungen folglich immer nur dasjenige Magnetfeld mit seinen Feldlinien ein, das schon vor Annäherung des Probeleiters bzw. der Probeladung vorhanden war. In den Abb. 458.3 und 458.4 ist der linke Leiter als Probeleiter zu denken. Wir beschränken uns in diesem Kapitel auf die Untersuchung von Magnetfeldern mit Hilfe von stromdurchflossenen Probeleitern.

Die Kraft, die in einem Magnetfeld auf einen stromdurchflossenen Leiter oder auf eine bewegte elektrische Ladung wirkt, nennen wir im folgenden *magnetische Kraft*. Um sie zu einer Definition des Feldvektors für das Magnetfeld heranziehen zu können, sollen die Zusammenhänge, unter denen diese Kraft wirkt, geklärt werden. Auf S. 458 wurde nur der Sonderfall bearbeitet, in dem der stromdurchflossene Leiter zur Feldrichtung senkrecht steht. Abb. 458.1 und 458.2 veranschaulichen die Verhältnisse. Um eine Aussage über Richtung und Betrag dieser Kraft auch dann machen zu können, wenn Feldrichtung und Leiter einen beliebigen Winkel bilden, betrachten wir zunächst einen zweiten Sonderfall: Feldrichtung und Leiter sind parallel.

Wir erzeugen das Magnetfeld mit einer langen Spule; wir verwenden dazu zweckmäßig zwei hintereinandergestellte Experimentierspulen, wie sie in Abb. 531.1 dargestellt sind. Im Innern der Spule ist das Magnetfeld homogen, es eignet sich gut für diesen Versuch.

Versuch 459.1 Ein Aluminiumstab hängt lose an zwei Zuleitungen in einer Spule, so daß er mit deren Achse zusammenfällt (Abb. 460.1). Den Spulenstrom schalten wir ein und erzeugen ein kräftiges homogenes Magnetfeld im Spuleninnenraum. Schaltet man dann einen starken durch den Aluminiumstab fließenden Strom ein, so passiert nichts.

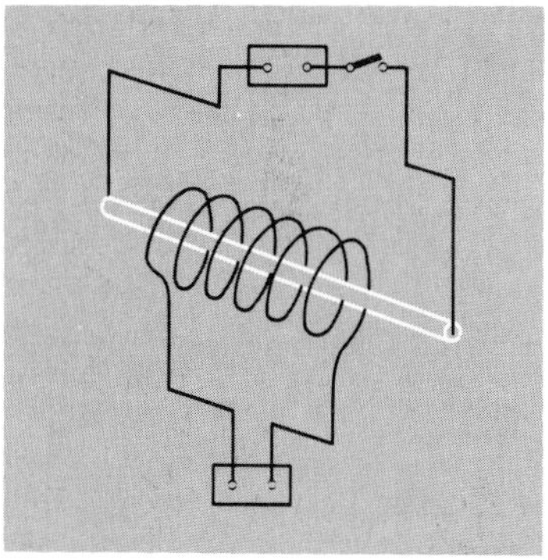

Abb. 460.1
Magnetische Kraft auf einen geraden stromdurchflossenen Leiter.
Leiter und Feldlinien sind parallel.

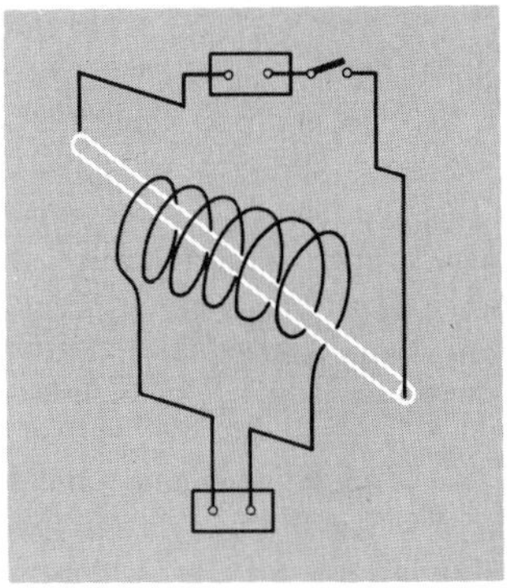

Abb. 460.2
Magnetische Kraft auf einen geraden stromdurchflossenen Leiter.
Leiter und Feldlinien bilden einen kleinen Winkel miteinander.

Sollte der Leiter dennoch einen kleinen Ruck aus der Ruhelage heraus machen, so zeigt hier das *erdmagnetische Feld* seine Wirkung: Die gleiche Bewegung macht der Leiter auch, wenn die Spule nicht von einem Strom durchflossen wird. Das Spulenfeld kann folglich nicht die Ursache der Bewegung sein. Um uns zu vergewissern, daß der negative Ausgang des Experiments nicht etwa darauf zurückzuführen ist, daß das Feld in der Spule oder der Strom im Leiter zu gering sind, um einen sichtbaren Effekt hervorzurufen, führen wir ein Kontrollexperiment durch.

Versuch 460.1 Gegenüber der Anordnung von Versuch 459.1 neigen wir jetzt Leiter und Spulenachse ein wenig gegeneinander und wiederholen den Versuch.

Jetzt ruckt beim Einschalten des Stromes der gerade Leiter geringfügig zur Seite. Kehrt man die Spulenstromrichtung um, dann ruckt der Leiter beim Einschalten seines Stromes in die Gegenrichtung.

Da die Zuleitungen zu dem geraden Probeleiter von der Spule weit entfernt sind und nicht mehr im Magnetfeld der Spule liegen, darf das Ergebnis allein auf den Probeleiter bezogen werden:

Auf einen stromdurchflossenen Leiter, der sich in einem Magnetfeld befindet, wirkt keine magnetische Kraft, wenn der Leiter den Feldlinien parallel ist.

Abb. 460.3 Stromwaage mit Probeleiter zwischen den Polschuhen eines Elektromagneten. (Stromwaage der Firma Kröncke)

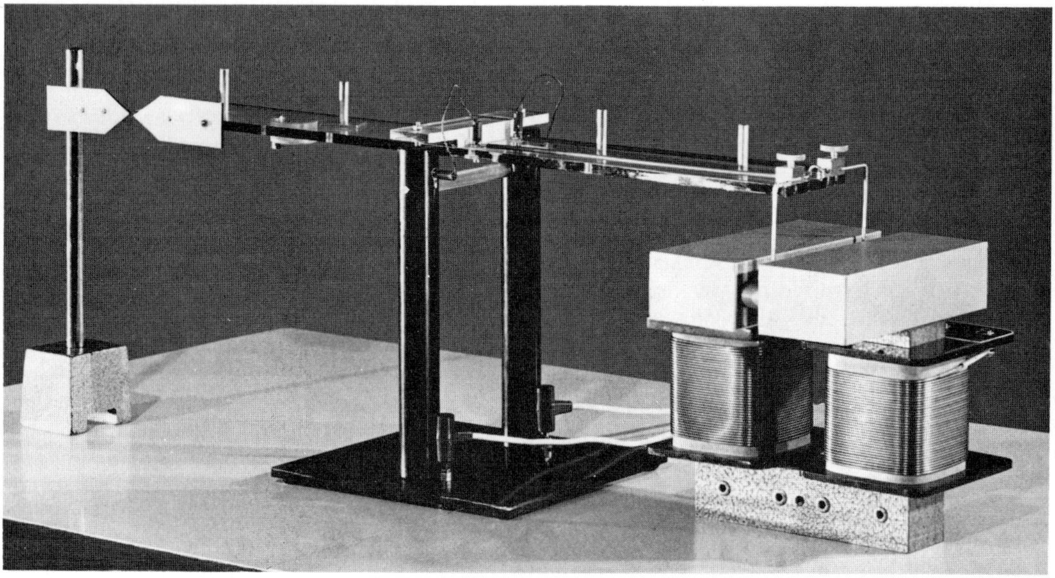

Bevor wir zu einer allgemeinen Gesetzmäßigkeit gelangen, müssen wir noch weitere Sonderfälle untersuchen: wir werden zeigen, daß die magnetische Kraft niemals in Richtung des stromdurchflossenen Leiters wirkt und daß sie niemals in Richtung der Feldlinien wirkt. Um auch geringfügige magnetische Kräfte beobachten und messen zu können, verwenden wir eine Waage, im folgenden *Stromwaage* genannt (vgl. Abb. 460.3 und 462.2). Es handelt sich um einen Waagebalken, der auf zwei Spitzen leicht beweglich gelagert ist. Zwei flexible Litzen erlauben die Stromzuführung zu am Waagebalken montierten Leiterschleifen. Jeweils eine Seite einer solchen Leiterschleife bildet im Versuch den Probeleiter. Alle Messungen werden stets in der gleichen Stellung des Waagebalkens vollzogen; zwei sich gegenüberstehende Meßmarken erlauben, diese Nullstellung zu reproduzieren. Elastische Kräfte, die von den Zuleitungen auf den Waagebalken ausgeübt werden könnten, werden vor der Messung mit einer Tariervorrichtung kompensiert.

Versuch 461.1 Wir befestigen am Waagebalken eine Leiterschleife nach Abb. 461.1 und leiten einen kräftigen Strom von wenigstens 5 A Stärke hindurch. Einen Permanenthufeisenmagneten halten wir nacheinander in die Stellungen *a*, *b*, *c* und *d*, wie sie in Abb. 461.1 wiedergegeben sind.

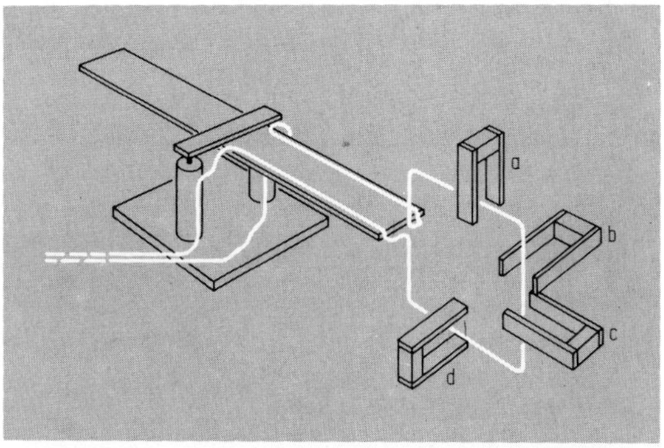

Abb. 461.1
Stromwaage mit Leiterschleife und Hufeisenmagnet in den Stellungen *a*, *b*, *c* und *d*

Die Stromwaage zeigt aufgrund ihrer Konstruktion jede auf den Probeleiter vertikal wirkende Kraft an. Eine solche Kraft wird ausschließlich in der Stellung *a* des Magneten hervorgerufen. Wir schließen daraus, daß in der Richtung der Feldlinien und in der Richtung des Probeleiters niemals eine Komponente der magnetischen Kraft auftritt.

Die auf einen Probeleiter wirkende magnetische Kraft steht auf dem Probeleiter und auf den Feldlinien senkrecht.

In einer weiteren Versuchsreihe klären wir die Abhängigkeit der magnetischen Kraft von der Länge des Probeleiters. Der Probeleiter ist gerade, er befindet sich in einem homogenen Magnetfeld.

Versuch 461.2 An der Stromwaage befestigen wir nacheinander Leiterschleifen unterschiedlicher Breite; sie werden von dem Waagebalken zwischen die Polschuhe eines starken Elektromagneten gehalten (Abb. 460.3, 461.2). Der Waagebalken wird austariert. Nach Einschalten des Stromes im Elektromagneten und im Probeleiter schwingt der Waagebalken zunächst aus der Nullstellung aus. Durch Auflegen von Gewichtsstücken auf den Waagebalken kompensieren wir die magnetische Kraft, so daß der Balken wieder in der Nullstellung steht. Die Gewichtskraft der aufgelegten Stücke dient als Maß für die auf den jeweiligen Probeleiter wirkende magnetische Kraft. Die Stromstärke in dem Elektromagneten wird in der gesamten Versuchsreihe konstant gehalten. Durch alle Leiterschleifen lassen wir Ströme der gleichen Stärke fließen.

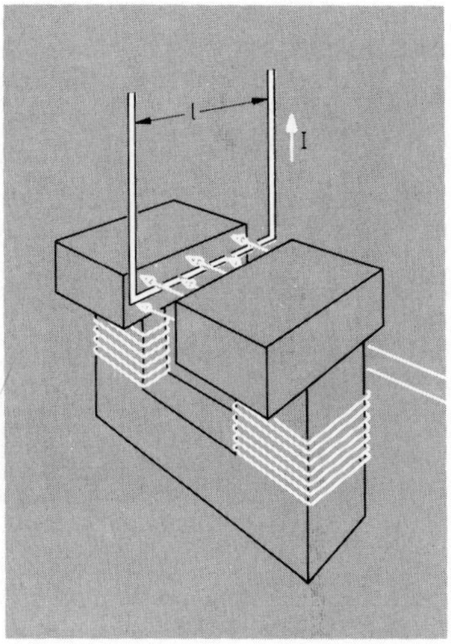

Abb. 461.2
Schematische Darstellung des stromdurchflossenen Probeleiters im homogenen Magnetfeld zwischen den Polschuhen des Elektromagneten

Aufgrund des Versuches 461.1 wissen wir, daß die Stromwaage nicht nur eine Komponente der magnetischen Kraft anzeigt, sie mißt die gesamte, in dieser Anordnung vertikal wirkende Kraft. Die beiden vertikal stehenden Teile der Leiterschleife erfahren im Magnetfeld entgegengesetzt gerichtete, dem Betrage nach gleiche Kräfte, die Summe dieser beiden Kräfte ist Null. Wir schließen aus dem Versuch:

Auf einen stromdurchflossenen, geraden Leiter, der die Feldlinien eines Magnetfeldes senkrecht schneidet, wirkt eine der Leiterlänge proportionale magnetische Kraft.

In einem nächsten Schritt bestimmen wir die Abhängigkeit der magnetischen Kraft von dem Winkel φ, den Feldrichtung und stromdurchflossener Probeleiter einschließen. Wir wollen die Kräfte vergleichen, die auf unterschiedlich gerichtete Probeleiter wirken. Dazu verwenden wir bei zwei Vergleichsmessungen die beiden in Abb. 462.1 wiedergegebenen Leiterschleifen. Sie haben gleiche Breite, aber die als Probeleiter bestimmten Abschnitte II bilden mit den Feldlinien unterschiedliche Winkel.

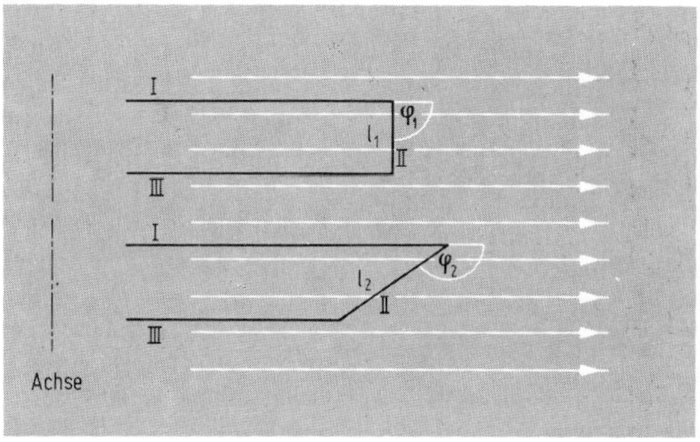

Abb. 462.1
Die beiden in Versuch 463.1 verwendeten Leiterschleifen. Feldlinien und Leiterabschnitte I und III laufen nach Einbringen in das HELMHOLTZ-Spulenpaar parallel, wie in dieser Abbildung angedeutet.

Die Befestigung der Leiterschleifen an der Stromwaage erfolgt derart, daß die Mitten der Abschnitte II von der Drehachse des Waagebalkens gleichen Abstand haben. Sie werden so in ein homogenes Magnetfeld eingebracht, wie es mit Hilfe der geraden Feldlinien in Abb. 462.1 angedeutet ist. Dieses Magnetfeld muß räumlich verhältnismäßig ausgedehnt sein, wir erzeugen es mit einem HELMHOLTZ-Spulenpaar (Abb. 462.2 und 503.1). Im Innern des von zwei flachen Spulen eingeschlossenen Raumes herrscht ein homogenes Feld, die Feldlinien laufen parallel zur gemeinsamen Spulenachse.

Abb. 462.2 Stromwaage mit Leiterschleife und HELMHOLTZ-Spulenpaar

Versuch 463.1 Stromwaage und HELMHOLTZ-Spulenpaar werden wie in Abb. 462.2 angeordnet. In zwei Vergleichsmessungen müssen die Stromstärken in den Leiterschleifen übereinstimmen, die Stromstärke in dem Spulenpaar darf ebenfalls nicht verändert werden zwischen den beiden Messungen. Nacheinander messen wir die von den magnetischen Kräften auf die Leiterschleifen ausgeübten Drehmomente.

Trotz unterschiedlicher Form der Leiterschleifen treten bei beiden Messungen gleiche Drehmomente am Balken der Stromwaage auf. Wegen der Parallelität der Leiterabschnitte I und III zu den Feldlinien im Innenraum der Spulen erfahren diese Abschnitte hier keine magnetische Kraft (vgl. Versuch 459.1). Außerhalb des Innenraumes ist das Feld inhomogen, aber dort haben beide Leiterschleifen gleiche geometrische Form. Es entsteht durch diese Inhomogenität ein nicht zu vernachlässigendes, aber in beiden Vergleichsmessungen übereinstimmendes Drehmoment. Wir schließen daraus, daß auf die Probeleiter II bei beiden Vergleichsmessungen gleiche Kräfte wirken: die magnetische Kraft hängt nur von der Breite der Leiterschleife $l_1 \cdot \sin\varphi_1$ oder $l_2 \cdot \sin\varphi_2$ ab. Aus Versuch 461.2 ergab sich, daß magnetische Kraft und Probeleiterlänge l einander proportional sind, falls der Probeleiter senkrecht zu den Feldlinien verläuft. Aus Versuch 461.1 folgt, daß die magnetische Kraft auf den Feldlinien und auf dem Probeleiter senkrecht steht. Das bedeutet, daß die Stromwaage in den Vergleichsmessungen die vollen Beträge der magnetischen Kräfte miteinander verglichen hat.

Wir fassen das Ergebnis der Versuche 461.1, 461.2 und 463.1 zusammen:

In einem Magnetfeld erfährt ein stromdurchflossener, gerader Probeleiter eine magnetische Kraft $\vec{F}$, die auf der von Probeleiter und Feldlinien gebildeten Ebene senkrecht steht. Der Betrag der Kraft $\vec{F}$ ist proportional dem Produkt aus der Länge l des Probeleiters und dem Sinus des von Leiter und Feldlinien eingeschlossenen Winkels φ.

$$F \sim l \cdot \sin\varphi .$$

Eine solche Ebene ist nur dann nicht bestimmt, wenn Probeleiter und Feldlinien parallel sind. In diesem Falle wirkt aber auch keine Kraft.

Ändert man in einem der Versuche 461.1 bis 463.1 die Richtung des Stromes in der Leiterschleife, dann kehrt die Kraft ihre Richtung um, der Betrag der Kraft ändert sich nicht. Ändert man die Richtung des Magnetfeldes in die Gegenrichtung, dann kehrt die Kraft auf den Leiter ebenfalls ihre Richtung um.

Zur Vorausbestimmung der Kraftrichtung dient die gleiche Merkregel, die wir schon für den Sonderfall, daß Feldlinien und Leiter aufeinander senkrecht stehen, auf S. 458 kennengelernt haben.

Dreht man gedanklich den Stromrichtungspfeil auf dem kürzesten Wege auf den Feldrichtungspfeil, dann erhält man den Drehsinn, mit dem man eine Rechtsschraube in der Kraftrichtung voranschraubt. Drehsinn und Kraftrichtung sind rechtsorientiert.

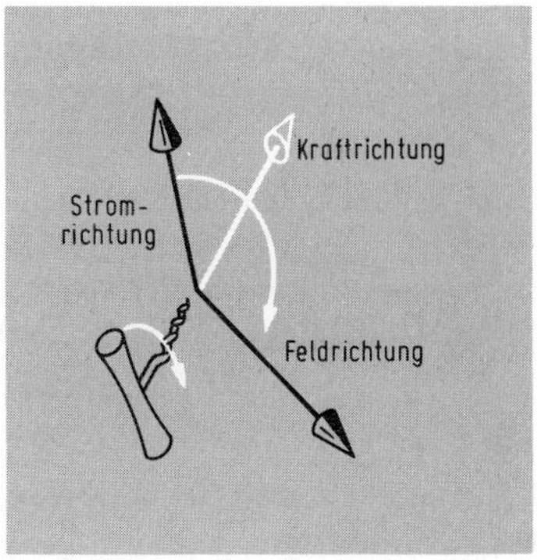

Abb. 463.1
Regel zur Bestimmung der Kraftrichtung aus Stromrichtung und Magnetfeldrichtung

Offensichtlich beschreiben diese Regeln auch den Sonderfall, den wir auf S. 458 abhandelten. Damals standen Stromrichtung und Feldrichtung aufeinander senkrecht.

Zur Ermittlung der letzten noch zu untersuchenden Abhängigkeit – von magnetischer Kraft und Stromstärke – bedarf es keines Experimentes mehr. Wir erwähnten auf S. 402, daß die magnetische Kraft zur Messung der Stromstärke und zur Definition der Einheit für die Stromstärke herangezogen wird. Die Kraft auf die Leiter einer stromdurchflossenen Drehspule, wie sie im Magnetfeld eines Meßinstrumentes aufgehängt ist, ist definitionsgemäß das Maß für die Stromstärke. Das bedeutet, daß jede magnetische Kraft der Stromstärke im Probeleiter proportional ist. Diese Aussage kann man nicht experimentell erforschen, sie ist eine Definition, mit deren Hilfe 1970 die Stromstärkeeinheit gesetzlich festgelegt wurde (S. 484).

Wir stellen fest:

Die auf einen stromdurchflossenen Leiter wirkende magnetische Kraft ist der Stärke des Leiterstromes definitionsgemäß proportional.

Der folgende Versuch demonstriert nach dieser Überlegung also kein Naturgesetz, er zeigt nur, daß unser Meßinstrument der Definition der elektrischen Stromstärke entspricht: magnetische Kraft und Stromstärke sind einander proportional.

Versuch 464.1 Wir befestigen wie in Abb. 460.3 eine Leiterschleife am Waagebalken der Stromwaage; er hält den Probeleiter zwischen die Polschuhe des Elektromagneten. Durch Auflegen von Gewichtsstücken auf den Waagebalken üben wir eine Kraft auf den Probeleiter aus, so daß der Waagebalken aus seiner Gleichgewichtslage ausschwenkt. Stellt man die Stromstärke im Probeleiter nun so ein, daß der Waagebalken wieder in die Gleichgewichtslage zurückkehrt, dann stimmen die mechanisch ausgeübte Kraft und die magnetische Kraft dem Betrage nach überein. Die Stromstärke im Probeleiter wird mit einem Meßinstrument gemessen.

Der Versuch zeigt, daß der Zeigerausschlag des Meßinstrumentes und der Betrag der magnetischen Kraft einander proportional sind.

Damit haben wir alle Größen, die den Leiter und seine geometrische Lage im Feld betreffen und die die magnetische Kraft bestimmen, kennengelernt und zusammengefügt. Eine andere Abhängigkeit der magnetischen Kraft als die von der Leiterlänge, der Leiterstromstärke, dem Winkel zwischen Stromrichtung und Feldrichtung und einer Größe, die sozusagen die Stärke des Magnetfeldes beschreibt, wurde niemals beobachtet. Ein Einfluß des Leitermaterials oder des Leiterquerschnitts z. B. ist niemals nachgewiesen worden.

Ein Zusammenspiel von mehreren Größen, das wie in unserem Falle zur Berechnung einer Kraft oder einer anderen gerichteten Größe führt, findet sich mehrfach in der Physik. Die Physiker erdachten dazu einen Formalismus, der die umständlichen Regeln auf S. 463 übersichtlicher zu schreiben gestattet, das Vektorprodukt. Unter Verwendung dieser Verknüpfung von Vektoren läßt sich unsere Regel einfach formulieren, wenn man einem Strom einen *Vektor* $\vec{I}$ zuordnet, dessen Betrag die Stromstärke und dessen Richtung die Stromrichtung ist. Wir geben die zugehörige Gleichung im folgenden Abschnitt an. Sie dient zugleich als Definitionsgleichung für die magnetische Flußdichte.

Die Sammlung und Zusammenfassung vieler Erfahrungen war notwendig, um diese Größe zweckmäßig definieren zu können. Das ist ein typisch physikalischer Vorgang.

5.2.3 Die magnetische Flußdichte

Jedem Raumpunkt in einem Magnetfeld kann man einen Feldvektor $\vec{B}$ so zuordnen, daß auf einen vom Strom $\vec{I}$ durchflossenen Leiter der Länge l die magnetische Kraft

$$\vec{F} = l \cdot \vec{I} \times \vec{B}$$

wirkt.

Diese Gleichung ist die Definitionsgleichung des magnetischen Feldvektors $\vec{B}$. Er führt den Namen magnetische Flußdichte.

Für die Betrachtung einfacher Probleme ist es oft ausreichend, sich auf den Sonderfall zu beschränken, in dem Leiter und Feldvektor $\vec{B}$ zueinander senkrecht stehen. Für diesen Fall gilt

$$F = l \cdot I \cdot B.$$

Die magnetische Flußdichte hat für jeden Raumpunkt die Richtung, in die der sog. Nordpol einer frei beweglichen, ausgependelten Magnetnadel zeigt. Die magnetische Flußdichte wird auch als *magnetische Induktion* bezeichnet, wir werden weiterhin den Namen *magnetische Flußdichte* verwenden. Sie ist eine abgeleitete Größe, ihre *Einheit* ergibt sich folglich aus der Definitionsgleichung $\vec{F} = l \cdot \vec{I} \times \vec{B}$:

$$[F] = 1\,\mathrm{N},$$

$$[IB] = 1\,\mathrm{N},$$

$$[B] = 1\,\frac{\mathrm{N}}{\mathrm{A\,m}} = 1\,\frac{\mathrm{V\,s}}{\mathrm{m}^2}.$$

Diese Einheit bezeichnet man auch als 1 Tesla, abgekürzt 1 T. Sie trägt den Namen des kroatisch-amerikanischen Physikers N. TESLA (1856–1943).

Die Einheit der magnetischen Flußdichte 1 T kommt einem Magnetfeld zu, in dem ein Leiter, der von einem Strom der Stärke 1 A durchflossen wird und der zu den Feldlinien des Magnetfeldes senkrecht verläuft, pro 1 Meter Länge die Kraft 1 N erfährt.

$$1\,\mathrm{T} = 1\,\frac{\mathrm{N}}{\mathrm{A\,m}}, \qquad 1\,\mathrm{T} = 1\,\frac{\mathrm{V\,s}}{\mathrm{m}^2}.$$

Die *Durchführungsverordnung zum Gesetz über Einheiten im Meßwesen* bestimmt hierüber:

Die abgeleitete Einheit der magnetischen Flußdichte oder Induktion ist das Tesla (Einheitenzeichen: T). 1 Tesla ist gleich der Flächendichte des homogenen magnetischen Flusses 1 Weber, der die Fläche 1 m² senkrecht durchsetzt.

Die gesetzliche Definition gewinnt für uns erst physikalischen Inhalt, wenn wir uns mit dem magnetischen Fluß beschäftigen. Das wird in den Abschnitten 5.2.11 und 5.3.5 geschehen.

Die Messung der magnetischen Flußdichte mit Hilfe der Stromwaage ist in vielen Fällen nicht möglich, da einmal nur Vertikalkomponenten der magnetischen Kräfte mit der Stromwaage meßbar sind, zum anderen aber auch die Zuleitungen zu dem Probeleiter Kräfte erfahren, die das Meßergebnis verfälschen können. Wir werden aber noch Meßverfahren kennenlernen, die von diesem Mangel frei sind. Ein sehr geeignetes Meßgerät ist z. B. die auf S. 474 genau erläuterte HALL-Sonde.

Mit Hilfe der HALL-Sonde kann man folgende zwei Eigenschaften von Magnetfeldern experimentell nachweisen (vgl. dazu S. 499 und 476):

Magnetfelder haben in den Bereichen, in denen sie homogen sind, eine räumlich konstante magnetische Flußdichte.

Mehrere Magnetfelder überlagern sich ungestört.

Diese letzte Eigenschaft liegt einem Verfahren zugrunde, das den Vergleich von zwei Magnetfeldern erlaubt, deren Feldvektoren $\vec{B}_1$ und $\vec{B}_2$ aufeinander senkrecht stehen. Mit Hilfe einer Magnetnadel stellt man die Richtung des resultierenden Feldes gegenüber den Richtungen der einzelnen Felder fest. Wegen der ungestörten Überlagerung hat das Gesamtfeld die magnetische Flußdichte

$$\vec{B} = \vec{B}_1 + \vec{B}_2.$$

Daraus folgt:

$$\frac{B_1}{B_2} = \tan\alpha.$$

Experimentell kann man gut mit der Horizontalkomponente des erdmagnetischen Feldes als Vergleichsfeld arbeiten, man setzt das erdmagnetische Feld als eines der Felder $\vec{B}_1$ oder $\vec{B}_2$ ein (Abb. 465.1).

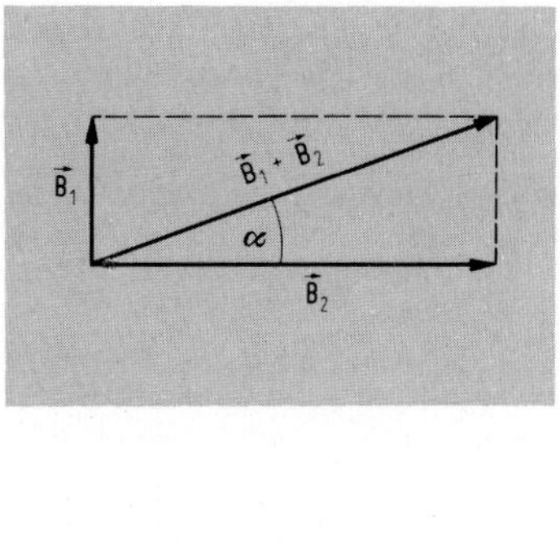

Abb. 465.1
Vektorielle Addition von zwei Magnetfeldern

In kleinen räumlichen Teilbereichen verhalten sich inhomogene Magnetfelder wie homogene Felder: Die Krümmung der Feldlinien kann vernachlässigt werden. Da die HALL-Sonde nur eine kleine räumliche Ausdehnung hat, kann man mit ihr auch die magnetische Flußdichte von inhomogenen Magnetfeldern messen.

Die Kenntnis des Feldvektors $\vec{B}$ für jeden Raumpunkt des Magnetfeldes genügt, um alle Erscheinungen im statischen Magnetfeld im leeren Raum beschreiben zu können; einer anderen Größe bedarf es nicht. Erst das Einbringen von Materie in das Magnetfeld macht die Einführung eines zweiten Feldvektors notwendig.

Beispiel

Zwischen den Polschuhen eines starken Elektromagneten befindet sich wie in Abb. 460.3 ein 0,1 m langer Probeleiter. Er wird durchflossen von einem Strom der Stärke 4 A. Mit der Stromwaage mißt man die nach oben gerichtete Kraft $F = 39{,}2 \cdot 10^{-3}$ N. Der Betrag der magnetischen Flußdichte ist unter der recht gut erfüllten Annahme zu bestimmen, daß das Feld zwischen den Polschuhen homogen ist.

Da Leiter und Feldrichtung aufeinander senkrecht stehen, ist

$$F = |l \cdot \vec{I} \times \vec{B}| = l \cdot I \cdot B,$$

$$B = \frac{39{,}2 \cdot 10^{-3}\,\mathrm{N}}{0{,}1\,\mathrm{m} \cdot 4\,\mathrm{A}},$$

$$B = 98 \cdot 10^{-3}\,\frac{\mathrm{Vs}}{\mathrm{m}^2},$$

$$B = 98 \cdot 10^{-3}\,\mathrm{T}.$$

Weitere Aufgaben: Siehe O. HÖFLING, Physik-Aufgaben II/2.

5.2.4 Die Kraft auf einen bewegten geladenen Körper im Magnetfeld

Elektrischer Strom ist in jedem Falle ein Transport von elektrischen Ladungen; es ist dabei gleichgültig, ob die Ladungen auf ihrem Wege an einen Leiter gebunden sind, z. B. an einen Kupferdraht, oder ob sie sich frei im Raume bewegen können, wie z. B. freie Elektronen in einem evakuierten Rohr. Als Ladungsträger kommen auch Ionen in Frage, die sich in einem Gas oder einer Flüssigkeit bewegen oder auch frei durch den Raum fliegen. Als Beispiel für diese letzte Möglichkeit diene das beständige Ausströmen von hochionisiertem Gas aus der Sonnenatmosphäre. Diese Ströme erzeugen Magnetfelder wie jeder andere Strom auch. Elektrisch geladene Teilchen, die nicht an andere Teilchen (z. B. Moleküle) oder Körper (z. B. Leitungsdraht) gebunden sind, die folglich jeder auf sie einwirkenden Kraft nach den Gesetzen der Mechanik folgen, nennt man freie Ladungsträger oder auch kurz *freie Ladungen.*

Man kann nun zeigen, daß auf alle solche bewegten Ladungsträger genau die Kraft wirkt, die für den Fall beschrieben wurde, daß die Ladungsträger an einen Leiter gebunden sind. Als Richtung des Stromvektors $\vec{I}$ hat man die Richtung des Geschwindigkeitsvektors $\vec{v}$ der Teilchen einzusetzen, falls es sich um positiv geladene Teilchen handelt; man hat die entgegengesetzte Richtung einzusetzen, wenn es sich um negativ geladene Teilchen handelt.

Um zu einer allgemeingültigen Beschreibung der magnetischen Kräfte zu kommen, betrachten wir einen Leiter, in dem sich Ladungen bewegen. Da die Stromstärke nicht von der momentanen Geschwindigkeit der einzelnen Ladungsträger abhängt, sondern nur von deren Gesamtzahl und der durchschnittlichen Geschwindigkeit aller Ladungsträger, bilden wir ein vereinfachtes Modell von einem solchen Leitungsvorgang: Wir arbeiten mit der Vorstellung, daß sich alle beteiligten Ladungsträger mit der gleichen konstanten Geschwindigkeit $\vec{v}$ im Leiter bewegen (man nennt diese mittlere Geschwindigkeit die *Driftgeschwindigkeit*). Die Stromstärke I, gemessen an einem Querschnitt des Leiters, ist durch das Verhältnis $\frac{\Delta Q}{\Delta t}$ gegeben, wobei ΔQ die Gesamtladung ist, die in dem Zeitraum Δt durch diesen Querschnitt hindurchtransportiert wird.

$$I = \frac{\Delta Q}{\Delta t}.$$

Abb. 467.1
Ladungsträger bewegen sich mit der Geschwindigkeit $\vec{v}$ in einem Leiterabschnitt der Länge l.

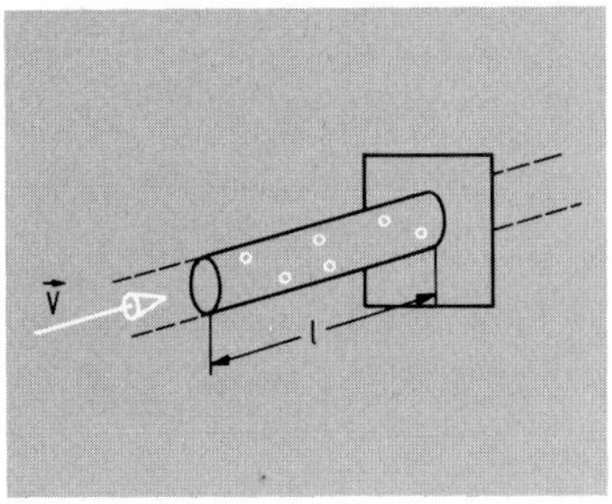

$\vec{I}$ als *Stromvektor* erhält die Richtung von $\vec{v}$, falls es sich um positiv geladene Teilchen handelt, andernfalls die Gegenrichtung.

Die Stelle, an der die Stromstärke gemessen werden soll, an der gewissermaßen das Meßinstrument eingeschaltet wird, sei der eingezeichnete Querschnitt in Abb. 467.1. l sei die Strecke, um die sich alle Ladungsträger in der Zeit Δt weiterbewegen. Es ist also:

$$l = v \cdot \Delta t.$$

Im Zeitraum Δt tritt gerade die im Leiterabschnitt der Länge l vorhandene bewegliche Gesamtladung $N \cdot Q$ durch den Querschnitt. $N \cdot Q$ ist gleich dem Produkt aus Ladung Q der einzelnen Ladungsträger und deren Anzahl N in dem Leiterabschnitt. Mit $\Delta Q = N \cdot Q$ gilt:

$$I = \frac{N \cdot Q}{\Delta t}.$$

Multipliziert man diese Gleichung mit l und beachtet, daß Δt der Zeitraum ist, in dem alle Ladungsträger sich um die Strecke l weiterbewegen, dann gilt mit $\frac{l}{\Delta t} = v$:

$$I \cdot l = \frac{N \cdot Q \cdot l}{\Delta t}$$

$$I \cdot l = N \cdot Q \cdot v.$$

Unter Berücksichtigung des Vorzeichens von Q ergibt sich, daß $\vec{I}$ und $Q \cdot \vec{v}$ stets gleichgerichtet sind, man kann die Gleichung als Vektorgleichung schreiben:

$$\vec{I} \cdot l = N \cdot Q \cdot \vec{v}.$$

Auf den Leiterabschnitt der Länge l wirkt nun nach unseren Erkenntnissen in einem Magnetfeld mit der magnetischen Flußdichte $\vec{B}$ die gesamte magnetische Kraft

$$\vec{F}_{\text{gesamt}} = l \cdot \vec{I} \times \vec{B}$$

$$\vec{F}_{\text{gesamt}} = N \cdot Q \cdot \vec{v} \times \vec{B}.$$

Man nimmt nun an, daß sie auf alle Ladungsträger gleichmäßig wirkt. Daraus folgt:

Auf einen mit der Geschwindigkeit $\vec{v}$ bewegten Körper, der die elektrische Ladung Q trägt, wirkt in einem Magnetfeld mit der magnetischen Flußdichte $\vec{B}$ die Kraft

$$\vec{F} = Q \cdot \vec{v} \times \vec{B}.$$

In unserem Beispiel ist dieser Körper ein Leitungselektron im Leiterabschnitt der Länge l.

Diese Kraft wird LORENTZ-Kraft genannt. Sie trägt den Namen des niederländischen Physikers H. A. LORENTZ (1853–1928); man könnte LORENTZ als den geistigen Vater der Elektronik charakterisieren.

Für den Fall, daß $\vec{v}$ und $\vec{B}$ aufeinander senkrecht stehen, erhält man

$$|\vec{v} \times \vec{B}| = v \cdot B.$$

Trotz der einschränkenden Bedingungen, unter denen die Deduktion erfolgte, hat diese Gleichung allgemeine Gültigkeit. Sie ist in der gesamten *Elektrodynamik*, der Lehre von den bewegten Ladungen und den zeitlich veränderlichen Feldern, von weittragender Bedeutung.

Der Vektor der LORENTZ-Kraft steht auf dem Geschwindigkeitsvektor $\vec{v}$ des geladenen Körpers stets senkrecht; die LORENTZ-Kraft ändert folglich nur die Bewegungsrichtung des Körpers, niemals den Betrag der Geschwindigkeit:

Der Einfluß eines statischen Magnetfeldes ändert die kinetische Energie eines geladenen Körpers nicht.

Die Gleichung für die LORENTZ-Kraft $\vec{F} = Q \cdot \vec{v} \times \vec{B}$ kann man mit dem *Fadenstrahlrohr* z.T. überprüfen. In einem fast evakuierten Glaskolben werden Elektronen aus einer Glühkatode wie beim Oszilloskop in einer Elektronenkanone beschleunigt. Nach ihrem Austritt aus der Elektronenkanone bilden sie einen feinen Elektronenstrahl, den sog. *Fadenstrahl.* Einige Elektronen aus dem Strahl stoßen auf ihrem Wege mit verbliebenen Gasmolekülen zusammen. Sie erzeugen dabei ein schwach bläuliches Leuchten; dieses Leuchten läßt die Elektronenbahn sichtbar werden. Der Fadenstrahl ist gerade, wenn auf die Elektronen keinerlei Kräfte wirken.

In einem ersten Versuch überprüfen wir die Richtungsangabe.

Versuch 468.1 Am Ort des Fadenstrahlrohres wird mit einem HELMHOLTZ-Spulenpaar ein homogenes Magnetfeld erzeugt (Abb. 469.1). Die Richtung des Magnetfeldes steht senkrecht zu derjenigen Richtung, in der die Elektronen aus der Elektronenkanone austreten.

Man beobachtet, daß der Fadenstrahl zu einem Kreis gebogen wird (Abb. 469.2). Weil außer der LORENTZ-Kraft keine andere Kraft wirkt, schließen wir, daß die LORENTZ-Kraft die Radialkraft ist, die die Elektronen auf der Kreisbahn führt. Diese Kraft steht in jedem Punkt der Bahn senkrecht zu $\vec{v}$ und $\vec{B}$, denn sie weist ja zum Mittelpunkt des Kreises (Abb. 468.1). Berücksichtigt man die Richtung des Magnetfeldes, so erkennt man, daß die LORENTZ-Kraft die Richtung $-\vec{v} \times \vec{B}$ hat. Das stimmt mit der Richtung von $Q \cdot \vec{v} \times \vec{B}$ überein, weil Q die negative Elektronenladung ist.

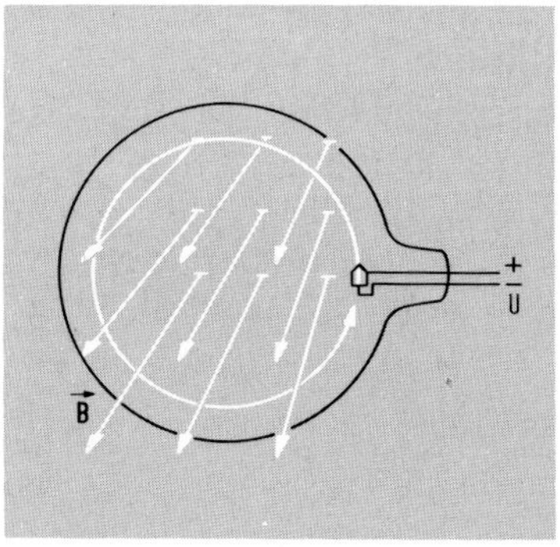

Abb. 468.1
Schematische Darstellung des Fadenstrahlrohres.
Die Elektronen treten nach oben aus der Elektronenkanone aus.
Der Vektor der magnetischen Flußdichte $\vec{B}$ weist zum Betrachter hin.
Die Elektronenkanone wurde stark vereinfacht dargestellt.

In einem zweiten Versuch überprüfen wir die Proportionalität von Kraft F und Geschwindigkeit v, die aus dem Term für die LORENTZ-Kraft folgt. Dazu verwenden wir den Zusammenhang von kinetischer Energie des Elektrons mit der Beschleunigungsspannung U. Es gilt

$$\tfrac{1}{2} m v^2 = e U.$$

$-e$ = Elektronenladung, U = Beschleunigungsspannung,
m = Elektronenmasse, v = Elektronengeschwindigkeit.

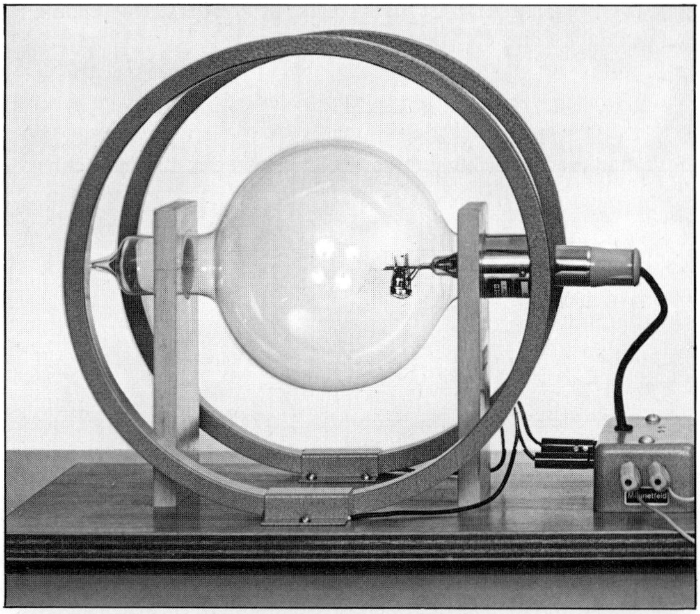

Abb. 469.1
Fadenstrahlrohr
mit HELMHOLTZ-Spulenpaar

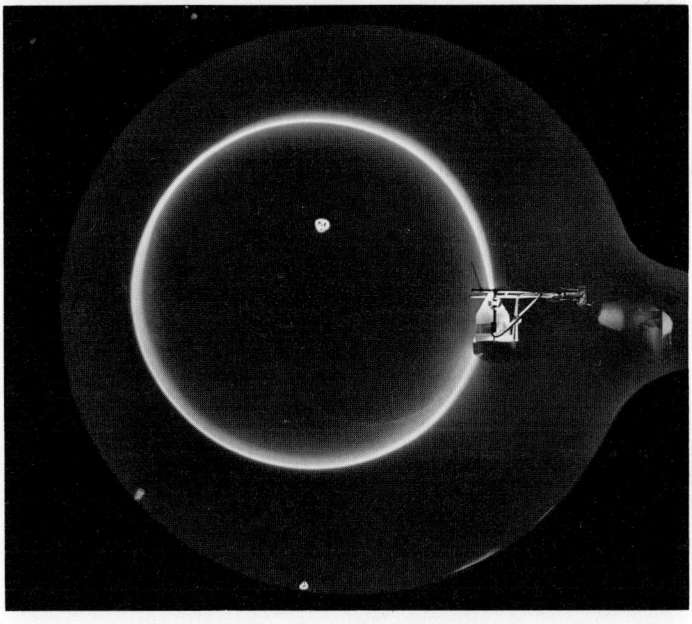

Abb. 469.2
Zum Kreis gebogener Fadenstrahl im homogenen Magnetfeld. Die Feldrichtung weist aus der Zeichenebene heraus auf den Beschauer zu. Der Elektronenstrahl tritt oben aus der Elektronenkanone aus.

Für die Geschwindigkeit v, mit der die Elektronen die Elektronenkanone verlassen, folgt daraus

$$v=\sqrt{2U\cdot\frac{e}{m}}.$$

Versuch 469.1 In dem Fadenstrahlrohr lassen wir den Elektronenstrahl wieder senkrecht zur Richtung des Magnetfeldes austreten. Ohne die magnetische Flußdichte B zu verändern, variieren wir die Beschleunigungsspannung U und messen jeweils den zugehörigen Radius r der Kreisbahn.

Das Experiment zeigt, daß $\sqrt{U}$ proportional zu r ist, d.h. $\frac{\sqrt{U}}{r}$ ist konstant gegenüber Variation von U.

Die LORENTZ-Kraft ist die Radialkraft $\vec{F}_r$. Aus der Mechanik folgt für diese Radialkraft, die das Elektron auf der Bahn führt, die Gleichung

$$F = F_r = \frac{m v^2}{r}.$$

Teilt man diese Gleichung durch v und ersetzt das auf der rechten Seite verbliebene v durch

$$\sqrt{2U \cdot \frac{e}{m}},$$

so erhält man

$$\frac{F}{v} = \frac{m}{r} \cdot \sqrt{2U \cdot \frac{e}{m}},$$

$$\frac{F}{v} = \sqrt{2em} \cdot \frac{\sqrt{U}}{r}.$$

Da $\frac{\sqrt{U}}{r}$ gegenüber Variation von U konstant ist, bestätigt der Versuch die Proportionalität von F und v.

Zu einem elektrisch geladenen Teilchen, das sich in einem elektrostatischen Feld befindet, kann man eine potentielle Energie angeben. Sie hängt von dem Ort ab, an dem das Teilchen sich befindet. Elektrostatische Felder sind mit einem Potential beschreibbar, sie gleichen darin den Gravitationsfeldern: Elektrostatische Felder und Gravitationsfelder sind *Potentialfelder*. Für Magnetfelder stellten wir auf S. 468 fest, daß sie die kinetische Energie von elektrisch geladenen Teilchen nicht verändern. Damit hängt es zusammen, daß Magnetfelder nicht mit Hilfe eines Potentials beschrieben werden können.

Elektrostatische Felder sind Potentialfelder. Magnetfelder sind keine Potentialfelder.

5.2.5 Die Bewegung geladener Teilchen im Magnetfeld

An zwei Beispielen aus Forschung und Geophysik soll die Bewegung erläutert werden, die elektrisch geladene Teilchen unter dem Einfluß der LORENTZ-Kraft ausführen.

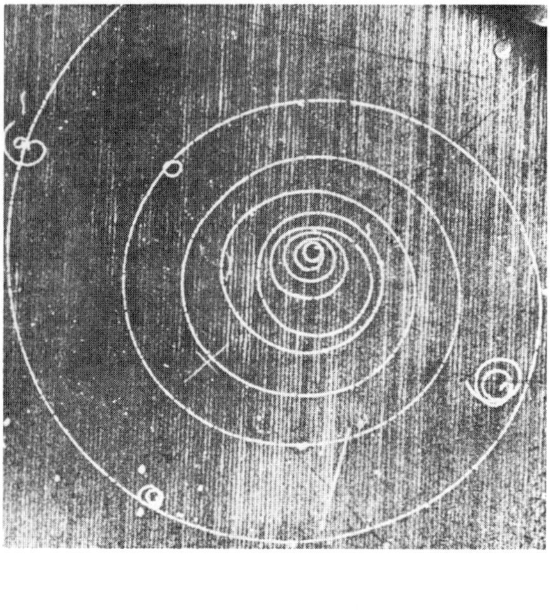

Abb. 470.1
Elektronenspur in einer mit flüssigem Wasserstoff gefüllten Blasenkammer. Der Vektor der magnetischen Flußdichte weist auf den Betrachter zu, das Elektron durchläuft die spiralförmige Bahn von außen nach innen.

Eine *Blasenkammer* ist ein Behälter, der mit flüssigem Wasserstoff oder Propan gefüllt ist. Durch Fenster kann man sein Inneres beobachten. Ein energiereiches, elektrisch geladenes Teilchen, das die Kammer durchfliegt, hinterläßt längs seiner Bahn Ionen. Unter besonderen Druck- und Temperaturbedingungen lagern sich Bläschen an diese Ionen an, und die Bahn wird sichtbar. In der Kammer erzeugt man nun ein ausgedehntes homogenes Magnetfeld. Das bewirkt, daß das geladene Teilchen – wie das Elektron im Fadenstrahlrohr – eine gekrümmte Bahn beschreibt. Aus der Krümmung der Bahn lassen sich Rückschlüsse auf die Masse, die Ladung oder die Energie des Teilchens ziehen. Oft dient die Bahnkrümmung auch als Indiz für die Art des Teilchens, wenn z.B. Kernprozesse beobachtet werden sollen. Abb. 470.1 zeigt die Bahn eines Elektrons in flüssigem Wasserstoff. Durch die Ionenbildung verliert das Elektron längs seiner Bahn Energie. Seine Geschwindigkeit wird geringer, und es ändert sich die auf das Teilchen wirkende LORENTZ-Kraft. Dadurch ergibt sich die spiralige Bahn.

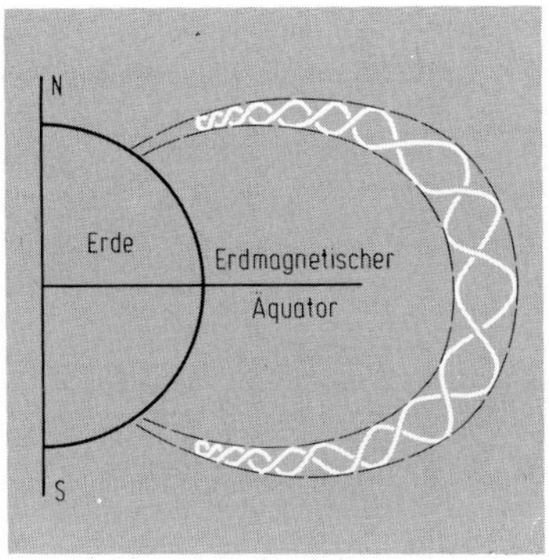

Abb. 471.1
Bewegung eines geladenen Teilchens in der hohen Atmosphäre. Die Maßstäbe wurden der Anschaulichkeit wegen stark verzerrt.

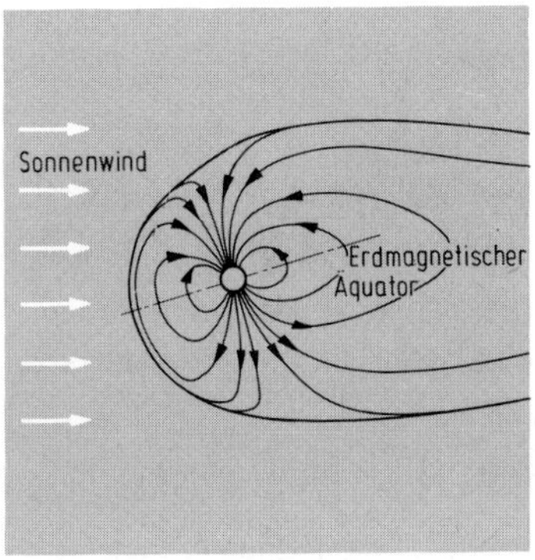

Abb. 471.2
Feldlinien des erdmagnetischen Feldes. Die Zeichenebene steht senkrecht zur Ekliptik und senkrecht zum erdmagnetischen Äquator.

In der *Erdatmosphäre* spielt die auf freie geladene Teilchen wirkende LORENTZ-Kraft eine interessante Rolle.

In Höhen von 1000 km über der Erdoberfläche ist die Zahl der elektrisch geladenen Teilchen (Elektronen und Ionen) größer als die Zahl der elektrisch neutralen Atome und Moleküle. Mit zunehmender Höhe steigt der Prozentsatz der geladenen Teilchen weiter an. Das ist eine direkte Folge der Sonneneinstrahlung. Am Rande der Atmosphäre in etwa 10 bis 15 Erdradien Abstand von der Erdoberfläche wird die Bewegung der elektrisch geladenen Teilchen fast ausschließlich von der LORENTZ-Kraft bestimmt. Sie folgen – grob gesehen – den Feldlinien des erdmagnetischen Feldes auf spiraligen Bahnen. Das Magnetfeld hat zur Erde hin konvergierende Feldlinien. Das hat eine Umkehr der geladenen Teilchen vor einem etwaigen Aufprall auf die Erde zur Folge (Abb. 471.1). Andererseits hindert die LORENTZ-Kraft die geladenen Teilchen daran, die Erde zu verlassen. Das ist deshalb bemerkenswert, weil die thermische Geschwindigkeit vieler geladener Teilchen größer ist als die notwendige Fluchtgeschwindigkeit; das erdmagnetische Feld – und nicht das Gravitationsfeld – bindet diese Teilchen folglich an die Erde. Man kann sagen, daß das erdmagnetische Feld den obersten Teil der Atmosphäre wie eine Hülle zusammenhält. Auf ungeladene Teilchen wirkt natürlich keine LORENTZ-Kraft, sie verlassen die Erde, wenn sie über eine hinreichende Energie verfügen.

Auch in der umgekehrten Richtung wirkt das erdmagnetische Feld wie ein Schirm: Energiereiche Elektronen und Protonen, die von der Sonne ausgeschleudert wurden, werden von der LORENTZ-Kraft an der Erde vorbeigelenkt. Bei einer zeitweilig sehr hohen Intensität dieses sog. *Sonnenwindes*, wie sie in Verbindung mit einer starken Sonnenfleckentätigkeit beobachtet werden kann, erzeugen die geladenen Teilchen, die ja selbst einen Strom darstellen, ein auf der Erde meßbares Magnetfeld. Das überlagert sich dem erdmagnetischen Feld und bewirkt, daß das Magnetfeld der Erde nur in unmittelbarer Nähe der Erde dem Feld eines kurzen Stabmagneten gleicht (Abb. 471.2). Zur Sonne hin hat das Erdfeld eine deutliche Grenze, die etwa 10 Erdradien vom Erdmittelpunkt entfernt ist. Auf der Seite der Erde, die der Sonne abgewandt ist, erstreckt sich das Feld weit in den Weltenraum.

Beispiel

Im homogenen Magnetfeld laufen Elektronen mit der Geschwindigkeit $v = 10^8\ \mathrm{m\,s^{-1}}$ auf einer Schraubenlinie von $r = 400$ m Radius, die Feldrichtung und der Bahnvektor schließen einen Winkel von 60° ein. Eine Feldlinie ist die Schraubenachse. Die Elektronenmasse m beträgt rund $9{,}11 \cdot 10^{-31}$ kg, die Elektronenladung $-e = -1{,}60 \cdot 10^{-19}$ A s. Es ist der Betrag B der magnetischen Flußdichte in diesem Raum zu berechnen.

Die Geschwindigkeitskomponente senkrecht zu den Feldlinien beträgt $v \cdot \sin 60°$, die Radialkraft bei dem Umlauf auf der Schraube ist

$$F_r = \frac{m \cdot (v \cdot \sin 60°)^2}{r};$$

sie ist die LORENTZ-Kraft $\vec{F}$,

$$F = e \cdot v \cdot B \cdot \sin 60°.$$

$$B = \frac{m v \sin 60°}{e \cdot r}$$

$$B = \frac{9{,}11 \cdot 10^{-31}\ \mathrm{kg} \cdot 10^8\ \mathrm{m \cdot s^{-1}} \cdot 0{,}87}{1{,}6 \cdot 10^{-19}\ \mathrm{A\,s} \cdot 400\ \mathrm{m}}$$

$$B = 1{,}2 \cdot 10^{-6}\ \frac{\mathrm{kg\,m}}{\mathrm{s^2}} \cdot \frac{1}{\mathrm{A\,m}}$$

$$B = 1{,}2 \cdot 10^{-6}\ \frac{\mathrm{N}}{\mathrm{A\,m}}$$

$$B = 1{,}2 \cdot 10^{-6}\ \mathrm{T}.$$

Weitere Aufgaben: Siehe O. HÖFLING, Physik-Aufgaben II/2.

5.2.6 Die Lorentz-Kraft und das Bezugssystem

In diesem Buch werden elektrische und magnetische Felder zunächst in zwei getrennten Abschnitten dargestellt, da es sich dem Anschein nach um zwei verschiedene Phänomene handelt. Zu diesem Problem wollen wir eine kurze Überlegung einschalten.

Beide Arten von Feldern werden durch Kräfte auf elektrisch geladene Körper definiert:

$$\vec{F}_e = Q \cdot \vec{E}$$

Die elektrische Kraft ist das Produkt von Ladung und elektrischer Feldstärke.

$$\vec{F}_m = Q \cdot \vec{v} \times \vec{B}$$

Die magnetische Kraft ist das Produkt von Ladung und dem Vektorprodukt von Ladungsträgergeschwindigkeit und magnetischer Flußdichte.

Den Unterschied der Felder kann man experimentell feststellen:

Wirkt die Kraft auf ruhende und auf bewegte geladene Körper in ganz gleicher Weise, dann ist sie auf die alleinige Gegenwart eines elektrischen Feldes zurückführbar.

Wirkt die Kraft nur auf bewegte, nicht aber auf ruhende geladene Körper, dann ist sie auf die alleinige Gegenwart eines Magnetfeldes zurückführbar.

Der Fall nun, daß freie, elektrisch geladene Teilchen in elektrischen und magnetischen Feldern zugleich beschleunigt werden, tritt in Technik und Forschung vielfältig auf. So führen das Katodenstrahloszilloskop mit zusätzlicher magnetischer Ablenkvorrichtung, der Fernsehapparat und die Menge der Zirkularbeschleuniger Teilchen mit Hilfe von elektrischen und magnetischen Feldern auf vorausberechneten Bahnen. In allen Fällen gilt:

Auf einen bewegten elektrisch geladenen Körper üben elektrische und magnetische Felder gemeinsam eine Kraft aus, die gleich der Summe der elektrischen und der magnetischen Kraft ist. Die Kräfte überlagern sich ungestört:

$$\vec{F}_{\mathrm{gesamt}} = \vec{F}_e + \vec{F}_m,$$

$$\vec{F}_{\mathrm{gesamt}} = Q \cdot (\vec{E} + \vec{v} \times \vec{B}).$$

Auch diese Kraft wird häufig als LORENTZ-Kraft bezeichnet.

Das Ergebnis dieser Beobachtung kann man auch so formulieren:

Zeitlich unveränderliche elektrische und magnetische Felder überlagern sich ohne gegenseitige Beeinflussung.

Die Definitionen der elektrischen und magnetischen Feldvektoren haben weitreichende Konsequenzen:

Die Unterscheidung, welcher Anteil einer Kraftwirkung auf die Anwesenheit des elektrischen und welcher auf die des magnetischen Feldes zurückgeführt werden muß, wird anhand der Geschwindigkeit getroffen, die der geladene Körper relativ zu einem Bezugssystem hat. Das Bezugssystem für alle unsere Experimente ist der Labortisch. Wir verlassen es aber gedanklich schon dann, wenn wir vom Sonnenwind sprechen und gewissermaßen von außen zuschauen, wie die von der Sonne ausgeschleuderten Teilchen auf die sich drehende Erde und das von ihr mitgeführte erdmagnetische Feld aufprallen. Bei einem Wechsel des Bezugssystems ändert sich die Geschwindigkeit, die einem beobachteten Probekörper zuzuordnen ist. Das bedeutet, daß sich auch die Aufteilung der gesamten auf ein geladenes Teilchen wirkenden Kraft in elektrische und magnetische Kraft ändert.

Elektrische und magnetische Feldvektoren sind zwei verschiedene Größen, die zur Beschreibung von Kräften auf geladene Körper herangezogen werden. Elektrische und magnetische Felder sind jedoch nicht zwei vollständig wesensverschiedene Phänomene. In einer allgemein gültigen Theorie dürfen die beiden Felder nicht getrennt behandelt werden.

In den folgenden Kapiteln werden Bewegungen elektrisch geladener Teilchen nichtrelativistisch beschrieben. Ihre Eigengeschwindigkeit ist stets klein im Vergleich mit der Lichtgeschwindigkeit. Die allgemein gültige Theorie, die sich aus der Verbindung der MAXWELL-Gleichungen mit der relativistischen Mechanik ergibt, hat sich uneingeschränkt auch für hohe Teilchengeschwindigkeiten bewährt.

Die regelmäßig zutreffende Prognose ist das Kriterium für die Leistungsfähigkeit einer Theorie. Diesem Kriterium genügt die Theorie der elektrischen und magnetischen Felder. Das werden wir zunächst an Erscheinungen darlegen, bei denen sich Teilchen mit einer viel geringeren als der Lichtgeschwindigkeit bewegen.

Beispiel

Man verwendet eine Kombination von homogenen elektrischen und magnetischen Feldern dazu, um aus einem gebündelten Strahl von Ladungsträgern diejenigen Ladungsträger herauszufiltern, die eine andere als eine vorgegebene, gewünschte Geschwindigkeit haben. Dazu ordnet man die Felder wie in der Abb. 473.1 so an, daß die Feldvektoren $\vec{E}$ und $\vec{B}$ aufeinander senkrecht stehen. Nur diejenigen Ladungsträger passieren die Feldkombination ohne Ablenkung, die die vorgeschriebene Geschwindigkeit haben. Eine solche Anordnung heißt WIEN-*Geschwindigkeitsfilter*.

Es ist zu begründen, daß in der in Abb. 473.1 wiedergegebenen Kombination Ladungsträger beliebiger Ladungsart gefiltert werden können. Es ist eine mögliche Kombination von Feldvektoren $\vec{E}$ und $\vec{B}$ anzugeben, bei der Elektronen der Geschwindigkeit

$$v = 0{,}5 \cdot 10^8 \text{ m} \cdot \text{s}^{-1}$$

das Feld ohne Ablenkung passieren.

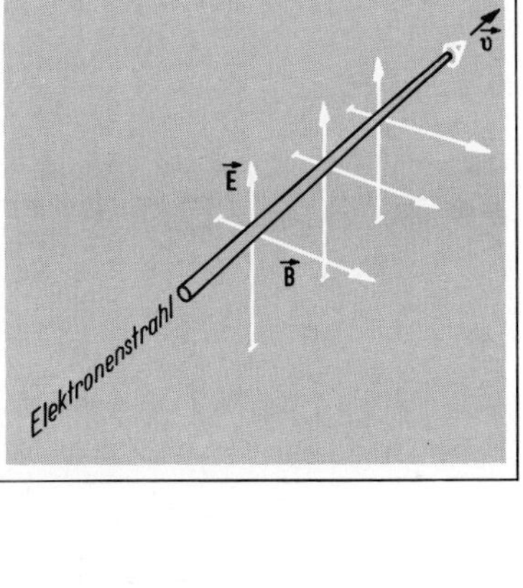

Abb. 473.1
Kombination von elektrischem und magnetischem Feld zu einem Filter für bewegte Elektronen

Es können in der angegebenen Kombination beliebige Ladungsträger gefiltert werden, weil zu vorgegebener Geschwindigkeit v und für beliebige Ladungen Q die Gleichung

$$Q \cdot \vec{E} + Q \cdot \vec{v} \times \vec{B} = 0$$

in $\vec{E}$ und $\vec{B}$ erfüllbar ist ($-\vec{v} \times \vec{B}$ hat die Richtung von $\vec{E}$). Die Kombination

$$E = 10^6 \frac{\text{V}}{\text{m}}, \quad B = 2 \cdot 10^{-2}\,\text{T}$$

genügt der Bedingung

$$Q\left(10^6 \frac{\text{V}}{\text{m}} - 0{,}5 \cdot 10^8 \frac{\text{m}}{\text{s}} \cdot 2 \cdot 10^{-2} \frac{\text{Vs}}{\text{m}^2}\right) = 0.$$

Das heißt, Ladungsträger mit einer Geschwindigkeit von $0{,}5 \cdot 10^8\,\text{m} \cdot \text{s}^{-1}$ passieren den felderfüllten Raum kräftefrei. Auf Ladungsträger mit einer anderen Geschwindigkeit wirkt eine auf der Strahlrichtung senkrecht stehende Kraft. Diese Ladungsträger verlassen den Strahl.

Weitere Aufgaben: Siehe O. Höfling, Physikaufgaben II/2.

5.2.7 Der Hall-Effekt und die Hall-Sonde

Mit der Entwicklung der Halbleitertechnik hat sich eine neue Möglichkeit zur Messung der magnetischen Flußdichte ergeben. Es handelt sich um die Anwendung des Hall-Effektes; er ist eine Folgeerscheinung der Lorentz-Kraft. Wir erläutern ihn an einem Versuch.

Versuch 474.1 Durch einen flachen, streifenförmigen, metallischen Leiter lassen wir in Längsrichtung einen Strom mit der Stärke I, den sog. *Steuerstrom*, fließen. Ein Magnetfeld soll den stromführenden Streifen so durchsetzen, daß der Vektor der magnetischen Flußdichte $\vec{B}$ zum Vektor $\vec{v}$ der Driftgeschwindigkeit senkrecht steht (vgl. Abb. 474.1). Ein Spannungsmeßinstrument ist mit den Streifenflanken verbunden.

Das Voltmeter zeigt eine Spannung zwischen den Flanken des Streifens an. Wir deuten die Erscheinung zunächst qualitativ: Auf die mit Driftgeschwindigkeit strömenden Elektronen wirkt die Lorentz-Kraft. Sie ist wegen der negativen Elektronenladung in Abb. 474.1 nach oben gerichtet. Am oberen Streifenrand tritt darum eine Verdichtung der Elektronen ein; sie hat eine verstärkte gegenseitige elektrostatische Abstoßung zur Folge. Es stellt sich ein Gleichgewichtszustand ein. Eine Elektronenanhäufung ist charakteristisch für den negativen Pol einer Spannungsquelle. Das Instrument zeigt diese Spannung an. Man nennt sie Hall-*Spannung*; der Effekt heißt Hall-*Effekt*. Er trägt den Namen des amerikanischen Physikers E. H. Hall (1855–1938), der den Effekt 1879 entdeckte.

Quantitativ stellen wir fest: Im Gleichgewichtszustand bewegen sich die Leitungselektronen in der Richtung von $-\vec{I}$. Senkrecht zu dieser Richtung wirken auf die Leitungselektronen zwei Kräfte. Es wirkt die Lorentz-Kraft

$$\vec{F}_\text{L} = -e \cdot \vec{v} \times \vec{B}.$$

Außerdem wirkt die elektrische Kraft

$$\vec{F}_\text{E} = -e \cdot \vec{E};$$

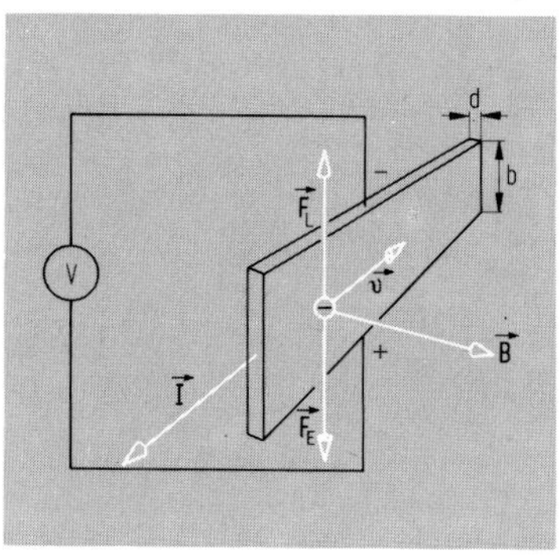

Abb. 474.1
Die Lorentz-Kraft $\vec{F}_\text{L}$ und die elektrische Kraft $\vec{F}_\text{E}$ wirken im Gleichgewichtszustand auf die bewegten Leitungselektronen. (Die Zuleitungen für den Steuerstrom wurden nicht eingezeichnet.)

sie beschreibt die gegenseitige elektrostatische Abstoßung, die die Folge der Elektronenverdichtung am oberen Streifenrand ist. $\vec{E}$ ist die HALL-*Feldstärke*. Da die Leitungselektronen im Gleichgewichtszustand senkrecht zu $\vec{I}$ keine Beschleunigung erfahren, kann man schließen, daß sich die Kräfte aufheben:

$$\vec{F}_L + \vec{F}_E = 0.$$

Das bedeutet

$$\vec{E} = -\vec{v} \times \vec{B}.$$

Nun gilt für die HALL-Spannung, die an den Streifenrändern gemessen wird,

$$U_H = E \cdot b,$$

b ist die Streifenbreite. Da $\vec{v}$ und $\vec{B}$ zueinander senkrecht stehen, beträgt die HALL-Spannung

$$U_H = v \cdot B \cdot b.$$

Bezeichnet man mit n die Elektronenzahldichte, I die Steuerstromstärke, b die Streifenbreite und d die Streifendicke, so erhält man mit Hilfe der Beziehung $Il = NQv$ von S. 467 und mit $N = nbdl$ und $Q = e$ für die HALL-Spannung die Gleichung:

$$U_H = \frac{1}{ne} \cdot \frac{I \cdot B}{d}.$$

Wir wollen diese Formel veranschaulichen. Die LORENTZ-Kraft wächst mit zunehmender magnetischer Flußdichte $\vec{B}$ und zunehmender Driftgeschwindigkeit $\vec{v}$ der Ladungsträger. Die Driftgeschwindigkeit wächst mit der Steuerstromstärke I, sie ist aber um so geringer, je mehr Ladungsträger zum Ladungstransport zur Verfügung stehen und je größer die Ladung des einzelnen Ladungsträgers ist. Die Anordnung der Größen im Term für die HALL-Spannung U_H genügt dieser Überlegung.

Nimmt man hypothetisch einmal an, daß ausschließlich positive Ladungsträger am Ladungstransport beteiligt seien, so hätte man eine entgegengesetzt gerichtete HALL-Spannung zu erwarten:

In der Gleichung für die LORENTZ-Kraft

$$\vec{F} = -e \cdot \vec{v} \times \vec{B}$$

würde die Elektronenladung $-e$ durch die positive Ladung Q, die Elektronendriftgeschwindigkeit $\vec{v}$ durch eine Geschwindigkeit $\vec{v}^*$ zu ersetzen sein; $\vec{v}^*$ hätte die Gegenrichtung von $\vec{v}$. Wegen der doppelten Vorzeichenumkehr würde die auf die positiven Ladungsträger wirkende LORENTZ-Kraft die gleiche Richtung haben wie die auf die Elektronen wirkende. Statt der negativen Elektronen würden folglich die positiven Ladungsträger zum oberen Rande des Streifens hin abgelenkt werden.

Man könnte versucht sein, die Richtung der HALL-Spannung als Indiz dafür zu werten, daß der Leitungsmechanismus in Metallen nur von negativen Ladungsträgern bewirkt werden kann. Tatsächlich darf man aber zunächst nur schließen, daß er *vorwiegend* von negativen Ladungsträgern bewirkt wird. Der amerikanische Physiker TOLMAN konnte diese Frage erstmalig mit einem Experiment entscheiden. Man beschleunigt einen Metallkörper. Dabei erfahren die beweglichen Ladungsträger keine beschleunigende Kraft, da sie mit dem Atomgitter des Metalls nicht starr verbunden sind. Sie gleiten – wie Menschen in einer heftig bremsenden Bahn – an eine Seite des Metallkörpers. Eine solche Anhäufung der Ladungsträger wirkt sich als eine meßbare Spannung aus. Aus der Beschleunigung und der auftretenden Spannung kann man schließen, daß die spezifische Ladung der Ladungsträger $-1{,}76 \cdot 10^{11}\,\mathrm{A\,s\,kg^{-1}}$ beträgt. Das aber ist genau die spezifische Ladung, die man mit dem Fadenstrahlrohr (vgl. S. 582) für Elektronen ermittelt.

In einem Silberstreifen von 2 cm Breite und 0,1 mm Dicke lassen sich HALL-Spannungen von etwa 10^{-5} V erzeugen. Die für die HALL-Spannung U_H angegebene Formel erlaubt nach Messung von U_H, der Steuerstromstärke I und der magnetischen Flußdichte B eine experimentelle Bestimmung der Elektronenzahldichte der Leitungselektronen in Metallen. Man erhält die sehr große Zahl von rund 10^{29} Leitungselektronen pro Kubikmeter. Darum ist die HALL-Spannung in Metallen sehr klein. In Halbleitern stehen dagegen nur 10^{18} bis 10^{24} Ladungsträger pro Kubikmeter zur Verfügung, der Ladungstransport vollzieht sich mit hoher Driftgeschwindigkeit, und die HALL-Spannung ist auch für geringe Steuerstromstärken viel größer als bei Metallen.

Diese große bei Halbleitern auftretende HALL-Spannung wird im HALL-*Generator* zur Messung der magnetischen Flußdichte verwendet. Die an den Flanken des Halbleiters auftretende HALL-Spannung ist ein Maß für die magnetische Flußdichte $\vec{B}$, falls der Vektor $\vec{B}$ senkrecht zur Halbleiterfläche steht. Andernfalls wird nur diejenige Normalkomponente $\vec{B}_n$ von $\vec{B}$ gemessen, die diese Bedingung erfüllt. Um $\vec{B}$ zu messen, muß der Halbleiter – auch HALL-*Sonde* genannt – kalibriert werden. Das kann mit der Stromwaage (vgl. Beispiel S. 466) geschehen. Mit der HALL-Sonde läßt sich ein Magnetfeld fast punktförmig ausmessen, experimentell ist diese Methode dem Verfahren mit der Stromwaage unvergleichlich überlegen. Die HALL-Sonde erlaubt ferner den unmittelbaren Nachweis, daß Magnetfelder sich ungestört überlagern. Wir führen diesen Nachweis in Versuch 476.1 durch.

Neben der HALL-Spannung tritt in Halbleitern als Folge der magnetischen Flußdichte auch eine Widerstandserhöhung für den Steuerstrom auf. Auch diesen Effekt zieht man zur Messung der magnetischen Flußdichte heran. Solche magnetfeldabhängigen Halbleiterwiderstände, *Feldplatten* genannt, haben in den letzten Jahren gegenüber der HALL-Sonde sehr an Bedeutung gewonnen.

Auf eine sehr merkwürdige Erscheinung soll hier noch hingewiesen werden. Durch die Dotierung eines Halbleiters mit Arsen oder anderen Donatoratomen werden zusätzliche Elektronen zur Verfügung gestellt, die die elektrische Leitfähigkeit des Halbleiters erhöhen. Man spricht von *n-Halbleitern.* Durch die Dotierung eines Halbleiters mit Indium oder anderen Akzeptoratomen werden sog. Löcher geschaffen, die die elektrische Leitfähigkeit des Halbleiters ebenfalls erhöhen. Es liegt dann ein *p-Halbleiter* vor.

Daß nun bei *n*-Halbleitern eine HALL-Spannungsrichtung wie bei Metallen auftritt, ist nicht erstaunlich, da der Leitungsvorgang von Elektronen besorgt wird. Daß aber *p*-Halbleiter eine HALL-Spannung mit umgekehrter Richtung hervorrufen, als ob positive Ladungen den Leitungsvorgang bewirkten, ist eigentlich überraschend. Das Bild von der Löcherleitung ist nur ein Modell, in Wirklichkeit springen auch bei der Löcherleitung Elektronen von Loch zu Loch, sie sind die eigentlichen Ladungsträger. Daß dennoch eine Umkehr der HALL-Spannung auftritt, zeigt, daß das Modell von der Löcherleitung sehr leistungsfähig ist. Ein Verständnis für diese Umkehr der HALL-Spannung kann nur mit Hilfe der Quantenmechanik gewonnen werden.

Wir sind uns bewußt, die LORENTZ-Kraft auf Vorgänge angewendet zu haben, die nicht im leeren Raum stattfinden. Die Kraft wirkt innerhalb des Silbers oder des Halbleitermaterials auf die Leitungselektronen. Im Vorgriff auf die Abschnitte 5.4.1 und 5.4.2 teilen wir hier mit, daß die verwendeten Materialien die Kräfte auf bewegte Ladungen in Magnetfeldern kaum meßbar verändern. Die vorgenommene Anwendung unserer Kenntnisse war zulässig.

Mit Hilfe der HALL-Sonde sind wir jetzt in der Lage, die ungestörte Überlagerung von Magnetfeldern experimentell aufzuzeigen.

Wir weisen dazu nach, daß an einem beliebigen festen Ort die magnetische Flußdichte $\vec{B}$, die von zwei Erzeugern gemeinsam hervorgerufen wird, als Summe der magnetischen Flußdichten $\vec{B}_1$ und $\vec{B}_2$, die von den einzelnen Erzeugern verursacht werden, geschrieben werden darf:

$$\vec{B}=\vec{B}_1+\vec{B}_2\,.$$

Versuch 476.1 Mit einer auf dem Experimentiertisch fest angeordneten HALL-Sonde, einem Permanentmagneten und irgendeiner Spule, z.B. einem HELMHOLTZ-Spulenpaar, wie wir es in Versuch 463.1 schon verwendeten, messen wir die zur HALL-Sonde senkrechte Komponente $\vec{B}_{1n}$ der magnetischen Flußdichte $\vec{B}_1$, die allein von der stromdurchflossenen Spule erzeugt wird. Wir schalten den Strom ab und messen ebenso die zur HALL-Sonde senkrechte Komponente $\vec{B}_{2n}$ der magnetischen Flußdichte $\vec{B}_2$, die allein von dem dazugesetzten Permanentmagneten erzeugt wird. Zuletzt wird die zur HALL-Sonde senkrechte Komponente $\vec{B}_n$ der magnetischen Flußdichte $\vec{B}$ gemessen, die von der Spule und von dem Magneten gemeinsam erzeugt wird. Die von Magnet und Spule erzeugten Felder müssen viel stärker als das erdmagnetische Feld sein, um die Verfälschung, die durch die doppelte Messung des Erdfeldes eintritt, geringfügig zu halten (Abb. 477.1).

Der Versuch zeigt, daß man für jede Lage der HALL-Sonde Meßwerte erhält, die der Gleichung

$$\vec{B}_{1n}+\vec{B}_{2n}=\vec{B}_n$$

genügen. Daraus darf man schließen, daß die Größe $\vec{B}$ die vektorielle Summe der Größen $\vec{B}_1$ und $\vec{B}_2$ ist.

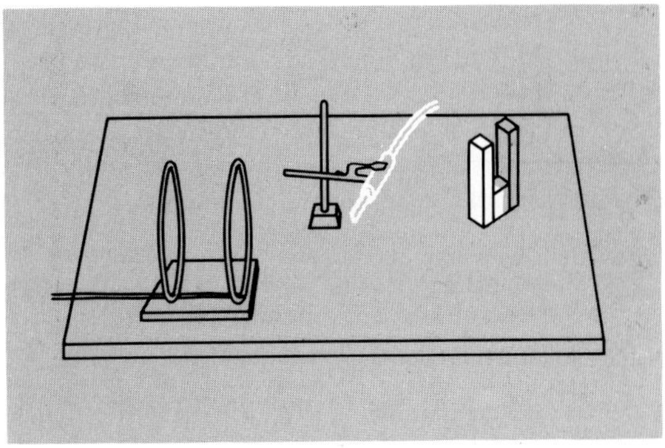

Abb. 477.1
Experimentelle Anordnung von HELMHOLTZ-Spulenpaar, Permanentmagnet und HALL-Sonde zur Bestätigung der ungestörten Überlagerung von Magnetfeldern

5.2.8 Die Bewegung eines Leiters im Magnetfeld

In diesem Kapitel wollen wir an Beispielen zeigen, daß die LORENTZ-Kraft

$$\vec{F} = Q \cdot \vec{v} \times \vec{B}$$

auch dann auf Ladungsträger wirkt, wenn diese an Leiter gebunden sind und mit ihren Leitern gegen Magnetfelder bewegt werden. Wir werden die Erscheinungen so deuten, als ob die Ladungsträger in einem stromlosen Leiter ruhten. Zwar wissen wir, daß die Elektronen in einem Metall eine ständige heftige Eigenbewegung ausführen, sie ist aber mit den hier geschilderten Verfahren nicht nachweisbar. Die Kraft auf die nun im Leiter als ruhend angenommenen Leitungselektronen berechnen wir mit Hilfe der Gleichung für die LORENTZ-Kraft. Der experimentell überprüfbare Erfolg rechtfertigt diesen Ansatz. Wir beschränken uns auf die Schilderung von drei Beispielen.

1. Der Generator

Versuch 477.1 Eine rechteckige Leiterschleife wird in einem homogenen Magnetfeld wie in Abb. 477.2 um eine Achse gedreht. Ihre Leiterenden sind über zwei gegeneinander isolierte Schleifringe mit einem Spannungsmesser, z. B. einem Katodenstrahloszilloskop, verbunden.

Das Meßgerät zeigt eine Wechselspannung an. Zur Deutung betrachten wir beispielhaft ein Elektron in einem der beiden achsenparallelen Leiterstücke (Abb. 477.3). Mit dem Leiter gemeinsam hat es relativ zum Magnetfeld die Geschwindigkeit $\vec{v}$. Es stehen die folgenden Größen im Zusammenhang:

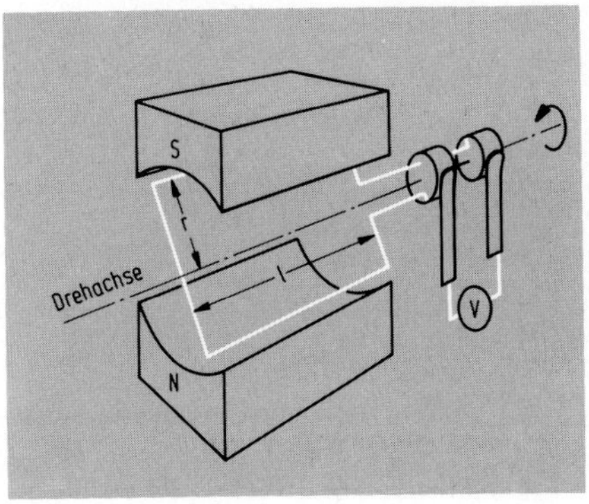

Abb. 477.2
Drehung einer Leiterschleife im homogenen Magnetfeld

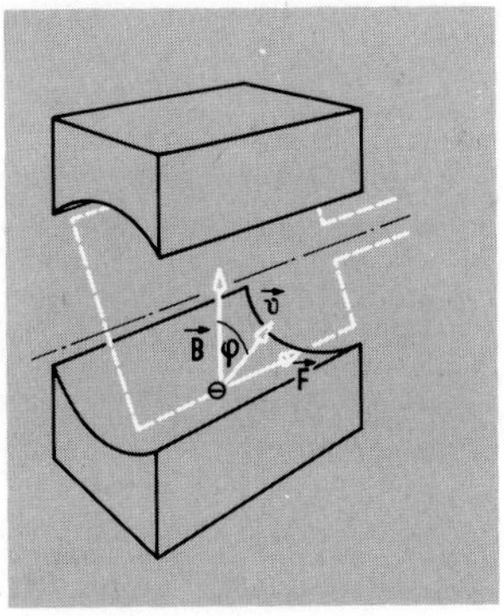

Abb. 477.3
Kraft auf ein Elektron in der Leiterschleife

$\vec{v}$ = Geschwindigkeit des Elektrons = Leitergeschwindigkeit am Ort des Elektrons,
r = Abstand des Elektrons von der Drehachse,
ω = Winkelgeschwindigkeit der Leiterschleife,
$\vec{B}$ = magnetische Flußdichte des homogenen Magnetfeldes,
φ = Winkel zwischen Geschwindigkeitsvektor $\vec{v}$ und magnetischer Flußdichte $\vec{B}$.

Definitionsgemäß gelten die Gleichungen

$$\varphi = \omega \cdot t,$$

$$v = \omega \cdot r.$$

Auf das Elektron wirkt die LORENTZ-Kraft

$$\vec{F} = -e \cdot \vec{v} \times \vec{B},$$

sie weist achsenparallel in Richtung auf die Schleifringe zu. Zur weiteren Darstellung ist es günstig, die Kraft $\vec{F}$ in skalarer Form zu beschreiben. Dazu treffen wir die Verabredung, daß die zur Drehachse parallele Kraft negativ gerechnet wird, falls sie zu den Schleifringen nach hinten weist, in der Gegenrichtung zählt sie positiv. Die LORENTZ-Kraft wird mit dieser Verabredung unabhängig von der Stellung der Leiterschleife durch folgende Gleichung nach Betrag und Richtung beschrieben:

$$F = -e \cdot v \cdot B \cdot \sin \varphi$$

$$F = -e \cdot v \cdot B \cdot \sin \omega t.$$

Die LORENTZ-Kraft verschiebt die Leitungselektronen im Leiter, und es entsteht – wie beim HALL-Effekt (S. 474) – in Leiterrichtung ein elektrisches Feld mit der Feldstärke $\vec{E}$. Im Gleichgewichtszustand, wenn die Leitungselektronen im Leiter ruhen, heben sich LORENTZ-Kraft und elektrische Kraft auf und es gilt

$$e \cdot E = e \cdot v \cdot B \cdot \sin \omega t,$$

$$E = v \cdot B \cdot \sin \omega t.$$

Dieses elektrische Feld tritt nur in den achsenparallelen Leiterabschnitten in Leiterrichtung auf, es wirkt in beiden Abschnitten so, daß sich die zugehörigen Spannungen addieren. Die Spannung U an den Leiterenden ist gleich der Liniensumme $E \cdot 2l$ der elektrischen Feldstärke.

$$U = E \cdot 2l$$

$$U = 2l \cdot v \cdot B \cdot \sin \omega t$$

$$U = 2l \cdot r \cdot \omega \cdot B \cdot \sin \omega t.$$

Man nennt die Spannung U eine *induzierte Spannung* oder kurz *Induktionsspannung*. Sie ist eine zeitlich veränderliche *Wechselspannung*, der Spannungsmesser zeigt sie an. Die Größe $2lr\omega B$ bezeichnet man als *Scheitelspannung* U_0. Die Wechselspannung U hat zu dem Zeitpunkt, in dem die achsenparallelen Leiter sich senkrecht zu der Feldrichtung bewegen, ihren größten Betrag. Abb. 478.1 soll das veranschaulichen.

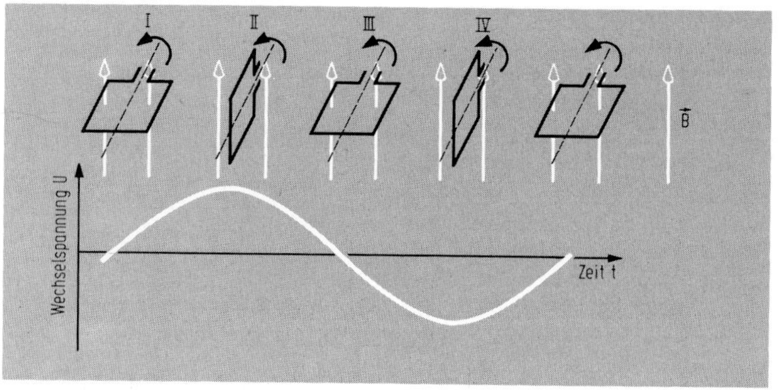

Abb. 478.1
Zeitlicher Verlauf der induzierten Wechselspannung U in Abhängigkeit von der Stellung der Leiterschleife

Die Größe $2lr = A$ ist der Flächeninhalt der Leiterschleife. Man kann zeigen, daß die Form der Schleife auf die Wechselspannung keinen Einfluß hat, ausschließlich der Flächeninhalt ist von Bedeutung. Wir wählten die rechteckige Form, weil sie die Überlegung erleichtert. Legt man n Windungen übereinander, so erhält man die n-fache Scheitelspannung

$$U = n \cdot A \cdot \omega \cdot B \cdot \sin \omega t$$
$$U = U_0 \cdot \sin \omega t .$$

Bleiben die Enden der Leiterschleife ohne eine leitende Verbindung, dann mißt man die angegebene Wechselspannung, sie wird als *Quellenspannung* bezeichnet. Schließt man sie aber über einen Verbraucher kurz, dann fließt ein zeitlich veränderlicher *Wechselstrom* I.

$$I = I_0 \sin \omega t .$$

I_0 = Scheitelstromstärke.

Man nennt einen solchen Strom, der durch Bewegung eines Leiters im Magnetfeld hervorgerufen wird, einen *Induktionsstrom*. Ist R der Widerstand der Leiterschleife, dann fällt die Spannung in der Schleife um $I \cdot R$, und an den Enden mißt man die niedrigere *Klemmenspannung* $U - I \cdot R$. Der Generator liefert dann Energie an den Verbraucher; sie wird ihm in mechanischer Form zugeführt, die Schleife muß gegen eine Gegenkraft gedreht werden. Es tritt wieder eine LORENTZ-Kraft auf. Wir ermitteln sie für das anfangs betrachtete Elektron (vgl. Abb. 479.1). Durch die leitende Verbindung der Schleifenenden kann das Elektron der Spannung folgen, es erhält in Leiterrichtung eine Geschwindigkeit $\vec{v}^*$ und erfährt darum die LORENTZ-Kraft $\vec{F}^*$.

$$\vec{F}^* = -e \cdot \vec{v}^* \times \vec{B} .$$

Diese auf das Elektron wirkende Kraft wirkt auch auf den Leiter, in dem das Elektron sich befindet, weil es an diesen Leiter gebunden ist und ihn nicht etwa, der Kraft $\vec{F}^*$ folgend, verlassen kann. Damit wird die Leiterschleife in ihrer Bewegung gebremst. Das entspricht unserer Erfahrung:

Der belastete Generator läßt sich schwerer drehen als der unbelastete.

Die Bewegung elektrisch geladener Teilchen im Magnetfeld erfolgt unter den Bedingungen des Energieerhaltungssatzes.

Die Energie, die der Generator in elektrischer Form dem Verbraucher liefert, wird ihm in mechanischer Form zugeführt. Das geschieht, indem die Leiterschleife gegen eine bremsende Hemmung gedreht wird.

Der Kenner des Energieerhaltungssatzes wundert sich nicht über diesen Zusammenhang; der Arzt J. R. MAYER (1814–1878) formulierte ihn erstmals 1841. 1833 entdeckte der Physiker H. LENZ (1804–1865) das nach ihm benannte LENZ-Gesetz. Er teilte eine zu seiner Zeit neue Erkenntnis mit, die für alle Induktionserscheinungen die Richtung des Induktionsstromes vorauszusagen gestattet.

Lenz-Gesetz:
Der Induktionsstrom ist so gerichtet, daß er der Ursache, die ihn hervorruft, entgegenwirkt.

Die hervorrufende Ursache ist im vorliegenden Falle die Drehung der Leiterschleife.

In technischen Generatoren wickelt man die Leiterschleife auf einen eisernen Anker, er gibt ihr mechanische Festigkeit und überträgt die großen Kräfte. Außerdem verstärkt er die magnetische Flußdichte in der Schleife. Wir gehen auf S. 555 darauf genauer ein.

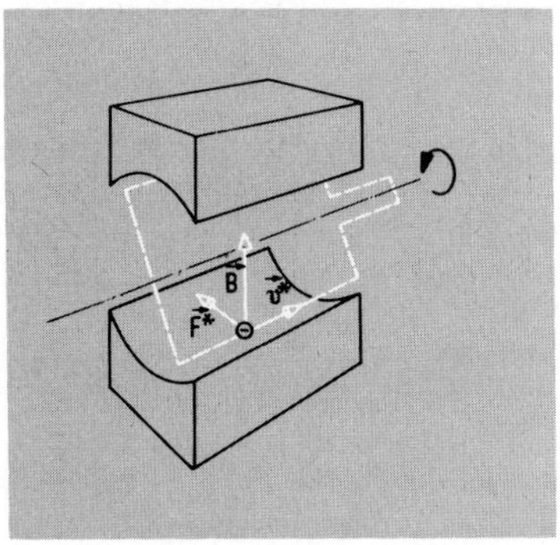

Abb. 479.1
Hemmung der Drehung durch bewegte Elektronen in der Leiterschleife

2. Die gleichförmig bewegte Leiterschleife

Versuch 480.1 Aus einem räumlich begrenzten homogenen Magnetfeld wird wie in Abb. 480.1 eine rechteckige Leiterschleife mit konstanter Geschwindigkeit $\vec{v}$ nach oben herausgezogen. Das Magnetfeld erzeugen wir mit einem Elektromagneten, dem breite Polschuhe aufgesetzt wurden. Die Enden der Leiterschleife sind über einen Spannungsmeßverstärker mit einem Voltmeter verbunden. Die magnetische Flußdichte zwischen den Polschuhen wird mit der Stromwaage wie im Beispiel S. 466 gemessen.

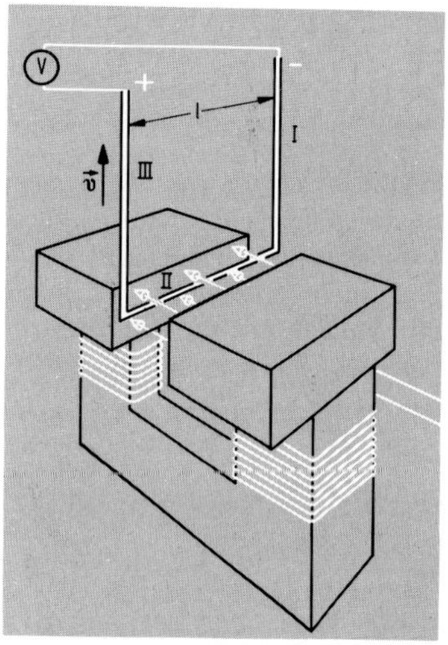

Abb. 480.1
Eine Leiterschleife wird mit konstanter Geschwindigkeit aus einem homogenen Magnetfeld herausgezogen.
Der Spannungsmeßverstärker wurde nicht eingezeichnet, er ist als Teil des Meßgerätes zu denken.

Der Versuch zeigt: Solange sich der Leiterabschnitt II im homogenen Magnetfeld zwischen den Polschuhen befindet, tritt an den Leiterenden die konstante Induktionsspannung

$$U = v\,l\,B$$

auf.

$\vec{v}$ = Geschwindigkeit der Leiterschleife,
l = Länge des Leiterabschnitts II,
$\vec{B}$ = magnetische Flußdichte zwischen den Polschuhen.

Betrag und Richtung dieser Spannung können wir wieder aus unserem Ansatz deduzieren: Die Elektronen werden in einem Magnetfeld bewegt, auf sie wirkt folglich die LORENTZ-Kraft

$$\vec{F} = -e \cdot \vec{v} \times \vec{B}.$$

Sie weist parallel zum Leiterabschnitt II vom Beschauer fort und verschiebt die mit dem Leiter mitbewegten Leitungselektronen. Durch diese Ladungsverschiebung entsteht ein elektrisches Feld im Leiterabschnitt II. Der Vektor $\vec{E}$ dieses elektrischen Feldes weist vom Beschauer fort. Im Gleichgewichtszustand, wenn die Leitungselektronen im Leiter ruhen, heben sich LORENTZ-Kraft $\vec{F}_L$ und elektrische Kraft $-e \cdot \vec{E}$ auf. Es gilt

$$-e \cdot \vec{v} \times \vec{B} - e \cdot \vec{E} = 0.$$

Wegen $|\vec{v} \times \vec{B}| = v \cdot B$ folgt

$$E = v \cdot B.$$

Wir berechnen aus der Feldstärke E die Induktionsspannung U an den Leiterenden als die Liniensumme der elektrischen Feldstärke. Dieses elektrische Feld ist nur im Leiterabschnitt II parallel zum Leiter, in den Abschnitten I und III steht es zum Leiter senkrecht. Außerhalb der Polschuhe darf die Feldstärke zu Null angenommen werden. Damit besteht die Liniensumme aus einem einzigen Summanden

$$U = E \cdot l,$$
$$U = v \cdot B \cdot l.$$

Die experimentell gemessene Spannung stimmt mit der deduzierten überein.

In dem Augenblick, in dem der Leiterabschnitt II den Raum zwischen den Polschuhen verläßt, fällt die Induktionsspannung auf Null.

Für eine spätere Verallgemeinerung (S. 521) wollen wir das Ergebnis mit Hilfe zweier anderer Größen formulieren. Wir bezeichnen den Weg, den der Leiterabschnitt II in einem Zeitintervall Δt zurücklegt, mit Δs, die Fläche, die er im gleichen Zeitraum überstreicht, mit ΔA. Damit gilt

$$v \cdot \Delta t = \Delta s,$$

$$v \cdot l = \frac{\Delta s \cdot l}{\Delta t},$$

$$v \cdot l = \frac{\Delta A}{\Delta t},$$

$$U = B \cdot \frac{\Delta A}{\Delta t}.$$

Die durch die Bewegung einer Leiterschleife entstehende Induktionsspannung ist gleich dem Produkt aus dem Betrag B der auf der Fläche senkrecht stehenden magnetischen Flußdichte $\vec{B}$ und der Flächengeschwindigkeit $\frac{\Delta A}{\Delta t}$ der von der Schleife im Magnetfeld umschlossenen Fläche A.

Diese Aussage ist auch dann gültig, wenn die Schleife nicht rechteckig ist; wir wählten diese Form wieder zur Vereinfachung der Überlegung.

Wir vergleichen die Einheiten der Ausdrücke auf den beiden Seiten der Gleichung:

$$[U] = 1\ \text{V},$$

$$\left[B \cdot \frac{\Delta A}{\Delta t}\right] = 1\ \frac{\text{V s}}{\text{m}^2} \cdot \frac{\text{m}^2}{\text{s}},$$

$$1\ \text{V} = 1\ \text{V}.$$

Auch die Aussage des LENZ-Gesetzes ist für dieses Beispiel leicht überprüfbar; sie läßt sich aus der Kenntnis der magnetischen Kraft auf einen stromdurchflossenen Leiter entwickeln. Zu diesem Zweck schließen wir gedanklich die Leiterschleife auf ihrer Oberseite kurz, so daß in der Schleife ein Induktionsstrom der Stärke I fließen kann. Die Elektronen im Leiterteil II bewegen sich infolge der auf sie einwirkenden LORENTZ-Kraft vom Beschauer fort, der Induktionsstrom fließt folglich in diesem Leiterteil auf den Beschauer zu. Er verursacht eine magnetische Kraft $\vec{F}^*$. $\vec{F}^*$ ist nach unten gerichtet. Die Kräfte auf die vertikalen Leiterstücke sind entgegengesetzt gleich, heben sich also auf; in den oberen Teilen dieser Leiterabschnitte sind sie Null, da diese Leiterstücke sich ebenso wie der gedachte Kurzschlußleiter nicht im Magnetfeld befinden. Insgesamt wirkt auf die Schleife die nach unten gerichtete Kraft $\vec{F}^*$; es ist die Kraft, die nach dem LENZ-Gesetz der Bewegung der Leiterschleife entgegenwirkt.

Der Betrag dieser Kraft $\vec{F}^*$ ist leicht zu berechnen. Nach dem OHM-Gesetz bestimmen die Induktionsspannung U und der Widerstand R der Leiterschleife die Stromstärke I des Induktionsstromes

$$I = \frac{U}{R}$$

$$I = \frac{v \cdot l \cdot B}{R}.$$

Die magnetische Kraft $\vec{F}^*$ hat den Betrag

$$F^* = l \cdot I \cdot B$$

$$F^* = \frac{l^2 \cdot v \cdot B^2}{R}.$$

Die Proportionalität von F^* und v, die aus dieser Gleichung folgt, gilt allgemein, sie ist nicht auf unser spezielles Beispiel beschränkt:

Der durch eine Leiterbewegung verursachte Induktionsstrom bewirkt eine den Leiter bremsende Kraft, deren Betrag der Leitergeschwindigkeit proportional ist.

Mit unserer einfachen Versuchsanordnung läßt sich diese Proportionalität nicht überprüfen. Man greift zu diesem Zweck gern auf Schwingungen zurück, die mit Hilfe von Induktionsströmen gedämpft werden.

3. Wirbelströme

Versuch 482.1 Zwischen den Polschuhen eines Elektromagneten lassen wir ein Stück dicken Kupfer- oder Aluminiumblechs an einer Achse pendeln (vgl. Abb. 482.1). Die Pendelbewegung erfährt eine sehr starke Dämpfung, wenn der Eisenkern vom Spulenstrom magnetisiert wird und die Pendelbahn durch das Magnetfeld führt.

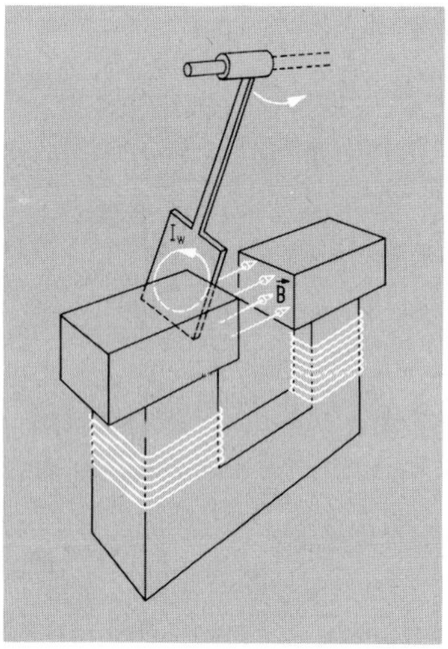

Abb. 482.1
Eine dicke Metallplatte pendelt durch ein Magnetfeld

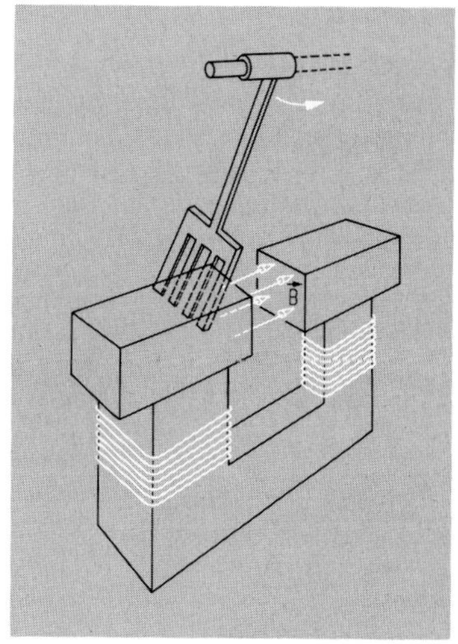

Abb. 482.2
Eine dicke geschlitzte Metallplatte pendelt durch ein Magnetfeld

Wir deuten den Versuch mit unserem eingangs geschilderten Ansatz:

Die Leitungselektronen bewegen sich mit dem Blech im Magnetfeld. Wir untersuchen die Erscheinungen, die sich bei dieser Bewegung im inhomogenen Teil des Feldes am Rande der Polschuhe einstellen. Bei der in Abb. 482.1 vorliegenden Bewegung erfahren diejenigen Elektronen, die sich im Bereich der größeren magnetischen Flußdichte zwischen den Polschuhen befinden, eine stärkere, nach unten gerichtete LORENTZ-Kraft als diejenigen Elektronen, die sich im Bereich geringerer Flußdichte außerhalb der Polschuhe befinden. Es entsteht dadurch ein geschlossener Wirbelstrom; in Abb. 482.1 ist er mit I_w angedeutet. Dieser Wirbelstrom hat wieder eine LORENTZ-Kraft zur Folge: am rechten Plattenrand entsteht eine die Plattenbewegung hemmende Kraft, am linken Plattenrand entsteht eine die Plattenbewegung fördernde Kraft. Da sich der rechte Plattenrand im stärkeren Magnetfeld zwischen den Polschuhen befindet, überwiegt die hemmende Kraft. Das entspricht der Aussage des LENZ-Gesetzes, nach dem der Induktionsstrom seiner Ursache, der Mitführung der Elektronen mit der Plattenbewegung, entgegenwirkt. Eine analoge Überlegung kann man für den Austritt der Platte aus dem Bereich größter Flußdichte auf der anderen Seite der Polschuhe durchführen.

Versuch 482.2 Wir lassen wie in Versuch 482.1 eine Platte zwischen den Polschuhen des Elektromagneten pendeln, die Platte ist aber, wie aus Abb. 482.2 ersichtlich, vielfach geschlitzt.

Die Dämpfung der Pendelbewegung stellt sich bei dieser Anordnung auch im starken Magnetfeld kaum ein, die Schlitze unterbrechen die Bahn des Wirbelstroms.

Der Versuch 482.1 demonstriert eine einfache Form einer sog. *Wirbelstrombremse.* Man verwendet sie, um Meßinstrumente, wie z.B. Waagen, in ihren Schwingungen haftreibungsfrei zu dämpfen. Im allgemeinen sind Wirbelströme jedoch nicht erwünscht, sie haben Energieverluste und Erwärmung zur Folge. Der Versuch 482.2 zeigt eine Möglichkeit, sie zu unterbinden. Man fertigt deshalb die Anker von Generatoren und Elektromotoren aus gegeneinander isolierten Eisenblechen an.

Bevor wir im nächsten Kapitel neue Erscheinungen kennenlernen, wollen wir uns besinnen, in welcher Weise die Gedankenschritte, die wir vollzogen haben, ineinandergreifen. Gerade am vorliegenden Beispiel kann man die Arbeitsweise der Physik modellmäßig gut aufzeigen.

An den Kapitelanfang stellten wir einen Ansatz. Er besagte, daß auf die Leitungselektronen eines stromlosen, in einem Magnetfeld bewegten Leiters die LORENTZ-Kraft so wirke, wie wir es in den vorangehenden Kapiteln im Falle der freien Elektronen zeigten. Die Eigengeschwindigkeit des Leiters hat man als die Geschwindigkeit der Leitungselektronen einzusetzen. Deduktionen aus diesem Ansatz führten zu quantitativen, experimentell überprüfbaren Aussagen. In keinem Experiment jedoch konnten wir die auf die Leitungselektronen wirkende Kraft unmittelbar selbst messen. Dennoch stützen die Experimente den Ansatz überzeugend.

Beispiel

In dem Versuch 480.1 soll die Länge l des Leiterabschnittes II 0,1 m, seine Geschwindigkeit $v = 2\ \mathrm{mm \cdot s^{-1}}$ betragen. Die Induktionsspannung möge mit $4{,}8 \cdot 10^{-5}$ V gemessen werden. Welchen Betrag hat die magnetische Flußdichte zwischen den Polschuhen? Mit welcher Kraft bremst der Induktionsstrom die Bewegung der geschlossenen Leiterschleife, wenn der Widerstand der kurzgeschlossenen Schleife 0,003 Ω beträgt?

Für die Induktionsspannung ermitteln wir

$$U = v\, l\, B,$$

$$B = \frac{U}{v\, l}.$$

$$B = \frac{4{,}8 \cdot 10^{-5}\ \mathrm{V}}{2 \cdot 10^{-3}\ \mathrm{m\, s^{-1}} \cdot 0{,}1\ \mathrm{m}},$$

$$B = 0{,}24\ T.$$

Die Stärke des Induktionsstromes I folgt aus dem OHM-Gesetz

$$I = \frac{U}{R},$$

$$I = \frac{48 \cdot 10^{-6}\ \mathrm{V}}{3 \cdot 10^{-3}\ \Omega},$$

$$I = 16\ \mathrm{mA}.$$

Die bremsende Kraft $\vec{F}$ hat den Betrag

$$F = l \cdot I \cdot B,$$

$$F = 0{,}1\ \mathrm{m} \cdot 16 \cdot 10^{-3}\ \mathrm{A} \cdot 0{,}24\ \frac{\mathrm{V\, s}}{\mathrm{m^2}}$$

$$F = 0{,}38 \cdot 10^{-3}\ \frac{\mathrm{V\, A\, s}}{\mathrm{m}},$$

$$F = 0{,}38 \cdot 10^{-3}\ \mathrm{N}.$$

Das entspricht der Gewichtskraft einer Masse von rund 40 mg.

Weitere Aufgaben: Siehe O. HÖFLING, Physik-Aufgaben II/2.

5.2.9 Das Meßverfahren für die Stromstärke

In diesem Kapitel wollen wir darstellen, wie mit Hilfe der Kräfte, die zwei stromdurchflossene Leiter aufeinander ausüben, Stromstärken gemessen werden können. Da die Stromstärke eine Basisgröße ist, haben wir zu diesem Zweck eine Definition und ein experimentelles Verfahren anzugeben.

Der Übersicht wegen stellen wir die beiden Teile der Stromstärkedefinition hier zusammen, wir entwickeln dann daraus das Meßverfahren:

Definition der Einheit: **Das Ampere ist die Einheit des unveränderlichen Stromes, der in zwei parallelen geradlinigen, unendlich langen, in einem Meter Abstand befindlichen Leitern von vernachlässigbarem Querschnitt fließt und zwischen ihnen im Vakuum eine Kraft von $2 \cdot 10^{-7}$ Newton pro Meter Länge ausübt.**

Definition der Vielfachheit: **Die Stromstärke ist der magnetischen Kraft proportional, die bei unveränderlichem Magnetfeld und unveränderlicher räumlicher Anordnung auf einen von diesem Strom durchflossenen Probeleiter wirkt.**

Die Definition der Vielfachheit schließt in diesem Fall die Definition der *Gleichheit* ein: gleiche Kräfte bedeuten gleiche Stromstärken.

Das Meßverfahren, mit dem die Gleichheit zweier Stromstärken festgestellt wird, ist die Untersuchung mit einem *Drehspulgerät*, dessen Zeiger wir in diesem Falle bei zwei Messungen ausschließlich daraufhin beobachten, ob er gleiche Stellungen einnimmt oder nicht. Da die Zeigerstellung allein von der Kraft bestimmt wird, die der stromdurchflossene Leiter der Drehspule im Magnetfeld erfährt, erlauben gleiche Zeigerstellungen den Schluß auf gleiche Kräfte und damit – definitionsgemäß – auf gleiche Stromstärken. Mit einem solchen Instrument kann man die Aussage überprüfen:

In einem geschlossenen Stromkreis ist die Stromstärke an jeder Stelle des Leiters gleich groß.

Von diesem Gesetz machen wir Gebrauch, wenn wir die Stromstärke in allen Windungen einer Spule als gleich betrachten.

Um Stromstärken messen zu können, braucht man ein *Meßgerät und eine Vorschrift, wie man das Meßgerät verwenden soll.* Unendlich lange Leiter, von denen in der gesetzlichen Definition der Stromstärkeeinheit die Rede ist, kann man nicht herstellen. Darum geben wir ein Gerät an, das mit endlich langen Leitern arbeitet, das aber die Bedingungen der gesetzlichen Definition wenigstens in guter Näherung erfüllt. Das heißt, wir entwickeln ein äquivalentes Verfahren, das praktisch durchführbar ist.

Wir betrachten einen der vom Gesetzgeber genannten Leiter als Probeleiter, er befindet sich im Magnetfeld des anderen Leiters (Abb. 485.1 und Abb. 485.2). Das Feld eines Probeleiters übt keine Kraft auf den Probeleiter selbst aus. Darum dürfen wir als Probeleiter ein kurzes Leiterstück wählen. Wir geraten damit nicht in Widerspruch zur Definition des Gesetzgebers, der von zwei unendlich langen geraden Leitern spricht. Die auf das kurze stromdurchflossene Leiterstück ausgeübte Kraft kann man mit einer Stromwaage messen. Die Kraft ist, wie wir wissen, der Leiterlänge l proportional (S. 464). Der felderzeugende Leiter müßte der Definition zufolge ebenfalls unendlich lang sein; wir nehmen an seiner Stelle einen zwar langen, aber doch endlich langen Leiter. Wir verwenden dazu eine Seite einer großen, rechteckigen, flachen Rahmenspule und nehmen den Fehler, der durch diese Abwandlung entsteht, bewußt in Kauf. Grundsätzlich sind wir in der Lage, diesen Fehler beliebig zu verringern, indem wir eine hinreichend große Rahmenspule verwenden. Die Zuleitungen zum beweglich angeordneten Probeleiter verlegen wir parallel zueinander und senkrecht zum felderzeugenden Leiter, wie in Abb. 485.1 und Abb. 485.2 dargestellt. In dieser Anordnung erfahren sie dem Betrage nach gleiche, entgegengesetzt gerichtete Kräfte $\vec{F}_{\rm I}$ und $\vec{F}_{\rm III}$. Die auf Probeleiter und Zuleitungen insgesamt ausgeübte Kraft $\vec{F}_{\rm I}+\vec{F}_{\rm II}+\vec{F}_{\rm III}$ darf folglich mit der Kraft $\vec{F}_{\rm II}$ auf den Probeleiter gleichgesetzt werden.

Nun rufen Stromstärken, wie sie in der Schule zur Verfügung stehen, so geringe Kräfte hervor, daß eine hinreichend genaue Messung mit der angegebenen Anordnung kaum möglich ist. Wir führen darum in unserem folgenden Experiment 25 Probeleiter von gleicher Länge und Stellung durch das Magnetfeld des felderzeugenden Leiters und lassen sie alle vom gleichen Strom durchfließen. Die auf dieses Probeleiterbündel wirkende Kraft ist 25mal so groß wie die auf den Einzelleiter wirkende. Da der felderzeugende Leiter und

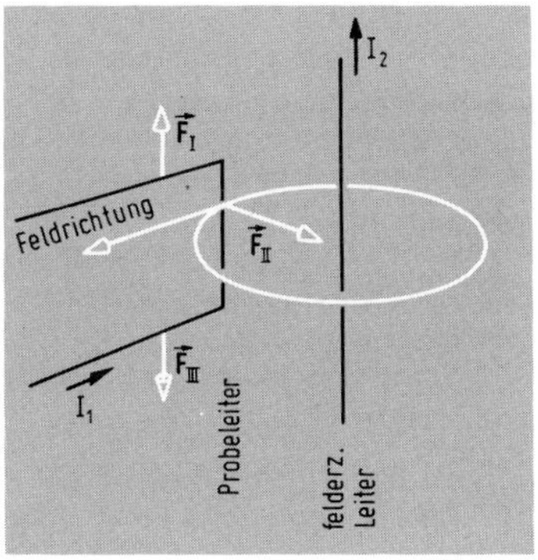

Abb. 485.1
Kraft auf Probeleiter und Zuleitungen bei gleichsinnig vom Strom durchflossenen Leitern

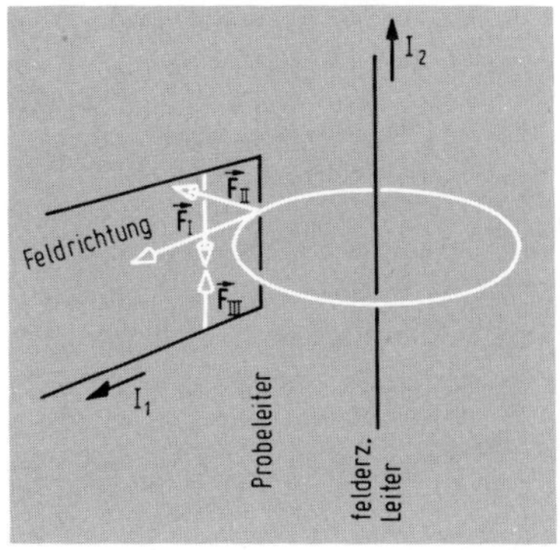

Abb. 485.2
Kraft auf Probeleiter und Zuleitungen bei ungleichsinnig vom Strom durchflossenen Leitern

der Probeleiter physikalisch ganz gleichartig sind, kann man für den felderzeugenden Leiter eine gleiche Überlegung anstellen. Man kommt zu dem Schluß, daß die Kraft zwischen felderzeugenden Leitern und den Probeleitern 30mal so groß wird, wenn man den Strom, der das Feld erzeugen soll, durch ein Bündel von 30 felderzeugenden Leitern fließen läßt.

Wir fassen zusammen:

Aus der Definition der Vielfachheit für die Stromstärke und der experimentell ermittelten Proportionalität von magnetischer Kraft F und Leiterlänge l folgt: Die zwischen Probeleiterbündel und felderzeugendem Leiterbündel wirkende Kraft ist dem Produkt $nI_1 \cdot mI_2 \cdot l$ *proportional.* I_1 *und* I_2 *sind die Stromstärken in den Bündeln.*

Wir werden im folgenden beide Leiterbündel vom gleichen Strom I durchfließen lassen. Damit liegt nur noch ein einziger Strom vor. Die zwischen den Bündeln wirkende Kraft F ist dem Produkt $nm \cdot I^2 \cdot l$ proportional.

Die im Gesetz angegebene Kraft zwischen den Leiterbündeln von $2 \cdot 10^{-7}$ N ist sehr klein und nicht gut meßbar. Wir vergrößern sie, indem wir den Abstand r zwischen den Leiterbündeln verringern. Um diese Veränderung rechnerisch berücksichtigen zu können, untersuchen wir experimentell die Abhängigkeit der Kraft vom Abstand r.

Versuch 485.1 Wir verwenden ein Probeleiterbündel II, das Teil einer Rahmenspule von 25 Windungen ist. Es hat eine Länge von 20 cm. Die Rahmenspule wird an der Stromwaage befestigt, so daß die Kraft auf das Leiterbündel meßbar ist. Abb. 485.3 zeigt die Versuchsanordnung, Abb. 486.1 die Leiteranordnung, die Kräfte sind schematisch angedeutet. Der sehr lange gerade Leiter wird dargestellt durch die lange Kante einer großen Rahmenspule von 30 Windungen. Bei unveränderter Stromstärke I messen wir die Kraft, die das Probeleiterbündel II im Magnetfeld des felderzeugenden Leiterbündels II′ erfährt, in Abhängigkeit vom Abstand r der beiden Leiterbündel voneinander.

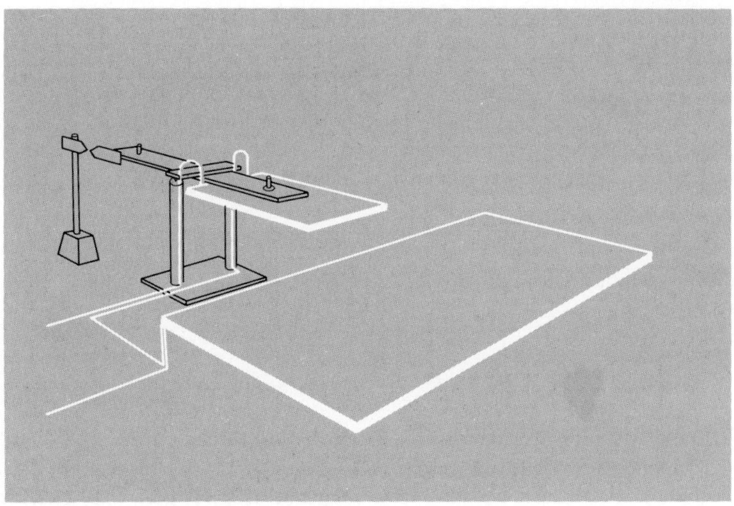

Abb. 485.3
Experimentelle Anordnung zur Messung der Kraft auf ein stromdurchflossenes Leiterbündel, das sich im Magnetfeld eines langen felderzeugenden Leiterbündels befindet.

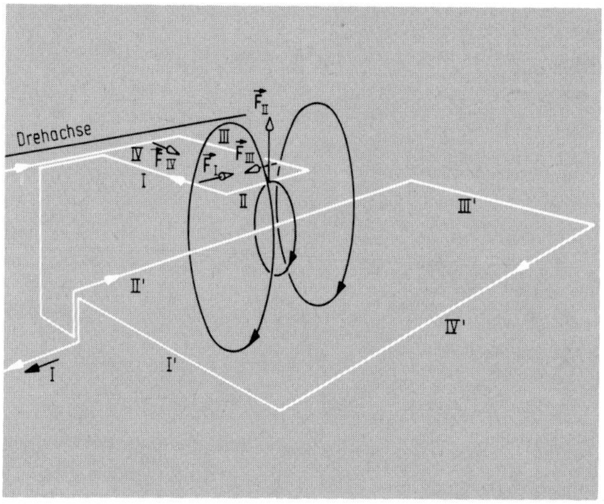

Abb. 486.1
Schematische Darstellung von Leiteranordnung, Magnetfeld und Kräften. Der Übersicht wegen wurde jeweils nur ein Leiter jedes Bündels gezeichnet.

Der Versuch zeigt, daß die auf das Probeleiterbündel wirkende Kraft $\vec{F}_{II}$ dem Abstand r der beiden Leiterbündel voneinander umgekehrt proportional ist. $F_{II} \cdot r$ ist im Rahmen der Meßgenauigkeit ein konstanter Wert. Die Leiterabschnitte I', III' und IV' (Abb. 486.1) werden als so weit entfernt angenommen, daß sie eine vernachlässigbare Kraft auf die Probeleiter ausüben. Die Kraft $\vec{F}_{IV}$ auf den Abschnitt IV kann wegen ihrer Richtung und wegen ihres Betrages vernachlässigt werden, außerdem ist der Hebelarm, mit dem sie an der Waage angreift, sehr kurz. Die Kräfte $\vec{F}_I$ und $\vec{F}_{III}$ sind dem Betrage nach gleich, in der Richtung entgegengesetzt. Für $\vec{F}_{II}$ schreiben wir im folgenden $\vec{F}$.

Wir fassen die Proportionalitäten

$$F \sim \frac{1}{r} \quad \text{und} \quad F \sim nm \cdot I^2 \cdot l$$

zusammen zu der Proportionalität

$$F \sim \frac{l}{r} \cdot nm \cdot I^2.$$

F = Kraft auf das Probeleiterbündel,
l = Länge des Probeleiterbündels,
r = Abstand des Probeleiterbündels vom felderzeugenden Leiterbündel,
n = Leiteranzahl im Probeleiterbündel,
m = Leiteranzahl im felderzeugenden Leiterbündel,
I = Stromstärke.

Um mit der Anordnung *messen* zu können, muß die *Proportionalität* in eine *Gleichung* umgewandelt werden. Wir fügen zu diesem Zweck einen Proportionalitätsfaktor ein, der so beschaffen ist, daß die Stromstärke 1 A beträgt, falls die Kraft $2 \cdot 10^{-7}$ N gemessen wird und $l = r = 1$ m ist und $n = m = 1$ ist. Das nämlich fordert die Definition der Stromstärkeeinheit, wie der Gesetzgeber sie formuliert. Der Faktor

$$2 \cdot 10^{-7} \frac{\text{N}}{\text{A}^2}$$

erfüllt offenbar diese Bedingung.

$$F = 2 \cdot 10^{-7} \frac{\text{N}}{\text{A}^2} \cdot \frac{l}{r} \cdot I^2 \cdot nm.$$

Wir sind nunmehr in der Lage, mit unserer Stromwaage Stromstärken zu messen:

Zur Messung der Stromstärke dient die Stromwaage in der Anordnung nach Abb. 485.3 als Meßinstrument.

Als Meßvorschrift soll gelten: Es ist diejenige Kraft F zu messen, die auf das Probeleiterbündel wirkt, wenn das Probeleiterbündel und das felderzeugende Leiterbündel vom gleichen Strom I durchflossen werden. Die

Stromstärke I beträgt

$$I = \sqrt{0{,}5 \cdot 10^7\,\mathrm{N}^{-1} \cdot \frac{F\,r}{l \cdot n\,m}}\,\mathrm{A}.$$

Das angegebene Meßgerät und die Meßvorschrift genügen den Definitionen von Einheit und Vielfachheit der elektrischen Stromstärke.

In der Praxis verwenden wir natürlich stets das viel handlichere Drehspulinstrument. Ein solches Drehspulinstrument muß so kalibriert sein, daß es die gleichen Maße für Ströme anzeigt, wie die beschriebene Stromwaage.

Nach der Festlegung der Meßvorschrift für die Stromstärke ist jetzt auch das Maß für die magnetische Flußdichte $\vec{B}$ vollständig definiert.

Der Vektor der magnetischen Flußdichte $\vec{B}$ ist durch die Gleichung

$$\vec{F} = l \cdot \vec{I} \times \vec{B}$$

definiert.

$\vec{F}$ = Kraft auf stromdurchflossenen Probeleiter,
l = Länge des Probeleiters,
$\vec{I}$ = Vektor der Stromstärke im Probeleiter,
$\vec{B}$ = Vektor der magnetischen Flußdichte.

Wir ziehen daraus eine Folgerung für das Magnetfeld des sehr langen, geraden, vom Strom I durchflossenen Leiters. Dazu setzen wir die Parallelität des einfachen langen, geraden, felderzeugenden Leiters und des einfachen Probeleiters voraus. Dann gilt nach den vorangegangenen Überlegungen:

$$F = 2 \cdot 10^{-7}\,\frac{\mathrm{N}}{\mathrm{A}^2} \cdot \frac{l}{r} \cdot I^2$$

Wir formen die rechte Seite um:

$$F = l \cdot I \cdot 4\pi \cdot 10^{-7}\,\frac{\mathrm{N}}{\mathrm{A}^2} \cdot \frac{I}{2\pi r}.$$

Nach der Definition der magnetischen Flußdichte gilt für diesen besonderen Fall:

$$F = l \cdot I \cdot B.$$

Aus dem Vergleich folgt:

$$B = 4\pi \cdot 10^{-7}\,\frac{\mathrm{N}}{\mathrm{A}^2} \cdot \frac{I}{2\pi r}.$$

Wir fassen dieses Ergebnis mit früheren Ergebnissen zusammen:

Ein langer, gerader, stromdurchflossener Leiter von kleinem Querschnitt erzeugt ein Magnetfeld. Die Feldlinien liegen in Ebenen senkrecht zum Leiter, sie bilden Kreise, deren Zentren im Leiter liegen. Feldlinien und Stromrichtung bilden ein rechtsorientiertes System. Der Betrag der magnetischen Flußdichte B ist gegeben durch

$$B = \mu_0 \frac{I}{2\pi r}.$$

$\mu_0 = 4\pi \cdot 10^{-7}\,\frac{\mathrm{N}}{\mathrm{A}^2}$,
I = Stärke des Stromes in dem geraden Leiter,
r = Abstand desjenigen Aufpunktes vom geraden Leiter, für den die magnetische Flußdichte errechnet werden soll.

Die Konstante μ_0 führt den Namen *magnetische Feldkonstante.* Wegen der Beziehung

$$1\,\mathrm{Nm} = 1\,\mathrm{VAs}$$

gilt auch

$$\mu_0 = 4\pi \cdot 10^{-7}\,\frac{\mathrm{Vs}}{\mathrm{Am}}.$$

Dieser hier gewonnene Zusammenhang ist von der Art des Leiters unabhängig; sein Material und seine Temperatur haben keinen Einfluß auf das Ergebnis der Versuche. Der Leiterquerschnitt darf nicht zu groß gewählt werden, da andernfalls eine gleichmäßige Verteilung des Stromes in dem Leiter nicht gewährleistet ist. Wir machen aber noch einmal darauf aufmerksam, daß das Ergebnis zunächst nur für Erscheinungen im leeren Raum gilt. Die Gegenwart von Luft verändert die Größe B nur in einer für uns nicht meßbaren Art. Auch Kupfer oder ein Halbleitermaterial erzeugen keine von uns meßbare Veränderung der magnetischen Flußdichte.

Die Definition des Gesetzgebers unterbindet störende Einflüsse: Sie schließt die ungleichmäßige Verteilung des Stromes im Leiter, die durch das Magnetfeld des anderen Leiters hervorgerufen wird, durch die Forderung nach einem vernachlässigbaren Querschnitt aus. Der geringfügige Einfluß, den die Luft auf die magnetische Flußdichte hat, wird durch die Forderung nach dem Vakuum ausgeschaltet. Ein unendlich langer Leiter wird zugrunde gelegt, damit der Betrag der magnetischen Flußdichte an all denjenigen Orten gleich ist, die vom felderzeugenden Leiter den gleichen Abstand haben. Daß auch eine große Rahmenspule in guter Näherung ein solches Feld erzeugt, kann man durch Verschieben des Probeleiters zeigen.

Zur Messung der magnetischen Flußdichte sei hier eine Bemerkung gemacht. Die Proportionalität der Größe B zum Kehrwert des Abstandes r zwischen felderzeugendem Leiter und Probeleiter kann man natürlich auch mit Hilfe der HALL-Sonde messen; experimentell ist dieses Verfahren weit weniger aufwendig als unser Vorgehen mit der Stromwaage. Wir haben uns dennoch zu diesem Wege entschlossen, weil die Messung der magnetischen Flußdichte mit Hilfe der HALL-Sonde ein Verfahren zur Spannungsmessung voraussetzt. Die Spannung aber ist keine Basisgröße, sie ist eine von den Basisgrößen Stromstärke, Masse, Länge und Zeit abgeleitete Größe. Ein experimentelles Verfahren, das zur Messung einer Basisgröße herangezogen werden soll, darf nicht auf die Messung anderer Größen angewiesen sein, die von der zu messenden Basisgröße abgeleitet sind.

Die anziehende bzw. abstoßende Kraft zwischen zwei stromdurchflossenen Leitern entdeckte der französische Physiker A. M. AMPÈRE (1775 – 1836). Er gab auf der Grundlage dieser Kenntnis eine erste Definition für eine Stromstärkeeinheit. Sein Vorschlag konnte sich aber nicht durchsetzen, weil die verfügbaren Stromstärken so gering waren, daß die Messung solcher auf die Leiter wirkenden Kräfte nicht möglich war.

Die heute gültige Basiseinheit trägt seinen Namen.

Beispiel

Der große Rahmen in Abb. 485.3, dessen eine Kante wir als felderzeugendes Leiterbündel betrachten, habe 30 Windungen, das Probeleiterstück mit einer Länge von 20 cm ist Teil einer Rahmenspule von 25 Windungen. Der Abstand zwischen felderzeugendem Leiter und Probeleiter beträgt 5 cm. Welche Stärke hat der durch beide Leiter gemeinsam fließende Strom I, wenn das Probeleiterbündel eine Kraft von 0,001 N erfährt?

Die magnetische Kraft auf dieses Leiterbündel ist

$$F = n \cdot l \cdot I \cdot B,$$

$$0{,}001\ \mathrm{N} = 25 \cdot 0{,}2\ \mathrm{m} \cdot I \cdot 4\pi \cdot 10^{-7}\ \frac{\mathrm{N}}{\mathrm{A}^2} \cdot \frac{30 \cdot I}{2\pi \cdot 0{,}05\ \mathrm{m}},$$

$$I^2 = \frac{10^{-3}\ \mathrm{N} \cdot 2\pi \cdot 5 \cdot 10^{-2}\ \mathrm{m} \cdot \mathrm{A}^2}{25 \cdot 2 \cdot 10^{-1}\ \mathrm{m} \cdot 4\pi \cdot 10^{-7} \cdot 30\ \mathrm{N}},$$

$$I = 1{,}29\ \mathrm{A}.$$

0,001 N ist etwa die Gewichtskraft einer Masse von 100 mg.

Weitere Aufgaben: Siehe O. HÖFLING, Physik-Aufgaben II/2.

5.2.10 Das Durchflutungsgesetz

In diesem Kapitel wollen wir eine mathematisch-physikalische Gesetzmäßigkeit darstellen, die eine grundlegende Aussage über alle Arten von Magnetfeldern im materiefreien Raum macht. Das *Durchflutungsgesetz* bezieht sich auf den Zusammenhang zwischen Magnetfeldern und elektrischen Strömen. Wir ziehen dieses Gesetz in Einzelfällen zur Berechnung von Feldvektoren $\vec{B}$ heran.

Der Vektor $\vec{H}=\frac{\vec{B}}{\mu_0}$ wird in der Literatur ebenso wie der Vektor $\vec{B}$ zur Beschreibung von magnetischen Feldern verwendet; man nennt ihn *magnetische Feldstärke.*

Solange die magnetischen Erscheinungen im materiefreien Raum untersucht werden, ist die Verwendung von zwei Feldvektoren nicht notwendig. Wir arbeiten weiterhin allein mit der magnetischen Flußdichte $\vec{B}$. $\vec{H}$ und $\vec{B}$ sind im Vakuum streng proportional, ihre Beträge unterscheiden sich um den Faktor μ_0, ihre Richtungen stimmen überein. Die Einheit für die magnetische Feldstärke ist $1\,\frac{\mathrm{A}}{\mathrm{m}}$.

Wir weisen auf diese Beschreibungsmöglichkeit nur deshalb an dieser Stelle hin, weil die im folgenden beschriebenen Gesetzmäßigkeiten häufig auch so formuliert werden, daß der Vektor $\vec{H}$ zur Beschreibung herangezogen wird. Zur Darstellung der magnetischen Vorgänge im materieerfüllten Raum sind jedoch beide Feldvektoren notwendig. Um nun später nicht hier eingeführte Namen abändern zu müssen und um einen widerspruchsfreien Übergang zu den Feldern im materieerfüllten Raum vollziehen zu können, brauchen wir schon an dieser Stelle den Begriff der magnetischen Feldstärke.

Zur Formulierung des Durchflutungsgesetzes bilden wir die Liniensumme der magnetischen Feldstärke $\sum \vec{H}_i \cdot \Delta\vec{s}_i$ zu einer vorgegebenen Linie, die zwei Punkte P_1 und P_2 miteinander verbindet. Die Liniensumme ist die Summe von skalaren Produkten aus Feldvektoren $\vec{H}_i$ und Streckenvektoren $\Delta\vec{s}_i$. Die Streckenvektoren liegen auf der vorgegebenen Linie; sie sollen sehr kurz gedacht werden. In dem Beispiel, an dem wir den Begriff einführen, ist die Linie geschlossen, es gilt $P_1=P_2$; es handelt sich um eine Feldlinie, die zum Magnetfeld des langen, geraden, stromdurchflossenen Leiters gehört. Wir approximieren diese Linie durch einen Streckenzug, der aus vielen kleinen Strecken Δs_i zusammengesetzt ist. Zu jeder Strecke Δs_i gehört ein Streckenvektor $\Delta\vec{s}_i$, dessen Richtung mit der Richtung der Feldlinie übereinstimmen soll. Jeden Streckenvektor $\Delta\vec{s}_i$ multiplizieren wir skalar mit dem Vektor der magnetischen Flußdichte $\vec{B}_i$, wie sie am Ort der Strecke Δs_i vorliegt.

Die Summe

$$\sum \vec{H}_i \cdot \Delta\vec{s}_i$$

nennen wir die Liniensumme der magnetischen Feldstärke.

Für das Vakuum – und in sehr guter Näherung für den mit Luft erfüllten Raum – gilt

$$\sum \vec{H}_i \cdot \Delta\vec{s}_i = \frac{1}{\mu_0} \sum \vec{B}_i \cdot \Delta\vec{s}_i .$$

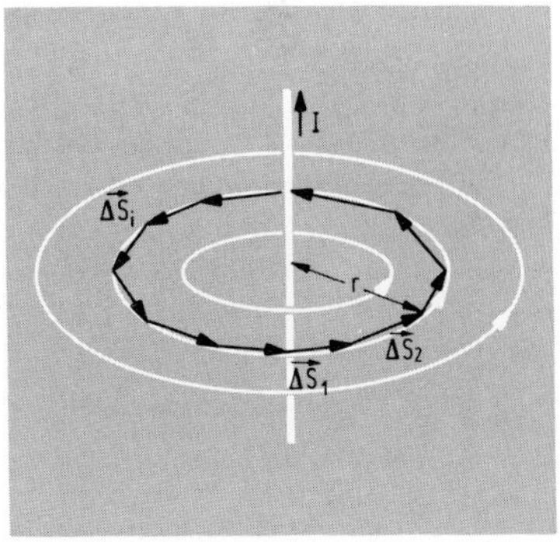

Abb. 489.1
Streckenzug mit den Streckenvektoren $\Delta\vec{s}_i$

Für das Beispiel nach Abb. 489.1 wollen wir sie berechnen. Dazu wählen wir die Längen der Strecken Δs_i hinreichend klein, dann ist die Summe aller Längen Δs_i in guter Näherung gleich der Länge der Feldlinie mit dem Radius r. Die magnetische Flußdichte $\vec{B}_i$ hat längs dieses Weges nahezu die Richtung des Streckenvektors $\Delta\vec{s}_i$ und überall auf der Feldlinie den gleichen Betrag. Für klein gewählte Strecken Δs_i ist das Skalarprodukt $\vec{B}_i \cdot \Delta\vec{s}_i$ durch das Produkt $B \cdot \Delta s_i$ ersetzbar. Der Betrag der magnetischen Flußdichte $\vec{B}$ hat auf der angegebenen Feldlinie überall den gleichen Wert:

$$B=\mu_0 \frac{I}{2\pi r} \text{ (vgl. S. 487).}$$

Damit gewinnt man für die Liniensumme der magnetischen Feldstärke einen einfachen Zusammenhang:

$$\frac{1}{\mu_0} \cdot \sum \vec{B}_i \cdot \Delta \vec{s}_i = \frac{1}{\mu_0} \sum B \cdot \Delta s_i$$

$$\frac{1}{\mu_0} \cdot \sum \vec{B}_i \cdot \Delta \vec{s}_i = \frac{1}{\mu_0} B \cdot \sum \Delta s_i$$

$$\frac{1}{\mu_0} \cdot \sum \vec{B}_i \cdot \Delta \vec{s}_i = \frac{I}{2\pi r} \cdot 2\pi r$$

$$\frac{1}{\mu_0} \cdot \sum \vec{B}_i \cdot \Delta \vec{s}_i = I.$$

Offensichtlich hängt der Wert der zu einer Feldlinie gebildeten Liniensumme von der Auswahl der Feldlinie nicht ab, denn der Radius des Feldlinienkreises tritt letztlich in der Gleichung nicht mehr auf.

Der an einem Spezialfall hergeleitete Zusammenhang zwischen der Liniensumme und der Stromstärke des umlaufenen Leiters gilt in ganz allgemeiner Form; es ist nicht einmal notwendig, als Linie eine Feldlinie des Magnetfeldes zugrunde zu legen. Wir teilen die allgemeine Gesetzmäßigkeit mit:

Für eine geschlossene Linie in einem Magnetfeld ist die Liniensumme der magnetischen Feldstärke $\frac{1}{\mu_0} \cdot \sum \vec{B}_i \cdot \Delta \vec{s}_i$ *gleich der Summe* $\sum I_k$ *aller umlaufenen Ströme, gleichgültig, ob das Magnetfeld von elektrischen Strömen oder von Permanentmagneten erzeugt wird. Eine Stromstärke* I_k *ist positiv zu rechnen, wenn Stromrichtung und Umlaufsinn der Linie rechtsorientiert sind, andernfalls ist sie negativ zu rechnen.*

Die Summe $\sum I_k$ bezeichnet man als *Gesamtstrom* oder *elektrische Durchflutung*, den genannten Zusammenhang nennt man das *Durchflutungsgesetz.*

Durchflutungsgesetz:

Die zu einer geschlossenen Linie gebildete Liniensumme der magnetischen Feldstärke ist gleich der Stromstärke des von der Linie umlaufenen Gesamtstromes.

$$\frac{1}{\mu_0} \sum \vec{B}_i \cdot \Delta \vec{s}_i = \sum I_k .$$

Wir überprüfen an dieser Stelle die Übereinstimmung der Einheiten auf beiden Seiten der Gleichung:

$$[B] = 1 \frac{\mathrm{V\,s}}{\mathrm{m}^2},$$

$$[\mu_0] = 1 \frac{\mathrm{N}}{\mathrm{A}^2} = 1 \frac{\mathrm{V\,s}}{\mathrm{A\,m}},$$

$$\left[\frac{1}{\mu_0} \cdot \sum B_i \cdot \Delta s_i\right] = 1 \frac{\mathrm{A\,m} \cdot \mathrm{V\,s}}{\mathrm{V\,s} \cdot \mathrm{m}^2} \cdot \mathrm{m} = 1\,\mathrm{A},$$

$$[I] = 1\,\mathrm{A},$$

$$1\,\mathrm{A} = 1\,\mathrm{A}.$$

Im Gegensatz zu der Liniensumme der elektrischen Feldstärke ist die Liniensumme der magnetischen Feldstärke nicht von der Wahl des Weges zwischen zwei Punkten unabhängig! Auch darin kommt zum Ausdruck, daß man sie nicht zur Definition eines Potentials heranziehen darf, wie es im Falle des elektrischen Feldes möglich war. Ein Beispiel für die Abhängigkeit der Liniensumme der magnetischen Feldstärke von der besonderen Wahl des Weges zwischen zwei Punkten P_1 und P_2 zeigt Abb. 491.1. Die Liniensumme längs des Weges L_2 unterscheidet sich von der Liniensumme längs des Weges L_1 um I.

Abb. 491.1
Zur Abhängigkeit der Liniensumme der magnetischen Feldstärke von der Wahl des Weges

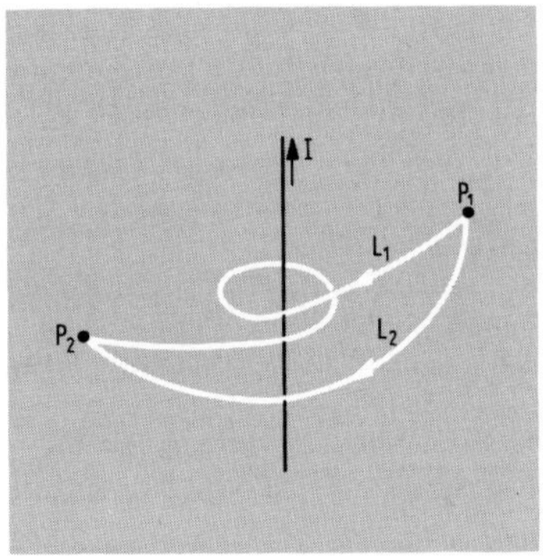

Wenn eine geschlossene Linie keinen stromführenden Leiter umschlingt und wenn durch die umrandete Fläche kein Ladungsstrom hindurchfließt, dann ist die Liniensumme der magnetischen Feldstärke gleich Null.

Die experimentelle Überprüfung des Durchflutungsgesetzes an einem Beispiel ist mühsam:

Versuch 491.1 Wir erzeugen ein Magnetfeld mit Hilfe von Strömen, eventuell gemeinsam mit Permanentmagneten. Die Linie, längs derer die Liniensumme der magnetischen Feldstärke ermittelt werden soll, fixieren wir auf einem Zeichenkarton, die Linie mag stromführende Leiter umschlingen oder auch nicht. Wir unterteilen definitionsgemäß die Linie in kleine, zweckmäßigerweise gleich lange Strecken Δs_i; in deren Mitten A_i messen wir diejenigen Komponenten der magnetischen Flußdichte $\vec{B}_i$ mit der HALL-Sonde, die in der Richtung von $\Delta \vec{s}_i$ liegt. Die Fläche der HALL-Sonde steht bei dieser Messung senkrecht zu der jeweiligen Strecke Δs_i (Abb. 491.2).

Multipliziert man die so gemessenen Komponenten mit $\frac{1}{\mu_0}$ und mit den Längen der zugehörigen Strecken Δs_i und summiert, dann erhält man eine Näherungssumme, die mit der Stärke des Gesamtstromes $I_1 + \cdots + I_n$ im Rahmen der Näherung übereinstimmt.

Als Anwendung des Durchflutungsgesetzes soll die magnetische Flußdichte $\vec{B}$ im Inneren einer langen, stromdurchflossenen Spule angenähert ermittelt werden. Von einer solchen Spule weiß man, daß im Inneren der Spule ein gut homogenes, der Spulenachse paralleles Feld vorliegt, daß das Feld aber außerhalb der Spule sehr schwach ist. Unter diesen Voraussetzungen kann man die Liniensumme der magnetischen Feldstärke längs der in Abb. 491.3 eingezeichneten Linie leicht berechnen: Nur das Produkt der Strecke Δs_3 mit der zugehörigen magnetischen Flußdichte B liefert bei der Berechnung einen Beitrag. Da nämlich die Strecken Δs_2 und Δs_4 auf ihrer ganzen Länge von den Feldlinien annähernd senkrecht geschnitten werden, sind die Skalarprodukte dieser Streckenvektoren mit den Vektoren der magnetischen Flußdichte Null. Am Ort der

Abb. 491.2 Anordnung zur experimentellen Überprüfung des Durchflutungsgesetzes

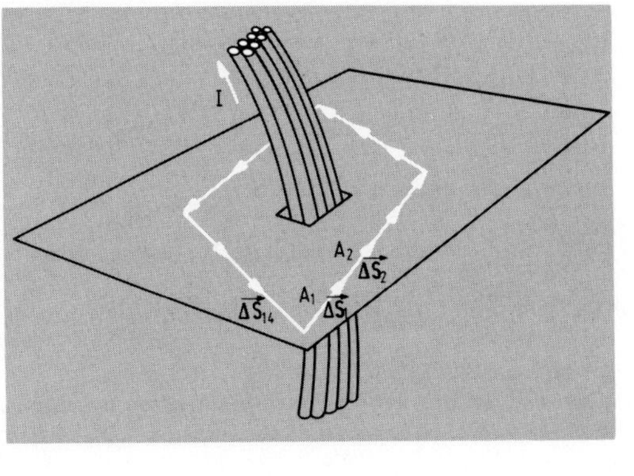

Abb. 491.3 Lange Spule mit eingezeichnetem Weg zur Berechnung der Liniensumme der magnetischen Feldstärke

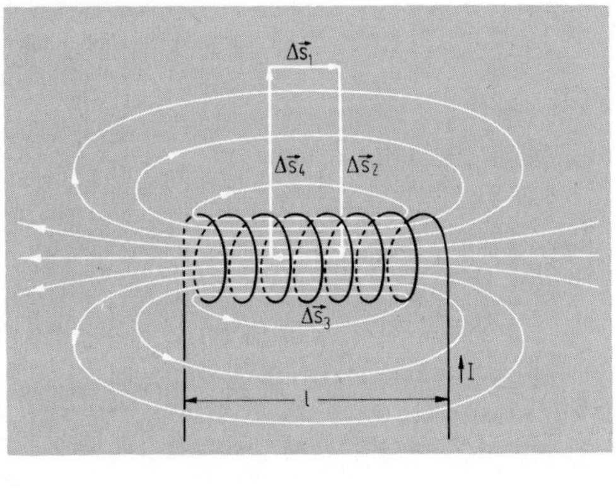

Strecke Δs_1 ist die magnetische Flußdichte von so geringem Betrage, daß auch das Produkt dieses Streckenvektors mit dem Vektor der magnetischen Flußdichte vernachlässigt werden darf. Damit besteht die Liniensumme der magnetischen Feldstärke aus dem einzigen Summanden

$$\frac{1}{\mu_0}\vec{B}\cdot\Delta\vec{s}_3=\frac{1}{\mu_0}B\cdot\Delta s_3.$$

$\vec{B}$ = Vektor der magnetischen Flußdichte in der Spulenmitte.

Wenn die Spule insgesamt n Windungen hat und ihre Länge mit l bezeichnet wird, dann ist $n\cdot\frac{\Delta s_3}{l}$ die Anzahl der von der angegebenen Linie umschlungenen Leiter. Das Durchflutungsgesetz sagt mithin für diesen Fall aus, daß die Gleichung

$$\frac{1}{\mu_0}B\cdot\Delta s_3=n\cdot\frac{\Delta s_3}{l}\cdot I$$

gilt, wenn I die Stromstärke in allen n Windungen der Spule ist.

Damit ergibt sich:

Der Betrag der magnetischen Flußdichte in der Mitte einer langen Spule ist durch die Gleichung

$$B=\mu_0\,n\cdot\frac{I}{l}$$

gegeben.

n = Windungszahl der Spule,
I = Stromstärke in den Spulenwindungen,
l = Spulenlänge.

Wir weisen am Schluß der Betrachtung noch einmal darauf hin, daß der für B angegebene Wert wegen der vereinfachenden Annahmen zu Beginn der Überlegungen als *Näherungswert* zu betrachten ist.

Für einige Überlegungen greift man gern auf eine Spulenart zurück, die – außer im Transformator – kaum eine praktische Anwendung findet. Wir denken uns eine zu einem Ring gebogene Spule. FARADAY hat sich für seine Untersuchungen solche Spulen wirklich gewickelt. Wir können sie für den später wichtigen Fall, daß der Innenraum mit Eisen gefüllt sein soll, angenähert durch eine auf einen Eisenkern mit Joch gesetzte Experimentierspule ersetzen (vgl. Abb. 493.1, 493.2).

Das Magnetfeld dieser Spule ist ganz auf ihren Innenraum beschränkt; gerade darin liegt ihr besonderer Wert für manche Überlegungen. Die Feldlinien sind Kreise, deren Mittelpunkte auf der Achse des Ringes liegen. Vereinfachend wollen wir annehmen, daß alle Feldlinien die gleiche Länge haben; das erspart uns umständliche Integrationen. Diese Annahme ist gleichbedeutend damit, daß der Spulenradius r klein ist gegenüber dem Ringradius R.

Wir berechnen mit Hilfe des Durchflutungsgesetzes die magnetische Flußdichte im Spuleninnenraum. Die magnetische Flußdichte $\vec{B}$ hat längs der Feldlinie, zu der wir die Liniensumme berechnen, konstanten Betrag:

$$\frac{1}{\mu_0}B\cdot 2\pi R=n\,I,$$

$$B=\frac{\mu_0\,n\,I}{2\pi R}.$$

n = Windungszahl der Spule,
B = magnetische Flußdichte im Spuleninnern,
R = Ringradius (vgl. Abb. 493.2),
I = Stromstärke in den Spulenwindungen.

Wir kommen auf dieses Ergebnis auf S. 498 und S. 539 zurück und ziehen dort weitere Schlüsse daraus.

In einer mathematisch exakten Form lautet das Durchflutungsgesetz $\oint\vec{H}\cdot d\vec{s}=I$. Der Kreis in dem Integralzeichen deutet an, daß die Linie, längs derer das Linienintegral gebildet werden soll, eine geschlossene Kurve ist. In den weiteren Ausführungen wird von dieser Formulierung kein Gebrauch gemacht.

Abb. 493.1
Ringspule in Schrägaufsicht.
Solche Spulen nennt man auch *Toroid.*

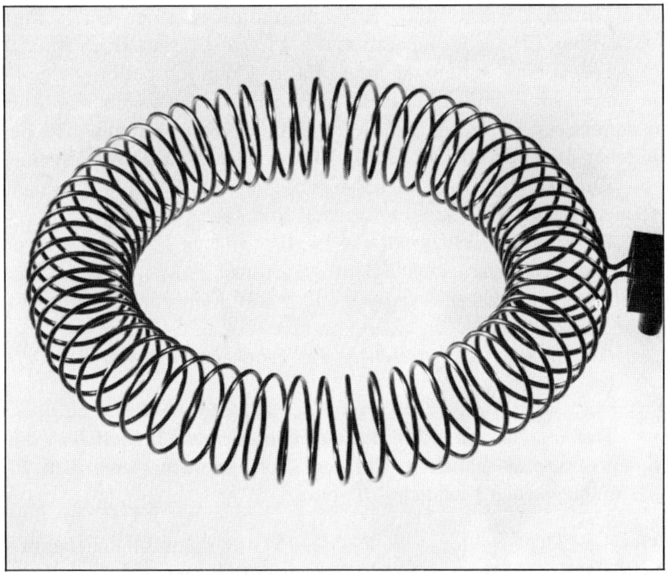

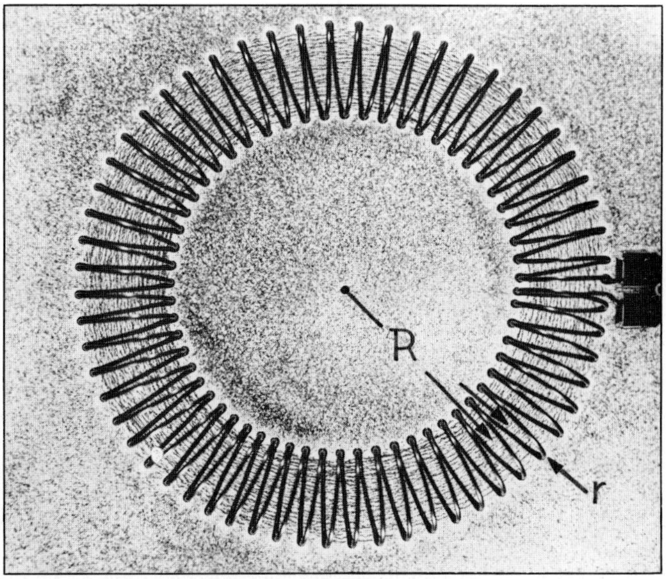

Abb. 493.2
Magnetfeld der Ringspule. Die Feldlinien wurden mit Eisenpulver erzeugt, sie verlaufen ganz im Innern des Spulenkörpers. Außerhalb dieses Raumes liegt das Eisenpulver regellos. R = Ringradius, r = Spulenradius.

5.2.11 Der magnetische Fluß und der Satz vom magnetischen Fluß

In Versuch 480.1 wird ein Probeleiter durch ein Magnetfeld bewegt, an seinen Enden tritt eine Induktionsspannung U auf. Sie ist um so größer, je stärker das Magnetfeld ist und je schneller man den Leiter bewegt. Die Gleichung $U = v \cdot l \cdot B$ drückt diesen Zusammenhang aus. M. FARADAY (1791 – 1867) formulierte diese Erkenntnis mit Hilfe des Feldlinienbildes:

Je größer die Zahl der pro Sekunde vom Probeleiter geschnittenen Feldlinien ist, um so größer ist die Induktionsspannung.

Nun ist die Zahl der Feldlinien, die durch einen Querschnitt hindurchlaufen, zwar anschaulich und gut vorstellbar, als Größe im Sinne der Physik ist sie jedoch nicht brauchbar, weil man zwischen je zwei Feldlinien stets eine weitere zeichnen kann. Dennoch benötigt der Physiker einen solchen Begriff, der ihm sozusagen ein Maß dafür ist, wieviel Feld durch einen gegebenen Querschnitt hindurchläuft. Er nennt diese Größe *magnetischen Fluß*. Wir definieren ihn zunächst am einfachen Beispiel des homogenen Feldes, das ein ebenes Flächenstück senkrecht zur Fläche durchsetzt. Dann verallgemeinern wir den Begriff.

Zur Durchführung dieses Vorhabens definieren wir zunächst, was unter einem *Flächenvektor* zu einer ebenen Fläche A verstanden werden soll.

Unter dem Flächenvektor $\vec{A}$ zu einer ebenen Fläche A soll ein auf dieser Fläche senkrecht stehender Vektor verstanden werden, dessen Betrag gleich dem Flächeninhalt A dieser Fläche gesetzt wird. In welche der beiden möglichen Richtungen senkrecht zu A der Flächenvektor $\vec{A}$ weisen soll, muß im Einzelfall festgelegt werden (Abb. 494.1).

Die Einheit für den Betrag des Flächenvektors ist, der Definition entsprechend, das Quadratmeter (m^2).

Wir definieren:

Der magnetische Fluß Φ eines homogenen Magnetfeldes durch ein ebenes Flächenstück A, das die Feldlinien senkrecht schneidet, soll dem Betrage nach gleich dem Produkt von Flächeninhalt A und dem Betrag der magnetischen Flußdichte $\vec{B}$ sein:

$$\Phi = B \cdot A .$$

Hat der Flächenvektor $\vec{A}$ die Richtung von $\vec{B}$, dann soll der magnetische Fluß Φ durch das Flächenstück A positiv sein, hat der Flächenvektor die Gegenrichtung von $\vec{B}$, dann soll Φ negativ sein.

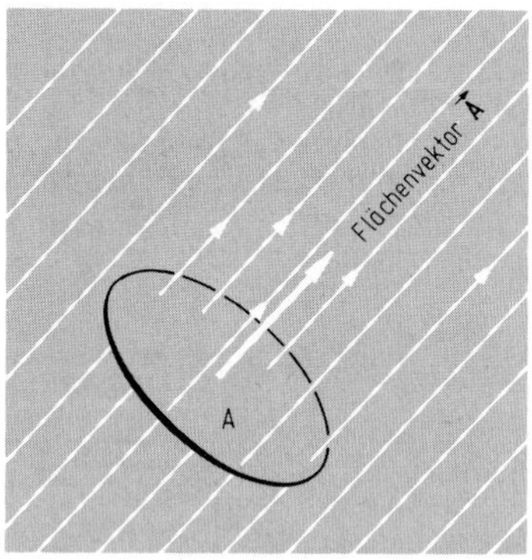

Abb. 494.1
Magnetische Feldlinien, Flächenstück A mit Flächenvektor $\vec{A}$ in Richtung der Feldlinien

Ob der magnetische Fluß Φ positiv oder negativ ist, hängt also davon ab, in welche der beiden möglichen Richtungen senkrecht zu A der Flächenvektor festgelegt wird. Obwohl der magnetische Fluß kein Vektor ist, hat es dennoch einen Sinn zu sagen, daß er ein Flächenstück in einer bestimmten Richtung durchfließe. Man meint damit einfach, daß die Feldlinien das Flächenstück in dieser genannten Richtung durchlaufen. Durchlaufen sie das Flächenstück mit dem Flächenvektor gleichsinnig, so ist der magnetische Fluß positiv (vgl. Abb. 494.1), andernfalls negativ.

Beispielhaft berechnen wir den magnetischen Fluß durch die Mitte einer langen zylindrischen Spule. In ihrem Innern ist das Magnetfeld annähernd homogen, der Fluß in dieser Spule ist damit durch

$$\Phi = B \cdot A$$

A = Spulenquerschnitt,
B = magnetische Flußdichte im Spuleninnern,

gegeben, wenn wir voraussetzen, daß Feldrichtung und die Richtung des Flächenvektors im Spuleninnern übereinstimmen. Nach S. 492 dürfen wir für die magnetische Flußdichte B im Spuleninnern angenähert

$$B = \mu_0 \frac{n \cdot I}{l}$$

setzen; daraus folgt für den magnetischen Fluß

$$\Phi = \mu_0 \frac{n \cdot I}{l} \cdot A .$$

Die *Einheit des magnetischen Flusses* ergibt sich aus der Definition:

$$[\Phi]=[B]\cdot[A]$$

$$[\Phi]=1\ \mathrm{T}\cdot\mathrm{m}^2$$

$$[\Phi]=1\ \frac{\mathrm{V\,s}}{\mathrm{m}^2}\cdot\mathrm{m}^2$$

$$[\Phi]=1\ \mathrm{V\,s}.$$

Die *Ausführungsverordnung zum Gesetz über Einheiten im Meßwesen* bestimmt dazu:

Die Einheit des magnetischen Flusses ist das Weber (Einheitenzeichen: Wb). 1 Weber ist gleich dem magnetischen Fluß, bei dessen gleichmäßiger Abnahme während der Zeit 1 s auf Null in einer ihn umschlingenden Windung die elektrische Spannung 1 V induziert wird. Das Weber darf auch als Voltsekunde (Einheitenzeichen: V s) bezeichnet werden.

Die Einheit des magnetischen Flusses erhielt ihren Namen nach dem deutschen Physiker W. WEBER (1804 – 1891).

In unseren weiteren Darstellungen verwenden wir ausschließlich die Einheit V s. Die im Gesetz vorgelegte Beschreibung der Einheit ist für uns noch unverständlich. Aus diesem Grunde geben wir hier eine physikalisch gleichwertige Definition:

Eine Voltsekunde ist gleich dem magnetischen Fluß, der eine Fläche von einem Quadratmeter durchsetzt, wenn alle Feldlinien die Fläche senkrecht durchlaufen und die magnetische Flußdichte des Feldes am Ort der Fläche 1 T beträgt.

Offensichtlich kommt der magnetischen Flußdichte die Einheit

$$\frac{[\Phi]}{\mathrm{m}^2}=1\ \frac{\mathrm{V\,s}}{\mathrm{m}^2}$$

zu. So findet sich eine Erklärung für den Namen *magnetische Flußdichte*.

Wollten wir in der Mitte einer Spule von 0,5 m Länge, 10 cm Durchmesser und 1000 Windungen einen magnetischen Fluß von einer Voltsekunde erzeugen, dann gelänge das mit einer Stromstärke I_0, die folgender Gleichung genügte:

$$1\ \mathrm{V\,s}=\mu_0\cdot\frac{1000\ I_0}{0{,}5\ \mathrm{m}}\cdot(0{,}05\ \mathrm{m})^2\cdot\pi,$$

$$I_0=\frac{1\ \mathrm{V\,s}\cdot 5\cdot 10^{-1}\cdot\mathrm{m}\cdot\mathrm{A}^2}{25\cdot 10^{-4}\ \mathrm{m}^2\cdot\pi\cdot 4\pi\cdot 10^{-7}\cdot\mathrm{N}\cdot 1000},$$

$$I_0=5{,}07\cdot 10^4\ \mathrm{A}.$$

Die Rechnung zeigt, daß die Einheit V s sehr groß ist. Mit einer Spule, wie sie in Schulen gebraucht werden, ist ein solcher Fluß nicht zu verwirklichen. Eine Spule wie die angegebene, vielleicht zweilagig gewickelt mit einem Kupferdraht von 1 mm Durchmesser, würde nur eine Dauerbelastung mit einer Stromstärke von etwa 5 A vertragen; der magnetische Fluß betrüge dann in der Spulenmitte rund 10^{-4} V s. Dieses Ergebnis steht im Einklang mit dem Resultat der Berechnung auf S. 466. Dort ermittelten wir eine Flußdichte zwischen den Polschuhen von rund 0,1 T. Nimmt man für die Fläche zwischen den Polschuhen einen Flächeninhalt von $5\cdot 10^{-3}\ \mathrm{m}^2$ an, dann erhält man auch nur einen Fluß von $5\cdot 10^{-4}$ V s.

Für den Fall, daß der Vektor der magnetischen Flußdichte $\vec{B}$ des homogenen Magnetfeldes nicht auf der ebenen Fläche A senkrecht steht, verallgemeinern wir die Definition des magnetischen Flusses. Wir setzen einen Flächenvektor $\vec{A}$ auf der Fläche A fest.

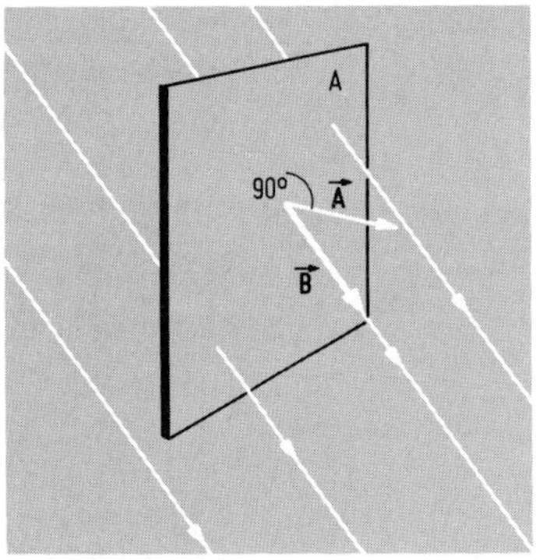

Abb. 496.1
Fläche A, Flächenvektor $\vec{A}$ und Vektor der magnetischen Flußdichte $\vec{B}$. Der magnetische Fluß ist positiv, da die Feldlinien die Fläche mit dem Flächenvektor gleichsinnig durchlaufen. Die Längen der Vektoren $\vec{A}$ und $\vec{B}$ in dieser Zeichnung sind unvergleichbar, da $\vec{A}$ und $\vec{B}$ in verschiedenen Einheiten gemessen werden.

Definition:

Unter dem magnetischen Fluß Φ eines homogenen Magnetfeldes $\vec{B}$ durch eine ebene Fläche A soll das Skalarprodukt

$$\Phi = \vec{B} \cdot \vec{A},$$

$$\Phi = B \cdot A \cdot \cos\{\vec{B}, \vec{A}\}$$

verstanden werden.

$\vec{A}$ = Flächenvektor zur Fläche A
$\vec{B}$ = Vektor der magnetischen Flußdichte,
$\{\vec{B}, \vec{A}\}$ ist der von den Vektoren $\vec{B}$ und $\vec{A}$ eingeschlossene Winkel.

Diese Definition stimmt mit der auf S. 494 gegebenen Definition überein, falls die Feldlinien die Fläche A senkrecht schneiden, denn der Kosinus des von $\vec{A}$ und $\vec{B}$ eingeschlossenen Winkels ist gleich 1, wenn der Flächenvektor $\vec{A}$ mit dem Vektor der magnetischen Flußdichte $\vec{B}$ gleichgerichtet ist; der Kosinus ist gleich -1, falls die Vektoren entgegengesetzte Richtungen haben. Nach der neuen Definition ist der magnetische Fluß Φ positiv, wenn die Feldlinien die Fläche mit dem Flächenvektor gleichsinnig durchlaufen wie in Abb. 496.1, Φ ist negativ, wenn sie sie gegensinnig durchlaufen.

Die angegebene Definition ist offenbar gleichbedeutend mit der Festsetzung, daß der magnetische Fluß dem Betrage nach gleich dem Produkt aus dem Flächeninhalt A und dem Betrag der Normalkomponente $\vec{B}_n$ von $\vec{B}$ ist, die auf der Fläche A senkrecht steht. Hat $\vec{B}_n$ die Richtung des festgesetzten Flächenvektors $\vec{A}$, dann ist Φ positiv, hat $\vec{B}_n$ die Gegenrichtung, dann ist Φ negativ (Abb. 496.2).

Für die Bearbeitung der meisten Probleme ist diese auf das homogene Magnetfeld beschränkte Definition ausreichend. Der folgende Schritt ist notwendig, um einen ganz wesentlichen Unterschied zwischen magnetischen und elektrischen Feldern verstehen zu können.

Diese Definition verallgemeinern wir ein weiteres Mal, um auch in dem Fall mit dem Begriff des magnetischen Flusses operieren zu können, daß die Fläche gekrümmt und das Magnetfeld inhomogen ist. Wir zerlegen die Fläche A in so kleine *Flächenelemente* ΔA_i, daß man im Bereich eines jeden Flächenelements die Fläche als eben und das Magnetfeld als homogen betrachten darf. Jedem Flächenelement ΔA_i ordnen wir wieder einen Flächenvektor $\Delta\vec{A}_i$ vom Betrage ΔA_i zu, alle Flächenvektoren $\Delta\vec{A}_i$ sollen zur selben Seite der Fläche A weisen (vgl. Abb. 497.1).

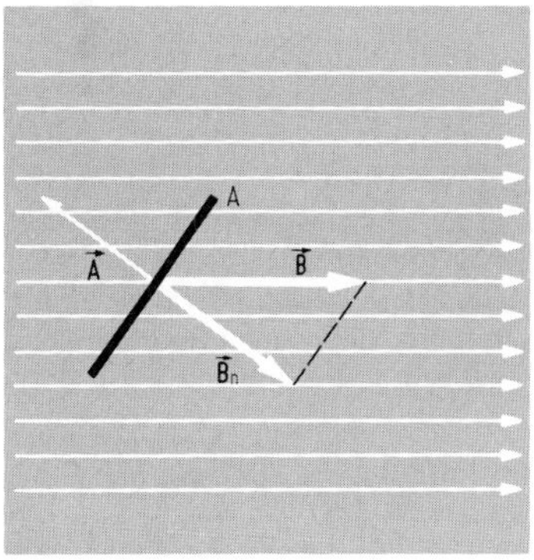

Abb. 496.2
Fläche A (von der Seite gesehen) im homogenen Magnetfeld $\vec{B}$. Der magnetische Fluß ist negativ, da die Feldlinien die Fläche nicht mit dem Flächenvektor gleichsinnig durchlaufen.
$\Phi = -B_n \cdot A$.

Wir definieren:

Unter dem magnetischen Fluß Φ eines Magnetfeldes durch eine Fläche A soll die Summe des magnetischen Flusses durch die einzelnen Flächenelemente $\Delta\vec{A}_i$ verstanden werden.

$$\Phi = \sum \vec{B}_i \cdot \Delta\vec{A}_i .$$

$\Delta\vec{A}_i$ = Flächenvektor auf dem Flächenelement ΔA_i,
$\vec{B}_i$ = Vektor der magnetischen Flußdichte in der Mitte des Flächenelements ΔA_i.

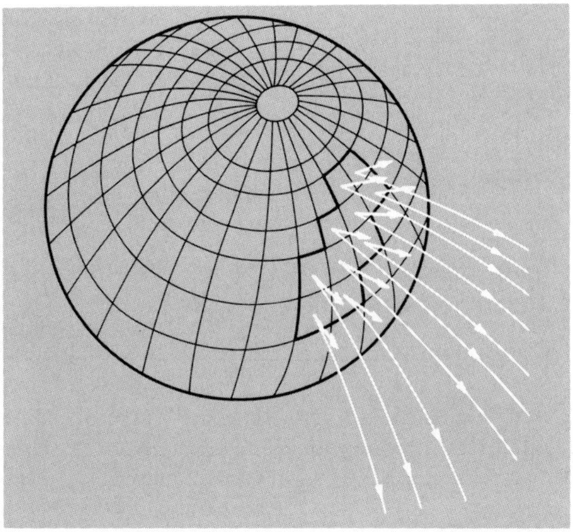

Abb. 497.1
Magnetischer Fluß durch eine gekrümmte Fläche A. Die Fläche selbst ist stark umrandet. Es wurden nur diejenigen Feldlinien eingezeichnet, die durch die Mitten der Flächenelemente ΔA_i laufen. Bei den gewählten Flächenvektoren und dem Verlauf der Feldlinien ist der magnetische Fluß durch die Fläche A positiv.

Wir nennen den magnetischen Fluß auch die *Flächensumme der magnetischen Flußdichte* zu der Fläche A. Der anfänglich herausgegriffene Spezialfall, bei dem das Feld homogen war und die Fläche senkrecht durchsetzte, ist in dieser Definition enthalten.

Um den Satz vom magnetischen Fluß formulieren zu können, denken wir uns jetzt eine geschlossene *Hüllfläche*; man mag sie sich etwa in der Form einer Kartoffel vorstellen. Die Richtung aller Flächenvektoren $\Delta\vec{A}_i$ geben wir fest vor: von innen nach außen.

Satz vom magnetischen Fluß:
In jedem Magnetfeld, gleichgültig welcher Herkunft es ist, ist der magnetische Fluß durch eine geschlossene Hüllfläche gleich Null.

$$\sum_{\text{geschl. Fläche}} \vec{B}_i \cdot \Delta\vec{A}_i = 0 .$$

Der Index an dem Summenzeichen soll andeuten, daß der Summenbildung eine geschlossene Hüllfläche zugrunde gelegt wird.

Der magnetische Fluß verhält sich ähnlich wie eine Wasserströmung. Derjenige Fluß, der aus einer geschlossenen Hüllfläche herausströmt – beim Wasser z. B. aus einer Aalreuse –, fließt an anderer Stelle hinein. Aus einem begrenzten Raum kann nichts herausquellen.

Der Satz vom magnetischen Fluß ist die mathematische Formulierung der Erfahrung, daß es keine magnetischen Pole gibt, die den elektrischen Ladungen entsprechen. Magnetfelder sind quellenfrei.

Als Beispiel für diesen Satz betrachten wir den magnetischen Fluß durch eine kugelförmige geschlossene Hüllfläche um einen Stabmagneten, die Abb. 498.1 zeigt einen Querschnitt. Weiße Randlinie bedeutet, daß in diesem Bereich die Feldlinien vom Innen- in den Außenraum treten, der magnetische Fluß zu diesem Bereich ist positiv. Schwarze Randlinie bedeutet, daß in diesem Bereich die Feldlinien vom Außen- in den Innenraum treten, der magnetische Fluß zu diesem Bereich ist negativ. Wegen der Randlage des Stabmagneten in der

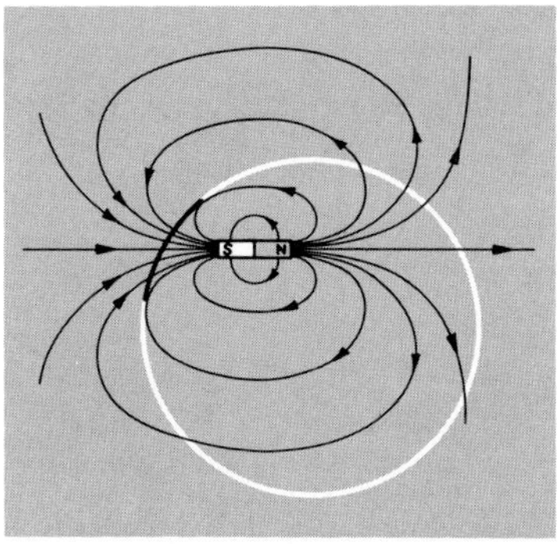

Abb. 498.1
Magnetischer Fluß durch eine Kugelfläche, die einen Stabmagneten umschließt

Kugel ist der Bereich, in dem die Feldlinien eintreten, kleiner als der, in dem sie austreten. Das wird durch den Betrag und die Richtung der magnetischen Flußdichte in den beiden Bereichen ausgeglichen, so daß der in die Kugel eintretende Fluß gleich dem aus der Kugel austretenden Fluß ist; der Gesamtfluß durch die Kugeloberfläche ist Null.

Die Gültigkeit unserer Aussagen beschränken sich verabredungsgemäß auf den leeren Raum und auf statische Magnetfelder. Wir merken aber an dieser Stelle schon an, daß der Satz vom magnetischen Fluß auch für zeitlich veränderliche Felder und für Felder im materieerfüllten Raum unverändert Gültigkeit hat.

Mit Hilfe der Integralrechnung formulieren wir den Satz vom magnetischen Fluß in folgender Weise:

$$\oint \vec{B} \cdot d\vec{A} = 0.$$

Der Kreis in dem Integralzeichen soll andeuten, daß es sich um eine geschlossene Hüllfläche handelt. In dieser Form bezeichnet man den Satz auch als 4. MAXWELL-Gleichung in Integralform.

Experimentell ist dieser Satz nur mit großem Aufwand überprüfbar. Man könnte dazu die Oberfläche eines Kastens in viele, möglichst gleiche Flächenelemente ΔA_i einteilen, für jedes Flächenelement die Normalkomponente der magnetischen Flußdichte B_{i_n} messen, alle diese Normalkomponenten B_{i_n} mit ΔA_i multiplizieren und die Produkte addieren. Diese Oberflächensumme ist stets Null, gleichgültig, was der Kasten enthält.

Eine indirekte Bestätigung gibt die Folgerung, die MAXWELL aus dem Satz in Verbindung mit drei anderen Gleichungen zog: beim deduktiven Schluß auf die Existenz von elektromagnetischen Wellen spielt der Satz vom magnetischen Fluß eine wesentliche Rolle. Wir kommen außerdem auf den Satz zurück, wenn wir die magnetische Flußdichte an Grenzflächen zwischen verschiedenen Medien im materieerfüllten Raum untersuchen (S. 552).

Beispiel

Der magnetische Fluß durch den Querschnitt einer in Abb. 493.1 dargestellten Ringspule soll ermittelt werden. Der Ringradius sei $R = 10$ cm, der Spulenradius $r = 1{,}4$ cm, die Windungszahl $n = 500$, der Strom in den Windungen habe eine Stärke $I = 0{,}4$ A.

In der Ringspule verlaufen alle Feldlinien in konzentrischen Kreisen um die Spulenachse (vgl. Abb. 493.2). Jeder Querschnitt durch die Spule mit der Fläche $A = \pi r^2$ wird von den Feldlinien senkrecht geschnitten. Darum gilt für den magnetischen Fluß durch einen solchen Querschnitt

$$\Phi = B \cdot A.$$

Nach S. 492 beträgt die magnetische Flußdichte in der Spule

$$B = \frac{\mu_0 n I}{2\pi R}.$$

Einsetzen ergibt

$$\Phi = \frac{\mu_0 n I}{2\pi R} \cdot \pi r^2$$

$$\Phi = \frac{4\pi \cdot 10^{-7}\,\mathrm{N} \cdot 500 \cdot 0{,}4\,\mathrm{A} \cdot \pi \cdot (1{,}4 \cdot 10^{-2}\,\mathrm{m})^2}{2\pi \cdot 0{,}1\,\mathrm{m} \cdot \mathrm{A}^2}$$

$$\Phi = 2{,}46 \cdot 10^{-7}\,\mathrm{V\,s}.$$

Weitere Aufgaben: Siehe O. HÖFLING, Physik-Aufgaben II/2.

5.2.12 Die magnetische Flußdichte im homogenen Magnetfeld

Aus dem Durchflutungsgesetz und dem Satz vom magnetischen Fluß deduzieren wir folgenden wichtigen Satz: Ein Magnetfeld, dessen Feldlinien innerhalb eines räumlichen Bereiches gerade und parallel sind (homogenes Feld), hat in diesem Bereich überall die gleiche magnetische Flußdichte. Oder kurz:

Ein homogenes Magnetfeld hat eine räumlich konstante Flußdichte.

In einem ersten Schritt zeigen wir: Das Magnetfeld hat in zwei beliebigen Punkten P_1 und P_2, die beide in einer zu den Feldlinien senkrechten Ebene liegen, die gleiche magnetische Flußdichte. Wir bilden zu der in Abb. 499.1 angegebenen rechteckigen Linie die Liniensumme der magnetischen Feldstärke. Die Linienvektoren $\Delta\vec{s}_2$ und $\Delta\vec{s}_4$ denken wir so kurz gewählt, daß die Flußdichte längs eines jeden Vektors räumlich konstant sei. Da der von der Linie umlaufene Gesamtstrom gleich Null ist, folgt aus dem Durchflutungsgesetz:

$$\frac{1}{\mu_0}(\vec{B}_1 \cdot \Delta\vec{s}_1 + \vec{B}_2 \cdot \Delta\vec{s}_2 + \vec{B}_3 \cdot \Delta\vec{s}_3 + \vec{B}_4 \cdot \Delta\vec{s}_4) = 0$$

$$\frac{1}{\mu_0}(B_1 \cdot \Delta s_1 \cdot \cos 90° + B_2 \cdot \Delta s_2 \cdot \cos 180° + B_3 \cdot \Delta s_3 \cdot \cos 90° + B_4 \cdot \Delta s_4 \cdot \cos 0°) = 0$$

$$-B_2 \cdot \Delta s_2 + B_4 \cdot \Delta s_4 = 0$$

Mit $\Delta s_2 = \Delta s_4$ folgt daraus $\vec{B}_2 = \vec{B}_4$.

In einem zweiten Schritt zeigen wir: Das Magnetfeld hat in zwei beliebigen Punkten P_1 und P_6, die auf derselben Feldlinie liegen, die gleiche magnetische Flußdichte. Wir berechnen zu der in Abb. 499.2 angegebenen quaderförmigen Hüllfläche den magnetischen Fluß. Die Flächenelemente ΔA_1 und ΔA_6 denken wir so klein gewählt, daß die magnetische Flußdichte auf ihnen räumlich konstant sei. Nach dem Satz vom magnetischen Fluß ist der magnetische Fluß durch die geschlossene Hüllfläche gleich Null:

$$\vec{B}_1 \cdot \Delta\vec{A}_1 + \vec{B}_2 \cdot \Delta\vec{A}_2 + \vec{B}_3 \cdot \Delta\vec{A}_3 + \vec{B}_4 \cdot \Delta\vec{A}_4 + \vec{B}_5 \cdot \Delta\vec{A}_5 + \vec{B}_6 \cdot \Delta\vec{A}_6 = 0$$

$$B_1 \cdot \Delta A_1 \cdot \cos 180° + B_2 \cdot \Delta A_2 \cdot \cos 90° + B_3 \cdot \Delta A_3 \cdot \cos 90°$$
$$+ B_4 \cdot \Delta A_4 \cdot \cos 90° + B_5 \cdot \Delta A_5 \cdot \cos 90° + B_6 \cdot \Delta A_6 \cdot \cos 0° = 0$$

$$-B_1 \cdot \Delta A_1 + B_6 \cdot \Delta A_6 = 0.$$

Mit $\Delta A_1 = \Delta A_6$ folgt daraus $\vec{B}_1 = \vec{B}_6$.

Die Zusammenfassung der beiden Schritte ergibt den oben formulierten Satz: Die Flußdichte ist auf jeder zu den Feldlinien senkrechten Ebene räumlich konstant; sie ist längs einer jeden Feldlinie räumlich konstant. Folglich ist sie im ganzen Raum konstant.

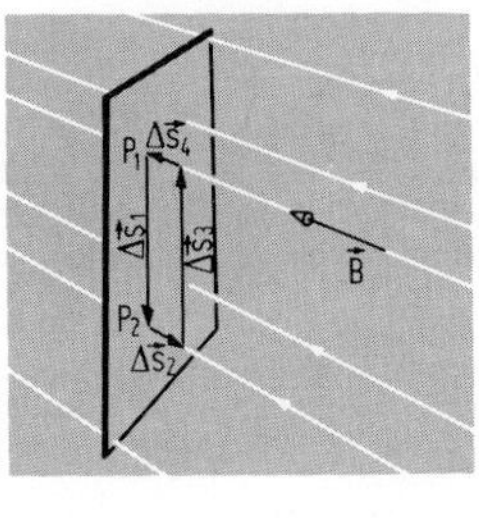

Abb. 499.1
Rechteckige Linie
zur Bestimmung
der Liniensumme

Abb. 499.2
Quaderförmige Hüllfläche
zur Bestimmung
des magnetischen Flusses

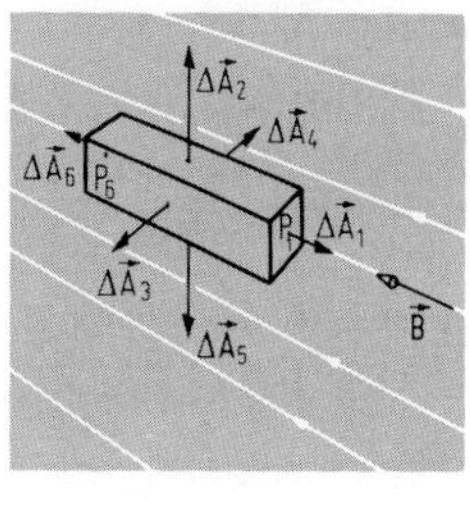

5.2.13 Die Gesetze von Biot, Savart und Laplace

Die ungestörte Überlagerung von Magnetfeldern ist die Grundlage der Berechnung von Magnetfeldern, die von stromdurchflossenen Leitern erzeugt werden. Man gewinnt den Vektor der magnetischen Flußdichte $\vec{B}$ dadurch, daß man das Gesamtfeld durch Überlagerung derjenigen Einzelfelder darstellt, die zu kurzen, geradlinig gedachten Leiterstücken gehören. Der mathematische Aufwand, der zu solchen Berechnungen notwendig wird, ist leider nur selten gering. Wir berichten vom historischen Werdegang dieser Methode und teilen für einige Fälle die fertigen Ergebnisse mit.

Die wesentlichen Gedanken zu solchem Verfahren wurden von drei französischen Physikern entwickelt: J. B. Biot (1774–1862), seinem Assistenten F. Savart (1791–1841) und P. de Laplace (1749–1827). Biot und Savart untersuchten das Magnetfeld des langen geraden Leiters mit Hilfe einer schwingenden Magnetnadel. Das ist ein Verfahren, mit dem man in der Schule auch heute noch gut arbeiten kann. Für Magnetfelder, deren Feldlinien horizontal verlaufen, ist der Betrag der magnetischen Flußdichte $\vec{B}$ der zweiten Potenz der Schwingungszeit T umgekehrt proportional,

$$B \sim \frac{1}{T^2}.$$

1821 ermittelten Biot und Savart die Gesetzmäßigkeit, die wir mit Hilfe der Stromwaage gefunden haben: Der Betrag der magnetischen Flußdichte, die von einem sehr langen, geraden stromdurchflossenen Leiter erzeugt wird, ist dem Kehrwert des Abstandes von Leiter und Aufpunkt proportional. Die Abhängigkeit der magnetischen Flußdichte vom Leiterstrom haben die Forscher nur qualitativ beobachten können. Eine Methode, Stromstärken zu messen, gab es 1821 noch nicht; es dauerte noch ein Jahrzehnt, bis brauchbare Meßverfahren entwickelt worden waren. Laplace lieferte die Lösung des Problems, die Felder beliebig geformter stromdurchflossener Leiter zu berechnen, indem er den geschilderten Ansatz mathematisch formulierte. Mit dieser Methode konnte der glänzende Mathematiker die Ergebnisse von Biot und Savart deduzieren.

Trotz der Laplaceschen Urheberschaft führt die Erkenntnis – historisch nicht zu Recht – den Namen Biot-Savart-*Gesetz*. Wir schließen uns dieser Gepflogenheit an. Bei seiner Wiedergabe bedienen wir uns moderner Darstellungsformen.

Zur Berechnung der magnetischen Flußdichte $\vec{B}$ im Aufpunkt P ordnet man auf dem vom Strom I durchflossenen Leiter Streckenvektoren $\Delta\vec{s}_i$ an. Sie schließen aneinander wie bei der Bildung der Liniensummen, ihre Richtung ist die des Stromes I. Zu jedem Streckenvektor gehört ein Abschnitt des Leiters der Länge Δs_i. Mit $\vec{r}_i$ bezeichnen wir den Vektor, der von der Mitte der Strecke Δs_i zum Aufpunkt P führt.

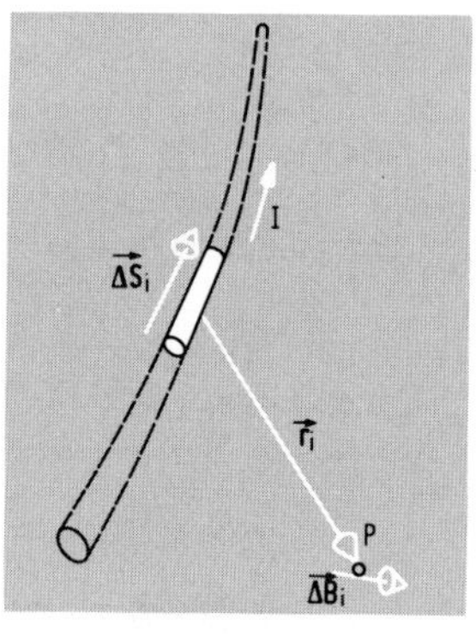

Abb. 500.1
Vektoren und Leiter im Biot-Savart-Gesetz. Der Vektor $\Delta\vec{s}_i$ wurde der Übersicht wegen neben den Leiter gezeichnet.

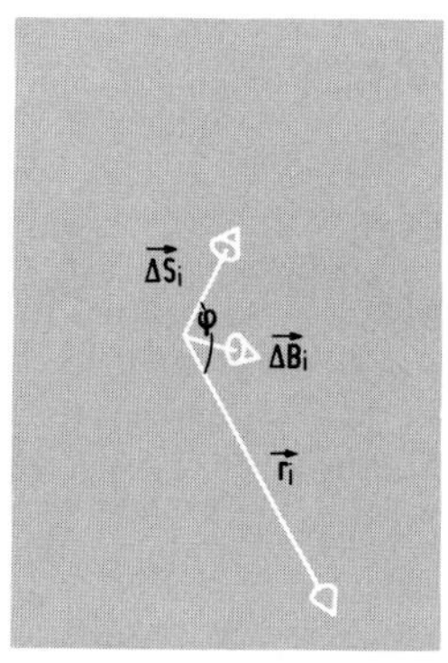

Abb. 500.2
Die Vektoren $\Delta\vec{s}_i$ und $\vec{r}_i$ und der Vektor $\Delta\vec{B}_i$. $\Delta\vec{B}_i$ liegt in Richtung des Vektorproduktes $\Delta\vec{s}_i \times \vec{r}_i$.

Biot-Savart-Gesetz:

Der Abschnitt Δs_i eines vom Strom I durchflossenen Leiters erzeugt im Aufpunkt P eine magnetische Flußdichte $\Delta\vec{B}_i$.

Es gilt:

$$\Delta\vec{B}_i = \frac{\mu_0 I}{4\pi r_i^3} \cdot \Delta\vec{s}_i \times \vec{r}_i.$$

I = Stromstärke im Leiter, $\Delta\vec{s}_i$ = Streckenvektor auf dem Leiterabschnitt, $\vec{r}_i$ = Ortsvektor vom Leiterabschnitt zum Aufpunkt P.

Die magnetische Flußdichte $\vec{B}$, die der gesamte Leiter am Ort P erzeugt, ist die Summe aller Feldvektoren $\Delta\vec{B}_i$, die von den Leiterabschnitten Δs_i erzeugt werden.

$$\vec{B}=\sum_i \Delta\vec{B}_i.$$

In der hier wiedergegebenen Form gilt das BIOT-SAVART-*Gesetz streng nur für das Vakuum. Für den lufterfüllten Raum gilt es in sehr guter Näherung.*

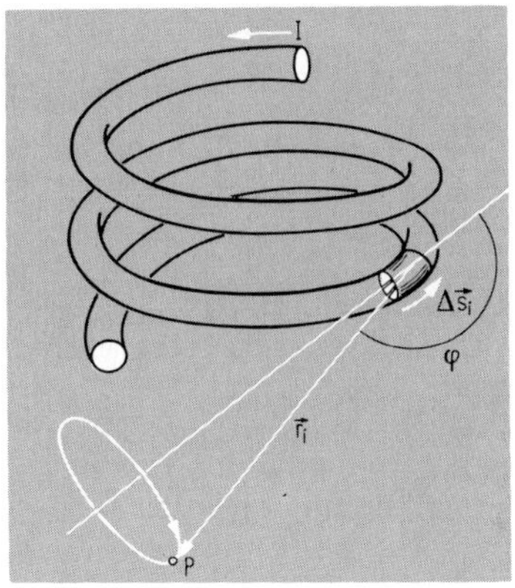

Abb. 501.1
Ein Leiterstück Δs_i erzeugt im Aufpunkt P ein Magnetfeld mit der eingezeichneten Feldlinie nach dem BIOT-SAVART-Gesetz. Die zum Feld der gesamten Spule gehörige Feldlinie verläuft ganz anders.

Das vom Leiterelement Δs_i erzeugte Feld hat im allgemeinen nicht die Richtung des Gesamtfeldes, weil die magnetische Flußdichte $\vec{B}$ sich aus vielen Vektorsummanden $\Delta\vec{B}_i$ im Aufpunkt zusammensetzt. Erst der Summenvektor $\vec{B}$ zeigt die Feldlinienrichtung des Gesamtfeldes an.

Experimentell ist das BIOT-SAVART-Gesetz nicht direkt überprüfbar, weil ein einzelnes stromdurchflossenes Leiterstück nicht verwirklicht werden kann. Ausschließlich die Bewährung bei der Berechnung von Magnetfeldern zu speziellen Leiterformen rechtfertigt das Vertrauen in das Gesetz.

Wir weisen hier nur darauf hin, daß das BIOT-SAVART-Gesetz auch die Magnetfelder bewegter Ladungen zu berechnen gestattet. Man hat – entsprechend den Überlegungen auf S.467 – $I\cdot\Delta\vec{s}$ durch $Q\cdot\vec{v}$ zu ersetzen.

Die mathematisch exakte Formulierung des BIOT-SAVART-Gesetzes in der Form eines Integrals lautet:

Die magnetische Flußdichte, die ein vom Strom I durchflossener Leiter L in einem Aufpunkt P erzeugt, wird gegeben durch das über den Leiter L erstreckte Linienintegral

$$\vec{B}=\frac{\mu_0 I}{4\pi}\int_L \frac{d\vec{s}\times\vec{r}}{r^3}.$$

Für das Verständnis der folgenden Überlegungen ist diese Mitteilung ohne Bedeutung.

Zu verschiedenen Beispielen wollen wir die magnetische Flußdichte $\vec{B}$ wenigstens für einige ausgezeichnete Punkte im Raum berechnen oder mitteilen. Wir wählen dazu in Technik oder Wissenschaft häufig verwendete Leiterformen. Das Magnetfeld des langen geraden Leiters besprechen wir an dieser Stelle nicht mehr. Wir wissen, daß LAPLACE diese Leiterform seinen Überlegungen zugrunde gelegt hat: Die Formel ist gerade so angesetzt, daß sie dieses Feld richtig beschreibt.

Wir schildern an drei Beispielen, wie die magnetische Flußdichte dreier wichtiger Spulenformen mit Hilfe des BIOT-SAVART-Gesetzes berechnet werden kann.

1. Für eine *flache Kreisspule* vom Radius R mit n Windungen soll die magnetische Flußdichte $\vec{B}$ für einen auf der Spulenachse liegenden Aufpunkt P berechnet werden. Seinen Abstand von der Spulenmitte bezeichnen wir mit x.

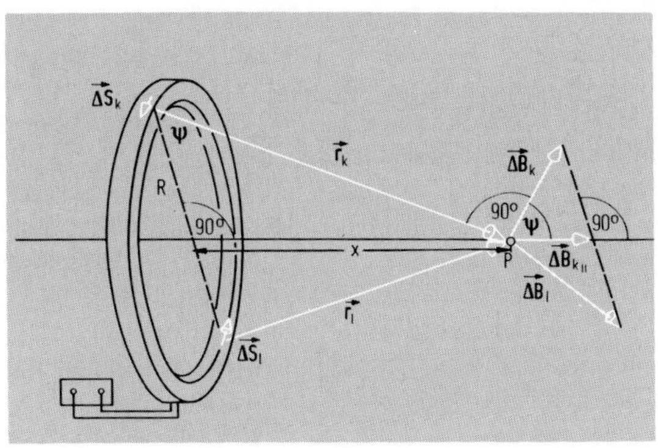

Abb. 501.2
Zur Berechnung der magnetischen Flußdichte $\vec{B}$ einer flachen Kreisspule in einem Aufpunkt P auf der Spulenachse

Die Berechnung mit Hilfe des BIOT-SAVART-Gesetzes vereinfacht man für diesen Fall, wenn man bei der Addition der Vektoren $\Delta\vec{B}_i$ jeweils solche Summanden $\Delta\vec{B}_k$ und $\Delta\vec{B}_l$ zusammenfaßt, deren zugehörige Streckenvektoren $\Delta\vec{s}_k$ und $\Delta\vec{s}_l$ sich auf dem Spulenring gegenüberliegen. Die Summe der Vektoren $\Delta\vec{B}_k$ und $\Delta\vec{B}_l$ hat dann die Richtung der Spulenachse, weil sich diejenigen Komponenten der Vektoren $\Delta\vec{B}_k$ und $\Delta\vec{B}_l$, die zur Spulenachse senkrecht stehen, bei der Summierung aufheben. Der Vektor

$$\Delta\vec{B}_k+\Delta\vec{B}_l=2\Delta\vec{B}_{k\|}$$

ist der Spulenachse parallel. Es genügt folglich, bei der Summation nur diejenigen Komponenten zu addieren, die der Spulenachse parallel sind.

$$\Delta B_{i\|}=\frac{\mu_0\cdot n\cdot I}{4\pi r^3}|\Delta\vec{s}_i\times\vec{r}_i|\cdot\cos\psi\,.$$

ψ ist der für alle Vektoren $\Delta\vec{s}_i$ gleiche Winkel zwischen $\Delta\vec{B}_i$ und der Spulenachse,

r_i ist der für alle Vektoren $\Delta\vec{s}_i$ gleiche Abstand zwischen Leiterabschnitt und Aufpunkt P, $r_i=r$.

Alle Streckenvektoren $\Delta\vec{s}_i$ stehen auf den Ortsvektoren $\vec{r}_i$ senkrecht, alle Vektoren $\Delta\vec{B}_{i\|}$ sind der Spulenachse parallel.

Bei der Summation aller Beträge $\Delta B_{i\|}$ erhält man

$$B=\sum_i\Delta B_{i\|}$$

$$B=\sum_i\frac{\mu_0\cdot n\cdot I}{4\pi r^3}\cdot\Delta s_i\cdot r\cdot\frac{R}{r}$$

$$B=\frac{\mu_0\cdot n\cdot I}{4\pi r^3}\cdot 2\pi R\cdot R\,.$$

Die magnetische Flußdichte $\vec{B}$ auf der Achse einer flachen Kreisspule hat den Betrag

$$B=\frac{\mu_0\,n I R^2}{2r^3}\,.$$

Feldvektor $\vec{B}$ und Umlaufsinn des Stromes I sind rechtsorientiert.

n = Windungszahl der Spule, r = Abstand des Aufpunktes vom Leiter,
I = Stromstärke im Leiter, R = Spulenradius.

Dieses Ergebnis ist mit einer HALL-Sonde gut überprüfbar.

Wir wollen die Formel dazu verwenden, das Verhalten der Größe B für wachsende Abstände x zwischen Spulenebene und Aufpunkt P zu ermitteln. Für große Abstände x darf man in dem Term für B die Größe r^3 angenähert durch x^3 ersetzen, da $\frac{r}{x}$ fast gleich 1 ist. Erweitert man den Bruch mit π, dann erhält man für den Feldvektor B im großen Abstand von der Spulenmitte:

$$B_{\text{Dipol}}=\frac{\mu_0\,n I\cdot\pi R^2}{2\pi x^3}\,.$$

Den Index *Dipol* setzen wir daran, weil eine wesentliche Übereinstimmung mit der elektrischen Feldstärke des elektrischen Dipols vorliegt (vgl. S. 433). Wir haben für auf der Spulenachse liegende Aufpunkte gezeigt, daß der Betrag der magnetischen Flußdichte B mit der dritten Potenz des Abstandes x von der Spulenmitte abnimmt. Die gleiche Gesetzmäßigkeit gilt für alle Richtungen, sie ist charakteristisch für einen Dipol. Allein dieser formalen Übereinstimmung wegen bezeichnet man eine solche Spule auch als *magnetischen Dipol*. Es soll hier aber noch einmal betont werden, daß es magnetische Pole nicht gibt, auch nicht in einer Anordnung in Paaren. Die Größe $m=nI\pi R^2=nI\cdot A$, bezeichnet man als den Betrag des *Dipolmoments* oder auch des *magnetischen Moments* $\vec{m}$. Das Dipolmoment ist ein Vektor, er steht auf der Spulenfläche senkrecht und bildet mit der Stromrichtung ein rechtsorientiertes System; $\vec{m}$ hat die Richtung der im Spuleninnern erzeugten Flußdichte $\vec{B}$. Das Dipolmoment einer Spule ist von der besonderen Form des Querschnitts A unabhängig. Allgemein gilt

$$m=nIA\,.$$

Die Einheit des magnetischen Moments ergibt sich aus der Definition: $[m]=1\ \mathrm{A}\cdot\mathrm{m}^2$.

Wir teilen die Formel mit, nach der der Betrag der vom Dipol erzeugten Flußdichte $\vec{B}_{\text{Dipol}}$ für alle weit vom Dipol entfernten Raumpunkte P errechnet werden kann. Sie gilt für beliebige magnetische Dipole.

$$B_{\text{Dipol}}=\frac{\mu_0\cdot m}{4\pi r^3}\cdot\sqrt{3\cos^2\alpha+1}.$$

$\vec{r}$ ist der Vektor, der von der Dipolmitte zum Aufpunkt P weist, $\vec{m}$ ist das magnetische Moment des Dipols, α ist der von $\vec{m}$ und $\vec{r}$ eingeschlossene Winkel, $\alpha=\{\vec{m},\vec{r}\}$.

Im Abschnitt 5.2.14 wollen wir die Kräfte untersuchen, die auf einen magnetischen Dipol wirken, der sich in einem Magnetfeld befindet. Es werden sich dabei weitere Übereinstimmungen mit dem Verhalten des elektrischen Dipols im elektrischen Feld herausstellen.

2. Das HELMHOLTZ-*Spulenpaar*. In den Versuchen 463.1 und 469.1 verwendeten wir ein ausgedehntes, gut homogenes Magnetfeld, das wir mit Hilfe eines sogenannten HELMHOLTZ-Spulenpaares erzeugten. Wir wollen die magnetische Flußdichte $\vec{B}$, die in der Mitte M des Spulenpaares herrscht, berechnen. Dazu überlagern wir die Magnetfelder zweier flacher Kreisspulen, wie sie im ersten Beispiel beschrieben wurden. Diese Kreisspulen sind so anzuordnen, daß ihre Achsen zusammenfallen und daß der Abstand der Spulen voneinander dem Spulenradius R gleicht. Wir berechnen die magnetische Flußdichte $\vec{B}$ nur für den Mittelpunkt M. Das Magnetfeld in dem von den HELMHOLTZ-Spulen eingegrenzten Innenraum ist sehr gut homogen, nur in den Randgebieten dieses Innenraumes zeigt die HALL-Sonde eine Abweichung der magnetischen Flußdichte $\vec{B}$ von dem Wert, der in der Mitte des Spulenpaares gemessen wird. Man darf darum den für den Mittelpunkt berechneten Wert als für den gesamten Innenraum gültig betrachten.

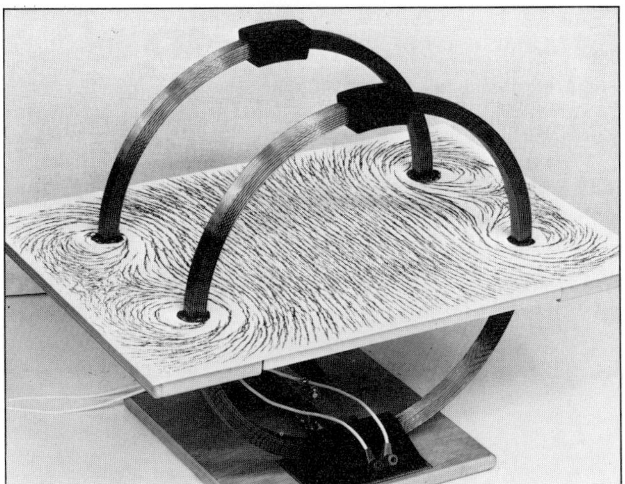

Abb. 503.1
Magnetfeld des HELMHOLTZ-Spulenpaares. Die Feldlinien wurden mit Eisenspänen erzeugt.

Abb. 503.2 HELMHOLTZ-Spulenpaar

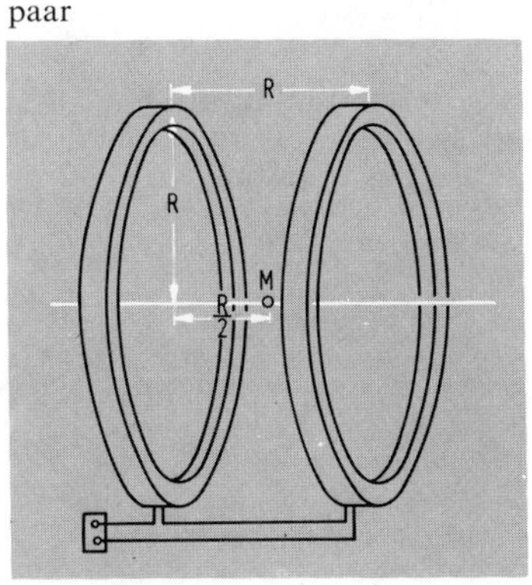

Wir berechnen die magnetische Flußdichte B für den geometrischen Mittelpunkt M des Spulenpaares: Die von einer Ringspule erzeugte magnetische Flußdichte ist nach dem ersten Beispiel durch

$$B=\frac{\mu_0\, n\, I\, R^2}{2r^3}$$

gegeben. Für die Größe r setzen wir den Abstand r_M ein, den der Mittelpunkt M von allen Leiterelementen hat.

$$r_M=\sqrt{R^2+\frac{R^2}{4}}$$

$$r_M=R\cdot\sqrt{\tfrac{5}{4}}.$$

Die von den beiden Ringspulen erzeugten Felder stimmen in Richtung und Betrag der magnetischen Flußdichte überein, wir multiplizieren darum den Term mit 2.

Die magnetische Flußdichte B_H in der Mitte eines Helmholtz-Spulenpaares ist gegeben durch

$$B_H = \left(\frac{4}{5}\right)^{\frac{3}{2}} \cdot \frac{\mu_0 \cdot n \cdot I}{R}.$$

Der Feldvektor $\vec{B}_H$ ist der Spulenachse parallel, $\vec{B}_H$ und Umlaufsinn des Stromes I sind rechtsorientiert.

n = Windungszahl auf jeder der beiden Ringspulen,
I = Stromstärke in den Leitern, $\left(\frac{4}{5}\right)^{\frac{3}{2}} = 0{,}7155$
R = Spulenradius, zugleich Abstand der Spulen voneinander.

3. *Die zylindrische Spule.* Für die Erzeugung eines räumlich weniger ausgedehnten homogenen Magnetfeldes mit berechenbarer magnetischer Flußdichte B verwendet man auch lange zylindrische Spulen. Der Bereich, in dem das Feld angenähert homogen ist, beschränkt sich auf den mittleren Bereich des Spuleninneren, der Betrag der magnetischen Flußdichte ist in diesem Gebiet über den Spulenquerschnitt nahezu konstant, die angegebene Formel gilt jedoch exakt nur für auf der Achse gelegene Aufpunkte.

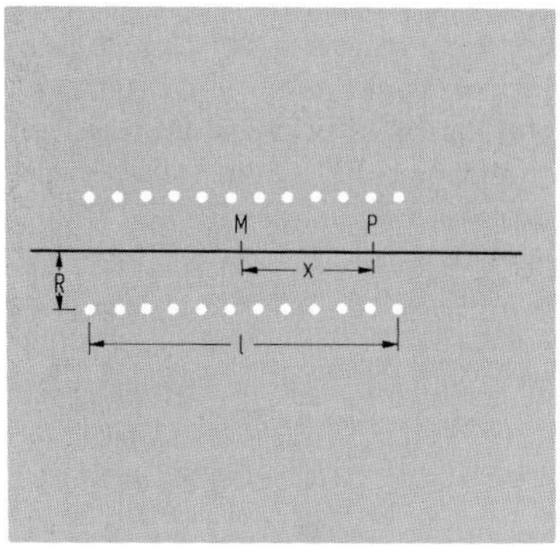

Abb. 504.1
Darstellung einer zylindrischen Spule im Querschnitt mit Angabe der unten verwendeten Maße. Die weißen Punkte stellen die Leiterquerschnitte dar.

In einem auf der Achse einer zylindrischen Spule gelegenen Punkt P hat die magnetische Flußdichte $\vec{B}$ den Betrag

$$B = \mu_0 \frac{n \cdot I}{l} \cdot \frac{1}{2} \left(\frac{\frac{l}{2} + x}{\sqrt{\left(\frac{l}{2} + x\right)^2 + R^2}} + \frac{\frac{l}{2} - x}{\sqrt{\left(\frac{l}{2} - x\right)^2 + R^2}} \right).$$

Der Vektor $\vec{B}$ liegt auf der Spulenachse, er bildet mit dem Umlaufsinn des Stromes I ein rechtsorientiertes System.

l = Spulenlänge, R = Spulenradius, I = Stromstärke im Leiter,
n = Windungszahl, x = Abstand des Aufpunktes P von der Spulenmitte M.

Für Spezialfälle wollen wir den für B angegebenen Term interpretieren.

Spulen, deren Länge größer ist als das Vierzehnfache ihres Radius, weisen wenigstens in der Spulenmitte (in unserer Formel ist dann x nahezu Null) eine magnetische Flußdichte B auf, die sich von dem auf S. 492 angegebenen Wert $\mu_0 \cdot n \cdot \frac{I}{l}$ um höchstens 1% unterscheidet. Am Rande einer solchen langen zylindrischen Spule $\left(\text{in unserer Formel also für } x = \frac{l}{2} \text{ oder } -\frac{l}{2}\right)$ fällt B auf nahezu die Hälfte des Wertes in der Spulenmitte ab. Das gilt um so genauer, je größer das Verhältnis $\frac{l}{R}$ ist. Zum Experimentieren eignet sich darum nur die Mitte des Spuleninneren, weil zu den Spulenenden hin der Betrag der magnetischen Flußdichte so stark abfällt, daß eine geringfügige Verschiebung der Meßanordnung eine starke Veränderung des Meßergebnisses zur Folge hat. Die Feldlinien sind in diesem Endbereich nicht mehr annähernd parallel.

Für zwei Arten von Spulen, wie sie in der Schule häufig verwendet werden, geben wir in Abb. 505.1 den Quotienten

$$\frac{B}{\mu_0 \cdot \dfrac{I \cdot n}{l}}$$

in einem Diagramm an, aus dem seine Abweichung vom Wert 1 zu entnehmen ist.

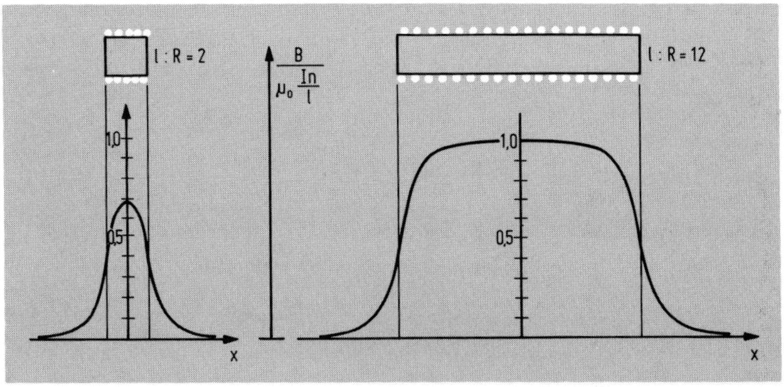

Abb. 505.1
Der Quotient $\dfrac{B}{\mu_0 \cdot \dfrac{I \cdot n}{l}}$ der magnetischen Flußdichte auf der Achse zweier Spulen mit den Verhältnissen Länge : Radius wie 2 : 1 (links) bzw. 12 : 1 (rechts).

Die Magnetfelder, die von stromdurchflossenen Leiterschleifen oder von Spulen erzeugt werden, zeigen eine weitgehende Übereinstimmung mit dem Feld, das einen Stabmagneten umgibt. Die Abb. 457.2 und 457.3 geben die Feldlinienbilder wieder. Auch dem Stabmagneten kann man ein magnetisches Moment $\vec{m}$ so zuordnen, daß sein Magnetfeld für entfernt gelegene Aufpunkte nach dem gleichen Formalismus berechnet werden kann wie er für Leiterschleifen und Spulen angewendet wird. Darum gilt die auf S. 503 angegebene Gleichung zur Berechnung der magnetischen Flußdichte $\vec{B}$ mit Hilfe des magnetischen Moments $\vec{m}$ auch für Stabmagnete.

Die gleiche Überlegung, wie sie auf S. 502 für das magnetische Moment der flachen Kreisspule durchgeführt wurde, stellen wir jetzt auch für die zylindrische Spule an. Mit Hilfe der Näherungsformeln

$$\sqrt{1+z} \approx 1 + \frac{z}{2} \qquad \text{und} \qquad \frac{1}{1+\dfrac{z}{2}} \approx 1 - \frac{z}{2}$$

mit

$$z = \frac{R^2}{\left(\dfrac{l}{2}+x\right)^2} \qquad \text{bzw.} \qquad z = \frac{R^2}{\left(\dfrac{l}{2}-x\right)^2}$$

kann man aus dem für die magnetische Flußdichte B der Spule angegebenen Ausdruck für $|x| \gg l$ und $|x| \gg R$ die Beziehung

$$B_{\text{Dipol}} = \frac{\mu_0 \cdot n \cdot I \cdot \pi R^2}{2\pi \cdot x^3}$$

$$B_{\text{Dipol}} = \frac{\mu_0}{2\pi} \cdot \frac{m}{x^3}$$

folgern. Wie bei der Kreisspule setzt man $I n \pi R^2 = I n A$ (A = Spulenquerschnitt) als Betrag für das magnetische Moment $\vec{m}$. Die Richtung des magnetischen Moments wird wieder so festgelegt, daß sie mit der Richtung der magnetischen Flußdichte auf der Spulenachse übereinstimmt. Die Querschnittsform der Spule hat keinen Einfluß auf das magnetische Moment. Im Abschnitt 5.2.14 wird von dieser Definition des magnetischen Moments Gebrauch gemacht.

Was hier ausschließlich für Aufpunkte hergeleitet wurde, die auf der Spulenachse weit von der Spulenmitte entfernt liegen, gilt wieder allgemein: in allen Richtungen nimmt der Betrag der magnetischen Flußdichte in großer Entfernung von der Spulenmitte mit der dritten Potenz der Entfernung ab.

5.2.14 Der magnetische Dipol im Magnetfeld

In der Elektrostatik wurden die Kräfte untersucht, die auf einen elektrischen Dipol wirken, der sich in einem elektrischen Feld befindet. Das gleiche Problem stellt sich beim *magnetischen Dipol.* Was oft unpräzise „Anziehung und Abstoßung von Magnetpolen" genannt wird, kann exakt mit Hilfe des magnetischen Moments und der magnetischen Flußdichte beschrieben werden. Diese Beschreibung ist in der Atomphysik von großer Bedeutung.

Wir betrachten einen im Magnetfeld befindlichen magnetischen Dipol. Sein Eigenfeld übt auf ihn keine Wirkung aus, es geht folglich in die Betrachtung nicht ein. Zunächst denken wir an einen besonders einfach gestalteten magnetischen Dipol: er soll von einer stromdurchflossenen rechteckigen Leiterschleife gebildet werden.

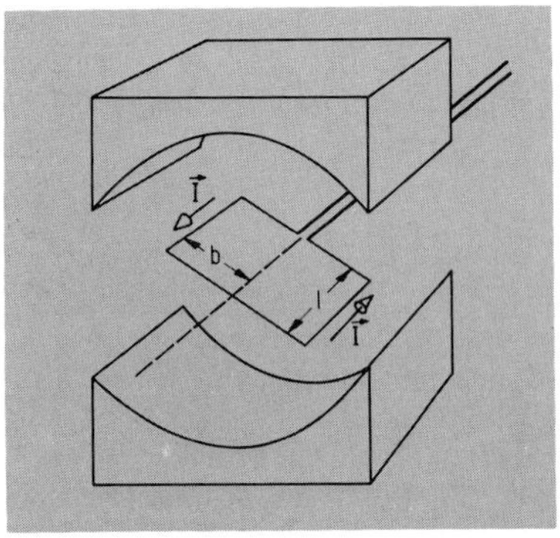

Abb. 506.1
Rechteckige Leiterschleife mit Achse im homogenen Magnetfeld

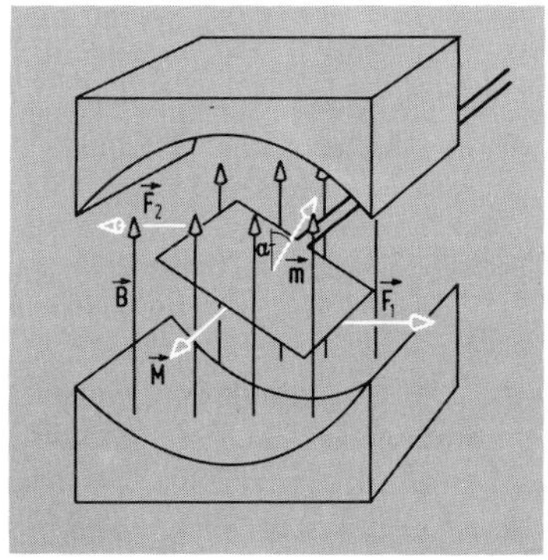

Abb. 506.2
Die Kräfte $\vec{F}$ auf die achsenparallelen Abschnitte der Leiterschleife, magnetisches Moment $\vec{m}$ und mechanisches Moment $\vec{M}$. $\sphericalangle\{\vec{m}, \vec{B}\} = \alpha$

Die Schleife befinde sich in einem homogenen Magnetfeld, sie kann sich um eine Achse drehen. Diese Achse liege in der Schleifenebene und stehe senkrecht zum Vektor $\vec{B}$ der magnetischen Flußdichte. Das magnetische Moment $\vec{m}$ des Dipols ist ein Vektor, der auf der Schleifenebene senkrecht steht. Den Winkel, den $\vec{m}$ mit $\vec{B}$ bildet, bezeichnen wir mit α. Die einzelnen, vom Strom I durchflossenen Leiterabschnitte erfahren im magnetischen Felde die LORENTZ-Kraft. Die Kräfte, die auf die zur Achse senkrechten Leiterabschnitte wirken, sind entgegengesetzt gleich und heben sich auf. Die Kräfte, die auf die zur Achse parallelen Abschnitte der Länge l wirken, sind durch $\vec{F} = l \cdot \vec{I} \times \vec{B}$ gegeben. Unter Berücksichtigung der Abstände dieser Leiterabschnitte von der Drehachse und der Winkel zwischen Hebelarm und Kraft erhält man das Drehmoment, das diese Kräfte erzeugen. Es hat den Betrag

$$M = l I B \cdot 2b \sin\alpha.$$

l = Länge der zur Drehachse parallelen Leiterabschnitte,
b = Abstand dieser Leiterabschnitte zur Drehachse,
α = Winkel zwischen dem magnetischen Moment $\vec{m}$ und der magnetischen Flußdichte $\vec{B}$.

Das Drehmoment $\vec{M}$ ist der Achse parallel. $I \cdot l \cdot 2b$ ist der Betrag des magnetischen Moments $\vec{m}$.

Wir verallgemeinern dieses Ergebnis und verwenden die für den besonderen Fall ermittelte Gesetzmäßigkeit als Definition. Sie gilt auch für das magnetische Moment eines Stabmagneten.

Definition des magnetischen Moments $\vec{m}$:

Zu einem magnetischen Dipol kann man stets einen Vektor $\vec{m}$, sein magnetisches Moment, angeben, so daß im Magnetfeld mit der magnetischen Flußdichte $\vec{B}$ das mechanische Drehmoment

$$\vec{M} = \vec{m} \times \vec{B}$$

auf den Dipol wirkt.

Die abgeleitete Einheit des magnetischen Moments ist $1\,\frac{\mathrm{N\,m}}{\mathrm{T}} = 1\,\mathrm{A\,m^2}$.

Ist der magnetische Dipol eine stromdurchflossene Spule, so hat er das Dipolmoment $\vec{m}$ mit dem Betrag

$$m = n I A$$

n = Windungszahl,
I = Stromstärke in den Windungen,
A = Spulenquerschnitt,

das Dipolmoment $\vec{m}$ steht senkrecht auf der Fläche A und bildet mit der Stromrichtung ein rechtsorientiertes System (vgl. Abb. 508.1). Ist der magnetische Dipol ein Stabmagnet, dann ist sein Dipolmoment mit Hilfe der Beziehung

$$\vec{M} = \vec{m} \times \vec{B}$$

zu bestimmen. Die Richtung des Dipolmoments ist die Richtung des Stabmagneten, dessen Nordpol man als Pfeilspitze betrachtet (vgl. Abb. 508.2).

Wir wollen noch die Energie ermitteln, die notwendig ist, um den magnetischen Dipol um den Winkel α aus derjenigen Lage herauszudrehen, in der das Dipolmoment und die Richtung der magnetischen Flußdichte übereinstimmen. Wegen der formalen Übereinstimmung des Drehmoments in dem vorliegenden Fall mit dem Drehmoment, das ein elektrischer Dipol im elektrischen Felde erfährt, können wir das Ergebnis von S. 437 übernehmen. Man kann es auch durch eine Integration gewinnen:

$$W = m \cdot B \cdot (1 - \cos\alpha).$$

Diese Energie könnte man als potentielle Energie des magnetischen Dipols im Magnetfeld bezeichnen. Es ist aber üblich, für die Festlegung des Nullniveaus diejenige Lage des Dipols zugrunde zu legen, in der das Dipolmoment auf der Feldrichtung senkrecht steht. Das bedeutet, daß man die Konstante $-m \cdot B$ hinzufügt. Das Ergebnis darf man auch für den Fall des nichthomogenen Feldes verwenden:

Die potentielle Energie W_p eines magnetischen Dipols mit dem Dipolmoment $\vec{m}$ im Feld mit der magnetischen Flußdichte $\vec{B}$ ist durch das Skalarprodukt

$$W_p = -\vec{m} \cdot \vec{B} = -m \cdot B \cdot \cos\alpha$$

gegeben.

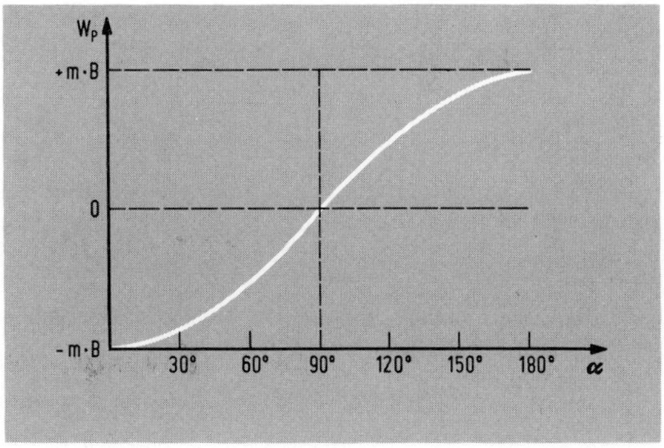

Abb. 507.1
Potentielle Energie eines magnetischen Dipols im Magnetfeld in Abhängigkeit vom Winkel α, den das magnetische Moment $\vec{m}$ mit der magnetischen Flußdichte $\vec{B}$ bildet.

Die stabile Gleichgewichtslage eines Körpers in irgendeinem System ist dadurch gekennzeichnet, daß sich dieser Körper im Zustand minimaler potentieller Energie befindet. Darum kann man den dargestellten Zusammenhang zwischen der Orientierung des Dipols im Feld und seiner potentiellen Energie auch folgendermaßen interpretieren:

1. Ein magnetischer Dipol wird in einem Magnetfeld so ausgerichtet, daß sein Dipolmoment $\vec{m}$ und die magnetische Flußdichte $\vec{B}$ gleiche Richtung haben.

2. Ein bereits ausgerichteter magnetischer Dipol erfährt im inhomogenen Magnetfeld eine Kraft in Richtung wachsender Flußdichte. Bei einer Bewegung in Richtung dieser Kraft verringert sich seine potentielle Energie $-\vec{m} \cdot \vec{B}$.

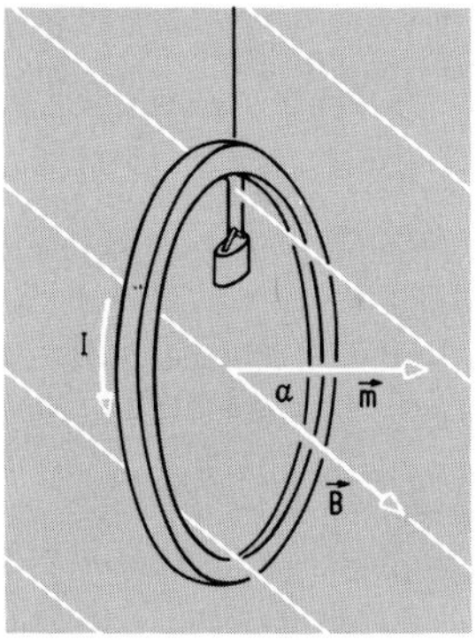

Abb. 508.1 Flache Spule mit Taschenlampenbatterie im erdmagnetischen Feld

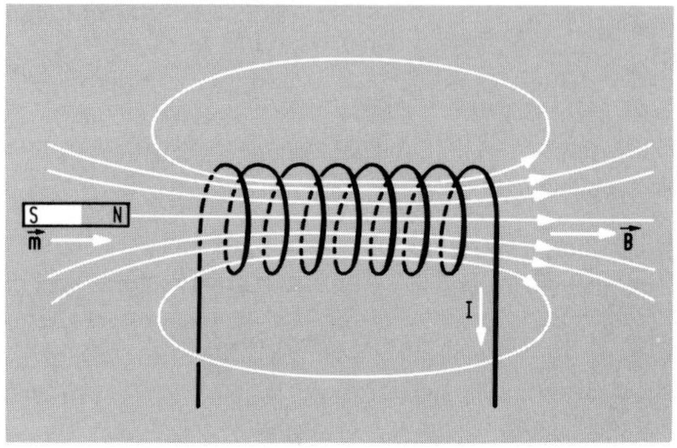

Abb. 508.2 Ein Stabmagnet wird in das Spuleninnere gezogen, falls das magnetische Moment $\vec{m}$ und die magnetische Flußdichte $\vec{B}$ gleiche Richtung haben.

Wir betrachten noch einige Sonderfälle:

1. Eine an einem dünnen Perlonfaden aufgehängte flache Spule, die von einem Strom aus einer Taschenlampenbatterie durchflossen wird, richtet sich im erdmagnetischen Feld so aus, daß ihr magnetisches Moment $\vec{m}$ mit der magnetischen Flußdichte $\vec{B}$ einen möglichst kleinen Winkel einschließt, d. h., sie pendelt sich so ein, daß ihr magnetisches Moment zum nördlichen Magnetpol der Erde weist (Abb. 508.1).

Eine Kompaßnadel richtet sich ebenso aus; die Pfeilspitze des Vektors $\vec{m}$ kennzeichnet den „Nordpol" der Nadel.

2. Stimmen das Dipolmoment $\vec{m}$ eines Stabmagneten und die magnetische Flußdichte $\vec{B}$ einer Spule in der Richtung überein, so wird der Magnet in das Spuleninnere gezogen. B ist hier maximal, $-m \cdot B$ also minimal. Haben $\vec{m}$ und $\vec{B}$ entgegengesetzte Richtungen, so wird der Magnet aus dem Spulenfeld herausgedrängt. $W_p = -\vec{m} \cdot \vec{B}$ ist in diesem Falle positiv, wird also mit abnehmendem B geringer (vgl. Abb. 508.2).

3. Eine Folge der Inhomogenität des Magnetfeldes eines Stabmagneten ist die Tatsache, daß sich bei Stabmagneten „gleichartige Pole abstoßen, ungleichartige Pole anziehen".

4. Auch Elektronen haben ein magnetisches Moment. Die Orientierung des Elektrons in einem Magnetfeld ist mit bestimmend für die Energie, die einem Elektron in einem System, z. B. einem Atom, zugeschrieben werden muß.

Beispiele

1. Es soll die potentielle Energie einer stromdurchflossenen Spule nach Abb. 508.1 im erdmagnetischen Feld ermittelt werden. Das Dipolmoment $\vec{m}$ der Spule soll zum nördlichen Magnetpol der Erde weisen. Die Horizontalkomponente des erdmagnetischen Feldes hat den Betrag $B^* = 1{,}7 \cdot 10^{-5}\ \mathrm{V\,s\,m^{-2}}$, die Spule hat eine Fläche von $0{,}1\ \mathrm{m}^2$, 30 Windungen, der Spulenstrom beträgt 2 A.

Im ausgerichteten Zustand ist

$$W_p = -m \cdot B^*, \qquad W_p = -30 \cdot 2\ \mathrm{A} \cdot 0{,}1\ \mathrm{m}^2 \cdot 1{,}7 \cdot 10^{-5}\ \frac{\mathrm{V\,s}}{\mathrm{m}^2}$$

$$W_p = -1{,}02 \cdot 10^{-4}\ \mathrm{N\,m}.$$

Das ist etwa die potentielle Energie, die ein Massestück von 1 g hat, das sich 1 cm unter dem Nullniveau befindet.

2. Am „erdmagnetischen Äquator" beträgt die Flußdichte des erdmagnetischen Feldes in der Nähe der Erdoberfläche zur Zeit $B_{\text{Äq}} = 3{,}10 \cdot 10^{-5}\ \mathrm{T}$. Der Äquatorradius ist $R = 6{,}378 \cdot 10^6\ \mathrm{m}$. Aus diesen Angaben soll das magnetische Moment m_E berechnet werden, das ein im Erdmittelpunkt befindlicher Stabmagnet haben müßte, der das erdmagnetische Feld erzeugt.

Aus

$$B_{\text{Dipol}} = \frac{\mu_0\, m_E}{4\pi R^3} \sqrt{3\cos^2 + 1} \quad \text{mit} \quad \alpha = 90^0$$

folgt

$$m_E = \frac{4\pi \cdot (6{,}378 \cdot 10^6\ \mathrm{m})^3 \cdot 3{,}10 \cdot 10^{-5}\ \mathrm{Vs\,m^{-2}}}{4\pi \cdot 10^{-7}\ \mathrm{Vs\,A^{-1}\,m^{-1}}},$$

$$m_E = 8{,}04 \cdot 10^{22}\ \mathrm{A\,m^2}.$$

Weitere Aufgaben: Siehe O. Höfling, Physik-Aufgaben II/2.

5.3 Zeitlich veränderliche Felder

5.3.1 Der Übergang von zeitlich unveränderlichen Feldern zu zeitlich veränderlichen Feldern

In den Abschnitten 5.1.1 bis 5.2.14 haben wir Darstellungsformen und Relationen kennengelernt, die den Zusammenhang von ortsgebundenen Ladungen und zeitlich konstanten Strömen und den von ihnen erzeugten statischen elektrischen und magnetischen Feldern beschreiben. Die Kenntnis der Felder ermöglicht unter Berücksichtigung der Gleichung für die LORENTZ-Kraft Aussagen über Kräfte, die auf geladene Körper wirken. Ein System von mathematisch formulierten Sätzen, denen eine beschränkte Zahl von Einzelerkenntnissen zugrunde liegt, und das die Aufgabe hat, eine Gruppe von experimentellen Erfahrungen in einem überschaubaren Zusammenhang zu ordnen, nennt man eine *Theorie*. Als solche Einzelerkenntnisse, die Schritt um Schritt neue Formulierungen bei unseren Überlegungen verlangten, kann man etwa die Ergebnisse betrachten, die die einzelnen Versuche uns jeweils gebracht haben. So haben wir eine einfache Theorie der statischen Magnetfelder entwickelt. Sie steht bisher in einem als unwesentlich zu bezeichnenden Zusammenhang mit der Theorie der statischen elektrischen Felder. Im Abschnitt 5.2.6 sahen wir aber, daß ein offenbar sehr enger Zusammenhang zwischen beiden Feldarten besteht.

Es erhebt sich die Frage nach der Art dieser Zusammenhänge. Es erhebt sich ferner die Frage nach den Beschreibungsformen für die elektrisch-magnetischen Abläufe für den Fall, daß die elektrischen Ladungen nicht ortsfest, die Ströme und die Felder nicht mehr zeitlich unveränderlich sind. Die folgenden Ausführungen beschäftigen sich mit solchen zeitlich veränderlichen Feldern, die gegenseitige Beeinflussung der Felder wird dabei zwangsläufig eine Rolle spielen. Keines der beiden Felder tritt mehr ohne das andere auf, man spricht deswegen auch vom *elektromagnetischen Feld*. Bewährte Beschreibungsformen werden wir beibehalten, es wird also weiterhin von Spannungen, von Strömen, von elektrischen und magnetischen Feldern die Rede sein. Die Gesetzmäßigkeiten, die durch Beobachtung von zeitlich konstanten Feldern gewonnen wurden, dürfen natürlich nicht unbesehen auf die entsprechenden zeitlich veränderlichen Abläufe übertragen werden. Vielmehr ist es notwendig, daß wir uns im Einzelfall vergewissern, welche dieser Gesetzmäßigkeiten unverändert gültig bleiben und welche – bedingt durch das Auftreten neuer Erscheinungen – eingeschränkt oder modifiziert werden müssen.

Die Meßinstrumente, die bisher verwendet wurden, sind für Untersuchungen von Vorgängen in zeitlich veränderlichen Feldern nicht in allen Fällen brauchbar, weil deren mechanische Teile, wie z.B. Drehspulen und Zeiger, diesen schnell ablaufenden Vorgängen nicht folgen können. Das Katodenstrahloszilloskop wird darum zum wichtigen Untersuchungs- und Meßinstrument, da der Elektronenstrahl jeder Veränderung der elektrischen Feldstärke zwischen den Ablenkplatten verzögerungsfrei folgt.

Das Oszilloskop kann dabei als experimentelle Anordnung und als Meßinstrument zugleich dienen. Es liefert uns eine erste, sehr wichtige Erkenntnis: Die verzögerungsfreie Ablenkbarkeit des Elektronenstrahles zeigt, daß ein geladener Körper – in unserem Falle ein Elektron – im zeitlich veränderlichen elektrischen Feld genau dieselbe Kraft erfährt wie in einem zeitlich konstanten Feld, sofern das konstante Feld mit dem Momentanzustand des zeitlich veränderlichen übereinstimmt. Das gilt nun ganz allgemein. In unzähligen Anordnungen, nicht zuletzt in den großen Teilchenbeschleunigern, wird von diesem Verhalten von elektrisch geladenen Teilchen im zeitlich veränderlichen elektrischen Feld Gebrauch gemacht. Die elektrische Kraft $\vec{F}_e$ ist der Teilchenladung Q proportional. Wir definieren die elektrische Feldstärke $\vec{E}$ wieder durch die Gleichung

$$\vec{F}_e = Q \cdot \vec{E}.$$

In ganz gleicher Weise verfahren wir beim Magnetfeld. Eine Anordnung, die dem Oszilloskop entspricht, findet man in der Fernsehbildröhre. Hier wird ein Elektronenstrahl durch zeitlich veränderliche Magnetfelder abgelenkt, die frei fliegenden Elektronen werden von der zeitlich veränderlichen LORENTZ-Kraft beschleunigt. In den großen Kreisbeschleunigern werden die beschleunigten Teilchen mit Hilfe magnetischer Felder so auf eine Kreisbahn gezwungen, wie es für das Fadenstrahlrohr geschildert wurde. Da die Geschwindigkeit dieser Teilchen aber von Umlauf zu Umlauf gesteigert wird, kann auch die magnetische Flußdichte nicht zeitlich konstant sein. In allen Fällen hat sich die Formel für die LORENTZ-Kraft auch dann bewährt, wenn die Stärke des Magnetfeldes nicht zeitlich konstant ist. Wir definieren die magnetische Flußdichte wieder mit Hilfe der LORENTZ-Kraft:

$$\vec{F}_m = Q \cdot \vec{v} \times \vec{B}.$$

Die beiden Gleichungen für die Kräfte dürfen wieder zusammengefaßt werden:

Dem zeitlich veränderlichen elektromagnetischen Feld können zwei Feldvektoren $\vec{E}$ und $\vec{B}$ zugeordnet werden, so daß auf einen mit der Geschwindigkeit $\vec{v}$ bewegten Körper, der die Ladung Q trägt, die Kraft

$$\vec{F} = Q \cdot (\vec{E} + \vec{v} \times \vec{B})$$

wirkt.

Es erweist sich als zweckmäßig, auch für das zeitlich veränderliche elektromagnetische Feld den Begriff der Spannung weiter zu verwenden; die Definition wird so gewählt, daß sie für den Fall, daß das Feld zeitlich konstant ist, mit der früher gegebenen übereinstimmt.

Unter der Spannung zwischen zwei Punkten P_1 und P_2 soll die Liniensumme der elektrischen Feldstärke zwischen den Punkten P_1 und P_2 verstanden werden: $U = \sum \vec{E}_i \cdot \Delta \vec{s}_i$.

Abweichungen von den Gesetzmäßigkeiten, wie sie für statische Felder Gültigkeit haben, treten vor allem dann auf, wenn die Felder selbst untersucht werden und nicht nur die Wirkung des Feldes auf einen Probekörper. Erstmalig wurden solche Abweichungen von FARADAY beobachtet, als er mit zeitlich veränderlichen Magnetfeldern experimentierte. Der folgende Abschnitt soll davon berichten.

Wir stellen zunächst diejenigen Gesetze zusammen, die für zeitlich konstante Felder Gültigkeit haben und bei eintretenden zeitlichen Veränderungen gültig bleiben.

Durch die zeitliche Veränderung der Felder entstehen keine neuen elektrischen Ladungen, magnetische Ladungen gibt es auch weiterhin nicht. Es ist darum nicht erstaunlich, daß die Gleichungen, die eine Aussage über den elektrischen bzw. magnetischen Fluß durch eine geschlossene Hüllfläche machen, unverändert bestehen bleiben. Diese Aussage ist jedoch keine Selbstverständlichkeit: In der Herleitung des Satzes vom elektrischen Fluß (S. 422) wurde von der Tatsache ausgegangen, daß die elektrische Feldstärke in gleichem Abstand von einer felderzeugenden Ladung überall den gleichen Betrag hat. Diese Voraussetzung ist aber für eine Ladung, die eine schnelle Schwingung um einen Mittelpunkt ausführt, wegen der endlichen Geschwindigkeit, mit der ein Feld sich im Raum ausbreitet, nicht mehr erfüllt.

Der elektrische Fluß durch eine geschlossene Hüllfläche ist gleich der eingeschlossenen Ladung, der magnetische Fluß durch eine geschlossene Hüllfläche ist Null.

$$\varepsilon_0 \cdot \sum \vec{E}_i \cdot \Delta \vec{A}_i = Q, \qquad \sum \vec{B}_i \cdot \Delta \vec{A}_i = 0.$$

Diese Aussagen gelten für zeitlich konstante und für zeitlich veränderliche Felder gleichermaßen.

FARADAYS Beobachtungen zeigten letztlich, daß ein sich zeitlich änderndes Magnetfeld von einem elektrischen Feld umgeben ist, dessen Feldlinien geschlossen sind. Diese Art von Feldern ist ganz neuartig.

Für zeitlich veränderliche elektromagnetische Felder kann die Liniensumme der elektrischen Feldstärke längs einer geschlossenen Linie

$$\sum \vec{E}_i \cdot \Delta \vec{s}_i$$

von Null verschieden sein. Die oben definierte Spannung hängt deshalb von der Wahl der Linie ab, die die Punkte P_1 und P_2 miteinander verbindet.

Auch das Durchflutungsgesetz gilt in zeitlich veränderlichen Magnetfeldern nicht in der für zeitlich konstante Felder angegebenen Form.

Für zeitlich veränderliche elektromagnetische Felder kann die Liniensumme der magnetischen Feldstärke längs einer geschlossenen Linie

$$\sum \vec{H}_i \cdot \Delta\vec{s}_i = \frac{1}{\mu_0} \sum \vec{B}_i \cdot \Delta\vec{s}_i$$

von dem umschlungenen Gesamtstrom $\sum I_k$ verschieden sein.

Für zeitlich nur langsam veränderliche Felder weicht die Liniensumme der magnetischen Feldstärke nur wenig vom umschlungenen Gesamtstrom ab.

Man kann für den Fall des Durchflutungsgesetzes leicht zeigen, daß die bisher entwickelten Vorstellungen zu Widersprüchen führen, wenn man zusätzlich annimmt, daß ein entstehendes Magnetfeld sich mit endlicher Geschwindigkeit im Raum ausbreitet, nachdem der erzeugende Strom der Stärke I eingeschaltet wurde.

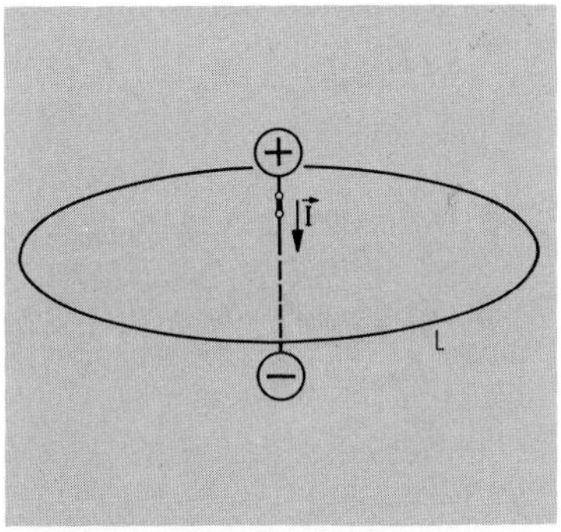

Abb. 511.1
Kurz nach dem Einschalten des Stromes I hat sich das Magnetfeld noch nicht bis zu der Linie L ausgebreitet, für die die Liniensumme der magnetischen Feldstärke berechnet werden soll.

Wir denken uns, daß in einem Leiter zu einer Zeit t_0 ein Strom eingeschaltet werde. Das könnte vielleicht dadurch geschehen, daß zur Zeit t_0 zwei elektrisch geladene Kugeln über einen Schalter leitend miteinander verbunden werden. (Die Wahl einer solchen Anordnung erspart es uns, über die Magnetfelder von etwaigen Zuleitungen Aussagen machen zu müssen.) Berechnet man nun für eine weit entfernt gedachte kreisförmige Linie L die Liniensumme der magnetischen Feldstärke zu einem Zeitpunkt, in dem das Magnetfeld sich noch nicht bis zu der Linie L ausgebreitet hat, so ist die berechnete Liniensumme Null. Diese Aussage steht aber im Widerspruch zum Durchflutungsgesetz, wie wir es auf S. 490 kennenlernten, denn die Linie umschließt einen stromführenden Leiter (vgl. Abb. 511.1).

Dieser Widerspruch wurde von dem englischen Mathematiker und Physiker J. CL. MAXWELL (1831 – 1879) dadurch behoben, daß er auf der rechten Seite der Gleichung für das Durchflutungsgesetz ein Zusatzglied hinzufügte, die sog. MAXWELL-Ergänzung. Wir kommen darauf auf S. 541 zurück. Diese MAXWELL-Ergänzung ist für nur langsam veränderliche Felder dem Betrage nach klein, sie darf dann vernachlässigt werden.

Die Ausbreitung von elektrischen und magnetischen Feldern im Raum mit einer endlichen Geschwindigkeit hat ferner zur Folge, daß elektrische Felder auch dann, wenn sie von Ladungen erzeugt werden, nicht mehr denjenigen Bedingungen genügen, die für zeitlich unveränderliche Felder ermittelt wurden. Der Feldstärkevektor $\vec{E}$ eines von einer schnell bewegten Ladung Q erzeugten elektrischen Feldes genügt nicht mehr der Gleichung wie sie auf S. 419 angegeben wurde. Das BIOT-SAVART-Gesetz (S. 500) und die Gleichung zur Berechnung magnetischer Dipolfelder (S. 503) haben für veränderliche elektromagnetische Felder ebenfalls keine Gültigkeit mehr. Es gilt jedoch:

Langsam veränderliche elektrische und magnetische Felder dürfen in guter Näherung nach den Gleichungen berechnet werden, die für statische Felder gelten. Dazu gehören z.B. die Felder, die vom technischen Wechselstrom mit der Frequenz 50 Hz erzeugt werden.

5.3.2 Die Faraday-Induktionsversuche

1820 entdeckte H. C. OERSTED (1777 – 1851), daß eine Kompaßnadel in der Nähe eines stromdurchflossenen Drahtes aus ihrer ursprünglichen Richtung ausgelenkt wird. Die folgende Erforschung der magnetischen Wirkungen stromdurchflossener Leiter findet ihren vorläufigen Abschluß mit den Arbeiten von BIOT, SAVART und LAPLACE: LAPLACE gab das Verfahren an, mit dessen Hilfe man die Magnetfelder beliebig geformter stromdurchflossener Leiter berechnen konnte.

Ein neuer Abschnitt der Geschichte der elektromagnetischen Felder begann 1822, als FARADAY der Frage nachging, ob ein Magnetfeld einen Strom erzeugen könne. 1824 folgten die ersten Experimente. Aber erst 1831 gelang ihm die Lösung des Problems, nachdem er den Vorgang der Induktion als einen nicht erwarteten Effekt entdeckt hatte. Der Erfolg trat also erst spät ein. Das war nicht nur die Folge der Unvollkommenheit in den experimentellen Anordnungen, die dem Forscher zur Verfügung standen; es war vor allem die Folge der falschen Erwartung, daß nämlich das Magnetfeld und nicht dessen zeitliche Veränderung einen Strom hervorrufen könne. Obwohl FARADAY bei allen sonstigen Überlegungen mit Annahmen arbeitete, die wir heute als Energieerhaltung bezeichnen, machte er bei seinen Arbeiten zur Induktion von solchen Vorstellungen keinen Gebrauch.

Einen Teil der Ergebnisse FARADAYS haben wir schon vorweggenommen. Es handelt sich dabei um die Wirkung einer Kraft auf eine zusammen mit einem Leiter bewegte Ladung, die LORENTZ-Kraft. FARADAY untersuchte diese Erscheinungen gemeinsam mit den Wirkungen, die sich bei einer zeitlichen Veränderung des Magnetfeldes einstellen. Den mit Eisenfeilspänen sichtbar gemachten magnetischen Feldlinien ordnete er eine Richtung zu. Damit gewann er ein Instrument, mit dessen Hilfe er die Polung der Induktionsspannung voraussagen und ihren Betrag qualitativ abschätzen konnte. Die Induktionsspannung trat um so stärker auf, je mehr Feldlinien pro Zeiteinheit den Leiter schnitten, wie er es formulierte. Wir ziehen für quantitative Aussagen den mathematisch faßbaren Begriff des magnetischen Flusses heran. FARADAY vergewisserte sich, daß die von Permanentmagneten und die von Strömen erzeugten Magnetfelder in allen Fällen gleiche Wirkungen hervorrufen. Auch das erdmagnetische Feld hat er in seine Untersuchungen einbezogen.

Der Erfolg FARADAYS war es letztlich, eine schier unübersehbare Fülle von Erscheinungen unter dem Oberbegriff der *Induktion* zu ordnen und *ein* Gesetz zu finden, das alle diese Erscheinungen beschreibt. Wir formulieren es zunächst qualitativ.

In einer Spule wird eine Spannung induziert, wenn sich der magnetische Fluß durch die Spule verändert. Die induzierte Spannung ist um so größer, je größer die Windungszahl der Spule ist und je schneller die Flußänderung erfolgt. Es ist dabei gleichgültig, auf welche Weise die Änderung des magnetischen Flusses herbeigeführt wird.

Der Begriff des magnetischen Flusses, definiert durch die Flächensumme der magnetischen Flußdichte

$$\Phi = \sum \vec{B}_i \cdot \Delta \vec{A}_i,$$

ist uns bekannt (S. 497). In den folgenden Versuchen ist stets von demjenigen Fluß die Rede, der als Flächensumme über die von einer Spulenwindung umschlungene Fläche gebildet wird. In besonders einfachen Fällen, wenn nämlich das Feld homogen ist und der Feldvektor $\vec{B}$ auf der Fläche senkrecht steht, ist der magnetische Fluß gleich dem Produkt aus dem Flächeninhalt und dem Betrag der magnetischen Flußdichte:

$$\Phi = B \cdot A .$$

Einige Experimente FARADAYS wollen wir nachvollziehen. Wir verwenden dazu moderne Geräte. FARADAY hat seine Messungen mit einer schwingenden Magnetnadel durchgeführt. Sie ist der sehr unvollkommene Vorläufer des im folgenden Abschnitt beschriebenen ballistischen Galvanometers.

5.3.3 Der Spannungsstoß und seine Messung

In diesem Abschnitt werden zwei Meßverfahren vorgestellt, die beide in gleicher Weise geeignet sind, Induktionsvorgänge messend zu erfassen. Die Größe, um die es geht, ist der *Spannungsstoß*. Mit Hilfe dieser Größe werden wir später die magnetische Flußdichte auch in Materie messen können, z.B. in Permanentmagneten. Ein Induktionsversuch soll verdeutlichen, was unter einem Spannungsstoß verstanden werden soll.

Versuch 513.1 Ein Stabmagnet wird gemäß Abb. 513.1 in eine Experimentierspule von 1000 Windungen eingeführt. Die Enden der Spule sind mit dem Eingang eines Spannung-Zeit-Schreibers (auch XY-Schreiber genannt) oder eines Oszilloskops verbunden. Danach wird der Magnet wieder aus der Spule herausgezogen. Der Versuch wird wiederholt; das Einführen und das Herausziehen erfolgt dabei jedoch mit geringerer Geschwindigkeit.

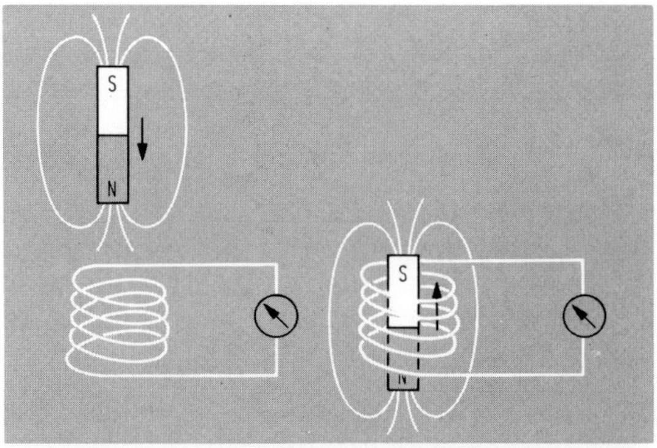

Abb. 513.1
In der Spule wird eine Spannung induziert, wenn man einen Magneten einführt oder ihn wieder herauszieht. Die Spulenenden sind mit einem Meßgerät für eine Spannung verbunden: dem Spannung-Zeit-Schreiber oder dem Oszilloskop.

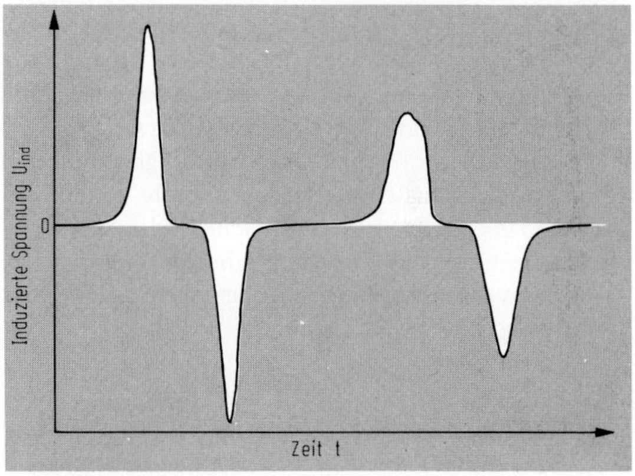

Abb. 513.2
Verlauf der Induktionsspannung U_{ind} in Abhängigkeit von der Zeit t. Die vier Kurventeile geben die vier Vorgänge wieder: schnelles Einführen des Magneten in die Spule, schnelles Herausziehen, langsames Einführen und langsames Herausziehen.

Eine Spule in der geschilderten Funktion nennt man eine *Induktionsspule*.

Beim Einführen des Magneten in die Induktionsspule und beim Herausziehen des Magneten aus der Induktionsspule entsteht an deren Ende eine Spannung; man nennt sie eine *Induktionsspannung*. Der Spannung-Zeit-Schreiber schreibt während des Versuchsablaufes ein Diagramm: er trägt die Induktionsspannung U_{ind} in Abhängigkeit von der Zeit t auf. Abb. 513.2 gibt das Diagramm wieder.

Die vier Teilbilder kann man einzeln auch kurzfristig mit dem Oszilloskop hervorrufen. Die Enden der Induktionsspule werden zu diesem Zweck mit den y-Ablenkplatten des Oszilloskops verbunden. Dann wird der Magnet in die Spule eingeführt und wieder herausgezogen.

Der letzte Versuch zeigt, daß bei dem Induktionsvorgang primär eine Spannung und nicht ein Strom erzeugt wird. Die Induktionsspannung tritt auch dann auf, wenn die Spulenenden nicht leitend miteinander verbunden sind. Das Oszilloskop zeigt diese Induktionsspannung; es fließt kein Induktionsstrom. Erst die leitende Verbindung der Spulenenden läßt den Strom beim Induktionsvorgang entstehen.

Eine Auswertung des Spannung-Zeit-Diagramms zeigt, daß die von der Zeitachse und der Kurve umrandeten vier Flächen gleiche Flächeninhalte haben. Die Überprüfung kann geschehen, indem man die Kurven auf Millimeterpapier aufnimmt und die millimetergroßen Quadrate auszählt, die von der Zeitachse und der Kurve umschlossen werden. Dieser Flächeninhalt ist von der Schnelligkeit, mit der der Magnet in die Spule eingeführt oder aus ihr herausgezogen wird, unabhängig. Mißt man ihn in der Einheit Voltsekunde, dann erhält man ein Maß für den vollzogenen Induktionsvorgang. Die zugehörige Größe nennt man *Spannungsstoß*. Der denkbar einfachste Spannungsstoß ist derjenige, bei dem eine zeitlich konstante Spannung U während der Zeit t vorliegt. Das zugehörige Diagramm ist ein Rechteck; der Spannungsstoß hat den Betrag $U \cdot t$. Im allgemeinen ist die Spannung nicht zeitlich konstant, wir bezeichnen den Spannungsstoß dann mit $\sum U_i \cdot \Delta t_i$ und stellen uns dazu vor, daß eine krummlinig begrenzte Fläche in guter Näherung als Summe von Rechteckflächen dargestellt werden kann. Abb. 514.1 veranschaulicht diese Vorstellung. Jedem Rechteck entspricht ein Spannungsstoß $U_i \cdot \Delta t_i$; der gesamte Spannungsstoß ist die Summe aller Einzelstöße.

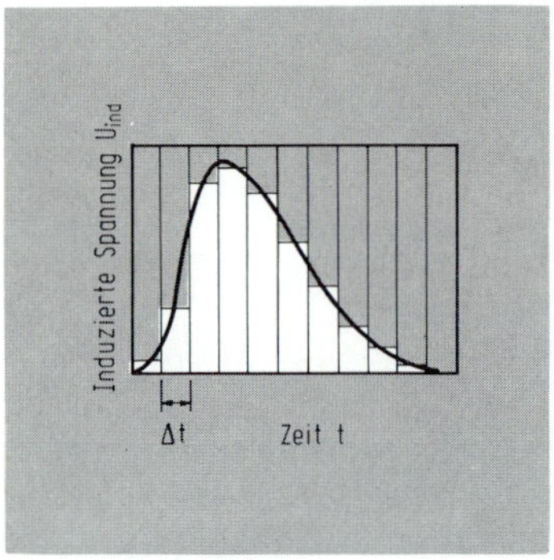

In mathematisch exakter Form wird der Spannungsstoß als $\int U \cdot dt$ geschrieben.

Die abgeleitete Einheit des Spannungsstoßes ist die Voltsekunde (Einheitenzeichen: Vs).

Abb. 514.1
Spannungsstoß mit zeitlich veränderlicher Induktionsspannung U_{ind} und seine Näherungsdarstellung als Summe von Rechtecksflächen.

Weil sich Induktionsspannungen im allgemeinen schnell ändern, können Drehspulinstrumente sie nicht verzögerungsfrei anzeigen. Die Zeigerbewegung erfolgt zu träge. Wir geben darum zwei andere Meßverfahren für Spannungsstöße an. Alle Spannungsstöße können nach jedem der beiden Verfahren gemessen werden.

Auf die Theorie dieser Meßgeräte gehen wir nicht ein. Von ihrer Eigenschaft, Spannungsstöße zu messen, überzeugt man sich leicht, indem man eine zeitlich konstante Spannung während einer meßbaren Zeit anlegt und die Anzeige beobachtet.

Die beiden Meßgeräte geben wir in den Schaltskizzen gleichartig durch einen Kreis mit einem Pfeil darin wieder.

1. Die ballistische Messung mit einem Galvanometer

Ein langsam schwingendes, kaum gedämpftes Drehspulinstrument *(Galvanometer)* wird mit den Kontakten verbunden, an denen die Induktionsspannung anliegt. Das sind im allgemeinen die Enden einer Spule. In Reihe mit dem Galvanometer schaltet man einen Widerstand R; er verringert die Dämpfung und stimmt den Meßbereich des Gerätes auf die Versuchsbedingungen ab (Abb. 524.1). Die kurzzeitig auftretende Induktionsspannung ruft einen Stromstoß hervor, er gibt der Drehspule und dem Zeiger des Instruments einen Schwung. Der Zeiger macht einen schnellen, sog. *ballistischen Ausschlag* y und schwingt danach in seine Ruhelage zurück.

Die Größe des ballistischen Ausschlages ist dem Spannungsstoß proportional.

Will man mit dem ballistischen Galvanometer Spannungsstöße messen und nicht nur vergleichen, so muß man es kalibrieren. Das wird beispielhaft im Versuch S. 523 durchgeführt. Weil der Widerstand R die Stromstärke und die Dämpfung beeinflußt, muß beim Vergleich von Spannungsstößen darauf geachtet werden, daß der Widerstand im Galvanometerkreis zwischen zwei Versuchen nicht verändert wird.

2. Die elektronische Messung mit dem Integrator

Ein *Integrator* ist ein *Operationsverstärker*, der mit einem Widerstand R, einem Kondensator C und einem Tastschalter S beschaltet wird. Ein Voltmeter mißt die Ausgangsspannung U_a (Abb. 515.1).

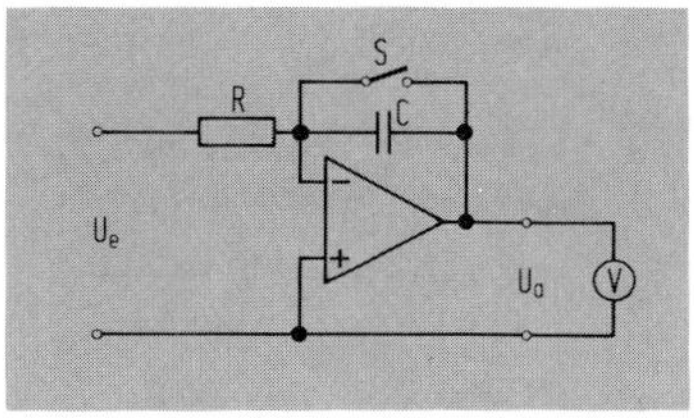

Abb. 515.1
Der mit Widerstand R, Kondensator C und Tastschalter S beschaltete Operationsverstärker in der Funktion des Integrators. Die Zuleitungen für die Versorgungsspannung wurden nicht eingezeichnet.

Die zeitlich konstante oder zeitlich veränderliche Spannung U, die zu dem Spannungsstoß $\sum U_i \cdot \Delta t_i$ gehört, wird als Eingangsspannung U_e an den Integrator gelegt. Das Voltmeter, das die Ausgangsspannung des Integrators mißt, zeigt eine zeitlich konstante Spannung U_a an, wenn die Eingangsspannung U_e auf Null abgefallen ist. Es bleibt auf dieser Anzeige stehen, bis man den Kondensator C über den Schalter S entlädt. Wenn man den Kondensator vor dem Induktionsvorgang entladen hat, kann man aus der Ausgangsspannung U_a den Spannungsstoß rechnerisch bestimmen. Es gilt der Zusammenhang:

Der Spannungsstoß ist das mit (−1) multiplizierte Produkt von Ausgangsspannung U_a und den Größen R und C:

$$\sum U_i \cdot \Delta t_i = -RC \cdot U_a.$$

Durch passende Wahl der Größen R und C bestimmt man den Meßbereich des Integrators.

Beispiel: Hat man den Integrator mit dem Widerstand $R = 100\ \mathrm{k\Omega}$ und dem Kondensator $C = 1\ \mu\mathrm{F}$ beschaltet und legt an den Eingang während der Zeit $\Delta t = 2\ \mathrm{s}$ die zeitlich konstante Spannung $U_e = 0{,}3\ \mathrm{V}$, so zeigt das Meßinstrument nach Ablauf der zwei Sekunden die Ausgangsspannung U_a an.

$$U_a = -\frac{1}{RC} \cdot \sum U_i \cdot \Delta t_i, \qquad U_a = -\frac{U_e \cdot \Delta t}{RC}$$

$$U_a = -\frac{0{,}3\ \mathrm{V} \cdot 2\ \mathrm{s}}{10^5\ \Omega \cdot 10^{-6}\ \mathrm{F}}, \qquad U_a = -6\ \mathrm{V}$$

Den Integrator kann man auch experimentell kalibrieren, wenn man keinen Meßwiderstand und Meßkondensator hat. Man legt dazu die meßbare Spannung U_e während der meßbaren Zeit Δt an den Eingang des Integrators, mißt die Ausgangsspannung U_a und berechnet den Faktor RC.

Der Integrator addiert alle Spannungsstöße, die nacheinander am Eingang auftreten. Wenn nur ein einziger Spannungsstoß gemessen werden soll, so muß der Kondensator C mit dem Tastschalter S zuvor entladen werden. Bei sehr kurzen Spannungsstößen kann die Induktionsspannung so hoch werden, daß der Integrator übersteuert wird. Ein- und Ausschaltvorgänge ersetzt man dann durch Hoch- bzw. Herunterstellen des felderzeugenden Stromes.

Verbindet man den Integrator mit einem Spannung-Zeit-Schreiber, so kann man die Messungen dauerhaft festgehalten. Die Diagramme in den Abb. 516.1, 517.2, 517.3 sind auf diese Weise gewonnen worden.

5.3.4 Der Spannungsstoß als Folge der Flußänderung

Schon FARADAY hatte die Erfahrung gemacht, daß nicht das Magnetfeld eine Induktionsspannung hervorruft, sondern daß vielmehr dessen zeitliche Änderung ihre Ursache ist. Der quantitative Zusammenhang von Spannungsstoß und Flußänderung wird in diesem Kapitel geschildert.

Versuch 515.1 Wir verbinden die Enden einer Induktionsspule von 1000 Windungen mit einem ballistischen Galvanometer oder einem Integrator. Dann wiederholen wir den Versuch 513.1.

Das Versuchsergebnis geben wir in einem Diagramm wieder. Die Messung wurde mit dem Integrator durchgeführt; an den Integrator war der Spannung-Zeit-Schreiber angeschlossen. Der Integrator vollzog die Messungen unmittelbar hintereinander (Abb. 516.1).

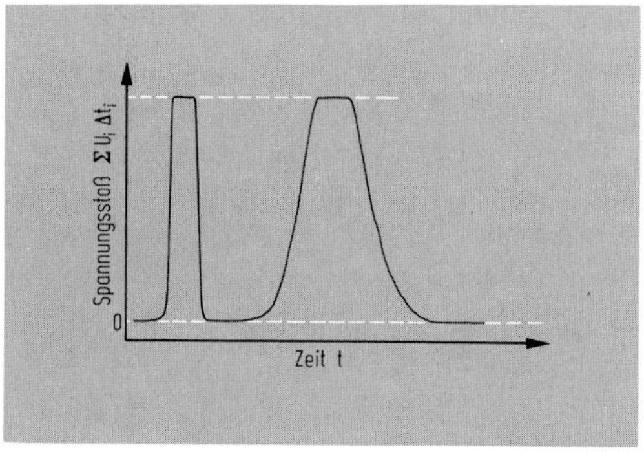

Abb. 516.1
Der Integrator mißt vier Spannungsstöße. Die Aufzeichnung erfolgte mit dem Spannung-Zeit-Schreiber.

Beim Einführen des Magneten in die Spule entsteht ein Spannungsstoß; das Diagramm steigt auf die Höhe, die dem Stoß entspricht. Beim Herausziehen des Magneten fällt das Diagramm wieder auf Null Voltsekunden ab. Das bedeutet, daß beim Herausziehen ein Spannungsstoß vom gleichen Betrag aber mit entgegengesetztem Vorzeichen entsteht. Bei der langsameren Wiederholung des Versuches steigt das Diagramm auf die gleiche Höhe und fällt ebenfalls auf Null ab.

Mit unterschiedlicher Geschwindigkeit vollzogene, sonst aber gleiche Induktionsvorgänge erzeugen gleiche Spannungsstöße.

Beim Einführen eines Magneten in die Spule und beim Herausziehen entstehen Spannungsstöße vom gleichen Betrag aber mit unterschiedlichem Vorzeichen.

Versuch 516.1 Stülpt man in der Anordnung von Versuch 515.1 die Induktionsspule über den Magneten und hält den Magneten dabei fest, so tritt ein Spannungsstoß von der gleichen Größe auf, wie man ihn beim Einführen des Magneten in die ruhende Induktionsspule erzielt.

Bei dem Induktionsvorgang spielt nur die Relativbewegung zwischen dem Magneten und der Induktionsspule eine Rolle.

Im folgenden Versuch wollen wir die Abhängigkeit des Spannungsstoßes von der Windungszahl der Induktionsspule untersuchen.

Versuch 516.2 Drei Spulen, deren Windungszahlen sich wie 1:2:4 verhalten (z.B. 250, 500 und 1000 Windungen) werden hintereinander geschaltet. Die gemeinsamen Zuleitungen werden an das ballistische Galvanometer oder an den Integrator angeschlossen. Nacheinander wird der Stabmagnet in die Spulen eingeführt (Abb. 517.1). Die Spannungsstöße werden gemessen.

Man erhält sechs Spannungsstöße. Nimmt man sie mit dem Integrator auf und läßt sie von dem Schreiber aufzeichnen, so erhält man das Diagramm in Abb. 517.2. Die drei Beträge der sechs Spannungsstöße verhalten sich zueinander wie 1:2:4.

Der in einer Spule induzierte Spannungsstoß ist der Windungszahl der Spule proportional. In jeder Windung, so darf man schließen, spielt sich der gleiche Vorgang ab.

Versuch 516.3 Wir induzieren Spannungsstöße mit zwei äußerlich gleichen Magneten und einer Spule. Zunächst führen wir den ersten der beiden Magneten in die Spule ein (1) und ziehen ihn wieder heraus (2). Anschließend führen wir den zweiten Magneten in die Spule ein (3) und ziehen ihn wieder heraus (4). Dann führen wir den ersten Magneten ein (5) und darauf den zweiten (6). Der erste Magnet wird wieder herausgezogen (7), danach der zweite (8). Zuletzt führen wir beide Magnete gemeinsam in die Spule ein (9) und ziehen sie auch gemeinsam wieder heraus (10). Die zugehörigen Spannungsstöße messen wir.

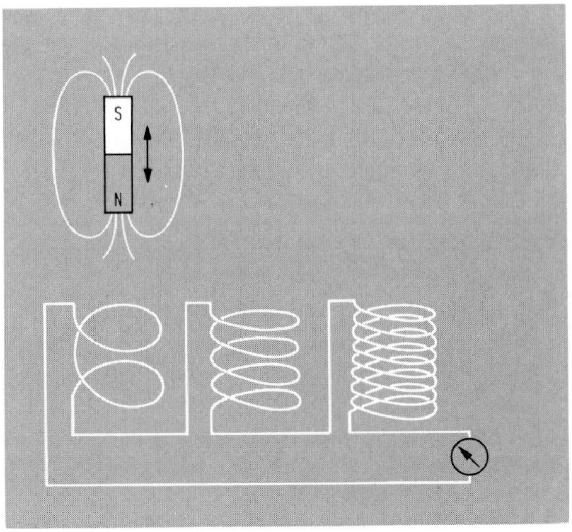

Abb. 517.1 Abhängigkeit des Spannungsstoßes von der Windungszahl der Induktionsspule

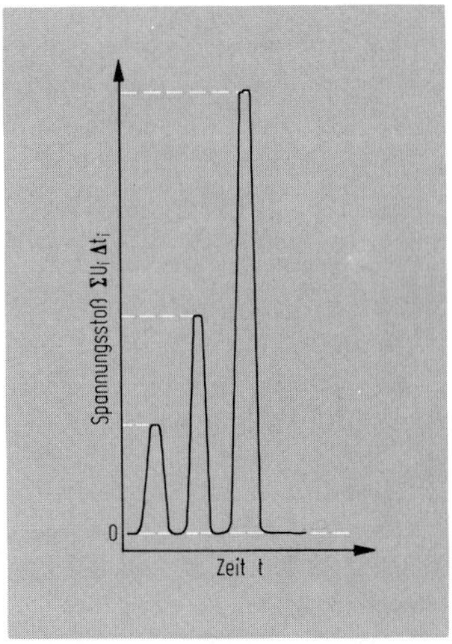

Abb. 517.2 Die Beträge der Spannungsstöße verhalten sich wie die Windungszahlen der Induktionsspulen.

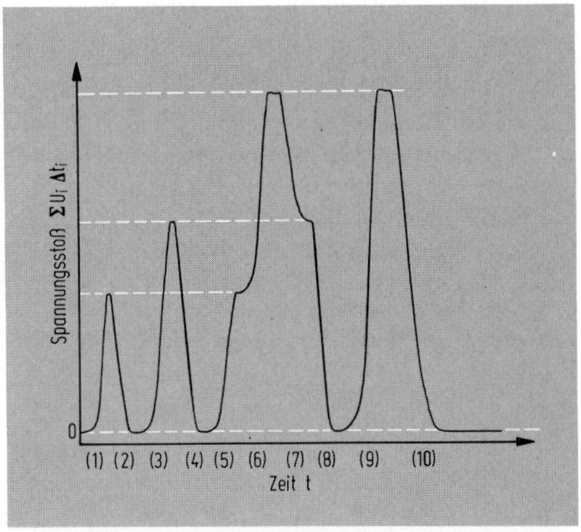

Abb. 517.3
Die in Versuch 516.3 hervorgerufenen Spannungsstöße. Die eingetragenen Nummern entsprechen den Vorgängen in dem Versuch. Offensichtlich ist der erste Magnet der schwächere; er ruft den kleineren Spannungsstoß hervor.

Um den Ablauf leichter wiedergeben zu können, haben wir die Spannungsstöße mit dem Integrator gemessen und vom Spannung-Zeit-Schreiber aufzeichnen lassen (Abb. 517.3). Das Diagramm zeigt, daß jeder Magnet stets den zu ihm gehörenden Spannungsstoß hervorruft, gleichgültig, ob schon ein anderer Magnet in der Spule steckt oder nicht. Gemeinsam eingeführt erzeugen sie einen Spannungsstoß, der gleich der Summe der einzelnen Spannungsstöße ist.

Ungenau aber anschaulich könnte man sagen: die Induktionserscheinung ist um so stärker, je „mehr Magnetfeld" in die Induktionsspule eingebracht wird. Exakt formuliert lautet dieses Ergebnis:

Der Spannungsstoß ist für die Änderung des magnetischen Flusses in der Induktionsspule ein additives Maß.

Da eine stromdurchflossene Spule und ein Stabmagnet in ihrer Umgebung ganz ähnliche Magnetfelder erzeugen, verwundert es nicht, daß man in den Versuchen 515.1, 516.2 und 516.3 statt des Stabmagneten auch eine stromdurchflossene Spule verwenden kann. Eine solche Spule nennt man eine *Feldspule*. Die Arbeit mit einer Feldspule anstelle eines Stabmagneten bietet den Vorteil, daß die magnetische Flußdichte der Feldspule durch Verändern des Feldspulenstromes eingestellt werden kann.

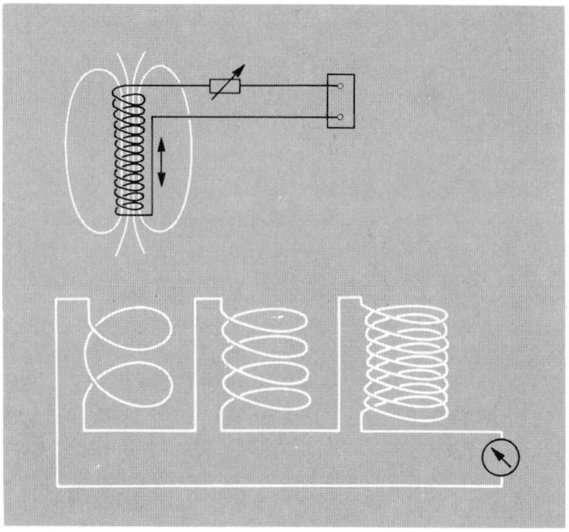

Versuch 518.1 Statt eines Stabmagneten wird eine stromdurchflossene Feldspule in die drei Induktionsspulen von Versuch 516.2 eingeführt (vgl. Abb. 518.1).

Abb. 518.1
Erzeugung von Spannungsstößen mit einer Feldspule

Die Feldspulenstromstärke kann – für alle drei Teilvorgänge übereinstimmend – so gewählt werden, daß die Spannungsstöße den vom Stabmagneten hervorgerufenen Spannungsstößen gleichen.

Auch bezüglich des Induktionsvorganges verhalten sich Magnetfelder, die von Magneten erzeugt werden, wie Magnetfelder, die von Strömen erzeugt werden.

Die Versuche 513.1 bis 518.1 haben erläutert, daß jeder Induktionsvorgang durch einen Spannungsstoß gemessen wird. Dieser Spannungsstoß ist proportional zur Windungszahl der Induktionsspule, er ist unabhängig von der Schnelligkeit, mit der der Induktionsvorgang vollzogen wird. Die Versuche haben gezeigt, daß die von Strömen und die von Magneten erzeugten Magnetfelder auch bezüglich des Induktionsvorganges ununterscheidbar sind. Die jetzt folgende Versuchsreihe soll nachweisen, daß der Spannungsstoß der Änderung des magnetischen Flusses durch die Induktionsspule proportional ist und daß er unabhängig ist von der besonderen Art, mit der diese Änderung eintritt. Als Maß für den Spannungsstoß dient wie bisher der ballistische Ausschlag des Galvanometers oder die Anzeige des Integrators.

Versuch 518.2 Eine Feldspule wird mit eingeschaltetem Feldspulenstrom in die Induktionsspule eingeführt. Der Feldspulenstrom wird am Netzgerät auf Null gestellt. Dann wird der Feldspulenstrom wieder auf die vorherige Stärke hochgestellt. Die auftretenden Spannungsstöße werden gemessen (Abb. 518.2).

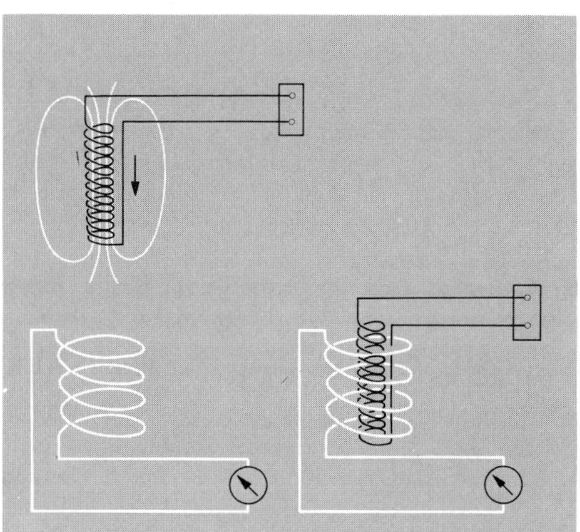

Die zugehörigen Änderungen des magnetischen Flusses in der Induktionsspule sind bei allen Vorgängen gleich, da die Anfangs- und Endzustände übereinstimmen. Es zeigt sich, daß beim Einführen der stromdurchflossenen Feldspule in die Induktionsspule und beim Hochstellen des Stromes in der bereits eingeführten Feldspule gleiche Spannungsstöße entstehen.

Abb. 518.2
Links: Einführung der stromdurchflossenen Feldspule in die Induktionsspule;
rechts: Hochstellen des Stromes in der bereits eingeführten Feldspule

Es ist gleichgültig, ob man den Induktionsvorgang durch Einführen der stromdurchflossenen Feldspule in die Induktionsspule erzeugt oder durch Einschalten des Stromes in der bereits eingeführten Feldspule: die Spannungsstöße sind gleich.

Die Frage nach der Richtung von Induktionsspannung und Induktionsstrom behandeln wir für dieses und die folgenden Experimente gemeinsam auf S. 522. Hier bemerken wir nur, daß dazu wieder das LENZ-Gesetz herangezogen wird, es führt in allen Fällen zum Ziel.

Versuch 519.1 Eine Induktionsspule ist mit dem ballistischen Galvanometer oder dem Integrator verbunden. In der Induktionsspule steckt eine Feldspule. Durch die Feldspule fließt ein Strom, dessen Stärke in beliebiger Art verändert werden kann. Die Änderung der Stromstärke ΔI und der dabei auftretende Spannungsstoß werden gemessen (Abb. 519.1).

Bei jeder Änderung der Stromstärke in der Feldspule wird in der Induktionsspule ein Spannungsstoß hervorgerufen. Dieser Spannungsstoß ist der Änderung der Stromstärke ΔI proportional. Die Stärke des Stromes, der vor der Veränderung durch die Feldspule floß, hat auf die Größe des Spannungsstoßes keinen Einfluß.

Die Stromstärke I in der Feldspule ist dem Betrag B der von der Feldspule erzeugten magnetischen Flußdichte $\vec{B}$ in jedem Punkt des Raumes proportional. Sie ist damit auch dem magnetischen Fluß in der Induktionsspule Φ proportional. Und die Änderung der Stromstärke in der Feldspule ΔI ist der Änderung des magnetischen Flusses in der Induktionsspule $\Delta\Phi$ proportional. Wenn nun der Spannungsstoß der Änderung der Stromstärke ΔI proportional ist, darf man schließen:

Der in einer Induktionsspule induzierte Spannungsstoß $\sum U_i \cdot \Delta t_i$ ist der Änderung des magnetischen Flusses in der Induktionsspule $\Delta\Phi$ proportional. Es ist bei diesem Vorgang gleichgültig, welcher magnetische Fluß vor oder nach dem Induktionsvorgang in der Induktionsspule vorliegt: ausschließlich die Änderung bestimmt den Spannungsstoß.

In den Versuchen 518.1, 518.2 und 519.1 findet die Feldspule ihren Platz in der Induktionsspule. Das hat seinen Grund ausschließlich darin, daß wir die Versuchsreihe mit dem Stabmagneten begonnen haben und die dann folgenden Versuche dieser experimentellen Anordnung zunächst angeschlossen haben. Ebensogut aber kann man die Induktionsspule in die Feldspule führen, die Versuche 518.1, 518.2 und 519.1 lassen sich in solcher Anordnung mit dem gleichen Ergebnis durchführen. Für den Versuch 520.1 wählen wir diese zweite Anordnung, um sicherzustellen, daß der magnetische Fluß Φ dem Querschnitt A der Induktionsspule proportional ist; er ist das Produkt aus dem Betrage B der magnetischen Flußdichte und dem Induktionsspulenquerschnitt,

$$\Phi = B \cdot A.$$

Abb. 519.1 Zur Abhängigkeit des Spannungsstoßes von der Änderung der Stromstärke ΔI in der Feldspule

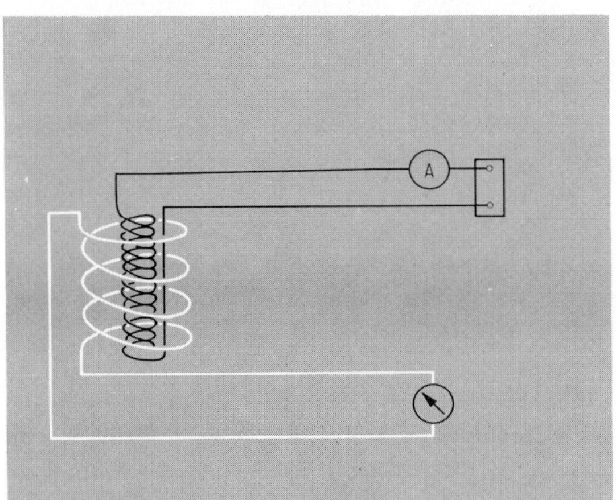

Abb. 519.2 Drei Induktionsspulen mit verschiedenen Querschnitten werden nacheinander in eine Feldspule gelegt.

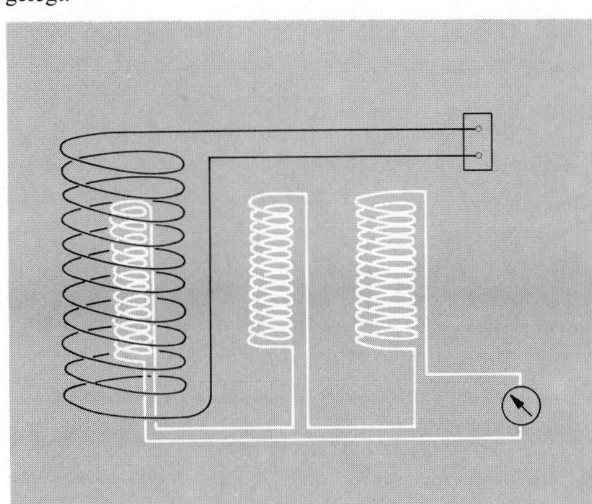

Versuch 520.1 In eine große Feldspule, in deren Innerem ein homogenes Magnetfeld vorliegt, werden nacheinander drei Induktionsspulen eingeführt. Deren Querschnitte sollen sich wie 1:2:3 verhalten (z.B. 6 cm^2, 12 cm^2, 18 cm^2), ihre Windungszahlen sollen übereinstimmen. Vor Versuchsbeginn werden die Induktionsspulen in Reihe geschaltet und mit dem ballistischen Galvanometer oder dem Integrator verbunden. Für jede der drei Induktionsspulen wird, wenn sie im Innenraum der Feldspule liegt, der Feldspulenstrom von Null auf die stets gleiche Stromstärke I hochgestellt und wieder auf Null gestellt. Die in den Induktionsspulen hervorgerufenen Spannungsstöße werden gemessen (Abb. 519.2).

Die Beträge der Spannungsstöße verhalten sich wie 1:2:3, d.h., sie sind den Querschnitten der Induktionsspulen proportional. Bei hochgestelltem Strom I liegt an jedem Ort im Inneren der Feldspule die magnetische Flußdichte B vor. Der magnetische Fluß in der Induktionsspule ändert sich folglich beim Hochstellvorgang von Null auf $B \cdot A$. A ist der Querschnitt der Induktionsspule. Beim Herunterstellen der Stromstärke fällt der magnetische Fluß von $B \cdot A$ auf Null zurück. Die Änderung des magnetischen Flusses in den drei Induktionsspulen ist also den Spulenquerschnitten proportional. Der Versuch zeigt:

Der Spannungsstoß $\sum U_i \cdot \Delta t_i$ ist auch bei diesem Induktionsvorgang der Änderung des magnetischen Flusses proportional.

In der folgenden Versuchsgruppe benötigen wir eine flache Induktionsspule, die verformt werden darf. Wir wickeln sie rund, mit etwa 20 cm Durchmesser aus schmiegsamer Kupferlitze. Die Windungszahl möge etwa 100 betragen.

Versuch 520.2 In das homogene Feld eines HELMHOLTZ-Spulenpaares wird die Induktionsspule so eingebracht, daß die Spulenachsen übereinstimmen. Der magnetische Fluß Φ durch die Induktionsspule ist wieder durch das Produkt aus dem Betrag B der magnetischen Flußdichte $\vec{B}$ und dem Spulenquerschnitt A gegeben, da $\vec{B}$ auf der Spulenfläche senkrecht steht (Abb. 520.1). Der magnetische Fluß durch die Induktionsspule wird nun auf vier verschiedene Arten zu Null gemacht:

1. Der Feldspulenstrom wird auf Null heruntergestellt.
2. Die Induktionsspule wird aus dem Raum zwischen den HELMHOLTZ-Spulen herausgezogen.
3. Die Induktionsspule wird so gedreht, daß die Induktionswindungen nach der Drehung mit dem Vektor $\vec{B}$ in einer Ebene liegen (vgl. Abb. 520.2).
4. Die Spule wird zügig zu einer langen Schleife gestreckt (vgl. Abb. 520.3), so daß deren Fläche vom ursprünglichen Inhalt A auf Null schrumpft.

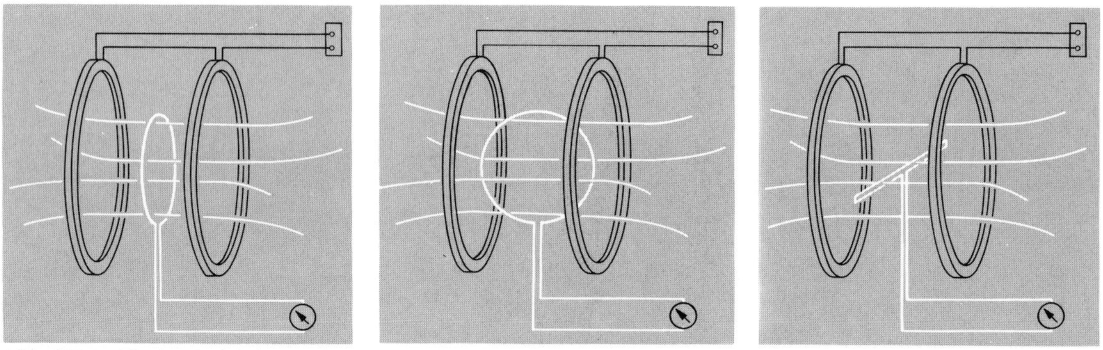

Abb. 520.1 Flache Induktionsspule im homogenen Feld des HELMHOLTZ-Spulenpaares. Der Übersichtlichkeit wegen ist nur eine Windung gezeichnet.

Abb. 520.2 Drehung der Induktionsspule. Nach der Drehung liegen die Induktionswindungen und der Vektor $\vec{B}$ in einer Ebene.

Abb. 520.3 Verformung der Induktionsspule zu einer langen Schleife

In allen vier Versuchen stimmen die Spannungsstöße überein. (Sollte im Falle 4 ein vollständiges Strecken der Induktionsspule nicht gelingen, so daß eine Fläche A_{Rest} erhalten bleibt, so zeigt sich ein Spannungsstoß, der sich zu dem der drei anderen Fälle wie $(A - A_{\text{Rest}}):A$ verhält.)

Die Spannungsstöße stimmen trotz unterschiedlicher Erzeugung überein, sofern nur die Änderungen des magnetischen Flusses übereinstimmen.

Die vorgelegte Sammlung der Versuche zur Induktion läßt sich fast beliebig fortsetzen: man kann die Versuche kombinieren und variieren. Alle zeigen sie dasselbe Ergebnis, unabhängig von Anlage, Aufbau und von der Art des zeitlichen Ablaufes:

Der in einer Windung einer Induktionsspule durch einen Induktionsvorgang hervorgerufene Spannungsstoß ist der Änderung des magnetischen Flusses durch diese Windung proportional. Ein zeitlich konstanter magnetischer Fluß hat auf die Größe des Spannungsstoßes keinen Einfluß. Es ist gleichgültig, auf welche Weise die Änderung des magnetischen Flusses herbeigeführt wird.

Zum Schluß unserer Versuchsreihe greifen wir auf den uns bekannten Versuch 480.1 zurück. In diesem Versuch wird eine Leiterschleife mit konstanter Geschwindigkeit aus einem homogenen Magnetfeld herausgezogen. Damit die Geschwindigkeit der Leiterschleife und die Induktionsspannung gemessen werden können, verläuft der Vorgang langsam. Der Versuch diente uns zunächst dazu, die auf die Leitungselektronen wirkende LORENTZ-Kraft zu demonstrieren. Wir betrachten ihn jetzt unter dem Gesichtspunkt der Induktion (vgl. Abb. 521.1).

Vom Leiterabschnitt II der Länge l wird in der Zeit Δt eine Fläche überstrichen, deren Flächeninhalt werde mit ΔA bezeichnet. Dann ergibt sich für die Spannung an den Enden der Schleife

$$U = B \cdot \frac{\Delta A}{\Delta t}, \quad \text{(vgl. S. 481).}$$

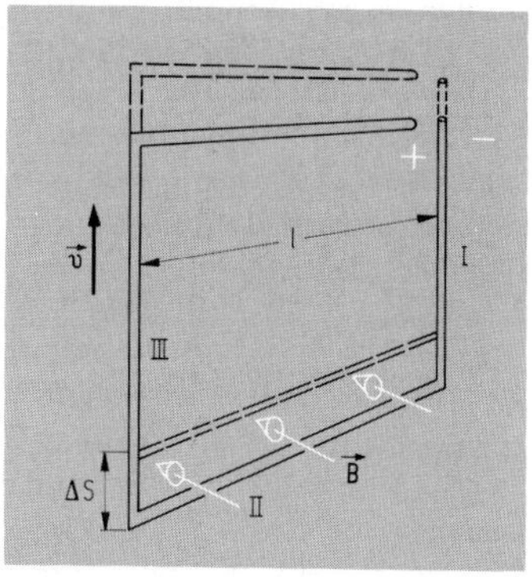

Abb. 521.1
Eine Leiterschleife wird mit konstanter Geschwindigkeit aus einem Magnetfeld herausgezogen.

Der Vektor $\vec{B}$ der magnetischen Flußdichte steht auf diesem Flächenstück senkrecht. Da der Leiterabschnitt sich mit konstanter Geschwindigkeit v bewegt, ist die von der LORENTZ-Kraft erzeugte Spannung U während der Zeit Δt auch konstant, man erhält nach Multiplikation mit Δt

$$U \cdot \Delta t = B \cdot \Delta A.$$

Diese Gleichung läßt sich nun als Beschreibung einer Induktionserscheinung wie folgt interpretieren: U ist eine Induktionsspannung; $U \cdot \Delta t$ ist ein Spannungsstoß, er besteht aus nur einem Summanden. Das ist in diesem Falle möglich, weil während des gesamten Vorganges die Induktionsspannung U konstant ist. Das Diagramm dieses Spannungsstoßes ist ein Rechteck. $B \cdot \Delta A$ ist die Änderung des magnetischen Flusses: in der Zeit Δt legt der Leiterabschnitt II die Strecke Δs zurück. Die von der magnetischen Flußdichte $\vec{B}$ durchsetzte Fläche wird um $\Delta A = \Delta s \cdot l$, der magnetische Fluß um $B \cdot \Delta A$ verkleinert. Im oberen Teil der Leiterschleife wird die magnetische Flußdichte zu Null angenommen. Die Vergrößerung des Flächeninhalts um ΔA am oberen Rande der Schleife bringt also keinen Zugewinn an magnetischem Fluß. Die Gleichung $U \cdot \Delta t = B \cdot \Delta A$ sagt damit aus, daß der Spannungsstoß gleich der Änderung des magnetischen Flusses ist, er ist ihm folglich auch proportional. Das war zu erwarten. Der Induktionsvorgang kann in diesem Einzelfall aus der LORENTZ-Kraft deduziert werden.

Die Verknüpfung von Induktionserscheinung und LORENTZ-Kraft bringt aber noch eine weitere wichtige Erkenntnis. In allen Versuchen, in denen Spannungsstöße gemessen wurden, hat es sich als gleichgültig erwiesen, auf welche Weise der Spannungsstoß hervorgerufen wird. Der Spannungsstoß, bezogen auf eine Windung der Induktionsspule, ist immer der Änderung des magnetischen Flusses durch diese Windung proportional. Wenn man nun den Versuch 480.1 als Induktionsvorgang interpretiert, dann kann man ihn dazu verwenden,

den bisher noch unbekannten Proportionalitätsfaktor zwischen Spannungsstoß und Flußänderung zu bestimmen. Aus $U \cdot \Delta t = B \cdot \Delta A$ folgt unmittelbar, daß er den Wert Eins hat. Das verwenden wir in der folgenden Formulierung.

Der in einer Windung einer Spule induzierte Spannungsstoß ist gleich der Änderung des magnetischen Flusses durch diese Windung.

$$\sum U_i \cdot \Delta t_i = \Delta \Phi .$$

Eine Überprüfung der Einheiten für beide Seiten der Gleichung zeigt, daß sie übereinstimmen:

$$[U \cdot \Delta t] = 1\ \mathrm{V \cdot s}$$
$$[\Delta \Phi] = 1\ \mathrm{Vs}$$
$$1\ \mathrm{Vs} = 1\ \mathrm{Vs}.$$

Über den Betrag des induzierten Spannungsstoßes ist mit diesem Ergebnis alles gesagt. Es bleibt allein die Aufgabe, über die Richtung dieser Spannung oder die Richtung des von ihr hervorgerufenen Induktionsstromes eine Regel zu formulieren, die es ermöglicht, diese Richtung schon vor einem Experiment anzugeben.

Eine Formulierung gewinnen wir mit Hilfe des LENZ-Gesetzes. Überlegungen, wie wir sie zu den Versuchen 477.1 und 480.1 durchführten, lassen sich für jeden Induktionsversuch anstellen; in allen Fällen genügt die Richtung der Induktionsspannung und des Induktionsstromes dem LENZ-Gesetz.

Wir formulieren die Gesetzmäßigkeit und verdeutlichen sie an zwei Einzelfällen.

Jeder durch Induktion erzeugte Strom ist so gerichtet, daß er der ihn verursachenden Zustandsänderung, nämlich der Änderung des induzierenden magnetischen Flusses, entgegenwirkt. Mit der Richtung des Induktionsstromes ist auch die Richtung der Induktionsspannung festgelegt.

In Abb. 522.1 und 522.2 soll die obere Schleife die Feldspule darstellen, das von ihr erzeugte Magnetfeld, symbolisiert durch den Vektor $\vec{B}_{\text{feld}}$, und der von ihr erzeugte magnetische Fluß durchsetzen auch die untere Schleife, die Induktionsspule. Der zum Schwanz hin dicker (dünner) werdende Pfeil soll den zeitlich anwachsenden (schwächer werdenden) Feldstrom verdeutlichen. (Wir denken den Pfeil an uns vorbeigleiten.)

Bei einer ersten Überlegung nehmen wir an, daß durch die Feldspule ein zeitlich anwachsender Strom I_{feld} geleitet werde. Das von diesem Strom erzeugte Magnetfeld $\vec{B}_{\text{feld}}$ und der dazugehörige magnetische Fluß wachsen

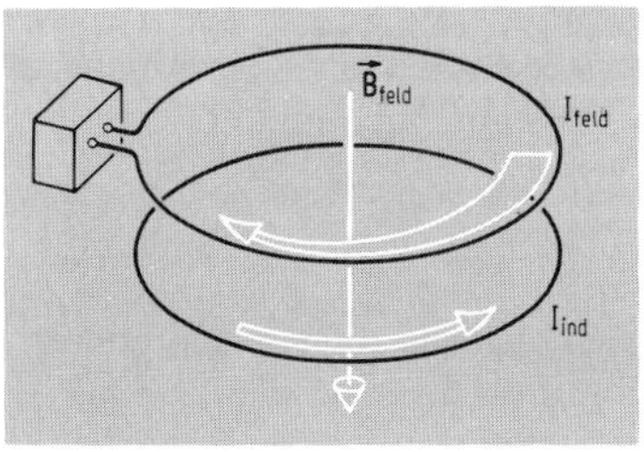

Abb. 522.1
Zeitlich anwachsender Feldstrom I_{feld} und gegensinnig gerichteter Induktionsstrom I_{ind}

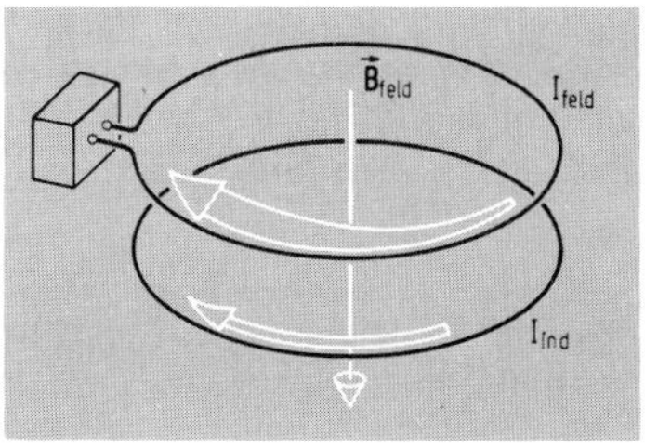

Abb. 522.2
Zeitlich schwächer werdender Feldstrom I_{feld} und gleichsinnig gerichteter Induktionsstrom I_{ind}

ebenfalls an. Die Folge des anwachsenden Flusses ist ein Induktionsstrom I_{ind} in der geschlossenen Induktionsspule (vgl. Abb. 522.1). Nach dem LENZ-Gesetz muß dieser Induktionsstrom so gerichtet sein, daß das von ihm hervorgebrachte Magnetfeld dem anwachsenden, induzierenden Feld entgegengesetzt gerichtet ist, denn nur so kann es dem zeitlichen Anwachsen des induzierenden Feldes entgegenwirken. Der induzierte Strom I_{ind} hat folglich die entgegengesetzte Richtung wie der Feldstrom. (Das vom induzierten Strom I_{ind} erzeugte Magnetfeld ist in der Abb. 522.1 der Übersichtlichkeit wegen nicht angedeutet, der Feldvektor zu diesem Feld hat zu dem Vektor $\vec{B}_{\text{feld}}$ die entgegengesetzte Richtung.)

Bei einer zweiten Überlegung nehmen wir an, daß die Feldspule von einem zeitlich schwächer werdenden Strom durchflossen werde (vgl. Abb. 522.2). Wie im vorangehenden Falle induziert der sich ändernde, abnehmende magnetische Fluß in der Induktionsspule einen Strom I_{ind}. Nach dem LENZ-Gesetz muß dieser Strom I_{ind} so gerichtet sein, daß das von ihm hervorgebrachte Magnetfeld der zeitlichen Abnahme des induzierenden Feldes entgegenwirkt, der Induktionsstrom muß folglich die gleiche Richtung haben wie der Feldstrom. Es wird verständlich, daß in beiden Fällen trotz gleicher Richtung der Feldströme die induzierten Ströme unterschiedliche Richtungen haben. Nicht der Feldstrom und das Magnetfeld, sondern die zeitliche *Veränderung* des Feldstromes und die zeitliche *Veränderung* des Magnetfeldes bestimmen die Richtung von Induktionsspannung und Induktionsstrom.

Mit je einer Windung ist ein der Schilderung entsprechender Versuch nicht durchführbar, wir verweisen aber auf den Versuch 526.1, der die gleiche Erscheinung mit Spulen zu demonstrieren gestattet.

Diese zeitliche Veränderung wird zweckmäßig durch den Vektor $\frac{\Delta \vec{B}_{\text{feld}}}{\Delta t}$ beschrieben. $\Delta \vec{B}_{\text{feld}}$ hat die gleiche Richtung wie $\vec{B}_{\text{feld}}$, wenn $\vec{B}_{\text{feld}}$ anwächst; es hat die Gegenrichtung, wenn $\vec{B}_{\text{feld}}$ schwächer wird. Die Abbildungen 523.1 und 523.2 verdeutlichen das.

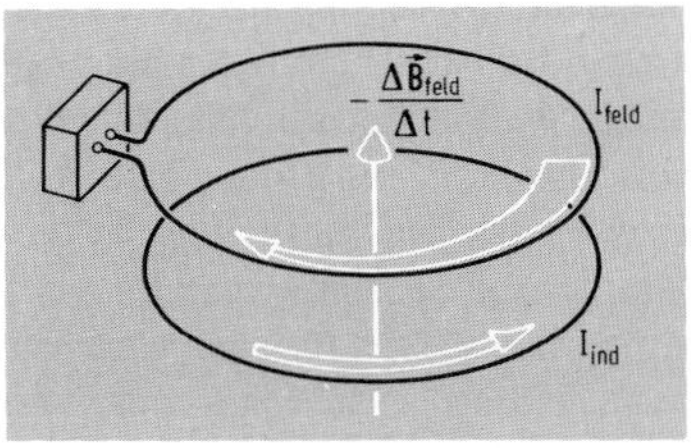

Abb. 523.1
Der Vektor $-\frac{\Delta \vec{B}_{\text{feld}}}{\Delta t}$ und der induzierte Strom I_{ind} bei zeitlich anwachsendem Feldstrom I_{feld}

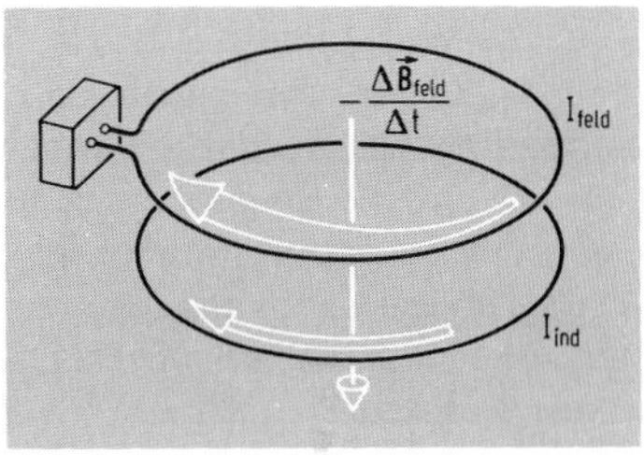

Abb. 523.2
Der Vektor $-\frac{\Delta \vec{B}_{\text{feld}}}{\Delta t}$ und der induzierte Strom I_{ind} bei zeitlich schwächer werdendem Feldstrom I_{feld}

Man erkennt:

Der Vektor $-\frac{\Delta \vec{B}}{\Delta t}$ und der Induktionsstrom I_{ind} bilden ein rechtsorientiertes System.

Die Entwicklung der Halbleiter ermöglichte in den Jahren um 1950 die Einführung der HALL-Sonde in die experimentelle Technik. Bis zu diesem Zeitpunkt maß man den Vektor der magnetischen Flußdichte im allgemeinen mit Verfahren, die das Phänomen der Induktion zugrunde legten. So erklärt sich auch der zweite Name des Vektors: *magnetische Induktion*. Bei einer solchen Messung zieht man eine Induktionsspule aus dem zu messenden Magnetfeld heraus, oder man dreht sie im Magnetfeld, oder man schaltet das Magnetfeld ein bzw. aus, falls es von einem Strom erzeugt wird und mißt den Spannungsstoß. Auf diese Weise werden wir später auch die magnetische Flußdichte im materieerfüllten Raum definieren und messen.

Wir wollen das Verfahren an einem Beispiel deutlich machen. Dazu messen wir die Horizontalkomponente $\vec{B}^*$ der magnetischen Flußdichte $\vec{B}$ des erdmagnetischen Feldes. Eine große Rahmenspule wird so aufgestellt, daß ihre Spulenachse horizontal in der magnetischen Nord-Süd-Richtung liegt. Die Horizontalkomponente $\vec{B}^*$ steht dann senkrecht auf der Spulenfläche A. Durch Drehung um die vertikale Achse kann der magnetische Fluß durch die Spule verändert werden: bei einer Drehung um 90° ändert sich der Fluß von $B^* A$ auf Null, weil der Vektor $\vec{B}^*$ nach der Drehung in der Fläche liegt und mit der Senkrechten

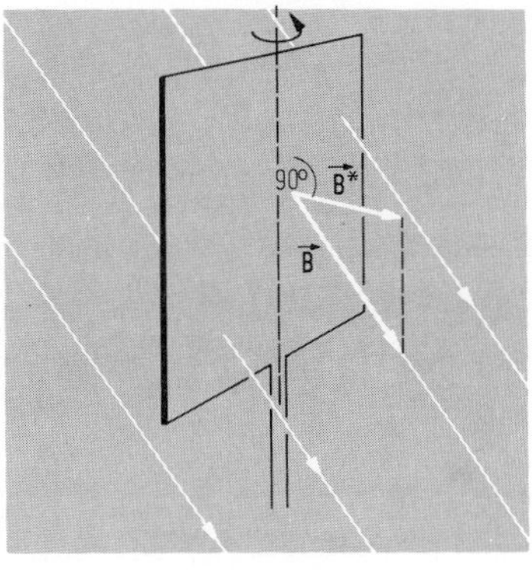

Abb. 523.3
Rahmenspule mit Drehachse zur Messung des magnetischen Flusses, den die Horizontalkomponente $\vec{B}^*$ erzeugt. Vereinfachend wurde nur eine Windung der Spule gezeichnet.

darauf den Winkel 90° bildet. Dreht man die Spule gleichsinnig um 90° weiter, so ändert sich der Fluß noch einmal um $B^* A$. Es entstehen in jeder Windung der Spule zwei unmittelbar aufeinander folgende Spannungsstöße; sie wirken gleichsinnig und addieren sich zu einem Gesamtstoß. Er gleicht dem magnetischen Fluß $2B^*A$. Ist n die Windungszahl der Spule, so beträgt der gemessene Spannungsstoß $2B^* A n$. Daraus kann man die Horizontalkomponente B^* der erdmagnetischen Flußdichte berechnen (Abb. 523.3).

Wir beschreiben hier eine Messung mit dem ballistischen Galvanometer. Man kann den Versuch auch mit dem Integrator durchführen. Anstelle der Rahmenspule kann man auch ein HELMHOLTZ-Spulenpaar verwenden.

In einem ersten Schritt kalibriert man dazu das ballistische Galvanometer. Man schaltet ein Netzgerät, das eine stabile Spannung liefert, eine elektrische Stoppuhr, einen Tastschalter S, drei Widerstände R_1, R_2 und R_3 zur Spannungsteilung, einen Widerstand R_4 zur Einstellung der Galvanometerdämpfung, eine große Rahmenspule und ein empfindliches ballistisches Galvanometer G, z. B. ein Spiegelgalvanometer, nach Abb. 524.1 zusammen.

Die Widerstände R_2 (5 Ω) und R_3 (1000 Ω) teilen die am Voltmeter anliegende Spannung im Verhältnis 5:1000. R_4 wird so gewählt, daß der Galvanometerzeiger bei der Rückkehr vom ballistischen Ausschlag nur wenig über die Zeigernullpunktstellung hinausschwingt. R_4 ist viel größer als R_2, darum darf R_4 bei der Berechnung der Spannungsteilung unberücksichtigt bleiben. Mit dem Potentiometer R_1 wird die zur Schaltung der Stoppuhr notwendige Spannung so geteilt, daß bei einem kurzen Antippen des Tastschalters ein gut ablesbarer ballistischer Ausschlag des Galvanometers erfolgt. Während wir die Spannung am Voltmeter ablesen, schließen wir das Galvanometer zum Schutz gegen Überlastung kurz. Die Bestimmung der Skalenkonstante beschreiben wir anhand eines Meßbeispiels: Am Voltmeter V liege eine Spannung von 1,00 V an, an den Enden von R_2 liegt folglich eine Spannung von $4{,}98 \cdot 10^{-3}$ V. Bei einer Schalterschließzeit von 0,22 s entsteht im Galvanometerkreis ein Spannungsstoß von $1{,}1 \cdot 10^{-3}$ Vs, der ballistische Ausschlag beträgt 10,3 Skalenteile. Es ergibt sich folglich ein Skalenwert von $107 \cdot 10^{-6}$ Vs, d.h., ein Skalenteil bedeutet $107 \cdot 10^{-6}$ Vs.

In einem zweiten Schritt, der Messung des magnetischen Flusses, lösen wir den weiß gezeichneten Teil der Schaltung für sich heraus und stellen die Spule mit ihrer Achse in der magnetischen Nord-Süd-Richtung auf einen Drehschemel.

Bei der Drehung der Spule um 180° macht das ballistische Galvanometer einen ballistischen Anschlag von $y = 4{,}25$ Skalenteilen. Nach unserer Theorie bedeutet das

$$2 \cdot B^* A \cdot n = 4{,}25 \cdot 107 \cdot 10^{-6}\,\text{Vs},$$
$$A = 0{,}50\,\text{m}^2,$$
$$n = 30,$$
$$B^* = 15 \cdot 10^{-6}\,\frac{\text{Vs}}{\text{m}^2},$$
$$B^* = 15 \cdot 10^{-6}\,\text{T}.$$

Die Horizontalkomponente der erdmagnetischen Flußdichte liegt in ganz Mitteleuropa in der Nähe dieses Wertes. In Gebäuden mit großen Eisenträgern treten starke Abweichungen auf.

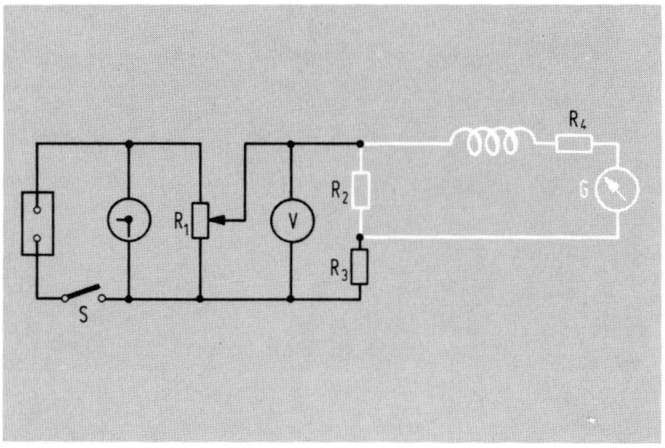

Abb. 524.1
Schaltbild zum Kalibrieren des ballistischen Galvanometers. Der zur Messung des magnetischen Flusses verwendete Teil der Schaltung ist weiß eingetragen.

In diesem Abschnitt haben wir den Spannungsstoß als Folge der Änderung des magnetischen Flusses kennengelernt. Im folgenden Abschnitt wollen wir vom Spannungsstoß zur Spannung selbst übergehen und sie in Beziehung zur Flußänderung setzen. Die so gewonnene Aussage kann für besonders einfache Fälle experimentell überprüft werden.

5.3.5 Das Induktionsgesetz

Das Induktionsgesetz macht eine Aussage über die Induktionsspannung, die an den Enden einer Spule entsteht, wenn sich der magnetische Fluß in der Spule ändert. Die Generatorspannung kann auf diesem Wege leicht gewonnen werden (Beispiel S. 529). Der induktive Widerstand, den eine Spule dem Wechselstrom entgegensetzt, kann berechnet werden (S. 564); die dabei auftretende charakteristische Größe, ihre Induktivität, bestimmt die Frequenz eines elektromagnetischen Schwingkreises neben der Kapazität des zugeschalteten Kondensators (S. 621).

Wir vollziehen zunächst den Übergang vom Spannungsstoß zur Spannung selbst. Unsere Überlegung geht von der Gleichung

$$\sum U_i \cdot \Delta t_i = \Delta \Phi$$

aus (S. 522). Wählt man nun den Zeitraum, während dessen sich eine Änderung des magnetischen Flusses ereignet, so kurz, daß die induzierte Spannung während dieser Zeit als annähernd konstant angesehen werden darf, so ist der Spannungsstoß ein Produkt

$$U_{\text{ind}} \cdot \Delta t = \Delta \Phi, \qquad U_{\text{ind}} = \frac{\Delta \Phi}{\Delta t}.$$

Das heißt, die Induktionsspannung ist während der Zeit Δt gleich dem Quotienten von Änderung des magnetischen Flusses $\Delta \Phi$ in der Induktionsschleife und dem Zeitraum Δt.

In der Literatur ist es üblich, in diese Gleichung ein Minuszeichen einzufügen. Das ist der Versuch, zwei Regeln in einer einfachen Gleichung wiederzugeben: eine, die etwas über den Betrag der Induktionsspannung aussagt und eine, die etwas über deren Richtung aussagt. Setzt man z.B. voraus, daß der Feldstrom, der den magnetischen Fluß hervorruft, mit zunehmender Zeit stärker wird, daß $\frac{\Delta \Phi}{\Delta t}$ also positiv ist, so hat der induzierte Strom die Gegenrichtung zum Feldstrom (Abb. 522.1). Die Induktionsspannung hat für diesen Fall die Gegenrichtung zu derjenigen Spannung, die den Fluß verursacht. Das Einfügen des Minuszeichens ist gleichbedeutend mit dem Hinweis, daß die Richtung der Spannung nach dem LENZ-Gesetz zu bestimmen ist.

Induktionsgesetz:

In einer Leiterschleife wird bei einer Änderung des magnetischen Flusses Φ durch diese Schleife eine Induktionsspannung U_{ind} induziert. Sie genügt der Gleichung

$$U_{\text{ind}} = -\frac{\Delta \Phi}{\Delta t}.$$

Es ist gleichgültig, auf welche Weise die Änderung des magnetischen Flusses herbeigeführt wird.

Der Gesetzgeber definiert die Einheit des magnetischen Flusses mit Hilfe des Induktionsgesetzes (S. 495): Nimmt der magnetische Fluß, wie in der Ausführungsverordnung angegeben, in einer Sekunde gleichmäßig von 1 Wb = 1 Vs auf Null ab, so entsteht die Induktionsspannung $U_{\text{ind}} = -1$ V.

Vollzieht man den Grenzübergang Δt gegen Null, dann nimmt die Gleichung die Form

$$U_{\text{ind}} = -\frac{d\Phi}{dt} \quad \text{oder} \quad U_{\text{ind}} = -\dot{\Phi}$$

an. Für das Verständnis der folgenden Überlegungen ist diese Bemerkung ohne Belang.

Die Gültigkeit dieser Folgerung soll experimentell überprüft werden. Das geschieht in den folgenden Versuchen, in denen eine besonders einfache zeitliche Veränderung des magnetischen Flusses herbeigeführt wird.

Versuch 526.1 Mit einem elektronischen Generator erzeugen wir in einer langen Feldspule ein zeitlich veränderliches homogenes Magnetfeld. Der Generator läßt die Stromstärke während eines Zeitraumes linear anwachsen, dann wieder linear abfallen. Die magnetische Flußdichte in der Feldspule zeigt eine gleichlaufende zeitliche Veränderung. Das obere Diagramm in Abb. 526.2 gibt diesen Verlauf an. In die Feldspule legen wir wie in Abb. 526.1 eine Induktionsspule. Die Spulenenden verbinden wir mit einem Gleichspannungsverstärker. Ein Drehspulmeßgerät erlaubt dann, die in der Induktionsspule induzierte Spannung zu messen.

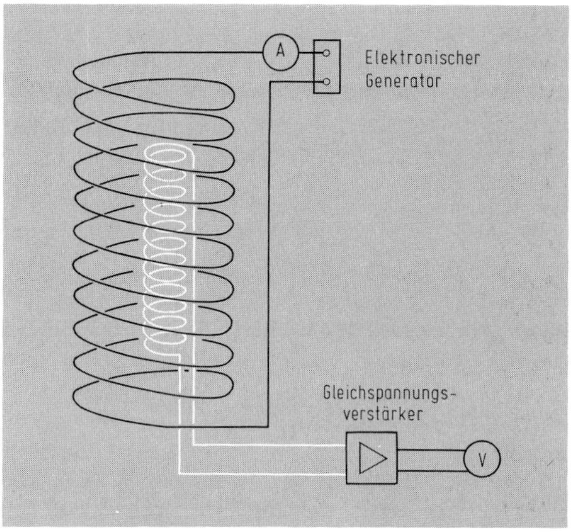

Abb. 526.1 Induktionsspule in einer Feldspule zur direkten Messung der Induktionsspannung

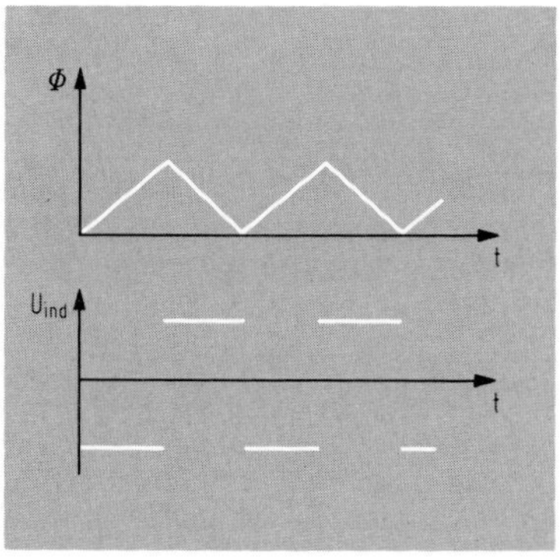

Abb. 526.2 Während des linearen Anwachsens des magnetischen Flusses Φ in der Induktionsspule ist die induzierte Spannung U_{ind} konstant.

Solange die Stromstärke und damit der magnetische Fluß in der Induktionsspule linear ansteigen, zeigt dieses Meßgerät eine konstante Induktionsspannung. Das Diagramm in Abb. 526.2 gibt den Vorgang wieder.

Setzt man die magnetische Flußdichte B in der langen Spule mit dem Näherungsausdruck

$$B = \mu_0 \cdot \frac{n_1 \cdot I}{l}$$

an (vgl. S. 492), dann ist der magnetische Fluß Φ in jeder Windung der Induktionsspule durch

$$\Phi = \mu_0 \cdot \frac{n_1 \cdot I}{l} \cdot A$$

gegeben.

I = momentane Stromstärke in der Feldspule,
n_1 = Windungszahl der Feldspule,
l = Länge der Feldspule,
A = Querschnitt der Induktionsspule.

Nach der Gleichung $U_{ind} = -\frac{\Delta\Phi}{\Delta t}$ soll an den Enden der Induktionsspule die Induktionsspannung

$$U_{ind} = -\mu_0 \cdot \frac{n_1 \cdot n_2}{l} \cdot \frac{\Delta I}{\Delta t} \cdot A$$

n_2 = Windungszahl der Induktionsspule,

auftreten. Alle in dieser Gleichung vorkommenden Größen sind meßbar. Die Gleichung $U_{ind} = -\frac{\Delta\Phi}{\Delta t}$ ist damit für diesen Fall quantitativ überprüfbar.

Für viel schneller ablaufende Vorgänge ist die angegebene Gleichung mit Hilfe des Oszilloskops quantitativ überprüfbar. Das zeigt der folgende Versuch.

Versuch 527.1 In der Anordnung von Versuch 526.1 leiten wir durch die Feldspule einen Wechselstrom und erzeugen damit in der Feldspule eine zeitlich veränderliche magnetische Flußdichte $\vec{B}$. Das hat einen zeitlich veränderlichen magnetischen Fluß Φ in der Induktionsspule zur Folge. Die induzierte Spannung machen wir mit einem Oszilloskop sichtbar und meßbar, indem wir die Enden der Induktionsspule über den Verstärker mit den y-Ablenkplatten des Oszilloskops verbinden.

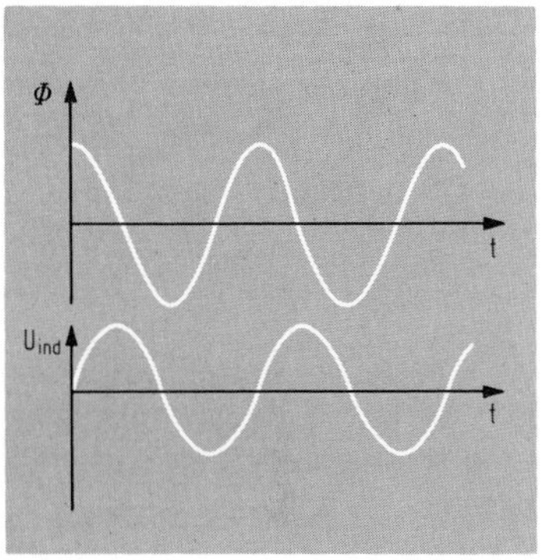

Abb. 527.1
Magnetischer Fluß Φ in der Induktionsspule und induzierte Spannung U_{ind} bei Erzeugung des magnetischen Flusses mit einem Wechselstrom

Das Diagramm in Abb. 527.1 zeigt den Verlauf des magnetischen Flusses Φ in der Induktionsspule und den Verlauf der induzierten Spannung U_{ind}.

Die Auswertung erfolgt wie in Versuch 526.1. Man erhält für die induzierte Spannung U_{ind} die Gleichung

$$U_{\text{ind}} = -\mu_0 \cdot \frac{n_1 \cdot n_2}{l} \cdot \frac{\Delta I}{\Delta t} \cdot A.$$

Nun gilt für den Wechselstrom eine analoge Gleichung wie für die Wechselspannung (vgl. S. 479)

$$I = I_0 \cdot \sin \omega t,$$

I_0 = Scheitelwert des Wechselstroms.

Nach den Regeln der Differentialrechnung ist $\dot{I} = I_0 \cdot \omega \cdot \cos \omega t$. Das heißt, daß für kleine Zeiten Δt in guter Näherung gilt:

$$\frac{\Delta I}{\Delta t} = \omega \cdot I_0 \cdot \cos \omega t.$$

Für die Induktionsspannung erhält man damit

$$U_{\text{ind}} = -\mu_0 \cdot \frac{n_1 \cdot n_2}{l} \omega \cdot I_0 \cdot \cos \omega t \cdot A$$

$$U_{\text{ind}} = -U_0 \cdot \cos \omega t,$$

U_0 = Scheitelspannung der induzierten Wechselspannung.

Die auftretenden Größen U_0, I_0, A, n_1, n_2, l und ω sind im Experiment meßbar. Das Induktionsgesetz ist damit auch in diesem Versuch quantitativ überprüfbar.

Versuch 527.2 In einem letzten Beispiel entnehmen wir dem elektronischen Generator einen periodisch ein- und wieder ausgeschalteten Strom. Er erzeugt in der Induktionsspule einen magnetischen Fluß Φ, wie er in Abb. 528.1 oben wiedergegeben ist.

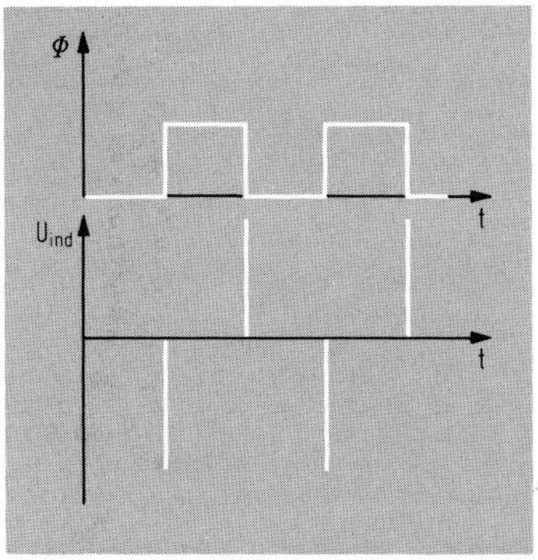

Abb. 528.1
Ein periodisch ein- und wieder ausgeschalteter Strom erzeugt einen magnetischen Fluß Φ. Eine Induktionsspannung $U_{\text{ind}} \neq 0$ zeigt sich nur zur Zeit des Schaltvorganges.

Die induzierte Spannung U_{ind} zeigt nur während des Ein- oder Ausschaltvorganges einen von 0 verschiedenen Wert. Eine quantitative Auswertung dieses Versuches ist nicht möglich, da die Zeitdauer des Ein- bzw. Ausschaltvorganges nicht bekannt ist. Folglich kann auch $\frac{\Delta\Phi}{\Delta t}$ nicht bestimmt werden.

Die letzte Form des Induktionsgesetzes, die hier behandelt werden soll, stammt von C.F. GAUSS (1777–1855) aus dem Jahre 1835, die physikalische Interpretation leistete MAXWELL 1873.

Der Formulierung liegen die Definitionen der Spannung und des magnetischen Flusses zugrunde:

$$U = \sum \vec{E}_i \cdot \Delta\vec{s}_i,$$

$$\Phi = \sum \vec{B}_i \cdot \Delta\vec{A}_i.$$

Setzt man diese Ausdrücke in die Gleichung für die Induktionsspannung

$$U_{\text{ind}} = -\frac{\Delta\Phi}{\Delta t}$$

ein, dann erhält man das Induktionsgesetz in Summendarstellung. Das Vorzeichen ergibt sich, wenn man fordert, daß der Umlaufsinn der Linie (durch die Vektoren $\Delta\vec{s}_i$ gegeben) und die Flächenvektoren $\Delta\vec{A}_i$ ein rechtsorientiertes System bilden.

Induktionsgesetz in Summendarstellung

$$\sum\nolimits_{\text{geschl. Linie}} \vec{E}_i \cdot \Delta\vec{s}_i = -\frac{\Delta \sum\nolimits_{\text{eingeschl. Fläche}} \vec{B}_i \cdot \Delta\vec{A}_i}{\Delta t}.$$

Der Index *geschl. Linie* soll daran erinnern, daß die Linie, längs derer die Liniensumme der elektrischen Feldstärke gebildet wird, geschlossen ist, wie z.B. eine Windung einer Induktionsspule. Durch die Streckenvektoren $\Delta\vec{s}_i$ erhält diese Linie einen Umlaufsinn. Die Linie bildet zugleich die Umrandung einer Fläche, zu der die Flächensumme der magnetischen Flußdichte berechnet werden soll; das deutet der Index *eingeschl. Fläche* an. Zu der Fläche wird durch die Vektoren $\Delta\vec{A}_i$ eine Richtung vorgegeben, die durch die Fläche hindurchweist. Diese Richtung und der Umlaufsinn der Linie bilden ein rechtsorientiertes System; so ist das Minuszeichen vor dem Term der rechten Seite zu verstehen.

Die Δ-Zeichen haben in der Gleichung leider unterschiedliche Bedeutungen: $\Delta\vec{s}_i$ ist der kurze i-te Streckenvektor, $\Delta\vec{A}_i$ ist der Flächenvektor zur Fläche ΔA_i. Das Δ-Zeichen vor der Summe $\sum_{\text{eingeschl. Fläche}} \vec{B}_i \cdot \Delta\vec{A}_i$ bedeutet, daß zu dieser Summe die Veränderung dieser Summe während der Zeit Δt gebildet werden soll, d.h. die Differenz der Summen zur Zeit $t + \Delta t$ und zur Zeit t.

In einer mathematisch exakten Form lautet diese Gleichung

$$\oint \vec{E} \cdot \mathrm{d}\vec{s} = -\frac{\mathrm{d}}{\mathrm{d}t} \int \vec{B} \cdot \mathrm{d}\vec{A},$$

davon wird aber in den weiteren Ausführungen kein Gebrauch gemacht.

Eine enger gefaßte Form, in der die Änderung des magnetischen Flusses während der Zeit Δt ausschließlich auf die zeitliche Änderung der magnetischen Flußdichte zurückgeführt wird, bezeichnet man als die zweite MAXWELL-Gleichung.

Zweite Maxwell-Gleichung:

$$\sum_{\text{geschl. Linie}} \vec{E}_i \cdot \Delta \vec{s}_i = -\sum_{\text{eingeschl. Fläche}} \frac{\Delta \vec{B}_i}{\Delta t} \cdot \Delta \vec{A}_i \qquad \text{bzw.} \qquad \oint \vec{E}\, \mathrm{d}\vec{s} = -\int \frac{\mathrm{d}\vec{B}}{\mathrm{d}t}\, \mathrm{d}\vec{A}.$$

Die zweite MAXWELL-Gleichung kann auf Induktionserscheinungen, die durch Ortsveränderung oder Verformung der Leiterschleife im Magnetfeld hervorgerufen werden, nicht angewendet werden. Sie erlaubt aber eine ganz neue Interpretation. MAXWELL schrieb die Gleichung in differentieller Form, wir gehen darauf nicht ein. Seine Vorstellung aber, die er daraus entwickelte, schildern wir im nächsten Abschnitt.

Beispiel

Es soll gezeigt werden, daß man die Gleichung für die von einem Generator erzeugte Wechselspannung (vgl. S. 479) $U = U_0 \cdot \sin \omega t$, statt mit Hilfe der LORENTZ-Kraft auch mit Hilfe des Induktionsgesetzes deduzieren kann.

Der magnetische Fluß durch eine Schleife ist gegeben durch

$$\Phi = B \cdot 2lr \cdot \cos \omega t \qquad \varphi = \omega t \qquad \text{(vgl. Abb. 477.3)}.$$

Die in n Windungen erzeugte Induktionsspannung ist nach dem Induktionsgesetz gegeben durch

$$U_{\text{ind}} = -n \cdot \frac{\Delta \Phi}{\Delta t}$$

$$U_{\text{ind}} = -n \cdot B \cdot 2lr \cdot (-\omega \cdot \sin \omega t)$$

$$U_{\text{ind}} = n \cdot \omega \cdot BA \sin \omega t$$

$$U_{\text{ind}} = U_0 \cdot \sin \omega t$$

$$U_0 = n \cdot \omega \cdot BA.$$

A ist der Flächeninhalt der von der Schleife umschlossenen Fläche.

Weitere Aufgaben: Siehe O. HÖFLING, Physik-Aufgaben II/2.

5.3.6 Das elektrische Wirbelfeld

In FARADAYS Beschreibung der Induktionserscheinungen spielt stets die Leiterschleife eine zentrale Rolle. In MAXWELLS Vorstellung ist diese Leiterschleife ausschließlich ein Hilfsmittel, das zum Nachweis des elektrischen Feldes dient. Sie stellt bewegliche Ladungsträger zur Verfügung und führt sie auf einer vorgegebenen Bahn. Zur Entstehung des elektrischen Feldes jedoch leistet die Leiterschleife keinen Beitrag. Wo immer ein zeitlich veränderliches Magnetfeld auftritt, stellt sich auch das induzierte elektrische Feld mit geschlossenen Feldlinien ein. Solch ein Feld nennt man ein *elektrisches Wirbelfeld* (vgl. S. 457, wo das magnetische Wirbelfeld beschrieben wurde). Kurz gefaßt ist der Inhalt der zweiten MAXWELL-Gleichung:

Zeitlich veränderliche Magnetfelder treten nur in Verbindung mit elektrischen Wirbelfeldern auf. Eines besonderen Zusatzes über die Herkunft dieser Felder bedarf es nicht.

Zur Veranschaulichung dieser Aussage denken wir uns ein zeitlich veränderliches Magnetfeld in einer Spule erzeugt, durch die ein Wechselstrom geleitet wird. Senkrecht zu den Vektoren $\frac{\Delta \vec{B}}{\Delta t}$ des veränderlichen Magnetfeldes stehen die Feldvektoren $\vec{E}$ des elektrischen Wirbelfeldes. Die Feldlinien des elektrischen Wirbelfeldes bilden in diesem besonderen Falle Kreise, ihr Umlaufsinn und die Richtung des Vektors $-\frac{\Delta \vec{B}}{\Delta t}$ bilden ein Rechtssystem (vgl. Abb. 530.1).

Dieses elektrische Wirbelfeld haben wir in einer großen Zahl von Versuchen kennengelernt. Es läßt sich aber auch für den Fall experimentell nachweisen, daß die Bahnen der Ladungen nicht durch eine Leiterschleife vorgegeben sind. Mit Hilfe von verdünnten Edelgasen, bei denen bereits bei vergleichsweise niedrigen elektrischen Feldstärken eine Gasentladung zündet, läßt sich eine Ringentladung entlang einer Feldlinie des elektrischen Wirbelfeldes demonstrieren.

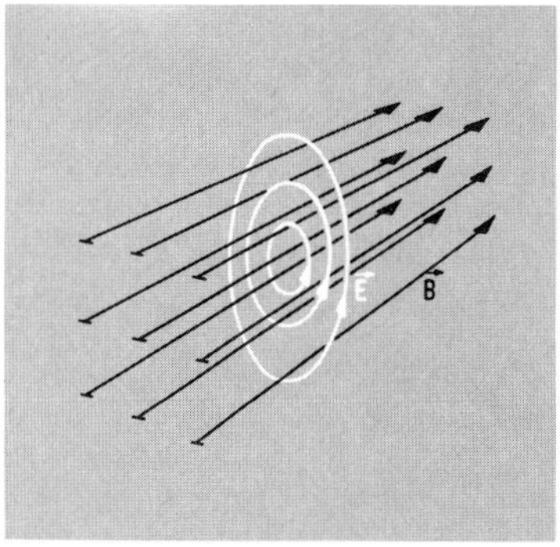

Abb. 530.1
Feldvektoren $\vec{B}$ des zeitlich veränderlichen Magnetfeldes und Feldlinien des elektrischen Wirbelfeldes in einer Phase anwachsender magnetischer Flußdichte. $\frac{\Delta \vec{B}}{\Delta t}$ hat die Richtung von $\vec{B}$. Die Feldspule wurde nicht eingezeichnet.

Versuch 530.1 Eine Entladungsröhre ist mit einem He-Ne-Gasgemisch gefüllt. Eine um die Röhre gelegte Feldspule wird von einem Wechselstrom sehr hoher Frequenz durchflossen. Dieser erzeugt ein sich schnell änderndes Magnetfeld im Innern der Röhre (vgl. Abb. 530.2).

In dem Entladungsrohr zündet längs einer Feldlinie des elektrischen Wirbelfeldes eine gut sichtbare Gasentladung. Durch die hohe Frequenz des Wechselstromes wird die Zeit Δt, innerhalb derer eine Änderung $\Delta \Phi$ des magnetischen Flusses eintritt, sehr klein, $\frac{\Delta \Phi}{\Delta t}$ wird folglich sehr groß. Das wiederum hat zur Folge, daß auch die Feldstärke des elektrischen Wirbelfeldes sehr groß wird.

Das in dem Versuch 530.1 aufgezeigte Verfahren zur Erzeugung von Wirbelfeldern und Wirbelströmen auf nicht festgelegten Bahnen spielt in der Technik eine Rolle. Man verwendet die bei solchen Strömen auftretende Wärme, um kleinere Gegenstände aufzuheizen. In einem wärmeisolierten Raum wird eine Spule mit wenigen Windungen aufgestellt. Mit Hilfe eines hochfrequenten Wechselstromes erzeugt man ein schnell veränderliches Magnetfeld, das wiederum das elektrische Wirbelfeld zur Folge hat. Abb. 530.3 zeigt einen solchen *Induktionsofen.* In einen von den Windungen umschlossenen Metalltiegel wird das Material eingelegt, das geschmolzen werden soll. Aus der Schmelze wird später ein größerer Einkristall gezogen. Die große Kammer, in der der Ofen steht, wird evakuiert. Auf diese Weise kann man Materialverunreinigungen am besten vermeiden.

Ein elektrisches Wirbelfeld, in dem Elektronen ohne Anwesenheit irgendwelcher Materie beschleunigt werden, wird im Betatron, der Elektronenschleuder, verwendet. Vgl. dazu Abschnitt 5.7.8, S. 597.

Abb. 530.2 Die Gasentladungsröhre im Innern der Feldspule von vier Windungen. Der leuchtende Ring längs einer Feldlinie des elektrischen Wirbelfeldes ist sichtbar.

Abb. 530.3
Induktionsofen

5.3.7 Die Selbstinduktion

Die bisher beobachteten Induktionserscheinungen entstanden stets dadurch, daß eine Spule von einem Magnetfeld durchsetzt wurde; dieses Magnetfeld wurde von einer anderen Spule oder von einem Magneten erzeugt. Nun erzeugt aber ein durch eine Spule fließender Strom in dieser Spule selbst auch einen magnetischen Fluß, der mit zunehmender Stromstärke wächst und mit abnehmender Stromstärke geringer wird. Nach unserer Kenntnis der Phänomene überrascht es nicht, daß diese Änderung des magnetischen Flusses in der felderzeugenden Spule selbst auch eine Spannung induziert.

Die Induktionswirkung eines stromdurchflossenen Leiters auf seinen eigenen Leiterkreis bezeichnet man als *Selbstinduktion*.

Wir wollen anhand einiger Versuche diese Wirkung demonstrieren. Dazu verwenden wir Spulen mit großen Windungszahlen, um die Effekte recht deutlich sichtbar zu machen. In dem Versuch 532.1 ist der Nachweis der Verzögerung mit den beiden Glühlampen etwas grob, er gelingt nur, wenn die Experimentierspule mit einem Eisenkern gefüllt wird. Dieser Eisenkern verändert die Erscheinung nicht, er steigert sie nur. Eine solche Steigerung ist auch in den Versuchen 532.2 und 533.1 mit Hilfe eines Eisenkernes möglich, wir legen aber Wert auf die Feststellung, daß diese Versuche mit einer leeren Spule durchgeführt werden können. Als Schaltsymbol für eine Spule verwendet man ein ausgefülltes Rechteck (vgl. Abb. 531.1, 531.2 und 531.3). Wenn die Spule einen Kern aus Eisen oder aus einem ähnlich wirkenden, sog. *ferromagnetischen* Material enthält, so fügt man einen Strich hinzu (Abb. 531.2 und 531.3).

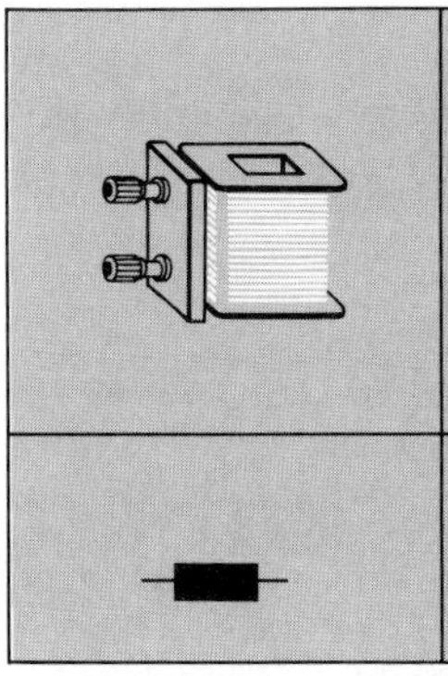

Abb. 531.1

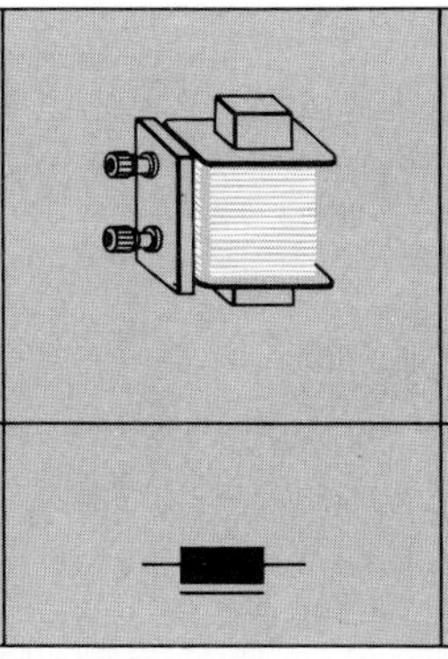

Abb. 531.2

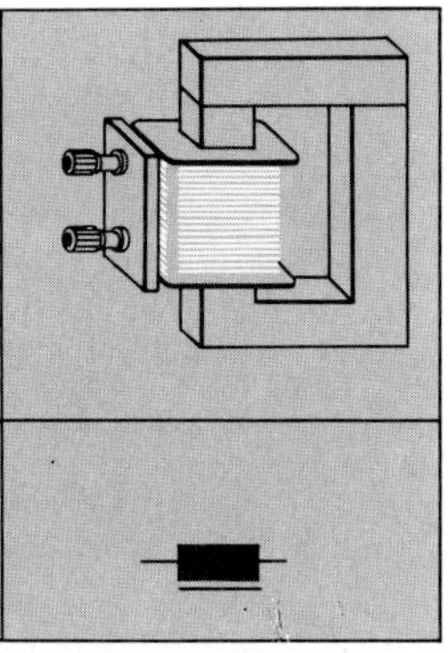

Abb. 531.3

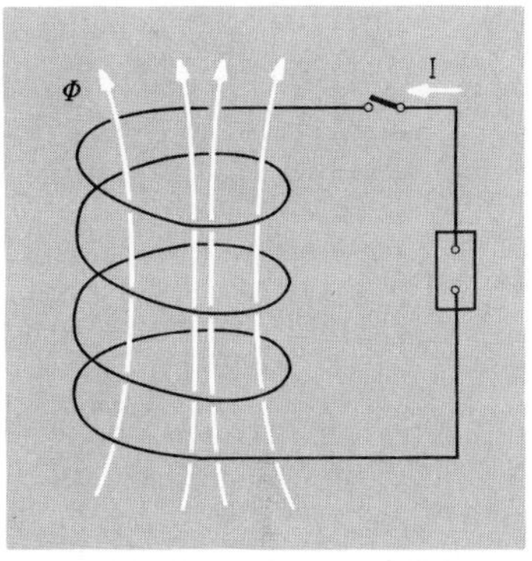

Abb. 531.4

Abb. 531.1 Experimentierspule ohne Eisenkern. Schaltzeichen für diese Spule
Abb. 531.2 Experimentierspule mit kurzem Eisenkern. Schaltzeichen für diese Spule
Abb. 531.3 Experimentierspule mit geschlossenem Eisenkern. Schaltzeichen für diese Spule
Abb. 531.4 Durch das Einschalten eines Stromes wird in einer Spule ein zeitlich wachsender magnetischer Fluß erzeugt.

Eine Vorüberlegung soll verdeutlichen, wie die Selbstinduktion sich äußern kann. Dazu denken wir uns, es fließe infolge einer angelegten Spannung U ein zeitlich wachsender Strom in den Windungen einer Spule. Er erzeugt einen wachsenden magnetischen Fluß Φ. Die zeitliche Änderung des Flusses induziert in der Spule eine Spannung U_{ind}. Sie ist der angelegten Spannung U entgegengesetzt gerichtet; das folgt aus dem LENZ-Gesetz. Dieser zeitlich anwachsende Strom könnte z.B. durch einen Einschaltvorgang erzeugt werden (vgl. Abb. 531.4).

Wir sind es bisher gewohnt gewesen, die Zeitdauer Δt, während der ein Strom nach dem Einschalten von Null auf seinen endgültigen Wert

$$I_{max} = \frac{U}{R}$$

ansteigt, als beliebig klein anzunehmen. R sei der Widerstand des Leiterkreises. Eine einfache Überlegung zeigt aber, daß diese Zeitdauer nicht beliebig klein werden kann. In dieser Zeit wächst nämlich auch der magnetische Fluß Φ in der Spule von Null auf den Höchstwert Φ_{max}. Wir bezeichnen diesen Zuwachs mit $\Delta\Phi$. Dadurch wird, dem Induktionsgesetz folgend, in jeder Windung der Spule während der Zeitspanne Δt eine Gegenspannung induziert, die durchschnittlich gleich $\frac{\Delta\Phi}{\Delta t}$ ist. Diese Gegenspannung kann aber nicht größer als die angelegte Spannung U sein, d. h., daß Δt von Null verschieden sein muß. Es ist folglich zu erwarten, daß der Strom nach dem Einschaltvorgang erst nach einer geraumen Zeit seinen Höchstwert annimmt.

Versuch 532.1 Zwei kleine Glühlampen G_1 und G_2 liegen nach Abb. 532.1 parallel an einer Stromquelle. Vor der Glühlampe G_1 liegt ein veränderbarer Widerstand, vor der Glühlampe G_2 eine Spule mit einem geschlossenen Eisenkern (vgl. Abb. 531.3). Der Widerstand wird so reguliert, daß die Lampen bei geschlossenem Stromkreis gleich hell leuchten. Der Spulenstrom wird eingeschaltet.

Beim Einschalten des Stromes zeigt sich, daß die Lampe G_2 ihre volle Helligkeit erst später als G_1 erreicht. Die erwartete Verzögerung stellt sich also sichtbar ein.

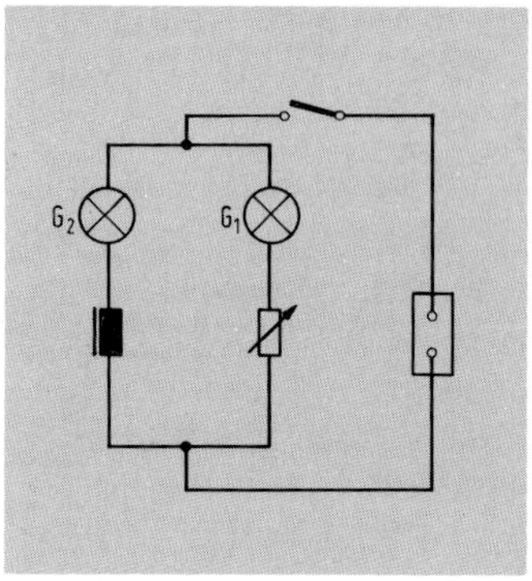

Abb. 532.1
Versuch zum Nachweis der Selbstinduktion beim Schließen eines Stromkreises

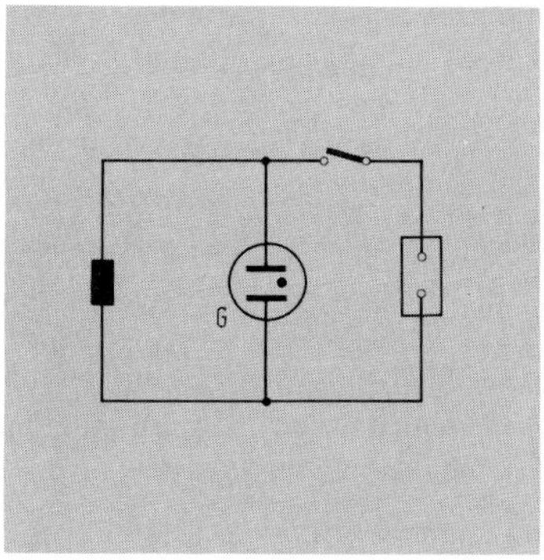

Abb. 532.2
Versuch zum Nachweis der Selbstinduktion beim Öffnen eines Stromkreises

Eine ganz analoge Überlegung zeigt, daß beim Abschalten des Stromes in einer Spule durch das Verschwinden des magnetischen Flusses in einer kurzen Zeit eine hohe Spannung an den Enden der Spule auftritt. Sie läßt den Strom in der Richtung weiterfließen, die er vor dem Schaltvorgang hatte. Die Unterbrechungsstelle des Leiterkreises wird dabei im allgemeinen durch einen Funken überbrückt. In dem folgenden Versuch machen wir diese *Selbstinduktionsspannung* mit Hilfe einer Glimmlampe sichtbar. Eine Glimmlampe zündet erst bei einer Spannung von etwa 85 V. Die leuchtende Elektrode ist stets mit dem negativen Pol der Spannungsquelle verbunden, man kann daran die Richtung des durch die Glimmlampe fließenden Stromes erkennen.

Versuch 532.2 Eine leere Experimentierspule von 10000 Windungen wird nach Abb. 532.2 mit einer Spannungsquelle von 50 V verbunden. Parallel zur Spule liegt eine Glimmlampe G. Der Spulenstrom wird ein- und ausgeschaltet.

Beim Einschalten des Stromes leuchtet die Lampe nicht auf, beim Unterbrechen des Stromes leuchtet sie kurz an derjenigen Elektrode auf, die zuvor mit dem positiven Pol der Spannungsquelle verbunden war.

Beim Einschalten des Stromes leuchtet die Glimmlampe nicht auf, weil die Spannung von 50 V zur Zündung nicht ausreicht. Bei der Unterbrechung des langsam angestiegenen Stromes verschwindet der von diesem Strom erzeugte magnetische Fluß jedoch sehr plötzlich. Diese Flußänderung bewirkt eine Induktionsspannung, die die Glimmlampe zu zünden vermag, die also größer als 85 V sein muß.

Solche Versuche lassen sich auch in einer mehr quantitativen Form durchführen. Wir verwenden dazu wieder den elektronischen Generator, der einen periodischen Ein- und Ausschaltvorgang vollzieht. Ein solcher Spannungsverlauf erzeugt auf dem Oszilloskop ein Bild, das in Abb. 533.2 oben wiedergegeben ist. Der Generator schließt die Kontakte kurz, wenn die Generatorspannung Null Volt beträgt.

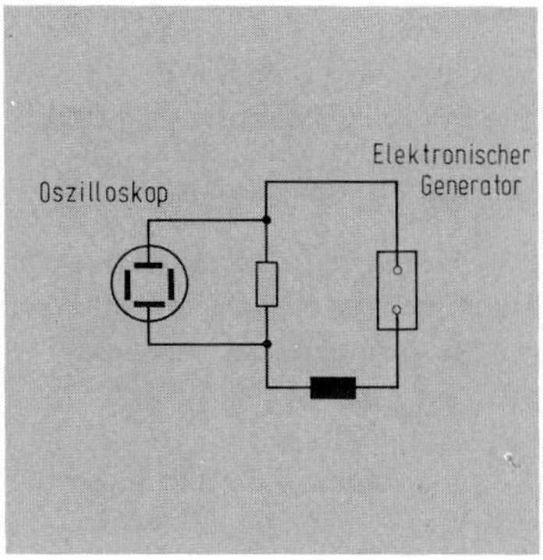

Abb. 533.1
Schaltung von Generator, Spule, Widerstand und Oszilloskop zur Aufnahme des Strom-Zeit-Diagramms für den Spulenstrom

Versuch 533.1 Der elektronische Generator in der Funktion einer Spannungsquelle mit periodischem Schalter wird wie in Abb. 533.1 mit einer leeren Spule von 10000 Windungen und einem Widerstand von etwa 1000 Ω zu einem Stromkreis geschlossen. Die an dem Widerstand auftretende Spannung wird mit dem Oszilloskop sichtbar gemacht, indem die Zuleitungen mit den y-Platten des Oszilloskops verbunden werden.

Das Schirmbild zeigt Abb. 533.2 Mitte und unten.

Nach dem Ohm-Gesetz liegt an den Enden des Widerstandes von 1000 Ω eine Spannung, die der Stärke des durch den Widerstand und die Spule fließenden Stromes proportional ist. Die Diagramme Abb. 533.2 Mitte und unten geben folglich den zeitlichen Verlauf der Stromstärke in der Spule beim Ein- und Ausschaltvorgang wieder. Der Vergleich der beiden Diagramme zeigt, wie sich die Veränderung der Schaltfrequenz auf den Verlauf des Spulenstromes auswirkt: der Spulenstrom nähert sich in jeder Periode viel mehr dem größten möglichen Wert, wenn ihm dazu nur genug Zeit gelassen wird.

Die Versuche haben gezeigt, daß die Selbstinduktion beim Einschalten des Stromes das Anwachsen der Stromstärke verzögert und daß sie beim Abschalten das Fließen des Stromes aufrechtzuerhalten sucht.

Allgemein gilt:

Jede Änderung der Stromstärke in irgendeinem Leiterkreis ruft eine Selbstinduktionsspannung hervor, die der Stromstärkeänderung entgegenwirkt.

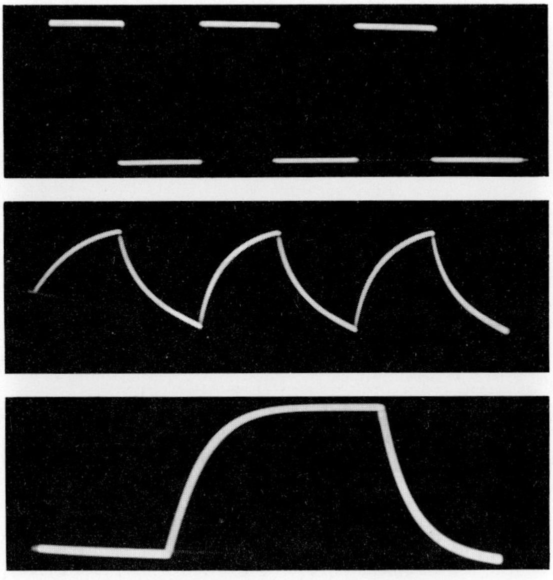

Abb. 533.2
Oben: Spannung-Zeit-Diagramm der vom Generator erzeugten Spannung
Mitte: Strom-Zeit-Diagramm des Spulenstromes
Unten: Strom-Zeit-Diagramm des Spulenstromes bei geringerer Schaltfrequenz

Wenn bisher die von der Selbstinduktion hervorgerufenen Erscheinungen nur an Spulen aufgezeigt wurden, so geschah das deshalb, weil sich die zugehörigen Experimente einfach durchführen lassen. Auch bei anderen, beliebig gestalteten Leitern tritt das Phänomen Selbstinduktion auf. Die Auswirkungen sind jedoch oft nur bei sehr großen zeitlichen Änderungen $\frac{\Delta I}{\Delta t}$, d.h. in Hochfrequenzversuchen, nachweisbar.

Zu einer quantitativen Erfassung der Phänomene gehen wir davon aus, daß in einer Spule im Vakuum oder praktisch auch in Luft nach dem BIOT-SAVART-Gesetz die magnetische Flußdichte überall der Stromstärke proportional ist, daß folglich auch der magnetische Fluß in der Spule der Stärke des Spulenstromes proportional ist:

$$\Phi \sim I.$$

Daraus folgt wiederum, daß auch die zeitliche Änderung des magnetischen Flusses der zeitlichen Änderung des Spulenstromes proportional ist

$$\frac{\Delta \Phi}{\Delta t} \sim \frac{\Delta I}{\Delta t}.$$

In mathematisch exakter Form hat diese Proportionalität die Form

$$\frac{\mathrm{d}\Phi}{\mathrm{d}t} \sim \frac{\mathrm{d}I}{\mathrm{d}t} \quad \text{oder} \quad \dot{\Phi} \sim \dot{I}.$$

Die in einer Induktionsspule induzierte Spannung U_{ind} genügt nach dem Induktionsgesetz der Gleichung

$$U_{\text{ind}} = -n \frac{\Delta \Phi}{\Delta t} \quad \text{bzw.} \quad U_{\text{ind}} = -n \cdot \dot{\Phi},$$

n = Windungszahl der Spule.

Faßt man diese Gleichung mit der obigen Proportionalität zusammen, so erhält man

$$U_{\text{ind}} \sim -\frac{\Delta I}{\Delta t} \quad \text{bzw.} \quad U_{\text{ind}} \sim -\dot{I}.$$

Für weitere Überlegungen fügen wir in diese Proportionalität einen Proportionalitätsfaktor L ein, um eine Gleichung daraus zu gewinnen:

$$U_{\text{ind}} = -L \frac{\Delta I}{\Delta t} \quad \text{bzw.} \quad U_{\text{ind}} = -L \cdot \dot{I}.$$

Der Faktor L ist eine physikalische Größe, die die magnetischen Eigenschaften einer Spule oder allgemein eines Leiterkreises charakterisiert. Er hat den Namen *Induktivität.*

Die Definitionsgleichung für die Induktivität ist durch

$$L = -\frac{U_{\text{ind}}}{\frac{\Delta I}{\Delta t}} \quad \text{bzw.} \quad L = -\frac{U_{\text{ind}}}{\dot{I}}$$

gegeben.

U_{ind} = im Leiter induzierte Spannung,
$\frac{\Delta I}{\Delta t}$ = zeitliche Änderung der Leiterstromstärke.

Aus der Definitionsgleichung ergibt sich die *Einheit der Induktivität L*:

$$[L] = 1\,\frac{\mathrm{Vs}}{\mathrm{A}}.$$

Denn es gilt

$$[U] = 1\,\mathrm{V},$$

$$\left[\frac{\Delta I}{\Delta t}\right] = 1\,\frac{\mathrm{A}}{\mathrm{s}}.$$

Die *Ausführungsverordnung zum Gesetz über Einheiten im Meßwesen* bestimmt:

Die abgeleitete Einheit der Induktivität ist das Henry (Einheitenzeichen: H). 1 Henry ist gleich der Induktivität einer geschlossenen Windung, die von einem elektrischen Strom der Stärke 1 A durchflossen im Vakuum den magnetischen Fluß 1 Wb umschlingt.

Da 1 Wb gleich 1 Vs ist, ändert sich in der im Gesetz genannten Windung der magnetische Fluß von 0 auf 1 Vs, wenn sich die Spulenstromstärke von 0 auf 1 A ändert. Findet diese Änderung in einer Sekunde gleichmäßig statt, so ist während dieser Sekunde $\frac{\Delta\Phi}{\Delta t} = 1\,\mathrm{V}$. Nach dem Induktionsgesetz tritt an den Enden der Windung eine Induktionsspannung von 1 V auf. Wir können also auch sagen:

Die Einheit der Induktivität kommt einer Spule zu, an deren Enden die induzierte Spannung von 1 V auftritt, wenn sich die Stromstärke gleichmäßig um 1 A in der Zeit von 1 s ändert.

Die Einheit trägt den Namen des amerikanischen Physikers J. Henry (1797 – 1878), der gleichzeitig mit Faraday die Induktionsgesetze entdeckte.

$$1\,\mathrm{H} = 1\,\frac{\mathrm{Vs}}{\mathrm{A}}.$$

Für einen Sonderfall, für die lange zylindrische Spule im leeren Raum, wollen wir die Induktivität L berechnen. A sei der Querschnitt der Spule, n ihre Windungszahl und l ihre Länge.

In der Auswertung zum Versuch 526.1 entwickelten wir für die in der Induktionsspule induzierte Spannung die Gleichung

$$U_{\mathrm{ind}} = -\mu_0 \cdot \frac{n_1 \cdot n_2}{l} \frac{\Delta I}{\Delta t} \cdot A.$$

A = Querschnitt der Induktionsspule,
n_1 = Windungszahl der Feldspule,
n_2 = Windungszahl der Induktionsspule,
l = Länge der Feldspule,
I = Stromstärke in der Feldspule.

Da die Feldspule jetzt zugleich auch die Induktionsspule ist, hat man $n_1 = n_2 = n$ zu setzen:

$$U_{\mathrm{ind}} = -\mu_0 \cdot \frac{n^2}{l} \frac{\Delta I}{\Delta t} \cdot A$$

bzw.

$$U_{\mathrm{ind}} = -\mu_0 \cdot \frac{n^2}{l} \cdot \dot{I} \cdot A.$$

Daraus folgt:

$$L = \mu_0 \cdot \frac{n^2}{l} \cdot A.$$

Diese Formel darf man nur als Näherungsformel ansehen: in Abb. 505.1 zeigten wir im Diagramm den Betrag der magnetischen Flußdichte in einer Spule. Daraus wird deutlich, daß der magnetische Fluß durch die Windungen am Spulenende erheblich geringer ist als der durch die Windungen in der Spulenmitte. Mit diesem zu großen Fluß haben wir aber für alle Windungen gerechnet. Für die Induktivität L einer solchen Spule ergibt sich aus Messungen ein geringerer Wert als der nach der Näherungsformel berechnete.

Es ist verständlich, daß die Induktivität einer Spule gesteigert werden kann, indem man einen Eisenkern einführt. Die magnetische Flußdichte steigt dann, verglichen mit dem Wert in der eisenlosen Spule, sehr stark an. Für die Induktivität können dann aber wegen der Materialeigenschaften des Eisens keine allgemeingültigen Werte mehr angegeben werden. Die auftretende Selbstinduktionsspannung hängt nicht mehr allein von der zeitlichen Änderung des Spulenstromes $\frac{\Delta I}{\Delta t}$, sondern auch von der Stärke dieses Stromes I selbst und von dem momentanen magnetischen Zustand des Eisens ab. Um überhaupt eine Größenordnung zu nennen, teilen wir mit, daß für die genannte Spule von 10000 Windungen die Erscheinungen der Selbstinduktion bei Einführung eines einfachen kurzen Eisenkerns (vgl. Abb. 531.2) auf das Dreifache, bei Verwendung eines geschlossenen Eisenkerns (vgl. Abb. 531.3) auf das Zwanzigfache anwachsen können. Das ist der Grund dafür, daß wir den Versuch 532.1 mit einer solchen eisengefüllten Spule durchführten.

Zu Experimentierspulen, wie wir sie in unseren Versuchen viel verwendeten, entnimmt man den Gerätekarten einer Lehrmittelfirma folgende Angaben:

Windungszahl der Spule	*Induktivität in* H
250	0,0027
500	0,011
1000	0,044
10000	4,46
23000	25

Für eine Spule hoher Induktivität gibt eine Lehrmittelfirma eine Induktivität L von ca. 630 H und einen Widerstand R gegenüber einem Gleichstrom von 280 Ω an. Legt man an diese Spule eine Spannung U an, so dauert es rund 5 s, bis der durch die Spule fließende Strom eine Stärke erreicht hat, die $\frac{9}{10}$ seiner maximalen Stärke $I_{max}=\frac{U}{R}$ beträgt. Diese Spule ist mit einem besonderen Widerstand versehen, er schützt sie vor überhohen Spannungsspitzen, die beim Ausschalten des Spulenstromes auftreten könnten.

Die Selbstinduktion ist dafür verantwortlich, daß gelegentlich auch bei Geräten mit niedriger Betriebsspannung hohe Induktionsspannungen auftreten. An einer mit einer Taschenlampenbatterie betriebenen elektrischen Glocke kann man einen elektrischen Schlag bekommen. Der Konstrukteur elektrischer Maschinen muß solche Spannungen in seine Überlegungen einbeziehen und z.B. Stromausschalter mit besonderen Schutzvorrichtungen gegen solche Spannungsspitzen ausstatten. Da bei einem Elektromotor mit Kommutator ständig Umschaltvorgänge in den Spulenwindungen des Ankers stattfinden, treten am Kommutator solche Spannungsspitzen auf. Mit Hilfe eines Kondensators kann man vermeiden, daß dabei Überbrückungsfunken entstehen; sie würden den Kommutator sehr bald zerstören. Außerdem bewirken solche Funken eine empfindliche Störung im Rundfunk und beim Fernsehen.

Beispiele

1. Für eine zylindrische Spule von 8 cm Durchmesser, 48 cm Länge und 100 Windungen ist die Induktivität L abzuschätzen. Daraus ist zu ermitteln, welche Selbstinduktionsspannung U_{ind} auftreten kann, wenn der Spulenstrom in 0,1 s von 0 auf 5 A gesteigert wird.

Aus der Näherungsformel für die Induktivität L solcher Spulen folgt

$$L=4\pi\cdot 10^{-7}\,\frac{\mathrm{N}}{\mathrm{A}^2}\cdot\frac{10^4}{0{,}48\ \mathrm{m}}\cdot\pi\cdot(0{,}04\ \mathrm{m})^2$$

$$L=0{,}13\cdot 10^{-3}\,\frac{\mathrm{N}\cdot\mathrm{m}^2}{\mathrm{A}^2\,\mathrm{m}}$$

$$L=0{,}13\cdot 10^{-3}\,\frac{\mathrm{VA\,s}}{\mathrm{A}^2}$$

$$L=0{,}13\cdot 10^{-3}\ \mathrm{H}.$$

Daraus folgt für die Selbstinduktionsspannung

$$U_{ind}=-0{,}13\cdot 10^{-3}\ \mathrm{H}\cdot\frac{5\ \mathrm{A}}{0{,}1\ \mathrm{s}},$$

$$U_{ind}=-6{,}5\cdot 10^{-3}\ \mathrm{V}.$$

2. Zu der auf S. 493 genannten Ringspule ist die Induktivität zu berechnen. Die Daten seien wie im Beispiel auf S. 498 gewählt: $R=10$ cm, $r=1{,}4$ cm, $n=500$.

Nach S. 498 beträgt der magnetische Fluß in der Spule

$$\Phi=\frac{r^2}{2R}\,\mu_0\,n\,I.$$

Nach dem Induktionsgesetz gilt für die induzierte Spannung U_{ind}

$$U_{ind} = -\frac{\Delta\Phi}{\Delta t} \cdot n$$

$$U_{ind} = -\frac{\mu_0 \cdot r^2 \cdot n^2}{2R} \cdot \frac{\Delta I}{\Delta t}.$$

Nach der Definitionsgleichung von S. 534 gilt

$$L = -U_{ind} : \frac{\Delta I}{\Delta t}.$$

$$L = \frac{\mu_0 \cdot r^2 \cdot n^2}{2R}.$$

Setzt man die Daten der gegebenen Spule ein, so erhält man

$$L = \mu_0 \cdot \frac{(1{,}4 \cdot 10^{-2}\ \text{m})^2}{2 \cdot 0{,}1\ \text{m}} \cdot 25 \cdot 10^4$$

$$L = 0{,}31 \cdot 10^{-3}\ \text{H}.$$

Weitere Aufgaben: Siehe O. HÖFLING, Physik-Aufgaben II/2.

5.3.8 Der Energieinhalt des Magnetfeldes

In den Versuchen 532.2 und 533.1 haben wir gesehen, daß ein Strom in den Windungen einer kurzgeschlossenen Spule auch dann noch eine Weile zu fließen vermag, nachdem die leitende Verbindung zwischen der Spule und dem Stromversorgungsgerät unterbrochen worden ist. Während der Zeit, in der dieser nicht von außen eingespeiste Strom fließt, wird ein bestimmter Energiebetrag frei. Da sich der Energieerhaltungssatz in der gesamten Physik ohne Einschränkung bewährt hat, ist die Frage am Platze, in welcher Form und an welchem Ort diese Energie zuvor gespeichert gewesen ist. Es darf ferner mit Recht angenommen werden, daß dieser Energiebetrag aufgewendet worden ist, als der Strom nach dem Einschalten durch die Spule zu fließen begann. Natürlich wird von der Energie, die das Netzgerät nach dem Einschaltvorgang an die Spule abgibt, ein Teil in den Drahtwindungen der Spule in Wärme umgewandelt. Sie ist für die elektrischen Vorgänge verloren. Von dieser verlorenen Energie soll in den folgenden Überlegungen nicht die Rede sein. Wir interessieren uns vielmehr für denjenigen Anteil, der beim *Zusammenbrechen des Magnetfeldes* in der Spule, also nach der Trennung der Spule von dem Netzgerät, an den Klemmen der Spule wieder frei und verfügbar wird.

Es wird sich zeigen, daß diese Energie im Magnetfeld gespeichert worden ist und daß dem Magnetfeld – wie auch dem elektrischen Felde – eine Energiedichte zuzuschreiben ist.

Wir beginnen die Überlegung, indem wir den Einschaltvorgang des Spulenstromes betrachten. Dazu gehen wir von einem besonders übersichtlichen Fall aus und verallgemeinern dann.

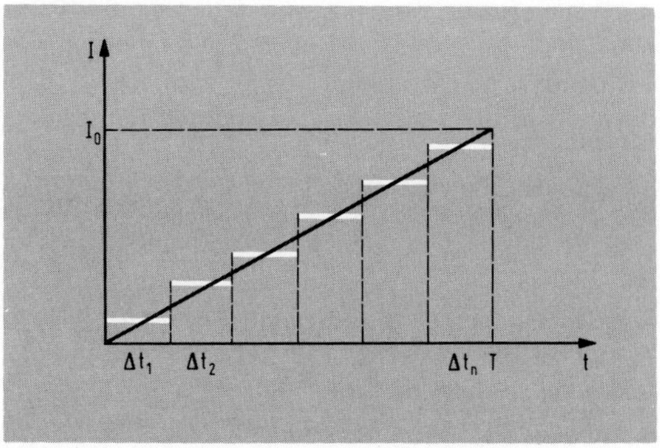

Abb. 537.1
Zeitlich anwachsender Spulenstrom I

Wir denken uns, daß durch eine Spule mit der Induktivität L ein Strom fließt, dessen Stromstärke I während der Zeit T von Null auf die maximale Stärke I_0 linear anwächst. Die Stromstärke I genügt der Gleichung

$$I=\frac{I_0}{T}\,t, \qquad 0\leqq t\leqq T \qquad \text{(vgl. Abb. 537.1)}.$$

Diese Spezialisierung im Ansatz erleichtert unsere Überlegung, denn die in der Spule induzierte Gegenspannung U_{ind}, die eine Folge der anwachsenden Stromstärke ist, bleibt während der Zeit von 0 bis T konstant.

$$U_{\text{ind}}=-L\frac{\Delta I}{\Delta t}$$

$$U_{\text{ind}}=-L\frac{I_0}{T}.$$

Die in der Spule hervorgerufene Induktionsspannung ist der an die Spule angelegten Spannung U entgegengesetzt gerichtet, das wird durch das Minuszeichen in der Gleichung für U_{ind} berücksichtigt. Die Spannungen U und U_{ind} erzeugen im Zusammenwirken mit dem Widerstand R den Strom I:

$$U+U_{\text{ind}}=RI$$

Die vom Netzgerät abgegebene Leistung P wird durch

$$P=UI$$

angegeben.

$$P=RI^2+(-U_{\text{ind}})\,I.$$

Der Leistungsanteil RI^2 dient dazu, den fließenden Strom mit der jeweiligen Stärke I aufrechtzuerhalten, er wird im Leitungsdraht in Wärme umgesetzt. Wir interessieren uns jetzt nur für den zweiten vom Netzgerät abgegebenen Leistungsanteil $(-U_{\text{ind}})\,I$. Er wird nicht in Wärme umgesetzt, sondern in anderer Form gespeichert: Er dient dazu, das Magnetfeld um den Leiter herum zu erzeugen. Die während der Zeit T dazu aufgewandte Energie W_{m} ist gerade diejenige Energie, die nach dem Abschalten der Spannung in den Versuchen 532.2 und 533.1 frei wurde.

Zur Berechnung der Energie W_{m} teilen wir den Zeitraum von 0 bis T, in dem der Strom I von 0 auf I_0 anwächst, in n so kurze, gleiche Zeitintervalle

$$\Delta t_i=\frac{T}{n}, \qquad i=1\ldots n,$$

daß während eines solchen Teilintervalles Δt_i die Stromstärke I als konstant angesehen werden darf. Während einer Zeitspanne Δt wird zur Verstärkung des Magnetfeldes die Energie

$$\Delta W_{\text{m}i}=(-U_{\text{ind}})\cdot I_i\,\Delta t_i$$

aufgewendet. Die gesamte, während der Zeit T gesammelte Energie ist die Summe aller dieser Anteile:

$$W_{\text{m}}=\sum(-U_{\text{ind}})\cdot I_i\,\Delta t_i,$$

$$W_{\text{m}}=(-U_{\text{ind}})\cdot\sum I_i\,\Delta t_i.$$

Die Summanden $I_i\,\Delta t_i$ werden in Abb. 537.1 durch Rechtecke dargestellt. Deren Gesamtfläche ist flächengleich mit dem Dreieck, das von der Zeitachse und dem Diagramm für die Stromstärke in der Zeit von 0 bis T eingeschlossen wird. Daraus folgt, daß

$$\sum I_i\,\Delta t_i=\tfrac{1}{2}\,I_0\,T$$

gilt. Folglich gilt wegen $U_{\text{ind}} = -L\,\dfrac{I_0}{T}$

$$W_{\text{m}} = \tfrac{1}{2}\,L I_0^2.$$

Die speziellen Annahmen, die wir eingangs zur Vereinfachung der Deduktion machten, schränken die Allgemeingültigkeit des Ergebnisses nicht ein.

Mit Hilfe der Integralrechnung erhält man auf elegantere Weise ohne einschränkende Annahmen das gleiche Ergebnis. Man geht dazu ebenfalls von der Gleichung

$$\Delta W_{\text{m}} = L\,\frac{\Delta I}{\Delta t} \cdot I\,\Delta t$$

aus. Daraus folgt

$$W_{\text{m}} = \int_0^T L \cdot \frac{\mathrm{d}I}{\mathrm{d}t} \cdot I \cdot \mathrm{d}t$$

$$W_{\text{m}} = \tfrac{1}{2}\,L I_0^2.$$

Ein vom Strom I durchflossener Leiter mit der Induktivität L ist von einem Magnetfeld umgeben; zur Erzeugung dieses Magnetfeldes muß die Energie

$$W_{\text{m}} = \tfrac{1}{2}\,L I^2$$

aufgewendet werden. Diese Energie wird wieder frei, wenn der Strom unterbrochen wird.

Die Frage nach der Art, wie diese Energie gespeichert wurde, beantworten wir wie im Falle des elektrischen Feldes:

Das Magnetfeld ist der Ort, an dem Energie gespeichert wird.

Alle Erfahrung zeigt, daß es sogar sinnvoll ist, eine Energiedichte anzugeben. Diese *Energiedichte* w_{m} des Magnetfeldes hängt natürlich von der lokalen Stärke des Feldes ab. Wir greifen zu einer entsprechenden Überlegung auf das Feld der Ringspule zurück (Abb. 493.1 und 493.2), weil das gesamte Feld dieser Spule in deren Innenraum eingeschlossen ist. Ferner ist der Betrag der magnetischen Flußdichte in diesem Volumen praktisch eine konstante Größe, wenn wir den Spulenradius r gegenüber dem Ringradius R klein wählen. Für die Induktivität der Ringspule errechneten wir im Beispiel auf S. 537

$$L = \mu_0 \cdot \frac{r^2}{2R} \cdot n^2,$$

für die Flußdichte gaben wir auf S. 492 an:

$$B = \mu_0\,\frac{n \cdot I}{2\pi R}.$$

Wir lösen die zweite Gleichung nach I auf und setzen die Terme für L und I in die Gleichung für W_{m} ein

$$W_{\text{m}} = \frac{1}{2}\,L I^2$$

$$W_{\text{m}} = \frac{1}{2}\,\mu_0\,\frac{r^2}{2R}\,n^2 \cdot \left(\frac{B \cdot 2\pi R}{\mu_0\,n}\right)^2$$

$$W_{\text{m}} = \frac{1}{2}\,\frac{B^2}{\mu_0}\,(\pi r^2 \cdot 2\pi R).$$

$\pi r^2 \cdot 2\pi R$ ist das Volumen V des Spuleninnenraumes, darum gilt

$$W_{\text{m}} = \frac{1}{2}\,\frac{B^2}{\mu_0} \cdot V.$$

Den Ausdruck $w_{\text{m}} = \dfrac{W_{\text{m}}}{V}$ bezeichnen wir als die *Energiedichte des Magnetfeldes.*

Die Energiedichte des Magnetfeldes mit der magnetischen Flußdichte B ist durch

$$w_m = \frac{1}{2}\,\frac{B^2}{\mu_0}$$

gegeben.

Trotz der Herleitung mit Hilfe einer speziellen Spulenform hat das Ergebnis allgemeine Gültigkeit.

Wir wollen wieder die Einheiten der Terme überprüfen:

$$[B^2] = 1\left(\frac{\mathrm{V\,s}}{\mathrm{m}^2}\right)^2$$

$$\left[\frac{1}{\mu_0}\right] = 1\,\frac{\mathrm{A}^2}{\mathrm{N}}$$

$$\left[B^2 \cdot \frac{1}{\mu_0}\right] = 1\,\frac{\mathrm{V}^2\,\mathrm{s}^2\,\mathrm{A}^2}{\mathrm{m}^4 \cdot \mathrm{N}} = 1\,\frac{(\mathrm{N\,m})^2}{\mathrm{m}^3 \cdot \mathrm{N\,m}}$$

$$\left[B^2 \cdot \frac{1}{\mu_0}\right] = 1\,\frac{\mathrm{N\,m}}{\mathrm{m}^3}.$$

$1\,\frac{\mathrm{N\,m}}{\mathrm{m}^3}$ ist die Einheit einer Energiedichte.

Der Leser sollte an dieser Stelle wohl noch einmal zurückblättern und sich die Bemerkungen über die Speicherung elektrischer Feldenergie im leeren Raum ins Gedächtnis zurückrufen (S. 448). Alle Feststellungen, die dort über den Energieinhalt des elektrischen Feldes gemacht wurden, gelten ohne jede Einschränkung auch für das Magnetfeld. Wir ersparen uns deshalb eine Wiederholung an dieser Stelle.

Eine interessante Rolle spielen diese Zusammenhänge in der Astrophysik.

Nach heute gültiger Modellvorstellung entstehen Sterne und Planeten durch Zusammenziehung von Gasmassen, die sich im Weltenraum befinden. Dabei wird das sehr schwache, überall im Weltenraum vorhandene Magnetfeld mit zusammengezogen. Die magnetische Feldenergie wird auf einen kleinen Raum verdichtet, und es entstehen die z.T. sehr starken Magnetfelder der Sterne. Es ist möglich, daß auch das Magnetfeld der Erde auf diese Weise erstmalig hervorgerufen wurde. Das nach der Sternentstehung folgende zeitliche Abklingen eines solchen Magnetfeldes wird u.a. auch durch die Selbstinduktion bestimmt: Die zeitliche Veränderung des Feldes ruft elektrische Ströme im elektrisch leitenden Inneren der Himmelskörper hervor. Je größer der Himmelskörper ist, desto größer ist seine Induktivität, und desto langsamer verläuft das Abklingen. (Im Versuch 533.1 konnten wir eine entsprechende Verzögerung beobachten.) Modellrechnungen haben ergeben, daß die ursprünglichen Magnetfelder der Erde und der Sonne in 10^5 bzw. 10^9 Jahren unter die heute meßbaren Werte abgeklungen wären. Da Erde und Sonne rund $4{,}5 \cdot 10^9$ Jahre alt sind, müssen neben der Selbstinduktion noch andere Effekte an der Erhaltung der Magnetfelder beteiligt sein (vgl. S. 559).

Beispiele

1. Es soll die Energie berechnet werden, die im Magnetfeld einer Experimentierspule gespeichert ist. Ihre Induktivität beträgt $L = 4{,}46$ H; die Stromstärke beträgt $I = 0{,}1$ A. Es ist festzustellen, wie hoch man ein Wägestück von 1 g Masse mit dieser Energie anheben könnte.

$$W_m = \tfrac{1}{2} L I^2$$

$$W_m = \tfrac{1}{2} \cdot 4{,}46\ \mathrm{H} \cdot (0{,}1\ \mathrm{A})^2$$

$$W_m = 22{,}3 \cdot 10^{-3}\ \mathrm{VAs}.$$

Man könnte das Wägestück mit einer Gewichtskraft von $F_G \approx 10^{-2}$ N um 2,2 m anheben.

Mit dieser Energie haben wir in Versuch 532.2 eine Glimmlampe aufleuchten lassen.

2. Zwei Magnete mit einem Querschnitt von $1{,}5\ \text{cm}^2$ liegen sich mit unterschiedlichen Polen gegenüber; zwischen den Polen möge ein fast homogenes Feld mit einer Flußdichte von 0,2 T herrschen. Es soll die Kraft berechnet werden, mit der die Magnete sich anziehen.

Wir bezeichnen die Spaltbreite zwischen den Endflächen der Magnete mit Δs. Die magnetische Feldenergie in diesem Spalt beträgt

$$W_m = \text{Volumen} \cdot \text{Energiedichte},$$

$$W_m = 1{,}5 \cdot 10^{-4}\ \text{m}^2 \cdot \Delta s \cdot \frac{1}{2\mu_0} \cdot (0{,}2\ \text{T})^2.$$

Wir setzen überschlagsmäßig die Anziehungskraft F zwischen den Magneten als von der Spaltbreite Δs unabhängig an. Dann gilt

$$W_m = F \cdot \Delta s \quad \text{und} \quad F = \frac{W_m}{\Delta s},$$

$$F = \frac{1{,}5 \cdot 0{,}04 \cdot 10^{-4}}{2 \cdot 4\pi \cdot 10^{-7}} \; \frac{\text{m}^2\,\text{V}^2\,\text{s}^2\,\text{m}^{-4}}{\text{Vs}\,\text{A}^{-1}\,\text{m}^{-1}},$$

$$F = 2{,}4\ \text{N}.$$

Aus der Erfahrungstatsache, daß sich zwei Magnete um so stärker anziehen, je geringer der Abstand zwischen ihnen ist, darf man schließen, daß die magnetische Flußdichte wächst, wenn man den Abstand verringert.

Weitere Aufgaben: Siehe O. Höfling, Physikaufgaben II/2.

5.3.9 Der Maxwell-Verschiebungsstrom

Auf S. 511 sahen wir, daß das Durchflutungsgesetz in der für statische Magnetfelder gültigen Form nicht auch für zeitlich veränderliche Felder zutreffen kann. Es bedarf einer Korrektur, die nach Möglichkeit so beschaffen sein sollte, daß die Formulierung des neuen Gesetzes die Verhältnisse im statischen Magnetfeld ebenfalls noch richtig beschreibt. Eine solche Korrektur gab der englische Physiker und Mathematiker Maxwell an. Maxwell knüpfte gedanklich an den Vorgang an, der sich im Innern eines Dielektrikums beim Aufladen eines Kondensators abspielt. Wir folgen in der Darstellung diesem Gedankengang.

Wenn man einen Kondensator auflädt, indem man ihn mit einer Spannungsquelle leitend verbindet, dann werden in dem Leiter Elektronen bewegt, so daß sich auf der einen Platte ein Elektronenüberschuß, auf der anderen ein Elektronenmangel bildet. In dem Leiterkreis, der die Kondensatorplatten über die Spannungsquelle verbindet, fließt dabei ein Leitungsstrom. Er erzeugt ein Magnetfeld. Dessen Feldlinien bilden geschlossene Linien, die den Leiter umschlingen. Wir nannten ein solches Feld ein magnetisches Wirbelfeld. Maxwell bemerkte nun, daß der Vorgang mit dieser Feststellung noch keineswegs vollständig beschrieben sei, sondern daß auch diejenigen Erscheinungen berücksichtigt werden müßten, die sich im Dielektrikum des Kondensators abspielen. Man kann sie als eine Art elektrischen Strom betrachten. Diese neue, von Maxwell als *Verschiebungsstrom* bezeichnete Stromart besteht in einer wirklichen Verschiebung derjenigen positiven und negativen Ladungen, die im Dielektrikum vorhanden sind. Unter dem Einfluß eines elektrischen Feldes werden nämlich in dem elektrisch neutralen Isolator, dem Dielektrikum, alle elektrisch geladenen Partikeln aus derjenigen Ruhelage ein wenig ausgelenkt, an die sie ohne den Einfluß des elektrischen Feldes sonst gebunden sind. Solange sich die Ladung des Kondensators und damit das zwischen den Kondensatorplatten bestehende Feld nicht ändern, bleiben auch die verschobenen Ladungen im Dielektrikum in Ruhe. Bei einer Änderung der elektrischen Feldstärke zwischen den Kondensatorplatten, d. h. beim Laden und Entladen, bewegen sie sich jedoch. Der so entstehende Verschiebungsstrom kann als Fortsetzung des Leitungsstromes betrachtet werden. Er ergänzt diesen zu einem geschlossenen Stromkreis.

Das Neuartige in Maxwells Auffassung besteht darin, daß nicht nur stromführende Leiter ein magnetisches Wirbelfeld erzeugen können, sondern daß auch der zwischen den Kondensatorplatten fließende Verschiebungsstrom ein solches magnetisches Wirbelfeld hervorruft. In einem zweiten, weiterführenden Schritt entschloß Maxwell sich, die Existenz eines magnetischen Wirbelfeldes auch dann anzunehmen, wenn der Raum zwischen den Kondensatorplatten nicht von einem dielektrischen Material angefüllt ist. Maxwell verwendete auch in diesem Falle das Wort *Verschiebungsstrom*, obgleich keinerlei Ladungen verschoben werden.

Nach seiner Vorstellung bedarf es einer solchen Ladungsverschiebung nicht, um die Wirkungen des Verschiebungsstromes hervorzurufen. Der Verschiebungsstrom ist lediglich die Fortsetzung des elektrischen Stroms durch den Innenraum des Kondensators hindurch. Er ist gleichbedeutend mit der zeitlichen Änderung des elektrischen Feldes.

Wir formulieren den Inhalt der von MAXWELL entwickelten Hypothese:

Zeitlich veränderliche elektrische Felder treten nur in Verbindung mit magnetischen Wirbelfeldern auf. Eines besonderen Zusatzes über die Herkunft dieser Felder bedarf es nicht.

Zur Veranschaulichung dieser Aussage denken wir uns ein zeitlich veränderliches elektrisches Feld zwischen den Platten eines Kondensators erzeugt, an den eine Wechselspannung angelegt wird. Senkrecht zu den Vektoren $\frac{\Delta\vec{E}}{\Delta t}$ des veränderlichen elektrischen Feldes stehen die Vektoren $\vec{B}$ des magnetischen Wirbelfeldes. Die Feldlinien dieses magnetischen Wirbelfeldes bilden in diesem besonderen Falle Kreise, ihr Umlaufsinn und die Richtung des Vektors $\frac{\Delta\vec{E}}{\Delta t}$ bilden ein rechtsorientiertes System (vgl. Abb. 542.1).

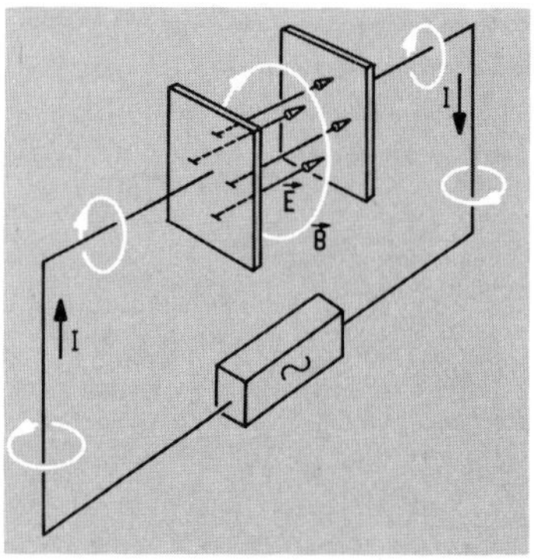

Abb. 542.1
Feldvektoren $\vec{E}$ des zeitlich veränderlichen elektrischen Feldes und Feldlinien des magnetischen Wirbelfeldes B in einer Phase anwachsender elektrischer Feldstärke. $\frac{\Delta\vec{E}}{\Delta t}$ hat die Richtung von $\vec{E}$.
An verschiedenen Stellen des Leiterkreises wurde jeweils nur eine der vielen magnetischen Feldlinien weiß eingezeichnet.

MAXWELL gab auch den quantitativen Zusammenhang von magnetischer Flußdichte des Wirbelfeldes und der zeitlichen Veränderung der elektrischen Feldstärke an. Diese Angabe hatte zunächst sehr hypothetischen Charakter. Der Verschiebungsstrom war eigentlich nicht mehr als eine Fiktion, mit der MAXWELL eine Reihe von Widersprüchen in der Theorie der zeitlich veränderlichen elektrischen und magnetischen Felder beseitigen konnte. Wir geben den von MAXWELL gefundenen Zusammenhang in der folgenden Gleichung wieder. Es handelt sich sozusagen um die Verallgemeinerung des Durchflutungsgesetzes. Es ist die in Summenform geschriebene erste MAXWELL-Gleichung:

Erste Maxwell-Gleichung

$$\frac{1}{\mu_0}\sum_{\text{geschl. Linie}} \vec{B}_i \cdot \Delta\vec{s}_i = \sum I_k + \varepsilon_0 \sum_{\text{eingeschl. Fläche}} \frac{\Delta\vec{E}_i}{\Delta t} \cdot \Delta\vec{A}_i.$$

Die Liniensumme der magnetischen Feldstärke ist gleich der Summe von umlaufenem Gesamtstrom und der zeitlichen Änderung des elektrischen Flusses durch die von der Linie umlaufene Fläche. Der Umlaufsinn der Linie und die Richtungen der Flächenvektoren $\Delta\vec{A}_i$ auf der Fläche bilden ein rechtsorientiertes System. Die geschlossene Linie ist zeitlich unveränderlich zu denken.

In der wiedergegebenen Form gilt das Gesetz exakt nur für das Vakuum.

Wir überprüfen die Einheiten auf beiden Seiten der Gleichung, das ist nämlich alles, was wir zur Überprüfung tun können.

$$\left[\frac{1}{\mu_0}\cdot B\cdot\Delta s\right] = 1\,\frac{\mathrm{A}^2}{\mathrm{N}}\cdot\frac{\mathrm{V\,s}}{\mathrm{m}^2}\cdot\mathrm{m}$$

$$\left[\frac{1}{\mu_0}\cdot B\cdot\Delta s\right] = 1\,\frac{\mathrm{A\,V s}}{\mathrm{N\,m}}\cdot\mathrm{A}$$

$$\left[\frac{1}{\mu_0}\cdot B\cdot\Delta s\right] = 1\,\mathrm{A}$$

$$[I] = 1\,\mathrm{A}$$

$$\left[\varepsilon_0 \cdot \frac{\Delta E}{\Delta t} \cdot \Delta A\right] = 1\,\frac{\mathrm{A\,s}}{\mathrm{V\,m}} \cdot \frac{\mathrm{V}}{\mathrm{m \cdot s}} \cdot \mathrm{m}^2$$

$$\left[\varepsilon_0 \cdot \frac{\Delta E}{\Delta t} \cdot \Delta A\right] = 1\,\mathrm{A}$$

$$1\,\mathrm{A} = 1\,\mathrm{A}.$$

In einer mathematisch exakten Form hat die Gleichung die Gestalt

$$\frac{1}{\mu_0} \oint \vec{B}\, \mathrm{d}\vec{s} = I + \varepsilon_0 \int \frac{\mathrm{d}\vec{E}}{\mathrm{d}t} \cdot \mathrm{d}\vec{A}.$$

Die umlaufene Linie muß als zeitlich unveränderlich gedacht werden.

In dieser Form bezeichnet man die Aussage als *erste* MAXWELL-*Gleichung in integraler Form.*

Mit Hilfe dieser ersten MAXWELL-Gleichung wollen wir die Abb. 511.1 korrigieren. Wir konnten ja zeigen, daß schon bei einem so einfach erscheinenden Vorgang wie dem Einschalten eines Stromes Widersprüche auftraten: die endliche Ausbreitungsgeschwindigkeit des Magnetfeldes und das Durchflutungsgesetz waren nicht miteinander vereinbar. Nehmen wir jetzt an, daß die von der Linie L umrandete Fläche von einem Vektor $\frac{\Delta\vec{E}}{\Delta t} = \dot{\vec{E}}$, der zeitlichen Änderung der elektrischen Feldstärke, durchsetzt wird, dann ist der Widerspruch nach MAXWELL behoben. Der Strom I und der Verschiebungsstrom

$$\varepsilon_0 \cdot \sum \frac{\Delta\vec{E}_i}{\Delta t} \cdot \Delta\vec{A}_i$$

sind entgegengesetzt gleich, so daß die Liniensumme Null sein kann, obgleich ein Strom I fließt.

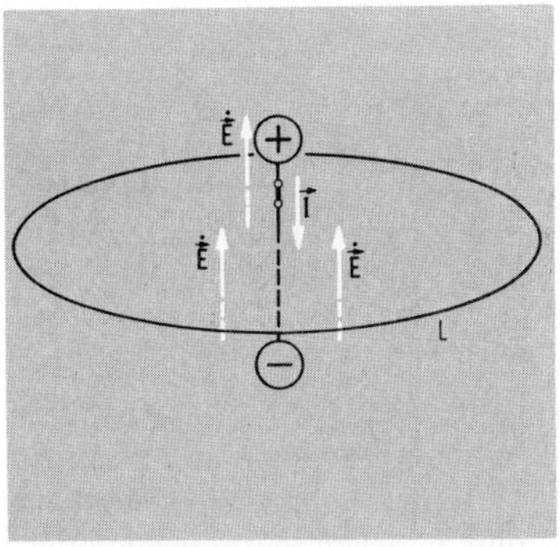

Abb. 543.1
Einschaltvorgang eines Stromes. Die Liniensumme der magnetischen Feldstärke wird längs einer Linie L gebildet, durch die ein Strom und ein entgegengesetzt gerichteter Verschiebungsstrom fließen.

Es gibt keinen einfachen Versuch, mit dessen Hilfe man das Magnetfeld eines Verschiebungsstromes experimentell nachweisen könnte. Dessen brauchen sich die Schulphysiker nicht sehr zu schämen: 1879 stellte die *Berliner Akademie der Wissenschaften* die Preisaufgabe, den MAXWELL-Verschiebungsstrom experimentell nachzuweisen. H. HERTZ (1857–1894), damals junger Assistent von HELMHOLTZ in Berlin, machte Ansätze zur Lösung dieser Preisaufgabe. Er hat sein Ziel nicht erreicht. Aber er hat 1886 die ersten *elektromagnetischen Wellen* erzeugen und empfangen können. Die Existenz dieser elektromagnetischen Wellen und die experimentell aufweisbare Art ihrer Ausbreitung gelten heute als der unanfechtbare Nachweis, daß MAXWELLS Ansatz richtig ist.

5.3.10 Die Maxwell-Gleichungen

Zu Beginn dieses Kapitels stellen wir noch einmal die MAXWELL-Gleichungen für den leeren Raum in Summenform zusammen.

1. $\frac{1}{\mu_0} \cdot \sum_{\text{geschl. Linie}} \vec{B}_i \cdot \Delta \vec{s}_i = \sum I_k + \varepsilon_0 \sum_{\text{eingeschl. Fläche}} \frac{\Delta \vec{E}_i}{\Delta t} \cdot \Delta \vec{A}_i$

2. $\sum_{\text{geschl. Linie}} \vec{E}_i \cdot \Delta \vec{s}_i = -\sum_{\text{eingeschl. Fläche}} \frac{\Delta \vec{B}_i}{\Delta t} \cdot \Delta \vec{A}_i$

3. $\varepsilon_0 \sum_{\text{geschl. Hüllfläche}} \vec{E}_i \cdot \Delta \vec{A}_i = Q$

4. $\sum_{\text{geschl. Hüllfläche}} \vec{B}_i \cdot \Delta \vec{A}_i = 0$

Ihr physikalischer Aussagegehalt ist:

1. **Ströme und zeitlich veränderliche elektrische Felder sind von magnetischen Wirbelfeldern umschlossen.**
2. **Zeitlich veränderliche Magnetfelder sind von elektrischen Wirbelfeldern umschlossen.**
3. **Es gibt neben den elektrischen Wirbelfeldern elektrische Quellenfelder.**
4. **Magnetfelder sind quellenfrei, es gibt nur magnetische Wirbelfelder.**

Fügt man den vier MAXWELL-Gleichungen noch die Gleichung für die LORENTZ-Kraft hinzu

$$\vec{F} = Q \cdot (\vec{E} + \vec{v} \times \vec{B}),$$

mit deren Hilfe die Feldvektoren $\vec{E}$ und $\vec{B}$ definiert werden, so erhält man ein System von fünf Gleichungen.

Aus den vier Maxwell-Gleichungen und der Gleichung für die Lorentz-Kraft sind alle überhaupt bekannten Aussagen über elektrische und magnetische Felder im leeren Raum, über deren Eigenschaften und Zusammenhänge ableitbar.

Es ist das Verdienst MAXWELLS, die vier Gleichungen, die heute mit Recht seinen Namen tragen, zusammengestellt und ihre Bedeutung erkannt zu haben.

MAXWELL selbst schrieb die Gleichungen in differentieller Form. Statt der Integralgleichungen hat man es dabei mit Differentialgleichungen zu tun. Sie sind für den Physiker besser zu handhaben als die Integralgleichungen. Die Schlüsse, die MAXWELL als erster aus den Gleichungen zog, wollen wir anschaulich schildern.

In den Abb. 530.1 und 542.1 zieht man gedanklich die Linien, längs derer die Liniensummen gebildet werden sollen, und die eingeschlossenen Flächen zu Punkten zusammen. Auf diese Weise erhält man Gesetze über die Zusammenhänge zwischen den Veränderungen von elektrischen und magnetischen Feldern für beliebige Raumpunkte und beliebige Zeiten. Die Gleichungen machen nicht nur Aussagen über einzelne Punkte im Raum, in denen sich ruhende oder bewegte elektrische Ladungen befinden, wie es etwa das COULOMB-Gesetz tut. Sie gelten für den gesamten Raum. Und so wie man in der Mechanik in der Lage ist, die Bahn eines Massenpunktes zu berechnen, wenn man die wirkenden Kräfte und für einen einzigen Zeitpunkt seinen Ort und seine Geschwindigkeit kennt, so kann man mit Hilfe der MAXWELL-Gleichungen angeben, wie sich das ganze elektromagnetische Feld in Raum und Zeit verändert, sofern man nur seinen Zustand zu einem bestimmten Zeitpunkt kennt. Dabei besteht aber gegenüber den mechanischen Gesetzen noch ein wichtiger Unterschied. Wir erläutern ihn an einem Beispiel.

Mit Hilfe der Gesetze der Mechanik läßt sich die Bewegung der Planeten aus den von Himmelskörpern wechselseitig aufeinander ausgeübten Kräften herleiten. An diesem Zusammenwirken der Kräfte sind die weit voneinander entfernten Himmelskörper unmittelbar beteiligt. Es werden durch die mechanischen Gesetze Zusammenhänge zwischen räumlich weit auseinanderliegenden Vorgängen hergestellt und Ereignisse miteinander in Verbindung gebracht, die sich an weit voneinander entfernten Orten abspielen. Anders ist dies bei den MAXWELL-Gleichungen. Der Zustand des elektromagnetischen Feldes an einem bestimmten Ort und zu einer bestimmten Zeit hängt von dem Zustand des Feldes ab, der in unmittelbarer räumlicher Nachbarschaft in dem gerade verflossenen Zeitpunkt geherrscht hat. Die Gleichungen gestatten Voraussagen darüber, wie sich das Feld ein wenig später an einem benachbarten Ort entwickeln wird. Man kann auf diese Weise die Kenntnisse über das elektromagnetische Feld *Schritt für Schritt erweitern* und so aus den Vorgängen an einer Stelle diejenigen an einem anderen, entfernten Ort bestimmen.

NEWTONS Theorie der Planetenbewegung ist eine *Fernwirkungstheorie*, die den Zusammenhang weit voneinander entfernter Ereignisse herstellt. MAXWELLS Theorie ist eine *Nahewirkungstheorie*, die räumlich getrennte Ereignisse durch das elektromagnetische Feld miteinander verbindet.

Eine mathematische Auswertung der MAXWELL-Gleichungen, die wir hier nicht durchführen können, führt noch zu weiteren überraschenden Ergebnissen: 1864 veröffentlichte MAXWELL Folgerungen, die er aus seinen vier Gleichungen erschlossen hatte. Er konnte sowohl für den elektrischen Vektor $\vec{E}$ als auch für den magnetischen Vektor $\vec{B}$ eine Gleichung deduzieren, die formal die Gleichung einer Welle ist. Er schloß daraus, daß sich elektromagnetische Störungen im Raum in der Form von *elektromagnetischen Wellen* ausbreiten müßten. Er konnte zeigen, daß eine solche Welle, sollte sie wirklich existieren, notwendig eine *Transversalwelle* sein müßte. Das bedeutet, daß die Feldvektoren $\vec{E}$ und $\vec{B}$ senkrecht zu dem Vektor der Ausbreitungsgeschwindigkeit stehen müssen. Er konnte ferner zeigen, daß diese Ausbreitungsgeschwindigkeit im Vakuum die Lichtgeschwindigkeit c sein müsse. Diese Ausbreitungsgeschwindigkeit ergab sich dadurch, daß die elektrische und die magnetische Feldkonstante über die Gleichung

$$\frac{1}{c^2} = \varepsilon_0 \cdot \mu_0$$

c = Vakuum-Lichtgeschwindigkeit,

im Zusammenhang stehen. Diese Erkenntnisse veranlaßten MAXWELL zu dem Schluß, daß auch Lichtwellen nur eine besondere Art der elektromagnetischen Wellen seien. Die Ergebnisse, die HERTZ mit der Erzeugung und dem Empfang der elektromagnetischen Wellen im Bereich der experimentellen Physik erzielen konnte, nahm MAXWELL 22 Jahre früher auf rein theoretischem Wege vorweg.

Es gehört zu den Großtaten der physikalischen Forschung, daß die Existenz dieser Wellen und die sie beherrschenden Gesetze aufgrund theoretischer Untersuchungen bereits vorausgesagt worden sind, als man von ihrer experimentellen Verwirklichung noch weit entfernt war. MAXWELLS Vermutungen, die er 1864 nur spekulativ äußern konnte, zählen heute zum Bestand gesicherter physikalischer Erkenntnisse. Auf die Bedeutung der elektromagnetischen Wellen in unserer technischen Welt von heute gehen wir in Abschnitt 5.9.5 näher ein.

5.4 Materie im Magnetfeld

Die Erfahrung zeigt, daß fast jede Art von Materie, die sich in einem Magnetfeld befindet, durch dieses Feld meßbare Veränderungen erfährt, die Materie erzeugt dann ein Eigenmagnetfeld. Am auffallendsten und bekanntesten ist diese Erscheinung beim Eisen. Abb. 546.1 zeigt beispielhaft, wie sich zwei Nägel gegenseitig abstoßen, wenn sie in ein Magnetfeld gebracht werden. Das magnetische Moment einer stromdurchflossenen Spule steigt um ein Vielfaches, wenn man in die Spule einen Eisenkern einführt.

In den folgenden beiden Kapiteln wollen wir uns auf die Beschreibung solcher Erscheinungen beschränken, die in Magnetfeldern an ferromagnetischem Material beobachtet werden können. *Ferromagnetisch* nennt man diejenigen Stoffe, die sich bezüglich ihrer Magnetisierbarkeit dem Eisen ähnlich verhalten (von dem lat. Wort *ferrum*, d.h. Eisen). Es handelt sich um Eisen, Kobalt, Nickel und die speziell als magnetische Stoffe hergestellten Speziallegierungen aus den schon genannten Metallen mit den selbst nicht ferromagnetischen Elementen Aluminium, Chrom, Kohlenstoff, Kupfer und anderen. Die nicht ferromagnetischen Stoffe – man nennt sie auch schwach magnetische Stoffe – teilt man in zwei Gruppen: in *paramagnetische* und *diamagnetische* Stoffe. Die paramagnetischen Stoffe werden in Richtung eines vorhandenen Magnetfeldes magnetisiert, sie werden von einem Stabmagneten ganz schwach angezogen; Quecksilber, Chrom und Sauerstoff sind Beispiele für paramagnetische Stoffe. Die diamagnetischen Stoffe werden in der Gegenrichtung zu einem vorhandenen Magnetfeld magnetisiert, sie werden von einem Stabmagneten schwach abgestoßen; Blei, Diamant und Helium sind Beispiele für solche diamagnetischen Stoffe. Zur Untersuchung der magnetischen Eigenschaften von para- oder diamagnetischen Stoffen bedarf es hochempfindlicher physikalischer Meßinstrumente. Der Einfluß dieser Materialien auf Magnetfelder ist so geringfügig, daß wir in den Kapiteln 5.2.7 und 5.2.8 gerechtfertigt den Ansatz machen durften, daß Silber, Kupfer, Aluminium und Halbleiter das Magnetfeld nicht meßbar beeinflussen.

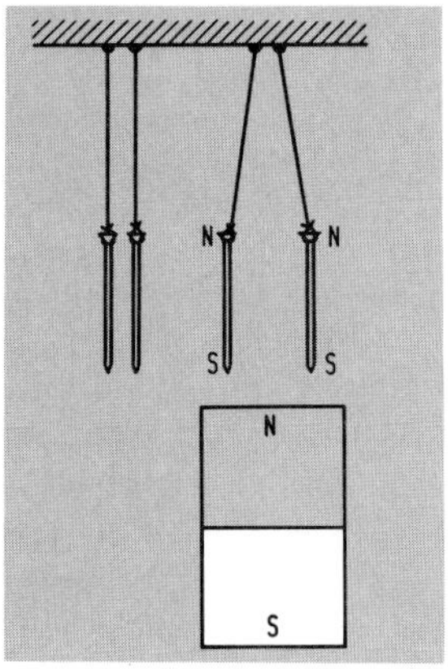

Abb. 546.1
Wirkung eines Magnetfeldes auf zwei nebeneinander hängende Nägel

5.4.1 Die magnetische Flußdichte und die magnetische Feldstärke im materieerfüllten Raum

Auf S. 466 sagten wir, daß man alle magnetischen Erscheinungen im leeren Raum unter Verwendung eines einzigen Feldvektors beschreiben könne. Wir entschieden uns, dazu den Vektor $\vec{B}$ der magnetischen Flußdichte einzuführen.

Für das Vektorfeld der zeitlich konstanten magnetischen Flußdichte $\vec{B}$ fanden wir zwei, bei Abwesenheit von magnetisierbarer Materie geltende Gesetze:

1. Das Durchflutungsgesetz

$$\frac{1}{\mu_0} \cdot \sum_{\text{geschl. Linie}} \vec{B}_i \cdot \Delta \vec{s}_i = \sum I_k$$

und

2. den Satz vom magnetischen Fluß

$$\sum_{\text{geschl. Hüllfläche}} \vec{B}_i \cdot \Delta \vec{A}_i = 0 .$$

Der erste Satz macht eine Aussage über den Zusammenhang von statischen Magnetfeldern und stromdurchflossenen Leitern, der zweite Satz macht eine Aussage über die Struktur von Magnetfeldern.

Im materieerfüllten Raum liegen die Verhältnisse komplizierter. Einen Feldvektor, der den beiden Gesetzen zugleich genügt, kann man nicht angeben. Um die Zusammenhänge von Magnetfeldern und Strömen dennoch beschreiben zu können, führt man zweckmäßig neben dem Feldvektor $\vec{B}$ der magnetischen Flußdichte einen zweiten Feldvektor $\vec{H}$ ein, der den Namen *magnetische Feldstärke* bekommt. Man trennt mit der Einführung des Vektors $\vec{H}$ die Beschreibung derjenigen Vorgänge, die an einem betrachteten Ort das Feld hervorrufen von der Beschreibung des Gesamtfeldes an diesem Ort. Das Gesamtfeld kommt unter zusätzlicher Einwirkung der an diesem Ort befindlichen magnetisch veränderbaren Materie zustande. Die magnetische Materialveränderung besteht darin, daß die Raumteile der Materie zu magnetischen Dipolen mit mehr oder weniger einheitlicher Richtung durch die am Ort herrschende Feldstärke gemacht werden. Man nennt eine solche Materialveränderung *magnetische Polarisation.* Diese Trennung in eine das Material verändernde Feldgröße $\vec{H}$ und eine den Gesamtzustand beschreibende Feldgröße $\vec{B}$ ist ausschließlich eine Frage der Zweckmäßigkeit. Wir erinnern daran, daß es sich auch bei den elektrischen Feldern als zweckmäßig erwiesen hatte, zwei Feldvektoren einzuführen, wenn sich elektrisch polarisierbare Materie im Feld befindet. Die Definition der Feldvektoren $\vec{H}$ und $\vec{B}$ für den mit beliebiger Materie erfüllten Raum soll so erfolgen, daß die für das Vakuum geltenden Gesetzmäßigkeiten als Spezialfälle in der erweiterten, allgemeineren Theorie enthalten sind.

Wir definieren:

Der Vektor $\vec{H}$ der magnetischen Feldstärke ist im Vakuum dem Vektor $\vec{B}$ der magnetischen Flußdichte streng proportional. Es gilt:

$$\vec{B} = \mu_0 \vec{H} .$$

Die Einheit der magnetischen Feldstärke folgt aus ihrer Definition:

$$[H]=\left[\frac{1}{\mu_0}\cdot B\right]$$

$$[H]=1\,\frac{\mathrm{A}^2}{\mathrm{N}}\cdot\frac{\mathrm{V\,s}}{\mathrm{m}^2}$$

$$[H]=1\,\frac{\mathrm{A\,m}}{\mathrm{V\,s}}\cdot\frac{\mathrm{V\,s}}{\mathrm{m}^2}$$

$$[H]=1\,\frac{\mathrm{A}}{\mathrm{m}}.$$

Die *Ausführungsverordnung zum Gesetz über Einheiten im Meßwesen* bestimmt dazu:

Die abgeleitete Einheit der magnetischen Feldstärke ist das Ampere durch Meter (Einheitenzeichen: $\frac{\mathrm{A}}{\mathrm{m}}$ oder $\mathrm{A\,m^{-1}}$).

Ein Ampere durch Meter ist gleich der magnetischen Feldstärke, die ein durch einen unendlich langen, geraden Leiter von kreisförmigem Querschnitt fließender elektrischer Strom der Stärke 1 A im Vakuum außerhalb des Leiters auf dem Rand einer zum Leiterquerschnitt konzentrischen Kreisfläche vom Umfang 1 m hervorrufen würde.

Abgeleitete Einheiten der magnetischen Feldstärke sind auch alle anderen Quotienten, die aus einer gesetzlichen Einheit der elektrischen Stromstärke und einer gesetzlichen Längeneinheit gebildet werden.

Wir vergleichen die von uns gegebene Definition der magnetischen Feldstärke, die aus der Definition der magnetischen Flußdichte folgt, mit der Definition des Gesetzgebers.

Für das Vakuum erhielten wir die Beziehung

$$B=\mu_0\,\frac{I}{2\pi\,r} \qquad \text{(vgl. S. 487).}$$

Daraus folgt

$$H=\frac{I}{2\pi\,r}.$$

Setzt man $2\pi\,r=1$ m, $I=1$ A, so erhält man für die Einheit der magnetischen Feldstärke

$$[H]=1\,\frac{\mathrm{A}}{\mathrm{m}}$$

in Übereinstimmung mit dem Gesetzgeber.

In einem ersten Schritt wollen wir jetzt für den materieerfüllten Raum definieren, was unter der *magnetischen Flußdichte* zu verstehen ist. Die Definition von S. 464 ist für den materieerfüllten Raum nicht verwendbar, weil die Kraft auf einen stromdurchflossenen Leiter nicht gemessen werden kann. Ein zweiter Schritt soll der Definition der *magnetischen Feldstärke* für den materieerfüllten Raum gelten. Und in einem dritten Schritt untersuchen wir dann, welche Gesetzmäßigkeiten zwischen den beiden Feldvektoren bestehen. Wir gewinnen damit Erkenntnisse über den Zusammenhang von Magnetfeldern und felderzeugenden elektrischen Strömen.

Zur Definition der magnetischen Flußdichte in einem magnetisierbaren Material greifen wir auf das Induktionsgesetz zurück. Wir messen zur Bestimmung der magnetischen Flußdichte $\vec{B}$ einen Spannungsstoß und eine Fläche A. Das erläutern wir an einem Beispiel.

Versuch 547.1 Einen Stabmagneten legen wir in eine Induktionsspule, die den Magneten eng umschließt. Die Spulenenden werden über einen passenden Widerstand mit einem ballistischen Galvanometer oder mit einem Integrator verbunden. Der Stabmagnet wird aus der Induktionsspule herausgezogen, und der dabei entstehende Spannungsstoß wird gemessen (Abb. 548.1).

Das Meßinstrument zeigt den Spannungsstoß $\sum U_i \Delta t_i$ an. Wir legen das Induktionsgesetz zugrunde und schließen: Die Änderung des magnetischen Flusses Φ in der Induktionsspule wird zur Bestimmung der Flußdichte B im Inneren des Magneten herangezogen. Der Spulenquerschnitt A bleibt konstant, wenn der Magnet aus der Induktionsspule herausgleitet. Die magnetische Flußdichte in der Spule ändert sich von B auf Null. Folglich ist $\Delta\Phi$ gleich BA. Man erhält

Abb. 548.1
Stabmagnet mit Induktionsspule[1] zur Bestimmung der magnetischen Flußdichte im Magneten.
Die Funktion der Schiene wird weiter unten beschrieben.

$$B = \frac{\sum U_i \Delta t_i}{A n_I}$$

n_I = Windungszahl der Induktionsspule

Die magnetische Flußdichte in einem Stabmagneten ist vom Ort (x-Koordinate) des Querschnitts abhängig, zu dem der Spannungsstoß gemessen wurde (Abb. 548.2). In der Mitte des Magneten ist sie am größten. Es zeigt sich, daß die Flußdichten im Innern einer stromdurchflossenen Spule und im Stabmagneten weitgehend übereinstimmen (Abb. 505.1).

Das Diagramm in Abb. 548.2 wurde mit Hilfe eines Integrators gewonnen. Der Magnet wurde an einem Faden in einer Schiene vom Schreiber selbst durch die enge Induktionsspule geschleppt (Abb. 548.1). Dabei zeichnete der Schreiber das Diagramm in x-Richtung in natürlicher Größe auf. Die Gestalt des Diagramms ist von der Geschwindigkeit, mit der der Magnet durch die Spule gezogen wird, unabhängig.

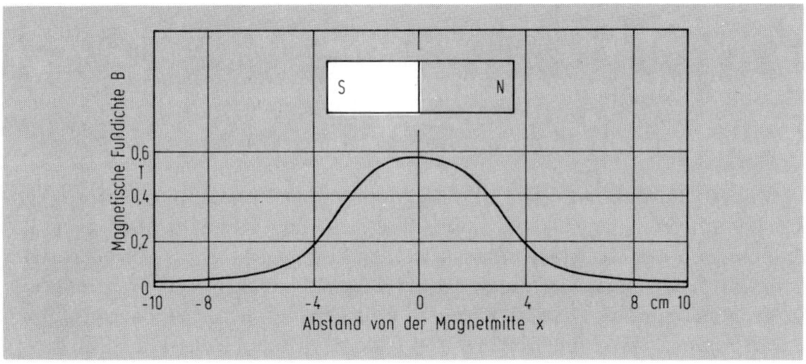

Abb. 548.2
Magnetische Flußdichte in einem Stabmagneten in Abhängigkeit vom Ort des Querschnitts

Für gute Stahl- oder Keramikmagnete erhält man eine Flußdichte zwischen 0,5 und 1 T.
Wir definieren:

Die magnetische Flußdichte $\vec{B}$ eines statischen Magnetfeldes in einem mit Materie erfüllten Raum ist mit Hilfe des Induktionsgesetzes zu bestimmen.

Das kann durch Ein- oder Ausschalten von Strömen geschehen, falls das Feld von diesen Strömen hervorgerufen wird. Es kann aber auch durch Herausziehen der Induktionsspule aus dem vom Magnetfeld durchsetzten Raumteil geschehen. Der entstehende Spannungsstoß ist zu messen.

[1] Induktionsspule der Firma Kröncke.

Offensichtlich steht diese Definition im Einklang mit den Verfahren, die auch im Vakuum zur Messung der magnetischen Flußdichte herangezogen werden können. Es liegt damit eine einwandfreie Verallgemeinerung vor.

Die Messung mit einer HALL-Sonde an dieser Stelle würde verlangen, daß man die Materie, also z.B. das Eisen, am Ort der HALL-Sonde entfernte. Das hätte aber Veränderungen des Feldes zur Folge. Solche Feldveränderungen durch Spalten im Material sind so groß, daß die Techniker mit Hilfe magnetischer Messungen selbst sehr feine Risse in eisernen Werkstücken feststellen können. Solche Messungen gehören zu den Verfahren der *zerstörungsfreien Werkstoffprüfung*. Man kann aber den Einfluß eines Luftspalts in günstig gelagerten Fällen rechnerisch kompensieren.

Für die Definition der magnetischen Feldstärke $\vec{H}$ greifen wir auf das Durchflutungsgesetz zurück und verallgemeinern die für das Vakuum getroffene Festsetzung:

Die magnetische Feldstärke $\vec{H}$ eines statischen Magnetfeldes soll der Bedingung genügen, daß die Liniensumme der magnetischen Feldstärke gleich dem von der geschlossenen Linie umschlungenen Gesamtstrom ist.

$$\sum_{\text{geschl. Linie}} \vec{H}_i \cdot \Delta \vec{s}_i = \sum I_k .$$

Mit Hilfe dieser Definition können wir nur solche Fälle bearbeiten, die sich dadurch auszeichnen, daß der Betrag der Feldstärke $\vec{H}$ längs der gewählten Linie konstant oder mindestens abschnittweise konstant ist. Diese Bedingung erfüllen die Ringspule und die lange zylindrische Spule.

Leider wird nämlich in fast allen anderen Fällen auch die magnetische Feldstärke durch die Anwesenheit ferromagnetischer Materie stark beeinflußt. Wer zunächst aus der geometrischen Form der stromdurchflossenen Leiter und aus der Stärke der fließenden Ströme nach dem BIOT-SAVART-Gesetz den Feldvektor $\vec{H}$ für den leeren Raum berechnen wollte, um daraus auf die magnetische Flußdichte des gleichen, aber mit Materie erfüllten Raumes schließen zu können, würde im allgemeinen zu ganz falschen Ergebnissen kommen!

Wir wenden unsere Definition auf die Ringspule an (vgl. Abb. 493.1). Das Innere der Ringspule sei mit einem homogenen[1], isotropen[2] ferromagnetischen Material ausgefüllt, z.B. mit Eisen, dem nicht etwa durch Walz- oder andere Bearbeitungsverfahren eine magnetische Vorzugsrichtung eingeprägt worden ist. Dann darf man aufgrund der Rotationssymmetrie in der Anordnung annehmen, daß die Feldstärke $\vec{H}$ an jedem Ort im Spuleninnern den gleichen Betrag hat. Die Richtung der magnetischen Feldstärke ist die Richtung der jeweiligen Tangente an die Feldlinie. Definitionsgemäß gilt:

$$H = \frac{n_F I}{2\pi R} = \frac{n_F I}{l} .$$

n_F = Windungszahl der Ringspule (Feldspule),
I = Stromstärke in den Windungen,
R = Ringradius,
l = mittlere Spulenlänge.

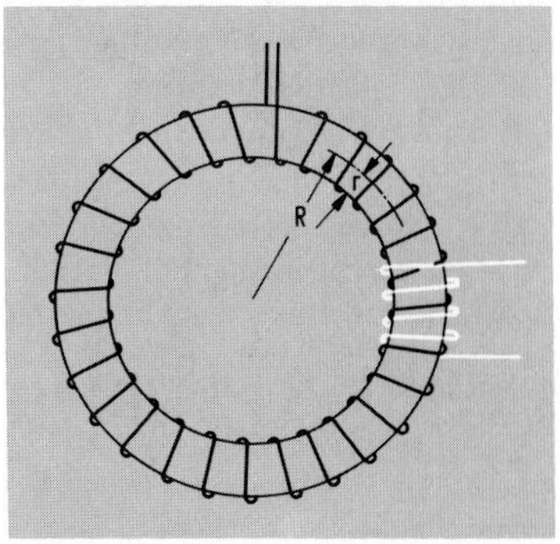

Abb. 549.1
Ringspule mit Feldwicklung und Induktionsspule

Offensichtlich erfüllt die angegebene Größe H die Bedingungen der Definition:

$$\sum_{\text{geschl. Linie}} \vec{H}_i \cdot \Delta \vec{s}_i = n_F I$$

Wir kommen jetzt zum dritten Schritt, zur Bestimmung des Zusammenhanges zwischen den Feldgrößen H und B. Gedanklich legen wir dazu die Verhältnisse der Ringspule zugrunde. Experimentell arbeiten wir später jedoch mit einer äquivalenten Anordnung, dem geschlossenen Eisenkern mit einer daraufgeschobenen Experimentierspule (Abb. 531.3). Solche Eisenkerne spielen in der Technik der Transformatoren eine große Rolle.

[1] d.i.: mit überall gleichen Eigenschaften
[2] d.i.: ohne Vorzugsrichtung

Für den magnetischen Fluß im Innern der Ringspule folgt wegen der Rotationssymmetrie der Anordnung für jeden Querschnitt der Spule, daß der magnetische Fluß Φ durch das Produkt aus Querschnitt A und Flußdichte B gegeben ist; wir nehmen wieder an, daß der Spulenradius r klein gegenüber dem Ringradius R sei.

$$\Phi = B \cdot \pi r^2 = BA.$$

r = Spulenradius,
A = Spulenquerschnitt.

Den magnetischen Fluß denken wir uns mit Hilfe des Induktionsspannungsstoßes gemessen, der an den Enden einer Induktionsspule beim Einschalten des Feldspulenstromes auftritt; wir nehmen an, daß vor dem Einschalten des Feldspulenstromes kein magnetischer Fluß in dem Ring vorhanden gewesen sei. Für den Zusammenhang von magnetischer Flußdichte und Spannungsstoß gilt dann die Gleichung

$$\sum U_i \Delta t_i = B n_I \pi r^2 = B n_I A.$$

Die magnetische Feldstärke wird nach der Gleichung

$$H = \frac{n_F I}{l}$$

aus den Größen n_F, I und l berechnet.

n_F = Windungszahl der Feldspule,
n_I = Windungszahl der Induktionsspule,
I = Stromstärke in den Windungen der Feldspule,
l = mittlere Spulenlänge,
A = Spulenquerschnitt.

In isotropen Medien haben $\vec{B}$ und $\vec{H}$ die gleiche Richtung, falls die Feldstärke $\vec{H}$ hinreichend groß ist. Darum kann man die Vektoren $\vec{B}$ und $\vec{H}$ durch eine Vektorgleichung miteinander verknüpfen, indem man die Größe $\vec{H}$ mit dem skalaren Faktor $\mu_0 \mu_r$ multipliziert:

$$\vec{B} = \mu_0 \mu_r \cdot \vec{H}.$$

Die Größe μ_r heißt *Permeabilitätszahl*. Sie hat die Einheit 1. Die Permeabilitätszahl charakterisiert die magnetischen Eigenschaften des Materials. Für das Vakuum ist die Permeabilitätszahl gleich eins; das folgt aus der Definition auf S. 546. Für Luft ist die Permeabilitätszahl gleich 1,0000004. Wir haben also bei allen Näherungen, in denen wir Luft wie Vakuum behandelten, einen relativen Fehler von $4 \cdot 10^{-7}$ gemacht. Für ferromagnetisches Material steht die Permeabilitätszahl in einem recht komplizierten Zusammenhang mit der Feldstärke $\vec{H}$ und der vorangegangenen Magnetisierung des Materials. Sie darf nicht etwa als eine Konstante betrachtet werden.

Wir wollen die Permeabilitätszahl experimentell bestimmen. Dazu ersetzen wir die Ringspule, wie schon erwähnt, durch einen geschlossenen, U-förmigen Eisenkern mit Joch und Experimentierspule. Um im Vorwege zu zeigen, daß eine solche Ersetzung zulässig ist, führen wir einen Vorversuch durch.

Versuch 550.1 Durch eine Spule von 500 Windungen, die auf einem geschlossenen Eisenkern sitzt, leiten wir einen Wechselstrom, indem wir die Enden der Spule an das 220-V-Wechselstromnetz anschließen. Eine ebenfalls über den Eisenkern gelegte Induktionsspule von nur einer Windung schließen wir an ein Voltmeter an, das eine Wechselspannung von 1 V zu messen gestattet. Wir verschieben die Induktionsschleife längs des Eisenkernes und messen die Induktionsspannung an verschiedenen Stellen.

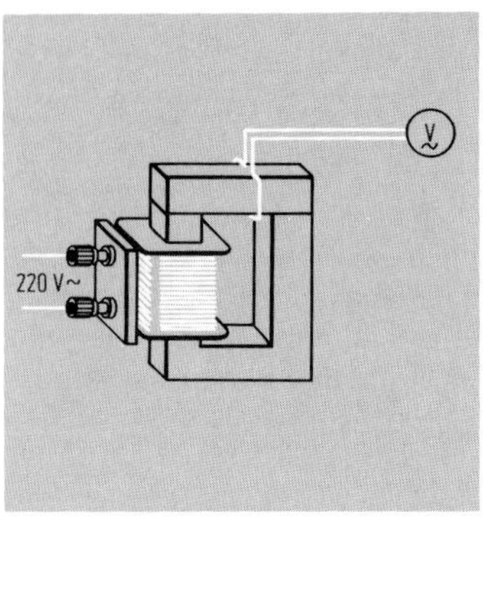

Abb. 550.1
Geschlossener Eisenkern mit Feldspule von 500 Windungen und Induktionsspule von einer Windung

Das Voltmeter zeigt eine stets gleichbleibende Wechselspannung von 0,44 V an, gleichgültig, an welcher Stelle des Kerns sich die Induktionsschleife befindet. Wir schließen daraus, daß die in einer hundertstel Sekunde stattfindende Flußänderung $\Delta\Phi$ für jeden Querschnitt des Eisenkerns dieselbe ist; wir schließen weiter daraus, daß bei zeitlich konstantem Feldstrom der magnetische Fluß im Eisenkern für jeden Querschnitt gleich ist.

Diesen Versuch könnte man auch in der aufwendigeren Form des Ein- und Ausschaltens eines Gleichstromes und der Messung von zugehörigen Spannungsstößen durchführen, wenn man grundsätzlich mit Magnetfeldern arbeiten will, die von Gleichströmen hervorgerufen werden.

Das außerhalb des Eisenkernes nachweisbare Magnetfeld ist sehr schwach. Man nennt es das *Streufeld.* Aufgrund dieses Vorversuches dürfen wir jetzt annehmen, daß die Feldvektoren $\vec{H}$ und $\vec{B}$ in dem Eisenkern wegen der Isotropie des Eisens überall gleichgerichtet sind und daß ihre Beträge im gesamten Eisenkern konstant sind. Definitionsgemäß gilt:

$$H = \frac{n_F I}{l}.$$

n_F = Windungszahl der Feldspule, l = mittlere Länge einer Feldlinie im Eisenkern.

In einer Versuchsreihe bestimmen wir den Zusammenhang, der sich zwischen der magnetischen Feldstärke H und der magnetischen Flußdichte B einstellt, wenn man ein Stück Eisen nach vorangehender Entmagnetisierung erstmalig wieder magnetisiert. Die *Neukurve* stellt diesen Zusammenhang grafisch dar.

Versuch 551.1 Wir entmagnetisieren den Eisenkern eines Experimentiertransformators, indem wir einen Strom von zeitlich abnehmender Stärke in wechselnden Richtungen durch eine Feldspule leiten, die auf dem geschlossenen Kern sitzt. Auf den entmagnetisierten Eisenkern setzen wir eine zweite Experimentierspule, die als Induktionsspule dient. Der Kern wird mit dem Joch geschlossen, die Induktionsspule wird mit dem Integrator verbunden. Der Kondensator des Integrators wird entladen. Die Stromstärke I in der Feldspule stellen wir von Null gleichmäßig hoch; laufend messen wir die Stromstärke I und die Ausgangsspannung U_a des Integrators.

Zu jeder Stromstärke I in der Feldspule erhält man die magnetische Flußdichte B im Eisenkern. Es gilt

$$B = -\frac{RCU_a}{A n_I}$$

nach S. 515 und 522.

R ist der Widerstand, C die Kapazität der Integratorelemente, U_a ist die Ausgangsspannung des Integrators, A ist der Querschnitt des Transformatorkerns, n_I ist die Windungszahl der Induktionsspule.

Für die magnetische Feldstärke setzen wir wie oben

$$H = \frac{n_F I}{l}.$$

Die beiden Feldgrößen H und B werden in ein Diagramm eingetragen (Abb. 552.1).

Die experimentell gefundene Kurve zeigt, daß H und B nicht annähernd proportional sind, die Permeabilitätszahl ist nicht einmal dann eine Konstante, wenn das Eisen vor der Magnetisierung in den unmagnetischen Zustand versetzt wurde. Mit wachsender Feldstärke H strebt die Flußdichte B einem Höchstwert zu, man nennt ihn die *Flußdichte der magnetischen Sättigung*. Die Kurve selbst nennt man die *Neukurve*, weil vor der Magnetisierung eine vollständige Entmagnetisierung stattgefunden hat.

Für die Permeabilitätszahl erhält man eine Kurve, die in Abb. 552.2 wiedergegeben ist.

Setzt man

$$B = \mu_0 \mu_r H = \mu_0 (1+\kappa) H$$
$$= \mu_0 H + \mu_0 \kappa H,$$

so gibt der Summand $\mu_0 \kappa H$ offensichtlich denjenigen Anteil wieder, den das magnetisierbare Material am Beobachtungsort zur magnetischen Flußdichte beiträgt. Die Größe κ nennt man *magnetische Suszeptibilität.*

$$\kappa = \mu_r - 1.$$

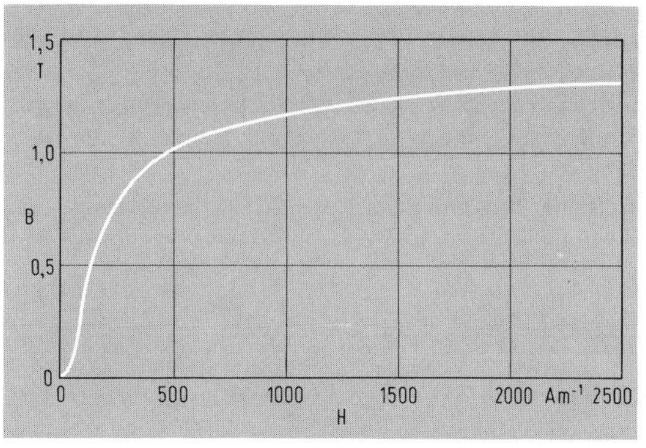

Abb. 552.1 Die Neukurve stellt den Zusammenhang von magnetischer Feldstärke H und magnetischer Flußdichte B im Eisen nach vorangegangener Entmagnetisierung dar.

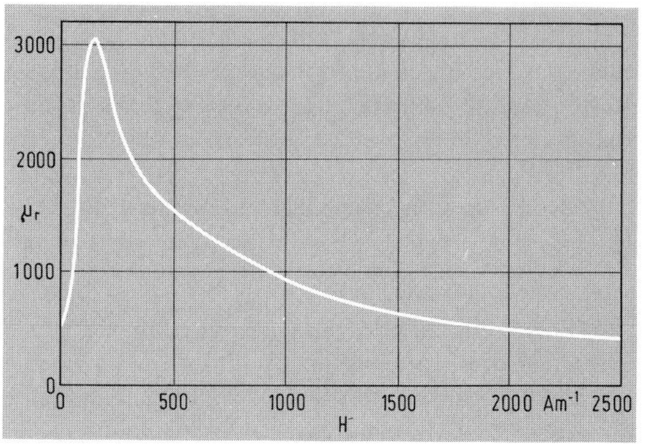

Abb. 552.2 Permeabilitätszahl μ_r in Abhängigkeit von der Feldstärke H

Auch bei Anwesenheit von Materie im Magnetfeld gilt der Satz vom magnetischen Fluß (vgl. S. 497). Man wendet ihn z. B. bei der Berechnung von Magneten und Elektromagneten an (vgl. Beispiele 1, 2 und 3 auf S. 553 und S. 554).

Um experimentell untersuchen zu können, wie sich der magnetische Fluß an der Trennfläche von Eisen und Luft verhält, greifen wir auf eine uns schon bekannte Anordnung zurück: mit ihrer Hilfe zeigten wir in Versuch 550.1, daß der magnetische Fluß zu jedem Querschnitt eines geschlossenen Eisenkerns den gleichen Betrag hat. Wir verwenden zur Untersuchung jetzt ein Joch mit einem zu den Feldlinien senkrechten Spalt.

Versuch 552.1 Auf einen U-förmigen Eisenkern setzen wir zwei Experimentierspulen von 250 Windungen als Feldspulen. Der Eisenkern wird mit zwei eisernen Jochstücken so geschlossen, daß zwischen ihnen ein etwa 3 mm breiter Spalt frei bleibt. Die Spulen werden von einem Wechselstrom aus einem Niederspannungsnetzgerät durchflossen. Auf dem geteilten Joch ist eine Induktionsspule von einer Windung verschiebbar angebracht, sie kann auch über den Spalt gleiten. Mit Hilfe eines Meßverstärkers und eines Voltmeters messen wir die in der Induktionsschleife induzierte Wechselspannung in Abhängigkeit vom Ort der Induktionsschleife (vgl. Abb. 552.3).

Der Versuch zeigt, daß der magnetische Fluß im Luftspalt kaum geringer ist als im Eisen. Das Diagramm in Abb. 552.4 zeigt, daß der Fluß beim Übergang vom Eisen zur Luft *stetig* abnimmt. In der Nähe des Spaltes treten auch seitlich aus dem Eisenkern Feldlinien aus, das Streufeld macht sich an dieser Stelle bemerkbar.

Die stetige Abnahme des Flusses beim Übergang vom Permanentmagneten zur Luft zeigt die Abb. 548.2.

Abb. 552.3 Anordnung zum Vergleich der magnetischen Flußdichte in Eisen und im Luftspalt

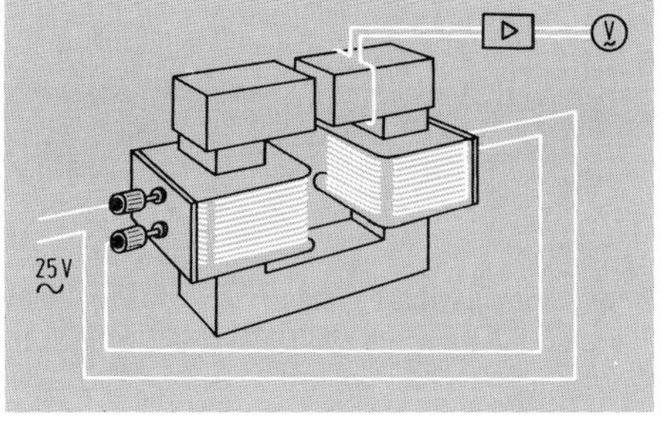

Abb. 552.4 Induktionsspannung in der Induktionsschleife. Sie ist das Maß für den magnetischen Fluß am Ort der Schleife.

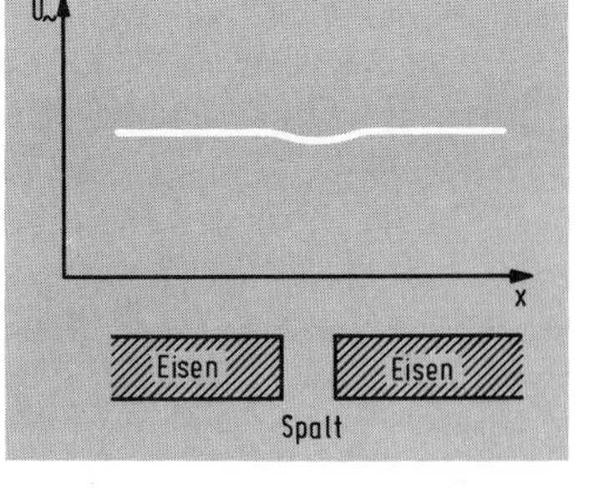

Abb. 553.1
Kastenförmige Hüllfläche an der Trennfläche von Eisen und Luft

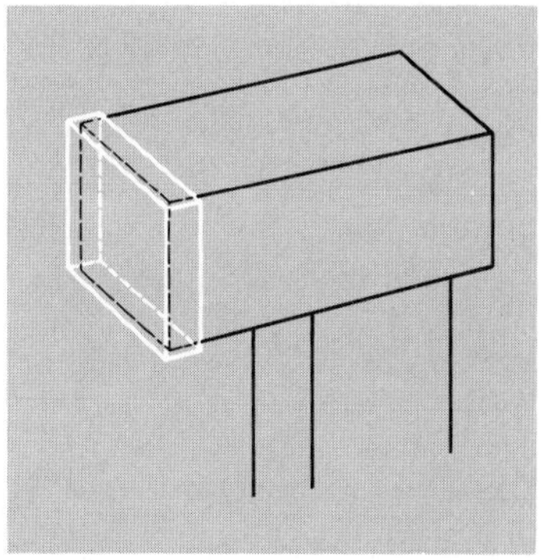

Zum Übergang auf den Satz vom magnetischen Fluß denken wir uns eine kastenförmige, geschlossene Hüllfläche, die gerade die Trennfläche von Eisen und Luft umschließt (vgl. Abb. 553.1).

Versuch 552.1 zeigt, daß der auf der Eisenseite eintretende magnetische Fluß dem Betrage nach kaum größer als der auf der Luftseite austretende magnetische Fluß ist. Die Differenz ist gerade derjenige Fluß, der als magnetisches Streufeld aus den Seitenflächen der Hüllfläche austritt.

Wir fassen zusammen und verallgemeinern:

Der magnetische Fluß durch eine geschlossene Hüllfläche ist auch im materieerfüllten Raum gleich Null.

$$\sum_{\text{geschl. Fläche}} \vec{B}_i \cdot \Delta \vec{A}_i = 0 .$$

In einer anderen Formulierung kann man den gleichen Sachverhalt auch so aussprechen:

Im leeren und im materieerfüllten Raum ist die magnetische Flußdichte ein quellenfreies Vektorfeld.

Beispiele

1. In dem Spalt eines Eisenkerns nach Abb. 553.2 soll eine magnetische Flußdichte von 1 T erzeugt werden. Die durchschnittliche Länge einer Feldlinie beträgt 47 cm, der überall gleiche Querschnitt des Eisenkerns 16 cm², die Spaltbreite beträgt 3 mm. Der Flußverlust durch den Spalt betrage 15%. Zu einer Flußdichte von ungefähr 1 T gehört bei dem Blech, aus dem der Kern gefertigt wurde, eine Permeabilitätszahl μ_r von rund 4500.

Es soll angegeben werden, mit welcher Feldspule und welcher Stromstärke die verlangte Flußdichte im Spalt erzeugt werden kann.

Nach dem Durchflutungsgesetz beträgt der Gesamtstrom

$$n I = H_{\text{Eisen}} \cdot 46{,}7 \text{ cm} + H_{\text{Luft}} \cdot 3 \text{ mm} .$$

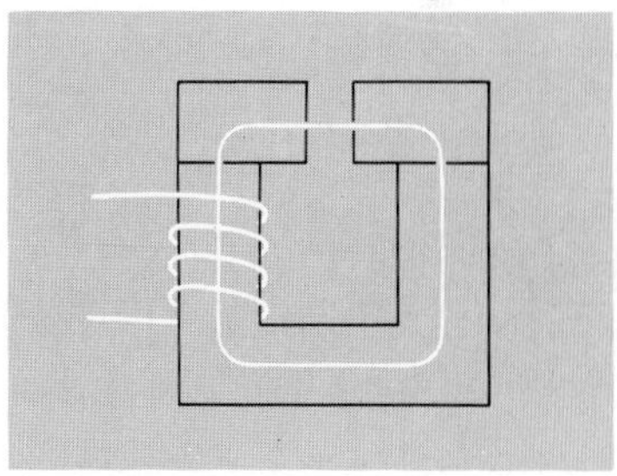

Abb. 553.2
Eisenkern mit Spalt zum ersten Beispiel. Die weiß eingezeichnete Linie ist die Feldlinie von durchschnittlicher Länge.

Der Satz vom magnetischen Fluß sagt aus, daß die Flußdichte B_{Luft} im Spalt gleich der Flußdichte B_{Eisen} ist, vermindert um 15%; dieser Flußverlust ist bedingt durch das Streufeld, ein Teil des Flusses verläßt den Spalt zur Seite hin. Die Flußdichte B_{Eisen} beträgt also

$$B_{\text{Eisen}} = 1 \text{ T} : 0{,}85$$

$$B_{\text{Eisen}} = 1{,}18 \text{ T}$$

$$H_{\text{Eisen}} = \frac{1}{\mu_0 \mu_r} \cdot 1{,}18 \text{ T}$$

$$H_{\text{Eisen}} = \frac{1{,}18 \text{ Vs} \cdot \text{m}^{-2}}{4\pi \cdot 10^{-7} \text{ Vs} \cdot \text{A}^{-1} \text{m}^{-1} \cdot 4{,}5 \cdot 10^3} = 209 \frac{\text{A}}{\text{m}}$$

$$H_{\text{Luft}} = \frac{B_{\text{Luft}}}{\mu_0}$$

$$H_{\text{Luft}} = \frac{1\,\text{Vs}\cdot\text{m}^{-2}}{4\pi\cdot 10^{-7}\,\text{Vs}\cdot\text{A}^{-1}\,\text{m}^{-1}} = 796\cdot 10^3\,\frac{\text{A}}{\text{m}}.$$

Wir setzen ein:

$$n\,I = 209\,\text{A m}^{-1}\cdot 0{,}467\,\text{m} + 796\cdot 10^3\,\text{A m}^{-1}\cdot 3\cdot 10^{-3}\,\text{m}$$

$$n\,I = 97{,}6\,\text{A} + 2388\,\text{A}$$

$$n\,I \approx 2500\,\text{A}.$$

Dieser Gesamtstrom kann mit zwei Spulen zu je 500 Windungen und einer Stromstärke von 2,5 A erzeugt werden.

2. Mit welcher Kraft F ziehen sich die beiden Jochhälften gegenseitig an, wenn man die Verhältnisse aus dem ersten Beispiel zugrunde legt?

Die Anziehungskraft zwischen den beiden Jochhälften beträgt

$$F = \frac{W_{\text{m}}}{3\,\text{mm}} \quad \text{(vgl. 2. Beispiel, S. 541)},$$

$$W_{\text{m}} = \text{Energie des Magnetfeldes im Spaltraum},$$

$$F = \frac{B^2\cdot 16\,\text{cm}^2\cdot 3\,\text{mm}}{2\mu_0\cdot 3\,\text{mm}},$$

$$F = \frac{1\,\text{V}^2\text{s}^2\cdot\text{m}^{-4}\cdot 16\cdot 10^{-4}\,\text{m}^2}{2\cdot 4\pi\cdot 10^{-7}\,\text{Vs}\cdot\text{A}^{-1}\,\text{m}^{-1}},$$

$$F \approx 640\,\text{N}.$$

3. Mit welcher Kraft F wird ein Joch vom geschlossenen U-förmigen Eisenkern festgehalten, wenn auf dem Kern 2 Spulen von je 500 Windungen sitzen, die beide von einer Stromstärke von 2,5 A durchflossen werden? Die Permeabilitätszahl soll jetzt zu 230 angenommen werden, Streuverluste sollen nicht auftreten. Der Kernquerschnitt beträgt wieder 16 cm², die durchschnittliche Feldlinienlänge 47 cm.

Das Durchflutungsgesetz sagt aus:

$$2\cdot 500\cdot 2{,}5\,\text{A} = H_{\text{Eisen}}\cdot 47\,\text{cm},$$

$$H_{\text{Eisen}} = 5320\,\frac{\text{A}}{\text{m}},$$

$$B_{\text{Eisen}} = \mu_0\,\mu_{\text{r}}\,\text{H}_{\text{Eisen}}$$

$$B_{\text{Eisen}} = 4\pi\cdot 10^{-7}\,\text{Vs}\cdot\text{A}^{-1}\,\text{m}^{-1}\cdot 230\cdot 5320\,\text{A m}^{-1}$$

$$B_{\text{Eisen}} = 1{,}54\,\text{T}.$$

Wollte man das Joch um Δs vom Kern entfernen, so wäre die Arbeit $F\cdot\Delta s$ notwendig; diese Arbeit würde gespeichert in dem Feldraum, der zwischen Kern und Joch entstünde. In einem solchen gedachten, sehr schmalen Raum betrüge die magnetische Flußdichte nach dem Satz vom magnetischen Fluß 1,54 T.

Die in dem Raum gespeicherte magnetische Feldenergie beträgt folglich

$$F\cdot\Delta s = 2\cdot 16\,\text{cm}^2\cdot\Delta s\,\frac{1}{2\mu_0}\,B^2,$$

$$F = \frac{16\cdot 10^{-4}\cdot 1{,}54^2\,\text{m}^2\,\text{V}^2\,\text{s}^2\cdot\text{m}^{-4}}{4\pi\cdot 10^{-7}\,\text{Vs}\cdot\text{A}^{-1}\,\text{m}^{-1}},$$

$$F \approx 3000\,\text{N}.$$

Das ist etwa die Gewichtskraft eines Körpers von 300 kg Masse.

Weitere Aufgaben: Siehe O. HÖFLING, Physikaufgaben II/2.

5.4.2 Die Magnetisierung von Materie

Es wurde bereits erwähnt, daß man bei grober Einteilung drei Arten von Materie unterscheiden kann:
1. paramagnetische Stoffe, Suszeptibilität $\kappa > 0$,
2. diamagnetische Stoffe, Suszeptibilität $\kappa < 0$,
3. ferromagnetische Stoffe, Suszeptibilität $\kappa > 0$, aber nicht konstant!

Zur Orientierung geben wir eine Tabelle mit den Werten der Suszeptibilität für einige ausgewählte Stoffe wieder.

Suszeptibilität κ verschiedener Stoffe

Paramagnetische Stoffe		*Diamagnetische Stoffe*		*Ferromagnetische Stoffe*	
Aluminium	0,000020	Kupfer	−0,000010	κ hier keine Konstante!	
Platin	0,000270	Gold	−0,000029	Eisen	bis 8000
Mangan	0,001000	Wasser	−0,000009	Nickel	bis 1120
Sauerstoff	0,0000019	Quecksilber	−0,000033	Nickel-Eisen-	
Luft	0,0000004	Silizium	−0,000025	Legierungen	bis 300000

Es zeigt sich, daß die Suszeptibilität der diamagnetischen Stoffe weitgehend temperaturunabhängig ist, während die Suszeptibilität der paramagnetischen Stoffe im allgemeinen mit wachsender Temperatur geringer wird. Das läßt darauf schließen, daß den beiden Erscheinungen unterschiedliche Ursachen zugrunde liegen. Wir wollen die zugehörigen atomaren Vorgänge skizzieren. Dazu denken wir uns die Elektronen im Atomverband nach der Vorstellung BOHRs um einen Atomkern kreisend. Sie bilden somit geschlossene Kreisströme, die wie jeder andere Strom von einem Magnetfeld begleitet sind. AMPÈRE entwickelte diese Vorstellung als erster, er sprach von Elementarströmen und führte die magnetischen Eigenschaften der Materie darauf zurück. In Wirklichkeit ist der Vorgang viel komplizierter.

Wir wenden uns zuerst dem *Diamagnetismus* zu. In der Darstellung von BOHRs Atommodell hätte man sich die Erscheinung etwa folgendermaßen vorzustellen:

Unter dem Einfluß eines äußeren Magnetfeldes erfährt die zunächst kreisförmig zu denkende Bahn eines Elektrons recht komplizierte Veränderungen; diese Veränderungen bewirken eine Magnetisierung der Materie. Es entsteht ein Eigenfeld des magnetisierten Stoffes, das dem verursachenden Feld entgegengesetzt gerichtet ist. Man kann diesen Vorgang an Abb. 522.1 modellmäßig veranschaulichen: die obere Leiterschleife ruft ein Magnetfeld hervor. Der in der unteren Schleife induzierte Strom erzeugt ein Magnetfeld von entgegengesetzter Richtung. Dieser induzierte Strom steht im Modell für das kreisende Elektron des Atoms. Man weiß heute, daß alle Stoffe diese Veränderung erfahren, wenn sie in ein Magnetfeld eingebracht werden, d.h. *alle Stoffe haben diamagnetische Eigenschaften.*

Dem Diamagnetismus überlagert sich nun in einigen Materialien ein *Paramagnetismus.* Der Paramagnetismus ist zurückzuführen auf das magnetische Moment, das jedes Elektron selbst auch ohne äußeren Einfluß besitzt. Während sich aber bei diamagnetischen Stoffen die einzelnen magnetischen Momente der Elektronen insgesamt gegenseitig aufheben, bleibt bei paramagnetischen Partikeln ein magnetisches Moment von mindestens einem Elektron übrig. Der Paramagnetismus beruht auf einem Ausrichten der Atome unter dem Einfluß des äußeren Magnetfeldes. Je größer die Zahl der Atome ist, deren magnetisches Moment annähernd mit der Richtung des äußeren Magnetfeldes übereinstimmt, desto stärker ist das Material in dieser Richtung magnetisiert. *Die paramagnetischen Erscheinungen sind für viele Stoffe stärker als die diamagnetischen, so daß der Diamagnetismus verdeckt wird.* Es ist gut vorstellbar, daß die Wärmebewegung der Atome, die ja in einer regellosen Schwingung der Atome um ihre Gitterpunkte besteht, einer magnetischen Ausrichtung der Atome entgegenwirkt; der Paramagnetismus zeigt deswegen die erwähnte Temperaturabhängigkeit.

Der *Ferromagnetismus* entsteht durch diejenigen magnetischen Momente von Elektronen, die sich nicht innerhalb eines Atoms gegenseitig aufheben. Diese nicht kompensierten Momente ordnen sich bei passender Kristallbildung für viele benachbarte Atome des Kristalls in gleicher Richtung an. Dazu bedarf es einer Wechselwirkung zwischen diesen nicht kompensierten magnetischen Momenten benachbarter Atome, die *nur bei wenigen Kristallgitterformen möglich* ist. So wird es verständlich, daß der Ferromagnetismus verhältnismäßig selten auftritt. Die künstliche Herstellung von ferromagnetischen Stoffen ist nur möglich, weil es gelang, passende Kristallgitterformen zu schaffen. Keramikmagnete und Kupfermanganlegierungen mögen als Beispiele dienen. Die WEISS-*Bezirke* (nach dem frz. Physiker P. WEISS, 1865 – 1940), in denen eine solche einheitliche Magnetisierung des ferromagnetischen Materials auftritt, haben eine Größe von 0,01 bis 0,1 mm. Diese Bezirke sind es, die wir früher als *Elementarmagnete* kennengelernt haben. Sie sind nicht identisch mit den vielen kleinen, unregelmäßig angeordneten Kristallen, aus denen sich polykristalline Festkörper aufbauen. *Magnetisierung eines ferromagnetischen Stoffes bedeutet, daß die Magnetisierungsrichtungen der* WEISS-*Bezirke in wachsendem Maße in Übereinstimmung gebracht werden.* Auch dieser Vorgang ist kompliziert, es klappen nicht nur die magnetischen Momente der Bezirke um, sondern es treten auch Wandverschiebungen zwischen den Bezirken auf. Veranschaulichen kann man das mit einem Magnetmodell aus vielen kleinen, regelmäßig angeordneten Magnetnadeln (Abb. 556.1).

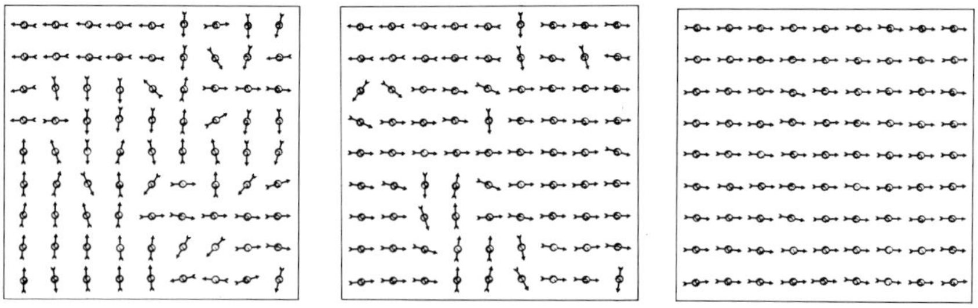

Abb. 556.1 Magnetmodell ohne äußeres Magnetfeld, im schwachen äußeren Magnetfeld und im starken äußeren Magnetfeld

Zum Nachweis der Existenz dieser WEISS-Bezirke gibt es einen sehr eindrucksvollen Versuch. Man kann das Umklappen der magnetischen Momente der Bezirke hörbar machen, indem man den Umklappvorgang eines magnetischen Moments nutzt, um in einer Induktionsspule einen Spannungsstoß zu induzieren. Den Spannungsstoß kann man über einen Verstärker und einen Lautsprecher wahrnehmen. Dieses Verfahren wandte der deutsche Physiker H. BARKHAUSEN (1881 – 1956) erstmalig an; nach ihm heißt der Vorgang BARKHAUSEN-Effekt, das Umklappen der Magnetisierung in den WEISS-Bezirken auch BARKHAUSEN-Sprung.

Versuch 556.1 Zwischen zwei Isolierstützen spannen wir einen sehr dünnen Eisendraht, so daß der Draht etwa in der Achse einer Experimentierspule mit 12000 oder mehr Windungen verläuft. Die Spulenenden werden über einen Verstärker mit einem Lautsprecher verbunden. Mit einem starken Magneten wird der Draht in der Spule mehrfach ummagnetisiert (Abb. 556.2).

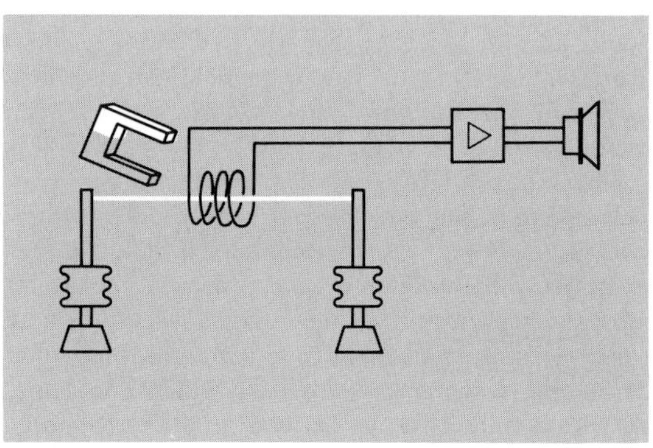

Abb. 556.2 Anordnung zum BARKHAUSEN-Effekt

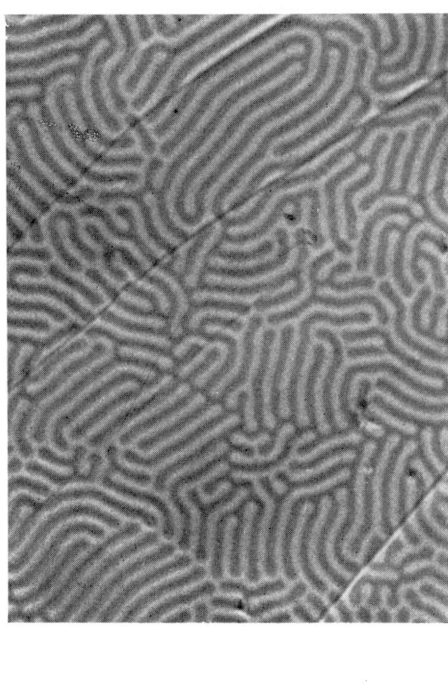

Abb. 556.3 WEISS-Bezirke eines Einkristallplättchens aus $BaFe_{12}O_{19}$

Die vielen regellos erfolgenden Induktionsspannungsstöße, die von den umklappenden magnetischen Momenten der WEISS-Bezirke hervorgerufen werden, erzeugen in dem Lautsprecher ein deutliches Rauschen. Daß dieses Rauschen wirklich seine Ursache in der Ummagnetisierung des Eisendrahtes hat, läßt sich mit einem Gegenexperiment zeigen: mit einem Kupferdraht anstelle des Eisendrahtes kann man den Effekt nicht hervorrufen.

Man kann die WEISS-Bezirke sichtbar machen, indem man eine sehr dünne Schicht des ferromagnetischen Materials mit polarisiertem Licht durchleuchtet und durch ein Polarisationsfilter beobachtet (Abb. 556.3).

Ferromagnetisches Material verliert seinen Ferromagnetismus oberhalb einer für das Material charakteristischen Temperatur, wie P. CURIE (frz. Physiker, 1859 – 1906) 1894 entdeckte. Diese Temperatur heißt nach ihrem Entdecker CURIE-Temperatur. Sie beträgt für

Kobalt 1075 °C, Eisen 769 °C, Nickel 356 °C.

Oberhalb der Curie-Temperatur wird ein ferromagnetisches Material von einem Magneten nicht mehr angezogen.

Versuch 557.1 In der Anordnung des Versuches 556.1 wird durch den gespannten Eisendraht ein gut geglätteter Gleichstrom geleitet, der den Eisendraht bis zur hellen Rotglut erhitzen kann. Gleichzeitig versuchen wir, den Eisendraht wie in Versuch 556.1 zu magnetisieren.

Der Versuch zeigt, daß eine Magnetisierung von einer gewissen Temperatur an nicht mehr möglich ist, das Rauschen läßt sich nicht mehr hervorrufen. Kühlt der Draht wieder ab, so stellt sich das Rauschen wieder ein.

Oberhalb der CURIE-Temperatur wird das Kristallgitter so verändert, daß sich die WEISS-Bezirke nicht mehr ausbilden können. Freie Eisenatome verhalten sich paramagnetisch.

Die Magnetisierung eines ferromagnetischen Materials bleibt auch dann z. T. noch erhalten, wenn das äußere Magnetfeld, das die Magnetisierung hervorrief, nicht mehr wirksam ist. Wir zeigen diese Erscheinung zunächst in der Anordnung des Versuches 532.1.

Versuch 557.2 In der Anordnung nach Versuch 532.1 kehren wir mit Hilfe eines Stromwendeschalters zwischen zwei Einschaltvorgängen die Stromrichtung um.

Die zeitliche Verzögerung im Aufleuchten der über die Spule versorgten Glühlampe wird durch die Umkehr der Stromrichtung zwischen zwei Einschaltvorgängen sichtbar vergrößert gegenüber der Verzögerung ohne eine solche Stromrichtungsumkehr. Wir schließen daraus, daß in dem Eisen auch nach dem Abschalten des felderzeugenden Stromes noch nachweisbare Veränderungen vorliegen.

Das magnetische Verhalten eines ferromagnetischen Materials hängt von dessen Vorgeschichte ab.

Die Magnetisierung der WEISS-Bezirke zeigt eine Art von Beharrungsvermögen, die magnetischen Momente bleiben stets in einer gewissen Anzahl in derjenigen Lage, die dem vorangegangenen Magnetisierungszustand entspricht. Der magnetische Fluß bleibt hinter der verändernden Feldstärke zurück. Die in Abb. 552.1 gezeigte Neukurve der Magnetisierung gibt deswegen nur einen ganz besonders einfachen Fall eines solchen Ablaufs wieder.

Zur Untersuchung dieser Erscheinung verwenden wir einen langen Stahlstab, z. B. eine Stativstange, den wir in eine lange Spule legen. Diese Anordnung erlaubt im Gegensatz zu dem Verfahren mit dem geschlossenen Eisenkern die Untersuchung unterschiedlicher Materialien. Wenn die Länge des Stabes wenigstens das Hundertfache seines Durchmessers beträgt, und wenn die Feldspule ihn ganz umschließt, gilt für die Feldstärke H im Inneren der Spule auch bei Anwesenheit des ferromagnetischen Materials in guter Näherung die bekannte Gleichung

$$H = \frac{n I}{l}.$$

n ist die Windungszahl, l die Länge der Feldspule, I ist die Stärke des felderzeugenden Stromes.

Versuch 558.1 Ein langer Stahlstab wird sorgfältig entmagnetisiert; zu diesem Zweck zieht man ihn langsam mehrere Male durch eine Experimentierspule, die von einem Wechselstrom durchflossen wird. Dann legt man den Stab in eine lange Feldspule. Feldspule und Eisenstab werden gemeinsam von einer Induktionsspule (z.B. einer Experimentierspule von 1000 Windungen) umschlossen. Die Induktionsspule wird mit dem Integrator verbunden, der an ein Voltmeter angeschlossen ist. Die Feldspule wird mit einem Gleichstromnetzgerät verbunden; die Stromstärke mit einem Amperemeter gemessen. Die Stromstärke in der Feldspule wird von 0 auf I_0 hochgestellt, wieder auf 0 verringert, mit einem Wendeschalter in ihrer Richtung gekehrt und auf $-I_0$ gestellt. Sie wird wieder auf 0 verringert, wieder in ihrer Richtung gekehrt und wieder auf I_0 hochgestellt. Zu jeder Stromstärke I wird die Ausgangsspannung U_a des Integrators abgelesen und protokolliert. Der Versuch wird mit einem zweiten Stahlstab aus anderem Material wiederholt (Abb. 558.1).

Zu jeder Stromstärke I in der Feldspule erhält man wie in Versuch 551.1 die magnetische Flußdichte B im Stahlstab. Die Größe A bezeichnet in diesem Falle den Querschnitt des Stahlstabes.

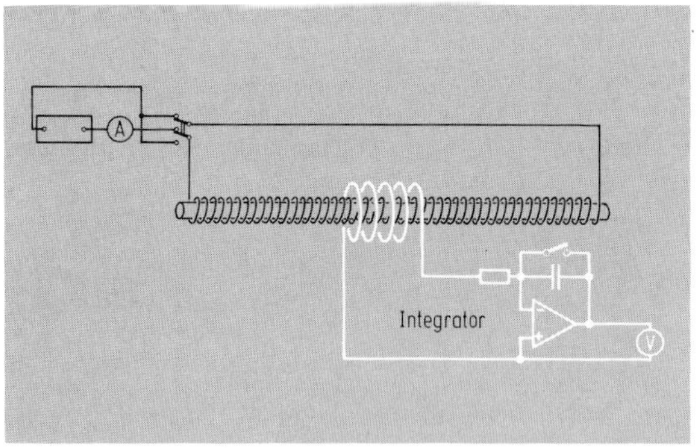

Abb. 558.1
Experimentelle Anordnung zu Versuch 558.1

Schaltet man die Anordnung mit dem Spannung-Schreiber zusammen, so daß er in der x-Richtung die Stromstärke I wiedergibt, in der y-Richtung die Ausgangsspannung U_a des Integrators, so erhält man die Diagramme in der Abb. 559.1. Die Koordinatensysteme sind nachträglich eingetragen worden. Die Diagramme geben den Zusammenhang von Feldstärke H in der langen Spule und der magnetischen Flußdichte B im Stahl für zwei verschiedene Stahlsorten wieder. Beide Kurven zeigen ein für ferromagnetische Stoffe typisches Verhalten:

War der Stahlstab zu Beginn der Meßreihe unmagnetisch, so schreibt der Schreiber zunächst die Neukurve. Verringert man jedoch die Stromstärke von I_0 ausgehend wieder, so geht auch die Flußdichte B zurück, aber die Neukurve wird nicht in entgegengesetzter Richtung durchlaufen, sondern die magnetische Flußdichte nimmt nach der in Abb. 559.1 durch das Kurvenstück AB dargestellten Weise ab. Wenn die Feldstärke Null geworden ist, bleibt noch eine gewisse magnetische Flußdichte B zurück, die man als die *Remanenzflußdichte* bezeichnet. Um auch diese zum Verschwinden zu bringen, muß ein dem ursprünglichen Magnetfeld entgegengesetztes Feld mit einer bestimmten Feldstärke C wirksam werden; diese Feldstärke bezeichnet man als die *Koerzitivfeldstärke*. Bei noch stärker werdendem Gegenfeld tritt dann eine magnetische Flußdichte in entgegengesetzter Richtung auf, die mit wachsender Feldstärke bis D ansteigt. Nimmt die Feldstärke jetzt wieder auf Null ab, so bleibt erneut eine Restflußdichte E zurück, die der ersten entgegengerichtet ist und die wiederum erst durch eine gewisse Feldstärke F beseitigt werden kann. Ein weiterer Anstieg der Feldstärke führt dann von F nach A und schließt die Kurve. Die in Abb. 559.1 dargestellte, für die ferromagnetischen Stoffe charakteristische Schleife bezeichnet man als *Hystereseschleife*. Ihre Form weist je nach der Art des Stoffes und seiner Vorbehandlung gewisse Charakteristika auf. Die Fläche der Schleife stellt ein Maß für die Energie dar, die zur völligen Umorientierung des magnetischen Flusses von einer Richtung in die entgegengesetzte und zurück zur Ausgangsrichtung aufgewendet werden muß. Diese Energie tritt innerhalb des behandelten Stoffes als Wärme in Erscheinung.

Für industrielle Zwecke werden heute ferromagnetische Stoffe mit vorgegebenen magnetischen Eigenschaften hergestellt. Permanentmagnete müssen eine hohe Remanenzflußdichte aufweisen, um ihre Funktion erfüllen zu können, sie dürfen nur mit hoher Koerzitivfeldstärke entmagnetisierbar sein, um nicht durch fremde Magnetfelder geschädigt zu werden. Für Meßgeräte-Magneten ist diese Forderung evident. Man nennt solche Materialien *magnetisch hart*, ihre Hystereseschleife umschließt eine große Fläche. Remanenzflußdichten von 1 T werden kaum überschritten, die Koerzitivfeldstärken haben bei Oxid-Keramikmagneten die höchsten vorkommenden Werte von etwa 150000 $\mathrm{A\,m^{-1}}$; für die früher ausschließlich verwendeten Kohlenstoffstähle beträgt die Koerzitivfeldstärke nur 5000 $\mathrm{A\,m^{-1}}$.

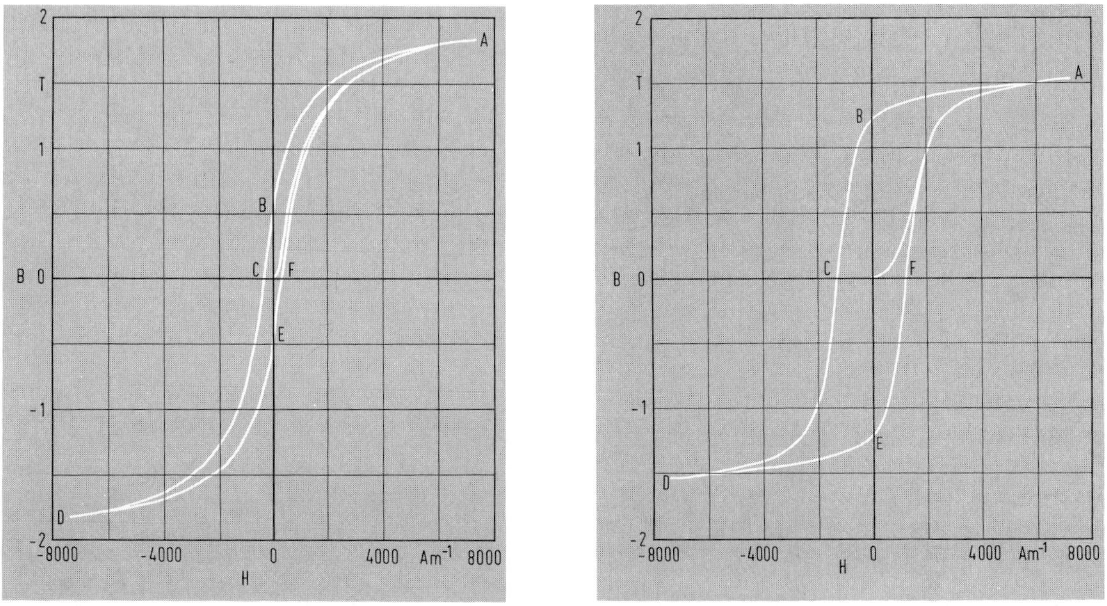

Abb. 559.1 Zwei Hystereseschleifen. Die linke Schleife wurde mit einer Stativstange, die rechte mit einem Stab aus Werkzeugstahl aufgenommen, der in seinen Abmessungen mit der Stativstange übereinstimmt. Vom Koordinatenanfangspunkt zur rechten oberen Spitze läuft die Neukurve.

Aus ferromagnetischem Material mit besonderem Hystereseverhalten lassen sich heute Dauermagnete herstellen, deren Haftkraft elektrisch ein- bzw. ausgeschaltet werden kann. Elektrische Energie wird nur beim Übergang von einem stabilen Zustand in den anderen benötigt.

Als Haftelemente, in der Datenspeicherung und -verarbeitung und in Meßgeräten finden Dauermagnete vielfältige Verwendung.

Im Gegensatz zu den Permanentmagneten müssen Transformatoren und Wechselstrommotoren aus sog. *weichem ferromagnetischen* Material gefertigt werden. Das sind Stoffe, zu deren Ummagnetisierung eine möglichst geringe Energie erforderlich ist; Energieverluste und unzulässige Erwärmung werden auf diesem Wege vermieden. Man erkennt solche Stoffe an einer sehr schmalen Hystereseschleife.

Die geophysikalische Forschung hat ergeben, daß die Ursachen des *erdmagnetischen Feldes* im wesentlichen unterhalb der festen Erdkruste zu suchen sind, nur lokal begrenzte Störungen sind auf magnetisierte, ferromagnetische Bestandteile in Gesteinen zurückzuführen. Unterhalb der festen Erdkruste aber kann Gestein nicht mehr ferromagnetisch sein, da die Curie-Temperatur dieses Gesteins dort schon überschritten wird; man setzt dafür etwa 500 °C an.

In noch größeren Tiefen, 2900 km unter der Erdoberfläche, hat man sich die Oberfläche des metallisch flüssigen Erdkerns zu denken. Dessen Temperatur liegt so hoch, daß eine ferromagnetische Magnetisierung auch dieses Materials ausgeschlossen ist. Man vermutet heute als Hauptursache des Erdfeldes elektrische Ströme im elektrisch gut leitenden flüssigen Metallkern. Die Bahnen dieser elektrischen Ströme werden durch Materieströmungen beeinflußt, auch die Rotation der Erde spielt dabei eine Rolle. Die Tatsache, daß das erdmagnetische Feld innerhalb der letzten vier Millionen Jahre drei Richtungsumkehrungen erfuhr, kann mit dieser Hypothese in Einklang gebracht werden. Forschungen zur Geschichte des erdmagnetischen Feldes stützen sich z. B. auf Untersuchungen einer heute noch nachweisbaren Magnetisierung, die den ferromagnetischen Bestandteilen abkühlender Lava von dem jeweils herrschenden Magnetfeld aufgeprägt wurde, als die Curie-Temperatur im Laufe des Abkühlprozesses unterschritten wurde. (Vgl. auch S. 540.)

5.5 Eigenschaften des Wechselstroms

5.5.1 Die effektive Spannung und Stromstärke des Wechselstroms

Die bedeutendste technische Anwendung der LORENTZ-Kraft ist der Generator (S. 477), mit dem mechanische Arbeit in elektrische Energie umgewandelt wird. Mit dem sinusförmigen Verlauf der erzeugten Spannung und der Stromstärke des an den Stromkreis abgegebenen Stroms haben wir uns bereits beschäftigt.

Die im Zeitpunkt t vorliegende Spannung

$$U = U_0 \cdot \sin \omega t$$

und Stromstärke

$$I = I_0 \cdot \sin \omega t$$

des Wechselstroms nennt man *Momentanwerte* von Spannung und Stromstärke. Diese Momentanwerte interessieren bei der Benutzung elektrischer Geräte, die an das Wechselstromnetz angeschlossen sind, überhaupt nicht. Wenn das Elektrizitätswerk an der Haushaltssteckdose die Spannung 220 V zur Verfügung stellt, so ist mit dieser Angabe sicher nicht ein Momentanwert der Wechselspannung gemeint. Auch Drehspulgeräte können keine Momentanwerte anzeigen, weil das Meßwerk den schnellen Wechseln wegen der Massenträgheit von Drehspule und Zeiger gar nicht folgen kann. Diese Überlegungen erzwingen die Definition einer sog. *effektiven Spannung* und *effektiven Stromstärke*, wobei das Wort *effektiv* auf den andauernden Effekt in einem Stromkreis hinweisen soll. Dieser Effekt besteht z. B. bei einem eingeschalteten Tauchsieder in der zeitlich gleichmäßigen Umsetzung von elektrischer Energie in Wärmeenergie. Man könnte den Tauchsieder auch mit Gleichstrom betreiben und die Gleichspannung so einrichten, daß die Wärmeleistung die gleiche ist wie bei dem Betrieb mit Wechselstrom. Von dieser Überlegung geht man aus und vereinbart:

Unter der effektiven Stromstärke I_{eff} eines Wechselstroms soll diejenige Stromstärke verstanden werden, die ein Gleichstrom haben muß, um in demselben Widerstand die gleiche Leistung hervorzubringen.

Es ergibt sich nun die Frage, wie groß die effektive Stromstärke I_{eff} ist, die einem Wechselstrom mit der zeitabhängigen Stromstärke

$$I = I_0 \cdot \sin \omega t$$

zugeordnet werden muß. Diese Frage läßt sich leicht beantworten, weil wir die Leistung des elektrischen Stromes kennen. Sie ist gleich dem Produkt aus Spannung und Stromstärke:

$$P = UI.$$

Mit der Definitionsgleichung für den elektrischen Widerstand $R = \frac{U}{I}$ erhalten wir

$$P = RI^2 = RI_0^2 \cdot \sin^2 \omega t.$$

Bei Verwendung der trigonometrischen Beziehung

$$\sin^2 \alpha = \tfrac{1}{2} \cdot (1 - \cos 2\alpha)$$

erhalten wir die Leistung

$$P = \tfrac{1}{2} \cdot RI_0^2 \cdot (1 - \cos 2\omega t) = \tfrac{1}{2} \cdot RI_0^2 - \tfrac{1}{2} RI_0^2 \cdot \cos 2\omega t.$$

Der Anteil $\frac{1}{2} \cdot RI_0^2$ ist zeitunabhängig; der Anteil $-\frac{1}{2} \cdot RI_0^2 \cdot \cos 2\omega t$ ist ein zeitabhängiger Ausdruck, der mit der doppelten Frequenz des Wechselstroms um den Mittelwert Null schwankt. In Abb. 561.1 ist der zeitliche Verlauf der Leistung P sowie der Verlauf ihrer beiden Anteile grafisch dargestellt. Man sieht hier nochmals anschaulich, was bereits die Rechnung zeigt:

Abb. 561.1
Zeitlicher Verlauf der Leistung eines Wechselstroms

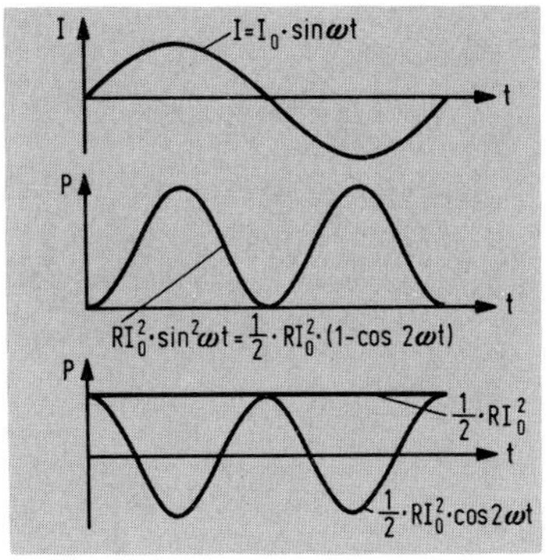

Über eine volle Periode T beträgt die mittlere Leistung

$$P=\tfrac{1}{2}\cdot RI_0^2$$

bzw. die Stromarbeit

$$W=\tfrac{1}{2}\cdot RI_0^2\cdot T.$$

Nach den oben getroffenen Feststellungen müssen wir also setzen:

$$P=RI_{\text{eff}}^2=\tfrac{1}{2}\cdot RI_0^2,$$

$$I_{\text{eff}}^2=\frac{I_0^2}{2},$$

$$I_{\text{eff}}=\frac{I_0}{\sqrt{2}}\approx 0{,}707\cdot I_0.$$

Eine entsprechende Überlegung kann man für die Spannung durchführen. Aus $P=UI$ und $R=\dfrac{U}{I}$ erhält man

$$P=\frac{U^2}{R}=\frac{U_0^2\cdot\sin^2\omega t}{R}=\frac{1}{2}\cdot\frac{U_0^2}{R}-\frac{1}{2}\cdot\frac{U_0^2}{R}\cdot\cos 2\omega t,$$

d.h., über eine volle Periode T erhält man die mittlere Leistung

$$P=\frac{1}{2}\cdot\frac{U_0^2}{R}.$$

Der Vergleich mit

$$P=\frac{U_{\text{eff}}^2}{R}$$

ergibt

$$U_{\text{eff}}^2=\frac{U_0^2}{2},$$

$$U_{\text{eff}}=\frac{U_0}{\sqrt{2}}\approx 0{,}707\cdot U_0.$$

Die effektive Stromstärke und die effektive Spannung eines sinusförmigen Wechselstroms ergeben sich, indem man die Scheitelwerte von Stromstärke und Spannung durch $\sqrt{2}$ dividiert.

Zum Verständnis der Effektivwerte muß nochmals daran erinnert werden, daß die vorangehenden Betrachtungen sinnlos werden, wenn man Strom und Spannung eines Wechselstroms nur für ganz kleine Zeiten verfolgt, d.h. für Zeiten, die in der Größenordnung einer Periode liegen. Fließt dagegen ein Dauerstrom von einigen Sekunden oder länger, so spielt es keine Rolle mehr, ob innerhalb dieser Zeit noch eine angebrochene Periode vorhanden ist. Der zeitabhängige, periodische Anteil der Leistung kann dann in jedem Fall bei der Mittelwertbildung gleich Null gesetzt werden.

Drehspulgeräte baut man heute in der Regel für vielseitige Verwendungen, d.h., dasselbe Gerät kann mit verschiedenen Gleich- und Wechselstrommeßbereichen eingesetzt werden. Bei Benutzung der Wechselstrommeßbereiche wird automatisch eine Gleichrichterschaltung im Drehspulgerät eingeschaltet. Die Instrumente werden so kalibriert, daß sie bei Wechselstrom Effektivwerte anzeigen. Wenn wir in Zukunft bei Wechselstrom von der Spannung und der Stromstärke ohne weitere Erläuterungen sprechen, so meinen wir immer die Effektivwerte, die durch Drehspulgeräte angezeigt werden.

5.5.2 Der Wechselstromkreis

Wenn ein Stromkreis Spulen mit der Induktivität L oder Kondensatoren mit der Kapazität C enthält, so zeigen sich wesentliche Unterschiede zwischen Gleich- und Wechselstrom, die im folgenden untersucht werden sollen.

Wir wissen, daß eine Gleichspannung U in einem Stromkreis mit dem Widerstand R einen Strom mit der Stromstärke

$$I=\frac{U}{R}$$

hervorruft und daß für einen Wechselstromkreis ohne Spulen und Kondensatoren diese Beziehung mit unverändertem R gilt, wenn man die effektive Spannung und die effektive Stromstärke oder irgendwelche Momentanwerte des gleichen Zeitpunktes, z. B. die Scheitelwerte, einsetzt:

$$I_{\text{eff}}=\frac{U_{\text{eff}}}{R} \quad \text{bzw.} \quad I_0=\frac{U_0}{R}.$$

Dabei sind Spannung und Stromstärke zu jeder Zeit in Phase (Abb. 562.1).

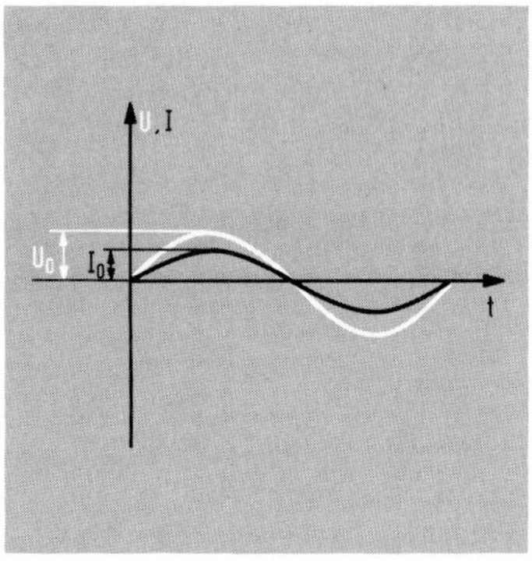

Abb. 562.1
Spannung und Stromstärke des Wechselstroms befinden sich in gleicher Phase.

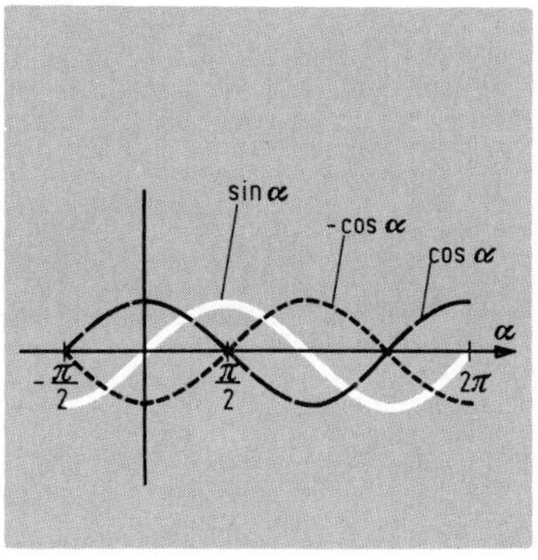

Abb. 562.2
Grafische Darstellung der Werte von $\sin\alpha$, $\cos\alpha$ und $-\cos\alpha$ für $-\frac{\pi}{2}\leqq\alpha\leqq+2\pi$

Ganz andere Verhältnisse treten auf, wenn der Stromkreis eine Spule oder einen Kondensator oder beides zusammen enthält. Wir wollen die Zusammenhänge zwischen der Spannung U, der Stromstärke I, dem Widerstand R, der Induktivität L und der Kapazität C experimentell und theoretisch untersuchen und stellen für die folgenden theoretischen Untersuchungen diejenigen mathematischen Hilfsmittel, die wir dazu benötigen, schon an dieser Stelle zusammen:

1. Hilfsmittel der Trigonometrie

Wir entnehmen der Formelsammlung

$$\cos\alpha=\sin\left(\alpha+\frac{\pi}{2}\right), \quad -\cos\alpha=\sin\left(\alpha-\frac{\pi}{2}\right), \quad \frac{\sin\alpha}{\cos\alpha}=\tan\alpha, \quad \sin^2\alpha+\cos^2\alpha=1,$$

$$\sin(\alpha-\beta)=\sin\alpha\cdot\cos\beta-\cos\alpha\cdot\sin\beta, \quad \cos(\alpha-\beta)=\cos\alpha\cdot\cos\beta+\sin\alpha\cdot\sin\beta.$$

2. Hilfsmittel der Differentialrechnung

Die zeitliche Ableitung der Funktion $y=f(t)$ ist der Grenzwert des Differenzenquotienten $\frac{\Delta y}{\Delta t}$ für $\Delta t\to 0$. Wir schreiben diese Ableitung mit einem Punkt über dem Funktionssymbol, also

$$\dot{y}=\lim_{\Delta t\to 0}\frac{\Delta y}{\Delta t}.$$

Bilden wir die zweite zeitliche Ableitung der Funktion $y=f(t)$, so schreiben wir

$$\ddot{y}=\lim_{\Delta t\to 0}\frac{\Delta\dot{y}}{\Delta t}.$$

Für die im folgenden benutzten trigonometrischen Funktionen gilt dann bei konstanten Größen A, ω und φ:

$y = A \cdot \sin \omega t$	$y = A \cdot \sin(\omega t - \varphi)$	$y = A \cdot \cos \omega t$	$y = A \cdot \cos(\omega t - \varphi)$
$\dot{y} = \omega A \cdot \cos \omega t$	$\dot{y} = \omega A \cdot \cos(\omega t - \varphi)$	$\dot{y} = -\omega A \cdot \sin \omega t$	$\dot{y} = -\omega A \cdot \sin(\omega t - \varphi)$
$\ddot{y} = -\omega^2 A \cdot \sin \omega t$	$\ddot{y} = -\omega^2 A \cdot \sin(\omega t - \varphi)$	$\ddot{y} = -\omega^2 A \cdot \cos \omega t$	$\ddot{y} = -\omega^2 A \cdot \cos(\omega t - \varphi)$

Wir untersuchen jetzt einen Stromkreis, der eine *Spule* enthält. Die *Induktivität* dieser Spule können wir durch Einschieben eines Eisenkerns und dessen Vervollständigung zu einem U-Kern mit Joch in zunehmendem Maße ändern.

Versuch 563.1 In einem Stromkreis befindet sich nach Abb. 563.1 eine Spule und ein für Gleich- und Wechselstrom geeignetes Amperemeter. Wir schalten nacheinander eine Gleichspannung und eine Wechselspannung von derselben Effektivspannung, die am Voltmeter gemessen wird, ein und beobachten die Stromstärke, indem die Spule zunächst ohne Eisenkern, dann mit Eisenkern und schließlich mit U-Kern und Joch benutzt wird.

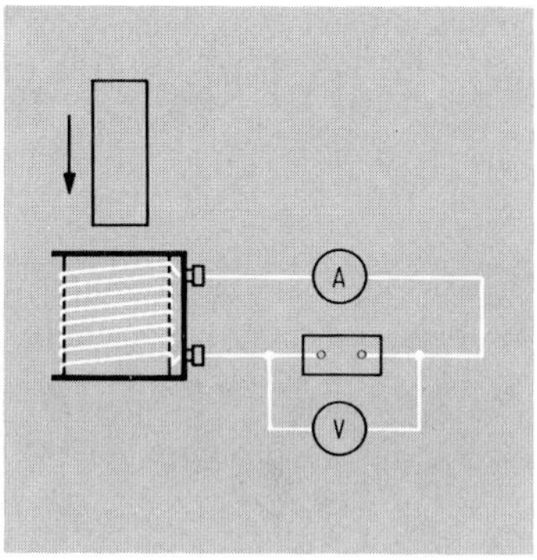

Abb. 563.1
Spule mit veränderbarer Induktivität in einem Gleich- bzw. Wechselstromkreis

Der Versuch zeigt:

Beim Gleichstrom messen wir eine bestimmte Stromstärke, die ohne und mit Eisenkern den gleichen Wert hat. Beim Wechselstrom ergibt sich ohne Eisenkern eine Stromstärke, die niedriger als die des Gleichstroms ist. Durch Einschieben des Eisenkernes sinkt die Stromstärke des Wechselstroms weiter, und bei Verwendung eines Eisenkernes mit Joch ist sie noch wesentlich geringer. Da durch das Einführen des Eisenkernes nur die Induktivität der Spule vergrößert wird, während ihr Widerstand gegenüber Gleichstrom unverändert bleibt, müssen wir annehmen, daß eine Induktivität gegenüber Wechselstrom wie ein zusätzlicher Widerstand wirkt. Diese Feststellung ist auch leicht verständlich. Wir haben früher (S. 533) gesehen, daß beim Ein- und Ausschalten eines Gleichstroms in einer Spule eine Gegenspannung induziert wird, die beim Einschalten das Anwachsen der Stromstärke verzögert und beim Ausschalten das Fließen des Stromes über den Ausschaltzeitpunkt hinaus aufrecht erhält. Während sich diese Erscheinung beim Gleichstrom nur beim Ein- und Ausschalten bemerkbar macht, ist die Gegenspannung beim Wechselstrom wegen des ständigen Wechselns der Stromrichtung und Stromstärke dauernd vorhanden. Sie wirkt sich wie ein zusätzlicher Widerstand aus und verhindert, daß der Wechselstrom bei gleicher Spannung die gleiche Stromstärke wie ein Gleichstrom annimmt. Wir bezeichnen den zusätzlichen Widerstand als *induktiven Widerstand* R_L.

Es geht jetzt darum, diesen Widerstand zu berechnen. Wir wissen, daß in der Spule die Spannung

$$U_{\text{ind}} = -L \cdot \frac{\Delta I}{\Delta t}$$

induziert wird, wenn sich die Stromstärke in der Spule in der Zeit Δt um ΔI ändert. In der Schreibweise der Differentialrechnung ist der Momentanwert der induzierten Spannung

$$U_{\text{ind}} = -L\dot{I}.$$

Wenn wir die Stromstärke in einem Stromkreis berechnen wollen, müssen wir also berücksichtigen, daß zwei Spannungen in dem Stromkreis wirksam sind, die Wechselspannung

$$U = U_0 \cdot \sin \omega t$$

des Stromversorgungsgerätes und die induzierte Spannung

$$U_{\text{ind}} = -L\dot{I}.$$

Die wirksame Gesamtspannung ergibt sich bei Hintereinanderschaltung aus der Summe der Einzelspannungen. Wir erhalten für die Gesamtspannung in diesem Fall

$$U_{\text{ges}} = U_0 \cdot \sin \omega t - L\dot{I}.$$

Die Stromstärke ergibt sich dann aus der Gesamtspannung und dem Widerstand R, den wir in Zukunft *ohmschen Widerstand* nennen wollen, durch die Gleichung

$$U_0 \cdot \sin \omega t - L\dot{I} = RI.$$

Wir vereinfachen jetzt die Betrachtung, indem wir uns die Kupferdrähte der Spule und der Leitungen so dick vorstellen, daß der ohmsche Widerstand R praktisch gleich Null gesetzt werden kann. Mit $R=0$ folgt

$$U_0 \cdot \sin \omega t = L\dot{I},$$

$$\dot{I} = \frac{U_0}{L} \cdot \sin \omega t.$$

Die Funktion $y = A \cdot \cos \omega t$ hat die zeitliche Ableitung $\dot{y} = -\omega A \cdot \sin \omega t$. Setzen wir $y = I$ und $A = -\frac{U_0}{\omega L}$, so geht die vorangehende Aussage über in:

Die Funktion $I = -\frac{U_0}{\omega L} \cdot \cos \omega t$ hat die zeitliche Ableitung $\dot{I} = \frac{U_0}{L} \cdot \sin \omega t$. Wir können also weiter schreiben:

$$I = -\frac{U_0}{\omega L} \cdot \cos \omega t,$$

$$I = \frac{U_0}{\omega L} \cdot \sin\left(\omega t - \frac{\pi}{2}\right),$$

$$I = I_0 \cdot \sin\left(\omega t - \frac{\pi}{2}\right); \qquad I_0 = \frac{U_0}{\omega L}.$$

Als induktiven Wechselstromwiderstand R_L einer Spule mit der Induktivität L erhalten wir

$$R_L = \frac{U_{\text{eff}}}{I_{\text{eff}}} = \frac{U_0}{I_0} = \omega L.$$

In einem Wechselstromkreis, der nur einen induktiven Widerstand besitzt, gilt das Gesetz

$$I_{\text{eff}} = \frac{U_{\text{eff}}}{\omega L}.$$

Der induktive Widerstand hat in einem Wechselstromkreis eine *Phasenverschiebung* zwischen der Spannung und der Stromstärke zur Folge, wie man an den momentanen Werten

$$U = U_0 \cdot \sin \omega t \quad \text{und} \quad I = I_0 \cdot \sin\left(\omega t - \frac{\pi}{2}\right)$$

erkennt. Für $t = \frac{T}{4}$ ist

$$\omega t = 2\pi \nu \cdot \frac{T}{4} = \frac{\pi}{2},$$

also

$$U = U_0 \quad \text{und} \quad I = 0.$$

Wenn die Spannung ihren Scheitelwert U_0 erreicht hat, ist die Stromstärke Null. Die Stromstärke beginnt zu wachsen, wenn die Spannung bereits wieder abnimmt. Man kann diesen Sachverhalt aus Abb. 565.1 entnehmen.

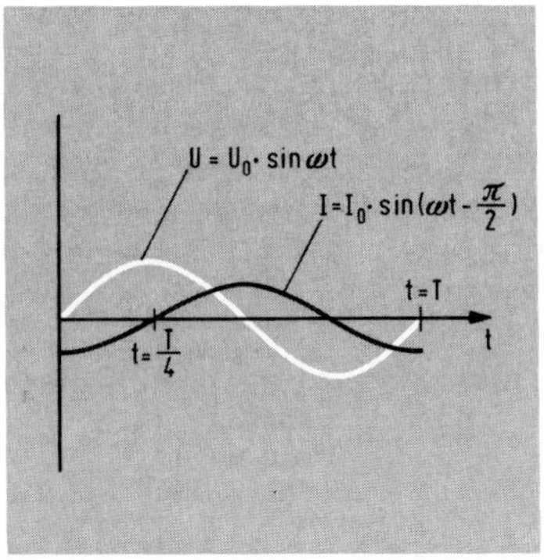

Abb. 565.1
Phasenverschiebung zwischen Spannung und Stromstärke bei induktivem Widerstand

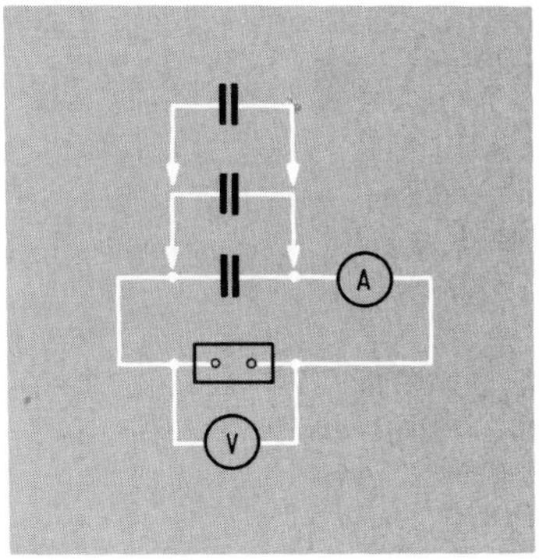

Abb. 565.2
Parallel geschaltete Kondensatoren mit veränderbarer Gesamtkapazität in einem Gleich- bzw. Wechselstromkreis

In einem Wechselstromkreis bewirkt ein induktiver Widerstand, daß die Stromstärke der Spannung nacheilt. Die Phasenverschiebung ist $\varphi=\frac{\pi}{2}$, wenn kein ohmscher Widerstand vorhanden ist.

Wir untersuchen jetzt einen Stromkreis, der zunächst einen Kondensator und dann mehrere parallel geschaltete *Kondensatoren* enthält, so daß wir die *Kapazität* in zunehmendem Maße ändern können.

Versuch 565.1 In einem Stromkreis befindet sich nach Abb. 565.2 ein Kondensator und ein für Gleich- und Wechselstrom geeignetes Amperemeter. Wir schalten nacheinander eine Gleichspannung und eine Wechselspannung, die am Voltmeter gemessen wird, ein und beobachten die Stromstärke, indem zu dem Kondensator weitere parallel hinzugeschaltet werden.

Der Versuch zeigt:

Bei Gleichspannung zeigt das Amperemeter keinen Ausschlag. Für Gleichstrom ist der Kondensator eine Unterbrechungsstelle; es fließt in der Leitung nur für kurze Zeit ein Strom, bis der Kondensator geladen ist. Anders ist es bei Wechselspannung. Dies wird verständlich, wenn man beachtet, daß die Leiterteile des Kondensators (z.B. Platten eines Plattenkondensators) bei einer anliegenden Wechselspannung abwechselnd entgegengesetzt geladen werden, so daß durch die Leitungen ein Wechselstrom fließen muß. Zugleich ist verständlich, daß eine Vergrößerung der Gesamtkapazität, die bei gegebener Spannung eine größere Ladung im Kondensator zur Folge hat, die Stromstärke des Wechselstroms erhöht. Der Kondensator bildet also im Wechselstromkreis einen Widerstand, der um so kleiner ist, je größer die Kapazität ist. Wir bezeichnen diesen Widerstand als *kapazitiven Widerstand* R_C.

Es geht jetzt wieder darum, diesen Widerstand zu berechnen. Wir wissen, daß am Kondensator die Spannung

$$U_C=-\frac{Q}{C}$$

liegt, wenn die Ladung Q auf den Kondensator geflossen ist. Das Minuszeichen setzen wir, weil die Kondensatorspannung der Spannung des Stromversorgungsgerätes entgegenwirkt. Wenn wir die Stromstärke im Stromkreis berechnen wollen, müssen wir also berücksichtigen, daß zwei Spannungen im Stromkreis wirksam sind, die Wechselspannung

$$U=U_0\cdot\sin\omega t$$

des Stromversorgungsgerätes und die Kondensatorspannung

$$U_C=-\frac{Q}{C}.$$

Die wirksame Gesamtspannung ergibt sich bei Hintereinanderschaltung aus der Summe der Einzelspannungen. Wir erhalten für die Gesamtspannung in diesem Fall

$$U_{ges}=U_0\cdot\sin\omega t-\frac{Q}{C}.$$

Die Stromstärke ergibt sich dann aus der Gesamtspannung und dem ohmschen Widerstand R durch die Gleichung

$$U_0 \cdot \sin \omega t - \frac{Q}{C} = R I .$$

Wir vereinfachen jetzt wieder die Betrachtung, indem wir uns idealisiert eine Schaltung mit dem ohmschen Widerstand $R=0$ vorstellen. Damit folgt

$$U_0 \cdot \sin \omega t = \frac{Q}{C}.$$

Wenn in der Zeit Δt die Ladung ΔQ zum Kondensator fließt oder vom Kondensator abfließt, beträgt die Stromstärke

$$I = \frac{\Delta Q}{\Delta t}.$$

In der Schreibweise der Differentialrechnung erhalten wir für den Momentanwert der Stromstärke $I = \dot{Q}$. Wir leiten daher in der Gleichung

$$U_0 \cdot \sin \omega t = \frac{Q}{C},$$

deren linke und rechte Seite Funktionen der Zeit sind, diese Funktionen nach der Zeit ab und erhalten

$$\omega U_0 \cdot \cos \omega t = \frac{\dot{Q}}{C},$$

$$\omega U_0 \cdot \cos \omega t = \frac{I}{C},$$

$$I = \omega C \cdot U_0 \cdot \cos \omega t ,$$

$$I = \omega C U_0 \cdot \sin\left(\omega t + \frac{\pi}{2}\right),$$

$$I = I_0 \cdot \sin\left(\omega t + \frac{\pi}{2}\right); \quad I_0 = \omega C U_0 .$$

Als kapazitiven Wechselstromwiderstand R_C eines Kondensators mit der Kapazität C erhalten wir

$$R_C = \frac{U_{\text{eff}}}{I_{\text{eff}}} = \frac{U_0}{I_0} = \frac{1}{\omega C}.$$

In einem Wechselstromkreis, der nur einen kapazitiven Widerstand besitzt, gilt das Gesetz

$$I_{\text{eff}} = \omega C \cdot U_{\text{eff}} .$$

Der kapazitive Widerstand hat in einem Wechselstromkreis eine *Phasenverschiebung* zwischen der Spannung und der Stromstärke zur Folge, wie man an den momentanen Werten

$$U = U_0 \cdot \sin \omega t \quad \text{und} \quad I = I_0 \cdot \sin\left(\omega t + \frac{\pi}{2}\right)$$

erkennt. Für $t=0$ ist $U=0$ und $I=I_0$. Wenn die Stromstärke ihren Scheitelwert I_0 bereits erreicht hat, ist die Spannung Null. Die Spannung beginnt zu wachsen, wenn die Stromstärke bereits wieder abnimmt. Man kann diesen Sachverhalt aus Abb. 567.1 entnehmen.

In einem Wechselstromkreis bewirkt ein kapazitiver Widerstand, daß die Stromstärke der Spannung vorauseilt. Die Phasenverschiebung ist $\varphi = -\frac{\pi}{2}$, wenn kein ohmscher Widerstand vorhanden ist.

Die bisher behandelten Wechselstromkreise mit reinem induktiven bzw. reinem kapazitiven Widerstand, d. h. die idealisiert gedachten Stromkreise mit dem ohmschen Widerstand Null, sind Sonderfälle. Wir wollen unsere Überlegungen jetzt auf den allgemeinen Fall erweitern, der darin besteht, daß ein ohmscher,

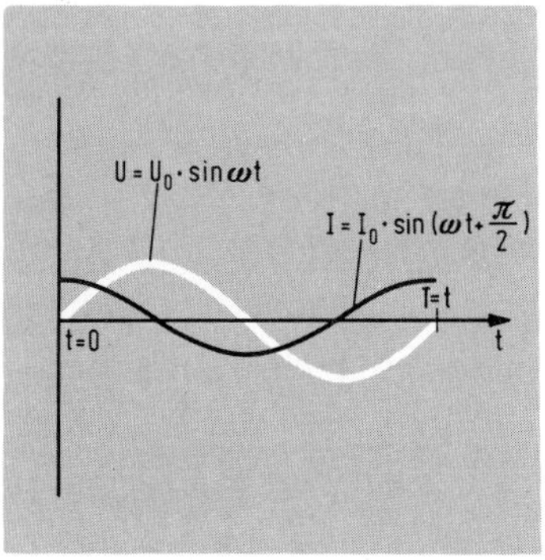

Abb. 567.1
Phasenverschiebung zwischen Spannung und Stromstärke bei kapazitivem Widerstand

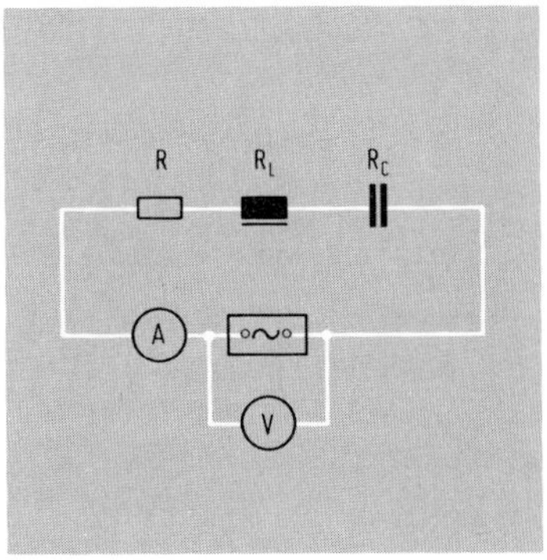

Abb. 567.2
Hintereinanderschaltung von ohmschem, induktivem und kapazitivem Widerstand

ein induktiver und ein kapazitiver Widerstand hintereinander geschaltet sind. Dabei soll der in Abb. 567.2 gezeichnete ohmsche Widerstand R den gesamten ohmschen Widerstand des Stromkreises bedeuten; man denkt sich in ihm also alle ohmschen Widerstände, einschließlich der ohmschen Widerstände der Spule und der Leitungen, vereinigt.

Im Stromkreis sind drei Spannungen wirksam: Die Wechselspannung

$$U = U_0 \cdot \sin \omega t$$

des Stromversorgungsgerätes, die Induktionsspannung

$$U_{\text{ind}} = -L\dot{I}$$

der Spule und die Kondensatorspannung

$$U_C = -\frac{Q}{C}.$$

Da der Stromkreis den ohmschen Widerstand R enthält, der jetzt nicht vernachlässigt werden soll, ergibt sich die Stromstärke I aus der Gleichung

$$U - L\dot{I} - \frac{Q}{C} = RI.$$

Wir differenzieren die linke und die rechte Seite nach der Zeit:

$$\dot{U} - L\ddot{I} - \frac{\dot{Q}}{C} = R\dot{I},$$

$$\dot{U} - L\ddot{I} - \frac{I}{C} = R\dot{I}.$$

Da nach unserer Kenntnis der oben behandelten Sonderfälle eine Phasenverschiebung φ zwischen der Spannung und der Stromstärke zu erwarten ist, setzen wir die Stromstärke mit

$$I = I_0 \cdot \sin(\omega t - \varphi)$$

in die Gleichung ein. Im einzelnen gilt dann:

$$U = U_0 \cdot \sin \omega t \qquad I = I_0 \cdot \sin(\omega t - \varphi)$$

$$\dot{U} = \omega U_0 \cdot \cos \omega t \qquad \dot{I} = \omega I_0 \cdot \cos(\omega t - \varphi)$$

$$\ddot{I} = -\omega^2 I_0 \cdot \sin(\omega t - \varphi).$$

Damit erhält man:

$$\omega U_0 \cdot \cos \omega t + \omega^2 L I_0 \cdot \sin(\omega t - \varphi) - \frac{1}{C} \cdot I_0 \cdot \sin(\omega t - \varphi) = \omega R I_0 \cdot \cos(\omega t - \varphi).$$

Nach Division durch ω und Zusammenfassen gleichartiger Ausdrücke ergibt sich:

$$U_0 \cdot \cos \omega t + \left(\omega L I_0 - \frac{I_0}{\omega C}\right) \cdot \sin(\omega t - \varphi) = R I_0 \cdot \cos(\omega t - \varphi),$$

$$U_0 \cdot \cos \omega t + I_0 \cdot \left(\omega L - \frac{1}{\omega C}\right) \cdot (\sin \omega t \cdot \cos \varphi - \cos \omega t \cdot \sin \varphi) = R I_0 \cdot (\cos \omega t \cdot \cos \varphi + \sin \omega t \cdot \sin \varphi)$$

$$\cos \omega t \cdot \left[U_0 - I_0 \cdot \left(\omega L - \frac{1}{\omega C}\right) \cdot \sin \varphi - R I_0 \cdot \cos \varphi\right] = \sin \omega t \cdot \left[-I_0 \cdot \left(\omega L - \frac{1}{\omega C}\right) \cdot \cos \varphi + R I_0 \cdot \sin \varphi\right].$$

Diese Gleichung gilt für jeden Zeitpunkt t; das ist nur möglich, wenn der Inhalt der eckigen Klammern einzeln Null ist:

$$U_0 = I_0 \cdot \left(\omega L - \frac{1}{\omega C}\right) \cdot \sin \varphi + R I_0 \cdot \cos \varphi,$$

$$0 = -I_0 \cdot \left(\omega L - \frac{1}{\omega C}\right) \cdot \cos \varphi + R I_0 \cdot \sin \varphi.$$

Quadriert man die beiden Gleichungen, so erhält man

$$U_0^2 = I_0^2 \cdot \left[\left(\omega L - \frac{1}{\omega C}\right)^2 \cdot \sin^2 \varphi + 2 \cdot \left(\omega L - \frac{1}{\omega C}\right) R \cdot \sin \varphi \cdot \cos \varphi + R^2 \cdot \cos^2 \varphi\right],$$

$$0 = I_0^2 \cdot \left[\left(\omega L - \frac{1}{\omega C}\right)^2 \cdot \cos^2 \varphi - 2 \cdot \left(\omega L - \frac{1}{\omega C}\right) R \cdot \sin \varphi \cdot \cos \varphi + R^2 \cdot \sin^2 \varphi\right].$$

Addition der rechten und linken Seiten ergibt

$$U_0^2 = I_0^2 \cdot \left[\left(\omega L - \frac{1}{\omega C}\right)^2 \cdot (\sin^2 \varphi + \cos^2 \varphi) + R^2 \cdot (\sin^2 \varphi + \cos^2 \varphi)\right].$$

Da $\sin^2 \varphi + \cos^2 \varphi = 1$ ist, erhält man:

$$U_0^2 = I_0^2 \cdot \left[R^2 + \left(\omega L - \frac{1}{\omega C}\right)^2\right],$$

$$U_0 = I_0 \cdot \sqrt{R^2 + \left(\omega L - \frac{1}{\omega C}\right)^2}.$$

Wenn man den Wechselstromwiderstand mit Z bezeichnet, erhält man:

$$Z = \frac{U_{\text{eff}}}{I_{\text{eff}}} = \frac{U_0}{I_0} = \sqrt{R^2 + \left(\omega L - \frac{1}{\omega C}\right)^2}.$$

In einem Wechselstromkreis, der einen ohmschen Widerstand, einen induktiven Widerstand und einen kapazitiven Widerstand in Hintereinanderschaltung enthält, gilt das Gesetz

$$I_{\text{eff}} = \frac{U_{\text{eff}}}{\sqrt{R^2 + \left(\omega L - \frac{1}{\omega C}\right)^2}}.$$

Der Wechselstromwiderstand Z eines Wechselstromkreises wird auch als die *Impedanz* des Wechselstromkreises bezeichnet.

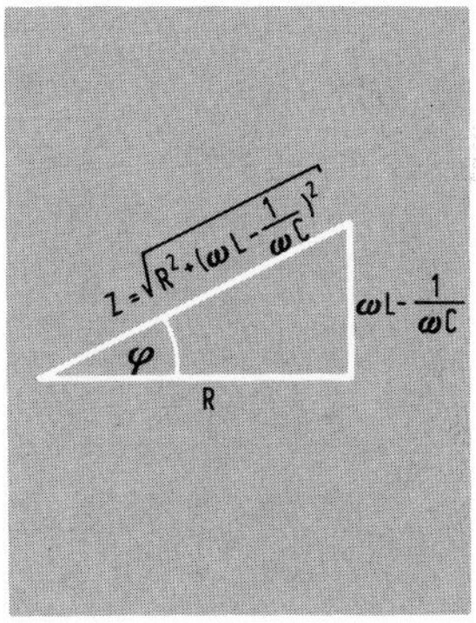

Abb. 569.1
Geometrische Darstellung des Wechselstromwiderstandes

Geometrisch kann man Z als Hypotenuse eines rechtwinkligen Dreiecks mit den Katheten R und $\omega L-\frac{1}{\omega C}$ auffassen (Abb. 569.1).

Die Phasenverschiebung φ erhalten wir aus der Gleichung

$$0=I_0\cdot\left[-\left(\omega L-\frac{1}{\omega C}\right)\cdot\cos\varphi+R\cdot\sin\varphi\right].$$

Da der Klammerinhalt den Wert Null hat, ergibt sich

$$R\cdot\sin\varphi=\left(\omega L-\frac{1}{\omega C}\right)\cdot\cos\varphi,$$

$$\tan\varphi=\frac{\sin\varphi}{\cos\varphi}=\frac{\omega L-\frac{1}{\omega C}}{R}.$$

In einem Wechselstromkreis, der einen ohmschen Widerstand, einen induktiven Widerstand und einen kapazitiven Widerstand in Hintereinanderschaltung enthält, liegt eine Phasenverschiebung φ zwischen der Spannung und der Stromstärke vor, für die gilt

$$\tan\varphi=\frac{\omega L-\frac{1}{\omega C}}{R}.$$

Aus der geometrischen Darstellung des Wechselstromwiderstandes in Abb. 569.1 ist dieser Zusammenhang sofort abzulesen.

Die zuvor behandelten Sonderfälle des reinen induktiven und des reinen kapazitiven Wechselstromwiderstandes sind natürlich in dem zuletzt behandelten allgemeineren Fall enthalten. Der erste Sonderfall ergibt sich mit $R=0$ und $C=\infty$ (*kein* Kondensator bedeutet nicht etwa die Kapazität Null, sondern die Kapazität Unendlich, weil beliebig große Ladungen durch eine Leitung fließen können, die nicht durch einen Kondensator unterbrochen ist; auch die Kapazitätsformel

$$C=\varepsilon_0\cdot\frac{A}{d}$$

für den Plattenkondensator zeigt, daß die Kapazität gegen Unendlich geht, wenn man die Platten bis zur Berührung zusammenschiebt). Der zweite Sonderfall ergibt sich mit $R=0$ und $L=0$.

Die durch induktive und kapazitive Widerstände verursachte Phasenverschiebung zwischen der Spannung und der Stromstärke läßt sich mit einfachen Hilfmitteln nachweisen. Wir führen dazu folgenden Versuch durch:

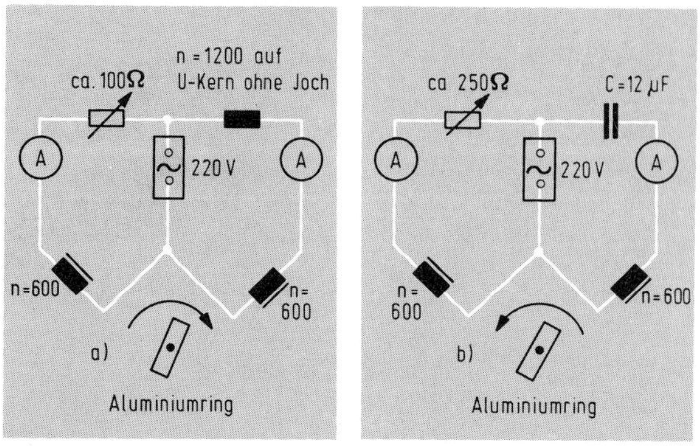

Abb. 570.1
Nachweis der Phasenverschiebung zwischen der Spannung und der Stromstärke bei induktiver (a) und kapazitiver (b) Belastung des Wechselstromkreises

Versuch 570.1 In Abb. 570.1 werden zwei Spulen mit $n = 600$ Windungen mit Wechselstrom gespeist. Die Spulen stehen rechtwinklig zueinander; vor den Stirnflächen ihrer kurzen Eisenkerne befindet sich ein um eine vertikale Achse drehbarer Aluminiumring (in der Abbildung von oben gesehen). Im linken Stromkreis befindet sich ein Schiebewiderstand (ohmscher Widerstand), im rechten eine Spule auf U-Kern ohne Joch (induktiver Widerstand, Abb. 570.1 a) oder ein Kondensator (kapazitiver Widerstand, Abb. 570.1 b). Beide Stromkreise enthalten Amperemeter. Der Schiebewiderstand wird so eingestellt, daß die Amperemeter die gleiche effektive Stromstärke anzeigen.

Der Versuch zeigt, daß der Aluminiumring sich im Fall a) im Uhrzeigersinn, im Fall b) im entgegengesetzten Drehsinn dreht. Diese Drehung ergibt sich nach dem LENZ-Gesetz der Induktion. Wenn nämlich das Magnetfeld der rechten Spule etwas später seine volle Stärke erreicht als das Magnetfeld der linken Spule, so ergibt die Überlagerung der beiden Magnetfelder am Ort des Aluminiumringes ein magnetisches Drehfeld, das sich im Uhrzeigersinn dreht. Das Drehfeld durchsetzt die Kreisfläche des Aluminiumringes. Im Ring tritt daher ein Induktionsstrom auf, der nach dem LENZ-Gesetz eine Mitnahme des Ringes im gleichen Drehsinn bewirkt. Wir können daher aus dem Drehsinn des Aluminiumringes auf den Drehsinn des Magnetfeldes und letztlich auf die Phasenverschiebung zwischen den Strömen in den beiden Spulenkreisen zurückschließen. Die Stromstärke im rechten, überwiegend induktiv belasteten Stromkreis eilt also der Stromstärke im linken Stromkreis nach. Nun liegt aber in beiden Stromkreisen eine Phasenverschiebung zwischen der Spannung und der Stromstärke vor. Wenn die beiden Stromkreise den gleichen ohmschen und den gleichen induktiven Widerstand besäßen, wäre die Anordnung völlig symmetrisch; die Phasenverschiebung könnten wir nicht bemerken, weil der Aluminiumring sich nicht drehen würde. Erst durch die Unsymmetrie der Anordnung wird die Gleichheit der Phasenverschiebungen aufgehoben, so daß die Phasenverschiebung durch zusätzliche induktive Belastung zur Wirkung kommt.

Die gleichen Überlegungen gelten für die Anordnung nach Abb. 570.1 b, nur daß hier bei kapazitiver Belastung im rechten Stromkreis das Magnetfeld der rechten Spule etwas früher seine volle Stärke erreicht als das Magnetfeld der linken Spule. Der Aluminiumring muß also entgegen dem Uhrzeigersinn rotieren.

Abschließend behandeln wir noch einige Anwendungen.

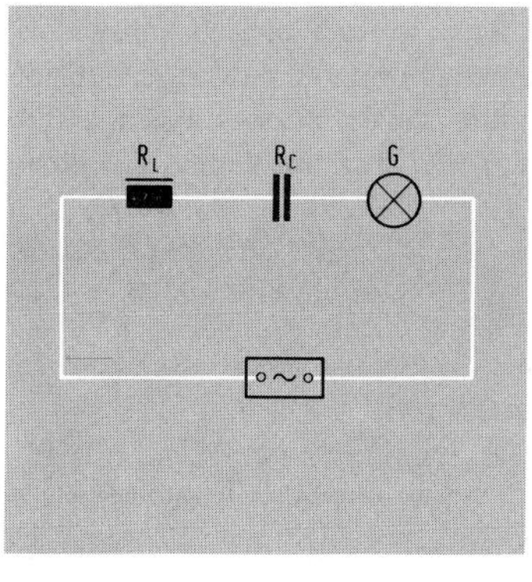

Versuch 570.2 Nach Abb. 570.2 stellen wir einen Stromkreis her, in dem eine Spule auf Eisenkern, ein Kondensator und eine Glühlampe hintereinander geschaltet sind. Der Eisenkern besitzt ein verschiebbares Joch. Die Spannung aus dem Stromversorgungsgerät wird so eingestellt, daß die Lampe gerade nicht brennt. Dann schieben wir das Joch zurück, um den induktiven Widerstand zu verkleinern, und beobachten die Glühlampe G.

Beispiel: Papierfolienkondensator, $C = 32\ \mu F$; Spule mit 600 Windungen auf U-Kern; Wechselspannung 0 bis 25 V.

Abb. 570.2
Schaltung einer Siebkette

Mit dem Zurückschieben des Joches nimmt die Stromstärke zu, was sich zunächst in einem Vibrieren des Joches und dann in einem Aufleuchten der Lampe bemerkbar macht. Wenn man das Joch immer weiter zurückschiebt, so tritt eine zunächst überraschende Erscheinung auf. Die Lampe erlischt von einer bestimmten Stellung ab und leuchtet bei weiterem Zurückschieben des Joches auch nicht wieder auf. Obwohl der induktive Widerstand der Spule weiter verringert worden ist, hat die Stromstärke im Leiterkreis jetzt nachgelassen. Wir können diese erstaunliche Feststellung durch eine Abwandlung des obigen Versuches noch deutlicher machen.

Versuch 571.1 Nachdem das Joch bei Versuch 570.2 so eingestellt worden ist, daß die Lampe hell leuchtet, wird zunächst die Spule kurzgeschlossen, so daß im Leiterkreis nur noch der Kondensator bleibt. Dann wird der Kondensator kurzgeschlossen, so daß nur noch der induktive Widerstand vorhanden ist.

Es zeigt sich, daß die Lampe in beiden Fällen erlischt. Der Widerstand des Kondensators allein oder der Spule allein ist also größer als der Gesamtwiderstand von Kondensator und Spule, die in Reihe geschaltet sind. Diese Tatsache wird verständlich, wenn wir die Formel für den Gesamtwiderstand eines solchen Leiterkreises betrachten. Die Zuleitungen mögen aus so dickem Draht sein, daß der ohmsche Widerstand vernachlässigt werden kann. Dann ist der Gesamtwiderstand von Kondensator und Spule in Versuch 570.2 und 571.1

$$Z=\left|\omega L-\frac{1}{\omega C}\right|.$$

Aus dieser Gleichung ersieht man, daß der Gesamtwiderstand kleiner sein kann als der induktive und der kapazitive Widerstand für sich allein. Wenn man die Induktivität der Spule durch Verschieben des Eisenkernes verändert, kann man den induktiven Widerstand ebensogroß wie den kapazitiven machen, so daß die Differenz dann Null wird. Hierzu muß

$$\omega L=\frac{1}{\omega C} \quad \text{oder} \quad L=\frac{1}{\omega^2 C}$$

sein. In diesem Falle setzt der Leiterkreis einem Wechselstrom von der Kreisfrequenz ω oder der Frequenz $\nu=\frac{\omega}{2\pi}$ keinen Widerstand entgegen. Für die praktisch widerstandslos durchgelassene Frequenz ν ergibt sich aus der obigen Gleichung:

$$\nu=\frac{1}{2\pi\sqrt{LC}}.$$

Schaltet man eine Induktivität L und eine Kapazität C hintereinander, so wird ein Wechselstrom mit der Frequenz

$$\nu=\frac{1}{2\pi\sqrt{LC}}$$

bevorzugt durchgelassen, da der Leiterkreis für diese Frequenz praktisch keinen Widerstand besitzt.

Aus einem Gemisch von Wechselströmen verschiedener Frequenzen kann man auf diese Weise bestimmte Frequenzen aussondern. Man bezeichnet diese Schaltung deshalb als *Siebkette.*

Wir untersuchen nun die Wirkung eines induktiven und eines kapazitiven Widerstandes in *Parallelschaltung.*

Versuch 571.2 Wir stellen nach Abb. 571.1 einen Leiterkreis her. Die Lampe G_L zeigt den durch die Spule und die Lampe G_C den durch den Kondensator fließenden Strom an; die Lampe G dient schließlich zur Anzeige des Gesamtstroms. Bei voll aufgelegtem Joch wird die Spannung so eingestellt, daß das Lämpchen G_C mäßig leuchtet. Das Lämpchen G_L leuchtet dann noch nicht, weil die Spule einen höheren Wechselstromwiderstand als der Kondensator haben soll. Wir schieben nun das Joch zurück und beobachten die Lämpchen.

Beispiel: siehe Versuch 570.2

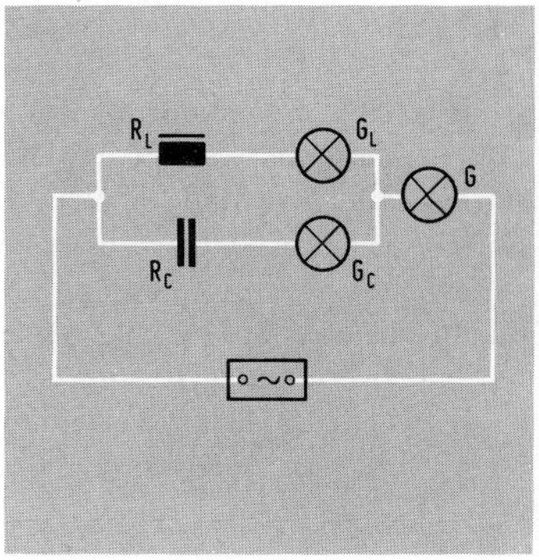

Abb. 571.1
Schaltung eines Sperrkreises

Es zeigt sich, daß beim Zurückschieben des Joches nicht nur das Lämpchen G_L zu leuchten beginnt, sondern daß auch G_C heller brennt. Bei einer bestimmten Jochstellung brennen beide Lampen gleich hell. Nimmt man schließlich das Joch ganz ab, so brennt G_L hell und G_C nicht. Eine besondere Überraschung zeigt sich bei dem Lämpchen G. Wenn nämlich die beiden Lämpchen G_L und G_C hell brennen, so leuchtet G überhaupt nicht. Es liegen hier also ganz andere Verhältnisse als beim Gleichstrom vor, bei dem der durch das Lämpchen G fließende Gesamtstrom gleich der Summe der Teilströme durch G_L und G_C sein müßte. Hier fließt dagegen in jedem der beiden Zweige mehr Strom als in der Zu- oder Ableitung. Diese Tatsache wird verständlich, wenn wir die Phasenverschiebung zwischen Strom und Spannung in den beiden Zweigen beachten. Während der Strom im Spulenzweig um 90°, also eine Viertelperiode, hinter der Spannung zurückbleibt, eilt er der Spannung im Kondensatorzweig um den gleichen Betrag voraus. Die Ströme haben daher in beiden Zweigen eine Phasenverschiebung von einer halben Periode und sind deshalb einander immer entgegengerichtet. Das bedeutet aber, daß die in den metallischen Leitern in genügender Anzahl vorhandenen frei beweglichen Elektronen hin und her pendeln, ohne daß ein nennenswerter Strom durch die Zu- oder Ableitung fließt. In diesen Leitungen wird der Wechselstrom gesperrt, obwohl eine Spannung vorhanden ist. Versuch 571.2 hat gezeigt, daß die Sperrung am besten ist, wenn die beiden Lampen G_L und G_C gleichzeitig besonders hell brennen, d.h., wenn der aus Spule und Kondensator gebildete Leiterkreis einen besonders kleinen Wechselstromwiderstand hat; das ist aber nach den vorhergehenden Überlegungen der Fall, wenn

$$R_L = R_C \quad \text{oder} \quad \omega L = \frac{1}{\omega C} \quad \text{ist}$$

oder wenn bei festliegendem L und C die Frequenz des Wechselstroms den Wert

$$\nu = \frac{1}{2\pi\sqrt{LC}}$$

hat.

Wir haben damit gefunden:

Schaltet man eine Induktivität L und eine Kapazität C parallel, so wird ein Wechselstrom mit der Frequenz

$$\nu = \frac{1}{2\pi\sqrt{LC}}$$

nicht durchgelassen.

Man kann also mit dieser Schaltung in einem Gemisch von Wechselströmen verschiedener Frequenzen einzelne Frequenzen sperren. Man spricht deshalb auch von einem *Sperrkreis*. Diese Schaltung wird auch als *Schwingkreis* bezeichnet; wir kommen hierauf später (S. 619) noch einmal zurück und werden dann die Erscheinung, daß in einem Schwingkreis ein starker Strom fließt, auch wenn ihm von außen kaum Strom zugeleitet wird, vom Standpunkt der Energieumsetzungen genauer untersuchen.

Siebketten und Sperrkreise sind für die Hochfrequenztechnik von großer Bedeutung.

5.5.3 Die Leistung des Wechselstroms

Die elektrische Leistung ist durch das Produkt $P = UI$ definiert. Bei Gleichstrom ist sowohl die Spannung U als auch die Stromstärke I zeitlich konstant. Bei Wechselstrom ändern sich die Werte für Spannung und Stromstärke ständig, so daß für U und I die Momentanwerte zur Produktbildung herangezogen werden müssen. Dieses Verfahren haben wir früher bereits durchgeführt (S. 560). Bei diesen Betrachtungen gingen wir davon aus, daß die Wechselspannung an einem rein ohmschen Widerstand R liegt und somit die Spannung und die Stromstärke keine Phasenverschiebung gegeneinander aufweisen. Die Verhältnisse ändern sich, wie wir erfahren haben, wenn der Stromkreis induktiv oder kapazitiv belastet wird. Die momentane Leistung ergibt sich dann zwar auch definitionsgemäß durch das Produkt aus der momentanen Spannung und der momentanen Stromstärke; dieses Produkt sieht jetzt aber komplizierter aus:

$$P = U_0 \cdot \sin \omega t \cdot I_0 \cdot \sin(\omega t - \varphi).$$

Um dieses Produkt mit Hilfe der trigonometrischen Formeln bearbeiten zu können, entnehmen wir der Formelsammlung die Beziehung

$$\sin\alpha \cdot \sin\beta = \tfrac{1}{2} \cdot [\cos(\alpha-\beta) - \cos(\alpha+\beta)]$$

und setzen $\alpha = \omega t$ und $\beta = \omega t - \varphi$, so daß $\alpha - \beta = \varphi$ und $\alpha + \beta = 2\omega t - \varphi$ ist. Damit erhalten wir

$$\begin{aligned} P &= \tfrac{1}{2} \cdot U_0 I_0 \cdot [\cos\varphi - \cos(2\omega t - \varphi)] \\ &= U_{\text{eff}} I_{\text{eff}} \cdot [\cos\varphi - \cos(2\omega t - \varphi)] \\ &= U_{\text{eff}} \cdot I_{\text{eff}} \cdot \cos\varphi - U_{\text{eff}} I_{\text{eff}} \cdot \cos(2\omega t - \varphi). \end{aligned}$$

Der Anteil

$$U_{\text{eff}} I_{\text{eff}} \cdot \cos\varphi$$

ist zeitunabhängig, der Anteil

$$-U_{\text{eff}} I_{\text{eff}} \cdot \cos(2\omega t - \varphi)$$

ist ein zeitabhängiger Ausdruck, der mit der doppelten Frequenz des Wechselstroms um den Mittelwert Null schwankt. Über eine volle Periode T ist daher die mittlere Leistung

$$P = U_{\text{eff}} I_{\text{eff}} \cdot \cos\varphi\,.$$

Bei rein ohmschem Widerstand ist $\varphi = 0$, d.h. $\cos\varphi = 1$. Dann entspricht die Leistung

$$P = U_{\text{eff}} \cdot I_{\text{eff}}$$

der Leistung $P = UI$ eines Gleichstroms. Bei Stromkreisen, die außer dem ohmschen Widerstand noch einen induktiven oder kapazitiven Widerstand enthalten, kommt wegen der nun auftretenden Phasenverschiebung zwischen der Spannung und der Stromstärke nur noch die kleinere Leistung

$$P = U_{\text{eff}} I_{\text{eff}} \cdot \cos\varphi$$

zur Wirkung; man spricht daher auch von der *Wirkleistung*.

Die Wirkleistung in einem Wechselstromkreis mit der Phasenverschiebung φ zwischen der Spannung und der Stromstärke ist

$$P = U_{\text{eff}} I_{\text{eff}} \cdot \cos\varphi\,.$$

Man muß also beim Wechselstrom – im Gegensatz zum Gleichstrom – beachten, daß das Produkt aus den Effektivwerten von Spannung und Stromstärke, die z.B. durch Drehspulgeräte mit Wechselstrommeßbereichen angezeigt werden, nicht die von der Stromquelle abgegebene Dauerleistung ergibt, sondern daß dieses Produkt, das man als *Scheinleistung* bezeichnet, noch mit $\cos\varphi$ zu multiplizieren ist.

Die Scheinleistung eines Wechselstroms ist gleich dem Produkt aus effektiver Stromstärke und effektiver Spannung.

Die Wirkleistung ist kleiner oder höchstens gleich der Scheinleistung. Bezeichnen wir die Wirkleistung mit P_w und die Scheinleistung mit P_s, so gilt

$$P_w = P_s \cos\varphi\,.$$

Den Faktor $\cos\varphi$ nennt man den *Leistungsfaktor*.

Es sind folgende Fälle zu unterscheiden:

a) Im Leiterkreis befindet sich nur ohmscher Widerstand. Dann ist keine Phasenverschiebung zwischen Spannung und Strom vorhanden und daher $\cos\varphi = 1$.

In diesem Falle ist die Wirkleistung gleich der Scheinleistung.

b) Im Leiterkreis ist nur induktiver oder nur kapazitiver Widerstand. Die Phasenverschiebung zwischen Spannung und Strom ist dann $\frac{\pi}{2}$, also $\cos\varphi = 0$.

In diesem Falle ist die Wirkleistung, d.h. die von dem Wechselstrom an den Leiter abgegebene Leistung, Null, obwohl in der Leitung ein kräftiger Wechselstrom fließen kann. Man spricht in diesem Falle von einem *wattlosen Strom*. Die Scheinleistung ist natürlich nicht Null, sie wird in diesem Fall auch *Blindleistung* genannt.

c) Im Leiterkreis sind Widerstände verschiedener Art vorhanden. Je näher dann die Phasenverschiebung bei $\frac{\pi}{2}$ liegt, um so höher muß die Stromstärke des Wechselstroms sein, damit er eine bestimmte Leistung an den Leiter abgibt. Der keine Leistung abgebende Anteil des Stroms pendelt zwischen Verbraucher und Stromquelle nutzlos hin und her und belastet die Leitung. Man muß deshalb bemüht sein, die Phasenverschiebung möglichst klein zu halten.

Parallel zu den Begriffen Scheinleistung und Wirkleistung werden die Begriffe *Scheinwiderstand* und *Wirkwiderstand* verwendet. Der Scheinwiderstand ist die Impedanz Z des Wechselstromkreises. Mit dem Wirkwiderstand R_w berechnet man die Wirkleistung P_w zu

$$P_w = I_{eff}^2 \cdot R_w .$$

Im Falle der Hintereinanderschaltung (S. 568) ist der Wirkwiderstand R_w gleich dem ohmschen Widerstand R. Für die Hintereinanderschaltung gilt daher

$$P_w = I_{eff}^2 \cdot R .$$

5.5.4 Der Transformator

Der Wechselstrom hat den Gleichstrom in der Technik und im täglichen Leben weitgehend verdrängt. Der Grund hierfür liegt vor allem darin, daß sich die Spannung beim Wechselstrom leicht und mit sehr geringen Energieverlusten in nahezu beliebiger Weise verändern läßt. Die hierzu dienenden Geräte werden als *Transformatoren* oder *Umspanner* bezeichnet.

Im einfachsten Falle befinden sich auf einem geschlossenen Eisenkern zwei Spulen mit den Windungszahlen n_P und n_S, die keine leitende Verbindung haben (Abb. 574.1). Ein durch die Primärspule fließender Wechselstrom erzeugt ein periodisches Magnetfeld, dessen magnetischer Fluß durch die Sekundärspule sich im gleichen Rhythmus verändert. In dieser Spule wird dadurch eine Wechselspannung induziert, deren Größe von der zeitlichen Änderung des magnetischen Flusses und von der Windungszahl der Sekundärspule abhängt. Durch den Eisenkern vermeidet man eine Streuung der magnetischen Feldlinien in der Luft und erzielt einen kräftigeren magnetischen Fluß durch die Sekundärspule. Der Eisenkern besteht aus dünnen, voneinander isolierten Eisenblechen, um zu vermeiden, daß in dem Eisen stärkere Wirbelströme induziert werden.

Wird an die Primärspule die Wechselspannung

$$U_P = U_0 \cdot \sin \omega t$$

angelegt, so erzeugt der Primärstrom I_P in der Primärspule die Selbstinduktionsspannung

$$U_{ind} = -n_P \dot{\Phi} .$$

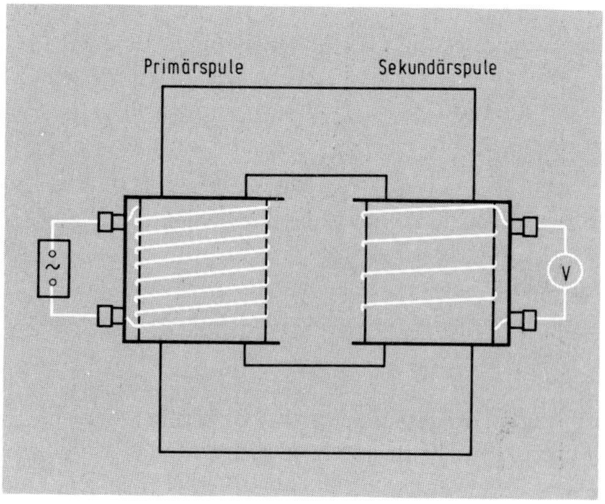

Abb. 574.1
Transformator

Im Primärkreis sind also zwei Spannungen wirksam, die Spannung U_P aus dem Netz oder dem Stromversorgungsgerät und die Induktionsspannung U_{ind}; die Gesamtspannung ist

$$U_P + U_{ind} = U_0 \cdot \sin \omega t - n_P \dot{\Phi}.$$

Der Zusammenhang zwischen Stromstärke und Spannung ist dann

$$U_0 \cdot \sin \omega t - n_P \cdot \dot{\Phi} = R I_P.$$

Wir betrachten jetzt den Idealfall des verlustfreien Transformators, dessen ohmscher Widerstand Null ist. Mit $R=0$ folgt

$$\dot{\Phi} = \frac{U_0}{n_P} \cdot \sin \omega t.$$

In der Sekundärspule induziert der zeitlich veränderliche Fluß Φ die Spannung

$$U_S = -n_S \dot{\Phi} = -n_S \cdot \frac{U_0}{n_P} \cdot \sin \omega t.$$

Für das Verhältnis der Momentanwerte von Primär- zu Sekundärspannung erhalten wir dann

$$\frac{U_P}{U_S} = -\frac{n_P}{n_S}.$$

Das Minuszeichen zeigt, daß die Sekundärspannung stets zur Primärspannung entgegengesetzt ist.

Bezeichnen wir den Scheitelwert der Primärspannung mit $U_{0,P}$ und den Scheitelwert der Sekundärspannung mit $U_{0,S}$, so ist

$$\frac{U_{0,P}}{U_{0,S}} = \frac{n_P}{n_S}.$$

Da ferner $U_{eff} = \frac{U_0}{\sqrt{2}}$ ist, gilt für das Verhältnis der Effektivwerte der Spannungen

$$\frac{U_{eff,P}}{U_{eff,S}} = \frac{n_P}{n_S}.$$

Nur die Effektivwerte interessieren in der Technik, da ein Transformator im Dauerbetrieb, d.h. zumindest über viele Perioden hinweg, eingesetzt wird. Die technischen Anwendungen des Transformators sind bekannt. In diesem Abschnitt ging es darum zu zeigen, wie man auf deduktivem Wege mit Kenntnis des Induktionsgesetzes und der mathematischen Beschreibung des Wechselstroms das Verhältnis der effektiven Spannungen ermitteln kann.

Interessant ist noch die Leistungsbilanz. Bei offenen Klemmen auf der Sekundärseite wird keine Energie abgenommen. Auf der Primärseite müssen wir zwei Fälle unterscheiden. Bei dem idealen Transformator, d. h. einem Transformator ohne ohmschen Widerstand, ohne Streuverluste des Magnetfeldes und ohne Berücksichtigung der durch ständiges Ummagnetisieren des Eisenkerns hervorgerufenen Umwandlung von elektrischer Energie in Wärmeenergie, pendelt die Energie zwischen dem E-Werk und dem Transformator hin und her; die Leistung ist Null. Dann ist in dem Produkt

$$P = U_{eff} I_{eff} \cdot \cos \varphi$$

der Leistungsfaktor $\cos \varphi = 0$, d. h.

$$\varphi = \frac{\pi}{2}.$$

Da der Primärstrom keine Wirkleistung erbringt, nennt man ihn *Blindstrom*. Wird dagegen im technisch realen Transformator auch im Leerlauf elektrische Energie in Wärmeenergie umgesetzt, so muß sich die Phasenverschiebung ändern, es ist dann $\cos \varphi \neq 0$.

Bei Belastung der Sekundärseite, z. B. im einfachsten Fall durch das Anschließen einer Glühlampe, wird die Sekundärspule von einem Wechselstrom durchflossen. Dieser Wechselstrom erzeugt einen wechselnden magnetischen Fluß, der nach dem LENZ-Gesetz dem Fluß des unbelasteten Transformators entgegengerichtet ist. Der ursprüngliche Gleichgewichtszustand auf der Primärseite zwischen der Primärspannung und der induzierten Spannung wird gestört. Die Folge davon ist ein stärkerer Primärstrom, der den ursprünglichen Fluß im Eisenkern wiederherstellt. Der Transformator paßt sich also mittels des magnetischen Flusses der jeweiligen Belastung an.

Je nach der Art der Belastung kann auch im Sekundärkreis eine Phasenverschiebung zwischen der Sekundärspannung und der Sekundärstromstärke auftreten. In jedem Fall gilt aber der Energieerhaltungssatz, den wir für den Transformator mit der *Transformatorgleichung* formulieren können:

$$U_{\text{eff, P}} \cdot I_{\text{eff, P}} \cdot \cos \varphi_{\text{P}} = U_{\text{eff, S}} \cdot I_{\text{eff, S}} \cdot \cos \varphi_{\text{S}}.$$

Die im Sekundärkreis abgenommene Wirkleistung ist stets gleich der im Primärkreis aufgenommenen Wirkleistung.

Wenn die Phasenverschiebung zwischen der Spannung und der Stromstärke auf beiden Seiten gleich groß ist, dann geht die Transformatorgleichung in die einfache Form

$$U_{\text{eff, P}} \cdot I_{\text{eff, P}} = U_{\text{eff, S}} \cdot I_{\text{eff, S}}$$

über. Eine genaue Untersuchung zeigt, daß die Phasenverschiebungen φ_{P} und φ_{S} um so besser übereinstimmen, je größer die Belastung des Transformators ist. In dem speziellen Fall der Gleichheit von φ_{P} und φ_{S} ergibt sich also

$$\frac{I_{\text{eff, P}}}{I_{\text{eff, S}}} = \frac{n_{\text{S}}}{n_{\text{P}}}.$$

Die effektiven Stromstärken des Primär- und Sekundärkreises eines Transformators verhalten sich umgekehrt wie die Windungszahlen der Spulen, wenn im Primär- und Sekundärkreis die gleiche Phasenverschiebung zwischen der Spannung und der Stromstärke besteht.

Beispiele

1. Um die Induktivität einer eisenlosen Spule zu bestimmen, wird zunächst 6 V Spannung aus dem Akku, danach die Wechselspannung 20 V, 50 Hz, aus einem Stromversorgungsgerät an die Spule gelegt. Im ersten Fall mißt man die Stromstärke 0,5 A, im zweiten Fall die effektive Stromstärke 1 A.

1. Gleichstrom: $$R = \frac{U}{I} = \frac{6\text{ V}}{0{,}5\text{ A}} = 12\,\Omega.$$

2. Wechselstrom: $$Z = \frac{U_{\text{eff}}}{I_{\text{eff}}} = \sqrt{R^2 + \omega^2 L^2}, \qquad \omega = 2\pi\nu = 314\text{ s}^{-1},$$

$$\frac{20\text{ V}}{1\text{ A}} = \sqrt{144\,\Omega^2 + \omega^2 L^2},$$

$$400\,\Omega^2 = 144\,\Omega^2 + \omega^2 L^2,$$

$$\omega^2 L^2 = 256\,\Omega^2,$$

$$\omega L = 16\,\Omega,$$

$$L = \frac{16}{314}\text{ H},$$

$$L \approx 0{,}05\text{ H}.$$

2. Ein Kondensator mit $C=12\,\mu F$ und ein ohmscher Widerstand $R=250\,\Omega$ sind hintereinander geschaltet und an das Wechselstromnetz (220 V, 50 Hz) angeschlossen. Wie groß ist die effektive Stromstärke, und wie groß ist die Wirkleistung?

Es ist

$$I_{\text{eff}} = \frac{U_{\text{eff}}}{\sqrt{R^2 + \frac{1}{(\omega C)^2}}}, \qquad \omega = 2\pi\nu = 314\,\text{s}^{-1},$$

$$I_{\text{eff}} = \frac{220\,\text{V}}{\sqrt{62\,500\,\Omega^2 + \frac{1}{(314\,\text{s}^{-1} \cdot 12 \cdot 10^{-6}\,\text{F})^2}}},$$

$$= \frac{220\,\text{V}}{364{,}6\,\Omega}$$

$$\approx 0{,}6\,\text{A}.$$

Die Wirkleistung ist

$$P_{\text{w}} = U_{\text{eff}} \cdot I_{\text{eff}} \cdot \cos\varphi$$

und

$$\tan\varphi = -\frac{1}{\omega CR}.$$

$$\tan\varphi = -\frac{1}{314\,\text{s}^{-1} \cdot 12 \cdot 10^{-6}\,\text{F} \cdot 250\,\Omega} \approx -1{,}06,$$

$$\varphi \approx -46{,}7^\circ,$$

$$\cos\varphi \approx 0{,}69.$$

Damit ergibt sich

$$P_{\text{w}} \approx 220\,\text{V} \cdot 0{,}6\,\text{A} \cdot 0{,}69$$

$$\approx 91\,\text{W}.$$

Weitere Aufgaben: Siehe O. HÖFLING, Physik-Aufgaben II/2.

5.6 Elektrizitätsleitung in Elektrolyten

5.6.1 Grundtatsachen

1. Reines (destilliertes) Wasser leitet den elektrischen Strom nicht. Lösungen von *Salzen, Säuren oder Hydroxiden* in Wasser leiten den elektrischen Strom.

2. Lösungen von Salzen, Säuren oder Hydroxiden in Wasser werden beim Durchgang des elektrischen Stroms chemisch verändert, wobei sich an der Katode Wasserstoff oder ein Metall abscheidet.

3. Bei der Elektrizitätsleitung in Elektrolyten handelt es sich um eine *Ionenleitung.* Bei der Lösung in Wasser werden die Salze, Säuren oder Hydroxide aufgespalten, wobei elektrisch geladene Atome oder Atomgruppen entstehen, die man als *freie Ionen* bezeichnet. Die positiven Ionen wandern beim Anlegen einer Spannung an die Elektroden des Elektrolytgefäßes zur Katode (negative Elektrode) und die negativen Ionen zur Anode (positive Elektrode). Auf diese Weise kommt der Elektrizitätstransport durch den Elektrolyten zustande.

5.6.2 Die Faraday-Gesetze der Elektrolyse

Eine physikalische Untersuchung der bei der Elektrolyse sich abspielenden Vorgänge muß über die qualitative Feststellung der chemischen Reaktionen hinaus die Abhängigkeit der abgeschiedenen Massen von den vorliegenden Versuchsbedingungen prüfen. FARADAY hat 1833 zuerst solche Untersuchungen angestellt. Die damit verbundenen Experimente erfordern im allgemeinen einen großen Zeitaufwand und außerordentlich sorgfältige Messungen, so daß sie kaum im Unterricht durchgeführt werden können. Nur im einfachsten Fall der Abscheidung von Wasserstoff können wir mit Hilfe des HOFMANN-Apparates einen quantitativen Zusammenhang zwischen der abgeschiedenen Masse und den elektrischen Größen finden.

Versuch 578.1 Der HOFMANN-Apparat wird mit verdünnter Salzsäure gefüllt. In den Stromkreis wird ein Amperemeter geschaltet. Bei der Elektrolyse sammelt sich das abgeschiedene Wasserstoffgas über der Katode, das abgeschiedene Chlorgas über der Anode. Die Volumina der Gase können unmittelbar abgelesen werden. Wir führen nun folgende Meßreihen durch:

a) Bei gleichbleibender Stromstärke lassen wir den Strom in mehreren Versuchen jeweils verschieden lange Zeiten t fließen und messen die abgeschiedenen Gasvolumina.

b) In einer zweiten Versuchsreihe lassen wir Ströme verschiedener Stärke während gleich langer Zeiten fließen und messen wieder die abgeschiedenen Gasvolumina.

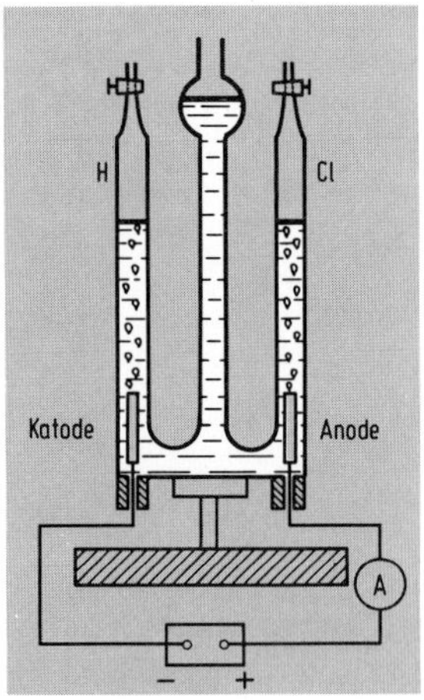

Abb. 578.1
Elektrolyse von Salzsäure mit Hilfe des HOFMANN-Apparates

Da die abgeschiedenen Gase praktisch immer unter gleichem Druck stehen und die Gasvolumina bei gleicher Temperatur gemessen werden, sind die ermittelten Gasvolumina den abgeschiedenen Massen m proportional.

Aus den beiden Meßreihen ergibt sich dann

$$m \sim I\,t\,.$$

Da das Produkt aus der Stromstärke I und der Zeit t die während der Abscheidung der Stoffe durch den Elektrolyten hindurchgegangene Ladung Q ergibt, erhalten wir

$$m \sim Q \quad \text{bzw.} \quad m = \ddot{A}\,Q\,.$$

Die gleichen Ergebnisse zeigen sich bei der Elektrolyse anderer Stoffe, wobei sich außerdem noch zeigt, daß Konzentration und Temperatur der Lösung, Größe und Abstand der Elektroden sowie Größe und Form des Zersetzungsgefäßes auf die abgeschiedenen Massen keinen Einfluß haben.

Die Masse einer aus einem Elektrolyten abgeschiedenen Stoffmenge ist zur Ladung, die während der Abscheidung durch den Elektrolyten geht, proportional:

$$m = \ddot{A}\,Q\,.$$

Der Proportionalitätsfaktor $\ddot{A}$ heißt das elektrochemische Äquivalent des abgeschiedenen Stoffes.

Dieses Gesetz bezeichnet man als das *erste* FARADAY-*Gesetz der Elektrolyse.*

Die elektrochemischen Äquivalente können für die verschiedenen Stoffe durch Messungen bestimmt werden. In der folgenden Tabelle sind die elektrochemischen Äquivalente einiger Stoffe angegeben.

Elektrochemische Äquivalente (in kg C^{-1})

Wasserstoff (1)	$0{,}01045 \cdot 10^{-6}$	Kupfer (2)	$0{,}3293 \cdot 10^{-6}$
Chlor (1)	$0{,}3675 \cdot 10^{-6}$	Silber (1)	$1{,}118 \cdot 10^{-6}$
Sauerstoff (2)	$0{,}08292 \cdot 10^{-6}$	Aluminium (3)	$0{,}0932 \cdot 10^{-6}$
Platin (4)	$0{,}5059 \cdot 10^{-6}$	Natrium (1)	$0{,}2383 \cdot 10^{-6}$

In Klammern ist jeweils die chemische Wertigkeit z der Stoffe angegeben.

FARADAY hat weiterhin untersucht, welcher Zusammenhang zwischen der im Elektrolyten transportierten Ladung Q und der chemischen Wertigkeit z eines abgeschiedenen Stoffes besteht. Das Ergebnis solcher Untersuchungen ist:

Wird mit der Ladung Q die Stoffmenge ν eines z-wertigen Stoffes abgeschieden, so gilt

$$Q = z\,\nu F.$$

Dabei ist F eine Konstante, die unabhängig von der chemischen Natur des Stoffes ist. F heißt Faraday-Konstante. Es gilt

$$F = 96485\,\frac{\mathrm{C}}{\mathrm{mol}}.$$

Dieses Gesetz bezeichnet man als das *zweite* FARADAY-*Gesetz der Elektrolyse.*

Mit der Kenntnis des elektrochemischen Äquivalents $\ddot{A}$ eines Stoffes kann man mit Hilfe des ersten FARADAY-Gesetzes die Masse m berechnen, die abgeschieden wird, wenn die Ladung $Q = I\,t$ durch den Elektrolyten geht.

Mit Hilfe des zweiten FARADAY-Gesetzes kann man die Stoffmenge ν berechnen, die abgeschieden wird, wenn die Ladung $Q = I\,t$ durch den Elektrolyten geht.

Um die abgeschiedene Masse m ohne Kenntnis des elektrochemischen Äquivalents $\ddot{A}$ berechnen zu können, benötigt man den Zusammenhang zwischen der Masse m und der Stoffmenge ν des abgeschiedenen Stoffes. Dieser Zusammenhang ergibt sich bei Kenntnis der relativen Molekülmasse M_r bzw. der relativen Atommasse A_r eines Stoffes. Es gilt

$$m = 1\,\frac{\mathrm{g}}{\mathrm{mol}} \cdot M_r \cdot \nu \quad \text{bzw.} \quad m = 1\,\frac{\mathrm{g}}{\mathrm{mol}} \cdot A_r \cdot \nu.$$

Das bedeutet:

Betrachtet man die Stoffmenge $\nu = 1$ mol eines Stoffes, so ist die relative Molekülmasse (Atommasse) der Zahlenwert der in der Einheit Gramm (g) gemessenen Masse m dieser Stoffmenge.

Sind die Teilchen des Stoffes einatomig, so spricht man von der relativen Atommasse A_r; sind die Teilchen des Stoffes mehratomig, so spricht man von der relativen Molekülmasse M_r. Die relative Molekülmasse ist die Summe der relativen Atommassen der Atome, aus denen die Moleküle des Stoffes zusammengesetzt sind.

Mit Hilfe der FARADAY-Gesetze der Elektrolyse und der Beziehung zwischen der Masse m und der Stoffmenge ν eines abgeschiedenen Stoffes läßt sich bei bekannter relativer Molekülmasse (Atommasse) und bei bekannter Wertigkeit z des Stoffes das elektrochemische Äquivalent $\ddot{A}$ dieses Stoffes *berechnen.*

Es gilt

$$m = \ddot{A}\,Q; \qquad Q = z\,\nu F; \qquad m = 1\,\frac{\mathrm{g}}{\mathrm{mol}} \cdot M_r \cdot \nu.$$

Daraus folgt

$$\ddot{A} = \frac{m}{Q},$$

$$\ddot{A} = \frac{m}{z\,\nu F},$$

$$\ddot{A} = 1\,\frac{\mathrm{g}}{\mathrm{mol}} \cdot \frac{M_r}{z F}.$$

5.6.3 Die atomistische Deutung der Faraday-Gesetze

Aus den FARADAY-Gesetzen hat HELMHOLTZ 1881 wichtige Folgerungen gezogen, mit denen wir uns jetzt beschäftigen. Nach dem Satz von AVOGADRO enthält die Stoffmenge $\nu = 1$ mol unabhängig von ihrer chemischen Beschaffenheit $6{,}022 \cdot 10^{23}$ Teilchen. Denken wir uns nun einen einwertigen Stoff ($z=1$), so ist nach dem zweiten FARADAY-Gesetz

$$Q = z\,\nu\,F$$

die zur Abscheidung der Stoffmenge $\nu = 1$ mol benötigte Ladung

$$Q = 1 \cdot 1\,\text{mol} \cdot 96485\,\frac{\text{C}}{\text{mol}} = 96485\,\text{C}.$$

In der atomistischen Vorstellung folgt hieraus, daß durch die Ladung 96485 C gerade $6{,}022 \cdot 10^{23}$ Teilchen transportiert werden. Macht man nun die zusätzliche Annahme, daß alle transportierten Teilchen die gleiche Ladung tragen, so ergibt sich für die Ladung eines Ions eines einwertigen Stoffes

$$e = \frac{96\,485\,\text{C}}{6{,}022 \cdot 10^{23}} = 1{,}602 \cdot 10^{-19}\,\text{C}.$$

Das ist gerade die Ladung, die man nach dem experimentellen Befund von MILLIKAN als *Elementarladung* bezeichnet (S. 427). MILLIKAN führte seine Versuche aber erst 1909–1916 aus. Wissenschaftsgeschichtlich ist es daher interessant, daß HELMHOLTZ mit dem richtigen Spürsinn den *Atomismus der Elektrizität* aus den FARADAY-Gesetzen herausgelesen hat. Beweisen konnte er die Existenz einer Elementarladung natürlich nicht, da in jedem Fall einer wirklich durchgeführten Elektrolyse die Anzahl der beteiligten Ladungsträger so riesig ist, daß die Ladung $1{,}602 \cdot 10^{-19}$ C auch als Mittelwert der Ionenladung der einwertigen Ionen angesehen werden kann. Heute wissen wir genau, daß es sich nicht um einen Mittelwert handelt, sondern um die Ladung jedes einzelnen Ions. Mit dieser Erkenntnis sind die FARADAY-Gesetze praktisch eine Selbstverständlichkeit. Jedes Ion eines *zweiwertigen* Stoffes trägt *zwei* Elementarladungen. Dann werden durch die Gesamtladung 96485 C aber nur $\frac{1}{2} \cdot 6{,}022 \cdot 10^{23}$ Ionen transportiert, insgesamt also nur ein halbes Mol, bei einem z-wertigen Ion entsprechend nur der z-te Teil eines Mols. Das entspricht genau der Formulierung, daß unabhängig von der chemischen Beschaffenheit der Stoffe die durch die gleiche Ladung abgeschiedenen Massen sich wie ihre valaren Massen verhalten. Selbstverständlich ist ferner das erste FARADAY-Gesetz, das die Proportionalität zwischen der Masse eines abgeschiedenen Stoffes und der während der Abscheidung hindurchgegangenen Ladung ausspricht. Vereinfachend kann man daher vom atomistischen Standpunkt aus auch sagen, daß die FARADAY-Gesetze sich im Zusammenhang mit dem Satz von AVOGADRO zusammenfassend folgendermaßen formulieren lassen:

Jedes Ion transportiert bei der elektrolytischen Leitung so viele Elementarladungen, wie seine Wertigkeit z angibt.

Da die negative Ladung einen Überschuß und die positive Ladung einen Mangel an Elektronen darstellt und da ein einfach negativ geladenes Ion gegenüber dem neutralen Zustand ein Elektron zu viel und ein einfach positives Ion ein Elektron zu wenig hat, muß die oben ermittelte Elementarladung mit dem Betrag der Ladung des Elektrons identisch sein. Wir können also sagen:

Die Ladung eines Elektrons ist negativ, sie hat den Betrag $1{,}602 \cdot 10^{-19}$ C.

Der zur Zeit beste Wert ist $1{,}60218 \cdot 10^{-19}$ C.

Diese Größe stellt eine außerordentlich wichtige Naturkonstante dar.

Zwischen der AVOGADRO-Konstante N_A, der FARADAY-Konstante F und der elektrischen Elementarladung e besteht der aus den vorhergehenden Gleichungen sich ergebende Zusammenhang

$$\frac{F}{N_A} = e \quad \text{oder} \quad F = e\,N_A.$$

Diese Gleichung stellt eine der grundlegenden Gleichungen der Atomistik dar. Sie verknüpft die atomistische Grundgröße der Elektrizität e mit einer der wichtigsten atomistischen Größen der Materie, der AVOGADRO-Konstante N_A. Jede experimentelle Bestimmung der Elementarladung ermöglicht nach dieser Gleichung die Berechnung der AVOGADRO-Konstante und umgekehrt.

Beispiele

1. Im Normzustand nimmt Chlorgas der Masse $m_0 = 70{,}9$ g das Volumen $V_0 = 22414\ \text{cm}^3$ ein. Chlor hat das elektrochemische Äquivalent $\ddot{A} = 0{,}3675 \cdot 10^{-6}\ \text{kg C}^{-1}$. Durch den HOFMANN-Apparat (Versuch 578.1) fließt in der Zeitspanne $t = 30$ min ein Strom der Stromstärke $I = 50$ mA. Wie groß ist das Volumen V des Chlorgases, das bei diesem Vorgang abgeschieden wird?

Es ist $\frac{m}{m_0} = \frac{V}{V_0}$, also $V = \frac{m V_0}{m_0}$.

Nach dem ersten FARADAY-Gesetz gilt

$$m = \ddot{A} Q = \ddot{A} I t .$$

Damit folgt

$$V = \frac{\ddot{A} I t V_0}{m_0},$$

$$V = \frac{0{,}3675 \cdot 10^{-6}\ \text{kg C}^{-1} \cdot 50 \cdot 10^{-3}\ \text{A} \cdot 1800\ \text{s} \cdot 22414\ \text{cm}^3}{70{,}9 \cdot 10^{-3}\ \text{kg}} = 10{,}5\ \text{cm}^3.$$

2. Zum Verchromen von Metallen wird das elektrolytische Verfahren benutzt. Chrom ist chemisch sechswertig und hat die relative Atommasse $A_r = 52$. Wie groß ist die Stromstärke I, wenn in jeder Minute 1 g Chrom abgeschieden wird? (FARADAY-Konstante: $F = 96485\ \text{C mol}^{-1}$.)

Es ist $I = \frac{Q}{t}$; $Q = z \nu F$ und $m = 1 \frac{\text{g}}{\text{mol}} \cdot A_r \cdot \nu$.

Daraus folgt

$$I = \frac{z \nu F}{t},$$

$$I = 1 \frac{\text{mol}}{\text{g}} \cdot \frac{z m F}{A_r \cdot t},$$

$$I = 1 \frac{\text{mol}}{\text{g}} \cdot \frac{6 \cdot 1\ \text{g} \cdot 96485\ \text{C mol}^{-1}}{52 \cdot 60\ \text{s}} = 186\ \text{A}.$$

Wie viele positive Chromionen wandern in jeder Minute zur Katode? (Elementarladung: $e = 1{,}602 \cdot 10^{-19}$ C.)

Die transportierte Gesamtladung ist $Q = I t$. Ein positives Chromion trägt $z = 6$ Elementarladungen. Die Zahl N der Ionen ist daher

$$N = \frac{I t}{z e},$$

$$N = \frac{186\ \text{A} \cdot 60\ \text{s}}{6 \cdot 1{,}602 \cdot 10^{-19}\ \text{C}} = 1{,}16 \cdot 10^{22}.$$

3. Die relative Atommasse von Kupfer ist $A_r = 63{,}54$. Die Kupferteilchen sind einatomig und zweiwertig. Welches elektrochemische Äquivalent $\ddot{A}$ ergibt sich aus diesen Angaben für Kupfer? (FARADAY-Konstante: $F = 96485\ \text{C mol}^{-1}$.)

Es ist $z = 2$. Da die Kupferteilchen einatomig sind, gilt

$$\ddot{A} = 1 \frac{\text{g}}{\text{mol}} \cdot \frac{A_r}{z F},$$

$$\ddot{A} = 1 \frac{\text{g}}{\text{mol}} \cdot \frac{63{,}54}{2 \cdot 96485\ \text{C mol}^{-1}} = 3{,}293 \cdot 10^{-4} \frac{\text{g}}{\text{C}} = 0{,}3293 \cdot 10^{-6} \frac{\text{kg}}{\text{C}}.$$

Weitere Aufgaben: Siehe O. HÖFLING, Physik-Aufgaben II/2.

5.7 Bewegte Ladungsträger im Hochvakuum

5.7.1 Das Elektron

Die Gesetze für in elektrischen und magnetischen Feldern bewegte elektrische Ladungsträger sind für das Elektron von besonderem Interesse, weil für die Physik als Wissenschaft und die Elektrotechnik als angewandte Physik das Elektron der bedeutendste Ladungsträger ist.

Wir wissen bereits, daß das Elektron Träger einer *negativen Elementarladung ist.* Die Ladung des Elektrons ist also

$$Q = -e = -1{,}602 \cdot 10^{-19}\,\mathrm{C}.$$

In einem *elektrischen Feld* wirkt auf das Elektron am Ort der Feldstärke $\vec{E}$ die Kraft

$$\vec{F} = -e\vec{E}.$$

In einem *Magnetfeld* wirkt auf das mit der Geschwindigkeit $\vec{v}$ bewegte Elektron am Ort der magnetischen Flußdichte $\vec{B}$ die LORENTZ-Kraft

$$\vec{F} = -e \cdot \vec{v} \times \vec{B}.$$

Der Betrag der LORENTZ-Kraft auf das Elektron ist

$$F = e\,v\,B \cdot \sin\alpha,$$

wenn mit α der Winkel zwischen dem Geschwindigkeitsvektor $\vec{v}$ und dem Vektor $\vec{B}$ der magnetischen Flußdichte bezeichnet wird.

Freie Elektronen, wie z.B. die durch Glühemission aus einer Metalloberfläche abgelösten Elektronen, lassen sich durch ein elektrisches Feld leicht beschleunigen. Durchläuft das Elektron ein elektrisches Feld mit dem Spannungsgefälle U, so ist im Hochvakuum, d.h. bei reibungsfreier Bewegung, die erreichte kinetische Energie nach dem Energieerhaltungssatz

$$\tfrac{1}{2} \cdot m\,v^2 = e\,U;$$

die Geschwindigkeit des Elektrons beträgt also

$$v = \sqrt{2 \cdot \frac{e}{m} \cdot U}.$$

Dabei ist m die Masse des Elektrons, für die wir im folgenden eine Meßmethode angeben.

Im früher besprochenen *Fadenstrahlrohr* (S. 468) treten Elektronen nach einer Beschleunigung im Spannungsgefälle U mit der Geschwindigkeit v senkrecht zu den Feldlinien in ein Magnetfeld ein. Auch im weiteren Verlauf ihrer Bewegung bleibt der Geschwindigkeitsvektor stets senkrecht zur Magnetfeldrichtung, so daß ständig die LORENTZ-Kraft mit dem Betrag

$$F = e\,v\,B \cdot \sin 90° = e\,v\,B$$

auf das Elektron wirkt. Das Elektron wird daher auf eine Kreisbahn gezwungen. Die LORENTZ-Kraft wirkt als Radialkraft

$$F = m \cdot \frac{v^2}{r},$$

so daß zwischen den Größen e, m, v, r, B die Beziehung

$$e\,v\,B = m \cdot \frac{v^2}{r}$$

besteht. Eine zweite Gleichung liefert der bereits oben genannte Zusammenhang

$$\tfrac{1}{2} \cdot m\,v^2 = e\,U.$$

Aus

$$e\,v\,B = m \cdot \frac{v^2}{r}$$

folgt

$$e\,B = m \cdot \frac{v}{r} \quad \text{bzw.} \quad v^2 = \left(\frac{e}{m}\right)^2 \cdot B^2 r^2;$$

aus

$$\tfrac{1}{2} \cdot m v^2 = e U$$

ergibt sich

$$v^2 = \left(\frac{e}{m}\right) \cdot 2U.$$

Gleichsetzen der Ausdrücke für v^2 liefert

$$\left(\frac{e}{m}\right)^2 \cdot B^2 r^2 = \left(\frac{e}{m}\right) \cdot 2U,$$

$$\frac{e}{m} = \frac{2U}{B^2 r^2},$$

$$m = \frac{B^2 r^2 e}{2U}.$$

In dieser Gleichung ist die Elementarladung e bekannt, die Größen B, r und U sind der Messung zugänglich, so daß die Masse des Elektrons aus diesen Meßdaten errechnet werden kann. Dabei ergibt sich:

Die Masse des Elektrons beträgt 9,1 · 10^{-31} kg.

Der zur Zeit beste Wert ist

$$m_e = 9{,}1095 \cdot 10^{-31}\ \text{kg}.$$

Diese Angaben beziehen sich genaugenommen auf die Masse *ruhender* Elektronen. Man bezeichnet die Masse deshalb auch als *Ruhmasse*. Ganz allgemein gilt nämlich die durch die *Relativitätstheorie* von EINSTEIN erfolgte Feststellung:

Die Masse eines Körpers ist geschwindigkeitsabhängig. Hat ein Körper im Ruhezustand die Masse m_0, so ist ihm bei der Geschwindigkeit v die Masse

$$m_v = \frac{m_0}{\sqrt{1 - \frac{v^2}{c^2}}}$$

zuzuschreiben, wobei $c \approx 3 \cdot 10^8 \frac{\text{m}}{\text{s}}$ die Lichtgeschwindigkeit bedeutet.

Die theoretisch gewonnene Formel konnte experimentell auf verschiedenen Wegen bestätigt werden. Wenn man dagegen bei den Bewegungen großer Körper (Eisenbahnzüge, Flugzeuge usw.) von dieser Veränderung der Massen nichts bemerkt, so liegt dies daran, daß die Geschwindigkeiten niemals so hoch werden, daß sie wahrnehmbare Massenveränderungen hervorbringen. Aber auch bei Elektronen braucht man die Abweichung von der Ruhmasse in den Rechnungen nicht zu berücksichtigen, wenn die Beschleunigungsspannung U unterhalb 1000 V bleibt. Genaue Messungen hierzu hat W. KAUFMANN (1871–1947) in den Jahren 1901–1906 durchgeführt. In der folgenden Tabelle sind einige Ergebnisse zusammengestellt:

Durchlaufene Spannung U (Einheit V)	*Geschwindigkeit v* (Einheit km s^{-1})	*Spezifische Ladung* $\frac{e}{m}$ (Einheit C kg^{-1})	*Elektronenmasse m* (Einheit kg)
10^{-1}	187	$1{,}76 \cdot 10^{11}$	$9{,}11 \cdot 10^{-31}$
1	593	$1{,}76 \cdot 10^{11}$	$9{,}11 \cdot 10^{-31}$
10	1875	$1{,}76 \cdot 10^{11}$	$9{,}11 \cdot 10^{-31}$
10^2	5929	$1{,}76 \cdot 10^{11}$	$9{,}11 \cdot 10^{-31}$
10^3	18710	$1{,}76 \cdot 10^{11}$	$9{,}13 \cdot 10^{-31}$
10^4	58430	$1{,}72 \cdot 10^{11}$	$9{,}29 \cdot 10^{-31}$
10^5	164200	$1{,}47 \cdot 10^{11}$	$10{,}88 \cdot 10^{-31}$
10^6	283500	$0{,}58 \cdot 10^{11}$	$27{,}59 \cdot 10^{-31}$

Beim Umgang mit Elektronen hat es sich in vielen Fällen als praktisch erwiesen, für die Energie eines Elektrons eine besondere Einheit festzulegen. Diese wird als *Elektronvolt* bezeichnet.

Das *Gesetz über Einheiten im Meßwesen* bestimmt hierzu:

Atomphysikalische Einheit der Energie ist das Elektronvolt (Einheitenzeichen: eV). 1 Elektronvolt ist die Energie, die ein Elektron bei Durchlaufen einer Potentialdifferenz von 1 Volt im Vakuum gewinnt.

Als größere Einheiten verwendet man auch 1 MeV $= 10^6$ eV; 1 GeV $= 10^9$ eV.
Der Zusammenhang dieser Energieeinheit mit der SI-Einheit 1 Wattsekunde = 1 Joule ist

$$1\ \text{eV} = 1{,}602 \cdot 10^{-19}\ \text{C} \cdot 1\ \text{V} = 1{,}602 \cdot 10^{-19}\ \text{Ws} = 1{,}602 \cdot 10^{-19}\ \text{J}.$$

5.7.2 Die Triode

Die Dreielektrodenröhre oder *Triode* ist eine technische Weiterentwicklung der Zweielektrodenröhre oder *Diode*, die darin besteht, daß durch eine zwischen Katode und Anode gesetzte dritte Elektrode, die man als *Gitter* bezeichnet, der Elektronenstrom *gesteuert* werden kann. In Abb. 584.1 ist der Aufbau einer Triode schematisch wiedergegeben. Die Katode wird indirekt geheizt. Über einen Heizfaden aus Wolframdraht ist ein isoliertes Nickelröhrchen gesetzt, das auf der Außenseite mit einer dünnen Schicht aus Barium- oder Calciumoxid zur Erleichterung des Elektronenaustritts bedeckt ist. Dieses Röhrchen bildet die Katode. Die Katode wird in einigen Millimetern Abstand von einer zylindrischen Drahtspirale, dem Gitter, umgeben. In der Abbildung sieht man die Punkte, in denen diese Drahtspirale die Zeichenebene durchstößt. Das Gitter wird ebenfalls in wenigen Millimetern Abstand von der zylinderförmigen Anode umschlossen.

Wir untersuchen jetzt die Abhängigkeit der Anodenstromstärke von der Anodenspannung und von der Gitterspannung.

Versuch 584.1 Die Triode wird nach Abb. 584.2 geschaltet; die Spannungen zwischen Katode und Anode (Anodenspannung U_a) und zwischen Katode und Gitter (Gitterspannung U_g) sind veränderbar. Die Anodenstromstärke I_a wird am Amperemeter abgelesen. Das Ergebnis einiger Meßreihen ist in Abb. 584.3 grafisch dargestellt.

Die Kurven, die wir aus den Messungen im Versuch 584.1 gewonnen haben, nennt man die I_a-U_g-*Kennlinien* der Triode. Sie zeigen, daß bei stark negativer Gitterspannung der Anodenstrom sehr klein bleibt. Die Elektronen auf dem Gitter bewirken in diesem Fall eine so stark negative Aufladung des Gitters, daß die von der Katode abgelösten Elektronen in den Katodenbereich zurückgedrückt werden. Mit einer Abnahme der negativen Gitterspannung wird das Gitter für die von der Katode kommenden Elektronen

Abb. 584.1 Schematischer Aufbau und Schaltsymbol einer Triode

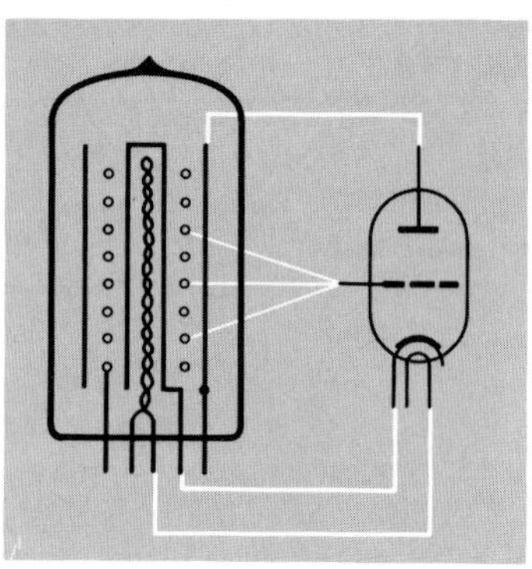

Abb. 584.2 Schaltung einer Triode zur Aufnahme von Kennlinien

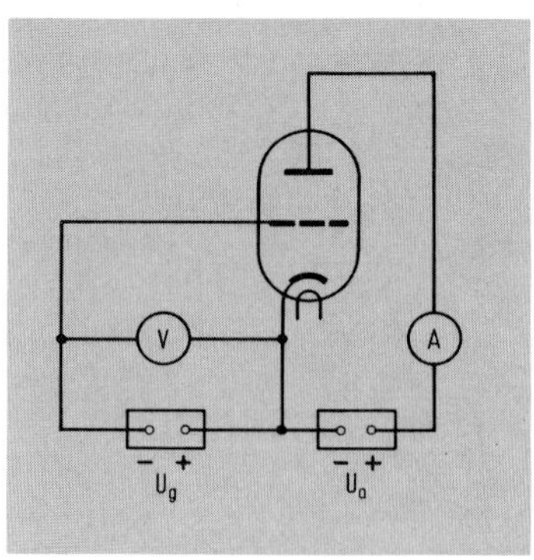

Abb. 584.3 I_a-U_g-Kennlinien einer Triode

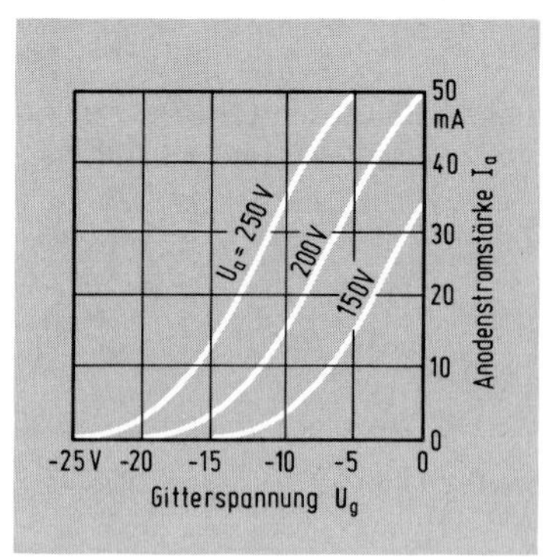

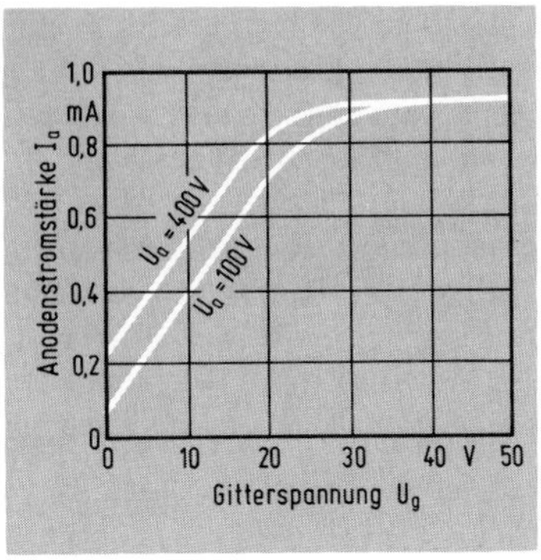

Abb. 585.1 Kennlinien mit Sättigungsstromstärke

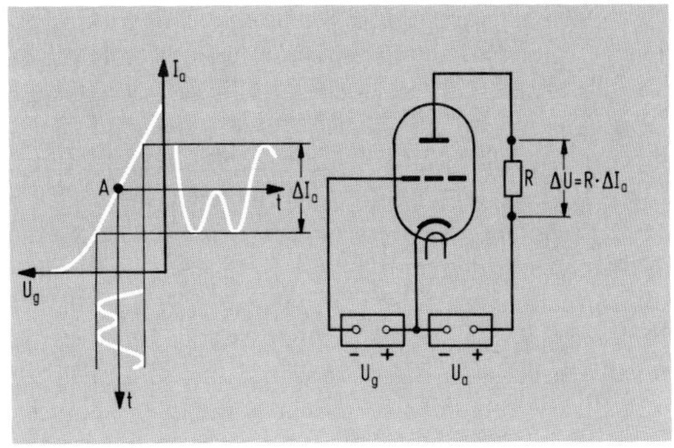

Abb. 585.2 Verstärkerwirkung einer Triode

stärker durchlässig; der Anodenstrom steigt an. In einem bestimmten Änderungsbereich ist die Anodenstromstärke proportional zur Gitterspannung, was durch den geraden Teil der Kennlinie zum Ausdruck kommt. Die Parallelen zur I_a-Achse des Koordinatensystems schneiden die Kennlinien in Punkten, die bei gleicher Gitterspannung die I_a-U_a-Wertepaare markieren. Man kann daraus entnehmen, wie bei konstanter Gitterspannung die Anodenstromstärke I_a von der Anodenspannung U_a abhängt.

Verwendet man eine Triode mit einer direkten Heizung, deren Katode aus einem einfachen glühenden Metallfaden besteht (Demonstrationstriode), so lassen sich die Kennlinien experimentell bis zum *Sättigungsstrom* fortsetzen (Abb. 585.1). Dazu muß die Gitterspannungsquelle in Abb. 584.2 umgepolt werden.

Die Kennlinien gehen in einen horizontalen Teil über. In diesem Sättigungsbereich werden alle aus der Katode austretenden Elektronen zur Anode geführt, d.h., wenn N Elektronen in der Zeit t die Katode verlassen, werden N Elektronen in derselben Zeit t auf die Anode gelangen. Die Anodenstromstärke beträgt dann

$$I_a=\frac{Q}{t}=\frac{N e}{t}.$$

Diese Stromstärke kann nicht mehr gesteigert werden, weil die Ablöserate $\frac{N}{t}$ an der Katode konstant bleibt; sie hängt nämlich nur von der Temperatur der Katode ab. Eine weitere Steigerung der Anodenspannung bewirkt nur eine größere Geschwindigkeit der Elektronen in der Röhre; die Anzahl der Elektronen, die zwischen Katode und Anode unterwegs sind, nimmt dagegen ab. Wir haben hier einen typischen Fall vor uns, in dem das Ohm-Gesetz nicht mehr gilt. Umgekehrt erkennt man, daß für die Erfüllung des Ohm-Gesetzes die Ladungsträgerdichte konstant bleiben muß, wie es z.B. bei der metallischen Leitung der Fall ist. Der Sättigungsstrom wird mit den handelsüblichen Trioden kaum erreicht, weil deren Katoden ein riesiges Emissionsvermögen für Elektronen besitzen. Zur Herstellung des Sättigungsstromes müßten dann sehr hohe Anodenspannungen angelegt werden. Dadurch werden die Elektronen aber so stark beschleunigt, daß sie beim Aufprall die Anode thermisch zerstören, falls die Katode nicht bereits vorher verdampft.

Bei genügender Steilheit der Kennlinie kann man die Triode zur *Spannungsverstärkung* verwenden. Legt man an das Gitter eine Wechselspannung, so schwankt die Anodenspannung im gleichen Rhythmus wie die Gitterspannung (Abb. 585.2). Durchsetzt der Anodenstrom einen Widerstand R, so verursacht die Änderung ΔI_a der Anodenstromstärke auch eine Änderung des Spannungsabfalls

$$\Delta U=R\cdot\Delta I_a$$

an diesem Widerstand. Ein Beispiel möge dies verdeutlichen:

Beispiel Bei einer Änderung der Gitterspannung von -4 V auf -2 V möge die Anodenstromstärke von 6 mA auf 11 mA anwachsen. Die Gitterspannungsänderung $\Delta U_g=2$ V bewirkt also die Anodenstromstärkeänderung $\Delta I_a=5\cdot 10^{-3}$ A. Befindet sich im Anodenkreis der Widerstand $R=10000\,\Omega$, so ändert sich dort der Spannungsabfall um $\Delta U=10000\,\Omega\cdot 5\cdot 10^{-3}$ A$=50$ V. Das bedeutet, daß eine 25fache Spannungsverstärkung eingetreten ist.

Um eine verzerrungsfreie Verstärkung zu erhalten, nutzt man nur den geraden Teil der Kennlinie aus. Dann schwankt die Gitterspannung um den sog. Arbeitspunkt *A* (Abb. 585.2) im Bereich negativer Gitterspannungen. Damit ist noch ein weiterer Vorteil verbunden. Da das Gitter stets negativ aufgeladen ist, können keine Elektronen über das Gitter im Gitterkreis auf die Katode abfließen. Es wird zur Steuerung des Anodenstroms also kein Gitterstrom benötigt. Die Steuerung erfolgt leistungsfrei im Gegensatz zu den Transistoren, die zur Steuerung stets einen Strom benötigen. Andererseits haben die Trioden und die aus ihnen weiterentwickelten Elektronenröhren (z.B. Pentoden mit drei Gittern, die innerhalb der Röhre verschiedene Aufgaben erfüllen) den großen Nachteil, daß eine Heizleistung für die Bereitstellung von Ladungsträgern aufgebracht werden muß. Besonders dieser Nachteil ist es, der zu einer weitgehenden Verdrängung der Elektronenröhren durch Transistoren geführt hat. Für sehr hohe Leistungen sind Elektronenröhren allerdings unentbehrlich (z.B. Senderöhren der Rundfunksender).

Zum Abschluß führen wir noch einen Versuch zur Verstärkerwirkung der Triode durch.

Versuch 586.1 Der niederfrequente Strom eines Mikrofonkreises mit Akku und Kohlekörnermikrofon wird einem Kopplungstrafo zugeführt. Die Sekundärspannung des Trafos liegt zwischen Gitter und Katode der Triode. Ein Katodenwiderstand sorgt dafür, daß das Gitter gegenüber der Katode stets negativ ist. Der Anodenstrom durchfließt im Anodenkreis einen Lautsprecher (Abb. 586.1).

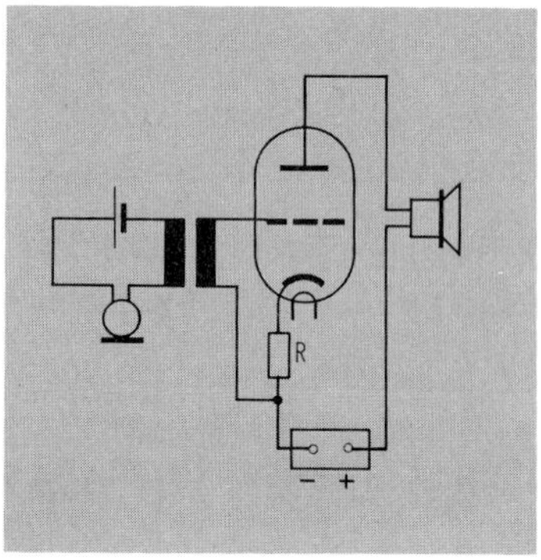

Abb. 586.1
Verstärkung eines Mikrofonstromes mit Hilfe einer Triode

5.7.3 Die Fotozelle

Versuch 586.2 Auf ein Elektroskop wird eine frisch abgeschmirgelte Zinkplatte gesteckt. Dann wird das Elektroskop negativ aufgeladen und anschließend mit dem Licht einer Quecksilberdampflampe bestrahlt (Abb. 586.2a). Der Versuch wird mit positiver Aufladung des Elektroskops wiederholt. Dann wird der Versuch mit negativer Aufladung nochmals durchgeführt, aber vor die Lampe ein Kondensor gesetzt, der das Licht bündelt (Abb. 586.2b).

Der Versuch zeigt, daß das Elektroskop seine Ladung verliert, wenn es negativ geladen ist und die Hg-Lampe ohne Kondensor benutzt wird. Bei positiver Ladung des Elektroskops oder bei Zwischenschalten eines Kondensors behält das Elektroskop seine Ladung.

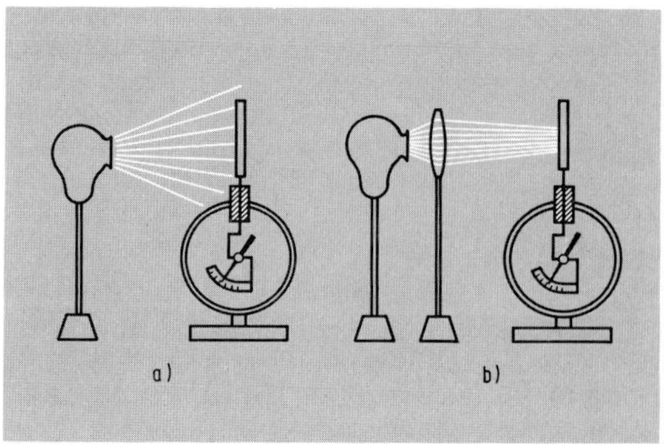

Abb. 586.2
Versuch zum Fotoeffekt

Der Effekt ist folgendermaßen zu erklären:

Durch Bestrahlung mit ultraviolettem Licht werden von der Zinkoberfläche Elektronen abgelöst. Bei negativer Aufladung befindet sich ein Elektronenüberschuß auf der Zn-Platte. Diese Elektronen können durch die Energie des ultravioletten Lichtes leicht abgelöst werden. Bei positiver Aufladung dagegen befindet sich ein Elektronenmangel auf der Zn-Platte. Positive Metallionen sind zurückgeblieben. Diese Metallionen sind ortsfest, d.h. unbeweglich, im metallischen Festkörper eingebaut; sie können durch die einfallende Lichtenergie nicht abgelöst werden. Eine Bündelung des Lichtes durch den Kondensor bringt eine größere Lichtintensität auf die Zn-Platte, so daß eine schnellere Entladung zu erwarten wäre. Es findet aber gar keine Entladung statt. Nun weiß man, daß gewöhnliches Glas, aus dem die Kondensorlinse besteht, ultraviolettes Licht nicht hindurchläßt; nur sichtbares Licht verläßt den Kondensor. Daraus kann man schließen: Nicht die Lichtintensität, sondern die Wellenlänge des verwendeten Lichtes ist für die Ablösung von Elektronen entscheidend. Nur kurzwelliges Licht vermag die negative Zn-Platte zu entladen. Man nennt diesen Effekt den *äußeren lichtelektrischen Effekt* oder *äußeren Fotoeffekt.*

Die Ablösung von Elektronen aus der Oberfläche eines Stoffes durch Einwirkung von Licht bezeichnet man als äußeren lichtelektrischen Effekt oder als äußeren Fotoeffekt. Die abgelösten Elektronen werden als Fotoelektronen bezeichnet.

Versuch 587.1 Der Versuch 586.2 wird mit dem Licht einer Glühfadenlampe wiederholt.

Das Licht einer Glühfadenlampe vermag keine Elektronen aus der Zn-Platte abzulösen. Das Elektroskop behält in jedem Fall seine Ladung. Man könnte diesen Versuch auch mit langwelligerem Licht (z.B. Infrarot) ausführen. Damit wird bestätigt, daß nur hinreichend kurzwelliges Licht Elektronen aus einer Zn-Platte ablösen kann.

Es könnte noch der Einwand gemacht werden, daß das ultraviolette Licht die Luft vor der Zinkplatte ionisiere und daher genügend Ladungsträger in der Nähe der Zinkplatte erzeuge, die dann die Ladung der Zn-Platte neutralisieren könnten. In diesem Fall hätte eine Entladung des Elektroskops gar nichts mit Elektronenablösung von der Zinkoberfläche zu tun. Um diesen Einwand zu widerlegen, führen wir ein Zusatzexperiment aus.

Versuch 587.2 Das Elektroskop mit Zn-Platte wird positiv oder negativ aufgeladen. Dann hält man ein brennendes Zündholz oder eine Kerzenflamme einige Zentimeter vor die Zn-Platte.

Wir beobachten, daß unabhängig von der Art der Ladung das Elektroskop entladen wird. Die Flamme des Zündholzes oder der Kerze ionisiert die Luft vor der Zn-Platte. Da durch die Ionisation viele positive und negative Ladungsträger in der Luft erzeugt werden, stehen für die Neutralisation der geladenen Zn-Platte auf jeden Fall die geeigneten Ladungsträger zur Verfügung. Wir schließen daraus:

Da bei Bestrahlung mit ultraviolettem Licht die positive Platte nicht entladen wird, kann es sich bei der Entladung der negativen Platte nicht um Neutralisation durch Ionen handeln. Der Fotoeffekt hat mit Ionisation gar nichts zu tun. Das heißt aber:

Der Fotoeffekt muß unter den angegebenen Versuchsbedingungen auch eintreten, wenn die Apparatur sich im Vakuum befindet.

Nach der Entdeckung des Fotoeffektes hat man auch andere Materialien mit Licht verschiedener Wellenlängen bestrahlt und festgestellt, daß bei einigen Materialien, wie z.B. Kalium oder Cäsium, der Fotoeffekt auch bei Bestrahlung mit sichtbarem Licht eintritt. Mit Hilfe dieser Metalle werden die für sichtbares Licht geeigneten *Vakuum-Fotozellen* hergestellt. Es gibt eine ganze Reihe verschiedener Bauarten. In Abb. 588.1 ist eine Bauart und das allgemeine Schaltsymbol für Vakuum-Fotozellen dargestellt.

In einem gut evakuierten Glas- oder Quarzgefäß ist eine Wand mit einem lichtelektrisch empfindlichen Alkalimetall belegt. In der Mitte des Kolbens steht dieser Belegung eine ring- oder netzförmige Elektrode gegenüber. Zwischen dieser Elektrode (Anode) und der Fotoschicht (Katode) wird von außen Gleichspannung angelegt. Beim Belichten gibt der Belag Elektronen ab, die sich zur Anode bewegen. Es fließt jetzt ein Strom, dessen Stärke am Amperemeter abgelesen werden kann. Die Spannung der Spannungsquelle nennt man auch *Saugspannung*, weil die abgelösten Elektronen mittels dieser Spannung von der Fotoschicht abgesaugt werden.

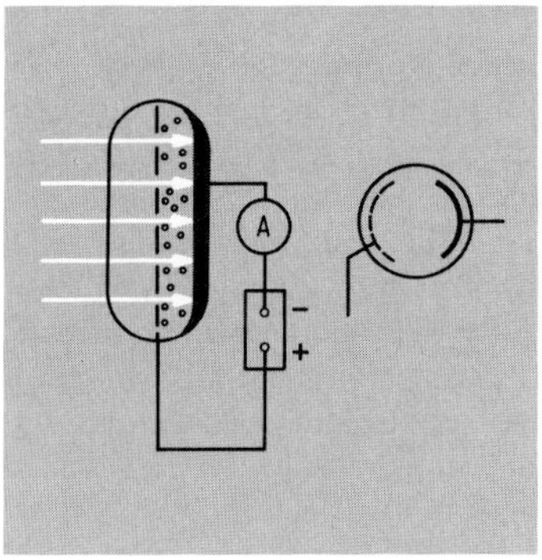

Abb. 588.1
Vakuum-Fotozelle und Schaltsymbol

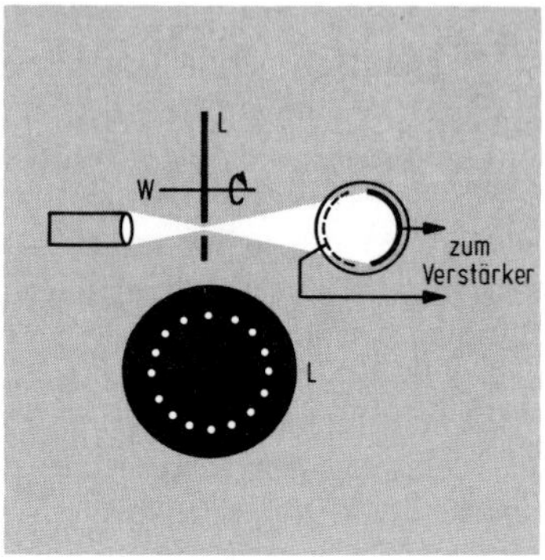

Abb. 588.2
Licht-Ton-Rad

Ist diese Spannung so groß, daß der Sättigungsstrom erreicht wird, besteht zwischen der Lichtintensität und der Fotostromstärke Proportionalität. Nachdem die Fotozelle mit einer bekannten Lichtquelle kalibriert ist, kann sie zur Messung von Lichtintensitäten verwendet werden.

Der Elektronenstrom in Vakuum-Fotozellen folgt den Schwankungen der Lichtintensität praktisch ohne Zeitverzögerung, so daß auch periodisch wechselnde Lichtintensitäten bis zu den höchsten Frequenzen des Lichtwechsels (ca. 10^8 Hz) in Stromstärkeschwankungen umgesetzt werden können. Ein Beispiel für solche Umsetzung zeigen wir in einem Versuch.

Versuch 588.1 Nach Abb. 588.2 sitzt auf der Welle *W* eines Experimentiermotors eine Lochscheibe *L*. Das Lichtbündel einer Experimentierlampe wird mit dem Kondensor so geformt, daß es vor der Lochscheibe stark konvergent ist, an seiner engsten Stelle ein Loch durchsetzt, hinter der Lochscheibe divergent verläuft und die Fotozelle ausleuchtet. Bei laufendem Motor wird der Lichtstrahl periodisch unterbrochen, so daß in gleichmäßigen Zeitabständen Lichtimpulse auf die Fotozelle fallen. Der weitere, in der Abbildung nicht wiedergegebene Anschluß besteht aus einem Netzgerät für Saugspannung, Verstärker und Lautsprecher. Die Lichtimpulse werden in akustische Signale umgesetzt. Die entstehende Tonhöhe wächst mit steigender Drehzahl der Lochscheibe, die in dieser Anordnung als Licht-Ton-Rad bezeichnet wird.

Die Fotozelle hat viele Anwendungen gefunden, z.B. beim Tonfilm, beim Fernsehen und bei Signaleinrichtungen, bei der Steuerung von Maschinen, wie z.B. Sortiermaschinen, und bei optischen Schranken. In allen diesen Fällen werden durch die Fotozelle Lichtschwankungen in elektrische Strom- oder Spannungsschwankungen umgewandelt.

Zur Ergänzung sei hier noch mitgeteilt, daß es außer den Vakuum-Fotozellen auch gasgefüllte Fotozellen (z.B. mit Argon von einigen Hundertsteln mbar Druck gefüllte) gibt. Die Fotoelektronen erzeugen dann durch Zusammenstoß mit den Gasatomen weitere Elektronen und bewirken dadurch einen verstärkten Fotostrom.

5.7.4 Das Elektronenmikroskop

Eine technisch und wissenschaftlich bedeutende Anwendung der Elektronenablenkung in elektrischen und magnetischen Feldern ist das Elektronenmikroskop. Während beim Feldelektronenmikroskop (S. 423) nur die Struktur der die Elektronen emittierenden Katode sichtbar gemacht werden kann, kann das *Durchstrahlungselektronenmikroskop*, das wir hier behandeln wollen, mit dem Lichtmikroskop verglichen werden. Die von einer Glühkatode ausgehenden Elektronenstrahlen durchsetzen das zu betrachtende Objekt und werden dabei je nach der Beschaffenheit der Objektsubstanz an den verschiedenen Stellen in wechselndem Maße geschwächt, so wie dies bei gewöhnlichen Mikroskopen mit den Lichtstrahlen ebenfalls geschieht. Die das Objekt durchdringenden Elektronenstrahlen werden durch magnetische oder elektrische Felder zu einem Bilde des durchstrahlten Gegenstandes vereinigt, das auf einer fotografischen Platte oder einem Leuchtschirm sichtbar gemacht werden kann.

Die Erzeugung reeller Bilder mit Hilfe von Elektronenstrahlen in magnetischen Feldern beruht auf folgendem Gesetz.

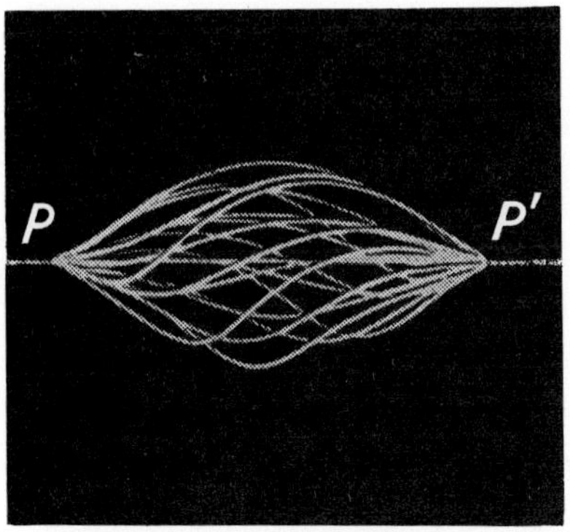

Abb. 589.1
Ein von P ausgehendes divergentes Elektronenstrahlbündel wird durch das homogene magnetische Feld einer Spule in P' vereinigt.

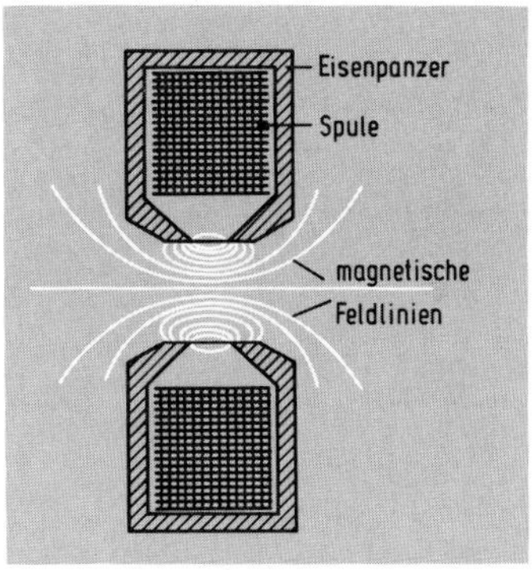

Abb. 589.2
Schematische Darstellung einer magnetischen Elektronenlinse

Die von einem Punkte *P* mit gleicher Geschwindigkeit und geringer Neigung gegen die Feldlinien eines rotationssymmetrischen magnetischen Feldes ausgehenden Elektronen werden durch das Feld in einem Punkt *P'* vereinigt, der das elektronenoptische Bild des Punktes *P* darstellt.

Der einfachste Fall liegt vor, wenn man ein homogenes Magnetfeld verwendet, wie es durch eine längere Spule erzeugt werden kann. Die Bahnen der einzelnen Elektronen sind Schraubenlinien (Abb. 589.1). Das Spulenfeld übt auf die Elektronenstrahlen eine fokussierende Wirkung aus, die mit derjenigen einer Konvexlinse auf Lichtstrahlen vergleichbar ist. Man spricht deshalb auch von *Elektronenlinsen.* Denkt man sich nun durch P und P' senkrecht zu den Feldlinien zwei Ebenen E und E' gelegt, so entspricht jedem Punkt von E ein Punkt von E', und von einem in E gelegenen Gegenstand entsteht in E' ein Bild.

Für elektronenmikroskopische Zwecke sind aber homogene Magnetfelder nicht geeignet, weil sie nur Abbildungen von der gleichen Größe wie der Gegenstand, aber keine vergrößerten Bilder liefern. Das Analogon zu den lichtoptischen Konvexlinsen sind rotationssymmetrische, inhomogene Magnetfelder, wie sie z. B. durch kurze stromdurchflossene Spulen erzeugt werden können. In Abb. 589.2 ist ein Schnitt durch eine solche magnetische Elektronenlinse schematisch dargestellt. Die die Mikroskopachse konzentrisch umgebende Erregungsspule des magnetischen Feldes ist mit einer Eisenpanzerung umhüllt, die den Zweck hat, das magnetische Feld in der Nähe der Achse auf kleinem Raum zu konzentrieren. Man erhält auf diese Weise magnetische Linsen hoher Brechkraft.

Für die magnetischen Linsen kann man wie bei optischen Linsen eine Brennweite definieren, und man kann mit ihnen unter Benutzung von Elektronenstrahlen vergrößerte reelle Bilder erzeugen. Die Brennweite dieser magnetischen Linsen hängt von der Flußdichte des magnetischen Feldes ab, und zwar ist zur Erzielung kurzer Brennweiten ein starkes Magnetfeld erforderlich. Außerdem ist die Brennweite einer solchen Linse proportional der kinetischen Energie der Elektronen.

Die magnetischen Linsen haben gegenüber den optischen den großen Vorteil einer *stetig veränderbaren Brennweite.* Durch Veränderung des Magnetisierungsstroms läßt sich die Brennweite einer solchen Linse im Betrieb kontinuierlich regeln, eine Tatsache, von der man sowohl bei der Scharfeinstellung des Bildes als auch bei einem Wechsel der Vergrößerung Gebrauch macht. Auf der anderen Seite kann eine Konstanz der Brennweite, wie sie für die Erzielung scharfer Bilder bei einer einmal eingestellten Abbildung erforderlich ist, nur durch sorgfältige Stabilisierung der Magnetisierungsstromstärke und der Elektronengeschwindigkeit (auf $\pm 0{,}01\,\%$) erzielt werden.

Ebenso wie die rotationssymmetrischen magnetischen Felder können auch rotationssymmetrische elektrische Felder als Elektronenlinsen dienen. Die Wirkung dieser elektrostatischen Linsen beruht auf der Ablenkung bewegter geladener Teilchen in einem elektrischen Feld. Wir gehen darauf nicht näher ein, weil das elektrostatische Elektronenmikroskop nur noch untergeordnete Bedeutung besitzt.

Mit solchen magnetischen und elektrischen Linsen kann man von einem Objekt, das Elektronen aussendet oder von Elektronen durchstrahlt wird, Bilder erzeugen. Mit zwei Linsen lassen sich wie beim Lichtmikroskop vergrößerte Bilder entwerfen. Abb. 590.1 gibt ein schematisiertes Bild des grundsätzlichen Aufbaues eines magnetischen Elektronenmikroskops im Vergleich zum Lichtmikroskop. Der Strahlengang beim Lichtmikroskop verläuft in dieser Abbildung nicht in der sonst üblichen Weise von unten nach oben, sondern umgekehrt, weil dieser Aufbau sich bei den Elektronenmikroskopen als zweckmäßig erwiesen hat.

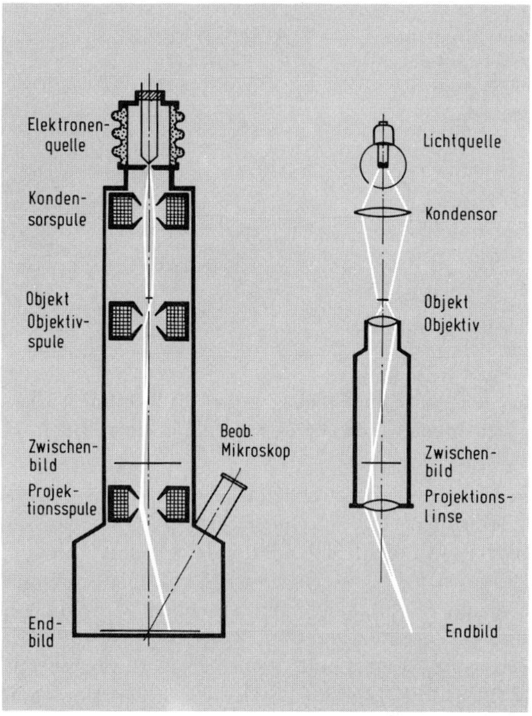

Abb. 590.1 Schematische Darstellung und Vergleich des Lichtmikroskops (für Projektion) mit dem magnetischen Elektronenmikroskop

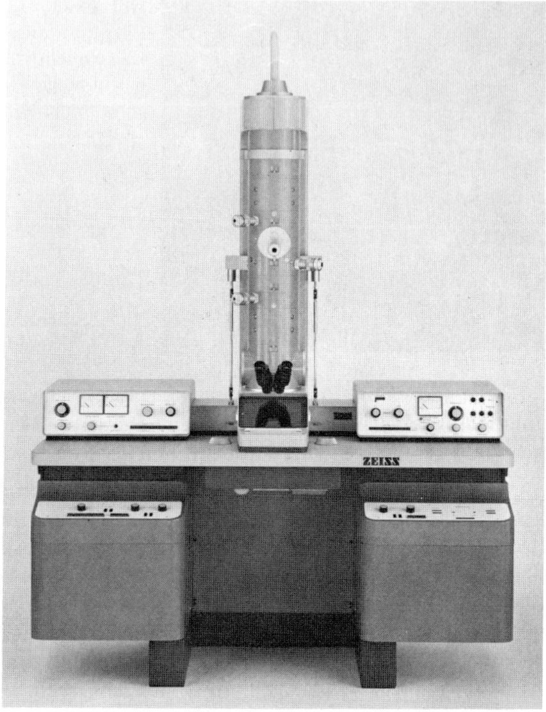

Abb. 590.2 Modernes Hochleistungselektronenmikroskop

Der *Lichtquelle* entspricht die *Elektronenquelle*, die aus einem geheizten Wolframdraht besteht, der am negativen Pol einer Hochspannungsquelle liegt, während der positive Pol mit dem geerdeten Mikroskopgehäuse verbunden ist. Die Elektronenquelle ist von einem Wehnelt-Zylinder umgeben, durch dessen negative Vorspannung gegenüber der Katode die Elektronen zu einem dünnen Strahl gebündelt werden, dessen Intensität sich außerdem durch die Höhe der Vorspannung regulieren läßt. Es folgt dann die *Kondensorlinse*, die sowohl beim Licht- als auch beim Elektronenmikroskop die Aufgabe hat, das Objekt mehr oder weniger stark zu „beleuchten", um die Helligkeit des Endbildes den jeweiligen Erfordernissen anpassen zu können. Unmittelbar vor dem dann folgenden Objektiv befindet sich der zu vergrößernde *Gegenstand*. Das Objektiv erzeugt von dem Gegenstand ein vergrößertes *Zwischenbild*, das auf einem Leuchtschirm aufgefangen werden kann. Eine zentrale Bohrung in diesem Schirm gestattet es, einen kleinen Ausschnitt des Zwischenbildes durch das *Okular*, das beim Elektronenmikroskop als *Projektiv* bezeichnet wird, weiter zu vergrößern und auf eine fotografische Platte oder einen Leuchtschirm abzubilden.

Das Elektronenmikroskop hat sich zu einem wichtigen Hilfsmittel der Forschung entwickelt. Es ist dem Lichtmikroskop wegen seines größeren *Auflösungsvermögens* überlegen. Dieser Begriff wird später (S. 659ff.) behandelt; dort ist dann auch von den Vorteilen die Rede, die das Elektronenmikroskop in dieser Hinsicht hat.

Wir stellen hier nur fest, daß es mit Hilfe des Elektronenmikroskops möglich ist, Gegenstände zu untersuchen, deren Struktur im Lichtmikroskop nicht mehr erkennbar ist. Das Elektronenmikroskop hat deshalb sowohl in der Physik, Chemie und Technik als auch in der Biologie und Medizin eine Fülle neuer Erkenntnisse gebracht und ist heute ein unentbehrliches Hilfsmittel der Forschung geworden. Es ist sogar gelungen, sehr große Moleküle einzeln sichtbar zu machen. Besonderes Interesse haben auch die mit Lichtmikroskopen nicht sichtbaren *Viren* gefunden, die als einzelne, recht große Moleküle betrachtet werden können und Erreger vieler menschlicher, tierischer und pflanzlicher Krankheiten sind. Ihre Sichtbarmachung und Erforschung ist von erheblicher Bedeutung. Auch auf vielen anderen Gebieten hat das Elektronenmikroskop uns neue Welten erschlossen; es kann aber hier auf Einzelheiten nicht näher eingegangen werden. Die Elektronenmikroskope werden ständig weiterentwickelt und ihre Möglichkeiten werden mit zunehmender Verbesserung der Geräte von Jahr zu Jahr umfassender. Abb. 590.2 zeigt ein Elektronenmikroskop. In Abb. 591.1 und Abb. 591.2 sind elektronenmikroskopische Aufnahmen wiedergegeben.

Abb. 591.1 Elektronenmikroskopische Aufnahme von reinstem Aluminium. Vergrößerung etwa 6500fach

Abb. 591.2 Elektronenmikroskopische Aufnahme des Tabak-Mosaik-Virus. Vergrößerung etwa 200000fach

5.7.5 Das Ikonoskop

Die bekannteste technische Anwendung gesteuerter Elektronen im Hochvakuum ist das *Fernsehen*. Der Bildschirm aller Fernsehempfänger stellt die Vorderseite einer BRAUN-Röhre dar, die durch auftreffende Elektronen zum Leuchten gebracht wird. Wie Elektronen in der BRAUN-Röhre gesteuert werden, haben wir bereits ausführlich besprochen (S. 429). Hier wollen wir uns mit der Aufnahmeseite beschäftigen, d.h. genauer gesagt mit der *Fernsehbild-Aufnahmeröhre*.

Um die Vorgänge beim Fernsehen zu verstehen, muß man sich vor Augen halten, daß es bis heute keine Möglichkeit gibt, ein Bild als Ganzes auf elektrischem Wege zu übertragen. Dagegen ist es möglich, Helligkeitsschwankungen einzelner Punkte in elektrische Impulse umzuwandeln, diese an einen anderen Ort zu übertragen und dort wieder in die entsprechenden Helligkeitswerte zurückzuverwandeln. Der erste Schritt jeder elektrischen Bildübertragung besteht also in der Zerlegung des zu übertragenden Bildes in eine große Zahl von Bildelementen, wie dies in grober Form Abb. 591.3 zeigt.

Abb. 591.3
Zerlegung eines Bildes in Bildelemente

Das Bild ist um so besser, je größer die Zahl der Rasterpunkte ist. Auch bei der elektrischen Bildübertragung sind die Bildqualität und die Erkennbarkeit von Einzelheiten um so besser, je größer die Zahl der Bildelemente gemacht wird. Bei den heute in Deutschland üblichen Fernsehgeräten wird das Bild in 625 Zeilen mit je etwa 800 Bildelementen zerlegt; es entfallen auf jedes Bild also 500000 Bildelemente mit verschiedener Helligkeit. Diese Helligkeitswerte werden nacheinander in elektrische Impulse umgewandelt, die meist drahtlos zum Empfänger übertragen werden, wo in der gleichen Reihenfolge die Rückverwandlung der elektrischen Impulse in die Helligkeit von Bildelementen und deren Zusammenfügung zu einem Gesamtbild erfolgt.

Hierbei wird von der uns schon bekannten *Trägheit des Auges* Gebrauch gemacht. Ein auf eine bestimmte Stelle der Netzhaut ausgeübter Lichtreiz verschwindet mit dem Aufhören des Lichteindruckes nicht sofort wieder, sondern wirkt noch etwa $\frac{1}{10}$ s im Bewußtsein nach. Wenn man deshalb die einzelnen Elemente, aus denen ein Bild zusammengesetzt ist, nacheinander auf die Netzhaut fallen läßt und dafür sorgt, daß die Zeit zwischen der vom ersten und vom letzten Bildelement ausgehenden Wirkung weniger als $\frac{1}{10}$ s ist, so entsteht im Bewußtsein der Eindruck, als ob die Netzhaut von allen Bildelementen gleichzeitig erregt worden wäre, d. h., man sieht ein zusammenhängendes Bild.

Da es sich aber beim Fernsehen außerdem meist um die Übertragung bewegter Szenen handelt, müssen ähnlich wie beim bewegten Filmbild die Einzelbilder genügend schnell aufeinanderfolgen, um den Eindruck einer stetigen Bewegung hervorzubringen. Dazu ist es notwendig, in jeder Sekunde mindestens 16, besser jedoch mehr Einzelbilder zu übertragen; man überträgt heute in Europa 25 Bilder in der Sekunde. Wenn man beachtet, daß jedes Bild aus 500000 Elementen besteht, so ergibt sich also, daß in einer Sekunde mehr als 12 Millionen Bildelemente nach ihrer Helligkeit in elektrische Impulse umgewandelt werden müssen, die an einem anderen Orte wieder in Bildelemente verschiedener Helligkeit zurückzuverwandeln und zu einem Gesamtbild zu vereinigen sind.

Auf mechanischem Wege ist eine solche Leistung nicht zu erzielen; sie gelingt nur bei Verwendung des trägheitslos arbeitenden Elektronenstrahles.

Wie mit Hilfe des Elektronenstrahls das Bild abgetastet wird und die Bildpunkte in elektrische Impulse übersetzt werden, wollen wir am Beispiel des *Ikonoskops* zeigen. Bei dieser Fernsehbild-Aufnahmeröhre handelt es sich um eine geniale Verbindung der BRAUN-Röhre mit dem Fotoeffekt. In Abb. 592.1 a, b, c sind Aufbau und Wirkungsweise des Ikonoskops schematisch dargestellt.

Das zu übertragende Bild wird mit Hilfe eines Linsensystems auf die sog. *Speicherplatte* projiziert. Diese Speicherplatte besteht aus einer *Glimmerfolie*, die mit einer sehr dünnen, fotoelektrisch aktiven Schicht überzogen ist, wobei diese Schicht keine zusammenhängende Fläche, sondern ein Mosaik vieler voneinander isolierter Teilchen – im folgenden als Fotoelemente bezeichnet – bildet. Diese Schicht der Speicherplatte heißt *Mosaikplatte*. Die Rückseite der Glimmerfolie ist mit einer zusammenhängenden Metallschicht, der *Signalplatte* bedeckt. Auf diese Weise entsteht also eine große Anzahl kleiner Kondensatoren. Treffen nun Lichtstrahlen auf die Fotoschicht, so schlagen sie je nach ihrer Intensität eine mehr oder weniger große Zahl von Elektronen aus der Fotoschicht heraus, wie wir es von der Katode der Vakuum-Fotozelle her kennen.

Abb. 592.1 a) Schematische Darstellung eines Ikonoskops. b) Mosaikplatte, um 90° zu a) und c) gedreht. c) Teil der Speicherplatte in der Stellung wie in a), stark vergrößert.

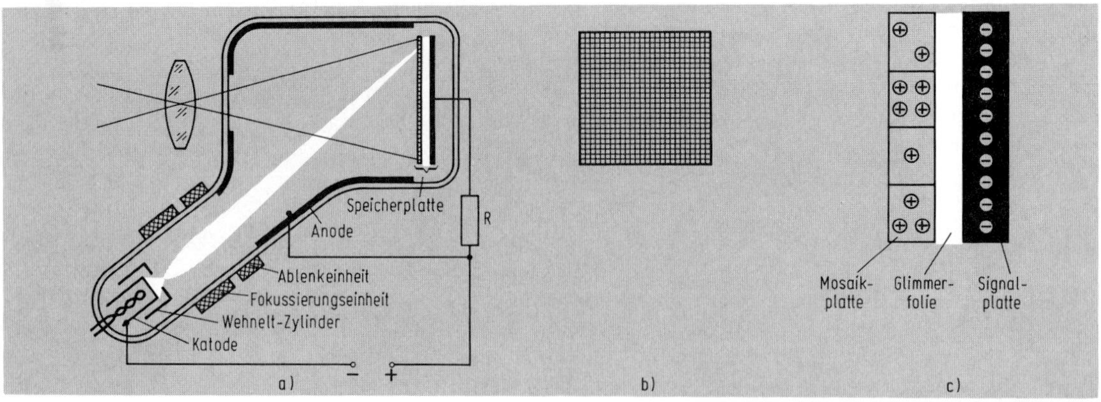

Abb. 593.1
Zeilenweise Abtastung des Ladungsbildes

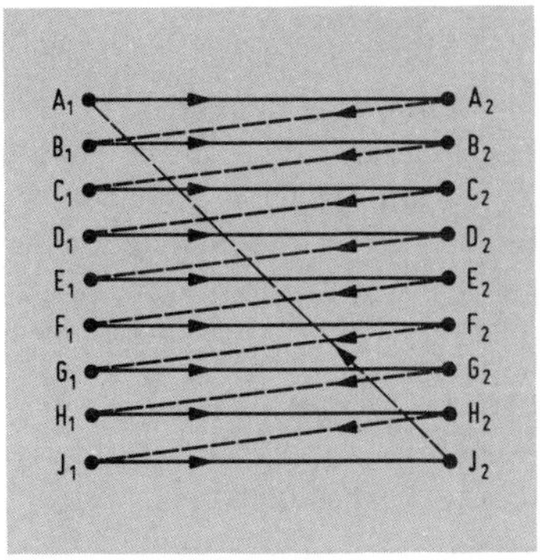

Die abgelösten Elektronen werden von der Anode abgesaugt. Da die Fotoschicht mosaikartig gerastert ist, können sich die verschiedenen Ladungszustände der einzelnen Fotoelemente nicht ausgleichen, so daß auf diese Weise das optische Bild in ein *elektrisches Ladungsbild* positiver Ladungen umgewandelt wird. Da das Ladungsbild auch bestehen bleibt, wenn kein Licht mehr in das Ikonoskop fällt, ist es also in der Röhre gespeichert. Daher heißt das aus Mosaikplatte, Glimmerfolie und Signalplatte bestehende System Speicherplatte. Die Signalplatte, die ja die gemeinsame zweite Kondensatorplatte für alle Kondensatorelemente darstellt, hat bei diesem Vorgang eine negative Aufladung erhalten. Da die Signalplatte kein Raster bildet, entsteht auf ihr kein Ladungsbild. Die negative Ladung der Signalplatte ist so groß wie die Summe aller positiven Ladungen auf der Mosaikplatte bzw. so groß wie die Summe aller negativen Ladungen der durch den Fotoeffekt von der Mosaikplatte abgelösten Elektronen.

Nun kommt der zweite wesentliche Vorgang. Wie in der BRAUN-Röhre wird ein Elektronenstrahl erzeugt und durch eine magnetische Fokussierungseinheit so gebündelt, daß der Strahl jeweils nur auf ein Fotoelement fallen kann. Ähnlich wie bei dem Katodenstrahloszillografen (S. 429) wird der Elektronenstrahl so abgelenkt, daß der Leuchtfleck auf der Mosaikplatte zunächst gleichmäßig eine Zeile von A_1 nach A_2 schreibt (Abb. 593.1), dann rasch nach B_1 zurückspringt, nunmehr die Zeile B_1 B_2 gleichmäßig durchläuft, um dann wieder rasch nach C_1 zurückzuspringen usw., bis schließlich die letzte Zeile durchlaufen ist, worauf der Punkt nach A_1 zurückspringt und der Vorgang von neuem beginnt. Auf diese Weise wird das Ladungsbild von dem Elektronenstrahl abgetastet, ähnlich wie das Auge die Seite eines Buches beim Lesen zeilenweise von Buchstabe zu Buchstabe abtastet. Beim Abtasten von Fotoelement zu Fotoelement wird jedes Fotoelement neutralisiert, d.h., es nimmt jeweils so viele Elektronen auf, wie es positive Ladungen hatte. Hat nun ein Fotoelement N positive Ladungen gehabt, so konnte es auch N Elektronen auf der Signalplatte binden. Bei der Neutralisation durch den Elektronenstrahl müssen daher auch N Elektronen von der Signalplatte abfließen, da nach der Neutralisation das Fotoelement entladen ist. Das heißt aber: Bei dem Abtasten des Ladungsbildes, das aus 500000 Bildelementen verschiedenen Ladungszustandes besteht, fließen nacheinander 500000 Elektronenmengen in der Reihenfolge der Bildpunkte geordnet von der Signalplatte über den Widerstand R, an dem sie Spannungsimpulse erzeugen, ab. Die elektrischen Impulse können nach entsprechender Verstärkung drahtlos oder über Draht an andere Stellen übertragen und dort einer *Fernsehbild-Empfängerröhre*, die wiederum im Prinzip eine BRAUN-Röhre ist, zugeleitet werden. Der Elektronenstrahl in dieser Röhre wird in der bekannten Weise über die Fläche des Leuchtschirmes hin- und hergeführt. Wenn nun der abtastende Strahl des Ikonoskops und der zeichnende Strahl der Fernsehbild-Empfängerröhre genau synchron laufen, so wird auf dem Leuchtschirm ein Bild des Gegenstandes entstehen, der auf die Speicherplatte projiziert worden ist.

Das Ikonoskop ist technisch weiterentwickelt worden. Es sind heute Fernsehbild-Aufnahmeröhren in Gebrauch, die die Namen Superikonoskop, Vidikon und Orthikon tragen. Das physikalische Grundprinzip dieser Röhren ist das Prinzip des hier geschilderten Ikonoskops. Mit den neu entwickelten Röhren konnte eine weitere Intensitätssteigerung des Ladungsbildes und der Stromimpulse erreicht werden. Auf die Fülle schwieriger technischer Einzelprobleme, wie z.B. der komplizierten Koordinierung der drei Fernsehbild-Aufnahmeröhren für die drei Grundfarben beim Farbfernsehen sowie der Wiedergabe des Farbbildes durch drei Elektronenstrahlbündel innerhalb einer einzigen BRAUN-Röhre, kann hier nicht näher eingegangen werden. Wichtiger für uns war der Einblick, wie sich *aus physikalischem Denken technisches Schaffen* entwickelt.

5.7.6 Das Ion

Jedes Atom, Molekül oder Molekülteil, das nicht mehr elektrisch neutral ist, weil Elektronen aus der Hülle entfernt oder an die Hülle angelagert wurden, nennt man ein Ion. Wir haben solche Ionen schon im Zusammenhang mit der Elektrolyse kennengelernt. Je nach der Anzahl der fehlenden oder überschüssigen Elektronen nennt man das Ion einfach, zweifach usw. geladen. In der Regel treten nur niedrige Ladungsstufen auf, wobei bei den ersten Elementen des Periodensystems oft nur der Kern nachbleibt. So ist das einfach positiv geladene Wasserstoffatom H^+ der Wasserstoffkern oder das Proton, das zweifach positiv geladene Heliumaton He^{++} der Heliumkern oder das α-Teilchen, das dreifach positiv geladene Lithiumatom Li^{+++} der Lithiumkern.

Im folgenden interessieren uns nur solche Ionen, die man als freie Ladungsträger in ein Vakuum schießen und dort nach denselben Gesetzen beschleunigen und steuern kann, die wir auf Elektronen angewendet haben. Solche Ionen waren und sind vor allem in der Kernphysik ein wesentliches Hilfsmittel der Forschung.

Zur Erzeugung von positiven Ionen ist stets Energie erforderlich, weil ja Elektronen aus der Hülle eines Atoms entfernt werden müssen. Diese Energiezufuhr kann z.B. durch hohe Temperatur (Kerzenflamme), durch Bestrahlung mit Röntgenlicht oder durch Stöße bei Gasentladungen erfolgen. Zur Ionenerzeugung bei Gasentladungen führen wir folgenden Versuch durch.

Versuch 594.1 Wir verwenden ein sog. Kanalstrahlrohr. Das ist ein Entladungsrohr, dessen Katode *K* eine oder mehrere Bohrungen (Kanäle) enthält. Außerdem enthält das Entladungsrohr eine geringe Gasmenge; der Druck beträgt ca. 0,01 mbar. Bei Anlegen einer Spannung (ca. 5 kV) zwischen Anode *A* und Katode *K* beobachtet man hinter der Katode eine strahlenartige Leuchterscheinung (Abb. 594.1).

Diese Strahlen wurden 1886 von E. Goldstein (1850–1930) entdeckt und als *Kanalstrahlen* bezeichnet. Die Farbe der Strahlen hängt von der in der Röhre befindlichen Gassorte ab; bei Luft ist sie gelblich, bei Wasserstoff rosa, bei Stickstoff rötlich-gelb usw.

Die Kanalstrahlen können in der gleichen Weise wie die Katodenstrahlen durch ihre Ablenkung in elektrischen und magnetischen Feldern untersucht werden. Dabei hat sich ergeben, daß sie in beiden Feldern entgegengesetzt wie die Elektronen abgelenkt werden. In bezug auf den Betrag der Ablenkung zeigt sich, daß diese im elektrischen Feld ebensogroß wie bei den Elektronen ist, vorausgesetzt, daß beide Teilchen die gleiche beschleunigende Spannung durchlaufen haben. Im magnetischen Feld ist die Ablenkung der Kanalstrahlen unter sonst gleichen Umständen wesentlich geringer als die der Katodenstrahlen. Aus den für die Ablenkung im magnetischen Feld ermittelten Gleichungen folgt, daß die spezifische Ladung dann erheblich kleiner als die der Elektronen ist. Da die Ladung nicht kleiner als die elektrische Elementarladung sein kann, muß die Masse der Kanalstrahlteilchen größer als die Elektronenmasse sein. Die Messungen haben ergeben, daß die spezifische Ladung der Kanalstrahlteilchen in der Größenordnung der spezifischen Ladung der Ionen liegt. Aus diesen und anderen Gründen kann geschlossen werden, daß die Kanalstrahlen aus positiv geladenen Ionen des in dem Entladungsrohr enthaltenen Gases bestehen, die im elektrischen Feld stark beschleunigt werden und dann mit hoher Geschwindigkeit durch die Katodenkanäle hindurchfliegen. Im Hochvakuum, in dem keine Stoßionisation und daher auch keine Ionenbildung erfolgt, können sich deshalb Kanalstrahlen nicht bilden.

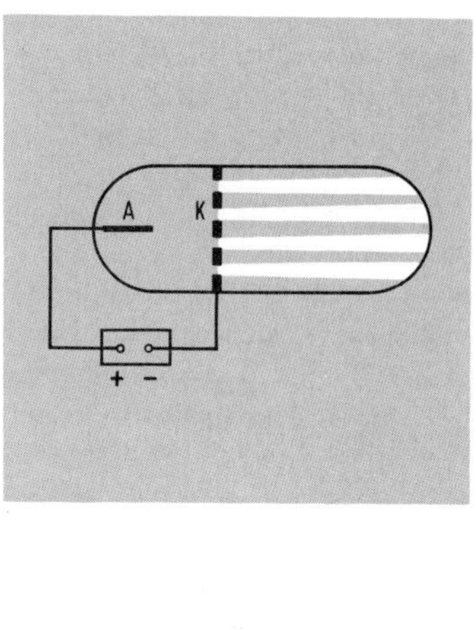

Abb. 594.1
Kanalstrahlen

5.7.7 Der Massenspektrograf

Die Gesetze über die Ablenkung der Kanalstrahlen im elektrischen und magnetischen Feld haben wichtige wissenschaftliche und technische Anwendungen gefunden, von denen wir hier zunächst den *Massenspektrografen* besprechen.

Bei den Massenspektrografen handelt es sich um Geräte, die es gestatten, die Masse von Atom- oder Molekülionen aufgrund ihrer Ablenkung im elektrischen und magnetischen Feld zu bestimmen. Diese Ionenmassen unterscheiden sich im Falle einfacher positiver Ladung von den Massen der Atome oder Moleküle nur durch den geringen und bekannten Betrag der fehlenden Elektronenmasse. Der Massenspektrograf ermöglicht damit die Bestimmung von Atom- und Molekülmassen, wobei man mit etwa dem hundertsten Teil der Stoffmengen (50 – 100 mg) auskommt, die der Chemiker zu derartigen Bestimmungen benötigt. Im Prinzip verfährt man dabei folgendermaßen:

Der zu untersuchende Stoff wird in Gasform in den Entladungsraum E (Abb. 595.1) gebracht, in dem zwischen den Elektroden A und K durch eine genügend hohe Spannung eine Glimmentladung erzeugt wird. Als Katode dient ein einige Zentimeter langer Metallzylinder mit einer engen Bohrung, die eine Verbindung zwischen dem Entladungsraum E und dem Beobachtungsraum B herstellt. Außerdem enthält die Katode noch eine weitere, seitliche Bohrung, die mit einer Pumpe von großer Sauggeschwindigkeit verbunden ist. Durch eine geeignet dimensionierte Kapillare führt man dem Entladungsrohr das zu untersuchende Gas zu, wobei man das Zuströmen und Abpumpen so reguliert, daß sich in E der für die Bildung von Kanalstrahlen erforderliche Druck einstellt. Von den sich bei der Entladung bildenden Ionen fliegt ein Teil als scharf begrenzter Kanalstrahl durch die Katodenöffnung in den Untersuchungsraum B, in dem Hochvakuum herrscht. Die gleichzeitig durch die Kanalöffnung nachströmenden Gase werden von der Pumpe beseitigt, so daß im Beobachtungsraum B ein gutes Vakuum erhalten bleibt und die Kanalstrahlen hier frei von allen Störungen untersucht werden können. Nunmehr erfolgt die Ablenkung durch ein elektrisches und ein magnetisches Feld. Die Anordnung der Felder kann in verschiedener Weise erfolgen; aus der großen Zahl der verwirklichten Konstruktionen erläutern wir den im Jahre 1919 von ASTON als erstem gebauten Massenspektrografen, dessen grundsätzlicher Aufbau aus Abb. 595.1 ersichtlich ist. Das schmale Kanalstrahlbündel kommt zunächst in das elektrische Feld zwischen den Kondensatorplatten P_1 und P_2. Da die Erzeugung der Kanalstrahlen Schwankungen in der Ionengeschwindigkeit unvermeidlich macht, tritt eine Aufspaltung des Strahles ein, auch dann, wenn die spezifische Ladung aller Teilchen gleich ist. Die schnellsten Teilchen werden am wenigsten abgelenkt und durchlaufen die Bahn 1, die langsamsten erfahren die stärkste Ablenkung und durchlaufen die Bahn 2; dazwischen liegen die übrigen Strahlen. Nach dem Verlassen des elektrischen Feldes kommen die Strahlen in ein magnetisches Feld von kreisförmigem Querschnitt, dessen Feldlinien zu denen des elektrischen Feldes senkrecht stehen; sie verlaufen hier also senkrecht zur Papierebene. In diesem Feld werden die schnellen Teilchen (1) wiederum weniger abgelenkt als die langsamen Teilchen (2). Bei richtiger Beschaffenheit und Anordnung der Felder läßt es sich erreichen, daß alle Ionen mit gleicher spezifischer Ladung trotz verschiedener Geschwindigkeit wieder in einem Punkt P vereinigt werden. Man bekommt also von allen Ionen mit gleicher spezifischer Ladung trotz der unvermeidlichen Verschiedenheit ihrer Geschwindigkeiten einen scharfen Bildpunkt. Sind in dem untersuchten Kanalstrahl Ionen mit verschiedenen

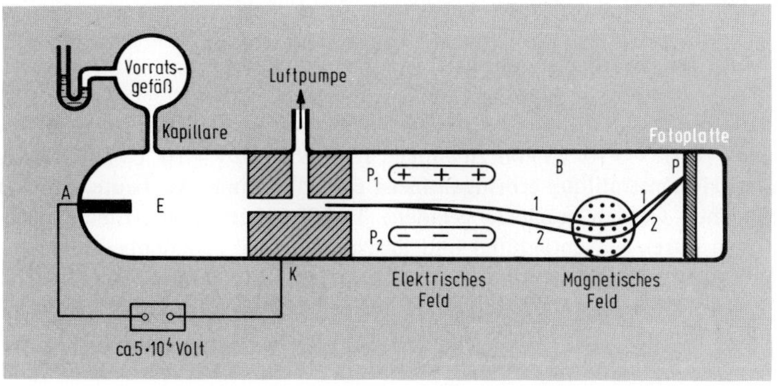

Abb. 595.1
Schematische Darstellung
eines Massenspektrografen

spezifischen Ladungen enthalten, so entsprechen diesen natürlich verschiedene Bildpunkte; es zeigt sich, daß diese Bildpunkte auf einer Geraden liegen. Sie können auf einer Fotoplatte festgehalten werden und gestatten aus ihrer Lage den jeweiligen Wert der spezifischen Ladung zu bestimmen. Da die Ladung der Ionen bekannt ist, errechnet sich aus der spezifischen Ladung leicht die Masse der Teilchen.

Die Bestimmung der Atom- und Molekülmassen mit Hilfe des Massenspektrografen bietet nicht nur den Vorteil, daß sie mit geringsten Substanzmengen auskommt und in bezug auf ihre Genauigkeit alle übrigen Verfahren übertrifft, sondern sie leistet auch in anderer Hinsicht mehr als die chemischen Verfahren. Als man z. B. mit dem Massenspektrografen die relative Atommasse von Chlor, für die die Chemiker 35,457 gefunden hatten, zu bestimmen versuchte, zeigten sich an der Stelle der Fotoplatte, an der die Ionen mit der relativen Ionenmasse 35,457 auftreffen sollten, keine Teilchen, wohl aber an den Stellen, die den relativen Ionenmassen 35 und 37 entsprechen. Hieraus mußte man schließen, daß es Chlor-Atome mit der relativen Atommasse 35,457 überhaupt nicht gibt und daß das untersuchte Chlor aus zwei verschiedenen Atomarten mit den relativen Atommassen 35 und 37, die in einem bestimmten Verhältnis (75,53 : 24,47) gemischt sind, besteht. Bei den chemischen Methoden zur Bestimmung von relativen Atommassen sind immer beide Atomarten beteiligt, so daß sich der Zwischenwert von 35,457 ergibt; der Chemiker hat auch keine Möglichkeit zur Trennung der verschiedenen Chloratome, da sie in bezug auf ihr chemisches Verhalten völlig gleich sind. In ähnlicher Weise hat man feststellen können, daß auch sehr viele andere chemische Elemente keine Reinelemente sind, sondern aus einer Mischung verschiedener Atomarten mit den gleichen chemischen Eigenschaften, aber verschiedenen relativen Atommassen bestehen. Diese verschiedenen Atomarten eines Elementes werden als *Isotope* bezeichnet. Ihre Entdeckung mit Hilfe des Massenspektrografen war für das Verständnis des Aufbaues der Materie von großer Bedeutung. Ein Feinstruktur-Massenspektrogramm zeigt die Abb. 596.1. Aufgrund der Bauweise des hierbei verwendeten Massenspektrografen erhält man statt der Bildpunkte *Linien*.

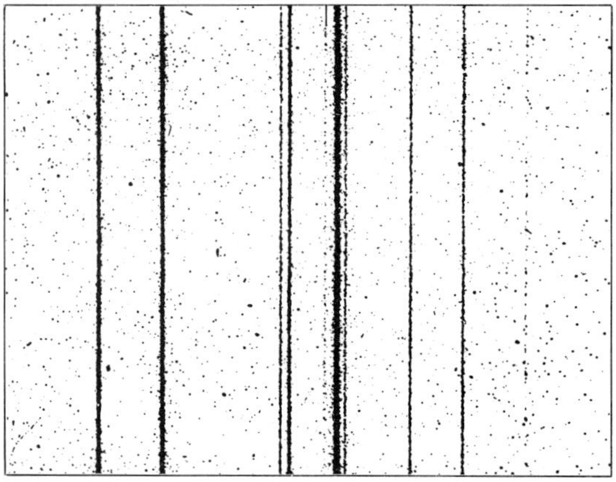

Abb. 596.1
Feinstruktur-Massenspektrogramm zum Nachweis der Auflösung kleinster Massendifferenzen (Trennung von Ionen, deren relative Atom- bzw. Molekülmassen zwischen 19,9878 und 20,0628 liegen).

5.7.8 Die Teilchenbeschleuniger

In der *Kern- und Elementarteilchenphysik* werden hochenergetische Teilchen mit Energien von einigen MeV (1 MeV = 10^6 eV) bis zu einigen 10 GeV (1 GeV = 10^9 eV) als Geschosse benötigt. Radioaktive Strahlung und Höhenstrahlung erbringen meist eine zu geringe Ausbeute. Zur Herstellung eines Strahls energiereicher Teilchen werden zunächst geladene Teilchen hergestellt (Elektronen durch Glühemission, Protonen und Ionen durch Gasentladung) und anschließend in Teilchenbeschleunigern auf hohe Energien gebracht. Der im Aufbau einfachste Teilchenbeschleuniger ist der *Linearbeschleuniger* (Abb. 597.1).

Im Hochvakuum durchlaufen die Teilchen eine Folge von Rohren, deren Länge wegen der wachsenden Geschwindigkeit der Teilchen zunimmt. An den Rohren liegt eine Hochfrequenzspannung mit abwechselnder Polung. Die Wechsel erfolgen so, daß die Teilchen jeweils in das folgende Rohr hinein beschleunigt werden.

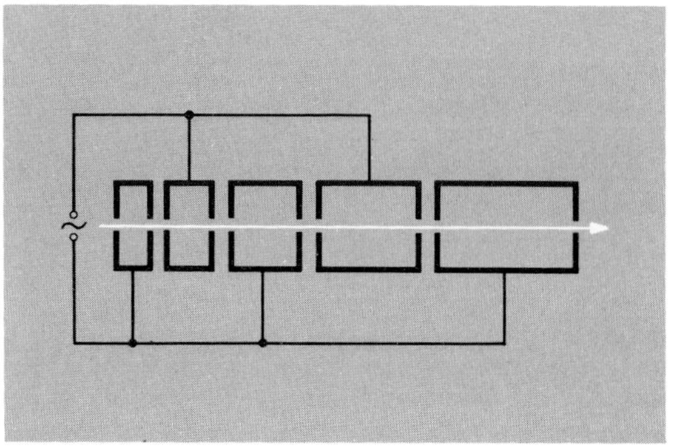

Abb. 597.1
Schematische Darstellung eines Linearbeschleunigers

Da die Teilchen auf diese Weise das gleiche Spannungsgefälle wiederholt durchlaufen, erreichen sie große Geschwindigkeiten. Der Vorteil der Anordnung besteht in der einfachen technischen Konstruktion. Im Gegensatz zu den *Zirkularbeschleunigern* benötigt man keine Magnete, da die Teilchen nicht in Kreisbahnen gezwungen werden müssen. Der Nachteil eines Linearbeschleunigers, mit dem hohe Teilchenenergien erzeugt werden sollen, ist seine große Länge.

Der Linearbeschleuniger in Stanford (USA) von 3,2 km Länge erzeugt Elektronen mit Energien von 21,5 GeV. Dieser Beschleuniger ist der z. Z. größte Elektronen-Linearbeschleuniger der Welt.

Mit verhältnismäßig geringen Abmessungen kommt man beim *Betatron* aus. Das Betatron ist ein Elektronenbeschleuniger, bei dem die Elektronen durch ein elektrisches Wirbelfeld beschleunigt werden, das durch den wachsenden magnetischen Fluß (S. 496) eines Elektromagneten erzeugt wird. Der Aufbau des Betatrons ist dem eines Transformators vergleichbar, wobei an die Stelle der Sekundärspule eine hochevakuierte Ringröhre gesetzt ist, in der die Elektronen umlaufen können. Die Polschuhe des Magneten sind so geformt, daß das Magnetfeld am Ort der Ringröhre die halbe Stärke besitzt wie das Magnetfeld innerhalb des von der Ringröhre umschlossenen Raumes. Das erstgenannte Feld ist das Steuerfeld für die umlaufenden Elektronen, das zweitgenannte dasjenige Feld, welches das elektrische Wirbelfeld in der Ringröhre erzeugt. Unter diesen Voraussetzungen ist die Lorentz-Kraft auf die umlaufenden Elektronen auch bei wachsendem Feld so groß, daß die Elektronen auf dem Sollkreis bleiben (Abb. 597.2).

Die Elektronen werden in der ersten Viertelperiode des sinusförmigen Wechselstroms beschleunigt. In dieser Zeit machen sie 10^5 bis 10^6 Umläufe und erreichen dabei fast Lichtgeschwindigkeit. Am Ende der ersten Viertelperiode prallen die Elektronen auf einen Metallblock und erzeugen dabei harte Röntgenstrahlung, oder sie werden mittels eines plötzlich eingeschalteten magnetischen Zusatzfeldes durch ein Austrittsfenster aus der Röhre gezogen. Der Vorgang wiederholt sich periodisch, so daß ein Betatron Röntgenblitze liefert, deren Anzahl pro Zeiteinheit der Frequenz des Wechselstroms (50 bis 500 Hz) gleich ist.

Nach der Maxwell-Theorie muß von den umlaufenden Elektronen elektromagnetische Strahlung ausgehen. Dieser Energieverlust wird wie bei dem strahlenden Dipol (S. 624) *Strahlungsdämpfung* genannt. Die Strahlungsdämpfung begrenzt die maximal erreichbare Elektronenenergie; diese liegt in der Größenordnung 300 MeV. Ein ökonomischer Betrieb ist jedoch nur bis zu etwa 30 MeV sinnvoll.

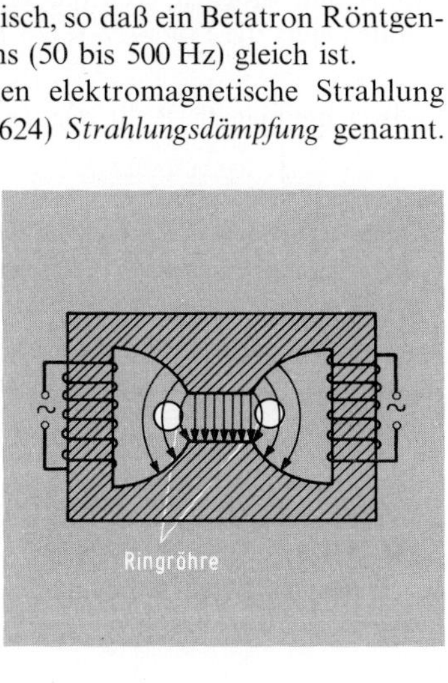

Abb. 597.2
Schematische Darstellung eines Betatrons

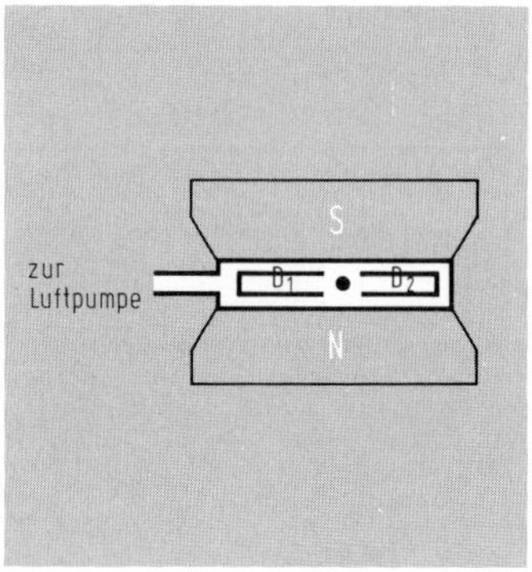

Abb. 598.1
Beschleunigungskammern und Polschuhe des Elektromagneten beim Zyklotron (von der Seite gesehen)

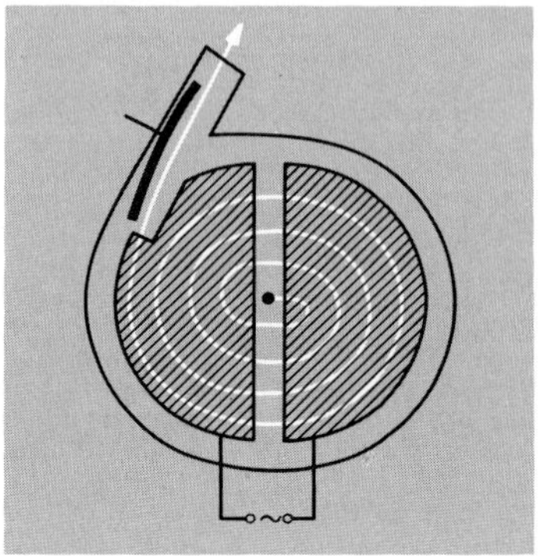

Abb. 598.2
Schematische Darstellung eines Zyklotrons (von oben gesehen)

Ein Kreisbeschleuniger ganz anderer Art ist das 1930 von E. O. LAWRENCE (1901 – 1958) erfundene *Zyklotron.*

Zwischen den Polschuhen eines starken Elektromagneten (Abb. 598.1) befindet sich die hochevakuierte (10^{-4} bis 10^{-5} mbar) Beschleunigungskammer. Sie enthält zwei halbkreisförmige, durch einen Schlitz voneinander getrennte und gegeneinander isolierte Metalldosen D_1 und D_2, die an den einander zugewandten Seiten offen sind (Abb. 598.2). Sie werden von den Feldlinien des Magneten senkrecht durchsetzt. Zwischen diesen beiden Metalldosen werden im Zentrum des Gerätes positive Teilchen (Protonen, Deuteronen, Alphateilchen oder schwerere Ionen) erzeugt. Wenn man an die beiden Dosen eine hochfrequente Wechselspannung legt, so werden die in einem bestimmten Augenblick erzeugten positiven Teilchen von der gerade negativ geladenen Dose angezogen. Unter dem Einfluß des Magnetfeldes beschreiben die Teilchen im Innern dieser Dose Kreisbahnen, deren Radius wegen der zunächst geringen Geschwindigkeit klein ist. Wenn die Teilchen wieder an den Trennungsschlitz kommen, werden die beiden Dosen durch die Wechselspannung umgepolt, so daß die gegenüberliegende Dose jetzt negativ geladen ist und die Teilchen erneut beschleunigt werden. Der gleiche Vorgang wiederholt sich jedesmal, wenn die Teilchen eine Dose durchlaufen haben, so daß sie bei jedem Passieren des Dosenzwischenraumes eine Beschleunigung erfahren. Die Teilchenbeschleunigung findet also nur an dem Trennungsschlitz statt, weil nur hier ein elektrisches Feld durchlaufen wird; innerhalb der Dose ändert sich die Größe der Teilchengeschwindigkeit nicht. Da mit zunehmender Geschwindigkeit auch der Bahnradius wächst, beschreiben die Teilchen angenähert Spiralen, in Wirklichkeit natürlich Halbkreise, deren Radius nach jedem halben Umlauf etwas zunimmt. Wichtig ist nun, daß die Teilchen unabhängig von dem jeweiligen Bahnradius den Trennungsschlitz immer in den gleichen Zeitabständen passieren, so daß der Spannungswechsel für alle Ionen immer gleichzeitig wirksam werden kann. Das ist nur möglich, weil die Winkelgeschwindigkeit ω der Teilchen konstant ist. Auf die Teilchen wirkt nämlich stets die LORENTZ-Kraft mit dem Betrag

$$F = Q v B$$

(S. 467), die hier die Rolle der Radialkraft

$$F = m \cdot \frac{v^2}{r}$$

übernimmt. Dann gilt aber

$$m \cdot \frac{v^2}{r} = Q v B$$

und wegen

$$v = \omega r$$

also

$$m \omega v = Q v B$$

$$\omega = \frac{Q}{m} \cdot B.$$

Bevor die Teilchen bei großen Bahnradien an die Zylinderwand stoßen, werden sie durch ein elektrisches Hilfsfeld aus ihrer Bahn herausgezogen.

Die erreichte kinetische Energie beträgt:

$$
\begin{aligned}
W_k &= \tfrac{1}{2} \cdot m \cdot v^2 \\
&= \tfrac{1}{2} \cdot m \cdot \omega^2 \cdot r^2 \\
&= \tfrac{1}{2} \cdot m \cdot \frac{Q^2}{m^2} \cdot B^2 \cdot r^2 \\
&= \tfrac{1}{2} \cdot \frac{Q^2}{m} \cdot B^2 \cdot r^2 .
\end{aligned}
$$

Die kinetische Energie ist also unabhängig von der Beschleunigungsspannung zwischen den Halbzylindern. Durch die Höhe der Spannung wird nur die Zahl der Umläufe bis zum Erreichen des Endradius r bestimmt.

Zur Erzielung großer kinetischer Energien braucht man neben großen Dosenradien erhebliche Flußdichten. Dies verlangt Elektromagnete von beträchtlicher Größe. Bei einem mittleren Zyklotron enthält der Magnet etwa 65 t Eisen und 9 t Kupfer für die Magnetspulen. Für den Bau des Riesenzyklotrons von Berkeley (USA) sind sogar 3700 t Eisen und 300 t Kupfer verwendet worden; die Polschuhe haben einen Durchmesser von 4,7 m. Abb. 599.1 zeigt den Magnet des Zyklotrons der Universität Bonn.

Abb. 599.1
Magnet für das Zyklotron der Universität Bonn. Magnetgewicht 270 t, Polschuhdurchmesser 1,9 m

Die relativistische Massenzunahme (S. 583) wurde bei diesen Betrachtungen nicht berücksichtigt. Mit der Massenzunahme sinkt die Winkelgeschwindigkeit ω der Teilchen, so daß sie das elektrische Feld in der richtigen Polung nicht mehr rechtzeitig erreichen. Elektronen fallen auf diese Weise bald aus dem Takt, so daß ein Zyklotron nur für die Beschleunigung von Protonen, Deuteronen, α-Teilchen und schwereren Kernen geeignet ist. Die maximal erreichbare Endenergie beträgt z. B. für Protonen etwa 15 MeV. Bei noch höheren Energien wirkt sich auch für Protonen, Deuteronen und α-Teilchen die relativistische Massenzunahme in sinkender Winkelgeschwindigkeit aus. Eine weitere Beschleunigung ist mit entsprechend angepaßter Frequenzverringerung der elektrischen Felder möglich. Ein derart verbessertes Zyklotron heißt *Synchrozyklotron*. Es ist allerdings nur für Impulsbetrieb brauchbar, liefert dafür aber z. Z. Protonenenergien von 700 MeV.

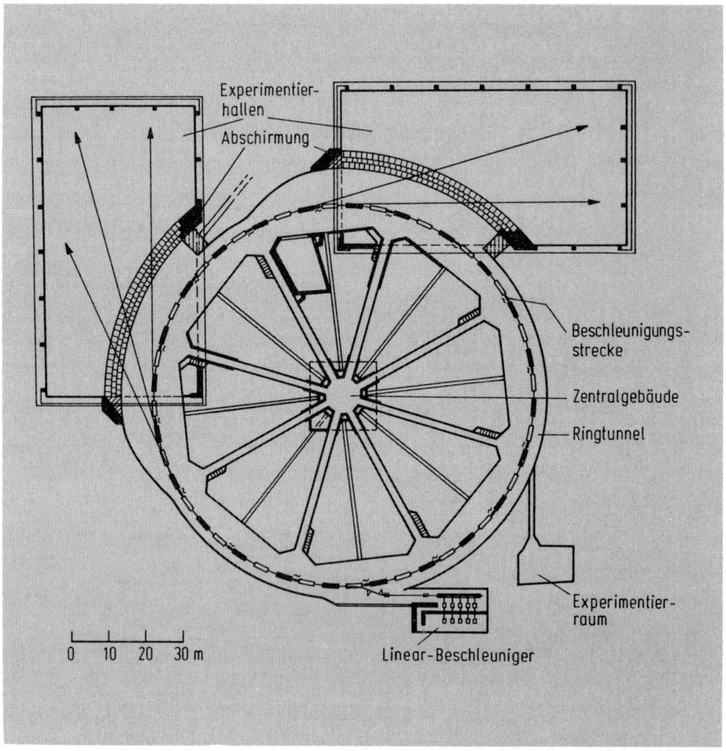

Abb. 600.1
Grundriß der Beschleunigeranlage mit Experimentierhallen von DESY

Die größten Teilchenbeschleuniger, die heute gebaut werden, sind Kreisbeschleuniger, bei denen die geladenen Teilchen auf Kreisen mit festem Radius laufen. Dieser Typ des Kreisbeschleunigers heißt *Synchrotron*. Die Beschleunigung erfolgt durch hochfrequente elektrische Wechselfelder. Während aber beim Zyklotron die magnetische Flußdichte des magnetischen Steuerfeldes konstant bleibt, muß beim Synchrotron die magnetische Flußdichte während jeder Beschleunigung der Teilchen gesteigert werden, damit diese auf ihrer Kreisbahn bleiben. Die feste Kreisbahn bietet andererseits den Vorteil, daß die Steuermagnete die Kreisfläche nicht zu überdecken brauchen. So sind Kreisbahnradien von 200 m und mehr technisch realisierbar.

Je größer der Radius des Synchrotrons ist, desto größere Teilchenenergien können nach der auf S. 599 angegebenen Gleichung erreicht werden, z.B. Protonenenergien von z.Z. 400 GeV (Batavia-Beschleuniger in Illinois, USA, und CERN-Beschleuniger in Genf).

Die Teilchen werden in einem Linearbeschleuniger auf hohe Geschwindigkeiten gebracht und dann in das Synchrotron eingeschossen. Der Ringmagnet des Synchrotrons ist mehrfach unterbrochen. In diesen Unterbrechungsstellen findet die weitere Beschleunigung der Teilchen durch die elektrischen Felder statt, deren Frequenz man der Geschwindigkeit der Teilchen anpassen muß. Die letzte Forderung braucht bei dem *Deutschen Elektronen-Synchrotron* (DESY) in Hamburg nicht berücksichtigt zu werden. Nach einer Vorbeschleunigung im Linearbeschleuniger auf die kinetische Energie 40 MeV besitzen die Elektronen wegen ihrer geringen Masse (im Gegensatz etwa zur Protonenmasse) fast schon Lichtgeschwindigkeit, wenn sie in das Synchrotron eintreten. Der durch Nachbeschleunigung im Synchrotron erzielte Energiegewinn besteht dann im wesentlichen nur noch aus einem Massenzuwachs bei zu vernachlässigendem Geschwindigkeitszuwachs. Der Kreisbahndurchmesser beträgt bei DESY 100 m. Nach 10000 Umläufen in etwa 10 ms haben die Elektronen ihre Endenergie von 7,5 GeV erreicht. Abb. 600.1 zeigt den Grundriß der Beschleunigeranlage mit Experimentierhallen, sie zeigt nicht die zu der Gesamtanlage gehörenden Speicherringe. Unter Mitwirkung dieser Speicherringe können Elektronen und ihre Antiteilchen auf wesentlich höhere Gesamtenergien beschleunigt werden.

Beispiel

In einem Zyklotron beträgt die magnetische Flußdichte $B = 1{,}5$ T; die Spannung zwischen den Dosen ist $U = 25\,000$ V. Nach wieviel Umläufen und in welcher Zeit haben Protonen im Zyklotron die kinetische Energie $W = 10$ MeV erreicht? (Proton: $m = 1{,}67 \cdot 10^{-27}$ kg, $Q = 1{,}6 \cdot 10^{-19}$ C.)

Mit jedem Umlauf gewinnen die Protonen die Energie $2 \cdot 25\,000$ eV; die Zahl n der Umläufe ist daher

$$n = \frac{10 \cdot 10^6 \text{ eV}}{2 \cdot 25\,000 \text{ eV}} = 200.$$

Für *jeden* Umlauf wird die Zeit

$$t = \frac{2\pi r}{v}$$

benötigt (r wächst proportional zu v!).

Aus

$$m \cdot \frac{v^2}{r} = Q\,v\,B$$

erhält man

$$\frac{v}{r} = \frac{QB}{m},$$

also

$$t = \frac{2\pi m}{QB}.$$

$$t_n = \frac{200 \cdot 2 \cdot 3{,}14 \cdot 1{,}67 \cdot 10^{-27} \text{ kg}}{1{,}6 \cdot 10^{-19} \text{ C} \cdot 1{,}5 \text{ T}}$$

$$t_n = 8{,}74 \cdot 10^{-6} \text{ s}$$

$$= 8{,}74\ \mu\text{s}.$$

Weitere Aufgaben: Siehe O. Höfling, Physik-Aufgaben II/2.

5.8 Halbleiterelektronik

5.8.1 Die Elektronen- und Löcherleitung

Festkörper bestehen zum großen Teil aus kleinen Kristallen, bei denen die Bausteine (Atome oder Ionen) in regelmäßigen Gittern angeordnet sind. Die Bindung der Bausteine untereinander erfolgt unter Mitwirkung der Valenzelektronen. Mit Valenzelektronen bezeichnet man die äußersten Elektronen in der Atomhülle, die beim Bilden einer chemischen Verbindung beteiligt sind. Dabei sind drei Fälle möglich:

1. Bei den *metallischen Leitern* hat sich im Mittel pro Atom ein Valenzelektron vom Atomverband abgelöst. Daher gibt es in einem solchen metallischen Leiter eine *große Zahl freier, leicht beweglicher Elektronen*, die wir als Leitungselektronen bereits kennengelernt haben. Sie dienen als Ladungsträger der metallischen Leiter und bewirken deren gute elektrische Leitfähigkeit.

2. Bei den *Isolatoren* werden alle oder fast alle Valenzelektronen zur Bindung der Atome benötigt. Es gibt deshalb keine oder nur sehr wenige freie elektrische Ladungsträger, so daß in diesen Stoffen auch keine oder fast keine Elektrizitätsleitung erfolgen kann.

3. Bei den *Halbleitern* sind grundsätzlich auch alle Valenzelektronen für die Bindung der Atome erforderlich. Sie unterscheiden sich von den Isolatoren aber dadurch, daß es verhältnismäßig leicht möglich ist, einen Teil der gebundenen Elektronen aus ihrer Bindung zu befreien und für den Ladungstransport zur

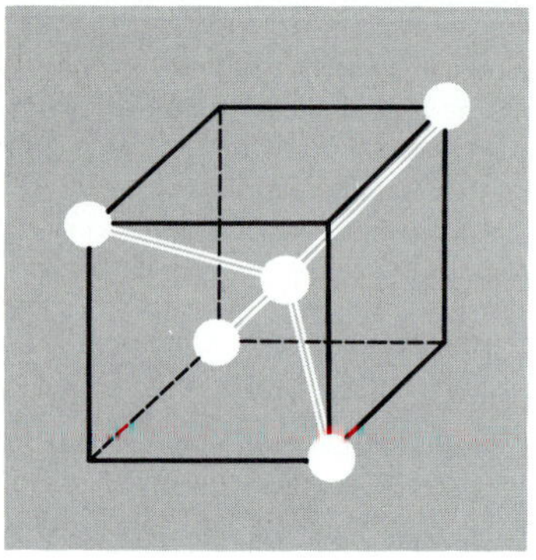

Abb. 602.1
Bindung der Germaniumatome in einem Kristallgitter

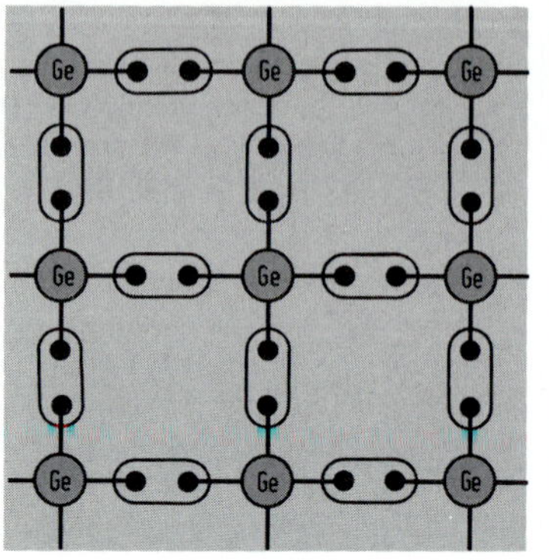

Abb. 602.2
Zweidimensionale Darstellung eines ungestörten Kristalles aus reinem Germanium. Dabei bedeuten: Ge = Germaniumatome, ohne die auf der äußeren Schale befindlichen Valenzelektronen; ⊂•⊃ = gemeinsame Elektronenpaare

Verfügung zu stellen. Diese Feststellung genügt aber noch nicht, um das Verhalten der Halbleiter wirklich zu verstehen. Um die in einem Halbleiter sich abspielenden Vorgänge näher zu beschreiben, gehen wir von einem Stoff aus, der gegenwärtig für die Halbleitertechnik besonders wichtig ist, von dem Element *Germanium.* Die hierbei gemachten Feststellungen gelten aber in analoger Weise auch für alle übrigen Halbleiter.

Das *neutrale Germaniumatom* hat auf seiner äußersten Bahn *vier Valenzelektronen.* In einem Germaniumkristall ist jedes Atom von vier Nachbaratomen umgeben, die sich in den Ecken eines Tetraeders befinden (Abb. 602.1). Der Zusammenhalt der Atome kommt dadurch zustande, daß jeweils ein Valenzelektron des einen Atoms mit einem Valenzelektron des benachbarten Atoms ein *Elektronenpaar* bildet. Diese gemeinsamen Elektronenpaare bewirken, daß die beiden zugehörigen Atome zusammengehalten werden. Bei einem auf diese Weise entstehenden Kristall handelt es sich um ein räumliches Gebilde, das zeichnerisch nicht gut dargestellt werden kann. Deshalb ist in Abb. 602.2 eine übersichtlichere, flächenhafte Darstellung eines Germaniumkristalles wiedergegeben. Man erkennt daran, daß die vier Valenzelektronen jedes Atoms zu der Paarbildung mit den vier Nachbaratomen vollständig benötigt werden. Es gibt deshalb bei einem solchen Germaniumkristall keine Leitungselektronen, die sich in dem Kristall frei bewegen können, wie dies bei metallischen Leitern der Fall ist. Ein streng nach dieser Art gebauter Germaniumkristall ist deshalb ein Isolator. Dieser Fall tritt aber nur bei tiefen Temperaturen auf. In allen anderen Fällen befinden sich die Atome des Kristalls in Bewegung. Sie führen Schwingungen um eine Gleichgewichtslage aus, die um so stärker werden, je höher die Temperatur steigt. Bei genügend großen Schwingungsweiten können die Bindungen zwischen einzelnen Atomen aufgebrochen werden, wobei die für die Bindung verantwortlichen Elektronen frei werden. Auf diese Weise entstehen Leitungselektronen, die sich frei und regellos in dem Kristall bewegen, bis sie an einer anderen Stelle in eine Lücke geraten, die von einem anderen Elektron zurückgelassen worden ist. Dieser Vorgang wiederholt sich an vielen Stellen, so daß stets eine gewisse Zahl von Leitungselektronen vorhanden ist.

Da die Schwingungsweite der Atome mit zunehmender Temperatur größer wird, steigt auch die Zahl der durch die Wärmebewegung aufgebrochenen Bindungen und damit die Zahl der Leitungselektronen. Hieraus folgt:

Die elektrische Leitfähigkeit der Halbleiter nimmt mit steigender Temperatur zu.

Noch eine weitere Erscheinung spielt bei der elektrischen Leitung in Halbleitern eine wichtige Rolle. An jeder Stelle, an der ein Elektron fehlt, ist eine Lücke oder ein *Loch* entstanden, das so lange bestehen bleibt, bis es von einem anderen Elektron ausgefüllt wird. Da der Kristall vor der Herauslösung des Elektrons an der betreffenden Stelle elektrisch neutral war, überwiegt hier nach der Herauslösung die positive Ladung des zugehörigen Atomkernes. Das Loch verhält sich also so, als ob dort eine positive Ladung von der gleichen Größe wie die Elektronenladung vorhanden wäre. Man spricht deshalb auch von einem an dieser Stelle befindlichen *Defektelektron* (Abb. 603.1).

Die Löcher oder Defektelektronen sind für die Elektrizitätsleitung in Halbleitern deshalb von großer Bedeutung, weil sie in ähnlicher Weise wie die Elektronen durch Halbleiter wandern können. Bei angelegter Spannung wandern die Elektronen zum positiven Pol. Die Löcher dagegen wandern zum negativen Pol, da

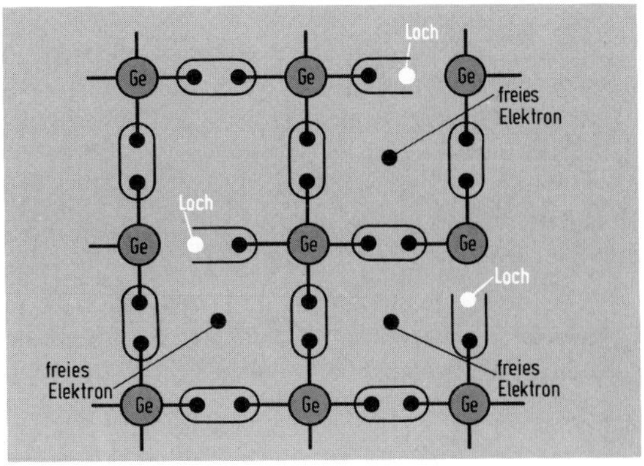

Abb. 603.1
Zweidimensionale Darstellung eines Germaniumkristalles, bei dem infolge der Wärmebewegung drei Elektronenpaare aufgebrochen sind, wobei drei Löcher und drei freie Elektronen entstanden sind.

unter der Wirkung des elektrischen Feldes ein Valenzelektron eines dem Loch benachbarten Atoms die Tendenz hat, seine Bindung zu verlassen und in das Loch zu springen. Dadurch wird aber ein neues Loch geschaffen, was so aussieht, als ob das Loch als positive Ladung entgegen der Feldrichtung gewandert ist. In diesem nicht materiellen, sondern gedanklichen Sinn, spricht man von *Löcherleitung*.

Wir stellen zusammenfassend fest:

Die Elektrizitätsleitung in einem Halbleiter besteht in einem zum positiven Pol gerichteten Elektronenstrom und einem zum negativen Pol gerichteten Löcherstrom.

Da jeweils immer nur Elektronen-Löcher-*Paare* entstehen und vergehen, ist die Zahl der Leitungselektronen stets ebenso groß wie die Zahl der Löcher. Die durch die Elektronen-Löcher-Paare entstehende Elektrizitätsleitung in einem Halbleiter wird als seine *Eigenleitung* bezeichnet. Dadurch soll zum Ausdruck gebracht werden, daß die Ladungsträger aus dem Halbleiter selbst stammen. Die Eigenleitfähigkeit des reinen Germaniums ist aber sehr klein. Die Halbleiter gewannen erst ihre große praktische Bedeutung, als es gelang, ihre Leitfähigkeit durch einen Kunstgriff erheblich zu steigern. Es ist dazu notwendig, in das Kristallgitter des Germaniums eine kleine Menge geeigneter Fremdatome einzubauen. Man bezeichnet diesen Einbau als *Dotierung des Halbleiters* und die Leitung als *Störstellenleitung*. Dazu gibt es zwei Möglichkeiten:

1. Man kann *Atome mit fünf Valenzelektronen* in den Germaniumkristall einbauen. Solche Atome sind Arsen (As), Antimon (Sb) und Phosphor (P). Wenn etwa ein Arsenatom an die Stelle eines Germaniumatoms tritt, so werden nur vier seiner Valenzelektronen für die Bindung an die benachbarten Germaniumatome benötigt; das fünfte Valenzelektron findet keinen Elektronenpartner und ist infolgedessen nur sehr lose gebunden, so daß es bereits bei Zimmertemperatur zu einem Leitungselektron wird (Abb. 603.2). Dadurch wird das ursprünglich neutrale Arsenatom zu einem positiven Arsenion.

Da jedes eingebaute Arsenatom ein Elektron abgibt, ist die Zahl der freien Ladungsträger in einem mit Arsen dotierten Germaniumkristall größer als in einem reinen Kristall. Die für die Elektrizitätsleitung *verfügbaren Ladungsträger* sind jetzt also:

a) eine *große Zahl freier Elektronen*, die größtenteils von den Arsenatomen abgegeben wurden und zum anderen Teil bei der Elektronen-Löcher-Paarbildung infolge der Wärmebewegung entstanden sind. In diesem Fall bezeichnet man die Elektronen auch als *Majoritätsträger*.

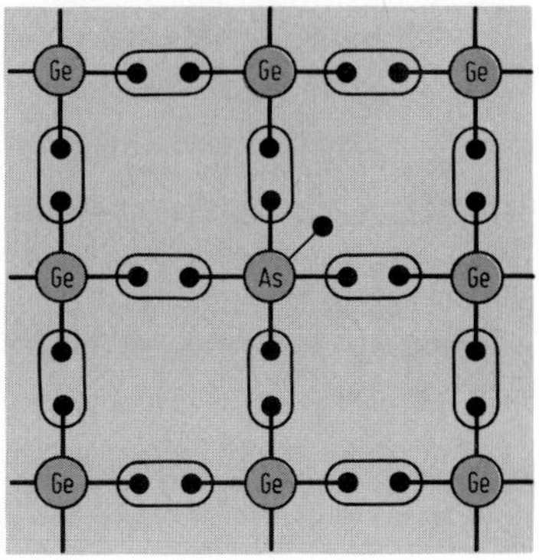

Abb. 603.2
Arsenatom (As) als Donator im Germaniumkristall

b) eine gegenüber der Elektronenzahl *kleine Zahl von Löchern*, die bei der Elektronen-Löcher-Paarbildung infolge der Wärmebewegung entstanden sind. In diesem Fall bezeichnet man die Löcher auch als *Minoritätsträger*.

Sowohl die Elektronen als auch die Löcher wirken bei der Elektrizitätsleitung mit. Da aber die Elektronen und damit die negativen Ladungsträger überwiegen, spricht man bei einem in dieser Weise dotierten Germanium von *n-Germanium* oder allgemein von einem *n-Halbleiter*. Die hier vorliegende Art der Elektrizitätsleitung wird als *n-Leitung* oder als *Überschußleitung* bezeichnet. Die eingebauten Fremdatome, die die zusätzlichen Elektronen liefern, werden *Donatoren* genannt. Wir merken uns also:

Durch die Dotierung eines Halbleiters mit Arsen- oder anderen Donatoratomen werden zusätzliche Elektronen zur Verfügung gestellt, die die elektrische Leitfähigkeit des Halbleiters erhöhen. Auf diese Weise entstehen *n*-Halbleiter.

2. Eine andere Möglichkeit zur Steigerung der Leitfähigkeit des Germaniums oder eines anderen Halbleiters besteht in dem Einbau von fremden *Atomen mit drei Valenzelektronen*. Solche Atome sind Indium (In), Gallium (Ga), Bor (B) und Aluminium (Al). Wenn etwa ein Indiumatom an die Stelle eines Germaniumatoms in das Kristallgitter eintritt, so bilden die drei Valenzelektronen des Indiums mit jeweils einem Elektron von benachbarten Germaniumatomen Elektronenpaare. Für das vierte benachbarte Germaniumatom ist kein Elektron zur Paarbildung mehr verfügbar (Abb. 604.1). Diese *Fehlstelle* kann relativ leicht ein Elektron aus einer Nachbarbindung zu sich herüberreißen und auf diese Weise seine Bindung mit den angrenzenden Germaniumatomen vervollständigen. Dadurch wird das ursprünglich neutrale Indiumatom zu einem negativen Indiumion. Zugleich ist aber durch den Platzwechsel eines Elektrons aus einer Nachbarbindung dort ein positives Loch entstanden, das wiederum aus einer Nachbarbindung ein Elektron zu sich herüberreißen kann. Es spielt sich hier also mit den Löchern der gleiche Vorgang ab, der bei der Eigenleitung bereits beschrieben worden ist: die Löcher wandern durch den Kristall. Der Unterschied gegenüber der Eigenleitung besteht jetzt nur darin, daß die Löcher unter der Mitwirkung der Fremdatome entstanden sind und daß sie deshalb in größerer Zahl auftreten als bei einem reinen Halbleiter. Die für die Elektrizitätsleitung *verfügbaren Ladungsträger* sind jetzt also:

a) eine *große Zahl beweglicher Löcher*, die größtenteils von den eingebauten Indiumatomen hervorgebracht wurden und zum anderen Teil bei der Elektronen-Löcher-Paarbildung infolge der Wärmebewegung entstanden sind. In diesem Fall sind die Löcher die Majoritätsträger.

b) eine gegenüber der Löcherzahl *kleine Zahl von Elektronen*, die bei der Elektronen-Löcher-Paarbildung infolge der Wärmebewegung entstanden sind. Sie bilden hier die Minoritätsträger.

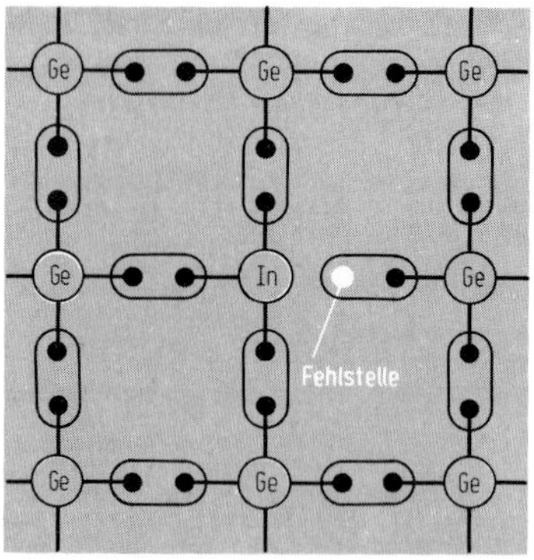

Abb. 604.1
Indiumatom (In) als Akzeptor im Germaniumkristall. Die Fehlstelle ist im Gegensatz zum positiven Loch der Abb. 603.1 elektrisch neutral.

Sowohl die Löcher als auch die Elektronen wirken bei der Elektrizitätsleitung mit. Da aber die Löcher und damit die positiven Ladungsträger überwiegen, spricht man bei einem in dieser Weise dotierten Germanium von *p-Germanium* oder allgemein von einem *p-Halbleiter*. Die hier vorliegende Art der Elektrizitätsleitung wird als *p-Leitung* oder *Löcherleitung* oder als *Defektleitung* bezeichnet. Die eingebauten Fremdatome, die hier durch die Aufnahme von Elektronen zusätzliche Löcher erzeugen, werden *Akzeptoren* genannt. Wir stellen also fest:

Durch die Dotierung eines Halbleiters mit Indium- oder anderen Akzeptoratomen werden zusätzliche Löcher zur Verfügung gestellt, die die elektrische Leitfähigkeit des Halbleiters erhöhen. Auf diese Weise entstehen *p*-Halbleiter.

Bei dem in der üblichen Weise dotierten Germanium befinden sich in 1 cm^3 Germanium rund 10^{15} Fremdatome. Während die Atome nur Schwingungen um ihre Ruhelagen ausführen, wandern die Elektronen und Löcher von einem Atom zum anderen. Diese Bewegung ist ohne äußere Einflüsse ungeordnet, so daß sich die Elektronen und Löcher gleichmäßig über den Kristall verteilen. Wenn man aber eine Spannung anlegt, so entsteht eine geordnete Bewegung, also eine Erscheinung, die man als elektrischen Strom bezeichnet.

5.8.2 Die Grenzschicht

Wenn man ein Stück *p*-Germanium und ein Stück *n*-Germanium zusammenfügt, so entsteht ein sog. *pn-Übergang*. Das *p*-Germanium enthält eine große Konzentration beweglicher Löcher, das *n*-Germanium dagegen eine große Konzentration beweglicher Elektronen. Wegen der natürlichen Wärmebewegung befinden sich Löcher und Elektronen nicht in Ruhe, so daß Löcher aus dem *p*-Germanium durch die Grenzfläche in das *n*-Germanium und Elektronen aus dem *n*-Germanium durch die Grenzfläche in das *p*-Germanium diffundieren. Es treffen also entgegengesetzt geladene Partner aufeinander. Wenn man bedenkt, daß Löcher keine wirklichen Ladungsträger, sondern nur sog. Defektelektronen (S. 602) sind, sieht man ein, daß das Aufeinandertreffen entgegengesetzt geladener Partner nichts anderes ist als das Besetzen eines Loches durch ein Elektron. Dabei verschwindet das Loch, und das Elektron scheidet als *beweglicher* Ladungsträger aus. Sprachlich bequem sagt man dazu: Löcher und Elektronen rekombinieren miteinander. Auf diese Weise verändert sich die Umgebung des *pn*-Überganges; es entsteht eine *Grenzschicht*. Wir untersuchen nun die Ladungsverteilung in dieser Grenzschicht.

Weil aus dem *p*-Germanium in Grenznähe Löcher abgewandert sind, fehlt hier positive Ladung. Zurückgeblieben sind ortsfeste negative Ionen, so daß hier eine negative Raumladung entstanden ist. Im grenznahen Bereich des *n*-Germaniums hat sich ein ähnlicher Vorgang mit entgegengesetztem Vorzeichen abgespielt. Elektronen sind abgewandert. Ortsfeste positive Ionen sind zurückgeblieben, so daß hier eine positive Raumladung entstanden ist (Abb. 605.1).

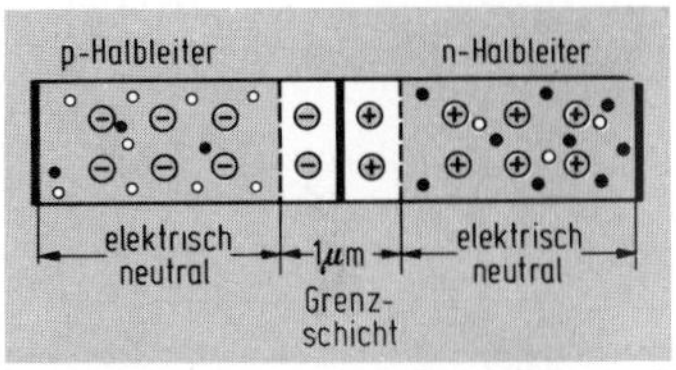

Abb. 605.1
Schematische Darstellung der Verteilung von Raumladungen und beweglichen Ladungsträgern bei einem *pn*-Übergang

Die auf beiden Seiten der Grenze sich bildenden Raumladungen können jedoch nicht unbegrenzt weiter wachsen. Die negative Raumladung des *p*-Germaniums erschwert nämlich mit zunehmender Größe ein weiteres Eindringen von Elektronen, und die positive Raumladung des *n*-Germaniums verhindert bei genügender Größe eine weitere Annäherung von positiven Löchern, weil gleichartige elektrische Ladungen einander abstoßen. Es bildet sich auf diese Weise ein Gleichgewichtszustand aus, der durch bestimmte Raumladungen zu beiden Seiten der Grenze gekennzeichnet ist.

Innerhalb der Grenzschicht ist eine Verarmung an Majoritätsträgern entstanden. Man nennt die Grenzschicht deshalb auch *Verarmungszone*. Die relativ wenigen Minoritätsträger, die ja unabhängig von den hier betrachteten Vorgängen stets durch das thermisch verursachte Aufbrechen von Bindungen entstehen, spielen kaum eine Rolle. In Abb. 605.1, Abb. 606.1, Abb. 606.2 und Abb. 608.1 sind jedoch in jedem Halbleiter außerhalb der Grenzschicht noch drei eingezeichnet. Wir kommen später bei der Besprechung der Halbleiterdioden-Kennlinie auf diesen Punkt noch einmal zurück.

Da also innerhalb der Grenzschicht nur noch wenige bewegliche Ladungsträger zur Verfügung stehen, bildet die Grenzschicht eine Zone großen elektrischen Widerstandes. Ihre Dicke beträgt etwa 1 $\mu m = 10^{-6}$ m. Wir stellen zusammenfassend fest:

Ein *pn*-Übergang bildet wegen der zu beiden Seiten der Grenze vorhandenen Verarmung an Majoritätsträgern eine Zone großen elektrischen Widerstandes.

5.8.3 Die Halbleiterdiode

Die Grenzschicht zwischen einem p-Halbleiter und einem n-Halbleiter ist *steuerbar*. Dieser Effekt wird bei der *Halbleiterdiode* ausgenutzt. Die Steuerung erfolgt durch Anlegen einer äußeren Spannung an die Halbleiterdiode. Dabei sind zwei Fälle möglich:

1. Der positive Pol liegt an der n-Seite und der negative Pol an der p-Seite (Abb. 606.1).

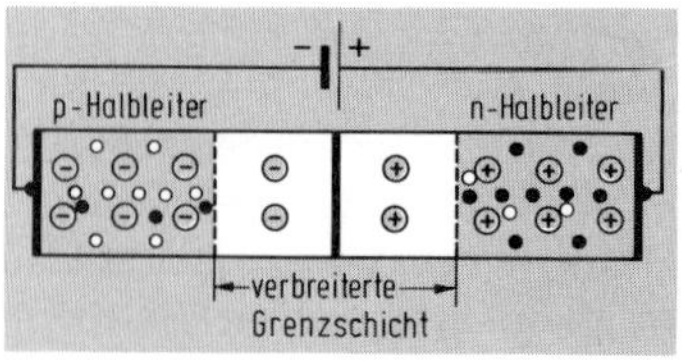

Abb. 606.1
Verbreiterung der Grenzschicht bei einem in Sperrichtung vorgespannten pn-Übergang

Da die beweglichen Elektronen des n-Germaniums (allgemein: des n-Halbleiters) vom positiven Pol und die beweglichen Löcher des p-Germaniums (allgemein: des p-Halbleiters) vom negativen Pol der Spannungsquelle angezogen werden, tritt eine *Verbreiterung der Grenzschicht* und somit eine weitere Verarmung an beweglichen Ladungsträgern in der Umgebung des pn-Überganges auf. Die Zahl der Elektronen und Löcher nimmt so stark ab, daß kaum noch elektrischer Strom geleitet wird. Das Ergebnis ist ein um einige Zehnerpotenzen größerer Widerstand des pn-Überganges; die Diode wirkt praktisch als Isolator. Man sagt, daß der pn-Übergang jetzt *in Sperrichtung vorgespannt* ist und bezeichnet die Grenzschicht als *Sperrschicht*. Innerhalb der Sperrschicht befinden sich aber noch Minoritätsträger: im n-Halbleiter wenige bewegliche Löcher und im p-Halbleiter wenige bewegliche Elektronen. Für diese Minoritätsträger wirkt die angelegte Spannung nicht sperrend, vielmehr bewirkt sie einen kleinen Stromfluß der Minoritätsträger. Dieser Strom geringer Stärke heißt *Sperrstrom*. Es gilt also:

Bei einem in Sperrichtung vorgespannten pn-Übergang fließt durch die Sperrschicht – abgesehen von einem sehr kleinen Sperrstrom – kein Strom.

2. Der positive Pol liegt an der p-Seite und der negative Pol an der n-Seite (Abb. 606.2).

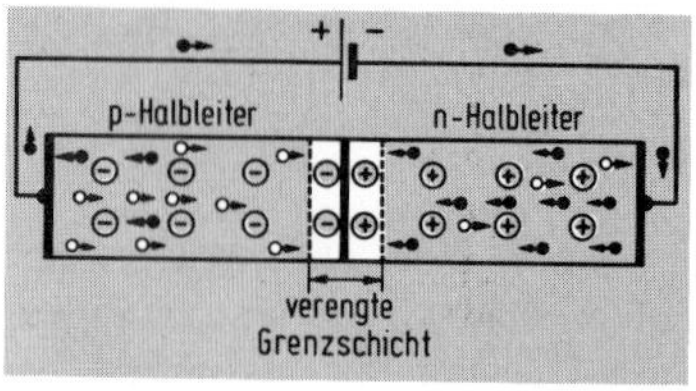

Abb. 606.2
Verengung der Grenzschicht bei einem in Durchlaßrichtung vorgespannten pn-Übergang

Bei dieser Schaltung tritt die entgegengesetzte Wirkung wie im vorhergehenden Falle ein: Elektronen und Löcher bewegen sich auf die Grenzschicht zu. Dies führt zu einer *Verengung der Grenzschicht*. Bei entsprechend hoher Spannung kann die Grenzschicht praktisch ganz abgebaut werden; sie wird niederohmig. Der pn-Übergang ist jetzt stromdurchlässig. Die Elektronen und Löcher treffen am pn-Übergang zusammen und rekombinieren in großer Zahl. Die dadurch laufend verschwindenden Elektronen und Löcher werden durch die Spannungsquelle nachgeliefert, indem in den n-Halbleiter neue Elektronen hineingedrückt und aus dem p-Halbleiter Elektronen unter Zurücklassung neuer Löcher abgesaugt werden. Im äußeren Leiterkreis fließt ein Elektronenstrom, dessen Stärke von der angelegten Spannung abhängt. Grafisch wird diese Abhängigkeit in der *Kennlinie* der Halbleiterdiode aufgezeichnet. Man sagt, daß der pn-Übergang jetzt *in Durchlaßrichtung vorgespannt* ist. Es ergibt sich also:

Bei einem in Durchlaßrichtung vorgespannten pn-Übergang fließt durch die Grenzschicht ein elektrischer Strom, dessen Stärke von der angelegten Spannung abhängt. Die Stromstärke entnimmt man der Strom-Spannungs-Kennlinie der Halbleiterdiode.

Für die Halbleiterdiode verwendet man folgendes Schaltsymbol:

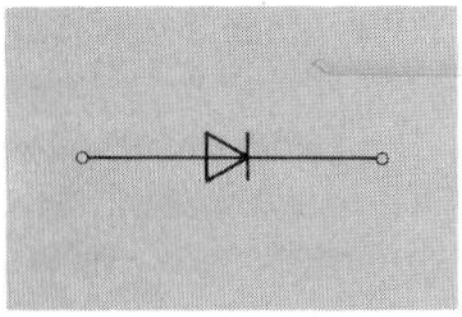

Abb. 607.1
Schaltsymbol einer Halbleiterdiode

Die Pfeilrichtung bezieht sich auf die international festgelegte Stromrichtung von Plus nach Minus. Die Pfeilrichtung stimmt also mit der Bewegungsrichtung der Löcher überein, sie ist entgegengesetzt zur Bewegungsrichtung der Elektronen.

Die Abb. 607.2 zeigt die Kennlinie einer Halbleiterdiode. Wird die Diode in Durchlaßrichtung betrieben, so steigt die Stromstärke zunächst nach einer Exponentialfunktion, dann linear mit der Spannung an. Wird dagegen die Halbleiterdiode in Sperrichtung geschaltet, so entsteht nur ein sehr geringer Minoritätsträgerstrom. Da der Minoritätsträgerstrom in Sperrichtung sehr viel kleiner als der Majoritätsträgerstrom in Durchlaßrichtung ist, wurde im Kennlinienbild der Maßstab im Sperrbereich anders gewählt als im Durchlaßbereich; dadurch ergibt sich im Nullpunkt ein Kurvenknick.

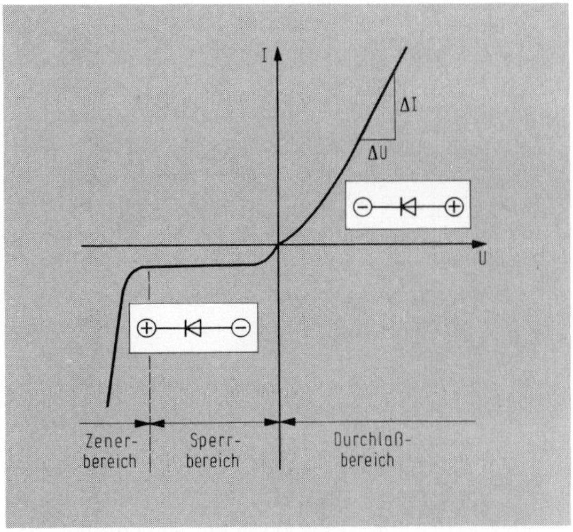

Abb. 607.2
Kennlinie einer Halbleiterdiode

Bezeichnet man auf den geraden Teilen der Kennlinie den Quotienten $\frac{\Delta U}{\Delta I}$ als Widerstand, so ergibt sich z.B. bei einer Germanium-Flächendiode im Durchlaßbereich für den Durchlaßwiderstand R_D etwa 3 bis 30 Ω, im Sperrbereich für den Sperrwiderstand R_S etwa 0,05 bis 0,5 MΩ. Bei sehr hohen Sperrspannungen steigt die Sperrstromstärke von einer bestimmten Spannung ab stark an. Diesen Bereich nennt man nach seinem Entdecker Zener den Zener-Bereich. Im Zener-Bereich erreicht die elektrische Feldstärke E in der Grenzschicht so hohe Werte ($E > 2 \cdot 10^7\ \mathrm{V \cdot m^{-1}}$), daß die Kraft $\vec{F} = -e \cdot \vec{E}$ ausreicht, um Valenzelektronen aus ihren Bindungen zu reißen. Dadurch entstehen in der Grenzschicht plötzlich zahlreiche stark beschleunigte Ladungsträger, die ihrerseits durch Stoßionisation weitere Ladungsträger freisetzen können. Man kann diesen Effekt zur Spannungsstabilisierung ausnutzen. Wir geben an späterer Stelle eine Schaltung dazu an (S. 613).

5.8.4 Der Transistor

Unter einem Transistor versteht man einen Halbleiterkristall aus Germanium oder Silizium mit drei scharf gegeneinander abgegrenzten Bereichen aus *p*- bzw. *n*-Germanium. Es sind also in jedem Fall zwei *pn*-Übergänge vorhanden. In Abb. 608.1 sind die beiden hier bestehenden Möglichkeiten schematisch und vereinfacht dargestellt:

1. Der *pnp-Transistor* besteht aus zwei *p*-Halbleitern, die durch eine dünne Schicht eines *n*-Halbleiters voneinander getrennt sind.

2. Der *npn-Transistor* besteht aus zwei *n*-Halbleitern, die durch eine dünne Schicht eines *p*-Halbleiters voneinander getrennt sind.

Die beiden äußeren Schichten bezeichnet man als *Emitter E* und als *Kollektor C*; die mittlere Trennschicht heißt die *Basis B* des Transistors. Sie hat eine Dicke von 0,02 bis 0,03 mm.

Für beide Arten von Transistoren gelten grundsätzlich die gleichen physikalischen Zusammenhänge. Es besteht lediglich der Unterschied, daß die Wirkung des *pnp-Transistors* durch einen *Strom von Löchern* und die des *npn-Transistors* durch einen *Strom von Elektronen* zustande kommt.

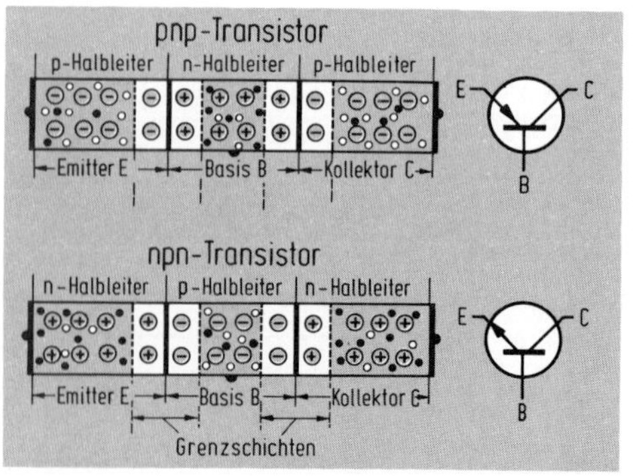

Abb. 608.1 *pnp*-Transistor und *npn*-Transistor mit zugehörigen Schaltsymbolen

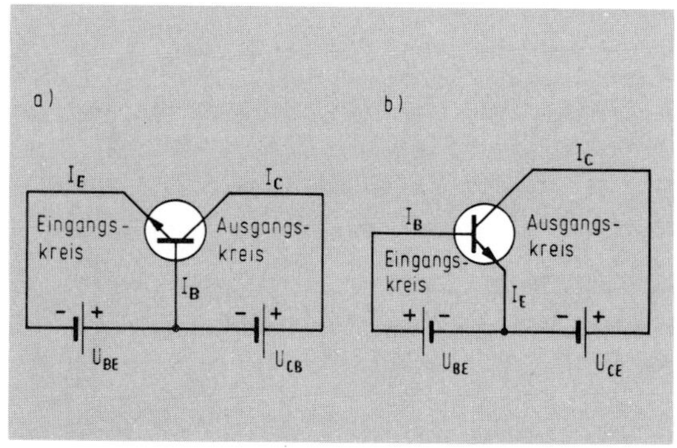

Abb. 608.2 *npn*-Transistor in Basisschaltung (a) und in Emitterschaltung (b)

Um die Wirkungsweise von Transistoren verstehen zu können, betrachten wir einen *npn*-Transistor in einem Schaltkreis. Die Abb. 608.2 gibt links die *Basisschaltung* und rechts die *Emitterschaltung* wieder. In der Basisschaltung ist die Basis der gemeinsame Kontakt von Eingangs- und Ausgangskreis, in der Emitterschaltung ist der Emitter der gemeinsame Kontakt dieser beiden Kreise.

Der Transistor ist im Eingangskreis in Durchlaßrichtung geschaltet, weil die Spannungsquelle zwischen Basis und Emitter mit ihrem negativen Pol am Emitter liegt und dadurch Elektronen in die Emitter-Basis-Grenzschicht drücken kann. Im Ausgangskreis ist der Transistor dagegen in Sperrichtung geschaltet, weil die Spannungsquelle zwischen Kollektor und Basis bzw. zwischen Kollektor und Emitter mit ihrem positiven Pol am Kollektor liegt und dadurch Elektronen aus der Basis-Kollektor-Grenzschicht absaugt. Der *wesentliche Vorgang*, ohne den ein Transistor überhaupt nicht arbeiten könnte, besteht nun im folgenden:

Elektronen, die durch die Spannung zwischen Basis und Emitter aus dem Emitter in die Basis getrieben werden, rekombinieren dort nur zu einem geringen Anteil mit den Löchern der Basis; dieser Anteil beträgt nur etwa 0,5 bis 5%. Die Basis ist nämlich – wie oben schon angegeben wurde – so schmal, daß *fast alle Elektronen durch Diffusion mit hoher Diffusionsgeschwindigkeit durch sie hindurchkommen* und in die zweite Grenzschicht zwischen Basis und Kollektor gelangen. Hier werden sie aber wie Minoritätsträger durch das elektrische Feld in die Kollektorzone getrieben und dort am positiven Pol abgesaugt. Betrachtet man den Transistor als einen Stromknoten, so muß das KIRCHHOFF-Gesetz gelten: Stets muß die Summe der zufließenden Ströme gleich der Summe der abfließenden Ströme sein. Unter Berücksichtigung der internationalen Festlegung der Stromrichtung (von Plus nach Minus) sind die zufließenden Ströme der Basisstrom I_B und der Kollektorstrom I_C, der abfließende Strom ist der Emitterstrom I_E. Wir erhalten also

$$I_B + I_C = I_E .$$

Anschaulicher ist es, die Bewegung der Elektronen zu verfolgen. Beim *npn*-Transistor fließen die Elektronen über den Emitter in den Transistor ein, fast alle fließen über den Kollektor wieder ab, ein geringer Teil fließt über die Basis ab. An der Gleichung

$$I_B + I_C = I_E$$

ändert sich durch diese Betrachtung natürlich nichts.

In der *Basisschaltung* kann der Kollektorstrom I_C durch den Emitterstrom I_E *gesteuert* werden. Stromstärkeänderungen im Eingangskreis haben Stromstärkeänderungen im Ausgangskreis zur Folge. Im Gegensatz zur Triode, bei der im Gitterkreis praktisch kein Strom fließt, läßt sich der Transistor aber nicht leistungslos steuern. In der Basisschaltung sind die Stromstärken I_E und I_C fast gleich groß, nur ein geringer Teil des Emitterstromes fließt ja als Basisstrom I_B über die Basis ab. In dieser Schaltung liegt also keine Stromverstärkung vor. Dagegen ergibt sich eine *Leistungsverstärkung*. Die Sperrspannung U_{CB} kann nämlich viel größer gewählt werden als die Spannung U_{BE} zwischen Emitter und Basis, so daß die Ausgangsleistung

$$U_{CB} \cdot I_C \approx U_{CB} \cdot I_E$$

viel größer ist als die Eingangsleistung $U_{BE} \cdot I_E$. Befindet sich ein Lastwiderstand R_{Last} im Ausgangskreis, ist der Transistor in dieser Schaltung auch als *Spannungsverstärker* wirksam. Geringe Spannungsänderungen im Eingangskreis (z.B. durch eine überlagerte Wechselspannung) bewirken große Änderungen der Stromstärke $I_C \approx I_E$. Dadurch entsteht am Lastwiderstand R_{Last} eine große Änderung des Spannungsabfalls

$$U = R_{Last} \cdot I_C.$$

In der *Emitterschaltung* wird der Kollektorstrom I_C durch den kleinen Basisstrom

$$I_B = I_E - I_C$$

gesteuert. Hier wirkt der Transistor als *Stromverstärker*. Selbstverständlich erfolgt auch in dieser Schaltung eine *Spannungsverstärkung* am Lastwiderstand und insgesamt eine *Leistungsverstärkung*.

Wegen der günstigen Verstärkereigenschaften wird die Emitterschaltung gegenüber der Basisschaltung bevorzugt.

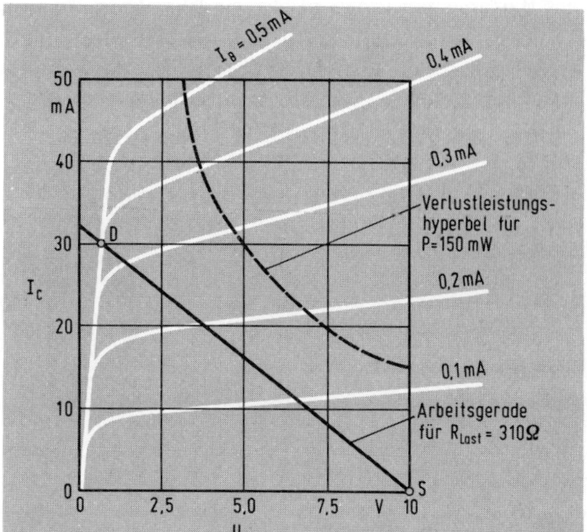

Abb. 609.1
Kennlinienfeld eines Transistors in Emitterschaltung

Über die Betriebsdaten eines Transistors erhält man am übersichtlichsten Auskunft durch das *Kennlinienfeld* dieses Transistors. Jeder Transistortyp hat sein spezielles Kennlinienfeld. Ein Beispiel ist in Abb. 609.1 für einen Transistor in Emitterschaltung dargestellt.

Befindet sich zunächst kein Lastwiderstand in der Emitterschaltung (Abb. 608.2b), dann liegt unter allen Betriebsbedingungen stets die volle Kollektorspannung U_{CE} zwischen Emitter und Kollektor. Dann läßt sich experimentell ermitteln, wie die Kollektorstromstärke I_C bei jeweils konstanter Basisstromstärke I_B von der

Kollektorspannung abhängt. Für jede Basisstromstärke erhält man eine I_C-U_{CE}-*Kennlinie* (in Abb. 609.1 weiß eingezeichnet). Die Kennlinien steigen bei geringen Kollektorspannungen zunächst steil an und gehen dann in sehr flach verlaufende Geraden über. Betrachtet man die flach verlaufenden Anteile der Kennlinien, so gewinnt man die Aussage, daß der Kollektorstrom wenig von der Kollektorspannung, aber sehr stark vom Basisstrom abhängt. Bei unserem Transistor sehen wir z. B., daß bei der festen Kollektorspannung $U_{CE} = 2{,}5$ V der Kollektorstrom von knapp 10 mA auf knapp 20 mA ansteigt, wenn der Basisstrom von 0,1 mA auf 0,2 mA geändert wird. Man nennt den Differenzenquotienten

$$\beta = \frac{\Delta I_C}{\Delta I_B}$$

den *Stromverstärkungsfaktor*. In unserem Beispiel erhalten wir

$$\beta = \frac{\Delta I_C}{\Delta I_B} = \frac{10\,\text{mA}}{0{,}1\,\text{mA}} = 100.$$

Am Kennlinienfeld überzeugt man sich leicht, daß sich für eine andere feste Kollektorspannung derselbe Stromverstärkungsfaktor ergibt, wenn man zwischen den Basisstromstärken 0,1 mA und 0,2 mA bleibt. Die Kennlinien für diese Basisstromstärken verlaufen in ihrem flachen Teil nämlich praktisch parallel. Andererseits erkennt man am ganzen Kennlinienfeld, daß der Stromverstärkungsfaktor nicht für alle Betriebsbedingungen der gleiche ist.

Wir betrachten jetzt die *Emitterschaltung mit einem Lastwiderstand* R_{Last} im Ausgangskreis (Abb. 610.1) und untersuchen, welchen Einfluß dieser Lastwiderstand oder Arbeitswiderstand ausübt.

Wenn der Kollektorstrom I_C fließt, fällt am Lastwiderstand die Spannung

$$U = R_{Last} \cdot I_C$$

ab; am Transistor liegt daher nicht die volle Batteriespannung U_{Batt}, sondern nur noch die Spannung

$$U_{CE} = U_{Batt} - R_{Last} \cdot I_C.$$

Als Batteriespannung wählen wir 10 V. Diese Spannung liegt voll zwischen Emitter und Kollektor, wenn kein Kollektorstrom fließt und wegen der Hintereinanderschaltung von Transistor und Lastwiderstand auch kein Strom durch den Lastwiderstand fließt. Als einen Punkt der Strom-Spannung-Kennlinie für den Lastwiderstand erhalten wir im Koordinatensystem des Kennlinienfeldes den Punkt *S* (Sperrzustand des Transistors) bei 10 V und 0 mA. Wir fordern jetzt, daß der maximale Strom im Transistor unabhängig von der Basisstromstärke 30 mA betragen soll. Das Kennlinienfeld zeigt, daß dieser Zustand bei der Kollektorspannung $U_{CE} = 0{,}7$ V erreicht wird. Wir bezeichnen ihn mit dem Punkt *D* (Durchlaßzustand des Transistors). Im Zustand *D* liegt am Lastwiderstand dann die Spannung 10 V − 0,7 V = 9,3 V. Da auch durch den Lastwiderstand im Zustand *D* der Strom 30 mA fließt, muß als Lastwiderstand der Widerstand

$$R_{Last} = \frac{9{,}3\,\text{V}}{30\,\text{mA}} = 310\,\Omega$$

gewählt werden.

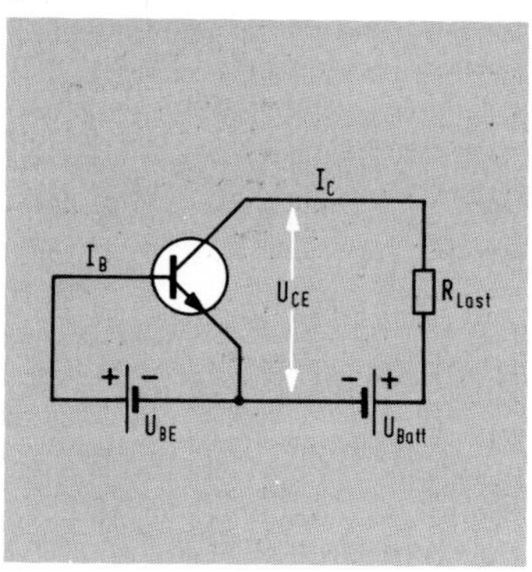

Abb. 610.1
Emitterschaltung mit Lastwiderstand im Ausgangskreis

Die am Lastwiderstand abfallende Spannung ist allgemein

$$U = U_{\mathrm{Batt}} - U_{\mathrm{CE}},$$

in unserem Beispiel

$$U = 10\,\mathrm{V} - U_{\mathrm{CE}}.$$

Gehen wir im Koordinatensystem vom Punkt S aus auf der Spannungsachse nach links, so wächst die Spannung von Null beginnend. Da der Lastwiderstand ein ohmscher Widerstand ist, wächst die Stromstärke im Lastwiderstand proportional zu dieser Spannung, bis sie bei der Spannung 9,3 V die Größe 30 mA erreicht hat. Die Strom-Spannung-Kennlinie des Lastwiderstandes ist also eine Gerade durch S und D; man nennt sie die *Arbeitsgerade des Transistors* für die vorgegebenen Betriebsverhältnisse. Die Arbeitsgerade schränkt die möglichen Betriebszustände des Transistors, die durch Punkte im I_C-U_{CE}-Koordinatensystem gegeben sind, ein.

Als Beispiel wählen wir wieder die Änderung des Basisstromes von 0,1 mA auf 0,2 mA. Die I_C-U_{CE}-Kennlinie für $I_B = 0{,}1$ mA schneidet die Arbeitsgerade in einem Punkt mit den Betriebsdaten $U_{CE} = 6{,}6$ V und $I_C = 11$ mA. Die I_C-U_{CE}-Kennlinie für $I_B = 0{,}2$ mA schneidet die Arbeitsgerade in einem Punkt mit den Betriebsdaten $U_{CE} = 3{,}75$ V und $I_C = 20$ mA. Wir sehen zunächst, daß wegen der größeren Kollektorstromstärke der Spannungsabfall am Lastwiderstand größer und daher die Kollektorspannung kleiner geworden ist. Es ist nicht mehr möglich, den Basisstrom bei fester Kollektorspannung zu verändern. Daher erhalten wir einen kleineren Stromverstärkungsfaktor; er ist jetzt

$$\beta = \frac{\Delta I_C}{\Delta I_B} = \frac{9\,\mathrm{mA}}{0{,}1\,\mathrm{mA}} = 90.$$

Nun ist aber die *Leistungsverstärkung* nicht nur proportional zum Stromverstärkungsfaktor, sondern auch noch proportional zur Spannungsschwankung am Lastwiderstand. In unserem Beispiel ändert sich die Spannung am Lastwiderstand von $10\,\mathrm{V} - 6{,}6\,\mathrm{V} = 3{,}4\,\mathrm{V}$ auf $10\,\mathrm{V} - 3{,}75\,\mathrm{V} = 6{,}25\,\mathrm{V}$, d. h. um 2,85 V. Würden wir durch einen anderen Lastwiderstand eine andere, z.B. eine flachere Arbeitsgerade festlegen, so hätte das eine weitere Verkleinerung des Stromverstärkungsfaktors, aber eine Vergrößerung der Spannungsschwankung am Lastwiderstand zur Folge. Für eine maximale Leistungsverstärkung muß man die Arbeitsgerade also möglichst günstig legen und danach den Lastwiderstand berechnen.

Abgesehen von dem Ziel, die Arbeitsgerade möglichst günstig zu legen, ist man in der Wahl der Arbeitsgeraden auch sonst nicht ganz frei. Wenn nämlich der Transistor bei der Kollektorspannung U_{CE} vom Kollektorstrom I_C durchflossen wird, so setzt sich die Stromleistung

$$P = U_{CE} \cdot I_C$$

in Wärmeleistung um. Bei zu großer Erwärmung wird aber das Kristallgitter der Halbleitersubstanzen und somit der Transistor zerstört. Man nennt die maximale Stromleistung

$$P = U_{CE} \cdot I_C,$$

die nicht überschritten werden darf, auch die *totale Verlustleistung* des Transistors. In unserem Beispiel beträgt sie $P = 150$ mW. Die totale Verlustleistung kann durch verschiedene I_C-U_{CE}-Größenpaare verwirklicht werden. In der nachfolgenden Tabelle sind einige dieser Größenpaare angeführt.

I_C =	15 mA	20 mA	30 mA	40 mA	50 mA
U_{CE} =	10 V	7,5 V	5 V	3,75 V	3 V

Trägt man die Größenpaare als Punkte in das Kennlinienfeld ein und verbindet sie durch eine Kurve, so erhält man die *Verlustleistungs-Hyperbel* für die totale Verlustleistung des betreffenden Transistors. Die Arbeitsgerade muß immer unterhalb dieser Hyperbel liegen, sie darf die Hyperbel nicht schneiden.

Zu den Angaben, die den Transistortyp charakterisieren, gehört neben den speziellen Betriebsdaten noch eine Aussage über das Material und die Einsatzmöglichkeiten des Transistors. Transistoren werden mit Buchstaben und Kennziffern bezeichnet, z. B. AF 121 oder BCY 59.

Der *erste Buchstabe* kennzeichnet das *Halbleitermaterial*:

A = Germanium B = Silizium.

Der *zweite Buchstabe* kennzeichnet die *Einsatzmöglichkeit*:

C = Tonfrequenz, kleine Leistung	D = Tonfrequenz, große Leistung
F = Hochfrequenz, kleine Leistung	L = Hochfrequenz, große Leistung
S = Schalttransistor, kleine Leistung	U = Schalttransistor, große Leistung.

Weitere Buchstaben und Ziffern dienen der Katalogisierung, sie enthalten keine technischen Angaben.

Die Transistoren haben die Elektronenröhren an vielen Stellen verdrängt. Sie haben diesen gegenüber die *folgenden Vorteile*:

1. Es ist keine Heizung und damit auch keine Anheizzeit erforderlich.

2. Die durchschnittliche Lebensdauer ist bei Transistoren erheblich größer als bei Röhren. Transistoren sind insbesondere unempfindlicher gegen Stöße und mechanische Beanspruchungen.

3. Die Transistoren sind bedeutend kleiner als die Elektronenröhren und ermöglichen dadurch den Bau miniaturisierter Geräte.

4. Der Wirkungsgrad eines Transistors ist höher als der einer entsprechenden Röhre. Es entsteht im Transistor weniger Wärme als in der Röhre.

5. Transistoren benötigen erheblich kleinere Spannungen als Elektronenröhren. Dann können aber auch die übrigen Schaltelemente, wie Widerstände, Transformatoren und Kondensatoren, entsprechend kleiner sein.

5.8.5 Halbleiterschaltkreise

Halbleiterbauelemente wie Dioden und Transistoren finden seit den vierziger Jahren des 20. Jahrhunderts in zunehmendem Umfang Verwendung in der Nachrichtentechnik, der Unterhaltungselektronik, der Meßtechnik und der Regelungstechnik. Ohne sie wären Computer und Elektronenrechner zur Datenverarbeitung mit den heute üblichen Speicherkapazitäten und den vergleichsweise geringen Abmessungen der Geräte gar nicht möglich. Die Fülle der Verwendungsmöglichkeiten ist bereits so groß, daß eine eigene, umfangreiche Spezialliteratur darüber entstanden ist. Wenn wir hier einige *Beispiele* für Standardschaltungen anführen, so kann es sich nur um eine sehr kleine Auswahl im Rahmen der Möglichkeiten dieses Buches handeln.

1. Die Graetz*-Schaltung*

Versuch 612.1 Wir schalten nach Abb. 612.1 vier Halbleiterdioden D_1, D_2, D_3, D_4 zu einer Brückengleichrichtung oder GRAETZ-Schaltung zusammen. In die Schaltung wird ein Widerstand und ein Amperemeter gelegt. Zusätzlich kann man an die Endpunkte des Widerstandes die y-Ablenkplatten eines Oszilloskops legen. Das Stromversorgungsgerät liefert sinusförmigen Wechselstrom (Abb. 612.2 a). Wir beobachten das Amperemeter bzw. die Aufzeichnung des Oszilloskops.

Abb. 612.1 GRAETZ-Schaltung für Gleichrichtung

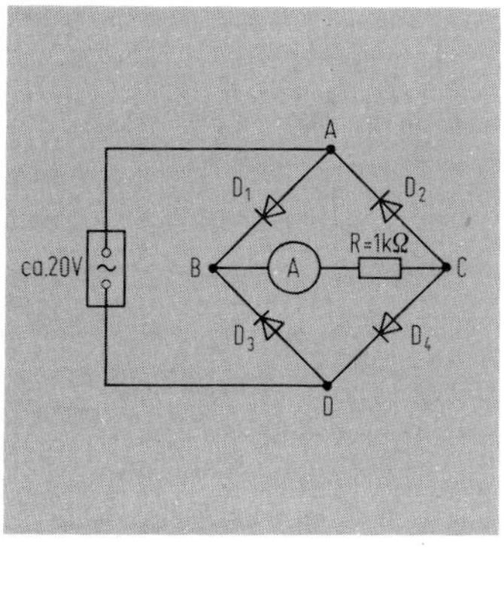

Abb. 612.2 Die GRAETZ-Schaltung liefert bei Wechselspannung pulsierenden Gleichstrom; dieser kann mit Hilfe eines Kondensators geglättet werden.

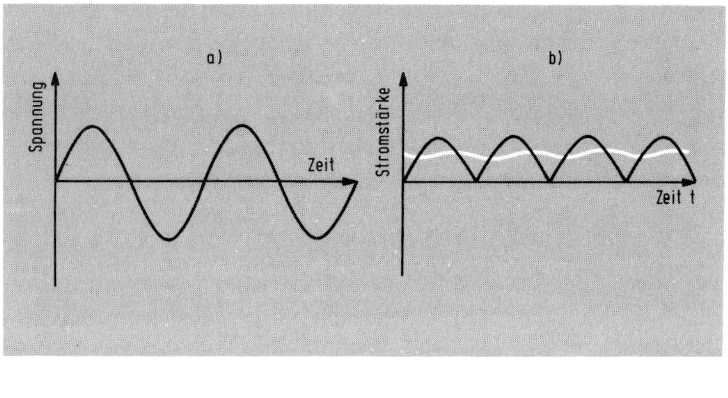

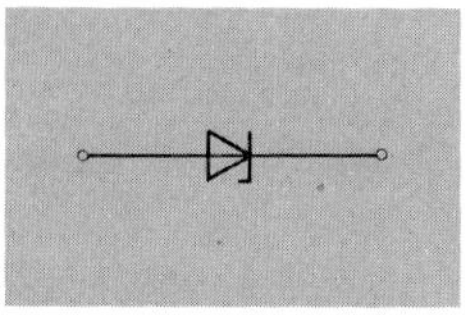

Abb. 613.1
Schaltsymbol einer ZENER-Diode

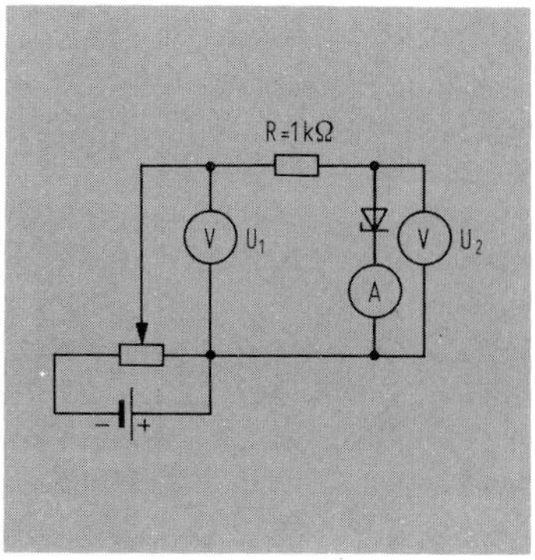

Abb. 613.2
Spannungsstabilisierung mit einer ZENER-Diode

Das Amperemeter zeigt eine konstante Stromstärke an. Das Oszilloskop gibt den Verlauf der Stromstärke genauer wieder. Es handelt sich um einen pulsierenden Gleichstrom. Die Stromkurve geht aus einer Wechselstromkurve durch Spiegelung der negativen Anteile an der Zeitachse hervor (Abb. 612.2b).

Die Wirkungsweise der GRAETZ-Schaltung ist leicht zu durchschauen. Ist während einer Halbperiode der obere Pol der Wechselspannungsquelle positiv, so nimmt der Strom den Weg über $ABCD$, da für diesen Fall die Dioden D_1 und D_4 in Durchlaßrichtung, die Dioden D_2 und D_3 dagegen in Sperrichtung geschaltet sind. In der folgenden Halbperiode ist der obere Pol der Wechselspannungsquelle negativ; dann nimmt der Strom den Weg über $DBCA$, denn für diesen Fall haben die Dioden D_3 und D_2 Durchlaßrichtung, die Dioden D_4 und D_1 dagegen Sperrichtung. In jeder Halbperiode fließt also der Strom von B nach C durch das Amperemeter.

Schaltet man parallel zum Widerstand R einen Kondensator (etwa 10 μF), so wird die Stromkurve geglättet (Abb. 612.2b, weiße Kurve). Der Kondensator speichert nämlich so viel Ladung und hat eine so große Entladezeit, daß er noch Strom liefern kann, wenn die Wechselspannungskurve durch ihre Nullpunkte geht.

2. Spannungsstabilisierung durch die ZENER-*Diode*

In der Elektronik werden häufig konstante Gleichspannungen benötigt. Spannungsschwankungen können aber schon durch Belastung von Spannungsquellen auftreten, weil deren Innenwiderstand bei Stromentnahme einen Spannungsabfall hervorruft. Das Ziel einer Spannungsstabilisierung ist es nun, automatisch Spannungsschwankungen auszugleichen. Man macht sich dabei den früher besprochenen ZENER-Effekt zunutze, der darin besteht, daß eine in Sperrichtung geschaltete Halbleiterdiode im ZENER-Bereich eine hohe Sperrstromstärke liefert (Abb. 607.2). Dieser Effekt ist besonders bei Silizium-Flächendioden scharf ausgeprägt. Man nennt solche Dioden auch ZENER-*Dioden* oder kurz *Z-Dioden* und verwendet für sie das in Abb. 613.1 dargestellte Schaltsymbol.

Mit einer solchen ZENER-Diode führen wir folgenden Versuch durch:

Versuch 613.1 Wir stellen die Schaltung nach Abb. 613.2 her. Die Spannung von ca. 0 bis 10 V entnehmen wir einem Akku oder einem geregelten Netzgerät. Bei Verwendung des Akkus schalten wir einen Spannungsteiler parallel zur Spannungsquelle. In Reihe zur ZENER-Diode schalten wir ein Amperemeter mit dem Meßbereich 10 mA. Parallel zum Abgriff des Spannungsteilers und zur ZENER-Diode wird je ein Spannungsmesser mit dem Meßbereich 10 V geschaltet. Wir ändern nun die Eingangsspannung U_1 kontinuierlich von 0 bis 10 V und beobachten dabei die Meßinstrumente.

Der Versuch zeigt, daß bei wachsender Spannung U_1 zunächst kein Strom durch die ZENER-Diode fließt. Die Spannung U_2 wächst mit U_1 bis etwa 6,3 V. Bei weiterer Erhöhung der Spannung U_1 zeigt das Amperemeter Strom an, der mit wachsender Spannung U_1 ansteigt. Die Spannung U_2 bleibt konstant, sie ist ab 6,3 V also stabilisiert.

Zur Erklärung des Versuchsergebnisses beachten wir, daß der Widerstand R und die ZENER-Diode hintereinander geschaltet sind. An der Kennlinie der Diode (Abb. 607.2), die in der angegebenen Schaltung in Sperrichtung liegt, sehen wir, daß bei geringen Sperrspannungen praktisch kein Strom fließt. Die Diode wirkt also wie ein offener Schalter, so daß die Eingangsspannung U_1 auch noch hinter dem Widerstand R liegt und mit

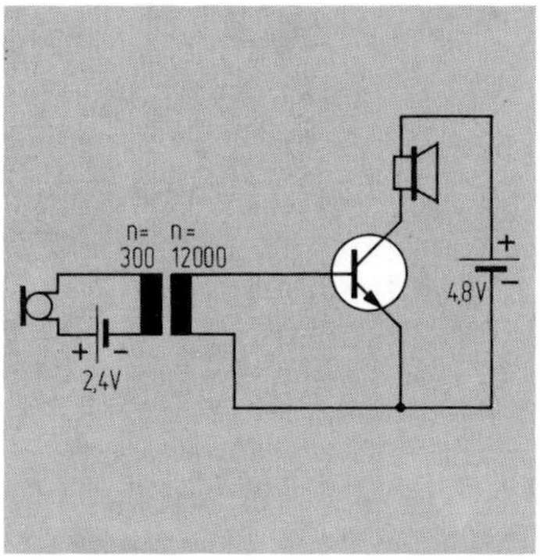

Abb. 614.1 Emitterschaltung für Niederfrequenzverstärkung

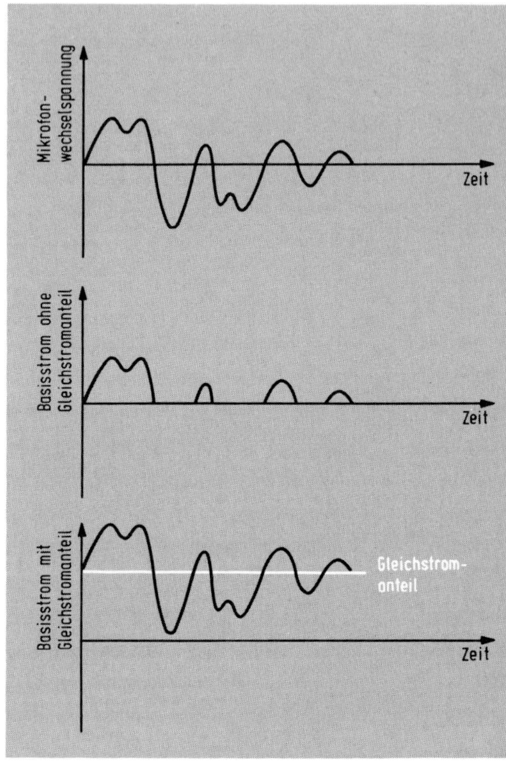

Abb. 614.2
Nur mit Gleichstromüberlagerung im Eingangskreis werden die Mikrofonschwingungen vollständig in Basisstromschwankungen umgesetzt.

dem zweiten Spannungsmesser voll als Ausgangsspannung U_2 gemessen wird. Von einer bestimmten Spannung ab, die für die hier verwendete Diode 6,3 V beträgt, tritt man in den ZENER-Bereich der Dioden-Kennlinie ein. Die Diode wird stromdurchlässig. Da dieser Strom auch durch den Widerstand R fließt, tritt am Widerstand R ein Spannungsabfall auf. Die Differenzspannung zwischen Eingangsspannung und Spannungsabfall liegt an der ZENER-Diode. Diese Spannung ändert sich aber praktisch nicht mehr, wie man an der Dioden-Kennlinie sieht. Vergrößerung der Spannung U_1 hat eine größere Stromstärke im Stromkreis, d.h. auch in der ZENER-Diode, zur Folge. Da deren Kennlinie in diesem Gebiet aber steil abfällt, entsprechen vergrößerten Stromstärken praktisch keine vergrößerten Spannungen mehr.

Da die Ausgangsspannung die ZENER-Spannung der betreffenden ZENER-Diode ist, hängt diese Spannung von der betreffenden Diode ab. Es läßt sich auf diese Weise also nur eine bestimmte Spannung stabilisieren.

3. Der Verstärker

Die Verstärkereigenschaften des Transistors haben wir schon ausführlich besprochen. Wir wollen an dieser Stelle die Emitterschaltung in einfachster Weise zur *Niederfrequenzverstärkung* abwandeln.

Versuch 614.1 Nach Abb. 614.1 bauen wir eine Emitterschaltung für Niederfrequenzverstärkung auf. In den Eingangskreis kommt die Sekundärspule eines Trafos, an den primärseitig ein Kohlekörnermikrofon-Stromkreis angeschlossen ist. Wir erhalten so eine Wechselspannungsquelle, wenn Schallschwingungen auf die Membran treffen. In den Ausgangskreis setzen wir an die Stelle des Lastwiderstandes einen hochohmigen Lautsprecher. Die Schaltung wird durch den Widerstand $R = 1\,\mathrm{M\Omega}$ ergänzt. Dann schlagen wir vor dem Kohlekörnermikrofon eine Stimmgabel an.

Der Versuch zeigt eine deutliche Verstärkung des Stimmgabeltones.

Wir wollen noch die Bedeutung des Widerstandes R erörtern. Die Batterie hat hier zwei Aufgaben. Einmal wirkt sie als Spannungsquelle für den Ausgangskreis, zum anderen bildet sie mit dem Widerstand R und dem Transistor einen Stromkreis, in dem zunächst ein konstanter Basisstrom fließt. Der Widerstand ist in diesem Stromkreis ein Vorwiderstand, der den Basisstrom begrenzen soll. Andererseits ist ein Gleichstrom ausreichen-

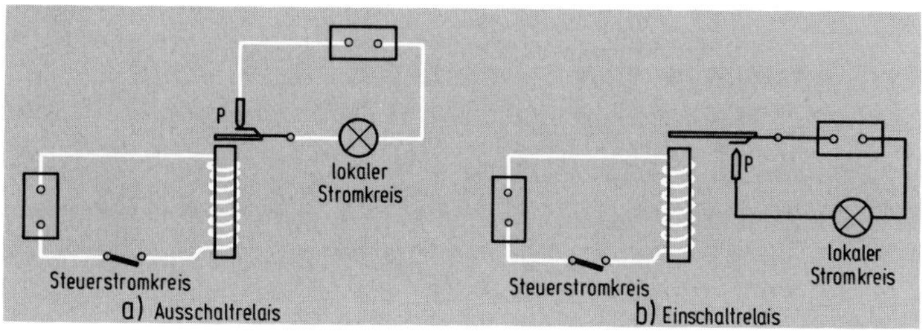

Abb. 615.1 Schaltskizzen für Relais. a) Ausschaltrelais; b) Einschaltrelais.

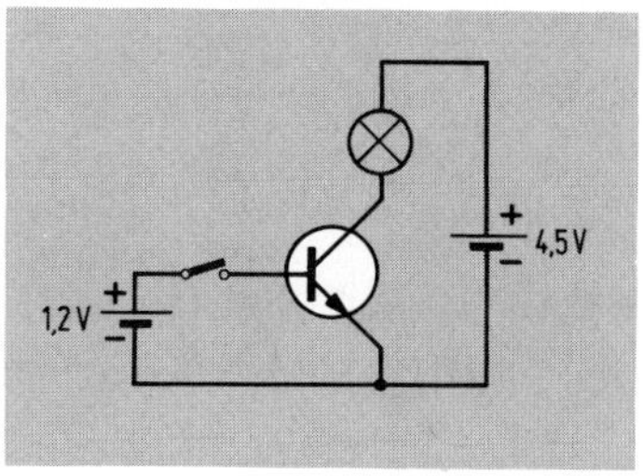

Abb. 615.2 Der Transistor als elektronischer Schalter

der Stärke erforderlich, weil nur dann eine vollständige Umsetzung der Mikrofonschwingungen in Basisstromschwankungen erfolgen kann, ohne daß die Basis auf negatives Potential fällt und damit der Transistor sperrt (Abb. 614.2).

4. Der elektronische Schalter

Ein Schalter mit Verstärkereigenschaften wird als Relais bezeichnet. Zur Wirkungsweise eines Relais führen wir zunächst einen Versuch mit einem Elektromagneten durch.

Versuch 615.1 Die in Abb. 615.1 dargestellte Schaltung enthält zwei getrennte Stromkreise. Der erste Kreis, der als der Fernsteuerkreis bezeichnet wird, besteht aus einem Stromversorgungsgerät, einer Spule mit Weicheisenkern und einem Schalter. Der zweite Stromkreis, den man den lokalen Stromkreis nennt, enthält ebenfalls ein Stromversorgungsgerät; außerdem ist eine Glühlampe vorhanden, die anzeigen soll, ob ein elektrischer Strom fließt. Dieser lokale Kreis kann durch einen Kontaktstift und eine Kontaktfeder bei *P* geschlossen bzw. geöffnet werden. Die beiden Stromkreise stehen insofern miteinander in Verbindung, als die Kontaktfeder des lokalen Kreises durch den Elektromagnet des Steuerkreises so bewegt werden kann, daß ein Schließen oder Öffnen des lokalen Kreises erfolgt. Dabei sind zwei Anordnungen möglich:
a) Solange im Steuerkreis kein Strom fließt, ist der lokale Stromkreis geschlossen (Abb. 615.1a).
b) Solange im Steuerkreis kein Strom fließt, ist der lokale Stromkreis geöffnet (Abb. 615.1b).

Wenn man den Steuerstromkreis schließt, so wird der Elektromagnet betätigt. Dieser zieht die Kontaktfeder des lokalen Stromkreises an und bewirkt auf diese Weise bei der ersten Anordnung eine Unterbrechung und bei der zweiten Anordnung eine Schließung des lokalen Stromkreises. Man spricht im ersten Falle von einem *Ausschaltrelais* oder einem *Relais mit Ruhekontakt* und im zweiten Falle von einem *Einschaltrelais* oder einem *Relais mit Arbeitskontakt.*

Die Verstärkereigenschaft der Schaltung besteht darin, daß die Stromstärke im Steuerstromkreis sehr gering sein kann. Diese Stromstärke reicht aus, um den Elektromagneten in Tätigkeit zu setzen, sie würde nicht ausreichen, um eine Glühlampe zum Leuchten zu bringen oder einen Elektromotor anlaufen zu lassen. Der lokale Stromkreis hat dagegen seine eigene Stromversorgung. Diese kann auf jeden Fall so dimensioniert werden, daß der Betrieb beliebiger Elektrogeräte möglich ist. Mit einem geringen Eingangsstrom kann also mit Hilfe der Relaisschaltung ein Stromkreis mit großer Stromstärke gesteuert werden.

Mit Hilfe eines Transistors kann man die Relaisschaltung elektronisch aufbauen. Als Beispiel führen wir den Versuch für den Einschaltvorgang durch.

Versuch 615.2 Wir stellen einen elektronischen Schalter nach Abb. 615.2 her. Als Spannungsquelle für den Steuerstromkreis wählen wir eine Zelle eines Ni-Cd-Akkus mit 1,2 V Spannung. Die kleine Eingangsspannung reicht nicht aus, um eine Glühlampe mit den Betriebsdaten 3,8 V; 0,07 A zum Leuchten zu bringen. Diese Glühlampe setzen wir in den Ausgangskreis des Transistors. Als Spannungsquelle verwenden wir im Ausgangskreis eine 4,5-V-Batterie.

Der Versuch zeigt, daß beim Schließen des Schalters die Glühlampe im Ausgangskreis leuchtet. Der Transistor ist also ein elektronischer Schalter mit Verstärkereigenschaft. Die Wirkungsweise ist nach der früher besprochenen Emitterschaltung unmittelbar verständlich. Beim Einschalten erhält die Basis positives Potential. Die Grenzschicht zwischen Basis und Emitter wird abgebaut, so daß jetzt bei dem hier verwendeten *npn*-Transistor Elektronen von der 4,5-V-Batterie über den Emitter in die Basis einfließen und weiterhin in den Kollektor-

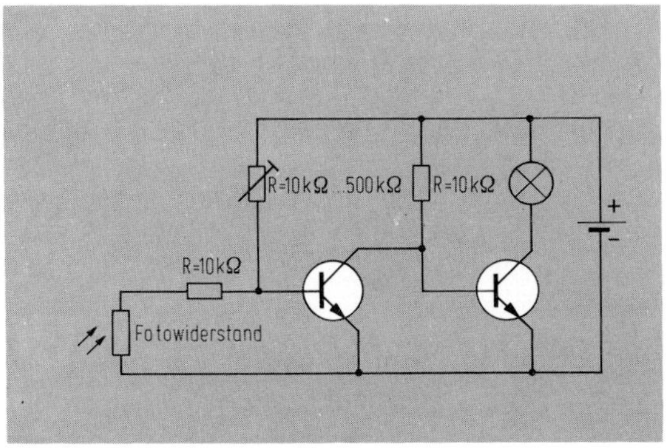

Abb. 616.1 Schaltung einer Lichtschranke

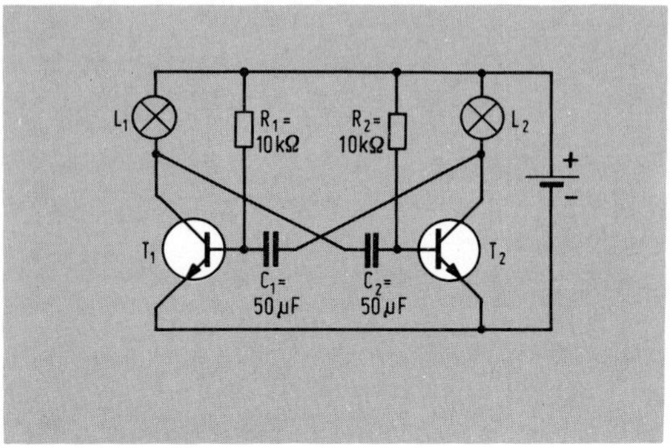

Abb. 616.2 Astabile Kippschaltung

kreis eindringen können. Von ihnen sind – wie früher ausgeführt wurde – fast alle Elektronen am Kollektorstrom, der die Glühlampe durchsetzt, beteiligt. Nur ein geringer Anteil bildet den Basisstrom. Im elektronischen Schalter steuert also ein geringer Basisstrom einen starken Kollektorstrom.

5. *Die Lichtschranke*

Lichtschranken enthalten einen Fotowiderstand, dessen elektrischer Widerstand bei Bestrahlung mit Licht wesentlich geringer ist als im Dunkelzustand. Sie schalten bei Unterbrechung eines Lichtstrahls einen Stromkreis ein oder aus (Abb. 616.1), z. B. bei Rolltreppen und Autoaufzügen.

Versuch 616.1 Der Fotowiderstand wird mit einer Experimentierlampe angestrahlt. Der veränderbare Widerstand wird so eingestellt, daß die Glühlampe gerade aufleuchtet. Unterbrechen wir den Lichtstrahl, so erlischt die Lampe.

Der veränderbare Widerstand liegt mit dem linken 10-kΩ-Widerstand und dem Fotowiderstand in Spannungsteilerschaltung. Bei Lichteinfall ist der Fotowiderstand und damit auch das positive Potential an der Basis des linken Transistors gering. Der Widerstand des linken Transistors ist daher groß. Da der linke Transistor mit dem rechten 10-kΩ-Widerstand in Spannungsteilerschaltung liegt, ist das positive Potential an der Basis des rechten Transistors groß; der rechte Transistor ist durchgeschaltet. Bei Lichtunterbrechung kehren sich die Verhältnisse um. Setzt man zwei Drehspulvoltmeter in die Schaltung ein, kann man die wechselnden Potentiale beobachten.

6. *Die astabile Kippschaltung*

In der Elektronik spielen *Kippschaltungen* oder sog. *Multivibratoren* eine große Rolle. Sie finden vielfältige technische Anwendungen wie z. B. in Blinklichtanlagen. Unter einer Kippschaltung verstehen wir zwei gekoppelte Schaltkreise, die abwechselnd stromführend sind. Wir führen zunächst einen Versuch durch.

Versuch 616.2 Nach Abb. 616.2 schalten wir zwei Transistoren T_1 und T_2 mit zwei Kondensatoren C_1 und C_2 und zwei Widerständen R_1 und R_2 zusammen. Die Glühlampen in der Schaltung zeigen an, welcher Teil der Schaltung stromführend ist.

Der Versuch zeigt, daß die Glühlampen im gleichmäßigen Wechsel aufleuchten. Zur Erklärung dieser Beobachtung betrachten wir zunächst die Kondensatoren C_1 und C_2, die wir uns anschaulich als Plattenkondensatoren vorstellen. Die Kondensatoren wechseln nämlich ihren Ladungszustand, je nachdem, ob die Transistoren stromführend oder gesperrt sind. Um das für den Kondensator C_2 einzusehen, stellen wir zunächst fest, daß die Glühlampe L_1 und der Transistor T_1 sich in Hintereinanderschaltung an der Spannungsquelle befinden.

Ist der Transistor T_1 stromführend, so fällt ein großer Teil der Betriebsspannung an der Glühlampe L_1 ab, die für den Transistor T_1 ein Lastwiderstand in der Kollektorleitung ist. Wir können diesen Sachverhalt auch am Kennlinienfeld (Abb. 609.1) erkennen. Die Spannung U_{CE} wird um so geringer, je größer der Kollektorstrom wird; im Kennlinienfeld bewegt man sich dabei auf der Arbeitsgeraden von rechts unten nach links oben.

Im Zustand starker Stromführung unterscheiden sich die Potentiale von Emitter und Kollektor nur wenig. Das heißt aber für die linke Platte des Kondensators C_2, die ja am Kollektor des Transistors T_1 liegt, daß sie nahezu auf dem Emitterpotential des Transistors T_1 liegt. Wenn der Transistor völlig durchgeschaltet ist, liegt die linke Platte des Kondensators C_2 praktisch am Minuspol der Betriebsspannungsquelle.

Zur Kontrolle können wir einen Spannungsmesser zwischen die linke Platte des Kondensators C_2 und den Minuspol der Betriebsspannungsquelle legen. Wir messen dann zwischen diesen Punkten eine so geringfügige Spannung, daß die Ausdrucksweise *praktisch am Minuspol* berechtigt ist. Wir wollen diese Ausdrucksweise hier und bei der im folgenden beschriebenen bistabilen Kippschaltung der Kürze halber verwenden und weisen noch einmal darauf hin, daß alle Spannungen, von denen in der Beschreibung der Kippschaltungen die Rede ist, während des Betriebes dieser Schaltungen mit Demonstrations-Drehspulgeräten in ihrem zeitlichen Verlauf verfolgt werden können.

Ist der Transistor T_1 dagegen gesperrt, so ist der Kollektorstrom Null (Punkt S auf der Arbeitsgeraden). Jetzt liegt die volle Betriebsspannung als Spannung U_{CE} am Transistor, und über die Glühlampe L_1, durch die ja kein Strom fließt, ist kein Spannungsabfall möglich. Das bedeutet für die linke Platte des Kondensators C_2, daß sie mit dem Pluspol der Betriebsspannungsquelle verbunden ist. Genau die gleichen Überlegungen gelten natürlich für den Kondensator C_1 und den Transistor T_2, weil die Schaltung symmetrisch aufgebaut ist.

Nach diesen Vorbetrachtungen können wir uns jetzt die wechselseitig periodische Stromführung der Glühlampen L_1 und L_2 deutlich machen. Nehmen wir an, daß zu irgendeinem Zeitpunkt der Transistor T_1 gerade durchlässig wird. Der Kondensator C_2 kommt mit seiner linken Platte dabei nahezu auf das Emitterpotential des Transistors T_1. Die Platte wird negativ geladen und zieht dadurch positive Ladungen auf die rechte Platte, was einem Wegdrücken von Elektronen gleichkommt. Diese Elektronen könnten nun über den Widerstand R_2 zum Pluspol der Spannungsquelle gelangen. Wenn aber der Widerstand R_2 sehr groß ist, nehmen sie augenblicklich den bequemeren Weg zur Basis des Transistors T_2. Seine Basis wird dadurch negativ, d.h., der Transistor T_2 sperrt, und die Glühlampe L_2 erhält keinen Kollektorstrom vom Transistor T_2. Welche Rückwirkung hat dieser Vorgang nun auf den Transistor T_1? Infolge der Sperrung des Transistors T_2 fällt die Betriebsspannung über diesem Transistor ab, und beide Kontakte der Glühlampe L_2 erhalten dasselbe positive Potential. Dadurch gelangt der Kondensator C_1 mit seiner rechten Platte an den Pluspol. Die positive rechte Platte zieht Elektronen auf die linke Platte. Da die linke Platte des Kondensators C_1 mit der Basis des Transistors T_1 verbunden ist, werden diese Elektronen aus der Basis des Transistors T_1 abgezogen, d.h., die Basis von Transistor T_1 wird stark positiv. Der Transistor T_1 wird jetzt voll durchgeschaltet (Punkt D auf der Arbeitsgeraden). Das heißt zusammengefaßt: Wenn die Glühlampe L_1 leuchtet, ist die Glühlampe L_2 dunkel.

Dieser Zustand bleibt aber nicht erhalten, er ist vielmehr *astabil*. Die Elektronen, die durch das Hineinfließen in die Basis des Transistors T_2 zur Sperrung dieses Transistors führten, fließen im Laufe der Zeit über den Widerstand R_2 auf den Pluspol der Betriebsspannungsquelle ab. Wenn dieser Vorgang weit genug fortgeschritten ist, wird dieser Transistor stromführend. Dadurch tritt ein Spannungsabfall an der Glühlampe L_2 auf, so daß der untere Kontakt der Glühlampe L_2 und somit auch die rechte Platte des Kondensators C_1 nahezu auf das Emitterpotential gelangen. Das ergibt einen Stromstoß durch den Kondensator C_1, durch den die Basis des Transistors T_1 negativ wird. Der Kondensator C_1 ist nach diesem Kippvorgang umgeladen und der Transistor T_1 gesperrt. Wegen der Sperrung des Transistors T_1 kommt der untere Kontakt der Glühlampe L_1 und damit auch die linke Platte des Kondensators C_2 auf positives Potential. Der Kondensator C_2 wird dadurch umgeladen, der Transistor T_2 voll durchgeschaltet. Jetzt leuchtet die Glühlampe L_2, und die Glühlampe L_1 ist dunkel. Nun wiederholt sich der ganze Vorgang in anderer Richtung.

Die Kippfrequenz hängt natürlich von der Kapazität der Kondensatoren ab. Große Kapazität verlängert die Zeit für die Umladevorgänge bei den Kondensatoren. Wir können das experimentell überprüfen, indem wir die Kondensatoren mit den Kapazitäten 50 µF durch Kondensatoren mit den Kapazitäten 100 µF austauschen.

Ersetzt man die eine Glühlampe durch einen entsprechend großen einfachen Widerstand, so erhält man eine Blinkschaltung, wie sie bei Fahrtrichtungsblinkern oder Warnblinkanlagen verwendet wird.

7. Die bistabile Kippschaltung

Für die Speicherung von Informationen in der Rechenelektronik und Computertechnik werden Schaltungen gebraucht, die so lange einen stabilen Zustand annehmen, bis ein neuer Spannungsimpuls diesen Zustand ändert. Die Grundschaltung dazu ist die *bistabile Kippschaltung*, die auch *Flip-Flop* genannt wird. Abb. 618.1 gibt eine einfache Schaltung dieser Art wieder, die wir in einem Versuch auf ihre Schaltzustände untersuchen.

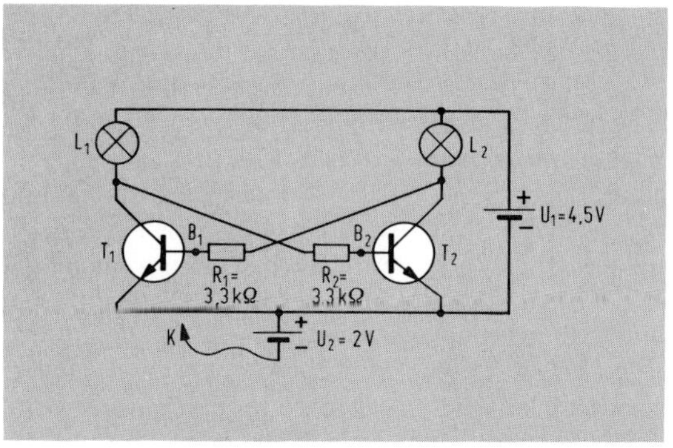

Abb. 618.1
Bistabile Kippschaltung

Versuch 618.1 Wir stellen die Schaltung nach Abb. 618.1 her und stellen zunächst fest, daß eine der beiden Glühlampen leuchtet. Es sei die Glühlampe L_1. Wir tippen jetzt kurzzeitig mit dem Kontakt K die Basis B_1 an, danach die Basis B_2.

Der Versuch zeigt, daß kurzzeitiges Antippen des mit dem negativen Pol der Spannungsquelle U_2 verbundenen Kontaktes K an die Basis des stromführenden Transistors die leuchtende Glühlampe erlöschen und die bis dahin dunkle Glühlampe aufleuchten läßt. Die beiden Zustände (Leuchten – Nichtleuchten) sind jeweils so lange stabil, bis wieder die entsprechende Basis kurzzeitig angetippt wird. Deshalb heißt diese Schaltung im Gegensatz zur astabilen Kippschaltung bistabile, d. h. zweifach stabile Kippschaltung.

Zur Erläuterung der Schaltvorgänge gehen wir von dem Zustand der leuchtenden Glühlampe L_1 aus. Da die Glühlampe L_1 leuchtet und die Glühlampe L_2 dunkel ist, muß in diesem Zustand der Transistor T_1 durchgeschaltet, der Transistor T_2 dagegen gesperrt sein. Deshalb liegt, wie wir schon bei der astabilen Kippschaltung überlegt haben, der untere Kontakt der Glühlampe L_1 praktisch am Minuspol und der untere Kontakt der Glühlampe L_2 praktisch am Pluspol der Betriebsspannungsquelle U_1. Zugleich liegt wegen der Verbindung über den Widerstand R_1 die Basis B_1 auf positivem Potential und wegen der Verbindung über den Widerstand R_2 die Basis B_2 auf negativem Potential. Tippen wir nun die Basis B_1 mit dem Kontakt K an, so gelangt der Minuspol der Spannungsquelle U_2 an die Basis B_1. Sofortige Sperrung des Transistors T_1 und Erlöschen der Glühlampe L_1 ist die Folge. Ist der Transistor aber erst einmal gesperrt, so liegt der untere Kontakt der Glühlampe L_1 praktisch am Pluspol der Spannungsquelle und dadurch ein positives Potential an der Basis B_2. Der Transistor T_2 wird augenblicklich durchgeschaltet, und die Glühlampe L_2 leuchtet. Von diesem Zustand ausgehend, bewirkt kurzes Antippen des Kontaktes K an die Basis B_2 den spiegelbildlichen Vorgang, so daß dann der ursprüngliche Zustand der leuchtenden Glühlampe L_1 und der dunklen Glühlampe L_2 wiederhergestellt ist.

Polen wir die Spannungsquelle U_2 um und tippen den nun mit dem positiven Pol verbundenen Kontakt K an die Basis des gesperrten Transistors (dunkle Glühlampe), so wird der Transistor durchgeschaltet; die vorher dunkle Glühlampe leuchtet, und die vorher leuchtende Glühlampe erlischt.

Ergänzend sei noch bemerkt, daß trotz der symmetrischen Anordnung der elektronischen Bauelemente in der Schaltung nach Abb. 618.1 die Schaltung niemals ideal symmetrisch sein kann, weil sich innerhalb geringer Toleranzen doch kleine Abweichungen zwischen Bauelementen gleicher Bauart und Größe ergeben. Diese geringfügige Abweichung von der idealen Symmetrie führt dazu, daß nach dem Einschalten der bistabilen Kippschaltung nur eine der beiden Glühlampen leuchtet.

5.9 Elektromagnetische Schwingungen und Wellen

5.9.1 Der elektrische Schwingkreis

Einen elektrischen Schwingkreis erhält man, wenn man einen Kondensator und eine Spule in der in Abb. 619.1 dargestellten Schaltung verbindet. Da der Kondensator durch seine *Kapazität* und die Spule durch ihre *Induktivität* gekennzeichnet wird, sagt man auch, daß der Schwingkreis aus Kapazität und Induktivität besteht.

Um mit Hilfe des Schwingkreises eine elektrische Schwingung erzeugen zu können, müssen wir den Kondensator kurzzeitig aufladen. Nachdem die Spannungsquelle wieder vom Kondensator entfernt ist, setzen die Schwingungen ein. Prinzipiell könnte man die Spannung am Kondensator mit einem elektrostatischen Spannungsmesser und den Strom im Schwingkreis mit einem Drehspulgerät messen. Da diese Meßwerke aber mechanisch zu träge sind, ergänzen wir die Schwingkreisschaltung so, daß wir den zeitlichen Verlauf der Kondensatorspannung mit dem Oszilloskop sichtbar machen können.

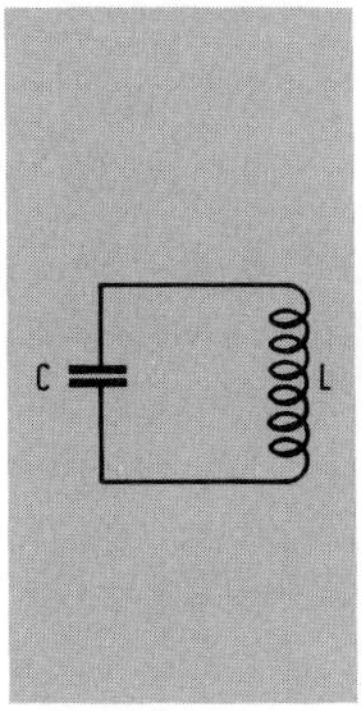

Abb. 619.1

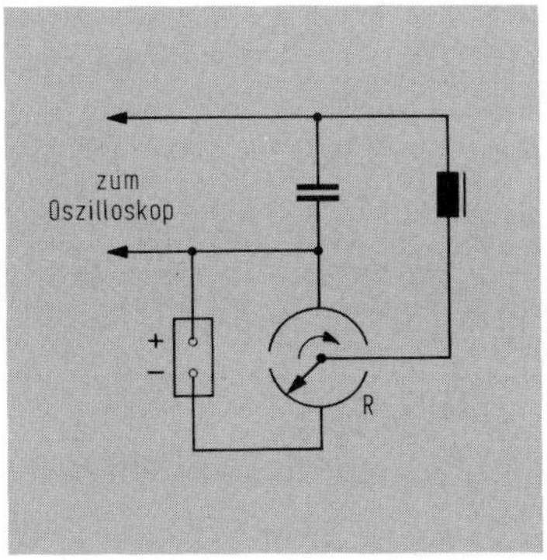

Abb. 619.2

Abb. 619.3

Abb. 619.1 Ein elektrischer Schwingkreis besteht aus Kapazität C und Induktivität L.
Abb. 619.2 Schaltung zur Herstellung gedämpfter elektrischer Schwingungen
Abb. 619.3 Zeitlicher Verlauf der Spannung am Kondensator in einem gedämpften elektrischen Schwingkreis

Versuch 619.1 Wir stellen die Schaltung nach Abb. 619.2 her. R ist ein rotierender Schalter, der während einer Halbdrehung den Kondensator mit einer Gleichspannungsquelle verbindet. Während der darauffolgenden Halbdrehung ist die Spannungsquelle vom Kondensator getrennt. An den Schwingkreiskondensator sind die y-Ablenkplatten des Oszilloskops angeschlossen.

Der Schwingkreis kann auch elektronisch angeregt werden. Dann tritt an die Stelle der Gleichspannungsquelle mit rotierendem Schalter ein elektronischer Generator für Rechteckspannungen, der eine periodische Gleichspannung erzeugt (Abb. 533.2 oben).

Der Versuch führt zu dem in Abb. 619.3 dargestellten Bild auf dem Oszilloskop. Wir erkennen, daß die Spannung am Schwingkreiskondensator ihre Polung periodisch wechselt und in ihrer Amplitude abnimmt.

Um das Zustandekommen der Wechselspannung zu verstehen, verfolgen wir den Vorgang in seinen einzelnen Phasen. Wird der Kondensator geladen und mit der Spule verbunden, so fließt durch diese ein Entladestrom und erzeugt in ihr ein Magnetfeld. Dabei wird die zu Beginn des Vorganges im Kondensator gespeicherte elektrische Feldenergie in magnetische Feldenergie umgewandelt. Wenn sich der Kondensator entladen hat, wenn also die gesamte elektrische Feldenergie in magnetische Feldenergie umgewandelt ist, fließt der Strom in der ursprünglichen Richtung weiter. Das Magnetfeld der Spule befindet sich ja nicht in einem statischen Zustand, weil die Spule nicht mit Dauerstrom konstanter Stärke gespeist wird. Das Magnetfeld muß also wieder zusammenbrechen. Dabei tritt der Effekt der Selbstinduktion ein, der nach der Lenz-Regel bei abnehmendem magnetischem Fluß des Spulenfeldes zu einem Stromfluß in der ursprünglichen Richtung führt.

Der Selbstinduktionsvorgang bewirkt also eine *Trägheit* des Systems, die verhindert, daß sich die Energieumwandlungen unendlich schnell vollziehen. Der Kondensator wird durch diesen Stromfluß im zum ursprünglichen Zustand entgegengesetzten Sinne so lange aufgeladen, bis die gesamte Feldenergie des Magnetfeldes wieder auf das elektrische Feld des Kondensators übergegangen ist. Dann vollzieht sich der Vorgang in umgekehrter Richtung; mit der Entladung des Kondensators entsteht wieder ein Magnetfeld, durch dessen Zerfall der Kondensator erneut geladen wird usw. Dieser Vorgang würde unbegrenzt weiterlaufen, wenn nicht immer ein Teil der Energie durch Wärmeentwicklung in der Spule und deren Eisenkern und in den Leitungen verlorenginge (JOULE-Wärme). Wegen dieser Energieumwandlung in Wärmeenergie nehmen die Amplituden der Stromstärke im Schwingkreis und der Spannung am Kondensator laufend ab.

Dieser ganze Vorgang erinnert an die früher behandelten mechanischen Schwingungen. So wie dort die Energie laufend zwischen potentieller und kinetischer Energie hin- und herpendelt, so haben wir es hier mit einer dauernden Umwandlung von elektrischer in magnetische Energie und umgekehrt zu tun. Man spricht deshalb auch von *elektrischen Schwingungen*, und zwar in diesem Fall von *gedämpften* elektrischen Schwingungen.

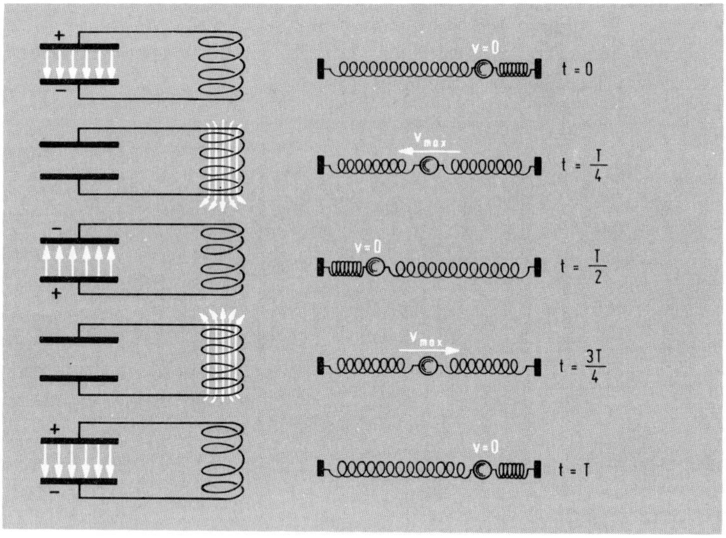

Abb. 620.1
Vergleich zwischen elektrischer und mechanischer Schwingung

In Abb. 620.1 sind die einzelnen Phasen einer elektrischen Schwingung dargestellt und mit einer mechanischen Schwingung verglichen, die dadurch zustande kommt, daß eine zwischen zwei Schraubenfedern aufgehängte Kugel hin- und herpendelt. Dem geladenen Kondensator entspricht die gespannte Feder und der elektrischen Energie des Kondensators die potentielle Energie der Feder. Den durch die Spule sich bewegenden Elektronen entspricht die sich bewegende Kugel und der magnetischen Energie des Spulenfeldes die kinetische Energie der bewegten Kugel. So wie die Kugel infolge ihrer kinetischen Energie über die Gleichgewichtslage schwingt und die Feder in entgegengesetzter Richtung spannt, so bewegen sich die Elektronen über den Zustand des Spannungsausgleichs hinaus und laden den Kondensator wieder auf. Auch die schwingende Kugel kommt wegen der durch die Reibung bedingten Umwandlung eines Teiles der Energie in Wärme allmählich zur Ruhe; sie führt also ebenfalls eine gedämpfte Schwingung aus.

Wir stellen zusammenfassend fest:

In einem aus Kondensator und Spule bestehenden elektrischen Schwingkreis werden elektrische und magnetische Energie in der gleichen Weise ineinander umgewandelt wie bei einer mechanischen Schwingung potentielle und kinetische Energie.

Wir interessieren uns nun für die Frequenz und die Schwingungsdauer einer solchen Schwingung. Der genaue Zusammenhang ergibt sich aus früheren Betrachtungen (S. 571). Wenn man den ohmschen Widerstand so klein macht, daß er vernachlässigt werden kann, dann kann in dem aus induktivem und kapazitivem Widerstand bestehenden Stromkreis ein Wechselstrom fließen, ohne daß eine Spannungsquelle vorhanden ist. Das ist aber nur möglich, wenn in dem Leiterkreis kein Wechselstromwiderstand vorhanden ist. Die

Induktivität der Spule sei L und die Kapazität des Kondensators C; dann hat dieser Leiterkreis für einen Wechselstrom der Frequenz

$$\nu = \frac{1}{2\pi\sqrt{LC}}$$

keinen Widerstand. Es ergibt sich daher:

Die Eigenfrequenz eines widerstandsfreien elektrischen Schwingkreises ist der Wurzel aus dem Produkt von Induktivität L und Kapazität C umgekehrt proportional.

Für die Schwingungsdauer T ergibt sich

$$T = 2\pi\sqrt{LC}.$$

Diese Formel wird nach ihrem Entdecker W. THOMSON (1824–1907) als THOMSON-Formel bezeichnet. Durch geeignete Wahl von L und C kann man elektrische Schwingungen verschiedenster Frequenzen erzeugen.

5.9.2 Die Erzeugung ungedämpfter elektrischer Schwingungen

Die im Versuch 619.1 erzeugten elektrischen Schwingungen hatten den großen Nachteil, daß sie stark gedämpft waren, weil die elektrische Energie schnell in Wärme umgesetzt wurde. Um *ungedämpfte* elektrische Schwingungen herzustellen, muß man den Energieanteil, der in Wärme umgesetzt wird, in geeigneter Form immer wieder ersetzen. Es stellt sich also das gleiche Problem wie bei der Pendeluhr. Mechanisch arbeitende Vorrichtungen sind hier aber nicht brauchbar, weil sie bei höheren Frequenzen viel zu langsam arbeiten. Dagegen bieten Elektronenröhre und Transistor die Möglichkeit einer mit dem Schwingkreis gekoppelten Steuerung der Energiezufuhr. Eine oft benutzte Schaltung ist in Abb. 621.1 dargestellt; man bezeichnet sie nach A. MEISSNER (1883–1958), der sie 1913 entwickelt hat, als MEISSNER-Rückkopplungsschaltung.

Wir besprechen diese Schaltung für den Fall der Triode. Sinngemäß gelten die Ausführungen auch für den Transistor, wenn man die Steuerfunktion des Gitterkreises der Triode mit der Steuerfunktion des Basis-Emitter-Kreises des Transistors vergleicht. In den folgenden Demonstrationsversuchen, insbesondere in denen zur Dipolstrahlung, kann der Schwingkreis eine höhere Leistung abgeben, wenn er mit einer Triode und nicht mit einem Transistor bestückt wird. Der Schwingkreis besteht aus Induktivität L und Kapazität C. In einer Trafo-Schaltung ist die Induktivität des Schwingkreises mit dem Gitter gekoppelt.

Wir bezeichnen allgemein zwei Systeme als gekoppelt, wenn sie so miteinander verbunden sind, daß sie eine Rückwirkung aufeinander ausüben. In diesem Fall sprechen wir von einer *induktiven Kopplung*. Bei richtiger Polung der Gitterspule zeigt das im Anodenkreis liegende Amperemeter einen pulsierenden Gleichstrom und das im Schwingkreis liegende Amperemeter einen Wechselstrom an. Der Scheitelwert der Wechselstromstärke nimmt nicht ab; es handelt sich also um eine ungedämpfte Schwingung des elektrischen Schwingkreises. Im einzelnen spielen sich folgende Vorgänge ab:

Beim Einschalten der Anodenspannung und der Röhrenheizung fließt im Anodenkreis ein Strom. Gleichzeitig entstehen in dem Schwingkreis elektrische Schwingungen. Dabei induziert die Schwingkreisspule in der Gitterspule eine Wechselspannung von der Frequenz des Schwingkreises, die auf das Gitter übertragen wird und bewirkt, daß nun auch der Anodenstrom im Rhythmus der Schwingung pulsiert. Ein Teil der Energie des Anodenstromkreises wird dadurch immer im richtigen Moment dem Schwingkreis zugeführt, der auf diese Weise in jeder Periode die als Wärmeverlust eingebüßte elektromagnetische Energie zurückerhält.

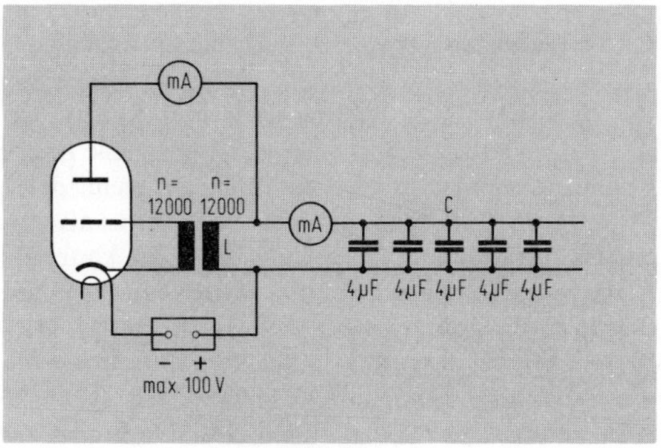

Abb. 621.1
MEISSNER-Rückkopplungsschaltung für ungedämpfte Schwingungen

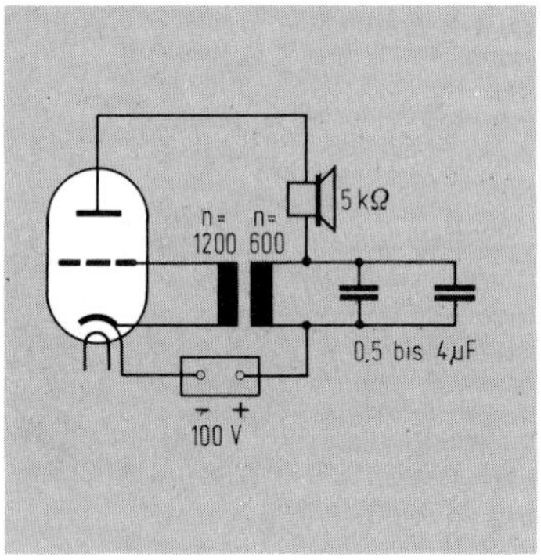

Abb. 622.1
Ungedämpfter Schwingkreis für Tonfrequenz

Um die Abhängigkeit der Schwingungsdauer von der Induktivität *L* und der Kapazität *C* des Schwingkreises im Experiment zu überprüfen, führen wir folgenden Versuch aus:

Versuch 622.1 Wir bauen eine Schaltung nach Abb. 621.1 auf. Für die Schwingkreisspule und die Gitterspule wählen wir etwa jeweils 12000 Windungen. Die Spulen werden auf einen geschlossenen Eisenkern gesetzt. Auf einem Schaltbrett lassen sich Kondensatoren in veränderlicher Anzahl parallel schalten. Die Kapazität läßt sich verringern, indem nach und nach die Kondensatoren bis auf einen vom Schaltbrett abgezogen werden. Die Induktivität läßt sich verringern, indem das Joch vorsichtig etwas vom U-Kern abgeschoben wird.

Der Versuch zeigt eine Verringerung der Schwingungsdauer bzw. ein Ansteigen der Frequenz des Schwingkreises, wenn Kapazität oder Induktivität oder beide verringert werden. Bei zu großer Frequenz kann der Zeiger des Meßinstrumentes nicht mehr folgen; das mechanische System des Meßwerkes ist zu träge. Für Schwingungen im Tonfrequenzbereich, die auf diese Weise nicht angezeigt werden können, ändern wir daher die Schaltung in der in Abb. 622.1 angegebenen Art ab und führen mit der abgeänderten Schaltung wieder einen Versuch aus.

Versuch 622.2 In diesem Versuch wählen wir für die Schwingkreisspule 600 Windungen und für die Gitterspule 1200 Windungen. Außerdem benutzen wir den U-Kern ohne Joch. Durch die kleinere Windungszahl und den fehlenden Eisenschluß haben wir die Induktivität der Schwingkreisspule schon erheblich verringert. Wir können sie während des Versuches noch weiter verringern, indem wir die Schwingkreisspule langsam vom U-Kern abziehen. Außerdem läßt sich wieder die Kapazität durch Abziehen von Kondensatoren vom Schaltbrett verringern.

Bei der Durchführung des Versuchs hören wir einen Dauerton im Lautsprecher. Der Lautsprecher wird durch den pulsierenden Anodenstrom versorgt. Der Ton hat daher die gleiche Frequenz wie der Schwingkreis. Bei Verringerung der Schwingungsdauer bzw. Erhöhung der Frequenz steigt der Ton bis zur Hörgrenze an, was besonders gut durch kontinuierliche Verringerung der Induktivität zu erreichen ist.

5.9.3 Die erzwungenen elektrischen Schwingungen

Wir wissen aus der Mechanik und Akustik, daß sich Schwingungen von einem System auf ein anderes übertragen lassen. Dabei wird die übertragene Energie am größten, wenn zwischen beiden Systemen *Resonanz* besteht. Der Resonanzfall tritt nur ein, wenn die Eigenfrequenz des angeregten Systems mit der Frequenz des anregenden Systems übereinstimmt. Er ist also bequem herzustellen, wenn die Eigenfrequenz des angeregten Systems kontinuierlich verändert werden kann. In den vorangehenden Versuchen haben wir aber bereits festgestellt, daß die Schwingungsdauer eines elektrischen Schwingkreises und damit auch seine Eigenfrequenz durch Veränderung von Kapazität und Induktivität in weiten Bereichen geändert werden kann. Ein Schwingkreis mit veränderbarer Frequenz heißt *abstimmbar*. Einen abstimmbaren elektrischen Schwingkreis wollen wir jetzt durch einen anderen elektrischen Schwingkreis anregen. Wir wählen dazu Anordnungen, die kleine Kapazitäten und Induktivitäten enthalten und somit *hochfrequente* Schwingungen liefern.

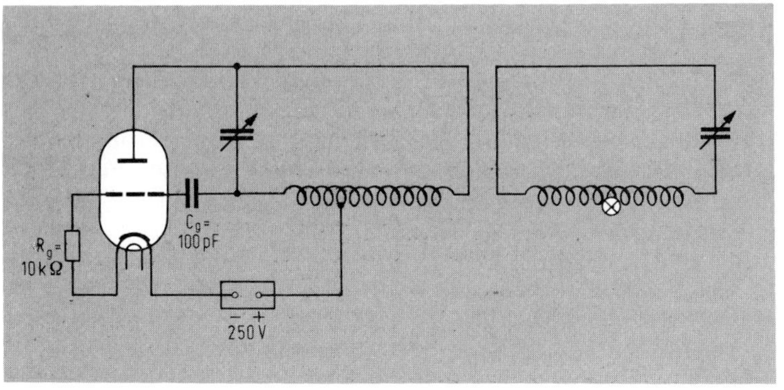

Abb. 623.1 Anregung eines elektrischen Schwingkreises zu erzwungenen Schwingungen

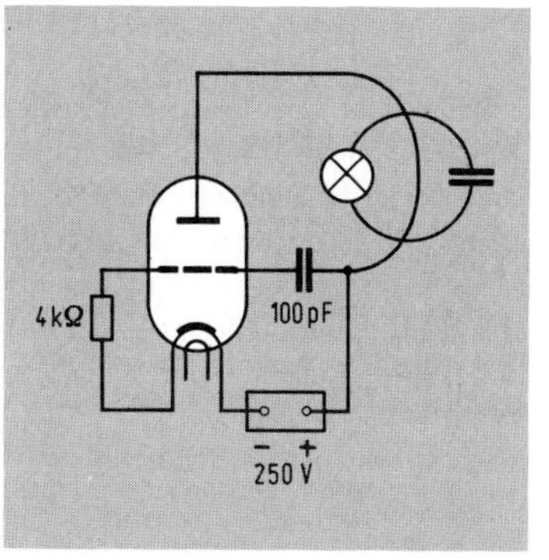

Abb. 623.2 Erzeugung höchstfrequenter Schwingungen durch Resonanz

Versuch 623.1 Nach Abb. 623.1 stellen wir einen ungedämpften Schwingkreis mit Hilfe der MEISSNER-Schaltung her. Als Spule verwenden wir eine Spule mit 11 Windungen ohne Eisenkern. Als Kondensator dient ein Drehkondensator. Die Spule hat in dieser Schaltung eine Doppelaufgabe. Im Schwingkreis ist sie die Schwingkreisspule. Für die Gitterspule wählen wir aber hier keine von der Schwingkreisspule getrennte Spule, sondern greifen einen Teil der Windungen (etwa 4 Windungen) ab, die als Gitterspule an das Gitter gelegt sind. In diesem Fall muß vor das Gitter noch der Kondensator C_g gesetzt werden, der die Anodengleichspannung vom Gitter fernhält. Die hochfrequenten Wechselspannungen übertragen sich dagegen ungestört auf das Gitter. Damit der Kondensator nicht zu einer Daueraufladung des Gitters führt, ist zwischen Gitter und Katode der Gitterableitwiderstand R_g gelegt. Die Schaltung heißt *Dreipunktschaltung*, weil drei Kontakte an der Spule liegen.

Einen zweiten Schwingkreis bauen wir getrennt auf. Auch dieser Schwingkreis hat eine Spule mit 11 Windungen und einen Drehkondensator. In der mittleren Spulenwindung befindet sich eine Glühlampe, die anzeigt, ob Strom durch die Spule fließt. Wir stellen die beiden Spulen so auf, daß der Abstand ihrer zugekehrten Stirnflächen etwa 10 cm beträgt. Dann setzen wir den linken Schwingkreis in Betrieb und stimmen durch den Drehkondensator den rechten Schwingkreis auf Resonanz ab. Im Resonanzfall leuchtet die Glühlampe.

Wir haben jetzt nicht nur nachgewiesen, daß sich ein elektrischer Schwingkreis zu erzwungenen Schwingungen anregen läßt; wir haben zugleich auch gezeigt, daß sich elektrische Energie *drahtlos* von einem Ort (linker Schwingkreis) zu einem anderen Ort (rechter Schwingkreis) transportieren läßt. Die drahtlose Übertragung elektrischer Energie werden wir anschließend noch genauer verfolgen. Zunächst ändern wir den zuletzt durchgeführten Versuch noch so ab, daß Schwingungen von sehr hohen Frequenzen (etwa 10^8 Hz) erzeugt werden. Wir lassen dazu in der Dreipunktschaltung des Versuches 623.1 die Spule zu einer einzigen Windung verkümmern und verwenden als Kondensator das System Gitter–Anode, das ein nicht mehr zu verkleinernder Bestandteil der von uns verwendeten Triode ist.

Dabei ist es ohne Bedeutung, daß sich noch der Kondensator mit der Kapazität 100 pF als Gleichstromsperre in der Schaltung befindet. Dieser Kondensator und der aus dem System Gitter–Anode bestehende Kondensator sind nämlich hintereinander geschaltet. Der Kehrwert der Gesamtkapazität ist gleich der Summe der Kehrwerte der Einzelkapazitäten (S. 448). Der Kehrwert der Kapazität 100 pF kann aber gegenüber dem sehr großen Kehrwert der sehr geringen Kapazität des Systems Gitter–Anode vernachlässigt werden.

Die eine Windung bekommt den Namen *Kurzwellenbügel*. Auch im Resonanzkreis verwenden wir nur noch eine Windung und einen sehr kleinen Plattenkondensator mit veränderlichem Plattenabstand. Wir erhalten dann eine Schaltung nach Abb. 623.2 und führen mit dieser Schaltung folgenden Versuch durch:

Versuch 623.2 Wir nähern den abstimmbaren Schwingkreis dem Kurzwellenbügel so weit, daß das Hochfrequenzfeld des Kurzwellenbügels den Schwingkreis durchsetzt. Durch Verändern des Plattenabstandes des Plattenkondensators können wir den Schwingkreis auf Resonanz abstimmen oder ihn auch ganz verstimmen. Im Resonanzfall leuchtet die Glühlampe im Schwingkreis hell auf.

5.9.4 Die elektromagnetischen Wellen eines strahlenden Dipols

Wir denken uns in dem zuletzt durchgeführten Versuch 623.2 den Kondensator ganz aus dem Schwingkreis herausgenommen. Da der Schwingkreis abgestimmt war, ist er jetzt verstimmt. Wir können die Kapazität aber auf andere Weise ersetzen. Wir denken uns die eine Windung des Schwingkreises aufgebogen, im Extremfall bis zu einem geraden Leiterstück. Dabei hat sich das Produkt LC, das nach der THOMSON-Formel die Eigenfrequenz des Schwingkreises bestimmt, sicher noch weiter geändert. Machen wir jetzt den aufgebogenen Draht aber genügend lang (etwas über 1 m), so vergrößern wir das Produkt LC wieder und können es sogar auf seinen alten Wert bringen. Diese Aussage läßt sich experimentell nachweisen. Dazu führen wir folgenden Versuch durch:

Versuch 624.1 Wir bauen den Schwingkreis für höchste Frequenzen, den wir schon in Versuch 623.2 benutzt haben, auf und stellen in seine unmittelbare Nähe einen Metallstab veränderlicher Länge, der in seiner Mitte die Glühlampe für Stromnachweis enthält.

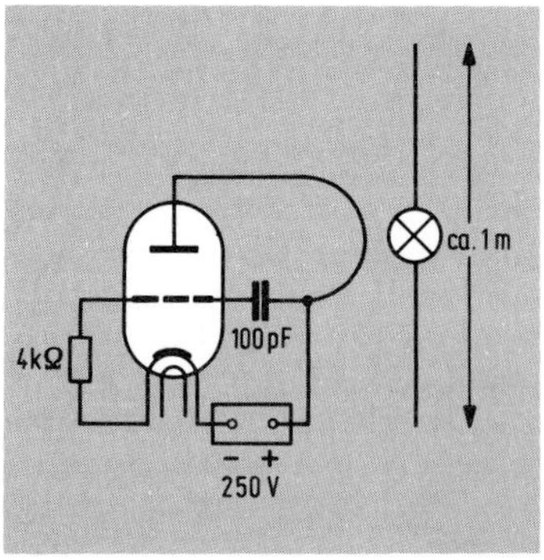

Abb. 624.1
Anregung eines Dipols zu elektrischen Schwingungen

Der Versuch zeigt, daß bei bestimmter Länge des Metalldrahtes die Glühlampe leuchtet. Bei zu kurzem oder zu langem Draht erlischt die Glühlampe. Bei abgestimmter Länge können wir also Strom in dem Draht wie vorher in dem abgestimmten Schwingkreis nachweisen. Da wir hier keinen Schwingkreis mehr haben, verwendet man für dieses System einen anderen Namen und spricht von einem *schwingenden elektrischen Dipol.*

Elektrische Dipole haben wir schon in der Elektrostatik kennengelernt. Dort wurde auch schon auf die Möglichkeit hingewiesen, innerhalb des Dipols Elektronen zum Schwingen zu bringen. Diese Möglichkeit haben wir jetzt realisiert. Man darf sich natürlich nicht vorstellen, daß die Leitungselektronen des Metalls durch den ganzen Dipol hindurchschwingen. Die Elektronen führen vielmehr eine hochfrequente Schwingung mit geringer Amplitude aus. Das ändert aber nichts daran, daß nach jeder Halbschwingung an dem einen Ende des Dipols ein Elektronenüberschuß und an dem anderen Ende des Dipols ein Elektronenmangel entstanden ist. Von Halbperiode zu Halbperiode ändert sich die Polung des Dipols. Ganz grob mechanisch kann man das Schwingen der Elektronen im Dipol mit dem Schwingen der Wasserteilchen in einer Badewanne vergleichen, wenn man das Wasser rhythmisch so in Bewegung setzt, daß es im Resonanzfall mit großer Amplitude hin und her schwappt.

Der schwingende Dipol wird auch HERTZ-*Oszillator* genannt. H. HERTZ (1857–1894) hat als erster elektrische Schwingungen in einem Dipol experimentell verwirklicht und das elektromagnetische Feld um einen schwingenden Dipol nachgewiesen. Die Hauptschwierigkeit bestand für HERTZ darin, ohne Elektronenröhren und Rückkopplungsschaltung, die es zu seiner Zeit noch nicht gab, einen schwingenden Dipol genügend hoher Frequenz technisch herzustellen. 1886 führte er mit schwingenden Dipolen eine Reihe von Versuchen aus, die wir im Anschluß an einige theoretische Informationen mit modernstem Gerät heute sehr leicht nachvollziehen können.

Die Schwingungen des Dipols sind wesentlich stärker gedämpft als die des ursprünglichen Schwingkreises. Da der ohmsche Widerstand durch das Aufbiegen des Schwingkreises nicht verändert wird, gehen die Energieverluste nicht in erhöhte Stromwärme über. *Der schwingende Dipol strahlt* vielmehr elektromagnetische Energie in den umgebenden Raum ab (Strahlungsdämpfung).

Wegen der kleinen Kapazität und Induktivität des Dipols ist die Frequenz der Schwingungen sehr groß; das elektrische Feld am Dipol wechselt außerordentlich schnell seine Richtung. Die Feldänderungen breiten sich mit endlicher Geschwindigkeit aus, so daß das gesamte elektrische Feld um den Dipol bis zu großen

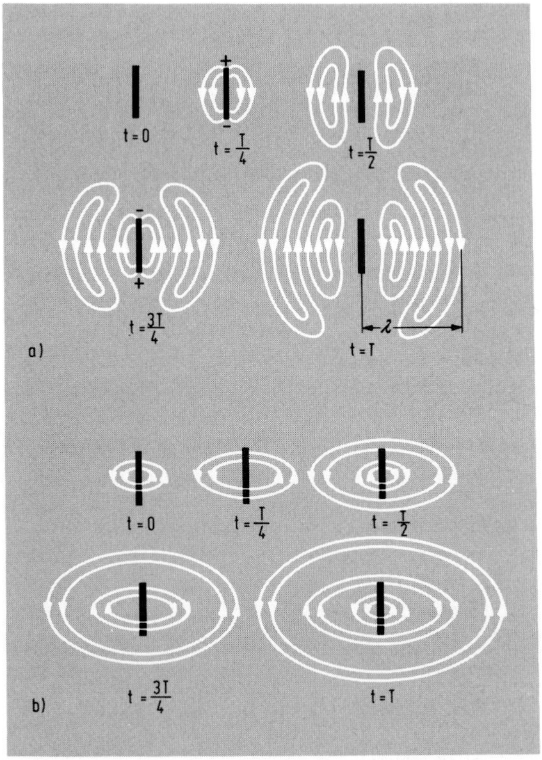

Abb. 625.1
Abstrahlung elektrischer und magnetischer Felder durch einen schwingenden Dipol

Abb. 625.2 Abhängigkeit der Strahlungsintensität von der Richtung

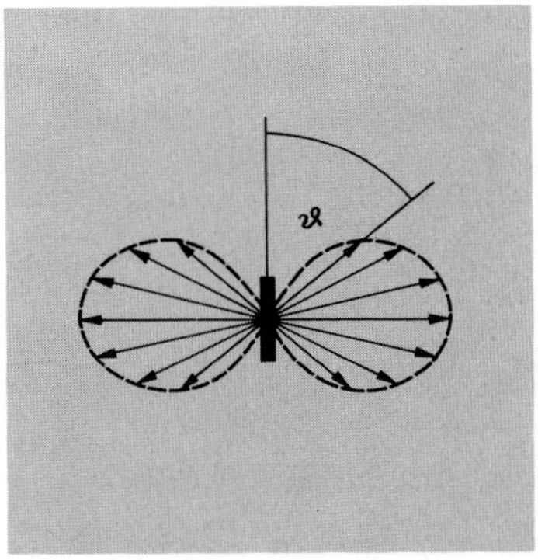

Entfernungen hin nicht momentan seine Richtung ändern kann, wenn die Polung des Dipols wechselt. Nur direkt am Dipol wechselt das Feld seine Richtung; die weiter entfernten Feldlinien schnüren sich zu geschlossenen Feldlinien ab, die sich im Vakuum mit Lichtgeschwindigkeit vom Dipol entfernen. Gleichzeitig bilden sich um den Dipol durch den wechselnden Elektronenstrom wechselnde magnetische Wirbelfelder aus, die sich in Ebenen ausbreiten, die zum Dipol senkrecht stehen (Abb. 625.1).

Die wesentlichen Aussagen zur Dipolstrahlung sind folgende:

a) Das elektrische und magnetische Wechselfeld eines strahlenden Dipols hat die Eigenschaft einer *transversalen Welle*. Die Strahlung ist *polarisiert*. Die *Wellenlänge* ist gleich der *doppelten Dipollänge*.

b) Die Felder sind rotationssymmetrisch um den Dipol angeordnet.

c) In jedem Punkt des Feldes stehen *elektrischer und magnetischer Feldvektor senkrecht aufeinander*.

d) Die Strahlungsintensität $S = \frac{P}{A}$ (Quotient aus der Strahlungsleistung P einer senkrecht durchstrahlten Fläche A und der Fläche A) um den Dipol ist am größten in der Mittelebene senkrecht zum Dipol. In seiner eigenen Richtung strahlt der Dipol keine Energie ab. Die Winkelabhängigkeit der Strahlungsintensität wird durch Abb. 625.2 wiedergegeben. Es ist:

$$S = \text{const} \cdot \frac{\sin^2 \vartheta}{r^2}.$$

r = Entfernung der durchstrahlten Fläche von der Dipolmitte.

e) Die *Energiedichte* setzt sich in jedem Ort des elektromagnetischen Feldes aus den Energiedichten des elektrischen und magnetischen Feldes zusammen:

$$w = \tfrac{1}{2} \cdot \varepsilon_0 \cdot \varepsilon_r \cdot E^2 + \tfrac{1}{2} \cdot \frac{1}{\mu_0 \cdot \mu_r} \cdot B^2.$$

Elektrischer und magnetischer Anteil sind gleich groß:

$$\varepsilon_0 \cdot \varepsilon_r \cdot E^2 = \frac{1}{\mu_0 \cdot \mu_r} \cdot B^2 .$$

f) In der *Nahzone* des Dipols (Entfernung r klein gegenüber der Wellenlänge der Strahlung) schwingen elektrischer und magnetischer Feldvektor mit einer gegenseitigen Phasendifferenz von $\frac{\pi}{2}$.

In der *Fernzone* des Dipols (Entfernung r groß gegenüber der Wellenlänge der Strahlung) schwingen elektrischer und magnetischer Feldvektor gleichphasig.

g) Die *Ausbreitungsgeschwindigkeit* v der von einem HERTZ-Oszillator abgestrahlten elektromagnetischen Wellen hängt mit den Feldkonstanten zusammen:

$$v = \frac{1}{\sqrt{\varepsilon_0 \cdot \varepsilon_r \cdot \mu_0 \cdot \mu_r}} .$$

Im *Vakuum* breiten sich die elektromagnetischen Wellen mit der *Lichtgeschwindigkeit* $c \approx 3 \cdot 10^8 \frac{\text{m}}{\text{s}}$ aus:

$$c = \frac{1}{\sqrt{\varepsilon_0 \cdot \mu_0}} .$$

Daraus schloß MAXWELL, daß *Licht eine elektromagnetische Welle* sei. Diese Vermutung wird gestützt durch den Vergleich der Geschwindigkeit $c_n = \frac{c}{n}$ des Lichtes in Medien mit der Brechzahl n und der Geschwindigkeit

$$v = \frac{c}{\sqrt{\varepsilon_r \cdot \mu_r}}$$

elektromagnetischer Wellen in einem Medium mit der Dielektrizitätszahl ε_r und der Permeabilitätszahl μ_r. Wenn es sich um die gleiche physikalische Erscheinung handelt, muß $c_n = v$ und damit $n = \sqrt{\varepsilon_r \cdot \mu_r}$ gelten.

Für die meisten Dielektrika ist $\mu_r = 1$. Damit ergibt sich die MAXWELL-*Relation:*

$$n = \sqrt{\varepsilon_r} .$$

Wenn diese Beziehung Gültigkeit haben soll, kann ε_r keine frequenzunabhängige Konstante sein; sonst wäre nämlich eine Dispersion des Lichtes nicht möglich. Man darf also nicht ε_r statisch messen und damit die optische Brechzahl n des hochfrequenten Lichtes vergleichen, wie das Beispiel für Wasser zeigt: $\varepsilon_r = 81$, $n = 1{,}33$.

Die MAXWELL-Relation wird dagegen für Hochfrequenz experimentell gut bestätigt, wenn man ε_r und n bei der gleichen Frequenz mißt.

Von den vorangehend mitgeteilten Ergebnissen langjähriger physikalischer Forschung wollen wir die unter a) gemachten Aussagen experimentell überprüfen.

Versuch 626.1 In der Versuchsanordnung 624.1 schrauben wir die Glühlampe aus dem Dipol heraus und ersetzen sie durch einen Kurzschlußbolzen. Jetzt strahlt der Dipol die Energie elektromagnetisch in den Raum ab. Zum Nachweis stellen wir in die Nähe des strahlenden Dipols einen zweiten Dipol gleicher Länge parallel zum ersten auf. Dieser Empfangsdipol ist in seiner Mitte unterbrochen und dort durch eine Halbleiterdiode überbrückt, die als Gleichrichter wirkt. Wir verbinden die Kontakte der Halbleiterdiode mit einem Gleichstrom-Milliamperemeter oder einem Meßverstärker. Wenn der Empfangsdipol durch den elektrischen Anteil des elektromagnetischen Feldes, das an ihm vorbeiflutet, angeregt wird, fließt während jeder zweiten Halbperiode der Strom durch das Meßinstrument. Wir beobachten das Meßinstrument, während wir uns mit dem Empfangsdipol im Raum um den Sendedipol bewegen und uns mehr oder weniger von ihm entfernen. Außerdem drehen wir in verschiedenen Raumpunkten unter Beobachtung des Meßinstrumentes den Empfangsdipol in eine zum Sendedipol senkrechte Richtung und wieder in die Parallelstellung zurück (Abb. 627.1).

Der Versuch zeigt bei parallel gestellten Dipolen die Aufnahme von Energie durch den Empfangsdipol. Die Stromstärke, die am Meßinstrument des Empfangsdipols abgelesen wird, geht mit wachsender Entfernung des Empfangsdipols vom Sendedipol zurück. Sie wird Null, wenn die Dipole senkrecht zueinander gestellt werden. Wir stellen also fest:

Durch elektromagnetische Strahlung ist ein drahtloser Transport von elektrischer Energie möglich. Die Strahlungsintensität nimmt mit wachsender Entfernung vom strahlenden Dipol ab. Ein senkrecht zum Sendedipol ausgerichteter Empfangsdipol nimmt keine Strahlungsenergie auf. Die Strahlung ist polarisiert.

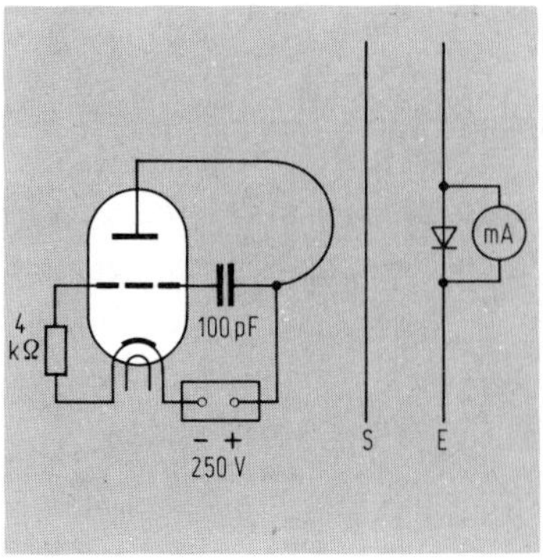

Abb. 627.1
Sendedipol (*S*) und Empfangsdipol (*E*) zum Nachweis der Ausbreitung elektromagnetischer Energie

Um den Wellencharakter der elektromagnetischen Strahlung nachweisen zu können, erinnern wir uns an die bereits bei der Behandlung mechanischer Wellen getroffene Feststellung:

Der Nachweis von Interferenzerscheinungen bei einem neuen physikalischen Phänomen zwingt den Physiker dazu, dieses als Wellenerscheinung aufzufassen und zu beschreiben.

Mit Hilfe von Interferenzerscheinungen haben wir in der Mechanik auch die Wellennatur des *Schalls* nachweisen sowie die Wellenlänge der Schallwellen messen können. Der eindruckvollste Nachweis und zugleich ein unkompliziertes Verfahren zur Messung der Wellenlänge wird mit der Herstellung einer *stehenden Welle* erreicht. Im Falle der Schallwellen gelang das mit Hilfe der KUNDT-*Röhre*. Schallwellen, die in diese Röhre eintreten und sich innerhalb der Röhre ausbreiten, werden am Ende der Röhre an einem festen Stempel reflektiert. Die reflektierte Welle überlagert sich mit der ursprünglichen Welle zu einer stehenden Welle, die Knoten und Bäuche aufweist. Der *Abstand zweier Knoten* bzw. zweier Bäuche ist eine *halbe Wellenlänge*. Den Grundgedanken dieses Verfahrens hat HERTZ benutzt, um den Wellencharakter der elektromagnetischen Strahlung nachzuweisen. Der Sendedipol, den HERTZ benutzte, strahlte eine elektromagnetische Welle von 5 m Wellenlänge ab; erst später konnte HERTZ elektromagnetische Wellen von 30 cm Wellenlänge herstellen. Für den ersten Nachweis stehender Wellen benötigte er daher den ganzen Flur seines Institutes. In der Zeit nach HERTZ ist es mit Hilfe der Elektronik gelungen, strahlende Dipole mit immer kleineren Wellenlängen herzustellen. Insbesondere brachte die Entwicklung der *Radarsender* während des zweiten Weltkrieges große Fortschritte. Für den folgenden Versuch steht uns ein solcher Sender mit der Wellenlänge 3 cm und ein entsprechender Empfangsdipol zur Verfügung. Die Dipollänge von Sender und Empfänger beträgt also 1,5 cm. Die Strahlung des Senders wird in einem abgestimmten Hohlraum, der sich nach einer Seite trichterförmig öffnet, *gebündelt*. Wir führen mit diesem Sender folgenden Versuch durch:

Versuch 627.1 Nach Abb. 628.1 wird vor den Sender in etwa 1 m Entfernung ein Metallschirm als Reflektor aufgebaut. Er entspricht dem festen Stempel in der KUNDT-Röhre. Eine der KUNDT-Röhre entsprechende Röhre wird bei diesem Versuch nicht benötigt, da der Sender die elektromagnetische Energie ohnehin schon gebündelt abstrahlt. Außerdem wird durch das Netzanschlußgerät des Senders die Hochfrequenz des Senders mit der Netzfrequenz 50 Hz moduliert. Auf das Verfahren der Modulation gehen wir später genauer ein (S. 631). Der Empfangsdipol wird an einen Verstärker mit Lautsprecher angeschlossen. Dann wird der Dipol zwischen Sender und Metallschirm entlanggeführt.

Während der Versuchsdurchführung ist in periodischer Folge ein Anschwellen der Lautstärke und ein Absinken bis auf die Lautstärke Null ausgeprägt hörbar. Es existieren also *Bäuche und Knoten für die elektrische Feldstärke*, auf die der Empfangsdipol anspricht. Schieben wir den Empfangsdipol an einem Maßstab entlang, läßt sich leicht der Abstand von etwa 10 Knoten ausmessen. Wir erhalten für die Länge dieser Strecke 15 cm. Der einfache Knotenabstand beträgt also 1,5 cm, die Wellenlänge folglich 3 cm.

Mit Hilfe des 3-cm-Wellen-Senders wollen wir noch weitere Versuche durchführen, die größtenteils auch schon von HERTZ durchgeführt werden konnten und in ihrem Zusammenhang mit dem vorangehend durchgeführten Versuch einen glänzenden Nachweis des Wellencharakters der elektromagnetischen Strahlung darstellen. Für diese Versuche setzen wir auch auf den Empfangsdipol einen Hohlraumtrichter. In den folgenden Abbildungen sind die Versuche schematisch dargestellt.

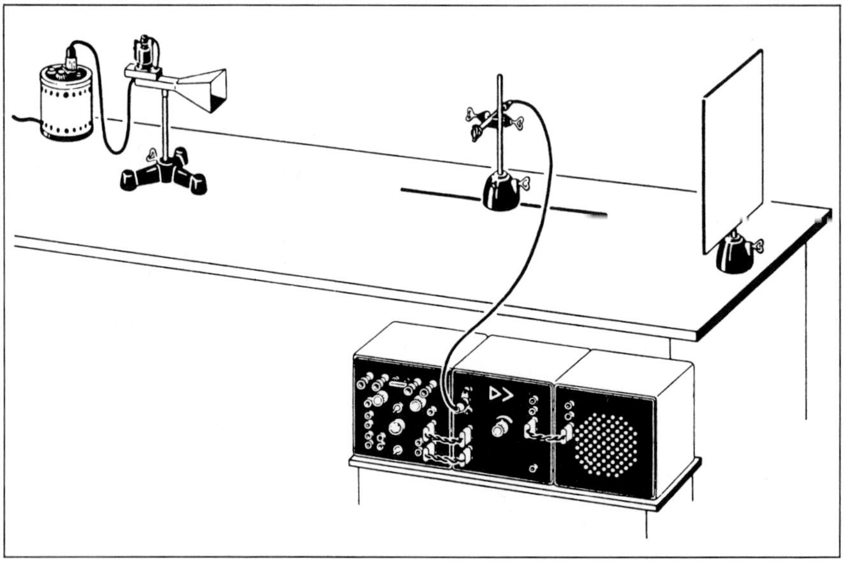

Abb. 628.1 Versuchsaufbau zur Erzeugung und zum Nachweis stehender elektromagnetischer Wellen (Phywe-AG)

Versuch 628.1 Wir lassen die elektromagnetischen Wellen schief auf einen Metallschirm auftreffen und suchen mit dem Empfänger die Richtung der reflektierten Wellen (Abb. 628.2).

Der Versuch zeigt:

An einem Metallschirm werden die elektromagnetischen Wellen so *reflektiert* wie die Wasserwellen in einer Wellenwanne. Es gilt das aus der Strahlenoptik bekannte Reflexionsgesetz. Der Reflexionswinkel ist gleich dem Einfallswinkel.

Versuch 628.2 Wir lassen die elektromagnetischen Wellen schief auf einen großen Quader aus Kunstharz auftreffen und suchen mit dem Empfänger hinter dem Quader die Richtung der hindurchtretenden Wellen (Abb. 628.3).

Der Versuch zeigt:

Es tritt eine Parallelverschiebung der Ausbreitungsrichtung ein, wie wir sie als Folge der *Brechung* auch von den Versuchen mit der Wasserwellenwanne und von der Strahlenoptik her kennen.

Versuch 628.3 Wir stellen Sender und Empfänger parallel nebeneinander und lassen die elektromagnetischen Strahlen praktisch senkrecht auf einen Metallschirm treffen. Wir verschieben den Schirm parallel zu sich aus dem Bereich der Strahlung heraus und wieder hinein (Abb. 629.1).

Der Versuch ist eine Abwandlung des Versuches zur Reflexion, hier mit dem Einfallswinkel Null. Er ist ein Modellfall für die *Radarortung* von Schiffen und Flugzeugen.

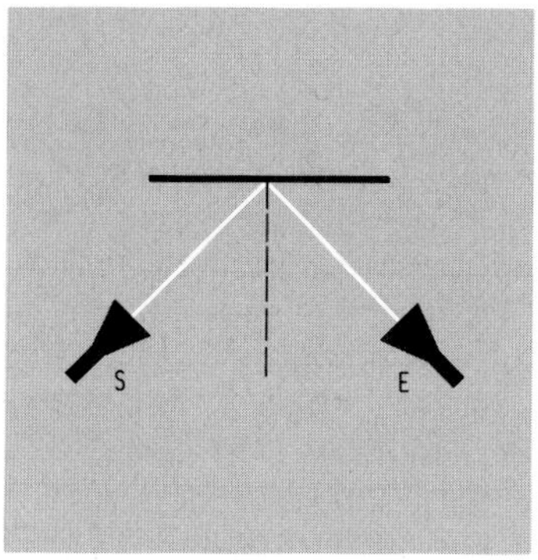

Abb. 628.2 Versuch zur Reflexion elektromagnetischer Wellen

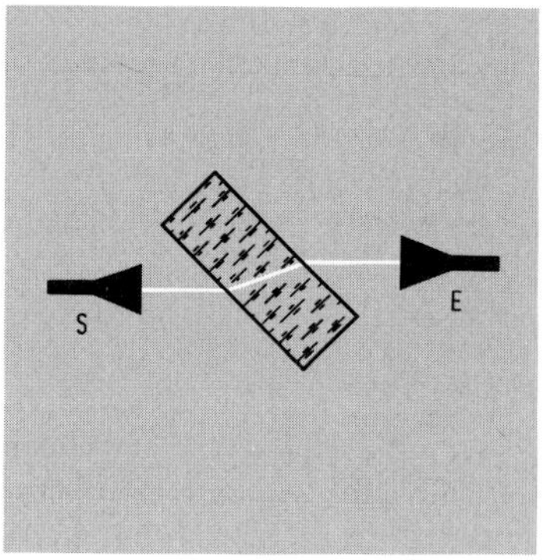

Abb. 628.3 Versuch zur Brechung elektromagnetischer Wellen

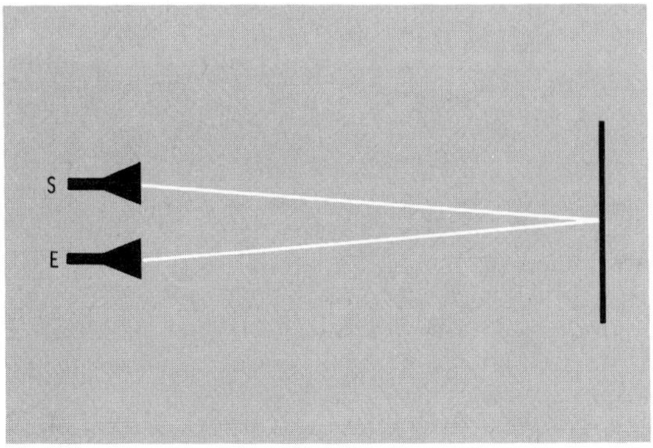

Abb. 629.1 Versuch zur Radarortung

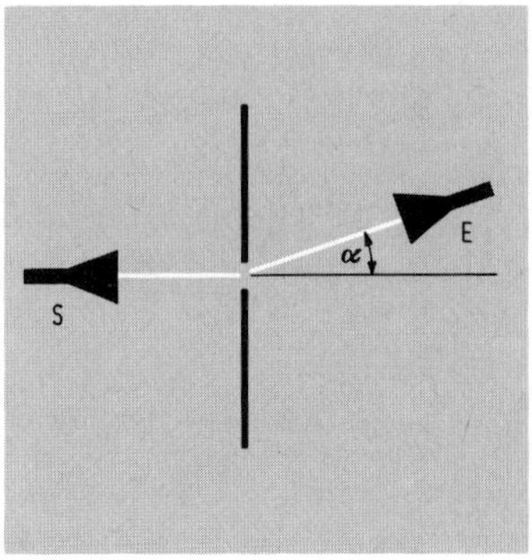

Abb. 629.2 Versuch zur Beugung elektromagnetischer Wellen

Wenn ein ganzes Gebiet ortend abgetastet werden soll, muß sich das System aus Sender und Empfänger um 360° drehen. Zur besseren Bündelung der Wellen wird für diesen Fall hinter das System und fest mit diesem verbunden ein Parabolspiegel aus Metall angebracht. Man sieht solche Radaranlagen auf größeren Schiffen und auf den Radartürmen der Flugplätze.

Versuch 629.1 Wir stellen zwei Metallschirme so nebeneinander, daß zwischen ihnen ein Spalt von etwa 6 cm Breite frei bleibt. Vor dem Spalt strahlt der Sender elektromagnetische Wellen auf den Spalt. Hinter dem Spalt tasten wir das Wellenfeld mit dem Empfänger ab (Abb. 629.2).

Stehen sich Sender und Empfänger gegenüber, ist die Empfangsstärke maximal. Wenn der Empfänger hinter dem Spalt geschwenkt wird, so nimmt die Empfangsstärke nicht abrupt auf Null ab, wie es bei einem geometrischen Schattenwurf zu erwarten wäre. Wir empfangen vielmehr auch hinter dem Schirm noch elektromagnetische Energie. Bei wachsendem Winkel α zwischen der Symmetrieachse der Anordnung und der Empfängerrichtung nimmt die Empfangsstärke zunächst weiter ab, dann wieder zu. Die ganze Erscheinung ist schon von den Wasserwellen und Schallwellen her unter dem Namen *Beugung* bekannt. Es ist eine typische Erscheinung, die nur bei wellenförmiger Ausbreitung von Energie vorkommt.

Versuch 629.2 Zwischen die beiden Metallschirme des Versuchs 629.1 setzen wir einen schmalen Metallschirm von wenigen Zentimetern Breite. Zwischen den einzelnen Metallschirmen lassen wir wieder jeweils einen Spalt frei und erhalten so insgesamt einen sog. Doppelspalt. Dann wiederholen wir den Versuch 629.1 mit dieser Anordnung (Abb. 629.3).

Im Gegensatz zum Beugungsversuch nach Abb. 629.2 stellen wir bei diesem Versuch mehrere scharf ausgeprägte Maxima und Minima der Empfangsstärke fest. Hinter dem Doppelspalt befindet sich also ein *Interferenzfeld*. In gewissen Richtungen finden wir Energiestrahlung vor, in anderen Richtungen dagegen nicht. Die beiden Spalte wirken wie zwei Strahler elektromagnetischer Wellen, die phasengleich und mit

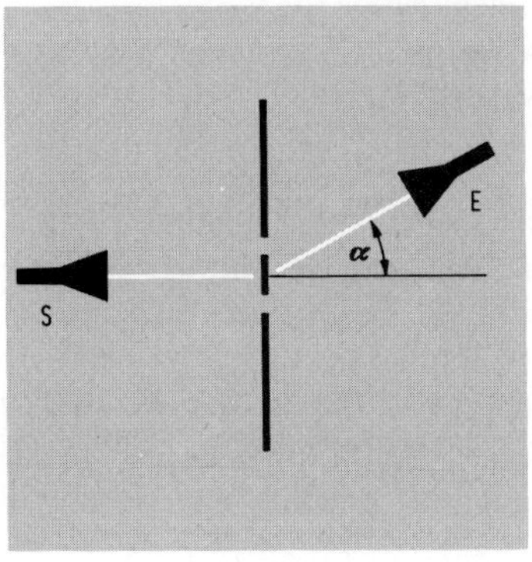

Abb. 629.3
Doppelspaltversuch zur Interferenz elektromagnetischer Wellen

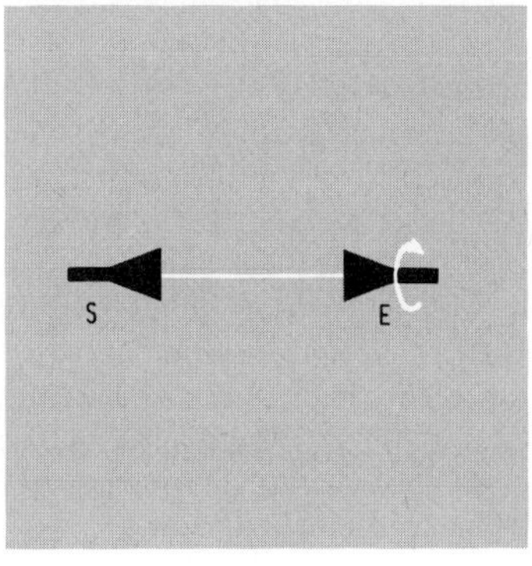

Abb. 629.4
Versuch zur Polarisation elektromagnetischer Wellen

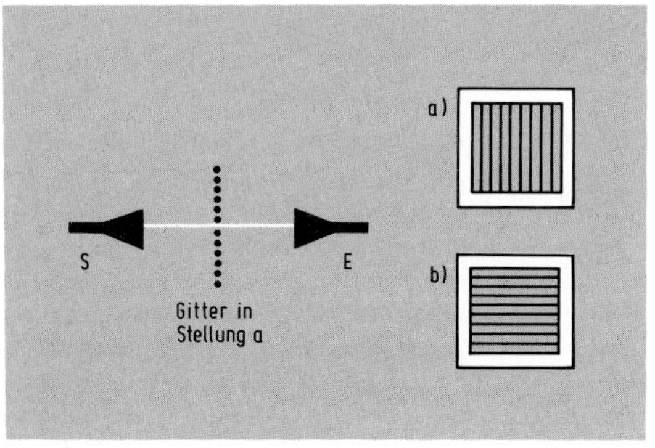

Abb. 630.1 Ein Paralleldrahtgitter kann elektromagnetische Wellen sperren (a) oder hindurchlassen (b).

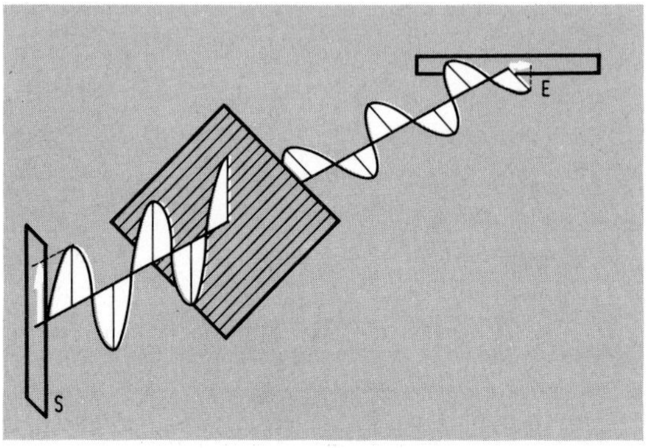

Abb. 630.2 Wirkung eines diagonal zwischen gekreuzte Dipole gestellten Paralleldrahtgitters auf elektromagnetische Wellen. In der Abbildung ist der elektrische Feldvektor eingezeichnet.

gleicher Wellenlänge Energie abstrahlen. Hinter dem Doppelspalt überlagern sich die Wellen in der hier nachgewiesenen typischen Weise. Auch dieser Versuch läßt sich mit Wasser- und Schallwellen ausführen.

Versuch 630.1 Wir stellen Sender und Empfänger einander so gegenüber, daß ihre Richtungen in einer Achse liegen. Im Lautsprecher hören wir die Energieaufnahme als lauten Ton. Dann drehen wir den Empfänger um seine Achse um 90° (Abb. 629.4).

Der Versuch zeigt, daß bei senkrecht zueinander stehenden Dipolen kein Empfang möglich ist; die Lautstärke des Lautsprechertons geht auf Null. Der Versuch zeigt, daß die elektromagnetische Welle *linear polarisiert* ist. Dieses Ergebnis war nach den Erfahrungen, die wir im Versuch 626.1 gemacht haben, zu erwarten.

Versuch 630.2 Wir stellen Sender und Empfänger einander so gegenüber, daß ihre Richtungen in einer Achse liegen. Beide Dipole stehen vertikal. Dann bringen wir ein Gitter aus parallelen Drähten zwischen Sender und Empfänger: a) Gitterdrähte vertikal, b) Gitterdrähte horizontal (Abb. 630.1). Nun drehen wir den Empfänger um seine Achse um 90° und setzen das Gitter so zwischen Sender und Empfänger, daß die Gitterdrähte sowohl mit dem Sendedipol als auch mit dem Empfangsdipol einen Winkel von 45° bilden.

Im Fall a) erhalten wir keinen Empfang. Die zum Sendedipol parallel ausgerichteten Gitterdrähte wirken wie eine Sperre für elektromagnetische Wellen. Im Fall b) erhalten wir einen guten Empfang. Die zum Sendedipol senkrecht ausgerichteten Drähte lassen die elektromagnetischen Wellen hindurch. Bei gekreuzten Dipolen und diagonal gestelltem Gitter erhalten wir einen geschwächten Empfang. Eine Komponente der polarisierten Dipolstrahlung kann durch das Gitter hindurchtreten, und von dieser Komponente wird wiederum nur eine entsprechende Komponente vom Empfänger aufgenommen (Abb. 630.2).

Die Wirkungsweise des Paralleldrahtgitters wird verständlich, wenn wir die Wirkung des elektromagnetischen Wechselfeldes auf die Drähte beachten. In den Metalldrähten werden durch das Wechselfeld Wechselströme induziert, die die gleiche Frequenz wie die einfallende Welle besitzen. Die Drähte werden dadurch selbst zu strahlenden Dipolen, die elektromagnetische Wellen nach vorn und nach hinten abstrahlen. Nach der MAXWELL-Theorie für elektromagnetische Wellen tritt, wie hier nicht näher begründet werden kann, zwischen der anregenden Welle und der von den Drähten abgestrahlten Welle ein Sprung von einer halben Wellenlänge auf. So ergibt sich der in Abb. 631.1 dargestellte Zustand, der zeigt, daß sich vor dem Gitter die anlaufende und die vom Gitter abgestrahlte Welle zu einer stehenden Welle mit einem Knoten auf dem Gitter überlagern und daß sich hinter dem Gitter die beiden Wellen durch Interferenz auslöschen. Sind dagegen die Drähte senkrecht zum elektrischen Vektor der einfallenden Welle ausgerichtet, so werden die Drähte nicht zur Dipolschwingung angeregt, weil sie in diesem Fall in der Richtung des elektrischen Vektors praktisch keine Ausdehnung besitzen.

Abb. 631.1
Interferenz einer elektrischen Welle (schwarz) mit der vom Drahtgitter abgestrahlten elektrischen Welle (weiß)

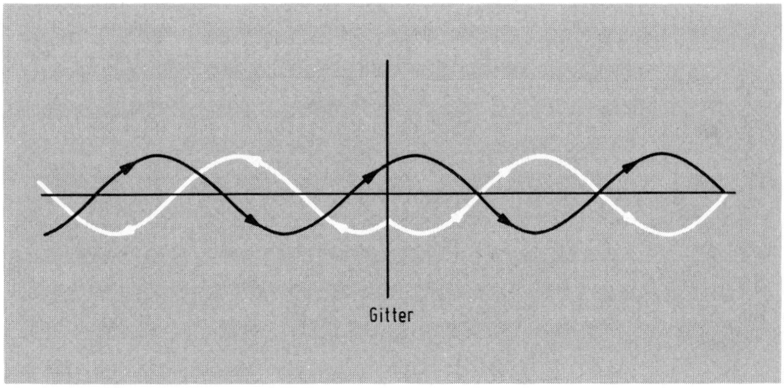

5.9.5 Die drahtlose Nachrichtenübermittlung durch elektromagnetische Wellen

Die einfachste drahtlose Nachrichtenübermittlung erfolgt durch stoßweises Aussenden hochfrequenter elektromagnetischer Wellen durch einen Dipol, den man in diesem Fall Sendeantenne nennt. Die Impulse werden durch eine entsprechende Empfangsantenne aufgenommen und einer Verstärkerschaltung zugeführt.

Bei der drahtlosen Übermittlung von Sprache und Musik, also der Übermittlung von niederfrequenten Schwingungen, wird der technische Aufwand größer. Die niederfrequenten Schwingungen (bis etwa 20000 Hz für sehr gute Klangqualität bei Musiksendungen) lassen sich nicht unmittelbar über eine Antenne abstrahlen. Man muß deshalb zur drahtlosen Übertragung hochfrequente elektromagnetische Wellen benutzen. Diese Wellen bilden den Energieträger; ihnen wird die Niederfrequenz als Schwankung der Amplitude oder der Frequenz aufgeprägt. Man bezeichnet diesen Vorgang als *Modulation* der Trägerwelle und unterscheidet *Amplituden-* und *Frequenzmodulation* (Abb. 631.2).

Wir wollen hier nur die Amplitudenmodulation, wie sie von Kurz-, Mittel- und Langwellensendern benutzt wird, betrachten. Die Frequenzmodulation, die von den UKW-Sendern und dem Fernsehen verwendet wird, ist davon nur eine technische Variante; man erreicht mit ihr eine besonders gegenüber atmosphärischen Störungen unempfindliche Übertragung.

Das Prinzip einer *Senderschaltung* ist in Abb. 632.1 dargestellt. Praktisch handelt es sich um den Hochfrequenzschwingkreis der Abb. 627.1, bei dem an den Gitterkreis induktiv ein Mikrofonkreis angekoppelt ist.

Bei primärseitigen Mikrofonströmen liefert der Trafo sekundärseitig Induktionsspannungen an das Gitter. Die Spannungsschwankungen des Gitters lösen entsprechende Amplitudenschwankungen der Hochfrequenzschwingungen aus. Wird nämlich das Gitter stärker negativ, so sinkt dadurch der Energienachschub für den Schwingkreis. Das Gegenteil tritt ein, wenn das Gitter schwächer negativ wird.

Versuch 631.1 Wir bauen den Sender nach Abb. 632.1 auf. Als Empfänger nehmen wir einen gleich langen Dipol mit Gleichrichter (Abb. 627.1) und schließen anstelle des Milliamperemeters einen Verstärker mit Lautsprecher an den Empfangsdipol an. Dann sprechen wir in das Mikrofon des Senders.

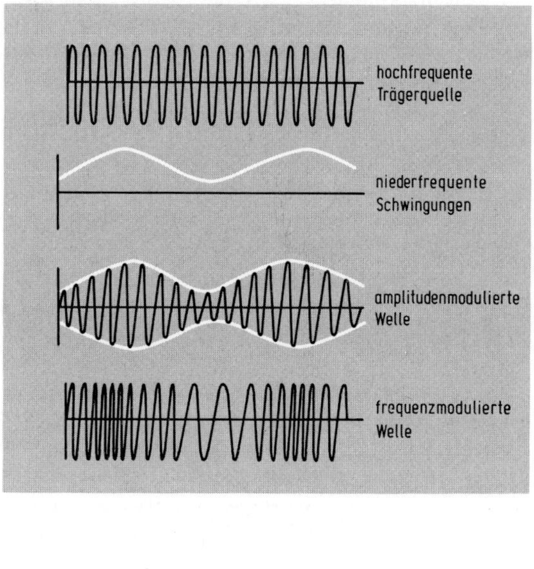

Abb. 631.2
Modulation einer hochfrequenten Trägerwelle

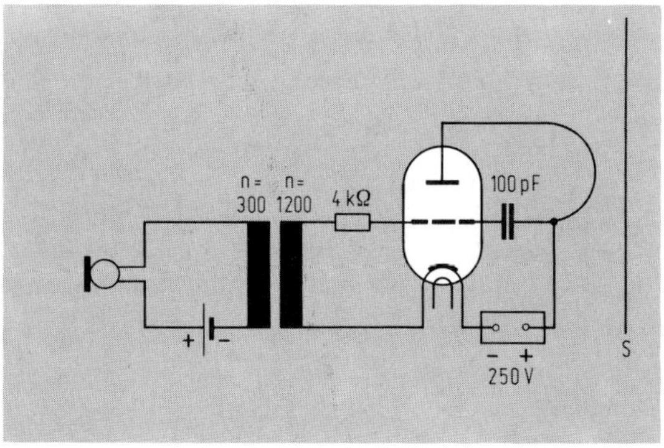

Abb. 632.1 Prinzipschaltung eines amplitudenmodulierten Senders

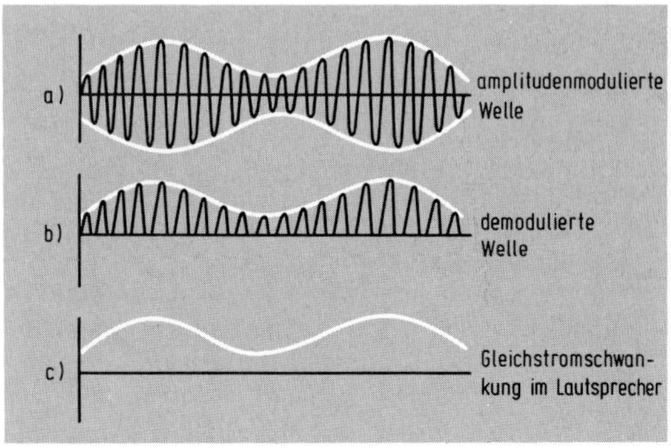

Abb. 632.2 Umwandlung einer amplitudenmodulierten Welle in Gleichstromschwankungen

Der Versuch zeigt, daß es schon mit verhältnismäßig einfachen Mitteln möglich ist, über mehrere Meter hinweg Sprache auf elektromagnetischem Wege zu übertragen. Leistungsstärkere Sender dürfen ohne Genehmigung der Bundespost nicht betrieben werden.

Beim *Empfänger* nimmt die Antenne einen Teil der ankommenden Energie auf, und es entsteht in ihr eine Schwingung mit der Frequenz der Trägerwelle, deren Amplitude die der Welle vorher aufgeprägten Schwankungen aufweist. Die modulierte Hochfrequenzschwingung kann aber nicht unmittelbar dem Lautsprecher zugeleitet werden. Der Lautsprecher soll Schallschwingungen im Takte der ursprünglichen Mikrofonströme abstrahlen. Dazu muß dem elektrodynamischen System des Lautsprechers ein pulsierender Gleichstrom zugeführt werden, dessen Gleichstromschwankungen den Mikrofonstromschwankungen entsprechen. Deshalb haben wir in Versuch 631.1 einen Gleichrichter in den Empfangsdipol eingesetzt. Durch die Gleichrichtung schneidet man den unteren Teil der hochfrequenten Schwingungen ab (Abb. 632.2).

Dadurch bleibt eine sog. *demodulierte Welle* (Abb. 632.2b) nach. Die Lautsprechermembran kann den hochfrequenten Impulsen nicht folgen, sie spricht nur auf den zeitlichen Mittelwert der Einzelschwingungen an. Dieser Mittelwert war für die vollständigen Einzelschwingungen vor der Gleichrichtung Null; da die Schwingungen jetzt einseitig gerichtet sind, ist er von Null verschieden und schwankt entsprechend der Modulation. Das Lautsprechersystem verhält sich genau so, als ob es durch einen Gleichstrom angeregt wird, der dem ursprünglichen Mikrofonstrom entspricht (Abb. 632.2c). Der Ausdruck Demodulation ist übrigens insofern etwas unpassend und irreführend, weil ja bei dem Demodulationsvorgang die Modulation erhalten bleibt. Es soll vielmehr zum Ausdruck gebracht werden, daß die ursprüngliche modulierte Welle durch die Gleichrichtung zerstört wird.

Die *Rundfunksender* müssen mit verschiedenen Trägerfrequenzen senden, damit eine Trennung für den Empfänger möglich wird. Je nach Wellenlänge bzw. Frequenz unterscheidet man folgende Bereiche:

Wellenlängen- und Frequenzbereiche der Sender

	Wellenlänge	*Frequenz*
Langwellen (LW)	2 km bis 860 m	150 kHz bis 350 kHz
Mittelwellen (MW)	580 m bis 184 m	515 kHz bis 1630 kHz
Kurzwellen (KW)	51 m bis 18,7 m	5,9 MHz bis 16 MHz
Ultrakurzwellen (UKW)	3,42 m bis 2,88 m	87,7 MHz bis 104 MHz
Fernsehen (VHF = very high frequency)	6,4 m bis 4,4 m	47 MHz bis 68 MHz
	1,72 m bis 1,3 m	174 MHz bis 230 MHz
Fernsehen (UHF = ultra high frequency)	0,64 m bis 0,35 m	470 MHz bis 860 MHz

Zwischen den angegebenen Bereichen liegen noch nicht ausgefüllte Bereiche. Sie bleiben z. B. dem Polizeifunk, dem Sprechfunk in Nautik und im Flugdienst, dem Fernschreibfunk usw. vorbehalten.

Es taucht hierbei die Frage auf, ob überhaupt *alle* Frequenzen eines Bereiches als Trägerfrequenzen ausgenutzt werden können. Das ist wegen der Modulierung nicht der Fall. Wenn die Hochfrequenz ν_{HF} eines Senders mit der Niederfrequenz ν_{NF} von Sprache und Musik überlagert wird, ergibt sich eine elektromagnetische Schwingung, deren mathematischer Ausdruck folgende Form erhält:

$$y = y_{HF} \cdot \sin 2\pi\, \nu_{HF}\, t + \tfrac{1}{2} \cdot y_{NF} \cdot \cos 2\pi(\nu_{HF} - \nu_{NF})\, t - \tfrac{1}{2} \cdot y_{NF} \cdot \cos 2\pi(\nu_{HF} + \nu_{NF})\, t\,.$$

Dabei ist y_{HF} die Amplitude der unmodulierten Hochfrequenzschwingung und y_{NF} die Amplitude der Niederfrequenzschwingung. Treten nun in der Modulierung durch Niederfrequenz alle möglichen Frequenzen bis zur höchsten Frequenz ν_{NF} auf, so braucht der Sender ein ganzes Frequenzband von

$$\nu_{HF} - \nu_{NF} \quad \text{bis} \quad \nu_{HF} + \nu_{NF}\,.$$

Wenn z. B. ein Mittelwellensender die Trägerfrequenz 1000 kHz hat und seine Trägerfrequenz mit dem Tonfrequenzbereich 0 bis 20000 Hz moduliert wird, dann strahlt er Frequenzen im Bereich 1000 kHz ± 20 kHz, d. h. von 980 kHz bis 1020 kHz, aus. Die Bandbreite von 40 kHz würde auch für einen anderen Sender gelten, dessen Trägerfrequenz entsprechend moduliert wird. Sollen die Sender sich gegenseitig nicht stören, so dürfen sich ihre Frequenzbänder nicht überdecken. Würde man den Mittelwellenbereich mit seiner Gesamtbreite von 1115 kHz in 40-kHz-Bandbreiten unterteilen, so hätten nur rund 28 Sender auf ihm Platz. Deshalb sind hier die Bandbreiten beschnitten worden, was praktisch wegen der Beschneidung der Tonfrequenzen auf eine schlechtere Übertragungsqualität hinausläuft. Diese Qualitätsminderung ist auch durch technisch optimale Empfänger nicht mehr zu beseitigen. Wesentlich günstiger liegen die Verhältnisse im UKW-Bereich. Hier steht die Gesamtbreite von 16,3 MHz = 16300 kHz zur Verfügung. Bei Unterteilung in 40-kHz-Bandbreiten erhält man Platz für 408 Sender. In Wirklichkeit sieht es noch günstiger aus, weil man wegen der kleinen Reichweite der UKW-Sender die Trägerfrequenzen mehrfach besetzen kann. Deshalb konnte man den UKW-Sendern so große Bandbreiten geben, daß keinerlei Beschneidung von Tonfrequenzen erforderlich ist. Das ist einer der Gründe für die ausgezeichnete Qualität von Musikübertragungen über UKW.

Aufgrund der vielen ständig im Betrieb befindlichen Sender ist der ganze Raum um uns mit elektromagnetischen Wellen der verschiedensten Trägerfrequenzen erfüllt. Der Empfänger soll jedoch auf einen gewünschten Sender abgestimmt werden können, d. h., aus dem ganzen *Wellenorchester* nur eine einzige Trägerwelle heraussuchen. Das geschieht mit einem abstimmbaren Schwingkreis. Bei der Abstimmung ergibt sich Resonanz nur, wenn die THOMSON-Formel

$$T = \frac{1}{\nu} = 2\pi \cdot \sqrt{LC}$$

erfüllt ist. Man hat bei der Abstimmung auf eine bestimmte Trägerfrequenz also die Wahl, entweder L oder C zu verändern. Die einfachste Art ist die Abstimmung durch Kapazitätsveränderung mittels eines Drehkondensators. Eine geeignete einfache Schaltung dazu ist in Abb. 633.1 dargestellt.

Die Schwingkreisspule wird zwischen Empfangsantenne und Erde gesetzt. Die Trägerwellen der Sender erzeugen in der Spule hochfrequente Ströme. Zu einer Resonanzschwingung kommt es im Schwingkreis

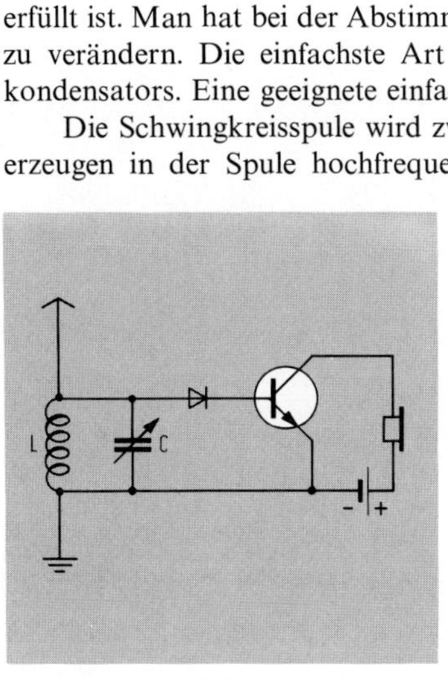

Abb. 633.1
Einfache Transistor-Empfängerschaltung für Mittelwellenempfang

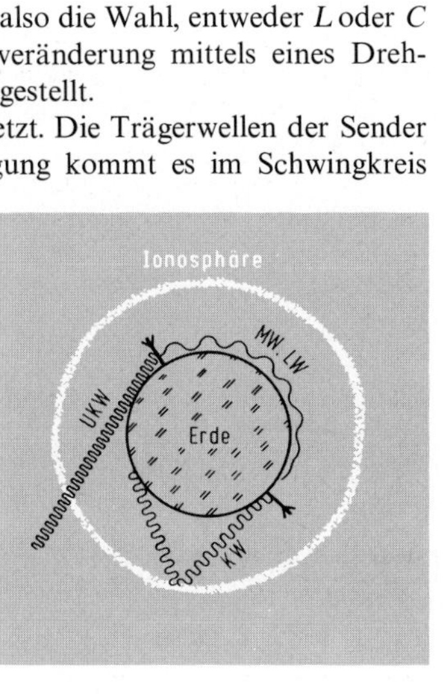

Abb. 633.2
Ausbreitung elektromagnetischer Wellen in der Umgebung der Erde

aber nur für eine bestimmte Trägerfrequenz, wenn der Drehkondensator entsprechend eingestellt wird. Ein Teil der Energie des Kondensators gelangt über den Gleichrichter in den Basis-Emitterkreis des Transistors und steuert damit den Kollektorstrom, der durch den Kopfhörer fließt.

Es wurde schon darauf hingewiesen, daß die Reichweite der UKW-Sender verhältnismäßig gering ist. Mittel- und Langwellensender können wir dagegen aus großer Entfernung empfangen. Der Kurzwellenempfang, der in weiten Kreisen besonders durch die Rundfunksendungen auf dem 49-m-Band bekannt geworden ist, unterliegt häufig stark wechselnder Empfangsintensität, was sich als sog. *Schwund* (Fading) bemerkbar macht. Diese Unterschiede in den verschiedenen Wellenbereichen erklären sich aus den spezifischen Ausbreitungsarten elektromagnetischer Wellen auf der Erde in Abhängigkeit von ihrer Wellenlänge. In Abb. 633.2 sind diese Ausbreitungsarten dargestellt.

Elektromagnetische Wellen aus dem LW- und MW-Bereich breiten sich nicht geradlinig aus, sie laufen vielmehr *halbfrei* als sog. *Bodenwellen* an der Erdoberfläche entlang. Auf die Einzelheiten für diesen Ausbreitungsmechanismus gehen wir nicht näher ein. Wellen des KW-Bereiches laufen auch von der Erdoberfläche weg in den Raum hinaus. Hier werden sie in der Ionosphäre an gut leitenden Schichten reflektiert. Entdeckt wurden diese Schichten 1902 von dem englischen Physiker O. HEAVISIDE (1850–1925), weshalb man auch kurz von der HEAVISIDE-*Schicht* spricht. Man unterscheidet heute im wesentlichen zwei Schichten, die *E-Schicht* und die *F-Schicht*. In der E-Schicht werden Ionen durch die Ultraviolettstrahlung der Sonne erzeugt, in der F-Schicht entstehen die Ionen durch eine Korpuskelstrahlung, die ebenfalls von der Sonne ausgeht. Da diese Schichten ihre Höhe (100 bis 400 km über der Erdoberfläche) während eines Tages wechseln, ändert sich die Laufzeit der *Raumwelle* vom Sender zum Empfänger. Wenn die Raumwelle mit der zugehörigen Bodenwelle interferiert, können Verstärkungen und Abschwächungen der Empfangsintensität eintreten. Dieser Effekt wurde oben als Fading bezeichnet. Die gleiche Erscheinung kommt auch zustande, wenn die an den verschiedenen Ionosphäreschichten reflektierten Raumwellen miteinander interferieren. Das ist bei sehr großen Entfernungen zwischen Sender und Empfänger der Fall, wenn die Bodenwelle praktisch keine Rolle mehr spielt.

In der Elektronik und Hochfrequenztechnik werden die Größen der einzelnen Bauelemente gemäß ihrem Verwendungszweck berechnet. Ein einfaches Beispiel soll dies zeigen.

Beispiel

Für die Schaltung des Schwingkreises eines Mittelwellenempfängers wählt man eine Spule mit der Induktivität $4 \cdot 10^{-4}$ H. Welchen Kapazitätsbereich muß ein Drehkondensator überdecken, wenn der Empfänger für den gesamten Mittelwellenbereich geeignet sein soll?

Wir lösen die THOMSON-Formel $\frac{1}{\nu} = 2\pi \cdot \sqrt{LC}$ nach C auf:

$$C = \frac{1}{4\pi^2 L \nu^2}.$$

Der Frequenzbereich der Mittelwelle liegt zwischen $\nu_1 = 5{,}15 \cdot 10^5\ \mathrm{s}^{-1}$ und $\nu_2 = 1{,}63 \cdot 10^6\ \mathrm{s}^{-1}$.

Für ν_1 erhält man

$$\begin{aligned} C_1 &= \frac{1}{4\pi^2 \cdot 4 \cdot 10^{-4}\,\mathrm{H} \cdot 26{,}5 \cdot 10^{10}\,\mathrm{s}^{-2}} \\ &= 0{,}24 \cdot 10^{-9}\,\mathrm{F} \\ &= 240\,\mathrm{pF}. \end{aligned}$$

Für ν_2 erhält man

$$\begin{aligned} C_2 &= \frac{1}{4\pi^2 \cdot 4 \cdot 10^{-4}\,\mathrm{H} \cdot 2{,}65 \cdot 10^{12}\,\mathrm{s}^{-2}} \\ &= 0{,}024 \cdot 10^{-9}\,\mathrm{F} \\ &= 24\,\mathrm{pF}. \end{aligned}$$

Weitere Aufgaben: Siehe O. HÖFLING, Physik-Aufgaben II/2.

6. Optik

6.1 Modellvorstellungen über die Ausbreitung des Lichtes

6.1.1 Grundsätzliche Betrachtungen

Die Geschichte der Optik, soweit sie uns im Rahmen der Physik interessiert, beginnt am Anfang des 17. Jahrhunderts. Von dieser Zeit an ist eine laufend wachsende Zahl von Lichterscheinungen experimentell untersucht und in bezug auf die zugrundeliegenden Gesetze erforscht worden. Ähnlich wie in anderen Gebieten der Physik hat man auch hier versucht, sich eine anschauliche Vorstellung von dem zu machen, was das Licht *ist*. In der heutigen Sprache der Physik ausgedrückt, versuchte man auch vom Licht eine anschauliche *Modellvorstellung* zu gewinnen, die die beobachteten Erscheinungen und Gesetzmäßigkeiten in möglichst einfacher Weise zu beschreiben und zu verstehen gestattet. Dieses Ringen um ein befriedigendes Modell des Lichtes stellt eine der interessantesten und typischen Entwicklungen in der Geschichte der Physik dar und soll im folgenden näher beleuchtet werden.

Die Vorbedingung für jede physikalische Untersuchung der Lichterscheinungen und für die Entwicklung geeigneter Modellvorstellungen ist die klare Scheidung des mit einer Lichtwahrnehmung verbundenen Komplexes von Vorgängen in einen *objektiven* und einen *subjektiven* Teil. Als objektiven Teil bezeichnen wir diejenigen Vorgänge, die sich außerhalb des wahrnehmenden Organs, d. h. des sehenden Auges, abspielen, während der subjektive Teil die vom Auge zum Gehirn sich vollziehenden Vorgänge umfaßt. Der objektive Teil ist Gegenstand der physikalischen Forschung, der subjektive Teil wird von der Physiologie und Psychologie untersucht. Es ist keineswegs von vornherein selbstverständlich, daß eine scharfe Trennung der objektiven Vorgänge von der sinnlichen Lichtempfindung überhaupt möglich ist. Man könnte der Meinung sein, daß Licht ohne ein empfindendes Auge überhaupt undenkbar ist. Auf die grundsätzliche Frage, ob und wieweit es möglich ist, von objektiven Vorgängen in der Natur zu sprechen und diese scharf von den Beobachtungshilfsmitteln des Physikers zu trennen, kann man erst mit Hilfe der Quantentheorie eine Antwort geben. Vorerst stellen wir nur fest, daß die eigentlichen Sinnesempfindungen bei der Beschreibung der Lichterscheinungen ausgeschlossen bleiben sollen.

Eine erste wichtige Erkenntnis auf dem Wege der Erforschung des Lichtes war die Feststellung, daß sowohl das Licht, das von den Gestirnen zu uns kommt, als auch das aus irdischen Lichtquellen stammende Licht eine bestimmte, meßbare Zeit braucht, um von dem Ort seiner Entstehung zum Ort seiner Wahrnehmung zu gelangen. Daß diese Feststellung nicht von vornherein selbstverständlich ist, geht aus der Tatsache hervor, daß die Griechen der Antike anderer Meinung waren und daß es einer langwierigen gedanklichen Arbeit und komplizierter Apparate bedurfte, um die Geschwindigkeit des Lichtes zu messen.

Dann ergab sich aber die weitere Frage, was dieses Etwas, das sich sowohl im leeren Weltraum als auch in der atmosphärischen Luft und in vielen anderen Stoffen mit sehr großer Geschwindigkeit ausbreitet, seiner physikalischen Struktur nach ist.

Die physikalischen Modelle wurden nach Möglichkeit der Mechanik entnommen, weil mechanische Vorgänge dem menschlichen Geist besonders anschaulich erschienen. Das Licht bringt uns Kunde von entfernten Vorgängen. Es gibt zwei Möglichkeiten, durch die wir von solchen entfernten Vorgängen Kenntnis erhalten können. Wir machen uns dies an einem Bilde klar:

Im Jahre 1883 ereignete sich in der Sundastraße eine gewaltige Katastrophe, der Ausbruch des Vulkans Krakatau, von der entfernte Teile der Welt auf zwei Weisen Kenntnis erhielten. Dies geschah einmal durch die Wasserwellen, die über den Ozean liefen und bis an die südamerikanische Küste gelangten, und zum anderen durch Staubteilchen, die bei der Katastrophe in höhere Luftschichten gelangt waren und in ferne Teile der Erde transportiert wurden.

Der wesentliche Unterschied zwischen diesen beiden Vorgängen besteht darin, daß im ersten Falle keineswegs Wasserteilchen von der Sundastraße nach Südamerika gelangten, sondern daß ein Zustand, eine Welle, weiterwanderte, während die einzelnen Wasserteilchen im wesentlichen Auf- und Abwärtsbewegungen an ihrem Ort ausführten. Im zweiten Falle aber ging Materie, nämlich die kleinen Staubteilchen, vom Ursprungsort aus und brachte die Kunde von dem Ereignis an ferne Stellen.

Es sind danach also zwei Möglichkeiten vorhanden, durch die von einem entfernten Ereignis Kunde zu uns gelangen kann: durch *Wellen* oder durch *Teilchen*, die vom Ort des Ereignisses ausgehen. Danach können also *für das Licht grundsätzlich zwei verschiedene Modellvorstellungen* entwickelt werden. Beide Modellvorstellungen sind in der Geschichte der Optik auch benutzt worden; zeitweise schien die eine den vorliegenden Erfahrungstatsachen besser zu entsprechen, zeitweise wurde die andere bevorzugt. Heute wissen wir, daß keine der beiden Modellvorstellungen *sämtliche* Eigenschaften des Lichtes vollständig zu beschreiben gestattet, sondern daß wir zu deren vollständiger Erfassung beide Modellvorstellungen nebeneinander benutzen müssen, und zwar in dem Sinne, daß ein Teil der Erscheinungen durch das Wellenbild und ein anderer Teil durch das Korpuskelbild richtig wiedergegeben wird. Es hat aber einer langen und mühevollen Forscherarbeit bedurft, bis diese abschließende Erkenntnis gewonnen werden konnte. Wenn wir uns im folgenden mit den wichtigsten Eigenschaften des Lichtes genauer beschäftigen, so werden wir dabei auch immer wieder ihren Zusammenhang mit den genannten Modellvorstellungen betonen und prüfen, welchen Beitrag sie zur Klärung der die Physiker lange beschäftigenden Frage, ob das Licht durch das Wellen- oder das Korpuskelmodell besser dargestellt wird, geliefert haben.

Das *Korpuskelmodell des Lichtes* wurde von NEWTON, dem schon mehrfach genannten Begründer der klassischen Mechanik, entwickelt. Danach werden die Lichterscheinungen durch ein Bild beschrieben, bei dem von der Lichtquelle kleine, substantielle Partikeln ausgehen, die sich mit der ermittelten Lichtgeschwindigkeit nach allen Richtungen geradlinig ausbreiten.

Das *Wellenmodell des Lichtes* stammt von HUYGENS. Dieser stellte sich die Lichterscheinungen ähnlich wie die Schallvorgänge vor. Was sich von einer tönenden Glocke aus in der Luft ausbreitet, sind nicht die einzelnen Luftteilchen, sondern Wellen, die hier aus Verdichtungen und Verdünnungen bestehen; es ist also nicht die Materie, die sich im Raume ausbreitet, sondern ein bestimmter Zustand der Materie. Jede mechanische Wellenbewegung erfordert aber einen Träger, d.h., es müssen Teilchen vorhanden sein, die die sich ausbreitenden Schwingungen ausführen. Da das Licht sich aber auch durch den leeren Weltraum oder durch eine luftleer gemachte Glasglocke ausbreitet, mußte HUYGENS mit seinem Wellenmodell gleich eine weitere Modellvorstellung über den Träger der Wellen einführen. Man hat diesen als Träger der Lichtwellen gedachten Stoff als *Lichtäther* bezeichnet. Es wird sich später zeigen, daß die Eigenschaften des Lichtes von dem Lichtäthermodell eine ganz bestimmte Beschaffenheit fordern würden, die es im einzelnen festzustellen gilt.

Bevor wir uns nun den Eigenschaften des Lichtes und ihrer Beschreibung durch die genannten Modellvorstellungen zuwenden, muß noch eine Bemerkung angefügt werden. NEWTON und HUYGENS haben nicht von Modellen des Lichtes gesprochen, sondern sie haben sich die Frage vorgelegt, was das Licht *in Wahrheit* ist, und sie in dem Sinne behandelt, daß das Licht eine Bewegung von Teilchen bzw. eine Wellenbewegung ist. Dann aber mußten beide Auffassungen sich gegenseitig ausschließen und der Kampf um die Richtigkeit der einen oder anderen Vorstellung war berechtigt. Die Physik ist heute in ihrer Fragestellung bescheidener. Es geht im folgenden nicht darum, zu entscheiden, ob das Licht eine Wellenbewegung oder eine korpuskulare Erscheinung ist, sondern wir lassen die Frage nach dem Wesen des Lichtes völlig offen und prüfen nur, welche der genannten Modellvorstellungen die bessere Beschreibung und Erfassung der beim Licht beobachteten Erscheinungen und Gesetze ermöglicht. Diese Bescheidung in der Fragestellung, die sich in der heutigen Physik durchgesetzt hat, ist von den Physikern nicht freiwillig vorgenommen worden, sondern sie wurde durch die Ergebnisse der Forschung erzwungen und stellt eine der wesentlichen Einsichten in die Möglichkeiten dar, die der Physik bei der Erforschung der Wirklichkeit überhaupt gegeben sind.

6.1.2 Lichtstrahlen und Strahlenoptik

Zur Beschreibung der Ausbreitung des Lichtes wurde der Begriff des *Lichtstrahls* geschaffen. Wir wissen bereits, daß es mit Hilfe dieses Begriffes gelingt, die Gesetze der *Spiegelung* und *Brechung* mathematisch zu erfassen und *in Anwendung dieser Gesetze optische Instrumente zu konstruieren.* Darin liegt die große Bedeutung dieses Begriffes und der mit seiner Hilfe geschaffenen Strahlenoptik.

Experimentell verfolgt man den Verlauf des Lichtes mit Hilfe sehr schmaler Lichtbündel, die sichtbar werden, wenn sie z.B. an einer weißen Fläche entlangstreifen oder in einer Fluoreszeinlösung aufleuchten. Es ist sprachlich bequem, diese schmalen Lichtbündel als Lichtstrahlen zu bezeichnen. Wir müssen uns aber darüber im klaren sein, daß es Lichtstrahlen in Wirklichkeit nicht gibt. Es handelt sich bei dem Begriff des Lichtstrahls um eine *Idealisierung* der wirklichen Verhältnisse, welche die zeichnerische und rechnerische Behandlung zahlreicher optischer Erscheinungen vereinfacht. Die Idealisierung besteht darin, daß das schmale Lichtbündel, das in Wirklichkeit immer noch eine bestimmte räumliche Ausdehnung besitzt, als mathematischer Strahl behandelt und gezeichnet wird.

Über den Verlauf von Lichtstrahlen sind uns folgende Gesetze bekannt:

1. Lichtstrahlen breiten sich *geradlinig* im Raum aus.

2. Wegen der geradlinigen Ausbreitung der Lichtstrahlen erzeugen undurchsichtige Körper *scharfe Schatten,* wenn das Licht von einer punktförmigen Lichtquelle ausgeht.

3. Fällt ein Lichtstrahl auf eine *ebene Grenzfläche* zwischen zwei optisch verschiedenen Medien, so wird er zum Teil oder auch vollständig reflektiert. Der reflektierte Strahl liegt in der Ebene, die durch den einfallenden Strahl und das Einfallslot im Auftreffpunkt gebildet wird. Einfallswinkel α_1 und Reflexionswinkel α_2 sind gleich:

$$\alpha_1 = \alpha_2 .$$

Wird das Licht nicht vollständig reflektiert, so tritt der nicht reflektierte Anteil des Lichtes bei schrägem Auftreffen unter Richtungsänderung in das andere Medium ein, falls dieses durchsichtig ist. Der gebrochene Strahl liegt ebenfalls in der Ebene, die durch den einfallenden Strahl und das Einfallslot im Auftreffpunkt gebildet wird. Für den Brechungswinkel β gilt bei Verwendung monochromatischen Lichtes und isotroper Medien das SNELLIUS-*Brechungsgesetz:*

$$\frac{\sin\alpha}{\sin\beta} = \text{const.}$$

α = Einfallswinkel (erstes Medium),
β = Brechungswinkel (zweites Medium).

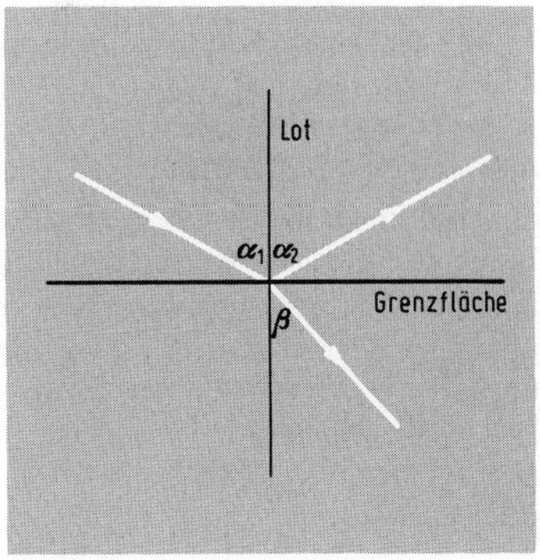

Abb. 637.1
Reflexion und Brechung an einer ebenen Grenzfläche

Ist das Medium des einfallenden Strahles das Vakuum, so definiert man für das Medium des gebrochenen Strahles als Brechzahl n den konstanten Quotienten:

$$n = \frac{\sin\alpha}{\sin\beta} .$$

α = Einfallswinkel (Vakuum),
β = Brechungswinkel (Medium mit der Brechzahl n).

Von zwei Stoffen mit verschiedenen Brechzahlen n_1 und n_2 heißt der Stoff mit der größeren Brechzahl optisch dichter, der andere optisch dünner.

Tritt das Licht aus einem Medium mit der Brechzahl n_1 in ein Medium mit der Brechzahl n_2 über, so nimmt das Brechungsgesetz die Form

$$\frac{\sin\alpha}{\sin\beta}=\frac{n_2}{n_1}$$

an.

4. Weißes Licht wird beim Durchgang durch ein Prisma in seine *Spektralfarben* zerlegt, weil die verschiedenen Spektralfarben des weißen Lichtes durch das Prisma verschieden stark gebrochen werden. Die Brechung ist für violettes Licht am stärksten, für rotes am schwächsten.

5. *Totalreflexion* an einer Grenzfläche zwischen zwei Medien mit den Brechzahlen n_1 und n_2 tritt unter folgenden Bedingungen ein:

a) Das Licht muß vom optisch dichteren Medium ($n_1 > n_2$) aus auf die Grenzfläche treffen.

b) Der Einfallswinkel α muß den Grenzwinkel α_T der Totalreflexion überschreiten.

Nach dem Brechungsgesetz wird der Brechungswinkel 90° im optisch dünneren Medium für den Einfallswinkel α_T mit

$$\frac{\sin\alpha_T}{\sin 90°}=\frac{n_2}{n_1}$$

erreicht. Bei Einfallswinkeln, die größer als α_T sind, kann also keine Brechung mehr erfolgen. Es tritt Totalreflexion ein. Mit $\sin 90° = 1$ ergibt sich

$$\sin\alpha_T=\frac{n_2}{n_1}.$$

6.1.3 Abweichendes Verhalten von der Strahlenoptik

Versuch 638.1 In den Weg eines durch einen sehr schmalen Spalt begrenzten fast parallelen Lichtbündels bringen wir einen Draht (Durchmesser in der Größenordnung 1 mm), der parallel zum Spalt ausgerichtet ist (Abb. 638.1). Der Spalt steht vertikal im Raum, er stellt somit für jede Horizontalebene im Raum eine annähernd punktförmige Lichtquelle dar, so daß er nach der Strahlenoptik von dem Draht ein scharfes Schattenbild erzeugen müßte.

Auf einem Schirm beobachten wir innerhalb des geometrischen Schattenraumes in der Längsachse des Schattens einen hellen Streifen. Abwechselnd schließen sich je nach Drahtdicke mehr oder weniger eng nebeneinanderliegende, parallele, *dunkle und helle Streifen* im Wechsel an. Ebensolche Streifen, allerdings schwächer, treten außerhalb des Schattens auf (Abb. 639.1). Bei Verwendung von weißem Licht entstehen farbige Streifen.

Ähnliche Erfahrungen hatte bereits F. M. GRIMALDI (1618–1663) gemacht. Er wußte schon, daß das weiße Licht alle Spektralfarben enthält, und beobachtete, daß die durch enge Öffnungen hindurchfallenden parallelen Sonnenstrahlen keine scharfen Bilder dieser Öffnungen erzeugen. Vielmehr treten innerhalb der geometrischen Schatten um so deutlicher farbige Ränder auf, je kleiner die benutzten Öffnungen sind. Im Gegensatz zur Reflexion und Brechung bezeichnete GRIMALDI diese Erscheinung als eine *neue Art der Ausbreitung* des Lichtes. Wir sprechen heute von *Lichtbeugung* und erklären sie mit Hilfe des *Wellenmodells für das Licht.*

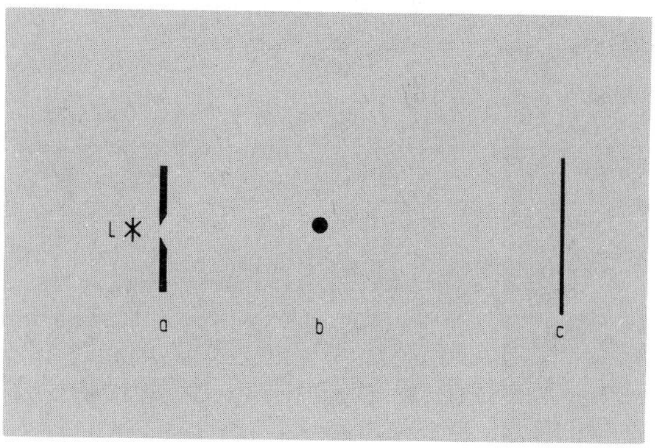

Abb. 638.1
Experimentelle Anordnung zur Beugung am Draht. Betrachtung der Anordnung in Drahtrichtung.
a = Beleuchtungsspalt
b = Draht
c = Schirm

Abb. 639.1 Die Beugung am Draht erzeugt helle und dunkle Beugungsstreifen. Vergrößerte fotografische Aufnahme.

Ein Modell ist nicht brauchbar, wenn es nur für einen einzigen beobachteten Effekt zutreffende Vorstellungen entwickelt. Wenn die Lichtbeugung mit dem Wellenmodell beschrieben werden soll, wird man als erstes prüfen, ob auch Reflexion und Brechung mit dem gleichen Modell beschrieben werden können und ob sie *nur* mit diesem Modell beschrieben werden können. Wir wenden uns dieser Frage im nächsten Abschnitt zu.

6.1.4 Reflexion und Brechung aus der Sicht der Korpuskel- und Wellentheorie

Die beiden für das Licht möglichen Modellvorstellungen sollen nun auf ihre Brauchbarkeit für die Beschreibung und theoretische Erfassung der Reflexion und Brechung des Lichtes untersucht werden.

Eine Deutung des *Reflexionsgesetzes* im *korpuskularen* Sinne erfolgt oft in der Weise, daß man die Lichtkorpuskeln als elastische Kugeln betrachtet, die an einem Hindernis nach den Gesetzen des elastischen Stoßes zurückgeworfen werden. Diese Erklärung erweist sich aber bei genauerem Zusehen als ungenügend, denn bei der Kleinheit der Lichtkorpuskeln kann auch eine besonders gut polierte Oberfläche nicht als genügend glatt betrachtet werden, um die beobachtete regelmäßige Reflexion der Korpuskeln eines Strahles zu ermöglichen. Man müßte vielmehr *abstoßende Kräfte des reflektierenden Mediums* heranziehen, die zu der in Abb. 639.2 dargestellten Bahn eines Lichtteilchens führen.

Die Erklärung der Reflexion aufgrund der *Wellenvorstellung* ergibt sich aus den Darlegungen in der Mechanik auf S. 236 in einfacher und überzeugender Weise.

Wir können also feststellen:

Das Reflexionsgesetz kann von dem Korpuskel- und von dem Wellenmodell in gleicher Weise vollständig erklärt werden.

Zur Deutung des *Brechungsgesetzes* durch die Korpuskelvorstellung muß man annehmen, daß die Lichtkorpuskeln von den Teilchen der umgebenden Materie angezogen werden. Solange sich die Korpuskeln

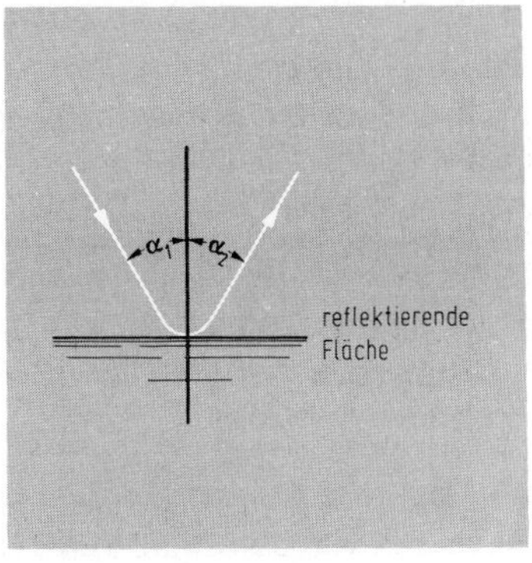

Abb. 639.2
Erklärung der Reflexion des Lichtes nach NEWTON

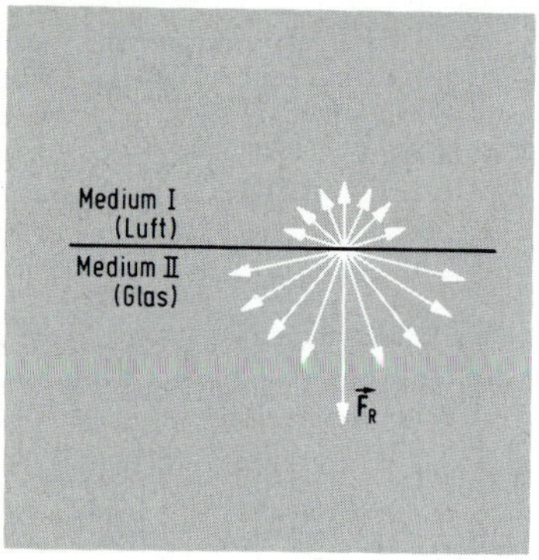

Abb. 640.1
Die nach NEWTON an der Grenze zweier Medien auf eine Lichtkorpuskel wirkenden Kräfte ergeben die Resultierende $\vec{F}_R$.

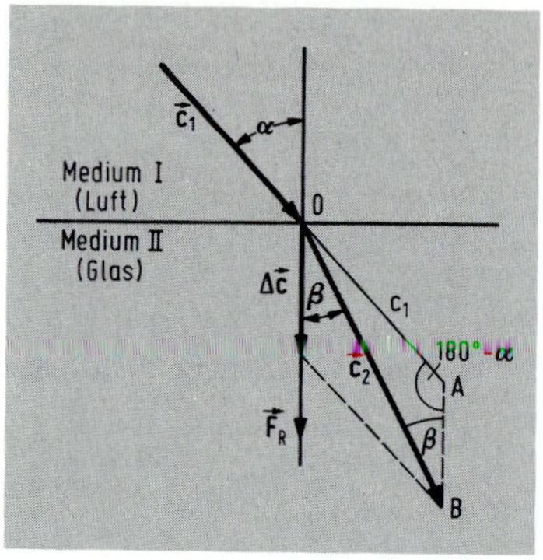

Abb. 640.2
Erklärung der Brechung des Lichtes nach NEWTON

im Innern eines homogenen Mediums befinden, heben sich die nach allen Richtungen gleichmäßig wirkenden Anziehungskräfte auf; sie werden aber wirksam, wenn ein Teilchen an die Grenze zweier Medien kommt. Die dann auf eine Korpuskel wirkenden Kräfte ergeben nach Abb. 640.1 eine senkrecht nach unten wirkende Resultierende $\vec{F}_R$. Diese Kraft wirkt so lange, wie das Teilchen sich an der Grenze der Medien befindet, und verursacht eine Beschleunigung senkrecht zur Grenzfläche. Wenn die Korpuskel während der Zeit Δt beschleunigt wird, so erhält sie also eine zusätzliche Geschwindigkeit $\Delta\vec{c}=\vec{a}\cdot\Delta t$ in der Richtung von $\vec{F}_R$, die sich mit der ursprünglichen Geschwindigkeit $\vec{c}_1$ des Lichtteilchens nach dem Parallelogrammgesetz zu der neuen Geschwindigkeit $\vec{c}_2$ zusammensetzt (Abb. 640.2).

Aus dem Dreieck OAB folgt nach dem Sinussatz

$$\frac{\sin(180°-\alpha)}{\sin\beta}=\frac{c_2}{c_1}$$

oder

$$\frac{\sin\alpha}{\sin\beta}=\frac{c_2}{c_1}.$$

Für die Brechzahl n_{12} beim Übergang aus dem ersten Medium (Luft) in das zweite Medium (Glas) ergibt sich also

$$n_{12}=\frac{c_2}{c_1}.$$

Das heißt:

Aus dem Korpuskelmodell folgt, daß die Brechzahl gleich dem umgekehrten Verhältnis der Lichtgeschwindigkeiten in den beiden Medien sein muß. Die Lichtgeschwindigkeit ist hiernach im optisch dichteren Medium größer als im optisch dünneren.

Das Wellenmodell liefert nach den Darlegungen in der Mechanik auf S. 238 ebenfalls eine Erklärung für die Brechung. Hierbei ergibt sich aber:

$$\frac{\sin\alpha}{\sin\beta}=n_{12}=\frac{c_1}{c_2}.$$

Das heißt:

Aus dem Wellenmodell folgt, daß die Brechzahl gleich dem direkten Verhältnis der Lichtgeschwindigkeiten in den beiden Medien sein muß. Die Lichtgeschwindigkeit ist hiernach im optisch dichteren Medium kleiner als im optisch dünneren.

Wir können also in bezug auf die Brechung zusammenfassend feststellen:

Das Brechungsgesetz kann sowohl von dem Korpuskel- als auch von dem Wellenmodell erklärt werden. Es ergibt sich aber ein Unterschied zwischen beiden Vorstellungen in bezug auf die Lichtgeschwindigkeit in den einzelnen Medien.

Die Erfahrung zeigt nun weiter, daß *Reflexion und Brechung im allgemeinen gleichzeitig auftreten*, d.h., wenn z.B. ein Lichtstrahl von Luft in Glas übergeht, so wird ein Teil des Lichtes reflektiert und ein Teil gebrochen. Diese Erscheinung erklärte NEWTON durch seine *Theorie der Anwandlungen*, über die er sagt: „Die periodisch wiederkehrende Disposition eines Strahles, reflektiert zu werden, will ich Anwandlung leichter Reflexion nennen, die wiederholt eintretende Disposition, durchgelassen zu werden, Anwandlung leichten Durchganges." Die Wellenvorstellung erklärt die gleichzeitig auftretende Reflexion und Brechung in einfacher Weise dadurch, daß die von jedem Punkt der Grenzfläche ausgehenden Elementarwellen sich in beide Medien ausbreiten.

Korpuskel- und Wellenmodell standen also im Hinblick auf die Reflexion und Brechung fast gleichwertig nebeneinander, da es zur Zeit von NEWTON und HUYGENS noch nicht möglich war, die Ausbreitungsgeschwindigkeiten des Lichtes in verschiedenen Stoffen zu bestimmen und so eine Entscheidung darüber herbeizuführen, welche der beiden Auffassungen zu der richtigen Aussage über die Lichtgeschwindigkeit führt. Die im Rahmen der NEWTONschen Erklärungen notwendige *Theorie der Anwandlungen*, nach der die Lichtteilchen bisweilen den in Abb. 640.1 dargestellten anziehenden Kräften des zweiten Mediums folgen, während in anderen Fällen das gleiche Medium abstoßende Kräfte auf sie ausübt, war zwar unbefriedigend, wurde aber nicht so schwerwiegend empfunden, daß man deshalb die NEWTONsche Theorie fallen ließ. Heute wissen wir, daß die Wellenvorstellung von HUYGENS die richtige und die Korpuskelvorstellung von NEWTON die falsche Aussage über die Lichtgeschwindigkeit liefert. Diese Einsicht wurde aber erst um die Mitte des 19. Jahrhunderts gewonnen. Zur Zeit von HUYGENS und NEWTON setzte sich die Autorität NEWTONS durch, insbesondere nachdem es ihm und seinen Nachfolgern durch weitere Zusatzannahmen gelungen war, auch noch andere optische Erscheinungen verständlich zu machen. *Die Zeit von 1700–1800 stand deshalb ganz im Zeichen der Korpuskelauffassung des Lichtes.* Seit dem Beginn des 19. Jahrhunderts wandte man sich mit großem Interesse wieder den Beugungserscheinungen zu und stellte zielgerichtet Versuchsanordnungen für Lichtinterferenzen her. In dieser Zeit wurde die Korpuskeltheorie von der Wellentheorie abgelöst.

6.1.5 Die Lichtgeschwindigkeit

Nachdem G. GALILEI (1564–1642) bereits die richtige Vermutung geäußert hatte, daß das Licht Zeit zu seiner Ausbreitung benötigt, ohne hierfür allerdings einen Beweis erbringen zu können, gelang dem Dänen O. RÖMER (1644–1710) durch Beobachtungen der Nachweis, daß das Licht zum Durchlaufen einer bestimmten Strecke eine endliche Zeit braucht. RÖMER benutzte zwar den Begriff der Geschwindigkeit noch nicht, gab aber aufgrund seiner Messungen die Zeit an, in welcher das Licht eine bestimmte Strecke durcheilt.

Die Methode RÖMERS zur Messung der Lichtgeschwindigkeit ging von der Beobachtung des *Jupitermondes Jo* aus. Es handelt sich dabei um den innersten der 13 Jupitermonde, der bereits im Jahre 1610 von G. GALILEI und CHR. SCHEINER (1575–1650) entdeckt worden war. Man kann von der Erde aus beobachten, daß dieser Mond bei seinem Umlauf um den Jupiter in den Jupiterschatten ein- und nach einiger Zeit wieder austritt (Abb. 641.1). Die Zeitspanne zwischen zwei aufeinanderfolgenden Mondverfinsterungen kann man messen. Wenn die Erde die Stellungen E_1 oder E_2 durchläuft, ändert sich ihre Entfernung vom Jupiter während der Zeitspanne zwischen zwei Mondverfinsterungen praktisch nicht. Die Stellung E_1 und die anderen

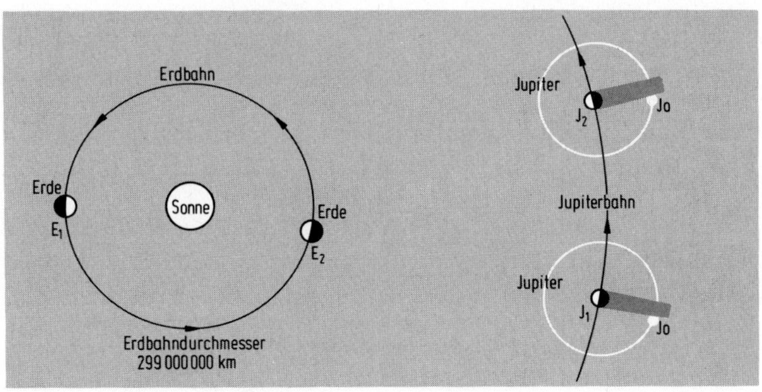

Abb. 641.1
Zur Bestimmung der Lichtgeschwindigkeit nach O. RÖMER

Positionen der Erde auf dem in der Abbildung linken Halbkreis der Erdbahn scheiden jedoch als Meßstellungen aus, weil der Beobachter sich auf der von der Sonne beleuchteten Tagseite befindet. In der Stellung E_2 mißt der Beobachter für die Zeitspanne zwischen zwei Mondverfinsterungen rund 42,5 h. Während der Erdbewegung von E_2 nach E_1 ergeben sich bei weiteren Beobachtungen größere Zeitspannen zwischen zwei Mondverfinsterungen. Die Erklärung dieser Beobachtung fand RÖMER in der Feststellung, daß das vom Jupiter kommende Licht der Erde hinterherlaufen muß, wenn diese sich vom Jupiter entfernt. Entsprechend verringert sich die beobachtete Zeitspanne zwischen zwei Mondverfinsterungen, wenn die Erde auf die Stellung E_2 zuläuft. Eine „Hochrechnung" seiner 1671/72 erhaltenen Meßwerte auf die Zeitspanne, die das Licht zum Durchlaufen des Erdbahndurchmessers benötigt, ergab bei RÖMER 22 min. Hätte RÖMER die Lichtgeschwindigkeit berechnen wollen, so hätte er den 1672 von CASSINI ermittelten Wert für den Durchmesser der Erdbahn (276800000 km) zugrundelegen müssen. Damit hätte er erhalten:

$$c = \frac{2{,}768 \cdot 10^{11}\,\text{m}}{22 \cdot 60\,\text{s}} \approx 2{,}1 \cdot 10^8 \,\frac{\text{m}}{\text{s}}.$$

Genauer als die astronomischen Methoden sind die auf der Erde ausführbaren Messungen der Lichtgeschwindigkeit. Wir beschreiben hier nur die Grundgedanken eines von L. FOUCAULT (1819–1868) angegebenen Verfahrens.

Ein Lichtstrahl wird über einen ebenen Drehspiegel S_1 auf einen festen Kugelspiegel S_f gelenkt und dort wieder auf den Drehspiegel reflektiert. Die Drehachse von S_1 ist Mittelpunkt von S_f.

Während der Laufzeit t des Lichtstrahles zwischen den Spiegeln hat sich der Drehspiegel S_1 in die Lage S_2 weitergedreht, so daß der Lichtstrahl vom Drehspiegel nicht zur Lichtquelle reflektiert wird, sondern mit der seitlichen Verschiebung s auf einen Schirm gelangt.

Es ist

$$c = \frac{2r}{t}.$$

Rotiert der Drehspiegel mit der Winkelgeschwindigkeit ω, so wird er in der Zeit t um den Winkel

$$\delta = \omega \cdot t = \omega \cdot \frac{2r}{c}$$

gedreht. Da der Lichtstrahl nach dem Reflexionsgesetz dann um den Winkel 2δ aus der ursprünglichen Richtung abgelenkt wird, ergibt sich unabhängig von der Stellung des Spiegels S_1 die Verschiebung

$$s = l \cdot 2\delta = \frac{4\omega l r}{c}$$

und damit

$$c = \frac{4\omega l r}{s}.$$

FOUCAULT hat nach dieser Methode die Lichtgeschwindigkeit zu $2{,}98 \cdot 10^8\,\text{m}\,\text{s}^{-1}$ bestimmt.

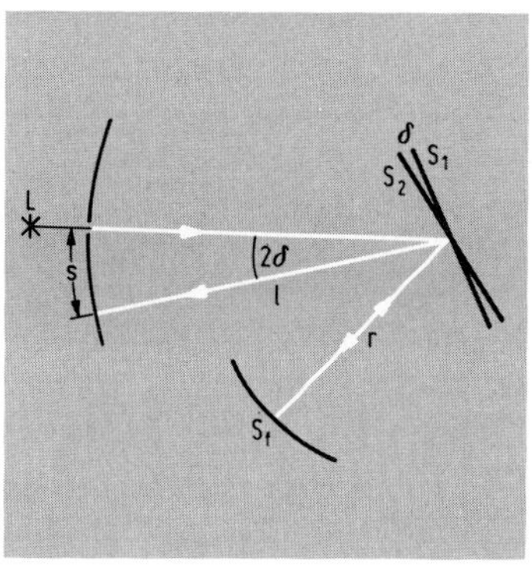

Abb. 642.1
Bestimmung der Lichtgeschwindigkeit nach FOUCAULT

Der große Vorteil des Verfahrens von FOUCAULT gegenüber den astronomischen Verfahren und gegenüber anderen vor ihm beschrittenen Wegen besteht darin, daß die Messung nur einen kleinen Lichtweg benötigt und daher in jedem Laboratorium ausgeführt werden kann. Ferner war durch dieses Verfahren auch zum ersten Male die Möglichkeit gegeben, die *Lichtgeschwindigkeit in anderen Medien* als im Vakuum zu messen, z.B. in Wasser oder Glas. Man braucht dazu nur den Raum zwischen S_1 und S_f (Abb. 642.1) mit dem betreffenden Stoff auszufüllen. FOUCAULT stellte fest, daß die Lichtgeschwindigkeiten in den Medien Luft und Wasser im Verhältnis 4:3 stehen. Die Lichtgeschwindigkeit ist im Wasser also kleiner als in Luft, wie HUYGENS es in seiner Wellentheorie behauptet hatte. Die Bestimmung der Vakuum-Lichtgeschwindigkeit durch RÖMER nützte dagegen für die Entscheidung zwischen den Lichttheorien nichts.

Das SNELLIUS-Brechungsgesetz (S. 638) nimmt im Zusammenhang mit der theoretischen Aussage von HUYGENS (S. 640) und dem experimentellen Befund von FOUCAULT also die folgende Form an:

$$\frac{\sin\alpha}{\sin\beta} = \frac{n_2}{n_1} = \frac{c_1}{c_2}.$$

Der Grundgedanke der FOUCAULTschen Versuchsanordnung ist von dem Physiker A. MICHELSON (1852–1931) weiterentwickelt und zu einem Meßverfahren höchster Präzision ausgestaltet worden. Das Ergebnis zahlreicher sorfältigster Messungen lautet:

Die Lichtgeschwindigkeit hat im Vakuum den größten Wert und beträgt dort

$$\mathbf{2{,}997925 \cdot 10^8 \frac{m}{s}}.$$

In Luft ist die Lichtgeschwindigkeit nur unbedeutend kleiner (etwa 0,03 %) als im leeren Raum.

Wir werden in Zukunft für die Lichtgeschwindigkeit im leeren Raum und in Luft im allgemeinen den gerundeten Wert

$$c \approx 3 \cdot 10^8 \frac{\text{m}}{\text{s}}$$

benutzen.

Legt man diesen Wert der Lichtgeschwindigkeit zugrunde, so findet man, daß das Licht in einer Sekunde fast 8mal um den Erdäquator laufen könnte. Vom Mond zur Erde benötigt es etwa 1,3 s und von der Sonne zur Erde rund $8\frac{1}{3}$ min. Um von dem in Opposition stehenden Jupiter zur Erde zu gelangen, ist das Licht $34\frac{1}{2}$ min unterwegs. Von dem der Erde nächsten Fixstern α im Centaurus braucht es bereits 4,3 Jahre, vom Sirius 8,8 Jahre, vom Andromedanebel etwa 2500000 Jahre und von den durch die heutigen Fernrohre feststellbaren entferntesten Spiralnebeln 5 Milliarden Jahre. Wir sehen diese entfernten Spiralnebel heute also in dem Zustand, in dem sie sich vor diesen langen Zeiten befanden.

Wir haben in der Mechanik festgestellt, daß die Geschwindigkeit ein Vektor ist und daß sich Geschwindigkeiten vektoriell zu einer Gesamtgeschwindigkeit addieren, wenn z.B. ein Körper an mehreren Bewegungen gleichzeitig teilnimmt. Wir könnten uns nun im Gedankenexperiment vorstellen, daß ein Weltraumfahrer, dessen Raumfahrzeug mit dreiviertel Lichtgeschwindigkeit durch den Weltraum fliegt, Elektronen in einer Hochvakuumröhre ebenfalls auf dreiviertel Lichtgeschwindigkeit beschleunigt. Wenn die Bewegungsrichtung der Elektronen mit der Bewegungsrichtung des Raumschiffes übereinstimmt, hätten die Elektronen gegenüber dem Weltraum (d.h. gegenüber festen Sternbildern) die 1,5fache Lichtgeschwindigkeit. Wir haben dagegen schon an früherer Stelle festgestellt, daß sich Elektronen niemals schneller als mit Vakuum-Lichtgeschwindigkeit bewegen, weil mit Hilfe von Elektronen Signale übermittelt werden können. Denn es ist eine grundsätzliche Aussage der *Relativitätstheorie*, daß kein Signal schneller als mit Vakuum-Lichtgeschwindigkeit laufen kann. Auf diese zunächst widersprüchlich erscheinenden Feststellungen werden wir bei der Besprechung der Relativitätstheorie näher eingehen.

6.2 Die Wellennatur des Lichtes

6.2.1 Grundsätzliche Betrachtungen zur Interferenz

Bei der Behandlung der allgemeinen Wellenlehre wurde bereits in der Mechanik darauf hingewiesen, daß eine Beobachtung von Interferenzerscheinungen bei unbekannten physikalischen Vorgängen nur eine Beschreibung dieser Vorgänge durch das Wellenbild ermöglicht. Wenn es also gelingen sollte, beim Licht Interferenzerscheinungen festzustellen, so würde dies ein Nachweis dafür sein, daß die Ausbreitung des Lichtes durch das Wellenmodell von HUYGENS und nicht durch das Korpuskelmodell von NEWTON richtig beschrieben werden kann.

Um 1820 gelang es in der Tat A.J. FRESNEL (1788–1827) in überzeugender Weise darzulegen, daß das Licht Interferenzerscheinungen zeigt; vorher hatte der englische Augenarzt TH. YOUNG (1773–1829) bereits in einem besonderen Falle auf die Möglichkeit ihrer Existenz hingewiesen.

Nachdem wir das Wesen der Interferenzerscheinungen bereits bei der allgemeinen Wellenlehre kennengelernt haben, handelt es sich nun darum, diese Erkenntnisse auf das Licht zu übertragen. Wenn das Licht interferieren kann, dann muß eine Überlagerung von Lichtstrahlen nicht immer zu größerer Helligkeit führen, sondern es muß unter geeigneten Umständen auch möglich sein, *Licht durch Licht auszulöschen.* Um an einer Stelle des Raumes eine solche vollständige Auslöschung zu erzielen, müssen dort nach unseren früheren Feststellungen zwei Wellen von gleicher Schwingungszahl, gleicher Amplitude und einem Gangunterschied von $(2n-1)\cdot\frac{\lambda}{2}$ zusammentreffen. Wir haben beim Schall gesehen, daß man dort nur die von zwei gleichen Schallquellen, etwa den beiden Zinken einer Stimmgabel, kommenden Schallwellen zur Überlagerung zu bringen braucht, um Interferenzen festzustellen. Man könnte deshalb versuchen, Lichtinterferenzen in ähnlicher Weise zu erzeugen, indem man das von zwei genau gleichen Lichtquellen kommende Licht zur Überlagerung bringt. Die tägliche Erfahrung zeigt aber, daß dann keine Interferenz auftritt, denn sonst müßte auch bei der künstlichen Raumbeleuchtung durch mehrere Lichtquellen an manchen Stellen eine Auslöschung und damit Dunkelheit eintreten. Der Grund für das Nichteintreten von Interferenz liegt an dem Vorgang der Lichtaussendung durch leuchtende Körper, der anders verläuft als die Aussendung von Schallwellen durch die Zinken einer Stimmgabel. Während hier von den beiden Zinken Wellenzüge ausgehen, die eine *konstante Phasenbeziehung* haben, die also an irgendeinem Raumpunkt mit einem gleichbleibenden Phasenunterschied eintreffen, ist dies bei den von verschiedenen Lichtquellen ausgehenden Wellen nicht der Fall. Die Lichtaussendung durch einen Körper beruht auf bestimmten Vorgängen in den Atomen, und diese verlaufen so, daß die verschiedenen Schwingungsphasen gleichzeitig vorkommen. Die Folge davon ist, daß sich die Phasendifferenz zwischen zwei Wellenzügen schnell und unregelmäßig ändert, so daß sich auch die Interferenzen zu schnell ändern, um noch beobachtbar zu sein. Es kann deshalb beim Licht nur mit beobachtbaren Interferenzerscheinungen gerechnet werden, wenn man zwei Wellenzüge, die *gleichzeitig vom gleichen Punkt der Lichtquelle* ausgegangen sind, nach dem Durchlaufen verschieden langer Wege an einem Punkt des Raumes zur Überlagerung bringt; wir bezeichnen solches Licht als *kohärent.* Die Kohärenz allein genügt aber zum Entstehen der Interferenz noch nicht. Die Lichtaussendung durch die Atome erfolgt nicht stetig, sondern es werden in sehr kurzen Zeiten Wellenzüge von begrenzter Länge ausgesendet, zwischen denen bei jedem einzelnen Atom lange Pausen liegen. Wenn also die Wege, die die beiden Strahlen bis zum Interferenzort zurückzulegen haben, sich um mehr als die Länge eines Wellenzuges unterscheiden, dann kommen die Wellenzüge nicht gleichzeitig an und können nicht miteinander interferieren.

Wir fassen die Ergebnisse der bisherigen Überlegungen zusammen:

Damit beim Licht überhaupt Interferenzerscheinungen auftreten können, müssen die beiden zur Interferenz kommenden Wellen gleicher Frequenz von dem gleichen Punkt der Lichtquelle gleichzeitig ausgegangen sein, und sie müssen Wege zurückgelegt haben, deren Längen sich höchstens um die Länge eines Wellenzuges, die sog. Kohärenzlänge, unterscheiden.

Wenn man sich diese grundsätzlichen Probleme vor Augen hält und dazu bedenkt, daß es zu Anfang des 19. Jahrhunderts keine Lichtquellen gab, sie sich in Handhabung und Leistung mit unseren elektrischen Lichtquellen hoher Leuchtdichte auch nur annähernd messen könnten, ist man über die experimentellen Erfolge von YOUNG und FRESNEL in besonderem Maße erstaunt. Völlig unproblematisch werden heute die Interferenzversuche, wenn man sich des *Lasers* als Lichtquelle bedient. Da die Lichtinterferenzen für die fotografischen Aufnahmen in diesem Buch mit Hilfe eines Lasers hergestellt wurden, müssen wir an dieser Stelle kurz auf den Laser eingehen. Eine genauere Behandlung der Laser erfolgt im Rahmen der Quantenphysik (S. 807ff.).

Das Wort Laser ist ein Kunstwort, entstanden aus der Abkürzung für *Light amplification by stimulated emission of radiation*, d.h. in deutscher Übersetzung: Lichtverstärkung durch erzwungene Aussendung von Strahlen. Der Laser wurde 1960 von T. MAIMAN konstruiert. Seitdem hat die Forschung den Laser bezüglich der verwendeten Materialien, seiner Leistungsfähigkeit und Einsatzmöglichkeiten weiterentwickelt. Das physikalische Grundprinzip, nach dem die Laser arbeiten, besteht aber für alle Laser in den gleichen durch die Quantenphysik beschriebenen Vorgängen.

Ein Atom kann durch Anregung Energie aufnehmen. Die Anregung erfolgt z.B. durch ein stoßendes Elektron, falls dieses eine hinreichend große Geschwindigkeit besitzt, oder durch die Einstrahlung von Licht, falls dieses eine hinreichend kleine Wellenlänge hat. Eine wesentliche Erkenntnis der Quantentheorie ist die Aussage, daß ein Atom aber nicht jeden beliebigen Energiezustand annehmen kann. Es existieren, wie später in der Quanten- und Atomphysik noch ausführlich dargestellt wird, *bestimmte Energieniveaus*, zwischen denen das Atom durch Absorption oder Emission von Energie wechseln kann. Geht ein angeregtes Atom durch spontane Emission in ein niedrigeres Energieniveau über, so wird die hierbei frei werdende Energiedifferenz ΔW als elektromagnetische Strahlung (z.B. sichtbares Licht) abgegeben. Die Frequenz ν dieser Strahlung ergibt sich aus

$$\nu=\frac{\Delta W}{h},$$

wobei $h=6{,}63\cdot 10^{-34}\ \mathrm{W\,s^2}$ die PLANCK-*Konstante* ist.

Ist ein System aus vielen Atomen im thermischen Gleichgewicht, so befinden sich die meisten Atome im niedrigsten Energieniveau, im sog. Grundzustand. Nur eine geringe Anzahl von Atomen ist auf höherem Energieniveau. Diese Verteilung läßt sich in geeigneten Anordnungen durch Einstrahlung von Licht umkehren. Das Anheben vieler Atome auf ein bestimmtes höheres Energieniveau nennt man *optisches Pumpen*. Man bezeichnet den auf diese Weise neu geschaffenen Zustand, der durch die große Anzahl von Atomen im angeregten Zustand und durch eine geringe Anzahl von Atomen im Grundzustand gekennzeichnet ist, als *Besetzungsumkehr*. Jetzt kommt der wichtigste Schritt: Man kann die angeregten Atome veranlassen (stimulieren), in ihrer Gesamtheit in den Grundzustand zurückzufallen. Diese Erscheinung heißt *erzwungene oder stimulierte Emission*. Die Besonderheit der stimulierten Emission liegt nun darin, daß die vielen Atome nicht unabhängig voneinander in den Grundzustand übergehen. Es besteht vielmehr eine Kopplung, die eine *phasengleiche Abstrahlung* der Lichtwellen bewirkt. Im Endeffekt entsteht dadurch eine Lichtwelle, die sich nach Phasenlage und Schwingungsebene nicht ändert, vergleichbar mit einer praktisch endlosen Seilwelle von konstanter Schwingungsebene und Wellenlänge. Die Kohärenzlänge beträgt bis 10^6 m, bei anderen monochromatischen Lichtquellen jedoch nur ca. 1 m. Damit ist bei Verwendung von Laserlicht zur Erzeugung von Interferenzen die eine der oben genannten Schwierigkeiten ausgeschaltet, daß sich nämlich die am Interferenzort ankommenden Wellenzüge nicht mehr überlappen könnten.

Wegen der strengen Monochromasie des Laserlichtes (die in den Schulen benutzten *He-Ne-Gaslaser* arbeiten mit der Wellenlänge $\lambda=6{,}328\cdot 10^{-7}$ m) erhält man besonders scharf ausgeprägte Interferenzen.

6.2.2 Die Experimente von Young und Fresnel

1. Der Doppelspaltversuch von YOUNG

Versuch 646.1 Nach Abb. 646.1 stellen wir die Versuchsanordnung von YOUNG her (von oben gesehen).

Das aus einem Beleuchtungsspalt S_0 divergent austretende Licht einer Lichtquelle L fällt auf einen Doppelspalt S_1, S_2. An den Spalten S_1 und S_2 des Doppelspaltes tritt Beugung ein. Dadurch werden S_1 und S_2 zu Zentren, die phasengleich Wellengruppen aussenden. S_1 und S_2 sind also kohärente Lichtquellen. Hinter dem Doppelspalt interferieren die sich überschneidenden Lichtbündel.

Der Beleuchtungsspalt S_0 begrenzt die Lichtquelle in ihrer Breite. Er wird sehr eng eingestellt. Dann werden auf einem Schirm an beliebiger Stelle im Interferenzfeld helle und dunkle Interferenzstreifen sichtbar (Abb. 646.2). Bei Verwendung von Laser-Licht entfällt der Beleuchtungsspalt.

Der Abstand von zwei entsprechenden Punkten der Spalte S_1 und S_2 sei a, ihre eigene Spaltbreite sei gegenüber a vernachlässigbar klein. Der Gangunterschied Δs der Lichtwege s_1 und s_2 von den Spalten S_1 und S_2 bis zu einem Interferenzpunkt P_z beträgt $\Delta s = s_2 - s_1$. Allgemein ist der Gangunterschied die Differenz der optischen Wege (Abb. 646.3).

Wendet man den Satz des PYTHAGORAS auf die rechtwinkligen Dreiecke S_1AP_z und S_2BP_z an, so erhält man:

$$s_1^2 = b^2 + \left(d_z - \frac{a}{2}\right)^2$$

$$s_2^2 = b^2 + \left(d_z + \frac{a}{2}\right)^2$$

$$s_2^2 - s_1^2 = 2 a d_z$$

$$(s_2 - s_1) \cdot (s_2 + s_1) = 2 a d_z .$$

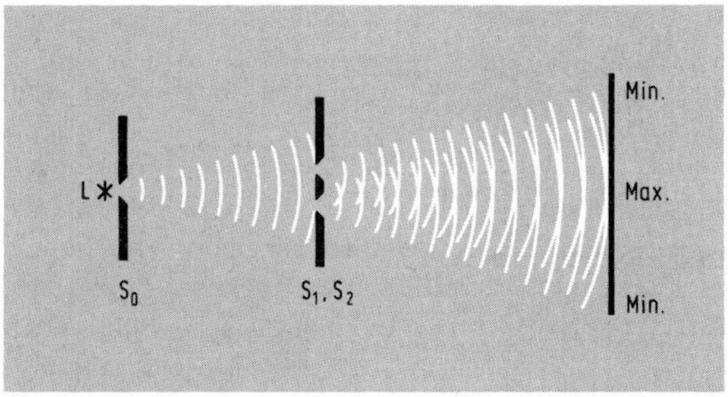

Abb. 646.1 Interferenzen hinter einem Doppelspalt

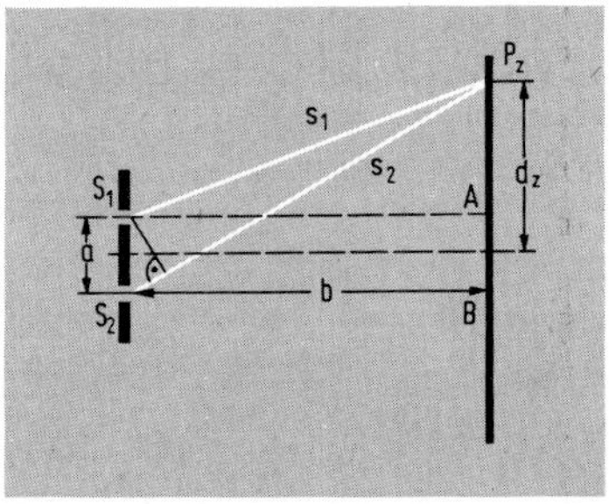

Abb. 646.3 Geometrische Figur zur Berechnung der Lage von hellen und dunklen Streifen

Abb. 646.2 Interferenzstreifen bei dem Doppelspaltversuch. Vergrößerte fotografische Aufnahme

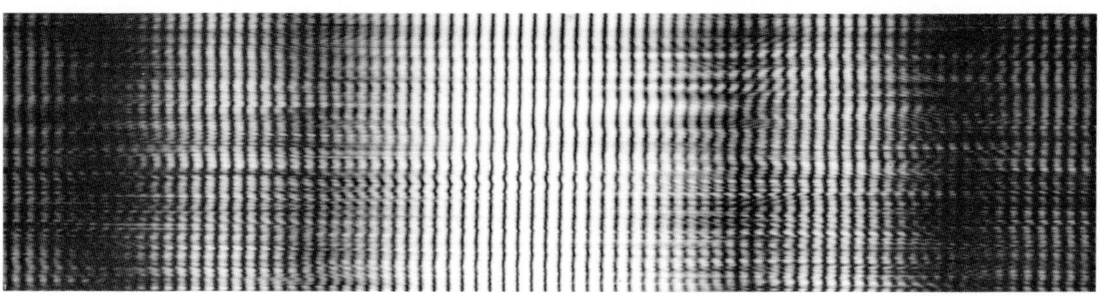

Da Δs sehr klein gegenüber s_1, s_2, b ist, kann man mit ausreichender Genauigkeit $s_2+s_1=2b$ setzen:

$$\Delta s=\frac{a \cdot d_z}{b}.$$

Es interessieren nur solche Interferenzpunkte, in denen die Interferenz zu Intensitätsmaxima oder Intensitätsminima führt. Helle Streifen (Intensitätsmaxima) ergeben sich für die Gangunterschiede $\Delta s=z \cdot \lambda$ $(z=0, 1, 2, 3, \ldots)$, also für

$$z \cdot \lambda=\frac{a \cdot d_z}{b}.$$

Dunkle Streifen (Intensitätsminima) ergeben sich für die Gangunterschiede

$$\Delta s=\frac{2z+1}{2} \cdot \lambda$$

$(z=0, 1, 2, 3, \ldots)$, also für

$$\frac{2z+1}{2} \cdot \lambda=\frac{a \cdot d_z}{b}.$$

Die Größen z, a, b, d_z sind der Messung zugänglich, so daß die Wellenlänge mit Hilfe des YOUNGschen Interferenzversuches bestimmt werden konnte.

2. Der Doppelspiegel- und Biprismaversuch von FRESNEL

Versuch 647.1 Nach Abb. 647.1 stellen wir die Versuchsanordnung von FRESNEL her. Der Beleuchtungsspalt, der die Breite der Lichtquelle L begrenzt, ist hier nicht mitgezeichnet. Die virtuellen Lichtquellen L_1 und L_2 entsprechen den beiden Spalten des Doppelspaltes im vorhergehenden Versuch von YOUNG. Auf einem Schirm, den man wie bei dem Versuch von YOUNG an eine beliebige Stelle des Interferenzfeldes setzt, beobachtet man wieder die typischen Interferenzstreifen (Abb. 647.2).

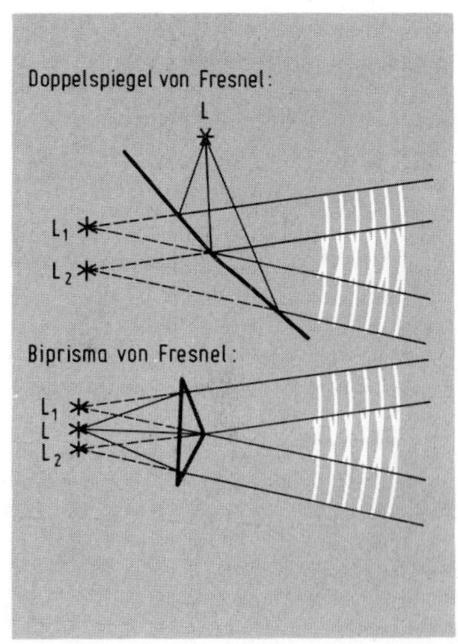

Abb. 647.1
Interferenzen hinter einem Doppelspiegel oder einem Biprisma

Abb. 647.2 Interferenzstreifen bei dem Doppelspiegel- oder Biprismaversuch. Vergrößerte fotografische Aufnahme

Physikalisch besteht zwischen den Versuchen von YOUNG und FRESNEL kein Unterschied, seitdem man weiß, daß auch die Beugung des Lichtes eine Interferenzerscheinung ist. Die Experimente von FRESNEL sind *historisch* zu verstehen. FRESNEL wollte seinen Gegnern beweisen, daß Lichtwellen auch dann interferieren können, wenn kein Beugungsphänomen am Vorgang beteiligt ist.

6.2.3 Die stehenden Lichtwellen

Man wird sich angesichts des Umweges über zwei kohärente virtuelle Lichtquellen, den FRESNEL zur Herstellung von Lichtinterferenzen gegangen ist, fragen, ob nicht die Herstellung einer *stehenden Lichtwelle* einfacher gewesen wäre. Wir wissen, daß für Schallinterferenzen KUNDT und für Interferenzen mit elektromagnetischen Wellen HERTZ diesen Weg gegangen ist. Dazu ist zunächst zu sagen, daß sowohl KUNDT als auch HERTZ später als FRESNEL gelebt haben. Aber davon abgesehen wußte FRESNEL von der außerordentlich kleinen Wellenlänge des sichtbaren Lichtes. Wenn wir einmal annehmen, daß man zu seiner Zeit überhaupt an die Möglichkeit stehender Wellen gedacht hat, so wird daher sofort deutlich, daß jeder Versuch zur Realisierung und zum Nachweis stehender Lichtwellen zunächst aussichtslos erscheinen mußte. Erst in sehr viel späterer Zeit ist es geglückt, stehende Lichtwellen zu erzeugen. Es handelt sich um den Versuch von O. WIENER (1862–1927).

Bei dem Versuch von WIENER wird auf einen Spiegel unter einem sehr kleinen Neigungswinkel α eine ca. $\frac{1}{30} \cdot \lambda$ dicke Fotoschicht gelegt. Bei Bestrahlung des Spiegels mit parallelem monochromatischem Licht entsteht vor dem Spiegel eine stehende Lichtwelle, die den Film durchdringt und in Abständen von $\frac{\lambda}{2 \cdot \sin \alpha}$ auf dem Film bzw. in Abständen von $\frac{\lambda}{2}$ in der Senkrechten zum Spiegel den Film schwärzt.

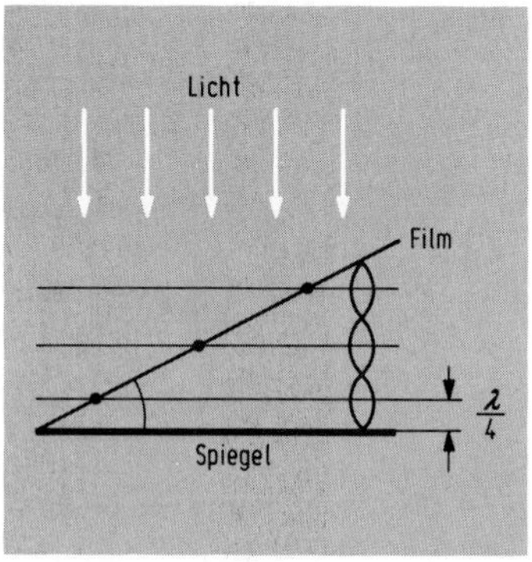

Abb. 648.1
Schematische Darstellung der Versuchsanordnung zur Erzeugung und zum Nachweis stehender Lichtwellen

Der Versuch hat über den Nachweis stehender Lichtwellen hinaus noch eine weitere große Bedeutung im Zusammenhang mit der *elektromagnetischen Lichttheorie*, die Lichtwellen als elektromagnetische Wellen auffaßt. In Anwendung dieser heute im Gesamtkomplex physikalischer Erkenntnisse gesicherten Theorie ergibt sich in der Spiegelebene ein Knoten des elektrischen Feldvektors und ein Bauch des magnetischen Feldvektors der Lichtwelle. Der Bauch des elektrischen Feldvektors liegt im Abstand $\frac{\lambda}{4}$ vom Spiegel genau am Ort der ersten Schwärzung. Das Experiment zeigt also, daß der elektrische Vektor der elektromagnetischen Lichtwelle die Fotowirkung ausübt. Auch für die Lichtwahrnehmung durch das Auge ist der elektrische Vektor verantwortlich. Es ist darüber hinaus auch sonst kein Versuch bekannt, bei dem der magnetische Vektor der Lichtwelle Wirkungen ausübt.

6.2.4 Die Wellenlängen des sichtbaren Lichtes

Wir werden später noch ein anderes Verfahren kennenlernen, nach dem sich die *Wellenlänge des Lichtes* genauer als mit dem Doppelspalt, Doppelspiegel oder Biprisma bestimmen läßt. Es zeigt sich dabei, daß jeder der Lichtarten, die man als Spektralfarben bezeichnet, eine ganz bestimmte Wellenlänge zukommt. Nach der Formel $\nu=\frac{c}{\lambda}$ läßt sich dann die zugehörige Frequenz berechnen. So haben sich für die wichtigsten Farben des Spektrums folgende Werte ergeben:

Wellenlängen und Frequenzen des sichtbaren Lichtes

Das menschliche Auge empfindet als	*Wellenlängen* in 10^{-9} m	*Frequenzen* in 10^{12} Hz
Violett	400 – 420	≈ 750 – 715
Blau	420 – 490	≈ 715 – 610
Grün	490 – 575	≈ 610 – 520
Gelb	575 – 585	≈ 520 – 510
Orange	585 – 650	≈ 510 – 460
Rot	650 – 750	≈ 460 – 400

Hierbei ist zu beachten, daß sich die Angaben der Wellenlänge auf den leeren Raum beziehen. Beim Übergang in einen anderen Stoff ändern sich die Wellenlängen des Lichtes, weil die Ausbreitungsgeschwindigkeit des Lichtes in den verschiedenen Stoffen von der im Vakuum verschieden ist; die Frequenzen sind dagegen durch die lichtaussendenden Atome bestimmt und ändern sich beim Übergang von einem Medium in ein anderes nicht. Die Frequenz ist also von dem Stoff, in dem der Lichtstrahl verläuft, unabhängig und daher besser zur Charakterisierung der verschiedenen Lichtarten (Farben) geeignet als die Wellenlänge. Trotzdem wird hierzu häufig die Wellenlänge verwendet, wobei dann aber nicht übersehen werden darf, daß diese sich auf den leeren Raum oder auf die sich in dieser Hinsicht sehr ähnlich verhaltende Luft bezieht. Es sei ferner hinzugefügt, daß die Ausbreitungsgeschwindigkeit der Lichtwellen in den verschiedenen Stoffen von der Frequenz des Lichtes abhängt, daß sich z. B. rotes Licht mit einer anderen Geschwindigkeit als grünes Licht ausbreitet. Hierauf ist es zurückzuführen, daß beim Durchgang von weißem Licht durch ein Glasprisma die bekannte *Dispersion* eintritt, die darin besteht, daß Licht mit verschiedener Ausbreitungsgeschwindigkeit verschieden stark gebrochen wird. Auf diese Weise erfolgt eine Aufspaltung des weißen Lichtes in seine Bestandteile. Nur im Vakuum und mit großer Annäherung in der Luft sind die Lichtgeschwindigkeiten für alle Frequenzen gleich groß.

Diese Zusammenhänge sollen auch noch formelmäßig erfaßt werden. Wir betrachten Licht, das im Vakuum die Frequenz ν und die Wellenlänge λ hat. In einem Medium mit der Ausbreitungsgeschwindigkeit c_1 und der Brechzahl n_1 möge das gleiche Licht die Wellenlänge λ_1 haben; in einem anderen Medium mit der Ausbreitungsgeschwindigkeit c_2 und der Brechzahl n_2 habe es die Wellenlänge λ_2. Da die Frequenz in allen Medien dieselbe bleibt, gilt also

$$\lambda_1 \nu = c_1 \quad \text{und} \quad \lambda_2 \nu = c_2 \quad \text{oder} \quad \lambda_1 : \lambda_2 = c_1 : c_2 .$$

Ferner ist nach S. 643

$$c_1 : c_2 = n_2 : n_1 \quad \text{oder} \quad n_1 c_1 = n_2 c_2 .$$

Daher gilt auch

$$\lambda_1 : \lambda_2 = n_2 : n_1 \quad \text{oder} \quad n_1 \lambda_1 = n_2 \lambda_2 .$$

Bezeichnen wir die Ausbreitungsgeschwindigkeit des Lichtes im Vakuum mit c, so ist

$$c = n_1 c_1 .$$

Der von einem Lichtstrahl in der Zeit t im Vakuum zurückgelegte Weg s ist

$$s = c\,t = n_1 c_1 t = n_1 s_1 ,$$

wobei s_1 der in der gleichen Zeit t in einem Medium mit der Brechzahl n_1 zurückgelegte Weg ist.

Für jeden beliebigen Stoff mit der Brechzahl n gilt also für den in der Zeit t zurückgelegten Weg s:

$$n\,s = c\,t.$$

Man bezeichnet das Produkt ns aus der Brechzahl n und der geometrischen Weglänge s als die *optische Weglänge*. Wir können also sagen:

Die vom Licht in gleichen Zeiten zurückgelegten geometrischen Weglängen sind in den verschiedenen Medien verschieden, während die optischen Weglängen in gleichen Zeiten für alle Medien gleich groß sind.

6.2.5 Die Interferenzen an dünnen Schichten

Es ist eine häufig zu beobachtende Erscheinung, daß dünne, durchsichtige Schichten, wie Seifenblasen, Ölhäute auf Wasser usw., je nach ihrer Dicke und dem Einfallswinkel des weißen Lichtes verschiedene Farben zeigen; bei einer Beleuchtung mit einfarbigem Licht treten helle und dunkle Linien auf. Zur Klärung dieser Erscheinungen betrachten wir eine dünne, planparallele Schicht mit der Brechzahl n. Von dem auffallenden Licht betrachten wir jeweils zwei eng benachbarte parallele Lichtstrahlen 1 und 2. Von jedem auffallenden Strahl wird ein gewisser Bruchteil an der Oberfläche reflektiert, während der Rest unter Brechung in die Schicht eintritt. An der anderen Grenzfläche wird wieder ein Teil reflektiert, der Rest tritt aus der Schicht aus (Abb. 650.1). Betrachten wir nun den vom Punkt A ausgehenden Lichtstrahl, so setzt dieser sich aus zwei Teilen zusammen: dem an der Oberfläche reflektierten Teil des Strahles 1 und dem Teil des Strahles 2, der durch Reflexion im Innern der Schicht den Punkt A erreicht. Da die einfallenden Strahlen 1 und 2 in der Ebene BF in gleicher Phase sind und sie bis zu ihrem Zusammentreffen in A verschiedene Wege durchlaufen, haben sie dann einen optischen Wegunterschied

$$s_{op} = n \cdot BB_1 + n \cdot B_1A - FA.$$

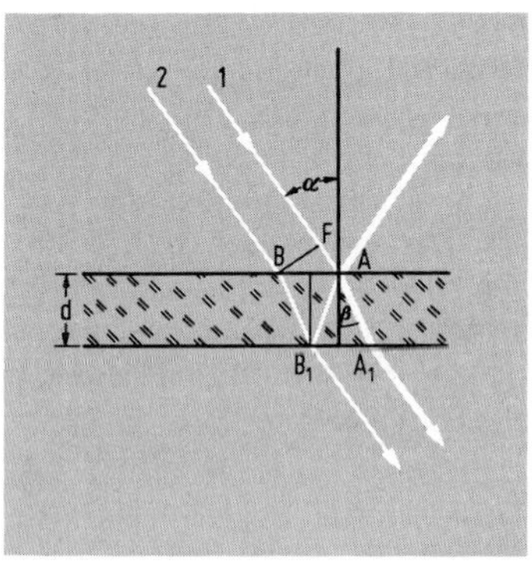

Man erkennt aus der Figur, daß

$$BB_1 = B_1A = \frac{d}{\cos\beta} \quad \text{und} \quad FA = 2d\tan\beta\sin\alpha$$

ist. Für den optischen Wegunterschied ergibt sich dann

$$s_{op} = \frac{2dn}{\cos\beta} \quad 2d\tan\beta\sin\alpha.$$

Abb. 650.1
Entstehung der Interferenzen an dünnen Schichten

Da ferner $\sin\alpha : \sin\beta = n$ ist, kann $\sin\alpha = n\sin\beta$ gesetzt werden:

$$\begin{aligned} s_{op} &= \frac{2dn}{\cos\beta} - \frac{2dn\sin^2\beta}{\cos\beta} \\ &= \frac{2dn}{\cos\beta}(1-\sin^2\beta) = 2dn\cos\beta \\ &= 2dn\sqrt{1-\sin^2\beta} = 2d\sqrt{n^2 - n^2\sin^2\beta} \\ s_{op} &= 2d\sqrt{n^2-\sin^2\alpha}. \end{aligned}$$

Im Anschluß an diese Herleitung müssen wir der rechten Seite der Gleichung noch den Summanden $\frac{\lambda}{2}$ hinzufügen.

$$s_{op} = 2d\sqrt{n^2-\sin^2\alpha} + \frac{\lambda}{2}.$$

Das Glied $\frac{\lambda}{2}$ kommt daher, daß bei der Reflexion des Lichtstrahles am dichteren Medium seine Phase so verändert wird, wie dies beim Durchlaufen der Strecke $\frac{\lambda}{2}$ der Fall sein würde. Wir müssen zu dem optischen Wegunterschied also $\frac{\lambda}{2}$ addieren (oder subtrahieren). In Aufsicht ergibt sich für eine bestimmte Wellenlänge λ Dunkelheit, wenn

$$2d \cdot \sqrt{n^2 - \sin^2 \alpha} + \frac{\lambda}{2} = \frac{2z+1}{2} \cdot \lambda \qquad (z = 1, 2, 3, \ldots)$$

ist.

Bei Beleuchtung mit weißem Licht erscheint unter den Winkeln α jeweils die Komplementärfarbe zur ausgelöschten Farbe.

In Teilbereichen mit kleiner Blättchendicke liegen die verschiedenen Komplementärfarben weit auseinander, in Teilbereichen mit größerer Blättchendicke rücken die Farben zusammen. Schließlich ist Interferenz nicht mehr möglich, wenn die doppelte optische Dicke der Platte die Interferenzlänge überschreitet.

Versuch 651.1 In einem großen Demonstrationsversuch nach R. W. Pohl (1884–1976) kann man die Interferenzen an dünnen Schichten mit Hilfe eines dünnen Glimmerblättchens zeigen. Das Glimmerblättchen wird mit dem Licht einer Quecksilberdampflampe bestrahlt. Das an Vorder- und Rückseite des Glimmerblättchens reflektierte Licht interferiert in der oben beschriebenen Weise. Hält man das Glimmerblättchen parallel zur Wand, so sieht man auf der Wand dunkle und helle, im Wechsel aufeinanderfolgende konzentrische Interferenzkreise, da die ganze Anordnung zu einer auf dem Blättchen senkrecht stehenden Achse rotationssymmetrisch ist (Abb. 651.1).

Fällt das Licht statt auf eine planparallele Platte auf einen *Keil mit sehr kleinem Keilwinkel* ε, so sind die zur Interferenz führenden kohärenten Strahlen nicht mehr parallel. Das Auge muß akkommodieren und sieht die Interferenzlinien im Endlichen, und zwar praktisch auf der Keiloberfläche.

Dunkelheit ergibt sich für Aufsicht wie bei der planparallelen Platte für

$$2d \cdot \sqrt{n^2 - \sin^2 \alpha} + \frac{\lambda}{2} = \frac{2z+1}{2} \cdot \lambda .$$

Sieht man senkrecht auf den Keil ($\alpha = 0$), so erhält man dunkle Streifen für

$$2dn + \frac{\lambda}{2} = \frac{2z+1}{2} \cdot \lambda ,$$

$$2dn = z \cdot \lambda ,$$

$$d = \frac{z \cdot \lambda}{2n} .$$

Die Keildicke wächst von $d = 0$ bis $d = D$.

Abb. 651.1 Interferenzversuch nach Pohl

Abb. 651.2 Entstehung der Interferenzen an einem Keil

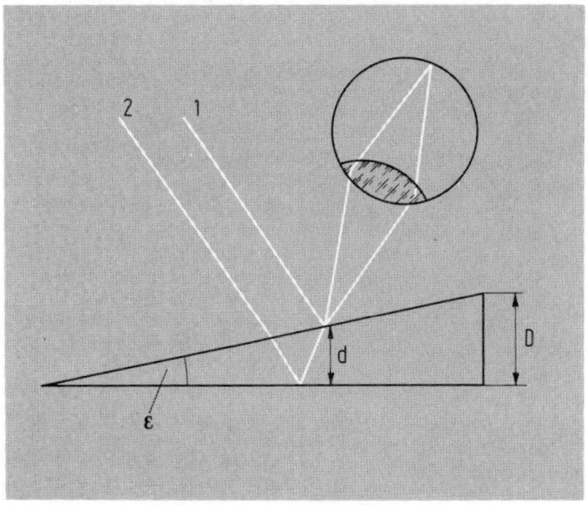

Für $d=0$ ist $z=0$; für $d=D$ sei $z=Z$. Dann liegen auf der Keillänge

$$Z=\frac{2nD}{\lambda}$$

dunkle Streifen.

Praktisch arbeitet man mit einem Luftkeil zwischen planparallelen Glasplatten; dann ist $n=1$. Mit gemessener Keildicke D und ausgezählter Streifenzahl Z dunkler Streifen ergibt sich die Wellenlänge λ des verwendeten monochromatischen Lichtes:

$$\lambda=\frac{2D}{Z}.$$

Versuch 652.1 Wir setzen zwei dicke und gut plan geschliffene Glasplatten von etwa 3 cm Breite und 6 cm Länge aufeinander. An der einen Schmalseite legen wir einen einige Millimeter breiten Streifen aus Alu-Folie zwischen die beiden Platten, so daß zwischen ihnen ein Luftkeil entsteht. Dann beleuchten wir die ganze Anordnung mit diffusem monochromatischem Licht, indem wir zwischen eine Natriumdampflampe und den Keil eine Mattglasscheibe setzen. Wir zählen die Zahl dunkler Interferenzstreifen und messen anschließend die Keildicke, indem wir die Dicke der Alu-Folie mit Hilfe eines Schraubenmikrometers ausmessen.

Die Durchführung des Versuches liefert 35 Streifen bei $\frac{1}{100}$ mm Dicke des Luftkeils. Mit diesen Werten erhält man für die Wellenlänge des *Na-Lichtes*

$$\lambda=\frac{2\cdot 10^{-5}\,\mathrm{m}}{35}=5{,}7\cdot 10^{-7}\,\mathrm{m}.$$

Genaueste Messungen nach anderen Methoden liefern $\lambda=5{,}896\cdot 10^{-7}$ m.

6.2.6 Die Newton-Ringe

Versuch 652.2 Wird eine schwach gekrümmte Plankonvexlinse (Brennweite bis ca. 25 m) mit ihrer konvexen Seite auf eine plane Spiegelglasplatte gedrückt, so sieht man bei Beleuchtung mit Tageslicht farbige konzentrische Ringe, bei Beleuchtung mit monochromatischem Licht einer Natrium-Spektrallampe eine große Zahl gelber und schwarzer konzentrischer Ringe, die nach außen dichter zusammenrücken (Abb. 652.1). Man kann diese Erscheinung, die man NEWTON-Ringe nennt, auch objektiv im Demonstrationsexperiment vorführen, indem man das aus Plankonvexlinse und Spiegelglasplatte bestehende System anstrahlt und die Ebene der Spiegelglasplatte, die von der Plankonvexlinse berührt wird, unter Verwendung des reflektierten Lichtes mit einer Linse auf einem Schirm scharf abbildet.

Zur Erklärung dieser Erscheinung ist zu sagen, daß der Luftkeil hier durch die Luftschicht zwischen Linse und Spiegelglasplatte gebildet wird und eine wachsende Dicke aufweist. Wir betrachten eine Stelle C und nennen die Dicke der Luftschicht hier $CF=d$ (Abb. 652.2). Unter Benutzung der in Abb. 652.2 angegebenen Bezeichnungen ergibt sich nach dem Höhensatz im rechtwinkligen Dreieck

$$a^2=d(2r-d).$$

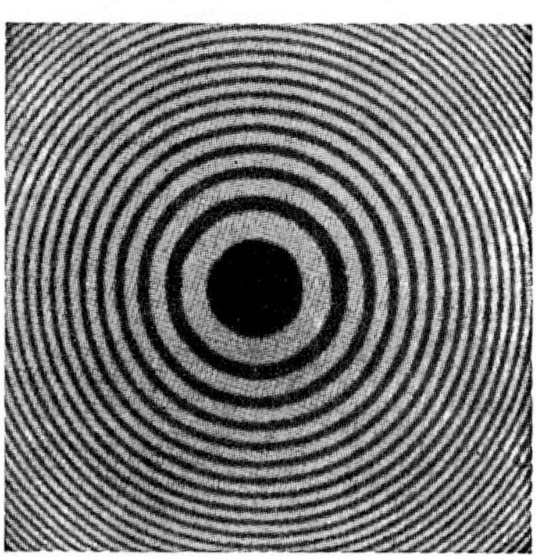

Abb. 652.1
NEWTON-Ringe. Vergrößerte fotografische Aufnahme.

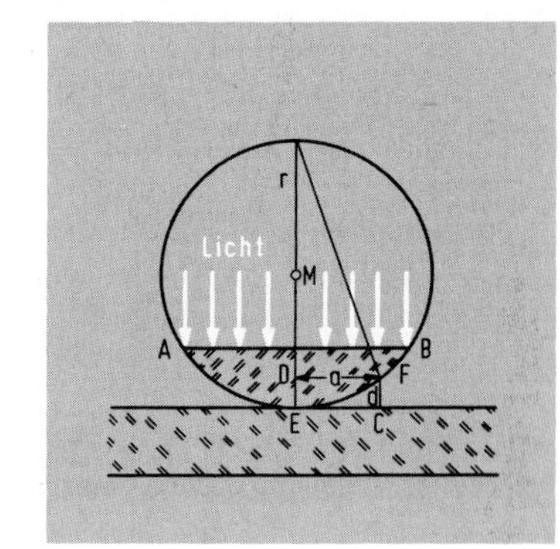

Abb. 652.2
Erklärung für die Entstehung der NEWTON-Ringe

Da d klein gegenüber r ist, folgt weiter

$$a^2 \approx 2 d r.$$

Betrachten wir nun senkrecht einfallende Lichtstrahlen und berücksichtigen, daß der Luftkeil sehr flach ist, so können wir näherungsweise annehmen, daß die Strahlen in sich reflektiert werden. Ein Teil des Lichtes wird bereits bei F reflektiert, wobei wegen der Reflexion am dünneren Medium keine Phasenverschiebung erfolgt. Ein weiterer Teil wird bei C reflektiert, und hier erfolgt eine Phasenverschiebung um $\frac{\lambda}{2}$; dieser Teil des Lichtes hat die Strecke d hin und zurück durchlaufen, so daß der optische Wegunterschied bei F

$$s_{\text{op}} = 2 d n + \frac{\lambda}{2}$$

ist. Damit bei F eine Auslöschung eintritt, muß

$$2 d n + \frac{\lambda}{2} = \frac{2z+1}{2} \cdot \lambda \qquad (z = 1, 2, 3, \ldots)$$

gelten. Da für Luft $n \approx 1$ ist und nach der obigen Gleichung $d \approx \frac{a^2}{2r}$ gilt, folgt

$$\lambda \approx \frac{a^2}{z r}.$$

Für $z=1$ ergibt sich der erste, für $z=2$ der zweite dunkle Ring usw.

An der Berührungsstelle von Linse und Glasplatte tritt Dunkelheit auf, weil hier die Dicke der Luftschicht Null ist, so daß zwischen den zur Interferenz kommenden Strahlen nur der durch die Reflexion bedingte Gangunterschied von $\frac{\lambda}{2}$ vorhanden ist.

Die Erscheinung der NEWTON-Ringe ist schon lange vor NEWTON bekannt gewesen. Sie ist bereits von LEONARDO DA VINCI (1452–1519) erwähnt worden und GRIMALDI hat hieraus geschlossen, daß Licht durch Licht ausgelöscht werden kann. Auch NEWTON hat sich eingehend mit dieser Erscheinung beschäftigt und sie zu deuten versucht, indem er besondere Zusatzhypothesen machte. Um mit den beobachteten Erscheinungen in Einklang zu bleiben, mußte NEWTON nämlich den Lichtpartikeln äußerst merkwürdige Eigenschaften zuschreiben. Hiernach sollen die Lichtpartikeln auf ihrem Wege den periodischen Wechsel einer Disposition zur Reflexion und einer Disposition zur Brechung besitzen, die im Fall der Wechselwirkung mit einer Grenzfläche (z.B. Luft–Glas) je nach der gerade vorliegenden Disposition zur Reflexion oder zum Übergang der Lichtpartikel in das andere Medium führen muß. Diese Theorie hieß *Theorie der Anwandlungen* (fits); wir haben sie bereits bei der Deutung der Reflexion und Brechung erwähnt (S. 641). Es ist leicht einzusehen, daß diese Theorie zur Deutung der NEWTON-Ringe brauchbar ist. Betrachten wir das durch die konvexe Fläche der Plankonvexlinse hindurchtretende Licht, so haben wir es nach NEWTON mit allen Lichtpartikeln zu tun, die bei der Wechselwirkung mit dieser Grenzfläche (Glas–Luft) die Disposition zur Brechung besitzen. Wegen des periodischen Wechsels der Disposition auf ihrem weiteren Wege zur Spiegelglasplatte hin und wegen der verschiedenen Entfernungen von der konvexen Fläche der Plankonvexlinse zur planen Fläche der Spiegelglasplatte müssen die Lichtpartikeln bei ihrem Auftreffen auf diese Fläche verschiedene Dispositionen besitzen, und zwar abwechselnd die Disposition zur Reflexion und die Disposition zur Brechung, wenn man vom Berührpunkt der Plankonvexlinse mit der Spiegelglasplatte auf dieser radial nach außen geht. Es müssen um den Berührpunkt dann helle Ringe als geometrische Örter der Disposition für Reflexion und dunkle Ringe als geometrische Örter der Disposition für Brechung (d.h. Lichtdurchgang) im Wechsel entstehen. Die Theorie war auf ihre Weise genial, weil sie den Teilchencharakter des Lichtes mit einer periodischen Eigenschaft verband und mit der Periodizität ein wesentliches Merkmal jeder Wellentheorie in sich aufnahm. Die Theorie versagt allerdings bei der Deutung der FRESNELschen Versuche (Doppelspiegel, Biprisma). Trotzdem ist sie ein schönes Beispiel für Wege der physikalischen Forschung, die in ihrer Geschichte oft auf dem schmalen Pfad zwischen Scharfsinn und Irrtum wandeln mußte. 1801 erkannte YOUNG, daß die NEWTON-Ringe durch die Wellenvorstellung des Lichtes ohne weitere Zusatzannahmen verständlich gemacht werden können.

6.2.7 Die Beugung am Spalt

Versuch 654.1 An die Stelle des Drahtes in dem Versuch 638.1 zur Beugung am Draht stellen wir einen engen Spalt und beobachten die Lichtverteilung auf dem Schirm.

Auch in diesem Falle erscheinen auf dem Schirm bei einfarbigem Licht helle und dunkle Streifen (Abb. 654.1) und bei weißem Licht farbige Streifen. Zur Erklärung der Erscheinungen nehmen wir an, daß auf den Spalt AB mit der Breite l ein paralleles Lichtbündel senkrecht auffalle (Abb. 654.2). An jedem Punkt des Spaltes ist das einfallende Licht in gleicher Phase und löst Elementarwellen aus. Im Raume hinter dem Spalt existieren dann nur diese Elementarwellen und die von ihnen bewirkten Interferenzerscheinungen.

Es soll nun ermittelt werden, wie die Lichtverteilung auf einem weit entfernten Schirm hinter dem Spalt ist. Zu einem beliebigen Punkt P des Schirmes kommt ein Bündel nahezu paralleler Strahlen, das mit der ursprünglichen Strahlenrichtung den Winkel α bilden soll (Abb. 654.2). In der Ebene BC dieses Bündels befinden sich die einzelnen Strahlen nicht mehr in gleicher Phase, da sie von der Spaltebene aus inzwischen verschieden lange Wege zurückgelegt haben. Die Randstrahlen haben einen Gangunterschied

$$AC = l \sin \alpha .$$

Liegt der Punkt P_0 in der Richtung der einfallenden Strahlen (Abb. 655.1 a), so ist $\alpha = 0$; alle Strahlen kommen ohne Gangunterschied auf dem Schirm an, so daß ihre Amplituden sich addieren und maximale Helligkeit entsteht. Je weiter der Punkt P zur Seite rückt, um so größer wird der Gangunterschied zwischen den von den verschiedenen Spaltpunkten kommenden Strahlen. Wenn insbesondere die Randstrahlen einen Gangunterschied von λ haben, wenn also (Abb. 655.1 b)

$$l \sin \alpha_1 = \lambda$$

gilt, dann besteht zwischen einem Randstrahl und dem Mittelstrahl ein Gangunterschied von $\frac{\lambda}{2}$; diese beiden Strahlen löschen sich also aus. Ebenso besteht zwischen jedem Strahl der linken Spalthälfte und einem entsprechenden Strahl der rechten Spalthälfte ein Gangunterschied von $\frac{\lambda}{2}$, so daß sich alle Strahlen auslöschen.

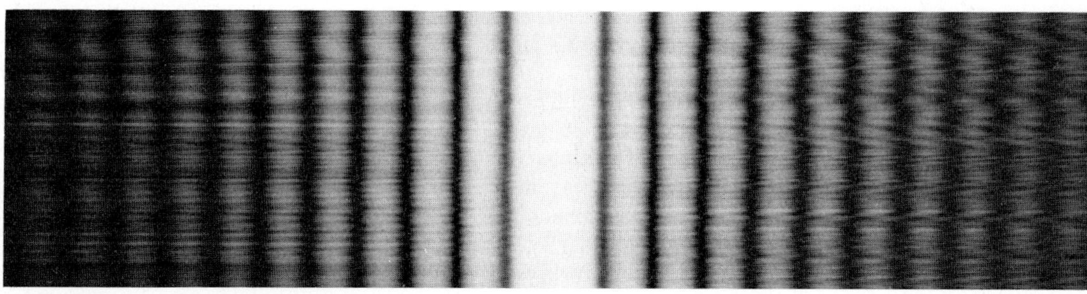

Abb. 654.1 Beugungsbild eines Spaltes. Vergrößerte fotografische Aufnahme

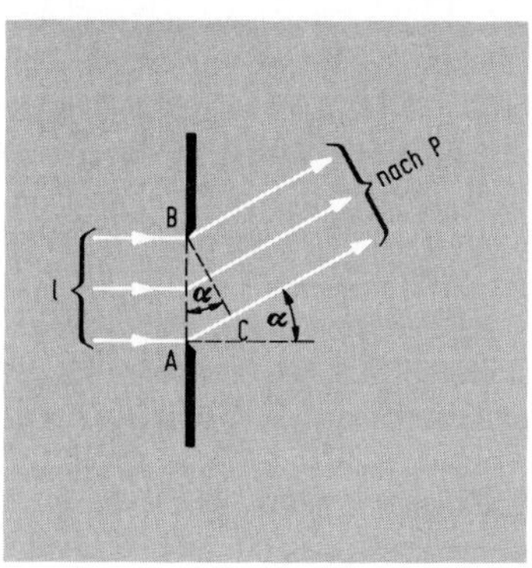

Abb. 654.2
Erklärung der Beugungserscheinungen am Spalt

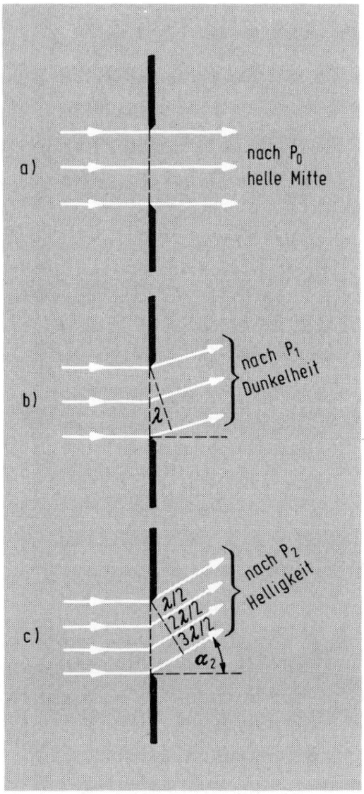

Abb. 655.1
Beugung am Spalt: a) Entstehung der hellen Mitte; b) Entstehung des ersten dunklen Streifens; c) Entstehung des ersten hellen Streifens.

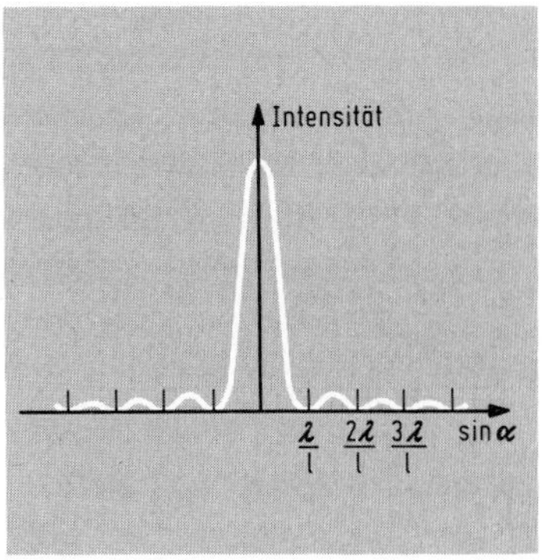

Abb. 655.2
Helligkeitsverteilung bei der Beugung einfarbigen Lichtes an einem Spalt

In der durch die Bedingung

$$\sin \alpha_1 = \frac{\lambda}{l}$$

festgelegten Richtung α_1 erhält der Schirm also kein Licht; an dieser Stelle entsteht auf dem Schirm ein dunkler Streifen. Geht man von der hellen Mitte aus auf dem Schirm nach beiden Seiten noch weiter nach außen, so trifft wieder Licht ein, und die Intensität erreicht ein neues Maximum, wenn der Gangunterschied der Randstrahlen $\frac{3\lambda}{2}$ ist (Abb. 655.1 c). Dann werden nämlich die von dem mittleren Drittel des Spaltes kommenden Strahlen durch das linke (oder das rechte) Drittel ausgelöscht und das rechte (oder das linke) Drittel sendet Licht auf den Schirm. Geht man schließlich noch weiter nach außen, so daß der Gangunterschied der Randstrahlen 2λ wird, so löschen sich die von benachbarten Vierteln des Spaltes kommenden Strahlen gegenseitig aus, und es entsteht wieder völlige Dunkelheit.

Setzt man die gleichen Überlegungen fort, so ergibt sich als *Bedingung für völlige Auslöschung*

$$\sin \alpha = \frac{z\lambda}{l} \quad \text{für} \quad z = 1, 2, 3, \ldots$$

Entsprechend ist die *Bedingung für maximale Helligkeit*

$$\sin \alpha = \frac{z\lambda}{l} \quad \text{für} \quad z = 0, \tfrac{3}{2}, \tfrac{5}{2}, \tfrac{7}{2}, \ldots$$

Auf dem Schirm entsteht eine Aufeinanderfolge von hellen und dunklen Streifen. Wir bezeichnen den mittleren, hellsten Streifen als Beugungsstreifen nullter Ordnung. Nach beiden Seiten schließen sich die Helligkeitsmaxima erster Ordnung an. Es folgen, jeweils durch dunkle Streifen getrennt, die Helligkeitsmaxima höherer Ordnung, so daß die Intensitätsverteilung auf dem Schirm das in Abb. 655.2 dargestellte Bild zeigt.

Aus der Gleichung $\sin\alpha = \frac{z\lambda}{l}$ folgt, daß der Ablenkungswinkel α um so größer wird, je größer die Wellenlänge des benutzten Lichtes ist. Daher werden die Beugungsstreifen bei rotem Licht weiter voneinander entfernt sein als bei violettem. Verwendet man schließlich weißes Licht, so überlagern sich die Beugungsstreifen der einzelnen Spektralfarben, und wir erhalten farbige Bänder; nur das Beugungsbild nullter Ordnung bleibt weiß.

Zusammenfassend stellen wir fest, daß sich aus den Versuchen und der Theorie für die *Beugung am Spalt* ergeben hat:

1. Durch die Beugung an einem Spalt entstehen bei monochromatischem Licht zu beiden Seiten des hellen Mittelbildes symmetrisch liegende helle Beugungsstreifen mit nach außen abnehmender Intensität, die nicht scharf begrenzt sind, sondern allmählich in die dunklen Zwischenräume übergehen. Der Abstand der Beugungsstreifen nimmt mit wachsender Wellenlänge zu.

2. Bei weißem Licht entstehen symmetrisch zur weißen Mitte auf beiden Seiten farbige Beugungsbilder.

6.2.8 Das optische Strichgitter

Unter einem *optischen Strichgitter* oder *Beugungsgitter* verstehen wir eine große Anzahl in gleichen Abständen parallel verlaufender Spalte. Im allgemeinen besteht es aus einer Glasplatte, in die auf der einen Seite mit einem Diamanten sehr viele parallele Linien geritzt sind; das Licht kann dann nur durch die nichtgeritzten Teile des Glases zwischen den Strichen hindurchgehen. Man kann auf diese Weise Gitter herstellen, die bis zu 2000 Striche auf 1 mm enthalten; die einzelnen Spalte sind also sehr schmal. Im praktischen Gebrauch werden keine original hergestellten Gitter verwendet. Man benutzt vielmehr preiswerte Kopien eines Gitteroriginals, die ähnlich wie Schallplatten gepreßt werden. Während bei der Beugung an einem Spalt die zur Interferenz gelangenden Lichtstrahlen ein zusammenhängendes Bündel bilden, werden bei der Beugung an einem Gitter eine große Zahl sehr schmaler, untereinander kohärenter Strahlenbündel zur Interferenz gebracht.

Wir beschränken uns hier auf die theoretische Behandlung eines speziellen Falles, bei dem *paralleles, monochromatisches Licht* senkrecht auf ein Beugungsgitter fällt (Abb. 656.1). Das erreichen wir dadurch, daß wir das von einem Beleuchtungsspalt S_0 ausgehende divergente Lichtbündel durch eine Konvexlinse L_1 parallel machen. Hinter dem Gitter steht eine zweite Konvexlinse L_2, die die abgebeugten Lichtbündel jeweils wieder konvergent macht, so daß auf einem Schirm helle Streifen dort entstehen, wo das abgebeugte und dann durch die Linse L_2 zusammengefaßte Licht zu einem Helligkeitsmaximum interferiert (Abb. 656.2). Die Linse L_2 kann man fortlassen, wenn man mit der Linse L_1 den Beleuchtungsspalt S_0 auf einen sehr weit entfernten Schirm abbildet. Dann ist nämlich das Lichtbündel, das die Linse L_1 verläßt, am Ort des Gitters fast parallel.

Wir wollen nun diejenigen Richtungen ermitteln, in denen die Interferenz zu maximaler Helligkeit führt. Wir betrachten dazu die vier in Abb. 656.1 eingezeichneten Strahlen und bestimmen den Ablenkungswinkel α, für den der Gangunterschied der von zwei benachbarten Spalten in dieser Richtung ausgehenden Strahlen

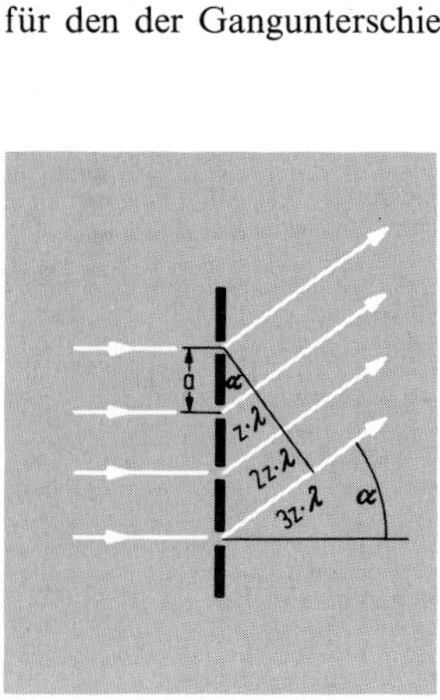

Abb. 656.1
Beugung am Gitter

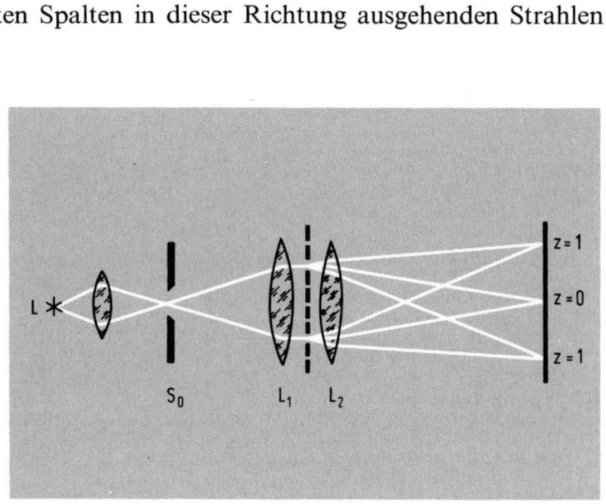

Abb. 656.2
Versuchsanordnung zur Beugung am Gitter (paralleles Licht)

ein ganzzahliges Vielfaches von λ ist. Wenn dies für die genannten vier Strahlen erfüllt ist, dann gilt es auch für alle übrigen entsprechenden Strahlen, die von weiteren Spalten in der gleichen Richtung ausgehen, vorausgesetzt, daß die Spalte gleich breit sind und den gleichen Abstand voneinander haben. Für den Winkel α gilt dann die Gleichung

$$\sin\alpha = \frac{z\lambda}{a} \quad (z=0, 1, 2, 3, \ldots),$$

wobei a den Abstand zweier entsprechender benachbarter Gitterpunkte, die sog. *Gitterkonstante*, bedeutet.

In den aus dieser Gleichung für $z=0, 1, 2, 3, \ldots$ sich ergebenden Richtungen tritt maximale Helligkeit auf. Für $z=0$ ergibt sich $\alpha=0$, d.h., in der Richtung des einfallenden Lichtes liegt das Maximum 0. Ordnung. Daneben befindet sich auf beiden Seiten die Maxima 1. Ordnung, deren Richtung α_1 durch die Gleichung

$$\sin\alpha_1 = \frac{\lambda}{a}$$

bestimmt ist. Es folgen die Maxima 2. Ordnung, für die der Ablenkungswinkel sich aus der Gleichung

$$\sin\alpha_2 = \frac{2\lambda}{a}$$

ergibt usw.

Das Beugungsgitter liefert also nur in ganz bestimmten Richtungen Licht. In den dazwischenliegenden Bereichen herrscht Dunkelheit, denn wenn der Gangunterschied nicht einen der durch die obige Gleichung bestimmten Werte hat, so kommt eine große Zahl beliebig gegeneinander verschobener Lichtwellen zur Interferenz, von denen sich nachweisen läßt, daß sie immer zu fast vollständiger Auslöschung führen.

Versuche mit Beugungsgittern ergeben:

1. Die Beugungsstreifen liegen bei rotem Licht weiter auseinander als bei grünem und blauem Licht. Dies ergibt sich aus der Formel

$$\sin\alpha = \frac{z\lambda}{a},$$

die zeigt, daß das Licht um so stärker abgelenkt wird, je größer die Wellenlänge λ ist; *rotes Licht wird also stärker abgelenkt als violettes Licht.*

2. *Die Ablenkung ist um so größer, je kleiner die Gitterkonstante ist;* auch dies ergibt sich unmittelbar aus der obigen Formel. Je feiner also das Gitter ist, um so stärker sind die Beugungsstreifen auseinandergezogen.

3. Da das Gitter die einzelnen Farben entsprechend ihrer Wellenlänge verschieden stark ablenkt, treten bei Verwendung von weißem Licht auf dem Schirm farbige Bänder auf. *Das Gitter erzeugt durch Lichtbeugung ein Spektrum.* Die hier auftretenden Farben sind echte Spektralfarben; die Reihenfolge ist aber umgekehrt wie beim Prisma, bei dem das Spektrum *durch Lichtbrechung* erzeugt wird. Es ergeben sich Beugungsspektren 1., 2., 3., ... Ordnung, die sich vor allem in den höheren Ordnungen teilweise überdecken, so daß Mischfarben entstehen.

Die Eigenschaften der Beugungsspektren ergeben sich aus der Gleichung

$$\sin\alpha = \frac{z\lambda}{a}.$$

Wenn man noch beobachtet, daß bei nicht allzu feinen Gittern nur kleine Werte für α auftreten, für die $\sin\alpha \approx \alpha$ (α im Bogenmaß) gesetzt werden kann, gilt

$$\alpha \approx \frac{z\lambda}{a}.$$

Für kleine Ablenkungswinkel ($\sin\alpha \approx \alpha$) **ist bei der Beugung am Gitter der Ablenkungswinkel zur Wellenlänge des Lichtes proportional.**

Dies ist bei den Prismenspektren nicht der Fall. Während beim Gitter rotes Licht stärker als violettes abgelenkt wird, ist dies beim Prisma umgekehrt. Außerdem erhält man bei Glas-, Schwefelkohlenstoff- oder anderen Prismen ein verzerrtes Spektrum, weil das blau-violette Ende stärker auseinandergezogen wird als

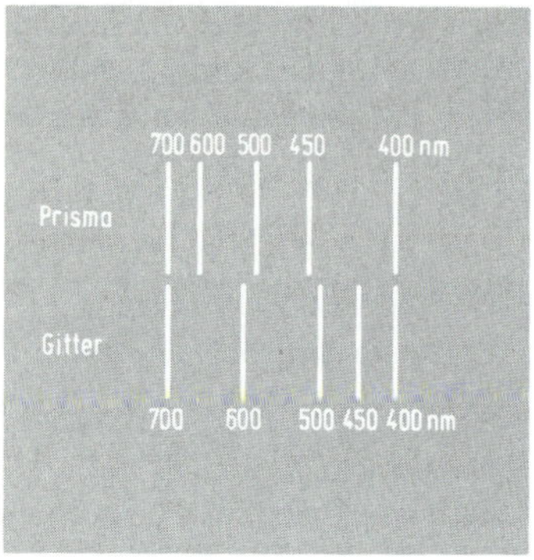

Abb. 658.1
Unterschied in der Linienverteilung bei einem Prismenspektrum und einem Beugungsspektrum

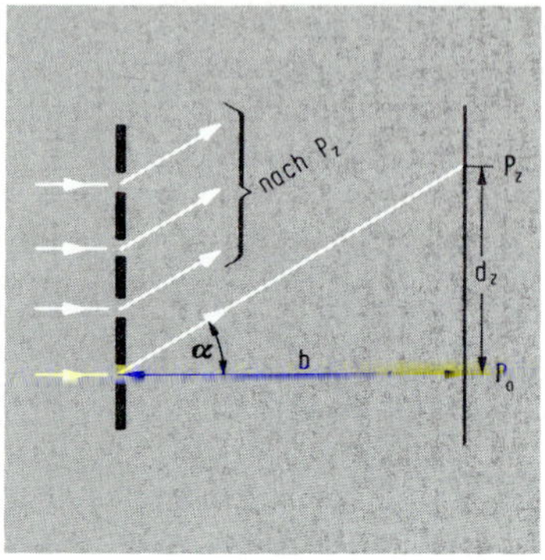

Abb. 658.2
Messung der Lichtwellenlänge mit Hilfe des Gitters

das rote; Abb. 658.1 zeigt diesen Unterschied zwischen einem Prismen- und einem Beugungsspektrum, wobei beide am Anfang und am Ende (bei 400 und bei 700 nm) zusammenfallend gezeichnet sind.

Ohne Herleitung sei noch folgender Sachverhalt mitgeteilt:

Das Auflösungsvermögen eines Gitters, d.h. die noch beobachtbare Trennung zweier Spektrallinien von nahezu gleicher Wellenlänge, wird um so größer, je größer die Anzahl der durchleuchteten Gitterspalte und je höher die Ordnung des Spektrums ist.

Um eine möglichst große spektrale Auflösung zu erhalten, muß man daher feine Gitter benutzen und ein Spektrum möglichst hoher Ordnung verwenden. Es ist aber nicht möglich, Spektren beliebig hoher Ordnung herzustellen, weil die Intensität der Gitterspektren mit steigender Ordnung rasch abnimmt, so daß man mit den üblichen Gittern über die 3. Ordnung nicht hinauskommt; außerdem überdecken sich die Spektren in einem mit wachsender Ordnung zunehmenden Maße.

Die aus den Experimenten und der Theorie folgenden Ergebnisse über die *Beugung am Gitter* fassen wir zusammen:

1. Durch die Beugung an einem Gitter entstehen bei monochromatischem Licht zu beiden Seiten des hellen Mittelbildes symmetrisch liegende helle Linien, wenn man das Lichtbündel zunächst durch einen Beleuchtungsspalt begrenzt. Der Abstand der Beugungslinien nimmt mit wachsender Wellenlänge zu.

2. Bei weißem Licht entstehen symmetrisch zur weißen Mitte auf beiden Seiten Beugungsspektren, bei denen im Gegensatz zu den Prismenspektren Rot am stärksten und Violett am schwächsten abgelenkt werden. Die Beugungsspektren höherer Ordnung werden breiter und lichtschwächer und überdecken sich teilweise.

3. Beugungsgitter für hohes Auflösungsvermögen müssen eine sehr kleine Gitterkonstante haben, damit möglichst viele Lichtstrahlen (bzw. Lichtbündel) zur Interferenz gelangen.

Die Beugungsgitter haben in der Physik und Astronomie verbreitete Anwendung gefunden. Als besonders wichtig haben sie sich für die genaue Messung der Lichtwellenlängen erwiesen. Die Genauigkeit der Messungen konnte dabei so gesteigert werden, daß die Wellenlängenbestimmungen beim Licht heute zu den exaktesten wissenschaftlichen Messungen überhaupt gehören.

Um die *Wellenlänge des Lichtes* mit Hilfe eines Gitters zu messen, gehen wir von der Formel

$$\sin\alpha = \frac{z\lambda}{a}$$

aus. Da der Winkel α direkt schlecht meßbar ist, bestimmen wir $\tan\alpha$ (für kleine Winkel gilt $\sin\alpha \approx \tan\alpha$). In Abb. 658.2 sei die durch das Gitter gebeugte Schar von Strahlen gezeichnet, die zum Beugungsstreifen z-ter Ordnung führt. Bezeichnen wir den Abstand dieses Beugungsstreifens von der hellen Mitte mit d_z und den Abstand zwischen Gitter und Schirm mit b, so gilt

$$\frac{d_z}{b} = \tan\alpha \approx \sin\alpha\,.$$

Zusammen mit der vorhergehenden Formel erhalten wir also

$$\lambda \approx \frac{a\,d_z}{z\,b}\,.$$

Die Größen d_z und b können leicht gemessen werden; wenn dann die Gitterkonstante bekannt ist, läßt sich die Wellenlänge des benutzten Lichtes berechnen. Benutzen wir ein Gitter mit sehr kleiner Gitterkonstante a, z. B. ein zuerst von H. Rowland (1848–1901) mit größter Präzision hergestelltes Gitter mit 5700 Strichen je cm (also $a = \frac{1}{5700}$ cm), so wird der Ablenkungswinkel α auch in der ersten Ordnung ($z = 1$) so groß, daß wir nicht mehr die Näherung $\tan\alpha \approx \sin\alpha$ verwenden dürfen. Wir müssen dann zu dem gemessenen Wert von $\tan\alpha$ den Winkel α und zu diesem Winkel den Wert von $\sin\alpha$ ermitteln (Tabelle oder Elektronenrechner). Dann ist $\sin\alpha$, z und a bekannt und damit auch λ.

6.2.9 Das Auflösungsvermögen der optischen Instrumente

Die Beugungserscheinungen sind ein Grund dafür, daß die Leistungsfähigkeit optischer Instrumente begrenzt ist. Von einer punktförmigen Lichtquelle entsteht bei der Abbildung durch eine Linse wegen der Beugung kein punktförmiges Bild, sondern ein *Beugungsscheibchen*. Diese Beugungsscheibchen machen die Zeichnung des Bildes etwas unscharf und bewirken, daß eng benachbarte Punkte nicht mehr getrennt wahrgenommen werden können. Zwei dicht beieinanderliegende Punkte kann man im Bild getrennt erkennen, wenn ihre Beugungsscheibchen getrennt voneinander liegen oder sich gerade berühren; bei einiger Übung vermag man auch bei teilweiser Überdeckung der Beugungsscheibchen noch zu entscheiden, ob es sich um zwei Punkte handelt oder nicht. Wenn aber die Überdeckung der Beugungsscheibchen ein später noch genauer anzugebendes Maß überschreitet, werden die Punkte im Bild nicht mehr voneinander getrennt. Dann hat es auch keinen Wert, die Vergrößerung weiter zu treiben, weil die durch das Beugungsscheibchen hervorgerufene Unschärfe sich mit vergrößert und die Zeichnung nicht deutlicher wird.

Wir untersuchen nun, wie groß die Entfernung $\delta_{\min}$ zweier Punkte eines Gegenstandes mindestens sein muß, damit sie noch getrennt wahrgenommen werden können. Der für alle optischen Instrumente wichtige Begriff des Auflösungsvermögens A hängt mit der Größe $\delta_{\min}$ eng zusammen.

Unter dem Auflösungsvermögen A eines optischen Gerätes versteht man den reziproken Wert des kleinsten Abstandes $\delta_{\min}$ zweier Objektpunkte, die mit Hilfe des optischen Gerätes gerade noch getrennt wahrgenommen werden können.

Es ist also

$$A = \frac{1}{\delta_{\min}}\,.$$

Auch beim *menschlichen Auge* spielt das Auflösungsvermögen eine wichtige Rolle. Die Erfahrung zeigt, daß ein normales menschliches Auge zwei Striche, die 0,01 cm voneinander entfernt sind und sich in 25 cm Abstand vom Auge (deutliche Sehweite) befinden, unter günstigen Bedingungen gerade noch getrennt erkennen kann. Dieser kleinste noch auflösbare Strichabstand entspricht einem Sehwinkel von etwa 1′. Feinere Strukturen werden vom Auge nur undeutlich oder gar nicht mehr wahrgenommen. Neben der schon genannten Beugung der Lichtstrahlen an der Pupille des Auges ist ein weiterer Grund für das begrenzte

Auflösungsvermögen der Abstand der Zapfen auf der Netzhaut voneinander, der bewirkt, daß dicht benachbarte Gegenstandspunkte nicht mehr auf verschiedene Zapfen abgebildet werden und deshalb keine verschiedenen Bildeindrücke hervorrufen; das menschliche Auge ist so gebaut, daß sich die durch Beugung hervorgerufene Begrenzung des Auflösungsvermögens mit der durch den endlichen Zapfenabstand bedingten Begrenzung deckt. – Man kann natürlich auch noch Objekte, die enger als 0,0001 m beieinanderliegen, getrennt erkennen, wenn man das Auge näher als 25 cm an den Gegenstand heranbringt. Man muß dann aber stark akkommodieren und damit das Auge anstrengen. Ohne eine solche anstrengende Akkommodation kann man kleine Objekte und feine Strukturen mit Hilfe einer Lupe oder eines Mikroskops deutlich sehen. Aber auch das Auflösungsvermögen dieser Geräte ist begrenzt.

Um zu einer quantitativen Aussage über das *Auflösungsvermögen einer Linse* zu kommen, betrachten wir zwei benachbarte punktförmige Lichtquellen L_1 und L_2, die sich im Abstand g von einer Konvexlinse mit dem Öffnungsdurchmesser d befinden und die auf einen Schirm, der von der Linse den Abstand b haben soll, abgebildet werden (Abb. 660.1 a). Die aufgrund der geometrischen Optik sich ergebenden Bildpunkte seien L'_1 und L'_2. In diesen Punkten herrscht größte Helligkeit. Wegen der an der Linsenöffnung auftretenden Beugung gelangt aber auch in die Umgebung von L'_1 und L'_2 Lichtenergie, so daß um den geometrischen Bildpunkt herum eine Zone mit nach außen abnehmender Helligkeit entsteht. In einem bestimmten Abstand vom geometrischen Bildpunkt wird die Lichtintensität schließlich Null. Weiter nach außen nimmt sie wieder zu, erreicht ein neues, schwächeres Maximum, um dann wieder auf den Wert Null zu sinken usw. Das Beugungsbild besteht also aus einem Hauptmaximum im geometrischen Bildpunkt und einer Anzahl konzentrischer Beugungsringe, deren Helligkeit nach außen rasch abnimmt und die durch Kreise mit der Lichtintensität Null voneinander getrennt sind (Abb. 660.2). Die Verteilung der Lichtintensität in der Umgebung der geometrischen Bildpunkte ist in Abb. 660.1 b grafisch dargestellt. Unter dem Beugungsscheibchen verstehen wir die besonders helle, bis zum ersten dunklen Kreis reichende, innere Kreisfläche mit dem Durchmesser D.

Es ist nun für das Auflösungsvermögen einer Linse wichtig, wie groß die Beugungsscheibchen sind. Eine exakte Ableitung der Formel für den Durchmesser D der Beugungsscheibchen leuchtender Punkte ist nur mit größerem Aufwand möglich. Wir können die Formel aber verständlich machen, indem wir an die früher

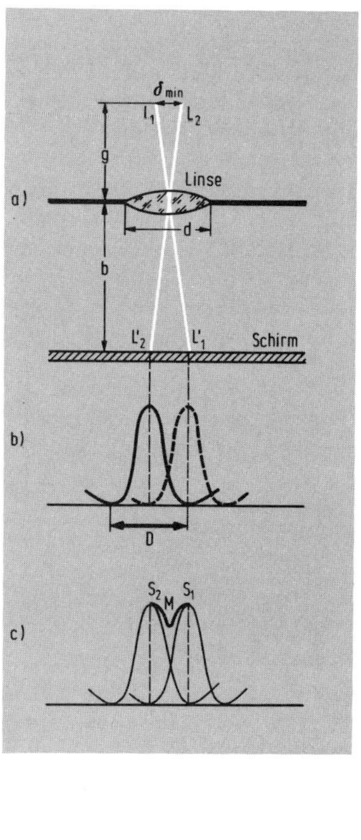

Abb. 660.1
Das Auflösungsvermögen einer Linse

Abb. 660.2 Beugungsbild einer kreisförmigen Öffnung (z. B. Lochblende). Vergrößerte fotografische Aufnahme

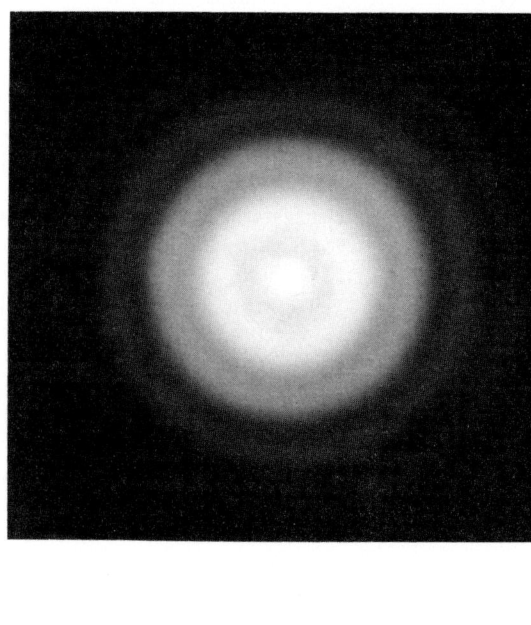

(S. 655) für einen Spalt abgeleiteten Gleichungen anknüpfen. Daraus ergibt sich, daß das Beugungsbild, das ein Spalt der Breite l von einem leuchtenden Punkt erzeugt, in der Entfernung b die Breite

$$D \approx 2b \sin\alpha \approx \frac{2b\lambda}{l}$$

hat. Bei einer kreisförmigen Öffnung gilt für den Durchmesser D des Beugungsscheibchens eine ähnliche Formel. Die exakte Beugungstheorie zeigt, daß wegen des Unterschiedes zwischen kreisförmigen Öffnungen und Spalten zu der letzten Formel noch der Faktor 1,22 hinzuzufügen ist. Es ergibt sich dann, daß eine Linse mit dem Durchmesser d das von einem Punkt ausgehende Licht der Wellenlänge λ in der Bildweite b wegen der Beugung über ein kreisförmiges Beugungsscheibchen vom Durchmesser

$$D = \frac{2{,}44\, b\lambda}{d}$$

verteilt. Um zwei Beugungsscheibchen getrennt erkennen zu können, muß die aus der Überlagerung beider Helligkeiten sich ergebende Helligkeitsverteilung (Abb. 660.1 c), die bei M einen Sattel aufweist, so beschaffen sein, daß das Auge einen Helligkeitsunterschied zwischen M und den Punkten S_1 bzw. S_2 feststellen kann. Da nicht alle Augen gleich empfindlich sind, treten auch in der Fähigkeit zur Trennung benachbarter Beugungsscheibchen individuelle Unterschiede auf. Ein brauchbarer Mittelwert ergibt sich, wenn die Mittelpunkte der Beugungsscheibchen so weit voneinander entfernt sind, daß der eine in das erste Minimum der Beugungsfigur des anderen fällt, wie dies in Abb. 660.1 b gezeichnet ist. Wenn die geometrischen Bildpunkte noch dichter beieinanderliegen, ist eine Trennung nicht mehr möglich. Damit ergibt sich also, daß die Mittelpunkte L'_1 und L'_2 der Beugungsscheibchen mindestens einen Abstand von

$$s = \frac{D}{2} = \frac{1{,}22\, b\lambda}{d}$$

haben müssen, um noch getrennt gesehen zu werden. Dann ergibt sich für den Mindestabstand δ_{min} der Gegenstandspunkte L_1 und L_2

$$\frac{\delta_{min}}{s} = \frac{g}{b} \quad \text{oder} \quad \delta_{min} = \frac{g\,s}{b} = \frac{1{,}22\, g\lambda}{d}.$$

Da man zur Erzielung einer starken Vergrößerung den Gegenstand ungefähr in den Brennpunkt der Linse bringt, kann die Gegenstandsweite g etwa gleich der Brennweite f gesetzt werden, so daß sich

$$\delta_{min} = \frac{1{,}22\, f\lambda}{d}$$

ergibt. Die Größe $\frac{d}{f}$ ist allein durch die Linse bestimmt und wird als ihr *Öffnungsverhältnis* ω bezeichnet. Es ist dann also

$$\delta_{min} = \frac{1{,}22\,\lambda}{\omega}.$$

Für das Auflösungsvermögen ergibt sich

$$A = \frac{1}{\delta_{min}} = \frac{\omega}{1{,}22\,\lambda} = \frac{0{,}82\,\omega}{\lambda}.$$

Wenn sich zwischen der Linse und dem Gegenstand nicht Luft, sondern ein Stoff mit der Brechzahl n befindet, so gelten die Gleichungen

$$\delta_{min} = \frac{1{,}22\,\lambda}{n\omega} \quad \text{und} \quad A = \frac{0{,}82\, n\omega}{\lambda}.$$

Es hat sich also ergeben:

Das Auflösungsvermögen einer Linse ist ihrem Öffnungsverhältnis und der Brechzahl n der zwischen Linse und Gegenstand befindlichen Substanz direkt und der Wellenlänge des verwendeten Lichtes umgekehrt proportional.

Das Auflösungsvermögen eines zusammengesetzten optischen Gerätes, etwa eines Mikroskops, ist nur durch das Auflösungsvermögen des Objektivs bestimmt. Struktureinzelheiten, die durch das Objektiv nicht aufgelöst werden, können auch durch eine noch so starke Vergrößerung des Zwischenbildes mit dem Okular nicht sichtbar gemacht werden. Beim Mikroskop wählt man deshalb das Okular so, daß der vom Objektiv gerade noch aufgelöste Abstand auf einen auch bei ungünstiger Beleuchtung für das Auge noch gut erkennbaren Wert von etwa 0,0003 m vergrößert wird. Man bezeichnet diese Vergrößerung, bei der das Bild vom Betrachter noch scharf gesehen wird, nach E. Abbe (1840–1905) als *förderliche Vergrößerung*. Es ist zwar durch Verwendung geeigneter Linsen möglich, stärkere Vergrößerungen zu erzielen; diese *leeren Vergrößerungen* sind aber wertlos, weil die Bilder aus den soeben dargelegten Gründen keine neuen Einzelheiten des Untersuchungsobjektes erkennen lassen.

Es kommt also für die Wirksamkeit eines optischen Gerätes entscheidend darauf an, sein *Auflösungsvermögen möglichst groß* zu machen. Hierzu gibt es nach der oben erläuterten Formel verschiedene Wege.

1. Das Auflösungsvermögen einer Linse wächst mit ihrem Öffnungsverhältnis. Um große Öffnungsverhältnisse zu erzielen, muß man die Brennweite möglichst klein und den Linsendurchmesser möglichst groß machen. Hierbei kann man aber nicht beliebig weit gehen, weil die dann auftretenden Linsenfehler die Abbildung stören würden. Praktisch kommt man über ein Öffnungsverhältnis von $\omega = 1{,}9$ kaum hinaus. Das bedeutet, daß bei Luft als Medium zwei Punkte mindestens einen Abstand von

$$\delta_{\min} = \frac{1{,}22\,\lambda}{1{,}9} \approx 0{,}64\,\lambda$$

haben müssen, um getrennt gesehen zu werden. Verwendet man gewöhnliches Licht mit einer mittleren Wellenlänge von $\lambda = 5 \cdot 10^{-7}$ m, so ergibt sich ein eben noch auflösbarer Mindestabstand von

$$\delta_{\min} = 3{,}2 \cdot 10^{-7}\,\text{m}.$$

Um diesen gerade noch auflösbaren Abstand auf den oben angegebenen Wert von etwa 0,0003 m zu vergrößern, ist eine Vergrößerung V erforderlich, für die sich

$$V = \frac{3 \cdot 10^{-4}\,\text{m}}{3{,}2 \cdot 10^{-7}\,\text{m}} = 0{,}94 \cdot 10^{3}$$

ergibt. Bei rund 1000facher Vergrößerung haben also die von einem Mikroskop, das Luft zwischen Gegenstand und Objektiv hat, eben noch aufgelösten Strukturelemente einen für das Auge gut erkennbaren Abstand von rund 0,0003 m. Die förderliche Vergrößerung ist in diesem Falle also etwa auf das 1000fache begrenzt; jede darüber hinausgehende Vergrößerung ist wertlos.

2. Ein weiterer Weg zur Steigerung des Auflösungsvermögens einer Linse besteht darin, daß man zwischen Gegenstand und Objektiv statt der Luft einen anderen Stoff mit größerer Brechzahl n bringt. Man benutzt hierzu Flüssigkeiten und spricht dann von einer *Immersion*. Als *Immersionsflüssigkeiten* haben sich besonders Zedernholzöl mit einer Brechzahl von 1,505 und Monobromnaphthalin mit einer Brechzahl von 1,658 als geeignet erwiesen. Durch Verwendung solcher Immersionen kann das Auflösungsvermögen um bis zu 65% gesteigert werden. Für den bei gewöhnlichem Licht dann gerade noch auflösbaren Mindestabstand ergibt sich

$$\delta_{\min} = \frac{1{,}22 \cdot 5 \cdot 10^{-7}\,\text{m}}{1{,}65 \cdot 1{,}9} \approx 1{,}9 \cdot 10^{-7}\,\text{m}.$$

Damit dieser Abstand auf den für das Auge gut wahrnehmbaren Wert von 0,0003 m gebracht wird, ist eine Vergrößerung von

$$V = \frac{3 \cdot 10^{-4}\,\text{m}}{1{,}9 \cdot 10^{-7}\,\text{m}} \approx 1{,}6 \cdot 10^{3}$$

erforderlich. Auch hier wäre es wieder sinnlos, stärkere Vergrößerungen anzuwenden.

Man kommt also bei einem Lichtmikroskop über eine Vergrößerung auf etwa das 1600fache nicht hinaus. Dabei können Struktureinzelheiten, die in der Größenordnung der verwendeten Lichtwellenlänge liegen, noch aufgelöst werden.

3. Die dritte Möglichkeit zur Steigerung des Auflösungsvermögens und damit zur Erzielung stärkerer förderlicher Vergrößerungen besteht in einer Verkleinerung der Wellenlänge des Lichtes. Dieser Weg ist von der *Ultraviolett-Mikroskopie* beschritten worden. Hier wird mit Wellenlängen von etwa $2{,}8 \cdot 10^{-7}$ m gearbeitet, so daß sich für den auflösbaren Mindestabstand der runde Wert von

$$\delta_{\min} = 10^{-7}\,\text{m}$$

ergibt und dann eine förderliche Vergrößerung von $V \approx 3000$ sinnvoll ist. Man kann aber bei ultraviolettem Licht keine Beobachtungen mit dem Auge durchführen, sondern ist auf die Fotografie oder den Leuchtschirm angewiesen. Ferner müssen die Linsen aus Quarz oder anderen für ultraviolettes Licht durchlässigen Stoffen hergestellt werden.

Eine bedeutende Steigerung des Auflösungsvermögens durch Verwendung kleinerer Wellenlängen ergab sich durch die Konstruktion des *Elektronenmikroskops* (S. 588).

Um dies zu verstehen, nehmen wir die später noch genauer zu besprechende Tatsache vorweg, daß man nach L. DE BROGLIE (geb. 1892) einer bewegten Korpuskel stets eine Welle zuordnen kann, deren Wellenlänge durch die Gleichung

$$\lambda = \frac{h}{p}$$

gegeben ist, wobei h die PLANCK-Konstante und p der Impuls des bewegten Teilchens ist. Für Elektronen, die eine Beschleunigungsspannung U durchlaufen haben, ergibt sich für die zugeordnete Wellenlänge

$$\lambda = \sqrt{\frac{150\,\text{V}}{U}} \cdot 10^{-10}\,\text{m}\,.$$

Verwenden wir etwa Elektronen, die durch 50 kV beschleunigt worden sind, so entspricht dies einer Wellenlänge von $5{,}5 \cdot 10^{-12}$ m, d.h. also einer rund 100000mal kürzeren Wellenlänge als der des grünen Lichtes. Wenn man also ein Mikroskop baut, das anstelle von Lichtstrahlen Elektronen der angegebenen Art und anstelle von Glaslinsen die besprochenen magnetischen oder elektrostatischen Elektronenlinsen verwendet, so müßte man mit einem solchen Gerät ein 100000mal besseres Auflösungsvermögen erzielen als mit einem Lichtmikroskop. Man könnte dann theoretisch noch Teilchen oder Struktureinzelheiten von der Größenordnung 10^{-12} m erkennen, d.h., man wäre in der Lage, tief in die Welt der Atome einzudringen. Eine solche Leistung wird bei den Elektronenmikroskopen aber bei weitem nicht erreicht; der Grund hierfür liegt in den bei Elektronenlinsen stärker als bei Glaslinsen auftretenden Linsenfehlern. Der bisher erreichte Mindestabstand liegt bei etwa 10^{-9} m, im günstigsten Fall bei $1{,}5 \cdot 10^{-10}$ m. Es lohnt sich dann, erheblich stärkere, beim Lichtmikroskop zwecklose Vergrößerungen anzuwenden. Für die förderliche Vergrößerung würde sich bei einem Mindestabstand von 10^{-9} m ergeben:

$$V = \frac{3 \cdot 10^{-4}\,\text{m}}{10^{-9}\,\text{m}} = 3 \cdot 10^{5}\,.$$

Wenn man das elektronenoptisch gewonnene Bild nun noch zusätzlich lichtoptisch vergrößert, so erzielt man eine noch stärkere Gesamtvergrößerung. Die Elektronenmikroskope übertreffen also die Lichtmikroskope in bezug auf ihr Auflösungsvermögen und ihre förderliche Vergrößerung um mehr als das 100fache.

Das Auflösungsvermögen eines *Fernrohres* ist ebenfalls begrenzt, und zwar aufgrund der Beugung des Lichtes an der Objektivöffnung des Fernrohres. Das gilt sowohl für *Linsenfernrohre* als auch für *Spiegelteleskope;* bei letzteren ist der Parabolspiegel das Objektiv. Aus diesem Grund erscheinen Fixsterne auf Himmelsfotografien nicht als geometrische Punkte, sondern als Scheibchen, deren Durchmesser nur bei großen Objektivöffnungen in erträglichen Grenzen liegen. Die theoretischen Betrachtungen hierzu sind den von uns für das Mikroskop durchgeführten ähnlich, wenn man unter $\delta_{\min}$ die gerade noch auflösbare *Winkeldistanz* versteht; sie führen zu folgendem Ergebnis:

Das Auflösungsvermögen eines Fernrohres ist dem Objektivdurchmesser direkt und der Wellenlänge des aufgefangenen Lichtes umgekehrt proportional.

Abb. 664.1 Bilder eines Doppelsternes, der mit verschiedenen Objektivöffnungen beobachtet wurde. Die größte Öffnung ergab die beste Auflösung (rechts).

Geringes und gutes Auflösungsvermögen eines Fernrohres zeigen deutlich die Aufnahmen eines Doppelsternes, die bei verschiedenen Objektivöffnungen gemacht wurden (Abb. 664.1).

Bei geringer Öffnung ergeben die Bilder der beiden Sterne des Doppelsternsystems nur ein einziges Beugungsscheibchen auf der Fotoplatte. Der Astronom kann gar nicht entscheiden, ob ein Einzelstern oder ein Doppelstern vorliegt. Erst bei zunehmender Objektivöffnung und dadurch gesteigertem Auflösungsvermögen tritt die Doppelsternstruktur hervor.

1931 entdeckte der amerikanische Ingenieur K. JANSKY die *kosmische Radiostrahlung*. Seitdem hat die *Radioastronomie* in der Erforschung des Kosmos wachsende Bedeutung erlangt. Wir können hier nicht näher darauf eingehen, sondern teilen nur mit, daß die Radiostrahlung aus dem Kosmos Wellenlängen in der Größenordnung 15 m hat. Die Langwelligkeit der Radiostrahlung verursacht nun nach den oben getroffenen Feststellungen ein sehr geringes Auflösungsvermögen. Eine Verbesserung ist zunächst durch Radioteleskope mit riesigen Öffnungen möglich. Inzwischen hat man ca. 100 Radioteleskope gebaut. Das größte ist unbeweglich; es befindet sich in einem Felsental auf Puerto Rico und besitzt einen Durchmesser von 300 m. Das größte *bewegliche* Radioteleskop der Welt mit einem Durchmesser von 100 m ist das deutsche Teleskop in der Eifel (Abb. 664.2).

In der modernen Radioastronomie wird ein Himmelsobjekt (z. B. ein Quasar) mit mehreren, weit voneinander entfernten Radioteleskopen gleichzeitig beobachtet. Die mit diesen Instrumenten aufgenommenen Radioimpulse werden gespeichert und anschließend mit Hilfe eines Computers zu einem Bild des Objektes verarbeitet. Dabei wird eine Auflösung von fast 0,0001 Bogensekunden erreicht. Dieses Auflösungsvermögen ist etwa um vier Zehnerpotenzen besser als das eines einzelnen, im Bereich des sichtbaren Lichtes eingesetzten Fernrohres.

Abb. 664.2
Das 100-m-Radioteleskop des MAX-PLANCK-Instituts für Radioastronomie

6.2.10 Die Polarisation

Versuch 665.1 Ein schmales Bündel parallelen Lichtes fällt nach Abb. 665.1a unter einem Einfallswinkel von etwa 57° auf einen rückseitig geschwärzten Spiegel und wird von hier auf einen weißen Schirm reflektiert. Der Spiegel wird um eine in der Richtung des einfallenden Lichtstrahls liegende Achse gedreht. Dabei bewegt sich der Lichtfleck auf dem Schirm im Kreise herum, ohne daß eine Besonderheit festzustellen ist.

Nunmehr wird der Versuch nach Abb. 665.1b abgeändert. Der Lichtstrahl fällt zunächst unter dem Einfallswinkel von etwa 57° auf einen rückseitig geschwärzten Spiegel 1 und wird von hier aus auf den Spiegel 2 reflektiert, der so aufgestellt ist, daß der Einfallswinkel auch hier rund 57° beträgt. Wenn man nun den Spiegel 2 wieder um eine in der Richtung des einfallenden Lichtstrahls liegende Achse dreht, so bewegt sich der durch den reflektierten Strahl auf dem Schirm erzeugte Lichtfleck erneut auf einem Kreise und zeigt dabei die nicht vorhersehbare Besonderheit, daß seine Helligkeit sich periodisch ändert.

Größte Helligkeit liegt vor, wenn die durch die einfallenden und die reflektierten Strahlen gebildeten Ebenen bei beiden Spiegeln zusammenfallen. *Geringste Helligkeit* (fast völlige Dunkelheit) zeigt sich, wenn diese Ebenen aufeinander senkrecht stehen. In allen übrigen Lagen treten Zwischenwerte der Helligkeit auf. Diese Erscheinung wurde zufällig 1808 von E. L. MALUS (1775–1812) entdeckt; ähnliche Beobachtungen waren zwar früher schon von HUYGENS gemacht worden, aber erst die Entdeckung von MALUS gab den Anlaß zu einer genaueren Untersuchung der Vorgänge.

Aus den experimentellen Befunden von Versuch 665.1 muß geschlossen werden, daß das Licht bei der ersten Reflexion eine Veränderung erfahren hat. Es sind nicht mehr alle Richtungen quer zur Ausbreitungsrichtung gleichberechtigt, sondern es gibt unter ihnen ausgezeichnete Richtungen. Diese Veränderung des Lichtes bezeichnet man als *Polarisation*; das veränderte Licht wird als *polarisiert* bezeichnet. Die Industrie stellt sog. *Polarisationsfilter* her, die das hindurchtretende Licht aufgrund der kristallinen Struktur der Materie polarisieren. Jede Vorrichtung zur Erzeugung von polarisiertem Licht heißt *Polarisator* (bei Versuch 665.1 Spiegel 1). Da das menschliche Auge polarisiertes Licht nicht von natürlichem Licht zu unterscheiden vermag, benötigt man zur Untersuchung der Polarisationserscheinungen immer noch ein Gerät, das die Polarisation anzeigt; es wird als *Analysator* (bei Versuch 665.1 Spiegel 2) bezeichnet.

Aus der Tatsache, daß das Licht Polarisationserscheinungen zeigt, ziehen wir zunächst einen wichtigen Schluß. Wir haben früher gesehen, daß longitudinale Wellen sich in allen durch die Ausbreitungsrichtung gehenden Ebenen gleich verhalten und daß deshalb die Polarisierbarkeit als ein charakteristisches Kennzeichen für transversale Wellen betrachtet werden muß. Daraus ergibt sich:

Das Licht kann nur als transversale Wellenbewegung beschrieben werden.

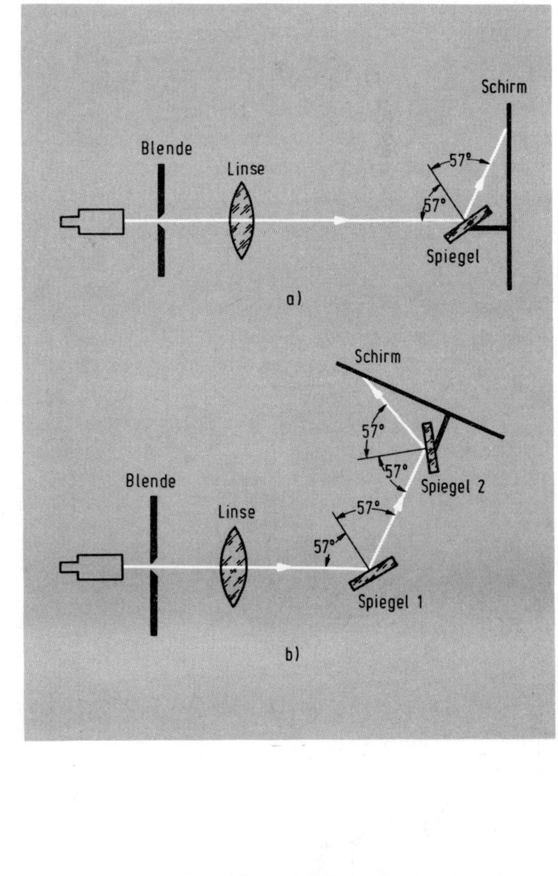

Abb. 665.1
Versuch zum Nachweis der Polarisation beim Licht

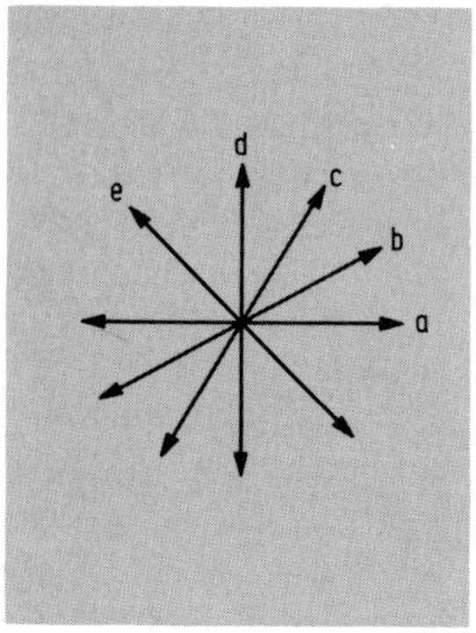

Abb. 666.1 Schwingungsebenen des natürlichen Lichtes

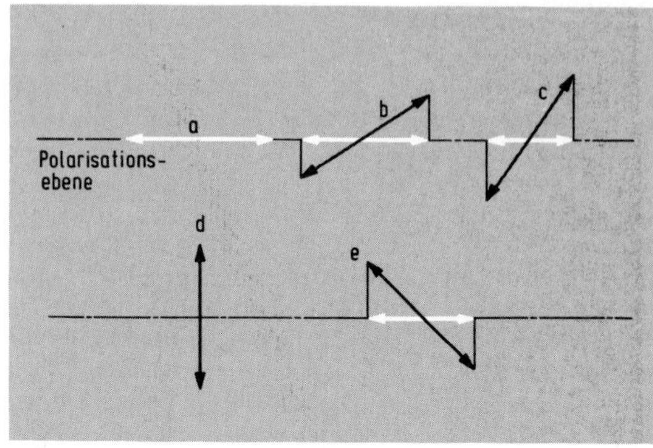

Abb. 666.2 Wirkung eines Polarisators

Da die Lichtwellen des natürlichen Lichtes von ungeordneten Atomen glühender Körper unabhängig voneinander und regellos ausgesandt werden, wird keine Schwingungsebene in dem von der Lichtquelle ausgesandten Lichtbündel bevorzugt. Dieser Sachverhalt ist in Abb. 666.1 für 5 Schwingungsebenen *a, b, c, d, e* skizziert; die Lichtausbreitung ist dabei senkrecht zur Abbildungsebene zu denken. Wird nun ein Polarisator so in den Strahlengang gebracht, daß er für Lichtwellen der Schwingungsebene *a* durchlässig ist, dann sperrt er den Lichtdurchgang für die dazu senkrechte Schwingungsebene *d*. Von Lichtwellen, deren Schwingungsebenen einen Winkel mit den Ebenen *a* und *d* einschließen, läßt der Polarisator nur diejenigen Komponenten durch, die man durch Projektion auf die Durchlaßebene *a* erhält. Insgesamt wird durchgelassen, was in Abb. 666.2 weiß gezeichnet ist.

Hinter dem Polarisator kann das Licht also nur in einer festen Ebene, der *Polarisationsebene*, schwingen. Man bezeichnet das Licht hinter dem Polarisator daher auch als *linear polarisiertes Licht*.

Ein Analysator unterscheidet sich vom Polarisator nicht technisch, sondern nur in seiner Funktion innerhalb einer Versuchsanordnung. Mit Hilfe des Analysators will man feststellen, ob das zu untersuchende Licht linear polarisiert ist. Dieses ist der Fall, wenn der Analysator das Licht nur unter der Voraussetzung voll hindurchläßt, daß seine Polarisationsebene mit der Schwingungsebene des linear polarisierten Lichtes übereinstimmt; der Lichtdurchgang wird dagegen völlig gesperrt, wenn die Ebenen senkrecht aufeinander stehen. Bilden die Schwingungsebene des linear polarisierten Lichtes und die Polarisationsebene des Analysators dagegen einen Winkel, der von 0° und 90° verschieden ist, so läßt der Analysator die entsprechende Komponente des linear polarisierten Lichtes hindurch. Deshalb nimmt beim Drehen des Analysators die Lichtintensität stetig ab, bis der Lichtdurchgang völlig gesperrt wird. Wenn man die Lichtintensität hinter dem Analysator mit einer Fotozelle mißt, stellt man fest, daß sie zu $\cos^2 \alpha$ proportional ist, wenn mit α der Winkel zwischen der Schwingungsebene des linear polarisierten Lichtes und der Polarisationsebene des Analysators bezeichnet wird. Daraus folgt, daß die *Lichtintensität dem Quadrat der Amplitude der transversalen Lichtwelle proportional* ist.

Wir beschäftigen uns im folgenden mit der Frage, wie man Polarisatoren für linear polarisiertes Licht herstellen kann.

Die Herstellung von linear polarisiertem Licht durch *Reflexion* zeigte Versuch 665.1. Ein Teil dieses Lichtes dringt dabei auch in das Glas des Spiegels ein; dieses Licht erweist sich ebenfalls als polarisiert. Es läßt sich also auch durch *Brechung* polarisiertes Licht herstellen. Wenn natürliches Licht auf Glas fällt, so wird stets ein bestimmter Bruchteil reflektiert und der Rest geht unter Brechung durch das Glas hindurch. Untersucht man den reflektierten und den gebrochenen Strahl, so erweisen sich beide als mindestens teilweise linear polarisiert; vollständige Polarisation des reflektierten Strahles tritt nur auf, wenn das Licht unter dem oben bereits verwendeten *Polarisationswinkel* von rund 57° (je nach Glassorte etwas verschieden) auffällt.

Die Erfahrung zeigt, daß der Polarisationswinkel eines Stoffes von seiner Brechzahl abhängt. Es gilt das von D. Brewster (1781 – 1868) gefundene Gesetz:

Der Polarisationswinkel ist derjenige Winkel, bei dem der reflektierte und der gebrochene Strahl aufeinander senkrecht stehen.

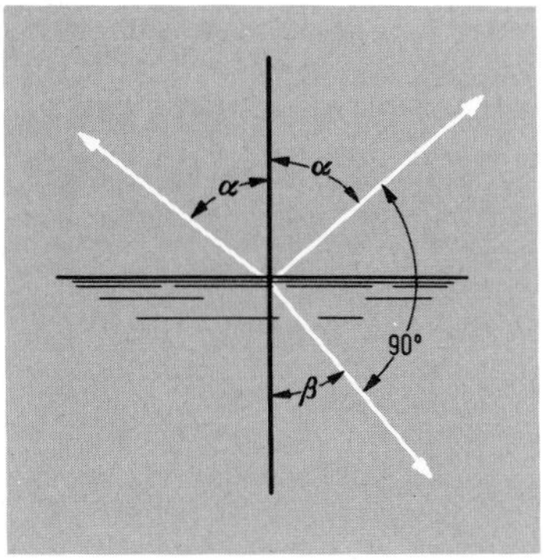

Abb. 667.1 Zum Gesetz von BREWSTER über den Polarisationswinkel

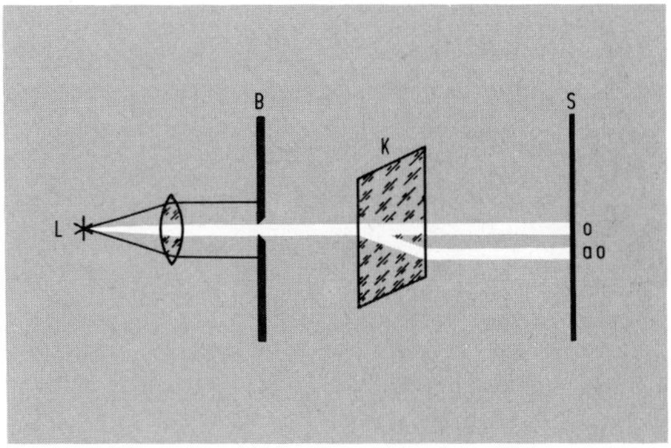

Abb. 667.2 Bei der Doppelbrechung im Kalkspat entsteht ein ordentlicher (*o*) und ein außerordentlicher (*ao*) Strahl

Nach Abb. 667.1 ergibt sich für diesen Fall:

$$\beta = 180° - 90° - \alpha = 90° - \alpha \quad \text{oder} \quad \sin\beta = \cos\alpha .$$

Aus dem Brechungsgesetz $\sin\alpha : \sin\beta = n$ (S. 637) folgt dann

$$\frac{\sin\alpha}{\cos\alpha} = \tan\alpha = n .$$

Da für das übliche Kronglas $n = 1{,}53$ ist, ergibt sich $\alpha \approx 57°$. Anordnungen, die das BREWSTER-Gesetz ausnutzen, sind also Polarisatoren von technisch einfacher Bauart. Trotzdem sind sie wegen der Ablenkung des Lichtstrahls in der Handhabung ungünstig.

Eine andere Methode zur Herstellung polarisierten Lichtes nutzt den Effekt der *Doppelbrechung* in Kristallen aus. Bei der Formulierung des Brechungsgesetzes wurde darauf hingewiesen, daß dieses Brechungsgesetz für *isotrope* Medien gilt. Isotrop nennt man solche Stoffe, die in bezug auf ihre physikalischen Eigenschaften *richtungsunabhängig* sind. Kristalle haben dagegen in ihrem Aufbau aus Atomen, Ionen oder Molekülen eine Struktur, die richtungsabhängig ist. Dabei können verschiedene Symmetrieachsen und Symmetrieebenen auftreten. Im allgemeinen sind die Kristallstrukturen so kompliziert, daß hier nicht näher darauf eingegangen werden kann. Kristallstrukturen wurden auch erst verhältnismäßig spät erforscht, nachdem die optischen Eigenschaften längst bekannt waren. Die optischen Eigenschaften der Kristalle zeichnen sich dadurch aus, daß wegen der Richtungsabhängigkeit vieler Kristallstrukturen das SNELLIUS-Brechungsgesetz nicht mehr ohne Einschränkung gilt. Typisch für diese Erscheinung ist der *Kalkspatkristall.*

Versuch 667.1 Fällt ein Lichtbündel nach Abb. 667.2 senkrecht auf die vordere Kristallfläche eines Kalkspatkristalls, so wird es an dieser Grenzfläche in zwei Teilbündel zerlegt. Das eine Teilbündel geht ungebrochen durch den Kristall hindurch; das andere wird abweichend vom SNELLIUS-Brechungsgesetz trotz des senkrechten Einfalls gebrochen.

Der dem SNELLIUS-Brechungsgesetz folgende Lichtstrahl wird als der *ordentliche* und der andere als der *außerordentliche* Strahl bezeichnet. Die Lichtgeschwindigkeit und die Brechzahl sind für den ordentlichen Strahl von der Ausbreitungsrichtung im Kristall unabhängig. Der außerordentliche Strahl breitet sich dagegen in verschiedenen Richtungen mit verschiedenen Geschwindigkeiten aus. Außerdem zeigt sich, daß sowohl der ordentliche als auch der außerordentliche Strahl *linear polarisiert* sind und daß ihre *Polarisationsebenen aufeinander senkrecht stehen.* Diese Tatsache ist hier von besonderem Interesse, weil sie eine weitere Möglichkeit zur Herstellung von polarisiertem Licht eröffnet. Dazu muß man lediglich die beiden Lichtstrahlen völlig voneinander trennen. Dies wird in einfacher Weise durch ein von W. NICOL (1768 – 1851) gebautes Gerät erreicht, das man heute als NICOL-Prisma oder kurz als *Nicol* bezeichnet.

Ein Kalkspatkristall *ABCD* (Abb. 668.1) wird in ganz bestimmter Weise geschliffen und längs der Ebene *BD* in zwei gleiche Teile zerschnitten, die mit Kanadabalsam wieder zusammengekittet werden. Fällt

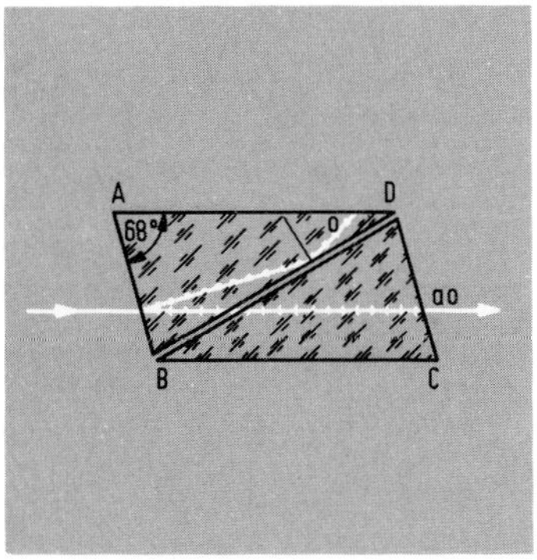

Abb. 668.1
NICOL-Prisma zur Erzeugung von polarisiertem Licht

nun ein natürlicher Lichtstrahl auf den Kalkspat, so wird er in einen ordentlichen und einen außerordentlichen Strahl zerlegt. Der Kalkspat ist so geschnitten, daß der ordentliche Strahl auf die Schicht des optisch dünneren Kanadabalsams unter einem Einfallswinkel auftrifft, der größer als der Grenzwinkel der Totalreflexion ist; er wird daher total reflektiert und fällt auf die geschwärzte Wand *AD*, wo er absorbiert wird. Der außerordentliche Strahl geht fast ohne Brechung durch die Kanadabalsamschicht hindurch und verläßt den Kristall parallel zur ursprünglichen Richtung. Er ist vollständig linear polarisiert. Das NICOL-Prisma kann als Polarisator zur Herstellung von polarisiertem Licht dienen; da es aber auch nur Licht einer bestimmten Polarisationsrichtung durchläßt, kann es ebenso als Analysator zur Untersuchung von polarisiertem Licht verwendet werden.

Ein anderes Verfahren zur Herstellung von polarisiertem Licht beruht auf der Eigentümlichkeit gewisser doppelbrechender Kristalle, einen der beiden bei der Doppelbrechung entstehenden Strahlen zu absorbieren und den anderen fast ungeschwächt hindurchzulassen *(Dichroismus)*. Wenn man auf einen solchen Stoff natürliches Licht fallen läßt, so ist der durchgelassene Teil polarisiert. Man bezeichnet auf dieser Eigenschaft beruhende Geräte als *Polarisationsfilter*. Sie können natürlich auch als Analysatoren dienen.

Polarisationsfilter stellt man heute aus Folien von Zellulosehydrat oder Polyvinylalkohol her. Diese Folien werden zunächst durch starkes Dehnen doppelbrechend gemacht. Anschließend werden die Folien durch Einfärben, z. B. mit Jod, dichroitisch gemacht. Die durch solche Filter erzielte Polarisation ist praktisch vollständig. Die Polarisationsfilter haben die NICOL-Prismen weitgehend verdrängt, da sie billiger sind, weniger Raum beanspruchen und ein unbeschränktes Gesichtsfeld ermöglichen.

Polarisationserscheinungen spielen in der Wissenschaft und Technik eine große Rolle. Wir nennen hier nur einige Beispiele.

Versuch 668.1 Zwischen zwei Polarisationsfilter, deren Polarisationsebenen senkrecht zueinander stehen und daher in dieser Stellung eine Durchlaßsperre für das Licht bilden, halten wir eine geeignet geschnittene Quarzplatte oder ein Gefäß mit Rohrzuckerlösung.

Wir beobachten eine Aufhellung auf dem Schirm hinter dem Analysator. Um wieder völlige Dunkelheit zu erreichen, muß man den Analysator um einen bestimmten Winkel drehen.

Durch den zwischen die Filter gebrachten Stoff ist die Polarisationsebene des Lichtes gedreht worden. Stoffe, die eine solche Wirkung hervorbringen, nennt man *optisch aktiv*. Der Winkel, um den die Polarisationsebene um die Strahlenrichtung gedreht wird, ist der Konzentration der Zuckerlösung und der Länge der durchlaufenen Schicht proportional. Geräte, mit denen man den Drehwinkel der Polarisationsebene messen kann, heißen *Polarimeter*. Sie werden in Zuckerfabriken zur Bestimmung der Konzentration von Zuckerlösungen sowie in der Medizin (z. B. zur Bestimmung der Zuckergehaltes im Harn) verwendet (Saccharimeter).

Bringt man eine *doppelbrechende Substanz* zwischen die gekreuzten Filter eines Polarisationsapparates, so bewirkt diese ebenfalls eine Aufhellung des Gesichtsfeldes, so als ob die Polarisationsebene gedreht worden wäre. In Wirklichkeit sind die Vorgänge, auf die im einzelnen nicht eingegangen wird, aber viel komplizierter. Wir wollen hier nur einige Anwendungen erwähnen, die sich aus dieser Feststellung ergeben. So werden manche Stoffe durch innere Spannungen, wie sie infolge starker Belastung oder infolge ungleichmäßiger

Abkühlung (z.B. bei Glas) auftreten, doppelbrechend und bewirken in diesem Zustand eine Aufhellung bei gekreuzten Polarisationsfiltern. Bringt man solche Stoffe zwischen die gekreuzten Filter eines Polarisationsapparates, so zeigen sich je nach der Größe der inneren Spannungen verschieden starke Aufhellungen, die zur Untersuchung von Spannungszuständen in starker Beanspruchung unterworfenen Werkstücken, von denen man natürlich Modelle aus durchsichtigem Material herstellen muß, dienen können (Abb. 669.1); auf diese Weise lassen sich auch unerwünschte Spannungen in optischen Gläsern feststellen.

Ferner zeigt sich, daß viele von Natur nicht doppelbrechende Substanzen diese Eigenschaft im elektrischen Feld annehmen. Man bezeichnet diese Erscheinung nach dem Entdecker J. KERR (1824–1907) als KERR-Effekt. Einen besonders großen KERR-Effekt zeigt z.B. Nitrobenzol. Füllt man den Zwischenraum zwischen zwei Kondensatorplatten mit Nitrobenzol und bringt eine solche KERR-*Zelle* zwischen zwei gekreuzte Polarisationsfilter, so bleibt das Gesichtsfeld dunkel, solange an den Kondensatorplatten keine Spannung liegt. Sobald aber eine Spannung angelegt wird, zeigt sich im Nitrobenzol Doppelbrechung und damit eine Aufhellung des Gesichtsfeldes, die um so stärker ist, je höhere Spannungen man anlegt. Man kann also auf diese Weise Spannungsschwankungen fast trägheitslos in Lichtschwankungen umwandeln. Von dieser Möglichkeit macht man bei dem Aufnahmegerät von Tonfilmen Gebrauch. Die Schallwelle erzeugt im Mikrofon einen elektrischen Strom; an einem eingeschalteten Widerstand wird die wechselnde Spannung abgegriffen und an eine KERR-Zelle gelegt, die sie in Lichtschwankungen umsetzt und damit die Aufnahme auf einen Film gestattet.

Abb. 669.1
Untersuchung innerer Spannungen mit Hilfe der Spannungsdoppelbrechung

6.2.11 Die elektromagnetische Modellvorstellung des Lichtes

Die Lichttheorie von NEWTON, nach der sich das Licht in Form von geradlinig fliegenden Lichtpartikeln ausbreitet, beherrschte die Optik des 18. Jahrhunderts. Zu Beginn des 19. Jahrhunderts wurde die Frage nach der Natur des Lichtes wegen der Entdeckung neuer Erfahrungstatsachen wieder aufgeworfen. 1801 hatte YOUNG die Interferenzerscheinungen als erster erkannt. FRESNEL griff daraufhin die Wellenvorstellung von HUYGENS wieder auf und erklärte mit ihrer Hilfe die Interferenz und Beugung in der Weise, wie es in den vorangegangenen Abschnitten gezeigt worden ist. Mit den Experimenten von FOUCAULT im Jahre 1850, die durch direkte Messungen bewiesen, daß die Lichtgeschwindigkeit in Wasser kleiner als in Luft ist, schien für die damalige Zeit die Frage nach der Natur des Lichtes entschieden zu sein. Das Ergebnis lautete: Das Licht ist eine Wellenbewegung. *Das 19. Jahrhundert stand deshalb ganz im Zeichen der Wellentheorie des Lichtes.*

FRESNEL und seine Nachfolger stellten sich das Licht als eine Wellenbewegung nach dem Muster der *elastischen* Wellen vor. Man mußte sich nun Gedanken darüber machen, wie die Ausbreitung solcher Wellen durch den leeren Raum vor sich gehen kann, und suchte einen Träger dieser Wellen, der die Schwingungen ausführt, so wie etwa die Schwingungen der Luft die Schallwellen ergeben. Dieser Träger der Lichtwellen konnte nur ein ganz feines, dünnes Medium sein, das auch den scheinbar leeren Raum erfüllt. Man nannte es den *Lichtäther*. Es ergab sich nun das Problem, welche Eigenschaften man diesem Lichtäther zuschreiben mußte, um hieraus die Gesetze der Lichterscheinungen erklären zu können. In der heutigen Ausdrucksweise heißt dies, daß man ein *mechanisches Modell des Lichtäthers* zu ersinnen hatte, aus dem die Eigenschaften des Lichtes verstanden werden konnten.

Man mußte sich nun von der Beschaffenheit des Äthers ganz bestimmte Vorstellungen machen, damit die beim Licht beobachteten Eigenschaften verständlich wurden. Aus der allgemeinen Wellenlehre ist bekannt, daß *elastische Transversalwellen* nur in festen Körpern auftreten können. Da das Licht sich als transversale Wellenbewegung erwiesen hat, mußte der Äther die elastischen Eigenschaften eines Festkörpers und, wie die weitere Untersuchung ergab, eine größere Härte als Stahl haben. Andererseits können sich aber die Planeten mit großer Geschwindigkeit ohne merkbaren Widerstand durch den Äther bewegen. Wegen dieser und zahlreicher anderer Schwierigkeiten gelang es nicht, eine mechanische Modellvorstellung über das Licht, die allen Anforderungen genügt, zu entwickeln. MAXWELL ließ wegen dieser negativen Ergebnisse seiner Vorgänger die Beschreibung der Lichterscheinungen nach mechanischem Muster ganz fallen und stellte die Hypothese auf, daß es sich beim Licht um *elektromagnetische Wellen* handelt. Man muß dabei beachten, daß diese MAXWELLschen Anschauungen zunächst nur das Ergebnis theoretischer Überlegungen waren; die Existenz solcher elektromagnetischer Wellen war zu jener Zeit experimentell überhaupt noch nicht nachgewiesen. Durch die MAXWELLschen Vorstellungen von der elektromagnetischen Natur des Lichtes wurden die Untersuchungen von H. HERTZ erst angeregt. Sie führten dann zu den geschilderten Entdeckungen der elektromagnetischen Wellen mit den von MAXWELL bereits vorausgesagten Eigenschaften.

Die Beschreibung der Lichterscheinungen durch einen elektromagnetischen Wellenvorgang der behandelten Art hat sich nicht nur bei den schon bekannten rein optischen Eigenschaften des Lichtes bewährt, sondern sie ermöglicht auch das Verständnis zahlreicher anderer Eigenschaften des Lichtes, wie etwa des bereits erwähnten KERR-Effektes, die vom Standpunkt der mechanischen Modelle unverständlich waren.

Wir können die vorhergehenden Untersuchungen also mit dem Ergebnis abschließen:

Alle in den vorhergehenden Abschnitten besprochenen Eigenschaften des Lichtes können durch das elektromagnetische Wellenmodell des Lichtes beschrieben und verstanden werden.

Die unmittelbare Betrachtung der Lichtwellen und der elektromagnetischen Wellen mit unseren Sinnesorganen scheint aber doch auf bedeutende Verschiedenheiten hinzuweisen, denn während die Lichtwellen durch die Augen wahrgenommen werden können, haben wir für die elektromagnetischen Wellen kein unmittelbares Wahrnehmungsorgan. Es entsteht deshalb die Frage nach der für diese Verschiedenheiten maßgebenden physikalischen Größe. Die Ergebnisse aller diesbezüglichen Untersuchungen lassen sich dahingehend zusammenfassen:

Elektromagnetische Wellen und Lichtwellen unterscheiden sich nur durch ihre Frequenz bzw. Wellenlänge.

Diese Wellenlänge kann alle möglichen Werte zwischen mehr als 10000 km und 10^{-14} m annehmen. In diesem umfangreichen Gebiet befinden sich Wellen mit äußerlich sehr unterschiedlichen physikalischen Eigenschaften, die aber trotzdem grundsätzlich gleicher Art sind; einen kleinen Bereich bilden die Lichtwellen.

Rechnerisch durchzuführende Aufgaben zur Wellenoptik erfordern keine umfangreichen mathematischen Kenntnisse. Wir erläutern solche Aufgaben an zwei Beispielen:

Beispiele

1. Ein Beugungsspalt hat die Spaltbreite $l = 0{,}03$ mm. Kann man mit sichtbarem Licht erreichen, daß das Helligkeitsmaximum erster Ordnung unter dem Winkel $\alpha = 2°$ erscheint?

Für das Helligkeitsmaximum erster Ordnung gilt

$$\sin\alpha = \frac{3\lambda}{2l} \quad \text{bzw.} \quad \lambda = \frac{2l \cdot \sin\alpha}{3}.$$

Für den kleinen Winkel $\alpha = 2°$ kann man den Sinus mit dem Bogenmaß des Winkels gleichsetzen:

$$\sin 2° = \frac{2 \cdot 2\pi}{360} = 0{,}035\,.$$

Damit erhält man

$$\lambda = \frac{2 \cdot 3 \cdot 10^{-5}\ \text{m} \cdot 0{,}035}{3} = 0{,}07 \cdot 10^{-5}\ \text{m} = 7 \cdot 10^{-7}\ \text{m}.$$

Die Wellenlängen des sichtbaren Lichtes liegen zwischen $4{,}0 \cdot 10^{-7}$ m und $7{,}5 \cdot 10^{-7}$ m. Eine Beugung der geforderten Art ist daher mit sichtbarem Licht (rot) möglich.

2. Wie groß muß die Gitterkonstante eines optischen Strichgitters gewählt werden, damit man die Na-Linien ($\lambda \approx 6 \cdot 10^{-7}$ m) der zweiten Ordnung unter dem Winkel $\alpha = 30°$ beobachten kann?

Aus $$\sin\alpha = \frac{z\lambda}{a} \quad \text{folgt} \quad a = \frac{z\lambda}{\sin\alpha}.$$

Mit den gegebenen Werten $z = 2$, $\lambda = 6 \cdot 10^{-7}$ m, $\sin 30° = 0{,}5$ erhält man

$$a = \frac{2 \cdot 6 \cdot 10^{-7}\ \text{m}}{0{,}5} = 2{,}4 \cdot 10^{-6}\ \text{m}.$$

3. Betrachtet man eine Anordnung für NEWTON-Ringe im weißen Tageslicht, so sieht man die NEWTON-Ringe farbig. Es handelt sich jeweils um die Komplementärfarbe zu einer ausgelöschten Farbe. Grüne Ringe sieht man, wo Auslöschung für Rot der Wellenlänge $\lambda = 6{,}9 \cdot 10^{-7}$ m stattfindet. Der dritte grüne Ring hat den Durchmesser $d = 1{,}0$ cm. Welcher Krümmungsradius r der Plankonvexlinse ergibt sich aus dieser Beobachtung?

Auslöschung erhält man für den Ringradius

$$a = \sqrt{z\, r\, \lambda},$$

wenn sich zwischen der Glasplatte und der Linse Luft befindet.

Mit $a = \frac{d}{2}$ und $z = 3$ erhält man

$$r = \frac{d^2}{12\lambda},$$

$$r = \frac{10^{-4}\ \text{m}^2}{12 \cdot 6{,}9 \cdot 10^{-7}\ \text{m}},$$

$$r \approx 12\ \text{m}.$$

Weitere Aufgaben: Siehe O. HÖFLING, Physik-Aufgaben II/2.

6.3 Das elektromagnetische Spektrum

6.3.1 Überblick über das elektromagnetische Spektrum

Wir wissen bereits, daß die Frequenzen bzw. Wellenlängen der elektromagnetischen Wellen sehr unterschiedlich sein können. Man bezeichnet die Gesamtheit aller dieser Wellen als das *elektromagnetische Spektrum*. Wir wollen uns hier zunächst einen zusammenfassenden Überblick über dieses Spektrum verschaffen und dann einzelne Gebiete noch besonders behandeln.

Die größten Wellenlängen besitzen die *technischen Wechselströme*, deren Frequenzen zwischen 17 und 200 Hz liegen; sie haben Wellenlängen zwischen $18 \cdot 10^6$ m und $1{,}5 \cdot 10^6$ m. In diesen Bereich gehört auch der im Alltag benutzte Wechselstrom, der eine Frequenz von 50 Hz und eine Wellenlänge von $6 \cdot 10^6$ m hat. Die Abstrahlung solcher Wellen von Fernleitungen, in denen ein Wechselstrom mit der Frequenz 50 Hz fließt, ist eine unerwünschte Begleiterscheinung der Energieübertragung. Diese Strahlungsverluste sind jedoch gering gegenüber den durch Stromwärme in den Leitungen entstehenden Verlusten.

Hieran schließen sich die *Nieder- und Mittelfrequenzen der Nachrichtentechnik*, die bis etwa 10000 Hz gehen und die daher Wellenlängen bis herab zu $3 \cdot 10^4$ m haben.

Weiter folgen die *Hochfrequenzen der Hoch- und Höchstfrequenztechnik*, die bis zu Frequenzen von mehr als 10^{12} Hz reichen. Sie umfassen also einen Wellenlängenbereich von $3 \cdot 10^4$ bis $3 \cdot 10^{-4}$ m. Hierzu gehören die Langwellen, Mittelwellen, Kurzwellen und Ultrakurzwellen des Hörfunks, Fernsehens und Radars.

Die Wellen der Nachrichtentechnik, der Hoch- und Höchstfrequenztechnik lassen sich auf rein elektrischem Wege durch Schwingkreise und Oszillatoren herstellen.

Das sich weiter anschließende Gebiet umfaßt die *infrarote Strahlung*. Es erstreckt sich von 10^{12} Hz bis $4 \cdot 10^{14}$ Hz und umfaßt damit einen Wellenlängenbereich von $3 \cdot 10^{-4}$ m bis $7{,}5 \cdot 10^{-7}$ m.

Diese Wellen werden auf thermischem Wege erzeugt. Die kürzesten rein elektrisch hergestellten Wellen überschneiden sich mit den längsten thermisch entstandenen Wellen.

Infrarotbestrahlung wird in der Medizin zur Förderung der Durchblutung des Körpergewebes verwendet. Neue technische Entwicklungen führten zur Infrarotfotografie für Aufnahmen bei Nacht.

An die Infrarotstrahlung schließt sich der Bereich des *sichtbaren Lichtes* an. Er erstreckt sich von $4 \cdot 10^{14}$ Hz bis $7{,}5 \cdot 10^{14}$ Hz bzw. von $7{,}5 \cdot 10^{-7}$ m bis $4 \cdot 10^{-7}$ m.

Mit noch höheren Frequenzen und kürzeren Wellenlängen schließt sich die *ultraviolette Strahlung* an. Sie reicht von $7{,}5 \cdot 10^{14}$ Hz bis fast 10^{17} Hz und umfaßt daher die Wellenlängen von $4 \cdot 10^{-7}$ m bis nahezu $3 \cdot 10^{-9}$ m. Ultraviolette Strahlung bräunt die Haut (im Hochgebirge, an der See, im Solarium).

Die ultraviolette Strahlung reicht mit ihren kürzesten Wellen bereits in das dann folgende Gebiet der RÖNTGEN-*Strahlen* hinein. Dieses erstreckt sich von etwa 10^{16} Hz bis $3 \cdot 10^{23}$ Hz, was einem Wellenlängenbereich von $3 \cdot 10^{-8}$ m bis 10^{-15} m entspricht. RÖNTGEN-Strahlen werden heute in der Medizin und Werkstoffprüfung verwendet.

In das Gebiet der RÖNTGEN-Strahlen fallen auch die beim radioaktiven Zerfall auftretenden *Gammastrahlen* (*γ-Strahlen*), die von etwa 10^{18} Hz bis $3 \cdot 10^{22}$ Hz reichen. Sie haben Wellenlängen zwischen $3 \cdot 10^{-10}$ m und 10^{-14} m.

Die elektromagnetischen Wellen mit der höchsten bisher bekannten Frequenz sind die aus der *kosmischen Strahlung* entstehenden Wellen, deren Frequenzen noch über die der Gammastrahlung hinausreichen.

Allen diesen elektromagnetischen Wellen ist gemeinsam, daß sie im materiefreien Raum die gleiche Ausbreitungsgeschwindigkeit haben, nämlich die Vakuum-Lichtgeschwindigkeit.

6.3.2 Das sichtbare Spektrum

Zerlegt man das von selbstleuchtenden Körpern ausgesandte Licht mit Hilfe eines Prismas oder eines optischen Strichgitters, so zeigt sich, daß die entstehenden Spektren sehr verschieden beschaffen sein können. Allgemein bezeichnet man die Spektren von selbstleuchtenden Stoffen als *Emissionsspektren*.

Versuch 672.1 Wir stellen einige Emissionsspektren her, indem wir in der Versuchsanordnung zur Beugung am Gitter (Abb. 656.2) als Lichtquelle L eine Glühlampe, eine Na-Dampflampe und eine Quecksilberdampflampe verwenden.

Wie bei diesem Versuch zeigt sich auch bei einer Fülle weiterer Versuche solcher Art, daß einige Spektren nur aus einzelnen Linien bestehen. Daß wir Linien und keine Punkte erhalten, liegt nur an unserer Versuchsanordnung, in der die Ausdehnung der Lichtquelle durch einen Spalt begrenzt wird. Die Linien sind farbige

Bilder dieses Spaltes. Hätten wir an seiner Stelle eine Lochblende verwendet, so würden wir anstelle des Linienspektrums eine Folge farbiger Punkte erhalten. Das Wesentliche ist also hier nicht die geometrische Form, sondern die Feststellung, daß die Lichtquelle nur Licht ganz bestimmter und voneinander getrennter Wellenlängen aussendet. Man spricht deshalb auch von *diskreten* Wellenlängen im Gegensatz zu einer *kontinuierlichen* Folge von Wellenlängen bei dem kontinuierlichen Spektrum, das sich für unsere Augen als lückenloses Farbband darstellt. Wir stellen also fest:

Die Linienspektren bestehen aus einzelnen feinen Linien, die deutlich voneinander getrennt sind. Die Zahl der Linien kann sehr groß sein, und die Linien können sich an einzelnen Stellen häufen.
Die kontinuierlichen Spektren enthalten in ununterbrochener Folge alle Wellenlängen; sie erstrecken sich also von Rot bis Violett.

Die Erfahrung zeigt nun:

1. Glühende feste und flüssige Körper sowie sehr stark verdichtete Gase senden kontinuierliche Spektren aus.

Dabei kann die Helligkeitsverteilung der einzelnen Farben bei verschiedenen Spektren verschieden sein; sie hängt z.B. von der Temperatur der Lichtquelle ab. Aufgrund eines kontinuierlichen Spektrums läßt sich nicht sagen, welche chemische Beschaffenheit der lichtaussendende Stoff hat.

2. Leuchtende einatomige Gase senden Linienspektren aus. Die Linienspektren heißen deshalb auch Atomspektren.

Bei den Linienspektren zeigt sich nun die sehr wichtige Tatsache, daß die entstehenden Linien für die das Licht aussendenden Atome charakteristisch sind. Jedem chemischen Element in gasförmigem Zustand entsprechen ganz bestimmte Linien. Über das Zustandekommen dieser Spektren wird in der Atomphysik noch zu sprechen sein. Wir stellen also fest:

Jedes chemische Element in gasförmigem Zustand erzeugt unter den gleichen Bedingungen immer das gleiche, für dieses Element charakteristische Linienspektrum.

Wenn die Linienspektren für die einzelnen Elemente charakteristisch sind, dann können sie zu deren Identifizierung oder Nachweis benutzt werden. Hierauf gründet sich die von G. R. Kirchhoff (1824–1887) und R.W. Bunsen (1811–1899) im Jahre 1859 gemeinsam entwickelte *Spektralanalyse*. Diese Untersuchungsmethode ist ein wichtiges Hilfsmittel der Forschung und hat den großen Vorteil einer außerordentlichen Empfindlichkeit. So kann man schon 10^{-12} kg Natrium aufgrund seines Spektrums aus anderen Stoffen herausfinden. Es ist dazu natürlich notwendig, die charakteristischen Spektren der einzelnen Elemente genau zu kennen. Es existieren Tafeln, in denen die Spektren zusammengestellt und genau beschrieben sind.

Eine *Spektraltafel* befindet sich am Schluß des Buches.

Kurz nach der Entdeckung der Spektralanalyse fanden Kirchhoff und Bunsen bei der Untersuchung von Dürkheimer Sole Linien, die sie keinem der bis dahin bekannten Elemente zuordnen konnten. Sie hatten so zwei neue Elemente, das *Rubidium* und das *Caesium*, entdeckt. Später sind noch eine ganze Reihe anderer Elemente auf diesem Wege entweder entdeckt oder doch zuerst mit Sicherheit als Elemente erkannt worden.

Die meisten Linienspektren enthalten sehr viele Linien, die sich im allgemeinen zu *Linienserien* zusammenfassen lassen. Unter einer Linienserie versteht man eine Anordnung von Linien, deren Abstände in der Richtung von Rot nach Violett immer kleiner werden, so daß sich an einer bestimmten Stelle, der *Seriengrenze*, sehr viele Linien eng zusammendrängen. Über die Gesetzmäßigkeiten, denen die Linien eines solchen Spektrums unterliegen, wird später anhand eines speziellen Beispieles noch genauer gesprochen (S. 675ff.).

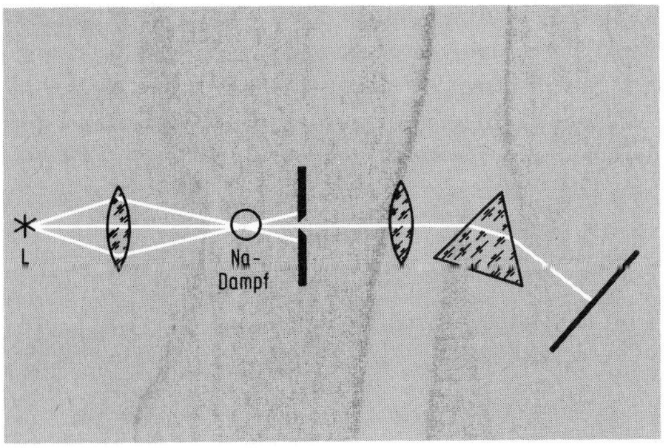

Abb. 674.1
Versuch zur Erzeugung des Absorptionsspektrums von Natriumdampf

Neben den bisher behandelten Emissionsspektren gibt es noch eine andere Art, die man als *Absorptionsspektren* bezeichnet und die wir zunächst an einem Versuch kennenlernen wollen.

Versuch 674.1 Nach Abb. 674.1 wird zunächst ein kontinuierliches Spektrum erzeugt. Dann wird zwischen Lichtquelle und Spalt eine stark leuchtende Natriumflamme gebracht, indem man auf einem Magnesiastäbchen etwas Natriumkarbonat so in die Bunsenflamme bringt, daß alle Lichtstrahlen, die durch die Spaltblende gelangen, vorher den leuchtenden Natriumdampf durchdringen mußten.

Dieser Versuch zeigt ein überraschendes Ergebnis. Man hätte zunächst erwarten können, daß die gelbe Natriumlinie in dem betreffenden Teil des Spektrums stärker hervortreten würde. Das Gegenteil ist aber der Fall. Wir sehen an der Stelle, an der sich die Natriumlinie befinden müßte, eine schwarze Linie. Das von der Lichtquelle ausgehende Licht ist also beim Durchgang durch leuchtenden Natriumdampf in der Weise verändert worden, daß aus dem kontinuierlichen Spektrum eine bestimmte Wellenlänge ausgesondert und absorbiert worden ist, und zwar gerade diejenige, die der Natriumdampf selbst aussendet. KIRCHHOFF fand ähnliche Erscheinungen bei anderen gasförmigen Stoffen.

Die Gesamtheit der von einem Stoff aus einem kontinuierlichen Spektrum absorbierten Wellenlängen bezeichnet man als sein Absorptionsspektrum.

Die Emissions- und die Absorptionsspektren der verschiedenen Stoffe zeigen einen engen Zusammenhang, der bei Versuch 674.1 deutlich erkennbar war und auch für alle übrigen Stoffe gilt:

Jeder gasförmige Stoff absorbiert nur diejenigen Wellenlängen, die er im leuchtenden Zustand aussendet.

Die Absorptions- und die Emissionsspektren stehen also in einer gegensätzlichen Beziehung zueinander, d.h. an denjenigen Stellen, an denen ein Stoff im Emissionsspektrum helle Linien erzeugt, verursacht er im Absorptionsspektrum dunkle Linien.

Die Absorptionsspektren sind ebenso wie die Emissionsspektren für die verschiedenen Stoffe charakteristisch und können deshalb zu ihrer Identifizierung oder ihrem Nachweis dienen.

Blickt man durch ein Taschenspektroskop hoher Dispersion in das Sonnenlicht, so erkennt man, daß das bei grober Betrachtung kontinuierlich erscheinende Sonnenspektrum von einer Reihe feiner schwarzer Linien durchzogen ist (s. Spektraltafel). Diese zuerst 1802 von W.H. WOLLASTON (1766–1828) entdeckten und später von J. v. FRAUNHOFER (1787–1826) erneut beobachteten und untersuchten Linien werden heute als FRAUNHOFER-Linien bezeichnet. KIRCHHOFF erkannte, daß diese Linien als Absorptionsspektren im oben erläuterten Sinne zu deuten sind. Der Sonnenkern (Photosphäre), der ein kontinuierliches Spektrum aussendet, ist von einer Schicht glühender Gase (Chromosphäre) umgeben, die nach dem KIRCHHOFF-Gesetz einen Teil der Strahlung absorbiert; einzelne dunkle Linien entstehen durch Absorption in der Erdatmosphäre. Die verschiedenen Gruppen der FRAUNHOFER-Linien stimmen mit den Linienspektren der irdischen Elemente überein. Hieraus kann der Schluß gezogen werden, daß in der Sonnenhülle die gleichen Elemente in gasförmigem Zustand vorkommen, die uns auf der Erde begegnen; auf der Erde nicht vorkommende Elemente konnten weder auf der Sonne noch auf anderen Sternen nachgewiesen werden. Bemerkenswert ist, daß das

Edelgas Helium 1868 durch seine FRAUNHOFER-Linien im Sonnenspektrum entdeckt und erst 1895 in Erdgasquellen aufgefunden worden ist, weshalb es auch nach der Sonne benannt wurde (hēlios [griech.] = Sonne).

Mit Hilfe der Spektralanalyse kann selbst das Licht entferntester Sterne untersucht werden. Dabei zeigt sich, daß sich auf diesen die gleichen Elemente wie auf der Erde finden. Die Spektren der Fixsterne vermögen aber außerdem noch wichtige Hinweise auf deren Zustand zu geben.

6.3.3 Die Gesetzmäßigkeiten bei den Linienspektren

Schon bald nach der Entdeckung der Linienspektren tauchte die Frage auf, ob für die Wellenlängen der einzelnen Linien gesetzmäßige Zusammenhänge bestehen. Dem Baseler Lehrer J.J. BALMER (1825–1898) gelang es 1884 zuerst, eine Gesetzmäßigkeit zwischen den Wellenlängen bzw. den Schwingungszahlen der Linien des Wasserstoffspektrums aufzufinden. BALMER ging von vier Linien des Wasserstoffspektrums aus, die man mit H_α, H_β, H_γ und H_δ bezeichnet (Abb. 675.1). Diese Linien liegen im sichtbaren Bereich des Spektrums, die folgenden Linien dieser Serie befinden sich im ultravioletten Teil des Spektrums. Auf rein empirischem Wege fand nun BALMER nach vielen vergeblichen Ansätzen, daß die Wellenlängen der oben genannten Linien sich ergeben, wenn man in der Gleichung

$$\lambda = C \cdot \frac{m^2}{m^2 - 2^2}$$

für die Konstante C den Wert $3645{,}6 \cdot 10^{-10}$ m und für m der Reihe nach die Zahlen 3, 4, 5, 6, ... einsetzt. Man schreibt diese Formel heute im allgemeinen etwas anders, indem man statt der Wellenlänge λ die Wellenzahl $N = \frac{1}{\lambda}$ einführt. Nach kleinen Umformungen ergibt sich dann:

$$N = \frac{1}{C} \cdot \frac{m^2 - 2^2}{m^2} = \frac{1}{C}\left(1 - \frac{2^2}{m^2}\right) = \frac{4}{C}\left(\frac{1}{2^2} - \frac{1}{m^2}\right),$$

$$N = Ry\left(\frac{1}{2^2} - \frac{1}{m^2}\right),$$

wobei $Ry = \frac{4}{C} = \frac{4}{3645{,}6 \cdot 10^{-10}}\ \mathrm{m}^{-1} \approx 1{,}097 \cdot 10^7\ \mathrm{m}^{-1}$ ist.

Die Konstante Ry heißt RYDBERG-Konstante zu Ehren des schwedischen Physikers J.R. RYDBERG (1854–1919), der erkannte, daß die von BALMER gefundene Formel sich mit kleinen Änderungen auch auf die Spektren einiger anderer Elemente übertragen läßt.

Es ist überraschend, wie genau die BALMER-Formel die Wellenzahlen der Wasserstofflinien wiedergibt. Die folgende Tabelle (S. 676) bringt eine Gegenüberstellung der nach der BALMER-Formel (mit einem genaueren als dem oben angegebenen Wert von Ry) berechneten und der gemessenen Werte für die Wellenlängen der ersten 12 Linien dieser Serie. Man ersieht aus der Tabelle, daß die Linien mit wachsendem m immer mehr zusammenrücken.

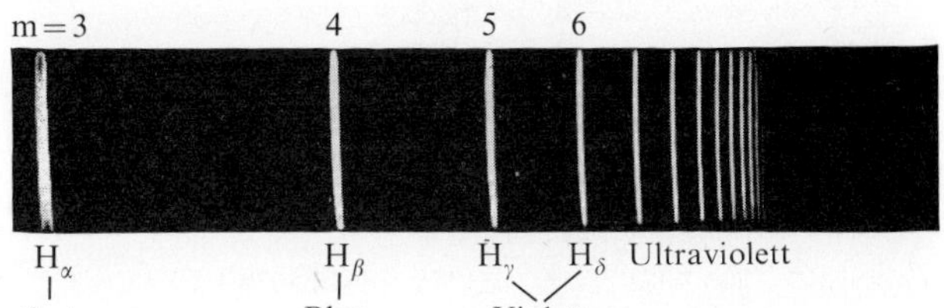

Abb. 675.1
BALMER-Serie des Wasserstoffes: Aufnahme der BALMER-Serie mit Bezeichnung der ersten vier Spektrallinien

Beobachtete und berechnete Wellenlängen von Linien des Wasserstoffspektrums

Linie	*m*	*Beobachtete Wellenlänge* (Einheit 10^{-7} m)	*Berechnete Wellenlänge* (Einheit 10^{-7} m)
H_α	3	6,562 79	6,562 78
H_β	4	4,861 33	4,861 57
H_γ	5	4,340 47	4,340 63
H_δ	6	4,101 74	4,101 90
H_ε	7	3,970 07	3,970 22
H_ζ	8	3,889 05	3,889 20
H_η	9	3,835 39	3,835 53
H_ϑ	10	3,797 90	3,798 04
H_ι	11	3,770 63	3,770 77
H_κ	12	3,750 25	3,750 36
H_λ	13	3,734 54	3,734 51
H_μ	14	3,722 04	3,722 08

Eine theoretische Begründung der Formel konnte von Balmer nicht gegeben werden und war auch in den folgenden Jahrzehnten zunächst nicht möglich. Ebenso konnte man damals keine Aussagen über die physikalische Bedeutung der auftretenden Konstante Ry machen. Es ist aber naheliegend, daß die Balmer-Formel und die Rydberg-Konstante mit dem Bau der lichtaussendenden Atome in Zusammenhang stehen. Diese Vermutung erwies sich in der Tat als richtig. Nachdem N. Bohr (1885–1962) im Jahre 1913 seine später zu behandelnden Vorstellungen über den Bau der Atome entwickelt hatte, konnte die Balmer-Formel auf rein theoretischem Wege aus den allgemeinen Bohrschen Grundannahmen hergeleitet und die Rydberg-Konstante zu anderen allgemeinen Naturkonstanten in Beziehung gesetzt werden. Umgekehrt gelang es dann auch, aus den Spektren Rückschlüsse auf den Bau und die Struktur der Atome zu ziehen. Es zeigte sich, daß man aus einer Untersuchung der Spektren Aufschlüsse von solcher Feinheit und Reichhaltigkeit über die das Licht aussendenden Atome erhalten kann wie auf keinem anderen Wege. Man mußte dazu nur erst die Sprache der Spektren verstehen lernen, und das war mit großen Schwierigkeiten verbunden. Wir werden in der Atomphysik ausführlich darauf zurückkommen.

Mit Hilfe des Rowland-Gitters (S. 659) können wir die sichtbaren Linien H_α, H_β und H_γ in subjektiver Beobachtung sehr genau ausmessen. Wir führen dazu folgenden Versuch durch:

Versuch 676.1 In Abb. 676.1 bedeutet *Sp* eine mit Wasserstoff gefüllte Spektralröhre (von oben gesehen). Bei Anschluß an ein 6-kV-Gerät tritt in der Röhre eine Gasentladung auf, bei der ein großer Teil des Wasserstoffs atomar aufspaltet. Aus etwa 40 cm Entfernung blicken wir durch das Rowland-Gitter, das wir ganz dicht so vor unser Auge halten, daß seine Gitterstriche parallel zur Spektralröhre liegen, auf die Spektralröhre. Wir sehen dann ein virtuelles Linienspektrum des Wasserstoffs. Stellen wir dicht hinter die Spektralröhre waagerecht einen Maßstab, so können wir die Lage der Linien ablesen. Zur Berechnung der Wellenlänge müssen wir beachten, daß die Beugungswinkel hier nicht mehr so klein sind, daß wir $\sin\alpha = \tan\alpha$ setzen können (vgl. die Bemerkung auf S. 659).

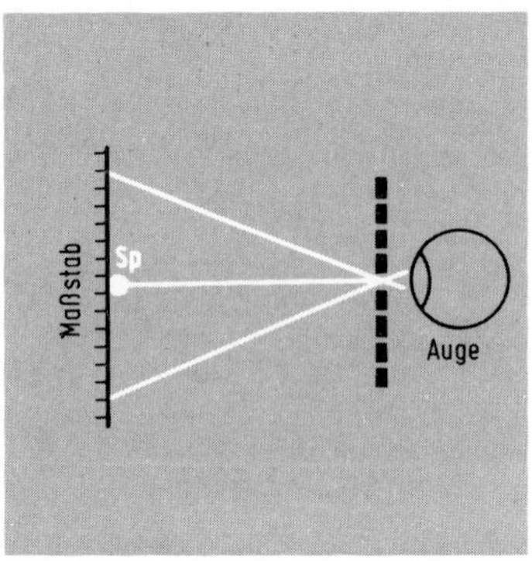

Abb. 676.1
Subjektive Beobachtung des Wasserstoff-Linienspektrums

6.3.4 Die ultraviolette Strahlung

Versuch 677.1 Wir halten in das dunkle Gebiet, das sich unmittelbar an das violette Gebiet eines mit der Bogenlampe erzeugten kontinuierlichen Spektrums anschließt, eine grün fluoreszierende Plexiglasplatte.

Die grüne Plexiglasplatte leuchtet in dem für das Auge vorher dunkel erscheinenden Bereich hell auf. Wir müssen daraus schließen, daß auch hier Strahlen vorhanden sind. Es sind die bekannten *ultravioletten Strahlen.* Sie wirken auch auf die fotografische Platte und können deshalb auf fotografischem Wege nachgewiesen werden. Zur Untersuchung dieser Strahlen sind Prismen und Linsen aus Glas nicht geeignet, da dieses nur einen Teil des langwelligen ultravioletten Lichtes durchläßt, während es alle kürzeren Wellenlängen absorbiert. Das ist auch der Grund dafür, daß auf der fluoreszierenden Plexiglasplatte nur ein kleines ultraviolettes Gebiet erkennbar war. Man benutzt bei der Arbeit mit ultravioletten Strahlen deshalb besser Prismen aus Quarz, Steinsalz oder Flußspat.

Die Sonne strahlt ein an ultravioletten Strahlen reiches Licht aus. Aber die Luft absorbiert ebenfalls ultraviolette Strahlen, so daß das Sonnenlicht hieran um so ärmer ist, je dicker die von ihm durchlaufene Luftschicht ist. Im Hochgebirge ist das Sonnenlicht sehr viel reicher an ultravioletten Strahlen als im Tiefland.

Die ultravioletten Strahlen sind vom sichtbaren Licht nur durch ihre Wellenlänge unterschieden. Es gibt Tiere (z.B. die Bienen), deren Sehorgane auf die langwelligen Teile des ultravioletten Bereiches noch ansprechen.

Geht man in Richtung der kürzeren Wellenlängen noch weiter, so erhält man Strahlen, die in dem von einer Bogenlampe erzeugten oder von der Sonne kommenden Licht nicht mehr enthalten sind, die man aber auf anderem Wege künstlich herstellen kann. Es schließen sich an die ultravioletten Strahlen zunächst die RÖNTGEN-Strahlen an.

6.3.5 Die Röntgen-Strahlung

RÖNTGEN-Strahlen entstehen, wenn schnell bewegte Elektronen auf ein Hindernis treffen. Sie wurden 1895 von W.C. RÖNTGEN (1845 – 1923) entdeckt. In der Praxis erzeugt man RÖNTGEN-Strahlen mit einer Glühkatodenröhre. In der Glühkatodenröhre werden die thermisch von der Katode abgelösten Elektronen durch eine hohe Spannung (bis 500000 V) zur Anode hin stark beschleunigt, so daß sie dort mit großer kinetischer Energie auftreffen. Dabei kann es zu drei verschiedenen Vorgängen kommen:

1. Die Elektronen verlieren ihre Energie beim Eindringen in die Anode und bewirken eine Erwärmung der Anode. Das gilt für etwa 99% aller Elektronen.

2. Die Elektronen werden beim Durchgang durch einzelne Atome des Anodenmaterials gebremst. Sie verlieren ihre Energie teilweise oder vollständig. Die Energie wird dabei in elektromagnetische Strahlung, die man in diesem Fall RÖNTGEN-*Bremsstrahlung* nennt, umgewandelt.

3. Die Elektronen bringen die Atome des Anodenmaterials in einen angeregten Zustand. Die angeregten Atome gehen unter Aussendung einer *charakteristischen Strahlung*, die Anlaß zu einem *Linienspektrum* gibt, wieder in den Grundzustand über.

Der Nachweis der RÖNTGEN-Strahlen ergibt sich aus ihren Eigenschaften:

1. RÖNTGEN-Strahlen besitzen ein erhebliches Durchdringungsvermögen für alle Materie.

Das große Durchdringungsvermögen der RÖNTGEN-Strahlen wird vor allem in der *Medizin* ausgenutzt. Da die Strahlen beim Durchgang durch verschiedenartige Stoffe (z.B. Knochen und weiches Körpergewebe, gesundes und krankes Gewebe, mit Kontrastmittel gefüllte Teile und ihre Umgebung usw.) unterschiedlich geschwächt werden, können sie bei der *Diagnose* (z.B. Knochenbrüche, Magengeschwüre, Nierensteine usw.) wertvolle Hilfe leisten. Ferner vermögen RÖNTGEN-Strahlen das absorbierende Gewebe zu zerstören, wovon in der RÖNTGEN-*Therapie* (z.B. Zerstrahlung von bösartigen Geschwulstzellen) Gebrauch gemacht wird. In der *Technik* spielen die RÖNTGEN-Strahlen bei Materialprüfungen (z.B. beim Aufspüren von Fehlern in Schweißverbindungen) eine Rolle.

2. RÖNTGEN-Strahlen vermögen viele Stoffe zur Fluoreszenz bzw. Phosphoreszenz anzuregen.
3. RÖNTGEN-Strahlen schwärzen fotografische Platten.
4. RÖNTGEN-Strahlen ionisieren Gase.
5. RÖNTGEN-Strahlen zeigen Interferenzen bei der Reflexion und beim Durchgang durch Kristalle.

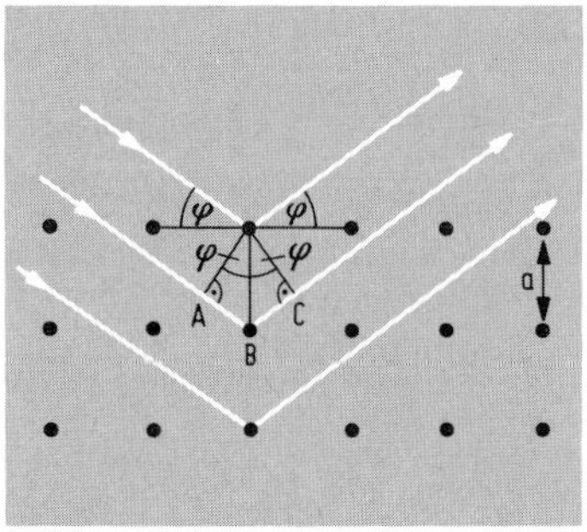

Abb. 678.1
Streustrahlung von RÖNTGEN-Strahlen an Kristallpartikeln

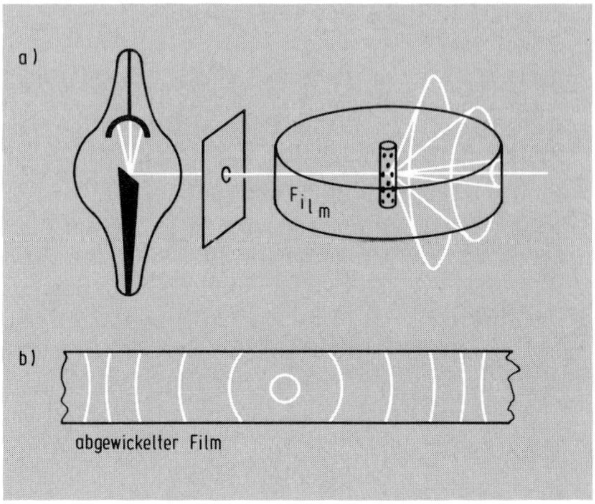

Abb. 678.2
Schematische Darstellung der Versuchsanordnung von DEBYE und SCHERRER zur Herstellung von RÖNTGEN-Spektren (a) und DEBYE-SCHERRER-Diagramm (b)

Die *Kristallinterferenzen* waren der entscheidende Nachweis für den Wellencharakter der RÖNTGEN-Strahlung. RÖNTGEN selbst hatte vergeblich nach Interferenzen gesucht, alle anderen Eigenschaften der Strahlung dagegen innerhalb weniger Tage entdeckt. Wir wissen heute, daß die Wellenlänge der RÖNTGEN-Strahlen so klein ist, daß optische Strichgitter zu grob sind und die Verwendung solcher Gitter zur Untersuchung der RÖNTGEN-Strahlung von vornherein aussichtslos sein mußte. Viel feinere Gitter hält die Natur in den Kristallen bereit.

Die einen Kristall aufbauenden Partikeln (Atome, Ionen oder Moleküle) bilden Raumgitter. Fällt RÖNTGEN-Strahlung auf ein solches Gitter, so treten Interferenzen auf, da die Wellenstrahlung an den räumlich regelmäßig angeordneten Partikeln des Kristalls eine kohärente Streustrahlung auslöst. Die Interferenzerscheinung unterscheidet sich von den Interferenzen am Strichgitter dadurch, daß von einem Raumgitter nur eine ganz bestimmte Wellenlänge zu einem Intensitätsmaximum gebeugt wird, wenn die Strahlung unter einem festen Winkel auf den Kristall trifft. M. v. LAUE (1879 – 1960) konnte dieses Ergebnis mit der Wellentheorie quantitativ deuten. Eine anschauliche Darstellung desselben Sachverhaltes gelang W.H. BRAGG (1862 – 1942) und W.L. BRAGG (geb. 1890).

Man denke sich im einfachsten Fall die Partikeln im Kristall in Netzebenen mit dem Abstand a zusammengefaßt. Nach BRAGG interpretiert man das Ergebnis der Streustrahleninterferenz als regelmäßige Reflexion der einfallenden RÖNTGEN-Strahlung an den Kristallpartikeln (Abb. 678.1). Die an benachbarten Netzebenen „reflektierten" Strahlen interferieren miteinander mit dem Gangunterschied

$$AB + BC = 2a \cdot \sin\varphi .$$

Für ein Intensitätsmaximum muß also die Bedingung

$$2a \cdot \sin\varphi = z \cdot \lambda \qquad (z = 1, 2, 3, \ldots)$$

erfüllt sein. Der Winkel φ heißt *Glanzwinkel*.

Bei einer gegebenen Gitterkonstante a und einer gegebenen Wellenlänge λ muß der Kristall gegen den einfallenden RÖNTGEN-Strahl so geneigt sein, daß die BRAGG-Reflexionsbedingung $2a \cdot \sin\varphi = z \cdot \lambda$ erfüllt ist. Aus nichtmonochromatischer einfallender Strahlung wird nur diejenige Wellenlänge reflektiert, die der BRAGG-Reflexionsbedingung genügt. Zur Aufnahme des RÖNTGEN-Spektrums muß der Kristall gedreht werden.

DEBYE und SCHERRER preßten ein aus vielen Kristalliten bestehendes Pulver zu einem zylindrischen Stäbchen. Wird dieses von parallelen RÖNTGEN-Strahlen durchstrahlt, so gibt es für alle Wellenlängen der Strahlung Kristallite, die in geeigneter Orientierung im Kristallpulver liegen und die Strahlen in die durch ihre Wellenlänge bedingten Richtungen „reflektieren". Das auf diese Weise entstehende Spektrum heißt DEBYE-SCHERRER-Diagramm (Abb. 678.2).

Die RÖNTGEN-Spektren waren ein wesentliches Hilfsmittel bei der Erforschung der *Struktur der Atomhüllen*. In der Quanten- und Atomphysik werden darüber speziellere Aussagen gemacht.

6.3.6 Die infrarote Strahlung

Bei der früher gegebenen allgemeinen Übersicht über die elektromagnetischen Wellen haben wir gesehen, daß sich an das sichtbare Spektrum nach der Seite der längeren Wellen die infrarote Strahlung anschließt. Da die infraroten Strahlen für das Auge nicht sichtbar sind, bedarf es zu ihrer Untersuchung besonderer Geräte. Man verwendet dafür *Thermoelemente* oder *Thermosäulen.*

In der Abb. 679.1 ist ein Thermoelement dargestellt. Es besteht aus zwei verschiedenen Metallen, die durch zwei Lötstellen miteinander verbunden sind; in dem dargestellten Beispiel in der Folge Kupfer–Eisen–Kupfer.

Solange die beiden Lötstellen die gleiche Temperatur haben, besteht zwischen den freien Kupferdrahtenden keine Spannung. Hat dagegen *eine* Lötstelle eine höhere Temperatur, so zeigt das Voltmeter einen Ausschlag; es besteht also ein Spannungsunterschied zwischen den beiden Kupferdrähten. Man bezeichnet diese Erscheinung als *thermoelektrischen Effekt* und die auftretende Spannung als *Thermospannung*. Für die Thermospannung gilt

$$U = \kappa(T_2 - T_1),$$

wobei κ eine nur von den verwendeten Metallen abhängige Größe ist und T_1 und T_2 die absoluten Temperaturen der beiden Lötstellen darstellen.

Eine durch zwei Lötstellen verbundene Anordnung von drei Drähten aus zwei verschiedenen Metallen nennt man ein Thermoelement.

Die durch ein Thermoelement erzeugten Spannungen sind sehr klein und liegen etwa in der Größenordnung von 10^{-5} bis $10^{-4}\,\mathrm{V\,K^{-1}}$. Häufig wird Konstantan-Kupfer ($0{,}41 \cdot 10^{-4}\,\mathrm{V\,K^{-1}}$) verwendet.

Diese kleinen Spannungen können wir mit Hilfe eines *Mikrovoltverstärkers* messen. Bei sehr kleinen Widerständen im Thermostromkreis wird die Stromstärke trotz der kleinen Thermospannung sehr groß. Der Energielieferant für den Thermostrom ist die Wärmequelle. In einem Versuch lassen sich diese Aussagen deutlich nachweisen.

Versuch 679.1 Ein Thermoelement von der in Abb. 679.2 wiedergegebenen Form besteht aus einem dicken Kupferbügel und einem dazwischengelöteten Konstantanstab. Das eine Ende *A* des Kupferbügels wird mit einem Teclubrenner erhitzt und das andere Ende *B* in Eiswasser getaucht.

Der entstehende Thermostrom hat wegen des geringen Widerstandes im Leiterkreis eine so große Stromstärke, daß ein starker Elektromagnet entsteht, der ein größeres Gewichtsstück zu tragen vermag.

Man kann höhere Thermospannungen erzielen, wenn man mehrere Elemente hintereinanderschaltet und die Lötstellen abwechselnd warm und kalt hält (Abb. 680.1). Eine solche Anordnung heißt *Thermosäule.*

Thermoelemente und Thermosäulen sind als *Spannungsquellen* für den praktischen Gebrauch *nicht geeignet*, da die gelieferten Spannungen zu klein sind. Dagegen spielen sie in der *Temperaturmeßtechnik* eine große Rolle. Man macht dabei von der Tatsache Gebrauch, daß die Größe der Thermospannung der Temperaturdifferenz der beiden Berührungsstellen weitgehend proportional ist. Wenn also die eine Lötstelle

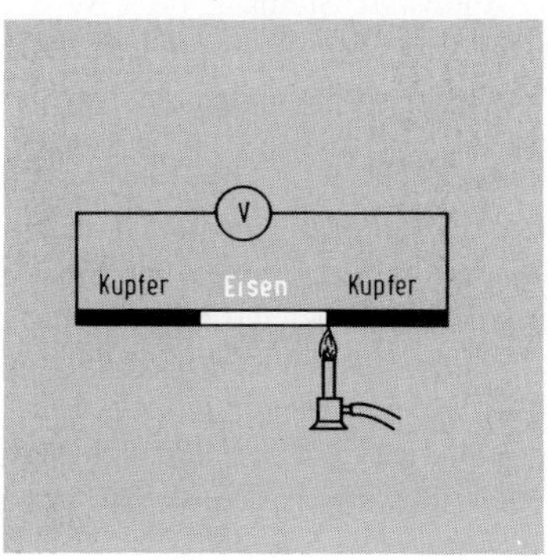

Abb. 679.1
Erwärmung der einen Lötstelle eines Thermoelementes mit Hilfe eines Teclubrenners

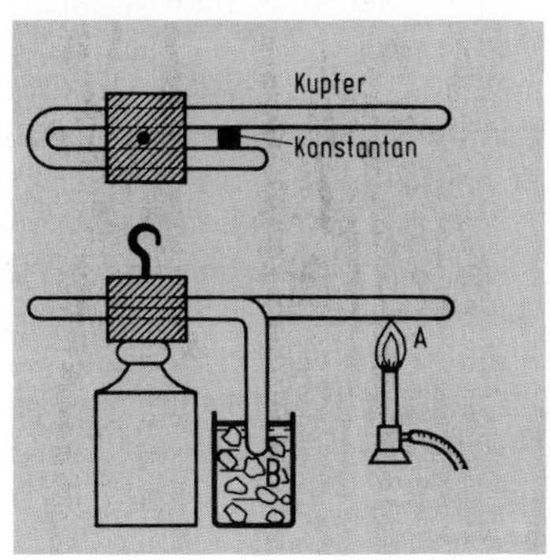

Abb. 679.2
Nachweis des Thermostroms durch seine magnetischen Wirkungen

auf einer bestimmten Temperatur (z.B. der des schmelzenden Eises) gehalten wird, so kann man aus der gemessenen Thermospannung die Temperatur der anderen Lötstelle ermitteln.

Die Thermoelemente zeichnen sich durch hohe Empfindlichkeit, große Meßgenauigkeit und sehr kleine Wärmekapazität aus. Sie finden bei Temperaturmessungen in der Physik, Biologie und Physiologie sowie für Strahlungsmessungen Verwendung.

Um eine Vorstellung von der *Empfindlichkeit der Thermosäule* zu geben, führen wir folgenden Versuch durch:

Versuch 680.1 Wir schließen die Thermosäule an einen Mikrovoltverstärker an. Dann nähern wir die Handfläche der Thermosäule auf etwa einen halben Meter. Danach entflammen wir ein Zündholz in etwa ein Meter Entfernung von der Thermosäule.

Der Versuch zeigt, daß die Thermosäule sehr geringe Wärmestrahlungen anzuzeigen vermag.

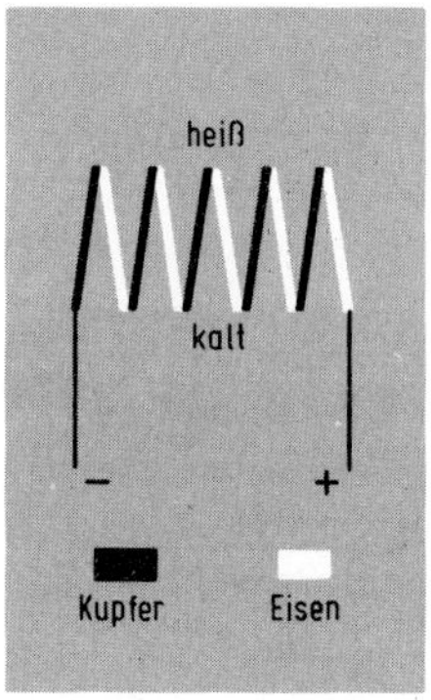

Abb. 680.1
Steigerung der Thermospannung durch mehrere zu einer Thermosäule hintereinandergeschaltete Thermoelemente

Mit Hilfe einer Thermosäule können wir nun auch die *infrarote Strahlung* im Spektrum nachweisen.

Versuch 680.2 Wir zerlegen das Licht einer Bogenlampe oder einer Glühlampe spektral und führen eine mit einem Mikrovoltverstärker verbundene Thermosäule aus dem sichtbaren Teil des Spektrums über den roten Bereich hinaus in das dunkle Gebiet.

Der im violetten Teil des Spektrums sehr kleine Ausschlag des an den Mikrovoltverstärker angeschlossenen Drehspulgerätes wird bei Annäherung an das rote Ende größer und steigt in dem anschließenden dunklen Bereich zunächst noch weiter, um erst in einer gewissen Entfernung vom roten Ende wieder abzusinken und schließlich zu verschwinden. Damit ist gezeigt, daß das Spektrum sich auch über das rote Licht hinaus erstreckt; da die Thermosäule auf Temperaturunterschiede anspricht, muß es sich um Strahlen handeln, die durch ihre Wärmewirkung feststellbar sind.

Für die Untersuchung der infraroten Strahlen kann man Prismen und Linsen aus Glas nicht gut verwenden, weil Glas diese Strahlen stark absorbiert. Man benutzt besser Quarz, Flußspat, Steinsalz oder Sylvin, die wenigstens große Teile der infraroten Strahlen durchlassen. Auf die starke Absorption ist es auch zurückzuführen, daß der Ausschlag des Drehspulgerätes im infraroten Bereich bald zurückgeht, obwohl von der Lichtquelle auch noch Strahlung größerer Wellenlänge ausgesandt wird; die langwelligeren infraroten Strahlen werden vom Glas noch stärker absorbiert als die kurzwelligen.

Es braucht nach den vorhergehenden Betrachtungen nicht betont zu werden, daß auch für die infraroten Strahlen die gleichen Gesetze gelten wie für die Lichtstrahlen, denn es handelt sich ja immer wieder um wesensgleiche elektromagnetische Strahlen, die sich nur durch ihre Wellenlänge unterscheiden. Die sichtbaren Strahlen nehmen wir durch das Auge und die infraroten Strahlen durch den Temperatursinn der Haut wahr; für die übrigen elektromagnetischen Strahlen hat der Mensch kein Sinnesorgan. Die Verschiedenheit der Wirkung auf den menschlichen Körper war auch der Grund dafür, daß es so lange gedauert hat, bis man Licht- und Wärmestrahlen als gleichartige physikalische Vorgänge, die sich nur durch die Wellenlänge unterscheiden, erkannt hat.

6.3.7 Die Temperaturstrahlung

Der Begriff Temperaturstrahlung soll nicht einen bestimmten Bereich des elektromagnetischen Spektrums charakterisieren, sondern vielmehr eine bestimmte *Entstehungsart elektromagnetischer Strahlung.*

Es ist eine aus dem täglichen Leben bekannte Tatsache, daß ein Stück Eisen, das man erwärmt, von einer gewissen Temperatur ab Wärmestrahlen aussendet, die wir mit dem Temperatursinn der Haut oder besser mit einem der früher behandelten Meßinstrumente nachweisen können. Wenn man die Temperatur erhöht, so macht sich bei etwa 400 °C das erste, schwache Leuchten bemerkbar; von den Stäbchen des ausgeruhten Auges wird ein grauweißes Licht wahrgenommen. Bei weiterer Temperaturerhöhung geht der Körper in Rotglut, Gelbglut und Weißglut über.

Die von einem Körper ausgehende elektromagnetische Wellenstrahlung, die ihre Entstehung der Temperatur des strahlenden Körpers verdankt, wird als Temperatur- oder Wärmestrahlung bezeichnet.

Von der Temperaturstrahlung unterscheiden sich zum Beispiel die Leuchterscheinungen bei Gasentladungen (Neonröhren, Leuchtstofflampen) und lebenden Substanzen (Johanniswürmchen).

Jeder Körper sendet eine Temperatur- oder Wärmestrahlung aus. Sie entsteht durch die Wärmebewegung, die die Moleküle des strahlenden Körpers ausführen. Beim Auftreffen auf einen anderen Körper wird die Wärmestrahlung zum Teil reflektiert und zum anderen Teil absorbiert; der absorbierte Teil bewirkt eine Temperaturerhöhung des absorbierenden Körpers.

Von besonderem Interesse ist der Zustand des *Strahlungsgleichgewichtes* zwischen zwei oder mehreren Körpern.

Zwei oder mehrere Körper befinden sich im Strahlungsgleichgewicht, wenn die Körper, zwischen denen ein Energieaustausch nur durch Temperaturstrahlung möglich ist, die gleiche Temperatur angenommen haben.

Im Zustand des Strahlungsgleichgewichtes hört die Strahlung keineswegs auf, sondern jeder Körper sendet genausoviel Strahlung aus, wie er in der gleichen Zeit aufnimmt.

Der Quotient $\Phi_e = \frac{W}{t}$ aus der ausgestrahlten Energie W und der dazu benötigten Zeit t wird als *Strahlungsleistung* bezeichnet.

Es ergeben sich eine Reihe wichtiger Fragen, mit denen wir uns im folgenden zu beschäftigen haben. Zunächst ist zu prüfen, von welchen Größen die Strahlungsleistung einer Fläche und die Verteilung der abgegebenen Strahlung auf die verschiedenen Frequenzen abhängt. Die Beantwortung dieser Frage stößt auf gewisse Schwierigkeiten, weil sich nicht nur die verschiedenen Stoffe dabei verschieden verhalten, sondern weil auch die Beschaffenheit der Oberfläche, die z.B. glatt oder rauh sein kann, eine Rolle spielt. Man erhält deshalb bei einer bestimmten Temperatur eine von Stoff zu Stoff wechselnde Strahlungsleistung und eine ebenso unterschiedliche spektrale Verteilung der Strahlung. Aus dieser großen Menge von Einzelergebnissen lassen sich aber einige allgemeine Gesetze gewinnen.

Wir beginnen mit einem Gesetz über die *Emission und Absorption von Temperaturstrahlung.*

Versuch 681.1 Ein Würfel aus Kupferblech, bei dem je eine Seitenfläche poliert, mattweiß, glänzendschwarz und mattschwarz gestrichen ist, wird mit heißem Wasser gefüllt und an das eine Ende einer etwa 50 cm langen Pappröhre gestellt (Abb. 681.1), an deren anderem Ende sich eine Thermosäule befindet. Man bringt der Reihe nach die verschiedenen Seiten des Würfels vor das Papprohr und mißt den Ausschlag des mit der Thermosäule verbundenen Mikrovoltmeters.

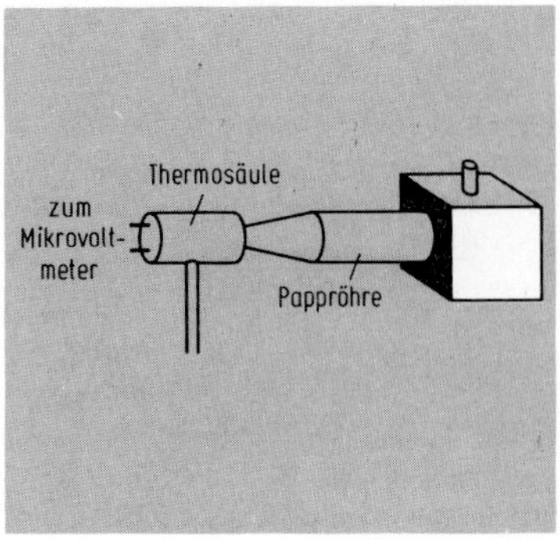

Abb. 681.1
Versuch zum Nachweis der Strahlungsleistung der Temperaturstrahlung in Abhängigkeit von der Oberflächenbeschaffenheit des strahlenden Körpers

Da sämtliche Flächen die gleiche Temperatur haben, erkennen wir an diesem Versuch die oben bereits erwähnte Tatsache, daß die Strahlungsleistung eines Körpers nicht nur von seiner Temperatur, sondern auch von seiner Oberflächenbeschaffenheit abhängt. Es zeigt sich:

Dunkle und rauhe Flächen haben bei gleicher Temperatur eine größere Strahlungsleistung als helle und glatte Flächen.

Wir untersuchen nun das Verhalten der Würfelflächen bei auftreffender Temperaturstrahlung.

Versuch 682.1 Der im vorigen Versuch benutzte Würfel wird oben durch einen Kork und ein Glasrohr, in dessen waagerechtem Teil sich ein Quecksilberfaden befindet, luftdicht verschlossen (Abb. 682.1). Dann wird zuerst die polierte Fläche einer Temperaturstrahlungsquelle zugekehrt.

Wenn das Strahlungsgleichgewicht erreicht ist, d.h., wenn sich der Quecksilberfaden nicht mehr bewegt, wird der Würfel gedreht, so daß nacheinander die mattweiße, die glänzendschwarze und schließlich die mattschwarze Seite der Strahlung ausgesetzt werden.

Der Versuch liefert folgendes Ergebnis:

Dunkle und rauhe Flächen nehmen eine größere Strahlungsleistung auf als helle und glatte Flächen.

Die beiden bisher gewonnenen Erkenntnisse lassen sich dahingehend zusammenfassen, daß eine Fläche, die eine besonders große Strahlungsleistung abgibt, auch eine besonders große Strahlungsleistung absorbieren kann. Diese Feststellung läßt sich noch erweitern, wenn wir nicht die gesamte Strahlungsleistung, sondern ihre Verteilung auf die einzelnen Frequenzen betrachten. Es zeigt sich dann, daß eine Fläche, die vorzugsweise Strahlungsleistung einer bestimmten Frequenz abgibt, bei der gleichen Temperatur aus einem Gemisch auch vorzugsweise Strahlungsleistung dieser Frequenz absorbiert.

Diese Feststellungen bilden den Inhalt eines Gesetzes, das KIRCHHOFF 1859 entdeckt hat und das als das KIRCHHOFF-*Strahlungsgesetz* bezeichnet wird. Wie jedes physikalische Gesetz müßte auch dieses Gesetz quantitativ formuliert werden. Dies setzt aber eine exakte Definition der Begriffe *Absorptionsvermögen* und *Emissionsvermögen* eines Körpers voraus. Eine solche Definition kann jedoch für das Emissionsvermögen exakt nur mit Mitteln gegeben werden, die über den Rahmen dieses Buches hinausgehen. Wir verzichten deshalb auf eine formelmäßige Wiedergabe des KIRCHHOFF-Strahlungsgesetzes, dessen Herleitung hier ohnedies nicht möglich wäre, und beschränken uns auf eine allgemeinere und nur qualitative Angabe:

Jeder Körper vermag nur Temperaturstrahlung solcher Frequenzen abzugeben, die er bei der gleichen Temperatur auch absorbieren würde. Dabei stehen Emission und Absorption bei einer fest gewählten Temperatur insofern in einem festen Verhältnis zueinander, als Frequenzen, die besonders stark emittiert werden, auch eine besonders starke Absorption erfahren.

Grundsätzlich gibt es praktisch unendlich viele verschiedene Körper, die eine Temperaturstrahlung aussenden. Wenn man die Temperaturstrahlung messend erfassen und die für sie geltenden Gesetze ermitteln will, muß man sich von den Zufälligkeiten der strahlenden Körper frei machen. Das geschieht durch die Konstruktion eines *absolut schwarzen Körpers*, mit dem wir uns im folgenden beschäftigen.

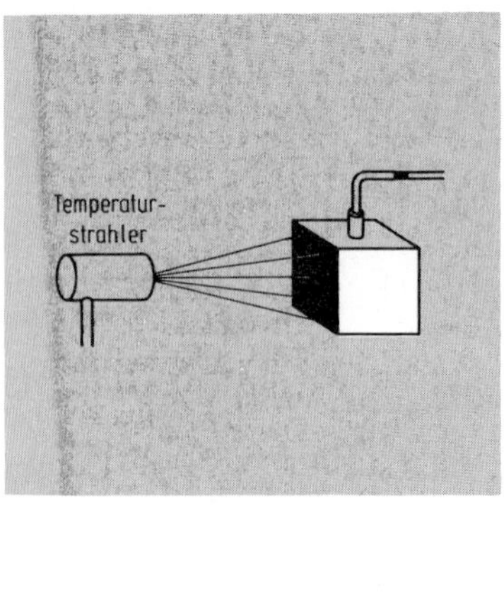

Abb. 682.1
Versuch zur Absorption der Temperaturstrahlung in Abhängigkeit von der Oberflächenbeschaffenheit des bestrahlten Körpers

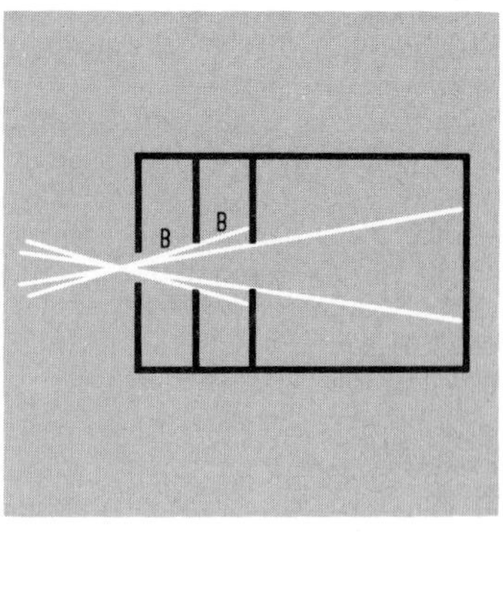

Abb. 682.2
Modell eines absolut schwarzen Körpers

Unter einem absolut schwarzen Körper verstehen wir einen Körper, der die auf ihn fallende elektromagnetische Strahlungsleistung aller Wellenlängen vollkommen absorbiert.

Praktisch kann man einen absolut schwarzen Körper nicht herstellen. Es handelt sich bei diesem Begriff um eine *Idealisierung*, die sich physikalisch aber mit beliebiger Annäherung verwirklichen läßt. Wenn man eine Fläche mit Ruß oder Platinmohr schwärzt, so ist sie noch keineswegs absolut schwarz; sie absorbiert bestenfalls 97% der auffallenden Strahlung. Es gibt aber eine andere Möglichkeit, um dem absolut schwarzen Körper sehr viel näher zu kommen. Wir verwenden dazu einen allseitig geschlossenen Kasten nach Abb. 682.2, der nur an einer Seite eine kleine Öffnung hat; die Fläche dieser Öffnung kann mit großer Annäherung als absolut schwarz betrachtet werden. Jeder Strahl, der von außen auf die Öffnung fällt, muß im Innern des Kastens sehr oft reflektiert werden, bis er zufällig wieder aus der Öffnung austritt; dies wird durch die eingebauten Blenden *B* noch erschwert. Wenn man nun durch Berußung der inneren Wände dafür sorgt, daß bei jeder Reflexion nur etwa 5% der auftreffenden Strahlung reflektiert wird, dann ist z.B. nach der dritten Reflexion nur noch 0,0125% der durch die Öffnung eingefallenen Energie in der Strahlung vorhanden; alles übrige ist von den Wänden verschluckt worden. Eine solche Öffnung strahlt also von allen auffallenden Wellen praktisch nichts zurück und kommt dem Ideal des schwarzen Körpers beliebig nahe.

Wenn der absolut schwarze Körper die größtmögliche Absorption besitzt, so muß er nach dem KIRCHHOFF-Strahlungsgesetz unter allen Körpern bei gleichen Bedingungen auch die größte Emission besitzen.

Wir stellen also fest:

Ein absolut schwarzer Körper gibt in jedem Spektralbereich eine größere Strahlungsleistung ab als irgendein anderer Körper der gleichen Temperatur.

Selbstverständlich lassen sich auch andere Konstruktionen eines absolut schwarzen Körpers denken. Die wesentliche physikalische Aussage für alle diese Körper, die hier nicht näher begründet werden kann, lautet:

Erhitzt man einen als Hohlraum ausgeführten, absolut schwarzen Körper auf eine hohe Temperatur, so tritt aus der Öffnung des Hohlraumes eine Strahlung aus, die mit der Strahlung jedes anderen absolut schwarzen Körpers gleicher Temperatur identisch ist.

Zur Untersuchung der Temperaturstrahlung benötigt man also nur *irgendeinen* absolut schwarzen Körper. Eine solche Untersuchung erweist sich als sehr bedeutungsvoll und aufschlußreich. Es handelt sich dabei vor allem um die Frage, wie die spektrale Verteilung dieser Strahlung von der Temperatur abhängt.

Man bringt die Hohlraumwandungen auf eine bestimmte Temperatur, indem man sie z.B. elektrisch heizt. Die Öffnung strahlt dann die zu dieser Temperatur gehörige Strahlung eines absolut schwarzen Körpers aus; wegen ihrer Entstehung bezeichnen wir sie auch als *Hohlraumstrahlung*. Nachdem die Strahlung in ihre Bestandteile verschiedener Wellenlängen zerlegt worden ist, kann man die Strahlungsleistung der

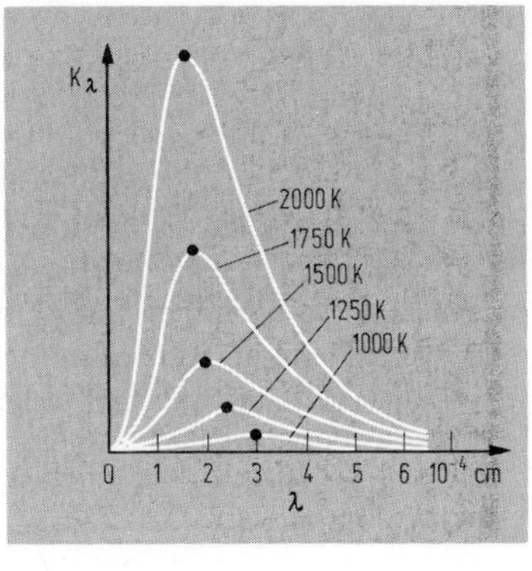

Abb. 683.1
Spektrale Verteilung der Strahlung eines absolut schwarzen Körpers

einzelnen Teile messen. Es ergeben sich auf diese Weise die in Abb. 683.1 dargestellten Kurven, deren Verlauf von der Temperatur des strahlenden Körpers abhängt. Für jede Temperatur tritt eine bestimmte Wellenlänge mit maximaler Strahlungsleistung auf; daneben strahlt der Körper auch andere Wellenlängen aus, die aber schwächer vertreten sind. Die in Abb. 683.1 mit K_λ bezeichnete Größe bedeutet: $K_\lambda \cdot \Delta\lambda$ ist die Strahlungsleistung Φ_e, die im Wellenlängenbereich λ bis $\lambda + \Delta\lambda$ von der Flächeneinheit in einen Kegel vom Öffnungswinkel 1 abgegeben wird.

Die Wellenlänge des Strahlungsmaximums (λ_{max}) rückt nach einem 1893 von W. WIEN (1864–1928) gefundenen Gesetz mit steigender Temperatur in das Gebiet kleinerer Wellenlängen. Es gilt dabei der folgende Zusammenhang, den man als WIEN-*Verschiebungsgesetz* bezeichnet:

Bei einem absolut schwarzen Körper ist das Produkt aus der Wellenlänge des Strahlungsmaximums und der absoluten Temperatur des strahlenden Körpers konstant.

$$\lambda_{max} T = b.$$

Den Wert der Konstante b hat O. LUMMER (1860–1925) bestimmt. Es ist

$$b = 2{,}897\,82 \cdot 10^{-3}\ \mathrm{m\ K}.$$

Mit Hilfe des WIEN-Verschiebungsgesetzes läßt sich die Oberflächentemperatur der Sonne und der Fixsterne angenähert berechnen. Man stellt dazu die Wellenlänge des Strahlungsmaximums fest und kann dann nach der obigen Formel die Oberflächentemperatur T bestimmen. Für die Sonne ist $\lambda_{max} \approx 5 \cdot 10^{-7}$ m; damit ergibt sich

$$T \approx \frac{2{,}897\,82 \cdot 10^{-3}\ \mathrm{m\ K}}{5 \cdot 10^{-7}\ \mathrm{m}} \approx 5800\ \mathrm{K}.$$

Dabei ist natürlich vorausgesetzt, daß die Sonne sich in bezug auf die Strahlung wie ein absolut schwarzer Körper verhält. Diese Voraussetzung kann mit großer Annäherung als erfüllt betrachtet werden.

Die Sonne hat gerade die Temperatur, bei der die Wellenlänge des Strahlungsmaximums im sichtbaren Bereich liegt. Das menschliche Auge spricht also gerade auf die Wellenlänge an, für die die Sonne ihr Strahlungsmaximum hat.

Die Kurven in Abb. 683.1 zeigen, daß mit zunehmender Temperatur die Strahlungsleistung der Strahlung für alle Wellenlängen ansteigt. Ein sehr einfaches Gesetz ergibt sich dabei, wenn wir die *gesamte abgegebene Strahlungsleistung eines absolut schwarzen Körpers* ermitteln. Dieses Gesetz wurde 1879 von J. STEFAN (1835–1893) experimentell gefunden und 1884 von L. BOLTZMANN (1844–1906) aus der kinetischen Wärmetheorie hergeleitet. Es wird als das STEFAN-BOLTZMANN-*Gesetz* bezeichnet und lautet:

Die von einem absolut schwarzen Körper abgegebene Strahlungsleistung Φ_e ist seiner Oberfläche A und der 4. Potenz seiner absoluten Temperatur T proportional.

$$\Phi_e = \sigma A T^4.$$

Für die Konstante σ ergibt sich aus Messungen

$$\sigma = 5{,}6697 \cdot 10^{-8}\ \mathrm{J\ m^{-2}\ K^{-4}\ s^{-1}}.$$

Das Gesetz über die spektrale Verteilung der Strahlungsleistung eines absolut schwarzen Körpers ist bisher nur durch die in Abb. 683.1 dargestellten Kurven wiedergegeben worden. Es war nun das weitere Bestreben der Physiker, hierfür auch eine mathematische Formel anzugeben und diese aus den Grundvorstellungen der übrigen Physik herzuleiten. Bei dem Versuch, ein solches Gesetz zu finden, kam M. PLANCK (1858–1947) im Jahre 1900 zu der Erkenntnis, daß jede theoretische Ableitung, die von den damals als unumstößlich richtig geltenden Prinzipien und Gesetzen der klassischen Physik ausging, mit den Meßergebnissen nicht in Einklang gebracht werden konnte. Einen Ausweg fand PLANCK durch die Aufstellung seiner Quantentheorie, die zu einer richtigen Formel über die Energieverteilung der schwarzen Strahlung, zu dem PLANCK-*Strahlungsgesetz*, geführt und gleichzeitig eine der größten Umwälzungen der Physik ausgelöst hat.

7. Die spezielle Relativitätstheorie

7.1 Problemstellung und Experimente

7.1.1 Das Ätherproblem

Die Energieausbreitung durch Wellen wurde für mechanische und elektromagnetische Wellen ausführlich behandelt. Dabei konnten wir die mechanischen Wellen auf die Schwingungen von Materieteilchen, wie z.B. bei den Experimenten mit Wasser- und Schallwellen, zurückführen. Die Welle selbst breitete sich jeweils mit einer bestimmten Geschwindigkeit auf oder in ihrem Energieträger aus. Diese mechanischen Vorstellungen wurden von HUYGENS auch auf das Licht übertragen, das bei seiner Ausbreitung Schwingungen in einem Medium verursachen sollte, dem er den Namen *Äther* gab. Wir haben aber bereits festgestellt (S. 670), daß eine mechanische Ausbreitung des Lichtes im Äther wegen der daraus erwachsenden Widersprüche in den Eigenschaften des Äthers nicht in Frage kommen konnte. Diese Schwierigkeiten wurden durch die elektromagnetische Lichttheorie von MAXWELL überwunden. MAXWELLS Theorie verzichtete ja auf eine mechanische Interpretation und hatte, wie wir gesehen haben, dadurch großen Erfolg, daß es ihr gelang, die Lichtausbreitung auf die Ausbreitung von elektrischen und magnetischen Feldern zurückzuführen. Damit war allerdings über die Eigenschaften des Äthers nichts weiter gesagt, als daß er das Medium sei, in dem sich elektromagnetische Strahlung ausbreite. Sicher war nur, daß die Ätherfrage gar nichts mit materiellen Teilchen, die etwa durch das Licht zum Schwingen angeregt würden, zu tun haben konnte. Nimmt man nun noch die schon bei der Betrachtung von geladenen Plattenkondensatoren und stromdurchflossenen Spulen sich anbahnende Erkenntnis hinzu, daß sich die elektrische und magnetische Feldenergie im Vakuum speichern läßt, und extrapoliert diesen Gedanken auf die Energieausbreitung durch elektrische und magnetische Felder, so drängt sich die Frage auf, *ob der Äther überhaupt zur Energieausbreitung nötig ist.* Daß diese Frage zunächst nicht gestellt wurde, lag natürlich auch an dem Beharrungsvermögen menschlichen Denkens, das alte und bewährte Vorstellungen nur unter dem Zwang neuer und harter Erfahrungen preisgibt. A. EINSTEIN (1879 – 1955), der schließlich das Ätherproblem löste, sah in dem Beharrungsvermögen einen Ausdruck des gesunden Menschenverstandes und kritisierte pointiert: „Der gesunde Menschenverstand – das sind all die Vorurteile, die sich bis zum achtzehnten Lebensjahr im Bewußtsein ausgebildet haben."

Im Bewußtsein der Physiker hatte sich aufgrund der großen Erfolge der im wesentlichen von GALILEI und NEWTON geschaffenen Mechanik die ihr zugrundeliegende Vorstellung eines *absoluten Raumes* und einer *absoluten Zeit* ausgebildet. Mit dem Begriff absolut wird die Meinung vertreten, daß es grundsätzlich möglich sein müßte, ein *festes Koordinatensystem* und eine *Normaluhr* in den Kosmos zu stellen, so daß alle irdischen und kosmischen Bewegungsvorgänge mit drei Raumkoordinaten x, y, z und der Uhrzeit t eindeutig beschrieben werden könnten. Daraus folgt z.B. auch die Konsequenz, daß die Feststellung des gleichzeitigen Auftretens zweier Ereignisse an verschiedenen Raumpunkten (z.B. das Aufleuchten von zwei Blitzlampen an den Orten $P_1(x_1, y_1, z_1)$ und $P_2(x_2, y_2, z_2)$ im Zeitpunkt t_0 *objektiv* erfolgen kann. Man könnte nämlich an die Raumpunkte P_1 und P_2 zwei mit der Normaluhr synchron laufende elektrische Uhren stellen, die mit dem Auftreten der beiden Ereignisse ausschalten. Unter den verschiedensten Beobachtern könnte niemals ein Streit darüber entstehen, ob die beiden Ereignisse gleichzeitig waren oder nicht. Gleichzeitigkeit ist unter den genannten Voraussetzungen also ein absoluter Begriff. An der Absolutheit der Zeit hat NEWTON nicht gezweifelt. In seinem Werk finden wir den Satz: „Die absolute, wahre und mathematische Zeit an sich verfließt aus ihrer Natur heraus gleichmäßig und ohne irgendeine Beziehung zur Umgebung.“ Dieser Satz liest sich wie ein Glaubenssatz, und er ist es auch. NEWTON glaubte an die absolute Zeit ebenso wie er an den absoluten Raum glaubte. Er erkannte aber auch, daß man die Bewegung eines Körpers durch diesen Raum als absolute Bewegung nicht feststellen konnte, und schrieb daher mit wissenschaftlicher Aufrichtigkeit: „Wir verwenden also statt absoluter Orts- und Bewegungsbegriffe relative.“ Vor ihm hatte sich schon GALILEI eingehend mit diesem Problem beschäftigt. Mit der Abkehr vom Weltbild des PTOLEMÄUS, in dem der Erdmittelpunkt zugleich Mittelpunkt des Kosmos war, wurde ja zugleich das mit der Erde fest verankerte kosmische Koordinatensystem, auf das alle Bewegungen bezogen wurden, aufgegeben. Wenn der Bruch im Denken auch noch nicht so weit erfolgte, daß die Möglichkeit eines absoluten Koordinatensystems grundsätzlich angezweifelt wurde, so lieferten GALILEIS Überlegungen immerhin einen Vorstoß in dieser Richtung. Er betrachtet als Beispiel einen Stein, der von der Mastspitze eines Schiffes fällt, und stellt fest: Unabhängig davon, ob das Schiff in Ruhe ist oder sich mit konstanter Geschwindigkeit gegenüber dem Ufer bewegt, fällt der Stein immer zum Fußpunkt des Mastes. Wenn der Beobachter, der sich auf dem Schiff befindet, keine Kontakte zur Außenwelt hat, kann er also aus der Fallbewegung des Steines nicht erschließen, ob das Schiff ruht oder in Bewegung ist. Dieser Sachverhalt gilt verallgemeinert und wird als das *Relativitätsprinzip der klassischen Mechanik* bezeichnet. Es lautet:

Alle gleichförmig gegeneinander bewegten Bezugssysteme sind zur Beschreibung mechanischer Vorgänge gleichberechtigt.

Man nennt solche Systeme *Inertialsysteme* und kann den durch das Relativitätsprinzip der klassischen Mechanik festgestellten Sachverhalt auch folgendermaßen ausdrücken: Ein Beobachter A eines Inertialsystems S kann wohl feststellen, ob er sich gegenüber einem anderen Beobachter B eines Inertialsystems S' gleichförmig bewegt, dagegen ist es sowohl für A als auch für B mit mechanischen Hilfsmitteln unmöglich, eine Entscheidung darüber zu treffen, ob sich ihr Inertialsystem in absoluter Ruhe, d.h. sich in Ruhe innerhalb eines absoluten kosmischen Koordinatensystems oder innerhalb eines den Kosmos durchdringenden Äthers, befindet. Es müßte nämlich sonst irgendein mechanisches Experiment möglich sein, das bei der Bewegung gegenüber dem Äther anders ausfallen würde als im Ruhezustand innerhalb des Äthers. Mit dieser Erkenntnis mußten alle Hoffnungen zunichte werden, auf dem Boden der Mechanik zu einer durch Experimente erhärteten Entscheidung über die Frage zu kommen, *ob eine Bewegung, wie z.B. die der Erde, relativ zum Äther stattfindet oder nicht.* Neue Hoffnungen ergaben sich für die Physiker nach der Vollendung der elektromagnetischen Lichttheorie. Es war ja eine wesentliche Aussage dieser Theorie, daß die elektromagnetischen Erscheinungen sich nicht auf die Mechanik zurückführen lassen und somit eine ganz andere physikalische Qualität besitzen. Wenn man sich geeignete Experimente ausdenken könnte, wäre mit ihnen vielleicht der Schlüssel zum Ätherproblem gegeben. Solche Experimente sind dann auch ausgeführt und zur Zeit der Entstehung der Relativitätstheorie lebhaft diskutiert worden. Fast alle diese wirklich ausgeführten wie auch die zusätzlich erfundenen Gedankenexperimente benutzen das Licht, z.B. in Interferenzanordnungen oder auch in der Form von Lichtblitzen zur Signalübermittlung, und schließen damit an die Optik an. Das ist der Grund dafür, daß auch in diesem Buch der Abschnitt über die Relativitätstheorie an die Optik und nicht an die Mechanik bewegter Körper angefügt ist.

7.1.2 Der Michelson-Versuch

Der berühmteste Versuch zum Ätherproblem, der schließlich die Relativitätstheorie auslöste, ist der MICHELSON-Versuch. Dabei ist es geradezu eine Ironie der Wissenschaft, daß MICHELSON mit Hilfe seines Experimentes im Sinne der Absoluttheorie die Geschwindigkeit der Erde gegenüber dem Äther messen wollte. MICHELSON konstruierte für dieses Unternehmen, das von anderen Physikern als aussichtslos betrachtet wurde, eine Apparatur mit damals beispielloser Empfindlichkeit und Meßgenauigkeit. Dieses MICHELSON-Interferometer ist in Abb. 687.1 schematisch dargestellt.

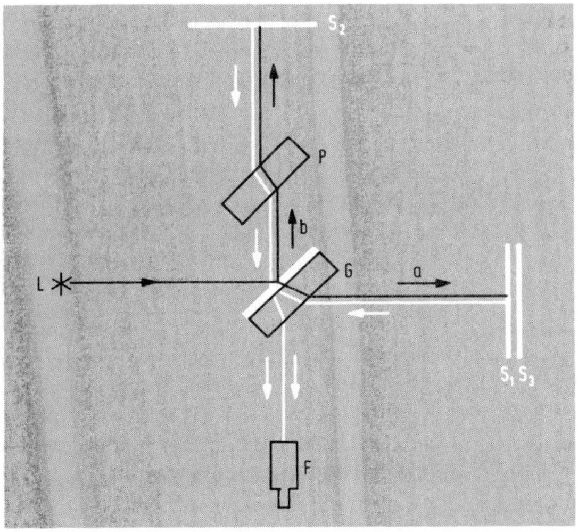

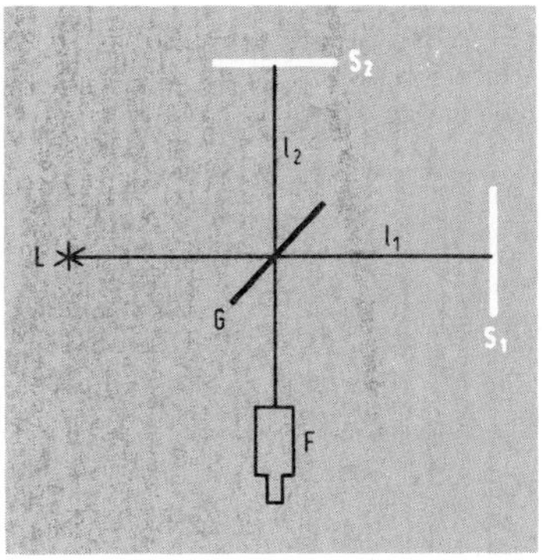

Abb. 687.2
Vereinfachte schematische Darstellung der MICHELSON-Apparatur

Abb. 687.1 Schematische Darstellung des MICHELSON-Interferometers

Von der Lichtquelle L fällt Licht auf eine geneigte planparallele Glasplatte G, die auf ihrer Vorderseite mit einer halbdurchlässigen spiegelnden Metallschicht überzogen ist. Ein Teil (a) des Lichtes tritt durch die Glasplatte G hindurch und gelangt zum Spiegel S_1. Nach Reflexion an S_1 läuft das Licht nach G zurück. Dort wird es wiederum in zwei Teilbündel aufgespalten, von denen eines zur Lichtquelle zurückläuft und ohne Bedeutung ist, und von denen das andere an der spiegelnden Schicht reflektiert wird und in ein Beobachtungsfernrohr F gelangt. Der andere Teil (b) des die Lichtquelle verlassenden Lichtes wird an der Glasplatte G reflektiert. Er durchsetzt zunächst eine nicht verspiegelte und zur ersten Glasplatte parallel ausgerichtete Glasplatte P und gelangt dann zum Spiegel S_2. Nach Reflexion an S_2 laufen die Lichtwellen durch die beiden Glasplatten und gelangen ebenfalls in das Beobachtungsfernrohr F. Ein Teil des an S_2 reflektierten Lichtes wird vorher auch an der spiegelnden Schicht von G reflektiert und scheidet somit für den Versuch aus. Die Glasplatte P ist für das Prinzip des Versuchs unwesentlich; sie ist nur als Kompensationsplatte in den Weg des Teilbündels b gesetzt, damit diese Lichtwellen insgesamt die gleiche Glasdicke zu durchlaufen haben wie die des Bündels a. Blickt man nun von L aus auf die spiegelnde Schicht von G, so sieht man das virtuelle Bild des Spiegels S_2 an der Stelle S_3. Man kann sich also die Reflexion an S_2 durch eine an S_3 ersetzt denken. Stehen nun S_1 und S_2 fast senkrecht zueinander, und ist die Platte G um 45° gegenüber dem Lichtstrahl von L geneigt, so stehen S_1 und S_3 fast parallel zueinander. Diesen Fall können wir mit der *Interferenz an einem Luftkeil* (S. 651) vergleichen. Im Beobachtungsfernrohr F entsteht bei Verwendung von monochromatischem Licht ein scharfes *Interferenzstreifensystem.*

Wir stellen uns jetzt auf den Standpunkt, daß sich die Erde mit der MICHELSON-Apparatur mit der Geschwindigkeit v gegenüber dem Äther bewegt. Dazu kann man auch sagen: Vom Standpunkt des mitbewegten Beobachters scheint ein *Ätherwind* am Apparat vorbeizustreichen. Zum Vergleich kann man sich in einen fahrenden Zug versetzt denken. Man wird einen Fahrtwind beobachten, wenn man die Hand aus dem Fenster hält, auch wenn draußen keine Luftbewegung stattfindet. Der Apparat sei jetzt so aufgestellt, daß er sich in Richtung GS_1 relativ zum Äther bewegt. Wir stellen diesen Sachverhalt in einer vereinfachten Zeichnung, bei der die Dicke der Glasplatte G vernachlässigt und somit auch die Kompensationsplatte P überflüssig wird, in Abb. 687.2 dar.

Der mitbewegte, d.h. relativ zur Apparatur ruhende Beobachter, muß jetzt folgendermaßen überlegen:

Sehen wir einmal von der Lufthülle der Erde ab, für die die Brechzahl ja praktisch $n=1$ ist, so ergibt sich aus der Vakuum-Lichtgeschwindigkeit c der Lichtausbreitung im Äther und der Geschwindigkeit v des Ätherwindes die Geschwindigkeit $c-v$ für das Licht auf dem Weg von G nach S_1 (Abb. 688.1a) und die Geschwindigkeit $c+v$ auf dem Weg von S_1 nach G (Abb. 688.1b).

Bei der Betrachtung der Lichtausbreitung von G nach S_2 und zurück muß nun beachtet werden, daß der Ätherwind senkrecht zum Arm GS_2 der Versuchsapparatur bläst. Wenn das Licht sich im Äther mit der Geschwindigkeit c ausbreitet und der Äther sich mit der Geschwindigkeit v gegen die Erde bewegt, so gelangt

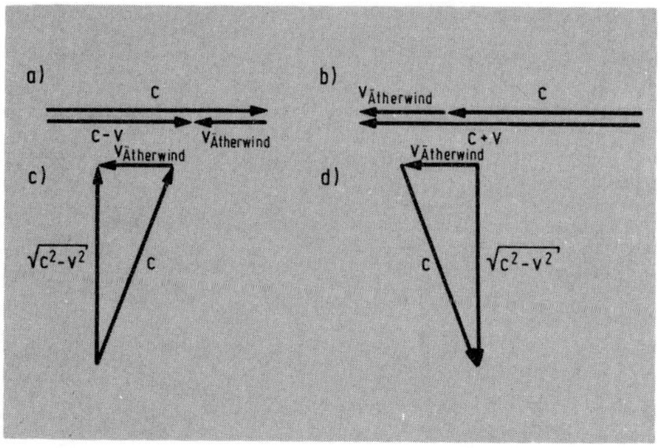

Abb. 688.1
Addition der Geschwindigkeiten beim MICHELSON-Versuch

das Licht auf dem Weg von G nach S_2 nur dann zum Spiegel S_2, wenn die Resultierende der Geschwindigkeitsvektoren in Richtung des Armes GS_2 liegt (Abb. 688.1c). Das gleiche gilt für den Lichtweg von S_2 nach G (Abb. 688.1d). Wir erhalten also für die relative Lichtgeschwindigkeit bezogen auf den Arm GS_2 in jedem Fall $\sqrt{c^2-v^2}$. Da die Geschwindigkeiten des Lichtes nun bekannt sind, lassen sich die Zeiten berechnen, die das Licht für die Wege GS_1G und GS_2G braucht. Bei gleichförmiger Bewegung, um die es sich hier handelt, ist die Geschwindigkeit der Quotient aus Weg und Zeit bzw. die Zeit der Quotient aus Weg und Geschwindigkeit. Im einzelnen erhalten wir:

a) für den Weg GS_1G:

$$t_1=\frac{l_1}{c-v}+\frac{l_1}{c+v}$$
$$=\frac{l_1\cdot(c+v)+l_1\cdot(c-v)}{c^2-v^2}$$
$$=\frac{2l_1 c}{c^2-v^2}$$
$$=\frac{2l_1}{c}\cdot\frac{1}{1-\frac{v^2}{c^2}};$$

b) für den Weg GS_2G:

$$t_2=\frac{2l_2}{\sqrt{c^2-v^2}}$$
$$=\frac{2l_2}{c}\cdot\frac{1}{\sqrt{1-\frac{v^2}{c^2}}}.$$

Bei gleich langen Interferometerarmen der Länge $l=l_1=l_2$ ergibt sich danach

$$t_2=\sqrt{1-\frac{v^2}{c^2}}\cdot t_1.$$

Das bedeutet, daß das Licht auf dem Wege senkrecht zum Ätherwind weniger Zeit benötigt als auf dem Wege parallel zum Ätherwind. Die Zeitdifferenz wollen wir hier in Näherung berechnen.

Aus der mathematischen Formelsammlung entnehmen wir für Werte x, die klein gegenüber 1 sind, die Näherungsformeln

$$\frac{1}{1-x}\approx 1+x \quad \text{und} \quad \frac{1}{\sqrt{1-x}}\approx 1+\tfrac{1}{2}\cdot x.$$

Die Bahngeschwindigkeit der Erde um die Sonne beträgt 30 km s^{-1}. Nehmen wir einmal an, daß die Geschwindigkeit der Erde gegenüber dem Äther in der Größenordnung 30 km s^{-1} liegt, so beträgt der Quotient $\frac{v}{c}$ etwa $\frac{1}{10000}$. Der Quotient $\frac{v^2}{c^2}$ ist also mit Sicherheit klein gegenüber 1. Wir erhalten dann für gleiche Längen $l = l_1 = l_2$:

$$t_1 = \frac{2l}{c} \cdot \frac{1}{1 - \frac{v^2}{c^2}} \approx \frac{2l}{c} \cdot \left(1 + \frac{v^2}{c^2}\right),$$

$$t_2 = \frac{2l}{c} \cdot \frac{1}{\sqrt{1 - \frac{v^2}{c^2}}} \approx \frac{2l}{c} \cdot \left(1 + \frac{1}{2} \cdot \frac{v^2}{c^2}\right),$$

$$\Delta t = t_1 - t_2 \approx \frac{l}{c} \cdot \frac{v^2}{c^2}.$$

Zu diesem Zeitunterschied gehört der *Gangunterschied*

$$\Delta s = c \cdot \Delta t = l \cdot \frac{v^2}{c^2}$$

der beiden interferierenden Lichtwellenzüge. Das läßt sich an dem Interferenzstreifensystem allerdings nicht erkennen, da wir ja nicht wissen, wie das Interferenzstreifensystem bei einer im Äther ruhenden Versuchsapparatur ausgesehen hätte. An dieser Stelle der Überlegungen wird nun die geniale Idee von MICHELSON deutlich. Dreht man nämlich die ganze Versuchsapparatur um 90°, so fällt der Arm GS_2 in die Bewegungsrichtung des Ätherwindes und der Arm GS_1 in eine dazu senkrechte Richtung. Die Rollen werden also vertauscht, was einen entgegengesetzten Gangunterschied zur Folge hat. Die Änderung des Gangunterschiedes bei dem Wechsel der ersten Anordnung der Apparatur in die gedrehte Stellung beträgt demnach

$$2l \cdot \frac{v^2}{c^2}.$$

In diesen Gangunterschied passen

$$\frac{2l}{\lambda} \cdot \frac{v^2}{c^2}$$

Wellenlängen des benutzten Lichtes hinein. Bei der Drehung der Apparatur *müßte sich das Interferenzstreifensystem* dann auch um

$$\frac{2l}{\lambda} \cdot \frac{v^2}{c^2}$$

ganze Interferenzstreifenbreiten (hell + dunkel) *verschieben.*

Die Arme in der Apparatur hatten die Länge $l = 1{,}2$ m, die Wellenlänge des Lichtes betrug $\lambda = 6 \cdot 10^{-7}$ m. Setzen wir $v = 30$ km s^{-1}, d. h. $\frac{v^2}{c^2} = 10^{-8}$, so erhalten wir

$$\frac{2l}{\lambda} \cdot \frac{v^2}{c^2} = \frac{2{,}4\,\text{m}}{6 \cdot 10^{-7}\,\text{m}} \cdot 10^{-8} = 0{,}04.$$

Im Jahre 1887 verbesserte MICHELSON zusammen mit E. W. MORLEY die Apparatur, indem er aus Gründen größerer Genauigkeit zur zehnfachen Armlänge überging. Mit der verbesserten Apparatur mußte man also mindestens 0,4 Streifen Verschiebung erwarten.

Beobachtet wurde an verschiedenen Orten der Erde zu den verschiedensten Jahreszeiten, d. h. an verschiedenen Punkten der Erde auf ihrer Bahn um die Sonne. Zufälligerweise hätte ja eine mögliche Bewegung des ganzen Sonnensystems gegenüber dem Äther die Bewegung der Erde gerade kompensieren können. Die Beobachtungsgenauigkeit war so groß, daß man mit Sicherheit noch weniger als ein Zehntel des genannten Effektes hätte feststellen können, wenn er existierte. Man gelangte aber zu einem völlig unerwarteten Resultat. Wo die Erde sich auch immer befand, *beobachtete man keinen Effekt.*

Der MICHELSON-Versuch wurde in den folgenden Jahren mehrfach wiederholt. 1930 führte ihn der deutsche Physiker G. JOOS mit einer von ZEISS gebauten MICHELSON-Apparatur höchster Präzision aus. Mit dieser Apparatur hätte man noch $\frac{1}{1000}$ des berechneten Effektes wahrnehmen können. 1964 konnte die Meßgenauigkeit durch die Verwendung von Lasern statt gewöhnlicher Lichtquellen nochmals gesteigert werden. *Niemals beobachtete man eine Verschiebung des Interferenzstreifensystems.*

Der *Widerspruch* zwischen dem theoretischen Erwartungswert und den experimentellen Erfahrungen mußte nun analysiert werden. Wir nennen hier zunächst *Argumente*, mit denen man zu einer Übereinstimmung zwischen experimenteller Erfahrung und Naturbeschreibung zu kommen hoffte.

1. PTOLEMÄUS hat recht. Die Erde ist Mittelpunkt des Kosmos und des ihn durchdringenden ruhenden Äthers. Da sie in diesem Fall ja auch ruht, ist von vornherein kein Ätherwind und der daraus resultierende Unterschied in der Laufzeit der Lichtwellenzüge gegeben.

2. Die Erde nimmt mit ihrer Atmosphäre den sie umgebenden Äther mit. Da dieser Teil des Äthers, in dem sich ja auch die MICHELSON-Apparatur befindet, relativ zur Erde ruht, ist kein Effekt zu erwarten.

3. NEWTON hat recht. Das Licht breitet sich in Korpuskeln aus. Die Geschwindigkeit des Lichtes ist dann nämlich nicht durch ein Trägermedium, wie es der Äther für Lichtwellen sein sollte, bestimmt. Man hätte vielmehr das Relativitätsprinzip von GALILEI anzuwenden, der ja am Beispiel des gleichförmig bewegten Schiffes erkannte, daß ein Beobachter auf dem Schiff keinerlei Hinweise auf die Bewegung seines Systems erhalten könnte.

Das letzte Argument wurde aufgrund der Erfolge der elektromagnetischen Lichttheorie verworfen. Einen Rückfall in eine mechanische Korpuskeltheorie für das Licht wollte man nicht hinnehmen und suchte daher eine Erklärung des MICHELSON-Versuches im Rahmen der Wellentheorie.

4. G. F. FITZGERALD (1851–1901) machte die Annahme, daß der in Bewegungsrichtung zum Äther liegende Arm infolge der Bewegung vom Äther auf das $\sqrt{1-\frac{v^2}{c^2}}$-fache seiner ursprünglichen Länge zusammengedrückt wird. In der Rechnung auf S. 688 würde sich nach dieser Annahme für die Zeit t_1 ein anderer Wert ergeben:

$$t_1 = \frac{l_1 \cdot \sqrt{1-\frac{v^2}{c^2}}}{c-v} + \frac{l_1 \cdot \sqrt{1-\frac{v^2}{c^2}}}{c+v}$$

$$= \frac{2l_1 \cdot \sqrt{1-\frac{v^2}{c^2}}}{c} \cdot \frac{1}{1-\frac{v^2}{c^2}}$$

$$= \frac{2l_1}{c} \cdot \frac{1}{\sqrt{1-\frac{v^2}{c^2}}},$$

also $t_1 = t_2$, wenn in der Apparatur die Arme gleich lang ($l_1 = l_2$) gemacht werden. Damit ist also $\Delta t = 0$, vor und nach dem Schwenken der Apparatur. LORENTZ, der uns von der LORENTZ-Kraft auf relativ zu einem Magnetfeld bewegte Elektronen her schon bekannt ist, versuchte der rein formalen Aussage von FITZGERALD auch eine physikalische Erklärung durch seine Elektronentheorie zu geben. Es gelang ihm tatsächlich, unter der Annahme eines im Kosmos ruhenden Äthers die Formel für die Längenkontraktion herzuleiten. Trotzdem war der von FITZGERALD und LORENTZ gesuchte Ausweg keine Lösung des Problems. Zum Nachweis hätte man Längenmessungen vornehmen müssen. Da aber jeder Maßstab der gleichen Kontraktion unterliegt wie der zu messende Arm, war die Erklärung von ihrer Natur her grundsätzlich nicht auf ihren Wahrheitsgehalt zu testen. Grundsätzlich nicht überprüfbare Aussagen sind aber in der Physik sinnlos.

Ganz anders verhält es sich mit den beiden ersten Argumenten. Sie können experimentell überprüft werden. Wir beschäftigen uns damit in den nächsten Abschnitten.

7.1.3 Der Bradley-Versuch

Rein kinematisch gesehen lassen sich die Bewegungen der Himmelskörper auch auf eine im Mittelpunkt des Kosmos ruhende Erde beziehen. Darin hatte PTOLEMÄUS recht. Aber bereits KOPERNIKUS und GALILEI hatten eingesehen, daß es vom astronomischen Standpunkt aus nicht gerade plausibel war, der Erde diese Sonderstellung einzuräumen. Sie wiesen auch schon auf einen möglichen experimentellen Nachweis für die Erdbewegung relativ zum gesamten Kosmos hin, ohne ihn selbst erbringen zu können. Wenn nämlich die Erde im Laufe eines Jahres die Sonne umläuft, so muß auch die Neigung eines auf einen *nahen* Stern eingestellten Fernrohres während des Jahres je nach der *Position der Erde* geändert werden. Von der täglichen Eigenrotation der Erde wird bei diesen Betrachtungen abgesehen; man kann sich vorstellen, daß die Sternbeobachtung in jeder Nacht zur gleichen Zeit gemacht wird. Es ergibt sich für Fixsterne eine jährliche *Parallaxe*, d.h. scheinbare Verschiebung der Sternörter. Von der bewegten Erde aus gesehen durchlaufen diese Fixsterne vor dem Hintergrund sehr ferner Sterne kleine elliptische Bahnen, die ein Abbild der Erdbahn um die Sonne darstellen (Abb. 691.1).

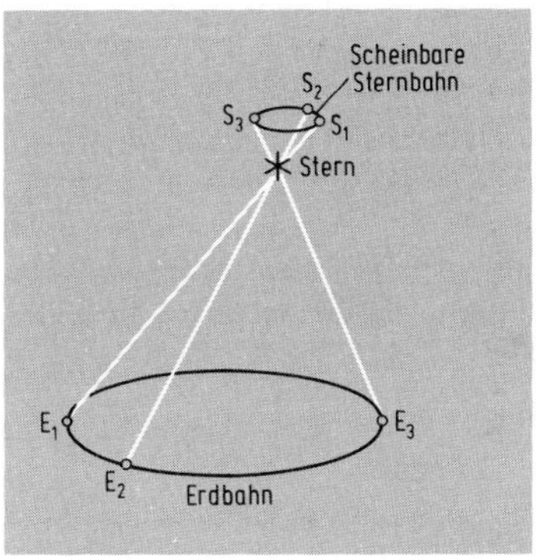

Abb. 691.1
Jährliche Parallaxe eines nahen Fixsternes als Abbildung der Erdbahn vor dem Hintergrund sehr ferner Sterne (Positionseffekt)

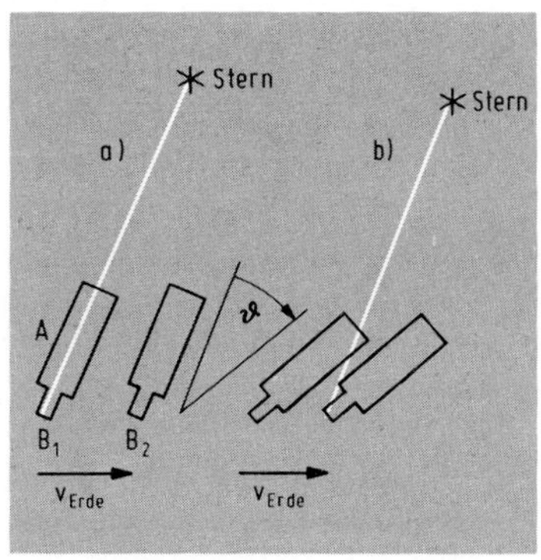

Abb. 691.2
Ein Fernrohr muß gegen den Lichtstrahl geneigt werden, damit das Licht das Fernrohr durchlaufen kann (Bewegungseffekt)

Wegen des im Vergleich zu kosmischen Dimensionen kleinen Erdbahndurchmessers mußte dieser Effekt naturgemäß außerordentlich gering sein, weshalb KOPERNIKUS ihn auch nicht hat nachweisen können. Um das astronomische Weltbild des KOPERNIKUS trotzdem auf diese Weise zu bestätigen, führte J. BRADLEY (1692–1762) zahlreiche sehr genaue Messungen durch. Er fand 1728 zwar nicht die gesuchte Fixsternparallaxe, sondern einen Verschiebungseffekt bei *allen* Sternen, den man *Aberration des Lichtes* nennt. BRADLEY erkannte auch die Ursache der Aberration, die sich aus der *Bewegung der Erde* um die Sonne und aus der endlichen Lichtgeschwindigkeit ergibt. Nach Abb. 691.2a erkennt man, daß das Licht eines Sternes, welches auf die Objektivlinse A fällt, die Okularlinse B nicht erreicht, wenn die Fernrohrachse in der Blickrichtung zum Stern liegt. Während das Licht nämlich von A nach B_1 läuft, ist das Fernrohr durch die Bewegung der Erde nach B_2 weitergerückt. Damit das Licht auf die Okularlinse fällt, muß das Fernrohr nach Abb. 691.2b in der Bewegungsrichtung der Erde um einen Winkel ϑ geneigt werden. BRADLEY fand für die Aberration den Winkel $\vartheta = 20{,}5$ Bogensekunden. Daraus ergibt sich übrigens die Bahngeschwindigkeit der Erde zu $v = 30\ \mathrm{km\,s^{-1}}$. Beobachtungen über ein ganzes Jahr hinweg täuschen aufgrund des Aberrationseffektes eine Kreisbewegung aller Sterne vor; man nennt sie *scheinbare Aberrationsbewegung.*

Die Parallaxe der Sterne wurde erst später von F.W. BESSEL (1784–1846) entdeckt. Er fand bei der Beobachtung eines Sternes im Sternbild Schwan eine Parallaxe von 0,34 Bogensekunden. Alle späteren Messungen zeigten, daß es keinen Fixstern gibt, dessen Parallaxe größer als eine Bogensekunde ist. Diese durch die Fixsternparallaxen verursachten scheinbaren Bewegungen der Fixsterne, die BRADLEY ja ursprünglich nachweisen wollte, überlagern sich der scheinbaren Aberrationsbewegung. Da aber die Aberration größenordnungsmäßig die Parallaxe weit übertrifft, erwies sich die Entdeckung der Aberration für den Nachweis einer im Kosmos bewegten Erde letztlich als geeigneter. PTOLEMÄUS hat mit dem Weltbild der im Mittelpunkt des Kosmos ruhenden Erde also doch nicht recht. Das erste Argument zur Deutung des MICHELSON-Versuchs ist damit hinfällig.

7.1.4 Der Fizeau-Versuch

Das wichtigste Argument zur Deutung des MICHELSON-Versuchs war das an zweiter Stelle genannte: Die Erde nimmt in einer Hülle um die Erdoberfläche den Äther mit, d.h., die MICHELSON-Apparatur befand sich relativ zum Äther in Ruhe. Nun hatte aber bereits 1851 A.H. FIZEAU (1819 – 1896) einen Versuch durchgeführt, der zur gegenteiligen Schlußfolgerung führte. Dieser Versuch galt lange Zeit als der überzeugende Beweis für die Existenz eines Äthers, der alle Körper durchdringen sollte, ohne an ihrer Bewegung teilzunehmen.

FIZEAU verwendete eine Apparatur, die in Abb. 692.1 schematisch wiedergegeben ist.

Das Licht einer Lichtquelle L trifft auf die Glasplatte G, deren Vorderseite halbdurchlässig verspiegelt ist. Der ursprüngliche Lichtstrahl wird in einen durchgelassenen Teilstrahl a und einen reflektierten Teilstrahl b aufgespalten. Der Teilstrahl b wird zunächst an einem Spiegel S_1 um 90° abgelenkt. Beide Strahlen treten nun durch plane Glasfenster in jeweils einen Schenkel eines von Wasser durchströmten U-Rohres ein, durchlaufen die Schenkel, treten am Ende durch plane Glasfenster wieder aus und wechseln nach zweifacher Spiegelung an den Spiegeln S_2 und S_3 die Schenkel, die sie nun in entgegengesetzter Richtung durchlaufen. An der Glasplatte G treffen die Teilstrahlen wieder zusammen und gelangen nach Durchlaß bzw. Reflexion an dieser Platte in ein Beobachtungsfernrohr F, in dem sie miteinander interferieren. Die Wellenzüge weisen nämlich einen Gangunterschied gegeneinander auf.

Die Brechzahl für Wasser ist $n = 1{,}33$, die Lichtgeschwindigkeit im ruhenden Wasser daher

$$c_W = \frac{c}{n} = \tfrac{3}{4}c,$$

wenn c die Vakuum-Lichtgeschwindigkeit bedeutet. Wenn der Äther nun durch das Wasser mitgenommen wird, ergibt sich für den Teilstrahl, der in der Strömungsrichtung des Wassers durch die Schenkel läuft, die Lichtgeschwindigkeit

$$c_W = \frac{c}{n} + v_W,$$

für den entgegenlaufenden Teilstrahl die Lichtgeschwindigkeit

$$c_W = \frac{c}{n} - v_W.$$

Wegen der verschiedenen Geschwindigkeiten innerhalb der Schenkel weisen die Lichtwellenzüge bei ihrem Eintreffen im Beobachtungsfernrohr F eine Laufzeitdifferenz auf. Kehrt man nun die Strömungsrichtung des Wassers um, so gelangen jetzt diejenigen Lichtwellenzüge später in das Beobachtungsfernrohr, die zuvor früher angekommen waren. Die Rollen der interferierenden Wellenzüge werden vertauscht, was eine genau berechenbare Verschiebung des Interferenzstreifensystems zur Folge haben muß.

Beobachtet wurde nicht die berechnete Verschiebung, sondern eine sehr viel geringere. Danach beträgt die Lichtgeschwindigkeit im strömenden Wasser nicht

$$c_W = \frac{c}{n} \pm v_W,$$

wie angenommen wurde, sondern nur

$$c_W = \frac{c}{n} \pm v_W \cdot \left(1 - \frac{1}{n^2}\right).$$

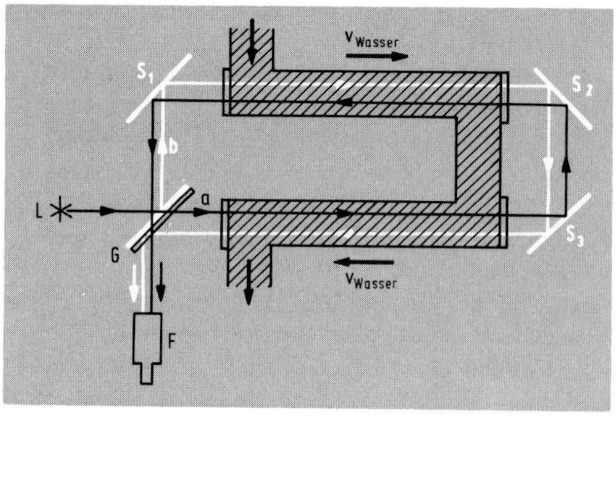

Abb. 692.1
Schematische Darstellung der Apparatur von FIZEAU zur Überprüfung der Lichtgeschwindigkeit im bewegten Wasser

Dieses Ergebnis widersprach der Annahme vom mitgeführten Äther jedenfalls insoweit, als der Äther vom Wasser nicht mit voller Strömungsgeschwindigkeit mitgenommen wird. Die gefundene Beziehung über die Geschwindigkeiten sagt aber noch mehr aus. Die Größe der Mitnahme des Äthers ist hiernach von der Brechzahl n des bewegten Mediums abhängig. Denkt man sich den Versuch mit strömender Luft, deren Brechzahl praktisch $n=1$ ist, ausgeführt, so erhält man für die Lichtgeschwindigkeit in der strömenden Luft

$$c_L = \frac{c}{1} \pm v_L \cdot \left(1 - \frac{1}{1^2}\right), \quad \text{also} \quad c_L = c.$$

Die Lichtgeschwindigkeit in strömender Luft erweist sich demnach als die Vakuum-Lichtgeschwindigkeit, d.h., der Äther wird von der strömenden Luft nicht mitgenommen. Wendet man dieses Ergebnis auf den MICHELSON-Versuch an, so kommt man zu folgender Schlußfolgerung:

Da sich die Erde relativ zum Kosmos und damit auch relativ zu einem den Kosmos erfüllenden und alles durchdringenden Äther bewegt, breitet sich das Licht in einer Lufthülle der Erde aus, die gegenüber dem Äther eine beträchtliche Strömungsgeschwindigkeit besitzt. Der FIZEAU-Versuch zeigt, daß der Äther von der Lufthülle nicht mitgenommen wird. Das Argument, die MICHELSON-Apparatur habe sich relativ zum Äther in Ruhe befunden, ist damit hinfällig.

7.1.5 Die Einstein-Postulate und die Lorentz-Transformationen

Wie wir gesehen haben, versagten alle Bemühungen, den Ausfall des MICHELSON-Versuchs mit Hilfe der Vorstellung eines Äthers, der als Träger von Lichtwellen zu fungieren hatte, zu erklären. Diese Situation war für EINSTEIN der Anlaß, an der Ätherhypothese überhaupt zu zweifeln und die Existenz des Äthers in Frage zu stellen. Er ließ sich nicht von vorgefaßten Meinungen zu falschen Schlüssen verleiten. Er deckte das Vorurteil auf, das in der Ansicht bestand, *nur mechanische* Abläufe in Inertialsystemen seien unabhängig vom Bewegungszustand des Systems, elektrodynamische dagegen nicht. Er schreibt in seiner ersten Veröffentlichung zu diesem Thema 1905: „Die erfolglosen Versuche, eine Bewegung der Erde relativ zum Lichtmedium nachzuweisen, lassen vermuten, daß es bei elektrodynamischen wie auch mechanischen Phänomenen keinerlei Eigenschaften gibt, die die Vorstellung der absoluten Ruhelage rechtfertigen könnten. Sie beweisen eher, daß ... für alle Bezugssysteme, für die die Gesetze der Mechanik gelten, die gleichen elektrodynamischen und optischen Gesetze gelten müssen.“

EINSTEIN bricht mit den überkommenen Vorstellungen, indem er zwei *Postulate* aufstellt:

1. Zwei Beobachter, die sich mit konstanter Geschwindigkeit relativ zueinander bewegen, stellen dieselben physikalischen Grundgesetze fest. Alle Inertialsysteme sind unter allen Bedingungen gleichberechtigt.

2. Die Vakuum-Lichtgeschwindigkeit ist für alle Beobachter eine absolute Konstante; sie ist von der Geschwindigkeit der Lichtquelle und derjenigen des Beobachters unabhängig.

Ein Postulat kann natürlich nicht die Aufforderung an die Natur bedeuten, sich so und nicht anders zu verhalten. Die EINSTEIN-Postulate sind vielmehr die Aufforderung an die Wissenschaftler, aufgrund eines Erfahrungsmaterials, das nicht mehr unter eine einheitliche Theorie gestellt werden konnte, mit einem neuen Denkansatz dieses und zukünftiges Erfahrungsmaterial zu prüfen. Letztlich bleibt die Erfahrung immer der Maßstab physikalischen Denkens. Ein neuer Denkansatz muß seine Brauchbarkeit aber auch gegenüber den vielfältigen gesicherten physikalischen Erkenntnissen erweisen. Er darf also nicht zu eng bezogen sein, etwa auf einen einzigen Versuch, dessen Ergebnis nicht verstanden werden kann. Sonst erhielte man nur eine *Theorie ad hoc*, die keinesfalls übergreifende Gültigkeit beanspruchen könnte. Es ist also im folgenden zu zeigen, daß die EINSTEIN-Postulate nicht nur die Deutung der genannten Versuche ermöglichen, sondern darüber hinaus gesicherte Erkenntnisse der klassischen Physik bestätigen und neuen Erkenntnissen den Weg öffnen.

Aus dem ersten EINSTEIN-Postulat folgt zunächst die Konsequenz, daß es im Kosmos kein festes Koordinatensystem und keinen Äther geben kann. Sonst wäre ja dasjenige System, das relativ zum Äther ruht, gegenüber den bewegten Systemen ausgezeichnet. Der Äther ist nach EINSTEIN endgültig tot, er war eine Fiktion der Physiker, ein Vorurteil menschlichen Denkens. Wenn aber alle Inertialsysteme gleichberechtigt sind, war der ganze Aufwand der MICHELSON-Versuche überflüssig. Die Überlegung muß vielmehr jetzt so lauten:

Für den Beobachter an der MICHELSON-Apparatur breitet sich das Licht nach allen Richtungen mit der gleichen Geschwindigkeit aus. Könnte der Beobachter die Lichtwellen einer punktförmigen Lichtquelle verfolgen, so sähe er Kugelwellen. Gleich lange Arme der Apparatur werden dann auch in jeder Lage in gleichen Zeiten durchlaufen; eine Interferenzstreifenverschiebung bei Drehung der Apparatur ist nicht zu erwarten.

Die Gleichberechtigung gegeneinander bewegter Inertialsysteme für die Ausbreitung des Lichtes scheint folgende Schwierigkeit aufzuwerfen.

Das System S' bewege sich gegenüber dem System S mit der Geschwindigkeit v (Abb. 695.1).

Im System S befindet sich der Beobachter A, im System S' der Beobachter B. Wenn der Koordinatenursprung von S' gerade am Koordinatenursprung von S vorbeikommt, gibt in dieser *Raum-Zeit-Koinzidenz* der Koordinatenanfangspunkte der Beobachter A aus einer Lampe am Ort des Koordinatenursprungs einen Lichtblitz ab. Kurze Zeit später hat sich das Licht ausgebreitet. A sieht, daß sich B mit der Geschwindigkeit v von ihm entfernt. A sieht außerdem die Ausbreitung des Lichtblitzes als Kugelwelle um den Ursprung seines S-Systems. B sieht, daß sich A mit der Geschwindigkeit $-v$ von ihm entfernt. B sieht die Ausbreitung des Lichtblitzes als Kugelwelle um den Ursprung seines S'-Systems. Das ist die notwendige Konsequenz aus der Gleichberechtigung der Beobachter. Andererseits gibt es nur eine einzige Lichtausbreitung, da sich ja die Lichtenergie nicht zugleich auf verschiedenen Kugelschalen befinden kann. EINSTEIN erkannte, daß aus dieser Sachlage zwingend folgt, daß A und B ihre Koordinaten und Uhrzeiten in bestimmter Weise umrechnen müssen, wenn sie sich widerspruchsfrei miteinander verständigen wollen. Wir bezeichnen die drei Raumkoordinaten des S-Systems mit x, y, z, die des S'-Systems mit x', y', z'. Außerdem wird die Vorstellung einer absoluten Normalzeit im Kosmos genauso aufgegeben wie die Fiktion eines absoluten Raumes. EINSTEIN machte also den Ansatz, daß die Zeit des S-Systems, beschrieben durch die Zeitkoordinate t, nicht mit der Zeit des S'-Systems, beschrieben durch die Zeitkoordinate t', identisch ist. Als Bewegungsrichtung wählen wir die Richtung der x-Achse. Die x'-Achse gleitet mit der Geschwindigkeit v auf der x-Achse entlang. Der rechnerische Zusammenhang zwischen den Koordinaten wird hier zunächst ohne Herleitung wiedergegeben. Anschließend soll aber die Leistungsfähigkeit dieser Zusammenhänge am vorliegenden Problem geprüft werden.

Nach EINSTEIN gelten folgende Zusammenhänge:

$$x' = \frac{x - v\,t}{\sqrt{1 - \frac{v^2}{c^2}}}, \qquad x = \frac{x' + v\,t'}{\sqrt{1 - \frac{v^2}{c^2}}},$$

$$y' = y \qquad y = y'$$

$$z' = z \qquad z = z'$$

$$t' = \frac{t - \frac{v}{c^2} \cdot x}{\sqrt{1 - \frac{v^2}{c^2}}}, \qquad t = \frac{t' + \frac{v}{c^2} \cdot x'}{\sqrt{1 - \frac{v^2}{c^2}}}.$$

Die oben angegebenen *Transformationsgleichungen* hatte schon LORENTZ erhalten, als er vom Standpunkt der Äthertheorie den Ausfall des MICHELSON-Versuchs durch die von FITZGERALD vorgeschlagene Annahme einer Längenkontraktion in der Bewegungsrichtung relativ zum Äther mit Hilfe seiner Elektronentheorie zu stützen versuchte. Im Zusammenhang mit der Äthertheorie konnte man aber mit den Transformationsgleichungen wenig anfangen, zumal die verschiedene Zeitmessung in den gegeneinander bewegten Bezugssystemen physikalisch unverständlich blieb. Weil LORENTZ in dem festen Glauben an die Existenz des Äthers auf halbem Wege stehenblieb, ahnte er nicht, daß er mit den Transformationsgleichungen den Schlüssel zur Entwirrung der sich widersprechenden Versuchsergebnisse in den Händen hielt. Trotzdem schlug EINSTEIN, der unabhängig von LORENTZ die Gleichungen aus einem völlig anderen Konzept entwickelte, vor, zu Ehren von LORENTZ dieses Gleichungssystem die LORENTZ-*Transformationen* zu nennen.

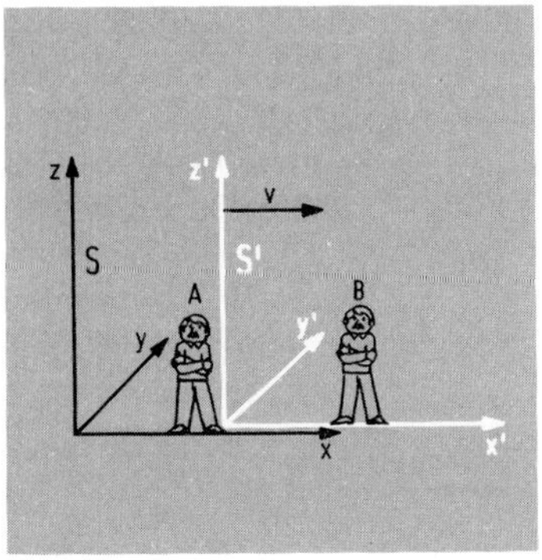

Abb. 695.1
Das System S' bewegt sich in Richtung der x-Achse relativ zum System S.

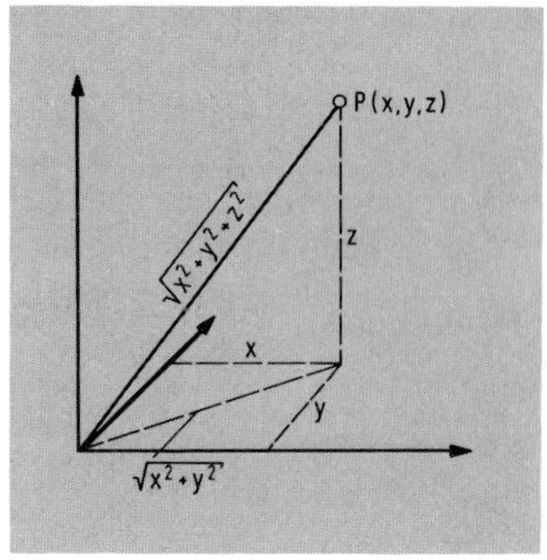

Abb. 695.2
$P(x, y, z)$ liegt zum Ursprung in der Entfernung r.

Wir wenden jetzt im Sinne EINSTEINS die LORENTZ-Transformationen auf das Lichtsignal an, das sich um den Beobachter A in einer Kugelwelle ausbreitet. Nach dem Satz des PYTHAGORAS ergibt sich der Radius r einer Kugelfläche um den Ursprung des S-Systems zu

$$r=\sqrt{x^2+y^2+z^2}$$

(Abb. 695.2). Die Strecke r wurde vom Licht in der Zeit t zurückgelegt. Mit der Lichtgeschwindigkeit c ist dann $r=c\,t$, so daß wir

$$x^2+y^2+z^2=c^2\,t^2$$

als Gleichung für die Kugelfläche erhalten.

A will jetzt ermitteln, wie B im System S' die Lichtausbreitung sieht. A kennt die LORENTZ-Transformationen und wendet sie auf die Gleichung einer Kugelfläche an:

$$\frac{(x'+v\,t')^2}{1-\frac{v^2}{c^2}}+(y')^2+(z')^2=c^2\cdot\frac{\left(t'+\frac{v}{c^2}\cdot x'\right)^2}{1-\frac{v^2}{c^2}}$$

$$\frac{(x')^2+2\cdot x'\cdot v\,t'+v^2(t')^2}{1-\frac{v^2}{c^2}}+(y')^2+(z')^2=\frac{c^2(t')^2+2\cdot t'\cdot v\,x'+\frac{v^2}{c^2}\cdot(x')^2}{1-\frac{v^2}{c^2}}$$

$$\frac{(x')^2+v^2\cdot(t')^2-c^2\cdot(t')^2-\frac{v^2}{c^2}\cdot(x')^2}{1-\frac{v^2}{c^2}}+(y')^2+(z')^2=0$$

$$\frac{(x')^2\cdot\left(1-\frac{v^2}{c^2}\right)-c^2\cdot(t')^2\cdot\left(1-\frac{v^2}{c^2}\right)}{1-\frac{v^2}{c^2}}+(y')^2+(z')^2=0$$

$$(x')^2-c^2\cdot(t')^2+(y')^2+(z')^2=0$$

$$(x')^2+(y')^2+(z')^2=c^2\cdot(t')^2$$

Die Gleichung, die A erhält, ist die Gleichung einer Kugelfläche um den Ursprung des S'-Systems mit dem Radius $r'=c\cdot t'$. Er weiß damit, daß sich auch für B der Lichtblitz in einer Kugelwelle ausbreitet. Die gleiche Betrachtung kann man auch von B ausgehend durchführen. Dann muß man den anderen Teil der LORENTZ-Transformationen auf die Gleichung der Kugelfläche von B anwenden. A und B können sich also widerspruchsfrei verständigen. Damit ist nachgewiesen, daß das Relativitätspostulat von EINSTEIN voll erfüllt wird, wenn man die LORENTZ-Transformationen zur Umrechnung der Raum-Zeit-Koordinaten verwendet. Ein in relativistischen Gedankengängen Ungeübter sträubt sich gegen solche Ergebnisse. Das liegt aber nur daran, daß er mit seiner Anschauung Vorgänge erfassen will, die nicht zu Vorstellungen vom absoluten Raum und von absoluter Zeit passen. Wenn man in den physikalischen Aussagen sicher gehen will, muß man konsequent mit den LORENTZ-Transformationen rechnen und die erhaltenen Ergebnisse durch meßtechnisch auswertbare Experimente prüfen.

7.2 Folgerungen aus den Lorentz-Transformationen

7.2.1 Die Relativierung der Gleichzeitigkeit

Im einleitenden Abschnitt über das Ätherproblem wurde schon darauf hingewiesen, daß mit der Aufgabe einer absoluten Weltzeit eine Kritik an naiven Gleichzeitigkeitsvorstellungen erfolgen muß. Wir wenden zunächst die LORENTZ-Transformationen auf dieses Problem an.

Der Beobachter A im S-System sieht das Aufblitzen von zwei Lampen L_1 und L_2, die sich am gleichen Ort $x_1 = x_2$ befinden, gleichzeitig. Es gilt also $t_1 = t_2$. Wie beurteilt ein relativ zu A mit der Geschwindigkeit v bewegter Beobachter B diese Sachlage? B mißt die Ereignisse in der Zeit t' seines Systems. Die LORENTZ-Transformationen ergeben

$$t_1' = \frac{t_1 - \frac{v}{c^2} \cdot x_1}{\sqrt{1 - \frac{v^2}{c^2}}}, \qquad t_2' = \frac{t_2 - \frac{v}{c^2} \cdot x_2}{\sqrt{1 - \frac{v^2}{c^2}}},$$

$$t_2' - t_1' = \frac{t_2 - t_1 - \frac{v}{c^2} \cdot (x_2 - x_1)}{\sqrt{1 - \frac{v^2}{c^2}}}.$$

Da nun $t_2 - t_1 = 0$ und $x_2 - x_1 = 0$ ist, folgt $t_2' - t_1' = 0$, also $t_1' = t_2'$. Auch der Beobachter B sieht die Ereignisse gleichzeitig. Wir stellen fest:

Finden in einem Inertialsystem zwei Ereignisse am gleichen Ort gleichzeitig statt, so werden diese Ereignisse auch von allen anderen Inertialsystemen als gleichzeitig beurteilt.

Wir können den Sachverhalt auch so ausdrücken:

Raum-Zeit-Koinzidenzen von Ereignissen hängen nicht vom Inertialsystem ab.

Der Beobachter A stellt jetzt die Lampen L_1 und L_2 an zwei verschiedenen Orten $x_1 \neq x_2$ auf. Wir nehmen jetzt den Fall an, daß die Lampe L_1 zum Zeitpunkt t_1 und die Lampe L_2 zum gleichen Zeitpunkt $t_2 = t_1$ aufblitzt. A stellt Gleichzeitigkeit für diese beiden Ereignisse fest. B muß dagegen den Sachverhalt

Abb. 697.1
Beobachter in gegeneinander bewegten Inertialsystemen registrieren Blitzeinschläge zur Feststellung der Gleichzeitigkeit.

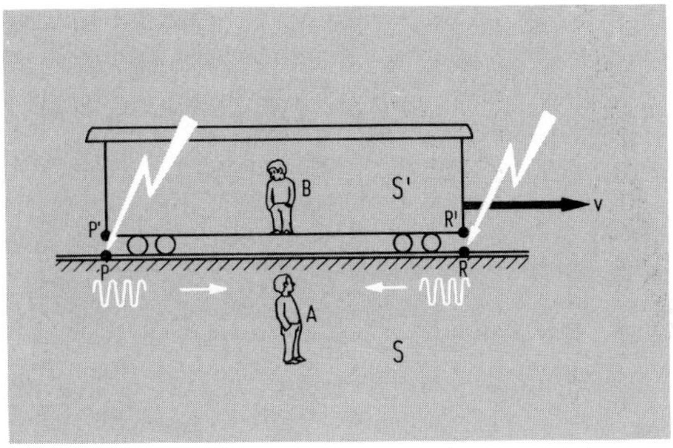

anders beurteilen. Er erhält zwischen dem Aufblitzen der beiden Lampen die Zeitdifferenz

$$t_2'-t_1'=\frac{-\frac{v}{c^2}\cdot(x_2-x_1)}{\sqrt{1-\frac{v^2}{c^2}}}\neq 0,$$

weil in diesem Fall $x_2-x_1\neq 0$ ist.

Wir fassen als Ergebnis zusammen:

Eine absolute Gleichzeitigkeit kann es nicht geben. Zwei Ereignisse an verschiedenen Orten, für die in einem Inertialsystem Gleichzeitigkeit festgestellt wird, sind für Beobachter anderer Inertialsysteme, die gegenüber dem ersten bewegt sind, nicht gleichzeitig.

EINSTEIN illustrierte die Relativität der Gleichzeitigkeit durch folgenden Gedankenversuch.

Ein Zug hat relativ zum Bahndamm die Geschwindigkeit v. Der Zug stellt in diesem Beispiel das Bezugssystem S' dar. In der Mitte eines Güterwagens befinde sich der Beobachter B. Am Bahndamm, der hier das Bezugssystem S darstellt, befindet sich der Beobachter A. Nun schlägt an jedem Ende des Güterwagens ein Blitz ein. Vernachlässigen wir die geringe Entfernung des Wagenbodens vom Bahnkörper, so hinterläßt jeder Blitz momentan eine Marke am Zug und am Bahnkörper. In der Abb. 697.1 sind die Marken mit P', R' und P, R bezeichnet. Jeder Beobachter sieht die Blitze durch das Licht, das von den Blitzen zum Beobachter gelangt. Wir nehmen jetzt an, daß A die Blitze gleichzeitig sieht. Nach dieser Feststellung mißt A auf dem Bahndamm die Entfernungen zwischen sich und den Blitzeinschlägen P und R. Er stellt fest, daß diese Entfernungen gleich sind. Außerdem weiß er aufgrund des zweiten Postulats von EINSTEIN, daß das Licht sich in seinem Bezugssystem von beiden Blitzeinschlägen aus mit der Geschwindigkeit c ausgebreitet hat. Daraus kann er schließen, daß die Blitzeinschläge in P und R gleichzeitig erfolgt sind. Zu diesem Schluß wäre A natürlich auch gekommen, wenn er nicht in der Mitte zwischen P und R gestanden hätte. Er hätte dann das Eintreffen der Blitze nacheinander festgestellt. Er hätte aber durch Messung verschiedene Wege für das Licht von den Einschlagmarken bis zu seinem Standort festgestellt und durch Rechnung bei Berücksichtigung der universellen Lichtgeschwindigkeit c die Einschlagzeiten erhalten. Die Feststellung der Gleichzeitigkeit der beiden Blitzeinschläge hat also *nichts mit dem Standort* des Beobachters zu tun. Wir fragen jetzt, ob auch B der Ansicht sein kann, daß die Blitzeinschläge gleichzeitig erfolgten. Zu dem Zeitpunkt, in dem die beiden Lichtsignale bei A gleichzeitig eintreffen, befindet sich B bereits rechts von A. B stellt also mit Sicherheit fest, daß das Licht aus R' ihn früher erreicht hat als das Licht aus P'. B kennt auch das EINSTEIN-Postulat der universellen Lichtgeschwindigkeit. Er muß daher folgendermaßen urteilen: Die gleich langen Strecken $P'B$ und $R'B$ werden vom Licht mit gleicher Geschwindigkeit durchlaufen. Da ich das Licht aus der Richtung R' aber früher gesehen habe als das Licht aus der Richtung P', muß der Blitz in R' früher eingeschlagen sein als der Blitz in P'. Die Blitzeinschläge erfolgten nicht gleichzeitig.

Mit *klassischer Physik* bezeichnet man diejenigen physikalischen Erkenntnisse, die man vor der Relativitätstheorie EINSTEINS und der Quantentheorie PLANCKS erworben hatte. Wir wollen noch überprüfen, ob sich mit der Relativierung der Gleichzeitigkeit kein Widerspruch zur klassischen Physik ergibt. Wir haben bereits festgestellt, daß für zwei räumlich auseinanderliegende Ereignisse, die im System S gleichzeitig sind, im System S' die Zeitdifferenz

$$t_2'-t_1'=\frac{-\frac{v}{c^2}\cdot(x_2-x_1)}{\sqrt{1-\frac{v^2}{c^2}}}$$

auftritt. Für kleine Geschwindigkeiten v ist aber wegen der großen Vakuum-Lichtgeschwindigkeit c der Quotient $\frac{v}{c^2}$ praktisch Null, so daß auch $t_2'-t_1'$ so gering ist, daß ein von Null abweichender Wert völlig in den nicht zu unterdrückenden Meßungenauigkeiten untergeht.

Als Beispiel wählen wir zwei Blitzeinschläge in freier Natur, für die ein Beobachter A auf der Erdoberfläche den Abstand 3 km und Gleichzeitigkeit feststellt. Relativ zu A fliegt ein Flugzeug mit der Geschwindigkeit $720\,\mathrm{km\,h^{-1}}$ bzw. $200\,\mathrm{m\,s^{-1}}$. Ein Beobachter B im Flugzeug muß zu der Ansicht kommen, daß die Blitzeinschläge mit der Zeitdifferenz

$$t_2'-t_1'=\frac{-\frac{200\,\mathrm{m\,s^{-1}}}{9\cdot10^{16}\,\mathrm{m^2\,s^{-2}}}\cdot3000\,\mathrm{m}}{\sqrt{1-\frac{4\cdot10^4}{9\cdot10^{16}}}}\approx-\tfrac{2}{3}\cdot10^{-11}\,\mathrm{s}$$

erfolgen. Es ist also $t_1'\approx t_2'+\frac{2}{3}\cdot10^{-11}$ s, d.h., der Blitzeinschlag in P_1 erfolgt für B um $\frac{2}{3}\cdot10^{-11}$ s später als der Blitzeinschlag in P_2. Das kann B aber auch mit den besten Uhren nicht mehr feststellen. Er wird überzeugt sein, daß die Blitzeinschläge gleichzeitig erfolgten. Man kann *die vorrelativistische Physik als eine sehr gute Näherung der relativistischen Physik* betrachten; ein Widerspruch zur relativistischen Physik ergibt sich nicht, solange alle auftretenden Geschwindigkeiten klein gegenüber der Lichtgeschwindigkeit sind.

7.2.2 Die Zeitdilatation

Die Beobachter A und B zweier gegeneinander bewegter Inertialsysteme wollen den Gang ihrer Uhren vergleichen. A sieht, daß sich B ihm gegenüber mit der Geschwindigkeit v bewegt. Er beobachtet einen am Ort x_0' im S'-System stattfindenden Vorgang, für dessen Ablauf die Uhr von B (relativ zum Ort x_0' ruhend) das Zeitintervall $\Delta t'=t_2'-t_1'$ mißt. Dann vergleicht er dieses Zeitintervall mit dem Zeitintervall $\Delta t=t_2-t_1$, das seine eigene im S-System ruhende Uhr für den Ablauf des Vorgangs gemessen hat. Er kommt zu einem merkwürdigen Ergebnis, das wir mit Hilfe der LORENTZ-Transformationen berechnen können.

$$\Delta t=t_2-t_1=\frac{t_2'+\frac{v}{c^2}\cdot x_0'}{\sqrt{1-\frac{v^2}{c^2}}}-\frac{t_1'+\frac{v}{c^2}\cdot x_0'}{\sqrt{1-\frac{v^2}{c^2}}}$$

$$=\frac{t_2'-t_1'}{\sqrt{1-\frac{v^2}{c^2}}}$$

$$\Delta t=\Delta t'\cdot\frac{1}{\sqrt{1-\frac{v^2}{c^2}}}$$ (für einen Vorgang an einem festen Ort des S'-Systems).

Der Quotient $\frac{1}{\sqrt{1-\frac{v^2}{c^2}}}$ ist sicher größer als 1. Als Beispiel wählen wir $v=\frac{4}{5}\cdot c$. Dann ist $\frac{v^2}{c^2}=\frac{16}{25}$ und $\frac{1}{\sqrt{1-\frac{16}{25}}}=\frac{5}{3}$. Für $\Delta t'=3$ s ergibt sich $\Delta t=5$ s. Der Vorgang, der in der Beurteilung von B in 3 s abläuft, dauert aus der Sicht von A 5 s. Für A ist die Zeit für Vorgänge, die an einem relativ zu ihm bewegten Ort (z.B. in einem Raumschiff) stattfinden, gedehnt. A kann den Sachverhalt auch so ausdrücken: Eine relativ zu mir bewegte Uhr geht langsamer. Diese relativistische Zeitdehnung wird auch als *Zeitdilatation* bezeichnet.

Auch B vergleicht die Uhren. Wenn ein Vorgang bei A in x_0 die Zeit Δt dauert, so mißt B mit seiner im S'-System ruhenden Uhr das Zeitintervall

$$\Delta t' = t_2' - t_1' = \frac{t_2 - \frac{v}{c^2} \cdot x_0}{\sqrt{1 - \frac{v^2}{c^2}}} - \frac{t_1 - \frac{v}{c^2} \cdot x_0}{\sqrt{1 - \frac{v^2}{c^2}}}$$

$$= \frac{t_2 - t_1}{\sqrt{1 - \frac{v^2}{c^2}}}$$

$$\Delta t' = \Delta t \cdot \frac{1}{\sqrt{1 - \frac{v^2}{c^2}}}$$ (für einen Vorgang an einem festen Ort des S-Systems).

B kommt zu der Erkenntnis, daß auf der Uhr von A erst $\Delta t = 3$ s verstrichen sind, wenn seine eigene Uhr bereits um $\Delta t' = 5$ s weitergerückt ist. Er sagt ebenfalls: Eine relativ zu mir bewegte Uhr geht langsamer.

Das ganze Problem erweist sich als *symmetrisch* zwischen A und B, wie es ja auch nach dem Relativitätspostulat (alle *Inertialsysteme* sind unter allen Bedingungen gleichberechtigt) und der Symmetrie der LORENTZ-Transformationen zu erwarten war.

Die Zeitdilatation ist nicht etwa nur ein Interpretationseffekt von gegeneinander bewegten Beobachtern für einen *an sich* doch während einer eindeutig bestimmten Zeitdauer ablaufenden Vorgang. Diese Denkweise wäre wieder ein Rückfall in die Anschauung von einer universellen Weltzeit. Die Zeitdilatation liegt vielmehr in der *Struktur der Natur* begründet, die nicht immer so freundlich ist, unserer Anschauung entgegenzukommen. Dann müssen aber experimentelle Nachweise grundsätzlich möglich sein. Wir kommen darauf zurück und fassen zunächst zusammen:

Mit relativistischer Zeitdilatation bezeichnet man die Aussage, daß ein Beobachter für einen Vorgang, der an einem relativ zu ihm bewegten Ort stattfindet, ein größeres Zeitintervall mißt als ein Beobachter, der relativ zum Ort des Vorganges ruht.

Von allen relativ zueinander bewegten Beobachtern mißt also derjenige für einen Vorgang das kleinste Zeitintervall, der relativ zum Ort des Vorganges ruht.

7.2.3 Die Längenkontraktion

Der Meßvorgang für die Länge eines Stabes besteht darin, daß man einen Maßstab neben den Stab legt und seine beiden Enden mit den Marken auf dem Maßstab vergleicht. Das ist sehr gut durchführbar, wenn das zu messende Objekt sich nicht bewegt. Wie soll aber die Stablänge von A im S-System gemessen werden, wenn der Stab sich im S'-System befindet, das sich relativ zu A mit der Geschwindigkeit v bewegt? Die gleiche Situation liegt für den Beobachter A in Abb. 697.1 vor, wenn er etwa die Länge des an ihm vorbeifahrenden Güterwagens messen will. In dem Beispiel des Güterwagens kommen A die Blitze zu Hilfe, die für ihn ja *gleichzeitig* auf dem Bahnkörper Markierungen hinterlassen haben, die den Endpunkten des Güterwagens entsprechen. Er kann also hinterher ohne Eile die Distanz zwischen den Markierungen messen, da diese sich relativ zu seinem Maßstab in Ruhe befinden. Es ist vernünftig, solche Forderung für alle Längenmessungen aufzustellen. Wenn sich der Stab also relativ zu A bewegt, so muß A zwei in *seinem* System ruhende Markierungspunkte festlegen, die im *gleichen Zeitpunkt* mit den Stabenden koinzidieren.

A will nun nach dieser Methode die Länge eines Stabes messen, der sich relativ zu ihm bewegt und in der Bewegungsrichtung liegt. Er stellt fest, daß die Endpunkte des Stabes sich mit den Marken x_1 und x_2 seines Maßstabes decken, und zwar im gleichen Zeitpunkt $t_1 = t_2$. Der mitbewegte Beobachter B des S'-Systems, in dem der Stab ruht, stellt als Stablänge $l' = x'_2 - x'_1$ fest (im Beispiel der Abb. 697.1 die Güterwagenlänge aus der Sicht von *B*) und teilt das Ergebnis seiner Messungen dem Beobachter *A* mit. *A* vergleicht jetzt seine Längenmessung $l = x_2 - x_1$ mit dem Ergebnis von *B*. Er stellt fest, daß die Längenmessungen zu Resultaten geführt haben, die nicht übereinstimmen. Wir verfolgen den Vorgang mit Hilfe der LORENTZ-Transformationen:

Aus $$x'_1 = \frac{x_1 - v\,t_1}{\sqrt{1 - \frac{v^2}{c^2}}} \quad \text{und} \quad x'_2 = \frac{x_2 - v\,t_2}{\sqrt{1 - \frac{v^2}{c^2}}}$$

folgt

$$x_1 = x'_1 \cdot \sqrt{1 - \frac{v^2}{c^2}} + v\,t_1 \quad \text{und} \quad x_2 = x'_2 \cdot \sqrt{1 - \frac{v^2}{c^2}} + v\,t_2$$

$$x_2 - x_1 = (x'_2 - x'_1) \cdot \sqrt{1 - \frac{v^2}{c^2}} + v \cdot (t_2 - t_1).$$

Nun ist aber $t_1 = t_2$, so daß $v \cdot (t_2 - t_1) = 0$ ist.

Damit ergibt sich

$$l = l' \cdot \sqrt{1 - \frac{v^2}{c^2}}$$ (für einen parallel zur x'-Achse im S'-System ruhenden Stab).

Die Längenmessung von *A* liefert einen kleineren Wert als die Längenmessung von *B*. Für *A* ist der bewegte Stab *verkürzt*. Man nennt diesen Effekt auch *relativistische Längenkontraktion*. Übrigens stellt natürlich *B* auch eine Verkürzung für einen Stab fest, der relativ zu *A* ruht, und zwar eine Verkürzung in der Bewegungsrichtung des *S*-Systems. Man kann diese Aussage mit Hilfe der LORENTZ-Transformationen nachprüfen, wenn man in diesem Fall $t'_1 = t'_2$ setzt. In der oben angegebenen Kontraktionsformel werden dann l und l' vertauscht.

Wenn der Stab *quer zur Bewegungsrichtung*, d.h. in Richtung der *y*- bzw. *y'*-Achse oder in Richtung der *z*- bzw. *z'*-Achse, liegt, tritt *keine Verkürzung* der Stablänge ein. Nach den LORENTZ-Transformationen gilt in diesen Fällen

$$l = y_2 - y_1 = y'_2 - y'_1 = l'$$

bzw.

$$l = z_2 - z_1 = z'_2 - z'_1 = l'.$$

Es muß auch an dieser Stelle davor gewarnt werden, Formulierungen zu gebrauchen, wie: Die Länge eines in Bewegungsrichtung liegenden Stabes *scheint* dem ruhenden Beobachter verkürzt zu sein. Hinter solcher Formulierung versteckt sich leicht die Auffassung: In *Wirklichkeit* ist es aber nicht so. Auch das wäre wieder ein Rückfall in vorrelativistisches Absolutdenken. Wir müssen uns vielmehr immer vor Augen halten, daß alle Aussagen der Relativitätstheorie *Aussagen über wirklich durchgeführte oder mögliche Messungen* sind. Aussagen, die grundsätzlich durch Messungen nicht geprüft werden können, verlieren sich dagegen im Nebel philosophischer Spekulation.

Wir haben also als wichtiges Ergebnis erhalten:

Mit relativistischer Längenkontraktion bezeichnet man die Aussage, daß für einen Beobachter die Länge eines relativ zu ihm bewegten Körpers in der Bewegungsrichtung kleiner ist als für einen Beobachter, in dessen System der Körper ruht.

Von allen relativ zueinander bewegten Beobachtern mißt also derjenige für einen in der Bewegungsrichtung liegenden Stab die größte Länge, der relativ zum Stab ruht.

Die relativistische Längenkontraktion darf bezüglich ihres Aussagewertes nicht verwechselt werden mit der FITZGERALD-LORENTZ-Kontraktion, die als mögliche Ursache für den Ausfall des MICHELSON-Versuchs angeführt wurde. Rein formal gesehen handelt es sich zwar um denselben Verkürzungsfaktor. Die grundlegenden physikalischen Vorstellungen, die zur Herleitung dieses Faktors führten, sind aber vollkommen gegensätzlich. Außerdem soll nach FITZGERALD und LORENTZ der Beobachter an seiner Apparatur, die relativ zu ihm in Ruhe ist, eine Verkürzung des im Ätherwind liegenden Armes in Rechnung stellen, während er aus der Sicht der Theorie EINSTEINS eine Verkürzung an Apparaturen des *eigenen* Systems nicht feststellen kann.

7.2.4 Die Myonen der kosmischen Strahlung

Es ist schwer, in der Natur Objekte zu finden, die sich mit so großer Geschwindigkeit relativ zu uns bewegen, daß sich die Zeitdilatation und die Längenkontraktion nachmessen lassen. Solche Objekte werden nun durch die Wirkung der kosmischen Strahlung in der Erdatmosphäre in Höhen oberhalb von etwa 20 km erzeugt. Die Einzelheiten der Höhenstrahlprozesse werden später in der Atomphysik behandelt; hier genügt die Mitteilung, daß es sich bei den Myonen um Elementarteilchen kurzer Lebensdauer handelt. Die Myonen zerfallen in ihrem Ruhesystem mit einer mittleren Lebensdauer von $2{,}2 \cdot 10^{-6}$ s in ein Elektron und zwei Neutrinos bzw. in ein Positron und zwei Neutrinos. Die Hauptkomponente ihrer Bewegungsrichtung innerhalb der Atmosphäre ist zum Erdmittelpunkt gerichtet. Die Geschwindigkeit v der Myonen erreicht fast die Lichtgeschwindigkeit; es ist $v = 0{,}9998 \cdot c$.

Innerhalb ihrer mittleren Lebensdauer können die Myonen nach Rechnung der klassischen Physik nur den Weg

$$s = 0{,}9998 \cdot 3 \cdot 10^8 \,\frac{\mathrm{m}}{\mathrm{s}} \cdot 2{,}2 \cdot 10^{-6}\,\mathrm{s} \approx 650\,\mathrm{m}$$

zurücklegen. Sie wären also auf der Erdoberfläche gar nicht nachweisbar, weil sie schon in den hohen Atmosphäreschichten zerfallen. Das Experiment spricht dagegen. Tatsächlich erreichen Myonen die Erdoberfläche. Der Widerspruch klärt sich aus relativistischer Sicht. Das Myon stellt aufgrund seiner Lebensdauer eine Uhr dar, die im Mittel nach $\Delta t' = 2{,}2 \cdot 10^{-6}$ s zerstört wird. Für den Beobachter A auf der Erdoberfläche ist das ein Zeitintervall eines bewegten S'-Systems. Er selbst mißt die gedehnte Zeitspanne

$$\Delta t = \Delta t' \cdot \frac{1}{\sqrt{1 - \dfrac{v^2}{c^2}}}.$$

Mit

$$\frac{v}{c} = 0{,}9998 = 1 - \frac{2}{10\,000}$$

ergibt sich

$$\frac{v^2}{c^2} = \left(1 - \frac{2}{10\,000}\right)^2 \approx 1 - \frac{4}{10\,000},$$

also

$$1 - \frac{v^2}{c^2} \approx \frac{4}{10\,000}.$$

Damit ist

$$\Delta t \approx 2{,}2 \cdot 10^{-6}\,\mathrm{s} \cdot \frac{100}{2} \approx 110 \cdot 10^{-6}\,\mathrm{s}$$

und

$$s \approx 0{,}9998 \cdot 3 \cdot 10^8 \,\frac{\mathrm{m}}{\mathrm{s}} \cdot 110 \cdot 10^{-6}\,\mathrm{s} \approx 33\,000\,\mathrm{m}.$$

Nach der Rechnung von A existiert das Myon im Mittel lange genug, um 33 km zurücklegen zu können. Es wird ihn daher auf der Erde erreichen.

Natürlich erreichen nicht alle Myonen die Erdoberfläche, da sie ja nicht alle die Lebensdauer von $2{,}2 \cdot 10^{-6}$ s ihrer Eigenzeit haben, und weil ein Teil von ihnen innerhalb der Atmosphäre absorbiert wird.

Im Sinne der Relativitätstheorie muß auch ein mitbewegter Beobachter des S'-Systems (ein auf dem Myon sitzend gedachter Beobachter) zu dem Ergebnis kommen, daß er die Erdoberfläche erreicht. Er mißt die Lebensdauer des Myons in der Eigenzeit seines Systems und erhält nur $2{,}2 \cdot 10^{-6}$ s. Der Beobachter stellt fest, daß die Erdoberfläche sich ihm mit fast Lichtgeschwindigkeit nähert. Man könnte sich theoretisch einen riesigen Maßstab fest mit der Erde verbunden denken, der radial nach außen durch die ganze Atmosphäre reicht. Beobachter B auf dem Myon sieht den Maßstab von der Marke 20 km bis zur Marke Null an sich vorbeifliegen. Er mißt aber wegen der für ihn auftretenden Längenkontraktion des Maßstabes nur die Länge

$$l' = l \cdot \sqrt{1 - \frac{v^2}{c^2}}$$

$$l' = 20\,\text{km} \cdot \frac{2}{100} = 400\,\text{m}.$$

Die Erdoberfläche, die ihm mit der Geschwindigkeit $v = 0{,}9998 \cdot c$ entgegenkommt, braucht nach der Rechnung von B demnach die Zeit

$$\frac{400\,\text{m}}{0{,}9998 \cdot 3 \cdot 10^8\,\frac{\text{m}}{\text{s}}} \approx 1{,}33 \cdot 10^{-6}\,\text{s},$$

bis sie ihn erreicht hat. Diese Zeit liegt innerhalb der Lebensdauer des Myons, so daß auch B überzeugt sein darf, daß die Erdoberfläche ihn erreicht.

Die Messungen an den durch kosmische Strahlung erzeugten Myonen zeigen, daß die Zeitdilatation und die Längenkontraktion nicht nur in der Theorie existieren, sondern *experimentell nachgewiesen* werden können. Mit den Kenntnissen der klassischen Physik könnte man die Beobachtungen nicht deuten. In den Kernforschungslaboratorien werden heute mit Hilfe von Beschleunigern Elementarteilchen erzeugt, die riesige Geschwindigkeiten relativ zur Beschleunigungsanlage besitzen. Bei der theoretischen Bearbeitung der Beobachtungsdaten muß man in diesen Fällen stets die Zeitdilatation berücksichtigen, die man andererseits auch durch solche Versuche innerhalb einer Meßungenauigkeit von 5% bestätigen konnte.

7.2.5 Das Zwillingsparadoxon

Bei dem sog. Zwillingsparadoxon oder Uhrenparadoxon handelt es sich um eine Aussage, die von EINSTEIN schon in seiner ersten Arbeit über die Relativitätstheorie 1905 dargelegt wurde und die in den darauffolgenden Jahren heftig diskutiert worden ist. Die Aussage ist folgende:

A und B sind Zwillingsbrüder. Sie haben zwei völlig gleichkonstruierte Uhren, die sie auf der Erde in Raum-Zeit-Koinzidenz vergleichen und abstimmen. Dann begibt sich B mit einem Raumschiff auf Weltraumreise. Nach einer kurzen Beschleunigungsphase erreicht er die Geschwindigkeit $v = 0{,}8$ c, fliegt mit dieser Geschwindigkeit zum Sirius, der von der Erde 8,7 Lichtjahre entfernt ist, und kehrt dort zur Rückreise um. A rechnet folgendermaßen:

Das Licht braucht von der Erde zum Sirius 8,7 Jahre. Da B nur mit der Geschwindigkeit $v = 0{,}8$ c fliegt, benötigt er für die Hinreise rund 11 Jahre und ebenfalls für die Rückreise 11 Jahre. Von den kurzen Beschleunigungsperioden beim Start, bei der Umkehr und Ankunft wird abgesehen. B trifft nach 22 Jahren Erdenzeit wieder ein. Nun weiß aber A aufgrund der Zeitdilatation, daß für B nur 3 s vergehen, wenn die A-Uhr bereits um 5 s vorgerückt ist (vgl. den Abschnitt über die Zeitdilatation). Wenn auf der Erde bei der Ankunft von B 22 Jahre vergangen sind, können im S'-System von B nur $\frac{3}{5} \cdot 22$ Jahre, d.h. rund 13 Jahre, vergangen sein. B ist daher gegenüber A um 9 Jahre jünger geblieben. Soweit haben wir zwar eine merkwürdige Konsequenz der Zeitdilatation, aber noch kein Paradoxon. Dieses entsteht erst, wenn B sich auf den Standpunkt des Relativitätsprinzips stellt und sich als den Nichtreisenden, A dagegen als den Reisenden betrachtet. Dann müßte bei der Raum-Zeit-Koinzidenz des Wiedersehens A der jüngere Zwillingsbruder sein.

Die paradoxe Schlußfolgerung erweist sich als Trugschluß, wenn man beachtet, daß tatsächlich *keine Symmetrie* zwischen A und B besteht. A bleibt während der ganzen Reise des B in demselben Inertialsystem, B dagegen nicht. B muß beim Sirius umkehren. Er muß das Raumschiff abbremsen und anschließend für die Rückreise in entgegengesetzter Richtung wieder beschleunigen. Diese Beschleunigung kann B durch verschiedene Experimente feststellen, denn er befindet sich während der Umkehrphase nicht in einem Inertialsystem. Wir können den Vorgang vergleichen mit einem Zug, der in einen Sackbahnhof einfährt und anschließend wieder herausfährt. Reisende im Zug bemerken diesen Vorgang, auch wenn sie nicht aus dem Fenster sehen. So würde z.B. ein Ball, der auf dem Wagenboden liegt, während des Abbremsens und Anfahrens relativ zum Wagenboden in Bewegung geraten. B könnte während seiner Umkehr im Weltall aber auch mit einem Fernrohr die Sterne beobachten. Er würde in diesem Fall eine Verschiebung der Sterne feststellen, da sich die Richtung des von BRADLEY entdeckten Aberrationseffektes umkehrt. A bemerkt dagegen von allem nichts. Es kann also gar kein Zweifel darüber bestehen, wer sein Inertialsystem gewechselt hat und wer nicht. Eine Symmetrie wäre nur in zwei Fällen gegeben. Entweder wechseln weder A noch B ihr Inertialsystem, oder sie gehen beide in entgegengesetzter Richtung auf Reise und wechseln beide ihr Inertialsystem zur Umkehr. Im ersten Fall ist eine Rundreise und damit auch ein Wiedersehen nicht möglich; dann ergibt sich aber auch kein Widerspruch. Im zweiten Fall fliegen beide gleichzeitig ab und kehren beide in 8,7 Lichtjahren Entfernung von der Erde um. Beide treffen nach 13 Jahren Eigenzeit zu einer Raum-Zeit-Koinzidenz auf die Erde zurück und vergleichen ihre Uhren. Beide Uhren stimmen überein; keiner der Zwillinge ist gegenüber dem anderen jünger geblieben. Allerdings stellen beide fest, daß inzwischen 22 Jahre auf der Erde vergangen sind. Zwischen den Aussagen von A und B ergibt sich kein Widerspruch.

Man könnte zunächst zu diesem Problem wieder die Meinung vertreten, daß der Effekt der verschiedenen Zeitabläufe in den verschiedenen Bezugssystemen nur ein rein physikalischer Uhreneffekt sei, daß aber in Wirklichkeit die Zwillinge sich nicht durch Rundreisen ein längeres Leben erschleichen könnten. Das Argument enthält eine falsche und eine richtige Aussage. Vorrelativistisch ist die Meinung, die Lebensfunktionen unterlägen nicht den Relativitätseffekten und seien nicht mit Uhreneffekten zu vergleichen. Letztlich ist nämlich auch der Vorgang des Alterns durch physiologische Prozesse, die den physikalischen Gesetzen unterliegen, bedingt. Richtig ist dagegen die Aussage, daß B sein Leben durch die Weltraumreise nicht verlängert hat. Vom Standpunkt des A aus geht ja nicht nur die Uhr des B langsamer, sondern auch der Herzschlag. Wenn A die Herzschläge von B mit der Uhr von B vergleichen könnte, so würde er feststellen, daß die Anzahl der Herzschläge von B innerhalb eines B-Tages die gleiche ist wie die Anzahl der Herzschläge von A innerhalb eines A-Tages. Dasselbe stellt auch B fest. B kann innerhalb eines B-Tages deshalb auch nicht mehr körperliche und geistige Funktionen ausführen, als es ihm auf der Erde während eines Erdentages möglich gewesen wäre. Nach seiner Rückkehr zur Erde ist er zwar nur 13 Jahre älter geworden, während bei A schon 22 Jahre verstrichen sind; er hat aber innerhalb seiner 13 Lebensjahre auch nur den Erlebnisinhalt von 13 Jahren gehabt. Wenn nun die Dauer des menschlichen Lebens durch die Anzahl der Herzschläge und den Erlebnisinhalt (Gedanken, Sinneseindrücke usw.) bestimmt ist, konnte B durch seine Reise nichts gewinnen.

7.2.6 Die Addition der Geschwindigkeiten

Ein Schiff habe relativ zum Ufer die Geschwindigkeit v. Wenn ein Passagier auf dem Schiff in Fahrtrichtung mit der Geschwindigkeit u' über das Schiffsdeck geht, so mißt ein Beobachter am Ufer die Geschwindigkeit des Passagiers zu $u=u'+v$ relativ zum Ufer. Das ist jedenfalls die Aussage der sog. GALILEI-Addition für Geschwindigkeiten. Es ist eine Aussage der klassischen Physik. Denkt man sich das Ufer durch die Erde, das Schiff durch ein Raumschiff mit der Geschwindigkeit $v=\frac{3}{4}\cdot c$ und den Passagier durch Elektronen mit der Geschwindigkeit $u'=\frac{3}{4}\cdot c$ ersetzt, so mißt nach GALILEI der Erdbeobachter die Elektronengeschwindigkeit

$$u=\tfrac{3}{4}\cdot c+\tfrac{3}{4}\cdot c=\tfrac{3}{2}\cdot c,$$

d.h., es handelt sich um eine Überlichtgeschwindigkeit. Wir haben auf diese Konsequenz schon in dem Abschnitt über die Bestimmung der Lichtgeschwindigkeit (S. 643) hingewiesen.

Aufgrund der vorangegangenen Untersuchungen sind wir vorsichtig geworden, wenn es sich um große Geschwindigkeiten handelt. Wir betrachten deshalb den vorliegenden Fall als ein Problem gegeneinander bewegter Bezugssysteme S (Ufer) und S' (Schiff), auf die wir die LORENTZ-Transformationen anwenden.

Die Geschwindigkeiten ergeben sich aus den Raum-Zeit-Koordinaten zu

$$u=\frac{x_2-x_1}{t_2-t_1} \quad \text{und} \quad u'=\frac{x'_2-x'_1}{t'_2-t'_1},$$

wenn wir, wie üblich, die x-Achse in die Bewegungsrichtung legen. S' ist mit der Geschwindigkeit v relativ zu S bewegt. Die LORENTZ-Transformationen liefern dann:

$$x_2-x_1=\frac{x'_2-x'_1+v\cdot(t'_2-t'_1)}{\sqrt{1-\frac{v^2}{c^2}}} \quad \text{und} \quad t_2-t_1=\frac{t'_2-t'_1+\frac{v}{c^2}\cdot(x'_2-x'_1)}{\sqrt{1-\frac{v^2}{c^2}}},$$

also

$$u = \frac{x_2 - x_1}{t_2 - t_1}$$

$$= \frac{x_2' - x_1' + v \cdot (t_2' - t_1')}{t_2' - t_1' + \frac{v}{c^2} \cdot (x_2' - x_1')}$$

$$= \frac{\frac{x_2' - x_1'}{t_2' - t_1'} + v}{1 + \frac{v}{c^2} \cdot \frac{x_2' - x_1'}{t_2' - t_1'}}$$

$$= \frac{u' + v}{1 + \frac{u' \cdot v}{c^2}}.$$

Findet im Inertialsystem S', das sich gegenüber dem Inertialsystem S mit der Geschwindigkeit v bewegt, eine Bewegung eines Körpers mit der Geschwindigkeit u' in Richtung der Bewegung von S' statt, so ist die Geschwindigkeit des Körpers bezogen auf S

$$u = \frac{u' + v}{1 + \frac{u' \cdot v}{c^2}}.$$

Für kleine Geschwindigkeiten u' und v kann $\frac{u' \cdot v}{c^2}$ gegenüber 1 vernachlässigt werden. Dann ergibt sich die GALILEI-Addition für Geschwindigkeiten:

$$u = u' + v.$$

Wieder erweist sich die klassische Physik als sehr gute Näherung der relativistischen Physik.

In unserem Beispiel $v = \frac{3}{4} \cdot c$ und $u' = \frac{3}{4} \cdot c$ müssen wir die Geschwindigkeiten relativistisch addieren und erhalten

$$u = \frac{\frac{3}{4} \cdot c + \frac{3}{4} \cdot c}{1 + \frac{9}{16}} = \frac{24}{25} \cdot c,$$

also eine Geschwindigkeit, die noch 4% unterhalb der Lichtgeschwindigkeit liegt.

In einem weiteren Beispiel betrachten wir nochmals den Beobachter B im Güterwagen (Abb. 697.1). Wir denken uns jetzt, daß B mit einer Lampe einen Lichtblitz abgibt. Die Lichtwellen laufen für B mit der Geschwindigkeit $u' = c$. Der Güterwagen bewegt sich relativ zu A, der am Bahndamm steht, mit der Geschwindigkeit v. Wie sieht A die Lichtausbreitung? Die relativistische Addition ergibt für A:

$$u = \frac{c + v}{1 + \frac{c\,v}{c^2}}$$

$$= \frac{c + v}{1 + \frac{v}{c}}$$

$$= \frac{c \cdot (c + v)}{c + v}$$

$$= c.$$

Für A breitet sich das Licht mit der gleichen Geschwindigkeit aus wie für B. Das ist nicht etwa eine Erkenntnis, die wir soeben gewonnen haben, sondern eine Bestätigung der Widerspruchsfreiheit relativistischer Aussagen. EINSTEIN hatte die LORENTZ-Transformationen, die zur Additionsformel führten, ja gerade aufgrund des Postulats einer universellen Vakuum-Lichtgeschwindigkeit erhalten!

7.2.7 Die Versuche von Bradley und Fizeau in relativistischer Darstellung

Zur Geschlossenheit und Überzeugungskraft einer Theorie gehört es, daß die Theorie sämtliche Ausgangspositionen, die zu ihrer Aufstellung führten oder in diesem Zusammenhang diskutiert wurden, aus ihrer Sicht in Übereinstimmung mit den experimentellen Ergebnissen zu deuten vermag. Wir wollen daher die Versuche von BRADLEY und FIZEAU unter relativistischem Aspekt betrachten.

Für ein relativistisches Verständnis der von BRADLEY entdeckten *Aberration des Lichtes* ist es selbstverständlich wichtig, daß sich der Effekt in der beobachteten Größenordnung berechnen läßt, wenn man nur die *Relativbewegung* zwischen Lichtquelle und Beobachter in der theoretischen Überlegung berücksichtigt. Das Resultat muß sich daher auch für einen Beobachter ergeben, der die Relativbewegung des Sternes gegenüber der eigenen Person verfolgt. Wir werden uns im folgenden auf diesen Standpunkt stellen und argumentieren nach Abb. 705.1 a folgendermaßen:

Würden der Stern S' und der Beobachter A relativ zueinander in Ruhe sein, so müßte A sich mit seinem Fernrohr in die Stellung A_1 begeben. Der Vektor der Lichtgeschwindigkeit des in die Fernrohrachse einfallenden Lichtes sei $\vec{u}'$. Bewegt sich aber S' relativ zu A mit der Geschwindigkeit $\vec{v}$, so ergibt die Vektoraddition der Lichtgeschwindigkeit $\vec{u}'$ und der Sterngeschwindigkeit $\vec{v}$ den Lichtgeschwindigkeitsvektor $\vec{u}$, in dessen Richtung A jetzt sein Fernrohr einstellen muß. A muß sich in die Stellung A_2 begeben und sein Fernrohr dabei kippen. Da nach dem EINSTEIN-Postulat die Größe der Vakuum-Lichtgeschwindigkeit sich nicht ändern kann, sind die Beträge der Lichtgeschwindigkeitsvektoren $\vec{u}'$ und $\vec{u}$ gleich, nämlich c. Wir sehen daraus, daß die Vektoraddition der Geschwindigkeiten in diesem Fall nicht mehr zu einem geschlossenen Vektordreieck führen kann (Abb. 705.1 b).

Wir denken uns jetzt die Vektoren $\vec{u}$ und $\vec{u}'$ in ein x-y-Koordinatensystem bzw. x'-y'-Koordinatensystem gelegt (Abb. 705.2).

Die x-Achse liegt für A in der Horizontalen, die y-Achse in der Vertikalen. Die Neigungen des Fernrohrs gegen die Vertikale werden mit den Winkeln α_1 und α_2 angegeben. Der Vektor $\vec{u}'$ hat die Komponenten

$$u'_x = c \cdot \sin\alpha_1 \quad \text{und} \quad u'_y = c \cdot \cos\alpha_1,$$

der Vektor $\vec{u}$ die Komponenten

$$u_x = c \cdot \sin\alpha_2 \quad \text{und} \quad u_y = c \cdot \cos\alpha_2.$$

Die Komponenten u'_x und u_x liegen parallel zur Geschwindigkeit v. Wir können daher die uns bekannte relativistische Geschwindigkeitsaddition durchführen und erhalten:

$$u_x = \frac{u'_x + v}{1 + \dfrac{u'_x \cdot v}{c^2}}, \qquad c \cdot \sin\alpha_2 = \frac{c \cdot \sin\alpha_1 + v}{1 + \dfrac{v}{c} \cdot \sin\alpha_1}, \qquad \sin\alpha_2 = \frac{\sin\alpha_1 + \dfrac{v}{c}}{1 + \dfrac{v}{c} \cdot \sin\alpha_1}.$$

Um den Zusammenhang zwischen den Vertikalkomponenten

$$u'_y = \frac{\Delta y'}{\Delta t'} \quad \text{und} \quad u_y = \frac{\Delta y}{\Delta t}$$

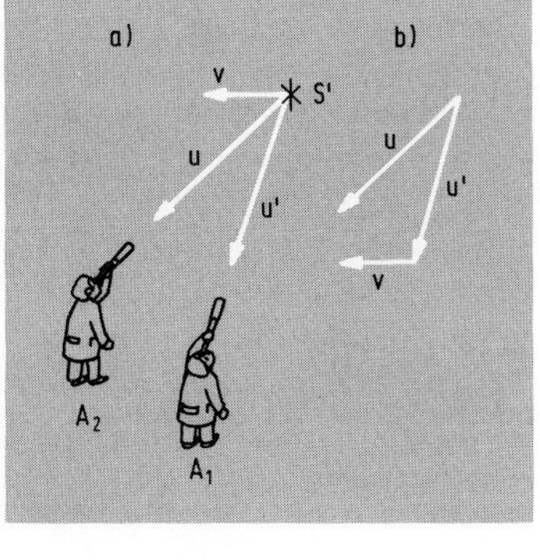

Abb. 705.1
Aberrationseffekt für einen Beobachter, der die Relativbewegung eines Sternes gegenüber der eigenen Person verfolgt.

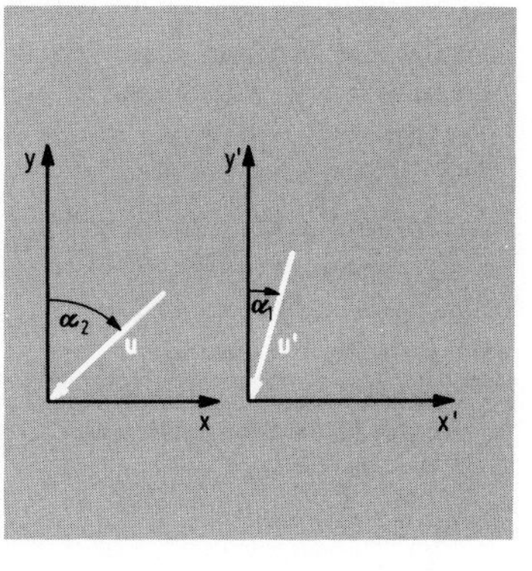

Abb. 705.2
Die Lage der Lichtgeschwindigkeitsvektoren im Koordinatensystem

zu finden, müssen wir die LORENTZ-Transformationen anwenden:

$$y = y', \quad \text{also auch} \quad \Delta y = \Delta y',$$

$$t = \frac{t' + \dfrac{v \cdot x'}{c^2}}{\sqrt{1 - \dfrac{v^2}{c^2}}},$$

also

$$\Delta t = \frac{\Delta t' + \dfrac{v \cdot \Delta x'}{c^2}}{\sqrt{1 - \dfrac{v^2}{c^2}}}$$

$$= \frac{1 + \dfrac{v}{c^2} \dfrac{\Delta x'}{\Delta t'}}{\sqrt{1 - \dfrac{v^2}{c^2}}} \cdot \Delta t'.$$

Mit $\dfrac{\Delta x'}{\Delta t'} = u'_x = c \cdot \sin\alpha_1$ erhalten wir

$$\Delta t = \frac{1 + \dfrac{v}{c} \cdot \sin\alpha_1}{\sqrt{1 - \dfrac{v^2}{c^2}}} \cdot \Delta t',$$

$$u_y = \frac{\Delta y}{\Delta t} = \frac{\Delta y' \cdot \sqrt{1 - \dfrac{v^2}{c^2}}}{\left(1 + \dfrac{v}{c} \cdot \sin\alpha_1\right) \cdot \Delta t'} = \frac{\sqrt{1 - \dfrac{v^2}{c^2}}}{1 + \dfrac{v}{c} \cdot \sin\alpha_1} \cdot u'_y,$$

$$c \cdot \cos\alpha_2 = \frac{\sqrt{1 - \dfrac{v^2}{c^2}}}{1 + \dfrac{v}{c} \cdot \sin\alpha_1} \cdot c \cdot \cos\alpha_1,$$

$$\cos\alpha_2 = \frac{\sqrt{1 - \dfrac{v^2}{c^2}}}{1 + \dfrac{v}{c} \cdot \sin\alpha_1} \cdot \cos\alpha_1.$$

Mit $\tan\alpha = \dfrac{\sin\alpha}{\cos\alpha}$ ergibt sich:

$$\tan\alpha_2 = \frac{\left(\sin\alpha_1 + \dfrac{v}{c}\right) \cdot \left(1 + \dfrac{v}{c} \cdot \sin\alpha_1\right)}{\left(1 + \dfrac{v}{c} \cdot \sin\alpha_1\right) \cdot \cos\alpha_1 \cdot \sqrt{1 - \dfrac{v^2}{c^2}}}$$

$$\tan\alpha_2 = \frac{\sin\alpha_1 + \dfrac{v}{c}}{\cos\alpha_1 \cdot \sqrt{1 - \dfrac{v^2}{c^2}}}.$$

Bradley fand für Sterne, die in einer zur Erdbahnebene senkrechten Richtung ($\alpha_1=0$) liegen, den Winkel $\alpha_2 \approx 20{,}5$ Bogensekunden. Mit $\alpha_1=0$, $\sin 0=0$, $\cos 0=1$, $v \ll c$, $\frac{v^2}{c^2} \approx 0$ geht die relativistische Aberrationsformel über in

$$\tan \alpha_2 \approx \frac{v}{c}.$$

Die Geschwindigkeit der Erde auf ihrer Bahn ist $v=3 \cdot 10^4\ \mathrm{m\,s^{-1}}$. Mit $c=3 \cdot 10^8\ \mathrm{m\,s^{-1}}$ erhält man dann $\tan \alpha_2 = 0{,}0001$. Daraus folgt $\alpha_2 = 20{,}5''$. Theorie und Beobachtung stimmen also überzeugend überein.

Wir wollen noch einem Mißverständnis vorbeugen. Bei der Diskussion der Äthertheorie wurde der Bradley-Versuch als Nachweis für die Bewegung der Erde im Kosmos angesehen. An dieser Stelle haben wir erkannt, daß sich die Aberration des Sternenlichtes auch dann ergibt, wenn der Beobachter die Relativbewegung des Sternes gegenüber sich selbst betrachtet. Ist damit nicht doch wieder der Standpunkt des Ptolemäus möglich und der Nachweis der Erdbewegung hinfällig geworden? Zur Beantwortung dieser Frage müssen wir uns daran erinnern, daß der Standpunkt von Ptolemäus ein *absoluter* ist. Wenn wir an diesem Standpunkt festhalten, müssen wir die Einstein-Postulate aufgeben. Ohne die Einstein-Postulate wäre aber eine sinnvolle physikalische Herleitung der Lorentz-Transformationen nicht möglich. Die Lorentz-Transformationen sind ihrerseits der Schlüssel zum Verständnis experimenteller Ergebnisse, wie wir bereits im Fall der durch kosmische Strahlung erzeugten Myonen gesehen haben und im Fall der Relativität der Masse und der Äquivalenz von Masse und Energie noch sehen werden. Es gibt daher kein Zurückschreiten zu Ptolemäus oder zu einer absoluten Äthertheorie. Die Lage stellt sich vielmehr folgendermaßen dar: Hat man erst einmal die Relativitätstheorie, so benötigt man die Versuche von Michelson, Bradley und Fizeau als *Aufhänger* nicht mehr. Die Diskussion dieser Versuche war ein historisch interessanter und wichtiger Schritt. Es gibt auch heute für den Lernenden kaum eine bessere Möglichkeit, sich mit dem Gedankenkomplex der Relativitätstheorie vertraut zu machen, als die des Nachvollzuges der historisch gewachsenen Erkenntnisse. Die Geschichte der Relativitätstheorie ist ein gut überschaubares Beispiel für die Stationen naturwissenschaftlichen Forschens überhaupt. Von einem mehr oder weniger verstandenen Erfahrungsgut ausgehend versucht man theoretische Deutungen. Diese gelingen zunächst nur bruchstückhaft; man läuft in Sackgassen und muß überkommene Ansichten in Frage stellen. Die Natur selbst zwingt zu neuer Betrachtungsweise. Schließlich verdichten sich alle Erfahrungen, Betrachtungen, Einzellösungen, Widersprüche und Forscherintuitionen zu einer neuen Theorie, die schlagartig zur systematischen und widerspruchsfreien Darstellung führt. An dieser Stelle vollzieht sich dann auch der Wandel im Blick, unter dem man die Ausgangspunkte der Entwicklung betrachtet. Welche Bedeutung sie für die Entstehung der Theorie gehabt haben, welche Erklärungsmomente auch immer zunächst im einzelnen herangezogen wurden, ist nun bedeutungslos. Die neue Theorie muß die Ausgangsbasis widerspruchslos in ihr System aufnehmen können. Wir haben diesen Vorgang exemplarisch am Bradley-Versuch dargestellt und wollen nun den Fizeau-Versuch in die Relativitätstheorie einordnen.

Der Fizeau-Versuch ergab innerhalb der Äthertheorie die Aussage, daß der Äther vom strömenden Wasser praktisch nicht mitgenommen wird. Der geringe Mitführungskoeffizient $\left(1-\frac{1}{n^2}\right)$ in der Gleichung (S. 692)

$$c_\mathrm{W} = \frac{c}{n} + v_\mathrm{W} \cdot \left(1 - \frac{1}{n^2}\right)$$

blieb allerdings ungeklärt. Hier liefert wieder einmal die Relativitätstheorie nachträglich das physikalische Verständnis.

Die Lichtgeschwindigkeit im ruhenden Wasser ergibt sich aus der Brechzahl n zu $\frac{c}{n}$. Wenn das Wasser durch Röhren fließt, bilden die Röhren das S-System, das fließende Wasser das S'-System. Es gilt in diesem Fall $u' = \frac{c}{n}$ und $v = v_\mathrm{W}$. Vom S-System aus gesehen muß sich das Licht nach der relativistischen Geschwindigkeitsaddition mit der Geschwindigkeit

$$c_\mathrm{W} = \frac{\frac{c}{n} + v_\mathrm{W}}{1 + \frac{v_\mathrm{W}}{n \cdot c}}$$

ausbreiten. Da v_W klein gegen $n \cdot c$ ist, können wir die Näherung

$$\frac{1}{1+x} \approx 1-x \quad \text{für} \quad x \ll 1$$

benutzen und erhalten

$$c_W = \left(\frac{c}{n} + v_W\right)\left(1 - \frac{v_W}{n \cdot c}\right)$$

$$= \frac{c}{n} + v_W \cdot \left(1 - \frac{1}{n^2}\right) - \frac{v_W^2}{n \cdot c}.$$

Das letzte Glied ist sehr klein; es kann gegenüber den anderen vernachlässigt werden. Dann erhält man tatsächlich die Beziehung von FIZEAU.

7.2.8 Die Relativität der Masse

In dem Abschnitt über das Elektron (S. 583) wurde festgestellt:

Die Masse eines Körpers ist geschwindigkeitsabhängig. Hat ein Körper im Ruhezustand die Masse m_0, so ist ihm bei der Geschwindigkeit v die Masse

$$\frac{m_0}{\sqrt{1 - \frac{v^2}{c^2}}}$$

zuzuschreiben.

Wir wollen an dieser Stelle die früher mitgeteilte Beziehung herleiten.

Im System S' bewegen sich zwei Teilchen gleicher Masse längs der x'-Achse mit den Geschwindigkeiten $+u'$ und $-u'$ und stoßen vollkommen unelastisch zusammen. Da die Massen und auch die Beträge der Geschwindigkeiten gleich groß sind, befinden sich die Massen nach dem Stoß, zu einem Teilchen vereinigt, in S' in Ruhe.

Ein Beobachter A im S-System, gegenüber dem sich das S'-System mit der Geschwindigkeit v bewegt, verfolgt den Stoßvorgang. Wenn die Geschwindigkeit v des S'-Systems gerade $v = u'$ ist, so erhält A nach der relativistischen Geschwindigkeitsaddition für die Teilchen vor dem Stoß die Geschwindigkeiten

$$u_1 = \frac{u' + v}{1 + \frac{u' v}{c^2}} = \frac{2v}{1 + \frac{v^2}{c^2}} \quad \text{und} \quad u_2 = \frac{-u' + v}{1 - \frac{u' v}{c^2}} = 0.$$

Nach dem unelastischen Stoß beobachtet A das Vereinigungsteilchen mit der Geschwindigkeit v.

Der Impuls eines Teilchens ist das Produkt aus der Masse des Teilchens und seiner Geschwindigkeit. Würde A von der Geschwindigkeitsabhängigkeit der Masse nichts wissen, dann erhielte er in Anwendung des Impulserhaltungssatzes die Gleichung

$$m \cdot u_1 + m \cdot u_2 = 2m \cdot v,$$

$$m \cdot \frac{2v}{1 + \frac{v^2}{c^2}} + 0 = 2m \cdot v,$$

$$1 + \frac{v^2}{c^2} = 1,$$

$$v = 0.$$

Um den Widerspruch zur Voraussetzung $v \neq 0$ zu beseitigen, gibt es für A zwei Möglichkeiten. Entweder hält er den Impulserhaltungssatz nur für beschränkt anwendbar und in diesem Fall für ungültig, oder er zweifelt am Absolutcharakter der Masse. Im relativistischen Denken geübt geht A den zweiten Weg, indem er am

Impulserhaltungssatz festhält und die Masse als geschwindigkeitsabhängig betrachtet (A ist EINSTEIN!). Er führt folgende Bezeichnungen ein:

m_1 = Masse des Teilchens mit der Geschwindigkeit u_1 vor dem Stoß,
m_0 = Masse des ruhenden Teilchens vor dem Stoß,
M = Masse des Vereinigungsteilchens nach dem Stoß.

Der Impulserhaltungssatz liefert jetzt die Gleichung

$$m_1 \cdot u_1 = M \cdot v.$$

Außerdem fordert A, daß auch die Gesamtmasse erhalten bleibt:

$$m_1 + m_0 = M.$$

Aus $M = \frac{m_1 \cdot u_1}{v}$ und $M = m_1 + m_0$ erhalten wir durch Gleichsetzen:

$$\frac{m_1\, u_1}{v} = m_1 + m_0,$$

$$m_1 \cdot \left(\frac{u_1}{v} - 1\right) = m_0,$$

$$m_1 = \frac{m_0}{\frac{u_1}{v} - 1},$$

$$m_1 = \frac{v}{u_1 - v} \cdot m_0.$$

Da uns die Abhängigkeit der Masse m_1 von ihrer Geschwindigkeit u_1 interessiert, müssen wir v eliminieren. Wir lösen deshalb

$$u_1 = \frac{2v}{1 + \frac{v^2}{c^2}}$$

nach v auf:

$$u_1 \cdot \left(1 + \frac{v^2}{c^2}\right) = 2v,$$

$$u_1 + \frac{u_1}{c^2} \cdot v^2 - 2v = 0,$$

$$v^2 - \frac{2c^2}{u_1} \cdot v + c^2 = 0.$$

Dieses ist eine quadratische Gleichung mit der Unbekannten v. Als Lösung erhalten wir

$$v = \frac{c^2}{u_1} \pm \sqrt{\left(\frac{c^2}{u_1}\right)^2 - c^2}$$

$$= \frac{c^2}{u_1} \pm \frac{c^2}{u_1} \cdot \sqrt{1 - \frac{u_1^2}{c^2}}.$$

Es ist nun zu untersuchen, ob beide Vorzeichen des Wurzelausdrucks möglich sind. Da u_1 klein gegenüber c ist, ist der Quotient $\frac{u_1^2}{c^2}$ klein gegenüber 1. Die Anwendung der Näherungsformel

$$\sqrt{1-x} \approx 1 - \tfrac{1}{2} \cdot x \quad \text{für} \quad x \ll 1$$

liefert:

$$v \approx \frac{c^2}{u_1} \pm \frac{c^2}{u_1} \cdot \left(1 - \frac{1}{2} \cdot \frac{u_1^2}{c^2}\right),$$

$$v_1 \approx \frac{2c^2}{u_1} - \frac{1}{2} \cdot u_1,$$

$$v_2 \approx \tfrac{1}{2} \cdot u_1 .$$

Die Lösung v_1 führt zu Überlichtgeschwindigkeiten, so daß nur die zweite Lösung in Frage kommt. Es gilt also

$$v = \frac{c^2}{u_1} - \frac{c^2}{u_1} \cdot \sqrt{1 - \frac{u_1^2}{c^2}} = \frac{c^2}{u_1} \cdot \left(1 - \sqrt{1 - \frac{u_1^2}{c^2}}\right).$$

Wir setzen die Lösung in $m_1 = \dfrac{v}{u_1 - v} \cdot m_0$ ein und erhalten:

$$m_1 = \frac{\dfrac{c^2}{u_1} \cdot \left(1 - \sqrt{1 - \dfrac{u_1^2}{c^2}}\right)}{u_1 - \dfrac{c^2}{u_1} \cdot \left(1 - \sqrt{1 - \dfrac{u_1^2}{c^2}}\right)} \cdot m_0$$

$$= \frac{1 - \sqrt{1 - \dfrac{u_1^2}{c^2}}}{\dfrac{u_1^2}{c^2} - \left(1 - \sqrt{1 - \dfrac{u_1^2}{c^2}}\right)} \cdot m_0$$

$$= \frac{1 - \sqrt{1 - \dfrac{u_1^2}{c^2}}}{-\left(1 - \dfrac{u_1^2}{c^2}\right) + \sqrt{1 - \dfrac{u_1^2}{c^2}}} \cdot m_0$$

$$= \frac{1 - \sqrt{1 - \dfrac{u_1^2}{c^2}}}{-\sqrt{1 - \dfrac{u_1^2}{c^2}} \cdot \sqrt{1 - \dfrac{u_1^2}{c^2}} + \sqrt{1 - \dfrac{u_1^2}{c^2}}} \cdot m_0$$

$$= \frac{1 - \sqrt{1 - \dfrac{u_1^2}{c^2}}}{\sqrt{1 - \dfrac{u_1^2}{c^2}} \cdot \left(1 - \sqrt{1 - \dfrac{u_1^2}{c^2}}\right)} \cdot m_0$$

$$= \frac{1}{\sqrt{1 - \dfrac{u_1^2}{c^2}}} \cdot m_0 .$$

Wir haben nun folgendes Ergebnis erhalten:

Bewegt sich ein Teilchen mit der Ruhmasse m_0 mit der Geschwindigkeit u_1, so besitzt es die größere Masse

$$m_1 = \frac{m_0}{\sqrt{1 - \dfrac{u_1^2}{c^2}}} .$$

Das ist aber der eingangs festgestellte Zusammenhang für die *relativistische Massenveränderlichkeit*, wenn man jetzt für die Geschwindigkeit u_1 des bewegten Teilchens das Symbol v benutzt.

Wir haben an früherer Stelle schon davon gesprochen, daß sich kein Signal mit größerer Geschwindigkeit als der Vakuum-Lichtgeschwindigkeit ausbreiten kann. Den Grund für diese Behauptung kann man jetzt einsehen. Signale können entweder durch elektromagnetische Wellen oder durch bewegte Teilchen übermittelt werden. Für elektromagnetische Wellen kann es nach dem EINSTEIN-Postulat keine höhere Geschwindigkeit als die Vakuum-Lichtgeschwindigkeit c geben. Es bleibt also nur noch die Möglichkeit, Signale durch Teilchen (z.B. Elektronen) mit Überlichtgeschwindigkeit zu übermitteln. Die relativistische Massenveränderlichkeit zeigt aber, daß die Masse m eines bewegten Teilchens mit der Ruhmasse m_0 über alle Grenzen wächst, wenn die Geschwindigkeit v des Teilchens sich der Lichtgeschwindigkeit nähert. Für $v > c$ wird der Nenner der Formel und damit auch die Masse m imaginär. Die Vakuum-Lichtgeschwindigkeit zeigt sich auch für diese Art der Signalübermittlung als *Grenzgeschwindigkeit.*

7.2.9 Die Äquivalenz von Masse und Energie

Für kleine Geschwindigkeiten v läßt sich die relativistische Massenformel mit Hilfe der Näherung

$$\frac{1}{\sqrt{1-x}} \approx 1+\tfrac{1}{2}\cdot x \quad \text{für} \quad x \ll 1$$

umformen:

$$m = m_0 + \tfrac{1}{2}\cdot m_0 \cdot \frac{v^2}{c^2}.$$

Multiplizieren wir diese Gleichung mit c^2, so ergibt sich

$$m\,c^2 = m_0\,c^2 + \tfrac{1}{2}\cdot m_0\,v^2.$$

Das letzte Glied ist uns als kinetische Energie

$$W_k = \tfrac{1}{2}\cdot m_0\,v^2$$

eines bewegten Körpers bekannt. Da nur gleichartige physikalische Größen addiert werden können, liegt es nahe, auch das Produkt aus der Masse und dem Quadrat der Lichtgeschwindigkeit als Energie aufzufassen. Man spricht von der *Äquivalenz von Masse und Energie.* Dieses von EINSTEIN gefundene und auf verschiedenen Wegen hergeleitete Ergebnis sagt ganz allgemein aus:

Jeder Form von Energie W ist eine Masse m zugeordnet (und umgekehrt):

$$W = m\,c^2.$$

Der Ruhmasse m_0 eines Körpers muß die Ruhenergie $m_0\,c^2$ zugeordnet werden.

Diese Aussage, die EINSTEIN selbst für die wichtigste der aus der Relativitätstheorie hervorgegangenen Erkenntnisse hielt, ist allgemeiner, als es hier zunächst den Anschein hat. Es gibt z.B. kernphysikalische Prozesse, bei denen Energie erzeugt wird, die in Form von elektromagnetischer Strahlung, in Form von kinetischer Energie oder in Form von Wärme frei wird. Eine genaue Betrachtung zeigt dann, daß als Äquivalent für die erzeugte Energie W die Masse $m = \frac{W}{c^2}$ aus dem System verschwunden ist. Es ist daher notwendig, die beiden früher getrennt nebeneinander stehenden Grundgesetze aller Naturwissenschaften, das Gesetz von der Erhaltung der Energie und das Gesetz von der Erhaltung der Masse, zu einem einzigen Gesetz zu verbinden. Wenn z.B. im vorhergehenden Abschnitt zur relativistischen Massenveränderlichkeit das Gesetz von der Erhaltung der Masse für den von A beobachteten Stoßprozeß in der Form $m_1 + m_0 = M$ und nicht in der Form $m_0 + m_0 = 2\,m_0$ geschrieben wurde, so kommt darin ja bereits zum Ausdruck, daß die vorhandenen kinetischen Energien als Massenzuwachs in Rechnung gestellt werden. Man könnte aber auch umgekehrt alle Massen in Energien umrechnen und eine Energiebilanz aufstellen. Dieses Verfahren wird in der Elementarteilchenphysik hochenergetischer Teilchen häufig benutzt. Als EINSTEIN zuerst durch rein theoretische Betrachtungen den Zusammenhang zwischen Masse und Energie entdeckte, glaubte er nicht, daß diese Erkenntnisse noch zu seinen Lebzeiten physikalisch oder technisch realisiert werden könnten. Um so bewundernswerter ist seine geistige Leistung, welche die Voraussetzung für die *Energieversorgung durch Kernkraftwerke* bildet.

Durch die Erkenntnis der Äquivalenz von Masse und Energie wurde auch ein viele Jahrzehnte offenes Problem seiner Lösung zugeführt. Die Sonne strahlt soviel Energie in den kosmischen Raum ab, daß sie nach Berechnungen, die nur von dem Wärmevorrat der Sonne ausgingen, schon längst hätte erkaltet sein müssen. Heute weiß man, daß *Kernfusionsprozesse*, die mit Massenverlust verbunden sind, den Sonnenofen in Betrieb halten. Die ausgestrahlte elektromagnetische Energie entspricht nach der EINSTEIN-Formel $5{,}2 \cdot 10^{11}$ kg Massenverlust pro Minute. Da die Sonne aber mehr als 10^{30} kg Masse besitzt, wird es etwa 10^{11} Jahre dauern, bis sie etwa 1 % ihrer Masse verloren hat. Zum Vergleich beachte man, daß nach Schätzungen der Astrophysiker das Alter der Sternsysteme zwischen 10^9 und 10^{10} Jahren liegt. Auf diese Zusammenhänge wird bei der Behandlung der Kernphysik näher eingegangen.

Wenn elektromagnetische Strahlung auf eine Fläche auftrifft, so übt sie auf diese Fläche einen geringen Druck aus. Theoretisch ergibt sich der *Strahlungsdruck* sowohl nach der MAXWELL-Theorie der elektromagnetischen Wellen als auch nach der Relativitätstheorie. Wir leiten die Größe des Drucks aus der letzteren her.

Da die Strahlungsenergie W die Eigenschaften einer strömenden Masse $m=\frac{W}{c^2}$ besitzt, enthält sie auch einen Impuls. Der Impuls ist als Produkt aus Masse und Geschwindigkeit definiert, er ist daher in diesem Fall $mc=\frac{W}{c}$. Wird der Impuls von einer absolut schwarzen Fläche während der Bestrahlungszeit t vollkommen aufgenommen, so ist das Produkt aus der dabei auf die Fläche A ausgeübten Kraft F und der Zeit t dem Impuls gleich: $Ft=\frac{W}{c}$. Der Druck ergibt sich als Quotient aus der Kraft F und der Fläche A, auf welche die Kraft senkrecht wirkt:

$$p=\frac{F}{A}=\frac{W}{c \cdot A \cdot t}.$$

Die Sonne strahlt auf einen Quadratmeter der Erdoberfläche pro Sekunde die Energie $W=1{,}35 \cdot 10^3$ J ein. Daraus ergibt sich der Strahlungsdruck zu

$$p=\frac{1{,}35 \cdot 10^3 \text{ J}}{3 \cdot 10^8 \frac{\text{m}}{\text{s}} \cdot 1 \text{ m}^2 \cdot 1 \text{ s}}=0{,}45 \cdot 10^{-5} \text{ Pa}.$$

Mit der Umrechnung: $1 \text{ bar}=10^5$ Pa, $1 \text{ Mikrobar}=10^{-6}$ bar erhält man daher für den Strahlungsdruck: $p=0{,}45 \cdot 10^{-4}$ Mikrobar. Zum Vergleich: Der normale Luftdruck beträgt 10^6 Mikrobar.

Der Strahlungsdruck konnte als *Lichtdruck des Sonnenlichtes* in der theoretisch berechneten Größe von P. N. LEBEDEW (1866–1912) experimentell nachgewiesen werden.

7.2.10 Die Lorentz-Kraft

In der Elektrizitätslehre haben wir den engen Zusammenhang zwischen elektrischen und magnetischen Erscheinungen kennengelernt. Insbesondere ergab sich für die Kraft auf eine elektrische Ladung Q, die sich senkrecht zu den Feldlinien eines Magnetfeldes der magnetischen Flußdichte B mit der Geschwindigkeit v bewegt, die LORENTZ-Kraft

$$F=QvB,$$

deren Richtung senkrecht zur Feldrichtung und senkrecht zur Bewegungsrichtung der Ladung liegt. Die Tatsache, daß nur auf bewegte Ladungen die LORENTZ-Kraft wirkt, legt die Möglichkeit einer relativistischen Deutung der LORENTZ-Kraft nahe. Wir denken uns dazu nach Abb. 713.1a ein langes Rohr, in dem einfach geladene positive Ionen von unten nach oben und Elektronen von oben nach unten fliegen. Die Abb. 713.1b zeigt einen vergrößerten Ausschnitt aus dem Rohr.

Alle Ladungsträger haben gleich große Ladung, nämlich eine positive oder negative Elementarladung. Außerdem fordern wir in diesem Gedankenversuch, daß die Geschwindigkeitsbeträge und die Ladungsträgerdichten für die positiven und die negativen Ladungsträger gleich groß sind.

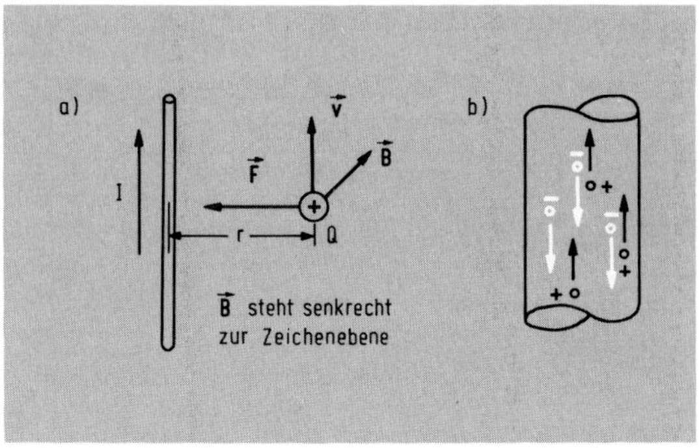

Abb. 713.1 Auf eine parallel zu einem Stromrohr bewegte elektrische Ladung wirkt die LORENTZ-Kraft.

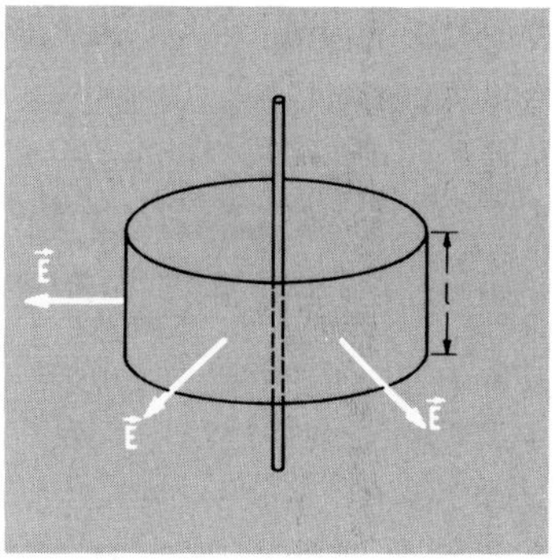

Abb. 713.2 Zylinder mit eingeschlossener Ladung zur Berechnung des elektrischen Flusses

Wie beschreibt ein relativ zum Rohr im Abstand r ruhender Beobachter, den wir A nennen wollen, diesen Vorgang? Er stellt fest, daß an seinem Ort auf eine Ladung Q, die sich mit der Geschwindigkeit v parallel zum Rohr bewegt, eine Kraft F wirkt. Diese Kraft interpretiert er als LORENTZ-Kraft

$$F = Q v B$$

auf die bewegte Ladung Q in einem Magnetfeld der magnetischen Flußdichte B, das durch die im Rohr strömenden Ladungen verursacht wird.

Auf ein Rohrstück der Länge l mögen z positive und z negative Ladungsträger entfallen. Die positiven Ladungsträger besitzen die Geschwindigkeit u, die negativen die Geschwindigkeit $-u$ relativ zum Rohr. Wenn alle Ladungsträger sich in der Zeit t um ein Stück l bewegt haben, gilt $u = \frac{l}{t}$ bzw. $t = \frac{l}{u}$. In dieser Zeit ist sowohl die positive Ladung ze als auch die negative Ladung $-ze$ durch das Leiterstück l geflossen. Die Stromstärke I ergibt sich daher zu

$$I = \frac{2ze}{t} = \frac{2zeu}{l}.$$

Die magnetische Flußdichte B um einen praktisch unendlich langen Leiter mit der Stromstärke I beträgt im Abstand r vom Leiter

$$B = \mu_0 \cdot \frac{I}{2\pi r} \qquad \text{(vgl. S. 487).}$$

Der Beobachter A mißt daher als LORENTZ-Kraft

$$\begin{aligned} F &= Q v B \\ &= \frac{Q v \mu_0 I}{2\pi r} \\ &= \frac{\mu_0 Q v z e u}{\pi r l}. \end{aligned}$$

Bevor wir uns der Beschreibung desselben Vorganges durch einen mit der Ladung Q mitbewegten bzw. relativ zur Ladung Q ruhenden Beobachter B zuwenden, berechnen wir die elektrische Feldstärke E, die sich im Abstand r vom Rohr ergeben würde, wenn nur die positiven oder nur die negativen Ladungsträger im Rohr ruhend vorhanden wären. Da das Rohr als unendlich lang gedacht wird, ist die Richtung der elektrischen Feldstärke radial, d.h., die Feldlinien stehen senkrecht auf dem Rohr. Um die Größe der Feldstärke zu ermitteln, denken wir uns einen Zylinder mit dem Radius r und der Höhe l um das Rohr gelegt, in dessen Achse das Rohr verläuft (Abb. 713.2).

In der Elektrostatik (S. 422) erhielten wir die Aussage, daß der elektrische Fluß

$$\Psi = \varepsilon_0 \cdot \sum E_\mathrm{N} \cdot \Delta A$$

gleich der umschlossenen Ladung ist. In diesem speziellen Fall erhalten wir:

$$\varepsilon_0 \cdot E \cdot 2\pi r l = z \cdot e.$$

Die positiven Ladungen verursachen im Abstand r die Feldstärke

$$E = \frac{z e}{2\pi \varepsilon_0 r l},$$

die negativen Ladungen eine gleich große Feldstärke mit entgegengesetzter Feldrichtung. Sind die Ladungsträger beider Sorten anwesend, so heben sich die Felder gegenseitig auf; der Beobachter A stellt kein elektrisches Feld fest. Das gilt für ihn auch dann noch, wenn die positiven und negativen Ladungsträger mit gleich großen, aber entgegengesetzten Geschwindigkeiten durch das Rohr strömen.

Der Beobachter B, der mit der Ladung Q parallel zum Rohr fliegt, muß den Bewegungszustand der im Rohr strömenden Ladungen anders beurteilen. Die Ladungsträger erhalten aus seiner Sicht noch die Geschwindigkeit $-v$, die er relativistisch zu den Geschwindigkeiten u und $-u$ addieren muß. Für B ist die Geschwindigkeit der positiven Ladungsträger

$$u'_\mathrm{p} = \frac{u - v}{1 - \dfrac{u v}{c^2}}$$

und die Geschwindigkeit der negativen Ladungsträger

$$u'_\mathrm{n} = \frac{-u - v}{1 + \dfrac{u v}{c^2}}.$$

Dadurch erhält B verschiedene Werte für die Ladungsträgerdichten. Da die positiven Ladungen sich relativ zu B mit der Geschwindigkeit u'_p bewegen, verringert sich ihr Abstand wegen der relativistischen Längenkontraktion auf das

$$\sqrt{1 - \frac{(u'_\mathrm{p})^2}{c^2}}\text{-fache}.$$

Die Ladungsträgerdichte der positiven Ladungen muß sich daher mit dem Faktor

$$\frac{1}{\sqrt{1 - \dfrac{(u'_\mathrm{p})^2}{c^2}}}$$

vergrößern. Entsprechend erhält man für die relativistische Veränderung der Ladungsträgerdichte der negativen Ladungen den Faktor

$$\frac{1}{\sqrt{1 - \dfrac{(u'_\mathrm{n})^2}{c^2}}}.$$

Aus der Sicht von B verursachen die positiven Ladungen im Abstand r die Feldstärke

$$E_\mathrm{p} = \frac{z e}{2\pi \varepsilon_0 r l} \cdot \frac{1}{\sqrt{1 - \dfrac{(u'_\mathrm{p})^2}{c^2}}}.$$

Der Feldvektor zeigt vom Rohr radial nach außen.

Die negativen Ladungen verursachen dagegen die Feldstärke

$$E_{\mathrm{n}} = \frac{z\,e}{2\pi\,\varepsilon_0\,r\,l} \cdot \frac{1}{\sqrt{1 - \frac{(u'_{\mathrm{n}})^2}{c^2}}}$$

mit entgegengesetzter Feldrichtung. Wirksam bleibt die Feldstärke

$$E = E_{\mathrm{n}} - E_{\mathrm{p}},$$

deren Feldvektor auf das Rohr gerichtet ist. Wir erhalten:

$$E = \frac{z\,e}{2\pi\,\varepsilon_0\,r\,l} \cdot \left(\frac{1}{\sqrt{1 - \frac{(u'_{\mathrm{n}})^2}{c^2}}} - \frac{1}{\sqrt{1 - \frac{(u'_{\mathrm{p}})^2}{c^2}}} \right).$$

Wir formen zunächst den Wurzelausdruck

$$\sqrt{1 - \frac{(u'_{\mathrm{p}})^2}{c^2}} = \sqrt{1 - \frac{(u-v)^2}{c^2 \cdot \left(1 - \frac{u\,v}{c^2}\right)^2}}$$

um:

$$\sqrt{1 - \frac{(u-v)^2}{c^2 \cdot \left(1 - \frac{u\,v}{c^2}\right)^2}} = \frac{\sqrt{c^2 \cdot \left(1 - \frac{u\,v}{c^2}\right)^2 - (u-v)^2}}{c \cdot \left(1 - \frac{u\,v}{c^2}\right)}$$

$$= \frac{\sqrt{1 - \frac{2\,u\,v}{c^2} + \frac{u^2\,v^2}{c^4} - \frac{u^2}{c^2} + \frac{2\,u\,v}{c^2} - \frac{v^2}{c^2}}}{1 - \frac{u\,v}{c^2}}$$

$$= \frac{\sqrt{1 - \frac{u^2}{c^2} + \frac{u^2\,v^2}{c^4} - \frac{v^2}{c^2}}}{1 - \frac{u\,v}{c^2}}$$

$$= \frac{\sqrt{\left(1 - \frac{u^2}{c^2}\right) \cdot \left(1 - \frac{v^2}{c^2}\right)}}{1 - \frac{u\,v}{c^2}}.$$

Die Feldstärke E_{p} beträgt also

$$E_{\mathrm{p}} = \frac{z\,e}{2\pi\,\varepsilon_0\,r\,l} \cdot \frac{1 - \frac{u\,v}{c^2}}{\sqrt{\left(1 - \frac{u^2}{c^2}\right) \cdot \left(1 - \frac{v^2}{c^2}\right)}}.$$

Um die Feldstärke E_{n} zu berechnen, brauchen wir nur u durch $-u$ ersetzen und erhalten:

$$E_{\mathrm{n}} = \frac{z\,e}{2\pi\,\varepsilon_0\,r\,l} \cdot \frac{1 + \frac{u\,v}{c^2}}{\sqrt{\left(1 - \frac{u^2}{c^2}\right) \cdot \left(1 - \frac{v^2}{c^2}\right)}}.$$

Insgesamt ergibt sich daher

$$E=\frac{z\,e}{2\pi\,\varepsilon_0\,r\,l}\cdot\frac{\dfrac{2uv}{c^2}}{\sqrt{\left(1-\dfrac{u^2}{c^2}\right)\cdot\left(1-\dfrac{v^2}{c^2}\right)}}$$

$$=\frac{z\,e\,u\,v}{\pi\,\varepsilon_0\,r\,l\,c^2}\cdot\frac{1}{\sqrt{\left(1-\dfrac{u^2}{c^2}\right)\cdot\left(1-\dfrac{v^2}{c^2}\right)}}.$$

Für Geschwindigkeiten u und v, die klein gegenüber c sind, kann der ganze Wurzelausdruck gleich 1 gesetzt werden:

$$E=\frac{z\,e\,u\,v}{\pi\,\varepsilon_0\,r\,l\,c^2}.$$

Der Beobachter B stellt fest, daß auf die Ladung Q die elektrische Kraft $F_{el}=QE$ wirkt:

$$F_{el}=\frac{z\,e\,u\,v\,Q}{\pi\,\varepsilon_0\,r\,l\,c^2}.$$

Eine magnetische Kraft braucht B für die Beschreibung des Vorganges nicht.

Die letzte Gleichung läßt sich mit Hilfe des Zusammenhanges

$$c^2\cdot\varepsilon_0\cdot\mu_0=1 \qquad \text{(vgl. S. 545)}$$

zwischen der Lichtgeschwindigkeit und den Feldkonstanten umschreiben. Mit

$$\varepsilon_0\cdot c^2=\frac{1}{\mu_0}$$

erhalten wir

$$F_{el}=\frac{\mu_0\,Q\,v\,z\,e\,u}{\pi\,r\,l},$$

d.h. denselben Ausdruck wie für die LORENTZ-Kraft.

7.2.11 Abschließende Bemerkungen

Alle Aussagen, die in den vorangegangenen Abschnitten gemacht wurden, beziehen sich auf den Spezialfall relativ zueinander bewegter Inertialsysteme. Deshalb heißt dieser Teil der Relativitätstheorie auch die *spezielle Relativitätstheorie.* Die Grundgedanken dazu veröffentlichte EINSTEIN 1905 in seiner Arbeit „Zur Elektrodynamik bewegter Körper". Später versuchte EINSTEIN über die Einschränkungen der speziellen Relativitätstheorie hinauszukommen und das Prinzip der Gleichberechtigung der Beobachter in der *allgemeinen Relativitätstheorie* auch auf beschleunigte Bezugssysteme zu erweitern. Eine Theorie, die das leistet, muß die *Wirkung von Gravitationsfeldern* in ihre Betrachtungen einbeziehen. Ein Beobachter, der sich in einem konstant beschleunigten Raum ohne Kontakt zur Außenwelt befindet, kann nämlich nicht entscheiden, ob er sich in einem beschleunigten System oder ruhend in einem Gravitationsfeld befindet. EINSTEIN entwickelte in diesem Zusammenhang eine neue Gravitationstheorie, nach der sich auch Gravitationswirkungen im Gegensatz zur Auffassung NEWTONS nicht schneller als mit Lichtgeschwindigkeit ausbreiten können.

Innerhalb der speziellen Relativitätstheorie haben wir die enge Verzahnung zwischen Experiment und Theorie kennengelernt. Prüfstein für eine verallgemeinerte Theorie muß wieder die der Messung zugängliche Erfahrung sein. Leider sind aber die Schwierigkeiten für den experimentell arbeitenden Physiker diesbezüglich noch größer als innerhalb der speziellen Relativitätstheorie. Es lassen sich kaum Laboratoriumsexperimente ersinnen, mit denen die Aussagen der allgemeinen Relativitätstheorie nachgeprüft werden können. Mit Hilfe eines 1957 von R. L. MÖSSBAUER (geb. 1929) entdeckten Effektes der Kernphysik konnte allerdings ein solches Experiment durchgeführt werden. Vorher hatte man sich zur Überprüfung der allgemeinen Relativitätstheorie astronomischen Beobachtungen zugewandt. Die Schwierigkeiten bei der Auswertung solcher Beobachtungen liegen einmal in der Geringfügigkeit der zu erwartenden Effekte und zum anderen in der Überlagerung der relativistischen Effekte durch andere, nichtrelativistische Effekte. Trotzdem konnte man zwei astronomische Effekte finden, die für die Gültigkeit der allgemeinen Relativitätstheorie sprechen. Es handelt sich um die Periheldrehung der Merkurbahn und um die Lichtablenkung im Gravitationsfeld der Sonne.

Wir wenden uns nun im einzelnen den drei genannten Effekten zu.

1. Uhren im Gravitationsfeld

Als Uhr kann man jede Anordnung benutzen, die einem zeitlich periodischen Ablauf unterliegt oder einen solchen erzeugt. Im folgenden werden jedoch nicht solche Uhren betrachtet, deren Konstruktion auf der Erdanziehung beruht (Schwerependeluhr, Sanduhr). Ideal im Sinne unserer Betrachtungen sind Atome, die Licht ausstrahlen. Wir denken uns zwei gleichartige Atome mit gleichem Ausstrahlungsprozeß an den Orten P_1 und P_2 mit den Gravitationspotentialen V_1 bzw. V_2. Es soll $V_2 > V_1$ sein, d.h. bezüglich der Erde, daß der Ort P_2 höher über der Erdoberfläche liegt als der Ort P_1. Ein Beobachter, der sich am Ort des Licht ausstrahlenden Atoms befindet, stellt fest, daß ein Wellenzug aus N Wellen mit der Frequenz ν in der Zeitspanne Δt ausgestrahlt wird. Der Beobachter in P_2 mißt für den Wellenzug „seines" Atoms also die Frequenz ν, für den am Ort P_1 ausgestrahlten Wellenzug jedoch die kleinere Frequenz ν'. Er schließt daraus, daß der Wellenzug am Ort P_1 in der Zeitspanne $\Delta t'$ ausgestrahlt wurde.

Da $N = \nu \cdot \Delta t = \nu' \cdot \Delta t'$ ist, gilt $\Delta t' = \frac{\nu}{\nu'} \cdot \Delta t$, also $\Delta t' > \Delta t$. Der Ausstrahlungsvorgang in P_1 erforderte aus der Sicht des Beobachters in P_2 also eine längere Zeitspanne. Dazu sagt man kurz:

Eine Uhr geht am Ort mit niedrigerem Gravitationspotential langsamer als eine Vergleichsuhr am Ort mit höherem Gravitationspotential.

Die allgemeine Relativitätstheorie liefert für die relative Frequenzdifferenz die Beziehung

$$\frac{\nu - \nu'}{\nu} = \frac{V_2 - V_1}{c^2}.$$

Das Gravitationspotential der Erde ist

$$V = -G\frac{m_E}{r}.$$

G = Gravitationskonstante,
m_E = Masse der Erde,
r = Abstand vom Erdmittelpunkt.

Damit erhalten wir

$$\frac{\nu - \nu'}{\nu} = \frac{G m_E}{c^2}\left(\frac{1}{r_1} - \frac{1}{r_2}\right).$$

Zur Abschätzung der Größe der relativen Frequenzdifferenz wählen wir $r_1 = r_E$ und $r_2 = r_E + 10$ m, wobei mit r_E der Radius der Erde bezeichnet wird. Mit den bekannten Größen G, c, m_E und r_E erhält man

$$\frac{\nu - \nu'}{\nu} \approx 10^{-15}.$$

Angesichts dieses kleinen Wertes tritt folgende Schwierigkeit auf. Jede Spektrallinie besitzt eine gewisse Breite. Wenn von Atomen eines glühenden Körpers Licht mit der Frequenz ν_0 abgestrahlt wird, so enthält das Spektrum dieses Lichtes eine Spektrallinie mit der Frequenzbreite von $\nu_0 - \Delta\nu$ bis $\nu_0 + \Delta\nu$. Die Spektrallinie ist also nicht unendlich schmal. Die Unschärfe beruht vor allem auf dem Doppler-Effekt der thermisch bewegten Atome und auf der Stoßdämpfung bei dem Zusammenstoß strahlender Atome. Durch den Stoß wird die Ausstrahlung vorzeitig abgebrochen, der ausgestrahlte Wellenzug verkürzt und damit die Spektrallinie verbreitert.Ohne auf Einzelheiten näher einzugehen sei an dieser Stelle mitgeteilt, daß mit normalen Spektrallinien der Nachweis der Frequenzverschiebung im Gravitationsfeld nicht zu führen ist, weil die Spektrallinien viel zu breit sind. Wenn man geringfügige Frequenzdifferenzen messen will, darf die Breite der Spektrallinien nicht so groß sein, daß sie den zu messenden Effekt überdeckt.

Mössbauer hat ein Verfahren gefunden, mit dem man so schmale Spektrallinien gewinnen kann, daß eine Messung der relativen Frequenzdifferenz in der Größenordnung 10^{-15} möglich ist. Er benutzte dazu nicht das sichtbare Licht, sondern die Gammastrahlung von radioaktiv angeregten Atomkernen. Entscheidend bei diesem Verfahren ist, daß die Atome in einem Kristallgitter eingebaut sind. Die oben genannten Effekte, die zu einer breiten Spektrallinie führen, können auf diese Weise unterdrückt werden. Mit dem Einbau der strahlenden Atomkerne in ein Kristallgitter wird auch noch der letzte wesentliche Störeffekt beseitigt. Die Abstrahlung eines Wellenzuges oder, im Teilchenbild betrachtet, eines sog. Gammaquants gibt einen Rückstoß auf den emittierenden Kern. Bei frei beweglichen Kernen nimmt der Kern dadurch Energie auf, die der abgestrahlten Energie dann fehlt. Das führt wiederum zu einer Unschärfe der Spektrallinie. Sind dagegen die Kerne in ein Kristallgitter eingebaut, so erfolgt bei hinreichend tiefer Temperatur der Rückstoß nicht auf den einzelnen Kern, sondern auf das ganze Gitter. Dies bewirkt infolge der vergleichsweise riesigen Masse des Kristallgitters gegenüber dem Einzelkern, daß der Rückstoßeffekt praktisch nicht zur Wirkung kommt und somit die Spektrallinie äußerst schmal bleibt. Man bezeichnet die rückstoßfreie Emission oder auch Absorption als MÖSSBAUER-Effekt.

Nach der Methode MÖSSBAUERS ergeben sich Spektrallinien, die um den Faktor 10^{-8} schmaler sind als die üblichen Spektrallinien des sichtbaren Lichtes. Mit derart scharfen Linien konnten POUND und REBKA die Beziehung

$$\frac{\nu-\nu'}{\nu}=\frac{G\,m_{\mathrm{E}}}{c^2}\left(\frac{1}{r}-\frac{1}{r}\right)$$

bestätigen. Das Experiment wurde im Turm der Harvard-University bei einem Abstand $r_2-r_1=22{,}6\ \mathrm{m}$ in vertikaler Anordnung mit Hilfe von Gammastrahlen des Eisennuklids ${}^{57}_{26}\mathrm{Fe}$ durchgeführt. Mit den bekannten Größen der rechten Seite der oben angeführten Gleichung erhält man den theoretischen Wert $2{,}48\cdot 10^{-15}$. Für die linke Seite der Gleichung ergab die Auswertung der Messungen den Wert $2{,}56\cdot 10^{-15}$, so daß man von einer guten Bestätigung der Theorie sprechen darf.

2. Die Periheldrehung der Merkurbahn

Merkur ist der sonnennächste Planet unseres Planetensystems. Nach den KEPLER-Gesetzen der Planetenbewegung bewegt sich Merkur auf einer Ellipse um die Sonne. Langjährige Beobachtungen des Merkur zeigen, daß die große Achse der Ellipse nicht festliegt, sondern eine langsame Drehung erfährt. Mit *Perihel* bezeichnet man den sonnennächsten Punkt einer Planetenbahn. Wenn sich nun die Planetenbahnachse, auf der die Sonne liegt, um die Sonne dreht, so beschreibt das Perihel dabei einen Kreis um die Sonne. In diesem Sinne spricht man von der *Perihelbewegung* oder *Periheldrehung*. Die Bewegung des Planeten auf einer Ellipse und die Perihelbewegung überlagern sich, so daß der Planet insgesamt im Laufe der Zeit eine Rosettenbahn durchläuft.

Der Hauptanteil der Periheldrehung der Merkurbahn kommt durch die Gravitationswirkungen der anderen Planeten auf den Merkur zustande. Die Berechnung dieser Periheldrehung in Anwendung der Himmelsmechanik NEWTONS ergibt den Winkel 5557,62″ pro Jahrhundert. Beobachtet wird dagegen der größere Wert von 5600,73″ pro Jahrhundert. Die Differenz von 43,11″ pro Jahrhundert konnte erst 1915 als relativistischer Effekt gedeutet werden.

Aus der allgemeinen Relativitätstheorie ergibt sich durch hier nicht weiter zu erörternde Herleitungen für den Winkel δ (im Bogenmaß) des relativistischen Anteils der Periheldrehung während eines Umlaufs des Planeten auf seiner Ellipsenbahn die Beziehung

$$\delta=24\pi^3\,\frac{a^2}{T^2\,c^2\,(1-\varepsilon^2)}$$

mit

$$\varepsilon=\sqrt{a^2-\frac{b^2}{a^2}}\,.$$

a = große Halbachse der Ellipse,
b = kleine Halbachse der Ellipse,
ε = Exzentrizität der Ellipse,
T = Umlaufzeit des Planeten,
c = Lichtgeschwindigkeit.

Da die Größen in der rechten Seite der Gleichung bekannt sind, läßt sich δ berechnen. Die Durchführung der Rechnung liefert eine vollständige Übereinstimmung mit der Beobachtung. Damit ist zugleich erwiesen, daß die Gravitationstheorie NEWTONS als eine Näherung der präziseren Gravitationstheorie EINSTEINS zu gelten hat. Andererseits zeigt die Geringfügigkeit des Effektes der Periheldrehung, wie leistungsfähig das Gravitationsgesetz NEWTONS ist.

Die moderne Entwicklung auf dem Gebiet der Weltraumtechnik läßt hoffen, daß die relativistische Periheldrehung auch mit künstlichen Satelliten gemessen werden kann.

3. Die Lichtablenkung im Gravitationsfeld der Sonne

Eine weitere Folgerung aus der allgemeinen Relativitätstheorie besteht in der Aussage, daß Lichtstrahlen von einem Gravitationsfeld abgelenkt werden, wenn sie die Gravitationsfeldlinien schneiden. Ein Beobachter, der während einer totalen Sonnenfinsternis Sterne sieht, die ihr Licht an der Sonne vorbei zur Erde senden, wird über die wahre Lage der Sterne getäuscht. Er sieht die Winkelabstände der Sterne vergrößert, weil das Auge den Eindruck vermittelt, die Sterne befänden sich in den Richtungen der geradlinigen Verlängerungen der in die Augenlinse eintretenden Lichtstrahlen. Der Effekt ist in Wirklichkeit außerordentlich klein. Es handelt sich um Ablenkungswinkel in der Größenordnung von etwa $\frac{1}{2000}$ Grad. Unter einem solchen Winkel würde man z.B. eine kleine Geldmünze in 1 km Entfernung sehen.

Auch ohne Kenntnis der allgemeinen Relativitätstheorie ist einzusehen, daß eine Ablenkung des Lichtes in der Nähe eines Himmelskörpers eintreten muß. Gebraucht man zur Betrachtung das durch die Lichtquantentheorie revidierte Korpuskelbild des Lichtes, so lassen sich die Lichtkorpuskeln als Energieportionen W auffassen. Nach den Ausführungen auf S. 711 ist der Energie W die Masse $m=\frac{W}{c^2}$ äquivalent. Wie jede andere Masse muß auch diese Masse der Gravitationswirkung unterliegen, d.h. von der Masse des Himmelskörpers angezogen werden. Insgesamt ergibt sich dadurch ein gekrümmter Lichtweg. Aufgrund der allgemeinen Relativitätstheorie konnte EINSTEIN zeigen, daß die Massenanziehung aber nur den halben Ablenkungseffekt bewirkt. Die exakte Theorie muß noch die *nichteuklidische Struktur des Weltraums* berücksichtigen; sie liefert den Ablenkungswinkel

$$\delta=\frac{4Gm}{c^2 d}.$$

G = Gravitationskonstante,
m = Masse des Himmelskörpers,
c = Lichtgeschwindigkeit,
d = Abstand des unabgelenkt gedachten, geradlinigen Lichtstrahls vom Mittelpunkt des Himmelskörpers.

Für den Sonderfall der Sonne mit der Masse m_S und für Strahlen, die unmittelbar am Sonnenrand ($d=r_S$ = Radius der Sonne) vorbeigehen, erhält man

$$\delta=\frac{4Gm_S}{c^2 r_S}.$$

Mit den bekannten Größen G, c, m_S und r_S ergibt sich der Ablenkungswinkel $\delta=1{,}74''$.

Die Messung des Ablenkungswinkels mußte für die experimentelle Bestätigung der allgemeinen Relativitätstheorie von großer Bedeutung sein. Sie konnte natürlich nur bei totalen Sonnenfinsternissen vorgenommen werden, die sich leider nicht häufig in günstigen Beobachtungsorten der Erde ereignen. Man verfährt praktisch so, daß während der Finsternis die verdeckte Sonne mit dem Hintergrund des sichtbar werdenden Sternenhimmels fotografiert wird. Zum Vergleich benötigt man eine zweite Aufnahme, welche die Sternpositionen der gleichen Sterne während der Nacht zeigt. Das Licht der Sterne gelangt dann ohne die Gravitationseinwirkung der Sonne geradlinig zum Beobachter. Die Vergleichsaufnahme muß etwa ein halbes Jahr später gemacht werden.

Wie wichtig den Physikern und Astronomen der geschilderte Sachverhalt ist, erkennt man an der Vielzahl der Expeditionen. Wir führen in einer Tabelle einige Ergebnisse und die Jahreszahlen der Sonnenfinsternisexpeditionen auf:

Jahr der Sonnenfinsternis	*Gemessene Ablenkung*
1919	1,98″
1919	1,61″
1922	1,78″
1922	1,77″
1929	1,75″
1947	2,01″
1952	1,70″

Aus den Meßergebnissen zieht man zwei Schlußfolgerungen. Zunächst steht außer Zweifel, daß bei allen Beobachtungen eine Ablenkung des Lichtes durch die Sonne festgestellt wird. Weiterhin zeigt sich aber auch mit Sicherheit, daß die durchschnittliche Größe der Ablenkung nur mit Hilfe der allgemeinen Relativitätstheorie gedeutet werden kann. Lichtablenkung, die sich allein aufgrund der Massenanziehung zwischen Sonne und Lichtquanten ergibt, hätte im Widerspruch zu den Meßergebnissen den Ablenkungswinkel $\delta = 0{,}87''$ erbringen müssen.

Wir schließen die Ausführungen zur Relativitätstheorie mit zwei Übungsbeispielen ab.

Beispiele

1. Das S'-System hat relativ zum S-System die Geschwindigkeit $v = 0{,}6\,\mathrm{c}$. Im Zeitpunkt der Raum-Zeit-Koinzidenz der Koordinatenanfangspunkte von S und S' werden die Uhren auf $t = t' = 0$ gestellt.

Es finden zwei Ereignisse statt. Das erste Ereignis wird in S zur Zeit $t_1 = 2 \cdot 10^{-7}$ s am Ort $x_1 = 50$ m beobachtet, das zweite Ereignis in S' zur Zeit $t'_2 = 3{,}5 \cdot 10^{-7}$ s am Ort $x'_2 = -55$ m.

Welche Zeit verging im S-System bzw. im S'-System zwischen den beiden Ereignissen?

Mit $v = 0{,}6\,\mathrm{c}$ erhält man

$$\sqrt{1 - \frac{v^2}{c^2}} = \tfrac{4}{5}.$$

Die LORENTZ-Transformationen liefern:

$$t'_1 = \frac{2 \cdot 10^{-7}\,\mathrm{s} - \dfrac{3 \cdot 50\,\mathrm{m}}{5 \cdot 3 \cdot 10^8\,\mathrm{m\,s^{-1}}}}{\frac{4}{5}} = 1{,}25 \cdot 10^{-7}\,\mathrm{s},$$

$$t_2 = \frac{3{,}5 \cdot 10^{-7}\,\mathrm{s} + \dfrac{3 \cdot (-55\,\mathrm{m})}{5 \cdot 3 \cdot 10^8\,\mathrm{m\,s^{-1}}}}{\frac{4}{5}} = 3 \cdot 10^{-7}\,\mathrm{s}.$$

Die Zeit zwischen den Ereignissen ist

im S-System: $t_2 - t_1 = 3 \cdot 10^{-7}\,\mathrm{s} - 2 \cdot 10^{-7}\,\mathrm{s} = 1 \cdot 10^{-7}\,\mathrm{s}$,

im S'-System: $t'_2 - t'_1 = 3{,}5 \cdot 10^{-7}\,\mathrm{s} - 1{,}25 \cdot 10^{-7}\,\mathrm{s} = 2{,}25 \cdot 10^{-7}\,\mathrm{s}$.

2. Ein Plattenkondensator mit der Plattenfläche $A = 600\,\mathrm{cm}^2$ und dem Plattenabstand $d = 2$ mm wird durch Berühren mit einer Spannungsquelle von $U = 500$ V geladen. Wie groß ist sein Massenzuwachs?

Durch den Ladevorgang werden Elektronen der einen Platte auf die andere Platte transportiert. Es fließt daher keine zusätzliche Ladung in den Kondensator ein. Der Massenzuwachs kann sich nur durch die elektrische Feldenergie, die der Kondensator aufnimmt, ergeben.

Die elektrische Feldenergie berechnet sich aus der elektrischen Feldstärke

$$E = \frac{U}{d} \quad \text{zu} \quad W = \tfrac{1}{2} \cdot \varepsilon_0 \cdot E^2 A d = \frac{\varepsilon_0 \cdot U^2 A}{2d}.$$

Dieser Energie kommt die Eigenschaft einer Masse m in der Größe

$$m = \frac{W}{c^2} = \frac{\varepsilon_0 \cdot U^2 A}{2 d c^2} \quad \text{zu}.$$

Mit $\varepsilon_0 = 8{,}85 \cdot 10^{-12}\,\mathrm{A\,s\,V^{-1}\,m^{-1}}$, $U = 500$ V, $A = 6 \cdot 10^{-2}\,\mathrm{m}^2$, $d = 2 \cdot 10^{-3}$ m, $c = 3 \cdot 10^8\,\mathrm{m\,s^{-1}}$ ergibt sich:

$$m = \frac{8{,}85 \cdot 10^{-12}\,\mathrm{A\,s\,V^{-1}\,m^{-1}} \cdot 2{,}5 \cdot 10^5\,\mathrm{V}^2 \cdot 6 \cdot 10^{-2}\,\mathrm{m}^2}{2 \cdot 2 \cdot 10^{-3}\,\mathrm{m} \cdot 9 \cdot 10^{16}\,\mathrm{m^2\,s^{-2}}}$$

$$= 3{,}7 \cdot 10^{-22}\,\mathrm{kg}.$$

Weitere Aufgaben: Siehe O. HÖFLING, Physik-Aufgaben II/2.

8. Quanten und Atome

8.1 Die Grundlagen der Quantenphysik

8.1.1 Allgemeine Vorbetrachtungen

Zu Beginn unseres Jahrhunderts machte die Physik den Eindruck innerer Geschlossenheit und Vollkommenheit. Im Laufe des bisherigen Unterrichtes haben wir ein Bild dieser Wissenschaft zu zeichnen versucht und dabei erkannt, daß das *Gedankengebäude der klassischen Physik* im wesentlichen von drei Säulen getragen wurde:

der klassischen Mechanik,
der Elektrodynamik und
der Thermodynamik.

Jede der damals bekannten physikalischen Erscheinungen ließ sich in einen dieser Bereiche einordnen und war aufgrund der hier geltenden Naturgesetze in ihrem Ablauf übersehbar. Es hatte sich die Überzeugung durchgesetzt, daß es genüge, den Zustand eines physikalischen Systems zu einem bestimmten Zeitpunkt in allen Einzelheiten zu kennen, um den weiteren Ablauf der Ereignisse in diesem System für alle Zukunft vorausberechnen zu können. Die Situation der damaligen Physik wird treffend durch ein Jugenderlebnis des Physikers M. PLANCK (1858 – 1947) charakterisiert. Als dieser nämlich 1874 mit kaum 16 Jahren die Reifeprüfung abgelegt hatte, war er sich bei seinen vielseitigen Interessen und seiner umfassenden Begabung nicht klar darüber, ob er Musik, Altphilologie oder Physik studieren sollte. Er wandte sich damals an den Münchner Physiker PH. V. JOLLY (1809 – 1884), um sich nach den Aussichten des Physikstudiums zu erkundigen. JOLLY riet ihm vom Studium der Physik ab und begründete diesen Rat damit, daß sich das Physikstudium eigentlich nicht mehr lohne, weil in der Physik alle wesentlichen Probleme abschließend erforscht seien und es nur noch einige Lücken auszufüllen und unbedeutende Kleinarbeit in Randgebieten zu verrichten gäbe. Trotz dieser Auskünfte ließ sich PLANCK jedoch nicht entmutigen, sondern er entschloß sich zum Studium der Physik. Er wurde später zu einem der Begründer jenes großen Gedankengebäudes, das man als *Quantenphysik* bezeichnet. Wir werden uns in den folgenden Abschnitten näher damit beschäftigen. Wir beginnen, indem wir uns einige experimentelle Erfahrungen aus dem früheren Unterricht in die Erinnerung zurückrufen.

8.1.2 Der lichtelektrische Effekt

Die früher geschilderten physikalischen Eigenschaften des Lichtes lassen es zu, daß alle bei der *Lichtausbreitung* feststellbaren Erscheinungen mit Hilfe des Wellenmodelles interpretiert werden können. Wir haben dabei erkannt, daß das Licht nur einen schmalen Ausschnitt aus dem weiten Bereich der elektromagnetischen Wellen darstellt und daß diese vollständig beschrieben werden können, indem man an jeder Stelle des Raumes den elektrischen und den magnetischen Feldvektor als Funktion der Zeit angibt. Im folgenden geht es nun um diejenigen Vorgänge, die sich bei der *Wechselwirkung einer elektromagnetischen Strahlung mit Materie* abspielen.

Zu diesen Erscheinungen gehört der früher behandelte *lichtelektrische Effekt* oder *Fotoeffekt* (S. 587). Er weist die folgenden wesentlichen Eigenschaften auf, die schon von dem deutschen Physiker PH. LENARD (1862 – 1947) entdeckt worden sind:

Wenn Licht mit genügend kleiner Wellenlänge oder genügend großer Frequenz auf eine Metallplatte fällt, so werden aus dieser Elektronen herausgelöst, die man als *Fotoelektronen* bezeichnet. Die Fotoelektronen verlassen das Metall mit einer ganz bestimmten Energie, die von der Wellenlänge bzw. der Frequenz des eingestrahlten Lichtes abhängt. Die Wellenlänge bzw. die Frequenz, bei der der Fotoeffekt gerade einsetzt, werden als die *Grenzwellenlänge* bzw. als die *Grenzfrequenz* bezeichnet. Sie sind für die einzelnen Metalle verschieden und hängen auch von deren Reinheitsgrad und von der Beschaffenheit der Oberfläche ab. Im einzelnen zeigt die Erfahrung:

1. Die Aussendung der Fotoelektronen setzt unmittelbar nach dem Lichteinfall ein. Eine Zeitdifferenz zwischen den beiden Ereignissen konnte experimentell nicht festgestellt werden.

2. Der lichtelektrische Effekt tritt nur ein, wenn die Wellenlänge des eingestrahlten Lichtes kleiner als die Grenzwellenlänge bzw. wenn die Frequenz des eingestrahlten Lichtes größer als die Grenzfrequenz des Metalles ist.

3. Die Anzahl der in einem bestimmten Zeitintervall Δt ausgelösten Fotoelektronen ist der Beleuchtungsstärke proportional.

4. Die Energie der ausgelösten Elektronen ist von der Beleuchtungsstärke unabhängig.

5. Die Energie der ausgelösten Elektronen hängt bei einem bestimmten Metall nur von der Frequenz des eingestrahlten Lichtes ab, und zwar nimmt die Energie der Fotoelektronen stets linear mit der Frequenz des Lichtes zu.

Wenn man versucht, diese Erfahrungstatsachen durch das Wellenmodell des Lichtes zu beschreiben, so ergeben sich Schwierigkeiten. Der Sachverhalt ist nämlich:

Um die Fotoelektronen aus der Metalloberfläche herauszulösen, ist für jedes Metall eine bestimmte *Austrittsarbeit* W_A erforderlich. Außerdem besitzt das Elektron nach seinem Austritt aus dem Metall eine bestimmte *kinetische Energie*

$$W_k = \tfrac{1}{2} m_e v^2.$$

Die Gesamtenergie

$$W = W_A + W_k$$

muß dem Elektron von dem eingestrahlten Licht zugeführt werden. Man kann auch sagen, daß von der Strahlungsenergie ein Teil dazu verwendet wird, um das Elektron aus der Metalloberfläche herauszulösen und daß der verbleibende Rest dem Elektron als kinetische Energie mitgegeben wird.

Nach der Wellentheorie des Lichtes sollte man erwarten, daß die aus dem Metall herausgelösten Elektronen um so weniger kinetische Energie besitzen, je kleiner die Beleuchtungsstärke ist, denn eine kleine Beleuchtungsstärke bedeutet eine kleine Amplitude der eingestrahlten Lichtwellen und damit kleine Leistungszufuhr. Umgekehrt sollten die Fotoelektronen mit wachsender Beleuchtungsstärke, d.h. mit wachsender Amplitude und vergrößerter Leistungszufuhr, eine Energiezunahme aufweisen. Man kann hier etwa an die durch den Wind von einem Baum abgerissenen Blätter denken, die mit um so mehr Energie fortgetragen werden, je stärker der Wind ist. Die oben angegebenen Erfahrungstatsachen zeigen aber für die Fotoelektronen das Gegenteil:

Es ist auch mit den größten Beleuchtungsstärken nicht möglich, energiereichere Fotoelektronen zu erzeugen, als sie bei der gleichen Frequenz durch beliebig kleine Beleuchtungsstärken freigesetzt werden. Eine Änderung der Beleuchtungsstärke verändert nur die Anzahl der in einem bestimmten Zeitintervall ausgelösten Fotoelektronen.

Wenn man das Licht im Wellenbild beschreiben will und das Elektron als ein kleines Teilchen betrachtet, so könnte man diese Erscheinung nur verstehen, wenn man annehmen würde, daß die einzelnen Elektronen vor ihrem Austritt erst so lange Energie aus den Lichtwellen sammeln, bis ein gewisser Betrag erreicht ist, der genügt, um die Austrittsarbeit zu verrichten und den Elektronen die besagte kinetische Energie mitzugeben. Die experimentelle Erfahrung zeigt aber, daß auch bei sehr kleinen Beleuchtungsstärken die Aussendung der Fotoelektronen sofort mit dem Beginn der Beleuchtung beginnt, wenn nur die Frequenz des eingestrahlten Lichtes größer als die Grenzfrequenz ist. Wir können also sagen:

Die experimentelle Erfahrung des lichtelektrischen Effektes zwingt uns zu einer Überprüfung oder Ergänzung der Wellenvorstellung des Lichtes. Andernfalls kann nicht verstanden werden, daß Elektronen als abgelöste Teilchen in Erscheinung treten.

Einen Ausweg aus diesen Schwierigkeiten fand A. EINSTEIN (1879–1955), indem er Untersuchungsergebnisse, die PLANCK in einem anderen Zusammenhang gefunden hatte, auf das Licht und seine Wechselwirkung mit Materie übertrug. Bevor wir die Gedanken EINSTEINS weiter verfolgen, soll zunächst dargelegt werden, um was es sich bei den Arbeiten von PLANCK gehandelt hat.

8.1.3 Das Planck-Wirkungsquantum

In dem früher behandelten Abschnitt über die Temperaturstrahlung (vgl. S. 681) wurde gezeigt, wie die spektrale Verteilung der Strahlungsleistung eines absolut schwarzen Körpers durch sehr sorgfältige Messungen ermittelt werden konnte. Auf die Schwierigkeiten, diese experimentellen Befunde mit Hilfe einer Strahlungsformel darzustellen, wurde bereits hingewiesen. Alle Überlegungen, die von den grundlegenden Vorstellungen und Voraussetzungen der klassischen Physik ausgingen und darin verblieben, führten zu mathematischen Darstellungen, die sich nur näherungsweise und unvollständig mit der Erfahrung deckten.

PLANCK gelang es 1900, ein Gesetz für die spektrale Verteilung der Temperaturstrahlung aufzustellen, das mit der Erfahrung in Einklang steht. Er mußte dazu neuartige Annahmen über die Energieausstrahlung machen, die einen grundsätzlichen Bruch mit den bis dahin herrschenden Überzeugungen bedeuteten. Diese PLANCK-Hypothesen lassen sich folgendermaßen zusammenfassen:

1. Die Atome eines strahlenden Körpers geben die Strahlungsenergie *nicht stetig*, sondern nur in Portionen ganz bestimmter Größe ab. Das gleiche gilt für die Absorption von Strahlung.

Die Aufnahme und Abgabe von Strahlungsenergie erfolgt für jede Frequenz unstetig.

Die Energieportionen, die von den Atomen der Körper abgegeben oder aufgenommen werden, bezeichnet man als *Energiequanten.*

2. Die in einer Strahlung enthaltenen Energiequanten besitzen aber nicht alle den gleichen Energiebetrag, sondern sie haben eine Energie, die der Frequenz der betreffenden Strahlung proportional ist; die Energiequanten einer kurzwelligen Strahlung sind daher größer als diejenigen einer langwelligen Strahlung. Nach PLANCK ergibt sich die Energie W eines Energiequants, wenn man die Frequenz ν der Strahlung, zu der das Quant gehört, mit einer von der Frequenz ν unabhängigen Konstante h multipliziert; es ist also

$$W = h\nu .$$

Die Konstante h wird als PLANCK-*Konstante* bezeichnet; über ihren Wert und ihre Bedeutung wird im folgenden gesprochen werden.

Die beiden Grundannahmen PLANCKS wurden einige Jahre später durch eine weitere, von EINSTEIN 1905 ausgesprochene Forderung ergänzt. Hiernach soll nicht nur die Abgabe und Aufnahme der Energie in Form von Quanten erfolgen, sondern auch in der Strahlung selbst soll die Energie in Quanten des Betrages $W = h\nu$ zusammengeballt sein.

Da das Licht zu den hier behandelten Strahlungen gehört, muß die Lichtenergie in Energiequanten konzentriert gedacht werden. Die Energiequanten des Lichtes nennt man auch *Lichtquanten* oder *Photonen.* So wie es bei den chemischen Elementen in Gestalt der Atome kleinste Teilchen gibt, die ohne Änderung des chemischen Elementes nicht weiter unterteilt werden können, stellen für das Licht die Lichtquanten oder Photonen kleinste Energiebeträge dar, die ohne Änderung ihrer Frequenz nicht weiter unterteilt werden können.

Um den Unterschied dieser neuen Hypothesen gegenüber den Vorstellungen der klassischen Physik noch etwas deutlicher in Erscheinung treten zu lassen, wollen wir einige anschauliche Vergleiche benutzen.

Wenn man eine Badewanne mit Wasser füllt, so kann dies durch einen kontinuierlich fließenden Hahn oder durch einzelne gefüllte Eimer erfolgen; auf diese beiden verschiedenen Arten ist auch die Entleerung möglich. Vor PLANCK war man der Meinung, daß die Abgabe und Aufnahme der Energie durch die Atome des strahlenden Körpers kontinuierlich erfolgt und dem Füllen der Wanne durch den fließenden Hahn entspricht; nach den Vorstellungen PLANCKS erfolgt sie diskontinuierlich, wie die Füllung der Wanne durch einzelne Eimer.

Man hat die Atome des Energie abgebenden oder aufnehmenden Körpers auch mit einem Automaten verglichen, der nur ganz bestimmte Geldstücke aufnimmt und ganz bestimmte Packungen abgibt; ein Zigarettenautomat nimmt

Geldstücke zu 2,00 DM auf und gibt die entsprechenden Packungen heraus. Er nimmt aber nicht 13 Pf auf und gibt auch nicht einzelne Zigaretten ab. Ebenso vermögen die Atome des strahlenden oder absorbierenden Körpers die Energie nicht in beliebig kleinen Portionen abzugeben oder aufzunehmen, sondern nur in Quanten ganz bestimmter Mindestgrößen.

In den obengenannten Vorstellungen ist also die Energie einer Strahlung nicht, wie sich dies aus dem Wellenbild ergibt, gleichmäßig über den Raum verteilt, sondern sie ist in einzelnen *Korpuskeln* (Teilchen) konzentriert.

PLANCK konnte mit Hilfe seiner neuen Hypothesen nicht nur ein mit der Erfahrung übereinstimmendes Gesetz über die spektrale Verteilung der Temperaturstrahlung herleiten, sondern die obengenannten Hypothesen erwiesen sich darüber hinaus als höchst bedeutungsvoll für das Verständnis aller Vorgänge, die sich auf die Wechselwirkung zwischen den Atomen und ihrer Umwelt beziehen. Diese Hypothesen bilden die *Grundlage der Quantentheorie* und haben inzwischen so viele verschiedenartige Bestätigungen erfahren, daß sie über den Rang bloßer Hypothesen hinausgewachsen und ein sicherer Bestand der Physik geworden sind.

Nach der oben angegebenen Formel

$$W = h\nu$$

ist die Energie W der einzelnen Energiequanten von der Frequenz ν der Strahlung abhängig; sie ist also für Strahlungen verschiedener Frequenzen unterschiedlich groß. Dagegen folgt aus der oben erwähnten Unabhängigkeit der Größe h von der Frequenz ν, daß der Quotient

$$h = \frac{W}{\nu}$$

für alle Quanten gleich groß ist, und zwar gleich der PLANCK-*Konstante h*.

Eine physikalische Größe, die das Produkt aus Energie und Zeit ist, haben wir früher als *Wirkung* bezeichnet. Deshalb wird die Konstante h auch als PLANCK-*Wirkungsquantum* bezeichnet.

Der Zahlenwert von h wurde von PLANCK zuerst aus den experimentellen Ergebnissen der Temperaturstrahlung berechnet. Er ist inzwischen auf mehreren anderen, voneinander unabhängigen Wegen ermittelt worden, die alle zu dem gleichen Ergebnis geführt haben. Das kann als ein weiterer Beweis für die Richtigkeit der Grundannahmen PLANCKs betrachtet werden. Es ist

$$h = 6{,}6262 \cdot 10^{-34}\ \mathrm{J\,s}.$$

Um eine Vorstellung von der Größe der Photonenenergie bei sichtbarem Licht zu bekommen, soll diese für einige Beispiele berechnet werden.

Beispiele

1. Rotes Licht

$\nu_1 = 450 \cdot 10^{12}\ \mathrm{Hz}$

$W_1 = h \cdot \nu_1 \approx 6{,}6 \cdot 10^{-34}\ \mathrm{J\,s} \cdot 450 \cdot 10^{12}\mathrm{s}^{-1} \approx 3 \cdot 10^{-19}\ \mathrm{J}.$

2. Gelbes Licht

$\nu_2 = 520 \cdot 10^{12}\ \mathrm{Hz}$

$W_2 = h \cdot \nu_2 \approx 6{,}6 \cdot 10^{-34}\ \mathrm{J\,s} \cdot 520 \cdot 10^{12}\ \mathrm{s}^{-1} \approx 3{,}5 \cdot 10^{-19}\ \mathrm{J}.$

3. Violettes Licht

$\nu_3 = 750 \cdot 10^{12}\ \mathrm{Hz}$

$W_3 = h \cdot \nu_3 \approx 6{,}6 \cdot 10^{-34}\ \mathrm{J\,s} \cdot 750 \cdot 10^{12}\ \mathrm{s}^{-1} \approx 5 \cdot 10^{-19}\ \mathrm{J}.$

Die Ergebnisse zeigen, daß es sich um sehr kleine Energiebeträge handelt. Aus diesem Grunde hat es auch so lange gedauert, bis die Existenz der Quanten entdeckt wurde. Wir halten abschließend fest:

Das Planck-Wirkungsquantum stellt eine universelle Naturkonstante dar und beherrscht die gesamte Atomphysik.

8.1.4 Die quantentheoretische Deutung des lichtelektrischen Effektes

Die oben dargelegten Schwierigkeiten bei der theoretischen Deutung des lichtelektrischen Effektes konnten von EINSTEIN dadurch überwunden werden, daß er das Licht in der schon angedeuteten Weise als quantenhaften Vorgang auffaßte. Das

Quanten- oder Korpuskelmodell des Lichtes

ermöglicht nämlich die folgende Interpretation des lichtelektrischen Effektes:

Wenn die Lichtquanten auf das Metall treffen, so kommt es zu einer Wechselwirkung zwischen diesen Quanten und den Elektronen in dem Metall. Dabei gibt jedes Quant seine Energie ab. Wir fassen den Fall ins Auge, daß ein Quant seine gesamte Energie an ein einzelnes Elektron abgibt. Wenn die Energie

$$W = h\nu$$

des eingestrahlten Lichtquantes groß genug ist, um ein Elektron, auf das diese Energie übertragen wird, aus dem Metall herauszulösen, so wird dieser Energie W zunächst die Austrittsarbeit W_A entnommen; der übrig bleibende Rest kann dem Elektron als kinetische Energie W_k mitgegeben werden. Es gilt dann für die kinetische Energie des ausgelösten Elektrons:

$$W_k = W - W_A = h\nu - W_A .$$

Die oben angegebenen Erfahrungstatsachen über den lichtelektrischen Effekt können aufgrund dieser Vorstellungen ohne Schwierigkeiten gedeutet werden:

1. *Das Quant muß eine Energie besitzen, die mindestens zur Verrichtung der Austrittsarbeit ausreicht.* Diese Tatsache macht verständlich, daß der lichtelektrische Effekt nur einsetzt, wenn die *Grenzfrequenz* erreicht oder überschritten wird.

2. Die Strahlungsleistung ist bei gegebener Frequenz der Anzahl der pro Sekunde von der Lichtquelle ausgesandten Energiequanten proportional. Setzt man voraus, daß das Verhältnis der Zahl der auftreffenden Energiequanten zur Zahl der von ihnen ausgelösten Elektronen für eine bestimmte Frequenz und eine bestimmte Metalloberfläche konstant ist, so wird verständlich, daß die *Anzahl der pro Sekunde ausgelösten Elektronen der Strahlungsleistung proportional ist.*

3. Da die *kinetische Energie der abgetrennten Elektronen* günstigstenfalls gleich der Differenz aus der Energie der Lichtquanten und der Austrittsarbeit ist, hängt sie *nur von der Energie des Lichtquants, d.h. von der Frequenz des Lichtes, ab.* Die Zahl der Lichtquanten ist für die Energie der abgetrennten Elektronen bedeutungslos.

Der lichtelektrische Effekt ermöglicht auch eine experimentelle Bestimmung des PLANCK-Wirkungsquantums h. Man verwendet hierzu eine Fotozelle, die man nacheinander mit Licht verschiedener Frequenzen bestrahlt. Die kinetische Energie der ausgelösten Elektronen kann man bestimmen, indem man eine Gegenspannung anlegt, die eben ausreicht, um gerade alle Elektronen, d.h. auch die energiereichsten unter ihnen, abzubremsen, so daß sie die Anode nicht mehr erreichen können. Wenn sich für dieses Gegenfeld bei den eingestrahlten Lichtfrequenzen ν_1 und ν_2 die Gegenspannungen U_1 und U_2 ergeben, so ist

$$e\,U_1 = h\nu_1 - W \quad \text{und} \quad e\,U_2 = h\nu_2 - W$$

$$e(U_1 - U_2) = h(\nu_1 - \nu_2)$$

$$h = \frac{e(U_1 - U_2)}{\nu_1 - \nu_2}.$$

Auf diese Weise hat der amerikanische Physiker R.A. MILLIKAN (1868–1953) durch Messungen mit Licht verschiedener Frequenzen das PLANCK-Wirkungsquantum experimentell ermittelt.

8.1.5 Der Compton-Effekt

Bei dem nach dem amerikanischen Physiker A.H. COMPTON (1892–1962) benannten Effekt handelt es sich um eine Erscheinung, die bei der Wechselwirkung zwischen einer elektromagnetischen Strahlung und freien Elektronen auftritt. Wenn freie Elektronen von einer elektromagnetischen Lichtwelle überstrichen werden, so müssen sie wegen der periodisch sich ändernden elektrischen Kräfte zu Schwingungen veranlaßt werden.

Jedes schwingende Elektron stellt aber einen Dipol dar, der neue elektromagnetische Strahlung aussendet. Es tritt eine Erscheinung ein, die man als *Streuung* bezeichnet; die Strahlung wird teilweise aus ihrer ursprünglichen Ausbreitungsrichtung abgelenkt und von den Streuzentren nach den verschiedensten Richtungen verteilt.

Die experimentelle Erfahrung des COMPTON-Effektes zeigt nun, daß die Streustrahlung eine etwas größere Wellenlänge als die ursprüngliche Strahlung hat. Diese Tatsache ist mit der Wellenvorstellung der Strahlung nicht vereinbar. Hiernach müßte die Frequenz der Streustrahlung nämlich gleich der Frequenz des schwingenden Elektrons sein, dieses schwingt aber mit der Frequenz der erregenden Primärstrahlung.

Die bei der Streustrahlung festgestellte Vergrößerung der Wellenlänge wird dagegen sofort verständlich, wenn wir von dem Quantenmodell der Strahlung ausgehen. Danach erfolgt eine Wechselwirkung zwischen einem Strahlungsquant und einem Elektron.

Um die sich dabei abspielenden Vorgänge zu verstehen, muß man beachten, daß dem Strahlungsquant mit der Energie

$$W = h\,\nu$$

aufgrund des früher behandelten EINSTEIN-*Gesetzes über die Äquivalenz von Masse und Energie* (S. 711) eine ganz bestimmte Masse m zukommt, für die gilt:

$$m = \frac{W}{c^2} = \frac{h\,\nu}{c^2}.$$

Der COMPTON-Effekt wird verständlich, wenn man annimmt, daß die Wechselwirkung zwischen einem Strahlungsquant und einem Elektron den Gesetzen des elastischen Stoßes unterliegt und dabei wie in der Makrophysik der Energieerhaltungssatz und der Impulserhaltungssatz gelten. Wir setzen dies im folgenden auseinander:

Wenn ein solches Strahlungsquant mit einem freien Elektron zusammentrifft, so wird es gebeugt, d.h. es wird aus seiner ursprünglichen Bewegungsrichtung abgelenkt (Abb. 727.1). Gleichzeitig gibt es einen Teil seiner Energie und seines Impulses an das Elektron ab. Die mathematischen Formulierungen des Energie- und Impulserhaltungssatzes lauten für den vorliegenden Fall unter Berücksichtigung der relativistischen Massenabhängigkeit:

Energieerhaltungssatz

$$h\,\nu_P \quad = \quad h\,\nu_S \quad + \quad c^2\left(\frac{m_e}{\sqrt{1-\frac{v^2}{c^2}}} - m_e\right),$$

Energie des Strahlungsquants vor dem Stoß — Energie des Strahlungsquants nach dem Stoß — Energiezunahme des Elektrons beim Stoß

Impulserhaltungssatz

$$\vec{p}_P \quad = \quad \vec{p}_S \quad + \quad \vec{p}_e$$

Impuls des Strahlungsquants vor dem Stoß — Impuls des Strahlungsquants nach dem Stoß — Impuls des Elektrons nach dem Stoß

Die Impulsbeträge sind

$$p_P = \frac{h\,\nu_P}{c}, \qquad p_S = \frac{h\,\nu_S}{c}, \qquad p_e = \frac{m_e}{\sqrt{1-\frac{v^2}{c^2}}}\,v.$$

In diesen Gleichungen bedeuten:

h = PLANCK-Wirkungsquantum,
ν_P = Frequenz der Primärstrahlung,
ν_S = Frequenz der Streustrahlung,
c = Vakuum-Lichtgeschwindigkeit,
m_e = Ruhmasse des Elektrons,
v = Geschwindigkeit des Elektrons nach dem Stoß.

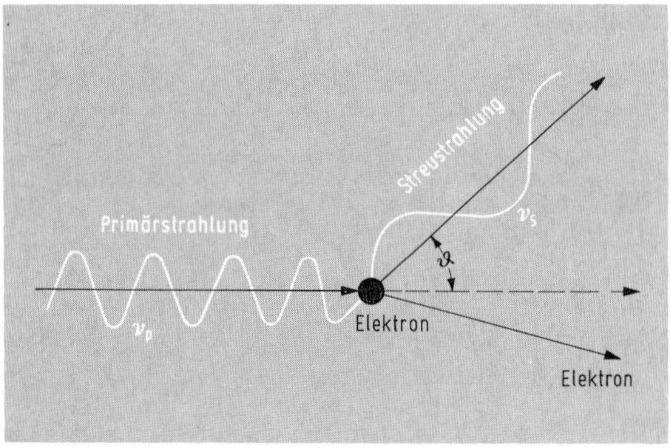

Abb. 727.1 Zur Entstehung des COMPTON-Effektes

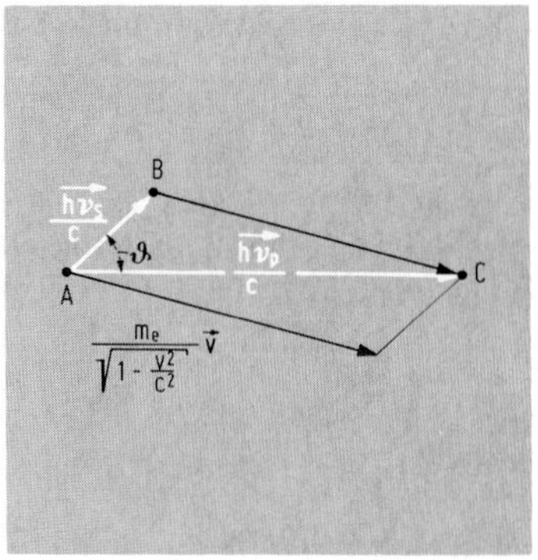

Abb. 727.2 Die Frequenz- bzw. Wellenlängenänderung beim COMPTON-Effekt

Aus dem Energieerhaltungssatz folgt, daß die Frequenz der COMPTON-Streustrahlung kleiner als die der Primärstrahlung und daß ihre Wellenlänge größer als die der Primärstrahlung ist. Genauere Aufschlüsse über die Zunahme der Wellenlänge gibt eine quantitative Untersuchung des COMPTON-Effektes. Hierzu wenden wir auf das Dreieck ABC in Abb. 727.2 den Cosinussatz an. Dieser sagt aus:

$$\overline{BC}^2 = \overline{AC}^2 + \overline{AB}^2 - 2\,\overline{AC}\cdot\overline{AB}\cdot\cos\vartheta.$$

Damit ergibt sich

$$\frac{m_e^2}{1-\frac{v^2}{c^2}}\,v^2 = \left(\frac{h\,\nu_P}{c}\right)^2 + \left(\frac{h\,\nu_S}{c}\right)^2 - 2\,\frac{h^2\,\nu_P\,\nu_S}{c^2}\cos\vartheta.$$

Aus der Gleichung für den Energieerhaltungssatz ergibt sich durch Quadrieren:

$$\frac{m_e^2\,c^4}{1-\frac{v^2}{c^2}} - \frac{2\,m_e^2\,c^4}{\sqrt{1-\frac{v^2}{c^2}}} + m_e^2\,c^4 = (h\,\nu_P)^2 - 2\,h^2\,\nu_P\,\nu_S + (h\,\nu_S)^2.$$

Multipliziert man die erste Gleichung mit c^2 und subtrahiert sie dann von der zweiten, so erhält man nach einigen einfachen Umformungen:

$$\frac{m_e^2\,c^2(c^2-v^2)}{1-\frac{v^2}{c^2}} - \frac{2\,m_e^2\,c^4}{\sqrt{1-\frac{v^2}{c^2}}} + m_e^2\,c^4 = 2\,h^2\,\nu_P\,\nu_S(\cos\vartheta - 1).$$

Daraus folgt

$$\frac{m_e^2\,c^4(c^2-v^2)}{c^2-v^2} - \frac{2\,m_e^2\,c^4}{\sqrt{1-\frac{v^2}{c^2}}} + m_e^2\,c^4 = 2\,h^2\,\nu_P\,\nu_S(\cos\vartheta - 1)$$

oder

$$2\,m_e\,c^2\left(m_e\,c^2 - \frac{m_e\,c^2}{\sqrt{1-\frac{v^2}{c^2}}}\right) = 2\,h^2\,\nu_P\,\nu_S(\cos\vartheta - 1).$$

Wegen des Energieerhaltungssatzes ergibt sich nach Division durch 2:

$$m_e\, c^2(h\, \nu_S - h\, \nu_P) = h^2\, \nu_P\, \nu_S(\cos \vartheta - 1).$$

Dividiert man diese Gleichung durch $-h\, \nu_P\, \nu_S\, m_e\, c$, so ergibt sich

$$c\left(\frac{1}{\nu_S} - \frac{1}{\nu_P}\right) = \frac{h}{m_e\, c}(1 - \cos \vartheta).$$

Wegen

$$c = \lambda\, \nu$$

erhält man weiter

$$\Delta\lambda = \lambda_S - \lambda_P = \frac{h}{m_e\, c}(1 - \cos \vartheta).$$

Die Wellenlängenzunahme der Primärstrahlung hängt also von der Richtungsänderung ϑ ab, die die Primärstrahlung bei der Streuung erfährt. Die Zunahme der Wellenlänge ist am größten für $\vartheta = 180°$, d.h. wenn die Streuung entgegengesetzt zur Einfallsrichtung erfolgt. Im übrigen zeigt die Gleichung, daß die Wellenlängenänderung $\Delta\lambda$ von der Wellenlänge λ_P oder der Frequenz ν_P der Primärstrahlung unabhängig ist. Der konstante Faktor

$$\lambda_C = \frac{h}{m_e\, c} = 2{,}4263 \cdot 10^{-12}\ \text{m}$$

beträgt die Hälfte der maximal möglichen Wellenlängenänderung. Man bezeichnet λ_C als die Compton-*Wellenlänge des Elektrons.*

Die Compton-Wellenlänge λ_C hat folgende Bedeutung: Wir haben schon darauf hingewiesen, daß für die Wechselwirkung zwischen den Strahlungsquanten und den freien Elektronen die Gesetze des elastischen Stoßes gelten. Bei einem elastischen Stoß ist die Energieübertragung am größten, wenn die beiden miteinander reagierenden Partner die gleiche Masse haben. Man sollte folglich erwarten, daß der Compton-Effekt besonders ausgeprägt in Erscheinung tritt, wenn die den Strahlungsquanten aufgrund des Einstein-Gesetzes über die Äquivalenz von Energie und Masse zukommende Masse m ebenso groß wie die Ruhmasse m_e des Elektrons ist. Dies ist der Fall, wenn

$$m = \frac{h\, \nu}{c^2} = m_e$$

ist. Daraus folgt dann

$$\nu = \frac{m_e\, c^2}{h} \quad \text{oder} \quad \lambda = \frac{c}{\nu} = \frac{h}{m_e\, c} = \lambda_C\,.$$

Dies bedeutet:

Wenn im Teilchenbild das stoßende Strahlungsquant die gleiche Masse wie das gestoßene Elektron hat, so hat im Wellenbild die Primärstrahlung die gleiche Wellenlänge wie die Compton-Wellenlänge. Das ist der Grund dafür, daß das Compton-Experiment mit Röntgen- oder Gammastrahlung durchgeführt wird. Die Wellenlänge der hierbei verwendeten Strahlung ist mit der Compton-Wellenlänge vergleichbar, so daß für $\vartheta = 90°$ die prozentuale Frequenzänderung

$$\frac{\Delta\lambda}{\lambda_P} = \frac{\lambda_C}{\lambda_C} = 1 = 100\,\%$$

ist. Bei der Verwendung von sichtbarem Licht, z.B. von blauem Licht mit

$$\lambda_P = 4{,}8 \cdot 10^{-7}\ \text{m},$$

erhält man dagegen eine verschwindend kleine, d.h. eine kaum beobachtbare, prozentuale Frequenzänderung

$$\frac{\Delta\lambda}{\lambda_P}=\frac{\lambda_C}{\lambda_{blau}}=\frac{2{,}4\cdot 10^{-12}\text{ m}}{4{,}8\cdot 10^{-7}\text{ m}}=0{,}5\cdot 10^{-5}=5\cdot 10^{-4}\,\%.$$

Bei der Erklärung des COMPTON-Effektes sind wir bisher von freien Elektronen ausgegangen. Praktisch verwendet man die Elektronen in den Hüllen von Atomen mit kleiner relativer Atommasse (z.B. Kohlenstoff, Lithium usw.). Hier sind die Elektronen nämlich so locker gebunden, daß sie nahezu als frei betrachtet werden können und die zu ihrer Herauslösung aus dem Atomverband erforderliche Austrittsarbeit unbeachtet bleiben kann.

Alle hier entwickelten theoretischen Zusammenhänge konnten durch die experimentelle Erfahrung vollständig bestätigt werden.

Aus der Übereinstimmung zwischen den dargelegten theoretischen Untersuchungsergebnissen und den experimentellen Erfahrungen kann man schließen, daß die zu Anfang gemachten Voraussetzungen, nach denen bei der Wechselwirkung zwischen den Strahlungsquanten und den Elektronen der Energieerhaltungssatz und der Impulserhaltungssatz gelten, richtig waren. Damit ergibt sich die für die spätere Behandlung der Atomphysik wichtige Erkenntnis:

Der Compton-Effekt zeigt, daß auch im atomaren Bereich bei der Wechselwirkung zwischen Materie und Strahlung der Energieerhaltungssatz und der Impulserhaltungssatz gelten.

Dies gilt für jeden atomaren Einzelprozeß, und nicht nur im statistischen Mittel über eine große Zahl solcher Einzelprozesse.

8.1.6 Der Dualismus von Welle und Korpuskel

Die bisherigen Darlegungen haben gezeigt, daß das Licht oder allgemeiner die elektromagnetische Strahlung eine merkwürdige Doppelnatur besitzen:

1. Es gibt eine Reihe von Erscheinungen, die nur mit Hilfe des *Wellenmodells der Strahlung* beschrieben werden können.

2. Daneben existiert eine andere Gruppe von Erfahrungstatsachen, die nur durch das *Korpuskelmodell der Strahlung* zu beschreiben ist.

Es handelt sich hier um die früher (S. 396 ff.) schon erwähnte Tatsache, daß jedes Modell unter einem ganz bestimmten Gesichtspunkt konstruiert ist und daß oft ein einziges Modell zur vollständigen anschaulichen Beschreibung aller Eigenschaften der elektromagnetischen Strahlung nicht ausreicht, sondern daß man *zwei Modelle* verwenden muß. Diese Tatsache hat in der Physik zeitweise zu Schwierigkeiten geführt, weil man sich nicht klar bewußt war, daß es sich bei der Wellen- und bei der Quantenvorstellung um *Modelle*, d.h. um Schöpfungen des menschlichen Geistes, handelt, die nur eine anschauliche Beschreibung und eine Voraussage über den Ablauf der durch sie dargestellten Erscheinungen ermöglichen sollen. Nur in diesem Sinne ist eine Modellvorstellung auch als *richtig* oder *falsch* zu werten. Deshalb ist die Frage, ob das Licht *in Wirklichkeit* eine Wellenerscheinung oder ein korpuskularer Vorgang *ist*, keine sinnvolle Fragestellung. Es gibt keinen Wettstreit zwischen dem Wellenmodell und dem Korpuskelmodell, weil das Licht *weder* eine Welle *noch* ein Teilchen *ist*, sondern ein Etwas, das sich der anschaulichen Beschreibung durch *ein* Modell entzieht. Einzelne Seiten sind nur durch das Wellenmodell, andere nur durch das Korpuskelmodell erfaßbar.

Die Erkenntnis von der Doppelnatur der elektromagnetischen Strahlung oder von dem *Dualismus von Welle und Korpuskel* bedeutete einen der wichtigsten Fortschritte der neuzeitlichen Naturforschung, der auch über die engeren fachwissenschaftlichen Grenzen hinaus für grundsätzliche Fragen nach der Naturerkenntnis bedeutungsvoll geworden ist.

Der Dualismus von Welle und Korpuskel ist außerdem nicht auf die hier geschilderten elektromagnetischen Wellen beschränkt, sondern zeigt sich auch bei den aus materiellen Teilchen bestehenden Strahlen. Wir haben schon kurz darauf hingewiesen (S. 663), daß z.B. die aus Elektronen bestehenden Katodenstrahlen sich unter bestimmten Bedingungen nicht wie Teilchenstrahlen, sondern wie Wellenstrahlen verhalten; wir werden noch sehen, daß sie z.B. Interferenzerscheinungen aufweisen (S. 822). D.h. es tritt auch bei der *Materie* die Doppelnatur in Erscheinung, indem *neben dem Teilchenmodell das Wellenmodell* verwendet werden muß.

Wir stellen zusammenfassend fest:

Licht und Materie können weder durch das Wellen- noch durch das Korpuskelmodell allein vollständig beschrieben werden; man muß vielmehr beide Modelle gleichzeitig nebeneinander benutzen.

Die Notwendigkeit, zur Beschreibung der Lichterscheinungen sowohl das Teilchen- als auch das Wellenmodell zu verwenden, hat die Physiker veranlaßt, nach einer Beziehung zwischen beiden Modellvorstellungen zu suchen, um auf diese Weise zu einer vertieften Erkenntnis über das Licht zu kommen. Wir wollen diese Gedanken hier kurz besprechen und betrachten dazu die *Intensität des Lichts.*

Wenn wir das Licht als *Wellenvorgang* betrachten, so ist die Intensität dem *Quadrat der Wellenamplitude* proportional. Wenn wir die Wellenamplitude in üblicher Weise mit ψ bezeichnen, so kann also die Größe ψ^2 als ein Maß für die Intensität eines Lichtstrahles betrachtet werden. ψ ist dabei im allgemeinen eine Funktion von Raum und Zeit, d.h., die Intensität ändert sich von Ort zu Ort und am gleichen Ort im Laufe der Zeit.

Nach der *Quantenauffassung* ist die Intensität des Lichtstrahles der *Anzahl N der Photonen* proportional, die in der Zeiteinheit durch eine zur Bewegungsrichtung, d.h. zur Richtung des Lichtstrahles, senkrechte Flächeneinheit treten.

Hieraus ergibt sich eine Beziehung zwischen der Wellen- und der Korpuskelvorstellung. Es muß nämlich gelten:

$$\text{Anzahl der Photonen } N \sim \text{Amplitudenquadrat } \psi^2.$$

Wenn wir also das Licht als eine große Menge von Lichtquanten auffassen, so können diese nicht über den ganzen vom Licht erfaßten Raum gleichmäßig verteilt sein, sondern sie müssen dort gehäuft auftreten, wo die Intensität groß ist, d.h., wo das Amplitudenquadrat der entsprechenden Welle einen großen Wert hat. Es ergibt sich daher:

Die nach dem Korpuskelmodell zum Licht gehörige große Zahl von Lichtquanten ist nicht gleichmäßig, sondern mit einer dem Quadrat der Wellenamplitude proportionalen Konzentration über den vom Licht erfaßten Raum verteilt.

Damit ist ein gewisser Zusammenhang zwischen dem Wellen- und dem Korpuskelmodell hergestellt. Die Wellen haben dabei allerdings eine andere Bedeutung erhalten. Sie messen durch ihre Amplitude die Zahl der an der betreffenden Stelle auftreffenden Photonen.

Diese Deutung macht aber Schwierigkeiten, wenn wir es mit einem einzigen Lichtquant zu tun haben, denn es ist nicht ohne weiteres ersichtlich, wie dann das Amplitudenquadrat in der soeben dargelegten Weise gedeutet werden soll. Um auch hier zu einem Verständnis der Zusammenhänge zu gelangen, wollen wir in Gedanken *Beugungsversuche mit einzelnen Photonen* durchführen. In ähnlicher Weise, wie wir früher (S.654) einen Lichtstrahl durch einen Spalt gehen ließen und das in Abb. 654.1 dargestellte Beugungsbild erhielten, denken wir uns jetzt *einzelne Photonen nacheinander* auf den Spalt fallend und beobachten die Beugungsbilder auf dem Schirm oder auf einer fotografischen Platte.

Wenn jedes einzelne Photon als vollständige Welle aufgefaßt werden könnte, dann müßte zu jedem Zeitpunkt, an dem ein einzelnes Photon auf dem Schirm ankommt, das von früher bekannte und in Abb. 730.1 a nochmals dargestellte Beugungsbild mit allen seinen Streifen *kurzfristig* sichtbar werden. Die Erfahrung zeigt aber, daß dies nicht geschieht. Man beobachtet vielmehr, daß die Photonen an einzelnen, eng umgrenzten Stellen ankommen, die von Fall zu Fall verschieden sind und über die ganze Platte verteilt sein können. Wenn eine große Zahl von Photonen angekommen ist, so stellt man jedoch fest, daß sie nicht gleichmäßig über die Platte verteilt sind, sondern daß es bestimmte Häufungsstellen gibt (Abb. 730.1 b). Diese liegen dort, wo bei

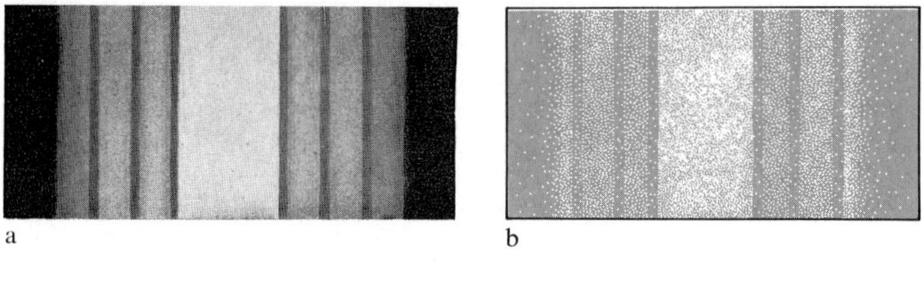

a b

Abb. 730.1
Die Beugung an einem Spalt
a) Fotografische Aufnahme
b) Deutung mit Hilfe des Korpuskelmodells

dem früheren Versuch die Helligkeitsmaxima gefunden wurden. An den Stellen der Helligkeitsminima sind keine oder nur sehr wenige Photonen eingetroffen. So ergibt sich also nach einiger Zeit, wenn eine genügend große Zahl von Photonen die Platte erreicht hat, das früher experimentell ermittelte und damals unter alleiniger Benutzung der Wellenvorstellung gedeutete Beugungsbild eines Spaltes.

Wenn wir ein einzelnes Photon betrachten, von dem wir nichts weiter wissen, als daß es dem ursprünglichen Lichtstrahl angehört, so ist es unmöglich, vorherzusagen, welchen Weg es bei dem Beugungsversuch gehen wird und an welcher Stelle der fotografischen Platte es erscheinen wird. Wir können aber sagen, daß die *Wahrscheinlichkeit*, mit der es an den einzelnen Stellen der Platte erwartet werden kann, verschieden groß ist; sie ist im Bereich der Helligkeitsmaxima groß und im Bereich der Helligkeitsminima klein. Die Lichtintensität an jeder Stelle der fotografischen Platte stellt daher ein Maß für die Wahrscheinlichkeit dar, mit der das Photon an dieser Stelle zu erwarten ist. Da die Lichtintensität aber dem Quadrat der Wellenamplitude ψ^2 proportional ist, ergibt sich nunmehr zwischen den Photonen und der Wellenamplitude folgender Zusammenhang:

Der Bereich, in dem ein Photon erwartet werden kann, wird durch die Ausdehnung des Wellensystems festgelegt. Innerhalb dieses Bereiches ist das Quadrat der Wellenamplitude an jeder Stelle und zu jedem Zeitpunkt ein Maß für die Wahrscheinlichkeit, das Photon gerade hier anzutreffen.

Benutzt man eine große Zahl von Photonen, so wird jedes an einer bestimmten Stelle mit der dort gerade geltenden Wahrscheinlichkeit zu erwarten sein, d.h. aber, daß die Anzahl der eintreffenden Photonen dem Amplitudenquadrat proportional ist, wie dies der ursprünglichen Deutung von ψ^2 entspricht.

Wir sind damit zu einer grundsätzlich andersartigen Deutung der Lichtwellen gekommen. Sie bringen jetzt gewisse Wahrscheinlichkeiten für das Auftreten von Photonen zum Ausdruck. Man hat sie deshalb als *Wahrscheinlichkeitswellen* bezeichnet. Diese Wahrscheinlichkeitswellen stellen geistige Konstruktionen des Physikers dar, die seine Kenntnisse über das Verhalten der einzelnen Photonen eines Lichtstrahles beschreiben. Im Gegensatz zur klassischen Mechanik, die das Schicksal eines einzelnen Körpers, z.B. eines Planeten, bei einer ausreichenden Kenntnis seines Anfangszustandes vorauszusagen gestattet, ist der Weg des einzelnen Photons bei dem oben beschriebenen Beugungsversuch nicht voraussagbar. Wir können über das zukünftige Schicksal des Photons lediglich die beiden folgenden Aussagen machen:

1. Das Photon muß sich zu einem bestimmten Zeitpunkt innerhalb jenes Bereiches befinden, der gerade von der Wellenbewegung erfaßt wird.

2. Die Wahrscheinlichkeit, das Photon zu einer bestimmten Zeit an einer bestimmten Stelle anzutreffen, wird durch das Quadrat der dort gerade vorhandenen Wellenamplitude bestimmt.

Wir erkennen hieraus, daß die aus der klassischen Physik bekannten, für die Bewegung großer Körper geltenden Gesetze bei der Ausbreitung von Photonen nicht mehr anwendbar sind. Die für Photonen möglichen Aussagen sind vielmehr erheblich unbestimmter. Ihre Bewegung kann zwar durch Wellen beschrieben werden, diese geben aber keineswegs die Bahn der Photonen an, sondern sie machen nur gewisse Wahrscheinlichkeitsaussagen über das Auftreten von Photonen an dieser oder jener Stelle. Mehr kann der Physiker nicht aussagen.

Diese im Schicksal des einzelnen Photons verbleibende Unbestimmtheit ist nicht auf Lichtquanten beschränkt, sondern es handelt sich hierbei um einen für die gesamte Welt der Atome charakteristischen Sachverhalt.

8.1.7 Die klassische Physik und die Quantenphysik

Als einen der wesentlichen Grundpfeiler der klassischen Physik haben wir früher (S. 388) die *Stetigkeit* oder *Kontinuität* der Naturerscheinungen kennengelernt. Die in diesem Abschnitt behandelten Vorgänge zeigen aber, daß die Stetigkeit des Ablaufs keineswegs bei allen physikalischen Erscheinungen erfüllt ist. Die grundlegende Entdeckung PLANCKS über die quantenhafte Strahlungsemission der Atome war der erste deutliche Hinweis auf die Unstetigkeit gewisser Naturvorgänge. Die Lichtquanten EINSTEINS und die durch sie bewirkten Erscheinungen ließen weiter erkennen, daß unstetige Vorgänge in der Natur gar keine Seltenheit sind. So haben wir beim lichtelektrischen Effekt gesehen, daß eine Energieverminderung bei den eingestrahlten Lichtquanten nicht zu einer *stetigen* Energieabnahme der ausgelösten Elektronen führt, sondern daß die

Auslösung sprunghaft, d.h. unstetig, aufhört, sobald die Grenzfrequenz des eingestrahlten Lichtes unterschritten wird. Man kann sich die Vorgänge durch folgenden Vergleich klarmachen:

Wenn man eine Last über eine geneigte Ebene oder über eine Treppe auf ein höheres Niveau bringt, so besteht zwischen beiden Vorgängen ein grundlegender Unterschied:

Die Hubarbeit, die der Hubhöhe proportional ist, kann bei der geneigten Ebene in beliebig kleinen Beträgen verrichtet werden, während bei der Treppe die Last jeweils mindestens um die Höhe einer Stufe gehoben werden muß. Wenn die aufgewandte Energie nicht ausreicht, um diesen Mindestbetrag an Hubarbeit zu verrichten, so bleibt sie bei der Treppe unwirksam. Bei der geneigten Ebene haben wir es mit einem stetigen, bei der Treppe mit einem unstetigen Vorgang zu tun. Wir wissen heute:

Alle Prozesse innerhalb der Atome verlaufen grundsätzlich unstetig.

Hier ist also niemals der Vergleich mit der geneigten Ebene, sondern immer nur der mit der Treppe zulässig. Es wird sich später noch genauer zeigen, daß es im Bereich der Atome ganz bestimmte Energieniveaus gibt, und daß bei einem Übergang von dem einen Niveau auf das andere immer nur ganz bestimmte, diskrete Energiebeträge aufgenommen oder abgegeben werden.

Damit haben wir einen wesentlichen Unterschied zwischen der klassischen Physik und der Quantenphysik gekennzeichnet. Die Unstetigkeit der atomaren Vorgänge führt zu weiteren wesentlichen Unterschieden zwischen dem als *Mikrophysik* bezeichneten Bereich der Atome und der früher behandelten klassischen Physik der größeren Körper, die man auch *Makrophysik* nennt. Wir werden später (S. 1032) auf einige weitere Unterschiede dieser Bereiche zu sprechen kommen, nachdem wir vorher die Mikrophysik genauer kennengelernt haben.

Die Makrophysik stellt insofern einen Grenzfall der Mikrophysik dar, als in ihr die quantenhaften Vorgänge nicht beachtet zu werden brauchen.

Beispiele

1. Damit das menschliche Auge grünes Licht mit der Wellenlänge

$$\lambda = 500 \text{ nm}$$

wahrnimmt, ist es erforderlich, daß die auf die Netzhaut fallende Lichtleistung mindestens

$$P = 2 \cdot 10^{-18} \text{ W}$$

beträgt.

Wieviel Photonen müssen dann in 1 s auf die Netzhaut treffen?

Die Energie eines Photons beträgt

$$W_1 = h\nu = \frac{hc}{\lambda}.$$

Wenn in der Zeit t die Zahl der auf die Netzhaut fallenden Photonen n beträgt, so gilt für die auftreffende Leistung

$$P = \frac{n W_1}{t}.$$

Daraus folgt

$$n = \frac{Pt}{W_1} = \frac{Pt\lambda}{hc}.$$

Für die Zahl der in der Zeit $t = 1$ s auf die Netzhaut fallenden Photonen erhält man dann

$$n_1 = \frac{2 \cdot 10^{-18} \text{ W} \cdot 1 \text{ s} \cdot 500 \cdot 10^{-9} \text{ m}}{6{,}626 \cdot 10^{-34} \text{ J s} \cdot 3 \cdot 10^{8} \text{ m s}^{-1}} \approx 5.$$

2. Aufgrund des lichtelektrischen Effektes sollen aus dem Metall Caesium Fotoelektronen herausgelöst werden. Sie sollen das Metall mit der kinetischen Energie

$$W_k = 3 \text{ eV}$$

verlassen. Die Austrittsarbeit beträgt

$$W_A = 1{,}8 \text{ eV}.$$

a) Welche Wellenlänge darf die auslösende Strahlung maximal haben?
b) In welchem Spektralbereich liegt diese Strahlung?

a) Es gilt

$$h\,\nu = W_A + W_k = 4{,}8\ \text{eV}.$$

Da $c = \lambda\,\nu$ ist, ergibt sich

$$\lambda = \frac{c}{\nu} = \frac{c\,h}{W_A + W_k} = \frac{3 \cdot 10^8\ \text{m s}^{-1} \cdot 6{,}626 \cdot 10^{-34}\ \text{J s}}{4{,}8 \cdot 1{,}6 \cdot 10^{-19}\ \text{J}} = 2{,}59 \cdot 10^{-7}\ \text{m}.$$

b) Die Strahlung liegt im ultravioletten Bereich des Spektrums.

3. Ein Strahlungsquant mit der Wellenlänge

$$\lambda_1 = 2{,}000 \cdot 10^{-10}\ \text{m}$$

tritt mit einem freien Elektron in Wechselwirkung und erfährt dabei eine Richtungsänderung $\vartheta = 90°$.
a) Wie groß ist die Wellenlänge des gestreuten Strahlungsquants?
b) Wie groß ist die Energie (in der Einheit eV), die aufgrund des COMPTON-Effektes auf das Elektron übertragen wird?

a) Für die Wellenlängenänderung erhält man

$$\Delta\lambda = \frac{h}{m_e c}(1 - \cos\vartheta) = \frac{h}{m_e c} = \frac{6{,}626 \cdot 10^{-34}\ \text{J s}}{9{,}1 \cdot 10^{-31}\ \text{kg} \cdot 3 \cdot 10^8\ \text{m s}^{-1}} = 0{,}024 \cdot 10^{-10}\ \text{m}.$$

Die Wellenlänge des gestreuten Strahlungsquants ist dann

$$\lambda_2 = \lambda_1 + \Delta\lambda = 2{,}000 \cdot 10^{-10}\ \text{m} + 0{,}024 \cdot 10^{-10}\ \text{m} = 2{,}024 \cdot 10^{-10}\ \text{m}.$$

b) Da bei dem COMPTON-Effekt die Gesetze des elastischen Stoßes gelten, ergibt sich für die auf das Elektron übertragene Energie

$$W = W_1 - W_2 = h(\nu_1 - \nu_2) = h\,c\left(\frac{1}{\lambda_1} - \frac{1}{\lambda_2}\right)$$

$$= 6{,}626 \cdot 10^{-34}\ \text{J s} \cdot 3 \cdot 10^8\ \text{m s}^{-1}\left(\frac{1}{2{,}000 \cdot 10^{-10}\ \text{m}} - \frac{1}{2{,}024 \cdot 10^{-10}\ \text{m}}\right)$$

$$= 1{,}18 \cdot 10^{-17}\ \text{J} \approx 70\ \text{eV}.$$

Weitere Aufgaben: Siehe O. HÖFLING, Physik-Aufgaben II/3.

8.2 Die Grundlagen der Atomistik

8.2.1 Die Anfänge der Atomistik

Der Atombegriff hat eine lange, wechselvolle Geschichte. Der Gedanke, daß es unteilbare, kleinste Bausteine der Materie gibt, geht auf die antike, griechische Naturphilosophie zurück, die mit THALES VON MILET (625 – 545 v. Chr.) ihren Anfang genommen hat. Das von den griechischen Naturphilosophen erstrebte Ziel ist bis auf den heutigen Tag weitgehend das Ziel der Physik geblieben: Es ging und geht darum, in die bunte und vielgestaltige Welt der uns umgebenden Dinge und Vorgänge Ordnung und Übersicht zu bringen. Die Wege zu diesem Ziel sind allerdings in unserer Zeit wesentlich andere als im Altertum. Während die griechischen Denker glaubten, durch spekulatives Denken zur Erkenntnis der natürlichen Ordnung gelangen zu können, wissen wir heute, daß dieser Weg nicht zum Erfolg führen kann, sondern daß uns nur die systematische Sammlung experimenteller Erfahrungen dem erstrebten Ziel näherbringen kann.

Wenn wir uns nun kurz mit den Anfängen der Atomistik beschäftigen, so ist es angebracht, zunächst einige Worte über die Vorgänger der eigentlichen griechischen Atomisten zu sagen. Wir beginnen mit THALES, dem Begründer der Milesischen Philosophenschule. Ihm wird von ARISTOTELES das Wort zugeschrieben:

Das Wasser ist der materielle Urgrund aller Dinge.

Mit diesem Satz wurden zum ersten Mal drei neue und entscheidende Grundgedanken ausgesprochen, die für die weitere Entwicklung der Physik von größter Bedeutung werden sollten:

1. Es wird hier erstmals der Gedanke an einen *gemeinsamen Urgrund aller Dinge* geäußert.
2. Der gemeinsame Urgrund aller Dinge wird in etwas *Materiellem*, dem Wasser, gesehen.
3. Schließlich wird zum ersten Male versucht, die Welt aus dem gemeinsamen Urgrund heraus *nach einem einheitlichen Grundprinzip rational zu verstehen.* Dies war für die damalige Zeit, die überall in der Natur das Walten von Göttern und Dämonen und das Wirken mystischer Kräfte sah, durchaus neuartig und ungewohnt.

Seither ist die Frage nach dem Urgrund der Dinge und nach dem Grundstoff, der der bunten Mannigfaltigkeit der Welt letzten Endes als unveränderlicher Kern zugrunde liegt, immer wieder neu gestellt und auf die verschiedensten Weisen beantwortet worden. Sie hat nicht nur die Physiker, sondern auch die Philosophen zu allen Zeiten beschäftigt. Besonders die Physiker haben wesentliche Beiträge zur Klärung der Fragestellung und zur Auffindung der Antworten geliefert. Bevor wir uns aber mit der rein physikalischen Seite des aufgezeigten Problems beschäftigen, sollen noch einige historische Bemerkungen eingefügt werden, aus denen ersichtlich ist, wie das Suchen nach einem gemeinsamen Urgrund aller Erscheinungen die Forscher immer wieder zu neuen Gedanken angeregt hat.

Wir nennen zunächst den Philosophen ANAXIMANDER VON MILET (611 – 546 v. Chr.). Er war ein Schüler von THALES und hat dessen Idee eines allgemeinen Grundstoffes insofern weitergeführt, als er nicht irgendeine der damals bekannten Substanzen für den gemeinsamen Urgrund aller Dinge hielt, sondern diesen Urgrund in einem abstrakten, unendlichen und ewigen Urstoff, dem *Apeiron*, sah. Seine Lehre wird durch den Satz charakterisiert:

Der Urgrund der Dinge ist das Grenzenlose. Woraus sie entstanden, darin vergehen sie auch.

Nach ANAXIMANDER entstehen die verschiedenen, uns aus der Erfahrung bekannten Substanzen erst aus der Umbildung des undifferenzierten, wesenlosen Urstoffes, und in diesen Ausgangszustand kehren sie schließlich auch wieder zurück.

In unserer Zeit hat W. HEISENBERG (1901 – 1976) darauf hingewiesen, daß diese antike Auffassung große Ähnlichkeit mit einer sich heute in der Atomphysik vollziehenden Entwicklung aufweist. Er schreibt hierüber:

„Die Physiker versuchen heutzutage, ein Grundgesetz für die Bewegung der Materie zu finden, aus dem alle Elementarteilchen und ihre Eigenschaften mathematisch hergeleitet werden können. Diese grundlegende Bewegungsgleichung könnte sich entweder auf Wellen einer bekannten Art beziehen, also z. B. auf Protonen- oder Mesonenwellen, oder aber auf Wellen eines grundsätzlich anderen Charakters, die überhaupt nichts mit den Wellen irgendeines der bekannten Elementarteilchen zu tun haben. Im ersteren Falle würde das bedeuten, daß alle anderen Elementarteilchen auf einige wenige Sorten von ‚fundamentalen' Elementarteilchen zurückgeführt werden können. Tatsächlich hat die theoretische Physik in den letzten zwei Jahrzehnten hauptsächlich diese Möglichkeit verfolgt. Im zweiten Fall aber können alle verschiedenen Elementarteilchen zurückgeführt werden auf einen universellen Grundstoff, den man Energie oder Materie nennen mag; keines der verschiedenen Elementarteilchen könnte von den anderen grundsätzlich als ein besonders ‚fundamentales' Elementarteilchen unterschieden werden. Diese letztere Ansicht entspricht genau der Doktrin des ANAXIMANDER, und ich bin selbst überzeugt, daß in der modernen Physik diese Ansicht die richtige ist."

Im Laufe der weiteren Betrachtungen wird noch klar werden, was HEISENBERG im einzelnen gemeint hat.

Von den Schülern und Nachfolgern ANAXIMANDERS ist vor allem ANAXIMENES VON MILET (588 – 525 v. Chr.) zu nennen. Er lehrte:

Der Urstoff der Welt ist die Luft.

Aus der Luft sollen durch Verdichtung und Verdünnung, durch Kondensation und Verdampfung die zahlreichen übrigen Substanzen der Welt entstehen. Bei einer Verdünnung soll die Luft zu Feuer, bei einer Verdichtung zu Wind und bei weiterer Verdichtung zu Wolken, Wasser, Erde und Stein werden.

Unter dem Einfluß von ANAXIMANDER stand auch HERAKLIT VON EPHESUS (550 – 480 v. Chr.), dessen Lehre durch den Satz gekennzeichnet werden kann:

Panta rhei d.h. *alles fließt.*

Der Begriff des Werdens steht also bei HERAKLIT an erster Stelle. In dem Fluß aller Dinge und dem ewigen Wechsel der Erscheinungen in der sichtbaren Welt sieht er den Urgrund alles Seins. Dabei wird der nie endende

Streit zwischen den Gegensätzen zu einer Art Harmonie, durch die die Einheit des Ganzen erhalten wird. HERAKLIT sagt hierzu:

„Der Krieg ist die gemeinsame Grundlage alles Seins, und der Streit ist gleichzeitig der gerechte Ausgleich. Alle Dinge entstehen und vergehen durch den Streit."

HERAKLIT dürfte aber auch empfunden haben, daß der Wandel allein nicht genügen kann, um die bunte Mannigfaltigkeit des Seins auch in ihrem materiellen Hintergrund zu begründen. Deshalb nimmt er noch das Feuer hinzu und erklärt es zum Grundelement alles Seins. Die Welt entsteht nach HERAKLIT aus dem Feuer und löst sich wieder in Feuer auf. Dieses soll also zugleich materielle Grundlage und bewegende Kraft sein.

Auch diese Vorstellungen HERAKLITS kommen den Auffassungen der heutigen Physik in mancher Hinsicht sehr nahe. Man erkennt dies sofort, wenn man das Wort *Feuer* durch *Energie* ersetzt. Es wurde früher (S. 711) bereits darauf hingewiesen, daß die Materie als eine besondere Form der Energie betrachtet werden kann, und daß es heute möglich ist, jene kleinen materiellen Teilchen, die man als Elementarteilchen bezeichnet, aus Energie zu erzeugen. Da die Atome und damit alle Gegenstände unserer Welt letzten Endes aus Elementarteilchen aufgebaut sind, kann die Energie als die Grundsubstanz der materiellen Welt und gleichzeitig als die Ursache aller Veränderungen in dieser Welt betrachtet werden.

Einem neuen, für die Entwicklung des Atombegriffs wichtigen Gedanken begegnen wir bei EMPEDOKLES AUS AKRAGAS (495–435 v. Chr.). Er vertrat die Auffassung, daß es vier qualitativ voneinander verschiedene Grundstoffe gibt, aus deren Urteilchen durch Mischung die ganze sichtbare Welt entstanden sein soll.

Diese vier Grundstoffe sind Erde, Wasser, Luft und Feuer.

Jeder dieser Grundstoffe besteht nach EMPEDOKLES aus gleichartigen Teilchen; die Verschiedenheit und Mannigfaltigkeit der sichtbaren Gegenstände kommt lediglich durch Unterschiede in der Menge der einzelnen Urteilchen und die Art ihrer Verteilung zustande. Wir begegnen hier einer ersten Vorstufe des *Elementbegriffs*. Die Lehre von den vier Elementen wurde später von ARISTOTELES übernommen und blieb bis ins Mittelalter die vorherrschende Auffassung, bis schließlich durch R. BOYLE (1627–1691) eine weiterführende Neufassung des Elementbegriffs erfolgte.

Zu den vier von EMPEDOKLES als materielle Grundlage des Seins betrachteten Elementen kommen als bewegende Kräfte die *Liebe* und der *Streit*, die den Wandel in der Welt bewirken, wobei die Mischung als Ergebnis der Liebe und die Trennung als Folge des Streites entstehen. Wenn wir auch hier wieder eine Beziehung zur späteren Naturforschung suchen wollen, so könnten wir sagen, daß die vier Grundelemente des EMPEDOKLES als die Repräsentanten der Aggregatzustände fest, flüssig und gasförmig sowie der Energie angesehen werden müßten.

Die von EMPEDOKLES begonnene Entwicklung wurde durch ANAXAGORAS (500–428 v. Chr.) insofern weitergeführt, als dieser nicht vier, sondern *unendlich viele qualitativ verschiedene und unveränderliche Urstoffe oder Elemente* annahm, durch deren Mischung und Entmischung die Vielfalt der sichtbaren Substanzen und Vorgänge entstehen sollte. Als bewegende Kraft und gestaltendes Prinzip betrachtet ANAXAGORAS nicht die Liebe und den Streit, sondern den *Geist*.

ANAXAGORAS spricht bei den Urstoffen von sehr kleinen „Samen". Diese können wie Sandkörner miteinander gemischt werden. In jedem sichtbaren Körper sind alle Arten von „Samen" enthalten, Unterschiede werden aus der gegenseitigen Anordnung und der zahlenmäßigen Verteilung erklärt.

Nachdem wir kurz dargelegt haben, wie der Atombegriff in der griechischen Philosophie vorbereitet worden ist, wenden wir uns jetzt den eigentlichen *Begründern des atomistischen Weltbildes* zu. Es sind die Philosophen LEUKIPP VON MILET (etwa 450 v. Chr.) und sein Schüler DEMOKRIT VON ABDERA (etwa 460–370 v. Chr.). Nach LEUKIPP bestehen alle Stoffe aus einzelnen voneinander abgegrenzten Teilchen, den *Atomen*, zwischen denen sich leerer Raum befindet. Diese letzten unteilbaren Bausteine alles Seienden sind sämtlich aus dem gleichen Urstoff gebildet und unterscheiden sich lediglich durch ihre Gestalt und Größe. Hierdurch sowie durch ihre verschiedene Lage und Anordnung soll nach LEUKIPP die ganze Vielgestaltigkeit der Wirklichkeit zustande kommen.

DEMOKRIT ging noch einen Schritt weiter, indem er annahm, daß die Atome sich im leeren Raum bewegen. Sie können dabei zusammenstoßen, sich vereinigen und sich auch wieder trennen; bei allen diesen Vorgängen bleiben die Atome selbst erhalten.

Die Atome haben nach DEMOKRIT also keine anderen physikalischen Eigenschaften als eine unveränderliche geometrische Gestalt und eine veränderliche Bewegung. Die übrigen Eigenschaften der uns umgebenden

Körper, wie Farbe, Temperatur, Geruch, Geschmack usw., kommen den Atomen nicht zu. Der Mensch vermag mit seinen groben Sinnesorganen die wirkliche Gestalt und Beschaffenheit der sehr kleinen Atome nicht zu erkennen. Er nimmt nur ihre Wirkungen in einer oft getrübten Weise wahr; die unmittelbare Wahrnehmung der menschlichen Sinne ist für DEMOKRIT nur Schein. Er soll hierüber gesagt haben:

Nur in der Meinung besteht das Süße, in der Meinung das Bittere, in der Meinung das Warme, das Kalte, die Farbe. In Wahrheit gibt es nur die Atome und den leeren Raum.

Auf einen weiteren wichtigen Gedanken in der Philosophie der griechischen Atomisten muß noch besonders hingewiesen werden. DEMOKRIT hat klar ausgesprochen, daß die Bewegungen und Umlagerungen der Atome nicht zufällig erfolgen, sondern daß sie sich nach ganz bestimmten Gesetzen vollziehen. In der ihm zugeschriebenen Äußerung heißt es:

Nichts entsteht aus Nichts, sonders alles aus einem bestimmten Grunde und aus Notwendigkeit.

Damit taucht zum ersten Male der für die spätere Naturforschung des Abendlandes entscheidend wichtige Gedanke auf, daß *in der Natur nichts Willkürliches geschieht, sondern sich alles mit Notwendigkeit vollzieht.* Dieser vollständige Determinismus stand in radikalem Gegensatz zu der Naturbetrachtung der damaligen Zeit, die überall das Wirken von Göttern und Dämonen sah, wobei alle Naturerscheinungen als die willkürlichen und unberechenbaren Äußerungen dieser Mächte gedeutet wurden.

Wenn wir abschließend die antike Atomvorstellung mit dem heutigen Bild vom Aufbau der Materie vergleichen, so sind folgende Gesichtspunkte zu beachten:

1. Die Atome von LEUKIPP und DEMOKRIT können nicht mit den heute als Atome bezeichneten kleinsten Teilchen der chemischen Elemente identifiziert werden, denn diese Atome sind nicht die letzten, unteilbaren und unwandelbaren Bausteine der Materie, sondern komplizierte, aus kleineren Einheiten, den sog. *Elementarteilchen*, zusammengesetzte Gebilde. Wenn man ein mit der alten Atomvorstellung vergleichbares Analogon sucht, so können dies also nur die Elementarteilchen sein, obwohl sich auch hier bei genauerer Betrachtung erhebliche Unterschiede zeigen.

2. Die Atome DEMOKRITS und die Elementarteilchen der heutigen Physik stimmen darin überein, daß sie jeweils aus dem gleichen Urstoff bestehen sollen. Die Suche nach einer gemeinsamen Grundsubstanz aller Elementarteilchen ist noch nicht abgeschlossen. Vorerst hat man die hypothetischen Teilchen, aus denen man sich alle Elementarteilchen aufgebaut denkt, als *Quarks* bezeichnet. Sie konnten bisher experimentell nicht nachgewiesen werden, sondern es handelt sich um spekulativ eingeführte Gebilde, mit deren Hilfe eine besonders einfache Beschreibung der bei den Elementarteilchen auftretenden Gesetzmäßigkeiten möglich ist. Wir kommen hierauf später (S. 1020ff.) zurück.

3. Die Atome sollten nach DEMOKRIT unzerstörbar und unwandelbar sein. Für die Elementarteilchen der heutigen Physik gilt dies keineswegs. Sie sind im Gegenteil in außerordentlich mannigfaltiger Weise wandelbar. Wir erwähnen hier nur die Tatsache, daß zwei mit genügend großer Geschwindigkeit zusammenstoßende Elementarteilchen verschwinden und gleichzeitig zur Entstehung vieler neuer Elementarteilchen Anlaß geben können. Beispiele hierfür werden uns im folgenden wiederholt begegnen.

4. Bei den Atomen DEMOKRITS handelt es sich bereits um verhältnismäßig abstrakte Gebilde, denn außer der geometrischen Gestalt und der Bewegung besaßen sie keine der uns gewohnten anschaulichen Eigenschaften, wie sie den Körpern unserer Umwelt zukommen. In dieser Richtung geht die heutige Physik noch erheblich weiter. Ihre Elementarteilchen sind durch ein Höchstmaß an Abstraktheit und Unanschaulichkeit gekennzeichnet. Wir werden später noch genauer sehen, daß der Physiker unter einem Elektron oder einem anderen Elementarteilchen ein Gebilde versteht, das ebenso wie die Atome DEMOKRITS keine Farbe, keine Temperatur, keinen Geschmack und keinen Geruch besitzt und dem aber darüber hinaus auch keine bestimmte geometrische Form zugeschrieben werden kann. Wir haben schon gesehen, daß man zur Beschreibung solcher Gebilde in manchen Fällen das Bild einer Welle oder eines Wellenpaketes verwenden muß, während man in anderen Fällen besser das Korpuskelmodell verwendet. Letzten Endes handelt es sich bei diesen Modellen aber immer nur um anschauliche Interpretationen von in Wirklichkeit unanschaulichen Vorgängen. Dazu erstellt der Physiker ein System mathematischer Formeln, die im wesentlichen gewisse Symmetrieeigenschaften in der Sprache der Mathematik zum Ausdruck bringen, in dem anschaulich greifbare Eigenschaften nicht mehr auftreten.

Wir werden bei dieser Entwicklung der modernen Physik an gewisse Strömungen des griechischen Altertums erinnert, die mindestens ähnliche Züge erkennen ließen. PYTHAGORAS (582–507 v. Chr.) und seine

Schüler haben nämlich in der *Zahl* das grundlegende Prinzip für die Entstehung und den Ablauf der Welt gesehen. Die mathematischen Formen fanden bei den Pythagoreern nicht nur in der musikalischen Harmonie und in der Kosmologie ihre unmittelbare Auswirkung, sondern diese Denker ahnten bereits *„die schöpferische Kraft mathematischer Formulierungen“* (HEISENBERG), die die spätere Naturforschung sich mit so großem Erfolg nutzbar gemacht hat. Die Atomphysik ist auf dem Wege der Mathematisierung sehr viel weiter fortgeschritten als die klassische Physik. Sie ist deshalb auch abstrakter und in ihren Feinheiten schwerer zugänglich als die Physik früherer Zeiten. Wir werden im folgenden diesen abstrakten mathematischen Weg nicht zu weit gehen, sondern nach Möglichkeit anschauliche Hilfsvorstellungen benutzen, ohne daß wir dabei aber vergessen wollen, daß die Wirklichkeit in ihrer ganzen Vielfalt und Kompliziertheit nur in der Sprache der Mathematik erfaßt und beschrieben werden kann.

Für die auf LEUKIPP und DEMOKRIT folgende Entwicklung der griechischen Naturforschung sind die Ideen der Atomisten ohne große Wirkung geblieben. Von PLATO (427 – 347 v. Chr.) wird berichtet, daß er sich scharf gegen DEMOKRIT ausgesprochen und gewünscht haben soll, daß dessen Schriften verbrannt würden. Auch bei ARISTOTELES (384 – 322 v. Chr.) hatte der Atomismus keinen Platz. Es hat im Altertum zwar immer wieder einzelne Anhänger der atomistischen Lehre gegeben, aber sie haben keine nennenswerte Wirkung mehr ausgestrahlt. Wir nennen hier EPIKUR (341 – 271 v. Chr.), der ein ausgesprochener Anhänger von DEMOKRIT war, sowie LUKREZ (98 – 55 v. Chr.), der die Vorstellungen von der atomistischen Naturgesetzlichkeit in seinem Lehrgedicht *De rerum natura* auf alle Bereiche des damaligen Naturwissens angewandt hat.

Auch im Mittelalter blieb die Atomistik ohne Bedeutung, denn die Naturforschung dieser Epoche stand weitgehend unter dem Einfluß von ARISTOTELES, was zur Folge hatte, daß jetzt die Frage nach dem *Zweck des Naturgeschehens* und damit das Bestreben in den Vordergrund trat, die Welt aus einer inneren Harmonie zu verstehen.

Wir überspringen diese für die Entwicklung des Atomismus unfruchtbare Zeit und wenden uns gleich der Renaissance zu. Mit dem Studium der Antike gerieten in jener Zeit auch die Lehren von LEUKIPP und DEMOKRIT erneut in das Blickfeld der damaligen Wissenschaftler. Vor allem war es der französische Philosoph und Naturforscher P. GASSENDI (1592 – 1655), durch den die antike Atomlehre zu neuem Leben erweckt wurde. Er lehrte, daß die Atome sich durch ihre Größe, ihr Gewicht und ihre Gestalt unterscheiden und daß sie durch die besondere Beschaffenheit ihrer Oberflächen aneinander hafteten. GASSENDI deutete ferner auch die Wärme atomistisch, indem er Wärme- und Kälteatome unterschied.

Die Zeit, in der GASSENDI lebte, brachte nach einer fast 2000jährigen Pause für die Naturwissenschaften den Beginn einer neuen fruchtbaren Entwicklung. Es war die Zeit von GALILEI und KEPLER, in der sich ein entscheidender Umbruch in der Grundhaltung vollzog, mit der man an die Erforschung und Deutung der Natur heranging, ein Umbruch, durch den die Entwicklung der modernen Naturforschung mit ihren ungeheueren Erfolgen überhaupt erst möglich geworden ist. Die grundlegende Veränderung bestand darin, daß man die spekulative Haltung gegenüber der Natur, die im Altertum und Mittelalter die Forschung kennzeichnete, aufgab und die *Erfahrungstatsachen als allein entscheidendes Kriterium* zur Grundlage aller Naturforschung machte. Es begann sich allmählich die Arbeitsweise der heutigen Physik herauszubilden, die auf zwei Wegen zu neuen Erkenntnissen über die Natur gelangt:

1. Zunächst zeigte sich immer deutlicher, daß das Aufsuchen von Naturgesetzen keine Angelegenheit des reinen Denkens ist, sondern daß das *Experiment* ein entscheidender Bestandteil jeder physikalischen Untersuchung ist. Sorgfältig geplante Versuche gestatten es, an die Natur bestimmte Fragen zu richten und durch die Auswertung der Ergebnisse Antworten auf diese Fragen zu erhalten.

2. Neben der experimentellen Naturbefragung steht aber als gleichfalls wichtiger Bestandteil jeder physikalischen Naturerfassung die *Theorie*, durch die die experimentell gefundenen Erfahrungstatsachen geordnet, gedeutet und in einem zusammenhängenden System miteinander verbunden werden. Durch diese theoretische Deutung und Zusammenfassung wird aber gleichzeitig auch die experimentelle Forschung gefördert und angeregt, denn es tauchen bei der Aufstellung physikalischer Theorien oft neue Fragen und Probleme auf, die ihrerseits bestimmte experimentelle Untersuchungen als zweckmäßig oder erforderlich erscheinen lassen. Auf diese Weise wird die Forschung häufig zu neuen Fragestellungen geführt oder in neue Richtungen gelenkt.

Wir können also abschließend feststellen, daß sich die vielen großen Erfolge der Physik nur aus einem *engen Zusammenwirken von Experiment und Theorie* ergeben haben. Dies gilt insbesondere auch für die Atomphysik, an deren stürmischer Entwicklung experimentelle Untersuchungen und theoretische Deutungen in gleicher Weise beteiligt gewesen sind und auch heute noch beteiligt sind. Dabei muß aber immer beachtet werden, daß keine physikalische Theorie das Ergebnis reiner Spekulation sein kann, sondern daß ihr Ausgangspunkt immer die Erfahrung ist und daß sie in allen Stadien der Entwicklung einer Prüfung an der Erfahrung und einer Bestätigung durch das Experiment bedarf.

Diese gegenüber der Antike und dem Mittelalter wesentlich veränderte Grundhaltung der neuzeitlichen naturwissenschaftlichen Forschung hat zur Folge, daß unsere heutigen Vorstellungen vom atomistischen Aufbau der Materie nicht einfach als Fortsetzung der antiken Atomistik betrachtet werden können. Wir müssen die folgenden Betrachtungen vielmehr auf nüchterne Erfahrungstatsachen aufbauen. Es waren zu Beginn der neuzeitlichen atomistischen Naturdeutung vor allem zwei Bereiche der Naturforschung, die mit ihren experimentellen Befunden das Interesse an einer atomistischen Beschreibung der beobachteten Erscheinungen zweckmäßig erscheinen ließen.

Einer dieser Bereiche ist die früher (S. 299 ff.) behandelte *kinetische Gastheorie.* Wir haben damals erkannt, daß die aus der Erfahrung gewonnenen Gesetze über das Verhalten der Gase bei Druck- und Temperaturänderungen mit Hilfe der Atomvorstellung in einfacher und überzeugender Weise interpretiert werden können. Die entscheidenden Gedanken hierzu waren bereits 1738 von dem Physiker D. Bernoulli (1700–1782) ausgesprochen worden. Danach bestehen die Gase aus rasch bewegten Teilchen, die untereinander und mit den Wänden des Gefäßes zusammenstoßen. Bernoulli nahm weiter an, daß diese Zusammenstöße voll elastisch erfolgen, so daß die Gesamtsumme der kinetischen Energie aller Teilchen unverändert bleibt. Der Druck eines Gases auf die Gefäßwand wurde von Bernoulli durch die in großer Zahl und mit großer Geschwindigkeit auf die Wände stoßenden Teilchen erklärt. Es ist ohne weiteres ersichtlich, daß die Zahl der in einer bestimmten Zeit auf die Wände treffenden Teilchen bei einer Verringerung des Volumens größer wird, so daß der Druck bei einer Volumenverringerung zunehmen muß. Bernoulli konnte diese Druckzunahme berechnen und zeigen, daß die aus der Theorie sich ergebenden Werte mit dem früher behandelten Boyle-Mariotte-*Gesetz* im Einklang stehen. Bernoulli führte weiter aus, daß der Druck der Luft auf die Gefäßwände nicht nur bei einer Volumenverringerung, sondern auch bei einer Erwärmung des Gases zunimmt, so daß er es für gerechtfertigt hielt, jede Erwärmung eines Gases als eine Zunahme der Bewegungsenergie seiner Teilchen zu deuten.

Mit dieser Hypothese war Bernouli seiner Zeit weit vorausgeeilt. Wenn die Erwärmung eines Gases in einer Zunahme der Bewegungsenergie seiner Teilchen besteht, so war damit die Äquivalenz zwischen Wärme und mechanischer Energie mindestens angedeutet, wenn es auch zu einer klaren Erkenntnis dieses Zusammenhanges erst hundert Jahre später gekommen ist. Darüber hinaus hatte Bernoulli noch einen zweiten wichtigen Gedanken: er erkannte, daß sich aus dem Modell einer großen Zahl chaotisch bewegter Teilchen eine exakte, zahlenmäßige Beziehung zwischen bestimmten physikalischen Größen auf rein rechnerischem Wege ableiten läßt. Damit hatte er die Grundgedanken der kinetischen Gastheorie vorweggenommen und gleichzeitig die atomistische Naturbetrachtung wesentlich gefördert.

Der zweite Bereich, der in besonderem Maße zur Entwicklung und Ausgestaltung der atomistischen Naturbeschreibung beigetragen hat, sind die *quantitativen Untersuchungen über das Zustandekommen chemischer Verbindungen*, mit denen wir uns im folgenden Abschnitt näher beschäftigen werden.

8.2.2 Der chemische Atomismus

Vom Altertum bis zum Beginn des 19. Jahrhunderts wurden die Wörter Atom, Teilchen, Korpuskel oder Partikel in einem nicht klar definierten Sinne zur Bezeichnung der kleinsten, unsichtbaren und unteilbaren Bausteine der Materie verwendet. Die Atomvorstellung bekam erst einen präziseren Inhalt, als sich der Begriff des *chemischen Elementes* klar herausbildete. Dies geschah in der Zeit zwischen der Veröffentlichung des Werkes von R. Boyle *Sceptical chymist* im Jahre 1661 und dem Tode Lavoisiers im Jahre 1794. Boyle hat in dem genannten Buche die Auffassung vertreten, daß man als Grundlage der Chemie diejenigen Stoffe betrachten sollte, die durch keinerlei Hilfsmittel in verschiedenartige Teile zerlegt werden können. Es dauerte dann aber doch noch einige Zeit, bis der Elementbegriff eine klare und eindeutige Formulierung gefunden hatte. Endgültig war dies bei Lavoisier der Fall, der in seinem Buche *Traité élémentaire de chimie* (1789) schrieb:

„...wenn wir mit dem Ausdruck Element jene unsichtbaren Atome der Materie meinen, so ist es höchst wahrscheinlich, daß wir über diese Elemente gar nichts wissen. Wenn wir dagegen mit dem Begriff Element die Idee eines letzten

Punktes verbinden, den die chemische Analyse erreichen kann, dann müssen wir als Elemente alle diejenigen Stoffe bezeichnen, in die sich die zahlreichen uns bekannten Substanzen durch irgendwelche Mittel zerlegen lassen. Nichts berechtigt uns zu der Annahme, daß uns ‚einfach' erscheinende Substanzen nicht doch aus zwei oder mehr Grundsubstanzen zusammengesetzt sind; aber da diese Grundsubstanzen nicht voneinander getrennt werden können oder da wir bis heute die Mittel zu ihrer Trennung noch nicht entdeckt haben, gelten sie für uns als einfache Substanzen oder Elemente, und wir sollten sie nicht eher für zusammengesetzt halten, als Experiment und Beobachtung dies bewiesen haben."

Die Liste der zu Lebzeiten LAVOISIERS für Elemente gehaltenen Stoffe umfaßte eine Reihe lange bekannter Metalle, den Schwefel und auch zahlreiche Stoffe, die sich später als zusammengesetzt erwiesen haben. Vielfach wurde auch die Wärme noch als eines der chemischen Elemente betrachtet. Wichtig ist für unsere Überlegungen, daß sich mit der klaren Herausarbeitung des Elementbegriffs die Frage ergab, ob die Existenz der Elemente und ihre verschiedenen Eigenschaften mit Hilfe der Atomhypothese erklärt werden könnten. Es ist vor allem das Verdienst des englischen Physikers J. DALTON (1766–1844), in dieser Richtung wesentliche Fortschritte erzielt zu haben. DALTON wurde durch seine Untersuchungen über die physikalischen Eigenschaften der Gase zu einer Beschäftigung mit den Atomen angeregt. Er sagt selbst hierüber, die Feststellung, daß die Lufthülle der Erde als Mischung von Gasen mit verschiedener Dichte in allen von ihm geprüften Höhen die gleiche Zusammensetzung aufwies, habe ihn mit Verwunderung erfüllt. Er hatte erwartet, daß sich der Stickstoff wegen seiner geringeren Dichte in ähnlicher Weise oberhalb des Sauerstoffs ansammeln würde, wie dies bei Öl und Wasser der Fall ist. Obwohl DALTON für den festgestellten Sachverhalt noch keine überzeugende Erklärung geben konnte, weil die kinetische Gastheorie zu seiner Zeit noch nicht bekannt war, hat die Beschäftigung mit den physikalischen Eigenschaften der Gase seine Aufmerksamkeit doch so stark auf die Atome gelenkt, daß hier der Ausgangspunkt für äußerst fruchtbare Untersuchungen zu sehen ist. Ihnen wenden wir uns jetzt zu.

Das bahnbrechende Buch DALTONS *A new system of chemical philosophy* erschien in zwei Teilen in den Jahren 1808 und 1810. Hierin und in anderen Schriften hat DALTON die folgenden Gedanken ausgesprochen, durch die die moderne Chemie begründet worden ist:

a) Die Materie besteht aus unteilbaren Atomen.

Er schreibt hierüber:

„Obwohl die Materie weitgehend teilbar ist, kann diese Teilung nicht unbegrenzt fortgesetzt werden. Es muß also einen Punkt geben, über den hinaus eine Teilung nicht möglich ist. Die Existenz dieser letzten Materieteilchen kann kaum bezweifelt werden, obwohl sie wahrscheinlich so klein sind, daß sie durch mikroskopische Untersuchungen niemals sichtbar gemacht werden können. Ich habe das Wort ‚Atom' gewählt, um diese letzten Teilchen zu bezeichnen..."

b) Jedes Element besteht aus einer besonderen, für dieses Element charakteristischen Art von untereinander gleichen Atomen; es gibt infolgedessen soviel verschiedene Arten von Atomen wie es Elemente gibt.

DALTON hat dabei besonders hervorgehoben, daß alle Atome desselben Elementes gleiche Größe und gleiche Masse haben.

c) Die Atome sind unwandelbar.

Mit dieser Hypothese, nach der die Atome verschiedener Elemente auf keine Weise ineinander umwandelbar sein sollten, stellte DALTON sich in klaren Gegensatz zu den Alchemisten, die ja lange Zeit vergeblich solche Umwandlungen versucht hatten, indem sie z. B. Eisen in Gold umzuwandeln versuchten.

d) Wenn zwei oder mehrere Elemente sich zu einer Verbindung vereinigen, so bestehen die kleinsten Teile dieser Verbindung aus einer bestimmten Anzahl von Atomen jedes Elementes.

DALTON nannte die kleinsten Teile einer Verbindung *compound atoms*, wir nennen sie heute *Moleküle* oder *Molekeln.*

e) Bei chemischen Reaktionen werden Atome weder geschaffen noch zerstört, sondern lediglich umgelagert.

Die hier kurz zusammengefaßten Grundgedanken der DALTONschen Lehre hatten zunächst den Charakter reiner Hypothesen, die ihre Brauchbarkeit zur Beschreibung und Erklärung der Erfahrungstatsachen erst erweisen mußten. Dies geschah in der Tat mit außerordentlichem Erfolg. Zunächst konnten folgende Erkenntnisse und Gesetze der Chemie auf höchst einfache Weise mit Hilfe der DALTONschen Atomhypothesen gedeutet werden:

1. Gesetz von der Erhaltung der Masse

Bei allen chemischen Vorgängen bleibt die Gesamtmasse der beteiligten Stoffe unverändert.

Dies ergibt sich als selbstverständliche Folgerung aus den oben angegebenen DALTONschen Postulaten, weil bei chemischen Vorgängen nur eine Umlagerung von Atomen stattfindet, die dabei in ihren Eigenschaften, also auch in ihrer Masse, unverändert bleiben. Durch die Tatsache, daß das Gesetz von der Erhaltung der Masse in neuerer Zeit eine Einschränkung erfahren hat (vgl. S. 711), wird die *praktische* Gültigkeit dieses Gesetzes für alle chemischen Vorgänge nicht beeinflußt.

2. Gesetz von den festen Massenverhältnissen (Gesetz der konstanten Proportionen)

Elemente verbinden sich miteinander nur in festen, unveränderlichen Massenverhältnissen.

Dieses Gesetz besagt, daß z.B. die Vereinigung von Wasserstoff und Sauerstoff zu Wasser unabhängig von den jeweiligen Versuchsbedingungen und unabhängig von Ort und Zeit stets in dem Zusammenschluß von zwei Atomen Wasserstoff und einem Atom Sauerstoff besteht. Da die Masse der beteiligten Atome für jede Atomart unveränderlich und untereinander gleich ist, muß die Vereinigung in festen, unveränderlichen Massenverhältnissen erfolgen. In gleicher Weise liefert die Vorstellung von der atomistischen Struktur der Materie auch bei allen anderen Verbindungen eine zwanglose Deutung für die Erfahrungstatsache von den festen Massenverhältnissen.

3. Gesetz von den vielfachen Massenverhältnissen (Gesetz der multiplen Proportionen)

Wenn zwei Elemente mehrere Verbindungen miteinander eingehen, so stehen die Massen des einen Elementes, die sich mit einer bestimmten, gleichbleibenden Masse des anderen Elementes verbinden, zueinander im Verhältnis kleiner ganzer Zahlen.

Beispiel Die Erfahrung zeigt, daß 7 g Stickstoff sich entweder mit 4 g Sauerstoff oder mit 8 g Sauerstoff oder mit 12 g Sauerstoff oder mit 16 g Sauerstoff verbinden können. Die Massen des Elementes Sauerstoff, die sich mit 7 g Stickstoff verbinden, stehen also im Verhältnis 1:2:3:4.

Auch dieses zunächst merkwürdig anmutende Verhalten der Stoffe folgt ohne weiteres aus der atomistischen Struktur der Materie, wenn man sich vor Augen hält, daß bei der Zusammenlagerung der Atome zu Molekülen in vielen Fällen nicht nur eine Möglichkeit besteht, sondern daß die Zahl der in die Verbindung eingehenden Atome verschieden sein kann. So ergeben sich bei unserem Beispiel für Stickstoff und Sauerstoff die Verbindungen N_2O, NO, N_2O_3, NO_2; man erkennt sofort, daß die auf eine bestimmte Masse Stickstoff entfallenden Sauerstoffmassen sich wie 1:2:3:4 verhalten. In ganz ähnlicher Weise liegen die Verhältnisse bei allen anderen chemischen Verbindungen, wobei allerdings die zu DALTONS Zeiten noch nicht bekannte Tatsache hinzugefügt werden muß, daß das oben angegebene Verhältnis *kleiner* ganzer Zahlen im Bereich der organischen Verbindungen nicht immer erfüllt ist, sondern daß hier die Zahl der in ein Molekül eingehenden Atome und die dabei auftretenden Massenverhältnisse auch recht große Werte annehmen können.

Ein weiteres für die Entwicklung der Atomvorstellung wichtiges Gesetz wurde im Jahre 1808 von dem französischen Physiker und Chemiker J.L. GAY-LUSSAC (1778–1850) entdeckt. Er hat ein Gemisch von Sauerstoff und Wasserstoff mit Hilfe eines elektrischen Funkens zur Explosion gebracht. Dabei fand er, daß sich stets zwei Volumenteile Wasserstoff mit einem Volumenteil Sauerstoff zu zwei Volumenteilen Wasserdampf verbinden, vorausgesetzt daß Druck und Temperatur der Ausgangs- und Endgase gleich groß sind. Ähnliche Ergebnisse wurden bei anderen chemischen Reaktionen von Gasen gefunden. Diese Erfahrungstatsachen bilden den Inhalt des *Volumengesetzes von* GAY-LUSSAC:

Die Volumina der an einer chemischen Umsetzung beteiligten gasförmigen Stoffe verhalten sich bei gleichbleibendem Druck und gleichbleibender Temperatur wie kleine ganze Zahlen.

Nachdem die experimentellen Erfahrungen der Physiker gezeigt hatten, daß sich alle Gase gegenüber Temperaturänderungen gleichartig verhalten und daß bei chemischen Umsetzungen die Volumina der beteiligten Gase einfache ganzzahlige Beziehungen aufwiesen, lag es nahe, diese Gesetzmäßigkeiten durch eine einfache Annahme über die atomistische Struktur der Gase zu deuten. Eine solche Deutung wurde 1811 von A. AVOGADRO (1776–1856) durch eine Hypothese gegeben, die man heute als den AVOGADRO-*Satz* bezeichnet.

Der AVOGADRO-*Satz* lautet:

Gleiche Volumina idealer Gase enthalten bei gleichem Druck und gleicher Temperatur die gleiche Anzahl von Atomen oder Molekülen.

Dieser Satz gilt mit großer Näherung auch für reale Gase, wenn Druck und Temperatur so beschaffen sind, daß die Gase noch weit von der Verflüssigung entfernt sind. Natürlich ist es nicht möglich, die Hypothese von AVOGADRO unmittelbar nachzuprüfen, denn die in einem Gasvolumen enthaltenen Teilchen können niemals abgezählt werden. Trotzdem zweifelt heute aber niemand mehr an der Richtigkeit der AVOGADROschen Annahme, weil sie sich bei der Beschreibung und Deutung zahlreicher chemischer und physikalischer Vorgänge vielfach bewährt hat.

Die bisherigen Ausführungen lassen bereits erkennen, daß die atomistische Betrachtungsweise eine zwanglose Erklärung zahlreicher Erfahrungstatsachen ermöglichte. In der folgenden Zeit konnte eine Fülle weiterer Erscheinungen aus den verschiedensten Gebieten der Physik mit Hilfe der Atomvorstellung erklärt und verstanden werden.

Durch die vielseitigen Erfolge der Atomvorstellung hatten sich die Physiker des vergangenen Jahrhunderts daran gewöhnt, an die Existenz der Atome zu glauben, obwohl es sich hierbei nur um eine Hypothese handelte, die sich zwar bewährt und als sehr brauchbar erwiesen hatte, durch die aber die reale Existenz der Atome keineswegs zwingend dargelegt werden konnte. Es gab im Gegenteil kritische Physiker, wie E. MACH (1838–1916) und W. OSTWALD (1853–1932), die um die Jahrhundertwende mit Recht darauf hinweisen konnten, daß ein wirklicher Beweis für die Existenz der Atome im physikalischen Sinne noch nicht vorlag und daß man die in jener Zeit bekannten Naturgesetze und Erfahrungstatsachen auch ohne die Atomvorstellung zwar nicht ganz so einfach, aber doch folgerichtig zu erklären vermochte. Kurz nach 1900 konnten dann die ersten experimentellen Beweise für die Realität der Atome erbracht werden, durch die die Einwände von MACH und OSTWALD gegenstandslos wurden.

Damit begann ein neuer Abschnitt in der Geschichte der Atomistik, denn erst nachdem die Existenz der Atome gesichert war, erhielt die weitere Aufgabe, ihre Eigenschaften zu untersuchen, die eigentliche Berechtigung und den physikalischen Sinn. Im Verlaufe der Forschung konnte eine Fülle von neuen Erfahrungen gesammelt werden, die sich nur so deuten ließen, daß die Atome keineswegs jene letzten unwandelbaren Bausteine der Materie sind, als die sie bis dahin gegolten hatten. Sie erwiesen sich vielmehr als zerstörbar und wandelbar. Darum bestand die nächste Aufgabe der physikalischen Forschung darin, Erkenntnisse über die Zusammensetzung und den Aufbau der Atome zu gewinnen. Dazu wurden *Modellvorstellungen* entwickelt. Zunächst einfache, dann komplizierter werdende *Atommodelle* ermöglichten eine Ordnung des vorliegenden Erfahrungsmaterials.

Diese Atommodelle sollen in den folgenden Kapiteln dargestellt werden.

8.2.3 Der Sinn und die Aufgabe der Atommodelle

Es wurde früher bereits darauf hingewiesen, daß es sich bei den physikalischen Modellvorstellungen um anschauliche Bilder handelt, die der Mensch entwickelt, um die beobachteten Naturerscheinungen in übersichtlicher Weise zu beschreiben, die aufgefundenen Gesetze zu deuten und Voraussagen über den Ablauf neuer Experimente herzuleiten. Bei den Modellvorstellungen für das Licht und die Materie haben wir ferner gesehen (S. 729ff.), daß in vielen Fällen ein Modell allein nicht ausreicht, um ein physikalisches Phänomen mit allen seinen Eigenschaften zu beschreiben. Jedes Modell vermag vielmehr immer nur gewisse Seiten der Wirklichkeit zu erfassen. Wir wollen uns diesen für die Atommodelle wichtigen Sachverhalt noch einmal an einem anschaulichen Beispiel klarmachen.

Jede Fotografie stellt ein Modell der Wirklichkeit dar, das gewisse Eigenschaften der realen Objekte wiedergibt. Es können aber durch eine Fotografie niemals alle Eigenschaften der realen Welt erfaßt werden; so ist es z. B. unmöglich, mit Hilfe dieses Modells Gerüche darzustellen. Wir erkennen an diesem Beispiel deutlich, daß das Modell niemals mit der Wirklichkeit identifiziert werden darf und daß aus der Nichterfaßbarkeit der Gerüche in der Fotografie keineswegs geschlossen werden darf, daß in der Wirklichkeit Gerüche nicht vorhanden sind.

Diese Feststellungen erscheinen so selbstverständlich, daß man ihre Erwähnung überhaupt für überflüssig halten könnte. Zur Zeit der ersten Atommodelle war man sich dieser Tatsache aber noch nicht bewußt. So ist es zu verstehen, daß man die Modelle anfangs in zu enge Beziehung zur Wirklichkeit brachte oder sogar Modell und Wirklichkeit identifizierte. Schwierigkeiten, die sich aus einer solchen Einstellung ergaben, wurden gegenstandslos, als man sich auf den hier dargelegten Sinn der physikalischen Modellvorstellungen beschränkte und von diesen nicht mehr verlangte, als sie zu leisten vermögen.

Die Modelle spielen in der Welt der Atome eine besonders wichtige Rolle, weil die experimentelle Erfahrung der Physiker gezeigt hat, daß die Atome der heutigen Physik kaum noch als körperliche Gebilde in dem gewohnten Sinne betrachtet werden dürfen. Im Laufe der weiteren Darlegungen wird sich vielmehr zeigen, daß der Atombegriff der modernen Physik immer abstrakter geworden ist und daß die Atome heute schließlich nur noch mit Hilfe mathematischer Symbole beschrieben werden können. Der schon von den Pythagoreern deutlich ausgesprochene Gedanke von der sinngebenden Kraft mathematischer Strukturen in der realen Welt hat im Bereich der atomaren Welt eine ungeahnte Bestätigung gefunden. Hier gilt vielleicht noch mehr als in anderen Gebieten der Physik die Erkenntnis, die GALILEI in die Worte kleidete:

„Das ganze Weltall liegt vor uns aufgeschlagen wie ein ungeheures Buch, aber nur der vermag darin zu lesen, der die Sprache und die Zeichen kennt, in denen es geschrieben ist. Diese Sprache aber ist die Mathematik, und ihre Zeichen sind die mathematischen Figuren."

Im Laufe der physikalischen Forschung zeigte sich immer deutlicher, daß nur die abstrakte mathematische Beschreibung der Erscheinungen zu einer vollständigen Erfassung und Beherrschung des atomaren Bereiches führen kann. Der Physiker A. SOMMERFELD (1868–1951) formulierte diese Notwendigkeit 1924 so:

„Vielleicht ist das Atommodell mehr ein Rechenschema als eine Zustandsrealität."

Eine solche Naturbeschreibung ist aber wegen ihrer Unanschaulichkeit und ihres schwierigen Formalismus für den Nichtspezialisten schwer verständlich. Man hat deshalb immer wieder versucht, neben der abstrakten mathematischen Darstellung eine weitgehend anschauliche Wiedergabe der Erscheinungen und Gesetze durch Modelle zu erreichen. Dies ist auch in weitem Umfang gelungen. Im folgenden werden wir eine Reihe der wichtigsten Modelle dieser Art kennenlernen.

Der Physiker H. HERTZ (1857–1894) hat in der Einleitung zu seiner Mechanik die Aufgabe und Bedeutung physikalischer Bilder oder Modellvorstellungen klar und eindringlich dargelegt. Er sagt hier, daß in der Physik Bilder, Scheinbilder oder Modelle von den wirklichen Dingen und Vorgängen geschaffen werden, an denen wir „in kurzer Zeit die Folgen entwickeln, welche in der äußeren Welt erst in längerer Zeit oder als Folgen unseres eignen Eingreifens auftreten werden". Von diesen Modellen verlangt H. HERTZ weiter, daß „die denknotwendigen Folgen der Bilder wieder die Bilder seien von den naturnotwendigen Folgen der abgebildeten Gegenstände". Diese Forderungen lassen sich etwas einfacher so formulieren: Die aus der theoretischen Analyse des Modells sich ergebenden Folgerungen müssen mit den Ergebnissen der Erfahrung übereinstimmen.

Das Modell muß sich an der realen Natur bewähren.

Dies gilt sowohl in bezug auf die schon bekannten Erfahrungstatsachen, als auch besonders in bezug auf die aus dem Modell sich ergebenden Voraussagen neuer Naturzusammenhänge. So wird es verständlich, daß die Modelle sich sehr oft über ihre ursprüngliche Aufgabe einer Veranschaulichung bekannter unanschaulicher Sachverhalte hinaus auch bei der Auffindung neuer Erkenntnisse bewährt haben. Das soll an einem Beispiel aus der jüngsten Geschichte der Atomphysik kurz erläutert werden.

Die beiden Forscher O. HAHN (1879–1968) und F. STRASSMANN (1902–1980) haben im Jahre 1938 in Berlin die Entdeckung gemacht, daß gewisse Urankerne durch den Beschuß mit Neutronen gespalten werden können. Wir gehen auf diese Erscheinungen später (S. 918f.) noch näher ein. Hier soll nur darauf hingewiesen werden, daß im Anschluß an diese Entdeckung ein Modell für die Atomkerne entwickelt wurde, das später (S. 955) ebenfalls noch genau besprochen wird. Anhand dieses Modells konnte dann berechnet werden, was beim Einschuß eines Neutrons in einen Urankern geschehen kann. Die Ergebnisse dieser Rechnungen ermunterten die Physiker zu dem seinerzeit größten und kostspieligsten Experiment, das in der Geschichte der Physik je ausgeführt worden ist. Das Experiment bestand darin, daß am 2. Dezember 1942 in Chicago der erste Kernreaktor in Betrieb gesetzt wurde; das Ergebnis entsprach genau den Vorausberechnungen. *Das Modell hatte sich damit an der Wirklichkeit bewährt.*

Das gleiche gilt auch für alle anderen Atommodelle: Sie stellen keine wirklichkeitsfremden Gedankenkonstruktionen der Physiker dar, sondern sind immer an der Erfahrung orientiert. Sie können sehr reale, technische Entwicklungen auslösen. In dem oben beschriebenen Beispiel wurde durch das Modell für die Atomkerne der Anstoß zur Entwicklung einer neuen Energiequelle gegeben. Die von dem Kernreaktor damals abgegebene Leistung betrug zwar nur ein halbes Watt, aber die grundsätzliche Möglichkeit einer Erschließung und Nutzbarmachung der Kernenergie war auf diesem Wege erkannt worden. Das Atomkernmodell hatte eine Entwicklung ausgelöst, die auch heute noch nicht abgeschlossen ist. Wenn überall in der Welt Kernreaktoren entstehen, um die Lücke in der Energieversorgung der Menschheit zu schließen, so hat am Anfang dieser Entwicklung die Beschreibung und Deutung der zugrundeliegenden physikalischen Erscheinungen durch ein Atomkernmodell gestanden.

Im folgenden werden wir es immer wieder mit Atommodellen zu tun haben. Um Fehlinterpretationen zu vermeiden, soll deshalb eine aus den vorhergehenden Darlegungen sich ergebende Tatsache noch einmal unterstrichen werden:

Bei den Atommodellen handelt es sich um von den Physikern ersonnene Bilder, die jeweils nur einen Teil der Erfahrungstatsachen beschreiben und deren Richtigkeit am Atom nicht nachgewiesen werden kann.

Die Fragestellung, ob ein Atommodell *richtig* oder *falsch* ist, hat deshalb keinen physikalischen Sinn (S. 396ff.). Ein Atommodell, das die oben dargelegten Voraussetzungen erfüllt und einen gewissen Komplex von Beobachtungstatsachen in einfacher und anschaulicher Weise zu beschreiben gestattet und zutreffende Voraussagen für den Ablauf neuer Versuche ermöglicht, ist für den betreffenden Erfahrungsbereich *angemessen*, ohne daß man deshalb sagen könnte, es sei im Sinne einer Übereinstimmung mit der Wirklichkeit *richtig*. Hieraus ergibt sich ohne weiteres, daß für andere Erfahrungsbereiche andere Atommodelle angemessen sein können oder daß bei einer Erweiterung des Beobachtungsmaterials ein vorher benutztes Atommodell zur Erfassung des gesamten Erfahrungsbereiches unter Umständen abgewandelt oder sogar durch ein anderes Modell ersetzt werden muß, das dann den umfassenderen Erfahrungen angemessen ist.

Diese hier dargelegten Grundgedanken werden bei der folgenden Besprechung verschiedener Atommodelle immer wieder auftauchen. Wir werden dabei Gelegenheit haben, diese für ein Eindringen in die grundlegenden Probleme der modernen Atomphysik wesentlichen Gesichtspunkte weiter zu klären und mit konkretem Inhalt zu erfüllen.

Abschließend stellen wir fest, daß ebenso wie in der übrigen Physik auch im Bereich der Atome die *Erfahrungstatsachen* das Fundament jeder physikalischen Untersuchung und der Ausgangspunkt für die Entwicklung jedes Atommodells sind. Wir werden deshalb auch hier immer die experimentellen Befunde über die Atome an den Anfang stellen und daraus jeweils die angemessenen Atommodelle entwickeln.

8.2.4 Die einfachsten Atommodelle

Bei der Behandlung der kinetischen Gastheorie haben wir die Atome als kleine, elastische Kugeln betrachtet (S. 299ff.), deren wesentliche Eigenschaften ihre *Masse* und ihre *räumliche Ausdehnung* waren. Wir haben gesehen, wie diese Größen experimentell bestimmt werden konnten (S. 330f.). Damit haben wir bereits das *einfachste Atommodell* kennengelernt, das man nach dem englischen Chemiker und Physiker DALTON als das DALTON-*Atommodell* bezeichnet. Wir halten fest:

Das einfachste, mechanische Atommodell betrachtet die Atome als kleine, kugelförmige, gleichmäßig mit Materie erfüllte und vollkommen elastische Gebilde.

Diese kleinen Kugeln können in vielen Fällen als Massenpunkte betrachtet werden, auf die sich die Gesetze der klassischen Mechanik anwenden lassen. Ein derartiges Atommodell ist besonders einfach, weil über den inneren Aufbau der Atome keinerlei Annahmen gemacht werden. Solche Annahmen sind so lange entbehrlich, wie die Vorstellung kleiner, homogener Materieklümpchen zur Beschreibung des betrachteten Erfahrungsbereiches ausreicht.

Dieses einfachste, mechanische Atommodell erweist sich zur Erfassung folgender Größen, Gesetze und experimentellen Befunde als angemessen:

1. Masse und Durchmesser der Atome (S. 330 f.),
2. Gesetz von der Erhaltung der Masse (S.740),
3. Gesetze von den festen und von den vielfachen Massenverhältnissen (S.740),
4. Gasgesetze und Gesetze der kinetischen Wärmetheorie (S. 299ff.),
5. Änderungen der Aggregatzustände (S. 347ff.).

In diesen Erfahrungsbereichen ist es deshalb auch heute noch üblich, mit dem dargelegten einfachsten, mechanischen Atommodell zu arbeiten; dieses Modell ist diesen Bereichen angemessen. Seit dem Ende des vorigen Jahrhunderts sind aber eine Reihe von Erscheinungen genauer untersucht worden, die mit diesem einfachen Modell nicht mehr befriedigend erfaßt werden können.

Wir nennen hier einige Beispiele:

1. Die später (S. 860f.) behandelten radioaktiven Vorgänge zeigen, daß von den Atomen sowohl negativ als auch positiv geladene Teilchen ausgesandt werden können.
2. Die bei der Elektrolyse und bei den elektrischen Entladungen in Gasen beobachteten Erscheinungen weisen ebenfalls auf einen engen Zusammenhang zwischen den Atomen und der Elektrizität hin.

Da die Erfahrung andererseits zeigt, daß jedes Atom als Ganzes im Normalzustand elektrisch neutral ist, muß weiter geschlossen werden, daß positive und negative Ladungen in den Atomen gleichzeitig und im gleichen Betrag vorhanden sind.

Diese Feststellungen veranlaßten den Physiker J.J. Thomson (1856 – 1940) im Jahre 1904, ein neues Atommodell zu entwickeln.

Das Thomson-Atommodell sieht in den Atomen kleine Kugeln, die kontinuierlich mit positiver Ladung und Masse ausgefüllt sind. Die Elektronen sind hierin eingebettet und durch elektrostatische Kräfte an bestimmte Ruhelagen gebunden.

Wir gehen auf dieses Atommodell, das nur noch historisches Interesse hat, nicht näher ein. Es sollte lediglich erwähnt werden, um noch einmal zu zeigen, wie neue Erfahrungstatsachen zu ihrer Beschreibung ein neues Modell erfordern. Das Thomson-Modell war nämlich in der Lage, über die oben zusammengestellten, auch durch das rein mechanische Modell erfaßbaren Sachverhalte hinaus weitere Erfahrungen, die sich auf den Zusammenhang zwischen den Atomen und der Elektrizität beziehen, anschaulich verständlich zu machen. Es war damit also einem größeren Erfahrungsbereich angemessen als das zuerst entwickelte mechanische Atommodell.

Es dauerte aber nicht lange, bis wiederum neue Versuchsergebnisse bekannt wurden, die auch mit dem Thomson-Modell nicht mehr in Einklang zu bringen waren. Die Folge war, daß ein weiteres neues Atommodell entwickelt werden mußte. Dies geschah 1911 durch den englischen Physiker E. Rutherford (1871 – 1937).

8.2.5 Das Rutherford-Atommodell

Die experimentellen Befunde, die weder mit dem Dalton- noch mit dem Thomson-Modell verständlich gemacht werden können, gehen auf Untersuchungen des deutschen Physikers Ph. Lenard (1862 – 1947) zurück. Es handelt sich dabei um die Erforschung der Katodenstrahlen. Nach einer von H. Hertz (1857 – 1894) bereits im Jahre 1892 gemachten Entdeckung können Katodenstrahlen dünne Schichten fester und flüssiger Körper durchdringen. Aufgrund dieser Entdeckung konstruierte Lenard 1894 eine Entladungsröhre, bei der die Katodenstrahlen aus der Röhre in den umgebenden Raum gelangen (Abb. 745.1). Die der Katode gegenüberliegende Wand besteht dabei aus einer geerdeten Metallplatte, in der sich kleine Löcher befinden. Diese Löcher sind mit einer 0,002 mm dicken Aluminiumfolie, die die Röhre luftdicht verschließt, überzogen. Man bezeichnet diese Einrichtung als Lenard-*Fenster*. Die Katodenstrahlen, d.h. also schnell bewegte Elektronen, vermögen diese Fenster zu durchdringen. Die Dicke der Lenard-Fenster entspricht rund 7500 Atomdurchmessern des Aluminiums, so daß die Metallfolie aus einer etwa ebenso großen Zahl von Atomschichten besteht.

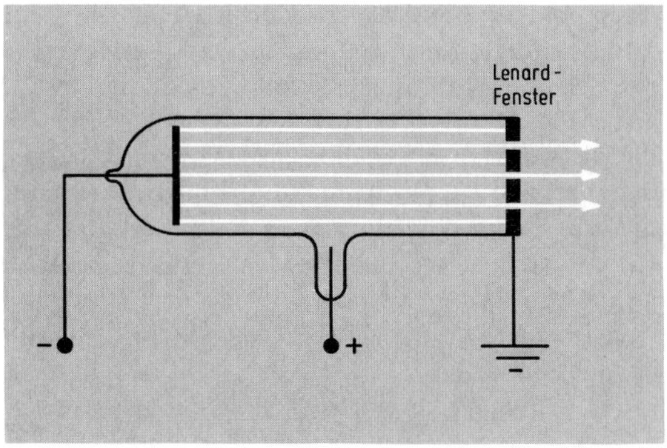

Abb. 745.1 Die Elektronen durchdringen die LENARD-Fenster und gelangen so aus der Entladungsröhre in die umgebende Luft.

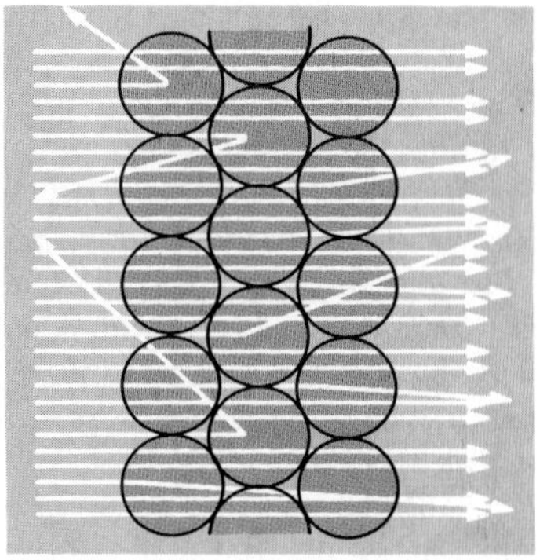

Abb. 745.2 Beschuß einer Metallfolie mit Alphateilchen. Die Atomkerne sind wegen ihrer Kleinheit hier nicht gezeichnet.

Da die festen Körper kaum zusammendrückbar sind, müssen die Atome in ihnen recht dicht liegen; bei der großen Zahl von Schichten müßte auch der kleinste noch vorhandene Zwischenraum verdeckt werden. Es ist deshalb höchst unwahrscheinlich, daß die Elektronen zwischen den Atomen der Aluminiumfolie hindurchgelangt sein können, sondern es muß angenommen werden, daß sie durch die Atome selbst gedrungen sind. Hieraus folgt:

Die bisherigen Atommodelle, die in den Atomen massive, gleichmäßig mit Materie erfüllte Kugeln sahen, können diese experimentellen Befunde nicht verständlich machen. Die Atome müssen vielmehr leeren Raum enthalten.

Die Untersuchungen LENARDs wurden durch E. RUTHERFORD (1871 – 1937) weitergeführt. Dieser benutzte als Geschosse nicht Elektronen, sondern rasch bewegte Alphateilchen (α-Teilchen), wie sie von manchen radioaktiven Stoffen ausgesandt werden und über die wir noch ausführlicher sprechen werden (S. 868). Zunächst genügt die Feststellung, daß es sich hierbei um Korpuskeln handelt, die eine ähnlich geringe räumliche Ausdehnung wie die Elektronen aufweisen, die aber die entgegengesetzte und doppelt so große elektrische Ladung wie die Elektronen besitzen und deren Masse rund 7300mal so groß wie die Elektronenmasse ist.

Als RUTHERFORD dünne Metallfolien mit solchen α-Teilchen beschoß, stellte er fest, daß der überwiegende Teil der Geschosse ebenfalls ohne merkliche Ablenkung und ohne nennenswerten Verlust an kinetischer Energie die Folien durchdringen konnte. Bei einzelnen Geschossen konnte RUTHERFORD aber auch mehr oder weniger starke Ablenkungen aus der ursprünglichen Richtung feststellen, besonders wenn er Folien aus schweren Metallen benutzte (Abb. 745.2). Gelegentlich wurden sogar einige Teilchen genau entgegengesetzt zur Auftreffrichtung zurückgeworfen. Die Ablenkungswinkel und deren Verteilung wurden von RUTHERFORD genau gemessen und theoretisch untersucht. Auf die dazu notwendigen Rechnungen kann hier nicht eingegangen werden; wir beschränken uns vielmehr auf die Besprechung der wesentlichen Gedankengänge RUTHERFORDs.

1. Es wurde durch die RUTHERFORDschen Versuche zunächst das schon von LENARD gefundene Ergebnis bestätigt, daß die Raumerfüllung der in den Atomen vorhandenen negativen und positiven Ladungen im Verhältnis zur Größe der Atome nur klein sein kann und daß die Atome zum erheblichen Teil leer sein müssen.

2. Da die α-Teilchen eine erheblich größere Masse als die Elektronen haben, kann die beim Beschuß von Metallfolien vereinzelt auftretende starke Ablenkung dieser Teilchen nicht durch einen Zusammenstoß mit Elektronen bedingt sein. Eine Rechnung zeigt vielmehr, daß auf diese Weise höchstens eine Ablenkung um 28″ erfolgen könnte. Wenn aber die im Atom vorhandenen Elektronen für die beobachtete große Ablenkung nicht verantwortlich sein können, so kann diese nur durch die *positiven* Atomladungen bewirkt werden.

3. Da sowohl die α-Teilchen als auch die für die Ablenkung verantwortlichen Atombestandteile positiv geladen sind, treten nach dem COULOMB-Gesetz (S. 411) bereits vor einer unmittelbaren Berührung der Teilchen elektrostatische Abstoßungskräfte auf. Die Größe der beobachteten Ablenkungswinkel zeigt, daß diese Kräfte ebenfalls sehr groß sein müssen, was nach dem COULOMB-Gesetz dann der Fall ist, wenn die α-Teilchen sich dem Zentrum der die Abstoßung verursachenden positiven Atomladungen bis auf einen sehr kleinen Abstand

nähern. Eine hier nicht durchgeführte Rechnung zeigt, daß diese Abstände in der Größenordnung von 10^{-14} m liegen. In Abb. 747.1 sind die Abstände für einige Ablenkungswinkel angegeben. Aus diesen Überlegungen folgt, daß die positive Ladung der Atome auf einen sehr kleinen Raum zusammengedrängt ist, dessen Ausdehnung unter 10^{-14} m liegt.

4. Die experimentelle Erfahrung zeigt weiter, daß die abgelenkten α-Teilchen keinen nennenswerten Verlust an kinetischer Energie erfahren haben. Das bedeutet aber, daß die positiven Atomladungen bei ihrer Wechselwirkung mit den α-Teilchen kaum kinetische Energie übernommen haben, was nach den Stoßgesetzen nur dann der Fall sein kann, wenn die mit den positiven Atomladungen verbundene Masse groß gegenüber der Masse der α-Teilchen ist. Eine genauere Untersuchung dieser Zusammenhänge führt zu dem Ergebnis, daß nahezu die gesamte Masse des Atoms auf einen kleinen Bereich von der Größenordnung 10^{-14} m zusammengedrängt sein muß.

Aufgrund dieser Ergebnisse entwickelte RUTHERFORD 1911 ein neues Atommodell. Dieses RUTHERFORD-*Atommodell* gibt von dem Atombau folgendes Bild:

Die gesamte positive Atomladung und nahezu die ganze Atommasse sind auf einen kleinen Bereich von der Größenordnung 10^{-14} m im Mittelpunkt des Atoms konzentriert. Dies ist der Atomkern.

Da das Atom nach außen hin elektrisch neutral ist, muß die positive Kernladung durch eine entsprechende Anzahl von Elektronen kompensiert werden. Diese Elektronen werden durch die COULOMB-*Kräfte von dem positiv geladenen Kern angezogen und im Atomverband festgehalten. Damit sie nicht in den Kern hineinstürzen, muß angenommen werden, daß sie sich – ähnlich wie die Planeten um die Sonne – um den Kern bewegen. Da der Durchmesser des Atoms nach früheren Feststellungen von der Größenordnung 10^{-10} m ist, müssen die Elektronen sich in einem Abstand von maximal rund 10^{-10} m um den Kern bewegen. Die Gesamtheit dieser Elektronen bildet die Atomhülle.*

Hiernach beträgt der Kerndurchmesser nur rund $\frac{1}{10\,000}$ des Atomdurchmessers. Das bedeutet aber, daß der überwiegende Teil des Atoms leerer Raum ist.

Man macht sich ein besseres Bild von den leeren Räumen innerhalb des Atoms, wenn man es sich so vergrößert denkt, daß anschaulich vorstellbare Größenordnungen entstehen.

1. Hat das ganze Atom die Größe des Kölner Domes, so ist der Atomkern etwa so groß wie eine Erbse.
2. Vergrößert man den Atomkern auf einen Stecknadelkopf (1 mm), so wird der Durchmesser des Atoms 30 m.

Ein fester Körper, in dem sich die Atome berühren, würde also – genügend vergrößert – in Abständen von 30 m jeweils kleine Materieanhäufungen von der Größe eines Stecknadelkopfes aufweisen, zwischen denen sich hin und wieder elektrische Ladungen in Form von praktisch masselosen Elektronen befinden. Alles übrige ist leerer Raum. Selbst bei festen Körpern ist also nur ein verschwindend kleiner Bruchteil ($40 \cdot 10^{-15} = 40$ Billiardstel) ihres Volumens von Materie erfüllt. Bei flüssigen und gasförmigen Körpern ist dieser Bruchteil wegen der Abstände zwischen den Atomen noch geringer. *Diese Leere in der Welt der Atome ist nur mit der Leere im Weltall vergleichbar.*

Das RUTHERFORD-Atommodell macht den Durchgang und die Streuung von α-Teilchen durch Metallfolien verständlich. Die α-Teilchen, die dem positiven Kern genügend nahe kommen, werden abgelenkt oder sogar zur Umkehr gezwungen. Durch genaue Messung der Art dieser Streuung gelang es ferner, Rückschlüsse auf die Größe der Kernladung zu ziehen. So war beim Durchdringen einer Aluminiumfolie eine andere Streuung der α-Teilchen und damit eine andere positive Kernladung als beim Durchdringen einer Gold- oder Silberfolie festzustellen. Die Ablenkung wurde um so größer, je größer die relative Atommasse der Metallfolie war. Mit zunehmender relativer Atommasse muß also die Kernladung größer werden. Genaue Messungen haben ergeben, daß jede Atomart eine ganz bestimmte, positive Kernladung besitzt, die jeweils ein Vielfaches der elektrischen Elementarladung dargestellt. Man hat deshalb zur Charakterisierung der Atomkerne die *Kernladungszahl Z* eingeführt. Es gilt:

Unter der Kernladungszahl Z eines Atoms versteht man die Anzahl der im Atomkern enthaltenen positiven elektrischen Elementarladungen.

Wir werden später auf die Kernladungszahlen der Atome noch zu sprechen kommen (S. 875). Hier stellen wir zunächst nur fest, daß wegen der elektrischen Neutralität der Atome die Zahl der den Kern umgebenden Elektronen stets gleich der Kernladungszahl sein muß. Wir merken uns also:

Bei jedem neutralen Atom stimmt die Kernladungszahl mit der Zahl der Elektronen in der Atomhülle überein.

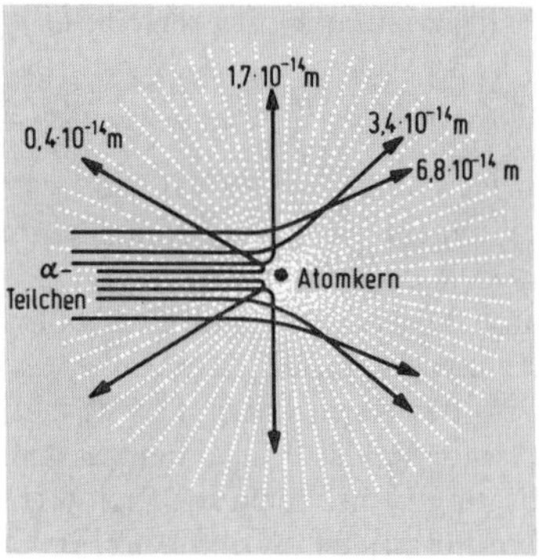

Abb. 747.1
Die Ablenkung von Alphateilchen im radialsymmetrischen Feld eines Atomkernes

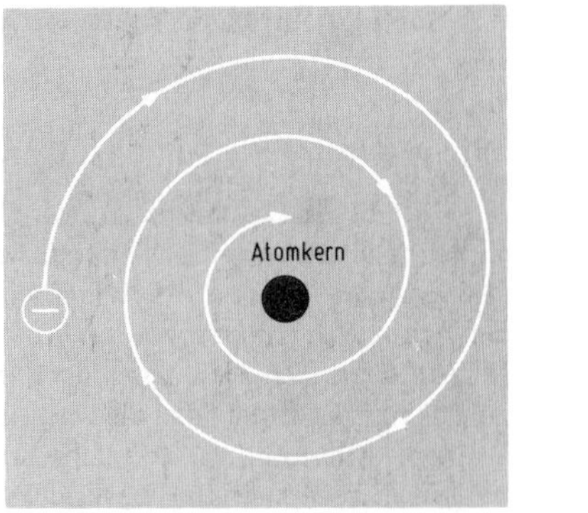

Abb. 747.2
Die klassische Physik verlangt, daß die Elektronen bei dem RUTHERFORD-Atommodell in etwa 10^{-6} s auf spiralförmigen Bahnen in den Atomkern fallen.

Das RUTHERFORD-*Atommodell bedeutete einen grundsätzlichen Bruch mit der jahrtausendealten Vorstellung von der Unteilbarkeit der Atome. Die Atome waren zu kompliziert zusammengesetzten Gebilden geworden, mit deren Erforschung sich die Physiker nun zu beschäftigen hatten.*

Es ist auf den ersten Blick erstaunlich, daß wir eine Aneinanderreihung solcher Atome trotzdem als feste Körper empfinden und daß es auch mit großen Kräften nicht möglich ist, diese festen Körper merklich zusammenzudrücken. Diese Tatsache wird aber verständlich, wenn man beachtet, daß sich bei der gegenseitigen Annäherung zweier Atome zunächst die negativ geladenen Elektronenhüllen so weit nähern, bis die abstoßenden Kräfte zwischen ihnen stark genug werden, um eine weitere Annäherung unmöglich zu machen. Auf diese Weise bilden die Elektronenhüllen einen Wall, der die gegenseitige Durchdringung der Atome verhindert. Genügend rasch bewegte Teilchen sind aufgrund ihrer großen kinetischen Energie in der Lage, den Wall zu durchstoßen.

Der von dem RUTHERFORD-Atommodell erfaßte Erfahrungsbereich ist gegenüber den durch frühere Modelle erfaßbaren Bereichen erneut vergrößert worden. Bei geringen Geschwindigkeiten der auftreffenden Teilchen verhalten sich die Atome infolge der Kraftwirkungen der im Bereich der Atomhüllen bestehenden elektrischen Felder wie undurchdringliche Körper. Dieses Verhalten wird also von dem RUTHERFORD-Atommodell und von den bisher behandelten Modellen erklärt, so daß das RUTHERFORD-Atommodell auch den durch frühere Modelle erfaßten Erfahrungstatsachen angemessen ist. Außerdem vermag das RUTHERFORD-Modell aber auch die geschilderten *Streuversuche mit schnellen, geladenen Geschossen* verständlich zu machen.

Trotz dieser Erfolge des RUTHERFORD-Atommodells ergaben sich aber auch Schwierigkeiten. Es zeigte sich nämlich, daß dieses Atommodell im Widerspruch zu gewissen gesicherten Ergebnissen der klassischen Physik stand.

Aus der Elektrizitätslehre wissen wir, daß gleichförmig bewegte Elektronen in ihrer Umgebung ein konstantes Magnetfeld erzeugen, wie wir dies vom Gleichstrom her kennen; ferner wissen wir, daß ungleichförmig bewegte Elektronen, ebenso wie z.B. ein Wechselstrom, in ihrer Umgebung ein veränderliches Magnetfeld hervorbringen, das in seiner Umgebung ein weiteres veränderliches elektrisches Feld schafft usw. (S. 625). Diese Felder breiten sich im Raum aus. Da aber elektrische und magnetische Felder Energie enthalten, müßte jedes den Kern umkreisende Elektron laufend Energie verlieren, so daß es sich auf spiralförmigen Bahnen um den Kern bewegt und schließlich in diesen hineinfällt (Abb. 747.2). Ein nach dem RUTHERFORD-Modell gebautes Atom wäre also ein recht instabiles Gebilde, dessen Lebensdauer sich berechnen läßt. Sie würde rund 10^{-6} s betragen. In Wirklichkeit haben sich die Atome in ihrer überwiegenden Mehrzahl jedoch als sehr beständige Gebilde erwiesen. *Die Beständigkeit der Atome ist also nach dem* RUTHERFORD-*Atommodell nicht zu erklären.*

Außerdem ist es mit dem RUTHERFORD-Atommodell nicht möglich, die von den Atomen ausgesandten, aus einzelnen scharfen Spektrallinien bestehenden Emissionsspektren zu verstehen.

Mit dem RUTHERFORD-Atommodell konnte deshalb noch nicht das letzte Wort über den Aufbau der Atome gesprochen sein. Es mußte umgestaltet werden, um *allen* Erfahrungstatsachen Rechnung zu tragen.

Das bleibende Ergebnis der RUTHERFORD*schen Untersuchungen ist die Erkenntnis, daß fast die gesamte Masse des Atoms auf den kleinen Raum des Atomkerns lokalisiert ist und daß dieser Kern positiv geladen ist.*

Die Arbeiten von RUTHERFORD *führten zu der Erkenntnis, daß jedes Atommodell zwei wesentlich verschiedene Teile beschreiben muß, die man als*

Atomhülle *und* **Atomkern**

unterscheidet.

Mit diesen Erkenntnissen war gleichzeitig der Weg der weiteren Atomforschung festgelegt. Es galt zunächst, eine Erklärung für die Widersprüche zwischen dem RUTHERFORD-Atommodell und den Ergebnissen der klassischen Physik zu überwinden. Außerdem ergab sich als weiteres Ziel nunmehr die genauere Erforschung der Atomhülle und des Atomkerns. Die Arbeiten richteten sich naturgemäß zunächst auf die Atomhülle, die als Außenschicht des Atoms der Untersuchung viel leichter zugänglich war als der Kern. Hierauf ist es z.T. zurückzuführen, daß die die Atomhülle betreffenden Fragen heute als vollständig gelöst bezeichnet werden können, während der Atomkern noch mancherlei Probleme bietet, deren Klärung bisher nicht möglich war.

Es erweist sich als zweckmäßig, die Struktur der Atome im folgenden in drei Stufen zu untersuchen:

1. Die erste Stufe umfaßt die *Physik der Atomhüllen.* Hier müssen neue Modellvorstellungen entwickelt werden, die die oben dargelegten, dem RUTHERFORD-Modell anhaftenden Schwierigkeiten zu überwinden und darüber hinaus weitere experimentelle Befunde zu beschreiben erlauben.
2. Die zweite Stufe behandelt die *Physik der Atomkerne.* Auch hier müssen geeignete Modelle entwickelt werden, um die große Fülle der Erfahrungstatsachen aus dem Bereich der Atomkerne, von denen wir im folgenden nur einen Teil behandeln können, zusammenfassend wiederzugeben.
3. Die dritte Stufe bezieht sich schließlich auf die *Physik der Elementarteilchen.*

Die folgenden Betrachtungen werden zeigen, daß zwischen den drei genannten Bereichen mancherlei Ähnlichkeiten bestehen, daß es aber auch wesentliche Unterschiede gibt.

8.3 Die Physik der Atomhüllen

8.3.1 Das Bohr-Atommodell

Unter der *Atomhülle* verstehen wir die Gesamtheit der Elektronen, die sich in einem Abstand von der Größenordnung 10^{-10} m um den Atomkern bewegen.

Beispiele

1. Das *Wasserstoffatom* ist das einfachste Atom. Seine Atomhülle besteht aus *einem Elektron.* Wegen der elektrischen Neutralität der Atome muß der Kern *eine* positive Elementarladung haben. Man bezeichnet den Wasserstoffkern auch als *Proton.*
2. Das *Heliumatom* hat in seiner Atomhülle *zwei Elektronen.* Der Kern muß darum *zwei Protonen* enthalten, um die elektrische Neutralität zu sichern. Da die Erfahrung außerdem zeigt, daß die Masse des normalen Heliumkernes rund viermal so groß wie die Masse des Wasserstoffkernes ist, müssen in dem Heliumkern noch andere Bausteine enthalten sein, die man als *Neutronen* bezeichnet. Über diese Kernbausteine wird später noch genauer gesprochen (S. 875).
3. Das *Natriumatom* besitzt in seiner Atomhülle *elf Elektronen.* In dem Kern sind darum auch *elf Protonen* vorhanden. Außerdem sind in den Natriumkernen auch Neutronen vorhanden, deren Zahl später noch angegeben wird.

Es ist heute von allen Atomen bekannt, wie ihre Atomhüllen und ihre Atomkerne aufgebaut sind. Wir werden im Laufe der weiteren Ausführungen hierüber genaue Angaben machen. Vorerst beschränken wir uns auf den *Bau der Atomhüllen.*

Die experimentelle Untersuchung der Atomhüllen hat ergeben, daß die Elektronen in ihnen nicht willkürlich verteilt sind, sondern daß ihre Anordnung ganz bestimmten Gesetzen unterliegt. Eine zusammenfassende Beschreibung und Interpretation dieser Gesetze kann durch verschiedene Modellvorstellungen erfolgen, von denen im folgenden einige Beispiele genauer dargestellt werden.

Das BOHR-*Atommodell* stellt das einfachste Modell der Atomhüllen dar. Es hält an der von RUTHERFORD entwickelten Grundvorstellung fest, die besagt:

Die als Massenpunkte betrachteten Elektronen bewegen sich unter dem Einfluß der COULOMB-*Kräfte um die Atomkerne. Dabei ist die elektrische Anziehungskraft zwischen dem Kern und den Elektronen gerade die Radialkraft, die den Elektronen die notwendige Radialbeschleunigung verleiht.*

Während aber nach der Vorstellung von RUTHERFORD die Elektronen sich – ebenso wie die Planeten – grundsätzlich in jedem beliebigen Abstand vom Kern befinden können, wobei lediglich ihre Geschwindigkeit dem jeweiligen Kernabstand angepaßt sein muß, besteht eine der wesentlichen Grundlagen des BOHR-Atommodells in der Annahme, daß die Elektronen sich nur auf ganz bestimmten Bahnen bewegen können. Als BOHR seine Auffassung über den Bau der Atome entwickelte, konnte er keine zwingenden Gründe für seine Voraussetzungen angeben, sondern die von ihm aufgestellten, weiter unten erläuterten Postulate entsprangen in erster Linie einem bewundernswerten physikalischen Ahnungsvermögen; sie verlangten darüber hinaus eine große Kühnheit des Denkens, weil sie im Widerspruch zu den bis dahin herrschenden physikalischen Auffassungen standen und die Gültigkeit der klassischen Physik im Bereich der Atome stark einschränkten. N. BOHR (1885 – 1962) konnte zunächst nur die Brauchbarkeit seiner Ansätze zeigen; ihre eigentliche physikalische Begründung fanden sie erst 1925/1926, also 12 Jahre später, durch die Quantenmechanik von HEISENBERG und die Wellenmechanik von E. SCHRÖDINGER (1887 – 1961).

Bevor wir zur Besprechung der BOHR-Postulate übergehen, sollen einige allgemeine Bemerkungen vorausgeschickt werden.

Jeder Atomkern besitzt wegen seiner elektrischen Ladung in seiner Umgebung ein radialsymmetrisches Feld, wie es in Abb. 747.1 schematisiert dargestellt ist. Ein Elektron, das sich in diesem Feld befindet, hat je nach seiner Entfernung von dem Kern eine ganz bestimmte potentielle Energie, ähnlich wie ein Stein im Schwerefeld der Erde eine von der Höhe abhängige Energie der Lage hat. Außerdem besitzt das Elektron aufgrund seiner Bewegung kinetische Energie. Im folgenden soll die Energie eines solchen Elektrons berechnet werden. Die Elektronenmasse sei m_e. Das Elektron möge sich auf einem Kreise mit dem Radius r bewegen; seine Bahngeschwindigkeit sei v_r und seine Winkelgeschwindigkeit ω_r. Die Kernladungszahl des betrachteten Atoms sei Z, so daß die Kernladung

$$Q = Z e$$

beträgt.

Die potentielle Energie des Elektrons

Aus dem COULOMB-Gesetz und den daraus abgeleiteten Formeln (S. 411 und 441) ergibt sich für die potentielle Energie:

$$W_p = -\frac{1}{4\pi\varepsilon_0} \cdot \frac{(Z e) \cdot e}{r}.$$

Das negative Vorzeichen bringt zum Ausdruck, daß die potentielle Energie bei Annäherung des Elektrons an den Kern, also bei Verkleinerung von r, abnimmt. Es muß dem Elektron Energie zugeführt werden, um es vom Kern zu entfernen. Für

$$r \to \infty \quad \text{folgt} \quad W_p \to 0,$$

so daß die Energie für endliche Werte von r nur negativ sein kann.

Die kinetische Energie des Elektrons

Aus der Formel für die kinetische Energie eines bewegten Körpers (S. 110) ergibt sich:

$$W_k = \tfrac{1}{2} m_e v_r^2.$$

Dieser Ausdruck wird umgeformt, indem von der Tatsache Gebrauch gemacht wird, daß die COULOMB-*Kraft*

$$F = \frac{1}{4\pi\varepsilon_0} \cdot \frac{(Z e) \cdot e}{r^2}$$

gleich der *Radialkraft*

$$F_r = \frac{m_e v_r^2}{r}$$

ist. Es gilt also

$$\frac{1}{4\pi\varepsilon_0}\frac{(Ze)\cdot e}{r^2}=\frac{m_e v_r^2}{r}.$$

Dabei bedeutet:
v_r = Geschwindigkeit des im Abstand r um den Kern kreisenden Elektrons.

Hieraus folgt dann für die kinetische Energie

$$W_k=\frac{1}{2}\cdot\frac{1}{4\pi\varepsilon_0}\cdot\frac{(Ze)\cdot e}{r}=\frac{1}{8\pi\varepsilon_0}\cdot\frac{(Ze)\cdot e}{r}.$$

Wenn man die kinetische und die potentielle Energie des Elektrons miteinander vergleicht, so ergibt sich:

$$|W_k|=\tfrac{1}{2}|W_p|.$$

Bei einem um den Atomkern sich bewegenden Elektron ist der Betrag der kinetischen Energie halb so groß wie der Betrag der potentiellen Energie.

Die Gesamtenergie des Elektrons im Abstand r vom Atomkern beträgt

$$W_r=W_p+W_k=-\frac{1}{4\pi\varepsilon_0}\frac{(Ze)\cdot e}{r}+\frac{1}{8\pi\varepsilon_0}\frac{(Ze)\cdot e}{r}$$

oder

$$W_r=-\frac{1}{8\pi\varepsilon_0}\cdot\frac{(Ze)\cdot e}{r}.$$

Das negative Vorzeichen dieses Ausdrucks wurde oben bereits gedeutet.

Wir können also feststellen:

Ein auf einem Kreis um den Atomkern sich bewegendes Elektron besitzt eine bestimmte Energie, die um so größer ist, je weiter das Elektron vom Atomkern entfernt ist.

Die bisherigen Betrachtungen bewegen sich vollständig im Rahmen der klassischen Physik. Sie gelten nicht nur für die Elektronen eines Atoms, sondern auch für alle makroskopischen, elektrisch geladenen Körper, die sich in dem radialsymmetrischen Feld eines elektrisch geladenen Zentralkörpers bewegen. Die Welt der Atome unterscheidet sich aber in einem für die folgenden Überlegungen wichtigen Punkt von der Welt der makroskopischen Körper: Während man in der makroskopischen Welt die Bahnen der bewegten Körper beobachten und die Bahnradien und die Geschwindigkeiten messen kann, ist dies bei den Atomen nicht möglich. Die genannten Größen lassen sich zwar auch für die Atome berechnen, wie im nächsten Abschnitt am Beispiel des Wasserstoffatoms gezeigt wird, es ist aber wegen der Abmessungen der Atome unmöglich, die Rechenergebnisse experimentell nachzuprüfen. Wie sich später noch zeigen wird, ist dagegen die *Energie der Elektronen meßbar.* Da die Physik grundsätzlich nur mit meßbaren Größen arbeiten kann, kommt den Elektronenbahnen nur die Bedeutung einer anschaulichen Hilfsvorstellung zu. Sie sind Bestandteil eines Modells, dessen man sich bedienen darf, von dem aber nicht erwartet werden kann, daß man reale Gegebenheiten innerhalb des Atoms aufzeigen könnte, die ihm entsprächen. Es darf also nicht unterstellt werden, daß die Elektronen sich auf ganz bestimmten Bahnen um den Atomkern bewegen, sondern die Elektronenbahnen sind nur anschauliche Bilder für die zugehörigen Energiewerte. Wir halten also fest:

Jedes Elektron der Atomhülle hat eine ganz bestimmte Energie. Man spricht dabei von der Energiestufe des Elektrons. Diese Energiestufen sind meßbar und bilden die experimentelle Grundlage für die Beschreibung der Atomhüllen und ihres Aufbaues. Die Elektronenbahnen stellen nicht beobachtbare, anschauliche Hilfsvorstellungen dar, mit denen zwar als Modell gearbeitet werden kann, die aber keine reale Existenz besitzen.

Es ist das große Verdienst BOHRS, daß er über die Energiestufen der Elektronen in den Atomen bestimmte Aussagen gemacht hat. Er stellte dabei eine Verbindung zwischen den RUTHERFORDschen Vorstellungen über den Atombau und der PLANCKschen Quantentheorie her, indem er die von PLANCK erwiesene quantenhafte Verteilung der Energie auch für die Energie der Elektronen in den Atomen forderte. Das Elektron, das je nach seinem Abstand vom Kern verschiedene Energien haben kann, vermag diese nicht kontinuierlich, sondern nur stufenweise zu ändern. Es kann Energie aufnehmen oder abgeben, aber nicht stetig oder in beliebig kleinen Portionen, sondern nur „löffelweise" in Form von ganzzahligen Vielfachen bestimmter Energiequanten. Man kann das Atom mit dem schon erwähnten Automaten vergleichen, der kein Kleingeld, sondern nur *ganze* Markstücke aufnimmt und auch nur *ganze* Packungen abgibt.

Die von BOHR entwickelten Vorstellungen über den Bau der Atomhüllen gründen sich auf zwei Postulate, mit denen wir uns jetzt zu beschäftigen haben.

Das erste Bohr-Postulat

Es wurde schon darauf hingewiesen, daß BOHR die Auffassung von RUTHERFORD, nach der die Elektronen sich grundsätzlich in jedem beliebigen Abstand um den Atomkern bewegen können, fallen ließ. Statt dessen stellte er die Forderung auf, daß die Elektronen an ganz bestimmte Kernabstände gebunden sind und sich deshalb nur auf Kreisen mit ganz bestimmten Radien um den Atomkern bewegen können. Daraus folgt dann, daß die Elektronen auch nur ganz bestimmte, diskrete Energiestufen einnehmen können. Um die Stabilität der Atome zu sichern, müssen sich die Elektronen auf den genannten Bahnen *strahlungsfrei* bewegen. Dies war eine Annahme, die im Gegensatz zur klassischen Physik stand und für die BOHR keine Begründung geben konnte. Da wir heute wissen, daß die Elektronenbahnen gar keine reale Existenz besitzen, sondern nur Bilder zur anschaulichen Beschreibung der Energiestufen darstellen, scheint uns eine solche Begründung nicht mehr erforderlich zu sein.

Das *erste* BOHR-*Postulat* lautet:

Die Elektronen der Atomhülle können nur ganz bestimmte, diskrete Energiestufen einnehmen. Da jeder Energiestufe bei der modellmäßigen Beschreibung der Atomhüllen eine ganz bestimmte Kreisbahn entspricht, können die Elektronen sich auch nur auf ganz bestimmten Kreisbahnen, die man als stationäre Bahnen bezeichnet, um den Atomkern bewegen. Die Radien r_n der stationären Elektronenbahnen sind durch die Bedingung

$$2\pi m_e r_n v_r = n h \quad \text{oder} \quad 2\pi m_e r_n^2 \omega_r = n h$$

bestimmt.

Die Zahl $n = 1, 2, 3, \ldots$ wird als die *Hauptquantenzahl* der betreffenden Bahn bezeichnet. Die zulässigen Bahnen oder Energiestufen nennt man die *erlaubten* oder die *stationären Quantenbahnen* oder die *zulässigen Quantenzustände des Elektrons.*

Die angegebene Gleichung für die Radien der erlaubten Quantenbahnen wirkt zunächst recht willkürlich. Es wurde schon dargelegt, daß BOHR für seine Postulate keine zwingende Begründung geben konnte, sondern daß bei der Aufstellung der Postulate ein erhebliches Maß an Intuition mit im Spiele war. Einige Jahre später gelang es dann aber doch, die obige Gleichung für die Radien der erlaubten Quantenbahnen physikalisch zu begründen. Wir kommen später (S. 826) auf diese Begründung zurück. Hier müssen wir uns zunächst damit begnügen, die Gleichung einigermaßen verständlich zu machen. Mit der Entdeckung des Wirkungsquantums h durch PLANCK (S. 724) war zugleich die Erkenntnis verbunden, daß die *Wirkung* in der Natur nicht in beliebigen Beträgen, sondern nur *gequantelt* vorkommt; d.h., die Wirkung kann stets nur ein ganzzahliges Vielfaches des Wirkungsquantums h betragen. Wenn man den obigen Ausdruck untersucht, so zeigt sich, daß er die Dimension einer Wirkung hat; auch er kann deshalb nur in Beträgen $n h$ vorkommen.

Das zweite Bohr-Postulat

Die Elektronen der Atomhülle können nach BOHR aus einem Quantenzustand in einen anderen übergehen. Die damit verbundene Änderung der Energiestufe des Elektrons erfolgt durch die Aufnahme oder Abgabe der entsprechenden Energiedifferenz, indem Strahlungsquanten absorbiert oder emittiert werden. Bei der modellmäßigen Interpretation bedeutet dies, daß das Elektron von einer erlaubten Quantenbahn auf eine andere springt. Man bezeichnet die Übergänge von einer Energiestufe zu einer anderen deshalb auch als *Quantensprünge*. Für diese Quantensprünge gilt das *zweite* BOHR-*Postulat* oder die BOHR-*Frequenzbedingung*:

Bei dem Quantensprung eines Elektrons von der Energiestufe mit der Gesamtenergie W_1 auf die Energiestufe mit der Gesamtenergie W_2 werden Strahlungsquanten absorbiert oder emittiert, für deren Frequenz ν die Bedingung

$$h\nu = W_2 - W_1$$

gilt.

Dieser Sachverhalt soll anhand von Abb. 752.1 noch einmal modellmäßig interpretiert werden. Bei der Absorption oder der Emission eines Strahlungsquants muß ein den Atomkern umkreisendes Elektron also von einer erlaubten Quantenbahn auf eine andere übergehen. Aus den oben abgeleiteten Formeln für die Energie des Elektrons ergibt sich, daß bei solchen Quantensprüngen folgende Energieänderungen auftreten:

1. Bei dem *Übergang auf eine kernfernere Bahn* nimmt die potentielle Energie des Elektrons zu. Dies folgt nicht nur aus der obigen Gleichung für die potentielle Energie des Elektrons, sondern ergibt sich auch anschaulich aus der Tatsache, daß ein solcher Übergang eine Hebung des Elektrons entgegen der Kernanziehung darstellt. Die kinetische Energie des Elektrons nimmt bei diesem Übergang ab. Da aber die potentielle Energie stärker zu- als die kinetische Energie abnimmt, ergibt sich hier insgesamt eine *Energiezunahme*. Ein solcher Quantensprung erfordert deshalb die Absorption von Strahlungsenergie (Abb. 752.1 a).

2. Bei dem *Übergang auf eine kernnähere Bahn* wird umgekehrt potentielle Energie frei, die teilweise zu einer Steigerung der kinetischen Energie des Elektrons dient. Insgesamt ergibt sich hier aber für das Elektron eine *Energieabnahme*. Die frei werdende Energie wird als Strahlungsquant nach außen abgegeben (Abb. 752.1 b).

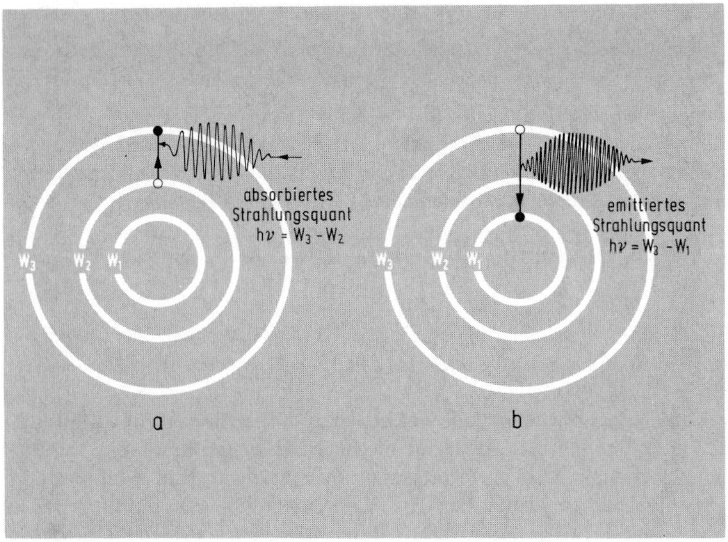

Abb. 752.1
Jeder Quantensprung eines Elektrons ist mit der Aufnahme oder der Abgabe eines Strahlungsquants verbunden.

Abschließend soll noch einmal betont werden, daß das BOHR-Atommodell zwei grundlegend neue Gesichtspunkte für den Aufbau der Atomhüllen enthält, durch die es von den Erkenntnissen der klassischen Physik abweicht.

1. In den beiden BOHR-Postulaten kommt das PLANCK-Wirkungsquantum h vor. Daraus folgt, daß es für alle Vorgänge in der Atomhülle eine wichtige Rolle spielt. Dies bedeutet, daß ein Atom Energie nur in ganz bestimmten Portionen aufnehmen oder abgeben kann. Diese Energie W hängt mit der Frequenz ν der absorbierten oder emittierten Strahlung nach der Gleichung

$$W = h\nu$$

zusammen. Es gilt also:

Die physikalischen Vorgänge innerhalb der Atomhülle verlaufen abweichend von den Vorgängen der klassischen Makrophysik unstetig.

2. Die Frequenz der von einem Atom abgegebenen Strahlung hängt aufgrund der BOHR-Frequenzbedingung nur von der Energiedifferenz zwischen den Quantenbahnen, nicht dagegen direkt von der Umlaufsfrequenz des Elektrons, ab. Dies bedeutet:

Der nach den Gesetzen der klassischen Physik als selbstverständlich geltende direkte Zusammenhang zwischen der Umlaufsfrequenz des Elektrons und der Frequenz der abgegebenen Strahlung existiert innerhalb der Atomhüllen nicht.

Es wurde schon darauf hingewiesen, daß die BOHR-Postulate zunächst recht willkürlich erscheinen. Ihre Rechtfertigung liegt in den Erfolgen, und diese haben sich in der Tat eingestellt. An einem Beispiel soll gezeigt werden, mit welchem Erfolg aus den BOHR-Postulaten Schlüsse gezogen werden können. Dazu untersuchen wir, welche Folgerungen sich aus den BOHR-Postulaten für unsere Vorstellungen über den Bau des einfachsten Atomes, des Wasserstoffatomes, ergeben. Ein Vergleich dieser theoretischen Ergebnisse mit den vorliegenden experimentellen Erfahrungen liefert eine Möglichkeit, das BOHR-Modell auf seine Angemessenheit zu prüfen.

8.3.2 Das Wasserstoffatom

Um die Vorstellungen BOHRS über den Aufbau der Atome näher zu erläutern, betrachten wir das Wasserstoffatom, das das einfachste Atom darstellt und das deshalb zur Beschreibung der Prinzipien des Atomhüllenbaus besonders geeignet ist. Das Wasserstoffatom besitzt

in der Atomhülle *ein Elektron*

und

in dem Atomkern *ein Proton.*

In den auf S. 749f. abgeleiteten Formeln ist also

$$Z = 1$$

zu setzen.

1. Die erlaubten oder stationären Elektronenbahnen

Um die Radien der stationären Kreisbahnen zu berechnen, machen wir von der schon erwähnten Tatsache Gebrauch, daß die COULOMB-Kraft und die Radialkraft identisch sind. Dies führt zu der Gleichung

$$\frac{1}{4\pi\varepsilon_0} \cdot \frac{e^2}{r^2} = \frac{m_e v^2}{r}$$

oder

$$e^2 = 4\pi\varepsilon_0 m_e v^2 r.$$

Wenn man in diese Gleichung den für v aus dem ersten BOHR-Postulat folgenden Ausdruck einsetzt, so erhält man

$$e^2 = 4\pi\varepsilon_0 m_e r_n \cdot \frac{n^2 h^2}{4\pi^2 r_n^2 m_e^2} = 4\pi\varepsilon_0 \cdot \frac{h^2}{4\pi^2 r_n m_e} \cdot n^2$$

oder

$$r_n = \varepsilon_0 \cdot \frac{h^2}{\pi e^2 m_e} \cdot n^2 \qquad n = 1, 2, 3, \ldots$$

Aus dieser Gleichung ergeben sich die Radien der stationären Elektronenbahnen, indem man für n nacheinander die Zahlen 1, 2, 3, ... und für die übrigen Größen die Werte

$$\varepsilon_0 = 8{,}854 \cdot 10^{-12}\,\mathrm{C^2\,m^{-2}\,N^{-1}} \qquad h = 6{,}626 \cdot 10^{-34}\,\mathrm{J\,s} \qquad e = 1{,}602 \cdot 10^{-19}\,\mathrm{C} \qquad m_e = 9{,}109 \cdot 10^{-31}\,\mathrm{kg}$$

einsetzt. Die innerste Bahn, die sich für $n = 1$ ergibt, hat also den Radius

$$r_1 = \frac{8{,}854 \cdot 10^{-12}\,\mathrm{C^2\,m^{-2}\,N^{-1}} \cdot 6{,}626^2 \cdot 10^{-68}\,\mathrm{N^2\,m^2\,s^2}}{3{,}1416 \cdot 1{,}602^2 \cdot 10^{-38}\,\mathrm{C^2} \cdot 9{,}109 \cdot 10^{-31}\,\mathrm{kg}} = 5{,}293 \cdot 10^{-11}\,\mathrm{m}.$$

Allgemein gilt dann für den Radius r_n der n-ten stationären Elektronenbahn beim Wasserstoffatom

$$r_n = 5{,}293 \cdot 10^{-11}\ \text{m} \cdot n^2.$$

Dies bedeutet:

Die Radien der stationären Elektronenbahnen verhalten sich wie die Quadrate der Hauptquantenzahlen n (Abb. 754.1).

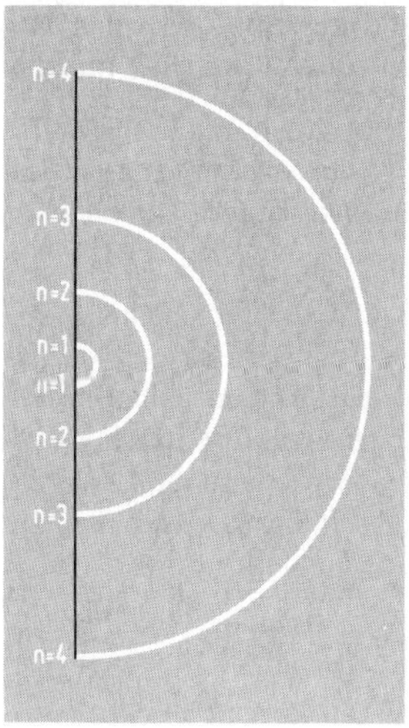

Abb. 754.1
Die Abstände der stationären Elektronenbahnen werden nach außen zu größer.

Bei Wasserstoffatomen unter Normalbedingungen befindet sich das Elektron auf der niedrigsten Energiestufe, die der Hauptquantenzahl $n=1$ entspricht. Man bezeichnet diesen Zustand als den *Grundzustand*. Für den Durchmesser solcher im Grundzustand befindlichen Wasserstoffatome ergibt sich

$$d = 2r_1 = 2 \cdot 5{,}293 \cdot 10^{-11}\ \text{m} \approx 10^{-10}\ \text{m}.$$

Wenn man dieses Rechenergebnis mit den früheren Feststellungen (S. 331) vergleicht, so kann man sagen:

Der mit Hilfe des ersten BOHR-*Postulates errechnete Durchmesser des Wasserstoffatoms stimmt mit den aus der experimentellen Erfahrung ermittelten Werten über die Größenordnung der Atome gut überein.*

Hierin kann eine erste Bestätigung für die Leistungsfähigkeit des BOHR-Modells gesehen werden.

Wenn dem Wasserstoffatom Energie zugeführt wird, so kann das Elektron von der innersten Bahn auf eine kernfernere Bahn übergehen, deren Radius sich aus der oben angegebenen Formel ergibt, indem man $n=2, 3, \ldots$ setzt. Man spricht in diesen Fällen von *angeregten Zuständen* des Atoms oder des Elektrons.

2. Die Bahngeschwindigkeiten des Elektrons

Durch Division der beiden Gleichungen

$$4\pi\,\varepsilon_0\, m_e\, v^2\, r = e^2 \quad \text{und} \quad 2\pi\, r\, m_e\, v = n\,h$$

ergibt sich für die Geschwindigkeit v_n des Elektrons auf der n-ten Bahn

$$v_n = \frac{1}{2\varepsilon_0} \cdot \frac{e^2}{h} \cdot \frac{1}{n}.$$

Für die Bahngeschwindigkeit des Elektrons auf der 1. Bahn erhält man

$$v_1 = \frac{1{,}602^2 \cdot 10^{-38}\ \text{C}^2}{2 \cdot 8{,}854 \cdot 10^{-12}\ \text{C}^2\,\text{m}^{-2}\,\text{N}^{-1} \cdot 6{,}626 \cdot 10^{-34}\ \text{Nm s}} = 2187 \cdot 10^3\ \text{m s}^{-1}.$$

Allgemein gilt für die Bahngeschwindigkeit des Elektrons auf den stationären Bahnen des Wasserstoffatoms:

$$v_n = 2187 \cdot 10^3\ \text{m s}^{-1} \cdot \frac{1}{n} = 2187\ \text{km s}^{-1} \cdot \frac{1}{n}.$$

Dies bedeutet:

Die Bahngeschwindigkeiten des Elektrons auf den stationären Quantenbahnen verhalten sich wie die reziproken Werte der Hauptquantenzahlen n.

Dieser Sachverhalt ist auch anschaulich gut verständlich. Wenn nämlich der Abstand zwischen dem Elektron und dem Atomkern zunimmt und damit die COULOMB-Anziehungskraft kleiner wird, so ist auch nur eine kleinere Radialkraft erforderlich, um das Elektron auf seiner Bahn zu halten. Das heißt aber, daß die Bahngeschwindigkeit kleiner werden muß.

3. Die Winkelgeschwindigkeiten, die Umlauffrequenzen und die Umlaufzeiten des Elektrons

a) Für die *Winkelgeschwindigkeiten* ω_n des Elektrons auf den stationären Quantenbahnen gilt:

$$\omega_n = \frac{v_n}{r_n} = \frac{\pi e^4 m_e}{2\varepsilon_0^2 h^3} \cdot \frac{1}{n^3} \approx 4{,}1 \cdot 10^{16} \frac{\text{rad}}{\text{s}} \cdot \frac{1}{n^3}.$$

Auf der innersten Bahn beträgt die Winkelgeschwindigkeit also:

$$\omega_1 = 4{,}1 \cdot 10^{16}\,\text{rad}\,\text{s}^{-1}.$$

Allgemein gilt:

Die Winkelgeschwindigkeiten des Elektrons auf den stationären Quantenbahnen nehmen mit wachsender Entfernung vom Atomkern ab. Sie verhalten sich wie die reziproken Werte der dritten Potenz der Hauptquantenzahlen n.

b) Für die *Umlauffrequenzen* ν_n des Elektrons auf den stationären Quantenbahnen ergibt sich:

$$\nu_n = \frac{v_n}{2\pi r_n} = \frac{e^4 m_e}{4\varepsilon_0^2 h^3} \cdot \frac{1}{n^3} \approx 6{,}5 \cdot 10^{15}\,\text{s}^{-1} \cdot \frac{1}{n^3}.$$

Auf der innersten Bahn führt das Elektron also rund

$$\nu_1 \approx 6{,}5 \cdot 10^{15} \text{ Umläufe je Sekunde,}$$

d.h. rund

$$\nu_1 \approx 6 \text{ Billiarden Umläufe je Sekunde}$$

aus.

Allgemein gilt:

Die Umlauffrequenzen des Elektrons nehmen mit wachsender Entfernung vom Atomkern ab. Sie verhalten sich wie die reziproken Werte der dritten Potenzen der Hauptquantenzahlen n.

c) Für die *Umlaufzeiten* T_n des Elektrons auf den stationären Quantenbahnen erhält man:

$$T_n = \frac{2\pi r_n}{v_n} = \frac{4\varepsilon_0^2 h^3}{e^4 m_e} \cdot n^3 \approx 1{,}5 \cdot 10^{-16}\,\text{s} \cdot n^3.$$

Auf der innersten Bahn benötigt das Elektron also für einen Umlauf die Zeit

$$T_1 \approx 1{,}5 \cdot 10^{-16}\,\text{s},$$

d.h. rund

$$T_1 \approx 0{,}15 \text{ Billiardstel Sekunden.}$$

Allgemein gilt:

Die Umlaufzeiten des Elektrons nehmen mit wachsender Entfernung vom Atomkern zu. Sie verhalten sich wie die dritten Potenzen der Hauptquantenzahlen n.

4. Die Bahndrehimpulse des Elektrons

Ein Massenpunkt mit der Masse m, der sich mit der Bahngeschwindigkeit v auf einem Kreis mit dem Radius r bewegt, hat einen Drehimpuls mit dem Betrage

$$L = m r v$$

(vgl. S. 136f.); dabei steht der Drehimpulsvektor auf der Kreisebene senkrecht und weist vom Beobachter weg, wenn dieser in Richtung der Drehachse blickt und der Massenpunkt sich auf der Kreisbahn im Uhrzeigersinn bewegt.

Das um den Atomkern rotierende Elektron hat auf jeder stationären Bahn ebenfalls einen bestimmten Drehimpuls. Dieser wird als *Bahndrehimpuls* bezeichnet, um ihn von dem später (S. 771) noch zu behandelnden *Eigendrehimpuls*, der durch die Rotation des Elektrons um eine durch seinen Schwerpunkt gehende Achse zustande kommt, zu unterscheiden. Man erhält den Bahndrehimpuls des Elektrons für eine Bahn mit der Hauptquantenzahl n, indem man die oben errechneten Werte für r_n und v_n in die Gleichung

$$L_n = m_e\, r_n\, v_n$$

einsetzt. Dann ergibt sich

$$L_n = \frac{h}{2\pi} \cdot n = n\hbar, \qquad n = 1, 2, 3, \ldots \qquad (\hbar \text{ lies: } h\text{-quer})$$

Dieses Ergebnis kann folgendermaßen formuliert werden:

Der Bahndrehimpuls des Elektrons ist gequantelt. Das Elektron kann sich nur auf solchen stationären Bahnen bewegen, für die sein Bahndrehimpuls ein ganzzahliges Vielfaches von $\hbar$ ist.

Die Größe

$$\hbar = \frac{h}{2\pi} = 1{,}054 \cdot 10^{-34}\ \mathrm{J\,s}$$

wird als der *elementare Drehimpuls* bezeichnet und stellt die Quanteneinheit für den Drehimpuls dar.

Bei der Gleichung

$$L_n = n\hbar$$

handelt es sich um eine andere Form des ersten BOHR-Postulats.

5. Die Energiezustände des Elektrons

Die zu den stationären Quantenbahnen gehörigen Energiestufen des Elektrons sind von besonderem Interesse, weil sie experimentell meßbar sind und deshalb die für den Physiker wichtige Prüfung der BOHR-Postulate an der Erfahrung erlauben.

Aus den früher (S. 750 und 753) abgeleiteten Formeln

$$W_r = -\frac{1}{8\pi\varepsilon_0} \cdot \frac{(Ze)\cdot e}{r} \quad \text{und} \quad r_n = \frac{\varepsilon_0 h^2}{\pi e^2 m_e} \cdot n^2$$

ergibt sich mit $Z = 1$ für die Gesamtenergie des Elektrons auf der Bahn mit der Hauptquantenzahl n:

$$W_n = -\frac{1}{8} \cdot \frac{e^4 m_e}{\varepsilon_0^2 h^2} \cdot \frac{1}{n^2}.$$

Auf der innersten Bahn beträgt die Gesamtenergie des Elektrons also:

$$W_1 = -\frac{1}{8} \cdot \frac{1{,}602^4 \cdot 10^{-76}\ \mathrm{C}^4 \cdot 9{,}109 \cdot 10^{-31}\ \mathrm{kg}}{8{,}854^2 \cdot 10^{-24}\ \mathrm{C}^4\,\mathrm{m}^{-4}\,\mathrm{N}^{-2} \cdot 6{,}626^2 \cdot 10^{-68}\ \mathrm{N}^2\,\mathrm{m}^2\,\mathrm{s}^2} = -2{,}179 \cdot 10^{-18}\ \mathrm{J} = -13{,}60\ \mathrm{eV}.$$

Diese Zahlen sind streng genommen nicht ganz richtig, weil die bisherigen Rechnungen von der Voraussetzung ausgegangen sind, daß das Elektron sich um einen ruhenden Kern bewegt. In Wirklichkeit bewegen sich aber der Kern und das Elektron um ihren gemeinsamen Schwerpunkt. Die sich dadurch ergebenden Abweichungen von den hier errechneten Zahlenwerten sind zwar nur gering, bei den weiteren Rechnungen sollen aber für die Energiezustände trotzdem die genaueren Zahlenwerte zugrunde gelegt werden.

Wir halten deshalb fest:

Für den Grundzustand des Wasserstoffatoms beträgt die Elektronenenergie

$$W_1 = -2{,}1675 \cdot 10^{-18}\ \mathrm{J} = -13{,}53\ \mathrm{eV}.$$

Aus den dargelegten Gründen erfahren auch die übrigen im vorhergehenden berechneten Bestimmungsstücke der Elektronenbahnen geringfügige Änderungen. Da es im folgenden aber nur um die Energiestufen geht, braucht auf diese Änderungen nicht näher eingegangen zu werden.

Über das negative Vorzeichen der Energie des Elektrons ist ergänzend zu den früheren Hinweisen (S. 749) noch folgendes zu bemerken:

Die Energie des Elektrons ist um so größer, je größer n und damit der Bahnradius r ist. Für $n \to \infty$ ergibt sich aus der obigen Formel

$$\lim_{n \to \infty} W_n = 0.$$

Diese Gleichung besagt:

Ein Elektron, das sich im Unendlichen befindet, hat die Energie Null. Dies bedeutet, daß jedes Elektron, das nicht mehr an seinen Kern gebunden ist, in bezug auf diesen Kern die Energie Null hat.

Nähert sich das Elektron nun dem Kern, so wird seine Energie nach den vorhergehenden Betrachtungen kleiner; da sie bisher Null war, kann sie also nur negative Werte annehmen.

Das hier auftretende negative Vorzeichen für die Energie des Elektrons kommt also dadurch zustande, daß als Energienullpunkt der Zustand des von seinem Kern getrennten Elektrons gewählt wird. Man kann auch einen anderen Nullpunkt für die Energiemessung wählen, indem man die Stufe niedrigster Energie zum Nullpunkt der Messung macht; dann ergeben sich für alle anderen Energiestufen des Atoms positive Werte. Wir kommen hierauf unten noch zurück.

Allgemein gilt:

$$W_n = -2{,}1675 \cdot 10^{-18}\,\mathrm{J} \cdot \frac{1}{n^2} = -13{,}53\,\mathrm{eV} \cdot \frac{1}{n^2}.$$

Dies bedeutet:

Die Energiebeträge des Elektrons auf den stationären Quantenbahnen verhalten sich wie die reziproken Werte der Quadrate der Hauptquantenzahlen n.

Wegen der großen Bedeutung, die den Energiestufen für die Struktur der Atomhüllen zukommt, sind in der folgenden Tabelle die für die einzelnen stationären Quantenbahnen des Wasserstoffatoms sich ergebenden Energiebeträge zusammengestellt.

Hauptquantenzahl n	*Energie W_n (bezogen auf $W_\infty = 0$)*	*Energie W_n (bezogen auf $W_1 = 0$)*	*Energiezunahme gegenüber*	
			der vorhergehenden Stufe	*dem Grundzustand*
1	−13,53 eV	0 eV	–	–
2	− 3,38 eV	10,15 eV	10,15 eV	10,15 eV
3	− 1,50 eV	12,03 eV	1,88 eV	12,03 eV
4	− 0,85 eV	12,68 eV	0,65 eV	12,68 eV
5	− 0,54 eV	12,99 eV	0,31 eV	12,99 eV
⋮	⋮	⋮	⋮	⋮
$n \to \infty$	0 eV	13,53 eV	0 eV	13,53 eV

In dieser Tabelle werden die Zahlenwerte für die möglichen Energien in zwei Weisen angegeben:

Spalte 2 zeigt diejenigen Energiebeträge, die sich ergeben, wenn man den Energienullpunkt ins Unendliche legt ($n \to \infty$).

Spalte 3 enthält die Energiebeträge, die sich ergeben, wenn als Energienullpunkt der Grundzustand ($n = 1$) gewählt wird.

Beide Möglichkeiten der Energiezählung sind praktisch in Gebrauch. Man muß dabei beachten, daß sich die für die gleiche Energiestufe ergebenden Zahlenwerte bei den beiden Meßverfahren sowohl in bezug auf das Vorzeichen als auch in bezug auf den Betrag unterscheiden.

Schließlich sind in den beiden folgenden Spalten die Energiezunahmen der stationären Quantenbahnen gegenüber dem Grundzustand und gegenüber der vorhergehenden Stufe angegeben.

Man kann die in der obigen Tabelle zusammengefaßten Ergebnisse auch grafisch durch ein *Energieniveauschema* darstellen. Die zu den Hauptquantenzahlen $n = 1, 2, 3, \ldots$ gehörenden Energiestufen sind in

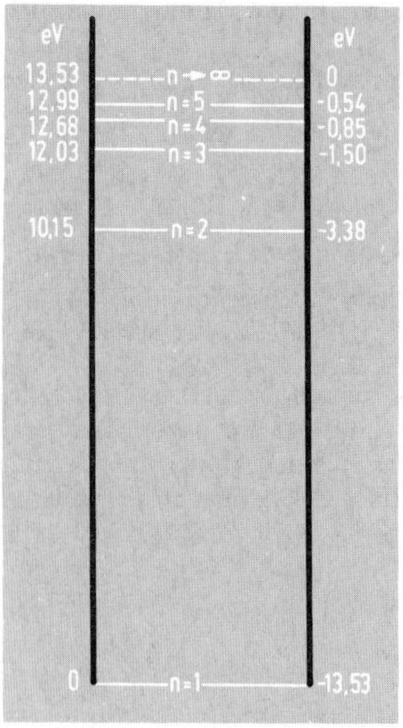

Abb. 758.1 durch horizontale Geraden dargestellt. Auf der linken Seite liest man den auf $W_1=0$ bezogenen Energiewert und auf der rechten Seite den auf $W_\infty=0$ bezogenen Energiewert der einzelnen Energiestufen ab. Die Höhenlage der horizontalen Linien entspricht also der Energie, die Abstände ergeben die Energiedifferenzen.

Man erkennt aus dieser Darstellung, daß die Energiestufen mit zunehmendem Abstand vom Atomkern immer dichter zusammenrücken. Bei den stationären Quantenbahnen ist dies genau umgekehrt; sie rücken mit wachsendem Kernabstand immer weiter auseinander (Abb. 754.1).

Abb. 758.1
Das Energieniveauschema des Wasserstoffatoms

6. Die Quantensprünge des Elektrons

Wenn man einem Atom von außen einen Energiebetrag geeigneter Größe zuführt, kann ein Elektron auf eine energiereichere Bahn gehoben werden. In dieser höheren Bahn bleibt das Elektron aber nur eine kurze Zeit. Die *Verweilzeit* beträgt im Mittel etwa 10^{-8} s. Das Elektron fällt dann von selbst auf eine tiefere Bahn, nach Möglichkeit auf die energieärmste Grundbahn, zurück. Dabei wird die Energie wieder frei, die das Elektron vorher aufgenommen hatte, als es auf die höhere Bahn gehoben wurde. Die frei werdende Energie wird als sichtbare oder unsichtbare (infrarote oder ultraviolette) Strahlung abgegeben.

Ein Atom kann nur Licht aussenden, wenn vorher ein oder mehrere Elektronen auf eine höhere Bahn gehoben worden sind, d.h., wenn das Atom aus dem Grundzustand in einen angeregten Zustand versetzt worden ist.

Um solche Anregungen herbeizuführen, stehen verschiedene Mittel zur Verfügung:

1. Erwärmung: Kohlenstoff- oder Natriumatome werden schon bei der Temperatur einer Kerzenflamme in den angeregten Zustand versetzt und senden dann bei der Rückkehr in den Grundzustand Licht aus. Bei vielen anderen Atomen sind höhere Temperaturen erforderlich.

2. Elektronenstoß: Durch Beschuß mit Katodenstrahlen, d.h. schnell bewegten Elektronen, können Atome angeregt werden. Die bei Gasentladungen beobachteten Leuchterscheinungen beruhen hierauf. Die Anregung durch Elektronenstoß ist für die Untersuchung der sich bei der Anregung abspielenden Vorgänge besonders wichtig, weil man den Elektronen durch genau abstimmbare elektrische Kräfte ganz bestimmte Energien zuführen kann.

3. Lichtzufuhr: Es gibt Stoffe, die durch Lichtzufuhr selbst zur Aussendung von Licht veranlaßt werden können. Diese Eigenschaft wird als Fluoreszenz bezeichnet.

Man bezeichnet die Übergänge eines Elektrons von einer Energiestufe zur anderen als *Quantensprünge.*

Wir wenden uns nun der Untersuchung dieser *Quantensprünge beim Wasserstoffatom* zu und berechnen zunächst allgemein die Energiedifferenz zwischen zwei Bahnen mit den Hauptquantenzahlen m und n. Es ist

$$\Delta W = W_m - W_n = -\frac{1}{8}\,\frac{e^4 m_e}{\varepsilon_0^2 h^2 m^2} + \frac{1}{8}\,\frac{e^4 m_e}{\varepsilon_0^2 h^2 n^2} = \frac{1}{8}\,\frac{e^4 m_e}{\varepsilon_0^2 h^2}\left(\frac{1}{n^2} - \frac{1}{m^2}\right).$$

Wenn man die bei einem solchen Quantensprung frei werdende Energie kennt, kann man nach dem zweiten BOHR-Postulat die Frequenz der durch den betreffenden Quantensprung erzeugten Spektrallinien berechnen. Statt der Frequenzen benutzt man meist die *Wellenzahlen* N (vgl. S. 220), für die gilt:

$$N=\frac{1}{\lambda}=\frac{\nu}{c} \quad (\text{wegen } c=\nu\lambda)$$

oder

$$\nu=cN.$$

Nach dem zweiten BOHR-Postulat ist dann

$$h\nu=hcN=W_m-W_n=\frac{1}{8}\frac{e^4 m_e}{\varepsilon_0^2 h^2}\left(\frac{1}{n^2}-\frac{1}{m^2}\right)$$

$$N=\frac{e^4 m_e}{8\varepsilon_0^2 h^3 c}\left(\frac{1}{n^2}-\frac{1}{m^2}\right).$$

Der konstante Faktor

$$Ry=\frac{e^4 m_e}{8\varepsilon_0^2 h^3 c}=\frac{1{,}602^4\cdot 10^{-76}\,\mathrm{C}^4\cdot 9{,}109\cdot 10^{-31}\,\mathrm{kg}}{8\cdot 8{,}854^2\cdot 10^{-24}\,\mathrm{C}^4\,\mathrm{m}^{-4}\,\mathrm{N}^{-2}\cdot 6{,}626^3\cdot 10^{-102}\,\mathrm{N}^3\,\mathrm{m}^3\,\mathrm{s}^3\cdot 2{,}998\cdot 10^8\,\mathrm{m\,s}^{-1}}=10\,973\,731\ \mathrm{m}^{-1}$$

wird als RYDBERG-*Konstante* (vgl. S. 675) bezeichnet.

Wir stellen zusammenfassend fest:

Mit Hilfe des BOHR-Atommodells ist es gelungen, einen Zusammenhang zwischen der früher bei der empirischen Untersuchung des Wasserstoffspektrums (S. 675f.) bereits eingeführten RYDBERG-Konstante und anderen schon bekannten physikalischen Konstanten aufzufinden, so daß der Zahlenwert der RYDBERG-Konstante berechnet werden kann. Die hier durchgeführten Rechnungen sind nicht ganz exakt, weil sie von der Voraussetzung ausgehen, daß das Elektron sich um einen ruhenden Atomkern bewegt, während sich in Wirklichkeit der Kern und das Elektron um ihren gemeinsamen Schwerpunkt bewegen. Diese Tatsache kann man berücksichtigen, indem man in der obigen Formel für die Wellenzahlen N an die Stelle der Elektronenmasse m_e die Ersatzmasse

$$m_e^*=\frac{m_k m_e}{m_k+m_e}$$

setzt; dabei bedeutet m_k die Masse des Wasserstoffkernes. Für die verbesserte RYDBERG-Konstante R_H des Wasserstoffatoms ergibt sich

$$R_H=Ry\frac{m_k}{m_k+m_e}.$$

Die RYDBERG-Konstante für Wasserstoff nimmt dann in bester Übereinstimmung von Rechnung und Beobachtung den Wert

$$R_H=10{,}968\cdot 10^6\ \mathrm{m}^{-1}$$

an.

Die Wellenzahlen der Energiequanten, die ein Wasserstoffatom zu emittieren vermag, ergeben sich also aus der Formel

$$N=R_H\left(\frac{1}{n^2}-\frac{1}{m^2}\right)=10{,}968\cdot 10^6\,\mathrm{m}^{-1}\cdot\left(\frac{1}{n^2}-\frac{1}{m^2}\right).$$

Dabei bedeuten n und m ganze Zahlen, und es ist $n<m$.

Diese aus den BOHR-Postulaten abgeleitete Formel enthält als Spezialfall die von BALMER mit Hilfe der gemessenen Wellenlängen der Spektrallinien ermittelte Formel. Man erhält die BALMER-Formel, indem man in der vorstehenden Gleichung $n=2$ und $m=3, 4, \ldots$ setzt. Gleichzeitig haben wir die RYDBERG-Konstante auf andere allgemeine Naturkonstanten zurückgeführt. Die für das Wasserstoffatom errechneten Wellenzahlen sowie der sich ergebende Wert für die RYDBERG-Konstante stehen in Übereinstimmung mit den Messungen, die im Bereich der Spektroskopie mit außerordentlicher Genauigkeit durchführbar sind und die deshalb einen besonders exakten Vergleich von Theorie und Erfahrung ermöglichen. Wir können also sagen:

Es ist BOHR *gelungen, mit wenigen Grundannahmen ein Atommodell für das Wasserstoffatom zu entwickeln. Aus diesem Modell läßt sich, der Absicht* BOHRS *entsprechend, die* BALMER-*Formel deduzieren.*

Wir werden im folgenden Abschnitt sehen, daß das BOHR-*Modell über die Berechnung der Strahlungsfrequenzen hinaus noch weitere charakteristische Größen des Wasserstoffatoms zu berechnen gestattet. Damit erfüllt es eine Forderung, die an jedes physikalische Modell gestellt wird: es dient nicht nur der Beschreibung einer einzigen Erscheinung.*

7. *Die Spektrallinien des Wasserstoffatoms*

Die für die Wellenzahlen der von den Wasserstoffatomen emittierten Energiequanten abgeleitete Formel enthält wesentlich mehr als die von BALMER aufgestellte Gleichung. Es ergibt sich nun die Frage, ob auch dieser weitergehende Inhalt eine reale Bedeutung hat. Um diese Frage zu beantworten, wenden wir uns nun einer quantitativen Auswertung der Gleichung zu. Zunächst formen wir die Gleichung um und schreiben:

$$N=\frac{R_{\mathrm{H}}}{n^2}-\frac{R_{\mathrm{H}}}{m^2}=T_n-T_m.$$

Man erkennt sofort, daß dabei

$$T_n=-\frac{W_n}{h\,c} \quad \text{und} \quad T_m=-\frac{W_m}{h\,c}$$

ist.

Die Ausdrücke T_n und T_m, die eng mit den durch die Hauptquantenzahlen n und m bestimmten Energiestufen zusammenhängen, bezeichnet man als *Terme.* Die Wellenzahl der Spektrallinien ergibt sich dann als *Termdifferenz.*

Wir betrachten nun der Reihe nach alle möglichen Quantensprünge und verfahren dabei so, daß wir zunächst die Sprünge untersuchen, die auf der innersten Bahn enden. Dazu ist also zu setzen:

a) $n=1 \quad m=2,3,4,\ldots$

Es ergibt sich [1]:

$$N_{2,1}=R_{\mathrm{H}}\left(\frac{1}{1^2}-\frac{1}{2^2}\right)=R_{\mathrm{H}}\cdot\frac{3}{4}=8{,}226\cdot 10^6\ \mathrm{m}^{-1}$$

$$N_{3,1}=R_{\mathrm{H}}\left(\frac{1}{1^2}-\frac{1}{3^2}\right)=R_{\mathrm{H}}\cdot\frac{8}{9}=9{,}749\cdot 10^6\ \mathrm{m}^{-1}.$$

$$\vdots \qquad\qquad \vdots$$

Alle diese Wellenzahlen gehören also zu Quantensprüngen, die auf den gleichen Endzustand ($n=1$) führen. Man faßt die zu diesen Wellenzahlen gehörigen Spektrallinien zu einer *Serie* zusammen. Jede Serie besteht aus unendlich vielen Linien, deren Abstand mit wachsendem m immer kleiner wird; für $m\to\infty$ ergibt sich ebenfalls eine ganz bestimmte endliche Wellenzahl, die man als *Seriengrenze* bezeichnet. Es ist

$$N_{\infty,1}=R_{\mathrm{H}}\left(\frac{1}{1^2}-\frac{1}{\infty^2}\right)=R_{\mathrm{H}}=10{,}97\cdot 10^6\ \mathrm{m}^{-1}.$$

Die hier berechnete Serie von Spektrallinien ist tatsächlich experimentell erzeugbar. Die angegebenen Wellenzahlen, aus denen sich die Frequenzen oder die Wellenlängen berechnen lassen, zeigen, daß diese Linien im ultravioletten Teil des Spektrums liegen. Dort sind sie von dem Physiker TH. LYMAN (1874–1954) auch wirklich gefunden worden. Diese Serie wird deshalb als LYMAN-*Serie* bezeichnet.

Allgemein bezeichnet man Spektrallinien, bei denen die zugehörigen Quantensprünge auf dem Grundzustand enden, als *Resonanzlinien.*

b) $n=2 \quad m=3,4,5,\ldots$

Man erhält folgende Wellenzahlen:

$$N_{3,2}=R_{\mathrm{H}}\left(\frac{1}{2^2}-\frac{1}{3^2}\right)=R_{\mathrm{H}}\cdot\frac{5}{36}=1{,}523\cdot 10^6\ \mathrm{m}^{-1}.$$

---

[1] Die Bezeichnung $N_{2,1}$ bedeutet, daß es sich um die Wellenzahl einer Spektrallinie handelt, die bei einem Quantensprung von der 2. auf die 1. Stufe ausgesandt wird.

Daraus folgt für die Wellenlänge:

$$\lambda_{3,\,2} = \frac{1}{N_{3,\,2}} = 6{,}565 \cdot 10^{-7}\,\text{m} = 656{,}5\,\text{nm}.$$

Die zugehörige Frequenz ist:

$$\nu_{3,\,2} = c\,N_{3,\,2} = 456{,}67 \cdot 10^{12}\,\text{s}^{-1} \approx 457 \text{ Billionen Hz.}$$

Es handelt sich hierbei um die als H_α bezeichnete Linie des Wasserstoffspektrums (vgl. S. 675 f.).
Die übrigen Linien dieser Serie ergeben sich in entsprechender Weise.

Für H_β ist	$N_{4,\,2} = R_H\left(\frac{1}{4} - \frac{1}{16}\right)$
Für H_γ ist	$N_{5,\,2} = R_H\left(\frac{1}{4} - \frac{1}{25}\right)$
Für H_δ ist	$N_{6,\,2} = R_H\left(\frac{1}{4} - \frac{1}{36}\right)$
....	....
....	....
....	....

Diese Serie ist mit der früher von BALMER untersuchten Gruppe von Spektrallinien (S. 675 f.) identisch und wird als BALMER-*Serie* bezeichnet.

Wir können nun fortfahren und alle Quantensprünge betrachten, die auf der 3. Energiestufe enden. Auf diese Weise entsteht eine neue Serie von Spektrallinien. Ebenso kann man die 4. oder 5. Energiestufe als Endzustand betrachten. Alle auf diese Weise theoretisch erwarteten Spektrallinien sind auch gefunden worden. Sie liegen mit Ausnahme eines Teiles der BALMER-Serie sämtlich im nicht sichtbaren Teil des Spektrums, teilweise sogar weit im infraroten Bereich, so daß ihr Nachweis und ihre Messung nicht ganz einfach war. Wir kennen heute die folgenden, nach ihren Entdeckern benannten Spektralserien des Wasserstoffatoms:

1.	$N = R_H\left(\frac{1}{1^2} - \frac{1}{m^2}\right)$	mit $m = 2, 3, 4, \ldots$	LYMAN-Serie	(1906)	Ultraviolett
2.	$N = R_H\left(\frac{1}{2^2} - \frac{1}{m^2}\right)$	mit $m = 3, 4, 5, \ldots$	BALMER-Serie	(1885)	Rot bis Ultraviolett
3.	$N = R_H\left(\frac{1}{3^2} - \frac{1}{m^2}\right)$	mit $m = 4, 5, 6, \ldots$	PASCHEN-Serie	(1908)	Infrarot
4.	$N = R_H\left(\frac{1}{4^2} - \frac{1}{m^2}\right)$	mit $m = 5, 6, 7, \ldots$	BRACKETT-Serie	(1922)	Infrarot
5.	$N = R_H\left(\frac{1}{5^2} - \frac{1}{m^2}\right)$	mit $m = 6, 7, 8, \ldots$	PFUND-Serie	(1924)	Infrarot
6.	$N = R_H\left(\frac{1}{6^2} - \frac{1}{m^2}\right)$	mit $m = 7, 8, 9, \ldots$	HUMPHREY-Serie		

(Von der letzten Serie wurden bisher nur wenige Linien gefunden.)

In Abb. 762.1 ist die Entstehung der verschiedenen Serien schematisch dargestellt.

Bei einer Glimmentladung in Wasserstoff werden die Linien aller hier genannten Serien wirklich ausgesendet. Dies kommt daher, daß nach der Aufspaltung der H_2-Moleküle in H-Atome durch Elektronenstöße die verschiedensten Anregungszustände der Wasserstoffatome entstehen. Die Atome kehren aus energetischen Gründen in einen stabileren, tieferen Anregungszustand, z.T. sofort in den Grundzustand, zurück. Dabei werden bei der großen Zahl der Atome einige Milliarden Elektronen von der 3. auf die 2. Bahn, andere Milliarden von der 4. auf die 2. Bahn, wieder andere von der 3. auf die 1. springen usw. Auf diese Weise entstehen gleichzeitig die verschiedenen Spektrallinien, die im Wasserstoffspektrum beobachtbar sind.

Wir haben bisher die Übergänge der Elektronen von höheren Energiestufen auf niedrigere untersucht, wobei Energiebeträge bestimmter Größe abgegeben werden. Nach der BOHR-Theorie muß aber auch umgekehrt

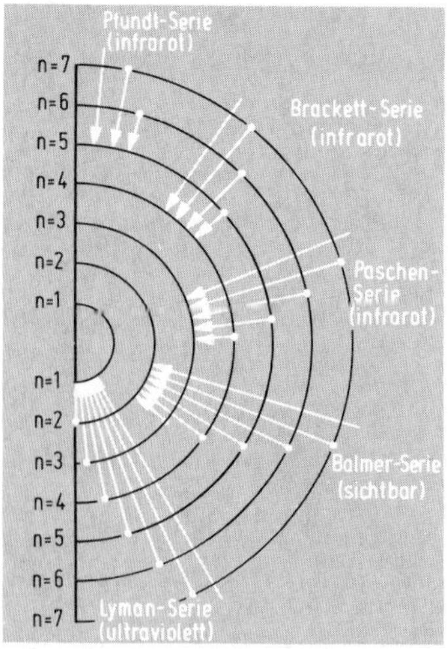

Abb. 762.1 Schematische Darstellung der möglichen Quantensprünge beim Wasserstoffatom. Die Zeichnung ist nicht maßstäblich, denn die Bahnradien wachsen in Wirklichkeit mit dem Quadrat der Quantenzahl *n*.

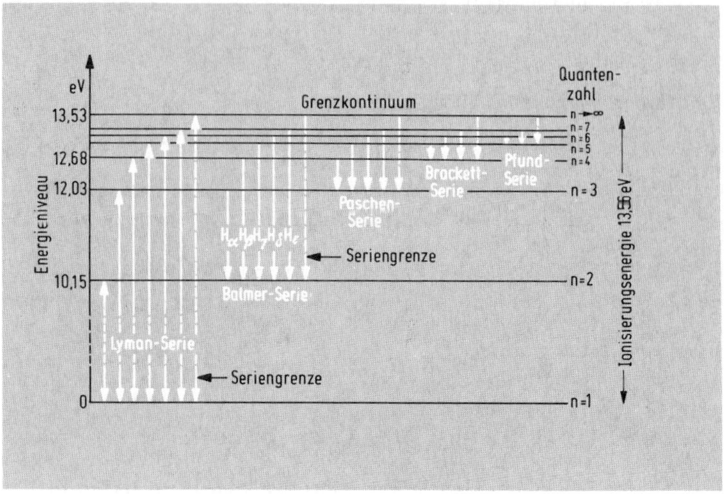

Abb. 762.2 Die Spektrallinien beim Wasserstoffatom

jedes Wasserstoffatom in der Lage sein, die entsprechenden Energiebeträge aufzunehmen und dadurch auf die zugehörige höhere Energiestufe zu gelangen. Wenn also Wasserstoff (von dem wir der Einfachheit halber voraussetzen, daß er im atomaren Zustand vorliegt) mit Energiequanten verschiedenster Art bestrahlt wird, so müßte er diejenigen Quanten aufnehmen, die den in Abb. 762.1 dargestellten Quantensprüngen entsprechen, wobei die Sprünge jetzt eben nur von einer inneren auf eine äußere Bahn erfolgen. Die Wasserstoffatome müßten also genau die Wellenlängen absorbieren, die sie auch aussenden. Damit ergibt sich eine aus der spektroskopischen Erfahrung lange bekannte Erkenntnis:

Die Spektrallinien der Absorption haben die gleichen Wellenlängen wie die der Emission.

Dies ist aber für Wasserstoffatome bei normaler Temperatur nur teilweise richtig. Da die Atome sich unter normalen Bedingungen im Grundzustand befinden, können sie nur solche Wellenlängen absorbieren, die der Hebung eines Elektrons aus dem Grundzustand auf eine höhere Energiestufe entsprechen; beim Wasserstoff sind das lediglich die zur LYMAN-Serie gehörigen Wellenlängen (Abb. 762.1). Die durch Quantensprünge von irgendeiner Energiestufe auf den Grundzustand entstehenden Spektrallinien hatten wir als Resonanzlinien bezeichnet. Resonanzlinien treten unter normaler Temperatur also sowohl bei der Absorption als auch bei der Emission auf, die übrigen Linien dagegen nur bei der Emission. Diese Feststellung steht keineswegs mit der Tatsache in Widerspruch, daß die Spektren vieler Fixsterne auch die BALMER-Linien des Wasserstoffs, die durch andere Quantensprünge entstehen, als Absorptionslinien enthalten, denn der Wasserstoff auf den Sternen besitzt eine Temperatur von mehreren tausend Grad. Wegen der thermischen Stöße ist ein Teil der Wasserstoffatome dauernd angeregt. Alle diejenigen Atome, die sich im ersten angeregten Zustand befinden, können natürlich Energiequanten absorbieren, die zur BALMER-Serie gehören.

Die Unterschiede in bezug auf die bei der Emission und der Absorption auftretenden Linien sind also mit Hilfe des BOHR-Atommodells ohne weiteres verständlich.

Wir fassen die Aussagen über die *Atomhülle des Wasserstoffatoms* zusammen:

1. Das Elektron kann verschiedene diskrete Energiestufen einnehmen. Diese lassen sich anschaulich durch das in Abb. 762.2 wiedergegebene *Energieniveauschema* oder *Termschema* darstellen. Auf der Ordinate

sind die den stationären Quantenbahnen zukommenden Energiebeträge aufgetragen, wobei dem Grundzustand in dieser Darstellung das Energieniveau Null zugeordnet ist. Wie oben näher ausgeführt, hätte der Energienullpunkt auch anders gewählt werden können.

2. Die von unten nach oben gerichteten Pfeile entsprechen der Absorption von Strahlungsquanten, da die Energie des Elektrons größer wird. Die von oben nach unten weisenden Pfeile entsprechen der Emission von Strahlungsquanten. Bei normaler Temperatur können nur die durch Doppelpfeile dargestellten Sprünge der LYMAN-Serie in beiden Richtungen durchlaufen werden.

3. Aus dem Termschema kann unmittelbar abgelesen werden, welche Energiebeträge bei dem Übergang eines Elektrons von einem stationären Zustand in einen anderen aufgenommen oder abgegeben werden. Man hat dazu lediglich die für die betreffenden Zustände links angegebenen Energiewerte voneinander zu subtrahieren.

4. Aus dem Termschema ersieht man, daß die Abstände zwischen den einzelnen Energieniveaus mit wachsender Quantenzahl n kleiner werden. Es wurde schon darauf hingewiesen, daß im Gegensatz hierzu die geometrischen Abstände der Elektronenbahnen mit wachsendem n größer werden.

Für genügend große Werte von n rücken die Spektrallinien einer Serie nach der kurzwelligen Seite immer dichter bis an eine Grenze zusammen. Daran schließt sich ein Bereich an, der *Seriengrenzkontinuum* genannt wird. Ein Spektrum wird als Kontinuum bezeichnet, wenn keine getrennten (man sagt auch *diskreten*) Spektrallinien vorliegen, sondern vielmehr alle Wellenlängen lückenlos im Wellenlängenbereich des Spektrums enthalten sind.

Das Grenzkontinuum kommt folgendermaßen zustande: Elektronen können von einem Energieniveau durch Energiezufuhr vom Atom abgelöst werden, so daß sie sich außerhalb des Atomverbandes noch mit zusätzlicher, nicht gequantelter kinetischer Energie bewegen. Werden solche Elektronen im umgekehrten Prozeß wieder in ein diskretes Energieniveau des Atoms eingefangen, so wird eine entsprechende Energie abgestrahlt. Da die Energie eines Elektrons außerhalb eines Atoms keiner Quantenbedingung unterworfen ist, können bei diesen Prozessen die Emissionsenergien stetig ineinander übergehen.

Zusammenfassend ergibt sich also:

Übergänge, die von sehr hohen Quantenzahlen ausgehen, nähern sich dem Bereich des Grenzkontinuums, in dem es keine diskreten Energieniveaus gibt. Die *klassische Physik* kann hier als ein bei großen Quantenzahlen n auftretender *Grenzfall der Quantenphysik* betrachtet werden.

Diese Erkenntnis gilt ganz allgemein und bildet den Inhalt des BOHR-Korrespondenzprinzips:

Die Gesetze der Quantenphysik nähern sich mit wachsender Quantenzahl asymptotisch den Gesetzen der klassischen Physik und gehen im Grenzfall in diese über.

Das BOHR-Korrespondenzprinzip kann in seiner Bedeutung und seiner Tragweite mit den allgemeinen Prinzipien der Physik (z. B. dem Prinzip von der Erhaltung der Energie, dem Relativitätsprinzip usw.) verglichen werden. Es unterscheidet sich jedoch von diesen dadurch, daß es kein fertiges, durch eine mathematische Gleichung formulierbares Naturgesetz darstellt, sondern daß es sich vielmehr um ein Hilfsmittel zur Auffindung von Naturgesetzen im Bereich der Mikrophysik handelt. Das Korrespondenzprinzip stellt eine Brücke zwischen den nach den Gesetzen der klassischen Physik konstruierten anschaulichen Modellvorstellungen zur Beschreibung der atomaren Gebilde und den für diese Objekte geltenden abstrakten Gesetzen dar. Trotz aller grundsätzlichen Unterschiede zwischen den Modellvorstellungen und den durch sie dargestellten mikrophysikalischen Objekten existieren doch mancherlei Ähnlichkeiten und Beziehungen, die durch das Korrespondenzprinzip präzisiert werden.

Beispiel Nach den Gesetzen der klassischen Elektrodynamik muß ein um den Atomkern kreisendes Elektron eine elektromagnetische Welle abstrahlen, deren Frequenz gleich der Umlauffrequenz ν_n des Elektrons ist. Hierfür hat sich oben ergeben:

$$\nu_n = \frac{e^4 m_e}{4 \varepsilon_0^2 h^3} \cdot \frac{1}{n^3}.$$

Andererseits hat sich für die Frequenz ν der Spektrallinien, die beim Übergang eines Elektrons zwischen zwei benachbarten Bahnen mit den Hauptquantenzahlen n und $n+1$ entstehen, ergeben:

$$\nu = \frac{e^4 m_e}{8 \varepsilon_0^2 h^3} \left(\frac{1}{n^2} - \frac{1}{(n+1)^2} \right) = \frac{e^4 m_e}{8 \varepsilon_0^2 h^3} \, \frac{2n+1}{n^2 (n+1)^2}.$$

Wenn man kleine Werte von n einsetzt, so erkennt man, daß ν_n und ν sich erheblich voneinander unterscheiden. Dies bedeutet, daß die Gesetze der klassischen Elektrodynamik im atomaren Bereich nicht gelten. Mit wachsendem n wird der Unterschied zwischen ν_n und ν jedoch immer kleiner und

$$\text{für} \quad n \to \infty \quad \text{folgt} \quad \nu \to \nu_n .$$

Für große Quantenzahlen nähert sich die Frequenz der emittierten Strahlung also der Umlauffrequenz des Elektrons.

Ähnliche Überlegungen lassen sich auch für Übergänge zwischen nicht unmittelbar benachbarten Energiestufen durchführen. Es zeigt sich dabei allgemein, daß bei Quantensprungen zwischen inneren Elektronenschalen die emittierte Frequenz und die Umlauffrequenz des Elektrons stark voneinander abweichen, daß diese Unterschiede aber um so kleiner werden, je weiter man in den äußeren Bereich des Atoms kommt. Für genügend große Quantenzahlen besteht also Übereinstimmung oder *Korrespondenz* zwischen den nach den Gesetzen der klassischen Elektrodynamik sich ergebenden und den aufgrund der Quantentheorie berechneten Frequenzen der von Atomen abgestrahlten Spektrallinien.

Eine solche Korrespondenz besteht aber nicht nur für die Frequenzen, sondern auch für die Intensitäten der Spektrallinien und für andere Größen. Schließlich wird der Unterschied zwischen den Energiestufen mit den Quantenzahlen n und $n+1$ mit wachsender Quantenzahl kleiner, so daß man die sprunghaften Übergänge mit immer besser werdender Annäherung durch stetige Übergänge ersetzen kann. Da sich die Quantenphysik von der klassischen Physik aber gerade durch die unstetige Energieabgabe unterscheidet, verschwindet dieser wesentliche Unterschied zwischen der klassischen Physik und der Quantenphysik beim Übergang zu großen Quantenzahlen in immer stärkerem Maße.

Das Korrespondenzprinzip ist für die Entwicklung der Atomphysik von großer Bedeutung gewesen. Indem auch für zahlreiche weitere Aussagen über das optische und chemische Verhalten der Atome Korrespondenzen zwischen den Ergebnissen der Quantenphysik und den Gesetzen der klassischen Physik formuliert werden konnten, war es möglich, das Verhalten der Atome durch entsprechende anschaulich-klassische Modelle wiederzugeben und den Modellvorstellungen gleichzeitig eine neue, umfassendere Deutung zu geben.

5. Von besonderem Interesse sind schließlich noch die *Seriengrenzen*, die in Abb. 762.2 dargestellt sind. Es handelt sich hierbei um Linien, die durch Sprünge von einer sehr hohen Energiestufe auf die energetisch niedrigste Stufe der betreffenden Serie entstehen. Das Elektron befindet sich vor dem Quantensprung in einem so großen Abstand vom Kern, daß es praktisch dem Atomverband gar nicht mehr angehört. Für seine Energie gilt daher:

$$W_\infty = 0 .$$

Wenn das Elektron von diesem Zustand auf den Grundzustand springt, so beträgt der Energieunterschied

$$W_\infty - W_1 = -W_1$$

d.h., die Energie W_1 wird abgegeben. Um andererseits ein Elektron aus dem Grundzustand beliebig weit vom Kern und damit aus dem Atomverband zu entfernen, muß dem Atom mindestens die Energie W_1 zugeführt werden. Diese Energie bezeichnet man als die *Ionisierungsenergie*, weil das Atom durch die Entfernung eines Elektrons in ein Ion übergeht.

Es gilt also:

Die Ionisierungsenergie des Wasserstoffatoms beträgt 13,53 eV. *Der experimentell bestimmbare Wert stimmt mit dem aus dem* Bohr-*Modell errechneten überein.*

8.3.3 Die wasserstoffähnlichen Spektren

Die großen Erfolge, die mit dem Bohr-Atommodell bei der Beschreibung des Wasserstoffatoms erzielt werden konnten, veranlaßten die Physiker, dieses Modell auch auf andere, komplizierter gebaute Atome zu übertragen und die von diesen Atomen ausgesandten Spektrallinien in ähnlicher Weise zu berechnen, wie dies bei den Spektrallinien des Wasserstoffatoms geschehen war. Dies gelang bei den *wasserstoffähnlichen Spektren*, mit denen wir uns in diesem Abschnitt beschäftigen wollen. Es handelt sich dabei um Spektren, die von *wasserstoffähnlichen Systemen* oder von *wasserstoffähnlichen Ionen* ausgesandt werden.

Unter einem *wasserstoffähnlichen System* oder einem *wasserstoffähnlichen Ion* versteht man denjenigen Teil eines Atoms, der übrig bleibt, nachdem man aus seiner Hülle durch Ionisation so viele Elektronen entfernt hat, daß nur noch ein einziges übrig bleibt.

Beispiele

1. Das *Heliumatom* hat die Kernladungszahl $Z=2$ (S. 782). In der Atomhülle des neutralen Atoms befinden sich also 2 Elektronen. Wenn man eines dieser Elektronen durch Ionisierung entfernt, so bleibt ein Heliumion (He^+) übrig. Dieses stellt ein wasserstoffähnliches System dar, weil sich hier – ebenso wie bei dem Wasserstoffatom – ein einziges Elektron um einen positiven Kern bewegt.

2. Das *Lithiumatom* besitzt die Kernladungszahl $Z=3$. Es hat im neutralen Zustand in der Atomhülle 3 Elektronen. Man kann zwei dieser Elektronen entfernen und erhält dann ein Lithiumion (Li^{++}), das ebenfalls ein wasserstoffähnliches System darstellt, weil sich auch hier ein einziges Elektron um einen positiven Kern bewegt.

3. Das *Berylliumatom* mit der Kernladungszahl $Z=4$ hat im neutralen Zustand in seiner Hülle 4 Elektronen. Um ein wasserstoffähnliches System zu erhalten, muß man 3 Elektronen entfernen. Man erhält dann das Berylliumion (Be^{+++}), bei dem sich wiederum ein einziges Elektron um einen positiven Kern bewegt.

Allen wasserstoffähnlichen Systemen ist also gemeinsam, daß sie als *Zweikörperprobleme* behandelt werden können: Um einen Kern mit der Ladung

$$Q=Ze$$

bewegt sich ein Elektron mit der Ladung $-e$. Der Unterschied gegenüber dem Wasserstoffatom besteht nur darin, daß die Kernladung und die Kernmasse bei wasserstoffähnlichen Systemen größer als beim Wasserstoffatom sind. Die Folge davon ist, daß die Radien der erlaubten Quantenbahnen bei den wasserstoffähnlichen Systemen etwas kleiner als die entsprechenden Bahnradien beim Wasserstoffatom sind. Im übrigen können aber die oben für das Wasserstoffatom durchgeführten Rechnungen unverändert auf die wasserstoffähnlichen Systeme übertragen werden, wenn man nur beachtet, daß bei dem Ansatz für die COULOMB-Kraft die größere Kernladung

$$Q=Ze$$

einzusetzen ist. Es ergibt sich:

Bei wasserstoffähnlichen Systemen gilt für die Wellenzahlen der Spektren

$$N=Ry\cdot Z^2\left(\frac{1}{n^2}-\frac{1}{m^2}\right).$$

Dabei bedeuten auch hier n und m natürliche Zahlen, und es ist $n<m$. Außerdem haben Messungen ergeben, daß sich die RYDBERG-Konstante bei wasserstoffähnlichen Systemen etwas von derjenigen des Wasserstoffs unterscheidet. Dies ist aufgrund der oben durchgeführten Betrachtungen ohne weiteres verständlich, weil die Kernmassen bei wasserstoffähnlichen Systemen größer als die Masse des Wasserstoffkernes sind.

Für das *Heliumion* (He^+) ergeben sich wegen $Z=2$ aus der BOHR-Theorie Spektralserien mit den folgenden Wellenzahlen:

$$N=4R_{He}\left(\frac{1}{1^2}-\frac{1}{m^2}\right) \quad \text{mit} \quad m=2,3,4,\ldots \qquad \text{(1. LYMAN-Serie)}$$

$$N=4R_{He}\left(\frac{1}{2^2}-\frac{1}{m^2}\right) \quad \text{mit} \quad m=3,4,5,\ldots \qquad \text{(2. LYMAN-Serie)}$$

$$N=4R_{He}\left(\frac{1}{3^2}-\frac{1}{m^2}\right) \quad \text{mit} \quad m=4,5,6,\ldots \qquad \text{(FOWLER-Serie)}$$

$$N=4R_{He}\left(\frac{1}{4^2}-\frac{1}{m^2}\right) \quad \text{mit} \quad m=5,6,7,\ldots \qquad \text{(PICKERING-Serie).}$$

Ein großer Teil der so berechneten Linien konnte experimentell aufgefunden werden. Auch bei anderen wasserstoffähnlichen Systemen ist es gelungen, die theoretisch ermittelten Linien experimentell aufzuzeigen.

Wir fassen zusammen:

Das Bohr-Atommodell hat sich bei der Beschreibung folgender Erfahrungstatsachen gut bewährt:

1. Der aus dem Modell sich ergebende Durchmesser des Wasserstoffatoms stimmt in der Größenordnung mit den Meßergebnissen aus klassischen Versuchen überein.
2. Die Spektren des Wasserstoffatoms und der wasserstoffähnlichen Ionen können in Übereinstimmung mit der Erfahrung berechnet werden.
3. Die berechneten Ionisierungsenergien stimmen mit den gemessenen Werten überein.
4. Die Rydberg-Konstante kann aufgrund des Bohr-Modells mit anderen bekannten Naturkonstanten verknüpft werden, und aus dieser Verknüpfung kann ihr Wert in Übereinstimmung mit den Meßergebnissen berechnet werden.

Leider weist das Bohr-Atommodell aber auch eine Reihe von Unzulänglichkeiten auf, von denen hier einige genannt werden sollen:

1. Es ist mit Hilfe des Bohr-Atommodells nicht möglich, die Spektren von Atomen, bei denen sich in der Hülle zwei oder mehr Elektronen befinden, richtig zu berechnen.
2. Die Erfahrung zeigt, daß die zunächst einheitlich erscheinenden Spektrallinien der Atome mit Hilfe von stark auflösenden Spektralapparaten in mehrere eng benachbarte Linien, die selbst noch eine gewisse, allerdings sehr kleine Breite haben, aufgelöst werden können. Man bezeichnet diese später noch genauer zu behandelnde Erscheinung als die *Feinstruktur der Spektrallinien.* Hierfür kann das Bohr-Atommodell keine Erklärung geben.
3. Bohr konnte für die von ihm aufgestellte Quantenbedingung keine zwingende Begründung geben. Diese Tatsache muß zum mindesten als unbefriedigend betrachtet werden.

Aus den hier dargelegten und einigen weiteren Gründen sahen sich die Physiker veranlaßt, ein Modell für die Atomhüllen zu entwickeln, das umfassender als das Bohr-Modell ist und das auch die von diesem Modell nicht erfaßten Erfahrungen zu beschreiben erlaubt. Einen ersten Schritt in dieser Richtung hat der Physiker A. Sommerfeld (1868 – 1951) getan. Mit den Grundgedanken des Bohr-Sommerfeld-Atommodells werden wir uns in dem folgenden Abschnitt beschäftigen.

8.3.4 Das Bohr-Sommerfeld-Atommodell

Während Bohr bei seinem Atommodell von der Voraussetzung ausging, daß die Elektronen sich auf Kreisen um den Atomkern bewegen, beschrieb Sommerfeld die Bewegung der Elektronen beim Wasserstoff und bei wasserstoffähnlichen Systemen in allgemeinerer Form. Dies bedeutet, daß – ähnlich wie bei der Bewegung der Planeten um die Sonne – auch elliptische Bahnen zugelassen werden. Dabei muß beachtet werden, daß der Kreis durch eine einzige Größe, nämlich seinen Radius, eindeutig bestimmt ist, daß aber zur eindeutigen Festlegung eine Ellipse zwei Bestimmungsstücke, etwa die große und die kleine Achse, erforderlich sind. Dies hat zur Folge, daß bei den elliptischen Bahnen zwei voneinander unabhängige Quantenzahlen notwendig sind, um aus den unendlich vielen Ellipsenbahnen, die nach der klassischen Mechanik möglich wären, die stationären Zustände festzulegen. Man bezeichnet diese beiden Quantenzahlen als die *Hauptquantenzahl n* und die *Nebenquantenzahl l.* Ohne auf die Einzelheiten der von Sommerfeld durchgeführten Rechnungen hier näher einzugehen, sollen im folgenden die wichtigsten Eigenschaften des Bohr-Sommerfeld-Atommodells erläutert und seine Leistungsfähigkeit untersucht werden.

Wir stellen zunächst fest:

Nach dem Bohr-Sommerfeld-Atommodell bewegen sich die Elektronen auf Kreisbahnen oder Ellipsenbahnen. Für die Halbachsen der Bahnellipsen gilt

$$\underbrace{a_n = \varepsilon_0 \cdot \frac{h^2}{\pi Z e^2 m_e} \cdot n^2}_{\text{große Halbachse}} \quad \text{und} \quad \underbrace{b_n = a_n \frac{l+1}{n} = \varepsilon_0 \cdot \frac{h^2}{\pi Z e^2 m_e} \cdot n(l+1)}_{\text{kleine Halbachse}}.$$

Dabei ist $n = 1, 2, 3, \dots$ und $l = 0, 1, 2, \dots, n-1$.

Die Gleichungen beziehen sich auf wasserstoffähnliche Systeme. Für den speziellen Fall des Wasserstoffatoms ist $Z=1$ zu setzen.

Aus den genannten Gleichungen ersieht man, daß sich aus

$$l=n-1$$

ergibt

$$a_n=b_n.$$

In diesem Falle liegt also eine Kreisbahn vor, wobei der Kreisradius mit dem früher berechneten Radius r_n der stationären BOHR-Bahnen übereinstimmt. Das BOHR-Atommodell ist also in dem BOHR-SOMMERFELD-Atommodell enthalten. Man kann auch umgekehrt sagen:

Das Bohr-Sommerfeld-Atommodell stellt eine Verallgemeinerung des Bohr-Atommodells dar. Die stationären, kreisförmigen Elektronenbahnen des Bohr-Modells ergeben sich für den speziellen Fall, daß

$$l=n-1$$

gilt.

Es wurde bei der Betrachtung des BOHR-Atommodells betont, daß die Elektronenbahnen nur anschauliche Bilder für die *Energiezustände der Elektronen* sind. Dies gilt in der gleichen Weise auch für das BOHR-SOMMERFELD-Atommodell.

Die Hauptquantenzahl n und die Nebenquantenzahl l können nach SOMMERFELD folgendermaßen interpretiert werden:

1. Die *Hauptquantenzahl* n kennzeichnet die Energiezustände der Elektronen in erster Annäherung. Die zu den verschiedenen Bahnen mit der gleichen Hauptquantenzahl gehörigen Energien unterscheiden sich ein wenig voneinander. Zu jeder Hauptquantenzahl n gibt es n solcher Bahnen (Abb. 769.1).

Es ist üblich, alle Elektronenbahnen mit der gleichen Hauptquantenzahl n zu einer gemeinsamen *Hauptschale* zusammenzufassen. Diese Hauptschalen werden wie folgt bezeichnet:

$n=1$	$n=2$	$n=3$	$n=4$	$n=5$	$n=6$	$n=7$
K-Schale	L-Schale	M-Schale	N-Schale	O-Schale	P-Schale	Q-Schale

Wir merken uns also:

Eine Hauptschale mit der Hauptquantenzahl n umfaßt n fast übereinstimmende Energiezustände des Elektrons.

2. Die *Nebenquantenzahl* l charakterisiert die Elektronenzustände innerhalb der einzelnen Schalen. Jedes Elektron hat aufgrund seiner Bewegung um den Atomkern einen Bahndrehimpuls. Die oben bereits für das BOHR-Modell des Wasserstoffatoms festgestellte Tatsache, daß dieser Bahndrehimpuls gequantelt ist, gilt auch für das BOHR-SOMMERFELD-Atommodell:

Das Elektron kann sich nur auf solchen stationären Bahnen bewegen, für die sein Bahndrehimpuls ein ganzzahliges Vielfaches des elementaren Drehimpulses $\hbar$ ist.

$$L_{\text{Bahn}}=l\,\hbar=l\,\frac{h}{2\pi}, \qquad l=0, 1, 2, \ldots, n-1.$$

Für die Kreisbahn gilt

$$l=n-1,$$

so daß sich der aus dem BOHR-Modell ergebende Drehimpuls

$$L_{\text{Bahn}}=n\hbar \quad \text{(S. 756)}$$

in der Form

$$L_{\text{Bahn}}=(l+1)\,\hbar$$

darstellen läßt. Das ist kein Widerspruch. Beide Gleichungen

$$L_{\text{Bahn}}=l\hbar \quad \text{und} \quad L_{\text{Bahn}}=(l+1)\,\hbar$$

erwiesen sich später als Näherungen. Richtig ist

$$L_{\text{Bahn}}=\sqrt{l(l+1)}\,\hbar.$$

Die Elektronen bzw. ihre Energiezustände erhalten je nach der Größe des Bahndrehimpulses, d.h. je nach dem Wert der Nebenquantenzahl l, besondere Namen. Es sind die folgenden Bezeichnungen üblich:

Bezeichnung	s-Elektron	p-Elektron	d-Elektron	f-Elektron
Nebenquantenzahl	$l=0$	$l=1$	$l=2$	$l=3$
Bahndrehimpuls	$0\cdot\hbar$	$1\cdot\hbar$	$2\cdot\hbar$	$3\cdot\hbar$

Die Bezeichnungen für die Elektronenzustände sind historisch bedingt. Sie stammen aus der Spektroskopie und bedeuten:

s – scharfe Nebenserie, p – Prinzipalserie, d – diffuse Nebenserie, f – Fundamentalserie.

Die über die Quantelung des Bahndrehimpulses gemachten Angaben bedürfen noch einer Ergänzung. Es müßte sich danach nämlich für die Nebenquantenzahl $l=0$ eine Elektronenbahn mit dem Bahndrehimpuls

$$L_{\text{Bahn}}=0$$

ergeben. Dabei könnte es sich nur um eine durch den Atomkern gehende geradlinige Pendelbahn des Elektrons handeln, die jedoch im BOHR-SOMMERFELD-Atommodell nicht existiert. Es zeigt sich also, daß die Veranschaulichung der Energiezustände durch Elektronenbahnen mit dem Begriff des Drehimpulses aus der NEWTON-Mechanik meist nur in Näherung und im Fall $l=0$ gar nicht vereinbar ist. In der Tat hat die später entwickelte *Quantenmechanik* gezeigt, daß der Begriff des Drehimpulses durch einen sogenannten *Operator* zu ersetzen ist. Bei diesem Operator handelt es sich um eine mathematische Rechenvorschrift abstrakter Natur, die in quantenmechanische Rechnungen eingeht und anschaulich nicht interpretiert werden kann. Trotzdem werden die im Vorangehenden durchgeführten Betrachtungen nicht sinnlos. Für viele Zwecke hat sich nämlich ein Kompromiß zwischen Exaktheit und Anschaulichkeit bewährt, in dem man die der Natur angemessene, exakte quantenmechanische Darstellung mit Hilfe von Operatoren durch eine klassische Näherung mit Hilfe von Drehimpulsen ersetzt.

Die Gestalt der Elektronenbahnen hängt also von den Werten der beiden Quantenzahlen n und l ab. Im einzelnen ergibt sich aus den oben für die Halbachsen a_n und b_n der Bahnen angegebenen Formeln folgendes Bild:

Hauptquantenzahl	*Nebenquantenzahl*	*Gestalt der Bahn*
$n=1$	$l=0$	Kreisbahn
$n=2$	$l=0$	Ellipsenbahn
	$l=1$	Kreisbahn
$n=3$	$l=0$ $l=1$	Ellipsenbahnen mit gleich langen Hauptachsen und unterschiedlichen Nebenachsen
	$l=2$	Kreisbahn
$n=4$	$l=0$ $l=1$ $l=2$	Ellipsenbahnen mit gleich langen Hauptachsen und unterschiedlichen Nebenachsen
	$l=3$	Kreisbahn
usw.		

Allgemein gilt:

Alle zu einer bestimmten Hauptquantenzahl n gehörigen Bahnellipsen haben gleich lange Hauptachsen; diese sind gleich dem Durchmesser der zu dieser Hauptquantenzahl gehörigen Kreisbahn.

Die Bahnellipsen sind um so flacher, je kleiner die Nebenquantenzahl l ist.

In Abb. 769.1 sind die zu der vorstehenden Tabelle gehörigen Bahnellipsen dargestellt. Dabei ist eine Bezeichnung verwendet worden, die noch erklärt werden muß.

Ein Wertepaar n, l heißt eine *Konfiguration*. Für die verschiedenen Konfigurationen werden die in der folgenden Tabelle angegebenen Symbole verwendet:

Konfiguration		*Symbol*	*Hauptschale*
$n=1$	$l=0$	$1s$	K-Schale
$n=2$	$l=0$	$2s$	L-Schale
$n=2$	$l=1$	$2p$	
$n=3$	$l=0$	$3s$	M-Schale
$n=3$	$l=1$	$3p$	
$n=3$	$l=2$	$3d$	
$n=4$	$l=0$	$4s$	N-Schale
$n=4$	$l=1$	$4p$	
$n=4$	$l=2$	$4d$	
$n=4$	$l=3$	$4f$	
usw.			

Abb. 769.1 Die Quantenbahnen des Wasserstoffatoms für die Hauptquantenzahlen $n=1$, $n=2$, $n=3$ und $n=4$ in maßstäblicher Vergrößerung (konfokale Ellipsen). Der Atomkern ist im Mittelpunkt des jeweiligen Kreises zu denken.

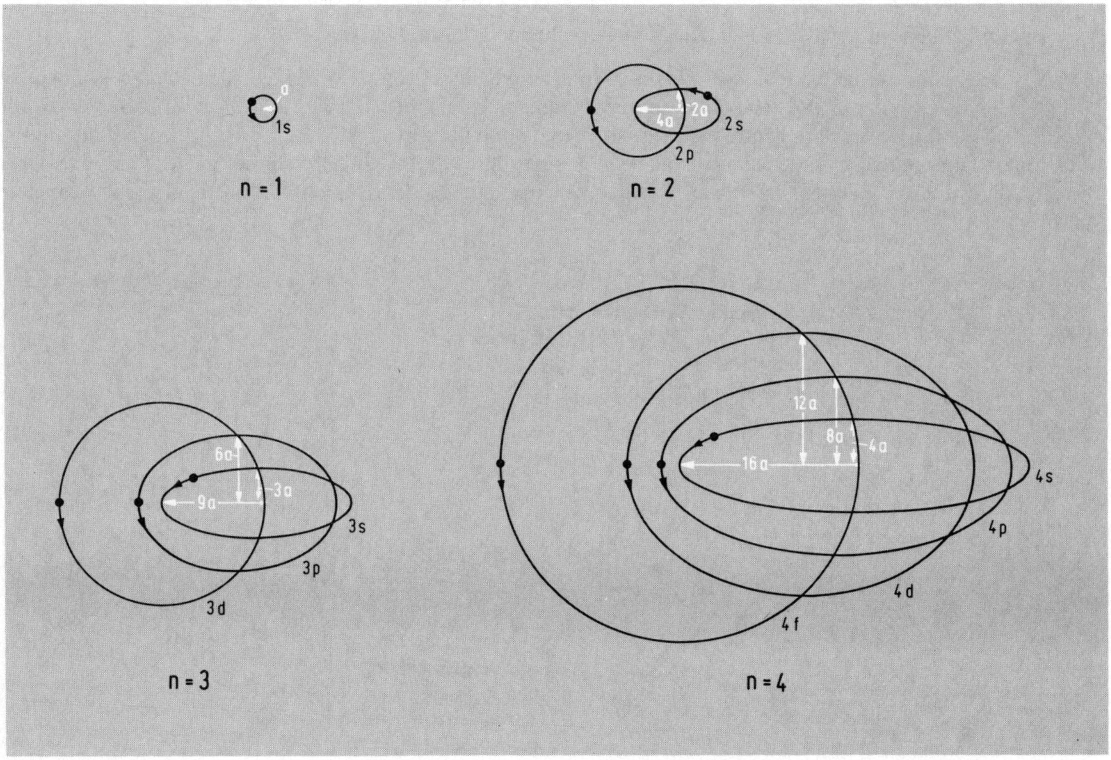

Beispiele

1. Ein *3p-Elektron* bewegt sich auf einer Bahn mit der Hauptquantenzahl $n=3$ und der Nebenquantenzahl $l=1$. Es gehört zur M-Schale und beschreibt eine ellipsenförmige Bahn. Die Halbachsen a und b dieser Ellipse können mit Hilfe der oben (S. 766) angegebenen Formeln berechnet werden. Für das Wasserstoffatom ($Z=1$) ergibt sich:

$$a_3 = \varepsilon_0 \frac{h^2}{\pi e^2 m_e} \cdot 3^2 = 5{,}293 \cdot 10^{-11}\,\mathrm{m} \cdot 9 = 47{,}637 \cdot 10^{-11}\,\mathrm{m}$$

und

$$b_{3,1} = a_3 \frac{l+1}{n} = a_3 \cdot \frac{2}{3} = 31{,}758 \cdot 10^{-11}\,\mathrm{m}.$$

2. Ein *4f-Elektron* hat die Hauptquantenzahl $n=4$ und die Nebenquantenzahl $l=3$. Aus der Formel

$$b = a\frac{l+1}{n}$$

folgt

$$b_{4,3} = a_4.$$

Dies bedeutet, daß die Elektronenbahn im vorliegenden Falle ein Kreis ist. Beim Wasserstoffatom beträgt der Radius

$$r_4 = \varepsilon_0 \frac{h^2}{\pi e^2 m_e} \cdot 4^2 = 5{,}293 \cdot 10^{-11}\,\mathrm{m} \cdot 16 = 84{,}688 \cdot 10^{-11}\,\mathrm{m}.$$

Wenn wir die bisherigen Betrachtungen zusammenfassen, so ergibt sich für die Energiestufen der Elektronen und ihre Unterteilung folgendes Bild:

Die *K-Schale*, die auch als die *1s-Energiestufe* bezeichnet wird, weist keine Unterteilung auf.

Die *L-Schale* hat *zwei Unterstufen*, die als *2s-* und *2p-Energiestufen* bezeichnet werden.

Die *M-Schale* hat *drei Unterstufen*, die man als *3s-*, *3p-* und *3d-Energiestufen* bezeichnet.

Die *N-Schale* hat *vier Unterstufen*, die als *4s-*, *4p-*, *4d-* und *4f-Energiestufen* bezeichnet werden.

Für die folgenden Schalen ergeben sich entsprechende Unterteilungen.

Es ist üblich, die Hauptschalen und ihre Unterteilungen schematisch darzustellen. Dabei können die Energiestufen entweder als *Kreise* oder als *Niveaulinien* gezeichnet werden, wie dies in Abb. 770.1 und Abb. 770.2 geschehen ist. Man muß sich bei solchen Darstellungen aber immer vor Augen halten, daß es sich nur um anschauliche Bilder handelt und daß aus den Kreisdarstellungen keineswegs der Schluß gezogen werden darf, daß die Elektronen sich in Wirklichkeit auf diesen oder ähnlichen Bahnen um den Atomkern bewegen.

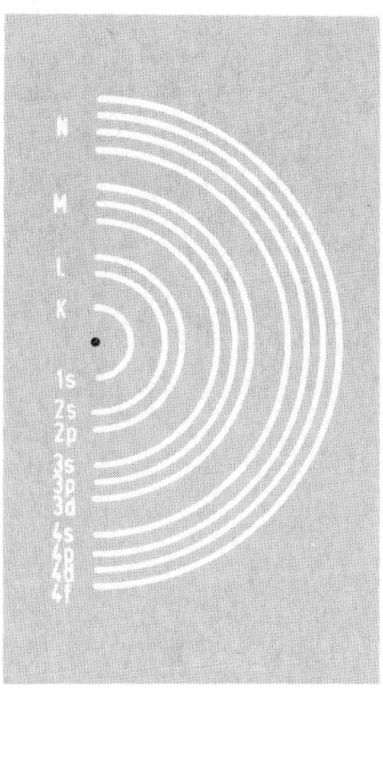

Abb. 770.1
Schematische Darstellung der Energiestufen der Elektronen durch Kreise (nicht maßstäblich)

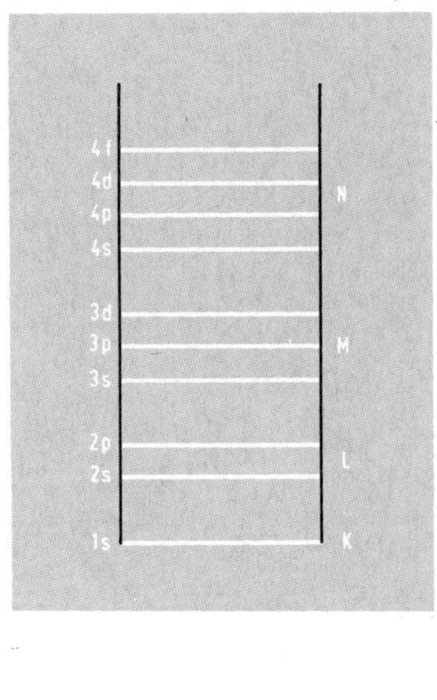

Abb. 770.2
Schematische Darstellung der Energiestufen der Elektronen durch Niveaulinien (nicht maßstäblich)

Bei den Untersuchungen über den Bau der Atomhüllen kommt es nur auf die Energiestufen der Elektronen an, weil diese allein einer experimentellen Prüfung zugänglich sind. Es ist deshalb auch hier zweckmäßig, die aus dem BOHR-SOMMERFELD-Atommodell sich ergebenden Energiestufen zu berechnen und die gefundenen Werte mit der Erfahrung zu vergleichen.

In ähnlicher Weise, wie dies früher beim BOHR-Atommodell geschehen ist, kann man auch für das BOHR-SOMMERFELD-Modell die zu den stationären Ellipsenbahnen gehörigen Energiestufen des Elektrons nach den Gesetzen der klassischen Physik berechnen. Eine hier nicht durchgeführte Rechnung ergibt:

$$W_n = -\frac{1}{8}\frac{e^4 m_e}{\varepsilon_0^2 h^2}\cdot\frac{1}{n^2}.$$

Wenn man diesen Ausdruck mit der früher (S. 756) für die BOHR-Kreisbahnen gefundenen Formel vergleicht, so stellt man fest, daß beide Gleichungen übereinstimmen.

Wir halten fest:

Die Energie eines Elektrons in der Atomhülle hängt nur von der Hauptquantenzahl n, nicht dagegen von der Nebenquantenzahl l ab.

Dies bedeutet, daß zu allen Bahnellipsen mit gleichen Hauptachsen die gleiche Energie gehört. Hieraus folgt weiter, daß bei allen Quantensprüngen die absorbierte oder emittierte Energie ebenfalls nur von den Hauptschalen, zwischen denen der Quantensprung erfolgt, abhängt. Es ist belanglos, von welcher Unterstufe der Ausgangsschale das Elektron kommt und auf welcher Unterstufe der Endschale es endet. Damit ergeben sich aus dem BOHR-SOMMERFELD-Atommodell für das Wasserstoffatom und die wasserstoffähnlichen Systeme die gleichen Spektrallinien, wie sie früher aufgrund des BOHR-Modells berechnet worden sind. Das BOHR-SOMMERFELD-Modell scheint also in dieser Hinsicht keine Verbesserung zu bedeuten.

Dies wird aber anders, wenn man eine weitere bisher nicht beachtete Tatsache berücksichtigt. Ähnlich wie die Planeten aufgrund der KEPLER-Gesetze ihre Bahnen mit veränderlichen Bahngeschwindigkeiten durchlaufen, ist bei elliptischen Bahnen auch die Bahngeschwindigkeit der Elektronen nicht mehr konstant, wie dies bei den BOHR-Kreisbahnen der Fall gewesen ist. Die spezielle Relativitätstheorie hat ferner gezeigt, daß sich mit der Geschwindigkeit eines bewegten Körpers auch seine Masse verändert. Dies gilt auch für die Masse der Elektronen. Die *relativistische Massenänderung* der Elektronen bewirkt nun, daß die Energien, die zu den verschiedenen Bahnen einer Hauptschale gehören, nicht mehr genau gleich sind, sondern daß trotz der gleichen Hauptquantenzahl n kleine Energieunterschiede auftreten. Damit wird auch die Zahl der möglichen Quantensprünge und die Zahl der von den Atomen ausgesandten Spektrallinien gegenüber dem BOHR-Modell vergrößert. Eine hier nicht durchgeführte Rechnung zeigt, daß sich die *Feinstruktur der Spektrallinien* bei dem Wasserstoffatom und bei wasserstoffähnlichen Systemen auf diese Weise mindestens teilweise erklären läßt. Dies bedeutet, daß das BOHR-SOMMERFELD-Modell umfassender und leistungsfähiger als das BOHR-Modell ist.

Es kann weiter hinzugefügt werden, daß auch die Spektren anderer Atome – etwa der Alkalimetalle und alkaliähnlicher Systeme – unter kleinen Abwandlungen mit Hilfe des BOHR-SOMMERFELD-Atommodells berechnet werden können und daß die Rechenergebnisse die experimentellen Erfahrungen mit guter Annäherung wiedergeben. Auf der anderen Seite hat sich aber auch gezeigt, daß das Modell in der bisher beschriebenen Form nicht ausreicht, um alle experimentellen Befunde aus dem Bereich der Spektren richtig zu erfassen. Es hat sich vielmehr als notwendig erwiesen, das BOHR-SOMMERFELD-Atommodell noch weiter auszugestalten. Hierauf soll im folgenden kurz eingegangen werden.

Eine Reihe von Erfahrungstatsachen hat zu der Annahme geführt, daß das Elektron außer dem schon erwähnten Bahndrehimpuls auch noch einen *Eigendrehimpuls* besitzt; dieser kommt durch die Rotation des als kugelförmig betrachteten Elektrons um eine durch den Kugelmittelpunkt gehende Achse zustande. Der Eigendrehimpuls des Elektrons wird als *Elektronenspin* oder als *Spin des Elektrons* bezeichnet. Da bewegte elektrische Ladungen ein Magnetfeld erzeugen, muß das Elektron von einem Magnetfeld umgeben sein. Es verhält sich wie ein kleiner Stabmagnet mit einem ganz bestimmten magnetischen Moment, das der Messung zugänglich ist.

Auch hier weisen wir wieder darauf hin, daß die Eigenrotation des Elektrons keineswegs als reales Geschehen betrachtet werden darf. Es handelt sich wieder um eine modellmäßige Deutung und Beschreibung von Erfahrungen. Meßbar sind nur die magnetischen Momente, nicht dagegen jene physikalischen Größen, die für die Eigenrotation maßgebend sind, wie etwa die Winkelgeschwindigkeit oder die Bahngeschwindigkeit von einzelnen Punkten. Eine genaue physikalische Interpretation des Elektronenspins auf der Grundlage einer rotierenden Kugel führt sogar zu Schwierigkeiten, weil die Bahngeschwindigkeit eines Äquatorpunktes dann

$$v \approx 10^{11}\ \mathrm{m\,s^{-1}}$$

betragen müßte. Eine solche Geschwindigkeit ist aber physikalisch nicht mehr sinnvoll, da sie die Lichtgeschwindigkeit ganz erheblich überschreitet. Trotz dieser Unzulänglichkeiten ist es aber für viele Zwecke ausreichend, den Elektronenspin durch die Eigenrotation des Elektrons modellmäßig zu beschreiben.

Die Erfahrung zeigt, daß die Drehimpulse im atomaren Bereich allgemein gequantelt sind, d.h. daß sie nicht jeden beliebigen Wert annehmen können. Wir haben dies früher (S. 767) bereits für den Bahndrehimpuls des Elektrons erkannt und gesehen, daß dieser nur ganzzahlige Vielfache des elementaren Drehimpulses annehmen kann:

$$L_{\mathrm{Bahn}} = l\hbar.$$

Die experimentellen Befunde zwingen weiter zu dem Schluß, daß auch der Eigendrehimpuls des Elektrons gequantelt ist und daß für den Elektronenspin die Gleichung

$$L_{\mathrm{Spin}} = \frac{1}{2} \cdot \frac{h}{2\pi} = \frac{1}{2}\hbar$$

gilt. Dieser Sachverhalt wird oft in der kurzen Form ausgesprochen:

Die Elektronen haben den Spin $s = \frac{1}{2}$.

Die Größe s wird als die *Spinquantenzahl* des Elektrons bezeichnet.

Schließlich ergibt sich aus der experimentellen Erfahrung, daß der Bahndrehimpuls und der Eigendrehimpuls eines sich um den Atomkern bewegenden Elektrons nicht unabhängig voneinander sind, sondern daß die beiden Drehimpulsvektoren nur parallel oder antiparallel verlaufen können, wie dies in Abb. 772.1 dargestellt ist. Eine andere Einstellung ist nicht möglich. Die oben eingeführte kurze Ausdrucksweise wird dann zweckmäßig erweitert, indem man sagt:

Die Spinquantenzahl des Elektrons ist

$$s = +\tfrac{1}{2} \quad \text{oder} \quad s = -\tfrac{1}{2}.$$

Wenn man den Elektronenspin bei der Berechnung der stationären Energiestufen in der Atomhülle berücksichtigt, so erreicht man eine weitere Verbesserung des Bohr-Sommerfeld-Atommodells im Sinne einer besseren Annäherung der erzielten Rechenergebnisse an die Erfahrung. So zeigt sich, daß die *Feinstruktur der Spektrallinien* beim Wasserstoffatom jetzt vollständig gedeutet werden kann: sie ist zum Teil auf den Elektronenspin und zum anderen Teil auf die relativistische Massenveränderung der Elektronen zurückzuführen. Auch für die Alkalimetalle und eine Reihe anderer Atome können die Wellenzahlen der Spektrallinien

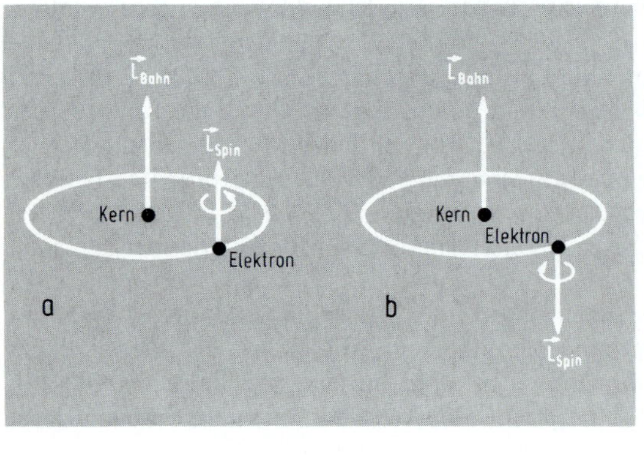

Abb. 772.1
Der Bahndrehimpulsvektor und der Eigendrehimpulsvektor eines Elektrons können parallel (a) oder antiparallel (b) verlaufen.
Die Pfeile bei den Eigendrehimpulsvektoren geben die Drehrichtung des Elektrons an.

bei einer Berücksichtigung des Elektronenspins aus dem BOHR-SOMMERFELD-Atommodell richtig berechnet werden. Das bekannteste Beispiel ist das Dublett (doppelte Spektrallinie) des Natriums. Wir fassen zusammen:

Das Bohr-Sommerfeld-Atommodell kann dadurch verbessert werden, daß man den Elektronenspin berücksichtigt. Die Spinquantenzahl

$$s=+\tfrac{1}{2} \quad \text{oder} \quad s=-\tfrac{1}{2}$$

stellt die dritte Quantenzahl dar, von der der Energiezustand der Elektronen in der Atomhülle abhängt.

Eine weitere Verbesserung des BOHR-SOMMERFELD-Atommodells wird durch gewisse experimentelle Befunde gefordert, die sich ergeben, wenn man die Atome der Einwirkung elektrischer und magnetischer Felder aussetzt. Dann zeigt sich nämlich, daß die oben genannten Drehimpulsachsen in solchen Feldern nur ganz bestimmte Richtungen einnehmen können. Hieraus folgt, daß auch die *Richtungen der atomaren Drehimpulse gequantelt* sind. Diese Richtungsquantelung besteht darin, daß der Drehimpulsvektor mit der Feldrichtung nur solche Winkel einschließen kann, bei denen die Komponente des Drehimpulses in der Feldrichtung ganz- oder halbzahlige Vielfache des elementaren Drehimpulses $\hbar$ sind. Ohne auf Einzelheiten näher einzugehen, soll nur erwähnt werden, daß die Richtungsquantelung der Drehimpulse durch die *magnetische Quantenzahl m* beschrieben wird. Eine hier nicht durchgeführte Betrachtung zeigt, daß die Quantenzahl m der einschränkenden Bedingung

$$-l \leqq m \leqq +l$$

unterworfen ist. Die magnetische Quantenzahl kann also die Werte

$$-l,\ -l+1, \ldots, -2,\ -1, 0,\ +1,\ +2, \ldots, +l-1,\ +l$$

annehmen. Man erkennt hieraus, daß insgesamt $2l+1$ Orientierungen im Raume möglich sind.

Wir merken uns:

Bei dem verbesserten Bohr-Sommerfeld-Atommodell wird der Energiezustand der Elektronen in der Atomhülle durch die vier Quantenzahlen

$$n, l, s, m$$

beschrieben.

Auf diese Weise wird die oben angegebene Aufspaltung der durch die Hauptquantenzahl n bestimmten Hauptschalen in energetische Unterstufen weiter ausgebaut und verfeinert. Die Gesamtzahl der zu den verschiedenen Hauptschalen gehörigen Energiestufen ergibt sich durch die folgende Überlegung:

1. Die Spinquantenzahl s kann die beiden Werte $\pm\frac{1}{2}$ annehmen. Damit gehören zu jedem Wertetripel (n, l, m) *zwei* verschiedene Energiestufen.

2. Bei einer bestimmten Nebenquantenzahl l kann aufgrund unserer obigen Feststellungen die magnetische Quantenzahl m noch $(2l+1)$ Werte annehmen. Daher gehören zu jedem Wertepaar (n, l) insgesamt

$$2 \cdot (2l+1)$$

verschiedene Energiestufen.

3. Da die Nebenquantenzahl l die Werte $0, 1, 2, \ldots, n-1$ annehmen kann, ergibt sich für die Anzahl der zu einer bestimmten Hauptquantenzahl n gehörigen Energiestufen

$$N_W = \sum_{l=0}^{n-1} 2 \cdot (2l+1).$$

Dies ist eine arithmetische Reihe, deren Summe sich mit Hilfe einer aus der Mathematik bekannten Formel berechnen läßt. Es ergibt sich

$$N_W = 2n^2.$$

Hieraus ergibt sich die Anzahl der auf die einzelnen Hauptschalen entfallenden Energiestufen; in der folgenden Tabelle sind diese Zahlen angegeben:

K-Schale	*L*-Schale	*M*-Schale	*N*-Schale	*O*-Schale	*P*-Schale	*Q*-Schale
2	8	18	32	50	72	98

Periode noch einmal wiederholt worden. Für die übrigen Elemente der verschiedenen Perioden und ihre Aufeinanderfolge gelten bestimmte Gesetzmäßigkeiten, die noch erläutert werden.

c) Das Periodensystem umfaßt *sieben Perioden.* Diese sind nicht gleich lang, sondern die Zahl der zu einer Periode gehörenden Elemente steigt von oben nach unten gesetzmäßig an. In der folgenden Tabelle sind die für die Perioden üblichen Bezeichnungen sowie die Ordnungszahlen und die Gesamtzahl der in die einzelnen Perioden gehörenden Elemente angegeben.

Bezeichnung	*Ordnungszahlen*	*Anzahl der Elemente*
Vorperiode	1. und 2. Element	2 Elemente $= 2 \cdot 1^2$
1. Kurzperiode	3. bis 10. Element	8 Elemente $= 2 \cdot 2^2$
2. Kurzperiode	11. bis 18. Element	8 Elemente $= 2 \cdot 2^2$
1. Langperiode	19. bis 36. Element	18 Elemente $= 2 \cdot 3^2$
2. Langperiode	37. bis 54. Element	18 Elemente $= 2 \cdot 3^2$
Überlangperiode	55. bis 86. Element	32 Elemente $= 2 \cdot 4^2$
Nachperiode	87. bis 109. Element	bisher 23 Elemente

Die Nachperiode ist noch nicht vollständig (vgl. S. 975).

4. Die senkrecht untereinander stehenden Elemente bilden die *Familien* oder *Gruppen* des Periodensystems. Die zu einer Gruppe gehörenden Elemente weisen auffallende Ähnlichkeiten in vielen physikalischen und chemischen Eigenschaften auf.

Das Periodensystem umfaßt *acht Gruppen*, die bei der hier benutzten Anordnung durch die römischen Ziffern I bis VIII gekennzeichnet sind. Von der ersten Langperiode ab werden die Gruppen jeweils in eine *Hauptgruppe* und eine *Nebengruppe* (Ia und Ib, IIa und IIb, usw.) aufgespalten. Die Gesetzmäßigkeiten des Periodensystems treten bei den *44 Elementen der 8 Hauptgruppen* besonders deutlich in Erscheinung. Diese Gesetzmäßigkeiten erstrecken sich auf die physikalischen und chemischen Eigenschaften der Elemente. Es muß dabei aber beachtet werden, daß es sich nicht um strenge und allgemein gültige, physikalische Gesetze in dem früher dargelegten Sinne handelt, sondern daß an zahlreichen Stellen immer wieder Einschränkungen gemacht werden müssen. Um die Gemeinsamkeiten der zu einer Familie gehörigen Elemente deutlich sichtbar zu machen, sind in Abb. 776.1 die Elemente der *acht Hauptgruppen* noch einmal angegeben. Dabei ergibt sich das folgende Bild:

Hauptgruppe Ia: Alkalimetalle (bzw. Wasserstoff)

Die gemeinsamen Eigenschaften sind: geringe Dichte, Weichheit, niedriger Schmelzpunkt, gute Leitfähigkeit für Wärme und Elektrizität; Einwertigkeit, große Verwandtschaft zu anderen Elementen, sehr starke Laugenbildner.

Ia	IIa		IIIa	IVa	Va	VIa	VIIa	VIIIa
1 H								2 He
3 Li	4 Be		5 B	6 C	7 N	8 O	9 F	10 Ne
11 Na	12 Mg		13 Al	14 Si	15 P	16 S	17 Cl	18 A
19 K	20 Ca	Elemente 21–30	31 Ga	32 Ge	33 As	34 Se	35 Br	36 Kr
37 Rb	38 Sr	Elemente 39–48	49 In	50 Sn	51 Sb	52 Te	53 I	54 Xe
55 Cs	56 Ba	Elemente 57–80	81 Tl	82 Pb	83 Bi	84 Po	85 At	86 Rn
87 Fr	88 Ra	Elemente 89–106						

Abb. 776.1
Die Hauptgruppen
des Periodensystems

Hauptgruppe IIa: Erdalkalimetalle

Die gemeinsamen Eigenschaften sind: geringe Dichte, Weichheit (mit Ausnahme des glasharten Berylliums), gute Leitfähigkeit für Wärme und Elektrizität; Zweiwertigkeit, große Verwandtschaft zu anderen Elementen, starke Laugenbildner.

Hauptgruppe IIIa: Erdmetalle

Die gemeinsamen Eigenschaften sind: Bildung erdiger, schwer löslicher Oxide, Dreiwertigkeit, große Affinität zu Sauerstoff.

Hauptgruppe IVa: Kohlenstoffgruppe

Die Elemente dieser Gruppe weisen nicht die auffallende Familienähnlichkeit wie die Elemente der vorhergehenden Gruppen auf. Zu Beginn steht das Nichtmetall Kohlenstoff (C), es folgen die Halbleiter Silicium (Si) und Germanium (Ge), denen sich dann die Metalle Zinn (Sn) und Blei (Pb) anschließen. Der Metallcharakter nimmt also von oben nach unten deutlich zu. Die Elemente sind durchweg vierwertig.

Hauptgruppe Va: Stickstoffgruppe

Im Vergleich zur vorhergehenden Gruppe haben diese Elemente einen stärkeren Nichtmetallcharakter, so daß sie Säurebildner sind. Gegenüber Wasserstoff sind sie durchweg dreiwertig, gegenüber Sauerstoff fünfwertig, gegenüber Halogenen drei- und fünfwertig.

Hauptgruppe VIa: Sauerstoffgruppe

Die Elemente dieser Gruppe sind ebenfalls Nichtmetalle und damit Säurebildner. Gegenüber Wasserstoff sind sie durchweg zweiwertig, gegenüber Sauerstoff maximal sechswertig.

Hauptgruppe VIIa: Halogene

In dieser Gruppe tritt die Familienähnlichkeit wieder sehr deutlich hervor. Die Halogene sind starke Säurebildner. Die Verbindungen mit Wasserstoff und Sauerstoff sind unter Normalbedingungen gasförmig. Gegenüber Wasserstoff sind die Halogene einwertig, gegenüber Sauerstoff maximal siebenwertig.

Hauptgruppe VIIIa: Edelgase

Die Gruppe weist ebenfalls eine große Familienähnlichkeit auf. Die Edelgase bilden kaum chemische Verbindungen. Man bezeichnet sie deshalb auch als nullwertig.

Die *60 Elemente der acht Nebengruppen* Ib bis VIIIb, die in Abb. 777.1 noch einmal wiedergegeben sind, werden auch als *Übergangselemente* bezeichnet. Es handelt sich ausnahmslos um *Metalle*. Hier treten die Gesetzmäßigkeiten weniger deutlich als bei den Hauptgruppen hervor. Trotzdem zeigen die Glieder einzelner

Abb. 777.1 Die Nebengruppen des Periodensystems

IIIb		IVb	Vb	VIb	VIIb	VIIIb			Ib	IIb
21 Sc		22 Ti	23 V	24 Cr	25 Mn	26 Fe	27 Co	28 Ni	29 Cu	30 Zn
39 Y		40 Zr	41 Nb	42 Mo	43 Tc	44 Ru	45 Rh	46 Pd	47 Ag	48 Cd
57 La	Elemente 58–71	72 Hf	73 Ta	74 W	75 Re	76 Os	77 Ir	78 Pt	79 Au	80 Hg
89 Ac	Elemente 90–103	104 Ku	105 Ha	106						

Lanthanoide (seltene Erden)	58 Ce	59 Pr	60 Nd	61 Pm	62 Sm	63 Eu	64 Gd	65 Tb	66 Dy	67 Ho	68 Er	69 Tm	70 Yb	71 Lu
Actinide	90 Th	91 Pa	92 U	93 Np	94 Pu	95 Am	96 Cm	97 Bk	98 Cf	99 Es	100 Fm	101 Md	102 No	103 Lr

Nebengruppen aber manche Ähnlichkeiten in ihren physikalischen und chemischen Eigenschaften. Dies gilt z.B. für die Elemente der

Nebengruppe Ib: Kupfer (Cu), Silber (Ag), Gold (Au),

sowie für die Elemente der

Nebengruppe IIb: Zink (Zn), Cadmium (Cd), Quecksilber (Hg).

Ferner gilt für die

Nebengruppe VIIIb: Alle Elemente dieser Gruppe sind *Schwermetalle.* Diese Gruppe enthält alle wichtigen Metalle und besteht aus drei Triaden, deren Glieder jeweils eine deutliche Familienähnlichkeit aufweisen.

Über die bisher genannten Regelmäßigkeiten hinaus läßt das Periodensystem der Elemente noch die folgenden *allgemeinen Gesetzmäßigkeiten* erkennen:

1. Die chemische Wertigkeit

Die *Wertigkeit gegenüber Sauerstoff* steigt in jeder Periode von links nach rechts an und ist in ihrem Maximalwert gleich der jeweiligen Gruppennummer.

Die *Wertigkeit gegenüber Wasserstoff* steigt zunächst ebenfalls von links nach rechts entsprechend der Gruppennummer an, fällt dann aber von der IV. Gruppe mit der Wertigkeit vier an wieder ab. Von der IV. Gruppe ab hat die Summe der Wertigkeiten gegenüber Sauerstoff und Wasserstoff den Wert 8.

2. Die Metalle und die Nichtmetalle

Am Anfang jeder Periode steht ein Element mit ausgeprägtem Metallcharakter (Alkalimetalle); dieser nimmt beim Fortschreiten nach rechts ab, so daß am Ende jeder Periode ausgesprochene Nichtmetalle (Halogene) stehen. In der Farbtafel sind die Metalle der Hauptgruppen durch blaue Felder und die Nichtmetalle durch rote Felder gekennzeichnet. Durch diese Farben ist in den Hauptgruppen die Abnahme des Metallcharakters und die Zunahme des Nichtmetallcharakters von links nach rechts (d.h. von Ia nach VIIIa) veranschaulicht.

3. Die Gruppengesetzmäßigkeit

In den einzelnen Gruppen nimmt der Metallcharakter von oben nach unten zu. Dies ist besonders deutlich bei den Gruppen IVa, Va, VIa, die mit den ausgesprochenen Nichtmetallen Kohlenstoff (C), Stickstoff (N), Sauerstoff (O) beginnen und mit den typischen Metallen Blei (Pb), Bismut (Bi), Polonium (Po) enden. Aber auch bei den anderen Gruppen ist diese Gesetzmäßigkeit – wenn auch weniger deutlich – vorhanden. So hat in der Gruppe VIIa der Halogene das Anfangsglied Fluor (F) weniger Metallcharakter als die Endglieder Iod (I) oder Astatin (At).

4. Die amphoteren Elemente

Die in Abb.776.1 wiedergegebenen Elemente der Hauptgruppen können durch eine von dem Element Bor (B) mit der Ordnungszahl 5 zu dem Element Astatin (At) mit der Ordnungszahl 85 verlaufende Gerade in zwei Teile zerlegt werden, so daß die links unterhalb stehenden Elemente vorwiegend basenbildend, die rechts oberhalb stehenden Elemente vorwiegend säurebildend sind. Diese Eigenschaften treten um so stärker hervor, je weiter die Elemente von der genannten Geraden entfernt sind. Die in der Nähe der Geraden stehenden Elemente haben *amphoteren* Charakter, d.h. sie vermögen je nach den vorliegenden Bedingungen sowohl als Säuren- als auch als Basenbildner aufzutreten. Der bei den Elementen Beryllium (Be) mit der Ordnungszahl 4 und Aluminium (Al) mit der Ordnungszahl 13 besonders deutlich hervortretende amphotere Charakter ist in der Farbtafel durch Blau-Rot-Felder zum Ausdruck gebracht.

5. Die Lanthanoide

Bei den *Lanthanoiden* handelt es sich um die Elemente mit den Ordnungszahlen 58 bis 71. Wegen ihres geringen Vorkommens werden sich auch als *seltene Erden* bezeichnet. In ihrem chemischen Verhalten weisen sie untereinander eine so große Ähnlichkeit auf, daß ihre analytische Trennung oft mit Schwierigkeiten verbunden ist. Diese Ähnlichkeit ist durch Gemeinsamkeiten im Aufbau der Atomhüllen, die später noch genauer besprochen werden, zu erklären. In der farbigen Darstellung des Periodensystems sind die Lanthanoide durch gelbe Felder gekennzeichnet.

6. Die Actinoide

Bei den *Actinoiden* handelt es sich um die Elemente mit den Ordnungszahlen 90 bis 103. Zu ihnen werden auch die meisten künstlich hergestellten, auf das Uran folgenden Elemente, die man als *Transurane* bezeichnet, gerechnet. Auch diese Elemente weisen untereinander große Ähnlichkeiten im Aufbau ihrer Atomhüllen und damit in ihrem chemischen Verhalten auf. Sie sind ebenfalls durch gelbe Felder dargestellt.

Das Periodensystem der Elemente hat sich in der Chemie und Physik hervorragend bewährt. Es soll hier noch auf einige Punkte hingewiesen werden, die dies mit überzeugender Deutlichkeit zeigen.

1. Bei der Aufstellung des Periodensystems waren etwa 60 Elemente bekannt. Heute kennt man 109 Elemente, von denen aber 17 in der Natur nicht vorkommen, sondern nur künstlich hergestellt werden können. Um die oben dargelegten Regelmäßigkeiten im Aufbau des Periodensystems nicht zu durchbrechen, waren die Entdecker seinerzeit gezwungen, zahlreiche Lücken offen zu lassen, in die noch nicht bekannte Elemente eingeordnet werden sollten. Aufgrund der Gesetzmäßigkeiten des Periodensystems konnte MENDELEJEW die physikalischen und chemischen Eigenschaften einiger zu seiner Zeit noch unbekannter Elemente voraussagen. Diese Eigenschaften wurden später bei der Auffindung der betreffenden Elemente bestätigt. Wir zeigen dies an einem Beispiel:

In der Hauptgruppe IV a war zur Zeit von MENDELEJEW das Element mit der Ordnungszahl 32 noch nicht bekannt. Da es unter dem Silicium steht, nannte MENDELEJEW es Eka-Silicium (Es). Nach seiner Entdeckung erhielt es den Namen Germanium (Ge). In der folgenden Tabelle sind die vorausgesagten und die später beobachteten Eigenschaften dieses Elementes nebeneinander gestellt:

Von MENDELEJEW *im Jahre 1871 vorausgesagte Eigenschaften des Elementes Eka-Silicium*	*Beobachtete Eigenschaften des im Jahre 1886 entdeckten Elementes Germanium*
relative Atommasse ungefähr 72.	relative Atommasse 72,59.
Es wird aus EsO_2 oder K_2EsF_6 durch Reduktion mit Natrium hergestellt werden können.	Ge wird durch Reduktion von K_2GeF_4 mit Natrium erhalten.
Es wird ein dunkelgraues Metall mit einem hohen Schmelzpunkt und der Dichte 5,5 $g\,cm^{-3}$ sein.	Ge ist grau, sein Schmelzpunkt liegt bei 958 °C, seine Dichte beträgt 5,36 $g\,cm^{-3}$.
Es wird von Mineralsäuren wie HCl kaum angegriffen werden und beständig gegen Alkalien wie NaOH sein.	Ge wird von HCl oder NaOH nicht aufgelöst, wohl aber von konz. Salpetersäure HNO_3.
Beim Erhitzen wird Es das Oxid EsO_2 bilden, das einen hohen Schmelzpunkt und die Dichte 4,7 $g\,cm^{-3}$ haben wird.	Ge reagiert mit Sauerstoff zu GeO_2, Schmelzpunkt 1100 °C, Dichte 4,70 $g\,cm^{-3}$.
Ein Hydrat von EsO_2 ist zu erwarten, das sich in Säuren löst und leicht wieder ausgefällt werden kann.	Ge $(OH)_4$ löst sich in verdünnten Säuren und fällt beim Verdünnen oder beim Zusatz von Basen wieder aus.
Das Sulfid EsS_2 wird in Wasser unlöslich, aber löslich in Ammoniumsulfid sein.	GeS_2 ist unlöslich in Wasser und verdünnten Säuren, aber leicht löslich in Ammoniumsulfid.
$EsCl_4$ wird eine leicht flüchtige Flüssigkeit mit dem Siedepunkt etwas unter 100 °C und der Dichte 1,9 $g\,cm^{-3}$ sein.	$GeCl_4$ ist eine leicht flüchtige Flüssigkeit mit dem Siedepunkt 83 °C und der Dichte 1,88 $g\,cm^{-3}$.

Die sehr weitgehende Übereinstimmung zwischen den vorausgesagten und den beobachteten Eigenschaften des genannten Elementes können als ein überzeugender Erfolg des Periodensystems der Elemente betrachtet werden. In ähnlicher Weise gelang es, auch die Eigenschaften der folgenden, zunächst noch unbekannten Elemente vorauszusagen und später nach ihrer Entdeckung zu bestätigen:

Ordnungszahl	*Name*	*Chemisches Symbol*	*Ordnungszahl*	*Name*	*Chemisches Symbol*
21	Scandium	Sc	72	Hafnium	Hf
31	Gallium	Ga	75	Rhenium	Re

Mit der Entdeckung dieser Elemente konnten die Lücken im Periodensystem der Elemente weitgehend geschlossen werden.

2. Im Jahre 1925 wies das Periodensystem der Elemente nur noch 4 Lücken auf. Obwohl die Eigenschaften der in diese Lücken gehörenden Elemente ebenfalls vorausgesagt worden waren, wollte ihre Auffindung nicht gelingen. Heute wissen wir, woran das lag. Die vier damals noch fehlenden Elemente kommen in der Natur nicht oder nur in ganz geringen Spuren vor. Es ist aber inzwischen gelungen, sie künstlich herzustellen. Es handelt sich dabei um die in der folgenden Tabelle angegebenen Elemente:

Ordnungszahl	*Name*	*Chemisches Symbol*	*Ordnungszahl*	*Name*	*Chemisches Symbol*
43	Technetium	Tc	85	Astatin	At
61	Promethium	Pm	87	Francium	Fr

Auch bei diesen Elementen stimmten die vorausgesagten und die beobachteten Eigenschaften sehr gut überein.

Mit der künstlichen Herstellung der genannten Elemente sind *alle Lücken im Periodensystem der Elemente ausgefüllt.* Wir können deshalb feststellen:

In der Reihe der chemischen Elemente vom Wasserstoff mit der Ordnungszahl 1 bis zu dem Element mit der Ordnungszahl 109 sind keine weiteren Zwischenelemente mehr zu entdecken. Es muß aber damit gerechnet werden, daß die Reihe der chemischen Elemente durch künstliche Herstellung in Bereiche höherer Ordnungszahlen fortgesetzt werden kann.

Abschließend sollen noch einige zusätzliche Bemerkungen zum Periodensystem der Elemente und seiner Darstellung in der Farbtafel nach S. 944 gemacht werden:

1. Die *Edelgase* sind durch eine außerordentliche chemische Reaktionsträgheit gekennzeichnet. Es wird sich noch zeigen, daß sie bei den folgenden Betrachtungen über den Bau der Atomhüllen eine ausgezeichnete Rolle spielen. Sie sind in dem Periodensystem deshalb durch weiße Felder hervorgehoben.

2. Die *Elemente der Nebengruppen* sind nicht so charakteristisch voneinander verschieden, wie dies bei den Elementen der Hauptgruppen der Fall ist. Aus diesem Grunde sind sie einheitlich durch graue Felder wiedergegeben.

3. Die *Aggregatzustände der Elemente* im Normzustand (0 °C und 1013 hPa) sind in der Farbtafel unterschiedlich gekennzeichnet[1]:

a) Die *gasförmigen Elemente* erkennt man an den nicht ausgefüllten chemischen Symbolen. Außerdem befindet sich über dem Symbol ein waagrechter Strich. Es handelt sich um die folgenden *11 Elemente:*

Wasserstoff (H), Helium (He), Stickstoff (N), Sauerstoff (O), Fluor (F), Neon (Ne), Chlor (Cl), Argon (Ar), Krypton (Kr), Xenon (Xe), Radon (Rn).

b) Bei den *flüssigen Elementen* sind die chemischen Symbole schraffiert wiedergegeben. Unter den Symbolen befindet sich eine waagrechte Wellenlinie. Es handelt sich um die *2 Elemente* Brom (Br) und Quecksilber (Hg).

c) Im *festen Zustand* befinden sich im Normzustand alle übrigen *Elemente.* Hier sind die chemischen Symbole voll ausgefüllt, und unter ihnen befindet sich ein waagrechter Strich.

4. Die *radioaktiven Elemente* sind in den Fällen, in denen es sich um natürliche Radioaktivität handelt, durch einen rechts oben neben dem chemischen Symbol stehenden Stern gekennzeichnet. Bei den radioaktiven Elementen, die nur künstlich hergestellt werden können, ist der Stern von einem Kreis umgeben.

5. Die *Reihenfolge der Elemente* ist durch Pfeile besonders hervorgehoben. So besagt der von dem Element

[1] Wir schließen uns im folgenden einer Empfehlung der Internationalen Standardisierungs-Organisation (ISO) an und verwenden an Stelle der bisher üblichen Druckeinheit Millibar (mbar) die neue Druckeinheit Hektopascal (hPa). Es gilt

$$1\ \text{hPa} = 1\ \text{mbar}.$$

Daher ist es nicht erforderlich, die Skalen oder Ableseeinrichtungen der Druckmeßgeräte zu ändern. Auch alle Zahlenwerte von Drücken werden durch die Änderung der Druckeinheit nicht berührt.

Calcium (Ca) mit der Ordnungszahl 20 zu dem Element Scandium (Sc) mit der Ordnungszahl 21 weisende Pfeil, daß sich an das Element Calcium die durch die grauen Felder gekennzeichneten Elemente von Scandium bis Zink (Zn) anschließen. Der von dem Element Zink zum Element Gallium (Ga) weisende Pfeil bringt zum Ausdruck, daß auf das Element Zink nun wieder die angegebenen, mit dem Gallium beginnenden Elemente der Hauptgruppen folgen. In entsprechender Weise zeigen die übrigen Pfeile an, wie die verschiedenen Teile des hier wiedergegebenen Periodensystems aneinander anzuschließen sind. Dies ist im übrigen auch aus den Ordnungszahlen ersichtlich; die Pfeile dienen nur einer zusätzlichen Verdeutlichung dieser Zusammenhänge.

Es wurde schon darauf hingewiesen, daß die großen Erfolge des Periodensystems der Elemente die Physiker und Chemiker zu der Überzeugung geführt haben, daß es sich hierbei um eine naturgesetzlich bedingte Ordnung der Elemente handelt. Damit ergibt sich die weitere Frage, worauf es zurückzuführen ist, daß viele physikalische und chemische Eigenschaften der Elemente mit wachsender relativer Atommasse periodisch wiederkehren und wie die dargelegten Gesetzmäßigkeiten, etwa die Tatsache, daß die Anzahl der in den einzelnen Perioden stehenden Elemente immer eine doppelte Quadratzahl ist, mit Hilfe unserer Vorstellungen über den Bau der Atome verständlich gemacht werden können. MENDELEJEW vermutete, daß die Ursache für die gesetzmäßige Anordnung beim Periodensystem in der „inneren Mechanik der Atome" zu suchen sei, und MEYER hielt die Atome nicht für die letzten Bausteine der Materie, sondern er nahm an, daß sie aus „Massenteilchen einer höheren Ordnung" aufgebaut seien. Im folgenden Abschnitt werden wir uns der Struktur der Atome zuwenden. Dabei wird sich zeigen, daß das Periodensystem der Elemente nur der sichtbare Ausdruck für ganz bestimmte Aufbauprinzipien der Atomhüllen ist.

8.3.6 Die Aufbauprinzipien der Atomhüllen

In dem vorhergehenden Abschnitt sahen wir, daß im Periodensystem der Elemente die Kernladung von Element zu Element um eine elektrische Elementarladung zunimmt. Daher muß bei neutralen Atomen auch die Anzahl der in den Atomhüllen befindlichen Elektronen von Element zu Element um eins zunehmen. Wir halten fest:

Wenn man im Periodensystem der Elemente von einem Element zum nächsten fortschreitet, so bedeutet dies für die Atomhüllen der neutralen Atome, daß jeweils ein weiteres Elektron eingebaut wird.

Dieser Einbau der Elektronen erfolgt aber nicht willkürlich und regellos, sondern es gelten ganz bestimmte *Aufbauprinzipien:*

1. Die Anzahl der Elektronen und die Kernladungszahl

Über die Gesamtzahl der in den Atomhüllen befindlichen Elektronen wurde bereits die folgende Feststellung getroffen:

Die Gesamtzahl der Elektronen in der Hülle eines neutralen Atoms ist gleich der Ordnungszahl oder der Kernladungszahl Z des betreffenden Atoms.

2. Die Ordnung der Elektronen nach dem PAULI-Prinzip

Das von dem österreichischen Physiker W. PAULI (1900 – 1958) aufgestellte und nach ihm benannte Aufbauprinzip für die Atomhüllen ist ein reiner Erfahrungssatz, für den bisher keine direkte Begründung gegeben werden konnte. Das PAULI-Prinzip besagt:

In der Hülle eines Atoms können niemals zwei oder mehr Elektronen vorhanden sein, die in sämtlichen vier Quantenzahlen

$$n,\ l,\ s,\ m$$

übereinstimmen.

Da aufgrund unserer früheren Ausführungen durch die vier Quantenzahlen jeweils ein möglicher Energiezustand des Elektrons in der Atomhülle bestimmt wird, kann das PAULI-Prinzip auch folgendermaßen ausgesprochen werden:

Jeder in der Atomhülle mögliche Energiezustand kann nur von einem einzigen Elektron besetzt sein.

3. Die Ordnung der Elektronen nach den Energiestufen

Wenn man im Periodensystem der Elemente in der Richtung steigender Ordnungszahlen fortschreitet, so erfolgt der damit verbundene Einbau der Elektronen nach dem folgenden Ordnungsprinzip:

Bei dem Einbau neuer Elektronen in die Atomhüllen wird zunächst stets die niedrigste der noch freien Energiestufen besetzt.

Es soll nun im einzelnen dargelegt werden, wie sich die hier genannten Aufbauprinzipien auf die Gestaltung der Atomhüllen auswirken.

Bevor der sukzessive Einbau der Elektronen in die Atomhülle für alle Elemente des Periodensystems angegeben wird, müssen noch einige ergänzende Bemerkungen zu den üblichen Bezeichnungen gemacht werden:

In der Tabelle auf S. 769 wurden die Symbole $1s$-Elektron, $2s$-Elektron, $2p$-Elektron usw. eingeführt und definiert. Es wird jetzt hinzugefügt, daß es üblich ist, die Anzahl der Elektronen einer bestimmten Art durch angefügte obere Indizes zu kennzeichnen.

1. *Das Symbol* $1s^2$ *bedeutet:*
   Auf der K-Schale ($n=1$) befinden sich zwei s-Elektronen ($l=0$).
2. *Das Symbol* $2p^3$ *bedeutet:*
   Auf der L-Schale ($n=2$) befinden sich drei p-Elektronen ($l=1$)
3. *Das Symbol* $1s^2\ 2s^2 2p^6\ 3s^2 3p^6\ 4s^1$ *bedeutet:*
   Auf der K-Schale ($n=1$) befinden sich zwei s-Elektronen ($l=0$),
   auf der L-Schale ($n=2$) befinden sich zwei s-Elektronen ($l=0$) und sechs p-Elektronen ($l=1$),
   auf der M-Schale ($n=3$) befinden sich zwei s-Elektronen ($l=0$) und sechs p-Elektronen ($l=1$),
   auf der N-Schale ($n=4$) befindet sich ein s-Elektron ($l=0$).

Es wurde auf S. 774 bereits angegeben, wieviele Möglichkeiten zur Einnahme unterschiedlicher Energiestufen auf den einzelnen Haupt- und Unterschalen bestehen. Nach dem PAULI-Prinzip kann innerhalb einer Atomhülle jede dieser Energiestufen nur von einem einzigen Elektron besetzt sein. In der Tabelle auf S. 783 ist noch einmal übersichtlich zusammengestellt, wieviele Elektronen auf den einzelnen Haupt- und Unterschalen untergebracht werden können.

Der Aufbau der Atomhüllen vollzieht sich nun in der Weise, daß mit wachsender Ordnungszahl die Haupt- und Unterschalen zunächst in numerischer Reihenfolge aufgefüllt werden. Es ergibt sich dann das folgende Bild:

1. Die K-Schale oder die 1s-Energiestufe

Für diese Schale ist

$$n=1, \quad l=0, \quad m=0, \quad s=\pm\tfrac{1}{2}.$$

Nach dem PAULI-Prinzip können auf dieser Schale also maximal zwei Elektronen untergebracht werden, die sich durch ihre Spin-Quantenzahlen unterscheiden. Man sagt kurz, daß sie den entgegengesetzten Spin $s=+\frac{1}{2}$ und $s=-\frac{1}{2}$ haben. Durch die Besetzung der K-Schale mit einem Elektron (Wasserstoff) bzw. mit zwei Elektronen (Helium) entsteht die Vorperiode des Periodensystems der Elemente. Sie ist durch die folgende Elektronenstruktur gekennzeichnet:

Vorperiode des Periodensystems der Elemente

Element	*Ordnungszahl*	*Elektronenstruktur*
Wasserstoff (H)	1	$1s^1$
Helium (He)	2	$1s^2$

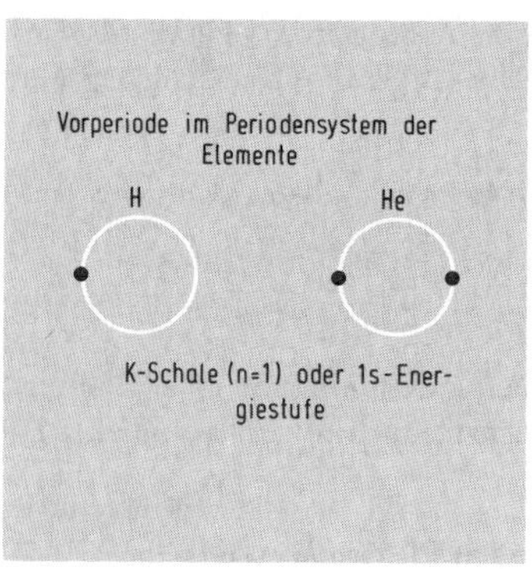

Abb. 782.1
Die Elektronenverteilung auf der K-Schale

Verteilung der Elektronen auf die Haupt- und Unterschalen der Atomhüllen

	Haupt-quantenzahl *n*	*Neben-quantenzahl* *l*	*Magnetische Quantenzahl* *m*	*Spin-Quantenzahl* *s*	*Zahl der möglichen Zustände*	*Gesamtzahl der möglichen Zustände*
K-Schale	1	0 (*s*-Elektronen)	0	$\pm\frac{1}{2}$	2	**2**
L-Schale	2	0 (*s*-Elektronen)	0	$\pm\frac{1}{2}$	2	**8**
		1 (*p*-Elektronen)	−1 0 +1	$\pm\frac{1}{2}$ $\pm\frac{1}{2}$ $\pm\frac{1}{2}$	6	
M-Schale	3	0 (*s*-Elektronen)	0	$\pm\frac{1}{2}$	2	**18**
		1 (*p*-Elektronen)	−1 0 +1	$\pm\frac{1}{2}$ $\pm\frac{1}{2}$ $\pm\frac{1}{2}$	6	
		2 (*d*-Elektronen)	−2 −1 0 +1 +2	$\pm\frac{1}{2}$ $\pm\frac{1}{2}$ $\pm\frac{1}{2}$ $\pm\frac{1}{2}$ $\pm\frac{1}{2}$	10	
N-Schale	4	0 (*s*-Elektronen)	0	$\pm\frac{1}{2}$	2	**32**
		1 (*p*-Elektronen)	−1 0 +1	$\pm\frac{1}{2}$ $\pm\frac{1}{2}$ $\pm\frac{1}{2}$	6	
		2 (*d*-Elektronen)	−2 −1 0 +1 +2	$\pm\frac{1}{2}$ $\pm\frac{1}{2}$ $\pm\frac{1}{2}$ $\pm\frac{1}{2}$ $\pm\frac{1}{2}$	10	
		3 (*f*-Elektronen)	−3 −2 −1 0 +1 +2 +3	$\pm\frac{1}{2}$ $\pm\frac{1}{2}$ $\pm\frac{1}{2}$ $\pm\frac{1}{2}$ $\pm\frac{1}{2}$ $\pm\frac{1}{2}$ $\pm\frac{1}{2}$	14	
O-Schale *P*-Schale *Q*-Schale	sind nur teilweise mit Elektronen besetzt					

Den Abschluß der Vorperiode bildet das Edelgas Helium.

Wenn man die Schalen und Unterschalen in der früher angegebenen Weise schematisiert durch Kreise darstellt, so kann man den Aufbau der Atomhüllen anschaulich wiedergeben. Für die Vorperiode erhält man das in Abb. 782.1 angegebene Bild.

2. Die L-Schale

Für diese Schale ist

$$n=2.$$

Es sind zwei Unterschalen vorhanden.

2a) Die erste Unterschale oder die 2s-Energiestufe

Es ist

$$n=2, \quad l=0, \quad m=0, \quad s=\pm\tfrac{1}{2}.$$

Auf dieser Schale können maximal zwei Elektronen Platz finden, die sich durch ihren Spin unterscheiden. Durch die Besetzung dieser Unterschale mit einem Elektron entsteht das Element Lithium (Li) und durch die Besetzung mit zwei Elektronen das Element Beryllium (Be).

2b) Die zweite Unterschale oder die 2p-Energiestufe

Es ist

$$n=2, \quad l=1 \quad m=-1; \quad 0; \quad +1, \quad s=\pm\tfrac{1}{2}.$$

Es lassen sich nach dem PAULI-Prinzip auf dieser Schale also sechs Elektronen unterbringen. Durch die sukzessive Auffüllung dieser Schale entstehen nacheinander die Elemente Bor (B), Kohlenstoff (C), Stickstoff (N), Sauerstoff (O), Fluor (F), Neon (Ne). Damit ist die zweite Unterschale und infolgedessen auch die ganze L-Schale vollständig besetzt. Die erste Kurzperiode des Periodensystems ist abgeschlossen. Wir fassen die Elektronenstrukturen wieder in einer Tabelle zusammen:

Erste Kurzperiode des Periodensystems der Elemente

Element	*Ordnungszahl*	*Elektronenstruktur*
Lithium (Li)	3	$1s^2\ 2s^1$
Beryllium (Be)	4	$1s^2\ 2s^2$
Abschluß der ersten Unterschale der L-Schale		
Bor (B)	5	$1s^2\ 2s^2\ 2p^1$
Kohlenstoff (C)	6	$1s^2\ 2s^2\ 2p^2$
Stickstoff (N)	7	$1s^2\ 2s^2\ 2p^3$
Sauerstoff (O)	8	$1s^2\ 2s^2\ 2p^4$
Fluor (F)	9	$1s^2\ 2s^2\ 2p^5$
Neon (Ne)	10	$1s^2\ 2s^2\ 2p^6$

Den Abschluß der ersten Kurzperiode bildet das Edelgas Neon.

Abb. 784.1 Die Elektronenverteilung auf der K- und L-Schale

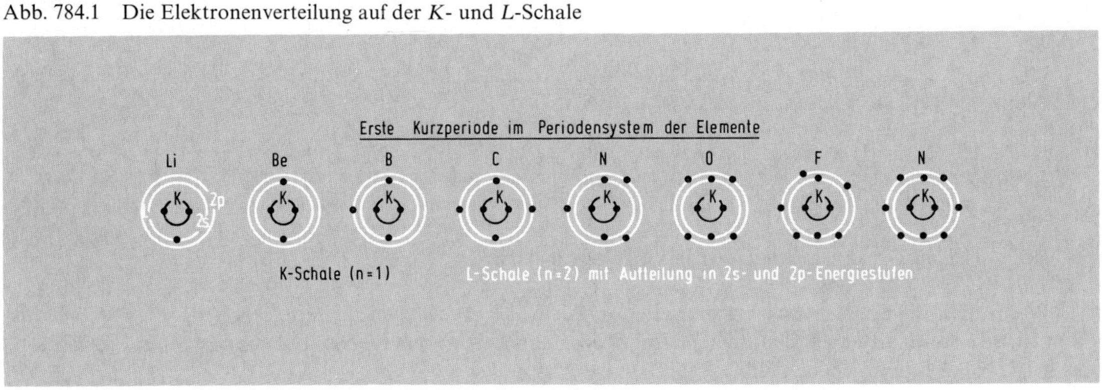

In analoger Weise wie bei der Vorperiode können auch die Atomhüllen der ersten Kurzperiode anschaulich dargestellt werden. Dies ist in Abb.784.1 geschehen.

Auf eine bemerkenswerte Tatsache, die uns hier erstmalig begegnet und die bei dem weiteren Aufbau der Elektronenhülle in regelmäßigen Abständen immer wieder auftritt, soll an dieser Stelle besonders hingewiesen werden:

Die Elektronenanordnung auf der äußeren Schale des Elementes Neon

$$2s^2\,2p^6$$

ist besonders stabil. Die Folge davon ist, daß das Neon ein sehr reaktionsträges Edelgas ist und daß dieses Element die erste Kurzperiode des Periodensystems der Elemente abschließt. Allgemein sind diejenigen Atome besonders stabil, die auf den äußeren Schalen die Elektronenanordnung

$$s^2\;p^6$$

aufweisen. Es handelt sich in allen Fällen um *Edelgase*. Wir merken uns:

Die Elektronenanordnung

$$s^2\;p^6$$

wird als Edelgasanordnung oder als Edelgaskonfiguration bezeichnet. Wegen ihrer besonders großen Stabilität spielt sie bei dem Aufbau der Atomhülle eine ausgezeichnete Rolle.

Im Laufe der weiteren Ausführungen wird sich zeigen, daß die Edelgase auf den äußeren Schalen ihrer Atomhüllen die folgenden Elektronenanordnungen aufweisen:

Helium	$1s^2$	Argon	$3s^2\,3p^6$	Xenon	$5s^2\,5p^6$
Neon	$2s^2\,2p^6$	Krypton	$4s^2\,4p^6$	Radon	$6s^2\,6p^6$

Man erkennt hieraus, daß das Edelgas Helium eine Ausnahme macht; seine Atomhülle ist nur mit zwei Elektronen besetzt. Bei allen anderen Edelgasen handelt es sich insgesamt um jeweils *acht Elektronen*, die zusammen die Edelgaskonfiguration bilden und die große Stabilität der betreffenden Atome bewirken.

Es ist schließlich auch auf die große Stabilität der Edelgase zurückzuführen, daß diese Elemente im Periodensystem den Abschluß der einzelnen Perioden bilden. Dabei ist es aber durchaus nicht so, daß ein Periodenabschluß immer mit der vollständigen Auffüllung einer Hauptschale identisch ist, sondern die jeweils in der Auffüllung befindlichen Hauptschalen sind beim Abschluß einer Periode meist noch nicht vollständig besetzt. Eine Ausnahme machen hier nur die K- und L-Schale, bei deren voller Besetzung die Edelgase Helium und Neon und damit der Abschluß der Vorperiode und der ersten Kurzperiode erreicht werden. Wir wenden uns nun dem weiteren Aufbau der Atomhüllen zu und werden erkennen, daß die Verhältnisse nun komplizierter werden.

3. Die M-Schale

Für diese Schale ist

$$n=3.$$

Es sind drei Unterschalen vorhanden.

3a) Die erste Unterschale oder die 3s-Energiestufe

Hierfür ist

$$n=3, \quad l=0, \quad m=0, \quad s=\pm\tfrac{1}{2}.$$

Auf dieser Unterschale können also maximal zwei Elektronen untergebracht werden, die sich durch ihren Spin unterscheiden. Durch die Besetzung dieser Unterschale mit einem Elektron entsteht das Element Natrium (Na) und durch die Besetzung mit zwei Elektronen das Element Magnesium (Mg).

3b) Die zweite Unterschale oder die 3p-Energiestufe

Hierfür gilt

$$n=3, \quad l=1, \quad m=-1; \quad 0; \quad +1, \quad s=\pm\tfrac{1}{2}.$$

Da diese zulässigen Quantenzahlen auf sechs verschiedene Weisen kombiniert werden können, vermag die vorliegende Unterschale nach dem PAULI-Prinzip sechs Elektronen aufzunehmen. Durch die sukzessive Auffüllung dieser Schale ergeben sich nacheinander die Elemente

Aluminium (Al), Silicium (Si), Phosphor (P), Schwefel (S), Chlor (Cl), Argon (Ar).

Mit dem Edelgas Argon ist die zweite Kurzperiode im Periodensystem der Elemente abgeschlossen.

In der folgenden Tabelle sind die vollständigen Elektronenstrukturen der zur zweiten Kurzperiode gehörenden Elemente angegeben. In Abb. 786.1 sind die Atomhüllen schematisch dargestellt.

Zweite Kurzperiode im Periodensystem der Elemente

Element	*Ordnungszahl*	*Elektronenstruktur*
Natrium (Na)	11	$1s^2\ 2s^2 2p^6\ 3s^1$
Magnesium (Mg)	12	$1s^2\ 2s^2 2p^6\ 3s^2$
Abschluß der ersten Unterschale der M-Schale		
Aluminium (Al)	13	$1s^2\ 2s^2 2p^6\ 3s^2 3p^1$
Silicium (Si)	14	$1s^2\ 2s^2 2p^6\ 3s^2 3p^2$
Phosphor (P)	15	$1s^2\ 2s^2 2p^6\ 3s^2 3p^3$
Schwefel (S)	16	$1s^2\ 2s^2 2p^6\ 3s^2 3p^4$
Chlor (Cl)	17	$1s^2\ 2s^2 2p^6\ 3s^2 3p^5$
Argon (Ar)	18	$1s^2\ 2s^2 2p^6\ 3s^2 3p^6$

Der Periodenabschluß ist aber – wie oben erwähnt – keineswegs mit dem Abschluß einer Hauptschale, hier also der *M*-Schale, identisch. Die *M*-Schale ist mit den bisher auf ihr vorhandenen 8 Elektronen noch keineswegs gefüllt. Wie wir bereits wissen, können auf ihr insgesamt 18 Elektronen untergebracht werden. Auf der vorerst unbesetzten dritten Unterschale können noch 10 Elektronen Platz finden.

Abb. 786.1 Die Elektronenverteilung auf der *K*- und *L*-Schale sowie auf Teilen der *M*-Schale

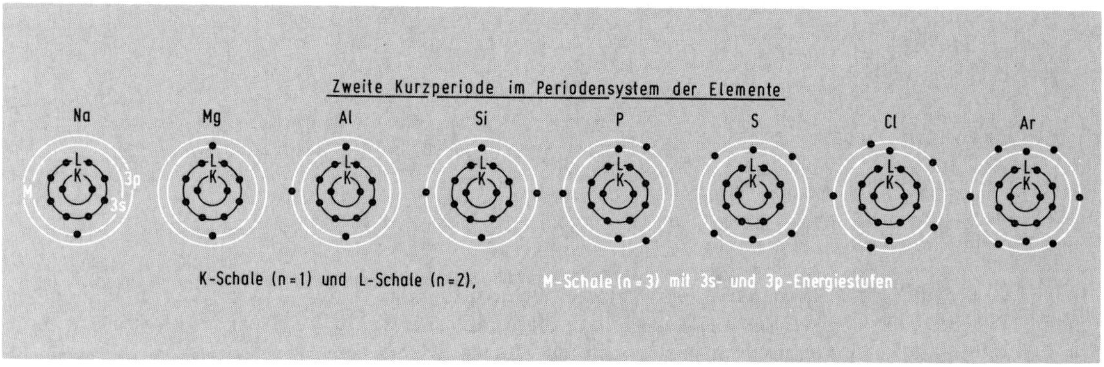

3c) Die dritte Unterschale oder die 3d-Energiestufe

Hierfür gilt

$$n=3, \quad l=2, \quad m=-2; \quad -1; \quad 0; \quad +1; \quad +2, \quad s=\pm\tfrac{1}{2}.$$

Man erkennt, daß diese Quantenzahlen auf zehn verschiedene Weisen miteinander kombiniert werden können. Dies bedeutet, daß nach dem PAULI-Prinzip auf der dritten Unterschale der M-Schale insgesamt 10 Elektronen untergebracht werden können. Man könnte nun nach dem bisherigen Aufbauverfahren für die Elektronenhüllen erwarten, daß diese 10 Plätze nacheinander aufgefüllt würden und daß sich dabei die auf das Edelgas Argon folgenden 10 Elemente des Periodensystems ergeben würden. Das ist aber nicht der Fall. Es wird hier vielmehr zum ersten Male das am Anfang dieses Abschnittes genannte dritte Aufbauprinzip für die Atomhüllen wirksam. Danach werden bei dem Einbau neuer Elektronen zunächst immer die niedrigsten der noch freien Energiestufen besetzt.

Eine hier nicht durchgeführte Rechnung zeigt nun, daß die Energiestufen nicht in der gleichen Reihenfolge aufeinander folgen müssen, wie die zu ihrer anschaulichen Darstellung dienenden Kreisbahnen, sondern daß hier Überschneidungen auftreten können. So entspricht in dem vorliegenden Falle die dritte Unterschale der M-Schale, d.h. die $3d$-Energiestufe, einer höheren Energie als die erste Unterstufe der N-Schale, d.h. die $4s$-Energiestufe. Die Folge davon ist, daß die $4s$-Stufe vor der $3d$-Stufe besetzt wird. Wir halten fest:

Die 4s-Energiestufe wird vor der 3d-Energiestufe besetzt, weil sie der niedrigeren Elektronenenergie entspricht.

Durch die Besetzung der $4s$-Energiestufe ergeben sich die Elemente Kalium (K) und Calcium (Ca). Damit ist die $4s$-Stufe gefüllt.

Nachdem dieser Einbau erfolgt ist, können nun auch die 10 freien Plätze der M-Schale mit $3d$-Elektronen aufgefüllt werden. Auf diese Weise entstehen die Elemente:

Scandium (Sc), Titan (Ti), Vanadium (V), Chrom (Cr), Mangan (Mn),
Eisen (Fe), Cobalt (Co), Nickel (Ni), Kupfer (Cu), Zink (Zn).

Damit ist die M-Schale abgeschlossen.

4. Die N-Schale

Für diese Schale ist

$$n=4.$$

Es sind vier Unterschalen vorhanden.

4a) Die erste Unterschale oder die 4s-Energiestufe

Hierfür ist

$$n=4, \quad l=0, \quad m=0, \quad s=\pm\tfrac{1}{2}.$$

Auf dieser Unterschale können nach dem PAULI-Prinzip maximal zwei Elektronen Platz finden, die sich durch ihren Spin unterscheiden. Sie wurden bereits früher in die Atomhüllen eingebaut, wobei die Elemente Kalium (K) und Calcium (Ca) entstanden sind.

4b) Die zweite Unterschale oder die 4p-Energiestufe

Hierfür gilt

$$n=4, \quad l=1, \quad m=-1; \quad 0; \quad +1, \quad s=\pm\tfrac{1}{2}.$$

Auf dieser Unterschale können nach dem PAULI-Prinzip sechs Elektronen untergebracht werden. Durch die sukzessive Auffüllung dieser Schale ergeben sich die Elemente

Gallium (Ga), Germanium (Ge), Arsen (As), Selen (Se), Brom (Br), Krypton (Kr).

Mit dem Edelgas Krypton ist die erste Langperiode im Periodensystem der Elemente abgeschlossen.

In der folgenden Tabelle sind die Elektronenstrukturen der zur ersten Langperiode gehörenden Elemente angegeben.

Erste Langperiode im Periodensystem der Elemente

Element	*Ordnungszahl*	*Elektronenstruktur*	
Kalium (K)	19	$1s^2\,2s^2\,2p^6$	$3s^2\,3p^6\;4s^1$
Calcium (Ca)	20		$3s^2\,3p^6\;4s^2$
Abschluß der ersten Unterschale der N-Schale			
Scandium (Sc)	21	$1s^2\,2s^2\,2p^6$	$3s^2\,3p^6\;4s^2\;3d^1$
Titan (Ti)	22		$3s^2\,3p^6\;4s^2\;3d^2$
Vanadium (V)	23		$3s^2\,3p^6\;4s^2\;3d^3$
Chrom (Cr)	24		$3s^2\,3p^6\;4s^1\;3d^5$
Mangan (Mn)	25		$3s^2\,3p^6\;4s^2\;3d^5$
Eisen (Fe)	26		$3s^2\,3p^6\;4s^2\;3d^6$
Cobalt (Co)	27		$3s^2\,3p^6\;4s^2\;3d^7$
Nickel (Ni)	28		$3s^2\,3p^6\;4s^2\;3d^8$
Kupfer (Cu)	29		$3s^2\,3p^6\;4s^1\;3d^{10}$
Zink (Zn)	30		$3s^2\,3p^6\;4s^2\;3d^{10}$
Abschluß der M-Schale. Es erfolgt nun die weitere Auffüllung der *N*-Schale.			
Gallium (Ga)	31	$1s^2\,2s^2\,2p^6$	$3s^2\,3p^6\;4s^2\;3d^{10}\,4p^1$
Germanium (Ge)	32		$3s^2\,3p^6\;4s^2\;3d^{10}\,4p^2$
Arsen (As)	33		$3s^2\,3p^6\;4s^2\;3d^{10}\,4p^3$
Selen (Se)	34		$3s^2\,3p^6\;4s^2\;3d^{10}\,4p^4$
Brom (Br)	35		$3s^2\,3p^6\;4s^2\;3d^{10}\,4p^5$
Krypton (Kr)	36		$3s^2\,3p^6\;4s^2\;3d^{10}\,4p^6$

Der Aufbau der weiteren Atomhüllen erfolgt in analoger Weise. Wir gehen hierauf nicht mehr näher ein, sondern geben in der Tabelle auf S. 789/790 noch einmal einen zusammenfassenden Überblick über die Elektronenstrukturen aller bekannten Elemente.

Zu dieser Tabelle sind noch die folgenden Bemerkungen zu machen.

1. Aus Gründen der Raumersparnis sind die unbesetzten Energiestufen $5g$, $6f$, $6g$, ... weggelassen worden.

2. Die Elektronenstrukturen für die Elemente 91 bis 109 sind noch nicht gesichert.

3. Bei einigen Elementen (z.B. bei Chrom mit der Ordnungszahl 24 und Kupfer mit der Ordnungszahl 29) zeigen sich Unregelmäßigkeiten im Aufbau der Elektronenhüllen. Diese sind darauf zurückzuführen, daß die Energien des $3d$- und $4s$-Zustandes fast gleich groß sind; das hat zur Folge, daß die Elektronen leicht von dem einen in den anderen Zustand übergehen. Auf Einzelheiten kann hier nicht näher eingegangen werden.

4. Die Gruppe der *Lanthanoide* (Cer mit der Ordnungszahl 58 bis Lutetium mit der Ordnungszahl 71) sind dadurch gekennzeichnet, daß die äußeren Energiestufen bei diesen Elementen den gleichen Aufbau zeigen. Die Elektronenhüllen ergeben sich hier durch den sukzessiven Einbau von Elektronen in die $4f$-Stufe, wobei allerdings einige Unregelmäßigkeiten auftreten, indem ein gerade eingebautes $5d$-Elektron zeitweise in den $4f$-Zustand übergeht (s. Tabelle).

Da sich später zeigen wird, daß die chemischen Eigenschaften der Elemente vorwiegend durch die Elektronen der äußeren Schalen bestimmt werden, ist es nicht überraschend, daß die Lanthanide die oben erwähnte weitgehende Übereinstimmung ihrer chemischen Eigenschaften aufweisen.

5. Die Gruppe der *Actinoide* (Thorium mit der Ordnungszahl 90 bis Lawrencium mit der Ordnungszahl 103) entsteht in ähnlicher Weise wie die Gruppe der Lanthanoide. Die Verhältnisse sind hier allerdings komplizierter. Wir gehen auf die Einzelheiten, die keine grundsätzlich neuen Erkenntnisse bringen, nicht näher ein.

Als Ergebnis der bisherigen Darlegungen halten wir fest:

Der Aufbau der Atomhüllen ist für fast alle Atome geklärt. Das Periodensystem der Elemente kann aufgrund des Bohr-Sommerfeld-Atommodells und der drei zu Anfang dieses Abschnitts genannten Aufbauprinzipien für die Atomhüllen in allen Einzelheiten widerspruchsfrei beschrieben werden.

Elektronenstrukturen der Elemente

	Hauptschalen			*K*	*L*		*M*			*N*				*O*				*P*			*Q*
	Energiestufen			*1s*	*2s*	*2p*	*3s*	*3p*	*3d*	*4s*	*4p*	*4d*	*4f*	*5s*	*5p*	*5d*	*5f*	*6s*	*6p*	*6d*	*7s*
Vorperiode	1	H	Wasserstoff	1																	
	2	He	Helium	2																	
Erste	3	Li	Lithium	2	1																
Kurzperiode	4	Be	Beryllium	2	2																
	5	B	Bor	2	2	1															
	6	C	Kohlenstoff	2	2	2															
	7	N	Stickstoff	2	2	3															
	8	O	Sauerstoff	2	2	4															
	9	F	Fluor	2	2	5															
	10	Ne	Neon	2	2	6															
Zweite	11	Na	Natrium	2	2	6	1														
Kurzperiode	12	Mg	Magnesium	2	2	6	2														
	13	Al	Aluminium	2	2	6	2	1													
	14	Si	Silicium	2	2	6	2	2													
	15	P	Phosphor	2	2	6	2	3													
	16	S	Schwefel	2	2	6	2	4													
	17	Cl	Chlor	2	2	6	2	5													
	18	Ar	Argon	2	2	6	2	6													
Erste	19	K	Kalium	2	2	6	2	6		1											
Langperiode	20	Ca	Calcium	2	2	6	2	6		2											
	21	Sc	Scandium	2	2	6	2	6	1	2											
	22	Ti	Titan	2	2	6	2	6	2	2											
	23	V	Vanadium	2	2	6	2	6	3	2											
	24	Cr	Chrom	2	2	6	2	6	5	1											
	25	Mn	Mangan	2	2	6	2	6	5	2											
	26	Fe	Eisen	2	2	6	2	6	6	2											
	27	Co	Cobalt	2	2	6	2	6	7	2											
	28	Ni	Nickel	2	2	6	2	6	8	2											
	29	Cu	Kupfer	2	2	6	2	6	10	1											
	30	Zn	Zink	2	2	6	2	6	10	2											
	31	Ga	Gallium	2	2	6	2	6	10	2	1										
	32	Ge	Germanium	2	2	6	2	6	10	2	2										
	33	As	Arsen	2	2	6	2	6	10	2	3										
	34	Se	Selen	2	2	6	2	6	10	2	4										
	35	Br	Brom	2	2	6	2	6	10	2	5										
	36	Kr	Krypton	2	2	6	2	6	10	2	6										
Zweite	37	Rb	Rubidium	2	2	6	2	6	10	2	6			1							
Langperiode	38	Sr	Strontium	2	2	6	2	6	10	2	6			2							
	39	Y	Yttrium	2	2	6	2	6	10	2	6	1		2							
	40	Zr	Zirconium	2	2	6	2	6	10	2	6	2		2							
	41	Nb	Niob	2	2	6	2	6	10	2	6	4		1							
	42	Mo	Molybdaen	2	2	6	2	6	10	2	6	5		1							
	43	Tc	Technetium	2	2	6	2	6	10	2	6	5		2							
	44	Ru	Ruthenium	2	2	6	2	6	10	2	6	7		1							
	45	Rh	Rhodium	2	2	6	2	6	10	2	6	8		1							
	46	Pd	Palladium	2	2	6	2	6	10	2	6	10									
	47	Ag	Silber	2	2	6	2	6	10	2	6	10		1							
	48	Cd	Cadmium	2	2	6	2	6	10	2	6	10		2							
	49	In	Indium	2	2	6	2	6	10	2	6	10		2	1						
	50	Sn	Zinn	2	2	6	2	6	10	2	6	10		2	2						
	51	Sb	Antimon	2	2	6	2	6	10	2	6	10		2	3						
	52	Te	Tellur	2	2	6	2	6	10	2	6	10		2	4						
	53	I	Iod	2	2	6	2	6	10	2	6	10		2	5						
	54	Xe	Xenon	2	2	6	2	6	10	2	6	10		2	6						

Elektronenstrukturen der Elemente (Fortsetzung)

	Hauptschalen			*K*	*L*		*M*			*N*				*O*				*P*			*Q*
	Energiestufen			*1s*	*2s*	*2p*	*3s*	*3p*	*3d*	*4s*	*4p*	*4d*	*4f*	*5s*	*5p*	*5d*	*5f*	*6s*	*6p*	*6d*	*7s*
Überlang-periode	55	Cs	Caesium	2	2	6	2	6	10	2	6	10		2	6			1			
	56	Ba	Barium	2	2	6	2	6	10	2	6	10		2	6			2			
	57	La	Lanthan	2	2	6	2	6	10	2	6	10		2	6	1		2			
	58	Ce	Cer	2	2	6	2	6	10	2	6	10	2	2	6			2			
	59	Pr	Praseodym	2	2	6	2	6	10	2	6	10	3	2	6			2			
	60	Nd	Neodym	2	2	6	2	6	10	2	6	10	4	2	6			2			
	61	Pm	Promethium	2	2	6	2	6	10	2	6	10	5	2	6			2			
	62	Sm	Samarium	2	2	6	2	6	10	2	6	10	6	2	6			2			
	63	Eu	Europium	2	2	6	2	6	10	2	6	10	7	2	6			2			
	64	Gd	Gadolinium	2	2	6	2	6	10	2	6	10	7	2	6	1		2			
	65	Tb	Terbium	2	2	6	2	6	10	2	6	10	9	2	6			2			
	66	Dy	Dysprosium	2	2	6	2	6	10	2	6	10	10	2	6			2			
	67	Ho	Holmium	2	2	6	2	6	10	2	6	10	11	2	6			2			
	68	Er	Erbium	2	2	6	2	6	10	2	6	10	12	2	6			2			
	69	Tm	Thulium	2	2	6	2	6	10	2	6	10	13	2	6			2			
	70	Yb	Ytterbium	2	2	6	2	6	10	2	6	10	14	2	6			2			
	71	Lu	Lutetium	2	2	6	2	6	10	2	6	10	14	2	6	1		2			
	72	Hf	Hafnium	2	2	6	2	6	10	2	6	10	14	2	6	2		2			
	73	Ta	Tantal	2	2	6	2	6	10	2	6	10	14	2	6	3		2			
	74	W	Wolfram	2	2	6	2	6	10	2	6	10	14	2	6	4		2			
	75	Re	Rhenium	2	2	6	2	6	10	2	6	10	14	2	6	5		2			
	76	Os	Osmium	2	2	6	2	6	10	2	6	10	14	2	6	6		2			
	77	Ir	Iridium	2	2	6	2	6	10	2	6	10	14	2	6	7		2			
	78	Pt	Platin	2	2	6	2	6	10	2	6	10	14	2	6	9		1			
	79	Au	Gold	2	2	6	2	6	10	2	6	10	14	2	6	10		1			
	80	Hg	Quecksilber	2	2	6	2	6	10	2	6	10	14	2	6	10		2			
	81	Tl	Thallium	2	2	6	2	6	10	2	6	10	14	2	6	10		2	1		
	82	Pb	Blei	2	2	6	2	6	10	2	6	10	14	2	6	10		2	2		
	83	Bi	Bismut	2	2	6	2	6	10	2	6	10	14	2	6	10		2	3		
	84	Po	Polonium	2	2	6	2	6	10	2	6	10	14	2	6	10		2	4		
	85	At	Astatin	2	2	6	2	6	10	2	6	10	14	2	6	10		2	5		
	86	Rn	Radon	2	2	6	2	6	10	2	6	10	14	2	6	10		2	6		
Nach-periode	87	Fr	Francium	2	2	6	2	6	10	2	6	10	14	2	6	10		2	6		1
	88	Ra	Radium	2	2	6	2	6	10	2	6	10	14	2	6	10		2	6		2
	89	Ac	Actinium	2	2	6	2	6	10	2	6	10	14	2	6	10		2	6	1	2
	90	Th	Thorium	2	2	6	2	6	10	2	6	10	14	2	6	10		2	6	2	2
	91	Pa	Protactinium	2	2	6	2	6	10	2	6	10	14	2	6	10		2	6	3	2
	92	U	Uran	2	2	6	2	6	10	2	6	10	14	2	6	10		2	6	4	2
	93	Np	Neptunium	2	2	6	2	6	10	2	6	10	14	2	6	10	1	2	6	4	2
	94	Pu	Plutonium	2	2	6	2	6	10	2	6	10	14	2	6	10	2	2	6	4	2
	95	Am	Americium	2	2	6	2	6	10	2	6	10	14	2	6	10	6	2	6	1	2
	96	Cm	Curium	2	2	6	2	6	10	2	6	10	14	2	6	10	7	2	6	1	2
	97	Bk	Berkelium	2	2	6	2	6	10	2	6	10	14	2	6	10	8	2	6	1	2
	98	Cf	Californium	2	2	6	2	6	10	2	6	10	14	2	6	10	9	2	6	1	2
	99	Es	Einsteinium	2	2	6	2	6	10	2	6	10	14	2	6	10	10	2	6	1	2
	100	Fm	Fermium	2	2	6	2	6	10	2	6	10	14	2	6	10	11	2	6	1	2
	101	Md	Mendelevium	2	2	6	2	6	10	2	6	10	14	2	6	10	12	2	6	1	2
	102	No	Nobelium	2	2	6	2	6	10	2	6	10	14	2	6	10	13	2	6	1	2
	103	Lr	Lawrencium	2	2	6	2	6	10	2	6	10	14	2	6	10	14	2	6	1	2
	104	Ku	Kurtschatowium	2	2	6	2	6	10	2	6	10	14	2	6	10	14	2	6	2	2
	105	Ha	Hahnium	2	2	6	2	6	10	2	6	10	14	2	6	10	14	2	6	3	2

Die künstlich hergestellten Elemente mit den Ordnungszahlen 106, 107, 108 und 109 sind hier nicht eingetragen, weil sie noch keinen Namen haben (Stand: 1984).

8.3.7 Der Grundzustand und der angeregte Zustand

Die bisher für die verschiedenen Atome angegebenen Elektronenverteilungen beziehen sich auf den *Grundzustand*, d.h. auf den energieärmsten, stationären Zustand der Elektronen. Früher haben wir bei dem Wasserstoffatom bereits erkannt, daß die Elektronen von dem Grundzustand auf eine höhere Energiestufe angehoben werden können. Das gleiche gilt auch für alle anderen Atome. Wir merken uns:

Unter der Anregung eines Atoms versteht man seine Überführung aus dem Grundzustand in einen energiereicheren Zustand; man bezeichnet ihn als angeregten Zustand.

Diese Anregung kann sich sowohl auf die Atomhülle als auch auf den Atomkern beziehen. Wir beschäftigen uns hier nur mit der Anregung der Atomhüllen und kommen später (S. 883) auf die Anregung der Atomkerne zurück.

Bei der *Anregung der Atomhüllen* werden ein oder mehrere Elektronen der Hülle aus dem Grundzustand auf eine höhere Energiestufe angehoben. Das angeregte Atom hat also in seiner Hülle die gleiche Zahl von Elektronen wie das im Grundzustand befindliche Atom. Um ein Atom in den angeregten Zustand zu versetzen, muß ihm Energie zugeführt werden; man bezeichnet sie als *Anregungsenergie*. Sie ist gleich der Energiedifferenz zwischen der Ausgangs- und der Endstufe des Elektrons. Es spielt dabei keine Rolle, in welcher Form die Energie dem Atom zugeführt wird.

Die Anregung der Elektronenhüllen kann auf verschiedene Weisen erfolgen, und zwar:

1. Durch *Stoß* der Atome mit anderen schnell bewegten Teilchen, etwa mit Elektronen, Protonen oder Alphateilchen. Dabei wird Energie der stoßenden Teilchen durch unelastischen Stoß auf die Elektronen der Atomhülle übertragen, wodurch diese auf ein höheres Energieniveau gehoben werden.

2. Durch die *Absorption eines Lichtquants*. Wenn das Lichtquant eine genügend große Energie hat, um ein Elektron der Atomhülle auf ein höheres Energieniveau zu heben, so kann diese Energie von einem Elektron der Atomhülle übernommen werden.

3. Durch *Wärmezufuhr*. Auf diese Weise können vor allem die Atome von Festkörpern, Flüssigkeiten und Dämpfen in den angeregten Zustand gebracht werden. So gehen z.B. Kohlenstoffatome bereits bei der Temperatur einer brennenden Kerze in den angeregten Zustand über. Wir werden noch sehen, daß die angeregten Atome nach sehr kurzer Zeit wieder in den Grundzustand zurückkehren. Dabei kann die ihnen zugeführte Anregungsenergie als Licht wieder abgegeben werden. Auf diese Weise kommt das Leuchten der Kerze oder anderer glühender Körper zustande. Die Anregung der Atome durch Erwärmung ist letzten Endes auch auf Stöße zurückzuführen, wobei die stoßenden Teilchen jetzt Atome sind. Wenn die Temperatur so groß ist, daß die kinetische Energie der stoßenden Atome ausreicht, um ein Elektron in der Hülle eines anderen Atoms auf ein höheres Niveau zu heben, dann erfolgt eine Anregung dieses Atoms.

In Abb. 791.1 sind einige Anregungszustände des Natriumatoms schematisch dargestellt. Da es hierbei nur auf die grundsätzlichen Vorgänge ankommt, ist dabei auf die Unterstufen verzichtet und nur die Verteilung der Elektronen auf die *K*-, *L*-, *M*-, ...-Schale berücksichtigt worden. Die zur Erzeugung der Anregungszustände erforderlichen Energiebeträge sind in jedem Falle angegeben. Man erkennt daraus, daß ein größerer Energiebetrag notwendig ist, um z.B. ein Elektron von der *K*- auf die *P*-Stufe als von der *L*- auf die *O*-Stufe zu bringen usw.

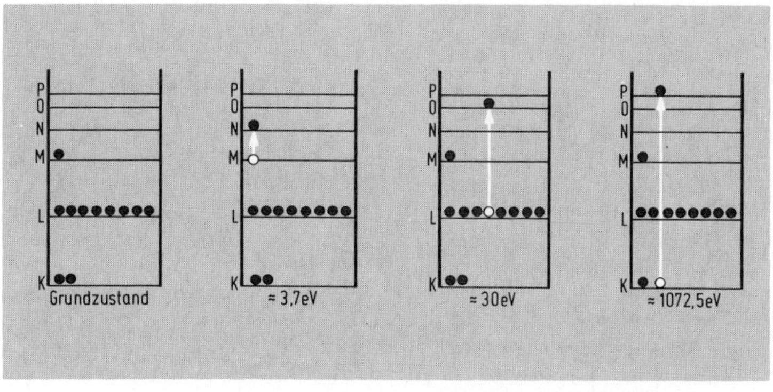

Abb. 791.1 Schematische Darstellung der Elektronenverteilung beim Natriumatom im Grundzustand und in verschiedenen Anregungszuständen. Die Zahlen geben die zur Erreichung des betreffenden Zustandes erforderliche Energie an.

Wenn man bedenkt, daß es grundsätzlich möglich ist, jedes Elektron eines Atoms auf jede höhere Energiestufe zu heben, sofern auf dieser noch Platz ist, so erkennt man, daß die Zahl der Anregungsmöglichkeiten beträchtlich groß ist.

Schließlich besteht noch die Möglichkeit, ein Elektron oder mehrere Elektronen aus dem Atomverband zu entfernen. Diesen Vorgang bezeichnet man als *Ionisierung* oder als *Ionisation.* Wir halten fest:

Unter der Ionisierung oder der Ionisation eines Atoms versteht man die Entfernung eines Elektrons oder mehrerer Elektronen aus der Atomhülle.

Da die positive Kernladung nun nicht mehr vollständig durch die negative Ladung der Hüllenelektronen ausgeglichen wird, erscheint ein ionisiertes Atom nach außen positiv elektrisch geladen. Man bezeichnet es als *positives Ion.* Die zur Ionisation erforderliche Energie wird als *Ionisierungsenergie* oder als *Ionisierungsarbeit* bezeichnet. In Abb. 792.1 sind einige Beispiele für die Ionisierung von Natriumatomen dargestellt; dabei sind die Ionisierungsenergien in jedem Falle angegeben. Während bei der Anregung der Atome die Elektronen der Atomhülle durch Energiezufuhr nur auf ein höheres Niveau gehoben werden, ist zur Ionisation ihre vollständige Entfernung aus der Atomhülle erforderlich. Das erfordert eine entsprechend größere Energie.

Die Erfahrung zeigt, daß die Ionisierungsenergie für das erste aus der Atomhülle entfernte Elektron am kleinsten ist. Die Abtrennung des zweiten Elektrons aus der gleichen Atomhülle erfordert bereits eine erheblich größere Energie, und für jedes weitere Elektron nimmt die erforderliche Energie weiter zu. In der folgenden Tabelle sind die Ionisierungsenergien für einige Atome angegeben.

Ionisierungsenergien in der Einheit Elektronvolt (eV)

	Für das 1. Elektron	*Für das 2. Elektron*	*Für das 3. Elektron*		*Für das 1. Elektron*	*Für das 2. Elektron*	*Für das 3. Elektron*
Wasserstoff	13,60	–	–	Natrium	5,14	46,65	71,3
Helium	24,58	54,16	–	Chlor	13,01	23,85	39,67
Lithium	5,39	75,3	121,9	Argon	15,76	27,64	40,94
Stickstoff	14,54	29,41	47,36	Kalium	4,34	31,45	46,00
Neon	21,56	40,67	63,2				

Unter der Ionisierungsenergie eines Atoms schlechthin versteht man immer diejenige Energie, die zur Abtrennung des am leichtesten ablösbaren Elektrons erforderlich ist.

Abb. 792.1 Schematische Darstellung einiger Ionisierungsmöglichkeiten beim Natriumatom mit den dazu erforderlichen Energien

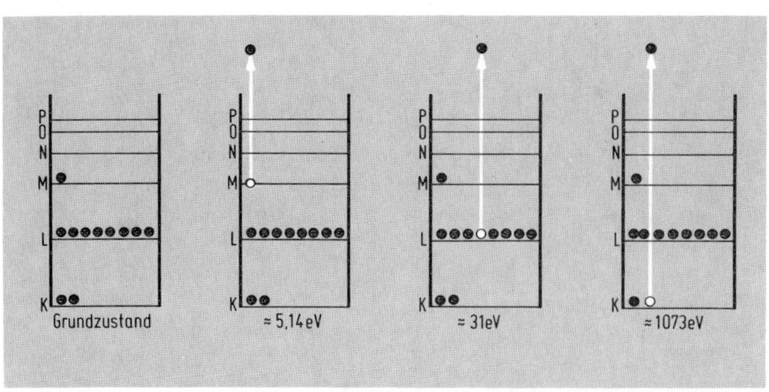

Abb. 792.2 Die Ionisierungsenergien der verschiedenen Atome in ihrer Abhängigkeit von den Ordnungszahlen

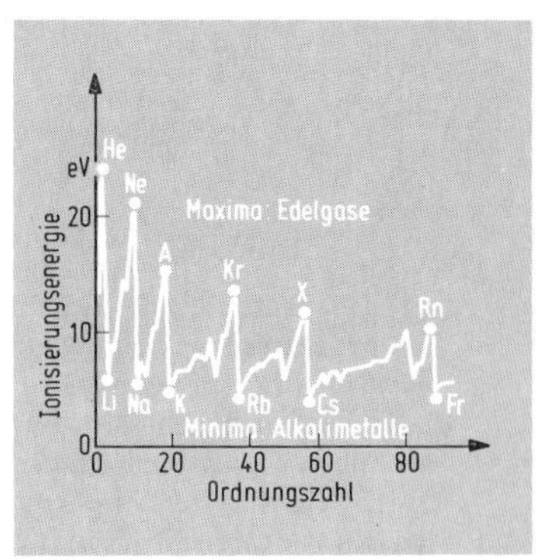

Die Erfahrung zeigt, daß die Ionisierungsenergie für das am leichtesten ablösbare Elektron eine deutliche periodische Abhängigkeit von der Ordnungszahl der Atome im Periodensystem der Elemente aufweist, wie dies aus Abb. 792.2 ersichtlich ist. Man erkennt:

Bei den *Edelgasen* zeigt die Ionisierungsenergie ausgeprägte Maxima. Dies ist aufgrund der früheren Betrachtungen ohne weiteres verständlich, denn die Edelgasanordnung der Elektronen ist durch eine besonders große Stabilität gekennzeichnet.

Bei den *Alkalimetallen* treten für die Ionisationsenergie Minima auf. Dies ist darauf zurückzuführen, daß die Atome der Alkalimetalle auf der äußeren Schale nur ein einziges Elektron besitzen und daß solche einzelnen Elektronen besonders schwach an das Atom gebunden sind.

Die Ionisierung kann – ebenso wie die Anregung – auf verschiedene Weise erfolgen. Wenn die Elektronen durch andere bewegte Teilchen aus der Atomhülle herausgelöst werden, spricht man von einer *Stoßionisation.* Die Herauslösung kann ferner durch Energiequanten erfolgen, deren Energie von den Elektronen ganz oder teilweise übernommen wird. Diese Erscheinung wird als *Fotoionisation* bezeichnet. Schließlich kann die Ionisation durch Erwärmung bewirkt werden. Man spricht dann von einer *thermischen Ionisation.*

Die in Abb. 791.1 und 792.1 angegebenen Zahlen zeigen, daß für jede Anregung oder Ionisation eines Natriumatoms ein ganz bestimmter Energiebetrag erforderlich ist. Wenn man nun Natriumdampf einer Strahlung aussetzt, die die verschiedensten Energiequanten vom besonders energiearmen Infrarot bis zu dem sehr energiereichen Ultraviolett enthält, so werden nur diejenigen Quanten absorbiert, die einen passenden Elektronenübergang bewirken können. Ein Teil der Natriumatome wird dabei dieses, ein anderer Teil jenes Energiequant aufnehmen, so daß insgesamt schließlich ein Teil jener Quanten ausgesondert wird, die den verschiedenen Anregungs- und Ionisierungsenergien entsprechen. Alle übrigen Quanten sind für die Anregung der Natriumatome nicht verwendbar und gehen daher hindurch. Wenn man die durchgehende Strahlung spektroskopisch untersucht, so wird sich also ein Absorptionsspektrum ergeben, das an den Stellen, die den verschluckten Lichtquanten entsprechen, dunkle Linien aufweist. Die Zahl dieser Absorptionslinien ist recht groß, denn die erwähnte Aufspaltung der Schalen in Unterschalen, von der in den Abb. 791.1 und 792.1 abgesehen wurde, bewirkt noch eine beträchtliche Vergrößerung der Möglichkeiten.

Das vollständige Absorptionsspektrum des Natriums ist also schon recht kompliziert. Dabei ist das Natriumatom mit seinen 11 Elektronen noch verhältnismäßig einfach gebaut. Die im Periodensystem folgenden Atome weisen entsprechend ihrer größeren Elektronenzahl auch eine größere Zahl von Anregungsmöglichkeiten auf. Im Prinzip treten aber dieselben Vorgänge auf.

Die bisherigen Betrachtungen bezogen sich auf die Überführung eines Atoms aus dem Grundzustand in den angeregten Zustand. Der angeregte Zustand ist aber nicht beständig. Die Elektronen bleiben im allgemeinen sogar nur sehr kurze Zeit in diesem Zustand. Diese Zeit wird als die *Verweilzeit* oder als die *Lebensdauer dieses Zustandes* bezeichnet. Wir merken uns:

Unter der Verweilzeit versteht man die mittlere Zeit, die ein Atom oder Molekül in einem angeregten Zustand verbleibt, bevor es unter Abgabe von Energie in einen energieärmeren Zustand oder in den Grundzustand zurückkehrt.

Die Verweilzeit liegt im allgemeinen in der Größenordnung von 10^{-8} s. Es gibt aber auch angeregte Zustände mit wesentlich längeren Verweilzeiten. Diese werden als *metastabile Zustände* bezeichnet. Es gilt also:

Unter einem metastabilen Zustand eines Atoms oder Moleküls versteht man einen angeregten Zustand, dessen Verweilzeit wesentlich größer als 10^{-8} s ist. Sie kann bis 10^{-2} s betragen.

Die metastabilen Zustände spielen bei der Entstehung der Laserstrahlung eine Rolle; wir werden dort deshalb noch einmal hierauf zurückkommen (S. 807ff.).

Bei dem Natriumatom, bei dem ein Elektron von der *L*-Schale auf die *O*-Schale gehoben wird (Abb. 791.1), bestehen für die Rückkehr auf eine niedrigere Energiestufe verschiedene Möglichkeiten. Es kann unmittelbar auf seinen früheren Platz auf der *L*-Schale zurückfallen und die zur Anregung benötigte Energie in voller Höhe als Lichtquant wieder abgeben. Es kann aber auch zunächst auf die *N*- oder *M*-Schale übergehen, dabei den entsprechenden Energiebetrag ausstrahlen, dann von dort nach kurzer Verweilzeit auf seinen Ausgangsplatz zurückkehren und dabei erneut die zugehörige Energiedifferenz als Lichtquant abgeben. Es sind also bei der Rückkehr aus dem angeregten Zustand in den Grundzustand nicht nur die bei der Anregung auftretenden Elektronenübergänge möglich, sondern zusätzlich auch diejenigen, die durch Zwischenaufenthalte der Elektronen auf Zwischenstufen, soweit diese freie Plätze enthalten, entstehen können. Jedesmal werden Energiequanten der zugehörigen Größe abgegeben. Die Gesamtheit bildet das Linienspektrum des betreffenden Stoffes. Ähnlich wie beim Wasserstoffspektrum faßt man auch hier die Linien wieder zu Serien zusammen und bezeichnet sie nach der Stufe, auf der die zugehörigen Elektronenübergänge *enden*. Zur *K*-Serie gehören also alle Linien, die durch Elektronensprünge von irgendeiner Schale auf die *K*-Schale entstehen usw.

Für das oben erwähnte Natriumatom liegen diese Serien überwiegend im unsichtbaren Bereich des Spektrums.

Die von den Atomen ausgesandten Spektrallinien geben uns also Hinweise auf die Energiestufen der Atomhüllen und ihre Besetzung mit Elektronen. Die meßbaren Wellenzahlen der Spektrallinien stellen die wichtigsten experimentellen Befunde dar, auf die sich die oben behandelten Erkenntnisse über den Bau der Atomhüllen stützen können. Das Bild wird weiter durch die Untersuchung der Röntgenspektren ergänzt. Wir werden uns mit ihnen im nächsten Abschnitt beschäftigen.

8.3.8 Die Röntgenspektren

Es wurde früher bereits gezeigt, daß RÖNTGEN-Strahlen entstehen, wenn Elektronen mit genügend großer Energie auf Materie treffen. Eine genauere Untersuchung der RÖNTGEN-Strahlung zeigt, daß diese nicht einheitlich ist, sondern aus zwei Bestandteilen besteht, die sich in bezug auf ihre Entstehung und ihre Zusammensetzung erheblich voneinander unterscheiden.

1. Die Bremsstrahlung

Die Bremsstrahlung entsteht durch die Abbremsung der auftreffenden Elektronen. Jedes bewegte Elektron stellt einen elektrischen Strom dar, dessen Stromstärke durch die Bremsung verringert wird. Die Folge davon ist, daß das von dem Strom erzeugte Magnetfeld schwächer wird und schließlich vollständig verschwindet, wenn das Elektron zur Ruhe gekommen ist. Diese Bremsung, die auf einem sehr kurzen Weg erfolgt, ist mit der Aussendung elektromagnetischer Wellen verbunden. Es handelt sich dabei um ein kontinuierliches Spektrum, das an seinem kurzwelligen Ende scharf abbricht. Für die *Grenzfrequenz* ν_G, die *Grenzwellenlänge* λ_G und die *Grenzwellenzahl* N_G gilt das DUANE-HUNT-Gesetz, das sich aus dem Satz von der Erhaltung der Energie ergibt. Es gilt

$$W_k = e\,U = h\,\nu_G\,.$$

Hieraus folgt:

$$\nu_G = \frac{e\,U}{h}, \qquad \lambda_G = \frac{c}{\nu_G} = \frac{c\,h}{e\,U}, \qquad N_G = \frac{e\,U}{c\,h}.$$

Dabei bedeuten:
h = PLANCK-Konstante,
e = Ladung des Elektrons,
U = von dem Elektron durchlaufene Beschleunigungsspannung,
W_k = kinetische Energie des Elektrons,
c = Vakuum-Lichtgeschwindigkeit.

Wird die gesamte kinetische Energie des anregenden Elektrons in Strahlungsenergie umgesetzt, so werden RÖNTGEN-Strahlen mit der Grenzfrequenz ausgestrahlt. In allen anderen Fällen übernimmt das RÖNTGEN-Quant nur einen Teil der Energie des auftreffenden Elektrons, so daß die Frequenz der RÖNTGEN-Strahlung kleiner als die Grenzfrequenz wird. Das hat zur Folge, daß die Bremsstrahlung vom Material, auf das die Elektronen treffen, unabhängig ist. Diese Tatsache wird durch experimentelle Messungen bestätigt.

2. Die charakteristische Strahlung oder die Eigenstrahlung

Die charakteristische Strahlung besteht aus elektromagnetischen Wellen mit unterschiedlichen, scharf begrenzten Wellenlängen. Man kann diese RÖNTGEN-Strahlen ähnlich wie Licht in ein Spektrum auflösen und erhält dann ein RÖNTGEN-*Linienspektrum*, das ebenso wie das optische Spektrum Auskunft über die Vorgänge gibt, die sich bei seiner Aussendung in den Atomhüllen abspielen. In Abb. 795.1 ist ein solches RÖNTGEN-Spektrum wiedergegeben; das von den erregenden Elektronen getroffene Material besteht in diesem Falle aus Wolfram mit Beimengungen aus Kupfer und Eisen. Die Frequenzen dieser Strahlung sind fast 10000mal so groß wie die Frequenzen der optischen Spektren; entsprechend größer ist folglich auch die Energie der abgegebenen Strahlungsquanten. Man kann also sagen, daß bei der Aussendung von RÖNTGEN-Strahlen in den Atomen erheblich größere Energiebeträge umgesetzt werden, als dies bei der Aussendung von Lichtstrahlen der Fall ist.

Im folgenden sollen nun die bei der Aussendung von RÖNTGEN-Strahlen in den Atomhüllen sich abspielenden Vorgänge genauer betrachtet werden. Als strahlenaussendendes Material wählen wir Kupfer. Der Aufbau des Kupferatoms ist in Abb. 795.2 schematisch dargestellt: *K*-, *L*- und *M*-Schale sind mit Elektronen voll besetzt und in der *N*-Schale befindet sich ein weiteres Elektron. Die optischen Spektren, die man z.B. durch einen zwischen Kupferelektroden brennenden Lichtbogen erzeugen kann, entstehen durch Anregung des äußersten Elektrons, des *Leuchtelektrons*, das zunächst in eine höhere Energiestufe übergeht und dann zurückspringt. Die auf den äußeren Energiestufen befindlichen Elektronen sind so weit vom Kern entfernt und von dessen Feld durch die dazwischenbefindlichen übrigen Elektronen so stark abgeschirmt, daß sie durch geringe Energien beeinflußt und auf eine der in diesem Atombereich dicht benachbarten Energiestufen angehoben werden können. Derartige Übergänge können aber nie zur Aussendung der energiereichen RÖNTGEN-Quanten führen. In der Nähe des Atomkerns ist dies anders. Hier sind die Elektronen viel stärkeren elektrischen Kräften des Kerns ausgesetzt, und hier sind auch die Energiestufen entsprechend groß. Die Rechnung zeigt, daß für die Entstehung von RÖNTGEN-Quanten nur Übergänge auf kernnahe Stufen in Frage kommen. Diese Sprünge auf kernnahe Energieniveaus sind aber nicht ohne weiteres möglich, weil diese unter normalen Umständen voll besetzt sind. Es muß also zunächst auf einer der innersten Elektronenschalen ein freier Platz geschaffen werden, was z.B. dadurch geschehen kann, daß eines der beiden auf der *K*-Schale befindlichen Elektronen durch Ionisation entfernt wird. Die hierfür erforderliche Energie beträgt für Kupfer etwa 11400 eV. Wenn also die mit einer Spannung von 12000 V beschleunigten Elektronen auf Kupferatome treffen, so können einige von ihnen die äußeren Schalen der Kupferatome ohne Zusammenstoß durchdringen und eines der auf der *K*-Schale befindlichen Elektronen aus dem Atomverband herausschlagen. Die dadurch in der *K*-Schale entstandene Lücke wird sofort durch ein Elektron einer weiter außen gelegenen Schale, etwa der *L*-Schale, aufgefüllt, wobei der dadurch frei werdende Energiebetrag als RÖNTGEN-Quant ausgestrahlt wird. Die neuentstandene Lücke auf der *L*-Schale wird in ähnlicher Weise durch ein Elektron der *M*- oder *N*-Schale aufgefüllt, wobei wieder ein Energiequant nach außen abgegeben wird. Dieser Vorgang dauert so lange, bis schließlich eines der äußeren Elektronen fehlt, das dann aus der Umgebung ersetzt wird.

Abb. 795.1 Ausschnitt aus dem RÖNTGEN-Linienspektrum mit Wolfram-, Kupfer- und Eisenlinien

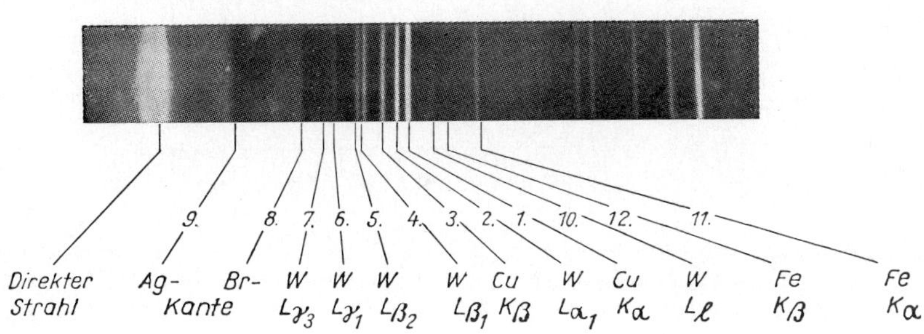

Abb. 795.2 Schematische Darstellung der Elektronenverteilung beim Kupferatom (Ordnungszahl 29)

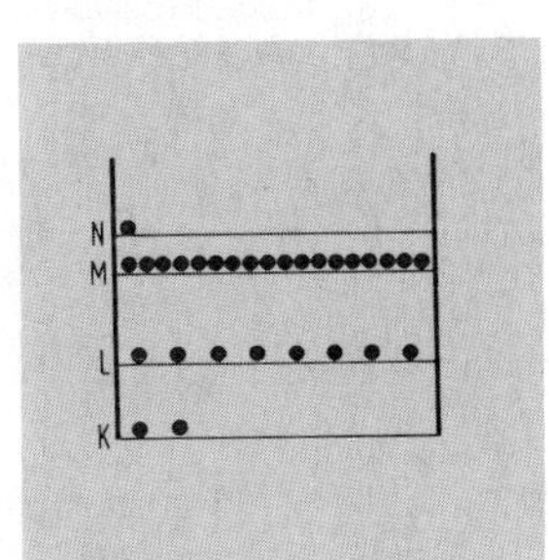

Die Gesamtheit der von einem Atom ausgesandten RÖNTGEN-Spektrallinien kann man, ebenso wie dies früher schon für das optische Spektrum geschehen ist, in Serien zusammenfassen, die man nach der Endschale der zugehörigen Elektronenübergänge bezeichnet. So werden alle Linien, die durch Übergang eines Elektrons aus der *L*-, *M*-, *N*-, ...-Schale in eine Lücke der *K*-Schale entstehen, zur *K*-Serie zusammengefaßt und mit abnehmender Wellenlänge als K_α-, K_β-, ...-Linie bezeichnet (Abb. 796.1). Die Wellenlängen der RÖNTGEN-Linien sind ebenso wie die der optischen Spektren von den Abständen der Energiestufen der Atome abhängig und damit für die einzelnen Atomarten charakteristisch.

Die Wellenzahlen jeder Serie konvergieren gegen eine *Grenzwellenzahl*. Die Energie des zugehörigen Quants stellt die kleinste Energie dar, die gerade ausreicht, um ein Elektron aus der betreffenden Schale herauszulösen. Man bezeichnet diese Energie als die *Ionisierungsenergie* der *K*-, *L*-, *M*-, ...-Schale. Die Ionisierungsenergien nehmen von innen nach außen von Schale zu Schale ab, weil die Elektronen auf den inneren Schalen fester als auf den äußeren gebunden sind.

Eine genauere Untersuchung der RÖNTGEN-Spektren hat ergeben, daß die *L*-, *M*-, *N*-, *O*- und *P*-Schalen in Unterschalen mit verschiedenen Energieniveaus unterteilt werden müssen. Bei der *K*-Schale ist eine solche Unterteilung nicht erforderlich. So sind z.B. auf der *L*-Schale Elektronen mit drei verschiedenen Ionisierungsenergien vorhanden. Über die Anzahl der auf den verschiedenen Schalen vorhandenen unterscheidbaren Energiestufen gibt die folgende Tabelle Auskunft:

K-Schale	*L-Schale*	*M-Schale*	*N-Schale*	*O-Schale*	*P-Schale*
1	3	5	7	5	3

Die Existenz dieser Energiestufen bewirkt, daß die zunächst einheitlich erscheinenden Linien der charakteristischen RÖNTGEN-Spektren sich bei genauerer Untersuchung als aus mehreren Linien zusammengesetzt erweisen, die je nach der Ausgangs- und Endstufe des zugehörigen Quantensprunges mit K_{α_1}, K_{α_2}, ..., K_{β_1}, K_{β_2}, ..., L_{α_1}, L_{α_2}, ..., L_{β_1}, L_{β_2}, ..., M_{α_1}, M_{α_2}, ..., M_{β_1}, M_{β_2}, ... bezeichnet werden. In Abb. 796.2 sind die Unterschalen der *L*- und *M*-Schale schematisch (d.h. nicht maßstäblich) wiedergegeben und einige mögliche Quantensprünge dargestellt.

Für die Wellenzahlen der Spektrallinien gelten bei den RÖNTGEN-Spektren ähnliche Gesetze, wie sie sich aus dem BOHR-Modell für die optischen Spektren ergeben haben. Man muß aber bei den RÖNTGEN-Spektren beachten, daß beim Elektronenübergang von einer äußeren Schale auf die *K*- bzw. *L*-Schale nicht die volle Kernladung *Z* wirksam wird, sondern daß diese durch die auf der *K*- bzw. *L*-Schale bereits vorhandenen Elektronen in ihrer Wirkung teilweise abgeschirmt wird. Anstelle der Kernladungszahl *Z* ist deshalb $Z-s$ zu setzen, wobei *s* eine *Abschirmzahl* bedeutet, die bei einem Übergang auf die *K*-Schale den Wert 1 und bei einem Übergang auf die *L*-Schale rund den Wert 7 hat.

Abb. 796.1 Die Entstehung der Serien bei der charakteristischen RÖNTGEN-Strahlung

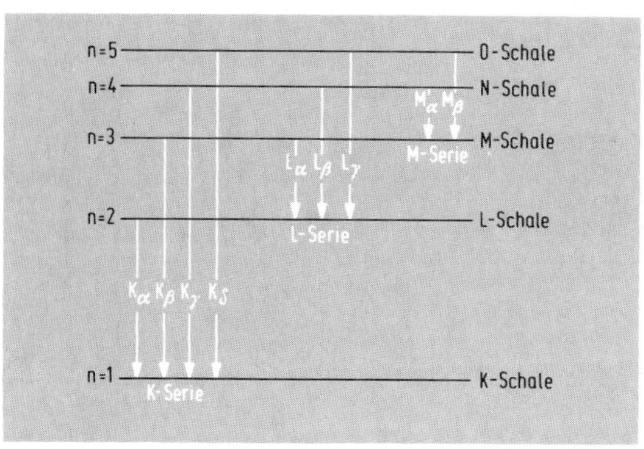

Abb. 796.2 Die unterscheidbaren Energiestufen der *L*- und *M*-Schale und einige mögliche Quantensprünge (nicht maßstäblich)

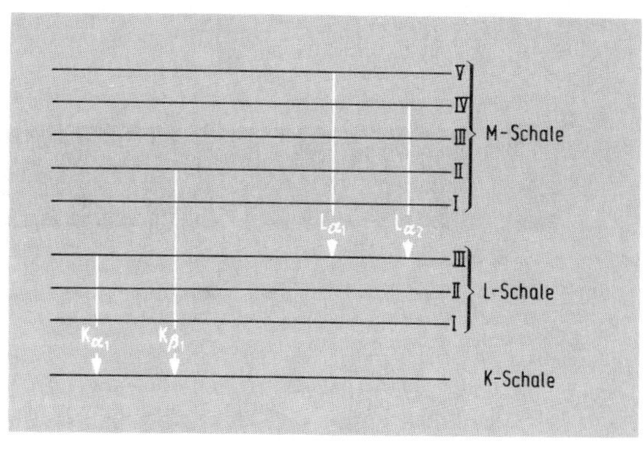

Für die *Wellenzahlen* N_{K_α} der *K_α-Linien*, die bei einem Quantensprung von $n=2$ nach $n=1$ entstehen, gilt dann das nach dem englischen Physiker H. MOSELEY (1887–1915) benannte MOSELEY-Gesetz:

$$N_{K_\alpha}=Ry\cdot(Z-1)^2\left(\frac{1}{1^2}-\frac{1}{2^2}\right).$$

Für die *Wellenzahlen* N_{L_α} der *L_α-Linien*, die bei einem Quantensprung von $n=3$ nach $n=2$ entstehen, gilt

$$N_{L_\alpha}=Ry\cdot(Z-7)^2\left(\frac{1}{2^2}-\frac{1}{3^2}\right).$$

Aus dem MOSELEY-Gesetz folgt für die Wellenzahlen der K-Serie:

$$\sqrt{N_K}=C(Z-1).$$

Dies bedeutet:

Die Wurzel aus der Wellenzahl ist eine lineare Funktion der Kernladungszahl.

Mit diesem Gesetz hat MOSELEY einen Weg aufgezeigt, der es ermöglicht, aus dem RÖNTGEN-Spektrum, d.h. durch eine rein physikalische Methode, die Ordnungszahl der Elemente zu bestimmen. Damit konnte die im Periodensystem der Elemente bereits vorliegende Ordnung der Elemente nach der Reihenfolge ihrer relativen Atommassen auf ganz neue Weise bestätigt werden. Es zeigte sich dabei erneut, daß nicht die relative Atommasse, sondern die Kernladungszahl der entscheidende Ordnungsgesichtspunkt ist. Mit Hilfe dieses Ordnungsprinzips konnte man nicht nur die anders nicht bestimmbaren Ordnungszahlen verschiedener Elemente festlegen, sondern in vier Fällen war es auch möglich, unrichtig angeordnete Elemente an den richtigen Platz zu rücken. Die relative Atommasse des Elementes Kalium beträgt 39,102 und diejenige des Elementes Argon 39,948, so daß bei einer Ordnung nach den relativen Atommassen Kalium vor Argon stehen müßte. Die RÖNTGEN-Spektren forderten aber eine Umstellung, die – wie wir früher (S. 775) gesehen haben – auch den chemischen Eigenschaften der Elemente besser entspricht. Ähnlich mußten die Elemente Jod und Tellur, Nickel und Kobalt sowie Thorium und Protactinium vertauscht werden. Schließlich konnten die bis dahin unbekannten Elemente Hafnium (Ordnungszahl 72) und Rhenium (Ordnungszahl 75) aufgrund röntgenspektroskopischer Untersuchungen entdeckt und damit die an diesen Stellen im Periodensystem vorhandenen Lücken geschlossen werden.

Bei den RÖNTGEN-Spektren ist ferner bemerkenswert, daß die periodischen Eigenschaften der Elemente nicht mehr erkennbar sind. Während es im sichtbaren Bereich in bezug auf den Spektraltyp eine periodische Wiederkehr gibt und man den Typ der Edelgasspektren, der Alkalispektren, der Erdalkalispektren usw. unterscheiden kann, bilden die RÖNTGEN-Spektren der Elemente eine monotone Reihe ohne periodische Eigenschaften.

Wir stellen abschließend fest:

Die RÖNTGEN-Spektren haben für die Erforschung der Atomhüllen eine große Bedeutung. Ferner haben sie zur Klärung der Aufbauprinzipien des Periodensystems der Elemente beigetragen. Während die optischen Spektren vor allem Kenntnisse über die Energiestufen in den äußeren Bereichen der Atome vermitteln, liefern die RÖNTGEN-Spektren solche Angaben für die inneren Schalen. Das BOHR-SOMMERFELD-Atommodell konnte nur aufgrund der Untersuchungen über die RÖNTGEN-Spektren entwickelt werden.

8.3.9 Die Franck-Hertz-Elektronenstoßversuche

Die Anregung von Atomen erfordert eine Zufuhr von Energie. Diese kann – wie wir gesehen haben – auf verschiedene Weisen erfolgen. In diesem Abschnitt soll ein Versuch besprochen werden, bei dem die *Atome durch Zusammenstöße mit schnell bewegten Elektronen* angeregt werden. Dieser Versuch, der zuerst im Jahre 1913, zunächst noch unabhängig von der BOHR-Theorie, durch die Physiker J. FRANCK (1882–1964) und G. HERTZ (1887–1975) ausgeführt worden ist, war für die Entwicklung der Vorstellungen vom Bau der Atomhüllen von großer Bedeutung. Wir geben zunächst anhand des in Abb. 798.1 dargestellten Schaltschemas eine Beschreibung des Versuchsaufbaues.

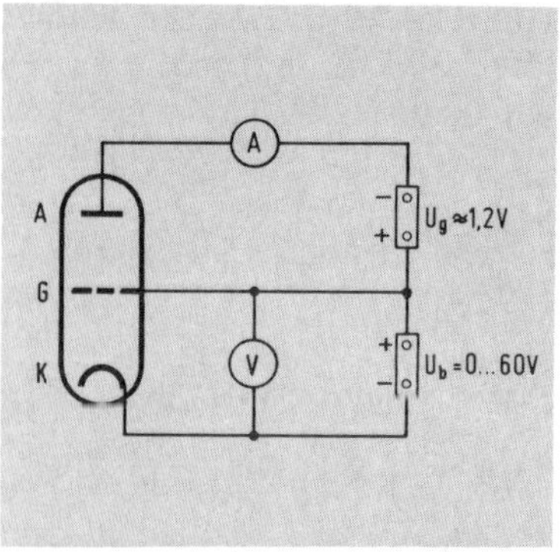

Abb. 798.1 Prinzipielles Stromkreisschema zum FRANCK-HERTZ-Versuch

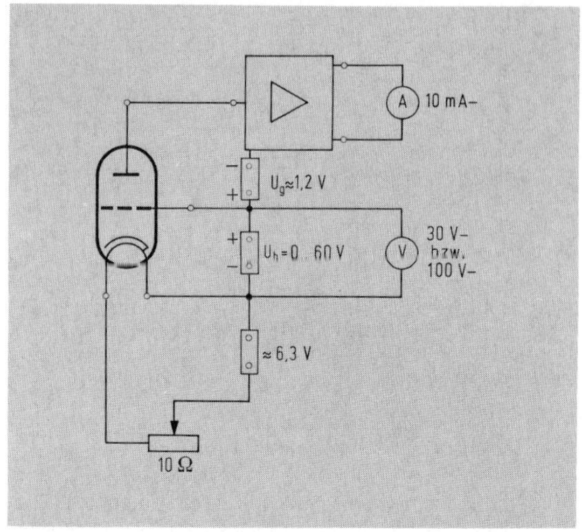

Abb. 798.2
Schaltskizze zum FRANCK-HERTZ-Versuch

In einer Elektronenröhre, dem sogenannten FRANCK-HERTZ-Rohr, befindet sich etwas Quecksilber, das durch äußere Beheizung der Röhre verdampft. Die Glühkatode *K* emittiert Elektronen, die durch eine zwischen *K* und einem Gitter *G* angelegte veränderbare Spannung U_b beschleunigt werden. Die von *K* kommenden Elektronen treffen auf die Quecksilberatome und gelangen dann durch das Gitter *G*, nach dessen Durchlaufen sie durch die zwischen dem Gitter und der Auffangelektrode *A* herrschende Gegenspannung U_g verzögert werden. Es gelangen nur solche Elektronen nach *A*, die eine genügend große kinetische Energie besitzen, um die Gegenspannung überwinden zu können. Der Elektronenstrom zur Auffangelektrode wird mit Hilfe eines Gleichstrom-Meßverstärkers und eines Amperemeters gemessen. In Abb. 798.2 ist eine Schaltskizze und in Abb. 799.1 der Versuchsaufbau für den FRANCK-HERTZ-Versuch wiedergegeben.

Wenn man die Beschleunigungsspannung U_b von Null an wachsen läßt, so steigt die mit dem Gleichstrom-Meßverstärker und dem Amperemeter gemessene Stromstärke zunächst wegen des Abbaues der Katodenraumladung ebenfalls an, und zwar bis zur Erreichung einer Spannung von

$$U_{b_1} = 4{,}9 \text{ V}.$$

Bei dieser Spannung sinkt die gemessene Stromstärke plötzlich steil ab. Bei weiter steigender Beschleunigungsspannung erfolgt ein neuer Anstieg der Stromstärke, bis bei

$$U_{b_2} = 2 \cdot 4{,}9 \text{ V} = 9{,}8 \text{ V}$$

die Stromstärke erneut plötzlich absinkt. Der gleiche Vorgang wiederholt sich bei $3 \cdot 4{,}9$ V usw. In Abb. 799.2 ist die Strom-Spannungs-Charakteristik angegeben.

Um diese Versuchsergebnisse zu deuten, müssen wir annehmen, daß die Elektronen den Quecksilberdampf zunächst trotz zahlreicher Zusammenstöße mit Quecksilberatomen ohne merkliche Geschwindigkeitsverluste durchfliegen. Diese Stöße müssen daher elastische sein, bei denen praktisch keine Energie an die vergleichsweise massestarken Stoßpartner abgegeben wird. Sobald aber die Geschwindigkeit der Elektronen mit steigender Beschleunigungsspannung einen gewissen Betrag erreicht hat, sind die Elektronen imstande, ihre Bewegungsenergie an die Quecksilberatome abzugeben. Sie verlieren dann bei unelastischen Zusammenstößen so viel an Energie, daß sie die Gegenspannung U_g von etwa 1,2 V nicht mehr überwinden können und deshalb nicht mehr nach *A* gelangen. Die Stromstärke geht also zurück. Dieser Zustand ist für Quecksilberatome bei einer Beschleunigungsspannung

$$U_{b_1} = 4{,}9 \text{ V}$$

erreicht. Eine weitere Steigerung der Beschleunigungsspannung verlagert die Zone der unelastischen Stöße in Richtung auf die Katode, weil im elektrischen Feld zwischen *K* und *G* die Potentialdifferenz 4,9 V jetzt auf einer kürzeren Strecke erreicht wird als vorher. Es verbleibt daher noch eine Reststrecke bis zum Gitter *G*, auf der die Elektronen erneut beschleunigt werden. Sie erhalten dadurch eine ausreichende

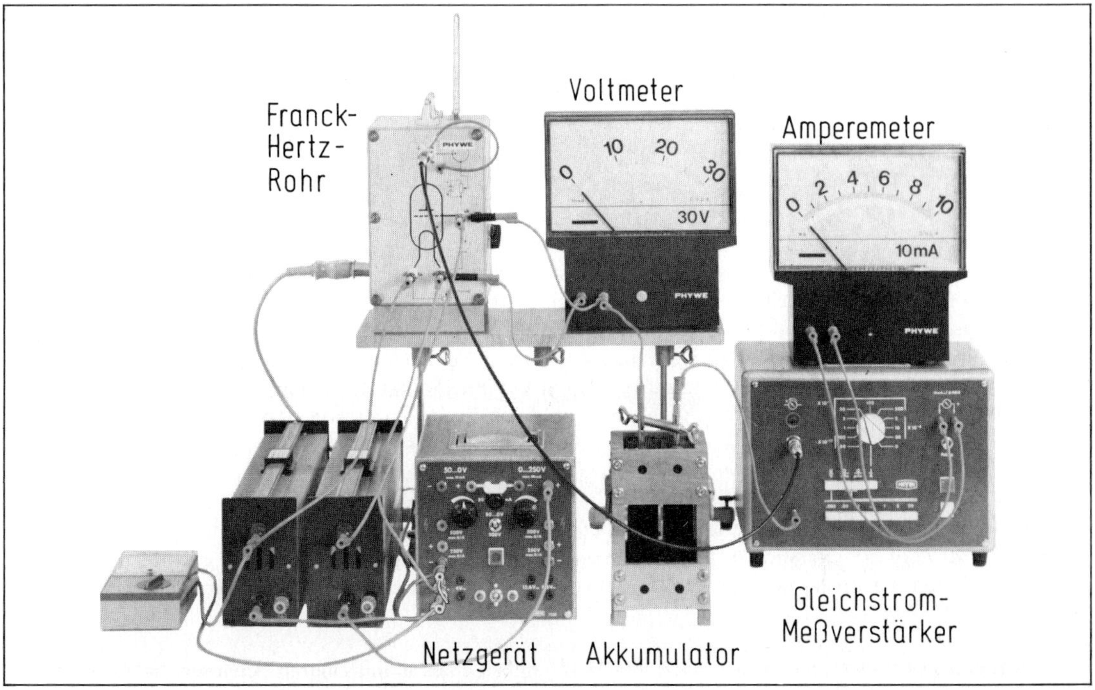

Abb. 799.1 Der Versuchsaufbau zum FRANCK-HERTZ-Versuch

Energie, um die hemmende Spannung U_g zu überwinden und nach A zu gelangen. Die Stromstärke steigt daher erneut an. In dem Augenblick, in dem die Beschleunigungsspannung

$$U_{b_2} = 2 \cdot 4{,}9\ \mathrm{V} = 9{,}8\ \mathrm{V}$$

beträgt, kann das Elektron nach dem ersten Zusammenstoß noch einmal so viel Energie erhalten, daß eine zweite Energieabgabe an ein Quecksilberatom möglich ist; dadurch wird die Energie des Elektrons wiederum so stark verringert, daß die Gegenspannung U_g nicht mehr überwunden werden kann. Die Stromstärke sinkt erneut ab usw.

Jedes mit der Energie $W = 4{,}9$ eV angeregte Quecksilberatom strahlt diese Energie nach ca. 10^{-8} s als Lichtquant ab. Die Frequenz beträgt

$$\nu = \frac{W}{h} = \frac{4{,}9 \cdot 1{,}6 \cdot 10^{-19}\ \mathrm{CV}}{6{,}63 \cdot 10^{-34}\ \mathrm{Js}} = 1{,}18 \cdot 10^{15}\ \mathrm{Hz}.$$

Die Spektrallinie liegt im Ultravioletten.

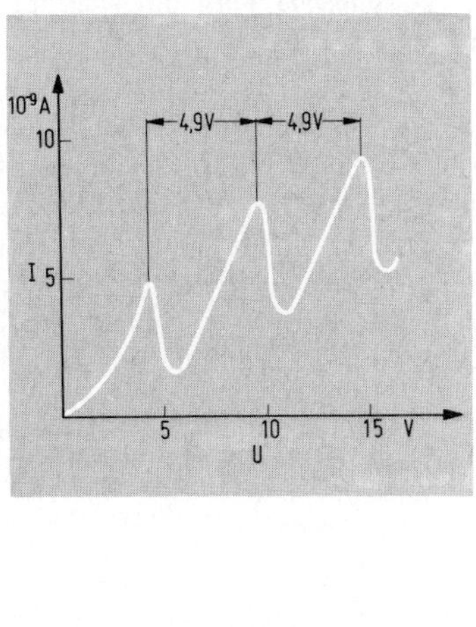

Abb. 799.2
Die Strom-Spannungs-Charakteristik
für den FRANCK-HERTZ-Versuch

Ähnliche Versuche sind auch mit anderen Gasen durchgeführt worden und haben allgemein gezeigt:

Durch Elektronenstöße können nur Energiebeträge ganz bestimmter, für die betreffende Atomart charakteristischer Größe übertragen werden. Es ist unmöglich, den Energieinhalt eines Atoms stetig zu verändern.

Die in dem oben dargelegten Versuch von den Elektronen auf die Quecksilberatome übertragenen Energiebeträge stellen aber nur die *kleinste* Energiemenge dar, die das Quecksilberatom aufzunehmen vermag. Es gibt außerdem noch eine Reihe größerer Energiebeträge, die ebenfalls übertragen werden können. Sie treten aber bei dem hier geschilderten Versuch nicht in Erscheinung. Bei der auf ca. 180 °C eingestellten Temperatur des Quecksilberdampfes ist der Dampfdruck nämlich so hoch, daß eine genügend große Wahrscheinlichkeit für den ersten unelastischen Stoß eines Elektrons der Energie 4,9 eV mit einem Quecksilberatom besteht. Wenn die Elektronen eine größere Energie erhalten sollen, so muß der Versuch in der Weise abgewandelt werden, daß die freie Weglänge der Elektronen in dem Quecksilberdampf groß genug wird, um ihnen eine ausreichende Geschwindigkeit erteilen zu können, ohne daß sie vorher durch Zusammenstöße Energie abgeben müssen. Es ist dann sogar möglich, die Energie des stoßenden Elektrons so weit zu steigern, daß es beim Zusammenstoß zur Ablösung eines Elektrons aus der Hülle des Quecksilberatoms kommt; das Atom wird dann ionisiert.

Da die den Atomen durch Elektronenstöße zugeführten Energiebeträge sich aus der gemessenen Beschleunigungsspannung leicht errechnen lassen, ergab sich hier die Möglichkeit, die *Energiestufen der Atome experimentell zu untersuchen.* Die Ergebnisse dieser Messungen stimmen sehr gut mit den aus der Untersuchung der Spektrallinien ermittelten Werten überein. Wir können deshalb abschließend feststellen:

Die Elektronenstoßversuche von Franck und Hertz stellen einen unmittelbaren Nachweis für die Existenz bestimmter Energiestufen in den Atomhüllen dar.

8.3.10 Die chemischen Bindungen

Die Untersuchung der charakteristischen Röntgen-Spektren von Atomen hat ergeben, daß es für diese Spektren belanglos ist, ob sie von freien oder von chemisch gebundenen Atomen herrühren. Da die Röntgen-Spektren im Bereich der inneren Elektronenschalen entstehen, folgt hieraus, daß bei der Vereinigung der Atome zu Molekülen in den inneren Schalen keine Veränderungen eintreten. Dagegen wird das optische Spektrum, das aus den äußeren Schalen des Atoms stammt, beim Übergang von freien Atomen in den chemisch gebundenen Zustand völlig verändert. Hieraus kann man schließen:

Chemische Vorgänge sind auf die äußeren Teile der Atomhülle, im wesentlichen sogar auf die äußerste Schale, beschränkt.

Die in den vorhergehenden Abschnitten dargelegten Vorstellungen über den Bau der Atome geben uns die Möglichkeit, das Zustandekommen chemischer Verbindungen zu verstehen. Obwohl diese Vorgänge eigentlich in den Bereich der Chemie gehören, sollen die wesentlichen Grundgedanken hier entwickelt werden, weil es letzten Endes die physikalischen Gesetze über den Bau der Atomhüllen sind, die den Zusammenschluß von Atomen zu Molekülen verständlich machen.

Aus den früher behandelten Zusammenhängen zwischen dem Periodensystem der Elemente und dem Aufbau der Atomhüllen ergibt sich:

Chemisch ähnliche Elemente besitzen auf der äußeren Schale ihrer Atomhüllen die gleiche Anzahl von Elektronen.

Beispiele

1. Die *Alkalimetalle* haben auf der äußersten Schale ihrer Atomhüllen *ein* Elektron. Aus der früher (S. 789/790) angegebenen Tabelle ersieht man, daß die Hauptschalen bei diesen Elementen folgende Elektronenbesetzung aufweisen:

Elektronenverteilung bei den Alkalimetallen

Element	*Hauptschalen*							*Gesamtzahl der Elektronen*
	K	*L*	*M*	*N*	*O*	*P*	*Q*	
Lithium	2	1						3
Natrium	2	8	1					11
Kalium	2	8	8	1				19
Rubidium	2	8	18	8	1			37
Caesium	2	8	18	18	8	1		55
Francium	2	8	18	32	18	8	1	87

2. Die *Erdalkalimetalle* sind durch *zwei* Elektronen auf der äußersten Schale gekennzeichnet. Es ergibt sich das folgende Bild:

Elektronenverteilung bei den Erdalkalimetallen

Element	*Hauptschalen*							*Gesamtzahl der Elektronen*
	K	*L*	*M*	*N*	*O*	*P*	*Q*	
Beryllium	2	2						4
Magnesium	2	8	2					12
Calcium	2	8	8	2				20
Strontium	2	8	18	8	2			38
Barium	2	8	18	18	8	2		56
Radium	2	8	18	32	18	8	2	88

3. Die *Halogene* haben auf der äußersten Schale *sieben* Elektronen. Im einzelnen ergibt sich die folgende Verteilung:

Elektronenverteilung bei den Halogenen

Element	*Hauptschalen*							*Gesamtzahl der Elektronen*
	K	*L*	*M*	*N*	*O*	*P*	*Q*	
Fluor	2	7						9
Chlor	2	8	7					17
Brom	2	8	18	7				35
Iod	2	8	18	18	7			53
Astatin	2	8	18	32	18	7		85

4. Die *Edelgase* haben auf der äußersten Schale *acht* Elektronen; eine Ausnahme macht nur das Edelgas Helium mit zwei Elektronen. Auf die Sonderstellung, die die Edelgase wegen der überaus großen Stabilität ihrer Elektronenanordnung einnehmen, wurde früher (S. 785) schon hingewiesen. Die *Edelgaskonfiguration* spielt auch bei den nun folgenden Untersuchungen über das Zustandekommen chemischer Bindungen eine wichtige Rolle. Für die Besetzung der Hauptschalen ergibt sich bei den Edelgasen das folgende Bild:

Elektronenverteilung bei den Edelgasen

Element	*Hauptschalen*							*Gesamtzahl der Elektronen*
	K	*L*	*M*	*N*	*O*	*P*	*Q*	
Helium	2							2
Neon	2	8						10
Argon	2	8	8					18
Krypton	2	8	18	8				36
Xenon	2	8	18	18	8			54
Radon	2	8	18	32	18	8		86

Für die übrigen Familien des Periodensystems der Elemente ergeben sich ähnliche Feststellungen. Man kann also sagen, daß die auf den äußersten Schalen der Atomhüllen befindlichen Elektronen die Familienähnlichkeit der chemischen Elemente bewirken. Man bezeichnet diese Elektronen als die *Valenzelektronen.*
Wir merken uns:

In erster Linie bestimmen die Valenzelektronen das chemische Verhalten der Atome.

Dies gilt insbesondere für die *chemischen Bindungen*, mit denen wir uns im folgenden beschäftigen.
Die Atome werden in den Molekülen durch Kräfte zusammengehalten, die man als *chemische Bindungskräfte* bezeichnet. Man unterscheidet die folgenden vier im Hinblick auf ihre Entstehung und ihre Wirkung unterschiedlichen chemischen Bindungen:
1. *die heteropolare Bindung oder die Ionenbindung,*
2. *die homöopolare oder kovalente Bindung oder die Atombindung oder die Elektronenpaarbindung,*
3. *die metallische Bindung,*
4. *die* VAN-DER-WAALS-*Bindung.*

Im folgenden sollen diese vier Bindungsarten kurz charakterisiert werden.

1. Die heteropolare Bindung oder die Ionenbindung

Es wurde bereits mehrfach darauf hingewiesen, daß die Edelgaskonfigurationen der Atomhüllen besonders stabil sind. Es handelt sich dabei um die Elektronenanordnungen von der Form

$$1s^2,\ 2s^2\,2p^6,\ 3s^2\,3p^6,\ 4s^2\,4p^6,\ 5s^2\,5p^6,\ 6s^2\,6p^6.$$

Zahlreiche Atome gehen unter geeigneten Bedingungen durch Abgabe oder Aufnahme von Elektronen in einen solchen stabilen Zustand über. Das gilt insbesondere für die Atome derjenigen Elemente, die im Periodensystem kurz vor oder kurz hinter einem Edelgas stehen. Wenn ein solches Atom die Elektronen seiner äußeren Schale abgibt, so geht es in ein positives Ion über und erreicht die Elektronenverteilung des im Periodensystem vorhergehenden Edelgases, und wenn das Atom die Elektronen seiner Hülle bis zu einer stabilen Konfiguration auffüllt, so wird es zu einem negativen Ion und erreicht die Elektronenverteilung des im Periodensystem nachfolgenden Edelgases.

Beispiele

1. *Natrium* mit der Elektronenstruktur $1s^2\ 2s^2\,2p^6\ 3s^1$ gibt das eine $3s$-Elektron leicht ab und erhält damit die stabile Elektronenstruktur $1s^2\ 2s^2\,2p^6$, die dem Edelgas *Neon* entspricht.
2. *Calcium* mit der Elektronenstruktur $1s^2\ 2s^2\,2p^6\ 3s^2\,3p^6\ 4s^2$ gibt die beiden $4s$-Elektronen leicht ab und erhält damit die stabile Elektronenstruktur $1s^2\ 2s^2\,2p^6\ 3s^2\,3p^6$, die dem Edelgas *Argon* entspricht.
3. *Fluor* mit der Elektronenstruktur $1s^2\ 2s^2\,2p^5$ nimmt leicht ein $2p$-Elektron auf und erhält damit die Elektronenstruktur $1s^2\ 2s^2\,2p^6$, die dem Edelgas *Neon* entspricht.
4. *Schwefel* mit der Elektronenstruktur $1s^2\ 2s^2\,2p^6\ 3s^2\,3p^4$ nimmt leicht zwei $3p$-Elektronen auf und erhält damit die Elektronenstruktur $1s^2\ 2s^2\,2p^6\ 3s^2\,3p^6$, die dem Edelgas *Argon* entspricht.

Wenn zwei Atome miteinander in Berührung kommen, die sich in bezug auf diese Abgabe und Aufnahme von Elektronen ergänzen, so vollzieht sich bei beiden Elektronenhüllen die Umgestaltung zu einer Edelgaskonfiguration.

Beispiele

1. Wenn Na- und Cl-Atome zusammentreffen, so geht das auf der Außenschale des Na-Atoms befindliche Valenzelektron auf die Außenschale des Cl-Atoms über. Kennzeichnet man die Außenelektronen der Atome in der üblichen Weise durch Punkte neben dem chemischen Symbol, so läßt sich dieser Vorgang durch folgende Gleichung wiedergeben:

Na·	+	·C̤̈l:	→	[Na]$^+$	+	[:C̤̈l:]$^-$
Na-Atom 1 Außenelektron		Cl-Atom 7 Außenelektronen		Na$^+$-Ion 8 Außenelektronen Neon-Hülle		Cl$^-$-Ion 8 Außenelektronen Argon-Hülle

Bei dem Na$^+$-Ion ist die Außenschale der Neonhülle nicht durch Punkte gekennzeichnet, weil sie erst durch den Elektronenaustausch zur Außenschale geworden ist. In Abb. 803.1 ist dieser Vorgang schematisch dargestellt.

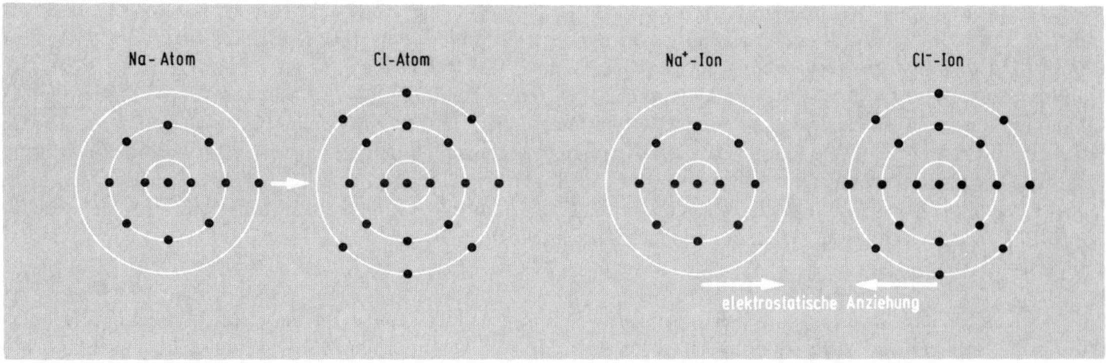

Abb. 803.1 Zur Entstehung der heteropolaren Bindung oder der Ionenbindung

2. Wenn Ca- und Cl-Atome zusammentreffen, geht von den beiden Außenelektronen des Ca-Atoms je eines auf die Außenschale der Cl-Atome über.

·C̤̈l:	+	·Ca·	+	·C̤̈l:	→	[:C̤̈l:]⁻	+	[Ca]⁺⁺	+	[:C̤̈l:]⁻
Cl-Atom 7 Außenelektronen		Ca-Atom 2 Außenelektronen		Cl-Atom 7 Außenelektronen		Cl^--Ion 8 Außenelektronen Argon-Hülle		Ca^{++}-Ion 8 Außenelektronen Argon-Hülle		Cl^--Ion 8 Außenelektronen Argon-Hülle

Durch Abgabe oder Aufnahme von Elektronen sind aus den elektrisch neutralen Atomen geladene Ionen geworden, die sich nach dem COULOMB-Gesetz mit der Kraft

$$F = \frac{1}{4\pi\,\varepsilon_0\,\varepsilon_r} \cdot \frac{Q_1\,Q_2}{r^2}$$

anziehen.

Dabei bedeuten:
Q_1 und Q_2 = elektrische Ladungen der Ionen,
r = Abstand der Ionenmittelpunkte,
ε_0 = elektrische Feldkonstante,
ε_r = Dielektrizitätszahl.

Diese elektrostatische Anziehung ist die Ursache für das Zustandekommen der *heteropolaren Bindung* oder der *Ionenbindung*.

Die Zahl der von einem Atom abgegebenen oder aufgenommenen Elektronen bestimmt seine *Wertigkeit*. Atome, die durch eine bevorzugte Abgabe von Elektronen positive Ionen bilden, heißen *elektropositiv;* die Zahl der abgegebenen Elektronen bestimmt ihre *positive Wertigkeit*. Atome, die durch eine bevorzugte Aufnahme von Elektronen negative Ionen bilden, heißen *elektronegativ;* die Zahl der aufgenommenen Elektronen bestimmt ihre *negative Wertigkeit*. Im Periodensystem haben die am Anfang der Perioden stehenden Elemente meist eine positive, die am Ende der Perioden stehenden Elemente meist eine negative Wertigkeit. Es gibt aber auch zahlreiche Elemente, die beide Arten von Wertigkeit besitzen können.

Der Elektronenaustausch ist auch mit einem Energieumsatz verbunden. So wird bei dem Einbau eines Elektrons in die Hülle eines Cl-Atoms mehr Energie frei, als zur Ablösung dieses Elektrons aus einem Na-Atom erforderlich ist. In ähnlicher Weise werden auch bei vielen anderen Elektronenwechseln energieärmere Zustände erzeugt, die nicht ohne die Zufuhr äußerer Energie wieder rückgängig gemacht werden können.

Da die durch den Elektronenaustausch gebildeten Ionen stabile Edelgaskonfigurationen besitzen, sind sie in ihrem chemischen Verhalten ähnlich inaktiv wie die Edelgase. Wenn man z. B. Kochsalz (NaCl) in Wasser löst, so wird die zwischen den Na^+-Ionen und den Cl^--Ionen wirkende COULOMB-Kraft wegen der großen Dielektrizitätszahl ($\varepsilon_r = 80$) für Wasser so verkleinert, daß ein Zerfall des NaCl-Kristallgitters erfolgt. Im Gegensatz zu den Na-Atomen reagieren aber die Na^+-Ionen keineswegs mit Wasser, weil sie eben die chemische Trägheit der Edelgase besitzen.

Durch die elektrische Anziehung zwischen *einem* Na^+-Ion und *einem* Cl^--Ion werden die elektrischen Felder der beiden Partner nicht vollständig kompensiert. Es findet *keine gegenseitige Absättigung* der Anziehungskräfte statt. Die Folge davon ist, daß ein Na^+-Ion so viele Cl^--Ionen anziehen kann, bis sein Feld vollständig abgeschirmt ist. Das ist der Fall, wenn ein Na^+-Ion in symmetrischer räumlicher Verteilung von sechs Cl^--Ionen umgeben ist. Die Restfelder dieser Cl^--Ionen ziehen nun jeweils weitere fünf Na^+-Ionen an, so daß jedes Ion elektrisch an sechs entgegengesetzt geladene Ionen gebunden ist. So entstehen die früher schon erwähnten *Ionengitter* von großer Ausdehnung, die als Ionenkristalle sichtbar werden. Der Begriff des Moleküls verliert bei solchen Ionengittern seinen eigentlichen Sinn, denn das Gitter besteht nicht aus einzelnen NaCl-Molekülen, sondern es bildet selbst ein einziges *Riesenmolekül*.

Wir fassen zusammen:

Die heteropolare Bindung oder die Ionenbindung kommt dadurch zustande, daß die das Molekül bildenden Atome Elektronen austauschen und die so entstehenden Ionen nach dem Coulomb-Gesetz elektrostatische Anziehungskräfte aufeinander ausüben. Die Kräfte sind nicht abgesättigt.

2. Die homöopolare oder kovalente Bindung oder Atombindung oder Elektronenpaarbindung

Es gibt eine Reihe von Molekülen, deren Zustandekommen durch die Ionenbindung nicht erklärt werden kann. Hierzu gehören H_2, O_2, Cl_2, NH_3, H_2O, CH_4 und viele andere. Zwar werden auch bei diesen Molekülen edelgasartige Konfigurationen der Elektronenhülle gebildet, aber nicht durch die einfache Verlagerung von Valenzelektronen aus der Hülle des einen Partners in diejenige des anderen, sondern durch die Bildung von *Elektronenpaaren*, die zwei Atomen gemeinsam sind.

Beispiele

1. Am deutlichsten tritt die homöopolare Bindung bei dem Zusammenschluß von zwei Atomen der gleichen Art zu einem Molekül in Erscheinung. Wir geben hierfür einige Beispiele an und stellen die Elektronen der äußeren Schale wiederum durch Punkte dar:

a) Wasserstoff

$$\mathrm{H}\cdot + \cdot\mathrm{H} \rightarrow \mathrm{H} : \mathrm{H}$$
$$\mathrm{H} + \mathrm{H} \rightarrow \mathrm{H{-}H} \rightarrow \mathrm{H_2}.$$

In Abb. 804.1 ist die Bildung des Wasserstoffmoleküls aus Wasserstoffatomen schematisch dargestellt.

b) Chlor

$$:\!\ddot{\underset{..}{\mathrm{Cl}}}\cdot + \cdot\ddot{\underset{..}{\mathrm{Cl}}}\!: \rightarrow\ :\!\ddot{\underset{..}{\mathrm{Cl}}} : \ddot{\underset{..}{\mathrm{Cl}}}\!:$$
$$\mathrm{Cl} + \mathrm{Cl} \rightarrow \mathrm{Cl{-}Cl} \rightarrow \mathrm{Cl_2}.$$

Die Bildung eines Chlormoleküls aus Chloratomen ist in Abb. 805.1 schematisch dargestellt.

c) Sauerstoff

$$\ddot{\underset{..}{\mathrm{O}}}\!: + :\!\ddot{\underset{..}{\mathrm{O}}} \rightarrow \ddot{\underset{..}{\mathrm{O}}} :: \ddot{\underset{..}{\mathrm{O}}}$$
$$\mathrm{O} + \mathrm{O} \rightarrow \mathrm{O{=}O} \rightarrow \mathrm{O_2}.$$

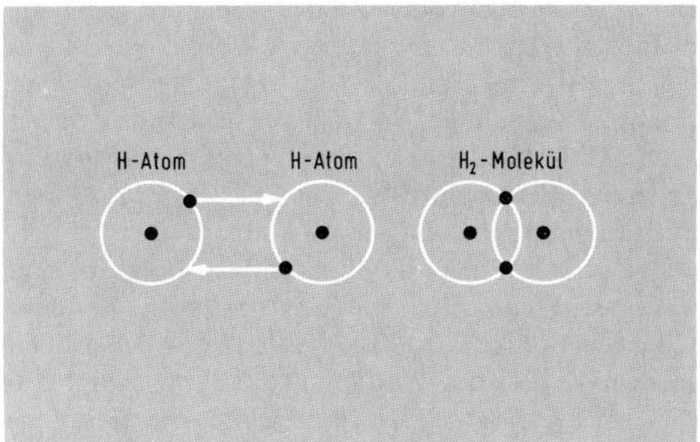

Abb. 804.1
Die Bildung von Wasserstoffmolekülen aus Wasserstoffatomen

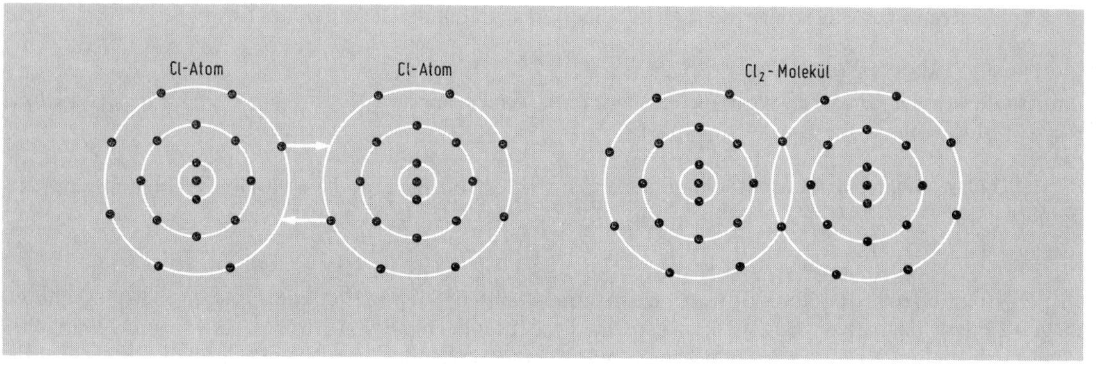

Abb. 805.1 Die Bildung von Chlormolekülen aus Chloratomen

d) Stickstoff

:N⋮ + ⋮N: → :N⋮⋮N:

N + N → N≡N → N_2.

Bei dem Wasserstoff- und dem Chlormolekül haben die beiden Atome jeweils *ein* gemeinsames Elektronenpaar, beim Sauerstoffmolekül haben sie *zwei* gemeinsame Elektronenpaare und beim Stickstoffmolekül *drei* gemeinsame Elektronenpaare. Wenn man die gemeinsamen Elektronen als zu jedem der Atome zugehörig betrachtet, so haben alle auf diese Weise eine *Edelgaskonfiguration* erreicht.

2. Die homöopolare Bindung tritt aber auch bei dem Zusammenschluß von Atomen verschiedener Art auf. Auch hierfür geben wir einige Beispiele an.

a) Wasser

H:Ö:H → H—O—H → H_2O.

In Abb. 805.2 ist der Bau des Wassermoleküls schematisch dargestellt.

b) Methan

```
  H         H
            |
H:C̈:H → H—C—H → CH₄.
  ¨         |
  H         H
```

Der Bau des Methanmoleküls ist in Abb. 805.3 schematisch wiedergegeben.

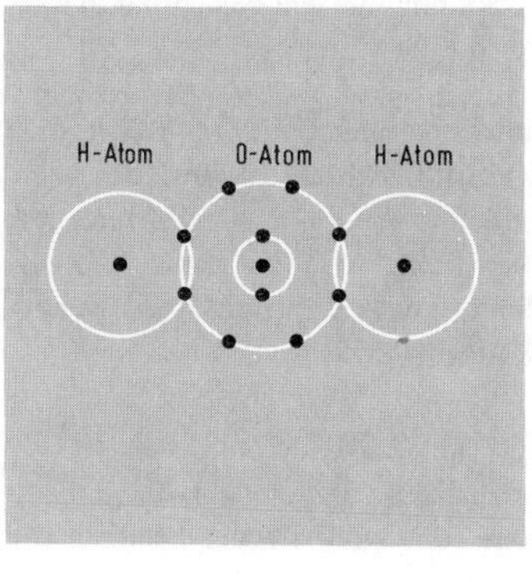

Abb. 805.2
Schematische Darstellung
des Wassermoleküls

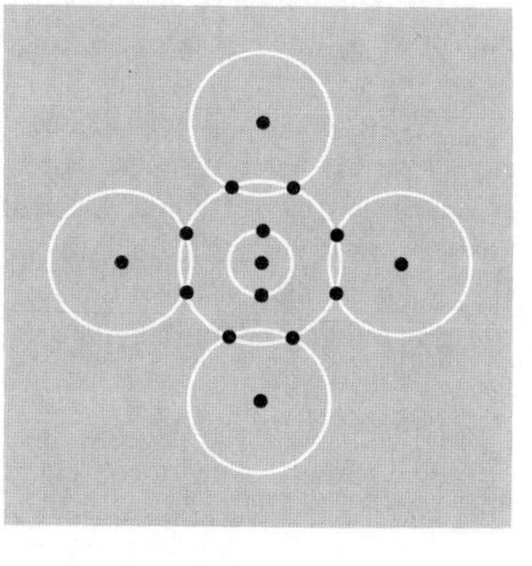

Abb. 805.3
Schematische Darstellung
des Methanmoleküls

Ein gemeinsames Elektronenpaar bewirkt eine Einfachbindung, die durch das Symbol

$$: \quad \text{oder} \quad -$$

dargestellt wird. In analoger Weise verursachen zwei gemeinsame Elektronenpaare eine Zweifachbindung, die man durch das Symbol

$$:: \quad \text{oder} \quad =$$

darstellt. Das entsprechende gilt für drei gemeinsame Elektronenpaare, die eine Dreifachbindung mit dem Symbol

$$\vdots\vdots \quad \text{oder} \quad \equiv$$

bewirken. Die so definierte Atomwertigkeit wird als *Bindigkeit* bezeichnet.

Es ist mit Hilfe des Bohr-Sommerfeld-Atommodells nicht möglich, eine überzeugende Begründung dafür zu geben, daß gemeinsame Elektronenpaare den Zusammenhalt von Atomen bewirken. Diese Erscheinung kann nur durch die Quantenmechanik geklärt und verstanden werden. In dem einfachsten Fall des Wasserstoffatoms ist es sogar gelungen, die Bindungskräfte quantitativ zu berechnen. Wesentlich ist bei dieser Bindungsart, daß das gebundene System eine geringere Energie besitzt, als sie im ungebundenen Zustand vorhanden ist. Bei der Bindung der Wasserstoffatome spielt der Spin der Elektronen eine wichtige Rolle. Die Wasserstoffatome können nur eine Verbindung eingehen, wenn der Spin der Elektronen entgegengesetzt gerichtet ist und sich deshalb ausgleicht. Die Rechnung zeigt, daß bei der Annäherung zweier Wasserstoffatome mit parallelem Elektronenspin die potentielle Energie des Systems mit abnehmendem Kernabstand wächst, so daß dabei eine zunehmende Abstoßungskraft besteht, die die beiden Atome schließlich – ähnlich wie bei einem elastischen Stoß – wieder auseinandertreibt und eine Vereinigung zu einem Molekül unmöglich macht. Umgekehrt nimmt die potentielle Energie des Systems mit antiparallelem Elektronenspin bei einer Annäherung der Atomkerne zunächst ab, bis sie in einem bestimmten Abstand ein Minimum erreicht und dann wieder ansteigt. In der Entfernung mit der minimalen potentiellen Energie bleiben die Atome kräftefrei aneinander gebunden. Nur in diesem Falle kann sich eine gemeinsame Elektronenhülle ausbilden, weil nach dem Pauli-Prinzip die Elektronen nicht in allen vier Quantenzahlen übereinstimmen dürfen. Beim Wasserstoffmolekül wird diesem Prinzip dadurch genügt, daß die Elektronen entgegengesetzten Spin haben. Bei anderen Molekülen kann das aber auch auf andere Weise geschehen.

Im Gegensatz zur Ionenbindung sind die Bindungskräfte bei der Atombindung *absättigbar*. Die quantenmechanische Untersuchung zeigt ferner, daß die für die Bindung verantwortlichen Elektronen sich vorzugsweise in bestimmten Raumgebieten aufhalten, so daß gewisse Richtungen in der Umgebung der Kerne ausgezeichnet sind. Es handelt sich dabei um die bei vielen Verbindungen beobachteten *Valenzrichtungen.*

Die Theorie zeigt ferner, daß die homöopolaren Bindungen im allgemeinen stärker als die heteropolaren Bindungen sind. Dies macht sich unter anderem dadurch bemerkbar, daß homöopolar gebundene Moleküle in Kristallen *Molekülgitter* bilden, bei denen jedes Molekül im Gegensatz zu den Ionengittern seine Individualität behält. Außerdem bricht die Ionenbindung bereits auseinander, wenn die Verbindungen in Wasser gelöst oder wenn sie geschmolzen werden; die Atombindung erfordert zu ihrer Lockerung dagegen im allgemeinen höhere Temperaturen. Die homöopolar gebundenen Moleküle bilden keine Ionen.

Wir stellen zusammenfassend fest:

Die homöopolare oder kovalente Bindung kommt durch Elektronenpaare zustande, die den das Molekül aufbauenden Atomen gemeinsam angehören.

Wenn man die heteropolaren und die homöopolaren Bindungen miteinander vergleicht, so zeigt sich, daß es sich in beiden Fällen um einen *Elektronenaustausch* handelt. Während aber die Elektronen in dem ersten Falle völlig aus der einen Atomhülle in die andere übergehen, gehören sie im zweiten Falle beiden Atomen gemeinsam an. Praktisch läßt sich aber zwischen den beiden Bindungsarten keine scharfe Grenze ziehen. Bei den wirklich existierenden Molekülen treten meist Übergänge auf, bei denen beide Bindungsarten gleichzeitig beteiligt sind, wobei allerdings die eine oder andere stark überwiegen kann.

3. Die metallische Bindung

Die Metalle sind durch eine gute Leitfähigkeit für Elektrizität und Wärme ausgezeichnet. Im Gegensatz zu Elektrolyten werden sie aber durch den elektrischen Strom chemisch nicht verändert. Ferner besitzen die

Metalle ein großes optisches Reflexionsvermögen, was den für sie typischen Glanz bewirkt. Alle diese Eigenschaften sind die Folge einer besonderen Bindungsart, die man als metallische Bindung bezeichnet.

Die *metallische Bindung* kommt dadurch zustande, daß jedes Metallatom je nach seiner Wertigkeit ein Elektron oder mehrere Elektronen abspaltet, die sich wie die Teilchen eines Gases zwischen den verbleibenden Atomrümpfen frei bewegen. Man spricht dabei von einem *Elektronengas*. Die frei beweglichen Elektronen werden auch als *Leitungselektronen* bezeichnet. Die Leitungselektronen gehören also den zurückbleibenden positiven Ionen gemeinsam an; sie schirmen die abstoßenden COULOMB-Kräfte dieser Ionen gegeneinander ab und bewirken – ähnlich wie die gemeinsamen Elektronenpaare bei der homöopolaren Bindung – den Zusammenhalt des Metallgitters. Homöopolare Bindung und metallische Bindung unterscheiden sich jedoch dadurch, daß bei der homöopolaren Bindung die gemeinsamen Elektronenpaare immer nur benachbarten Atomen angehören, während die Leitungselektronen bei der metallischen Bindung im ganzen Kristall frei beweglich sind und nicht mehr einzelnen Atomen zugeordnet werden können. Die Gesamtheit der Metallionen ist vielmehr in das Elektronengas eingebettet und wird von diesem zusammengehalten.

Eine andere Erklärung führt die metallische Bindung auf die Existenz einer Art homöopolarer Bindungen zwischen je zwei Atomen zurück, die sehr schnell von einem Atom zum Nachbaratom wandern. Solche schnell wandernden Elektronenbrücken bewirken, daß jedes Atom im zeitlichen Mittel in der gleichen Weise an alle seine Nachbarn gebunden ist.

4. Die VAN-DER-WAALS-*Bindung*

Diese nach dem niederländischen Physiker J. D. VAN DER WAALS (1837 – 1923) benannte Bindung ist sehr viel schwächer als alle anderen Bindungsarten. Sie tritt sehr verbreitet auf. Wenn z. B. die Oberfläche einer Flüssigkeit sich wie eine gespannte Haut verhält, so liegt dies daran, daß zwischen den Molekülen die zusammenhaltenden VAN-DER-WAALS-Kräfte wirksam sind. Aber auch bei manchen Kristallen ist die VAN-DER-WAALS-Bindung für den Zusammenhang verantwortlich. So werden etwa die Edelgasatome in kristallisiertem Zustand allein durch die VAN-DER-WAALS-Kräfte zusammengehalten; die vorher erwähnten Bindungsarten sind zwischen Edelgasatomen wegen ihrer voll besetzten äußeren Elektronenschalen und der dadurch verursachten großen Stabilität nicht möglich. Im allgemeinen treten die VAN-DER-WAALS-Bindungen jedoch nur als schwache Zusatzbindungen in Erscheinung.

Für das Zustandekommen der VAN-DER-WAALS-Bindungskräfte können verschiedene Ursachen verantwortlich sein. Wenn die benachbarten Moleküle elektrische Dipole mit antiparalleler Orientierung bilden, so kann die VAN-DER-WAALS-Bindung auf die Anziehung dieser Dipole zurückzuführen sein. Außerdem hat sich gezeigt, daß auch noch andere Kräfte für die VAN-DER-WAALS-Bindung maßgebend sein können. Diese Kräfte, die durch die gegenseitige Beeinflussung der Elektronenbewegung benachbarter Atomhüllen entstehen und die bei allen Atomen und Molekülen wirksam sind, können aber nur mit den Mitteln der Quantenmechanik verstanden und zahlenmäßig erfaßt werden.

8.3.11 Der Laser und seine Anwendungen

Das Wort *Laser* ist eine der zahlreichen künstlichen Wortbildungen unserer Zeit. Es wurde aus einem Teil der Anfangsbuchstaben des englischen Ausdrucks ***L**ight **A**mplification by **S**timulated **E**mission of **R**adiation* (= Lichtverstärkung durch erzwungene Aussendung von Strahlung) gebildet. Laser sind Lichtquellen neuer Art mit so überraschenden Eigenschaften und so vielseitigen wissenschaftlichen und technischen Verwendungsmöglichkeiten, wie sie kaum eine andere Erfindung der letzten Jahrzehnte aufzuweisen hat. Der erste Laser wurde im Jahre 1960 von dem amerikanischen Physiker T. H. MAIMAN entwickelt. Heute gibt es eine Fülle verschiedenartiger Laser, die nach der Art der verwendeten Werkstoffe in

Kristall- oder *Festkörper-Laser*,
Gas-Laser,
Halbleiter-Laser

eingeteilt werden. Im folgenden sollen die physikalischen Grundlagen des Lasers zunächst anhand des ersten von MAIMAN gebauten *Rubin-Lasers*, der zu den Festkörper-Lasern gehört, entwickelt werden. Dann wird ein

Es sind heute eine große Zahl von verschiedenen Kristall-Lasern bekannt, die gegenüber dem hier besprochenen Rubin-Laser wesentliche Verbesserungen aufweisen. Alle Laser arbeiten jedoch nach den gleichen physikalischen Grundprinzipien und bestehen aus den folgenden drei Hauptteilen:

1. Einer *Arbeitssubstanz*, die in einen Werkstoff eingelagert ist und deren Atome, Ionen oder Moleküle die Laser-Strahlung abgeben. Diese Arbeitssubstanz muß die geeigneten Energieniveaus besitzen. Bei dem Rubin-Laser besteht die Arbeitssubstanz aus Chrom-Ionen und der Werkstoff aus Aluminiumoxid.

2. Einer *Pumpvorrichtung*, die die Arbeitssubstanz durch Hineinpumpen von Energie aktiviert und eine Inversion des natürlichen thermischen Gleichgewichtszustandes bewirkt. Bei dem Rubin-Laser stellt die Gasentladungslampe diese Energiepumpe dar.

3. Einem *Reaktionsraum*, in dem die induzierende Strahlung wirksam wird und die Laser-Strahlung entsteht. Bei dem Rubin-Laser ist dies der Rubinstab mit seinen parallelen und verspiegelten Stirnflächen.

Von den zahlreichen inzwischen gebauten Lasern soll anschließend noch ein weiteres Beispiel besprochen werden, nämlich der kontinuierlich arbeitende *Helium-Neon-Gas-Laser*. Es wurde gerade dieser Laser gewählt, weil es sich hierbei um ein Gerät handelt, das – wie oben schon erwähnt – auch in einer für die Schulen geeigneten Form zur Verfügung steht.

Bei dem *Helium-Neon-Gas-Laser* befindet sich in einem zylindrischen Gasentladungsrohr G ein Gemisch aus den beiden Edelgasen Helium und Neon; das Mischungsverhältnis beträgt etwa 10:1 und der Gasdruck ungefähr 1,3 mbar. Die laserwirksame Substanz ist das Neon. Die Heliumatome haben die Aufgabe, die Neonatome in einer noch genauer darzulegenden Weise in bestimmte angeregte Zustände zu versetzen. In dem Rohr G wird eine Gasentladung erzeugt. Dabei kann es sich um eine elektrodenlose Hochfrequenz-Gasentladung (Abb. 814.1) handeln, oder es kann Gleichspannung verwendet werden, wobei oft zur vermehrten Erzeugung von Elektronen noch eine Glühkatode eingebaut wird. Bei der Gasentladung entstehen durch die Ionisation von Helium- und Neonatomen freie Elektronen, so daß sich in dem Entladungsrohr dann ein Gemisch aus neutralen und ionisierten Helium- und Neonatomen sowie aus Elektronen befindet. Wir schildern die physikalisch wesentlichen Vorgänge:

1. Die Elektronen können mit nichtionisierten Helium- und Neonatomen zusammenstoßen und ihre kinetische Energie teilweise oder ganz an diese abgeben. Die Atome werden durch solche Stöße aus dem Grundzustand in angeregte Zustände mit unterschiedlicher Energie versetzt. Die durch Elektronenstöße hervorgebrachten Anregungen werden als *Anregungen durch Stöße erster Art* bezeichnet. Ein Teil der angeregten Atome kehrt nach der kurzen Verweilzeit von 10^{-9} s bis 10^{-8} s unter spontaner Emission von Energiequanten in energieärmere Zustände oder in den Grundzustand zurück. Dieser Vorgang ist für die Laserwirkung ohne Bedeutung. Außer den Anregungszuständen mit der genannten kurzen Verweilzeit gibt es aber auch hier die früher erwähnten metastabilen Zustände mit erheblich größeren Verweilzeiten. Bei dem Helium-Neon-Laser sind *zwei metastabile Zustände des Heliums* von besonderer Bedeutung. Ihre Energie liegt bei

$$W_{\text{He},1} = 19{,}82\ \text{eV} \quad \text{und} \quad W_{\text{He},2} = 20{,}61\ \text{eV}$$

über dem Grundzustand (Abb. 815.1). Diese angeregten Zustände entstehen weniger durch direkte Elektronenstöße als vielmehr auf dem Umwege über höhere Anregungszustände mit Energien von etwa 25 eV. Diese

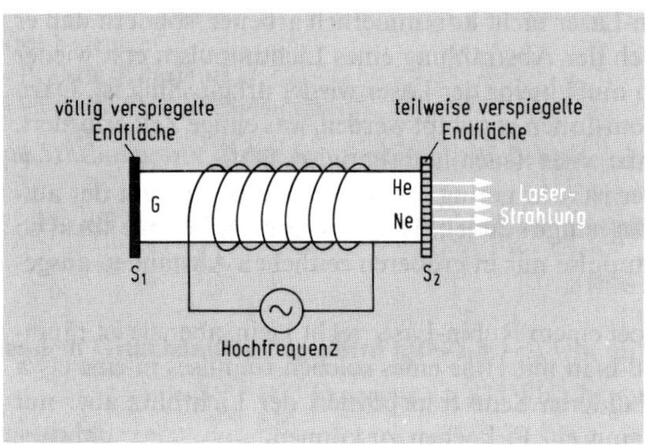

Abb. 814.1
Der Bau eines Helium-Neon-Gas-Lasers in schematischer Darstellung

höheren Niveaus werden durch die Gasentladung ständig neu aufgefüllt. Die Verweilzeit der Elektronen in diesen Zuständen beträgt etwa 10^{-7} s. Aus diesen durch Stöße erster Art direkt aufgefüllten Niveaus wird laufend der Nachschub für die oben genannten angeregten Heliumatome mit den Energien $W_{He,1}$ und $W_{He,2}$ geliefert. Wir halten fest:

Bei dem Helium-Neon-Laser werden die selbst nicht laserwirksamen Heliumatome durch Stöße erster Art angeregt. Diese so angeregten Atome gehen spontan in einen der zwei metastabilen Anregungszustände über.

2. Der weitere für die Wirkung des Helium-Neon-Lasers entscheidende Vorgang beruht darauf, daß *zwei metastabile Anregungszustände des Neons* existieren, deren Energien bei

$$W_{Ne,1} = 19{,}87\ \text{eV} \quad \text{und} \quad W_{Ne,2} = 20{,}66\ \text{eV}$$

über dem Grundzustand liegen (Abb. 815.1). Diese Energien stimmen nahezu mit denjenigen der oben genannten metastabilen Anregungszustände der Heliumatome überein. Wenn ein solches angeregtes Heliumatom

Abb. 815.1 Schematische Darstellung der für die Laserwirkung bei einem Helium-Neon-Laser wichtigen Energieniveaus

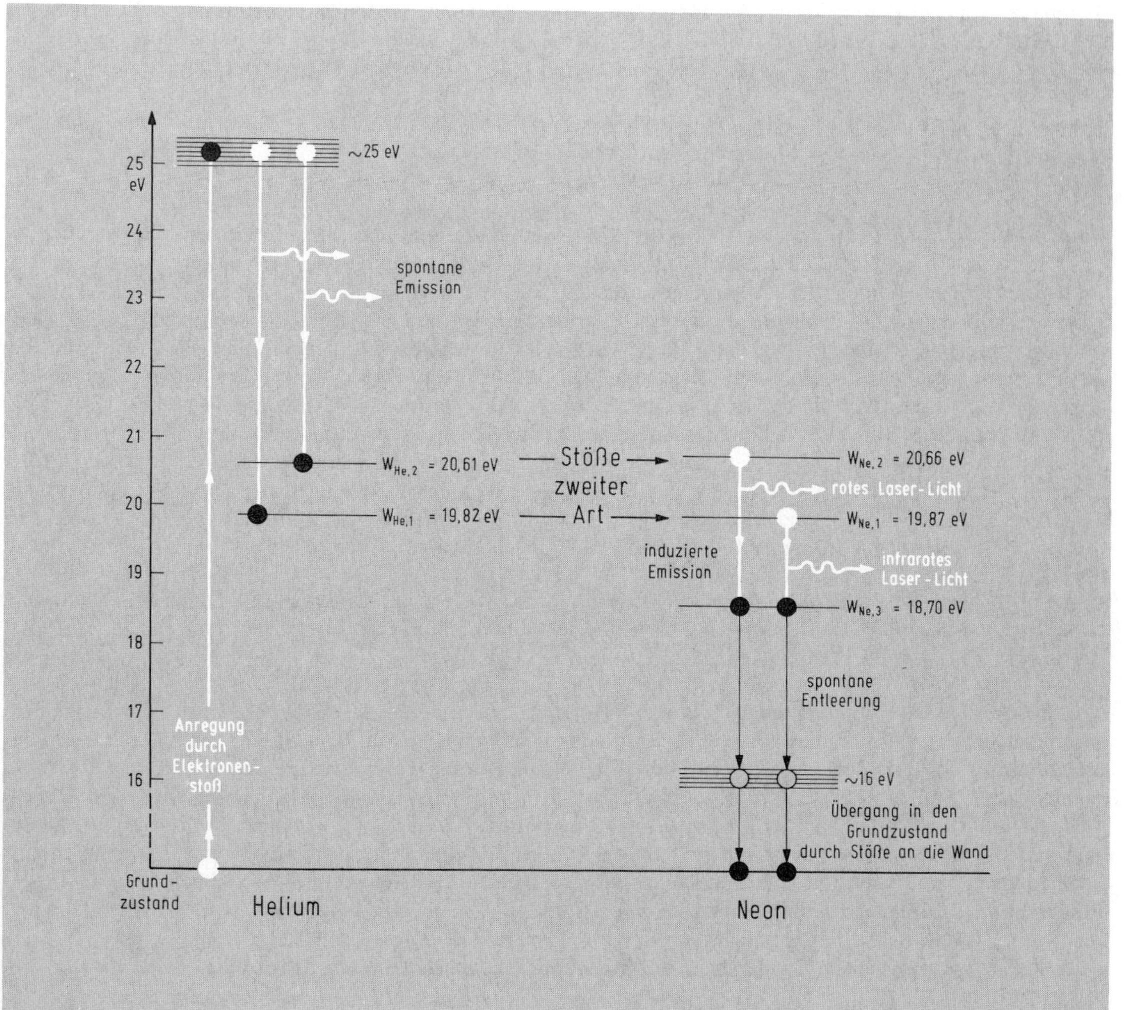

auf ein im Grundzustand befindliches Neonatom trifft, so kann es seine gesamte Energie auf das Neonatom übertragen; die kleinen Differenzen werden dabei durch die kinetische Energie der Atome ausgeglichen. Durch diese Stöße werden die Neonatome in die genannten metastabilen Anregungszustände versetzt. Man bezeichnet diese Art der Anregung zum Unterschied von der Anregung durch Elektronenstöße als *Anregung durch Stöße zweiter Art.*

Bei dem Helium-Neon-Laser wird die in den angeregten Heliumatomen gespeicherte Energie durch Stöße zweiter Art auf die Neonatome übertragen, die dadurch ihrerseits in zwei metastabile Anregungszustände übergeführt werden.

Bei den genannten Stößen kehren die Heliumatome in den Grundzustand zurück und stehen damit für eine erneute Anregung durch Elektronenstoß zur Verfügung.

3. Damit die metastabilen, angeregten Neonatome eine Laser-Strahlung abgeben können, muß die beim Rubin-Laser bereits besprochene *Inversion der Besetzungszahlen* vorhanden sein. Es besteht gegenüber dem Rubin-Laser aber ein gewisser Unterschied. Während dort die Laser-Strahlung durch den Übergang der metastabilen Chromatome in den Grundzustand emittiert wurde, erfolgt bei dem Helium-Neon-Laser die Abgabe der Laser-Strahlung durch den Übergang der angeregten, metastabilen Neonatome aus den Energiezuständen

$$W_{\mathrm{Ne},1} = 19{,}87\ \mathrm{eV} \quad \text{und} \quad W_{\mathrm{Ne},2} = 20{,}66\ \mathrm{eV}$$

in einen tieferen, angeregten Zustand mit der Energie

$$W_{\mathrm{Ne},3} = 18{,}70\ \mathrm{eV}.$$

Daneben gibt es auch noch andere Übergangsmöglichkeiten, die hier aber nicht interessieren.

Die Inversion der Besetzungszahlen stellt sich somit zwischen den beiden höheren Anregungszuständen auf der einen Seite und dem tieferen Anregungszustand auf der anderen Seite ein. Alle drei Zustände können zwar auch durch direkten Elektronenstoß besetzt werden, die für die Laser-Wirkung unentbehrliche Umkehr der Besetzungszahlen läßt sich auf diese Weise aber nicht herbeiführen, sie gelingt vielmehr nur durch die Stöße zweiter Art, die die Heliumatome auf die Neonatome ausüben. Da sich solche Zusammenstöße in dem Gasgemisch bei genügend hohem Druck häufig ereignen, kann die Inversion der Besetzungszahlen auf diese Weise herbeigeführt und auch aufrechterhalten werden. Natürlich muß gleichzeitig dafür gesorgt werden, daß das untere Laser-Niveau $W_{\mathrm{Ne},3}$ laufend entleert wird. Dies geschieht zunächst durch den spontanen Übergang der Neonatome auf ein Niveau mit der Energie von etwa 16 eV. Von hier aus gehen die Neonatome schließlich in den Grundzustand über, und zwar durch Stöße gegen die Gefäßwand, wobei die Atome des Gefäßes die frei werdende Energie aufnehmen und in Wärme umsetzen. Wir stellen zusammenfassend fest:

Damit eine induzierte Emission von Laser-Strahlen durch die Neonatome erfolgen kann, muß eine Inversion der Besetzungszahlen herbeigeführt werden. Dies geschieht durch Stöße zweiter Art, die zwischen den angeregten Heliumatomen und den im Grundzustand befindlichen Neonatomen stattfinden.

4. Nachdem die Voraussetzungen für eine induzierte Emission geschaffen sind, brauchen nur noch einige angeregte Neonatome spontan die zu den Laserübergängen gehörige Strahlung zu emittieren. Diese spontan emittierten Energiequanten veranlassen dann weitere Neonatome zur induzierten Emission von Energiequanten der gleichen Art. Der Prozeß verläuft jetzt in ähnlicher Weise wie bei dem Rubin-Laser. Durch wiederholte Reflexion der Quanten an den verspiegelten Stirnwänden des Gasentladungsrohres können diese immer wieder neue Neonatome zur induzierten Emission veranlassen, so daß der Prozeß lawinenartig zunimmt. Da in dem Helium-Neon-Laser laufend angeregte Neonatome nachgeliefert werden, arbeitet dieser Laser kontinuierlich. Durch den teilweise durchlässigen Spiegelbelag der einen Stirnseite wird daher ein kontinuierlicher Strahl kohärenten, monochromatischen und parallelen Laser-Lichtes abgegeben.

Die Energieunterschiede der für die Laser-Strahlung maßgebenden Niveaus betragen

$$\Delta W_1 = 19{,}87\ \mathrm{eV} - 18{,}70\ \mathrm{eV} = 1{,}17\ \mathrm{eV} \quad \text{und} \quad \Delta W_2 = 20{,}66\ \mathrm{eV} - 18{,}70\ \mathrm{eV} = 1{,}96\ \mathrm{eV}.$$

Für die zugehörigen Frequenzen und Wellenlängen der Laser-Strahlung ergibt sich dann:

$$\nu_1 = \frac{\Delta W_1}{h} \approx 283 \cdot 10^{12}\ \text{Hz} \quad \text{und} \quad \lambda_1 = \frac{c\,h}{\Delta W_1} \approx 1060 \cdot 10^{-9}\ \text{m}$$

sowie

$$\nu_2 = \frac{\Delta W_2}{h} \approx 474 \cdot 10^{12}\ \text{Hz} \quad \text{und} \quad \lambda_2 = \frac{c\,h}{\Delta W_2} \approx 633 \cdot 10^{-9}\ \text{m}.$$

Dabei bedeuten:
h = PLANCK-Konstante,
c = Vakuum-Lichtgeschwindigkeit.

Die Strahlung mit der Frequenz ν_1 liegt im infraroten Bereich des Spektrums; sie wird durch eine geeignete Anordnung der Spiegel unterdrückt. Die Strahlung mit der Frequenz ν_2 gehört zum roten Teil des Spektrums; sie zeigt ein etwas helleres Rot als die Strahlung des Rubin-Lasers. Wir stellen abschließend fest:

Bei dem Helium-Neon-Gas-Laser weisen die Energiezustände der Neonatome, zwischen denen die laserwirksamen Quantensprünge erfolgen, die Energiedifferenz von

$$\Delta W = 1{,}96\ \text{eV}$$

auf. Dies entspricht einer hellroten Laser-Strahlung mit der

Frequenz $\nu \approx 474\ \text{THz}$

bzw. der Wellenlänge $\lambda \approx 633\ \text{nm}$.

In Abb. 817.1 ist das Prinzip-Schaltbild eines Helium-Neon-Lasers dargestellt, wie er zur Verwendung in den Schulen geliefert wird. Der wesentliche Teil ist eine Innenspiegel-Kaltkatode-Laserröhre, die eine Aluminiumkatode hat und mit Helium-Neon-Gas gefüllt ist. Die Spiegel sind justiert auf die Stirnseiten der an den Enden erweiterten Kapillare vakuumdicht aufgesetzt.

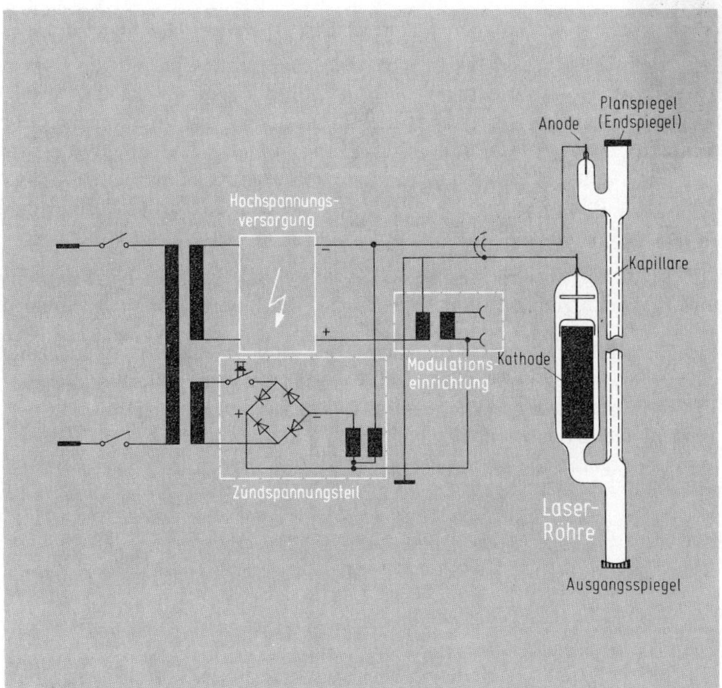

Abb. 817.1
Prinzip-Schaltbild
eines Helium-Neon-Lasers
mit Netzgerät
(Werkbild
der Firma Leybold-Heraeus, Köln)

Die Gasentladung in der Röhre wird durch einen Hochspannungsimpuls von etwa 8000 V gezündet und dann mit einer Gleichspannung von etwa 1100 V bei einer Entladestromstärke von rund 7 mA betrieben.

Es soll schließlich noch darauf hingewiesen werden, daß Gas-Laser der Industrie heute bereits Dauerleistungen von 50 W bis 2000 W erreichen.

Die Laser-Strahlen haben mannigfache praktische Anwendungen gefunden. Bei der Behandlung der Optik wurde bereits darauf hingewiesen, daß zahlreiche Versuche sich mit Laser-Licht besonders eindrucksvoll durchführen lassen. Die übrigen Anwendungen der Laser-Strahlen lassen sich in zwei Gruppen zusammenfassen:

1. Anwendungen, bei denen es auf eine unmittelbare *Ausnutzung der Energie* des Laser-Strahles ankommt.
2. Anwendungen, bei denen der Laser-Strahl zur *Übermittlung von Informationen* dient.

1. Ausnutzung der Energie der Laser-Strahlung

a) Mit Laser-Strahlen kann man jedes bekannte Material verdampfen. So ist es gelungen, die Metalle Tantal (bei 3030 °C), Rhenium (bei 3170 °C) und Wolfram (bei 3380 °C) in den gasförmigen Zustand zu überführen. Dies ist für eine Reihe technischer Prozesse von Bedeutung.

b) Wegen ihrer Monochromasie und Kohärenz lassen die Laser-Strahlen eine sehr feine Fokussierung zu. Die dadurch erreichte hohe Energiedichte ermöglicht die Durchführung von Bohrungen und Schmelzungen bei harten Werkstoffen mit hohen Schmelztemperaturen auf kleinstem Raum.

c) In der Medizin lassen sich Netzhautablösungen durch gezielte Koagulationen mit Laser-Strahlen erfolgreich behandeln. Ferner konnten in der Mikrochirurgie, bei der Strahlentherapie und in anderen medizinischen Bereichen gute Anfangserfolge erzielt werden.

d) Die große Leistungsabstrahlung der Laser zeigt auch der folgende Versuch in überzeugender Weise:

Man hat einen Laser-Strahl auf den rund 400000 km entfernten Mond gerichtet. Das Signal lief dreizehnmal zwischen Erde und Mond hin und her und erschien in einem zeitlichen Abstand von jeweils etwa 2,6 s immer wieder auf dem Bildschirm.

2. Ausnutzung der Laser-Strahlung zur Übermittlung von Informationen

a) Laser-Strahlen lassen sich zur Nachrichtenübermittlung verwenden, indem man sie mit Ton- oder Bildfrequenzen moduliert. Wegen der hohen Frequenz der Trägerwelle haben die Laser-Strahlen eine weit größere Informationskapazität als alle anderen Nachrichtenmittel. Eine Richtfunkstrecke mit Mikrowellen kann bei einer Trägerfrequenz von etwa 4 GHz in einem System rund 1000 Telefongespräche übertragen. Auf einer entsprechenden Laser-Nachrichtenstrecke mit einer Trägerfrequenz von 400 THz könnten 100 Millionen Telefongespräche gleichzeitig übertragen werden. Dieses neue Frequenzband wird bisher praktisch noch nicht verwendet. Eine Reihe technischer Verfahren befindet sich in der Entwicklung.

b) In der Entwicklung befinden sich ebenfalls Laser-Nachrichtenverbindungen mit den Raumstationen und Raumfahrzeugen. Es geht dabei um die Übertragung von Steuerungsimpulsen und von Meßdaten.

c) Laser-Sender werden bereits mit gutem Erfolg als Ortungsgeräte verwendet. Dabei wird die Laufzeit eines vom Zielobjekt reflektierten Laser-Impulses zur Entfernungsmessung ausgenutzt. Die nach dem DOPPLER-Prinzip arbeitenden Geschwindigkeitsmeßgeräte können mit Hilfe von Laser-Strahlen wegen der kurzen Wellenlänge eine erheblich größere Genauigkeit erreichen als die im Mikrowellenbereich arbeitenden Verkehrsradargeräte.

8.3.12 Die Grenzen des Bohr-Sommerfeld-Atommodells

Die bisherigen Darlegungen haben gezeigt, daß das BOHR-SOMMERFELD-Atommodell eine große Fülle von Erfahrungstatsachen zu beschreiben und zu deuten erlaubt. Trotzdem hat aber auch dieses Modell seine Grenzen, so daß die Physiker sich gezwungen sahen, andere umfassendere Modelle für die Atomhülle zu entwickeln. Bevor wir hierauf näher eingehen, sollen noch einige abschließende Bemerkungen über das BOHR-SOMMERFELD-Atommodell gemacht werden.

Das BOHR-SOMMERFELD-Atommodell hat über seine zahlreichen Einzelerfolge hinaus zu einer für die Weiterentwicklung der Atomphysik bedeutungsvollen, grundsätzlich neuen Erkenntnis geführt, auf die hier hingewiesen werden muß:

Es hat sich früher gezeigt, daß die BOHR-Postulate im Widerspruch zu gewissen gesicherten Grundgesetzen der klassischen Physik stehen. BOHR und SOMMERFELD setzten sich über diese Schwierigkeiten hinweg, indem sie die Auffassung vertraten, daß die Gesetze der klassischen Elektrodynamik im Bereich der Mikrophysik nur noch begrenzt anwendbar sind.

Der bleibende Erfolg der Untersuchungen Bohrs und Sommerfelds besteht in der Erkenntnis, daß das Atominnere eine Eigengesetzlichkeit aufweist. Die klassische Makrophysik ist für diesen Bereich nicht anwendbar.

Hieraus ergibt sich die weitere Folgerung, daß dann auch die Atommodelle nicht nach den Gesetzen der klassischen Physik konstruiert werden dürfen. BOHR ging mit seinem Atommodell durch die Einführung der Quantenvorstellung über die klassische Physik hinaus. Trotzdem hat er sich aber noch nicht grundsätzlich von der klassischen Physik gelöst, denn er hielt an der Vorstellung kleiner Teilchen, die sich in der Atomhülle nach bestimmten Gesetzen bewegen und beeinflussen, fest. Auf diese Weise stellt das BOHR-SOMMERFELD-*Atommodell eine Verbindung von klassischer Physik und Quantenphysik* dar. Diese Verbindung von zwei grundsätzlich verschiedenen Betrachtungsweisen in einem einzigen Modell führte in der Folgezeit zu erheblichen Schwierigkeiten, so daß sich seit dem Jahre 1924 bei den Physikern die Auffassung immer mehr durchsetzte, daß mit dem BOHR-SOMMERFELD-Atommodell trotz aller Erfolge noch nicht das letzte Wort über den Aufbau der Atomhüllen gesprochen war. Es setzte sich weiter die Überzeugung durch, daß es nicht erfolgreich sein konnte, das BOHR-SOMMERFELD-Atommodell in dieser oder jener Richtung weiter auszugestalten und zu verbessern, sondern daß es notwendig war, die Physik der Atomhüllen grundsätzlich neu zu gestalten. Diese Neugestaltung der Atomphysik war gleichzeitig mit einer *tiefgreifenden Wandlung in der Einstellung der Physiker zu der von ihnen betriebenen Erforschung der Wirklichkeit verbunden.* Die Wandlung machte sich zunächst im Bereich der Atome bemerkbar, griff von hier aus aber auch auf andere Gebiete der Physik und darüber hinaus auf die *Naturphilosophie* über. Es geht uns hier vor allem darum, die nunmehr einsetzende *Umgestaltung des physikalischen Denkens* zu verstehen.

Unter dem Einfluß der vielseitigen Erfolge des BOHR-SOMMERFELD-Atommodells hatte sich auf dem Gebiet der Atomphysik eine Entwicklung vollzogen, die wir früher schon mehrfach als unberechtigt bezeichnet haben. Man war sich noch nicht bewußt, daß das anschauliche BOHR-SOMMERFELD-Atommodell mit seinen Elektronenbahnen nicht als ein Abbild der Wirklichkeit gewertet werden durfte, sondern daß es sich um eine *Gedankenkonstruktion der Physiker* handelte. Zweifellos hatte diese Gedankenkonstruktion, die allerlei interessante Parallelen zwischen dem Planetensystem und der Welt der Atome zu ziehen erlaubte, für die Physiker etwas Anziehendes, weil das Streben der Physik immer dahin geht, in der bunten Mannigfaltigkeit der Welt eine Einheit zu finden, und weil die Einheitlichkeit des sehr großen Planetensystems und des sehr kleinen Atoms hier deutlich hervortrat. Darüber hinaus erfreute sich das BOHR-SOMMERFELD-Atommodell auch besonderer Beliebtheit, weil es dem menschlichen Bedürfnis nach *Anschaulichkeit der Modellvorstellungen von der Natur* in hohem Maße gerecht wurde. Besonders anschaulich erscheinen uns nämlich die Vorgänge der *Mechanik.* Dieses Gebiet galt lange Zeit als die Grundlage der Physik. Die Zurückführung aller Erscheinungen auf mechanische Modelle war das erstrebte Endziel der klassischen physikalischen Forschung. Praktisch bedeutete dies, daß jeder Vorgang durch das Modell bewegter materieller Punkte beschrieben werden mußte; wenn dieses Ziel erreicht war, hielt man die Aufgabe der Physik für gelöst. Wir haben früher darauf hingewiesen, daß die mechanischen Modellbetrachtungen große Fortschritte für die Naturerkenntnis gebracht haben. Solche Modelle dürfen niemals mit der *Wirklichkeit*, die den dargestellten Erscheinungen zugrunde liegt, identifiziert werden. Es handelt sich um Hilfsmittel, die es erleichtern, gedankliche und rechnerische Überlegungen anzustellen und Folgerungen zu ziehen, die durch die Erfahrung bestätigt werden können oder nicht. Wenn diese Folgerungen mit der Erfahrung übereinstimmen, dann ist das Modell für den betreffenden Erfahrungsbereich brauchbar, wenn sie es nicht tun, so ist es unbrauchbar. Mechanische Modelle nach dem Muster der klassischen Physik haben sich im Bereich der Atome zur gleichzeitigen Beschreibung aller bekannten Erfahrungstatsachen als unbrauchbar erwiesen, denn das früher (S. 739) behandelte DALTON-Atommodell ist zwar für den Erfahrungsbereich der kinetischen Gastheorie verwendbar, für die Deutung der Spektrallinien dagegen nicht brauchbar. Ebenso vermochte auch das BOHR-SOMMERFELD-Atommodell kein vollständiges Bild des Atoms mit allen seinen Eigenschaften zu geben.

Am Beispiel des Lichtes haben wir früher erkannt, daß es bisweilen zur vollständigen Erfassung *einer* Erscheinung (Licht) notwendig ist, nebeneinander verschiedene Modelle (Welle und Korpuskel) zu verwenden, die für das menschliche Anschauungsvermögen nicht miteinander vereinbar sind. Wir mußten uns mit der Tatsache abfinden, daß das Licht *weder* eine Wellenbewegung *noch* ein Strom von Korpuskeln *ist*, sondern etwas, das sich der anschaulichen Beschreibung durch den menschlichen Geist entzieht und sich bisweilen so verhält wie eine Welle und ein anderes Mal so wie eine Korpuskel.

Ähnlich liegen nun die Verhältnisse bei dem Atom. Die BOHR-SOMMERFELD-Modellvorstellung vom Bau der Atomhülle setzt nämlich voraus, daß die *Elektronen punktförmige, jederzeit identifizierbare Teilchen sind und bleiben* und daß ihre Bahnen ebenso klar und eindeutig als zusammenhängende Kurven beschrieben werden können, auf denen sie sich in einer durch die Gesamtheit der wirkenden Kräfte bestimmten Weise bewegen, wie dies bei den Planeten der Fall ist. Aufgrund der beim Licht gemachten Erfahrungen, nach denen Teilchen- und Wellenbild der gleichen Erscheinung nebeneinander existieren, muß man aber sagen, daß es kühn wäre, von vornherein anzunehmen, daß die Elektronen durch das Teilchenbild in allen ihren Möglichkeiten voll erfaßt würden. In der Tat zeigte die weitere Erforschung der Atome, daß eine solche Annahme nicht berechtigt ist.

Bevor wir uns der weiteren Umgestaltung der Physik der Atomhüllen zuwenden, stellen wir abschließend noch einmal fest, daß das hier behandelte BOHR-SOMMERFELD-Atommodell deshalb nicht als *falsch* bezeichnet werden darf. Es gibt innerhalb gewisser Grenzen das Verhalten der Atome durchaus richtig wieder und wird deshalb auch heute in der Physik und Chemie in vielen Fällen noch gern benutzt. Man muß sich nur der Tatsache bewußt sein, daß die Elektronenbahnen nie beobachtet worden sind und daß sie auch grundsätzlich unbeobachtbar sind. Sie sind anschauliche Bilder für die erfahrungsmäßig erfaßbaren Energiestufen des Atoms.

8.3.13 Die Welleneigenschaften der Materie

Bei den Untersuchungen über die Eigenschaften des Lichtes haben wir früher erkannt, daß es eine Reihe optischer Erscheinungen gibt, die nur mit Hilfe der *Wellenvorstellung* des Lichtes verstanden werden können und daß eine andere Gruppe von Erfahrungstatsachen existiert, die nur durch die *Korpuskelvorstellung* verständlich wird. Dabei darf nicht übersehen werden, daß das Licht weder eine Wellenerscheinung noch ein Korpuskelstrom *ist*, sondern daß es sich sowohl bei der Wellen- als auch bei der Korpuskelvorstellung um Modelle, d.h. um Schöpfungen des menschlichen Geistes, handelt, die die Aufgabe haben, eine anschauliche Beschreibung des Phänomens *Licht* zu ermöglichen. Die Tatsache, daß ein einziges Modell zur anschaulichen Beschreibung aller Eigenschaften des Lichtes nicht ausreicht, sondern daß *zwei* Modelle nebeneinander verwendet werden müssen, bezeichnet man als den *Dualismus von Welle und Korpuskel.*

Die Erfahrung hat nun gezeigt, daß dieser Dualismus nicht auf das Phänomen Licht und auch nicht auf den umfassenderen Bereich der elektromagnetischen Wellen beschränkt ist, sondern daß auch Strahlen, die aus materiellen Teilchen, wie Elektronen, Protonen, Atomen usw., bestehen, ebenfalls diesen Dualismus zeigen. Auch diese Strahlen verhalten sich nämlich unter bestimmten Bedingungen wie Wellenstrahlen.

Der französische Physiker L. V. DE BROGLIE (geb. 1892) kam 1924 durch theoretische Überlegungen auf den Gedanken, für Elektronen und andere Teilchen neben das vertraute Korpuskelbild auch ein Wellenbild zu setzen. Man bezeichnet diese Wellen als DE BROGLIE-*Wellen* oder als *Materiewellen.* Der letzte Ausdruck darf aber nicht so aufgefaßt werden, als ob es sich bei diesen Wellen um schwingende Materie handelt, wie dies etwa bei Wasserwellen oder Schallwellen der Fall ist.

Wir beschäftigen uns nun zunächst mit den von DE BROGLIE auf rein theoretischem Wege gewonnenen Erkenntnissen. Seine Gedankengänge lassen sich in folgender Weise zusammenfassen:

Ein Körper mit der Ruhmasse m_0, der sich mit der Geschwindigkeit v bewegt, besitzt nach der Relativitätstheorie

$$\text{die Energie} \quad W=\frac{m_0 c^2}{\sqrt{1-\frac{v^2}{c^2}}} \quad \text{und den Impuls} \quad p=\frac{m_0 v}{\sqrt{1-\frac{v^2}{c^2}}}.$$

Es wird nun von DE BROGLIE angenommen, daß die früher für die Energie W und den Impuls p von Lichtquanten gefundenen Formeln

$$W=h\nu \quad \text{und} \quad p=\frac{h}{\lambda}$$

auch auf andere bewegte Korpuskeln angewendet werden können. Dann ergeben sich die folgenden Zusammenhänge:

$$\lambda=\frac{h\sqrt{1-\frac{v^2}{c^2}}}{m_0 v} \quad \text{und} \quad \nu=\frac{1}{h}\frac{m_0 c^2}{\sqrt{1-\frac{v^2}{c^2}}}.$$

Dies bedeutet:

Den Teilchengrößen m_0 und v werden die Wellengrößen λ und ν zugeordnet. Das Planck-Wirkungsquantum h stellt ein Bindeglied zwischen den Größen λ und ν des Wellenmodells und den Größen m_0 und v des Korpuskelmodells dar.

Die Wellenlänge λ wird als die DE-BROGLIE-*Wellenlänge* der Korpuskel bezeichnet.

Für den Sonderfall, daß die Teilchengeschwindigkeit v wesentlich kleiner als die Vakuum-Lichtgeschwindigkeit c ist, erhält man:

$$\lambda=\frac{h}{m_0 v} \quad \text{und} \quad \nu=\frac{m_0 c^2}{h}.$$

Die *Phasengeschwindigkeit*[1] $u=\lambda\nu$ ergibt sich zu

$$u=\frac{h\sqrt{1-\frac{v^2}{c^2}}}{m_0 v}\cdot\frac{m_0 c^2}{h\sqrt{1-\frac{v^2}{c^2}}}=\frac{c^2}{v}.$$

Diese Geschwindigkeit ist größer als die *Vakuum-Lichtgeschwindigkeit* c. Da die Energie der Elektronen aber mit deren *Teilchengeschwindigkeit* v und nicht mit der Phasengeschwindigkeit u transportiert wird, liegt kein Widerspruch zur Relativitätstheorie (S. 711) vor.

Untersuchen wir zunächst einmal, was sich ergibt, wenn man die DE-BROGLIE-Wellenlänge für ein Elektron, das sich mit 1 % der Lichtgeschwindigkeit, also mit

$$v=2{,}998\cdot 10^6\ \mathrm{m\,s^{-1}}$$

bewegt, berechnet. Die Masse des Elektrons ist

$$m_e=9{,}109\cdot 10^{-31}\ \mathrm{kg}.$$

Man erhält also

$$\lambda=\frac{h}{m_e v}=\frac{6{,}626\cdot 10^{-34}\ \mathrm{J\,s}}{9{,}109\cdot 10^{-31}\ \mathrm{kg}\cdot 2{,}998\cdot 10^6\ \mathrm{m\,s^{-1}}}=0{,}2426\cdot 10^{-9}\ \mathrm{m}.$$

Diese Wellenlänge liegt im Bereich der bekannten RÖNTGEN-Wellenlängen und müßte gut meßbar sein.

[1] Mit Phasengeschwindigkeit bezeichnet man – anschaulich gesprochen – diejenige Geschwindigkeit, mit der sich ein Wellenberg oder ein Wellental im Raume fortbewegt.

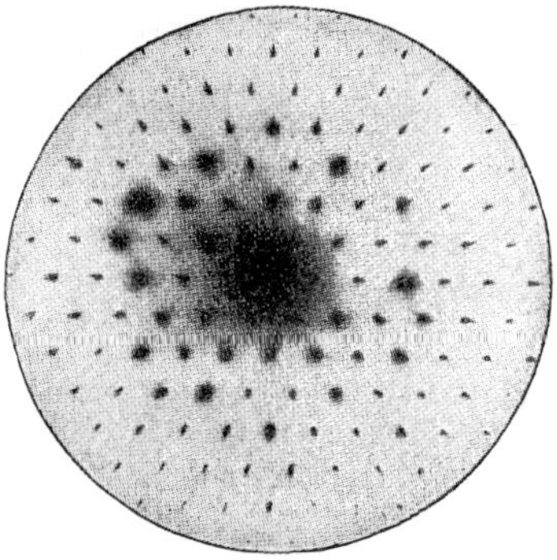

Abb. 822.1
Die Beugung
und die Interferenz
von Elektronenstrahlen
beim Durchgang durch
eine dünne Silberfolie

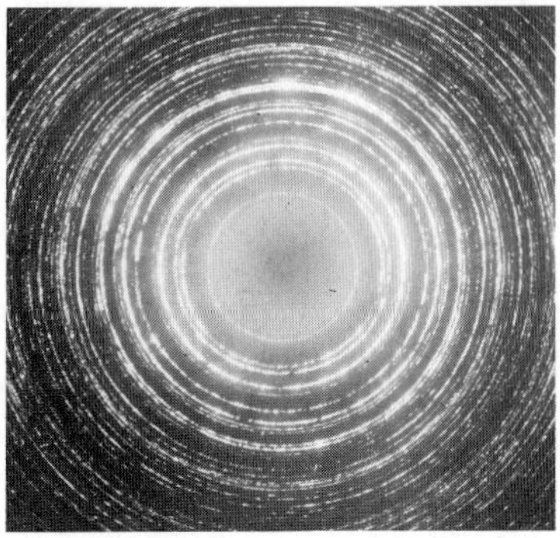

Abb. 822.2
Die Beugung
von Elektronenstrahlen
an regellos angeordneten
Kristallen von
Aluminiumoxid

Ausgehend von diesen theoretischen Überlegungen haben nun C.J. DAVISSON (1881 – 1958) und L.H. GERMER (geb. 1896) sowie G. P. THOMSON (1892 – 1975) im Jahre 1927 gezeigt, daß man mit Elektronenstrahlen an den Kristallen dünner Metallfolien oder an regellos angeordneten Aluminiumoxidkristallen Beugungs- und Interferenzerscheinungen hervorrufen kann, die den Beugungs- und Interferenzerscheinungen bei RÖNTGEN-Strahlen vollkommen analog sind (Abb. 822.1 und 822.2).

So wie man mit Hilfe der RÖNTGEN-Strahlenbeugung die Wellenlänge dieser Strahlen bestimmen kann, ist die Möglichkeit gegeben, aus der Beugung und der Interferenz von Elektronenstrahlen die DE-BROGLIE-Wellenlänge des Elektrons zu bestimmen. Diese Versuche haben die oben postulierten Werte bestätigt.

In ähnlicher Weise kann man zeigen, daß auch bei bewegten Protonen, Atomen, Ionen und anderen Teilchen unter geeigneten Bedingungen Beugungserscheinungen auftreten. Wegen der größeren Massen dieser Teilchen sind die Wellenlängen hier allerdings kleiner, was zur Folge hat, daß der experimentelle Nachweis dieser Wellen mit größeren Schwierigkeiten verbunden ist, als bei den Elektronen. Trotzdem ist ein solcher Nachweis aber gelungen.

Wir können zusammenfassend feststellen:

Aus Korpuskeln (Elektronen, Protonen, Atomen, Ionen usw.) bestehende Strahlen zeigen bei gewissen Experimenten ein Verhalten, das nur mit Hilfe des Wellenmodells beschrieben werden kann.

Die auf S. 730 getroffene Feststellung zum *Dualismus von Welle und Korpuskel* hat nun ihre volle experimentelle Bestätigung erfahren. Wir wiederholen diese Feststellung daher an dieser Stelle:

Licht und Materie können weder durch das Wellen- noch durch das Korpuskelmodell allein vollständig beschrieben werden; man muß vielmehr eine Beschreibung wählen, die in allen Fällen die Beobachtungen wiedergibt.

Abschließend soll noch geprüft werden, warum uns der Dualismus von Welle und Korpuskel in der klassischen Physik bei bewegten makroskopischen Körpern nicht begegnet ist. Eine Berechnung der DE-BROGLIE-Wellenlänge aufgrund der oben angegebenen Formel zeigt, daß diese Wellenlängen bei makroskopischen Körpern so klein sind, daß sie unterhalb jeder Meßmöglichkeit liegen.

Beispiel Für einen Körper mit der Masse $m_0 = 1$ g und der Geschwindigkeit $v = 1\ \mathrm{cm\,s^{-1}}$ ergibt sich:

$$\lambda = \frac{h}{m_0 v} = \frac{6{,}626 \cdot 10^{-34}\ \mathrm{J\,s}}{10^{-3}\ \mathrm{kg} \cdot 10^{-2}\ \mathrm{m\,s^{-1}}} \approx 7 \cdot 10^{-29}\ \mathrm{m}.$$

Solche kleinen Wellenlängen können aber nicht nachgewiesen werden, weil hierfür Beugungs- oder Interferenzanordnungen von nicht zu verwirklichender Feinheit (z.B. sehr enge Spalte) erforderlich wären. Außerdem würden derartige Anordnungen Teilchen mit der Masse 1 g nicht mehr hindurchlassen.

Wir haben damit gesehen:

In der klassischen Makrophysik ist es nicht erforderlich, das Teilchenbild vom bewegten Körper durch ein Wellenbild zu ergänzen.

Der Dualismus von Welle und Korpuskel ist ein charakteristisches Merkmal der *Mikrophysik*. Wir werden hierauf später noch einmal zurückkommen und stellen hier nur fest, daß die Gebilde der Mikrophysik wegen dieses Dualismus auf keinen Fall mit den Objekten der klassischen Makrophysik verwechselt werden dürfen.

8.3.14 Das Wellenbild des Elektrons

Nach den im vorliegenden Abschnitt entwickelten Vorstellungen von De Broglie muß jedem bewegten Elektron eine Welle zugeordnet werden, die man kurz als *Elektronenwelle* oder als De-Broglie-*Welle* bezeichnet. Es soll nun untersucht werden, wie sich das Verhalten der Elektronen mit Hilfe dieses Wellenmodells beschreiben läßt.

Auf S. 730 wurde darauf hingewiesen, daß das Amplitudenquadrat einer Lichtwelle an jeder Stelle des Raumes als Maß für die Intensität des Lichtes betrachtet werden kann. Mit Lichtwellen und mit De-Broglie-Wellen können in vergleichbarer Weise Beugungserscheinungen beschrieben werden. Es liegt darum die Frage nahe, ob man dem Amplitudenquadrat der De-Broglie-Welle ebenfalls eine physikalisch-anschauliche Bedeutung zuschreiben kann und von welcher Art diese Interpretation sein muß.

Eine erste Deutung gab E. Schrödinger (1887 – 1961) im Jahre 1925. Er glaubte, daß man die Vorstellung vom Elektron als einem nahezu punktförmigen Teilchen aufgeben müsse und daß die Masse und die Ladung des Elektrons nicht auf engem Raum konzentriert seien, sondern vielmehr nach bestimmten Gesetzmäßigkeiten über einen größeren Raum verteilt gedacht werden müssen. Diese Gesetzmäßigkeit wird von der De-Broglie-Welle bestimmt. Teilbeträge von Masse und Ladung sollen überall dort zu finden sein, wo die Amplitude der zugehörigen De-Broglie-Welle von Null verschieden ist. An denjenigen Stellen, an denen die De-Broglie-Welle die größte Amplitude hat, sind nach der Schrödingerschen Vorstellung die Masse und die Ladung dichter als an allen anderen Stellen; und an den Stellen, zu denen die Amplitude Null gehört, ist keine Masse und keine Ladung vorhanden.

Diese von Schrödinger vorgelegte Deutung war geeignet, eine scheinbar naheliegende Frage zu beantworten. Es ist die Frage nach der Art und Weise, in der ein Elektron beim Durchgang durch ein Kristallgitter die Information erhält, daß in einiger Entfernung von seiner Bahn in regelmäßiger Anordnung viele Kristallatome vorhanden sind. Ohne eine solche Information wäre es kaum verständlich, daß die Anordnung dieser Atome die Gestalt der Beugungsfigur, wie sie in Abb. 822.1 wiedergegeben ist, bestimmen könnte. In Schrödingers Deutung ist diese Frage ohne weitere Zusatzannahmen beantwortbar: Da das Elektron wie eine räumlich ausgedehnte Wolke durch das Kristallgitter hindurchfliegt, kommt es mit vielen Gitterpunkten in Berührung, und diese Gitterpunkte bestimmen seinen weiteren Bahnverlauf.

Trotz der scheinbaren Leistungsfähigkeit des Schrödinger-Ansatzes war diese Deutung auf die Dauer nicht haltbar. Die experimentelle Erfahrung zeigt nämlich, daß Elektronen und auch alle anderen materiellen Partikeln in Nachweisapparaturen in vielen Fällen weitaus genauer lokalisierbar sind, als es sich nach der Schrödinger-Vorstellung aus der De-Broglie-Welle ergeben müßte. In Nachweisapparaturen treten die Elektronen stets wie nahezu punktförmige Körper auf. Außerdem ergaben sich nach dieser Vorstellung Widersprüche bei der Behandlung von Mehrteilchensystemen; diese Widersprüche können hier nicht im einzelnen auseinandergesetzt werden. Die von Schrödinger vorgelegte Deutung der De-Broglie-Welle hat darum nur noch für den Historiker Interesse.

Die heute allgemein als gültig angesehene Interpretation des Amplitudenquadrates gab 1926 M. Born (1882 – 1970). In seiner Deutung werden alle Teilchen – also auch die Elektronen – weiterhin wie nahezu punktförmige Gebilde beschrieben. Da die Wellenfunktion im allgemeinen den Teilchen komplexe Amplituden zuordnet, wird der *reelle Betrag* dieses Quadrates zur Deutung herangezogen. Ihn interpretierte Born als die *Aufenthaltswahrscheinlichkeit* des Teilchens. Der Betrag des Amplitudenquadrates ist das Maß für die Wahrscheinlichkeit, das Teilchen zu einer bestimmten Zeit an einem bestimmten Ort nachweisen zu können. Genau gilt:

Die Wahrscheinlichkeit, ein Teilchen zu einer vorgegebenen Zeit bei einem Experiment in einem Raum vom Volumen ΔV anzutreffen, ist gleich dem Produkt aus dem Betrag des Amplitudenquadrates an dem betreffenden Ort und der Größe des Volumens ΔV.

Diese Deutung stimmt mit derjenigen Deutung überein, die für Lichtwellen und Photonen auf S. 730 gegeben wurde. Der Leser möge sich diese Darstellung noch einmal vergegenwärtigen.

Die oben gestellte Frage, woran ein punktförmig gedachtes Elektron beim Durchgang durch einen Kristall „wahrnehmen" könne, in welcher Anordnung sich die weiter entfernten Gitterpunkte befinden, beantwortet diese Interpretation nicht. Die Physiker wissen aber heute, daß es physikalisch sinnlos ist, die Frage in der hier vorgelegten Form zu stellen und von dem Bahnverlauf eines Teilchens, z.B. in einem Kristall, zu sprechen. Sie versuchen heute nicht mehr, Erkenntnisse darüber zu erlangen, auf welcher Bahn z.B. ein Elektron oder ein Photon von einem Ort zu einem anderen gelangt. Sie geben nur an, mit welcher Wahrscheinlichkeit das Teilchen an einem bestimmten Ort zu finden sein wird. Diese Beschränkung ist nicht etwa die Folge eines Unvermögens: die genaue Angabe eines Bahnverlaufes würde nämlich bedeuten, daß zu jeder Zeit der Teilchenbewegung der Ort, die Geschwindigkeit und der Impuls des Teilchens genau bekannt wären. Diese Annahme widerspricht aber der HEISENBERG-Unschärferelation. Wir kommen darauf auf S. 841 zurück. Es ist auch gerade diese Erkenntnis, die den gewichtigsten Einwand gegen das BOHR-Modell begründet. Das Modell rechnet mit Elektronenbahnen und -geschwindigkeiten; die Physiker wissen heute, daß das nicht zulässig ist.

An einem Beispiel soll verdeutlicht werden, zu welchen Ergebnissen die Beschreibung einer Teilchenbewegung mit Hilfe der DE-BROGLIE-Welle kommt.

Ein Elektron soll sich nach Abb. 824.1 mit gleichbleibendem Geschwindigkeitsbetrag v längs der x-Achse zwischen zwei reflektierenden Wänden mit dem Abstand a hin- und herbewegen. Es soll nun festgestellt werden, wie in diesem Falle die DE-BROGLIE-Welle des Elektrons beschaffen ist.

Zwischen den beiden Wänden überlagern sich die DE-BROGLIE-Wellen des hin- und herfliegenden Elektrons, wobei sich stehende Wellen bilden, die an den Wänden Knoten haben.

Die Elongation Ψ einer stehenden Welle, die durch Interferenz zweier einander entgegenlaufender Wellen mit der Amplitude A, der Wellenlänge λ und der Frequenz ν zustande kommt, ist

$$\Psi = 2A \sin \frac{2\pi x}{\lambda} \cos 2\pi \nu t.$$

Der zeitunabhängige Teil dieser Wellengleichung ist die ortsabhängige Amplitude

$$\psi(x) = 2A \sin \frac{2\pi x}{\lambda},$$

mit der wir uns im folgenden beschäftigen.

Da an den beiden Wänden Knoten vorliegen, ist hier, d.h. für $x=0$ und $x=a$, die Amplitude Null. Es gelten also die Grenzbedingungen

$$\psi(0)=0 \quad \text{und} \quad \psi(a)=0.$$

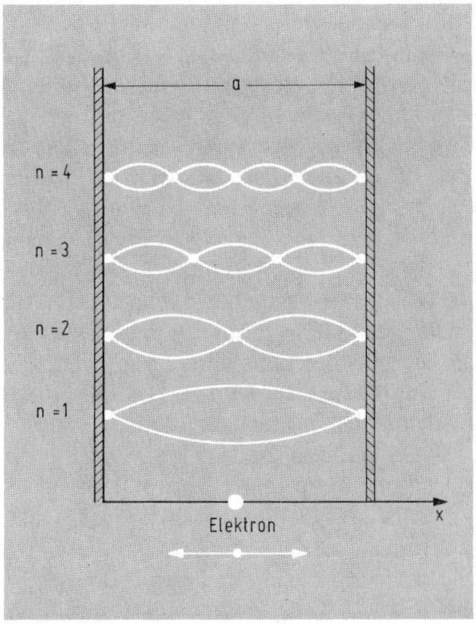

Abb. 824.1
Die DE-BROGLIE-Wellen eines zwischen zwei festen Wänden sich bewegenden Elektrons

Eine stehende Welle, d.h. ein stationärer Schwingungszustand zwischen den Wänden, kann daher nur für solche Wellenlängen existieren, die folgender Bedingung genügen:

$$a = n \cdot \frac{\lambda_n}{2} \quad \text{oder} \quad \lambda_n = \frac{2a}{n}, \qquad n = 1, 2, 3, \ldots$$

Es existieren also unendlich viele diskrete Wellenlängen λ_n, zu denen jeweils eine stehende Welle gehört, deren räumliche Amplitudenverteilung durch die Gleichung

$$\psi_n(x) = 2A \sin \frac{\pi n}{a} x$$

angegeben wird.

Das hier betrachtete Elektron, das sich zwischen zwei Wänden hin- und herbewegt, wird als ein *eindimensionaler Reflexionsoszillator* bezeichnet. Die zugehörigen Funktionen ψ_n heißen die *Eigenfunktionen des Oszillators.*

Hieraus ergibt sich eine interessante und wichtige Folgerung. Zu jeder dieser möglichen Wellenlängen gehört eine ganz bestimmte Energie, deren Betrag sich aufgrund der oben angegebenen Formeln in der folgenden Weise berechnen läßt:

Für die Energie des bewegten Elektrons gilt

$$W = \tfrac{1}{2} m_e v^2.$$

Aus der Formel für die DE-BROGLIE-Wellenlänge erhält man

$$v = \frac{h}{m_e \lambda}.$$

Unter Berücksichtigung der Tatsache, daß $\lambda_n = \frac{2a}{n}$ ist, ergibt sich für die Energie:

$$W_n = \frac{h^2}{2 m_e \lambda^2} = \frac{h^2}{8 m_e a^2} \cdot n^2.$$

Mit Hilfe des *Wellenbildes* für das Elektron haben wir also für das *Teilchenbild* des Elektrons folgende Aussage gefunden:

Ein Elektron, das sich mit gleichbleibendem Geschwindigkeitsbetrag zwischen zwei parallelen Wänden hin- und herbewegt, kann nur ganz bestimmte, diskrete Energiebeträge annehmen, die lediglich von dem Abstand der reflektierenden Wände abhängen und die sich im übrigen wie die Quadrate der ganzen Zahlen verhalten.

Diese Energiewerte bezeichnet man als die *Eigenwerte des Reflexionsoszillators.*

Andere zwischen den Eigenwerten liegende Energiebeträge können also von dem Elektron nicht angenommen werden.

Aus den vorstehenden Betrachtungen folgt für das Wellenbild des Elektrons weiter:

Zu jedem der möglichen Energiewerte gehört eine bestimmte Form der stehenden Welle und damit eine vorgegebene Aufenthaltswahrscheinlichkeit des Elektrons für einen bestimmten Ort zwischen den Wänden des Reflexionsoszillators. Wenn z.B. das Elektron die Energie

$$W_n = \frac{4 h^2}{8 m_e a^2}$$

hat, sich also im 2. Energiezustand befindet, dann wird es an denjenigen Orten, an denen die 2. Welle (vgl. Abb. 824.1) Bäuche hat, mit größerer Wahrscheinlichkeit anzutreffen sein als an irgendeinem anderen Ort. In der Darstellungsform der klassischen Physik würde man den Vorgang dadurch beschreiben, daß man für das

Teilchen eine Funktion angeben würde, die dessen Ort in Abhängigkeit von der Zeit beschreibt. Die Quantenphysik macht dagegen Angaben über die Teilchenenergie und über die Aufenthaltswahrscheinlichkeit. Dabei wird das Elektron weiterhin als nahezu punktförmige Zusammenballung von Masse und Ladung betrachtet. Die Frage, auf welche Weise das Elektron diejenigen Raumteile durchquert, für die seine Aufenthaltswahrscheinlichkeit Null oder nahezu Null ist, wird nicht gestellt.

Es ergibt sich also, daß für materielle Teilchen ein ähnlicher Dualismus gilt, wie er beim Licht vorliegt. Das hat zur Folge, daß die für den makroskopischen Bereich geltende klassische Mechanik in atomaren Größenordnungen nicht mehr anwendbar ist. An ihre Stelle tritt die von SCHRÖDINGER entwickelte *Wellenmechanik*. Die erfolgreiche Anwendung dieser Wellenmechanik im Bereich der Atome und ihrer Bausteine hat die Vermutung bestätigt, daß in diesem Bereich andere Gesetze gelten als in der Welt der großen Körper. Es ist jedoch möglich, die klassische Mechanik aus der Wellenmechanik zu gewinnen, ähnlich wie aus den Gesetzen der Wellenoptik die Gesetze der Strahlenoptik gewonnen werden können.

Es ist mit schulischen Mitteln nicht möglich, die SCHRÖDINGER-Wellengleichung in allgemeiner Form zu entwickeln und auszuwerten. Wir erläutern darum im folgenden die Grundgedanken der Wellenmechanik an wenigen Spezialfällen und entwickeln ein neues Modell für die Atomhüllen, das dem BOHR-SOMMERFELD-Modell in vieler Hinsicht überlegen ist.

8.3.15 Die Elektronenwellen in den Atomen

Im Anschluß an die Ergebnisse des vorhergehenden Abschnitts soll nun untersucht werden, ob bei einem um den Atomkern sich bewegenden Elektron ähnliche modellmäßige Beschreibungen möglich und sinnvoll sind, wie sie bei einem zwischen zwei Wänden sich hin- und herbewegenden Elektron soeben durchgeführt worden sind. Es ergibt sich also die Frage, ob einem Elektron der Atomhülle ebenfalls eine seine ganze Bahn erfüllende Elektronenwelle zugeordnet werden kann. Die Aufenthaltswahrscheinlichkeit für das Elektron würde wiederum durch das Amplitudenquadrat bestimmt. Es wäre dann weiter zu fragen, ob auch hier nur ganz bestimmte Wellenlängen und damit ganz bestimmte, diskrete Energiestufen möglich sind.

Bei der folgenden Untersuchung dieser Fragen beschränken wir uns auf die BOHR-Kreisbahnen, d.h. wir lassen die von SOMMERFELD eingeführten Ellipsenbahnen unbeachtet. Denkt man sich statt des auf einem Kreis mit dem Radius r_n umlaufenden Elektrons eine Elektronenwelle längs des Kreisumfanges, so muß auf dem Kreisumfang gerade eine *ganze* Zahl n von Wellen mit der Wellenlänge λ Platz finden. In allen anderen Fällen müßten sich die Wellen im Laufe der Zeit durch Interferenz auslöschen (Abb. 826.1). Es muß also sein:

$$2\pi r_n = n\lambda.$$

Setzt man nun für die Wellenlänge λ die DE-BROGLIE-Wellenlänge des Elektrons ein, so ergibt sich

$$2\pi r_n = n \cdot \frac{h}{m_e v}$$

oder

$$2\pi\, m_e v r_n = n h.$$

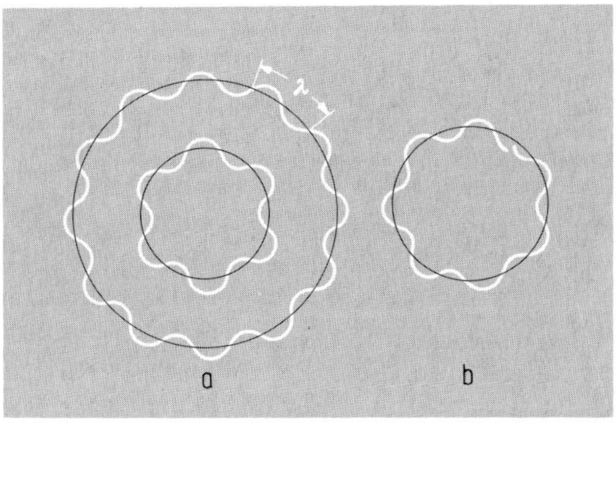

Abb. 826.1
Schematische Darstellung eindimensionaler Elektronenwellen auf den BOHR-Kreisbahnen
a) Stationärer Zustand, bei dem eine ganze Zahl von Wellenlängen auf der Kreisbahn Platz hat.
b) Nichtstationärer Zustand, bei dem durch Interferenz Auslöschung eintritt.

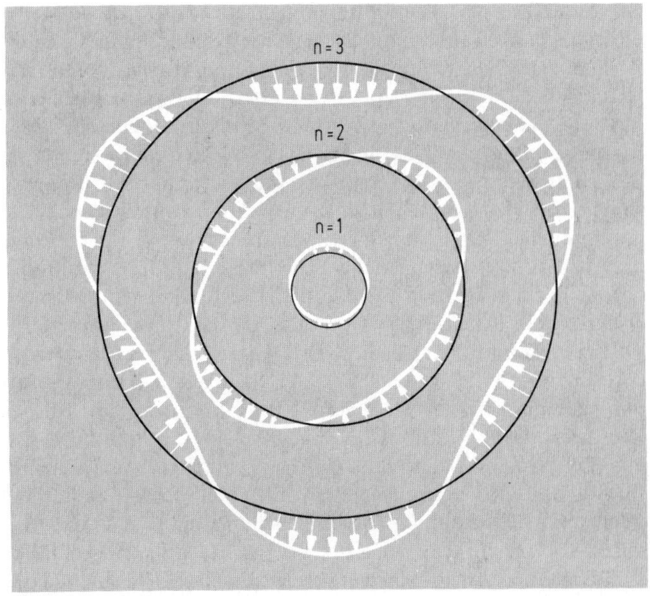

Abb. 827.1
Schematische Darstellung eindimensionaler Elektronenwellen für die ersten drei Quantenzahlen

Das ist aber das erste BOHR-Postulat (S. 751), das sich somit als identisch mit der Forderung erweist, daß sich auf dem Umfang der Elektronenbahnen jeweils ein ganzzahliges Vielfaches der DE-BROGLIE-Wellenlänge des Elektrons befindet.

Damit ist das BOHR-*Postulat, das früher als willkürliche Festsetzung erschien, auf eine physikalisch sinnvolle Bedingung zurückgeführt, wobei an die Stelle des auf einer Kreisbahn sich bewegenden Elektrons eine geschlossene Elektronenwelle getreten ist.*

Für die Quantenzahlen $n=1, 2, 3, \ldots$ passen $1, 2, 3, \ldots$ Wellenlängen auf den Kreisumfang (Abb. 827.1).

Es ist bei diesen Überlegungen zu beachten, daß die Wellenvorstellung hier in stark vereinfachter Form verwendet worden ist. *Die Welle ist eindimensional längs einer Bahn um den Atomkern verlaufend angenommen worden,* ohne daß etwas darüber gesagt wird, was im Raum außerhalb der Bahnen vor sich geht. Trotzdem genügt aber dieses einfache Modell, um *ohne jede weitere Zusatzannahme die Existenz bestimmter erlaubter Bahnen vorherzusagen.* Es ergibt sich daraus weiter ganz zwanglos die im BOHR-Atommodell ebenfalls recht willkürlich erscheinende Eigenschaft der Elektronen in der Atomhülle, nur ganz bestimmte *diskrete Energiestufen* annehmen zu können.

Auf der anderen Seite haben die bisherigen Vorstellungen aber den Mangel, daß bei ihnen die *räumliche Struktur der Atome* unbeachtet bleibt. Wenn man dieser Tatsache Rechnung tragen will, darf man die Elektronenwellen nicht als eindimensionale Gebilde betrachten, sondern man muß sie als *dreidimensionale Schwingungszustände* auffassen. Um dies zu verstehen, stellen wir einige Analogiebetrachtungen über mechanische Wellen an.

Wenn man eine an beiden Enden eingespannte Saite in Schwingungen versetzt, so erkennt man, daß stehende Wellen nur bei ganz bestimmten, durch die *Grenzbedingungen* oder *Randbedingungen* festgelegten Wellenlängen möglich sind. Wenn die Länge der schwingenden Saite a beträgt, so sind dies die Wellenlängen

$$\lambda_n = \frac{2a}{n}.$$

Man kann den jeweiligen Schwingungszustand durch die Angabe der Wellenlänge oder der Frequenz oder auch der *Anzahl der Knoten der stehenden Welle* charakterisieren. Bei der Zählung der Knoten sehen wir von den Grenzen ab und können dann sagen:

Die zu den verschiedenen möglichen Schwingungszuständen gehörige Zahl der Knoten beträgt $n-1$.

Stehende Wellen sind uns bereits mehrfach begegnet. Wir erinnern z. B. an das KUNDT-Rohr. In dem vom Rohr begrenzten Innenraum bilden sich bei Anregung durch eine schwingende Scheibe stehende Schallwellen (S. 251). Mit Glas- oder Metallplatten, die in der Mitte fest eingespannt und mit einem Bogen am Rande angestrichen werden, kann man CHLADNI-Klangfiguren erzeugen (Abb. 828.1 und 828.2). Hierbei handelt es sich um *zweidimensionale stehende Wellen*, bei denen es ebenfalls Stellen stärkster Amplitude und Stellen dauernder Ruhe gibt. Diese in Ruhe befindlichen Stellen lassen sich leicht sichtbar machen, indem man die Platte mit Sand bestreut, der sich dann an den nicht oder nur sehr wenig schwingenden Stellen sammelt. Auf diese Weise werden die den Knoten*punkten* einer eindimensionalen Welle entsprechenden Knoten*linien* sichtbar. Die Knotenlinien können je nach der Form der Scheibe, der Art ihrer Befestigung und der Art der Schwingungserregung sehr verschiedene Gestalt und Anordnung aufweisen; in Abb. 828.2 sind einige Möglichkeiten wiedergegeben. Es sind auch hier wieder nur ganz bestimmte Schwingungszustände möglich, die durch die *Grenz-* oder *Randbedingungen* festgelegt werden, wie dies bei eindimensionalen schwingenden Gebilden der Fall war. Man erkennt aber sofort, daß es hier viel schwieriger ist, die möglichen Schwingungszustände zu berechnen. Wir gehen deshalb auch nicht näher darauf ein und beschränken uns auf die Feststellung, daß *auch zweidimensionale stehende Wellen dadurch beschrieben werden können, daß man die Zahl, Gestalt und Anordnung der Knotenlinien angibt.*

Die Verhältnisse werden noch verwickelter, wenn es sich um *dreidimensionale stehende Wellen* handelt. Es gibt keine Möglichkeit, solche Wellen in ähnlicher Weise sichtbar zu machen, wie dies für zweidimensionale Wellen bei den CHLADNI-Figuren geschehen ist. Hier vermag vielmehr nur eine komplizierte Rechnung weiterzuhelfen. An die Stelle der Knoten*linien* treten jetzt Knoten*flächen*, etwa Kugeln, Ebenen, Doppelkegel usw.

Um solche dreidimensionalen stehenden Wellen handelt es sich also bei den Elektronenwellen in einem Atom. Es ist aber noch nicht ohne weiteres klar, wie es im Atom überhaupt zur Ausbildung stehender Wellen kommen kann, denn diese setzen immer das Vorhandensein *begrenzter schwingender Gebilde* voraus. Die schwingende Saite muß eine Begrenzung haben, an der die Welle reflektiert wird, damit es zur Ausbildung stehender Wellen kommen kann; das gleiche gilt für schwingende Platten, bei denen die Reflexion der Wellen an den Rändern erfolgt. Wir haben oben allgemein von *Grenz-* oder *Randbedingungen* gesprochen. Nun scheint aber beim Atom ein solcher *Rand* nicht vorhanden zu sein. Diese Schwierigkeit ist aber nur scheinbarer Art. Zunächst ist zu beachten, daß es sich bei den Elektronenwellen nicht um mechanische Wellen der oben behandelten Art handelt und daß deshalb auch Grenzbedingungen von der bei mechanischen Wellen üblichen Art von vornherein nicht erwartet werden können und auch nicht erforderlich sind. Da die Elektronenwellen die Verteilung der Elektronen angeben, ist vielmehr zu erwarten, daß auch die Randbedingungen mit elektrischen Erscheinungen in Zusammenhang stehen. Nun wissen wir aber schon, daß sich die Elektronen eines Atoms im Felde des positiv geladenen Atomkerns befinden und daß die Feldstärke dieses Feldes in genügend großer Entfernung vom Kern praktisch Null ist. Dies führt, wie eine hier nicht durchgeführte Rechnung zeigt, dazu, daß die Amplitude der Elektronenwellen mit zunehmendem Abstand vom Kern rasch abnehmen und in größerer Entfernung ganz verschwinden muß. Diese und einige andere an die Elektronenwellen zu stellenden Forderungen liefern die Randbedingungen für die Elektronenwellen im Atom.

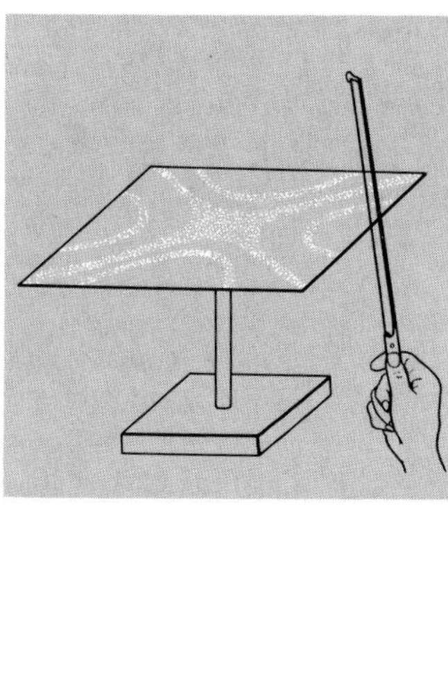

Abb. 828.1 Die Erzeugung von CHLADNI-Klangfiguren

Abb. 828.2 Durch Sand sichtbar gemachte Knotenlinien schwingender Platten

Die rechnerische Untersuchung der dreidimensionalen Elektronenwellen im Atom zeigt nun, daß auch hier nur ganz bestimmte Schwingungszustände möglich sind, die bestimmten diskreten Energiestufen entsprechen. Zu jeder Energiestufe gehören also bestimmte Formen der stehenden Elektronenwellen; zur Beschreibung dieser Formen kann wiederum die Zahl, Gestalt und Anordnung der Knotenflächen dienen. Das Elektron ist im gesamten von der DE-BROGLIE-Welle erfüllten Raum mit derjenigen Wahrscheinlichkeit anwesend, die aus dem Betrag des Amplitudenquadrates der Welle folgt. Eine große Amplitude bedeutet, daß das Elektron bei einem Experiment an diesem Ort mit hoher Wahrscheinlichkeit angetroffen werden kann.

Der Zustand des Elektrons im Felde des Atomkerns wird weiterhin mit Quantenzahlen beschrieben. Zu jedem Quantenzustand gehört eine ganz bestimmte Energie des Elektrons. In Abhängigkeit vom Quantenzustand befindet sich das Elektron in der Atomhülle in unterschiedlich gestalteten Räumen. Man nennt die Wahrscheinlichkeitsverteilung, die zu einem Quantenzustand gehört, ein *Orbital*. Man sagt auch, daß das Elektron sich in einem Orbital befinde.

Das Orbital definiert einen nicht scharf begrenzten Raum in der Atomhülle; in diesem Raum hält sich das Elektron mit einer von Ort zu Ort wechselnden Wahrscheinlichkeit auf. Zu jedem Orbital gehört ein ganz bestimmter Quantenzustand und eine ganz bestimmte Energie des Elektrons.

Im folgenden Abschnitt gewinnen wir eine anschauliche Vorstellung vom Aufbau der Atomhülle beim Wasserstoffatom, indem wir von diesen Aufenthaltsräumen anschauliche Modelle entwerfen.

8.3.16 Die wellenmechanischen Elektronenmodelle

Bevor wir uns mit den wellenmechanischen Vorstellungen der Atomhüllen näher beschäftigen, ist es zweckmäßig, einige grundsätzliche Feststellungen aus den vorangehenden Abschnitten noch einmal zusammenzustellen.

Die dem BOHR-Atommodell zugrunde liegende Vorstellung, daß die Elektronen in der Atomhülle auf scharf definierten Bahnen mit exakt angebbarer Geschwindigkeit nach den Gesetzen der klassischen Mechanik den Atomkern umlaufen, muß aufgegeben werden.

Das neue Modell fußt auf folgenden Tatsachen:

1. Die Elektronen der Atomhülle halten sich in geometrisch unterschiedlich gestalteten Räumen mit einer von Ort zu Ort wechselnden Wahrscheinlichkeit auf. Diese Räume nennen wir *Aufenthaltsräume*.

2. Ein Elektron hat innerhalb eines Orbitals stets die gleiche Energie. Zu jedem Orbital gehört ein ganz bestimmter Energie- und Quantenzustand des Elektrons.

Die räumliche Lage eines Elektrons wird also nicht mehr durch eine Ortsangabe beschrieben. Es muß vielmehr für jede Stelle der Atomhülle die Aufenthaltswahrscheinlichkeit eines Elektrons definiert werden. Dazu muß seine Energie angegeben werden. Die Energieangabe legt fest, in welchem Orbital sich das Elektron befindet. Die Aufenthaltswahrscheinlichkeit ist im allgemeinen eine Funktion von Ort und Zeit. Wir beschäftigen uns hier jedoch nur mit *stationären* Zuständen, d.h. mit solchen DE-BROGLIE-Wellen, die an jedem Ort eine zeitliche konstante Amplitude haben. Damit entfällt die Abhängigkeit der Amplitude von der Zeit, sie ist eine komplexe Funktion des Ortes:

$$\psi = \psi(x, y, z).$$

Durch die Gleichung

$$\rho(x, y, z) = |\psi^2(x, y, z)|$$

wird jedem Ort eine *Wahrscheinlichkeitsdichte* ρ zugeordnet. Mit Hilfe dieser Größe kann man – der BORNschen Deutung folgend – die Wahrscheinlichkeit w_i berechnen, mit der sich das Elektron in dem Volumenelement ΔV_i aufhält. Sie beträgt

$$w_i = \rho(x_i, y_i, z_i) \cdot \Delta V_i.$$

Der Ort mit den Koordinaten x_i, y_i, z_i liegt in dem Volumenelement ΔV_i. Dieses Volumenelement soll so klein gewählt werden, daß die Wahrscheinlichkeitsdichte ρ im gesamten Volumenelement praktisch räumlich konstant ist. Die Wahrscheinlichkeit, das Elektron irgendwo in dem ihm zugeordneten Aufenthaltsraum anzutreffen, ist gleich Eins. Damit gilt

$$\sum_i w_i = 1.$$

Die Wahrscheinlichkeitsdichte ρ muß folglich der Gleichung

$$\sum \rho(x_i, y_i, z_i) \cdot \Delta V_i = 1$$

genügen. Die Menge aller Volumenelemente ΔV_i bildet den zum Quantenzustand gehörenden Aufenthaltsraum. Er ist nicht scharf begrenzt und erfüllt den gesamten Raum. Darum ist die Summenbildung rechnerisch mit einer Integration über den gesamten Raum gleichbedeutend (vgl. Beispiel 1 auf S. 831).

SCHRÖDINGER hat als erster mit Hilfe seiner Wellengleichung eine Funktion angeben können, die diesen Forderungen genügt. Die damit erzielten Ergebnisse sollen nun an einigen Beispielen erörtert werden.

Auf S. 824 wurde für die Amplitude einer stehenden Welle der Term

$$\psi(x) = 2A \cos \frac{2\pi x}{\lambda}$$

angegeben. Wenn man in diesen Term die DE-BROGLIE-Wellenlänge des Elektrons

$$\lambda = \frac{h}{m_e v}$$

einsetzt, so erhält man

$$\psi(x) = 2A \cos \frac{2\pi m_e v x}{h}.$$

Zweimalige Differentiation nach x ergibt

$$\frac{d^2 \psi}{dx^2} + \frac{4\pi^2 m_e^2 v^2}{h^2} \cdot \psi = 0.$$

Die kinetische Energie des Elektrons ist

$$W_k = \tfrac{1}{2} m_e v^2.$$

Damit ergibt sich

$$\frac{d^2 \psi}{dx^2} + \frac{8\pi^2 m_e}{h^2} W_k \cdot \psi = 0.$$

Dies ist die Wellengleichung des in Richtung der x-Achse oszillierenden Elektrons.

Die angegebene Wellengleichung bezieht sich auf den Spezialfall, daß das Elektron sich kräftefrei bewegt. Dies ist im Atom nicht der Fall, weil es hier den Einwirkungen des Kernfeldes unterliegt. Wenn man diese Tatsache berücksichtigt, so nimmt die SCHRÖDINGER-Wellengleichung die Gestalt

$$\frac{\partial^2 \psi}{\partial x^2} + \frac{\partial^2 \psi}{\partial y^2} + \frac{\partial^2 \psi}{\partial z^2} + \frac{8\pi^2 m_e}{h^2} (W - W_p) \cdot \psi = 0$$

an. Dabei bedeutet W die Gesamtenergie des Elektrons im Feld und W_p die potentielle Energie des Elektrons.

Diese Wellengleichung spielt in der Schrödinger-Theorie die gleiche Rolle wie die Newton-Grundgleichung in der klassischen Mechanik.

Bevor wir uns der Auswertung dieser Gleichung zuwenden, soll noch auf eine Tatsache hingewiesen werden, die sich aus der Wellengleichung ergibt. Es zeigt sich nämlich, daß die Elektronen bei translatorischen Bewegungen in vielen Fällen mit guter Genauigkeit nach den Gesetzen der klassischen Punktmechanik behandelt werden können. Diese Feststellung ist deshalb von großem Interesse, weil sie lehrt, daß unsere früher mit Hilfe der klassischen Physik über die Elektronen gewonnenen Erkenntnisse trotz des veränderten

Ausgangspunktes weitgehend richtig bleiben. Während also die SCHRÖDINGER-Wellengleichung bei translatorischen Bewegungen von Elektronen im allgemeinen zu den gleichen Ergebnissen wie die klassische Physik führt, liefert sie wesentlich andere Resultate, wenn sich das Elektron im Atom befindet.

Wir wenden nun die SCHRÖDINGER-Wellengleichung auf das einfachste Atom, das Wasserstoffatom, an.

1. Das Modell des 1 s-Elektrons

Das Wasserstoffatom besitzt im Grundzustand ein Elektron auf der *K*-Schale. Das in diesem Energiezustand befindliche Elektron haben wir früher als 1*s-Elektron* bezeichnet. Für diesen Energiezustand ist die Hauptquantenzahl $n=1$. Es soll nun untersucht werden, wie das wellenmechanische Modell dieses Elektrons beschaffen ist.

Aus der allgemeinen SCHRÖDINGER-Gleichung ergibt sich mit Hilfe einer hier nicht durchgeführten Rechnung als *Wahrscheinlichkeitsdichte für das 1 s-Elektron*

$$\rho(r)=\psi^2(r)=\frac{1}{a^3\pi}\cdot e^{-\frac{2r}{a}}.$$

Dabei ist a eine Größe, die folgende Bedeutung hat:

$$a=\frac{\varepsilon_0 h^2}{\pi e^2 m_e}=5{,}293\cdot 10^{-11}\ \mathrm{m}.$$

Es handelt sich hierbei um die gleiche Größe a, wie wir sie früher (S. 753) beim Wasserstoffatom für die stationäre Elektronenbahn mit der Hauptquantenzahl $n=1$ gefunden haben.

Die Wahrscheinlichkeitsdichte ρ ist hier nicht als Abhängige von den Koordinaten x, y, z angegeben worden, sondern als Abhängige von dem Abstand r des Elektrons vom Atomkernmittelpunkt. Es gilt

$$r=\sqrt{x^2+y^2+z^2}.$$

Diese Schreibweise ist hier vorteilhafter, weil die Wahrscheinlichkeitsdichte in diesem Fall kugelsymmetrisch um den Kern verteilt ist. Man erhält auf diese Weise einen einfacheren Term.

Beispiele

Die *Bedeutung der Wahrscheinlichkeitsdichte* soll an zwei Beispielen noch einmal erläutert werden.

1. Die Aufenthaltswahrscheinlichkeit des 1*s*-Elektrons muß für das betrachtete Orbital – der Definition folgend – Eins sein. Die Rechnung bestätigt das:

$$\int \rho\,\mathrm{d}V=\int_0^\infty \frac{1}{a^3\pi}e^{-\frac{2r}{a}}\cdot 4\pi r^2\,\mathrm{d}r$$
$$=\frac{-2}{a^2}\left[e^{-\frac{2r}{a}}\cdot r^2+a\cdot e^{-\frac{2r}{a}}\cdot r+\frac{a^2}{2}e^{-\frac{2r}{a}}\right]_0^\infty$$
$$=-\frac{2}{a^2}\left[0+0+0-\left(0+0+\frac{a^2}{2}\right)\right]=1.$$

2. Die Wahrscheinlichkeit, mit der sich das 1*s*-Elektron in einer Kugelschale vom Radius $r_1=10^{-10}$ m und der Dicke $\Delta r=10^{-11}$ m befindet, soll ermittelt werden.

Sie beträgt aufgrund der Definition für die Wahrscheinlichkeitsdichte

$$\rho(r_1)\cdot\Delta v=\rho(r_1)\cdot 4\pi r_1^2\cdot\Delta r$$
$$=\frac{1}{a^3\pi}\cdot e^{-\frac{2r_1}{a}}\cdot 4\pi r_1^2\cdot\Delta r$$
$$=\frac{4}{(5{,}293\cdot 10^{-11}\ \mathrm{m})^3}\cdot e^{-\frac{2\cdot 10^{-10}\,\mathrm{m}}{5{,}293\cdot 10^{-11}\,\mathrm{m}}}\cdot 10^{-20}\ \mathrm{m}^2\cdot 10^{-11}\ \mathrm{m}$$
$$=0{,}0617.$$

Um die Wahrscheinlichkeitsdichte des 1 s-Elektrons zu veranschaulichen, stellen wir sie grafisch dar. Am Ort mit dem Abstand $r=0$, d.h. am Ort des als punktförmig angenommenen Atomkerns selbst, hat sie den Wert

$$\rho(0)=\frac{1}{a^3\,\pi}.$$

Sie fällt dann mit zunehmendem Abstand vom Kern exponentiell asymptotisch auf Null ab. In Abb. 832.1a ist der Kurvenverlauf wiedergegeben; in dieser und in den folgenden Abbildungen ist die Wahrscheinlichkeitsdichte auf der Ordinate abgetragen, auf der Abszisse wurden die Vielfachen von a abgetragen. Der Radius für die erste BOHR-Bahn erweist sich als ein natürliches Maß für diese Veranschaulichung. In Abb. 832.1b ist die Wahrscheinlichkeitsdichte durch unterschiedlich starke Schwärzung wiedergegeben. Das Bild gibt eine Vorstellung vom Schnitt durch den Atommittelpunkt. Die räumliche Verteilung erhält man daraus durch Drehung von Abb. 832.1b um eine durch die Atommitte laufende Achse.

Im wellenmechanischen Modell des Wasserstoffatoms ist der Aufenthaltsraum des 1 s-Elektrons ein punktsymmetrisches Gebilde, das den Kern konzentrisch umschließt. Eine scharfe Grenze nach außen hin gibt es nicht. Man kann es sich wie eine kompakte, sich nach außen hin auflösende Wolke vorstellen.

Die Aufenthaltswahrscheinlichkeit $w(r)$ eines Elektrons in der Atomhülle wird aus der Wahrscheinlichkeitsdichte durch Bildung des Produktes mit dem Volumen errechnet. Die Kurve für die Aufenthaltswahrscheinlichkeit des 1 s-Elektrons ist in Abb. 832.2 in Abhängigkeit vom Radius r dargestellt. Sie hat infolge der Produktbildung einen ganz anderen Verlauf als die Kurve für die Wahrscheinlichkeitsdichte. Das liegt daran, daß die als Volumenelemente ΔV verwendeten Kugelschalen der Dicke Δr mit zunehmendem Radius ein größeres Volumen haben. Die hier nicht durchgeführte Rechnung ergibt:

Die größte Aufenthaltswahrscheinlichkeit eines 1 s-Elektrons im Wasserstoffatom liegt für eine Kugelschale vor, deren Radius mit dem der ersten Bohr-Bahn übereinstimmt.

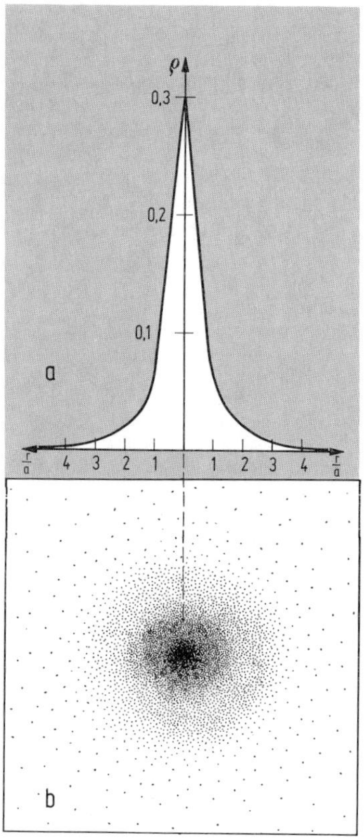

Abb. 832.1
Der Aufenthaltsraum des 1 s-Elektrons beim Wasserstoffatom.
a) Die Wahrscheinlichkeitsdichte in Abhängigkeit vom Kernabstand r.
b) Querschnitt durch das Wasserstoffatom. Die Dichte der Punkte veranschaulicht die Wahrscheinlichkeitsdichte.

Abb. 832.2 Die Aufenthaltswahrscheinlichkeit $w(r)$ des 1 s-Elektrons in Abhängigkeit vom Kernabstand r

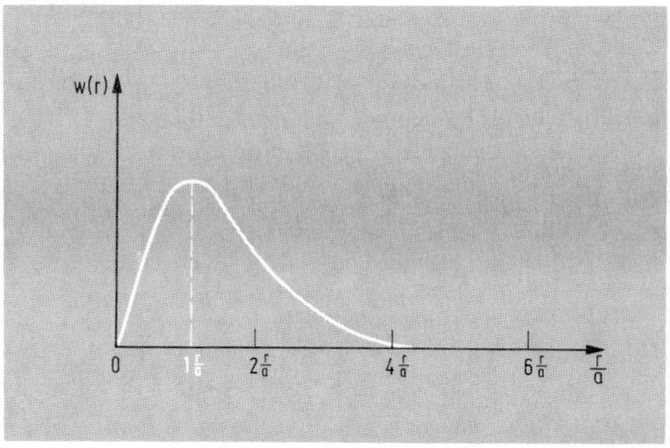

2. Das Modell des 2s-Elektrons

Um die Wahrscheinlichkeitsdichte für das 2s-Elektron zu ermitteln, muß aus der allgemeinen SCHRÖDINGER-Gleichung die Amplitude der DE-BROGLIE-Welle bestimmt werden. Der Betrag ihres Quadrates ist die Wahrscheinlichkeitsdichte. Eine hier nicht durchgeführte Rechnung ergibt

$$\rho(r) = |\psi^2(r)| = \frac{1}{8\,a^3\,\pi} \cdot e^{-\frac{r}{a}} \left(1 - \frac{r}{2\,a}\right)^2.$$

In Abb. 833.1a ist die Wahrscheinlichkeitsdichte grafisch dargestellt. Am Ort des Atomkerns, d.h. für den Abstand $r = 0$ vom Kernmittelpunkt, beträgt sie

$$\rho(0) = \frac{1}{8\,a^3\,\pi}.$$

Mit zunehmendem Abstand r des Elektrons vom Atomkern fällt die Wahrscheinlichkeitsdichte ρ zunächst ab; für $r = 2\,a$ hat sie den Wert Null. Für größere Entfernungen nimmt die Wahrscheinlichkeitsdichte zunächst wieder zu; im Abstande $r = 4\,a$ hat sie ein Maximum. Für noch größere Abstände sinkt sie exponentiell asymptotisch auf Null ab. Da im Abstande $r = 2\,a$ vom Atomkern die Amplitude der Elektronenwelle Null ist, liegt eine konzentrische kugelförmige Knotenfläche vom Radius $r = 2\,a$ vor. Der Aufenthaltsraum besteht daher aus einer inneren Kugel vom Radius $r = 2\,a$; innerhalb dieser inneren Kugel ist die Wahrscheinlichkeitsdichte nicht räumlich konstant, sie nimmt von innen nach außen ab. Diese Kugel wird von einer punktsymmetrischen Schale umgeben, die den kugelförmigen Innenraum umschließt. Die Schale hat nach außen hin keine scharfe Begrenzung; sie löst sich in größerem Abstand vom Kern allmählich auf.

In Abb. 833.1b ist die Wahrscheinlichkeitsdichte innerhalb eines Atomquerschnittes wieder durch unterschiedliche Schwärzung dargestellt. Je dichter die schwarzen Pünktchen liegen, desto größer ist die Aufenthaltswahrscheinlichkeit des 2s-Elektrons für den betreffenden Ort. Die räumliche Verteilung erhält man wieder, indem man die Abb. 833.1b um eine durch die Atommitte laufende Achse rotieren läßt.

Die Rechnung ergibt, daß sich das 2s-Elektron in der inneren Kugel mit der Wahrscheinlichkeit von nur 0,05 aufhält. Mit der Wahrscheinlichkeit 0,95 befindet es sich in der äußeren Schale.

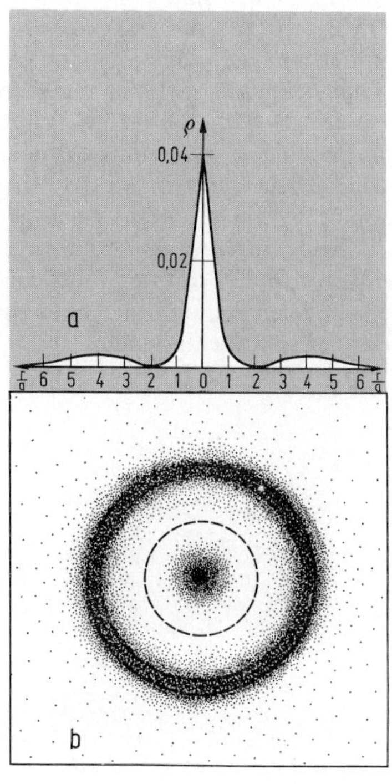

Abb. 833.1
Der Aufenthaltsraum des 2s-Elektrons beim Wasserstoffatom.
a) Die Wahrscheinlichkeitsdichte in Abhängigkeit vom Kernabstand r.
b) Querschnitt durch das Wasserstoffatom. Die Dichte der Punkte veranschaulicht die Wahrscheinlichkeitsdichte.

Im wellenmechanischen Modell des Wasserstoffatoms ist der Aufenthaltsraum des 2*s*-Elektrons ein punktsymmetrisches Gebilde, das den Kern konzentrisch umschließt. Es besteht aus einer inneren Kugel und einer äußeren Schale. Eine scharfe Grenze der Schale nach außen hin gibt es nicht. Beide Teile sind durch eine kugelförmige Knotenfläche voneinander getrennt; auf dieser Knotenfläche ist die Wahrscheinlichkeitsdichte Null. In der inneren Kugelschale hält sich das Elektron mit der Wahrscheinlichkeit von nur 5% auf.

3. Die Modelle des 3s-, 4s-, ... -Elektrons

Die Gestalt der Aufenthaltsräume für die übrigen *s*-Elektronen ergibt sich ebenfalls aus der allgemeinen SCHRÖDINGER-Gleichung und den daraus folgenden Wahrscheinlichkeitsdichten. Aus der Wellengleichung folgt, daß der Aufenthaltsraum des 3*s*-Elektrons zwei kugelförmige Knotenflächen besitzt; auf diesen Knotenflächen ist die Wahrscheinlichkeitsdichte Null. Der Aufenthaltsraum besteht aus einer inneren Kugel vom Radius 1,9*a*. Sie wird von einer Kugelschale umgeben, deren äußerer Radius 7,1*a* beträgt. Diese erste Schale wird von einer zweiten Schale umgeben, die nach außen hin keine scharfe Begrenzung hat; die Wahrscheinlichkeitsdichte fällt nach außen hin asymptotisch exponentiell auf Null ab. Das 3*s*-Elektron befindet sich mit der Wahrscheinlichkeit 0,89 in der äußersten Schale, mit der Wahrscheinlichkeit 0,09 in der mittleren Schale und mit der Wahrscheinlichkeit von nur 0,02 in der inneren Kugel.

Analoge Ergebnisse erhält man für die anderen *s*-Elektronen. Es gilt:

Im wellenmechanischen Modell des Wasserstoffs sind die Aufenthaltsräume aller *s*-Elektronen punktsymmetrische Gebilde. Sie bestehen aus einem kugelförmigen Innenteil und darum herum gelagerten konzentrischen Schalen. Kugel und Schalen werden voneinander durch kugelförmige, zum Atomkern konzentrische Knotenflächen getrennt. Die äußerste Schale ist nach außen hin nicht scharf begrenzt. Die Anzahl der Knotenflächen ist gleich der um 1 verminderten Hauptquantenzahl *n*.

4. Das Modell des 2p-Elektrons

Zu den *p*-Elektronen gehören Aufenthaltsräume, die erheblich verwickelter strukturiert sind als die der *s*-Elektronen. Sie sind nicht mehr punktsymmetrisch; ihre Gestalt ist kompliziert. Ein wesentliches Unterscheidungsmerkmal ist die Zahl und die Gestalt der Knotenflächen. Wir beschränken uns auf die Beschreibung des Aufenthaltsraumes zum 2*p*-Elektron. Seine aus dem BOHR-SOMMERFELD-Modell schon bekannten Quantenzahlen sind $n=2$ und $l=1$. Wir betrachten hier den Fall $|m|=1$ (vgl. Tabelle S. 836).

In Abb. 834.1 ist ein Schnitt durch diesen Aufenthaltsraum wiedergegeben. Es liegt eine ebene Knotenfläche vor; sie verläuft durch die punktiert angedeutete Linie senkrecht zur Zeichenebene. Das vollständige Modell ergibt sich durch Rotation des gezeichneten Schnittes um die *x*-Achse. Es hat also die Gestalt zweier nierenförmiger Gebilde, die sich wie Wolken in größerem Abstand vom Kern allmählich auflösen. Man kann dieses räumliche Bild verdeutlichen, indem man zwei Plastilinkugeln mit leichtem Druck zusammenschiebt. Sie deformieren sich dann an der Berührungsstelle gegenseitig. Denkt man sich die nach außen hin erfolgende Auflösung hinzu, so erhält man ein zutreffendes Bild vom Aufenthaltsraum der 2*p*-Elektronen mit $|m|=1$.

Auf die Formen der übrigen Aufenthaltsräume gehen wir nicht näher ein. In Abb. 835.1 sind entsprechende Strukturen schematisch wiedergegeben, darunter die für ein 2*p*-Elektron mit $m=0$. Man erkennt hieraus, daß in Abhängigkeit von den Quantenzahlen sehr unterschiedliche, recht komplizierte Formen auftreten können.

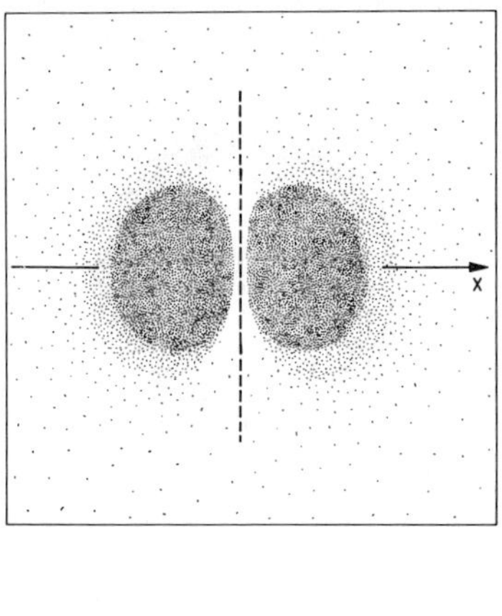

Abb. 834.1
Der Aufenthaltsraum eines 2*p*-Elektrons ($|m|=1$) beim Wasserstoffatom. Das vollständige Bild entsteht durch Rotation um die *x*-Achse.

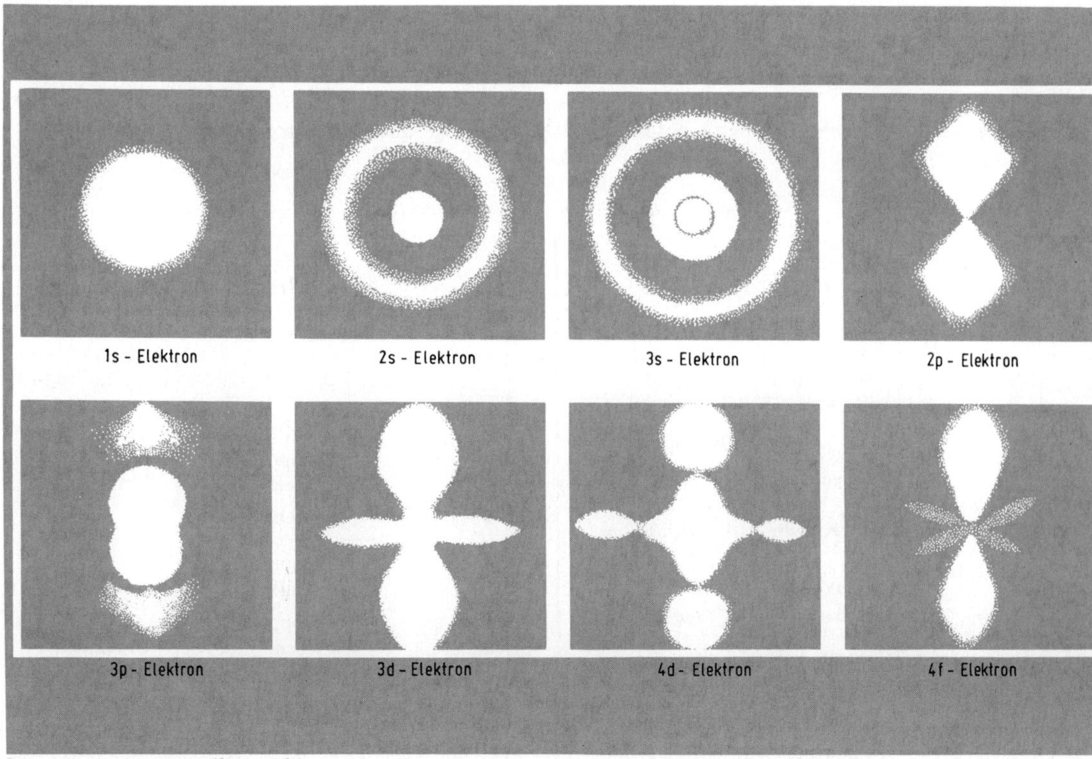

Abb. 835.1 Die Gestalt der Aufenthaltsräume bei Elektronen des Wasserstoffatoms mit verschiedenen Quantenzahlen (schematische Darstellung)

Es gilt:

Die Aufenthaltsräume des Wasserstoffelektrons können Knotenflächen in Form von Kugeln, Ebenen und Kegeln haben. Die Art und die Zahl der auftretenden Knotenflächen hängen vom Quantenzustand des Elektrons ab.

Dabei gilt das folgende Gesetz:

Die Gesamtzahl der Knotenflächen in radialer Richtung ist gleich der um 1 verminderten Hauptquantenzahl n.

Die Quantenzahlen l und m sind ebenfalls in diesem Bilde anschaulich deutbar. Sie haben im wellenmechanischen Bild der Atome eine eigenständige Bedeutung und sind nicht an die Darstellung im Bohr-Modell gebunden.

Aus der folgenden Tabelle ist ersichtlich, wie sich diese $(n-1)$ Knotenflächen auf die drei möglichen Formen (Kugel, Ebene, Kegel) verteilen:

Gesamtzahl der Knotenflächen $n-1$

Diese können bestehen aus:		
$\|m\|$ Ebenen	$l-\|m\|$ Kegeln	$(n-1)-l$ Kugeln

Dabei müssen natürlich für die Quantenzahlen die früher behandelten, einschränkenden Bedingungen

$$|m| \leqq l \quad \text{und} \quad l \leqq n-1$$

erfüllt sein.

Die folgende Tabelle zeigt, welche Knotenflächen bei den *s*-, *p*- und *d*-Elektronen auftreten können.

Knotenflächen bei den s-, p- und d-Elektronen

s-Elektronen
$l=0, \quad m=0, \quad n \geqq 1$

n	*Knotenflächen*		*Name des Elektrons*
	Zahl	*Art*	
1	0	–	1 *s*-Elektron
2	1	1 Kugel	2 *s*-Elektron
3	2	2 Kugeln	3 *s*-Elektron
⋮	⋮	⋮	⋮
n	$n-1$	$n-1$ Kugeln	n *s*-Elektron

p-Elektronen
$l=1, \quad m=0 \text{ oder } |m|=1, \quad n \geqq 2$

n	$\|m\|$	*Knotenflächen*		*Name des Elektrons*
		Zahl	*Art*	
2	0	1	1 Doppelkegel	2 *p*-Elektron
2	1	1	1 Ebene	
3	0	2	1 Doppelkegel 1 Kugel	3 *p*-Elektron
3	1	2	1 Ebene 1 Kugel	
4	0	3	1 Doppelkegel 2 Kugeln	4 *p*-Elektron
4	1	3	1 Ebene 2 Kugeln	
⋮	⋮	⋮	⋮	⋮
n	0	$n-1$	1 Doppelkegel $n-2$ Kugeln	n *p*-Elektron
n	1	$n-1$	1 Ebene $n-2$ Kugeln	

d-Elektronen
$l=2, \quad m=0 \text{ oder } |m|=1 \text{ oder } |m|=2, \quad n \geqq 3$

n	$\|m\|$	*Knotenflächen*		*Name des Elektrons*
		Zahl	*Art*	
3	0	2	2 Doppelkegel	3 *d*-Elektron
3	1	2	1 Doppelkegel 1 Ebene	
3	2	2	2 Ebenen	
4	0	3	2 Doppelkegel 1 Kugel	4 *d*-Elektron
4	1	3	1 Doppelkegel 1 Ebene 1 Kugel	
4	2	3	2 Ebenen 1 Kugel	
⋮	⋮	⋮	⋮	⋮
n	0	$n-1$	2 Doppelkegel $n-3$ Kugeln	n *d*-Elektron
n	1	$n-1$	1 Doppelkegel 1 Ebene $n-3$ Kugeln	
n	2	$n-1$	2 Ebenen $n-3$ Kugeln	

Wir haben früher für die wahrscheinlichen Aufenthaltsräume der Elektronen die Bezeichnung *Orbitale* eingeführt und stellen nunmehr abschließend fest:

Jedes Orbital wird durch die drei Quantenzahlen n, m und l charakterisiert. Es kann maximal zwei Elektronen aufnehmen; diese stimmen in den Quantenzahlen, n, m und l überein, haben aber einen unterschiedlichen Spin.

8.3.17 Die wellenmechanischen Atommodelle

Die bisherigen Betrachtungen bezogen sich auf das Wasserstoffatom. Es war also in der Atomhülle immer nur ein einziges Elektron vorhanden, das in verschiedenen Energiezuständen auftrat. Die Verhältnisse werden erheblich komplizierter, wenn man die aus mehreren Elektronen bestehenden Atomhüllen durch wellenmechanische Modelle zu beschreiben versucht. Die Entwicklung dieser Modelle kann nämlich nicht in der Weise erfolgen, daß man einfach die Orbitale der einzelnen Elektronen überlagert. Man hat vielmehr zu beachten, daß die verschiedenen Elektronen eines Atoms eine Wechselwirkung aufeinander ausüben. Das hat zur Folge, daß für die Atomhülle insgesamt ein gemeinsames Orbital vorliegt; es läßt sich nicht aus den einzelnen Orbitalen entwickeln, sondern es muß ganz neu durch eine langwierige Rechnung gefunden werden. Dabei zeigt sich unter anderem auch, daß die bei der Ionisation erfolgende Herauslösung eines Elektrons aus dem Atomverband das gesamte Gefüge der Wechselwirkungen und damit die Struktur des gemeinsamen Orbitals erheblich verändert.

Es ist mit den Mitteln der Schule nicht möglich, diese komplizierten Zusammenhänge rechnerisch zu verfolgen. Es soll deshalb für die folgenden Betrachtungen die grob *vereinfachende Annahme gemacht werden, daß zwischen den Elektronen der Atomhülle keine Wechselwirkungen bestehen.* Wir kommen auf diese Weise zwar nur zu näherungsweise richtigen Vorstellungen vom Bau der Atomhüllen, gewinnen aber immerhin einen Einblick in die wesentlichen Unterschiede zwischen dem wellenmechanischen und dem BOHR-SOMMERFELD-Atommodell. In den folgenden Beispielen beschränken wir uns auf die Beschreibung und Veranschaulichung der Aufenthaltsräume.

Das *Heliumatom* enthält zwei 1*s*-Elektronen. Zur Konstruktion unseres grob vereinfachten Modells legen wir zwei Wahrscheinlichkeitsverteilungen übereinander. Die beiden zugehörigen Aufenthaltsräume durchdringen sich gegenseitig. Es entsteht ein Gebilde, das dem Aufenthaltsraum *eines* Elektrons ähnlich ist. Die Wahrscheinlichkeitsdichte wird an jedem Ort größer, das Gesamtbild ändert sich nicht wesentlich. Da das Heliumatom aber eine höhere Kernladung als der Wasserstoff hat, wird die Wahrscheinlichkeitsdichte zum Kern hin verstärkt. Das bewirkt, daß sich die Elektronen im zeitlichen Mittel in größerer Nähe des Kerns bewegen als es bei dem Wasserstoffatom der Fall ist. Diese Verschiebung tritt bei den Atomen mit noch höherer Kernladung in verstärktem Maße auf. Wir weisen hierauf nicht in jedem Falle ausdrücklich hin.

Die Hülle des *Lithiumatoms* besteht aus zwei 1*s*-Elektronen und einem 2*s*-Elektron. Wir haben also die Aufenthaltsräume von zwei 1*s*-Elektronen und einem 2*s*-Elektron übereinanderzulegen. Da sich das 2*s*-Elektron mit überwiegender Wahrscheinlichkeit in dem äußeren Bereich seines Aufenthaltsraumes befindet, kann man modellmäßig verstehen, daß das 2*s*-Elektron weniger fest an den Atomkern gebunden ist als die 1*s*-Elektronen. Es ist darum leicht entfernbar. Der Vorgang der Ionisierung bedeutet modellmäßig die Entfernung des Aufenthaltsraumes des 2*s*-Elektrons.

Beim *Berylliumatom* haben wir je zwei Aufenthaltsräume von zwei 1*s*-Elektronen und zwei 2*s*-Elektronen übereinanderzulegen.

Um das Modell des *Boratoms* zu erhalten, sind die Aufenthaltsräume von zwei 1*s*-Elektronen, zwei 2*s*-Elektronen und einem 2*p*-Elektron übereinanderzulegen.

Das *Kohlenstoffatom* enthält außer je zwei 1*s*- und 2*s*-Elektronen noch zwei 2*p*-Elektronen. Die Aufenthaltsräume der zwei 2*p*-Elektronen dürfen jedoch nicht einfach übereinandergelegt werden; der Aufenthaltsraum des zweiten 2*p*-Elektrons ist gegenüber dem ersten um 90° zu drehen. In der Veranschaulichung am Plastilinmodell werden zwei Plastilinkugeln einander von links und rechts genähert; sie stellen den Aufenthaltsraum des ersten 2*p*-Elektrons dar. Zwei weitere Plastilinkugeln werden von oben und unten hinzugefügt; sie stellen den Aufenthaltsraum des zweiten 2*p*-Elektrons dar. Beim Anfügen gelangt das zweite Kugelpaar in die Nut, die den Aufenthaltsraum des ersten 2*p*-Elektrons umgibt. Das bedeutet anschaulich, daß das hinzukommende Elektron sich vorwiegend in dem Raum aufhält, in dem die anderen Elektronen selten sind.

Beim *Stickstoffatom* ist der Aufenthaltsraum eines dritten 2*p*-Elektrons hinzuzufügen. Im Plastilinmodell bedeutet dies die Anfügung zweier weiterer Kugeln von vorn und von hinten. Damit wird die oben erwähnte Nut geringer Aufenthaltswahrscheinlichkeit weiter aufgefüllt.

Bei den dann folgenden Atomen wird jeweils der Aufenthaltsraum eines weiteren 2*p*-Elektrons hinzugefügt, bis eine vollständige, fast punktsymmetrische Raumerfüllung erreicht ist. Dies ist bei sechs 2*p*-Elektronen der Fall. Das zugehörige Element ist das *Neon.* Damit ist ein gewisser Raum um den Atomkern so lückenlos und dicht mit der Aufenthaltswahrscheinlichkeit von Elektronen belegt, daß sich ein weiteres Elektron in diesem Raum nur mit ganz geringer Wahrscheinlichkeit aufhält.

Das nächste Atom, das *Natriumatom*, entsteht durch Anlagerung eines 3*s*-Elektrons. Es hält sich mit weit überwiegender Wahrscheinlichkeit in der äußeren Kugelschale auf; mit verschwindender Wahrscheinlichkeit dringt es in den von den anderen Elektronen erfüllten Raum ein.

Die weiteren Atome können näherungsweise entsprechend aufgebaut werden, indem jeweils ein Elektron mit dem zugehörigen Aufenthaltsraum hinzugefügt wird. Die Zusammenstellung auf S. 789/790 zeigt, welche Elektronen in jedem Falle zu verwenden sind. Wir wollen diesen Aufbau hier nicht weiter fortsetzen, sondern noch einige allgemeine Bemerkungen über einzelne Gruppen von Elementen anschließen.

Wir beginnen mit der Gruppe der *Edelgase*. Die Modelle von Helium und Neon haben wir kennengelernt. Die hieraus zu ziehenden Schlüsse gelten aber für alle Elemente der gleichen Gruppe des Periodensystems.

Wir haben bei beiden Elementen gesehen, daß die Aufenthaltswahrscheinlichkeit der am Atombau beteiligten Elektronen in einem kernnahen Raum besonders groß ist, viel größer als beim Wasserstoffatom. Das neue, beim Lithium hinzutretende Elektron hält sich nur mit 5% Wahrscheinlichkeit in dem schon mit Elektronen erfüllten Raum des Heliums auf. Beim Neon liegen die Verhältnisse ganz ähnlich. So wird verständlich, daß bei Edelgasatomen der Anbau eines weiteren Elektrons ohne Änderung der Kernladung nur schwer erfolgen kann. Ebenso ist es schwer möglich, aus einem dicht und lückenlos mit Elektronen erfüllten Raum ein Elektron zu entfernen. Daraus folgt:

Edelgase vermögen nur schwer Ionen zu bilden.

Wenn früher beim BOHR-Atommodell schon darauf hingewiesen wurde, daß Edelgasatome keine weiteren Elektronen mehr aufzunehmen vermögen, so war dies anschaulich keineswegs verständlich, denn für punktförmige Elektronen müßte auf den Bahnen noch viel Platz vorhanden sein. Bei den wellenmechanischen Atommodellen wird das Aufgefülltsein des Atoms direkt erkennbar. Wir stellen daher fest:

Die chemische Indifferenz der Edelgase ist aus den wellenmechanischen Atommodellen anschaulich zu verstehen.

Wir wenden uns nun der Gruppe der *Alkalimetalle* zu, von denen wir als Beispiele das Modell des Lithiums und des Natriums kennengelernt haben. Es wurde schon darauf hingewiesen, daß das hinzutretende 2*s*- bzw. 3*s*-Elektron nur mit geringer Wahrscheinlichkeit in den bereits stark aufgefüllten kernnahen Innenraum der Atomhülle eindringen kann. Dieses Elektron ist deshalb nicht sehr fest an den Atomkern gebunden und leicht abtrennbar. Dabei entstehen einwertige positive Ionen. Wir erkennen also:

Die Alkalimetalle bilden leicht einwertige positive Ionen.

Hieraus ergeben sich die chemischen Eigenschaften der Alkalimetalle, inbesondere ihre Eigentümlichkeit, leicht Ionenverbindungen einzugehen.

Von der Gruppe der *Erdalkalimetalle* haben wir das Berylliummodell kennengelernt. Die beiden 2*s*-Elektronen können wiederum nur mit geringer Wahrscheinlichkeit in den kernnahen Atombereich vordringen. Die Folge davon ist, daß die Bindung dieser Elektronen ebenfalls locker und daher eine Ablösung leicht möglich ist. Es bilden sich auf diese Weise zweiwertige positive Ionen. Wir sehen also aus dem Modell unmittelbar:

Die Erdalkalimetalle bilden leicht zweiwertige positive Ionen.

Bei den dann folgenden Elementen vom *Bor* bis zum *Neon* hört die Fähigkeit zur Bildung positiver Ionen allmählich. auf. Diese Tatsache ist aufgrund des BOHR-Atommodells keineswegs zu verstehen. Mit den wellenmechanischen Modellen kann sie dagegen einigermaßen anschaulich gemacht werden. Man erkennt, wie durch die Anlagerung der 2*p*-Elektronen die Wahrscheinlichkeitsdichte im Atomraum größer und die Verteilung gleichmäßiger wird. Es sind keine äußeren, vom übrigen Atom getrennte Elektronenwahrscheinlichkeitsräume mehr vorhanden. Dies hat zur Folge, daß es mit Hilfe gewöhnlicher chemischer Mittel nicht möglich ist, Elektronen aus dem Atomverband abzutrennen. Wenn die Elemente der Borgruppe trotzdem eine positive Wertigkeit besitzen, so kann diese Eigentümlichkeit nicht durch die Abgabe von Elektronen und die dadurch bewirkte Bildung einer Edelgasschale erklärt werden, wie dies beim BOHR-Atommodell geschieht. Eine Erklärung der Wertigkeit aller jener Elemente, die in wässerigen Lösungen keine Ionen mehr bilden, ist in korrekter Weise mit Hilfe des BOHR-Atommodells nicht möglich; die wellenmechanischen Modelle vermögen dagegen eine solche Erklärung zu geben. Das gleiche gilt für die negative Wertigkeit, die keineswegs in allen Fällen durch Aufnahme von Elektronen bis zur Bildung einer Edelgaskonfiguration erklärt werden kann, weil die positiven Kernkräfte gar nicht in der Lage wären, diese zusätzlichen Elektronen in größerer Zahl zu binden. Wir gehen auf die wellenmechanische Erklärung dieser Sachverhalte nicht näher ein und stellen nur noch zusammenfassend fest:

Die wellenmechanischen Atommodelle haben sich bei der Interpretation einer großen Menge von Erfahrungstatsachen sehr gut bewährt. Sie gestatten nicht nur eine Deutung aller auch bereits durch das BOHR-SOMMERFELD-*Modell beschreibbaren Tatbestände, sondern sie machen darüber hinaus eine Fülle von Erscheinungen verständlich, deren Deutung mit Hilfe der* BOHR-SOMMERFELD-*Modelle nur unbefriedigend oder gar nicht möglich war.*

8.3.18 Die Quantenmechanik der Atomhüllen

Einen ganz anderen Weg zur Überwindung der Schwierigkeiten, die bei der Beschreibung der Atomhüllen mit Hilfe des BOHR-SOMMERFELD-Modells aufgetreten waren, hat im Jahre 1925 der deutsche Physiker W. HEISENBERG (1901 – 1976) beschritten. Er führte die aufgetretenen Schwierigkeiten auf eine zu bedenkenlose Anwendung der makrophysikalischen Begriffe auf die Welt der Atome zurück. Dabei ging er in seiner Abkehr von der bisherigen Betrachtungsweise so weit, daß er jede Verwendung experimentell nicht meßbarer Größen in seiner Theorie vom Bau der Atomhüllen ablehnte. Zu diesen experimentell nicht erfaßbaren Bestimmungsstücken gehören die Elektronenbahnen; die zur Beschreibung der Elektronenbewegung verwendeten physikalischen Größen, wie Ort, Geschwindigkeit und Impuls, sind *grundsätzlich* nicht gleichzeitig meßbar. Diese Größen müssen also ausgeschieden werden. Es zeigt sich, daß dann im Bereich der Atomhüllen jedoch die folgenden Größen meßbar sind:

1. die *Energiewerte* der verschiedenen Energiestufen, die z. B. durch die FRANCK-HERTZ-Elektronenstoßversuche und durch die Untersuchung der Spektren gemessen werden können, und

2. die *Übergangswahrscheinlichkeiten*, über die statistische Angaben erfolgen können. Wenn ein Atom sich in einem energiereicheren als dem Grundzustand befindet, dann wird es nach kurzer Zeit in eine niedrigere Energiestufe übergehen, wobei die frei werdende Energie als Strahlungsquant abgegeben wird. Dabei gibt es meist verschiedene Möglichkeiten, da im allgemeinen mehrere tiefere Energiestufen zur Verfügung stehen. Es ist nicht möglich, im Einzelfall mit Sicherheit vorherzusagen, wann und auf welche Stufe der Übergang erfolgen wird. Aber die Erfahrung zeigt, daß für die verschiedenen möglichen Übergänge ganz bestimmte Wahrscheinlichkeiten bestehen. Ebenso existieren für die Überführung eines Atoms in einen energiereicheren Zustand bestimmte Wahrscheinlichkeiten. Man faßt diese Wahrscheinlichkeiten unter dem Begriff der Übergangswahrscheinlichkeiten zusammen.

Energiestufen und Übergangswahrscheinlichkeiten sind also für den Bereich der Atome die beobachtbaren Größen. Eine Atomtheorie, die sich auf die Verwendung beobachtbarer Größen beschränkt, darf also nur Beziehungen zwischen den Energiestufen und den Übergangswahrscheinlichkeiten enthalten. Eine solche Theorie ist in der Tat von HEISENBERG entwickelt worden. Seine Theorie enthält keine anschaulichen Bilder mehr, sie ist im Gegenteil außerordentlich abstrakt und verlangt darüber hinaus die Benutzung neuer mathematischer Hilfsmittel (Matrizen), die bis dahin in der Physik keine Rolle gespielt hatten. Es treten in dieser Theorie keine hypothetischen, sondern nur noch experimentell meßbare Größen auf. Diese neue Theorie ist durch eine Fülle experimenteller Erfahrungen ausnahmslos bestätigt worden, auch dort, wo die BOHR-Theorie auf unlösbare Schwierigkeiten gestoßen war.

Durch die Quantenmechanik wurde sowohl der experimentellen als auch der theoretischen Atomforschung ein erheblicher Auftrieb gegeben, indem diese Theorie zu einer großen Anzahl neuer Fragestellungen führte, die der experimentellen Prüfung zugänglich sind. Auch dabei hat sich die neue Theorie in jedem Falle bewährt.

Es ist noch von Interesse, darauf hinzuweisen, daß Wellenmechanik und Quantenmechanik trotz ihrer sehr verschiedenen Ausgangspunkte und Wege im Grunde gleichwertig sind. P. JORDAN (1902 – 1980) und P. A. M. DIRAC (1902 – 1984) konnten zeigen, daß Wellenmechanik und Quantenmechanik zwei verschiedene, gleichwertige Darstellungen der gleichen physikalischen Struktur sind.

Als Ergebnis dieser Untersuchungen kann festgestellt werden:

Die Physik der Atomhüllen hat durch die Schrödinger-Wellenmechanik in der Interpretation von Born sowie durch die gleichwertige Heisenberg-Quantenmechanik eine endgültige mathematische Darstellung erhalten. Alle experimentellen Befunde sind in ein lückenloses mathematisches System eingeordnet worden und alle die Atomhüllen betreffenden Probleme konnten damit abschließend geklärt werden.

8.3.19 Die Heisenberg-Unschärferelation

Im Zusammenhang mit der Entwicklung der Quantentheorie haben sich neue Einsichten hinsichtlich der Existenz physikalischer Größen und der damit zusammenhängenden Problematik der Messung solcher Größen ergeben, auf die wegen der grundsätzlichen Bedeutung dieser Erkenntnisse hier noch näher eingegangen werden soll.

Jede physikalische Messung setzt die Benutzung von Meßinstrumenten voraus und besteht in einer Wechselwirkung zwischen diesen und dem Gegenstand der Messung. Um z. B. die Temperatur einer Flüssigkeitsmenge zu bestimmen, bringt man sie mit einem Thermometer in Berührung. Von der zu untersuchenden Flüssigkeit wird Wärme an das Thermometer abgegeben oder diesem entzogen, so daß durch die Messung der zu messende Körper in seinem Zustand verändert wird. Praktisch spielt diese Erscheinung in dem angegebenen Beispiel natürlich keine Rolle, weil man durch die Wahl eines genügend feinen Thermometers und durch nachträgliche rechnerische Korrektur den Fehler so klein machen kann, daß eine unbegrenzte Genauigkeit vorgetäuscht wird.

Grundsätzlich ist aber mit jeder physikalischen Messung eine Rückwirkung des Meßinstrumentes auf den untersuchten Gegenstand verbunden. Nur wenn die Wechselwirkung zwischen Instrument und Objekt beliebig klein oder berechenbar und daher korrigierbar gemacht werden kann, hat diese prinzipielle Störung jedes Meßvorganges keine praktische Bedeutung.

Diese Voraussetzung ist im Bereich der Atome nicht mehr gegeben, denn bei der Untersuchung einzelner atomarer Gebilde gibt es keine Möglichkeit, die Meßinstrumente, die ja auch aus Atomen bestehen, noch feiner und kleiner zu machen als die zu messenden Objekte. Ebenso ist es hier unmöglich, die Beeinflussung des Gegenstandes durch das Meßinstrument zu kontrollieren und durch entsprechende rechnerische Korrekturen auszuschalten. Daher werden grundsätzlich alle Messungen im Bereich der Atome dadurch *wesentlich* gestört, daß mit der Durchführung der Beobachtung eine Veränderung des Objektes notwendig verbunden ist. Diese störende Beeinflussung ist nicht auf Mängel in der Experimentierkunst, die später einmal behoben werden könnten, zurückzuführen, sondern sie ist in der Natur selbst, in der atomistischen Struktur von Materie und Energie, begründet.

Um die Zusammenhänge noch deutlicher zu machen, verfolgen wir in einem Gedankenexperiment mit Hilfe eines idealisierten Übermikroskops den Zustand eines Elektrons in einem Wasserstoffatom. Wenn man den Ort des Elektrons in einem bestimmten Augenblick feststellen will, muß man es beleuchten. Damit die Ortsbestimmung möglichst scharf wird, ist die Verwendung kurzwelligen Lichtes erforderlich, weil bei langwelligem Licht um das Elektron ein ausgedehntes Beugungsscheibchen entsteht, durch das der Ort des Elektrons unbestimmt wird. In der Praxis verwendet man sogar als besonders kurzwellige elektromagnetische Strahlung die Gammastrahlung. Wenn ein solches Gammaquant das Elektron trifft, wird es reflektiert und gelangt in das Übermikroskop, um hier den Ort des Elektrons anzuzeigen. Zur Festlegung der Elektronenbahn müßte man nun nacheinander weitere Ortsbestimmungen vornehmen. Dabei ergibt sich aber die grundsätzliche Schwierigkeit, daß das Elektron durch die erste Beobachtung infolge seiner Wechselwirkung mit dem Gammaquant aus seinem Zustand herausgebracht wird. Wir werden es bei der zweiten Beobachtung irgendwo in größerer Entfernung vom Atomkern vorfinden; in den meisten Fällen wird es wegen der großen Energie der Gammaquanten völlig vom Atom gelöst sein, so daß das Atom ionisiert ist.

Wir stellen also fest:

Es ist grundsätzlich unmöglich, die Bahn eines Elektrons in einem Atom festzulegen, weil jede Ortsbeobachtung mit einem so nachhaltigen Eingriff in die Struktur des Atoms verbunden ist, daß dieses hierdurch wesentlich verändert wird. Die im Bohr-Atommodell verwendete Vorstellung von Elektronenbahnen mußte daher aufgegeben werden.

Zur weiteren Klärung der Zusammenhänge dient der folgende Gedankenversuch:

Aus einem Bündel parallel zur y-Achse fliegender Elektronen greifen wir ein Elektron heraus. Seine Geschwindigkeit sei v_y (Abb. 841.1). Zu einem bestimmten Zeitpunkt sollen der Ort und die Geschwindigkeit dieses Elektrons möglichst genau gemessen werden. Dazu bringen wir in den Weg des Elektrons senkrecht zu seiner Bewegungsrichtung einen schmalen Spalt mit der Breite Δx. In dem Augenblick, in dem das Elektron den Spalt passiert, ist seine Ortskoordinate mit der Genauigkeit der Spaltbreite fixiert. Schwierigkeiten ergeben sich jetzt aber in bezug auf die Geschwindigkeit des Elektrons, weil dieses nach unseren früheren Feststellungen (S. 822) beim Durchgang durch den Spalt eine Beugung erfährt, d.h. aus seiner Bewegungsrichtung abgelenkt wird. Es trifft infolgedessen einen Schirm, der sich im Abstand b vom Spalt befindet, nicht im Punkte P_0, sondern irgendwo im Bereich zwischen P_1 und P_2, wenn wir uns zunächst auf den zentralen Beugungsstreifen beschränken. Dies kann in der Weise gedeutet werden, daß das Elektron bei der Beugung seiner Materiewelle eine zusätzliche Geschwindigkeitskomponente Δv_x erhalten hat, die es aus seiner Bewegungsrichtung ablenkt. Da wir nicht sagen können, an welcher Stelle zwischen P_1 und P_2 das Elektron auftritt, kann die Größe dieser zusätzlichen Geschwindigkeitskomponente auch nur innerhalb gewisser Grenzen angegeben werden. Wird nun eine *möglichst große Genauigkeit in der Ortsangabe* erstrebt, so muß man die Spaltbreite Δx soweit wie möglich verkleinern. Dann tritt aber eine stärkere Beugung auf, d.h., die zusätzliche *Geschwindigkeitskomponente wird innerhalb eines größeren Bereichs unbestimmt.* Soll umgekehrt eine *möglichst genaue Angabe der Geschwindigkeit* erfolgen, so muß Δv_x auf einen möglichst kleinen Bereich beschränkt werden; das ist der Fall, wenn der Beugungsstreifen möglichst schmal ist. Dies erreicht man durch eine Vergrößerung der Spaltbreite, was aber *eine Steigerung in der Unschärfe der Ortsangabe* bedeutet.

Die bisher nur qualitativ dargelegten Zusammenhänge sollen nun quantitativ erfaßt werden:

Dabei gehen wir von der früheren Feststellung aus, daß das Elektron auch im Wellenbild beschrieben werden kann und daß sich für seine De-Broglie-Wellenlänge nach S. 821

$$\lambda = \frac{h}{m v_y}$$

ergibt. Für das erste Minimum beträgt der Beugungswinkel α dann aufgrund der früher behandelten Beugungsgesetze

$$\sin\alpha = \frac{\lambda}{\Delta x}.$$

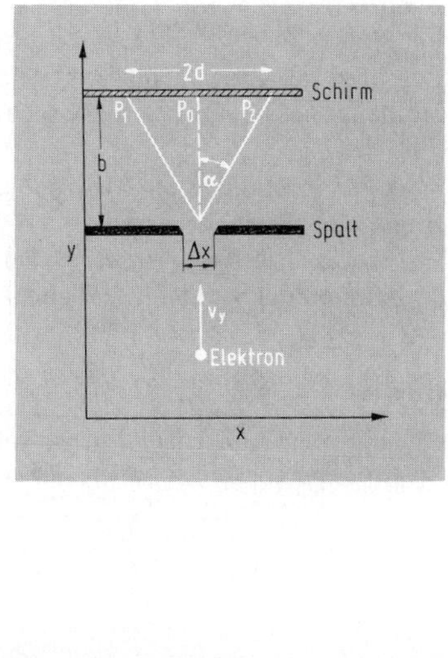

Abb. 841.1
Gedankenversuch zur Heisenberg-Unschärferelation

Da es sich um kleine Winkel α handelt, können wir ferner

$$\sin\alpha = \frac{d}{b}$$

setzen, so daß sich also ergibt:

$$\frac{d}{b} = \frac{\lambda}{\Delta x} = \frac{h}{m v_y \cdot \Delta x}.$$

Wenn das Elektron zum Durchfliegen des Raumes zwischen Spalt und Schirm die Zeit Δt braucht, so ist

$$b = v_y \cdot \Delta t \quad \text{und} \quad d = \Delta v_x \cdot \Delta t.$$

Setzen wir diese Werte in die vorhergehende Gleichung ein, so ergibt sich

$$\frac{\Delta v_x \cdot \Delta t}{v_y \cdot \Delta t} = \frac{h}{m v_y \cdot \Delta x} \quad \text{bzw.} \quad m \cdot \Delta v_x \cdot \Delta x = h.$$

Da $m \cdot \Delta v_x = \Delta p_x$ ist, können wir diesen Ausdruck auch in der Form schreiben:

$$\Delta p_x \cdot \Delta x = h.$$

Wir haben uns bisher auf den zentralen Beugungsstreifen beschränkt. Das Elektron kann den Schirm aber auch im Bereich von Beugungsstreifen erreichen, die weiter außerhalb liegen. Wenn man diese Tatsache berücksichtigt, so läßt sich aufgrund einer hier nicht durchgeführten Überlegung allgemein schreiben:

$$\Delta p_x \cdot \Delta x \geqq \frac{h}{2\pi}.$$

Diese Beziehung bringt zum Ausdruck, daß jede Genauigkeitssteigerung bei der Ortsbestimmung, die nur durch einen engeren Spalt, d.h. ein kleineres Δx, erzielt werden kann, den Impuls p_x unschärfer werden läßt. Infolge der Beugung am Spalt wird durch die Messung der Koordinate x der Impuls p_x unscharf.

Diese Feststellung gilt nicht nur für die hier betrachteten Elektronen, sondern wir können allgemeiner sagen:

Es sei x die Ortskoordinate eines Teilchens (z.B. einer Lichtkorpuskel, eines Elektrons, eines Protons usw.) und Δx die Unsicherheit ihrer Angabe; p sei der Impuls dieses Teilchens und Δp die Unsicherheit der Impulsangabe. Dann können wir schreiben:

$$\Delta x \cdot \Delta p \geqq \frac{h}{2\pi}.$$

Diese Gleichung wird als die HEISENBERG-*Unschärferelation* oder *Unbestimmtheitsrelation* bezeichnet.

Je genauer wir die Lagekoordinate angeben, je kleiner also Δx wird, um so größer wird die Unschärfe Δp des Impulses und umgekehrt. Beide Angaben können nicht gleichzeitig mit beliebiger Genauigkeit gemacht werden, wie dies in der klassischen Physik als selbstverständlich angenommen wurde.

Der Zustand eines Mikroobjektes kann niemals durch gleichzeitig scharf definierte Werte für Ort und Impuls beschrieben werden.

Die Heisenberg-Unschärferelation setzt die Grenze fest, innerhalb der die Vorstellung der klassischen Physik von der Bahn eines Teilchens noch anwendbar ist.

Beispiele

1. In einem Gedankenversuch soll für das im Grundzustand befindliche Wasserstoffatom eine Ortsbestimmung des Elektrons durchgeführt werden. Die zulässige Unschärfe bei der Ortsbestimmung soll $\frac{1}{10}$ des Atomdurchmessers betragen.

Es ist also:

$$\Delta x = 0{,}1 \cdot 10^{-10}\,\mathrm{m} = 10^{-11}\,\mathrm{m}.$$

Aus der HEISENBERG-Unschärferelation folgt dann für die Unschärfe des Impulses

$$\Delta p \geqq \frac{h}{2\pi \cdot \Delta x} \geqq \frac{6{,}6 \cdot 10^{-34}\,\mathrm{J\,s}}{2\pi \cdot 10^{-11}\,\mathrm{m}}$$

$$\Delta p \geqq 10^{-23}\,\mathrm{N\,s}.$$

Für die Unschärfe der Geschwindigkeit ergibt sich somit

$$\Delta v = \frac{\Delta p}{m_e} \geqq \frac{10^{-23}\,\mathrm{N\,s}}{9 \cdot 10^{-31}\,\mathrm{kg}}$$

$$\Delta v \geqq 10^{7}\,\mathrm{m\,s^{-1}}.$$

Beachtet man weiter, daß sich aus dem BOHR-Atommodell für das Wasserstoffatom bei $n=1$ für die Geschwindigkeit des Elektrons

$$v \approx 2 \cdot 10^{6}\,\mathrm{m\,s^{-1}}$$

ergibt, so liegt die Unschärfe also in der Größenordnung von

$$500\,\%.$$

Diese Rechnung besagt also:

Wenn man die oben angegebene, im Bereich der Atome zunächst durchaus vernünftig erscheinende Genauigkeit der Ortsbestimmung verlangt, dann wird jede gleichzeitige Geschwindigkeitsfeststellung um etwa 500 % ungenau, d.h. sie wird sinnlos. Wenn man umgekehrt Geschwindigkeitsfeststellungen über das Elektron treffen will, so muß man Unschärfen in der Ortsangabe hinnehmen, die weit über die oben zugelassene Unschärfe hinausgehen.

Hieraus muß der Schluß gezogen werden, daß das BOHR-Atommodell mit der HEISENBERG-Unschärferelation nicht vereinbar ist. Es wird hiermit noch einmal bestätigt, daß das Elektron nicht als punktförmiges Gebilde betrachtet werden darf, das auf bestimmten Bahnen im Sinne der klassischen Mechanik genau lokalisierbar ist.

2. Um die Auswirkung der Unschärferelation bei makroskopischen Körpern zu prüfen, wird in einem Gedankenversuch mit Hilfe eines Mikroskops eine möglichst genaue Ortsbestimmung bei einem Massenpunkt mit der Masse $m = 0{,}001$ g ausgeführt. Es läßt sich dabei erreichen, daß die Unschärfe der Ortsbestimmung auf

$$\Delta x = 2 \cdot 10^{-7}\,\mathrm{m}$$

herabgedrückt werden kann. Dann ergibt sich für die Unschärfe der Geschwindigkeit

$$\Delta v \geqq \frac{h}{2\pi\, m \cdot \Delta x} > 5 \cdot 10^{-22}\,\mathrm{m\,s^{-1}}.$$

Diese Unschärfe liegt weit unterhalb jeder erreichbaren Meßgenauigkeit.

Die HEISENBERG-Unschärferelation spielt daher im Bereich der Makrophysik keine Rolle.

3. In Linearbeschleunigern, Oszilloskopen und Fernsehbildröhren „fliegen" Elektronen auf verhältnismäßig scharfen, geraden Bahnen. Wir wollen im folgenden zeigen, daß hier der Begriff der Elektronenbahn mit der HEISENBERG-Unschärferelation verträglich ist.

Wir betrachten jetzt den Fall, daß die Elektronen mittels der Elektronenkanone durch ein Spannungsgefälle von $U = 20\,\mathrm{kV}$ beschleunigt werden. Ihre kinetische Energie beträgt danach

$$\begin{aligned} W_{\mathrm{kin}} &= 2 \cdot 10^{4}\,\mathrm{eV} \\ &= 2 \cdot 10^{4} \cdot 1{,}6 \cdot 10^{-19}\,\mathrm{J} \\ &= 3{,}2 \cdot 10^{-15}\,\mathrm{J} \end{aligned}$$

Bei der durchlaufenen Spannung $U = 20\,\mathrm{kV}$ beträgt die Masse des Elektrons $m_e = 9{,}3 \cdot 10^{-31}\,\mathrm{kg}$; wir können praktisch noch nichtrelativistisch rechnen (S. 583). Mit

$$W_{\mathrm{kin}} = \tfrac{1}{2} \cdot m v^2 \quad \text{und} \quad p = m v$$

ergibt sich der Impuls der Elektronen zu

$$p = \sqrt{2 \cdot m_e W_{kin}}$$
$$= \sqrt{2 \cdot 9{,}3 \cdot 10^{-31}\,\mathrm{kg} \cdot 3{,}2 \cdot 10^{-15}\,\mathrm{J}}$$
$$= 7{,}71 \cdot 10^{-23}\,\mathrm{kgms^{-1}}$$

Wir stellen jetzt die Frage nach der „Elektronenbahn" folgendermaßen: Das Elektronenbündel verläßt die Elektronenkanone durch eine Öffnung mit dem Durchmesser $\Delta x = 0{,}1$ mm. Nach welcher Strecke s hat sich das Bündel um 10% aufgeweitet?

Die Elektronen verlassen die Elektronenkanone mit der Ortsunschärfe $\Delta x = 10^{-4}$ m. Nach der HEISENBERG-Unschärferelation folgt damit eine Unschärfe Δp_x des Impulses quer zur Strahlrichtung:

$$\Delta p_x \approx \frac{h}{2\pi \cdot \Delta x}$$
$$\approx \frac{6{,}6 \cdot 10^{-34}\,\mathrm{Js}}{2\pi \cdot 10^{-4}\,\mathrm{m}}$$
$$\approx 1{,}1 \cdot 10^{-30}\,\mathrm{kgms^{-1}}.$$

Der Querschnittsradius $r = \frac{\Delta x}{2}$ des ursprünglichen Bündels weitet sich durch die Impulsunschärfe um Δr aus.

Mit $p = mv$; $\Delta p_x = m \cdot \Delta v_x$; $v = \frac{s}{t}$ und $\Delta v_x = \frac{\Delta r}{t}$ ergibt sich

$$s = \frac{p \cdot \Delta r}{\Delta p_x}.$$

Die Aufweitung des Bündels soll 10% betragen, d.h., es soll gelten:

$$\Delta r = \frac{\Delta x}{20}.$$

Damit folgt

$$s = \frac{p \cdot \Delta x}{20 \cdot \Delta p_x}$$
$$\approx \frac{7{,}71 \cdot 10^{-23}\,\mathrm{kgms^{-1}} \cdot 10^{-4}\,\mathrm{m}}{20 \cdot 1{,}1 \cdot 10^{-30}\,\mathrm{kgms^{-1}}}$$
$$\approx 350\,\mathrm{m}.$$

Innerhalb eines „Schlauches" von 0,1 bis 0,11 mm Durchmesser und rund 350 m Länge kann man die Bewegung von Elektronen der oben genannten Energie wie die Bewegung von klassischen Teilchen betrachten.

Die HEISENBERG-Unschärferelation gilt nicht nur für die physikalischen Größen Ort und Impuls. Eine hier nicht durchgeführte Untersuchung zeigt vielmehr, daß auch andere physikalische Größen in ähnlicher Weise zu Paaren miteinander verkoppelt sind, wie wir dies hier für den Ort und den Impuls eines Teilchens kennengelernt haben. Je genauer man die eine Größe eines solchen Paares festlegen kann, um so unschärfer wird notwendigerweise die andere Größe. Diese Abhängigkeit ist von N. BOHR als *Komplementarität* bezeichnet worden. Die auf diese Weise miteinander verkoppelten physikalischen Größen nennt man *komplementäre Größen.*

Wir stellen zusammenfassend fest:

Unter der Komplementarität versteht man eine Eigenschaft mikrophysikalischer Objekte:
Solche physikalischen Größen, deren Produkt in der Einheit einer Wirkung gemessen wird, sind durch die Heisenberg-Unschärferelation miteinander gekoppelt. Das Produkt der Unschärfen dieser Größen ist niemals kleiner als das Planck-Wirkungsquantum.

Außer den Größen *Ort* und *Impuls* bilden z.B. die Größen *Zeit* und *Energie* ein komplementäres Paar.

Die Komplementarität stellt ein wesentliches Merkmal dar, durch das sich die Makrophysik und die Mikrophysik voneinander unterscheiden. Sie ist auch einer der Gründe für die früher bereits erwähnte Tatsache, daß die Mikrophysik nicht als verkleinertes Abbild der Makrophysik betrachtet werden darf.

Beispiele

1. Um Wasserstoffatome in den angeregten Zustand zu versetzen, werden sie mit Elektronen bestrahlt, die eine Beschleunigungsspannung

$$U = 12{,}8\ \text{V}$$

durchlaufen haben.

a) Wieviel Spektrallinien kann ein auf diese Weise angeregtes Wasserstoffgas aussenden?
b) Wie groß sind die Wellenzahlen dieser Spektrallinien?
c) Welche dieser Linien sind sichtbar und zu welcher Serie gehören diese Linien?

a) Um ein Wasserstoffatom aus dem Grundzustand mit der Hauptquantenzahl $n=1$ auf höhere Energieniveaus zu heben, sind nach S. 757 die folgenden Energien erforderlich:

Hauptquantenzahl n	2	3	4	5
Energie W	10,15 eV	12,03 eV	12,68 eV	12,99 eV

Da die zur Anregung dienenden Elektronen die Energie

$$W = 12{,}8\ \text{eV}$$

haben, können die Wasserstoffatome bis auf das Niveau $n=4$ gehoben werden. Bei der Rückkehr in den Grundzustand sind die folgenden Quantensprünge möglich:

von	$n=4$	$n=4$	$n=4$	$n=3$	$n=3$	$n=2$
auf	$n=3$	$n=2$	$n=1$	$n=2$	$n=1$	$n=1$

Das Wasserstoffgas kann also 6 Spektrallinien aussenden.

b) Für die Wellenzahlen ergibt sich:

$$N_{4,3} = Ry\left(\frac{1}{3^2} - \frac{1}{4^2}\right) = Ry \cdot \frac{7}{144} = 5334{,}5 \cdot 10^2\ \text{m}^{-1}$$

$$N_{4,2} = Ry\left(\frac{1}{2^2} - \frac{1}{4^2}\right) = Ry \cdot \frac{3}{16} = 20\,576 \cdot 10^2\ \text{m}^{-1}$$

$$N_{4,1} = Ry\left(\frac{1}{1^2} - \frac{1}{4^2}\right) = Ry \cdot \frac{15}{16} = 102\,879 \cdot 10^2\ \text{m}^{-1}$$

$$N_{3,2} = Ry\left(\frac{1}{2^2} - \frac{1}{3^2}\right) = Ry \cdot \frac{5}{36} = 15\,233 \cdot 10^2\ \text{m}^{-1}$$

$$N_{3,1} = Ry\left(\frac{1}{1^2} - \frac{1}{3^2}\right) = Ry \cdot \frac{8}{9} = 97\,491 \cdot 10^2\ \text{m}^{-1}$$

$$N_{2,1} = Ry\left(\frac{1}{1^2} - \frac{1}{2^2}\right) = Ry \cdot \frac{3}{4} = 82\,258 \cdot 10^2\ \text{m}^{-1}.$$

c) Die Linien mit den Wellenzahlen $N_{4,2}$ und $N_{3,2}$ sind sichtbar. Sie gehören zur BALMER-Serie.

2. Wenn ein Elektron in der Hülle eines Kupferatoms von der L-Schale auf die K-Schale wechselt, so wird die Energie

$$W = 8{,}03\ \text{eV}$$

frei, die als Strahlungsquant abgegeben wird.

a) Wie groß sind die Frequenz und die Wellenlänge dieser Strahlung?
b) In welchem Spektralbereich liegt die Strahlung?

a) Aus

$$W = h\nu$$

folgt

$$\nu = \frac{W}{h} = \frac{8{,}03 \cdot 1{,}6021 \cdot 10^{-19}\,\mathrm{J}}{6{,}626 \cdot 10^{-34}\,\mathrm{J\,s}} \approx 2 \cdot 10^{15}\,\mathrm{Hz}$$

$$\lambda = \frac{c}{\nu} \approx \frac{3 \cdot 10^{8}\,\mathrm{m\,s^{-1}}}{2 \cdot 10^{15}\,\mathrm{s^{-1}}} \approx 150\,\mathrm{nm}.$$

b) Es handelt sich um eine RÖNTGEN-Strahlung.

3. Wie groß ist die DE-BROGLIE-Wellenlänge eines Elektrons, das die Beschleunigungsspannung

$$U = 900\,\mathrm{V}$$

durchlaufen hat?

Es ist

$$\lambda = \frac{h}{m_e v} \quad \text{und} \quad U e = \frac{1}{2} m_e v^2.$$

Hieraus folgt

$$\lambda = \frac{h}{\sqrt{2 m_e e U}} = \frac{6{,}626 \cdot 10^{-34}\,\mathrm{J\,s}}{\sqrt{2 \cdot 9{,}1 \cdot 10^{-31}\,\mathrm{kg} \cdot 1{,}6 \cdot 10^{-19}\,\mathrm{C} \cdot 900\,\mathrm{V}}} \approx 0{,}04\,\mathrm{nm}.$$

Weitere Aufgaben: Siehe O. HÖFLING, Physik-Aufgaben II/3.

8.4 Die Physik der Atomkerne

8.4.1 Die wichtigsten Eigenschaften der Atomkerne

Im Laufe der bisherigen Darlegungen sind uns bereits einige Eigenschaften der Atomkerne bekannt geworden, mit denen wir uns zunächst beschäftigen wollen.

1. Die elektrische Ladung der Atomkerne

Die Atomkerne besitzen eine *positive elektrische Ladung*. Diese beträgt stets ein ganzzahliges Vielfaches der elektrischen Elementarladung

$$e = 1{,}6022 \cdot 10^{-19}\,\mathrm{C}.$$

Unter der Kernladungszahl Z eines Atoms versteht man die Anzahl der positiven Elementarladungen des Atomkernes.

Die Kernladungszahl Z ist gleich der *Ordnungszahl* des betreffenden Elementes im Periodensystem der Elemente.

Bei einem neutralen Atom stimmt die Kernladungszahl mit der Zahl der Elektronen in der Atomhülle überein. Sie bestimmt damit das chemische Verhalten der Atome.

Da die Kernladungszahl eine wesentliche Eigenschaft der Atomkerne darstellt, wird sie oft als *unterer* Index an das chemische Symbol des Elementes angefügt.

2. Die Masse der Atomkerne

Im Atomkern ist *fast die gesamte Masse des Atoms* vereinigt. Es wird sich später noch zeigen, daß die Atomkerne aus kleineren Bausteinen zusammengesetzt sind, die man als *Nukleonen* bezeichnet. Mit den Eigenschaften dieser Nukleonen werden wir uns noch genau zu beschäftigen haben. Zunächst merken wir uns nur:

Unter der Massenzahl A eines Atomkernes versteht man die Anzahl der den Kern bildenden Nukleonen.

Die Massenzahl stellt ebenfalls eine für die Beschreibung der Atomkerne wichtige Zahl dar. Sie wird zur genaueren Kennzeichnung eines Atomkernes als *oberer* Index an das chemische Symbol des Elementes angefügt.

3. Die Kernsymbolik

Es ist in der Kernphysik üblich, die folgende Symbolik zu verwenden:

Ein Atomkern mit dem chemischen Symbol X, der Ordnungszahl Z und der Massenzahl A wird in der Form

$$^{A}_{Z}\mathrm{X}$$

geschrieben.

Beispiele

$$^{12}_{6}\mathrm{C},\quad ^{14}_{7}\mathrm{N},\quad ^{16}_{8}\mathrm{O},\quad ^{17}_{8}\mathrm{O},\quad ^{235}_{92}\mathrm{U},\quad ^{238}_{92}\mathrm{U}\quad \text{usw.}$$

Eine durch die beiden Zahlen A und Z charakterisierte Atomsorte wird als ein *Nuklid* bezeichnet. Dabei sind also nicht die Atomkerne, sondern die ganzen Atome, d.h. die Atomkerne und die vollständigen Elektronenhüllen, gemeint. Wir kommen hierauf später noch zurück und halten vorerst fest:

Unter einem Nuklid versteht man eine Atomsorte, bei der alle Atome die gleichen Kerneigenschaften haben, d.h., deren Atomkerne alle die gleiche Ordnungszahl Z und die gleiche Massenzahl A haben.

Bisweilen wird auch eine einfachere Schreibweise verwendet. Da der untere Index gleich der Ordnungszahl des Elementes im Periodensystem ist, ergibt er sich bereits aus dem chemischen Symbol; er kann deshalb weggelassen werden.

Beispiele

^{12}C, ^{14}N, ^{16}O, ^{17}O, ^{235}U, ^{238}U usw.

Statt die Massenzahl als oberen Index anzufügen, wird sie vielfach auch hinter das chemische Buchstabensymbol oder hinter den Namen des betreffenden Nuklids geschrieben.

Beispiele

C 12, N 14, O 16, O 17, U 235, U 238 usw.

oder

Kohlenstoff 12, Stickstoff 14, Sauerstoff 16, Sauerstoff 17, Uran 235, Uran 238 usw.

4. Die Größe der Atomkerne

Die früher erwähnten RUTHERFORD-Streuversuche haben gezeigt, daß die Größe der Atomkerne im Vergleich zur Größe der Gesamtatome äußerst klein ist. Die Atomkerne können näherungsweise als Kugeln betrachtet werden, deren Radien sich experimentell bestimmen lassen. Dabei hat sich gezeigt, daß die Radien r der Atomkerne mit wachsender Massenzahl A nach der Gleichung

$$r \approx r_0 \sqrt[3]{A}$$

zunehmen. In dieser Gleichung ist

$$r_0 \approx 1{,}42 \cdot 10^{-15}\ \mathrm{m}$$

der Radius eines Atomkernes mit der Massenzahl $A=1$, d.h. eines Wasserstoffkernes oder eines Protons.

5. Die Dichte der Atomkerne

Aus der angegebenen Formel für die Kernradien folgt für die Volumina der Atomkerne

$$V = \tfrac{4}{3}\pi r^3 \approx \tfrac{4}{3}\pi r_0^3 A\,.$$

Die Volumina der Atomkerne sind ihrer Massenzahl A angenähert proportional.

Da die Masse m der Atomkerne ebenfalls der Massenzahl A proportional ist, folgt weiter, daß die Dichte

$$\rho = \frac{m}{V}$$

unabhängig von der Massenzahl der Atomkerne ist. Wir halten also fest:

Die Dichte der Atomkerne hat für alle Kernarten nahezu den gleichen Wert.

Aus diesem Grunde weisen die Atomkerne eine gewisse Ähnlichkeit mit Flüssigkeitstropfen ein und derselben Flüssigkeit auf, denn deren Dichte bleibt ebenfalls unabhängig von der Tropfengröße konstant. Wir werden von dieser Ähnlichkeit später Gebrauch machen, um ein anschauliches Modell zur Beschreibung des Baues und einiger Eigenschaften der Atomkerne zu entwickeln. Dieses Modell, das als das *Tropfenmodell der Atomkerne* bezeichnet wird, betrachtet die Kerne als aus einer *einheitlichen Kernflüssigkeit* mit gleichbleibender Dichte aufgebaut.

Die Dichte der Atomkerne ist im Vergleich zu den aus dem Alltag bekannten Materiedichten äußerst groß. Bei dem kleinsten Atomkern, dem Wasserstoffkern oder Proton, ergibt sich für die Kerndichte ρ:

$$\rho = \frac{m_\mathrm{p}}{V} = \frac{m_\mathrm{p}}{\frac{4}{3}\pi r_\mathrm{p}^3} \approx 1{,}4 \cdot 10^{17}\ \frac{\mathrm{kg}}{\mathrm{m}^3}\,.$$

Dabei bedeuten:

m_p = Ruhmasse des Protons $\approx 1{,}67 \cdot 10^{-27}$ kg,
V = Volumen des Protons,
r_p = Radius des Protons $\approx 1{,}42 \cdot 10^{-15}$ m.

Die Dichten der übrigen Atomkerne liegen in der gleichen Größenordnung.

Um weitere Einblicke in die Beschaffenheit der Atomkerne zu gewinnen, muß man experimentelle Untersuchungen an den Kernen anstellen. Hierbei zeigt sich, daß solche Untersuchungen sehr viel schwieriger sind, als dies bei der Atomhülle der Fall ist. Deshalb hat es auch verhältnismäßig lange gedauert, bis über die Beschaffenheit der Atomkerne einige Klarheit gewonnen werden konnte. Es waren vor allem die folgenden Erscheinungsgebiete, die für die Erforschung der Atomkerne von Bedeutung geworden sind:

1. Die erste Kunde von der Struktur der Atomkerne brachte die *natürliche Radioaktivität*, bei der es sich um Umwandlungen von Atomkernen handelt, die mit der Aussendung von Strahlen verbunden sind.

2. Als besonders aufschlußreich haben sich die *künstlichen Eingriffe* erwiesen, die man an den Atomkernen vornehmen kann, indem man sie mit anderen Teilchen beschießt. Dabei zeigt sich, daß der Atomkern solchen *Beschießungsversuchen* einen viel größeren Widerstand entgegensetzt als die Atomhülle. Daher sind zu solchen Versuchen im allgemeinen Geschosse mit erheblich größeren Energien erforderlich als bei den Experimenten an der Atomhülle.

3. Wichtige Erkenntnisse liefert ferner die *künstliche Radioaktivität*. Es handelt sich hierbei um ähnliche Vorgänge wie bei der natürlichen Radioaktivität, bei denen Umwandlungen von Atomkernen unter gleichzeitiger Strahlenaussendung vor sich gehen.

4. Eine große theoretische und praktische Bedeutung haben weiter die *Kernspaltungen*, bei denen gewisse schwere Atomkerne durch den Beschuß mit geeigneten anderen Teilchen in zwei nahezu gleich große Bruchstücke zerlegt werden.

5. Schließlich liefern auch die *Kernfusionen*, d.h. der Aufbau von Atomkernen aus kleineren Bausteinen, wichtige Erkenntnisse über die Beschaffenheit und die Eigenschaften der Atomkerne.

Im folgenden werden wir uns zunächst mit den vorliegenden experimentellen Befunden vertraut machen und dann auch hier wieder eine zusammenfassende Beschreibung dieser Befunde mit Hilfe von Modellvorstellungen zu geben versuchen.

8.4.2 Die Grunderscheinungen der natürlichen Radioaktivität

Im Jahre 1896 entdeckte der französische Physiker H. A. Becquerel (1852–1908), daß Uransalze die Eigenschaft haben, dauernd eine unsichtbare Strahlung auszusenden, die die lichtdichte Verpackung fotografischer Platten zu durchdringen und die Silberbromidschicht zu beeinflussen vermag; ferner ionisieren die Strahlen die Luft und entladen einen Kondensator. Es ist das Verdienst des Ehepaares Marie Curie (1867–1934) und Pierre Curie (1859–1906), die solche Strahlen aussendenden Mineralien genau untersucht zu haben. So entdeckten sie 1898 zwei strahlenaussendende Elemente, die aus dem Mineral Pechblende aus Joachimsthal (Böhmen) gewonnen wurden und die ein viel stärkeres Strahlungsvermögen besaßen als Uran, nämlich zuerst das *Polonium* und etwas später ein zweites Element, das noch rund 10000mal stärker strahlte als das Polonium. Dieses neue Element wurde *Radium* genannt. Es erwies sich als ein Erdalkalimetall, das gewisse Ähnlichkeit mit dem Barium hat. Das Radium kommt in der Pechblende nur in sehr geringen Mengen vor. Bald nach der Entdeckung des Radiums wurde das *Actinium* aufgefunden, das ebenfalls die Eigenschaft hat, dauernd Strahlen auszusenden; auch *Thorium* sendet, wie 1898 von G. C. Schmidt (1865–1949) gefunden wurde, solche Strahlen aus. Man bezeichnet die allen diesen Stoffen gemeinsame Eigenschaft der Strahlenaussendung als *Radioaktivität*. Die Strahlen aussendenden Atomarten werden als *Radionuklide* bezeichnet.

Die Erscheinungen der Radioaktivität waren so merkwürdig und neuartig, daß die Forscher der ganzen Welt sofort darangingen, die Vorgänge näher zu untersuchen.

Dabei ergaben sich zunächst die folgenden Eigenschaften:

1. Die Aussendung radioaktiver Strahlen kann durch äußere Einwirkungen weder verstärkt noch verringert werden. So ist es weder durch Temperatur- noch durch Druckänderungen möglich, die Strahlungsabgabe zu beeinflussen. Diese Feststellung legt die Annahme nahe, daß es sich nicht um chemische Vorgänge handelt.

2. Ein radioaktives Präparat ist immer etwas wärmer als seine Umgebung. Von einem Radiumpräparat mit der Masse $m = 1$ g wird stündlich die Wärmemenge

$$Q \approx 575 \text{ J}$$

an die Umgebung abgegeben. Eine Erklärung hierfür konnte zunächst nicht gegeben werden. Wir kommen später hierauf zurück.

3. Die wichtigste Eigenschaft der radioaktiven Stoffe ist die Abgabe der Strahlung. Eine genauere Untersuchung zeigt, daß die von einem Radiumpräparat ausgehende Strahlung aus drei verschiedenen Teilen besteht. Setzt man ein schmales Bündel dieser Strahlen der Einwirkung eines Magnetfeldes mit großer magnetischer Flußdichte aus, so ergibt sich das in Abb. 850.1 schematisiert wiedergegebene Bild:

a) Ein Teil der Strahlen wird nur wenig abgelenkt. Aus der Ablenkungsrichtung entnimmt man, daß diese Strahlung aus positiv geladenen Teilchen bestehen muß. Man bezeichnet sie als *Alphastrahlen (α-Strahlen)* und ihre Teilchen als *Alphateilchen (α-Teilchen)*. Eine genaue Untersuchung dieser Teilchen zeigt:

Bei den Alphateilchen handelt es sich um Heliumkerne. Sie besitzen also zwei positive Elementarladungen und haben die Massenzahl 4.

b) Ein anderer Teil der Strahlen wird erheblich stärker als die Alphastrahlen abgelenkt, und zwar nach der entgegengesetzten Richtung. Man bezeichnet sie als *Betastrahlen (β-Strahlen)*. Eine genauere Untersuchung zeigt, daß sie aus Elektronen bestehen, die mit großer Geschwindigkeit (bis 99% der Lichtgeschwindigkeit) ausgesendet werden. Man nennt diese Teilchen auch *Betateilchen (β-Teilchen)*. Wir halten also fest:

Bei den Betateilchen handelt es sich um schnell bewegte Elektronen. Sie besitzen also eine negative Elementarladung und haben nur eine sehr kleine Ruhmasse.

c) Ein dritter Teil der Strahlen wird im Magnetfeld überhaupt nicht abgelenkt. Diese Strahlen werden *Gammastrahlen (γ-Strahlen)* genannt. Es handelt sich um elektromagnetische Wellen, die die gleichen Eigenschaften wie RÖNTGEN-Strahlen mit sehr kurzer Wellenlänge haben. Es gilt also:

Die Gammastrahlen sind elektromagnetische Wellenstrahlen. Sie transportieren keine elektrische Ladung und werden deshalb im Magnetfeld nicht abgelenkt.

Die Gammastrahlen verhalten sich in vielen Fällen wie eine Teilchenstrahlung. Man spricht deshalb auch von *Gammaquanten (γ-Quanten)*.

Allgemein gilt:
Je kleiner die Wellenlänge einer elektromagnetischen Strahlung ist, desto stärker tritt der Teilchencharakter der Strahlung (Quanten) in Erscheinung. Deshalb wird bei der RÖNTGEN- und der γ-Strahlung oft der Teilchencharakter in die Betrachtung einbezogen.

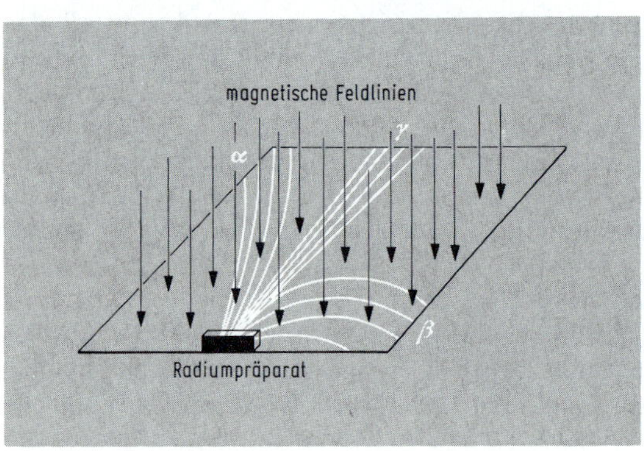

Abb. 850.1
Das Verhalten der von einem Radiumpräparat ausgehenden Strahlen in einem Magnetfeld

Die radioaktiven Strahlen sind für das Auge unsichtbar. Um ihre Eigenschaften erforschen zu können, mußten zunächst Geräte entwickelt werden, die die Strahlen der experimentellen Untersuchung zugänglich machen. Dabei wird von der Eigenschaft dieser Strahlen Gebrauch gemacht, beim Durchgang durch Materie Ionenpaare (positive Ionen und negative Elektronen) zu bilden. Man spricht daher auch von *ionisierenden* Strahlen.

Neben der Ionisierung durch die Strahlung der natürlichen Radioaktivität gibt es noch andere Möglichkeiten der Ionisierung durch hochenergetische Teilchen. Solche Teilchen entstehen z.B. bei Kernreaktionen, die durch die kosmische Strahlung oder mit Hilfe von Teilchenbeschleunigern hervorgerufen werden (S. 1012). Es gibt zahlreiche verschiedene Arten von Geräten und Verfahren, die heute bei der Untersuchung ionisierender Strahlen verwendet werden. Im folgenden Abschnitt sollen einige Geräte und Verfahren beschrieben werden.

8.4.3 Die Nachweis- und Meßverfahren für ionisierende Strahlen

1. Die Ionisationskammern

Ionisationskammern verwendet man zur Messung der Strahlungsaktivität von radioaktiven Substanzen. Die genaue Definition der radiologischen Aktivität lernen wir an späterer Stelle (S. 862) kennen. Hier soll zunächst die Funktionsweise der Ionisationskammer dargelegt werden.

Unter einer Ionisationskammer versteht man ein Gefäß, das mit Luft oder einem anderen Gas gefüllt ist und in dem sich zwei gegeneinander isolierte Elektroden befinden. Eine Gleichspannung von einigen hundert Volt bewirkt ein elektrisches Feld in der Kammer. Als eine der beiden Elektroden dient im allgemeinen das aus Metallblech bestehende Gefäß, so daß nur noch eine Innenelektrode isoliert eingeführt werden muß. In Abb. 851.1 ist eine solche Kammer schematisch dargestellt. Wenn sich eine feste oder gasförmige radioaktive Substanz in der Kammer befindet, so werden in der Kammer Ionen und Elektronen erzeugt, die durch das elektrische Feld zu der ihrer Ladung entgegengesetzten Elektrode getrieben werden. Der dadurch entstehende Ionisationsstrom kann im äußeren Stromkreis mit Hilfe eines Amperemeters, dem ein Meßverstärker vorgeschaltet ist, gemessen werden.

Die in der Ionisationskammer sich abspielenden Vorgänge hängen im einzelnen von der Art und dem Druck des Füllgases, von der Gestalt und der Anordnung der Elektroden und insbesondere auch von der Höhe der angelegten Spannung ab. Je höher die angelegte Spannung ist, um so größer wird die Geschwindigkeit, mit der die Ionen und Elektronen zu den Elektroden geführt werden. Mit größer werdender Geschwindigkeit nimmt aber gleichzeitig die Wahrscheinlichkeit für eine Rekombination der Ionen und Elektronen, d.h. für ihre Wiedervereinigung zu neutralen Molekülen, ab. Die angelegte Spannung soll nun gerade so groß sein, daß praktisch alle erzeugten Ionen und Elektronen auch an die Elektroden gelangen, daß also die Rekombinationen vernachlässigbar klein sind. Damit wird dann der

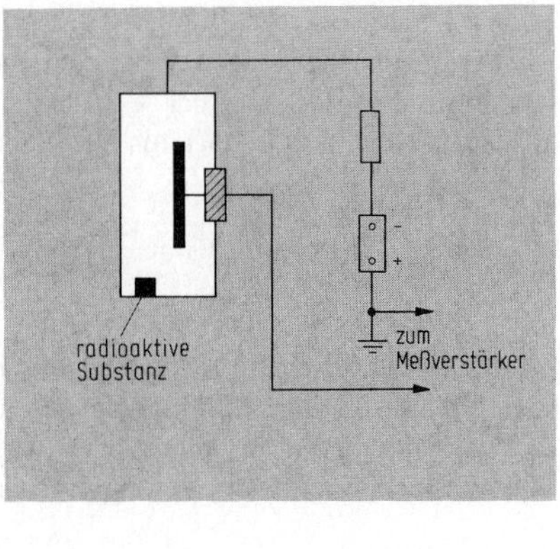

Abb. 851.1
Schematische Darstellung einer Ionisationskammer

Sättigungsstrom erreicht. Die Ionisationsstromstärke ist dann von der angelegten Spannung unabhängig und wird nur noch durch die Ionenpaare bestimmt, die durch die radioaktive Substanz erzeugt werden. Bei den Ionisationskammern liegt die angelegte Spannung in diesem Bereich.

2. Die Auslösezähler oder die GEIGER-MÜLLER-*Zähler*

Die *Auslösezähler* oder GEIGER-MÜLLER-*Zähler* wurden von den deutschen Physikern H. GEIGER (1882–1945) und W. MÜLLER (geb. 1905) entwickelt. Sie beruhen auf der ionisierenden Wirkung der radioaktiven Strahlung. Das eigentliche *Zählrohr* besteht aus einem zylindrischen Außenmantel aus Metall von etwa einem Zentimeter Durchmesser, der durch ein sehr dünnes Glimmerfenster verschlossen ist. Alphateilchen, Betateilchen und Gammaquanten können dieses Glimmerfenster durchdringen. Im Inneren des Zählrohres ist in der Zählrohrachse ein Draht angebracht; er ist gegen den Zylindermantel isoliert (Abb. 853.1). Der luftdicht abgeschlossene Innenraum des Zählrohres enthält ein Gemisch aus Luft, Wasserstoff oder Argon von unterschiedlichem, meist geringem Druck; außerdem befindet sich in dem Rohr etwas Alkoholdampf.

Der Zählrohrdraht ist über einen hohen Widerstand von etwa 10^6 bis $10^{10}\,\Omega$ mit dem positiven Pol einer Spannungsquelle (ca. 600 V) verbunden. Zählrohrmantel und negativer Pol der Spannungsquelle sind geerdet. Die angelegte Spannung muß so beschaffen sein, daß eine selbständige Glimmentladung in dem Zählrohr nicht zustande kommt. Sie muß aber andererseits groß genug sein, um die im folgenden dargelegten Vorgänge zu ermöglichen. Wenn ein ionisierendes Teilchen oder ein Gammaquant in das Zählrohr eindringt, so werden durch Ionisation Elektronen und positive Ionen erzeugt. Die Elektronen werden durch die große Feldstärke in der nächsten Umgebung des dünnen Drahtes so stark beschleunigt, daß es zu weiteren sekundären Stoßionisationen kommt, durch die die Ladungen im Rohrinneren erheblich verstärkt werden. Die positiven Ionen wandern zur Zylinderwand, die Elektronen zum Zählrohrdraht. Dadurch wird im Widerstand R ein Stromstoß erzeugt. Im stromlosen Zustand liegt die volle Spannung zwischen Zählrohrmantel und Zählrohrdraht. Während des Stromstoßes fällt die Spannung zum Teil über den Widerstand R ab. Die am Widerstand R auftretenden Spannungsstöße werden über einen Verstärker einem Zählgerät, Lautsprecher oder Mikroamperemeter zugeführt. Der in Abb. 853.1 eingezeichnete Kondensator hält die Gleichspannung der Spannungsquelle vom Verstärker fern; es werden nur Spannungsänderungen über den Kondensator wirksam. Während eine Teilspannung über den Widerstand R abfällt, sinkt die Spannung am Zählrohr auf die Restspannung ab. Dadurch kommt die Entladung zum Erlöschen, wobei der Alkoholgehalt den Löschvorgang unterstützt.

Nach jeder Entladung spricht das Zählrohr für eine gewisse, von der Größe des Arbeitswiderstandes R und der Zählrohrkapazität C abhängige Zeit auf weitere einfallende Teilchen nicht an. Dies ist darauf zurückzuführen, daß der Ladungstransport über den hochohmigen Widerstand R relativ langsam erfolgt und es deshalb einige Zeit dauert, bis die Zählrohrspannung den erforderlichen ursprünglichen Wert wieder erreicht hat. Man spricht dabei von der *Totzeit eines Zählrohres* und setzt fest:

Unter der Totzeit τ eines Zählrohres versteht man die Zeit, die zur Löschung der Ionenlawine erforderlich ist.

Die Totzeit beträgt bei den üblichen Zählrohren 10^{-4} bis 10^{-5} s. Während dieser Zeit ist das Zählrohr nicht einsatzbereit. Da aber während dieser Zeit Teilchen in das Zählrohr gelangen, muß die wahre Zählrate n_w (Impulse je Zeiteinheit) aus der gemessenen Zählrate n mit Hilfe der bekannten Totzeit berechnet werden. Es gilt

$$n_w = \frac{n}{1 - n\tau}.$$

Jedes Auslösezählrohr besitzt eine bestimmte *Zählrohrcharakteristik*, die die in Abb. 853.2 wiedergegebene Gestalt hat. Solange die angelegte Spannung unter der *Einsatzspannung* liegt, spricht das Zählrohr auf ein eindringendes Teilchen überhaupt nicht an. Erhöht man die Spannung, so beginnt das Zählrohr zu arbeiten. Wenn man nun ein radioaktives Präparat in seine Nähe bringt und die Impulse zählt, so stellt man fest, daß

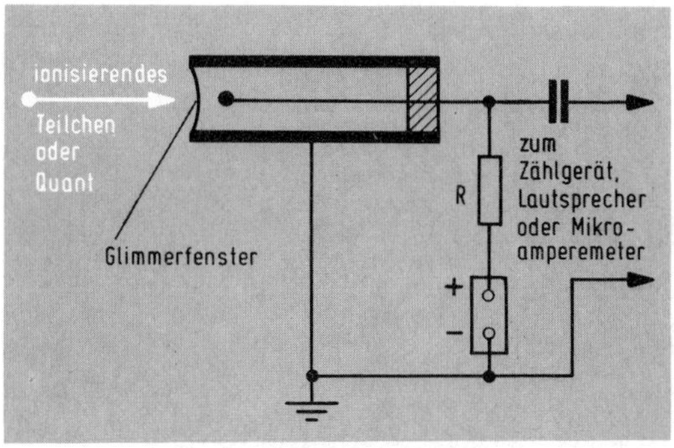

Abb. 853.1 Schematische Darstellung eines GEIGER-MÜLLER-Zählrohres

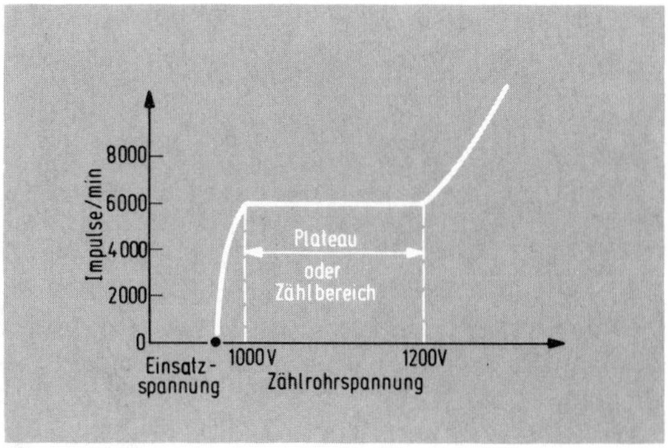

Abb. 853.2 Schematische Darstellung einer Zählrohr-Charakteristik

die in der Zeiteinheit angezeigten Impulse proportional zur Zählrohrspannung rasch zunehmen. Dies ist aber nur für einen schmalen Spannungsbereich (z. B. 50 V), den man als *Proportionalbereich* bezeichnet, der Fall. Oberhalb dieses Bereiches kann dann die Spannung um einige hundert Volt erhöht werden, ohne daß die in der Zeiteinheit angezeigte Impulszahl weiter zunimmt. Man nennt diesen Bereich den *Zählbereich* oder den *Auslösebereich* oder das *Plateau des Zählrohres.*

Im Auslösebereich beträgt bei hinreichend hohen Spannungen die Zahl der Sekundärionen das 10^7- bis 10^9fache der Zahl der primär erzeugten Ionen. Die Größe der Ionenlawine ist aber unabhängig von der Zählrohrspannung und unabhängig von dem Ionisationsvermögen des ins Zählrohr gelangenden Teilchens; dieses löst lediglich die Gasentladung aus. Eine Unterscheidung der Teilchen hinsichtlich ihrer Art oder Energie ist daher nicht möglich. In diesem Bereich benutzt man Zählrohre bei Strahlungsmessungen einer einheitlichen Strahlung oder eines Strahlungsgemisches, bei denen es nur auf die Zählung der Teilchen je Zeiteinheit ankommt.

Bei noch größeren Spannungen steigen die in der Zeiteinheit angezeigten Impulse wieder rasch an. Es finden dann spontane Entladungen statt, die nicht mehr durch ionisierende Teilchen bewirkt sein müssen. Das Zählrohr ist in diesem Bereich nicht mehr brauchbar.

Es soll abschließend noch erwähnt werden, daß jedes Zählrohr auch ohne ein in seiner Nähe befindliches radioaktives Präparat eine gewisse Zahl von Impulsen anzeigt. Die Anzahl dieser Impulse je Zeiteinheit, die von der Fläche abhängt, welche das Zählrohr der Strahlung bietet, wird als der *Nulleffekt des Zählrohres* bezeichnet. Der Nulleffekt entsteht durch die später noch zu behandelnde kosmische Strahlung, durch die immer vorhandene natürliche Radioaktivität der Umgebung sowie durch Störimpulse im Zählgerät selbst. Beim Arbeiten mit Zählrohren muß der Nulleffekt vor der eigentlichen Messung experimentell bestimmt und dann in Rechnung gestellt werden.

In Abb. 854.1 ist eine oft verwendete Versuchsanordnung wiedergegeben. Hier ist das Zählrohr über einen Verstärker mit einem elektronischen Zählgerät, einem Lautsprecher und einem Mikroamperemeter verbunden. Mit Hilfe des Zählgerätes werden die an dem Zählrohr auftretenden Entladungsstöße gezählt und angezeigt. Der Lautsprecher macht jeden Impuls hörbar und gestattet damit eine akustische Registrierung der in das Zählrohr einfallenden Teilchen oder Quanten. Schließlich zeigt das Mikroamperemeter einen Mittelwert der auftretenden Stromimpulse an.

3. *Die Funkenzähler*

Zwischen zwei Elektroden wird eine genügend hohe Spannung, die aber noch nicht zu einer Funkenentladung führt, gelegt. Durch Ionisierung der Luft zwischen den Elektroden, wie sie durch ein eingestrahltes energiereiches Teilchen bewirkt wird, erfolgt die Auslösung der Funkenentladung. Der Funkenzähler beruht nun darauf, daß die ionisierenden Teilchen durch solche Funkenbildungen registriert und gezählt werden können. Natürlich muß durch eine geeignete Schaltung dafür Sorge getragen werden, daß die Funkenentladung nach dem Durchgang des Teilchens schnell wieder gelöscht wird.

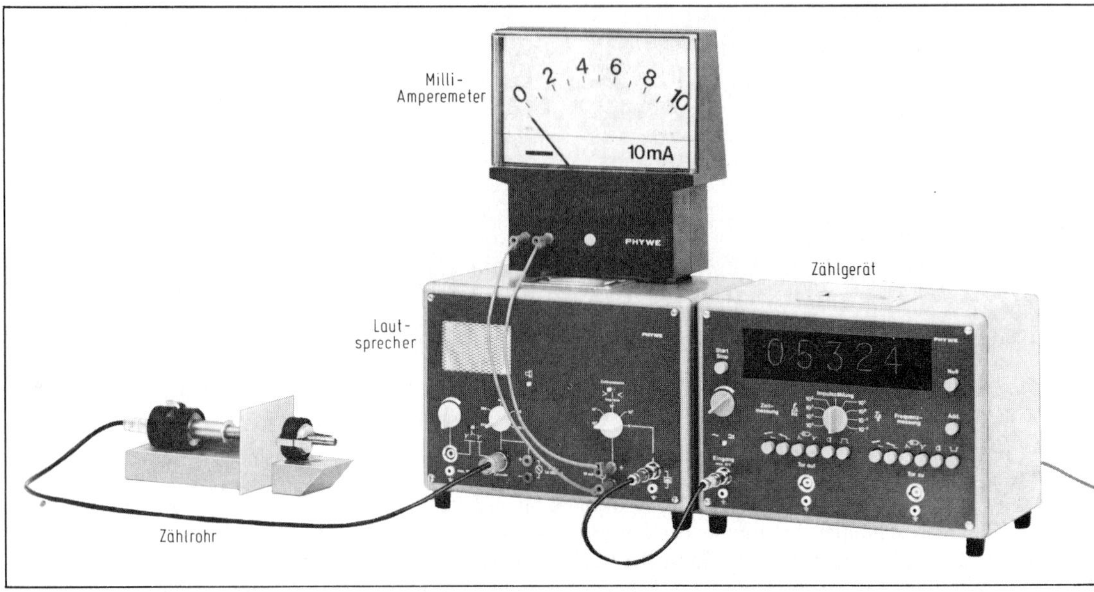

Abb. 854.1 Versuchsanordnung mit Zählrohr, Zählgerät, Lautsprecher und Mikroamperemeter

Der Funkenzähler ist in zwei verschiedenen Ausführungen gebaut worden:

a) Die von dem Schweizer Physiker H. Greinacher (1880 – 1974) im Jahre 1935 angegebene Form ist der *Kugelfunkenzähler*, bei dem die Funkenentladung zwischen zwei Metallkugeln von etwa 1 mm Durchmesser, die sich in 1 mm Abstand befinden, erfolgt.

b) Eine für die wissenschaftliche Arbeit besser geeignete Form ist der *Plattenfunkenzähler*, bei dem die Funkenentladung zwischen zwei rechteckigen oder kreisförmigen Kondensatorplatten erfolgt, die einen Abstand von 0,2 bis 0,8 mm haben und an die eine Spannung von 2000 bis 3000 V gelegt wird. Zwischen den Kondensatorplatten befindet sich Luft oder ein Edelgas, meist unter erhöhtem Druck; als Löschgas wird Alkoholdampf zugesetzt. Ein zwischen die Kondensatorplatten gelangendes energiereiches Teilchen ruft dann eine Funkenentladung hervor. Wenn eine der Platten durchsichtig ist, kann die Entladung direkt beobachtet oder fotografisch registriert werden. Die Registrierung und Zählung der einzelnen Entladungen kann aber auch akustisch, durch Fotozellen oder durch elektrische Zählwerke erfolgen.

Für Unterrichtszwecke gibt es einen besonders einfachen Funkenzähler. Er besteht aus einer Platten-Elektrode, zu der parallel in wenigen Millimetern Abstand eine Draht-Elektrode gespannt ist. Die Platte trägt längs des Drahtes Öffnungen, so daß ionisierende Teilchen durch die Platten-Elektrode hindurch in den Raum zwischen Platte und Draht gelangen können. Bei einer genügend hohen, zwischen den beiden Elektroden angelegten Spannung rufen die Teilchen dann Funken hervor. Die Schaltung ist in Abb. 854.2 schematisiert wiedergegeben. Der parallel zur Funkenstrecke liegende Kondensator C bewirkt, daß bei der Entladung ein relativ starker und damit gut sichtbarer Funke entsteht.

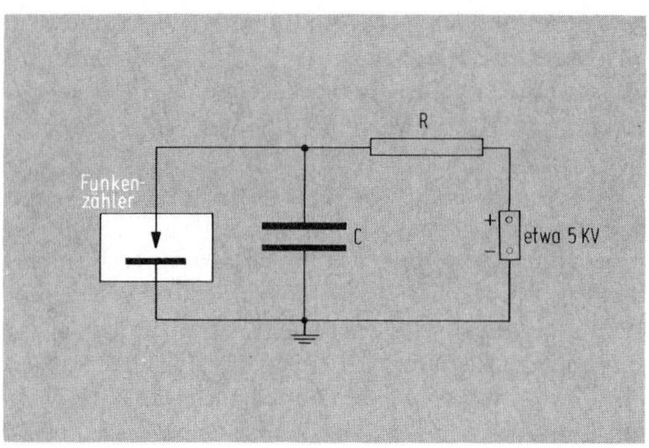

Abb. 854.2
Schaltschema für den Funkenzähler

Dieser Funkenzähler ist ein sehr einfach zu handhabendes Gerät für den *Nachweis von Alphastrahlen*, die auf diese Weise für einen größeren Hörerkreis gleichzeitig sichtbar und hörbar gemacht werden können. Das Gerät spricht nicht auf Beta- und Gammastrahlen an. Es zeigt ferner keinen Nulleffekt.

In neuerer Zeit werden große, nach dem gleichen Prinzip arbeitende Nachweisgeräte, die man als *Funkenkammern* bezeichnet, gebaut. Sie sind so konstruiert, daß man auch mit großer Genauigkeit feststellen kann, wo eine Funkenentladung stattgefunden hat. Bei Benutzung mehrerer solcher Funkenkammern läßt sich dann die Flugbahn eines ionisierenden Teilchens sehr gut bestimmen.

4. Die Szintillationszähler

Bei den *Szintillationszählern* wird von der Tatsache Gebrauch gemacht, daß die Teilchen der radioaktiven Strahlung beim Auftreffen auf geeignete Substanzen Leuchterscheinungen hervorrufen. Solche Substanzen, die man als *Phosphore* bezeichnet, sind Zinksulfid (ZnS), Natriumiodid (NaI) mit geringem Thalliumzusatz, Anthracenkristalle usw. Wenn ein Alphateilchen auf einen solchen Stoff trifft, so wird nahezu seine gesamte kinetische Energie in Licht umgesetzt. Jedes einzelne Alphateilchen verursacht an der Auftreffstelle einen Lichtblitz, den man mit einer Lupe oder einem Mikroskop beobachten kann. Diese *Szintillationen* sind allerdings nur bei Protonen, Alphateilchen oder ähnlichen Partikeln wahrnehmbar; bei Elektronen liegen sie unterhalb der Wahrnehmungsgrenze des menschlichen Auges, es sei denn, daß eine größere Zahl von Elektronen nahezu gleichzeitig auf die gleiche Stelle des Leuchtschirmes trifft, wie dies bei den Fernsehbildschirmen der Fall ist.

Die Zählung energiereicher Teilchen mit Hilfe der Szintillationsmethode hat bereits in den Anfängen der Kernphysik eine große Rolle gespielt. Auf diese Weise hat z.B. RUTHERFORD die Streuung von Alphateilchen an dünnen Metallfolien untersucht und die Existenz des Atomkernes bewiesen.

Ein einfaches Gerät zur Demonstration der Szintillationen ist das *Spinthariskop.* Es besteht aus einem Metallzylinder, der an der einen Seite verschlossen ist und dort einen Leuchtschirm mit Spuren eines Alphastrahlers besitzt. An der anderen Seite befindet sich eine Lupe. Wenn man mit dunkeladaptiertem Auge durch die Lupe blickt, so sieht man auf dem Schirm in rascher Folge eine große Zahl von Lichtblitzen.

Man kann diese Szintillationen aber nicht nur subjektiv beobachten, sondern sehr viel präziser mit Hilfe hochempfindlicher Fotozellen, die auch auf die von einzelnen Elektronen bewirkten Lichtblitze ansprechen, nachweisen. Hiervon wird bei den Szintillationszählern Gebrauch gemacht. Die bei dem Auftreffen energiereicher Teilchen auf geeignete Phosphore entstehenden Lichtblitze werden mit Hilfe einer *Fotozelle* und eines *Sekundärelektronenvervielfachers* oder *Multipliers* registriert (Abb. 855.1). Bei den Szintillationszählern verwendet man Kristalle, deren Atome oder Moleküle durch die auftreffenden Teilchen ionisiert werden; bei der Rückkehr in den Normalzustand entstehen dann die Szintillationsblitze. Die von einem ionisierenden Teilchen aus dem Leuchtschirm ausgelösten Lichtquanten fallen in einer Hochvakuumröhre auf eine Fotokatode und setzen hier Fotoelektronen frei, die unter gleichzeitiger Beschleunigung nacheinander auf weitere Elektroden $K_1, K_2, K_3, \ldots$ treffen und hier sekundäre Elektronen auslösen. Dabei wird die Elektronenzahl auf jeder Stufe um den Faktor 3 bis 10 vermehrt. Wenn 10 Auftreffelektroden vorhanden sind und mit einem mittleren Vermehrungsfaktor 5 gerechnet wird, so ergibt sich die sehr hohe Gesamtverstärkung um den Faktor

$$5^{10} \approx 10^7 .$$

Die Szintillationszähler sind deshalb sehr empfindlich und können auch einzelne Elektronen registrieren. Außerdem besitzen sie eine große Zählgeschwindigkeit und eine erheblich kleinere Totzeit als die GEIGER-MÜLLER-Zähler.

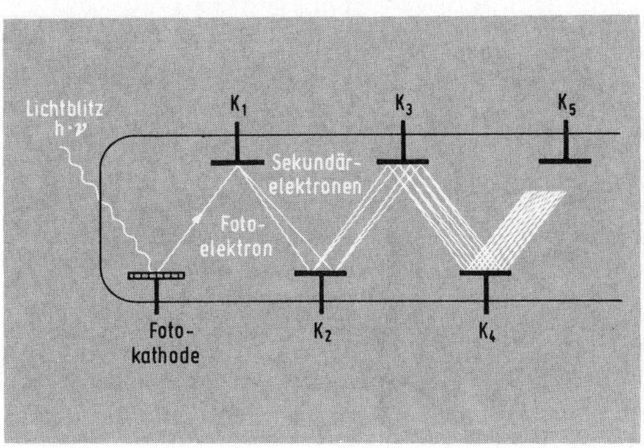

Abb. 855.1
Schematische Darstellung
eines Sekundärelektronenvervielfachers

5. Die Halbleiterdetektoren

Die *Halbleiterdetektoren* gehören zu den heute in der Forschung viel verwendeten Nachweisinstrumenten für energiereiche Teilchen. Bei diesen Geräten erzeugt ein ionisierendes Teilchen in einem Halbleiterkristall ein elektrisches Signal, dessen Stärke proportional zu der Energie ist, die von dem ionisierenden Teilchen an den Kristall abgegeben wird. Die sich dabei abspielenden Prozesse sind jedoch so verwickelt, daß hier nicht näher darauf eingegangen werden kann.

6. Die Nebelkammern

Die Nebelkammern machen ebenfalls von der ionisierenden Wirkung der radioaktiven Strahlen Gebrauch. Um die Wirkungsweise dieser Geräte, die es ermöglichen, die Bahnen einzelner radioaktiver Teilchen sichtbar zu machen, zu verstehen, müssen die folgenden physikalischen Grundtatsachen beachtet werden:

Wird ein mit Wasserdampf gesättigter Raum abgekühlt, so verringert sich seine Aufnahmefähigkeit für Wasserdampf, so daß Übersättigung eintritt. Je nach dem Grad der Übersättigung verbleibt der Wasserdampf in der Luft, oder er scheidet sich in Form kleiner Tröpfchen, d.h. als Nebel, ab. Die Bildung dieser Tröpfchen geschieht in staubiger Luft leichter als in staubfreier, da die Staubteilchen Ansatzkerne für die sich bildenden Wassertröpfchen sind. Die für die Nebelbildung wichtigen *Kondensationskerne* können aber nicht nur Staubteilchen, sondern auch *Ionen* sein. Die zweite Tatsache, von der deshalb bei der Nebelkammer Gebrauch gemacht wird, ist die Fähigkeit der radioaktiven Strahlung, die Luft zu ionisieren.

Es sind zwei Formen von Nebelkammern in Gebrauch:

a) Die von dem englischen Physiker C. T. R. WILSON (1869–1959) im Jahre 1912 entwickelte WILSON-*Expansionsnebelkammer* und

b) die kontinuierlich arbeitende *Diffusionsnebelkammer*.

Beide beruhen auf der oben erwähnten Tatsache, daß Ionen in übersättigten Dämpfen als Kondensationskerne für Tröpfchen dienen können. Der Unterschied zwischen den beiden Kammerarten besteht nur darin, wie der übersättigte Dampf erzeugt wird.

a) Die WILSON-*Nebelkammer*

Die in Abb. 856.1 schematisiert wiedergegebene WILSON-*Nebelkammer* besitzt als Hauptteil ein zylindrisches, oben und an den Seiten aus Glas bestehendes Gefäß, dessen Volumen durch rasche Bewegung des Kolbens K nach rechts adiabatisch vergrößert und damit abgekühlt werden kann. Vor der Expansion befindet sich in der Kammer Luft, die mit Wasser- und Alkoholdampf gesättigt ist. Die mit der adiabatischen Expansion verbundene Abkühlung führt zu einer Übersättigung des in der Kammer befindlichen Dampfes. Eine Kondensation erfolgt aber nur, wenn Kondensationskerne vorhanden sind. Deshalb muß dafür gesorgt werden, daß die Kammer frei von Staubteilen ist und daß unerwünschte Störionen durch ein angelegtes elektrisches Feld abgesaugt werden. Gelangt nun unmittelbar nach der Expansion von dem radioaktiven Präparat R ein energiereiches Teilchen in die Kammer, so bilden sich an den Ionen, die das Teilchen längs seiner Bahn erzeugt, Nebeltröpfchen. Bei geeigneter seitlicher Beleuchtung wird das Licht an diesen Tröpfchen so gestreut, daß die Teilchenbahn gegen den dunklen Hintergrund als heller Nebelstreifen beobachtet und fotografiert werden kann. Bei Alphateilchen, die 20000 bis 60000 Ionenpaare je Zentimeter erzeugen, entstehen feine, zusammenhängende Nebelspuren,

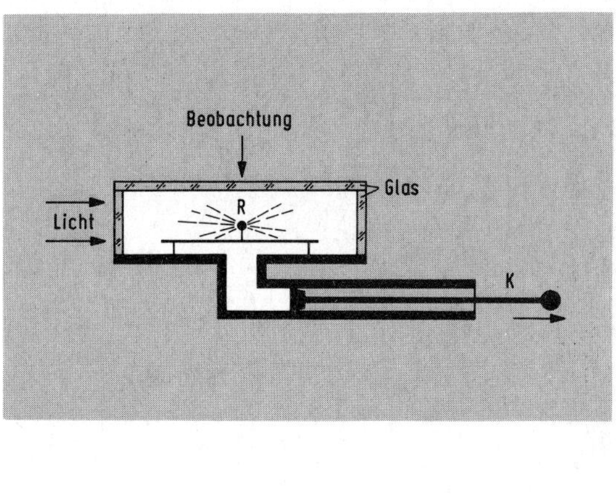

Abb. 856.1
Schematische Darstellung einer WILSON-Nebelkammer mit radioaktivem Präparat

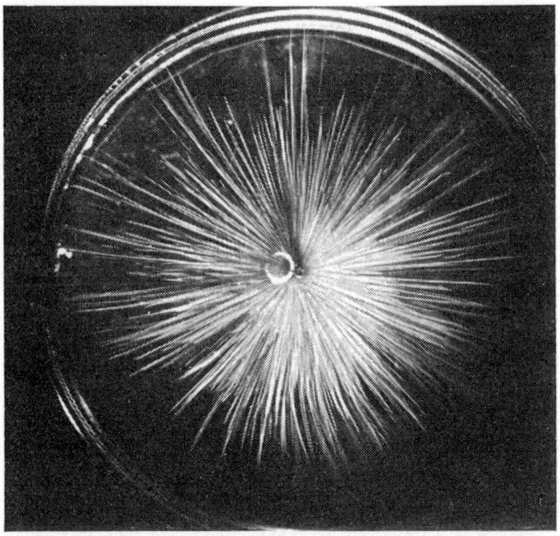

Abb. 857.1
Nebelkammerbilder von Alphateilchen verschiedener Reichweite (Aufnahme von Prof. E. Seus)

▼ Abb. 857.2 Nebelkammerbild von Betateilchen verschiedener Geschwindigkeiten

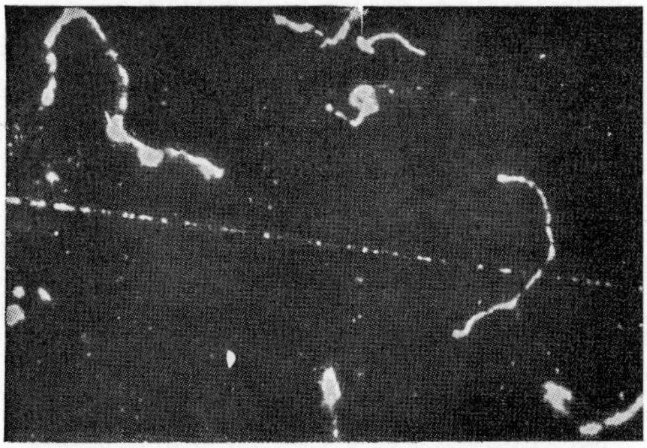

Abb. 857.3
Schematische Darstellung einer WILSON-Nebelkammer mit Gummiball

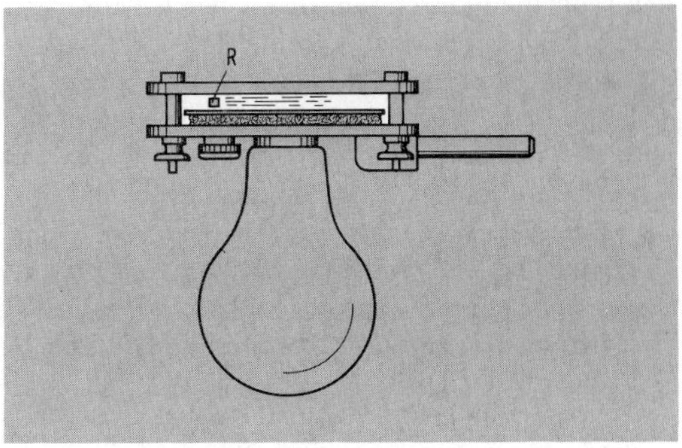

die besonders deutlich sichtbar sind (Abb. 857.1). Schnelle Elektronen erzeugen nur rund 50 Ionenpaare je Zentimeter, die meist in kleinen Bereichen dicht beieinander liegen; in der Kammer treten deshalb kleine, unregelmäßig verteilte Nebelstellen auf, die nicht miteinander zusammenhängen (Abb. 857.2).

Eine andere Form der WILSON-Nebelkammer zeigt Abb. 857.3. Die adiabatische Entspannung des Füllgases erfolgt hier mit Hilfe eines an die Kammer angeschlossenen Gummiballes. Der Ball wird zunächst mit beiden Hälften *kräftig* zusammengedrückt und dadurch der Luftinhalt der Kammer verdichtet und erwärmt. Die Luft nimmt nun aus dem vorhandenen Wasservorrat zusätzlich Wasserdampf auf. Beim plötzlichen Loslassen des Gummiballs wird sein Volumen und das der Apparatur (Kammer und Gummiball) in einem bestimmten Verhältnis zum Anfangsvolumen – Expansionsverhältnis – vergrößert und der Luftinhalt der Kammer durch Entspannung abgekühlt. An die sich im Gasraum befindlichen Ionen lagern sich Nebeltröpfchen an. Die Bahnspuren werden bei ausreichender seitlicher Beleuchtung im Dunkelfeld sichtbar.

b) Die Diffusionsnebelkammer

Die *Diffusionsnebelkammer* stellt insofern eine Verbesserung der Expansionskammer dar, als sie *dauernd* bereit ist, von eintretenden Teilchen Nebelspuren zu bilden, während die Spurenbereitschaft bei der Expansionsnebelkammer nur 0,1 bis 1 s nach der Expansion vorhanden ist. Ein weiterer Vorteil dieser *kontinuierlichen Kammer* besteht darin, daß sie keine beweglichen Teile besitzt. Die Übersättigung des in der Kammer befindlichen Dampfes aus Wasser oder einer organischen Flüssigkeit wird nämlich nicht durch Expansion kurzfristig erzeugt, sondern durch ein stationäres Temperaturgefälle in einem Teil des Kammervolumens dauernd aufrechterhalten.

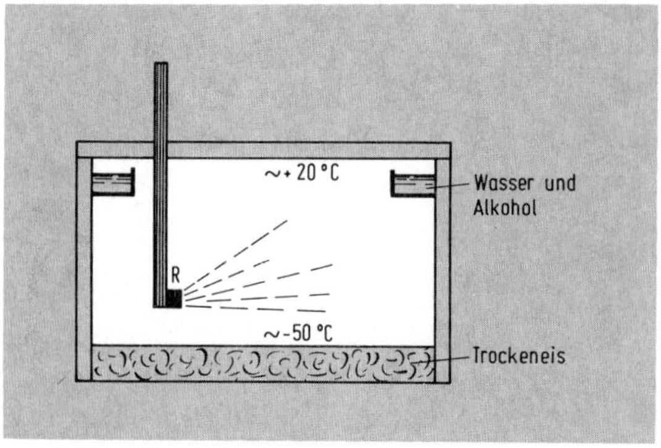

Abb. 858.1
Schematische Darstellung einer Diffusionsnebelkammer mit radioaktivem Präparat *R*

Die Diffusionsnebelkammer besteht ebenfalls aus einem zylindrischen Gefäß, das mit Luft gefüllt ist (Abb. 858.1). An der Oberseite befindet sich ein ringförmiger Behälter mit einem Gemisch aus Wasser und Alkohol (oder einer anderen organischen Flüssigkeit), das die Aufgabe hat, der Kammer im oberen Teil laufend ein Dampfgemisch zuzuführen. Der Kammerboden wird durch Trockeneis oder eine Kältemaschine auf der konstanten Temperatur von etwa -50 °C gehalten. Wenn nun das Alkohol-Wasser-Dampfgemisch durch das Füllgas hindurch von dem oberen Kammerteil, in dem etwa eine Temperatur von $+20$ °C herrscht, zu dem erheblich kälteren Kammerboden diffundiert, so kommt es dabei in immer kältere Schichten und wird von einer gewissen Höhe ab übersättigt. In diesem Übersättigungsgebiet, auch *empfindliches Kammervolumen* genannt, tritt durch Kondensation von Dampf an den von radioaktiven Teilchen gebildeten Ionen eine Nebelspur auf, die bei geeigneter Beleuchtung der Kammer dem Beobachter sichtbar wird. In Abb. 858.2 ist der Versuchsaufbau mit einer kontinuierlichen Nebelkammer wiedergegeben.

Die Nebelkammern spielen heute bei der Untersuchung energiereicher Teilchen eine wichtige Rolle. Wenn man sie z. B. in ein magnetisches Feld bringt, kann man feststellen, welche Ablenkungen geladene Teilchen in einem solchen Feld erfahren. Durch die Nebelkammern haben unsere Kenntnisse über die energiereichen Teilchen eine wesentliche Erweiterung erfahren.

7. *Die Blasenkammern oder die* GLASER-*Kammern*

Die *Blasenkammern* oder die GLASER-*Kammern*, die im Jahre 1952 von dem amerikanischen Physiker D. GLASER (geb. 1926) entwickelt wurden, stellen ein weiteres wichtiges Gerät zur Sichtbarmachung der Bahnen energiereicher Teilchen dar. Dies geschieht hier aber nicht durch die Kondensation von übersättigten Dämpfen,

Abb. 858.2 Versuchsaufbau mit einer kontinuierlichen Nebelkammer (Phywe)

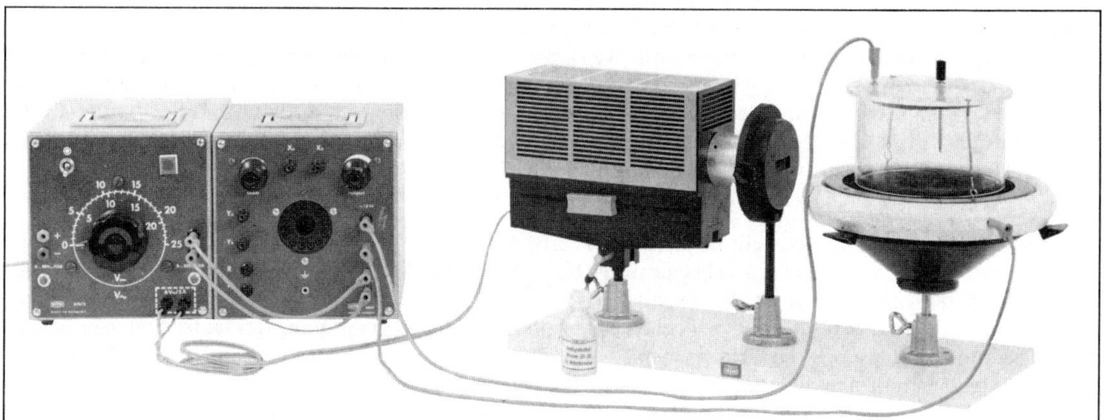

sondern durch die Verdampfung von überhitzten Flüssigkeiten. Bei den ersten Blasenkammern wurde als Kammerflüssigkeit Ether

$$(C_2H_5 \cdot O \cdot C_2H_5)$$

verwendet, heute bevorzugt man flüssiges Propan (C_3H_8) oder flüssigen Wasserstoff. Bei einer Blasenkammer mit Propanfüllung wird das flüssige Propan auf etwa 57 °C erwärmt, wobei der Dampfdruck über der Flüssigkeit auf etwa 3,5 MPa steigt. Durch eine plötzliche Senkung dieses Dampfdruckes entsteht eine Überhitzung der Kammerflüssigkeit. Wenn nun während der kurzen Zeit des Siedeverzugs ein energiereiches, ionisierendes Teilchen durch die Kammer fliegt, so erzeugt es längs seiner Bahn Ionen, die als Kerne für die Bildung von Dampfbläschen dienen. Die Teilchenbahn wird bei geeigneter Beleuchtung als scharfe Blasenspur sichtbar und fotografierbar. Energiereiche Quanten erzeugen selbst keine Ionen, sie können aber durch Kernprozesse oder durch Zerfall ionisierende Teilchen auslösen (Abb. 1011.1).

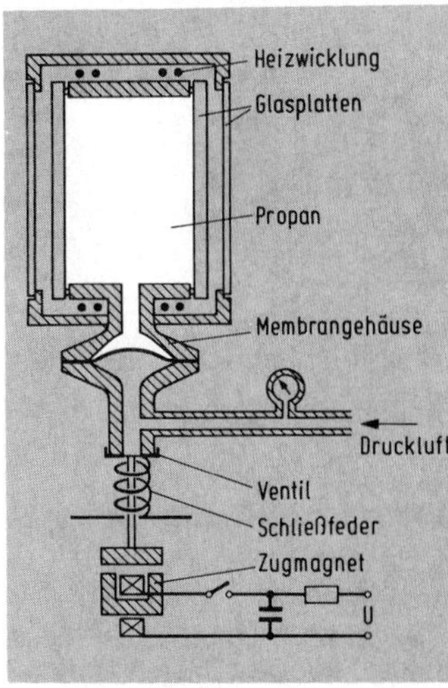

Abb. 859.1
Schematische Darstellung einer kleinen Blasenkammer

In Abb. 859.1 ist eine mit Propan arbeitende Blasenkammer schematisiert dargestellt. Die Kammer ist auf beiden Seiten durch Glasplatten abgeschlossen, durch die die Spuren fotografiert werden können. Um den Zylinder gewickelte Heizdrähte sorgen dafür, daß die Blasenkammerflüssigkeit stets auf der für den Betrieb erforderlichen Temperatur gehalten wird. Die Kammer besitzt ferner ein in der Zeichnung nicht sichtbares, dünnwandiges Fenster, durch das die energiereichen Teilchen und Quanten in die Kammer gelangen können. Solange die Kammer nicht in Betrieb ist, wird die Membran durch Druckluft in der gezeichneten Stellung gehalten. Die Expansion erfolgt, indem das Expansionsventil auf elektrischem Wege geöffnet wird. Durch einen entsprechenden Mechanismus kann das Ventil wieder geschlossen werden, und dann ist die Kammer wenige Sekunden nach der Expansion wieder betriebsbereit.

Die Blasenkammer hat gegenüber der Nebelkammer den Vorteil, daß die Teilchen in der Flüssigkeit stärker gebremst werden als in Gasen. Dies wirkt sich besonders bei sehr energiereichen Teilchen vorteilhaft aus. Während die Nebelkammern von solchen Teilchen wegen ihrer erheblichen Reichweite in Gasen nur kleine Bruchstücke der Bahn erfassen können, gestatten die Blasenkammern eine Untersuchung des ganzen Bahnverlaufes. Hinzu kommt weiter, daß die Blasenkammern nach erfolgter Expansion sehr viel schneller wieder betriebsfertig sind als die Nebelkammern.

Auf der anderen Seite haben die Blasenkammern gegenüber den Nebelkammern den Nachteil, daß bei ihnen Konstruktion und Betrieb erheblich aufwendiger und teurer als bei den Nebelkammern sind.

8. Die Kernspurplatten

Bei den *Kernspurplatten* wird von der Eigenschaft der energiereichen Teilchen Gebrauch gemacht, beim Durchgang durch fotografische Schichten Ionisationen der Moleküle und damit Veränderungen der lichtempfindlichen Substanz hervorzurufen, die zwar zunächst unsichtbar sind, die aber bei einer Entwicklung der Platte als Schwärzung in Erscheinung treten. Wenn z. B. ein Alphateilchen streifend auf eine fotografische Emulsion trifft, so zeigt sich nach einer Entwicklung der Platte eine aus schwarzen Silberkörnern bestehende Bahnspur. Die normalen fotografischen Emulsionen sind für Kernspurplatten wenig geeignet. Es ist aber gelungen, spezielle Kernemulsionen herzustellen, die besonders feinkörnig sind und die in verhältnismäßig dicken Schichten von 0,5 bis 1 mm verwendet werden.

Die Kernspurplatten haben sich zu einem wichtigen Hilfsmittel für die Untersuchung energiereicher Teilchen entwickelt. Es gibt Platten mit sehr unterschiedlichen Empfindlichkeiten, so daß für alle Arten von energiereichen Teilchen geeignete Platten verfügbar sind. Die Spuren werden mikroskopisch ausgewertet und gestatten aus der Reichweite der Teilchen und der Beschaffenheit der Schwärzungsspuren Rückschlüsse auf die Art und die Energie der Teilchen. Gegenüber der Nebelkammer und der Blasenkammer haben die Kernspurplatten den Vorteil, daß sie jederzeit spurbereit sind. Darüber hinaus speichern sie die Spuren bis zur

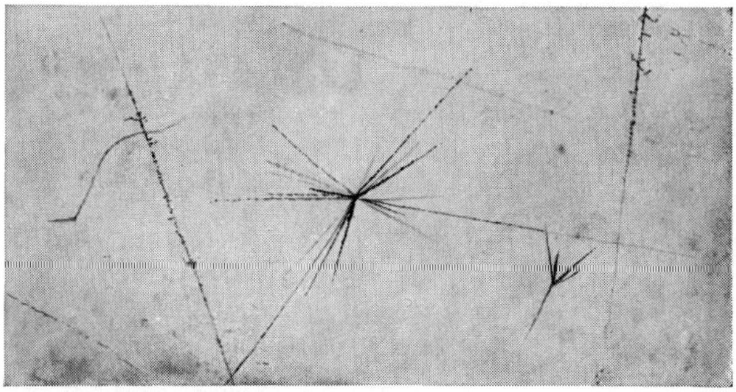

Abb. 860.1
Nach den mikroskopischen Bildern einer Kernspurplatte gezeichnete Teilchenspuren

Entwicklung der Platte, während die Spuren bei den Nebel- und Blasenkammern nach kurzer Zeit wieder verschwinden.

In Abb. 860.1 ist eine Zeichnung der Teilchenspuren nach den mikroskopischen Bildern einer solchen Kernspurplatte wiedergegeben.

Mit Hilfe der hier geschilderten Nachweis- und Meßmethoden ist es gelungen, die Vorgänge der natürlichen Radioaktivität vollständig aufzuklären. Darüber hinaus konnten mit ihrer Hilfe aber auch zahlreiche weitere Einblicke in den Bau und die Eigenschaften der Atomkerne gewonnen werden. In den folgenden Abschnitten werden wir uns mit diesen Untersuchungsergebnissen näher beschäftigen.

8.4.4 Die Gesetze des radioaktiven Zerfalles

Die früher erwähnte Erfahrungstatsache, daß der Ablauf radioaktiver Vorgänge durch äußere Einwirkungen, wie etwa Temperatur- oder Druckänderungen, nicht beeinflußt werden kann, sowie zahlreiche andere experimentelle Befunde haben zu der Erkenntnis geführt, daß es sich bei der Radioaktivität nicht um chemische Vorgänge, d.h. nicht um Veränderungen in der Atomhülle, handeln kann. Es steht vielmehr fest, daß die radioaktiven Erscheinungen ihren Ursprung in den Atomkernen haben. Wir halten also fest:

Die von den Radionukliden ausgestrahlten Alpha- und Betateilchen sowie die Gammaquanten kommen aus den Atomkernen.

Durch die Abgabe der Teilchen wird der Kern verändert. Der entstehende neue Kern hat eine andere Kernladungszahl Z und in vielen Fällen auch eine andere Massenzahl A. Damit besitzt er natürlich auch andere physikalische und chemische Eigenschaften als der Ausgangskern. Mit diesen Feststellungen ist der alte Atombegriff der Chemie, der in den Atomen *unwandelbare* kleinste Teilchen der Materie sah, erstmals ins Wanken geraten.

Die Atomhülle ist bei den radioaktiven Vorgängen primär nicht beteiligt. Sie wird aber von den Veränderungen der Atomkerne insofern mit beeinflußt, als sich die Zahl der Hüllenelektronen der neuen Kernladungszahl des bei der radioaktiven Umwandlung entstehenden Kernes anpassen muß. Dies geschieht durch die Aufnahme oder die Abgabe von Elektronen. Die auf diese Weise eventuell frei werdenden Elektronen haben aber nichts mit den ausgestrahlten Betateilchen zu tun; diese stammen vielmehr immer aus den Atomkernen.

Die aus den Atomkernen kommende radioaktive Strahlung vermag dem Physiker Aufschlüsse über den Bau und die Eigenschaften der Atomkerne zu geben. Dazu ist es notwendig, die von den radioaktiven Strahlen vermittelten Informationen richtig zu deuten und für die Entwicklung von Modellvorstellungen für die Atomkerne nutzbar zu machen. Wir werden im Laufe der weiteren Darlegungen noch sehen, daß dies in vielen Fällen gelungen ist und daß die radioaktiven Vorgänge wesentliche Beiträge zum Verständnis des Baues und der Eigenschaften der Atomkerne geliefert haben.

Die experimentelle Erfahrung zeigt, daß die Strahlungsintensität aller Radionuklide im Laufe der Zeit abnimmt. Allerdings erfolgt diese Abnahme bei den meisten in der Natur vorkommenden Radionukliden so langsam, daß sie nicht direkt nachweisbar ist; so dauert es z. B. beim Uran rund 66 Millionen Jahre, bis die Strahlungsintensität um 1% geringer geworden ist. Wir werden später aber auch Radionuklide kennenlernen, bei denen die Strahlung so schnell nachläßt, daß die Abnahme messend verfolgt werden kann. Dies kann etwa geschehen, indem man mit Hilfe eines GEIGER-MÜLLER-Zählers die von einem solchen Präparat in festen Zeitintervallen Δt ausgesandten Teilchen über einen längeren Zeitraum zählt. Dabei zeigt sich dann, daß die abgegebene Teilchenzahl bei allen Radionukliden im Laufe der Zeit nach dem gleichen Gesetz abnimmt. Bevor wir auf dieses Gesetz näher eingehen, soll noch darauf hingewiesen werden, daß die Abnahme der Strahlungsintensität nur der sichtbare Ausdruck für eine Abnahme der Zahl der strahlenden Atomkerne ist. Das Gesetz über die Abnahme der pro Zeiteinheit ausgestrahlten Teilchen stimmt also mit dem *Zerfallsgesetz für die Radionuklide* überein.

Die Untersuchung der Zerfallsvorgänge wird praktisch in vielen Fällen dadurch erschwert, daß die bei dem Zerfall vieler Radionuklide entstehenden neuen Atomkerne selbst wieder radioaktiv sind, so daß sich dann die Strahlungen mehrerer Nuklide überdecken. Eine Unterscheidung kann auch in diesen Fällen erfolgen, weil das neu entstandene Nuklid entweder Strahlen anderer Art aussendet oder die von ihm ausgesandten Teilchen wenigstens eine andere Energie als die von dem Ausgangsnuklid ausgehenden Teilchen haben. Bei den folgenden Betrachtungen beschränken wir uns auf die Untersuchung einer *einheitlichen Ausgangssubstanz und der von ihr abgegebenen Strahlung.*

Um mit den radioaktiven Zerfallsvorgängen vertraut zu werden, betrachten wir zunächst ein Beispiel. Die Ausgangssubstanz möge Radium mit der Masse

$$m = 1\ \text{g}$$

sein. Für die relative Atommasse des Radiums gilt

$$A_r(\text{Ra}) = 226.$$

Die Anzahl der in 1 g Radium enthaltenen Atome beträgt dann

$$N = \frac{6{,}022 \cdot 10^{23}}{226} = 2{,}66 \cdot 10^{21}.$$

Die Radiumatome sind instabil und zerfallen unter Abgabe von jeweils einem Alphateilchen. Es ist auf den ersten Blick überraschend, daß die Atome überhaupt noch existieren, denn wegen ihrer Instabilität könnte man vermuten, daß sie sich gar nicht aufbewahren lassen. Die Erfahrung zeigt aber, daß dies doch möglich ist. Der Grund hierfür liegt darin, daß die vorhandenen Atome nicht alle auf einmal zerfallen, sondern daß hier ganz bestimmte Zerfallsgesetze gelten. Wenn wir einen Apparat zur Verfügung hätten, der die von unserem Präparat ausgehenden Alphateilchen zu zählen vermöchte, so würde er in der ersten Sekunde

$$N = 3{,}67 \cdot 10^{10}$$

solcher Teilchen und damit die gleiche Zahl zerfallender Atome registrieren. In der zweiten Sekunde würde nicht die gleiche, sondern eine etwas kleinere Zahl von Atomen zerfallen, in der dritten Sekunde wieder eine etwas kleinere Zahl usw. Die Erfahrung hat gezeigt, daß bei allen Radionukliden für den Zerfallsvorgang das folgende Gesetz gilt:

Von einem bestimmten Radionuklid zerfällt in jeder Zeiteinheit ein gleichbleibender Bruchteil der von dem Nuklid jeweils noch vorhandenen Atome.

Dieser Bruchteil ist für die verschiedenen Radionuklide verschieden groß und kann als ein wichtiges Kennzeichen eines Radionuklids betrachtet werden.

Wenn man den Zerfallsvorgang bei dem obigen, aus 1 g Radium bestehenden Präparat genügend lange beobachten könnte, so würde sich ergeben, daß es rund 1620 Jahre dauert, bis die Hälfte der vorhandenen Atome zerfallen ist. In den dann folgenden 1620 Jahren zerfällt nun aber keineswegs der verbliebene Rest von 0,5 g Radium, sondern von diesem Rest zerfällt in der genannten Zeit wiederum die Hälfte usw. Es wird sich später noch zeigen, daß es bei dem einzelnen Atom keinen Anhaltspunkt dafür gibt, ob es im Laufe der nächsten Sekunde zerfällt oder noch Tausende von Jahren weiter besteht. Über die individuelle Lebensdauer eines einzelnen Atoms kann keine Aussage gemacht werden. Trotzdem läuft der Zerfall eines radioaktiven Präparates aber nicht völlig willkürlich ab. Es können – wie oben bereits erwähnt – genaue Angaben darüber gemacht werden, welcher Bruchteil der vorhandenen Atome in einer gewissen Zeit zerfällt. Bei diesen Angaben handelt es sich um *Aussagen statistischer Art*, die – wie alle statistischen Angaben – nur für große Teilchenzahlen gelten. Deshalb muß auch bei den radioaktiven Zerfallsgesetzen immer vorausgesetzt werden, daß wir es mit einer genügend großen Zahl von Atomen zu tun haben. Praktisch ist dies im allgemeinen der Fall, denn es ist aus früheren Überlegungen bekannt und wurde durch das soeben angegebene Zahlenbeispiel noch einmal in Erinnerung gebracht, daß selbst kleine Substanzmengen immer noch eine große Anzahl von Atomen oder Molekülen enthalten.

Die bisher nur in groben Zügen dargelegten Vorgänge des radioaktiven Zerfalles werden erst völlig überschaubar, wenn man die zugrundeliegenden Gesetze mathematisch formuliert. Dies soll jetzt geschehen. Um die Erscheinungen quantitativ beschreiben zu können, führen wir eine neue physikalische Größe ein, die man als *radiologische Aktivität* oder kurz als *Aktivität* bezeichnet. Wir setzen fest:

Unter der radiologischen Aktivität (Formelzeichen: A) eines Radionuklids versteht man den Quotienten aus der Anzahl der Zerfallsakte ΔN und der Zeit Δt, in der diese Zerfallsakte erfolgen.

$$A = -\frac{\Delta N}{\Delta t}.$$

Anmerkung: ΔN wird negativ gerechnet; A ist also positiv.

Aus dieser Definition ergibt sich die *Einheit für die radiologische Aktivität*. Es gilt:

Die abgeleitete Einheit der radiologischen Aktivität ist das Becquerel (Einheitenzeichen: Bq). Unter einem Becquerel versteht man die Aktivität eines Radionuklids, bei der der Quotient aus der Anzahl der Zerfallsakte und der Zeitspanne, in der diese Zerfallsakte stattfinden, 1 s^{-1} beträgt.

$$1\ \text{Bq} = 1\ \text{s}^{-1}.$$

Aus der Einheit 1 Becquerel können mit Hilfe der früher (Band II/1, S. 11) erwähnten Vorsätze dezimale Vielfache und Teile gebildet werden.

Die Ausführungsverordnung zum *Gesetz über Einheiten im Meßwesen* bestimmt, daß eine früher viel verwendete Einheit der radiologischen Aktivität nicht mehr benutzt werden darf. Es handelt sich um die Einheit Curie, die folgendermaßen definiert wird:

Die Einheit der radiologischen Aktivität 1 Curie (Einheitszeichen: Ci) liegt vor, wenn bei der betreffenden Substanzmenge $37 \cdot 10^9$ Zerfallsakte je Sekunde erfolgen.

Es gilt also

$$1\ \text{Ci} = 37\ \text{GBq} = 37 \cdot 10^9\ \text{s}^{-1}.$$

Die Einheit 1 Curie ist seinerzeit in der angegebenen Weise definiert worden, weil es sich dabei nahezu um die Aktivität von 1 g Radium, von dem $36{,}7 \cdot 10^9$ Teilchen je Sekunde ausgestrahlt werden, handelt.

Um zu einer *mathematischen Formulierung des radioaktiven Zerfallsgesetzes* zu kommen, bezeichnen wir die Anzahl der zu einer bestimmten Zeit t vorhandenen Atome eines Radionuklids mit N. In dem folgenden Zeitintervall Δt sollen hiervon ΔN Atome zerfallen. Die auf S. 861 getroffene Feststellung, daß von einem bestimmten Radionuklid in jeder Zeiteinheit ein gleichbleibender Bruchteil der jeweils noch vorhandenen Atome zerfällt, läßt sich mathematisch durch die Gleichung

$$A = -\frac{\Delta N}{\Delta t} = \lambda N$$

oder

$$\Delta N = -\lambda N \cdot \Delta t$$

beschreiben.

Das negative Vorzeichen bringt zum Ausdruck, daß die Anzahl N der vorhandenen Atome im Laufe der Zeit abnimmt.

Die Größe λ ist ein Proportionalitätsfaktor, der für jedes Radionuklid einen bestimmten Wert hat. Hierüber werden später noch genauere Aussagen gemacht. Zunächst halten wir fest, daß es bei bekanntem Wert von λ möglich ist, mit Hilfe der angegebenen Formel zu berechnen, wieviel Atome von einer einheitlichen radioaktiven Substanzmenge in einem beliebigen Zeitintervall zerfällt.

Bei den bisherigen Betrachtungen muß beachtet werden, daß sie streng genommen nur gelten, wenn die Anzahl N der vorhandenen Atomkerne während des Zeitintervalles Δt als konstant betrachtet werden kann. Dies bedeutet, daß die Formel um so besser gilt, je kleiner man die Zeitintervalle Δt wählt. Um diese Tatsache zum Ausdruck zu bringen, wird die obige Formel oft auch in der Form

$$\mathrm{d}N = -\lambda N\,\mathrm{d}t$$

geschrieben. Man bezeichnet diese Gleichung als das *Grundgesetz des radioaktiven Zerfalles* in der Differentialform.

Um die in einer beliebig langen Zeitspanne zerfallende Zahl von Atomen zu ermitteln, müssen wir die Differentialgleichung

$$\frac{\mathrm{d}N}{N} = -\lambda\,\mathrm{d}t$$

integrieren. Wir bilden das Integral von der Zeit Null mit der Teilchenzahl $N(0)$ bis zur Zeit t mit der Teilchenzahl $N(t)$:

$$\int_{N(0)}^{N(t)} \frac{\mathrm{d}N(t)}{N(t)} = -\lambda \int_0^t \mathrm{d}t.$$

Hieraus folgt:

$$\ln N(t) - \ln N(0) = -\lambda t$$

$$\frac{N(t)}{N(0)} = \mathrm{e}^{-\lambda t}$$

$$N(t) = N(0)\,\mathrm{e}^{-\lambda t}.$$

Diese Gleichung stellt das *Grundgesetz des radioaktiven Zerfalls* in der Integralform dar.

In Abb. 863.1 ist dieses Gesetz grafisch dargestellt.

Die Größe λ wird als die *Zerfallskonstante* bezeichnet. Es wurde bereits darauf hingewiesen, daß diese Zerfallskonstante für die verschiedenen Radionuklide unterschiedliche Werte hat. Diese Werte müssen experimentell bestimmt werden. Es gibt keine Theorie, die ihre Berechnung aus allgemeinen Gesetzen über die Atomkerne gestatten würde. Aus den vorhergehenden Betrachtungen ergibt sich, daß die Zerfallskonstanten in den Einheiten s^{-1}, min^{-1}, h^{-1}, a^{-1} usw. zu messen sind.

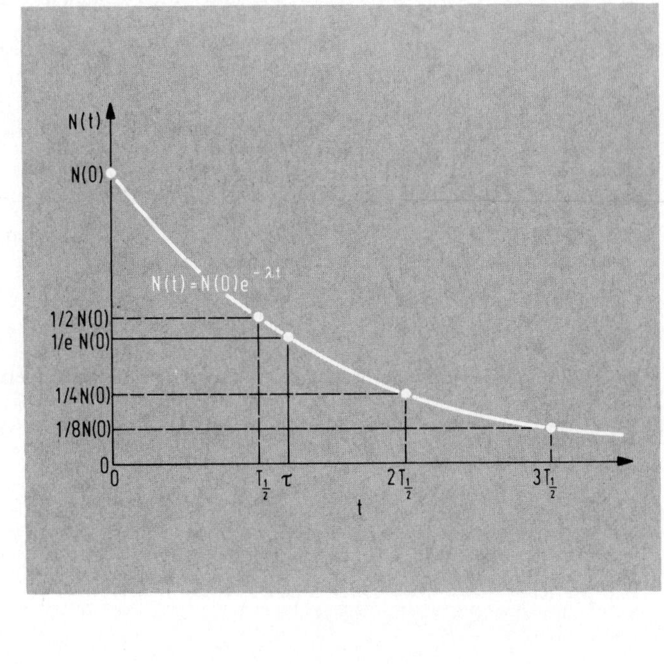

Abb. 863.1
Die radioaktive Zerfallskurve

Anstelle der Zerfallskonstante λ verwendet man zur Charakterisierung der Radionuklide in vielen Fällen eine andere Größe, die man als die *Halbwertszeit* bezeichnet. Es gilt die folgende Definition:

Unter der Halbwertszeit (Formelzeichen: $T_{\frac{1}{2}}$) eines Radionuklids versteht man die Zeit, in der die Hälfte einer vorliegenden Zahl von radioaktiven Atomen zerfallen ist.

Um den Zusammenhang zwischen der Halbwertszeit $T_{\frac{1}{2}}$ und der Zerfallskonstante λ eines Radionuklids zu ermitteln, gehen wir von einer beliebigen, zur Zeit t_1 vorliegenden Zahl $N(t_1)$ von radioaktiven Atomkernen aus. Für diese gilt:

$$N(t_1) = N(0)\, e^{-\lambda t_1}.$$

Nach Ablauf der Zeit $T_{\frac{1}{2}}$, d.h. zur Zeit $t_1 + T_{\frac{1}{2}}$, ist die Zahl der Atomkerne dann auf die Hälfte gesunken:

$$\tfrac{1}{2} N(t_1) = N(0)\, e^{-\lambda(t_1 + T_{\frac{1}{2}})}.$$

Aus beiden Gleichungen folgt

$$e^{-\lambda t_1} = 2 \cdot e^{-\lambda(t_1 + T_{\frac{1}{2}})}.$$

Hieraus ergibt sich

$$-\lambda t_1 = \ln 2 - \lambda(t_1 + T_{\frac{1}{2}})$$

oder

$$T_{\frac{1}{2}} = \frac{\ln 2}{\lambda} = \frac{0{,}693\,1}{\lambda}.$$

Diese Gleichung zeigt, daß die Halbwertszeit eines Radionuklids von dem Alter der vorliegenden Substanz unabhängig ist, denn es ergibt sich für $T_{\frac{1}{2}}$ ein von der gewählten Ausgangszeit unabhängiger Wert. Das bedeutet aber, daß es völlig gleichgültig ist, von welchem Zeitpunkt man die Halbwertszeit verstreichen läßt; in jedem Falle ist die Zahl der vorhandenen Atome nach Ablauf dieser Zeit nur halb so groß wie zu Anfang. Wir stellen daher fest:

Die Halbwertszeit ist eine für jedes Radionuklid charakteristische, von seiner Vorgeschichte unabhängige Konstante, die das Nuklid eindeutig kennzeichnet.

Die Halbwertszeiten sind für die verschiedenen Radionuklide sehr unterschiedlich. Sie reichen von kleinen Bruchteilen einer Sekunde (10^{-7} s) bis zu Trillionen Jahren (10^{18} a). Diese langlebigen Elemente sind praktisch stabil. In der folgenden Tabelle sind einige Zahlen angegeben.

Halbwertszeiten von radioaktiven Stoffen

Samarium 147	$128 \cdot 10^9$ a	Actinium 227	22,0 a	Francium 223	22,0 min
Thorium 232	$13{,}9 \cdot 10^9$ a	Polonium 210	138,5 d	Polonium 212	$0{,}3 \cdot 10^{-6}$ s
Uran 238	$4{,}51 \cdot 10^9$ a	Radon 222	3,8 d		
Radium 226	1620 a	Astatin 210	8,3 h		

Wenn man mit den Halbwertszeiten arbeitet, ist es in vielen Fällen rechnerisch einfacher, das Zerfallsgesetz etwas anders zu schreiben. Es gilt die Gleichung

$$e^{-\frac{t \ln 2}{T_{\frac{1}{2}}}} = 2^{-\frac{t}{T_{\frac{1}{2}}}}.$$

Diese Aussage kann man leicht überprüfen, in dem man auf beiden Seiten den natürlichen Logarithmus bildet:

$$-\frac{t \ln 2}{T_{\frac{1}{2}}} = -\frac{t}{T_{\frac{1}{2}}} \ln 2.$$

Da

$$N(t) = N(0)\, e^{-\lambda t}$$

und

$$\lambda = \frac{\ln 2}{T_{\frac{1}{2}}}$$

ist, erhalten wir zunächst

$$N(t)=N(0)\cdot e^{-\frac{\ln 2}{T_{\frac{1}{2}}}\cdot t}.$$

Mit der oben getroffenen Feststellung ergibt sich schließlich

$$N(t)=N(0)\cdot 2^{-\frac{t}{T_{\frac{1}{2}}}}.$$

Eine weitere zur Charakterisierung radioaktiver Nuklide verwendete Größe ist die *mittlere Lebensdauer* τ. Dieser Begriff wird bei Radionukliden in der gleichen Weise definiert, wie dies bei Lebewesen üblich ist.

Um die mittlere Lebensdauer von 1000 am gleichen Tage geborenen Menschen in erster Näherung zu berechnen, stellt man am Ende jedes Jahres die Zahl der Sterbefälle des abgelaufenen Jahres und die Zahl der dann noch lebenden Menschen fest. Dabei mögen sich die folgenden Werte ergeben:

Am Ende des	*Zahl der noch lebenden Menschen*
1. Jahres	920
2. Jahres	840
3. Jahres	762
⋮	⋮
99. Jahres	2
100. Jahres	0

Für das mittlere Lebensalter gilt dann:

$$\tau=\frac{920\cdot 1\ \text{Jahr}+840\cdot 1\ \text{Jahr}+762\cdot 1\ \text{Jahr}+\cdots+2\cdot 1\ \text{Jahr}}{1000}.$$

Diese Rechnung liefert natürlich nur einen groben Näherungswert für die mittlere Lebensdauer der 1000 Menschen, weil die im Laufe eines Jahres verstorbenen Personen erst am Ende des betreffenden Jahres gezählt werden. Man erhält ein genaueres Ergebnis, wenn man kleinere Zeitintervalle (Monate, Tage usw.) verwendet. Der Sachverhalt wird durch eine grafische Darstellung noch klarer (Abb. 865.1). Die einzelnen Summanden in dem Ausdruck für die mittlere Lebens-

Abb. 865.1 Zur Berechnung der mittleren Lebensdauer bei jährlichen Intervallen

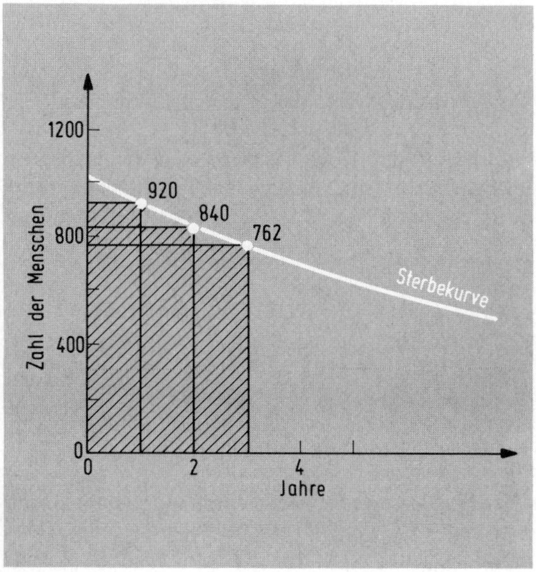

Abb. 865.2 Zur Berechnung der mittleren Lebensdauer bei radioaktiven Atomkernen

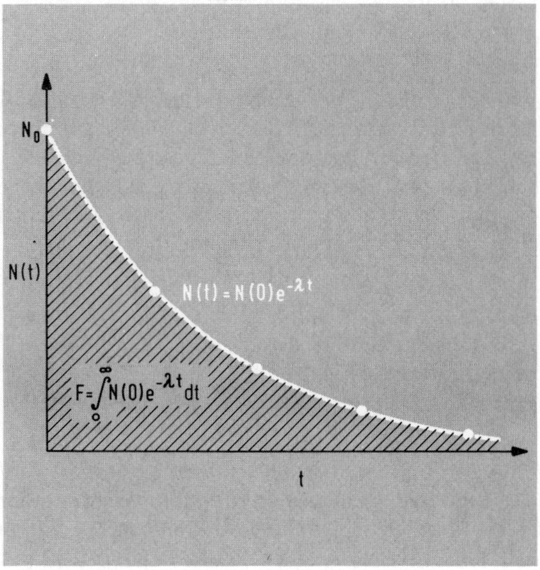

dauer τ werden durch die Flächeninhalte von Rechtecken wiedergegeben. Je kleiner man die Zeitintervalle wählt, um so schmaler werden die Rechtecke und um so mehr nähert sich die Summe ihrer Flächeninhalte derjenigen Fläche, die durch die Sterbekurve und die Koordinatenachsen begrenzt wird.

Um in analoger Weise die mittlere Lebensdauer radioaktiver Nuklide zu ermitteln, muß zunächst die Lebensdauer aller vorhandenen Kerne errechnet und deren Summe durch die Zahl der Kerne dividiert werden. In Übereinstimmung mit den vorhergehenden Überlegungen ergibt sich die Gesamtlebensdauer aller Atomkerne als der Flächeninhalt, der durch die Koordinatenachsen und die durch das Zerfallsgesetz

$$N(t)=N(0)\,e^{-\lambda t}$$

dargestellte Kurve begrenzt wird (Abb. 865.2). Man erhält dann

$$\tau=\frac{1}{N(0)}\int_0^\infty N(0)\,e^{-\lambda t}\,dt=\int_0^\infty e^{-\lambda t}\,dt=\left|-\frac{1}{\lambda}e^{-\lambda t}\right|_0^\infty=\frac{1}{\lambda}.$$

Dies bedeutet:

Die mittlere Lebensdauer τ eines Radionuklids ist gleich dem reziproken Wert seiner Zerfallskonstante λ.

Es ergibt sich hier die weitere Frage, wieviel Atome eines radioaktiven Präparates nach Ablauf der mittleren Lebensdauer noch nicht zerfallen sind. Aus dem Zerfallsgesetz folgt:

$$N(\tau)=N(0)\,e^{-\lambda\tau}=N(0)\,e^{-1}=\frac{1}{e}N(0).$$

Man kann das Gesetz über den radioaktiven Zerfall auch noch in anderer Form schreiben, indem man den oben eingeführten Begriff der radiologischen Aktivität

$$A=-\frac{\Delta N}{\Delta t}=\lambda N$$

verwendet. Wegen

$$\frac{A(t)}{A(0)}=\frac{N(t)}{N(0)}$$

lautet das Zerfallsgesetz dann:

$$A(t)=A(0)\,e^{-\lambda t}.$$

Dabei bedeuten:
$A(0)$ = radiologische Aktivität zur Zeit $t=0$,
$A(t)$ = radiologische Aktivität zur Zeit t,
λ = Zerfallskonstante.

Die Abnahme der radiologischen Aktivität mit der Zeit ist der wahrnehmbare und meßbare Ausdruck für die Abnahme der Zahl der strahlenden Atomkerne.

Das oben angegebene Zerfallsgesetz gestattet es, die Anzahl $N(t)$ der Atome zu berechnen, die nach einer beliebigen Zeit t von einer bestimmten Ausgangssubstanz noch vorhanden sind. In manchen Fällen ist außerdem die Zahl der in dieser Zeit entstandenen Tochterkerne $D(t)$ von Interesse. Unter der Voraussetzung, daß diese Tochterkerne nicht weiter zerfallen, gilt

$$D(t)=N(0)-N(t).$$

Da

$$N(t)=N(0)\,e^{-\lambda t}$$

ist, ergibt sich weiter:

$$D(t)=N(0)\,(1-e^{-\lambda t})=N(t)\,(e^{\lambda t}-1).$$

In Abb. 867.1 ist die Zahl der noch vorhandenen Ausgangskerne sowie die Zahl der gebildeten Tochterkerne als Funktion der Zeit grafisch dargestellt.

Die Zusammenhänge werden komplizierter, wenn die Tochterkerne selbst wieder radioaktiv sind. Dieser Fall tritt bei den in der Natur vorkommenden Radionukliden sehr häufig auf. Es ergeben sich dann die *radioaktiven Zerfallsreihen* oder die *radioaktiven Familien*, bei denen jedes Nuklid durch radioaktiven Zerfall aus dem vorhergehenden entsteht. Wir werden uns im nächsten Abschnitt mit diesen Zerfallsreihen genauer beschäftigen. Abschließend sollen hier aber zunächst noch einige *grundsätzliche Bemerkungen zu den radioaktiven Zerfallsgesetzen* gemacht werden.

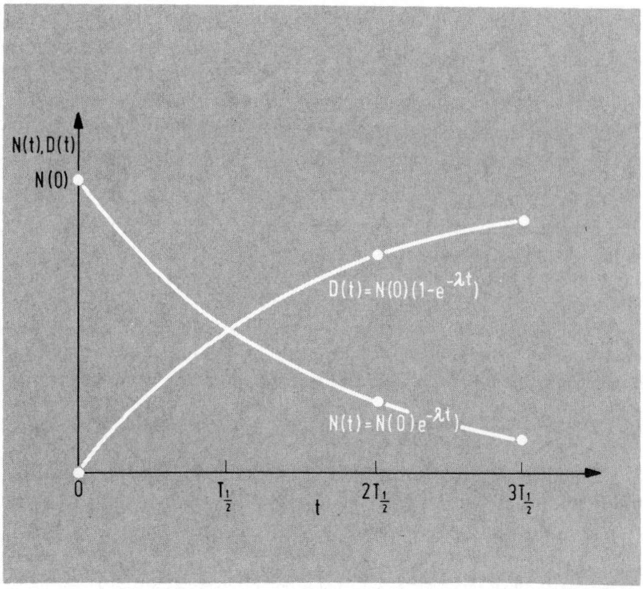

Abb. 867.1
Zahl der Ausgangskerne $N(t)$ und Zahl der Tochterkerne $D(t)$ als Funktion der Zeit

Das Zerfallsgesetz für radioaktive Stoffe gestattet es, bei einer Kenntnis der Halbwertszeit im voraus anzugeben, wie viele Atome von einer vorliegenden radioaktiven Substanz nach Ablauf einer beliebigen Zeit t noch vorhanden sind. Es scheint hier also ein Naturgesetz vorzuliegen, das ebenso wie die bisher behandelten physikalischen Gesetze den Ablauf eines bestimmten Naturvorganges eindeutig bestimmt. Trotzdem besteht aber zwischen diesem Zerfallsgesetz und den früher behandelten physikalischen Gesetzen ein grundlegender Unterschied.

Wir haben früher (S. 386ff.) gesehen, daß die klassische Physik von der Überzeugung ausging, daß der Ablauf des Naturgeschehens durch die herrschenden Naturgesetze eindeutig vorausbestimmt ist und daß es dem Physiker bei einer Kenntnis des augenblicklichen Gesamtzustandes und der gültigen Gesetze grundsätzlich möglich ist, den weiteren Ablauf bis in alle Zukunft mathematisch exakt vorauszusagen. Wir haben die Folgerungen dieser streng deterministischen Naturauffassung früher im einzelnen dargelegt und dabei auch schon angedeutet, daß die Entwicklung der modernen Physik in dieser Hinsicht zu einer anderen Einstellung geführt hat. Das Beispiel des radioaktiven Zerfalls gibt uns die Möglichkeit, diese Veränderung etwas genauer zu erläutern.

Eine vorliegende Menge von Radiumatomen zerfällt fortlaufend, und zwar in der Weise, daß ein Teil der Atome in der nächsten Sekunde, ein anderer Teil im Laufe des nächsten Jahres und wieder ein anderer Teil erst nach Jahrhunderten zerfällt. Der Physiker ist hier in der merkwürdigen Lage, daß er aufgrund des Zerfallsgesetzes zwar weiß, wie viele von einer genügend großen Zahl von Radiumatomen innerhalb des nächsten Jahres zerfallen werden, daß er aber keine Aussage darüber machen kann, ob ein einzelnes ihm vorgelegtes Radiumatom schon in der folgenden Sekunde zerfällt oder ob es noch Hunderte von Jahren bestehen wird.

Man hat den Physiker mit dem Direktor einer Versicherungsgesellschaft verglichen, der aufgrund seiner Statistiken das Gesetz für das durchschnittliche Sterben innerhalb einer großen Zahl von Versicherten so genau kennt, daß er die Zahl der Sterbefälle innerhalb eines Zeitraumes mit einer für das Geschäft der Versicherung ausreichenden Zuverlässigkeit vorauszusagen vermag, der aber nicht in der Lage ist, dem einzelnen Versicherten den Zeitpunkt seines Todes anzugeben.

Man könnte die Unmöglichkeit der Voraussage in diesen Fällen für einen Mangel an Einsicht in die Zusammenhänge halten und der Meinung sein, daß die Physiker bei einer vertieften Kenntnis der Beschaffenheit der Radiumatome doch zu einer Voraussage der Lebensdauer eines einzelnen Radiumatoms kommen werden. Es wäre etwa möglich, daß das frühere oder spätere Zerfallen der einzelnen Radiumatome auf Verschiedenheiten ihrer Beschaffenheit, z. B. auf verschiedenes Alter oder sonstige noch unbekannte Parameter, zurückzuführen ist. Eine genaue Untersuchung dieser Zusammenhänge zeigt aber, daß dies nicht der Fall ist und daß es keine uns noch verborgenen Unterschiede in der Beschaffenheit der Radiumatome selbst gibt, die für ihre verschieden lange Lebensdauer verantwortlich gemacht werden können. Der streng deterministische Zusammenhang zwischen Ursache und Wirkung scheint hier also gelockert zu sein. Das radioaktive Zerfallsgesetz gibt uns nur statistische Mittelwerte für eine große Zahl von Teilchen und läßt keinerlei Aussagen über den Einzelfall zu.

Der Physiker befindet sich bei genauerer Betrachtung gegenüber den Radiumatomen doch in einer anderen Lage als der Versicherungsdirektor gegenüber den Versicherten. Wenn ein Versicherungsnehmer 80 Jahre alt geworden ist, so ist die Wahrscheinlichkeit, daß er im Laufe des folgenden Jahres stirbt, erheblich größer, als wenn er erst 20 Jahre alt ist. Anders ist dies bei den Radiumatomen. Für ein bestimmtes Radiumatom gibt es zwar auch eine genau berechenbare Wahrscheinlichkeit für sein Zerfallen innerhalb der kommenden 24 Stunden. Wenn das gleiche Radiumatom aber die nächsten 100 Jahre überdauert, so ist die Wahrscheinlichkeit für seinen Zerfall innerhalb der nun folgenden 24 Stunden genauso groß wie vorher. Dies folgt durch mathematische Überlegungen aus dem Zerfallsgesetz für radioaktive Stoffe.

Wir stellen abschließend fest:

Die radioaktiven Umwandlungen stellen Ereignisse dar, die den Gesetzen der Wahrscheinlichkeitsrechnung und der Statistik unterliegen. Es ist unmöglich, den radioaktiven Zerfall eines einzelnen Atoms gesetzmäßig zu erfassen und den Zeitpunkt des Zerfalls vorauszusagen.

8.4.5 Die radioaktiven Zerfallsreihen

Es wurde bereits darauf hingewiesen, daß die bei dem Zerfall der natürlichen Radionuklide entstehenden neuen Nuklide meist wieder radioaktiv sind. Sie zerfallen weiter, so daß sie die erwähnten *radioaktiven Zerfallsreihen* oder *radioaktiven Familien* bilden. Eine Zerfallsreihe endet, wenn einmal ein Nuklid entsteht, das nicht mehr radioaktiv ist. Es existieren vier verschiedene Zerfallsreihen, von denen drei als stabiles Endprodukt Blei liefern, während bei der vierten als Endprodukt Bismut entsteht.

Die *vier radioaktiven Zerfallsreihen* sind in den Abb. 869.1 bis 871.2 wiedergegeben. Dabei ist in der 1. Spalte der Name des betreffenden Elementes angegeben. In der 2. Spalte findet sich das Symbol in der heute üblichen Schreibweise; in den Klammern sind die früher üblichen Bezeichnungen, die man bisweilen in der Literatur noch findet, angegeben. Die 3. Spalte enthält die Halbwertszeiten und in der 4. Spalte stehen die jeweils ausgesandten Teilchen. In der letzten Spalte sind schließlich die Energien angegeben, die die Teilchen bei der Aussendung haben. Hierzu ist noch zu bemerken, daß die von dem gleichen Atomkern ausgehenden Alphateilchen mit großer Annäherung alle die gleiche Energie haben, während die Energien der von gleichen Atomkernen ausgehenden Betateilchen sich über einen weiten Bereich erstrecken können. In den Tabellen ist jeweils die maximale Energie angegeben.

Zu den einzelnen Zerfallsreihen ist folgendes zu sagen:

1. Die Uran-Radium-Zerfallsreihe (Abb. 869.1)

Die Reihe hat ihren Namen nach dem Ausgangsnuklid $^{238}_{92}U$ und dem in dieser Zerfallsreihe auftretenden Radium, das bei der Erforschung der radioaktiven Erscheinungen eine besonders wichtige Rolle gespielt hat. Das Endnuklid ist $^{206}_{82}Pb$.

Die Massenzahlen aller in dieser Zerfallsreihe auftretenden Elemente sind von der Form $4n+2$, wobei n eine natürliche Zahl ist. Man nennt die Uran-Radium-Reihe deshalb auch die *$(4n+2)$-Reihe.*

2. Die Thorium-Zerfallsreihe (Abb. 869.2)

Das Ausgangsnuklid ist $^{232}_{90}Th$ und das Endnuklid ist $^{208}_{82}Pb$. Das Endprodukt hat hier aber eine andere Massenzahl als bei der Uran-Radium-Reihe.

Die Glieder dieser Reihe haben sämtlich Massenzahlen von der Form $4n$. Man nennt diese Reihe deshalb auch die *$4n$-Reihe.*

Abb. 869.1
Die Uran-Radium-Zerfallsreihe

Element	Symbol	Halbwertszeit $T_{\frac{1}{2}}$	Ausgesandtes Teilchen	(max.) Teilchenenergie in MeV		
				α	β	γ
Uran	$^{238}_{92}U(UI)$	$4{,}51 \cdot 10^9$ a	α	4,19	–	0,05
Thorium	$^{234}_{90}Th(UX_1)$	24,1 d	β	–	0,19	0,10
Protactinium	$^{234}_{91}Pa$ (UX_2) / (UZ)	1,14 min / 6,66 h	β	–	2,3 / 1,55	0,80
Uran	$^{234}_{92}U(UII)$	$2{,}5 \cdot 10^5$ a	α	4,77	–	γ
Thorium	$^{230}_{90}Th(Io)$	$8 \cdot 10^4$ a	α	4,68	–	0,24
Radium	$^{226}_{88}Ra$	1620 a	α	4,78	–	0,19
Radon	$^{222}_{86}Rn$	3,8 d	α	5,48	–	0,51
Polonium	$^{218}_{84}Po(RaA)$	3,05 min	β 0,04 % – α 99,96 %	6,00	β	–
Astatin	$^{218}_{85}At(RaB')$	1,3 s	α	6,63	–	–
Blei	$^{214}_{82}Pb(RaB)$	26,8 min	β	–	0,7	0,35
Bismut	$^{214}_{83}Bi(RaC)$	19,7 min	β 99,97 % – α 0,03 %	5,50	3,2	1,8
Polonium	$^{214}_{84}Po(RaC')$	$1{,}637 \cdot 10^{-4}$ s	α	7,68	–	–
Thallium	$^{210}_{81}Tl(RaC'')$	1,32 min	β	–	1,96	2,36
Blei	$^{210}_{82}Pb(RaD)$	19,4 a	β	–	0,018	0,047
Bismut	$^{210}_{83}Bi(RaE)$	5,0 d	β 99,9999 % – α 0,0001 %	4,96	1,17	–
Polonium	$^{210}_{84}Po(RaF)$	138,5 d	α	5,30	–	0,8
Thallium	$^{206}_{81}Tl(RaE'')$	4,2 min	β	–	1,51	–
Blei	$^{206}_{82}Pb(RaG)$	∞		–	–	–

Element	Symbol	Halbwertszeit $T_{\frac{1}{2}}$	Ausgesandtes Teilchen	(max.) Teilchenenergie in MeV		
				α	β	γ
Thorium	$^{232}_{90}Th$	$1{,}39 \cdot 10^{10}$ a	α	4,0	–	0,06
Radium	$^{228}_{88}Ra(MsTh_1)$	6,7 a	β	–	0,012	–
Actinium	$^{228}_{89}Ac(MsTh_2)$	6,1 h	β	–	1,55	γ
Thorium	$^{228}_{90}Th(RaTh)$	1,90 a	α	5,42	–	0,85
Radium	$^{224}_{88}Ra(ThX)$	3,64 d	α	5,68	–	0,24
Radon	$^{220}_{86}Rn(Tn)$	54,5 s	α	6,28	–	0,54
Polonium	$^{216}_{84}Po(ThA)$	0,16 s	β 0,014 % – α 99,986 %	6,77	β	–
Blei	$^{212}_{82}Pb(ThB)$	10,6 h	β	–	0,34	γ
Astatin	$^{216}_{85}At(ThB')$	$3 \cdot 10^{-4}$ s	α	7,79	–	–
Bismut	$^{212}_{83}Bi(ThC)$	60,5 min	β 65 % – α 35 %	6,09	2,27	γ
Polonium	$^{212}_{84}Po(ThC')$	$3 \cdot 10^{-7}$ s	α	8,78	–	–
Thallium	$^{208}_{81}Tl(ThC'')$	3,1 min	β	–	1,79	2,62
Blei	$^{208}_{82}Pb(ThD)$	∞		–	–	–

Abb. 869.2
Die Thorium-Zerfallsreihe

3. Die Uran-Actinium-Zerfallsreihe (Abb. 871.1)

Das Ausgangsnuklid ist $^{235}_{92}U$, wobei zu beachten ist, daß das hier auftretende Uran eine andere Massenzahl als das Ausgangselement der Uran-Radium-Reihe hat. Das Endnuklid ist $^{207}_{82}Pb$.

Die in dieser Reihe auftretenden Elemente haben Massenzahlen von der Form $4n+3$. Man nennt diese Reihe daher auch die *$(4n+3)$-Reihe*.

4. Die Neptunium-Zerfallsreihe (Abb. 871.2)

Das Ausgangsnuklid ist $^{241}_{94}Pu$ und das Endnuklid $^{209}_{83}Bi$. Diese Reihe wurde est verhältnismäßig spät entdeckt. Der Grund hierfür besteht darin, daß sie in der Natur ausgestorben ist, weil die Halbwertszeit des langlebigsten Nuklids dieser Reihe, des $^{237}_{93}Np$, mit $2{,}2 \cdot 10^6$ a klein gegenüber dem Alter der Erde von 10^9 a ist. Die Ausgangsnuklide dieser Reihe mußten deshalb künstlich hergestellt werden. Wir kommen auf die künstlich hergestellten Elemente später noch genauer zurück (S. 970ff.).

Alle dieser Zerfallsreihe angehörigen Atome haben Massenzahlen von Form $4n+1$. Man spricht deshalb von der *$(4n+1)$-Reihe*.

Mit der Auffindung der Neptunium-Zerfallsreihe war die letzte Lücke innerhalb der radioaktiven Zerfallsreihen geschlossen. Wir können heute sagen, daß außer den genannten $4n$-, $(4n+1)$-, $(4n+2)$- und $(4n+3)$-Reihen keine weiteren existieren, weil eine $(4n+4)$-Reihe Massenzahlen liefern würde, die mit denen der $4n$-Reihe übereinstimmen.

Die in den Abb. 869.1 bis 871.2 wiedergegebenen Zerfallsreihen zeigen, daß es eine große Zahl natürlicher radioaktiver Nuklide gibt. Trotzdem ist die *Zahl der radioaktiven Umwandlungen* recht klein. Wir fassen die wichtigsten, aus den obigen Tabellen sich ergebenden Tatsachen zusammen:

1. Die meisten der in der Natur vorkommenden Radionuklide können entweder *nur* Alphateilchen oder *nur* Betateilchen abgeben.

2. Es gibt aber auch einige wenige Nuklide, die *beide* Teilchen aussenden können. Von diesen Nukliden ist dann jeweils ein bestimmter Bruchteil Alpha- bzw. Betastrahler. Das *einzelne Nuklid* kann aber niemals gleichzeitig beide Teilchen abgeben, sondern es ist immer *nur* Alpha- oder *nur* Betastrahler.

3. Die Abgabe von Alpha- bzw. Betateilchen ist in vielen Fällen mit der Emission von Gammaquanten verbunden.

4. Obwohl ein Radionuklid im allgemeinen nur Alpha- *oder* Betateilchen abgibt, gehen in der Regel von einem radioaktiven Präparat gleichzeitig Alpha-, Beta- und Gammastrahlen aus. Dies liegt daran, daß dann eine Mischung mehrerer Nuklide mit verschiedenem Zerfall vorliegt. Diese Mischung bildet sich immer von selbst, weil die beim Zerfall der Ausgangsatome entstehenden neuen Kerne meist wieder radioaktiv sind.

Wir stellen abschließend noch einige Gesetze über die radioaktiven Kernumwandlungen zusammen, die sich unmittelbar aus den Zerfallsreihen ablesen lassen:

1. Bei der Aussendung eines Alphateilchens entsteht ein neuer Atomkern, der eine um 2 verkleinerte Kernladungszahl und eine um 4 verkleinerte Massenzahl besitzt.

2. Bei der Aussendung eines Betateilchens entsteht ein neuer Atomkern mit einer um 1 größeren Kernladungszahl und einer gegenüber dem Ausgangskern unveränderten Massenzahl.

Durch die Abgabe eines Gammaquantes wird weder die Kernladungszahl noch die Massenzahl des ausstrahlenden Atomkernes verändert. Es wird sich später noch zeigen, daß bei der Abgabe von Gammaquanten lediglich der Energiezustand des Atomkernes eine Änderung erfährt und daß Gammaquanten immer dann emittiert werden, wenn angeregte Atomkerne in einen niedrigeren Energiezustand übergehen. Es handelt sich hierbei aber um die *Kerngammastrahlung*, die nicht mit der früher behandelten, aus der Atomhülle stammenden Gammastrahlung verwechselt werden darf. Wir stellen also fest:

3. Die Abgabe eines Gammaqants aus dem Atomkern verändert nur dessen Energiezustand, nicht dagegen die Art des Atomkernes.

Die vorstehenden Feststellungen über die radioaktiven Kernumwandlungen lassen sich in anderer Weise formulieren, wenn man die Stellung des Ausgangsnuklids und des entstehenden Nuklids im *Periodensystem der Elemente* beachtet. Man erkennt dann leicht, daß die von dem englischen Chemiker Fr. Soddy (1877–1956)

Abb. 871.1
Die Uran-Actinium-Zerfallsreihe

Element	Symbol	Halbwertszeit $T_{\frac{1}{2}}$	Ausgesandtes Teilchen	(max.) Teilchenenergie in MeV		
				α	β	γ
Uran	$^{235}_{92}$U(AcU)	$7{,}1 \cdot 10^8$ a	α	4,56	–	γ
Thorium	$^{231}_{90}$Th(UY)	25,6 h	β	–	0,30	γ
Protactinium	$^{231}_{91}$Pa	$3{,}4 \cdot 10^4$ a	α	5,05	–	γ
Actinium	$^{227}_{89}$Ac	13,5 a (α) 22,0 a (β)	β 98,8 %, α 1,2 %	4,94	0,046	–
Thorium	$^{227}_{90}$Th(RdAc)	18,2 d	α	5,97	–	γ
Francium	$^{223}_{87}$Fr(AcK)	22 min	β, α	5,3	1,15	γ
Radium	$^{223}_{88}$Ra(AcX)	11,6 d	α	5,7	–	γ
Astatin	$^{219}_{85}$At	0,9 min	β, α	6,27	β	–
Radon	$^{219}_{86}$Rn(An)	3,92 s	α	6,82	–	γ
Bismut	$^{215}_{83}$Bi	8 min	β	–	β	–
Polonium	$^{215}_{84}$Po(AcA)	$1{,}8 \cdot 10^{-3}$ s	β $5 \cdot 10^{-4}$ %, α ≈100 %	7,36	β	–
Astatin	$^{215}_{85}$At	10^{-4} s	α	8,00	–	–
Blei	$^{211}_{82}$Pb(AcB)	36,1 min	β	–	1,4	0,6
Bismut	$^{211}_{83}$Bi(AcC)	2,15 min	β 0,32 %, α 99,68 %	6,62	0,75	γ
Polonium	$^{211}_{84}$Po(AcC′)	0,52 s	α	7,43	–	–
Thallium	$^{207}_{81}$Tl(AcC″)	4,78 min	β	–	1,45	γ
Blei	$^{207}_{82}$Pb(AcD)	∞		–	–	–

Element	Symbol	Halbwertszeit $T_{\frac{1}{2}}$	Ausgesandtes Teilchen	(max.) Teilchenenergie in MeV		
				α	β	γ
Plutonium	$^{241}_{94}$Pu	13 a	β	–	0,02	γ
Americium	$^{241}_{95}$Am	458 a	α	5,48	–	γ
Neptunium	$^{237}_{93}$Np	$2{,}2 \cdot 10^6$ a	α	4,79	–	γ
Protactinium	$^{233}_{91}$Pa	27 d	β	–	0,26	γ
Uran	$^{233}_{92}$U	$1{,}6 \cdot 10^5$ a	α	4,82	–	γ
Thorium	$^{229}_{90}$Th	$7{,}3 \cdot 10^3$ a	α	4,85	–	0,20
Radium	$^{225}_{88}$Ra	14,8 d	β	–	0,32	0,04
Actinium	$^{225}_{89}$Ac	10 d	α	5,82	–	γ
Francium	$^{221}_{87}$Fr	4,8 min	α	6,30	–	γ
Astatin	$^{217}_{85}$At	0,018 s	α	7,02	–	–
Bismut	$^{213}_{83}$Bi	47 min	β 96 %, α 4 %	5,9	1,39	γ
Polonium	$^{213}_{84}$Po	$4 \cdot 10^{-6}$ s	α	8,34	–	–
Thallium	$^{209}_{81}$Tl	2,20 min	β	–	1,99	γ
Blei	$^{209}_{82}$Pb	3,3 h	β	–	0,62	–
Bismut	$^{209}_{83}$Bi	$2 \cdot 10^{17}$ a		–	–	–

Abb. 871.2
Die Neptunium-Zerfallsreihe

und dem deutsch-amerikanischen Physiker K. FAJANS (1887 – 1975) formulierten *radioaktiven Verschiebungssätze* gelten:

Erster Verschiebungssatz

Wenn ein Radionuklid ein Alphateilchen aussendet, so entsteht ein neues Element, das im Periodensystem der Elemente zwei Stellen weiter links als das Ausgangselement liegt.

Der Alphazerfall eines Atomkernes kann durch die Formel

$$^{A}_{Z}X \rightarrow {}^{A-4}_{Z-2}X + {}^{4}_{2}He$$

wiedergegeben werden.

Zweiter Verschiebungssatz

Wenn ein Radionuklid ein Betateilchen aussendet, so entsteht ein neues Element, das im Periodensystem der Elemente eine Stelle weiter rechts als das Ausgangselement liegt.

Der Betazerfall eines Atomkernes kann durch die Formel

$$^{A}_{Z}X \rightarrow {}_{Z+1}^{A}X + {}^{0}_{-1}e$$

wiedergegeben werden.

In dieser Formel ist das Elektron durch das Symbol

$$^{0}_{-1}e$$

wiedergegeben. Dabei ist die gleiche Schreibweise verwendet worden, wie sie auch sonst zur Darstellung der Atomkerne dient; d.h. der untere Index gibt die Kernladungszahl und der obere Index die Massenzahl an (vgl. S. 847).

Es wird sich später zeigen, daß zusammen mit dem Elektron immer noch ein weiteres Teilchen abgegeben wird, das man als Neutrino bezeichnet (S. 1004). Diese Tatsache wurde aber erst sehr viel später entdeckt und kann hier zunächst unbeachtet bleiben.

Die angegebenen Gesetze über die radioaktiven Kernumwandlungen sind vorerst reine Erfahrungstatsachen, die sich aus den Tabellen für die Zerfallsreihen ablesen lassen. Später werden hierfür noch genauere Erklärungen und Begründungen gegeben. Dazu müssen aber die Vorstellungen über den Bau und die Eigenschaften der Atomkerne erst weiter geklärt und präzisiert werden.

Außerhalb der Zerfallsreihen kommen in der Natur noch *weitere Radionuklide* vor. Es sind Nuklide, die eine besonders große Halbwertszeit besitzen, so daß sie seit der Entstehung der Elemente noch nicht vollständig zerfallen sind. Die folgende Tabelle gibt diese Nuklide mit ihren Halbwertszeiten und ihrer Zerfallsart an:

$^{40}_{19}K$	β^-, K	$1{,}27 \cdot 10^9$ a	$^{144}_{60}Nd$	α	$5 \cdot 10^{15}$ a	$^{190}_{78}Pt$	α	$6 \cdot 10^{11}$ a
$^{50}_{23}V$	K	$4{,}8 \cdot 10^{14}$ a	$^{147}_{62}Sm$	α	$1{,}28 \cdot 10^{11}$ a	$^{192}_{78}Pt$	α	10^{15} a
$^{87}_{37}Rb$	β^-	$5 \cdot 10^{10}$ a	$^{176}_{71}Lu$	β^-	$2{,}2 \cdot 10^{10}$ a	$^{204}_{82}Pb$	α	$1{,}4 \cdot 10^{17}$ a
$^{115}_{49}In$	β^-	$6 \cdot 10^{14}$ a	$^{180}_{73}Ta$	K	$2 \cdot 10^{13}$ a	$^{209}_{83}Bi$	α	$2 \cdot 10^{17}$ a
$^{138}_{57}La$	K	$1{,}1 \cdot 10^{11}$ a	$^{180}_{74}W$	α	10^{17} a			
$^{142}_{58}Ce$	α	$5 \cdot 10^{15}$ a	$^{187}_{75}Re$	β^-	$5 \cdot 10^{10}$ a			

Bei einigen dieser Radionuklide tritt eine Kernumwandlung auf, die man als *K-Einfang* (Symbol: *K*) bezeichnet. Innerhalb der radioaktiven Zerfallsreihen gibt es diese Kernumwandlung nicht. Wir werden später hierauf noch genauer einzugehen haben und stellen hier vorerst nur fest, daß der Atomkern bei dieser radioaktiven Umwandlung ein Elektron aus der Hülle des eignen Atoms einfängt und daß dabei die Kernladungszahl bzw. die Ordnungszahl um eine Einheit abnimmt; die Massenzahl bleibt unverändert. Wir können also als weiteres Gesetz über radioaktive Kernumwandlungen festhalten:

4. Bei dem *K*-Einfang entsteht ein neuer Atomkern mit einer um 1 verminderten Kernladungszahl und einer gegenüber dem Ausgangskern unveränderten Massenzahl.

Auf eine auffallende Tatsache muß noch besonders hingewiesen werden. Das Element Blei ist uns in den Zerfallsreihen mit sehr vielen verschiedenen Massenzahlen begegnet; es traten die Massenzahlen 214, 212, 211, 210, 209, 208, 207 und 206 auf. Einige dieser Bleiarten erwiesen sich als radioaktiv, andere waren stabil. Wir erkennen hieran, daß chemisch gleichartige Elemente unterschiedliche Massenzahlen haben und auch sonst in ihrem physikalischen Verhalten, wie etwa der Stabilität der Atome, Verschiedenheiten aufweisen können. Bei einer Durchsicht der Zerfallsreihen zeigt sich, daß die gleiche Erscheinung auch bei anderen Elementen auftritt. Man bezeichnet die durch verschiedene Massenzahlen sich unterscheidenden Atome des gleichen chemischen Elementes als *Isotope*. Wir kommen später (S. 876) hierauf zurück und geben dann eine präzisere Definition der Isotope sowie eine Erklärung für ihre Entstehung.

Abschließend sollen noch einige Bemerkungen über den *Energieumsatz bei dem Zerfall von Radionukliden* gemacht werden. Wir gehen von 2 g Radium aus. Nach 1620 Jahren ist davon 1 g zerfallen. Bei dem Zerfall von 1 g Radium wird die Energie von rund

10 Milliarden Joule

abgegeben. Die entstehenden Radonatome geben ihrerseits beim weiteren Zerfall auch wieder Energie ab, und das gleiche geschieht bei allen weiteren Zerfallsstufen bis zum Blei.

Insgesamt ergibt sich:

Bei der radioaktiven Umwandlung von 1 g Radium in das Endnuklid Blei wird insgesamt die Energie

$$W \approx 1{,}4 \cdot 10^{10}\ \mathrm{J}$$

frei.

Wenn man die bei radioaktiven Umwandlungen frei werdende Energie mit der durch die Verbrennung von Kohle gewonnenen Energie vergleicht, so ergibt sich:

Bei dem Übergang von Radium in das stabile Endnuklid Blei ist die frei werdende Energie rund 500000mal so groß wie die bei der Verbrennung einer gleich großen Menge Steinkohle frei werdende Energie.

Auch bei allen anderen radioaktiven Vorgängen werden verhältnismäßig große Energiebeträge frei. Da die radioaktiven Stoffe im allgemeinen jedoch nur in geringen Mengen zur Verfügung stehen und da die Energieabgabe über einen großen Zeitraum verteilt ist, ist die Größe der frei werdenden Energie im Beobachtungszeitraum sehr gering.

8.4.6 Die Beschießungsversuche und die Entdeckung des Neutrons

Als wichtiges Hilfsmittel zur Erforschung der Atomkerne sind früher (S. 745) die *Beschießungsversuche* bzw. die *Kernreaktionen* genannt worden. An dieser Stelle sollen zunächst nur einige Beispiele für die Beschießung von Atomkernen mit schnell bewegten Teilchen besprochen werden. Je nach der Art der verwendeten Geschosse und der beschossenen Atomkerne können sehr unterschiedliche Reaktionen eintreten. Eine systematische Untersuchungen dieser Erscheinungen erfolgt erst an späterer Stelle (S. 882).

Nachdem Rutherford jahrelang systematische Untersuchungen über den Durchgang von Alphateilchen durch Gase angestellt hatte, fiel ihm 1919 die aus Abb. 874.1 ersichtliche Erscheinung auf. Er ließ Alphateilchen durch einen mit Stickstoff gefüllten Raum fliegen und stellte fest, daß sich unter den vielen geradlinigen Spuren der Alphateilchen in seltenen Fällen einmal die ursprüngliche Bahn in zwei Teile gabelte, wobei eine kurze, dicke Spur und eine lange, dünne, meist quer zur Richtung des Alphateilchens verlaufende Spur entstanden. Eine genaue Untersuchung dieser Erscheinungen führte zu folgendem Ergebnis:

An der Gabelungsstelle hat das Alphateilchen einen Stickstoffatomkern getroffen. Das stoßende Teilchen, dessen Spur an der Gabelungsstelle endet, ist in den Stickstoffkern eingedrungen und hat diesen dann in zwei Teile zerlegt, von denen sich der eine Teil als Sauerstoffkern (kurze, dicke Bahn) und der andere als Wasserstoffkern oder Proton (lange, dünne Bahn) erwies.

Die Zahl der Treffer ist bei diesen Versuchen sehr gering. P.M.S. BLACKETT (1897 – 1974) machte 23000 Aufnahmen, auf denen im ganzen 415000 Bahnen von Alphateilchen festgehalten wurden. Unter diesen befanden sich nur 8 Fälle, bei denen die Bahn eines wegfliegenden Protons beobachtet wurde. Das bedeutet, daß mit 50000 Alphateilchen im Durchschnitt nur ein Treffer, der zu einer Kernumwandlung führt, erzielt wird.

Abb. 874.1
Nebelkammerbild einer Kernumwandlung beim Beschuß von Stickstoffatomen mit Alphateilchen

Diese Versuchsergebnisse erregten ungeheures Aufsehen, denn hiermit war es zum ersten Male gelungen, *auf künstlichem Wege ein Element in ein anderes umzuwandeln.* Die Ausbeute war zwar wegen der wenigen Treffer außerordentlich klein, aber die grundsätzliche Bedeutung dieser Entdeckung wird hierdurch nicht berührt.

Im Anschluß hieran wurden nun zahlreiche Versuche unternommen, um auch andere Atomkerne durch Beschuß mit Alphateilchen umzuwandeln. Hierbei zeigte sich jedoch bald eine Schwierigkeit. Da die Alphateilchen eine positive Ladung besitzen, werden sie von den gleichfalls positiv geladenen Atomkernen nach dem COULOMB-Gesetz abgestoßen. Die Energie der Alphateilchen muß also ausreichend sein, um diese Abstoßungskräfte zu überwinden. Das ist aber bei den Alphastrahlen der natürlichen radioaktiven Stoffe nur für die leichten Elemente bis etwa zur Ordnungszahl 23 der Fall; bei den folgenden Elementen wird die Kernladung so groß, daß die Alphateilchen nicht mehr einzudringen vermögen. Um auch hier Kernumwandlungen zu ermöglichen, muß man den Alphateilchen auf künstlichem Wege eine höhere Energie erteilen.

Zu einer neuen, für unsere Vorstellungen vom Bau der Atomkerne wichtigen Erkenntnis führten Beschießungsversuche, die W. BOTHE (1891 – 1957) im Jahre 1930 durchführte. Er beschoß Berylliumatome mit Alphateilchen und stellte ebenfalls eine Elementumwandlung fest. Daneben traten aber nicht Protonen, wie bei dem Stickstoffbeschuß, sondern andere Teilchen mit überraschenden Eigenschaften auf. Erst im Jahre 1932 konnte J. CHADWICK (1891 – 1974) diese Beobachtungen klären, indem er nachwies, daß bei diesem Vorgang ungeladene Teilchen auftreten, die etwa die gleiche Masse wie die Protonen haben, die sich aber von den Protonen dadurch wesentlich unterscheiden, daß sie keine Ladung besitzen. CHADWICK bezeichnete sie deshalb als *Neutronen.* Es zeigte sich, daß die Masse des Neutrons (m_n) nur ganz wenig größer als die Masse des Protons (m_p) ist:

$$m_n = 1{,}6749 \cdot 10^{-27}\,\mathrm{kg} \qquad m_p = 1{,}6726 \cdot 10^{-27}\,\mathrm{kg}.$$

Die verhältnismäßig späte Entdeckung des Neutrons ist darauf zurückzuführen, daß Neutronen kaum frei vorkommen und nur bei manchen Umwandlungen von Atomkernen auftreten. Das Verfahren, das zur Entdeckung der Neutronen führte, wird auch heute noch oft zu ihrer Herstellung benutzt. Eine solche *Neutronenquelle* besteht aus einem allseitig verschlossenen Glasröhrchen, in dem sich ein Gemisch aus einem Berylliumsalz und einem Alphastrahlen aussendenden Radiumsalz befindet.

Da die Neutronen keine elektrische Ladung besitzen, vermögen sie die elektrischen Felder des Atoms ohne Beeinflussung zu durchfliegen. Hierauf ist das große Durchdringungsvermögen dieser Teilchen zurückzuführen. Sie gehen durch dicke Metallplatten hindurch, wenn sie nicht zufällig auf einen Kern treffen.

Eine Folge des Fehlens der elektrischen Ladung ist ferner, daß Neutronen keine Ionisierung hervorrufen und deshalb in der Nebelkammer auch keine Spuren hinterlassen und im Zählrohr nicht direkt wahrnehmbar sind. Man muß daher zum Nachweis von Neutronen verwickeltere Verfahren anwenden.

Schließlich hat das Fehlen der elektrischen Ladung noch die wichtige Folge, daß bei den Neutronen die COULOMB-Abstoßungskräfte, die das Eindringen der Alphateilchen in den Kern erschweren und teilweise unmöglich machen, nicht auftreten, so daß auch langsam fliegende Neutronen in die Atomkerne eindringen können.

Die Entdeckung des Neutrons erwies sich aus diesen Gründen als außerordentlich folgenreich. Das Neutron wurde sehr schnell zu einem der wichtigsten Hilfsmittel der Kernforschung, und sehr viele weitere Fortschritte der Kernphysik hängen mit seiner Anwendung zusammen.

8.4.7 Der Aufbau der Atomkerne und die Isotope

Die Entdeckung des Neutrons führte sehr bald zu einer neuen Vorstellung vom Aufbau der Atomkerne. Die ursprüngliche Annahme, daß alle Atomkerne aus Protonen und Elektronen aufgebaut seien, mußte nämlich wegen unüberwindlicher theoretischer Schwierigkeiten fallengelassen werden. W. HEISENBERG (1901 – 1976) hat 1932 kurz nach der Entdeckung des Neutrons eine neue Theorie über den Aufbau der Atomkerne aufgestellt, die heute allgemein anerkannt ist. Diese Theorie besagt:

Alle Atomkerne bestehen aus Protonen und Neutronen.

Unter Benutzung der bereits eingeführten Bezeichnung *Nukleonen* können wir also sagen:

Unter den Nukleonen versteht man die Bausteine der Atomkerne, d.h. die Protonen und die Neutronen.

Nach HEISENBERG handelt es sich bei den Protonen und den Neutronen gar nicht um verschiedene Teilchen, sondern um zwei unterschiedliche Anregungszustände ein und desselben Teilchens. Sie sind auch nicht unwandelbar, sondern es spielen sich – wie später noch genauer dargelegt wird – in den Atomen laufend wechselseitige Umwandlungen von Protonen und Neutronen ab.

Es ergibt sich hier natürlich die Frage, wie es möglich ist, daß bei den Betastrahlen aufgrund der früher getroffenen Feststellung von den Atomkernen Elektronen abgegeben werden, obwohl solche Teilchen in den Kernen gar nicht vorkommen. Eine genauere Erklärung für diesen Sachverhalt wird später (S. 1009) gegeben. Hier soll nur kurz darauf hingewiesen werden, daß bei der Umwandlung eines Neutrons in ein Proton ein Elektron frei wird.

Die Grundgedanken der HEISENBERG-*Theorie über den Bau der Atomkerne* lassen sich folgendermaßen zusammenfassen:

1. Die Kernladungszahl und damit die Ordnungszahl Z eines Atoms ist gleich der Zahl der in dem Atomkern befindlichen Protonen.

2. Die Massenzahl A eines Atoms ist gleich der Summe aus der Protonenzahl Z und der Neutronenzahl N.

$$A = Z + N.$$

Durch zwei der drei genannten Größen ist die Zusammensetzung eines Atomkernes eindeutig festgelegt. Man hat vereinbart, die *Massenzahl* und die *Kernladungszahl* zur Charakterisierung der Atomkerne zu verwenden und diese Zahlen als oberen bzw. unteren Index an das chemische Symbol des betreffenden Elementes anzufügen (S. 847).

Wenn man in der gleichen Symbolik auch das Proton, Neutron, Elektron und Alphateilchen schreibt, so ergibt sich für das Proton ${}^{1}_{1}\mathrm{p}$, für das Neutron ${}^{1}_{0}\mathrm{n}$, für das Elektron ${}^{\;0}_{-1}\mathrm{e}$ und für das Alphateilchen ${}^{4}_{2}\alpha$.

Die Atomkerne lassen sich aufgrund ihrer Zusammensetzung aus Protonen und Neutronen nach verschiedenen Gesichtspunkten ordnen und in Gruppen zusammenfassen. Es bestehen grundsätzlich folgende drei Möglichkeiten der Ordnung:

1. nach der Zahl der Protonen,
2. nach der Zahl der Neutronen,
3. nach der Gesamtzahl der Nukleonen.

Wir wollen uns im folgenden mit einigen wichtigen Ergebnissen dieser Ordnungsmöglichkeiten beschäftigen.

1. Die Ordnung der Atomkerne nach der Protonenzahl

Unter Isotopen oder isotopen Atomen versteht man Atome, die in ihren Kernen die gleiche Protonenzahl Z haben.

Sie unterscheiden sich durch die Neutronenzahl N und damit auch durch die Massenzahl $A = Z + N$. Im neutralen Zustand haben isotope Atome in der Hülle auch die gleiche Zahl von Elektronen.

Die Gesamtheit der Isotope eines Elementes heißt eine *Plejade.*

Da die Stellung eines Atoms im Periodensystem der Elemente nur durch seine Kernladungszahl bestimmt wird, stehen isotope Atome an der gleichen Stelle des Periodensystems.

Die Isotope eines chemischen Elementes stimmen in denjenigen Eigenschaften überein, die allein durch die Kernladungszahl des Atoms, nicht dagegen durch seine Neutronenzahl bestimmt werden. Das sind aber in erster Linie diejenigen Eigenschaften, die ihren Ursprung in der Atomhülle haben, wie das chemische Verhalten der Atome, ihre optischen Eigenschaften sowie ihre makrophysikalischen Merkmale.

Solche Isotope sind uns bereits bei der Besprechung der radioaktiven Zerfallsreihen begegnet.

Die Erscheinung der Isotopie soll nun am Beispiel des Wasserstoffs und des Heliums näher erläutert werden.

a) Die Wasserstoffisotope

Von dem chemischen Element Wasserstoff sind drei Isotope bekannt:

a_1) Gewöhnlicher Wasserstoff (Symbol ^1_1H). Häufigkeit im natürlichen Wasserstoff 99,986%. Der Kern besteht aus einem *Proton* (Symbol ^1_1p).

a_2) Schwerer Wasserstoff oder *Deuterium* (Symbol $^2_1H = ^2_1D$). Häufigkeit im natürlichen Wasserstoff 0,014%. Der Kern besteht aus einem Proton und einem Neutron; er heißt *Deuteron* (Symbol ^2_1d).

Die Ruhmasse des Deuterons ist

$$m_d = 3{,}3436 \cdot 10^{-27}\,\text{kg}.$$

a_3) Überschwerer Wasserstoff oder *Tritium* (Symbol $^3_1H = ^3_1T$). Es tritt in der Natur nur selten und dann auch nur in ganz kleinen Mengen auf. Der Kern besteht aus einem Proton und zwei Neutronen; er heißt *Triton* (Symbol ^3_1t). Tritium ist radioaktiv und zerfällt unter Aussendung von Betateilchen.

Die drei Wasserstoffisotope sind in Tabelle 877.1 noch einmal schematisch dargestellt.

Das Deuterium kann den gewöhnlichen Wasserstoff in allen chemischen Verbindungen ersetzen.
Es existieren drei Arten von Wasserstoffmolekülen:

$$H_2 \qquad D_2 \qquad HD$$

Es existieren ferner drei Arten von Wassermolekülen:

$$H_2O \qquad D_2O \qquad HDO$$

Die Verbindung D_2O wird als *Schwerwasser* oder als *schweres Wasser* bezeichnet. Die Verbindung HDO ist in reinem Zustand nicht stabil.

Wegen der erheblichen Massenunterschiede zwischen gewöhnlichem und schwerem Wasser weisen beide Wasserarten in ihren physikalischen Eigenschaften merkliche Unterschiede auf. In der folgenden Tabelle sind einige dieser Unterschiede angegeben.

Tabelle 877.1
Die Isotope
des Wasserstoffs

Bezeichnung der Atome	*gewöhnlicher Wasserstoff*	*schwerer Wasserstoff* oder *Deuterium*	*überschwerer Wasserstoff* oder *Tritium*
Symbolische Darstellung	${}^1_1H$	${}^2_1H = {}^2_1D$	${}^3_1H = {}^3_1T$
Bezeichnung der Atomkerne	Proton	Deuteron	Triton
Zusammensetzung der Kerne aus Protonen p (●) und Neutronen n (○)	● 1 p	● ○ 1 p und 1 n	○ ● ○ 1 p und 2 n
Zahl der Nukleonen	1	2	3
Zahl der Elektronen in der Hülle	1	1	1

Physikalische Eigenschaften von gewöhnlichem und schwerem Wasser

Eigenschaft	*Gewöhnliches Wasser* H_2O	*Schweres Wasser* D_2O
Dichte bei 20 °C	0,9982 g cm^{-3}	1,1057 g cm^{-3}
Größte Dichte	1,0000 g cm^{-3} bei 4 °C	1,1059 g cm^{-3} bei 11,6 °C
Schmelztemperatur bei 1013 hPa	0 °C	+3,82 °C
Siedetemperatur bei 1013 hPa	100 °C	101,43 °C

Auch in seinen physiologischen Eigenschaften unterscheidet sich das schwere Wasser vom gewöhnlichen Wasser. Es ist in reiner Form ein starkes Gift und kann auch in verdünnter Form schädigende Wirkungen auf lebende Organismen ausüben.

Schweres Wasser tritt in geringen Mengen im natürlichen Wasser auf. Das Mengenverhältnis zwischen gewöhnlichem und schwerem Wasser beträgt dort aber nur 7000:1. Man kann das natürliche Wasser mit schwerem Wasser anreichern, indem man es der Elektrolyse unterwirft. Da schwerer Wasserstoff mit geringerer Geschwindigkeit abgeschieden wird als gewöhnlicher Wasserstoff, reichert sich das schwere Wasser immer mehr an. Allerdings muß man 100 Liter natürliches Wasser elektrolysieren, um 60 cm^3 fast reines (99,9prozentiges) Schwerwasser zu erhalten.

Das schwere Wasser findet bei einigen Kernreaktoren sowie bei manchen künstlichen Kernumwandlungen Verwendung. Wir kommen hierauf an späterer Stelle noch zurück.

b) Die Heliumisotope

Es sind 6 Heliumisotope bekannt, die in Tabelle 878.1 schematisiert wiedergegeben sind.

Der leichteste Heliumkern besitzt 2 Protonen und 1 Neutron (${}^3_2He$) und tritt in winzigen Spuren zusammen mit dem natürlichen Helium sowie bei der radioaktiven Umwandlung des Tritiums auf. Es folgt dann der aus 2 Protonen und 2 Neutronen bestehende Kern des gewöhnlichen Heliums (${}^4_2He$), und schließlich gibt es noch mindestens 4 weitere Heliumkerne mit 3 Neutronen (${}^5_2He$) und 4 Neutronen (${}^6_2He$), 5 Neutronen (${}^7_2He$) und 6 Neutronen (${}^8_2He$), die in der Natur nicht vorkommen und nur bei künstlichen Kernumwandlungen entstehen. Die Heliumisotope mit den Massenzahlen 5, 6, 7 und 8 sind instabil.

Eine Untersuchung der natürlich vorkommenden Elemente zeigt, daß die Isotopie keine Ausnahmeerscheinung ist, sondern daß die meisten Elemente Isotopengemische darstellen.

Bezeichnung der Atome	–	*gewöhnliches Helium*	–	–	–	–
Symbolische Darstellung	$^{3}_{2}$He	$^{4}_{2}$He	$^{5}_{2}$He	$^{6}_{2}$He	$^{7}_{2}$He	$^{8}_{2}$He
Bezeichnung der Atomkerne	Alphina-teilchen	Alpha-teilchen	–	–	–	–
Zusammensetzung der Kerne aus Protonen p (●) und Neutronen n (○)	● ○ ● 2 p und 1 n	○ ●● ○ 2 p und 2 n	○ ●● ○ ○ 2 p und 3 n	○ ○ ●● ○ ○ 2 p und 4 n	○ ○ ●● ○ ○ ○ 2 p und 5 n	○ ○ ○ ●● ○ ○ ○ 2 p und 6 n
Zahl der Nukleonen	3	4	5	6	7	8
Zahl der Elektronen in der Hülle	2	2	2	2	2	2

Tabelle 878.1 Die Isotope des Heliums

Beispiele

natürliches Chlor besteht
zu 75,53 % aus dem Chlorisotop $^{35}_{17}$Cl
zu 24,47 % aus dem Chlorisotop $^{37}_{17}$Cl

natürlicher Sauerstoff besteht
zu 99,76 % aus dem Sauerstoffisotop $^{16}_{8}$O
zu 0,04 % aus dem Sauerstoffisotop $^{17}_{8}$O
zu 0,20 % aus dem Sauerstoffisotop $^{18}_{8}$O

natürliches Uran besteht
zu 99,274 % aus dem Uranisotop $^{238}_{92}$U
zu 0,720 % aus dem Uranisotop $^{235}_{92}$U
zu 0,006 % aus dem Uranisotop $^{234}_{92}$U.

Dabei ist das Mischungsverhältnis unabhängig davon, an welchem Ort der Erde das Element gefunden wurde, und auch außerirdische Materie, wie sie etwa als Meteore zur Erde kommt, hat das gleiche Mischungsverhältnis der Isotope, wie es auf der Erde vorliegt.

Nur etwa 20 Elemente weisen bei ihren natürlichen Vorkommen kein Isotopengemisch auf, sondern bestehen nur aus einem einzigen Nuklid.

Beispiele

$^{9}_{4}$Be, $^{19}_{9}$F, $^{23}_{11}$Na, $^{197}_{79}$Au.

Der englische Physiker F. W. Aston (1877 – 1945) hat herausgefunden, daß sich über die mögliche Zahl der Isotope bei den verschiedenen Elementen eine Aussage machen läßt. Die Aston-*Isotopenregel* lautet:

Bei Elementen mit ungerader Ordnungszahl existieren höchstens zwei stabile Isotope, bei Elementen mit gerader Ordnungszahl können wesentlich mehr stabile Isotope auftreten.

Da die Isotope eines Elementes in ihren chemischen Eigenschaften übereinstimmen, ist eine Trennung dieser Isotope mit einfachen chemischen Methoden nicht möglich. Für eine Isotopentrennung kommen vielmehr nur Prozesse in Frage, deren Ablauf von der Massenzahl des Atomkerns abhängt, wie etwa die Diffusionsgeschwindigkeit. Die *Isotopentrennung* spielt vor allem beim Uran im Zusammenhang mit der Gewinnung von Kernenergie eine große Rolle.

2. Die Ordnung der Atomkerne nach der Neutronenzahl

Unter Isotonen oder isotonen Atomen versteht man Atome, deren Kerne die gleiche Neutronenzahl N haben.

Sie unterscheiden sich durch ihre Protonenzahl Z und ihre Massenzahl A. Im Periodensystem der Elemente stehen isotone Atome an verschiedenen Stellen. Sie haben deshalb auch unterschiedliche chemische Eigenschaften und können – im Gegensatz zu isotopen Atomen – mit chemischen Verfahren leicht voneinander getrennt werden.

Beispiele

$N=2$: ${}^{3}_{1}H^*$, ${}^{4}_{2}He$, ${}^{5}_{3}Li^*$

$N=3$: ${}^{5}_{2}He^*$, ${}^{6}_{3}Li$, ${}^{7}_{4}Be^*$, ${}^{8}_{5}B^*$, ${}^{9}_{6}C^*$.

Die mit einem Stern versehenen Atome sind radioaktiv.

Die folgenden *Isotonenregeln* machen Aussagen über die Existenz und die Stabilität von isotonen Atomkernen:

1. Zu jedem Atomkern mit einer geraden Neutronenzahl N gibt es nur selten zwei stabile Isotone mit ungeraden Massenzahlen A, im allgemeinen existiert hierzu vielmehr nur ein stabiles Isoton mit einer ungeraden Massenzahl.

2. Zu jedem Atomkern mit einer ungeraden Neutronenzahl N gibt es höchstens zwei stabile Isotone, deren Massenzahlen ungerade sind.

3. Die Ordnung der Atomkerne nach der Nukleonenzahl

Unter Isobaren oder isobaren Atomen versteht man Atome, deren Kerne die gleiche Nukleonenzahl und damit die gleiche Massenzahl A haben.

Sie unterscheiden sich durch ihre Ordnungszahl Z, d.h. sie weisen in ihren Kernen eine unterschiedliche Zahl von Protonen und damit auch von Neutronen auf. Trotz gleicher Massenzahl gehören also isobare Atome verschiedenen Elementen an. Sie können daher – im Gegensatz zu isotopen Atomen – mit chemischen Verfahren leicht voneinander getrennt werden.

Beispiele

$A=17$: ${}^{17}_{7}N^*$, ${}^{17}_{8}O$, ${}^{17}_{9}F^*$.

$A=210$: ${}^{210}_{82}Pb^*$, ${}^{210}_{83}Bi^*$, ${}^{210}_{84}Po^*$.

Die durch einen Stern gekennzeichneten Atome sind radioaktiv.

Die Zusammenfassung der Atomkerne zu Gruppen von Isobaren hat sich besonders bei *Stabilitätsuntersuchungen* bewährt. Dabei zeigte sich, daß zwischen Kernen mit gleicher Nukleonenzahl in mancher Hinsicht eine engere Verwandtschaft besteht als zwischen Kernen mit der gleichen Protonenzahl (Isotopen), was auch verständlich ist, wenn man beachtet, daß Protonen und Neutronen nur verschiedene Erscheinungsformen des gleichen Teilchens sind.

Die folgenden *Isobarenregeln* machen Aussagen über die Existenz und Stabilität von isobaren Atomkernen:

a) Die Mattauch-Isobarenregel:

Bei Kernen mit ungerader Massenzahl existiert in der Regel nur eine stabile Kernart. Kerne mit gerader Massenzahl können mehrere stabile Isobare besitzen, wobei die Kernladungszahlen sich jedoch um 2 Einheiten unterscheiden müssen.

Es schien lange Zeit so, als ob es von dieser Regel zwei Ausnahmen gäbe. Bei den Isobarenpaaren

$${}^{123}_{52}Te,\quad {}^{123}_{51}Sb \quad \text{und} \quad {}^{113}_{49}In,\quad {}^{113}_{48}Cd$$

unterscheiden sich die Kernladungszahlen nämlich nur um eine Einheit. Zunächst war man der Meinung, daß diese Kerne sämtlich stabil wären. Aus neueren Untersuchungen scheint sich nun aber ergeben zu haben, daß die Kerne $^{123}_{52}Te$ und $^{113}_{48}Cd$ instabil sind, so daß die MATTAUCH-Isobarenregel wahrscheinlich dann ohne Ausnahme gilt.

b) Stabile Atomkerne mit gerader Massenzahl haben fast immer auch eine gerade Ordnungszahl. Hiervon können mehrere Isobare existieren.

Von dieser Regel gibt es nur wenige Ausnahmen, wie z. B.

$$^{2}_{1}H, \quad ^{6}_{3}Li, \quad ^{10}_{5}B, \quad ^{14}_{7}N.$$

Hierbei handelt es sich um fast die einzigen Kerne, die stabil sind, obwohl sie eine gerade Massenzahl und eine ungerade Ordnungszahl haben.

c) Es existieren keine stabilen Isobarenpaare, die eine ungerade Massenzahl A und gleichzeitig eine ungerade Protonenzahl Z haben.

Dies bedeutet, daß es von Atomkernen mit einer ungeraden Massenzahl A und einer ungeraden Protonenzahl Z ohne Ausnahme nur eine einzige Art gibt.

Bei allen radioaktiven Umwandlungen, die mit der Aussendung eines Betateilchens aus dem Kern verbunden sind, entstehen Isobare der Ausgangselemente.

Die Atomkerne können auch noch nach anderen Gesichtspunkten geordnet und klassifiziert werden.

Nach dem Vorschlag von W. HEISENBERG erweist es sich bei Untersuchungen über die *Stabilität von Atomkernen* als zweckmäßig, die Atomkerne nach ihrer Protonenzahl Z, ihrer Neutronenzahl N und ihrer Massenzahl $A = Z + N$ in folgende Gruppen einzuteilen:

Gerade Kerne Gerade Massenzahl A	*Doppeltgerade Kerne* (gg-Kerne) Gerade Protonenzahl Z Gerade Neutronenzahl N	*Ungerade Kerne* Ungerade Massenzahl A	*Gerade-ungerade Kerne* (gu-Kerne) Gerade Protonenzahl Z Ungerade Neutronenzahl N
	Doppeltungerade Kerne (uu-Kerne) Ungerade Protonenzahl Z Ungerade Neutronenzahl N		*Ungerade-gerade Kerne* (ug-Kerne) Ungerade Protonenzahl Z Gerade Neutronenzahl N

Über die Stabilität der Atomkerne ist folgendes zu sagen:

Es gibt 273 Kerne, von denen bis heute angenommen wird, daß sie stabil sind. Die Möglichkeit, daß einige dieser Kerne sich doch noch als radioaktiv erweisen werden und daß diese Radioaktivität sich bisher nur wegen extrem großer Halbwertszeiten der Beobachtung entzogen hat, kann nicht ausgeschlossen werden.

Unter den 273 stabilen Kernen sind 164 Kerne mit einer geraden Protonenzahl Z und einer geraden Neutronenzahl N, d.h. *doppeltgerade Kerne* (gg-Kerne). Auch in ihren prozentualen Gewichtsanteilen treten die doppeltgeraden Kerne besonders häufig auf. So bestehen z.B. rund 80% der Erdkruste aus folgenden doppeltgeraden Kernen:

$$^{16}_{8}O, \quad ^{24}_{12}Mg, \quad ^{28}_{14}Si, \quad ^{40}_{20}Ca, \quad ^{48}_{22}Ti, \quad ^{56}_{26}Fe.$$

Aus der überdurchschnittlich großen Häufigkeit der doppeltgeraden Atomkerne kann auf eine besonders große Stabilität dieser Kerne geschlossen werden.

Die *doppeltungeraden Kerne* (uu-Kerne), d.h. die Kerne mit einer ungeraden Protonenzahl Z und einer ungeraden Neutronenzahl N, sind mit wenigen Ausnahmen instabil. Bei diesen Ausnahmen handelt es sich z.B. um die ersten 4 doppeltungeraden Kerne mit den kleinsten Massenzahlen, und zwar

$$^{2}_{1}H, \quad ^{6}_{3}Li, \quad ^{10}_{5}B, \quad ^{14}_{7}N.$$

Die stabilen *ungerade-geraden Kerne* (*ug*-Kerne), d.h. die Kerne mit einer ungeraden Protonenzahl Z und einer geraden Neutronenzahl N, treten mit 50 verschiedenen Arten nahezu ebenso häufig auf wie die stabilen *gerade-ungeraden Kerne* (*gu*-Kerne), d.h. Kerne mit einer geraden Protonenzahl Z und einer ungeraden Neutronenzahl N, die in 55 verschiedenen Arten existieren, von denen sich möglicherweise noch 2 als instabil erweisen können.

Es ist üblich, Kernprozesse unter Verwendung der früher eingeführten Kernsymbole durch Formeln darzustellen. Diese *Kernreaktionsformeln* geben in ähnlicher Weise eine Beschreibung von Kernumwandlungen, wie dies chemische Reaktionsgleichungen für chemische Vorgänge tun. Wir erläutern dies an einem Beispiel:

Die früher erwähnte, von RUTHERFORD erzielte Kernumwandlung war bei dem Beschuß von Stickstoffkernen mit Alphateilchen eingetreten. Dieser Vorgang spielt sich folgendermaßen ab:

Das eingeschossene Alphateilchen dringt in den Stickstoffkern ein. Dabei entsteht ein *Fluorkern, der radioaktiv* ist und mit einer Halbwertszeit von 1,87 h zerfällt, wobei unter Aussendung eines Protons Sauerstoff entsteht. Dabei wird Energie frei, die bewirkt, daß die neugebildeten Sauerstoff- und Wasserstoffkerne mit großer Geschwindigkeit auseinanderfliegen.

Dieser Vorgang kann durch die folgende Kernreaktionsformel beschrieben werden:

$^{14}_{7}N$	+	$^{4}_{2}He$	$\rightarrow$	$^{18}_{9}F^*$	$\rightarrow$	$^{17}_{8}O$	+	$^{1}_{1}H$
Ausgangskern: Stickstoffkern der Massenzahl 14		Eingeschossenes Alphateilchen der Massenzahl 4		Zwischenkern: Fluorkern der Massenzahl 18		Endkern: Sauerstoffkern der Massenzahl 17		Herausgeschossenes Proton der Massenzahl 1

Der dem Symbol F beigefügte Stern (*) bringt zum Ausdruck, daß der Kern radioaktiv ist.

Die Kernreaktionsgleichungen enthalten qualitative und quantitative Aussagen.

Die *qualitativen Aussagen* bestehen in der Angabe der Reaktionspartner und der Reaktionsrichtungen. So macht die vorstehende Kernreaktionsgleichung die eben schon genannte Aussage, daß ein Stickstoffkern von einem Heliumkern (Alphateilchen) getroffen wird und daß als Zwischenkern ein radioaktiver Fluorkern entsteht, der in einen Sauerstoffkern und einen Wasserstoffkern (Proton) zerfällt.

Die *quantitativen Aussagen* beziehen sich auf die Indizes. Bei allen Kernreaktionsgleichungen bleibt die Summe der oberen Indizes unverändert, weil bei den Kernumwandlungen die Summe der Kernbausteine erhalten bleibt. Ebenso bleibt die Summe der unteren Indizes, die die Summe der Kernladungszahlen darstellt, unverändert.

Unter Weglassung des Zwischenkernes werden die Kernreaktionsgleichungen häufig auch in abgekürzter Form geschrieben.

Beispiel Die oben angegebene Kernumwandlung wird abgekürzt in folgender Form geschrieben:

$$^{14}_{7}N(\alpha, p)^{17}_{8}O.$$

Das Symbol vor der Klammer bedeutet den Ausgangskern und der erste Buchstabe in der Klammer das eingeschossene Teilchen; das Symbol hinter der Klammer gibt den Endkern und der zweite Buchstabe in der Klammer das von dem Zwischenkern abgegebene Teilchen an.

Weitere Beispiele für Kernreaktionsgleichungen:

Die oben erwähnte, von J. CHADWICK geklärte Kernumwandlung zur Erzeugung von Neutronen wird durch folgende Kernreaktionsformel beschrieben:

$^{9}_{4}Be$	+	$^{4}_{2}He$	$\rightarrow$	$^{13}_{6}C^*$	$\rightarrow$	$^{12}_{6}C$	+	$^{1}_{0}n$	+	γ
Ausgangskern: Berylliumkern der Massenzahl 9		Eingeschossenes Alphateilchen der Massenzahl 4		Zwischenkern: Kohlenstoffkern der Massenzahl 13		Endkern: Kohlenstoffkern der Massenzahl 12		Herausgeschossenes Neutron der Massenzahl 1		Abgestrahltes Gammaquant

Kurzschreibweise:

$$^{9}_{4}Be(\alpha, n)^{12}_{6}C.$$

Im folgenden werden wir die Kernprozesse stets durch Kernreaktionsformeln beschreiben.

Abschließend sollen noch einige Bemerkungen über die *Gestalt der Atomkerne* gemacht werden:

Es ist im allgemeinen üblich, sich die Atomkerne als kugelförmige Gebilde vorzustellen. Neuere experimentelle Untersuchungen haben aber gezeigt, daß dies in vielen Fällen nicht richtig ist. Wenn man Atomkerne mit Alphateilchen beschießt, so werden diese elastisch und unelastisch gestreut. Eine Untersuchung der Intensität der gestreuten Alphateilchen in Abhängigkeit von den jeweiligen Ablenkungswinkeln läßt Schlüsse auf die Gestalt der beugenden Objekte, d.h. im vorliegenden Falle auf die Gestalt der Atomkerne, zu. Diese Versuche haben ergeben:

Nur die sehr stabilen Atomkerne besitzen annähernd *Kugelform.* Wie sich später noch zeigen wird, sind diese Kerne durch ganz bestimmte Protonen- und Neutronenzahlen gekennzeichnet, die man als *magische Zahlen* bezeichnet (S. 953). Außerdem hat sich aber gezeigt, daß manche Atomkerne die Form einer *Oblate* oder eines *Diskus* und daß andere Atomkerne die Gestalt einer *Zigarre* – bisweilen mit wulstähnlichen Verdickungen in der Mitte, die an eine „Bauchbinde“ erinnern – aufweisen.

Beispiele

Kugelförmige Atomkerne:	${}^{4}_{2}He$, ${}^{16}_{8}O$, ${}^{208}_{82}Pb$.
Oblatenförmige Atomkerne:	${}^{12}_{6}C$, ${}^{28}_{14}Si$.
Zigarrenförmige Atomkerne:	${}^{20}_{10}Ne$, ${}^{24}_{12}Mg$.

Die hier nur kurz dargelegten Erkenntnisse über die Gestalt der Atomkerne konnten durch die Untersuchung der *myonischen Atome,* auf die wir später noch näher eingehen werden, bestätigt werden (S. 1009).

8.4.8 Die Kernreaktionen und der Wirkungsquerschnitt

Unter einer *Kernreaktion,* einer *Kernumwandlung* oder einem *Kernprozeß* versteht man den Vorgang, der sich abspielt, wenn ein Teilchen in das Feld eines Atomkernes eintritt. Einige Beispiele für solche Kernreaktionen sind in den vorhergehenden Abschnitten bereits behandelt worden. Jetzt soll eine systematische Untersuchung dieser Erscheinungen erfolgen.

Durch das Eindringen eines Teilchens in einen Atomkern kann zunächst ein instabiler, angeregter Zwischenkern entstehen, der sich in sehr kurzer Zeit spontan wieder umbildet. Die Entstehung von Zwischenkernen kann auf folgende Weisen erfolgen:

1. Durch Beschuß mit geladenen Teilchen, wie Protonen ($p = {}^{1}_{1}H$), Deuteronen ($d = {}^{2}_{1}H$), Tritonen ($t = {}^{3}_{1}H$), Alphateilchen ($\alpha = {}^{4}_{2}He$), Lithiumkernen (${}^{7}_{3}Li$), Kohlenstoffkernen (${}^{12}_{6}C$ und ${}^{13}_{6}C$), Stickstoffkernen (${}^{14}_{7}N$), Sauerstoffkernen (${}^{16}_{8}O$) usw.; auch sehr energiereiche Elektronen (e^-) oder Positronen (e^+) können Kernumwandlungen bewirken.
2. Durch Beschuß mit Neutronen (n).
3. Durch Beschuß mit Gammaquanten (γ).

Bei dem Einfang eines solchen Geschosses wird dem Kern Energie zugeführt, die sich aus der kinetischen Energie der auftreffenden Partikel und aus der später noch genauer zu besprechenden Bindungsenergie, die bei der Verschmelzung des Teilchens mit dem Kern frei wird, zusammensetzt. Je nach der Art des Kernes und des Geschosses sowie nach der Höhe seiner Energie kann sich der Zwischenkern spontan in verschiedenen Weisen umbilden:

a) Die elastische Streuung

Der Zwischenkern strahlt das eingefangene Teilchen oder ein schon vorher im Kern vorhanden gewesenes gleichartiges Teilchen wieder aus, wobei die Richtung des einfallenden und des ausgestrahlten Teilchens im allgemeinen nicht übereinstimmen. Die von dem Teilchen eingebrachte Energie wird ebenfalls mit abgegeben. Auf diese Weise kehrt der Kern in seinen Ausgangszustand zurück.

b) Die unelastische Streuung

Der Zwischenkern strahlt das eingefangene Teilchen oder ein schon vorher im Kern vorhanden gewesenes gleichartiges Teilchen wieder aus, wobei aber ein Teil der eingebrachten Energie im Kern zurückgelassen wird.

Auf diese Weise verbleibt der Kern in einem angeregten Zustand, aus dem er meistens durch Abgabe eines Gammaquants in seinen Grundzustand übergeht.

c) Die Austauschreaktion

Der Zwischenkern gibt statt des eingefangenen Teilchens ein anderes geladenes oder ungeladenes Teilchen ab, wobei ein oft auftretender Energieüberschuß noch durch ein abgestrahltes Gammaquant ausgeglichen wird. Es kann auch passieren, daß der Zwischenkern kein Teilchen, sondern nur ein Gammaquant abgibt. Dieser letzte Fall tritt besonders beim Beschuß mit Neutronen auf.

d) Der Kernfotoeffekt

Der angeregte Zwischenkern entsteht durch den Einfang eines Gammaquants.

Der Kernfotoeffekt stellt ein Analogon zum gewöhnlichen Fotoeffekt dar. Während beim Fotoeffekt durch Beschuß mit Photonen aus der Atomhülle Elektronen herausgelöst werden, erfolgt beim Kernfotoeffekt eine Freisetzung von Teilchen aus dem Atomkern durch Beschuß mit genügend energiereichen Gammaquanten. Dabei können aus dem Atomkern Neutronen, Protonen, Alphateilchen usw. herausgeschossen werden. Ebenso können bei solchen Reaktionen andere bisher nicht besprochene Teilchen (z.B. Mesonen) entstehen. Die durch den Kernfotoeffekt erzeugten Neutronen und Protonen werden als *Fotoneutronen* und *Fotoprotonen* bezeichnet. Der Kernfotoeffekt wird in der Fotoneutronenquelle zur Erzeugung von Neutronen verwendet.

e) Die partielle Kernverdampfung oder Kernsplitterung oder Spallation

Der angeregte Zwischenkern gibt spontan je nach der Größe der Anregungsenergie eine mehr oder weniger große Zahl von Protonen, Neutronen, Alphateilchen oder anderen Teilchen ab.

f) Die Kernspaltung oder Fission

Die Kernspaltung tritt vorwiegend bei schweren Atomkernen auf. Der angeregte Zwischenkern zerfällt in zwei mittelschwere Kerne und einige Neutronen. Die Kernspaltungen sind von großer technischer Bedeutung. Wir kommen hierauf später genauer zurück (S. 924).

Wenn ein aufgeschossenes Alphateilchen die Reaktion auslöst und der Zwischenkern Protonen oder Neutronen abgibt, so hat die Reaktionsformel folgende Form:

$$^{A}_{Z}\mathrm{X}\,(\alpha;\, a_1\,\mathrm{p},\, a_2\,\mathrm{n})\, ^{A+4-a_1-a_2}_{Z+2-a_1}\mathrm{Y}\,.$$

Darin bedeuten:
X = Ausgangskern,
Z = Kernladung des Ausgangskernes,
A = Massenzahl des Ausgangskernes,
α = eingeschlossenes Alphateilchen, das die Kernreaktion auslöst,
a_1 = Zahl der abgestrahlten Protonen ($a_1 \geqq 0$),
a_2 = Zahl der abgestrahlten Neutronen ($a_2 \geqq 0$),
Y = Endkern,
$Z+2-a_1$ = Kernladungszahl des Endkernes,
$A+4-a_1-a_2$ = Massenzahl des Endkernes.

Die meist gleichzeitig emittierten Gammaquanten werden vielfach nicht angegeben.

g) Die direkten Reaktionen

Die unter a, b und c genannten Reaktionstypen können auch ohne die Bildung eines Zwischenkernes ablaufen. Man spricht dann von *direkten Reaktionen.* Bei der unelastischen Streuung überträgt dann beispielsweise ein im Bereich des Kernfeldes vorbeifliegendes Teilchen Energie auf den Kern und regt ihn dabei an.

Ein Spezialfall von angeregten Zuständen sind die *isomeren Zustände* bzw. die *isomeren Atomkerne.* Für isomere Atomkerne gilt die folgende Definition:

Unter Isomeren oder isomeren Atomkernen versteht man Atomkerne, die sich trotz gleicher Protonenzahl Z und gleicher Neutronenzahl N in manchen physikalischen Eigenschaften, z.B. in ihrer Halbwertszeit, unterscheiden.

Es handelt sich um verschiedene Anregungszustände des gleichen Atomkernes.

Das erste Beispiel für isomere Atomkerne wurde von dem deutschen Chemiker O. HAHN (1879 – 1968) gefunden. Er stellte fest, daß der Thoriumkern $^{234}_{90}Th$ (frühere Bezeichnung UX_1) unter Abgabe eines Betateilchens in zwei isomere Tochterkerne zerfallen kann, die früher mit UX_2 und UZ bezeichnet worden sind. Bei der heute üblichen Bezeichnungsweise kommt beiden das Symbol $^{234}_{91}Pa$ zu. Es handelt sich um zwei Isomere des Protactiniums mit den sehr unterschiedlichen Halbwertszeiten von 1,14 min und 6,7 h. Beide Isomere gehen unter Abgabe eines Betateilchens in den Kern $^{234}_{92}U$ über. Der Vorgang läßt sich durch folgende symbolische Darstellung wiedergeben:

$$^{234}_{90}\mathrm{Th} \begin{cases} \xrightarrow[24{,}1\,\mathrm{d}]{\beta^-} {}^{234}_{91}\mathrm{Pa}(\mathrm{UX_2}) \xrightarrow[1{,}14\,\mathrm{min}]{\beta^-} \\ \xrightarrow[24{,}1\,\mathrm{d}]{\beta^-} {}^{234}_{91}\mathrm{Pa}(\mathrm{UZ}) \xrightarrow[6{,}7\,\mathrm{h}]{\beta^-} \end{cases} {}^{234}_{92}\mathrm{U}.$$

Es sind heute über 100 Fälle von Isomerie bekannt. Von einer Kernart existieren im allgemeinen nur 2 Isomere, von denen mindestens eins radioaktiv ist; es gibt dann seinen Energieüberschuß als Gammaquant ab und geht dabei in den stabilen Zustand über. In den meisten Fällen sind aber – wie in dem obigen Beispiel – beide Isomere radioaktiv; sie senden durchweg Betateilchen aus und gehen dabei in den gleichen Kern über.

In einigen Fällen hat man von einer Kernart auch mehr als 2 Isomere gefunden. So existieren von dem Kern $^{124}_{51}Sb$ drei isomere Zustände. Es ist üblich, diese isomeren Zustände – abgesehen vom Grundzustand – durch ein hochgestelltes, neben der Massenzahl stehendes *m* (Abk. von metastabil) zu kennzeichnen und verschiedene Isomere nach steigender Anregungsenergie durch $m_1, m_2, \ldots$ zu unterscheiden. Die 3 Isomere von $^{124}_{51}Sb$ wären dann in folgender Weise zu schreiben:

$$^{124}_{51}\mathrm{Sb}(60\,\mathrm{d}), \qquad ^{124m_1}_{51}\mathrm{Sb}(1{,}3\,\mathrm{min}), \qquad ^{124m_2}_{51}\mathrm{Sb}(21\,\mathrm{min}).$$

Die Zahlen in den Klammern geben die Halbwertszeiten an.

Es wurde schon wiederholt darauf hingewiesen, daß es dem Physiker nicht genügt, lediglich festzustellen, in welcher Weise Naturvorgänge ablaufen, sondern daß er immer bestrebt ist, diesen Ablauf auch zahlenmäßig zu erfassen. Dies gilt auch für die Beschießungsversuche bei Atomkernen. Es genügt uns nicht, die Reaktionsgleichungen in der oben angegebenen Weise zu ermitteln, sondern wir möchten darüber hinaus wissen, wie groß bei den verschiedenen Kernreaktionen die *Ausbeute* ist, d.h., wie die Anzahl der umgewandelten Kerne aus den Versuchsbedingungen ermittelt werden kann. Hierzu hat man den Begriff des *Wirkungsquerschnittes* eingeführt. Wir setzen fest:

Der Wirkungsquerschnitt einer Kernreaktion stellt ein Maß für die Wahrscheinlichkeit dar, mit der das Eintreten der Kernreaktion erwartet werden kann.

Damit gibt der Wirkungsquerschnitt gleichzeitig auch ein Maß für die Ausbeute einer Kernreaktion an.

Um den Begriff des Wirkungsquerschnitts näher zu erläutern, betrachten wir einen Raum, der in dem Volumen V unregelmäßig verteilt n Atomkerne enthält; in diesen Raum soll ein aus N Teilchen bestehender Teilchenstrahl ein kurzes Wegstück Δx in einer bestimmten Richtung eindringen. Ein gewisser Bruchteil $\frac{\Delta N}{N}$ dieser Teilchen wird dann mit einem Atomkern in Wechselwirkung treten und Kernreaktionen auslösen. Es ist ohne weiteres ersichtlich, daß dieser Bruchteil der Länge des durchlaufenen Weges proportional ist; er ist ferner um so größer, je dichter die Atomkerne gelagert sind, und zwar wächst er proportional zu $\frac{n}{V}$. Daher ergibt sich

$$\frac{\Delta N}{N} = \sigma \cdot \frac{n}{V} \cdot \Delta x.$$

Da N und n reine Zahlen sind, folgt aus dieser Gleichung, daß der Proportionalitätsfaktor σ die Dimension einer Fläche haben muß. Die so definierte Größe σ stellt den *Wirkungsquerschnitt* dar.

Für jede Kernreaktion gibt es einen bestimmten Wirkungsquerschnitt, der experimentell bestimmt werden kann. Wir erläutern dies an einem praktischen Beispiel und betrachten hierzu die durch die Formel

$$^{27}_{13}\mathrm{Al}(\alpha, p)\,^{30}_{14}\mathrm{Si}$$

dargestellte Kernreaktion. Es werden also Aluminiumkerne mit Alphateilchen beschossen, wobei Siliciumkerne und Protonen entstehen. Die verwendeten Alphateilchen mögen von den radioaktiven Kernen $^{214}_{84}$Po (früher auch RaC′ genannt) ausgehen; sie haben dann eine Energie von rund 7,8 MeV. Wir betrachten eine sehr dünne Aluminiumfolie, damit die aufgeschossenen Alphateilchen durch die Bremswirkung der Atomhüllen keinen nennenswerten Energieverlust erleiden. Die Folie möge so dick sein, daß die Masse des Aluminiums je Quadratzentimeter 0,7 mg beträgt. Der Versuch zeigt nun, daß man $2 \cdot 10^6$ Alphateilchen verschießen muß, um ein Proton zu erhalten, um also eine Kernreaktion auszulösen. Aus diesen Feststellungen können wir den Wirkungsquerschnitt für die vorliegenden Kernreaktionen berechnen.

Bezeichnen wir die Fläche der Folie mit A und ihre Dicke mit Δx, so ist ihr Volumen $V = A \cdot \Delta x$. Aus der Definitionsgleichung für den Wirkungsquerschnitt folgt dann

$$\sigma = \frac{\Delta N}{N} \cdot \frac{V}{\Delta x} \cdot \frac{1}{n} = \frac{\Delta N}{N} \cdot \frac{A \cdot \Delta x}{\Delta x} \cdot \frac{1}{n} = \frac{\Delta N}{N} \cdot A \cdot \frac{1}{n}.$$

Die oben angegebenen Versuchsergebnisse beziehen sich auf die Fläche von A. Die Anzahl n der in diesem Bereich vorhandenen Aluminiumkerne läßt sich mit Hilfe der Masse des einzelnen Aluminiumatoms $m_{\mathrm{Al}} = 4{,}48 \cdot 10^{-26}$ kg berechnen; das Verhältnis der Anzahl n zur Fläche A beträgt:

$$\frac{n}{A} = \frac{0{,}7\ \mathrm{mg\,cm^{-2}}}{4{,}48 \cdot 10^{-26}\ \mathrm{kg}} = 1{,}56 \cdot 10^{19}\ \mathrm{cm^{-2}}.$$

Da ferner auf $2 \cdot 10^6$ Geschosse jeweils ein Geschoß zu einer Kernreaktion führt, ergibt sich also

$$\sigma = \frac{\Delta N}{N} \cdot \frac{A}{n} = \frac{1}{2 \cdot 10^6} \cdot \frac{1\ \mathrm{cm^2}}{1{,}56 \cdot 10^{19}} = 3{,}21 \cdot 10^{-26}\ \mathrm{cm^2}.$$

Wir haben damit also festgestellt:

Wenn man eine Aluminiumfolie mit Alphateilchen, die eine Energie von rund 7,8 MeV haben, beschießt, so ist der Wirkungsquerschnitt für die dabei sich abspielende Kernreaktion $3{,}2 \cdot 10^{-26}\ \mathrm{cm^2}$.

Es war früher üblich, die Wirkungsquerschnitte in einer besonderen Einheit zu messen, die in der folgenden Weise definiert wurde:

Die Einheit zur Messung der Wirkungsquerschnitte ist 1 Barn (Einheitenzeichen: b). Es gilt

$$1\ \mathrm{b} = 10^{-28}\ \mathrm{m^2}.$$

Diese Definition hängt damit zusammen, daß der geometrische Querschnitt der mittleren Atomkerne die Größenordnung von $10^{-28}\ \mathrm{m^2}$ hat. Der Name barn (engl.) bedeutet Scheune. Dieses Wort wurde im Zusammenhang mit der Atombombenentwicklung in USA als Tarnbezeichnung für ein bestimmtes Projekt verwendet.

Die Ausführungsverordnung zum *Gesetz über Einheiten im Meßwesen* bestimmt, daß die Einheit 1 Barn nicht mehr benutzt werden darf.

Bei dem Begriff des Wirkungsquerschnitts muß immer beachtet werden, daß dieser keineswegs mit dem geometrischen Querschnitt des beteiligten Atomkernes übereinstimmt. In dem oben durchgerechneten Beispiel ist der geometrische Querschnitt größer als der Wirkungsquerschnitt. Es kann aber auch umgekehrt der Wirkungsquerschnitt um viele Zehnerpotenzen größer als der geometrische Querschnitt sein. Dies bedeutet, daß bereits eine Wechselwirkung zwischen dem Atomkern und dem Geschoß erfolgen kann, wenn dieses außerhalb des geometrischen Querschnittes vorbeifliegt. Die erste Art der Wechselwirkung findet in der Makrophysik keine Parallele: es ist nicht möglich, daß ein Körper ohne eine Wechselwirkung einen zweiten durchfliegt. Umgekehrt kann eine solche Wirkung aber eintreten, wenn eine Berührung gar nicht stattfindet; die Wechselwirkung der Planeten untereinander, die Entstehung von Ebbe und Flut sind Beispiele dafür.

Ein Teilchen kann den geometrischen Querschnitt eines Atomkerns durchfliegen, ohne daß eine Kernreaktion erfolgt. Es kann aber auch umgekehrt eine Kernreaktion auslösen, wenn es weit außerhalb des geometrischen Kernquerschnitts vorbeifliegt.

In vielen Fällen erweist es sich als praktisch, den Begriff des Wirkungsquerschnitts durch eine anschauliche Modellvorstellung zu interpretieren. Dazu denken wir uns die aufgeschossenen Teilchen als Punkte und die Atomkerne als kleine *Zielscheibchen*, die zur Schußrichtung senkrecht stehen, idealisiert. Wenn ein solches Scheibchen getroffen wird, so findet eine Kernreaktion statt. Es darf aber nicht übersehen werden, daß es sich bei dieser *Scheibcheninterpretation des Wirkungsquerschnitts* lediglich um eine anschauliche Hilfsvorstellung handelt, mit der sich zwar praktisch gut arbeiten läßt, der aber kein reales physikalisches Gegenstück von der Art eines geometrischen Querschnitts entspricht.

Beim Beschuß von Atomkernen mit geladenen oder ungeladenen Teilchen können sehr verschiedenartige Kernreaktionen auftreten. Jede dieser Reaktionen hat einen eigenen Wirkungsquerschnitt. Von besonderem Interesse sind diese *Wirkungsquerschnitte für den Beschuß mit Neutronen.* Die hierbei auftretenden Wirkungsquerschnitte sind:

1. Der Einfangquerschnitt σ_{Ei}

Diese Größe gibt die Wahrscheinlichkeit dafür an, daß ein Neutron von einem Atomkern eingefangen wird, wobei aber diejenigen Neutronen unberücksichtigt bleiben sollen, die nach dem Einfang zu einer Kernspaltung führen.

2. Der Spaltungsquerschnitt σ_{Sp}

Diese Größe gibt die Wahrscheinlichkeit dafür an, daß ein Neutron zu einer Kernspaltung führt. Der Spaltungsquerschnitt hat nur für wenige Atomkerne, die sich am Ende des Periodensystems befinden, einen von Null verschiedenen Wert.

3. Der Absorptionsquerschnitt σ_{a}

Diese Größe gibt die Wahrscheinlichkeit dafür an, daß ein Neutron von einem Atomkern absorbiert wird. Es gilt

$$\sigma_{\mathrm{a}} = \sigma_{\mathrm{Ei}} + \sigma_{\mathrm{Sp}}.$$

4. Der elastische Streuquerschnitt σ_{e}

Diese Größe gibt die Wahrscheinlichkeit dafür an, daß ein Neutron an einem Atomkern elastisch gestreut wird. Dabei bleibt die Summe der kinetischen Energie aller Stoßpartner erhalten.

5. Der unelastische Streuquerschnitt σ_{u}

Diese Größe gibt die Wahrscheinlichkeit dafür an, daß ein Neutron an einem Atomkern unelastisch gestreut wird. Dabei wird die kinetische Energie der Stoßpartner verkleinert, weil ein Teil dazu dient, den Kern in einen angeregten Zustand zu versetzen.

6. Der Streuquerschnitt σ_{s}

Diese Größe gibt die Wahrscheinlichkeit dafür an, daß ein Neutron an einem Atomkern überhaupt (elastisch oder unelastisch) gestreut wird. Es ist

$$\sigma_{\mathrm{s}} = \sigma_{\mathrm{e}} + \sigma_{\mathrm{u}}.$$

7. Der totale Wirkungsquerschnitt σ_{t}

Diese Größe gibt die Wahrscheinlichkeit dafür an, daß überhaupt eine Wechselwirkung zwischen dem Neutron und dem Atomkern erfolgt. Daher ist

$$\sigma_{\mathrm{t}} = \sigma_{\mathrm{a}} + \sigma_{\mathrm{s}} = \sigma_{\mathrm{Ei}} + \sigma_{\mathrm{Sp}} + \sigma_{\mathrm{e}} + \sigma_{\mathrm{u}}.$$

Bemerkenswert ist, daß die verschiedenen Wirkungsquerschnitte nicht nur von der Art des beschossenen Kernes, sondern in erheblichem Maße auch von der Geschwindigkeit und damit von der Energie der Neutronengeschosse abhängen. Wir kommen hierauf später noch genauer zurück (S. 918).

8.4.9 Die künstliche Radioaktivität

Es wurde früher darauf hingewiesen, daß die *künstliche Radioaktivität* ein weiteres wichtiges Hilfsmittel zur Erforschung der Atomkerne darstellt (S. 849). Um diese Erscheinungen näher kennenzulernen, kehren wir noch einmal zu der ersten von RUTHERFORD erzielten Kernumwandlung zurück. Dabei war als Zwischenkern ein *radioaktiver Fluorkern* entstanden. Hier begegnet uns also ein Isotop des Elementes Fluor, das durch einen künstlichen Eingriff radioaktiv gemacht worden ist. Ähnliche Erscheinungen kann man auch bei anderen Kernprozessen beobachten. Wir merken uns:

Unter künstlichen Radionukliden versteht man radioaktive Nuklide, die in der Natur nicht vorkommen, sondern aus stabilen Nukliden künstlich hergestellt werden.
Die künstlichen Radionuklide zerfallen nach den gleichen Gesetzen wie die natürlichen Radionuklide.
Die Erscheinung wird als künstliche Radioaktivität bezeichnet.

Die künstliche Radioaktivität wurde 1934 von F. JOLIOT (1900 – 1958) und I. JOLIOT-CURIE (1897 – 1956) entdeckt. Inzwischen konnte von fast allen Elementen mindestens ein radioaktives Isotop hergestellt werden. Es sind bis heute mehr als 1200 solcher *Radioisotope* bekannt. Wir halten fest:

Unter Radioisotopen versteht man radioaktive Nuklide, die durch Kernumwandlungen aus stabilen Nukliden gewonnen werden und zu einem stabilen Nuklid isotop sind.

Die Herstellung künstlicher Radionuklide kann auf zwei verschiedene Weisen erfolgen:

1. Durch den *Beschuß mit anderen Teilchen* (z. B. Alphateilchen, Protonen, Neutronen usw.) können aus stabilen Nukliden radioaktive Nuklide hergestellt werden.

2. Durch *Kernspaltungen* entstehen große Mengen von Radionukliden. Diese Vorgänge spielen sich in den Kernreaktoren und bei den Kernwaffen ab. Wir werden uns später damit genauer beschäftigen.

Hier sollen einige Beispiele für die Herstellung von Radionukliden durch den Beschuß stabiler Atomkerne mit verschiedenartigen Geschossen näher besprochen werden. Da eine große Zahl von Ausgangskernen und eine Reihe unterschiedlicher Geschosse zur Verfügung stehen, ist die Zahl der sich hier bietenden Möglichkeiten recht groß. Wir behandeln einige wichtige Beispiele.

1. Der Kernbeschuß mit Alphateilchen

a) Zunächst soll der Vorgang behandelt werden, der zur Entdeckung der künstlichen Radioaktivität geführt hat. Dabei werden Aluminiumatome mit Alphateilchen beschossen. Es entsteht als Zwischenprodukt *radioaktiver Phosphor*, der mit einer Halbwertszeit von $T_{\frac{1}{2}} = 2{,}55$ min unter Aussendung von bisher nicht besprochenen Teilchen in Silicium übergeht, das stabil ist.

Die uns hier zum ersten Male begegnenden Teilchen werden als *Positronen* (Symbol: ${}^{0}_{1}e$) bezeichnet. Es handelt sich hierbei um Teilchen, deren Masse mit der Masse des Elektrons übereinstimmt und die eine einfache positive Elementarladung tragen.

Der hier behandelte Vorgang kann durch die Formel

$$
\begin{aligned}
{}^{27}_{13}Al + {}^{4}_{2}He \rightarrow\ & {}^{30}_{15}P^{*} + {}^{1}_{0}n \\
& \hookrightarrow {}^{30}_{14}Si + {}^{0}_{1}e
\end{aligned}
$$

wiedergegeben werden.

b) Bei dem Beschuß von Kohlenstoffatomen mit Alphateilchen ergibt sich der folgende Kernprozeß:

$$
\begin{aligned}
{}^{12}_{6}C + {}^{4}_{2}He \rightarrow\ & {}^{15}_{8}O^{*} + {}^{1}_{0}n \\
& \hookrightarrow {}^{15}_{7}N + {}^{0}_{1}e
\end{aligned}
$$

c) Eine wichtige Kernreaktion spielt sich bei dem früher schon erwähnten Beschuß von Berylliumkernen mit Alphateilchen ab (S. 874). Diese Beschießungsversuche waren von BOTHE im Jahre 1930 ausgeführt und von CHADWICK geklärt worden. Sie hatten zur Auffindung der Neutronen geführt. Der Vorgang kann durch die folgende Formel beschrieben werden:

$$ {}^{9}_{4}Be + {}^{4}_{2}He \rightarrow {}^{13}_{6}C^{*} \rightarrow {}^{12}_{6}C + {}^{1}_{0}n + \gamma . $$

Dieser Prozeß ist deshalb von besonderem Interesse, weil er oft zur *Erzeugung von Neutronen* verwendet wird. Die diesem Zwecke dienenden Geräte werden als *Neutronenquellen* bezeichnet. Wir merken uns also:

Unter einer Neutronenquelle versteht man eine Einrichtung, die freie Neutronen herzustellen gestattet.

In Abb. 888.1 ist eine Neutronenquelle dargestellt. Im Zentrum dieses Gerätes befindet sich die Ausgangssubstanz für die Gewinnung der Neutronen. Sie besteht aus einem Gemisch eines Beryllium- und eines Radiumsalzes. Die beim Zerfall des Radiums entstehenden Alphateilchen treffen auf die Kerne der Berylliumatome und lösen hier die oben beschriebene Reaktion aus.

Das Radium-Beryllium-Präparat ist nur wenige Kubikzentimeter groß und befindet sich in einem luftdicht verschlossenen Metallröhrchen, um ein Ausströmen der beim Zerfall des Radiums auftretenden gasförmigen Zerfallsprodukte, die wegen ihrer Radioaktivität gefährlich sind, zu verhindern. Wegen der großen Halbwertszeit des Radiums (1620 Jahre) strahlt die Neutronenquelle jahrhundertelang mit praktisch unveränderter Intensität Neutronen aus. Sie kann nicht außer Betrieb gesetzt werden, weil sich die Strahlung des Radiums in keiner Weise beeinflussen läßt.

Die Energie der ausgesandten Neutronen liegt etwa zwischen 5 MeV und 13,7 MeV. Die unterschiedlichen Neutronenenergien kommen dadurch zustande, daß das Radium und seine Folgeprodukte Alphateilchen mit sehr verschiedenen Energien aussenden. Im Mittel wird von jedem 4000. Alphateilchen ein Neutron erzeugt. Wenn eine Neutronenquelle 1 mg Radium enthält, so ergibt dies rund 9000 Neutronen je Sekunde.

Die von der Neutronenquelle abgegebenen Neutronen haben eine große Geschwindigkeit und deshalb auch eine große Energie. Später wird noch genauer dargelegt, daß Kernreaktionen in vielen Fällen besser durch langsame als durch schnelle Neutronen ausgelöst werden können, weil die Wirkungsquerschnitte für langsame Neutronen oft größer als für schnelle Neutronen sind. Die von dem Radium-Beryllium-Präparat ausgehenden Neutronen müssen deshalb abgebremst werden. Dies geschieht bei der abgebildeten Neutronenquelle durch eine dicke Paraffinschicht.

Es ist weiter zu beachten, daß das ungeschützte Radium-Beryllium-Präparat durch den Zerfall des Radiums und seiner Folgeprodukte nicht nur Alphateilchen und Neutronen, sondern auch Betateilchen abgibt und daß außerdem sehr gefährliche Gammaquanten ausgestrahlt werden. Von besonderer Wichtigkeit ist deshalb eine das Präparat umschließende Schutzvorrichtung, die diese Strahlen so stark abschirmt, daß keine Gefahren mehr bestehen. Das Präparat wird deshalb in der aus Abb. 888.1 ersichtlichen Weise in einen Bleimantel eingebettet; auch die schon erwähnte Paraffinschicht trägt zur Abschirmung bei. Schließlich ist noch ein weiterer Schutzmantel an der Außenseite angebracht.

In dem Paraffinblock befinden sich mehrere Bohrungen, in die die Stoffe hineingebracht werden können, die der Bestrahlung mit Neutronen ausgesetzt werden sollen. Dabei ist zu beachten, daß die Bohrungen in dem Paraffinblock verschieden weit von der Neutronenquelle entfernt sind. Im Bereich der entfernteren Bohrung treten nur noch langsame Neutronen auf, während in der der Neutronenquelle am nächsten gelegenen Bohrung außerdem auch schnelle Neutronen wirksam werden.

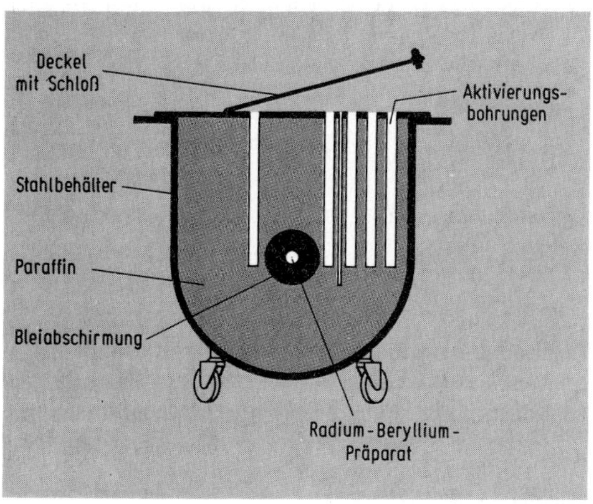

Abb. 888.1
Schematische Darstellung einer Neutronenquelle (nach Phywe)

Mit Hilfe einer solchen Neutronenquelle lassen sich zahlreiche künstliche Radionuklide herstellen. Man bezeichnet diesen Vorgang als *Aktivierung*.

Allgemein gilt:

Unter der Aktivierung von Atomkernen versteht man die durch den Beschuß mit Neutronen, Protonen, Deuteronen, Alphateilchen, Gammaquanten usw. bewirkte Überführung dieser Kerne in radioaktive Kerne.

Mit Hilfe solcher künstlich erzeugten Radionuklide kann man die radioaktiven Zerfallsvorgänge besonders gut untersuchen.

Die hier besprochenen Kernumwandlungen durch Beschuß der Atomkerne mit Alphateilchen lassen sich realisieren, indem man die von den natürlichen Radionukliden ausgehenden Alphateilchen verwendet. Die Energie dieser Geschosse reicht jedoch nur aus, um bei den Atomkernen bis etwa zur Ordnungszahl 23 die abstoßenden COULOMB-Kräfte des positiv geladenen Kernes zu überwinden, sie genügt aber nicht, um die Alphateilchen auch in die schwereren Atomkerne eindringen zu lassen. Hierzu sind Geschosse mit höheren Energien erforderlich, wie sie z.B. das Zyklotron (S. 597ff.) liefert. Mit diesem erhält man Alphateilchen, die auch in die schwersten Atomkerne eindringen und diese umwandeln können.

2. Der Kernbeschuß mit Neutronen

Kernumwandlungen durch Beschuß mit Neutronen wurden zuerst von E. FERMI (1901 – 1954) im Jahre 1934 durchgeführt. Sie haben sich aus folgenden Gründen als besonders bedeutungsvoll erwiesen:

1. Da die Neutronen keine Ladung besitzen, fallen die COULOMB-Abstoßungskräfte, die bei positiv geladenen Geschossen das Eindringen in den Kern erschweren, weg.

2. Die Atomhülle hat einen etwa $3 \cdot 10^4$mal so großen Durchmesser wie der Atomkern. Daher werden alle Geschosse im allgemeinen viele Atomhüllen durchdringen, bevor sie einen Kern treffen. Bei diesen Durchgängen durch die Atomhülle verlieren die positiv geladenen Geschosse kleine Energiebeträge, die für die bewirkte Ionisierung der Atome verbraucht werden. Die Energie der Geschosse sinkt also dauernd ab, so daß sie bei einem Kerntreffer schließlich in vielen Fällen nicht mehr genügend Energie haben, um in den Kern einzudringen. Dieser Vorgang fällt bei den Neutronen weg. Sie ionisieren die Atome nicht, so daß sie während ihres Fluges auf diese Weise keine Energie verlieren und daher bei genügender Substanzdicke schließlich immer einen Kern treffen. Die beim Beschuß mit Alphateilchen auftretenden hohen Verluste sind hier also nicht vorhanden.

Durch Beschuß mit Neutronen ist es gelungen, auch die *schwersten Atomkerne*, d.h. die Kerne mit der höchsten positiven Ladung, *umzuwandeln*. Geladene Geschosse müssen für solche Umwandlungen sehr große Energien besitzen. Derartige Teilchen stehen zwar heute zur Verfügung, erfordern aber zu ihrer Herstellung einen beträchtlichen Aufwand und sind doch häufig nicht so wirkungsvoll wie Neutronen.

Wir geben auch hier wieder einige Beispiele für Kernreaktionen, die durch Beschuß mit Neutronen entstehen, an:

$$^{16}_{8}O + ^{1}_{0}n \rightarrow ^{17}_{8}O^* \rightarrow ^{17}_{7}N + ^{1}_{1}p$$
$$^{11}_{5}B + ^{1}_{0}n \rightarrow ^{12}_{5}B^* \rightarrow ^{8}_{3}Li + ^{4}_{2}He.$$

Mit Hilfe der oben behandelten Neutronenquelle können Beschießungsversuche mit Neutronen durchgeführt und Atomkerne aktiviert werden. An diesen künstlichen Radionukliden lassen sich die radioaktiven Zerfallsgesetze besonders gut studieren.

Versuch 889.1 Ein Silberblech, das sich durch Untersuchung mit einem Zählrohr als nicht radioaktiv erwiesen hat, wird in der Neutronenquelle einige Minuten der Bestrahlung durch langsame Neutronen ausgesetzt. Dann wird das Blech erneut mit Hilfe eines Zählrohres untersucht.

Man stellt jetzt fest, daß das Silber radioaktiv geworden ist, und zwar zeigt eine genauere Untersuchung, daß zwei verschiedene radioaktive Silberisotope entstanden sind. Dies ist leicht verständlich, denn das natürliche Silber stellt eine Mischung aus den beiden Isotopen $^{107}_{47}Ag$ und $^{109}_{47}Ag$ dar, die mit 51,35 % bzw. 48,65 % vertreten sind. Die bei der Aktivierung sich abspielenden Vorgänge werden durch die Kernreaktionsformeln

$$^{107}_{47}Ag + ^{1}_{0}n \rightarrow ^{108}_{47}Ag^* \quad \text{und} \quad ^{109}_{47}Ag + ^{1}_{0}n \rightarrow ^{110}_{47}Ag^*$$

wiedergegeben. Die entstehenden Silberisotope sind radioaktiv und zerfallen unter Abgabe eines Betateilchens mit einer Halbwertszeit von 2,3 min bzw. 24 s. Mit Hilfe eines Zählrohres kann die Abklingkurve der beiden aktivierten Silberisotope bestimmt und daraus ihre Halbwertszeit berechnet werden.

Versuch 890.1 Ein inaktives Silberblech wird mit einer vollständig dicht abschließenden Cadmiumhülle umgeben und dann zur Aktivierung in verschieden weit von der Neutronenquelle entfernte Bohrungen gebracht. Nach der Bestrahlung wird das Silberblech wieder mit einem Zählrohr auf seine Aktivität untersucht.

Dabei zeigt sich, daß das Silber nicht aktiviert worden ist, wenn es in der von der Neutronenquelle weiter entfernten Bohrung bestrahlt worden ist. Die Erklärung ergibt sich aus der Tatsache, daß in dieser Entfernung praktisch nur noch langsame Neutronen vorhanden sind und daß diese vom Cadmium vollständig absorbiert werden. Wenn man das Silberblech mit der Cadmiumhülle dagegen in die der Neutronenquelle am nächsten gelegene Bohrung bringt, so zeigt die nachfolgende Untersuchung am Zählrohr eine schwache Aktivierung des Silbers. In diesem Bereich sind nämlich auch noch schnelle Neutronen vorhanden, die vom Cadmium nicht eingefangen werden. Von der Eigenschaft des Cadmiums, langsame Neutronen einzufangen, macht man beim Kernreaktor zur Steuerung des Neutronenflusses Gebrauch.

In ähnlicher Weise lassen sich mit der Neutronenquelle auch andere Elemente, wie Rhodium, Mangan, Indium, Iod usw., aktivieren, so daß wir künstliche Radionuklide mit ganz verschiedenen Halbwertszeiten für die Untersuchungen zur Verfügung haben.

8.4.10 Die radioaktive Strahlung und die Materie

Wenn die Korpuskeln oder Quanten einer radioaktiven Strahlung auf Materie treffen, so treten gewisse Wechselwirkungen zwischen ihnen und den Atomen oder Molekülen der Materie auf. Allgemein kann man sagen:

Energiereiche Teilchenstrahlen geben beim Durchgang durch Materie ihre Energie ganz oder teilweise an die durchstrahlte Materie ab und erfahren dabei selbst eine Schwächung, die bei genügend dicken Materieschichten sogar so stark sein kann, daß die Strahlung hinter der Schicht überhaupt nicht mehr nachweisbar ist.

Der durchstrahlte Stoff nimmt also Strahlungsenergie auf und wird deshalb als *Absorber* bezeichnet.

Im einzelnen können sich zwischen einer energiereichen Strahlung und einem Absorber sehr unterschiedliche und verwickelte Wechselwirkungen abspielen, die jeweils von der Art der Strahlung und der Art des Absorbers sowie von der Energie der Korpuskeln oder Quanten abhängen. Um einen Überblick über die vorhandenen Möglichkeiten zu gewinnen, stellen wir zunächst fest:

Die Korpuskeln oder Quanten einer energiereichen Strahlung können entweder mit den Elektronen der Atomhülle oder mit den Atomkernen in Wechselwirkung treten.

Beide Vorgänge kommen vor und lösen für die betroffenen Strahlungsteilchen oder Quanten ganz verschiedene Wirkungen aus. Wir können drei Gruppen solcher Wirkungen unterscheiden:

1. Die Korpuskeln bewegen sich nach der Wechselwirkung in der gleichen oder in einer kaum veränderten Richtung im Absorber weiter, sie haben bei dem Wechselwirkungsvorgang aber Energie verloren, die an die Elektronen der Atomhülle oder an den Atomkern abgegeben worden ist. Die Strahlungsteilchen werden dabei abgebremst und kommen bei genügend dicken Absorberschichten schließlich zur Ruhe. Die vollständige Energieabgabe erfolgt in zahlreichen Einzelvorgängen, so daß die Teilchenenergie ohne Veränderung der Teilchenzahl allmählich abnimmt, bis schließlich keine Wechselwirkung mehr stattfindet. Die Strahlungsenergie verbleibt im Endergebnis als Wärme im Absorber, sofern nicht sekundäre Vorgänge, die als Folge der genannten Wechselwirkungen auftreten können, zur Entstehung neuer, sog. Sekundärstrahlen, führen, die den Absorber mit einem Teil der eingestrahlten Energie verlassen können. Wir bezeichnen diesen Vorgang als *mittelbare Absorption der Strahlung.*

2. Die Strahlungsteilchen oder Quanten können bei der Wechselwirkung aus ihrer Richtung abgelenkt werden und dann mit unveränderter oder verringerter Energie in einer neuen Richtung weiterfliegen. Dieser Vorgang wird als *Streuung der Strahlung* bezeichnet. Die abgelenkte Strahlung heißt *Streustrahlung*. Ihre Intensität geht dem ursprünglichen Strahl verloren, so daß dieser durch die Streuung geschwächt wird. Die Streuung von Strahlungen tritt nicht nur bei den hier behandelten energiereichen Strahlen auf, sondern sie ist uns aus dem täglichen Leben vom Licht her bekannt. Die blaue Farbe der wolkenfreien Atmosphäre kommt z.B. durch die Streuung des Sonnenlichtes in der Atmosphäre zustande. Dabei wird kurzwelliges Licht (blau) stärker gestreut als langwelliges (rot). Diese Erscheinung kann sowohl mit Hilfe der elektromagnetischen Lichttheorie als auch mit Hilfe der Lichtquantentheorie erklärt werden.

3. Die Strahlungsteilchen oder Quanten können bei den Wechselwirkungsvorgängen völlig verschwinden. Dieser Vorgang wird als *echte Absorption* bezeichnet. Wie wir später noch sehen werden, kann auf diese Weise ein Gammaquant von einem Elektron der Atomhülle oder ein Neutron von einem Atomkern aufgenommen werden. Seine Energie bleibt dann wiederum als Wärme im Absorber, wenn nicht die auch hier häufig auftretende Sekundärstrahlung dafür sorgt, daß ein Teil den Absorber mit dieser Strahlung wieder verläßt.

Alle drei Vorgänge führen zu einer Verringerung der Gesamtenergie des die Materie durchdringenden Strahles. Im ersten Falle bleibt zwar die Zahl der Strahlungsteilchen oder -quanten unverändert, die Energie der einzelnen Teilchen und Quanten nimmt aber ab; im zweiten und dritten Falle werden die Teilchen oder Quanten aus dem ursprünglichen Strahl ausgeschieden, so daß dieser ebenfalls geschwächt wird.

Im folgenden sollen die physikalischen Vorgänge, die zu der Schwächung einer Strahlung beim Durchgang durch Materie führen, näher untersucht werden. Allgemein kann man sagen, daß der Mechanismus in vielen Fällen recht verwickelt ist, weil die oben genannten Wechselwirkungen sowohl mit den Atomkernen als auch mit den Elektronen der Hülle vor sich gehen und weil sehr unterschiedliche Sekundärvorgänge auftreten können. Je nach der Art der Strahlung und ihrer Energie überwiegen bisweilen die einen, bisweilen die anderen Vorgänge, so daß es nicht möglich ist, allgemeine Gesetze, die für alle Strahlenarten, alle Energien und alle Absorber gelten, aufzustellen. Wir müssen deshalb im folgenden die einzelnen Strahlenarten für sich betrachten.

Bevor wir zu diesen Einzelbetrachtungen übergehen, greifen wir noch einen besonders häufig auftretenden Vorgang heraus, der bei allen oben genannten Gruppen von Wechselwirkungen vorkommen kann und dem bei den folgenden Darlegungen eine besondere Bedeutung zukommt, die *Ionisation der durchstrahlten Materie*. Wir erinnern zunächst an die früher getroffene Feststellung:

Unter der Ionisation eines Atoms oder eines Moleküls versteht man die Entfernung eines oder mehrerer Hüllenelektronen aus dem Atom- oder Molekülverband.

Auf diese Weise entstehen zunächst positive Ionen; da sich die abgelösten Elektronen aber an die neutralen Materieteilchen anlagern, werden auch gleichzeitig negative Ionen gebildet, so daß die Ionisation immer mit der Entstehung von *Ionenpaaren* verbunden ist. Die Herauslösung eines Elektrons aus seinem Atom- oder Molekülverband erfordert einen Aufwand an Energie. Deshalb können nur solche Korpuskel- und Quantenstrahlen Ionisationen hervorrufen, die energiereich genug sind, um die *Ionisierungsarbeit* verrichten zu können. Man spricht in diesen Fällen von *ionisierenden Strahlen*. Es gilt also:

Ionisierende Strahlen bestehen aus Photonen, aus Quanten der Röntgen- und Gammastrahlung oder aus Korpuskeln, wie Alphateilchen, Betateilchen, Positronen, Protonen, Neutronen usw., die in der Lage sind, die Bildung von Ionen zu bewirken.

Die von diesen Strahlen bewirkte Ionisation des Absorbers ist für die Beurteilung der Strahlung und ihre Messung von entscheidender Bedeutung. Auf der Ionisation beruht auch die primäre Schädigung, die solche Strahlen in den lebenden Organismen hervorbringen. Es hat sich als zweckmäßig erwiesen, diese Ionisation auch zahlenmäßig zu erfassen. Hierzu dienen die Begriffe der *spezifischen Ionisation* und der *Ionisationsdichte*.

Unter der spezifischen Ionisation (Formelzeichen: I_s) eines bewegten Teilchens oder Strahlungsquants versteht man den Quotienten aus der Anzahl Δn der Ionenpaare, die das Teilchen oder Quant auf dem Wege Δs erzeugt, und dem Weg Δs.

$$I_s = \frac{\Delta n}{\Delta s}.$$

Unter der Ionisationsdichte (Formelzeichen I_d) versteht man den Quotienten aus der Anzahl Δn der Ionenpaare, die in der Zeit Δt in dem Volumenelement ΔV erzeugt werden, und dem Produkt aus ΔV und Δt.

$$I_d = \frac{\Delta n}{\Delta V \cdot \Delta t}.$$

Die Werte von I_s und I_d hängen natürlich von der Art der Strahlung und ihrer Energie sowie von der Natur und Beschaffenheit des Absorbers ab. Wir geben hier einige Zahlen an, die die Abhängigkeit der spezifischen Ionisation von der Art und der Energie der Teilchen erkennen lassen, wobei als Absorber Luft verwendet wird.

Energie	*Spezifische Ionisation (Ionenpaare/cm) in Luft von* 1013 hPa *und* 15 °C		
	Alphateilchen	*Protonen*	*Elektronen*
1 MeV	60000	8000	50
10 MeV	16000	1000	45

Aus den angegebenen Zahlen lassen sich einige Tatsachen ablesen, die auch bei anderen Strahlungen und anderen Absorbern gelten und die für eine genauere Beschreibung der Ionisationsvorgänge von Interesse sind.

a) Zunächst ergibt sich die auf den ersten Blick erstaunliche Tatsache:

Die spezifische Ionisation nimmt bei allen Korpuskularstrahlen mit wachsender Energie der Teilchen ab.

Man kann diesen Sachverhalt grob dadurch erklären, daß bei den Korpuskularstrahlen mit wachsender Energie auch die Geschwindigkeit der Teilchen zunimmt und daß rasch fliegende Teilchen sich *zu kurze Zeit* in der Nähe der Atome und Moleküle des Absorbers aufhalten, um die Ablösung eines Elektrons und damit eine Ionisation bewirken zu können. Es sei aber hinzugefügt, daß dies nur eine grobe, anschauliche Deutung des dargelegten Sachverhaltes ist und daß auch eine präzisere physikalische Begründung möglich ist, auf die hier aber nicht näher eingegangen werden soll.

b) Wenn wir weiter die spezifische Ionisation durch *verschiedene* Teilchen miteinander vergleichen, so ergibt sich:

Die spezifische Ionisation ist bei verschiedenen Teilchen gleicher Energie um so größer, je größer die Masse der Teilchen ist.

Auch hierfür läßt sich in ähnlicher Weise eine anschauliche Erklärung geben, wie dies soeben geschehen ist. Bei gleicher Energie ist die Geschwindigkeit der Teilchen um so kleiner, je größer ihre Masse ist; kleinere Geschwindigkeiten erhöhen aber die spezifische Ionisation.

Wir wenden uns nun den einzelnen Strahlenarten zu und untersuchen, welche Wechselwirkungen sich zwischen der Strahlung und dem Absorber im einzelnen abspielen.

1. Die Alphastrahlen

Durch die Wechselwirkungen zwischen den Alphateilchen und den Elektronen der Atomhülle können Ionisationen der Moleküle oder Atome des durchstrahlten Stoffes eintreten. Die Alphateilchen übertragen dabei Energie auf die Elektronen und verlieren selbst an Geschwindigkeit. Sie werden nur wenig aus ihrer Bahn abgelenkt, weil sie eine erheblich größere Masse als die Elektronen haben. Wenn das Alphateilchen dagegen nahe an den Atomkern herankommt, so kann es auch starke Ablenkungen aus seiner Richtung erfahren. Wegen der Kleinheit der Atomkerne sind diese Vorgänge aber verhältnismäßig selten, so daß die Schwächung eines Alphastrahles durch Streuung kaum eine Rolle spielt. Wir stellen zusammenfassend fest:

Die Schwächung von Alphastrahlen beim Durchgang durch Materie erfolgt praktisch nur durch Ionisation des Absorbers; Streustrahlungen treten kaum auf.

Die Größe des Energieverlustes, den ein Alphateilchen bei einer Wechselwirkung mit den Atomen oder Molekülen eines Stoffes erfährt, hängt von der Art des Stoffes ab. In vielen Fällen handelt es sich bei der durchstrahlten Materie um Luft. Hierfür gilt:

Alphateilchen geben beim Durchgang durch trockene Luft von 1013 hPa *und* 15 °C *für die Bildung eines Ionenpaares im Mittel die Energie von* 35,5 eV *ab.*

Für andere Gase gelten folgende Werte:

N_2	O_2	H_2	He	A	Kr
36,0 eV	32,3 eV	35,0 eV	30,3 eV	25,9 eV	22,5 eV

Aus diesen Zahlen läßt sich errechnen, wieviel Ionenpaare ein Alphateilchen bestimmter Energie in einem Gase unter Normalbedingungen zu erzeugen vermag. Man findet z. B., daß ein von dem radioaktiven Element Polonium 214 ausgehendes Alphateilchen, das eine Energie von 7,68 MeV hat, auf seinem ganzen Wege durch Luft von Normalbedingungen insgesamt etwa 216000 Ionenpaare erzeugt.

Wenn man die von einem radioaktiven Präparat ausgehenden Alphateilchen auf ihre Energie oder Geschwindigkeit untersucht, so zeigt sich:

Die von den verschiedenen Atomen des gleichen Alphastrahlers ausgesandten Teilchen haben mit großer Annäherung eine oder in einzelnen Fällen einige wenige für den betreffenden Alphastrahler charakteristische, konstante Geschwindigkeiten und Energien. Die Energien liegen im allgemeinen in der Größenordnung von einigen MeV.

Es handelt sich also durchweg um *monoenergetische* Strahlen.

Beim Durchgang von Alphateilchen durch Materie können neben den üblichen Wechselwirkungen mit der angegebenen Energieübertragung auch gelegentlich abnorme Wechselwirkungen auftreten, bei denen die Alphateilchen sehr viel größere Energiebeträge an die Moleküle oder Atome abgeben. Die Energieverluste können in Luft bis zu etwa 1000 eV je Wechselwirkung betragen. Diese Tatsache muß beachtet werden, wenn man den Begriff der *Reichweite* definieren will. Es gilt:

Unter der mittleren Reichweite einer monoenergetischen Alphastrahlung verstehen wir diejenige Strecke, die die Teilchen im Mittel zurücklegen, bis sie ihre Energie vollständig verloren haben und damit zur Ruhe gekommen sind.

Da der gesamte Energieverlust durch zahlreiche Einzelstöße entsteht und da hierunter auch abnorme Stöße mit verschieden großer Energieabgabe sind, ist die Reichweite nicht für alle Teilchen mit gleicher Anfangsenergie gleich groß. Es kann deshalb nur von einer *mittleren Reichweite* gesprochen werden.

Die mittlere Reichweite der Alphateilchen hängt in dem gleichen Stoff natürlich von ihrer Anfangsgeschwindigkeit bzw. ihrer Anfangsenergie ab, und zwar ist ohne weiteres verständlich, daß die Reichweite mit zunehmender Anfangsenergie wachsen muß. Die folgende Tabelle gibt einige Werte an.

Mittlere Reichweite von Alphateilchen in Luft von 1013 hPa und 15 °C

Energie	1 MeV	2 MeV	3 MeV	4 MeV	6 MeV	8 MeV	10 MeV
Reichweite	0,6 cm	1,1 cm	1,7 cm	2,5 cm	4,6 cm	7,3 cm	10,6 cm

Es ist den Physikern H. GEIGER (1882–1945) und J. H. NUTTALL gelungen, eine empirische Regel über die mittlere Reichweite der Alphateilchen in Luft aufzustellen. Die genannten Forscher haben nämlich erkannt, daß die mittlere Reichweite der von einem Radionuklid emittierten Alphateilchen von der Zerfallskonstante des Nuklids abhängt und daß die Formel

$$\lg \frac{\lambda}{s^{-1}} \approx A + B \lg \frac{\bar{R}_{\text{Luft}}}{\text{cm}}$$

gilt.

Dabei bedeuten:
λ = Zerfallskonstante des Nuklids,
$\bar{R}_{\text{Luft}}$ = mittlere Reichweite der Alphateilchen in Luft.
A und B sind charakteristische Konstanten der einzelnen radioaktiven Zerfallsreihen.

Diese Formel wird als die GEIGER-NUTTALL-*Regel für Alphateilchen* bezeichnet.

Man kann diese Regel benutzen, um bei äußerst kurzlebigen Alphastrahlern mit Hilfe der gemessenen mittleren Reichweite die Zerfallskonstante und damit die Halbwertszeit zu berechnen.

Bei der Verwendung der GEIGER-NUTTALL-Regel muß aber stets beachtet werden, daß es sich hierbei nicht um ein Gesetz im Sinne der Physik handelt, das streng und ausnahmslos gültig ist, sondern daß wir es hier mit einem Zusammenhang zu tun haben, der nur eine annähernde Gültigkeit beanspruchen kann. Die Regel wurde von GEIGER und NUTTALL aus den empirischen Beobachtungsergebnissen auf induktivem Wege gefunden. Erst sehr viel später ist es gelungen, eine physikalische Begründung für diese Regel zu geben. Wir kommen hierauf später bei einer genaueren Besprechung des Alphazerfalles und des Tunnel-Effektes (S. 958) zurück.

Um die mittlere Reichweite $\bar{R}$ von Alphateilchen in festen Körpern zu berechnen, hat sich die empirische *Regel von* BRAGG *und* KLEEMAN als geeignet erwiesen. Sie lautet

$$\bar{R} = c \cdot \frac{\sqrt{A_r}}{\rho} \cdot \bar{R}_{\text{Luft}}.$$

Hierin bedeuten:
$\bar{R}_{\text{Luft}}$ = mittlere Reichweite in Luft,
A_r = relative Atommasse des durchstrahlten Stoffes,
ρ = Dichte des durchstrahlten Stoffes.
Die Größe c ist ein Proportionalitätsfaktor, für den gilt

$$c = 3{,}2 \cdot 10^{-4}\ \text{g}\,\text{cm}^{-3}.$$

Beispiel Als Absorber wählen wir Aluminium ($A_r = 26{,}98$; $\rho = 2{,}7\ \text{g}\,\text{cm}^{-3}$) und als Alphastrahlung die von dem Element Polonium 214 ausgesandte Strahlung, die in Luft eine mittlere Reichweite von $\bar{R}_{\text{Luft}} = 6{,}87$ cm hat. Für die mittlere Reichweite in Aluminium ergibt sich dann:

$$\bar{R}_{\text{Al}} = 3{,}2 \cdot 10^{-4}\ \text{g}\,\text{cm}^{-3} \cdot \frac{\sqrt{26{,}98}}{2{,}7\ \text{g}\,\text{cm}^{-3}} \cdot 6{,}87\ \text{cm} = 4{,}23 \cdot 10^{-3}\ \text{cm} \approx 0{,}04\ \text{mm}.$$

Ähnliche Ergebnisse findet man für andere feste und flüssige Körper, insbesondere auch für organische Gewebe.

Über die *Absorption von Alphastrahlen* können wir zusammenfassend feststellen:

Die von Radionukliden ausgehenden Alphateilchen haben in Gasen unter Normalbedingungen eine mittlere Reichweite in der Größenordnung von einigen Zentimetern. In festen und flüssigen Körpern, insbesondere in organischen Geweben, liegt ihre Reichweite in der Größenorfnung von 0,1 mm.

Alphastrahlen dieser Energien werden also durch dünne Schichten fester oder flüssiger Stoffe (z. B. ein Blatt Karton) vollständig absorbiert.

Bei Organismen wird durch eine Bestrahlung von außen nur die oberste Hautschicht beeinflußt; hier können die Strahlenschäden aber wegen der hohen spezifischen Ionisation dieser Strahlen sehr erheblich sein. Besonders gefährlich sind Alphastrahlen, wenn die aussendenden Radionuklide inkorporiert werden, d. h. wenn sie in den Körper gelangen, sich an einzelnen Stellen absetzen und dort ihre Strahlen aussenden.

2. Die Betastrahlen

Die Wechselwirkungen zwischen den Elektronen einer Betastrahlung und den Atomen oder Molekülen eines Absorbers sind verwickelter als bei der Alphastrahlung. Auch hier erfolgen in rascher Aufeinanderfolge Wechselwirkungen der Elektronen mit den Teilchen des durchstrahlten Stoffes, wobei *Anregungen* und *Ionisationen* auftreten. Dabei geben die Elektronen ihre Energie in kleinen Portionen an den Absorber ab. Es besteht gegenüber den Alphateilchen aber insofern ein wesentlicher Unterschied, als die Elektronen bei den Wechselwirkungen häufig um merkliche Winkel aus ihrer Flugrichtung abgelenkt werden, so daß die *Streuung* hier nicht mehr vernachlässigt werden kann. Der Grund hierfür liegt darin, daß die Elektronenmasse erheblich kleiner als die Masse der Alphateilchen ist. Wir stellen also fest:

Die Schwächung von Betastrahlen beim Durchgang durch Materie erfolgt durch Ionisation des Absorbers und durch Streuung.

Wir betrachten zunächst die Ionisation durch Elektronen, wobei auch hier die zur Ionisation erforderliche Energie von der Art des Stoffes abhängt. Es gilt:

Betateilchen geben beim Durchgang durch trockene Luft von 1013 hPa und 15 °C für die Bildung eines Ionenpaares innerhalb weiter Energiebereiche im Mittel die Energie von 32,5 eV ab.

Für andere Gase gelten folgende Werte:

N_2	O_2	H_2	He	A
35,8 eV	32,2 eV	38,0 eV	32,5 eV	27,0 eV

Hieraus läßt sich die ungefähre Zahl der Ionenpaare errechnen, die ein Elektron bestimmter Energie in einem Gase unter Normalbedingungen erzeugen kann. Man erkennt, daß diese Zahl annähernd mit derjenigen übereinstimmt, die ein Alphateilchen der gleichen Energie zu erzeugen vermag. Die spezifische Ionisation ist bei beiden Teilchen aber sehr unterschiedlich. Die Erfahrung zeigt:

Die spezifische Ionisation ist bei Elektronen einige hundertmal kleiner als bei Alphateilchen.

Diese Tatsache hat sich früher bei den von den Teilchen in einer Nebelkammer erzeugten Bahnen deutlich gezeigt (Abb. 871.1 und 857.2). Während Alphateilchen wegen der dichten Lagerung der Ionen auf ihrer Bahn dicke, geradlinige Spuren erzeugen, weisen die Spuren der Betateilchen infolge der lockeren Ionenanordnung perlschnurartiges Aussehen auf. Die bei den Bildern langsamer Betateilchen auftretenden Knicke sind die Folge der erwähnten Streuungen.

Wegen der kleineren spezifischen Ionisation können die Elektronen in einem Absorber einen erheblich größeren Weg zurücklegen als die Alphateilchen. Die Betastrahlen sind daher viel durchdringender als die Alphastrahlen. Es ist bei den Betastrahlen schwierig, einen *praktisch brauchbaren Begriff der Reichweite* zu definieren, weil bei einem monoenergetischen Elektronenstrahl die Energieverluste der einzelnen Elektronen beim Durchfliegen einer bestimmten Absorberschicht nicht gleich groß sind. Die mit der gleichen Energie in den Absorber eintretenden Elektronen verlassen diesen also mit verschiedenen Energien, von denen wir nur sagen können, daß ihr Mittelwert kleiner als die Energie der eintretenden Elektronen ist. Hieraus folgt, daß die mit gleicher Energie in ein Medium eintretenden Elektronen nicht gleich tief eindringen. Bei den von radioaktiven Präparaten ausgehenden Elektronenstrahlen kommt weiter erschwerend hinzu, daß sie keineswegs monoenergetisch sind. Im Gegensatz zu den von einem Alphastrahler ausgehenden Strahlen gilt hier:

Die von den verschiedenen Atomen des gleichen Betastrahlers ausgesandten Teilchen besitzen alle möglichen Energien zwischen Null und einer bestimmten Maximalenergie, die meist in der Größenordnung von 1 MeV liegt.

In Abb. 896.1 ist die *kontinuierliche Energieverteilung* oder das *Energiespektrum* für einige natürliche Betastrahler wiedergegeben. Die künstlichen Betastrahler besitzen ein sehr ähnliches Energiespektrum.

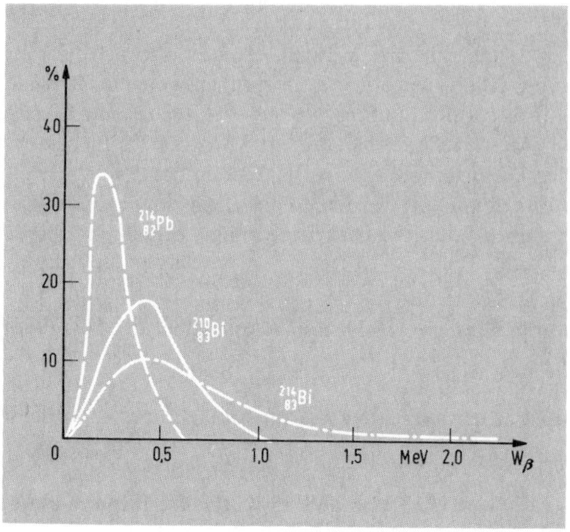

Abb. 896.1
Die Energiespektren für einige natürliche Betastrahler

Es hat lange Zeit Schwierigkeiten gemacht, eine Erklärung für diese kontinuierliche Energieverteilung zu finden. Wir kommen später hierauf zurück (S. 1004).

Man hat verschiedene Größen eingeführt, um die Reichweite und die Durchdringungsfähigkeit von Betastrahlen zu charakterisieren. Eine solche Größe ist die *Halbwertsdicke*, für die folgende Definition gilt:

Unter der Halbwertsdicke verstehen wir die Dicke einer Stoffschicht, die eine durchgehende Strahlung infolge von Absorptionen und Streuungen auf die Hälfte ihrer Intensität schwächt.

Die Halbwertsdicke charakterisiert die Durchdringungsfähigkeit der betreffenden Strahlung. Je größer die Halbwertsdicke ist, um so tiefer vermag eine Strahlung in einen Stoff einzudringen.

Eine andere wichtige Größe ist die *Grenzdicke*, die folgendermaßen festgelegt ist:

Unter der Grenzdicke versteht man diejenige Schichtdicke eines Absorbers, hinter der eben noch eine durchgelassene Strahlung nachweisbar ist.

Diese Definition ist insofern mit einer gewissen Willkür behaftet, als die *eben noch nachweisbare Strahlung* nicht eindeutig definiert ist. Man hat deshalb auch vorgeschlagen, die Grenzdicke als diejenige Schicht zu definieren, hinter der die Intensität gerade unter 1 % der Ausgangsintensität abgesunken ist.

Durch die Grenzdicke wird mit großer Annäherung die *Höchstreichweite* einer Strahlung in einem bestimmten Stoff angegeben. Diese Größe ist auch für den Strahlenschutz von Bedeutung, weil sie erkennen läßt, wie dick eine Absorberschicht sein muß, damit eine Strahlung praktisch vollständig abgeschirmt wird. Diese Höchstreichweite oder Grenzdicke hängt natürlich von der Höchstenergie der Strahlung und vom Absorbermaterial ab.

Es ist zweckmäßig, die *Grenzdicke* oder *Höchstreichweite* der Betastrahlung nicht in einer Längeneinheit anzugeben, sondern als Maß die *Masse je Flächeneinheit* zu verwenden, weil sich diese Größe experimentell als vom Stoff unabhängig erwiesen hat. Man bezeichnet diese Größe auch als die *Flächendichte* oder *Massenbelegung*. In der folgenden Tabelle geben wir die Reichweiten von Betastrahlen in Aluminium in Längeneinheiten und durch die Massenbelegung allgemein an:

Reichweite für Elektronen

Energie (in MeV)	0,5	1	2	3	4	5
Reichweite (in cm) in Aluminium	0,04	0,14	0,34	0,54	0,74	0,96
Reichweite (in $mg\,cm^{-2}$) in beliebigen Stoffen	111	383	926	1470	2010	2600

Beispiel Die von einem *Radiumpräparat* ausgehende, von einem Folgeprodukt des Radiums (Bi 214) stammende *Betastrahlung* hat eine Maximalenergie von rund 3,2 MeV. Diese Strahlung erfordert zu ihrer vollständigen Absorption eine Massenbelegung von

$$b = 1800\ mg\,cm^{-2} = 1{,}8\ g\,cm^{-2}.$$

Das entspricht folgenden Schichtdicken und damit Reichweiten in Längeneinheiten:

Aluminium: $R_{\mathrm{Al}} \approx \frac{1{,}8 \text{ g cm}^{-2}}{2{,}7 \text{ g cm}^{-3}} \approx 0{,}67 \text{ cm} \approx 6{,}7 \text{ mm}.$

Blei: $R_{\mathrm{Pb}} \approx \frac{1{,}8 \text{ g cm}^{-2}}{11{,}3 \text{ g cm}^{-3}} \approx 0{,}16 \text{ cm} \approx 1{,}6 \text{ mm}.$

Organisches Gewebe: $R_{\mathrm{Gewebe}} \approx \frac{1{,}8 \text{ g cm}^{-2}}{1{,}2 \text{ g cm}^{-3}} \approx 1{,}5 \text{ cm}.$

Luft: $R_{\mathrm{Luft}} \approx \frac{1{,}8 \text{ g cm}^{-2}}{1{,}293 \cdot 10^{-3} \text{ g cm}^{-3}} \approx 14 \text{ m}.$

Um auch für einige künstliche Betastrahler eine Vorstellung von der Reichweite der ausgesandten Elektronen zu bekommen, geben wir noch einige Zahlen an:

Betastrahler	*Maximale Energie der Elektronen* (in MeV)	*Erforderliche Flächendichte* (in mg cm^{-2})	*Reichweite* (in cm)		
			Aluminium	*Blei*	*Luft*
$^{14}_{6}\mathrm{C}$	0,155	25	0,01	0,002	19
$^{90}_{38}\mathrm{Sr}$	0,545	120	0,04	0,01	93
$^{32}_{15}\mathrm{P}$	1,711	800	0,30	0,07	620

Diese Zahlenangaben geben uns eine Reihe von Hinweisen für den Umgang mit Betastrahlern. Zunächst erkennen wir, daß die Reichweite der Betateilchen sehr viel größer als die der Alphateilchen ist. Man muß sich vergegenwärtigen, daß die von einem radioaktiven Phosphorisotop ausgesandten Elektronen in Luft eine Reichweite von rund 6 m haben und daß die von einem Radiumpräparat ausgehenden Betateilchen noch erheblich weiter reichen.

Wir stellen also zusammenfassend fest:

Radioaktive Betastrahler erfassen mit ihrer Strahlung einen recht weiten Bereich ihrer Umgebung. Nicht abgeschirmte Präparate müssen deshalb mit großer Vorsicht behandelt werden. Die Abschirmung von Betastrahlen ist leicht durchführbar, denn in den meisten Fällen genügt bereits eine 1 mm dicke Bleischicht oder ähnliche Schutzschichten. Außerdem nimmt die Intensität der Strahlung mit wachsendem Abstand von dem Präparat rasch ab, so daß die Einhaltung einer möglichst großen Entfernung eine einfache und sichere Strahlenschutzmaßnahme darstellt.

In organischen Geweben muß bei den von radioaktiven Präparaten ausgehenden Betastrahlen mit einer Reichweite von einigen Zentimetern gerechnet werden. Innerhalb dieser Schicht können sie schwerwiegende Schäden verursachen, weil sie eine spezifische Ionisation bewirken, die zwar im Vergleich zu derjenigen der Alphastrahlen klein, in bezug auf die biologische Wirkung aber doch beträchtlich ist. Beim Umgang mit Betastrahlern ist deshalb Vorsicht erforderlich. Dies gilt insbesondere hinsichtlich der Inkorporation von Betastrahlern, denn diese können sich im Innern des Körpers ablagern, an gewissen Stellen anreichern und dort ihre gefährlichen Strahlen abgeben.

3. *Die Gammastrahlen*

Bei der Wechselwirkung zwischen Gammastrahlen und einem Absorber sind drei Prozesse beteiligt, die zu einer Schwächung der Strahlung führen.

a) Der *Fotoeffekt* besteht darin, daß ein Gammaquant aus der Atomhülle der durchstrahlten Materie ein Elektron ablöst. Die Energie der eingestrahlten Quanten wird dabei teilweise zur Ablösung der Elektronen verbraucht und zum anderen Teil den Elektronen als kinetische Energie mitgegeben. Diese Energie der Elektronen wird durch Anregungen und Ionisationen allmählich verbraucht und verbleibt schließlich als Wärme im Absorber.

Der Fotoeffekt tritt vor allem bei *kleinen Quantenenergien* und *großen Kernladungszahlen* des Absorbers auf.

b) Der COMPTON-*Effekt* stellt – wie früher schon dargelegt – eine Streuung der eingestrahlten Quanten an den Elektronen der Atomhülle dar. Die Quanten geben dabei einen Teil ihrer Energie an die Elektronen ab. Diese Energieabgabe bewirkt, daß die Frequenz der Strahlung kleiner wird, so daß die gestreute Welle eine größere Wellenlänge besitzt. Gleichzeitig ist das Quant nach der Wechselwirkung aus seiner ursprünglichen Strahlenrichtung abgelenkt. Das neue Strahlungsquant kann weitere COMPTON-Effekte auslösen, bis seine Energie soweit abgenommen hat, daß es durch den Fotoeffekt vollständig absorbiert werden kann. Die durch den COMPTON-Effekt auf die Elektronen übertragenen Energien werden durch Anregung und Ionisation an andere Atome weitergegeben und bleiben schließlich ebenfalls als Wärme im Absorber zurück.

Der COMPTON-Effekt tritt vorwiegend bei *mittleren Energien der Strahlungsquanten* in Erscheinung.

c) Der *Paarbildungseffekt* besteht darin, daß die Energie der Strahlungsquanten zur Bildung eines Elektron-Positron-Paares verwendet wird. Hier erfolgt also aufgrund des früher behandelten EINSTEIN-*Gesetzes über die Äquivalenz von Masse und Energie* eine Umwandlung von Energie in Masse. Wir kommen auf die Erscheinung der Paarbildung später noch zurück (S. 998). Die Paarbildung kann in der Nähe des Atomkernes und in der Nähe eines Elektrons erfolgen. Die entstehenden Elektronen und Positronen geben ihre Energie ebenfalls an den Absorber ab. Die Positronen erfahren weitere Umwandlungen.

Der Paarbildungseffekt tritt bei *Quantenenergien von mehr als* 1 MeV auf.

Die drei genannten Prozesse sind in Abb. 898.1 zusammengefaßt. Sie führen beim Durchgang von Gammastrahlung durch Materie zu einer Schwächung der Strahlungsintensität.

Für die beim Durchgang von Gammastrahlen durch Materie eintretende Schwächung gilt ein Gesetz, das wir uns nunmehr klarmachen wollen. Hierzu betrachten wir eine monoenergetische Strahlung, d.h. eine Gammastrahlung, die nur aus einer einzigen Wellenlänge besteht, bei der also die Quanten sämtlich die gleiche Energie haben. Die Erfahrung zeigt dann, daß die Anzahl N der auf eine Absorberschicht auftreffenden Strahlungsquanten nach dem Durchgang durch eine dünne Schicht mit der Dicke Δx eine Verringerung um den Betrag ΔN erfahren hat, die proportional zu N und Δx ist. Es gilt daher

$$\Delta N = -\mu N \cdot \Delta x .$$

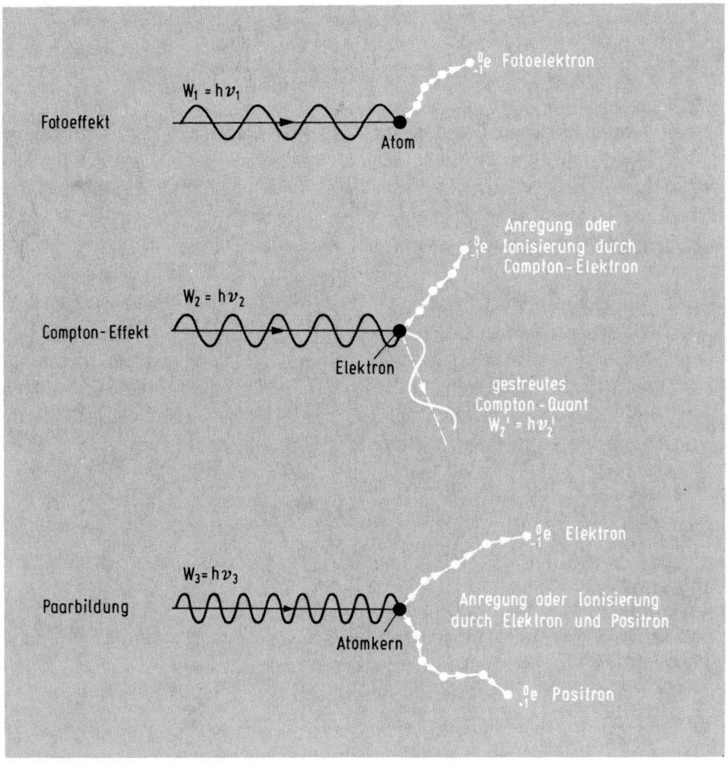

Abb. 898.1
Schematische Darstellung der bei dem Durchgang von Gammaquanten durch Materie ausgelösten Prozesse

Der Proportionalitätsfaktor μ ist von der Wellenlänge der Strahlung, von der Dichte des durchstrahlten Stoffes und von dessen Ordnungszahl im Periodensystem abhängig. Man bezeichnet μ als den *Schwächungskoeffizienten.* Die angegebene Gleichung läßt sich über den Weg x integrieren und liefert dann durch eine hier nicht wiedergegebene Zwischenrechnung das Gesetz

$$N = N_0 \, e^{-\mu x},$$

wobei N_0 die Zahl der auftreffenden Strahlungsquanten und N die Zahl der Quanten, die nach dem Durchlaufen der Schichtdicke x keine Wechselwirkung mit dem Absorber erfahren haben, bedeuten.

Da bei der Schwächung des den Absorber durchsetzenden Strahles die drei oben angegebenen Vorgänge zusammenwirken, setzt sich der Schwächungskoeffizient μ aus drei Teilen zusammen, die die Anteile der einzelnen Vorgänge an der Gesamtschwächung zum Ausdruck bringen. Es gilt

$$\mu = \mu_F + \mu_C + \mu_P .$$

Die praktische Handhabung des angegebenen Gesetzes bietet aber noch mancherlei Schwierigkeiten. Es sei nur darauf hingewiesen, daß durch den COMPTON-Effekt nur die Energie, nicht dagegen die Zahl der Quanten verringert wird und daß durch sekundäre Prozesse innerhalb des Absorbers auch neue Quanten gebildet werden können. Dies hat zur Folge, daß die aus der obigen Gleichung sich ergebende Zahl N niedriger als die in einem Strahl nach Durchdringung des Absorbers noch vorhandene Zahl der Quanten ist. Man hat das Gesetz zu verbessern versucht, indem man einen *Zuwachsfaktor* z angebracht hat, so daß sich die Form

$$N = z \, N_0 \, e^{-\mu x}$$

ergibt; dabei erweist sich der Zuwachsfaktor z als von der Energie der einfallenden Strahlungsquanten, dem Material des Absorbers und der Schichtdicke abhängig.

Erschwerend kommt weiter hinzu, daß durch die Energieänderungen, die die Strahlungsquanten beim COMPTON-Effekt erfahren, sowie durch die Neuerzeugung von Strahlungsquanten ein ursprünglich monoenergetischer Strahl sehr schnell in ein Spektrum von Quanten verschiedener Energien auseinandergezogen wird. Da der Schwächungskoeffizient aber von der Quantenenergie abhängt, ändert er sich auf dem Wege des Strahles fortwährend, so daß es ein schwieriges Problem ist, die Schwächung eines Gammastrahles beim Durchgang durch einen Absorber mathematisch zu erfassen.

Praktisch wird als Absorbersubstanz zur *Abschirmung von Gammastrahlen* sehr oft *Blei* verwendet. Dies hat folgenden Grund:

Die von den meisten Radionukliden ausgehenden Gammastrahlen liegen in dem Energiebereich, in dem bei den Wechselwirkungsvorgängen mit einem Absorber der COMPTON-Effekt erheblich überwiegt. Da der COMPTON-Effekt durch eine Streuung der Strahlungsquanten an den Elektronen des Absorbers zustande kommt, hängt die Schwächung der Strahlung von der Zahl der Elektronen in der Volumeneinheit des Absorbers ab; diese Zahl ist aber angenähert der Dichte des Absorbers proportional. Die gleiche Massenbelegung verursacht daher unabhängig von dem Material des Absorbers die gleiche Schwächung. Wenn also eine möglichst dünnwandige Abschirmung erreicht werden soll, wie dies in vielen Fällen wünschenswert ist, so muß man Stoffe mit großer Dichte wählen. Wir geben hier wieder einige Zahlen an und verwenden dabei die in der Praxis oft benutzten Begriffe der *Halbwertsschicht* und der *Zehntelwertsschicht*, worunter man diejenigen Schichten versteht, die die Strahlung auf $\frac{1}{2}$ bzw. $\frac{1}{10}$ ihrer Intensität abschwächen. Für $^{60}_{27}Co$, das bei einer Halbwertszeit von 5,26 Jahren Gammaquanten mit den Energien 1,33 MeV und 1,17 MeV aussendet, ergeben sich folgende Werte:

Halbwertsschichten und Zehntelwertsschichten für die Gammastrahlung von $^{60}_{27}Co$

Absorber	*Dichte* (in $g\,cm^{-3}$)	*Halbwertsschicht* (in cm)	*Zehntelwertsschicht* (in cm)
Wolfram	19,3	0,825	2,75
Blei	11,3	1,20	4,00
Stahl	7,8	1,93	6,34

Da man in der Praxis in vielen Fällen Blei als Abschirmmittel benutzt, sollen hier auch noch einige Zahlen über die abschirmende Wirkung dieses Stoffes für verschiedene Wellenlängen oder Energien der Gammastrahlen genannt werden:

Halbwertsschicht von Blei für Gammastrahlen mit verschiedenen Energien

Wellenlänge (in nm)	*Energie* (in eV)	*Halbwertsschicht* (in mm)
0,001	$1,2 \cdot 10^6$	12,4
0,005	$2,4 \cdot 10^5$	1,1
0,01	$1,2 \cdot 10^5$	0,2
0,05	$2,4 \cdot 10^4$	0,01

Diese Zahlen sind sehr aufschlußreich. Wir ersehen daraus, daß die Abschirmung von Gammastrahlen gar nicht sehr einfach ist. Durch eine 6,3 cm dicke Stahlschicht oder eine 4 cm dicke Bleischicht gehen noch 10 % der Gammastrahlung des Kobalts hindurch. Eine Abschirmung der Strahlung auf etwa 1 % würde eine Bleischicht von rund 9 cm erfordern. Die Reichweite in organischem Gewebe ist so groß, daß kein Organ vor der Strahlung eines in der Nähe des Körpers befindlichen Präparats sicher ist. Wir stellen abschließend fest:

Die von den radioaktiven Präparaten ausgehenden Gammastrahlen haben meist eine noch größere Durchdringungsfähigkeit als die üblichen Röntgenstrahlen. Ihre Abschirmung macht deshalb oft erhebliche Schwierigkeiten und erfordert mehrere Zentimeter dicke Absorberwände. Der Umgang mit solchen Gammastrahlern ist deshalb mit großen Gefahren verbunden und erfordert ein hohes Maß an Vorsicht. Die Inkorporation solcher Strahler kann zu sehr schwerwiegenden Schädigungen des Organismus führen.

4. Die Neutronenstrahlen

Das Verhalten von Neutronen gegenüber den Atomen oder Molekülen eines Absorbers wird durch die Eigenschaft der Neutronen bestimmt, *keine elektrische Ladung* zu besitzen. Infolgedessen treten auch keine direkten Wechselwirkungen mit den Elektronen des Absorbermaterials auf. Das bedeutet:

Neutronen verursachen keine unmittelbaren Ionisationen.

Wenn Neutronenstrahlen beim Durchgang durch Materie trotzdem Veränderungen erfahren, so beruhen diese auf *Zusammenstößen der Neutronen mit den Atomkernen* des Absorbers. Dabei können je nach der Energie der Neutronen verschiedene Erscheinungen auftreten. Mit Rücksicht auf dieses verschiedene Verhalten der Neutronen unterscheidet man nach der Energie oder Geschwindigkeit folgende Gruppen von Neutronen:

Schnelle, *mittelschnelle* und *langsame Neutronen*, wobei die letzteren noch weiter in *epithermische* und *thermische Neutronen* unterteilt werden. Die Abgrenzungen sind aus der folgenden Tabelle ersichtlich:

	Schnelle Neutronen	*Mittelschnelle Neutronen*	*Langsame Neutronen*	
			epithermische Neutronen	*thermische Neutronen*
Geschwindigkeit (in $m\,s^{-1}$)	$>4,4 \cdot 10^6$	$4,4 \cdot 10^6$ bis $1,4 \cdot 10^5$	$1,4 \cdot 10^5$ bis $4,4 \cdot 10^3$	$<4,4 \cdot 10^3$
Energie (in eV)	$>10^5$	10^5 bis 10^2	10^2 bis 10^{-1}	$<10^{-1}$

Von besonderem Interesse sind die *thermischen Neutronen*. Diese Neutronen verdanken ihren Namen der Tatsache, daß ihre kinetische Energie mit derjenigen von Gasatomen bei Zimmertemperatur vergleichbar ist.

Um diesen Zusammenhang noch etwas zu verdeutlichen, führen wir eine kleine Rechnung durch. Bezeichnen wir die Energie der thermischen Neutronen mit W_{th}, ihre Geschwindigkeit mit v_{th}, ihre Masse mit m_n und die Raumtemperatur mit T, so besteht der folgende, aus der kinetischen Gastheorie bekannte Zusammenhang:

$$W_{th} = \frac{1}{2} m_n v_{th}^2 = \frac{3}{2} kT.$$

Dabei ist $k = 8{,}6169 \cdot 10^{-5}$ eV · K^{-1} = 1,3806 · 10^{-23} J K^{-1} (BOLTZMANN-Konstante).

Für die Temperatur $T = 293$ K ≙ 20 °C ergibt sich dann:

$$W_{th} = 0{,}038 \text{ eV} \quad \text{und} \quad v_{th} = 2700 \text{ m s}^{-1}.$$

Wir halten fest:

Bei thermischen Neutronen ist es üblich, als Mittelwert für

die kinetische Energie $W_{th} = 0{,}025$ eV

und für die Geschwindigkeit $v_{th} = 2{,}2 \cdot 10^3 \text{ m s}^{-1}$

zu setzen.

In Wirklichkeit haben natürlich nicht alle Teilchen eines aus thermischen Neutronen bestehenden *Neutronengases* die gleiche Energie, sondern die Energiebeträge der Neutronen verteilen sich über einen weiten Bereich, wobei sowohl kleinere als auch größere Beträge als die oben genannten Werte auftreten. Die Verteilung der Neutronen auf die verschiedenen Energiebereiche läßt sich mathematisch erfassen und durch bestimmte Verteilungsfunktionen wiedergeben, auf die hier aber nicht näher eingegangen werden soll.

Bei der Wechselwirkung zwischen Neutronen und Atomkernen können zwei verschiedene Erscheinungen auftreten:

a) Es können *elastische und unelastische Zusammenstöße* stattfinden, bei denen die Neutronen entweder nur abgelenkt werden oder zusätzlich einen mehr oder weniger großen Teil ihrer Energie an den Atomkern abgeben.

b) Es kann ein *Einfang der Neutronen* durch die Kerne erfolgen, wodurch neue, meist instabile Zwischenkerne entstehen, die unter Aussendung geladener Teilchen und oft unter gleichzeitiger Abgabe von Gammaquanten in andere Kerne übergehen. Die Wahrscheinlichkeit für den Einfang von Neutronen hängt von ihrer kinetischen Energie ab und nimmt im allgemeinen mit abnehmender Energie zu, so daß also *die langsamen und unter diesen wieder die thermischen Neutronen bevorzugt eingefangen* werden. Allerdings gibt es von dieser Regel wichtige Ausnahmen, die darin bestehen, daß Atomkerne Neutronen ganz bestimmter Energien mit besonders großer Wahrscheinlichkeit einfangen; man spricht dabei von dem *Resonanzeinfang*, der auch bei schnellen Neutronen erfolgen kann.

Im folgenden soll noch geprüft werden, wie sich die genannten Wechselwirkungen auf die Möglichkeiten zur Abschirmung von Neutronen auswirken. Dabei ergibt sich:

a) Die *Energieübertragung* bei den Zusammenstößen zwischen den Neutronen und den Atomkernen ist um so größer, je weniger sich die Masse der Kerne von der Neutronenmasse unterscheidet. Wenn beide Massen gleich groß sind und der Zusammenstoß zentral erfolgt, so wird sogar die gesamte Energie des Neutrons auf den Atomkern übertragen. Dieser Fall liegt vor, wenn die Neutronen mit Wasserstoffkernen zusammenstoßen, denn die Protonen- und Neutronenmasse sind praktisch gleich groß. Die folgenden Zahlen geben für einige Atomkerne die prozentuale Energieabgabe an, die beim *zentralen Stoß* durch ein schnelles Neutron eintreten kann:

	Proton	*Deuteron*	*Kohlenstoff*	*Blei*
Masse des gestoßenen Atomkernes	1	2	12	206
Prozentuale Energieabgabe des Neutrons	100 %	89 %	28,4 %	1,9 %

Wir erkennen hieraus:

Bei Zusammenstößen mit schweren Atomkernen verlieren die Neutronen nur sehr wenig Energie; es findet lediglich eine Streuung der Neutronen statt. Mit abnehmender Kernmasse wird die Energieabgabe größer.

Die Folge davon ist, daß ein Neutronenstrahl durch eine Bleischicht viel weniger abgebremst wird als durch eine gleich dicke Wasserschicht, eine Tatsache, die für die Abschirmung von Neutronen und damit für die Möglichkeiten des Strahlenschutzes von großer Bedeutung ist. Man bezeichnet die zur Abbremsung von Neutronen dienenden Stoffe als *Bremssubstanzen* oder *Moderatoren*. Aus den bisherigen Ausführungen folgt:

Wasserstoffhaltige Substanzen sind zur raschen Abbremsung von Neutronen und damit zum Schutz gegen Neutronenstrahlen besonders geeignet.

Man verwendet deshalb in vielen Fällen als Absorberschichten Wasser oder Paraffin, weil der hohe Gehalt dieser Stoffe an Wasserstoffkernen eine rasche Abbremsung der Neutronen bewirkt.

Durch die Abbremsung der Neutronen erhalten die getroffenen Atomkerne – besonders bei den leichten Elementen – einen erheblichen Teil der kinetischen Neutronenenergie. Die so angestoßenen Kerne werden als *Rückstoßkerne* bezeichnet. Sie bewegen sich durch den Absorber und verursachen auf einem verhältnismäßig kleinen Wege eine recht große spezifische Ionisation. Wir stellen zusammenfassend fest:

Die Abbremsung von Neutronen in einem Absorber ist besonders bei leichten Elementen mit der Bildung von Rückstoßkernen verbunden, die zu einer mittelbaren Ionisation im Absorber führen, wobei auf kurzen Bahnen hohe Ionendichten auftreten.

b) Wenn die Neutronen genügend abgebremst sind, so tritt im allgemeinen der schon erwähnte *Einfang* durch einen Atomkern ein. Die dabei entstehenden künstlich radioaktiven Elemente senden die früher behandelten Strahlen aus, die ihrerseits zu Ionisationen des Absorbers führen können.

Eine für den Strahlenschutz besonders wichtige Eigenschaft der Neutronenstrahlen ist ihre *große Durchdringungsfähigkeit*. Diese ist darauf zurückzuführen, daß Neutronen wegen des Fehlens einer elektrischen Ladung in dem durchstrahlten Stoff keine direkte Ionisation hervorrufen und daß deshalb die Energieverluste ausschließlich durch Zusammenstöße mit den Atomkernen entstehen, die aber wegen der Kleinheit der Kerne sehr viel seltener erfolgen als Ionisationen des ganzen Atoms. Man erkennt dies daran, daß die *freie Neutronen-Weglänge*, d.h. der Weg, den ein Neutron im Mittel zwischen zwei Stößen zurücklegt, recht groß ist. In der folgenden Tabelle sind diese freien Weglängen in Blei für einige Neutronenenergien angegeben; zum Vergleich sind die entsprechenden freien Weglängen für Gammaquanten, die ja auch eine recht große Durchdringungsfähigkeit besitzen, ebenfalls aufgeführt.

Energie	*Mittlere freie Weglänge in Blei für*	
	Neutronenstrahlen	*Gammastrahlen*
100 MeV	7 cm	1,2 cm
1 MeV	6 cm	1 cm
20 keV	rd. 3 cm	rd. 0,01 mm

Aus diesen Zahlen erkennt man, daß die Durchdringungsfähigkeit der Neutronenstrahlen größer als diejenige der Gammastrahlen ist. Hinsichtlich der Abschirmung besteht zwischen beiden Strahlenarten ein wesentlicher Unterschied, auf den noch besonders hingewiesen werden soll:

Während Gammastrahlen durch Absorber mit großer relativer Atommasse stark geschwächt werden, ist die Abschirmung von Neutronenstrahlen bei Stoffen mit kleiner relativer Atommasse besser.

Eine sehr kräftige Neutronenquelle stellt jeder *Kernreaktor* dar; ferner ist jede *Kernwaffenexplosion* mit einer erheblichen Neutronenproduktion verbunden. Diese Neutronenstrahlen können große *biologische Schäden* verursachen, wenn sie den Organismus erreichen. Die sich dabei abspielenden Vorgänge ergeben sich aus den vorhergehenden Betrachtungen und können folgendermaßen charakterisiert werden:

In jedem lebenden Organismus sind Wassermoleküle und damit Protonen in großer Zahl vorhanden. Hieraus entstehen bei der Abbremsung der schnellen Neutronen Rückstoßkerne, die starke Ionisationen und damit Schädigungen der Zellen herbeiführen. Die große Durchdringungsfähigkeit der Neutronen bringt es mit sich, daß sie nicht nur die Oberfläche des Organismus, sondern auch innere Organe erreichen.

8.4.11 Die Strahlendosimetrie

Früher haben wir verschiedene Nachweisverfahren für radioaktive Strahlen kennengelernt. Diese Nachweisverfahren ermöglichen die *zahlenmäßige Erfassung* der Wirkung dieser Strahlung. Wir müssen uns deshalb mit den *Meßverfahren* und *Einheiten* für die Strahlenwirkungen beschäftigen.

Die ersten Anregungen zur Festlegung von Meßverfahren gingen von der Medizin aus, weil diese wegen der diagnostischen und therapeutischen Verwendung dieser Strahlen an solchen Messungen besonders interessiert war. Im Anschluß an die in der Medizin üblichen Bezeichnungsweise wurde der Begriff der *Dosis* auch auf die Strahlungen übertragen. Es ist allgemein üblich, von einer *Strahlendosis* zu sprechen und die zu ihrer Messung entwickelten Verfahren als *Strahlendosimetrie* zu bezeichnen.

Bei den ersten Meßverfahren knüpfte man an die einer Bestrahlung folgende *Hautrötung* an und leitete aus deren Messung eine Dosiseinheit her. Dieses Verfahren war aber wenig exakt, so daß man mit der fortschreitenden Entwicklung der Strahlungserzeugung und -verwendung bessere Meßverfahren einführen mußte. Wir wollen hier die wichtigsten Dosisbegriffe sowie die zugehörigen Einheiten und Meßverfahren zusammenstellen.

Die Definition der Strahlendosis macht von ganz bestimmten Strahlenwirkungen Gebrauch. Zwei dieser Wirkungen haben sich als besonders geeignet erwiesen; sie führen zu zwei verschiedenen Dosisbegriffen:

1. Die auf der ionisierenden Wirkung der Strahlung beruhende Dosisdefinition führt zum Begriff der *Ionendosis.*

2. Die auf der Energieabsorption, die beim Durchgang einer Strahlung durch Materie erfolgt, beruhende Dosisdefinition führt zum Begriff der *Energiedosis.*

1. Die Ionendosis

Bei der Definition der Ionendosis wird von der Wechselwirkung der radioaktiven Strahlung mit Materie Gebrauch gemacht. Man verwendet aber nicht irgendeinen Stoff, sondern trockene Luft von 0 °C und 1013 hPa. Als *meßbare Strahlenwirkung dient die Ionisierung der durchstrahlten Luft.* Die Ladungen der erzeugten Ionen werden in Ionisationskammern gemessen und zur zahlenmäßigen Beschreibung der für ihre Entstehung verantwortlichen Strahlen verwendet. Die so gemessene physikalische Größe heißt die *Ionendosis.* Es gilt folgende Definition:

Unter der Ionendosis einer ionisierenden Strahlung versteht man das Verhältnis zwischen der Ladung der von der Strahlung durch unmittelbare oder mittelbare Ionisation in trockener Luft von 0 °C und 1013 hPa erzeugten Ionen eines Vorzeichens und der Masse der durchstrahlten Substanz.

Bezeichnen wir die in einem kleinen Luftvolumen mit der Masse Δm durch unmittelbare und mittelbare Ionisation entstehende Ionenladung eines Vorzeichens mit ΔQ, so gilt für die Ionendosis J:

$$J = \lim_{\Delta m \to 0} \frac{\Delta Q}{\Delta m} = \frac{\mathrm{d}Q}{\mathrm{d}m}.$$

Der Grenzübergang $\Delta m \to 0$ wird ausgeführt, weil die Ionisation im allgemeinen von Punkt zu Punkt verschieden ist.

Aus dieser Definition ergibt sich die *Einheit der Ionendosis.* In der Ausführungsverordnung zum *Gesetz über Einheiten im Meßwesen* wird hierüber bestimmt:

Die abgeleitete Einheit der Ionendosis ist das Coulomb durch Kilogramm $\left(\textbf{Einheitenzeichen:}\ \frac{\mathrm{C}}{\mathrm{kg}}\ \textbf{oder}\ \mathrm{C\,kg^{-1}}\right)$.
1 Coulomb durch Kilogramm ist gleich der Ionendosis, die bei der Erzeugung von Ionen eines Vorzeichens mit der elektrischen Ladung 1 C in Luft der Masse 1 kg durch ionisierende Strahlung räumlich konstanter Energieflußdichte entsteht.

Abgeleitete Einheiten der Ionendosis sind auch alle anderen Quotienten, die aus einer gesetzlichen Einheit der elektrischen Ladung und einer gesetzlichen Masseneinheit gebildet werden.

Beispiele

$$1\,\mathrm{mC\cdot g^{-1}} = 1\,\mathrm{C\,kg^{-1}}; \quad 1\,\mathrm{mC\cdot kg^{-1}} = 10^{-3}\,\mathrm{C\,kg^{-1}}; \quad 1\,\mathrm{\mu C\cdot kg^{-1}} = 10^{-6}\,\mathrm{C\,kg^{-1}}.$$

Früher war es üblich, die Ionendosis in der Einheit *1 Röntgen* zu messen. Diese Einheit ist aufgrund der Ausführungsverordnung zum *Gesetz über Einheiten im Meßwesen* nicht mehr zulässig.

Für die bei der Angabe von Werten der Ionendosis früher übliche Einheit 1 Röntgen (Einheitenzeichen: R) gilt die Umrechnung

$$1\,\mathrm{R} = 258\,\mathrm{\mu C\cdot kg^{-1}} = 258\cdot 10^{-6}\,\mathrm{C\,kg^{-1}}$$

und

$$1\,\mathrm{C\,kg^{-1}} = 3875{,}97\,\mathrm{R}.$$

Es ist mit technischen Schwierigkeiten verbunden, die Ionendosis einer ionisierenden Strahlung aufgrund der angegebenen Definition zu messen, weil dazu die gesamte Ionisation innerhalb und außerhalb des Meßvolumens erfaßt werden muß. In der Praxis verwendet man meist Ionisationskammern, bei denen *Elektronengleichgewicht* besteht. Dies bedeutet, daß die Ionisationsenergie, die durch den Austritt von Sekundärelektronen aus dem Kammervolumen verlorengeht, durch die Energie anderer Sekundärelektronen, die in der Kammerwand erzeugt werden oder von außen in das Kammervolumen eintreten, ersetzt wird. Die bei Elektronengleichgewicht gemessene Ionendosis wird als *Standard-Ionendosis* bezeichnet.

2. Die Energiedosis

Die von einem Radionuklid ausgehenden Strahlen stellen einen Energiestrom dar. Wenn die Strahlen mit Materie in Wechselwirkung treten, geben sie Energie an diese ab. Es liegt deshalb nahe, die absorbierte Energie als Maß für die Wirkung dieser Strahlung zu verwenden. Auf diese Weise entsteht der Begriff der *Energiedosis*. Es gilt die folgende Definition:

Unter der Energiedosis einer ionisierenden Strahlung versteht man das Verhältnis zwischen der von dem durchstrahlten Stoff absorbierten Energie und seiner Masse.

Bezeichnet man die absorbierte Energie mit ΔW und die Masse des durchstrahlten Stoffes mit Δm, so gilt für die Energiedosis D:

$$D = \lim_{\Delta m \to 0} \frac{\Delta W}{\Delta m} = \frac{\mathrm{d}W}{\mathrm{d}m}.$$

Aus dieser Definition ergibt sich die *Einheit der Energiedosis.*

Die abgeleitete Einheit der Energiedosis ist das Gray (Einheitenzeichen: Gy). Ein Gray ist gleich der Energiedosis, die bei der Übertragung der Energie 1 Joule auf Materie der Masse 1 Kilogramm durch ionisierende Strahlung konstanter Energieflußdichte entsteht.

$$1\,\mathrm{Gy} = \frac{1\,\mathrm{J}}{1\,\mathrm{kg}} = 1\,\mathrm{J\,kg^{-1}} = 1\,\mathrm{m^2\,s^{-2}}.$$

Die Einheit 1 Gray ist nach dem englischen Physiker L. H. GRAY (1905 – 1965), der den Zusammenhang zwischen der Energiedosis und der Ionendosis gefunden hat, benannt.

Aus der Einheit 1 Gray können mit Hilfe der früher (Band II/1, S. 11) erwähnten Vorsätze dezimale Vielfache und Teile gebildet werden.

Früher wurde zur Messung der Energiedosis die Einheit *1 Rad* verwendet. Diese Einheit ist aufgrund der Ausführungsverordnung zum *Gesetz über Einheiten im Meßwesen* nicht mehr zulässig.

Für die bei der Angabe von Werten der Energiedosis früher verwendete Einheit 1 Rad (Einheitenzeichen: rd) gilt die Umrechnung

$$1\,\mathrm{rd} = 1\,\mathrm{cGy} = 10^{-2}\,\mathrm{J\,kg^{-1}}$$

und

$$1\,\mathrm{Gy} = 100\,\mathrm{rd}.$$

3. Die Äquivalenzdosis

Die dargelegten physikalischen Wirkungen der energiereichen Strahlen zeigen sich auch, wenn diese Strahlen mit lebenden Organismen in Wechselwirkung treten. Die Erfahrung zeigt dabei, daß die Ionendosis und die Energiedosis zur zahlenmäßigen Beschreibung dieser biologischen Strahlenwirkungen nicht ausreichen, weil die verschiedenen Strahlenarten bei der gleichen Ionen- oder Energiedosis unterschiedliche biologische Wirkungen auslösen können. Deshalb hat man für jede Strahlenart einen charakteristischen Qualitätsfaktor Q eingeführt, der die biologische Wirkung der betreffenden Strahlenart kennzeichnet.

Unter der Äquivalenzdosis $D_{\text{Ä}}$ einer Strahlung versteht man das Produkt aus der Energiedosis D und dem Qualitätsfaktor Q.

$$D_{\text{Ä}} = QD$$

Für den Qualitätsfaktor Q gelten die folgenden Zahlenwerte:
$Q = 1$ Betastrahlen, Gammastrahlen, Röntgenstrahlen
$Q = 10$ Protonenstrahlen, Neutronenstrahlen
$Q = 20$ Alphastrahlen
Dies bedeutet, daß z.B. Alphastrahlen die 20fache biologische Wirkung wie Beta- oder Gammastrahlen mit der gleichen Energiedosis haben.

Da der Faktor Q eine reine Zahl ist, wird die Äquivalenzdosis in der gleichen Einheit wie die Energiedosis gemessen.
Daneben verwendet man für die Äquivalenzdosis noch eine andere Einheit.

Als abgeleitete Einheit der Äquivalenzdosis dient im Bereich der Strahlenbelastung und des Strahlenschutzes das Rem (Einheitenzeichen: rem).

Es ist

$$1\,\mathrm{rem} = 10^{-2}\,\mathrm{Gy}.$$

Aus der Einheit 1 rem wird die kleinere Einheit 1 Millirem (Einheitenzeichen: mrem) abgeleitet, die vor allem bei der Angabe der Äquivalenzdosis von radioaktiven Strahlungen verwendet wird. Es gilt

$$1\,\mathrm{mrem} = 10^{-3}\,\mathrm{rem}.$$

Die Bezeichnung rem ist ein Kunstwort, das aus **r**adiation-**e**quivalent-**m**an gebildet worden ist.
Aufgrund des *Gesetzes über Einheiten im Meßwesen* dürfen die Einheiten 1 rem und 1 mrem nur noch bis zum Jahre 1985 verwendet werden.

8.4.12 Die Strahlenbelastung und der Strahlenschutz

Unter der *Strahlenbelastung* versteht man die Einwirkung energiereicher Strahlen auf lebende Organismen. Die Menschheit ist seit ihrer Existenz einer solchen Strahlenbelastung, die ihren Ursprung in der natürlichen Umwelt hat, ausgesetzt. Diese Belastung durch energiereiche Strahlen ist aber erst in neuerer Zeit zum Gegenstand kritischer Untersuchungen geworden, weil vor allem die Entwicklung und der Einsatz von Kernwaffen gezeigt hat, daß die energiereichen Strahlen erhebliche Strahlenschäden bewirken können. Darüber hinaus haben der Bau von kerntechnischen Anlagen, die zunehmende Verwendung radioaktiver Stoffe und energiereicher Strahlen in der medizinischen Diagnostik und Therapie sowie ihr immer umfangreicher werdender Einsatz in Forschung und Technik dazu geführt, daß die Probleme der Strahlenbelastung und des Strahlenschutzes in weiten Kreisen an Interesse gewonnen haben. Auch der Physikunterricht kann an diesen Fragen nicht mehr vorübergehen, insbesondere da physikalische Meßverfahren bei der Untersuchung und Beurteilung der hier auftretenden Probleme eine entscheidende Rolle spielen.

Es ist heute üblich, verschiedene Arten der Strahlenbelastung zu unterscheiden:

1. Die natürliche Strahlenbelastung

Dieser Strahlenbelastung sind die Menschen während ihres ganzen Lebens ausgesetzt. Sie ist von Ort zu Ort verschieden und setzt sich aus folgenden Teilen zusammen:

1.1. Die kosmische Strahlung

Diese Strahlung hat ihren Ursprung in der Sonne und in weiter entfernten Sternsystemen. Ihre Intensität nimmt mit wachsender Höhe zu, weil ein Teil der Strahlen durch die Atmosphäre absorbiert wird. Sie hat für die Bundesrepublik Deutschland im Mittel folgende Werte:

in Meereshöhe	30 mrem/Jahr
in 1000 m Höhe	50 mrem/Jahr.

In größeren Höhen treten erheblich stärkere Strahlenbelastungen auf. So sind Flugzeugbesatzungen bei 480 Flugstunden jährlich im Mittel einer Strahlenbelastung von

500 mrem/Jahr

ausgesetzt.

1.2. Die terrestrische Strahlung

Hier liegt eine Strahlung vor, die aus den natürlichen Nukliden stammt, welche in unterschiedlicher Konzentration überall auf der Erde, z.B. in Gesteinen, im Mauerwerk von Gebäuden, in der Atmosphäre usw. vorkommen. Beispiele für solche Radionuklide sind:

Uran-238, Thorium-232 und ihre radioaktiven Zerfallsprodukte sowie Kalium-40.

Die auf diese Weise entstehende Strahlenbelastung hängt von der Beschaffenheit des Untergrundes ab; sie ändert sich deshalb von Ort zu Ort. Auch das zum Hausbau verwendete Baumaterial hat einen Einfluß auf die terrestrische Strahlenbelastung der Menschen. So hat sich gezeigt, daß innerhalb von Häusern aus Ziegel- oder Bimssteinen die Strahlenbelastung um mehr als 50 Prozent höher sein kann als in Holzhäusern oder als im Freien.

Im Mittel bewirkt die terrestrische Strahlung in der Bundesrepublik Deutschland eine Strahlenbelastung von

50 mrem/Jahr im Freien

und

70 mrem/Jahr in Gebäuden.

Es gibt aber auch Gebiete, in denen wesentlich höhere Werte gemessen werden. So können im Schwarzwald wegen des Untergrundes bis zu

500 mrem/Jahr

auftreten. Andere Teile der Erde weisen noch beträchtlich höhere Äquivalenzdosen auf. So konnten in Indien und Brasilien Werte von

2000 bis 3000 mrem/Jahr

festgestellt werden.

1.3. Die Eigenstrahlung des Körpers

Es handelt sich hierbei um eine Strahlenbelastung, die durch Radionuklide hervorgerufen wird, welche mit der Nahrung, dem Trinkwasser und der Atmung in den menschlichen Körper gelangen. Als Beispiele für solche Radionuklide können

Uran-238, Thorium-232 und ihre Zerfallsprodukte

sowie

Rubidium-87, Kalium-40 und Kohlenstoff-14

genannt werden.

Diese Stoffe lagern sich im Organismus ab und verursachen die Eigenstrahlung des Körpers. Die innere Strahlenbelastung ist für die einzelnen Organe sehr unterschiedlich, weil die aufgenommenen Radionuklide in den verschiedenen Körperteilen ungleichmäßig abgelagert und konzentriert werden.

Im Mittel bewirken die inkorporierten natürlichen Radionuklide eine Strahlenbelastung von

20 mrem/Jahr.

Wenn man für alle genannten Komponenten einen Mittelwert bildet, so ergibt sich:

Die natürliche Strahlenbelastung beträgt für einen Bewohner der Bundesrepublik Deutschland im Mittel

110 mrem/Jahr.

2. Die künstliche oder zivilisatorische Strahlenbelastung

Diese Strahlung ist auf die zahlreichen Strahlungsquellen zurückzuführen, welche sich in technischen Geräten und Einrichtungen befinden.

2.1. Die medizinische Röntgendiagnostik und Strahlentherapie

Der überwiegende Teil der künstlichen Strahlenbelastung ist auf die Verwendung von Röntgenstrahlen für diagnostische Zwecke zurückzuführen. Im Mittel ergibt sich hieraus für jeden Bewohner der Bundesrepublik Deutschland eine Strahlenbelastung von

50 mrem/Jahr.

Demgegenüber ist die durch die Strahlentherapie und durch die Verwendung von Radionukliden in der Nuklearmedizin bewirkte Strahlenbelastung gering. Sie beträgt im Mittel pro Person

0,5 mrem/Jahr.

2.2. Die Strahlenbelastung durch Kernwaffentests

Die früher durchgeführten oberirdischen Kernwaffenversuche haben große Mengen von Radionukliden in die Atmosphäre gebracht, welche inzwischen über die ganze Erde verteilt worden sind und sich heute noch auswirken. Allerdings nimmt diese Strahlenbelastung seit der Einstellung der atmosphärischen Kernwaffentests durch die USA und die UdSSR allmählich ab. Zur Zeit beträgt die auf diese Weise verursachte Strahlenbelastung pro Person im Mittel

4 mrem/Jahr.

2.3. Die Strahlenbelastung im Alltag

Hierzu gehören die Strahleneinwirkungen, die von Fernsehempfängern, Leuchtzifferblättern von Armbanduhren und von anderen technischen Geräten ausgehen. Auch der Flugverkehr gehört hierher, weil die Intensität der kosmischen Strahlung mit der Höhe zunimmt. So bringt ein Flug Frankfurt – New York eine zusätzliche Strahlenbelastung von rund 5 mrem.

Im Mittel ergibt sich durch die Strahleneinwirkungen des Alltags pro Person eine zusätzliche Strahlenbelastung von rund

3 mrem/Jahr.

2.4. Die Strahlenbelastung durch kerntechnische Anlagen

Die Kernkraftwerke geben mit der Abluft Radionuklide an die Umgebung ab. Die hierdurch bedingte Strahlenbelastung beträgt für die Bewohner im Umkreis eines Kraftwerkes von 3 km im Mittel etwa

0,01 mrem/Jahr.

Bei einem weiteren Ausbau der Kernkraftwerke und der Wiederaufbereitungsanlagen muß mit einer Zunahme der Strahlenbelastung gerechnet werden. Vorsichtige Schätzungen führen zu dem Ergebnis, daß die gesamte sich ergebende mittlere Dosis, der die Bevölkerung ausgesetzt sein wird, nicht größer als

1 mrem/Jahr

ist. Störfälle sind bei dieser Rechnung allerdings nicht berücksichtigt. Faßt man alle zivilisatorisch bedingten Strahlenbelastungen zusammen und bildet einen Mittelwert, so ergibt sich:

Die künstliche oder zivilisatorische Strahlenbelastung beträgt für einen Bewohner der Bundesrepublik Deutschland im Mittel nicht mehr als

60 mrem/Jahr.

Für die gesamte Strahlenbelastung, die sich aus der natürlichen und der künstlichen Belastung zusammensetzt, folgt dann:

Die Bewohner der Bundesrepublik Deutschland sind pro Person im Mittel einer Strahlenbelastung von maximal

170 mrem/Jahr

ausgesetzt.

Es ist seit langer Zeit bekannt, daß lebende Organismen durch energiereiche Strahlen erheblich geschädigt werden können. Als Beispiel soll hier nur die „Schneeberger-Krankheit" genannt werden, der etwa 75 Prozent der Bergleute in den Uranerz-Gruben zum Opfer gefallen sind. Über die Atmung gelangten bei den Grubenarbeitern gefährliche Mengen von Radionukliden in die Lungen und führten zu einer gehäuften Erkrankung an Lungenkrebs.

Auf der anderen Seite wissen wir, daß die Menschheit seit ihrer Existenz einer Belastung durch die oben erwähnten, natürlichen energiereichen Strahlen ausgesetzt ist, ohne daß irgendwelche Schäden aufgetreten sind.

Da es sich in allen Fällen um Strahlungen der gleichen Art handelt, muß also die Größe der verabreichten Dosis für die Strahlenwirkung von entscheidender Bedeutung sein. Es wurden deshalb umfangreiche Untersuchungen darüber angestellt, welche Dosiswerte für Einzelpersonen und für die Gesamtbevölkerung noch als zulässig und ungefährlich betrachtet werden können. Dabei müssen die *genetischen* und die *somatischen* Strahlenwirkungen unterschieden werden.

Unter den *genetischen* Wirkungen energiereicher Strahlen versteht die durch ihre Einwirkung verursachten Veränderungen der Erbanlagen, die bei den bestrahlten Lebewesen auftreten können. Diese als Mutationen bezeichneten Erbänderungen können sich bei den unmittelbaren Nachkommen zeigen, sie können aber auch erst nach vielen Generationen in Erscheinung treten. Die Erfahrung zeigt, daß sich die überwiegende Zahl der Mutationen negativ auswirkt. In seltenen Fällen können durch Bestrahlungen allerdings auch günstige Erbänderungen hervorgerufen werden. So ist es möglich, die Erbanlagen von Pflanzensamen durch die Einwirkung energiereicher Strahlen in der Weise zu verändern, daß neue Sorten entstehen, die widerstandsfähiger und ertragreicher als die Ausgangsorten sind. Diese neuen Sorten können dann zur Weitervermehrung dienen. Auf diese Weise war es möglich, zahlreiche positive Züchtungserfolge herbeizuführen.

Es kann als sicher gelten, daß die Anzahl der erzeugten Mutationen der verabreichten Strahlendosis proportional ist und daß auch die kleinsten Dosen bereits mutationsauslösend wirken. Ferner können genetische Strahlenschäden niemals rückgängig gemacht werden, unabhängig davon, ob sie durch kleine oder große Strahlendosen erzeugt worden sind.

Bei den *somatischen* Strahlenschäden handelt es sich um Schäden, die nur das einzelne Individuum betreffen, die also nicht an die Nachkommen weitergegeben werden. Die Schwere dieser Schäden hängt von der verabreichten Dosis ab und reicht von leichten Störungen, die der Organismus nach kurzer Zeit von sich aus zurückbildet, bis zur tödlichen Wirkung.

Die mögliche Gefährdung der einzelnen Menschen und der ganzen Menschheit durch energiereiche Strahlen machen gesetzliche Schutzmaßnahmen erforderlich. In der Bundesrepublik Deutschland ist der Strahlenschutz durch entsprechende Gesetze geregelt. Darin werden die maximal zulässigen Bestrahlungsdosen und die hieraus abgeleiteten höchstzulässigen Konzentrationen radioaktiver Stoffe in der

Atemluft, im Trinkwasser und in den Nahrungsmitteln festgelegt. Der heute in bezug auf manche Fragen noch vorhandenen Unsicherheit der wissenschaftlichen Erkenntnis wird durch die Einschaltung ausreichender Sicherheitsfaktoren Rechnung getragen. Auf diese Weise werden durch die internationalen Empfehlungen für den Strahlenschutz und die entsprechenden gesetzlichen Regelungen in der Bundesrepublik Deutschland alle genetischen und somatischen Risiken in angemessener Weise berücksichtigt, so daß bei einer Beachtung dieser Vorschriften nach dem heutigen Erkenntnisstand weder der Einzelperson noch dem Volksganzen aus der Belastung durch energiereiche Strahlen nennenswerte Schäden erwachsen können.

8.4.13 Die Anwendungen der Radionuklide

Die natürlichen und künstlichen Radionuklide haben zu einer Fülle neuer wissenschaftlicher Erkenntnisse geführt; sie haben ferner mit großem Erfolg in der Medizin und auf vielen Gebieten der Technik praktische Verwendung gefunden. Einige Beispiele hierfür sollen im folgenden behandelt werden.

1. Die radioaktiven Altersbestimmungen

Mit Hilfe von radioaktiven Nukliden können Altersbestimmungen von Mineralien und archäologischen Funden durchgeführt werden. Die radioaktiven Atomkerne, die unabhängig von allen äußeren Einflüssen in gesetzmäßiger Weise zerfallen, stellen eine *geologische Uhr* dar, die eine Zeitskala über sehr lange Zeiten liefert.

Wenn ein Gegenstand zur Zeit seiner Entstehung $N(0)$ Kerne eines bestimmten Radionuklids enthält, so sind hiervon aufgrund des früher behandelten Grundgesetzes für den radioaktiven Zerfall (S. 863) nach der Zeit t noch

$$N(t)=N(0)\cdot e^{-\lambda t}$$

Kerne vorhanden.

Die in dieser Gleichung vorkommende Anzahl $N(0)$ der zu Anfang vorhanden gewesenen Kerne des Radionuklids kann experimentell nicht mehr ermittelt werden. Dagegen ist es möglich, die Anzahl $N(t)$ der gegenwärtig vorhandenen Kerne des betreffenden Nuklids experimentell zu bestimmen; das gleiche gilt für die Anzahl $D(t)$ der durch Zerfall im Laufe der Zeit t entstandenen Tochterkerne. Hierfür ergibt sich

$$D(t)=N(0)-N(t)=N(t)\cdot(e^{\lambda t}-1).$$

Aus dieser Gleichung kann die seit der Entstehung des Gegenstandes vergangene Zeit ermittelt werden Es ist

$$t=\frac{1}{\lambda}\cdot\ln\frac{D(t)+N(t)}{N(t)}.$$

Die folgende Tabelle enthält die wichtigsten Radionuklide, die zu Altersbestimmungen verwendet werden.

Zu Altersbestimmungen verwendete Radionuklide

Radionuklid	*Isotopenhäufigkeit* [%]	*Endprodukt des Zerfalls*	*Halbwertszeit* (in a)	*Zerfallskonstante* (in a^{-1})
$^{238}_{92}U$	99,27	$^{206}_{82}Pb$	$4{,}51\cdot 10^{9}$	$1{,}54\cdot 10^{-10}$
$^{235}_{92}U$	0,72	$^{207}_{82}Pb$	$7{,}13\cdot 10^{8}$	$9{,}80\cdot 10^{-10}$
$^{232}_{90}Th$	100	$^{208}_{82}Pb$	$1{,}39\cdot 10^{10}$	$4.99\cdot 10^{-11}$
$^{40}_{19}K$	0,012	$^{40}_{18}Ar$ (11 %) $^{40}_{20}Ca$ (89 %)	$1{,}27\cdot 10^{9}$	$5{,}03\cdot 10^{-10}$
$^{87}_{37}Rb$	27,85	$^{87}_{38}Sr$	$5{,}0\cdot 10^{10}$	$1{,}39\cdot 10^{-11}$
$^{14}_{6}C$	–	$^{14}_{7}N$	5730	$1{,}24\cdot 10^{-4}$

1.1. Das Uran-Blei-Alter

Bei dieser Altersbestimmung wird der Zerfall von

$$^{238}_{92}U \quad \text{in} \quad ^{206}_{82}Pb$$

bzw. von

$$^{235}_{92}U \quad \text{in} \quad ^{207}_{82}Pb$$

verwendet. Im ersten Fall nimmt die obige Gleichung für die Zeit t die Gestalt an:

$$t = \frac{1}{\lambda_{(U\,238)}} \cdot \ln \frac{D_{(Pb\,206)} + N_{(U\,238)}}{N_{(U\,238)}}.$$

Dabei bedeuten:
$\lambda_{(U\,238)}$ = Zerfallskonstante des Nuklids $^{238}_{92}U$,
$N_{(U\,238)}$ = Anzahl der in der Stoffprobe enthaltenen Kerne $^{238}_{92}U$,
$D_{(Pb\,206)}$ = Anzahl der in der Stoffprobe enthaltenen, radiogen entstandenen Kerne $^{206}_{82}Pb$.

Die Größen $N_{(U\,238)}$ und $D_{(Pb\,206)}$ können durch eine quantitative Analyse der Stoffprobe bestimmt werden. Dabei muß beim Blei berücksichtigt werden, daß schon von Anfang an gewöhnliches Blei und damit auch das Nuklid Pb 206 in dem Mineral vorhanden gewesen sein kann, während zur Altersbestimmung nur die radiogen entstandenen Kerne von Pb 206 verwendet werden können. Es gibt aber Möglichkeiten, um zwischen der Gesamtzahl der vorhandenen Kerne Pb 206 und dem radiogen gebildeten Anteil zu unterscheiden.

Da neben dem Nuklid $^{238}_{92}U$ in jeder Stoffprobe auch das Nuklid $^{235}_{92}U$ vorkommt, kann das Alter uranhaltiger Mineralien in analoger Weise auch auf der Grundlage des in der Stoffprobe enthaltenen U 235 und Pb 207 bestimmt werden. Es gilt die Gleichung:

$$t = \frac{1}{\lambda_{(U\,235)}} \cdot \ln \frac{D_{(Pb\,207)} + N_{(U\,235)}}{N_{(U\,235)}}.$$

Dabei bedeuten:
$\lambda_{(U\,235)}$ = Zerfallskonstante des Nuklids $^{235}_{92}U$,
$N_{(U\,235)}$ = Anzahl der in der Stoffprobe enthaltenen Kerne $^{235}_{92}U$,
$D_{(Pb\,207)}$ = Anzahl der in der Stoffprobe enthaltenen, radiogen entstandenen Kerne $^{207}_{82}Pb$.

Die beiden unabhängig voneinander durchführbaren Altersbestimmungen steigern die Zuverlässigkeit der Ergebnisse.

1.2. Das Kalium-Argon-Alter

Diese Altersbestimmung verwendet das instabile Kaliumisotop $^{40}_{19}K$, das zu 89% über einen Betazerfall nach der Formel

$$^{40}_{19}K \rightarrow {}^{40}_{20}Ca + {}^{0}_{-1}e$$

in Calcium übergeht und zu 11% über einen K-Einfang nach der Formel

$$^{40}_{19}K + {}^{0}_{-1}e \rightarrow {}^{40}_{18}Ar$$

das Edelgas Argon bildet.

Der zuerst genannte Zerfallsprozeß ist für eine Altersbestimmung nicht geeignet, weil Calcium als das fünfthäufigste Element der Erdkruste in so großen Mengen vorkommt, daß es unmöglich ist, die kleinen Mengen des radiogen gebildeten Calciums von dem primären Calcium in einer Gesteinsprobe zu unterscheiden.

Der Übergang des Radionuklids $^{40}_{19}K$ in das Edelgas Argon kann dagegen zur Altersbestimmung dienen. Man mißt mit dieser Methode die Zeit, die seit der Erstarrung des Gesteins vergangen ist. Von da ab konnte nämlich das radiogen gebildete Argon nicht mehr entweichen. Es kann ferner vorausgesetzt werden, daß in der Schmelze kein primäres Argon vorhanden war, das beim Erstarren des Gesteins hätte eingeschlossen werden können.

Die Altersberechnung erfolgt dann in der gleichen Weise wie bei den bisher genannten Verfahren. Diese Methode ist für sehr viel mehr Mineralien verwendbar als die vom Uran oder Thorium ausgehenden Methoden, weil Kalium ein viel stärker verbreitetes Element als Uran oder Thorium ist.

Es soll hier ein interessantes Ergebnis angegeben werden. Mit Hilfe der Kalium-Argon-Methode hat man das Alter von Fossilien aus dem Alter der sie einschließenden Sedimentschichten bestimmt. Dabei hat sich für die in ostafrikanischen Lavaschichten eingeschlossenen menschlichen Fossilien ergeben:

Das Alter der Menschheit beträgt mindestens 1,75 Millionen Jahre.

1.3. Das Radiokarbon-Alter

Diese Altersbestimmung verwendet das radioaktive Kohlenstoffisotop $^{14}_{6}C$, das in der Atmosphäre durch die kosmische Strahlung (vgl. S. 1010) aus dem Stickstoff der Luft nach der Gleichung

$$^{14}_{7}N + ^{1}_{0}n \rightarrow ^{14}_{6}C + ^{1}_{1}p$$

gebildet wird. Wegen der relativ kurzen Halbwertszeit der Kerne $^{14}_{6}C$ von 5730 Jahren ist diese Art der Altersbestimmung nur auf jüngere Objekte, deren Alter zwischen 1000 und 50000 Jahren liegt, anwendbar. Es kann angenommen werden, daß die Intensität der kosmischen Strahlung in den letzten 50000 bis 100000 Jahren konstant gewesen ist, so daß die Gleichgewichtskonzentration von $^{14}_{6}C$ in der Atmosphäre während dieser Zeit unverändert geblieben ist. Es läßt sich errechnen, daß auf der Erde etwa 80000 Tonnen $^{14}_{6}C$ vorhanden sind, die mit dem übrigen Kohlenstoff eine gleichmäßige Mischung bilden. Die spezifische Aktivität dieser Kohlenstoffmischung beträgt dann etwa 16 Zerfälle je Minute und je Gramm Kohlenstoff. Der radioaktive Kohlenstoff wird in Form von CO_2 von den Pflanzen assimiliert und gelangt über die Pflanzen auch in den Körper der Tiere und der Menschen. Solange die Organismen leben, besteht ein Gleichgewichtszustand mit der Umgebung, so daß die spezifische Aktivität des Kohlenstoffs in den Organismen ebenfalls 16 Zerfälle je Minute und je Gramm Kohlenstoff beträgt. Wenn aber das Lebewesen abstirbt, wird kein weiterer Kohlenstoff mehr aufgenommen und die spezifische Aktivität des in ihm enthaltenen Kohlenstoffs nimmt nach dem radioaktiven Zerfallsgesetz mit der Halbwertszeit von 5730 Jahren ab. Durch eine Messung der spezifischen Kohlenstoffaktivität kann also die Zeit ermittelt werden, die seit dem Ableben des untersuchten Materials vergangen ist. Auf diese Weise konnten Altersbestimmungen an Holz- und Knochenresten sowie an anderen archäologischen Funden durchgeführt werden. Wenn man die bei dieser Methode möglichen Fehlerquellen berücksichtigt und korrigiert, können die so gefundenen Ergebnisse als durchaus zuverlässig betrachtet werden.

Es gibt noch einige weitere Methoden zur radioaktiven Altersbestimmung. Jede dieser Methoden ist mit gewissen Unsicherheiten behaftet. Man ist deshalb immer bestrebt, mehrere Verfahren nebeneinander anzuwenden und die Ergebnisse miteinander zu vergleichen. Zusammenfassend kann man sagen, daß die heute durchgeführten Altersbestimmungen mit Hilfe von Radionukliden zu verläßlichen Zahlenangaben für die Erdgeschichte und die frühe Menschheitsgeschichte geführt haben. Als Gesamtergebnis aller dieser Verfahren hat sich folgende geologische Zeitskala ergeben:

Geologische Zeitskala aufgrund radioaktiver Altersbestimmungen

Zeitalter	*Formation*	*Zeit in Millionen Jahren*
Gegenwart		0
Erdneuzeit	Quartär	1
	Tertiär	70 ± 2
Erdmittelalter	Kreide	135 ± 5
	Jura	180 ± 5
	Trias	225 ± 5
Erdaltertum	Perm	270 ± 5
	Karbon	350 ± 5
	Devon	400 ± 5
	Silur	500 ± 15
	Kambrium	600 ± 20
Alter der Erde		4500 – 5000

2. Die radioaktiven Indikatoren

Unter einem Indikator versteht man einen Stoff, mit dem andere Stoffe markiert werden, damit sie auf ihrem Wege verfolgt und jederzeit wiedererkannt werden können. Indikatoren können sowohl stabile als auch radioaktive Nuklide sein. Die radioaktiven Indikatoren sind aber wesentlich wichtiger und finden eine sehr viel umfassendere Verwendung als die stabilen Indikatoren. Der Grund hierfür ist in der Tatsache zu sehen, daß sie wegen ihrer Strahlung jederzeit und teilweise ohne äußere Eingriffe leicht nachgewiesen und auf ihrer Wanderung durch organische oder anorganische Systeme verfolgt werden können.

Die Verwendung von Radionukliden als Indikatoren beruht darauf, daß die stabilen und die radioaktiven Isotope des gleichen chemischen Elementes in ihren chemischen und biologischen Eigenschaften im allgemeinen keine Unterschiede aufweisen. Der einzige Unterschied besteht vielmehr darin, daß die Radionuklide durch ihre Strahlung jederzeit erkennbar und von den stabilen Isotopen des gleichen Elementes unterscheidbar sind. Die durch radioaktive Indikatoren markierten Stoffe können mit Zugvögeln verglichen werden, bei denen einzelne Vögel durch Ringe am Bein gekennzeichnet sind. Die markierten Vögel erlauben es, den Schwarm der Zugvögel jederzeit zu identifizieren und auf seiner Wanderung zu verfolgen. In ähnlicher Weise können etwa die wegen der Malariaübertragung bekannten Anophelesmücken dadurch auf ihrem Wege verfolgt und in bezug auf ihre Flugweite untersucht werden, daß man eine gewisse Zahl von Versuchstieren auf dem Wege über die Nahrung mit geeigneten Radionukliden markiert.

Die zur Markierung verwendeten Atome eines Radionuklids verhalten sich bis zum Augenblick ihres Zerfalls ebenso wie die stabilen Atome des gleichen Elementes. Bei der radioaktiven Umwandlung gehen sie entweder in stabile Atome über, die für die Untersuchung keine Rolle mehr spielen, oder es entstehen Atome, die einer weiteren Kernumwandlung unterliegen und damit durch ihre Strahlung auch weiterhin erkennbar sein können. Im letzteren Falle muß das Nachweisverfahren so gewählt werden, daß es von den verschiedenen radioaktiven Zerfallsvorgängen nur den gewünschten anzeigt.

Die Indikatormethode hat heute in der Physik, Chemie, Biologie, Medizin, Technik usw. eine verbreitete und äußerst fruchtbare Anwendung gefunden. Als besonders aufschlußreich hat sie sich aber bei der Untersuchung von Vorgängen in lebenden Organismen erwiesen.

Um etwa den Weg eines Elementes (Natrium, Calcium, Phosphor usw.) in einem Lebewesen verfolgen und feststellen zu können, wie schnell es wandert, wo es abgelagert und wann es wieder ausgeschieden wird, muß man dem Körper Atome des betreffenden Elementes zuführen, die sich von den bereits im Organismus befindlichen Atomen des gleichen Elementes unterscheiden und die jederzeit wiedererkannt werden können. Hierzu genügen geringe, für den Organismus völlig unschädliche Mengen eines geeigneten radioaktiven Isotops. Diese Indikatormethode hat zu einer Fülle neuer Einsichten geführt. So war es möglich, aufschlußreiche Erkenntnisse über den Phosphorstoffwechsel in den Knochen, über den Stoffwechsel im Gehirn und in anderen Organen zu gewinnen sowie zahlreiche biologische und medizinische Fragen zu klären, die ohne Radionuklide gar nicht oder nur in unbefriedigender Weise bearbeitet werden konnten. Aber auch im Bereich der Physik, Chemie und Technik konnten zahlreiche Probleme, die sich vorher einer Untersuchung entzogen, mit Hilfe der radioaktiven Indikatoren gelöst werden. So läßt sich z.B. die Selbstdiffusion von Blei in der Weise untersuchen, daß man auf die Oberfläche einer Bleiplatte etwas radioaktives Blei bringt und die Platte einige Zeit sich selbst überläßt. Wenn man dann von der Bleiplatte parallel zur Oberfläche dünne Schichten ablöst und deren Radioaktivität mißt, so kann man feststellen, wie weit die radioaktiven Bleiatome in bestimmten Zeitintervallen in die Bleiplatte hineindiffundiert sind.

Die Anwendungsmöglichkeiten der Indikatormethode sind äußerst vielseitig. Auf weitere Einzelheiten kann hier aber nicht eingegangen werden.

3. Die Radionuklide in der Medizin

Die Verwendung von Radionukliden in der medizinischen Diagnostik und Therapie hat in den letzten Jahren rasch zugenommen. Dies bezieht sich in erster Linie auf die künstlichen Radioisotope, denn die natürlichen Radionuklide hatten schon bald nach ihrer Entdeckung Eingang in die Medizin gefunden. Am bekanntesten ist in diesem Zusammenhang das Radium, das vor allem bei der Krebsbekämpfung eine wichtige Rolle spielt. Bei dieser Radiumtherapie wird von den Gammastrahlen Gebrauch gemacht, die von dem Radium und seinen Folgeprodukten ausgehen. Der eigentliche Siegeszug der Radionuklide in der Medizin begann aber erst, als es den Physikern gelungen war, künstlich radioaktive Isotope von fast allen Elementen herzustellen und so der Medizin Stoffe zu liefern, die in bezug auf Art und Energie der ausgesandten Strahlung und die Halbwertszeit so verschieden waren, daß mit ihrer Hilfe die Bestrahlungsbedingungen in einem Umfang variiert werden konnten, der auf anderen Wegen kaum erreichbar war.

Die Anwendung der Radionuklide erfolgt auf verschiedene Weise. Die von ihnen ausgehende Strahlung kann *von außen* auf den Organismus wirken, oder die Stoffe können in den Körper eingeführt werden und ihre Wirkung *von innen* her entfalten. Dabei kann es sich um *geschlossene Präparate* handeln, bei denen sich der strahlende Stoff in einer festen Umhüllung befindet, die nur die Strahlung durchläßt, dagegen eine unmittelbare Berührung des Radionuklids mit dem Organismus verhindert. Ein Beispiel für solche geschlossenen Präparate sind die Radiumnadeln, bei denen das Radium in eine nadelförmige, sehr dünne Goldumhüllung eingeschlossen ist. Wenn die Geschwülste einer Bestrahlung von außen nicht zugänglich sind, so werden diese Nadeln in das erkrankte Körpergebiet eingestochen und geben dort ihre Strahlung ab. Die radioaktiven Substanzen können aber auch *in offener Form* dem Organismus zugeführt werden, um dann am Stoffwechselgeschehen des Körpers teilzunehmen.

Als besonders wichtig und erfolgversprechend hat sich in der Medizin die *Verabreichung radioaktiver Substanzen in offener Form* erwiesen. Dies kann durch Injektionen, über den Magen und Darm oder über die Atemwege erfolgen. Dabei verwendet man im allgemeinen die Radionuklide nicht im atomaren Zustand, sondern sie werden in anorganische oder organische Verbindungen eingebaut und in dieser Form dem Organismus zugeführt. Es ist heute möglich, eine sehr große Zahl solcher Verbindungen herzustellen. Die Strahlung der radioaktiven Atome wird durch ihren Einbau in eine chemische Verbindung nicht beeinflußt, so daß die Moleküle dieser Verbindungen nach dem Einbau radioaktiver Atome ebenfalls Strahlen aussenden und hieran mit Hilfe von Zählrohren leicht erkannt werden können. Im Organismus nehmen die so markierten Moleküle in der gleichen Weise wie die nichtstrahlenden Moleküle an den Stoffwechselvorgängen teil. Wenn die markierten Moleküle Gammastrahler sind, so kann ihr Weg durch den Organismus leicht verfolgt werden, indem man die verschiedenen Körperteile auf die von ihnen ausgehende Gammastrahlung untersucht. Auf diese Weise konnten wichtige Erkenntnisse über die Vorgänge im menschlichen Organismus gewonnen werden. Wir erwähnen hier nur als ein Beispiel von vielen, daß man einem kreislaufgesunden Menschen radioaktives Kupfer in geeigneter chemischer Verbindung in die rechte Armvene injiziert hat und dann feststellen konnte, daß es bereits 5 s später im linken Arm durch ein Zählrohr nachweisbar war. Damit war gezeigt, daß das Blut im Organismus viel schneller kreist, als man vor der Durchführung dieses Versuches angenommen hatte.

Die Nachweismethode für die im Organismus befindlichen Moleküle aufgrund ihrer Gammastrahlung ist *außerordentlich empfindlich*, weil die Zählrohre bereits auf sehr kleine Strahlendosen ansprechen. Für viele Untersuchungsverfahren kommt man deshalb mit sehr geringen Mengen radioaktiver Substanzen aus, was im Hinblick auf die Strahlengefährdung von großem Vorteil ist.

Die Radionuklide im atomaren Zustand oder in chemischen Verbindungen haben sich ferner als äußerst wichtige Hilfe bei der *Diagnostizierung von Organerkrankungen* erwiesen. Wie hierbei verfahren wird, erläutern wir anhand eines Beispieles:

Wenn man die *Funktion der Schilddrüse* untersuchen will, so verabreicht man dem Patienten mit der Nahrung oder in Form eines sog. *Iod-Cocktails* eine kleine Menge eines Iodsalzes, in das radioaktive Iodatome $^{131}_{53}J$ eingebaut sind, die unter Aussendung von Beta- und Gammastrahlen mit einer Halbwertszeit von 8 Tagen zerfallen. Dieses Iod gelangt über den Magen und Darm in die Blutbahn und wird dann z.T. von der Schilddrüse aufgenommen. Bringt man in der Nähe der Schilddrüse am Hals Zählrohre an, so kann die dort auftretende Gammastrahlung gemessen und hieraus die zu verschiedenen Zeiten in der Schilddrüse befindliche Iodmenge ermittelt werden. Dabei hat sich ergeben, daß unter normalen Umständen 3 bis 4% des zugeführten Iods in der Schilddrüse konzentriert werden. Bei einer Hypertrophie der Schilddrüse ist diese Menge erheblich größer und liegt etwa zwischen 30 und 70% des zugeführten Iods. Aber nicht nur derartig große Unterschiede können mit dem Zählrohr erkannt werden, sondern es sind auch sehr viel feinere Feststellungen möglich. Allgemein können wir sagen, daß aus der meßbaren Aufnahme und Abgabe des radioaktiven Iods in der Schilddrüse und dem zeitlichen Verlauf dieser Vorgänge sowie aus der Verteilung der radioaktiven Iodatome innerhalb der Schilddrüse wichtige diagnostische Schlüsse auf ihre Funktion und ihre eventuellen Erkrankungen gezogen werden können.

Dieses Beispiel mag genügen, um den Wert der Radionukliden für die medizinische Diagnostik deutlich werden zu lassen. Ebenso bedeutungsvoll ist aber auch die Verwendung von *Radionukliden in der Therapie*. Zum Verständnis dieser Tatsache bedarf es zunächst einiger Ausführungen über das Verhalten der dem Organismus zugeführten Stoffe. Wenn man den Weg der radioaktiven Atome im Körper genauer untersucht, so zeigt sich, daß sie sich in vielen Fällen nicht gleichmäßig über den Organismus verteilen, sondern daß sie in einzelnen Organen, den *kritischen Organen*, bevorzugt abgelagert und gespeichert werden. Durch diese *selektive Speicherung* werden dann die betreffenden Körperteile in erster Linie und am stärksten der Strahlung ausgesetzt. In dieser Tatsache liegt einer der großen Vorteile der Strahlentherapie mit Radionukliden, denn auf diese Weise kommen die radioaktiven Atome mit den Organen, in denen die selektive Speicherung erfolgt, in besonders engen Kontakt und können die dortigen Zellen mit ihrer Strahlung ohne absorbierende Zwischenmedien erreichen. Außer der selektiven Speicherung bestehen insofern noch weitere Unterschiede in der Ablagerung der radioaktiven Nuklide, als ihre Affinität zu kranken Geweben in vielen Fällen größer ist als zu gesunden. Wenn man dem Organismus z.B. radioaktiven Phosphor in Form eines Phosphates zuführt, so zeigt sich eine Konzentrierung des Phosphors in Geschwülsten. Wir geben auch hier einige Beispiele an.

Auf die starke Anreicherung von radioaktivem Iod in der *Schilddrüse* wurde bereits hingewiesen. Von dieser Tatsache wird bei der Strahlenbehandlung von Schilddrüsenerkrankungen Gebrauch gemacht.

Die *Knochensarkome* stellen bösartige Geschwülste dar, die mit radioaktivem Strontium behandelt werden können. Wenn man dieses Strontium dem Organismus zuführt, so zeigt sich, daß es in erster Linie in den Knochen angereichert wird, wobei der von einem Sarkom befallene Knochenteil eine noch größere Aufnahmefähigkeit besitzt als der gesunde Knochen. Auf diese Weise können also Bestrahlungen von Knochensarkomen erfolgen.

Es sind eine Fülle ähnlicher Beispiele bekannt, und ihre Zahl steigt von Jahr zu Jahr weiter an. Die Erfolge dieser Verfahren hängen im wesentlichen davon ab, wie weit es gelingt, die Radionuklide selektiv möglichst nur in den Organen und Geweben anzureichern, in denen man sie haben will. Im übrigen verlangt eine solche Behandlung ein großes Maß an Sorgfalt, wenn Gefahren vermieden werden sollen.

8.4.14 Die Kernkräfte

Wir haben bereits festgestellt, daß alle Atomkerne aus Protonen und Neutronen aufgebaut sind. Es ergibt sich nun die weitere Frage, welche Kräfte diese Nukleonen zusammenhalten, so daß trotz der gegenseitigen Abstoßung, die die Protonen wegen ihrer gleichartigen Ladung aufeinander ausüben, die meisten Atomkerne recht stabile Gebilde darstellen. Man könnte geneigt sein, hierfür die früher behandelten Gravitationskräfte verantwortlich zu machen, aber eine Prüfung zeigt, daß sie trotz der geringen Abstände zwischen den Nukleonen bei weitem nicht ausreichen würden, um die feste Bindung innerhalb der Atomkerne zu erklären. Auch magnetische Kräfte können für diesen Zusammenhalt nicht verantwortlich gemacht werden. Es müssen vielmehr innerhalb des Atomkernes Kräfte ganz anderer Art wirksam sein, als sie uns bisher begegnet sind. Man bezeichnet diese Kräfte als *Kernkräfte*. Wir stellen also fest:

Unter Kernkräften versteht man die den Zusammenhalt der Nukleonen bewirkenden Kräfte.

Die wesentlichen Eigenschaften der Kernkräfte sind:

1. Die Kernkräfte besitzen eine *sehr kleine Reichweite*. Diese liegt in der Größenordnung von 10^{-15} m. Durch diese Eigenschaft unterscheiden sich die Kernkräfte wesentlich von den Gravitationskräften und den elektrischen Kräften.

2. Die Kernkräfte zeigen *Absättigung*. Dies bedeutet, daß jedes Nukleon wegen der geringen Reichweite der Kernkräfte nur mit der begrenzten Zahl seiner nächsten Nachbarn in Wechselwirkung treten kann. Die Gravitationskräfte und die elektrischen Kräfte können dagegen weit über ihre unmittelbaren Nachbarn hinaus wirken. Bei Kernen mit der Massenzahl $A > 4$ ist die Absättigung aller Bindungen bereits erreicht, so daß dann nicht jedes Nukleon mit jedem anderen in Wechselwirkung steht. Dies wirkt sich in der Weise aus, daß die Bindungsenergie je Nukleon bei allen Kernen im Mittel gleich groß ist. Wir kommen hierauf später (S. 955) noch genauer zurück.

3. Die Kernkräfte besitzen *sehr große Beträge*. Die zwischen den Nukleonen wirkenden Gravitationskräfte und elektrischen Kräfte sind um viele Größenordnungen kleiner.

4. Die Kernkräfte sind *ladungsunabhängig*. Dies bedeutet, daß die zwischen den Nukleonenpaaren Proton-Proton, Proton-Neutron, Neutron-Neutron wirkenden Kernkräfte bei sonst gleichen Bedingungen den gleichen Betrag haben. Trotzdem kann die Gesamtkraft zwischen den genannten Nukleonenpaaren geringfügige Verschiedenheiten aufweisen, weil die elektrischen Kräfte zwischen den Ladungen und andere

Einflüsse hinzukommen. Diese zusätzlichen Kräfte sind aber im Vergleich zu den eigentlichen Kernkräften sehr klein.

5. Bei den Kernkräften handelt es sich um *Austauschkräfte*. Dies ist eine neue Art von Kräften, deren Zustandekommen nur mit Hilfe der Quantenmechanik verständlich gemacht werden kann. Die hierzu erforderlichen mathematischen Hilfsmittel stehen uns hier nicht zur Verfügung. Wir müssen uns deshalb darauf beschränken, eine anschauliche, modellmäßige Interpretation dieser Kräfte zu geben. Dabei spielen gewisse Elementarteilchen eine Rolle, die man als *Mesonen* bezeichnet. An späterer Stelle werden wir uns mit diesen Teilchen noch genauer beschäftigen. Hier genügen die folgenden Angaben:

Es gibt verschiedene Arten von Mesonen. Für die Atomkerne sind nur die

π-Mesonen oder *Pionen*

von Interesse. Man unterscheidet

positive π-Mesonen oder positive Pionen (Symbol: π^+),
negative π-Mesonen oder negative Pionen (Symbol: π^-),
neutrale π-Mesonen oder neutrale Pionen (Symbol: π^0).

Die elektrisch geladenen π-Mesonen sind Träger einer elektrischen Elementarladung.

In den Atomkernen laufen die folgenden Prozesse ab:

Ein Proton des Atomkernes gibt ein positives Pion ab und wird dabei zu einem Neutron. Ein Neutron des Atomkernes nimmt dieses Pion auf und wird zu einem Proton. Dieser Vorgang kann durch die nebenstehende Formel wiedergegeben werden.	$p^+ + \pi^0 \rightarrow n + \pi^+$ $n + \pi^+ \rightarrow p^+ + \pi^0$
Ein Neutron des Atomkernes gibt ein negatives Pion ab und wird dabei zu einem Proton. Ein Proton des Atomkernes nimmt dieses Pion auf und wird zu einem Neutron. Dieser Vorgang wird durch die nebenstehende Formel wiedergegeben.	$n + \pi^0 \rightarrow p^+ + \pi^-$ $p^+ + \pi^- \rightarrow n + \pi^0$

Durch die Mitwirkung der positiven und negativen Pionen wird die Ladung zwischen den Protonen und Neutronen der Atomkerne also dauernd hin- und hergetragen. Nach einer von dem japanischen Physiker H. YUKAWA (1907–1981) im Jahre 1935 entwickelten Theorie bewirkt ein solches dauerndes Ballspiel mit Pionen das Auftreten der Bindungskräfte in den Atomkernen. Man kann diesen Sachverhalt veranschaulichen, indem man sich eine Gruppe von Personen vorstellt, die sich ständig einen Ball hin und her zuwerfen. Aufgrund dieses Ballaustausches bilden die Personen eine zusammengehörige Gruppe. Mit Hilfe der Quantenmechanik konnte die Größe der die Protonen und Neutronen zusammenhaltenden Kräfte berechnet werden. Nach der Theorie von YUKAWA treten die Pionen im Atomkern gar nicht wirklich in Erscheinung, sie bleiben vielmehr virtuell. Die Bezeichnung virtuell bringt dabei zum Ausdruck, daß die kraftvermittelnden Pionen zwar potentiell vorhanden sind und unter geeigneten Umständen auch gebildet werden können, daß sie aber bei den Austauschvorgängen im allgemeinen nicht reell erkennbar werden. Ein emittiertes Pion wird innerhalb einer Zeit von höchstens 10^{-24} s wieder absorbiert. Die Rechnung zeigt weiter, daß zwischen zwei Nukleonen etwa 10^{20} Austauschvorgänge je Sekunde erfolgen.

Die virtuelle Existenz der Pionen in den Atomkernen ist inzwischen dadurch bestätigt worden, daß diese Teilchen durch den Beschuß gewisser Atomkerne mit genügend energiereichen Geschossen wirklich hergestellt werden können. Wir kommen hierauf später zurück.

Die Kräfte zwischen zwei Protonen bzw. zwischen zwei Neutronen können in analoger Weise durch den Austausch neutraler Pionen gedeutet werden. Wir stellen zusammenfassend fest:

Die Kernkräfte können als das Ergebnis eines zwischen den Nukleonen der Atomkerne erfolgenden dauernden Austausches von Mesonen betrachtet werden.

Die Deutung der Kernkräfte mit Hilfe von Mesonenaustauschvorgängen hat in neuerer Zeit eine experimentelle Bestätigung erfahren. Eine genauere Untersuchung der Protonen und Neutronen hat nämlich ergeben, daß es sich hierbei nicht um homogene, elementare Gebilde handelt, sondern daß beide Teilchen eine innere Struktur besitzen und aus noch kleineren Bausteinen, die man als *Quarks* bezeichnet, aufgebaut sind. Wir werden hierauf später (S. 1020) noch näher eingehen.

Es hat sich ferner gezeigt, daß auch die von YUKAWA postulierten Mesonen keine elementaren Gebilde sind, sondern daß sie – ebenso wie die Protonen und Neutronen – eine innere Struktur besitzen und auch aus Quarks aufgebaut sind.

Die Kernkräfte kommen letzten Endes durch die zwischen den Quarks wirkenden, äußerst starken Kräfte zustande. Auch die Quarkkräfte lassen sich als Austauschkräfte interpretieren: sie entstehen nämlich dadurch, daß zwischen den Quarks Teilchen ausgetauscht werden, die man als *Gluonen* bezeichnet.

Auch ohne auf das Zustandekommen der Kernkräfte näher einzugehen, können aufgrund ganz anderer Überlegungen zuverlässige Aussagen über die Energie, mit der die Nukleonen zusammengehalten werden, gemacht werden. Wir gehen dabei von folgenden Feststellungen aus:

Ein aus Z Protonen und N Neutronen zusammengesetzter Atomkern müßte eine Masse m haben, die sich aus der Formel

$$m = Z\,m_p + N\,m_n$$

ergibt, wobei m_p die Masse des Protons und m_n die Masse des Neutrons bedeuten. Aufgrund genauer Messungen hat sich ergeben:

$$m_p = 1{,}6726 \cdot 10^{-27}\,\text{kg} \quad \text{und} \quad m_n = 1{,}6749 \cdot 10^{-27}\,\text{kg}.$$

Die Masse des aus 2 Protonen und 2 Neutronen bestehenden Heliumkernes ${}^4_2\text{He}$ wäre nach der obigen Formel

$$2 \cdot 1{,}6726 \cdot 10^{-27}\,\text{kg} + 2 \cdot 1{,}6749 \cdot 10^{-27}\,\text{kg} = 6{,}6950 \cdot 10^{-27}\,\text{kg}.$$

Sehr genaue Messungen haben ergeben, daß der Heliumkern nur eine Masse von

$$m_{\text{He}} = 6{,}6447 \cdot 10^{-27}\,\text{kg}$$

hat. Es ergibt sich also:

Die Masse des Heliumkernes ist um

$$\Delta m = 0{,}0503 \cdot 10^{-27}\,\text{kg}$$

kleiner als die Massensumme seiner Bausteine.

Ähnliche Feststellungen ergeben sich bei allen anderen Atomkernen, so daß wir zu dem zunächst überraschenden Ergebnis kommen:

Beim Zusammenbau von Protonen und Neutronen zu einem Atomkern entsteht ein Massenverlust.

Die auftretende Massendifferenz bezeichnet man als den *Massendefekt der Atomkerne.*

Für den Massendefekt Δm gilt also:

$$\Delta m = Z\,m_p + N\,m_n - m.$$

Um zu einer Deutung des Massendefektes zu gelangen, muß man das EINSTEIN-*Gesetz über die Äquivalenz von Masse und Energie* (S. 711) heranziehen. Solange sich die Nukleonen noch nicht zu einem Kern vereinigt haben, ist die zwischen ihnen bestehende potentielle Energie verhältnismäßig groß. Bei gegenseitiger Annäherung wird die potentielle Energie kleiner, und sie erreicht ihren kleinsten Wert bei der Bindung der einzelnen Teilchen im Atomkern. Bei der Vereinigung von Protonen und Neutronen zu Atomkernen wird also Energie frei. Den gleichen Energiebetrag muß man aufwenden, wenn man die Bausteine wieder voneinander trennen will. Man nennt diese Energie deshalb auch *Bindungsenergie.* Der Verlust an potentieller Energie ist nun aufgrund des EINSTEIN-Gesetzes gleichzeitig mit einem Verlust an Masse verbunden, der sich in dem Massendefekt äußert. Wir können also sagen:

Zwischen der Bindungsenergie W und dem Massendefekt Δm eines Atomkernes besteht daher der Zusammenhang

$$W = \Delta m \cdot c^2.$$

Dabei bedeutet c die Vakuum-Lichtgeschwindigkeit.

Der experimentell mit großer Genauigkeit feststellbare Massendefekt der Atomkerne stellt also ein unmittelbares Maß für ihre Bindungsenergie dar.

Beispiel Für den *Heliumkern* ergibt sich die Bindungsenergie

$$W_{\mathrm{He}} = \Delta m \cdot c^2 = 0{,}0503 \cdot 10^{-27}\,\mathrm{kg} \cdot 2{,}997\,93^2 \cdot 10^{16}\,\mathrm{m^2\,s^{-2}}$$
$$= 0{,}453 \cdot 10^{-11}\,\mathrm{J} = 28{,}3\,\mathrm{MeV}.$$

Wir stellen also fest:

Bei dem Aufbau eines Heliumkernes aus zwei Protonen und zwei Neutronen wird die Bindungsenergie

$$W_{\mathrm{He}} = 28{,}3\,\mathrm{MeV}$$

frei. Auf jedes einzelne Nukleon entfällt in einem Heliumkern also die Bindungsenergie

$$W_{\mathrm{Nu}} \approx 7{,}1\,\mathrm{MeV}.$$

Umgekehrt muß die Energie von rund 28,3 MeV dem Heliumkern zugeführt werden, wenn man ihn in seine Bestandteile zerlegen will.

Da man heute die Massendefekte der meisten Atomkerne sehr genau kennt, kann man zuverlässige Aussagen über ihre Bindungsenergien machen. Dabei zeigt sich, daß die Energie, mit der das einzelne Nukleon an den Atomkern gebunden ist, nicht für alle Kernarten gleich groß ist, sondern daß sie eine für jede Kernart charakteristische Größe besitzt. Aus der Erfahrung hat sich ergeben:

Die Kernbindungsenergie beträgt im Mittel 7 bis fast 9 MeV je gebundenes Nukleon.

Wenn man die Kernbindungsenergie je Nukleon in ihrer Abhängigkeit von der Massenzahl A der Atomkerne untersucht, so zeigt sich, daß sie bei den leichten Kernen – abgesehen von einzelnen Schwankungen – mit wachsender Massenzahl zunimmt, daß sie beim Eisen ihren höchsten Wert erreicht, um dann bei den schweren Kernen wieder abzunehmen. In Abb. 917.1 ist die Bindungsenergie je Nukleon der einzelnen Atomkerne in ihrer Abhängigkeit von der Massenzahl A dargestellt. Aus dieser Darstellung ergibt sich:

Bei den mittleren Atomkernen mit etwa 40 bis 100 Nukleonen hat die Bindungsenergie mit rund 8,5 MeV je Nukleon ihren größten Wert. Sowohl nach den schweren als auch nach den leichten Kernen hin nimmt die Bindungsenergie je Nukleon ab.

Bei den schwersten Atomkernen ist die Bindungsenergie je Nukleon besonders klein. Eine genauere Durchrechnung zeigt, daß sie kaum ausreicht, um diese Kerne gegen die auseinandertreibende elektrische

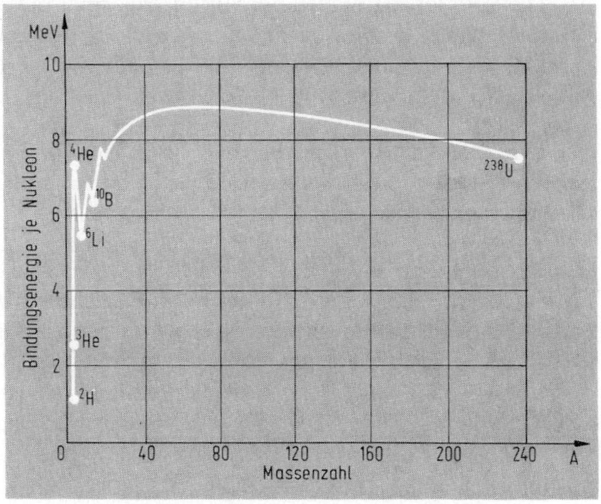

Abb. 917.1
Die Kernbindungsenergie je Nukleon in Abhängigkeit von der Massenzahl der Atomkerne

Abstoßungskraft der Protonen zusammenzuhalten. Daher genügt bei diesen Kernen bereits eine verhältnismäßig kleine Anregungsenergie, um sie in zwei Kerne mit mittleren Massenzahlen zu spalten. Da die Bindungsenergie je Nukleon bei den mittelschweren Kernen größer als bei den schweren ist, wird die Bindungsenergie bei einer solchen Spaltung vergrößert. Dies hat wiederum zur Folge, daß Energie nach außen frei wird. Hauptsächlich hierauf beruht die Gewinnung von Kernenergie durch *Spaltung schwerer Atomkerne*. Auch bei dem Zusammenbau leichter Atomkerne zu schwereren Kernen tritt – wie aus der Abbildung ersichtlich – eine Zunahme der Bindungsenergie je Nukleon ein, so daß auch bei diesem Vorgang Energie frei wird. Für den speziellen Fall des Heliums haben wir die frei werdende Energie oben berechnet. Auf dem Zusammenbau schwerer Atomkerne aus leichten Kernen beruht die Kernenergiegewinnung durch die *Verschmelzung* oder *Fusion leichter Atomkerne*.

Wir stellen abschließend fest:

Es gibt zwei Möglichkeiten zur Gewinnung von Kernenergie:

die Kernspaltung und die Kernverschmelzung oder Kernfusion.

In beiden Fällen werden Atomkerne mit kleinerer Bindungsenergie je Nukleon in Atomkerne mit größerer Bindungsenergie je Nukleon übergeführt.

Mit beiden Möglichkeiten werden wir uns in den nächsten Abschnitten genauer beschäftigen.

8.4.15 Die Kernspaltungen

Unter einer *Kernspaltung* versteht man die Zerlegung eines schweren Atomkernes in zwei mittelschwere Kerne und zwei oder drei Neutronen.

Solche Kernspaltungen können bei den schwersten Kernen von selbst eintreten. Man spricht dann von *Spontanspaltungen*. Die Spontanspaltungen sind aber sehr seltene Ereignisse. Die Halbwertszeiten sind bei den gleichen Nukliden für Spontanspaltungen erheblich größer als die Halbwertszeiten für den radioaktiven Zerfall.

Beispiel Für das Nuklid $^{238}_{92}U$ beträgt
die Halbwertszeit für Spontanspaltungen rund $8 \cdot 10^{15}$ a und
die Halbwertszeit für den Alphazerfall rund $4{,}5 \cdot 10^9$ a.
Dies bedeutet, daß auf eine Spontanspaltung etwa 2 Millionen Alphazerfälle kommen.

Die Erklärung für die Spontanspaltungen ergibt sich aus der Tatsache, daß die elektrostatische Abstoßung bei den schweren Atomkernen wegen der großen Protonenzahl etwa die gleiche Größe hat wie die den Kern zusammenhaltenden Kernkräfte, so daß die Stabilität des Kernes sehr geschwächt ist.

Die Spontanspaltungen der Atomkerne spielen wegen ihrer Seltenheit praktisch keine Rolle. Wir werden sie im folgenden deshalb nicht weiter beachten und uns auf diejenigen Kernspaltungen beschränken, die nur durch die Zufuhr einer gewissen Energie ausgelöst werden. Man bezeichnet diese Energie als die *Aktivierungsenergie*. Wir stellen fest:

Um Atomkerne zu spalten, muß diesen eine für die einzelnen Nuklide unterschiedliche Aktivierungsenergie zugeführt werden. Dies kann durch den Beschuß mit Neutronen, Protonen, Deuteronen, Alphateilchen oder Gammaquanten geschehen.

Als besonders geeignet haben sich Neutronen erwiesen, weil sie durch die COULOMB-Kräfte des Atomkernes nicht abgestoßen werden und deshalb leichter in den Kern eindringen können als Geschosse mit positiver Ladung. Mit genügend energiereichen Geschossen konnten zahlreiche Kerne, wie Blei, Quecksilber, Gold, Platin usw., gespalten werden.

Von besonderem Interesse ist die Spaltung gewisser schwerer Atomkerne mit Hilfe von *Neutronen*, weil sich hier eine Energiequelle von großer Ergiebigkeit eröffnet. Einige Zahlen werden dies später noch belegen.

Wenn wir heute in der Lage sind, Energie durch Spaltung schwerer Atomkerne zu gewinnen, so geht dies auf eine Entdeckung zurück, die O. HAHN (1879 – 1968) und F. STRASSMANN (1902 – 1980) im Jahre 1938 in Berlin gemacht haben. Diese beiden Forscher fanden nämlich, daß beim Beschuß von Uran mit Neutronen ein Urankern in zwei nahezu gleich große Bruchstücke gespalten werden kann. Damit war gezeigt, daß die obenerwähnte, mit einer großen Energieabgabe verbundene Kernspaltung praktisch durchführbar ist. Die Erfahrung zeigt weiter, daß bei jeder Kernspaltung neben den eigentlichen Kernbruchstücken noch durchschnittlich 2 bis 3 zusätzliche Neutronen frei werden.

Die Entdeckung der Spaltung des Urankernes in zwei nahezu gleich große Bruchstücke durch HAHN und STRASSMANN war für die Physiker eine große Überraschung, denn bis dahin hatte man es für unmöglich gehalten, daß bei Kernumwandlungen größere Stücke als Heliumkerne abgespalten werden können.

Eine genaue Untersuchung der bei der Beschießung von Uran mit Neutronen eintretenden Vorgänge zeigt, daß die verschiedenen Uranisotope sich gegenüber dem Neutronenbeschuß sehr verschieden verhalten. Das in der Natur vorkommende Uran besteht aus

$$99{,}2739\,\%\ {}^{238}_{92}\mathrm{U};\quad 0{,}7205\,\%\ {}^{235}_{92}\mathrm{U};\quad 0{,}0056\,\%\ {}^{234}_{92}\mathrm{U}.$$

Die letzte Art ist so selten, daß wir uns auf die beiden anderen Isotope beschränken können. Über das Verhalten der Neutronen gegenüber diesen Urankernen gibt der *Wirkungsquerschnitt* (vgl. S. 884) nähere Auskunft.

1. Die Urankerne ${}^{238}_{92}\mathrm{U}$

Der totale Wirkungsquerschnitt dieses Nuklids gegenüber Neutronen mit verschiedenen Energien ist in Abb. 919.1 dargestellt. Wie bereits dargelegt (S. 886), werden damit alle Wechselwirkungen zwischen den betreffenden Kernen und Neutronen erfaßt, d.h., es sind darin Einfang, Streuung und Spaltung enthalten. Es fällt der besonders große Wirkungsquerschnitt im Energiebereich zwischen 10 und 1000 eV auf, der vor allem Einfangvorgänge umfaßt. Für größere und kleinere Energien tritt mit einem erheblich kleineren Wirkungsquerschnitt in erster Linie Streuung auf. Lediglich im äußersten rechten Teil der Kurve, also bei Neutronenenergien von 1 MeV und mehr, sind in dem dargestellten totalen Wirkungsquerschnitt auch Spaltungen enthalten. Wenn wir die Wechselwirkungen zwischen ${}^{238}_{92}\mathrm{U}$ und Neutronen zusammenfassen, so ergibt sich also folgendes Bild:

a) Das Neutron kann von dem Atomkern *eingefangen* werden. Dieser Einfang ist für bestimmte Energiewerte zwischen 10 und 1000 eV besonders stark. Dabei entsteht ein neuer Kern, der radioaktiv ist und der unter Abspaltung eines Elektrons in ein neues Element übergeht, das *Neptunium* genannt wird. Dieses ist ebenfalls radioaktiv und gibt wiederum ein Elektron ab, wobei das Element *Plutonium* entsteht. Wir kommen auf diese Elemente noch zurück (S. 962) und beschränken uns hier darauf, die Formel für den Vorgang anzugeben, der sich beim Einfang eines Neutrons durch einen Kern ${}^{238}_{92}\mathrm{U}$ abspielt:

$${}^{238}_{92}\mathrm{U} + {}^{1}_{0}\mathrm{n} \rightarrow {}^{239}_{92}\mathrm{U} \xrightarrow[\text{strahlung}]{\text{Beta-}} {}^{239}_{93}\mathrm{Np} \xrightarrow[\text{strahlung}]{\text{Beta-}} {}^{239}_{94}\mathrm{Pu}.$$

b) Das Neutron kann *gestreut* werden, d.h., es kann unter Geschwindigkeitsverlust vom Kern reflektiert oder auf andere Weise aus seiner Bahn abgelenkt werden. Seine Energie sinkt so mit der Zeit auf die Energie thermischer Neutronen, die dem ${}^{238}_{92}\mathrm{U}$ gegenüber wirkungslos sind.

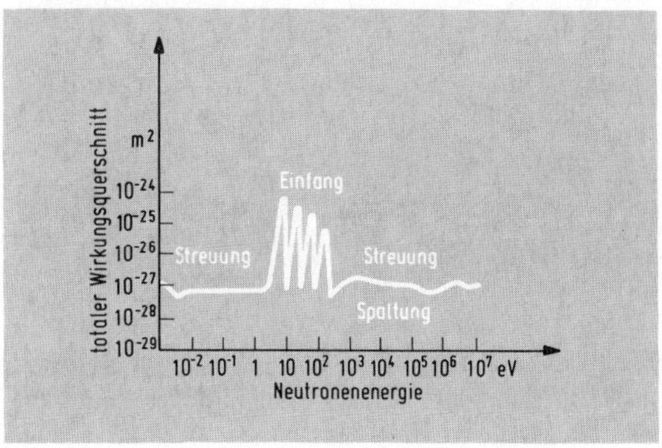

Abb. 919.1
Schematische Darstellung des totalen Wirkungsquerschnitts von ${}^{238}_{92}\mathrm{U}$ gegenüber Neutronen

c) Das Neutron kann zu einer *Spaltung des Kernes* ${}^{238}_{92}U$ führen. Dieser Fall tritt aber selten und nur bei hoher Energie der Neutronen ein.

2. Die Urankerne ${}^{235}_{92}U$

Der in Abb. 920.1 wiedergegebene totale Wirkungsquerschnitt dieses Nuklids gegenüber Neutronen verschiedener Energie zeigt, daß die Verhältnisse hier ganz anders als bei dem Nuklid ${}^{238}_{92}U$ liegen. Dies wird besonders deutlich, wenn man die gestrichelte Kurve betrachtet, die den Spaltungsquerschnitt noch einmal für sich allein darstellt. Man erkennt zunächst, daß der Wirkungsquerschnitt hier allgemein durchweg höher als bei ${}^{238}_{92}U$ liegt, wenn man von dem dort festgestellten Einfangbereich absieht. Es gilt also:

Die Kerne ${}^{235}_{92}U$ sind erheblich leichter durch Neutronen spaltbar als die Kerne ${}^{238}_{92}U$.

Die Kurve zeigt weiter:

Die Spaltung der Kerne ${}^{235}_{92}U$ kann sowohl durch schnelle als auch durch thermische Neutronen erfolgen; die thermischen Neutronen sind aber besonders wirksam.

Die Kernspaltung durch thermische Neutronen ist von großer praktischer Bedeutung, weil sie die Grundlage für die Gewinnung von Kernenergie in den Reaktoren bildet. Bei der Kernspaltung können sehr verschiedene Spaltprodukte entstehen. Wir beschränken uns auf die Angabe von zwei Beispielen:

$${}^{235}_{92}U + {}^{1}_{0}n \rightarrow {}^{236}_{92}U^* \begin{array}{l} \nearrow {}^{140}_{55}Cs^* \\ \searrow {}^{94}_{37}Rb^* \end{array} + 2\,{}^{1}_{0}n + 198\text{ MeV}; \qquad {}^{235}_{92}U + {}^{1}_{0}n \rightarrow {}^{236}_{92}U^* \begin{array}{l} \nearrow {}^{144}_{56}Ba^* \\ \searrow {}^{89}_{36}Kr^* \end{array} + 3\,{}^{1}_{0}n + 198\text{ MeV}.$$

Die Erfahrung hat gezeigt:

Bei allen Kernspaltungen gilt der Satz von der Erhaltung der elektrischen Ladungen.

Daher ist die Summe der Kernladungszahlen der Spaltprodukte gleich der Kernladungszahl des ungespaltenen Kernes (hier 92).

Ebenso ist die Zahl der Nukleonen vor und nach der Spaltung gleich groß.

Es sind bisher mehr als 250 Nuklide als Spaltprodukte identifiziert worden. Dabei handelt es sich um Isotope von Elementen, deren Ordnungszahlen zwischen $Z=30$ (Zink) und $Z=66$ (Dysprosium) und deren Massenzahlen zwischen 70 und 170 liegen. Es treten aber nicht alle Spaltprodukte gleich häufig auf. In Abb. 920.2 ist die prozentuale Häufigkeit der verschiedenen Spaltprodukte für die Spaltung von ${}^{235}_{92}U$ durch thermische

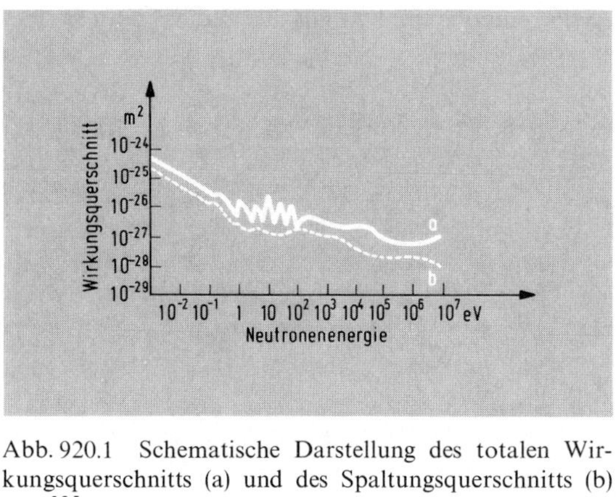

Abb. 920.1 Schematische Darstellung des totalen Wirkungsquerschnitts (a) und des Spaltungsquerschnitts (b) von ${}^{235}_{92}U$ gegenüber Neutronen

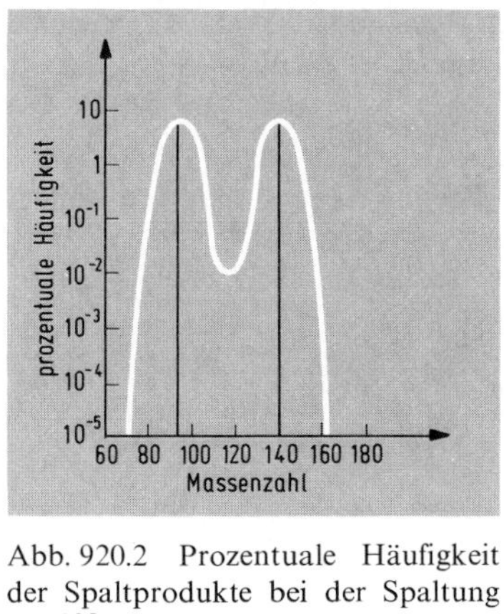

Abb. 920.2 Prozentuale Häufigkeit der Spaltprodukte bei der Spaltung von ${}^{235}_{92}U$ durch thermische Neutronen

Neutronen grafisch dargestellt. Bei der Spaltung anderer Kerne ergeben sich ähnliche Kurven. Man erkennt, daß bei den Massenzahlen 93 und 140 ausgeprägte Maxima auftreten. Dies bedeutet, daß Spaltungen, bei denen sich die Massenzahlen der Spaltfragmente etwa wie 2:3 verhalten, sehr viel häufiger vorkommen als solche mit Bruchstücken von gleicher oder fast gleicher Massenzahl.

Die bei der Spaltung von $^{235}_{92}U$ entstehenden Bruchstücke enthalten mehr Neutronen als die stabilen Isotope dieser Elemente, weil das Verhältnis zwischen der Neutronenzahl und der Protonenzahl bei schweren Kernen größer als bei mittelschweren Kernen ist. Das ist auch der Grund dafür, daß bei jeder Spaltung durchschnittlich 2 bis 3 Neutronen abgegeben werden. Aber auch hierdurch wird der Neutronenüberschuß, den die Spaltfragmente bei ihrer Entstehung haben, noch nicht beseitigt. Wegen des immer noch vorhandenen Neutronenüberschusses sind sie instabil. Unter Aussendung von Elektronen wandeln sie die überschüssigen Neutronen in Protonen um, und die Kerne gehen stufenweise in stabile Endprodukte über, wie dies die folgende symbolische Darstellung für einen Fall zeigt:

$$\begin{array}{ccccccc} & & ^{140}_{55}Cs^* \rightarrow {}^{140}_{56}Ba^* \rightarrow {}^{140}_{57}La^* \rightarrow {}^{140}_{58}Ce \text{ (stabil)} \\ & & \uparrow \\ ^{235}_{92}U + {}^{1}_{0}n \rightarrow & & ^{236}_{92}U^* + 2\,{}^{1}_{0}n \\ & & \downarrow \\ & & ^{94}_{37}Rb^* \rightarrow {}^{94}_{38}Sr^* \rightarrow {}^{94}_{39}Y^* \rightarrow {}^{94}_{40}Zr \text{ (stabil).} \end{array}$$

Eine Beschreibung der Kernspaltungen mit Hilfe einer anschaulichen Modellvorstellung für die Atomkerne wird später bei der Besprechung des *Tropfenmodells* gegeben (S. 955). Hier sollen noch einige abschließende Bemerkungen über die bei der Kernspaltung frei werdenden Energiebeträge gemacht werden. Diese lassen sich aus den auftretenden Massendefekten berechnen. Dabei ergibt sich:

Bei der Spaltung eines Kernes $^{235}_{92}U$ wird die Energie

$$W_{Sp} \approx 198 \text{ MeV}$$

frei.

Diese teilt sich in der folgenden Weise auf:

Kinetische Energie der Spaltprodukte	162 MeV
Kinetische Energie der Spaltneutronen	6 MeV
Energie der spontanen Gammastrahlung	7 MeV
Energie der Betastrahlung der Spaltprodukte	5 MeV
Energie der Gammastrahlung der Spaltprodukte	6 MeV
Neutrinoenergie der Spaltprodukte	12 MeV
	198 MeV

Es handelt sich hierbei um sehr große Energiebeträge. Um eine Vorstellung davon zu gewinnen, vergleichen wir die Energiebeträge, die

bei der Spaltung von 1 kg des Nuklids $^{235}_{92}U$ und
bei der Verbrennung von 1 kg Kohle

frei werden.

1. Um die bei der Spaltung von 1 kg des Nuklids $^{235}_{92}U$ frei werdende Energie zu berechnen, muß man beachten, daß in

235 kg des Nuklids $^{235}_{92}U$ rund $6 \cdot 10^{26}$ Atome

enthalten sind. Die bei der Spaltung von 1 kg frei werdende Energie beträgt also

$$W_1 \approx \frac{6 \cdot 10^{26}}{235} \cdot 198 \text{ MeV} \approx 5 \cdot 10^{26} \text{ MeV} \approx 80 \cdot 10^{12} \text{ J}.$$

2. Wenn man den Heizwert der Steinkohle mit rund $32 \cdot 10^6 \text{ J kg}^{-1}$ ansetzt, so ergibt sich bei der Verbrennung von 1 kg Steinkohle die Energie

$$W_2 \approx 32 \cdot 10^6 \text{ J}.$$

Hieraus folgt:

$$\frac{W_1}{W_2} \approx \frac{80 \cdot 10^{12}\,\mathrm{J}}{32 \cdot 10^{6}\,\mathrm{J}} \approx 2{,}5 \cdot 10^{6}.$$

Dies bedeutet:

Bei der vollständigen Spaltung des Nuklids $^{235}_{92}U$ wird rund 2,5millionenmal soviel Energie frei wie bei der Verbrennung der gleichen Menge Steinkohle.

Es soll ausdrücklich darauf hingewiesen werden, daß diese Energie nur frei wird, wenn *alle* Kerne gespalten werden. Dies ist aber weder bei dem Reaktor noch bei der Atombombe der Fall. Trotzdem kommt aber der Energiegewinnung durch Kernspaltungen eine große Bedeutung zu.

Die angegebenen Zahlen hängen letzten Endes mit der Tatsache zusammen, daß die chemische Bindungsenergie der Atome in den Molekülen und damit die Energieumsätze bei chemischen Reaktionen in der Größenordnung einiger Elektronvolt liegen, während die Bindungsenergie der Nukleonen in den Atomkernen und damit die Energieumsätze bei Kernreaktionen in der Größenordnung von einigen Millionen Elektronvolt liegen.

8.4.16 Die Kettenreaktionen

Wenn man die bei der Kernspaltung frei werdende Energie praktisch ausnutzen will, so muß in kurzer Zeit eine große Zahl von Urankernen gespalten werden. Dies läßt sich realisieren, weil bei jeder Kernspaltung, die durch ein einziges Neutron ausgelöst wird, sekundär durchschnittlich 2 bis 3 neue Neutronen entstehen. Es wird also das den Prozeß auslösende Neutron nicht nur durch ein neues ersetzt, sondern es werden zusätzlich weitere Neutronen geschaffen. Letztere können ihrerseits zu Kernspaltungen führen, vorausgesetzt, daß sie wirklich wieder einen Urankern treffen. Die anfängliche Spaltung eines einzelnen Kernes verursacht so eine rasch wachsende Zahl von Spaltungen. Es entsteht eine *atomare Kettenreaktion.* Eine schematische Darstellung der Kettenreaktion zeigt Abb. 922.1 Solche Kettenreaktionen sind die Voraussetzung für die Gewinnung der Kernenergie in den später zu besprechenden *Kernreaktoren* sowie für den Bau von *Atombomben.*

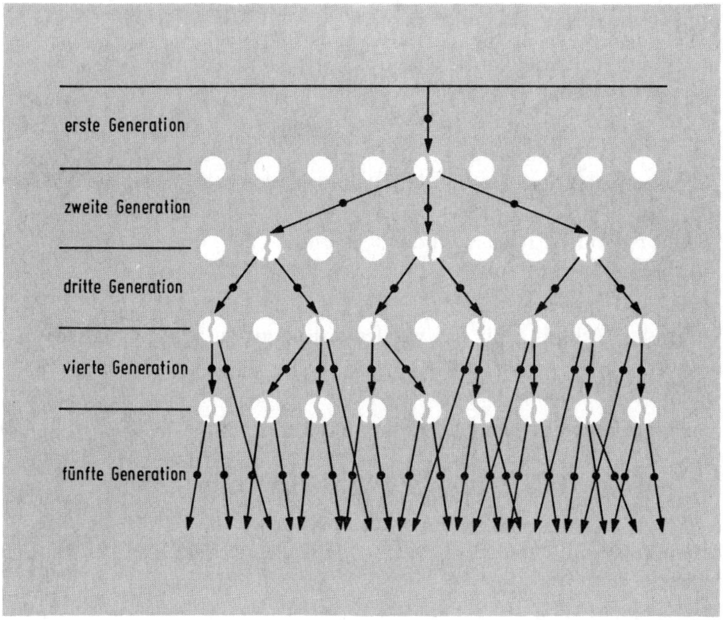

Abb. 922.1
Schematische Darstellung der Neutronenzunahme bei einer Kettenraktion

Um den Ablauf einer Kettenreaktion zahlenmäßig erfassen zu können, hat man den Begriff des *Multiplikations-* oder *Vermehrungsfaktors k* eingeführt.

Unter dem Multiplikations- oder Vermehrungsfaktor *k* versteht man die Zahl, die angibt, um welchen Faktor sich die Anzahl der eine neue Spaltung hervorbringenden Neutronen von Generation zu Generation im Mittel vermehrt.

Beispiel Zu einem bestimmten Zeitpunkt mögen gerade 100 Neutronen zu einer Kernspaltung führen. Hierbei entstehen 200 bis 300 neue Neutronen; bei Uran 235 sind es im Mittel 256. Von diesen mögen 140 durch die Oberfläche entweichen oder durch andere Kerne weggefangen werden, während die restlichen 116 Neutronen neue Spaltungen herbeiführen. Von einer Generation zur nächsten sind also aus 100 wirksamen Neutronen 116 geworden. Der Multiplikationsfaktor ist daher in diesem Falle $k=1{,}16$.

Der Multiplikationsfaktor bestimmt den Ablauf der Kettenreaktion. Dabei sind drei Fälle zu unterscheiden:

1. Der Multiplikationsfaktor ist größer als 1

Die Neutronenzahl nimmt von Generation zu Generation zu. Da die Lebensdauer eines Neutrons, d.h. die Zeit zwischen seiner Entstehung und der von ihm bewirkten Spaltung, außerordentlich kurz ist – sie liegt je nach der Geschwindigkeit des Neutrons zwischen 10^{-5} s und 10^{-9} s –, folgen die Spaltungsgenerationen sehr rasch aufeinander und die Zahl der Neutronen wächst in geometrischer Folge rasch auf hohe Werte an, auch wenn der Multiplikationsfaktor nur wenig über 1 liegt. Auf diese Weise kann in Bruchteilen einer Sekunde fast die gesamte Uranmenge unter Abgabe sehr großer Energiemengen gespalten werden. Dieser Fall liegt bei der *Atombombe* vor.

2. Der Multiplikationsfaktor ist gleich 1

Die Neutronenzahl bleibt konstant, d.h. von den bei jeder vollzogenen Spaltung entstehenden Neutronen führt ein Neutron wieder zu einer Spaltung, während die übrige Neutronenproduktion weggefangen wird. Eine solche *gesteuerte Kettenreaktion* befindet sich im Gleichgewicht. Dieser Zustand ist bei dem stationären Betrieb eines *Kernreaktors* vorhanden.

3. Der Multiplikationsfaktor ist kleiner als 1

Die Neutronenzahl nimmt von Generation zu Generation ab. Damit wird auch die Zahl der Kernspaltungen geringer. Es findet *keine Kettenreaktion* statt, oder eine vor dem Eintreten dieses Zustandes bestehende *Kettenreaktion erlischt.*

Es ist für den Betrieb eines Kernreaktors wichtig, daß es möglich ist, eine Kettenreaktion zu steuern, d.h., sie je nach Wunsch schneller oder langsamer ablaufen zu lassen oder sie zum Absterben zu bringen. Wir werden noch sehen, daß dies durch die *Neutronenfänger* geschieht. Dabei handelt es sich um Stoffe, die Neutronen gut absorbieren. Wenn man wechselnde Mengen dieser Stoffe zwischen die spaltbaren Urankerne bringt, kann man die Produktion der Neutronen steuern.

Für den Ablauf der *Kettenreaktion in einem Kernreaktor* gilt:

Beim Einschalten des Reaktors muß die Kettenreaktion zunächst bis zu der gewünschten Leistung gesteigert werden ($k>1$). Dann muß sie stationär weiterlaufen ($k=1$). Wenn der Reaktor abgeschaltet werden soll, muß man die entstehenden Neutronen soweit wegfangen, daß die Zahl der Spaltungen von Generation zu Generation kleiner wird ($k<1$). Schließlich kann ein Reaktor von einem Leistungsniveau auf ein anderes umgeschaltet werden. Dazu muß der Multiplikationsfaktor *k* kurze Zeit ein wenig vergrößert oder verkleinert und dann wieder exakt auf dem Wert 1 gehalten werden.

Auf eine weitere für das Zustandekommen einer Kettenreaktion entscheidende Voraussetzung muß noch hingewiesen werden. Die bei einer Kettenreaktion erzeugten Neutronen entweichen zum Teil aus der zu spaltenden Substanz, ohne einen Kern getroffen zu haben. Eine solche Möglichkeit besteht bei den Neutronen besonders leicht, weil diese ein großes Durchdringungsvermögen haben und wegen ihrer elektrischen Neutralität durch die Ladungen der Atome nicht beeinflußt werden. Wenn die Zahl der auf diese Weise wirkungslos nach außen gelangenden Neutronen zu groß ist, so kann keine Kettenreaktion zustande kommen. Eine einfache mathematische Überlegung zeigt, daß der prozentuale Neutronenverlust wegen des Entweichens durch die Oberfläche um so geringer ist, je größer die Masse der zu spaltenden Substanz ist, weil das Volumen eines Körpers bei zunehmender Masse schneller als seine Oberfläche wächst. So wissen wir aus dem Mathematikunterricht, daß die Oberfläche einer Kugel mit dem Quadrat des Radius, ihr Volumen dagegen mit der dritten Potenz des Radius zunimmt. In der Tat zeigt die Erfahrung, daß bei zu geringen Massen an spaltbarer Substanz keine Kettenreaktion zustande kommt, weil zu viele Neutronen durch die Oberfläche entweichen, ohne eine Spaltung bewirkt zu haben.

Unter der kritischen Masse einer spaltbaren Substanz versteht man die für das Zustandekommen einer Kettenreaktion erforderliche Mindestmasse.

Bei dem Nuklid $^{235}_{92}U$ beträgt diese kritische Masse rund 50 kg. Das entspricht einer Kugel mit einem Radius von 8,5 cm. Es gibt aber verschiedene Maßnahmen, durch die man die kritische Masse bedeutend verkleinern kann.

8.4.17 Die Kernreaktoren

Im folgenden sollen die Fragen und Probleme untersucht werden, die bei der kontrollierten Energiegewinnung durch Kernspaltungen auftauchen. Wir kommen damit zur Besprechung der Anlagen, die heute bereits an vielen Stellen der Welt in Tätigkeit sind und die in Zukunft in immer stärkerem Maße dazu beitragen werden, den ständig wachsenden Energiebedarf der Menschheit zu decken.

Anlagen, die aufgrund einer gesteuerten Spaltung von Atomkernen Energie zu gewinnen gestatten, bezeichnet man als Kernreaktoren, Atomreaktoren oder kurz als Reaktoren.

Die physikalischen Grunderscheinungen, durch die die Vorgänge in einem Kernreaktor bestimmt werden, sind in den vorhergehenden Abschnitten bereits so weitgehend besprochen worden, daß die Wirkungsweise der Kernreaktoren nunmehr verstanden werden kann. Bevor wir uns mit der Besprechung der wichtigsten Reaktortypen beschäftigen, sollen die wesentlichen Bauelemente dieser Anlagen unter Hervorhebung der wichtigsten physikalischen Gesichtspunkte zusammengestellt werden.

1. Der Reaktorbrennstoff

Unter dem *Brennstoff* oder dem *Kernbrennstoff* versteht man diejenigen Teile des Reaktors, in dem die eigentlichen *spaltbaren Substanzen* oder *Spaltstoffe* enthalten sind. Wir setzen fest:

Unter Spaltstoffen oder spaltbaren Substanzen versteht man diejenigen schweren Nuklide, die mit großem Wirkungsquerschnitt durch thermische Neutronen unter gleichzeitiger Freisetzung von Energie und neuen Neutronen in zwei mittelschwere Bruchstücke gespalten werden können.

Nuklide, die im wesentlichen nur durch schnelle Neutronen gespalten werden können, wie etwa $^{238}_{92}U$, sollen nicht als Spaltstoffe bezeichnet werden.

Unter den Spaltstoffen sind die drei folgenden Nuklide von besonderer Bedeutung:

$$^{235}_{92}U; \quad ^{233}_{92}U; \quad ^{239}_{94}Pu.$$

$^{235}_{92}U$ kommt im natürlichen Uran vor und kann hieraus durch technisch schwierige Verfahren gewonnen werden.

$^{233}_{92}U$ kommt in der Natur praktisch nicht vor. Es kann aber aus dem in der Natur vorkommenden $^{232}_{90}Th$ durch Beschuß mit schnellen Neutronen nach der Formel

$$^{232}_{90}Th\,(n,\gamma)\,^{233}_{90}Th \xrightarrow[\text{zerfall}]{\text{Beta-}} {}^{233}_{91}Pa \xrightarrow[\text{zerfall}]{\text{Beta-}} {}^{233}_{92}U$$

hergestellt werden.

$^{239}_{94}Pu$ gehört in die Gruppe der künstlich hergestellten Transurane, über die später noch genauere Ausführungen gemacht werden. Es entsteht im Kernreaktor nach der Formel

$$^{238}_{92}U(n,\gamma)\,^{239}_{92}U \xrightarrow[\text{zerfall}]{\text{Beta-}} {}^{239}_{93}Np \xrightarrow[\text{zerfall}]{\text{Beta-}} {}^{239}_{94}Pu\,.$$

Wenn nun im einzelnen geprüft wird, wie der Brennstoff eines Reaktors beschaffen sein muß und welche Stoffe hierfür in Frage kommen, so ist als wichtigste Eigenschaft zu beachten:

Der Brennstoff eines Kernreaktors muß so beschaffen sein, daß in ihm eine Kettenreaktion ablaufen kann.

Es soll nun untersucht werden, ob diese Bedingung für die verschiedenen Uranisotope und ihre Mischungen erfüllt ist.

a) Das Nuklid $^{238}_{92}U$

Eine genaue Auswertung des in Abb. 919.1 wiedergegebenen totalen Wirkungsquerschnittes des Nuklids $^{238}_{92}U$ ergibt, daß diese Kerne einen so hohen Einfangquerschnitt und einen so kleinen Spaltungsquerschnitt haben, daß die für eine sich selbst unterhaltende Kettenreaktion erforderliche ausgeglichene Neutronenbilanz nicht erreicht werden kann. Wir stellen deshalb fest:

In dem reinen Nuklid $^{238}_{92}U$ kann keine Kettenreaktion ablaufen. Es ist deshalb als Kernbrennstoff und als Spaltstoff ungeeignet.

b) Das Nuklid $^{235}_{92}U$

Es wurde früher schon darauf hingewiesen, daß dieses Nuklid durch schnelle und durch thermische Neutronen gespalten werden kann, daß aber thermische Neutronen einen erheblich günstigeren Wirkungsquerschnitt haben (Abb. 920.1). Kernreaktoren mit dem reinen Nuklid $^{235}_{92}U$ als Brennstoff werden aber praktisch nicht eingesetzt, weil die Neutronenproduktion so stark ist, daß die Kettenreaktion nur schwer gesteuert werden kann. Wir merken uns also:

In dem reinen Nuklid $^{235}_{92}U$ kann eine Kettenreaktion ablaufen. Es wird aber als Kernbrennstoff nicht verwendet, weil die Kettenreaktion wegen einer zu starken Neutronenproduktion nur schwer gesteuert werden kann.

c) Das natürliche Uran

Das natürliche Uran enthält rund

0,7% des Nuklids $^{235}_{92}U$ und 99,3% des Nuklids $^{238}_{92}U$.

Um festzustellen, ob das natürliche Uran als Reaktorbrennstoff geeignet ist, untersuchen wir, was mit einem Neutron in einem genügend großen Stück dieses Materials geschehen kann. Es bestehen vier Möglichkeiten:

c_1) Solange das Neutron eine hohe Energie hat, ist es zwar *grundsätzlich* in der Lage, einen der zu über 99% vorhandenen Kerne von $^{238}_{92}U$ zu spalten. Wegen der schweren Spaltbarkeit dieser Urankerne wird der Fall jedoch so selten eintreten, daß wir ihn nicht weiter zu berücksichtigen brauchen.

c_2) Viel häufiger ist ein elastischer Stoß an einem solchen Urankern unter Geschwindigkeitsverlust. 90% aller Neutronen verringern auf diese Weise ihre Energie.

c_3) Die verlangsamten Neutronen können von dem $^{238}_{92}U$ eingefangen werden. Dieser Einfang ist für bestimmte Energiebereiche (32, 22 und 6,7 eV) besonders stark. Solche eingefangenen Neutronen sind für den weiteren Prozeß verloren.

c_4) Das Neutron kann einen der seltenen Kerne $^{235}_{92}U$ treffen und eine Spaltung herbeiführen. Dieser Vorgang tritt besonders bei thermischen Neutronen auf. Hierbei werden neue Neutronen erzeugt, die den Prozeß aufrechterhalten.

Es kommt darauf an, die verschiedenen Möglichkeiten so aufeinander abzustimmen, daß das Verhältnis der verschluckten und der erzeugten Neutronen zu dem gewünschten Multiplikationsfaktor führt. Das ist aber bei natürlichem Uran nicht ohne weiteres möglich, weil das $^{238}_{92}U$ wegen seiner viel größeren Häufigkeit erheblich mehr Neutronen verschluckt, als durch Spaltungen neu erzeugt werden können. Es gibt aber einen einfachen Ausweg aus dieser Schwierigkeit. Die besonderen Gefahrenbereiche für den Einfang von Neutronen durch $^{238}_{92}U$ liegen bei 32 eV, 22 eV und 6,7 eV. Wenn man nun die energiereichen Neutronen durch rasches Abbremsen unter diese Gefahrenbereiche herunterbringt, bevor ein Einfang erfolgt ist, so kann man den Neutronenverlust ausreichend verringern und hat außerdem die Spaltfähigkeit der Neutronen gegenüber $^{235}_{92}U$ erhöht. Die Abbremsung der Neutronen geschieht mit Hilfe der *Moderatoren.* Die Neutronen werden an den Kernen der Moderatoratome gestreut und geben dabei einen Teil ihrer Energie an diese Kerne ab. Wir stellen zusammenfassend fest:

In dem natürlichen Uran kann nur bei dem Vorhandensein eines Moderators eine Kettenreaktion ablaufen. Das natürliche Uran ist deshalb nur in Verbindung mit einem Moderator als Kernbrennstoff geeignet. Der Spaltstoff ist dabei das Nuklid $^{235}_{92}U$.

d) Das angereicherte Uran

Unter angereichertem Uran versteht man eine Mischung von Uranisotopen, die einen höheren Prozentsatz des Nuklids $^{235}_{92}U$ als das in der Natur vorkommende Uran enthält. Wenn Uran etwa auf 30% angereichert ist, so entfallen auf 70 Kerne des Nuklids $^{238}_{92}U$ jeweils 30 Kerne des Nuklids $^{235}_{92}U$.

Um die Brauchbarkeit des angereicherten Urans als Reaktorbrennstoff zu untersuchen, erinnern wir an die Darlegungen über das natürliche Uran. Da die Zahl der leicht spaltbaren Kerne von $^{235}_{92}U$ gegenüber dem natürlichen Uran vergrößert worden ist, wird die Neutronenbilanz verbessert. Die Folge davon ist, daß an den Moderator nicht mehr so hohe Anforderungen gestellt zu werden brauchen wie bei dem natürlichen Uran. Das hat mancherlei technische Vorteile. Wir halten fest:

In dem angereicherten Uran kann nur bei dem Vorhandensein eines Moderators eine Kettenreaktion ablaufen. Das angereicherte Uran ist deshalb nur in Verbindung mit einem Moderator als Kernbrennstoff geeignet. An den Moderator werden hier aber geringere Anforderungen als bei dem natürlichen Uran gestellt. Der Spaltstoff ist das Nuklid $^{235}_{92}U$.

e) Das Nuklid $^{233}_{92}U$

Dieses Uranisotop kommt in der Natur praktisch nicht vor. Es kann aber aus dem in der Natur vorkommenden $^{232}_{90}Th$ durch Beschuß mit schnellen Neutronen nach der oben angegebenen Formel

$$^{232}_{90}\mathrm{Th}\,(n,\gamma)\,^{233}_{90}\mathrm{Th} \xrightarrow[\text{zerfall}]{\text{Beta-}} {}^{233}_{91}\mathrm{Pa} \xrightarrow[\text{zerfall}]{\text{Beta-}} {}^{233}_{92}\mathrm{U}$$

hergestellt werden.

Es gilt:

Das Nuklid $^{233}_{92}U$ verhält sich in bezug auf die Spaltbarkeit wie das Nuklid $^{235}_{92}U$. Es kann daher als Spaltstoff verwendet werden.

Auf Einzelheiten kommen wir später im Zusammenhang mit dem Vorgang des Brütens zurück (S. 937).

f) Das Nuklid $^{239}_{94}Pu$

Das Element Plutonium kommt ebenfalls in der Natur nicht vor. Es entsteht im Kernreaktor aus dem Nuklid $^{238}_{92}U$ durch Beschuß mit schnellen Neutronen nach dem oben angegebenen Prozeß

$$^{238}_{92}\mathrm{U}\,(n,\gamma)\,^{239}_{92}\mathrm{U} \xrightarrow[\text{zerfall}]{\text{Beta-}} {}^{239}_{93}\mathrm{Np} \xrightarrow[\text{zerfall}]{\text{Beta-}} {}^{239}_{94}\mathrm{Pu}\,.$$

Auch für dieses Nuklid gilt:

Das Nuklid $^{239}_{94}Pu$ verhält sich in bezug auf die Spaltbarkeit wie das Nuklid $^{235}_{92}U$. Es ist daher als Spaltstoff geeignet.

Dieses Nuklid spielt – ebenso wie das Nuklid $^{233}_{92}U$ – bei den Brutreaktoren eine wichtige Rolle (vgl. S. 937).

2. Der Moderator

Es wurde schon dargelegt, daß man für den Betrieb eines Reaktors einen Moderator benötigt. Bei der Auswahl der Moderatoren sind die folgenden Gesichtspunkte zu beachten:

Die Abbremsung der Neutronen erfolgt durch Streuung an den Atomkernen des Moderators. Die Wirkung des Moderators ist um so besser, je größer die Wahrscheinlichkeit ist, daß solche Streuungen wirklich eintreten. Dazu muß der Moderator einen möglichst großen *elastischen Streuquerschnitt* (S. 886) haben. Andererseits können die Neutronen bei einem Zusammentreffen mit den Kernen des Moderators auch eingefangen werden. Dieser Einfang muß im Kernreaktor möglichst niedrig gehalten werden, weil hierdurch Neutronenverluste auftreten, die sich nachteilig auf die Kettenreaktion auswirken können. Der für den Einfang maßgebende *Einfangquerschnitt* (S. 886) des Moderators muß deshalb möglichst klein sein. Schließlich ist es gut, wenn die gewünschte Abbremsung möglichst schnell, d.h. mit möglichst wenig Stößen, erreicht wird, weil auch dadurch die Gefahr von Neutronenverlusten verringert wird. Die Energieübertragung bei elastischen Streuungen ist aber am größten, wenn die Stoßpartner gleiche oder nahezu gleiche Massen haben. Deshalb sollen die Massen der Moderatorkerne der Neutronenmasse möglichst nahe kommen. Man muß also leichte Atomkerne verwenden. Durch die drei Forderungen

eines möglichst großen elastischen Streuquerschnitts,
eines möglichst kleinen Einfangquerschnitts und
einer möglichst kleinen Massenzahl,

ist die Auswahl unter den Atomkernen bereits so weit eingeschränkt, daß nur sehr wenige Moderatorsubstanzen für den praktischen Gebrauch übrig bleiben. In Kernreaktoren finden vorwiegend folgende Moderatoren Verwendung:

1. *Graphit.* Die Abbremsung erfolgt an den Kohlenstoffkernen des Graphits.

2. *Schwerwasser* oder *Deuterium.* Die Abbremsung erfolgt an den Kernen des Deuteriums, d.h. an den *Deuteronen.*

3. *Leichtwasser* oder *gewöhnliches Wasser.* Die Abbremsung erfolgt an den Wasserstoffkernen, d.h. an den Protonen.

In der folgenden Tabelle sind einige Zahlen angegeben, die es möglich machen, die genannten Stoffe in bezug auf ihre Brauchbarkeit als Moderatoren miteinander zu vergleichen.

Moderator	Wasserstoff (^1_1H)	Deuterium (^2_1D)	Kohlenstoff ($^{12}_6C$)
Erforderliche Stoßzahl zur Überführung eines schnellen in ein thermisches Neutron	18	25	114
Einfangquerschnitt für thermische Neutronen (in 10^{-28} m^2)	0,325	0,0005	0,005

Aus dieser Tabelle erkennt man, daß ein schnelles Neutron im Mittel 18 Zusammenstöße mit einem Wasserstoffkern erfahren muß, um zu einem thermischen Neutron zu werden, und daß die Zahl der für diese Umwandlung erforderlichen Stöße mit zunehmender Masse der Moderatoratome rasch ansteigt. Wenn wir lediglich diese Tatsache beachten, wäre also *gewöhnliches Wasser* der beste Moderator. Dies ist aber nicht unbedingt richtig, weil der Einfangquerschnitt gegenüber Neutronen bei den Wasserstoffkernen sehr groß ist, so daß also ein hoher Prozentsatz der entstehenden Neutronen für die Spaltung verlorengeht. Man kann deshalb gewöhnliches Wasser nur als Moderator verwenden, wenn ein ausreichender Überschuß an Neutronen produziert wird. Das ist aber nur der Fall, wenn es sich um angereichertes Uran handelt. Bei natürlichem Uran würde der starke Einfang von Neutronen durch gewöhnliches Wasser zu einem Absterben der Kettenreaktion führen. Die Tabelle zeigt, daß man dann zweckmäßig *schweres Wasser* verwendet. Der Einfangquerschnitt der Deuteronen gegenüber Neutronen ist besonders klein, und die Zahl der erforderlichen Stöße hält sich ebenfalls in sehr annehmbaren Grenzen. Schweres Wasser ist daher ein besonders guter Moderator, hat aber den Nachteil, daß es relativ teuer ist. Aus diesem Grunde wird in vielen Fällen Kohlenstoff in Form von Graphit benutzt. Aus der Tabelle ersehen wir, daß er nicht so wirksam wie schweres Wasser ist; er hat aber den Vorteil, daß er billiger ist. Wir können also zusammenfassend feststellen:

Da das natürliche Uran einen besonders guten Moderator erfordert, verwendet man bei Reaktoren, die mit natürlichem Uran als Brennstoff betrieben werden, als Moderatoren schweres Wasser oder Kohlenstoff.
Bei angereichertem Uran ist gewöhnliches Wasser als Moderator ausreichend.

Nähere Angaben über die bei den verschiedenen Reaktortypen verwendeten Moderatoren werden später bei der Besprechung der einzelnen Reaktoren gemacht.

3. Der Steuerungsmechanismus

Die Steuerung dient der Ein- und Abschaltung der Kettenreaktion sowie ihrer Einstellung auf die gewünschte Leistung. Sie erfolgt in der Weise, daß *Steuer-* oder *Regelstäbe* aus einem Material mit besonders großem Neutroneneinfangquerschnitt verschieden tief in das Innere des Reaktors geschoben werden. Von ihrer Eintauchtiefe hängt die Menge der absorbierten und damit der Kettenreaktion entzogenen Neutronen ab. Von einer gewissen Tiefe ab wird $k<1$, so daß die Kettenreaktion dann erlischt. Es ist dabei Vorsorge getroffen, daß die Regelstäbe im Falle einer Gefahr automatisch in den Reaktor hineinfallen.

Eine Schwierigkeit ergibt sich aber aus der Tatsache, daß die Kettenreaktion sehr schnell abläuft und daß eine automatische Regelung durch versenkbare, absorbierende Stäbe viel zu langsam funktionieren würde, um ein *Durchgehen des Reaktors* zu verhindern. Aber auch diese Schwierigkeit kann überwunden werden, und zwar aufgrund einer bisher noch nicht erwähnten Besonderheit des Spaltungsvorganges. Die bei der Uranspaltung entstehenden Spaltprodukte sind in hohem Maße radioaktiv und senden neben Alpha-, Beta- und Gammastrahlen auch Neutronen aus, die gegenüber den bei der Spaltung unmittelbar frei werdenden Neutronen mit einer Verzögerung von etwa 10 bis 20 s entstehen. Wir müssen also unter den bei der Kettenreaktion beteiligten Neutronen die *prompten* und die *verzögerten Neutronen* unterscheiden. Die letzteren betragen bei einer Spaltung durch langsame Neutronen etwa 1 % und bei einer Spaltung durch schnelle Neutronen rund 3 %. Wenn die Kontrollstäbe nun so eingestellt sind, daß der Multiplikationsfaktor gerade 1 ist, so sind auch die verzögerten Neutronen an der dann ausgeglichenen Neutronenbilanz beteiligt. Wenn nun die Neutronenproduktion durch einen Unfall steigen sollte, so wirkt sich diese Steigerung erst im Laufe einer gewissen Verzögerungsfrist voll aus, und diese Zeit von mehreren Sekunden genügt dann, um den automatischen Steuerungsmechanismus auszulösen und wirksam werden zu lassen. Je geringer die Anzahl der verzögerten Neutronen ist, um so schneller muß eine Bewegung der Regelstäbe erfolgen und um so schwieriger wird damit die Steuerung des Reaktors.

Unter den Stoffen mit einem hohen Einfangquerschnitt für thermische Neutronen stehen die Elemente

Bor und *Cadmium*

an erster Stelle. Deshalb werden zur Reaktorsteuerung im allgemeinen Stäbe aus Borstahl oder aus Cadmium benutzt.

Ein weiteres wichtiges Hilfsmittel, das innerhalb gewisser Grenzen eine selbsttätige Reaktorsteuerung bewirkt, ist die *Temperatur*. Jede Verstärkung der Kettenreaktion führt zu einer Steigerung der Reaktortemperatur. Damit steigt aber auch die mittlere Neutronenenergie, was einen höheren Neutroneneinfang und eine kleinere Spaltungsquote nach sich zieht. Aufgrund dieses *negativen Temperaturkoeffizienten* tritt also mit steigender Temperatur eine Verringerung der Spaltungsanzahl und damit eine Selbstregelung des Reaktors ein.

4. Der Neutronenreflektor

Bei manchen Reaktoren macht man zur Verbesserung der Neutronenbilanz noch von einem *Neutronenreflektor* Gebrauch. Dieser wird in der Umgebung des eigentlichen Reaktorkernes angebracht und hat die Aufgabe, die aus der Oberfläche des Reaktors austretenden Neutronen teilweise in den Kern zurückzuwerfen, um dadurch den Neutronenverlust zu verringern. Durch die Verwendung solcher Reflektoren hat man die früher erwähnte kritische Masse wesentlich verkleinern können. Als Reflektoren eignen sich nur Stoffe mit geringem Einfangquerschnitt, wie *Graphit*, *schweres Wasser* und *Beryllium*.

5. Das Kühlmittel

Jeder Reaktor benötigt ferner ein Kühlmittel, um die bei der Spaltung der Urankerne entstehende Wärme abzuleiten. Man kann hierzu Flüssigkeiten, wie gewöhnliches oder schweres Wasser und flüssige Metalle, unter denen besonders flüssiges Natrium eine Rolle spielt, sowie Gase, wie Luft, Kohlendioxid, Helium usw., verwenden. Bei der Besprechung der einzelnen Reaktortypen kommen wir noch einmal hierauf zurück.

6. Der Strahlenschutz

Besondere Sorgfalt erfordert beim Reaktorbau schließlich der *Strahlenschutz*. Wir haben schon darauf hingewiesen, daß bei der Spaltung der Urankerne sehr gefährliche Strahlungen verschiedenster Art entstehen. Diese müssen durch geeignete Maßnahmen, wie genügend dicke Mäntel aus Spezialbeton, daran gehindert werden, nach außen zu gelangen. Auch radioaktive Abgase, soweit sie nicht durch Filter aus der Abluft entfernt werden können, und Abwässer erfordern eine sorgfältige Überwachung, um Strahlungsschäden zu vermeiden. Schließlich muß beachtet werden, daß die bei der Uranspaltung entstehenden rund 300 verschiedenen Isotope radioaktiv sind und ganz verschiedene Halbwertszeiten haben. Diese Spaltprodukte müssen von Zeit zu Zeit aus dem Reaktor entfernt werden, weil manche von ihnen die zur Spaltung von Atomkernen erforderlichen Neutronen stark absorbieren. Die Lagerung dieses Atommülls, dessen Menge mit der zunehmenden Erschließung der Kernenergie laufend ansteigt, macht wegen seiner Radioaktivität Schwierigkeiten.

Wir werden uns mit den hierbei auftretenden Problemen später (S. 933ff.) genauer beschäftigen. Man spricht zusammenfassend von der *Entsorgung der Kernkraftwerke* und versteht hierunter alle Maßnahmen, die bei der Behandlung des abgebrannten Kernbrennstoffes erforderlich sind.

Nach diesen allgemeinen Ausführungen über die Bauelemente der Kernreaktoren sollen noch einige Bemerkungen über die wichtigsten Reaktortypen gemacht werden. Man unterscheidet:

1. Die Kernreaktoren der ersten Generation

Hierunter sind jene Reaktoren zu verstehen, bei denen das Leichtwasser gleichzeitig als Moderator und als Kühlmittel dient. Sie werden deshalb als *Leichtwasserreaktoren* bezeichnet. Die Entwicklung dieses Reaktortyps kann weitgehend als abgeschlossen betrachtet werden. Reaktoren dieser Art werden auf der ganzen Welt zur Energiegewinnung eingesetzt. Ihr Bau und ihre Wirkungsweise werden auf S. 930ff. genauer dargelegt.

2. Die Kernreaktoren der zweiten Generation

Es handelt sich hierbei um Kernreaktoren, die sich noch in der Entwicklung befinden. Sie werden deshalb in der Bundesrepublik Deutschland auch noch nicht zur Energiegewinnung verwendet. Zwei Reaktor-Bauarten sind hier von besonderem Interesse:

der *Hochtemperatur-Reaktor* (S. 934)

und

der *Schnelle Brutreaktor* oder der *Schnelle Brüter* (*S.* 936).

3. Die Kernreaktoren der dritten Generation

Während die Kernreaktoren der ersten und zweiten Generation bei der Energiegewinnung von der Spaltung schwerer Atomkerne Gebrauch machen, soll bei den Kernreaktoren der dritten Generation die Energie durch die Verschmelzung oder Fusion leichter Atomkerne gewonnen werden. Obwohl an dem Bau solcher *Fusionsreaktoren* auf der ganzen Welt sehr intensiv gearbeitet wird, konnten bisher nur geringe Teilerfolge erzielt werden. Auf die in diesem Zusammenhang auftretenden Probleme wird später (S. 939ff.) näher eingegangen.

Wir wenden uns nun den einzelnen Gruppen der Kernreaktoren zu.

8.4.18 Die Leichtwasserreaktoren

Die Leichtwasserreaktoren werden heute in zahlreichen Kernkraftwerken auf der ganzen Welt eingesetzt. Der prinzipielle Aufbau eines solchen Reaktors ist in Abb. 930.1 wiedergegeben. Die wesentlichen Teile sind:

1. Die Brennelemente

In den Brennelementen befindet sich der Kernbrennstoff, der aus dem Natururan gewonnen wird, indem man dieses auf etwa 3 Prozent mit Uran 235 anreichert. Das Uran wird nach der Anreicherung durch chemische Prozesse in Urandioxid (UO_2) übergeführt. Es liegt dann ein graues Pulver vor, aus dem zylinderförmige *Brennstofftabletten* gepreßt werden (Abb. 930.2). Da bei dem Betrieb des Reaktors Wärmeenergie und radioaktive Spaltprodukte entstehen, werden die Tabletten in metallische Hüllrohre eingeschlossen, welche die Wärme gut ableiten und die Radionuklide zuverlässig zurückhalten. Auf diese Weise entstehen die *Brennstäbe*, die eine Länge von 4 bis 6 m und einen Durchmesser von rund 1 cm haben (Abb. 930.3). Je nach Reaktortyp werden bis zu 300 Brennstäbe zu *Brennelementen* (Abb. 930.4) zusammengebaut, die dann in ein Becken mit Leichtwasser gehängt werden. Der Reaktor enthält eine große Zahl solcher Brennelemente. Der von ihnen eingenommene Raum wird als das Reaktorcore bezeichnet.

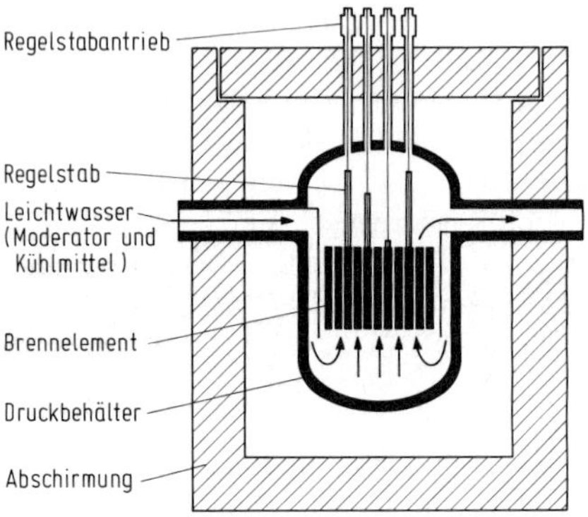

▲ Abb. 930.1 Prinzipieller Aufbau eines Reaktors

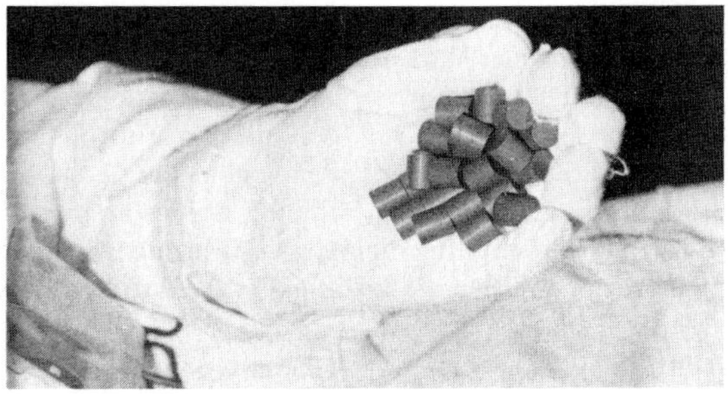

Abb. 930.2 Aus Urandioxid bestehende Brennstofftabletten (Die Hand ist gegen radioaktive Strahlen geschützt.) (Foto: Kraftwerkunion, Mülheim)

Abb. 930.4 Aus zahlreichen Brennstäben zusammengebautes Brennelement (Foto: Kraftwerkunion, Mülheim)

▼ Abb. 930.3 Mit Brennstofftabletten gefüllter Brennstab (Foto: Kraftwerkunion, Mülheim)

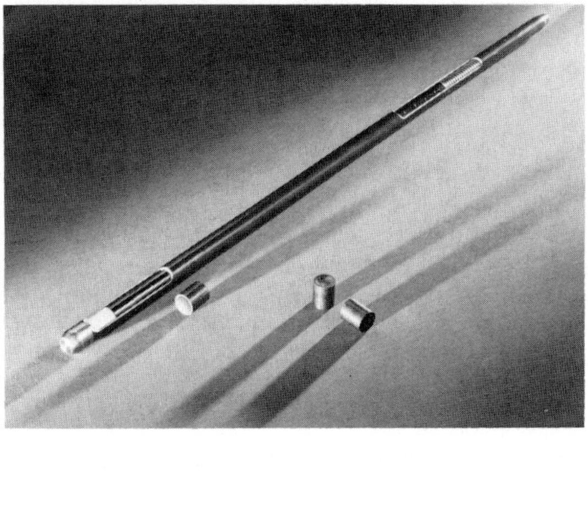

Beispiele

1. In dem *Kernkraftwerk Biblis* befinden sich in einem Reaktor 193 Brennelemente, von denen jedes aus 236 Brennstäben besteht. Jedes Brennelement hat eine Länge von 4905 mm, einen Querschnitt von 230 mm mal 230 mm und ein Gewicht von 830 kg.
2. In dem Reaktor des *Kernkraftwerkes Krümmel* befinden sich 840 Brennelemente.

2. Der Moderator oder die Bremssubstanz

Die Leichtwasserreaktoren haben ihren Namen daher, daß gewöhnliches oder leichtes Wasser (H_2O) als Moderator verwendet wird.

3. Das Kühlmittel

Die in dem Reaktorcore bei den Kernspaltungen entstehende Wärme muß abgeführt werden. Da die Wärmeerzeugung bei den Leichtwasserreaktoren die Hauptaufgabe ist, kommt der Wärmeableitung eine besondere Bedeutung zu. Hier dient das bereits als Moderator eingesetzte Leichtwasser gleichzeitig als Kühlmittel. Es fließt durch das Reaktorcore und sorgt für den Abtransport der dort entstehenden Wärmeenergie.

Es ist ein großer Vorteil der Leichtwasserreaktoren, daß das Leichtwasser gleichzeitig als Moderator und als Kühlmittel dient, denn auf diese Weise werden besonders einfache Reaktorkonstruktionen ermöglicht.

4. Die Regel- oder Steuerelemente

Bei den Regel- oder Steuerelementen handelt es sich um Stäbe, die verschieden tief in das Reaktorcore geschoben werden können. Je tiefer die Stäbe sich in dem Core befinden, um so mehr Neutronen werden von ihnen verschluckt. Auf diese Weise kann die Kettenreaktion und damit die Leistung des Reaktors gesteuert werden.

Allerdings ist die Reaktorsteuerung so kompliziert, daß sie durch das Ein- und Ausfahren der Steuerstäbe allein nicht bewirkt werden kann. Ohne auf Einzelheiten der Steuerung näher einzugehen, soll nur auf eine weitere, für Leichtwasserreaktoren typische Steuermöglichkeit hingewiesen werden. Es besteht nämlich ein Zusammenhang zwischen der Temperatur des im Reaktor befindlichen Leichtwassers und seiner Moderatorwirkung. Wenn die Temperatur des Wassers steigt und es sich infolgedessen ausdehnt, so rücken die Moleküle, welche die Neutronen abbremsen, auseinander. Die Folge davon ist, daß der Abbremseffekt und damit auch die Zahl der Spaltungen von Kernen Uran 235 verringert wird. Hiermit ist dann auch eine Temperaturabnahme verbunden, so daß diese sich wieder dem ursprünglichen Wert nähert. Diese Tatsache ist ein wesentlicher Vorteil der Leichtwasserreaktoren, denn durch eine solche Selbstregulierung wird der Ablauf der Kettenreaktion stabilisiert.

5. Die Schutzeinrichtungen

Es wurde schon erwähnt, daß bei allen Kernreaktoren gefährliche radioaktive Strahlen entstehen und daß auch die Spaltprodukte radioaktiv sind. Die Leichtwasserreaktoren erhalten deshalb zum Schutz der Umwelt zahlreiche Sicherheitsbarrieren.

Eine erste Schutzeinrichtung stellen die bereits genannten *Hüllrohre* dar, welche den Kernbrennstoff einschließen. Einen weiteren Schutz bildet der *Reaktordruckbehälter* aus Stahl, der den Reaktorkern umgibt und ihn nicht nur gegen äußere Einflüsse schützt, sondern auch eine Abschirmung der Außenwelt gegen radioaktive Spaltprodukte und gegen gefährliche Strahlungen darstellt. Ferner ist der Reaktordruckbehälter von einer dicken *Stahlbetonwand* umgeben, die einen weiteren strahlensicheren Schutz darstellt. Schließlich ist die gesamte nukleare Anlage von einem in Abb. 930.1 nicht dargestellten *Stahlsicherheitsbehälter* umgeben, der so beschaffen ist, daß eine Gefährdung der Umwelt durch radioaktive Strahlen auch bei schweren technischen Störungen verhindert wird. Einen letzten zusätzlichen Schutz gegen Einwirkungen von außen stellt das den Sicherheitsbehälter umgebende *Stahlbeton-Reaktorgebäude* dar.

Bei den Leichtwasserreaktoren haben sich im Laufe der Zeit zwei Bauarten herauskristallisiert, die nach dem heutigen Stand der Entwicklung technisch und wirtschaftlich so überlegen sind, daß alle anderen Möglichkeiten ihnen gegenüber in den Hintergrund treten. Diese an vielen Stellen der Erde in Betrieb befindlichen Reaktortypen sind

der *Druckwasserreaktor* und der *Siedewasserreaktor*.

Mit dem Bau und der Wirkungsweise dieser beiden Reaktorbauarten werden wir uns nun beschäftigen.

1. Der Druckwasserreaktor

In Abb. 932.1, vgl. Farbtafel nach S. 944, ist ein mit einem Druckwasserreaktor ausgestattetes Kernkraftwerk schematisch dargestellt.

Das als Kühlmittel und als Moderator dienende Leichtwasser wird mit Hilfe elektrischer Umwälzpumpen in einem geschlossenen Kreislauf, dem Primärkreis, bewegt. Es durchströmt dabei den Reaktorkern und wird hier stark erhitzt. Damit das Wasser in diesem Kreislauf nicht zum Sieden kommt, steht es unter erhöhtem Druck.

Die von dem Wasser des Primärkreises aus dem Reaktorkern abgeführte Wärme wird in einem Wärmetauscher auf einen zweiten Wasserkreislauf, den Sekundärkreis, übertragen. Nachdem das Wasser des Primärkreises seine Wärme abgegeben hat, fließt es in den Reaktor zurück. Das unter geringerem Druck stehende Wasser des Sekundärkreises wird durch die zugeführte Wärme zum Verdampfen gebracht. Der Wasserdampf dient – wie bei den traditionellen thermischen Kraftwerken – zum Antrieb von Turbinen, wobei er sich abkühlt und schließlich in flüssiges Wasser zurückverwandelt wird. Die Wärme geht teilweise in Bewegungsenergie der Turbinen über. Schließlich betreiben die Turbinen einen Generator, der die Bewegungsenergie in elektrische Energie umsetzt.

Um einen möglichst hohen Wirkungsgrad zu erzielen, d.h. um einen möglichst großen Teil der Kernenergie in elektrische Energie umzuwandeln, muß zwischen dem Heißdampf und dem kondensierten Wasser ein möglichst großer Temperaturunterschied bestehen. Deshalb wird der abströmende Dampf in einem wassergefüllten Kondensator zusätzlich abgekühlt. Danach wandert das Wasser in den Dampferzeuger des Reaktors zurück und wird hier erneut in den dampfförmigen Zustand übergeführt. Es liegt hier also ein geschlossener Wasser-Wasserdampf-Kreislauf vor. Das für die Kühlung erforderliche Kühlwasser kann Flüssen oder Seen entnommen werden. Wenn dies nicht möglich ist, so läßt sich die Wärme auch mit Hilfe von Kühltürmen an die Umgebung ableiten. In jedem Falle stellt diese Abwärme eine Belastung der Umwelt dar. Man ist deshalb bemüht, das Abwärmeproblem dadurch zu entschärfen, daß man die Abwärme praktisch nutzbar macht.

Wir stellen zusammenfassend fest:

Bei dem Druckwasserreaktor handelt es sich um einen Zweikreisreaktor. Die klare Trennung zwischen dem Primär- und dem Sekundärkreis hat den Vorteil, daß der Sekundärkreis frei von radioaktiven Produkten bleibt. Hierdurch wird die Sicherheit des Reaktors erhöht.

In Abb. 932.2 ist das mit Druckwasserreaktoren ausgestattete Kernkraftwerk Biblis am Rhein dargestellt. Es sind bisher die beiden Blöcke A und B, die jeweils eine Leistung von 1300 MW abgeben, fertiggestellt. Ein dritter Block C befindet sich noch im Bau.

Abb. 932.2
Kernkraftwerk mit Druckwasserreaktor (Kreislauf)

2. Der Siedewasserreaktor

Ein mit einem Siedewasserreaktor ausgestattetes Kernkraftwerk ist in Abb. 933.1, vgl. Farbtafel nach S. 944, schematisiert wiedergegeben.

Das als Kühlmittel und als Moderator dienende Leichtwasser wird mit Hilfe von Umwälzpumpen von unten nach oben durch das Reaktorcore gepumpt. Es nimmt dabei die in den Brennelementen erzeugte Wärme auf und wird so stark erhitzt, daß es zum Sieden kommt. Der nach oben entweichende Wasserdampf dient zum Antrieb der Turbinen, welche ihrerseits die die elektrische Energie liefernden Generatoren antreiben. Der Wasserdampf wird nach der Verflüssigung in der gleichen Weise wie bei den Siedewasserreaktoren erneut dem Reaktor zugeführt.

Der Siedewasserreaktor hat den Vorteil, daß er nur einen einzigen Kreislauf besitzt, so daß kein Wärmeaustauscher benötigt wird. Wegen der hierdurch bedingten geringeren Wärmeverluste ist der Wirkungsgrad bei den Siedewasserreaktoren etwas größer als bei den Druckwasserreaktoren. Außerdem zeichnen sie sich durch einen besonders einfachen Bau und eine große Betriebssicherheit aus. Da aber der Wasserdampf radioaktive Verunreinigung enthält, müssen alle mit ihm in Berührung kommenden Teile des Kraftwerkes nach außen strahlensicher abgeschirmt werden.

8.4.19 Die Entsorgung der Leichtwasserreaktoren

Die Leichtwasserreaktoren erzeugen nicht nur Wärme, sondern sie produzieren auch Abfälle. Dies ist auf die folgenden Tatsachen zurückzuführen:

1. Die Brennelemente müssen bereits aus dem Reaktor entfernt werden, bevor der Vorrat an spaltbarem Uran 235 verbraucht ist, weil die Spaltprodukte bei dem Überschreiten einer gewissen Konzentration so viele Neutronen einfangen, daß eine Kettenreaktion nicht mehr ablaufen kann.

2. Bei den in den Kernreaktoren sich abspielenden Kernumwandlungen entsteht neues spaltbares Material. Es handelt sich dabei um die Radionuklide

Plutonium 239 und Plutonium 241.

3. Die bei den Kernspaltungen entstehenden Spaltprodukte sind radioaktiv und wegen der von ihnen ausgehenden Strahlung gefährlich.

Unter der *Entsorgung eines Reaktors* versteht man alle Maßnahmen, die erforderlich sind, um die abgebrannten Brennelemente in einer für die Umwelt gefahrlosen Weise zu verarbeiten.

Eine solche Entsorgung kann auf verschiedene Weisen erfolgen:

1. Die Zwischenlagerung

Da die verbrauchten Brennelemente bei ihrer Entnahme aus dem Reaktor eine intensive radioaktive Strahlung aussenden und da sie infolge der Zerfallsvorgänge weiterhin Wärme entwickeln, ist in jedem Falle vor der weiteren Verarbeitung der Brennelemente ihre Zwischenlagerung in großen Wasserbecken erforderlich. Durch das Wasser wird die Strahlung gut abgeschirmt; außerdem kann die entstehende Wärme leicht abgeführt werden. Die Zwischenlagerung dauert mindestens 6 Monate. Wenn dann die radioaktive Strahlung genügend abgeklungen ist, können die Brennelemente weiter behandelt werden.

2. Die Endlagerung mit vorheriger Wiederaufarbeitung

Bei diesem Entsorgungskonzept werden zunächst das noch vorhandene, unverbrauchte Uran 235 und das neu entstandene Plutonium 239 und Plutonium 241 durch chemische Verfahren von den Spaltprodukten getrennt und einer erneuten Verwendung als Kernbrennstoff zugeführt. Zurück bleibt dann der radioaktive Abfall. Es geht nun darum, diesen Abfall sicher zu lagern, wobei unter allen Umständen vermieden werden muß, daß er auf irgendeinem Wege mit der Biosphäre, d.h. mit dem Lebensraum der Erde, und mit dem Grundwasser in Berührung kommt. Erschwerend kommt hinzu, daß es sich um Zeiträume von vielen tausend Jahren handelt, in denen die Nuklide ihre gefährliche

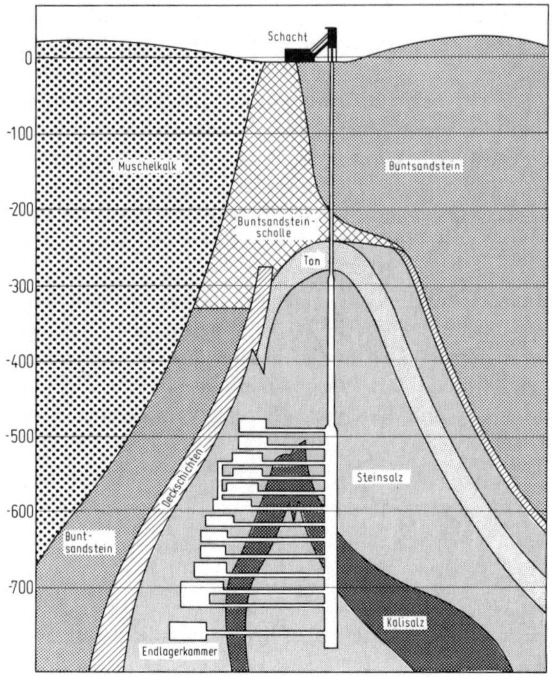

Abb. 934.1
Schematische Darstellung des stillgelegten Salzbergwerkes Asse II bei Wolfenbüttel, in dem Versuche zur Endlagerung des Atommülls durchgeführt werden

Strahlung aussenden. Nach dem heutigen Stand der Erkenntnis sind Salzstöcke für eine solche Endlagerung des Atommülls am besten geeignet. Vor dieser Endlagerung werden die Nuklide durch eine Einbettung in Glas endlagerfähig gemacht.

Dieses Entsorgungskonzept wurde von dem Kernforschungszentrum Karlsruhe in jahrelanger Arbeit erprobt. Dort existiert nämlich eine Versuchsanlage zur Verarbeitung des aus den deutschen Kernkraftwerken anfallenden Atommülls. Die Endlagerung erfolgte in den leeren Salzkavernen des stillgelegten Salzbergwerkes Asse II bei Wolfenbüttel (Abb. 934.1). Hier sollten Erfahrungen für den späteren Bau größerer Endlager gesammelt werden. Seit 1979 werden in Asse jedoch keine radioaktiven Abfälle mehr aufgenommen.

3. Die Endlagerung ohne Wiederaufarbeitung

Eine andere Möglichkeit zur Endsorgung der Kernreaktoren besteht darin, die dem Reaktor entnommenen Brennelemente ohne die schwierige Wiederaufarbeitung so lange strahlensicher zu lagern, bis ihre Aktivität genügend abgeklungen ist. Dabei geht es dann aber um Zeiträume von vielen hunderttausend Jahren.

Eine gesicherte und gefahrlose Entsorgung der Kernreaktoren bildet eine entscheidende Voraussetzung für eine weitere Nutzung der Kernenergie. In der Bundesrepublik Deutschland gibt es auf diesem Gebiet noch zahlreiche ungelöste Probleme. Sowohl die Endlagerung nach erfolgter Wideraufarbeitung als auch die direkte Endlagerung haben ihre Vor- und Nachteile, wobei nicht nur physikalisch-technische, sondern auch politische Gesichtspunkte beachtet werden müssen. Ein abschließendes Urteil über die Konzepte zur Endsorgung der Kernreaktoren ist zur Zeit noch nicht möglich.

8.4.20 Der Hochtemperatur-Reaktor

Der Name Hochtemperatur-Reaktor ist darauf zurückzuführen, daß die Wärme hier bei der hohen Temperatur von 800 °C bis 900 °C abgegeben wird. Dies hat den Vorteil, daß die Reaktoren dieser Bauart einen wesentlich besseren thermischen Wirkungsgrad als die Leichtwasserreaktoren haben. Außerdem kann die Wärme mit der hohen Temperatur auch als Prozeßwärme bei zahlreichen industriellen Vorgängen, etwa bei der Kohlevergasung, unmittelbar verwendet werden.

Als *Kühlmittel* kommt bei den Reaktoren dieser Bauart nur ein Gas in Frage. Dieses muß gute Wärmeübertragungseigenschaften haben und darf auch bei den hohen Temperaturen nicht mit den übrigen Reaktorbaustoffen reagieren. Es darf ferner durch die Einwirkung der radioaktiven Strahlen nicht aktiviert oder zersetzt werden. Alle diese Forderungen werden nur von den Edelgasen erfüllt, unter denen sich das *Helium* als besonders geeignet erwiesen hat.

An der Entwicklung von Hochtemperatur-Reaktoren wird heute an verschiedenen Stellen der Erde gearbeitet. In der Bundesrepublik Deutschland konzentriert sich die Aufmerksamkeit auf den *Kugelhaufen-Hochtemperatur-Reaktor*, von dem ein 15-MW-Prototyp in der Kernforschungsanlage Jülich erprobt wird. Ein weiterer Prototyp der gleichen Art mit einer Leistung von 300 MW befindet sich in Uentrop bei Hamm im Bau (Abb. 935.1).

In Abb. 935.2, vgl. Farbtafel nach S. 944, ist das Schema eines Kernkraftwerkes wiedergegeben, das mit einem Kugelhaufen-Hochtemperatur-Reaktor ausgerüstet ist.

Das *Reaktorcore* besteht aus einem zylindrischen Graphitbehälter, in dem sich je nach der Größe des Reaktors einige hunderttausend Graphitkugeln von der Größe eines Tennisballes befinden, die den Reaktorbrennstoff enthalten. Diesem besonderen Konstruktionsmerkmal verdankt der vorliegende Reaktortyp seinen Namen.

Den Bau der einzelnen *Brennelemente* zeigt Abb. 931.3. Innerhalb einer äußeren Schale aus Graphit befinden sich jeweils 30000 bis 40000 Brennstoffpartikel von einigen Zehntel Millimeter Durchmesser, welche den Kernbrennstoff enthalten und in eine Graphitmatrix eingebettet sind.

Als *Reaktorbrennstoff* dient eine Mischung von Thorium- und Uranoxid, in der etwa

90 Prozent Thorium 232 und 10 Prozent fast reines Uran 235

enthalten sind. Das Uran dient dazu, den Spaltprozeß in Gang zu setzen. Dann wird während des Reaktorbetriebes das nicht spaltbare Thorium 232 durch den im nächsten Abschnitt näher beschriebenen Brutvorgang in das spaltbare Uran 233 umgewandelt. Dieses übernimmt im Laufe der Zeit als Spaltstoff den überwiegenden Teil der Energieproduktion.

Die Graphithüllen bilden den *Moderator*. Die Kohlenstoffkerne bremsen die bei den Kernspaltungen entstehenden schnellen Neutronen verhältnismäßig rasch ab, ohne daß eine nennenswerte Absorption erfolgt.

Ein wesentliches Merkmal des Kugelhaufenreaktors besteht darin, daß die *Brennelemente sich in einem dauernden Kreislauf* befinden. Sie gelangen von dem Core durch ein Rohr nach unten und werden dort durch geeignete Geräte auf ihre nuklearen und sonstigen Eigenschaften untersucht. Wenn ihr Abbrand eine vorgeschriebene Grenze überschritten hat oder sich andere Fehler zeigen, werden die betreffenden Kugeln aus dem Kreislauf ausgeschieden und durch neue ersetzt. Diese und die noch brauchbaren Brennelemente werden dem Core wieder zugeführt. Der Kreislauf der Brennelemente ist langsam; die einzelne Kugel benötigt zum Durchlaufen des Cores im Mittel ein halbes Jahr.

Abb. 935.1 Im Bau befindliches, mit einem Hochtemperatur-Reaktor ausgerüstetes Kernkraftwerk in Hamm-Uentrop. Luftaufnahme Aero-Lux, Frankfurt/M., frei Reg. Präs. Darmst. Nr. 167/76

Abb. 935.3 Schematische Darstellung eines Brennelementes für den Kugelhaufen-Hochtemperatur-Reaktor

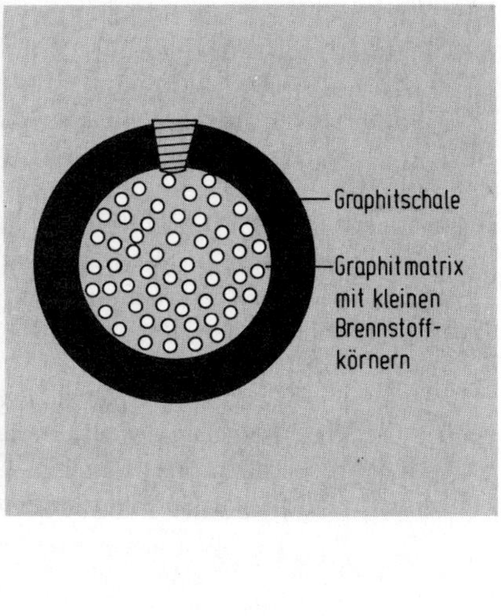

Es ist ein wesentlicher Vorteil des Kugelhaufenreaktors gegenüber anderen Reaktorarten, daß der Austausch der Brennelemente während des vollen Betriebes erfolgen kann. Durch die laufende Kontrolle wird weiter erreicht, daß jedes einzelne Brennelement so lange im Reaktor verbleibt, bis der günstigste Abbrand erreicht ist; auf diese Weise wird eine *besonders gute Ausnutzung des Brennstoffes* erzielt.

Das *Kühlmittel Helium* wird mit Hilfe eines Gebläses zwischen den Kugeln hindurchgedrückt und gelangt dann mit einer Temperatur von rund 850 °C in einen Wärmeaustauscher, in dem Wasserdampf erzeugt wird. Nachdem das Helium hier einen großen Teil seiner Wärme abgegeben hat, kehrt es mit etwa 175 °C von unten in das Core zurück. Der erzeugte Wasserdampf dient zum Antrieb von Turbinen.

Die *Regelung des Reaktors* ist besonders einfach und sicher. Da der Reaktor einen starken negativen Temperaturkoeffizienten hat, nehmen die Neutronenproduktion und damit die Reaktorleistung bei steigender Temperatur ab. Zur Herabsetzung der Reaktorleistung braucht man also nur den Kühlgasdurchfluß zu verringern, indem man die Gebläsedrehzahl vermindert; dadurch steigt die Temperatur im Reaktorcore, was zu einem Rückgang seiner Leistung führt. Außerdem sind zur Feinregulierung noch einige Neutronenabsorberstäbe vorhanden.

Die große Sicherheit und die optimale Ausnutzung des Brennstoffes machen den Kugelhaufenreaktor zu einer Energiequelle mit großer Zukunft, insbesondere da die begründete Hoffnung besteht, daß man eines Tages auf den Wärmeaustauscher verzichten und das heiße Helium zum Antrieb einer Gasturbine verwenden kann, was zu einer weiteren Steigerung der Energieausbeute führen wird.

Die Hochtemperatur-Reaktoren haben den Vorteil, daß durch die hier erfolgende Umwandlung des nichtspaltbaren Thoriums 232 in das spaltbare Uran 233 die auf der Erde vorhandenen Vorräte an Kernenergie besser ausgenutzt werden als dies bei dem alleinigen Einsatz von Leichtwasserreaktoren der Fall wäre.

Zusammenfassend stellen wir fest:

Bei dem Kugelhaufen-Hochtemperatur-Reaktor handelt es sich um einen gasgekühlten, graphitmoderierten Reaktortyp. Wegen seines Baues gestattet er eine uranerzsparende Herstellung von elektrischer Energie. Außerdem erschließt er den Kernreaktoren neue Einsatzmöglichkeiten, weil die erzeugte Wärme wegen ihres hohen Temperaturniveaus für viele chemische Prozesse, etwa für die Kohlevergasung, unmittelbar verwendet werden kann.

8.4.21 Der Brutreaktor oder der Brüter

Während die Leichtwasserreaktoren lediglich die Aufgabe haben, aus dem ihnen zugeführten Spaltstoff Energie zu erzeugen, und auch bei dem Hochtemperatur-Reaktor die Energiegewinnung im Vordergrund steht, spielt bei den Brutreaktoren neben der Energiegewinnung die Herstellung von neuem spaltbarem Material die entscheidende Rolle.

Die Erzeugung von Spaltstoff aus nichtspaltbarem Material wird allgemein als *Konversion* bezeichnet. Eine solche Konversion erfolgt durch die Anlagerung von Neutronen an die nichtspaltbaren Nuklide und die nachfolgende Abgabe eines Betateilchens.

Unter dem Brüten versteht man eine Konversion, bei der die Menge des entstehenden Spaltstoffes größer als die Menge des spaltbaren Materials ist, das zur Erzeugung der benötigten Neutronen verbraucht wird, so daß sich also ein Überschuß an Spaltstoff ergibt. Der zum Brüten in den Reaktor eingebrachte, nichtspaltbare Ausgangsstoff wird als Brutstoff bezeichnet.

In der Natur kommen zwei Nuklidarten vor, die als Brutstoffe von großer Bedeutung sind:

$$^{232}_{90}\mathrm{Th} \quad \text{und} \quad ^{238}_{92}\mathrm{U}.$$

Der Brutvorgang wird durch die folgenden früher (S. 926) schon angegebenen Formeln wiedergegeben:

$$^{232}_{90}\mathrm{Th}(n,\gamma)\,^{233}_{90}\mathrm{Th} \xrightarrow[\text{zerfall}]{\text{Beta-}} {}^{233}_{91}\mathrm{Pa} \xrightarrow[\text{zerfall}]{\text{Beta-}} {}^{233}_{92}\mathrm{U}$$

und

$$^{238}_{92}\mathrm{U}(n,\gamma)\,^{239}_{92}\mathrm{U} \xrightarrow[\text{zerfall}]{\text{Beta-}} {}^{239}_{93}\mathrm{Np} \xrightarrow[\text{zerfall}]{\text{Beta-}} {}^{239}_{94}\mathrm{Pu}.$$

Dem Vorgang des Brütens kommt eine große praktische Bedeutung zu, weil der einzige in der Natur vorkommende Spaltstoff $^{235}_{92}\mathrm{U}$ relativ selten und schwer zu gewinnen ist, so daß die Vorräte bestenfalls für einige Jahrzehnte reichen. Durch das Brüten werden neue Spaltstoffreserven erschlossen, denn mit seiner Hilfe kann das in erheblich größeren Mengen vorkommende, durch langsame Neutronen nicht spaltbare $^{232}_{90}\mathrm{Th}$ und $^{238}_{92}\mathrm{U}$ in spaltbares Material umgewandelt und damit der Energiegewinnung nutzbar gemacht werden.

Eine genauere Untersuchung hat ergeben:

Die Brutstoffe und die Brutreaktoren haben für die Energieversorgung in der Zukunft eine große Bedeutung, weil durch die Erschließung neuer Spaltstoffe die nuklearen Energiereserven der Welt

50 – 70fach

besser ausgenutzt werden können als dies mit den Leichtwasserreaktoren möglich ist.

Es ist deshalb nicht verwunderlich, daß in allen führenden Industriestaaten große Anstrengungen unternommen und erhebliche Mittel investiert werden, um die Entwicklung und den Bau der Brutreaktoren zu fördern. Natürlich kann bei einem Brutreaktor neben der Gewinnung von spaltbarem Material auch die dabei anfallende Wärme ausgenutzt werden. Es sind aber auch große Brutreaktoren in Betrieb, bei denen auf die Ausnutzung der erzeugten Wärme verzichtet wird, die also nur betrieben werden, um spaltbares Material zu gewinnen.

Wenn die Ausbeute bei diesen Prozessen so groß sein soll, daß nicht nur eine Konversion, sondern ein Brüten zustande kommt, so müssen *schnelle Neutronen* verwendet werden. Zwar werden die angegebenen Kernumwandlungen auch durch thermische Neutronen ausgelöst, die Ausbeute ist dann aber so gering, daß keine Vermehrung des spaltbaren Materials und damit kein Brüten erfolgt. Aus diesem Grunde werden die auf den angegebenen Kernreaktionen beruhenden Reaktoren als *Schnelle Brüter* bezeichnet.

Es sind auch Versuche zur Entwicklung von *thermischen Brütern*, d.h. von Brütern, die mit thermischen Neutronen arbeiten, unternommen worden. Mit solchen Reaktoren, die ganz bestimmte Spalt- und Brutstoffe erfordern, lassen sich aber nur erheblich kleinere Brutfaktoren als mit schnellen Brütern erzielen. Es ist noch nicht abzusehen, ob diese Reaktoren einmal praktische Bedeutung erlangen werden. Wir gehen deshalb hierauf nicht näher ein und beschränken uns auf die Schnellen Brüter.

In Abb. 937.1, vgl. Farbtafel nach S. 944, ist der Bau eines Kernkraftwerkes, das mit einem Schnellen Brutreaktor ausgerüstet ist, schematisiert und vereinfacht wiedergegeben.

Den Kern des Reaktors bildet die Spaltzone, welche die *Brennelemente* mit dem spaltbaren Material enthält. Hier wird durch Kernspaltungen Wärme erzeugt; gleichzeitig entstehen hier aber auch die zum Brüten erforderlichen schnellen Neutronen. Als Spaltstoff kann stark angereichertes $^{235}_{92}\mathrm{U}$ oder das durch Brüten erzeugte $^{239}_{94}\mathrm{Pu}$ bzw. $^{233}_{92}\mathrm{U}$ verwendet werden, wobei $^{239}_{94}\mathrm{Pu}$ sich als besonders vorteilhaft erwiesen hat, weil es wegen der großen Zahl der freigesetzten schnellen Spaltneutronen einen höheren Brutfaktor als die übrigen Spaltstoffe liefert.

Die Spaltzone ist von den *Brutelementen* umgeben, in denen sich das Brutmaterial befindet. Dieses besteht entweder aus natürlichem Uran, das ja überwiegend das nichtspaltbare Nuklid $^{238}_{92}U$ enthält, oder aus $^{232}_{90}Th$. Die schnellen Neutronen dringen aus der Spaltzone in den Brutmantel ein und bewirken hier die oben angegebenen Kernumwandlungen. Die entstehenden Brutprodukte $^{239}_{94}Pu$ oder $^{233}_{92}U$ müssen in gewissen Abständen aus dem Reaktor entfernt und aufgearbeitet werden.

Da die Brutreaktoren mit schnellen Neutronen arbeiten, ist ein *Moderator* zur Verminderung der Neutronengeschwindigkeit hier *nicht erforderlich.* Es muß im Gegenteil sogar verhindert werden, daß die schnellen Neutronen mit Bremssubstanzen in Berührung kommen, weil dadurch die Aussichten für das Zustandekommen von Brutprozessen verringert werden. Hieraus ergeben sich bestimmte Forderungen für das Kühlmittel.

Die in der Spaltzone entstehende Wärmeenergie muß durch *Kühlmittel* abgeführt werden. Das sonst zu diesem Zwecke meist verwendete Wasser ist für den schnellen Brutreaktor nicht geeignet, weil der darin enthaltene Wasserstoff ein guter Moderator ist und die Neutronen schnell abbremsen würde. Es muß ein Kühlmittel mit großer relativer Molekülmasse verwendet werden. Als sehr geeignet hat sich *flüssiges Natrium* erwiesen. Seine Atomkerne haben die Massenzahl 23 und sind damit bereits so schwer, daß die Neutronen bei Zusammenstößen mit diesen Kernen nur sehr wenig Energie an die Kerne abgeben. Der Umgang mit flüssigem Natrium bringt zwar zahlreiche schwierige technische Probleme, die aber durch eine besondere Natriumtechnologie so weit gelöst werden konnten, daß auch der Natriumkühlkreislauf eine ausreichende Betriebssicherheit besitzt. So wird die gefährliche Berührung des flüssigen Natriums mit der Luft dadurch vermieden, daß der obere Teil des Reaktors mit dem chemisch trägen Edelgas Argon gefüllt ist, welches mit dem Natrium nicht reagiert.

Das flüssige Natrium wird durch die Spaltzone gepumpt. Es nimmt die hier entstandene Wärme auf und gibt sie in einem Zwischenwärmetauscher an einen sekundären Natriumkreislauf ab, der sie dann in einem zweiten Wärmetauscher an einen Wasserkreislauf weitergibt. Hier wird das Wasser in Wasserdampf übergeführt, welcher in der üblichen Weise über Turbinen die elektrischen Generatoren antreibt.

Das flüssige Natrium des primären Kreislaufs verläßt den Reaktor in einem hochradioaktiven Zustand. Deshalb muß das gesamte System aus dem Reaktor, dem primären Natriumkreislauf und dem Zwischenwärmetauscher zur Strahlenabschirmung in einen Betonbehälter eingebaut werden, der zur weiteren Erhöhung der Sicherheit mit Stickstoff gefüllt ist.

Die ersten Schnellen Brutreaktoren mit Natriumkühlung wurden in der UdSSR, in den USA, in Frankreich und in Großbritannien gebaut. So konnte in Frankreich bereits 1967 der erste Reaktor dieser Art in Betrieb genommen werden. Es handelte sich um einen Versuchsreaktor, der reinen Forschungszwecken diente. Seit 1973 ist aber in Frankreich auch das Schnell-Brüter-Kernkraftwerk Phénix mit einer Leistung von 250 MW in Betrieb. Mit ihm konnte die sichere Arbeitsweise dieser Reaktorbauart unter Beweis gestellt werden, denn neben der Gewinnung neuen spaltbaren Materials sind von diesem Kraftwerk inzwischen mehr als 9 Milliarden kWh elektrischer Energie an das öffentliche Versorgungsnetz abgegeben worden. Der nächste Schritt wird in Frankreich der Schnell-Brut-Reaktor Super-Phénix sein; das mit ihm ausgerüstete Kraftwerk soll eine Leistung von 1200 MW besitzen. In der Bundesrepublik Deutschland ist das mit einem Schnellen Brutreaktor ausgestattete Kernkraftwerk Kalkar im Baustadium (Abb. 939.1). Es handelt sich hierbei um eine deutsch-belgisch-niederländische Gemeinschaftsanlage mit einer Leistung von rund 300 MW, an der Erfahrungen für den Bau weiterer Brutreaktoren gesammelt werden sollen.

Zusammenfassend kann man sagen:

Die Erfahrungen aus anderen Ländern der Welt zeigen, daß Natriumgekühlte Schnelle Brutreaktoren zuverlässig betrieben werden können und daß sie in der Lage sind, neben der Energie zusätzliche neue Spaltstoffe zu erbrüten. Mit ihrer Hilfe können die nuklearen Energiereserven der Erde daher wesentlich besser ausgenutzt werden als dies mit anderen Kernreaktoren möglich ist.

Abb. 939.1
Im Bau befindliches, mit einem Natriumgekühlten Schnellen Brutreaktor ausgerüstetes Versuchskernkraftwerk Kalkar. Luftaufnahme Aero-Lux, Frankfurt/M., frei Reg. Präs. Darmst. Nr. 1381/81

8.4.22 Die Kernfusionen

Früher (S. 918) haben wir erkannt, daß Energie sowohl durch die Spaltung schwerer Atomkerne als auch durch die Verschmelzung leichter Atomkerne gewonnen werden kann. Mit den Vorgängen der *Kernverschmelzung* oder *Kernfusion* wollen wir uns jetzt beschäftigen.

Daß solche Prozesse wirklich möglich sind und zu erheblichen Energiegewinnen führen können, erkennen wir daran, daß die *Sonne* und alle übrigen *Fixsterne* die von ihnen ausgestrahlte Energie durch Fusionsprozesse freimachen. Wir wollen uns deshalb zunächst klarmachen, unter welchen Bedingungen Kernfusionen zustande kommen und um welche Prozesse es sich handelt.

Die Temperatur im Sonnenmittelpunkt dürfte etwa $15 \cdot 10^6$ K betragen. Bei dieser Temperatur sind alle Atome vollionisiert, d.h., wir haben es mit einem *vollionisierten Plasma* zu tun. Da bei allen Versuchen zur Kernverschmelzung Plasmen vorkommen, merken wir uns:

Unter einem Plasma versteht man ein nach außen im wesentlichen elektrisch neutrales Gemisch aus Atomen, Ionen und Elektronen, in dem der Anteil der Ladungsträger gegenüber den neutralen Teilchen so groß ist, daß die Ladungsträger das physikalische Verhalten des ganzen Gemisches bestimmen.

In einem *vollionisierten Plasma* sind überhaupt keine neutralen Teilchen mehr vorhanden, sondern nur noch die von ihrer Hülle vollständig befreiten Atomkerne und die entsprechenden Elektronen.

Bei der oben angegebenen Temperatur von $15 \cdot 10^6$ K ist die kinetische Energie der Atomkerne so groß, daß sie die COULOMB-Abstoßungskräfte überwinden können und deshalb beim Zusammentreffen miteinander verschmelzen. Wir wissen heute, daß es sich dabei im wesentlichen um zwei Vorgänge handelt, die in der Sonne nebeneinander ablaufen:

1. Der Proton-Proton-Prozeß oder der p-p-*Zyklus*

Dieser Vorgang verläuft in vier Stufen, die durch die folgenden Formeln dargestellt werden können:

$$
\begin{aligned}
{}^1_1\mathrm{H} + {}^1_1\mathrm{H} &\rightarrow {}^2_1\mathrm{D} + {}^0_1\mathrm{e} + \nu \\
{}^2_1\mathrm{D} + {}^1_1\mathrm{H} &\rightarrow {}^3_2\mathrm{He} \\
{}^3_2\mathrm{He} + {}^4_2\mathrm{He} &\rightarrow {}^7_3\mathrm{Li} + {}^0_1\mathrm{e} + \nu \\
{}^7_3\mathrm{Li} + {}^1_1\mathrm{H} &\rightarrow 2 \cdot {}^4_2\mathrm{He}.
\end{aligned}
$$

Am Ende eines solchen Zyklus sind 4 Protonen weniger vorhanden, und statt dessen sind 1 Heliumkern, 2 Positronen und 2 Neutrinos neu entstanden.

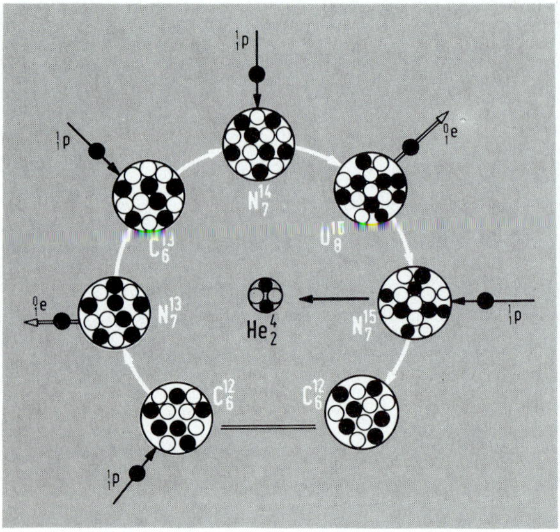

Abb. 940.1
Der Kohlenstoff-Stickstoff-Zyklus

Der Proton-Proton-Prozeß überwiegt auf den Fixsternen, die eine niedrigere Temperatur als die Sonne haben; er vollzieht sich in geringerem Maße aber auch innerhalb der Sonne.

2. Der Kohlenstoff-Stickstoff-Prozeß oder der C-N-*Zyklus*

Dieser im Innern der Fixsterne ablaufende Prozeß wurde im Jahre 1938 aufgrund theoretischer Betrachtungen von den Physikern H. A. Bethe (geb. 1906) und C. Fr. v. Weizsäcker (geb. 1912) gleichzeitig entdeckt. Er wird deshalb auch als Bethe-Weizsäcker-*Zyklus* bezeichnet. Die einzelnen Etappen lassen sich durch die folgenden Formeln darstellen:

$$\begin{aligned} &{}^{12}_{6}\mathrm{C} + {}^{1}_{1}\mathrm{H} \rightarrow {}^{13}_{7}\mathrm{N} \rightarrow {}^{13}_{6}\mathrm{C} + {}^{0}_{1}\mathrm{e} + \nu \\ &{}^{13}_{6}\mathrm{C} + {}^{1}_{1}\mathrm{H} \rightarrow {}^{14}_{7}\mathrm{N} \\ &{}^{14}_{7}\mathrm{N} + {}^{1}_{1}\mathrm{H} \rightarrow {}^{15}_{8}\mathrm{O} \rightarrow {}^{15}_{7}\mathrm{N} + {}^{0}_{1}\mathrm{e} + \nu \\ &{}^{15}_{7}\mathrm{N} + {}^{1}_{1}\mathrm{H} \rightarrow {}^{12}_{6}\mathrm{C} + {}^{4}_{2}\mathrm{He}. \end{aligned}$$

Der ursprünglich in den Zyklus eingegangene Kern ${}^{12}_{6}\mathrm{C}$ tritt am Ende wieder auf. Auch nach dem Ablauf dieses Zyklus hat die Zahl der Protonen um 4 abgenommen, und statt dessen sind 1 Heliumkern, 2 Positronen und 2 Neutrinos neu entstanden (Abb. 940.1).

Der Kohlenstoff-Stickstoff-Zyklus spielt sich auf der Sonne und besonders auf Fixsternen ab, die eine höhere Temperatur als die Sonne haben

Wenn man bei den genannten Prozessen die Zwischenstufen unbeachtet läßt und seine Aufmerksamkeit nur auf die Endergebnisse richtet, so stellt man fest, daß in beiden Fällen Wasserstoffkerne (${}^{1}_{1}\mathrm{H}$) verbraucht und Heliumkerne (${}^{4}_{2}\mathrm{He}$) neu gebildet werden. Die übrigen in den obigen Gleichungen auftretenden Stoffe stellen nur Zwischenprodukte dar, die im Laufe der Prozesse entstehen, im Endergebnis aber nicht in Erscheinung treten. Wenn wir uns deshalb nur für den Anfangs- und den Endzustand interessieren, so lassen sich beide Vorgänge durch dieselbe Formel wiedergeben, bei der wir auch noch den Betrag der frei werdenden Energie anfügen:

$$4 \cdot {}^{1}_{1}\mathrm{H} \rightarrow {}^{4}_{2}\mathrm{He} + 2\,{}^{0}_{1}\mathrm{e} + 2\nu + 2{,}73 \cdot 10^{15}\ \mathrm{J\,mol^{-1}}.$$

Die angegebene Energie bezieht sich auf die Bildung von 1 mol Helium und errechnet sich folgendermaßen: Es wurde früher (S. 917) gezeigt, daß bei der Entstehung von einem Heliumatom die Bindungsenergie

$$W_{\mathrm{He}} = 0{,}453 \cdot 10^{-11}\ \mathrm{J}$$

frei wird. Die Anzahl der in 1 kmol enthaltenen Atome beträgt

$$N = 6{,}02 \cdot 10^{26}.$$

Daher ergibt sich für die bei der Entstehung von 1 kmol Helium frei werdende Energie

$$W_{He} = 0{,}453 \cdot 10^{-11}\,\mathrm{J} \cdot 6{,}02 \cdot 10^{26} = 2{,}73 \cdot 10^{15}\,\mathrm{J}\,.$$

Die obige Kernreaktionsformel besagt:

Die Sonne und alle anderen Fixsterne gewinnen die von ihnen ausgestrahlte Energie durch die Verschmelzung von jeweils 4 Wasserstoffkernen zu einem Heliumkern. Bei dieser Kernfusion wird die Energie

$$W = 2{,}73 \cdot 10^{15}\,\mathrm{J} \approx 8 \cdot 10^{8}\,\mathrm{kWh}$$

je Kilomol entstehenden Heliums frei.

Um einen Eindruck von der außerordentlich großen Ergiebigkeit dieser neuen Energiequelle zu erhalten, wollen wir die bei der Kernfusion, der Kernspaltung und der Verbrennung gewöhnlicher Brennstoffe, etwa der Steinkohle, frei werdenden Energiemengen miteinander vergleichen. Wir müssen uns dabei selbstverständlich auf die gleichen Massen beziehen und wählen jeweils 1 kg der betreffenden Stoffe, d.h., wir berechnen die Energie, die bei der Fusion von 1 kg $^{4}_{2}\mathrm{He}$, bei der Spaltung von 1 kg $^{235}_{92}\mathrm{U}$ und bei der Verbrennung von 1 kg Steinkohle entsteht. Es kommt uns dabei nicht auf die genauen Zahlenwerte, sondern nur auf die *Größenordnung* an.

1. Kernfusion

Da 1 kmol Helium die Masse von rund 4 kg hat, ergibt sich für die Energie, die bei der Fusion von 1 kg Helium entsteht:

$$W_1 \approx \frac{8 \cdot 10^{8}\,\mathrm{kWh}}{4} \approx 2 \cdot 10^{8}\,\mathrm{kWh}\,.$$

Bei der Entstehung von 1 kg Helium durch Fusion von Wasserstoff wird eine Energie von rund 200 Millionen kWh frei.

2. Kernspaltung

Früher hat sich gezeigt, daß bei der Spaltung von 1 kg des Nuklids $^{235}_{92}\mathrm{U}$ die Energie

$$W_2 \approx 80 \cdot 10^{12}\,\mathrm{J} \approx 2 \cdot 10^{7}\,\mathrm{kWh}$$

frei wird (S. 921). Wir merken uns also:

Bei der vollständigen Spaltung von 1 kg Uran 235 wird eine Energie von rund 20 Millionen kWh frei.

3. Verbrennung

Wenn man den Heizwert der Steinkohle mit rund $32 \cdot 10^{6}\,\mathrm{J\,kg^{-1}}$ ansetzt, so wird bei der Verbrennung von 1 kg Steinkohle die Energie

$$W_3 \approx 32 \cdot 10^{6}\,\mathrm{J} \approx 10\,\mathrm{kWh}$$

frei. Wir halten also fest:

Bei der Verbrennung von 1 kg Steinkohle wird eine Energie von rund 10 kWh frei.

Zusammenfassend ergibt sich also das interessante und wichtige Ergebnis:

Die frei werdende Energie ist

bei der Kernfusion rund 20millionenmal so groß und
bei der Kernspaltung rund 2millionenmal so groß

wie bei der Verbrennung der gleichen Masse Steinkohle.

Bei dieser großen Ergiebigkeit der Fusionsprozesse ist es nicht verwunderlich, daß Physik und Technik daran interessiert sind, solche Vorgänge auch auf der Erde zu realisieren und damit eine praktisch unerschöpfliche Energiequelle zu erschließen. Die der Gewinnung von Fusionsenergie dienenden Einrichtungen werden als *Kernfusionsreaktoren* bezeichnet. Im folgenden Abschnitt werden wir uns mit den Problemen und Schwierigkeiten beschäftigen, die bei dem Bau eines Kernfusionskraftwerkes überwunden werden müssen und dabei aufzeigen, welche Teillösungen bereits erzielt werden konnten.

8.4.23 Die Kernfusionskraftwerke

Es gibt theoretisch zahlreiche Möglichkeiten zur Verschmelzung leichter Atomkerne. Wenn man Fusionsenergie gewinnen will, so muß man diejenigen auswählen, die bei möglichst geringem Energieaufwand einen möglichst *günstigen Wirkungsquerschnitt* besitzen und die eine *hohe Energieausbeute* erwarten lassen. Im folgenden sollen einige dieser Möglichkeiten genauer besprochen werden. Zuvor sind aber einige grundsätzliche Betrachtungen erforderlich.

Bei allen Kernfusionen müssen die zu verschmelzenden Atomkerne gegen die elektrostatische Abstoßung ihrer positiven Ladungen einander so weit genähert werden, daß die nuklearen Anziehungskräfte mit ihrer kurzen Reichweite die Abstoßungskräfte übertreffen. Für die Energie, die zur Überwindung der COULOMB-Abstoßung erforderlich ist, gilt

$$W = \frac{1}{4\pi\varepsilon_0} \frac{Z_1 e \cdot Z_2 e}{R_0}.$$

Dabei bedeuten:

Z_1 und Z_2 = Kernladungszahlen der zu verschmelzenden Atomkerne

$e = 1{,}602 \cdot 10^{-19}\,\mathrm{C}$ = elektrische Elementarladung

R_0 = Abstand der Kernmittelpunkte, bei dem die Anziehungskräfte die Abstoßungskräfte übertreffen. Für leichte Atomkerne kann R_0 näherungsweise gleich einem Kerndurchmesser gesetzt werden:

$$R_0 \approx 5 \cdot 10^{-15}\,\mathrm{m}.$$

$\varepsilon_0 = 8{,}8542 \cdot 10^{-12}\,\mathrm{CV^{-1}\,m^{-1}}$ = elektrische Feldkonstante.

Für die zur Überwindung der elektrostatischen Abstoßung erforderliche Energie ergibt sich dann

$$W \approx 4{,}615 \cdot 10^{-14} Z_1 Z_2\,\mathrm{J} \approx 0{,}28\, Z_1 Z_2\,\mathrm{MeV}.$$

Die Energie wächst also mit dem Produkt der Kernladungszahlen der zu verschmelzenden Kerne. Deshalb scheint es bisher so, als ob Kernverschmelzungen überhaupt nur bei den leichtesten Kernen, d.h. bei Wasserstoff-, Helium- und Lithiumisotopen, realisierbar sind.

Es muß hier hinzugefügt werden, daß wegen des später noch zu besprechenden Tunnel-Effektes (S. 966) auch Kernverschmelzungen stattfinden können, wenn die Energie der Teilchen unterhalb der errechneten Schwellenenergie liegt. Der Wirkungsquerschnitt für solche Reaktionen nimmt aber mit fallender Energie rasch ab, so daß eine praktisch ausnutzbare Energieausbeute nur bei Teilchenenergien erreicht wird, die mindestens in der oben angegebenen Größenordnung liegen. Das bedeutet für die verschiedenen Wasserstoffisotope, bei denen ja $Z_1 = Z_2 = 1$ ist:

Die Verschmelzung von Wasserstoffnukliden erfordert zur Überwindung der elektrostatischen Abstoßung eine Teilchenenergie von mindestens

$$W \approx 0{,}28\,\mathrm{MeV}.$$

Nach dem derzeitigen Stand der Erkenntnis gibt es drei Möglichkeiten, um den Atomkernen die zur Erzielung von Fusionen erforderliche Energie zu erteilen:

1. Die Beschleunigungsgeräte,
2. Die Erwärmung,
3. Die Laser-Kernfusion.

1. Die Beschleunigungsgeräte

Es wurde früher (S. 596ff.) dargelegt, daß geladene Teilchen mit Hilfe dieser Geräte auf hohe Geschwindigkeiten und damit auch auf hohe Energien gebracht werden können. Die Teilchen bewegen sich nach der Beschleunigung alle in der gleichen Richtung und haben nahezu die gleiche Energie. Nach dem heutigen Stand der technischen Entwicklung ist aber der zur Beschleunigung der Teilchen erforderliche Energieaufwand größer als die bei der Fusion gewinnbare Nutzenergie. Dieses Verfahren ist deshalb mindestens vorläufig zur Freisetzung nutzbarer Energiemengen nicht geeignet. Es leistet dagegen bei der physikalischen Untersuchung von Verschmelzungsvorgängen und bei der experimentellen Bestimmung der Wirkungsquerschnitte hervorragende Dienste.

2. Die Erwärmung

Die Teilchen können durch Erwärmung auf die erforderliche Energie gebracht werden. Dies geschieht auf der Sonne und auf den Sternen. Die sich dort abspielenden Verschmelzungsreaktionen verlaufen aber viel zu langsam, als daß sie für eine Energiegewinnung auf der Erde in Frage kämen. Wenn trotzdem auf der Sonne sehr große Energiemengen durch Kernfusionen entstehen, so ist dies auf die ungeheuer große Sonnenmasse zurückzuführen.

Die Teilchen, die ihre Energie durch Temperaturerhöhung erworben haben, führen eine ungeordnete Bewegung aus, wobei ihre Geschwindigkeiten und damit auch ihre Energien verschiedene Beträge haben. Die Geschwindigkeitsverteilung hängt von der Temperatur ab und wird durch das MAXWELL-Verteilungsgesetz beschrieben, auf das hier nicht näher eingegangen werden soll. Die in einem solchen System erfolgenden Kernverschmelzungen werden als *thermonukleare Reaktionen* bezeichnet. Wir halten also fest:

Unter einer thermonuklearen Reaktion versteht man eine Kernverschmelzung, bei der die erforderliche kinetische Energie der Stoßpartner aus deren Wärmebewegung stammt.

Eine hier nicht durchgeführte Rechnung zeigt, daß bei thermonuklearen Reaktionen nur ein *nutzbarer Energiegewinn* erzielt werden kann, wenn die Energieverteilung der zu verschmelzenden Kerne einer Temperatur von mindestens 10^8 K entspricht. Dies bedeutet, daß die Temperatur wesentlich höher als diejenige im Innern der Sonne sein muß. Der Grund hierfür besteht darin, daß zunächst Energie aufgewendet werden muß, um die Teilchen zu beschleunigen. Bei eintretender Fusion wird dann Energie frei. Der Energiegewinn, d.h. die technisch nutzbare Energie, ist also nicht etwa die gesamte Fusionsenergie.

Die Schwierigkeiten bei der Verwirklichung thermonuklearer Reaktionen bestehen aber nicht nur in der Erzeugung derartig hoher Temperaturen, sondern ebensosehr darin, die Atomkerne bei diesen Temperaturen auf begrenztem Raum zusammenzuhalten und den Ablauf der Reaktion zu steuern. Es ist klar, daß ein Gas mit der Temperatur von 100 Millionen K nicht mehr in einem normalen Gefäß gehalten werden kann, denn spätestens bei etwa 4000 K schmelzen alle uns bekannten Metalle und alle sonstigen festen Stoffe.

Während es trotz intensiver Bemühungen bis heute nicht gelungen ist, Energie durch thermonukleare Reaktionen auf kontrollierte Weise zu gewinnen, ist die unkontrollierte Freisetzung von Fusionsenergie durchaus möglich. Hiervon wird bei dem Bau der *Wasserstoffbombe*, auf die später (S. 951) noch kurz eingegangen werden soll, Gebrauch gemacht. Hier geht es zunächst nur um die *kontrollierte Energiegewinnung* mit Hilfe thermonuklearer Reaktionen. Wir halten fest:

Unter einem Kernfusionsreaktor versteht man eine Einrichtung, die Energie durch eine kontrollierte Verschmelzung leichter Atomkerne zu gewinnen gestattet.

Bei der Untersuchung der *Kernverschmelzungen von Wasserstoffisotopen* hat sich ergeben, daß die drei Reaktionen

$$^1_1H + {}^1_1H \rightarrow {}^2_1D + {}^0_1e + \nu$$
$$^1_1H + {}^2_1D \rightarrow {}^3_2He + \gamma$$
$$^1_1H + {}^3_1T \rightarrow {}^4_2He + \gamma$$

sehr kleine Wirkungsquerschnitte haben und deshalb für eine Energiegewinnung in praktisch brauchbarem Maßstab nicht in Frage kommen. Damit scheidet das in der Natur am häufigsten vorkommende Wasserstoffisotop ^1_1H für eine thermonukleare Energiegewinnung aus. Günstiger liegen die Verhältnisse bei den folgenden Reaktionen:

1. Die D-D-*Reaktionen*

$$^2_1D + {}^2_1D \rightarrow {}^3_1T + {}^1_1p + 4{,}03\,\text{MeV (Protonenzweig)}$$
$$^2_1D + {}^2_1D \rightarrow {}^3_2He + {}^1_0n + 3{,}27\,\text{MeV (Neutronenzweig).}$$

Diese beiden Gleichungen besagen, daß zwei Deuteronen, die mit genügend großer Energie zusammentreffen, sich zu neuen Kernen ^3_1T oder ^3_2He vereinigen können, wobei gleichzeitig entweder ein Proton oder ein Neutron abgegeben werden.

Beide Vorgänge laufen mit nahezu gleicher Wahrscheinlichkeit ab. Durch diese Fusion werden bei jedem entstehenden Kern 4,03 MeV bzw. 3,27 MeV Energie frei, die als kinetische Energie der entstehenden Teilchen in Erscheinung treten. Die bei diesen Fusionen erzeugten Tritonen ^3_1T können mit Deuteronen unter Freisetzung großer Energiemengen verschmelzen. Ebenso vermag das entstehende ^3_2He mit Deuteronen zu fusionieren und erhebliche Energiemengen freizusetzen. Dabei spielen sich die folgenden Verschmelzungsreaktionen ab:

2. Die D-T-*Reaktion* $\quad ^2_1D + {}^3_1T \rightarrow {}^4_2He + {}^1_0n + 17{,}6\,\text{MeV}$ und

3. Die D-$^3_2$He-*Reaktion* $\quad ^2_1D + {}^3_2He \rightarrow {}^4_2He + {}^1_1p + 18{,}3\,\text{MeV}$.

Diese beiden Kernfusionen sind durch die besonders große Energieabgabe von

17,6 MeV und 18,3 MeV

je Kern entstehenden Heliums ausgezeichnet.

Die bei den bisher behandelten Kernfusionen frei werdenden Neutronen können zu weiteren Kernverschmelzungen benutzt werden. Sie können insbesondere durch das Lithiumisotop ^6_3Li, das zu 7,4 % im natürlichen Lithium vorkommt, eingefangen werden und zur Erzeugung von Tritonen dienen, die ihrerseits wieder in die Fusionsreaktionen eingehen. Es handelt sich dabei um die folgende Reaktion:

4. Die $^6_3$Li-$^0_1$n-*Reaktion* $\quad ^6_3Li + {}^1_0n \rightarrow {}^4_2He + {}^3_1T + 4{,}6\,\text{MeV}$.

In einem künftigen *Fusionsreaktor* werden die angegebenen Verschmelzungsreaktionen nebeneinander ablaufen. Als Brennstoff wäre dann in erster Linie Deuterium und daneben Lithium erforderlich. Außerdem müßte zu Anfang eine gewisse Menge Tritium zugeführt werden, das aber dann beim Betrieb aufgrund von Fusionsreaktionen laufend nachgeliefert wird. Deuterium und Lithium sind auf der Erde reichlich vorhanden, das seltene Tritium wird nur in geringen Anfangsmengen benötigt. Damit ist die Versorgung des Fusionsreaktors mit Brennstoff gesichert.

Für die gesamte Energiefreisetzung in einem solchen Reaktor ergibt sich, daß bei einem Verbrauch von 6 Deuteronen die Energie

$$W = 3{,}27\,\text{MeV} + 4{,}03\,\text{MeV} + 17{,}6\,\text{MeV} + 18{,}3\,\text{MeV} + 2 \cdot 4{,}6\,\text{MeV} = 52{,}4\,\text{MeV}$$

entsteht, was einer Energiefreisetzung von 8,7 MeV je Deuteron entspricht. Das ist eine sehr hohe Energieausbeute, die alle anderen Energiequellen weit übertrifft.

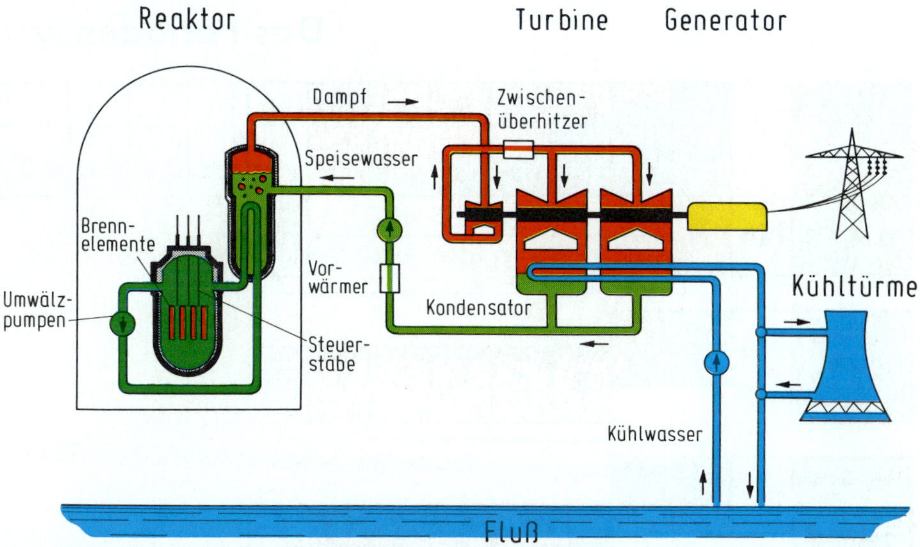

Abb. 932.1 Kernkraftwerk mit Druckwasserreaktor (Kreisläufe)

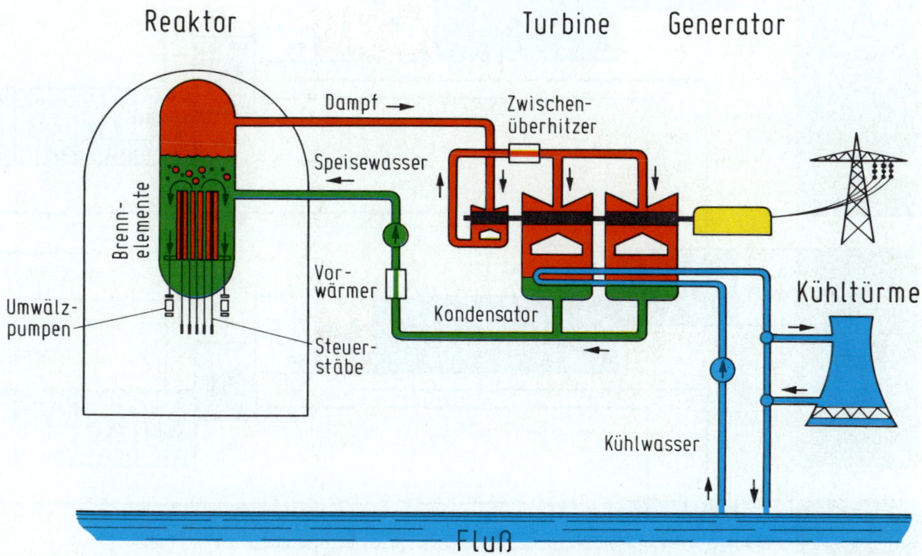

Abb. 933.1 Kernkraftwerk mit Siedewasserreaktor (Kreisläufe)

Das Periodensystem

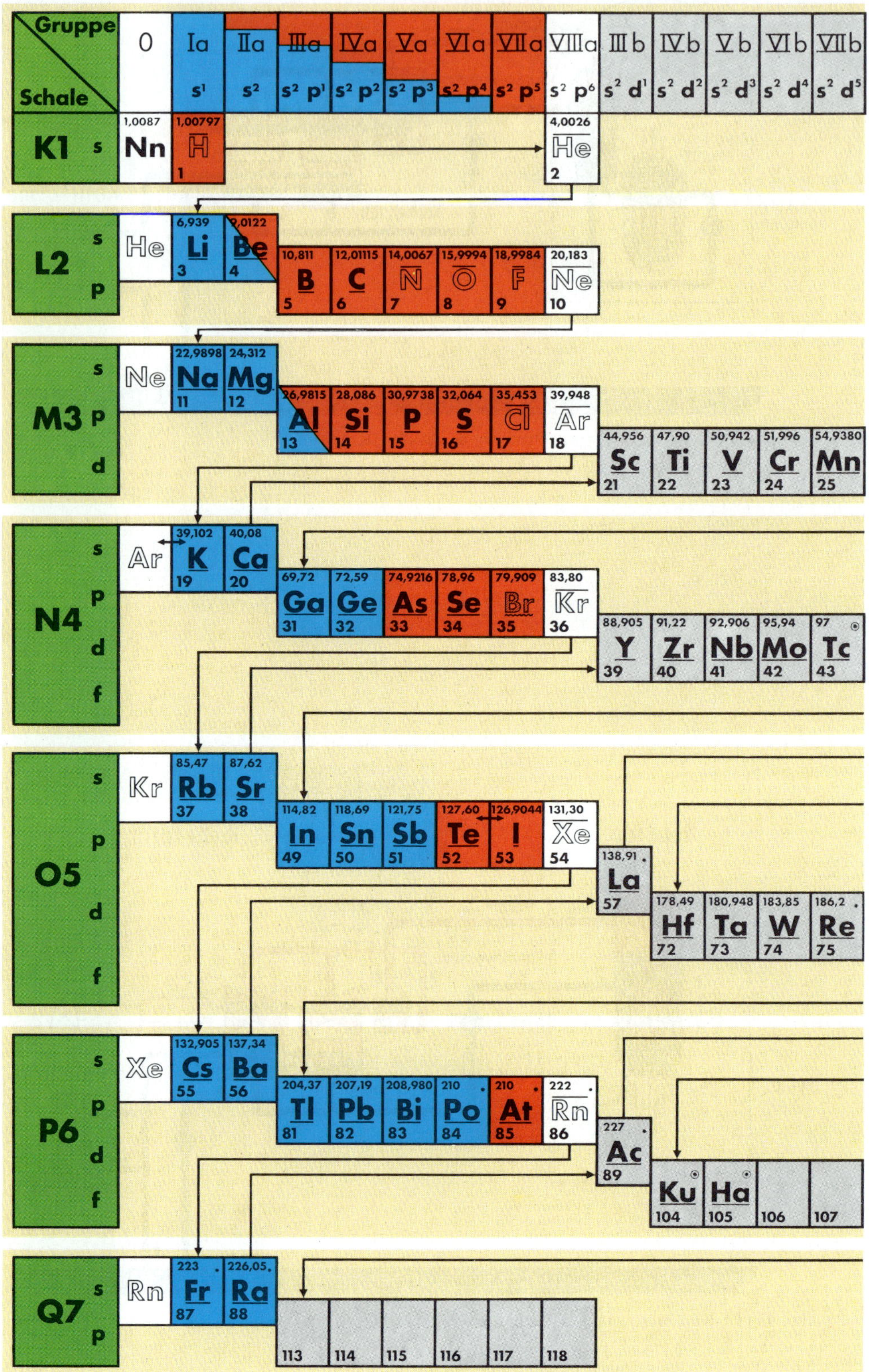

der Elemente

VIIIb			Ib	IIb
$s^2 d^6$	$s^2 d^7$	$s^2 d^8$	$s^2 d^9$	$s^2 d^{10}$
55,847 **Fe** 26	58,9332 **Co** 27	58,71 **Ni** 28	63,54 **Cu** 29	65,37 **Zn** 30
101,07 **Ru** 44	102,905 **Rh** 45	106,4 **Pd** 46	107,870 **Ag** 47	112,40 **Cd** 48
190,2 **Os** 76	192,20 **Ir** 77	195,09 **Pt** 78	196,967 **Au** 79	200,59 **Hg** 80
108	109	110	111	112

58-71 Lanthanide & 90-103 Actinide

$s^2 d^1 f^1$	$s^2 d^1 f^2$	$s^2 d^1 f^3$	$s^2 d^1 f^4$	$s^2 d^1 f^5$	$s^2 d^1 f^6$	$s^2 d^1 f^7$	$s^2 d^1 f^8$	$s^2 d^1 f^9$	$s^2 d^1 f^{10}$	$s^2 d^1 f^{11}$	$s^2 d^1 f^{12}$	$s^2 d^1 f^{13}$	$s^2 d^1 f^{14}$
140,12 **Ce** 58	140,907 **Pr** 59	144,24 **Nd** 60	145 **Pm** 61	150,35 . **Sm** 62	151,96 **Eu** 63	157,25 **Gd** 64	158,924 **Tb** 65	162,50 **Dy** 66	164,930 **Ho** 67	167,26 **Er** 68	168,934 **Tm** 69	173,04 **Yb** 70	174,97 . **Lu** 71
232,038 **Th** 90	231 . **Pa** 91	238,03 . **U** 92	237 ⊙ **Np** 93	244 ⊙ **Pu** 94	243 ⊙ **Am** 95	247 ⊙ **Cm** 96	247 ⊙ **Bk** 97	251 ⊙ **Cf** 98	252 ⊙ **Es** 99	253 ⊙ **Fm** 100	256 ⊙ **Md** 101	254 ⊙ **No** 102	257 ⊙ **Lr** 103

Die künstlich hergestellten Elemente mit den Ordnungszahlen 106, 107, 108 und 109 sind noch nicht eingetragen, weil sie bisher keinen Namen erhalten haben (Stand 1984).

Eine wirtschaftliche Ausnutzung der Fusionsenergie setzt voraus, daß man nicht nur einzelne Kerne miteinander zur Verschmelzung bringt, sondern Bedingungen schafft, unter denen sich *ein einmal in Gang gebrachter Fusionsprozeß selbst unterhält.* Wir können dabei vergleichsweise an den chemischen Vorgang der Verbrennung denken. Hierbei vereinigen sich Atome zu Molekülen, etwa Wasserstoff- und Sauerstoffatome zu Wassermolekülen, wobei Wärme frei wird. Damit eine solche Verbrennung abläuft, muß die Entzündungstemperatur erreicht werden, und es muß die Möglichkeit gegeben sein, daß der Prozeß sich durch die ganze Substanz selbsttätig fortsetzen kann. Dies kann sehr schnell und unkontrollierbar geschehen; dann handelt es sich um eine Explosion. Die Vereinigung von Wasserstoff und Sauerstoff zu Wasser kann aber auch gesteuert vor sich gehen, so daß die abgegebene Energie nutzbringend verwertet werden kann. Bei der Fusion leichter Atomkerne entsteht in dem einen Falle die *Wasserstoffbombe* (S. 951), in dem anderen Falle der *Fusionsreaktor.*

Um die Schwierigkeiten zu verstehen, die bei einem Bau von Kernfusionsreaktoren auftreten, müssen wir uns noch mit einigen physikalischen Zusammenhängen beschäftigen, die hier von Bedeutung sind.

Man könnte zunächst daran denken, die in einem abgeschlossenen Volumen befindlichen Deuteriumatome mit genügend schnellen Deuteronen zu bombardieren. Dabei würde aber der größte Teil der Energie durch Wechselwirkung der aufgeschossenen Teilchen mit der Elektronenhülle der Deuteriumatome verlorengehen, und es würde nur sehr selten zu einer Kernfusion kommen, so daß die freiwerdende Energie nicht ausreicht, um die Reaktion selbsttätig fortzusetzen. Um die energieverzehrenden Ionisationserscheinungen zu vermeiden, muß man also ein vollionisiertes Plasma verwenden. Ferner muß man allen an der Reaktion beteiligten Kernen eine so hohe Energie geben, daß diese zur Überwindung der COULOMB-Abstoßung ausreicht. Dazu und zur Erzielung einer genügenden Ausbeute sind – wie oben errechnet – Temperaturen in der Größenordnung von $8 \cdot 10^8$ K erforderlich.

Für den Ablauf der Fusionsvorgänge ist schließlich die *Dichte des Plasmas* von Bedeutung. Wenn man von einem Deuteriumgas, das bei Zimmertemperatur einen Druck von 1013 hPa hat, ausgehen und dies nur auf einige Millionen Grad erhitzen würde, so ergäbe sich bei der Fusion von 1 kmol Deuterium die ungeheure Leistungsabgabe von etwa 17000 MW, und das Plasma würde dabei unter einem Druck von einigen Milliarden hPa stehen. Diese Verhältnisse liegen etwa bei der Explosion einer Wasserstoffbombe vor und lassen sich nicht mehr steuern und kontrollieren. Wenn man die Leistungsabgabe und den Gasdruck in kontrollierbaren Grenzen halten will, so muß man die Zahl der Fusionen verringern und deshalb von Teilchendichten ausgehen, die weit unterhalb des normalen Luftdrucks liegen. Eine Rechnung, auf deren Durchführung wir hier verzichten, zeigt, daß man zu praktisch brauchbaren Leistungsabgaben kommt, wenn der Druck des Deuteriumgases bei Zimmertemperatur 0,1 bis 0,01 hPa beträgt. Dies ist eine Gasdichte, die bereits ein besseres Vakuum darstellt, als wir es mit den Mitteln der Schule herstellen können. Wir können daher abschließend feststellen:

Um Fusionsenergie durch kontrollierbare Kernverschmelzungen gewinnen zu können, benötigt man ein vollionisiertes Deuteriumplasma mit äußerst geringer Dichte und einer Temperatur von einigen hundert Millionen Grad.

Zur weiteren Klärung der Verhältnisse sind noch einige Bemerkungen über die extrem hohen Temperaturen von einigen hundert Millionen Grad erforderlich. Man darf dabei nämlich nicht an eine große Hitze im üblichen Sinne denken, sondern es handelt sich bei diesen Temperaturen um sog. *kinetische Temperaturen,* d.h. Temperaturen, die sich auf die kinetische Energie der Gasteilchen beziehen. Der Wärmeinhalt eines solchen Plasmas ist trotz seiner hohen kinetischen Temperaturen recht klein, weil die Teilchendichte so gering ist. Auch hier gibt die Rechnung wieder eine klare Vorstellung. Ohne auf Einzelheiten näher einzugehen, erwähnen wir nur, daß 1 Liter Plasma mit einem Druck von 0,1 hPa und einer kinetischen Temperatur von $350 \cdot 10^6$ K nur einen Wärmeinhalt von 75400 J hat, d.h. so viel, wie man braucht, um nicht ganz $\frac{1}{4}$ Liter Wasser von Zimmertemperatur zum Sieden zu bringen.

Bei der Verwirklichung sich selbst unterhaltender und kontrollierbarer Kernfusion spielt weiter die Frage nach dem *Einschluß des Plasmas* eine wichtige Rolle. Um die geringe Dichte des Plasmas aufrecht zu erhalten, muß es in ein Gefäß eingeschlossen werden. Wegen des niedrigen Gasdrucks besitzen die Deuteronen aber eine große freie Weglänge und stoßen viel häufiger mit den Gefäßwänden als mit anderen Deuteronen zusammen. Bei solchen Stößen gegen die Wände verlieren die Deuteronen Energie, so daß das Plasma sich abkühlt und ein in Gang befindlicher Fusionsprozeß sehr schnell erlischt. Deshalb müssen die Zusammenstöße der Deuteronen mit den Gefäßwänden auf jeden Fall vermieden werden, nicht etwa, weil die Wände infolge der hohen Temperatur des Plasmas verdampfen könnten, denn dazu ist sein Wärmeinhalt viel zu gering, sondern weil das Plasma vor Energieverlusten geschützt werden muß.

Bei dem Versuch, das Einschlußproblem zu lösen, wird von der Tatsache Gebrauch gemacht, daß die elektrisch geladenen Teilchen eines Plasmas durch elektrische und magnetische Felder beeinflußt werden. So ist seit langem bekannt, daß sich elektrisch geladene Teilchen in einem Magnetfeld im allgemeinen auf *Spiralbahnen* längs der Feldlinien bewegen (Abb. 947.1). Dabei ist der Spiraldurchmesser um so kleiner, je stärker das Magnetfeld ist, und um so größer, je größer die Geschwindigkeit und die Masse der Teilchen sind.

Ferner spielt der *Pinch-* oder *Schnüreffekt* bei der Einschließung und der Aufheizung des Plasmas eine wichtige Rolle. Auch diese Erscheinung war lange vor der Beschäftigung mit Kernfusionen bekannt. Das einfachste Beispiel für diesen Effekt besteht darin, daß sich zwei parallele Leiter, die in der gleichen Richtung von elektrischen Strömen durchflossen werden, anziehen (S. 402). Eine ähnliche zusammenziehende Wirkung tritt auf, wenn man durch ein zylindrisches Rohr, das mit einem leitenden Gas gefüllt ist, einen genügend starken elektrischen Strom fließen läßt. Dieser erzeugt nämlich in seiner Umgebung ein magnetisches Feld, dessen Feldlinien die Strombahn als konzentrische Kreise umgeben. Die Feldlinien üben auf das Gas einen nach innen gerichteten Druck aus. Wenn dieser Druck größer als der Gasdruck wird, tritt der Pinch-Effekt auf, d.h., die Gasmasse erfährt eine fadenförmige Zusammenschnürung, so daß eine Ablösung von der Gefäßwand erfolgt; gleichzeitig tritt eine *Erwärmung des Gases* ein. Hierzu sind allerdings große magnetische Flußdichten und daher große elektrische Stromstärken erforderlich. Da aber ein Plasma ein ausgezeichneter elektrischer Leiter ist, können die notwendigen Stromstärken bei der Gasentladung in einem Plasma durchaus erreicht werden. Damit ergibt sich also:

Wenn eine zylindrische Plasmasäule von einem genügend starken elektrischen Strom durchflossen wird, verursacht der Pinch-Effekt eine Zusammenschnürung der Plasmasäule und damit ihre Ablösung von der Gefäßwand. Gleichzeitig tritt eine Erwärmung ein (Abb. 947.1).

Man spricht in diesem Falle auch von einem *magnetischen Einschluß des Plasmas*, weil dieses durch das magnetische Feld auf einen bestimmten Raum konzentriert wird.

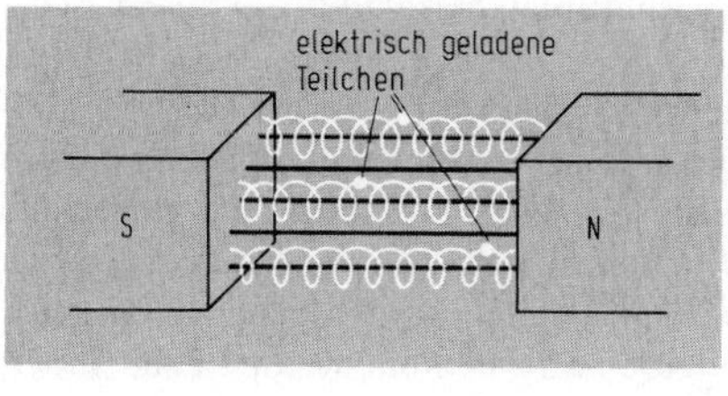

Abb. 947.1
Die Bewegung elektrisch geladener Teilchen in einem Magnetfeld

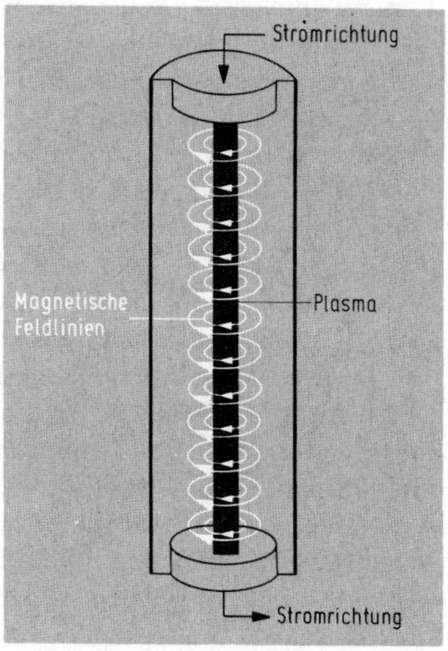

Abb. 947.2
Bei dem Durchgang eines starken elektrischen Stromes durch einen mit Plasma gefüllten Zylinder wird dieses durch den Pinch-Effekt zusammengeschnürt und dabei von den Wänden abgelöst.

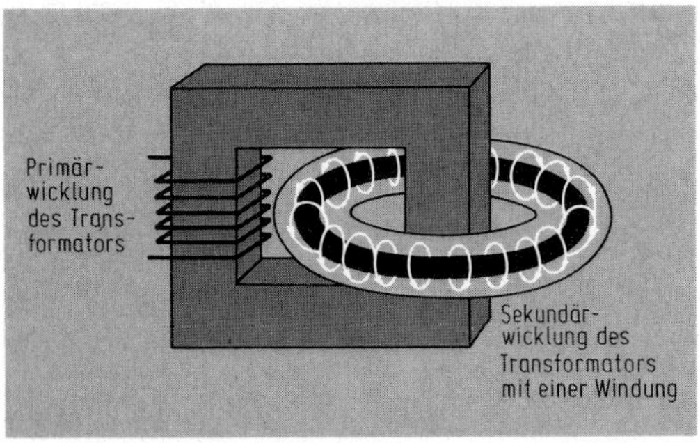

Abb. 948.1
Schematische Darstellung der Erzeugung einer torischen Plasmasäule

In der hier beschriebenen einfachsten Form hat die Anordnung aber noch so viele Mängel, daß sie technisch nicht verwertbar ist. So sind die auf diesem Weg erzeugten Plasmasäulen so wenig stabil, daß sie nicht einmal 1 s zusammenhalten, sondern sich innerhalb sehr kurzer Zeit wieder ausdehnen und dabei heftig gegen die Gefäßwand stoßen. Ein weiterer Mangel besteht darin, daß der in Abb. 947.2 dargestellte Pinch-Effekt zwar eine Loslösung der Plasmasäule von dem Mantel des Zylinders bewirkt, daß aber die Berührung an den Enden der Röhre bestehen bleibt. Dies genügt bereits, um zu erheblichen Störungen zu führen. Man hat daher versucht, die Einschlußbedingungen des Plasmas zu verbessern.

Eine solche Möglichkeit ergibt sich, wenn man den Zylinder zu einem geschlossenen, kreisförmigen Rohr zusammenbiegt. Dieses einem Autoschlauch ähnliche Gebilde wird als *Torus* bezeichnet. Eine solche torusförmige Plasmaanordnung könnte dann als einzige Sekundärwindung eines Transformators geschaltet werden, wie dies in Abb. 948.1 schematisch dargestellt ist.

Diese Anordnung ist aber leider mit einem neuen Nachteil verbunden. Es läßt sich nämlich dabei nicht vermeiden, daß die magnetische Feldstärke auf der Innenseite des Plasmaringes größer als auf seiner Außenseite ist. Dies hat zur Folge, daß das Plasma als Ganzes in sehr kurzer Zeit an die Außenwand des Torus gedrückt wird.

Es ist deshalb notwendig, die Magnetfeldanordnung so zu verbessern, daß das Plasma in eine stabile Gleichgewichtslage gebracht wird. Hierzu wird das ringförmige Vakuumrohr mit zahlreichen Feldspulen umgeben, deren Feldlinien sich dem Hauptfeld überlagern. Dabei ergeben sich resultierende Feldlinien, welche sich schraubenförmig um den Torus winden. Die Plasmastabilisierung kann auf zwei verschiedene Weisen erreicht werden:

Bei der als *Stellarator* bezeichneten Anordnung wird das Vakuumrohr mit stromdurchflossenen Leitern umwickelt, deren Magnetfelder die ursprünglich parallelen Feldlinien verdrillen. Dadurch wird die Plasmasäule im Gleichgewicht gehalten.

Eine andere Möglichkeit bietet die *Tokamak*-Anordnung, bei der die notwendige Verdrillung der magnetischen Feldlinien durch sehr starke elektrische Ströme im Plasma selbst erzeugt wird. Dieser Strom wird durch einen Transformator induziert, dessen Sekundärwicklung eine einzige Windung hat, welche durch das Plasma geliefert wird, wie dies in Abb. 948.1 bereits schematisiert dargestellt worden ist. Umgibt man das Plasma zusätzlich mit einer Kupferschale, so werden in dieser Schale bei einer Auswärtsbewegung des Plasmas Gegenströme induziert, deren Magnetfelder das Plasma wieder nach innen drücken und es so im Gleichgewicht halten. An die Stelle der Kupferschale können zur Erzeugung solcher Magnetfelder auch geeignete Magnetspulen treten.

In Abb. 949.1 ist ein Stellarator aus dem Max-Planck-Institut für Plasmaphysik in Garching bei München wiedergegeben. Hierbei wird das Plasma durch eine sogen. Widerstandsheizung aufgeheizt, indem ein elektrischer Strom mit einer Stromstärke von mehr als 100000 Ampere über gewaltige Eisenjoche in das Plasma eingekoppelt wird. Dieser elektrische Strom erhitzt das Plasma in ähnlicher Weise wie dies bei dem durch den Metallfaden einer Glühlampe fließenden Strom auch geschieht. Allerdings reicht diese Heizmethode nicht aus, um die für eine Kernfusion erforderliche Temperatur von etwa 100 Millionen K zu erreichen. Deshalb müssen noch zusätzliche Heizverfahren angewendet werden, auf die hier aber nicht eingegangen werden kann.

Abb. 949.1
Stellarator Wendelstein IIb im MAX-PLANCK-Institut für Plasmaphysik in Garching bei München

Die mit Hilfe der Stellaratoren durchgeführten Untersuchungen sollen in erster Linie klären, welche Magnetfeldanordnungen besonders gut geeignet sind, heiße Plasmen für längere Zeit einzuschließen. Auf Abb. 949.1 erkennt man die verschiedenen Magnetspulen und einen Teil der umfangreichen Elektronik, die zum Betrieb des Stellarators erforderlich ist.

Die Vorarbeiten zum Bau eines Fusionsreaktors sind bereits so weit gediehen, daß man schon relativ klare Vorstellungen darüber hat, wie ein solcher Reaktor grundsätzlich gebaut sein könnte und wie die Umwandlung der Fusionsenergie in Wärme und in elektrische Energie vor sich gehen kann. In Abb. 949.2, vgl. Farbtafel nach S. 944, ist eine solche Anlage vereinfacht und schematisiert dargestellt. Im Innern des ringförmigen Reaktors befindet sich als Brennstoff eine Mischung aus den Kernen der Wasserstoffisotope Deuterium und Tritium. Dieses auf 100 bis 200 Millionen Kelvin erhitzte Fusionsplasma wird durch geeignete Magnetfelder in der früher dargelegten Weise ohne Wandkontakt frei schwebend eingeschlossen. Hier spielen sich dann die folgenden schon erwähnten Kernreaktionen ab:

die D-D-Reaktion,
die D-T-Reaktion,
die D-$^{3}_{2}$He-Reaktion.

Die dabei frei werdende Fusionsenergie tritt zum weitaus überwiegenden Teil als kinetische Energie der abgegebenen Neutronen in Erscheinung.

Der ringförmige Fusionsraum ist von einem Mantel umgeben, durch den in einem geschlossenen Kreislauf flüssiges Lithium 6 oder eine Lithiumverbindung gepumpt wird. Dieser Lithiummantel hat zwei Aufgaben zu erfüllen:

1. Die bei der Fusion frei werdenden schnellen Neutronen durchdringen die Wand des Fusionsraumes und heizen das Lithium durch Stöße auf Temperaturen bis 1000 °C auf. Die Wärme wird durch das Lithium zu einem Wärmetauscher transportiert und hier an einen Wasserkreislauf abgegeben. Der in einem Dampferzeuger entstehende Wasserdampf betreibt Turbinen, die ihrerseits Generatoren bewegen und so die kinetische Energie in elektrische Energie umsetzen.

2. Bei dem Zusammentreffen der Neutronen mit den Lithiumkernen spielt sich die früher erwähnte

$^{6}_{3}$Li-$^{1}_{0}$n-Reaktion

ab, bei der das für die Kernfusionen notwendige Tritium entsteht. Dieses Tritium wird dem Lithium-Kühlkreis in einem Tritiumabsceider entzogen und in den Fusionsraum zurückgebracht.

Natürlich muß dem Fusionsraum von außen laufend neues Deuterium zugeführt werden. Außerdem ist es notwendig, das hier entstehende Helium 3 mit Hilfe einer Vakuumpumpe zu entfernen.

Die den ringförmigen Fusionsraum in Abb. 949.2, vgl. Farbtafel nach S. 944, umgebende Spule dient zur Erzeugung der magnetischen Zusatzfelder, welche die oben erwähnte Verdrillung der Hauptfeldlinien und damit die Stabilisierung des Fusionsplasmas bewirken. Um die hierzu erforderlichen großen Stromstärken zu erzielen, muß die Magnetspule durch flüssiges Helium gekühlt werden. Die Folge dieser Kühlung ist nämlich, daß der elektrische Widerstand der Spule erheblich abnimmt. Diese als Supraleitung bezeichnete Erscheinung ermöglicht dann den Einsatz der hier erforderlichen sehr großen Stromstärken.

Über die *Vorteile und die Risiken der Kernfusionskraftwerke* ist zu sagen:

1. Die benötigten Ausgangsstoffe sind in praktisch unerschöpflicher Menge vorhanden und auf verhältnismäßig billige Weise zu gewinnen.

Das als Fusionsbrennstoff erforderliche *Deuterium* kommt in großen Mengen im Meerwasser vor und ist hieraus leicht isolierbar.

Das als Brutstoff und Kühlmittel dienende Leichtmetall *Lithium* ist ebenfalls in ausreichender Menge überall auf der Erde vorhanden und kann ohne großen Aufwand gewonnen werden.

2. Bei den Fusionsreaktoren treten *keine chemischen Umweltbelastungen* auf. Ferner entstehen wesentlich *weniger radioaktive Abfälle*, die eine Aufarbeitung und Endlagerung erforderlich machen könnten, als dies bei den Spaltreaktoren der Fall ist. Allerdings darf nicht übersehen werden, daß die bei den Fusionen in großer Menge frei werdenden Neutronen nicht dem magnetischen Einschluß unterworfen sind, so daß sie in das feste Baumaterial des Reaktors eindringen. Dabei können nicht nur Materialschäden eintreten, sondern es entstehen auch gefährliche Radionuklide, die es erforderlich machen, daß der Reaktor in regelmäßigen Abständen erneuert wird, wobei die radioaktiven Materialien zu entsorgen sind.

3. Das in den Fusionsreaktoren erbrütete *Tritium* ist zwar hoch radioaktiv und vermag auch die Reaktorwände zu durchdringen, aber es können sich keine Vorräte ansammeln, weil es bei dem Fusionsprozeß laufend verbraucht wird.

4. Die Fusionsreaktoren arbeiten sehr sicher, denn aus physikalischen Gründen kann es hier *keine nuklearen Explosionen* geben.

5. Allgemein gilt, daß das mit den Fusionsreaktoren verbundene *Sicherheitsrisiko* nach dem heutigen Stand der Erkenntnis erheblich geringer ist als bei den Kernspaltungsreaktoren. Wenn durch ein kleines Leck das Vakuum im Fusionsraum auch nur wenig zurückgehen sollte, so käme die Reaktion sofort von selbst zum Erlöschen.

6. Die Kernfusionskraftwerke haben bei der Umwandlung von Wärme in andere Energieformen einen *guten Wirkungsgrad*, was zur Folge hat, daß sie sehr wirtschaftlich arbeiten werden.

3. Die Laser-Kernfusion

Die dargelegten Schwierigkeiten bei dem Einschluß eines Plasmas haben die Physiker veranlaßt, Versuche zu unternehmen, um den entscheidenden Zusammenhalt des Plasmas auch auf anderen Wegen zu erreichen. In den letzten Jahren wurden hierbei Hochleistungslaserstrahlen eingesetzt. Mit Hilfe solcher Strahlen lassen sich sehr hohe Energiedichten erreichen. Wenn man nun kleine Brennstoffkügelchen aus gefrorenen Wasserstoffisotopen, die einen Durchmesser von 0.1 bis 1 mm haben, mit intensiven und extrem kurzfristigen Laserimpulsen beschießt, so setzt an der Oberfläche eine explosionsartige Verdampfung ein. Durch den Rückstoß wird dann eine zum Zentrum des bestrahlten Kügelchens verlaufende Stoßwelle ausgelöst, die einen Teil der aufgestrahlten Energie zur Mitte des Kügelchens transportiert, wo sie dann auf engstem Raum fokussiert wird. Die Folge davon ist, daß Temperaturen von mehreren Millionen Kelvin erreicht werden. In dem auf diese Weise entstandenen heißen Plasma können dann Kernfusionen erfolgen, bei denen ein Energieüberschuß erzielt wird, bevor das Plasmakügelchen durch Explosion zerfällt. Man kann diesen Vorgang mit dem impulsweisen Zünden sehr kleiner Wasserstoffbomben vergleichen.

Da hier keine Magnetfelder zum Einschluß des Plasmas erforderlich sind, vermeidet dieses Verfahren auch alle Schwierigkeiten, die mit der Anwendung solcher Felder verbunden sind. Allerdings ist es bisher nicht gelungen, eine Zündfortpflanzung aus dem primären Zündbereich hinaus in den übrigen Fusionsstoff zu erzielen. Aber nur wenn dies gelingt, wenn also aus dem Bereich der Erstzündung heraus weiterer Fusionsstoff auf die Zündtemperatur gebracht werden kann, ist mit der Freisetzung von Energiebeträgen zu rechnen, die einen wirklichen Energiegewinn bedeuten.

Es kann heute noch nicht gesagt werden, ob es mit Hilfe der Impulslaser-Fusion möglich sein wird, einen Fusionsreaktor zu bauen.

Die vorstehenden Ausführungen über den Bau und die Wirkungsweise der Fusionsreaktoren sind stark vereinfacht. Sie sollten nur dazu dienen, die grundlegenden physikalischen Probleme solcher Einrichtungen aufzuzeigen. In der ganzen Welt wird mit großem Einsatz an der Überwindung der noch vorhandenen Schwierigkeiten gearbeitet. In der Bundesrepublik Deutschland nimmt das schon erwähnte

MAX-PLANCK-Institut für Plasmaphysik in Garching bei München auf diesem Gebiet eine führende Stellung ein. Die noch erforderlichen Großexperimente sind aber so kostspielig, daß sie die Leistungsfähigkeit eines einzelnen Staates überschreiten und nur in internationaler Zusammenarbeit finanziert werden können. Deshalb wurde im Jahre 1979 in CULHAM in England der Grundstein für die europäische Kernfusions-Versuchsanlage JET (Joint European Torus = gemeinsamer europäischer Torus) gelegt, die von der Europäischen Gemeinschaft betrieben wird. Mit Hilfe dieser bisher größten Fusionsforschungsanlage der Welt sollen die Möglichkeiten einer Energiegewinnung durch Kernfusionen in großem Maßstab erforscht werden.

Wir stellen abschließend fest:

Die an der Entwicklung der Kernfusionsreaktoren beteiligten Fachleute vertreten die Auffassung, daß der Bau eines wirtschaftlich arbeitenden Fusionskraftwerkes für die Erzeugung von elektrischer Energie oder von Prozeßwärme Anfang des kommenden Jahrhunderts möglich sein wird. Bis dahin sind allerdings sowohl bei dem magnetischen Einschluß des Plasmas als auch bei der Laser-Kernfusion noch außerordentlich schwierige physikalische und technische Probleme zu lösen.

8.4.24 Die Kernwaffen

Als die entscheidenden Entdeckungen über die Spaltung schwerer Atomkerne gelangen, befanden sich die auf diesem Gebiet führenden Völker miteinander im Kriege. Deshalb wurde die Aufmerksamkeit in erster Linie auf eine Ausnutzung dieser Entdeckungen für Kriegszwecke gerichtet, während ihre friedliche Verwendung zunächst in den Hintergrund trat. Die Folge war die Entwicklung der *Kernwaffen*, mit denen wir uns im folgenden kurz beschäftigen wollen.

Es ist heute üblich, drei Gruppen von Kernwaffen zu unterscheiden:

1. Kernwaffen, die von der *Kernspaltung* Gebrauch machen. Sie werden auch als *Kernspaltwaffen*, *Atombomben*, *A-Bomben* oder *Fissionsbomben* bezeichnet.

2. Kernwaffen, die von der *Kernfusion* Gebrauch machen. Sie werden auch als *Kernfusionswaffen* oder als *thermonukleare Waffen* bezeichnet. Da bei allen Bomben dieser Art stets Wasserstoffisotope verwendet werden, bezeichnet man sie auch als *Wasserstoffbomben* oder *H-Bomben*.

3. Kernwaffen, die gleichzeitig von der Kernspaltung und der Kernverschmelzung Gebrauch machen. Man spricht dann von *Dreiphasenkernwaffen* oder *Fission-Fusion-Fission-Bomben (FFF-Bomben)*.

1. Die Kernspaltwaffen

Es gibt zahlreiche Möglichkeiten für den Bau von Kernspaltwaffen. In allen Fällen kommt es darauf an, plötzlich eine unkontrollierte Kettenreaktion mit einem Multiplikationsfaktor größer als 1 auszulösen. Als Spaltstoff dient reines $^{235}_{92}U$ oder $^{239}_{94}Pu$.

Bei der Konstruktion der Uran- oder Plutoniumbomben wird von der früher behandelten Tatsache Gebrauch gemacht, daß eine solche Kettenreaktion nur abläuft, wenn die Menge der Spaltsubstanz mindestens gleich der kritischen Masse ist. Uran- oder Plutoniumstücke unterhalb der kritischen Masse sind ungefährlich. Deshalb werden in der Bombe zwei solche unterkritischen Massen meist in Form von Halbkugeln in einem Gehäuse getrennt untergebracht. Zur *Zündung der Bombe* werden diese unterkritischen Massen durch an der Außenseite der Halbkugeln angebrachte Sprengkapseln schnell zu einem einzigen Körper von überkritischer Masse zusammengeschossen (Abb. 952.1). Nunmehr genügt ein einziges Neutron zur Auslösung der Kernexplosion. Dieses kann aus der Luft, die ständig freie Neutronen enthält, oder aus einer in die Bombe eingebauten kleinen Neutronenquelle stammen.

Durch die dann einsetzende, sich lawinenartig steigernde Kettenreaktion entsteht eine starke Erhitzung und ein großer Explosionsdruck, der den Spaltstoff auseinanderschleudert, so daß das System schnell wieder unterkritisch wird. Die Kettenreaktion erlischt damit, bevor der Spaltstoff ganz oder auch nur zu einem erheblichen Teil gespalten ist. Um dies wenigstens teilweise zu verhindern, umgibt man die Reaktionsmasse

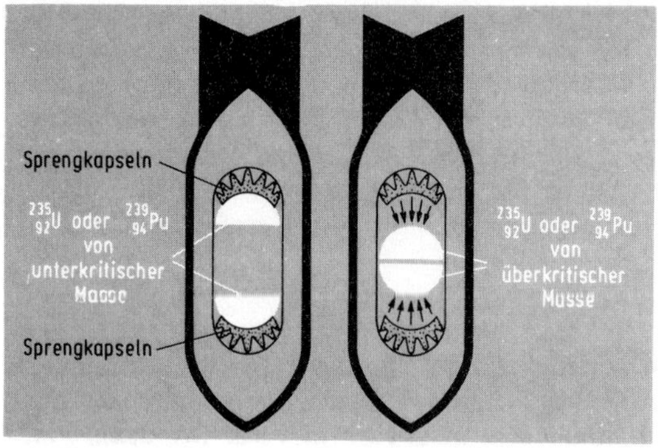

Abb. 952.1
Kernspaltbombe vor und nach der Zündung

mit einem *Tamper*, d.h. einem Mantel aus Stahl oder aus anderen Stoffen mit hoher relativer Atommasse, der bewirken soll, daß der Spaltstoff nach der Zündung noch möglichst lange zusammengehalten wird. Dieser Tamper kann gleichzeitig als Neutronenreflektor dienen und dafür sorgen, daß möglichst wenig Neutronen nach außen entweichen und damit der Kettenreaktion entzogen werden.

Obwohl genaue Zahlen über die *kritische Masse bei Kernspaltbomben* bisher nicht veröffentlicht worden sind, kann man annehmen, daß bei dem Einbau eines Tampers und Neutronenreflektors die kritische Masse

bei $^{235}_{92}U$ etwa 15–20 kg,
bei $^{239}_{94}Pu$ etwa 5–10 kg

beträgt. Natürlich sind bei den bisher erprobten oder zum Einsatz gelangten Bomben auch größere Kernsprengstoffmengen verwendet worden. Es muß dann nur dafür Sorge getragen werden, daß die einzelnen Teile vor ihrer Vereinigung unterkritisch sind. Trotz aller Hilfsmaßnahmen, wie Tamper und Reflektor, werden aber kaum mehr als 10% des Spaltstoffes wirklich gespalten. Dennoch sind die dabei freigesetzten Energiemengen ungeheuer groß.

Beispiel Die in *Hiroshima* eingesetzte Atombombe enthielt wahrscheinlich rund 15 kg des Spaltstoffes $^{235}_{92}U$. Es kann angenommen werden, daß hiervon etwa 1 kg gespalten wurde. Das bedeutet eine Energiefreisetzung von rund $23 \cdot 10^6$ kWh. Wenn man zum Vergleich einen der wirksamsten chemischen Sprengstoffe, das Trinitrotoluol, abgekürzt TNT, chemische Formel $C_6H_2 \cdot CH_3 \cdot (NO_2)_3$, heranzieht, so ergibt sich, daß

20000 Tonnen

Trinitrotoluol zur Explosion gebracht werden müssen, um die gleiche Energie freizusetzen wie bei der Spaltung von 1 kg der Spaltstoffe $^{235}_{92}U$ oder $^{239}_{94}Pu$.

Bei der Plutoniumgewinnung in den Brutreaktoren entsteht neben dem Nuklid $^{239}_{94}Pu$ in kleinen Mengen auch das Nuklid $^{241}_{94}Pu$. Dieses hat eine kleinere kritische Masse als $^{239}_{94}Pu$. Es dient deshalb zur Herstellung *leichter taktischer Kernwaffen*. Seine Halbwertszeit beträgt rund 13 Jahre. Die mit solchen Sprengsätzen versehenen Waffen müssen etwa alle zwei Jahre aufbereitet werden, um sie von den inzwischen entstandenen und störenden Zerfallsprodukten zu befreien.

2. Die Kernfusionswaffen

Bei diesen Waffen wird von der thermonuklearen Kernverschmelzung Gebrauch gemacht. Wie wir wissen, gelingen diese Prozesse nur bei Temperaturen von einigen 10^6 K. Dies bedeutet, daß die an der Reaktion beteiligten Stoffe erst einmal auf diese Temperatur gebracht werden müssen. Wenn der Vorgang dann in Gang gekommen ist, erhöht sich durch die Fusionen die frei werdende Energie rasch weiter, die Kernreaktionen werden schnell zahlreicher und die gesamte Stoffmenge setzt sich explosionsartig um. Man hat die Wasserstoffbombe deshalb mit einer Pulverladung verglichen, die erst durch ein Zündhütchen auf genügend hohe Temperatur gebracht werden muß und dann von selbst weiterbrennt. Da der *Zünder der Wasserstoffbombe* kurzfristig eine Temperatur von mehreren 10^6 K erreichen muß, kommt hierfür nur eine Uran- oder Plutoniumbombe in Frage.

Praktisch verfährt man nun in der Weise, daß die Uran- oder Plutoniumbombe von einem Mantel umgeben wird, in dem die zur Fusion bestimmten Stoffe untergebracht sind. Dabei sind verschiedene Formen entwickelt worden. Wir beschränken uns hier auf die Beschreibung eines Typs.

Bei der hier behandelten Fusionsbombe wird als Fusionsstoff *Lithiumdeuterid* (LiD) verwendet. Dabei muß aber das Lithiumisotop $^6_3\mathrm{Li}$ verwendet werden, das mit 7,4% in dem natürlichen Isotopengemisch vorkommt. Das mit 92,6% auftretende Lithiumisotop $^7_3\mathrm{Li}$ ist für die vorliegenden Zwecke ungeeignet. Bei der Zündung durch die Spaltbombe entsteht eine Temperatur, die zum Ablauf der folgenden Reaktionen ausreicht:

$$^6_3\mathrm{Li} + {}^1_0\mathrm{n} \rightarrow {}^4_2\mathrm{He} + {}^3_1\mathrm{T} + 4{,}6\ \mathrm{MeV}$$
$$\downarrow$$
$$^3_1\mathrm{T} + {}^2_1\mathrm{D} \rightarrow {}^4_2\mathrm{He} + {}^1_0\mathrm{n} + 17{,}6\ \mathrm{MeV}.$$

Die zur Einleitung dieser Reaktionen erforderlichen Neutronen werden von der Spaltbombe geliefert. Im Laufe des Prozesses erfolgt laufend eine Neuerzeugung von Neutronen. Die Gesamtbilanz der angegebenen Reaktionen ist

$$^6_3\mathrm{Li} + {}^2_1\mathrm{D} \rightarrow 2 \cdot {}^4_2\mathrm{He} + 22{,}2\ \mathrm{MeV}.$$

Aus einem Lithiumkern und einem Deuteriumkern entstehen also zwei Heliumkerne und die gewaltige Energie von 22,2 MeV.

Wenn genügend Tritonen vorhanden sind, kann außerdem die Reaktion

$$^3_1\mathrm{T} + {}^3_1\mathrm{T} \rightarrow {}^4_2\mathrm{He} + 2 \cdot {}^1_0\mathrm{n} + 11{,}3\ \mathrm{MeV}$$

ablaufen, aus der sich der folgende Fusionszyklus zu entwickeln vermag:

$$^6_3\mathrm{Li} + {}^1_0\mathrm{n} \rightarrow {}^4_2\mathrm{He} + {}^3_1\mathrm{T} + 4{,}6\ \mathrm{MeV}$$
$$\downarrow$$
$$^3_1\mathrm{T} + {}^3_1\mathrm{T} \rightarrow {}^4_2\mathrm{He} + 2\,{}^1_0\mathrm{n} + 11{,}3\ \mathrm{MeV}$$
$$\downarrow$$
$$^6_3\mathrm{Li} + {}^1_0\mathrm{n} \rightarrow {}^4_2\mathrm{He} + {}^3_1\mathrm{T} + 4{,}6\ \mathrm{MeV}.$$

Aus zwei Lithiumkernen werden dabei drei Heliumkerne gebildet, ohne daß Tritonen verbraucht werden.

Es gibt noch eine Reihe anderer Fusionsreaktionen, die die Grundlage für den Bau von Kernfusionswaffen bilden können. Auf Einzelheiten soll hier aber nicht näher eingegangen werden.

Die Verschmelzungswaffen geben bei dem gleichen Umsatz an Reaktionsmasse erheblich größere Energiebeträge ab als die Spaltwaffen. Und noch aus einem anderen Grunde können die Kernverschmelzungswaffen sehr viel stärkere Wirkungen als die Kernspaltwaffen haben. Die Masse des in einer Spaltbombe unterbringbaren Spaltstoffes ist wegen der kritischen Masse nach oben begrenzt, weil nicht beliebig viele unterkritische Teilstücke in eine Bombe eingebaut und bei der Zündung genügend schnell vereinigt werden können. Bei der Fusionsbombe gibt es keine kritische Masse und damit keine obere Begrenzung der Fusionsstoffe. Eine Begrenzung könnte höchstens dadurch gegeben sein, daß die Bomben durch Flugzeuge oder andere Träger transportiert werden müssen. Die zerstörende Wirkung dieser Bomben ist aus den dargelegten Gründen sehr viel nachhaltiger und weitreichender als diejenige der Spaltbomben.

3. *Die Dreiphasenkernwaffen*

Diese Waffen stellen eine Weiterentwicklung der Fusionsbomben dar. Man umgibt die Fusionsbombe mit einem Mantel aus $^{238}_{92}\mathrm{U}$. Eine Dreiphasenbombe enthält also in ihrem Zentrum als Zündung eine Spaltbombe aus $^{235}_{92}\mathrm{U}$ oder $^{239}_{94}\mathrm{Pu}$, die auf eine der früher dargelegten Arten gezündet werden muß. Dieser zentrale Teil ist von einer Fusionsschicht umgeben, die ihrerseits wieder in einen Mantel aus $^{238}_{92}\mathrm{U}$ eingehüllt ist. Der Explosionsverlauf einer solchen Bombe beginnt mit der Zündung und Fission der zentralen Spaltbombe, durch die dabei frei werdende Wärme wird eine Fusion eingeleitet, die ihrerseits eine Fission des $^{238}_{92}\mathrm{U}$-Mantels bewirkt. Aus diesem Grunde spricht man von einer *Fission-Fusion-Fission-Bombe.*

Die zerstörenden Wirkungen dieser Bomben sind ungeheuer groß. Es sollen auch hier wieder einige Zahlen genannt werden:

Die zuerst getestete Dreiphasenbombe entsprach einer Wirkung von

15 Millionen Tonnen

des oben erwähnten, äußerst wirksamen Sprengstoffes Trinitrotoluol.

Der gesamte Sprengstoffverbrauch im zweiten Weltkrieg entsprach der Wirkung von rund

5 Millionen Tonnen

Trinitrotoluol, von denen etwa

1,3 Millionen Tonnen

über Deutschland zur Explosion gebracht wurden. Es ergibt sich also:

Die erste getestete Dreiphasenbombe hatte mehr als die zehnfache Wirkung aller im zweiten Weltkrieg über Deutschland abgeworfenen Bomben.

Inzwischen sind die Dreiphasenbomben weiterentwickelt worden, so daß heute *eine* Bombe dieser Art mehr Energie freisetzt, als dies auf der ganzen Welt durch chemische Sprengstoffe seit ihrer Erfindung geschehen ist.

8.4.25 Die Kernmodelle

Bisher haben wir uns auf die Behandlung von Erfahrungstatsachen aus dem Bereich der Atomkerne beschränkt. Wie früher schon des öfteren ausgeführt worden ist, gibt sich die Physik aber mit einer solchen Sammlung von Einzeltatsachen nicht zufrieden, sondern sie betrachtet es als ihre wesentliche Aufgabe, das empirische Material miteinander zu verknüpfen und einheitlich zu deuten. Diesem Zwecke dienen die *physikalischen Theorien* und die *Modellvorstellungen.* Früher haben wir uns ebenfalls immer um die Entwicklung solcher zusammenfassenden Theorien und Modelle bemüht. So wurden z.B. die Einzelerkenntnisse aus dem Bereich der Atomhülle durch das BOHR-SOMMERFELD-Atommodell oder die entsprechenden wellenmechanischen Modelle einheitlich gedeutet und beschrieben. In ähnlicher Weise hat man auch für die Atomkerne Modellvorstellungen zu entwickeln versucht. Wenn wir im folgenden ebenfalls einen solchen Versuch unternehmen, so wollen wir uns dabei immer der früher schon mehrfach unterstrichenen Tatsache bewußt bleiben, daß jede physikalische Modellvorstellung unter ganz bestimmten Gesichtspunkten konstruiert ist und daß sie den dargestellten Gegenstand jeweils in besonderer Weise vereinfacht. Hieraus ergibt sich weiter, daß man sich davor hüten muß, Modell und Wirklichkeit miteinander zu identifizieren. Wir haben ferner früher erkannt, daß es in vielen Fällen nicht möglich ist, ein physikalisches Objekt in allen seinen Eigenschaften durch ein einziges Modell zu erfassen und anschaulich zu beschreiben, sondern daß man hierzu mehrere Modelle nebeneinander benutzen muß. Diese früher gewonnenen Einsichten gelten auch für die *Modellvorstellungen über die Atomkerne.*

Die Konstruktion jedes Kernmodells muß von der gesicherten Erfahrungstatsache ausgehen, daß alle Atomkerne aus Protonen und Neutronen aufgebaut sind, wobei nur der Wasserstoffkern insofern eine Ausnahme macht, als er lediglich aus einem Proton besteht. Es ist deshalb das erstrebenswerte Ziel der Kernphysik, alle Einzelerkenntnisse über die Atomkerne aus den Eigenschaften ihrer Bausteine, den Protonen und Neutronen, sowie den zwischen ihnen herrschenden Wechselwirkungen zu verstehen. Von der Erreichung dieses Zieles ist die Physik heute aber noch weit entfernt. Dies liegt vor allem daran, daß über die zwischen den Nukleonen wirkenden Kräfte, die *Kernkräfte*, bisher zu wenig bekannt ist und daß die ins einzelne gehende mathematische Behandlung des Problems wegen der großen Zahl der Kernbausteine bei nahezu allen Atomkernen große Schwierigkeiten macht. Es erweist sich deshalb auch hier als notwendig, die wirklichen Sachverhalte erheblich zu vereinfachen, so wie dies früher bei den Modellverstellungen ebenfalls geschehen ist. Diese Vereinfachungen können in sehr verschiedener Weise vorgenommen werden, und es ergeben sich so auch recht unterschiedliche Modelle. Jedes dieser Modelle gestattet die Beschreibung und Interpretation eines Teiles der vom Atomkern bekannten Eigenschaften und hat damit seinen physikalischen Wert. Es ist hier nicht möglich, die große Zahl der von den Physikern entwickelten Kernmodelle vollständig zu besprechen, sondern wir werden uns auf zwei charakteristische Beispiele beschränken:

1. Das GAMOW-*Tropfenmodell* und

2. das Schalenmodell.

1. Das GAMOW-*Tropfenmodell der Atomkerne*

Das von dem amerikanischen Physiker russischer Herkunft G. GAMOW (1904 – 1968) entwickelte und von dem früher schon genannten dänischen Physiker N. BOHR weiter ausgestaltete Tropfenmodell ist das anschaulichste aller Kernmodelle. Dabei geht man von der folgenden Grundannahme aus:

Die Atomkerne werden als kleine Tropfen einer aus Protonen und Neutronen bestehenden Kernflüssigkeit betrachtet.

Es gibt eine Reihe von Erfahrungstatsachen, die zeigen, daß die Atomkerne und die Flüssigkeitstropfen einige wesentliche Eigenschaften gemeinsam haben, so daß es naheliegend und gerechtfertigt ist, ein Tropfenmodell für die Atomkerne zu entwickeln. Es handelt sich dabei um die folgenden Tatsachen:

a) Die Dichte der Atomkerne

Es hat sich früher gezeigt, daß die *Dichte der Atomkerne* für alle Kernarten nahezu den gleichen Wert

$$\rho \approx 1{,}4 \cdot 10^{17}\,\frac{\mathrm{kg}}{\mathrm{m}^3}$$

hat (S. 848). Das gleiche gilt für Flüssigkeitstropfen, bei denen die Dichte für die gleiche Flüssigkeit ebenfalls von der Tropfengröße unabhängig ist; der Wert von ρ ist hier allerdings wesentlich kleiner.

b) Die Kernkräfte

Eine weitere wichtige Übereinstimmung zwischen Atomkernen und Flüssigkeitstropfen bezieht sich auf die wirkenden Kräfte. Wir wissen, daß der Zusammenhalt zwischen den Atomen und Molekülen eines Tropfens durch die VAN-DER-WAALS-Kräfte bewirkt wird, die nur eine sehr geringe Reichweite haben, so daß Wechselwirkungen lediglich zwischen den einander am nächsten liegenden Teilchen stattfinden. Auch die *Kernkräfte* haben nur eine *sehr kurze Reichweite.* Ihr Wirkungsradius läßt sich experimentell auf verschiedene Weisen ermitteln und beträgt etwa

$$r_0 \approx 1{,}42 \cdot 10^{-15}\,\mathrm{m}\,.$$

c) Die Bindungsenergie

Noch deutlicher wird die Übereinstimmung zwischen Atomkernen und Flüssigkeitstropfen, wenn wir die *Bindungsenergie* der Bausteine betrachten. Jeder weiß, daß zur Herauslösung eines Wassermoleküls aus seiner Umgebung immer die gleiche Energie erforderlich ist, unabhängig davon, ob diese Herauslösung aus einem kleinen Tropfen, aus einem Glase Wasser oder einem großen See erfolgt. Der Grund hierfür liegt in der soeben erwähnten kurzen Reichweite der VAN-DER-WAALS-Kräfte, die bewirkt, daß nur die unmittelbar benachbarten Teilchen auf das herauszulösende Teilchen wirken, während alle übrigen hierauf keinen Einfluß haben. In Übereinstimmung hiermit erweist sich gemäß unseren früheren Feststellungen auch bei einem Atomkern die Abtrennarbeit für jedes einzelne Nukleon als näherungsweise unabhängig von der Größe des Atomkernes. Die Erfahrung hat ergeben, daß die Abtrennarbeit oder Bindungsenergie – von gewissen noch zu besprechenden Ausnahmen abgesehen – im Mittel etwa 8 MeV je Nukleon beträgt (vgl. S. 917). Ein genaueres Bild von der Größe der Bindungsenergie je Nukleon für die verschiedenen Atomkerne hat uns Abb. 917.1 vermittelt.

Die dargelegten Übereinstimmungen zwischen den Flüssigkeitstropfen und den Atomkernen rechtfertigen also den Versuch, auch weitere Eigenschaften der Atomkerne mit Hilfe dieses Modells zu erfassen. Daß dies in der Tat innerhalb gewisser Bereiche möglich ist, soll im folgenden an einzelnen Beispielen dargelegt werden, die jedoch nicht vollständig sein können.

Zunächst wollen wir untersuchen, was das Tropfenmodell zum Problem der *Bindungsenergie der Nukleonen* auszusagen vermag. Ein Blick auf Abb. 917.1 zeigt, daß die Bindungsenergie je Nukleon strenggenommen nicht 8 MeV beträgt, sondern daß sie sowohl für die leichten als auch für die schweren Kerne kleinere Werte besitzt. Beide Feststellungen lassen sich mit Hilfe des Tropfenmodells zwanglos erklären. Bei den leichten Kernen folgt dies unmittelbar aus der Oberflächenspannung der Kernflüssigkeit. Wegen der geringen Reichweite der Kernkräfte tritt jedes Nukleon nur mit seinen unmittelbaren Nachbarn in Wechselwirkung; die an der Oberfläche liegenden Teilchen haben aber weniger Nachbarn als die im Innern befindlichen und sind deshalb lockerer gebunden als diese. Aus einer einfachen geometrischen Überlegung folgt weiter, daß der prozentuale Anteil der an der Oberfläche befindlichen Nukleonen um so größer ist, je kleiner der Kern wird. Daraus folgt, daß die mittlere Bindungsenergie je Nukleon bei den leichteren Kernen unter dem Mittelwert von 8 MeV liegen muß. Bei den schweren Kernen erklärt sich die Abnahme der mittleren Bindungsenergie je Nukleon aus der Tatsache, daß mit der zunehmenden Protonenzahl auch die COULOMB-Abstoßung größer wird, weil diese Kräfte nicht die kurze Reichweite der Kernkräfte haben, sondern über den ganzen Kern hinweg wirksam werden. Die Bindungsenergie geht deshalb bei schweren Kernen um so mehr zurück, je größer die Protonenzahl ist, bis sie schließlich so gering geworden ist, daß der Kern nicht mehr stabil ist und radioaktiver Zerfall einsetzt.

Damit ist der Verlauf der in Abb. 917.1 wiedergegebenen Kurve der mittleren Bindungsenergie je Nukleon qualitativ in großen Zügen richtig beschrieben. Das Tropfenmodell leistet aber noch bedeutend mehr. Wir können mit seiner Hilfe auch eine *quantitative Beschreibung der Bindungsenergie* geben, die mit der Erfahrung gut übereinstimmt. Wir wollen uns diese Zusammenhänge kurz klarmachen und gehen dabei von der Feststellung aus, daß die gesamte Bindungsenergie eines Atomkernes sich aus verschiedenen *Energietermen* zusammensetzt.

Die folgenden Untersuchungen wurden im Anschluß an die schon genannten Vorgänger vor allem von C. F. v. WEIZSÄCKER durchgeführt. Es gelang ihm dabei, auf halbempirischem Wege eine Formel für die Gesamtbindungsenergie der Kerne und damit auch für die Bindungsenergie je Nukleon in Abhängigkeit von der Protonenzahl Z und der Neutronenzahl N des Atomkernes zu entwickeln, die die aus der Erfahrung gewonnenen Werte recht genau wiedergibt. Die verschiedenen Terme oder Anteile, aus denen sich die Bindungsenergie der Nukleonen eines Atomkernes zusammensetzt, sind:

a) Der Volumenanteil der Bindungsenergie

Den größten Beitrag liefert die von den Kernkräften herrührende *potentielle Energie der Kernflüssigkeit*, die wir kurz als *Volumenenergie* bezeichnen wollen. Sie entspricht der von den VAN-DER-WAALS-Kräften herrührenden Bindungsenergie von gewöhnlichen Flüssigkeitstropfen, die sich etwa dadurch bemerkbar macht, daß zur Auflösung eines Tropfens in seine Bestandteile Arbeit verrichtet werden muß. In Analogie zur klassischen Physik der Flüssigkeiten ergibt sich für die Atomkerne, daß dieser Energieterm dem Kernvolumen und damit der Anzahl A der Nukleonen proportional sein muß. Es gilt daher für den *Volumenanteil der Bindungsenergie:*

$$W_1 = C_1 A.$$

Die Größe C_1 ist ein Proportionalitätsfaktor, über den noch genauere Angaben gemacht werden.

b) Der Oberflächenanteil der Bindungsenergie

Die soeben berechnete Volumenenergie muß nach unseren obigen allgemeinen Darlegungen um einen gewissen Betrag W_2 verringert werden, weil die an der Oberfläche des Kernes befindlichen Nukleonen nur schwächer gebunden sind. Anders ausgedrückt besagt dies, daß Arbeit aufgewendet werden muß, um ein Nukleon aus dem Innern des Kernes an die Oberfläche zu bringen. Die Kernoberfläche hat daher – wie jede andere Flüssigkeitsoberfläche – einen bestimmten Energieinhalt, den man als die *Oberflächenenergie* bezeichnet. Sie ist der Oberfläche des Tropfens proportional. Da zwischen der Oberfläche O und dem Volumen V eines kugelförmigen Tropfens der Zusammenhang $O \sim \sqrt[3]{V^2}$ besteht, ergibt sich für die Oberflächenenergie

$$W_2 \sim \sqrt[3]{V^2}.$$

Da wir früher (S. 848) festgestellt haben, daß die Volumina der Atomkerne annähernd ihrer Massenzahl A proportional sind, gilt für den *Oberflächenanteil der Bindungsenergie:*

$$W_2 = C_2 \sqrt[3]{A^2}.$$

Die Größe C_2 ist ein weiterer Proportionalitätsfaktor, der noch zu bestimmen ist.

c) Der COULOMB-*Anteil der Bindungsenergie*

Die elektrostatische Abstoßung der in den Atomkernen befindlichen Protonen wirkt sich auf die Bindungsenergie aus und verursacht ebenfalls eine Verringerung des aus den Kernkräften resultierenden Volumenanteils der Bindungsenergie um einen gewissen Betrag W_3, den man als den COULOMB-*Anteil der Bindungsenergie* bezeichnet. Da die elektrische Energie einer geladenen Kugel dem Quadrat der Ladung direkt und dem Radius r umgekehrt proportional ist und da ferner

$$r \sim \sqrt[3]{A}$$

gilt, ergibt sich für den COULOMB-*Anteil der Bindungsenergie:*

$$W_3 = C_3 \cdot \frac{Z^2}{\sqrt[3]{A}}.$$

Dabei ist C_3 wiederum ein noch zu bestimmender Proportionalitätsfaktor.

d) Der Symmetrieanteil der Bindungsenergie

Der Symmetrieanteil der Bindungsenergie hat kein Analogon bei den gewöhnlichen Flüssigkeitstropfen. Die Erfahrung zeigt, daß Kerne mit gleicher Protonen- und Neutronenzahl eine größere Bindungsenergie je Nukleon besitzen als die benachbarten Kerne, bei denen die Protonenzahl größer oder kleiner als die Neutronenzahl ist. Um diesen als *Symmetrieanteil* bezeichneten Energiebetrag auch quantitativ erfassen zu können, gehen wir von der empirisch gewonnenen Erkenntnis aus, daß die Bindungsenergie je Nukleon um so mehr abnimmt, je größer der Unterschied zwischen der Protonen- und der Neutronenzahl ist, wobei es keine Rolle spielt, ob die Zahl der Protonen größer als die der Neutronen ist oder umgekehrt. Hieraus folgt, daß der diesen Einfluß erfassende Ausdruck eine symmetrische Funktion von N und Z sein muß, die für $N = Z$ ihren kleinsten Wert annimmt. Eine solche Funktion könnte im einfachsten Falle von der Form $(N-Z)^2$ sein. Wegen der Einheitlichkeit der Kernflüssigkeit kann aber die tatsächliche Größe von N und Z keine Rolle spielen, sondern es kann nur auf das Verhältnis N/Z ankommen. Dieser Tatsache trägt man am einfachsten Rechnung, indem man den angegebenen Ausdruck noch durch $(N+Z)^2$ dividiert. Unter Benutzung einer weiteren Konstante C_4 ergibt sich dann für die Symmetrieenergie je Nukleon wegen $A = N + Z$ der Ausdruck

$$\frac{W_4}{A} = C_4 \cdot \frac{(N-Z)^2}{(N+Z)^2} = C_4 \cdot \frac{(A-2Z)^2}{A^2}.$$

Man erhält also für den *Symmetrieanteil der Bindungsenergie:*

$$W_4 = C_4 \cdot \frac{(A-2Z)^2}{A}.$$

Die Größe C_4 ist ein weiterer Proportionalitätsfaktor, der noch bestimmt wird.

e) Der Paarungsanteil der Bindungsenergie

Der letzte noch zu berücksichtigende Energieterm ergibt sich aus der Erfahrungstatsache, daß die Stabilität der Atomkerne davon abhängt, ob die Protonenzahlen und die Neutronenzahlen gerade oder ungerade sind. Es zeigt sich nämlich, daß die Bindungsenergie bei geraden Protonen- und geraden Neutronenzahlen, d.h. bei doppelt-geraden (*g g*-)Kernen, besonders groß ist. Wenn eine der genannten Zahlen ungerade ist, wenn es sich also um gerade-ungerade (*g u*-) oder um ungerade-gerade (*u g*-)Kerne handelt, so ist die Bindungsenergie geringer, und wenn schließlich beide Zahlen ungerade sind, wenn also doppelt ungerade (*u u*-)Kerne vorliegen, so ist die Bindungsenergie am kleinsten. Das diesen Einfluß berücksichtigende Glied wird als der *Paarungsanteil der Bindungsenergie* bezeichnet. Er kann in verschiedenen Formen geschrieben werden. Eine viel benutzte, aus der Erfahrung stammende Schreibweise ist:

$$W_5 = C_5 \cdot \frac{\delta}{\sqrt[4]{A^3}}.$$

Dabei ist C_5 ein weiterer Proportionalitätsfaktor. Die Größe δ kann verschiedene Werte annehmen. Es gilt:
$\delta = +1$ für gg-Kerne mit keinem ungepaarten Nukleon,
$\delta = 0$ für gu- und ug-Kerne mit einem ungepaarten Nukleon,
$\delta = -1$ für uu-Kerne mit zwei ungepaarten Nukleonen (1 Proton und 1 Neutron).
Es sind Anzeichen dafür vorhanden, daß δ strenggenommen für die einzelnen Nuklidtypen nicht konstant (+1, 0 oder −1) ist, sondern sich unregelmäßig mit der Massenzahl A verändert. Diese Effekte sind aber sehr gering.

Aus den entwickelten Einzelergebnissen folgt für die Gesamtbindungsenergie W eines Atomkernes:

Für einen Atomkern mit A Nukleonen, unter denen sich Z Protonen befinden, beträgt die gesamte Bindungsenergie

$$W = C_1 A - C_2 \sqrt[3]{A^2} - C_3 \cdot \frac{Z^2}{\sqrt[3]{A}} - C_4 \cdot \frac{(A-2Z)^2}{A} + C_5 \cdot \frac{\delta}{\sqrt[4]{A^3}}.$$

Um mit dieser Gleichung praktisch arbeiten zu können, muß man die Zahlenwerte der Konstanten C_1 bis C_5 kennen. Wenn wir über eine ausreichende Kenntnis der Kernkräfte verfügen würden, wäre es möglich, diese Zahlenwerte rechnerisch zu ermitteln. Dies ist aber bisher nicht der Fall. Da es aber möglich ist, mit Hilfe des früher behandelten Massendefektes die Bindungsenergien einer Reihe von Atomkernen experimentell zu bestimmen, kann man aus 5 solchen Werten unter Benutzung der entwickelten Gleichung die unbekannten Größen C_1 bis C_5 berechnen. Dabei haben sich folgende Werte ergeben:

$$C_1 = 15{,}75\ \text{MeV}; \quad C_2 = 17{,}8\ \text{MeV}; \quad C_3 = 0{,}710\ \text{MeV}; \quad C_4 = 23{,}7\ \text{MeV}; \quad C_5 = 34\ \text{MeV}.$$

Mit Hilfe der gefundenen Formel lassen sich zahlreiche Erfahrungstatsachen über die Bindungsenergie der Atomkerne in überzeugender Weise beschreiben. Um dies an einigen Beispielen zu zeigen, sind in der folgenden Tabelle für einige leichte, mittelschwere und schwere Atomkerne aufgrund der abgeleiteten Formel die einzelnen Bindungsanteile, die Gesamtbindungsenergien W und die Bindungsenergien je Nukleon $\frac{W}{A}$ berechnet worden.

Die Bindungsenergien für verschiedene Atomkerne

Kern	$C_1 \cdot A$	$C_2 \cdot \sqrt[3]{A^2}$	$C_3 \cdot \frac{Z^2}{\sqrt[3]{A}}$	$C_4 \cdot \frac{(A-2Z)^2}{A}$	$C_5 \cdot \frac{\delta}{\sqrt[4]{A^3}}$	W	$\frac{W}{A}$
	MeV	MeV	MeV	MeV	MeV	MeV	MeV
$^{4}_{2}He$	63,00	44,85	1,79	0	12,02	28,38	7,10
$^{7}_{3}Li$	110,25	65,14	3,34	3,39	0	38,39	5,48
$^{11}_{5}B$	173,25	88,04	7,98	2,16	0	75,07	6,85
$^{12}_{6}C$	189,00	93,30	11,16	0	5,27	89,81	7,05
$^{16}_{8}O$	252,00	113,02	18,03	0	4,25	125,20	7,83
$^{28}_{14}Si$	441,00	164,13	45,83	0	2,79	233,84	8,35
$^{40}_{20}Ca$	630,00	208,19	83,04	0	2,14	340,91	8,52
$^{56}_{26}Fe$	882,00	260,54	125,45	6,77	1,66	490,90	8,77
$^{99}_{43}Tc$	1559,25	380,93	283,78	40,46	0	854,08	8,63
$^{200}_{80}Hg$	3150,00	608,76	777,02	189,60	0,639	1575,27	7,88
$^{235}_{92}U$	3701,25	677,84	973,83	262,31	0	1787,27	7,61
$^{244}_{98}Cf$	3843,00	695,04	1091,2	223,79	0,551	1833,49	7,47

Die folgenden Erfahrungstatsachen werden durch die gefundene Formel richtig wiedergegeben, was mit Hilfe der berechneten Werte leicht bestätigt werden kann:

1. Die früher in Abb. 917.1 dargestellte Kurve über die Abhängigkeit der Bindungsenergie je Nukleon von der Nukleonenzahl der Atomkerne ergibt sich aus der Formel. Man erkennt an den berechneten Zahlen, daß im Bereich der leichten Kerne einige Unregelmäßigkeiten auftreten, daß sich bei den mittelschweren Kernen für den Ausdruck $\frac{W}{A}$ ein Maximum ergibt und daß diese Größe dann in Richtung der schweren Kerne langsam wieder abfällt. Im einzelnen ist dazu noch zu sagen:

a) Die Unregelmäßigkeiten bei den leichten Kernen sind im wesentlichen darauf zurückzuführen, daß der prozentuelle Anteil der an der Oberfläche befindlichen Nukleonen um so größer ist, je kleiner der Tropfen wird. Daraus folgt bereits, daß die mittlere Bindungsenergie je Nukleon bei den leichten Kernen unter dem angegebenen Mittelwert von 8 MeV liegen muß. Aus der obigen Tabelle ersieht man, daß die Oberflächenenergie bei den leichten Kernen mehr als 50% der Volumenenergie ausmachen kann, was zu einer so beträchtlichen Verminderung der Volumenenergie führt, daß die übrigen Energieanteile – insbesondere auch der Paarungsanteil – einen verhältnismäßig großen Einfluß gewinnen und die stärkeren Schwankungen der Gesamtbindungsenergie je Nukleon bewirken können. Mit wachsender Nukleonenzahl wird der Einfluß der Oberflächenenergie relativ geringer, und auch die übrigen Energieanteile fallen weniger ins Gewicht, was zur Folge hat, daß der Kurvenverlauf für die Bindungsenergie gleichmäßiger wird.

b) Die Abnahme der Bindungsenergie je Nukleon bei den schweren Atomkernen ist eine Folge der elektrostatischen Abstoßung der Protonen. Die Tabelle zeigt, daß der COULOMB-Anteil der Bindungsenergie bei kleinen Protonenzahlen Z für die Energiebilanz keine nennenswerte Rolle spielt. Bei schweren Kernen machen sich die mit Z^2 wachsenden Beträge des COULOMB-Anteils jedoch immer stärker bemerkbar. Sie vermögen hier den Volumenanteil der Bindungsenergie um rund 25% zu verringern, so daß es verständlich ist, wenn die Kurve für die Bindungsenergie je Nukleon bei den schweren Kernen langsam abfällt.

2. Der Symmetrieanteil der Bindungsenergie wird Null, wenn $A=2Z$ oder $N=Z$ ist. Man könnte annehmen, daß die Bindungsenergie für Kerne dieser Art besonders groß ist, weil die potentielle Flüssigkeitsenergie hier durch keinen Symmetrieanteil verringert wird. Dies trifft aber nur für die leichten Kerne zu. Der allgemeine Zusammenhang ergibt sich, wenn man bei Atomkernen mit der gleichen konstanten Nukleonenzahl A untersucht, für welche speziellen Protonenzahlen Z und Neutronenzahlen N die Bindungsenergie ein Maximum erreicht. Dazu wird der Ausdruck für die Bindungsenergie nach Z differenziert und die erste Ableitung Null gesetzt. Dann ergibt sich:

$$Z=\frac{2C_4\cdot A}{C_3\cdot\sqrt[3]{A^2}+4C_4}\quad\text{und}\quad N=A-Z=\frac{2C_4\cdot A+C_3\cdot\sqrt[3]{A^5}}{C_3\cdot\sqrt[3]{A^2}+4C_4}$$

oder

$$\frac{N}{Z}=1+\frac{C_3}{2C_4}\cdot\sqrt[3]{A^2}.$$

Setzt man in diese Gleichung für die Konstanten C_3 und C_4 die angegebenen Werte ein, so erhält man

$$\frac{N}{Z}=1+0{,}015\cdot\sqrt[3]{A^2}.$$

Diese Gleichung zeigt, daß der Quotient $\frac{N}{Z}$ für den Fall maximaler Bindungsenergie um so mehr von 1 abweicht, je größer die Nukleonenzahl ist. Das bedeutet aber, daß sich bei schweren Atomkernen ein gewisser Neutronenüberschuß als energetisch günstig erweist.

3. Mit Hilfe des Tropfenmodells kann ferner eine Theorie der Kernspaltung entwickelt werden, die ein anschauliches Bild von der Spaltung eines Uran- oder Plutoniumkernes in zwei nahezu gleich große Bruchstücke gibt. Es wird von der Tatsache Gebrauch gemacht, daß jeder Flüssigkeitstropfen die Eigenschaft der Formelastizität besitzt. Die Oberflächenspannung wirkt wie eine Haut, unter deren Einfluß der Tropfen ohne Einwirkung äußerer Kräfte Kugelgestalt annimmt. Wenn diese Gestalt durch äußere Einflüsse verändert wird, so versucht die Oberflächenspannung, diese Gestaltsänderungen wieder rückgängig zu machen. Dabei entstehen Schwingungen der Tropfen, die bei genügend großer Amplitude zur Spaltung der Tropfen führen.

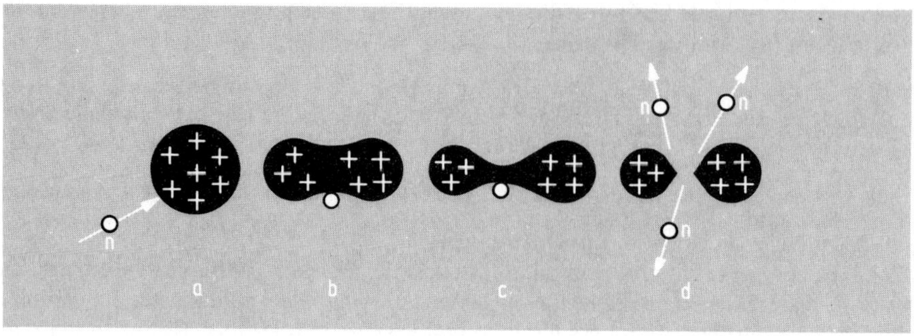

Abb. 960.1 Schematische Darstellung der Kernschwingungen, die bei schweren Atomkernen durch Neutronenbeschuß eintreten und die zur Spaltung des Kernes in zwei nahezu gleich große Bruchstücke führen

Die genau bekannten mechanischen Schwingungsvorgänge bei makroskopischen Flüssigkeitstropfen konnten mit gutem Erfolg auf die Kernflüssigkeit der Atome übertragen werden. Die zur Erregung solcher Kernschwingungen erforderliche Energie wird bei der Spaltung schwerer Atomkerne durch ein absorbiertes Neutron geliefert. Ein auf diese Weise zu Schwingungen angeregter Kern durchläuft eine Reihe von Zuständen, wie sie in Abb. 960.1 schematisch dargestellt sind. Wenn die Anregungsenergie klein ist, wird der Kern nur das Stadium *b* erreichen und dann allmählich wieder in seine Ausgangsform zurückkehren. Ist dagegen die zugeführte Energie ausreichend, um den Kern gegen die Oberflächenspannung in den Zustand *c* zu bringen, so ist eine Rückkehr zur Kugelgestalt nicht mehr möglich, weil die elektrostatische Abstoßung zwischen den beiden positiv geladenen Enden des nunmehr hantelförmigen Gebildes den in seiner Stabilität geschwächten Kern an der empfindlichsten Stelle, also im Bereich der Verbindung zwischen den kugelförmigen Verdickungen, zerreißt. Dabei entstehen dann die bekannten, nahezu gleich großen Bruchstücke.

Aufgrund einer mathematischen Analyse der Kernschwingungen konnten präzise quantitative Aussagen über die Vorgänge bei der Kernspaltung gemacht werden. Es zeigte sich, daß der Ausdruck $\frac{Z^2}{A}$ (Z = Protonenzahl, A = Massenzahl) für das Eintreten einer Kernspaltung von Bedeutung ist und daß insbesondere bei Kernen, für die $\frac{Z^2}{A} > 45$ ist, die Spaltung überhaupt keine Energiezufuhr mehr erfordert, weil die elektrostatische Abstoßung dann so groß ist, daß bereits die geringste Abweichung von der Kugelgestalt zu einer Spaltung führt.

Bei den für die Kernspaltung interessanten Atomkernen ergeben sich für $\frac{Z^2}{A}$ die folgenden Werte:

$$^{233}_{92}\mathrm{U} \ldots 36{,}3; \quad ^{235}_{92}\mathrm{U} \ldots 36{,}0; \quad ^{238}_{92}\mathrm{U} \ldots 35{,}5; \quad ^{239}_{94}\mathrm{Pu} \ldots 37{,}0.$$

Dies sind im Vergleich zu anderen Kernen recht hohe Werte; sie sind aber in allen Fällen kleiner als der oben angegebene Höchstwert von 45. Deshalb muß den Kernen zur Auslösung einer Spaltung eine gewisse Aktivierungsenergie zugeführt werden. Die erforderlichen kritischen Energiebeträge können aus der Theorie heraus ermittelt werden. Sie betragen

$$^{235}_{92}\mathrm{U} \ldots 6{,}1\ \mathrm{MeV} \quad \text{und} \quad ^{238}_{92}\mathrm{U} \ldots 7{,}0\ \mathrm{MeV}.$$

Der Unterschied von 0,9 MeV trägt dazu bei, daß $^{235}_{92}\mathrm{U}$ leichter spaltbar ist als $^{238}_{92}\mathrm{U}$.

Diese Feststellung genügt aber keineswegs, um die Erfahrungstatsache zu erklären, daß $^{235}_{92}\mathrm{U}$ bereits durch thermische Neutronen, deren Energie nur einen Bruchteil von 1 eV beträgt, spaltbar ist, während $^{238}_{92}\mathrm{U}$ zur Spaltung Neutronen mit einer Energie von einigen MeV benötigt. Eine Begründung für das verschiedene Verhalten der beiden Uranisotope ergibt sich aus der allgemeinen Gleichung für die Bindungsenergie der Atomkerne.

Wenn ein thermisches Neutron von einem Kern $^{235}_{92}\mathrm{U}$ aufgenommen wird, so entsteht zunächst ein angeregter Zwischenkern $^{236}_{92}\mathrm{U}$. Die Anregung wird durch die Energie bewirkt, die mit der Aufnahme des Neutrons in den Kernverband frei wird. Sie läßt sich nach der allgemeinen Gleichung für die Bindungsenergie berechnen, indem man von der Bindungsenergie eines Kernes $^{236}_{92}U$ diejenige eines Kernes $^{235}_{92}U$ subtrahiert. Es ergibt sich

$$W(^{236}_{92}U) - W(^{235}_{92}U) = 1793{,}8\ \mathrm{MeV} - 1787{,}3\ \mathrm{MeV} = 6{,}5\ \mathrm{MeV}.$$

Dies bedeutet:

Die durch den Einfang eines thermischen Neutrons durch einen Kern $^{235}_{92}U$ frei werdende Energie von 6,5 MeV ist größer als die zur Spaltung erforderliche Aktivierungsenergie von 6,1 MeV. Daher können die Kerne $^{235}_{92}U$ durch thermische Neutronen gespalten werden.

Für $^{238}_{92}U$ ergibt sich

$$W(^{239}_{92}U) - W(^{238}_{92}U) = 1810{,}4\ \mathrm{MeV} - 1805{,}3\ \mathrm{MeV} = 5{,}1\ \mathrm{MeV}.$$

Dies bedeutet:

Die durch den Einfang eines thermischen Neutrons durch einen Kern $^{238}_{92}U$ frei werdende Energie von 5,1 MeV ist kleiner als die zur Spaltung erforderliche Aktivierungsenergie von 7,0 MeV. Daher können die Kerne $^{238}_{92}U$ durch thermische Neutronen nicht gespalten werden.

Wir können abschließend feststellen:

Das Tropfenmodell der Atomkerne vermag die auf die Bindungsenergie und die Kernspaltungen sich beziehenden Erfahrungstatsachen weitgehend richtig wiederzugeben.

Natürlich hat dieses Modell auch seine Grenzen, die sich vor allem aus der Tatsache ergeben, daß es sich um ein summarisches Modell handelt, welches sich in erster Linie auf Mittelwerte von Kerneigenschaften bezieht. In diesem Zusammenhang ist die folgende Feststellung interessant: Als das Tropfenmodell entwickelt wurde, war das Neutron noch nicht bekannt. Die Vorstellungen über den Aufbau der Atomkerne waren damals also noch recht unzutreffend. Trotzdem brauchte das Tropfenmodell nach der Entdeckung des Neutrons nicht wesentlich modifiziert zu werden. Diese Tatsache zeigt, daß es sich hierbei um ein auf sehr allgemeiner Grundlage aufgebautes Modell handelt. Die Folge davon ist, daß die individuellen Eigenschaften der einzelnen Kerne mit diesem Modell nicht gut erfaßt werden können. Hieraus folgt weiter, daß das Tropfenmodell bei den ganz leichten Kernen nicht gut verwendbar ist, weil hier die Nukleonen wegen ihrer geringen Anzahl in ihren individuellen Eigenschaften besonders wirksam werden. Aber auch sonst zeigt die Erfahrung, daß es bei allen Kernen individuelle Eigenschaften gibt, die von den durch das Tropfenmodell wiedergegebenen Mittelwerten abweichen. Um auch diese individuellen Kerneigenschaften modellmäßig zu erfassen, ist eine detailliertere Betrachtungsweise und eine Verfeinerung der Modelle erforderlich. Eine solche Verfeinerung muß in erster Linie die im Atomkern mit Sicherheit vorhandene *innere Struktur der Bausteine* und ihre *Tendenz zur Gruppenbildung* berücksichtigen. Solche Modelle sind in großer Zahl entwickelt worden. Eines der erfolgreichsten Modelle dieser Art soll anschließend behandelt werden.

2. *Das Schalenmodell der Atomkerne*

Das Schalenmodell der Atomkerne geht von der Annahme aus, daß die Nukleonen der Atomkerne in einer gewissen Analogie zu den Elektronen der Atomhüllen auf ganz bestimmten Schalen gruppiert sind. Ein wesentlicher Grund für die Entwicklung eines solchen Modells ist die Erfahrungstatsache, daß die Atomkerne bei bestimmten Protonen- und Neutronenzahlen eine besonders große Stabilität aufweisen. In ähnlicher Weise, wie sich abgeschlossene Elektronenschalen der Atomhülle als besonders stabil erwiesen haben, werden die besonders stabilen Atomkerne durch abgeschlossene Protonen- oder Neutronenschalen beschrieben.

Die durch eine große Stabilität ausgezeichneten Atomkerne besitzen die folgenden Protonen- bzw. Neutronenzahlen:

$$2 \quad 8 \quad 20 \quad 28 \quad 40 \quad 50 \quad 82 \quad 126.$$

Da zunächst keine Erklärung dafür gegeben werden konnte, daß bei diesen Nukleonenzahlen besonders stabile Kerne vorliegen, bezeichnete man die angegebenen Zahlen als *magische Zahlen.* Kerne, bei denen entweder die Protonenzahl oder die Neutronenzahl eine magische Zahl ist, heißen *magische Kerne*. Wenn sowohl die Protonen- als auch die Neutronenzahl magische Zahlen sind, spricht man von *doppeltmagischen Kernen*.

Atomkerne mit magischen Neutronen- und Protonenzahlen kommen wegen ihrer großen Stabilität in der Natur besonders häufig vor. Bei diesen Kernen treten ferner viele stabile Isotope auf.

So existieren
5 stabile Kerne mit der Neutronenzahl $N=20$,
5 stabile Kerne mit der Neutronenzahl $N=28$,
5 stabile Kerne mit der Neutronenzahl $N=50$,
7 stabile Kerne mit der Neutronenzahl $N=82$,
10 stabile Kerne mit der Protonenzahl $Z=50$.

Radioaktive Kerne mit magischen Nukleonenzahlen weisen im allgemeinen relativ lange Halbwertszeiten auf, während die im Periodensystem hierauf folgenden Kerne durch besonders kurze Halbwertszeiten gekennzeichnet sind. Die drei natürlichen radioaktiven Zerfallsreihen enden bei dem Element Blei, das die magische Protonenzahl 82 besitzt. Die von dem Nuklid Plutonium $^{241}_{94}Pu$ ausgehende Zerfallsreihe endet bei dem Kern $^{209}_{83}Bi$, der die magische Neutronenzahl 126 aufweist. Bei den leichten Atomkernen fallen die doppeltmagischen Kerne $^{4}_{2}He$, $^{16}_{8}O$ und $^{40}_{20}Ca$ wegen ihrer großen Stabilität und Häufigkeit besonders auf.

Die magischen Zahlen waren zunächst das Ergebnis rein experimenteller Untersuchungen. Sie können mit Hilfe des Tropfenmodells der Atomkerne nicht verständlich gemacht werden. Das Schalenmodell der Atomkerne gestattet es dagegen, die magischen Zahlen durch abgeschlossene Protonen- oder Neutronenschalen zu interpretieren und damit modellmäßig zu deuten.

Bei dem Schalenmodell der Atomkerne werden zahlreiche Begriffe verwendet, die wir bereits bei dem von Bohr und Sommerfeld entwickelten Schalenmodell der Atomhüllen eingeführt haben. So gibt es in den Atomkernen für die Protonen und die Neutronen eine Reihe von Quantenzuständen, die nacheinander aufgefüllt werden können. Wenn zwei solcher aufeinanderfolgender Zustände energetisch besonders weit voneinander entfernt sind, so bedeutet die Auffüllung des niedrigeren Zustandes einen Schalenabschluß und besonders große Stabilität.

Im Atomkern sind die Verhältnisse in mancher Hinsicht komplizierter als in der Atomhülle. Während sich die Elektronen der Atomhülle nämlich in dem einfach überschaubaren, radialsymmetrischen Felde des Atomkernes bewegen, ist nicht so ohne weiteres klar, wie das Kernfeld beschaffen ist, dem die Nukleonen unterworfen sind. Für das Kernfeld sind verschiedene mathematische Ansätze entwickelt worden, je nachdem, ob man das Hauptgewicht auf die kurze Reichweite der Kernkräfte legt oder ob man andere Gesichtspunkte in den Vordergrund stellt. Auf die mathematischen Formulierungen kann hier nicht näher eingegangen werden. Wir stellen nur fest:

Nach dem Schalenmodell können die Protonen und Neutronen in den Atomkernen nur ganz bestimmte Energiestufen oder Quantenzustände einnehmen, die in Übereinstimmung mit der Atomhülle durch vier Quantenzahlen charakterisiert und die unter Beachtung des Pauli-Prinzips nacheinander mit Protonen und Neutronen aufgefüllt werden.

Über die Quantenzahlen der Atomkerne, die in der gleichen Weise wie bei den Atomhüllen bezeichnet werden, ist im einzelnen folgendes zu sagen:

1. Die Hauptquantenzahl n

Die Hauptquantenzahl n war im Coulomb-Feld der Atomhülle in erster Näherung ein Maß für die Energie der Elektronen. Diese Bedeutung kommt der Hauptquantenzahl n im Kernfeld nicht mehr zu. Sie schränkt aber – in der gleichen Weise wie in der Atomhülle – auch im Atomkern die Werte ein, die die Nebenquantenzahl l annehmen kann.

2. Die Nebenquantenzahl l

In Übereinstimmung mit der Atomhülle ist die Nebenquantenzahl l für den Bahndrehimpuls maßgebend, den die Nukleonen aufgrund ihrer Bewegungen im Kernfeld haben können. Dieser Bahndrehimpuls ist gequantelt, und es gilt auch hier die früher für die Elektronen der Atomhülle bereits eingeführte Formel

$$L_{\text{Bahn}} = l\hbar.$$

Genauer genommen ist das Quadrat des Bahndrehimpulsvektors nach der Gleichung

$$L_{\text{Bahn}}^2 = l(l+1)\,\hbar^2$$

gequantelt.

Die Nebenquantenzahl l kann die Werte

$$l = 0, 1, 2, 3, \ldots (n-1)$$

annehmen. Man sagt dann kurz:

Die Nukleonen des Atomkernes haben den Bahndrehimpuls

$$l = 0, 1, 2, 3, \ldots (n-1).$$

3. Die Spinquantenzahl s

Die Erfahrung zeigt, daß die Nukleonen – ebenso wie die Elektronen – auch einen Eigendrehimpuls haben. Die experimentellen Befunde zwingen weiter zu dem Schluß, daß der Eigendrehimpuls der Nukleonen ebenfalls gequantelt ist und daß er sowohl für die Protonen als auch für die Neutronen nur den Betrag

$$L_{\text{Spin}} = \tfrac{1}{2}\hbar$$

annehmen kann. Man sagt dann kurz:

Die Nukleonen haben den Spin $s = \frac{1}{2}$.

Es muß ferner noch auf eine weitere bei den Elektronen bereits erwähnte experimentelle Erfahrung hingewiesen werden. Danach sind der Bahndrehimpuls und der Eigendrehimpuls eines Nukleons nicht unabhängig voneinander, sondern die beiden Impulsvektoren können nur parallel oder antiparallel verlaufen. Für den *Gesamtdrehimpuls* eines Nukleons ergeben sich dann die Möglichkeiten:

$$j = l + \tfrac{1}{2} \quad \text{und} \quad j = l - \tfrac{1}{2}.$$

Man hat die in der Atomhülle für die verschiedenen Energiezustände der Elektronen gebräuchlichen Bezeichnungen auf die Nukleonen des Atomkernes übertragen. Danach werden die Nukleonen je nach dem Wert der Nebenquantenzahl l durch die Buchstaben $s, p, d, \ldots$ gekennzeichnet, wobei die gleiche Zuordnung wie bei den Elektronen gilt. In der folgenden Tabelle werden diese Bezeichnungen für die ersten Stufen angegeben:

Bezeichnung	*Haupt-quantenzahl n*	*Neben-quantenzahl l*	*Bahn-drehimpuls*
1 s-Proton 1 s-Neutron	1	0	$0 \cdot \hbar$
2 s-Proton 2 s-Neutron	2	0	$0 \cdot \hbar$
2 p-Proton 2 p-Neutron		1	$1 \cdot \hbar$
3 s-Proton 3 s-Neutron	3	0	$0 \cdot \hbar$
3 p-Proton 3 p-Neutron		1	$1 \cdot \hbar$
3 d-Proton 3 d-Neutron		2	$2 \cdot \hbar$

Außerdem ist es in vielen Fällen üblich, den Gesamtdrehimpuls j des Nukleons als unteren Index anzufügen.

Beispiele:

$2p_{1/2}$ – Neutron bedeutet ein Neutron mit $n=2,\ l=1,\ j=1-\frac{1}{2}=\frac{1}{2}$,
$3d_{5/2}$ – Proton bedeutet ein Proton mit $n=3,\ l=2,\ j=2+\frac{1}{2}=\frac{5}{2}$,
$4f_{7/2}$ – Neutron bedeutet ein Neutron mit $n=4,\ l=3,\ j=3+\frac{1}{2}=\frac{7}{2}$.

4. Die magnetische Quantenzahl m

In Übereinstimmung mit der Atomhülle beschreibt die magnetische Quantenzahl m die Winkel, die der Bahndrehimpulsvektor der Nukleonen mit einem äußeren Magnetfeld einschließen kann. Die magnetische Quantenzahl kann alle ganzzahligen Werte zwischen $+l$ und $-l$ annehmen:

$$m = -l, \ldots, -2, -1, 0, +1, +2, \ldots, +l.$$

Es gibt also für einen gegebenen Bahndrehimpulsvektor $2l+1$ verschiedene Orientierungen.

Um zu einer Erklärung für die magischen Zahlen zu kommen, muß das Schalenmodell der Atomkerne durch die Beachtung eines weiteren Zusammenhanges ausgestaltet und verfeinert werden. Hierauf haben vor allem der deutsche Physiker H. D. Jensen (1907–1973) und die deutsch-amerikanische Physikerin M. Goeppert-Mayer (1906–1972) hingewiesen. Die Grundgedanken dieser Modellverfeinerung sollen im folgenden erläutert werden, ohne daß es allerdings möglich ist, die mathematischen Zusammenhänge im einzelnen darzulegen.

Dazu kehren wir zunächst noch einmal zur Atomhülle zurück und gehen von der schon erwähnten Erfahrung aus, daß der Bahndrehimpuls und der Eigendrehimpuls der Elektronen in der Atomhülle nicht unabhängig voneinander sind, sondern daß sie sich gegenseitig beeinflussen. Dies ist leicht verständlich, wenn man beachtet, daß die Elektronen aufgrund ihrer Bewegung um den Atomkern und aufgrund ihrer Achsendrehung jeweils von einem magnetischen Feld begleitet sind und daß diese Magnetfelder sich gegenseitig beeinflussen. Man spricht bei solchen Wechselwirkungen von einer *Kopplung zwischen dem Bahndrehimpuls und dem Eigendrehimpuls* der Elektronen oder kurz von einer *Spin-Bahn-Kopplung*. Wenn in der Atomhülle mehrere Elektronen vorhanden sind, so kann die Kopplung recht kompliziert werden, weil nicht nur der Bahndrehimpuls und der Eigendrehimpuls jedes einzelnen Elektrons unter sich gekoppelt sind, sondern jeweils auch die Bahndrehimpulse der Elektronen unter sich und die Eigendrehimpulse der Elektronen unter sich eine Kopplung aufweisen. Dabei können die verschiedenen Kopplungen unterschiedliche Stärken besitzen, so daß die Verhältnisse verwickelt werden.

Die aus dem Bereich der Atomhüllen schon lange bekannten Kopplungen wurden nun von Jensen und Goeppert-Mayer auf die Nukleonen der Atomkerne übertragen. Es ist interessant, wie Jensen auf diesen Gedanken gekommen ist. Er hat dies selbst in eindrucksvoller Weise erzählt. Da mit dieser Erzählung gleichzeitig zum Ausdruck kommt, wie auch in der Physik bisweilen intuitiv die Wege zu neuen Erkenntnissen erschlossen werden, sollen die Ausführungen Jensens hier kurz wiedergegeben werden. Er sagte etwa:

Ich erinnere mich noch genau jener durchzechten und durchtanzten Nacht, in der ich beim Heimweg plötzlich noch einmal die Walzermelodien im Ohr und das große Rund der Tanzfläche mit den sich darauf drehenden Paaren vor Augen hatte. Und ebenso plötzlich zuckte mir der Gedanke durch den Kopf, ob es nicht im Inneren des Atomkerns ähnlich zugehen könne wie auf der Tanzfläche; ob nicht auch bei der Bewegung und Verteilung der Nukleonen im Kern ähnliche „Koppelungen" zwischen dem „Spin", der Rotation der teilnehmenden Teilchen um die eigene Achse, und der Drehung im Rund der Bahn eine entscheidende Rolle spielen und letzten Endes die Auszeichnung ganz bestimmter Gruppierungen und Zahlen erklären könne.

Mit den Zahlen, auf die Jensen hier hinweist, sind die oben angegebenen magischen Zahlen gemeint.

Die weitere Auswertung des Schalenmodells der Atomkerne erfolgt in analoger Weise, wie dies früher beim Bohr-Sommerfeld-Atommodell geschehen ist. Dort wurden z. B. zur Erklärung des Periodensystems der Elemente die Energieniveaus berechnet, die die Elektronen einnehmen können. Dabei hat sich ergeben, daß diese nach ansteigender Energie in der folgenden Weise aufeinander folgen:

$$1s, 2s, 2p, 3s, 3p, 4s, 3d, 4p, \ldots.$$

Wenn man diese Energieniveaus in der vorstehenden Reihenfolge unter Beachtung der Einschränkungen, denen die Quantenzahlen unterworfen sind, auffüllt, so ergibt sich zwanglos die zunächst auf ganz anderem Wege gefundene Anordnung der Elemente im Periodensystem.

In analoger Weise kann man die in den Atomkernen möglichen Energiestufen der Nukleonen berechnen. Dabei ergibt sich, daß diese nach steigender Energie die folgende Reihe bilden:

$$1s, 2p, 3d, 2s, 4f, 3p, 5g, 4d, 3s, 6h, 5f, 4p, 7i, \ldots.$$

Die Zahl der auf jedem Niveau möglichen Protonen oder Neutronen ist durch das Pauli-Prinzip auf ein Maximum von $2j+1$ beschränkt. In der folgenden Tabelle sind die Energieniveaus in der angegebenen Reihenfolge mit ihrer jeweiligen Aufnahmefähigkeit für Protonen und Neutronen angegeben. Eine Berechnung der Energieniveaus zeigt, daß an manchen Stellen zwischen zwei aufeinanderfolgenden Niveaus besonders große energetische Abstände bestehen, die als Schalenabschlüsse zu deuten sind. In der letzten Spalte ist dann die Gesamtzahl der Protonen oder Neutronen angegeben, die bei einem solchen Schalenabschluß im Atomkern vorhanden sind.

Bezeichnung der Energieniveaus	*Maximale Protonen- oder Neutronenzahl je Niveau*	*Gesamtzahl der bei Schalenabschluß im Kern vorhandenen Protonen oder Neutronen*
$1s_{1/2}$	2	**2**
$2p_{3/2}$	4	
$2p_{1/2}$	2	**8**
$3d_{5/2}$	6	
$3d_{3/2}$	4	
$2s_{1/2}$	2	**20**
$4f_{7/2}$	8	**28**
$4f_{5/2}$	6	
$3p_{3/2}$	4	
$3p_{1/2}$	2	**40**
$5g_{9/2}$	10	**50**
$5g_{7/2}$	8	
$4d_{5/2}$	6	
$4d_{3/2}$	4	
$3s_{1/2}$	2	
$6h_{11/2}$	12	**82**
$6h_{9/2}$	10	
$5f_{7/2}$	8	
$5f_{5/2}$	6	
$4p_{3/2}$	4	
$4p_{1/2}$	2	
$7i_{13/2}$	14	**126**

Die angegebene Niveaufolge gilt sowohl für Protonen als auch für Neutronen. Wegen der COULOMB-Abstoßung liegen die Niveaus der Protonen jedoch mit wachsenden Werten von Z zunehmend höher als die Niveaus der Neutronen. Die Anordnung der Niveaus in den einzelnen Schalen ist nicht immer mit der Reihenfolge ihrer Auffüllung identisch. Es können vielmehr Niveauverlagerungen eintreten.

Es ergibt sich also:

Mit Hilfe des Schalenmodells der Atomkerne können die magischen Zahlen als abgeschlossene Protonen- und Neutronenschalen interpretiert werden.

Darüber hinaus gestattet das Schalenmodell aber auch noch die Deutung zahlreicher anderer experimenteller Befunde. Wir nennen hierfür nur einige Beispiele:

1. Die Erfahrung zeigt, daß die Atomkerne einen *Kernspin*, d.h. einen Gesamtdrehimpuls, besitzen und daß dieser für die doppelt-geraden Kerne im Grundzustand den Betrag Null hat, während sich für die doppelt-ungeraden Kerne ein ganzzahliger und für die gerade-ungeraden sowie die ungerade-geraden Kerne ein halbzahliger Spin ergibt. Diese experimentellen Befunde können aufgrund des Schalenmodells gut verstanden werden.

2. Es wurde schon darauf hingewiesen, daß die Atomkerne durch den Beschuß mit energiereichen Teilchen oder mit Gammaquanten in einen angeregten Zustand versetzt werden können. Es ist mit Hilfe des Schalenmodells möglich, die Eigenschaften der niedrigsten Anregungszustände für zahlreiche Atomkerne richtig

vorherzusagen, zumindest für Kerne, deren Protonen- oder Neutronenzahlen in der Nähe von abgeschlossenen Schalen liegen.

Auf der anderen Seite gibt es aber auch wichtige Kerneigenschaften, die durch das Schalenmodell nicht erfaßt werden können. So kann die oben mit Hilfe des Tropfenmodells berechnete Bindungsenergie der Atomkerne und ihre Abhängigkeit von der Ordnungszahl durch das Schalenmodell nicht verständlich gemacht werden.

Es sind noch zahlreiche weitere Kernmodelle entwickelt worden, auf die hier nicht näher eingegangen werden kann. Wir stellen abschließend fest:

Die verschiedenen Kernmodelle schließen sich nicht gegenseitig aus, sondern ergänzen sich. Die summarische Betrachtungsweise des Tropfenmodells und die detaillierte Betrachtungsweise des Schalenmodells sowie zahlreiche andere Modelle müssen nebeneinander verwendet werden, wenn man das Verhalten der Atomkerne verstehen will. Ebenso wie wir früher bei der kinetischen Gastheorie die Atome in summarischer Betrachtungsweise wie kleine, homogene Kügelchen behandelt und damit ein Modell benutzt haben, das von jeder inneren Struktur bewußt absieht, so ist es für zahlreiche Probleme der Kernphysik zulässig und zweckmäßig, die innere Struktur der Kerne unbeachtet zu lassen und das hier behandelte summarische Tropfenmodell zu verwenden. Ebenso wie das homogene Kugelmodell aber bei der Deutung der Spektrallinien und anderer Erscheinungen versagt und dann durch ein verfeinertes Modell, wie das BOHR-SOMMERFELD-Atommodell oder das wellenmechanische Atommodell, ersetzt werden muß, so versagt das Tropfenmodell bei gewissen Kerneigenschaften und muß dann ebenfalls durch ein anderes Modell ersetzt werden.

Die Modellbetrachtungen haben auch bei den Atomkernen zu großen Erfolgen geführt und nicht unerheblich dazu beigetragen, daß wir die Eigenschaften der Atomkerne heute nicht nur in weitem Umfang technisch beherrschen und ausnutzen können, sondern daß wir auch in der Lage sind, die inneren Zusammenhänge und Gesetzmäßigkeiten zwar noch nicht vollständig und abschließend, aber doch zu einem nicht unbedeutenden Teil zu verstehen.

8.4.26 Der Tunnel-Effekt

Nachdem der Bau der Atomkerne und die Vorstellungen über die ihren Zusammenhalt bewirkenden Kräfte in den vorhergehenden Abschnitten weitgehend geklärt werden konnten, ist es jetzt möglich, die früher bereits angekündigten zusätzlichen Erklärungen über die bei dem Alphazerfall der Radionuklide sich abspielenden Vorgänge zu geben. Dabei muß auch ein äußerst interessanter, quantenmechanischer Vorgang erörtert werden, den man als den *Tunnel-Effekt* bezeichnet.

Um den Alphazerfall der Radionuklide zu verstehen, stellen wir uns zunächst vor, daß ein Alphateilchen sich von außen einem Atomkern nähert. Dabei nimmt die COULOMB-Abstoßungskraft zwischen dem Atomkern und dem Alphateilchen mit abnehmender Entfernung zu, und zwar so lange, bis das Teilchen in den Wirkungsbereich der anziehenden Kernkräfte kommt. Das Feld im Bereich eines Atomkernes entsteht daher aus dem Zusammenwirken von COULOMB-Kräften und Kernkräften, wobei in großen Abständen vom Atomkern die COULOMB-Kräfte praktisch allein wirksam sind, während in unmittelbarer Kernnähe die Kernkräfte weit überwiegen. Hieraus folgt, daß die potentielle Energie des Alphateilchens bei seiner Annäherung an den Atomkern zunächst umgekehrt proportional zu seinem Abstand r vom Kernmittelpunkt zunimmt, um dann beim Erreichen des Wirkungsbereiches der Kernkräfte steil abzufallen. Ein Maximum wird an der Stelle erreicht, an der die COULOMB-Kraft und die Kernkraft den gleichen Betrag haben. Der Potentialverlauf ist in Abb. 967.1 schematisch dargestellt. Man bezeichnet das Maximum als die *Potentialschwelle* und das Innere als den *Potentialtopf*.

Wir stellen also fest:

Der Potentialverlauf um einen Atomkern wird mit Hilfe eines Potentialtopfes dargestellt, der von einem Potentialwall umgeben ist.

Dazu sagt man *anschaulich:* Die Alphateilchen *befinden sich in dem Potentialtopf* und werden hier durch den Potentialwall in ähnlicher Weise festgehalten und am Entweichen gehindert, wie dies bei einem Stein

Abb. 967.1
Schematische Darstellung zum Tunnel-Effekt bei Alphateilchen

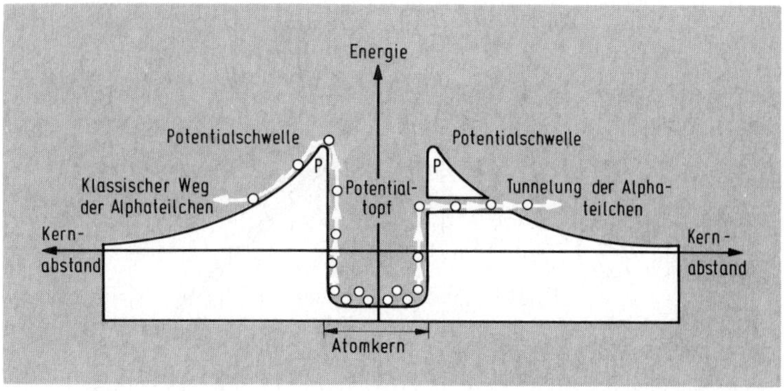

geschieht, der sich in einem Talkessel mit steil abfallenden Innenwänden befindet. Damit ein Alphateilchen aus dem Potentialtopf entweichen kann, muß es nach den Gesetzen der klassischen Physik mindestens so viel Energie besitzen, daß es den Potentialwall überwinden kann. Der Vorgang des Alphazerfalles würde sich dann so abspielen, daß ein Alphateilchen, welches aufgrund seiner Energie gerade bis zum höchsten Punkt P des Potentialwalles aufsteigen kann, dort die Geschwindigkeit Null hat und nun unter dem Einfluß der COULOMB-Abstoßungskraft nach außen beschleunigt wird. Dabei wird die potentielle Anfangsenergie des Alphateilchens fortlaufend in kinetische Energie umgewandelt. Wenn das Teilchen genügend weit vom Atomkern entfernt ist, so müßte die gesamte potentielle Energie, die es im Punkte P hatte, in kinetische Energie übergegangen sein. Die Erfahrung zeigt aber, daß bei der Emission der Alphateilchen die kinetische Energie dieser Teilchen erheblich kleiner als die potentielle Energie ist, die der Potentialschwelle der aussendenden Atomkerne entspricht.

Beispiel

Die Kerne $^{238}_{92}U$ sind Alphastrahler.
Die Energie der emittierten Alphateilchen beträgt rund 4,2 MeV.
Die potentielle Energie der Alphateilchen im höchsten Punkt des Potentialwalles ist rund 8,8 MeV.

Wir kommen also zu dem Ergebnis:

Es ist nicht möglich, die Vorgänge beim Alphazerfall der Radionuklide durch die Vorstellungen der klassischen Physik verständlich zu machen.

Die Wellenmechanik ermöglicht es, die dargelegten Schwierigkeiten zu überwinden. Dabei muß die Vorstellung der klassischen Physik, wonach der Potentialwall für die Alphateilchen undurchlässig ist, aufgegeben werden, so daß auch Teilchen nach außen gelangen können, deren Energie nicht ausreicht, um den Potentialwall in der eben dargelegten Weise zu überschreiten. Eine hier nicht durchgeführte Untersuchung mit Hilfe der früher erwähnten SCHRÖDINGER-Wellengleichung führt zu dem Ergebnis, daß für jedes Alphateilchen eine gewisse Wahrscheinlichkeit für ein Durchdringen des Potentialwalles besteht. Man bezeichnet diese Erscheinung als den *Tunnel-Effekt*.

Wir halten also fest:

Unter dem Tunnel-Effekt versteht man die Erscheinung, daß Alphateilchen den Potentialwall der Atomkerne durchdringen und deshalb auch von den Kernen emittiert werden können, wenn ihre Energie zum Überschreiten des Potentialwalles nicht ausreicht.

Es handelt sich bei dem Tunnel-Effekt um einen statistischen Prozeß, der nicht nur bei Alphateilchen, sondern auch in anderen Bereichen der Mikrophysik auftritt. Wegen des statistischen Charakters dieser Vorgänge kann nicht vorausgesagt werden, wann ein bestimmter Kern ein Alphateilchen emittieren wird. Die Theorie zeigt lediglich, daß die Wahrscheinlichkeit für die Emission der Alphateilchen mit kleiner werdender Teilchenenergie rasch abnimmt, daß es aber keine untere Energiegrenze für die Durchdringung des Potentialwalles gibt.

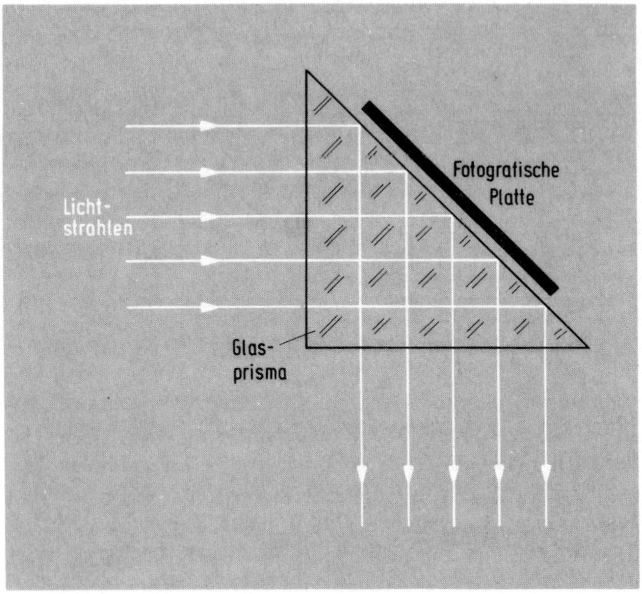

Abb. 968.1
Totalreflexion von Lichtstrahlen an der Grenzfläche Glas-Luft

Der schon genannte, seit 1934 in den USA lebende Physiker russischer Herkunft G. GAMOW (1904 – 1968) hat die Vorgänge der Alphaemission theoretisch untersucht und eine mit den experimentellen Befunden gut übereinstimmende Theorie des Alphazerfalles der Atomkerne gegeben. Bei den stabilen Atomkernen sind die Potentialwälle so hoch und die Tunnellängen so groß, daß die Wahrscheinlichkeit für das Auftreten des Tunnel-Effektes zu klein ist, als daß eine Emission von Alphateilchen beobachtet werden könnte.

Obwohl der Tunnel-Effekt ein im Grunde unanschauliches Phänomen ist, das im Rahmen der klassischen Physik nicht verständlich gemacht werden kann, gibt es doch gewisse Erscheinungen aus dem Bereich der klassischen Physik, mit deren Hilfe der Tunnel-Effekt modellmäßig beschrieben und damit der Anschauung näher gebracht werden kann.

Die Theorie des Tunnel-Effektes macht von der früher behandelten DE-BROGLIE-*Welle* Gebrauch, die jedem bewegten Teilchen zugeordnet werden kann. Die auf diese Wellen anzuwendende SCHRÖDINGER-Wellengleichung hat die gleiche mathematische Form wie die Wellengleichung für Licht- und Wasserwellen. Es ist deshalb nicht sehr überraschend, daß auch bei den Licht- und Wasserwellen eine Art Tunnel-Effekt auftritt. Diese Vorgänge sollen im folgenden kurz beschrieben werden.

1. Der Tunnel-Effekt bei Lichtwellen

Aus der Strahlenoptik ist die Erscheinung der Totalreflexion bekannt. Experimente haben ergeben, daß eine *Totalreflexion von Lichtstrahlen* an der Grenze zweier Medien eintreten kann, wenn das Licht vom optisch dichteren Medium her auf die Grenzfläche trifft; der Einfallswinkel muß dabei größer als der Grenzwinkel der Totalreflexion sein. In diesem Falle wird das gesamte auf die Grenzfläche treffende Licht reflektiert. Die Grenzfläche stellt also für den Lichtstrahl ein Hindernis dar, das dieser nicht zu durchdringen vermag. In Abb. 968.1 ist diese von früher bekannte Erscheinung für eine Grenzfläche zwischen Glas und Luft schematisch dargestellt. Die genauere Untersuchung dieser Vorgänge hat jedoch gezeigt, daß die Totalreflexion des Lichtes nicht nur an der Grenzfläche der beiden Medien erfolgt, sondern daß ein gewisser Bruchteil der Lichtenergie das Hindernis überwinden und in das dünnere Medium eindringen kann. Dies geschieht allerdings nur in einer äußerst dünnen Schicht, deren Dicke von der Wellenlänge des benutzten Lichtes abhängt. Die Schichtdicke beträgt nur einige Wellenlängen. Um die in das dünnere Medium eingedrungende Lichtenergie nachzuweisen, kann man in dem dünneren Medium eine empfindliche fotografische Platte dicht an die Grenzfläche heranbringen. Dann tritt noch in Abständen von 4 bis 5 Wellenlängen des verwendeten Lichtes eine Schwärzung der Schicht ein. Die Wirkung nimmt mit wachsendem Abstand zwischen der Grenzfläche und der Schicht rasch ab.

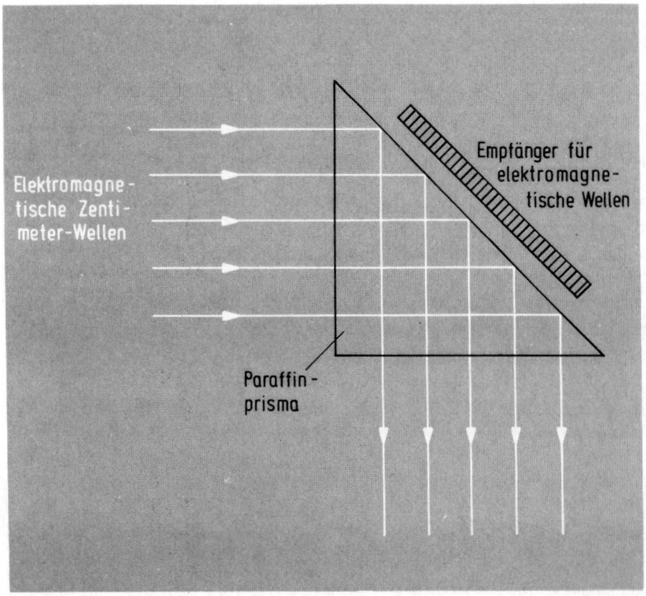

Abb. 969.1
Totalreflexion von elektromagnetischen Zentimeterwellen an der Grenzfläche Paraffin-Luft

Da die Wellenlängen des sichtbaren Lichtes sehr klein sind, ist der soeben geschilderte Versuch nur schwer durchführbar. Einfacher ist dies, wenn man die mit Hilfe eines Kurzwellensenders erzeugten elektromagnetischen Wellen mit Wellenlängen von etlichen Zentimetern verwendet. Der deutsche Physiker CL. SCHAEFER (1878–1968) hat mit Hilfe solcher elektromagnetischen Wellen, die eine Wellenlänge von $\lambda = 15$ cm besaßen, die im zweiten Medium auftretenden Wellen quantitativ untersucht. Bei diesen Versuchen, die heute auch mit den Mitteln der Schule durchgeführt werden können, erfolgt die Totalreflexion nach Abb. 969.1 an der Hypotenusenfläche eines großen, rechtwinkligen Paraffinprismas, bei dem die Wellen senkrecht durch die Kathetenflächen ein- und austreten. Sie werden unter einem Winkel von 45° an der Hypotenusenfläche total reflektiert. Wenn man nun dicht hinter der Hypotenusenfläche einen Empfänger für elektromagnetische Wellen aufstellt, so zeigt ein damit verbundenes Galvanometer einen Ausschlag. Wird der Empfänger nun allmählich von dem Prisma entfernt, so nimmt der Galvanometerausschlag ab. Der Versuch zeigt, daß die elektromagnetische Energie im dünneren Medium in Übereinstimmung mit der Theorie mit wachsendem Abstand zwischen der totalreflektierenden Grenzfläche und dem Empfänger exponentiell kleiner wird.

2. Der Tunnel-Effekt bei Wasserwellen

Ähnliche Erscheinungen, wie wir sie soeben bei elektromagnetischen Wellen kennengelernt haben, können auch bei Wasserwellen auftreten. Wir erinnern an Versuch 239.1, bei dem die Brechung von Wasserwellen gezeigt worden ist. Dazu wird in einen Teil der Wellenwanne eine Glasscheibe gelegt, deren Kante schräg zu den erzeugten Wellenfronten verläuft. Über der Glasscheibe ist die Wasserschicht dünner und daher die Ausbreitungsgeschwindigkeit der Wellen kleiner als in der dickeren Wasserschicht. Die dünne Wasserschicht entspricht also dem optisch dichteren Medium. Bei Versuch 239.1 zeigt sich eine Ablenkung der Wellenfronten in dem aus dem HUYGENS-Prinzip sich ergebenden Sinne.

Legt man nun nach Abb. 970.1 in die Wellenwanne zwei Glasscheiben, so entstehen zwei flache Wasserschichten, die durch einen tieferen Bereich voneinander getrennt sind. Die flachen Bereiche stellen das dichtere Medium und der tiefere Bereich das dünnere Medium dar. Wenn man nun in einem der dichteren Bereiche Wellenfronten erzeugt, die unter einem genügend flachen Einfallswinkel auf die Grenzfläche zum dünneren Medium treffen, so tritt Totalreflexion ein. Die in Abb. 970.2 wiedergegebene fotografische Aufnahme zeigt diese Totalreflexion. Sie läßt darüber hinaus erkennen, daß die Wellen mit schnell abnehmender Amplitude ein wenig in das dünnere Medium eintreten, dieses durchdringen und im dichteren Medium sehr stark abgeschwächt in Erscheinung treten. Man kann nun durch Verschieben einer der beiden Glasscheiben den tieferen

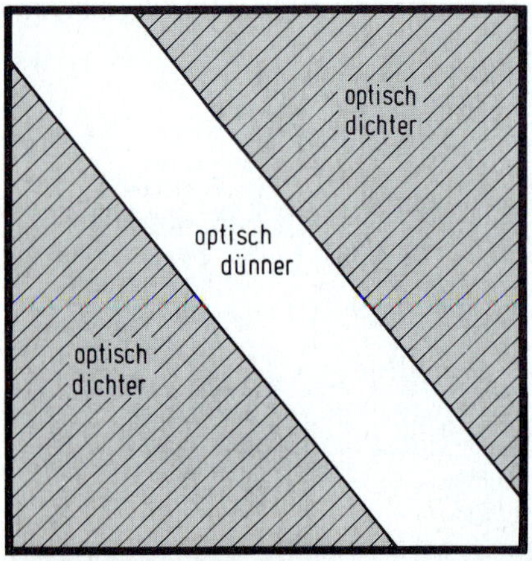

Bereich des Wassers schrittweise schmaler machen. Dann ergeben sich die in Abb. 970.2 wiedergegebenen Bilder. Man erkennt deutlich, daß die Wellen in zunehmendem Maße den optisch dünneren Bereich durchdringen und im optisch dichteren Bereich wirksam werden. Ein Teil der von den Wellen transportierten Energie hat also das nach den Gesetzen der geometrischen Optik gesperrte optisch dünnere Gebiet „durchtunnelt". Man erkennt gleichzeitig, daß die Energie der total reflektierten Wellen in entsprechendem Maße abnimmt, was nicht verwunderlich ist, weil ja Energie durch das dünnere Medium abgewandert ist.

Abb. 970.1
Zur Totalreflexion von Wasserwellen in der Wellenwanne

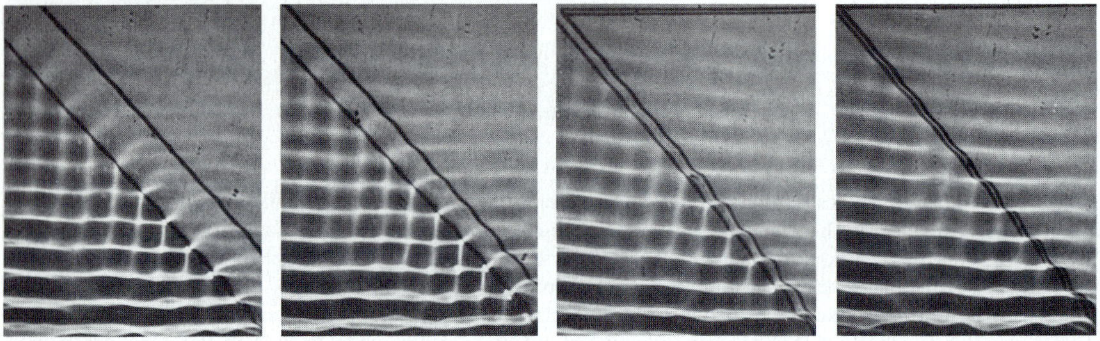

Abb. 970.2 Modellversuche zum Tunnel-Effekt mit Hilfe von Wasserwellen (Aufnahmen: P. Grosse; Archiv Leybold-Heraeus, Köln)

Die Versuche mit der Wellenwanne, die in anschaulicher Weise zeigen, wie ein Teil der Wellenenergie eine eigentlich undurchlässige Grenzfläche zu durchdringen und jenseits dieser Grenze wirksam zu werden vermag, stellen natürlich nur ein grobes, makroskopisches Modell für den oben beschriebenen Tunnel-Effekt dar. Wie jedes andere Modell so hat auch dieses Modell seine Grenzen. Nur innerhalb dieser Grenzen ist es zur anschaulichen Interpretation des mikrophysikalischen Tunnel-Effektes geeignet.

8.4.27 Die Transurane

Unter den Transuranen versteht man chemische Elemente, die im Periodensystem auf das Element Uran mit der Ordnungszahl 92 folgen. Die Transurane kommen in der Natur nicht oder nur in äußerst geringen Mengen vor. Einige Transurane entstehen in den Kernreaktoren und bei den Explosionen von Kernwaffen, andere sind durch die Beschießung von Urankernen oder Atomkernen mit ähnlich großen Massenzahlen künstlich hergestellt worden. Im folgenden soll ein Überblick über die bisher bekannten Transurane gegeben werden.

1. Neptunium

Ordnungszahl $Z=93$, benannt nach dem Planeten Neptun, chemisches Symbol Np

In der Natur tritt nur das Nuklid $^{237}_{93}Np$ in geringen Spuren auf. Neptunium kann aber durch Kernreaktionen in größeren Mengen gewonnen werden. Es sind mit Sicherheit 13 Isotope bekannt, deren Massenzahlen von 229 bis 241 reichen. Am wichtigsten ist das Nuklid $^{239}_{93}Np$ mit der Halbwertszeit

$T_{\frac{1}{2}} = 2{,}3$ d, das im Reaktor als Zwischenprodukt bei der Umwandlung von $^{238}_{92}U$ in $^{239}_{94}Pu$ nach der Formel

$$^{238}_{92}U(n;\gamma)\,^{239}_{92}U \xrightarrow[\text{zerfall}]{\text{Beta-}} {}^{239}_{93}Np^*$$

entsteht. Für die Untersuchung der Eigenschaften des Neptuniums hat sich das Nuklid $^{237}_{93}Np$ wegen seiner großen Halbwertszeit von $T_{\frac{1}{2}} = 2{,}2 \cdot 10^6$ a als besonders geeignet erwiesen. Es entsteht im Reaktor durch Einwirkung schneller Neutronen auf Uran 235 oder Uran 238 nach den Formeln:

$$^{235}_{92}U(n;\gamma)\,^{236}_{92}U(n;\gamma)\,^{237}_{92}U \xrightarrow[\text{zerfall}]{\text{Beta-}} {}^{237}_{93}Np^*$$

und

$$^{238}_{92}U(n;2n)\,^{237}_{92}U \xrightarrow[\text{zerfall}]{\text{Beta-}} {}^{237}_{93}Np^*.$$

Das Nuklid $^{237}_{93}Np$ ist ein Alphastrahler.

Obwohl die Ausbeute an Neptunium 237 im Reaktor nur gering ist, können wegen der großen Halbwertszeit dieses Nuklids doch ausreichende Mengen gewonnen werden, um damit die physikalischen und chemischen Eigenschaften des Neptuniums zu erforschen. Es handelt sich um ein silberglänzendes Metall mit der Dichte $\rho = 17{,}7\ \text{g cm}^{-3}$.

2. Plutonium

Ordnungszahl $Z = 94$, benannt nach dem Planeten Pluto, chemisches Symbol Pu

Es sind bisher 15 Plutoniumisotope, deren Massenzahlen von 232 bis 246 reichen, bekannt. In der Natur kommt das Nuklid $^{238}_{94}Pu$ nur in geringen Mengen in der Uranpechblende und im Carnotit vor. Diese kleinen Plutoniumbeimengungen in Uranerzen verdanken ihre Entstehung der Tatsache, daß die Kerne des $^{238}_{92}U$ außer dem Alphazerfall gelegentlich auch spontane Spaltungen in zwei mittelgroße Bruchstücke aufweisen, bei denen 2 oder 3 Neutronen frei werden, die ihrerseits von Urankernen $^{238}_{92}U$ absorbiert werden können, wobei sich die folgende Reaktion, die technisch auch in Reaktoren ablaufen kann, abspielt:

$$^{238}_{92}U(n;\gamma)\,^{239}_{92}U \xrightarrow[\text{zerfall}]{\text{Beta-}} {}^{239}_{93}Np \xrightarrow[\text{zerfall}]{\text{Beta-}} {}^{239}_{94}Pu^*.$$

Plutonium ist das wichtigste Element unter den Transuranen. Es ist das einzige künstliche Element, das bisher in größeren Mengen hergestellt werden konnte. Von besonderem Interesse ist das Nuklid $^{239}_{94}Pu$, weil es durch thermische Neutronen gespalten werden kann, wobei sich in einer Plutoniummenge von kritischer oder überkritischer Masse eine Kettenreaktion abspielt. Damit ist die Möglichkeit gegeben, $^{239}_{94}Pu$ als Kernsprengstoff zu verwenden und einen Kernreaktor mit $^{239}_{94}Pu$ zu betreiben. $^{239}_{94}Pu$ ist ein Alphastrahler und hat eine Halbwertszeit $T_{\frac{1}{2}} = 24\,360$ a.

Früher haben wir gesehen, daß die Brutreaktoren die Aufgabe haben, $^{239}_{94}Pu$ künstlich herzustellen und daß dabei mehr Kernbrennstoff entsteht, als verbraucht wird. Die Folge davon ist, daß heute auf der Welt bereits ein großer Vorrat an Plutonium vorhanden ist.

Die physikalischen und chemischen Eigenschaften des Plutoniums sind sehr genau bekannt. Es ist ein helles Metall, das in vieler Hinsicht große Ähnlichkeit mit dem Uran aufweist. Die Dichte des Plutoniums beträgt $\rho = 19{,}74\ \text{g cm}^{-3}$.

Bei dem Umgang mit den Transuranen zeigen sich eine Reihe interessanter Besonderheiten, die in vielen Fällen geeignete Vorsichtsmaßnahmen erfordern, wenn Schäden vermieden werden sollen. Ein Beispiel hierfür soll bereits an dieser Stelle genannt werden, andere werden bei der Besprechung der weiteren Transurane folgen.

Beispiel Die kritische Masse von $^{239}_{94}Pu$ beträgt etwa 5,6 kg. In Gegenwart von anderen Atomen mit kleinen Massenzahlen ist die kritische Masse jedoch geringer. Dies gilt insbesondere, wenn man ein Salz des Nuklids $^{239}_{94}Pu$ in Wasser löst, denn hier besitzen die Wasserstoffatome die erforderliche kleine Massenzahl. Es ergibt sich, daß eine wäßrige Lösung von $^{239}_{94}Pu$ unter folgenden Bedingungen zur *kritischen Masse* führt:

a) die Masse $^{239}_{94}Pu$ muß mindestens 510 g sein,

b) das Volumen der Lösung muß mindestens 4,5 l betragen,

c) die Lösung muß mindestens die Konzentration von 7,8 g $^{239}_{94}Pu$ je Liter haben.

Nur wenn diese drei Mindestbedingungen *sämtlich überschritten* sind, wird die Lösung *überkritisch.*

Dies bedeutet:

Wenn man z.B. 600 g des Nuklids $^{239}_{94}Pu$ in 3 l Wasser löst, so ist die Lösung *unterkritisch*, weil das oben genannte Mindestvolumen nicht erreicht ist. Wenn man die Lösung aber auf 4,5 l verdünnt, so wird sie plötzlich *kritisch*, weil dann alle drei oben genannten Mindestbedingungen erfüllt sind.

Wir stellen also die überraschende Tatsache fest, daß eine zunächst unterkritische und damit relativ ungefährliche Lösung von $^{239}_{94}Pu$ in Wasser durch die bloße weitere Verdünnung kritisch werden und dann explodieren kann. Es handelt sich hierbei allerdings nicht um eine Explosion mit den Auswirkungen der früher behandelten Atombomben, aber es können auf diese Weise doch beträchtliche Schäden an Apparaturen und Gebäuden sowie erhebliche Strahlengefahren durch die Verbreitung des radioaktiven Plutoniums entstehen.

3. Americium

Ordnungszahl $Z=95$, benannt nach Amerika, chemisches Symbol Am

Es sind bisher 11 Americiumisotope, deren Massenzahl von 237 bis 247 reichen, bekannt. Americium wurde zuerst 1944 von dem amerikanischen Chemiker G.T. SEABORG (geb. 1912) durch Beschuß von $^{238}_{92}U$ mit Alphateilchen, die mit einer Energie von rund 40 MeV aus einem Zyklotron kamen, hergestellt. Dabei entsteht als Zwischenprodukt $^{241}_{94}Pu$, das unter Abgabe von Betateilchen in Americium 241 übergeht:

$$^{238}_{92}U(\alpha;n)\,^{241}_{94}Pu \xrightarrow[\text{zerfall}]{\text{Beta-}} {}^{241}_{95}Am^*.$$

Die wichtigste Methode zur Herstellung von $^{241}_{95}Am$ besteht in der Bestrahlung von $^{239}_{94}Pu$ mit energiereichen Neutronen im Kernreaktor. Die Reaktion, bei der nacheinander 2 Neutronen eingefangen werden, verläuft nach der Formel:

$$^{239}_{94}Pu(n;\gamma)\,^{240}_{94}Pu(n;\gamma)\,^{241}_{94}Pu \xrightarrow[\text{zerfall}]{\text{Beta-}} {}^{241}_{95}Am^*.$$

Durch die angegebenen Kernprozesse konnten einige Gramm Americium hergestellt werden, die ausreichten, um die wichtigsten Eigenschaften dieses neuen Elementes festzustellen.

Das Americium ist ein Metall mit silberweißer Oberfläche, die an trockener Luft langsam anläuft. Die Dichte des Americiums beträgt $\rho \approx 11{,}7\ \mathrm{g\,cm^{-3}}$. Sie ist also geringer als die der vorhergehenden Transurane.

Americium ist vor allem als Ausgangsstoff für die Herstellung weiterer Transurane mit höheren Ordnungszahlen von Bedeutung.

4. Curium

Ordnungszahl $Z=96$, benannt nach dem Ehepaar M. und P. CURIE, chemisches Symbol Cm

Es sind bisher 13 Curiumisotope bekannt, deren Massenzahlen von 238 bis 250 reichen. Curium wurde zuerst im Jahre 1944 hergestellt, indem man $^{239}_{94}Pu$ mit Alphateilchen von 32 MeV, die aus einem Zyklotron stammten, beschoß; dabei können sich u.a. folgende Kernreaktionen abspielen:

$$^{239}_{94}Pu(\alpha;n)\,^{242}_{96}Cm^*, \qquad ^{239}_{94}Pu(\alpha;3n)\,^{240}_{96}Cm^*.$$

Curium kann ferner durch Beschuß von $^{241}_{95}Am$ mit Neutronen gewonnen werden; dabei entsteht als Zwischensubstanz $^{242}_{95}Am$:

$$^{241}_{95}Am(n;\gamma)\,^{242}_{95}Am \xrightarrow[\text{zerfall}]{\text{Beta-}} {}^{242}_{96}Cm^*.$$

Es wurde oben schon darauf hingewiesen, daß die Transurane oft ein ungewöhnliches Verhalten zeigen. Hier sollen wieder einige Beispiele genannt werden.

Beispiele

1. Das Nuklid $^{242}_{96}Cm$ hat die Halbwertszeit $T_{\frac{1}{2}} \approx 162$ d. Der durch diese kurze Halbwertszeit bedingte rasche Zerfall bewirkt eine große Wärmeentwicklung. Die Wärmeleistung beträgt

rund 120 W je Gramm $^{242}_{96}Cm$.

Wenn man von einem Salz des genannten Nuklids so viel in Wasser löst, daß die Lösung

etwa 0,7 g Curium je Liter Wasser

enthält, so zeigt sich, daß die Flüssigkeit dauernd siedet. Durch die frei werdende Energie wird das Wasser gleichzeitig in Wasserstoff und Sauerstoff zersetzt, so daß die Curiumlösung wie perlender Sekt aussieht.

Wegen der auch bei anderen Transuranen erfolgenden Abgabe großer Energiemengen ist es notwendig, daß Lösungen dieser Nuklide von einer gewissen Konzentration ab gekühlt werden.

2. Überraschend ist ferner, daß es von dem Nuklid $^{244}_{96}Cm$ eine Verbindung Curiumtetrafluorid (CmF_4) gibt, während die gleiche Verbindung von dem Nuklid $^{242}_{96}Cm$ nicht existiert. Die Erklärung ergibt sich aus den unterschiedlichen Halbwertszeiten der beiden Isotope. Diese betragen:

$$^{244}_{96}\mathrm{Cm}\quad T_{\frac{1}{2}} \approx 18{,}1\,\mathrm{a} \quad \text{und} \quad ^{242}_{96}\mathrm{Cm}\quad T_{\frac{1}{2}} \approx 162\,\mathrm{d}.$$

Bei dem zweiten Nuklid ist die Energieabgabe wegen der relativ kurzen Halbwertszeit so groß, daß die Verbindung CmF_4 sofort nach ihrer Entstehung wieder zersetzt wird.

3. Die beträchtliche Aktivität des Nuklids $^{242}_{96}Cm$ zeigt sich weiter in der Tatsache, daß ein genügend großes Stück von CmO_2 ganz von sich aus in dauernder Rotglut verbleiben würde. Es wird später noch näher dargelegt, daß dieses Oxid wegen der großen Wärmeentwicklung mit gutem Erfolg zum Betrieb von Radionuklidbatterien verwendet wird (S. 979).

5. *Berkelium*

Ordnungszahl $Z = 97$, benannt nach der Stadt Berkeley in Californien, chemisches Symbol Bk

Dieses Transuran wurde zuerst 1949 mit Hilfe des Zyklotrons von Berkeley hergestellt, indem man das Nuklid $^{241}_{95}Am$ mit energiereichen Alphateilchen beschoß. Dabei spielen sich die folgenden Vorgänge ab:

$$^{241}_{95}\mathrm{Am}(\alpha;2\mathrm{n})^{243}_{97}\mathrm{Bk}^*, \quad ^{241}_{95}\mathrm{Am}(\alpha;\mathrm{n})^{244}_{97}\mathrm{Bk}^*.$$

Es sind bisher 9 Berkeliumisotope bekannt, deren Massenzahlen von 243 bis 251 reichen.

Im Jahre 1958 gelang es nach fünfjähriger Bestrahlung von $^{239}_{94}Pu$ mit Neutronen zum ersten Male, $^{249}_{97}Bk$ in der wägbaren Menge von 0,23 µg herzustellen.

Es muß hier einmal auf die großen Leistungen hingewiesen werden, die die Physiker und Chemiker bei der Untersuchung der Transurane vollbracht haben. Diese Leistungen können nur richtig beurteilt werden, wenn man sich vor Augen hält, daß von den Transuranen jenseits des Curiums für die Untersuchungen im allgemeinen nur einige zehntel Mikrogramm zur Verfügung stehen. Das sind Stoffproben, die nur noch unter dem Mikroskop sichtbar sind. Hiermit konnten dann die Absorptionsspektren in Lösungen gemessen, Röntgenuntersuchungen ausgeführt und chemische Umsetzungen studiert werden. Die Schwierigkeiten werden immer größer, je weiter man in der Reihe der Transurane fortfährt. Es stehen dann bald nur noch wenige Atome der betreffenden Transurane zur Verfügung. Erschwerend kommt in allen Fällen hinzu, daß die Nuklide radioaktiv sind und meist nur sehr kurze Halbwertszeiten haben.

6. *Californium*

Ordnungszahl $Z = 98$, benannt nach dem Lande Californien (USA), chemisches Symbol Cf

Dieses Transuran wurde zuerst im Jahre 1950 hergestellt, indem man das Nuklid $^{242}_{96}Cm$ mit Alphateilchen von 35 MeV beschoß; dabei spielen sich folgende Kernreaktionen ab:

$$^{242}_{96}\mathrm{Cm}(\alpha;2\mathrm{n})^{244}_{98}\mathrm{Cf}^*, \quad ^{242}_{96}\mathrm{Cm}(\alpha;\mathrm{n})\,^{245}_{98}\mathrm{Cf}^*.$$

Es sind bisher 14 Californiumisotope bekannt, deren Massenzahlen von 241 bis 254 reichen. Unter diesen Isotopen ist das Nuklid $^{252}_{98}Cf$ von besonderem Interesse, weil es ein *äußerst starker Neutronenstrahler* ist. Diese Neutronen werden bei spontanen Spaltungen, die mit einer Halbwertszeit von $T_{\frac{1}{2}} \approx 2{,}65$ a erfolgen, frei. Dabei zeigt sich:

1 g *des Nuklids* $^{252}_{98}Cf$ *gibt* $2{,}34 \cdot 10^{12}$ *Neutronen je Sekunde ab*.

Ein solches Präparat stellt also eine weitaus stärkere Neutronenquelle als die früher besprochenen konventionellen Neutronenlieferanten dar. Mit Hilfe des Nuklids $^{252}_{98}Cf$ können äußerst kleine, nadelförmige Neutronenquellen höchster Intensität gebaut werden, von denen in der Medizin zur Neutronenradiografie und in der Industrie zu den verschiedensten Zwecken Gebrauch gemacht wird.

7. *Einsteinium*

Ordnungszahl $Z = 99$, benannt nach dem Physiker A. Einstein, chemisches Symbol Es

Das Element Einsteinium und das hierauf folgende Transuran wurden im Jahre 1952 im Zusammenhang mit der ersten thermonuklearen Bombe, die im Pazifik gezündet worden ist, entdeckt. Nach der Explosion flogen unbemannte Flugzeuge durch die Explosionswolke und sammelten radioaktive Staubteilchen, in denen dann später einige hundert Atome der genannten Elemente entdeckt wurden.

Im Laboratorium wurde das Element Einsteinium zuerst im Jahre 1954 hergestellt, indem man die Kerne von $^{238}_{92}U$ mit sechsfach ionisierten Atomen von $^{14}_{7}N$ beschoß; dabei entstanden nach den folgenden Formeln die Einsteiniumisotope 246 und 247:

$$^{238}_{92}U(^{14}_{7}N;6n)^{246}_{99}Es^*, \quad ^{238}_{92}U(^{14}_{7}N;5n)^{247}_{99}Es^*.$$

Im gleichen Jahr gelang die Herstellung des Einsteiniumisotops 253 durch Beschuß von $^{239}_{94}Pu$ mit Neutronen. Es sind bisher 11 Einsteiniumisotope bekannt, deren Massenzahlen von 246 bis 256 reichen.

8. Fermium

Ordnungszahl $Z = 100$, benannt nach dem Physiker E. Fermi, chemisches Symbol Fm

Nachdem das Element Fermium bereits 1952 im Zusammenhang mit der ersten thermonuklearen Explosion nachgewiesen worden war, gelang seine Herstellung im Laboratorium im Jahre 1954 durch den Beschuß von $^{239}_{94}Pu$ mit 15 Neutronen und sechsmaliger Aussendung von Betateilchen; bei Vernachlässigung der Zwischenprodukte läßt sich dieser Vorgang zusammenfassend durch die folgende Formel darstellen:

$$^{239}_{94}Pu(15n;6\beta^-)^{254}_{100}Fm^*.$$

Eine weitere Möglichkeit zur Gewinnung von Fermium besteht darin, $^{238}_{92}U$ mit energiereichen Sauerstoffionen von etwa 180 MeV zu beschießen; dabei spielt sich der Vorgang

$$^{238}_{92}U(^{16}_{8}O;4n)^{250}_{100}Fm^*$$

ab. Weitere Fermiumisotope konnten mit Hilfe anderer Kernreaktionen hergestellt werden. Es sind bisher 14 Fermiumisotope bekannt, deren Massenzahlen von 244 bis 257 reichen.

9. Mendelevium

Ordnungszahl $Z = 101$, benannt nach dem Chemiker D. I. Mendelejew, chemisches Symbol Md

Das Element wurde zuerst 1955 an der Universität von Californien hergestellt, indem man $^{253}_{99}Es$ mit Alphateilchen von 41 MeV beschoß. Dabei spielen sich die folgenden Kernreaktionen ab:

$$^{253}_{99}Es(\alpha;n)^{256}_{101}Md^*, \quad ^{253}_{99}Es(\alpha;2n)^{255}_{101}Md^*.$$

Bisher sind 7 Isotope mit den Massenzahlen 252 bis 258 bekannt.

10. Nobelium

Ordnungszahl $Z = 102$, benannt nach dem Chemiker A. Nobel, chemisches Symbol No

Dieses Element wurde zuerst durch eine Gruppe von amerikanischen, englischen und schwedischen Forschern im Nobel-Institut für Physik in Stockholm hergestellt, indem man $^{244}_{96}Cm$ mit Kernen von $^{13}_{6}C$ beschoß, wobei sich folgende Kernreaktionen abspielten:

$$^{244}_{96}Cm(^{13}_{6}C;5n)^{252}_{102}No^*, \quad ^{244}_{96}Cm(^{13}_{6}C;4n)^{253}_{102}No^*.$$

Ein anderes Isotop konnte 1958 an der Universität von Californien nach der Formel

$$^{246}_{96}Cm(^{12}_{6}C;4n)^{254}_{102}No^*$$

hergestellt werden. Es sind bisher 8 Nobeliumisotope bekannt, deren Massenzahlen von 251 bis 258 reichen. Die Untersuchung ihrer Eigenschaften macht Schwierigkeiten, weil die vorerst hergestellten Mengen sehr gering und die Halbwertszeiten aller Isotope sehr klein sind.

11. Lawrencium

Ordnungszahl $Z = 103$, benannt nach dem Physiker E. O. Lawrence, chemisches Symbol Lr

Die Herstellung gelang durch den Beschuß von $^{246}_{98}Cf$ mit Kernen des Borisotops $^{11}_{5}B$, deren Energie etwa 70 MeV betrug; dabei wurde eine wechselnde Anzahl von Neutronen frei. Der Vorgang kann durch die Formel

$$^{246}_{98}Cf(^{11}_{5}B;kn)^{257-k}_{103}Lr^*$$

beschrieben werden. Die Halbwertszeit der entstehenden Lawrenciumisotope ist sehr klein. Über ihre Eigenschaften läßt sich bisher kaum etwas sagen.

12. Kurtschatowium (oder *Rutherfordium*)
Ordnungszahl $Z = 104$, benannt nach dem Physiker I. W. KURTSCHATOW, chemisches Symbol Kr

Dieses Element wurde 1964 im sowjetischen Kernforschungszentrum Dubna entdeckt. Es kann durch den Beschuß des Nuklids $^{242}_{94}Pu$ mit hochenergetischen Neonionen hergestellt werden. Dabei spielt sich der folgende Vorgang ab:

$$^{242}_{94}Pu(^{22}_{10}Ne; 4n)\,^{260}_{104}Kr^*.$$

13. Hahnium (oder *Nielsbohrium*)
Ordnungszahl $Z = 105$, benannt nach dem Chemiker O. HAHN, chemisches Symbol Ha

Die Herstellung dieses Elementes erfolgte im Lawrence Radiation Laboratory in Berkeley, indem man das Nuklid $^{249}_{98}Cf$ mit stark beschleunigten Stickstoffionen beschoß, wobei sich der folgende Vorgang abspielte:

$$^{249}_{98}Cf(^{15}_{7}N; 4n)\,^{260}_{105}Ha^*.$$

Vorher soll es sowjetischen Wissenschaftlern im Kernforschungszentrum Dubna gelungen sein, einige Atome diese Nuklids durch den Beschuß von Americium mit energiereichen Neonionen durch die folgende Kernreaktion herzustellen:

$$^{241}_{95}Am(^{22}_{10}Ne; 3n)\,^{260}_{105}Ha^*.$$

Es ist noch nicht sicher, ob dieses Element endgültig den Namen *Hahnium* erhalten wird. Die zuständigen internationalen Kommissionen haben hierüber noch keine Entscheidung gefällt, weil über den Namen aus Prioritätsgründen noch gestritten wird. Von den Russen wurde der Name *Nielsbohrium* vorgeschlagen.

14. Noch nicht benannte weitere Elemente
Ordnungszahl $Z = 106$, im folgenden vorläufig mit X bezeichnet

Das Element ist 1974 im Kernforschungszentrum Dubna in der UdSSR zuerst hergestellt worden, indem man Atome vom $^{207}_{82}Pb$ bzw. $^{208}_{82}Pb$ mit energiereichen Chromionen beschoß. Dabei spielen sich die folgenden Vorgänge ab:

$$^{207}_{82}Pb(^{54}_{24}Cr; 2n)^{259}_{106}X^* \quad \text{bzw.} \quad ^{208}_{82}Pb(^{54}_{24}Cr; 3n)^{259}_{106}X^*.$$

Kurze Zeit nach der Mitteilung dieser Entdeckung berichteten amerikanische Physiker aus dem Lawrence Radiation Laboratory in Berkeley/Kalifornien, daß ihnen die Herstellung eines anderen Isotops des gleichen Elementes gelungen sei. Dazu hatten sie Atome von $^{249}_{98}Cf$ mit energiereichen Sauerstoff($^{18}_{8}O$)-Ionen beschossen, wobei sich der folgende Vorgang abspielte:

$$^{249}_{98}Cf(^{18}_{8}O; 4n)^{263}_{106}X^*.$$

Ordungszahl $Z = 107$, im folgenden vorläufig mit Y bezeichnet.

Das Element wurde 1981 durch ein Team von 11 Physikern bei der Gesellschaft für Schwerionenforschung (GSI) in Darmstadt zuerst hergestellt, indem man Bismutatome mit energiereichen Chromionen beschoß. Dabei spielt sich der folgende Vorgang ab:

$$^{208}_{83}Bi + ^{54}_{24}Cr \rightarrow ^{262}_{107}Y.$$

Von dem neuen Element konnten nur wenige Atome hergestellt werden; sie besitzen eine sehr kurze Halbwertszeit. Über die Eigenschaften dieses Elementes ist noch nichts bekannt.

Ordnungszahl $Z = 108$

Das Element mit der Ordnungszahl $Z = 108$ ist das zuletzt künstlich hergestellte Element. Erst im Jahre 1984 gelang es, einige Atome dieses Elementes zu erzeugen. Die Untersuchungen sind aber noch nicht abgeschlossen.

Ordnungszahl $Z = 109$

Im Jahre 1983 war es mit Hilfe des Schwerionenbeschleunigers in Darmstadt bereits gelungen, einige Atome des Elementes mit der Ordnungszahl 109 durch die Verschmelzung leichterer Kerne herzustellen.

Abschließend sollen noch einige Bemerkungen zu der Frage gemacht werden, ob mit der Herstellung weiterer Transurane gerechnet werden kann.

Die bei den bisher besprochenen Transuranen angegebenen Verfahren zu ihrer Gewinnung zeigen, daß die Ausgangsnuklide dabei in vielen Fällen mit Neutronen beschossen werden, daß die Neutronen eingefangen werden und anschließend auf dem Wege über einen Betazerfall ein neues Nuklid mit einer um eins vergrößerten Ordnungszahl entsteht. Über diesen Aufbauweg ist es gelungen, die Transurane bis einschließlich Fermium herzustellen. Bei den Elementen mit höheren Ordnungszahlen hat sich dieser Weg nicht mehr als gangbar erwiesen. Man muß jetzt geeignete Ausgangskerne mit anderen Ionen beschießen, die in Beschleunigungsgeräten auf so hohe Energien gebracht worden sind, daß sie die COULOMB-Abstoßung des Atomkernes überwinden und in diesen eindringen können. Bei solchen Verschmelzungsreaktionen entsteht ein neues Nuklid, dessen Kernladungszahl gleich der Summe der Kernladungszahlen des Ausgangsnuklids und des Geschosses ist; außerdem werden bei der Reaktion Neutronen abgegeben. Beispiele für solche Aufbaureaktionen sind bei den vorhergehenden Darlegungen über die einzelnen Transurane angegeben worden. Die Erfahrung zeigt nun, daß die bei solchen Beschießungen erzielbare Ausbeute mit wachsender Kernladungszahl immer kleiner wird. Dies ist darauf zurückzuführen, daß die neu gebildeten Kerne dann anfälliger gegen Spaltungen werden, weil die COULOMB-Abstoßung zwischen den Protonen sie in zunehmendem Maße auseinander treibt. Wenn also auf dem genannten Wege noch weitere Transurane mit höheren Ordnungszahlen synthetisiert werden könnten, so wäre ihre Lebensdauer so kurz, daß es zweifelhaft ist, ob man sie überhaupt nachweisen und isolieren könnte. Danach scheint das Periodensystem der Elemente sich mit den schwersten der bisher erzeugten Transurane seinem Ende zu nähern, denn wenn neu gebildete Kerne schneller wieder zerfallen, als sie nachgewiesen werden können, ist es dem Physiker nicht mehr möglich, sie als existent zu betrachten.

Neuere Untersuchungen haben aber gezeigt, daß diese Feststellungen gewisser Einschränkungen bedürfen. Es hat sich vielmehr herausgestellt, daß die schwersten der heute bekannten Transurane gerade ein *Stabilitätsminimum* aufweisen und daß bei einem Fortschreiten in der Reihe der Transurane später wieder eine größere Stabilität erwartet werden kann. Dies hängt mit den früher behandelten magischen Zahlen (S. 961) zusammen. Theoretische Untersuchungen haben zu dem Ergebnis geführt, daß es bei größeren Ordnungszahlen gewisse *Stabilitätsinseln* gibt, die in Abb. 976.1 dargestellt sind. Auf der horizontalen Achse ist die Protonenzahl und auf der vertikalen Achse die Neutronenzahl aufgetragen. Jenseits der heute bekannten Transurane werden zwei weitere Stabilitätsinseln mit *superschweren Elementen* erwartet:

Die *erste Stabilitätsinsel* liegt in der Umgebung des Elementes mit der

$$Protonenzahl\ Z=114,\ der\ Neutronenzahl\ N=184\ und\ der\ Massenzahl\ A=298.$$

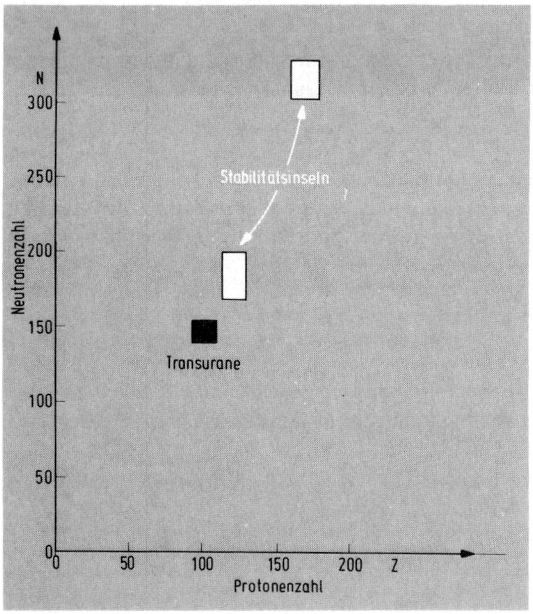

Abb. 976.1
Die Transurane und die superschweren Elemente

Es wird erwartet, daß dieses Element gegen Spontanspaltungen praktisch stabil ist. Die Berechnungen haben weiter ergeben, daß es sich um einen Alphastrahler handeln muß, der eine Halbwertszeit von

$$T_{\frac{1}{2}} \approx 10\ \mathrm{a}$$

besitzt. An der künstlichen Herstellung dieses Elementes wird sowohl in Berkeley als auch in Dubna gearbeitet. Es wird weiter vermutet, daß es in geringen Mengen auch in der Natur vorkommt.

Eine *zweite Stabilitätsinsel* wird in der Umgebung des Elementes mit der

$$Protonenzahl\ Z=164,\ der\ Neutronenzahl\ N=318\ und\ der\ Massenzahl\ A=482$$

erwartet.

Es ergibt sich nun die weitere Frage, ob und gegebenenfalls auf welchen Wegen es möglich ist, die superschweren Elemente im Bereich der Stabilitätsinseln herzustellen. Als ein möglicher Weg bietet sich die Beschießung von Urankernen mit anderen schweren Ionen (etwa mit Xenon- oder Uranionen) an. Bei der Verschmelzung dieser Kerne entstehen Zwischenprodukte, die instabil sind und bei deren Spaltung die superschweren Elemente möglicherweise entstehen können.

Bei der *Uran-Uran-Reaktion* muß man die Uranionen auf etwa 1500 MeV beschleunigen. In den USA und in der Sowjetunion werden vorhandene Beschleunigungsgeräte so umgebaut, daß sie Ionen jeder Ordnungszahl beschleunigen können. Ferner befindet sich in der Nähe von Darmstadt der Schwerionenbeschleuniger UNILAC, der ebenfalls Ionen mit beliebig großen Ordnungszahlen zu beschleunigen erlaubt.

Es ergibt sich nun auch hier wieder die Frage, ob bei einem Gelingen des angedeuteten Aufbaues der superschweren Elemente aus den Bereichen der Stabilitätsinseln das Periodensystem der Elemente beliebig weitergeführt werden kann oder ob mit einer grundsätzlich unüberschreitbaren Grenze gerechnet werden muß. Die zur Beantwortung dieser Frage durchgeführten theoretischen Untersuchungen haben zu dem Ergebnis geführt, daß es eine solche Grenze gibt, die etwa bei dem Element mit

der Protonenzahl $Z=200$, der Neutronenzahl $N=300$ und der Massenzahl $A=500$

erwartet wird. Bei Elementen dieser Größenordnung ist nämlich die Zahl der Protonen in dem Atomkern so groß geworden, daß die inneren Elektronenbahnen der Atomhülle zusammenbrechen und die Elektronen infolge der COULOMB-Anziehung von dem Atomkern eingefangen werden. Damit wäre dann das natürliche Ende des Periodensystems der Elemente erreicht.

Die Transurane sind nicht nur wissenschaftlich interessant, sondern sie haben auch im Hinblick auf ihre praktische Verwendbarkeit schon heute eine gewisse Bedeutung erlangt. Dabei zeichnen sich die folgenden Gebiete als besonders zukunftsträchtig ab:

1. Die Transurane spielen als *Energiequellen* bei der *Raumfahrt*, in *Wetter-* und *Nachrichtensatelliten*, bei *Markierungsbojen* usw. eine wichtige Rolle. Dabei handelt es sich um die *Radionuklidbatterien*, über die im nächsten Abschnitt noch genauere Ausführungen gemacht werden.

2. Die Transurane finden ferner in der *Medizin* und *Biologie* in zunehmendem Maße Verwendung. Auf ihre Bedeutung als *Neutronenquellen* wurde oben schon hingewiesen. Eine weitere Verwendungsmöglichkeit ist in der Medizin bei den *Herzschrittmachern* gegeben. Man könnte diese mit Radionuklidbatterien betreiben, die eine längere Lebensdauer als die chemischen Batterien haben. Die Untersuchungen hierüber sind aber noch nicht abgeschlossen.

8.4.28 Die Radionuklidbatterien

Unter den Radionuklidbatterien versteht man Geräte, die eine Umwandlung der beim radioaktiven Zerfall frei werdenden Energie in elektrische Energie gestatten. Man unterscheidet

1. die einstufigen Radionuklidbatterien, die die radioaktive Zerfallsenergie unmittelbar, d.h. ohne Zwischenstufe, in elektrische Energie überführen, und

2. die zweistufigen oder mittelbaren Radionuklidbatterien, bei denen die radioaktive Zerfallsenergie zunächst in Wärme- oder Lichtenergie umgewandelt wird, aus der dann elektrische Energie gewonnen wird. Je nachdem, ob die Zwischenstufe Wärme oder Licht ist, unterscheidet man

a) die thermoelektrischen Radionuklidbatterien und

b) die fotoelektrischen Radionuklidbatterien.

Praktisch werden heute fast nur die zweistufigen Radionuklidbatterien verwendet, und unter diesen stehen wiederum die thermoelektrischen Radionuklidbatterien an erster Stelle. Über den Bau und die Wirkungsweise dieser Geräte sollen deshalb zunächst einige Bemerkungen gemacht werden.

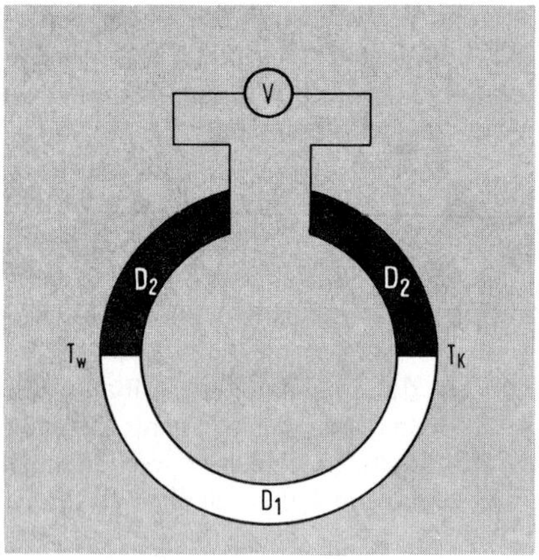

Abb. 978.1 Zum SEEBECK-Effekt

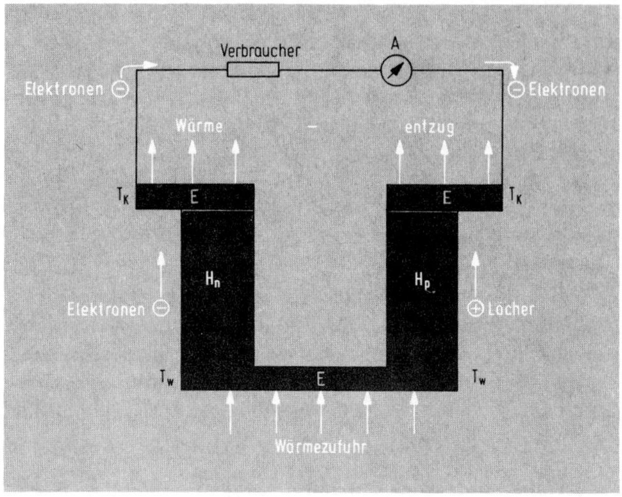

Abb. 978.2 Die Wirkungsweise des thermoelektrischen Generators

a) Die *thermoelektrischen Radionuklidbatterien* beruhen auf dem früher behandelten, von dem deutschen Physiker TH. J. SEEBECK (1770–1831) im Jahre 1821 entdeckten *thermoelektrischen Effekt*, der oft auch als SEEBECK-*Effekt* bezeichnet wird. Wenn man in einem offenen, aus zwei verschiedenen elektrischen Leitern D_1 und D_2 bestehenden Leiterkreis die Kontaktstellen T_w und T_k der Leiter auf verschiedene Temperaturen bringt, so entsteht zwischen den freien Leiterenden eine elektrische Spannung U_S, die als Thermospannung bezeichnet wird (Abb. 978.1). Bei einem geschlossenen Leiterkreis bewirkt die Thermospannung das Fließen eines Thermostromes. Geräte, die den SEEBECK-Effekt zur Spannungs- oder Stromerzeugung benutzen, werden als *Thermoelemente* bezeichnet. Die Thermoelemente haben in ihrer ursprünglichen Form nur einen sehr geringen Wirkungsgrad; sie setzen maximal 3% der zugeführten Wärme in elektrische Energie um. Seit es aber in den letzten Jahren gelungen ist, thermoelektrische Halbleiter zu entwickeln, konnte der Wirkungsgrad der Thermoelemente auf über 10% gesteigert werden. Damit waren die Voraussetzungen zur Entwicklung der *thermoelektrischen Generatoren* oder der SEEBECK-*Elemente* gegeben, deren Aufgabe es ist, Wärme in elektrische Energie umzuwandeln.

Ein SEEBECK-*Element* ist in Abb. 978.2 schematisch dargestellt. Zwei Halbleiterstäbe H_p und H_n, von denen der eine p-leitend und der andere n-leitend ist, stehen mit Metallelektroden E in Verbindung. Wenn auf der einen Seite Wärme zugeführt und auf der anderen Seite Wärme entzogen wird, so entsteht eine Thermospannung

$$U_S = (\alpha_p - \alpha_n)(T_w - T_k).$$

Dabei bedeuten:

T_w = Temperatur an der warmen Kontaktstelle zwischen Halbleiter und Metallelektrode,

T_k = Temperatur an der kalten Kontaktstelle zwischen Halbleiter und Metallelektrode,

α_p und α_n = von den thermoelektrischen Werkstoffen abhängige Proportionalitätsfaktoren, die als SEEBECK-Koeffizienten bezeichnet werden.

Über einen Verbraucher kann dem SEEBECK-Element elektrische Leistung entnommen werden. Die von einem solchen Element abgegebene Leistung beträgt im allgemeinen 1 bis 2 W. Größere Leistungen werden erreicht, wenn man mehrere SEEBECK-Elemente thermisch parallel oder elektrisch in Reihe schaltet.

Die erforderliche Wärmezufuhr kann durch konventionelle Brennstoffe (vor allem Gas), Sonnenenergie, Radionuklide oder Kernreaktoren erfolgen. Bei den Radionuklidbatterien, mit denen wir uns hier beschäftigen, erfolgt die Energiezufuhr durch Radionuklide.

Der Bau und die Wirkungsweise einer thermoelektrischen Radionuklidbatterie ist in Abb. 979.1 schematisiert wiedergegeben. Die im Raum A durch das Radionuklid erzeugte Wärme bewirkt eine Aufheizung der mit einem n- und einem p-Halbleiter verbundenen Metallplatte P. An den anderen Enden der Halbleiter befinden sich die Metallplatten Q_1 und Q_2, die auf einer tieferen Temperatur als P gehalten werden. Wegen der Temperaturdifferenz fließen im n-Halbleiter Elektronen und im p-Halbleiter Löcher von der heißen zur kalten

Platte, so daß zwischen den Platten Q_1 und Q_2 eine Thermospannung entsteht. Beim Einschalten eines Verbrauchers fließt dann ein elektrischer Strom, der so lange anhält, wie eine Temperaturdifferenz zwischen der Platte P und den Platten Q_1 und Q_2 besteht.

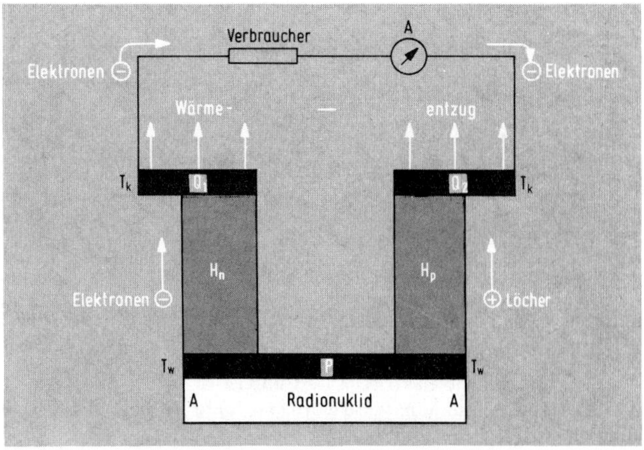

Abb. 979.1 Die Wirkungsweise der thermoelektrischen Nuklidbatterie

Obwohl der Wirkungsgrad der Radionuklidbatterien auf etwa 10% gesteigert werden konnte, liegt er immer noch unter demjenigen der konventionellen Verfahren zur Erzeugung elektrischer Energie, so daß thermoelektrische Kraftwerke mindestens vorläufig ohne praktisches Interesse sind. Trotzdem haben sich die Radionuklidbatterien bereits heute einen festen Platz im Bereich der Erzeugung elektrischer Energie erobert. Der Grund hierfür liegt in der Tatsache, daß sie gegenüber den traditionellen Methoden zur Erzeugung elektrischer Energie die folgenden Vorteile haben:

a_1) Die Radionuklidbatterien besitzen *keine bewegten Teile* und sind deshalb besonders wenig störungsanfällig.

a_2) Sie arbeiten *wartungsfrei* über längere Zeiträume.

a_3) Ihre *Lebensdauer* ist wesentlich *länger* und ihr *Leistungsgewicht* erheblich *günstiger*, als dies bei gewöhnlichen Batterien der Fall ist.

a_4) Sie arbeiten auch unter *extremen Bedingungen* (z.B. bei sehr tiefen Temperaturen oder bei sehr großen Temperaturschwankungen) und sind dabei in der Lage, extremen Anforderungen zu genügen.

Hieraus ergibt sich die Art ihrer Verwendung. Der Einsatz von Radionuklidbatterien im täglichen Leben erfolgt zunächst nicht, weil sie zu teuer sind. Dagegen werden sie vorteilhaft dort verwendet, wo die Wartung schwierig ist (z.B. bei Leuchtbojen oder bei unbemannten meteorologischen Stationen), oder wo eine Wartung überhaupt nicht erfolgen kann (z.B. in Wetter-, Nachrichten- oder Forschungssatelliten). Im Weltraum sind thermoelektrische Generatoren für die Versorgung der Raumkörper mit elektrischer Energie vor allem deshalb besonders interessant, weil hier neben den Radionukliden auch die Sonne als Wärmequelle dienen kann. Natürlich werden in allen Fällen zahlreiche thermoelektrische Elemente zur Erzielung höherer Leistungen zu einer Batterie zusammengefaßt.

In den USA läuft unter dem Namen SNAP (**S**ystem for **N**uclear **A**uxiliary **P**ower) ein umfangreiches Forschungs- und Entwicklungsprogramm, das sich mit dem Bau von Radionuklidbatterien – vor allem im Hinblick auf ihren Einsatz im Weltraum – beschäftigt und das bereits zu zahlreichen beachtlichen Erfolgen geführt hat, von denen hier nur einige Beispiele genannt werden sollen.

Beispiele

1. SNAP 11

Als Energiequelle wird hier ein Präparat aus

$$7{,}5 \text{ g des Nuklids } {}^{242}_{96}\text{Cm}$$

verwendet.

Die abgegebene Leistung beträgt 20 W.

2. SNAP 19

Diese Radionuklidbatterie wird mit dem

Nuklid $^{238}_{94}Pu$

betrieben. Ihr Gesamtgewicht beträgt 12 kg.

Die abgegebene Leistung ist 60 W.

Diese Batterie hat in dem Wettersatelliten Nimbus viele Jahre die Erde umkreist und die Geräte des Satelliten mit Energie versorgt.

3. SNAP 27

Die Energie wird bei dieser Radionuklidbatterie von

4,3 kg des Nuklids $^{238}_{94}Pu$

geliefert. Das Gesamtgewicht der Batterie beträgt 18 kg.

Die abgegebene elektrische Leistung ist 73 W.

Diese Radionuklidbatterie wurde im Jahre 1969 auf dem Mond installiert, um für dort aufgestellte wissenschaftliche Instrumente die Energie zu liefern.

Allgemein kann man sagen, daß das

Nuklid $^{238}_{94}Pu$

wegen seiner relativ langen Halbwertszeit von rund 86 Jahren als Energiequelle gut geeignet ist, wenn Radionuklidbatterien mit einer über längere Zeit gleichbleibenden Leistungsabgabe gebaut werden sollen. Dabei gilt dann:

Durch den Zerfall von 1 g *des Nuklids* $^{238}_{94}Pu$ *und seiner Folgeprodukte wird in 12 Jahren die Energie von* 42 kWh *frei.*

b) Die *fotoelektrischen Radionuklidbatterien* machen von der Tatsache Gebrauch, daß verschiedene Leuchtstoffe durch radioaktive Strahlen zur Lichtaussendung angeregt werden können. Diese Erscheinung ist von den Leuchtziffern und -zeigern mancher Uhren bekannt; es wird ferner versucht, sie zur Beleuchtung von Verkehrszeichen zu verwenden. Bei den fotoelektrischen Radionuklidbatterien wird das entstehende Licht mit Hilfe der früher besprochenen Fotoelemente in elektrische Energie übergeführt. In Abb. 980.1 ist der grundsätzliche Aufbau eines solchen Gerätes schematisiert wiedergegeben. In einem Gemisch aus einem Radionuklid und einem Leuchtstoff wird die radioaktive Zerfallsenergie zunächst teilweise in Licht umgewandelt. Als Radionuklide können nur reine Betastrahler verwendet werden, weil der Leuchtstoff durch Alphateilchen zu schnell zerstört würde. Als Leuchtstoffe eignen sich ZnS/Ag oder ZnS/Cu, wobei die größte Lichtausbeute erzielt wird, wenn Leuchtstoff und Radionuklid etwa im Volumenverhältnis 1:1 stehen. Die Fotoelemente, die das Licht in elektrische Energie umwandeln, sind durch eine Glas- oder Quarzschicht, die das Licht durchläßt, die aus dem Innern austretenden Betateilchen jedoch absorbiert, geschützt, denn die strahlungsempfindliche *pn*-Schicht würde durch Betateilchen schnell zerstört.

Der Wirkungsgrad der fotoelektrischen Radionuklidbatterien ist sehr gering und beträgt zur Zeit etwa 0,1 %. Auf der anderen Seite können solche Geräte aber sehr klein gebaut werden, so daß sie trotz des geringen Wirkungsgrades für manche Spezialzwecke, bei denen nur kleine elektrische Leistungen gefordert werden, von Interesse sind.

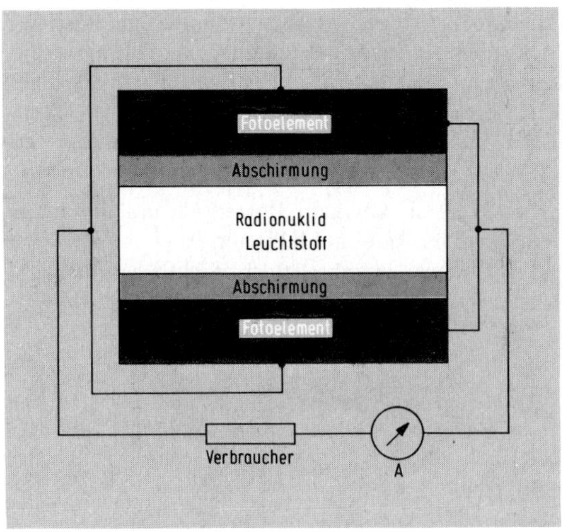

Abb. 980.1
Die Wirkungsweise
der fotoelektrischen Radionuklidbatterie

8.4.29 Die atomphysikalischen Definitionen der Längen- und der Zeiteinheit

Für die *Basiseinheit 1 Meter* ist in dem *Gesetz über Einheiten im Meßwesen* die folgende Definition gegeben worden:

Die Basiseinheit 1 Meter ist das 1650763,73fache der Wellenlänge der von Atomen des Nuklids ^{86}Kr beim Übergang vom Zustand $5d_5$ zum Zustand $2p_{10}$ ausgesandten, sich im Vakuum ausbreitenden Strahlung.

Auf den physikalischen Inhalt dieser früher (S. 14) bereits erwähnten Definition konnte damals noch nicht eingegangen werden, weil die erforderlichen Kenntnisse über den Bau und die Eigenschaften der Atome noch nicht vorhanden waren. Diese Lücke soll jetzt ausgefüllt werden. Folgende Gesichtspunkte sind dabei von Bedeutung:

Die vor der oben genannten Meterdefinition übliche *Prototypdefinition des Meters* (S. 14) hatte sich für Messungen von höchster Präzision als nicht exakt genug erwiesen. Die technischen Mängel des Prototyps bestanden in der Unvollkommenheit seiner Striche und in der unzureichenden Gewähr für seine Stabilität. Dazu kommt noch ein anderer Mangel, der jeder Prototypdefinition anhaftet: ein Prototyp ist ein einmaliger Körper, der nicht reproduziert werden kann, wenn er einmal beschädigt oder zerstört werden sollte. Deshalb mußte das Internationale Meterprototyp unter den größten Vorsichtsmaßnahmen im Keller des Pavillon de Breteuil aufbewahrt werden. Zur Ausführung von Längenmessungen mußten in den meisten Fällen Maßstäbe benutzt werden, die im allgemeinen über mehrere Zwischenstufen dem Internationalen Meterprototyp nachgebildet waren. Wegen der dabei auftretenden Fehler und wegen der Instabilitäten der Zwischennormale war die Unsicherheit der Längenmessung zehn- bis hundertmal größer als diejenige von Wägungen und Zeitmessungen. Da die drei Basiseinheiten der Länge, der Masse und der Zeit in vielfacher Weise miteinander verknüpft werden, erwies sich dieser Zustand als unbefriedigend. Er wurde völlig unerträglich, als im Zusammenhang mit der Entwicklung von ferngelenkten Raketen und künstlichen Satelliten die Genauigkeitsanforderungen noch einmal sprunghaft anstiegen.

Wenn die Genauigkeit der Längenmessung entscheidend verfeinert werden sollte, so genügte es nicht, die alte Prototypdefinition durch die Schaffung eines neuen, vollkommeneren Meterprototyps zu verbessern, sondern es mußte eine *grundsätzlich neue Definition der Längeneinheit* gegeben werden. Diese neu festzulegende Längeneinheit sollte nicht nur genügend genau definiert sein, sondern sie sollte darüber hinaus auch an jedem Ort und zu jeder Zeit zur Verfügung stehen. Diese Forderungen werden von den *natürlichen Einheiten* erfüllt. Es gilt:

Unter einer natürlichen Einheit versteht man eine Einheit, die entweder direkt in der Natur vorkommt (Naturmaße erster Art) oder die durch beliebig oft und überall wiederholbare, nach bestimmten Vorschriften und allgemeinen Naturgesetzen ablaufende Vorgänge jederzeit reproduziert werden kann (Naturmaße zweiter Art).

Als natürliche Einheiten primitiver Art sind danach auch die für die Längenmessung früher verwendeten Abmessungen des menschlichen Körpers (Fuß, Elle usw.) zu betrachten. Eine natürliche Einheit war ursprünglich auch die aufgrund des Erdumfanges definierte Einheit Meter, aber nur so lange, wie diese Einheit noch nicht durch das Meterprototyp verkörpert und definiert worden war.

Der französische Physiker J. Babinet (1794–1872) hat im Jahre 1827 als erster darauf hingewiesen, daß die *Wellenlänge von monochromatischem Licht* eine natürliche Längeneinheit darstellt, die allen anderen natürlichen Längeneinheiten in bezug auf die Exaktheit der Definition überlegen ist. Der Vorschlag, die Längeneinheit mit Hilfe von Lichtwellenlängen zu definieren, ist in der folgenden Zeit immer wieder geäußert worden. Besonders nachdrücklich geschah dies durch J. Cl. Maxwell (1831–1879). Er schrieb:

„Wenn wir also absolut unveränderliche Einheiten der Länge, der Zeit und der Masse schaffen wollen, so müssen wir diese nicht in den Abmessungen, in der Bewegung oder in der Masse unseres Planeten suchen, sondern in der Wellenlänge, der Frequenz und der Masse der unvergänglichen, unveränderlichen und vollkommen gleichartigen Atome.“

Obwohl hiermit das Ziel einer Definition der Längeneinheit mit Hilfe von Lichtwellenlängen klar ausgesprochen worden war, mußte bis zur Formulierung und Realisierung der oben angegebenen gesetzlichen

Definition der Längeneinheit noch ein weiter Weg zurückgelegt und eine ganze Reihe schwieriger physikalischer und technischer Probleme gelöst werden. Die wichtigsten physikalischen Tatsachen sollen hier kurz dargelegt werden:

1. Das Meter stellt aufgrund der gesetzlichen Definition das

1 650 763,73fache

einer näher charakterisierten Lichtwellenlänge dar. Damit ist das Meter also ein bestimmter Abschnitt auf einer Skala, die in einer genau festgelegten Lichtwellenlänge geteilt ist. Das Meter ist nicht mehr die ausgezeichnete Länge, die es früher war, sondern es ist ein gewisser Abschnitt auf einer in *Lichtwellenlängen* unterteilten Skala. Als ausgezeichnete Länge muß heute also eine ganz bestimmte Lichtwellenlänge betrachtet werden. Diese ausgezeichnete Wellenlänge wurde so festgelegt, daß sich die Länge des Meters bei dem Übergang von der Prototypdefinition zur Wellenlängendefinition praktisch nicht ändert. Was sich verändert hat, ist lediglich die Genauigkeit. Für die ausgezeichnete Wellenlänge gilt:

$$\lambda = \frac{1\,\mathrm{m}}{1\,650\,763{,}73} = 6057{,}8021 \cdot 10^{-10}\,\mathrm{m}.$$

Es handelt sich dabei um die Wellenlänge einer Spektrallinie, die im orangegelben Bereich des sichtbaren Spektrums liegt.

2. In der oben angegebenen gesetzlichen Definition der Längeneinheit wird weiter gefordert, daß es sich um eine Strahlung handelt, die sich im Vakuum ausbreitet. Dies ist deshalb von Bedeutung, weil sich die Lichtwellenlängen bei einem Übergang aus dem Vakuum in Luft oder in ein anderes Medium verändern. Die Wellenlänge in Luft ist insbesondere von der Zusammensetzung der Luft sowie von deren Druck und Temperatur abhängig. Um die Definition der Längeneinheit nicht mit diesen Größen, deren exakte Bestimmung mit erheblichen meßtechnischen Schwierigkeiten verbunden gewesen wäre, zu belasten, verwendet man für die Meterdefinition die Wellenlänge einer sich im Vakuum ausbreitenden Strahlung.

3. Die der Meterdefinition zugrundeliegende Strahlung wird nicht von den Atomen irgendeines Elementes, sondern von einem ganz bestimmten Nuklid, nämlich dem Kryptonnuklid $^{86}_{36}\mathrm{Kr}$, ausgestrahlt. Es ergibt sich nun die Frage, warum man gerade das Element Krypton und von diesem wiederum das Nuklid $^{86}_{36}\mathrm{Kr}$ gewählt hat. Das hat ganz bestimmte physikalische Gründe, die mit der *Monochromasie der Strahlung* zusammenhängen. Diese Tatsache ist von grundsätzlicher Bedeutung, denn der Grad der Monochromasie entscheidet über die Präzision der definierten Längeneinheit. Wir stellen zunächst fest:

Unter einer monochromatischen Strahlung im strengen Sinne versteht man eine Strahlung, die eine merkliche Intensität nur in einem Wellenlängen- bzw. Frequenzbereich von praktisch verschwindender Breite besitzt.

Die Erfahrung zeigt:

In der Natur gibt es keine streng monochromatische Strahlung, und auch der Physiker ist nicht in der Lage, eine streng monochromatische Strahlung zu erzeugen.

Wenn man trotzdem von einer monochromatischen Strahlung schlechthin spricht, so ist diese Strahlung von der Monochromasie im strengen Sinne immer weit entfernt. Wir erläutern dies an einem Beispiel:

Bis zum Jahre 1927 war die beste zur Verfügung stehende monochromatische Strahlung die gelbgrüne Spektrallinie, die von dem natürlichen Isotopengemisch des Kryptons bei dem Übergang

aus dem Zustand $1s_3$ in den Zustand $3p_{10}$

abgestrahlt wird. Bei den Bezeichnungen $1s_3$ und $3p_{10}$ handelt es sich ebenso wie bei den in der gesetzlichen Meterdefinition auftretenden ähnlichen Bezeichnungen um spektroskopische Symbole für zwei bestimmte Energiezustände der Kryptonatome, über die später noch einige Bemerkungen gemacht werden. In Abb. 975.1 ist die Intensitätsverteilung dieser Spektrallinie in Abhängigkeit von der Wellenzahl N dargestellt. Für die Wellenzahl N_0 besitzt die Strahlungsintensität ein Maximum, das hier mit 1 bezeichnet worden ist. Nach den Seiten nimmt die Strahlungsintensität in der angegebenen Weise ab und erreicht etwa bei $N_0 \pm 5\,\mathrm{m}^{-1}$ den

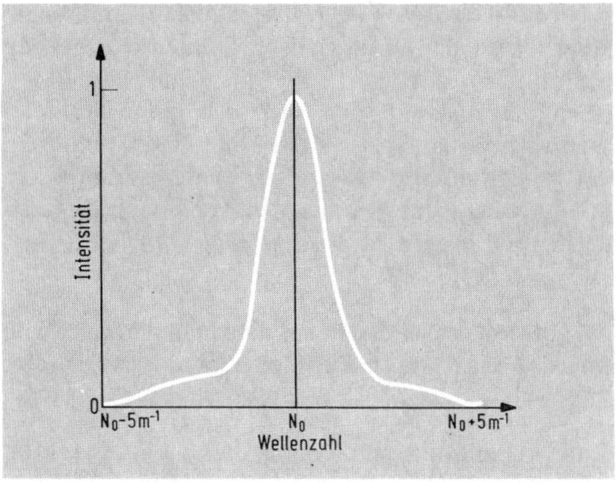

Abb. 983.1 Schematische Darstellung des Profils der gelbgrünen Spektrallinie, die von dem natürlichen Isotopengemisch des Kryptons bei dem Übergang $1s_3 - 3p_{10}$ emittiert wird

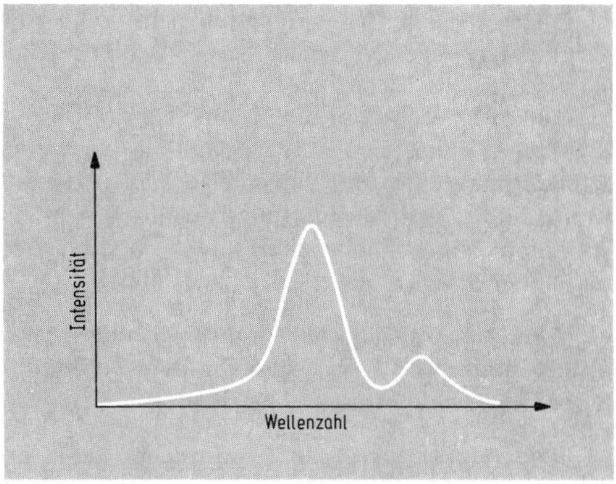

Abb. 983.2 Schematische Darstellung der Profilstruktur der von dem Element Cadmium emittierten grünen Spektrallinie

Wert Null. Man bezeichnet die Darstellung als das *Profil der Strahlung*. Ähnliche Ergebnisse findet man bei allen anderen Spektrallinien. Es gilt allgemein:

Bei jeder Spektrallinie wird Energie in einem mehr oder weniger breiten Frequenzband ausgestrahlt. Das Profil der Strahlung besitzt für die verschiedenen Nuklide eine unterschiedliche Struktur.

In vielen Fällen ist die Struktur des Profils viel stärker ausgeprägt als bei Abb. 983.1. Die Intensitätskurve kann völlig unsymmetrisch zum Hauptmaximum verlaufen und daneben weitere Maxima und Minima aufweisen. Als Beispiel hierfür ist in Abb. 983.2 das Profil der grünen Spektrallinie des Elementes Kadmium schematisch dargestellt.

Da es keine streng monochromatische Strahlung gibt, ist es für eine exakte Definition der Längeneinheit erforderlich, sich der Monochromasie soweit wie möglich zu nähern. Zum Unterschied von den gewöhnlichen monochromatischen Strahlen spricht man dann von einer *extrem monochromatischen Strahlung*. Wir halten also fest:

Unter einer extrem monochromatischen Strahlung versteht man eine Strahlung, bei der die Breite des Frequenzbandes auf ein Minimum beschränkt ist und bei der das Frequenzband keine Struktur aufweist.

Wenn man eine solche extrem monochromatische Strahlung herstellen will, so muß man sich zunächst darüber klar werden, worauf die Profilverbreiterung und die Struktur des Profils zurückzuführen sind. Allgemein ist hierzu folgendes zu sagen:

Die Spektrallinien werden im allgemeinen mit Hilfe von Gasentladungslampen erzeugt. In diesen Lampen strahlt nicht ein einzelnes Atom, sondern stets eine Vielzahl von Atomen. Für die *Entstehung der Struktur* ist dabei in starkem Maße die Tatsache verantwortlich, daß die meisten chemischen Elemente Isotopengemische darstellen. So besteht das natürliche Krypton aus den sechs Isotopen

$$^{86}_{36}Kr, \quad ^{84}_{36}Kr, \quad ^{83}_{36}Kr, \quad ^{82}_{36}Kr, \quad ^{80}_{36}Kr, \quad ^{78}_{36}Kr.$$

Obwohl diese Nuklide in ihren Elektronenhüllen übereinstimmen, sind die von ihnen bei einem bestimmten Quantensprung emittierten Energiequanten nicht völlig gleich, weil sie in geringem Maße auch von der Masse der Atomkerne abhängen. Da diese für die einzelnen Nuklide eines Isotopengemisches verschieden ist, können die von den verschiedenen Nukliden eines Elementes abgegebenen Strahlungsquanten nicht völlig gleich sein. Dies ist einer der Gründe für die Entstehung der Struktur bei dem Profil einer Strahlung.

Aber auch die Strahlungsquanten, die von den völlig gleichartigen Atomen eines bestimmten Nuklids emittiert werden, müssen nicht unbedingt übereinstimmen. Dies hängt mit der schon erwähnten Tatsache zusammen, daß die Atomkerne oft nicht völlig kugelsymmetrisch sind. Vor allem ist das bei Atomkernen mit einer ungeraden Massenzahl der Fall; diesen Kernen kommt meist eine ausgezeichnete Symmetrieachse zu, die verschiedene Einstellungen in bezug auf die Elektronenhülle haben kann. Diese Einstellungen sind gequantelt, d.h., die Achse des Kernes kann in bezug auf die Elektronenhülle nur ganz bestimmte, diskrete Richtungen einnehmen. Dadurch werden unterschiedliche Energiezustände des Atoms hervorgebracht, die dafür verantwortlich sind, daß auch die Energiequanten, die von den in ihrer Massenzahl übereinstimmenden Atomen eines bestimmten Nuklids emittiert werden, nicht einheitlich sind. Die mit der Achsenorientierung der Atomkerne zusammenhängende Struktur der emittierten Strahlung wird als die *Hyperfeinstruktur* bezeichnet. Wir stellen als erstes Ergebnis fest:

Um eine Strahlung ohne Struktur zu erhalten, muß man zur Strahlungsemission nur die in ihrer Massenzahl übereinstimmenden Atome eines bestimmten Nuklids verwenden. Ferner müssen die Atome kugelsymmetrische Kerne, d.h. gerade Massenzahlen, besitzen.

Die *Profilverbreiterung der Strahlung* ist in erster Linie darauf zurückzuführen, daß die strahlenden Atome sich nicht in Ruhe befinden, sondern daß sie eine thermische Bewegung mit Geschwindigkeiten von etlichen hundert Metern je Sekunde ausführen. Dabei bewegt sich ein Teil der Atome auf den Beobachter zu und ein anderer Teil von dem Beobachter weg. Wegen des früher behandelten DOPPLER-*Effektes* wird dadurch die Wellenlänge der emittierten Strahlung für einen ruhenden Beobachter verändert. Da die thermische Bewegung der Atome in bezug auf den Betrag und die Richtung der Geschwindigkeit ungeordnet ist, ergibt sich eine symmetrische, statistische Verteilung der Wellenlängen um einen mittleren Wert, der den ruhenden Atomen entspricht. Die Stärke der DOPPLER-*Verbreiterung* wird durch die mittlere Geschwindigkeit der emittierenden Atome bestimmt. Da sich für die mittlere kinetische Translationsenergie der einatomigen Gase früher (S. 338) die Formel

$$\overline{W}_{\mathrm{k}} = \tfrac{3}{2}\, k\, T$$

ergeben hat, gilt weiter

$$\tfrac{1}{2}\, m\, \bar{v}^2 = \tfrac{3}{2}\, k\, T$$

oder

$$\bar{v} = \sqrt{\frac{3kT}{m}}\,.$$

Dabei bedeuten:
T = absolute Temperatur des Gases,
m = Masse des einzelnen Gasatoms,
k = BOLTZMANN-Konstante.

Man erhält also eine geringe Profilbreite, wenn man die mittlere Geschwindigkeit $\bar{v}$ möglichst klein macht. Dies kann durch eine möglichst niedrige Temperatur T und eine möglichst große Masse m erreicht werden. Nun ist es aber nicht möglich, T beliebig klein zu machen, weil zum Betrieb einer Gasentladungslampe eine gewisse Mindestzahl von Atomen im gasförmigen Zustand vorhanden sein muß. Die Erfahrung zeigt, daß der Dampfdruck dazu etwa 0,013 hPa betragen muß. Der bestmögliche Wert, den die absolute Temperatur T haben kann, ist deshalb derjenige, für den der Dampfdruck des betreffenden Elementes 0,013 hPa beträgt. Auf diese Weise ergibt sich für jedes Element ein ganz bestimmter günstiger Wert von T. Wenn man nun bei den verschiedenen Elementen des Periodensystems den für die DOPPLER-Verbreiterung maßgebenden Faktor $\sqrt{\frac{T}{m}}$ bestimmt, so zeigt sich, daß die kleinsten Werte bei den Edelgasen erreicht werden. So beträgt der Zahlenwert von $\sqrt{\frac{T}{m}}$

bei Krypton 0,84 und bei Helium 0,44.

Daher wäre es mit Helium möglich, eine erheblich kleinere Profilbreite als mit Krypton zu erreichen. Wenn man sich trotzdem bei der Definition der Längeneinheit für Krypton entschieden hat, so liegt der Grund hierfür in der Tatsache, daß die genannten Werte von $\sqrt{\frac{T}{m}}$

für Krypton bei $T = 60$ K und für Helium bei $T = 0{,}8$ K

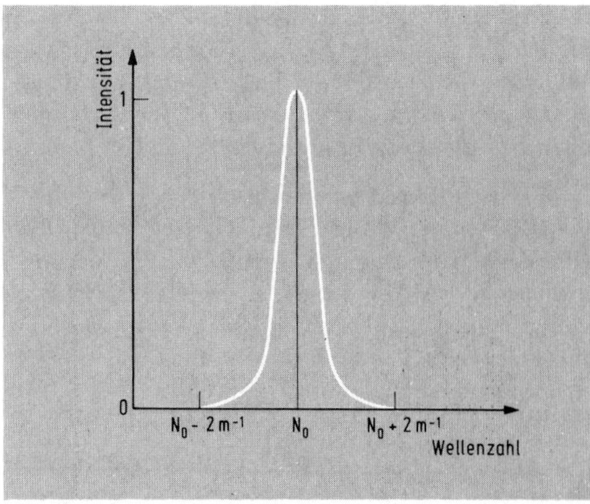

Abb. 985.1
Schematische Darstellung des Profils der orangegelben Spektrallinie, die von dem Nuklid $^{86}_{36}$Kr bei dem Übergang $5d_5 - 2p_{10}$ emittiert wird

erreicht werden. Da es technisch nicht möglich ist, eine Lichtquelle in so großer Nähe des absoluten Nullpunktes zu betreiben, wie dies bei Helium erforderlich wäre, mußte man sich für Krypton entscheiden. Aus den früher dargelegten Gründen war es weiter notwendig, aus dem natürlichen Isotopengemisch des Kryptons ein Nuklid mit einer geraden Massenzahl zu wählen. Am günstigsten ist dasjenige mit der größten Massenzahl 86. Das sich ergebende Profil der orangegelben Spektrallinie, die bei dem Übergang

aus dem Zustand $5d_5$ in den Zustand $2p_{10}$

emittiert wird, ist in Abb. 985.1 wiedergegeben. Man erkennt, daß dieses Profil wesentlich schmaler als das in Abb. 983.1 dargestellte Profil ist, daß es keine Struktur besitzt und daß es symmetrisch zum maximalen Mittelwert verläuft. Die Emission muß dabei unter optimalen Betriebsbedingungen, d. h. bei einem Dampfdruck von 0,013 hPa und einer Temperatur von etwa 60 K ≈ -213 °C, erfolgen. Wir stellen zusammenfassend fest:

Bei der Definition der Längeneinheit wird das Nuklid $^{86}_{36}$Kr verwendet, weil man auf diese Weise die günstigsten technisch realisierbaren Bedingungen erreicht: Das Profil der Strahlung ist frei von Struktur, symmetrisch zu einem maximalen Mittelwert und von einer möglichst geringen Breite. Die Forderung der Monochromasie wird so auf optimale Weise erfüllt.

Es sollen schließlich noch einige erläuternde Bemerkungen zu den Symbolen $5d_5$ und $2p_{10}$ gemacht werden. Dabei handelt es sich um Termbezeichnungen, die von Fr. Paschen (1865–1947) eingeführt worden sind und die vorwiegend in der Spektroskopie verwendet werden. Dort ist es üblich, eine Spektrallinie durch die der betreffenden Strahlung zugeordneten Energieterme des Atoms zu charakterisieren. Die beiden Symbole $5d_5$ und $2p_{10}$ sind also die spektroskopischen Bezeichnungen für zwei von zahlreichen möglichen Energiezuständen des Kryptonatoms, wobei $5d_5$ der höhere und $2p_{10}$ der niedrigere Energiezustand ist.

In der Atomphysik werden die Energiezustände der Atome im allgemeinen anders bezeichnet, wie dies früher dargelegt worden ist. Unter Verwendung dieser heute gebräuchlichen Bezeichnungen muß es dann heißen:

Die für die Definition des Meters benutzte, von den Atomen der Nuklide ^{86}Kr ausgestrahlten, orangefarbigen Spektrallinien gehören zu dem Übergang eines Elektrons aus der $6d$-Schale in das unterste Niveau der $5p$-Schale.

Wenn man die Energie des Elektrons der $6d$-Schale mit W_1 und diejenige der $5p$-Schale mit W_2 bezeichnet, so gilt aufgrund der früher getroffenen Feststellungen für die Wellenlänge der emittierten Strahlung:

$$\lambda = \frac{hc}{W_1 - W_2}.$$

Dabei bedeuten:
h = Planck-Konstante,
c = Vakuum-Lichtgeschwindigkeit.

Da die Energiezustände Eigenwerte des betreffenden Nuklids und die Größen h und c Konstanten sind, haben wir es bei der Wellenlänge der durch die spektroskopischen Terme charakterisierten Strahlung ebenfalls mit einem atomaren Eigenwert und deshalb mit einem *Naturmaß* zu tun, das überall und zu jeder Zeit zur Verfügung steht. Dieses Maß genügt also den oben angegebenen Forderungen für die Definition einer Basiseinheit. Die Genauigkeit der Definition ist nur durch die Unschärfe der Terme, die durch die früher behandelte HEISENBERG-*Unschärferelation* naturgesetzlich gegeben ist, beschränkt. Die gesetzliche Definition der Längeneinheit ist deshalb in bezug auf ihre Genauigkeit grundsätzlich nicht mehr überbietbar.

4. Abschließend müssen noch einige Angaben über das technische Verfahren zur Herstellung der oben beschriebenen Kryptonstrahlung gemacht werden. In Abb. 986.1 ist ein in der Physikalisch-Technischen Bundesanstalt in Braunschweig entwickeltes Gerät wiedergegeben, das die Krypton-Standardstrahlung in optimaler Weise zu erzeugen gestattet. Als Strahlungsquelle dient eine U-förmige Gasentladungslampe mit einer Glühkatode, in der sich das Kryptonnuklid $^{86}_{36}$Kr unter dem oben angegebenen Druck befindet. Die Lampe wird mit einer Gleichspannung von einigen hundert Volt betrieben. Zur Herstellung der erforderlichen Betriebstemperatur von höchstens 63 K ≈ -210 °C dient ein Kryostat. Dieser besteht aus einem zylindrischen Gehäuse mit zwei Fenstern, das durch einen Deckel luftdicht verschlossen ist. Durch die Fenster kann die in einer Kapillare verdichtete positive Säule der elektrischen Entladung beobachtet werden. Um eine höhere Lichtausbeute zu erzielen, erfolgt die Beobachtung in Richtung der Kapillarenachse. In dem metallischen Gehäuse befindet sich ein Thermogefäß, das mit flüssigem Stickstoff oder mit flüssiger Luft gefüllt werden kann. Beim Verdampfen des Stickstoffs oder der Luft kühlt sich das Kältebad auf die gewünschte Betriebstemperatur ab, wobei ein Rührer für eine gleichmäßige Temperaturverteilung sorgt.

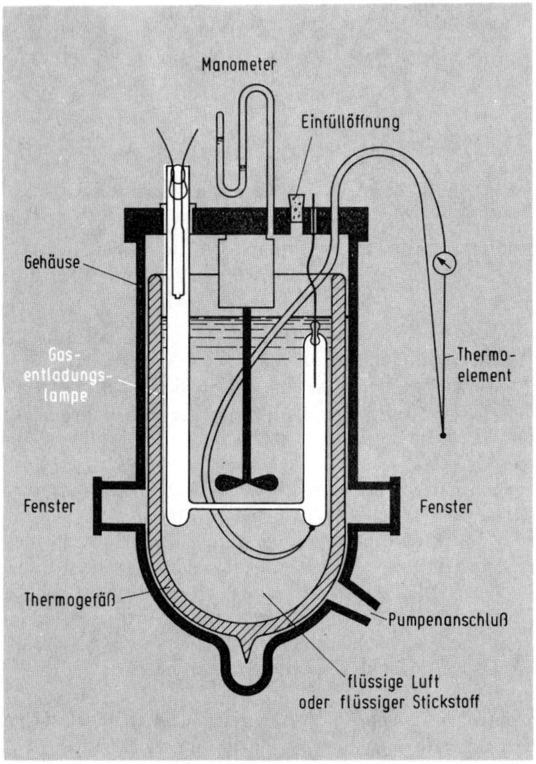

Abb. 986.1
Von der Physikalisch-Technischen Bundesanstalt in Braunschweig entwickeltes Gerät zur Erzeugung der für die Definition der Längeneinheit erforderlichen Krypton-Standardstrahlung

Mit den hier durchgeführten Betrachtungen sollte an einem Beispiel exemplarisch gezeigt werden, welche Fülle von physikalischen Überlegungen angestellt und welche Vielzahl von technischen Problemen gelöst werden mußten, um eine Definition der Längeneinheit zu geben, die den heutigen Anforderungen an die Meßgenauigkeit genügt. Dabei wurde hier nur auf die grundsätzlichen und wichtigsten Fragen eingegangen; zahlreiche technische Einzelheiten sind unbeachtet geblieben. Wir können zusammenfassend feststellen:

Durch die gesetzliche Definition der Längeneinheit wird an die Stelle der früher verwendeten, nicht reproduzierbaren Einheit in Gestalt des Internationalen Meterprototyps, das den heutigen Forderungen an die Meßgenauigkeit nicht mehr entspricht und dessen Längenbeständigkeit nicht gesichert ist, ein jederzeit und an jedem Ort reproduzierbares, unveränderliches Naturmaß von unüberbietbarer Genauigkeit gesetzt, das den Charakter eines atomaren Eigenwertes besitzt.

Die in dem *Gesetz über Einheiten im Meßwesen* festgelegte und hier genauer erörterte Definition der Längeneinheit ist natürlich nur sinnvoll, wenn es Methoden und Geräte gibt, die eine Messung beliebiger Längen mit Hilfe von Lichtwellenlängen erlauben. Solche Methoden und Geräte sind entwickelt worden und arbeiten mit einer kaum vorstellbaren Präzision. Es ist selbstverständlich, daß dabei von physikalischen Erscheinungen Gebrauch gemacht werden muß, bei denen der Wellencharakter des Lichtes von Bedeutung ist. Als praktisch brauchbar hat sich allein die Interferenz erwiesen. Die hierauf beruhenden Geräte werden als *Interferometer* bezeichnet. Der grundsätzliche Aufbau und die Wirkungsweise eines Interferometers wurde früher bereits dargelegt (S. 687). Die physikalischen und technischen Einzelheiten, die darüber hinaus bei der Längenmessung mit Hilfe von Lichtwellenlängen beachtet werden müssen, können hier nicht näher untersucht werden. Wir müssen uns auf die Feststellung beschränken:

Mit Hilfe von Interferometern ist es möglich, Lichtwellenskalen herzustellen, die wie gewöhnliche Skalen zur Messung von Längen benutzt werden können. Diese Skalen sind sehr gleichmäßig und weisen eine äußerst feine Einteilung in Intervalle von der Größe einer halben Lichtwellenlänge, d.h. von etwa $3 \cdot 10^{-7}$ m, auf.

Wir wenden uns nun dem Meßverfahren für die Basiseinheit 1 Sekunde zu.

Für die *Basiseinheit 1 Sekunde* ist in dem *Gesetz über Einheiten im Meßwesen* die folgende Definition gegeben worden:

Die Basiseinheit 1 Sekunde ist das 9192631770fache der Periodendauer der dem Übergang zwischen den beiden Hyperfeinstrukturniveaus des Grundzustandes von Atomen des Nuklids ^{133}Cs entsprechenden Strahlung.

Zu dieser früher (S. 22) bereits erwähnten Definition, mit der der Übergang von der astronomisch definierten Zeiteinheit zur atomaren Sekunde vollzogen worden ist, sollen wieder einige Erläuterungen gegeben werden. Dies kann aber nicht mit der gleichen Ausführlichkeit wie bei der Längeneinheit geschehen, sondern wir müssen uns hier auf einige grundsätzliche Erklärungen beschränken.

Die Atome des Cäsiumnuklids $^{133}_{55}$Cs haben – ebenso wie alle anderen Alkalimetalle – in ihrer äußeren, nicht abgeschlossenen Schale nur ein Elektron, das früher als *Leuchtelektron* bezeichnet worden ist. Bei der Definition der Zeiteinheit spielt nur dieses Leuchtelektron eine Rolle. Alle anderen auf abgeschlossenen Schalen befindlichen Elektronen sind hier ohne Bedeutung.

In der gesetzlichen Definition der Zeiteinheit ist von den beiden *Hyperfeinstrukturniveaus* des Grundzustandes von Atomen des Nuklids $^{133}_{55}$Cs die Rede. Hierzu sind einige Erklärungen erforderlich:

Es wurde früher schon darauf hingewiesen, daß die Elektronen einen *mechanischen Eigendrehimpuls* oder *Spin* besitzen, mit dem ein *magnetisches Moment* verbunden ist. Auch die Atomkerne besitzen einen *mechanischen Eigendrehimpuls* oder *Kernspin* sowie ein *magnetisches Moment*. Hier geht es um den Spin des im Grundzustand befindlichen Leuchtelektrons des Nuklids $^{133}_{55}$Cs. Nach den Gesetzen der Quantentheorie können sich die magnetischen Momente des Leuchtelektrons und des Atomkernes nur parallel oder antiparallel einstellen. Die Erfahrung zeigt, daß bei Zimmertemperatur bei etwa der Hälfte der Atome die Momente von Elektron und Kern parallel und bei der anderen Hälfte antiparallel eingestellt sind. Es ist hier nun weiter von Interesse, daß die Gesamtenergie der beiden Atomarten einen kleinen Unterschied ΔW aufweist. Wenn deshalb Atome aus dem einen in den anderen Zustand übergehen sollen, so müssen sie die Energiedifferenz ΔW aufnehmen oder abgeben. Dies geschieht, indem sie ein Energiequant absorbieren oder emittieren, dessen Frequenz ν_0 sich aus der Gleichung

$$\Delta W = h\,\nu_0$$

ergibt. Man bezeichnet die Frequenz ν_0 als die *Hyperfeinstrukturfrequenz* des betreffenden Nuklids. Die beiden Energieniveaus sind die in der gesetzlichen Definition der Zeiteinheit auftretenden *Hyperfeinstrukturniveaus*.

Für das im Grundzustand befindliche Nuklid $^{133}_{55}$Cs gilt

$$\nu_0 = 9\,129\,631\,770 \text{ Hz}.$$

Dies bedeutet, daß die Zeiteinheit 1 Sekunde dann das

9 129 631 770fache

der Periodendauer derjenigen Strahlung sein muß, die bei dem Übergang zwischen den beiden genannten Hyperfeinstrukturniveaus entsteht.

Mit diesen kurzen Ausführungen über die in der gesetzlichen Definition der Zeiteinheit auftretenden physikalischen Begriffe müssen wir uns hier begnügen. Die technisch schwierige Realisierung der Zeitmessung auf der Grundlage der so definierten Zeiteinheit, die mit Hilfe von *Atomuhren* erfolgt, kann hier nicht näher dargelegt werden.

Zum Abschluß der Untersuchungen über die Atomkerne sollen einige Aufgaben als Musterbeispiele behandelt werden.

Beispiele

1. Wieviel Prozent eines radioaktiven Nuklids sind nach dem Ablauf der dreifachen mittleren Lebensdauer noch vorhanden?

Aus

$$N(t)=N(0)\,e^{-\lambda t}, \qquad \lambda=\frac{1}{\tau} \quad \text{und} \quad t=3\tau$$

folgt

$$N(3\tau)=N(0)\,e^{-\frac{3\tau}{\tau}}=N(0)\,e^{-3}.$$

Für den gesuchten Prozentsatz ergibt sich:

$$p=\frac{N(3\tau)}{N(0)}\cdot 100\,\%=\frac{1}{e^3}\,100\,\%\approx 5\,\%.$$

2. Ein Mensch mit dem Gewicht 70 kg hat in seinem Körper etwa 0,170 kg Kalium, von dem 0,012 % instabil sind. Die instabilen Atome ${}^{40}_{19}K$ zerfallen zu 89 % nach der Gleichung

$${}^{40}_{19}K \rightarrow {}^{40}_{20}Ca + {}^{0}_{-1}e$$

mit der Halbwertszeit $T_{\frac{1}{2}}=1{,}3\cdot 10^9$ a. Die restlichen 11 % des Nuklids ${}^{40}_{19}K$ gehen durch Elektroneneinfang in ${}^{40}_{18}Ar$ über.

Wieviel Zerfallsakte und wieviel Elektroneneinfänge spielen sich in 1 s in einem Menschen ab?

Die Masse des in einem Menschen enthaltenen Nuklids ${}^{40}_{19}K$ beträgt

$$m=170\text{ g}\cdot 0{,}012\cdot 10^{-2}=2{,}04\cdot 10^{-2}\text{ g}.$$

Für die Zahl der darin enthaltenen Atome des Nuklids ${}^{40}_{19}K$ ergibt sich:

$$N=\frac{6{,}022\cdot 10^{23}\text{ mol}^{-1}}{40\text{ g mol}^{-1}}\cdot 2{,}04\cdot 10^{-2}\text{ g}=3{,}07\cdot 10^{20}.$$

Aus

$$\Delta N=-\lambda N\cdot\Delta t=-\frac{\ln 2}{T_{\frac{1}{2}}}\cdot N\cdot\Delta t$$

erhält man für die Zahl der in 1 s erfolgenden Kernumwandlungen

$$\Delta N=\frac{0{,}693\cdot 3{,}07\cdot 10^{20}\cdot 1\text{ s}}{1{,}3\cdot 10^9\cdot 365\cdot 24\cdot 60\cdot 60\text{ s}}\approx 5000.$$

Es erfolgen also

$5000\cdot 0{,}89\approx 4450$ Zerfallsakte je Sekunde

$5000\cdot 0{,}11\approx 550$ Elektroneneinfänge je Sekunde.

3. Ein Berylliumkern ${}^{9}_{4}Be$ kann nach der Gleichung

$${}^{9}_{4}Be \rightarrow 2\,{}^{4}_{2}He + {}^{1}_{0}n$$

gespalten werden. Hierzu muß Energie aufgewendet werden.

Wie groß ist die zur Spaltung eines Berylliumkernes erforderliche Energie, wenn jedes Nukleon in dem Berylliumkern mit einer mittleren Bindungsenergie von 6,45 MeV und in dem Heliumkern mit einer mittleren Bindungsenergie von 7,06 MeV gebunden ist?

Die gesamte Bindungsenergie eines Berylliumkernes beträgt

$$W_1=9\cdot 6{,}45\text{ MeV}=58{,}05\text{ MeV}.$$

Die gesamte Bindungsenergie von zwei Heliumkernen beträgt

$$W_2 = 2 \cdot 4 \cdot 7{,}06\ \text{MeV} = 56{,}48\ \text{MeV}.$$

Zur Spaltung eines Berylliumkernes ist also die Energie

$$W = W_1 - W_2 = 1{,}57\ \text{MeV}$$

erforderlich.

4. Der Kern eines Goldatoms (Ordnungszahl $Z = 79$) wird zentral durch ein Alphateilchen beschossen, das mit der kinetischen Energie $W_k = 4{,}78$ MeV von einem Radiumatom abgegeben wird.

Dringt das Alphateilchen in den Goldkern ein oder bis zu welchem Abstand nähert es sich dem Kern?

Das Alphateilchen nähert sich dem Atomkern so weit, daß die potentielle Energie des Systems Goldkern-Alphateilchen gleich der ursprünglichen kinetischen Energie des Alphateilchens wird.

Es ist

$$W_k = 4{,}78\ \text{MeV} = 4{,}78 \cdot 10^6 \cdot 1{,}602 \cdot 10^{-19}\ \text{J} = 7{,}658 \cdot 10^{-13}\ \text{J}$$

$$W_p = \frac{1}{4\pi\varepsilon_0}\,\frac{79e \cdot 2e}{r}.$$

Aus

$$W_k = W_p$$

ergibt sich

$$r = \frac{1}{4\pi\varepsilon_0}\,\frac{79e \cdot 2e}{W_k}$$

$$= \frac{158 \cdot 1{,}602^2 \cdot 10^{-38}\ \text{C}^2}{4\pi \cdot 8{,}8542 \cdot 10^{-12}\ \text{C V}^{-1}\ \text{m}^{-1} \cdot 7{,}658 \cdot 10^{-13}\ \text{J}} = 47{,}6 \cdot 10^{-15}\ \text{m}.$$

Das Alphateilchen dringt also nicht in den Goldkern ein, sondern nähert sich diesem bis auf rund 4,76 fm.

Weitere Aufgaben: Siehe O. Höfling, Physik-Aufgaben II/3.

8.5 Die Struktur der Materie

8.5.1 Der Begriff des Elementarteilchens

Die Suche nach den letzten Bausteinen der Materie hat die Menschen zu allen Zeiten beschäftigt. Dabei können vier Hauptetappen unterschieden werden:

1. Die *erste Etappe* begann mit den griechischen Naturphilosophen. Wir haben früher bereits dargelegt, daß in dieser Zeit der Begriff des *Atoms* entstanden ist und daß die Atome in einer gegenüber der Antike abgewandelten Form bis zum Beginn unseres Jahrhunderts als die letzten, nicht weiter teilbaren und unwandelbaren Bausteine der Materie galten.

2. Die *zweite Etappe* auf dem langen Wege einer Suche nach den Fundamentalbausteinen der Materie wurde eingeleitet, als Rutherford im Jahre 1911 das nach ihm benannte Atommodell entwickelte (S. 746) und damit klar wurde, daß die Atome keineswegs die letzten Bausteine der Materie waren, sondern daß sie einen komplizierten inneren Aufbau besitzen. Damit mußte die Frage nach den elementaren Bausteinen der Materie neu gestellt werden. Wir haben im Laufe der vorhergehenden Ausführungen erkannt, daß die experimentellen Erfahrungen der Physiker zu dem Ergebnis geführt haben:

Alle Atome sind aus *Elektronen*, *Protonen* und *Neutronen* aufgebaut.

Die vielgestaltige materielle Welt besteht danach also aus *drei* verschiedenen Bausteinen. Diese können nach bestimmten Gesetzen zusammengefügt werden und ergeben dann die große Zahl der Atome mit ihren unterschiedlichen Eigenschaften. Es scheint also so, als ob die Frage nach den letzten Bausteinen der Materie damit in höchst einfacher und befriedigender Weise beantwortet wäre. Man hat die genannten drei Bausteine der Atome als *Elementarteilchen* bezeichnet.

3. In der *dritten Etappe* der Untersuchungen über den Aufbau der Materie mußten nun die Eigenschaften der Elementarteilchen näher erforscht werden. Dabei stellte sich bald heraus, daß es außer den schon genannten Elektronen, Protonen und Neutronen noch eine große Zahl weiterer Elementarteilchen gibt. Heute sind mehr als 200 solcher Teilchen bekannt, und es muß damit gerechnet werden, daß diese Zahl noch zunimmt. Ferner zeigte sich, daß die Elementarteilchen nicht unwandelbar sind, sondern daß sie sich auf sehr mannigfaltige Weise ineinander umwandeln können. Schließlich hat sich herausgestellt, daß die Elementarteilchen nach dem früher behandelten EINSTEIN-Gesetz über die Äquivalenz von Masse und Energie (S. 711) aus Energie neu entstehen und umgekehrt durch die Umwandlung in Energie vollständig verschwinden können.

4. Die *vierte Etappe* bei den Bemühungen, die Struktur der Materie aufzuklären, begann mit der Entdeckung, daß die meisten Elementarteilchen aus noch kleineren Bausteinen bestehen, die man als Quarks bezeichnet. Mit diesen Teilchen eröffnet sich uns eine vollkommen neue Welt, deren Erforschung eine der großen Aufgaben der neuzeitlichen Physik darstellt.

Zur Bewältigung dieses großen Forschungsunternehmens laufen umfangreiche und schwierige Untersuchungen, die sowohl auf theoretischem als auch auf experimentellem Wege die vielen sich ergebenden Fragen zu beantworten suchen.

Wie überall in der Physik so gilt auch hier, daß die Grundlage für alle Untersuchungen nur die experimentellen Befunde sein können und daß über die Brauchbarkeit der Theorien und Modelle nur durch das Experiment entschieden werden kann. Es ist deshalb notwendig, daß wir uns zunächst mit dem umfangreichen Erfahrungsmaterial bekannt machen, das über die Elementarteilchen heute vorliegt.

Bei der Beschäftigung mit den Elementarteilchen betreten wir einen Bereich der materiellen Welt, der durch eine uns aus dem Alltag völlig ungewohnte Wandlungsfähigkeit gekennzeichnet ist. Diese Wandelbarkeit der Elementarteilchen stellt eine der tiefsten und geheimnisvollsten Erkenntnisse der modernen Physik dar, die bis heute noch nicht restlos verstanden werden kann. Die Zusammenhänge scheinen recht verwickelt zu sein. Wir müssen uns deshalb hier auf eine anschauliche und in mancher Hinsicht vereinfachte Beschreibung der Verhältnisse beschränken. Dabei stehen zwei Ziele im Vordergrund:

Zunächst wird das umfangreiche, teilweise bereits früher behandelte Erfahrungsmaterial zusammengefaßt und geordnet.

Im Anschluß hieran soll versucht werden, eine gewisse Übersicht in die große Zahl der Elementarteilchen zu bringen und ihren Aufbau durch die Quarks zu erklären. Bei der Ordnung der Elementarteilchen stehen die Physiker vor einer ähnlichen Aufgabe, wie sie bei der Aufstellung des Periodensystems der Elemente, das eine übersichtliche Ordnung in die große Zahl der verschiedenen Atome gebracht hat, schon einmal vorlag und damals gelöst werden konnte.

Wir wenden uns zunächst den schon genannten besonders wichtigen Elementarteilchen, aus denen die Atome aufgebaut sind, zu: den Elektronen, Protonen und Neutronen.

8.5.2 Das Elektron, das Proton und das Neutron

Das Elektron, das Proton und das Neutron sind uns als Bausteine der Materie schon weitgehend bekannt. Im folgenden sollen alle wichtigen experimentellen Befunde über diese Elementarteilchen zusammengefaßt werden. Zur Beschreibung und Charakterisierung der Elementarteilchen dienen die folgenden Eigenschaften:

1. Die Masse

Jedes Elementarteilchen hat eine bestimmte Masse. Diese besitzt für die verschiedenen Arten der Elementarteilchen sehr unterschiedliche Größen.

Die Masse der Elementarteilchen kann in der bekannten Masseneinheit 1 Kilogramm (kg) oder in der atomaren Masseneinheit (Einheitenzeichen: u) gemessen werden. Die atomare Masseneinheit ist der 12te Teil der Masse eines Atoms des Nuklids ^{12}C. Es ist $1\,u = 1{,}66055 \cdot 10^{-27}\,kg$. Da die überwiegende Mehrzahl der Elementarteilchen eine größere Masse als das Elektron hat, ist es auch üblich, die Masse der Elementarteilchen als Vielfache der Elektronenmasse anzugeben.

Wenn man von der Masse eines Elementarteilchens schlechthin spricht, so ist stets die *Ruhmasse* m_0 gemeint. Wie wir früher erkannt haben, ergibt sich aus der speziellen Relativitätstheorie, daß die Masse eines bewegten Körpers größer als seine Ruhmasse ist. Es gilt:

$$m_v = \frac{m_0}{\sqrt{1 - \frac{v^2}{c^2}}}.$$

Dabei bedeuten:
m_0 = Ruhmasse des Körpers,
v = Geschwindigkeit des Körpers,
c = Vakuum-Lichtgeschwindigkeit,
m_v = Masse des bewegten Körpers.

Bei makroskopischen Körpern kann diese *relativistische Massenveränderlichkeit* unberücksichtigt bleiben, weil die Geschwindigkeit dieser Körper klein gegenüber der Lichtgeschwindigkeit ist. Anders ist dies bei den Elementarteilchen. Sie können so große Geschwindigkeiten erreichen, daß die relativistische Massenveränderlichkeit eine erhebliche Rolle spielt. Mit Annäherung an die Lichtgeschwindigkeit wächst die Masse der oben genannten Elementarteilchen über alle Grenzen. Deshalb können diese Teilchen auch die Lichtgeschwindigkeit niemals erreichen oder gar überschreiten. Nur Elementarteilchen mit der Ruhmasse Null sind in der Lage, sich mit Lichtgeschwindigkeit zu bewegen, und es wird sich später zeigen, daß sie dies auch immer tun.

Aufgrund des EINSTEIN-*Gesetzes über die Äquivalenz von Masse und Energie* entspricht der Ruhmasse eines Teilchens eine ganz bestimmte Energie, die man als seine *Ruhenergie* W_0 bezeichnet. Es gilt:

$$W_0 = m_0 c^2.$$

Dabei bedeuten:
m_0 = Ruhmasse des Teilchens,
c = Vakuum-Lichtgeschwindigkeit.

Die aus der klassischen Physik bekannten Formeln für den Impuls und die kinetische Energie eines bewegten Teilchens müssen abgewandelt werden, wenn die Teilchen so große Geschwindigkeiten erreichen, daß die relativistische Massenveränderlichkeit nicht mehr unbeachtet bleiben kann. Einige wichtige Zusammenhänge, die später benötigt werden, sollen hier entwickelt werden.

Der Impuls eines bewegten Teilchens

Aufgrund der oben angegebenen Formel für die Masse m_v eines bewegten Teilchens erhält man für den Impuls:

$$p = m_v v = \frac{m_0 v}{\sqrt{1 - \frac{v^2}{c^2}}}.$$

Die Gesamtenergie eines bewegten Teilchens

Nach dem EINSTEIN-Gesetz über die Äquivalenz von Masse und Energie gilt für die Ruhenergie W_0 und die Gesamtenergie W_{ges} eines bewegten Teilchens:

$$W_0^2 = (m_0 c^2)^2 \quad \text{und} \quad W_{ges}^2 = (m_v c^2)^2.$$

Ferner ist

$$p^2 = (m_v v)^2.$$

Wenn man nun die Gleichung

$$m_v = \frac{m_0}{\sqrt{1-\frac{v^2}{c^2}}}$$

quadriert und umformt, so erhält man:

$$m_v^2\left(1-\frac{v^2}{c^2}\right) = m_0^2$$

$$m_v^2 c^2 - m_v^2 v^2 = m_0^2 c^2$$

$$m_v^2 c^4 - m_v^2 v^2 c^2 = m_0^2 c^4$$

$$(m_v c^2)^2 - (m_v v)^2 c^2 = (m_0 c^2)^2.$$

Unter Verwendung der oben angegebenen Zusammenhänge ergibt sich weiter:

$$W_{\text{ges}}^2 - p^2 c^2 = W_0^2$$

oder

$$W_{\text{ges}}^2 = (m_0 c^2)^2 + p^2 c^2 = W_0^2 + (p c)^2.$$

Dies bedeutet:

Das Quadrat der Gesamtenergie eines Elementarteilchens ist gleich der Summe aus dem Quadrat seiner Ruhenergie und dem Quadrat des Produktes aus seinem Impuls und der Vakuum-Lichtgeschwindigkeit.

Von dieser Tatsache wird später Gebrauch gemacht (S. 998).

2. Die Ladung

Die Elementarteilchen können positiv geladen, negativ geladen oder ungeladen sein. Im Unterschied zu den sehr verschieden großen Massen der Elementarteilchen tragen alle geladenen Teilchen den gleichen Ladungsbetrag, und zwar *eine Elementarladung*

$$e = 1{,}6022 \cdot 10^{-19}\,\text{C}.$$

Es handelt sich hierbei um die kleinste bisher nachgewiesene elektrische Ladung. Alle in der Natur gemessenen elektrischen Ladungen sind ganzzahlige Vielfache dieser Elementarladung. Wie später noch näher ausgeführt wird, hat man zwar als Bausteine der Elementarteilchen hypothetische, als Quarks bezeichnete Gebilde mit den elektrischen Ladungen $\frac{1}{3}e$ und $\frac{2}{3}e$ eingeführt, jedoch konnten diese Teilchen bisher experimentell nicht nachgewiesen werden.

3. Der Spin

Eine weitere wichtige Eigenschaft der Elementarteilchen ist der Spin. Es wurde früher (S. 772) schon dargelegt, daß es sich hierbei um eine unanschauliche Größe handelt. Sie kann der Vorstellung nur durch ein Modell nähergebracht werden, das aber – wie alle Modelle – den Sachverhalt nicht vollständig wiedergibt und deshalb nur begrenzte Gültigkeit hat, das aber trotzdem für zahlreiche Überlegungen gut brauchbar ist. Man stellt sich dazu die Elementarteilchen als kleine Kugeln vor, die sich – ähnlich wie die Erde – um eine durch den Kugelmittelpunkt gehende feste Achse drehen. Dabei haben sie einen konstanten Drehimpuls, den man Spin nennt.

Der Spin der Elementarteilchen kann nur ganz bestimmte diskrete Werte annehmen. Als Einheit für den Spin dient die Größe

$$\hbar = \frac{h}{2\pi} = \frac{6{,}6262 \cdot 10^{-34}\,\text{J s}}{2\pi} = 1{,}055 \cdot 10^{-34}\,\text{J s}.$$

Der Spin der Elementarteilchen kann Null oder ein halbzahliges Vielfaches oder ein ganzzahliges Vielfaches dieser Grundeinheit sein. Es gilt also:

Der Spin der Elementarteilchen ist

$$s = 0 \quad \text{oder} \quad s = \tfrac{1}{2} \cdot \hbar \quad \text{oder} \quad s = 1 \cdot \hbar.$$

Dies bedeutet:

Die Elementarteilchen haben überwiegend die Spinquantenzahl 0 oder $\frac{1}{2}$ oder 1.

Man sagt auch kurz, aber mißverständlich:

Die Elementarteilchen haben überwiegend den Spin 0 oder $\frac{1}{2}$ oder 1.

4. Das magnetische Moment

Das magnetische Moment der Elementarteilchen ist ebenfalls eine anschaulich nicht erfaßbare Eigenschaft der Elementarteilchen. Wenn man ein grobes Bild verwenden will, so kann man an das Magnetfeld der Erde denken. Experimentell gesichert ist aber lediglich die Tatsache, daß die Elementarteilchen ein magnetisches Moment besitzen. Für sein Zustandekommen kann noch keine abschließende Erklärung gegeben werden. Wir gehen deshalb auf diese Eigenschaft der Elementarteilchen nicht näher ein.

5. Die Leptonenzahl oder die Leptonenladung

Hierbei handelt es sich um eine Eigenschaft der Elementarteilchen, die anschaulich nicht beschrieben oder gedeutet werden kann. Die oft benutzte Bezeichnung Leptonen*ladung* darf nicht in dem Sinne gedeutet werden, als ob hier eine Ladung von der Art der elektrischen Ladung vorläge. Die Leptonenladung besitzt in ihrer Umgebung auch kein Feld, durch das sie nachgewiesen und gemessen werden könnte. Trotzdem hat sich die Leptonenzahl als mathematische Rechengröße bei der Beschreibung der Elementarteilchen und ihrer Eigenschaften gut bewährt. Es gilt:

Die Leptonenzahl der Elementarteilchen kann die Werte $+1$, -1 oder 0 annehmen. Bei der nachfolgenden Besprechung der einzelnen Elementarteilchen werden wir für jede Teilchenart die Leptonenzahl angeben.

Die Leptonenzahl wurde nur deshalb eingeführt, weil für sie ein *Erhaltungssatz* gilt, der besagt:

Bei allen Wechselwirkungsprozessen zwischen Elementarteilchen bleibt unter Berücksichtigung der Vorzeichen die Summe aller Leptonenzahlen erhalten.

Dies wirkt sich unter anderem dahingehend aus, daß ein spontaner Zerfall eines Elementarteilchens nur möglich ist, wenn es kleinere Bruchstücke gibt, die die Leptonenladung des Ausgangsteilchens übernehmen können.

Beispiel Die später noch zu besprechenden Elementarteilchen Neutrino und Antineutrino sind stabil, weil es keine Bruchstücke gibt, die ihre Leptonenladung übernehmen könnten.

6. Die Baryonenzahl oder die Baryonenladung

Eine weitere anschaulich nicht beschreibbare Eigenschaft der Elementarteilchen ist ihre Baryonenzahl oder ihre Baryonenladung. Auch hier handelt es sich um eine Rechengröße, die sich vielfach bewährt hat und für die gilt:

Die Baryonenzahl der Elementarteilchen kann die Werte $+1$, -1 oder 0 annehmen. Im folgenden wird für die einzelnen Teilchenarten jeweils der Wert der Baryonenzahl angegeben.

Auch für die Baryonenzahl gilt ein *Erhaltungssatz*, der besagt:

Bei allen Wechselwirkungsprozessen zwischen Elementarteilchen bleibt unter Berücksichtigung der Vorzeichen die Summe aller Baryonenzahlen erhalten.

Dieser Erhaltungssatz erklärt die Stabilität der Protonen, denn alle Teilchen, deren Masse kleiner als die Protonenmasse ist, haben die Baryonenladung Null, so daß die Protonen beim Zerfall in leichtere Teilchen ihre Baryonenladung nicht an die Zerfallsprodukte übergeben könnten.

7. Die Halbwertszeit und die mittlere Lebensdauer

Die Elementarteilchen sind teilweise stabil und teilweise instabil. Die instabilen Elementarteilchen besitzen als charakteristische Eigenschaft eine bestimmte *Halbwertszeit* $T_{\frac{1}{2}}$ bzw. eine *mittlere Lebensdauer*

$$\tau = \frac{T_{\frac{1}{2}}}{\ln 2} = 1{,}4427 \cdot T_{\frac{1}{2}}.$$

Die Zerfallsvorgänge und die mittlere Lebensdauer der Teilchen werden im folgenden angegeben. Es fällt dabei auf, daß ein Teil der Elementarteilchen nur eine sehr kurze Lebensdauer hat, die oft weniger als eine Milliardstel Sekunde beträgt. Nur diese kurze Zeit steht dem Physiker zur Verfügung, um die Eigenschaften dieser Teilchen zu untersuchen.

Nur ein kleiner Teil der Elementarteilchen kann als stabil bezeichnet werden. Aber auch diese Teilchen können durch äußere Einwirkungen erzeugt, vernichtet oder in andere Teilchen umgewandelt werden.

Aus den vorhergehenden Darlegungen folgt für die *Stabilität der Elementarteilchen:*

Stabil sind jeweils die leichtesten Elementarteilchen in der Gruppe der Teilchen

a) mit der elektrischen Ladung $-e$ *oder* $+e$

Diese Teilchen sind das schon bekannte Elektron und das später noch zu besprechende Positron.

b) mit der Leptonenladung $+1$ *oder* -1

Es handelt sich in diesem Falle um das Neutrino und das Antineutrino, zwei Elementarteilchen, die später noch genauer besprochen werden.

c) mit der Baryonenladung $+1$ *oder* -1

Bei diesen Teilchen handelt es sich um das schon bekannte Proton und das noch zu behandelnde Antiproton.

Es gibt noch eine Reihe weiterer Eigenschaften, die zur Beschreibung der Elementarteilchen herangezogen werden können. Diese Eigenschaften sind die *Parität*, der *Isospin*, die *Strangeness* und die *Hyperladung*. Es handelt sich in allen Fällen um Eigenschaften zur Beschreibung der Elementarteilchen, die nicht durch anschauliche Modelle interpretiert werden können, sondern die abstrakte mathematische Größen darstellen, die nicht in einfacher Weise zu erklären sind. Wir gehen deshalb auf diese Eigenschaften der Elementarteilchen nicht weiter ein, sondern schließen die allgemeinen Betrachtungen über die zur Beschreibung der Elementarteilchen dienenden Eigenschaften mit der Feststellung ab:

Zwei verschiedene Elementarteilchen unterscheiden sich immer in mindestens einer der genannten Eigenschaften.

Im folgenden wenden wir uns nun der Untersuchung der zu Anfang genannten Elementarteilchen zu.

a) Das Elektron (Symbol: e^- oder ${}_{-1}^{0}e$)

Das Elektron ist das am längsten bekannte Elementarteilchen. Seine wichtigsten Eigenschaften sind: Es trägt *eine negative Elementarladung* mit dem Betrag

$$e = 1{,}6022 \cdot 10^{-19}\ \mathrm{C}.$$

Die *Ruhmasse* des Elektrons beträgt

$$m_{e,0} = 9{,}1095 \cdot 10^{-31}\ \mathrm{kg} = 0{,}548\,580 \cdot 10^{-3}\ \mathrm{u}.$$

Die *Ruhenergie* des Elektrons ist

$$W_{e,0} = 0{,}511\ \mathrm{MeV}.$$

Der *Spin* des Elektrons ist

$$s = \tfrac{1}{2}\hbar.$$

Die *Leptonenladung* des Elektrons ist $+1$ und die *Baryonenladung* 0.

Das Elektron ist *stabil.*

Es ist nicht möglich, dem Elektron eine bestimmte räumliche Ausdehnung zuzuschreiben. Sein elektrisches Feld zeigt auch in den kleinsten Entfernungen vom Mittelpunkt keine Abweichungen von einem COULOMB-Feld, so daß nicht die geringsten Anhaltspunkte für eine räumlich strukturierte Verteilung der Ladungen besteht.

Die früher (S. 829ff.) für die in den Atomhüllen befindlichen Elektronen eingeführten wellenmechanischen Bilder widersprechen dieser Feststellung in keiner Weise, denn es handelt sich bei diesen Bildern lediglich um physikalische Modelle, die die verschiedenen Aufenthaltswahrscheinlichkeiten der Elektronen in der Atomhülle anschaulich wiedergeben sollen.

Unter gewissen einschränkenden Bedingungen ist es möglich, den Durchmesser des Elektrons wenigstens in seiner Größenordnung festzulegen. Dazu betrachtet man das Elektron als Kugel mit dem Radius r_e und denkt sich seine gesamte Ladung gleichmäßig auf der Oberfläche dieser Kugel ausgebreitet. Im Innern der Kugel ist die Feldenergie dann Null. Die gesamte Feldenergie außerhalb der Kugel soll gleich der Ruhenergie des Elektrons sein, wobei die Feldenergie nach den Gesetzen der klassischen Physik berechnet wird. Man setzt also die Ruhenergie des Elektrons gleich der potentiellen Energie einer gleichmäßig über eine Kugeloberfläche mit dem Radius r_e verteilten Elementarladung e. Dann ergibt sich

$$m_{e,0}\,c^2 = \frac{1}{4\pi\,\varepsilon_0}\,\frac{e^2}{2r_e}$$

oder

$$2r_e = \frac{1}{4\pi\,\varepsilon_0}\,\frac{e^2}{m_{e,0}\,c^2}.$$

Hierin bedeuten:
e = Ladung des Elektrons = $1{,}6022 \cdot 10^{-19}$ C,
ε_0 = elektrische Feldkonstante = $8{,}8542 \cdot 10^{-12}\ \mathrm{C\,V^{-1}\,m^{-1}}$,
$m_{e,0}$ = Ruhmasse des Elektrons = $9{,}1095 \cdot 10^{-31}$ kg,
c = Vakuum-Lichtgeschwindigkeit = $2{,}997\,925 \cdot 10^8\ \mathrm{m\,s^{-1}}$.

Setzt man diese Größen in die obige Gleichung ein, so ergibt sich

$$2r_e \approx 2{,}82 \cdot 10^{-15}\ \mathrm{m}.$$

Man bezeichnet r_e als den *klassischen Elektronenradius*. Dieser Begriff setzt unter anderem voraus, daß im atomaren Bereich die elektrostatischen Gesetze der klassischen Physik gelten und daß die Ruhmasse des Elektrons ausschließlich als elektrostatische Energie in Erscheinung tritt.

In vielen Fällen kann das Elektron mit ausreichender Annäherung als *geladener Massenpunkt* betrachtet werden, der sich in elektromagnetischen Feldern nach den Gesetzen der klassischen Physik bewegt. Der Spin und das magnetische Moment können dabei vernachlässigt werden. Dies gilt z.B. für die früher behandelten Elektronenröhren, die BRAUN-Röhren usw. Es gibt aber auch andere Fälle, in denen nur Aussagen über die Aufenthaltswahrscheinlichkeit von Elektronen gemacht werden können. Einem mit der Geschwindigkeit v sich bewegenden Elektron wird dann die früher behandelte DE-BROGLIE-Welle mit der Wellenlänge

$$\lambda_e = \frac{h}{m_{e,0}\,v}$$

zugeordnet.

b) Das Proton (Symbol: p oder $^1_1$p)

Die Protonen wurden im Jahre 1886 von dem deutschen Physiker E. GOLDSTEIN (1850 – 1930) in den früher behandelten Kanalstrahlen entdeckt. Die physikalische Beschaffenheit dieser Strahlen konnte aber erst geklärt werden, als der deutsche Physiker W. WIEN (1864 – 1928) feststellte, daß es sich bei den Protonen um die Kerne der gewöhnlichen Wasserstoffatome handelt. Freie Protonen können durch elektrische Entladungen in verdünntem Wasserstoff hergestellt werden. Sie entstehen ferner bei manchen Kernumwandlungen. Außerdem wird die primäre Komponente der später noch genauer zu besprechenden kosmischen Strahlung von Protonen gebildet. Die wichtigsten Eigenschaften der Protonen sind:

Das Proton trägt *eine positive Elementarladung* mit dem Betrag

$$e = 1{,}6022 \cdot 10^{-19}\ \mathrm{C}.$$

Die *Ruhmasse* des Protons beträgt

$$m_{p,0} = 1{,}6726 \cdot 10^{-27}\ \mathrm{kg} = 1{,}007\,277\ \mathrm{u}.$$

Die *Ruhenergie* des Protons ist

$$W_{p,0} = 938{,}3\ \mathrm{MeV}.$$

Der *Spin* des Protons ist

$$s = \tfrac{1}{2}\hbar.$$

Die *Leptonenladung* des Protons ist 0 und die *Baryonenladung* +1.

Das Proton galt bisher als *stabil.*

Nach neueren Erkenntnissen ist aber nicht auszuschließen, daß die Überzeugung von der Stabilität der Protonen nicht aufrecht erhalten werden kann, weil eine vermeintliche Stabilität nur durch eine sehr große Lebensdauer vorgetäuscht sein könnte. Es laufen deshalb in verschiedenen Ländern der Welt Experimente zur Klärung dieser Frage. Sollte sich dabei herausstellen, daß die Protonen wirklich instabil sind, so würde dies für die Physik eine außerordentlich wichtige Erkenntnis mit weitreichenden Folgen sein.

Die Protonen können wegen ihrer elektrischen Ladung in Teilchenbeschleunigern auf hohe Energien gebracht werden. Aus diesem Grunde benutzt man sie oft bei Kernprozessen als Geschosse.

Durch Streuexperimente mit hochenergetische Elektronen und Neutrinos konnte ermittelt werden, daß die Protonen eine *innere Struktur* besitzen. Hierauf wird später (S. 1021) näher eingegangen.

Ebenso wie das Elektron kann auch das Proton in vielen Fällen wie ein *geladener Massenpunkt* behandelt werden, der sich in elektromagnetischen Feldern nach den Gesetzen der klassischen Physik bewegt; in anderen Fällen muß dem Proton die DE-BROGLIE-*Wellenlänge*

$$\lambda_p = \frac{h}{m_{p,0}\, v}$$

zugeordnet werden, und zwar aus den gleichen Gründen, die bei der Behandlung des Elektrons besprochen wurden.

c) Das Neutron (Symbol: n oder ${}^1_0n$)

Das Neutron wurde im Jahre 1930 von dem deutschen Physiker W. BOTHE (1891–1957) entdeckt, ohne jedoch als solches bereits erkannt zu werden. BOTHE hatte beobachtet, daß bei der Kernreaktion

$${}^9_4Be(\alpha;\, n){}^{12}_6C$$

eine durchdringende Strahlung abgegeben wird. Die richtige Deutung dieser Strahlung fand jedoch erst im Jahre 1932 der englische Physiker J. CHADWICK (geb. 1891). Er erkannte, daß es sich bei dieser Strahlung um ungeladene Teilchen handelt, deren Masse nur wenig größer als die Protonenmasse ist. Weil sie keine elektrische Ladung tragen, wurden sie als Neutronen bezeichnet.

Die große Durchdringungsfähigkeit der Neutronen, die es ihnen ermöglicht, durch meterdicke Wände zu gelangen, ist auf ihre elektrische Neutralität zurückzuführen. Sie können deshalb nicht mit den elektrischen Feldern der Atome in Wechselwirkung treten. Eine Wechselwirkung zwischen Neutronen und Atomen ist vielmehr nur dann möglich, wenn die Neutronen so dicht an die Atomkerne herankommen, daß sie in den sehr kleinen Wirkungsbereich der Kernkräfte geraten.

Über die Eigenschaften der Neutronen ist noch zu sagen:

Die *Ruhmasse* des Neutrons beträgt

$$m_{n,0} = 1{,}6749 \cdot 10^{-27}\,\text{kg} = 1{,}008\,665\,\text{u}.$$

Die *Ruhenergie* des Neutrons ist

$$W_{n,0} = 939{,}6\,\text{MeV}.$$

Der *Spin* des Neutrons ist

$$s = \tfrac{1}{2}\hbar.$$

Die *Leptonenladung* des Neutrons ist 0 und die *Baryonenladung* +1.

Das freie Neutron ist *instabil.* Es zerfällt spontan, d.h. ohne äußere Einwirkungen, mit einer Halbwertszeit $T_{\frac{1}{2}} \approx 11{,}5$ min nach der Formel

$$\underset{\text{Neutron}}{n} \;\rightarrow\; \underset{\text{Proton}}{p^+} \;+\; \underset{\text{Elektron}}{e^-} \;+\; \underset{\text{Antineutrino}}{\bar{\nu}}.$$

Über das bei diesem Zerfall entstehende Antineutrino erfolgen später noch genauere Darlegungen. Wie wir früher gesehen haben, verhält sich das in den Atomkern eingebaute Neutron anders. Es finden hier zwar laufend Umwandlungen von Neutronen in Protonen und umgekehrt statt, die Gesamtzahl der Neutronen bleibt dabei aber in den nichtradioaktiven Kernen unverändert.

Die Instabilität der freien Neutronen ist aber nicht allein der Grund dafür, daß Neutronen in unserer Umwelt im freien Zustand nicht vorkommen und auch nicht gespeichert werden können, daß sie vielmehr bei Bedarf jedesmal neu erzeugt werden müssen. Im allgemeinen gehen die Neutronen nämlich vor ihrem spontanen Zerfall durch Neutroneneinfang verloren, d.h., sie werden von den Kernen anderer in ihrer Nähe befindlichen Atome aufgenommen, wobei sie in den Kernen die verschiedensten Veränderungen bewirken können.

Auch bei den Neutronen konnte durch Streuversuche mit energiereichen Elektronen und Neutrinos festgestellt werden, daß diese Teilchen ebenso wie die Protonen eine *innere Struktur* besitzen. Wir kommen hierauf später (S. 1021) zurück.

Für die Neutronen gilt in der gleichen Weise wie für die vorher behandelten Elementarteilchen, daß sie bisweilen als *Massenpunkte* und bisweilen mit Hilfe der DE-BROGLIE-*Wellenlänge*

$$\lambda_{\mathrm{n}} = \frac{h}{m_{\mathrm{n},0}\, v}$$

beschrieben werden müssen.

Wenn wir die hier behandelten Bausteine der Materie miteinander vergleichen, so fällt uns eine merkwürdige *Unsymmetrie* auf:

die *negative elektrische Elementarladung* tritt immer nur in Verbindung mit der Ruhmasse des Elektrons $m_{\mathrm{e},0}$ auf,

die *positive elektrische Elementarladung* tritt immer nur in Verbindung mit einer rund 1800mal so großen Masse auf.

Es war lange Zeit unmöglich, diesen experimentellen Befund verständlich zu machen. Inzwischen ist es jedoch gelungen, die Zusammenhänge besser zu durchschauen und auch die genannte Unsymmetrie besser zu verstehen. Dabei ist gleichzeitig etwas mehr über die Eigenschaften der Elementarteilchen und ihre Umwandlungsmöglichkeiten bekannt geworden. Im nächsten Kapitel werden wir uns genauer mit diesen Fragen beschäftigen.

8.5.3 Die Teilchen und die Antiteilchen

Im folgenden werden wir uns mit einer von dem englischen Physiker P. A. M. DIRAC (1902 – 1984) im Jahre 1930 aufgestellten Theorie beschäftigen, die erneut in deutlicher Weise zeigt, wie in der Physik aus dem Zusammenspiel von Theorie und Erfahrung neue Erkenntnisse gewonnen werden. Wir gehen dabei von der oben abgeleiteten relativistischen Formel für die Gesamtenergie eines bewegten Teilchens aus. Für den speziellen Fall des Elektrons kann die Gleichung in der Form

$$W_{e,\,ges} = \pm\sqrt{(m_{e,\,0}\,c^2)^2 + p^2\,c^2}$$

geschrieben werden. Der Wurzelausdruck kann formal sowohl ein positives als auch ein negatives Vorzeichen haben. In der klassischen Physik würde man das negative Vorzeichen mit der Begründung einfach weglassen, daß ihm keine physikalische Bedeutung zukommt. Hier setzte nun der neue Gedankengang von DIRAC ein. Er ging von der Voraussetzung aus, daß beide Vorzeichen beachtet werden müssen. Dies bedeutet, daß es Elektronen mit positiver und mit negativer Energie geben müßte, wobei aber zunächst völlig unklar ist, was der Zustand negativer Energie bedeuten soll. DIRAC machte hierüber die folgenden Annahmen:

1. Es gibt zwei Energiebereiche, die von Elektronen besetzt sein können:

a) Für den Bereich positiver Energie ergibt sich aus der obigen Gleichung

$$W_{e,\,ges} \geqq +m_{e,\,0}\,c^2 \quad \text{oder} \quad W_{e,\,ges} \geqq +0{,}511\ \text{MeV}.$$

b) Für den Bereich negativer Energie folgt aus der obigen Gleichung

$$W_{e,\,ges} \leqq -m_{e,\,0}\,c^2 \quad \text{oder} \quad W_{e,\,ges} \leqq -0{,}511\ \text{MeV}.$$

2. Die beiden erlaubten Energiebereiche werden durch einen verbotenen Energiebereich voneinander getrennt. Dieser reicht von

$$W_{e,\,0} = -m_{e,\,0}\,c^2 = -0{,}511\ \text{MeV} \quad \text{bis} \quad W_{e,\,0} = +m_{e,\,0}\,c^2 = 0{,}511\ \text{MeV}.$$

Der verbotene Bereich kann nicht mit Elektronen besetzt sein, weil der Betrag der Elektronenenergie nicht kleiner als die Ruhenergie der Elektronen sein kann.

3. Da die Elektronen nach Möglichkeit den Zustand der kleinsten Energie annehmen, sind im allgemeinen die Niveaus mit negativer Energie vollständig besetzt. Die in diesem Zustand befindlichen Elektronen sollen nach der Theorie von DIRAC nicht beobachtbar sein, da sich ihre Wirkungen in dem „Meer" von Elektronen ausgleichen.

4. Die Zustände mit positiver Energie sind nur teilweise besetzt. Es handelt sich bei den in diesen Energiezuständen befindlichen Teilchen um die üblichen Elektronen, wie sie uns etwa in der Atomhülle, bei den Katodenstrahlen und den Betastrahlen begegnen.

5. Durch die Zufuhr äußerer Energie kann ein Teilchen aus dem Zustand negativer Energie herausgehoben und in den Zustand positiver Energie gebracht werden. Dabei entsteht ein normales, in der üblichen Weise nachweisbares Elektron, und im Bereich der negativen Energie verbleibt ein unbesetzter Zustand, den DIRAC als *Loch* bezeichnet hat. Ein solcher unbesetzter Zustand wirkt sich wie ein Elektron mit positiver Ladung aus. Man spricht darum von einem *Positron.* Es treten also bei diesem Prozeß gleichzeitig zwei neue Teilchen in Erscheinung. Der Vorgang ist in Abb. 999.1a schematisiert dargestellt.

Als DIRAC die hier nur kurz geschilderte Löchertheorie aufstellte, waren Teilchen von der Art der Positronen noch nicht bekannt. Es handelte sich also bei den Überlegungen DIRACs zunächst um reine Spekulationen. Erst 1932, also zwei Jahre später, gelang es dem amerikanischen Physiker C. D. ANDERSON (geb. 1905), in der später noch genauer zu besprechenden kosmischen Strahlung Teilchen nachzuweisen, die mit den vorausgesagten Positronen identisch waren. Damit hatten die zunächst gewagt erscheinenden Gedankengänge DIRACs eine glänzende experimentelle Bestätigung gefunden.

Inzwischen hat die DIRAC-*Löchertheorie* weitere Erfolge verzeichnen können, indem sie eine interessante Erscheinung, die man als *Paarbildung* oder als *Paarerzeugung* bezeichnet, in zwangloser Weise zu erklären gestattet. Dies soll jetzt näher ausgeführt werden.

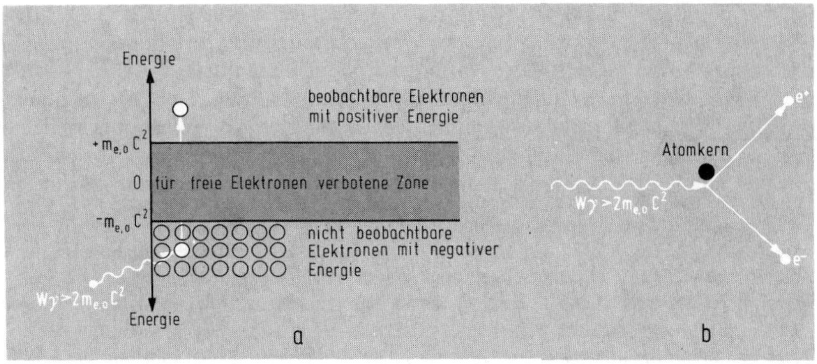

Abb. 999.1
Zur Elektron-Positron-Paarbildung aufgrund der DIRAC-Löchertheorie

Im Jahre 1933 haben der französische Physiker F. JOLIOT (1900–1958) und seine Frau I. JOLIOT-CURIE (1897–1956) in der WILSON-Nebelkammer eine Erscheinung beobachtet, die in Abb. 999.1 b schematisch wiedergegeben ist. Die gleiche Erscheinung kann auch in der Blasenkammer beobachtet werden. Es handelt sich um den folgenden Vorgang:

Ein energiereiches Quant dringt in die Nebel- oder Blasenkammer ein. Da es keine elektrische Ladung trägt, erzeugt es keine Tröpfchen- oder Blasenspur und ist deshalb nicht sichtbar. Wenn das Quant jedoch in die Nähe eines Atomkernes gelangt, so entstehen plötzlich zwei Spuren mit der gleichen Tröpfchen- bzw. Blasendichte, die in einem Magnetfeld entgegengesetzt gekrümmt sind. Aus der Tröpfchen- bzw. Blasendichte sowie der Art und der Stärke der Krümmung kann auf die Masse und die Ladung der Teilchen sowie auf ihre kinetische Energie geschlossen werden. Dabei zeigt sich, daß hier ein Elektron und ein Positron entstanden sind. Diesen Vorgang bezeichnet man als *Paarbildung* oder als *Paarerzeugung*. Da es sich bei den Elektronen und Positronen um Masseteilchen handelt, ist bei dem hier beschriebenen Vorgang also Energie in Masse umgewandelt worden. Man bezeichnet den Vorgang der Paarbildung deshalb auch als eine *Materialisation von Energie.*

Wir merken uns:

Unter einer Materialisation versteht man die nach dem Einstein-Gesetz über die Äquivalenz von Masse und Energie

$$\Delta m = \frac{\Delta W}{c^2}$$

erfolgende Umwandlung von Strahlungsenergie in Masse. Bei der Paarbildung entstehen auf diese Weise jeweils zwei zusammengehörige Elementarteilchen, während das Energiequant verschwindet.

Die Paarbildung kann mit Hilfe des DIRAC-Löchermodells in einfacher Weise gedeutet werden. Bei den beiden neu in Erscheinung tretenden Elementarteilchen handelt es sich einmal um das in den Zustand positiver Energie gehobene Elektron, das vorher unbeobachtbar war und jetzt zu einem normalen Elektron geworden ist, und zum anderen um das entstandene Loch, das wie ein Positron wirkt.

Die zur Erzeugung eines solchen Elektron-Positron-Paares erforderliche Energie muß mindestens so groß sein, daß der von

$$-0{,}511\ \text{MeV} \quad \text{bis} \quad +0{,}511\ \text{MeV}$$

sich erstreckende verbotene Bereich übersprungen werden kann. Dies bedeutet, daß das zur Paarbildung führende Gammaquant mindestens die Energie

$$W_\gamma = h\,\nu = 1{,}022\ \text{MeV} \approx 1\ \text{MeV}$$

besitzen muß. Bei normalen RÖNTGEN-Strahlen erreichen die Energiequanten diese Mindestenergie nicht, und deshalb führen solche Strahlen auch nicht zur Paarbildung. Es muß sich vielmehr um harte Gammastrahlen, wie sie von manchen Radionukliden oder von anderen Strahlenquellen ausgesandt werden und wie sie in der kosmischen Strahlung vorkommen, handeln, wenn Paarbildung eintreten soll.

Das zur Paarbildung führende Gammaquant kann natürlich auch eine größere Energie als 1,022 MeV haben. Dann wird die über diesen Betrag hinausgehende Energie den beiden entstehenden Teilchen in Form von kinetischer Energie mitgegeben, oder es kommt sogar zu der Bildung eines weiteren Teilchenpaares, vorausgesetzt daß die verbleibende Energie groß genug ist. In jedem Falle gilt für den hier geschilderten Prozeß der *Energieerhaltungssatz*, wenn man die Masse aufgrund des EINSTEIN-Gesetzes über die Äquivalenz von Masse und Energie als eine besondere Form der Energie betrachtet.

Es wurde oben bereits erwähnt, daß das Gammaquant nicht an irgendeiner Stelle seiner Bahn zur Paarbildung führt, sondern daß dies nur in der Nähe eines Atomkernes geschehen kann. Dies ist darauf zurückzuführen, daß der *Impulserhaltungssatz* auch für Elementarteilchenprozesse erfüllt sein muß. Wir machen uns die Verhältnisse zunächst an einem speziellen Falle klar:

Wenn das Gammaquant genau die Energie 1,022 MeV besitzt, so muß ein *ruhendes* Elektron-Positron-Paar entstehen. Der Impuls des Gammaquants kann dann von den neu entstehenden Elementarteilchen nicht übernommen werden. Er muß also auf ein anderes materielles Teilchen übertragen werden. Die Aufgabe der Impulsübernahme hat der in der Nähe befindliche Atomkern, der in dem genannten Falle den gesamten Impuls des Gammaquants übernimmt. Wenn die neu entstehenden Teilchen kinetische Energie erhalten, so übernimmt der an der Paarbildung beteiligte Atomkern von dem Gammaquant natürlich nur einen Teil des Impulses, während der andere Teil auf das Elektron-Positron-Paar übertragen wird.

Bevor wir uns weiter mit der Paarbildung beschäftigen, sollen hier einige grundsätzliche Bemerkungen zu der DIRAC-*Löchertheorie* gemacht werden:

Mit Hilfe dieser Theorie war es möglich, die Existenz der Positronen lange vor ihrer Entdeckung vorauszusagen. Ferner konnte mit Hilfe dieser Theorie eine anschauliche Interpretation der bei der Paarbildung sich abspielenden Vorgänge gegeben werden.

Bei der Behandlung der Halbleiter ist uns früher die Löcherleitung begegnet, die sich zwar auf einen anderen Energiebereich bezieht, die aber sonst in analoger Weise eine anschauliche Beschreibung der Vorgänge in einem Halbleiter ermöglicht, wie dies hier für die Paarbildung geschehen ist. Dabei muß aber beachtet werden, daß die beiden Modellvorstellungen wesentliche Verschiedenheiten aufweisen und daß die Bezeichnung *Löcher* hier zwei sehr verschiedene Bedeutungen hat. So besteht ein wichtiger Unterschied darin, daß bei der Rekombination von einem Elektron und einem Loch in einem Halbleiter keine Zerstrahlung in Gammaquanten erfolgt, wie dies bei der Vereinigung eines Elektrons mit einem Positron geschieht. Das Verschwinden von Elektron und Loch in einem Halbleiter ist also von ganz anderer Art als die Zerstrahlung von einem Elektron und einem Positron. Das gleiche gilt auch für die Erzeugung von Löchern in Halbleitern und die Erzeugung von Positronen.

Trotz dieser Erfolge darf aber nicht übersehen werden, daß es sich in beiden Fällen um Modellvorstellungen in dem früher dargelegten Sinne handelt. Die hier verwendeten Bilder dürfen nicht mit der Wirklichkeit identifiziert werden. Wie jedes physikalische Modell so hat auch das Löchermodell seine Grenzen, die bereits angedeutet worden sind, als wir oben darauf hingewiesen haben, daß das „Meer“ der unbeobachtbaren Elektronen mit ihrer negativen Energie physikalisch kaum verständlich gemacht werden kann.

Es soll ferner noch darauf hingewiesen werden, daß ähnliche Vorgänge der Paarbildung, wie sie hier für die Elektron-Positron-Paare beschrieben worden sind, auch bei anderen Teilchen beobachtet werden konnten. Es ist üblich, bei solchen Paaren von

Teilchen und *Antiteilchen*

zu sprechen.

Durch die Materialisation von Energie konnten außer den Elektron-Positron-Paaren

Proton-Antiproton-Paare sowie *Neutron-Antineutron-Paare*

experimentell hergestellt werden. Da diese Teilchen eine sehr viel größere Masse als die Elektronen haben, sind die zu ihrer Erzeugung erforderlichen Energiebeträge ebenfalls erheblich größer. Oben wurde bereits angegeben, daß für die Ruhenergie des Protons bzw. des Neutrons gilt:

$$W_{p,0} \approx 938 \text{ MeV} \quad \text{und} \quad W_{n,0} \approx 939 \text{ MeV}.$$

Dies bedeutet, daß zur Bildung eines Proton-Antiproton-Paares bzw. eines Neutron-Antineutron-Paares ein Strahlungsquant mit der Mindestenergie von

$$W_\gamma \approx 1880 \text{ MeV} \approx 1{,}88 \text{ GeV}$$

erforderlich ist.

Es ist schließlich auch gelungen, von anderen später noch zu besprechenden Elementarteilchen durch Materialisation von Energie jeweils Paare von Teilchen und Antiteilchen herzustellen. Diese Vorgänge sind jedoch noch nicht abschließend geklärt. Wir gehen deshalb hierauf nicht näher ein.

Wir halten fest:

Elementarteilchen können durch die Materialisation von Energie erzeugt werden. Dabei entstehen stets Paare von Teilchen und Antiteilchen.

Für die Teilchen und Antiteilchen gilt:

1. Teilchen und Antiteilchen haben stets die *gleiche Masse*, die *gleiche mittlere Lebensdauer* und den *gleichen Spin*.

2. Teilchen und Antiteilchen sind entweder beide *elektrisch neutral* oder sie tragen beide eine *elektrische Ladung mit dem gleichen Betrag und dem entgegengesetzten Vorzeichen.*

3. Teilchen und Antiteilchen haben die *entgegengesetzt gleiche Baryonenzahl* sowie die *entgegengesetzt gleiche Leptonenzahl.*

Zur *Nomenklatur* ist zu sagen, daß das Antiteilchen im allgemeinen dadurch gekennzeichnet wird, daß man über das Symbol des Teilchens einen Querstrich setzt; eine Ausnahme macht man nur bei dem Elektron und dem Positron.

Wir haben bisher nur die wichtigsten Teilchenpaare

Elektron (e^-)	und	Positron (e^+)
Proton (p)	und	Antiproton ($\bar{p}$)
Neutron (n)	und	Antineutron ($\bar{n}$)

kennengelernt. Später wird sich aber zeigen, daß auch zu jedem der noch zu besprechenden weiteren Elementarteilchen jeweils ein Antiteilchen gehört.

Mit der Entdeckung der hier besprochenen Antiteilchen war die am Ende des vorhergehenden Abschnitts erwähnte Unsymmetrie überwunden und die *Symmetrie in der Beschreibung der Natur* wiederhergestellt.

Diese Feststellung bedarf allerdings noch einiger Erläuterungen, denn man könnte hier entgegnen, daß das Elektron in der Natur überall vorkommt, während das Positron nur höchst selten auftritt. Aber auch hierfür gibt es eine einfache Erklärung, mit der wir uns hier noch beschäftigen wollen.

Das Einstein-Gesetz über die Äquivalenz von Masse und Energie läßt nicht nur die oben behandelte Erzeugung materieller Teilchen aus Energie, sondern auch den umgekehrten Vorgang einer Umwandlung von Masse in Energie zu. Es wurde früher schon darauf hingewiesen, daß sich solche Umwandlungen bei der Kernspaltung und der Kernfusion abspielen und daß die bei diesen Prozessen frei werdende Energie letzten Endes dadurch entsteht, daß ein kleiner Teil der beteiligten Massen in Energie umgewandelt wird. Hier interessiert ein anderer Vorgang der gleichen Art, den man als *Zerstrahlung* bezeichnet.

Wir merken uns:

Unter einer Zerstrahlung versteht man die Umwandlung materieller Teilchen in elektromagnetische Strahlung, wobei die gesamte Masse der Teilchen nach dem Einstein-Gesetz über die Äquivalenz von Masse und Energie

$$W = m \cdot c^2$$

in elektromagnetische Strahlung übergeht.

Bei der Strahlung handelt es sich um eine kurzwellige Gammastrahlung. Man bezeichnet diese Strahlung auch als *Vernichtungsstrahlung*, weil sie durch die Vernichtung von Masse entstanden ist. Bei der Zerstrahlung entstehen relativ große Energiemengen, weil hier eine *vollständige* Überführung der beteiligten Materie in Energie erfolgt, während bei der Kernspaltung und der Kernverschmelzung immer nur kleine Bruchteile der beteiligten Materie in Energie umgewandelt werden. Trotzdem kommt die Zerstrahlung vorerst als technische Energiequelle nicht in Betracht, weil sie zur Zeit immer nur für einzelne Elementarteilchen durchgeführt werden kann. Es ist aber keineswegs ausgeschlossen, daß es eines Tages gelingen wird, Materie in größerem Umfang zu zerstrahlen; damit würde sich dann eine Energiequelle von unvorstellbarer Ergiebigkeit erschließen lassen.

Zerstrahlungen erfolgen beim Zusammentreffen bestimmter Paare von Elementarteilchen. Folgende Zerstrahlungen oder *Paarvernichtungen* konnten bisher experimentell festgestellt werden:

a) Wenn ein *Elektron* (e^-) und ein *Positron* (e^+) zusammentreffen, so spielt sich folgender Vorgang ab:

$$\underset{\text{Elektron}}{e^-} + \underset{\text{Positron}}{e^+} \rightarrow \underset{\text{2 Gammaquanten}}{2\gamma}.$$

Jedes Gammaquant besitzt dann die Energie W_γ, die sich aus der Umwandlung einer Elektronen- oder Positronenmasse in Energie ergibt:

$$W_\gamma = m_e c^2 = 0{,}511 \text{ MeV}.$$

Es kann auch vorkommen, daß die gesamte Energie der beiden zerstrahlenden Teilchen in ein einziges Gammaquant übergeht. Dieses hat dann eine doppelt so große Energie wie die soeben errechnete, nämlich

$$2 m_e c^2 = 1{,}022 \text{ MeV}.$$

Wenn die beiden bei der Zerstrahlung zusammentreffenden Teilchen auch noch nennenswerte kinetische Energie besitzen, so wird die Energie der entstehenden Gammaquanten um diesen Betrag erhöht.

Natürlich hat die Vernichtungsstrahlung auch eine bestimmte Wellenlänge λ_e, für die gilt:

$$W_\gamma = h \cdot \nu = \frac{hc}{\lambda_e} = m_e c^2$$

oder

$$\lambda_e = \frac{h}{m_e c} = 2{,}4262 \cdot 10^{-12} \text{ m}.$$

Dies ist die früher behandelte COMPTON-Wellenlänge des Elektrons.

Dabei bedeuten:
h = PLANCK-Wirkungsquantum $= 6{,}6262 \cdot 10^{-34}$ J s,
m_e = Ruhmasse des Elektrons oder Positrons $= 9{,}1095 \cdot 10^{-31}$ kg,
c = Vakuum-Lichtgeschwindigkeit $= 2{,}997\,925 \cdot 10^8$ m s^{-1}.

Diese Wellenlänge entspricht einer sehr harten Röntgenstrahlung. Sie konnte experimentell bestätigt werden.

Bei der Zerstrahlung bleibt nicht nur die Summe aus Masse und Energie erhalten, sondern es gilt, wie oben bereits bemerkt wurde, auch der *Impulserhaltungssatz*. Der Impuls des zur Zerstrahlung kommenden Elektron-Positron-Paares ist im allgemeinen klein, denn das Positron zerstrahlt durchweg, wenn es nach einem weitgehenden Verlust seiner kinetischen Energie mit einem freien oder lose gebundenen Elektron, das ebenfalls meist nur eine geringe kinetische Energie besitzt, zusammentrifft. Der geringen Bewegungsenergie entspricht auch ein kleiner Impuls. Die Erhaltung dieses kleinen Impulses wird dadurch erreicht, daß *zwei* Gammaquanten entstehen, die zwar große Einzelimpulse aufweisen, die aber ungefähr in entgegengesetzter Richtung auseinanderfliegen, so daß die Einzelimpulse sich nahezu aufheben. Nur wenn an dem Zerstrahlungsvorgang auch ein Atomkern beteiligt ist, der einen Teil des Impulses übernimmt, kann der Impulserhaltungssatz auch bei der Entstehung eines einzigen Gammaquants erfüllt werden.

b) Eine Zerstrahlung von Materie tritt ferner ein, wenn ein Proton (p) und ein Antiproton ($\bar{p}$) sowie ein Neutron (n) und ein Antineutron ($\bar{n}$) zusammentreffen. Es spielen sich dann folgende Vorgänge ab:

$$\underset{\text{Proton}}{p} + \underset{\text{Antiproton}}{\bar{p}} \rightarrow \underset{\text{2 Gammaquanten}}{2\gamma} \qquad \underset{\text{Neutron}}{n} + \underset{\text{Antineutron}}{\bar{n}} \rightarrow \underset{\text{2 Gammaquanten}}{2\gamma}.$$

Wegen der größeren Masse dieser Elementarteilchen haben die entstehenden Gammaquanten auch eine größere Energie, als dies bei der Zerstrahlung von Elektronen und Positronen der Fall ist. Es ergibt sich für das Proton-Antiproton:

$$W_\gamma = m_p c^2 \approx 938 \text{ MeV},$$

für das Neutron-Antineutron:

$$W_\gamma = m_n c^2 \approx 939 \text{ MeV}.$$

Hierbei bedeuten:
m_p = Ruhmasse des Protons und Antiprotons $= 1{,}6726 \cdot 10^{-27}$ kg,
m_n = Ruhmasse des Neutrons und Antineutrons $= 1{,}6749 \cdot 10^{-27}$ kg.

Für die Wellenlänge der zugehörigen Vernichtungsstrahlung ergibt sich die COMPTON-Wellenlänge des Protons bzw. des Neutrons:

$$\lambda_{\mathrm{p}} = \frac{h}{m_{\mathrm{p}} c} = 1{,}321 \cdot 10^{-15}\ \mathrm{m},$$

$$\lambda_{\mathrm{n}} = \frac{h}{m_{\mathrm{n}} c} = 1{,}320 \cdot 10^{-15}\ \mathrm{m}.$$

Die Vorgänge der Zerstrahlung und der Paarerzeugung gehören zu den wichtigsten Erkenntnissen der neueren Physik, die uns dem Verständnis für die Besonderheiten in der Welt der Elementarteilchen ein großes Stück weitergebracht haben.

Die oben aufgetretene Frage nach der *Symmetrie der materiellen Welt* kann nunmehr abschließend in der folgenden Weise beantwortet werden:

1. Die Elektronen und die Positronen stellen in der Welt der Elementarteilchen physikalisch gleichwertige Partner dar.

2. Beide Teilchen sind für sich allein stabil.

3. Wenn aber ein Elektron und ein Positron zusammentreffen, so erfolgt sofort die oben besprochene Zerstrahlung. Elektronen und Positronen können also nicht gleichzeitig miteinander oder nebeneinander existieren.

4. Die uns umgebende Natur enthält überall eine Fülle von Elektronen. Wenn ein Positron mit der kosmischen Strahlung in diese Welt gelangt oder hier durch geeignete Prozesse erzeugt wird, so trifft es innerhalb sehr kurzer Zeit auf ein Elektron und zerstrahlt.

Mit diesen Feststellungen ist in befriedigender Weise geklärt, warum es in der uns umgebenden Natur und Technik keine Positronen gibt. Das ändert aber nichts an der Tatsache, daß Elektronen und Positronen in der Welt der Elementarteilchen als völlig gleichwertige Partner betrachtet werden müssen, von denen keiner vor dem anderen ausgezeichnet ist.

Die hier nur kurz skizzierten Vorstellungen über die Symmetrie im Aufbau der materiellen Welt können noch etwas weiter ausgeführt werden:

Wenn die Teilchen und Antiteilchen physikalisch völlig gleichwertig sind, so muß es grundsätzlich auch möglich sein, aus den Antiteilchen in analoger Weise Atome aufzubauen, wie dies in der Normalmaterie aus den gewöhnlichen Elementarteilchen geschieht. Man spricht dann von *Antimaterie.*

Wir merken uns:

Unter der Antimaterie versteht man Materie, deren Atome in analoger Weise aus Antiteilchen aufgebaut sind wie die Atome der Normalmaterie aus den gewöhnlichen Elementarteilchen.

Beispiele

1. Ein *Antiwasserstoffatom* hat als Kern ein Antiproton und als Hülle ein Positron.

2. Ein *schweres Antiwasserstoffatom* oder ein *Antideuteriumatom* hat in seinem Kern ein Antiproton und ein Antineutron und in seiner Hülle ein Positron.

3. Ein *gewöhnliches Antiheliumatom* hat in seinem Kern zwei Antiprotonen und zwei Antineutronen und in seiner Hülle zwei Positronen.

Da die zum Aufbau der Antimaterie dienenden Antiteilchen in einem von Normalmaterie freien Raum ebenso stabile Gebilde wie die Protonen, Neutronen und Elektronen in unserer Welt sind, kann man sich gut vorstellen, daß es eine ganze aus Antimaterie bestehende Welt geben könnte.

Die Erfahrung hat gezeigt, daß bei der Erzeugung von Materie aus Energie immer Paare aus einem Teilchen und dem zugehörigen Antiteilchen entstehen. Es ist deshalb naheliegend anzunehmen, daß sich auch bei der Entstehung der Welt Materie und Antimaterie in gleicher Häufigkeit gebildet haben. Die Erde, unser Sonnensystem und die Milchstraße bestehen aus Normalmaterie. Andere Sternsysteme können aber ebensogut aus Antimaterie bestehen. Die Lichtaussendung durch Antimaterie stimmt vollständig mit derjenigen durch Normalmaterie überein. Es ist deshalb unmöglich, durch optische Untersuchungen zu entscheiden, ob ein weit entferntes Sternsystem aus Normalmaterie oder aus Antimaterie besteht. Wenn allerdings zwei Sternsysteme aus Normal- und Antimaterie zusammentreffen würden, so wäre dies bemerkbar, weil die gesamte Materie dabei sofort vernichtet und in Strahlung umgesetzt würde. Ein solcher Vorgang ist aber bisher nicht beobachtet worden. Gelegentlich ist die Auffassung vertreten worden, daß Meteore, die bei ihrem Auftreffen auf die Erde große Krater hervorgerufen haben, von denen aber keinerlei Reste gefunden wurden, aus Antimaterie bestanden hätten, die beim Zusammentreffen mit der Normalmaterie unserer Erde zerstrahlt wäre. Diese These ist aber nicht haltbar, weil bei der Zerstrahlung eines Meteors sehr große Energiemengen frei würden. Diese hätten zu Kernreaktionen und zur Entstehung radioaktiver Produkte geführt, die jedoch niemals nachgewiesen werden konnten.

Da die Antiteilchen im Laboratorium hergestellt worden sind, ist es nicht ausgeschlossen, daß es den Physikern eines Tages auch gelingen wird, sie zu Antiatomen zusammenzubauen und damit Antimaterie auf der Erde künstlich herzustellen.

8.5.4 Die Neutrinos und die Antineutrinos

Bei einigen früher behandelten Kernprozessen war in den Reaktionsformeln ein Teilchen angegeben worden, das wir als *Neutrino* (Symbol: ν) bzw. als *Antineutrino* (Symbol: $\bar{\nu}$) bezeichnet haben. Mit diesen Teilchen wollen wir uns jetzt näher beschäftigen.

Die Geschichte der Neutrinos hat insofern eine große Ähnlichkeit mit der im vorhergehenden Abschnitt dargelegten Geschichte des Positrons, als auch die Existenz dieses Teilchen zunächst aufgrund theoretischer Überlegungen vorausgesagt worden ist und der experimentelle Nachweis erst einige Jahre später erfolgte.

Die Existenz der Neutrinos wurde im Jahre 1931 von W. PAULI (1900 – 1958) aufgrund von Beobachtungen bei den Betaumwandlungen von Atomkernen vorausgesagt. Es hatte sich nämlich gezeigt, daß radioaktive Atomkerne Betateilchen mit einer kontinuierlichen Energieverteilung, die sich von einer scharfen oberen Grenze bis zu recht kleinen Werten erstreckt, aussenden. Ferner hat sich ergeben, daß die Energiedifferenz der Atomkerne vor und nach der Emission der Betateilchen für jede Art von Betazerfall einen konstanten Wert W_0 hat. Es muß also bei jeder Art von Betaumwandlungen stets die gleiche Energie W_0 frei werden, die der Maximalenergie der bei dieser Umwandlung auftretenden Betateilchen entspricht. Bei den Betateilchen mit geringerer Energie bleibt also ein Fehlbetrag, der an anderer Stelle in Erscheinung treten muß, wenn man nicht mit dem Gesetz von der Erhaltung der Energie in Widerspruch geraten will. PAULI nahm nun an, daß der Atomkern gleichzeitig mit dem Betateilchen ein weiteres Teilchen aussendet, dessen Energie gerade gleich dem beobachteten Fehlbetrag ist. Dieses hypothetische Teilchen, das keine elektrische Ladung trägt, wurde als *Neutrino* bezeichnet.

Aus den Untersuchungen über den Betazerfall konnte in bezug auf die Masse der Neutrinos die folgende Aussage abgeleitet werden:

Da die abgegebenen Elektronen bisweilen auch die Maximalenergie W_0 erreichen, kann das gleichzeitig entstehende Neutrino mindestens in diesem Falle keine Ruhenergie besitzen; das bedeutet aber, daß das Teilchen auch keine Masse hat. Da ferner nicht anzunehmen ist, daß die Neutrinos in denjenigen Fällen, in denen die Betateilchen nicht die Maximalenergie besitzen, andere Eigenschaften haben, muß man sie als Teilchen ohne Masse betrachten. Wegen des Fehlens der elektrischen Ladung und der Masse weisen die Neutrinos kaum eine Wechselwirkung mit Materie auf.

Damit bei dem Betazerfall neben dem Energieerhaltungssatz auch der *Impulserhaltungssatz* und der *Drehimpulserhaltungssatz* gültig bleiben, muß man den Neutrinos neben der Energie auch einen *Impuls* und einen *Spin* zuschreiben. Wir stellen zusammenfassend fest:

Bei den Neutrinos handelt es sich um zunächst hypothetisch eingeführte Elementarteilchen, die keine Ruhmasse, keine elektrische Ladung und kaum eine Wechselwirkung mit Materie aufweisen. Sie wurden eingeführt, um die Gültigkeit des Energieerhaltungssatzes auch für den Betazerfall der Radionuklide aufrechtzuerhalten. Außer der Energie besitzen die Neutrinos einen Impuls und einen Spin.

Aus hier nicht dargelegten Gründen erwies es sich später als notwendig, die Existenz eines weiteren Teilchens, das als *Antineutrino* bezeichnet wird, anzunehmen. Dieses stimmt in fast allen Eigenschaften mit dem Neutrino überein, unterscheidet sich von diesem aber durch die entgegengesetzte Leptonenladung.

Der Betazerfall kann allgemein durch die Formel

$$^{A}_{Z}X \rightarrow {}^{A}_{Z+1}X + e^{-} + \bar{\nu}$$

wiedergegeben werden.

Dabei bedeuten:
$^{A}_{Z}X$ = Radionuklid mit der Ordnungszahl Z und der Massenzahl A,
$^{A}_{Z+1}X$ = Radionuklid mit der Ordnungszahl $Z+1$ und der Massenzahl A,
e^{-} = Elektron,
$\bar{\nu}$ = Antineutrino.

Wir merken uns also:

Wenn von einem Radionuklid ein Elektron abgegeben wird, so entsteht gleichzeitig ein Antineutrino.

Wird von dem Radionuklid statt des Elektrons ein Positron abgegeben, so lautet die Kernreaktion:

$$^{A}_{Z}X \rightarrow {}^{A}_{Z-1}X + e^{+} + \nu.$$

Dabei bedeuten:
$^{A}_{Z}X$ = Radionuklid mit der Ordnungszahl Z und der Massenzahl A,
$^{A}_{Z-1}X$ = Radionuklid mit der Ordnungszahl $Z-1$ und der Massenzahl A,
e^{+} = Positron,
ν = Neutrino.

Wir merken uns also:

Wenn von einem Radionuklid ein Positron abgegeben wird, so entsteht gleichzeitig ein Neutrino.

Die Neutrinohypothese fand eine erste Bewährung, als E. FERMI (1901 – 1954) erkannte, daß zwischen der Abgabe von Neutrinos aus den Atomkernen und der Emission von Lichtquanten aus der Atomhülle eine weitgehende Analogie besteht:

Die Neutrinos sind in den Atomkernen ebensowenig vorhanden wie die Lichtquanten in der Atomhülle. Beide werden vielmehr erst bei den Emissionsakten erzeugt. Indem FERMI den mathematischen Formalismus der sich auf die Atomhülle beziehenden Quantenfeldtheorie auf die Neutrinoaussendung übertrug und einige Zusatzannahmen machte, konnte er die kontinuierliche Energieverteilung beim Betazerfall auch quantitativ richtig berechnen.

Aus den Überlegungen FERMIS ging weiter hervor, daß bei dem Betazerfall eine zuvor unbekannte *Naturkraft* auftritt, die neben die uns bereits bekannten Kräfte tritt. Wir kennen bisher die Gravitationskräfte, die elektromagnetischen Kräfte und die Kernkräfte. Bei den neuen Kräften spricht man von den *schwachen Wechselwirkungen*. Im nächsten Abschnitt werden wir uns allgemein mit den Kräften zwischen den Elementarteilchen genauer beschäftigen.

Da das Neutrino nur eine sehr geringe Wechselwirkung mit der Materie zeigt, können diese Teilchen nur schwer beobachtet und nachgewiesen werden, denn jeder Nachweis eines Teilchens beruht ja darauf, daß dieses direkt oder indirekt mit der Materie einer Meßapparatur in Wechselwirkung tritt. Neutrinos gehen aber durch sehr dicke Schichten fester Stoffe – sogar durch die ganze Erdkugel – hindurch, ohne daß im allgemeinen eine Wechselwirkung erfolgt.

Beispiele

1. Jeder Mensch wird von etwa 1 Billion Neutrinos je Sekunde durchstrahlt, die aus dem Kosmos kommen. Sie gehen durch den Körper hindurch, ohne die geringsten Wirkungen zu hinterlassen.
2. Ein Neutrino muß im Mittel eine Bleischicht von 10 Billionen Kilometer durchdringen, damit es zu einer Wechselwirkung kommt.

Es ist nicht überraschend, daß Neutrinos bei dieser geringen Neigung zu einer Wechselwirkung mit Materie in den üblichen Nebel- oder Blasenkammern nicht nachweisbar sind. Obwohl es deshalb lange Zeit unmöglich war, die Existenz der Neutrinos experimentell sicherzustellen, hielten die Physiker an der Neutrinohypothese fest, weil sie von der Gültigkeit der Erhaltungssätze für die Energie, den Impuls und den Drehimpuls überzeugt waren und weil diese Erhaltungssätze die Existenz der Neutrinos forderten.

Im Laufe der Zeit sind außer dem oben dargelegten Betazerfall zahlreiche andere Reaktionen bekannt geworden, die sich ebenfalls nur durch die Annahme verstehen lassen, daß an ihnen Neutrinos und Antineutrinos beteiligt sind. Ein unmittelbarer experimenteller Nachweis für die Existenz der Neutrinos konnte aber auch aufgrund dieser Erscheinungen nicht erbracht werden.

Die Aussichten für den unmittelbaren experimentellen Nachweis der Neutrinos besserten sich mit dem Bau von Kernreaktoren erheblich. *Jeder Kernreaktor stellt nämlich eine äußerst intensive Neutrinoquelle dar.* Der Grund hierfür ist in der Tatsache zu sehen, daß die Kerne der in einem Reaktor entstehenden Spaltprodukte durchweg zu viele Neutronen besitzen und deshalb unter Betastrahlung zerfallen, wobei sich in den Kernen der Vorgang

$$n \rightarrow p + e^- + \bar{\nu}$$

abspielt. Um die Ergiebigkeit eines Reaktors als Neutrinoquelle deutlich zu machen, sollen einige Zahlen angegeben werden.

Beispiel Im Mittel ergeben sich durch Betazerfälle der Spaltprodukte und deren Nachfolgenuklide insgesamt

6 Betazerfälle je Kernspaltung.

Wenn man weiter beachtet, daß in einem Kernreaktor mit einer Leistung von 100 MW rund

3 Trillionen Kernspaltungen je Sekunde

erfolgen, so werden also im Mittel

18 Trillionen Neutrinos je Sekunde

erzeugt.

Eine hier nicht durchgeführte Rechnung zeigt, daß es mit einem Neutrinostrom dieser Stärke möglich ist, in einer Flüssigkeit von einigen Metern Dicke etwa 50 Neutrinoreaktionen je Stunde zu erzeugen. Das Problem besteht jetzt nur darin, diese wenigen Reaktionen aus der Fülle aller anderen sich abspielenden Prozesse herauszufinden. Um diese Schwierigkeiten richtig beurteilen zu können, muß man sich vor Augen halten, daß in der gleichen Zeit durch die kosmische Strahlung sowie durch die in der Nähe des Reaktors auftretende Gamma- und Neutronenstrahlung viele tausend Elektronen und viele hundert Positronen erzeugt werden und daß darüber hinaus die im Boden und den Häuserwänden immer vorhandenen Radionuklide weitere Strahlungen abgeben. Durch alle diese Störstrahlungen werden die Neutrinostrahlen und ihre Wirkungen überdeckt. Trotzdem ist es unter Aufbietung einer äußerst komplizierten Experimentiertechnik und sehr sorgfältiger Auswertungsverfahren, die den Rahmen der Schule weit überschreiten und auf die hier deshalb nicht eingegangen werden kann, gelungen, den direkten experimentellen Nachweis für die Existenz der Neutrinos zu erbringen, so daß wir feststellen können:

Die Existenz der Neutrinos und Antineutrinos ist experimentell gesichert.

Die Neutrinos erwiesen sich im Laufe der weiteren Untersuchungen als äußerst interessante Teilchen mit merkwürdigen, bis dahin unbekannten Eigenschaften. Wir können hierauf aber nicht näher eingehen, sondern nur noch erwähnen, daß es nach dem heutigen Stande der Erkenntnis nicht nur die bisher erwähnten Neutrinos und Antineutrinos gibt, sondern daß außerdem noch zwei weitere von diesen verschiedene Neutrinos existieren. Diese wurden gefunden, als sich Schwierigkeiten bei dem Zerfall anderer Elementarteilchen, nämlich der später noch zu besprechenden Myonen (Symbol: μ) ergaben. Es handelt sich hierbei um positiv oder negativ geladene Teilchen, deren Masse rund 207mal so groß wie die Elektronenmasse ist und die nicht beständig sind. Der Zerfallsprozeß wird durch die Formel

$$\mu^{\pm} \rightarrow e^{\pm} + \nu + \bar{\nu}$$

wiedergegeben. Man hätte nun erwarten sollen, daß das Neutrino und das Antineutrino unter Zerstrahlung in ein Gammaquant übergehen würden, so daß die Formel im Endergebnis lauten müßte:

$$\mu^{\pm} \rightarrow e^{\pm} + \gamma.$$

Diese Reaktion war aber nicht feststellbar. Die Schwierigkeiten konnten nur durch die Annahme überwunden werden, daß es zwei verschiedene Arten von Neutrinos gibt: die schon bekannten beim Betazerfall auftretenden und die neuen, beim Myonenzerfall frei werdenden Neutrinos. Bei einem Zusammentreffen dieser beiden Neutrinoarten erfolgt keine Zerstrahlung und damit keine Bildung von Gammaquanten. Diese Hypothesen konnten ebenfalls experimentell bestätigt werden. Man unterscheidet deshalb heute vier verschiedene Neutrinos:

die *Elektron-Neutrinos* ν_e und $\bar{\nu}_e$

sowie

die *Myon-Neutrinos* ν_μ und $\bar{\nu}_\mu$.

Der oben angegebene Zerfall des Myons muß dann richtig durch die Formeln

$$\mu^- \rightarrow e^- + \nu_\mu + \bar{\nu}_e$$

und

$$\mu^+ \rightarrow e^+ + \nu_e + \bar{\nu}_\mu$$

wiedergegeben werden.

Die Ausführungen über die Neutrinos sollen nicht ohne den Hinweis abgeschlossen werden, daß viele im Zusammenhang mit diesen Elementarteilchen aufgetauchten Fragen noch unbeantwortet sind. Es konnten hier nur wenige Aspekte aufgezeigt werden. Auch über den eigentlichen Bereich der Physik hinaus haben die Neutrinos Interesse gefunden. So sind vor einigen Jahren Experimente mit kosmischen Neutrinos begonnen worden. Es ist denkbar, daß diese Untersuchungen eines Tages zu einem besonderen astronomischen Forschungsgebiet werden und daß es dann neben der heute bereits betriebenen optischen Astronomie sowie der RÖNTGEN- und Radioastronomie auch eine Neutrinoastronomie geben wird.

8.5.5 Die Wechselwirkungen zwischen den Elementarteilchen

Unter einer *Wechselwirkung* versteht man in der Physik die wechselseitige Ausübung von Kräften durch räumlich getrennte Objekte. Die Wechselwirkungen kommen durch Felder zustande, deren Ursprung die betreffenden Objekte sind.

Beispiele

1. *Zwei Massen* (z.B. die Erde und der Mond) üben aufgrund des NEWTON-Gravitationsgesetzes über ihre Gravitationsfelder die *Gravitationswechselwirkung* aufeinander aus.

2. *Zwei elektrische Ladungen* üben aufgrund des COULOMB-Gesetzes über ihre elektrischen Felder die *COULOMB-Wechselwirkung* aufeinander aus.

Die Elementarteilchen üben ebenfalls Wechselwirkungen aufeinander aus. Diese sind für die Eigenschaften und das Verhalten der Elementarteilchen sogar von entscheidender Bedeutung. Man unterscheidet hier vier fundamentale Arten gegenseitiger Wechselwirkungen; nach wachsender Stärke geordnet sind dies:

1. die Gravitationswechselwirkungen,
2. die schwachen Wechselwirkungen,
3. die elektromagnetischen Wechselwirkungen,
4. die starken Wechselwirkungen.

Zu diesen verschiedenen Wechselwirkungen zwischen den Elementarteilchen sollen nun einige Erklärungen gegeben werden.

Während die Gravitationswechselwirkungen und die elektromagnetischen Wechselwirkungen eine sehr große Reichweite haben, sind die schwachen und die starken Wechselwirkungen auf sehr kleine Reichweiten beschränkt. Dies hat zur Folge, daß sich bei den Gravitationswechselwirkungen und bei den elektromagnetischen Wechselwirkungen eine große Zahl atomarer Einzelkräfte überlagern können, so daß sich eine makroskopisch wirksame Resultierende ergibt. Hieraus folgt weiter, daß die Gravitationskräfte und die elektromagnetischen Kräfte auch bei makroskopischen Körpern auftreten und daß die für diese Kräfte geltenden Gesetze an makroskopischen Systemen untersucht werden können. Bei den schwachen und starken Wechselwirkungen ist dies nicht möglich, weil hier die Kräfte immer nur zwischen den unmittelbar benachbarten Teilchen wirksam werden.

Um eine Vorstellung von der Größenordnung der Kräfte zu gewinnen, die bei den Wechselwirkungen zwischen den Elementarteilchen auftreten, betrachten wir zunächst die Gravitationswechselwirkungen und die elektromagnetischen Wechselwirkungen.

Für *zwei Protonen*, die als Massenpunkte betrachtet werden und die den Abstand $r = 1\,\text{fm} = 10^{-15}\,\text{m}$ haben sollen, ergibt sich nach dem NEWTON-Gravitationsgesetz

$$F_G = G\,\frac{m_p^2}{r^2} = 6{,}67 \cdot 10^{-11}\,\text{m}^3\,\text{kg}^{-1}\,\text{s}^{-2} \left(\frac{1{,}67 \cdot 10^{-27}\,\text{kg}}{10^{-15}\,\text{m}}\right)^2 \approx 2 \cdot 10^{-34}\,\text{N}\,.$$

Für die zwischen den gleichen Protonen wirkende COULOMB-Kraft erhält man:

$$F_C = \frac{1}{4\pi\varepsilon_0}\,\frac{e^2}{r^2} = \frac{1}{4\pi \cdot 8{,}85 \cdot 10^{-12}\,\text{CV}^{-1}\,\text{m}^{-1}} \left(\frac{1{,}6 \cdot 10^{-19}\,\text{C}}{10^{-15}\,\text{m}}\right)^2 \approx 200\,\text{N}\,.$$

Dieses Beispiel zeigt, daß die Gravitationswechselwirkungen außerordentlich klein gegenüber den elektromagnetischen Wechselwirkungen sind. Das gleiche gilt auch für die anderen Elementarteilchen, so daß wir sagen können:

Die Gravitationswechselwirkungen zwischen den Elementarteilchen können gegenüber den elektromagnetischen Wechselwirkungen vernachlässigt werden.

Die elektromagnetischen Wechselwirkungen treten zwischen allen Elementarteilchen auf, die ein elektromagnetisches Feld mit sich führen. Das ist vor allem bei den elektrisch geladenen Teilchen der Fall. Aber auch gewisse elektrisch neutrale Teilchen (z.B. das Neutron) zeigen elektromagnetische Wechselwirkungen; dies hängt damit zusammen, daß ihr magnetisches Moment von Null verschieden ist.

Alle Wechselwirkungen können durch den Austausch von Feldquanten zwischen den in Wechselwirkung stehenden Teilchen gedeutet werden. Wir haben dies früher (S. 915) für die Atomkerne näher ausgeführt und dort dargelegt, daß die Kernkräfte als Austauschkräfte zwischen den Nukleonen gedeutet werden können, wobei hier die Mesonen als Feldquanten zu betrachten waren. Bei den elektromagnetischen Wechselwirkungen sind die früher behandelten *Photonen* die Feldquanten. Dies bedeutet also, daß die in elektromagnetischer Wechselwirkung stehenden Teilchen dauernd Photonen emittieren und absorbieren und daß dieser laufende Photonenaustausch die zwischen den Teilchen wirkenden Kräfte verursacht. Die Austauschphotonen können experimentell nicht nachgewiesen werden, sondern es handelt sich auch hier lediglich um eine modellmäßige Interpretation der elektromagnetischen Wechselwirkungen. Aus diesem Grunde spricht man oft auch von *virtuellen Photonen.* Wir halten also fest:

Die elektromagnetischen Wechselwirkungen können als ein zwischen den Teilchen erfolgender gegenseitiger Austausch von virtuellen Photonen beschrieben werden.

Die *starke Wechselwirkung* tritt im Gegensatz zu der elektromagnetischen Wechselwirkung nur im Bereich der Atomkerne und der Elementarteilchen auf. Wegen der kurzen Reichweite der hierbei wirkenden Kräfte gibt es zwischen makroskopischen Körpern keine starken Wechselwirkungen. Die früher behandelten Kernkräfte, die die Protonen und Neutronen in den Atomkernen zusammenhalten, sind ein Beispiel für die starken Wechselwirkungen. Es gibt aber außer den Nukleonen noch zahlreiche andere Elementarteilchen, die der starken Wechselwirkung unterworfen sind. Wir kommen hierauf später noch zurück. Vorläufig stellen wir nur fest, daß man alle diese Teilchen in die Gruppe der *Hadronen*, d.h. Teilchen, die starker Wechselwirkungen fähig sind, zusammenfaßt. Wir merken uns also:

Unter den Hadronen versteht man eine Gruppe von Elementarteilchen, die dadurch gekennzeichnet sind, daß zwischen ihnen starke Wechselwirkungen auftreten können.

Es wurde bei der Behandlung der Kernkräfte schon darauf hingewiesen, daß der japanische Physiker H. YUKAWA (1907 – 1981) zuerst im Jahre 1935 versucht hat, die starken Wechselwirkungen in ähnlicher Weise als Austauschvorgänge zu interpretieren, wie dies soeben für die elektromagnetischen Wechselwirkungen geschehen ist. Die von ihm entwickelten Vorstellungen sind in der Zwischenzeit in mancherlei Weise modifiziert und weitergeführt worden. Dabei mußte vor allem der Tatsache Rechnung getragen werden, daß die ursprüngliche Vorstellung, wonach die Hadronen wirklich elementare Gebilde seien, sich als unrichtig erwiesen hat. Es kann heute als gesichert betrachtet werden, daß alle Hadronen eine innere Struktur besitzen und daß sie aus noch kleineren Bausteinen zusammengesetzt sind, die man als *Quarks* bezeichnet. Für die Protonen und die Neutronen wurde dieses Tatsache früher (S. 995 f.) bereits erwähnt.

Eine weitere wichtige Erkenntnis ist darin zu sehen, daß zwischen den Quarks außerordentlich starke Kräfte wirken. Es handelt sich hierbei um die stärksten bisher bekannten Kräfte überhaupt. Auf diese Weise entsteht in der Umgebung der Quarks ein Feld besonderer Art mit den zugehörigen Feldquanten, die *Gluonen* genannt werden. Diese sind als die Träger der starken Wechselwirkungen zu betrachten. Auf weitere Einzelheiten kann hier nicht eingegangen werden. Genauere Informationen finden sich in dem Buche: Höfling-Waloschek, Die Welt der kleinsten Teilchen, Hamburg 1984.

Zusammenfassend stellen wir fest:

Die starken Wechselwirkungen können als ein zwischen den Hadronen erfolgender gegenseitiger Austausch von Gluonen beschrieben werden.

Genauere theoretische Untersuchungen haben in Übereinstimmung mit der experimentellen Erfahrung über die *Größenordnung der starken Wechselwirkungen* zu folgendem Ergebnis geführt:

Die starken Wechselwirkungen sind etwa um das 10^2fache stärker als die elektromagnetischen Wechselwirkungen.

Die *schwachen Wechselwirkungen* sind uns bereits bei dem nach der Formel

$$n \rightarrow p + e^- + \bar{\nu}$$

verlaufenden Zerfall des Neutrons begegnet. Damit ist die schwache Wechselwirkung also auch für den Betazerfall der Radionuklide verantwortlich. Die schwachen Wechselwirkungen treten ebenso wie die starken Wechselwirkungen nur im Bereich der Elementarteilchen und der Atomkerne, nicht dagegen zwischen makroskopischen Körpern auf, weil die hier wirkenden Kräfte ebenfalls nur die kurze Reichweite von der Größenordnung 10^{-15} m haben. Es kann als erwiesen betrachtet werden, daß die schwachen Wechselwirkungen bei allen bekannten Elementarteilchen möglich sind; hier zeigt sich also ein Unterschied gegenüber den starken Wechselwirkungen, die ja auf eine bestimmte, als Hadronen bezeichnete Gruppe von Elementarteilchen beschränkt waren.

Auch bei den schwachen Wechselwirkungen handelt es sich um Austauschvorgänge von Feldquanten, die als *Weakonen* bezeichnet werden. Bemerkenswert ist dabei, daß es drei Arten von Weakonen gibt, die durch die Symbole W^+, W^- und Z^0 gekennzeichnet werden. Zwei dieser Austauschteilchen tragen elektrische Ladungen (W^+ und W^-), das dritte Teilchen ist elektrisch neutral (Z^0). Diese Feldquanten sind keineswegs nur hypothetische Gebilde, sondern alle drei konnten in neuerer Zeit experimentell nachgewiesen werden.

Da zwei Träger der schwachen Kräfte elektrische Ladungen tragen, kann bei den hier auftretenden Wechselwirkungsprozessen auch ein Austausch der elektrischen Ladungen erfolgen, indem etwa ein Neutron in ein Proton übergeht, wie dies in der oben angegebenen Gleichung zum Ausdruck kommt.

Wir halten zusammenfassend fest:

Die schwachen Wechselwirkungen sind erheblich kleiner als die elektromagnetischen Wechselwirkungen, und zwar haben sie etwa den 10^{-12}fachen Betrag der elektromagnetischen Wechselwirkungen.

Auch bei diesen Wechselwirkungen handelt es sich um Austauschvorgänge, wobei drei verschiedene Arten von Weakonen als Austauschteilchen und damit als Träger der schwachen Kräfte auftreten.

Die bisherigen Feststellungen über die vier verschiedenen Wechselwirkungen sind in der folgenden Tabelle zusammengefaßt.

Die vier Wechselwirkungen

Art der Wechselwirkung	*Träger der Wechselwirkung*	*Feldquanten*	*Relative Stärke*	*Reichweite*
Gravitation	Massen	Gravitonen	1	unbegrenzt
Schwache Wechselwirkung	alle Elementarteilchen	Weakonen	$\approx 10^{26}$	$\approx 10^{-15}$ m
Elektromagnetische Wechselwirkung	elektrische Ladungen	Photonen	$\approx 10^{38}$	unbegrenzt
Starke Wechselwirkung	Hadronen	Gluonen	$\approx 10^{40}$	$\approx 10^{-15}$ m

Die Angaben über die relative Stärke der Wechselwirkungen beziehen sich natürlich auf den Fall, daß die wechselwirkenden Teilchen einander bis auf etwa 10^{-15} m genähert werden. Wenn die Teilchenabstände größer sind, so treten die schwachen und die starken Wechselwirkungen überhaupt nicht auf, so daß dann nur die elektromagnetischen Wechselwirkungen und die Gravitationswechselwirkungen in Erscheinung treten und ein Stärkenvergleich mit den übrigen Wechselwirkungen deshalb nicht mehr sinnvoll ist. Dieser Fall liegt bei den Elektronen der Atomhülle vor. Die starken Wechselwirkungen könnten hier ohnedies nicht auftreten, weil die Elektronen – wie später noch genauer ausgeführt wird – nicht zur Gruppe der Hadronen gehören. Aber auch die schwachen Wechselwirkungen, die zwischen den Elektronen an sich möglich wären, können in der Atomhülle nicht wirksam werden, weil die hier vorliegenden Teilchenabstände größer als die Reichweite der schwachen Wechselwirkungen sind. Die Atomhüllen werden deshalb allein durch die elektromagnetischen Wechselwirkungen zusammengehalten, und die chemischen Vorgänge werden allein durch diese Wechselwirkungen bestimmt. Die Gravitationswechselwirkungen können – wie aus der obigen Tabelle ersichtlich ist – unabhängig von den Entfernungen der wechselwirkenden Teilchen im Bereich der Elementarteilchen in jedem Falle vernachlässigt werden.

8.5.6 Die kosmische Strahlung

Die Erfahrung zeigt, daß ein geladenes Elektrometer nach einiger Zeit auch bei sehr sorgfältiger Isolierung entladen wird. Dies ist darauf zurückzuführen, daß die Luft stets leicht ionisiert und deshalb elektrisch leitend ist. Diese Ionisation der Luft wird vorwiegend durch Strahlen bewirkt, die von den im Erdboden und im Mauerwerk der Gebäude enthaltenen Radionukliden ausgehen. Wenn man sich mit den entsprechenden Meßinstrumenten in größere Höhen begibt, so kann man feststellen, daß die Ionisation der Luft mit zunehmender Höhe bis etwa 700 m schnell abnimmt, dann aber wieder rasch ansteigt, wobei sie in etwa 20 km Höhe ein Maximum erreicht. Die stärkere Ionisierung der höheren Luftschichten ist nach einer von dem österreichischen Physiker V. F. Hess (1883–1964) erstmalig im Jahre 1912 vertretenen und inzwischen vielfach bestätigten Auffassung auf eine extraterrestrische Strahlung zurückzuführen, die in der Lufthülle Sekundärprozesse auslöst und dadurch die Ionisierung der oberen Schichten bewirkt. Man bezeichnet diese Strahlung als die *kosmische Strahlung* oder die *Höhenstrahlung*. In den vergangenen Jahrzehnten sind umfangreiche Untersuchungen über die kosmische Strahlung durchgeführt worden, wobei in neuerer Zeit auch künstliche Erdsatelliten sowie Mondsonden und interplanetarische Sonden eingesetzt werden. Dabei hat sich ergeben:

Bei der kosmischen Strahlung oder der Höhenstrahlung handelt es sich um sehr energiereiche Korpuskeln und Quanten, die aus dem Kosmos in die Erdatmosphäre gelangen. Über den Ursprung dieser Strahlung besteht noch keine endgültige Klarheit.

Die aus dem Kosmos auf die Erdatmosphäre treffende Strahlung wird als die *Primärstrahlung* bezeichnet. Die Teilchenstromdichte der Primärstrahlung liegt bei etwa

$$0{,}27\ \mathrm{cm^{-2}\,s^{-1}}.$$

Dies bedeutet, daß der auf die gesamte Erde einfallende primäre Teilchenstrom

rund 10^{19} Teilchen je Sekunde

beträgt. Da es sich um überwiegend einfach positiv geladene Teilchen handelt, entspricht dies einer Stromstärke von

rund 1 A.

Durch die kosmische Strahlung wird der Erde eine Strahlungsenergie zugeführt, die etwa die gleiche Größe wie die durch den nächtlichen Himmel eingestrahlte Licht- und Wärmeenergie der Sterne hat. Diese Energie ist aber auf wenige Partikeln konzentriert, so daß die einzelnen Teilchen außerordentlich große Energien besitzen können. Deshalb gilt:

Die kosmische Strahlung hat sich wegen ihrer extrem hohen Teilchenenergien für die Erforschung der Materie und der Elementarteilchen als äußerst wichtig und aufschlußreich erwiesen. Die hier auftretenden Teilchen haben Energien bis zu

$$10^{11}\,\mathrm{GeV} = 10^{14}\,\mathrm{MeV} = 10^{20}\,\mathrm{eV}$$

und sind damit erheblich energiereicher als die mit den modernen Teilchenbeschleunigern herstellbaren Geschosse.

Die Durchdringungsfähigkeit dieser Strahlung ist so groß, daß sie selbst durch eine 8000 m dicke Wasserschicht oder eine gleichwertige Gesteinsschicht nicht vollständig abgeschirmt wird. Die aus dem Kosmos kommenden Teilchen lösen durch Wechselwirkungen mit den Atomen der Atmosphäre Sekundär- und Tertiärprozesse aus, wodurch neue Teilchen entstehen, so daß es sich bei der kosmischen Strahlung um ein kompliziertes Phänomen handelt, an dem die verschiedensten Strahlenarten beteiligt sind. Die Untersuchung dieser Vorgänge hat zu einer großen Zahl wichtiger neuer Erkenntnisse über die Eigenschaften der Elementarteilchen geführt. Unter anderem konnten zahlreiche Elementarteilchen zum ersten Male in der kosmischen Strahlung festgestellt werden. So wurde z. B. das Positron von dem amerikanischen Physiker C. D. Anderson (geb. 1905) im Jahre 1932 in der kosmischen Strahlung entdeckt, nachdem seine Existenz etliche Jahre vorher von Dirac vorausgesagt worden war.

Man muß bei der kosmischen Strahlung zwischen einer *Primärstrahlung* und einer *Sekundärstrahlung* unterscheiden.

1. Die Primärstrahlung der kosmischen Strahlung

Die aus dem Kosmos eintreffende Primärstrahlung besteht zu etwa 90% aus Protonen, 9% aus Alphateilchen und 1% aus Kernen von Lithium, Beryllium, Bor, Kohlenstoff, Stickstoff, Sauerstoff, Calcium und anderen Atomarten, wobei die Häufigkeit der Kerne im allgemeinen etwa der Häufigkeitsverteilung der Elemente im Kosmos entspricht. Eine Ausnahme machen die Lithium-, Beryllium- und Borkerne, die mit einer größeren als ihrer kosmischen Häufigkeit vertreten sind, was dadurch zu erklären ist, daß sie im Kosmos als Bruchstücke schwerer Kerne bei Zusammenstößen zusätzlich gebildet werden. Die Primärstrahlung gelangt nicht bis zur Erdoberfläche, sondern sie wird in der Atmosphäre in Höhen oberhalb von 20 km vollständig absorbiert.

2. Die Sekundärstrahlung der kosmischen Strahlung

Die Sekundärstrahlung entsteht durch die Wechselwirkung zwischen den aus dem Kosmos einfallenden Teilchen und den Atomen der Lufthülle. Dabei ist zu unterscheiden:

a) Die Wechselwirkung mit den Elektronenhüllen

Diese besteht in einer Anregung oder Ionisierung der Atome, wobei das einfallende Teilchen schrittweise Energie verliert und abgebremst wird, bis es schließlich zur Ruhe kommt. Wenn nur diese Energieverluste vorhanden wären, würde ein einfach geladenes Teilchen bei senkrechtem Einfall eine Energie von 2 GeV benötigen, um bis zur Erdoberfläche vorzudringen. Bei schrägem Einfall wäre natürlich eine größere Mindestenergie erforderlich. Obwohl in der Primärstrahlung Teilchen dieser Energie vorhanden sind, dringen sie nicht bis zur Erdoberfläche durch, weil noch andere Wechselwirkungen vorhanden sind, die erheblich größere Energieverluste bewirken als die Wechselwirkungen mit der Atomhülle.

b) Die Wechselwirkungen mit den Atomkernen

Wenn sehr energiereiche Protonen in dem Feld eines Atomkernes abgebremst werden, entstehen sehr harte Gammaquanten, die ihrerseits durch die früher besprochene Paarerzeugung neue *Elektronen-Positronen-Paare* bilden können. Die so entstehenden neuen Teilchen haben oft noch genügend Energie, um den gleichen Prozeß mehrfach nacheinander ablaufen zu lassen. Die Gesamtheit der auf diese Weise entstehenden Elektronen und Positronen bildet einen *Schauer*. Wegen der besonderen Art ihrer Entstehung nennt man diese Schauer auch *Multiplikations-* oder *Kaskadenschauer*. Ein solcher Schauer kann viele Millionen Teilchen enthalten und Flächen von mehreren km^2 bedecken; dabei werden innerhalb eines Schauers Energien bis zu 10^{10} MeV umgesetzt.

Im Laboratorium können ebenfalls Schauer erzeugt werden. In Abb. 1012.1 ist ein Schauer wiedergegeben, bei dem zahlreiche Elementarteilchen durch ein Proton mit der Energie 24 GeV erzeugt werden. Es handelt sich dabei um eine Aufnahme der Bahnspuren in einer Wasserstoff-Blasenkammer im CERN (**C**onseil **E**uropéen pour la **R**echerche **N**ucléaire) in Genf.

Bei der Wechselwirkung zwischen den Protonen der primären kosmischen Strahlung und den Atomkernen der Atmosphäre können diese Kerne wegen der extrem hohen Energie der auftreffenden Protonen zur Explosion gebracht werden, wobei in einem einzigen Akt zahlreiche Kerntrümmer, Alphateilchen, Protonen, Neutronen, Elektronen, Positronen, Mesonen und andere bisher noch nicht besprochene Elementarteilchen sternartig nach allen Richtungen auseinanderfliegen. Dieser Vorgang wird als *Kernsplitterung* oder als *Kernverdampfung* oder als *Spallation* bezeichnet. Man kann diese Erscheinung beobachten, wenn man eine Kernspurplatte in größeren Höhen der kosmischen Strahlung aussetzt. Das entstehende Bild wird als *Stern* bezeichnet. Ein Beispiel ist in Abb. 1012.2 wiedergegeben.

Die bei einer Kernsplitterung entstehenden Bruchstücke können ihrerseits natürlich wieder Kernreaktionen auslösen. Auf diese Weise entsteht eine große Vielfalt neuer Teilchen, die in ihrer Gesamtheit die Sekundärstrahlung bilden.

Bei der sekundären kosmischen Strahlung unterscheidet man eine *weiche* und eine *harte Komponente:*

Unter der *weichen Komponente der kosmischen Strahlung* versteht man denjenigen Strahlenteil, der durch eine 15 cm dicke Bleischicht vollständig absorbiert wird. Sie ist vorwiegend aus Elektronen, Positronen und Photonen zusammengesetzt.

Unter der *harten Komponente der kosmischen Strahlung* versteht man denjenigen Strahlenteil, der eine 15 cm dicke Bleischicht zu durchdringen vermag. Sie besteht in größeren Höhen vor allem aus Atomkernen,

Abb. 1012.1 Erzeugung zahlreicher Elementarteilchen durch ein Proton mit der Energie 24 GeV in einer Wasserstoff-Blasenkammer

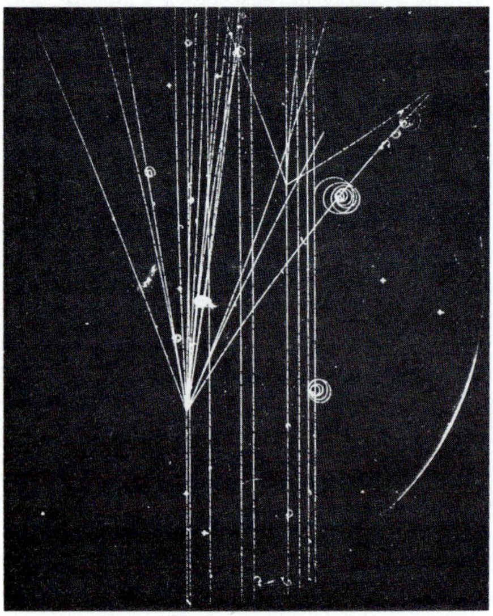

Abb. 1012.2 Ein durch Kernverdampfung in einer Fotoplatte entstandener Stern

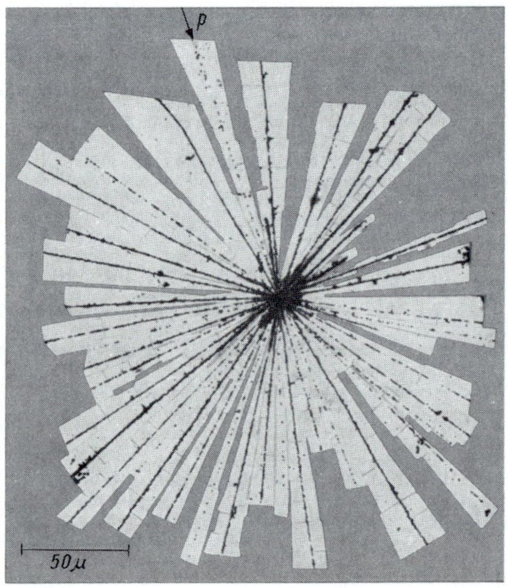

Nukleonen und Pionen und in den unteren Schichten überwiegend aus Myonen. Die Myonen entstehen durch spontanen Zerfall der geladenen Pionen nach den Formeln:

π^+	$\rightarrow$	μ^+	$+$	ν		π^-	$\rightarrow$	μ^-	$+$	$\bar{\nu}$
positives Pion		Antimyon		Neutrino		negatives Pion		Myon		Antineutrino

Die mittlere Lebensdauer der Myonen beträgt dabei $\tau = 2{,}2 \cdot 10^{-8}$ s.

Die Myonen weisen keine starken Wechselwirkungen mit Atomkernen auf, sondern sie verlieren ihre Energie allein durch die Ionisation von Atomen. Deshalb sind energiereiche Myonen sehr durchdringend. An der Erdoberfläche bilden sie aus diesem Grunde den Hauptteil der kosmischen Strahlung. Sie dringen mehrere hundert Meter in die Erdkruste oder das Wasser der Ozeane ein. Für einen Beobachter auf der Erde hat das Myon aufgrund der relativistischen Zeitdilatation eine größere Lebensdauer von etwa $1{,}1 \cdot 10^{-4}$ s (S. 701). Daher kann es vom Ort seiner Entstehung bis zur Erde rund 33 km zurücklegen.

Es soll abschließend noch darauf hingewiesen werden, daß es eine befriedigende Theorie über das Zustandekommen der kosmischen Strahlung bis heute nicht gibt. Man nimmt an, daß es mehrere Quellen für die kosmische Strahlung gibt und daß unterschiedliche Vorgänge für die Beschleunigung der Teilchen auf die genannten extrem großen Geschwindigkeiten und Energien verantwortlich sind. Die mit dem Auftreten von Eruptionen auf der Sonne verbundene Zunahme der Strahlungsintensität der kosmischen Strahlung weist darauf hin, daß ein Teil dieser Strahlung von der Sonne stammt. Dieser Teil muß aber recht klein sein, da es keinen nennenswerten Unterschied der Strahlungsintensität bei Tag und Nacht gibt und das Auftreten von Sonnenflecken sich auf die Strahlungsintensität der kosmischen Strahlung ebenfalls nicht auswirkt. Die kosmische Strahlung muß also zum wesentlichen Teil aus den Tiefen des Weltalls stammen, ohne daß bis heute gesagt werden kann, aus welchen Teilen des Kosmos sie kommen und auf welche Weise die Teilchen dieser Strahlung ihre extrem hohe Energie erhalten.

8.5.7 Die Systematik der Elementarteilchen

Wenn man die in den vorhergehenden Abschnitten gewonnenen Erkenntnisse über die Elementarteilchen zusammenfassend überblickt, so ergibt sich folgendes Bild:

1. Um den Aufbau der Atome und damit der Materie zu beschreiben, sind nur die drei Elementarteilchen

Elektron, *Proton* und *Neutron*

erforderlich.

2. Die Vorgänge in der Atomhülle machen es notwendig, ein weiteres Elementarteilchen einzuführen, und zwar das

Photon,

das als Quant des elektromagnetischen Feldes bei allen elektromagnetischen Wechselwirkungen der Elementarteilchen eine wichtige Rolle spielt.

3. Um die Energiebilanz beim Betazerfall in Ordnung zu bringen und die Gültigkeit des Energieerhaltungssatzes sicherzustellen, erwies es sich als erforderlich, das

Neutrino

als neues Elementarteilchen einzuführen.

4. Aus theoretischen Überlegungen wurde zu jedem der genannten Teilchen ein

Antiteilchen

eingeführt. Die Existenz dieser Antiteilchen konnte durch die Entdeckung des Positrons, des Antiprotons und vieler anderer Antiteilchen experimentell bestätigt werden.

5. Während die bisher genannten Teilchen sich mehr oder weniger zwangsläufig aus den Vorgängen und Gesetzen ergeben haben, die für den Aufbau und das Verhalten der Atome maßgebend sind, führte die Auffindung der

Myonen

zu neuen Elementarteilchen, deren Existenzberechtigung nicht in der gleichen Weise verstanden werden kann, wie dies bei den vorher genannten Teilchen der Fall ist.

6. Mit der Hypothese von YUKAWA, nach der die Kernkräfte durch den Austausch von π-Mesonen oder Pionen vermittelt werden, und dem anschließenden experimentellen Nachweis dieser Teilchen wurde ein weiteres neues Gebiet von Elementarteilchen erschlossen. Es handelt sich um die durch starke Wechselwirkungen gekennzeichneten, als

Hadronen

bezeichneten Teilchen. Zu dieser Gruppe gehören auch die oben schon genannten Protonen und Neutronen, darüber hinaus aber auch zahlreiche andere Teilchen, über die im folgenden noch nähere Angaben gemacht werden.

Die Zahl der bisher aufgefundenen Teilchen ist größer als 100. Fast alle diese Teilchen sind instabil; sie zerfallen nach den früher besprochenen radioaktiven Zerfallsgesetzen, wobei die mittlere Lebensdauer oft so kurz ist, daß eine experimentelle Untersuchung der Teilcheneigenschaften äußerst schwierig, oft sogar unmöglich ist. Ferner muß beachtet werden, daß der Zerfall eines Teilchens keineswegs seine Bausteine erkennen läßt, weil Elementarteilchen in einer sonst nicht gewohnten Weise ineinander umwandelbar sind und weil neue Teilchen aus Energie gebildet und umgekehrt vorhandene Teilchen in Energie zerstrahlt werden können. Das einfache Baukastenprinzip scheint im Bereich der Elementarteilchen zu versagen. Diese kurzen Bemerkungen mögen genügen, um zu zeigen, daß die Welt der Elementarteilchen ein äußerst vielgestaltiges und buntes Bild darbietet, so daß sich von selbst die Frage aufdrängt, ob es auch hier Ordnungsprinzipien gibt, nach denen die immer zahlreicher werdenden Elementarteilchen übersichtlich klassifiziert werden können. Die Physiker befinden sich heute gegenüber den Elementarteilchen in einer ähnlichen Lage wie vor der Aufstellung des Periodensystems der Elemente gegenüber der Vielzahl der Atome. Es ist deshalb eine der wichtigsten Aufgaben der modernen Physik, ein *Periodensystem der Elementarteilchen* zu entwickeln, um zunächst einmal Übersicht und Ordnung in die bunte Mannigfaltigkeit dieser Teilchen zu bringen. Dann ergibt sich die weitere Frage, ob alle Elementarteilchen in ähnlicher Weise aus einigen wenigen fundamentalen Teilchen aufgebaut gedacht werden können, wie etwa die Vielzahl der Atome aus den drei Bausteinen Proton, Neutron und Elektron aufgebaut ist. Im folgenden sollen hierzu einige Bemerkungen gemacht werden. Dabei muß aber beachtet werden, daß die Forschung sich gerade auf dem Gebiet der Elementarteilchen in einer raschen Entwicklung befindet und daß wir uns aus diesem Grunde und wegen der Schwierigkeit der Untersuchungen auf einige wenige grundsätzliche Angaben beschränken müssen. Auf S. 1015 findet sich eine zusammenfassende Tabelle der wichtigsten Elementarteilchen mit ihren wesentlichsten Eigenschaften. Die Anordnung ist in der Reihenfolge ihrer Ruhmassen erfolgt. Dabei zeigt sich, daß man gewisse Gruppen unterscheiden kann. Hierzu ist im einzelnen folgendes zu sagen:

Das wichtigste Klassifikationsmerkmal für die Elementarteilchen ist die *Art ihrer Wechselwirkungen.* Man kann danach *drei Hauptgruppen* von Teilchen unterscheiden:

1. *Die Hadronen*

In dieser Gruppe sind alle Elementarteilchen zusammengefaßt, die *starke Wechselwirkungen* ausüben können. Außerdem können bei diesen Teilchen auch elektromagnetische und schwache Wechselwirkungen auftreten. Daß die Gravitationswechselwirkungen im Bereich der Elementarteilchen unbeachtet bleiben können, wurde früher schon dargelegt.

Bei den Hadronen kann man weiter zwei Untergruppen unterscheiden:

1a) die *Mesonen,* deren Spin 0 oder 1 ist, und

1b) die *Baryonen,* die einen halbzahligen Spin besitzen.

2. *Die Leptonen*

Diese Elementarteilchen sind dadurch gekennzeichnet, daß bei ihnen lediglich *schwache* und *elektromagnetische Wechselwirkungen* auftreten; starke Wechselwirkungen sind hier also nicht möglich. Im einzelnen kommen bei den

Neutrinos und deren Antiteilchen *nur schwache Wechselwirkungen* und bei den

Elektronen und *Myonen* sowie deren Antiteilchen *schwache* und *elektromagnetische Wechselwirkungen* vor.

Die wichtigsten Elementarteilchen

	Teilchenname	*Symbol*	*Ruhmasse*	*Elektrische Ladung*	*Spin*	*Mittlere Lebensdauer*	*Wechselwirkungen*
Photonen	Photon Energiequant	γ	0	0	$1\hbar$	∞	nur elektromagnetisch
Leptonen	Elektronneutrino	ν_e	0	0	$\frac{1}{2}\hbar$	∞	nur schwach
	Antielektronneutrino	$\bar{\nu}_e$					
	Myonneutrino	ν_μ	0	0	$\frac{1}{2}\hbar$	∞	schwach und elektromagnetisch
	Antimyonneutrino	$\bar{\nu}_\mu$					
	Tauneutrino	ν_τ	0	0	$\frac{1}{2}\hbar$	?	
	Antitauneutrino	$\bar{\nu}_\tau$					
	Elektron	e^-	$1\,m_e$ $=9{,}1091 \cdot 10^{-31}$ kg	$\mp 1{,}602 \cdot 10^{-19}$ C	$\frac{1}{2}\hbar$	∞	
	Positron	e^+					
	Myon	μ^-	$207{,}15\,m_e$	$\mp 1{,}602 \cdot 10^{-19}$ C	$\frac{1}{2}\hbar$	$2{,}2 \cdot 10^{-6}$ s	
	Antimyon	μ^+					
	Tau	τ^-	$3600\,m_e$	$\mp 1{,}602 \cdot 10^{-19}$ C	$\frac{1}{2}\hbar$	$2{,}5 \cdot 10^{-13}$ s	
	Antitau	τ^+					
Hadronen – **Mesonen**	Pionen	π^+ π^-	$273{,}3\,m_e$	$\pm 1{,}602 \cdot 10^{-19}$ C	0	$2{,}6 \cdot 10^{-8}$ s	stark, schwach und elektromagnetisch
		π^0	$264{,}2\,m_e$	0		$\approx 10^{-16}$ s	
	Kaonen	K^+ K^-	$966{,}8\,m_e$	$\pm 1{,}602 \cdot 10^{-19}$ C	0	$1{,}23 \cdot 10^{-8}$ s	
		K_1^0 K_2^0	$974{,}4\,m_e$	0		$\approx 10^{-10}$ s $\approx 10^{-7}$ s	
	Eta-Teilchen	η	$1074\,m_e$	0	0	$\approx 2{,}9 \cdot 10^{-19}$ s	
Hadronen – **Baryonen** – **Nukleonen**	Proton	p	$1836{,}10\,m_e$	$\pm 1{,}602 \cdot 10^{-19}$ C	$\frac{1}{2}\hbar$	∞	
	Antiproton	$\bar{p}$					
	Neutron	n	$1838{,}62\,m_e$	0		16,5 min	
	Antineutron	$\bar{n}$					
Hadronen – **Baryonen** – **Hyperonen**	Lambda-Teilchen	Λ^0 $\bar{\Lambda}^0$	$\approx 2183\,m_e$	0	$\frac{1}{2}\hbar$	$\approx 2{,}5 \cdot 10^{-10}$ s	
	Sigma-Teilchen	$\Sigma^+ \bar{\Sigma}^+$ $\Sigma^- \bar{\Sigma}^-$	$\approx 2340\,m_e$	$\pm 1{,}602 \cdot 10^{-19}$ C	$\frac{1}{2}\hbar$	$\approx 10^{-10}$ s	
		$\Sigma^0 \bar{\Sigma}^0$		0		$< 10^{-11}$ s	
	Xi-Teilchen	Ξ^-	$\approx 2570\,m_e$	$-1{,}602 \cdot 10^{-19}$ C	$\frac{1}{2}\hbar$	$\approx 10^{-10}$ s	
		Ξ^0 $\bar{\Xi}^0$		0			
	Omega-Teilchen	Ω^- $\bar{\Omega}^-$	$\approx 3280\,m_e$	$\pm 1{,}602 \cdot 10^{-19}$ C	$\frac{3}{2}\hbar$	$\approx 1{,}3 \cdot 10^{-10}$ s	

3. Die Photonen

Die *Photonen* bilden eine Gruppe für sich, weil sie die einzigen Teilchen sind, bei denen *nur elektromagnetische Wechselwirkungen* vorkommen.

Anhand der oben wiedergegebenen Tabelle der wichtigsten Elementarteilchen sollen nun noch einige weitere Angaben über diese Teilchen gemacht werden. Auf diese Weise erfolgt eine Ergänzung und Abrundung der in den früheren Abschnitten bereits dargelegten Eigenschaften der Elementarteilchen.

Die Photonen

Wir wissen bereits, daß die Photonen die Quanten des elektromagnetischen Feldes darstellen und daß ihre Energie von der Frequenz ν bzw. von der Wellenlänge λ der zugehörigen elektromagnetischen Strahlung abhängt. Es gilt:

$$W_{\mathrm{ph}} = h\,\nu = \frac{h\,c}{\lambda}.$$

Dabei bedeuten:
h = PLANCK-Wirkungsquantum,
c = Vakuum-Lichtgeschwindigkeit.

Die Photonen besitzen nicht nur Energie, sondern auch einen Impuls p, für den gilt

$$p_{\mathrm{ph}} = \frac{h\,\nu}{c} = \frac{h}{\lambda}.$$

Während die Ruhmasse der Photonen Null ist, haben bewegte Photonen eine von Null verschiedene Masse, die von ihrer Energie und damit von der Frequenz der zugehörigen Strahlung abhängt. Aus

$$W_{\mathrm{ph}} = m_{\mathrm{ph}}\,c^2 \quad \text{und} \quad W_{\mathrm{ph}} = h\,\nu$$

folgt für die Masse m_{ph} des bewegten Photons

$$m_{\mathrm{ph}} = \frac{h\,\nu}{c^2}.$$

Beispiele Die Masse der Photonen beträgt

bei langen Radiowellen etwa	$2{,}5 \cdot 10^{-15}\ m_e$,
bei sichtbarem Licht	$5{,}6 \cdot 10^{-6}\ m_e$,
bei der kosmischen Strahlung	$2{,}4 \cdot 10^{3}\ m_e$.

Die Leptonen

Die wichtigsten Daten über die *Neutrinos* und die *Elektronen* sind aus der Tabelle auf S. 1015 ersichtlich. Zur Nomenklatur kann noch eine ergänzende Bemerkung gemacht werden:

Es ist vorgeschlagen worden, für das bisher als Elektron bezeichnete Elementarteilchen den Namen *Negatron* einzuführen und die Bezeichnung Elektronen als gemeinsamen Namen für Negatronen und Positronen zu verwenden. Diese sehr zweckmäßige Bezeichnung hat sich aber bisher nicht durchgesetzt. Die Eigenschaften der Neutrinos und der Elektronen sind in den vorhergehenden Abschnitten so ausführlich dargestellt worden, daß weitere Darlegungen hierüber nicht erforderlich sind.

Dagegen sollen über die *Myonen* noch einige ergänzende Bemerkungen gemacht werden. Diese Teilchen wurden 1936 von dem amerikanischen Physiker C. D. ANDERSON (geb. 1905) und seinen Mitarbeitern bei der Untersuchung von Nebelkammeraufnahmen der kosmischen Strahlung entdeckt. Sie entstehen bei der Wechselwirkung kosmischer Strahlen mit Materie und bilden sich vor allem beim Zerfall von Pionen oder π-Mesonen. Von der Gesamtintensität der kosmischen Strahlung in Meereshöhe besteht rund 80 % aus Myonen. Myonen besitzen eine große Durchdringungsfähigkeit. Die Myonen und Antimyonen zerfallen spontan mit der mittleren Lebensdauer

$$\tau = 2{,}2 \cdot 10^{-6}\ \mathrm{s}$$

nach den Formeln:

$$\underset{\text{Myon}}{\mu^-} \rightarrow \underset{\text{Elektron}}{e^-} + \underset{\text{Neutrino}}{\nu} + \underset{\text{Antineutrino}}{\bar{\nu}} \qquad \underset{\text{Antimyon}}{\mu^+} \rightarrow \underset{\text{Positron}}{e^+} + \underset{\text{Neutrino}}{\nu} + \underset{\text{Antineutrino}}{\bar{\nu}}$$

Die auf den rechten Seiten der Formeln stehenden Elementarteilchen haben insgesamt eine kleinere Ruhmasse als das Myon bzw. das Antimyon. Die fehlende Masse wird in Energie umgesetzt und tritt als kinetische Energie der Zerfallsprodukte in Erscheinung.

Die Myonen haben schließlich auch in einem anderen Bereich der Physik zu einer interessanten Einsicht geführt, indem sie eine experimentelle Bestätigung der von der Relativitätstheorie geforderten *Zeitdilatation* ermöglicht haben. Wegen der großen, über die Physik der Elementarteilchen weit hinausgehenden Bedeutung dieser Erkenntnis sollen die früher hierüber bereits gemachten Ausführungen durch einige weitere Bemerkungen ergänzt werden.

Die angegebene mittlere Lebensdauer der Myonen bezieht sich auf ein mit den Myonen festverbundenes Koordinatensystem, in dem die Myonen sich also in Ruhe befinden. In bezug auf ein mit der Erde fest verbundenes Koordinatensystem bewegen sich die Myonen aber mit großen Geschwindigkeiten, die nahe an die Lichtgeschwindigkeit herankommen. Die Folge davon ist eine beträchtliche Zeitdilatation, die auch zu einer nennenswerten Vergrößerung der mittleren Lebensdauer führt. Hierauf ist es zurückzuführen, daß die in den oberen Schichten der Lufthülle entstehenden Myonen die Erdoberfläche überhaupt erreichen. Die relativistische Zeitdilatation hat durch die entsprechenden Messungen eine quantitative Bestätigung erfahren (vgl. S. 701 ff.).

Schließlich haben die Myonen in den letzten Jahren auch noch in einem anderen Teilbereich der Kernphysik zu wichtigen neuen Erkenntnissen geführt, auf die hier noch kurz eingegangen werden soll.

Die Myonen unterscheiden sich – wie die Tabelle auf S. 1015 zeigt – von den Elektronen und Positronen nur durch ihre rund 207mal größere Ruhmasse; in allen anderen Eigenschaften stimmen sie mit den Elektronen bzw. Positronen überein. Insbesondere zeigt die Erfahrung, daß die negativen Myonen auch an die Stelle von Elektronen in die Atomhüllen eingebaut werden können. Man spricht dann von *myonischen Atomen.* Wir merken uns also:

Unter einem myonischen Atom versteht man ein Atom, bei dem ein Elektron oder mehrere Elektronen der Atomhülle durch negative Myonen ersetzt worden sind.

Solche myonischen Atome können grundsätzlich mit allen Atomkernen gebildet werden. Zur Erzeugung myonischer Atome wird ein Strahl von Myonen benötigt, der künstlich hergestellt werden muß, weil die Intensität der im Zusammenhang mit der oben behandelten kosmischen Strahlung entstehenden Myonen zu gering ist, als daß man mit ihnen eine für eine experimentelle Untersuchung hinreichende Ausbeute erwarten könnte. Man geht praktisch im allgemeinen von stark beschleunigten Protonen aus, die beim Auftreffen auf ein Target, d.h. auf eine Zielscheibe, Pionen und K-Mesonen erzeugen. Die Pionen zerfallen im Fluge in der auf S. 1005 angegebenen Weise in Myonen und Neutrinos. Wenn ein negatives Myon relativ langsam an einem Atomkern vorbeifliegt, so kann es von dem Kern eingefangen werden. Dieser Prozeß wird als COULOMB-*Einfang* bezeichnet, weil er durch die zwischen der positiven Kernladung und der negativen Myonenladung wirkenden COULOMB-Kräfte zustande kommt. Wenn man die Vorgänge mit Hilfe der BOHR-Atommodells beschreibt, so muß man sagen, daß das eingefangene Myon sich auf einer BOHR-Bahn um den Atomkern bewegt. Für die Radien der erlaubten BOHR-Elektronenbahnen hat sich früher (S. 753) beim Wasserstoffatom ergeben:

$$r_n = \varepsilon_0 \frac{h^2}{\pi e^2 m_e} \cdot n^2.$$

Man erhält die analoge Formel für die *Myonenbahnen,* indem man an die Stelle der Elektronenmasse die rund 207mal größere Myonenmasse setzt. Die Radien der Myonenbahnen sind dann also entsprechend kleiner als die Radien der Elektronenbahnen. Dies gilt nicht nur für das Wasserstoffatom, sondern in ähnlicher Weise auch für alle anderen Atome. Wir halten also fest:

Da die Radien der Bohr-Myonenbahnen in den myonischen Atomen rund 207mal kleiner als die Radien der Elektronenbahnen in den elektronischen Atomen sind, kommen die Myonen den Atomkernen rund 207mal näher als die Elektronen. Die Myonen werden deshalb von einer ungleichmäßigen Verteilung der Kernladung erheblich stärker beeinflußt als die Elektronen.

Aus diesem Grunde sind die Untersuchungen der myonischen Atome geeignet, neue und interessante Aufschlüsse über die Ladungsverteilung in den Atomkernen und über deren Oberflächenstruktur zu vermitteln. Dabei hat sich ergeben:

1. Bei zahlreichen Atomkernen lassen sich alle Untersuchungsergebnisse in befriedigender Weise interpretieren, wenn man eine *kugelförmige Gestalt* der Atomkerne zugrunde legt.

2. Es gibt aber auch andere Atomkerne, denen man die *Gestalt von Rotationsellipsoiden* zuschreiben muß, wenn die experimentellen Befunde verständlich sein sollen. Dabei müssen zwei Fälle unterschieden werden:

a) Die Rotation kann um die große Hauptachse der Ellipse erfolgen, so daß *zigarrenförmige Gebilde* entstehen.

b) Die Rotation kann um die kleine Hauptachse erfolgen; dann ergeben sich *diskus-* oder *oblatenförmige Gebilde.*

Die mit Hilfe der Myonen ermittelten Untersuchungsergebnisse stimmen also mit den früher erwähnten, durch Streuversuche festgestellten Gestalten der Atomkerne überein.

Es kann abschließend noch darauf hingewiesen werden, daß es gelungen ist, außer den Myonen auch noch andere Elementarteilchen in die Atomhülle einzubauen. Dabei handelt es sich um negative Pionen und negative Kaonen sowie um Antiprotonen und um negative Sigma-Teilchen. Alle diese Teilchen haben eine noch größere Masse als die Myonen, so daß ihre BOHR-Bahnen erheblich näher an den Atomkern heranführen, als dies bei den Myonen der Fall war. Die Folge davon ist, daß mit Hilfe dieser Teilchen viele neue Erkenntnisse über den Bau und die Eigenschaften der Atomkerne gewonnen werden können. Die Untersuchungen, die durch die außerordentlich kurze mittlere Lebensdauer der betreffenden Atome (teilweise nur 10^{-9} s) sehr erschwert werden, sind noch keineswegs abgeschlossen.

Die Mesonen

Bei den *Mesonen* handelt es sich um Teilchen mit mittelgroßen Ruhmassen. Aus der Tabelle auf S. 1015 ist ersichtlich, daß in diese Gruppe die *Pionen* oder *π-Mesonen*, die *Kaonen* oder *K-Mesonen* und die *Eta-Teilchen* gehören.

Die positiven und negativen *Pionen* wurden 1947 von dem englischen Physiker C. F. POWELL (1903 – 1969) entdeckt. Sie entstehen in hohen Atmosphärenschichten bei der Wechselwirkung zwischen den Primärteilchen der kosmischen Strahlung und Materie. Es zeigte sich, daß bei einer solchen Einwirkung kosmischer Strahlen auf Atomkerne zunächst Pionen gebildet werden und daß die im vorhergehenden Abschnitt erwähnten Myonen erst durch Zerfall dieser Pionen entstehen. Die neutralen Pionen wurden 1950 entdeckt. Im Jahre 1948 ist es gelungen, Pionen auch im Laboratorium künstlich herzustellen, indem man gewisse Atomkerne mit energiereichen Protonen, Neutronen oder Alphateilchen beschoß. Ferner können Pionen bei folgenden Reaktionen entstehen:

$$\underset{\text{Neutron}}{n} + \underset{\text{Gammaquant}}{\gamma} \rightarrow \underset{\text{Proton}}{p} + \underset{\text{negatives Pion}}{\pi^-} \qquad \underset{\text{Proton}}{p} + \underset{\text{Gammaquant}}{\gamma} \rightarrow \underset{\text{Neutron}}{n} + \underset{\text{positives Pion}}{\pi^+}$$

$$\underset{\text{Proton}}{p} + \underset{\text{Proton}}{p} \rightarrow \underset{\text{Neutron}}{n} + \underset{\text{Proton}}{p} + \underset{\text{positives Pion}}{\pi^+}$$

$$\underset{\text{Neutron}}{n} + \underset{\text{Proton}}{p} \nearrow \underset{\text{Neutron}}{n} + \underset{\text{Neutron}}{n} + \underset{\text{positives Pion}}{\pi^+}$$

$$\underset{\text{Neutron}}{n} + \underset{\text{Proton}}{p} \searrow \underset{\text{Proton}}{p} + \underset{\text{Proton}}{p} + \underset{\text{negatives Pion}}{\pi^-}$$

Die positiven und die negativen Pionen sind als Teilchen und Antiteilchen zu betrachten; das neutrale Pion ist mit seinem Antiteilchen identisch.

Auf die große Bedeutung, die den geladenen Pionen nach der Theorie von YUKAWA für das Zustandekommen der Kernkräfte zukommt, wurde früher schon hingewiesen.

Die Gruppe der *Kaonen* umfaßt vier verschiedene Teilchen, und zwar positiv und negativ geladene Kaonen (K^+ und K^-) sowie zwei neutrale Kaonenarten (K_1^0 und K_2^0), die sich durch ihre mittlere Lebensdauer unterscheiden. Sowohl die beiden geladenen Kaonenarten als auch die beiden ungeladenen Arten sind einander als Teilchen und Antiteilchen zugeordnet. Über die Kaonen ist noch nicht viel bekannt.

Die Baryonen

Die *Baryonen* sind Elementarteilchen, deren Masse gleich der Protonenmasse oder größer als diese ist. Sie lassen sich in 2 Gruppen zusammenfassen:

die *Nukleonen* und *Antinukleonen*, zu denen die *Protonen* (p) und die *Antiprotonen* ($\bar{p}$) sowie die *Neutronen* (n) und die *Antineutronen* ($\bar{n}$) gehören.

die *Hyperonen*, zu denen die *Lambda-Teilchen* ($\Lambda^0, \bar{\Lambda}^0$), die *Sigma-Teilchen* ($\Sigma^+, \bar{\Sigma}^+; \Sigma^-, \bar{\Sigma}^-; \Sigma^0, \bar{\Sigma}^0$), die *Xi-Teilchen* ($\Xi^0, \bar{\Xi}^0; \Xi^-$) und die *Omega*-Teilchen ($\Omega^-, \bar{\Omega}^-$) gehören.

Da über die Nukleonen und ihre Antiteilchen alles Wichtige in den vorhergehenden Abschnitten gesagt worden ist, sollen hier nur noch einige Bemerkungen über die *Hyperonen* gemacht werden. Dies sind Elementarteilchen, deren Ruhmasse größer als diejenige der Nukleonen ist. Sie lassen sich in die genannten drei Gruppen zusammenfassen, die mit großen griechischen Buchstaben bezeichnet werden. Hyperonen entstehen beim Zusammenstoß energiereicher Teilchen. Sie sind alle instabil und haben nur sehr kurze mittlere Lebensdauern, wodurch ihre Untersuchung erschwert wird. Die wichtigsten der bisher bekannten Daten über die Hyperonen sind in der Tabelle auf S. 1015 enthalten.

Aus den in dieser Tabelle angegebenen mittleren Lebensdauern geht hervor, daß zahlreiche Teilchen nach sehr kurzen Zeiten zerfallen, so daß die experimentelle Erforschung ihrer Eigenschaften große Schwierigkeiten macht. Dies gilt insbesondere für zahlreiche andere Teilchen, die hier nicht genannt sind, weil ihre mittlere Lebensdauer in der Größenordnung von 10^{-23} s liegt und damit so kurz ist, daß zwischen dem Entstehen und Vergehen dieser Teilchen eine Untersuchung nicht mehr möglich ist. Die Existenz dieser Teilchen dauert nämlich kaum länger, als zwei Teilchen der großen Teilchenbeschleuniger brauchen, um aneinander vorbeizufliegen.

Abschließend sollen aus der Fülle des vorliegenden Materials über die Umwandlung von Elementarteilchen zwei Beispiele herausgegriffen werden, an denen die sich abspielenden Vorgänge näher erläutert werden.

1. In Abb. 1019.1 sieht man, wie ein K^+-Meson im Fluge zerfällt. Links ist eine Aufnahme der Teilchenspuren in einer Wasserstoff-Blasenkammer in CERN wiedergegeben, und rechts werden die hier interessierenden Vorgänge in einer Schemazeichnung näher erläutert. Die Interpretation solcher Blasenkammeraufnahmen ist schwierig und erfordert eine große Erfahrung. Hier ergibt sich das folgende Bild:

Bei dem Zerfall des K^+-Mesons entsteht ein π^0-Meson, das sich nach der Formel

$$\pi^0 \rightarrow \gamma + \gamma$$

umwandelt. Eines der entstandenen Gammaquanten bildet nach der Formel

$$\gamma \rightarrow e^- + e^+$$

ein Elektron-Positron-Paar. Das bei dem Zerfall des K^+-Mesons weiter entstehende π^+-Meson zerfällt nach der Formel

$$\pi^+ \rightarrow \mu^+ + \nu.$$

Abb. 1019.1 Zerfall eines K^+-Mesons im Fluge. a) Fotografische Aufnahme der Spuren in einer Wasserstoff-Blasenkammer. b) Schemazeichnung der hier interessierenden Vorgänge

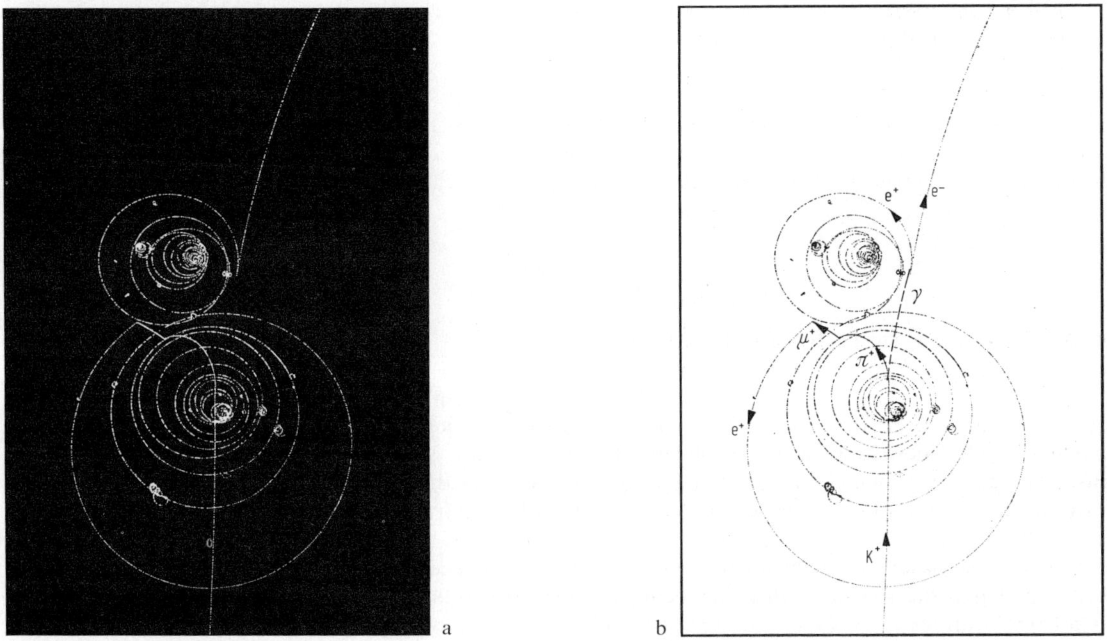

a b

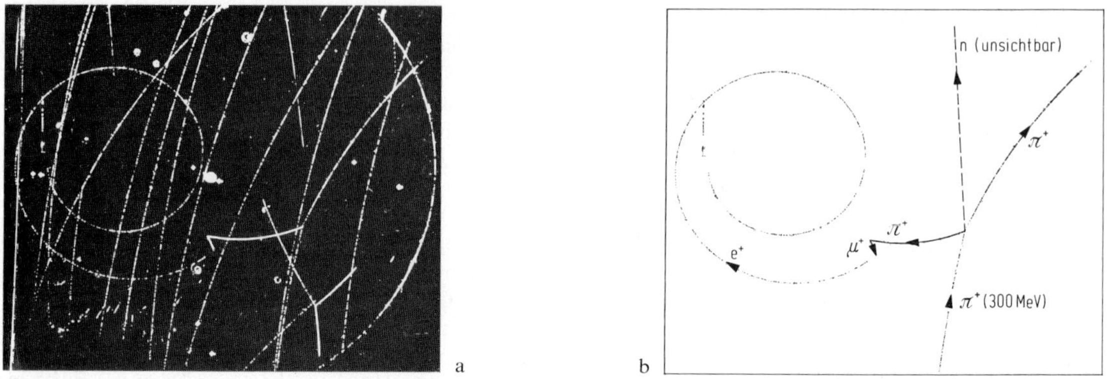

Abb. 1020.1 Erzeugung eines π^+-Mesons durch unelastische Streuung eines π^+-Mesons mit der Energie von 300 MeV. a) Fotografische Aufnahme der Spuren in einer Wasserstoff-Blasenkammer. b) Schemazeichnung der hier interessierenden Vorgänge

Schließlich wandelt sich das Antimyon μ^+ nach der Formel

$$\mu^+ \rightarrow e^+ + \nu + \bar{\nu}$$

um. Wie aufgrund der früheren Darlegungen bekannt ist, wird nur ein Teil der entstehenden Elementarteilchen durch Spuren in der Blasenkammer erkennbar.

2. In Abb. 1020.1 wird gezeigt, wie ein π^+-Meson durch unelastische Streuung eines π^+-Mesons von 300 MeV an einem Proton in einer Wasserstoff-Blasenkammer entsteht. Dabei spielt sich zunächst der Vorgang

$$\pi^+ + p \rightarrow \pi^+ + \pi^+ + n$$

ab. Ein π^+-Meson zerfällt weiter nach der Formel

$$\pi^+ \rightarrow \mu^+ + \nu.$$

Schließlich geht das Antimyon μ^+ in ein Positron über, wobei gleichzeitig ein Neutrino und ein Antineutrino entsteht; die Formel für diesen Vorgang lautet:

$$\mu^+ \rightarrow e^+ + \nu + \bar{\nu}.$$

Natürlich sind auch hier das Neutron und die Neutrinos nicht sichtbar, weil sie in der Blasenkammer keine Spuren erzeugen. Andererseits sind auf der Fotografie zahlreiche weitere Spuren erkennbar, die von anderen hier nicht interessierenden Elementarteilchen herrühren.

8.5.8 Die Quarks, die Leptonen und die Gluonen

Die bisher dargelegten Erfahrungstatsachen zeigen, daß wir es bei den Elementarteilchen mit einem äußerst vielgestaltigen Bereich der Natur zu tun haben. Die gegenwärtige physikalische Forschung betrachtet es als eines ihrer großen Probleme, Ordnung in die Welt der Elementarteilchen zu bringen. Bisher ist die experimentelle Erforschung dieser Teilchen der theoretischen Deutung davongelaufen. Es ist noch nicht gelungen, eine umfassende Theorie der Elementarteilchen zu entwickeln oder ein befriedigendes *Periodensystem der Elementarteilchen* aufzustellen. Man neigt aber allgemein zu der Annahme, daß der so verwickelt erscheinenden Welt der Elementarteilchen relativ einfache Strukturen zugrunde liegen und daß die sich dem Physiker heute noch darbietende Buntheit und Vielgestaltigkeit nur der sichtbare Ausdruck für verschiedene Energiezustände einer wesentlich kleineren Zahl von Bausteinen ist.

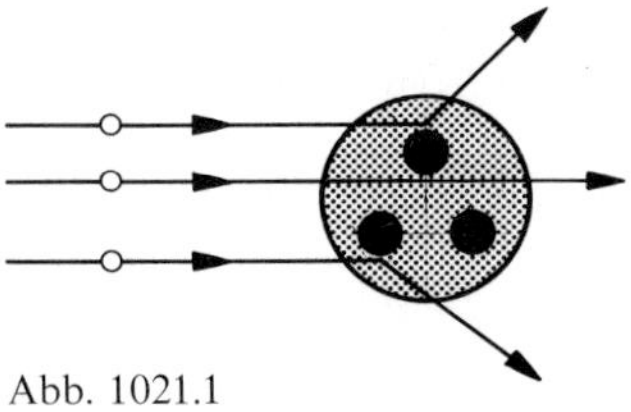

Abb. 1021.1
Die Streuung energiereicher Elektronen an einem Proton

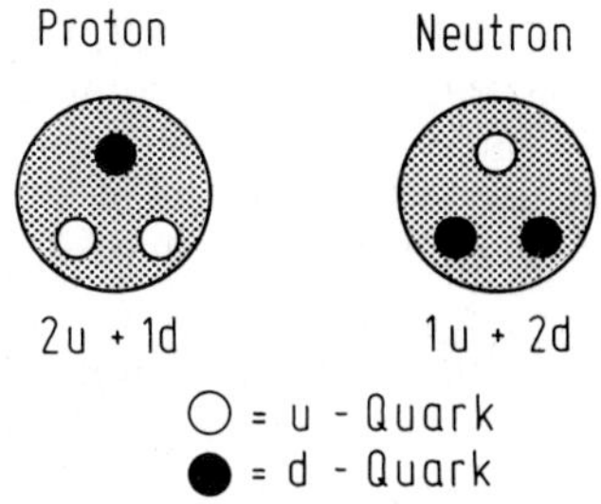

Abb. 1021.2
Der Aufbau von Protonen und Neutronen aus *u*-Quarks und *d*-Quarks

Auf den experimentellen Befund, daß sowohl die Protonen als auch die Neutronen keine einheitlichen Gebilde sind, sondern daß sie eine innere Struktur besitzen, wurde früher (S. 995 und 996) bereits hingewiesen. Hierzu ist im einzelnen folgendes zu sagen:

In ähnlicher Weise wie RUTHERFORD durch den Beschuß der Atome mit energiereichen Alphateilchen Einblicke in den Atombau gewinnen konnte (s. S. 746), so lassen sich Erkenntnisse über den Bau der Protonen und Neutronen dadurch erzielen, daß man diese Teilchen mit energiereichen Elektronen beschießt. Bei diesen Streuversuchen ist die Verteilung der elektrischen Ladung innerhalb des Protons oder Neutrons entscheidend dafür, ob und wie stark ein eindringendes Elektron aus seiner Flugbahn abgelenkt wird (Abb. 1021.1). Die Erfahrung zeigt nun, daß bei der Streuung von hochenergetischen Elektronen an Protonen stärkere Ablenkungen auftreten, als dies bei einer kontinuierlichen Verteilung der Protonenladung erwartet werden kann. Es stellte sich vielmehr heraus, daß die Protonenladung im wesentlichen durch drei freibewegliche Punktladungen wiedergegeben werden kann. Diese Erfahrungstatsache stützt die folgende Hypothese, die im Jahre 1964 von den beiden amerikanischen Physikern M. GELL-MAN und G. ZWEIG unabhängig voneinander aufgestellt worden ist:

Das Proton ist aus drei subnuklearen Teilchen aufgebaut.

Für diese neuen Grundbausteine der Materie wurde von GELL-MAN der Name *Quarks* eingeführt.

Die Bezeichnung Quarks ist völlig willkürlich und hat keinerlei physikalische Bedeutung. Sie stammt vielmehr aus dem schwer verständlichen Werk des irischen Schriftstellers J. JOYCE (1882–1941) mit dem Titel „Finnegans Wake" (1939). Unter den vielen kaum nachvollziehbaren Wortspielen dieses Buches findet sich der Satz „Three quarks for Muster Mark", der GELL-MAN dazu angeregt hat, die neuen, zunächst recht geheimnisvoll erscheinenden Teilchen als Quarks zu bezeichnen.

Die experimentellen und theoretischen Untersuchungen haben weiter ergeben, daß auch die Neutronen aus drei Quarks aufgebaut sind.

Schließlich hat sich gezeigt, daß die Untersuchungsergebnisse richtig interpretiert werden können, wenn man davon ausgeht, daß an dem Aufbau der Protonen und Neutronen nur zwei Arten von Quarks mit unterschiedlichen elektrischen Ladungen beteiligt sind:

die u-Quarks (von up = aufwärts),
deren elektrische Ladung $\frac{2}{3}$ der positiven elektrischen Elementarladung beträgt

und *die d-Quarks* (von down = abwärts)
deren elektrische Ladung $\frac{1}{3}$ der negativen elektrischen Elementarladung beträgt.

Die Bezeichnungen up und down sind willkürlich gewählt und geben keine realen Richtungen an.

Über den Aufbau der Protonen und Neutronen kann aufgrund der vorliegenden Befunde gesagt werden (Abb. 1021.2).

Die Protonen bestehen aus zwei u-Quarks und einem d-Quark.
Die Neutronen bestehen aus einem u-Quark und zwei d-Quarks.

Mit diesen Feststellungen haben sich unsere Vorstellungen vom Aufbau der Atome erheblich vereinfacht. Außer den Protonen und Neutronen als den Bausteinen der Atomkerne sind hieran noch die Elektronen der Atomhüllen beteiligt. Streuversuche haben nun gezeigt, daß bei den Elektronen eine innere Struktur bis zu einer Auflösung von 10^{-16} cm nicht nachweisbar ist. Deshalb neigen die Physiker nach dem heutigen Stand der Erkenntnis zu der Annahme:

Die Elektronen haben keine innere Struktur.

Zusammenfassend kann also festgestellt werden:

Die Atome der heute bekannten 109 Elemente sind nach dem derzeitigen Erkenntnisstand aus den drei Bausteinen

Elektronen, u-Quarks und d-Quarks

aufgebaut. Durch diese Zurückführung der gesamten toten und lebenden Materie mit ihrer bunten Mannigfaltigkeit auf drei fundamentale Bausteine ist die Physik ihrem Streben nach einer einheitlichen Beschreibung der materiellen Welt ein großes Stück näher gekommen.

Als die Quarkhypothese 1964 vorgeschlagen wurde, standen ihr viele Physiker zunächst recht skeptisch gegenüber. Inzwischen hat sich das Quarkmodell jedoch zu einer anerkannten Theorie entwickelt, obwohl es bis heute nicht gelungen ist, die Quarks aus dem Nukleonenverband herauszulösen und sie als freie Teilchen zu beobachten. Dies ist darauf zurückzuführen, daß sie durch äußerst starke Kräfte in den Protonen und Neutronen zusammengehalten werden. Es handelt sich hierbei um Kräfte, die eine gewisse Ähnlichkeit mit jenen Kräften aufweisen, welche zwischen Ladungen wirken. Die zwischen den Quarks wirkenden Kräfte werden von einem Feld verursacht, dessen masselosen Quanten man als *Gluonen* (engl. glue = Leim) bezeichnet. Die außerordentlich starken Gluonenkräfte, welche zu den stärksten in der Natur überhaupt vorkommenden Kräften gehören, verhindern eine Herauslösung der Quarks aus dem Nukleonenverband. Trotzdem ist es aber möglich, die Quarks innerhalb des Verbandes zu beobachten und ihre Eigenschaften zu untersuchen.

Wir stellen fest:

Die Quarks sind innerhalb der Protonen und Neutronen durch die von den Gluonen bewirkten Austauschkräfte so fest gebunden, daß es bisher nicht gelungen ist, sie aus ihrem Verband zu lösen und als freie Teilchen zu beobachten.

Die bisherigen Darlegungen beziehen sich auf die uns umgebende, gewöhnliche Materie und ihre Bausteine. Wie früher bereits dargelegt, gibt es daneben noch zahlreiche andere materielle Teilchen, die nur im Laboratorium hergestellt oder in der kosmischen Strahlung beobachtet werden können, die aber wegen ihrer kurzen Lebensdauer in unserer Umwelt nicht vorkommen. Bevor auf diese Teilchen näher eingegangen wird, sollen noch einige grundsätzliche Bemerkungen über die Elementarität gemacht werden.

Es ist in der Physik üblich, ein Teilchen als elementar zu bezeichnen, wenn es keine innere Struktur besitzt, welche darauf hindeutet, daß das betreffende Teilchen aus noch kleineren Bausteinen besteht. Diese Definition ist jedoch relativ, denn in den verschiedenen Bereichen der Physik können die Vorstellungen von der Elementarität sehr unterschiedlich sein.

Für die *chemische Physik* ist es in weiten Bereichen ohne Bedeutung, ob die Atome eine innere Struktur besitzen. Es genügt, sie als die elementaren Teilchen der Materie zu betrachten.

In der *Atomphysik* muß dagegen die innere Struktur der Atome insoweit berücksichtigt werden, als es einen Atomkern und eine Atomhülle gibt. Der Atomkern wird hier als unteilbar angesehen, so daß also für die Atomphysik die Elektronen der Atomhülle und die Atomkerne als die elementaren Objekte zu betrachten sind.

In der *Kernphysik* stellen die Nukleonen, d.h. die Protonen und die Neutronen, die elementaren Teilchen dar, aus denen alle Atomkerne aufgebaut sind.

In der *Elementarteilchenphysik* sind schließlich auch die Nukleonen keine elementaren Objekte mehr, sondern sie bestehen aus den als Quarks bezeichneten subnuklearen Bausteinen, die nunmehr als elementar betrachtet werden.

Es ergibt sich nun die weitere Frage, ob die Quarks wirklich die letzten strukturlosen Objekte darstellen oder ob sie sich eines Tages auch wieder als Kombination anderer Teilchen erweisen werden. So wäre es z.B. denkbar, daß die Quarks und die Elektronen aus gemeinsamen, noch nicht bekannten Teilchen aufgebaut sind. Es konnte bis heute nicht entschieden werden, ob es eine solche gemeinsame Substruktur der Quarks und der Elektronen oder auch der Quarks allein gibt. Man hat zwar experimentell hiernach gesucht, bisher aber keine Erfolge erzielt. Wenn man hier weiter kommen will, so muß man beachten, daß der Weg zu immer kleineren Grundbausteinen der Materie immer größere Zerlegungsenergien erfordert. Dies bedeutet, daß Geschosse erforderlich sind, die erheblich größere Energien haben, als etwa die Alphateilchen, mit denen RUTHERFORD die Atome untersuchte, oder als die hochenergetischen Elektronen, mit deren Hilfe die Struktur der Nukleonen aufgeklärt werden konnte. Deshalb wird in verschiedenen Teilen der Welt an dem Bau von neuen, großen Beschleunigern gearbeitet, mit denen Protonen, Antiprotonen, Elektronen und Positronen auf sehr große Geschwindigkeiten beschleunigt werden können. Diese Einrichtungen, welche die Herstellung von Geschossen mit bisher unerreichter Energie erlauben und mit deren Hilfe manche der heute noch offenen Fragen aus dem Bereich der Elementarteilchenphysik wahrscheinlich beantwortet werden können, sollen uns im nächsten Abschnitt beschäftigen.

Abschließend sind in Abb. 1023.1 noch einmal die vier verschiedenen Stufen von Substrukturen dargestellt, die nach dem heutigen Erkenntnisstand den Aufbau der uns umgebenden gewöhnlichen materiellen Welt bestimmen.

Neben den Bausteinen der gewöhnlichen Materie – den Nukleonen und Elektronen – gibt es noch eine große Anzahl weiterer materieller Teilchen, die meist nur eine sehr kurze Lebensdauer haben und die deshalb in unserer Umwelt nicht vorkommen. Die Tabelle auf S. 1015 zeigt, daß man zwei Hauptgruppen solcher Teilchen,

die *Leptonen* und die *Hadronen*

unterscheiden muß. Es ergibt sich nun die Frage, ob auch diese Teilchen aus Quarks aufgebaut sind. Wir beschränken uns hier auf eine kurze Zusammenfassung der Tatsachen, die für die Erörterung dieser Frage von Bedeutung sind.

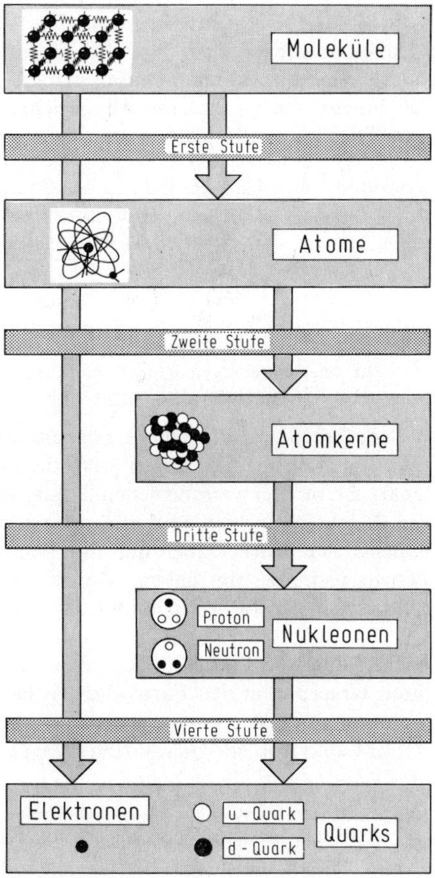

Abb. 1023.1
Die vier Stufen bei dem strukturellen Aufbau der gewöhnlichen Materie

1. Die Leptonen

Aus der Tabelle auf S. 1015 ist ersichtlich, daß es 6 Leptonen gibt, die hier noch einmal zusammengestellt werden sollen:

Elektronneutrino	Myonneutrino	Tauneutrino
Elektron	Myon	Tau

Zu jedem dieser Leptonen existiert stets auch das zugehörige Antiteilchen. Es fällt auf, daß die Leptonen stets paarweise auftreten, wobei jedes Paar aus einem Neutrino und einem geladenen Lepton besteht. Diese Paarung der Leptonen hat eine tiefe Bedeutung, auf die hier aber nicht eingegangen werden kann.

Für die Leptonen gilt:

Nach dem heutigen Stand der Erkenntnis handelt es sich bei den Leptonen um elementare Teilchen, bei denen eine innere Struktur nicht festgestellt werden kann.

2. Die Hadronen

Die experimentellen Untersuchungen haben gezeigt, daß die Hadronen eine innere Struktur aufweisen, daß es sich bei ihnen also nicht um elementare Teilchen handelt. Es sind bis heute mehr als 200 verschiedene Hadronen bekannt. Die Physiker gehen davon aus, daß alle diese Hadronenarten aus Quarks aufgebaut sind. Um die Eigenschaften dieser vielen Hadronen in einem einheitlichen System interpretieren zu können, mußte man zu den schon erwähnten u-Quarks und d-Quarks weitere Quarkarten hinzunehmen. Es kann als gesichert betrachtet werden, daß es 6 verschiedene Arten von Quarks gibt. Die Bezeichnungen für diese Quarks sind:

u-Quarks (von up = aufwärts) d-Quark (von down = abwärts)	s-Quark (von strange = seltsam) c-Quark (von charm = Scharm)
t-Quark (von truth = Wahrheit) b-Quark (von beauty = Schönheit)	

Die oben bereits gemachte Bemerkung, daß die Bezeichnungen willkürlich sind und keine physikalische Bedeutung haben, gilt auch für die hier genannten Namen.

Zu jedem dieser Quarks existiert auch noch das zugehörige Antiteilchen. Die bisher vorliegenden experimentellen Erfahrungen und theoretischen Untersuchungen legen die Annahme nahe, daß jede Quarkart in drei verschiedenen Zuständen vorkommen kann. Man hat diese Zustände als die *Farben der Quarks* bezeichnet und etwa von einer roten, einer grünen und einer blauen Farbe gesprochen. Es handelt sich hierbei aber nur um Namen für abstrakte Zustände, die mit den Farben des täglichen Lebens nichts zu tun haben. Man könnte etwa daran denken, daß die Quarkkräfte – ähnlich wie die elektrischen Kräfte – an Ladungen geknüpft sind, allerdings mit dem Unterschied, daß es sich bei den Quarks nicht um elektrische Ladungen handelt, sondern um andersartige Eigenschaften, die man die Farben oder die Farbladungen genannt hat. Die von den Quarks ausgehenden Kraftlinien würden dann ihren Ursprung in den Farbladungen haben. In Anlehnung an die Elektrodynamik spricht man von der Chromodynamik.

Da also jede der Quarkarten in 3 Zuständen vorkommen kann, existieren somit

$$3 \cdot 6 = 18 \text{ Quarkzustände.}$$

Aus den verschiedenen möglichen Kombinationen der Quarks ergibt sich die Vielfalt der Hadronen.

Wir stellen also fest:

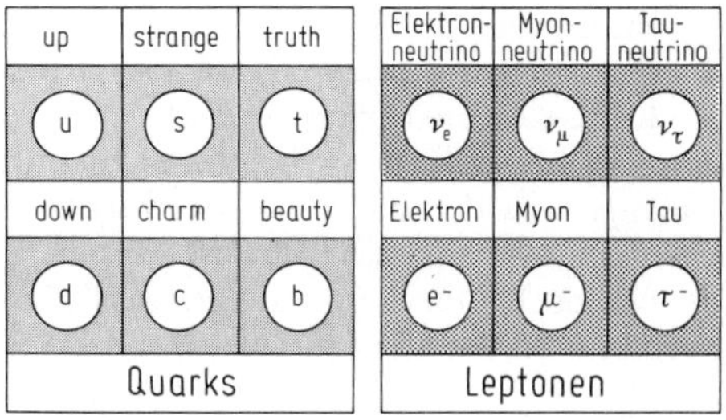

Abb. 1025.1
Die Grundbausteine der Materie

Bei den Hadronen handelt es sich um zusammengesetzte Teilchen, die aus den verschiedenen Arten von Quarks aufgebaut sind. Dabei werden die Quarks durch die außerordentlich starken Gluonenkräfte zusammengehalten. Die resultierende Farbladung der Quarkverbindungen ist für alle beobachteten Hadronen Null, so daß zwischen den Hadronen nicht die außerordentlich großen Gluonenkräfte wirken, sondern nur Restkräfte, wie zwischen zwei ungeladenen Edelgasformen.

Die bisherigen Ausführungen haben gezeigt, daß die Physik bei ihrem Vordringen in den Mikrokosmos über die Moleküle, Atome, Atomkerne, Nukleonen, Leptonen und Quarks zu immer kleineren Einheiten gelangt ist. Nach dem gegenwärtigen Stand der Erkenntnis sind die in Abb. 1025.1 zusammengefaßten Teilchen als die Grundbausteine der Materie zu betrachten.

Die Grundbausteine der Materie sind die Leptonen und die Quarks. Es handelt sich hierbei um Gebilde, bei denen bis heute keine innere Struktur festgestellt werden konnte. Die beiden Teilchenfamilien Leptonen und Quarks unterscheiden sich im wesentlichen nur dadurch, daß die für die Quarks charakteristischen, sehr starken Gluonenkräfte bei den Leptonen nicht auftreten.

Trotz der großen Erfolge, die das Quarkmodell bei einem systematischen Aufbau der zahlreichen Hadronen und damit bei einer einheitlichen und übersichtlichen Beschreibung der materiellen Welt erzielen konnte, bleiben *offene Fragen* und *ungelöste Probleme* bestehen, von denen zum Schluß einige kurz angesprochen werden sollen.

1. Eine Schwierigkeit des Quarkmodells ergibt sich aus der Tatsache, daß die *elektrische Ladung der Quarks* ein Drittel bzw. zwei Drittel der elektrischen Elementarladung beträgt. Dem steht die Tatsache gegenüber, daß alle bis zur Auffindung der Quarks bekannten Teilchen nur ganzzahlige Vielfache der Elementarladung tragen. Die Eigenschaft der Quarks bedeutet, daß die bisher als kleinste elektrische Ladung betrachtete Elementarladung zugunsten einer kleineren fundamentalen Ladungseinheit aufgegeben werden muß. Eine überzeugende Begründung für diese Tatsache, die über den Bereich der Quarks hinaus weitgehende Folgen hat, konnte bisher nicht gegeben werden.

2. Aufgrund der experimentellen Untersuchungsergebnisse muß die *Masse der Quarks* ein Vielfaches der Nukleonenmasse betragen. Auf den ersten Blick scheint sich hier ein Widerspruch zu ergeben. Es ist nämlich zunächst nicht vorstellbar, daß ein Nukleon aus drei Quarks aufgebaut sein soll und jedes Quark die fünffache Nukleonenmasse haben soll. Dieser Widerspruch kann aber leicht ausgeräumt werden. Wir erinnern dazu an die früher behandelte Tatsache, daß bei dem Zusammenbau der Nukleonen zu Atomkernen Massendefekte auftreten, die sich als Bindungsenergien der Atomkerne bemerkbar machen. In ähnlicher Weise muß auch bei dem Zusammenschluß der Quarks zu Nukleonen mit Massendefekten gerechnet werden, die aber erheblich größer als bei den Atomkernen sind. Dies hat zur Folge, daß die Quarks in den Nukleonen äußerst fest gebunden sind. Wenn man umgekehrt die Quarks voneinander trennen will, so muß eine entsprechend große Energie aufgewendet werden. Dies kann ein Grund dafür sein, daß es bis heute nicht gelungen ist, die Quarks experimentell nachzuweisen. Mit den derzeitigen Teilchenbeschleunigern können eben keine Geschosse mit so extrem großen Energien hergestellt werden, daß man die Hadronen mit ihrer Hilfe in die sie bildenden Quarks aufspalten könnte.

3. Es ist ferner von Interesse, daß die *Bindungskräfte der Quarks* innerhalb der Hadronen sich von allen sonst bekannten Bindungskräften unterscheiden. Die zwischen den Quarks wirkenden Kräfte nehmen nämlich nicht mit dem Abstand der Teilchen ab, sondern bleiben mindestens konstant.

Man hat die Quarks in einem anschaulichen Bild mit einer Anzahl von Sklaven verglichen, die durch Ketten von bestimmter Länge zusammengebunden sind. Solange sich die Sklaven nicht weiter als die Kettenlänge voneinander entfernen, wird ihre Bewegung durch die Ketten nicht behindert. Das Vorhandensein der Ketten wird dagegen spürbar, wenn einer der Sklaven versucht, sich weiter als die Kettenlänge von den anderen zu entfernen. Wenn man die Ketten durch abstrakte Bänder, die von den Quarks ausgehen, ersetzt, so erhält man ein Bild, das den Zustand der Quarks innerhalb der Hadronen beschreibt. Da diese Bindungskräfte durch die Farbladungen der Quarks bestimmt werden, spricht man auch von chromodynamischen Kräften.

4. Die *Erzeugung einzelner Quarks* ist bis heute nicht gelungen. Es mag sein, daß dies grundsätzlich unmöglich ist, es kann aber auch sein, daß genügend große Energien mit den bisher gebauten Beschleunigungseinrichtungen nicht erreichbar sind. In den letzten Jahren konnten bei dem Bau solcher Geräte jedoch bemerkenswerte Erfolge erzielt werden, so daß manche der noch offenen Fragen in nicht zu ferner Zukunft geklärt werden dürften.

5. Ein weiteres ungelöstes Problem ist in der Tatsache zu sehen, daß wir als Grundbausteine der Materie 6 Leptonen und 6 Quarks erkannt haben, zwischen denen mancherlei symmetrische Beziehungen und Parallelen bestehen. Es liegt deshalb nahe zu fragen, ob die Leptonen und die Quarks eventuell aus den gleichen Urbausteinen bestehen, die ein *gemeinsames Verständnis dieser Teilchen* ermöglichen. Diese und viele andere hiermit zusammenhängenden Fragen können nur auf experimentellem Wege beantwortet werden. Ein experimentelles Eindringen in die Welt der Leptonen und Quarks erfordert aber wesentlich energiereichere Geschosse als sie zur Zeit verfügbar sind. Die Physiker sehen deshalb mit großen Erwartungen den neuen Beschleunigungsgeräten entgegen.

8.5.9 Die Hochenergiephysik und die Teilchenbeschleuniger

Die bisherigen Ausführungen haben gezeigt, daß die Erforschung der Mikrowelt um so größere Energien erfordert, je kleiner die zu untersuchenden Objekte sind. Wenn man in die subnuklearen Bereiche eindringen will, so sind hierzu äußerst energiereiche Geschosse erforderlich, die nur in großen Beschleunigungsanlagen erzeugt werden können. Es gibt deshalb eine Parallelität zwischen der Entwicklung immer größerer Teilchenbeschleuniger und den Erfolgen bei der Erforschung der Grundstruktur der Materie. Man kann die Teilchenbeschleuniger mit Mikroskopen vergleichen, die ein immer tieferes Eindringen in die Grundstruktur der Materie ermöglichen.

Wir halten also fest:

Die Grundstruktur der Materie kann nur mit Hilfe äußerst energiereicher Geschosse, zu deren Erzeugung große Beschleunigungsanlagen erforderlich sind, erforscht werden.

Aus diesem Grunde werden heute in allen Teilen der Welt leistungsfähige Teilchenbeschleuniger gebaut. Wir beschränken uns hier auf die Beschreibung der beiden in Westeuropa existierenden Großeinrichtungen dieser Art, mit deren Hilfe auf dem Gebiet der Subnuklearphysik bereits bedeutende Erfolge erzielt werden konnten:

1. Das ***D****eutsche* ***E****lektronen****s****ynchrotron* *DESY*

Es handelt sich hierbei um eine im Nordwesten von Hamburg gelegene Großforschungsanlage, mit der die Bundesrepublik Deutschland einen wichtigen Beitrag zur internationalen Grundlagenforschung leistet. Die auf dem Gelände von DESY befindlichen Forschungseinrichtungen für die Subnuklearphysik sind in Abb. 1027.1 dargestellt. Es handelt sich dabei um

1.1. das Elektronensynchrotron DESY,

1.2. den kleineren ***D****oppel****r****ing-****S****peicher* DORIS und

1.3. die ***P****ositron-****E****lektron-****T****andem-****R****ing****a****nlage* PETRA.

Der Bau und die Wirkungsweise eines Synchrotrons wurde früher (S. 600) bereits beschrieben. Die wesentlichen Vorgänge, welche sich bei der in Abb. 1027.1 wiedergegebenen Einrichtung abspielen, las-

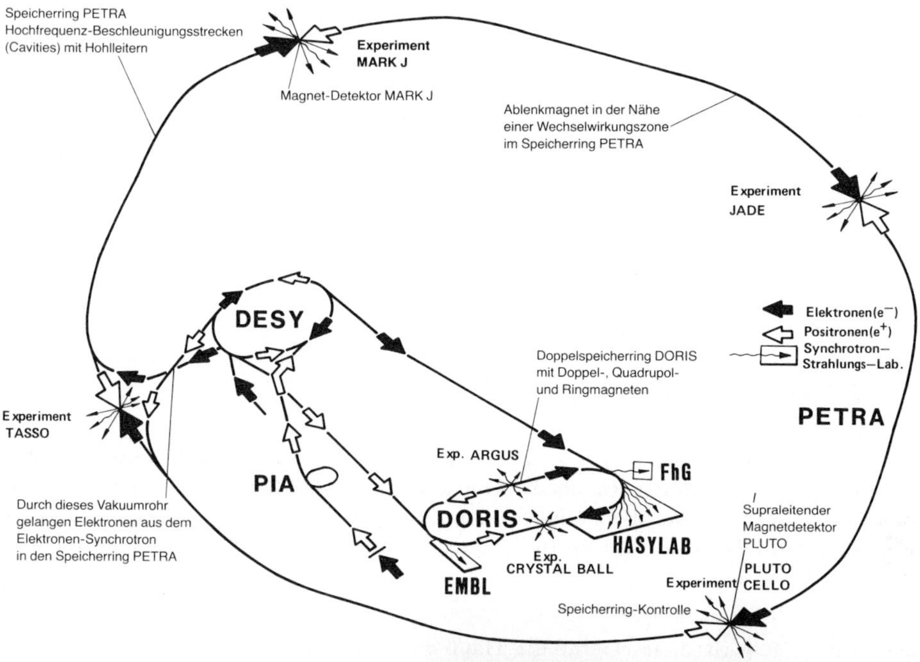

▲ Abb. 1027.1
Die Forschungseinrichtungen bei dem Deutschen Elektronensynchrotron DESY

Abb. 1027.2
Ein Blick in das Innere des Speicherringes PETRA zeigt die umfangreiche, zum Betrieb erforderliche Elektronik (Foto DESY)

sen sich folgendermaßen zusammenfassen: Alle Teilchen starten in Linearbeschleunigern, die in der Skizze nicht dargestellt sind. Hier werden die Elektronen mit Hilfe von Glühkatoden erzeugt und erstmals vorbeschleunigt. Die Positronen werden in einem anderen Linearbeschleuniger durch den Aufprall eines Elektronenstrahles auf einen Wolframdraht erzeugt und ebenso wie die Elektronen weiter beschleunigt. Die Positronen werden dann in einen kleinen Zwischenspeicher PIA (**P**ositronen-**I**ntensitäts-**A**kkumulator) gelenkt. Als nächstes werden die Elektronen und die Positronen in das Synchrotron DESY eingeschossen, wo die Beschleunigung auf rund 6 GeV erfolgt. Von DESY aus können die Teilchen schließlich über magnetische Weichen wahlweise in den Speicherring DORIS oder in den Speicherring PETRA (Abb. 1027.2) gefüllt und einige Stunden gespeichert werden. Hier werden die Teilchen auch auf die gewünschte Endenergie beschleunigt. Die Skizze zeigt, daß die Elektronen und die Positronen in entgegengesetzten Richtungen umlaufen und sich bei DORIS an zwei Stellen und bei PETRA an vier Stellen treffen. In diesen Kollisionspunkten können sich die Elektronen und die Positronen gegenseitig vernichten. Die bei diesen Vernichtungsprozessen sich abspielenden Vorgänge vermitteln wichtige Erkenntnisse über die Eigenschaften der subnuklearen Teilchen und der in ihrem Bereich wirkenden Kräfte. Unter anderem konnte bei DESY auch die Existenz neuer Quarks erkannt werden.

2. Die Europäische Organisation für Kernforschung CERN (**C**onseil **e**uropéen pour la **r**echerche **n**ucléaire)

Hierbei handelt es sich um einen Zusammenschluß von 12 europäischen Staaten, welche den Physikern Forschungseinrichtungen zur Verfügung stellen soll, die so teuer sind, daß die finanzielle Leistungsfähigkeit der einzelnen Länder überschritten würde. Auf diese Weise konnte das bedeutendste europäische Zentrum für die subnukleare Forschung geschaffen werden. Der Sitz der Organisation ist Genf; die Laboratorien liegen auf einem Gelände, das französisches und schweizerisches Hoheitsgebiet umfaßt (Abb. 1028.1).

Bei CERN stehen der Forschung die in Abb. 1028.2 skizzierten Einrichtungen zur Verfügung. Dabei ist jeweils auch das für einen Beschleuniger wichtigste Kriterium, nämlich die Energie, auf die er die Teilchen beschleunigen kann, angegeben.

2.1. Das Synchrotron (SC) mit 600 MeV

In diesem Gerät wird die Energie der Teilchen bei jedem Umlauf um rund 20 keV gesteigert. Mit wachsender Energie vergrößert sich auch der Radius der Umlaufbahn, so daß die Teilchen sich auf einer Spirale nach außen bewegen. Wenn sie an der Peripherie angekommen sind, werden sie entweder bündelweise entnommen, oder man läßt sie auf ein im Innern angebrachtes Beschußobjekt (Tarjet) aufprallen.

2.2. Das Protonensynchrotron (PS) mit 28 GeV

Für die Physiker bei CERN ist dieses Gerät die Hauptquelle für die benötigten energiereichen Protonen. Drei Aufgaben stehen dabei im Vordergrund:

2.2.1. Von hier aus werden beschleunigte Protonen in das Super-Protonensynchrotron geschickt.

2.2.2. Ferner werden von hier die energiereichen Protonen für die Speicherringe geliefert.

2.2.3. Schließlich können Teilchenstrahlen direkt für Experimente im 20-GeV-Bereich zur Verfügung gestellt werden.

◀ Abb. 1028.1 Luftaufnahme von CERN mit Blick auf Genf und den Genfer See. Der unterirdische Ring des Super-Protonensynchrotrons ist weiß eingezeichnet (Foto Swissair)

▼ Abb. 1028.2 Die wichtigsten Hochenergiemaschinen und die sie verbindenden Strahlenkanäle bei CERN

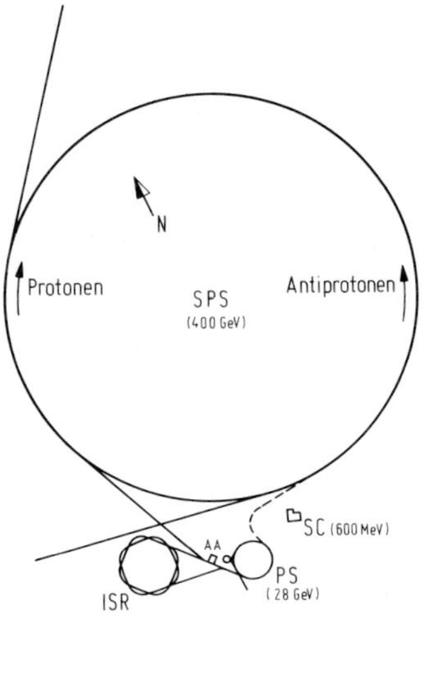

Abb. 1029.1
Ein Teil des unterirdischen Super-Protonensynchrotron-Ringes mit den Steuereinrichtungen (Foto CERN)

2.3. Das Super-Protonensynchrotron (SPS) mit 400 GeV

Bei ihrer Inbetriebnahme im Jahre 1976 war diese Maschine das größte Synchrotron der Welt. Die Vakuumröhren und die Steuereinrichtungen sind in einem ringförmigen Tunnel von 2,2 km Durchmesser und einer Länge von etwa 7 km eingebaut, der im Durchschnitt 40 m unter der Erde liegt. Ein Stück dieses Ringes ist in Abb. 1029.1 wiedergegeben.

2.4. Die Speicherringe (ISR)

Die Speicherringe bestehen aus zwei ineinander verschlungenen Ringen von jeweils 300 m Durchmesser, die sich an acht Stellen überschneiden. Die von dem Protonensynchrotron gelieferten Protonen werden gegenläufig in die beiden Ringe eingeschleust und können an den Kreuzungsstellen fast frontal aufeinanderprallen. Dies hat den Vorteil, daß nahezu die gesamte Energie der Protonen für die Kernprozesse und damit für die Erzeugung neuer Elementarteilchen zur Verfügung steht, während bei dem Auftreffen der Protonen auf feste Ziele ein großer Teil ihrer Energie auf den Rückstoß entfällt. An den Kreuzungsstellen werden die Geräte eingebaut, mit denen die Protonenkollisionen beobachtet werden können. Das Protonensynchrotron liefert die Protonen bündelweise in die Speicherringe. In jedem dieser Ringe werden die Protonen so lange gesammelt, bis jeder der beiden umlaufenden Strahlen mehrere Billionen Protonen enthält. Die Strahlen können wegen des hohen Vakuums und wegen der exakten Steuerung auf ihrer Bahn mehrere Tage in der Maschine umlaufen, ohne daß nennenswerte Verluste entstehen.

Die mit Hilfe der Beschleuniger durchgeführten Kernreaktionen sind nicht unmittelbar sichtbar. Die dabei entstehenden Teilchen sind so klein und ihre Lebensdauer ist oft so kurz, daß komplizierte Geräte erforderlich sind, um den Ablauf der Reaktionen verfolgen zu können. Es werden nicht die Teilchen selbst, sondern bestimmte, von ihnen hervorgebrachte Wirkungen beobachtet. Dabei macht man von der Ionisation Gebrauch, die ein geladenes Teilchen bei dem Durchgang durch ein festes, flüssiges oder gasförmiges Medium bewirkt. Neutrale Teilchen verursachen keine Ionisation und können deshalb direkt mit diesen Geräten nicht beobachtet werden.

Man unterscheidet zwei Kategorien von Nachweisgeräten oder Detektoren:

1. Die Blasenkammerdetektoren

Die Wirkungsweise dieser Geräte wurde früher (S. 858) bereits beschrieben. Es wird die durch die Ionisation erzeugte geringe Erwärmung ausgenutzt, um in einer Flüssigkeit entlang der Teilchenbahnen Ketten kleiner Bläschen zu bilden. Diese Spuren kann man fotografieren und auf diese Weise etwas über die Wechselwirkungen von Elementarteilchen erfahren. Dabei werden mehrere Kameras eingesetzt, um für die weitere Untersuchung ein dreidimensionales Bild rekonstruieren zu können. Die Blasenkammern haben den Vorteil, daß mit ihrer Hilfe alle geladenen Wechselwirkungsprodukte registriert werden können, soweit die Kammergröße dies zuläßt. Unter der Einwirkung von magnetischen Feldern erfahren die

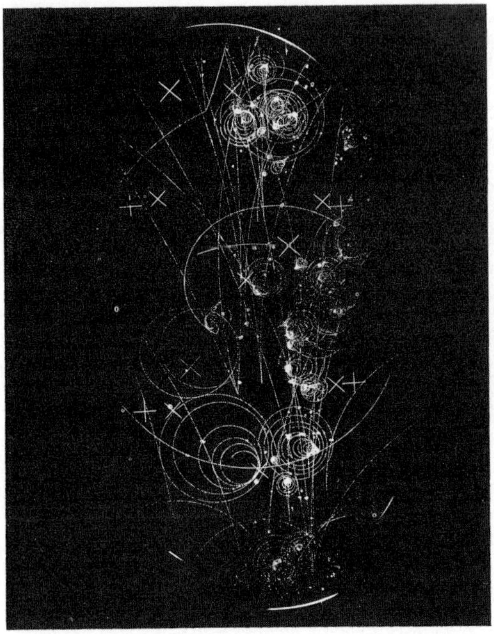

Abb. 1030.2 Die große Europäische Blasenkammer BEBC bei CERN

Abb. 1030.1
Blasenkammeraufnahme mit einer großen Anzahl von Teilchenspuren (Foto DESY)

Bahnen der geladenen Teilchen Krümmungen, die von der Ladung, der Masse und der Geschwindigkeit der Teilchen abhängen (Abb. 1030.1). Auf der anderen Seite haben die Blasenkammern den Nachteil, daß man normalerweise ihre Empfindlichkeit nicht auf bestimmte, gerade interessierende Ereignisse beschränken kann.

In Abb. 1030.2 ist die Große Europäische Blasenkammer BEBC (**B**ig **E**uropean **B**ubble **C**hamber) wiedergegeben. Sie befindet sich bei CERN und besteht aus einem 3,7 m großen zylindrischen Kammerkörper, der mit flüssigem Wasserstoff gefüllt ist. Im Unterteil kann ein großer Kolben bewegt werden. Die Kammer ist fast vollständig von zusätzlichen elektronischen Geräten umgeben. Das Kammerinnere wird von vier Kameras beobachtet, die ringförmig von Blitzlampen umgeben sind.

Die Blasenkammerfilme zeigen meist ein verwickeltes Bild (Abb. 1030.1). Es müssen längs einer Spur oft Hunderttausende von Meßwerten analysiert werden, um ein einziges Ereignis zu interpretieren. Dies erfordert eine umfangreiche Datenverarbeitung. Deshalb hat die kernphysikalische Forschung bei der Entwicklung der Computer und der Datenverarbeitung von jeher eine führende Rolle gespielt.

An den großen Zentren der Elementarteilchenforschung werden die Blasenkammern zunehmend durch elektronische Detektoren ersetzt. Während bei CERN die schon erwähnte Blasenkammer BEBC und eine weitere Kammer dieser Art noch in Betrieb sind, wird bei DESY keine Blasenkammer mehr verwendet.

2. Die elektronischen Detektoren

Bei diesen Nachweisgeräten werden um das Tarjet herum zahlreiche Zähler aufgebaut, welche sowohl die Primärstrahlung als auch die Sekundärstrahlung registrieren. Dabei können unterschiedliche Zählerarten verwendet werden. Als Beispiele seien nur der früher besprochene Funkenzähler (S. 853) und der ebenfalls erwähnte Szintillationszähler (S. 855) genannt; beide mußten natürlich gegenüber der früher vereinfacht dargestellten Bauweise weiterentwickelt werden. Praktisch kann dies etwa so aussehen, daß durch mehrere Ebenen von Signaldrähten eine räumliche Zuordnung der von den Teilchen erzeugten elektrischen Impulse bzw. der Lichtblitze zu der Ionisationsspur erfolgt. Die Impulse werden auf einem Magnetband gespeichert, wobei etwa 40000 Impulse je Ereignis festgehalten werden müssen. Hinterher können die gespeicherten Impulse mit Hilfe eines Computers wieder zusammengesetzt werden, wobei dann auf dem Bildschirm das grafische Bild der Teilchenspur erscheint (Abb. 1031.1).

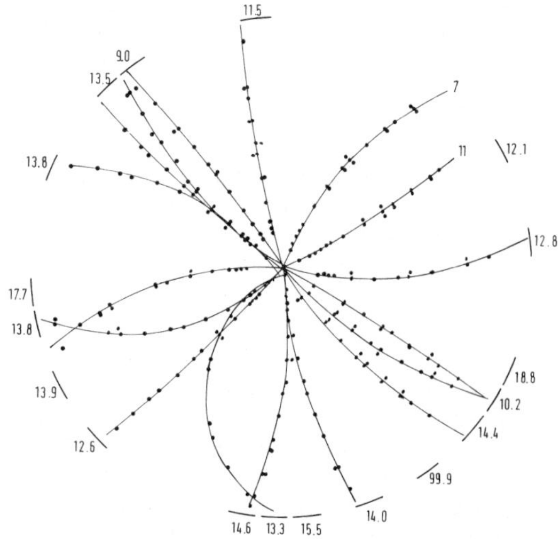

Abb. 1031.1
Computer-Rekonstruktion
von Elementarteilchenspuren (DESY)

Zum Abschluß dieser Betrachtungen über die Elementarteilchenphysik sollen noch einige grundsätzliche Bemerkungen über diesen Bereich der Forschung gemacht werden:

Die geschilderten Hochenergieforschungszentren sind außerordentlich kostspielige Einrichtungen. Man kann natürlich fragen, ob diese ungeheuren Kosten überhaupt gerechtfertigt sind. Es ist sicher richtig, daß die Grundlagenforschung, die in diesen Einrichtungen betrieben wird, keinen unmittelbaren Nutzen abwirft. Auf der anderen Seite hat die Geschichte der Physik aber gezeigt, daß jede Grundlagenforschung sich letzten Endes doch immer wieder ausgezahlt hat, indem sie in zahlreichen Fällen zu bedeutenden Fortschritten in der Technik geführt hat. So sind aus der Grundlagenforschung der klassischen Physik die optischen Instrumente, die Dampfmaschinen, die Elektromotoren, der Rundfunk, das Fernsehen und viele andere aus dem heutigen Leben nicht mehr wegzudenkende Einrichtungen entstanden. Auch die Elementarteilchenphysik ist zu einem Motor für zahlreiche technische Entwicklungen geworden und hat z.B. auf dem Gebiet der Hochvakuumtechnik, der Kältetechnik, der elektrischen Datenverarbeitung und in anderen Bereichen hervorragende Beiträge zu neuen wichtigen Technologien geliefert. Eine andere Feststellung verdient in diesem Zusammenhang besonders beachtet zu werden. Als ein auf dem Gebiet der Elementarteilchenphysik maßgebender amerikanischer Forscher von einer Senatskommission gefragt wurde, ob die Verteidigungsmöglichkeiten des Landes durch seine Grundlagenforschung verbessert würden, soll er geantwortet haben: „Das gerade nicht, aber diese Arbeiten zählen vielleicht zu den Dingen, die unser Land verteidigungswert machen.“

8.6 Naturphilosophische Aspekte der modernen Physik

8.6.1 Grundsätzliche Betrachtungen

Aus den früheren Darlegungen ist ersichtlich, daß man im Rahmen der klassischen Physik lange Zeit versucht hat, die ganze Natur mechanisch zu verstehen und zu erklären. Die Gesetze der Mechanik waren so überzeugende Beispiele exakter Naturgesetzlichkeit und die dabei verwendeten Begriffe Raum, Zeit, Geschwindigkeit, Beschleunigung, Kraft usw. schienen einen so hohen Grad von Anschaulichkeit zu besitzen, daß man der Mechanik eine Vorzugsstellung einräumte und einen Naturvorgang für erklärt hielt, wenn er auf mechanische Erscheinungen zurückgeführt worden war oder – anders ausgedrückt – wenn er durch *mechanische Modelle* beschrieben werden konnte.

Diese mechanische Betrachtungsweise hat in der Physik große Erfolge erzielt. Wir haben früher gesehen, wie durch die NEWTON-Mechanik eine Fülle verschiedenartiger Naturerscheinungen beschrieben und in ein umfassendes System eingeordnet werden konnte. Es wurde insbesondere dargelegt, wie sich auch die Akustik und die Wärmelehre, die zunächst selbständige Bereiche der Physik zu sein schienen, als Teilgebiete der Mechanik erwiesen haben. Auf der anderen Seite haben wir aber auch erkannt, daß die Beschreibung der Naturvorgänge durch mechanische Modelle ihre Grenzen hat. Diese Grenzen wurden zuerst deutlich sichtbar, als die Bemühungen, auch die optischen Erscheinungen auf mechanische Vorgänge und Gesetze zurückzuführen, endgültig scheiterten. Es wurde früher dargelegt, daß J.C. MAXWELL eine nach ihm benannte, umfassende Theorie der elektromagnetischen Vorgänge, in die auch die optischen Erscheinungen eingeordnet werden konnten, entwickelte. Dabei war es MAXWELL gelungen, die elektromagnetischen Vorgänge mit Hilfe der von ihm aufgestellten MAXWELL-Gleichungen in der gleichen mathematischen Exaktheit und der gleichen Vollständigkeit wiederzugeben, wie dies NEWTON durch seine Gravitationstheorie für die Planetenbewegung getan hatte. So wie NEWTON aufgrund seines Gravitationsgesetzes die Bewegungen der Planeten, Monde und Kometen vollständig übersehen und vorausberechnen konnte, so war es mit Hilfe der MAXWELL-Gleichungen möglich, alle Probleme im Bereich der elektromagnetischen Erscheinungen mathematisch zu behandeln und alle sich hier ergebenden Fragen zu beantworten. Dabei erwies es sich in beiden Fällen als überflüssig, besondere Hypothesen und Begründungen für das Zustandekommen der Kräfte und für ihren Wirkungsmechanismus zu ersinnen. Zwar hat auch MAXWELL noch mancherlei Versuche zur Entwicklung eines mechanischen Äthermodells unternommen, es war aber das Ergebnis dieser Bemühungen, daß er die Suche nach einem solchen mechanischen Äthermodell schließlich als unfruchtbar und überflüssig erkannte. Wir haben früher gesehen, daß die von MAXWELL entwickelte Theorie des Elektromagnetismus als wesentlichen Bestandteil die Vorstellung von elektrischen und magnetischen Feldern enthält und daß diese Felder im Sinne der früher gebräuchlichen mechanischen Modellvorstellungen nicht mehr anschaulich vorstellbar sind. Die MAXWELL-Theorie brachte deshalb in bezug auf die grundsätzliche Einstellung der Physiker insofern einen bedeutungsvollen Wandel, als hier zum ersten Male überzeugend erkennbar wurde, daß nicht alle physikalischen Erscheinungen mechanisch interpretiert werden können und daß deshalb auch der Forderung nach Anschaulichkeit im Sinne mechanischer Modellvorstellungen nicht immer Rechnung getragen werden kann. Wir stellen zusammenfassend fest:

Mit Hilfe der Maxwell-Theorie kann der Ablauf aller elektromagnetischen Vorgänge ebenso exakt und vollständig beschrieben und vorausgesagt werden, wie dies durch die Newton-Mechanik bei allen mechanischen Vorgängen in materiellen Systemen möglich ist.

Eine Beschreibung der elektromagnetischen Vorgänge durch mechanische Modelle ist grundsätzlich unmöglich.

Die Physik gliederte sich daher zu Beginn unseres Jahrhunderts in die beiden großen Gebiete

Mechanik und *Elektromagnetismus*.

Das diese Bereiche umfassende Gedankengebäude hat man als die *klassische Physik* bezeichnet. Diese klassische Physik zeigte ein überzeugendes Bild innerer Geschlossenheit. Alle bekannten physikalischen Erscheinungen und Vorgänge ließen sich aus allgemeinen Prinzipien heraus berechnen und vollständig übersehen. Groß war die Zahl der Erkenntnisse, die sich im Rahmen der klassischen Physik ergeben haben und durch die Berechenbarkeit des Naturgeschehens und die Zuverlässigkeit der dabei angewendeten physikalischen Methoden immer wieder unter Beweis gestellt wurden. Zwar gab es auch im Bereich der klassischen Physik noch ungeklärte Fragen, aber man war der Überzeugung, daß ihre Beantwortung ohne grundlegende neue Vorstellungen im Rahmen des vorliegenden Systems der klassischen Physik möglich wäre. Die Physik schien ein abgeschlossenes Gebäude zu sein, das einer Erweiterung weder fähig noch bedürftig war.

Dieses Bild von der Physik wurde in den ersten Jahren des 20. Jahrhunderts grundlegend erschüttert. Der Zustand der geruhsamen inneren Abgeschlossenheit wurde durch eine stürmische Neuentwicklung abgelöst, von der wir in den vorhergehenden Abschnitten nur eine begrenzte Vorstellung vermitteln konnten. Diese neue Epoche wird als die *moderne Physik* bezeichnet. Sie ist unter anderem dadurch gekennzeichnet, daß die Grenzen mechanischer Modellvorstellungen noch deutlicher in Erscheinung treten und daß die Loslösung von der Anschaulichkeit im Sinne der klassischen Physik noch radikaler vollzogen werden mußte, als dies bereits durch die MAXWELL-Theorie geschehen war. Zwei große Theorien stehen am Anfang dieser Entwicklung:

die *Relativitätstheorie* und die *Quantentheorie*.

Bei der Behandlung der *Relativitätstheorie* haben wir erkannt, daß die Begriffe *Raum* und *Zeit* einer kritischen Überprüfung bedürfen und daß so selbstverständlich anmutende Vorstellungen wie etwa die *Gleichzeitigkeit räumlich getrennter Ereignisse* bei einer genauen physikalischen Prüfung eine Fülle schwieriger Probleme erkennen lassen. Wir haben gesehen, daß eine konsequente Verfolgung der von EINSTEIN entwickelten Vorstellungen zu Ergebnissen führt, die erheblich von unserem gewohnten Denken abweichen. Wir müssen uns aber an eine solche Umgestaltung unseres naturwissenschaftlichen Denk- und Vorstellungsvermögens gewöhnen, weil die Relativitätstheorie sich auf unumstößliche Tatsachen experimenteller Erfahrung gründet. Die Natur richtet sich eben nicht nach unseren Denkgewohnheiten, sondern wir müssen unsere Vorstellungen der Natur anpassen. Es ist oft nicht leicht, sich von der gewohnten menschlichen Anschauung zu lösen, und wir können deshalb diesen Schritt hier nur zu einem kleinen Teil vollziehen. Eine gründliche Kritik der vorliegenden Erfahrungen zeigt immer wieder, daß die menschliche Anschauung sehr begrenzt ist und leicht in die Irre führt. Auf der anderen Seite wissen wir aber auch, daß der menschliche Geist die Fähigkeit besitzt, die engen Grenzen der Anschauung zu überschreiten und auch dort noch Erkenntnisse zu erzielen, wo die Anschauung versagt; der menschliche Geist bedient sich dabei mit besonders gutem Erfolg der Mathematik. Deshalb ist die Mathematik heute die eigentliche Sprache des Physikers. Sie liefert das beste Werkzeug, um die Probleme der Physik zu erfassen und zu bearbeiten. Der Schritt von der konkreten Anschauung der klassischen Physik mit ihren mechanischen Modellen zu den höchst abstrakten mathematischen Formeln der modernen Physik, denen jede Anschauung fehlt, muß vollzogen werden, wenn wir die Zusammenhänge und Gesetze der Naturerscheinungen ergründen wollen.

Neben der Entwicklung der Relativitätstheorie vollzog sich eine zweite, vielleicht noch tiefer greifende Umgestaltung der physikalischen Auffassungen, die von der *Quantentheorie* ausgegangen ist. Wir haben das PLANCK-Wirkungsquantum zunächst im Zusammenhang mit den Strahlungsgesetzen eingeführt. Es zeigte sich dann aber im Laufe der weiteren physikalischen Entwicklung, daß das Wirkungsquantum fast überall in der Natur eine Rolle spielt. Wenn es im Rahmen der klassischen Physik nicht aufgefunden wurde und auch bei den Vorgängen des täglichen Lebens nicht beachtet zu werden braucht, so liegt dies daran, daß seine Einflüsse hier wegen der verhältnismäßig großen Abmessungen der auftretenden Körper unmeßbar klein sind. Je kleiner aber die Abmessungen der zu untersuchenden Objekte werden, um so mehr macht sich das Wirkungsquantum bemerkbar. Im Bereich der Moleküle, Atome und Elementarteilchen ist es von entscheidender Bedeutung und bewirkt, daß hier die Gesetze der klassischen Mechanik überhaupt nicht mehr anwendbar sind. Man hat deshalb die Physik in zwei Bereiche eingeteilt, die man als

Makrophysik und *Mikrophysik*

bezeichnet.

Man kann diese Gebiete so gegeneinander abgrenzen, daß wir es in der Makrophysik mit Systemen von einer Größenordnung zu tun haben, für die das Wirkungsquantum vernachlässigt werden kann; praktisch sind dies alle mit unseren menschlichen Sinnen unmittelbar wahrnehmbaren Systeme. Die Mikrophysik umfaßt dagegen Systeme von atomarer Ausdehnung, für die das Wirkungsquantum eine entscheidende Rolle spielt.

Eine solche Unterscheidung wurde lange Zeit für überflüssig gehalten, weil man die Mikrophysik nur für ein verkleinertes Abbild der makrophysikalischen Welt hielt und der Meinung war, daß beide Bereiche

Elementarzeit t_e. Es ist

$$t_e = \frac{l_e}{c} \approx \frac{10^{-15}\,\mathrm{m}}{3 \cdot 10^8\,\mathrm{m\,s^{-1}}} \approx 10^{-23}\,\mathrm{s}.$$

Als zweiten Grundpfeiler der Makrophysik haben wir die *Kausalität* genannt. Die Frage, wie es mit dem kausalen Ablauf mikrophysikalischer Vorgänge steht, ist von besonderem Interesse, weil dieses Thema auch über den Bereich der Physik hinaus viel diskutiert worden ist und Anlaß zu manchen Mißverständnissen zwischen Physikern und Philosophen gegeben hat. Wir werden uns deshalb mit den hier vorliegenden Problemen anschließend in einem besonderen Abschnitt genauer beschäftigen.

Der dritte Grundpfeiler der Makrophysik war die *Objektivierbarkeit*. Wir haben im Laufe der früheren Darlegungen erkannt, daß es das Bestreben der Physiker ist, ihre Untersuchungsergebnisse möglichst unabhängig vom experimentierenden Beobachter und seinen Hilfsmitteln zu gestalten. Wenn es sich etwa um die Beschreibung der Planetenbewegung handelt, so werden nicht die an bestimmten Orten und mit bestimmten Instrumenten durchgeführten Einzelbeobachtungen angegeben, sondern die Planetenbewegung wird als ein *objektiver*, d.h. unabhängig vom einzelnen Beobachter ablaufender, räumlich-zeitlicher Vorgang dargestellt. Auch alle übrigen Beobachtungsergebnisse der Makrophysik werden in der gleichen Weise als die Auswirkungen objektiver Zustände oder Vorgänge gedeutet. Darüber hinaus wird im Rahmen der Makrophysik weiter vorausgesetzt, daß es durch eine Steigerung der Meßgenauigkeit möglich ist, zu einer immer genaueren Erkenntnis dieser objektiven Zustände und Vorgänge zu kommen. Zwar enthält jedes Experiment und jede Beobachtung unvermeidbare Fehlerquellen, aber der Physiker kann diese durch steigende Präzision verringern oder sie nachträglich berechnen und dann weitgehend herauskorrigieren. So erfordert z.B. die Messung der Temperatur bei einem makroskopischen Körper, daß dieser mit einem Thermometer in Berührung gebracht wird, das die Temperatur des zu untersuchenden Körpers annimmt und damit dessen ursprünglichen Zustand notwendig durch den Entzug von Wärme verändert. Eine ähnliche Rückwirkung des Meßinstrumentes auf das zu untersuchende Objekt tritt bei allen anderen physikalischen Messungen auf. Es ist nun der Inhalt des Prinzips von der Objektivierbarkeit, daß die Rückwirkung des Meßinstrumentes auf das Objekt grundsätzlich beliebig klein gemacht werden kann. Dadurch wird es dem Physiker möglich, sich den objektiven Vorgängen beliebig zu nähern.

In der Mikrophysik liegen die Verhältnisse wesentlich anders. Hier kann von objektiven Zuständen und Vorgängen, deren Existenz und Ablauf von der Beobachtung des Physikers unabhängig ist, nicht mehr die Rede sein. Der Physiker steht vielmehr einer Welt gegenüber, die er nicht mehr beobachten kann, ohne sie erheblich und entscheidend zu stören. Es zeigt sich hier eine aus der Makrophysik nicht bekannte Beziehung zwischen dem Physiker und der zu untersuchenden Wirklichkeit, die es nicht mehr gestattet, den mikrophysikalischen Gegenständen eine objektive Existenz im Sinne der Makrophysik zuzuschreiben. In der Mikrophysik ist es nicht mehr möglich, die mit jeder Messung verbundene Beeinflussung des zu untersuchenden Objektes so klein zu halten, daß sie vernachlässigt werden kann. Dies liegt letzten Endes daran, daß alle Meßinstrumente selbst aus Atomen bestehen und daß es deshalb keine Möglichkeit gibt, mit Instrumenten zu arbeiten, die feiner als die untersuchten Objekte sind. Wir stehen hier also vor einer Sachlage, über die P. Jordan in seinem Buche *Die Physik des 20. Jahrhunderts* schreibt:

> „*Also werden wir es in Kauf nehmen müssen, daß die Messungen an atomaren Objekten grundsätzlich immer ‚gefälscht' sind in dem Sinne, daß mit der Durchführung des Beobachtungsprozesses ein veränderter Eingriff in das Objekt naturgesetzlich verknüpft ist. Es ist so ähnlich, als wenn wir versuchen, uns selbst, unseren eigenen Gedankenablauf, psychologisch zu beobachten und zu kontrollieren: das geht ja durchaus bis zu einem gewissen Grade; aber es ist doch so, daß die Tätigkeit dieser Beobachtung selber das beobachtete ‚Objekt', unseren eigenen Gedankenablauf, wiederum beeinflußt und damit der Beobachtungsmöglichkeit Schranken setzt. (Man kann z. B. nicht in psychologischer Selbstbeobachtung beobachten, wie man einschläft, weil gerade die beobachtende Aufmerksamkeit das Einschlafen verhindert. Auch wird z.B. die Entstehung von Willensentscheidungen durch kontrollierende innere Selbstbeobachtung gestört und abgeändert.) Ähnliches also finden wir in der Atomphysik: eine Beeinflussung des beobachteten Objektes durch den Prozeß der Beobachtung selber. Man kann mit* Niels Bohr *sagen, daß hier die Trennung zwischen beobachtetem Objekt und beobachtendem Subjekt zu verschwimmen beginnt.*"

Wir können also feststellen, daß sich jede Erforschung und Beschreibung der Mikrowelt auf Experimente stützen muß, die von unkontrollierbaren Störungen der Objekte begleitet werden. Die Folge davon ist, daß eine vom Beobachter unabhängige, objektive Beschreibung hier nicht gegeben werden kann. Wir stellen zusammenfassend fest:

Die für die Makrophysik charakteristische Objektivierbarkeit der Zustände und Vorgänge muß für die Mikrophysik aufgegeben werden.

Dieser Sachverhalt kann noch weiter präzisiert werden. Die heutige Quantenphysik steht nämlich auf dem Standpunkt, daß man den „Objekten der Mikrophysik" überhaupt keine objektive physikalische Existenz und damit auch keine objektiven, an sich feststehenden Eigenschaften, die durch den Beobachtungsakt nur gestört werden, zuschreiben kann. Der Physiker C. FR. v. WEIZSÄCKER schreibt hierzu:

„Man hat gelegentlich die Unbestimmtheit von Zustandsgrößen in Zusammenhang gebracht mit der Störung des Objektes durch den Beobachtungsakt. Diese Ausdrucksweise ist mißverständlich. Denn sie erweckt den Eindruck, als habe das Objekt, ehe es beobachtet wird, gewisse Eigenschaften, die nur durch den Beobachtungsakt zerstört würden. So interpretiert würde sie aber eben einen Rückfall in die vorquantenmechanische Denkweise bedeuten."

Abschließend sollen noch einige Sätze aus dem Buche von P. JORDAN, *Die Physik und das Geheimnis des organischen Lebens*, in denen das merkwürdige Verhalten der mikrophysikalischen Objekte besonders anschaulich beschrieben wird, zitiert werden. Über ein solches Gebilde der Mikrophysik heißt es dort:

„Seine Feinheit macht unvermeidlich, daß es ganz einschneidend betroffen wird von der Rückwirkung des Instrumentes auf das Objekt. Daher haben die mikrophysikalischen Objekte einen Charakter, den man etwa durch das Wort ‚potentielle Existenz' andeuten könnte: Es ist unmöglich, sich vorzustellen, daß ein Atom in allen seinen möglichen Eigenschaften stets einen ganz bestimmten Zustand darstelle. Sondern erst in der Auseinandersetzung mit den Beobachtungsinstrumenten gewinnt das Atom — für die Dauer des Experimentes — einen definierten Zustand mit klar bestimmten Eigenschaften.

Diese schemenhafte Existenz, die nun das Reich der Atome wirklich zu einer Unterwelt werden läßt — nicht nur im Sinne eines Primären, Tragenden gegenüber der makrophysikalischen Oberwelt, sondern auch im Sinne einer im unaufhellbaren Halbdunkel verschwimmenden Realitätsauflösung —, diese schemenhafte Existenz verleiht den gespenstischen Objekten der Unterwelt eine Wandlungsfähigkeit, zu der es nichts Ähnliches in der Oberwelt gibt."

Obwohl die bisherigen Darlegungen bereits deutlich erkennen lassen, daß grundlegende Unterschiede zwischen der Makrophysik und der Mikrophysik bestehen, sollen die Verschiedenheiten noch in einigen weiteren Punkten herausgearbeitet werden.

Wir haben erkannt, daß die Zustände und die Vorgänge in der Makrophysik sich durch gewisse im *Raum* lokalisierbare und im Laufe der *Zeit* sich verändernde Größen beschreiben lassen. Daran änderte auch die Tatsache nichts, daß die NEWTON-Vorstellung des absoluten Raumes und der absoluten Zeit durch die Relativitätstheorie umgestaltet und erweitert worden ist, indem der physikalische Raum und die physikalische Zeit keine getrennte, voneinander unabhängige Existenz mehr führen konnten, sondern zu der Verbindung einer Raum-Zeit-Einheit zusammengefaßt werden mußten. Trotzdem ist der Rahmen von Raum und Zeit in der Makrophysik insofern erhalten geblieben, als sich alle Vorgänge dieses Bereiches in ein vierdimensionales Raum-Zeit-Kontinuum einordnen und nach strengen, durch Differentialgleichungen ausgedrückten Gesetzen beschreiben lassen.

In der Makrophysik sind also Raum und Zeit der Rahmen, in dem der Physiker die aufeinanderfolgenden Aspekte seiner Welt exakt lokalisieren kann. Der vom menschlichen Verstand geschaffene Begriff der Korpuskel ist der symbolische Ausdruck für diese Lokalisierung in Raum und Zeit. Der Rahmen ist unabhängig von dem, was in ihn eingeordnet wird, er ist insbesondere unabhängig von der Bewegung der darin lokalisierten Korpuskeln. Dies bedeutet, daß es zur Ortsbestimmung einer Korpuskel nicht erforderlich ist, sich mit ihrer Geschwindigkeit zu beschäftigen. Ort und Geschwindigkeit oder allgemeiner die geometrischen und die dynamischen Eigenschaften der Korpuskeln sind voneinander unabhängige Angaben, die durch keinerlei von vornherein gegebene Bedingungen miteinander verknüpft sind.

In der Mikrophysik liegen die Verhältnisse grundsätzlich anders. Die Existenz des PLANCK-Wirkungsquantums hat eine über die oben erwähnte Raum-Zeit-Einheit der Relativitätstheorie hinausgehende *Verknüpfung des räumlichen und des zeitlichen Elementes* hergestellt, so daß diese im Bereich der Mikrophysik grundsätzlich nicht mehr voneinander isoliert werden können. Wirkung ist das Produkt aus Energie und Zeit, die Energie aber ist eine räumliche Größe, und deshalb werden durch das Wirkungsquantum Raum und Zeit zu einer untrennbaren Einheit verschmolzen. Der französische Physiker L. DE BROGLIE schreibt hierüber in seinem Buche *Physik und Mikrophysik:*

„Das Wirkungsquantum drückt, wie wir sehen werden, eine neuartige und bis jetzt für unser Begriffsvermögen wenig begreifliche Verknüpfung zwischen dem geometrischen und dem dynamischen Charakter der Dinge aus. Diese Verknüpfung macht es unmöglich, auf allgemeine Weise die Naturerscheinungen im cartesischen Sinne durch Figuren und Bewegungen detailliert zu analysieren und zu beschreiben; eine solche in der Makrophysik sehr approximativ mögliche Beschreibung wird in der Mikrophysik völlig undurchführbar.“

Weiter wird dort gesagt, die Quantenphysik führe

„zu dem ganz deutlichen Eindruck, daß der Rahmen von Raum und Zeit in unserem Sinne zur Beschreibung der Phänomene der Mikrophysik nicht sehr geeignet ist, weil er eine Trennung des Geometrischen und des Dynamischen impliziert, was dem Charakter des Wirkungsquantums widerspricht.“

Die mathematische Formulierung des geschilderten Sachverhaltes ist in der früher behandelten HEISENBERG-Unschärferelation enthalten. Diese bringt ja zum Ausdruck, daß es unmöglich ist, einer Korpuskel gleichzeitig einen bestimmten Ort und eine bestimmte Geschwindigkeit zuzuweisen. Jede Messung, die die Genauigkeit der räumlichen Koordinaten steigert, bewirkt, daß die entsprechenden dynamischen Größen weniger genau werden. Man hat geglaubt, in diesen Unbestimmtheiten lediglich eine Unvollständigkeit unseres heutigen Wissens sehen zu können, die mit einem Fortschreiten physikalischer Erkenntnisse zu beheben sein würde. Demgegenüber lehrt aber die Quantenmechanik, daß eine solche Annahme nicht zutreffend ist, weil der Inhalt der HEISENBERG-Unschärferelation nicht nur eine negative Aussage in dem Sinne ist, daß bei einer bestimmten Impulsgenauigkeit der Ort einer Korpuskel nicht exakter als innerhalb eines durch diese Gleichung angegebenen Bereiches feststellbar ist, sondern weil diese Gleichung auch eine positive Aussage macht, indem nämlich das betrachtete Teilchen mit der gegebenen Impulsgenauigkeit über den ganzen aus der HEISENBERG-Gleichung sich ergebenden räumlichen Bereich physikalisch wirkungsfähig ist, so daß es also bei den meisten Messungen gar keine bestimmte räumliche Lage hat.

Diese kurzen Hinweise müssen hier genügen, um zu zeigen, daß auch in bezug auf die Lokalisierung der Objekte in Raum und Zeit tiefgreifende Verschiedenheiten zwischen der Makro- und Mikrophysik bestehen. Wenn wir nach der tieferen Ursache für diese Unterschiede suchen, so ist sie in der Existenz des PLANCK-Wirkungsquantums zu sehen. Da dieses eine sehr kleine Größe ist, gehen die makroskopischen Phänomene so vonstatten, daß es nicht berücksichtigt zu werden braucht und die oben genannten Unbestimmtheiten deshalb nicht in Erscheinung treten; daher können die Vorgänge der Makrophysik im Rahmen von Raum und Zeit mit vollem Erfolg beschrieben werden, während dieser gleiche Rahmen für die kleinen Maßstäbe der Mikrophysik nicht mehr paßt.

Schließlich soll als charakteristisches Merkmal der Makrophysik noch die Tatsache genannt werden, daß hier alle Körper eine beständige und jederzeit verfolgbare *Individualität* besitzen. Hiermit wird zum Ausdruck gebracht, daß zwei makroskopische Objekte, auch wenn sie der gleichen Art sind, immer voneinander unterschieden werden können. Dies folgt aus der früher erwähnten Möglichkeit einer Lokalisierung makrophysikalischer Objekte in Raum und Zeit in Verbindung mit der weiteren durch die Erfahrung immer wieder bestätigten Eigentümlichkeit, daß zwei verschiedene materielle Körper nicht gleichzeitig denselben Ort einnehmen können und daß jeder einzelne Körper die Eigenschaft der Beständigkeit besitzt. Indem man nun die aufeinanderfolgenden Lokalisationen im Raum kontinuierlich im Laufe der Zeit verfolgt, kann über die Identifizierung der Objekte kein Zweifel aufkommen, da sie niemals den gleichen Raumpunkt gemeinsam zu durchlaufen vermögen. Diese Eigenschaft der dauernden Unterscheidbarkeit makroskopischer Objekte gestattet also ihre fortlaufende Individualisierung und schließt so eine Verwechslung von Teilchen auch dann aus, wenn sie in allen ihren Eigenschaften übereinstimmen. Man ist leicht geneigt, diese Möglichkeit, den Objekten der Makrophysik stets eine wohldefinierte Individualität zuschreiben zu können, für eine nicht besonders erwähnenswerte Selbstverständlichkeit zu halten; die bedeutungsvolle Tragweite dieser Feststellung erscheint erst im richtigen Licht, wenn man sie mit den ganz anders gearteten Verhältnissen der Mikrophysik vergleicht.

Wenn man versucht, die Bewegung eines Elektrons in der gleichen Weise zu beschreiben, wie dies früher bei der Bewegung der Planeten geschehen ist, so zeigt sich, daß dies nicht möglich ist, weil das Elektron sich als Korpuskel plötzlich der beobachtenden Verfolgung entziehen und als Welle, d.h. als räumlich ausgedehntes Gebilde, wieder in Erscheinung treten kann. Bei der Untersuchung von Systemen aus gleichartigen mikrophysikalischen Korpuskeln ist es also nicht mehr möglich, die einzelnen Korpuskeln als Individuen zu unterscheiden, weil die einzige Unterscheidungsmöglichkeit für gleichartige Objekte in der ständigen Verfolgung ihrer räumlichen Lokalisierung besteht, dieses Verfahren für die Teilchen der Mikrophysik aber nicht anwendbar ist, weil die räumlichen Lokalisierungen mit Unbestimmtheiten behaftet sind und die Unbestimmtheitsbereiche leicht übereinandergreifen können, so daß eine Trennung der Teilchen überhaupt nicht mehr möglich ist. In dem schon zitierten Werk von DE BROGLIE heißt es hierzu:

„Wenn man es in der Quantenphysik mit Korpuskelgesamtheiten gleicher Art zu tun hat, kann man sie also nicht mehr individualisieren und numerieren. Man wird sich damit begnügen müssen, etwa zu sagen: in dieser Gesamtheit von Korpuskeln sind soundso viele in dem und dem Zustand und soundso viele in dem und dem anderen Zustand. Nie wird man sagen dürfen: diese Korpuskel ist in diesem, jene in jenem Zustand. Um eine Korpuskel individualisieren zu können, müßte man sie von ihrem System losreißen; erst dann nämlich würde man sie für sich allein betrachten können; um ihr ihre Individualität wiederzugeben, müßte man sie isolieren.“

Das bedeutet aber, daß das System zerstört werden muß. Die einzelnen Teilchen der Mikrophysik gehen also unter Preisgabe ihrer Individualität in dem System auf, das seinerseits mehr zu sein scheint als nur ein aus den Teilchen zusammengefügtes Ganzes.

Die vorstehenden Ausführungen haben erkennen lassen, daß grundlegende Unterschiede zwischen der Makrophysik und der Mikrophysik bestehen. Im nächsten Abschnitt werden wir das *Kausalgesetz* einer genauen Prüfung unterziehen. Dabei werden die Verschiedenheiten zwischen den beiden genannten Bereichen der Physik noch einmal besonders deutlich sichtbar werden. Wir stellen hier abschließend fest:

Die Erkenntnisse der Mikrophysik führen erheblich tiefer in die Gesetze der Natur hinein als die groben Erfahrungen der Makrophysik, bei denen durch die nivellierende Wirkung der benutzten Verfahren vieles verlorengeht, was für das Verständnis der physikalischen Welt wertvoll sein könnte. Die Mikrophysik beschäftigt sich mit einer tieferen Schicht der Wirklichkeit, in der Aussagen über das Verhalten der Natur gewonnen werden, die sich im makroskopischen Bereich hinter der Wand statistischer Mittelwerte verbergen. Der Mensch gehört mit seinen Sinnesorganen der makrophysikalischen Welt an, er lebt deshalb im Bereich der Mittelwerte und statistischen Wirkungen, ohne die Dinge im atomaren Gebiet unmittelbar wahrnehmen zu können. Es ist ihm aber mit seinem geistigen Auge gelungen, trotzdem einige Erkenntnisse aus der Welt der Mikrophysik zu gewinnen, und diese Leistung sollte nicht geringer gewertet werden als alle übrigen großen Entdeckungen der Physik.

8.6.3 Das Kausalgesetz

Das Kausalgesetz hat früher (S. 389f.) eine von allen metaphysischen Beigaben freie Formulierung erhalten und ist damit zu einer Aussage geworden, deren Gültigkeit mit den Methoden der Physik experimentell geprüft werden kann. Wir sind dabei zu der Feststellung gekommen:

Unter der Kausalität versteht man in der Physik die Existenz eines eindeutigen funktionalen Zusammenhanges zwischen verschiedenen physikalischen Größen eines Systems.

Die kausale Beschreibung der Naturerscheinungen verfolgt dann also das Ziel, die für die einzelnen Erscheinungen und Vorgänge charakteristischen physikalischen Größen durch mathematisch formulierte Naturgesetze miteinander zu verknüpfen. Wenn es sich insbesondere um den speziellen Fall von Vorgängen handelt, die in der Zeit ablaufen, so wird durch den Kausalzusammenhang das künftige Geschehen festgelegt. Wir haben früher schon darauf hingewiesen, daß dieser Fall meist gemeint ist, wenn man von dem Kausalgesetz spricht. Unter dieser Voraussetzung haben wir das *Kausalgesetz* damals folgendermaßen ausgesprochen:

Wenn man den Zustand eines abgeschlossenen Systems in einem Zeitpunkt vollständig kennt und außerdem weiß, welche Naturgesetze in diesem System herrschen, so läßt sich sein Zustand in jedem früheren oder späteren Zeitpunkt grundsätzlich berechnen.

Bei dieser für die Physik allein brauchbaren Definition fallen also Kausalität und *Prognostizierbarkeit* zusammen.

Die experimentellen Erfahrungen der Physiker haben immer wieder bestätigt, daß im Bereich der klassischen Physik ein lückenloser Kausalzusammenhang besteht. Der früher erwähnte LAPLACE-Dämon ist der typische Repräsentant einer das gesamte Weltgeschehen beherrschenden unverbrüchlichen Kausalität. Das Gedankengebäude der klassischen Physik kennt nur eine strenge Determiniertheit; kein Stäubchen kann seine Lage verändern, ohne daß in der Folgezeit der gesamte Kosmos in irgendeiner Weise hierdurch beeinflußt wird. Die großen Erfolge der klassischen Physik hatten die Überzeugung von der Existenz eines solchen allgemeinen Kausalzusammenhanges so gefestigt, daß man an seiner Geltung auch dann nicht zu zweifeln wagte, wenn die Vorausberechenbarkeit künftiger Ereignisse im Einzelfall nicht durchführbar war. Als Beispiel hierfür kann die Wettervorhersage genannt werden; obwohl es heute noch nicht möglich ist, völlig sichere Voraussagen über das kommende Wetter zu machen, zweifelt niemand daran, daß auch die Wettervorgänge durch strenge Kausalzusammenhänge bestimmt sind und daß nur ihre Kompliziertheit es zur Zeit unmöglich macht, die Vorausberechnung mit der notwendigen Strenge durchzuführen.

Bis zum Beginn unseres Jahrhunderts waren die Physiker davon überzeugt, daß auch im *Bereich der Atome* eine lückenlose Kausalität den Ablauf der Vorgänge in der gleichen Weise bestimmt, wie dies in der Makrophysik durch die Erfahrung bewiesen war. Natürlich war man sich der Tatsache bewußt, daß es dem Menschen nicht möglich ist, jedes einzelne Gebilde der atomaren Welt zu verfolgen, sondern daß man sich hier mit statistischen Mittelwerten begnügen muß. Der Einbruch der Statistik in die klassische Physik ist bisweilen irrtümlich in dem Sinne gedeutet worden, daß damit der strengen Kausalität der Boden entzogen worden sei. Wenn etwa im Rahmen der kinetischen Gastheorie der Gasdruck strenggenommen überhaupt keine feststehende Größe ist, sondern – wie wir früher gesehen haben – als statistisches Mittel einer großen Zahl von Stößen der Gasteilchen gegen die Gefäßwand entsteht und deshalb dauernden Schwankungen unterworfen ist, und wenn etwas Ähnliches für viele andere physikalische Größen gilt, die sich ebenfalls nur auf die Mittelwerte zahlreicher gleichartiger Beobachtungen beziehen, dann müssen an die Stelle streng kausaler Gesetze statistische Gesetzlichkeiten treten, die eine exakte Vorausberechnung künftiger Ereignisse nicht mehr zulassen. Im Rahmen der klassischen Physik bestand dagegen nicht der geringste Zweifel, daß die Bewegung jedes einzelnen Atoms oder Moleküls grundsätzlich genau so kausal bestimmt und vorausberechenbar sei wie etwa die Bewegung der Himmelskörper. Man verzichtete aber auf eine solche bis in die Einzelheiten vordringende Untersuchung, weil sie das menschliche Leistungsvermögen überstieg. Indem man sich auf eine statistische Betrachtung beschränkte, tat man dies in dem Bewußtsein, daß es sich zwar um eine unvollständige, aber für die erstrebten Ziele ausreichende Verfolgung der Vorgänge handelt. Ein LAPLACE-Dämon wäre nach der Überzeugung der Physiker des vergangenen Jahrhunderts durchaus in der Lage gewesen, jede gewünschte Vorausberechnung über das Verhalten eines einzelnen atomaren Gebildes auszuführen. Wir stellen also zusammenfassend fest:

Die einer exakten Prognostizierbarkeit physikalischer Ereignisse im Bereich der Atome praktisch gesetzten Grenzen konnten die Physiker bis zum Beginn unseres Jahrhunderts nicht veranlassen, an der ausnahmslosen kausalen Verknüpfung des physikalischen Geschehens in der Welt der Atome zu zweifeln.

Mit dem experimentellen Eindringen in die Welt der Atome haben sich die Auffassungen über die in diesem Bereich bestehende kausale Verknüpfung der Erscheinungen gewandelt. So wie ein Forscher, der einen fremden Erdteil betritt, nicht überrascht ist, dort Lebewesen anzutreffen, die sich mit den aus seiner bisherigen Welt bekannten Begriffen nicht beschreiben lassen, so ist es für den Physiker, der in das Neuland der Mikrophysik vordringt, nicht verwunderlich, hier auf Gebilde zu treffen, die nicht nur als Verkleinerungen makroskopischer Körper betrachtet werden können, sondern die etwas grundsätzlich Neues darstellen. Es hat schwieriger experimenteller und gedanklicher Arbeit bedurft, um die Struktur dieser Mikrowelt zu ergründen. An einigen Stellen haben wir dies genauer darlegen können. Es sei hier nur noch einmal an den Dualismus von Welle und Korpuskel erinnert. Daß in einer solchen durch völlig neuartige Struktureigentümlichkeiten gekennzeichneten Welt auch die Frage nach dem kausalen Ablauf des Naturgeschehens neu gestellt werden muß, ist eigentlich selbstverständlich.

Unter den physikalischen Erfahrungstatsachen, die zur Entscheidung der Frage nach der Gültigkeit einer strengen Kausalität im Bereich der Mikrophysik herangezogen werden können, stehen die Vorgänge des *radioaktiven Zerfalles* an erster Stelle. Bei der Untersuchung dieser Erscheinungen haben wir früher bereits erkannt, daß die Atome einer radioaktiven Substanz nicht alle gleichzeitig zerfallen, sondern daß es für jedes radioaktive Nuklid eine charakteristische Zeit, die sog. Halbwertszeit, gibt, nach deren Ablauf die Hälfte der vorhandenen Nuklide zerfallen ist und daß von dem Rest im Laufe einer weiteren gleich großen Zeitspanne wieder die Hälfte zerfällt usw. Für das Element Radium beträgt diese Halbwertszeit rund 1620 Jahre. Hieraus läßt sich berechnen, daß von etwa 37 Milliarden vorliegenden Radiumatomen in einer Sekunde ein einziges zerfällt und daß die durchschnittliche Lebensdauer der Radiumatome vom gegenwärtigen Augenblick bis zum Zerfall rund 2300 Jahre beträgt. Es wurde schon erwähnt, daß dieses Gesetz wie jedes andere physikalische Gesetz auch in präziser mathematischer Form geschrieben werden kann. Trotzdem stellt es gegenüber den Gesetzen der klassischen Physik etwas völlig Neuartiges dar. Auch hierauf wurde früher schon hingewiesen. Trotzdem soll wegen der grundsätzlichen Bedeutung der vorliegenden Tatsache auf den wesentlichen Sachverhalt noch einmal eingegangen werden:

Wenn man nämlich aufgrund des radioaktiven Zerfallsgesetzes für *ein bestimmtes Atom* der vorgelegten Radiummenge den Zeitpunkt seines Zerfalls prognostizieren will, so erweist sich dies als unmöglich. Es läßt sich keine Aussage darüber machen, ob das betreffende Atom bereits in der nächsten Sekunde oder erst nach vielen Jahren zerfällt.

Man hat mit allen verfügbaren experimentellen Hilfsmitteln nach einer Ursache für die verschiedene Lebensdauer der einzelnen Radiumatome gesucht. Es ist von früher her bekannt, daß der radioaktive Zerfall von außen auf keine Weise beeinflußt werden kann: weder Temperatur- noch Druckänderungen oder elektrische und magnetische Felder vermögen den Zerfall einer radioaktiven Substanz zu verzögern oder zu beschleunigen; das gleiche gilt für chemische oder irgendwelche sonstigen äußeren Einwirkungen. Daher können die aus der Physik und Chemie bekannten Einflüsse auch nicht die Ursache für die verschieden lange Lebensdauer der einzelnen Atome einer radioaktiven Substanz sein.

Wenn also alle bis heute bekannten, von außen auf die radioaktiven Atome ausgeübten Einwirkungen als Ursachen für die verschiedenen Zerfallszeiten ausscheiden, so ist damit noch keineswegs bewiesen, daß der Ablauf der radioaktiven Zerfallsvorgänge nicht kausal bedingt ist. Es wäre nämlich denkbar, daß die Unmöglichkeit einer Vorhersage über den radioaktiven Zerfall des einzelnen Atoms auf eine zur Zeit noch fehlende Einsicht zurückzuführen ist.

Die Erfahrungstatsachen über den radioaktiven Zerfall führen jedoch zu dem folgenden Ergebnis:

Für jedes einzelne radioaktive Atom besteht eine ganz bestimmte Wahrscheinlichkeit, innerhalb der nächsten Stunde zu zerfallen. Eine solche Wahrscheinlichkeitsaussage sagt aber nichts darüber aus, ob dieses Ereignis wirklich eintritt. Bemerkenswert ist jedoch, daß bei einem nach 100 Jahren noch existierenden radioaktiven Atom die Zerfallswahrscheinlichkeit für die nächste Stunde keineswegs zugenommen hat; sie besitzt vielmehr immer noch die gleiche Größe wie zu irgendeinem früheren Zeitpunkt. Die experimentelle Erfahrung zeigt also, daß die Wahrscheinlichkeit für den Zerfall der radioaktiven Atome von der Zeit t unabhängig ist. Wir halten fest:

Die Zerfallswahrscheinlichkeit eines radioaktiven Atoms ist von seinem Alter und seiner Vorgeschichte unabhängig.

Wenn sich damit die gesamte Vergangenheit der radioaktiven Atome für ihren Zerfall als bedeutungslos erweist, so ist schon aus diesem Grunde schwer vorstellbar, wie irgendwelche aus Mangel an Einsicht bisher verborgen gebliebenen Zerfallsursachen im Sinne der klassischen Physik gefunden werden könnten, weil diese nach unseren gewohnten Vorstellungen mit der Vorgeschichte in Zusammenhang stehen müßten. Trotzdem könnte man hier natürlich einwenden, daß künftige Physiker möglicherweise in der Lage wären, an den radioaktiven Atomen völlig neuartige Merkmale aufzufinden, die als Ursachen für das unterschiedliche Verhalten der radioaktiven Atome gelten könnten, so daß es dann möglich wäre, doch wieder zu einem „vollen kausalen Verständnis der physikalischen Vorgänge" (v. LAUE) auch bei dem radioaktiven Zerfall zu kommen. Die heutige Quantenphysik lehnt eine solche Möglichkeit ab.

Solche *Unmöglichkeitsaussagen* bewirken leicht ein unbefriedigendes Gefühl, weil man zunächst nicht ohne weiteres bereit ist, für die zukünftige Entwicklung der Physik von vornherein gewisse unüberschreitbare Grenzen anzuerkennen, insbesondere da sich in den letzten Jahrzehnten immer wieder gezeigt hat, daß zunächst für unerreichbar gehaltene Ziele schließlich doch verwirklicht werden konnten. Es sollen deshalb zu den hier behandelten Problemen noch einige Erklärungen gegeben werden. Dabei muß zunächst beachtet werden, daß es sich bei der obigen Unmöglichkeitsaussage um etwas grundsätzlich anderes als bei der vielleicht nur zeitbedingten Unmöglichkeit zur Verwirklichung dieser oder jener technischen Zielsetzung handelt. Um den Sachverhalt bei dem radioaktiven Zerfall klarer zu erkennen, sollen zunächst an einem anderen Beispiel einige analoge Überlegungen angestellt werden.

Eine Unmöglichkeitsaussage stellt auch der früher behandelte Satz dar, daß es ein Perpetuum mobile 1. Art, d.h. eine Maschine, die Energie aus dem Nichts zu erzeugen gestattet, nicht gibt. Wenn die Physiker für alle Zukunft von der Richtigkeit dieses Satzes überzeugt sind und wenn sie die von Zeit zu Zeit immer wieder auftauchenden Pläne für den Bau eines solchen Perpetuum mobile von vornherein nicht ernst nehmen, so liegt der Grund für diese Einstellung darin, daß der genannte Unmöglichkeitssatz durch das gesamte Gebäude der klassischen Physik gestützt wird und daß dieses zusammenbrechen müßte, wenn es eines Tages gelingen würde, ein solches Perpetuum mobile zu bauen.

Ähnlich liegen nun die Verhältnisse in bezug auf die Aussage, daß es unmöglich ist, die Zerfallszeit eines einzelnen radioaktiven Atoms zu prognostizieren. Wenn es nämlich eine bisher verborgen gebliebene Ursache für den unterschiedlichen Zerfall der einzelnen Atome eines radioaktiven Nuklids geben würde, dann müßte es einem vollkommeneren Physiker der Zukunft möglich sein, ein Gerät zu konstruieren, das die Atome eines radioaktiven Nuklids nach ihrer Zerfallszeit zu ordnen gestattet. Die Konstruktion eines solchen Gerätes würde aber mit den gesicherten experimentellen Ergebnissen der gesamten Quantenphysik in Widerspruch stehen und in der gleichen Weise zum Zusammenbruch dieses ganzen Gebäudes führen, wie die Konstruktion eines Perpetuum mobile 1. Art den Zusammenbruch der klassischen Physik nach sich ziehen würde. Das eine ist aber ebenso unwahrscheinlich wie das andere, zumal die Quantenphysik durch eine ebenso große Fülle von Erfahrungen und Messungen, die zudem die exaktesten der gesamten Physik sind, gestützt wird wie die klassische Physik.

Wenn wir die bisherigen Ausführungen zusammenfassen, so ergibt sich also, daß die aus der Physik und Chemie bekannten äußeren Einflüsse oder noch unbekannte Ursachen für den unterschiedlichen Zerfall der Atome eines radioaktiven Nuklids nicht in Frage kommen. Hieraus muß der Physiker den Schluß ziehen, daß es überhaupt keine experimentell feststellbaren Ursachen für eine kausale Beschreibung des radioaktiven Zerfalls geben kann, denn die letzte noch denkbare Möglichkeit, daß es unbekannte Ursachen geben könnte, die sich *grundsätzlich* jeder physikalischen Erfassung entziehen, ist für den Physiker ohne Interesse, weil er sich auf den durch Messungen erfaßbaren Bereich der Wirklichkeit beschränkt und das Kausalgesetz hier ausdrücklich von allem metaphysischen Beiwerk befreit und als ein durch die Erfahrung prüfbares Gesetz formuliert worden ist. Wir kommen daher zu dem abschließenden Ergebnis:

Für jedes radioaktive Atom ist eine Wahrscheinlichkeit zum Zerfall gesetzmäßig gegeben, und diese Wahrscheinlichkeit äußert sich für eine gleichzeitig betrachtete große Menge gleichartiger Atome in dem statistischen Zerfallsgesetz. Innerhalb des dann noch verbleibenden Spielraumes ist aber eine kausale Bestimmung für den Zerfall des einzelnen Atoms nicht vorhanden.

Die gleiche Auflockerung der kausalen Zusammenhänge zeigt sich bei allen anderen Vorgängen im Bereich der Mikrophysik.

Die Physik hat dieser veränderten Sachlage dadurch Rechnung getragen, daß sie quantenstatistische Gesetze aufgestellt hat, die sich von den früher erwähnten statistischen Gesetzen der klassischen Physik wesentlich unterscheiden. Die klassische Statistik setzte die streng kausale Bestimmtheit des Einzelgeschehens voraus und errechnete für ein bestimmtes Kollektiv die Wahrscheinlichkeit für das Eintreten der Einzelereignisse. In der Quantenphysik haben dagegen die Naturgesetze selbst den Charakter von Wahrscheinlichkeitsaussagen. Hier ist die Statistik nicht ein Ausdruck für die Unvollkommenheit unserer Einsichten in die Objekte und ihrer Zusammenhänge, sondern der Ausdruck einer in der Natur selbst liegenden Unbestimmtheit, die bewirkt, daß mikrophysikalische Ereignisse nur im statistischen Durchschnitt feste Regelmäßigkeiten zeigen. In der Mikrophysik ist die statistische Gesetzlichkeit also das letzte, was es gibt, weil für mikrophysikalische Ereignisse zwar bei häufigen Wiederholungen im Durchschnitt gewisse Gesetze gelten, das Einzelereignis aber keiner kausalen Bestimmung unterworfen ist. Der LAPLACE-Dämon hätte hier also grundsätzlich gar keine Möglichkeit zur Vorausberechnung künftiger Ereignisse.

Anhang

Physikalische Größen, ihre Dimensionen und ihre Einheiten

In der folgenden Tabelle sind die in diesem Buche verwendeten physikalischen Größen und ihre Einheiten zusammengestellt. Die Basisgrößen sind durch Fettdruck gekennzeichnet. Hinter jeder Größe und jeder Einheit sind die Seiten angegeben, auf denen die genauen Definitionen zu finden sind.

Name der Größe und Formelzeichen	*Verknüpfung*	*Dimension*	*Einheit und Einheitenzeichen*
		1. Geometrie	
Länge (S. 13) $\vec{s}, \vec{r}, \vec{l}, \ldots$	–	**L**	**1 Meter** (S. 14) 1 m
Fläche (S. 16) A	$A = l_1 \cdot l_2$	$\mathbf{L}^2$	1 Quadratmeter (S. 17) 1 m^2
Volumen (S. 17) V	$V = l_1 \cdot l_2 \cdot l_3$	$\mathbf{L}^3$	1 Kubikmeter (S. 17) 1 m^3
Ebener Winkel (S. 19) $\alpha, \varphi, \ldots$	$\varphi = \frac{l_1}{l_2}$	$\mathbf{L}^0$	1 Radiant (S. 19) $1\,\mathrm{rad} = 1\,\mathrm{m} \cdot 1\,\mathrm{m}^{-1} = 1$
Räumlicher Winkel (S. 20) β, Ω	$\beta = \frac{A}{l^2}$	$\mathbf{L}^0$	1 Steradiant (S. 20) $1\,\mathrm{sr} = 1\,\mathrm{m}^2 \cdot 1\,\mathrm{m}^{-1} = 1$
		2. Kinematik	
Zeit (S. 21) t	–	**Z**	**1 Sekunde** (S. 22) 1 s
Geschwindigkeit (S. 37) $\vec{v}$	$\vec{v} = \frac{\vec{s}}{t}$	$\mathbf{L\,Z}^{-1}$	1 Meter durch Sekunde (S. 37) $1\,\mathrm{m\,s}^{-1}$
Beschleunigung (S. 43) $\vec{a}$	$\vec{a} = \frac{\vec{v}}{t}$	$\mathbf{L\,Z}^{-2}$	1 Meter durch Sekundequadrat (S. 43) $1\,\mathrm{m\,s}^{-2}$
Frequenz (S. 56) ν	$\nu = \frac{n}{t}$	$\mathbf{Z}^{-1}$	1 Hertz (S. 56) $1\,\mathrm{Hz} = 1\,\mathrm{s}^{-1}$
Winkelgeschwindigkeit (S. 55) ω	$\omega = \frac{\varphi}{t}$	$\mathbf{Z}^{-1}$	1 Radiant durch Sekunde (S. 55) $1\,\mathrm{rad\,s}^{-1} = 1\,\mathrm{s}^{-1}$
Winkelbeschleunigung (S. 134) α	$\alpha = \frac{\omega}{t}$	$\mathbf{Z}^{-2}$	1 Radiant durch Sekundequadrat (S. 134) $1\,\mathrm{rad\,s}^{-2} = 1\,\mathrm{s}^{-2}$
		3. Dynamik	
Masse (S. 66) m	–	**M**	**1 Kilogramm** (S. 66) 1 kg
Dichte (S. 68) ρ	$\rho = \frac{m}{V}$	$\mathbf{M\,L}^{-3}$	1 Kilogramm durch Kubikmeter (S. 68) $1\,\mathrm{kg\,m}^{-3}$

Physikalische Größen, ihre Dimensionen und ihre Einheiten (Fortsetzung)

Name der Größe und Formelzeichen	*Verknüpfung*	*Dimension*	*Einheit und Einheitenzeichen*
Kraft (S. 73) $\vec{F}$	$\vec{F}=m\,\vec{a}$	$\mathbf{M\,L\,Z^{-2}}$	1 Newton (S. 80) $1\,\mathrm{N}=1\,\mathrm{kg\,m\,s^{-2}}$
Arbeit, Energie (S. 99) W	$W=\vec{F}\,\vec{s}$	$\mathbf{M\,L^2\,Z^{-2}}$	1 Joule (S. 100) $1\,\mathrm{J}=1\,\mathrm{N\,m}=1\,\mathrm{kg\,m^2\,s^{-2}}$
Leistung (S. 112) P	$P=\frac{W}{t}$	$\mathbf{M\,L^2\,Z^{-3}}$	1 Watt (S. 112) $1\,\mathrm{W}=1\,\mathrm{J\,s^{-1}}=1\,\mathrm{kg\,m^2\,s^{-3}}$
Wirkung (S. 113) H	$H=W\,t$	$\mathbf{M\,L^2\,Z^{-1}}$	1 Joulesekunde (S. 113) $1\,\mathrm{J\,s}=1\,\mathrm{kg\,m^2\,s^{-1}}$
Impuls oder Bewegungsgröße (S. 115) $\vec{p}$	$\vec{p}=m\,\vec{v}$	$\mathbf{M\,L\,Z^{-1}}$	1 Newtonsekunde (S. 115) $1\,\mathrm{N\,s}=1\,\mathrm{kg\,m\,s^{-1}}$
Kraftstoß (S. 116) $\vec{p}$	$\vec{p}=\vec{F}\cdot\Delta t$	$\mathbf{M\,L\,Z^{-1}}$	1 Newtonsekunde (S. 116) $1\,\mathrm{N\,s}=1\,\mathrm{kg\,m\,s^{-1}}$
Drehmoment (S. 128) $\vec{M}$	$\vec{M}=\vec{r}\times\vec{F}$	$\mathbf{M\,L^2\,Z^{-2}}$	1 Newtonmeter (S. 128) $1\,\mathrm{N\,m}=1\,\mathrm{kg\,m^2\,s^{-2}}$
Trägheitsmoment (S. 131) oder Drehmasse J	$J=m\,r^2$	$\mathbf{M\,L^2}$	1 Kilogramm mal Meterquadrat (S. 132) $1\,\mathrm{kg\,m^2}$
Drehimpuls oder Drall (S. 136) $\vec{L}$	$\vec{L}=J\,\vec{\omega}$	$\mathbf{M\,L^2\,Z^{-1}}$	1 Joulesekunde (S. 137) $1\,\mathrm{J\,s}=1\,\mathrm{kg\,m^2\,s^{-1}}$
Gravitationsfeldstärke (S. 151) $\vec{G}_g$	$\vec{G}_g=\frac{\vec{F}}{m}$	$\mathbf{L\,Z^{-2}}$	1 Newton durch Kilogramm (S. 151) $1\,\mathrm{N\,kg^{-1}}=1\,\mathrm{m\,s^{-2}}$
Gravitationspotential (S. 167) V	$V=\frac{W}{m}$	$\mathbf{L^2\,Z^{-2}}$	1 Joule durch Kilogramm (S. 167) $1\,\mathrm{J\,kg^{-1}}=1\,\mathrm{m^2\,s^{-2}}$
Gravitationskonstante (S. 161)	$G=\frac{F\,r^2}{m_1\,m_2}$	$\mathbf{M^{-1}\,L^3\,Z^{-2}}$	$1\,\mathrm{kg^{-1}\,m^3\,s^{-2}}$ (S. 161)
Richtgröße oder Direktionsgröße (S. 197) D	$D=\frac{F}{s}$	$\mathbf{M\,Z^{-2}}$	1 Kilogramm durch Sekundequadrat (S. 197) $1\,\mathrm{N\,m^{-1}}=1\,\mathrm{kg\,s^{-2}}$
Wellenzahl (S. 220) N	$N=\frac{1}{\lambda}$	$\mathbf{L^{-1}}$	1 durch Meter (S. 220) $1\,\mathrm{m^{-1}}$
Schallwellenwiderstand (S. 254) Z	$Z=\rho\,c$	$\mathbf{M\,L^{-2}\,Z^{-1}}$	$1\,\mathrm{kg\,m^{-2}\,s^{-1}}$ (S. 254)
Druck (S. 276) p	$p=\frac{F}{A}$	$\mathbf{M\,L^{-1}\,Z^{-2}}$	1 Pascal (S. 268) $1\,\mathrm{Pa}=1\,\mathrm{N\,m^{-2}}=1\,\mathrm{kg\,m^{-1}\,s^{-2}}$
Mechanische Spannung (S. 268, 269) σ, τ	$\sigma=\frac{F_n}{A}$, $\tau=\frac{F_t}{A}$	$\mathbf{M\,L^{-1}\,Z^{-2}}$	1 Pascal (S. 268) $1\,\mathrm{Pa}=1\,\mathrm{N\,m^{-2}}=1\,\mathrm{kg\,m^{-1}\,s^{-2}}$
Elastische Dehnung (S. 269) ε	$\varepsilon=\frac{\Delta l}{l}$	Zahl	– (S. 269)
Elastizitätsmodul (S. 270) E	$E=\frac{\sigma}{\varepsilon}$	$\mathbf{M\,L^{-1}\,Z^{-2}}$	1 Pascal (S. 268) $1\,\mathrm{Pa}=1\,\mathrm{N\,m^{-2}}=1\,\mathrm{kg\,m^{-1}\,s^{-2}}$

Physikalische Größen, ihre Dimensionen und ihre Einheiten (Fortsetzung)

Name der Größe und Formelzeichen	*Verknüpfung*	*Dimension*	*Einheit und Einheitenzeichen*
Dehnungsgröße (S. 270) α	$\alpha=\frac{1}{E}$	**M**$^{-1}$ **L Z**^{2}	1 durch Pascal (S. 268) $1\ \mathrm{Pa^{-1}=1\ N^{-1}\,m^2=1\ kg^{-1}\,m\,s^2}$
Torsionsmodul (S. 272) G	$G=\frac{2Ml}{\varphi\pi r^4}$	**M L**$^{-1}$ **Z**$^{-2}$	1 Pascal (S. 268) $1\ \mathrm{Pa=1\ N\,m^{-2}=1\ kg\,m^{-1}\,s^{-2}}$
Kompressionsmodul (S. 274) K	$K=\frac{\sigma V}{\Delta V}$	**M L**$^{-1}$ **Z**$^{-2}$	1 Pascal (S. 268) $1\ \mathrm{Pa=1\ N\,m^{-2}=1\ kg\,m^{-1}\,s^{-2}}$
Kompressibilität (S. 274) κ	$\kappa=\frac{1}{K}$	**M**$^{-1}$ **L Z**^{2}	1 Quadratmeter durch Newton (S. 274) $1\ \mathrm{N^{-1}\,m^2=kg^{-1}\,m\,s^2}$
Dynamische Viskosität (S. 296) η	$\eta=\frac{Fz}{Av}$	**M L**$^{-1}$ **Z**$^{-1}$	1 Pascalsekunde (S. 296) $1\ \mathrm{Pa\,s=1\ N\,m^{-2}\,s=1\ kg\,m^{-1}\,s^{-1}}$
Kinematische Viskosität (S. 296) ν	$\nu=\frac{\eta}{\rho}$	**L**^{2} **Z**$^{-1}$	1 Quadratmeter durch Sekunde (S. 296) $1\ \mathrm{m^2\,s^{-1}}$

4. Wärme

Temperatur (S. 320) T (abs. Temp.); ϑ (Celsius-Temp.)	–	**T**	**1 Kelvin** oder **1 °Celsius** (S. 320 u. 323) 1 K oder 1 °C
Wärmemenge (= Energie) (S. 339) Q	$Q=W$	**M L**^{2} **Z**$^{-2}$	1 Joule (S. 100) $1\ \mathrm{J=1\ N\,m=1\ kg\,m^2\,s^{-2}}$
Wärmekapazität (S. 343) C	$C=\frac{\Delta Q}{\Delta T}$	**M L**^{2} **Z**$^{-2}$ **T**$^{-1}$	1 Joule durch Kelvin (S. 343) $1\ \mathrm{J\,K^{-1}=1\ kg\,m^2\,s^{-2}\,K^{-1}}$
Spezifische Wärmekapazität (S. 339) c	$c=\frac{\Delta Q}{m\cdot\Delta T}$	**L**^{2} **Z**$^{-2}$ **T**$^{-1}$	$1\ \mathrm{J\,kg^{-1}\,K^{-1}=1\ m^2\,s^{-2}\,K^{-1}}$ (S. 339)
Stoffmenge (S. 327) ν	–	**N**	**1 Mol** (S. 327) 1 mol
Molare Masse (S. 328) M_{molar}	$M_{\text{molar}}=\frac{m}{\nu}$	**M N**$^{-1}$	1 Kilogramm durch Mol (S. 328) $1\ \mathrm{kg\,mol^{-1}}$
Molares Volumen (S. 329) V_{molar}	$V_{\text{molar}}=\frac{V}{\nu}$	**L**^{3} **N**$^{-1}$	1 Kubikmeter durch Mol (S. 329) $1\ \mathrm{m^3\,mol^{-1}}$
Molare Wärmekapazität (S. 344) C_{molar}	$C_{\text{molar}}=\frac{C}{\nu}$	**M L**^{2} **Z**$^{-2}$ **T**$^{-1}$ **N**$^{-1}$	$1\ \mathrm{J\,K^{-1}\,mol^{-1}=1\ kg\,m^2\,s^{-2}\,K^{-1}\,mol^{-1}}$ (S. 344)
Entropieänderung (S. 378) ΔS	$\Delta S=\frac{Q}{T}$	**M L**^{2} **Z**$^{-2}$ **T**$^{-1}$	1 Joule durch Kelvin (S. 378) $1\ \mathrm{J\,K^{-1}=1\ kg\,m^2\,s^{-2}\,K^{-1}}$
AVOGADRO-Konstante (S. 328) N_A	$N_A=\frac{N}{\nu}$	**N**$^{-1}$	1 durch Mol (S. 328) $1\ \mathrm{mol^{-1}}$
Universelle Gaskonstante (S. 334) R	$R=\frac{pV_{\text{molar}}}{T}$	**M L**^{2} **Z**$^{-2}$ **T**$^{-1}$ **N**$^{-1}$	$1\ \mathrm{J\,K^{-1}\,mol^{-1}=1\ kg\,m^2\,s^{-2}\,K^{-1}\,mol^{-1}}$ (S. 334)
BOLTZMANN-Konstante (S. 334) k	$k=\frac{R}{N_A}$	**M L**^{2} **Z**$^{-2}$ **T**$^{-1}$	1 Joule durch Kelvin $1\ \mathrm{J\,K^{-1}=1\ kg\,m^2\,s^{-2}\,K^{-1}}$ (S. 334)

Physikalische Größen, ihre Dimensionen und ihre Einheiten (Fortsetzung)

Name der Größe und Formelzeichen	*Verknüpfung*	*Dimension*	*Einheit und Einheitenzeichen*
	5. Elektrizität und Magnetismus		
Elektrische Stromstärke (S. 402) I	–	**I**	**1 Ampere** (S. 402) 1 A
Elektrische Ladung (S. 402) Q	$Q = I\,t$	**ZI**	1 Coulomb = 1 Amperesekunde (S. 402) 1 C = 1 As
Elektrisches Potential (S. 439) φ	$\varphi = \frac{W}{Q}$	$\mathbf{M\,L^2\,Z^{-3}\,I^{-1}}$	1 Volt (S. 439) $1\ \text{V} = 1\ \text{JC}^{-1} = 1\ \text{kg}\,\text{m}^2\,\text{s}^{-3}\,\text{A}^{-1}$
Elektrische Spannung oder elektrische Potentialdifferenz (S. 403) U	$U = \frac{W}{Q}$	$\mathbf{M\,L^2\,Z^{-3}\,I^{-1}}$	1 Volt (S. 403) $1\ \text{V} = 1\ \text{J}\,\text{C}^{-1} = 1\ \text{W}\,\text{A}^{-1} = 1\ \text{kg}\,\text{m}^2\,\text{s}^{-3}\,\text{A}^{-1}$
Elektrischer Widerstand (S. 403) R	$R = \frac{U}{I}$	$\mathbf{M\,L^2\,Z^{-3}\,I^{-2}}$	1 Ohm (S. 403) $1\ \Omega = 1\ \text{VA}^{-1} = 1\ \text{kg}\,\text{m}^2\,\text{s}^{-3}\,\text{A}^{-2}$
Elektrischer Leitwert (S. 404) G	$G = \frac{1}{R}$	$\mathbf{M^{-1}\,L^{-2}\,Z^3\,I^2}$	1 Siemens (S. 404) $1\ \text{S} = 1\ \Omega^{-1} = 1\ \text{kg}^{-1}\,\text{m}^{-2}\,\text{s}^3\,\text{A}^2$
Kapazität (S. 405) C	$C = \frac{Q}{U}$	$\mathbf{M^{-1}\,L^{-2}\,Z^4\,I^2}$	1 Farad (S. 405) $1\ \text{F} = 1\ \text{C}\,\text{V}^{-1} = 1\ \text{kg}^{-1}\,\text{m}^{-2}\,\text{s}^4\,\text{A}^2$
Induktivität (S. 534) L	$L = -\frac{U_{\text{ind}}}{\Delta I/\Delta t}$	$\mathbf{M\,L^2\,Z^{-2}\,I^{-2}}$	1 Henry (S. 535) $1\ \text{H} = 1\ \text{V}\,\text{s}\,\text{A}^{-1} = 1\ \text{kg}\,\text{m}^2\,\text{s}^{-2}\,\text{A}^{-2}$
Elektrische Feldstärke (S. 418) $\vec{E}$	$E = \frac{U}{d}$ $\vec{E} = \frac{\vec{F}}{Q}$	$\mathbf{M\,L\,Z^{-3}\,I^{-1}}$	1 Volt durch Meter (S. 418) $1\ \text{V}\,\text{m}^{-1} = 1\ \text{kg}\,\text{m}\,\text{s}^{-3}\,\text{A}^{-1}$
Elektrische Feldkonstante (S. 411) ε_0	$\varepsilon_0 = \frac{Q_1 Q_2}{4\pi F r^2}$	$\mathbf{M^{-1}\,L^{-3}\,Z^4\,I^2}$	1 Amperesekunde durch Voltmeter (S. 411) $1\ \text{A}\,\text{s}\,\text{V}^{-1}\,\text{m}^{-1} = 1\ \text{kg}^{-1}\,\text{m}^{-3}\,\text{s}^4\,\text{A}^2$
Elektrische Flußdichte oder elektrische Verschiebung (S. 452) $\vec{D}$	$D = \frac{Q}{A}$ $\vec{D} = \varepsilon_0\,\vec{E}$ (Vakuum)	$\mathbf{L^{-2}\,Z\,I}$	1 Coulomb durch Quadratmeter (S. 452) $1\ \text{C}\,\text{m}^{-2} = 1\ \text{m}^{-2}\,\text{s}\,\text{A}$
Elektrischer Fluß (S. 421) Ψ	$\Psi = \varepsilon_0 \vec{E} \cdot \vec{A}$ $= \vec{D} \cdot \vec{A}$	**ZI**	1 Amperesekunde (S. 421) 1 As
Magnetische Flußdichte oder magnetische Induktion (S. 464) $\vec{B}$	$\vec{F} = l\,\vec{I} \times \vec{B}$ $\vec{F} = Q\,\vec{v} \times \vec{B}$	$\mathbf{M\,Z^{-2}\,I^{-1}}$	1 Tesla (S. 465) $1\ \text{T} = 1\ \text{V}\,\text{s}\,\text{m}^{-2} = 1\ \text{kg}\,\text{s}^{-2}\,\text{A}^{-1}$
Magnetischer Fluß (S. 494) Φ	$\Phi = \vec{B}\vec{A}$	$\mathbf{M\,L^2\,Z^{-2}\,I^{-1}}$	1 Weber = 1 Voltsekunde (S. 495) $1\ \text{Wb} = 1\ \text{V}\,\text{s} = 1\ \text{kg}\,\text{m}^2\,\text{s}^{-2}\,\text{A}^{-1}$
Magnetische Feldkonstante (S. 487) μ_0	$\mu_0 = 4\pi \cdot 10^{-7}\ \frac{\text{N}}{\text{A}^2}$	$\mathbf{M\,L\,Z^{-2}\,I^{-2}}$	1 Voltsekunde durch Amperemeter (S. 487) $1\ \text{V}\,\text{s}\,\text{A}^{-1}\,\text{m}^{-1} = 1\ \text{kg}\,\text{m}\,\text{s}^{-2}\,\text{A}^{-2}$
Magnetische Feldstärke (S. 546) $\vec{H}$	$\vec{H} = \frac{\vec{B}}{\mu_0}$ (Vakuum)	$\mathbf{L^{-1}\,I}$	1 Ampere durch Meter (S. 547) $1\ \text{A}\,\text{m}^{-1}$

Physikalische Größen, ihre Dimensionen und ihre Einheiten (Fortsetzung)

Name der Größe und Formelzeichen	*Verknüpfung*	*Dimension*	*Einheit und Einheitenzeichen*
Elektrisches Moment (S. 436) $\vec{p}$	$\vec{p}=Q\,\vec{l}$	**LZI**	1 Coulombmeter $1\,\mathrm{Cm}=1\,\mathrm{msA}$
Magnetisches Moment (S. 506) $\vec{m}$	$\vec{M}=\vec{m}\times\vec{B}$	$\mathbf{L}^2\mathbf{I}$	1 Ampere mal Quadratmeter (S. 506) $1\,\mathrm{A\,m^2}$
Elektrochemisches Äquivalent (S. 578) $\ddot{A}$	$\ddot{A}=\frac{m}{Q}$	$\mathbf{M}\,\mathbf{Z}^{-1}\mathbf{I}^{-1}$	1 Kilogramm durch Coulomb (S. 578) $1\,\mathrm{kg\,C^{-1}}=1\,\mathrm{kg\,s^{-1}A^{-1}}$
6. Quanten und Atome			
PLANCK-Konstante (S.723/724) h	$h=\frac{W}{\nu}$	$\mathbf{M}\mathbf{L}^2\,\mathbf{Z}^{-1}$	1 Joulesekunde (S. 724) $1\,\mathrm{J\,s}=1\,\mathrm{kg\,m^2\,s^{-1}}$
Radiologische Aktivität (S. 862) A	$A=-\frac{\Delta N}{\Delta t}$	$\mathbf{Z}^{-1}$	1 Becquerel (S. 862) $1\,\mathrm{Bq}=1\,\mathrm{s^{-1}}$
Zerfallskonstante (S. 863) λ	$\lambda=-\frac{\Delta N}{N\cdot\Delta t}$	$\mathbf{Z}^{-1}$	1 durch Sekunde (S. 863) $1\,\mathrm{s^{-1}}$
Halbwertszeit (S. 864) $T_{\frac{1}{2}}$	$T_{\frac{1}{2}}=\frac{\ln 2}{\lambda}$	**Z**	1 Sekunde 1 s
Mittlere Lebensdauer (S. 865) τ	$\tau=\frac{1}{\lambda}$	**Z**	1 Sekunde 1 s
Spezifische Ionisation (S. 891) I_S	$I_S=\frac{\Delta N}{\Delta s}$	$\mathbf{L}^{-1}$	1 durch Meter $1\,\mathrm{m^{-1}}$
Ionisationsdichte (S. 892) I_d	$I_d=\frac{\Delta N}{\Delta V\cdot\Delta t}$	$\mathbf{L}^{-3}\,\mathbf{Z}^{-1}$	1 durch Kubikmeter mal 1 durch Sekunde (S. 892) $1\,\mathrm{m^{-3}\,s^{-1}}$
Ionendosis (S. 903) J	$J=\frac{\Delta Q}{\Delta m}$	$\mathbf{M}^{-1}\,\mathbf{ZI}$	1 Coulomb durch Kilogramm (S. 904) $1\,\mathrm{C\,kg^{-1}}=1\,\mathrm{As\,kg^{-1}}$
Energiedosis oder Äquivalentdosis (S. 904) D	$D=\frac{\Delta W}{\Delta m}$	$\mathbf{L}^2\,\mathbf{Z}^{-2}$	1 Gray (S. 904) $1\,\mathrm{Gy}=1\,\mathrm{J\,kg^{-1}}=1\,\mathrm{m^2\,s^{-2}}$

Die wichtigsten Naturkonstanten

Vakuum-Lichtgeschwindigkeit	$c = 2{,}997925 \cdot 10^{8}\ \mathrm{m \cdot s^{-1}}$
Gravitationskonstante	$G = 6{,}672 \cdot 10^{-11}\ \mathrm{m^3 \cdot kg^{-1} \cdot s^{-2}}$
Fallbeschleunigung (Normwert)	$g = 9{,}80665\ \mathrm{m \cdot s^{-2}}$
Avogadro-Konstante	$N_A = 6{,}0221 \cdot 10^{23}\ \mathrm{mol^{-1}}$
Elektrische Elementarladung	$e = 1{,}6022 \cdot 10^{-19}\ \mathrm{C}$
Faraday-Konstante	$F = N_A e = 96485\ \mathrm{C \cdot mol^{-1}}$
Planck-Konstante	$h = 6{,}6262 \cdot 10^{-34}\ \mathrm{J \cdot s}$
Boltzmann-Konstante	$k = 1{,}3806 \cdot 10^{-23}\ \mathrm{J \cdot K^{-1}}$
Universelle Gaskonstante	$R = k N_A = 8{,}3143\ \mathrm{J \cdot K^{-1}\, mol^{-1}}$
Absoluter Nullpunkt	$T_0 = 0\ \mathrm{K}$ oder $\vartheta_0 = -273{,}15\ ^\circ\mathrm{C}$
Molares Normvolumen eines idealen Gases (0 °C und 1013 hPa)	$V_{\mathrm{molar},0} = 0{,}022414\ \mathrm{m^3 \cdot mol^{-1}}$
Elektrische Feldkonstante	$\varepsilon_0 = 8{,}8542 \cdot 10^{-12}\ \mathrm{A \cdot s \cdot V^{-1} \cdot m^{-1}}$
Magnetische Feldkonstante	$\mu_0 = 4\pi \cdot 10^{-7}\ \mathrm{V \cdot s \cdot A^{-1} \cdot m^{-1}}$
Rydberg-Konstante	$Ry = 1{,}097 \cdot 10^{7}\ \mathrm{m^{-1}}$
Atomare Masseneinheit	$1\ \mathrm{u} = 10^{-3}\ \mathrm{kg\, mol^{-1}} \cdot \dfrac{1}{N_A} = 1{,}66055 \cdot 10^{-27}\ \mathrm{kg}$
Ruhmasse	
des Elektrons	$m_e = 9{,}1095 \cdot 10^{-31}\ \mathrm{kg} = 0{,}548580 \cdot 10^{-3}\ \mathrm{u}$
des Protons	$m_p = 1{,}6726 \cdot 10^{-27}\ \mathrm{kg} = 1{,}007277\ \mathrm{u}$
des Neutrons	$m_n = 1{,}6749 \cdot 10^{-27}\ \mathrm{kg} = 1{,}008665\ \mathrm{u}$
des Deuterons	$m_d = 3{,}3436 \cdot 10^{-27}\ \mathrm{kg} = 2{,}013554\ \mathrm{u}$
des Alphateilchens	$m_\alpha = 6{,}6447 \cdot 10^{-27}\ \mathrm{kg} = 4{,}001506\ \mathrm{u}$
des Wasserstoffatoms	$m_H = 1{,}6735 \cdot 10^{-27}\ \mathrm{kg} = 1{,}007825\ \mathrm{u}$
des Heliumatoms	$m_{He} = 6{,}6465 \cdot 10^{-27}\ \mathrm{kg} = 4{,}002603\ \mathrm{u}$
Massenverhältnis Proton/Elektron	$\dfrac{m_p}{m_e} = 1836$
Spezifische Ladung	
des Elektrons	$\dfrac{e}{m_e} = 1{,}7588 \cdot 10^{11}\ \mathrm{A \cdot s \cdot kg^{-1}}$
des Protons	$\dfrac{e}{m_p} = 9{,}5788 \cdot 10^{7}\ \mathrm{A \cdot s \cdot kg^{-1}}$
Ruhenergie	
des Elektrons	$m_e c^2 = 0{,}5110\ \mathrm{MeV}$
des Protons	$m_p c^2 = 938{,}3\ \mathrm{MeV}$
Compton-Wellenlänge des Elektrons	$\lambda_C = 2{,}4263 \cdot 10^{-12}\ \mathrm{m}$

Elektrische Schaltzeichen

Schaltzeichen	*Bedeutung*	*Schaltzeichen*	*Bedeutung*
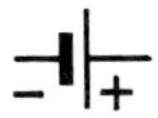	Batterie, Akkumulator		Kopfhörer
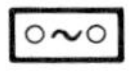	Stromversorgungsgerät Wechselspannung		Lautsprecher
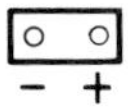	Stromversorgungsgerät, Gleichspannung		Spannungsmesser oder Voltmeter
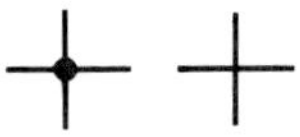	gekreuzte Leitungen mit/ohne Verbindung		Strommesser oder Amperemeter
	Schalter		elektrisches Meßinstrument, allgemein
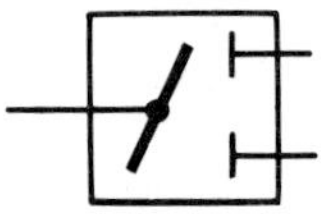	Morsetaste		ohmscher Widerstand
	Erdung		stetig veränderbarer Widerstand
	Glühlampe	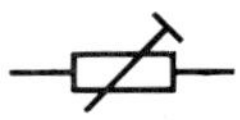	stufenweise veränderbarer Widerstand
	Glimmlampe	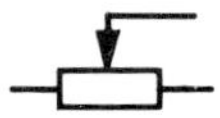	stetig veränderbarer Spannungsteiler
	Mikrofon	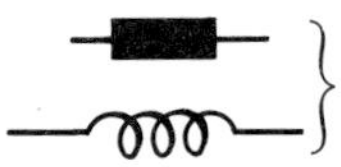	Spule allgemein; induktiver Widerstand
	Spule mit Eisenkern		Fotodiode
	Transformator mit Eisenkern	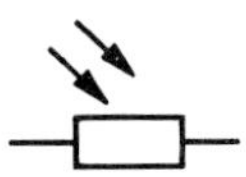	Fotowiderstand
	Kondensator, allgemein		

Elektrische Schaltzeichen (Fortsetzung)

Schaltzeichen	*Bedeutung*	*Schaltzeichen*	*Bedeutung*
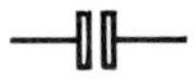	Ungepolter Elektrolytkondensator	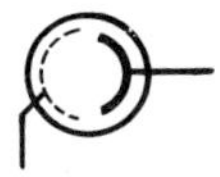	Vakuum-Fotozelle
	Kondensator, stetig veränderbare Kapazität		*pnp*-Flächentransistor (E = Emitter, C = Kollektor, B = Basis)
	Kondensator stufenweise veränderbare Kapazität	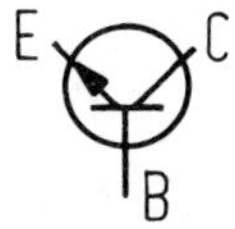	*npn*-Flächentransistor
	Halbleiterdiode, Gleichrichter	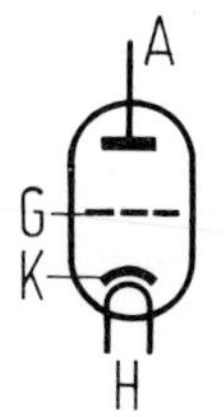	indirekt geheizte Triode (A = Anode, G = Gitter, K = Katode, H = Heizung)
	ZENER-Diode		
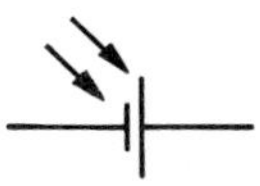	Fotoelement		

Kernkraftwerke in der Bundesrepublik Deutschland (Stand: Ende 1986)

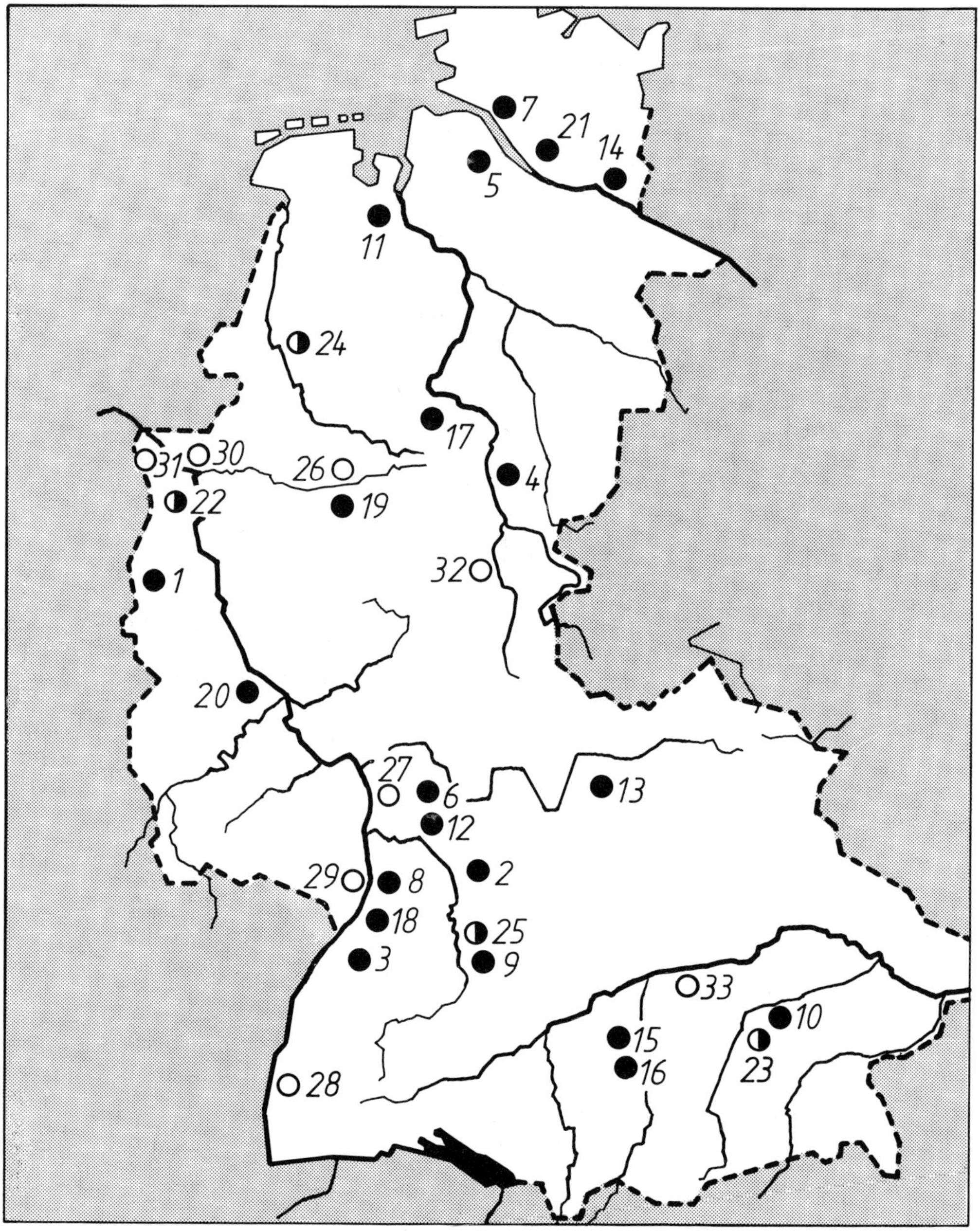

In der Bundesrepublik Deutschland sind nach dem Stand von Ende 1986 insgesamt 33 Kernkraftwerke mit einer elektrischen Nettoleistung von 32984 MW im Betrieb, im Bau oder in der Planung. Hiervon sind

im Betrieb	●	21 Werke mit der elektrischen Nettoleistung von	18956 MW,
im Bau	◑	4 Werke mit der elektrischen Nettoleistung von	4048 MW,
in der Planung	○	8 Werke mit der elektrischen Nettoleistung von	9980 MW

Quelle: Deutsches Atomforum, Bonn

Kernkraftwerke in der Bundesrepublik Deutschland (Stand: Ende 1986)

Erläuterungen zur nebenstehenden Karte

I. Im Betrieb befindliche Kraftwerke (chronologisch geordnet)

Name	*Standort*	*Reaktortyp*	*elektrische Nettoleistung*
1. AVR	Jülich	Hochtemperaturreaktor	13 MW
2. KWO	Obrigheim	Druckwasserreaktor	340 MW
3. KNK-II	Karlsruhe	Schnellbrüter	17 MW
4. KWW	Würgassen	Siedewasserreaktor	640 MW
5. KKS	Stade	Druckwasserreaktor	640 MW
6. Biblis A	Biblis	Druckwasserreaktor	1147 MW
7. KKB	Brunsbüttel	Siedewasserreaktor	771 MW
8. KKP-1	Phillipsburg	Siedewasserreaktor	864 MW
9. GKN-1	Neckarwestheim	Druckwasserreaktor	795 MW
10. KKI-1	Essenbach (Isar)	Siedewasserreaktor	870 MW
11. KKU	Rodenkirchen-Stadland	Druckwasserreaktor	1230 MW
12. Biblis B	Biblis	Druckwasserreaktor	1238 MW
13. KKG	Grafenrheinfeld	Druckwasserreaktor	1235 MW
14. KKK	Krümmel	Siedewasserreaktor	1260 MW
15. KRB-B	Gundremmingen	Siedewasserreaktor	1249 MW
16. KRB-C	Gundremmingen	Siedewasserreaktor	1249 MW
17. KWG	Grohnde	Druckwasserreaktor	1300 MW
18. KKP-2	Phillipsburg	Druckwasserreaktor	1268 MW
19. THTR-300	Hamm-Uentrop	Hochtemperaturreaktor	296 MW
20. –	Mühlheim-Kärlich	Druckwasserreaktor	1227 MW
21. KBR	Brokdorf	Druckwasserreaktor	1307 MW

Insgesamt 18956 MW

II. Im Bau befindliche Kraftwerke (nach voraussichtlicher Inbetriebnahme geordnet)

Name	*Standort*	*Reaktortyp*	*elektrische Nettoleistung*
22. SNR-300	Kalkar	Schnellbrüter	280 MW
23. KKI-2	Essenbach (Isar)	Druckwasserreaktor	1285 MW
24. KKE	Lingen (Ems)	Druckwasserreaktor	1242 MW
25. GKN-2	Neckarwestheim	Druckwasserreaktor	1241 MW

Insgesamt 4048 MW

III. In der Planung befindliche Kraftwerke

Name	*Standort*	*Reaktortyp*	*elektrische Nettoleistung*
26. KKH	Hamm-Uentrop	Druckwasserreaktor	1231 MW
27. Biblis C	Biblis	Druckwasserreaktor	1237 MW
28. KWS	Wyhl	Druckwasserreaktor	1284 MW
29. Neupotz A	Neupotz	Druckwasserreaktor	1247 MW
30. Vahnum A	Vahnum	Druckwasserreaktor	1226 MW
31. Vahnum B	Vahnum	Druckwasserreaktor	1226 MW
32. KWB	Borken, Bez. Kassel	Druckwasserreaktor	1240 MW
33. KRL	Pfaffenhofen	Druckwasserreaktor	1289 MW

Insgesamt 9980 MW

Quelle: Deutsches Atomforum, Bonn

Namen- und Sachverzeichnis

AEG Telefunken, Großwelzheim (599.1); Anschütz & Co. GmbH, Kiel (145.1, 145.2); CERN European Organization For Nuclear Research, Genf (1012.1, 1019.1a, b; 1020.1a, b; 1027.1, 1027.2, 1028.1, 1029.1, 1030.2); DESY Deutsches Elektronen-Synchroton, Hamburg (1027.1, 1027.2, 1030.1, 1031.1); Deutscher Wetterdienst, Offenbach (175.1, 176.1); W. Finkelnburg, Einführung in die Atomphysik, 9. u. 10. Auflage, Springer Verlag, Berlin (596.1); H. Franke, Lexikon der Physik, Band 3, 3. Auflage, Franckh'sche Verlagsbuchhandlung, Stuttgart (874.1); Chr. Gerthsen/H.O. Kneser, Physik, 10. Auflage, Springer Verlag, Berlin (590.1); H. Graewe, Atomphysik, 2. Auflage, Dümmler Verlag, Bonn (795.1); W. Heisenberg, Kosmische Strahlung (1012.2); Hochtemperatur-Kernkraftwerk GmbH, Hamm (935.1); Kraftwerk Union AG, Mülheim (930.2, 930.3, 930.4, 932.2); Lawrence Radiation Laboratory, University of California (470.1); Leybold-Heraeus, Köln (341.2, 424.1, 424.2, 469.1, 469.2, 817.1, Aufnahmen zu 970.2 P. Grosse); MPI für Radioastronomie, Bonn, Foto G. Hutschenreiter (664.2); H. v. Murawski, Vom Erdkern bis zur Magnetosphäre, Umschau Verlag, Frankfurt (471.1 Nachzeichnung), Phywe AG, Göttingen (214.2, 216.1, 237.3, 245.1, 246.1, 252.1, 301.2a, b, 628.1, 799.1, 854.1, 858.2, 888.1) sowie: Das Periodensystem der Elemente (Tafel nach S. 944); Rheinisch-Westfälisches Elektrizitätswerk AG, Essen (932.2); Schnell-Brüter-Kernkraftwerksgesellschaft, Essen (939.1), J. Smitt/H.P.J. Wijn, Ferrite, Deutsche Philips, Hamburg (556.3); Philips GmbH, Forschungslaboratorium Hamburg (530.3); Sperry Kreiseltechnik, München (144.1); O. Struve, Astronomie, 2. Auflage, Walter de Gruyter & Co., Berlin (664.1); Technische Hochschule München (669.1); Carl Zeiss, Bildarchiv, Oberkochen/Württ. (590.2, 591.1, 591.2).
Verfasser (413.1, 460.3, 462.2, 493.1, 493.2, 533.2, 548.1, 619.3, 639.1, 646.2, 647.2, 654.1, 660.2).

Für Notizen